U0561916

诺贝尔
文学奖全集

COMPLETE WORKS
OF NOBEL
PRIZE FOR LITERATURE

（上）

宋兆霖 主编　高莽 插图

北京燕山出版社

图书在版编目(CIP)数据

诺贝尔文学奖全集／宋兆霖主编. —北京：北京燕山出版社，2005(2025.8 重印)

ISBN 978-7-5402-0833-2

Ⅰ. 诺… Ⅱ. 宋… Ⅲ. 文学-作品-简介-世界 Ⅳ. I106

中国版本图书馆 CIP 数据核字(2005)第 086250 号

诺贝尔文学奖全集(上下)

主　　编　宋兆霖
插　　图　高　莽
责任编辑　尚燕彬
装帧设计　8⊙圖 · 小贾
出版发行　北京燕山出版社有限公司
　　　　　北京市西城区椿树街道琉璃厂西街 20 号　邮编 100052
经　　销　新华书店
印　　刷　北京市京东印刷厂印刷
开　　本　710mm×1020mm　1/16 开
印　　张　91
字　　数　1925 千字
版次印次　2006 年 1 月第 1 版　2017 年 11 月第 4 版　2025 年 8 月第 8 次印刷
定　　价　518.00 元(上下)

CONTENTS

目录

前言

一八九六年十二月十日，瑞典著名发明家阿尔弗雷德·诺贝尔在意大利圣雷莫的别墅中去世。他的遗嘱的发表，在全世界引起了巨大的反响。他捐献出自己几乎所有的巨额财产，用来奖励那些为世界和平和在科学、文学等领域内做出杰出贡献的人。遗嘱中写道：

> 我所留下的全部可变换为现金的财产，将以下列方式予以处理：这份资金将由我的执行者投资于安全的证券方面，并将构成一种基金；它的利息将每年以奖金形式，分给那些在前一年里曾赋予人类最大利益的人。上述利息将被平分为五份，其分配方法如下：一份给在物理学方面做出最重要发现或发明的人；一份给做出过最重要的化学发现或改进的人；一份给在生理和医学领域做出最重要发现的人；一份给在文学方面曾创作出有理想主义倾向的最佳作品的人；一份给曾为促进国家之间的友好、为废除或裁减常备军队以及为举行与促进和平会议做出过最大或最好贡献的人……

于是声名卓著的诺贝尔奖就随之产生，其中包括物理学、化学、生物或医学、文学和和平奖(一九六八年瑞典银行又出资增设了经济学奖，一九六九年第一次颁发)。把文学奖与科学奖、和平奖并列，本身就表明这位具有博大襟怀的发明家的远见卓识。他是一位发明家，也是一位理想主义者，他试图通过自己设立的这个大奖，鼓励人类在物质文明和精神生活上取得尽可能同步和谐的发展，因为他关注的不仅是人类科学技术的进步，也关注着人类道德精神的成长以及人类未来的命运和世界的前途。这也许可以称为“诺贝尔精神”。

关于诺贝尔文学奖的评定，历来颇多争议，主要不外是公正合理与否之类。说起来，瑞典学院的那班评奖委员和院士也是够为难的。因为按照遗嘱规定，文学奖应给予“在文学方面曾创作出有理想主义倾向的最佳作品的人”。所谓“最佳作品”，想必是指在国内外得到评论家好评和读者欢迎的作品。这说来容易，可评之不易。文学观念、艺术标准、审美情趣、鉴赏口味，必然各有所好，不尽相同。至于何谓“理想主义倾向”，则更是众说纷纭了。诺贝尔本人并未对此作过任何解释，瑞典学院那些评奖的老先生的理解和把握，也未必完全符合诺贝尔的初衷。因而有人说过：“诺贝尔文学奖的历史似乎就是一连串解释一份词语含糊不清的遗嘱的历史。”

最初，评奖委员们把“理想主义倾向”解释成维护二十世纪初理想主义的一种保守观点，要求入选作家的创作都能符合传统文学的风范，而对当时激烈批判传统文化和科技文明的作家则采取排斥态度，因而像列夫·托尔斯泰、易卜生、左拉、哈代等文学巨子都未能入选，留下了历史性的遗憾。而且由于欧洲中心主义的深刻影响，囿于瑞典本身的处境和在世界文学中的地位，以及专业知识上的不足，使得瑞典学院的视线只限于欧洲，主要是西欧和北欧。

后来，评委们又解释说，诺贝尔的“理想主义倾向”是“对宗教、君主政体、婚姻以及整个社会秩序采取批判态度”。到了二十世纪二三十年代则解释为“对人类的深刻同情”与“广泛的博爱主义”。这说明瑞典学院已逐渐摆脱初期的拘谨和保守态度，开始树立起现代文化和文学观念，明显地增强了现代人类的文化意识。这一时期获奖的虽然大多为现实主义作家，但他们的作品大都相当鲜明地体现出强烈的文化批判意识。如在托马斯·曼、刘易斯的小说和皮兰德娄、奥尼尔的戏剧中，关注的已不仅仅是社会的不公，而是人性的完整和自由，对人性扭曲、异化的探讨已成为相当重要的主题之一。这一阶段，瑞典学院的视线虽然主要仍落在欧洲，但也逐步扩大到美洲、亚洲。

第二次世界大战后，诺贝尔文学奖的评选出现了较大变化。评委们看重的是“文学的开拓者”，同时认识到，对人类生存价值和生存困境的真实描绘，是富有历史深度的“理想主义倾向”，因而在这段时期内获奖的，有许多是现代主义作家，如托·斯·艾略特、福克纳、加缪、萨特、贝克特等。

二十世纪七十年代以来，瑞典学院又转而特别重视“地方上的文学巨匠”，从而使获奖者扩大到澳洲、非洲，同时也把一些在当地声名卓著而在世界文坛默默无闻的作家，推到了全世界读者的面前。从近年的情况看，瑞典学院似乎很重视通过多元交融取得丰硕成果的作家，如既有现实主义题旨，又有阿拉伯风味和现代新手法的马哈福兹；熔本民族传统、东方哲学和法国超现实主义为一炉的帕斯；既继承印第安人和黑人传统，又吸收欧美当代观念的沃尔科特；能很好地把黑人传统、现实题旨和现代手法结合在一起的托尼·莫里森；有着多元文化身份的奈保尔；等等。此外，二十世纪九十年代还有较多的诗人获奖，有人认为，这反映了瑞典学院想以“纯诗”来复兴一种人文精神。一九九七年意大利剧作家达里奥·福和二〇〇三年南非作家库切的获奖，则表明评委们对当代社会中普通人的生存状态和生存困境的关注。

综观一百多年来诺贝尔文学奖的评定，瑞典学院的评奖委员和院士们对评选标准的理解和把握，一直在不断改变和改进之中，这一过程也反映了评奖工作正在逐步走向成熟和完善。大家都知道，评奖不易，评文学奖更难。在文学领域里，一切选择都可能会有争议。而且，那班评奖委员和院士们毕竟囿于自身的历史条件、意识形态、价值观念、文化背景、文学观点、审美情趣等，这样一个国际性的大奖，要评得大家满意，完全“公正合理”，恐怕更是难上加难了。诺贝尔文学奖的评定，说到底，毕竟是一家之言，当然这是一“大家”之言。综观一百多年来的授奖情况，虽有不少文学大家未能获得这一殊荣，也有一些获奖者似嫌不足，但大部分获奖作家应该说得到了全世界的公认，是二十世纪的文学精英。他们为人类留下了具有时代意义和经得起历史考验的优秀作品，或者在某个时期、某一地区、某种形式的文学创作中产生过重大影响的作品。总之，诺贝尔文学奖的地位和价值，它的世界性和权威性，是应该予以肯定的。正是基于这种看法，我们选编了这套《诺贝尔文学奖全集》，意在向我国读者介绍有关诺贝尔文学奖的全部情况，其中包括获奖作家的代表作品和优秀作品、获奖的原因、他们的生平传略、时代背景、文学观念、文学成果等，供我国读者欣赏和借鉴，并得以了解诺贝尔文学奖的全貌，而且也可让读者进一步了解二十世纪以来世界文坛的概况和文学潮流的变迁，从中得到启迪和裨益。

《诺贝尔文学奖全集》分上、下两卷，收入了自一九〇一年颁奖以来的一百多位获奖作家的代表作品或优秀作品。在每位作家的作品前面，均列有《传略》和《授奖词》（或《授奖公告》）以便读者对该作家的生平情况、文学活动、代表作品、创作风格和获奖理由等有所了解。入选本作品集的作品，除少量属转译外，均直接自原文译出，其中包括英、法、德、俄、日、西班牙、意大利、捷克、希腊、波兰、瑞典、阿拉伯、孟加拉等文种。译者则均为各国文学的知名译家和研究专家。在本作品集的选编过程中，瑞典诺贝尔奖基金会多次无偿提供了宝贵的原文资料，中国社科院外国文学研究所及全国各地许多知名译家朋友给予了大力支持，《世界文学》前主编、著名翻译家、肖像画家高莽先生不仅为本作品集提供了译稿，还专为获奖作家画了头像，谨在此一并深表谢意。

宋兆霖

浙江大学求是村

增订说明

文学是一个永久的梦想，历史是一条永不停息的河流，因此《诺贝尔文学奖全集》也是一部不断丰满的大典。

随着时间车轮的前行，诺贝尔文学奖的名录上不断增加着让世界文学熠熠生辉的写作者。和以往一样，他们的获奖，鲜花、掌声与意外、质疑并存，但是这并不影响文学在世人心目中的崇高、纯洁地位。我们将新晋诺贝尔文学奖得主的传略、授奖词和代表作增补进来，以飨热爱文学、关注文化生态的读者。

本书主编、著名翻译家宋兆霖先生不幸于二〇一一年六月七日病逝，本书插图画家、著名翻译家高莽先生也于二〇一七年十月六日平静辞世，近年还有一些参与本书著译的老先生相继辞世，谨以本书告慰各位先生，以表我们的敬意和缅怀，因为这是诸位先生希望一直延续下去的一项工程。同时感谢宋兆霖先生之子宋江平对本书再版予以的支持和帮助，感谢《世界文学》主编高兴、《外国文学动态》主编苏玲为本书增订给予的热诚帮助。在此也对大力支持这项工作的中国社科院外国文学研究所诸位学者及众多知名译家致以深深谢意。

1901

获奖作家

苏利-普吕多姆

传略

一九〇一年，瑞典学院经过再三讨论，决定将首届诺贝尔文学奖授给法国诗人、散文家、哲学家苏利-普吕多姆，“特别表彰他的诗作，它是高尚的理想、完美的艺术和罕有的心灵与智慧的结晶”。

苏利-普吕多姆(Sully-Prudhomme，1839—1907)，原名勒内·弗朗索瓦·阿尔芒·普吕多姆，一八三九年三月十六日生于巴黎一个富裕的工商业者家庭。他幼年丧父，由母亲和大姐抚养成人。波拿巴中学毕业后，他进理工学院学习，继而在施奈德企业做过一段时间的工程师，后决定放弃这一职业，改而潜心研究法律，并阅读了大量社会科学著作。正是从这个时期开始，他对文学创作发生了浓厚的兴趣，后来索性放弃见习公证人的职务，专心从事文学创作。

苏利-普吕多姆早年曾爱上自己的表妹，后来表妹另嫁他人，这一爱情上的失败，不仅使他终身未娶，而且使得他初期的诗歌明显带有伤感、忧郁的色调，如一八六五年出版的第一本诗集《诗章与诗篇》中的名篇《碎瓶》《我再也见不到她》《所有的紫丁香都已死在地上》等，均为这样的作品。

十九世纪后半期，具有唯美主义艺术观的帕尔纳斯诗派兴盛于法国，苏利-普吕多姆在该派诗人勒孔特·德·李勒等人的影响下，在创作上进而追求形式的完美和风格的优雅，致力于恢复诗歌的平衡，反对浪漫主义的无节制。他这一时期的作品有诗集《考验》(1866)、《孤独》(1869)以及散文诗篇《奥吉亚斯王的厩房》(1866)等。但他的创作主张和帕尔纳斯诗派的艺术观点也不尽相同。帕尔纳斯诗派主张“非个人化”，而苏利-普吕多姆则认为，诗歌应尽情表达个人内心模糊而纤细的感情，描写灵魂深处隐蔽而微妙的波动。他毕竟是个思考型的诗人，爱好向事物的深层进行探索，这种审慎的态度有利于他控制一些非理性的想象。

一八七〇年是苏利-普吕多姆一生中重要的一年。普法战争的爆发使这位热爱和平的诗人受到了重大打击。巴黎沦陷期间让人难以忍受的饥饿、寒冷、紧张、屈辱,使他的健康受到了极大的损害,最后导致半身瘫痪,此后病情日益严重,终身未愈。在这一时期,他发表了诗集《战时印象》(1870)、《法兰西》(1874)、《花的反抗》(1874)等,在这些诗集中,充满了诗人的爱国主义思想。接着他还出版了诗集《徒然的柔情》(1875)和《在天顶》(1876)。

从19世纪六十年代末出版的诗集《孤独》开始,苏利-普吕多姆的诗就加强了哲理性,到了长诗《正义》(1878)和《幸福》(1888)的发表,他的哲理诗的创作已达到了高峰。他晚期的作品还有诗集《三棱镜》(1886)、《残存物》(1908)等。

苏利-普吕多姆于一八八一年当选为法兰西学院院士。一九〇一年,他所以能压倒托尔斯泰、易卜生等大作家,获得诺贝尔文学奖创立后的第一顶桂冠,一方面因为他确实基本上符合诺贝尔遗嘱中那句含糊不清的话,创作了“有理想主义倾向”的作品,另一方面在一定程度上也有赖于法兰西学院为它的这位院士所作的声势浩大的推荐。

一九〇一年十二月十日,在斯德哥尔摩举行了盛大、隆重的授奖仪式,苏利-普吕多姆因健康原因未能亲自前往,改由法国驻瑞典公使代为领奖,这使得瑞典学院十分失望。

苏利-普吕多姆于一九〇七年九月七日病逝于夏特内。

授奖词

当阿尔弗雷德·诺贝尔决定捐赠大笔遗产设立诺贝尔奖时,曾引起举世关注。由于他毕生从事科学研究,这就使他尤其偏爱对大自然的研究,也使他决心对那些在某些相关科学领域有新发现的人进行奖赏;同时,他那种四海一家的胸怀更使他立志要倡导国际和平,他主张世界各民族之间都应情同手足。在他的遗嘱中也包括了文学奖项目,虽然在顺序上将它排列在各类科学奖之后,但在他心目中对此却是最为关切的。

诺贝尔先生把文学也作为他关心和奖励的对象之一,从事文学的所有人理应对此表示感谢。最高级的、也许是最精美的文明花朵是盛开在现实稳固的大地之上的,因而这项文学奖被列在末位,也应该说是合乎情理的。

无论从哪个角度来说,获奖者在得到这一当代荣誉的花环时,他的报偿远远胜过旧时代那种黄金桂冠所代表的物质价值。

诺贝尔文学奖的评定有其本身的难处。所谓的“文学”,原是个含意极为广泛的术语,诺贝尔基金会的章程明确规定,它所包括的不仅有纯文学,而且在形式和内容上具有文学价值的其他著作。这一规定固然扩大了评选的范围,但评选的难度也就相应地增加了。倘若在候选人的水平势均力敌的情况下,抒情诗人、史诗诗人或诗剧诗人之间究竟哪个该获奖,就成了一个十分棘手的问题,如果要在一个杰出的历史学家、一个伟大的哲学家和一个天才的诗人之间做出抉择,困难就更大了,而且大得无法估量。幸好这项文学奖每年颁发一次,一位卓有成就的作家如果不得已让位给另一位业绩斐然的作家,但只要他确实够格,来年仍有希望获奖。

这次被推荐到瑞典学院来参加文学奖角逐的优秀作家为数不少,我们对他们一一作了严密的审核;这些候选人在世界范围内皆有不同程度的声誉,在世界文坛上所占的地位也旗鼓相当。我们全面考虑了各种观点,几经斟酌才确定了这次优先得奖的人选:法兰西学院的诗人、哲学家苏利-普吕多姆最有资格成为诺贝尔文学奖的第一位获奖者。

苏利-普吕多姆出生于一八三九年三月十六日,早在一八六五年,他的非凡的诗才便在第一部诗集《诗章与诗篇》中初露锋芒,接着他又推出许多其他诗集,还有一些关于哲学和美学方面的论著。如果说许多诗人的想象力是外向的,即反映生活和我们周围的世界,那么苏利-普吕多姆的特点却是在纤细敏感中显示出内省的天性,他的诗很少涉及外部的形象和外在的情况,即便诗中出现这类描写,其作用也只不过作为反映诗人沉思的一面镜子。心灵深处对爱的渴求、无法驱散的疑虑和忧伤,成为他作品中常见的主题,这些作品形式完美、措辞严谨,并富有一种精雕细琢的美感。他的诗色调丰赡华丽,较少注重音乐性,但在他所创造的形式中,却使感情与意念的表达更能伸缩自如。他的整个心灵在这些诗中展露无遗,他娓娓而叙,温柔而不流于伤感,那种高贵、深邃的沉思和无法抑制的哀怨深深地引起读者的共鸣,字里行间渗透出的忧郁气息使人为之感染。

优雅精致的诗歌语言,娴熟完美的表现艺术,苏利-普吕多姆正是通过他的诗作中所具有的这些特殊魅力,使自己成为我们这个时代的少数大诗人之一,他的一些诗作已成为世界文学宝库中的不朽瑰宝。他那些玲珑剔透的抒情诗篇充满了感情和冥思,呈现出一种高贵和尊严,更难能可贵的是那种丰富的情感与细致的思考完美地融为一体,使之独具魅力。瑞典学院的评委们对这些诗的兴趣远远超过他的那些教诲诗和玄理诗。

总之,我们有必要强调指出,苏利-普吕多姆有一个重要特征,那就是他时常在自己的诗作中充分地显示出善于质疑和思考的心灵;他爱从道德的范畴、良知的呼唤以及高尚的、责无旁贷的义务中探索人类在冥冥中的命运,除此之外,他似乎不再知道别的什么。苏利-普吕多姆的创作思想体现了诺贝尔先生对文学所期望的那种"理想主义倾向"。就这点来看,他比大部分作家更高一筹,瑞典学院的评委们也确信他正是实践了诺贝尔先生的心愿。因此,在第一次颁奖之际,我们特别从众多的名家中推举出苏利-普吕多姆作为本届文学奖的获得者。

普吕多姆已欣然同意接受这份荣誉,遗憾的是由于健康原因使他未能参加今天的授奖仪式,我们特此恭请在场的法国公使代为领奖,并以瑞典学院的名义将此奖金转交给他。

瑞典学院常务秘书 C. D. 威尔逊

树凉　译

眼睛

天蓝、乌黑,都被爱,都美——
无数的眼睛见过了晨光;
它们在坟墓深处沉睡,
而朝阳依旧把世界照亮。

比白昼更温存的黑夜
用魔术迷住了无数眼睛;
星星永远闪耀不歇,
眼睛却盛满了无边阴影。

难道它们的眼神已经熄灭?
不,不可能,这是错觉!
它们只是转向了他方——
那被称为不可见的世界。

西斜的星辰辞别了我们
但仍漂游在茫茫天宇,
眼珠虽也像星星般西沉,
但它们并没有真的死去。

天蓝、乌黑,都被爱,都美,
开启眼帘,面向无限的晨光;
在坟墓的另一面,在他方,
阖上的眼睛仍在眺望。

飞白　译

银河

有一夜,我对星星们说:
“你们看起来并不幸福;

你们在无限黑暗中闪烁，
脉脉柔情里含着痛苦。

“仰望长空，我似乎看见
一支白色的哀悼的队伍，
贞女们忧伤地络绎而行，
擎着千千万万支蜡烛。

“你们莫非永远祷告不停？
你们莫非是受伤的星星？
你们洒下的不是星光啊，
点点滴滴，是泪水晶莹。

“星星们，你们是人的先祖，
你们也是神的先祖，
为什么你们竟含着泪……”
星星们回答道：“我们孤独……

“每一颗星都远离姐妹们，
你却以为她们都是近邻；
星星的光多么温柔、敏感，
在她的国内却没有证人。

“她的烈焰散出满腔热情，
默然消失在冷漠的太空。”
于是我说：“我懂得你们！
因为你们就像心灵；

“每颗心发光，离姐妹很远，
尽管看起来近在身边。
而她——永恒孤独的她
在夜的寂静中默默自燃。”

飞白　译

天鹅

湖水深邃平静如一面明镜，
天鹅双蹼划浪，无声地滑行。
它两侧的绒毛啊，像阳春四月
阳光下将融未融的白雪；
巨大乳白的翅膀在微风里颤，
带着它漂游如一艘缓航的船。
它高举美丽的长颈，超出芦苇，
时而浸入湖水，或在水面低回，
又弯成曲线，像浮雕花纹般优雅，
把黑的喙藏在皎洁的颈下。
它游过黑暗宁静的松林边缘，
风度雍容又忧郁哀怨，
芊芊芳草啊都落在它的后方，
宛如一头青丝在身后荡漾。
那岩洞，诗人在此听他的感受，
那泉水哀哭着永远失去的朋友，
都使天鹅恋恋，它在这儿流连。
静静落下的柳叶擦过它的素肩。
接着，它又远离森林的幽暗，
昂着头，驶向一片空阔的蔚蓝。
为了庆祝白色——这是它所崇尚，
它选中太阳照镜的灿烂之乡。
等到湖岸沉入了一片朦胧，
一切轮廓化为晦冥的幽灵，
地平线暗了，只剩红光一道，
灯芯草和菖兰花都纹丝不摇。
雨蛙们在宁静的空气中奏乐，
一点萤火在月光下闪闪烁烁。
于是天鹅在黑暗的湖中入睡，
湖水映着乳白青紫的夜的光辉；
像万点钻石当中的一个银盏。
它头藏翼下，睡在两重天空之间。

飞白　译

碎瓶

花瓶被扇子敲开罅隙，
马鞭草正在瓶中萎蔫，
这一击仅仅是轻轻触及，
无声无息，没有人听见。

但是这个微小的创伤，
使透明的晶体日渐磨损；
它以看不见的坚定进程，
慢慢波及了花瓶的周身。

清澈的水一滴滴流溢，
瓶中的花朵日益憔悴；
任何人都还没有觉察，
别去碰它吧，瓶已破碎。

爱人的手掌拂过心灵，
往往也可能造成痛苦；
于是心灵便自行开裂，
爱的花朵也逐渐萎枯。

在世人眼中完好如前，
心上伤口却加深扩大；
请让这个人暗自哭泣，
心已破碎，可别去碰它。

金志平　译

梦

在梦中农民对我说："我不再养你，
你自己做面包，自己播种，耕地。"
织布工人对我说："你自己去做衣。"
泥瓦工对我说："把你的瓦刀拿起。"

我孤苦伶仃的，被一切人类抛弃，
到处去流浪，无奈何与社会隔离；
当我祈求上苍把最高的怜悯赐予，
我发现猛狮正站在前面阻挡自己。

我睁开双眼，把真实的黎明怀疑；
看勇敢的伙伴打着呼哨登上扶梯，
百业兴旺，田野里早已播种完毕。

我领悟到我的幸福，在这世界上，
没有人能吹嘘不要别人帮助接济；
我热爱劳动的人们，就从这天起。

金志平　译

致读者

我在路边采撷了这些花朵。
好运和厄运把我抛在那里，
可我不敢献出散乱的回忆；
我结成一部诗集，兴许更使人快活。

泪流滴滴的玫瑰尚未凋谢；
我给漆黑的目光安上思维，
还有湖中的植物，新生的麦穗，
沉思的睡莲：我的生活将是诗中的一切。

你的生活也是，读者，因为人
都是大同小异，不管是灾是福，
他们都不知而思，为爱而哭。

他们至少花了二十个春去梦幻，
最后有一天，大家都想站起，
都想在消逝之前播下点东西。

小跃　译

1902

获奖作家

蒙森

传略

在我们看来,蒙森获得诺贝尔文学奖似乎让人有点不可理解,因为他是一位历史学家,他的代表作是历史著作《罗马史》。可是按诺贝尔奖评奖条例的有关规定,“文学”不仅包括纯文学,而且还应包括“在形式和内容上体现了文学价值的其他著作”。这条规定使诺贝尔文学奖同样可以授予哲学家、政治家、科学家和历史学家,前提是他们的著作既在文字表达上具有艺术特色,又在内容上体现出很高的价值。如此说来,蒙森完全有资格获得这一殊荣。他的历史学巨著《罗马史》本身就有着很高的学术价值和杰出的艺术成就。蒙森的文笔洗练华美,长于刻画人物,叙事生动形象,富有戏剧性,正如瑞典学院的授奖词中所指出的,蒙森是“现存的最伟大的历史写作艺术大师,特别是他写了里程碑式的著作《罗马史》”。

特奥多尔·蒙森(Theodor Mommsen,1817—1903),一八一七年十一月三十日出生于德国北部石勒苏益格-荷尔斯泰因州的加尔丁。父亲是乡村牧师,母亲是教师。他的童年和少年时代都是在这个州的奥斯特罗度过的。中学毕业后,他于一八三八年考入位于该州首府基尔城的基尔大学,攻读法律。当时在法学方面,德国主要研究罗马法,这对他未来的研究方向具有重要的影响。一八四三年,他以优异的成绩毕业,并获得哲学博士学位。

二十六岁的蒙森立下宏愿,决心在考察研究古罗马法律、制度的基础上,写一部规模宏大的古罗马史。同时他又认为,对罗马法律的研究,必须以当时立法者颁发的铭文为根据,为此必须广泛收集罗马法律铭文和拉丁铭文。他花了整整三年的时间,在罗马、那不勒斯的博物馆和意大利的各个古迹遗址收集原始资料。这些资料经过分类整理、考证校勘、诠释研究后，一八五二年他出版了两卷本的《拉丁铭文集》。后来，在此基础上，由他主持编纂了十五卷本的《拉丁铭文大全》(1863—1932)。

一八四七年，蒙森自意大利返回德国，应聘任莱比锡大学法学教授，同时兼任《石勒苏益格-荷尔斯泰因评论》的编辑。他发现国内局势日益动荡不安，从而开始参与政治活动。一八四九年五月，蒙森因参加萨克森的一次起义，被解除莱比锡大学的教授职务，而且差点被投入监狱。一八五二年，他应瑞士苏黎世大学之聘，前往该校任罗马法教授，一八五四年改任布雷斯劳大学法律学教授。在这三个学校任教期间，他写了《罗马史》的前三卷。一八五八年，蒙森回国担任柏林大学古代史教授，此后一直在该校任教，直到去世。

一八八五年，蒙森完成了《罗马史》的第五卷(实为第四卷，因第四卷并未完成)。《罗马史》是蒙森历经三十余年的呕心沥血之作。它描述了古罗马的全部历史发展过程。作者运用新的史学方法，用准确、生动的笔触再现了这个历时一千多年的古代文明大国，详尽地叙述了它的内政、外交、法律、财政、宗教、文学以及风俗民情，而且叙事精确生动，写人栩栩如生，“把驾驭浩瀚材料的能力与富有时代感的判断、精确的方法、充满活力的文风结合得天衣无缝”。《罗马史》的宏大气魄和作者广博的学识及杰出的艺术才华，甚至使他的政敌俾斯麦也曾当面向他表示钦佩。

由于蒙森有着扎实的功底、广博的学识、惊人的精力，而且刻苦勤奋，他的一生著作极丰，著述达一千多种。主要的著作还有《罗马编年史》(1859)、《罗马币制史》(1860)、《罗马国家法》(1871—1888)、《罗马刑法》(1899)、《狄奥多西法典》(1905)等。青年时代他还曾写过诗，和他的弟弟提科及作家特奥多尔·施托姆①共同出版过一本名为《三友歌集》(1843)的诗集。

一九〇二年的诺贝尔文学奖，竞争更为激烈，其中有托尔斯泰、左拉、斯宾塞、叶芝、卡尔杜齐、显克维奇等人，最后选中了同样杰出又较易让人接受的特奥多尔·蒙森。

得奖后的第二年，即一九〇三年的十一月一日，蒙森八十六岁生日的前夕，这位老人在爬上他在柏林夏洛滕堡寓所图书室的梯子找一本参考书时，突然中风倒下，与世长辞。

授奖词

诺贝尔奖评奖条例的第二条规定，“文学”不仅应包括纯文学，而且应该包括“在形式和内容上具有文学价值的其他著作”。这条规定使诺贝尔文学奖同样可以授予哲学家、宗教著作家、科学家和历史学家，前提是他们的著作既在文字表达上具有艺术特色，又在内容上体现出高度的价值。

瑞典学院今年在许多被提名的著名人物中做出了选择，决定把这项奖励授予历史学

① 特奥多尔·施托姆(1817—1888)，德国诗人、小说家。

家特奥多尔·蒙森,他得到普鲁士皇家科学院的十八位会员的推荐,他们一致推举这位最杰出的学者作为此奖的候选人。

一份为庆祝蒙森八十岁生日由赞格迈斯特编写的著作目录列举了他的九百二十种著作。蒙森最重要的贡献之一是编纂《拉丁铭文大全》。此项浩大的工程尽管有众多学生的协助,全书十五卷中的几卷仍然是蒙森独立完成的。此外,他为了全书的组织工作也付出了巨大的努力。在学术方面,蒙森是一位卓越的学者,在罗马法、铭文学、钱币学、罗马编年史和罗马通史方面作了独创性的、出色的研究。即使对他抱有偏见的批评者也不得不承认,他可以以无可争辩的权威谈论爱亚皮吉的一篇碑铭、阿庇乌斯·凯库斯生活中的一个片段或迦太基的农业。受过教育的公众对他的了解主要是通过他的《罗马史》而获得的,正是这部巨著促使瑞典学院将诺贝尔奖授予他。

这部著作的撰写工作开始于一八五四年,第四卷虽未出版,但他于一八八五年写出了第五卷。这是一部记叙罗马帝国各行省历史的卓越著作,由于这个时代与我们的时代相距较近,其中的记叙在许多方面符合诺贝尔奖评奖条例的规定并可以作为评价全书以及作者的出发点。蒙森的《罗马史》已经被译成多种文字,它不仅以其深厚而广博的学术功底见长,而且叙述风格活泼生动。作者把驾驭浩瀚材料的能力与富有时代感的判断、精确的方法、充满活力的文风结合得天衣无缝,而富有艺术性的行文又使叙述如此精彩而具体。蒙森懂得如何去粗取精,去伪存真,对大量人物的褒贬适当。他那渊博的知识、杰出的组织能力、建筑在直觉上的想象以及将各种事件和事实用生动的画面描绘出来的能力的确令人惊叹。正是他的直觉和创造性才华填平了历史学家与诗人之间的鸿沟。蒙森在《罗马史》第五卷中曾写道,想象力不仅是诗,而且是历史的母亲。的确,两者之间存在着许多相似之处:德国著名历史学家兰克①的超然的客观性使人想起歌德宁静的伟大,而英国将历史学家麦考莱②葬于威斯特敏斯特大教堂的诗人墓地也是完全正确的。

在许多章节中,蒙森描绘了罗马人的性格,表现了罗马人对国家的忠诚就像儿子对父亲的服从那样。他以精湛的技巧展示了罗马由一个弱小的地区发展成世界大国的宏伟画卷;描写了随着帝国的强大产生的新问题以及旧的顽固势力的反抗,公民会议的主权如何由于蛊惑家强行贯彻自己的意志而变成一种幻想,开始时公正而严明地处理公众事务的元老院如何由于旧的贵族寡头政治的兴起而由一个具有独立意志的机构变成获取私利的场所;展现了不顾国家利益的资本主义如何在政治投机中滥用自己的权力以及自由农民的流失如何导致全国灾难性的后果。蒙森还描写了执政官的频繁更换如何影响了对战争的统一稳定的指挥,从而导致军事战线的延长,而与此同时将军们却愈来愈独立;凯撒主义由于行政管理无法满足帝国的现实需要而在许多方面势在必行,这种极权主义在某种意义上比寡头政治对人的统治较为温和。在这位历史学家毫不妥协的目

---

① 兰克(1795—1886),德国历史学家,创立“兰克学派”。

② 麦考莱(1800—1859),英国历史学家,著有《英国史》。

光下，曾显赫一时的虚假繁荣像烟雾一样消失了，蒙森从这段历史中得出了自己的结论，像他所赞赏的凯撒一样，他也有一副现实需要的头脑，而想象的自由使他对这位高卢的征服者做出了高度评价。

一些评论家指出，蒙森虽然才华出众，但出于主观的激情，在叙述中有时却有失公正，特别是在涉及那些渴望自由的凯撒的反对派以及在困难时刻摇摆于两者之间的人时更是如此。这种指责在整体上也许并无不当之处，它针对的是蒙森对天才作用——即使他们往往与法律背道而驰——的赞扬以及他的下列观点：在历史上，大背叛的时代绝不容许三头政治；一位革命者应当是目光远大、值得钦佩的政治家。但是另一方面应当强调，蒙森从不美化残暴力量，相反却赞颂那些为了国家的崇高目的而献身的人。我们应当注意到他那坚定的信念："赞美已被罪恶的天才所败坏，被用来反对历史的神圣精神。"此外，人们指出，蒙森在这部著作中使用了一些与古代条件不甚协调的现代术语（如容克地主、罗马骑士、秘密社团、雇佣兵、将军、宪兵，等等），但是这种突出不同时代历史现象之间的相似之处的方法并非蒙森想象力的创造，而是他所借鉴的处理各历史时期相同点的一种方法。这部著作由于作者加进了许多叙述的成分而增添了清新的色彩。在这方面蒙森并不是一位历史唯物主义者，他高度评价古罗马历史学家波里皮乌斯①，却批评他忽视了人的伦理力量，遵循一种过于机械的"世界观"；关于 C. 格拉古②，那位充满激情的革命家，他有时赞扬他的胆略，有时则批评他的方法。他说，一个国家没有强有力的统治者只是建筑在沙滩上，被治理者是靠共同的道德观而凝聚在一起的，对他来说，健康的家庭生活是民族的核心。他猛烈地谴责罗马的奴隶制度，认为一个具有活力的国家的人民在道德力量的鼓舞下可以渡过灾难。当人们看到古代雅典的自由恰恰是从波斯人毁灭阿克罗波利斯的烈焰中诞生的，今天意大利的统一是从罗马人点燃的高卢战火中产生出来的时候，他们就会明白，蒙森的这些话包含着一个具有教育意义的真理。

蒙森以熟练、生动、博学，有时带些讽刺的笔触描写了罗马的内政和外交、宗教、文学、法律、财政和风俗民情，这种描写是宏伟壮丽的。没有哪位读者会忘记他对特拉西米诺湖、坎尼、阿勒里亚和法萨卢斯战役的描写。他对人物性格的刻画也是极其生动的，通过他精练而清晰的笔法，我们看到了"政治纵火犯"C. 格拉古、看到了"当疯狂变成权力，为了逃避领导责任而跳入深渊"的马略③的最后时刻。特别是苏拉④、蒙森心目中罗马历史中的理想人物伟大的尤利乌斯・凯撒⑤以及汉尼拔⑥、扎马战役的胜利者西比阿・阿非利加努斯⑦的形象给人以难忘的印象，他对他们无可比拟的描写已经成为经典。诸如此类栩栩如生的人物形象不胜枚举，这位大师用他的笔清晰地描绘了他们的生平事迹。

---

① 波里皮乌斯（约前 200—约前 118），古希腊历史学家，著有《通史》四十卷。

② C. 格拉古，指古罗马政治家格拉古兄弟。

③ 马略（前 157—前 86），古罗马统帅、政治家。

④ 苏拉（前 138—前 78），古罗马统帅，公元前八十八年当选为执政官。

⑤ 凯撒（约前 100—前 44），古罗马统帅，公元前五十九年当选为执政官。

⑥ 汉尼拔（前 247—前 183？），古代迦太基的军事统帅。

⑦ 西比阿・阿非利加努斯（前 236—前 184），古罗马统帅，于公元前二〇二年在扎马战役中大败汉尼拔军。

关于这些形象，历史学家特赖奇克①曾说，《罗马史》是十九世纪最伟大的历史著作，蒙森笔下的凯撒和汉尼拔将激起每一个年轻人，尤其是每一位年轻士兵的热情。

在蒙森身上我们看到了各种才华的聚合，他知识渊博，是一位头脑清醒的史料分析家，但他也会做出充满激情的判断。他既以细致的笔法和广博的学识叙述了政府的内部工作和复杂的经济事务，又极其精彩地描写了战斗场面和人物性格。也许他首先是一位艺术家，他的《罗马史》是一部伟大的艺术作品。作为文明的灿烂花朵，文学在诺贝尔的遗愿中占有最重要的位置，而蒙森在这方面无疑是具有代表性的。当他把《罗马史》的第一卷交付给出版商时，他写道："这项工作是艰辛的。"在他进行此项工作的五周年之际，他感叹学术海洋之浩瀚。但是，在他毕生的工作中，不论他付出了多么艰辛的劳动，他创造了一种可以与任何一部艺术作品相媲美的自然的形式。读者可以在其中放心大胆地遨游。这部伟大的著作无可辩驳地摆在我们面前。阿克顿勋爵②在剑桥大学的就职演说中称赞蒙森是当代最伟大的作家，从这个观点来看，蒙森被授予一项特别的文学大奖是当之无愧的。现在，《罗马史》的最新德文版本已经出版，全文没有任何改动。它带来一股清新的风，像一块纪念碑，虽然没有大理石的柔美，却闪烁着青铜般的光辉。大师的手笔，一位诗人的手笔到处可见。的确，蒙森在青年时代曾写过诗，一八四三年出版的《三友歌集》便是证明。他本来也许会成为文艺女神的宠儿，如果不是环境改变了他的命运的话。用他自己的话来说，"书本和散文/不能使每一个花蕾成长为一朵玫瑰"。历史学家蒙森是特奥多尔·施托姆的朋友，默里克③的崇拜者，早在青年时代便翻译过意大利诗人卡尔杜齐和吉亚科萨的作品。

艺术与科学常常有一种使从事它的人变得年轻的力量。蒙森作为学者和艺术家，八十五岁时在他的作品中仍然年轻。即使在一八九五年，年迈的他仍然对普鲁士科学院做出了极有价值的贡献。

诺贝尔文学奖的荣誉记述了一位青年人对文艺女神启示的聆听，蒙森虽然是一位老前辈，但他仍燃烧着青春的火焰，而人们在读他的《罗马史》时绝不可忘记，克莱奥④是文艺女神之一。这部纯粹的历史文献唤醒了我们青年时代的热情，给我们的思想倾注了力量，当我们年长时重新阅读它，仍然能够学到许多东西。而这便是与伟大的艺术结合起来的史学研究的力量之所在。

根据上述理由，我们今天通过艾里克·古斯塔夫·吉耶尔⑤向特奥多尔·蒙森表示敬意。

瑞典学院常务秘书 C. D. 威尔逊

章国锋 译

① 特赖奇克（1834—1896），德国历史学家和政论家。

② 阿克顿勋爵（1834—1902），英国历史学家。

③ 默里克（1804—1875），德国诗人。

④ 克莱奥（clio），希腊神话中九位缪斯女神之一，主管历史。

⑤ 艾里克·古斯塔夫·吉耶尔（1783—1847），瑞典诗人、历史学家、哲学家。

凯撒其人[①]

当一连串的重大胜利以帖普撒斯之战将决定世界未来之权交予盖阿斯·朱利阿斯·凯撒的时候,他行年五十六岁(他可能生于公元前一〇二年七月十二日);现在,他是罗马的新君主,也是整个希腊-罗马文明的第一个统治者。生命力受到如此彻底考验的,历史上少见;他乃是罗马的天才,也是古代世界最后一个成果;也正因此,古代世界遵循他设计的道路,直至日落西山。凯撒出身于拉提阿姆最古老的贵族家庭,其血缘可以上溯至伊利亚特时代的英雄;他幼年与青年的岁月像当时的贵族典型一般度过;他尝过了当时时尚生活的苦杯与甜汁,遭受过喝彩与诋毁,闲来无事也赋过新词,在种种女人的怀里打过滚,学过种种纨绔子弟梳理头发的花样,更精于永远借钱而永不还钱的妙法。

但这种韧钢的天性是连这类的放诞生活也不能损坏的;凯撒身体既未耗损,心灵的弹性也保持着良好的状态。在剑术与骑术上,他可以跟他最好的战士相比,而他的游泳术更在亚历山大利亚救了他的性命。他的行军速度之快——为了争取时间,常常夜间行动,这跟庞培游行式的缓慢正成对比——令当代人非常吃惊,而在他得以成功的因素中,这算不得是最小的。

他的心像他的身体一样灵活而强韧。他对一切事务的安排,包括有些他自己未能见到的处境,都既准确又落实。他的记忆力是无可匹比的,他又可以同时处理好几件事而能同样镇定。虽然他是绅士,是天才,是君主,但他仍然有人心。终其一生,他对他母亲奥莉丽亚都怀着最纯的敬爱(其父早逝)。对他的妻子们,尤其对女儿朱莉亚,他怀着令人生敬的挚爱,这种情感甚至对政治都不无影响。对他同代最有能力、最杰出的一些人,不论是地位高低,他都维持着温切而忠诚的关系,各随其类。对他的党徒,他从不会像庞培那样可以无情地弃置不顾。不论际遇好坏,对朋友都坚定不移,其中有一些,甚至在他死后仍然证言他们对他的深厚情感。

在这样一个和谐的性情中若说尚有某种成分特别突出,那便是他鄙弃一切理论和空想。凯撒当然是热情的人,因为没有热情便没有天才;但他的热情从没有强到他不能控制的程度。歌,爱情,酒,在他年轻的岁月曾经占据他的心灵,但这些没有穿入他性格的核心。有很长一段时期他热切地投身于文学,但他又和亚历山大不同;亚历山大因想到荷马笔下的阿契里斯而夜不成眠,凯撒无眠的时辰则用于玩味拉丁文的名词与动词。他像当时的每个人一样写诗,但他的诗不佳。另一方面,他却感兴趣于天文与自然科学。酒是亚历山大终身不能摆脱的毁灭者,但那有节制的罗马人却在狂欢的年轻岁月过去之后就完全避开了它。

---

① 节选自《罗马史》,标题为编者所加。

像所有年轻时感受过女人之爱炫目灿烂的人一样，爱情的晕光一直在他周围摇曳。即使在他四五十岁以后，他仍有过若干恋情，仍然保持着若干浮华的外观——或正确些说，他的男性美的一种讨人喜欢的意识。他非常在乎他的秃头，在公共场合出现时，小心地用桂冠掩遮；如果青春的发卷可以用胜利换取，无疑他会用他的若干胜利交换。但他同女子的交往无论给他何等甜美的感觉，他都不允许她们有左右他的影响。即使他与克莉奥佩特拉甚遭指责的关系，也不过是为了掩藏政治上的一个弱点。

凯撒是一个彻底的现实主义者，一个通情达理的人；不论他做什么，都充盈了他的明智，也被他具有的明智所引导；而这种明智则正是他的天才中最明显的特点。就是由于这个特点，他热烈地生活于此时此刻，不被回忆与期望所扰；就是由于这个特点，任何时刻他都可以以全副活力投入行动，可以将他的天才投注于最细小的工作；就是由于这个特点，他具有那多方面的能力，使他能够领会人的领会力所能领会的，掌握意志所能掌握的；就是由于这个特点，他才有那种镇定从容，用这种从容，他口述他的著作，计划他的战役；就是由于这个特点，他才有那“惊人的明静”，不论顺逆；就是由于这个特点，他才有那完全的独立，不受宠臣、情人甚至朋友的影响。

由于这种明澈的判断，对于命运与人力，凯撒从未产生过幻象，朋友工作的失当，他也可看得清清楚楚；他的计划都制订得明确，一切的可能性都经考虑，但他却从未忘记谋事在人，成事在天。有时他会玩起那种冒险的游戏，理由在此，他曾再三冒性命之险，而漠然于生死。正如最明智的人会做最任性的事一样，凯撒的理性主义有某些地方跟神秘主义相通。

这些禀赋必然会缔造出政治家。因此，凯撒从早年开始从最真实的意义上而言就是政治家，怀抱着人所能怀抱的最高目标——使自己那深深腐败了的国家，以及跟他自己的国家相关的那更为腐败的希腊民族，在政治上、军事上与道德上获得新生。三十年战争的艰苦经验使他对于手段的看法有所改变，但在目的上，却不论处于无望时候，或权力无限之际，都未曾稍变，作为煽动家、阴谋家时如此，走在黑暗小径时如此，在联合执政时以及君主专制时，仍然如此。

凯撒所推动的长期计划，即使在极为不同的时期零碎实施的，都是他那伟大建筑的一部分。他没有什么单项的成就，因为他的成就没有单项的。作为一个作者，他文体的单纯优美是无法模仿的；作为一个将军，他不把常规与传统放在眼里，他总是以他特殊的鉴别力鉴别出得以征服敌人的方法，而此方法因此是正确的；他能够以先知的确定性找到每件事情达到目的的正确方法；在战败之后，他仍像奥伦治的威廉屹立不动，而不变地以胜利结束战役；他以无可匹比的完美迅速调动大军——正是这个因素使军事天才有别于普通能力——而他的胜利不是来自军队的庞大，而是来自行动的神速；不是来自长久的准备，而是来自快速与大胆的行动，即使在配备不足的情况下亦然。

但就凯撒而言，所有这些都仅属次要。无疑他是个大演说家、大作家、大将军，但他之所以如此，只因为他是绝顶的政治家。他的军人身份完全是附属的，而他跟亚历山大、汉尼拔和拿破仑的主要不同，便在于他不是以军人，而是以政治家作为他事业的开始。起初他本想像培利克利斯和盖阿斯·葛拉丘一样，不用武力而达目的，十八年的时间，他身为人民派的领袖，都限制自己只用政治计划与谋略。可是在四十岁的时候，他很不情愿地承认，军事的支持是必需的，于是他成为军队的首领。

因此，此后他主要仍是政治家而非军人，也是自然之事；这一点，克伦威尔有些与之相近，后者由反对派领袖变为军事首领与民主王；一般说来，这个清教徒虽然跟那放荡的罗马人极少相似之处，但在其发展过程、其目标、其成就上来说，却是近代政治家中与凯撒最为接近的。即使在凯撒的战争中，这种即兴式的将军作风也是明显的。正如拿破仑的埃及与英格兰战争展示着炮兵中尉的气质，凯撒的战争则展示着煽动家的特点。有好几次——最显然的是艾庇拉斯的登陆——凯撒都疏于军事的考虑，而一个彻底的将军本是不应有这种疏忽的。因此，他的几次行动从军事观点而言当受责备；但将军所失者，却由政治家获得。

政治家的任务正像凯撒的天才一样广泛。他从事种种事务，但没有一样不跟他那伟大的目标合为一体的；这个目标他始终坚守如一，而从未对这伟大行动的任何一面有所偏废。他是一个战术大师，但他却竭尽一切力量以阻止内战，当他无法阻止时，则尽量避免流血。虽然他是军事君主国的创建者，他却有效地阻止了元帅的继承体制或军事政府。若说他对国家的服务业有任何偏好，那是科学与和平的艺术，而非有助于战争者。

作为政治家，他行动最特殊的一点是他完美的和谐。事实上，政治家(这人类行为中最困难的一种)的一切条件都结合于凯撒一身。对他来说，除了生活于现实，并合于理性法则以外，在政治上没有有价值之物——正如在文法上他不顾及历史的与考据的研究，除了活生生的用语及对称律之外，他不把任何其他要求放在眼中。他是天生的统治者，他统治人心，像风驱使云彩一样，他可以驱使种种不同的人为他服务——一般的公民，粗率的下级军官，温柔的罗马主妇，埃及与毛里塔尼亚的美丽公主，意气风发的骑兵军官与锱铢必较的银行家。

他的组织才能十分惊人。没有一个政治家、一个将军像他这样，把如此纷纭、如此本不相容的分子聚合在一起，成为盟邦，成为军队，并这般牢固地结合在一起。没有一个摄政者像他这样，对他的追随者作如此明确的判断，并各自给予适得其所的职位。

他是一个君主，但从没有装作国王。即使当他身为罗马绝对主人的时期，他的举止也只不过如党派领袖，圆通平易，和蔼近人，除了在同侪中居于首位外，似乎没有其他愿望。许多人都曾把军事指挥官的调调带到政治上，凯撒却从未犯过这样的错误。不论他同元老院的关系变得何等不如意，他从没有蛮横逞凶过。凯撒是君主，却从未被暴君的眩晕攫住。在世界的伟人中，他或许是唯一一个在大事小事上从不以冲动与任性行事的人；他总是依照他身为统治者的义务而行事，回顾一生事迹，他固然可因一些错误的判断而悲伤，却从未因冲动而失足。凯撒一生从未做过那近乎精神错乱下所行的过度之事，如亚历山大杀克里塔斯，焚毁波斯波利斯之举。

总而言之，他可能是伟人中唯一一个自始至终都保持着政治家的特殊分辨力，分辨出何者是可能，何者是不可能，在成功的极峰上，仍能识别出这成功的自然界限的人。凡是可能的，他便去做，决不为虽然最好却不可能的事而忽视次好而可能的事。凡不可救药的恶事，他从不拒绝提供减轻之法。当他识别出命运在说话时，他又总是服从。亚历山大在海法西斯、拿破仑在莫斯科的撤退，都是不得不退，他们愤怒于命运，因命运对其宠儿只给予有限的成功；但凯撒在泰晤士河与莱茵河却自动撤退，甚至在多瑙河与幼发拉底河，他想做的并不是征服世界，而只是可行的边界整顿。

这便是这个出众的人，这样容易又这样难于形容的人。他整个天性明澈，而关于他的传说多过古代任何类似人物。我们对这样一个人物的看法固然可有深浅之别，但不可能有真正的不同。无论有无识人能力的人都会感到这个伟大的人物展示着一种特质，但这种特质却又没有一个人能在生活中展现。其秘密在于它的完美。不论就一个人或历史人物而言，凯撒都是许多相对的特质汇合而又得以平衡的人物。他具有巨大的创造力，同时又有至为透彻的判断力；不再年轻，但又尚未年老；有至高的意志力，又有至高的执行能力；充满了共和的理想，同时又是天生的王者；在天性的至深处就是罗马人，但在他自身之内以及外在的世界中又应合时代的潮流而将罗马与希腊文化融合为一——凯撒是个完美的人。

也因此，他缺少任何其他历史人物所具有的所谓特点，而特点事实上则是人的自然发展之离差。初看之下的凯撒特点，细察之下不是他个人的，而是他那个时代的。譬如，他年轻时的浪漫行为，乃是他那个时代地位相似而较有禀赋的人所共有的行为；他的缺乏诗才而具有强烈的推理能力，也是罗马人的通性。凯撒另一个人性的地方是他完全被时地的考虑所控制，因为人性没有抽象的，而活着的人必得在某一民族性及文化中占据一个位置。凯撒之所以为完人，正因为他比任何人都更把自己置于时间之流中，也因为他比任何人更是罗马民族诸基本特性的缩影——作为一个公民，非常讲求实际。他的希腊文化教养乃是早就跟意大利民族性融合为一的希腊文化教养。

要把凯撒活生生地描绘出来，困难或许正在这里。除了至高的美以外，画家可以画出任何东西。史学家也是一样，当他在千年之中遇见了一个完人之际，他只能沉默。因为"正常"固然可以描绘，却只能述作没有缺点。大自然的秘密——将正常与个性结合于至为完美的作品中——乃是无法表述的。我们只能说，亲见这种完人的，是有幸者，因为从中可以见出自然的伟大。

不错，这跟时间也有关系。这位罗马英雄站在年轻的希腊英雄亚历山大一旁，不是平等，而是高于，但同时，世界却已衰老。凯撒的路途已不再是向无限遥远的目标前进的欢欣过程。他的世界是建立在废墟上的，用的是废墟的材料，他满足于历史为他所设的丰富而又有限的界限，尽量安全地在此范围站稳脚跟。因此，后代的梦想者越过了那没有诗意的罗马英雄，而将诗的金光与传说的彩虹佩在亚历山大身上。但两千年来列国的政治生活却莫不追踪凯撒所画下的路线；许多民族仍以凯撒之名称他们的最高君王，乃是深具意义而又当深以为耻的事。

孟祥森　译

1903

获奖作家

比昂松

传略

“是的，我们热爱这片土地……”每当挪威人民唱起他们的这首国歌时，他们就会想起歌词的作者——挪威人民的儿子、一九〇三年诺贝尔文学奖获得者比昂斯藤·比昂松。瑞典学院在授奖评语中，称赞他“以诗人鲜活的灵感和难得的赤子之心，把作品写得雍容、华丽而又缤纷”。

比昂斯藤·比昂松（Bjørnstjerne Bjørnson，1832—1910），挪威小说家、诗人、社会活动家，一八三二年十二月八日生于挪威克维内一个乡村牧师的家庭。比昂松六岁时，因父亲调动职务，全家迁至南方罗姆斯达尔的纳斯塞特。在这风景优美的乡村，他生活在农民中间，和他们一起度过了自己的童年，培养了热爱家乡的山水风光和淳朴勤劳的农民的感情，这为他一生热爱祖国大地，发扬民族文化的思想和追求打下了坚实的基础。

一八五〇年春天，比昂松前往首都克里斯丁亚那（今奥斯陆）进海德堡预科学校学习，就在这所学校里，他结识了日后成为挪威文坛主将的诗人温尼耶、戏剧家易卜生和小说家约纳斯·李。比昂松成了这被人称为十九世纪挪威“文坛四杰”的领袖。一八五二年，他考入皇家弗里克大学，可是没等完成学业，他就决定辍学寻找工作。一八五五年，比昂松进克里斯丁亚那《每日晨报》工作，任文学戏剧评论员，以后还曾担任过《晚报》助理编辑和《诺斯克福报》编辑。一八五七年，比昂松接替易卜生任卑尔根国家剧院编导。一八六五年后任克里斯丁亚那剧院导演。在此期间，他不仅在各报刊上撰文大力宣传民族独立、发扬民族文化、摆脱异国影响的思想和主张，还积极投身于争取民族独立的斗争，反对瑞典对挪威的政治控制和反对丹麦对挪威的文化控制，成为当时一个颇有号召力的政治活动家。他为挪威取得外交权，为挪威的完全独立以及为挪威民族文化、文学、语言、戏剧的振兴和发展，做出了重大贡献。

比昂松早在学生时代就开始写作，他的写作范围极广，有诗歌、小说、戏剧、文艺随笔和政治论文。他的诗主要通过反映家乡的自然美景和风土人情来抒发自己的理想和追求，小说则着重反映历史事件和社会现实。他的诗大部分收在诗歌集《诗与歌》中，挪威国歌《是的，我们热爱这片土地》的歌词即为其中之一。早期小说有《阳光之山》(1857)、《阿恩尼》(1858)、《快乐的男孩》(1860)、《渔家女》(1868)、《婚礼进行曲》(1872)等。后期的小说主要有长篇小说《飘扬在城市和港口的旗帜》(1884)、《上帝之道》(1889)、《玛丽》(1906)和《新短篇集》(1894)。

比昂松在戏剧创作方面也取得了很大成就。他的早期作品主要是继承民间创作传统、以中世纪传说为素材的历史剧，如《战役之间》(1857)、《西格尔特恶王》(1862)、《苏格兰女王斯图亚特》(1864)，这些作品和易卜生的早期历史剧一样，曾轰动一时。

十九世纪七十年代初，在布兰代斯激进思想的影响下，比昂松参加了一系列的政治活动和文学论战。随后他又周游各国，进行考察。在国外期间，他创作了一系列反映现实生活的社会剧，其中有《主编》(1874)、《破产》(1874)、《国王》(1877)、《廖纳达》(1879)、《新制度》(1879)等。八十年代比昂松连续创作了著名剧本《挑战的手套》(1883)和《超越人力》上卷(1883)。九十年代以后，比昂松又写了《超越人力》下卷(1895)、《郎格与帕司堡》(1898)、《工作》(1901)、《斯托霍沃》(1902)、《达格朗奈》(1904)、《当葡萄开花时》(1909)等剧本。他的戏剧创作不仅为振兴挪威的民族戏剧做出了贡献，在发展欧洲的现实主义戏剧方面也起了很大的作用。

一九〇九年六月，比昂松因中风导致一只手臂瘫痪，被送往拉尔维克就医，八月回家，不久病情加剧，改送巴黎治疗，但仍无起色，最终于一九一〇年四月二十六日在巴黎去世。

授奖词

今年的诺贝尔文学奖又有数位候选人等着瑞典学院来评定，其中有些作家在欧洲是颇有名气的，然而，学院首先挑选的是比昂松先生。我很高兴，今天这位伟大的作家能够光临这次颁奖仪式。按照惯例，我先客观地说明一下学院为他颁奖的原因，然后，再谈谈我个人的感想。

在瑞典知识阶层中，比昂松这一名字人人皆知，他的为人和作品我不用再特别宣讲，因此，接下来的讲评我将尽量简短。

比昂松诞生于挪威北部的克维内，从小和当牧师的父亲住在一起，听惯了峡谷里淙淙的流水声。在他孩提时代的后期，父亲调职，他也随着移居到罗姆斯达尔山谷的纳斯塞特。此地位于兰格岳德、爱德斯瓦哥和爱利斯岳德的通道上。这片田野在两个峡湾之中，山清水秀。在那里，他和同胞们交往，不知不觉地爱上了纯朴的农村生活。闲暇时，他喜欢到各处欣赏日落，喜欢向农民学习干农活。十一岁时，他在莫尔德上学，学习成绩并不出众；当然，用这点衡量一位伟大的作家是不公平的。当时，他已经对斯特尔森①、阿斯班尔生②、欧林斯拉哥③和司各特的小说着了迷。十七岁时，他去奥斯陆参加大学入学考试，连考了三年，才被录取。

比昂松本人说，他是一八五六年参加第一届阿普撒拉学生会议后才开始从事写作的。最初，他用精彩的文笔描写落日中的利达尔霍姆教堂和夏天的斯德哥尔摩城。后来，他用两个星期的时间完成了《战役之间》（1857），接着又创作了很多作品，其中以《阳光之山》（1857）最令人称赞。从此之后，他的作品源源不断地问世，名声传遍海内外。

比昂松不但擅长戏剧和史诗，也擅长抒情作品。《阿恩尼》（1858）和《快乐的男孩》（1860）一出版，他便立刻成为当代写实文学大师。在这些作品中，人物以中世纪冒险英雄的形象出现，他把农民看成北欧中世纪型的英雄的确是有理由的。

一八六一年和一八六二年，比昂松出版了历史剧《斯威尔国王》和《西格尔特恶王》。写到后一部时，由于他对神灵奥希尔德的信仰，全剧气氛变得明朗起来，救星芬尼皮德出现在北方的曙光中。《苏格兰女王斯图亚特》（1864）和后来发表的反映当代生活的剧本《主编》（1874）、《破产》（1874）都受到好评。

在剧本《郎格与帕司堡》（1898）中，作者描述了一种枯燥的爱情；《工作》（1901）则歌颂了生活道德，反对性欲放纵。剧本《斯托霍沃》（1902）表达了对一位成年累月含辛茹苦地操持家务的妇女的敬意。从这些作品的主题来看，作者有一颗难能可贵的热诚之心，他的人生观是积极上进的。更令人钦佩的是他一直坚持自己的这种观点，不向七情六欲妥协。

如果遵循某些人的建议，把诺贝尔文学奖发给有成就的青年作家以示鼓励，那么今年瑞典学院的决定是符合这一建议的。我们把文学奖颁发给这位七十一岁仍不懈创作的文学巨匠，正是为了鼓励他的那种年轻人的活力精神，直到去年他还写了《斯托霍沃》这样好的作品。

比昂松先生的抒情诗清新纯真，是取之不尽、用之不竭的灵感宝藏。很多音乐家读到他那优美的韵律后，都喜欢把他的诗篇谱写成歌曲。没有任何一个国家的国歌像他为挪威作的国歌《是的，我们热爱这片土地》那么动人。你听到《阿尔恩里奥·吉尔兰》这样的歌声时，会感到它像浪潮一样汹涌澎湃。当你站在挪威海岸上，想起这位民族诗人，想起自己的前途，心里一定会情不自禁地响起他那首《月光曲》的旋律。

比昂松先生，您有着最纯洁高贵的精神，即使在一八八三年推出的《挑战的手套》中，也对人们有着同样的期望，这种精神正是当前一般文学作品最缺乏的，您在写作方面的成就扎根在群众生活之中，融会于群众的生命之中，再加上您的道德意识和健康清新的思想，使作品非常崇高。因此，本学院决定把今年的诺贝尔文学奖授给您，以表示我们

---

① 斯特尔森（生卒年不详），挪威近代作家。
② 阿斯班尔生（1812—1885），挪威作家。
③ 欧林斯拉哥（1779—1850），丹麦浪漫主义诗人、剧作家。

对您的尊敬和钦佩。

现在,请国王陛下颁奖。

瑞典学院常务秘书 C.D. 威尔逊

常力 译

作品

危险的求婚

当爱丝罗成长为少女的时候,郝斯培家就不曾有过安静日子;说真的,天天晚上教区里的漂亮小伙子不是吵嘴,便是打架。最糟糕的是礼拜六晚上;因此,老头儿肯纳脱从来不敢脱去他的皮短裤睡觉,床边头也一直准备着一根桦木棍子。

“既然我有了标致的大闺女,我就一定要好好照顾她。”他说。

沙尔·拿赛脱不过是贫农的儿子;然而有人说,上郝斯培家去看大闺女的,就数他次数最多。老肯纳脱可不喜欢这种事,他还说这不是事实:“因为从不曾看见他来过。”但是人们都在暗中窃笑,认为如果老头儿不去跟那些在门外闹闹嚷嚷的人打架,只要到爱丝罗常去干活的秣棚里找一下,他准会发现沙尔在那儿。

春天来了,爱丝罗赶着牲口上山顶的小屋子里去了。于是,山下峡谷里的气候暖和起来了,高耸入云的山巅上却还是春寒料峭,牛颈上铃声叮当,牧羊人的狗儿狂吠,爱丝罗在山坡上唱着歌儿,吹着牛角,这时候,在山下草原上干活的小伙子心里都怪痒痒的。就在第一个星期六晚上,他们都奔上山去,一个快似一个。但是他们往山下滚得更快,因为山上站着一个人,守在屋子的门背后,他给每个爬上山去的人都那么一种热辣辣的款待,使他今后永远也不会忘掉随着款待而来的警告:

“下次再来吧,一定还有更多的奉敬。”

根据小伙子们的亲身体验,在他们教区里会使用那种拳法的只有一个人,那个人便是沙尔·拿赛脱。这一群富家子弟都感到难为情,因为他们这一伙儿居然统统给一个贫农的儿子赶走啦。

当这件事传到了老肯纳脱的耳朵里,他也那么想,而且还说,如果没有人对付得了沙尔,那么他和他的儿子们不妨去试一下。不错,肯纳脱老迈了,可是尽管他年近六旬,每逢这儿或那儿的宴会感到沉闷时,他就常常会和他的大儿子玩上一场角力比赛。

上小屋子去的路只有一条,那条路直通农舍的院子。第二个礼拜六晚上,沙尔上小屋子去,正当他蹑手蹑脚地溜进了院子将要走近谷仓的时候,一个人迎面对着他的胸口冲过来。

“你干吗找上我?”沙尔一面讲,一面便把袭击者打倒在地上。

“你马上就明白啦。”后面又上来的一个人说,同时一拳打在沙尔的后脑勺上。他是第一个袭击者的哥哥。

“还有第三个呢!”老肯纳脱说着便奔上前去加入战斗。

危险使沙尔更勇猛了。他像柳枝般的柔软,而且拳无虚发。他左闪右躲,人家的拳头打不到他,而他的拳头却总是出其不意地叫对方记记挨着。可是,最后他终于被打输了;不过,后来老肯纳脱说,他很少对付过比沙尔更强的敌手。战斗一直继续到他血流如注,于是郝斯培喊道:

“住手!”接着他说,“下星期六晚上如果你有办法通过郝斯培家的老狼和小狼,我就把姑娘给你。”

沙尔好不容易地拖着步子拐回家去;他一到家,就倒在床上。

在郝斯培家,大伙儿纷纷谈着那一回的恶斗,大家都说:

“他还能讨到什么便宜呢?”

只有一个人不那么讲,那就是爱丝罗。那个星期六晚上她等着沙尔,后来听到他和爸爸之间发生了那么一回事时,她就坐下来痛哭,还对自己说道:

“如果我得不到沙尔,那么我在这个世界上再也不会有快乐的日子了。”

整个星期天沙尔只能躺在床上;星期一还是不能动弹,他觉得仍旧没法起床。星期二到了,又是那么一个美丽的日子。晚上下了一场雨。山上湿漉漉的青翠如滴。绿叶的芳香从打开着的窗门中飘进来,山坡上传来了牛颈上的铃声,而且还听得到幽谷中有人在歌唱。如果不是因为妈妈坐在房间里,沙尔真会难受得哭出来了。

到了星期三,沙尔依然躺着;但是到了星期四,他开始怀疑自己能不能在星期六复原了;星期五他终于起床了。爱丝罗的父亲讲的话他记得清清楚楚:“下星期六如果你有办法通过郝斯培家的老狼和小狼,我就把姑娘给你。”他对着那边的小屋子望了又望。“我可再禁不起一顿好揍啦。”沙尔心中想着。

正像上面所说的,上郝斯培小屋子去的道路只有一条,不过聪明人也可以设法不通过正路而进入屋子。如果他不怕累,敢于偷渡山下的峡湾①,然后穿越那儿的一小块岬角,这样便能到达山的另外一面,他就可以打这儿爬上山去,不过都是连山羊也不敢走的峻岩陡壁——你知道,山羊是不大害怕爬山的。

星期六到来了,沙尔整天逗留在户外。阳光闪耀在一簇簇的树叶上面,他又不时听到山间传来迷人的歌声。黄昏近了,浓雾悄悄地罩上了山坡,他却依然坐在门外。他抬头望着那所小屋子,一切寂然无声。他又对郝斯培的农舍看了一会儿。于是他推出了他的小舟,绕着那个岬角摇起来了。

爱丝罗干完了一天的活儿,她端坐在自己的小屋子里。她想沙尔今天不会来了,可是会有更多的人代替他来。她接着解开了狗的锁链,但是并没有告诉谁她要上哪儿去。她坐在看得见下面山谷的地方;有一阵浓雾正在上升,而且她还有点儿小小感触,因为下面的一切都勾起了她的回忆。于是她站起身来,也并不打算要干些什么,无意间正好来到山巅的另一面,她就坐下去,呆呆地盯着那海面。在那一片遥远的景色里多么安谧啊!

---

① 峡湾,挪威海岸的断岩绝壁间,颇多这类峡湾,水势湍急,不易行舟。

当下她只想唱歌。她选了一支音调长的歌曲;歌声响遍了这静静的黑夜。她感到高兴,于是又唱一支。不过那时候她仿佛觉得有人在峡谷下面遥遥地答和她。“哎呀,那是什么声音呢?”爱丝罗思忖着。她走到悬崖的边上,双臂抱住一株挂在绝壁上空摇晃着的小桦树,低着头朝下面望去,可是看不见什么。岬湾又平静又安谧地躺在那儿,连飞鸟都没有一只掠过那晶莹的水面。爱丝罗坐下来又唱啦。她感觉到有人在用同样的调子答和她,而且比第一回的声音更近。“不管怎么说,一定有人在那面。”爱丝罗跳起身来,打悬崖边上探出身去,就在下面的岩脚下,她望见有一条船泊在那儿,只是在那么遥远的山脚下,望去只有一个贝壳那么一丁点儿大。她再朝靠近山脚的上面一层岩石看去,她的眼睛落到一顶红帽子上,在帽子下面她望见一个小伙子,正困难地爬上这个几乎是笔直的山坡。“哎呀,那到底是谁呢?”爱丝罗一面问着,一面便放开了桦树,跳回原处。

她不敢回答自己的问题,因为她很明白那个人是谁。她扑倒在草地上,两只手抓住了两把青草,好像是她自己一定不会放开手似的。然而青草给连根拔起来了。

她大声哭喊,求上帝帮助沙尔。但是她马上又觉得沙尔的这次举动实在叫上帝生气,所以不会有得救的希望。

“救他这么一次吧!”她哀求着。

她又把双臂抱住了那条狗,好像狗就是沙尔,她抱着它不放,只怕抓不住它。她和它一起在草地上打滚,几分钟的时间就像几个年头那么长。可是那条狗不久便挣脱了她的怀抱,“汪汪”,它一面对着绝壁的边缘狂吠,一面摇着尾巴。“汪汪”,它又对爱丝罗叫起来了,还用两只前脚扑在她的身上。“汪汪”,它又转过身去对着绝壁;一顶红帽子出现在崖头上了,接着沙尔便躺倒在爱丝罗的怀抱中。

老肯纳脱一听到这件事,他就讲了一句非常开明的话,因为他说的是:“这孩子有本领,姑娘应该是他的。”

云汀　译

1904

获奖作家之一

弗·米斯特拉尔

传略

仅仅过了一年,瑞典学院就改变了自己原来的主张:“两人同时获奖容易引起误会,且会影响各人声誉”,而把一九〇四年的诺贝尔文学奖同时授给两位老人:法国七十四岁的诗人弗雷德里克·米斯特拉尔和西班牙七十二岁的剧作家何塞·埃切加赖。

弗雷德里克·米斯特拉尔(Frédéric Mistral,1830—1914)是位用奥克语写作的法国诗人。一八三〇年九月八日出生于法国南方罗纳河口省的马雅纳,该地属古代的普罗旺斯地区。米斯特拉尔对普罗旺斯的文化传统和语言发生了浓厚的兴趣,决心以研究和复兴普罗旺斯文化作为自己终生奋斗的事业。

一八五一年,他在埃克斯大学法学院获得学士学位后,便不再继续学业,毅然放弃了成为律师的机会,决心从事诗歌创作和奥克语的研究。一八五二年,他尝试着创作出第一部长诗《普罗旺斯》。一八五四年五月二十九日,米斯特拉尔、鲁马尼尔和另外五位普罗旺斯诗人及研究者在阿维尼翁附近的丰塞格克堡集会,会上决定成立菲列布里热协会,作为研究和复兴普罗旺斯文化和语言的专门组织,后来他们又把研究范围扩大到整个法国南方,即奥克语地区。普罗旺斯方言作为中世纪行吟诗人的语言,曾一度是法国南方的文学语言,并为意大利和西班牙诗人所运用。为了复兴普罗旺斯的古老文化和语言,米斯特拉尔除了自己身体力行,完全用奥克语进行创作外,还大力推广普罗旺斯文化运动,创办杂志《普罗旺斯年鉴》,在各地建立了一些普罗旺斯语言文化中心,并且在广泛搜集资料的基础上,费时二十年,编纂了一部两卷本的《菲列布里热词库》(1878)。

一八五九年,米斯特拉尔在《普罗旺斯》的基础上重新创作的叙事长诗《米瑞伊》出版。《米瑞伊》是诗人以家乡为背景,根据地方传说创作的一部极其优美动人的叙事诗。它讲述一个富裕农场主的女儿米瑞伊疯狂地爱上了一个编柳筐的穷青年樊尚,但遭到她父母的横加阻挠,结果姑娘走上了朝圣者之路,以身殉情。全诗庄严、朴素,充满激情,它不仅叙述了一对年轻人生死不渝的爱情故事,以优美的文笔塑造了一个纯情少女的美丽形象,而且还有着丰富的文化、历史内涵。长诗以爱情故事为主线,串联了许多普罗旺斯的历史传说、民间故事,向人们展示了整个普罗旺斯地区的自然风光、风土人情、宗教习俗和农家生活。全诗还充满了富有生活气息的普罗旺斯方言和俚语。《米瑞伊》的出版,引起了轰动。诗人拉马丁①读后欢呼道:“一个伟大的诗人诞生了!”马拉美则致信米斯特拉尔:“你是银河中闪亮的钻石。”它被译成多种文字,并使米斯特拉尔赢得了声誉。法国作曲家古诺还把它改编成歌剧,搬上了舞台。

一八六七年,米斯特拉尔又发表了英雄史诗《卡朗达尔》,这是一部具有普罗旺斯中世纪传奇风格的叙事诗。一八七六年,他的抒情诗集《黄金群岛》出版,该诗集汇集了他早年创作的各种题材的抒情短诗。此后,他又陆续创作了以阿维尼翁中学时代生活为题材的叙事诗《奈尔特》(1884)、五幕诗体悲剧《让娜王后》(1890)和最后一部叙事长诗《罗纳河之歌》(1897)。

进入二十世纪后,米斯特拉尔又陆续出版了几部作品,其中主要的有回忆录《我的出身、回忆录和故事》(1906)和抒情诗集《油橄榄的收获》(1912)。

古老的普罗旺斯语言沉寂已久,由于米斯特拉尔的努力,它已恢复为活生生的文学语言,向世界放射出它的光辉。为了表彰他研究和复兴普罗旺斯文学和语言所做出的杰出贡献,法兰西学院曾四次向他颁奖,法兰西文学院还曾授予他荣誉十字勋章。一九〇四年,米斯特拉尔和西班牙剧作家何塞·埃切加赖同时获得诺贝尔文学奖,给他授奖的理由是“他的诗作新颖的独创性和真正的灵感,忠实地反映了自然景色及其人民的乡土感情;还由于他作为普罗旺斯语言学家的重大成就”。米斯特拉尔将这笔奖金全部用来发展他家乡的文化事业。

一九一四年三月二十五日,米斯特拉尔因病在家乡的住所去世,享年八十四岁。他去世后,还陆续出版了三卷包括短篇小说在内的文集:《年鉴散文》(1926)、《新年鉴散文》(1927)和《最后的年鉴散文》(1927)。

授奖词

有一种说法我们时有耳闻,诺贝尔文学奖乃是颁给那些正值盛年的作家的,因为此时正是他们创作的巅峰期,颁奖的目的在于为他们提供一种生活上的保障而使之免于物质上的匮乏,以确保他们拥有一个全然独立自主的环境。

但与此同时,诺贝尔基金会又规定必须具有重大价值,并且以丰厚的经验作为其扎实基础的作品才符合获奖条件。因此,在那些大器晚成的作家与年轻有为的天才之间进行选择时,一般是不会有任何犹豫的。评审委员会无权仅仅因为年迈的缘故就对一位在

① 拉马丁(1790—1869),法国浪漫主义诗人。

欧洲享有声望,而且仍然充满活力的作家视而不见。一位老作家的作品,通常被证实是有独特的青春活力的。瑞典学院已将诺贝尔文学奖颁给了蒙森(1902)和比昂松(1903),以表达对他们的敬意,虽然他们两人都已经过了全盛期。在今年的诺贝尔文学奖提名候选人当中,学院仍然注意到一些早已声望卓著的文坛宿将,希望能借此再一次对一位世界文学天才表示高度的尊重。

瑞典学院特别考虑了两位作家,这两位当中的每一位都完全有资格获得全额的奖金。两人不仅在诗艺上已臻于极境,而且在人生的旅途上亦是如此。他们一位七十四岁,另一位也仅年轻两岁,因此,学院认为不必再去花费时间争论他们之间价值的高低,因为他们的长处是可以等量齐观的。虽然学院只分别给他们颁发了一年奖金的半额,但如果有人觉得这份奖金的物质价值会削减两位桂冠诗人的荣誉的话,那么学院希望公开说明这一特殊情况,声明这两位获奖者中的任何一位都有资格独占此奖。

学院将其中的一份奖金颁发给诗人弗雷德里克·米斯特拉尔。在他清新的诗篇灵感中,这位值得尊敬的老人仍比我们这个时代的多数诗人更要来得年轻。他的主要诗作之一《罗纳河之歌》出版于一八九七年,而当普罗旺斯的诗人们于不久前(一九〇四年五月三十一日)庆祝他们建立普罗旺斯诗人协会五十周年时,米斯特拉尔吟诵了一首抒情诗,在神韵和活力上,丝毫不亚于他先前的作品。

米斯特拉尔生于一八三〇年九月八日。他的家乡——位于法国南部梅莱尼的马雅纳村坐落在阿威侬与亚耳斯之间,米斯特拉尔就生长在这一秀丽的环境和淳朴的乡民中间。他从小便十分熟悉当地农夫的田间活计。他父亲是个出色的农人,热爱自己的信仰与先人遗留的习俗。他的母亲以歌谣和本地的传统培育孩子的心灵。

当他在阿维尼翁皇家中学求学时,这个年轻人阅读了荷马与维吉尔的作品,这些作品给他留下了深刻的印象。他得到他的老师、诗人鲁马尼尔的鼓励,开始深深爱上自己的母语——普罗旺斯语。

遵照父亲的愿望,米斯特拉尔在埃克斯大学普罗旺斯学院取得了法学学位。从此以后,他有了自由选择职业的机会,便很快做出了决定。他热衷于写自己的诗,他用乡野的方言来描绘普罗旺斯的美,他是第一个把这种方言提升到文学层次的人。

他的首次尝试是一首关于乡村生活的长诗,后来收入名为《普罗旺斯》(1852)的诗集中。此后,他又花了整整七年时间专注于创作,写出了为他奠定世界性声誉的叙事长诗《米瑞伊》(1859)。

这首诗的情节其实很简单,一位美丽而迷人的农家姑娘,由于她父亲的坚决反对,不能嫁给她所深爱的贫穷的年轻人。绝望中她逃离了故乡,前往罗纳河三角洲卡玛格岛上供奉三圣玛利亚的教堂寻求慰藉。作者用迷人的手法描写了年轻人的爱情,用巨匠的手笔叙述米瑞伊如何通过科罗多平原,如何在酷热的卡玛格中暑,如何挣扎着来到圣龛所在的教堂并最终在那里死去。终于,三圣玛利亚在她临终的前一刻向她显了灵。

这部作品的价值并不在于它的主题,或是它的想象力,无论米瑞伊的姿态多么吸引人。作品的艺术魅力主要在于对故事情节的连接贯穿手法,和在我们眼前呈现的整个普罗旺斯的风光、记忆、古老的风俗以及居民的日常生活。米斯特拉尔说他只为牧人和庄稼汉歌唱,他用荷马式的单纯手法做到了这一点。他实在是伟大诗人荷马的私塾弟子,但又绝非奴婢式地模仿,有充分的证据可以显示他创造了自己独特的描写技巧,神话黄金时代的风格使他的描写显得生机勃勃。有谁能忘记他曾为罗纳河三角洲卡玛格地方的白马所作的画像呢?奔驰中,马的鬃毛在风中飘扬,它们似乎被海神的三叉戟驯服了,现在又从海神的马车中挣脱出来。如果你将它们从它们所喜爱的海滨草原迁往他处,它们最终仍将从那里逃逸,即使在经过多年的远离后,它们还会回到这片著名的草原来,重新倾听海涛的合奏,并用它们愉快的嘶鸣答谢致意。

这首诗韵律和谐而美妙,艺术性的组合十分成功。米斯特拉尔描写的源泉并非心理学,而是自然,这位诗人对待他自己纯洁得像自然的孩子,让其他所有的诗人也都来倾听这人类灵魂深处的呼喊吧!米瑞伊是一朵半开的玫瑰,在朝阳的辉映下永远闪烁光芒。这是一部具有独创精神的作品,也是一颗偶然性的果实,也就是说,它不纯然是辛勤工作能够产生的。

这首诗刚一发表便受到人们热烈的欢迎。它的美妙使拉马丁为之倾倒,他写道:“一位伟大的诗人诞生了!”他把米斯特拉尔的诗与爱琴海提洛斯岛上流浪诗人的作品相提并论:他离群索居,心中唯有对于普罗旺斯的甜蜜回忆。拉马丁还用维吉尔的话来比喻米斯特拉尔:“你是真正的马塞卢斯①!”

《米瑞伊》出版七年之后,米斯特拉尔又出版了一本同样分量的作品《卡朗达尔》(1867),虽然有人认为这本诗集的情节有欠真实,过分耽于幻想,但它在描述方面的魅力比起《米瑞伊》来是毫不逊色的。有谁会怀疑人在历经磨难之后而变得更加崇高的那种伟大理想呢?当《米瑞伊》颂扬了农民的生活时,《卡朗达尔》则描绘了一幅大海和丛林的画面,将水面上粼粼波光的动人景象展现无余,反映出渔民的真实生活。

米斯特拉尔不仅是一位叙事诗人,而且也是一位伟大的抒情诗人。他的诗集《黄金群岛》(1876)中包含有一些不朽的美妙诗章。掩卷冥思,阿科勒之鼓、垂死的割草人,以及落日余晖中卢曼尼的城堡所唤起的对游吟诗人时代的回忆,这些动人的景象实在令人难以忘怀。此外还有一些美丽而神秘的诗篇似乎只有在黄昏的微光下这一特殊时刻低声吟诵才是适合的。

米斯特拉尔在他的抒情诗中极力维护新普罗旺斯语独立存在的权利,同时坚决反击各种蔑视和侮辱。

《奈尔特》(1884)是一首短篇的叙事诗,读者可以从中寻觅到许多美丽篇章。但相较而言,长篇叙事诗《罗纳河之歌》(1897)则显得深刻得多,尽管这诗出自一位六十七岁高龄的诗人之手,读起来却仍使人感到它充满了勃勃生机。诗中描绘了罗纳河流经之地的许多动人而清新的景色。那位高傲又热忱的阿波罗船长,他认为一个人必须首先是水手然后才会懂得如何祈祷,这是个多么有趣的人物啊!还有船长的女儿安格拉,她的幻想与古老的传说融为一体,有一天晚上,她幻想自己在月光摇曳的罗纳河波影中与河神罗达邂逅,她仿佛真的触摸到了河神的身体,这使她深受感动。乍看起来,这些诗行也都

① 马塞卢斯(前42—前23),古罗马帝国皇帝屋大维的外甥,也是维吉尔《埃涅阿斯纪》中的人物。

像是在月光下闪烁并流淌。

简而言之,米斯特拉尔的作品犹如一座高大不朽的纪念碑,为他所钟爱的普罗旺斯赢得了光耀。

对米斯特拉尔来说,今年是值得庆贺的一年,因为五十年前在圣·埃斯德尔节那一天,他与六位文学界的友人共同创建了"普罗旺斯诗人协会"。他们的目标旨在净化、复兴普罗旺斯语。从圣雷米到亚耳斯都一直使用着这种语言,各地之间没有什么大的差别。现在,从奥兰奇到马策格,整个罗纳河流域,都将把这种语言当作一种新的文学语言,就像早期的佛罗伦萨方言被拿来当作意大利语的基础一样。正如有关专家加思顿·帕里斯①与考斯克维兹两人所言,这一复兴运动丝毫也不违反时代潮流,它并非在寻求古老的普罗旺斯的复苏,而是企图在人们通用的方言基础上创造一种为大众所掌握的国家语言。普罗旺斯诗人们的这种努力并未因为该运动的成功而有所松懈,米斯特拉尔花费了二十多个年头,披肝沥胆,耗尽心血,编纂出他那部伟大的《菲列布里热词库》(1878)。这部巨著不仅记录了普罗旺斯方言的宝藏,而且为奥克语建立起一座不朽的丰碑。

无须说明,像米斯特拉尔这样的人早已得到了各种荣誉。法兰西学院曾四次颁奖给他;由于他编纂了《普罗旺斯年鉴》,法兰西学院给他颁发了一万法郎的雷诺奖金。哈勒与波尼大学授予他荣誉博士学位;他的一些作品被译成多种文字;著名的法国作曲家古诺还将他的《米瑞伊》改编成歌剧,《卡朗达尔》也经马勒哈尔改编后搬上舞台。

米斯特拉尔曾赠给"普罗旺斯诗人协会"这样一句箴言:"太阳使我歌唱!"事实上,他的诗已把普罗旺斯的阳光播撒在许多国家,甚至在北方的国度中,给许多心灵带来了欢乐。

理想主义是阿尔弗雷德·诺贝尔对获奖作家的期望。米斯特拉尔的作品以其杰出的艺术理想主义,汇集健康与繁华于一身,为复兴与发展故乡的精神遗产,以及它的语言、它的文学而殚精竭虑,终生奉献而无悔——这样的诗人,恐怕世上并不多见吧!

瑞典学院常务秘书 C. D. 威尔逊

罗嘉 译

作品

米瑞伊(节选)

(美丽的普罗旺斯姑娘米瑞伊发疯地爱上了编柳筐的穷小子樊尚。这对热

① 加思顿·帕里斯(1839—1901),法国现代语言学家、法兰西学院院士。

恋的情人陶醉在爱的甜蜜里。这天,他们俩正坐在树上玩耍……)①

…………

突然,他们身下的树干
"咔嚓"一声折断!……
吓坏了的姑娘尖叫一声,急忙搂住
柳匠的脖子;他们紧抱着
猛地翻了个跟头,
就像一对孪生儿,
从折断的树上掉到柔软的黑麦草中……

啊,四面八方的来风,
你把树梢轻轻地摇动,
对着年轻的伴侣,且把欢快的呢喃
暂为减轻忍住!
狂风呀,吹得轻点!
给他们梦想的时间,
让他们至少能梦见幸福和甜蜜!

你呀,淙淙流淌的小溪,
慢慢地、慢慢地流!
请别在卵石间发出这么大的声响!
别这么大声,因为两颗灵魂,
已在同一道火光中飞远,
恰似那分出的蜂群……
让它们消逝在繁星满天的空中吧!

可是她,不一会后
就松开了拥抱的手……
她脸色苍白,胜过榅桲树的花儿。
接着,他们在斜坡上
紧挨着坐下,两双眼睛
对视了片刻,
这个时候,年轻的小伙子开了口:

---

① 选译自弗·米斯特拉尔的代表作叙事长诗《米瑞伊》,括号中的文字系译者所加。

“没摔疼吧,米瑞伊? ……
讨厌的小路,该死的树,
你这棵倒霉的树,准是星期五栽的,
让病魔把你击倒!
让蛀虫把你啮咬!
让主人把你厌恶!”
可米瑞伊,却在不停地哆嗦:

“我没摔疼,没有!
可我就像襁褓中的婴儿,
有时哭泣但并不知道是什么原因,
有些事折磨着我;
使我耳不聪目不明;
心在猛跳,头脑不清,
身上的热血呀怎么也不能平静。”

“也许,”柳匠说道,
“你是怕你母亲
责怪你采桑的时间花得太多?
我有时也这样,
为了寻找桑葚
深夜才归,衣破身脏……”
“哦! 不,是别的痛苦在烦扰我。”

“也许是一道阳光,”
樊尚说,“使你醉晕,
我知道博斯①的山里有位年老的妇人,
她在你的额上
放一杯满满的清水,
刹那间,迷人的光芒
从醉晕的头脑中喷射到玻璃上。”

“不,不!”科罗②的姑娘
回答说,“五月的阳光

① 博斯,地名。
② 科罗,地名,米瑞伊的家乡。

怎么能吓得倒科罗的少女
　　可瞒着你又有什么好处！
　　我的心再也藏它不住！
　　樊尚啊樊尚，你可愿知道
我爱上了你！……”小溪旁，草地上，

　　清新的空气
　　还有古老的柳林
都兴奋地啧啧赞叹！……
　　“公主啊！你人这么美丽，
　　舌头却很淘气。”
　　柳匠很是惊奇，
他忽地从地上跳起，这样叫喊！

　　“什么，你爱上了我？
　　米瑞伊，看在上帝的分儿上，
别拿我贫穷却幸福的一生开玩笑！
　　别让我相信这些事
　　它们一旦让我牢记，
　　就将成为我死的原因！
米瑞伊，请不要这样把我取笑！”

　　“假如我是在说谎，
　　就叫上帝不准我进天堂！
哦，相信吧，我爱你，这不会叫你受难，
　　樊尚！……可如果你
　　硬不要我做你的情人，
　　那将使我痛不欲生，
那将使我跪在你的脚边痛哭哀叹！”

　　“你没见你的拥抱
　　在我心中燃起了火焰？
因为，啊！如果你想知道，不怕把我，
　　背柳捆的穷小伙，
　　变成你嘲笑的对象，
　　那我也爱你，爱你，
我爱得发狂，恨不得一口把你吞没！”

……

米瑞伊听他讲着，
爱得心直跳……
可樊尚，搂住了她，发疯地搂住了她。
让她靠在强壮的胸前……
“米瑞伊！”突然，小路上传来
一个老妇人的声音，
“蚕宝宝中午是否什么都没吃？①”

凉爽清新的夜晚，
打闹的群雀
有时在欢快的树上发出巨大的声音。
可是，一个拾穗人，
伺机已久，如果他突然
扔过一块石头，
麻雀将惊恐地从四处逃入森林。

这对热恋的情人，
逃入草丛，手忙脚乱，
米瑞伊一字没说，飞快地向家跑去，
头上落满了桑叶……
樊尚，一动不动，
像在快乐的梦中，
他看着米瑞伊飞奔在远处的荒野。
…………

小跃　译

---

① 米瑞伊在家养蚕。

1904

获奖作家之二

何塞·埃切加赖

传略

何塞·埃切加赖·伊·埃萨吉雷(José Echegaray y Eizaguirre,1832—1916),西班牙著名剧作家和诗人。一九〇四年,“由于他大量出色的剧作,以其独特、新颖的风格,复兴了西班牙戏剧的伟大传统”,他和法国诗人弗雷德里克·米斯特拉尔分享了当年的诺贝尔文学奖。

何塞·埃切加赖一八三二年四月十九日生于西班牙首都马德里一个富裕的家庭,一八五四年毕业于马德里土木工程学院。早在成为戏剧家之前,他即以数学家、经济学家、政治家著称,曾担任过数学教授、政府发展部部长、财政部部长、商业与教育大臣、自然科学院和语言科学院院士,还发表过《大众科学》《现代物理理论》等论著。

何塞·埃切加赖早在少年时代就酷爱戏剧,一八七四年已经年届四十二岁的他突然宣布退出政界,弃政从文,决心做一名致力于舞台艺术创作的戏剧家,并于同年上演了他的第一个剧本《存根簿》,获得成功。在此后的岁月里,他辛勤埋头创作,每年以三四部的速度,写出了近一百部剧作,成为西班牙戏剧史上少有的多产剧作家之一。

他的早期剧本《复仇者之妻》(1874)和《在剑柄里》(1875)的公演受到了热烈的赞誉,被认为这预示着西班牙戏剧的黄金时代再一次到来。前者是何塞·埃切加赖的成名作,语言惊人,情节复杂;后者表现了西班牙传说中唐璜和儿子费南多因费南多和年轻女子劳拉的爱情而发生的矛盾冲突。

《是发疯还是圣举》(1877)和《伟大的牵线人》(1881)是何塞·埃切加赖的代表作。前者的主人公是一位正直、仗义的理想主义者,他为维护正义放弃个人的财富和前途而被认为是疯子。后者描写了一个幸福的家庭因流言蜚语而招致不幸,逼得两个年轻人走投无路而做出“越轨”行动。这两部剧作不仅展开了外部冲突,而且都描写了人物的内在心理冲突,作品在艺术上的重大成就,使何塞·埃切加赖驰誉世界文坛。

何塞·埃切加赖的后期作品,如《唐璜的儿子》(1892)、《玛丽亚娜》(1892)、《发疯的上帝》(1900),都是作者博采众长、形成自己独特风格的成熟佳作。

除此之外,他的重要剧作还有《在柱子和十字架上》(1878)、《在死神的怀抱里》(1879)、《庸俗中的高尚》(1888)、《总是那么可笑》(1890)、《被洗刷掉的污点》(1895)等。

何塞·埃切加赖的戏剧,内容丰富多彩,风格独特清新。他特别善于把握观众的心理,以华丽的台词、出奇的情节、强烈的冲突和紧张的气氛抓住观众,以扣人心弦的戏剧效果吸引观众。

一九一六年九月十六日,何塞·埃切加赖在马德里的寓所病逝,享年八十四岁。一九一七年,他生前写的自传出版。

授奖词

继光辉灿烂的古希腊戏剧之后,英国和西班牙成为发展民族戏剧艺术的主要场所。为了认识西班牙现代戏剧,必须充分了解促使西班牙戏剧发展到今天现状的历史条件。很久以来,西班牙戏剧向我们展示出极其鲜明的对比:一方面,具有最辉煌而丰富的想象力;另一方面,又显示出极为巧妙的、有时因袭传统的雄辩术。一方面,色彩极为强烈,光彩照人;另一方面,热衷于对修辞对仗的追求。铿锵的语言与错综复杂的情节相结合,戏剧的轰动效应和韵味十足的抒情相结合。强烈的不协调性,戏剧冲突的解决几乎总是以悲剧结尾告终。它的雄辩术气势磅礴,而内心表述极为丰富,严格而固执地维护荣誉的做法运用得恰到好处,并没有妨碍丰富的想象力突发地表达出来。在西班牙戏剧里,全无人工雕琢的痕迹,呈现的只是剧作家完美的独创性。

获得本年度诺贝尔文学奖一半奖金的作家是具有光荣而独特的西班牙戏剧传统的继承人。他是一个现代之子,具有完全独立的判断力,与卡尔德隆①时代的世界观截然不同。他热爱自由并多次挺身而出维护宽松的自由政策,他反对专制独裁或等级制度,然而从他身上仍能找到异乎寻常的勇气与自尊心——长期以来这是西班牙戏剧家共同具有的明显标志。这位作家的名字就叫何塞·埃切加赖。与他的西班牙戏剧家前辈一样,他善于表现存在于不同思想、性格间的极其感人的、有现实意义的思想冲突。同样,像他的先辈那样,他很喜欢研究良知上最复杂的状况。他谙熟悲剧的基本特征,是一位能引发观众恐怖和怜悯的真正的艺术大师。就像西班牙古代戏剧大师一样,他将最生动的想象力与最纯真的艺术情感进行了天衣无缝的结合。鉴于上述理由,借用一位对他并不十分欣赏的评论家的话,完全可以说何塞·埃切加赖是"货真价实的正统西班牙人"。不过,何塞·埃切加赖的宇宙观是广阔的,他的责任感是真诚的,他的基本意识观念是宽

① 卡尔德隆(1600—1681),西班牙诗人、剧作家。

恕仁慈的。他所保持的本民族特色的道德观也是具有世界性人道特点的。

何塞·埃切加赖一八三二年生于马德里，在木尔西亚度过了童年时代，他父亲当时在那里的学院负责希腊学研究工作。十四岁中学毕业后他进入公立工程学院，以孜孜不倦的好学态度和敏锐透彻的钻研能力闻名全校。五年后的一八五三年，他以最优异的成绩读完工程学专业。他最偏爱的学科是数学和力学，对这些学科有特殊的理解力，因此，一年后，他在不久前作为学生时常光顾的母校获得了一个教授的职位。似乎有好几年，他相当艰苦地为了生存而奋斗。为了维持最基本的生活，他不得不当家庭教师。尽管如此，他不久就成为很有知名度的教授，在纯数学和应用数学方面颇有建树，并且成了一名出类拔萃的工程师，同时，受到自由贸易理论影响又精力充沛地研究起政治经济学来。不久，这位大天才、活跃的工程师又被召去从事最高级和最伟大的工作。他三次担任国家政府的大臣。那些认识他的人，无论是他的对手还是他的朋友，都承认他在财政和公共工程的管理方面始终显示出独特的才干。

当这位发表过解析几何、物理和电学论文的学者把他充沛的精力用于戏剧创作时，在当时引起了人们普遍的震惊，我们很容易理解这一震惊的原因。有人认为，他的剧作具有解答方程和难题的形式。他新显示的才华被大批仰慕者热烈称颂，但也遭到评论界的无情抨击。不过，任何人都不能否认，他的作品以深刻的道德寓意而著称。从一个方面看，批评家认为，根据他的戏剧中一些外科医生的例子，表明他除了用“烧掉或切除掉”的方式外很少用别的方式，这种批评还是正确的。不过，在这位诗人的身上仍有些东西值得欣赏，他那种浪漫的发挥才能和朴素的刻板性格表明，任何对职责的损害都是犯罪行为。

蔑视瞬间即逝的时髦赞语，只聆听自己才华的灵感流露，何塞·埃切加赖继续他的光辉生涯，累累硕果使我们联想起洛贝·德·维加①和卡尔德隆。

早在青年时代，在公立工程学院上学期间，他就热衷于戏剧，攒钱买戏票。一八六五年，他写了一个叫《私生女》的剧本，随后在一八七四年又写了《支票簿》这部短剧，用的是假名而不是自己的真名。但是，没有花费过多的时间猜测就得到了答案：这位得到欢呼的剧作家是何塞·埃切加赖——当时的西班牙财政大臣。几个月后，《最后的一夜》公演，此后，他的丰富的幻想力就不停地生产永远新颖的作品。他以这种高效率的工作在一年中出版了三到四部剧本。由于时间关系，我们不能在这里对他所有的作品进行一次全面的回顾，仅对得到过普遍注意的几部戏做一个简要的提示就足够了。何塞·埃切加赖赢得第一次胜利是在一八七四年十一月《复仇者的妻子》上演时，这部戏揭示了他的真正天才，而且剧中虽然存在某些夸大之处，但人们能够欣赏到最伟大的美。观众能够想象他们已被带回西班牙戏剧的黄金时代，他们向何塞·埃切加赖致意，把他当作民族戏剧诗歌最光辉时代的复兴者。次年上演了《在剑柄里》，获得同样的成功。在这部宏伟的构思中显示出的壮丽影响力感动了众多观众，以至于演出中掌声不断，直到最后一幕，何塞·埃切加赖不得不登台谢幕七次接受观众的喝彩。不过，一八七八年《路标与

① 洛贝·德·维加(1562—1635)，西班牙剧作家。

十字架》的上演引起了巨大争议,诗人显示出自己是反对褊狭的自由思想维护者,是反对狂热的人道主义捍卫者。正如他自己承认的那样,一八八二年上演的《两种责任间的冲突》是他的代表作。几乎在他所有的戏剧中,处处可以找到责任间的冲突,但是,冲突达到像剧中这样的极端还是很少见的。另两部剧再次使他出名。这两部引人入胜、卓越杰出的剧本是《是发疯还是圣举》和《伟大的牵线人》,前者在一八七七年一月上演,后者在一八八一年三月上演。《是发疯还是圣举》具有非常丰富的思想和渊博的才华。剧中讲的是一个男人因为受正直心灵的感召而牺牲功名和财富,反被他的朋友和整个社会认为精神不正常,把他当疯子对待。洛伦索·德·阿文达尼奥出人意料但又不容置疑地听说,他的姓氏和财产从法律角度看不属于他,便决定放弃它们,他坚持自己的决定,但那份表明他不合法的确凿的证据却消失了。全家人把他的这种理想主义判断为疯狂,所有人都把洛伦索糟糕地当成一个头脑简单、顽固不化的堂吉诃德。这部剧的结构严谨完整,显示出它来自一位工程师之手,剧中涉及的所有因素都得到精确计算,而且也更深入一步地向我们展示了他是一位具有创作天赋的成熟诗人。不仅仅是一场外部冲突,剧本刻画了一个极其可悲的人物的内在冲突。它包含责任与机会间的斗争,洛伦索在良心的支配下达到了殉难的境界。从他的经历已经可以看出,真诚地服从于良知的他一定是习以为常地做好了一切准备,去接受殉道者的一切遭遇。

《伟大的牵线人》给观念留下的印象更加深刻。在它发表后的一个月内,连续再版不少于五次,并且引起全国的征订热潮,给作者增了光。由于以娴熟的技巧刻画了人物心理,这部作品具有持久的价值。它揭示了诽谤的威力。众人的流言蜚语玷污和损害了最清白无辜的品德。埃内斯托和特奥多拉之间没发生什么可以自责的事情,但是整个社会认为他们有罪,最后,被所有人唾弃,他们终于投入彼此的怀抱。作者以如此高明细致的观察力对剧中人进行了细致入微的心理分析,使那两位本来没有丝毫野心的高尚灵魂最后被迫毫无顾虑地坠入爱河。这只是由于看到自己处于被迫害境地,他们才发现了他们存在爱情这一事实。在这部剧中,诗意般的华美清晰可见,抒情般的细腻放射着炫目的光彩,结构完美无瑕,浪漫主义胜利了。

何塞·埃切加赖继续作为戏剧家工作着。今年(1904 年),他又出版了一个新剧本《疯女人》,它的第一幕是在情节的展示和独特性方面的一个真正的杰作,而且这部剧从整体上看并未显露他的诗意般的灵感在减弱。这部剧中出现在我们面前的堂·毛里西奥·德·巴尔加斯是一个特点鲜明的人物,他具有那种在何塞·埃切加赖眼中十分可贵的骑士风度,他为了责任可以牺牲自己的幸福。

因此,将诺贝尔文学奖颁发给这么一位伟大的诗人是正确的,他的著作充满向上的活力,而且看待事物的方式又与高尚的思想相连。一位杰出的德国评论家对何塞·埃切加赖的下述评论是极有道理的:“在任何情况下,他都严格要求自己完全合乎规定地完成自己的责任。”

何塞·埃切加赖曾通过《伟大的牵线人》中的一个人物之口表达了对世界最悲观的看法:

他的天才
谢世三百年后，
也许才会被发现和追认。

毫无疑问，这种事情可能会发生。正是为了防止人们普遍接受上述观点，我们必须对何塞·埃切加赖的剧作做出公正的鉴赏，而他的作品已经获得公众的宠爱。为了再度锦上添花，瑞典学院同意将诺贝尔文学奖授予著名诗人、西班牙科学院的光荣与骄傲——何塞·埃切加赖。

瑞典学院常务秘书 C. D. 威尔逊
罗嘉 译

作品

伟大的牵线人（节选）

主要人物：

特奥多拉　埃内斯托养母
堂·胡利安　埃内斯托养父
堂娜·梅塞德斯　胡利安弟媳
堂·塞维罗　胡利安弟弟
佩皮托　胡利安侄子
埃内斯托　诗人，胡利安养子

年　代：

一八××年

地　点：

马德里城

第三幕

场景与第一幕同。沙发被一把扶手椅代替。夜晚。桌上摆着一盏点燃的灯。

第九场

特奥多拉、埃内斯托和堂·塞维罗，随后堂·胡利安和堂娜·梅塞德斯出场。

胡利安　（在台内）让我出去！……

梅塞德斯 （同上）上帝！这不行！

胡利安 咱们走！是他们两个！……

特奥多拉 （对埃内斯托，拉着他往外走）您走吧！

塞维罗 （对埃内斯托）我要报仇！

埃内斯托 我不在乎。

（这时候堂·胡利安出场，他面色苍白，十分虚弱，气息奄奄。梅塞德斯一再阻拦他。他出现时，堂·塞维罗站在舞台前景处右侧，特奥多拉和埃内斯托两人站在舞台深处。）

胡利安 他们两个在一起！正要去哪里？

拦住他们！想躲开我吗，叛徒？

（想冲向他们两个，但力不从心，只好犹豫不定。）

塞维罗 （走过去搀扶他）别，别这样。

胡利安 他们俩骗了我！他们俩说了谎！

卑鄙的小人！

（在他诅咒的时候，塞维罗和梅塞德斯把他搀扶到右侧的扶手椅上。）

瞧！这两个人，在那儿！

她跟埃内斯托！

为何两人在一起？

特奥多拉
埃内斯托 （两个人分开）没什么！

胡利安 为何他们不过来？

特奥多拉！

特奥多拉 （伸出双臂，但没有靠近他）我的胡利安！

胡利安 到我怀里来！

（特奥多拉迅速投入堂·胡利安的怀抱，他使劲地搂着她。停顿片刻。）

你看见了！你看见了！

（对他弟弟）我知道他们俩欺骗了我！

我把她紧紧搂抱在怀里！

她罪有应得，我可以让她死！

看着她！看着她！我不能这样做！

特奥多拉 胡利安！

胡利安 （指着埃内斯托）那人呢？

埃内斯托 先生！……

胡利安 他是我曾经爱过的人！

喂！你过来！……

（埃内斯托走近堂·胡利安，后者用手拉住特奥多拉。）

我现在还是她的主人！

特奥多拉　我是你的人！我是你的……

胡利安　别装蒜！别再骗我！

梅塞德斯　（试图宽慰胡利安）看在上帝分儿上！

塞维罗　（同上）胡利安！

胡利安　（对他们两个人）安静点！别多说！

（对特奥多拉）你的心思我猜着了！

我知道你在爱着他！

（特奥多拉和埃内斯托试图辩解，但没有得到机会。）

马德里城在流传！

整个城市都知道！

埃内斯托　不是这样，父亲！

特奥多拉　不是这样！

胡利安　他们还想否认？还不承认？

事实俱在，毋庸抵赖！

而且是我亲眼所见。

灼人烈焰使我心明眼亮。

埃内斯托　您说的欺骗和背叛

都来自您

充满火气的臆断。

先生，请您听我说！

胡利安　还想再来欺骗我！

埃内斯托　（指着特奥多拉）她的确清白无辜！

胡利安　这我无法相信你！

埃内斯托　先生，我敢以父亲的名义起誓！

胡利安　你可别亵渎他的名声，

破坏我对他的好记忆！

埃内斯托　以我母亲临终之吻起誓！

胡利安　这吻早已被你抛弃。

埃内斯托　只要您同意，不管以什么名义。

喔！我的父亲！

我敢向您起誓！

胡利安　别来什么誓言，别再谎话连篇，

无须抗议和争辩……

埃内斯托　那好！您要什么？

特奥多拉　你要什么？

胡利安　事实真相！

埃内斯托　特奥多拉，他要什么？

他让我们做什么？

特奥多拉　我哪儿知道，怎么办？

埃内斯托，怎么办？

胡利安　（恶狠狠地瞪着他们两个，带着一种本能的不信任感。）

嗬！当着我面还要花招！

搞攻守同盟，真不要脸！

这些我已全看见。

埃内斯托　您气血攻心来臆断，

并非真实亲眼见！

胡利安　气血攻心这不假，

内心如同活火山，

遮目眼罩被烧掉，

最终识破你们俩。

为何你们相对视？

为何你们欺骗我？

埃内斯托，你来讲，

为何你目光如炬，

而非两眼泪汪汪？

过来，近点，再近点。

（强迫他走近，让他低下头，最后让他跪在脚下。这样堂·胡利安就在特奥多拉和埃内斯托之间。这时胡利安用手触摸跪在脚下的埃内斯托的眼睛。）

看到了吗？没有眼泪！双眼枯干！

埃内斯托　原谅我！原谅我！

胡利安　若想取得谅解，

只有坦白罪恶！

埃内斯托　没有犯罪！

胡利安　坦白！

埃内斯托　事实并非如此！

胡利安　当我的面

你们对视……

塞维罗　胡利安！

梅塞德斯　先生！

胡利安　（对特奥多拉和埃内斯托）

难道你们是做贼心虚？

不是情同手足姐弟爱？

那么对此你们来证实。

眼睛的瞳仁硕大明亮

是显示内心的窗口。

我能辨纯洁无瑕之光

或者夹带杂质的眼神,

如此靠近我能一眼望穿:

这对目光是纯洁如初

还是充满欲火在燃烧。

特奥多拉,你也过来,一定要……

嘿!过来,你们俩靠近些!

(他把特奥多拉拉倒在面前,使劲让他们两个靠近,逼迫两人对视。)

特奥多拉 (使劲挣开)啊!不行!

埃内斯托 (也想挣脱,但堂·胡利安紧抓他不放。)

不!我不能这样!

胡利安 你们在相爱!的确在相爱!

在此我看得很明白。

(对埃内斯托)我要结果你的性命!

埃内斯托 可以!

胡利安 给你放血!

埃内斯托 心甘情愿!

胡利安 (拉着埃内斯托让他下跪)别动!

特奥多拉 (阻止他)胡利安!

胡利安 你保护他?你向着他!……

特奥多拉 不是为了他!

塞维罗 为了上帝!

胡利安 (对塞维罗)别多嘴!

(把埃内斯托按在脚下)

不忠的朋友!……不肖之子!……

埃内斯托 父亲!

胡利安 (同上)忘恩负义的小人,背信弃义的叛徒!

埃内斯托 并非这样,父亲。

胡利安 我要在你脸上

用我的手掌——自制的钢印

盖上一个耻辱的印记!

(用了很大力气,在埃内斯托脸上打了一记耳光。)

埃内斯托 (大叫一声,站起来,手捂着脸跑向左侧)哎呀!

塞维罗 (手指着埃内斯托)罪有应得!

特奥多拉 上帝啊!(双手捂住脸,跌倒在右侧的椅子上。)

梅塞德斯 (好像在为胡利安的行为辩解。)

他在犯梦游症！

（上面四种喊声极其短促，发生在令人惊愕的刹那间。堂·胡利安一直站着注视埃内斯托和特奥多拉；塞维罗和梅塞德斯在劝阻他们。）

胡利安　这不是犯梦游症！是我的惩罚，上帝啊！

无情无义的人，你有何想法？

梅塞德斯　咱们走吧！走吧！

塞维罗　胡利安，走吧！……

胡利安　好，我就走！（由塞维罗和梅塞德斯搀扶着艰难地走向卧室，不时回头看特奥多拉和埃内斯托。）

梅塞德斯　快点，塞维罗！

胡利安　瞧他们俩，这对冤家！报仇了！

不是吗？不是吗？我看是。

塞维罗　看在上帝分儿上！

胡利安　看在上帝分儿上！……

（拥抱他）我只剩下你一个！

世上只有你爱我！

塞维罗　我，当然！没错！

胡利安　（继续走，接近房门停下，再次看埃内斯托和特奥多拉。）

她在为他落泪！

对我一眼不看！

我快死了！真的，快死了。

塞维罗　胡利安！

胡利安　停一下，等一等！

（在卧室门前停下）

永别了，埃内斯托！

我终于以牙还牙：

你让我名誉扫地，

我叫你无地自容。

（堂·胡利安、堂·塞维罗和梅塞德斯从中景处右侧下。）

第十场

特奥多拉和埃内斯托。埃内斯托倒在大椅子上，特奥多拉站在右侧。停顿。

埃内斯托　（旁白）老实忠诚有何用？

特奥多拉　清白无辜值几分？

埃内斯托　会让人们良知泯灭！

特奥多拉　上帝！请发发善心！

埃内斯托　可怕的灾星！

特奥多拉　悲惨的命运！

埃内斯托　可怜的女人！

特奥多拉　埃内斯托，

这个倒霉人！

（到此为止都是旁白。）

塞维罗　（在内台，以下都是惊恐不安的喊声。）

哥哥！

梅塞德斯　救命！

佩皮托　快，快！（埃内斯托和特奥多拉站起来，两人靠拢在一起。）

特奥多拉　痛苦的喊声！

埃内斯托　死亡的哀号！

特奥多拉　快快，咱们快去！

埃内斯托　到哪儿去？

特奥多拉　那里！

埃内斯托　（拦住她）我们不能这样。

特奥多拉　为何不能？

我愿他活！（十分焦急不安）

埃内斯托　（同上）我！

可我不能……（指着堂·胡利安的卧室）

特奥多拉　我能。（冲向卧室的门）

第十一场

特奥多拉、埃内斯托、堂·塞维罗和佩皮托。按下列顺序站立：埃内斯托站在台中央，特奥多拉站在堂·胡利安卧室门前。堂·塞维罗跟在佩皮托后面从胡利安卧室里出来。

佩皮托　你去哪儿？

特奥多拉　（绝望地）我想见见他！

佩皮托　这不可能！

塞维罗　不能让她进来！

不能让她待在我家！

快……把她赶出去！

（对他儿子）就在现在……别心软！

埃内斯托　他说什么？

特奥多拉　我快疯了！

塞维罗　孩子，尽管你妈妈

可能会前来阻拦，

你可得听我吩咐。

不管她恳请哀求！

要哭，让她哭！没关系！

（对他儿子）把她赶到远处去，

否则我就杀了她！

特奥多拉　家中主事是胡利安！

塞维罗　不错，是胡利安！

埃内斯托　您丈夫？他已不行了！

特奥多拉　我要见见他！

塞维罗　可以让你见一面，

然后立即离开家。

佩皮托　（好像要反对父亲的做法）爸爸！

塞维罗　（对佩皮托）你让开……

特奥多拉　我不相信！

佩皮托　这很可怕！

特奥多拉　你在骗人！

塞维罗　特奥多拉，你过来！快来看！

（抓住特奥多拉一条手臂，把她拖到堂·胡利安的卧室门口，撩开门帘，给她指着屋里。）

特奥多拉　他！……胡利安！……我的胡利安！……他死了！……

（极其悲痛地说着这些话，退了几步昏死在舞台中央。）

埃内斯托　（双手捂脸）父亲！

（暂停片刻。堂·塞维罗在一旁满怀敌意地看着他俩。）

塞维罗　把她赶出家门！

埃内斯托　（一步站到特奥多拉面前）太残忍！

佩皮托　（犹豫地）先生！

塞维罗　（对他儿子）还犹豫什么？

这是我的决定。

埃内斯托　发发善心！

塞维罗　不错，是发善心！

这是她发过的善心！（指着屋里）

埃内斯托　我的热血正在沸腾！

这里我实在难忍受！

塞维罗　请发作！

埃内斯托　我快憋死了！

塞维罗　生命真短促！

埃内斯托　最后求您一次！

塞维罗　（对他儿子）不行，叫人来。

埃内斯托　她真正清白无辜！

我对此指天发誓！

佩皮托　（好像代为求情）爸爸！

塞维罗　（对他儿子，轻蔑地指着埃内斯托）他在撒谎！

埃内斯托　您想推我进激流漩涡？

我不挣扎，随波逐流！

我无法预料她会怎么想，

（指着特奥多拉）她的双唇不会说话，

她的思想不再活动。

可是我已经想到的……

我要站出来说一说！

塞维罗　说也没用，你阻拦不住。

我自己亲自来做……

（打算靠近特奥多拉）

佩皮托　（制止他）爸爸！……

埃内斯托　别动！（暂停片刻）

谁也别想接近碰她，

她是我的心爱女人。

这正是人人希望的，

我接受你们的裁决。

裁决把她推向我怀抱：

来！特奥多拉！

（扶起特奥多拉，把她抱在自己手臂里。）

你不是想要赶她走吗？

我们服从您的决定。

塞维罗　原形终于暴露，无耻之极！

佩皮托　小人真卑鄙！

埃内斯托　所有的人

你们总是很有道理！我现在说实情！

你们希望我们热恋？那很好，激情万丈高！

你们愿意我们相爱？那很好，情爱深似海！

你们还想我们怎样？要更多，对此不反感！

你们随便发明创造！对这些，我全盘接纳！

你们四处传播宣讲！唾沫乱溅，口干舌燥！

让整个城市全知道，堂上一呼，阶下百诺！

假如有人向你们发问：
谁是这场丑戏的无耻伐柯人？
你们可以告诉他：
你自己，你从前没发现的
你周围的摇唇鼓舌人。
走吧！特奥多拉，
我母亲在天之灵
将在你纯真无邪的额头上
给予一记亲吻！
永别了！她已属于我！
从今往后，对于你们和我，
天公自会有明断的裁决！

（将特奥多拉抱在怀里，用挑战的眼神和动作看着在场的人。堂·塞维罗和佩皮托在前景处做出适当的反应。）

〔**幕落**〕

——剧终

沈石岩 译

1905
获奖作家
显克维奇

传略

一九〇五年，瑞典学院决定将诺贝尔文学奖授给深受外族侵略和欺凌的波兰人民的精神文化代表亨利克·显克维奇，表彰他“作为一个历史小说家的显著功绩和史诗般叙事风格取得的杰出艺术成就”。

亨利克·显克维奇（Henryk Sienkiewicz，1846—1916），波兰作家。一八四六年五月五日生于波德拉斯卡地区的一个小贵族家庭。后全家迁居华沙。

早在大学期间，显克维奇就已开始文学创作活动，曾改编过剧本《我们的亲友》。一八七二年，他以李特沃斯的笔名在《波兰报》等报刊上发表了一系列讽刺小品和政论文章，同年他还出版了自己的第一部中篇小说《徒然》，反映当时波兰大学生的学校生活和苦闷失望的心情。以后，显克维奇又陆续发表中短篇小说《沃尔齐沃皮包里的幽默作品》《两条路》《老仆》《牧歌》等，开始在文坛崭露头角。

一八七六年，显克维奇以《波兰报》特派记者身份取道法国赴美国旅行采访。他在加利福尼亚州生活了两年，游历了美国各地，并深入到社会各阶层进行了采访，两卷本的《旅美书简》即为这两年的采访通讯集。此后，他还发表了一系列脍炙人口的中短篇小说，如叙述波兰侨民在美国悲惨生活的《灯塔看守人》和《为了面包》，描绘美国印第安人遭受迫害和残杀的《酋长》《奥尔索》和《穿过草原》。此外，还有反映波兰农村生活的《炭笔素描》《音乐迷扬科》和《天使》，描写外国侵略者压迫波兰人民的《胜利者巴尔泰克》和《家庭教师的回忆》等，为发展波兰的现实主义文学做出了重大贡献。

一八七九年后，显克维奇又旅居意大利和法国，直到一八八二年才返回波兰，为《言论报》撰稿。在此期间，他曾发表剧本《一张纸牌》《谁之罪》和中篇小说《黄金国》等，但主要是为转向创作历史小说做准备。一八八三年至一八八八年，他陆续出版了反映十七世纪波兰人民抗击外族侵略的历史小说三部曲:《火与剑》(1884)、《洪流》(1886)和《伏沃迪约夫斯基先生》(1888)。《火与剑》描写了十七世纪时波兰政府为维护国家统一和反对外国干涉,进行的粉碎以赫梅尔尼茨基为首的哥萨克暴动的战斗。《洪流》展现的是波兰人民同仇敌忾打败瑞典侵略军的英勇精神。《伏沃迪约夫斯基先生》叙述的是抗击土耳其-鞑靼人入侵的故事。三部曲气势宏伟,情节曲折,想象丰富,文笔流畅,在读者中引起了巨大的反响。

继三部曲之后,显克维奇又陆续创作了两部著名的历史小说:《你往何处去》(1896)和《十字军骑士》(1900)。《你往何处去》被公认是显克维奇的顶峰之作,它使显克维奇获得了国际声誉。这部作品在短短几年的时间内,仅在英美两国就销售了大约两百万册,获得了罕有的成功。小说通过罗马青年将领维尼裘斯和基督徒少女莉吉亚曲折动人的爱情故事,反映了罗马帝国暴君尼禄荒淫骄奢的生活、惨无人道的暴政以及对早期基督徒的无情迫害,同时描写了尼禄焚烧罗马直至最后灭亡的历史。作者试图以早期基督教运动的悲壮斗争来启示人们,人性必将战胜“兽性”,仁爱定能制服暴政,人类的进步理想和坚定信念定能取得最后胜利。《十字军骑士》再现了十五世纪初波兰和立陶宛人民英勇抗击十字军骑士团入侵的斗争。彼时波兰已被沙俄、普鲁士和奥匈帝国瓜分,这部小说以其重大的现实意义激励人民起来抗击外族侵略,恢复独立。

除历史小说外,在十九世纪九十年代显克维奇还写过两部反映现实社会生活的长篇小说《毫无准则》(1891)和《波瓦涅茨基一家》(1895)。显克维奇后期的作品还有长篇历史小说《在光荣的战场上》(1905)、长篇现实小说《漩涡》(1909)、长篇儿童历险小说《在荒原和沙漠中》(1910)。

第一次世界大战爆发后,显克维奇移居瑞士的佛维,在那里成立了波兰战争牺牲者救济委员会,并任该组织主席,救济在大战中受害的战士和平民,为波兰民族做出了自己最后的贡献。他的最后一部小说《军团》,写的是十九世纪初东布罗夫斯基领导的波兰军团进行民族解放斗争的故事,但未及完稿他便于一九一六年十一月十五日在瑞士佛维病逝,享年七十岁。一九二四年,显克维奇的灵柩从瑞士运回波兰,安葬在华沙的圣约翰大教堂。

授奖词

不论哪个民族,只要它的文学丰富多彩、广博浩瀚,这个民族的生存就有了保证,因为文明的花朵是不可能开放在不毛之地上的。但是,每个民族都拥有几个稀世的天才,他们身上集中体现了民族精神;在世人面前,他们便代表了民族的性格。他们虽然珍视那个民族的历史回忆,但那只是为了加强民族对于未来的希望。他们的灵感深深地植根于过去之中,恰似立陶宛沙漠里巴布里斯的橡树,而它的枝条却在当代的风里晃动着。瑞典学院把今年的诺贝尔文学奖授给了这样一位代表了整个民族文学和精神文化的人物,他就在这里,他的名字是亨利克·显克维奇。

他出生于一八四六年。他青年时代的作品《炭笔素描》(1877),对社会上被压迫和遭遗弃的人们表达了诚挚而深切的同情。他的其他早期作品给人特别深刻印象的是《音乐迷扬科》(1879)的感人故事和《灯塔看守人》(1882)的出色肖像画。中篇小说《鞑靼的奴役》(1880)是亨利克·显克维奇在历史小说上初显身手的尝试,直到他的著名三部曲出版后,才充分展现了他在历史小说创作上的才华。三部曲中的《火与剑》出版于一八八四年,《洪流》出版于一八八六年,最后一部《伏沃迪约夫斯基先生》则出版于一八八八年。第一部写的是一六四八年至一六四九年哥萨克在鞑靼人的支持下发起的暴乱;第二部写的是波兰人反抗卡尔·古斯塔夫的战争;第三部写的是反抗土耳其人的战争,描写了卡密尼茨城堡的英勇保卫战及其最终陷落的经过。《火与剑》里的高潮是斯巴拉兹之围,以及固执的雅里梅·维什涅维茨基的内心斗争,这位无疑是最有实力的将军内心一直纠结于自己是否有权夺取最高指挥权。斗争的结果是:这位英雄的良心终于战胜了他的野心。我们在此顺便提一下,作者在三部曲中,描写了三次围城:斯巴拉兹之围、钦斯托霍瓦之围,最后是卡密尼茨之围,而三次围困在写法上没有一次是重复的。《洪流》里有许多出色的场景萦回在读者的记忆里。克密奇茨在小说开始时只不过是个被迫和他的国王作战的强盗,由于他爱上了一个高尚的女人,在这种爱情的影响下,他终于重新获得了别人的尊敬,并且为维护他的国家完成了一系列光辉的业绩。奥林卡是显克维奇笔下众多的美丽妇女形象里的一个,她那虔诚的信仰、刚直不阿的品德和深挚的爱国热情使这个形象充满了魅力。连故事里的坏人也写得饶有趣味。例如,小说以高超的手法刻画出了武装叛国的雅诺什·拉齐维尔公爵的阴沉形象,描写了他在一次酒宴上是如何诱骗他手下的军官们出卖祖国的。就连这个叛徒也不乏动人之处。有位英国批评家曾经指出,显克维奇通过精练的心理描写向我们展现了公爵是如何和自己的良心斗争的。他固执地欺骗自己说,他的叛变是有利于波兰的事业的。但是公爵没法对自己长期坚持这种一厢情愿的盲目欺骗,最终压抑不住悔恨,郁郁而亡。甚至连小说里那个靠不住的、轻浮放荡的保加斯拉夫公爵也有他充满吸引力的特点,如个人勇气、彬彬有礼的风度和满不在乎的好兴致等。亨利克·显克维奇是十分了解人的,因此他绝不会把他的人物千篇一律地写成非白即黑、非好即坏。另一个突出的特点是,显克维奇对他的同胞的缺点从来不是视若无睹的,他总是毫不留情地予以揭发,同时还公正地展现波兰的敌人的才能和勇气。他像古代以色列的先知一样,常常对他的人民讲出严厉的真话。因此,他在历史场景里谴责波兰人过分要求个人自由,以致常常无谓地消耗了精力,使人们不能为群众利益而牺牲私利。他责备贵族间的争吵,责备他们拒绝服从国家正当的需要。但是显克维奇始终是个爱国者,他确实恰如其分地如实表现了波兰人民的英勇气概。他还强调了波兰作为历史上对抗土耳其人和鞑靼人的基督教世界的堡垒所起的巨大作用。这种高度的客观性足以证明显克维奇的睿智思想和独特历史观。作为一个真正的波兰人,他肯定是不赞成卡尔·古斯塔夫入侵波兰的,然而,他却出色地描绘了这位国王的个人勇气及瑞典军队良好的纪律性和组织性。

人们常说三部曲中最差的一部是《伏沃迪约夫斯基先生》。我们很难同意那种意见。只要回想一下小说里描写伏沃迪约夫斯基的妻子是如何逃脱那个兼有毒蛇和猛狮性格的、诡计多端的鞑靼人阿兹雅的，或者回想一下那位美貌而无畏的士兵妻子巴希雅既勇敢活泼又温柔可爱的令人赞赏的形象就够了。三部曲的最后一部更是具有大量优美的、充满人性的特质。例如巴希雅与即将爆破要塞、同要塞同归于尽的伏沃迪约夫斯基告别的崇高壮丽的场面。在一个八月的晚上，当打了胜仗的土耳其人围困了卡明尼茨要塞，而救援无望，要塞即将覆灭的时刻，这对夫妻在一堵砌死了的大门的门洞里重逢了。他安慰着她，对她回忆他们在一起享受过的那许许多多幸福的时光，他说，死亡只不过是一次过渡罢了，第一个动身到彼岸去的，将会在那里迎接另一个的到来。这段插曲是完美的、迷人的。虽说它并不伤感，充满了纯洁而真挚的感情，但使人读后不能不为之感动。伏沃迪约夫斯基的葬礼也同样壮丽，不过写法不同。巴希雅直挺挺地倒在教堂里棺材脚下的瓷砖地上，由于悲痛过度而失去了知觉。牧师敲起了手鼓，仿佛在发出警报，激励死去的英雄走下灵柩台，去继续和敌人作战。接着，牧师克制住了悲愤，赞扬死者英勇无畏的气概和他的种种美德，并且乞求上帝，在祖国生死存亡的危急时刻派遣一位解放者来。恰在此时，索别斯基跨进了教堂。人们的目光全都转向了他。牧师被预言般的热情所激动，喊道："救主！"而索别斯基则走到伏沃迪约夫斯基的灵柩前双膝跪下。

所有这些细节都具有巨大的历史真实性。因为显克维奇进行过广泛的研究，也因为他具有历史感，他笔下的人物就是按照那个时代的风格言谈和行动的。值得注意的是，在众多提名亨利克·显克维奇为诺贝尔文学奖候选人的人中，有些人就是卓越的历史学家。

三部曲里有大量出色的自然景物描绘，它们充满了新鲜的气息。在《火与剑》里有非常简短却令人难忘的描写，展现了春天里草原苏醒过来的情景：鲜花在泥土里挺立起来，昆虫嗡嗡地鸣叫，野鸭从头顶飞过，鸟儿在啁啾欢唱，野马看见一支走近的士兵队伍，便鬃毛飞扬，鼻翼翕动，像一阵旋风似的骤驰而去。

这宏伟的三部曲的另一个突出特点是它的幽默。小骑士伏沃迪约夫斯基的确刻画得十分出色，但是那位兴高采烈的贵族查格沃巴留给我们的印象也许更为深刻。他的虚荣、他的大腹便便，以及他对酒的爱好都使人想起了福斯泰夫，不过，也只有这些是他和福斯泰夫的共同特征。福斯泰夫是个放荡的、不可靠的人。查格沃巴却是个善良厚道的人，在患难时刻他是忠于朋友的。查格沃巴硬说自己是个严肃的人，天生是块当神甫的料，实际上却沉溺于口腹之乐。他嗜酒如命，还说只有叛徒才不敢喝酒，因为怕喝醉会泄露自己的秘密；他之所以格外厌恶土耳其人，就是因为他们从不饮酒。查格沃巴是个聊天大王——他认为在冬天特别需要这种本领，要不然舌头就会结冰，就会冻僵。他扬扬得意地炫耀一个个勋章，拿他从没有参加过的战斗业绩来吹牛。其实，他的勇气——他倒确实有勇气——是另一种类型的。每次战斗前他都像个胆小鬼浑身发抖，但只要战斗一开始，他心里便涌起了对敌人的强烈怒火，因为他们不让他平平静静地过日子，于是他便会做出真正的英雄业绩，例如击败可怕的哥萨克布尔拉伊。而且，他像奥德赛那样狡猾机敏，足智多谋。当别人山穷水尽、无计可施的时候，他总是能想出一个办法来。他本质上是个殷勤快活的、容易动感情的人，看见他的朋友遇到巨大的不幸，他会流下眼泪。他是个热爱祖国的人，而且和别的许多人不一样，他从不抛弃他的国王。有人说，查格沃巴的性格缺乏一致性，因为在三部曲的最后一部中，这个荒唐的聊天大王变得极为严肃，获得了人们更多的尊敬。这种看法是轻率的。显克维奇正是要向我们显示:查格沃巴一方面在发展,变得比以前高尚一些,而同时又保留了他原来的缺点。虽说查格沃巴有那么多小毛病,但他本质上像一个孩子那样善良,所以这样一种相对的进步就显得更为自然。像查格沃巴这样的人物将永远在世界文学的那些不朽的喜剧性格的画廊中占据一席之地。他完全是一个独创性的人物。

一八九〇年,亨利克·显克维奇从三部曲里对战士的肖像描绘转入了现代心理小说的创作,出版了《毫无准则》,从而显示了他多方面的才华。许多批评家认为,这部小说是他的主要作品。小说是以日记形式写成的,但又不同于其他许多日记,它一点也不令人厌倦。它以几乎无与伦比的高超技巧向我们展现了一个老于世故的、宗教和道德上的怀疑派的典型,由于他病态地热衷于自我分析,而最终一事无成。他遇事永远犹疑不决,因而使自己无法获得幸福,也牺牲了别人的幸福,直到他死去为止。普沃索夫斯基是个有卓越才能的人,但是他缺乏道德支柱,也就是说,他缺乏准则。他有过于精细的审美感,他非常成熟和老练。但是成熟和老练无法代替他所缺乏的信仰和自发性。小说还刻画了幽怨哀伤的安涅尔卡的可爱形象。她眼巴巴地看着自己生命中最美好的希望因普沃索夫斯基的利己主义而徒然消逝,然而她直到最后还是忠于义务的法则的。作者对我们透辟地指出:对于一个像普沃索夫斯基那样曾经是基督徒的灵魂,美的崇拜是无法填补宗教感情缺乏所造成的空虚的。显克维奇描绘了一种在所有国家里都存在的典型,这是一个被理性的神经衰弱症毁坏了的有才华的人物。《毫无准则》是一部极为严肃的、发人深思的书,又是一件精工雕琢的美妙的艺术品。在富有灵感的描写中流露出被抑制的忧伤,这本书有时显得冷漠,但它是雕塑品的冷漠,是许多崇高美妙的艺术品所共有的内在特征。例如,我们就曾常常在歌德的作品里发现这种特征。

继《毫无准则》之后,一八九四年出版了《波瓦涅茨基一家》。这部作品不及《毫无准则》出色,但是在描绘有益的乡村生活和虚假的世界主义之间的对比方面,表现很见深度。我们在这部作品里又一次发现了一个完美的妇女形象,她就是真挚、忠诚和温柔的玛丽妮亚。批评家们对小说里的一个具体情节,即波瓦涅茨基所犯下的情欲罪过,提出过异议。作者丝毫没有为他辩护,只是指出,一个并不肆意放纵、脱离常轨,更没有走上邪路的人,也是有可能犯错误的,不过他会立即清醒过来,并且毫不留情地忏悔自己的过错。在小说结束时,波瓦涅茨基恢复了和他的妻子之间的联系,而且关系比以前更加牢固。小说实际上歌颂了家庭的美德和健康有益的社会活动。那个病弱的孩子李特卡的精美形象是相当迷人的。她牺牲了自己对波瓦涅茨基的稚气的爱,以促使他和玛丽妮亚重归于好。这个插曲是崇高和富有纯洁动人的诗意的。

那些曾责备他的三部曲太长的批评家,却又挑剔起他的中篇小说《让我们追随他》(1892)来,说它的步子太快了。这是一篇简洁的速写,用极其富有诗情画意的手法描写患着病、被痛苦和危险的幻觉所苦恼的安特亚伯爵夫人,如何被濒于死亡又复活的耶稣基督治好了病。上述两种批评都并不中肯,因为不同的主题要求不同的处理。《让我们追随他》肯定只是篇速写,然而,它同时也是一个深刻感人的故事。因此,一位大师随手写成的素描,由于它写出了亲切的人物形象,常常和他长篇的作品具有同等的价值。《让我们追随他》是带着崇高的虔诚信念写出的；这是一朵开在十字架脚下的朴素的小花，在花蕊里包容了一滴救世主的鲜血。

不久以后，对宗教题材的关注便使显克维奇动手创作一部现已举世闻名的巨作。一八九五年至一八九六年，他写出了《你往何处去》。这部描写尼禄暴政的历史小说获得了特殊的成功。英译本一年内在英国和美国共售出了八十万册。在一九〇一年，柏林的波兰文学史专家布鲁克涅尔估计说，单是在这两个国家，就已经售出了二百万册。

《你往何处去》已被译成了三十多种语言。虽说我们不应过高估计这方面成功的重要性——坏书如果具有诱惑力，也很容易得到广泛的传播——但这个事实仍然明确地显示了这部作品的价值：这部作品丝毫无意激起人们卑下的天性，而是以高尚的方式处理高尚的主题。《你往何处去》非常出色地描绘了老于世故却道德败坏的异教主义以及它的傲慢自大同谦恭而自信的基督教世界的对比、利己主义和仁爱的对比、帝王宫殿里狂妄自大的奢侈生活和地下墓室里悄无声息的凝神静修的对比。关于罗马大火的描写和角斗场中血腥场面的描写是无与伦比的。亨利克·显克维奇谨慎地避免了使尼禄成为作品的主要人物，但他以不多的笔墨便为我们刻画出了这个半瓶子醋的艺术爱好者的形象，充分表现了他的虚荣、他的奢华的蠢行、他所有虚假的至尊地位、他全部缺乏道德观念的浮浅艺术崇拜，以及他一切随心所欲的暴行。作者借鉴了力更多的彼特罗纽斯形象，描写得更加出色。作者有塔西佗[①]的《编年史》第十六卷里短短两章的生动描画。显克维奇就是根据这些极其简短的提示，描绘出了一幅心理的图画，既酷肖真实，又极其深刻。彼特罗纽斯这个有高度教养的风雅人士——“风雅裁判官”，是许许多多矛盾的组合体。他是个享乐主义者，更是个怀疑论者，他认为生命只不过是骗人的幻象。享乐使他变得娇气了，但是他仍然有男子汉的勇气。他不带偏见，有时却又很迷信。他没有形成强烈分明的是非观念，但是他对美的感觉因此而更加明确。他是个精通世故的人，在难以处理的棘手情况里表现得巧妙沉着，而又不致有辱自己的尊严。比起斯多葛派那些粗鄙的道德家来，他更喜欢怀疑论者皮雍[②]和享乐诗人安那克里翁[③]。他鄙视基督教徒，对他们很不了解。他认为，一个人按照基督教教义去以德报怨，是毫无意义的和不值得的。对他来说，像基督徒那样寄希望于死后的生命，恰似有人宣称新的一天从晚上开始一样奇怪。由于受了宠臣提格里努斯的谗言中伤，彼特罗纽斯自己结束了生命，宁静地走向死亡。这一整段描写就其风格来说是极其完美的。不过《你往何处去》还包含了其他许多值得赞赏的内容。尤其美好的是使徒保罗在落日照耀下从容就义的那一幕。保罗殉难前重复了他写下的那些话：“那美好的仗我已经打过了。该跑的路我已经跑尽了。所信的道我已经守住了。”（《新约·提摩太后书》第四章第七节）

写完这部主要作品以后，亨利克·显克维奇又回到波兰民族小说的创作上来，一九〇〇年写出了《十字军骑士》。由于缺乏资料，这次创作比三部曲要困难一些。但是显克维奇克服了这些困难，让这部作品带上了浓厚的中世纪色彩。小说主题是波兰和立陶

---

① 塔西佗（约56—约120），古罗马历史学家，所著《编年史》记载了古罗马奥古斯都至尼禄时代的重大历史事件。

② 皮雍（前360—前272），古希腊怀疑论哲学家。

③ 安那克里翁（前582—前480），古希腊诗人。

宛人民反抗条顿骑士团的斗争。条顿骑士团早已完成了他们原来的使命,这时已经变成了一个侵略性的机构,他们关心的不是作为这个骑士团的成员在他们的衣甲上佩戴的十字架标志,而是权力和世俗的利益。后来以弗拉迪斯拉夫二世称号登基成为波兰国王的亚该老①大公粉碎了骑士团的统治。他在小说里也扮演了一个角色,不过显克维奇的习惯是不给予历史人物以过于突出的地位,小说里只对他作了简单的刻画,小说中还有许多全凭作者丰富的想象力创造出来的人物,他们更强烈地吸引了我们的注意,并且提供了中世纪文明的卓越范例。这是个迷信的时代,虽说这个国家早已皈依基督教,人们仍然在晚上放些食物到门外供吸血鬼和亡灵享用。每个圣徒都有他的特殊职责。阿波罗尼亚能治牙疼,利别里乌斯能治结石。不错,天父上帝确是宇宙的统治者,但这正好证明他没有时间去照顾凡人的琐碎事务;于是他便把不同的职责托付给了圣徒们。那个时代确实充满了迷信,但它也充满了旺盛的精力。骑士团巨大坚固的城堡耸立在马林堡。反抗修道院骑士的波兰和立陶宛一方也并不缺乏力量。这里有粗鲁贪婪、一心为自己家族谋利益,然而却勇敢的马茨科。还有头脑里装满了骑士冒险念头的高尚的兹皮什科。可怕的尤仑德则超越于一切人之上,仿佛是一尊花岗岩的巨大雕像。对条顿骑士团的仇恨使他变得残忍,最后他自己也成了骑士团令人恐怖的报复的牺牲品。在他受到屈辱的时候,由于他战胜了自我,具有了博大的宽恕精神,就使他比过去任何时候都显得更为崇高。他是显克维奇笔下武士形象中最为壮丽的一个。柔情的场面是和暴力的场面交替出现的。雅德维迦的形象虽说温柔,却难以捉摸。为受尽折磨的可怜的达奴莎举行的葬礼场面写得温柔美妙,像一场柔声吟唱的受难礼拜仪式。另一方面,像春天一般明媚可爱的雅金卡,浑身充溢着健康活泼的气息。所有这些人物都有他们独特的生命。在写得出色的次要人物中有个容不得任何不同意见的、急躁好斗的修道院院长;还有那个卖免罪符的小贩山德鲁斯,他卖的一只驴蹄,来自耶稣一族逃入埃及时骑过的那头驴,他还卖过雅各梦见的那张梯子上的一块梯板,以及埃及的圣玛利亚的眼泪和圣彼得的钥匙上的一些铁锈屑。小说以一四一〇年的格隆瓦尔德之战作为结束,经过英勇奋战,条顿骑士团的军团被歼灭,这个插曲正像一场辉煌的乐剧的最后一幕。

显克维奇肯定是第一个承认自己受到古老的波兰文学影响的人。这种文学的确是丰富多彩的。由于亚当·密茨凯维奇②的伟大史诗里所充分表现的诗歌的全部本质,因此他是波兰文学真正的亚当,是波兰文学的先驱。在波兰文学的天空里,像灿烂的群星那样闪烁发光的名字中,有斯沃瓦茨基③,这是个有丰富想象力的人,还有克拉辛斯基④。像科热尼奥夫斯基⑤、克拉舍夫斯基⑥和热乌斯基,都曾成功地进行过史诗艺术的创作。但是亨利克·显克维奇却使史诗艺术达到了它的高峰,呈现出了最高度的客观性。

对于考察显克维奇的成就的人来说,他的成就显得既巍峨高大又浩瀚广阔,同时在

---

① 亚该老(1362—1434),也译雅盖沃,立陶宛大公和波兰国王,雅盖隆王朝的开创者。
② 亚当·密茨凯维奇(1798—1855),波兰诗人,民族解放运动革命家。
③ 斯沃瓦茨基(1809—1849),波兰诗人、剧作家。
④ 克拉辛斯基(1812—1859),波兰诗人、剧作家。
⑤ 科热尼奥夫斯基(1797—1863),波兰作家、诗人。
⑥ 克拉舍夫斯基(1812—1889),波兰小说家、文学评论家、诗人、剧作家。

各个方面都表现得高尚且善于克制。他的史诗风格更是达到了艺术上绝对完美的地步。他那种有着强烈的总体效果和带有相对独立性插曲的史诗风格,还由于它那朴素而引人注目的隐喻而别具一格。正像盖杰尔指出的那样,这方面的大师是荷马,因为荷马在单纯中发现了庄严。例如,他把战士们比作围着一桶牛奶嗡嗡飞的苍蝇;又如,当帕特洛克罗斯哭泣着请求阿喀琉斯让他去和敌人作战时,荷马把他比作一个哭哭啼啼的小姑娘,她紧紧扯住妈妈的衣服,要妈妈抱她。有位瑞典批评家注意到显克维奇笔下的比喻具有荷马的形象化比喻那种清晰性。因此,一支撤退的军队被比喻成一个退回去的浪头,它在海滩上留下了蚝贝和蚌壳,而刚刚开始的第一阵枪炮声被比作村里一只狗的吠叫声,它马上招来了别的狗的齐声吠叫。还可以举出更多的例子。一支被围困的军队,正面和背后受到夹击,遭到来自两边的炮火的进攻,被比喻成一块田地,两伙收割庄稼的人从田地两头开始收割,准备到田地中间会合。在《十字军骑士》里,那些从垄沟里站起来攻击日耳曼骑士的萨莫吉提亚人,就像一群被一个不小心的游荡汉损坏了蜂窝的黄蜂。在《伏沃迪约夫斯基先生》里,我们也看到了出色的比喻,在判断它们的价值时,我们应该记住,在荷马的作品里,用作比较的两件事物往往只在一点上会聚在一起,而其他方面都是模糊的。伏沃迪约夫斯基挥舞起他那柄举世无双的宝剑,杀死了他周围所有的人,其速度之快,就像做完弥撒后,唱诗班的童子用长长的灭烛器一根接一根地熄灭圣坛上的蜡烛一般。土耳其军队司令官侯赛因·巴夏本想从通往雅西方向的那扇门逃出去,但是没有成功,于是他回到营地,想另找一条路逃走,正像一个偷猎者被堵截在一座猎园里,一会儿试试从这边逃走,一会儿又试试从那边逃走一样。《你往何处去》里准备就义的基督徒殉难者们就像驾船离开了码头的水手,已经远离了尘世。我们还可以举出许多既有荷马风格又同样优雅自然的例子。例如在《十字军骑士》里,当雅金卡突然看见像一位王子似的兹比什科时,她一下子呆在门口,手里的一桶葡萄酒也差点掉下地来。

亨利克·显克维奇的文学创作到现在还远未结束。目前他正在创作一部描写索别斯基①时代的新的三部曲《在光荣的战场上》。

他自己的文学事业的确是在光荣的战场上展开的。他获得了人民对他表示热爱而献上的种种珍贵的心意。这种热爱的可贵之处在于,他虽然是个无比热诚的爱国者,对自己的祖国却从不阿谀奉承。人们在他创作事业二十五周年纪念的日子发起了全国性的募捐活动,买下了原来是他家族故居的一座城堡作为礼物奉献给他。人们派来了代表团向他致敬,发来了祝贺信,华沙剧院为他举行了庆祝演出。

现在,在这些赞美的表示里又加上了来自北方的致敬,因为瑞典学院已经决定,把一九〇五年的诺贝尔文学奖授给亨利克·显克维奇。

瑞典学院常务秘书 C. D. 威尔逊

文美惠　译

---

① 索别斯基(1624—1696),波兰国王,一六七四年至一六九六年在位。

作品

灯塔看守人

一

有一次，离巴拿马不远的阿斯宾华尔岛外的灯塔看守人忽然失踪了。因为他是在暴风雨发作的时候失踪的，所以大家疑心这不幸的人是行走在灯塔所在的那个石骨嶙峋的小岛边上，被一个浪头卷去了。到了第二天，一向系在山坳里的他的小船都找不到了，于是这种猜测似乎就格外近情。灯塔看守人的职位空了出来，这是必须赶紧补派的。因为这个灯塔，对于本地的交通，以及从纽约到巴拿马来的船舶，都极为重要。蚊子湾里又多沙碛和礁石。在这些碛石中间，白天行船，已是很不容易；而到了夜间，尤其是因为在这热带的烈日所灼热的海面上常常升起浓雾，航行几乎是不可能的事。在这种时候，给许多船舶做唯一的向导的，便是这座灯塔。

找一个新的灯塔看守人，这是驻巴拿马的美国领事的任务，而且这任务竟也不小：第一，因为绝对必须在十二小时之内物色到这样一个人；第二，这个人必须是非常忠诚小心的——因此绝不能把第一个来应征的人贸然录用；而最后一个理由是，根本没有人愿意应征候补。灯塔上的生活是非常艰苦的，它对于那些喜欢过懒散自由的放浪生活的南方人，可以说是毫无吸引力。这个灯塔看守人差不多就等于一个囚犯。除了星期日以外，他不能离开他这全是石头的小岛。每天有一条小船从阿斯宾华尔岛上给他送粮食和淡水来，可是马上就开回去了。在这个面积不过一亩的孤岛上，再没有别的居民了。灯塔看守人就住在灯塔里，按照规律管理它。在白天，他悬挂各种颜色的旗帜来报道气象，在晚上，他就点亮灯。他必须爬上四百多级又高又陡的石级，才能到达塔顶上的灯边；有时在一日中还得上下好几回，要不是这样，这也就算不得艰苦的工作了。总而言之，这是一个僧人的生活，实际上还不止于此——这简直是一个隐居苦修者的生活。因此，无怪乎那领事艾沙克·法尔冈孛列琪先生非常着急，不知道打哪儿去找这么一个有耐心的继任人；而就在这一天，竟意想不到有一个人自荐继任此职，法尔冈孛列琪先生如何快乐，也就很容易了解了。来者是一个老人，约有七十来岁了，但是精神矍铄，腰背挺直，举止风度都宛然是一个军人。他的头发已经全白，脸色黑得像一个克里奥耳人，但是看他那双蓝眼睛，可知他绝不是一个南美洲人。他的脸色有些阴沉和悲哀，但显得很正派。法尔冈孛列琪先生一眼就中意了他。只要盘问他一遍就成了。因此就有了底下这一番问答。

“你从什么地方来的？”

“我是个波兰人。”

“你以前在什么地方做事？”

“做过好些事，没有固定的。”

“可是一个灯塔看守人是要肯长住在一个地方的。”

“我正是需要休息啊。”

“你办过公事没有？有没有公职人员的证明文件？”

这老人就从怀里掏出一个褪色的绸包,那绸子好像从一面旧旗上撕下来的。他把这个绸包解开来,说道：

“这些就是证件。这个十字勋章是在一八〇三年得到的;这第二个是西班牙的勋章,是我在对卡罗斯的战争里得到的①;这第三个是法国勋章;第四个是我在匈牙利得到的。此后我又在美国跟南方打仗,可是这一次他们没给勋章。”

于是法尔冈孛列琪先生拿起那张文件来看。

“哦！史卡汶思基？这是你的名字吗？哦！在短兵相接的时候,缴获两面旗。你真是个勇敢的士兵。”

“我也能够做一个忠诚小心的灯塔看守人。”

“做这件事是要每天好几回爬上塔楼去的。你的腿够不够劲？”

“我就是凭两条腿穿过大平原②走来的。”

“你懂不懂海事？”

“我在一条捕鲸船上做过三年事。”

“你倒是各式各样的事情都做过了。”

“我没有懂得的就只有一个‘安静’了。”

“为什么？”

老人耸耸肩膀道:“这就是我的命啊。”

“不过我总觉得你去看守灯塔,似乎太老了。”

“大人,”这个应征者忽然神情激昂地说,“我已经流浪得很疲倦了。你知道,我做过的事情也不少了。这是我心里热烈想望着的一个位置。我现在老了,我要的是休息。我得对自己说:‘你得在这里耽下去,这是你的港口了。’啊,大人,这件事情现在全得仰仗你。倘到将来,恐怕不容易碰上这么个位置。现在我恰巧在巴拿马,这是多么运气！我求求你——看上帝面上,我好比一只漂泊的孤舟,万一错过了港口,它就会沉没了。如果你愿意使一个老人得到幸福——我可以对你发誓,我是忠实的,但是——我已经厌倦这样的流浪了啊。”

老人蔚蓝的眼睛显出一种真挚的恳祈的神色,使这位心地敦善的法尔冈孛列琪先生感动了。

“好吧,”他说,“我就录用你。你去做灯塔看守人吧。”

老人脸上透出了莫可名状的喜悦。

“谢谢你。”

“你今天就可以到灯塔上去吗？”

---

① 一八三四年,西班牙国王斐迪南之弟堂·卡罗斯为了和他的侄女伊萨贝拉争取王位继承权而引起的内战。一八三七年,堂·卡罗斯失败奔法国,战争方结束。当时西班牙政府征募外籍兵团,史卡汶思基可能就参加了这个组织。

② 在美国东部与加利福尼亚之间的大草原,通称作“平原”。

“可以。”

“那么再会吧。还有一句话，万一有什么失职的情形，你就得被革职啊。”

“知道。”

当晚，当太阳在地峡彼端沉下，一个阳光辉耀的白天已经消逝，马上就接上了一个没有黄昏的夜晚，那新任的灯塔看守人显然已经就职了，因为灯塔已照常把明亮的光映射在海面上。夜色十分平静，是真正的热带景色，空中弥漫着澄澈的雾，在月亮四周形成了一大圈柔和而完整的彩晕；大海因潮水升涨而微有动荡。史卡汶思基立在露台上，从下面看上去好像一个小黑点。他努力想收束他的种种思想，以接受他的新职位；但是他的心绪紧张得竟不能有秩序地思索。他此时的感觉，有些像一头被追赶的野兽，终于在人迹所不能到的山崖或洞窟里，获得了藏身之处。他终于获得了一个安静的时期，安全之感使他满身都洋溢着说不出的幸福。现在，在这个小岛上，回想起从前的种种漂泊、不幸和失败，简直可以付之一笑。他实在像一只船，帆樯绳索都被风暴所摧折，从云端里被抛入海底了——一只被风暴打满了波浪和水花的船，但它还是曲折前进，到达了港口。当他把这种风暴的情景，与如今正在开始的安静的未来生活相比较的时候，这种惊涛骇浪便在他心头迅速地一一映现。一部分惊险的生活，他曾对法尔冈孛列琪先生说过了；但是此外还有无数别的没有提起。原来他命运很坏，每当支起篷帐，安好炉灶，正想作久居之计，便总有大风吹来，摧倒他的木桩，熄灭他的炉火，逼得他归于毁灭。现在从灯塔的露台上看着闪烁的海波，他想起了平生经历过的种种旧事。他曾经转战四方，而在流浪之中，又差不多什么事情都做过。由于热爱劳动和正直无私，他曾不止一次地积蓄过一些钱，但不管他怎么未雨绸缪，也不管他怎样小心谨慎，他的积蓄总是分文不剩。他曾在澳洲做过金矿矿工，在非洲掘过钻石，又曾在东印度做过公家的雇佣兵，还曾在加利福尼亚经营过一个牧场——被旱灾毁了。他又曾在巴西内地与土人贸易，可是他的木筏在亚马逊河上撞碎了；他孑然一身，手无寸铁，几乎是赤身裸体的，在森林里流浪了好几个星期，采拾野果为生，随时都可能葬送在猛兽的嘴里。后来，他又在阿尔干萨斯州的海仑那城中开设了一家铸铁厂，不幸碰上全城大火，他的厂也毁之一炬。此后他还在落基山里给印第安人捉去，幸而遇到加拿大猎户，仿佛是个神迹，把他搭救出险。再后来，他在一只往来于巴希亚与波尔多之间的船上做水手，又到一艘捕鲸船上充当渔师，这两条船都是出事沉没的。他在哈瓦那开过一个雪茄厂，当他生黄热病的时候，被他的合伙者卷逃一空。最后他才来到阿斯宾华尔，或许这是他失败史的终点了——因为在这个石骨嶙峋的荒岛上，还有什么能来打扰他呢？水、火或人，全都扰他不到。但是从人这方面看，史卡汶思基一生并没有受到过很多迫害；因为他所遇到的，毕竟还是善人多于恶人。

但是在他看来，宇宙间土、水、火、风四种元素仿佛都在迫害他。凡是与他相识的人，都说是他的命蹇，于是解释他的种种遭遇，都以此为根据。到后来，连他自己也有些成偏执狂了，他相信冥冥之中，有一只巨大而怨仇的手，在一切的陆地上或水面上到处跟着他。然而，他并不高兴把这种感觉说出来，只有当人家问到他，这只手可能是谁的，他才神秘地指着北极星说道：“是从那个地方来的。”的确，像他这样接二连三的失败，真是古怪得很，容易逼死人的，尤其是对于一个已经饱受过种种失败的人。但是史卡汶思基有的是一个印第安人的坚忍，还有一种从心地正直里来的极大的镇静的抵抗力。从前他在匈牙利的时候，曾经有过一次，因为不肯向人讨饶，不愿抓住人家意在搭救他而给他的鞍镫，身上受了许多剑刺。他的不肯向忧患低头，也是如此。他正如爬上一座高山，勤奋得像蚂蚁，虽然跌落了一百次，还是安静地开始第一百零一次的攀爬。他真是一个非常少见的奇人。这个老兵，不知经历了几多烈火中的锻炼、苦难中的磨砺，却还有着天真的童心。当古巴大疫的时候，他之所以害上黄热病，就是因为他把自己所有的奎宁丸全施舍给病人，而自己不留一颗。

他还有这样一种卓越的品质——在这许多失意事之后，他还是满怀信心，毫不失望，以为将来一切自会好转。在冬天里，他反而精神抖擞，还预言着未来的大事。他很耐心地等待着这些大事，整个夏季就在想望这些大事中过完了。但是冬季一个个地消逝，而史卡汶思基还是一无所遇，唯有头发雪白了，终于他老了，渐渐地失去了他的精力；他的坚忍逐渐衰颓了，从前所有的沉静也变成多感了，于是这个千锤百炼的士兵竟变成一个触处生愁的人。此外，在任何情景中——例如看见了燕子、像禾花雀似的玄鸟、山上的雪，或是听到了旧时的悲歌，他都会感触起深刻的乡愁，因而人也渐渐憔悴下去。最后，只剩了一个念头在支配着他——那就是希望休息。这念头完全支配了这个老人，把他所有别的希冀和欲望全都吞没了，这个仆仆风尘的流浪者，除了想得到一角平安的地方，以静待天年之外，再也想不出有什么更宝贵、更值得希冀的事情了。或者，尤其因为他被命运所驱策，流徙于天涯海角，忙碌得不遑喘息，于是以为人间最大的幸福，便只是不再流浪而已。这种菲薄的幸福，实在是他应该可以享受到的；但是因为他失意惯了，所以他的想望休息，正和一般人之想望一件绝不容易办到的事一样，因此他简直就不敢有此希望。如今在十二小时之内，他竟意外地得到了一个好像有人替他从世间百业中挑选出来的职位。所以我们就无怪乎他在晚间点亮了灯之后，就好像目眩神迷——心中自问着这究竟是不是真的，而竟不敢回说是真的了。但同时，当老人在露台上一点钟一点钟地立下去，现实却给了他显著的证明。他呆看着，于是自己也相信其为真事了。他好像还是生平第一次看见大海。灯上的凸透镜在乌黑的海面上投射了一道巨大的三角形光亮，在这以外，老人的眼光所及，完全是远远的一片神秘而可怖的黑暗。但这遥远的黑暗好像在向着光亮奔来。长排的浪头一个接一个地从黑暗中翻滚出来，咆哮着一直扑奔到岛脚下，于是喷溅着泡沫的浪脊，在灯光中闪耀着红光，也看得清了。潮水愈涨愈高，淹没了沙礁。大洋的神秘语声，清晰地传来，愈加响亮，有时像大炮轰发，有时像森林呼啸，有时又像远处人声嘈杂，有时又完全寂静；既而老人的耳朵里，听到了长叹的声音，或者也像一种呜咽，再后来又是一阵猛厉的巨响，惊心动魄。终于海风大起，吹散了浓雾，却带来了许多破碎的黑云，把月亮都遮没了。西风越吹越紧，海涛怒立，冲击着灯塔下的石矶，水花直舐着基墙。这是有一场风暴在远处开始发作了。昏黑而纷乱的海面上，有几点绿色的灯光正在船桅上闪烁。这些绿点儿正在忽上忽下、忽左忽右，飘摇不定。史卡汶思基走下塔顶，回到自己的卧室。风暴开始咆哮了。在塔外，船里的人正在与夜、黑暗及浪涛斗争；而塔内却是安逸与平静。便是风暴的吼声也不能侵入这坚厚的墙壁，只有单调划一的时钟嘀嗒声，在诱使这个疲倦的老人颓然入梦。

二

一小时又一小时，一日又一日，一星期又一星期地过去了。航海者都说，当海上风暴大作的时候，常常听到黑夜中有呼唤他们名字的声音。如果这大海的幽冥能够这样呼唤，那么当一个人老迈起来的时候，或许在另外一个更黑暗更神秘的幽冥中，也会有呼声来召唤吧；一个人愈厌倦生活，便愈觉得这些呼声的亲热。但是如果要听到这些呼声，就需要安静。况且，老年人大概都喜欢离群独处，好像已有了入墓之感。对于史卡汶思基，这座灯塔也就一半等于坟墓了。没有比灯塔上的生活更单调的了。倘使有年轻人肯来担任这个职务，他们一定会随即跑掉的。所以看守灯塔的大概都不是年轻人，而且还是些忧郁好静、不涉世务的人。如果他们中有一个人偶尔离开灯塔，身入人丛，他总是踽踽独行，好像一个酣睡初醒的人。在普通的人生中，有种种细密的观感会指示人们去适应一切世事，灯塔上却并无这种观感。一个灯塔看守人所能接触的，唯有一片苍茫高远的海天，漫无圭角。上面是浑然的天，下面是浩然的水；而这个人的心灵便孤独地处于这二大之间。在这种生活中，所谓思想，简直就只是不断的默想。而且也没有一件事情能把这灯塔看守人从这种默想中惊醒过来，即使他的工作也没有这能力。今天与明天完全一样，正如串索上的两颗念珠，只有天气的变换，总算形成了唯一的不同。但是史卡汶思基却觉得这是生平最幸福的生活了。他黎明即起，早餐后，揩抹好灯上的凸透镜，然后坐在露台上，远望海景；他的眼睛永不厌倦当前的景色。在这浩大的蓝宝石似的洋面上，总看得见有好几群饱满的风帆，在阳光中闪耀，明亮得使人目眩。有时，还有许多船只，趁着所谓贸易风，排着长长的队伍，鱼贯而来，好像一串海鸥或信天翁。红色的浮筒在微波上徐徐漂荡。每天午后，总有好多浅灰色的像鸟羽似的烟，一阵一阵地从帆篷中间升起。这便是从纽约载了客人和货物到阿斯宾华尔来的轮船，航程所过，随后的浪花，曳成一条泡沫的路。在露台的那一边，史卡汶思基可以看见阿斯宾华尔全市及其忙忙碌碌的港口，港中帆樯林立，舳舻相接；再远些，便可见城中白色的屋宇及高耸的塔楼，一目了然。从他的灯塔顶上看来，那些小屋子就宛如海鸥的巢，船舶都如甲虫，而人在白石的大街上行走，却像点点的黑子。清晨，和缓的东风吹来了一阵喧哗的闹声，其中以轮船的汽笛声最为响亮。到午后六时，港中一切动作渐次停息下来，海鸥都躲进岩穴里去；波浪渐渐减弱，好像有些懒倦了；于是在陆地上、在海上，以及在这灯塔上，一时都归于寂静，不受任何喧扰。波浪退落之后，黄沙滩闪着光，在这汪洋大水上，宛如一个个金色的斑点；塔身在蔚蓝的天宇中，显得轮廓分明。一道道夕阳余晖从天空照射在水上、沙滩上和崖壁上。这时候，便有一种十分甜蜜的疲倦侵袭了这老人。他觉得现在所享受的休息真是最美妙的；当他一想到这种美妙的休息可以尽他继续享受下去，便觉得心满意足，毫无缺憾。

史卡汶思基给他自己的幸福陶醉了；而且，因为一个人对于改善了的境况很容易满足，所以他渐渐地有了信仰与希望；他心想世上既然有人为残废人造屋，那么上帝为什么不最终也收容了他的残废人呢？一天天地过去，他对于这种思想愈加坚信了。这老人对于他的灯塔、灯、岩石、沙滩和孤独的生活，都已渐渐熟习。而且他对那些巢居于岩穴中的，每到薄暮时便飞集到塔顶上来的海鸥也熟习了。史卡汶思基常常将残余的食物丢给它们，不久它们都驯服了，此后每当他给它们喂食的时候，便有一大阵白翅在他周围飞扑，于是老人在这些海鸟中间走来走去，正如牧人在羊群中间。退潮的时候，他便走到沙滩低处，拾取潮汐所遗留下来的美味的玉黍螺和绮丽的鹦鹉螺。月明之夜，他便到塔下去捕捉那些常常成千累万地游到岩曲里来的鱼。后来，他竟深爱着这些石矶和这个小岛了。这小岛上并无树木，到处生着许多分泌出黏脂来的丛莽，但是远景甚美，足以给他弥补缺憾。下午，如果空气非常清朗，他可以看见那林木翳茂的整个地峡的全景。在这种时候，史卡汶思基就好比看到了一个大花园——一丛丛的椰树、巨大的芭蕉，夹杂着像一个个华丽的花束，纷披于阿斯宾华尔万家屋宇之后。再远一些，在阿斯宾华尔及巴拿马之间，还有一个大森林，每天清晨及薄暮，都有蒸气升腾在这上面，凝结成一重红雾——这个森林脚下积着死水，上面缠绕着古藤老蔓，无数巨大的兰草、棕榈、乳汁树、铁树、胶树充斥其间，发出一片林海的声音，这是一个真正的热带森林。

从望远镜中，老人非但能看见这些树木和阔大的香蕉树叶，甚至还能看见成群的猿猴和巨大的鹳鹤，还有鹦鹉，不时成群地飞起，竟像一圈彩虹围绕在这茂林之上。史卡汶思基对于这种树林很熟悉，因为他在亚马逊河上碎舟之后，曾在类似的林莽中流浪过好几个星期。在这种外表绮丽可亲的树林中，他看见有不知多少危险和死亡隐伏着。在夜间，他曾听到过附近有猿猴哀号、猛虎怒吼，又看见过蟒蛇像藤蔓一般缠绕在树身上；他还知道在这种沉寂的森林中的沼泽里，充满了电鱼与鳄鱼；他也知道在这种未开垦的荒野里，人的生活是多么艰苦，在这种地方，就是一片树叶，也比人大上十倍——总之，这是个充满了吸血的蚊虫、水蛭和巨大的毒蜘蛛的荒野。他因为对这种树林生活有过经验，亲眼看见过，亲身遭遇过；现在他能够从高处远眺这些荒野，欣赏它们的美丽，而自身不会受到它们的危害，因此觉得格外快乐。他的灯塔给他以万全的保护，只有在星期日，他才离开它几小时。那时他穿上有银纽扣的蓝色制服，胸前挂上他那些勋章。当他走进教堂门的时候，他听见那些克里奥尔人都在窃窃私语道："我们有了一位可敬的灯塔看守人了，他虽是个洋鬼，却不是个异端。①"老人听了这话，昂起了他的乳白色的头，不免有些傲色。做完弥撒，他立刻就回到他的小岛上去，而且心中非常愉快，因为他对大陆还不很放心。在星期日，他还在城里买了西班牙报纸来看，或者从领事法尔冈孛列琪先生那里借看《纽约先驱报》；在这些报纸上，他急切地寻找着欧洲的新闻。所以这可怜老人的心，虽然在灯塔上，却一直在怀念他那在另一半球上的故乡。有时，当供给他每天粮食饮水的小船来时，他也下塔去和港警约翰生闲谈。但后来他好像有些害羞了。他不再进城去看报，也不再下塔来跟约翰生谈政治了。这样地过了好几个星期，没有一个人看见他，他也不见一个人。放在岸上的食物，过一天就不见了；灯光也仍旧每晚都照耀着，正如旭日每天早晨从这一片海面上升起来一样地准时不误；只有这两件事情，表示老人还住在这个塔上。显然这老人已对人世很淡漠了。但这也不是因为怀乡之故，而是由于他连怀

① 洋鬼（Yankee），称呼美国人的俚语。美国人奉新教，克里奥尔人奉旧教，波兰人亦奉旧教。旧教徒称新教徒为"异端"，史卡汶思基被误认为是奉旧教的美国人，故尊敬之。

乡之心都已经渐渐消失了。对于史卡汶思基，这小岛就是他的整个世界了。久而久之，他就惯常地这样想，他将一辈子都不离开这个灯塔了，因为他已经简直记不起，除此之外，世界上还有些什么。甚至，他竟变成一个神秘的人，他那双温和的蓝眼睛开始像小孩的眼睛一般呆望着，好像看定了远处的一个东西似的。当着四周这些异常单纯而伟大的景色，这老人已丧失了他的一己感觉；他的存在已经不再是一个人，而是逐渐与周围的云天沧海融为一体了。如果问他的周围之外还有些什么，他是一点都不知道的，只是无意识地有些感觉而已。最后，他就仿佛与这天、水、岩石、塔、黄金色的沙滩、饱满的风帆、海鸥、潮汐的升降——全都化合作浑然一体，成为一个巨大的神秘的灵魂；而他仿佛就沉没在这个神秘中，感受着这个自动自息的灵魂。他沉没在这中间，任其摇荡，恬然自忘其身；于是在他逼仄的生命中，在这半醒半睡的状态中，他发现了一种伟大得几乎像半死的休息。

三

但是惊醒的时候来了。

某一天，小船送来了淡水和食物，一小时后，史卡汶思基从塔上下来，看见平时照例的那些东西之外，还多了一个粗布包裹。包裹上贴着美国邮票，写着："史卡汶思基大人收。"

老人满心奇怪地解开包裹，见是几本书；他拣起了一本，看了一看，随即放下；他的手大大地颤动起来。他遮掩着眼睛，好像不信似的，仿佛做梦一般。原来这本书是波兰文的——这是什么意思？这又是谁寄来的？起初，他分明已经忘记了当他初来做灯塔看守人的时候，他曾从领事那里借看《纽约先驱报》，看见报上载着纽约成立了一个波兰侨民协会，于是他立刻捐助了半个月薪俸，因为他在塔上没有什么用处。那协会就寄赠他这几本书，表示答谢。这些书来得并不奇突，但是老人起先没有想到。在阿斯宾华尔，又是在他这个灯塔上，在他孤寂的时候，却来了波兰文的书籍——在他看来，这简直是一种非常的事情，一种从古昔发出来的声息，一种神迹。现在，正如那些水手在夜里一样，他好像听见有人用很亲爱的可是几乎已经忘却了的声音叫唤着他的名字。他闭目静坐了一会儿，几乎要以为如果把眼睛一睁开，这梦境就会立刻消逝了。

包裹摊开在他面前，被午后的阳光照得清清楚楚，这上面的一本已经翻开了。当老人伸出手去想再把它拿起来的时候，他在寂静之中听见了自己心房的跳跃。他一看，这是一本诗集。封面上用大字印着书名，底下印着作者的名字。这个名字对于史卡汶思基并不陌生；他知道是一个大诗人的名字①，他曾经在一八三〇年在巴黎读过他的著作。后来，从军于阿尔及尔及西班牙的时候，他曾经从自己本国人那里听到过这位大诗人日益高扬的名字；但那时他忙于打枪，身边简直不带一本书。一八四九年，他来到美洲，在流离颠沛的生活中，很难遇到一个波兰人，至于波兰文的书，更是一本也没有看到过。因

① 这是指波兰大诗人密茨凯维支。

此，他以更大的热忱，心房也跳得更活泼，翻开了第一页。这时他好像在这孤岛上，将要举行什么庄严的典礼了。实则，此刻正是很静穆的时候。阿斯宾华尔的大钟，正在鸣报下午五时。天宇清朗，净无云翳，只有几只海鸥在空中盘旋。大海好像在摇摇欲睡。岸边的波浪，都在喁喁低语，轻轻地漫上沙滩。远处阿斯宾华尔的白色房屋及离奇古怪的棕榈树丛，都好像在微笑。的确，这时候那小岛上真有一股神圣、肃穆、庄严的气氛。忽然，在这大自然的肃穆中，可以听到那老人颤抖的声音，他正在高声吟哦，好像这样才能对他自己有更好的了解：

你正如健康一样，我的故乡立陶宛！
只有失掉你的人才知道他应该
怎样看重你，今天，我看见而且描写
你的极其辉煌的美丽，因为我正在渴望你。

到这里，他读不出声了。文字好像都在他眼前跳跃起来；仿佛心坎里有什么东西在爆裂，像波流似的从他心头渐渐地汹涌上来，塞住了他的喉咙，窒息了他的声音。过了一会儿，他勉强镇定下来，再读下去：

圣母啊，你守护着光明的琛思妥诃华，
你照临在奥思脱罗孛拉摩，又保佑着
诺武格罗代克城及其忠诚的人民，①
正如我在孩提的时候，我垂泪的母亲
把我交托给你，你曾使我恢复了健康，
当时我抬起了奄奄无生气的眼睛
一直走到你的圣坛，
谢天主予我以重生——
现在又何不显神迹使我们回到家乡。

读到这里，心如潮涌，不能自制。老人便哽咽起来，颓然仆地；银白色的头发拌和在海沙里。他离开祖国，已经四十年了；不听见祖国的语言，也已经不知多久；而现在这语言却自己来找上他——泛越重洋而到另一半球上访他于孑然独处之中——这是多么可爱可亲，而又多么美丽啊！使这位老人站在那里哽咽不止的，并不是什么苦痛——而只是一种油然而起的博大爱心，在这种爱心之前，别的一切事情都是无足轻重的。所以他只以这一场伟大的哭泣来祈求热爱的祖国给他以饶恕，他的确已经把祖国丢在一边，因为他已经这样老，而且又住惯了这个孤寂的荒岛，所以把祖国忘记得连忆念之心都在开始消失了。但是现在，仿佛由于一个奇迹，它竟回到他身边来，于是他的心就跳跃起来。

① 这三处地方都有着极灵验的圣母像。

过了好久,老人还躺在那里。海鸥在灯塔上空飞翔呼叫,好像在惊醒它们的老友,该当是把残食喂饲它们的时间了;所以,有些海鸥便从灯塔顶上飞下来,渐渐地愈来愈多,开始在地上啄着寻食,或是在老人头上拍着翅膀。这些翅膀的声音惊醒了他,他已经哭了个痛快,这时才得宁静与和霁;但他的眼睛反而神采奕奕。他不知不觉地把所有的食物都丢给这些海鸟,海鸟便呼叫着冲上前来争食,他自己却又取起那本书来。夕阳已经沉到巴拿马园林背后,正在徐徐地向地峡外降到另一个大洋上去;但是大西洋上还很光亮,室外尚能看得很清楚,于是他便读下去:

现在请把我渴望的心灵带到那些
山林中,带到那些绿野上去吧。

终于,短如一瞬的暮色沉下来,遮隐了白纸上的文字。老人便枕首于石上,闭着眼睛。于是那"守护着光明的琛思妥诃华的圣母"便把他的灵魂送回到那一片"被各种作物染成色彩斑斓的田野"[①]上。天上还闪耀着一长条一长条金色和红色的晚霞,他的魂梦便乘此彩云,回到挚爱的祖国,耳朵边听到了祖国的松林在呼啸,溪流也在淙淙私语。他看一切风物,都宛然如昔;一切都在问他:"你还记得吗?"他当然记得!他看见了广大的田野,在这些田野之间,便是森林和村庄。这时天已入夜。平时在这时候,他的灯早已照耀在黑暗的海面上了;但是此刻他正在祖国的村庄里。他的衰老的头俯在胸前,他正在做梦。种种景色,稍微有些纷乱地,都在他眼前很快地闪过。他没有看见他所诞生的屋子,因为已经给战争毁了;他也没有看见他的父母,因为当他还是一个孩子的时候,他们已经死了;但是村子里的景色,还依然如旧,好像他还是昨天才离开的——整整齐齐的一排茅屋,窗子里都透着灯光,土阜,磨坊,相对的两个小池塘,蛙鸣通夜喧闹着。有一回,他曾经在这个村子里担任全夜守卫;现在,当时那些景象,又立刻历历呈现在眼前。一会儿他又是一个枪骑兵了,他正在那里站岗;远处便是一家小酒店,他不时向那里溜一眼。在夜的寂静中,可以听到喧哗、歌唱和叫喊的声音,还有呜呀呜呀的小提琴和低音四弦琴的声音。后来那些枪骑兵都上马疾驰而去,马蹄在石上踢出火星来,而他却骑马独自立在那儿,疲倦得很。时间慢慢地过去,终于人家的灯火都熄灭了;现在,眼光所看得到的地方,尽是一片迷蒙;已而浓雾升起,显然是先从田野里开始,如一片白云包裹了大地。你可以说,这简直是一片海洋。但这实在是田野;不久你就会在黑暗中听到秧鸡的啼声,而芦苇丛中的白鹭也会叫起来了。夜色很平静,很冷——一个真正的波兰之夜!在远处,松林正在无风而自响,宛如海上的涛声。东方快发白了。真的,鸡已在篱落间啼起来,一家家的互相应和着;天上已经有鹳鸟在飞鸣而过。这枪骑兵觉得精神很爽快。有人曾经讲起过明天的战争。嗨!这将是像别的一切战争一样,挥着枪旗,呐喊着,厮杀上去的呀。青年人的血,尽管为夜寒所冻,却还如号角一般地在响着。但天已渐明,夜色逐渐衰淡下去;林树、丛莽、村庄、磨坊以及白杨,都已从黑暗中显现出来。井上的辘轳正

① 此处及前面所引诗句均见于密茨凯维支所著《塔杜须先生》第一卷开头的一节。

在像塔楼上的金属旗那样吱吱地响着。在鲜红的晨曦中,这是多么可爱、多么美丽的国土呀!啊,这至爱的国土,这唯一的国土!

别作声!这守望着的哨兵听见有脚步声走近。一定是有人来换班了。

忽然,有人在史卡汶思基头上喊道:

"喂,老头儿!起来!这是怎么回事?"

老人睁开眼来,吃惊地看着站在他面前的人。残余的梦境在他头脑里和现实斗争着,终于是这些梦境由模糊而至于消失。在他面前,站着的是港警约翰生。

"怎么啦?"约翰生问,"你病了吗?"

"没有。"

"可是你没有点灯。你得免职了。一条从圣吉洛谟来的船在海滩上出了事。幸亏没有淹死人,要不你还得吃官司呢。跟我一道上船走吧,其余的话,你会在领事馆里听到的。"

老人脸色惨白;当夜他的确没有点灯。

几天之后,有人看见史卡汶思基在一条从阿斯宾华尔开到纽约去的轮船上了。这可怜的老人已经失业了。新的流浪旅途又已展开在他面前;风又把这片叶子吹落,让它飘零在天涯海角,簸弄着它,直到快意而后止。这几天来,老人大大地衰颓了,腰背伛了下来,唯有目光还是很亮。在他新的生命之路上,他怀中带着一本书,不时地用手去抚摩它,好像唯恐连这一点点东西也会离开他。

施蛰存　译

1906

获奖作家

卡尔杜齐

传略

早在一九○一年,意大利著名诗人乔祖埃·卡尔杜齐就已加入了诺贝尔文学奖的竞争行列,但直到他临终前三个月才获得了这项殊荣。一九○六年,当他“不仅由于他渊博的学识和批判性的研究,更因他杰出诗作所特有的创造力、清新的风格和抒情的魅力”而被瑞典学院授予诺贝尔文学奖时,已瘫痪在床,生命垂危了。

乔祖埃·卡尔杜齐(Giosuè Carducci,1835—1907),一八三五年七月二十七日出生于托斯卡纳大区的维尔西利亚镇。父亲是著名医生,也是秘密革命团体“烧炭党”的成员。一八四九年,全家迁居佛罗伦萨,卡尔杜齐进了教会学校学习,以后又以优异成绩考入比萨高等师范学院。一八五六年毕业后,应聘去瓦尔达诺镇中学任教,同时牵头组织了一个以反浪漫主义为宗旨的文学社团并从事诗歌创作。一年后被迫辞职,回到佛罗伦萨。卡尔杜齐闲居了一段时间,后来为了负担家庭生活,曾做过家庭教师,担任过出版社负责注释古典文学作品的编辑,还曾应聘去庇斯托亚中学任教。直到一八六○年,才得到教育部的聘用,进博洛尼亚大学主持文学讲座,从此在该校执教四十多年,没有再作调动。

卡尔杜齐从小就显示出卓越的诗才。早在中学时代就创作出《致上帝》(1848)、《致母亲》、《生命》(1849)等诗篇。十九世纪五六十年代是他创作的前期,主要作品有诗集《声韵集》(1857)、《青春诗抄》(1871)、《轻松的诗与严肃的诗》(1871)及著名长诗《撒旦颂》(1863)。这段时间正是意大利民族复兴运动蓬勃发展的时期,在这些诗中,卡尔杜齐高声赞颂民族复兴事业,谴责异族侵略和封建专制,欢呼法国资产阶级革命,抒发渴求民族独立、自由平等的强烈感情,以及讴歌为这一事业英勇奋斗的民族英雄和革命志士。其中不少诗篇赞扬文艺复兴时代的写实主义文学,反对当时流行的浪漫主义文学,显露出自然主义新思潮的端倪。

长诗《撒旦颂》被公认是卡尔杜齐的代表作。诗人把《圣经》中与上帝对抗的魔鬼之王撒旦象征为人类进步、历史发展的力量，是物质和精神、理智与感情的源泉，是自由思想和文化的使者，是反对封建君主和教会专制统治的英雄。

十九世纪七十年代，民族复兴运动结束，意大利王国成立，卡尔杜齐的反叛精神渐趋缓和，政治上日趋保守，并加入了君主立宪派的行列，他的诗歌也逐渐失去往日的锋芒。后期的作品主要有《新诗抄》(1861—1881)、《野蛮颂》(1877—1889)、《有韵的诗与有节奏的诗》(1887—1898)等。这些诗集中的诗篇，主题多种多样，既有对祖国统一的称颂，对历史的史诗般的回顾，也有对道德理想和文化追求的向往，但更多的是逃避现实生活，对自然风光的吟咏，对青春和爱情欢乐的追忆，也有对个人感情和生命奥秘的探究和内心痛苦的哀叹。在艺术上，他袭用古希腊、罗马诗歌的韵律，追求艺术上的完美，讲究整体结构，注重抒情风格，力求将结构上的形式美与听觉上的乐感美和谐地结合起来。诗人试图通过自己的作品继承古典诗歌的传统，对当代流行的浪漫主义诗歌进行革新，树立起格调优美、清新、自然的新古典派诗歌的风范，因而他被称为“新古典主义诗人”。

卡尔杜齐还是一位著名的文艺批评家、语言学家，著有《早期意大利文学研究：行吟诗人和骑士诗歌》《意大利民族文学的发展》等专著和一系列见解精辟的学术论文。

一九〇七年二月十六日，卡尔杜齐与世长辞，留下《卡尔杜齐全集》二十卷。

授奖词

今年的诺贝尔文学奖被提名的诗人和作家人数异常之多，瑞典学院从中选出一位意大利的伟大诗人作为获奖者，这位诗人引起瑞典学院和整个文明世界的注意由来已久了。

自古以来，意大利就以它悠久的历史、它的艺术宝藏以及它温和宜人的气候强烈地吸引着北方的人们。正像意大利的统一战争不会在征服罗马之前就停战一样，北方人也不会在到达不朽的罗马城之前就驻足不前。但是，在人们还没有到达罗马城时，游客早已陶醉于其他许多美丽的地方，其中，位于亚平宁博洛尼亚的埃特鲁斯坎城是我们通过卡尔杜齐的诗作《恩佐之歌》早就熟悉了的。

从中世纪以来，由于一所著名的高等学府位于博洛尼亚，所以使它赢得了学术之城的美称，这个城市由此在意大利的文化史上占据了重要的地位。虽然它在古代一直以法学权威著称，而现在却以诗歌的艺术奇迹闻名于世。所以它今天仍然无愧于“博洛尼亚的教诲”的说法。而其目前在诗歌方面的极大成就，则得归功于那位被授予今年的诺贝尔文学奖的诗人——乔祖埃·卡尔杜齐。

卡尔杜齐于一八三五年七月二十七日出生于意大利中部的托斯卡纳，对于他的童年和青年时期给他留下的深刻印象，他曾作过有趣的描述。有几个作家分别以他为素材写出了出色的传记。

为了更好地了解他思想和才华的发展过程，我们有必要提及他的父亲米克勒·卡尔杜齐医生,他是“烧炭党”的一名成员,积极参加争取意大利自由的政治运动;卡尔杜齐的母亲也是一位知书达理、思想开明的女性。

米克勒在卡斯特尔罗找到了一个医生的职位。所以年轻诗人卡尔杜齐早年是在托斯卡纳大区度过的,他向父亲学拉丁文,因此,他对拉丁文学极为熟悉。虽然,卡尔杜齐后来极力反对曼佐尼①的观点,但因其父敬仰这位诗人,所以也长期受到其强烈的影响。而在这段时间,他也研究《伊利亚特》和《伊尼德》、塔索②的《被解放的耶路撒冷》、罗林的《罗马史》和梯也尔③关于法国革命的作品。

那是政治上的紧张时期,在那倾轧和压制的日子里,年轻诗人以熊熊火焰一般的想象吸收了与古代的自由和迫在眉睫的统一有关的一切事情。

这位少年立即变成小小的革命志士。他自己回忆说,在与兄弟及朋友的游戏中,他组织了小共和国,由执政官、总督或护民官统治。他们常常发生激烈争执,革命被视为常态,内战始终是家常便饭。卡尔杜齐用石头投击正要横渡鲁比冈河决战的假扮凯撒,使得凯撒不得不狼狈逃窜,而共和国则获救。但翌日,这位小小的爱国英雄即遭到征服者凯撒的一顿痛击。

对这些游戏当然不需要过于重视,因为这在小男孩间可谓不足为奇。不过,事实上,卡尔杜齐后来的生涯,确实怀抱着对共和党人的强烈同情。

一八四九年,卡尔杜齐举家迁往佛罗伦萨,他在那里进入一所新学校。除了功课外,他开始阅读列奥巴尔迪④、席勒和拜伦的诗。不久,他动笔写诗——讽刺性十四行诗(商籁体)。尔后,他进入比萨高等师范学院学习,在学习中他显示出旺盛的精力。毕业后,在圣密尼阿托担任修辞学教师。由于他思想偏激,大公政府撤销了他阿雷佐小学校长的选任职务。但后来他在庇斯托亚中学教授希腊文。最后,他在博洛尼亚大学获得教席,成为长期而且有高度成就的教授。

这是他外在生活的简历。但在他职业上也不乏争斗。例如,他甚至有时被停止在博洛尼亚授课,好几次涉足与数名意大利作家进行激烈笔战。他的个人生活曾有许多惨痛的遭遇,其中他哥哥但德的自杀,无疑最令他悲痛。不过,他的家庭生活、对妻儿的爱,给他很大的慰藉。

为意大利自由而战,这对他感性的发展极端重要。卡尔杜齐是强烈的爱国者,他以全部心灵的烈火投入战争。无论在阿斯普罗蒙特和曼塔那的战败中他受到何等的挫折;无论新议会政府不能依照他的愿望组织,使他受到何等的幻灭,但他仍为他神圣的爱国事业的胜利而狂喜不已。

他热情的天性,使他对于任何在他看来有碍完成意大利统一工作的事深感苦恼。他是个缺乏耐心的人,做事总是力求立竿见影的效果,他尤其对那种圆滑的拖沓和含糊极为反感。

---

① 曼佐尼(1785—1873),意大利浪漫主义诗人。

② 塔索(1544—1595),意大利文艺复兴后期的诗人。

③ 梯也尔(1797—1877),法兰西第三共和国第一任总统,著有《法国革命史》十卷。

④ 列奥巴尔迪(1798—1837),意大利诗人。

同时,他的诗却灿烂华丽。虽然他也是历史和文学评论杰出的作者,但我们首要关注的是他的诗,因为他借诗赢得极大的声誉。

写于五十年代的《少年集》(1863),顾名思义,是他年轻时代的作品。它的两个特点是:一方面是古典的造型和音调,有时带着卡尔杜齐崇仰太阳神阿波罗和月亮神狄安娜的观点;另一方面有显著的爱国情操,对天主教会和教皇权力带着强烈憎恨,他认为这是意大利统一的最大障碍。

他坚决反对教皇的绝对权力,卡尔杜齐在他的诗篇中唤起读者对古代罗马的回忆和对伟大法国革命的憧憬,也使读者想起了加里波第[①]和马志尼[②]的形象。有时候他相信意大利似乎已经前景渺茫,担心所有古代的德行和勇敢精神都已腐化堕落,这时,他便陷入最深的绝望之中。

这种苦楚有助于说明卡尔杜齐为何要无数次地攻击许多作家和人。卡尔杜齐在论战中一向都很激烈,但在《少年集》中,却有内容更积极的诗篇,像歌颂伊曼纽尔二世[③]的那首诗,它写于一八五九年,当时与奥地利的战争即将爆发。他在诗中欢呼庆贺擎着意大利统一旗帜的君主。

真正的爱国情操表现在十四行诗《马真特》和诗篇《公民表决》里,他再次对维克托·伊曼纽尔二世表示衷心的赞扬。那首描写萨伏依[④]十字架的诗应该是《少年集》中最美的诗了。

其后的诗集《讽刺诗与抒情诗》(1868),收集了六十年代的一些诗作,在许多首诗中可听得出某种哀伤。罗马的久攻不下,固然使得卡尔杜齐深感愁闷,但在当时占取优势的政策中,也有许多事情使卡尔杜齐情绪不悦。新的政治情势无法达到卡尔杜齐的期望。不过在这个集子中我们还能读到一些极为优美的诗。卡尔杜齐熟悉十四世纪的诗,所以我们在他的诗中可以听到许多这个世纪的回声,例如《白色舞会之诗》以及关于意大利王国宣言的诗。

只有到《新诗抄》(1861—1881)和三卷集《野蛮颂》(1877—1889)中,卡尔杜齐才在抒情诗方面达到完全的成熟,并表现出风格上的完美。我们再也看不到那位以耶诺特奥·罗马诺为笔名,与对手激战的倨傲的诗人了,在我们面前代之以一种完全改观的诗风,在那里人们可以听到甜美、柔和的旋律。引导诗《诗与韵律》极富音乐性,是对韵律之美的一首真正的赞美诗,它的结尾淋漓尽致地体现了卡尔杜齐的风格特色。显然,卡尔杜齐对自己的气质心里是清楚的,他自比为第勒尼安海。但他的不安并未持续,而真正快乐的音调则在迷人的诗《五月牧歌》里回响。《早晨》这首诗明显是怀念雨果的,它就像那首题为《希腊之春》的诗,同样令人喜爱。

《抗暴》是《新诗抄》中的一部分,由一系列的十四行诗所组成。虽然诗的价值不高,但可以代表卡尔杜齐对法国革命毫无保留的赞誉。

---

① 加里波第(1807—1882),意大利民族独立运动领袖。

② 马志尼(1805—1872),意大利民族独立运动领导人之一,曾创立青年意大利党。

③ 维克托·伊曼纽尔二世(1820—1878),原为撒丁王国国王,统一意大利后成为意大利国王。曾支持加里波第等的独立统一运动。

④ 萨伏依,法国东南部与意大利毗邻地区,曾为意大利萨伏依王室(1861—1946)领地。

诗人的伟大在他的《野蛮颂》里得到了更加完全的体现,诗集的第一集出版于一八七七年,第二集一八八二年,第三集一八八九年。其中对作品形式的批评作了一些辩护。

虽然卡尔杜齐采用古代的韵律,但他对此加以彻底变形,以致一个听惯古诗的人,从中却听不出古典的声韵。这些诗有许多已达到内容完美的巅峰。卡尔杜齐的才华从未超越《野蛮颂》的高水准。迷人的《米拉玛》,以及旋律优美而带有忧郁的《在秋晨的车站》是卡尔杜齐最富灵感的作品。《米拉玛》是写不幸的马克西米连皇帝,及其短暂的墨西哥探险,那动人的悲调远胜过栩栩如生的想象,它同时还描写了亚德里亚海岸,完美精练。这首诗散发着一股怜悯感,这种情调在卡尔杜齐处理奥地利题材时是很罕见的,而他在《诗与节奏》(1899)里描写伊丽莎白女皇悲惨命运的美丽诗篇中,又再一次表现了这种怜悯之情。

在像卡尔杜齐这样激昂而丰富的诗质中,可以发现许多鲜明的对照来自各方面的不满,于是就混杂着对人的衷心赞美。无论如何,卡尔杜齐是世界文学上最具威力的泰斗之一,虽然也有发自他同胞的不满之声,但即使最伟大的诗人也不能避免这一点。因为没有人是完美无缺的。

然而,责难并非针对他某些时候所热衷的共和倾向。人们让他保留自己的观点,没有人去对他独立的政治立场表示争议。总之,他对独裁者的敌意,随年月而日趋消沉。他越来越把意大利王朝视为意大利独立的保护者。事实上,卡尔杜齐曾献诗给意大利皇后玛格丽塔,一位受到四面八方的人所尊敬的崇高女性,她的诗性心灵受到卡尔杜齐宏伟艺术的颂扬,卡尔杜齐对她的美貌和慈爱的敬仰,表现在宏伟的诗篇《献给意大利皇后》和不朽的诗《鲁特琴与竖琴》中,他透过普罗旺斯牧歌,表达了对这位贵妇的赞颂。心胸狭窄的、顽固的共和党人由于卡尔杜齐的这些诗而把他看作是他们事业的背弃者。然而,他义正词严地反驳说,献颂诗给高雅而善良的女性,与政治毫无关系,而他拥有权利,可随心所欲去思考,去描写意大利统治家族及其成员。

他的朋友及政治同党对他敌视的理由,有完全不同的原委。这种敌视与其说起因于他凶猛攻击的不同政治观点的人,倒不如说起因于过度热心的异教崇拜,异教崇拜常呈现对基督教本身的侵袭。他的反基督教情绪更产生了他那首广受议论的《撒旦颂》。

在许多攻击卡尔杜齐反基督教的言论中,不乏正义之声。虽然没有人能完全赞同他在《自白与战斗》和其他作品中尝试为自己辩护的方式,但是了解一些背景情况的话,就会有助于我们理解卡尔杜齐的态度。

卡尔杜齐的异教崇拜,至少对一个新教徒而言是可以理解的。由于这位热心的爱国者,在许多方面视天主教会为荒谬且腐败的势力,阻碍他所深爱的意大利的自由,卡尔杜齐极有可能把天主教与基督教混淆,将他有时对教会的严厉批判,延伸到基督教。

但我们仍不该忘记他的某些诗表达的真正宗教情绪。想一想《波伦塔教堂》的结尾与《在哥特式教堂内》的强烈反差,这会有助于我们对他宗教思想的认识。

至于激烈的《撒旦颂》(1865),若把卡尔杜齐视同波德莱尔,并指责他具有那种有害的和不健康的"撒旦主义",那就是大错特错了。事实上,卡尔杜齐的"撒旦"是误用的名字。诗人在语言的文学意义上,显然暗示着一位异人——光的传播者、自由思想和文化的使者,以及排斥和蔑视人权的禁欲主义的敌对者。在谴责禁欲主义的诗中,听到赞扬萨瓦那罗拉,似乎令人不解。整个颂诗里如此充满矛盾。卡尔杜齐本人最近已放弃全诗,并称之为“庸俗的歌谣”。因此,没有理由对诗人自己推翻的作品再喋喋不休。

卡尔杜齐是渊博的文学史家,深受古典文学、但丁及彼特拉克①的熏陶,但他不易被归类。他不热衷于浪漫主义,而偏向古典的理想和彼特拉克的人权主义。尽管可以义正词严地对他进行批评,但无可辩驳的事实仍是,他是这样一位诗人,他的心灵受到高尚理想的启示,他始终为爱国和爱自由所驱使,从未牺牲自己的见解以求得宠,也从未沉溺于卑贱的欲念。

在美学的意义上,卡尔杜齐的诗具有罕见的力量。他被授予诺贝尔文学奖可以说是当之无愧。

瑞典学院谨向这位已享誉全球的诗人表示敬意,这对于他在本国所获得的许多赞扬,无疑是锦上添花。意大利已选任卡尔杜齐为参议员,给予相当数额的终身俸禄,以报答他为意大利所带来的荣耀。

瑞典学院常务秘书 C. D. 威尔逊

李魁贤 译

作品

维吉尔

正如满月高悬,在干旱的田野上
洒下夏夜清凉滋润的露水,
小溪朝皎洁的月光低吟私语,
流淌在窄岸间,盈盈闪光;

夜莺藏身于枝叶中,以悦耳之声
填满了整片辽阔的寂静,
旅人一面聆听,一面忆起他
深爱的那头金发,忘却了时光;

失去孩子的母亲徒劳地悲痛着,
将视线从坟墓转向明亮的天空,
在弥漫的微光下安抚了她的心伤;

① 彼特拉克(1304—1374),意大利文艺复兴时期诗人、人文主义先驱。

与此同时，山峰远海纷纷展颜，
清新的柔风在大树间吹拂；
超凡的诗人，于我，如此即是你的诗行。

李蕴颖　译

亚历山大港

卢克索神庙①宽广的大厅里，
拉美西斯②像赤色的头上，通灵的蛇
直立身体嘶嘶作响，秃鹰尖声叫着
朝左侧飞去。③

六百座机敏的花岗岩斯芬克斯④，
在耀眼的阳光下守卫着
孟菲斯的塞拉皮斯神庙⑤，在那里
神牛哞哞叫着。

那时这首希腊颂歌从马留提斯湖⑥中
静默不动的碧绿的纸莎草丛
唱向苍白的沙漠，四周的微风
也都陷入沉寂。

“埃及，我们来向你致意，我们是
赫勒的后裔⑦，带着圆盾与长矛。
忒拜⑧，快打开你那一百座城门

---

① 卢克索神庙，位于上埃及尼罗河畔的城市卢克索，神庙中有拉美西斯二世的雕像。

② 拉美西斯，指拉美西斯二世，古埃及第十九王朝法老（前1279—前1213在位），被认为是埃及新王朝最伟大的一位法老。

③ 秃鹰从左侧飞过被视为一种吉兆。

④ 斯芬克斯，即狮身人面像。古埃及神庙前常有两列斯芬克斯像。

⑤ 塞拉皮斯神庙，位于尼罗河三角洲南部城市孟菲斯附近的塞加拉墓地。塞拉皮斯信仰来自埃及进入希腊化时期后奥西里斯神与阿匹斯神（形象为牛）的结合。

⑥ 马留提斯湖，埃及北部的湖泊，靠近亚历山大港。

⑦ 赫勒的后裔，指希腊人。赫勒是希腊神话中玻俄提亚国王阿塔玛斯和云彩女神涅斐勒的女儿，她从飞在空中的金毛羊背上坠海而亡，坠入的海被称为赫勒斯滂，意为“赫勒之海”，即今天的达达尼尔海峡。传说“希腊”这一名称也来源于她的名字，故此处称希腊人为赫勒的后裔。

⑧ 忒拜，又译底比斯，是希腊神话中众多著名悲剧的发生地。荷马在《伊利亚特》中称其有一百座城门。

迎接亚历山大①。”

“我们给阿蒙神②领来一位儿子，
好让他认出他。这位是色萨利③
亲爱的孩子，出身自阿喀琉斯
英武勇猛的血统④。

“他秀发飘扬如芬芳的月桂树林，
脸颊红润似鲜花盛开的坦佩谷⑤，
他硕大的眼眸中有一轮照耀着
奥林匹亚的太阳，

“他的面庞上是一片光彩四溢、
风平浪静的爱琴海，除非有荣耀
与诗歌的梦想，仿佛海上的白云
掠过他的脸庞。

“从色萨利军队的严密方阵中，
他如雄狮跃出，为希腊复仇，
击溃了战车和大象，战胜了
波斯总督与国王。

“向你致敬，亚历山大，战争与和平中的神！
象牙白的手指间的齐特拉琴献给你，
握在拳中闪闪发亮的银弓献给你，
现世的阿波罗⑥！

“斯塔吉拉城⑦的倾谈献给你，
伊奥尼亚女子的花环与吻献给你，

---

① 亚历山大，指马其顿的亚历山大三世，即亚历山大大帝，他在埃及建立了以自己名字命名的城市，即亚历山大港。

② 阿蒙神，古埃及神话中的主要神祇，相当于希腊神话中的宙斯和罗马神话中的朱庇特。原文为 Giove Ammone（Giove 即朱庇特）。在锡瓦绿洲有著名的阿蒙神谕殿，亚历山大曾造访该神谕殿，被神谕殿的祭司宣称为阿蒙之子。

③ 色萨利，马其顿南部的一个地区，传说曾是佩琉斯与其子阿喀琉斯的领土，也是亚历山大长大的地方。

④ 据传亚历山大的母亲奥林匹亚斯是阿喀琉斯的后裔。

⑤ 坦佩谷，色萨利北部的山谷，以风景优美著称。

⑥ 阿波罗，希腊神话中的神祇之一，是亚历山大的保护神，此处几乎将亚历山大与阿波罗等同起来。

⑦ 斯塔吉拉城，古希腊著名哲学家、亚历山大的老师亚里士多德的出生地。

吕埃俄斯[1]泡沫四溢的酒杯献给你，
奥林匹斯山献给你。

“愿留西波斯用青铜，阿佩利斯用颜料[2]
将你塑成永恒；愿雅典在煽动家的
怨恨平息时，将你高举至
帕特农神庙之上。

“我们追随着你，面对我们的威力，
尼罗河徒劳地藏匿它的教义与源头，[3]
我们使众神和解，将共同的光明
带给全世界。[4]

“如果你乐意驯服老虎与猞猁[5]，
新生的巴克斯[6]，我们将由你带领
来到神圣的恒河河岸，吟唱着
荷马的圣歌。”

亚该亚人[7]的颂歌如此唱着。
而那年轻的领袖，从金发上
摘下头盔，立在军队方阵前
朝大海望去。

他望着面前的大海与法罗斯岛[8]，
又转向四周无垠的利比亚沙漠，
从他汗湿的胸前解下
金黄的铠甲，

他将闪亮的甲胄掷到地上，
“愿亚历山大港屹立于沙漠中，
抵御住蛮族与岁月，正如我这

---

① 吕埃俄斯，酒神狄俄尼索斯的别名。
② 留西波斯、阿佩利斯，公元前四世纪希腊的著名雕塑家和画家，曾创作过亚历山大的肖像。
③ 指古埃及宗教信仰与圣河尼罗河的源头。
④ 按照亚历山大的计划，古埃及和希腊的宗教信仰得到融合。
⑤ 老虎与猞猁，印度地区的代表性野兽。
⑥ 巴克斯，罗马神话中的酒神和植物神。据说亚历山大将酒神崇拜带到了印度，故此处说他是新生的。
⑦ 亚该亚人，亚该亚是希腊的一个地区，此处亚该亚人泛指希腊人。
⑧ 法罗斯岛，靠近亚历山大港的一座小岛，公元前三世纪在该岛上修建了著名的亚历山大灯塔。

马其顿的铠甲。”①

他说完，为即将诞生的城墙
划定了八十斯塔迪亚②的界线，
在金黄的沙土上洒下的面粉
仿佛白色花朵。③

佩琉斯之子的后裔便是这样
建造起他的城市，因其光芒
闻名于世的法罗斯岛，照亮了
亚非两洲的航道。

无论是来势汹汹的沙漠之浪，
还是蛮族军队的多年侵袭，
都无力驯服希腊英雄这位
勇敢的女儿④。

她敏捷又勤勉，在命运催促下
从她的第三次生命⑤中崛起，
漂泊的诗人⑥啊，你在这里
见证了一切，

当你逃离了迫近中的暴政的黑夜⑦，
当你以热烈的才华谱写颂歌，
你正是在此地向东方寻求
自由与光明，

你看见庞培纪念柱⑧耸立在

---

① 据古罗马历史学家斯特拉波所写，亚历山大港的形状与马其顿骑兵的胸甲或短斗篷相似。

② 斯塔迪亚，古希腊长度单位，一说约等于一百八十五米，一说约等于一百七十八米。

③ 据古希腊哲学家、历史学家普鲁塔克记述，因为缺少石膏粉，亚历山大用军粮中的面粉标出了亚历山大港的周长。

④ 指以亚历山大之名命名的亚历山大港。

⑤ 第三次生命，指穆罕默德·阿里（1769—1849）和伊斯梅尔·帕夏（1830—1895）统治下的埃及。托勒密-罗马时期是埃及的第一次生命，阿拉伯人和土耳其人统治下的时期是埃及的第二次生命。

⑥ 漂泊的诗人，指朱塞佩·雷加尔迪（1809—1883），意大利诺瓦拉诗人、学者、旅行家，由于卷入到一八四八年的起义中，在一八四九年受到西西里的波旁王朝的迫害而出逃，在一八五〇年至一八五一年间游历了希腊、小亚细亚、巴勒斯坦和埃及，在一八六九年又回到埃及。

⑦ 指意大利一八四八年至一八四九年间的起义和战争后统治者的反扑。

⑧ 庞培纪念柱，实际上是为纪念戴克里先而建造的，但卡尔杜齐仍认为它代表了罗马文明的力量。

雕着头巾状石碑的坟墓之上①,
正如拉丁思想的力量傲视着
那混乱的年代②。

诗人啊,愿埃及的希望
与荣耀在你的著作中长存!
如今提丰③正在激发鼓舞
沙漠的愤怒。

奥西里斯④已被埋葬,阿努比斯⑤叫喊着
咬住正在逃跑的欧洲的脚踵⑥,
向前呼唤着众位野兽之神⑦
要求复仇雪耻。

陈腐的欧洲啊,你在世界上
散播着你不安的脆弱,
看悲哀的斯芬克斯是如何
望向东方微笑!⑧

李蕴颖　译

---

① 指亚历山大港的穆斯林墓地中的坟墓,其石碑状似穆斯林头巾。

② 混乱的年代,指从古罗马之后到卡尔杜齐所处的十九世纪八十年代,其时埃及陷入黑暗的异族统治。

③ 提丰,希腊神话中象征风暴和暴力的泰坦巨人,埃及神话中对应的神是赛特。

④ 奥西里斯,埃及神话中掌管草木生长、四季轮换、死亡与复生的神。

⑤ 阿努比斯,埃及神话中死者的保护神,掌管坟墓与冥界,其形象为人身豺首。

⑥ 一八八二年,埃及军官阿拉比领导了一场针对欧洲人的民族主义运动,起义爆发后,驻埃及的欧洲各国外交官纷纷匆忙离开埃及。

⑦ 野兽之神,指埃及神话中形象为野兽的众神。

⑧ 埃及标志性的狮身人面像望着东方露出微笑,等待着埃及反抗欧洲的起义,欧洲虽然仍占据统治地位,但其内部已脆弱不安。

1907
获奖作家

吉卜林

传略

一九〇七年瑞典学院终于把诺贝尔文学奖授予英国的一位小说家——吉卜林，以表彰他“观察的能力、新颖的想象、雄浑的思想和杰出的叙事才能”。

鲁德亚德·吉卜林(Rudyard Kipling,1865—1936)，英国小说家、诗人，一八六五年十二月三十日出生于印度孟买。父亲是位插图画家、学者，曾先后担任过孟买艺术学校校长和拉合尔市博物馆馆长。吉卜林六岁时被送回英国接受正规教育。

一八八二年，吉卜林自联合服务学院毕业，回到印度，因父亲无力供他上大学深造，就进拉合尔地方报纸《军民报》工作，担任助理编辑。一八八四年九月，他在《军民报》上发表了自己的第一篇短篇小说《百愁门》，此后便不断在报刊上发表诗歌和小说。一八八六年，出版了诗集《机关打油诗》。一八八八年，在他改任《先锋报》编辑期间，相继出版了七本短篇小说集:《山里的故事》《三个士兵》《盖茨比一家的故事》《黑与白》《在喜马拉雅杉树下》《人力车怪影》和《小威利·温基》。这些作品的出版给他带来了声誉，使他成为公认的文坛新秀。

一八八九年，吉卜林辞去工作，周游世界，游历了中国、日本、美国、南非、加拿大、意大利、英国等地。在周游世界的几年内，吉卜林先后出版了叙述士兵生活的诗集《营房歌谣》(1890)、第一部长篇小说《消失的光芒》(1891)和著名的短篇小说集《生命的阻力》(1891)。他在游历期间还写下许多随笔札记，后来编成两卷本的随笔集《从海到海》，于一八九九年出版。

婚后在美国定居的几年是吉卜林在创作上颇有成就的时期。他出版了诗集《七海》(1896)、短篇小说集《许多发明》，特别是创作并出版了他的两部代表作品《丛林之书》(1894)和《丛林之书续篇》(1895)。这两部长篇小说是吉卜林最引人入胜的作品，写的是印度原始森林中动物的故事。它们把读者带进了一个富有幻想的神奇的丛林王国，其中不仅描绘了自然界的绮丽风光及动物的生活和心理，而且还着意于阐释自然界的规律和动物世界的“丛林法则”。作者力图据此说明：人类社会也和动物世界一样，人和人之间是相互制约、相互依存的，因而为了人类的生存和繁荣，人人都要遵守一定的社会秩序。作品中动物之间的友谊、克服困难的毅力和与凶残势力坚决斗争的精神，颇有教育意义。作者对动物的品性和行为的描述，具有童话般的魅力，深受人们喜爱。

一八九六年，吉卜林因同内弟发生争吵，携全家离美回英国，后来定居于苏塞克斯郡的滨海小村罗丁迪恩。从九十年代后半期开始，吉卜林的创作题材有所扩大。他写了讲述一个美国富翁的儿子坠海遇救、在渔船上受到锻炼故事的小说《勇敢的船长》(1897)，出版了回忆中学生活的短篇小说集《斯托凯公司》(1899)及描写工厂和工程技术人员的短篇小说集《日常的工作》。

进入二十世纪后，吉卜林又相继出版了长篇小说《基姆》(1901)、诗集《五国》(1903)、短篇小说集《交通与发明》(1904)、历史故事集《普克山的帕克》(1906)等。其中《基姆》也是吉卜林的长篇名作，它讲述一个驻印爱尔兰士兵的孤儿基姆，随一个西藏喇嘛在印度漫游，寻找一条能洗涤一切罪过的圣河，并且参加英国军队间谍活动的故事。小说叙事生动，风土人情、宗教习俗描绘得细致入微，有着浓重的印度民族色彩。一九一五年后，由于儿子在“一战”中负伤失踪，吉卜林身心受到沉重打击，晚年的作品有不少涉及战争创伤、绝望心理和病痛死亡的内容。晚期作品有短篇小说集《各种各样的人》(1917)、《借方和贷方》(1926)、《限期和展期》(1932)等。一九三六年一月，吉卜林去探望女儿女婿时突然发病，医治无效，于一月十八日病逝于伦敦。他的骨灰安葬在威斯敏斯特教堂的“诗人角”，在狄更斯、哈代的墓旁。

吉卜林一生共创作了八部诗集、四部长篇小说、二十一部短篇小说集和历史故事集，以及大量的随笔、散文、游记等。他的作品大多具有异国情调，情节曲折、语言生动；他具有敏锐的观察力，景物描绘色彩缤纷，细节叙述栩栩如生；他还擅长于用雄浑粗犷的手法向读者展示遥远而神秘的东方世界，既有浪漫主义的丰富想象，又有现实主义的批判笔调，不愧为一位叙事艺术的高手。

授奖词

关于今年的诺贝尔文学奖的恰当人选，人们提了不少建议。许多被提名者确实足以当之无愧地获得这项受人尊重和众所瞩目的荣誉。

这次瑞典学院从这些候选人里，选出了一位英国作家。多少个世纪以来，英国文学曾经欣欣向荣，繁花似锦，当丁尼生①不朽的七弦琴永远沉默以后，人们在大文豪辞世时常常会发出的惋惜声重新响了起来。后继乏人，光辉的诗歌时代随着丁尼生去世而消逝

① 丁尼生(1809—1892)，英国诗人，一八五〇年被英国王室封为桂冠诗人。

了。当特格纳逝世的时候,瑞典人也曾发出过同样的悲叹。但是,人们大可不必为美妙的诗歌女神悲叹。她不会死亡,也没有从她崇高的位置上被推翻下去;她只不过换上了新的衣装,以适合新时代不同的口味。

丁尼生的诗歌里浸透了理想主义的情调,它是以显而易见的直接形式表现出来的。不过,在那些风格和他截然不同的作家的概念和才能里,也同样能发现理想主义的特征。虽说这些作家最关心的似乎是客观现实,而且正是由于他们用生动的语言描绘出了使我们饱受挫折和烦恼的当代艰苦而炽烈的生活,从而赢得了声誉。这种生活充满了谋求生存的痛苦斗争与随之而产生的焦虑和窘困。瑞典学院本年度授予诺贝尔文学奖的鲁德亚德·吉卜林就是这样一位作家。有位对英国文学素有研究的法国作家在六年多以前曾这样写道:"吉卜林无疑是英国文坛近年来最值得注意的人物。"

吉卜林于一八六五年十二月三十日出生于孟买。六岁时寄养在英国的亲戚家里,十七岁回到印度。他起初在拉合尔出版的《军民报》编辑部工作,二十多岁时在阿拉哈巴德编辑《先锋报》。他曾作为新闻工作者,同时也出于个人需要,遍游了印度各地。因此他对印度观念和情感具有了深邃的洞察力,并且对印度乡里群体的不同风俗和制度,以及驻印度的英国军人的生活特点有了深刻的了解。吉卜林对印度事物的真正内涵的坚实理解,在他的作品中得到了充分的反映。因此有人甚至认为,这些作品比开掘苏伊士运河更促进了印度和英国的亲密关系。在他的早期创作中,讽刺作品《机关打油诗》(1886)由于大胆的比喻和清新独特的语调而引起了人们的注意。他的早期作品还有著名短篇小说集《山里的故事》(1888)和《三个士兵》(1888),它们满怀同情地刻画了穆尔凡尼、奥塞里斯和李洛埃这三个士兵的典型形象。同类作品还有《盖茨比一家的故事》(1888)、《黑与白》(1888)及《在喜马拉雅杉树下》(1889),都是描写西姆拉的社交生活的。以《生命的阻力》命名的一系列短篇小说发表于一八九一年,其中有些篇什含有严肃的意图。同年还发表了长篇小说《消失的光芒》,这部小说的风格有些生硬严酷,但是其中一些段落充满了丰富的色彩,描绘得非常动人。

吉卜林在发表他的《营房歌谣》时,已经是个成熟的诗人。这些士兵歌谣气概不凡,格调刚劲雄健,以写实的手法描写汤米·艾金斯①在"温莎的寡妇"②或者她的王位继承人的调遣下,勇往直前,赴汤蹈火,历尽艰难险阻的各个阶段的经历。吉卜林成了英国军队的行吟诗人,他以新颖独特、亦悲亦喜的方式抒写了军队生活的劳累与艰辛;他对军队生活和工作的描绘,说明他对士兵们的崇高品质有充分的认识,却又没有丝毫过分浮夸的粉饰。他在描写士兵和水手的诗篇里,极其出色地表达了他们的内心思想,而且往往是用他们自己的语言表达出来的。因此士兵们都十分喜欢他,据说他们在日常活动中一有闲暇便吟唱起他的诗歌。对于一个诗人来说,最大的光荣莫过于自己的作品获得下层人民的热爱了。

《七海》(1896)这组诗歌透露出吉卜林是一个帝国主义者,是一个版图囊括全世界

① 汤米·艾金斯,吉卜林对英国士兵的统称。
② "温莎的寡妇",指英国维多利亚女王,由于她丧偶后独居温莎宫,故名。

的帝国的公民。在所有纯文学的作家里，为加强英国和它的殖民地之间的联系做出了最大贡献的，无疑要算吉卜林了。

吉卜林的《丛林之书》（第一部发表于一八九四年）不论在瑞典还是在其他国家，都受到读者热烈的赞赏和喜爱。作者在一种原始的想象力鼓舞下，创造出了这些神话般的动物故事：动物有黑豹巴格希拉、褐熊巴罗、狡黠而力大无穷的蟒蛇卡阿、白眼镜蛇奈格，以及那群叽叽喳喳乱叫的蠢猴子。莫格利就在这些动物中间长大，越来越孔武有力。书中有些场景是蔚为壮观的，例如，莫格利坐在"活躺椅"卡阿身上，而这条经历过多少世代树木野兽兴衰枯荣的蟒蛇，正在缅怀往昔的时光；又例如，莫格利叫大象哈西"让丛林长驱直入"，占据人们耕耘的田地。这些段落显示了作者描写绮丽的大自然的非凡本能。吉卜林在描写这些充满原始壮丽气概的丛林故事时，要比《日常的工作》中的《识途的船》(1898)更为得心应手，挥洒自如，虽说《识途的船》也是一篇把机器拟人化的有趣而古怪的故事。《丛林之书》使吉卜林成为许多国家的儿童喜爱的作家。成人也分享着孩子们的乐趣，他们在阅读这些亲切可爱、富有想象力的动物寓言时，仿佛又回到了童年时代。

在吉卜林的众多作品中，特别值得提出的是《基姆》(1901)，因为它描写一位喇嘛沿着一条能够涤清罪孽的河去朝圣，其风格高雅、温柔美妙，和这位作家一贯的粗犷风格颇不相同。而喇嘛的弟子、小无赖基姆，则完全是个机灵可爱的淘气鬼的典型。

偶尔有人指责吉卜林的语言偏于粗俗，认为在他某些最粗鄙的诗歌和谣曲里，采用士兵的俚语，已迹近猥琐轻浮。虽说这些意见不无道理，但吉卜林雄浑直接的文体和饱满充沛的道德力量，已经足以补偿这种缺陷了。他不仅在盎格鲁-印度是个受人爱戴的文学大师，而且他的声誉已远及庞大的不列颠帝国以外的辽阔地区。一八九九年他在美国身染重病，美国报纸曾逐日刊登他的病情公报，德国皇帝也致电给他的妻子表示慰问。

吉卜林为什么能获得全世界如此的眷爱？或者不如说，吉卜林究竟在哪些方面足以承当如此盛誉？同时，既然一个作家获得诺贝尔文学奖的条件是：他必须在自己的观念和艺术中特别表现出理想主义，那么，为什么人们认为吉卜林理应获得诺贝尔文学奖？答案如下：

吉卜林之闻名于世，主要并非由于他思想深邃、见解睿智过人。但是，即使是最粗率的旁观者也能立刻注意到他具有无与伦比的观察力，能够把现实生活中最琐碎的细节以惊人的准确性再现出来。当然，仅仅有敏锐的观察力，能够栩栩如生地再现现实，还是不够的。他的诗才还表现于其他方面。他的惊人的想象力，使他不仅能模仿自然，而且能创造出自己内在意识的幻象。他所描绘的景物，能使人们获得内心的感受，就像形象突然出现在人们眼前一样。他在描绘人物的时候，往往只需要一开头的几句话，就点明了人物的脾气和秉性。创造性并不只是把事物的暂时状态摄影般地如实记录下来，而是力求深入到它隐秘的核心和灵魂中去。这种创造性正是吉卜林写作活动的基础。正像吉卜林自己所说的那样："他是从上帝创造事物的角度去描绘事物的。"这句话语意深长，深刻地道出了诗人对于自己事业的责任感。

吉卜林的风格是雄伟刚劲的，有时显得放荡不羁。但他的笔触有时也温柔细腻，只不过这样的特点在他的作品里并不显得矫揉造作、引人注目。《玛哈默德·丁的故事》虽然简单，却充溢着真挚动人的情感。此外，又有谁能忘得了《山里的故事》中的那篇《攻陷伦滕彭》里的少年鼓手们呢？

在这位不知疲倦地观察着生活和人性的作家内心深处，蕴藏着崇高的情操。他在《致真正的罗曼斯》里，倾吐出了具体而生动地隐藏在每个真正诗人胸中的，虽然苦苦追求却永远无法实现的理想，这种理想，无论是感性世界里的景物还是印象，都无法把它驱逐出去：

只要能在梦中与你相见，
能摸到你的衣边，我就心满意足：
你的双脚已经走到了上帝身边，
我无法追随你的脚步！

作家的人生观充满了《圣经·旧约》时代，或不如说，清教徒时代的那种特殊的虔诚感情，丝毫没有自命不凡和滔滔不绝的毛病。这是由于他相信"敬畏上帝，就是智慧的开端"，并且认为存在着一个

我们祖辈早就知道的上帝，
我们在他严明的手下
行使着统治权……

如果说从审美观点来看，吉卜林具有诗人的直感，因而是个理想主义者，那么，从道德—宗教观点看，由于他的责任感，他也同样是个理想主义者，而这种责任感则产生于有坚定信念的信仰。他深信，即使是最强大的国家，如果不是建筑在公民恪守法律和有理性的自我克制之上，这个国家也是会灭亡的，对于吉卜林，上帝是居于首位的、最重要的全能的主宰，他在《生命的阻力》中称之为"伟大的监督者"。英国人作为一国的国民，是很能赞赏这些观念的，因此吉卜林成为国家的诗人，不仅因为他写了大量深受赞赏的士兵歌谣，而且多半也由于在一八九七年维多利亚女王登基六十周年之际他创作的那首颂歌《礼拜终场赞美诗》里几行短短的诗句。下面的诗句尤其突出地表达了真诚谦恭的宗教感情：

骚乱和叫嚣沉默了；
将领和君王们都已离去：
只有属于您的古老祭品还在那里，
一颗谦卑悔恨的心。

颂诗表达了民族自豪的精神，但它同时也对骄傲自大的危险发出了警告。

吉卜林在布尔战争中很自然地站到了他自己的国家英国那一边。不过他对于布尔人的英勇精神仍进行了充分的赞扬,因为他的帝国主义思想并不属于那种毫不考虑别人感情的顽固类型。

在英国文坛上曾经流行过多种多样的文学运动,英国文学曾因其丰富的作品和高于所有其他作家之上的不朽文豪莎士比亚而卓然超群。吉卜林受到斯威夫特和笛福的影响,可能超过了他所受到的斯宾塞、济慈、雪莱或者丁尼生的影响。然而在他身上,想象力和实际的洞察力却是同样充沛的。虽说他不具有史文朋①那种绮丽精致的风格,可是另一方面,他也摆脱了异教徒般只知追求享乐的倾向。他的作品在内容上既避免了病态的感伤情绪,在文体上又避免了亚历山大诗体的重叠堆砌。

吉卜林喜欢的是逼真和洗练,在他的作品里从来看不到华而不实的空论和洋洋洒洒的冗长描写。他善于准确无误地找到精辟的警句和独具特色的形容词。人们有时把他比作布勒特·哈特②,有时比作皮埃尔·洛蒂③,有时又比作狄更斯;但是他永远是与众不同的,他的创造力似乎是无穷无尽的。然而,正如前面说过的那样,这位想象力的鼓吹者同时又是个奉公守法和遵守纪律的旗手。丛林的法则也就是宇宙的法则;如果我们要问这些法则的主旨是什么,就会得到以下简洁的回答:"奋斗、尽责和服从。"所以,吉卜林鼓吹的是勇气、自我牺牲和忠诚,他最恨的是缺乏大丈夫气概和缺乏自我克制力;他还认识到,在世界秩序中有一种能够制服傲慢自大的惩罚力量。

虽然吉卜林是个独树一帜的作家,那并不是说,他从未受益于其他作家,即使是最杰出的大师也从不耻于求贤问业。吉卜林也像布勒特·哈特一样欣赏充满意趣的流浪汉生活,他也像笛福一样追求细节描写的真实以及遣词用字的准确,他像狄更斯一样对社会底层的穷人充满深切的同情,同时也像狄更斯那样善于在琐细的特征和举止中发现幽默。但是,吉卜林的风格又显然是独特和有个性的,它的引人入胜的魅力,与其说是依靠描绘,不如说是靠引起读者的联想。吉卜林的作品并非字字珠玑、完美无缺,但它们总是绘声绘色、多姿多彩,充满了情趣。《从海到海》这部特写集可说是一部生动描写的典范作品:不论描写的是大懒神统治下的象城,是棕榈岛,还是新加坡;也不论讲述的是日本的风俗习惯。吉卜林笔下充满了嘲讽——有时是极其尖锐的嘲讽——但他也同样富有同情心,他的同情大部分给予了在遥远的海外维护英国荣誉的士兵和水手们。他完全有权对他们说:"我吃过你们的面包和盐,喝过你们的水和酒,我曾和你们同甘共苦,也曾守护在你们临终的床头。"

他在很年轻的时候便已蜚声文坛,但是他成名以后仍在继续不断地向前迈进。有位为他作传的作者说,在他的作品里有三种不同的"语气"。在《机关打油诗》、《山里的故事》、风趣地赞美单身汉乐趣的《盖茨比一家的故事》以及颇有争议的《消失的光芒》里,用的是讽刺的语气;第二种是同情和善良的语气,在《玛哈默德·丁的故事》和真挚感人的杰作《没有教会豁免权的情侣》(载《生命的阻力》中)里最为显著;第三种是道德的语

① 史文朋(1837—1909),英国诗人。
② 布勒特·哈特(1836—1902),美国小说家。
③ 皮埃尔·洛蒂(1850—1923),法国小说家。

气，在《生命的阻力》里很明白地表现出来。姑不论这种分类法有多少价值，而且用这种分类法，对他的作品往往也不能一概而论、包括无遗，但是有一点是十分清楚的：吉卜林所抒写和歌颂的，是诚实的劳动，是恪尽职守，热爱祖国。对于吉卜林，热爱祖国不单指对于英格兰岛国的眷爱，而是对于整个不列颠帝国的热爱。诗人长期以来梦寐以求的是不列颠帝国各个成员之间更紧密的团结。这种愿望，从他以下这句话里可以清楚地看出：“只知道英格兰的人，对英格兰又能知道些什么？”

吉卜林用他的生花妙笔鲜明地描绘了许多不同的国家。但是他最关心的并不是事物多姿多彩的表面；不论什么时候，不论什么地方，他始终怀抱着一个崇高的理想：要时刻“准备，准备响应职责的召唤”；然后，在注定的时刻到来时，“像个士兵一样去见上帝”。

瑞典学院今年在将诺贝尔文学奖授予鲁德亚德·吉卜林的时候，谨向光辉灿烂的英国文学和英国当代最伟大的小说家致敬。

瑞典学院常务秘书 C. D. 威尔逊

文美惠 译

作品

在格林诺山上(节选)

爱神的轻言细语，她无心倾听；
冰冷的手沉甸甸地压在他绯红的手心。
她不肯回头，也不肯再听一听，
掉过脸去兀自往前行。
但是苍白的死神尽管满脸狰狞，
举起瘦骨嶙峋的手向她招引，
她却跟随他的花圈向前进，
撇下孤独的爱神不明究竟：
为什么她不愿留下应他邀请，
一听死神的低语却站起就行。

——《情敌》

“那是发生在那边远处的一座山上。”李洛埃看着喜马拉雅山下的光秃秃的山坡说，这使他想起了他的老家约克郡的山沟沟。他与其说是说给他的同伴听的，不如说是在自言自语。“唉，”他说，“伦波德山就在斯基普顿镇上方，格林诺山就在帕特莱布里格的上方。我想你们从来没有听说过格林诺山，要不是有一条白色的道路迂回环绕，那里就是秃山一座,真有点奇怪。到处是没完没了的山沟沟,没有一棵树可以遮阴;灰色的房子,石板做的屋顶,到处有田凫叫,有茶隼像风筝一般飞来飞去。你就甭提有多冷了!风刮起来像刀割一般。你看到谁的脸和鼻尖给风吹得红苹果似的,蓝色的眼睛眯成一道缝,你就知道他是格林诺山的乡亲。他们大多是矿工,在山沟沟里挖铅矿,像田鼠一样跟着矿苗走。这样艰苦的开矿,我可从来没有见过。你到一台有点儿嘎吱嘎吱响的井台一样的起重木架那里,身上拴了一条绳子就放下井去,一手摸着井壁,一手拿着一支插在土烛台上的蜡烛,一手抓紧绳子。"

"那么一共有三只手咯,"穆尔凡尼说,"那地方天气一定不错。"

李洛埃没有理他的茬儿。

"于是你到了下面,四肢着地,爬了一里远的弯弯曲曲的坑道,就到了一个像里兹市政厅一般大小的洞里,有一台抽水机在把下面更深处的坑道里的水抽出来。这是个奇怪的地方,更不用说采矿了,因为山里尽是这种天然的洞穴,河流和溪水都流到他们叫作窝穴的地方,在几里外的远处又流了出来。"

"你在那里干什么?"奥塞里斯问道。

"我当时是个年轻小伙子,常常赶着牲口去运开出来的煤和铅;不过我现在说的那次,我是在大矿里赶大车队。按理,我并不是那里的人。我到那里去是因为同家里怄气,起初我跟一帮野小子混在一起。有一天晚上我们在一起喝酒,我一定喝多了,要不就是酒不好。不过说实话,那时候我可从来没有见过坏酒。"他把胳膊举到头顶上,抓了一大把白色的紫罗兰,"是啊,我从来没有见过不能喝的酒、不能抽的烟、不能吻的姑娘。唉,我们一定是在比赛谁回家跑得最快。我把别人都抛到了后面。当我爬上一道石块堆砌的墙头时,我一头栽倒在下面的沟里,石块也跟着我掉下来,跌断了我的胳膊。这些我当时都不知道,因为我后脑勺先着地,当时就砸昏过去了。我醒来时已是清晨,发现自己躺在杰西·朗特里家里的长靠椅上,丽莎·朗特里坐在一边缝衣服。我全身疼痛,嘴里渴得像个石灰窑。她从一只瓷壶里倒了一杯水给我喝。瓷壶上面写着'里兹市赠'几个金字。我记得这么清楚,因为这几个字我后来看了好几次。她说:'你得静静地躺着等瓦波顿大夫来,因为你的胳膊跌断了,爸爸已经派个孩子去请大夫。他是在去上工的时候看到你的,把你背回了家。'我叹了口气就闭上了眼睛,因为我感到很难为情。'爸爸去上班已有三小时了,他说他会叫他们派别人去赶车的。'时钟嘀嗒嘀嗒地响着,一只蜜蜂飞进了屋子,我的脑袋里像水车的轮子一般咯咯地叫。她又给我喝一杯水,整了整我的枕头。'唉,你还年轻,怎么喝得烂醉的,你以后可别再喝醉了,好不好?'——我说,我不会再喝醉了,只要她能使我的脑袋不再像水车轮子那般咯咯地叫。"

"天呀,你病的时候有个女人侍候你,那可多好!"穆尔凡尼说,"砸破二十个脑袋也划得来。"

奥塞里斯转过头去皱着眉头盯着山谷那边。他这一辈子可没有多少女人侍候过他。

"后来瓦波顿大夫骑马来了,杰西·朗特里跟他一起来的。他是个高明的大夫,不过他同穷人说话不分彼此。'你干什么啦?'他说道,'砸破了脑袋?'他摸了我全身。'骨头没砸断,只不过人给砸傻了一些,这就够蠢的了。'他这么说着,想出各种各样的话来骂我,不过还是把我的胳膊很小心地接上了骨,杰西在旁帮着忙。他把我包扎好以后,给我吃了药,然后说:'杰西,你得留这个大笨蛋在这里住几天。你和丽莎得照看他,尽管这家伙一点也犯不着你操心。那样一来他就干不了活,得有一两个月要靠病假互助金。你说他是不是个傻瓜?'"

"不过我倒要想知道,不管出身高低,哪个年轻人不是傻瓜?"穆尔凡尼说,"没错,干了傻事,人才会聪明起来,我是有这经验的。"

"聪明!"奥塞里斯微笑道,抬起头来看看他的两个同伴,"你们两个都是他妈的所罗门?"

李洛埃平静地说下去,眼光迟钝,好像一头反刍的公牛。

"我就是这样认识丽莎·朗特里的。有几首她常常唱的歌——唉,她嘴里老是在唱着歌——我听到了好像格林诺山就在我眼前一样,同对面的山坡一般清楚。她教我唱男低音,要我跟他们一起上教堂去,杰西和她在那里领唱,老头儿还拉提琴。老杰西是个怪人,喜欢音乐着了迷,他要我答应他,等我胳膊好了以后跟他学大提琴。这架大提琴是他自己的,用大匣子装着,竖着放在那架一口气能走八天的大钟旁边,原来在教堂里拉这架大提琴的威利·萨特思维特耳朵聋了,这叫杰西很恼火,因为他得用琴弓敲打他的脑袋,才能教他在该配合的时候拉起锯来。

"不过这里面还有一个美中不足的黑点,那是那个穿黑衣服的人带来的。那个卫理公会原教旨派牧师到格林诺来的时候,总是住在杰西·朗特里家里,从一开始起就抓住我不放。仿佛我的灵魂需要拯救,他决心要拯救我。同时叫我感到妒忌的是,他似乎也很热心要拯救丽莎的灵魂,我好几次真想把他宰了。这样下去,终于有一天我忍不住了,向丽莎借了钱去买酒。过了几天我夹着尾巴回来了,只是为了要再见一眼丽莎。但是杰西和那牧师——阿莫斯·巴拉克拉夫牧师——正好都在家里。丽莎什么话也没有说,平时苍白的脸这时有点泛红。杰西尽量很客气地说:'不行,小伙子,事情是这样的。你得自己选择,究竟走哪一条路。我可不允许酒鬼,而且是借我姑娘的钱去喝酒的酒鬼,踏进我的门槛。——你别插嘴,丽莎。'他瞧见丽莎要开口,就拦阻她。丽莎要说的是她愿意借钱给我,相信我是会还给她的。这时那个牧师看到杰西就要发火,就插进来说话,他们两个人狠狠地说了我一顿。丽莎只是在旁看着,什么话也没说,可这比他们俩的嘴皮子还厉害,因此我决定还是弃邪归正吧。"

"为什么!"穆尔凡尼大声叫道。可是他又克制住自己,轻声说道:"好吧!好吧!圣母玛利亚当然是一切宗教和大多数女人的母亲。要是男人不去管,每个姑娘都是很虔诚的。在这种情况下,我也会弃邪归正的。"

"唉,"李洛埃涨红脸说,"不过我是真心诚意的。"

奥塞里斯因为要顾着自己的事,不敢放声大笑。

“唉,奥塞里斯,你当然可以大笑,可是你不了解那位巴拉克拉夫牧师——他是个脸色苍白的小矮个儿,说起话来他的声音能把小鸟骗下树枝,他有办法哄得大家都相信,他们从来没有过这样的一个好人做朋友。你从来没有见过他,而且——而且——你也从来没有见过丽莎·朗特里——从来没有见过丽莎·朗特里……这固然是因为那牧师和丽莎的父亲,但多半也是因为丽莎,总而言之,他们都是一个想法,而我呢,又感到很羞愧,所以我就成了一个他们叫作改过自新的人。现在我想起来,很难相信像我这样的人居然会到祈祷会上去,到教堂里去,到读经班上去。不过我自己是没有什么要说的,尽管有人大喊大叫,还有那个老头儿山姆·斯特罗瑟,几乎是快死的人了,外加还有关节炎,却大声叫喊‘快乐呀!快乐呀’!说什么坐着煤筐子上天堂也比坐着六驾马车下地狱要好。他常常把他的老鸡爪子一样的手抓住我的肩膀问我:‘你是不是觉得那样,傻大个儿,你是不是觉得那样?’有时候我觉得的确是那样,可是有时候我又觉得不是那样,这到底是怎么一回事?”

“这是人之常情,”穆尔凡尼说,“而且,我不相信你的脾气合适做卫理公会原教旨派教徒。他们反正是新教。我却相信老教,因为老教是他们所有新教的母亲——是啊,也是父亲。我喜欢老教,因为它的规矩最严格。我可能死在火奴鲁鲁,或者新赞不拉,甚至开因角,不论我死在什么地方,像我这样的一个人,只要身边有个神甫在场,我就要像教皇亲自从圣彼得大教堂屋顶上下来送我一样,按那样的仪式、那样的祷词、那样的涂油礼离开人世。老教的规矩是分毫不差的,不多也不少,不过也不差,我就是喜欢那样。可是告诉你,对一个意志软弱的人,可不合适,因为老教要求你拿出全部身心来投进去,除非你有正当的工作要做。我记得我父亲死的时候,过了三个月才能下葬;真是天晓得,他为了少进炼狱十分钟,瞒着我们把他的小酒店卖给了人家。他是尽了他的能力。所以我说,只有坚强的人才能同老教打交道,可是也是为了这个缘故,才有这么许多女人信老教。这真叫人弄不懂。”

“操这些心有什么用?”奥塞里斯说,“反正你很快就会弄明白的。”他把枪膛里的子弹倒出来,放在手心里,“这是我的牧师,”他说着,把黑色的阴森森的弹头像木偶般鞠一个躬,“他就要好好地教训那个人一顿,而且,没错,要在太阳落山以前。不过,约克,后来呢?”

“他们只有一件事情不同意,几乎当着我的面关上了门,那便是我的小狗爆炸,那是小铺子里一桶开矿用的火药爆炸时一窝狗崽子中唯一没有炸死的一只。他们不喜欢它的名字,也不喜欢它成天跟碰上的狗干仗。这是一只难得的小狗,脸上有红黑两色的斑点,一只耳朵给炸掉了。由于放在一只篮子里拖过约莫有一里半远的铁皮屋顶,一条腿也跛了。

“他们说,我非得放弃它不可,因为它太粗野。难道我为了一只小狗宁可自己也被关在天堂的门外?‘不行,’我说,‘如果天堂的门那样窄,容不得我们一起进去,我们就不进去,因为我们决不分手。’这时牧师给爆炸求情了——因为他一开始就有点喜欢爆炸——我想这也是我慢慢喜欢那牧师的原因——他说什么也不愿意把爆炸的名字改成赐福,像别人要求的那样。这样我和爆炸就定期上教堂了。但是像我这样脾气的年轻小伙子,要一下子同尘世、欲念、吃喝玩乐一刀两断,是很不容易的。但是我坚持了很长时期,别的小伙子星期天常常站在镇子的口上,倚在桥上的栏杆边上,一边朝河里吐着痰,一边在我后边叫喊:'李洛埃,你什么时候要讲道?因为我们都想来听你讲道!'——这时另一个人就会说:'别嚷嚷了。他今天早上没有戴白领圈!'我穿着星期天才穿的一套好衣服,只好在口袋里攥紧拳头,悄悄地跟自己说:'要是今天是星期一,而我又没有参加卫理公会,我就要好好地收拾这帮子人。'这是最难受的事——知道自己能干架却又不能动手打。"

穆尔凡尼咕噜几声表示同情。

"因此,由于唱歌、练习、读经,还有那杰西让我夹在两条腿间的大提琴,我就有很多时间待在杰西·朗特里家里。可是,我固然常常到那里去,牧师去的次数比我还要多,老头儿和那姑娘也都很高兴见到他。他住在帕特莱·布里格,那地方不近,可是他还是来。我可以说又喜欢他——而且比别人更喜欢——可是又打从心眼里憎恨他。我们俩就像猫跟耗子似的互相防备,不过在外表上还是很客气,因为我总是十分规矩有礼,而且他为人光明正大,我也不得不光明正大地对待他。不错,我恨不得要想把他的小脖子掐断,可是他却是个难得的好伙伴。从杰西家告别出来后我常常要送他一段路。"

"你是说送他回家?"奥塞里斯说。

"是啊。这是我们约克郡送朋友走的规矩。这个朋友我不希望他再回来,他也不希望我回来,因此我们就一起走到帕特莱,他又送我往回走,这样我们俩就像一对他妈的钟摆一样,在山谷之间送来送去,一直到半夜两点钟,这时丽莎窗口里的灯早就灭了,我们俩假装在看月亮,却一直在偷偷看一眼她的窗口。"

"啊!"穆尔凡尼插进来说,"你要同那个半路杀进来唱赞美诗的家伙竞争,是没有希望的。她们十有八九都喜欢装腔作势的人,只有到了后来才发现犯错误——这些女人。"

"这一点你却错了,"李洛埃说道,他的晒得黑黑的长着雀斑的脸颊泛起了一阵红晕,"我是先认识丽莎的,你总以为这就行了吧。可是那牧师却是个有耐心的人,而且杰西站在他那一边,还有教会里的所有娘儿们都在丽莎耳边嘀咕,说她心肠真好,收容像我那样的一个一点也不体面的二流子,而且还带着一条恶狗。她要对我做好事,拯救我的灵魂,这当然很好,可也要小心,可别自己吃亏上当。大伙儿都说有钱人喜欢摆架子讲排场,其实最摆架子讲排场的还要数教会里的穷人了。这阵风就像格林诺山上吹来的风一般寒冷——唉,还更冷,因为它一直在吹个不停。现在我想起来了,最奇怪的一件事是,他们容不得当兵的想法。《圣经》里有许多打仗的故事,卫理公会教徒参军的也不少,可是听教会的人说话的口气,仿佛当兵就仅次于受绞刑了。在他们聚会的时候,你只听到他们在讲打仗。要是山姆·斯特罗瑟在祷告时一时想不起什么话来说,他就会高声唱道:'我主和吉提昂的剑。'他们总是说要披挂起正义的全副武装,为信仰而奋战。可是后来,他们为了一个要参军的小伙子开了一次祈祷会,大家大声祷告,几乎把他耳朵都震聋了,最后他就捡起帽子逃走了。他们在主日学校常常说一些坏孩子的故事,斥责他们在礼拜天掏鸟窝,平常的日子逃学,玩摔跤、斗狗、逮兔、喝酒,说到最后,他们把他逐出了山沟沟,好像坟上的墓志铭一般,说'后来他去参军当了兵',说完都深深地松一口气,闭上眼睛,好像喝水的母鸡一般。"

"为什么这样?"穆尔凡尼狠狠地拍一下屁股说,"为什么这样? 这我也见过。他们骗人,说谎,讲坏话,比别人都厉害;可是他们认为最坏的事是为女王老老实实去当兵。总的说起来,这有点像孩子气的话。"

"要是他们有个安静的地方干仗,他们也会大干一仗的。他们干得真是好仗! 屋顶上猫干的仗! 完全是另外一个行当。要是你能让伦敦那些养尊处优的叫花子到这里来修筑一天的路,淋一夜的雨,我付一个月的薪饷也愿意。跟我们一样,他们也会疯疯癫癫的。我以前曾经在兰白思一家下等的小酒店里给轰了出来,里面尽是肮脏的马车夫。"奥塞里斯口中咒骂说。

"也许你是喝醉了。"穆尔凡尼安慰说。

"比这更糟。喝醉的是马车夫。我当时穿着女王的军服。"

"在那些日子里,我并不特别想当兵,"李洛埃说,他的眼光仍旧看着对面的秃山头,"可是这种谈话使我有了当兵的念头。这些教会里的人,他们是出于好心,可是却弄巧成拙。但是我为了丽莎的缘故硬着头皮忍着,特别是她教我唱霍洛托里奥中的男低音,因为杰西要站起来拉琴。她自己唱得像只画眉一般好听,我们一个晚上接着一个晚上练习了快有三个月。"

"我知道霍洛托里奥是什么,"奥塞里斯顺口插嘴说,"这是一种牧师唱的歌——词儿都是用《圣经》上的,尽是哈利路亚哈利路亚的合唱。"

"格林诺山的乡亲们多半都会玩一种乐器,他们都爱唱歌,你在几里路以外就可以听到。他们大叫大嚷很得意,因此有没有人听,他们也不在乎。那个牧师不吹笛子的时候就唱高二度;由于我没有拉好大提琴,他们就让我坐在威利·萨特思威特的旁边,该他拉琴的时候把他的手肘推一把。至于老杰西,没有比他更高兴的了。因为他身兼三职,又是指挥,又是第一小提琴手,又是领唱。他用琴弓打拍子,有时还重重敲打桌子大声叫道:'你们都停下来,都停下来! 现在轮到我唱了。'他就转过身去,表演男高音独唱,脸上得意地冒着汗珠。在合唱队中,要数他最神气,唱起来摇头晃脑的,挥舞着手臂仿佛风车一般,唱得满脸通红。杰西真是个难得的歌手。

"所以你们明白,除了丽莎·朗特里,他们是不把我怎么放在心上的。他们开会或练唱的时候,我多次默不作声地坐在那里,听他们说话。一开始我就觉得有点不是味儿,后来越来越觉得不是味儿了,因为我坐着冷板凳,可以仔细揣摩这是什么意思。

"在霍洛托里奥唱完以后,丽莎身体一向不好,这时又犯病了。瓦波顿大夫来了,就让我牵着他的马在屋子外面来回遛马,他自己进屋子看病,却不让我进去,虽然我满心想进去见见她。

“她马上会好起来的，孩子——她马上会好起来的，’他常常这么对我说，‘你必须耐心。’后来他们说，如果我安安静静，他们就让我进去。阿莫斯·巴拉克拉夫牧师常常坐在那里读书给她听。她躺在床上，枕头垫得高高的。后来她好了一些，他们让我抱她到长靠椅上坐着。天气转暖以后，她就像以前那样走动了。在这些日子里，牧师和我和爆炸就常常待在一起，我们可以说是难得的好伙伴。可是我不止一次真想掐死他。我注意到有一天他说他想到地球中心去看一看上帝是用什么材料做这些无穷无尽的山头的骨架的。他就是这种人，能言善道。他的灵巧的嘴皮，说起这种话来滔滔不绝，就像这里的穆尔凡尼一样，要是穆尔凡尼当初有这想法，今天也会成为一个难得的好牧师的。我借了一套矿工服给他，大得几乎可以把这个矮小子给埋了起来，他的苍白的脸藏在衣领和帽檐里面，像个稻草人的脸。他蹲在马车里面，我赶着那辆马车到一个斜坡上面，到抽水机的洞穴里，矿石就是在这地方送上来装到马车上的。马车装满了以后就自动下去，我只拉着制动的闸，让马儿慢慢跑着跟在后面。只要是在露天，我们都是好朋友，但是一到暗处，见不到阳光，只有洞口的一线光亮，就像街头的路灯一样，我的心眼就坏了起来。我回想起他老是夹在我和丽莎中间，这时我的一切宗教观念就全都丢得无影无踪了。他们都说一等到丽莎病好了，他们就要结婚。我问她究竟是不是，她却不肯明确答复。他开始轻声唱赞美诗，我却满口粗话，咒骂我的马儿，这时我才明白我是多么恨他。他个子又小。我轻轻用一只手就可以把他推到加斯东的铜口眼里去——那是一条地下溪流流过一块岩石的地方，溪水在这里轻轻地掉到了一个深不可测的深渊。”

李洛埃又拔了一把无辜的紫罗兰。“唉，他应该到地底下去看看。我可以在坑道里带他走上一两里路，把他撇在那里，举着一支熄灭了的蜡烛唱哈利路亚，没有人在旁听他的，或者等他唱完了说声阿门。我要带他下阶梯到杰西·朗特里干活的坑道里，为什么他不能在阶梯上失足滑一下？我只要把脚狠狠地踩在他的手指上，一直踩到他松手，再踢一脚把他送下去。要是我先下阶梯，我可以把他抓住，举过脑袋，抛下井去，让他跌得粉身碎骨，就像皮尔·阿普尔顿刚来的时候那样，掉到井底时已没有一根完整的骨头了。那时就不再有一条大腿从帕特莱走过来。那时就不再有一条胳膊搂住丽莎·朗特里的纤腰。永远不会有了——永远不会有了。”

他的厚厚的嘴唇翻了起来，露出发黄的牙齿，那张涨红的脸可不是好瞧的。穆尔凡尼同情地点着头，奥塞里斯受到他同伴激情的感动，把步枪举到肩上，眼光在山边搜索着他的对象，嘴里没干没净地为一只麻雀、一声突兀、一场暴雨嘟囔着。只有淙淙的溪流打破了寂静，一直到李洛埃又继续说他的故事。

“但是要那样杀死一个人却不是件容易的事。我把马儿交给了接替我的那个小伙子，把矿井指点给牧师看，在抽水机的隆隆声中大声地在他耳朵边叫嚷。我发现他并不害怕，灯光照到他的黑眼珠时，我可以感觉得到他又把我制服住了。我感到不好过，爆炸也是，因为它被锁链拴了起来，有一只陌生的狗太平无事地窜过去时，它就汪汪大叫。

“‘你是个胆小鬼，傻瓜。’我对自己说，于是我心里又同他搏斗起来，一直走到加斯东的铜口眼上，我一把抓住牧师，把他举到了头顶上最黑暗的地方，然后说：‘现在，小伙子，不是你，就是我，只有一个人能同丽莎·朗特里相好。怎么，你不害怕吗？’因为他像一个麻袋似的在我手里一动不动。‘不，可怜的孩子，我只是为你害怕，因为你什么也不知道。’我把他放下来站在那块岩石上，溪水流得更轻声了，我的脑袋里也没有像蜜蜂进了杰西屋子的窗户里那样嗡嗡响了。‘你这话是什么意思？’我问道。

“‘我一直觉得应该让你知道，’他说，‘可是这话很难向你开口。咱们俩谁也得不到丽莎·朗特里，世上也没有别人能得到她。瓦波顿大夫说——他是了解她的，也了解她死去的母亲——她身体已经不济了，顶多还能活六个月。她早就知道了这一点。站稳了，约翰！站稳了！’他说。这个弱不禁风的小矮个把我再拉过去一点，让我坐在他身旁，安静地把这一切全都告诉了我，而我只是手中捏着一把蜡烛，一边听他说，一边来回地数着。他说的有一大半是平常的牧师说教，但是也有不少的话使我开始觉得他真是个男子汉，我过去小看了他，最后我为他感到难过，不下于为我自己。

“我们一共有六支蜡烛，我们整天就在地下爬着，一直到六支蜡烛都点完。我对自己说：‘丽莎·朗特里只有六个月好活了。’我们爬到露天来以后，看上去都像死人一般，爆炸跟在后面，也不怎么摆尾巴了。我再见到丽莎时，她看了我一会儿说：‘谁告诉你的？我看你已经知道了。’她吻我的时候尽量装出笑容，我几乎哭了出来。

“你们知道，那时候我还是个小伙子，没有多少人生经历，更不用说死亡了，虽然死亡是一直在等待着我们。她告诉我说，瓦波顿大夫认为格林诺山的空气太寒冽，他们打算到布勒特福去，到杰西的哥哥大卫那里去，大卫在一家面粉厂工作。我必须鼓起勇气，像个基督教徒，她会为我祈祷的。于是，他们这就走了，牧师在那年年终也调到另外一个教区里去，就只剩下我一个在格林诺山。

“我花了很大力气尽量留在教会里，但是在那以后什么都不一样了。我在唱歌的时候没有丽莎的歌声作我的引导，也没有她的眼睛在他们头上闪烁。在读经班上，他们说我一定有什么体会可以告诉大家，但是我实在想不出有话要说。

“爆炸和我常常在一起闲荡，大概我们的表现很不好，因为他们不再理我们了，而且还表示奇怪，以前怎么会同我们来往的。这日子是怎么过的，我也无从谈起。到了冬天，我就辞退了工作，到布雷特福去。老杰西站在家门口，那是在一条尽是一幢幢小屋的街上。他正在把一帮小孩子赶开，因为他们的木底鞋子在人行道上踩得噔噔响，妨碍她睡觉。

“‘是你吗？’他说，‘可是你不能见她。我犯不着为你去把她叫醒。她已经快了，一定要让她安安静静地死去。你是永远不会学好的了，你这一辈子也不会再拉大提琴了。走吧，小伙子，走吧！’他就这样在我面前轻轻地关上了门。

“我从来没有把杰西放在心上，但是这时我觉得他是对的，我到了镇上，遇到一个招兵的中士。教会里的人们说的故事在我脑袋里嗡嗡地响着。我正好要远走高飞，这正是像我这样的人要走的道路。我当场就参了军，领了安家费，帽子上别上了几条绥带。

“可是第二天，我又到了大卫·朗特里家的门前，杰西出来开门。他说道：‘你又来了，带着这魔鬼的旗色，这是你的本色，我是一直这么对你说的。’

“可是我软求硬磨，要他让我看她一眼，哪怕只是说声再见，最后终于有个女人在楼梯顶上向下说：‘她说请约翰·李洛埃上楼来。’老头子马上闪身让开，一只手抓着我的胳膊，不过十分温和。‘可是你得安安静静的，约翰，’他说，‘因为她很虚弱。你一直是个听话的好孩子。’

“她的眼睛炯炯有神，头发浓浓地躺在枕头上，可是她的双颊深陷——瘦得使健康的人吃惊。‘不，父亲，你不能说这是魔鬼的旗色。这些绥带很漂亮。’她伸出手来拿我的帽子，把绥带弄得整整齐齐的，就像女人们见到缎带时都不由自主地会收拾的那样。‘是啊，这些绥带很漂亮，’她说，‘唉，不过我却喜欢看到你穿着红色的军装。约翰，因为你一直是我心爱的小伙子——我心爱的小伙子，别人谁也不是。’

“她举起了胳膊，把我脖子搂住，可是只是轻轻的一下，又松了开去，她好像晕了过去。‘现在你得走了，小伙子。’杰西说，于是我捡起帽子，下了楼。

“招兵的中士在路角酒店里等我。‘你见了你的心上人了？’他问道。我回答说：‘是的，我见了。’‘那么好吧，我们现在好好地喝一杯，你最好尽量忘掉她。’他说，他是那种干净利落的人。‘是啊，中士，’我说，‘忘掉她。’从此以后，我一直在想法忘掉她。”

董乐山　译

1908

获奖作家

奥伊肯

传略

一九〇八年,瑞典学院第二次把诺贝尔文学奖授予一位非文学家。第一次是给了历史学家蒙森,这一次是给了哲学家奥伊肯,表彰他"他对真理的热切探求、他的深邃的思想洞察力、广阔的视野、他的热烈而有力的表现手法——在众多著作中他运用了这些手法维护和发展了生活的理想主义哲学"。

鲁道夫·奥伊肯(Rudolf Eucken,1846—1926),德国哲学家,一八四六年一月五日生于德国东弗里西亚群岛首府奥里希。父亲是当地的邮政局长,母亲是牧师的女儿。奥伊肯五岁时,父亲去世,全家靠抚恤金维持生计。奥伊肯年幼时体弱多病,数次遭重病袭击,几乎丧命,但家庭的困苦和个人生活的坎坷使他得以早熟,从小酷爱读书,勤于思考。一八六二年,他考入哥廷根大学,师从亚里士多德解释者、目的论唯心主义哲学家洛采攻读哲学,并兼修语言学和历史学。后又转入柏林大学,师从思想家和哲学家特伦德林堡专读伦理学和哲学史,并于一八六九年以一篇论亚里士多德语言的论文获哲学博士学位。毕业后,曾任中学教师;一八七一年任瑞士巴塞尔大学教授;一八七四年,他离开巴塞尔大学,回德国担任耶拿大学教授,直至一九二〇年退休。其间,他曾以交换学者身份赴美国哈佛大学讲学。

奥伊肯在学术上的成就主要在宗教伦理学、对亚里士多德的研究与阐释,以及中世纪哲学方面。他不相信抽象的唯理智论和分类学,而把自己的哲学重点置于实际的人类经验之下,把自己的哲学称为"精神生活哲学",在哲学史上属于生命哲学一类。他认为哲学不应以抽象概念为中心,应该以活生生的生命或生活为中心,而生命或生活是一个进化的过程,初级阶段是自然生活,高级阶段是精神生活。精神生活在本质上是伦理的,包括现实的理想与目的在内,人格就是它的属性。在他的代表作《一种新人生观的基础》(1907)中,他说人是自然和精神的会合点,必须以积极的态度不断地追求精神生活以克服其非精神的本质。这种追求有时被称为伦理的能动主义,它制约着人的所有动机,但特别需要意志和直觉的努力。作为自然主义哲学的坚决反对者,奥伊肯认为人的灵魂使其从自然界分化出来,但仅仅依照自然过程并不能对灵魂的本质做出正确的解释。在他的《社会主义:一种分析》(1921)和《个人与社会》(1923)两书中,他的这种观点异常明确。在他看来,所谓灵魂就是人的内在精神,是对更高的精神生活的渴望和信念,以及对自由的追求,而这正是人与自然界其他生物的根本区别。

他认为,一种有价值的、值得赞美的生活并不在于物质上的丰裕,而更加重要、更加本质的是在于精神生活的崇高与充实。他认为,人生就是自主的行动,就是战斗,而精神具有独立性,能够不断地克服物质的阻力取得胜利。精神的胜利最终就是宗教的胜利,因为人是上帝的合作者。仅仅追求物质享受而忽视甚至贬低精神追求的生活是毫无价值、毫无意义的,唯有精神的陶冶与升华,才能使人达到真、善、美的崇高境界。

他认为,人生的意义就是不断克服自然与精神、个体与总体的矛盾,使之不断走向统一,成就崇高的人格。这一切创造和进化的过程,从根本上说,都是来自宇宙的生命推动力。奥伊肯想以“精神生活哲学”来统一、整合哲学史上自然主义与理智主义、唯物与唯心的对立,但它在本质上仍然是从主观出发的唯心论。

奥伊肯的早期著作有:《论亚里士多德的语汇》(1866)、《亚里士多德伦理学的方法与基础》(1870)、《亚里士多德研究的方法》(1872)。他的重要著作还有《精神生活在人类意识和行为中的统一》(1887)、《从柏拉图到现代伟大思想家的人生观》(1890)、《为精神生活的内容而战》(1896)、《宗教之真理》(1901)、《人生的意义与价值》(1907)、《历史哲学》(1907)、《现代思想的主流》(1908)、《宗教与生活》(1911)、《认识与生命》(1912)、《当代伦理学与精神生活的关系》(1913)、《奥伊肯论文集》(1914)、《人与世界——生命的哲学》(1918)、《人生回顾》(1920)等。

奥伊肯的著作文字晓畅易懂,洋溢着“为天地立心,为生民立命”的豪情。他勤奋好学,对事业执着追求,治学严谨。

一九二六年九月十五日,奥伊肯在耶拿去世。

授奖词

阿尔弗雷德·诺贝尔在激烈的市场与国际贸易的多国竞争中,虽然取得了辉煌的成功,但仍然意识到近代科学文明发展所带来的内在矛盾和危机。他知道,人类还需要帮助,因此他认为,他的财富投资的最佳途径,借他遗嘱的话说,就是利用利息来支援那些将来可能“会给人类带来莫大利益”的人。

他知道,人的研究成果可以有两种用途,它可以成为帮助人类社会发展的工具,也可以成为人类残杀的武器。为了人类的发展,他毅然选择了自己的道路。他也知道,自己的发明在军事上会有巨大的用途,所以只要对世界和平有益又有前途的努力,不管是哪种努力,他都愿意加以支持。可是,我们的文明充满了争端,它可以造福人类,也可给人类带来祸害;文明可以行善,亦可作恶。他这颗广博的心灵又怎会忽略这一点呢?

尽管存在着这一必然的矛盾,诺贝尔的主要关心点仍然指向知识领域。他是精通英、法语言和文明的国际主义者,在他看来,知识领域是艺术与科学的结合,也就是严密的自然科学与人文主义的文学的结合。因而,他想从财政上支持有益于人类的发明与发现,给科学注入活力,同时也对文学表示慈爱的关切。因此才为"有理想主义倾向的作品中特别杰出者"设立一种奖金。

阿尔弗雷德·诺贝尔受维克托·雷德贝里①的诗和哲学中蕴含的世界观影响甚深。他知道理想对人的心灵所具有的意义。他知道,对创造并维持文明的意志、对耕耘收获文明的意志,以及对在这苦斗和黑暗的生活中开辟出通往黎明和和平之路的意志、理想都具有莫大的意义。无论是在诗人的灵感、哲学家的探索、历史学家的传记中,还是学者或作家自由独立地把理想尊为楷模的作品中,这类理想可以说无处不在,并以变化无穷的形式呈现在我们面前。这些鼓励人们相扶相助的作品都可以说是阿尔弗雷德·诺贝尔心目中的文学。这种文学会利用艺术与科学提供的素材,不受任何约束地反映出理想的真理,人类可以从这类文学中获得"莫大利益"。这类文学的创造与形式跟理想一样多彩多姿,而且永远自由新颖。

鉴于这种见解,瑞典学院将诺贝尔设立的文学奖颁给奥伊肯教授,我想是很符合阿尔弗雷德·诺贝尔的遗愿的。并由此肯定了鲁道夫·奥伊肯教授这位现代最杰出的思想家,"他对真理的热切探求、他的深邃的思想洞察力、广阔的视野、他的热烈而有力的表现手法——在众多著作中他运用了这些手法维护和发展了生活的理想主义哲学"。

奥伊肯教授在过去的三十多年中，在哲学的若干领域内发表了含义深远、颇有贡献的见解。由于奥伊肯教授试图解决现代文明中最迫切的问题，随着他哲学思想的日趋完善和深刻，他带给了我们更多的重要著作。大多数人可以从中获得深入浅出的具有说服力的解释。奥伊肯教授现在也想给成熟的思维以一种确定的形式。而且，在这些著作中到处都可看出其所包含的新的理想，预期在不远的将来这些新思想将会得到更充分的发展。

由于时间所限，我在此无法详细说明奥伊肯教授作为一位哲学家多方面的漫长经历；而且对奥伊肯教授从事研究的领域，我也大半一无所知，这问题对我而言实在是沉重的负担。我只想概括地谈谈奥伊肯教授对其"世界观"历史基础和历史过程意义的见解。奥伊肯教授认为历史对他的哲学有决定性影响。引导他走上哲学之路的乃是对文献学及历史学的研究。奥伊肯教授从年轻时代就开始认为，人和社会的实际生活比单纯地思考分析所得的抽象概念具有更为重大的意义。可惜，我们为了明确描述奥伊肯教授在思想上的主要成果，只好省略掉许多有趣的内容。

今天，不只在德国，就是在达到比以前更自由更高文化生活水平的各国，理想主义也满怀信心，日益抬头。现代知识生活中的理想主义与以前的理想主义已相距甚远。

---

① 雷德贝里(1828—1895),瑞典诗人、小说家,并有天文学、神学著作传世。

以前的理想主义是指半个世纪前随黑格尔雄伟体系一起崩溃的伟大结构。现代的理想主义则是一种尝试，尝试借大胆的辩证法从抽象范畴中引出裨益生活与社会的无穷财富；尝试把所有文明及对人性的探求划归完美的思想体系支配。可是，经过周密的调查之后，我们发现这种尝试已超过了依照哲学探求真理的界限，事实上加速了它转向武断的唯物论。

我们瑞典人甚至在辩证法专制主义的鼎盛时期也知道，波斯特雷姆①曾将他逻辑性的批评指向专制主义的基本观点。他在自己早年形成的一些看法的基础上，发展成一种全然不同的观点，直到今天，这个国家仍有他的支持者。他的论点跟奥伊肯教授在著作中所展开的论点有显著的相同之处。这并不值得大惊小怪，因为两者都是某种基本形态的代表人物。换言之，他们体现了自文明的最古老时代以来，面对泛神论的抽象与唯物论对思想的畏惧，仍维持其活力的一种基本形态。虽然这种文明曾一度黯然失色。不过这种基本论点的一致性并不排斥独特的个人见解，反而更促进了他们个人见解的发展。而且，哲学的任何部门都不像现实的理想主义那样描绘出如此鲜明的轮廓。苏格拉底和柏拉图受此理想主义的引导才认为哲学是为了探求真理，而不是固定不变的教条。这种乐此不疲的探索，不论方法如何，在任何时代都是哲学的特征。因此奥伊肯和波斯特雷姆方法虽然相异，却都达到了共同的目标。

奥伊肯教授从青年时代起就着手重新评价外在与内在的经验，并且谨慎忙碌毫不懈怠地不断从事哲学研究，力图在那大胆的哲学体系崩溃后，再度找到一种坚实的基础。哲学蕴含着种种期待和成功在四处寻索，其口号有时是“回归康德”。把那个伟大的形而上学的偶像破坏论者作为一个彻底研究人类知识极限的典范；或者心存疑虑地倾听着他依据坚固的道德基准宣告永恒理性王国的成立的宣言。有人尝试将哲学和近代科学的绝对优越性结合，或者对近代科学的前提与方法提出独特的质疑，借此以巩固哲学的地位，也有人尝试用观察或实验，显现阐明人类心灵的秘密；人们寄希望于这类探求会引导我们去发现肉体存在与精神存在之间的恰当的联系。

奥伊肯教授精通这一切学说，但是他主要的研究领域却是就那些与文化进化及变迁相结合的思想主流，从历史观点批判地追踪其源头与过程。他和这研究领域中的许多先驱者一样相信：对传统没有正确的关注，就不会有真正的进步；对哲学来说其中有着比那些万花筒般此兴彼灭的哲学体系更多的内涵。正如奥伊肯教授经常强调的那样，如果哲学不能与其他科学同样成长，并且持续地讨论同一问题，使之发展，哲学就不会有连续性。否则人们就会认为每个哲学家都能从头开始，只有以同样的方法才能为其他的哲学家所取代。

除了这领域内的论文和随笔之外，奥伊肯教授早在一八七八年就已经阐述了他最先发现又极具概括性的方法，他在《现代思想的基本概念》一书中论及了从古代哲学和烦琐哲学以来，现代共同概念的起源、形式和发展。例如，就概念用语而言，他提出“主观的”“客观的”“经验”“进化”“一元论”“二元论”“机械论的”“有机的”

① 波斯特雷姆，十九世纪瑞典哲学家。

"法""广性""人性""逻辑的""实践的""内在的""先验的"等哲学名词。奥伊肯教授不仅关心这些用语的定义，也希望用阐释——借用他自己的话来说——"时代之镜概念"来记述某一时代的主要目标与形态。每一次解剖分析都会使对象显现出更清晰的轮廓。就今年出版的该书的第四版来说，论述的范围更广，对现代文明所具有的种种矛盾亦加以彻底批判，因此书名也改为《现代思想的主流》（1908）。其实，本书作者在此已发展了他的基本论点，所以从这部错综复杂而又内容丰富的著作中去探寻奥伊肯教授的见解，确实是一件很有益的事。

如果一个思想家思考人类文明所具有的各种永恒疑问，大概马上会发觉不能漠视这些疑问互相之间紧密交叉的关系，不能将这些疑问限定在认识论的问题上加以解答，这些问题确实一再相互冲撞涵盖整个人类生存，会影响对其重要性极其敏感的个人，从而产生对整个共同体、整个时代的改革力量。这些问题包含着活力和创新作用，通过对它的追索探究，可以了解人类智力活动的历史概况。这种探索的过程远远比相互抨击的教义、学派和宗派的分析更能唤起人们对哲学的兴趣。奥伊肯教授已在《从柏拉图到现代伟大思想家的人生观》（1890）一书中开始着手进行这种探索。这本著作已经发行了七版，曾多次增删修改，不仅可以证明奥伊肯教授研究的程度之深和范围之广，也证明了他整理自己思想的能力与文体的娴熟程度。

奥伊肯教授在他的若干著作如《为精神生活的内容而战》（1896）和《一种新人生观的基础》（1907），以及更为人所熟悉的《人生的意义与价值》（1907）和《精神生活哲学入门》（1903）中，展示了自己的哲学观念。这最后一部提到的著作尤为巧妙地通俗地叙述了奥伊肯教授的见解。

最近几年来，奥伊肯教授在《宗教之真理》（1901）和《现代宗教哲学的主要问题》（1907）中注意到了宗教问题，后者是根据他在耶拿大学夏季神学讲座的三次讲稿写成的。今年，奥伊肯教授在一篇论文中对历史哲学的见解已有了一定程度的发展，这篇论文是他庞大的著作《现代文化》的一部分。从近期著作暗示的迹象看来，奥伊肯教授目前似乎计划彻底探讨这个问题。

奥伊肯教授对历史的洞察力以及对人生各种力量的独特见解与历史证据相互联系起来的重要打算，已远远超过误解历史内在意义的浅薄态度，这种浅薄态度往往牺牲了对真理毫无偏见的热情，它在本世纪中是极其常见的。

此外，奥伊肯教授在历史主义的讽刺画中看出对文明的某种威胁。历史主义一方面试图将所有坚实和较崇高的目的引入误解了的相对性的旋涡中；另一方面它试图将人类所有发展和业绩塞进自然主义和宿命论的因果关系中，以限制、扼杀人类的意志。可是，与尼采正好形成对比，奥伊肯教授认为，在道德法律永恒的职责面前，人们无法用个人的权力和过于自负的个人能力来维持自己的意志力。他认为，要求从自然的表面强制和历史因果锁链造成的无路可逃的压迫中解放我们人类的，并不是个人或个别存在的超人，而是自觉与宇宙智力相调和而形成的强烈个性，因此这是极富独立性的存在。

无论在历史或在自我存在中，人都拥有较高层次的生命。这生命并非自然而然产生，它是存在于自己的内部，并通过自身而实现的；是现实上超越时间，但须在时间呈现中才能出现于眼前的精神生活。所有真正的发展皆源于“存在”这一基本原理。人越参与知识生活就越能超越时间变迁趋于永恒的力量。这种永恒的生命才是真理的王国，因为受到限制的真理，不算真理。同时，这也是生命力的大统一体，外表看来虽然超越这个世界，却在为我们，甚至通过我们，发挥其影响力，这并非能乘坐神秘或逻辑的想象之翼遁走的观念性的空中楼阁，而是作为整体的生命力将“非此即彼”带给我们整个人格的意志选择，换而言之，就是使人和人类的进化发展成为高层次生活与低层次生活间不断冲突之中的意志选择。

历史乃是人类在这场拼搏中胜利与败北的一面镜子。其变迁一直取决于自由人格的自我决定。因此，没有一种历史哲学可以预卜这场斗争的未来。就以我们当作遗产继承的文明来说，也不是它本身会继续存在，而是因为我们进行了以真正的精神生活为目标的无休无止的个人战斗。只有这种个人战斗，才能证明和支持我们对道德与艺术的努力以及我们在政治与社会领域内的工作。

奥伊肯教授说：“功利主义，不论采取什么形态，都跟真正的理性文化不能并立，而且完全背道而驰。任何智力活动如果不以其自身为目的就会堕落。”奥伊肯教授对艺术大为称颂，极为喜爱，但是对唯美主义却严肃地站在反对立场，他认为唯美主义“只会感染那些一味反省、喜爱愉悦的快乐主义者”。“看重自己及其任务的艺术不会非难伦理性。最崇高的独创艺术家几乎很少有人成为对生活持感性观点的追随者”。我们的鲁内贝里①就是一个追寻自己内心世界的诗人，因为“对道德价值的冷漠或傲慢的排他态度与他无关系”。一个民族无论大小，只有孕育了富有真正智力生活文明的民族，才对人类有所贡献；只有那些不靠利用物质力量和武器的徒劳的努力来赢得自己前途的民族，那些在有限的短暂生存中将前途依托于永恒生命的启示中的民族，才对人类有所贡献。

形而上学有时会从概念上表现接近真理和生命的无限王国的东西，奥伊肯教授并不拒绝这种形而上学，可是，他并没有完成永恒体系，也不希望这样做。奥伊肯教授的哲学——他自称为行动的哲学——本来就是各种促使人类进化之力的运用，因此与其说是静态的，不如说是动态的。我们大概可以把奥伊肯教授看作合乎今日的典范与需要的“文化哲学家”。

奥伊肯教授——您的“世界观”内蕴高远广博的理想主义，在您众多而又广泛流传的著作中已强有力地表现出来，瑞典学院把今年度诺贝尔文学奖颁给您，可以说再恰当不过了。

瑞典学院满怀敬意，由衷地向您表示赞赏，并希望您今后的工作中产生出更多裨益文化与人性的丰硕成果。

诺贝尔文学奖评委会主席 哈拉德·雅恩

小军　等译

---

① 鲁内贝里（1804—1877），瑞典诗人，浪漫派文学的代表作家。

作品

人生的意义与价值（节选）

现在回顾一下过去走过的道路，略述人生的内容与意义所产生的问题。

首先，我们所采取的方向是独特的。我们不像平时所为那样，从围绕我们的世界概念开始。我们不想用这概念来解释生活，还是仰赖生活本身的概念比较好。我们要先整理生活中所孕生的事物，再予以整体掌握。我们努力想了解整体的独特性，从中获取它在宇宙万物中的位置与意义的线索。这样，对生活的概念才能得到比平时所为更明确的内容，并在生活本身中阐明它独特的现实性，只有这种努力才有希望使生活的意义与价值明朗化。多方面思考我们的周围世界，对我们进行生活的自我省察有益无害，而且会孕生出一个条件。所以有益无害，是因为这样做，问题会猛然接近每一个人。换言之，不仅学者，连不从事这种努力的人也可以提出问题，甚至必须提出问题。从而人类可以站在共同信念这个基础上，彼此一致。回归生活基本结构、自我省察及自我深化运动将心灵的亲近性送给整体，心灵的亲近性必与单纯化紧密相连，而所谓单纯化是指对质朴人性的转向。文明越随着进步而发生纠纷，我们越需要这类东西。

然而，条件也跟这有益面相呼应而产生。只有亲自踏入这运动的人，生活才会以这种方式显现。只有不辞劳苦而奋斗的人才能与经验的明朗化、深化发生关系，由此可以证明：在所有原理性的人生问题上，人们的见解差异甚大。有些人认为形成生活原动力的自明物，其他的人却视之为幻影。就这人生问题而论，怀疑和焦虑遍布，这是真理不能自动展现眼前，必须努力获取所产生的必然结果。生活深化的尺度在此即是认识的尺度。心灵呆板，一切都会变得呆板。基于这些理由，对现实的洞察也各不相同，但这绝不会把整体视为主观恣意的事象，也不会破坏真理优越的独占权。“蝙蝠白天看不见，并不是太阳的罪过。”这格言是正确的。

具体而言，从整体掌握生活时，现实的两个阶段已在人性中发生冲突，这事实值得注意。首先，人隶属于自然，在其后的努力中也牢牢地受到自然束缚。自然形成人的生活基础，人在其后的努力中也无法脱离这一点；必须经常跟它结合。但同时在人性中也会出现本质性的新倾向，这新倾向不能说是自然的单纯上升，可说是精神性的倾向。新倾向的出现，会使生活变成一个大问题。精神性自以为优越，自动要求指导生活。可是，精神性目前仅以个别的现象存在，这些现象分散，既没有采取明晰的形象，也没有贯彻自己的力量。如果精神性没有统一，不能以整体而活动，同时又不能展示一定的内容，生活定会陷于难以忍耐的矛盾中。此事一旦发生，甚至实际发生，都意味着一个大转变。它要求新生活的立场，甚至可以说要完全推翻原初的状态。此一倒换带给人类生活精美的特质、明晰的意义和崇高的价值，因为随着此一倒换，在精神生活中会展现现实的创造深度，借此显明整个无限俱归我们所有。我们所有特殊的理想状态在此都会服从我们眼前开展的世界生活而被纳入其中，不过，此一转向绝非命运所赐，因此须有我们的决断与行为。我们的生活因此不是一般的自然过程。它必须有自由性，并且不断由自由给予支持。对我们的生活来说，最重要的不是在现在的基础上做这做那，而是超越既有状态，获得一个新立场，以建设新生活的整体性。这样，我们就得领受唯一的整体性任务，这任务既贯通复杂多样的努力，又统筹这一切努力，在这范围内，我们可以充分谈论生活的伦理，而其中最重要的是，它不是来自外在的要求，而是内在的独立、人类对本质生活真正的提升，是获取深邃本质的战斗。

这种转换衍生的生活，在内容和形式上，都与普通的生活完全不同。普通平凡的生活全委诸时间之流；因果的连锁不断驱策它，不许停止，也不许自我觉醒，所以其中没有什么“现在”。希望从这生成流转中形成一个内容，实愚不可及。反之，精神阶段是从时间之流中把人引到外面，使它静止，跟自己发生关联，自我觉醒，借此给予产生现在的可能性。因此建立了一个与生成流转相对的存有之国，展开超越时间的秩序。在这基础上，人生才得以有内容，如果只一个接一个地变迁，人生就完全无法脱离空虚。

就较切近之点而言，新生活向自然展现了崭新的局面。在此，人不再仅以一点跟其他不同的点并存，也不是向其他客观点显示自我，排挤它们。在此已产生由整体形成，跟现实一致的生活。这种生活会产生真善美，会开辟新的国度，产生整体秩序的新柱石。获得这些重要事物，会带来其他主观的安乐、无可匹比的幸福。人生在此不会陷于“克服外在”与“保护自己”的对立中。对自己的作为与对世界的作为在此得到统一，可能孕生出超越分裂的生活。

从这一切看来，我们的生活内容与价值是无可怀疑的。它不致流于无意义，它本身有崇高的目的；而且为这目的会使我们所有的力量发动起来。在这启动中，我们并非只为自己服务。我们的努力与行为有超过自身状况的价值。宇宙的生活在各个位置里成为自己的体验，而在其中萌生自己的创造源泉。在这位置里，整体的运动需要我们的行动。没有我们的行为，运动就不能前进。由此，人生常受义务思想左右，变得非常严肃，同时获得无可匹比的伟大性，一切空虚与无常遂退到我们背后。这种生活不仅使我们超越自然过程，也使我们确确实实地远远超过寒碜、平庸、表面的动机。我们成了参与无限性的人，而且站在我们自己之上，虽居于分裂的作为与焚身的努力中，但那高层次的秩序仍然给我们不可动摇的内在性与沉静的喜悦。同时，生活的尺度也慢慢改变。生活的伟大性已非存在于对外的成就，而是给根源的深邃性注入活力。人生的命运不管多么不同，对我们共同的工作不会有什么大影响。外在方面不足取的东西可以跟内在的伟大合一，因此任何人都不许轻视自己及其人生。我们都能够以精神界的市民、精神生活的源泉扩大精神之国。因为我们都是有国王血统的人。

这时，以整体而言，人类生活已显示经过种种阶段往前发展的运动。它超越自然性的自我保存与纷杂多样的生存，向精神世界的展开迈进。然而，在这重要的转换中，文化工作和宗教的区别却在新世界的内部产生，由此而萌发出生活的三阶段。这三阶段各有不同的瑰宝，有不同的要求，产生出不同图像。生活提高了超越自然性与社会性自我保存的外在必然与利益性，筑起世界的精神创造，展开真、善与正义；进而超越这精神创造，以超脱世界的内在性和克服世界的爱之国作为终极点，成为覆盖生活的穹隆。要使整个生活获得成功，这不同的阶段必须不断保持联系，交互作用地互相弥补。低者向较高者倾力趋进，较高者回顾低者，而且各自主张自己的权利，并认识其界限。这样互相合作，生活才能赢得无休无止的内在运动和充实的丰盈。

因此，在人类的领域里，超脱自然的生活才是其后所有运动的前提，从而出现可称为根本的精神性，这是首要的事实。可是，如果我们违反一般的见解，如此提高精神生活的概念，就必须知道这种发展在人类范围里所遭遇的障碍将使之更艰难。次要的事实是，精神生活遇到最顽强的抵抗时，我们会被卷入无休无止的战斗中。如前所述，这是遵从三个主要方向思考的。承认精神生活是一切现实的核心，会使人产生一种期待，期望把自然完全融化于精神运动。可是，我们发现，这是不可能的。倒不如说，这时候被视为低层次的往往会守护自己，坚决反对上升。其次，为了邂逅精神生活的完成形态，我们会期望全神贯注在精神生活上。其实，精神生活对我们来说显然尚未完成。人要超脱原初的黑暗状态，必须付出无比的辛劳。这种努力使人走上各种相距甚远的道路，陷入激烈的竞争中。在这竞争里，精神生活动辄为人类的见解所左右，仿佛陷入一切怀疑中。可是，最困难的纠纷是从精神生活遭遇到外界，也遭遇到人类内心的反抗中产生的。在此展现的精神力常常为低级的目的所利用，反抗甚至无所不在。人类本质的内在分裂也出现了。障碍所以会臻于最大又最强烈，主要是因为人类仍然自负责任，不断靠罪恶的意识加强苦恼的强烈性。

可是，不管我们把反抗看得多么强大，我们只要把它限定在特殊的层面，就不仅可以反抗，也可以加以克服。在人类的领域里，自然显然可以提高到精神性。进而，在个别的生活领域中，或在整体的世界史运动中，形成精神生活所展开的极富成效的作为都显现了。最后，我们在宗教里看到了超脱纠葛领域的事物，看到了以神为基础的生活展现。于是，在战斗的精神中加进了超脱的精神性。这种超脱确已显示人生的战斗并非虚空，但它绝非意味着纯粹的胜利，也未漂亮地解决问题。因此，运动并未获得太多的东西；敌对者仍保有太多的现实性。当然，这不会把我们交给怀疑，因为“出现新生活”此一基本事实不会被任何怀疑所撼动。只要用反抗的眼光仔细观察，就可印证此一基本事实。所以，即使说怀疑已获胜，也只是指出我们并未稳稳地站在基本的体验上。我们生活状况的纠纷只压倒了那些无法使根源性生活与这类纠纷相对抗的人，所以怀疑的优势也就是内在薄弱的证据。其实，这种生活状况强迫我们对环绕人类的整体世界下一个判断。这整体还不完全，会有许多对立依存于较广阔的关系中，因此还不能说是现实的整体，也不能在自我中有其完结面。这是为拥有一个意义须有的较深之根据与较广阔之关联的特殊存在。因此，我们的行动不能在这充满矛盾的世界中寻求最后的目的，必须在一切的战斗中毫不迷惘地不断指向独立、优越的精神性世界。要兴筑精神之国，必须怀着一种在终极点上绝不陷于徒劳的坚定信念，努力向精神性的世界推进。我们的世界虽未完成，也不致使我们畏缩不前。我们认为这世界是更大关联的一部分，我们在其中看到开始，而非看到终结。我们的人生与其说是外在的克服，不如说是内在的前进；与其说是目的的完全达成，不如说是力的觉醒与集中，而且处于不能明显看穿的关联中，虽然如此，我们的人生依然未失去意义与价值。这也是路德的信念。路德说："还没有完成，还没有发生，但已在进行与飞跃的途中。不是最后，而是途中。一切都已燃烧，还未辉耀，但一切都已洁净。"

到这地步，必然面临不死的问题。不仅低层次的生命对此欲求无止境地增加，就是精神生活难以拒绝的要求也强迫我们面对这个问题。近代显然很难肯定这个问题。世界在空间与时间中无限扩大，所以这问题已安置在与地球仍居宇宙中心、整个世界过程在短时间内完成的时代完全不同的照明下；而且，一切精神活动依存于物理条件的情形也越来越明显。如果说有精神生活才算是人，那么，精神启动在许多方面都很微弱这个事实，将使我们大为惊讶。即使精神生活因教育与职业而拥有相当的力量，在生活过程中也常常进入近乎完全的睡眠状态。而且，所有的精神启动会在荒废的俗物根性与职工气质中消灭。身体虽还活着，心魂看来却已死灭。对这些已经死去的心灵而言，"现存在"（dasein）的彼岸是否有生活，似乎还有什么意义吧？最后，精神生活所扩大的概念使我们深深感觉到我们"现存在"形式的狭隘与束缚。我们不能像往昔的想法那样，认为"现存在"的此一特殊形式狭隘而偶然；永远随波逐流是无限的幸福。我们之中，有许多人认为完全的消灭比这种顽固的确定要好。

然而，在近代，对肯定已露出许多难色，即使那些承认我们所描述的生活图像的人也无法巧妙加以否定，因为生活从其精神内容来说，不只对个人，就是对整个人类也都还没有完成，只是一段路程的开始而已，目前几乎没有希望使眼前的世界变为理性之国，毋宁说一切进步徒然增加混乱而已，若果如此，这种状况下的终结就不得不使一切走向精神性的运动变得无意义。如果精神生活的发展不能以若干方式超脱这束缚，也无法以一些方式使个体脱离这束缚，一切辛劳将是白费。因而，如果有对永恒持续的要求产生，这种持续势将波及我们之中所存在的精神核心。而且，如果人生的过程未在自我活动中使其素质显现，就难免会怀疑：它是否会永久主张自我？其能力难道不会用在不同的方向吗？

对未来比左思右想更重要的是，目前在我们之下已经超越时间的生活可以成立，人能参加永远而无限的秩序，而且——这是重心所在——不仅能借个别的活动，如思考能力，也能以精神力、世界概括性的本质，以整个存有参与这永远而无限的秩序。这时，可证明、可展开的超时间事物就不会在时间之流中消逝。我们不等待永恒。我们站在永恒之中。歌德这样说的时候，他也有此意图：

于是，我们的第二祖国是什么
这个大问题也获得解决。
在地上的日子里，不朽
向我们保证永恒的存在。

要这问题成为我们生活的前提，仍然太黑暗。只有独断的否定必须排斥。那黑暗也有优点，它把我们的努力和值得我们充分劳动的此世生活联结在一起，同时让我们舍弃那期望行为可获报偿的卑鄙之念。这是康德在他的实践理性批判中以告白形式叙述的。深入这问题并加以阐明后，康德总结说："因而，在此亦可称为真理的就是——使我们存在的难以穷究的智慧，不管在我们能够了解的范围内，或不能了解之点上，都同样值得尊敬。"

李永炽　译

1909
获奖作家
拉格洛夫

传略

一九○九年,瑞典学院决定将诺贝尔文学奖授予自己的一位同胞,而且是一位女同胞,从而使她成为诺贝尔文学奖历史上第一位获得这一殊荣的女性。她就是塞尔玛·拉格洛夫,她的获奖理由是"由于她的作品中崇高的理想主义、丰富的想象力和心灵上的敏感"。

塞尔玛·拉格洛夫(Selma Lagerlof,1858—1940),一八五八年十一月二十日生于瑞典西部韦姆兰省莫尔巴卡庄园一个贵族军官家庭。她的父亲酷爱文学,她的祖母会讲许多民间故事和童话、神话,这对她日后的文学生涯有很大的影响。一八八一年,她只身前往首都斯德哥尔摩,入休贝里高中,为就读师范学院做准备,次年她考入皇家女子师范学院。在校期间她勤奋学习,博览群书,涉猎了哲学、神学和文学等各个领域的著作。一八八五年毕业后到南部伦茨克兰的一所女子学校任教,并业余从事创作。

一八九一年,塞尔玛·拉格洛夫的第一部作品《古斯泰·贝林的故事》问世。全书以古斯泰·贝林牧师为主线,讲述了十九世纪二十年代一群寄居在地主庄园的食客的故事。书中不仅写了贵族和食客们奢侈放纵的生活,还把广泛流传在民间的食客冒险故事和扬善惩恶、称颂忠贞爱情的民间传说巧妙地穿插其中,而且大故事套小故事,其中有不少独立成篇的童话传说和民间故事,使得各章既自成一体,又相互连贯。一八九四年,拉格洛夫又出版了短篇小说集《无形的锁链》,这是一组以乡村中的农民、渔夫、儿童和动植物为描写对象的作品,作者把他(它)们之间的关系形象地比喻为一条锁链。这部作品的出版,进一步提高了作者的声誉。从此她辞去教职,专心从事文学创作。在此后的十年中,她曾先后到意大利、希腊、巴勒斯坦和埃及等地旅行,并陆续出版了《假基督的故事》(1897)、《昆加哈拉的王后们》(1899)和《耶路撒冷》(1901—1902)等。

一九〇四年，拉格洛夫为了写出一本适合儿童阅读的书，跋山涉水到瑞典各地考察。她在认真研究飞禽走兽的生活习性和调查各地风俗习惯、民间传说的基础上，终于写成了举世闻名的童话小说《尼尔斯骑鹅旅行记》(1907)，使她从此和丹麦童话作家安徒生齐名。小说写一个不愿读书、爱搞恶作剧的小男孩尼尔斯，一天因触怒小精灵，被用妖法变成一个拇指般大的小人儿，后被一只雄鹅带上高空，随雁群周游各地。他骑着鹅从南方一直飞到最北方的拉普兰省，历时八个月才返回家乡，恢复原形，而且变成一个善良勇敢、勤劳好学的好孩子。作家以瑞典地图为线索，融会了历史、传说、神话和瑞典的现实生活景象，精心绘制了一幅瑞典自然地理和社会经济文化的全景式鸟瞰图，又用拟人化的手法，把动植物世界和人类世界融为一体，用寓教于乐的方式对孩子进行了品德教育和知识传授，使孩子们懂得"爱"才是人生中最宝贵、最美好、最神圣的东西，只有真诚地付出爱，才能得到幸福。在作者的笔下，瑞典的地理、历史、文化、植物、动物，全都变成了脍炙人口的故事。它不愧是一部集知识性、趣味性和欣赏性于一体的优秀少儿读物，不失为世界文学宝库中的一颗明珠。

自一九〇九年获得诺贝尔文学奖后，拉格洛夫又相继发表了多部作品，其中主要有长篇小说《利尔耶克鲁纳的家》(1911)、《车夫》(1912)、《普初加里的皇帝》(1914)、《被开除教籍的人》(1918)，回忆录《莫尔巴卡》和《罗文舍尔德》三部曲——《罗文舍尔德的戒指》(1925)、《罗文舍尔德》(1925)和《安娜·斯维尔特》(1928)。直到晚年，拉格洛夫仍笔耕不辍，出版了回忆录《一个孩子的回忆》(1930)、《日记》(1932)和最后一部作品《秋天》(1933)。拉格洛夫的这些作品大多以瑞典农村为背景，提倡民族民间传统，标榜道德、善行和纯真的爱情。在艺术上，她的叙事性作品格调优美，思路开阔，富有诗意，讲究修辞。她还写了一些诗歌，表达对时代的动荡和骚乱的忧虑。

一九一四年，拉格洛夫当选为瑞典学院院士，挪威、芬兰、比利时和法国等国还授予她本国最高勋章。她终身未婚，但全世界有无数热爱她的《尼尔斯骑鹅旅行记》的孩子。一九四〇年三月十六日，拉格洛夫因脑溢血在莫尔巴卡庄园去世，享年八十二岁。

授奖词

历史告诉我们，瑞典曾经有过以崇尚武力为荣、借军旅之功力求赢得一项世界性奖赏的时代，而今这一时代已经一去不复返了。在角逐和平奖的国际性竞争中，我国人民长期以来处于令人尊重的地位。如今瑞典能够同各个大国竞争文学奖的时刻终于来到了。精神领域的范畴取决于一种生命力，这种生命力是无法用众多的人口和成千上百万的黄金来作为尺度的，而只能用该国人民的理想主义和伦理道德的要求是否得到满足来加以衡量。

吉耶尔、特格纳和鲁内贝里(姑且仅仅提到他们几位)都有充分资格问鼎诺贝尔文学奖，这些伟大作家开创的局面不乏后继之人，文坛更加争妍斗艳。在对我国文学做出如此巨大贡献的年轻一代作家中，有一个名字如同在繁星璀璨的夜空中初次升起的新星，闪耀出令人炫目的异常光华。在塞尔玛·拉格洛夫的作品中,我们仿佛清楚地认出了我们瑞典伟大母爱的最纯洁和最优良的特征。五年以前,瑞典学院就确认了她在瑞典诗坛上的成就所具有的重要性和力量,并且因此授予她金质奖章,授奖词中提到,这是“因为她在瑞典国内外广受热爱的作品中所显示出来的丰富想象力、理想主义精神和叙述天才”。这一表彰受到我国社会各阶层的热烈赞赏。瑞典学院现在确认塞尔玛·拉格洛夫的文学成就是如此举足轻重,以至于她的作品可以被列入全人类的精神财产之中,并且认为她的作品充满了理想主义精神,而这正是诺贝尔本人所要求的授予诺贝尔奖金所必不可少的条件,毫无疑问,瑞典举国上下今天将会因听到这一消息而欢腾自豪。不应当有这种想法,即做出这一决定是出于过分的民族自尊心,尤其许多国外重要人士的意见支持她作为候选人。任何人也不应当把这一决定看成是缺乏谦逊品德的表现,因为诺贝尔文学奖在第九次授奖时即颁发给奖金奠基人的东道国。恰恰相反,这样的谦逊品德只能被理解为民族自信心不足。

很少有处女作像她的《古斯泰·贝林的故事》(1891)那样引起如此广泛的注意。这部作品之所以意义重大,不仅由于它明确地破除了那个时期流行的不健康和虚假的现实主义,而且也因为它独树一帜,有自己的创新风格。对于这部作品并非全是褒扬赞美,大多数人对它推崇备至,却也有一些人对它批评甚严。这足以证明这一作品确实具有超凡脱俗、不落窠臼的新意。她的想象力之丰富是阿尔姆克维斯特①以来绝无仅有的,令人不能不为之扼腕赞叹。这种想象力所创造出来的无论什么奇异罕见的人物和情节,在她的生花妙笔之下都是栩栩如生、形神兼备,有些场合的叙述简直具有无可名状的美感。这部作品撷取了久已被人忘却然而又一度曾经是瑞典乡土生活的一个片段,读者们可以亲历其境一般领略当时的那种感人的情绪而勃然心动,回肠荡气。书中重笔浓彩勾勒出的一幅幅光怪陆离而又绚丽斑斓的图画呈现在读者眼前,使得读者目迷神醉,一下子征服住了他们的心灵。这第一部作品确实是美玉微瑕,然而毕竟瑕不掩瑜,试问焉能从落笔之初就非求全责备不可呢!既然世上难求足赤的黄金,又何必强求一个天才非要成熟到炉火纯青才可步入文坛呢?然而有一件事实是再也清楚不过的,那就是一个具有真正瑞典气质的新的天才正在振翼展翅,冲上云霄。

不久之后,她就步入了她自己真正继承得来的王国,也就是神话和传奇故事的神秘世界,她自幼就受到传奇故事的熏陶濡染,后来又酷爱思索,想象力非常丰富。只有这样的一颗心灵才能够大胆地去揣测、解释那肉眼所观察不到的神秘世界的奥秘。这一神秘的大千世界乃是富有幻想的大师从游离于一望可见的人生世界之外或者蕴藉于其内涵的状态之中揭示出来的。拉格洛夫作品的特色就在于她描叙世间事物的这种丰富的幻想,自从圣比尔吉塔以来还没有任何人能够达到像她那样的境界。正如沙漠中炽热空气的折射使得旅行者目睹海市蜃楼的奇景一样,她的情真意切和重笔浓彩的想象力更赋予了她的幻想以传神的力量,从而使得这些幻想活了起来,凡是聆听过她的诗的人莫不直觉地感到它们如同生活现实一样真实。她对大自然的描写也是如此,凡她笔触所及,世事万物甚至

① 阿尔姆克维斯特(1793—1866),瑞典作家,其作品既富浪漫的想象,又持严峻的现实批判态度。

是没有生命的一草一木、山水景物都有了自己的肉眼无法看到却又十分真实的生活，因此她那艺术大师的如椽巨笔并不满足于仅仅描写景物外在的美。她那热爱人生的眼光探索着生命的内涵，她那敏锐的听力于无声处听到了大自然的心声。这也就是为什么她能够成功地把深蕴秘藏于神话故事、时下传闻逸事以及《圣经》故事之中的美返璞归真地叙述出来。这一美的宝库对于工于言辞而又老于世故的人来说是无缘消受的，而只有像她那样真正拥有纯洁的赤子之心的人才能够有福分找到这个窟藏。因为正如诗人的祖母常说的，"她具有可以一眼看穿上帝的秘密的犀利目光"。

拉格洛夫擅长描写农民生活，她的手法独具一格，完全可以与其他国家最优秀的作家相媲美而毫不逊色。《沼泽人家的女儿》(1908)这部作品细致入微的现实主义描写是无与伦比的，它包含着一种崭新的然而更深刻的美，因为全书自始至终都贯穿着无私之爱的不可抗拒的力量。其他许多作品也具有不相上下的美感。可是塞尔玛·拉格洛夫的天才在《耶路撒冷》(1901—1902)这部力作中才发挥得最为淋漓酣畅。历史上那些不时将我国农民大众唤醒过来的宗教运动从来不曾像她笔下对达拉省农民到圣地去朝圣之行的描写那样追溯得如此条理分明、丝丝入扣。读者们清晰地看到了每个细节，就如同他自己亲临其境经历了这一切，随着这个严肃庄重、性格内向的剽悍种族一起登上了漫长的历程，茫然中苦思冥想，企图解开这人生之谜。这些人在信仰和迷信之间竭力挣扎，在对世代相传的土地的热爱和对于不能跟随上帝而行的恐惧之间苦苦斗争，最后他们终于离开家园跋涉他乡，他们做出这样的抉择，毫不令人感到意外，因为他们相信天堂里传来的钟声正在启示他们朝向圣城行进。这些自愿背井离乡者亲眼见到了救世主足迹曾经到过的那块土地时，莫不欢呼雀跃。然而欣喜之余，他们的心灵却无不被思乡之念所噬啃。他们魂系梦绕着昔日在北方达拉省的那一小块绿色的土地。淙淙的小河流水声和飒飒的森林树涛声一直萦绕在他们的耳际。这一切是再自然不过了。作者悲天悯人地呼号出了他们灵魂最深处的秘密，并且以最富有醇厚诗意的美丽笔调把他们令人心酸感伤而又简朴无华的生活作了绘声绘色的如实描写。在以"英格玛尔的儿子们"为小标题的《耶路撒冷》的序篇中，感慨地暗示出祖先的生涯和业绩将像命运的力量一样在冥冥之中庇佑着子孙后代。

塞尔玛·拉格洛夫的风格真是值得我们细细鉴赏，玩味无穷。她像一个恪尽孝道的女儿一样珍视和认真使用本国语言的丰富遗产，因而纵观她所有的作品，其特色无一不是：用词造句精确纯正，表达明确清晰，并且声调铿锵，给人以音乐般的美感。

在她的作品之中，用词纯粹正确而简洁清新、风格优雅婉约、想象十分丰富等，这些特色同伦理的力量和虔诚的宗教感情融为一体，如同绿叶红花，相得益彰。其实，对于这样一位深信人的一生乃是"上帝的伟大的织布机上的一根线"的人来说，取得这样的成果乃是必然的。她的诗歌意境高远，因而充满纯洁清新的气息。她的许多美丽的传奇故事返璞归真地表现出了《圣经》故事的朴实和崇高的境界。可是塞尔玛·拉格洛夫的作品如此广泛地受到人们的喜爱还另有缘故，那是因为我们仿佛常常倾听到了回荡在她的作品之中的足以感动瑞典人民灵魂的那些最独特的、最强有力的，而且也是最美妙的事物发出的回声。很少有人怀着类似的深情去理解瑞典人民内心深处的思想感情。在《沼泽人家的女儿》这篇小说里，那位铁面无私的法官目睹了那个年轻姑娘为爱情甘愿做出一切牺牲的场面的时候,他的严峻的秉性也渐渐软化下来,他深深激动地自言自语:“这就是我的人民。在这些芸芸众生之中竟然出了那样一个如此热爱而又敬畏上帝的人物,我岂能对他们苛责发怒。”这不是那个法官在说话,而是她自己的那颗心在呐喊。如此探幽入微而又鞭辟入里的观察,只有灵魂深深扎根于瑞典土地之上,并且从它的神话、历史、民谣和山川景物中吸取养分的人才能够有此可能。这就很容易理解,为什么在她所有的作品之中都反映出北欧自然景色所独有的那种神秘莫测而令人怀旧感伤的不可思议的黄昏时刻。她在艺术上的伟大之处在于她有能力用她的全部身心和才华把瑞典人民的独特性格和神态绘声绘色地勾勒出来,使我们从中认出了自己。

有一些人士曾经成功地感染了人类良心的最善良的一面,以至他们的名字和成就已经远远超越了瑞典国界。倘若我们把奖金授予这样的人士,那也只是遵照了本奖金创造者的遗嘱行事。瑞典学院今天宣布本年度诺贝尔文学奖授予瑞典杰出的女儿塞尔玛·拉格洛夫,谅必国内外蜚声文坛的人士都不会忌妒。

瑞典学院院长 克拉斯·阿内斯坦特

石琴娥 译

作品

尼尔斯骑鹅旅行记(节选)

老鹰高尔果

在峡谷里

在拉普兰北部的崇山峻岭中,有一个年代悠久的老鹰巢,筑在从陡峭的山壁上伸出的一块岩石上,巢是用树枝一层一层叠起来筑成的。许多年来,那个巢一直在扩大和加固,如今已有两三米宽,几乎和拉普人①住的帐篷一样高了。

老鹰巢的峭壁底下是一个很大的峡谷,每年夏天,就有一群大雁住在那里。这个峡谷对大雁来说是一个极好的栖身之处。它深藏在崇山之中,没有多少人知道这个地方,甚至连拉普人也不知道。峡谷中央有一个圆形小湖,那里有供小雁吃的大量食物,在高低不平的湖岸上,长满了柳树丛和矮小的桦树,大雁们可以在那里找到最理想的筑巢地点。

自古以来都是鹰住在上面的悬崖上,大雁住在下面的峡谷里。每年,老鹰总要叼走几只大雁,但是他们能做到不叼走太多的大雁,免得大雁不敢在峡谷里住下去。而对大雁来

① 拉普人,又称萨米人,是瑞典的少数民族,居住在瑞典北部的拉普兰省,以游牧为主,主要饲养驯鹿,部分从事渔业。除瑞典外,挪威、芬兰、俄罗斯也有拉普人。

说，他们也从鹰那儿得到不少好处。老鹰固然是强盗，但是他们使得其他强盗不敢接近这个地方。

在尼尔斯·豪格尔森跟随大雁们周游全国的前两三年，从大雪山①来的领头老雁阿卡一天早晨站在谷底，向上朝老鹰巢望去。鹰通常是在太阳升起后不久便外出寻猎的。在阿卡住在峡谷的那些夏天里，她每天早晨都是这样等着他们出来，看看他们是留在峡谷狩猎呢，还是飞到其他猎场去追寻猎物。

她用不了等多久，那两只高傲的老鹰就会离开悬崖，他们在空中盘旋着，尽管样子长得很漂亮，但是十分可怕。当他们朝下面的平原地带飞去时，阿卡才松了一口气。

这只领头雁年岁已大，不再产蛋和抚育幼鸟了。她在夏天常常从一个雁窝飞到另一个雁窝，向其他雁传授产蛋和哺育幼鸟的经验，以此来消磨时间。此外，她还为其他雁担任警戒，不但监视老鹰的行动，还要警惕诸如北极狐、林鸮和其他所有威胁大雁和雏雁生命的敌人。

中午时分，阿卡又开始监视老鹰的行踪。在她住在峡谷的那些夏天，她天天如此。从老鹰的飞行上阿卡也能看出他们外出狩猎是否有好的收获，如果有好的收获，她就会替她率领的一群大雁感到放心。但是这一天，她却没有看到老鹰归来。“我大概是年老迟钝不中用了吧，”她等了他们一会儿后这样想，“这时候老鹰们肯定早就回来了。”

到了下午，她又抬头向悬崖看去，期望能在老鹰经常午休的突出的岩石上见到他们，傍晚她又希望能在他们洗澡的高山湖里见到他们，但是仍然没有看见他们。她再次埋怨自己年老不中用了。她已经习惯于老鹰们待在她上面的山崖上，她怎么也想象不到他们还没有回来。

第二天早晨，阿卡又早早地醒来监视老鹰。但即使在这个时候她还是没有看见他们。相反，她在清晨的寂静中，却听见一声叫声，悲愤而凄惨，叫声好像是从上面的鹰巢里传来的。“会不会真是上面的老鹰出了什么事？”她想。她迅速张开翅膀，向上飞去，她飞得很高，以便能往下看清底下鹰巢里的情况。

她居高临下地往下看，既没有看到公鹰，也没有看到母鹰，鹰巢里只剩一只羽毛未长全的小鹰，躺在那里喊叫着要吃食。

阿卡慢慢地降低高度，迟疑地飞向鹰巢。这是一个令人作呕的地方，一眼就能看出，这是一个十足的强盗住的地方。窝里和悬崖上到处散落着发白的骨头、带血的羽毛和烂皮、兔子的头、鸟的嘴巴、带毛的雷鸟脚。就是那只躺在那堆乌七八糟的东西当中的雏鹰看了也叫人恶心，他的那张大嘴，披着绒毛的笨拙的身子，羽毛还没长全的翅膀，那里的廓羽像刺一样竖着。

最后，阿卡克服了厌恶心理，落在了老鹰巢边上，但她同时又不安地环顾四周，随时提防那两只老鹰回到家里。

“太好了，终于有人来了，”小鹰叫唤道，“快给我弄点吃的来！”

---

① 大雪山，指凯布讷卡伊塞山，位于瑞典北部拉普兰省，是瑞典最高的山，北峰高两千零九十七米，南峰高两千一百一十一米。

“慢，慢，且不要着急！”阿卡说，“先告诉我，你的父亲、母亲在哪里！”

“唉，谁知道啊！他们昨天早晨就出去了，只给我留下了一只旅鼠。你可以想象，我早就把它吃光了。母亲这样让我挨饿真可耻。”

阿卡开始意识到，那两只老鹰真的已经被人打死了。她想，如果让这只雏鹰饿死的话，就可以永远摆脱那帮强盗了。但同时她又觉得，此时此刻有能力而不去帮助一只被遗弃的小鸟，良心上总有点说不过去。

“你还站着看什么？”雏鹰说，“你没听见，我要吃东西吗？”

阿卡张开翅膀，急速飞向峡谷里的小湖。过了不多一会儿，她又飞回了鹰巢，嘴里叼着一条小鲑鱼。

当她把小鱼放在雏鹰面前时，雏鹰却恼怒至极。“你以为我会吃这样的东西吗？”他说，随后把鱼往旁边一推，并试图用嘴去啄阿卡，“去给我搞一只雷鸟或者旅鼠来，听见没有！”

这时，阿卡伸出头去，在雏鹰的脖子上狠狠地拧了一下。“我要告诉你，”老阿卡说，“如果要我给你弄吃的，那么就得我弄到什么你就吃什么，不要挑三拣四。你的父亲和母亲都死了，你再也得不到他们的帮助了。如果你一定要吃雷鸟和旅鼠，你就躺在这里等着饿死吧，我是不会阻止你的。”

阿卡说完便立刻飞走了，过了很久才飞回来。雏鹰已经把鱼吃掉了，当阿卡又把一条鱼放在他面前时，他又很快把它吞下去了，尽管看上去很勉强。

阿卡承担了一项繁重的劳动。那对老鹰再也没有露面，她不得不独自为雏鹰寻找他所需要的食物。她给他鱼和青蛙吃，他也并没有因为吃这种食物而显得发育不良，相反地，他长得又大又壮。他很快就忘了自己的父亲、母亲——那对老鹰，以为阿卡是他的亲生母亲。从阿卡这方面来讲，她也很疼爱他，就好像他是自己的亲生孩子。她尽力给他以良好的教养，帮助他克服野性和傲慢。

几个星期过去了，阿卡开始察觉到，她脱毛和不能飞的时候快到了。她将整整一个月不能送食物给雏鹰吃，雏鹰肯定会饿死。

“高尔果，”阿卡有一天对他说，“我现在不能给你送鱼吃了。现在的问题是，看你敢不敢到底下的峡谷里去，这样我就可以继续给你找吃的。你现在有两种选择，要么在上面等着饿死，要么跳到底下的峡谷，当然后者也可能丧失性命。”

雏鹰二话没说便走到巢的边缘，看也不看底下的峡谷究竟有多深，就张开他的小翅膀，飞向空中。他在空中翻了几个滚，但还是较好地运用了他的翅膀，安全而没有受伤地飞到了地面。

高尔果在底下的峡谷里和那些小雁一起度过了夏天，并且成了他们的好伙伴。他把自己也当作小雁看待，尽力按照他们的方式生活，当小雁到湖里去游泳时，他也跟着去，差点儿给淹死。他由于始终学不会游泳而感到很耻辱，常常到阿卡那里去埋怨自己。“我为什么不能像其他人一样会游泳呢？”他问道。

“因为你躺在上面的悬崖上时，爪子长得太弯，趾也太大了，”阿卡说，“但不要为此而感到伤心！不管怎样，你还是会成为一只好鸟的。”

不久,雏鹰的翅膀就长大了,可以承受得住他身体的重量在空中飞行了,但是直到秋天小雁学飞的时候,他才想起要使用翅膀去飞行。现在他值得骄傲的时刻来到了,因为在这项运动中他很快就成了冠军。他的伙伴们只能在空中勉强停留一会儿,而他却几乎能整天在空中飞行,练习各种飞翔技巧。直到此时,他还不知道自己和大雁不属于同类,但是他也不可避免地注意到了一些使他感到非常吃惊的事情,因此不断地向阿卡提出问题。“为什么我的影子一落到山上,雷鸟和旅鼠就逃跑和躲藏起来呢?”他问道,“而他们对其他小雁却并不是这样害怕的呀。”

“你躺在悬崖上的时候,你的翅膀已经长得很丰满了,”阿卡说,“是你的翅膀吓坏了那些可怜的小东西。但是不要为此感到伤心！不管怎样,你还是会成为一只好鸟的。”

雏鹰已经很好地掌握了飞翔技巧,于是他就学习自己抓鱼和青蛙吃。但是不久他又开始思考起这件事来。“我怎么是靠吃鱼和青蛙生活的呢?”他问,“而其他小雁都不是这样的呀。”

“事情是这样的,你躺在悬崖上的时候,我除了鱼和青蛙外弄不到其他食物给你吃,”阿卡说,“但不要为此感到难过！不管怎样,你还是会成为一只好鸟的。”

秋天,大雁们要迁徙的时候,高尔果也跟随雁群去了。他仍然把自己当成他们中的一员。但是,空中飞满了要到南方去的各种鸟类,当阿卡率领的雁群中出现一只老鹰时,立即在他们之中引起了很大的轰动。大雁群四周总是围着一群群好奇的鸟,并且大声表示惊讶。阿卡请求他们保持安静,但是要把那么多尖舌头都拴起来是不可能的。“他们为什么把我叫作老鹰?”高尔果不断地问,并且越来越生气,“难道他们看不见我也是一只大雁吗?我根本不是吞食我的伙伴的猛禽。他们怎么敢给我起这么一个讨厌的名字呢?”

一天,他们飞过一个农庄,那里有一群鸡正围着一堆垃圾在刨食吃。“一只老鹰！一只老鹰!”鸡们惊叫道,并且四处奔跑,寻找藏身之地。但是,高尔果一直听说老鹰是野蛮的歹徒,这时听到鸡们也叫他老鹰,就再也无法抑制住自己的怒火。他夹紧翅膀,“嗖”地冲向地面,用爪子抓住了一只母鸡。“我要教训教训你,我,我不是一只老鹰,”他一边愤愤地喊叫着,一边用嘴去啄她。

与此同时,他听见阿卡在空中呼叫他,他唯命是从地飞回空中。那只大雁朝他飞过来,并开始惩罚他。“你干什么去了?”她吼叫道,同时用嘴去啄他,“你是不是想把那只可怜的母鸡抓死?你真不知羞耻!”老鹰没有进行反抗,而是任凭阿卡训斥,这时正在他们周围的群鸟发出了一阵嘲笑声和讽刺声。老鹰听到了那些鸟的讽刺声,便回过头来用恶狠狠的目光盯着阿卡,似乎要向她发起进攻,但是他立即改变了主意,用力扇动着翅膀向更高的天空飞去。他飞得很高很高,连其他鸟的喊声都听不见了。在大雁们能看得见他的时候,他一直在上面盘旋着。

三天之后,他又返回了雁群。

“我现在知道我是谁了,”他对阿卡说,“因为我是一只鹰,所以我一定要像鹰那样生活。但是我认为,我们还是可以继续做朋友的。你或你们当中的任何一只雁,我是决计不会来袭击的。”

阿卡以前为她成功地把一只鹰教养成一只温驯无害的鸟而感到极为自傲。但是现在当她听到鹰将要按照自己的意愿去生活时,她再也不能容忍了。“你以为,我会愿意做一只猛禽的朋友吗?”她说,“如果你照我教导的那样去生活,你还可以跟以前一样留在我的雁群里!”

双方都很高傲、固执,谁也不肯让步。结果,阿卡不准鹰在她的周围出现,她对他的气愤已经到了极点,谁也不敢在她的面前再提鹰的名字。

从此以后,高尔果像所有的江洋大盗一样,在全国各地四处游荡,独来独往。他经常情绪低落,不时地怀念起那一段他把自己当作雁,与快乐的小雁亲昵地玩耍的时光。在动物中他以勇敢而闻名。他们常常说,他除了他的养母阿卡谁也不怕。他们还常说,他还从来没有袭击过一只大雁。

被 擒

有一天,当高尔果被猎人捕获,卖到斯康森的时候,他才刚满三岁,还没有考虑娶妻成家和定居的问题。在他到斯康森之前,那里已经有几只鹰了,他们被关在一个用钢筋和钢丝做成的笼子里。笼子在室外,而且很大,人们移进几棵树,堆起一个很大的石堆,使老鹰感到跟生活在家里一样。尽管如此,老鹰们还是不喜欢那里的生活。他们几乎整天站在同一个地方,一动也不动。他们那美丽的、黑色的羽毛变得蓬松而毫无光泽。他们的眼睛绝望地凝视着远方,渴望到外面的自由世界。

高尔果被关在笼中的第一个星期,他还是很清醒、很活跃的,但是很快一种昏昏欲睡的感觉开始紧紧地缠着他。他也像其他的老鹰一样,站在同一个地方一动也不动,双眼直勾勾地盯着远方,但是什么也没有看见,也不知道这一天一天的日子是怎么度过的。

一天早晨,当高尔果像往常那样呆呆地站着的时候,他听见底下地面上有人在喊他的名字。他是那样无精打采,连眼皮也懒得抬一下,也不愿意朝地面看一眼。“叫我的是谁呀?”他问道。

“怎么,高尔果,你不认识我了？我是经常和大雁们在一起四处飞行的大拇指儿呀。”

“是不是阿卡也被人关起来啦?”高尔果用一种听起来让人觉得他好像是经过长眠之后刚刚醒来,并且竭力在思索的语调问道。

“没有,阿卡、白雄鹅和整个雁群这时肯定在北方的拉普兰了,”男孩说,“只有我被囚禁在这里。”

男孩说这番话时,他看到高尔果又把目光移开,开始像以前那样凝视着外面的天空。“金鹰!”男孩喊叫起来,“我没有忘记,你有一次把我背回了大雁群,你饶了白雄鹅一条命。告诉我,我有什么办法可以帮助你!”高尔果几乎连头都没有抬一下。“不要打搅我,大拇指儿!”他说,“我正站在这里,梦见我在高高的空中自由地飞翔。我不想醒来。”

“你必须活动活动你的身子,看看你周围发生的事情。”男孩劝说道,“不然的话,你很快就会像别的鹰一样可怜悲惨。”

“我情愿和他们一样。他们沉醉在迷梦之中,无论什么事情都不可能打搅他们。”高尔果说。

当夜幕降临,所有的老鹰都已经熟睡的时候,罩着他们的笼子顶部的钢丝网上发出了轻微的锉东西的声音。那两只麻木不仁的老鹰对此无动于衷,但是高尔果醒来了。“是谁在那里?是谁在顶上走动?”他问道。

“是大拇指儿,高尔果,”男孩回答说,“我坐在这里锉钢丝,好让你飞走。”

老鹰抬起头来,在明亮的夜色中看见男孩坐在那里锉那紧绷在笼子顶部的钢丝。他感到有了一丝希望,但是马上又心灰意冷了。“我是一只大鸟啊,大拇指儿,”他说,“你要锉断多少根钢丝我才能飞出去呀?你最好还是不要锉了,让我安静一会儿吧。”

“你睡你的觉,不要管我的事!”男孩回答道,“即使我今天夜里干不完,明天夜里也干不完,但是我无论如何要设法把你解救出来,要不你在这里会被毁掉的。”

高尔果又昏睡过去了,但是当第二天早晨醒来的时候,他看见许多根钢丝已经被锉断了。这一天他再也不像前些日子那样无精打采了,他张开翅膀,在树枝上跳来跳去,舒展着僵硬的关节。

一天清晨,天刚拂晓,大拇指儿就把老鹰叫醒了。“高尔果,现在试试看!”他说。

鹰抬起头来看了看,果然发现男孩已经挫断了很多根钢丝,钢丝网上出现了一个大洞。高尔果活动了几下翅膀,就朝洞口飞去,几次遭到失败,跌回笼底,但是最后他终于成功地飞了出去。

他张开矫健的翅膀,高傲地飞上了天空。而那个小小的大拇指儿则坐在那里,满脸愁容地望着他离去,他多么希望会有人来把他解救出去。

男孩对斯康森已经很熟悉了。他认识了那里所有的动物,并且同其中的许多动物交了朋友。他必须承认,斯康森确实有许多可看可学的东西,他也不愁难以打发时光。但是他内心里天天盼望着能回到雄鹅莫顿和其他旅伴的身边。“如果我不受诺言的约束,”他想,“我早就可以找一只能把我驮到他们那里去的鸟了。”

人们也许会觉得奇怪,克莱门特·拉尔森怎么没有把自由归还给男孩。但是请不要忘记,那个矮小的提琴手离开斯康森的时候,头脑是多么昏沉。他要走的那天早晨,他总算想到了要用蓝碗给小人儿送饭,但不幸的是,他怎么也找不到一只蓝碗。再说,斯康森所有的人,拉普人、达拉那妇女、建筑工人、园丁,都来向他告别,他根本没有时间去搞只蓝碗。最后快要起程了,他实在没有其他办法,不得不请一个拉普族老头帮忙。“事情是这样的,有一个小人儿住在斯康森,”克莱门特说,“我每天早晨要给他送去吃的。你能不能帮我办一件事,把这些钱拿去,买一只蓝碗,明天早晨在碗里装上一点粥和牛奶,然后放在布尔耐斯农舍的台阶下,行不行呀?”那个拉普族老头感到莫名其妙,但是克莱门特没有时间向他作进一步解释了,因为他必须立刻赶到火车站去。

拉普族老头也确实到尤尔高登城里去买过碗,但是他没有看见蓝颜色的碗,于是,他便顺手买了一只白碗,每天早晨,他总是精心地把饭盛在那个白碗里送去。

就这样,男孩一直没有从诺言中解脱出来。他也知道,克莱门特已经走了,但是他没有得到可以离开那里的允诺。

那天夜里,男孩比以往任何时候更加渴望自由,这是因为现在已经是真正的春天和夏天了。他在旅途中已经吃尽了严寒和恶劣天气的苦头。刚到斯康森的时候,他还这样想,他被迫中断旅行也许并不是件坏事,因为如果五月份到拉普兰去的话,他非得冻死不可。

但是现在天气已经转暖,地上绿草如茵;白桦树和杨树长出了像绸缎一样光亮的叶子;樱桃树,还有其他所有的果树,都开满了花;浆果灌木的树枝已经结满了小果子;橡树极为谨慎地张开了叶子;斯康森菜地里的豌豆、白菜和菜豆都已经发绿。“现在拉普兰也一定是温暖而美丽的,”男孩心想,“我真想在这样美丽的早晨骑在雄鹅莫顿的背上。要是能在这样风和日丽、温暖静谧的天空飞翔,沿途欣赏着由青草和娇艳的花朵装饰打扮起来的大地,该是多么惬意啊!”

正当他坐在那里浮想联翩的时候,那只鹰从天空中直飞下来,落在笼子顶上男孩的身边。“我刚才是想试试我的翅膀,看看它们是不是还能飞行。”高尔果说,“你大概还不至于以为我会把你留在这儿让你继续受囚禁吧？来吧,骑到我的背上来,我要把你送回你的旅伴那里去!”

“不,这是不可能的,”男孩说,“我已经答应留在这里,直到我被释放。”

“你在说什么蠢话呀,”高尔果说,“首先,他们是违背你的意愿强行把你送到这里来的;其次,他们又强迫你做出留在这里的许诺！你完全应该明白,对于这样的诺言根本没有必要去遵守。”

“是的,尽管我是被迫的,但是我还是要遵守诺言,”男孩说,“谢谢你的好意,但是你帮不了我的忙。”

“我帮不了你的忙吗?”高尔果说,“那就等着瞧吧。”转眼间他就用他的大爪子抓起尼尔斯·豪格尔森直冲云霄,消失在飞向北方的路途中。

贵重的腰带

六月十五日　星期三

那只老鹰继续向前翱翔,一直飞到斯德哥尔摩北面很远的地方,才落下来停栖在一个森林葳蕤繁茂的小土丘上,把爪子里抓得紧紧的男孩放开来。

男孩觉得自己的身体不再被抓得不能动弹,便撒开双脚拼命往回狂奔飞跑。他想跑回那个城市,到斯德哥尔摩去。

老鹰纵身朝前一扑,毫不费力地追上男孩,用一只爪子把男孩掀翻在地。“难道你真的打算回到那个监狱里去吗?”

“这关你什么事？我想到哪儿就到哪儿去,用不着你管!”男孩用力挣扎想脱开身去。可是,老鹰用力举千钧的鹰爪把男孩牢牢抓起,双翅一展又向北飞去。

老鹰双爪抓着男孩飞过整个乌普兰,一直飞到埃尔夫卡雷比附近的大瀑布才停下来。他栖落在白练般直泻下来的大瀑布底下的河流里的一块石头上,重新把他抓住的俘虏放开。

男孩马上就看出来,他再也无法从老鹰身边逃走了。在他上面瀑布像水帘一般劈头盖脸倾泻下来,水花像碎玉飞雪般撞击在岩石上,四周水势湍急的河水旋出一个个漩涡奔腾向前。他对老鹰使他成了一个自食其言的不守信用的人,心里当然是非常恼怒的。于是他背朝着老鹰,一句话也不跟他说。

老鹰把男孩放在这样一个无法逃走的地方之后,便张口告诉男孩,他是大雪山的阿卡一手抚养长大的，还讲了他怎样同他的养母发生龃龉乃至反目成仇。“你现在大概明白过来了，大拇指儿，我为啥非要把你送回大雁那里去不可。”他最后说道，“我听人说，你深得阿卡的欢心，我打算央求你从中调解，使我们和好如初。”

男孩终于弄明白了，原来老鹰不是随心所欲地把他抓到这里来，态度便友善了一点。“你求我的这件事情，我当然愿意尽力帮忙，”男孩说道，“不过我现在仍然受着诺言的约束。”于是他就一五一十把自己如何被人捉住，和那个名叫克莱门特·拉尔森的人并没有释放他，他就离开了斯康森的全部经过都告诉了老鹰。

可是老鹰仍旧不打算放弃自己的计划。“听我说，大拇指儿，”他说道，“我的强有力的双翅可以驮载你到天涯海角，我的锐利的双眼可以发现你想找的任何东西。你把那个你对他发下誓言的人的模样告诉给我。我自会设法找到他，并且把你送到他那里去！然后你再说服他让你得到解脱，那不就两全其美啦。”

男孩对老鹰的这个建议十分满意。“我看得出来，高尔果，你那么聪明，真不愧是阿卡那只聪明的雁亲自培养出来的。”他说道。随后，他把克莱门特·拉尔森的样貌仔细说了一遍。他还补充了一句，他在斯康森听人说起，那个小矮个提琴手是赫尔辛兰人。

“那么我们就从林格布到麦朗湖，从斯杜尔山到洪兰德半岛，把赫尔辛兰统统都找遍，”老鹰说道，“等不到明天天黑，你就可以同那个人见面啦。”

“嘿，那你可是有点空口说大话啦。”男孩似信非信地说。

“要是我连这点区区小事都办不到，那我就是一只糟糕透了的老鹰。”高尔果回答说。

高尔果和大拇指儿从埃尔夫卡雷比动身。他们已经成了好朋友，男孩从这时候起可以坐在老鹰的背上飞行了。这样，他又可以看得见身底下他飞过的地方的景色了。在他被紧紧地抓在鹰爪子里飞来飞去的时候，他对身底下的一切什么都没有看见。不过，对他来说看不见景色倒也不见得是一桩坏事情，因为倘若他知道了那天早晨他飞越过的是乌普萨拉的古墓、安斯特尔比大铁厂、丹纳姆拉银矿和安比胡斯古代王宫，而他竟未能瞧见一眼，那他一定会心里难过的。

老鹰驮着男孩风驰电掣地飞过耶斯特雷克兰。这块地方的南部没有什么引人瞩目的景色，那里是一望无际的平川田野，几乎到处都有一簇簇杉树林。可是从这里朝北去，沿着达拉那省边界到波的尼亚湾之间横亘着一条景色秀丽的地带，那里山峦起伏，重嶂叠翠，到处长满了茂密的针叶林，更有水面若镜的湖泊和汹涌湍急的河流间杂其间，使得湖光山色相映成趣。白颜色的教堂四周麇集着人口稠密的村落。公路和铁路交叉纵横。树木葱茏，草坪如茵，幢幢农舍掩映其中，花园里各色鲜花争妍斗艳，散发出阵阵令人欲醉的幽香，这真是一个令人流连忘返的美丽地方。

河流两岸有好多座大钢铁厂，就像他曾经在大矿山区见到过的那样。它们之间相隔的距离几乎差不多，一长串延伸到海边。海边有一座大城市，城里充满了白颜色的建筑物。在这片建筑物群北面又是一大片黑黝黝的森林。不过森林底下覆盖的不再是平地，而是崇山峻岭和深峡大谷，就像波涛起伏的大海。

“哈，这块地方别看它穿的只是杉树枝织成的裙子和花岗岩做成的衬衫，”男孩暗自比喻着，“可是腰里围着一条无价之宝的贵重腰带。那些碧波荡漾的湖泊和鲜花盛开的草地是腰带上刺绣出来的花纹，那些大钢铁厂就是腰带上缀着的一串宝石，而那座有成排成行房屋，还有宫殿和教堂的城市就是腰带上的扣环。”

他们在北面的森林地带上空飞行了一段之后，老鹰高尔果降落在一个光秃秃的山顶上。男孩跳到地上的双脚一站定，老鹰便说道：“在森林里有野味可以猎取。我相信，我只有去追逐捕猎一阵子，才能忘却自己曾经被擒住的滋味和真正享受一番自由。我离开你一会儿，你不会害怕吧？”

“说哪儿的话，我还不至于那样胆小。”男孩一口答应道。

“你可以随便到各处走走，只消在太阳落山之前回到这里就行啦。”老鹰说完之后就冲入云霄。

男孩坐在一块石头上，痴呆呆地环视着四周光秃秃的岩石和大片的森林，一种孤单寂寞和遭受抛弃的感觉袭上了他的心头。可是他坐了不大一会儿工夫，耳边就传来下面森林里发出来的阵阵歌声。他往下一望，看见树丛之中有什么耀眼的东西在晃动。过了一会儿，他看清楚那是一面蓝底黄十字的国旗，他从听到的歌声和嘻嘻哈哈的笑声里断定，那是一支人数不少的队伍，最前面是旗帜开路，后面一大群人排着队行进。可是要看清楚那支队伍是什么样的人，却还要等一会儿才行。那面旗帜沿着山间羊肠小道曲折拐弯，迤逦前进。他坐在那里，急不可耐地想要知道那些打着旗帜的是什么人，他们究竟要到哪里去。他做梦也不会想到那些人径直朝着他坐的山头走过来了，因为这里是一片空荡荡的荒山野岭。他们当真来了，那面国旗从森林边上显现出来，后面的人顺着那面旗帜引领的道路蜂拥着走了过来。这山头上立刻人声鼎沸，热闹起来，这一天要看的东西真叫人目不暇接，所以男孩过得很开心，一点儿也不觉得烦闷。

…………

当他清醒以后，发现自己躺在一条大峡谷的底部。高尔果在哪里？他怎么样才能打听到自己现在在什么地方呢？

他站起来朝四周望去。他的目光落到了悬崖上用松枝搭起的古怪的建筑上。“那肯定是一种鹰巢，高尔果……”

他没有想下去，而是摘下头上的小帽子，挥动着欢呼起来。他知道高尔果把他带到了什么地方，这就是老鹰住在悬崖上、大雁住在谷底的那条峡谷。他到达目的地了！他会马上见到雄鹅莫顿和阿卡，还有其他旅伴了。

重　逢

男孩缓缓地向前走着，去寻找朋友们。整个山谷里一片宁静。太阳还没有照到悬崖上，尼尔斯·豪格尔森明白这还是大清早，大雁们还没有醒来。他走不多远就站住了，微笑着，因为他看到了非常动人的情景。一只大雁躺着，睡在地上的一个小窝里，身旁站着公雁，他也在睡觉，他站得那么靠近雌雁，显然是为了一有危险立即起来保卫。

男孩没有去打扰他们，而是继续往前走，在覆盖住地面的小柳树丛之间察看。不久，他又看到一对大雁，他们不属于尼尔斯这个雁群，而是外来的客人，然而单是看到大雁就使他十分高兴，他开始哼起歌来。

男孩向一个灌木丛里看去,终于看到了一对他熟悉的大雁。在孵蛋的那一个肯定是奈利亚,站在她身旁的公雁是科尔美。是的,一定是他们,不会看错的。

男孩真想叫醒他们,但是他还是让他们睡觉,自己又向前走去。

在下一个灌木丛里,他看见了维茜和库西,在离他们不远的地方,他发现了亚克西和卡克西。四只大雁都在睡觉,男孩从他们身旁走过而没有叫醒他们。

他走到下一个灌木丛附近,好像看到灌木丛中有样东西在闪白光,他兴奋得心在胸中怦怦直跳。不错,果然像他所意料的,邓芬美美地躺着在孵蛋,身旁站着白雄鹅。男孩觉得雄鹅尽管还在睡觉,看上去却十分自傲,因为他能在遥远的北方、在拉普兰的大山里为他妻子站岗放哨。

男孩也没有把白雄鹅从睡梦中叫醒,而是继续向前走去。

他又寻找了很长时间,才又看到几只大雁。他在一个小山丘上发现了一样类似灰色草丛的东西。等他走到山丘脚下,看到这簇灰色草丛原来是大雪山来的阿卡,她精神抖擞地站着向四周瞭望,好像在为全峡谷担任警戒似的。

“您好,阿卡大婶!”男孩叫道,“您没有睡着真是太好了。请您暂且别叫醒其他大雁,我想同您单独谈谈。”

这只年老的领头雁从山丘上跑下来,走到男孩那里,她先是抱住他摇晃,接着用嘴在他身上从上到下地亲啄,然后又一次地摇晃他。但是她一句话也没有说,因为他要求她不要叫醒别的大雁。

大拇指儿亲吻了年老的阿卡大婶的双颊,然后开始向她讲述他是怎样被带到斯康森公园并在那里被幽禁的。

“现在我可以告诉您,被咬掉一只耳朵的狐狸斯密尔被关在斯康森公园的狐狸笼里,”男孩说,“尽管他给我们带来过极大的麻烦,但我还是禁不住要为他感到可惜。那个大狐狸笼里关着其他许多狐狸,他们一定生活得很愉快,而斯密尔总是蹲着,垂头丧气,渴望着自由。我在那里有许多好朋友。一天,一只拉普兰狗告诉我,一个人要到斯康森来买狐狸,那个人是从海洋中一个遥远的岛上来的,岛上的人灭绝了狐狸,老鼠却成了灾,他们希望狐狸再回去。我一得到这个信息,马上跑到斯密尔的笼子那里对他说:‘明天,斯密尔,人类要到这里来取走几只狐狸,到时候你不要躲藏,而是要站到前面,想办法使自己被抓住,这样你就能重新得到自由!’他听从了我的劝告,现在,他自由自在地在岛上四处奔跑呢。您觉得我这件事做得怎么样,阿卡大婶?是按您的心意办的吧?”

“是的,我自己也会这样做的。”领头雁说。

“您对这件事感到满意那就好,”男孩说,“现在还有一件事我一定要问问您,听听您的意见。有一天,我看到高尔果,那个老鹰,就是同雄鹅莫顿打架的那个老鹰,被抓到斯康森并被关进了鹰笼里。他看上去神情沮丧、垂头丧气,我想把钢丝网锯断,放他出来,但是我又想他是个危险的强盗,食鸟的坏家伙。我不知道我放掉这样一个恶人是不是正确,我想,最好还是让他关在那个笼子里算了。您说呢,阿卡大婶?我这样想对不对呀?”

“这样想可不对,”阿卡说,“人家对老鹰想怎么说就让他们说去,老鹰比其他动物更傲气,更热爱自由,把他们关起来是不行的。你知道我现在建议你去做一件什么事吗?是呀,那就是,我们两个人,等你休息过来以后,一起作一次旅行,飞到鸟的大监狱,把高尔果救出来。”

“我想您是会这么说的,阿卡大婶,”男孩说,“有人说,您花了很大心血抚养起来的老鹰不得不像老鹰一样生活的时候,您就不会再疼爱这只鹰了。可是刚才我亲耳听到您的话,证明这种说法是根本不符合事实的。现在我要去看看雄鹅莫顿是不是已经醒了,在此期间,如果您愿意向把我驮到您这儿来的人说句感谢的话,我想您会在曾经发现过一只绝望的雏鹰的那个悬崖上见到他的。”

石琴娥　译

1910

获奖作家

海泽

传略

一九一〇年,瑞典学院把诺贝尔文学奖授给了一位以中短篇小说闻名世界的德国作家保尔·海泽,“表彰他作为抒情诗人、剧作家、长篇小说家和世界闻名的中短篇小说家,在长期的创作生涯中所显示的渗透着理想的、非凡的艺术才能”。

保尔·海泽(Paul Heyse,1830—1914),德国作家,一八三〇年三月十五日出生在柏林。父亲是当时著名的古典语言学家,母亲是犹太大银行家的女儿,她酷爱文学,精通英文、法文,从事过文学翻译和戏剧活动。一八四七年,海泽中学毕业,考入柏林大学攻读古典语言学,但他志在文学,经盖贝尔等人的引荐,加入以艺术史家弗朗茨·库格勒为首的柏林著名文学团体“史普里河上的隧道”,从此正式开始文学创作生涯。

一八四九年春,海泽转入波恩大学,随之放弃古典语言(拉丁语、希腊语)的学习,改学现代罗曼语言(意大利语、法语和西班牙语等)。一八五二年获得博士学位,同年由普鲁士政府资助去意大利游学。意大利古老的文化和淳朴的民情给他留下了深刻的印象,不仅给他后来创作中短篇小说提供了不少素材,而且对他追求明朗、和谐的美学思想和创作风格,也有一定的影响。他在旅途中写成的反映卡普里渔民生活、描写纯真爱情的中篇小说《犟妹子》,成了他的成名作,奠定了他在文坛上的地位。一年后,海泽回到柏林,又因盖贝尔的大力举荐,应巴伐利亚国王马克西米利安二世的邀请,前往慕尼黑,并和弗朗茨·库格勒的女儿结婚,此后便一直在那儿定居,直到一九一四年四月二日因病去世。

自发表《犟妹子》后,海泽一直勤奋创作,四十年中共创作中短篇小说一百八十多篇,长篇小说九部,剧本七十多个和大量诗歌,还有相当数量的论文、回忆录、随笔等,成为十九世纪后半期德国最有成就的作家之一。

海泽的中短篇小说除《犟妹子》外，还有《特雷庇姑娘》（1858）、《台伯河畔》（1859）、《安德烈亚·德尔芬》（1859）、《安妮娜》（1860）、《尼瑞娜》（1875）、《麦尔林》（1892）等。长篇小说有《世界的孩子们》（1872）、《在天堂》（1875）、《众峰之上》（1895）、《反潮流》（1904）、《维纳斯的诞生》（1909）等。代表性的剧本有《科尔贝格》（1865）和《哈德里安》（1865）。

海泽在文学上的主要成就是发展了德语文学中的一种传统体裁——带有传奇色彩的中短篇小说。海泽以自己高雅的风格和丰富的想象力，继承和发展了这一文学传统。他的名作《犟妹子》和《特雷庇姑娘》被公认是这一体裁的经典之作。作品中的女主人公劳蕾拉和费妮婕，就是海泽小说中典型的女性形象。她们美丽善良、温柔多情，但又独立不羁、敢作敢为，具有古代人的淳朴真挚和热情坦诚，从而使作品有了特殊的魅力。在海泽的中短篇小说中，主人公通常多为年轻女性，她们往往胜过男子，在生活中起着更为重要的作用，而且始终闪烁出人性中美和善的光彩。他的作品明显有着理想化的倾向，内容上求美、求善，不愿描写人生的黑暗面。在形式上也追求和谐与完整，特别是他的早期作品，构思布局精巧别致，故事情节起伏多变，充满了戏剧性和浪漫色彩；自然景物的描绘也真实生动，使人产生身临其境之感。他以此实行他自己所提出的“猎鹰理论”。所谓“猎鹰理论”，是指每篇作品都得有自己的“鹰”，也就是说在作品的情节内容和艺术风格上，都要刻意求新，标新立异，不能雷同刻板，因袭模仿。可是，他晚期创作的中短篇小说以及在长篇小说、诗歌和戏剧创作方面，都较多因袭，而较少创新。他的部分诗篇，由于被著名作曲家舒曼、勃拉姆斯和沃尔夫等谱成歌曲，迄今仍在流传。他所写的有关小说创作技巧及有关歌德、施托姆、格里尔帕策作品的论文，也还有一定影响。由于他的才能比较全面，在中短篇小说创作方面成就突出，人们称他为“缪斯的宠儿”和“中短篇小说大师”。

授奖词

许多国家的著名作家被提名为今年诺贝尔文学奖的候选人。瑞典学院决定将它颁发给一位德国作家，他的提名得到六十多位德国艺术、文学和哲学方面的专家的支持。他的名字叫保尔·海泽。这个名字令我们想起我们的青壮年时代，也使我们回忆起我们从他的小说里所感受到的特殊魅力。不论现在还是过去，他始终活跃在文坛上，评选委员会在将这项殊荣授予最有影响的文学作品并对其予以赞赏时，绝不能忽视这位作家，除了真正的价值，他们所考虑的既非年龄，也非其他因素。

保尔·海泽一八三〇年生于柏林，父亲是语言学家卡尔·威廉·海泽，一位高尚而坚毅的学者。从他那犹太血统的母亲尤丽雅·萨林那里，海泽继承了热情、活跃的天性。在许多方面，海泽可以说是大自然的宠儿。正是在这样一种优良的环境，在一个充满关怀的家庭中，海泽幸运地成长起来，并以优异的学习成绩匆匆度过了中学时代。一段时间，他在柏林上大学，后来又在波恩大学的弗利德里希·狄茨①的指导下钻研罗曼语言学。一八五二年，他在柏林攻读博士学位期间得到一笔奖学金，这使他得以去意大利游学。那个国度的艺术与文学使他倍感亲切。不久，经过他的保护人、诗人艾曼努埃尔·盖贝尔②的介绍，他结识了艺术史家库格勒，并与其女玛格丽特·库格勒订婚。虽然他没有固定工作，但由于盖贝尔的帮助，并未遭受物质贫困的困扰。在盖贝尔的推荐下，马克西米利安二世授予他慕尼黑大学名誉教授职位，他唯一要做的只是参加国王的文学聚会。一八五四年五月十五日，他与玛格丽特结婚，这对幸福的年轻人在慕尼黑定居，海泽从此也长期生活在这个城市，只是不定期地去他向往的意大利旅行。很快，他便成了慕尼黑活跃的文化生活的核心人物。关于海泽此后的生平没有详细材料，人们只知道他在玛格丽特去世后几年又结了婚，这次是与美丽的安娜·舒巴尔特。

海泽中短篇小说的前四卷是在一八五五年至一八六二年期间写成的，这时，他已成为驾驭这一文学体裁的大师。关于他大量的中短篇小说，我在此只想提及《阿拉伯人》(1853)，充满威尼斯情调的《安德烈亚·德尔芬》(1859)，描写意大利十九世纪伟大诗人列奥巴尔迪生活中一个片段、感情真挚而深沉的《妮里娜》(1875)，充满道德理想的《母亲的肖像》(1859)，以及描写神奇行吟诗人的《马里昂》(1855)。海泽的小说严格地遵循写作规划，但这并不妨碍其具有高度的魅力和动人的情节。他发展了一套自己的小说理论，认为"一篇具有文学价值的小说应当表现人类的重大命运，它不必描写日常发生的事件，但应该向我们揭示人类天性的每一个新的方面"。

说海泽是现代心理小说的创始者之一无疑是正确的。他的小说很少有明显的倾向性，这也许正是我们更加喜欢他的长篇小说如《世界的孩子们》(1872)和《在天堂》(1875)中所体现的歌德式的客观性的原因。这两部小说都是反映道德问题的，前者歌颂了面对褊狭的教条所表现出来的道德独立性，后者则描写了反对清教苦行主义、保卫艺术纯洁性的斗争。两部作品鲜明地体现了作者的人道主义理想。在《在天堂》中，海泽还生动地描写了慕尼黑艺术家的生活。在《反潮流》(1904)中，海泽勇敢地向根深蒂固的偏见挑战，尖锐地批判了决斗行为的愚蠢。特别是在《维纳斯的诞生》(1909)中，作者体现了一种奇异的青春活力。这本书去年才出版，其中他坚定而明确地表达了他毕生的美学追求，既保卫艺术的自由，使之免受片面的唯美主义的侵蚀，又反对自然主义照搬生活的幼稚技巧。

海泽不仅是一位小说家，而且是当今德国最重要的抒情诗人之一。他以诗的形式创作了许多脍炙人口的小说，其中最有名的当数以三行诗隔句押韵法写成的《火蛇》(1879)。戏剧虽不是他擅长的形式，但他仍然写了五十多个剧本，其中值得一提的有爱国主义内容的《科尔贝格》(1865)和情节有趣的《哈德里安》(1865)，后者以生动的笔触描写了哈德良的智慧和悲哀。

海泽的审美鉴赏力十分独特，他很推崇他的朋友易卜生的《觊觎王位的人》和《海尔格兰的海盗》，却不喜欢《群鬼》和此后的象征主义戏剧。他有很深的音乐素养，但他不欣赏

---

① 弗利德里希·狄茨(1794—1876)，德国语言学家。
② 艾曼努埃尔·盖贝尔(1815—1884)，德国诗人、剧作家。

瓦格纳而赞美贝多芬、莫扎特、肖邦和勃拉姆斯。

在人生的关键时刻，海泽也表现出同样独立的性格。当他的朋友盖贝尔在致威廉国王的一首诗中表达了德国在普鲁士的领导下统一起来的愿望而失去了在巴伐利亚宫廷的年俸时，海泽亦在一封客气的信中辞去了自己的职务，因为他在许多方面同盖贝尔的观点相同，要与他承担同样的命运。

海泽的名气在意大利比在德国还大。他大量出色的翻译使意大利文学在德国得到传播。列奥巴尔迪、曼佐尼、福斯科洛①、蒙狄②、巴里尼③和朱斯狄④等人的作品被普遍阅读并获得好评，这无疑应当归功于他。

但是，要说才气横溢、被人称为头戴月桂花冠的命运之骄子的海泽从未有过烦恼，始终在他的国家的领导层里受到尊重，也是不正确的。当他几个可爱的孩子夭折时，作为父亲的他感到深深的悲哀，在许多感情真挚而极其优美的诗歌里，他表达了他的忧伤。

从文学角度看，这位追求光明、严格遵循法则而又才华出众的诗人的确享有盛名，但随着时间的流逝，局面发生了变化。九十年代兴起并在二十世纪头十年里占主导地位的自然主义把反传统的攻击矛头首先指向了海泽，并对他提出了尖锐的指责。对那些不遗余力地贬低他、追求轰动效果、随心所欲地破坏形式法则并摹写丑恶现实的人来说，他太讲究和谐，过于注重形式美，太希腊化，太崇高了。但海泽并非如此，他对形式的追求不合那些举止粗俗的人的口味。他主张文学应该看到生活的光明面，描写现实的美好。在他那篇描写细致而充满感情的小说《麦尔林》(1892)中，他坦率地表达了他那受到伤害的心灵。现在，情况又发生了改变，他的国家将他推荐为这项世界性奖励的候选人，大约是违背那些自然主义者的意愿的。一种奇怪的现象改变了一切，这位受到尊敬的前辈曾获得过普遍的赞扬，而现在又重新赢得了荣誉。他成为慕尼黑的荣誉市民，那儿的一条街道也以他的名字命名。为表彰这位年迈的诗人多方的业绩，瑞典学院根据许多批评家的推荐，决定授予他诺贝尔文学奖的殊荣，以表示对他的赞赏。

海泽走过了一条他自己的道路，在美学上，他执着地追求真理，以独特的风格反映了外部现实。严格地说，席勒的名言“生活是严肃的而艺术是宁静的”表达了一个深刻的真理，这个真理在海泽的生活和创作中得到了体现。美应当使人获得解放并给人以愉悦：它既不应完全照搬现实，也不应将它拖进污秽。它应当是高尚、朴素的。海泽以他自己的方式揭示了美，他从不作道德说教，因为那样将剥夺人们对美的直接感受，然而，他的作品却充满了智慧和崇高。他并不直接宣传宗教，但人们从他的作品中可以感受到庄严而虔诚的宗教情感。他更加重视宗教的伦理价值而非其刻板的教条。他宽容大度但又并非不讲原则，对他人充满了爱，但这种使他变得高尚的爱是天上的而非尘世的，他爱人们纯洁的天性，对别人充满同情，但又不能容忍他们卑鄙的行为。

在这个隆重的仪式上——海泽因病未能前来参加——我们对他的作品曾给予千千万

① 福斯科洛(1778—1827)，出生在希腊的意大利诗人。

② 蒙狄(1754—1828)，意大利最后一位古典诗人。

③ 巴里尼(1729—1799)，意大利古典主义革新的宗教诗人。

④ 朱斯狄(1809—1850)，意大利独立与统一战争时期的诗人。

万人以欢乐表示感谢,并向他所居住的慕尼黑路易森大街致以敬意,这条街多年来是文艺女神偏爱的地方:"请相信,这并非童话,青春之泉始终在涌流。你们问它在何方,'它就在诗的艺术里'。"

瑞典学院常务秘书 C.D.威尔逊

章国锋 译

作品

犟妹子(节选)

午后才一点钟,安东尼已经在渔民酒馆前的长凳上坐了两小时了。他心头必定有什么事,每过五分钟就跳起来,跑到太阳地里去,仔仔细细朝着通向岛上两个小镇的道路张望。他对酒馆的老板娘解释:他是怕要变天了。天色虽还明亮,但天空和海水的这种颜色他是认识的。去年起风暴之前,天空和海水正是这样。那一次,他险些把一家英国人划不到岸边来。这她还记得吧。

"记不得。"女人说。

那好,要是傍晚时变了天,她就该想起他的话来了。

"老爷太太去你们那边的多吗?"老板娘过了一会儿问。

"刚开始来。在这以前我们的日子可苦啦。洗海水浴的游客迟迟未到。"

"春天来得迟。比起我们卡普里这儿,你们挣的钱多吗?"

"还不够一礼拜吃两顿空心粉哩,要是我光靠划船过日子的话。时不时地送封信去那不勒斯,或者把想钓鱼的老爷划到海上去——这就是全部营生。不过,您知道,我舅舅有几个大橘园,是一位有钱的人。'托尼诺①,'他说,'只要我还在,就不让你吃苦,就算以后吧,也会考虑到你的。'这样,上帝保佑我才熬过了冬天。"

"他有儿女吗,您舅舅?"

"没。他没结过婚,在国外住了很久,很攒了两个钱。眼下,他有心开个大渔行,要我去总管一切,帮他把事情料理料理。"

"那,您就成了位有靠头的人了哟,安东尼。"

年轻的船夫耸耸肩。"谁都有自己的难处哩。"他道。说着又跳起来左瞧右瞧,尽管他完全清楚,只有一方才可能变天。

"我给您再来瓶酒吧。您舅舅反正付得起账。"老板娘说。

"只来一杯得啦,您这酒烈着哩。我脑袋都已经发热了。"

"这酒不醉人。您想喝多少,尽管喝多少。正好我男人来了,您得和他再坐一会儿,聊

---

① 托尼诺,安东尼的爱称。

一聊。”

果然，身材魁梧的酒馆老板从高坡上下来，肩搭渔网，鬈发上盖着顶红色便帽。他刚进城给那位贵妇人送鱼去；为了招待索伦多来的小个子神甫，夫人专门定了鱼。一瞧见年轻船夫，他便挥手热情欢迎，然后坐到他身边，开始问长问短，讲这讲那。正好老板娘又提来一瓶没掺水的纯卡普里酒，左边的沙地便响起咔嚓咔嚓的声音，劳蕾拉从通往卡普里的路上走来了。她向众人点了点头，沉默地站在那儿，不知如何是好。

安东尼一跃而起。“我该走了，”他说，“这姑娘是索伦多镇的，今儿一早随神甫先生一块儿过来，天黑前得回家去照料自己生病的母亲。”

“得，得，离天黑还早着呢，”老板说，“她有的是时间。来，喝一杯。喂，老婆，再拿个酒杯来。”

“谢谢，我不会喝。”劳蕾拉回答，仍站得远远的。

“只管斟吧，老婆，斟啊！她要人劝哩。”

“随她去吧，”小伙子道，“她是个顽固脑瓜，什么事她要不愿，就连圣者也说不动她。”说完，他便急匆匆地告了辞，跑到底下船边去，解开缆，站在那里等着姑娘。她先又向酒馆老板夫妇点点头，然后才步履踟蹰地向小船走去。上船前，她环顾四周，好像盼着谁来和她搭伴。然而，码头上空无一人：渔民们要么在午睡，要么在海上垂钓撒网；少数几个妇女、小孩在自家门口，打盹儿的打盹儿，纺线的纺线；再就是那些外来的游客，也一早就过去了，要等天凉了才乘船回来。但她也没能望多久；她还未来得及反抗，安东尼已一把抱起她，把她像个小孩似的抱到船上去了。他自己跟着也跳上去，抓起桨来，三划两划便到了海上。

姑娘坐到船头，半背向着他，使他只能看见她的侧面。眼下，她的表情比平时更严肃。鬈发低覆在额头上，纤细的鼻翼执拗地颤动着，丰满的嘴唇紧闭。他们这样默默地在海上航行了一些时候，她给太阳晒热了，便从手帕中取出东西，把帕子包在头上。接着，她吃起面包来，当她的午餐；她在卡普里什么也没吃啊。安东尼看不下去了。他从早上装满橘子的筐子中，取出两个橘子来，说：“喏，拿去和你的面包一块吃吧，劳蕾拉。别以为是我特意为你留的。它们从筐子中滚了出来，我搬空筐子回船时在舱板上发现了。”

“你自己吃吧。我吃面包就够了。”

“大热天橘子可以解渴，瞧你跑了这么老远。”

“人家给了我一杯水喝，我已经不渴了。”

“随你便吧。”他说着，便把橘子扔回筐里。

又一阵沉默。海面平明如镜，船头的水声很轻很轻。就连那些栖息在岩岸洞穴中的白色水鸟，在飞来飞去地觅食时也悄然无声。

“你可以把这两只橘子捎给你母亲。”安东尼又提起话头。

“咱们家里还有橘子；就算吃完了，我再去买就是。”

“你就捎去吧，算我的一点儿心意。”

“可她不认识你呀。”

“那你可以告诉她我是谁嘛。”

“我也不认识你。”

她说不认识他，这已经不是第一次了。一年前的一个礼拜天，就在那位画家来索伦多的时候，安东尼和当地的几个小伙子正好在大街旁的广场上玩地滚球。就在那儿，画家初次见到了劳蕾拉；她头上顶着水罐，打他身边走过，压根儿没有注意到他。那不勒斯人一见她便着了迷，呆呆立在那儿盯着她，不顾自己正好站在滚球道上，只要再跨两步就可以让出来。这当儿，重重的一球滚到了他的脚踝上，提醒他，此处不是发呆的地方。他回头瞅了瞅，像是等着谁去向他道歉。掷这一球的年轻船夫却傲慢地站在伙伴中间，一声不吭；陌生人觉得还是避免口角走开为妙。可是，这件事后来传开了。画家来正式向劳蕾拉求婚时，又被人们提了起来。画家曾经问劳蕾拉，她是不是为了那个不懂礼貌的愣小子才拒绝他的，劳蕾拉不耐烦地回答："咱不认识他。"上述那件事，也传到了她耳朵里。这以后，她碰见安东尼就该认得了吧。

眼下，他俩坐在船上，就像一对仇敌，各人的心都跳得要命。安东尼平时那和善的面孔涨得通红。他击打着海水，让水花溅到自己身上。他的嘴唇时而哆嗦，像是在骂人似的。姑娘装作没有看见，完全漫不经心的样子。她把身子倾出船外，让水流从手指间滑过。随后，她解下手帕，整理头发，就像船上只有她一个人似的。不过，她的眉毛微微抽动，两颊发烧，她用湿淋淋的手去冰也没有用。这时，他们已在大海中间，远近都见不到半点帆影。卡普里岛被抛在了身后；前面的海岸躺在迷眼的阳光中，还离得很远很远。甚至没有一只海鸥，来冲破这深沉的岑寂。安东尼环顾四周。突然，他像是拿定了主意，脸上的红色褪了，放下了桨。劳蕾拉情不自禁地回过头来看他，心情十分紧张，但一点也不害怕。

"我必须了结这事。"小伙子冲口说道，"拖了这么久啦，我有点奇怪自己竟没有因此死掉。你说，你不认识我？难道你没有一次一次地瞧见，我怎么疯子似的打你面前跑过，有满肚子话要对你说？可你总是把嘴一噘，转过身去不理我。"

"我有什么好和你谈的呢？"她干巴巴地说，"我看得出，你想和我搭讪。可我不愿让别人嚼舌头，无缘无故地嚼舌头。我不愿意嫁给你，不愿意嫁给你和任何人。"

"不嫁给任何人？你以为打发走了那个画家，就好总这么讲吗？呸！你那会儿还是个孩子。你将来会感到寂寞，到那时，像你这么个怪脾气，就会随随便便嫁个人了事的。"

"谁知道自己将来怎样呢？就算我会改变主意，可这跟你什么相干？"

"跟我什么相干？"他大叫一声，从桨手凳上跳起老高，弄得小船也颠来簸去，"跟我什么相干？在知道了我的境况以后，你还能这样问？你将来对谁比我好，谁就不得好死！"

"难道我答应过你吗？你自己头脑发昏，又关我什么事？你有什么权力，要我跟你好？"

"哦，"他吼道，"这在书上自然没有写，任何法律家也不会用拉丁文把它写下来，盖上封印的。不过，我知道，我有权讨你做老婆，就跟我有权升天堂一样，因为我是个好小伙子。你以为，我肯眼睁睁瞧着你被另外的男人带着上教堂去吗？姑娘们打我面前经过，都会耸肩膀，这我受得了吗？"

"你想咋办就咋办吧。任你再怎么吓唬，我都不害怕。我将仍旧照自己的想法去做。"

"你才不会老是这么讲哩，"他浑身颤抖着说，"我是一个男子汉，不会长此下去，让自己的生活给一个犟妮子给糟蹋了。你明白吗，你现在在我的手心里，我要你怎的，你就得怎的?”

“弄死我吧,要是你敢。”她慢吞吞地说。

“那就来个干脆,”他嚷道,声音变得嘶哑起来,“海里有的是咱俩的地方。我帮不了你啦,妹子。”他几乎是满怀同情地说,犹如是在梦呓,“不过,我们必须同时一起去,两人一块儿,就在马上!”他大声吼叫,蓦地用双手抓住了她。但转瞬间,他缩回右手,鲜血涌了出来:她狠狠地咬了他一口。

“你要我怎的,我就得怎的吗?”她叫道,身子猛地一扭,撞开了他,“咱们等着瞧吧,看我是不是在你手心里!”说完,便跳下船去,一眨眼便消失在大海深处。

一会儿,她浮出了水面,裙子紧紧裹住身体,辫子叫海浪冲散了,沉甸甸地拖在脖子上。她双臂不停地划水,一声不响地奋力游着,从小船旁向岸边游去。

突然的震惊,使小伙子几乎失去了知觉。他站在船上,弓着腰,目光盯在她身上,好似眼前出现了奇迹。随后,他晃了晃脑袋,便扑到桨前,使出全部力气追着她划去。这当儿,他手上喷涌出来的鲜血,已把舱底给染红了。

转眼间,他就到了她身边,尽管她游得很快。

“看在圣母玛丽亚分儿上!”他喊道,“上船来吧! 我是个疯子,天晓得我怎么失去了理性,就像给闪电打着了一样,我脑子里突然一热,就发起狂来,连自己干些啥,说些啥,也全不晓得啦。我不求你原谅我,劳蕾拉;我只希望你救自己的命,上船来啊!”

她只顾游着,仿佛什么也没听见。

“你到不了岸边,还有两海里呢。想想你母亲吧。要是你遭不幸,我会吓死了的。”

她用眼睛估量了一下到岸边的距离,然后也不答话,就游到船边,攀住了船舷。他赶去帮助她,姑娘的体重使小船倾到了一边,他放在凳子上的衣服便掉进了海里。她敏捷地翻进船来,回到老位子上。他看见她平安无事了,又划起桨来。她拧着湿淋淋的裙子,挤掉辫子里的水。这时,她望着舱底,才发现了血。她迅速地瞅了瞅那只手,他仍在划着桨,压根儿就像没有受伤似的。

“拿去!”她递过手帕去说。

他摇摇头,继续朝前划。临了,她站起来,走到他身边,用手帕把他那很深的伤口紧紧包扎起来。然后,她不顾他的反抗,从他手中夺过桨,坐到他对面,正眼也不瞧他,只是盯住被血染红了的桨,一下一下地猛力划起来。两人都默默无语。快到岸边,正碰上出海进行夜间捕捞的渔民们。他们招呼安东尼,并拿劳蕾拉打趣。可两人都没抬头,也不回答一句。

进港的时候,太阳还高高挂在波希达岛上空。劳蕾拉抖了抖在海上差不多已经干了的裙子,跳上岸去。早上看见他们离开的那个老婆婆,这会儿又站在屋顶上。“你那手怎么啦,托尼诺? 耶稣基督啊,整个船都给血泡起来了。”

“没事儿,教母,”小伙子回答,“我让一颗突出的钉子剐伤了。明儿个就好了的。该死的血一碰着便出来,其实并没有多少危险。”

“我来给你敷点草药吧,小伙子。”

“不劳神啦,教母。已经包扎好,明儿个就没事儿了。我的皮肤健康着哩,任何伤口都会一下子长好。”

“再见!”劳蕾拉道,转身朝上山的路走去。

“晚安!”小伙子在后面大声说,但眼睛并未看她。随后,他把船具和筐子从船上搬下来,爬上狭窄的石级,走回自己的小屋去了。

在那两间他眼下走进走出的小屋里,除去他没有任何人。透过几孔只装着木条子的小敞窗,风吹进来,带着比在平静的海面上更多的凉意。寂静使他感到舒服。刚才,他在圣母的小像前站了很久,虔诚地望着贴在像上的、银纸剪成的星辉状灵光。但他并未想到祈祷。他不再有任何希望,还祈祷什么呢?

白天似乎停住了脚步。他渴望黑夜快快到来;因为,他疲倦了,失血过多也使他虚弱,尽管他不承认。他感觉手上阵阵剧痛,便坐到一张小凳上,解开手帕。被堵住的血又渗了出来,伤口周围肿得老高。他仔细地洗净伤口,把它久久地浸在水里冰。当他再取出手来时,便清楚地辨出了劳蕾拉的齿痕。“她说得对,”他自言自语道,“我是个野兽,活该如此。明天我让乔西普把手帕交给她。我不想让她再见我的面。”他在用左手和牙齿重新扎好右手以后,便仔仔细细洗起手帕来,洗好又摊开,在太阳底下晒。他自己则倒在床上,闭上了眼睛。

皎洁的月光,使他从似睡非睡中醒来;再说手上的疼痛,也不让他安睡。他跳起来,想再把手浸到水里止止痛。这当儿,他听见门上发出了响声。“谁呀?”他大声问,同时拉开门。劳蕾拉站在他面前。

也没问是否允许,她就走进屋去。她解下裹在头上的帕子,把一只小提篮搁在桌上,便喘起长气来。

“你来取手帕吧,”他说,“其实你不必劳这个神,明天一早我就要请乔西普送给你。”

“不关手帕什么事。”她立即回答,“我上山去给你采了些止血药。这儿!”她边说边揭提篮盖。

“太麻烦你,”他说,口气中全无讽刺意味,“太麻烦你。已经好些了,已经好多了,就算更坏了吧,那也是自讨的。你这时来干吗呢?要是给人碰见怎么办!你知道,他们会怎么胡扯,虽然他们不知道自己在说些啥。”

“我才不管任何人咧,”她急躁地说,“我只想看看你的手,给它敷上草药,要知道你用左手可弄不好啊。”

“我告诉你,这不必要。”

“那让我瞧瞧,好让我相信。”她二话不说,就抓起那只无力反抗的手,解开布条。一见那巨大的肿块,她就怔住了,叫道:“圣母玛丽亚!”

“有一点儿肿,”他说,“过一天一宿就没事儿了。”

她摇摇头说:“像这样,你一礼拜也出不了海啦。”

“我想后天就可以。又有什么关系呢?”

说话间,她端来面盆,重新洗那伤口。他也像个孩子似的,听凭她摆布。然后,她把草药叶子敷在伤口上,用自己带来的布条包扎好;立刻,他就觉得疼痛减轻了。

包扎完毕,他说:“谢谢你。听我说,你要是肯对我再行个好,就请原谅我今天发了狂,并把我说的和我做的一切,统统忘了吧。我自己也不知是怎么搞的。你从来不曾逗引过我,真的没有。往后,你再也听不见我说任何使你生气的话了。"

"该我求你原谅,"她抢过话头,"我本可以更好地向你说清楚一切,不该不理不睬地气你。再说,还有这手上的伤口……"

"你那是自卫,而且在该让我恢复理智的万不得已的时候。我说过了,这不要紧的。甭提什么让我原谅你了。你这样做对我有好处,我感谢你。好了,回家睡觉吧。这儿——这儿是你的手帕,你可以马上带回去。"

他递给她,她站着一动不动,像是思想里在进行斗争。终于,她说:"你为了我的缘故,把上衣也丢了,而且我知道,卖橘子的钱也在里边。这是我在回家的路上才想起的。我无法赔偿你,因为我没有钱。就算我有点,那也是母亲的。不过,我有个银十字架,那个画家最后一次上我家,给我留在桌上的。可我瞧都不愿瞧一眼,恨不得从箱子里把它甩出去。要是你拿去卖掉——母亲说,可以值几个钱——就可补偿你的损失。要是还不够,我就设法在夜里母亲睡觉时,再纺线挣点钱给你。"

"我什么也不收。"他坚决地说,并且把她从衣袋里掏出来的那个亮晶晶的十字架推开。

"你一定得收下。"她说,"谁知你这手多久才能干活呢?我放它在这儿了,我再不想让自己的眼睛看见它。"

"那就扔它到海里去吧!"

"这可不是我送给你的礼物呀!这纯粹是你的权利,是你理所应得的。"

"权利?我没有权利要你的任何东西。要是你往后再碰见我,就对我行行好,别再瞧我;不然,我就会想,你是在提醒我曾经对不起你。好啦,晚安,就让这是最后一次吧。"

他给她把手帕放进提篮,再将十字架搁在上边,然后盖上篮盖。可当他抬起头来看见她的脸时,他吓了一跳。大颗大颗的眼泪滚过她的面颊。她任其自由地流淌。

"圣母玛丽亚啊!"他喊出来,"你病了吗?瞧你浑身都在哆嗦!"

"没什么,"她说,"我要回家!"边说边朝门口歪歪倒倒走去。终于,她忍不住哭出声来,额头抵在门柱上,发出大声而急促的抽泣。但在他追上去劝阻她之前,她突然转过身来,扑到了他的脖子上。

"我受不了啦。"她喊道,紧紧地抱住他不放,就如垂死的人抱住生命一样,"我不能听你对我这么好言好语,然后叫我走,使我良心上过意不去。你打我吧,踢我吧,咒骂我吧!——或者,要是真的,你真爱我,在我对你这么狠以后还爱我,那么,就收留我吧,想把我怎样,就怎样吧。只是别打发我离开你!"又一阵急促的抽泣,使她讲不下去了。

他默默地搂住她有好一会儿。

"你问我还爱你吗?"他终于大声说,"圣母玛丽亚啊!你难道以为,这小小的伤口,就把我心里的血全部流光了吗?你没感觉到这颗心,它在我胸中激烈跳动,就像要跳出来献给你吗?要是你讲这些话只是想试试我,或者因为你同情我,那你就去吧;就连这些我也会忘记的。你不必因为知道我为你吃了许多苦,就觉得自己对不起我。"

"不,"她从他肩上抬起头来,眼泪汪汪地盯着他的脸,坚决地说,"我爱你。让我说了吧,我只是一直害怕会爱上你,一直想反抗。现在我可要变个样子了,因为当你在巷子里打我身边走过,要叫我不看你我就再也受不了啦。这会儿,我还要吻你哩,”她说,“这样,要是你又发生怀疑,你就可以对自己讲:她吻过我了,而劳蕾拉是不吻任何人的,除非她让这人做她的丈夫。”

她吻了他,然后挣脱身,说:“晚安,我亲爱的!睡觉去吧,把你的手养好。不用跟着我,要知道我不害怕任何人,只害怕你。”

说罢,她便一溜烟跑出门去,消失在围墙的暗影里。小伙子却还久久地凝视着窗外的大海,海上,星星们好像全在轻轻地摇曳。

杨武能　译

1911
获奖作家

梅特林克

传略

一九一一年,瑞典学院授予梅特林克诺贝尔文学奖,以表彰他"多方面的文学活动,尤其是他的著作具有丰富的想象和诗意的幻想等特色。这些作品有时以童话的形式显示出一种深邃的灵感,同时又以一种神妙的手法打动读者的感情,激发读者的想象"。

莫里斯·梅特林克(Maurice Maeterlinck,1862—1949),比利时剧作家、诗人、散文家,一八六二年八月二十九日生于比利时根特市一个公证人家庭。早年学习法律,当过律师,后去巴黎参加过象征派文学运动。一八八九年发表诗集《温室》以及剧本《玛莱娜公主》,第一次把象征主义手法运用到戏剧创作中,受到法国评论界的重视。这一时期的主要剧作还有《不速之客》(1890)、《群盲》(1890)和代表作《佩列阿斯和梅丽桑德》(1892)。这几个剧本相继搬上国际舞台后,使当时的剧坛面貌为之一新。此外,还有剧本《七公主》(1891)、《阿拉丁和帕洛密德》(1894)、《丹达吉勒之死》(1895)等。

二十世纪初是梅特林克戏剧创作的第二个时期。这时他定居巴黎,由于扩大了眼界,他的创作思想已从象征主义的圈子中解脱出来,开始面向社会现实,注重社会生活,从而使他的创作也进入了一个新的阶段。这一时期的重要剧作有《阿里亚娜与蓝胡子》(1902)、《莫纳·瓦娜》(1902)、《乔伊泽尔》(1903)和《青鸟》(1909)。这些剧作就其主旨来说,和他早期的作品有较大的区别,它们力图解答道德和人生观问题,表现了梅特林克逐渐形成的哲理观点。

《青鸟》是一部梦幻剧,公认为梅特林克的代表作,表明了他对探索人类真理所作的努力,是他的戏剧艺术达到炉火纯青的标志。《青鸟》向我们展现了五彩缤纷的梦幻世界,它的主题强调了幸福不在远处,就在我们身旁,只有慷慨地把幸福赐给别人的人,才能得到幸福。

梅特林克还是一位出色的散文家,在《明智与命运》(1898)、《蜜蜂的生活》(1900)、《花的智慧》(1907)、《白蚁的生活》(1921)、《蚂蚁的秘密》(1930)等散文集中,包含了许多富有哲理的隐喻和寓言。他从自然界的变化来研究人类社会的发展,表达了他对世界前途和人类命运的关心,也表达了他对人类能过上更好生活的愿望。

第二次世界大战期间,梅特林克流亡美国,隐居在佛罗里达州,直到战后的一九四七年,他才返回法国。一九四八年发表了回忆录《蓝色的气泡》,一九四九年五月六日在法国尼斯病逝,享年八十七岁。

授奖词

今年,独具慧眼的人们提议几位文人墨客为诺贝尔文学奖的候选人,他们当中有几个人展现出了如此伟大而又非同寻常的特点,因而要衡量他们各自的优劣也就非常困难。莫里斯·梅特林克以前曾数次被提名并被认真考虑过,今年则决定授予他。在做出这个决定的时候,瑞典学院首先考虑到的是,他作为一名有才华的作家有深刻的创新和独特性,那是与文学的通常形式如此迥然不同。这种才能的理想主义特色被升华为一种罕见的灵性,并且神秘地使得细腻而又隐秘的琴弦在我们心中颤动。这位不同凡响的人,他的天性当然并不浅薄。他尚不足五十岁,作为一名作家,始终追随着他本人极具个性的声音,并且拥有那种不可思议的才能,既神秘、深刻,又由于表达富有魅力而受大众欢迎。读着他的作品,人们就有时想起索福克勒斯①的话"人只是一个无足轻重的影子",或者想起卡尔德隆的话"人生如梦";然而梅特林克却知道怎样用幻象的力量将我们的道德生活的细微差别展现出来。在通常情况下居藏在我们心中并且属于我们的本性的秘密深处的事物,他用魔杖轻轻一拍就召唤了出来,我们承认他唤起了我们最为内心的本性的特征,而这些特征通常是躲藏在一种神秘的薄暮之中的。他这样做来,又毫不矫揉造作,而是在本质上很有把握,并且带有古典的优雅,虽说情节和布景往往是模糊的——就像中国的皮影戏——而且与他的极其细腻的诗意相协调。尽管叙述可能是传奇性的和怪诞的,其对话却是敏锐的。诗人用无声音乐的声音,把我们引向我们灵魂深处的未被怀疑的领域,我们于是与歌德产生同感:"凡属非永恒的/仅是一种比喻。"我们有种不祥的预感,我们的真正的家在远方,完全超越了我们尘世经验的界限。我们几乎从未与梅特林克超越过这种预感,虽说他的诗歌使我们瞥见了无可企及的远方。

莫里斯·梅特林克于一八六二年生于根特,家境似乎小康。他曾就学于圣巴布耶稣学院,他并不喜欢这个学校,但是这个传统的学校大概极其强烈地影响了他的思想发展,把他引向了神秘主义。梅特林克在该校毕业并通过学士学位,然后遵从父母的意愿学习

① 索福克勒斯(约前496—约前406),古希腊悲剧家。

法律,并在根特当了律师。但按照他的传记作者杰勒德·哈里的说法,他只是雄辩地证明了自己完全不适于从事法律,因为他具有那种"令人愉快的缺陷",绝对不适于在法庭上进行琐碎的争吵和公开作辩护律师的发言。他为文学所吸引,而这种吸引随着在巴黎的一段居留而得以增长。他在巴黎结识了一些作家,其中的一位名叫维利埃·德利尔·亚当,显然对他产生了巨大的影响。巴黎令莫里斯·梅特林克大为迷恋,于是他于一八九六年在那儿定居了下来。然而作为一个永久的居住地,这个大都会并不真正适合这个孤独的耽于冥想的头脑。他间或到那儿去,与他的编辑们打交道,但是在夏天他喜欢住在圣瓦德利尔,那是一个古老的诺曼底修道院,他买到手并从即将到来的野蛮破坏中将它拯救了出来。冬天的时候他在气候温和的格拉斯镇里避难,该镇以鲜花著称。

莫里斯·梅特林克的第一部问世的作品是一部小诗集,题为《暖房》(1889)。从他的宁静沉思的气质来看,这些诗中的感情折磨似乎为人们始料未及。他于同一年(1889)发表了一部怪诞戏剧《玛莱娜公主》。这部剧作忧郁、恐怖,并且有意写得单调,那是为了带来一种持续的印象而大量重复所致;但是这部小小的剧作洋溢着一种令人赏心悦目的神话故事的魅力,本剧写得有力,人们不会怀疑是出自《暖房》的作者之手。不论怎么说,它都是一部重要的艺术作品。《玛莱娜公主》在《费加罗报》上得到了奥克塔夫·米尔博①的热情赞扬,从那一天起,莫里斯·梅特林克就不再是无名之辈了。后来,梅特林克写了一系列的戏剧作品,所描写的时代大多为我们所不能确定,所发生的地点也大多在地图上无从找到。布景通常是一个带地道的仙境中的城堡、一个绿荫怡人的公园,或者一个与远方的大海遥遥相对的灯塔。在这些令人伤感的地区,人物往往蒙上一层面纱活动着,就像所表达的思想一样。在他的几部最为完美的戏剧作品中,莫里斯·梅特林克是位象征主义者又是一位不可知论者;但是人们切切不可做出这种结论,即他是位唯物论者。他带着诗人的本能和想象,感到人类并非完全属于可触知的世界,而且他清楚地说明,诗歌倘若并不能使我们感知到对作为现象的根源的那个更为深刻、更为秘密的现实的一种反映的话,那就不能令人满意。有时这个背景以一种隐晦朦胧的方式呈现在他的面前,如同种种超自然的力量聚集在一起,人们又轻易成为其牺牲品,于是他便把毁灭了我们自由的一种致命的无限权威归结于这种超自然力。但是有几部戏剧作品却淡化了这种概念,与现实相比,他给予了希望和混合的神秘影响以更大的空间。占主导地位的思想始终是:人的精神的、真正的、亲切的、深刻的生活,恰恰在他的最为自发的行动中得到了展现,而这种生活又须在超越思想和推论的理性的领域里予以寻找。在他的最佳作品中,占主导地位的主要思想尤其是如此。梅特林克恰恰把这些行动展现得超群绝伦,他以几乎是梦游般的想象力和梦幻精神来进行展现,但又具有一位完美无瑕的艺术家的精确。同时表达又得以风格化了,技巧的简单化被推得尽可能的远,但又未伤害对戏剧的理解。

一种更为显著的自然神论本来会对他的戏剧产生有益的影响,因为这会使他的戏剧不那么像皮影戏,但是人们不应该贬抑他的天才的创造物。斯宾诺莎和黑格尔是伟大的

① 奥克塔夫·米尔博(1850—1917),法国戏剧家、小说家。

思想家,虽说并不是自然神论者,梅特林克也像他们一样,他是一位非常伟大的诗人,虽说他对事物和生活的概念并不是自然神论者的概念。他什么也不否认:他只是找到躲藏在影子中的存在的原则。除此之外,既然没有一种人类的理性能够得以将存在的来源的精确概念系统阐明出来,而这概念从许多方面来看又仅受到直觉和信念的影响,那么不可知论在某种程度上不就是可以原谅的吗?如果说莫里斯·梅特林克笔下的人物有时是梦幻的生灵,那么他们也仍然是极富人性的,因为莎士比亚说的话并没有错:

构成我们的料子也就是那梦幻的料子;
我们的短暂的一生,
前后都环绕在酣睡之中。

除此之外,梅特林克也绝非善辩者;在他的几乎所有作品中,都有一个甜蜜的有时是忧郁的灵魂在喘息着。因而就诗歌美而言,他胜过许多作家一筹,因为那些作家对世界的见解也许更多地依赖于对个性的见解。莫里斯·梅特林克显然是一个感觉深刻、思想深刻的人。人们必须对他那种对真理的诚挚渴求表示敬意,而且必须记得,对他来说存在着一种法则和一种心灵的权利,在一个似乎有许多事情在鼓励产生非正义的世界当中,那种法则和心灵的权利始终在控制着人类,指导着人类。莫里斯·梅特林克经历了心灵发展的许多阶段,如果他有时谈到“引力”一词,把它当作统治世界的力量,并且显然想用它来代替宗教,那么如果人们(考虑到他的象征主义)而把“引力”一词当作宗教—伦理的引力的那种法则的一种象征表达,那就不会错。我斗胆说,一切皆遵从于那种宗教—伦理的引力的法则。

时间不允许我列出梅特林克的一切作品,然而,在这个庄严的场合简略地回顾他的最具特色的作品,在我看来是恰当的。

很少有人把死亡无情而又神秘的力量写得比梅特林克的独幕剧《不速之客》(1890)更为尖锐。在所有围绕着患病的母亲并希望她痊愈的人当中,只有那位年迈且失明的祖父注意到花园里有鬼鬼祟祟的滑动的脚步声。花园里松柏开始飒飒作响,夜莺静了下来,他感到一阵冷风拂面而来,听见有一把大镰刀正在被磨利,于是猜测有个他人看不见的人已经进来,坐在他们的圈子里。午夜钟声响时,传来一声噪音,好似有人突然站起身来离去了,就在同一时刻,病人死去了。那个谁也躲避不开的客人从那儿经过了。这个凶兆被描述得既力透纸背又细腻入微。短剧《盲人》(1890)展现了同样的灾难预兆,此剧也许更为忧郁。那些盲人追随着他们的向导,那是一位患病的老教士,当他们走到森林中央的时候,他们以为找不着他了,实际上他就在他们中央,但已经死去了。他们逐渐意识到他死去了,那么他们将怎样找到他们的避难所呢?

在《佩列阿斯与梅丽桑德》(1892)和《阿拉丁和帕洛密德》(1894)中,我们在不同的变体中发现了爱的那种致命的力量,梅特林克用一种怪诞的想象将它描述了出来——爱或者为其他的束缚所羁绊,或者为外部情势所羁绊,因而也就既不能也不该获得一种幸福的结局,而是为一种将人的力量碰得头破血流的命运所压碎。

梅特林克的最富灵感的戏剧毫无疑问是他的《阿格拉凡和塞莉塞特》(1896),这是世界文学中的最纯洁无瑕的宝石之一。这部戏剧极其忧郁,却含有诗的财富。梅利安德娶了温柔而又胆小的塞莉塞特,但梅利安德又爱上了贵族出身的阿格拉凡,阿格拉凡回报了这个爱情。他们之间的爱情是一种纯洁的爱情,使他俩升华于寻常的命运之上。但是塞莉塞特备受不能独自占有梅利安德的心灵之苦。这位温柔的人儿全力克制着自己,决心为她丈夫和阿格拉凡的幸福做出自我牺牲。她在一个古老的塔楼的炮眼上尽力探出身去,结果一段正在崩落的塔倒塌了下来,塞莉塞特也跌落了下去。她本以为会跌落进大海中,结果却跌落在海滩上。她受了伤,被抬进屋里。但是即使是在弥留之际她也是无私的,她希望使他们免于懊悔,于是向梅利安德和阿格拉凡佯称她从塔楼跌落纯属事故。这部戏剧中随处可见灵魂层次细腻的种种状态,所有的人物都是高尚的、慷慨的。阿格拉凡和梅利安德都感到一种以他人的苦难为代价而赢得的幸福是转瞬即逝的、空虚的,而且如果他们感觉不到彼此之间的吸引力不是那么不可抗拒的话,那么他们也绝非屈从于粗鄙的欲望,而是屈从于一种强大的、精神化了的吸引力。他们向命运作斗争,但是由于他们深知兄弟般的爱最终是不可能的,一切都会让他们走向那种他们当作一种罪孽来逃避的完全的结合,因而这种斗争也就愈加痛苦。阿格拉凡的这段话是美丽的:“如果必须有人受苦,那么受苦者就应该是我们。责任数以千计,但我认为,如果一个人试图自己承担苦难以解救一位弱者的话,那么这个人就很少会错。”这部戏剧具有一种魅力,使它成为本世纪最优美的富有诗意的作品之一。

梅特林克的杰作《阿格拉凡和塞莉塞特》问世于一八九六年。一九〇二年作家又出版了戏剧《莫纳·瓦娜》,这部戏剧甚至在瑞典这儿也为人所知并被搬上舞台。情节发生于意大利的文艺复兴的历史背景下,其结构非常明晰,完全没有通常作为梅特林克艺术特色的那种朦胧。支撑着情节的有关责任的戏剧观念常为人们所争论,意见众说纷纭。这部戏剧当然是富有想象的,并且具有巨大的心理上的重要性,但是梅特林克也许在细腻的象征短剧上才更为得心应手,在他的象征短剧里白昼的淹没一切的光并不具有支配一切的力量,他的象征短剧为观察人心的最发自内心的预感打开了种种令人惊叹的角度。

莫里斯·梅特林克是一位多才多艺的作家,他写了一些具有哲理性的作品,如果说不是纯哲学著作的话。例如,《卑微者的财宝》(1896)就是这样一部作品,书中除了作了一些其他的有趣探讨之外,还有几页探讨了神秘的鲁伊斯布鲁克①的精神生活,写得富有灵感。这儿,梅特林克的理想主义在他的有关最为崇高的诗歌的评论中得到了一种恰当的表达,他说,最为崇高的诗歌目的在于使从可见世界导向看不见的世界的主要道路保持畅通。在此书的许多地方出现了前面提及的那种思想,亦即在我们的可见的自我的后面有着另外一个自我,那就是我们的真正的存在。在经验主义者看来这种思想可能是神秘的,但从

---

① 鲁伊斯布鲁克(1293—1381),中世纪弗兰德神学家、神秘主义者。

根本上说,它完全与康德的有关可理解性的学说一样,也似乎是合理的,毕竟这种有关可理解性的学说是经验主义的特征的来源。在《被埋葬的神殿》(1902)中,可以发现有关一种隐形的个性的观念,那隐形的个性是可见的世俗个性的基础。然而,如果人们指责梅特林克有宿命论的话,人们也应该记得,在他的《明智和命运》(1898)一书中有光彩照人的乐观主义,书中写道,人的命运就存在于自身,仰赖于他实行他的意志的方式。伟大的历史人物的灭亡在这儿得到了展现,书中认为其原因是他们自己犯了错误,或者源自这个事实,即他们由于犯了错误而丧失了原先对自己的信心,而且确实是由于邪恶的行径而丧失了对他们自己的信心,从而丧失了胜利地与种种危险进行战斗的力量。

一九〇〇年《蜜蜂的生活》问世,这本书反响强烈。尽管莫里斯·梅特林克是一位热衷于此道的养蜂人,并且对蜜蜂的生活了如指掌,他却并不想写一部科学论著。他的书并不是有关自然史的一篇摘要,而是一部洋溢着诗情的作品,感触随处可见,其要旨几乎就是宣告了人的无能为力。作者似乎要说,要想询问是否蜜蜂之间的奇怪的合作、它们的工作分配以及它们的社会生活是一种理性的头脑的产物,这是徒劳的。是否使用"本能"或"智力"无关紧要,因为这两个术语只不过是揭示出我们对这件事的无知而已。我们所指的在蜜蜂当中的本能也许具有一种普遍的性质,那是一种普遍的灵魂的发散物。这令人们油然想起维吉尔有关蜜蜂的不朽描述,维吉尔说,有一位思想家认为,那神圣的思想、神圣的精神的一部分是应该属于蜜蜂的。

梅特林克的另外一部作品《花的智慧》(1907)是有趣的,因为书中勇敢地把植物描绘为拥有智慧和自我兴趣。在书中,人们可以发现那同样丰富的诗的想象,偶尔还可发现深刻的感触。

梅特林克的创造力从未枯竭,他于一九〇三年以这种创造力创作了那部令人销魂的怪诞剧《乔伊泽尔》,这部剧显示出忠于其本性的爱经历了艰难的磨难和沮丧之后,终于获得了胜利。《抹大拉的玛丽亚》(1909)展现出忏悔的罪人的灵魂变化,以及她战胜了一种诱惑所获得的胜利。那种诱惑恰恰触及到她天性最高尚的一面,并且敦促她,为了拯救救世主,她须牺牲自己并且牺牲救世主本人在她身上所创造出的那种新的道德生活,也就是说,牺牲了救世主至关重要的责任,正是因为如此,这个诱惑才更加强大。最后,我们钦佩《青鸟》(1909)的壮观场面,这是一个深刻的童话,闪烁着孩提时代的诗意火花,虽说它似乎包容进太多的感触以至没有足够的天真的自发性。啊!那幸福的青鸟只存在于这个脆弱世界的界限之外,但心灵纯洁的人永远也不会徒劳地寻找这幸福的青鸟,因为在穿越梦幻之地的国度的旅途中,他们的情感生活和想象将会丰富他们并净化他们。

于是我们又回到了起点,即梦幻之地。也许我们这样说并没有错:对莫里斯·梅特林克来说,在时间与空间中的一切现实,即使是在这现实并不是想象的产物的时候,也始终蒙着一张用梦幻织成的面纱。在这张面纱的下面隐藏着存在的真相,如果有一天这面纱被揭开,那么事物的本质就会被发现。

我试图以梅特林克的作品为指导,来说明他有关生活的观念。人们不能怀疑这种观念的美和高尚，另外，这种观念又是以独创的诗歌形式展现出来的，那种诗歌形式是奇怪的，有时是怪诞的，但又始终是富有灵感的。

莫里斯·梅特林克是诗歌领域中的天才之一。人的欣赏趣味可能改变，但是《阿格拉凡和塞莉塞特》的魅力永存。今天的瑞典，这个英雄传说和民歌之国，把它的世界性的奖赏颁发给这个诗人，他使我们感知到隐藏在人们心中的旋律的温柔震颤。

瑞典学院常务秘书 C. D. 威尔逊

王义国 译

作品

青鸟(节选)

服 装:

蒂蒂尔穿贝洛童话中小拇指的服装:朱红色短裤,浅蓝短上衣,白袜,深黄皮鞋或高筒鞋。

米蒂尔穿甘泪卿①或小红帽的服装。

光穿素白长裙,能像光线一样闪射出白金般银辉的罗纱裙,“新希腊”的款式,或者是瓦特·克兰设计的“盎格鲁-希腊”式,甚或略带第一帝国时期那种样式;高束腰,双臂袒露;“高冠”发式或“轻冠”发式。

仙女贝丽吕娜及女邻居贝兰戈穿童话中穷女子的古典服装。第一幕仙女变为公主一段亦可略去不演。

蒂蒂尔的父母亲和祖父母穿格林童话中的德国农民和樵夫的传统服装。

蒂蒂尔的兄弟姐妹穿略有变化的小拇指的服装。

时间穿时间老人的服装:黑大氅或深蓝大氅,白花花的飘拂的大胡子,手持镰刀和沙漏。

母爱的服装近乎光的装束,戴着柔软、几乎透明、白得耀眼的面纱,像蒙住希腊石像所用的那种。身上戴满珍珠宝石,富丽华贵,琳琅满目,但要无损于整体纯洁和真挚的和谐。

众欢乐如下文所述,穿光闪闪的长裙,色泽柔和,富于变化:带着玫瑰的乍醒、水波的微笑、琥珀的晶莹、黎明的苍穹等色彩。

众家庭幸福穿各色长袍,或穿农夫、牧童、樵夫的服装,但要理想化,有仙人服装意味。

众胖子幸福在变形之前穿宽大厚实、红黄两色织锦大衣,戴着又大又沉的珠宝首饰。

---

① 甘泪卿,《浮士德》中的人物。

变形后穿咖啡色或巧克力色紧身衣,仿佛肠衣做的人形玩具。

夜穿宽大的黑衣服,缀满神秘的星星,发出金褐色闪光。戴多层面纱,暗罂粟花的颜色。

女邻居的小姑娘穿白长裙,金黄的长发闪烁有光。

狗穿红上衣,白短裤,漆长靴,闪亮的帽子,多少令人想起约翰牛①的服装。

猫穿黑闪缎紧身衣。(这两个人物的头须注意动物化)

面包穿巴沙式华丽服装:宽大的绸袍或朱红色织金线丝绒长袍,头盘大缠巾,佩戴土耳其弯刀,大腹便便,肉鼓鼓的红脸孔。

糖穿绸袍,像阉奴的式样,半白半蓝,令人想起包大块方糖的纸,发式也如阉奴。

火穿红紧身衣,朱红色大氅织有金线,毫光闪闪,头戴羽冠,状如火焰,色泽多变。

水穿驴皮故事所说的那种长袍,即淡蓝或海蓝色,色泽明朗,像水波荡漾的轻纱,也是"新希腊"或"盎格鲁-希腊"的款式,但比光的长裙更宽大,更轻飘。头插鲜花、水草或芦苇。

群兽穿民间服装或农民服装。

树木穿深浅不同的绿长袍或树干色长袍。枝叶要让人一看便知是什么属类。

主要人物(按出场先后为序):

蒂蒂尔母亲　狗

蒂蒂尔父亲　猫

蒂蒂尔　水

米蒂尔　奶

仙女贝丽吕娜　糖

众时辰　光

面包　女邻居贝兰戈

火　贝兰戈的小姑娘

第一幕

第一场　樵夫小屋

一间樵夫小屋的内部,简陋,乡土气,但绝非惨不忍睹。壁炉里煨着火。厨房器皿、衣柜、大面包箱、挂钟、纺纱机、水龙头等。桌上点着一盏灯。衣柜脚两边蜷伏着一狗一猫,鼻藏尾下沉睡着。它们中间放着一大块蓝白两色的大方糖。墙上挂着一个圆形鸟笼,关着一只斑鸠。背景有两扇关闭的百叶窗。一扇窗下有张凳子。进口房门在左边,横着一根门闩。右边另有一扇门。有道扶梯通上阁楼。右边还有两张孩子睡的小床,床头旁放着两张椅子,搁着折叠整齐的衣服。

① 约翰牛,形象来自约翰·阿白思诺特的作品,后成为英国人的绰号,这个形象有一套传统服装。

幕启时，蒂蒂尔和米蒂尔熟睡在小床上。蒂蒂尔的母亲最后一次走近他俩，俯下身来，端详了好一会儿，蒂蒂尔的父亲把头从半开的门探进来，她用手对他示意，一只手指放在嘴唇上，叫他不要作声，然后吹灭了灯，踮起脚从右边出去。台上有一会儿保持微暗，然后，一片光从百叶窗缝透入，愈来愈亮。桌上的灯复又自明，两个孩子看来已睡醒，翻身坐在床上。

蒂蒂尔　是米蒂尔？

米蒂尔　是蒂蒂尔？

蒂蒂尔　你睡着了吗？

米蒂尔　你呢？

蒂蒂尔　没有，我没睡着，我不是在对你说话吗？

米蒂尔　今天是圣诞节，对吗？

蒂蒂尔　还没有呢，是明天。可圣诞老人今年不会给我们带什么东西来了……

米蒂尔　为什么？

蒂蒂尔　我听妈妈说，她没法到城里通知他来……不过明年他会来的……

米蒂尔　明年早着吧？

蒂蒂尔　还早着呢……今儿晚上他可要到有钱孩子家里去……

米蒂尔　是吗？

蒂蒂尔　瞧！妈妈忘了熄灯……我有个主意。

米蒂尔　什么主意？

蒂蒂尔　我们马上起床……

米蒂尔　那怎么行呀……

蒂蒂尔　反正现在没人……你往百叶窗瞧瞧……

米蒂尔　啊！多亮呀！

蒂蒂尔　这是过节的灯光。

米蒂尔　过什么节呀？

蒂蒂尔　对面那些有钱孩子家里过节。这是圣诞树的灯光。我们把窗子打开吧……

米蒂尔　能让我们打开吗？

蒂蒂尔　当然可以，反正就我们俩……你听到音乐吗？我们起来吧……

〔两个孩子起了床，朝一扇窗跑去，爬上凳子，推开百叶窗。一道强烈的亮光射进屋里。两个孩子贪婪地往外看着。

蒂蒂尔　都看见了！

米蒂尔　（在凳子上只占到一丁点儿地方）我看不见……

蒂蒂尔　下雪了……瞧，有两辆六匹马拉的车！

米蒂尔　车里走出十二个小男孩！

蒂蒂尔　你真傻……这是小姑娘……

米蒂尔　他们都穿长裤……

蒂蒂尔　你还真行……别这样推我呀！

米蒂尔　我碰都没有碰你。

蒂蒂尔　（一个人把凳子全占了）你把地方全占了……

米蒂尔　可我一点儿地方也没了！

蒂蒂尔　别说了，我看见树了！

米蒂尔　什么树？

蒂蒂尔　圣诞树呀……你就瞧着墙壁！

米蒂尔　我没有地方，只瞧得见墙壁……

蒂蒂尔　（让给他一丁点儿地方）好了，你地方够了吧？这是最好的位置吧？……多亮呀！多亮呀！

米蒂尔　他们闹哄哄的是在干吗？

蒂蒂尔　他们在演奏音乐。

米蒂尔　他们是在发火吧？

蒂蒂尔　不是，不过是够讨厌的。

米蒂尔　又是一辆车套着几匹白马！

蒂蒂尔　别吱声……看就得了！

米蒂尔　挂在树枝后面金闪闪的是什么东西？

蒂蒂尔　可不是玩具吗……刀呀，枪呀，士兵呀，大炮呀……

米蒂尔　玩具娃娃呢，你说有没有挂玩具娃娃？

蒂蒂尔　玩具娃娃？多傻里傻气呀，这没有什么好玩的……

米蒂尔　那满桌子都是些什么？

蒂蒂尔　是点心、水果、奶油果酱馅饼……

米蒂尔　我小时候吃过一次……

蒂蒂尔　我也吃过，比面包好吃，可就是太少了……

米蒂尔　他们可不少……满桌子都是……他们就要吃吗？……

蒂蒂尔　敢情是，不吃拿来干什么？……

米蒂尔　他们干吗不马上就吃？……

蒂蒂尔　因为他们不饿……

米蒂尔　（惊讶）他们不饿？……为什么会不饿？

蒂蒂尔　他们想吃就吃……

米蒂尔　（怀疑）天天这样？

蒂蒂尔　听说是这样……

米蒂尔　他们会统统都吃光吗？……会不会给别人一点？

蒂蒂尔　给谁?

米蒂尔　给咱们……

蒂蒂尔　他们不认识咱们……

米蒂尔　咱们如果向他们要呢?

蒂蒂尔　不能这样做。

米蒂尔　干吗不能?

蒂蒂尔　因为不许可。

米蒂尔　(拍手)噢!他们真漂亮!

蒂蒂尔　(兴奋)他们笑了,他们笑了!

米蒂尔　那些小孩跳舞了!

蒂蒂尔　是啊,咱们也跳舞吧!

〔他们在凳子上高兴地跺着脚。

米蒂尔　噢!多好玩呀!

蒂蒂尔　让他们吃点心了……他们够得着……他们吃了!他们吃了!他们吃了!

米蒂尔　小小孩也吃了……有拿两个、三个、四个的!

蒂蒂尔　(欣喜若狂)噢!多好呀……多好呀!多好呀!

米蒂尔　(数着想象中的点心)我呀,我分到十二个!

蒂蒂尔　我呢,我有四倍十二个……不过我会给你一点……

〔有人敲门。

蒂蒂尔　(猛然住口,害怕起来)怎么回事?

米蒂尔　(惊慌失措)是爸爸!

〔正在犹豫不敢去开门的时候,只见门闩吱吱嘎嘎地自动举起;门稍稍打开一点,闪进一个身穿绿衣、头戴红帽的小老太婆。她是个驼背、瘸腿、独眼女人;鼻子和下颏凑得很近,扶着拐杖,佝偻而行。不消说,这是个仙女。

仙女　你们这儿有没有会唱歌的青草和青鸟?

蒂蒂尔　我们这儿有青草,可是不会唱歌……

米蒂尔　蒂蒂尔有一只鸟。

蒂蒂尔　可是我不能送人。

仙女　为什么不能送人?

蒂蒂尔　因为那是我的。

仙女　当然这是个理由。这只鸟在哪儿?

蒂蒂尔　(指着鸟笼)在笼子里……

仙女　(戴上眼镜看鸟)我不要这只,颜色不够青。我要的那种,你们一定得给我找来。

蒂蒂尔　可我不知道鸟儿在哪里呀……

仙女　我也不知道在哪里。所以得去找来。我最多可以不要会唱歌的青草;但我非要青鸟不可。这是为了我的小姑娘,眼下她病得很厉害。

蒂蒂尔 她得了什么病?

仙女 说不准是什么病;她想得到幸福……

蒂蒂尔 是吗?

仙女 你知道我是谁吗?

蒂蒂尔 您有点儿像我们的邻居贝兰戈太太……

仙女 (突然恼火)压根儿不像……毫无关系……真叫人恶心……我是仙女贝丽吕娜……

蒂蒂尔 啊!好极了……

仙女 你们得马上出去找鸟。

蒂蒂尔 您跟我们一起去吗?

仙女 我根本去不了,因为早上我在炖牛肉,我要是离开一小时以上,准要溢出来的……(依次指着天花板、壁炉和窗口)你们出去是从这儿、那儿还是那边?

蒂蒂尔 (胆怯地指着门)我宁愿打这儿出去……

仙女 (又突然恼火)绝对不行,这个习惯叫人生气……(指着窗户)得了,我们就从这儿出去……你们还等什么?……马上穿好衣服……(两个孩子听她吩咐,赶快穿衣服)我来帮米蒂尔穿……

蒂蒂尔 我们没有鞋……

仙女 那不要紧。我这就给你们一顶有魔法的小帽。爸爸妈妈在哪儿?……

蒂蒂尔 (指着右边的门)在里边睡觉……

仙女 爷爷和奶奶呢?……

蒂蒂尔 他们都死了……

仙女 你们的小兄弟和小姐妹呢……你们有没有兄弟姐妹?……

蒂蒂尔 有的,有三个小兄弟……

米蒂尔 还有四个小姐妹……

仙女 他们在哪儿?

蒂蒂尔 他们也都死了……

仙女 你们想再见到他们吗?

蒂蒂尔 噢,想的……马上就见……让他们出来呀!

仙女 我口袋里没有带来……不过他们会从天而降;你们路过思念之土时,就会看到他们。也就是在去找青鸟的路上。过了第三个路口,在左边,一忽儿就能找到。——刚才我敲门的时候,你们在做什么?

蒂蒂尔 我们在玩吃点心。

仙女 你们有点心吗?……点心在哪儿?

蒂蒂尔 在有钱小孩子的家里……您来看看,多帅呀!

〔他把仙女拉到窗口。

仙女　（在窗口）可吃点心的是别人呀！

蒂蒂尔　不错，可是我们什么都看得见……

仙女　你不埋怨他们吗？

蒂蒂尔　干吗要埋怨？

仙女　因为他们把什么都吃光了。我觉得他们实在不该不分给你们一点……

蒂蒂尔　倒没有什么不该，因为他们家有钱嘛……对不对？他们家真漂亮！

仙女　比不上你家里漂亮。

蒂蒂尔　哪里的话……我们家又黑又小，又没有点心……

仙女　两边完全一样，你没有看清楚罢了……

蒂蒂尔　不，我看得很清楚，我的眼睛很好。教堂的钟，爸爸看不清几点，我可看得见……

仙女　（突然恼火）我就要说你没有看清楚！……你看清楚我了吗？……我到底像谁？……（蒂蒂尔尴尬地默不作声）喂，你倒是回答呀！让我来考考你是不是看得清……我长得漂亮还是长得丑呢……（蒂蒂尔愈来愈尴尬了，仍然一言不发）你不愿意回答吗？……我是年轻呢还是很老很老了？……我脸上是粉红色的呢还是蜡黄的？……也许我是个驼背吧？

蒂蒂尔　（安慰）不，不，驼得不厉害……

仙女　相反，要看到你的神情，人家会相信驼得厉害……我是不是鹰钩鼻，左眼被挖掉了？

蒂蒂尔　不，不，我没有这样说……是谁挖掉了您的左眼？

仙女　（愈加恼怒）左眼没有挖掉！……你这穷小子真是没有礼貌！……我左眼比右眼漂亮，显得大些，更加明亮，蓝得像天空一样……我的头发你看清了吗？……像麦子一样金黄……真像纯金一样……因为太多了，压得我抬不起头……我的金毛发到处长……你瞧我手上不是吗？

〔她摊开两小绺灰发。

蒂蒂尔　不错，我看到几根……

仙女　（愤怒）几根……是一绺、一束、一把！像黄金的波浪！我知道有的人视而不见。我想，你不至于是这种可恶的睁眼瞎吧？

蒂蒂尔　不是的，不是的，只要没有被遮住，我都看得很清楚……

仙女　可是被遮住的东西，你也该照样大胆地设想看得见！人真是古怪……没有了仙女，人什么也看不清了，而且丝毫感觉不出来……幸亏我身上总带着拨亮睁眼瞎的一切必需品……我从口袋里掏出什么来了？……

蒂蒂尔　噢！多漂亮的小绿帽！……帽徽上这样亮闪闪的是什么？

仙女　是能使人心明眼亮的大颗钻石……

蒂蒂尔　当真？

仙女　当真。只要把这顶帽子戴在头上，稍稍转动一下钻石：就像这样从右到左拨弄一下，你瞧见了吗？这时钻石便在别人看不到的额角突出的地方挤压一下，于是就能使人心明眼亮……

蒂蒂尔 没有坏作用吧？

仙女 恰恰相反，钻石是样神物……你可以马上看到事物里面的东西；比如说，面包、酒、胡椒这些东西的灵魂……

米蒂尔 糖的灵魂也看得到吗？

仙女 （突然发火）那还用说！……我不喜欢提些没用的问题……糖的灵魂不比胡椒的灵魂更有意思……瞧，我给了你们这样东西，可以帮助你们去寻找青鸟了……我知道隐身戒指和飞毯对你们会更有用……不过这两样东西我都锁在柜里，却将钥匙丢了……啊！我差点儿忘了……（指着钻石）你看，这样拿着，稍微再转动一下，就可以看到过去的事……再转动一下，便可看到未来的事……很奇特，很灵验，又不发出声音……

蒂蒂尔 爸爸要从我这儿拿走的……

仙女 他看不见的。你只要戴在头上，谁也看不见……你要试试看吗？……（她给蒂蒂尔戴上小绿帽）现在你转一下钻石……转一下就会……

〔蒂蒂尔刚转了一下钻石，样样东西便起了奇异的突变。老仙女顿时变成一个绝色的公主；垒墙的石块闪烁发光，像蓝宝石一样发出蓝幽幽的光芒，一忽儿又变得玲珑剔透，有如价值连城的宝石，毫光闪闪，耀人眼目。寒碜的家具显得很有生气，熠熠放光；白木桌变得沉实、华贵，宛如大理石桌，立地大钟的玻璃钟面像眨着眼睛，露出和蔼的微笑。这时，钟摆在其中来回摆动的那扇门打开一半，闪出了众时辰，她们手拉着手，纵声欢笑，在美妙的音乐声中翩翩起舞。

蒂蒂尔 （指着众时辰惊叫）这些漂亮的太太都是些什么人？……

仙女 你别害怕。这是你一生的时辰，她们都乐意出来露露脸，自由自在一下……

蒂蒂尔 为什么墙壁这样明亮？……是糖做的还是宝石垒成的？

仙女 凡是石头都是一样发亮的，凡是石头都是宝石；而人只能分辨其中几种……

〔他们说话的当儿，仙术继续显现，更臻完美。四磅面包的灵魂个个像好好先生，穿着面包焦黄色皮的紧身衣，撒满面粉，慌慌张张地从大面包箱里溜出来，围着桌子欢跳；火从炉灶走出，穿着硫黄朱红色紧身衣，笑成一团，紧追着面包。

蒂蒂尔 这些淘气的家伙都是些什么人？

仙女 不要紧的；这是四磅面包的灵魂，在大面包箱里挤得够受，想趁真相显形的机会出来松快一下……

蒂蒂尔 那个气味难闻的红大汉呢？

仙女 嘘！……放轻点声，这是火……他脾气很坏。

〔仙术仍在继续显现。蜷伏在衣柜脚下的狗和牝猫，同时发出一声大叫，旋即消失于暗坑。于是原地出现两个人，其中一个戴着猛犬的假面具，另一个戴着猫的面具。人身狗面的小个男人——以后就称为狗——马上奔向蒂蒂尔，使劲拥抱他，气急败坏地同他亲热,发出很大的响声。而那人身猫面的小个女人——以后就简称为猫——先理理头发,洗洗双手,捋捋胡子,然后走近米蒂尔。

狗 (吠叫,蹦跳,乱撞着东西,令人讨厌)我的小神仙!……早晨好!早晨好!我的小神仙……终于有这么一天可以说说话了!我有多少话儿要对你说呀!……以前我吠叫摇尾都不管事……你不懂我的意思……可是现在呢!……早晨好!早晨好……我爱你……我爱你……你要我要把戏吗?……你要我用后腿直立吗?你要我用前掌走路呢还是要我在钢丝上跳舞?

蒂蒂尔 (对仙女)这位狗头先生是怎么回事?……

仙女 你没有看出来吗?……这是你释放出来的蒂洛的灵魂……

猫 (走近米蒂尔,彬彬有礼,举止合度地向她伸出手去)早晨好,小姐……今儿早上您真漂亮!

米蒂尔 早晨好,太太……(对仙女)这是谁?……

仙女 这很容易看出来嘛,向你伸出手来的就是蒂莱特的灵魂……和她拥抱吧……

狗 (把猫挤开)也拥抱我吧……我拥抱过小神仙……我要拥抱小姑娘……我要拥抱大家……真棒……大家可以开心……我来吓一吓蒂莱特……汪!汪!汪!……

猫 先生,我不认识您……

仙女 (以棒恫吓狗)你呀,你老老实实待着;要不然就教你还是说不了话,直到老死……

〔仙术在继续显现:屋角的纺车开始转动,闪射出明亮的光线,令人眼花缭乱;另一个角落里水龙头用刺耳的声音唱起歌来,一会儿就变成一道光闪闪的泉水,流满水槽,又化作一层层珍珠和翡翠,从里面跳出水的灵魂,穿扮像个少女,浑身水淋淋的,披散长发,泪容满面,旋即跟火打起来。

蒂蒂尔 那个湿淋淋的太太是谁?

仙女 别害怕,那是从水龙头出来的水……

〔奶壶倒翻了,从桌上掉下来,砸碎在地上;从奶里站起一个颀长的、腼腆的白衣女子,她似乎对什么都感到害怕。

蒂蒂尔 那个穿睡衣的怯生生的太太是谁?

仙女 那是打碎了壶的奶……

〔放在橱脚下的大方糖渐渐扩展、变大,撕裂包糖纸,冒出一个虚情假意、伪善可憎的人,穿一件半白半蓝的长罩衫,笑容可掬,迈步走向米蒂尔。

米蒂尔 (不安)他要干吗?

仙女 他就是糖的灵魂呀!

米蒂尔 (放下心来)他有麦芽糖吗?

仙女 他口袋里有的是糖,他的手指根根都是糖棒……

〔桌上的灯倒翻了,而火焰又马上蹿起来,化为一个光艳夺目的绝色美女。她戴着透明的、闪闪发光的长面纱,纹丝不动地站着出神。

蒂蒂尔 这是王后!

米蒂尔 这是圣母!

仙女 不是的,孩子们,这是光……

〔架子上的铁锅都像荷兰陀螺一般旋转起来,衣柜的门碰响着,涌出月白色和大红的布匹,煞是好看;从阁楼扶梯滚下五颜六色的抹布、破衣,同布匹混杂在一起。这时,右边门上重重地敲了三下。

蒂蒂尔 (惊慌)是爸爸……他听见我们说话了……

仙女 转一下钻石……从左向右转……(蒂蒂尔急匆匆地转动钻石)别这么快呀……我的上帝!没法子补救了!……你转得太快了。这些东西都来不及恢复原位了,我们有得烦了……

〔仙女又变成老太婆,墙壁不再熠熠生辉,众时辰返回大钟里去,纺车停止转动。匆忙纷乱之中,只见火满屋子狂跑,寻找壁炉。一块四磅面包因为在面包箱里找不到原位,急得号啕大哭。

仙女 怎么啦?

面包 (泪汪汪)箱里没有位置了!

仙女 (俯身看箱)还有,还有……(把别的面包推到原来的地方)快点,挤进去……

〔又响起敲门声。

面包 (惊惶失措,怎么也挤不进箱子里)没有办法了……他准会先吃掉我!

狗 (绕着蒂蒂尔蹦跳)我的小神仙……我还在这儿……我还能说话!我还能拥抱你……还能拥抱,还能拥抱,还能拥抱!

仙女 怎么,你也回不去?……你还留在这儿?

狗 我运气好……我来不及回到沉默的状态;那扇拉门关得太快了……

猫 我那扇门也是关得太快……会发生什么事?有什么危险吗?

仙女 我的上帝,我该对你们讲实话:凡是陪伴这两个孩子周游的,末了都会死去……

猫 要是最后不陪伴他们呢?

仙女 那也只能多活几分钟……

猫 (对狗)来吧,咱们回到窝里去吧……

狗 不,不……我不愿意!我要陪着小神仙……我要随时跟他说话……

猫 傻瓜!

〔又响起敲门声。

面包 (号啕大哭)我不愿意到周游末了就死……我要马上回到面包箱里……

火 (不停地满屋子乱跑,发出不安的呼哨声)我找不到壁炉了……

水 (怎么样也钻不进水龙头)我钻不进水龙头了……

糖 (绕着包装纸干着急)我把包装纸撕破了……

奶 (淡漠腼腆)我的小壶打碎了……

仙女　我的上帝，它们真蠢……又蠢又胆小！那么，你们宁愿继续待在憋气的箱子里、窝里和水管里，而不愿陪着这两个孩子去寻找青鸟了？

众　（除了狗和光）是的！是的！要马上回去……我的水管……我的面包箱……我的壁炉……我的猫窝……

仙女　（对光说，光正瞅着打碎的灯在发愣）而你呢，光，你要哪样？

光　我要陪伴孩子们……

狗　（快乐地吠叫着）我也要陪伴孩子们！我也要陪伴孩子们！

仙女　这才好呢。而且眼下不这样也不行；由不得你们做主了，非得跟我们一起走不可了……不过你呀，火，你不能靠近别人；你呢，狗，你不要捉弄猫；而你呢，水，你得约束住自己，不要流得到处都是……

〔右边门上敲得很剧烈。

蒂蒂尔　（倾听）还是爸爸！他这下起床了，我听见他走路的声音……

仙女　我们从窗口出去吧……你们都到我家里去，我会给你们这些动物和东西穿上合适的衣服……（对面包）你呢，面包，拿着笼子，要用来关青鸟的……以后就由你来看管笼子……快，快，别耽误时间了。

〔窗子突然向下伸长，变成一扇门那样。等所有人走出去，窗子又恢复原样，像当初一样关上了。房间复又变暗，两张小床没入阴影中。右门半开，露出蒂蒂尔父母的头。

蒂蒂尔父亲　没有什么呀……是蟋蟀在叫吧……

蒂蒂尔母亲　你看到孩子了吗？

蒂蒂尔父亲　那还用说……他们睡得很安静……

蒂蒂尔母亲　我听到他们呼吸了……

〔门又关上。

〔幕落〕

郑克鲁　译

1912
获奖作家
豪普特曼

传略

继一九一一年梅特林克获奖之后，一九一二年，瑞典学院又把诺贝尔文学奖颁发给一位剧作家——德国剧作家、诗人格哈德·豪普特曼，以表彰“他在戏剧领域中丰富多彩而又杰出的成就”。

格哈德·豪普特曼(Gerhart Hauptmann，1862—1946)于一八六二年十一月十五日出生在西里西亚(当时属于普鲁士王国)的一个旅店主家庭。十五岁时，因家庭经济恶化辍学去农场当了农工。一八八〇年，进布雷斯劳艺术学校学习雕塑，一八八二年，进耶拿大学攻读历史、哲学和艺术史，一八八四年，进德累斯顿艺术学校学习绘画，并在柏林大学进修历史和戏剧艺术。一八八五年，他和富商的女儿玛丽·西涅曼结婚后，就在柏林郊区的埃克纳定居。

此后，豪普特曼在自然主义的影响下开始文学创作。一八八九年，他的第一部剧作《日出之前》在柏林“自由剧场”首次公演，获得成功，从而使他一举成名，蜚声剧坛，成为德国自然主义文学流派的代表人物，这部剧作也成了德国自然主义戏剧的代表作。从此他的一系列剧本相继问世，重要的有自然主义的“家庭悲剧”《和平节》(1890)和现实主义的剧作《寂寞的人们》(1891)、《织工》(1892)、《獭皮》(1893)、《弗洛里安·盖耶尔》(1893)。其中反映一八四四年西里西亚织工起义的悲剧《织工》，公认是豪普特曼的代表作，被看作是德国戏剧发展史上的里程碑。

一八九三年，梦幻剧《汉娜升天记》的发表，标志着作家的剧作又发生了转折，开始走向象征主义，并成为德国戏剧界新浪漫主义的代表。这一时期的重要剧作有《沉钟》(1897)、《可怜的亨利希》(1902)、《碧芭在跳舞》(1906)等。但就在此期间，他也写了不少反映现实生活的剧作，如《马车夫亨舍尔》(1899)、《罗莎·贝恩特》(1903)、《群鼠》

(1911)等。

豪普特曼获得诺贝尔文学奖后创作出的剧本都不够成功，只有一九三二年创作的《日落之前》较为出色，与《日出之前》有异曲同工之妙。他一生共创作了四十七个剧本、五首叙事诗、二十一首散文诗，还有一些小说，如晚年创作的以古希腊神话为题材的《阿特里登四部曲》(1941—1948)等。

第一次世界大战时，豪普特曼由于受沙文主义和军国主义影响，对战争性质一度认识不清，后来醒悟，战后拥护魏玛共和国。一九三三年，希特勒上台后，他即迁离柏林埃克纳，前往西里西亚的阿格涅滕多夫（现在波兰的耶莱尼亚古拉），在那儿深居简出，闭门谢客。“二战”结束，就在他应邀打算参加战后德国文化的重建工作，准备迁回柏林前夕的一九四六年六月六日，因患肝炎去世，遗体于同年七月二十八日安葬在希登湖畔。

授奖词

有句老话说，随着时间的改变，人也会有所改变。当我们回顾过去时，便会发现这话的真实性。我们这些已不再年轻的人在以往的忙碌生活中曾有过机会体验此话的真谛，并且现在每天都能重新证实它。我们发现，有史以来，新事物总是在不断涌现。虽然这些新事物发展到后来都显示出重要性，但起初并不引人注目。种子一旦萌发，便会成长壮大。当代科学上的某些名字表明，事物微小的开端与后期的发展是大不相同的。

戏剧的发展也同样如此。我在这里并不想追溯它的二十五个世纪的发展过程。然而，从古希腊酒神节的穿着羊皮半人半兽的合唱歌舞队表演的悲剧到当代，对戏剧的要求的确有着天壤之别，这种差别标志着一个极大的进步。

在我们的时代，格哈德·豪普特曼在戏剧界是一个很响亮的名字。他最近刚步入五十岁，正处于壮年时期，作为一位艺术家，他的阅历是相当丰富的。二十七岁时，他的第一部作品被搬上了舞台。三十岁时，他以剧本《织工》(1892)表明了自己已经是一名成熟的艺术家。在这部作品之后又有一些作品产生，从而进一步确立了他的声望。他的大部分剧作均是描写下层阶级生活境况的，对于这种生活他进行了无数次观察，尤其是在他的故乡西里西亚。他的描写都是依据对人及其环境的敏锐观察。他笔下的每一个角色都是具有完整个性的人，见不到丝毫模式或陈腐题材的痕迹。从来也不会有人怀疑他的观察的真实性，人们已确认豪普特曼是一位伟大的现实主义者。不过，他并没有讴歌这些下层阶级的生活。相反，当人们看他的戏或读他的剧本，并且感到自己是处于剧本所描写的情节当中时，他们会觉得需要新鲜空气，并且会提出将来如何消除这些苦难的问题。豪普特曼剧作的真实性必然会使人们憧憬一个崭新的美好的生活环境，并希望这一梦想能付诸实现。

豪普特曼还写了一些完全不同于这种类型的戏剧。他称之为“童话剧”。其中之一便是受人喜爱的《汉娜升天记》(1893)。剧中生活的艰辛与天堂的快乐形成鲜明的对照。这类作品中还有一部是《沉钟》(1897)，在他的众多剧作中，这一作品在德国最受推崇。瑞典学院诺贝尔奖评奖委员会用的是此书的第六十次印刷版本。

豪普特曼在写历史剧和喜剧方面同样是出类拔萃的。他还没有出版过抒情诗专集，但在他的剧作中偶尔出现的诗歌表现了他在这方面的才能。

他在早期发表过一些短篇小说，一九一〇年出版的长篇小说《信奉基督的笨蛋埃马努埃尔・克文特》是他多年辛劳的结晶。一八九二年的短篇小说《信徒》便是这部作品的一幅草图。在这部作品里我们了解到一个穷人的内心活动。这个人除了《圣经》以外没有受过任何教育，他对自己所读的东西也没有明辨是非的能力，而他最终却得出结论，自己就是耶稣的化身。由于受到各种力量和周围环境的影响，我们难以正确评价一个正常人的内心活动；而对于某些方面不正常的心灵，我们就更难办了。这样的尝试是大胆的，要达到这一步须经历数十年的创作过程。评论界对这部作品的评价很不一致。我乐意同大多数人一样认为，《信奉基督的笨蛋埃马努埃尔・克文特》是对一道难题的高明解答。

豪普特曼的最大优点是他具有对人的内心世界的敏锐洞察力，并且持批判的态度。正是因为这种才华，他在剧本和小说中创造了真正栩栩如生的人物，而不是只代表某种观点或意见的类型。我们见到的所有角色，即使是配角，都有着丰富的生活经历。人们钦佩他在作品中对场景的描述以及对人物的速写，这些人或多或少都与剧中的主人公有某种联系。他的剧作的巨大凝聚力展示了他的伟大艺术，这种凝聚力自始至终吸引着读者或观众。无论他写什么样的题材，哪怕是写生活的阴暗面，他总是具有一种高尚的品格。这种高尚的品格及其精美的艺术赋予他的作品巨大的感染力。

以上评价旨在简述一下瑞典学院将今年的诺贝尔文学奖授予格哈德・豪普特曼的原因。

豪普特曼博士，在您那本意义重大并引起争议的《信奉基督的笨蛋埃马努埃尔・克文特》一书中，您说道："不可能做到对人生所有必要阶段的历程都进行揭示，这是因为每个人从生到死都有其独特之处，而观察者对其对象的理解却受到自身天性的局限。"

您说得很对。但观察者有许多种。在生活中忙忙碌碌的普通人，既没有机会又没有愿望去对自己的伙伴进行深入的了解。除非我们碰巧对别人的动机产生了特别大的兴趣，否则我们看到的只能是表面，而不会去关心内在的东西。即使对于那些未卷入现实生活的混乱、很少与外界交往并只和身边的人与事有密切联系的人来说，他们也并不总是能对人的内心世界有深入的研究。我们不是被吸引，就是感到厌恶；只要我们不是无动于衷，我们就会去爱或恨，我们也会去歌颂或谴责。

然而诗人不同于普通人。他能使自己的想象无限伸展，因为他有非凡的直觉，而对于您，豪普特曼博士，这种天赋已达到了顶峰。在您的众多著作中，您塑造了无数个人物。但他们并不属于这种或那种类型的人。对于您的剧作的读者或观众，剧中的每个角色都以其完整的个性与其他人物共存，但又彼此迥异。这正是您的作品的魅力所在。

人们一直认为，至少从您的某些著作中体现出，您一向是引人瞩目的现实主义者。您有大量的机会运用您的洞察力，了解不同阶层的人的痛苦，并对此加以如实的描写。不论是谁看了或读了这样的剧作，并且为之深受感动，他都会情不自禁地想："这种状况必须加以改变。"谁也无法否认存在着生活的阴暗面，因此，在文学创作中它也应占有一席之地，以便使活着的人变得聪明起来。

您作为作家所做的多方面的工作还给我们带来了其他巨著。我在这里仅提其中的两部:《汉娜升天记》和《沉钟》,后者似乎在您的国家极受欢迎。

通过野心勃勃而又非常不幸的米夏埃尔·克拉默尔之口,您说道:

“如果有谁狂妄到要想描绘那位戴着荆冠的人,那么,他得耗尽终生。干这种事毫无欢乐可言,每时每刻都生活在孤独之中。他必须孤身独处,除了上帝之外,谁也不能与他做伴。他必须时刻献身于这一选择,必须远离日常琐事,更不用说为这类事操心了。这样,在他寂寞的奋斗与辛劳之中,圣灵就会降临。圣灵似乎在他面前隐约闪现,并且随着时光的流逝,形象变得越来越高大。于是他就投入了圣灵的怀抱;这圣灵显现在他面前,沐浴在宁静与美妙之中。圣灵的出现,并非出于他的要求。他看到了救世主,感到他就在自己身边。”

虽然您的作品中并未描写戴着荆冠的救世主,但您描写了一个最终产生幻觉,以为自己就是第二个耶稣的穷人。克拉默尔的话表明了您自己的态度。您的小说《信奉基督的笨蛋埃马努埃尔·克文特》出版于一九一〇年,但您在一八九二年所写的短篇小说《信徒》,表明您早在二十年前就计划写这部小说了。

真正的艺术不在于将瞬间的思想公布于众,而在于对可能有用的想法进行仔细的研究,使之能抵御不同的观点,而且还要对它的最终作用作全面的考虑。通过这一过程可以使真正的艺术家相信,“我已经找到了真理”。您已经到达了艺术的最高境界,您靠的是自己的艰苦不懈的努力而从不搞学究式的研究,您靠的是您的感情、思想和行为的一致性以及您的剧作的严密形式。

瑞典学院认为伟大的艺术家格哈德·豪普特曼先生接受今年的诺贝尔文学奖是当之无愧的。现在请国王陛下向他颁奖。

瑞典学院代理秘书 汉斯·希尔德布兰特

王鄂星 译

作品

群鼠(节选)

人 物:

尔哈罗·哈森罗伊特　前剧院经理

哈森罗伊特太太　哈森罗伊特的女儿

瓦尔布尔迦　哈森罗伊特的女儿

施皮塔牧师　哈森罗伊特的女儿

艾里希·施皮塔　牧师的儿子、神学院学生

阿丽丝·吕特布什　女演员
纳塔奈尔·叶特尔　宫廷演员
凯弗尔施坦　哈森罗伊特的学生
克格尔博士　哈森罗伊特的学生
约恩　泥瓦匠
约恩太太
布鲁诺·梅歇尔克　约恩太太的弟弟
鲍丽娜·皮帕卡尔卡　波兰女仆
西多妮·克诺伯太太
塞尔玛　克诺伯太太的女儿
克瓦夸罗　二房东
基尔巴克太太
希尔克　警察
两个婴儿

第五幕

约恩夫妇的家。约恩太太躺在沙发上睡着了。瓦尔布尔迦和施皮塔从走廊门进来。外面传来响亮的军乐声。

施皮塔　这儿一个人也没有。

瓦尔布尔迦　约恩太太！瞧，艾里希！约恩太太躺在那儿！

施皮塔　（和瓦尔布尔迦一起走到沙发边）她睡着了吗？的确！真不可理解，这么吵居然能睡着。（军乐声渐远）

瓦尔布尔迦　嘘，艾里希！这女人让人毛骨悚然。你知道楼下大门口为什么有警察站岗，为什么他们不让我们到外面去吗？我害怕他们会把我关起来带到警察局去。

施皮塔　别疑神疑鬼的！你大概看见幽灵啦，瓦尔布尔迦。

瓦尔布尔迦　当那穿便衣的男人朝你走来，打量着我们，你问他是什么人，他从口袋里掏出警察身份牌时，我真感到天旋地转。

施皮塔　他们在搜查一个罪犯，瓦尔布尔迦。这就是刑事警察追捕什么人时常常进行的大搜查。

瓦尔布尔迦　另外，艾里希，我好像听见爸爸的声音，他好像在同什么人大声说话。

施皮塔　你太神经质了，也许你听错了。

瓦尔布尔迦　（约恩太太说梦话。瓦尔布尔迦吓了一跳）听，她在说梦话！

施皮塔　她的额头上全是豆大的汗珠。你瞧，她双手还紧紧地握着一块生锈的旧马蹄铁！

瓦尔布尔迦　（侧耳静听，紧张万分地）爸爸来了！

施皮塔　我真不懂你是怎么了。让他来吧，瓦尔布尔迦！重要的是，我们的决心要坚定，我们的良心是清白的。我已经准备好了，早就盼着最后的结果！（有人使劲敲门。施皮塔声音坚定地）请进来！

〔哈森罗伊特太太推门进来，比以前气喘得更厉害。当她看见自己的女儿时，明显地松了一口气。

哈森罗伊特太太　谢天谢地！你们原来在这儿。孩子们！（瓦尔布尔迦战栗着扑到她的怀里）丫头，你可把妈妈吓坏了！

〔长久的唏嘘和沉默。

瓦尔布尔迦　请原谅，妈妈，我没有别的办法。

哈森罗伊特太太　不！你怎么能产生这样的想法，给一个母亲写这样的信？特别是我这样一位母亲，瓦尔布尔迦！你心里很痛苦，可你应该知道，我总是站在你这边的，总还可以给你出出主意。我不是不通情理的人，我也有过年轻的时候。可是跳河……跳河什么的，这样吓唬人可不是闹着玩的。希望我说得对，施皮塔先生。瞧你们这副样子，现在马上跟我回家去！约恩太太怎么了？

瓦尔布尔迦　啊，帮帮我们！跟我们在一起，带我们走吧，妈妈！你来了，我多高兴呀！这几天不知怎么，我害怕极了。

哈森罗伊特太太　那就走吧。假如您，施皮塔先生，不在绝望之中和这孩子干出蠢事来，那就更好了。在你们这个年纪应该有勇气！绝不能因为有一点不顺心就找个借口随随便便地结束生命。人只能活一次！

施皮塔　啊，我有勇气！我从来没想过要在生活面前退却，怯懦地结束生命，除非瓦尔布尔迦拒绝我的爱情。如果那样，我会毫不犹豫地去死！尽管我暂时很穷，不得不去贫民食堂①买一份汤混饱肚子，但这并不能摧毁我的信念，摧毁我对美好未来的希望。瓦尔布尔迦也坚信，总有一天，我们所经受的艰难困苦会得到补偿。

哈森罗伊特太太　生活的路是漫长的，你们还是孩子。对于一个大学生，一个还没有正式职业的人来说，去贫民食堂未必是坏事，可瓦尔布尔迦结婚后就苦了。我希望你们俩在那之前先准备一个炉灶，添置些必要的东西。另外，我已经说服你爸爸同意你们的婚事了。这可真不容易，要不是邮差早晨送来了他被任命为斯特拉斯堡剧院经理的消息，说服他简直是不可能的。

瓦尔布尔迦　（喜出望外）妈妈，啊，妈妈！这可真是太好了！

约恩太太　（蓦地坐起来）布鲁诺！

哈森罗伊特太太　（抱歉地）我们把您吵醒了，约恩太太。

约恩太太　布鲁诺走了吗？

哈森罗伊特太太　谁？哪个布鲁诺？

约恩太太　喏，布鲁诺！您不认识布鲁诺吗？

---

① 贫民食堂，十九世纪德国城市慈善机构设立的食堂，专门向贫困者供应廉价的午餐。

哈森罗伊特太太　嗯,不错,您弟弟叫布鲁诺。

约恩太太　我睡着了吗?

施皮塔　您在梦中还大喊大叫来着,约恩太太。

约恩太太　您没看见,施皮塔先生,院子里的那帮孩子……您没看见,院子里的那帮孩子向阿达尔贝特的墓扔石头?我也在那儿,我左右开弓给了他们几个耳光。

哈森罗伊特太太　这么说来,您梦见您死去的头一个儿子了,约恩太太?

约恩太太　不,不,不是这么回事,我没做梦,经理太太。后来,我带着阿达尔贝特去了户口登记处。

哈森罗伊特太太　可是,阿达尔贝特已经死了……您怎么会……

约恩太太　啊,一个孩子生下来,就活在母亲的心里,要是死了,他就更加活在他母亲心里。您没听见那排木板房后面的狗叫吗?月亮周围有个很大的晕环!布鲁诺,你走上邪路了!

哈森罗伊特太太　(摇晃着约恩太太)您醒醒,约恩太太!约恩太太!您病了,得让您丈夫陪您去看医生。

约恩太太　布鲁诺,你走上邪路了。(钟声响起)外面在敲钟吗?

哈森罗伊特太太　祈祷仪式已经结束了,约恩太太。

约恩太太　(完全醒了,怔怔地望着四周)我为什么要醒来?你们为什么不在我睡着的时候用斧头把我的头砍下来?我在梦中说了些什么?嘘!别向任何人提起一个字,经理太太!(一翻身爬起来,整理别着许多发卡的头发。哈森罗伊特从走廊门上。)

哈森罗伊特　(看见他家里人不由得愣住了)

看哪,看哪,梯摩特乌斯,
看伊壁库斯的鹤[①]!

您不是说,附近有一家负责运送行李的店铺吗,约恩太太?(对瓦尔布尔迦)干得好,丫头,在你以年轻人的轻率想着你的好事的时候,你爸爸却为业务上的事来回奔跑了三个钟头。(对施皮塔)要是您知道拖着老婆孩子,每天挣得一点可怜的发霉的面包有多么困难,您也许就不会急于建立一个家庭了,年轻人。但愿命运保佑每一个人,使他们不至于有一天一贫如洗地被抛到柏林的最底层,同那些绝望的人一起在肮脏的地下室和下水道里为自己和家人的生存而挣扎。祝贺我吧!八天之后我们就要去斯特拉斯堡了。(哈森罗伊特太太、瓦尔布尔迦和施皮塔同他紧紧握手)一切我都会安排好的。

哈森罗伊特太太　哈罗,这些年来你的确体面地为我们作了艰苦的斗争。

哈森罗伊特　就像把一条快要沉没的破船划向安全的彼岸一样。我那些贵重的戏装是为了将诗人的梦想展现在世人的面前,可现在不知道落到了哪个贼窝里,穿在哪些散发着汗臭的人身上。这帮下贱的无赖!咳,还是说点高兴的事情吧!大车小车都已经

① 这两句诗引自席勒的长篇叙事诗《伊壁库斯的鹤》,在此表示十分惊奇之意。

装好了,马上就可以把我们的全部家当运到一个但愿能给我们带来好运的地方。(突然对施皮塔)希望你们俩在绝望之中别干出不理智的蠢事来,我要求您做出保证,尊敬的施皮塔先生。只要你们提出合理的愿望,我会在经济上支援你们。另外,我得问约恩太太一件事。首先,大门口站了一帮警察,不许任何人到街上去;其次,我想知道,为什么像我这样一个,恰恰在时来运转的时候成了报纸发动的一场卑鄙的诽谤攻势的对象。

哈森罗伊特太太 亲爱的哈罗,约恩太太不懂你的话是什么意思。

哈森罗伊特 那好,那就让我们打开天窗说亮话。我收到了几封信(拿出一沓信),一封、两封、三封、五封,差不多有整整一打!在这些信里,一些素不相识的人对发生在阁楼上的那件事向我表示祝贺。要不是地方小报的这些评论,我本来没把它放在心上。可这些报纸说,在郊区一个面具出租者,你们听听……一个面具出租者的阁楼上发现了一个刚刚生下来的婴儿……这种说法真叫我哭笑不得。毫无疑问,事情完全弄混了,可我不能背这口黑锅!特别是这帮家伙把那个出租面具的先生称为破产的蹩脚演员!你瞧瞧,太太,面具出租者之鹳①!这浑蛋真该吃耳光!今天晚上我被任命为斯特拉斯堡剧院经理的消息就要见报了,与此同时我却成了公开的笑料。谁都知道,在一切诅咒之中嘲笑是最恶毒的诅咒。

约恩太太 大门口有警察吗,经理先生?

哈森罗伊特 是的!连克诺伯寡妇儿子的葬礼都无法进行。他们甚至不让小棺材和虔信教会的那个抬棺材的面目狰狞的家伙上车。

约恩太太 是哪个孩子的葬礼?

哈森罗伊特 您还不知道,克诺伯太太的小儿子,就是被那两个陌生女人神秘地弄到我的阁楼上的那个孩子已经死了?就在我的眼皮底下死的,也许是由于生病。顺便问一下……

约恩太太 克诺伯太太的孩子死了?

哈森罗伊特 顺便问一下,约恩太太,您大概知道,那两个因为偷孩子而被警察抓住的女人最后怎么样了?

约恩太太 您说说,这难道不是上帝的手吗?这只手不是也抓住了小阿达尔贝特,让他夭折了吗?

哈森罗伊特 什么?我不懂这是什么逻辑。相反,我倒有点怀疑,那个胡言乱语的波兰姑娘,与阁楼上衣服被偷和克瓦夸罗在靴子里发现的那只奶瓶,还有报纸上乱七八糟的评论,是不是有联系。

约恩太太 您别瞎猜,经理先生,根本没有联系。您看见保尔了吗,经理先生?

哈森罗伊特 保尔?啊,他是你丈夫!不错,假如我没有弄错,他刚才还同那个胖警长浦伯说话来着,就是上我家调查衣服被偷的那家伙。

① 在德国,鹳鸟是新生婴儿的象征。

〔约恩上。

约恩 哼,叶特,我没有说错吧？这么快就出事了。

约恩太太 出了什么事？

约恩 路灯柱子上贴了警察局的布告,谁要是告发,就能得到一笔赏金。难道我不应该挣这一千马克？

约恩太太 怎么回事？

约恩 你不知道吗？警察和宪兵的这次行动就是冲布鲁诺来的！

约恩太太 究竟是怎么回事？这是谁说的？为什么要这样？

约恩 孩子的葬礼已经停止,有两个送葬的家伙,两个地地道道的坏蛋,被抓住了！您瞧,真是报应啊,经理先生！我跟一个女人结了婚,而她的弟弟却遭到侦缉队的追捕,因为他在郊区离施普雷河不远的地方,在丁香花丛下面杀死了一个女人。

哈森罗伊特 天哪,约恩先生,上帝不会容忍这种事的。

约恩太太 撒谎！我弟弟不会干这种事！

约恩 哼,这才新鲜哪,叶特。经理先生,前不久我还说过,她的这个弟弟是个什么货色。(发现桌上的丁香花束,一把抓起)您瞧瞧！这恶棍刚才还在这儿！他要是敢再来,我会第一个把他的手脚捆起来,让他受到正义的惩罚。(在屋里四下搜寻。)

约恩太太 收起你的所谓正义吧！正义连天上都没有,更别说人间了！这儿没有人来过,这一束丁香是我从汉格斯堡带来的,你妹妹屋子后面就有一大丛。

约恩 你根本没去过我妹妹那儿,叶特。这是克瓦夸罗刚才对我说的！警察局的人已经查明了。他们在施普雷河边的公园里看见你来着……

约恩太太 撒谎！

约恩 你在公园的凉亭里过夜来着。

约恩太太 怎么？你这次回来就是要毁掉这个家吗？

约恩 就是这么回事！事情到了这种地步,赖还有什么用！这个家已经毁了！我早就料到会出事！

哈森罗伊特 (紧张地)那个不久前像一头母狮一样争夺克诺伯太太的孩子的波兰姑娘,后来又出现过吗？

约恩 那个被杀的女人就是她。警察今天早上发现了她的尸体。我说这姑娘是布鲁诺·梅歇尔克弄死的,我的舌头绝对不会抽筋。

哈森罗伊特 (急速地)那她大概是他的情人了。

约恩 您问我老婆吧,我不知道。我早就担心会出事,所以根本不愿意回家来。我的老婆跟这样的人混在一起,又没有力量摆脱他们,不出事才怪呢！

哈森罗伊特 走吧,孩子们！

约恩 干吗要走？您尽管待在这儿好了！

约恩太太 你还想干什么？打开窗子大声嚷嚷吧,让全世界都知道好了！命运让我们遭到这样的不幸已经够糟糕了。呸！不久你就不会再见到我了。

约恩 不错，就是要这样！我就是要嚷嚷，让所有的人都知道，让走廊里、大街小巷的人都知道。院子里的木匠们、裁缝店的小伙子和姑娘们，我见了这些人就要告诉他们，我老婆有这样一个混账弟弟，并且因为袒护他把自己也毁了。

哈森罗伊特 那个自称是孩子母亲的漂亮姑娘真的死了吗，约恩先生？

约恩 我不知道她是不是漂亮，不过她这会儿躺在停尸房里，这是确确实实的。

约恩太太 我知道她是个什么货色，一个黑良心的、下流的女人！和不三不四的男人乱搞，跟一个蒂罗尔人生了个孩子，又被那人一脚踢开了！那孩子还没生下来，她就恨不得掐死他，后来又和在普洛岑湖坐过一年半牢、假充圣人的娼妇基尔巴克跑到这儿来要孩子。她和布鲁诺有没有瓜葛，我怎么知道？也许有，也许没有！布鲁诺犯了罪，这和我有什么关系！

哈森罗伊特 那么您早就认识这姑娘了，约恩太太？

约恩太太 我怎么会认识呢？我根本不认识她，经理先生！只不过人人都这样说罢了。

哈森罗伊特 您是个规矩的女人，约恩太太，而您，约恩先生，是个本分的男人。您内弟所犯的罪行是个可怕的事实，但我认为，这并不能从根本上动摇你们家庭生活的基础……不过，你们得开诚布公地……

约恩 不行！我不能生活在这样的环境中，跟这样的无赖待在一起！（用拳头捶了捶桌子和墙壁，又跺了跺地板）您听听这声音，泥灰在糊墙纸后面劈里啪啦往下掉！这儿的一切都腐朽了！木头全部腐烂了！一切都被蛀虫蛀空，被老鼠啃光了！（在地板上跳了几下）一切都在摇晃，每时每刻都可能彻底倒塌！（打开门）塞尔玛！塞尔玛！在一切彻底完蛋，成为一堆废墟之前，我得从这儿离开。

约恩太太 你叫塞尔玛干什么？

约恩 叫塞尔玛抱着孩子，跟我一起上我妹妹那儿去。我得把孩子交给我妹妹。

约恩太太 那你可打错了算盘！你敢碰他试试看！

约恩 难道我的孩子应该在这样的环境中长大，像布鲁诺一样被警察追捕，并且在监狱里待上一辈子？

约恩太太 （对着他嚷道）这根本不是你的孩子，知道吗？

约恩 什么？我倒要看看，一个合法的丈夫在他老婆失去理智和杀人犯同流合污时，应不应该为他自己的孩子做出安排。我倒要看看，究竟是谁有这种权利，谁更加强大！塞尔玛！

约恩太太 我要打开窗户喊了！经理太太，他们要抢走一个母亲的孩子！这是我的权利，我是这孩子的母亲！这难道不是我的权利？难道我错了吗，经理太太？他们逼迫我，想剥夺我的权利！我把这裹着破布的、被人抛弃的孩子抱回家，又搓又揉的，费了好大劲才使他慢慢活过来。他难道不应该属于我？要不是我，三个星期前他早就被埋在土里了。

哈森罗伊特 约恩先生,调解夫妻之间的纠纷本来不是我的事,这样做的结果往往费力不讨好。您的荣誉感虽然受到伤害,但您不应当鲁莽从事。她终究是您的妻子,布鲁诺所干的事情不应该让她负责。别抱走孩子!您不能太绝情!事情本来已经够不幸了,可您还要火上浇油。

约恩太太 保尔,孩子是我身上掉下来的肉!是我用血换来的!整个世界都跟我作对,这还不够,你也来逼我,这难道就是你的情分?我简直像是被一群饿狼包围了。你可以弄死我,可绝不能碰我的孩子!

约恩 经理先生,今天早晨我刚刚坐火车带着我的全部家当回家来。汉堡、阿尔托那,一切都已经结束了。我想,即使钱挣得少一点,可终于跟家人在一起了!抱抱孩子,逗孩子玩玩,这就是我的心愿……

约恩太太 保尔!来吧,保尔!(走到他跟前)把我的心掏出来吧!

〔她久久地望着他,然后跑进木板屋里。从那儿传来婴儿的哭声。塞尔玛从走廊门上。她身穿丧服,手里拿着一个小花圈。

塞尔玛 有什么事?您刚才叫我,约恩先生。

约恩 穿好衣服,塞尔玛!去问问你妈妈,能不能跟我一起到汉格斯堡我妹妹那儿去。你可以在那儿挣点钱。抱上我的孩子,跟我一块儿走!

塞尔玛 不,我再也不碰那孩子了。我害怕,妈妈和那个警察都骂我。

约恩太太 (从木板屋走出来)咦,他们干吗要骂你?

塞尔玛 (大哭)那个叫希尔克的警察还狠狠地打了我一下。

约恩太太 哼!让他再……让他再试试!

塞尔玛 我怎么知道那波兰女人要抱走我弟弟!我要是晓得我弟弟会死,我就会掐她的脖子。小贡多弗里德的棺材还在楼梯上,妈妈就晕过去了,这会儿躺在克瓦夸罗家的床上。他们要把我送孤儿院,约恩太太。(咧开嘴哭)

约恩太太 那你得高兴!再没有比待在你们家更糟糕的了。

塞尔玛 我得受审!他们已经确定我有罪了。

约恩太太 什么罪?

塞尔玛 说我把那个波兰女人生的孩子从阁楼上抱到您——约恩太太家来了。

哈森罗伊特 这么说来,阁楼上确实生了一个孩子?

塞尔玛 当然。

哈森罗伊特太太 在哪个阁楼上?

塞尔玛 就在那个放戏装的阁楼上。这和我有什么关系?我知道是怎么回事吗?我只能说……

约恩太太 走吧,塞尔玛!你是清白的,别管人家怎样胡说八道。

塞尔玛 我反正不对别人说,约恩太太。

约恩 (一把抓住想溜走的塞尔玛)别走,你别想溜!说实话!你刚才说,"我不对别人说"。您听见了，经理太太？施皮塔先生和小姐也听见了。说实话！在我知道布鲁诺和他的情人干了什么，你们把那孩子弄到哪儿去之前，你别想走出这屋子！

约恩太太 保尔，我对上帝发誓，我什么也没弄走。

约恩 是这样吗？……快把你知道的讲出来，丫头！我早就发觉你和我老婆有点不对劲，现在挤眉弄眼也没用。那孩子死了还是活着？

塞尔玛 不，那孩子活着，约恩先生。

哈森罗伊特 你偷偷地把他从阁楼上抱到这儿来了吗？

约恩 要是那孩子死了，那你就等着吧，你也会像布鲁诺一样掉脑袋！

塞尔玛 我说过，那孩子还活着。

哈森罗伊特 我想，你并没有从阁楼上抱什么孩子下来？

约恩 而你，汉娜叶特，对这一切竟一点儿都不知道？（约恩太太怔怔地望着他。塞尔玛茫然地望着约恩太太）汉娜叶特，你把布鲁诺和那波兰女人的孩子弄走了，然后又把克诺伯太太的小家伙弄来冒充他。

瓦尔布尔迦 （脸色苍白，终于勉强地说出）您说说，约恩太太，那天爸爸上楼来，我和您愚蠢地爬到阁楼上藏起来的时候发生了什么事？我以后再向你解释，爸爸。那时候我看见那波兰姑娘同约恩太太和布鲁诺待在一起。

哈森罗伊特 你，瓦尔布尔迦？

瓦尔布尔迦 是的，爸爸。那时候你和阿丽丝·吕特布什在一起。我和艾里希约好在那儿见面来着，他因为没碰见我——我那时躲在阁楼上——就跟你说了一会儿话。

哈森罗伊特 我想不起来了。

哈森罗伊特太太 （对她丈夫）为了这件事，这丫头好几夜睡不着觉。

哈森罗伊特 假如您相信一个曾经当过律师的人，一个在检察官考试中栽了跟头并因此转向艺术的人……假如您听从我的劝告，约恩太太，那我就不得不说，在目前情况下，您为自己辩护的最好方法是把一切都毫无保留地说出来。

约恩 叶特，你们把那孩子弄到哪里去了？我现在想起来了，刑事警察对我说，他们正在寻找那个死去的女人的孩子。看在上帝的分儿上，这不会是你干的，不会是你为了消灭你弟弟的罪证对刚刚生下来的孩子下了毒手吧？

约恩太太 （笑）我会对小阿达尔贝特下毒手，保尔？

约恩 这儿谁也没说起阿达尔贝特。（对塞尔玛）你要是不说出布鲁诺和那波兰女人的孩子在哪儿，我就拧断你的脖子！

塞尔玛 他就在您家的木板屋里，约恩先生。

约恩 他在哪儿，叶特？

约恩太太 这我可不告诉你。

〔木板房里的孩子哭。

约恩 （对塞尔玛）说实话！要不我就把你交给警察，知道吗？你看见那根绳子了吗？把你的手脚捆起来交给警察！

塞尔玛 （惊恐地，脱口而出）他不是正在哭吗，您认识那孩子，约恩先生！

约恩 我？

〔他不解地看看塞尔玛，又看看哈森罗伊特。当他把目光投向自己的妻子时，突然似有所悟，好像明白了事情的真相，几乎站立不稳。

约恩太太 别相信这卑鄙的谎言，保尔！这都是她妈妈出于报复指使这丫头编造的谎言！保尔，你干吗这样看着我？

塞尔玛 您想把我也扯进去，约恩大娘，这可太不像话了。既然是这样，那我就要说出来了。您完全清楚，是您让我把那波兰女人的孩子抱下来，放到您家刚刚买来的婴儿车里的。这我可以发誓！

约恩太太 撒谎！你说，这孩子不是我生的？

塞尔玛 您根本就没生孩子，约恩太太。

约恩太太 （抱住约恩的膝盖）这不是真的！

约恩 放开我！别脏了我的身子，汉娜叶特！

约恩太太 保尔，我没有别的办法，我只能这样做。我自己也被人骗了，后来只好将错就错，往汉堡给你写了封信。你高兴得不得了，我也就没法再告诉你事实真相了。当时我想，现在只能这样！假如我不那么做，那……

约恩 （平静得可怕）让我想一想，叶特！（他走到衣柜前，打开一只抽屉，将抽屉里的婴儿衣服扔在地上）谁知道这几个星期她用那沾满血的手白天黑夜干了些什么？

约恩太太 （像发疯似的将婴儿衣服捡起来，用一块布仔细地包好）保尔，你怎么能这样！无论你做什么都行，就是别再揭流血的伤疤！

约恩 （沉默，双手抱头颓然跌坐在一张椅子上）假如这是真的，叶特，我在坟墓里都会感到羞耻。（缩成一团，捂住脸。沉默。）

哈森罗伊特 您怎么能用这种办法来自欺欺人呢，约恩太太？您已经陷入了可怕的深渊！我们走吧，孩子们！这儿已经没有什么事好做了。

约恩 （站起身）我跟你们一起走，经理先生！

约恩太太 走吧！走得远远的！我不需要像你这样的男人！

约恩 （转过身，冷峻地）这么说，你把孩子抱走了，当他母亲想要回孩子时，你又让布鲁诺把她杀了？

约恩太太 你不是我男人！你还想干什么？你被警察收买了，拿了他们的钱却来送我上绞架！快走，保尔，你简直不是人！你这狼心狗肺的家伙！快去呀，让他们把我抓起来！为什么还不去？我现在才看清你的真面目！直到世界末日我都要鄙视你！

〔约恩太太向门口跑去。正在这时，警察希尔克和克瓦夸罗走进来。

希尔克 站住！谁也别想从这儿溜走！

约恩 请进，埃米尔！警察先生，您只管进来！这儿一切都正常！一切都平安无事！

克瓦夸罗 别上火，保尔，这与你无关。

约恩 （怒气冲冲地）你在笑吗，埃米尔？

克瓦夸罗 咦，这是什么话！希尔克先生只不过想把孩子送到孤儿院去。

希尔克 不错，就是这么回事。孩子藏在哪儿？

约恩 我怎么知道那些老巫婆为了捉弄人而变出来的小精灵在哪儿呢？留神烟囱，别让他从那儿飞出去！

约恩太太 保尔！这孩子别想活了！我活不成，他也活不成！他不应该再活下去！他得和我一起完蛋！

〔约恩太太飞快地跑进木板屋，抱着孩子重新出现，像发疯似的向门口冲去。哈森罗伊特和施皮塔挡住她的去路，想夺下孩子。

哈森罗伊特 站住！我不能不管！这儿得听我的！无论这孩子属于谁，他是在我的阁楼上生下来的！他的母亲被人杀死了，这就更加复杂。快，施皮塔，使劲！这可是你表现自己品质的机会！使劲，小心！好了，好极了！简直像抢救刚刚生下来的耶稣一样！您现在自由了，约恩太太！我们不阻拦您，只要您把孩子留下。

〔约恩太太冲出门。

希尔克 不许走！

哈森罗伊特太太 这女人疯了！快拦住她！

约恩 （突然大惊失色）快把她追回来！拦住她！她要出事！

〔塞尔玛、希尔克和约恩追赶约恩太太。施皮塔、哈森罗伊特、哈森罗伊特太太和瓦尔布尔迦围住桌上的孩子忙碌着。

哈森罗伊特 （小心地把孩子安顿在桌子上）这个不祥的女人已经绝望了，可她不应该把孩子也毁掉！

哈森罗伊特太太 这女人把她全部的爱都倾注到这个孩子身上了，她爱他简直爱得发疯！但是哈罗，几句欠考虑的、过于严厉的话就可能把她逼上绝路。

哈森罗伊特 我并没说什么过于严厉的话，太太。

施皮塔 我有一种预感，这孩子将要失去母亲。

克瓦夸罗 这话不错。他父亲肯定不会认他，昨天那家伙在哈森海德刚刚和一个游乐场主的寡妇举行了婚礼。他母亲是个堕落的女人，而那个基尔巴克太太也是个坏蛋，她收养的孩子十个当中要死掉八个。看样子，这孩子不久也会完蛋。

哈森罗伊特 这一切都是天上的那个父亲一手决定的。

克瓦夸罗 您是说保尔，那个泥瓦匠吗？绝不可能！我了解他，他的荣誉感可强啦。

哈森罗伊特太太 瞧这孩子，瞧他穿的衣服，做得多好，甚至还镶了花边！真是不可理解！这个胖得像洋娃娃的孩子真惹人爱，可转眼之间他就成了孤儿。

施皮塔 假如我是以色列国王①……

---

① 指古以色列国王所罗门，传说以智慧著称，曾审判两妇人争夺一婴儿案。

哈森罗伊特　您就会为约恩建一座纪念碑！在这种毫无意义的争斗和命运中，可能有某种英勇崇高的东西，但即使是为正义而奋斗的科尔哈斯①也无法实现他的理想。还是让我们实际一点，按照基督教精神行事吧！也许我们可以收养这孩子。

克瓦夸罗　我劝您别插手这事！

哈森罗伊特　为什么？

克瓦夸罗　您得花一大笔钱，跟慈善机构、警察和法院没完没了地打官司。

哈森罗伊特　那我可花不起这个时间。

施皮塔　您不觉得这儿真的发生了一场悲剧吗？

哈森罗伊特　悲剧并不仅仅发生在出身高贵的人身上，我多次对您说过。

〔塞尔玛气喘吁吁地上。

塞尔玛　约恩先生！约恩先生，泥瓦匠先生！

哈森罗伊特太太　约恩先生不在这儿。你怎么了，塞尔玛？

塞尔玛　约恩先生，赶快到街上去！

哈森罗伊特　别嚷，安静点！到底出了什么事，塞尔玛？

塞尔玛　（上气不接下气）您太太……您太太……街上都是人……都是马车……挤得水泄不通……她直挺挺地……您太太直挺挺地躺在街上。

哈森罗伊特太太　这是怎么回事？

塞尔玛　天哪，上帝啊，约恩大娘跳楼自杀了！

——剧终

章国锋　译

① 科尔哈斯，德国作家克莱斯特（1777—1811）所著小说《米夏埃尔·科尔哈斯》的主人公。

1913
获奖作家

泰戈尔

传略

一九一三年,印度的伟大诗人、作家泰戈尔荣获诺贝尔文学奖,他是获得这一殊荣的第一位东方作家。他的获奖是"由于他那含义深远、清新而美丽的诗歌;他运用高超的技巧,用英语表达出的诗意盎然的思想,已成为西方文学的组成部分"。

罗宾德拉纳特·泰戈尔(Rabindranath Tagore,1861—1941),一八六一年五月七日出生于印度孟加拉邦加尔各答市一个商人兼地主家庭。他的父亲是著名的哲学家和宗教改革者,泰戈尔是他十四个子女中最小的一个,他的哥哥姐姐中,有哲学家、音乐家、戏剧家、小说家、爱国志士等,因此他家是当时加尔各答知识界的中心。泰戈尔虽曾赴英国攻读法律、文学和音乐,但都未能完成学业。他渊博的知识和深厚的文学功底,主要还是得自家庭熏陶和自己的不懈努力。

从二十岁出版第一部诗集《黄昏之歌》(1881)开始,在长达六十多年的创作生涯中,泰戈尔共写了五十多部诗集,十二部中、长篇小说,近一百篇短篇小说,二十多个剧本以及大量随笔、游记、论文等。此外,他还是一位造诣颇深的音乐家和画家,曾创作两千多首歌曲和一千五百多幅画,其中歌曲《人民的意志》,被定为印度国歌。

泰戈尔在诗歌方面的重要作品有《金帆船》(1894)、《故事诗集》(1900)、《吉檀迦利》(1912)、《新月集》(1913)、《园丁集》(1913)、《飞鸟集》(1916)、《生辰集》(1941)等。小说方面的重要作品有长篇小说《沉船》(1906)、《戈拉》(1910);中篇小说《四个人》(1916);短篇小说《弃绝》(1892)、《摩诃摩耶》(1892)、《素芭》(1893)、《饥饿的石头》(1895)等。戏剧方面的重要作品有《红夹竹桃》(1926)等。

泰戈尔是一位伟大的人道主义者、爱国主义者,他一直关心着世界的前途和人类的命运,特别是劳苦大众的命运;他热爱祖国,反对殖民主义的侵略和奴役政策,为祖国的独立自由大声疾呼和辛勤奔波;他热爱印度古老的民族文化,但并不排斥对西方文化的学习和借鉴;他的创作取材于印度的现实生活,反映印度人民在殖民主义、封建主义和愚昧落后思想重压下的悲惨命运。在创作中,他既吸收印度民族文化的营养,又借鉴西方文化的长处,是使东西方文化相互交融的先驱者。特别是他的诗歌,哲理深邃,抒情浓郁,格调清新,语言优美,深深打动读者的心,为诗歌艺术做出了开拓性的贡献。

泰戈尔也是中国人民的好朋友,一九二四年曾来我国访问,其诗风对中国现代文学产生过重大影响。

一九四一年八月七日,泰戈尔在加尔各答的寓所中去世。

授奖词

在把诺贝尔文学奖授予英印诗人罗宾德拉纳特·泰戈尔之际,本学院对能够对这样一位作者表示承认,感到十分幸运。他与阿尔弗雷德·诺贝尔最后遗嘱和声明的明确措辞相符合,“在本年度”写出了“有理想主义倾向”的最精美的诗篇。经过了详尽认真的讨论,并最终认为他的这些诗篇最为接近所规定的标准之后,本学院以为,不能由于诗人故乡地处遥远,诗人的名字在欧洲仍然不太闻名,而有任何举棋不定的理由。鉴于本奖的创立者曾经用坚定的话语把“在颁奖过程中,绝不应该考虑提名候选人所属的国籍”规定为自己的“明确意向和愿望”,就更没有犹疑的理由了。

泰戈尔的宗教诗集《吉檀迦利》(1912),是他的特别为挑剔的批评家所瞩目的作品之一。在充分和真正的意义上说,这部诗集从去年以来就属于英语文学了,因为,从作者自己所受教育和所从事的实践上看,他虽是一个用印度本国语言写作的诗人,却赋予这些诗以新的衣饰,形式上完美绝伦,灵感上又独具匠心。这就使英国、美国乃至全欧洲所有寄情并重视高尚文学的人,能够读到这些诗篇。尽管人们很不了解他的孟加拉文诗歌,尽管人们的宗教信仰、文学流派或党派目标有着差异,泰戈尔仍然受到了来自四面八方的欢呼,认为他是自伊丽莎白女王时代以来,诗歌艺术的令人景仰的新一代大师。这种诗歌艺术一直永不间断地伴随着英国文明的拓展。这种立即赢得热情赞赏的诗歌,其特色在于诗人自己和借用观念的和谐,基于融会成了完整整体的那种圆满极致;在于他在节奏上的平衡风格;引用一位英国批评家的话来说,在于“同时将诗的阴柔秀美和散文的雄浑力量结合起来的那种东西;在于他在文字上简朴的、被一些人称为古典主义的趣味,以及他在一种借用语言里所使用的其他表意因素”。简言之,这些特色标志着一部作品之所以为匠心独运的作品,然而,同时又使它更加难以用另外一种语言复制出来。

这一估价同样适用于出现在我们面前的第二组诗歌:《园丁集》(1913)。不过,在这部作品中,正如作者自己指出的那样,与其说是对其早先的灵感作了解释,不如说是进行了重铸。在这里,我们瞥见了他人格的另一面:时而遭遇到青春爱恋的交替出现的幸福和痛苦的体验,时而受到人生沉浮所引起的期待和欢乐情感的折磨。然而,尽管如此,整个作品又点缀着对更高境界的窥视。

泰戈尔散文、短篇小说的英译是以《孟加拉生活管窥》(1913)为题公之于世的。虽然这些作品并不带有他个人的标记(是由别人移译的),还是为他形形色色的广泛观察,为他对不同类别人们的命运和遭遇所抱的由衷同情,为他结构并发展情节的天赋提供了证据。

从那以来,泰戈尔又出版了一部描写童年及家庭生活的诗集。诗集充满诗情画意,象征性地题名为《新月集》(1913)。还有数篇对美英大学听众所作的讲演,这些讲演成书时,题名为《萨达纳:人生的实现》(1913)。它们体现了他为人类找到借此可能生存下去的信仰诸种方式的一种观点。正是泰戈尔的寻觅,发现信仰和思想之间真实关系的这种寻觅,才使他作为极有禀赋的诗人而卓然不群。这种禀赋以其思想的邈远深邃为特征,而最重要的是以其感情的炽烈,以及他象征语言的动人力量为特征。的确,在想象文学领域里,具有如此广泛纷繁的丰富旋律和色彩,能够以同样的和谐和优美,来表现从灵魂对于永恒的期待,到烂漫游童所激发的欢快愉悦等各种心境的情绪,这还是极为罕见的。

这种诗歌绝不是异国情调的,而是具有真正的普遍人类品格。关于我们对这种诗歌的理解,将来也许会丰富我们现在的所知。不过,我们的确明白,诗人的动机扩展到了努力将文明两个遥遥相隔的范围调和起来的地步,而最为重要的是,这一努力正是我们现时代的典型标记,构成了这个时代最重要的任务和问题。这个任务的真正本质,在基督教布道领域于整个世界所付出的努力当中,得到了最清楚最纯然的揭示。在未来的时代里,历史探索将更加明白,即使在当前躲避我们窥视的东西当中,以及现在还不予以承认或吝啬地予以承认的地方,怎样来评价这种任务的重要和它所产生的影响。无疑,这些探索对这一任务所做出的估价,将高于现在以为在不少方面都恰当适宜的那种估价。多亏这一运动,方开凿出了源头活水,汩汩流淌着新鲜泉水,而即便是这些源泉融汇了不同的溪水,以及无论探索出了其真正源头或起源与否,都应归功于梦幻世界的深刻程度。在这些源泉之中,特别是诗汲取了灵感。尤其特别的是,基督教的传播在许多地域都首先为本国语言的复苏和再生,即本国语言从人为传统的桎梏中获得解放,提供了一种确定的动力,从而也为滋养并维护活生生的自然诗风能力的发展,提供了一种确定的动力。

基督传教活动作为一种复兴的力量,在印度也产生了影响。在那里,与宗教的复兴相联系,许多本地语言早就用作书面语言,从而取得了地位和稳固性。然而,只是由于过分规则地频繁使用,这些本地语在来自逐渐确立起来的新传统的压力下,再一次变得僵化了。但是,基督教布道的影响,却远远超过了实录的改变信仰活动的范围。上个世纪经历的本地活的语言和古代宗教语言为控制新兴文学而展开的斗争,倘或前者在富有自我牺牲精神的传教士所赋予它们的抚育关怀之中,找到有力后援的话,就会经历截然不同的历程,取得截然不同的结果。

正是在孟加拉这个最早的英属印度省份,这个多年以前布道先驱凯里①为促进基督教和当地语言,付出了不倦辛苦的地方,罗宾德拉纳特·泰戈尔于一八六一年出生了。他是望族后裔,这个家族已经在许多方面证明具有智慧的才能。青少年的他成长的环境,在他

① 凯里(1761—1834),英国基督教传教士中最早到达印度的一位。曾将《圣经》译成孟加拉语,并将《罗摩衍那》译成英语。

的世界观和人生观的形成过程中,绝非是粗陋原始或者被认为是起到禁锢作用的。相反,在他家里,除了对艺术极富素养的鉴赏能力,还弥漫着对这个家族祖先探索精神和睿智的一种深深的崇敬,祖先的经文就在家庭的虔诚膜拜仪式中使用着。同时,在他周围,还有当时正在形成的有意识地与人民打成一片,并熟悉人民生活需求的新文学精神。这一新精神,随着政府镇压下去那次广泛而混乱的印度兵变之后所坚定实施的改革而增强了力量。

罗宾德拉纳特的父亲是一个宗教社团的最积极的主要成员之一,其子泰戈尔现在仍然隶属于这个社团。这个以“梵社”之名而知名的社团,并不是古印度教类型的教派兴办的,其宗旨亦非传布对凌驾众神之上的特定神祇的膜拜。毋宁说它是十九世纪早期,由一个开明且颇具影响的人创办起来的。此人在英国研究过基督教教义,给他留下了深刻印象。对远古流传下来的本土印度教传统,他致力进行解释,使它与自己所设想的基督教信仰精神和底蕴协调一致起来。从此,他和他的社团由此卷入的有关真理阐释的教义纷争便持续不断,并因此分化成几个独立派别。同时,由于社团的性质本质上只吸引训练有素的知识界人士,所以从它一发端便阻碍了其笃诚成员的大量增加。尽管如此,这个团体所发挥的间接影响,甚至是对普及教育和文学发展的影响,也被认为十分可观。在近年成长起来的社团成员当中,罗宾德拉纳特·泰戈尔花费了卓绝斐然的心血。对于这些成员来说,他是一个受到景仰的巨擘和预言家。人们真诚追求的师徒亲密互动,无论在宗教生活还是在文学训练方面,都得到了深刻、丰富而又淳朴的体现。

为了实现自己毕生的事业,泰戈尔吸收印度和欧洲的多种文化,将自己武装起来。这种文化又由于他在国外的游走和在伦敦的学习而得到扩展,并臻于成熟。年轻时,他到处遨游,饱览自己的河山,陪同父亲远至喜马拉雅山麓。开始用孟加拉文写作的时候,他还是个翩翩少年,他曾试笔散文、诗歌、抒情诗和戏剧。除了描写祖国普通人民的生活之外,还在不同著作里论述文学批评、哲学和社会学问题。不久前,他的繁忙日程中断了一个时期,因为他当时认为,为了与自己家族的久远实践相一致,有必要泛舟神圣恒河的一个支流上,度过一段冥思的隐居生活。回到普通生活之后,他在自己的民族中,作为一个大智大诚的人的威望日高一日。他在西孟加拉那芒果树树荫下创办的户外学校,培养了不少年轻的忠实信徒,把他的教诲广播整个大地。现在,他作为贵宾在英美文学界度过了将近一年的时光,并于春夏(1913)参加了在巴黎召开的宗教历史会议之后,在该地退休。

泰戈尔无论在哪里遇上了愿意接受自己高尚教诲的人,都像一个福音传播者,而这些福音又都是用所有人都能理解的语言,从人们早就认为存在着的东方宝库中带来的。不过,他自己则认为,自己仅仅是个中介,毫无保留地将个人与生俱来得到的东西给予他人。他绝不急于在人们面前炫耀自己,把自己看成是天才或者某种新事物的发明者。与功勋崇拜相对照,这种崇拜是西方世界封闭城市生活的产物,并且培育出了一种不安分的、竞争的精神;与这种崇拜所进行的沉湎于追名逐利的征服自然的斗争相对照,泰戈尔说,“就仿佛我们生活在一个敌对的世界上,我们必须从一种不情愿的陌生事物安排之中,攫取我们想要得到的一切”;与一切无力的仓促忙乱相对照,他把这样一种文化置于我们面前:这种文化在印度广袤宁静而又秘藏着珍宝的森林里臻于至善,是在同自然生活本身的日益和谐当中,主要追觅灵魂的宁静祥和。这也是泰戈尔在此处用以证实他的承诺:和平在等待着我们,而向我们展示出来的一种诗意画面而非历史画面。他凭借与预言天赋相关的权利,洋洋洒洒地刻画了在与时间肇始同期的一个时代里,那些隐现在他创造视野里的景象。

不过,他和我们中间的任何人一样,都摒弃我们通常耳闻的那些由市井操办供应的所谓的东方哲学的一切东西,摒弃灵魂轮回和非个人的羯磨①的噩梦,摒弃通常视为印度高尚文化独有特征的那种泛神论的而实际上是抽象的信仰。泰戈尔本人甚至不打算承认,那样描述的信仰能够从古代贤哲的玄机妙语中找到任何出典。他如此仔细地研读关于吠陀的颂歌②和《奥义书》③,也研读过佛陀④自己写的经文,结果从中发现了对他来说是一种无法辩驳的真理。如果他在自然界寻觅神性,便会找到一个活生生的以无限威力为特征的人格,无量包容的自然之神,而其超自然的力量又同样表明存在于不分巨细的一切尘世生命,特别是存在于注定永恒的人类灵魂。赞颂、祈祷和炽热的虔诚,弥漫在他奉献给这位未名神性脚下的歌谣里。苦行的甚至伦理的严正,也有乖于他那种类型的神性膜拜,这种膜拜的特征,可以概括为审美有神论的一类。这样描绘的虔诚与他全部诗歌完全协调一致,并赋予他以祥和。他宣告那种祥和甚至即将莅临基督教疆界以内的倦怠而饱经忧患的灵魂。

这是神秘主义,假如我们愿意这样称呼它的话,然而又不是放弃人性,企图沉湎于趋近虚无的大千之中的神秘主义,而是利用训练到极致的灵魂的所有天赋和才能,急切出发去迎接整个造物在世之父的神秘主义。在泰戈尔时代以前,神秘主义的这种更加狂热的类型,在印度并非全然不为人知,诚然,在古代苦行者和哲人中间也鲜为人知,但在“一神崇拜”的众多形式中,却是为人所知的。自中世纪以来,“一神崇拜”由于在某种程度上受到了基督教和其他异国宗教的影响,便一直从印度教的不同方面,寻觅自己信仰的理想。这些理想虽然性质有所不同,但在概念上说,实际都是一神教的。所有这些崇高的信仰形式,如今都已烟消云散,或者从过去得到承认的地位上沉沦式微,被各种崇拜的过分增长所窒息,而这一增长又将缺乏力量抗衡诱惑的所有印度人民吸引到它的大纛下来。即使泰戈尔从他本土祖先的管弦乐队交响曲中借用了这一音符或那一音符,然而他在这个时代都是更为脚踏实地。这个时代将地球上各个民族更紧密地凝聚起来,沿着和平的同时也是斗争的道路,承担共同的和集体的责任,并在将祝福和美好愿望传遍陆地海洋的过程中,付出自己的精力。然而,泰戈尔在激励思考的画面中,向我们展示了一切世俗事物是如何淹没在永恒之中的:

> 我的主,时间在你掌中绵延无限。谁也无法计算你的分分秒秒。
> 日夜如梭,世代盛衰,仿佛花开花谢。你知道怎样等待。

---

① 羯磨,梵文 karma 的音译,佛教用语,意为造作,泛指一切身心活动。
② 颂歌,婆罗门教、印度教最古老的经典。古代印度用梵文创作的宗教颂歌、祭词、咒语的总称。
③ 《奥义书》,古印度吠陀经典的最后一部分,婆罗门教的古老哲学经典之一。
④ 佛陀,指佛教的开创者释迦牟尼。

世纪交替，使一朵小小的野花变得完美。

我们不能失去时间，因了没有时间，我们必得挣扎着寻觅机会。我们太贫穷了，不能迟延。

而时间就这样逝去，当我把它给予每一个索取它的人，于是你的神坛上空空如也，直到最后的奉献也不复存在。

在白昼的末尾，我匆匆赶去，唯恐你的大门关上；不过我发现还有时间。

——《吉檀迦利》，八十二

诺贝尔文学奖评委会主席 哈拉德·雅恩

李自修 译

作品

新月集

家 庭

我独自在横跨过田地的路上走着，夕阳像一个守财奴似的，正藏起它的最后的金子。

白昼更加深沉地没入黑暗之中，那已经收割了的孤寂的田地，默默地躺在那里。

天空里突然升起了一个男孩的尖锐的歌声。他穿过看不见的黑暗，留下他的歌声的辙痕跨过黄昏的静谧。

他的乡村的家坐落在荒凉的边上，在甘蔗田的后面，躲藏在香蕉树，瘦长的槟榔树，椰子树和深绿色的贾克果树的阴影里。

我在星光下独自走着的路上停留了一会，我看见黑沉沉的大地展开在我的面前，用她的手臂拥抱着无量数的家庭，在那些家庭里有着摇篮和床铺，母亲们的心和夜晚的灯，还有年轻轻的生命，他们满心欢乐，却浑然不知这样的欢乐对于世界的价值。

孩童之道

只要孩子愿意，他此刻便可飞上天去。

他所以不离开我们，并不是没有缘故。

他爱把他的头倚在妈妈的胸间，他即使是一刻不见她，也是不行的。

孩子知道各式各样的聪明话，虽然世间的人很少懂得这些话的意义。

他所以永不想说，并不是没有缘故。

他所要做的一件事，就是要学习从妈妈的嘴唇里说出来的话。那就是他所以看来这样天真的缘故。

孩子有成堆的黄金与珠子,但他到这个世界上来,却像一个乞丐。

他所以这样假装了来,并不是没有缘故。

这个可爱的小小的裸着身体的乞丐,所以假装着完全无助的样子,便是想要乞求妈妈的爱的财富。

孩子在纤小的新月的世界里,是一切束缚都没有的。

他所以放弃了他的自由,并不是没有缘故。

他知道有无穷的快乐藏在妈妈的心的小小一隅里,被妈妈亲爱的手臂所拥抱,其甜美远胜过自由。

孩子永不知道如何哭泣。他所住的是完全的乐土。

他所以要流泪,并不是没有缘故。

虽然他用了可爱的脸儿上的微笑,引逗得他妈妈的热切的心向着他,然而他的因为细故而发的小小的哭声,却编成了怜与爱的双重约束的带子。

不被注意的花饰

啊,谁给那件小外衫染上颜色的,我的孩子,谁使你的温软的肢体穿上那件红的小外衫的?

你在早晨就跑出来到天井里玩儿,你,跑着就像摇摇欲跌似的。

但是谁给那件小外衫染上颜色的,我的孩子?

什么事叫你大笑起来的,我的小小的命芽儿?

妈妈站在门边,微笑地望着你。

她拍着她的双手,她的手镯叮当地响着,你手里拿着你的竹竿儿在跳舞,活像一个小小的牧童。

但是什么事叫你大笑起来的,我的小小的命芽儿?

喔,乞丐,你双手攀搂住妈妈的头颈,要乞讨些什么?

喔,贪得无厌的心,要我把整个世界从天上摘下来,像摘一个果子似的,把它放在你的一双小小的玫瑰色的手掌上么?

喔,乞丐,你要乞讨些什么?

风高兴地带走了你踝铃的叮当。

太阳微笑着,望着你的打扮。

当你睡在你妈妈的臂弯里时,天空在上面望着你,而早晨蹑手蹑脚地走到你的床跟前,吻着你的双眼。

风高兴地带走了你踝铃的叮当。

仙乡里的梦婆飞过朦胧的天空,向你飞来。

在你妈妈的心头上,那世界母亲,正和你坐在一块儿。

他,向星星奏乐的人,正拿着他的横笛,站在你的窗边。

仙乡里的梦婆飞过朦胧的天空,向你飞来。

偷睡眠者

谁从孩子的眼里把睡眠偷了去呢?我一定要知道。

妈妈把她的水罐挟在腰间,走到近村汲水去了。

这是正午的时候,孩子们游戏的时间已经过去了;池中的鸭子沉默无声。

牧童躺在榕树的荫下睡着了。

白鹤庄重而安静地立在檬果树边的泥泽里。

就在这个时候,偷睡眠者跑来从孩子的两眼里捉住睡眠,便飞去了。

当妈妈回来时,她看见孩子四肢着地地在屋里爬着。

谁从孩子的眼里把睡眠偷了去呢?我一定要知道。我一定要找到她,把她锁起来。

我一定要向那个黑洞里张望,在这个洞里,有一道小泉从圆的和有皱纹的石上滴下来。

我一定要到醉花①林中的沉寂的树影里搜寻,在这林中,鸽子在它们住的地方咕咕地叫着,仙女的脚环在繁星满天的静夜里叮当地响着。

我要在黄昏时,向静静的萧萧的竹林里窥望,在这林中,萤火虫闪闪地耗费它们的光明,只要遇见一个人,我便要问他:“谁能告诉我偷睡眠者住在什么地方?”

谁从孩子的眼里把睡眠偷了去呢?我一定要知道。

只要我能捉住她,怕不会给她一顿好教训!

我要闯入她的巢穴,看她把所有偷来的睡眠藏在什么地方。

我要把它都夺来,带回家去。

我要把她的双翼缚得紧紧的,把她放在河边,然后叫她拿一根芦苇在灯芯草和睡莲间钓鱼为戏。

黄昏,街上已经收了市,村里的孩子们都坐在妈妈的膝上时,夜鸟便会讥笑地在她耳边说:

“你现在还想偷谁的睡眠呢?”

---

① 醉花(bakula),学名 Mimusops Elengi。印度传说,美女口中吐出香液,此花始开。

开 始

“我是从哪儿来的，你，在哪儿把我捡起来的？”孩子问他的妈妈说。

她把孩子紧紧地搂在胸前，半哭半笑地答道——

“你曾被我当作心愿藏在我的心里，我的宝贝。

“你曾存在于我孩童时代玩的泥娃娃身上；每天早晨我用泥土塑造我的神像，那时我反复地塑了又捏碎了的就是你。

“你曾和我们的家庭守护神一同受到祀奉，我崇拜家神时也就崇拜了你。

“你曾活在我所有的希望和爱情里，活在我的生命里，我母亲的生命里。

“在主宰着我们家庭的不死的精灵的膝上，你已经被抚育了好多代了。

“当我做女孩子的时候，我的心的花瓣儿张开，你就像一股花香似的散发出来。

“你的软软的温柔，在我青春的肢体上开花了，像太阳出来之前的天空上的一片曙光。

“上天的第一宠儿，晨曦的孪生兄弟，你从世界的生命的溪流浮泛而下，终于停泊在我的心头。

“当我凝视你的脸蛋儿的时候，神秘之感淹没了我；你这属于一切人的，竟成了我的。

“为了怕失掉你，我把你紧紧地搂在胸前。是什么魔术把这世界的宝贝引到我这双纤小的手臂里来呢？”

孩子的世界

我愿我能在我孩子自己的世界的中心，占一角清净地。

我知道有星星同他说话，天空也在他面前垂下，用它傻傻的云朵和彩虹来娱悦他。

那些大家以为他是哑巴的人，那些看去像是永不会走动的人，都带了他们的故事，捧了满装着五颜六色的玩具的盘子，匍匐地来到他的窗前。

我愿我能在横过孩子心中的道路上游行，解脱了一切的束缚；

在那儿，使者奉了无所谓的使命奔走于无史的诸王的王国间；

在那儿，理智以她的法律造为纸鸢而飞放，真理也使事实从桎梏中自由了。

郑振铎　译

飞鸟集

1

夏天的飞鸟，飞到我窗前唱歌，又飞去了。

秋天的黄叶,它们没有什么可唱,只叹息一声,飞落在那里。

2

世界上的一队小小的漂泊者呀,请留下你们的足印在我的文字里。

3

世界对着它的爱人,把它浩瀚的面具揭下了。
它变小了,小如一首歌,小如一回永恒的接吻。

4

是大地的泪点,使她的微笑保持着青春不谢。

5

无垠的沙漠热烈追求一叶绿草的爱,但她摇摇头笑着飞开。

6

如果你因失去了太阳而流泪,那么你也将失去群星了。

7

跳舞着的流水呀,在你途中的泥沙,要求你的歌声,你的流动呢。你肯挟跛足的泥沙而俱下么?

8

她的热切的脸,如夜雨似的,搅扰着我的梦魂。

9

有一次,我们梦见大家都是不相识的。
我们醒了,却知道我们原是相亲相爱的。

10

忧思在我的心里平静下去,正如傍晚的暮色降临在寂静的山林之中。

11

有些看不见的手指,如懒懒的微飔似的,正在我的心上,奏着潺湲的乐声。

12

“海水呀,你说的是什么?”
“是永恒的疑问。”
“天空呀,你回答的话是什么?”
“是永恒的沉默。”

13

静静地听,我的心呀,听那世界的低语,这是它对你求爱的表示呀。

14

创造的神秘,有如夜间的黑暗,——是伟大的。而知识的幻影,不过如晨间之雾。

15

不要因为峭壁是高的,而让你的爱情坐在峭壁上。

郑振铎　译

1915
获奖作家

罗曼·罗兰

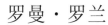

传略

由于发生第一次世界大战，一九一四年没有颁发诺贝尔文学奖——这笔奖金后来拨给了诺贝尔图书馆。一九一五年虽然决定颁奖，但也一直拖到第二年的十一月，才和一九一六年的奖金一起颁发。授奖仪式依然没有举行。

一九一五年诺贝尔文学奖获得者为法国小说家、剧作家、评论家和社会活动家罗曼·罗兰（Romain Rolland，1866—1944）。罗曼·罗兰于一八六六年一月二十九日出生在法国涅夫勒省的克拉姆西镇，他的父亲是银行小职员，母亲在音乐上很有造诣，他受母亲熏陶，从小爱好音乐。十五岁时，他随父母迁居巴黎。一八八六年，罗曼·罗兰考入巴黎高等师范学校，毕业后经资格考试，取得中学教师终身职位的资格。一八九五年获文学博士学位，先后应聘到巴黎高等师范学校和巴黎大学教授艺术史，同时进行文学创作。

罗曼·罗兰的早期创作以剧本为主，从一八九七年至一九〇三年，他先后创作了《圣路易》（1897）、《群狼》（1898）、《理性的胜利》（1899）、《丹东》（1900）、《七月十四日》（1902）、《将来临的时代》（1903）等。后又相继出版了《贝多芬传》（1903）、《米开朗琪罗传》（1905）和《托尔斯泰传》（1911）。

自一九〇四年起，罗曼·罗兰开始创作长篇巨著《约翰·克利斯朵夫》，在他的好友夏尔·贝玑主编的《半月手册》上连载，于一九一二年载完。这部作品是罗曼·罗兰的代表作，是他最重要的长篇小说，共分十卷，构思和写作了整整二十年。它通过一个音乐家的一生，反映了个人与社会、理想与现实的尖锐冲突，抨击了商品化文化艺术的弊端，展示了具有人道主义理想信念的知识分子艰难成长的历程。作者塑造的主人公约翰·克利斯朵夫是个贝多芬式的人物,他性格中最显著的特点是反抗精神,他是个敢于向社会冲击、向命运挑战的英雄。《约翰·克利斯朵夫》在艺术上也颇有独到之处,整部作品带有强烈的浪漫主义色彩,也广泛地运用了象征手法。作品着重表现了人物的内心世界,主人公对现实有着敏锐的洞察力。这部作品还被称为“音乐小说”,不仅音乐深深地渗透到故事情节和人物性格之中,全书还有着交响乐般的结构特色和宏伟气势,一卷卷如同一个个乐章,环环紧扣,把人物的“感情程序”推向高潮,对广大读者有着经久不衰的艺术感染力。这部作品于一九一三年获得法兰西学院文学大奖。

一九一四年,第一次世界大战爆发,罗曼·罗兰正在瑞士度假,他因厌恶战争决定侨居日内瓦,义务参加设在那儿的国际红十字会的工作,并在《日内瓦日报》发表一系列反战文章,其中最著名的有《超乎混战之上》。文章坚持人道主义立场,坚决反对战争,强烈主张和平,结果在西方世界引起一场规模较大的论战。由于当时很多人受民族沙文主义宣传的影响,被战争狂热冲昏了头脑,所以对罗曼·罗兰发动了猛烈的攻击。但他不顾个人得失安危,坚持人道主义的反战立场。

一九一五年,瑞典学院不顾法国政府的阻挠,决定授予罗曼·罗兰当年的诺贝尔文学奖,以表彰“他文学作品中高尚的理想主义和他在描写各种不同人物时所具有的同情和对真理的热爱”。这一决定在客观上也是对罗曼·罗兰反战立场的肯定和赞扬。

两次大战之间,罗曼·罗兰在创作上又一次达到高潮,他相继发表了中篇小说《哥拉·布勒尼翁》(1919)、长篇小说《欣悦的灵魂》(1933)等。

在这一时期,罗曼·罗兰还发表了一部有关音乐理论和音乐史的重要著作——七卷本的《贝多芬的伟大创作时期》(1928—1943),以及诗歌、小说、剧本、传记、文学评论、回忆录、日记、政论等。其中主要的有:中篇小说《彼埃尔与绿丝》(1920),长篇小说《格莱昂波》(1920),剧本《爱与死的较量》(1925)、《百花盛开的复活节》(1926)、《流量》(1928)、《罗伯斯庇尔》(1939),传记《甘地传》(1923)、《罗摩克里希纳传》(1927),文学评论集《旅伴》(1936),回忆录《心路历程》(1939),日记选集《战时日记》(1952),政论集《战斗十五年》(1935)等。

罗曼·罗兰于一九四四年十二月三十日逝世,一九四五年一月二日在他的故乡克拉姆西镇举行了宗教葬礼。

授奖词

未举行授奖仪式。

作品

彼埃尔和绿丝(节选)

故事发生在一九一八年一月三十日星期四傍晚至三月二十九日圣星期五①。

一

彼埃尔钻进地下铁道。车站里人潮汹涌,狂暴慌乱。他挤上地铁,在车门旁边站着,挤在人堆里,呼吸着他们口中喷出的混浊空气。他朝隧道的穹顶望去,却什么也没有看见,那里是一片黑暗。他听到隆隆的响声。眼珠一般的列车前灯把光射上穹顶,随车滑动。彼埃尔的脑海中也呈现出同样的图景:同样是一片漆黑,只有几缕微光,颤悠悠地划破黑暗。他把外衣领子竖起,双臂贴在身侧,嘴唇紧闭。他感到气闷窒息,前额沁出了汗珠,但车一到站,车门开处,又感到寒风凛冽,冷不可挡。他正在努力做到视而不见,屏息敛气停止思维,中断生活。这个男子还很年轻,才十八岁,简直还是个孩子,但他心里充满了阴暗的绝望。在他的上面,在黑压压的穹顶上面,在满载芸芸众生的金属怪物飞驶向前的地道上面,是雪天的巴黎,一月的寒夜,生与死的噩梦——战争。

战争。这场战争已经进行了四年。它的乌云笼罩着彼埃尔的整个少年时期。战争爆发的时候,彼埃尔尚未成年,刚刚意识到人体的官能正在苏醒,正在成熟,他心中惴惴不安;觉得生活本身有一股盲目而野性的冲力,根本无法驾驭,自己还没有跨进生活,就已经成了它的俘虏,他感到惊慌失措,从而正在经历一场心灵上的危机。彼埃尔多愁善感,体质纤弱。看到战争这种肮脏的暴行,看到富饶而慷慨的大自然失去了理性——就像一头刚下崽的母猪在吞噬自己的幼畜一样——他和具有类似气质的青年人都感到厌恶和恐惧。但是他们又不敢向别人交心。十六岁到十八岁的少年身上往往都具有一些哈姆莱特②的气质。可别指望彼埃尔能理解战争!(对于脑满肠肥的家伙来说,战争当然是好事。)彼埃尔要做到理解生活和原谅生活还需要走过漫长的路程!平日,他沉湎于遐想,在艺术之宫心驰神往,他像从蛹变为幼虫,再变为成虫一样,要经过痛苦的过渡才能习惯新的生活方式。他正处在走向生命成熟阶段的青春时期,所以感到惶惶不安。这种时候,他是多么需要安谧,多么需要静心沉思啊!但是人家居然到他藏身的地方来找他了,硬把他从隐蔽的角落里拉出来。他还没有成熟,根本对付不了疯狂和仇恨,但是他必须面对残酷的环境,必须去同凶恶的人周旋。

彼埃尔和他同班级的十八岁的同学一样,即将应召入伍了。六个月以后,祖国将需要

---

① 一九一八年一月三十日,巴黎市区首次遭到德国飞机轰炸。三月二十九日,复活节前夕,巴黎一座教堂被炸。作者选了这两个有意义的日子作为故事发生的时间,目的在于加强小说的真实感。

② 哈姆莱特,英国戏剧家莎士比亚著名悲剧中的主角。第二节中的霍拉旭为哈姆莱特的挚友。

他转战沙场。战争将需要他做出牺牲。只有六个月的喘息时间。六个月！在这段时间里,哪怕能停止思维也好！就在这地道里躲着,省得面对残酷的现实……

列车风驰电掣而去。他躲在黑暗中,闭上了双眼。

当他重新睁开眼睛的时候,发现几步以外,只隔着两个人,站着一位刚上车的少女。起初,他只能从帽子的阴影下面瞥见一个楚楚动人的侧影,略嫌瘦削的面颊上贴着一缕金色的鬈发,像一道阳光射在俏丽的秀颜上。鼻子线条纤巧,小嘴的轮廓秀美端庄,双唇微翘,因为刚刚快跑过,嘴还在翕动,轻轻地喘着气。这位妙龄女郎通过他眼睛这扇窗户进入了他的心灵,整个地进入了。随后他又闭上了眼睛。周围的喧闹声已经听不见了。一片沉寂,安谧宁静。只有她在他心里。

少女没有看他,甚至不知道身边有一个他。可是少女像小鸟依人那样在他心上,默默地依偎着,他屏住呼吸,唯恐鼻息重了打搅了她……

下一站,一片拥挤。尽管车内已经客满,乘客仍然喧闹着蜂拥而上。彼埃尔在人流的带动下,身不由己地向前移动,在地道的穹顶上面,从巴黎城里,从那边,发出了沉闷的爆炸声。列车又滑行了。这时,一个绝望的人,两手捂着脸,从站台的阶梯往下走,卧倒了。车上的人只来得及看到血从他的手指缝中流出来……随后就又是无边的黑暗和隧道……车厢里发出一片惊恐的尖叫:“德国戈达飞机①来了……”一阵悸动,摩肩接踵的人息息相通了,彼埃尔一把抓住身边那人的手。当他抬头看时,才发现正是那位少女。

姑娘丝毫无意挣脱。彼埃尔用手指捏了她一下,感到她很激动,指头微微发抖,随后,她就松弛下来,小手又暖和又温柔,搭在他的手心,一动不动。两人就在黑暗中,携手伫立,两只手像是栖息在同一个巢中的两只小鸟。他们的掌心滚烫,汇成一股暖流,激荡着彼此的心弦。他们相互间没有说一句话,也没有做任何动作。他的嘴几乎挨着她面颊上那缕鬈发和她的耳垂。她没有看他。过了两站,她挣脱了(他也没有挽留),穿过人丛,离去了,仍然没有看他一眼。

直到她的身影消失了,他才想到去尾随她……太迟了。列车已经开动。到下一站,他就回到地面上。深夜,寒气袭人,看不见的鹅毛大雪迎面扑来。他又回到了巴黎城里,周围是一片恐怖,空中笼罩着战争的怪影。但是这一切,他仿佛都没有看到。他看到的只是心上的她。他回家了,手中像是还紧握着素昧平生的少女的手。

…………

四

通常,两人邂逅,未及交谈就一见钟情,随后又神魂颠倒,这种激情多半不能持久。年轻人渴望爱情,总感到爱情无所不在。他们胸中柔情似水,一见倾心,但又用情不专,并不急于选定伴侣:因为他们都刚刚开始进入生活嘛！

但如今,生命变得短促了,必须加快步伐。

---

① 戈达飞机,是第一次世界大战中德国所使用的一种夜航轰炸机。

彼埃尔觉得自己过去虚度了年华,心情就更加急切。从远处看,大城市是一个染缸,芸芸众生荒淫放荡,耽于声色犬马。但是城市里又总有一些人出污泥而不染,始终心地淳朴,洁身自好。很多青年男女,颇知自重,婚前一直过着白璧无瑕的生活。就是在知识阶层的文人雅士中间,即便如风流才子或社会名媛,尽管早熟好奇,风流倜傥,喜欢眉目传情,鱼雁传书,实际上还是似懂非懂,一知半解。在巴黎的心脏地区,还有一些人,天真无邪,好比沙漠里的绿洲,芳草如茵,水清见底。只是巴黎的文艺作品实在不堪入目,凡是以巴黎的名义搞写作的,都是些下流污秽之辈。而清白纯洁的作者,又往往出于对爱情的尊重,对之讳莫如深——彼埃尔还没有尝过爱的禁果,所以爱神刚一展翅,他就坠入爱河了。

爱神居然能在死神猖獗时自由飞翔。想到这一点,彼埃尔更加心花怒放了。当时他和绿丝两人都听到头顶上炸弹轰鸣,看到铁轨上鲜血淋淋,惨不忍睹。在痛苦惊愕之余,两个人不约而同一起伸出手去。执手的瞬间,两人身上一阵战栗,心中无限慰藉。相逢尚未相识,彼此已成挚友。瞬间接触,寓意却很深长,在彼埃尔是让绿丝依靠自己,在绿丝却似母亲抚慰孩子,而绿丝自己的恐惧,则早已抛到天外。

这一切既不曾说出,也不曾听到,但两心相照时,一切便尽在不言中了。而此情此景也远非语言所能表达。语言虽为心声,却也难以传神。现在,彼埃尔终日情思昏昏,无所事事,只顾沉湎于倏忽迷离、心醉神驰的境界。他那颗孤寂的心,渴望能找到栖身的归宿。

正是二月上旬,巴黎遭到轰炸后,满目疮痍,忙于善后。报刊和舆论,闭门造车,大肆叫嚷报仇雪耻。根据《鸭鸣报》反映的呼声,政府向国人开刀了。开始对叛国罪进行起诉。整个巴黎异口同声地谴责不想卖命的可怜虫,对每个案件都津津乐道。看来,虽然打了四年仗,有一千万无名小卒捐躯丧命,但巴黎还不满足,仍觉得好戏没有看够。

但是我们的这位年轻的主人公沉醉于这次邂逅所造成的神秘气氛中,不问世事。奇异的爱情,梦一般的幻境,一切都深深铭刻在他心灵深处,一切又都蒙蒙胧胧,迷迷茫茫。姑娘的脸形、眸子的颜色、小嘴的轮廓,连这些,彼埃尔都若明若暗,无法描绘。只是一想到她,就激动得不能自持。他也曾细细琢磨,想回忆起那张可爱的面容,但一如水中捞月,徒劳无益。他在巴黎走街串巷,四处寻觅,却始终不见芳踪。他好像随时都看到她,心儿经常狂跳不已。实际上闯进他眼中的不过是一些熟悉的微笑、窈窕的身影和熠熠的目光,这一切给他的印象飘忽不定,同他热烈追求、倾心爱慕的姑娘毫不相像。那么难道他爱的不是她吗?是她。正因为爱的是她,才觉得她无所不在,变幻莫测。她就是微笑、阳光和生命的化身。而熟悉她的音容笑貌,至多只限于认识了她的形体——当然她的形体也是彼埃尔所追求的,找到她的形体,彼埃尔才能拥抱爱情,享受爱情。

难道他再也见不到她了?不,他深知她就在这里,她就是归宿,是暴风雨中的良港,黑夜的灯塔。圣母玛利亚,请赐福给我们吧!爱神,请在死神猖獗的时刻,庇护我们吧!

…………

九

半个月以来,他们对世事不闻不问。不管是巴黎的大逮捕、诉讼,德国签约、毁约,还是政府进行欺骗、报刊破口大骂、军队大肆屠杀。他们连报纸都不看了,只知道战争还在进行,而且就在近旁进行。但战争同他们无关,战争像斑疹伤寒、流行性感冒等传染病一样。他们不愿意想到战争。

但是,这天夜里,战争找到他们头上来了。当时他们已经上床(因为白天尽情生活,一到晚上就精疲力竭)。他们在各自的地区,都听到了警报,但不愿起床。像孩子听到暴风雨一般,他们用被子蒙住头,但并非出于恐惧(他俩都清楚,轰炸不会危及他们),而是为了继续遐想。绿丝在黑夜里一边听着隆隆的爆炸声,一边想着:“要是能在他怀里听着暴风雨来临,那该有多好。”

彼埃尔捂住耳朵,不让噪音扰乱他的思绪。他全神贯注地追忆白天谱写的乐曲,一个旋律、一个旋律地回忆。他从走进绿丝家里那一瞬间开始,细细回味绿丝的每一句话、每一个手势和姿态,回味那些匆匆捕捉到的印象,仔细品尝其中韵味:绿丝眼帘下垂时,颊上就投下阴影;感情激动时,全身微微战栗,就像水面出现了涟漪;微笑时,神采奕奕,犹如灿烂的阳光。他把掌心贴着绿丝那温柔的张开的小手,感到无比温暖……彼埃尔陶醉在爱的梦幻中、爱的奇迹中,想把这些珍贵的浮光掠影般的片段谱成扣人心弦的乐曲。他不允许外界的噪声打扰自己。外界就像个不速之客……战争吗?他知道,他知道外面在打仗。让战争等着他吧。战争就在大门口,耐心地等着他,战争知道它很快就会等到的。这一点,他心里也明白,所以才不因自己只想到自己而感到耻辱。死亡的巨浪会把他卷走的。此前,他对死神并无欠债。就让死神在时辰来到时讨还它的债务吧!但他希望死神在此前不来打扰他。至少在此前,他不想失去一分一秒,在这段时光里一切都应当是美好的。真是一寸光阴一寸金。对这一点他十分吝啬,惜时如金。这一点时间是属于我的,我的。不要扰乱我宁静的心情,不要干扰我的爱情。在死神到来以前,时间是属于我的……死神一到,又怎么办呢?——不,也可能永远不到呢?也可能会出现奇迹……为什么不可能呢?

时辰来到。但是光阴如箭,日月在不断流逝,每遇到新的转折,命运的快车都会隆隆作响,响声一天比一天大。但是彼埃尔和绿丝一直躺在自己的车厢里,倾听着。他们已经无所畏惧了。就是这种响声也变得像管风琴用低音部奏出的催眠曲,使他们更加欢乐地沉睡在自己的爱情中。大地一旦开裂,他们就闭上双眼,紧紧拥抱,顷刻间,一切都会结束。脚下裂了缝,就不必担心生活,不必担心在毫无出路的将来,生活会如何演变。绿丝这样想是因为她已经预感到彼埃尔要娶她为妻会遇到什么障碍。彼埃尔不如绿丝头脑清醒(他不喜欢把问题想透),但这个问题他也影影绰绰地感觉到了。不要想得那么远。那是陷入地球裂缝以后的事,那时候,就像在教堂里常说的那样,是“另一个世界”了。人家说死后还会重逢。可对这一点谁也没有把握。唯一现实的,是眼下的生活。眼前属于我们,让我们无忧无虑,尽情享受这种对我们来说是永恒的生活吧!

绿丝比彼埃尔更不关心世事。她不关心战事,只知道社会上、生活中,苦难重重,打仗不过是苦上加苦。只有过去没有尝到现实生活辛酸的人,才会被战争唤醒。绿丝很早熟,早就为了糊口,在苦苦挣扎了。糊口的面包,上帝可不会无偿赠予!绿丝教会了她那个资产者的少爷朋友认识和平时期的战争:在和平的诺言下,穷人,特别是妇女,为了生活,每时每刻挣扎在死亡线上。和平时期的这场战争也一样残酷,而且是没有尽头的。这些问题,她也不愿多谈,免得朋友伤心。当她讲述时看到彼埃尔不胜惊愕,胸中便充满柔情,确实感到自己比他成熟。她同多数妇女一样,对生活中的丑恶现象,不会像彼埃尔那样,在生理上和思想上都引起反感。绿丝根本算不上叛逆者。她即使遇到更恶劣的环境,也会毫无反感地与之适应,挣扎过去,并且出污泥而不染。但现在她变了。她结识了彼埃尔,又爱上了他,她感染了他的好恶。虽然她的本性并非如此。她是性情平和,愉快开朗,从不悲观的。抑郁伤感,对生活表现淡漠,这一切都与她无缘。生活就是生活。那就随遇而安吧!生活本来还可能更糟呢!生活中的机遇总是昙花一现、好景不长,绿丝在为生活奔走时,对这一切早就有了体会。特别是战争爆发以来,她已经学会不为明天操心了。再说,这个无拘无束的法国少女,对所谓来世的一切也是毫不关心的。生活本身就够她受用的了。绿丝觉得生活是美好的,但也知道美好的生活就像风雨飘摇中的小舟,随时可能倾覆,因此更没有必要为未来担心,自寻烦恼。遇到天气晴朗,就让自己沐浴在阳光下。至于以后会发生什么事,你就不必操心了,只能听凭生活的激流把你卷走!……除此以外,别无他途。何况现在还遇到了恋人,生活变得更加甜蜜!绿丝也知道卿卿我我的日子不会长久。但那又有什么关系,她自己也不会活得太久的……

她与同她热烈相爱的这个男孩毫无相似之处。彼埃尔是那么温柔,那么痴情,又那么神经质。他多情善感,既在享受,又在受难,而且对痛苦特别敏感。他一会儿倾心相许,一会儿又愤愤不平,做什么都是感情奔放的。她爱他爱得那么深,也许正因为彼此毫不相像的缘故吧。但是两个人在一点上还是一致的,就是对未来不加考虑。在绿丝是乐天知命,无忧无虑;在彼埃尔则是出于对未来的极度反感,深陷眼前,不愿自拔。

…………

十一

又到了春光明媚、鸟语花香的三月。但是随着时光流逝,战争也日益激烈,人们焦躁不安,等待大地回春,也等着更大的一场浩劫。几个月以来,敌方在调兵遣将,沿着近郊工事集结了百万大军,随时准备突破防线冲进法兰西岛①,冲进巴黎城中。巴黎已经能看到敌军的刀光剑影,空袭和炮轰也日益频繁。大难临头以前,往往谣言蜂起。巴黎人危言耸听,到处传说要对各省施放毒气,就像珀莱火山②的爆发,会摧毁整座城池,使生灵涂炭。最后,德国戈达飞机空袭的间歇越来越短。仅此一端就足以使巴黎的气氛持续紧张。

彼埃尔和绿丝照旧对周围不闻不问。但是他们不知不觉也受到外界气氛的感染,威胁越大,空气越焦躁,年轻人的欲念也就越大。打了三年仗,欧洲人的道德观念越来越薄弱了,就连最老实的人也多少受到影响。再说这两个青年又是不信教的。他们只是因为心地纯正,相互体贴入微,才不曾放纵自己。同时,他们心里还暗暗相许,在残

---

① 法兰西岛,法国北部以巴黎市为中心的旧地区名,该地区系古代法国政治中心。
② 珀莱火山,马提尼克岛上的火山。一九〇二年爆发时,曾毁灭邻近的圣彼埃尔城。

酷的战争把他们拆散以前，一定要互相委身。这一点他们迄未相告。但是这天晚上，他们说了。

绿丝的母亲每周有一两个晚上在工厂做夜班，在这种日子，绿丝不想单独留在偏僻的郊区，就在巴黎一个女朋友家里借宿。那里无人过问她何时归来。两个恋人便利用这点自由，一起消磨傍晚的时光。有时他们还上小饭馆吃一顿便餐。这天晚上，已是三月中旬，他们吃完便餐离开饭馆时听见响起了警报。他们以为危险会很快过去，只就近找一处地方藏身，还以观察萍水相逢的难友作为消遣。但是警报总不解除，虽然危险似乎是在远处或是已经过去。绿丝和彼埃尔不愿太晚回家，便起身上路，一边还愉快地闲扯。他们沿着圣絮普利丝一条又黑又窄的小路走着。走过一处大门，见门前停着一辆马车，马和车夫都睡着了。刚走过去二十步远，转入另一条小路，突然一道耀眼的红光划破黑暗，接着是一声巨响，震天动地，碎瓦片和玻璃片像雨点一般撒落下来。他们紧紧搂抱，一起摸向街面一座楼房的像臂肘一般伸出来的加固墙垛。红光闪处，他们看到彼此的眼里都闪现出奔放的感情和极度的恐惧。接着又是一片漆黑，绿丝祈求上苍：

"不，我还不愿意……"

彼埃尔感到绿丝的嘴张开了，她的吻热烈而绝望。街上黑漆漆的，两人的心突突乱跳。离他们几步远的地方，有人从街旁的屋子里走出来，从炸坏的马车下面，扶起了垂死的车夫。他们抬着鲜血淋淋的受难者从两人身旁擦过。绿丝和彼埃尔紧紧地依偎着，一动不动。他们吓呆了。等他们回过神来，这才感到，彼此搂抱得这么紧，就像肌肤相亲了。他们松开手，不再亲吻，却觉得彼此已经把对方融化在自己的心田里。两个人都颤抖了。

"回家吧！"绿丝感到一种神圣的恐惧，拉了彼埃尔一把。

"绿丝，你不会让我在死之前就离开我们的生活吧……"

"我的上帝！"绿丝说，她紧紧搂着彼埃尔的胳膊，觉得那会比死还难以忍受。

"啊，我的爱情！"两人一起说。

他们又站住了。

"我什么时候才能属于你呢？"彼埃尔问。

（他不敢问：你什么时候属于我？）

这一点，绿丝注意到了，深为感动。

"我心爱的，快了。别着急！我心里比你还怕……再这样过一段时间吧……这样有多美好……这个月，到月底……"绿丝说。

"到复活节？①"他问。

（这一年复活节是三月的最后一天。）

"是的，到耶稣复活。"

"可是等到复活，必定先死去才行。"他说。

---

① 复活节，基督教节日，指每年过春分月圆后第一个星期日。相传，耶稣基督在头一天被钉上十字架后，在这一天复活升天。

"不许这么说。"她用嘴封上了他的口。

他们彼此又挣脱开身子。

"今晚,我们举行了订婚礼。"彼埃尔说。

他们在黑暗中走着,紧紧依偎,柔肠寸断,泪如泉涌。他们脚下踩着碎砖破瓦,不断发出响声,街面血迹斑斑,他们的爱情处在死亡和黑夜的笼罩下。但是,在他们头顶,却出现了奇迹般的光轮。越过路旁两堵高墙,可以看见窄窄的一线天上,深处闪耀着一颗明星……

钟声响处,光明再现,街面又热闹起来。敌人远去后,空气清新了。巴黎在复苏,死神已经遁去。

…………

十五

耶稣受难周,法兰西岛每天受到德国飞机大规模轰炸的威胁。巴黎上空也是黑云压城。现在,那些劫后余生者,已经时来运转,恐怕对这段时光早已忘却,因为在欢乐的时候是不会去想过去的苦难的。当时,从圣星期一到圣星期三,德国人的进攻达到了最高潮。他们穿越了索姆,攻下了巴波姆、内斯勒、吉斯卡、鲁瓦、努瓦荣和阿尔贝①,缴获了一千一百门大炮,捉到了六万名战俘……圣星期二,音乐家德彪西②与世长辞,这似乎可以算作一直幸免于难的巴黎直接惨遭蹂躏的标志。古琴③碎了……"可怜的希腊奄奄一息!"还会剩下些什么呢?几个破碎的刻花瓷瓶、几件完整的石刻碑文,正受到风化剥落的威胁……这些就是雅典城被毁以后留下的不朽文物……

彼埃尔和绿丝好像置身于小山顶端,观赏着夜幕从城市上空降落。他们仍然沉浸在爱情的温馨中,毫无畏惧地等待这短暂的白昼结束。黑夜里,他们也是两个人在一起。在如晚祷的钟声,空中飘来了德彪西的优美和弦。乐声婉转幽怨,千回百转,唤起人们无限的哀思。他们两人一向爱好德彪西的音乐。但此刻音乐在他们心中引起的共鸣却是从未感受过的最大慰藉。只有音乐这种艺术形式才能充分表达获得解脱的灵魂的心声。

圣星期四,彼埃尔和绿丝手挽着手,冒雨向郊外走去。风在湿漉漉的地头吹起,夹着雨点。地面泥泞,四下里无景可赏。但他们对这些一概未加注意。他们在公园里一堵新近倒塌的矮墙上坐下了。彼埃尔的雨伞刚刚能够遮住两人的头部和肩膀。绿丝的胶鞋湿透了,两手湿淋淋的,她摇晃着双腿,观赏着一滴一滴的雨珠。微风掠过枝头,带下一串串水珠,发出了悦耳的声响。绿丝默不作声,脸上闪着宁静的微笑。两个人都感到无限欢欣。

"我们怎么会如此相爱的?"彼埃尔问。

---

① 索姆、巴波姆、内斯勒、吉斯卡、鲁瓦、努瓦荣、阿尔贝,均为法国地名。

② 德彪西(1862—1918),法国著名印象派音乐家。

③ 古琴,指古希腊竖琴,系古希腊文明的象征。

“啊，彼埃尔，你提这个问题，就是说你爱我还爱得不够深。”

“我问你，是为了想引你说出我已深深了解的一切。”彼埃尔说。

“你要我赞美你。但是你没有抓住要害。你深知我为什么爱上了你，我自己却并不清楚。”绿丝说。

“你不清楚？”彼埃尔不胜惊讶。

“不清楚（她在窃笑）。我也不需要知道。如果对一件事还要问一问为什么，那就说明自己还没有把握，或者事情本身并不美好。我既然爱了，就不问为什么！既不问为什么，也不问是在何时何地如何开始的。我爱了，这就够了，其他的事，一概与我无关。”

他们脸贴着脸，互相亲吻。雨伞倾斜了，雨水从他们的面颊上、头发上淌下来，淌到他们的唇边。于是他们尝到了凉凉的水珠。

“别人怎么办呢？”彼埃尔问。

“谁，什么人？”绿丝说。

“我们以外的那些可怜的人。”

“但愿他们能同我们一样！但愿他们也学会爱。”

“也被别人爱，但这一点并不是所有的人都能做到的。”

“不对，能做到。”

“不，做不到。你还不了解你赐给我的是无价之宝啊。”

“把心交给爱情，把唇交给爱人，这就像眼里有了光明。这不是给予，而是赢得。”

“世间也有盲人。”

“我们不可能把他们治好，小彼埃尔。”

彼埃尔默不作声了。

“你在想什么？”绿丝问。

“我在想，此时此刻，远在天边，近在眼前，到处都能感觉到，‘他’①为了到人间来治愈瞎子而承受的苦难。”

绿丝拿起他的手。

“你信仰‘他’吗？”

“不信。我已经不再信了。但是既然曾经信过，‘他’对我来说，就好像是一位友人。你呢，你对‘他’了解吗？”

“毫无所知，几乎没有人同我谈起过这个问题。不过，我虽不了解他，却爱他……因为我知道‘他’心中充满了爱。”

“我们的爱不一样。”

“为什么不一样？我这颗小小的心只够爱你，我的情人。‘他’爱的是所有的人。但两者都是爱。”

彼埃尔感动了，他说：

---

① 指耶稣。

"那么明天你是不是愿意为了'他'的受难……人家说,圣日尔维广场上的圣母院的音乐特别动听……"

"我很愿意在'他'蒙难的日子,同你一起到教堂去。'他'一定会欢迎我们的。我们离他更近以后,彼此也就更接近了。"

他们都沉默了……雨淅淅沥沥落着,无穷无尽。夜幕也降临了。

"明天这时候,我们会在教堂里。"

浓雾弥漫,寒气袭人。她微微颤抖。

"亲爱的,你冷了吧?"他担心了。

她站起身。

"不,一切都是美好的,我爱一切美好的事物,他们也都爱我。雨、风、灰蒙蒙的天、寒夜——还有你,我的小爱人,你们都爱我。"

十六

圣星期五,天空仍然灰蒙蒙、阴霾霾的,空气却清新、平静。街上满是鲜花,有水仙花,还有丁香花。彼埃尔选了几束,让绿丝捧着。他们沿着静悄悄的奥尔弗码头向下走去,一直走到圣母院。圣母院略加装修,显得格外亲切肃穆。他们穿过圣日尔维广场时,见到一群鸽子从脚旁向教堂大门飞去。他们目送着鸽子飞翔,看见其中一只飞到门上一座雕像的顶端,伫立不动了。他们走上台阶,准备跨进教堂,这时候,绿丝转过身去,望见几步以外的人群中有一个十一二岁的棕发女孩,倚着栏杆,两手高举,正在凝望她。女孩五官秀丽纤巧,像一个古典美人,同教堂的小天使像颇有几分相似,她脸上挂着一抹谜一般的微笑,神情温顺可亲,促狭风趣。绿丝也对她微微一笑,并且指着她让彼埃尔看。但女孩的目光已越过他们。突然,女孩眼中一片恐怖,随即掩面消失了。

"她怎么了?"绿丝问。

彼埃尔什么也没看到。

他们走进教堂。头上响起了鸽子咕咕的叫声。这是最后传入他们耳中的外界声音。随后巴黎的任何声响都听不到了。无拘无束的气氛也消失了。雄伟的穹顶下是管风琴的披饰,这石墙和乐声构成一道帘幕,把彼埃尔和绿丝同尘世完全隔绝开来。

他们走进教堂后一直向左,在后排选了第二和第三个偏祭台之间一处不显眼的地方坐下。他们躲在一根圆柱旁,蜷缩着,坐在柱脚的石阶上,好离人群远些。他们背对着唱诗班,抬起头只能望见祭台的顶部、十字架和一座偏祭台上的彩绘玻璃。古老的圣乐优雅低沉,如泣如诉。这两个异教徒,手拉着手,在教堂里参加悼念仪式。面对上苍,他俩不约而同喃喃低语:

"伟大的朋友①,在你面前,我宣誓效忠于他(她),请你把我们结合在一起。我们的

① 指耶稣。

心已经向你披露无遗。”

他们紧握着手，手指交错，有如编织在草篮上的辫子。悠扬的乐声使他们两人仿佛融为一体了。他们开始出神遐想，好似躺在床上。

绿丝的脑海中出现了棕发女孩的面影。她觉得昨夜梦中似乎遇见过这位女孩。她分辨不清自己是确曾梦见，还是把眼前的幻象当作昨夜的梦境。她想累了，就丢开这个念头，听凭思绪如野马般地驰骋。

彼埃尔在回忆他自己短暂的一生：一只百灵鸟在雾蒙蒙的原野尽头飞起，盼望早日飞到太阳跟前……但太阳是这么远，又这么高。能飞到吗……雾更浓了，天地不分，力也用尽……突然，唱诗班里传来了格里高律式的单调音乐，那歌声如潺潺流水，明快欢畅。于是，百灵鸟的僵硬躯体从雾霭中显露出来，沐浴在广漠无垠的阳光中。

彼埃尔和绿丝彼此用手指捏了一下，他们这才意识到两人是在一起遐想。他们又回到了昏暗的教堂里，彼此紧紧拥抱，倾听着优美的歌声。他们心中荡漾着千种柔情，体验着最高尚、最纯洁的欢乐。两个人都热诚祝祷，但愿永远不再离开这种境界。

这时，绿丝用爱抚的目光瞥了一下她的情侣，只见他两眼半闭，双唇微启，似乎正陶醉在幸福之中，接着一阵悸动，又举目望天，似乎在感谢上苍，感谢那人们总在下意识地寻求的那股超然的力量。绿丝透过偏祭台上红色和金色的玻璃，好像又看到了广场上那位微笑着的女孩，她悚然了。接着，眼前又出现了那张带着异样表情的面容，眼里一片恐惧和怜悯，绿丝惊得一身冷汗，口不能言。

就在这个时候，他们身后的大圆柱摇晃了，整座教堂晃动了。

绿丝的心跳得那么剧烈，既没有听到爆炸声，也没有听到人群的喊叫声，她还未来得及害怕和痛苦，就猛地扑到彼埃尔身上，像母鸡保护小鸡，用自己的身躯护着彼埃尔。随后，她闭上双眼，无限幸福地微笑了。她像母亲一般，把彼埃尔的头紧紧贴在自己的胸前，用自己的上身护着他，她吻着他的颈窝，两人尽力蜷缩在一起。

巨大的圆柱，一下子倒塌了，压在他们身上。

一九一八年八月

迎晖　译

1916

获奖作家

海顿斯坦

传略

十九世纪九十年代，在瑞典出现了一个新的文学流派，它唾弃传统的美学思想，既反对现实主义的真实描写，又反对自然主义的纯客观叙述，它以唯美主义为主导思想，倡导以幻想、美、民族为主题的文学，主张文学作品应该有情感、幻想、美感、个性和生活情趣，提倡诗歌应该像印象派的绘画一样富有光亮和色彩。这个被称为“瑞典新浪漫主义派”或“瑞典唯美主义派”的领袖人物就是诗人、小说家海顿斯坦。

魏尔纳尔·冯·海顿斯坦(Verner von Heidenstam，1859—1940)，一八五九年七月六日生于瑞典南部维特恩湖北面奥斯哈马尔的一个贵族军官家庭。

海顿斯坦从小体弱多病，一八七六年，十七岁的他因患肺病，被迫中断学业，前往意大利、希腊、埃及、巴勒斯坦、叙利亚等地休养游历，直到一八七九年才回到瑞典。在此期间，他曾在罗马学习过两年绘画。一八八〇年，因父亲反对他成为艺术家同父亲闹翻，海顿斯坦携新婚妻子艾米莉·尤格拉再度出国，在罗马、巴黎、瑞士等地居住。在瑞士逗留期间，他结识了侨居在那儿的瑞典著名剧作家斯特林堡，两人成为挚友。和斯特林堡的频繁交往，增强了海顿斯坦从事文学创作的信心。一八八七年，海顿斯坦返回瑞典，潜心钻研文学。第二年，他出版了第一部诗集《朝圣与漫游的年代》(1888)。诗人以十多年来的遨游生活为基础，叙述了南欧和地中海沿岸及阿拉伯地区各国的自然风光、风土人情、历史传记等，把它们描绘成令人向往的《天方夜谭》式的神话世界。作品采用了虚幻、神奇、夸张的手法，充满了南方传说和东方哲理，它以其华美风格和独特情调开创了瑞典一代诗风，在文坛引起极大反响，成了瑞典新浪漫主义派或唯美主义派的开山之作，海顿斯坦因此也被称为唯美主义代表诗人。

紧接着，海顿斯坦又发表了根据希腊神话写成的长篇小说《恩底弥翁》(1889)，以及进一步阐述自己艺术观点和文学主张的论文《文艺复兴》(1889)。这本小册子的出版,在当时的瑞典文艺界产生了极大的影响,它成了新浪漫主义派的宣言,瑞典文学新时期的发展纲领。从此,一批新崛起的作家诗人,纷纷起来冲破自然主义和现实主义的束缚,发展各自的独创性,在瑞典文学界形成了一个全新的生动局面。随后,海顿斯坦的艺术主张在自己的诗体长篇小说《汉斯·阿里埃诺斯》(1892)中得到了进一步体现。小说写汉斯·阿里埃诺斯这位瑞典民间传说中的传奇人物为寻求"生命灵感"而到处旅行的生涯。作品发展了唯美的风格,并具有神秘玄想的成分。一八九五年出版的《诗集》表现了海顿斯坦对祖国、对民族的巨大热情和关注,既是民族颂歌,又带异国情调,其中许多诗写到包括特洛伊战争在内的希腊故事、瑞典的贵族社会、意大利的文艺复兴和冰岛的传说,被认为是诗人抒情诗的顶峰之作,表明作者已彻底冲破旧的艺术界线,在创作上走向成熟,风格深沉、乐观,具有宁静和内省的气质。

海顿斯坦的重要诗集还有《人民集》(1902)和《新诗集》(1915)。前者表达了诗人热爱祖国、思念家乡的强烈感情,洋溢着热烈真挚的爱国主义思想;后者较多地沉浸在对中世纪历史的回忆中,以对大自然的赞颂来抒发民族主义的情思,诗风也有较大变化,由早期的华丽、高雅转变成质朴、宁静,反映了诗人逃离社会,走向自然的心境。

除诗歌外,海顿斯坦创作了多部历史小说,其中最重要的是《查理十二世的人马》(1897—1898)和《福尔孔世家》(1905—1907)。长篇小说《查理十二世的人马》描绘了十八世纪初瑞典国王查理十二世率兵和俄国、丹麦、挪威等国进行北方战争的历史风貌,表现了瑞典的军队和人民在艰难的战争岁月中英勇战斗的献身精神,赞扬了他们对国家、对民族无限忠贞的民族气节。

长篇历史小说《福尔孔世家》写了福尔孔家族的沉浮,从十一世纪末福尔孔家族的祖先、海盗首领福尔彻·菲尔比特背着一袋抢来的金子回瑞典写起,直到两百年后他的一个后代瓦尔代马尔成为瑞典国王,然后又被他的弟弟马格努斯夺去王位,最后操劳过度、苍老多病的马格努斯反而对关在狱中过着平静满足生活的哥哥产生一丝羡慕的感觉。作品既描绘了历史事件,又寓古讽今,有着深刻的寓意。

除以上作品外,还有长篇小说《圣比尔吉特朝圣旅行记》(1901)、《贝尔波的遗产》(1905)以及一九一〇年后和斯特林堡论战的文集《论战集》(1912)等。一九一二年,海顿斯坦当选为瑞典学院院士,一九一六年,为了表彰他"作为瑞典文学新时代的首要代表的重要性",他被授予诺贝尔文学奖。但此后他基本上没有再写出什么作品,只是在他死后的一九四一年发表了他的回忆录《栗树开花时》。

一九二〇年,海顿斯坦在一座可以俯视巴顿湖区的小山上,建造了一幢融古瑞典和意大利风格于一体的住宅。他在这儿住了二十年。一九四〇年五月二十日,他就在这幢住宅中去世。

授奖词

未举行授奖仪式。

巫婆的忠告

你求我:“请教会我怎样布网,
好让我来把幸福牢牢逮住。”
坐下吧,孩子,这轻而易举!
静静等着,双手交叉搁在膝上。
幸福之蝶每天飞舞在我们身旁,
乘着金色的翅膀把我们追寻。
可是有谁啊,能教会一个人,
稳捉住飞蝶而不折断它的翅膀?

雨林　译

珠宝饰品

欢乐成了女人的珠宝饰品。
神灵残忍,命运无情,
缺吃少穿——这就是我们
严酷而又令人振作的人生。

雨林　译

思维之鸽

思维之鸽孤孤单单地
穿过暴风雨,拖曳着翅膀,
在秋湖的上空飘摇。
大地在燃烧,心潮在激荡,
追求吧,我的鸽子,可千万
千万别误入遗忘之岛!

那一时的狂焰,不幸的鸽子啊,
会不会把你吓得昏厥?

在我手中歇一会儿吧。你被迫沉默，
你已受了伤，快在我的手中躺下。

雨林　译

最艰难的道路

你紧紧压住我，黑暗的手，
沉重地在我的头上停留。
可我要勇敢地给自己戴上花冠，
我发誓要挺住，决不悲愁。
明媚春光中鸟禽的哀鸣，
不同于老人的苦闷担忧。
我周围云集着寒凉的阴影。
最艰难的道路依然要走。

雨林　译

终点

当你登上最高的山顶，
在夜晚的清凉下俯瞰大地时，
人啊，你只会变得更加聪明。
在道路的终点处，
停下歇一会儿，看一看过来路，
君王啊，那儿全都和谐、清楚。
青春的年华又再次熠熠生辉，
如往昔撒满灿灿金光和晨露。

雨林　译

起程

我已站在一座桥上，
它从尘世通向一个我陌生的地方，
曾经是这么近的处所，
现在已变得十分遥远。

下面，一如从前，人们仍在
互相吹捧，互相指责，
为战事锻制他们的刀剑。
可是现在，我懂了，
即使面对敌人的盾牌，
也要阐明真实而崇高的信念。
不再有狂乱的生活使我晕眩，
我孑然一身，清静孤单。
四周肃穆、严峻，如冬日的寂静，
忘了自我，我自由自在举步向前。
我踢掉鞋子，扔开手杖，
一身轻松地走了，因为我不愿
让尘埃把这洁白如雪的纯净世界污染。
在我下面，人们很快就会
把一具难看的尸体抬往墓地，
嘴里还咕哝着一个名字——
这名字许久以前曾是我的。

雨林　译

火焰中的祷告

圣灵啊，我崇拜您，
火和胜利之歌是您的英名。
威力超然的圣灵啊！
在我们需要时照亮我们吧！
高照我们最后时刻面临的深渊，
把我们的肉体烧成灰烬！
即使在死亡中，我们仍将伸出双臂
向您永存不灭的火焰祷告！

雨林　译

我的生命

继续悄悄地走下去吧，我的生命！
我不愿把你摆进橱窗展览，

让你碌碌无为地浪费宝贵时光。
我从不说:“来呀,快来握握这位大师的手,
是它引得如此神奇美丽的花儿怒放!”

当我被可信的朋友背弃,
当厄运落到我的头上,
我没有端起盛满泪水的银杯
对过往的行人诉说:
“啊,请搂住我的脖子,哭吧,
可怜可怜我,让我们一起痛哭一场!”

啊,在你广袤无边的天地里,
我最大的不幸不过是一小片阴云。
我要默默无声地走向我的墓地。

雨林　译

月光

虽然白昼没给我带来收获也没欢欣,
怪的是我坐在这儿神志竟这般清醒;
我度过的一生仍令我高兴无比,
那隐藏在愁苦和伤痛中的一切,
在今夜这倾泻的银光下颤抖不停。

雨林　译

我们都是凡人

分手前你我就难得相见,
可我们同是俗子,同是凡胎,
都生活在风雨逞狂的尘世,
难道我们要等到死亡的召唤?
等待着你我的同是孤独,
还有那坟头野草的悲叹。

雨林　译

1917

获奖作家之一

吉勒鲁普

传略

一九一七年，第一次世界大战已进入第三个年头，战区越来越大，战事愈演愈烈，这场大规模的厮杀使欧洲的上空一片愁云惨雾。在这样的时刻，人们对诺贝尔文学奖的颁发当然也就没有像以往那样关心了。正是因为各国对诺贝尔文学奖的冷淡态度和瑞典这种脆弱的中立地位，使得瑞典学院不得不在同样保持中立的另两个斯堪的纳维亚国家挪威和丹麦寻找获奖人。挪威已经有过比昂松，于是一九一七年的奖金便落在了丹麦的吉勒鲁普和彭托皮丹的头上。诺贝尔文学奖继一九〇四年之后，再次由两人平分。

卡尔·阿道尔夫·吉勒鲁普（Karl Adolph Gjellerup，1857—1919），丹麦作家，一八五七年六月二日生于丹麦东部西兰岛上的罗霍尔特。父亲是个乡村牧师。吉勒鲁普三岁丧父，改由母亲的堂兄约翰尼斯·菲比杰收养。一八七四年，他以优异成绩自霍斯莱乌中学毕业，进哥本哈根大学神学院研读神学。当时，欧洲大陆上各种新思想风起云涌，从哲学理论到文学运动，从浪漫主义到实证主义，从康德、歌德、席勒到叔本华、尼采，各领风骚。吉勒鲁普在各种新思潮的影响下，逐渐对宗教的观念和教义产生了怀疑，而对文学的兴趣则越来越浓，开始进行诗歌、小说的创作。一八七八年，在获得神学学士学位后不久，他以笔名发表了小说《一个理想主义者》，描写一个博学的青年批判神学和建制化的宗教，主张人的精神属于宇宙，灵魂属于理念。接着他又陆续发表了《年轻的丹麦》（1879）、《安提柯》（1880）等小说以及在海涅、雪莱、拜伦等浪漫主义大诗人影响下，表明他激进自由主义立场的诗集《山楂》（1881）。一八八一年，吉勒鲁普发表了拥护达尔文主义的论文《遗传与道德》，获得大学金质奖章，但受到丹麦教会的严厉批评和指责，他愤而于翌年出版小说《日耳曼人的门徒》，予以反击。

吉勒鲁普的这些早期作品，显然先是从德国浪漫主义“狂飙突进”运动和黑格尔哲学思想中得到启示，后来又深受丹麦著名文艺理论家勃兰兑斯的影响。勃兰兑斯关于丹麦现实主义发展的理论，以及他有关欧洲十九世纪文学发展道路的论著《十九世纪文学主流》，几乎成了吉勒鲁普走向文学创作自由之路的指南。

一八八三年，吉勒鲁普得到了一小笔遗产，这使他得以去国外作一次长途旅行。他先后访问了德国、瑞士、意大利、希腊、俄国，对这些国家的文学和艺术作了大量的考察，使他进一步了解到希腊的美学思想、俄国写实心理小说的风格、瓦格纳的戏剧和叔本华的哲学，也使他更多地关心人的自由意志和道德责任的关系，考虑到人类本身存在的劫难和痛苦，认识到古代意识和现代意识的矛盾和融合，这就最终导致他彻底抛弃勃兰兑斯的理论体系，转向了德国古典主义。诗体悲剧《布伦希尔德》(1884)、游历见闻录《古典一月》(1884)和《漂泊之年》(1885)等，都是这一观点转变下的产物，明显受到歌德和席勒的人文主义的影响。此外，他还创作了有关法国大革命的五幕历史剧《圣茹斯特》(1886)和戏剧诗《塔米里斯》(1887)。

一八八九年和一八九六年，吉勒鲁普相继出版了他的代表作长篇小说《明娜》和《磨坊》。《明娜》是一个纯情而动人心弦的爱情故事，描述了家庭女教师明娜和两个青年男子的爱情纠葛。《磨坊》是吉勒鲁普用德文创作的名篇，描述了一个情欲与理智相冲突的故事。这一时期的作品还有诗集《我的爱情之书》(1889)、《从春到秋》(1895)，五幕历史剧《哈格巴特与西格娜》(1888)，悲剧《海尔曼·万德尔》(1891)，五幕剧《亚纳王》和短篇小说集《十克朗》等。

吉勒鲁普的晚期作品走向纯粹的精神宗教，由于受到东方宗教与东方文化的影响，他的某些作品还带有浓厚的生命轮回等佛教色彩，如小说《朝圣者卡马尼塔》(1906)和《漫游世界的人》(1910)。

吉勒鲁普自一八九二年起一直居住在德国，具有德国人的气质。后期作品大部分都用德文写成，而且他的创作思想和创作手法明显受到德国哲学家和作家康德、叔本华、歌德、席勒等人的影响。一九一七年，由于“他在崇高理想鼓舞下写出了丰富多彩的作品”，和彭托皮丹同获诺贝尔文学奖。

一九一九年十月十一日，吉勒鲁普在德累斯顿附近的克洛彻逝世。

授奖词

未举行授奖仪式。

明娜（节选）

三十八

回到德累斯顿，我立刻去制绳巷。雅格曼太太早就搬走了，谁也不知道她住在哪里。我忧郁地望着小花园里的凉亭，那里一切依旧。我又来到“猫咪”酒馆，问雅格曼太太是否还常去光顾。那里的人知道得比较详细。明娜的母亲已经在几年前去世了。

我在城里闲逛，重访我们珍爱的那些地方，这是我的虽然苦涩却又不可缺少的享受。时间没有使那些地方保持原样。台地上，“陶尼阿芒蒂”小咖啡馆已被拆掉。我不能再在廊柱间坐下来遐想，当初就是在那里，我产生了去拉森的念头，后来又在那里遇到了斯蒂芬森。我们最后一次漫步时经过的街道已不复存在，在漂亮建筑林立的新区，再也找不到那些旧街的踪迹了。在“大花园”和公园里，灌木的叶芽抽出了新绿——已经是三月底——万象更新了。但是在黑色的树干上，我还是看到了标牌上不变的名称，当年我们曾一起研究过它们。其中有一种名称颇具异国风味，如果让毛利人或者塔希提人①读起来可能十分顺口，但是明娜念时做了许多滑稽的鬼脸。我久久伫立，凝视着枯枝和小标牌，仿佛那是一个应该和必须猜出的谜，却又猜不出。真的，我感觉无法理解这整个事情。我不明白，这丛灌木怎么依旧立在这里，仍然使用原来那个难以发音的名称；我更不明白，自己怎么会来到这里；我尤其不明白，明娜为什么不在这儿，我又为什么不能去制绳巷拥抱她。总之，我什么都不明白！

最后我转身时，看见离我十步开外有几个孩子，他们正凑拢脑袋叽叽喳喳，然后笑着跑掉了。“他们显然以为我疯了，”我暗自说，“谁知道呢？孩子的嘴巴往往道出真情！也许这就是疯的开端！”

在归路上，我经过那幢文艺复兴风格的漂亮别墅，明娜和我曾戏称它是我们的别墅，一个新的谜。当时很自然，我们俩要共同建设一个家，但建设这样一幢华丽的住宅，只是狂妄可笑的梦想。如今，我倒是很可能买得起这幢别墅，而不是带明娜去一个简朴的住处了。真不可理解！也许，我觉得一切都不明白，这已经是疯了？实际上，并没有什么要理解的，对于清醒的头脑来说一切都明明白白，必然如此。可是我却觉得不会如此！疯了！日光岩！“为什么不呢？如果我住进日光岩，毕竟有个好处，绝不会有拿破仑跑来驱赶病人，再让士兵们进驻！”我想。

日落时分，传来了信号枪响，宣布易北河涨水了。第二天早晨，我还在迷迷糊糊，第二声枪响又惊醒了我，宣告了发大水的危险。我马上起床。我住在“美景”旅馆，恰好在

① 毛利人，南太平洋新西兰的土著居民；塔希提人，太平洋东南部塔希提岛的土著居民。

河边。从前一天晚上起——看门人说——人们就站在桥上,通宵观看涨水;现在桥上已挤满了人。就看这座桥本身吧!平时,它架在高高的桥墩上傲然俯视河水——此刻只剩下一列低矮的桥拱,桥下是湍急的泥浆,泥浆挟带着倾覆的小船、梁柱和木板、木桶和灌木,摇摆翻滚,沉沉浮浮。我挤到桥上。整个码头都不见了,新城一边的草地也不见了。那边,花园淹在水里;这边,浪花与漩涡拍溅着台地的石壁。

"啊,我们可怜的小拉森!"我心想,"那里不知是什么样子?我们在一起欢度了许多时光的房子是否已经被淹?是否已经被冲毁了?"

我想得知确切消息的欲望简直无法抗拒,几个钟头以后,火车就载我到了皮尔纳——再往南去就没法过易北河了。过了桥,我掉头回顾这座小城:自从那天去拉森之后我就再也没有见过它,当时,从窗口看出去,它被夏日的阵雨冲刷得湿亮湿亮的,而日光岩顶上却罩着神秘的光。现在,小城和那座住着疯子与精神病人的城堡都沐浴在阳光之中——但那是一种冷森森的令人疲沓的光,毫无春天的气息。

我走过韦伦的乡村和市镇,攀上有名的切勒台地,那本是游客必经之地,现在却凄清无人。我熟悉的具有巴洛克风格的陡峭的萨克森山景使我激动,但是又使我感到愠怒。我真希望一块高悬的岩石落下来砸中我。大约四点钟,我到达棱堡,登上晒台,俯瞰着脚下可怕的荒漠景象。

在台地上,只有槭树梢露出水面——宛如河边的一大片灌木丛,河水几乎完全吞噬了"玫瑰园"。河水注入了拉森谷地,而平时那里只有一条小溪。那三幢小房子掩在"玫瑰园"的几棵树后面,挤在巍然的岩石与急流之间,呈现出破败的景象。第一幢半淹在水里;那个采石场主的房子位置略高,而且建在两三米高的地基上,大门还可以出入,但河水也在拍击着台阶,如冲击一块暗礁。我们常去闲坐的小凉亭已经连棚架一起被水冲毁了——只有一块木板从门口向一侧伸出,在高出水面几英尺处晃动,宛如一块跳板。第三幢房子也吃水很深。由于我带了旅行望远镜,一切都看得清清楚楚。在对面河流拐弯处的平坦河岸上,举目所见,唯有向后倒退的河岸,无边的青草一直延伸到水中。

一幕悲惨的景象——并无惊心动魄之处。从高高的立脚点看,宽阔的河流从容徐缓,但是能感到那巨大的不可抗拒的动量。以前,它安静平和地流过我们的田园生活,恰如动荡不安的忙碌生活流过欢乐的人们。如今它闯入了田园生活,摧残洗劫,但破坏时是心平气和的,它不动声色地漠然流过——如同生命,如同命运。

冷风乍起,天空阴云密布,甚至飘起了雪花。一幕悲惨的令人沮丧的景象——但我宁愿它如此,不愿它变成欢腾的河流过明媚的景色,这样重访拉森,我还能够忍受。另外,原来我没有和明娜到过这上面,这也使我欣慰。

然而,一个平淡乏味的情况妨碍我过分沉浸于悲伤的心绪之中:我饿坏了。吃饱饭以后,我发觉要去拉森已嫌太晚,便推迟到第二天。我沿着一条林间小径向下往易北河走了一段,后来小径与通往拉森的路分岔了,但路口有标明"禁止通行"的牌子。我不禁想起那个粗鲁的管林人,希望能碰上他。这条小径无疑能通到明娜和我从采石场回家经过的那条路。但是,越往下走,刺骨寒风扑打到脸上的融雪就越密,这迫使我很快就掉了头。在高地上不难找到歇脚处,但处处都不合我意,我的烦恼甚于忧郁。我觉得,这次出来真是做了一件蠢事。太阳黯然地落山了,我回到那个穿堂风强劲的房间,在松涛的单调呼啸声中,我终于睡着了。

第二天是十分晴朗的春日天气。景象未变,但据说水位已开始下降。我正要去拉森,一个客人忽然从桌边起立,朝我喊道:“啊,是您,教授先生,真没想到!”原来是那位小学教师施托希先生。我不知遇见他是喜还是恼,不过,当他跟我纠缠不休,一心要陪我同行的时候,我真恨不得他见鬼去。由于发大水,他宣布学校放假,然后跑到这棱堡上来,想“看看全景”。我没有办法,只好让他陪同;我不能再推迟动身了,除非我想在棱堡上再住一夜。

“看,这回吃午饭您可有伴了——也许是一桌酒席哩。”他喊道。我们直奔桥头,他回头指指一辆停在旅馆前的带篷马车,拉车的两匹马还冒着汗气。“他们从皮尔纳来——我认识这辆车;车夫是个坏蛋,敲旅客的竹杠非常刁钻。”

一顶女帽在车窗口出现,一块长长的黑纱巾向旁边飘舞。

“嗬,还有女的!我敢打赌,是个年轻女人——这是您的福分!”

“快走吧。”我不悦地说,匆匆赶往石桥。我们疾步往下冲了一段路,来到略为平坦的路段,不出我所料,他立即谈起明娜来。他装作不知道我们订过婚的样子——但也许他真的不知道。

“您大概还记得我那小表妹明娜·雅格曼吧?啊,当然——我撞见您在树林里向她献殷勤……啊,想想吧,她末了儿还是嫁给了您的同胞,我跟您说过的那位画家——真是一言难尽哪!您大概没忘记吧?我告诉过您,她有一点……”

“哦,是的,这一切我都记得很清楚。”

“您在丹麦没见过她吗?那个国家并不大嘛。”

“我这些年一直住在英国。”

“真没想到!是的,我已经感觉到了——在您身上确实有点英国味。”

我想把话题引到洪水以及它给穷苦居民造成的危害上。据说只有两家旅馆和易北河边三幢房子的主人免遭损失。

到拉森后,我跟他告别,并且故意卖弄我的“英国味”,这使得诚恳的小学老师没兴致再陪我同行了。

易北河的洪水没有能淹到这么远,但小溪还是猛涨了。不过,那架横过小溪的简易木板桥还在。我过了桥,向侍从官别墅走去,当然,别墅已经关闭了。我走过那条桦树小径,突然来到了我的目的地——“索菲憩处”岩洞。长椅搬走了,我坐到石桌面上。鸟儿在周围欢快地啼鸣。灌木似乎在用无数绿色的小鳃吸入春天的空气,阳光下,树木的叶芽映着蓝天发亮。

我再度产生了那种奇怪的感觉,仿佛什么都不明白:我不明白我何以在此,而她又何以不在此。我不禁想起那只小萤火虫,它天天晚上待在台阶的同一个角落里,向着雌虫闪闪发光。我觉得,假如我坐在这里,把我的全部意志都集中于思念上,就一定会把明娜召来。

有人说,濒死的人能在几秒钟内回顾他这一辈子经历的重大事件,就好像他的意识业已超脱了时序的尘世限制。此刻,我的青春已在我心中死去,它在最后又回顾了爱情的全过程,回顾了我在这些纸页中倾诉的一切,以及许多半遗忘的小事。我觉得仿佛自己居高临下地看见了一切,就好像从山崖上俯瞰我这个爱情的诞生地一样。有一件事我以前不曾觉察,现在却明白了——我们几乎都是无可奈何地听凭环境摆布,不曾在任何一点上坚定地高呼:“应该这样!”斯蒂芬森的举止虽然带有某种自主的表象,但是本质上也具有同样的特点。他显然是屈从于他的嫉妒的思念,要在无可挽回地失去明娜之前见她一面,心想:且看结果如何——谁知道呢?——也许她会跟我走哩!

但是现在又怎么样?难道现在已经无可改变了?不是还有时间吗?应该挺身而出,大声疾呼:“我要!”婚姻已不再是不可解除的——更何况她的婚姻是不幸的。我心里觉得更有把握了,就仿佛她对我说了这样的话:她所憧憬的一切都已经无可挽回地失去了,她已经把斯蒂芬森看透了,她已经仔细权衡过了,认为他太轻浮——而他也早就疏远了她。此外,正如他经常自夸的,他是个摆脱了一般偏见的人,他恐怕不会主张不幸的婚姻也不能离异,恐怕也不会认为有权强留不愿留下的妻子。诚然,当自由理论用来反对自由主义者本身时,他们往往是不高兴的,但即使他的虚荣心有抵触,归根结底,只要明娜情愿我情愿,他能够违抗吗?

可是,到底明娜情愿吗?她已经进行过试验,结果失败了。为何不放弃不可能的事,去实现可能的事呢?她对我仍保持着挚爱与依赖,这一点我深信不疑。

另外,我情愿吗?是的,我情愿。在我们的关系上,我第一次这么说,而且是欢欣鼓舞地这么说。明天晚上,我可以赶回哥本哈根,后天就找她谈。

啊,人的奇异的梦想天性!也许,明娜在我身边的那些日子里,我也未能感到像此刻这么幸福。此刻,我回顾我们的第一次青春之爱,展望它将在经历了考验的夫妻之爱中完成,并且这两部分将在我的炽热意愿中融合为一。

关于失去的乐园与未来的乐园的神话竟是如此真切:幸福其实就是回忆与希望。

三十九

这时发生了一件事,当时我觉得是不可思议的,现在重新回忆,也还是同样的感觉。

石子路面上响起了轻盈、敏捷的脚步声。我吓了一跳。那情形跟当年我坐在这里,明娜朝我走来时的情景完全相同,我以为这一定是幻觉——真的,听起来就像我非常熟悉的那种脚步声的重复和模仿。“如果这幻觉继续下去,”我心想,“我就会看到她——那么,我怎么样呢?天啊,难道我真的要发疯了吗?就像我昨天半开玩笑讲的那样?……”

我惊叫一声,从石桌上跳下来,这时明娜也惊叫一声,在岩洞前站住了——是的,是明娜,并非幻想产生的错觉!

我们还没能镇定下来,斯蒂芬森也出现了。他面带惊讶而又略带嘲讽的微笑跟我打招呼,那笑容清楚地说:这真是个巧合,巧得像事先计划好了似的。

接着,是理所当然的惊叫声:“你在这儿?”“这真是意想不到的事!”“我还以为你在英国呢!”“可我以为你在哥本哈根!”这些话把双方的窘态掩盖了几分钟。

心中的爱人突然出现了,这不可避免地带来了狂喜,等最初的狂喜平定之后,我感到一种痛苦的失望。“先生和太太一起旅游”——这情景跟我所耳闻的他们之间的别扭关系是多么不一致,跟那个令我兴高采烈的计划又是多么不协调呀!

“我猜你们是去南方,去意大利吧?”

“不,我们只想在萨克森转转。”

“你大概在德累斯顿有事要办?”

说来奇怪,明娜显然是我们当中最先镇静下来的。她只是呼吸仍有点急促、不均匀。她的声音和神情,甚至她的举止动作,都表现出对此次重逢的欢欣。

“你大概要回皮尔纳吧?好极了,你可以跟我们同车。”

“对,座位足够,”斯蒂芬森说,“不是双座马车。话说回来,如果座位不够,我宁愿爬到车夫座位上去。”

他强作平常的谦恭笑脸,嘴唇也同样,但眼睛办不到。他显然很不高兴,可是明娜没有察觉——或者根本不在乎。

“是的,我们的谈话可能使你厌烦,隔了这么多年,我们有很多话要讲。”明娜说。

于是,我们马上就动身往回走。在学校教室的一个窗口里站着那位老师。他把身子探出窗外,眼睛久久地瞪着我们瞧。明娜笑道:

“哈,我的表哥还在这里!你还记得他在林间小路上遇到我们的情况吗?现在不知他作何感想?但愿他别把眼珠瞪出来!”

她继续大笑,有点激动地开着玩笑。

“现在到那座可爱的旧磨坊了,那时,我每天清早带小姑娘们来喝新挤的牛奶。你干吗不来呢?对了,那么早你肯定还在呼呼大睡呢,你们总是这样。”

“但你从来没有告诉过我,你清早在这里呀!”

“难道一定要用汤匙喂你们不可吗?”

“我嘛,最爱吃干的,用叉子。”斯蒂芬森说。

明娜惊讶地看了看——并不是看他,而是看他那个方向,仿佛奇怪怎么从那儿冒出一句评论来。

开始上坡,谈话停止了。明娜爬坡很困难,喘息和心跳迫使她不时地停下歇息。斯蒂芬森走在前面几步远——她挽住我的胳臂,靠着我。

吃饭时的谈话相当沉闷,而且内容空洞。但是,当马车载着我们飞驰的时候,明娜舒服地倚在角落里说:

“好啦,哈拉尔德,现在你得告诉我这些年你的生活情况了——想到什么就讲什么。”

我尽量满足她的要求。明娜不停地端详着我,她的目光使我有时心慌意乱——她一直微笑着,但有时好像心里在想完全不同的事情。有时她笑出声来,对,她甚至拿英国的美人儿跟我逗趣。

“咳,什么呀!”我有些生气地叫道,“美人儿!我从来没见过谁赶得上你这样美丽!”

明娜往后一仰,用手帕捂着嘴笑。

"嗯,至少你得了一次极妙的恭维。"斯蒂芬森插话说。

他坐在前座,大多是望着窗外,一支接一支地抽烟。当他插进一句话或者提出一个问题时——关于伦敦的艺术情况之类——明娜就用吃惊而冷峻的眼神看他,就好像看一个孩子,这孩子不听话,却又满不在乎,总以为可以装作若无其事的样子随便插嘴。这种态度显然使他极为恼火。每次他都尽快地住口。我很难堪:如果目睹他们相亲相爱,我会感到非常难受;可是,看到他们之间的别扭关系如此明显,我的心又痛楚地抽紧了;我不理解明娜干吗这样做——竟然当着我的面!

本来,我想闭口不谈我跟那个德国音乐家的巧遇,但是说到那一段的时候,我还是如实讲了。明娜没吭声,只是凝望着窗外。

"奇怪,这个世界真小!"斯蒂芬森说,"人总是巧相逢——直接或者间接地相逢。"

"然后,你就动身出来了?"明娜突然问,她把头转得像鸟儿一样快,用锐利的目光望着我。

这个转折使我感到意外。

"是的——然后……然后我就出来了。"我结结巴巴地说,面红耳赤。

斯蒂芬森用讥讽的目光打量我们,好像是说:"现在要发表公开声明了吧!请吧,我不听,你们不会受干扰的。"明娜瞟了他一眼,他立刻止住了微笑。

"告诉我,哈拉尔德,"她问,弯着腰,"为什么你不进来见我们——那天晚上——在咖啡馆?"

"什么咖啡馆?"

"'港口'咖啡馆——你心里明白……你以为我没有看见你?我当然看见你了——但是在最后——你还记得吗?——就在我笑斯蒂芬森——笑他们所有人的时候。"

斯蒂芬森摆出一副极为庄重的面容,用食指在脖子和衣领间来回抓挠——这是他最爱做的动作。

明娜把头转得离他更远,面带揶揄的笑容看着我。

"那些人我一个都不认识——再说……"

"……你不希望当着那些人的面见我——这点你做得对!"

这时,斯蒂芬森觉得不能不维护自己的尊严了。

"我必须指出,这是一种极怪的口气,竟然如此谈论跟我们来往的朋友。"

"那是跟你来往——不是跟我。我只是硬着头皮作陪。"

"很抱歉,我未能给你找到更好的朋友!但他们几乎都是最有才智的人士……"

"也许吧。但我不属于这伙人,哈拉尔德也不属于。"

斯蒂芬森闭紧嘴唇,恶狠狠地瞪了她一眼。

"你自己心里最明白,你应该属于哪里。"

明娜一惊,用手按住胸口,仿佛被捅了一刀。我觉出这话里有话,就好像酒里下了毒药。我忽然感觉,我在这里就像个教士,正在送一个被判决的犯人走向断头台,仿佛对面坐的是警官。

我痛苦得难以形容——但我感到,无论如何,得使谈话转到不那么危险的轨道上去。

皮尔纳已经在望，我问，他们是在皮尔纳过夜还是跟我一起去德累斯顿。

“不，我们留下来过夜——也许我们去波希米亚几天。”斯蒂芬森回答。

明娜把身子探出了车窗，接着又转过身来面向我。她脸无血色，愁容满面。

“你还要在德累斯顿停几天吗？”她问，但她问话时的眼神简直像恳求。

我沉吟了一下，没有马上回答。是否利用这个机会稍稍点明我的意图呢？如果我有心这么做，那可不能再浪费时间了。

“当我在‘索菲憩处’意外地碰见你们时，”我谨慎地说道，“我刚好决定今晚就去哥本哈根。”

斯蒂芬森听后做了个不由自主的动作。然后他坐直身子，显出很不以为然的神情。这一枪射中了靶心。这一切我都看得很清楚，尽管我的眼睛一直望着明娜，而她也目不转睛地凝视着我的脸。在她那奇妙的棕绿色眼睛深处，我觉察到一道越来越亮的金光。

“我明白了。”她说，更确切地讲，她只是嗫嚅道，因为她的嘴唇几乎没动。

“现在，我自然得改变计划了。我在德累斯顿有好多事要办，得住几个星期……如果有必要的话，也可能住许多个星期。”

“我真高兴。”明娜说。

斯蒂芬森又摆出了他习惯的姿势——他似乎有心作一个尖刻的评论——譬如说，我不必因为他们而改变计划啦——但是，他忍住了。

我们谁也没有再说一句话。

我先前已经说过，我住在“美景”旅馆。因此我知道，明娜若是有心，可以跟我联系。我也不怀疑她会这么做。在这点上我是笃定的。与此相反，倒是他们这次奇怪的旅行使我很不安。“他们到底来这儿做什么？”我寻思，“他们显然不会去波希米亚。”

为什么我以为这是显然的事，我却不清楚。

> 车子辚辚声震桥，
> 桥下流水浊滔滔。
> 我又要告别幸福，
> 告别我挚爱着的恋人。

我们过了桥，斯蒂芬森叫停车。

我久久地握紧明娜的手，然后向斯蒂芬森鞠躬，匆匆地赶往火车站。

四十

我到了德累斯顿，一时难下决心离开波希米亚车站。尽管斯蒂芬森断言，他们要在皮尔纳过夜，我却猜疑他们今晚会赶回来。

晚班车呼啸着进站了，在一节车厢的窗口，我果然看见了斯蒂芬森的面孔。他一个人走下车。我向他冲过去。

“明娜在哪儿?”

斯蒂芬森冷冷地瞅着我,似乎想拒绝回答这个不合时宜的问题。但他随即改变了主意。

“问得好,芬格先生——你应当知道。她在日光岩。”

“日光岩!”我喃喃说道,好像还没听懂。我头晕目眩,在半昏暗的站台上,旅客与搬运工的喧哗使我很难受。

“日光岩?这是什么意思?”我揪住他的衣服,一方面为了站稳,另一方面也防止他溜掉,“你是说,明娜她……”

“哦,别这么激动!”斯蒂芬森似乎出于好心地说,“她并不是疯疯癫癫或精神错乱,只不过是心情忧郁,爱激动。你也亲眼见到了……总之,把她交给医生护理是上策——这又算得了什么?在我们这个神经质的时代有好多……她宁愿去日光岩,因为她思乡心切——当然,也为了避开哥本哈根的闲言碎语——尽管我说过,现在这类事很平常,思想开通的人都已经摆脱了这种偏见。”

在他解释的过程中,我的朦胧的疑惑变成了可以理解的狂怒。

“这是你搞的,你——你!”

我的声音噎住了。我举起攥紧的拳头在他脸上晃动,他躲开了。一个警卫向我们走来。斯蒂芬森跟他嘀咕了几句话,耸耸肩,消失在拥挤的人群中。我靠着一根柱子,四周是匆匆的旅客蜂拥而过,车站职工在喊叫,汽笛声尖鸣……

我稍微平定了一下内心的激动,问栅栏旁的职员,是否还有车开往皮尔纳,回答是要等第二天早上。

第二天,我乘头一班火车前往皮尔纳,上气不接下气地赶到日光岩,很幸运,马上就跟主任医生见了面。

我自称是斯蒂芬森太太和她丈夫的朋友,昨晚遇见了她丈夫,答应向他定期报告病人的情况,因为我要在德累斯顿住一段较长的时间。因为我很为我的女友担忧,只跟斯蒂芬森先生谈了几分钟,就马上赶来了。我恳切地请求医生告诉我全部实情。

主任医生叫我放心,眼下不必担心有危险。这是一种谁也不肯早些找医生的病,而精神病院主要是为了让病人与精神上的干扰隔离。他要观察病人大约一个星期,然后才能为我提供进一步的说明,到时候他乐意效劳。

八天以后我再次去拜访,医生说,明娜虽然患了忧郁症,但还不至于疯,只要治疗得当,在医院为她提供的良好环境中生活,就不会疯,直到完全恢复安宁。她现在正处于一种十分神经质的激动状态。但她的真正危险是心脏病,这可能在几年前就已经种下了病根。她可能伴着这种病到老,但也可能突然死去。主要须避免惊扰。他揣测,原来她经常受到这样的刺激。

“告诉我,”他突然问,“您是她和她丈夫的朋友——他们在一起生活得快乐吗?”

我考虑了一会儿,掂量我是否有权直言相告。

“不,”我答道,“可以说,他们并不快乐。”

“这就对了!或许这是主要原因。毫无疑问,她最好别再回到他身边,也就是说,到出院时,而这又不致使她过于痛苦的话。至于她丈夫——我觉得他是个通情达理的人……您说呢?”

“我完全同意您的意见。”

我太激动了,这逃不过经验丰富的医生的眼睛。他笑笑,用微微眯起的眼睛锐利地盯着我,但是并无恶意。

“不过,病可能还会拖很久。我已告诉她,您来过这里,她让我问候您。您暂时住在德累斯顿?那好,如果您想打听情况,可以每周来一次。我想这对她有好处;但是,再过一段相当长的时间,我才敢让您跟她见面。”

我满怀信心而返。我的决心坚定不移,把我的整个生命献给明娜——不论我跟她结婚与否,也不论用什么方式最有利于她的康复——假如说,她再也不可能幸福了(为什么她就不能),那么,我要竭尽全力,尽量减少她的不幸。这样,我也就心满意足了,绝不顾虑这对我的前途有多大妨害。如果她适合留在故乡,我就在德累斯顿谋个差事;如果她需要南方的气候,我就安排她去南方生活。可是我觉得去南方不大可能。最可能的是把英国作为新住地,这对她的康复最有利。不过,这一切并没有使我多操心。真正令我不寒而栗的乃是意识到她头顶上悬着一把达摩克里斯之剑①。即使医生准许她出院,那把剑仍将高悬。是的,即使剑被取掉了,我的恐惧仍会时时想象它存在。但我发誓,这种恐惧只会使我的爱情更加坚定,使我的柔情更加持久。即使发生了家庭争执,我也不会让她一个人生闷气或者怨恨懊恼,因为内心有一个声音告诉我,等我回来再想抓住她的手,在她的眼中再想看到爱,也许那只手已经冰凉,那双眼已经无光,人已经去世了!

我舅舅给了我半年假期。我像往日一样,租了个简陋的房间,埋头钻研陶瓷,希望对我们的工厂有用,而在这方面,不论是实例或者资料,德累斯顿都给我提供了最有利的条件。

四十一

五月三日下午,所有的花园和草坪都已碧绿如茵,我像往常一样去“大花园”散步。

在公共草坪边上,我的目光被一幅肖像画吸住了。肖像画挂在一家古董店的橱窗里。

我冲过去:不错,正是斯蒂芬森给明娜画的那幅彩粉画。

然而,它此时又是什么样子啊!

粉彩已大片大片地剥落,尤其是头发部位。前额上也有一处,两腮上斑痕点点。有一只眼睛已经明显透出了底色。

肖像画嵌在一个破旧的被虫蛀过的画框里,下面贴了个标签:“佚名大师作——十八世纪中叶”。

我走进那家昏暗的店铺,里面堆满了旧破烂儿,让人难以转身。

① 达摩克里斯之剑,古希腊传说,达摩克里斯坐在用一根马鬃悬吊的剑下面,喻指危险时时存在。

古董商是个瘦高的老头，他想必从我说的德语中听出了我是外国人，也许甚至嗅出了某种英国味，便叫了个吓人的价钱。他说，这是稀世的名画之一，很可能出自孟斯①的手笔。

我很快就打掉了他的威风，但毕竟还是以大大超出其真实价值的价钱买了这幅画。

我不想夹着这个大纸包进“大花园”。

但我想随便走走，于是就沿着约翰尼斯街走下去。

当然，我买这幅画并不是为了收藏，而是因为无法容忍它挂在那里示众，以后又挂在陌生人的家里——被当作孟斯的作品！

我打算把它带回住处烧掉。

我站在阿尔贝特桥上，忽然灵机一动：何不把它丢进易北河呢？那么，我就用不着再打开它，看到它了。

桥上几乎空无一人。

我走到中央桥墩的栏杆旁边——面向激流，大水还没全退。

我向四周扫了一眼，附近无人。于是，我松手让画像跌落下去，画像消失在水中。我听见它撞碎在桥墩的防波堤上。

我心情沮丧地回家。

桌上放着主任医生的一封信。

明娜已于当天清晨——真令人意外——因心脏病猝发去世了。

裕康　译

---

① 孟斯（1728—1779），德国画家。

1917
获奖作家之二

彭托皮丹

传略

亨利克·彭托皮丹(Henrik Pontoppidan,1857—1943),丹麦小说家,一八五七年七月二十四日出生于丹麦日德兰半岛上的一个小镇弗里德里卡。父亲是个乡村牧师。一八六三年,全家迁居让德斯镇。一八六四年,他目睹德、奥两国占领了他的家乡,这在他幼小的心灵上留下了难以治愈的创伤。彭托皮丹从小便酷爱自由,对家中那种让人窒息的宗教气氛极为反感。高中毕业后,他违背父亲的意愿,独自来到首都哥本哈根,进入哥本哈根理工学院,立志做一名工程师。后受哥本哈根艺术环境和政治形势的影响,他改变初衷,爱上文学,转而渴望成为一名作家。于是他放弃学业,前往瑞士、德国、意大利等地旅游。回国后应聘到一所乡村中学任教,同时开始自己的写作生涯,经常在各报刊上发表文章,他的短篇小说颇受编辑赏识。

一八八一年,彭托皮丹和一个恬静庄重的农家女结婚,同年出版自己的第一部短篇小说集《剪掉的翅膀》。这些短篇小说都以农村为背景,描写的大多为作者所熟悉的贫苦农民。此后,他相继出版了小说《农村景象》(1883)和《农舍》(1887)。这些作品多数讲述环境对人所产生的影响,表达了作者对社会黑暗的愤慨以及对穷苦农民的同情。作品充满了大自然和乡土的气息。

在早期,彭托皮丹的文学才华主要表现在短篇小说上,但早在他刚涉足文学创作时,他就开始构思一部以农村生活为背景的长篇巨著。到了十九世纪九十年代初,经过十年的经营,他的长篇三部曲《乐土》(1891—1895)终于问世。这部巨著以转折时期的丹麦农村为背景,以人物的命运变迁为主线,深刻地探讨了理想与现实的永恒冲突。小说的主人公是一个叫作埃曼纽尔的年轻牧师。他是一个典型的理想主义者,厌恶城市文明,不满富裕的资产阶级家庭生活,立志要深入农村进行改革。为了实现自己的理想,他离开了哥本哈根的家和未婚妻，来到边远地区的农村。他断绝了和家庭的关系，娶了一个农家女为妻，完全过着农民的生活。可是他因不懂农事，连一家人的生活也都难以维持，他那套改革农村的计划也始终得不到农民的理解和支持，最后落得个妻离子死，只身回到哥本哈根，成了个无家可归的人。他确信上帝已经完全抛弃了他，终因精神崩溃，在寂寞和孤独中死去。在《乐土》中，作者对自己塑造的这个年轻知识分子脱离现实的言行虽然作了某些嘲讽，但对他的命运和遭遇还是颇为同情，因为作家自己就是一个愤世嫉俗的理想主义者，可是要想改变现状又深感无能为力。

除《乐土》外，彭托皮丹的代表作还有长篇小说《幸福的彼尔》(1898—1904)。这部小说的主题依然是理想和现实的冲突，而且明显带有作者的自传色彩。

彭托皮丹还写有长篇小说《死人的王国》(1912—1916)和《男人的天堂》(1927)。前者反映了作者对一九〇一年自由派胜利后的丹麦政治发展表示不满，对新时期各方面毫无进展感到忧虑；后者描写了第一次世界大战时期中立的丹麦，抨击了置身事外的实利主义。在十九世纪九十年代，他还写过一些有关心理、美学和道德问题的中篇小说，如《纳泰沃特》(1894)、《加姆勒·亚当》(1895)和《霍伊桑》(1896)等。晚年著有回忆录《寻找自己》四卷(1943)。

彭托皮丹被誉为丹麦现实主义文学的代表作家。一九一七年，他和另一位丹麦作家吉勒鲁普共同被授予当年的诺贝尔文学奖，人们以此表彰他“真实地描写了当代丹麦的生活”。

一九四三年八月二十一日，彭托皮丹在哥本哈根去世。

授奖词

未举行授奖仪式。

作品

皇家贵宾

当人们处身于一个大城市的尘嚣里而试图想象乡间生活时，他们往往会把它描绘成这样一种景象：一天天缓慢地过去，在一个老妇人的静寂的房里有一只不停地走着的老祖父的钟，一小时的每一分钟都是伴随着它那庄严而从容不迫的嘀嗒声消逝的。实际上，正是由于单调，乡间的时间比在任何别的地方都过得快，乡间的日子也显得比任何别的地方都短。一星期、一个月乃至一生就在我们还没觉察到的时候溜走了。

每当年轻的医生阿诺德·赫也尔和他的漂亮娇小的妻子偶尔想到他俩婚后已在森德勃尔住了五年时，他们总是很惊奇的。当时，森德勃尔要算是最边远的地方了。那儿住的全是农民。向那开垦得很少的荒原极目望去，只能看到几间孤零零的茅屋。那儿甚至连牧师都没有。

但是医生和他的妻子并不感到孤独。在那环绕着他们的房屋、院子和菜园使之不受狂风袭击的围墙里边，他们自有一个小伊甸园。已经有一个小该隐和一个小亚伯在草地上顽皮了。在下房里，有各种有益的和多产的家畜在叫着、啼着和哼着。他们也时常招待来访的亲友，每天有邮件，每星期还有巡回图书馆，他们够忙了，他们感到很满意。

恰巧有几个住在哥本哈根的赫也尔夫人的亲戚想在忏悔节时来做客。可是他们刚把整个房子上上下下布置好准备款待他们时，来了个电报打乱了他们的计划。亲戚们在最后一刻有了点儿事，被迫把访问延期到下次更合适的时候再说。

当然，小两口儿是很失望的，但这主要是由于他们做了好多准备工作，安排了那么多预备款客的佳肴和必须搬动家具的麻烦。错过一次亲戚们的访问对他们说来倒没有什么大关系。老实说，在第一阵烦恼过去后，他们倒由于没人闯到他们的小窝里来打扰而感到高兴起来了。

当他们把整幢房子都布置成老样子，然后和平素一样在医生房里坐下来等邮件时，爱米夫人坦率地说："你可觉得他们的访问压根儿是个麻烦，最近几天来，我觉得在自己家里都像个陌生人了。"

阿诺德·赫也尔含笑望着他的漂亮的小妻子。要不是他俩的座位隔得太远，而且他才装好烟斗坐下来的话，他准会为这些与他不谋而合的念头给她一个吻的。

他们谈起一些在最近几天的忙乱中被忽略掉了的家事。他们讨论了孩子们的健康情况，商议了明晨给大孩子吃一服蓖麻油是否合适，也谈到了家禽，等等。

由于大风雪，邮件被耽搁了一些时候，可最后还是来了。挂在桌子上面的吊灯已经点亮了，夫妇俩刚安顿下来准备看报，突然一阵雪橇的铃声使他们抬起头来，有一辆雪橇蹒跚地开进院子来，在大门前停下。

一会儿，女仆冲进房来，很兴奋地告诉他们说有一位陌生的绅士求见赫也尔医生和夫人。

"他没有说自己叫什么名字吗？"阿诺德问。

"没有，不过我认得赶车的，他是安斯特倍尔的教区长的车夫。"

"那么我想该是教区长的舅爷稽查员来了。"

"啊，不是的！这位先生不是这一带的人。我敢说他准是个有身份的老爷，"她轻轻地添上一句道，"他穿一件大的棕色皮大衣。"

爱米夫人有点儿窘。常常有这种事发生，使她连换衣服的时间都没有。她还穿着晨衣，给陌生人看见是不太合适的。医生也皱着眉头望了下自己。他习惯在黄昏时很随便地穿着睡衣和绣花拖鞋。无论怎么样，他是没法补救了。他不能让陌生人老等。

当夫人走进卧室去时，他对女仆说："请他进来。"他还来不及站起来，门就开了，一个魁伟的中等身材的人，穿戴得像个艺术家，走进房来，用一种悦耳的声音向他道晚安。从陌生人光秃秃的鬓角和硬而灰白的鬈发看来，他该有五十岁，可是他那又厚又红的嘴唇和闪闪发光的褐色眼睛使他修得整整齐齐的脸显得年轻。

“请问，阁下是赫也尔医生吗？”

“我就是。”

“请允许我先向你恳求一件够使你奇怪的事：务请原谅我不告诉你我的名字——让我只作为一个无名的旅人出现在你的面前吧！我看到这使你十分惊奇。我承认我的要求和我作为一个不速之客登门打扰是的确需要一番解释的。但是——坐下来谈行吗？”

“当然行咯。”

“谢谢。——长话短说。我今天下午到达你们的邻镇安斯特倍尔去拜访我的老朋友教区长。我已经多年没碰到过他了，我一直想出其不意地到这个穷乡僻壤来吓唬他一下。可是天意如此，他刚和全家外出，屋子里只留下一个雇工和两个女仆。我为了这次访问，作了一次长途旅行，在旅途上我越来越盼望跟老友共度佳节，你可能会感到奇怪，他年轻的时候是个有趣的家伙，一个很好的伴侣。现在你总能理解我的失望的心情了吧？我在他那儿只看到几间冷冰冰的空房间，里边放的全是些宗教论文集，以及教人如何养鸡和育儿的小册子，这些碰巧都不对我胃口。因此我大胆地想在附近找一下，看有谁会同情我，招待我。教区长公馆里的下人们告诉我有个挺好的医生一家住在四公里外。我的马乏了，所以我请教区长的车夫套上他的牲口——现在我来了，非常谦恭地求你让我在你那宾至如归的家庭里度过几个小时，并且跟你舒舒服服地闲聊一番。”

“当然，非常欢迎。如果我们能弥补一些您找不到朋友的遗憾的话，我的妻子和我都将十分高兴。但是，请原谅，您的姓名——”

“我明白。你是在想，归根结底，这不足以说明为什么我不通报姓名。可是你得承认，我亲爱的医生，即使我自我介绍为从阿胡斯来的批发商彼得逊先生或是从哥本哈根来的建筑师汉森先生，你对我也仍然是一无所知。这样做只会使我们的交谈受到拘束，从而剥夺了我们的想象力从海阔天空地纵横驰骋中所获得的快感。我讲得对吗？而且现在正是忏悔节，人们是可以戴上个面具，不拘常规俗套的。随你说这是我的怪想、傻念头乃至固执都行。我只请你谅解这一点：不管我这样冒昧地来打扰你显得多么窘，处在伪装之下将使我感到更自然些。”

年轻的医生不由得笑了。他觉得陌生人那种愉快的情绪富有传染性。

“好吧——如果你打算这样干的话。不过，”当医生听到妻子在居室里点灯时，他略感不安地接着说，“我们总得称呼你呀。比如说怎么把您介绍给我妻子呢？”

“嗯，你可以叫我——哞，是呀——叫我卡尼佛尔①亲王好了。”

阿诺德·赫也尔不由得又笑了，这次笑得很爽朗，但也比以前更不安了。

“的确，这是我们第一次招待皇室贵宾。”他说。

“好极了！”陌生人赞许地喊道，“我看出来了你和我们是一路人，医生。”

这时，爱米夫人出现在通往居室的门口。她穿着朴素的灰泥色的礼服，颈上打了个黑蝴蝶结。生客站起来，彬彬有礼地鞠躬。

医生笑着说：“让我来介绍一位上宾给你，这位是卡尼佛尔亲王。”

---

① 卡尼佛尔，原文意为“狂欢节”。

爱米夫人本来就对男人们快活的喧闹声感到奇怪，她轮流地打量着他们，最后不快地望着她丈夫说：

"这是什么意思？"

"是这样，亲爱的夫人。现在是忏悔节，而我的确是这个王室的一员。你当然知道我的著名的家世。我是高贵的豪尔格拉斯先生之子。汤姆·富尔是我的弟弟，哈列昆①是我的表弟。我的国土叫梦乡。我是个旅行商人，专售一种出名的烤鸽，谁要是想吃它，它就会飞进那个人的嘴里。"

这次爱米夫人严厉地瞅着她丈夫。他很窘，但还是很有礼貌地继续笑着。他接过话头，冗长地重复生客的解释。但这并不能使他夫人满意。她用一个几乎看不出来的鞠躬表示：如果她的丈夫已经答应招待他，那么她当然也会尽自己的职分。然后她退入起居室，男人们也很快地跟着她进去了。

年轻的医生有点局促不安。他不耐烦地等待陌生人忘掉那些打趣，而变得更庄重些。可是这位兴高采烈的"亲王"装作什么也没觉察到的样子，只管夸夸其谈。最后，他不经邀请，便在钢琴边坐下来，打开琴盖，赏鉴似的把手指在键上来回抚弄了几次。

"看来好久没人弹过了。"他说道。阿诺德·赫也尔简短地回答说他妻子没时间在音乐方面更求深造。

"时间！"陌生人喊道，一面突然弹了个响亮的和弦。然后他开始弹起来。爱米夫人抬起头来，眼睛睁得老大。生客只弹了几节，她已经感到他是一位大师。

"你知道这支乐曲吗？"生客问她。

"不——它多美啊！"她冲动地回答道。

"刚才只是序曲。你想听下去吗？这是一支节日进行曲。"

她退缩了一下，说：

"如果您高兴的话。"

"很好，我来弹下来。但是——"生客望望烛台，看见上边还留着几根上次给孩子行洗礼时用的尘封的蜡烛，"请允许我使这些星星发光吧。这支乐曲是需要节日的光华来助兴的。请来帮下忙，医生，行不行？"

阿诺德·赫也尔狐疑地看看他的妻子，后者耸耸肩，好像表示没有别的办法，只能让陌生人去称心快意地干。

点好了烛台还不算数，尽管爱米试图抗议，陌生人还是把枝形吊灯上的八根蜡烛也全点起了。

"请看，赫也尔夫人！真奇怪一打旧蜡烛会造成这样的差异。瞧，我又有个主意了。这些星星不正像在要求我们在这个圣洁的黄昏穿上节日的盛装吗？很运气，我带着箱子。你呢，夫人？我想你总有一套天蓝色、火红色或是喜马拉雅色②的绸袍子吧？把它穿上吧，老挂在漆黑的壁橱里，只有飞蛾才能欣赏它。——怎么啦，你这样严厉地瞧着

---

① 豪尔格拉斯(Howleglass)，不详。汤姆·富尔(Tom Fool)，原义为傻瓜；哈列昆(Harleguin)是趣剧或闹剧中习见之小丑。

② 喜马拉雅色，一种白兔的毛皮颜色。

我,又瞪着你的丈夫,好像在问他是否该把我撵出去。你不能这样干。因为我跟我那高贵的祖先撒旦陛下一样,就像《路加福音》第七章第八节中讲到过的,没人能给他——"

阿诺德·赫也尔再次放声大笑起来。困惑的恼怒和高兴的笑容交替地呈现在爱米那玲珑可爱的脸上。

"这究竟是怎么一回事?"她喊道,"我看你是想把整幢房子搞个天翻地覆!"

"我正是想这么干。我已经告诉过你我是谁。这儿有多少东西被不愉快地塞在角落里,埋在黑暗里,或是丢给蛾子和蜘蛛摆布啊?我要来庆祝一下它们的重见光明。让我放开手干一场吧!亲爱的夫人,等会儿我来为你演奏。我将用音乐把天国呈现在你的面前。这样成交,好吗?二十分钟以后,大家穿上最好的服装回到这儿来。医生,请你领我上哪间空房间去一下。不,等着,我想起来了,就是女仆放我的箱子的那间。回头见,爵爷和夫人。"

门还没关上,爱米就向她丈夫冲过去。

"我们拿这个疯子怎么办呢?你不该让他进来的,阿诺德。"

"他吓着你了吧。"医生笑着说,一边本能地把她拉向自己身旁。她脸上的这种孩子气的吓坏了的神情,他以前是很熟悉的,虽然已有好久没看到了。

"他到底是个什么样的人呢?"

"我搞不清。既然他是教区长的童稚之交,我想总不便把他逐出门外。说到底,他的名字是无所谓的。"

"可我们怎么办呢?"

"喜剧既已开场,就把它看到底吧。他尽管疯疯癫癫,还挺能逗人乐的。何况现在又正是忏悔节。"

"那么我们真的去换装吗?"

"不,完全用不到。我们只要在食桌上添一瓶酒,就很对得起教区长和这个良宵了。"

"好吧,如果你喜欢的话——我意思说如果这样能使你高兴的话——婚礼以后我还没穿过那件薄绸衣呢。"

她开始拨弄着他的背心扣子。

"我看你在哄我……"

"啊,不——一点也不是。我也觉得这样做很笨,简直是疯狂。但是,如果我们必须把角色扮演到底的话,而且,就像你说的,现在是忏悔节。"

"是啊,反正跟那个家伙不能正经地谈话,就让我们来扮一次傻瓜吧。"

爱米连连地说:"这样做真够蠢的,实在是发疯。"她的丈夫,尽管还有些窘,却带着童稚般的雀跃把她拉往卧室去了。

一会儿以后,女仆打开起居室的门来通报晚饭已经准备好了,她发现只有生客一个人在里边。他穿着晚礼服,正忙着把放在窗台上的花搬进房里来。

"天哪,"女仆望着那耀眼的灯光,喊道,"这是干什么?"

"你不知道吗,我的老相好?今晚有贵宾光临。"

"有谁来啦?"女仆笑着问,一边拖着卧室里穿的拖鞋走上前来,由于生客的亲热语气而感到很高兴。

“一位乌有先生,你这个小迷人精。来帮我一起干吧!我们得把房间布置一下。”

这时,医生穿着衬衫,拿着蜡烛,匆忙沿着过道到顶楼上去,他的正装就挂在那儿的一个角落里。他回到卧室的时候,爱米才穿好晚礼服。她正站在穿衣镜前,屏着气在钩上腰带。

“漂亮极了。”他不胜爱慕地叫道,一边把手臂向她伸过去。

“别碰我——我穿这身衣服真的还可以吗?”

她由于紧张几乎钩不上腰带了。当她听到丈夫在过道里走回来的时候,她的心就开始怦怦地跳着——她很怕丈夫会笑她。

“真是仪态万方,爱米。我都认不出是你了。说真的,这还真是一个好主意呢。”

“你看我把这也戴上,好不好?”她打开妆台上的一只红匣子,拿出一顶王冠,是用两片很大的银丝细工的叶子做成的,“你还记得这个东西吗?”

“怎么不记得?来,戴上去看看。”她含羞地把这顶光彩夺目的头饰戴上,医生站在她身后,从她肩头上朝镜子里望着:“实在是雍容华贵!你真美,爱米!”

一阵突然爆发的几乎已经遗忘的幸福感使她投身于他,抱着他的脖子,凝视着他的眼睛,问道:“真的吗,阿诺德?”

这时,从起居室里传来一声响亮的和弦,接着是那有力的、凯旋的进行曲。他们一动也不动地站着,像是着了音乐的魔,爱米的手仍然搂着她丈夫的脖子。她闭上眼睛,一次又一次地把他的嘴唇压在自己的嘴唇上。

他们挽着手走进起居室去。他们的心情已跟周围的节日气氛协调了,因此再也不感到忸怩不安。

生客已经尽可能地把餐厅装点了一下。屋子里所有的旧银具和细瓷器全被征发来了,桌子中央的盆里是几朵他随身带来的大而黄的玫瑰花。连那老女仆,平常要劝她脱掉厨房里的便服或换掉卧室里用的拖鞋是相当困难的,现在也屈从于他的魔法之下,穿上了假日的服装,外边套着一条雪白的围裙。

他们在桌边坐下。原先为亲戚们准备的丰富的食物都摆出来了。第一瓶长颈瓶装的酒很快就喝光了,于是就上了第二瓶酒,可是,归根结底,既不是食物也不是酒造成这种节日气氛的。跟在第二瓶酒后面上来的是一瓶小而胀鼓鼓的马德拉白葡萄酒,瓶子上有好多蛛网;这瓶陈年美酒原是医生夫妇藏在地窖里准备庆祝某个盛典时用的,现在也捐献出来了。

还没吃完饭,生客就开始显示起他在其他方面的才能来了。他的箱子里还带着一只小的曼陀铃,现在他就唱起许多欢快的情歌来;尽管歌词常常比较大胆,可还是使爱米和她的丈夫非常高兴。他可真使人招架不住;他坐在那儿,嘻嘻哈哈,满面春风,乐器放在膝上,略带灰白色的棕色鬈发像花冠一般丛生在秃脑瓜的周围。他的最后一支歌唱到罗曼史微服出行,还带了一队隐形的侍从——都是些爱捣蛋的小鬼和偶蹄的地精,人由于愚昧无知一直把他们放逐在黑暗的顶楼和地窖里,他们现在就从那些地方一哄而出。生客于是举起杯来,建议为这些勾魂摄魄、扰人清梦的小鬼干一杯,因为它们就跟酒里的某些细菌一样,能使这种生命的饮料保持新鲜和起泡沫。

阿诺德·赫也尔笑着举起杯来跟客人碰杯。这时他无心地望望自己的妻子,看到她两颊绯红,擎起酒杯举向生客,带着一副对后者的谈吐风采有强烈感受的神情。年轻的丈夫顿时敛起笑容,静静地啜着酒。爱米什么也没发觉。可是另一方面,生客却很敏锐地观察到了这一切,他知道该告退了。他再次举起杯来,答谢他们的款待,然后告辞。

医生很有礼貌地送他上雪橇,爱米只站在门边跟他挥手道别。她一路唱着走回起居室去,当她丈夫进来的时候,她很是兴奋,准备投身上去拥抱他。可是他冷冷地向她瞅着,还说别去打扰他。

爱米笑了,还以为他在打趣呢。但当他走进卧室,换上旧睡衣再出来时,她才知道不是那么回事了。

她看到他在书房的书桌边坐下来后,问道:"怎么啦?"

"我得写几封信,可能时间很长。"

这下她搞清楚了。"怎么啦,阿诺德——"她说道,并且朝他走过去准备好好地教训他一番。他转过头来,脸色是如此苍白和愤怒,把她吓坏了。

"请别来麻烦我。我想你今晚玩得够痛快的了,你该冷静一下了。"

她悲哀地望了他一会儿,然后反抗似的抬起头来。"真丢人!"她说,接着就走出去了。脱衣服的时候,她还常常跑到门边去想听到他站起来的声音,她也激烈地跟自己斗争着,强制自己不去理会他。在几小时的期待与绝望的更替之后,她哭着睡着了。

第二天早晨还没能和解。阿诺德·赫也尔上村外一个较远的地方去出诊,差不多整天都不在家。直到他在暮色苍茫中回家,望到客厅里的灯像一颗指路明星在荒原上闪耀时,他才软化下来。他走进起居室时看到爱米坐在窗口。他立刻注意到有一点跟他们平素的起居习惯不同,那就是她打扮得很齐整地来用晚饭,还带了个订婚时他给她的银胸针。

他向她弯下身去说道:"讲和吧,爱米。"她没作声,只是抬起一双泪汪汪的眼睛看着他,像个受了冤枉气的孩子。当她看到他脸上那熟稔的笑容时,她就抱住他的脖子,再也不作任何抵抗了。

可无论如何,蛇还是闯进他们那小天堂里来了。

第二天傍晚,当医生从村中出诊回来刚走进前厅时,他听到妻子在起居室里弹钢琴。这是件很不寻常的事,所以他本能地停下来听着。他听出那是生客演奏的进行曲的片段,她正在力图把它追记起来。

他一进去她就停止了弹奏,显然他使她吃了一惊。她用一种探询的眼光瞧着他,使他相信她确是有点心猿意马。当他换过装束从卧室中走出来时,她略带神经质地问他是否需要上灯。虽然邮件刚到,但他还是回答说不用。

"刚才你在弹什么?"过了几分钟之后,他打破了笼罩在黑暗的房间里的沉寂问道,"我好像以前听到过。"

"不见得吧。不过是些练习曲而已。"

她想不出什么别的回答。她几乎不敢对自己承认心底里的那些沉默的梦——也实在没有别的名字可以用来称呼这种男人所绝对不能理解的、过剩的感情，或者可以说是环绕一个不可知的、犯禁的对象的秘密，或者可以说是使女人的爱保持娇艳并增添其妩媚的一点凡心。

当更阑夜深，医生在摸索他那独宿的床时，他发现枕上盖满了黄色的玫瑰花瓣。

还得提一下，全教区没有一个人听说过有这么一位访教区长不遇的陌生人。而且教区长一家在忏悔节时根本没有外出。准是医生的女仆一时产生了幻觉才会把神秘的生客的御者当作教区长的车夫的。此外，教区长郑重地否认跟那种样子的早年朋友有任何往来。

不管怎么样，陌生人的访问在小夫妻身上是有决定性影响的。浪漫色彩踱进了他们的屋子，还把无定和无常留在那里，这两样东西构成了生命的搏动，不，甚至可以说就是生命本身。以前生活里那种天堂似的单调消失了。蛇带了他那隐约而又古怪的荣耀的许诺到过了他们家。小而舒服的、怡然自得的天伦之乐给撵出去了，至少是暂时让座给了大而悲伤的、发人心智的、追求无限和无尽的热望。

第二年夏天，医生家小房子的墙头上又开满了一簇簇美艳夺目的黄色和红色的玫瑰花。在随之而来的冬季和暴风雨的长夜里，乐声和歌声越来越频繁地从户内传出，风把这些快乐的曲调传播到黝黑苍凉的荒原上。就在这荒原的上空，一片暗云正在不停地向前疾驶，好像是永恒的变幻无穷的一个象征。

彭恩华　译

1919

获奖作家

施皮特勒

传略

施皮特勒是诺贝尔文学奖历史上唯一一位瑞士作家。虽然他是一九一九年获奖，但实际上直到一九二〇年才给他颁奖，以此表示“对他的史诗作品《奥林匹斯的春天》的特殊赞赏”。

卡尔·施皮特勒(Carl Spitteler,1845—1924)，瑞士诗人、小说家，一八四五年四月二十四日出生于巴塞尔兰德州的一个叫作里斯塔尔的小城。父亲是位政府官员。四岁时，因父亲工作调动，全家迁至伯尔尼。他的童年是在伯尔尼度过的，一八五六年冬回故乡上中学。以后曾因与父亲发生争执，愤而离家出走，来到卢塞恩。一八六三年，他就读于苏黎世大学法律系，一八六五年后转至苏黎世、海德堡和巴塞尔改学神学。一八七一年从巴塞尔大学神学专业毕业后，获得牧师职位。可是由于他信仰无神论，结果失去了在格劳宾登的牧师职位，随后应聘去俄国的彼得堡和芬兰的塔瓦斯特胡斯当了几年家庭教师。在此期间，他创作了他的第一部神话史诗《普罗米修斯和埃庇米修斯》(一九二四年改写后更名为《受难的普罗米修斯》)。一八八一年回瑞士后，担任伯尔尼一所女子学校的教师，后又在伯尔尼州诺伊威勒的一所公立学校里教授德文、希腊文和法文。一八八五年后，施皮特勒放弃教职，相继在巴塞尔的《巴塞尔新闻》和苏黎世的《新苏黎世报》担任记者和专栏编辑，并撰写文学评论，直至一八九二年。这一年，他突然得到岳父的一大笔遗产，经济上有了保障，于是便辞去编辑工作，携家迁至卢塞恩定居，从此专事写作。在此期间，施皮特勒创作了不少抒情诗、叙事谣曲和小说，其中主要的有诗集《彼岸的世界》(1883)、《蝴蝶》(1889)，还有叙事谣曲集《叙事谣曲》(1896)，它包括了《忒修斯的婚礼》《死亡节》《流亡者雅各布的梦》等谣曲。此外还有一些直接反映社会现实生活的小说，如《库拉德少尉》(1898)，它通过父子的冲突反映了反传统的新生力量和守旧保守的力量之间的斗争。

从一九〇〇年到一九〇五年,施皮特勒分四卷出版了他的代表作——神话史诗《奥林匹斯的春天》。一九〇九年,该诗又经改写变为五部三十三章共约两万行诗。史诗《奥林匹斯的春天》叙述的是一个动人的神话故事。在奥林匹斯众神的命运决定者阿南柯的安排下,克隆纽斯政权被推翻,被幽禁在地狱里的神明们被唤醒,离开阴间,重返神山,竞夺美女和王位。第一部《升天》,描写的是众神从阴间到天国途中的见闻及遭遇。第二部《新娘赫拉》的主要内容是争夺王位的种种竞争。第三部《高潮》写的是宙斯取胜登上王位后的情况。第四部《高潮结束》写阿佛洛狄忒在人间的嬉闹和恶作剧,可看作高潮中的顶峰。第五部《宙斯》讲述宙斯治国的情况。他挑选海克勒斯做儿子,让他治理并统治人间。于是奥林匹斯进入了春天,春的气息也被带到了人间。

在这部神话史诗中,作者虽然采用了希腊神话传说中的故事情节和诸神的名字,但作者的意图并不局限于这一神话传说,而是借用这一题材,以现代意识进行崭新的创作。这是神话与现实的碰撞,在对众神超自然力量意味深长的赞叹之中,让我们也意识到人类社会的种种弊端和凡夫俗子的弱点。它深刻反映了作者所处的那个时代的特色。全诗自始至终采用了亚历山大体,即古典史诗通常所采用的六音步抑扬格,两行一韵,单韵双韵穿插进行,整齐而又错落有致。同时,作者又大量借用了希腊神话、《圣经》故事及一些民间故事,运用比喻、对比、拟人、象征、讽刺等艺术手法,使作品拥有浩瀚的内容、独特的韵味和奇异的风格。

继《奥林匹斯的春天》后,施皮特勒又相继出版了不少作品,其中主要的有诗集《时钟之歌》(1906)、小说《心象》(1906)、自传体小说《我的早年经历》(1914)和论文集《有趣的真理》(1898)等。《心象》是一部心理小说,它相当尖锐地反映了他的梦幻创作天赋和中产阶级道德观之间的冲突,对弗洛伊德创立精神分析学产生过重要影响。

施皮特勒生活在十九世纪后半叶和二十世纪初,他亲身体验了世纪末的悲凉,试图通过《圣经》故事和希腊神话传说等题材,采用象征性的寓意手法,写出以真善美对假恶丑的斗争为主题的史诗,来取代当时的"颓废艺术",给晚期资产阶级苍白无力的人道主义理想灌输新的生命力。可是由于他的作品脱离现实生活,且有过多的哲学思辨,一般读者很难理解,因而未能达到预期的效果。

一九二四年十二月十九日,施皮特勒在琉森去世。

授奖词

瑞典学院依照诺贝尔基金会的章程将去年未能颁发的一九一九年诺贝尔文学奖授予瑞士诗人卡尔·施皮特勒,以表彰他的史诗《奥林匹斯的春天》(1906)。

关于这部作品,的确可以说它的"重要意义只是近年才显示出来",过去对它能否为人们所充分接受直至对它的价值的怀疑已经被证明完全是多余的。它已经获得了普遍承认,而这不仅应归功于它精巧的诗的形式,而且还必须归功于作者所创造的合乎艺术与和谐的表达方式。这种表达方式只有极少数具有独立思考和理想主义的优秀天才才能创造出来。

我们决不赞成这样一种观点:这部诗作体现了与蒙昧思想不断斗争的结果,而不是源于清晰、自由思想的启发。诗人的艺术与批评界和读者对这种艺术的欣赏之间本来就存在着隔阂,但此隔阂在这部作品上并不能说明双方的缺点,而是更加证明了该作品内涵的丰富,只有极其小心谨慎的批评和判断才能显示它的完整性。

施皮特勒的《奥林匹斯的春天》只是由于它一九〇九年修改过的最后版本才在瑞士和德国流行开来。但年复一年,尤其自大战结束以来,人们对它的兴趣日益增长,读者群不断地扩大,今年看来发行量将达数千册之多。这样的行销量对于一部与时代步调相距甚远、长达六百页描写奥林匹斯诸神的史诗来说已经是极为可观了。由于它所采用的体裁,这部作品必须完整地阅读,读者需要投入他们的闲暇并集中注意力。为了写这部书,作者花费了几十年时间和精力,并在此期间有意地、甚至是残忍地将自己与时代动荡的生活相隔绝,很少计较自己应得的物质报酬。

他没有去调和这种矛盾,相反,却有意选择了一种使不同素养、气质、趣味和文化水准的读者感到迷惑和望而生畏的题材和写作方法。当他们试图理解展开在他们眼前的诗的世界时,一定会感受到这一点。从一开始,他便大胆地要求读者以韧性和忍耐追随他走完这令人好奇的路,而这条道路仅仅被清晰而不间断的情节脉络以及英雄们的独白和对话所照亮,但这种独白和对话完全不顾史诗的构架而充满戏剧性。文学鉴赏家可以在其间发现荷马的足迹,然而却会惊讶地意识到他正在被引往一个未知的从未意想到的目的地。

可是在其他方面,荷马的奥林匹斯同施皮特勒独创的神话有着多么尖锐而明显的不同!有人指责施皮特勒喜欢用语言学家及其追随者所制定的原则,写出鲜为人理解的意象以及精巧的象征来吸引这帮学究,这种说法是不公正的。他的奥林匹斯诸神和英雄,他的神话和神谕与古希腊诗人哲学家的风格或情调很少有相似之处。他的史诗既不是演绎近代古典文学的发现,也不能作为诗人有任何依赖于寓意阐释的证据。至于把这部作品与《浮士德》的第二部分相提并论,那更是一种误导,因为施皮特勒不必去模仿别人,用不着像老年歌德一样,为了调和浪漫派的热情和古典的平衡而借助浮士德和海伦的面具。施皮特勒的神话完全是个人的表达,是从他们受的教育中自然生长出来的,这种表达赋予斗争精神的活生生的骚动某种形式,为的是表达理想的憧憬,人类的痛苦,希望和幻想的破灭,在反对强制的必然性、争取自由意志的斗争中人类命运的盛衰。他为什么要关心现代美学潮流很难接受他那想象和现实混合在一起的梦幻般的世界?何况这个世界还充满了各种神话人物的名字。

即使我试图对《奥林匹斯的春天》的情节作一番细致而全面的介绍,我也无法勾画出一幅能够把它丰富的内容交代清楚的画面。我无法描绘它那光辉灿烂而又变化万千的各章节之间流动着的力,无法描绘出各部分与整体间的那种相互关联的细密、紧凑的关系。我只能说,奥林匹斯的光荣生命及它的小宇宙显示出欢乐和痛苦的力量,但最终在人类不知感恩、放肆和犯罪的痛苦中变成了一种无能的绝望。宙斯的儿子海克勒斯,虽然在他的天父、亲人和朋友赋予他所有的美好品质之后，仍然必须带着天母赫拉的仇恨和诅咒离开奥林匹斯山，以完成他在大地上那不被人类感谢的需要怜悯和勇气的使命。

除了奥林匹斯诸神的伟大业绩和冒险，他们胜利的战斗和彼此间的不和，对诗人而言，超人只有当他们能够控制他们的妄想和欲望时才有价值。

“智者把握命运，愚者听任命运的安排”，在所有人之上的，是命运的阴暗力量所代表的铁的普遍法则。在他们之下并与我们相关的是机械化的、没有灵魂的大自然的力量，这是神和人都必须为自己和别人的利益努力奉献的力量，但是，由于遭到邪恶和傲慢的滥用，它正在引导神和人走向愚蠢和毁灭。这部史诗有飞船和其他新奇的发明，以及庄严的圆顶拱门，这一切与荷马单纯、朴素的风格相去甚远。但是，卑鄙的扁平足人类以人造太阳剥夺了阿波罗的宇宙权柄，他们傲慢地企图用他们设计的阴险的车子和毒气在太空中加害他，这一切都证明人类建立在物质力量上的自信早已超过了限度，正使人类走向衰亡。

施皮特勒除了戏谑的情节，也描写他的英雄传奇般的考验和伟大业绩。他那恶作剧般的幽默使人想起意大利文艺复兴时期的诗人阿里奥斯托①。他的风格富有变化，充满各种语气和色彩：从庄严、哀婉过渡到极其严谨的明喻和写意刻画，再转为对大自然的生动描绘。诚然，他对大自然的描绘与希腊的自然风光完全不同，那是他的祖国阿尔卑斯山的风景。他所使用的六步抑扬格在格律和音韵的运用上充分显示出他驾驭语言的能力；他的语言恢宏有力，活泼生动，而且具有明显的瑞士色彩。

本学院十分高兴地在此表彰施皮特勒在他的诗篇中所体现的独立的文化。施皮特勒先生因病未能前来参加颁奖仪式，谨请瑞士大使馆转交这项奖励。

诺贝尔文学奖评委会主席 哈拉德·雅恩

章国锋 译

作品

含笑的玫瑰

一位公爵的女儿，
嗑着果仁，
在清清小溪边漫步。

一朵小玫瑰，

① 阿里奥斯托（1474—1533），意大利诗人。

艳红零落白绦丝丝，
扑在林地凋萎干枯。
她虽不堪硬土的欺凌，
可嘴边依然笑意流露。

“告诉我，小玫瑰，
你的生命力从哪来，
凋零中，
还那样笑口常开？”

几经挣扎，
玫瑰把头抬；
气吁吁，
轻声诉说：
“我闯过天堂曲径，
受泽于仙境草地；
天国的花香，
在我身旁轻吹。
纵然今朝红消香断，
我也要含笑魂归！”

马君玉　译

神签

金鱼池水清如镜，
妙龄公主对镜凝笑影。
戒指投池心，
暗自哦吟：
“嘀！明镜清波，
魔术一般，
给我一签，
为我占卜！”
瞧，青水碧池彩云飞，
袅袅向东飘拂。
哎！西天翻墨恶风吹，
欲把彩云吞没。

公主跃身枝条找，
青镜怒敲水波摇。
舞步莲花满园绕：
“全都是欺骗，
全都是鬼妖！
年轻，美貌，
才是我真实的写照！”

马君玉　译

太阳应考

行星，彗星，点点闪闪，
围住太阳，
突然罗列难题。

说一说：
哪来的光和热，
何有红黄橙蓝黑，
昼夜交替理何在。
——颗颗星星俨如行家，
神情自得。

太阳说：
“你们说的，我全不知晓。”
说罢起身站，
满眼喜悦，火般欢跳，
四周顿时明亮，
破晓！

马君玉　译

午间迷娘

农妇在田间对她的孩子诉说：

午间迷娘穿过稻田，
轻盈盈地匆匆挪移；
像蛇行一般快如流星，
像雉鸠一般来去无声无息。
此时此刻，
儿啊，你可要当心！

迷娘又搂抱又拖曳，
多少儿郎被她掳走；
六个六个的，
藏在暗处，
谁也不知。

迷娘取汤钵，
拌着罂粟熬好脂膏，
涂抹你的鬈发，
给你沐浴洗澡。

从此你着了魔，
中了邪。
我可怜的儿啊，
你想想，这怎么得了！
你理智衰竭，
记忆模糊，神志恍惚，
一切的一切，
顿时丢失。

你再也认不得爹娘，
找不到家乡。
你变得油头滑脑，
饥饿的眼光，
老瞅着那媛女的婀娜花哨。
——我的儿，这万万不行呀！

马君玉　译

乐天的水手

英勇水手六个，
兴高采烈，欢腾雀跃，
晨风中“嘿嘿，哈哈！”
他们狂欢乱叫。

大海喧腾，
卷走了给养，吞尽了货物。
五水手悲叹呼号：
“哦，苦命啊，苦命！”

可有一水手高喊“乌拉！”
眼看他自己的财物尽付汪洋，
对他的欢乐，对他的高兴，
伙伴们尽迷惘。

“我两次遭灾难，
洪水滔滔，
早把我的家园，我的细软，
吞噬一空。”

马君玉　译

1920
获奖作家
汉姆生

传略

一个被高尔基、托马斯·曼等尊为文学巨匠的作家,一个诺贝尔文学奖的获得者,在第二次世界大战期间,居然支持希特勒的法西斯主义,甚至当一九四〇年四月纳粹德国占领了他的祖国后,他还依旧拥护占领者,以致在战后八十六岁高龄时以叛国罪被判刑,后因病获释,在老人院中度过余生。这就是挪威作家汉姆生。

克努特·汉姆生(Knut Hamsun,1859—1952),原名克努特·彼得森,一八五九年八月四日生于挪威中部洛姆地区的农民家庭。一八六一年,他全家迁至北方边区哈马罗依岛的汉姆生农场,他在那儿度过了自己的童年,因而后来改名为克努特·汉姆生。一八六七年,父母将他送到叔父家干活,一去五年,直到一八七二年才回汉姆生老家,在一家杂货店工作。此后,曾先后当过修鞋匠、送煤工、修路工、仆人等,同时业余练习写作。二十岁时写出中篇小说《弗丽达》。

八十年代时,年轻的汉姆生为生活所迫,曾两度流落到美国,当过电车售票员和农业工人。在此期间他大量阅读了美国作家马克·吐温等人的作品,因而深受他们的影响。由于生活在底层,他对美国社会的实质有了一定程度的了解,一八八八年回国后以此为素材写了《现代美国的精神生活》(1889)一书,用从马克·吐温那儿学来的幽默感,对所谓的"美国生活方式"进行了辛辣的嘲讽。

一八九〇年,汉姆生与一名离婚的挪威女人结婚。同年发表成名作、长篇小说《饥饿》。该书是他十年来痛苦、绝望生活的写照。

此后,汉姆生致力于长篇小说的创作,又相继写出《神秘》(1892)、《牧羊神》(1894)和《维多丽娅》(1898)等。早在一八九〇年,汉姆生就开始发表文章,公开演讲,积极宣传文学应该着重于心理描写的主张,提倡写精神世界和思想活动。他还把自己的这些理论贯彻到小说《神秘》中。他的这种主张是对以易卜生为代表的挪威文学界的宣战。《神秘》可看成是汉姆生对这一主张的自我辩护，同时书中也隐约地攻击了易卜生等公认的“大人物”。

小说《大地的硕果》(1917)是汉姆生的代表作。他之所以能获得一九二〇年的诺贝尔文学奖，就是“由于他的里程碑式的作品《大地的硕果》”。这是一部歌咏大地、赞美劳作的史诗，它反映了作者这样一种思想意向：人类唯有回到原始的自然生活中去，才能保持精神上的纯洁和真诚，工业文明和商业经济终非人的立身之本，只有土地才可以养育人类和万物。评论界认为，《大地的硕果》的特点是质朴和简洁，具有古朴的史诗风格，从整体效果上说，它创造了一种“庄重的文体”，是一部独特的“农民小说”。

除以上作品外，汉姆生还创作了小说《最后的喜悦》(1912)、《最后一章》(1923)、三部曲《流浪汉》(1927)、《奥古斯塔》(1930)、《人生永存》(1933)，剧本《国门》(1895)、《生活的游戏》(1896)、《晚霞》(1898)，诗集《荒野的歌声》(1904)等。

一九四九年，获释后的汉姆生在老人院中完成了自己最后的一部作品《在蔓草丛生的小径上》。一九五二年二月十九日，作家以九十三岁高龄在格林姆斯德病逝。

汉姆生虽因推崇尼采哲学，主张超人统治而陷入赞美纳粹主义的泥坑，成为“叛国者”，但他七十年来辛勤创作的大量作品，仍被视为挪威文学的珍贵财富，同时也丰富了世界文学的宝库。

授奖词

按照诺贝尔基金会的章程，瑞典学院因挪威小说家克努特·汉姆生的作品《大地的硕果》(1917)，而将一九二〇年度的文学奖授予他。

一本书若是在短时间之内即以原文或译文的方式广为流传，那么再对其作详尽描述即成多余。这本书情节独特，风格新颖，因而在许多国家里引起了浓厚的兴趣，得到了种种最为迥异的读者群的高度评价。就是在近期，英国的一位一流且又显然保守的评论家写道，这本书只是今年才在英国面市，但却被一致赞誉为杰作。何以竟获得这样巨大的成功？这个问题无疑会令文学批评家们长期关注，但即使在现在，在第一印象的影响下，获得成功的原因也值得予以指出，起码也当笼统地指出。

尽管我们的时代有着一些流行的见解，但凡是想在文学中找到对现实的忠实再现的人都会在《大地的硕果》找到对一种生活的再现，那种生活形成了存在的基础，形成了人们生活和进行建设的社会发展的基础。这些描述并未因对一种漫长的高度文明化了的过去的回忆而受到歪曲，这些描述的直接效果是由那种呼唤产生的，那就是呼唤一切积极进取的人们，必须从一开始就经受(当然是在不同的外部条件中)与桀骜不驯的大自然的严酷斗争。若欲想象与通常称为经典的作品形成更为鲜明的对照，那会是困难的。

然而，这部作品也可以恰当地称为经典作品，但却又是在一种非同寻常的深刻意义上称为经典，也就是说，当“经典”这个称号所表达的并非某种含糊不清的赞扬的时候。

在我们从古代继承下来的文化中，经典与其说是供人模仿的完美范例，不如说是其重要性在于直接来自生活，并且以一种甚至对未来的时代也具有持久价值的形式写就的。其不重要之处本身也就无关紧要，也就不能以这种观念来予以理解，正如原先具有临时性的或是有缺陷的部分不能以这种观念来予以理解一样。但除此之外，人类生活中凡是有价值的事物尽管可能显得平淡无奇，但只要首次得到恰当的再现，就可与匠心独运、才华横溢之作列入同一个范畴，其意义和形式的价值不分轩轾。从这个意义上来看，可以毫不夸张地认为，在《大地的硕果》中，汉姆生给予我们的时代一部可与我们已拥有的最佳作品相抗衡的经典作品。就这方面来说，古代并不拥有一种令后代人无可匹敌的垄断，因为生活时时更新，取之不尽用之不竭，这样就总是可以由新的天才以新的形式展现出来。

汉姆生的作品是一种劳动史诗，作者给这史诗写下了不朽的诗句。这并不是一个将人们从内部和彼此当中分割开来的本质上不同的劳动问题，而是一个全神贯注进行劳作问题，这劳作以其最纯粹的形式把人们整个地塑造出来了，抚慰着分割的精神并使之结为一体，并用一种正规的、未被打断的进程保护着并增加着人们的果实。在诗人的笔下，拓荒者和第一个农夫的劳动历尽千辛万苦，因而也就带有了一种英勇斗争的特性，就庄严而言，那种英勇斗争丝毫不亚于为祖国和同胞做出的高贵牺牲。正如农民诗人赫希欧德①描述了田野里的劳动一样，汉姆生将那位理想的农夫置于他的作品最显著的地位，那农夫献出了他的整个生命和一切力量，以清理土地并战胜人们和自然力用以与他对抗的种种障碍。如果说汉姆生将文明一切深重的记忆都抛在身后的话，那么他也是用自己的作品为对种种新文化的一种精确的理解做出了贡献，我们的时代期待着那种新文化从体力劳动的进程中产生，成为古代文明的一种继续。

汉姆生并没有在他的舞台上呈现出所谓类型。他笔下的男主人公和女主人公全都栩栩如生，生活的环境全然平淡无奇。他们当中有一些人，而且也是最优秀的人物，其目标和思想毫无想象力可言，那位不知疲倦且又沉默寡言的农夫本人就是范例。其他的人则随波逐流，忧心忡忡，经常甚至被利己主义的渴望和愚行搞得茫然不知所措。他们全都带着其挪威起源的印记，他们全都在某种程度上为“大地的果实”所制约。同样的词语，由于所唤起的意象不同，所表达的意义也就有不可忽视的细微差别，这是我们的姊妹语言的特征之一。当我们瑞典人谈到“大地的果实”的时候，我们就立即想到某种肥沃的、丰富的、多汁的东西，尤其是在被长期耕耘的农业区的某种东西。汉姆生的这本书中的思想并没有引向这个方向。这儿，“大地”是凹凸不平的、形势险恶的荒芜的土地。它的果实并不是从丰饶之地收获的；它的果实包括在这块不毛之地上所能发芽和成长的一切，好的和坏的，美的和丑的，这既是指在人和动物当中的一切，亦指在森林和田野中的一切。这就是汉姆生的作品提供出来让我们收获的各种各样的果实。

然而，我们瑞典人，或者说起码有许多瑞典人，并不在这儿我们所描述的地区和情况当中感到陌生。我们再次发现了北方的气氛，那儿有着作为其自然环境和社会环境的组

① 赫希欧德，生活于公元前八世纪，古希腊最早的史诗诗人之一。

成部分的一切，而且在这道边界的两侧有着许多相似之处。除此之外，汉姆生还展现出了一些被吸引到那个新近开垦的国度的瑞典人，他们中的大多数人毫无疑问是被辉煌的经济成就的海市蜃楼所吸引，因为挪威海岸的城市就像伟大的世俗生活的诱惑物一样出现在地平线上，引诱着来自土地的沉重劳作的不设防的心脏。

这些以及其他极富人性的投射远非削弱了故事的经典内容所产生的印象，而是强化了这种印象。它们驱散了人们看到以真实为代价的理想光芒时可能感觉到的忧虑，保证了设计的真诚、意象和人物的真实。没有一个人不会注意到它们共同的人性，证据就是，这部作品在具有不同的心态、语言和习惯的人们当中受到了欢迎。除此之外，作者还用微笑的幽默的轻快笔触来处理他所涉及的甚至最悲惨的事情，由此证明他本人对人的命运和人性深表同情。但是在故事中，他从未偏离最为完整的艺术宁静。其风格一扫虚浮的矫饰，以有把握的笔触清晰地展现出真实的事物，人们在这风格中重新发现了，在一种个人的和有力的形式之下，有着作家母语的一切丰富而又细腻之处。

克努特·汉姆生先生——你不顾季节的严酷，不顾此刻尤其艰苦的旅途劳顿，前来领取授予你的奖金，这给瑞典学院带来了极大的欢乐，而这欢乐又必将为这个仪式上所有在场者所分享。我以瑞典学院的名义，试图尽可能完美地在所给我的短时间内起码表达出我们之所以如此高度评价你刚受到褒奖的作品的一些主要理由。因而，在我现在对你本人交谈时，我也就不想再重复我已说过的话。我只想说的就是，以瑞典学院的名义向你表示祝贺，并且希望，你将对这次访问的记忆永远地把我们联系在一起。

诺贝尔文学奖评委会主席 哈拉德·雅恩

王义国 译

作品

爱之奴

一

这是我写的。我今天写这些，是为了减轻内心的痛苦。我失去了小餐馆的工作和快乐的时光，失去了一切。那是在玛克西米连餐馆。

一位穿灰衣服的年轻先生和他的两个朋友天天晚上都来，坐在归我管的一张桌子前。很多别的先生也来这里，他们对我都有句客气话——可就是这位穿灰衣服的，什么话都没有。他瘦高个儿，松软的黑发，蓝色的眼睛，有时也朝我看看。他的上唇已经长出不多点的小胡子。

开始，他大概对我还有点反感，这人真是！

有一个礼拜,他天天来。我对他天天来习惯了,有时他不来还想他。一天晚上他没来,我到处找他,最后,在另一个入口边靠大柱子的一张桌子上找到了他,他和马戏团的一个女人坐在一起。那女人穿一身黄衣服,长手套一直套到胳膊肘上面。她年轻,长着一对美丽的黑眼睛,我的眼睛却是蓝色的。

我在他们旁边只待了一会儿,但也听见他们在说什么。她在责备他什么呢,她烦他,要他走开。我心里暗自说:“圣母玛利亚,他干吗不来找我呢?”

第二天晚上,他和他的两个朋友来了,并在我管的一张桌子旁坐下来。我要负责五张桌子,所以没有像以往那样立刻上去照应他们。我有些脸红,装作没看见他,他招手叫我,我才走过去。

我说:“你们昨天没来?”

“咱们的招待员身材真苗条,看她多逗人爱!”他对他的两个同伴说。

“要啤酒吗?”我问。

“要。”他答。

我简直是跑着送来三大杯啤酒。

二

过了几天。

他给了我一张明信片,说:“把这个送给……”

我还没等他说完就接过来,给那个黄衣女郎送去了。在路上我看了看他的名字:伏拉基米尔·特×××。

我回来后,他眼巴巴地望着我。

“没错儿,我真送去了。”我说。

“没回话儿?”

“没有。”

他给了我一个马克,并笑着说:“没回话本身就是回话。”

那天晚上,他一直坐在那里瞧着那位女郎和陪同她的人。十一点钟的时候,他站起来朝她桌子前走去。他遭到了她的冷遇。她的两个陪同者倒搭话了,问了他几个刻薄的问题,并讥笑他。他在那边只待了几分钟,过来后,我指给他看,他们把啤酒都倒在他雨衣口袋上了。他脱下雨衣,猛地掉过头去,朝着马戏团女郎桌子那边看了一会儿。我替他把雨衣擦干,他对我说:“谢谢,奴仆。”

我帮他穿雨衣的时候,偷偷地在他脊背上很快地抚摩了一下。

他坐下沉思起来。他的一个朋友还要啤酒,我拿上他的大杯子给添满了,我想过去给特×××的杯子也满上。

“不要了。”说着,他把一只手放在我手背上。

他的这个举动使我赶忙抽回胳膊。他肯定觉察出来了,因为他也很快把自己的手抽了回去。

晚上,我两次在床前跪下来为他祈祷。我兴奋地亲吻自己的右手,他碰过的那只手。

三

有一次,他还给我花儿,好多好多的花儿。他是在进门前才从卖花姑娘那里买来的,花儿又鲜又红,一篮子花儿几乎全让他买下了。他把花儿放在他桌子前许久,他的朋友一个也没有来。我一有机会,就站在大柱子后面偷偷地看他,心想:他是叫伏拉基米尔·特×××啊!

大约又过去了一个小时,他不停地看着表。

我问他:“你在等人吗?”

他心不在焉地看了我一眼,突然说:“没有,我谁也不等,我等谁呀?”

“我以为你在等什么人呢!”我重复了一句。

“你过来,”他说,“这给你。”

他把那么多花儿都给了我。

我道了声谢,可是不知这会儿怎么都说不出来,声音小得可怜。我觉得浑身的热血都沸腾起来,等我回到订菜的柜台前时,已有些上气不接下气。

“你要什么?”女管事员问。

“你猜怎么着?”我答道。

“我猜怎么着?”女管事员说,“你疯啦?”

“你猜谁给我的这些花儿?”我说。

经理走了过来。

“你还没给那位装假腿的先生上啤酒呢!”我听见他说。

“是伏拉基米尔给我的。”说完,我端上啤酒赶忙走了。

特×××还没有走。他刚站起来要走,我又跑过去谢了他。他犹豫了一下说:“其实,我是给别人买的。”

唉,也许他是给别人买的,可是我得到了。总算是我得了,反正不是他要给买的那个人得到的。并且,他还让我为这些花儿谢了他。晚安,伏拉基米尔。

四

第二天早晨下雨了。今天是穿那身黑色的衣服还是绿色的衣服呢?我想道。绿色的吧!这一身最新,我就穿这一身。我多幸福!

我走到电车站,见一位妇女正淋着雨等车,她没带伞,我让她和我共打一把伞,她却说:“谢谢,不用。”于是,我把伞收了起来,这样,那位妇女也就不至于一个人挨淋了,我想道。

那天晚上,伏拉基米尔来到了小餐馆。

“谢谢你昨天给我的花。”我自豪地说。

“什么花儿?”他问道,“别再对我提那些花儿了!”

“我是要谢谢你给我的花儿。”我说。

他耸了耸肩答道:“我爱的不是你,奴仆。”

他爱的不是我——当然不是,我根本没想到他会爱我,我并不失望。可是,我每天晚上都见他,他坐在我管的桌子前,从来不上别人管的桌子去,是我给他上啤酒。欢迎你再来,伏拉基米尔。

第二天晚上他来晚了,他问:“你钱多吗,奴仆?”

“不多,对不起,”我说,“我是个穷姑娘。”

然后,他看着我微笑着说:“我想你误解了,我需要点钱,明天还你。”

“我有点钱,在家里,一百三十马克。”

“在家,不在这儿?”

我答道:“等一刻钟,等我下班后一起走,我给你去拿。”

他等了一刻钟,就跟我去了。他说就要一百马克。他一直彬彬有礼地和我并排走着,既不把我甩在他后面,也没让我独自走在前头,好男子都是这么做的。

“我就一间小屋子。”到了门口,我说。

“我不上去了,”他说,“我就在这儿等。”

他等着。

我下来后,他数了数钱,并说:“这里不止一百马克,我要给你十马克小费,是的,是的,听我说,我要给你十马克的小费。”说完,递给我钱,说了声“晚安”,就走了。在拐角的地方,我见他停下来,给那个瘸子叫花婆一个硬币。

五

第二天晚上,他一见面就说对不起,仍然还不了我的钱。他还不能还我的钱,真谢天谢地。他坦率地告诉我,他把钱都用光了。

“有什么可说的呢,奴仆?”他笑了笑说,“你知道——那个黄衣女郎。”

“你干吗要管咱们的女招待叫奴仆?”他的一个朋友问,“你比她还奴仆哩。”

“要啤酒吗?”我打断了他们的谈话。

不一会儿,黄衣女郎就进来了,特×××站起来向她鞠躬。他鞠得毕恭毕敬,头发都遮住了脸。

她没理他,从他身边走过去,坐在一张空桌子旁,向他示意桌子对面的两把椅子。特×××立即走过去,坐在她所指的一把椅子上,两分钟后,他站起来,大声说:“好,我就走,我再也不回来了!”

“谢谢。”她回敬道。

我高兴死了,一口气跑到柜台,情不自禁地说起来。无疑,我告诉他们,他再也不去找她了。经理正好走过来,他狠狠地说了我一顿,但我也没往心里去。

小餐馆十二点钟关门以后,特×××送我到家。

“请把我昨天作为小费给你的那十马克再借我五马克。”他说。

我愿把十个马克全给他，他也收下了；可是不容我争辩，他又把其中的五个作为小费给了我。

“今儿晚上我太高兴了，”我说，“要是你能上去就好了，就是屋子小了点。”

“我不上去了，”他答道，“晚安！”

他走了。他又从那个叫花婆旁边走过，尽管她向他行了屈膝礼，他这回却忘了给她点儿钱。我跑过去，给了她点儿东西，说：“这是刚才打这儿经过的那位先生给你的，就是穿灰衣服的那位先生。”

“穿灰衣服的先生？”叫花婆问道。

“黑头发的那位，伏拉基米尔。”

“您是他的妻子吗？”

我告诉她：“不，我是他的奴仆。”

六

连着好几天晚上，他都说他抱歉，还不能还我钱。我求他不要再提这事了。他的声音很大，大家都听见了，很多人笑他。

“我真无赖，”他说，“我借了你的钱却还不起，我宁可砍下右手来换一张五十马克的钞票。”

我听了这些话心里很难受。真不知怎么才能替他找些钱，尽管我知道自己毫无办法。

他继续对我说：“假若你想知道为什么变了卦，我可以告诉你，黄衣女郎随马戏团上别的地方去了，我已经忘掉她了，再也不想她了。”

“可是，你今天还给她写了一封信。”他的一个朋友说道。

“最后一封。”伏拉基米尔答道。

我从卖花姑娘那里买了一朵玫瑰花，给他别在左边扣眼上。别花的时候，我的双手感觉到了他的呼吸，颤抖得连别针都别不进去了。

“谢谢。”他说。

我到工作台找他们要回欠我的几个马克，送给了伏拉基米尔。其实，这算不了什么。

“谢谢你。”他再次说。

那天晚上我一直很高兴，可是伏拉基米尔忽然大声说道：“有了这些钱，我就可以出去逛一个礼拜，等我回来就可以还你钱了。”他见我有些激动，又说：“我爱的是你！”他拉着我的手。

我也有点儿糊涂了，他要走了，却不告诉我他要上哪儿去，甚至我都问了他，他还是不告诉。眼前的一切，餐馆、吊灯、周围的顾客都旋转起来，我受不了啦，一下抓住了他的两只手。

“过一个礼拜我就又和你在一起了。”他说着，突地站起来。

这时，我听见经理对我说："你还是另谋出路吧！"

走就走！我想，没什么了不起！过一个礼拜，伏拉基米尔就回来和我在一起了！我想掉转头来谢谢他，可他已经不见了。

七

一个礼拜以后，晚上我回家，接到他来的一封信。信写得很令人沮丧。他说，他是去追黄衣女郎了，再也还不了我的钱了，并且无限悲伤。然后，他再次说自己是无耻之徒。落款处写着："黄衣女郎的奴仆。"

我日夜伤心，什么事也做不成。过了一个礼拜，我失去了工作，又开始为职业奔波。白天，我在别的餐馆或饭店申请工作，有时还挨门挨户按门铃，问人家要不要帮手；但，这全是徒劳。晚上，我花半价买上所有的报纸，回家后阅览全部广告启事，心想：也许我能找到个工作，这样，既能救伏拉基米尔，又能救自己……

昨天晚上，我在报纸上看到他的名字，并读了关于他的消息。我立即跑了出去，游逛一夜，今早才回来。我也许在哪儿睡过一觉，也许在谁家台阶上呆坐过一阵，这些，我现在都记不清楚了。

今天我又把那张报纸读了一遍。我是昨晚回到家才第一次读到这条消息的。开始，我紧握着自己的双手，然后，又坐在椅子上。过了一会儿，我又靠着椅子坐在地上。我坐在那儿一边想着，一边用手拍打着地板。也许我什么都没有想；但我头脑里老有一种嗡嗡声，我的感觉完全迟钝了。也许就在那时候，我起身出去了。在拐弯的地方，我记得我给了那个老叫花婆一个硬币，还说："这是那位穿灰衣服的先生给的，还记得他吗？"

"您大概是他的未婚妻吧？"

我答道："不，我是他的遗孀……"

我就这么一直在街上徘徊到天明，现在我又读了一遍这份报纸。

他叫伏拉基米尔·特×××。

裴显亚　译

1921

获奖作家

法朗士

传略

一九二一年，瑞典学院把本年度的诺贝尔文学奖授给了法国小说家、诗人、文学评论家和社会活动家阿纳托尔·法朗士，以表彰“他辉煌的文学成就，其特点是高贵的风格、深厚的人类同情、优雅和真正高卢人的气质”。

阿纳托尔·法朗士（Anatole France，1844—1924），原名阿纳托尔·蒂波，一八四四年四月十六日生于巴黎的一个书商家庭。一八五五年他入圣玛丽学校学习，以后又转入史塔尼斯拉斯中学。虽然课业成绩一般，但他博览群书，小说、诗歌、历史、哲学等方面的著作都有所涉猎，这些知识都成了他日后写作灵感的源泉。一八六二年，法朗士中学毕业，随即开始自谋生计，在勒迈尔出版社任校对工作，从而结识了帕尔纳斯派领导人勒孔特·德·李勒等人，参加了帕尔纳斯派诗歌团体的活动，并开始在报刊上发表诗歌、小说和评论。一八七三年和一八七六年，他先后出版了诗集《金色诗集》和三幕诗剧《科林斯人的婚礼》。

一八八一年出版的长篇小说《波纳尔的罪行》是法朗士的成名作，该书的出版奠定了他在文坛上的地位，并使他获得了法兰西学院奖。此后，他又陆续发表了小说《让·塞尔维安的愿望》（1882）、《阿贝依》（1883）、《恐惧的祭坛》（1884）、《友人之书》（1885）等，以及四卷本文学评论集《文学生活》第一卷（1888）。

九十年代初，法朗士相继出版了另两部重要的长篇小说：《苔依丝》（1890）和《鹅掌女王烤肉店》（1892）。《苔依丝》系在法朗士的终身伴侣卡亚菲夫人的建议下，根据作者早年的诗歌《圣苔依丝的传说》改写而成的。它讲的是一个修道士感化妓女，最后自己坠入情网的故事。作品淋漓尽致地抨击了信仰狂徒们的禁欲主义，对宗教进行了无情的嘲弄，它用歌颂世俗生活批判了基督教的来世思想，充分表现了作者的人道主义思想以及反对政教合一、争取自由进步的明朗态度。《鹅掌女王烤肉店》是一部哲理小说，它借用十八世纪的故事作框架，通过烤肉店主的儿子雅克回忆老师瓜纳尔长老的言行，对法国的社会现实进行了辛辣的嘲讽。该书表明法朗士对人性的看法已和八十年代初完全不同。他不再歌颂人性的善和美，而是极力揭露人性的丑和恶。他认为，人类的本性就是粗暴、自私、嫉妒、好色、残酷，而且一直如此。这标志着他已从传统的人道主义转向了怀疑主义。这一时期，他还发表了小说《红百合花》(1894)、《伊壁鸠鲁的花园》(1894)、《圣克莱尔之井》(1895)及文学评论集《文学生活》的第二、三、四卷，并于一八九六年当选为法兰西学院院士。

十九世纪末，法国的社会矛盾日趋激化，促使法朗士进一步关心社会问题。这一时期他的主要作品为四卷本长篇小说《现代史话》，其中包括《路旁榆树》(1897)、《柳条模型》(1897)、《红宝石戒指》(1899)和《贝日莱先生在巴黎》(1901)。这是一幅历史长卷，它描绘了德雷福斯事件前后的严峻形势，揭露了教权派的种种阴谋，反映了十九世纪末法国的社会面貌和人们的精神状态。著名的短篇小说《克兰比尔》(1901)是德雷福斯事件的一个缩影，它通过卖菜老人克兰比尔被警察诬陷的不幸遭遇，揭露了资产阶级司法制度的虚伪和腐败。此后，他还陆续发表了有关宗教、战争、殖民主义和社会主义问题的小说《在白石上》(1905)和无情嘲弄法国历史、宗教、传统和现代文明的幻想小说《企鹅岛》(1908)。

一九一二年发表的长篇小说《诸神渴了》是法朗士历史小说中"情节很戏剧化的一部杰作"，它再次表达了作家反对暴力、主张仁爱的人道主义思想。此外，它还显示了作者善于将故事、寓言和哲理相互穿插的高超技巧。接着，他又发表了彻底揭穿教会有关天使的种种荒诞传说的小说《天使的叛变》(1914)。第一次世界大战的灾难加深了法朗士的悲观失望情绪，战后只发表了两部回忆录《小皮埃尔》(1919)和《如花之年》(1922)。

法朗士于一九二四年十月十二日逝世，法国政府和人民为他举行了隆重的国葬。

授奖词

阿纳托尔·法朗士在一八八一年以他奇特的小说《波纳尔的罪行》引起了法国文学界乃至文明世界的注意，那时他已经不是一个年轻人了。在此之前他有许多年并不引人注目，然而在这段逐渐成长的岁月里，他在文学方面做出了罕见的努力，他以自己的才智、思想和体验所写成的作品，虽然不太有力，却是篇幅得当，富有生气。他并不过分渴望成名，在他的一生中雄心似乎只起着微不足道的作用。确实，他说过自己在七岁时就想成名。善良虔诚的母亲讲给他听的圣徒的传说，激励着他想到沙漠定居，做一个隐士，像圣安东尼①和圣热罗姆②那样荣耀。他的沙漠就是"植物园"。那里的棚舍和笼子里生

① 圣安东尼(约251—约355)，相传为基督教古代隐修院创始人。
② 圣热罗姆(约342—420)，古代基督教圣经学家、教父。

活着许多野兽,天父似乎伸出双臂,给园里的羚羊、麋鹿和鸽子以天堂的祝福。他的母亲对这种虚荣心非常担忧,然而丈夫安慰她说:“亲爱的,你会看到他二十岁时就讨厌名声了。”“我的父亲没有看错,”法朗士说过,“从前我没有名声,也根本不想让我的名字刻在人们的记忆里,但是我像伊弗托的国王一样活得很好。至于想成为一个隐士的梦想,每当我认为我过的生活毫不快乐时,都要把它重温一下。换句话说,我每天都在重温这个梦想。而大自然则每天都抓住我的耳朵,带我去体验我们卑微生活中所产生的乐趣。”十五岁时,年轻的阿纳托尔·法朗士把他的第一篇作文《法兰西王后圣拉德贡德的传说》题献给他的父亲和他挚爱的母亲。这部作品没有保存下来,但是甚至在很久以后,他对圣人的信仰已经消失的时候,还仍然能以染着金色光环的笔来写他们的传说。

阿纳托尔·法朗士的名字似乎首先是作为诗歌明星闪耀在当时明亮的星座之中。在他有资格的父亲所开的旧书店里,他很快就渴望知识,流连在旧书的尘埃之中。在这个书店里,“法国的武器”这块骄傲的招牌启发了父子俩对这个文学名称的兴趣,收藏家和珍本爱好者也来查寻新到的珍本,议论着作者和版本。年轻的阿纳托尔总是仔细倾听,因此在这种神秘的博学气氛中受到了启蒙,并把它视为宁静生活中最大的乐趣。我们只要看看瓜纳尔长老和他在“鹅掌女王”烤肉店里焕发的光彩就够了。为了换取在世上快乐地生活所需要的衣食,他在店里给年轻的烤肉师上课,充分发挥他充满智慧、讽刺和基督教信仰的口才。我们看到他走进书店,免费用刚刚来自经典版本之国荷兰的书籍来满足他的心灵。还有贝日莱先生,他厌烦乏味的家庭,来到书店和聚在书架旁边的朋友们谈天,以此度过他一天中最美好的时光。阿纳托尔·法朗士是属于书店内书痴式的诗人。他的想象力在珍本收藏家的幻觉中任意驰骋,例如他曾赞美阿斯达拉克绝妙的规模巨大的馆藏图书和手稿,这位尊贵的神学家在其中寻找过证实他的迷信的依据。“比以前远为强烈,”瓜纳尔在他的冒险生涯结束时说道,“我想坐在某个令人敬仰的藏书室的一张桌子后面,那里静静地堆放着许多精选的书籍。与人相比,我宁愿和它们谈话。我发现了各种生活方式,认为最好的方式就是自己专心读书,平静地承受生活的沧桑,并且以数百年来历代帝国的景象,使我们短暂的日子得以延长。”喜爱富有才华的著作,是阿纳托尔·法朗士个人信仰的一个基本特征,正如他的长老一样,他宁愿从知识和思想的象牙之塔的顶端,对准最遥远的时代和国家凝视。他过去为信仰而献身,而他的讽刺现在仍富有活力。

然而,尽管我们的存在是脆弱的,但是美依然无处不在,而作家则赋予它具体的形式和风格。阿纳托尔·法朗士的博学和深思,使他的作品具有一种罕见的庄重,而同样重要的是他为完善自己的风格而付出的辛勤努力。他塑造的语言是最高贵的语言之一。法语是拉丁母语得天独厚的女儿,曾被最杰出的大师们所运用。庄重也好,欢乐也好,它都拥有宁静和魅力、力量和旋律。法朗士在许多地方都宣称它是地球上最美的语言,像对一个钟爱的女人那样对它使用了许多最温柔的形容词。然而作为古人的一位真正的子孙,他希望它朴实单纯。他是一位艺术家,无疑是最杰出的艺术家之一,然而他的艺术立志于捍卫他的语言,通过严格的净化让它变得淳朴,同时尽可能富有表现力。当代欧洲流行着有害于语言净化的肤浅的艺术爱好,而他的作品则是在艺术如何使用真正的源泉方面富有教育意义的典范。他的语言是古典的法语,是费奈隆①和伏尔泰的法语,当然他也为美化它做出了新的贡献,赋予它一种轻微的古代痕迹,使之巧妙地适合他的往往取自古代的主题。他的法语是如此明晰,以至人们总是联想起他那句关于利利特的女儿蕾拉——一位从他的想象中冒出来的鲜明而脆弱的人物的话:“如果水晶会开口,它也会以这种方式说话。”

阿纳托尔·法朗士的名字由于他的作品而获得了世界性的声誉,他虽然不想出名,却也无法避免。现在我们自己乐于对其中的某些作品进行回顾。这样一来我们常常会碰到法朗士本人,因为他不像大多数作家那样愿意躲在自己的词句后面。

他是一位公认的讲故事的大师,他以此创造了一种纯属个人的体裁,博学、富有想象和清澈迷人的风格,以及为了产生神奇效果而深刻地融合在一起的讽刺和激情。谁能忘记他的巴尔塔扎尔?这位埃塞俄比亚的黑人国王,去拜访希巴美丽的女王巴吉丝,并且立即赢得了她的爱情。然而轻浮的女王不久就忘了他另有新欢,巴尔塔扎尔的身心受到严重的创伤,他回国后埋头研究预言家的最高智慧和天文学。突然一道令人吃惊和美妙的光芒照射到他由情欲引起的极度忧郁之上,巴尔塔扎尔发现了一颗新星,这颗星在高高的天空对他说话,在它放射的光芒中他和两位邻国的国王结交了。巴吉丝不能再迷住他,他的灵魂摆脱了肉欲,他同意追随这颗星星。这颗会说话的星星不是别的,正是它曾把三博士引导到耶路撒冷的马槽。

法朗士以他的古典大师之手,又一次在我们眼前打开了一个充满无价之宝的真珠母。我们在其中发现了这个略具讽刺意味、然而最有魅力的传说,有塞勒斯坦和达米耶,老隐士和年轻的农牧神。他们齐唱复活节的颂歌。一个赞美基督的复活,另一个颂扬旭日的东升,他们的崇拜纯洁虔诚、息息相通,最后在历史学家敏锐的眼里同归于一个神圣的坟墓。这个故事告诉我们,法朗士热衷的领域是介于异教和基督教之间,这里的黄昏混合着黎明,森林之神遇见了使徒,神圣的和渎神的动物一起漫步,丰富的素材使他的所有微妙的幻想、沉思和诙谐的讽刺有了用武之地。我们往往不知道这是幻想还是现实。

关于圣奥利弗里和利伯莱特、欧弗罗西纳和斯科拉斯蒂卡的传说,受到称赞的是它们浪漫的高雅。这些篇章取自圣徒的编年史,或许是文学的仿作,但是由于法朗士的才华和灵感而写得出神入化。

法朗士又把我们带到锡耶纳城外的地坑,在春天的黎明时分,一个漂亮的卡迈尔教派修士讲述阿西西的圣方济及其心灵的女儿圣克莱尔,以及侍候朱庇特、农神和耶稣这三个不同主人的神圣的森林之神的故事。这是一个毫无启发性的、但是被法朗士以最精美的文笔重新改写的深奥传说。

在他著名的小说《苔依丝》(1889)里,他热情地深入了亚历山大城的世界,当时在希

① 费奈隆(1651—1715),法国天主教大主教,神秘主义神学家、文学家。

腊文明软弱的幸存者之中,正经受着基督教鞭笞的折磨。怀疑主义和肉欲在这里达到了顶点,神秘和唯美主义的纵酒作乐比比皆是,化为人形的天使和魔鬼在教会的神甫和新希腊主义哲学家们的周围恫吓,在他们上面争夺着人的灵魂。这个故事充满了那个时代道德上的虚无主义,但是包含着优美的段落,例如在孤独的沙漠中隐居者们在圆柱上传道,或者在木乃伊坟墓中做噩梦都是很精彩的描写。

无论如何,我们都应该把《鹅掌女王烤肉店》(1892)视为阿纳托尔·法朗士第一流的小说。他在书里刻画了一群真实地面对生活的人物,在他们五彩缤纷的世界里,他们是法朗士智慧的正统的或自然的子孙。瓜纳尔长老是如此生动,以致我们可以把他作为一个真实的人物来研究。只有触及他的隐私,他才显示出他全部的复杂性。别人也许和我会有同感。一开始我大不同情这个笨家伙,这个多嘴的长老和神学博士,他不大关心自己的尊严,有时甚至偷窃或犯其他同样可耻的罪行,而且还厚着脸皮为自己辩护。然而他的形象在被人熟悉之后便有所好转,于是我学着去喜欢他。他不仅是一个杰出的诡辩家,而且是一个极其有趣的人物,他的嘲讽不但针对别人,同样也针对他自己。这里深刻的幽默在于他的高尚见解和他的卑劣生活的对照,我们应该用他创造的宽容的微笑来看待他。瓜纳尔是当代文学中最引人注目的形象之一。他是拉伯雷的葡萄园里一棵新的茁壮的植物。

一个使人一看就觉得滑稽和可爱的人物是犹太神学家阿斯塔拉克。这位粗俗的神秘主义者显然应该属于讲述十八世纪礼仪的小说。然而这个魔术师是一个特殊的有灵气的人,他摆脱了世俗的羁绊,在由蝾螈和女精灵组成的温柔而又有益的天地里自得其乐。为了证明这些生物的才华,阿斯塔拉克说有一次一个女精灵曾迫使一位法国学者送信给当时正在斯德哥尔摩向克里斯蒂娜女王讲授哲学的笛卡儿。阿纳托尔·法朗士也许是迷信不共戴天的敌人,然而他应该感激这种迷信赋予了他作品一切愉快的联想。

长老的学生、年轻的烤肉师以令人赞叹的淳朴的虔诚语调叙述了所有这些动荡的事件。当他可敬的、不顾一切的老师在最后一刻受到坏人袭击、终于作为一个自己从不讳言的基督徒圣洁地死去之后,这个学生用拉丁文撰写了一段巧妙地颂扬长老的智慧和品德的文字。作者自己在以后的作品中,也为他的主人公写了一篇赞语,说他是伊壁鸠鲁和圣方济的结合,是个温和地藐视人类的人,并谈到了他善意的讽刺和宽容的怀疑主义。除了宗教方面之外,这种特征完全适用于阿纳托尔·法朗士本人。

现在让我们无忧无虑地伴随他到伊壁鸠鲁的花园里进行哲学的漫步吧。他会教我们谦逊。他会对我们说:世界极其广大而人极其渺小。你们在想象什么?我们的理想是发光的阴影,然而只有在阴影后面我们才能发现真正的快乐。他会说人类的平庸随处可见,但是他不会把自己排除在外。我们也许责备他在某些作品里过多地描写了声色之乐和享乐主义的感想,例如他对佛罗伦萨的红百合标志的描写就不是出于严肃的思考。他会以与他精神上的父亲的格言相符的话回答说,心灵的快乐远远超过肉体的快乐,而安宁平静的灵魂则是明智的人驾驶船只躲避感官生活的风暴的港湾。我们要倾听他对时间表示的愿望,它剥夺我们的东西是如此之多,却可以让我们怜悯自己的同类,这样在年老时我们才不会发现自己像是被关进了一座坟墓。

阿纳托尔·法朗士沿着这种倾向离开了他审美的隐居生活,他的“象牙之塔”,使自己投身于当时的社会斗争之中,像伏尔泰一样为自己被曲解的爱国主义、为恢复被迫害的人的权利而大声疾呼。他来到工人之中,设法在阶级之间和民族之间进行调解。他的晚年并未成为一个限制他的坟墓,最后的时刻对于他是美好的。在美惠三女神的宫廷里度过了许多年阳光灿烂的生活以后,他还是抛弃了多彩愉快的学习生涯而投身于理想主义的奋斗,在晚年去反对社会的堕落、物质主义和金钱的影响。他在这方面的活动并未直接引起我们的关心,但是对于在其高尚情操的背景下确定他的文学形象大有裨益。他不是一个野心勃勃的人。他关于圣女贞德的作品颇多争议,他为写这本书付出了巨大的心血,企图揭开这位受神启示的法国女英雄的神秘面纱,恢复她的本性和真实的生活,这在准备使她成为圣徒的时代里是一件吃力不讨好的事情。

《诸神渴了》是描写法国大革命进程的杰作,这场被认为是为理想而斗争的革命,反映了人浸在血泊之中无足轻重的命运。无论如何,我们不要认为法朗士是想把它表现为最后的清算。要清晰地描绘人类走向宽容和人道的进程,一个世纪既遥远又太短暂了。有多少事件证实了他的预言!这本书出版后几年,便发生了巨大的灾难。现在为蝾螈们的游戏准备了多么漂亮的舞台!战争的硝烟仍然在地球上弥漫,烟雾之外则涌现了地球上邪恶的神灵。它们是复活的死人?阴郁的先知们作了一次新的预言。一股迷信的浪潮威胁要淹没文明的废墟。阿纳托尔·法朗士掌握着微妙而辛辣的武器,把这些幽灵和假圣徒打得狼狈逃窜。对于我们这个时代,信仰是完全必需的——然而是一种经过健康的怀疑、明晰的精神净化的信仰,即一种新的人道主义,一种新的文艺复兴,一种新的宗教改革。

像文明世界的其他地方一样,瑞典不能忘记它归功于法国文明的地方。在形式上我们受到法国古典主义这颗古代成熟而美妙的果实的丰富滋养。没有它我们会是什么样子?这是我们今天应该扪心自问的。阿纳托尔·法朗士是当代这种文明最权威的代表,是最后一位杰出的古典主义者。他甚至被视为最后一个“欧洲人”。确实,沙文主义是最罪恶和最愚蠢的意识形态,它企图用惨遭破坏的废墟建起新的围墙,阻止自由知识分子在民族之间进行交流,在这样的时代里,他明朗动听的声音比别人更为响亮,告诫人们要懂得他们都彼此需要。这个机智、卓越、宽宏大量和无所畏惧的骑士,在文明向野蛮发动的崇高而不停的战争中是最优秀的斗士。他是高乃依和拉辛创造英雄的光辉时代里的一位法国统帅。

今天,在我们古老的日耳曼祖国,当我们把这个世界性的文学奖颁发给这位法国大师,真和美的忠实仆人,人道主义的继承者,拉伯雷、蒙田、伏尔泰、勒南的后裔的时候,我们想起了他有一次在勒南雕像下面所说的话,这句话表明了他的全部信仰:“人类在缓慢地但必然地实现着智者的梦想。”

阿纳托尔·法朗士先生——您继承了法兰西语言这种令人赞赏的工具,这是一个高尚和典雅的民族的语言,因您而增添光彩的著名的法兰西学院尊敬地捍卫着它,使它保持令人羡慕的纯洁环境。您拥有这个明晰锐利的出色工具,它在您的手中获得了闪耀着光彩的美。您曾出色地运用它创造出在风格的精致方面都是真正法国式的杰作。然而使我们陶醉的不仅是您的艺术:我们同样尊敬您的创作天才,并且为您作品中许多高贵的篇章显示出来的宽容和怜悯之心倾倒。

瑞典学院常务秘书 埃·阿·卡尔费尔德

吴岳添 译

作品

克兰比尔(节选)

二 克兰比尔的意外事件

汝老姆·克兰比尔是个在街上叫卖蔬菜的小贩。他推了小车子满城跑,喊着:"白菜,大萝卜,胡萝卜!"碰上有大葱的时候,他就喊:"成把儿的龙须菜呀!"因为穷人的龙须菜就是大葱。可是,十月二十日那一天,就在正午的时候,他正沿了蒙玛特街往下走,巴耶太太,"保护神"鞋店的老板娘,走出了她的店门,来到青菜车子的跟前。她满不在乎地掀起一把大葱说:

"你这大葱可不算好。多少钱一把呀?"

"十五个铜子儿一把,老板娘。再没比这好的了。"

"十五个铜子儿,三棵坏大葱?"

她一赌气把那把大葱扔回小车上。

就在这时候,六十四号警士冷不防走来,对克兰比尔说:

"喂! 推着走开吧!"

五十年来,克兰比尔从早到晚就老是这么推着车走,因此这样一个命令,在他看来是很合法的,并且是合情合理的。他满心预备服从这个命令,因此催老板娘要买什么赶紧买。

"买东西总得挑选挑选啊!"鞋店老板娘尖酸地说。

她跟着把所有的大葱把儿全重新摸了一遍,才留下她看着顶好的那一把,紧紧抱在怀里,就仿佛教堂里画幅上的圣女贴胸紧抱着光荣棕榈似的。

"我给你十四个铜子儿,这就很够了。我还得上店里拿去,身上没带着。"

她抱着大葱回到店里,可是一位买鞋的太太,抱着一个小孩,已经比她先一步走进了店堂。

这时,六十四号警士第二次对克兰比尔说:

“喂! 推着走!”

“我等着拿钱呢。”克兰比尔回答。

“我没叫你等钱,我叫你推着走。”警士用很坚决的口气说。

可是那老板娘正在店里给一个十八个月的小孩试穿一双蓝色的鞋子,孩子的母亲还直不耐烦。柜台上摆着大葱,绿油油的葱头露在外面。

克兰比尔在街上推车推了半个世纪,他早学会了怎样服从官厅的代表。但是这一次,他处在一个特殊的情况下:一面是义务,一面是权利。他是没有法律头脑的。他不懂得一种社会义务是不能因为他要享受一种个人权利而随便免除的。他太重视了他那收入十四个铜子的权利,对他的义务却照顾得不够;他的义务是推起车子向前走,老是向前走。因此他仍然待在那里。

六十四号警士并没有动怒,第三次从容不迫地命令他推车走开。六十四号警士的习惯和警长孟都西恰好相反:孟都西老是恫吓,可从来不罚;他呢,告诫的话极少,而带区法办的那一套把戏来得挺快。他的性情就是这样,虽然有点阴险,倒是一个挺好的公务员,一个忠贞的军人,跟狮子那么勇敢,跟婴儿那么驯顺,他只知道执行命令。

“你没听见吗? 我叫你推走!”

从克兰比尔的眼里看来,逗留在此地的理由实在太大,不能不算充分。他直截了当、不加文饰地提出了这个理由:

“喂! 我不是告诉你我在这儿等钱吗!”

六十四号警士就说:

“你要我办你个违警吗? 若是要的话,你就说好了。”

听了这话,克兰比尔慢吞吞地耸了耸肩膀,凄然看了看警士,然后又看看天。这一看的意思就是说:

“老天爷在上! 我是一个藐视王法的人吗? 我敢瞧不起管辖我这小贩行当的那些章程法令吗? 清早五点钟我就在菜场的方砖地上站着了。打七点钟起,我就推着车走,两手在车把上磨得发烫,嘴里喊着‘白菜,大萝卜,胡萝卜’! 我已经是过了六十的人,我已经是累乏了的人,你还问我是不是要举反叛的黑旗,你这是开玩笑,并且玩笑也开得太厉害了。”

也不知是警士没明白他这一看的意思呢,还是从中看不出可以饶恕他违抗命令的理由;总之,这警士依然用一种粗暴而短促的声音问他是否听懂了他的话。

可是正在这个时候,蒙玛特街上的车辆拥挤极了:马车、排子车、运家具的车、公共马车、卡车,你挨我,我挨你,仿佛粘在一起拆不开了。这些车子乱哄哄地停下了不走,马上,喊叫声跟咒骂声就响成一片。赶马车的隔着老远跟卖肉的伙计彼此不慌不忙地做着英雄式的咒骂,公共马车上的车夫认定克兰比尔是这阵拥挤的祸根,便骂他“臭大葱”。

这时候人行道上挤着很多看热闹的人,都在一心一意看吵架。警士发觉有人注意自己,更是一心想卖弄权势了。

"好吧。"他说。

接着,他从口袋里掏出一本油腻的笔记簿和一支短短的铅笔。

克兰比尔正在继续想他的心事,并且只是听从他内心的一种力量。况且那个时候,他也没法前进或后退了:他那手车的轮子不幸和一辆送牛奶车子的轮子纠缠上了。

他乱抓压在鸭舌帽底下的头发,喊道:

"我不是告诉过你,说我等我的钱吗!我真太倒霉了!晦气,晦气!真糟糕!"

虽然这些话表示的是失望而不是反抗,六十四号警士却认为是辱骂了他,又因为在他看来,一切对警士的辱骂总不外乎"该死的母牛!"这是个传统的、合规矩的、公认的、根据礼教的、简直可说是教义规定的方式,因此不知不觉地将克兰比尔的话以这个方式听进了耳朵,并且把它加以具体化。

"啊!你骂我'该死的母牛'?很好,跟我走吧!"

克兰比尔在极度惊愕和焦急之下,睁着两只被太阳晒红的眼睛看着六十四号警士。他两手交叉在穿着蓝色短褂的胸前,拉开嘶哑的嗓子——这声音有时像从头顶上冒出来,有时又像从脚后跟钻出来——叫了起来:

"我说了'该死的母牛'吗?是我说的吗?……唉!"

店里的伙计们和孩子们看见要把克兰比尔带区法办,都高兴得大笑起来,因为这件事儿是符合一般市民爱赶龌龊的、激烈的热闹场的胃口的。可是有一个老人,满脸凄凉的神情,穿着一身黑衣服,戴着一顶大礼帽,分开人群的圈子,走到警士身旁,很和气,但是也很坚决地低声对他说:

"你弄错了。这个人并没有骂你。"

"请你管自己的事吧。"警士回答。他并不说恫吓的话,因为跟他说话的是一位衣冠齐整的人。

那个老人还是很镇静、很坚决地替克兰比尔分辩。警士于是吩咐他到区里去解释。

这当儿,克兰比尔一直在喊:

"那么,我是说了'该死的母牛'了,唉!……"

他正说着这些表示惊异的话,那位鞋店老板娘巴耶太太手里拿着十四个铜子儿,向他走来了。可是六十四号警士已经抓住他的衣领。巴耶太太自忖欠一个带区法办的人的钱是用不着还的,就把十四个铜子儿放进了围裙袋里。

克兰比尔突然间看见自己的车子被扣押了,自由没有了,脚下是个无底深坑,太阳也昏暗不明,嘴里就咕哝着说:

"可是,究竟……"

见了区长,那个老人声明他因车辆拥挤被阻在街心,亲眼看见这场争吵,他敢断言警士并没有挨骂,完全是他自己听错了。他报告了他的姓名及职衔:他是达维·马吉博士,昂朴士巴雷医院的医务主任,曾得四等荣誉勋章。要换在别的时候,这样一个证人就足够使区长明白案子的内情。然而在那时的法国,学者是没有人信任的。

克兰比尔的逮捕是执行了。他在拘留所过了夜,第二天早晨坐上囚车,被移到了看守所。

他对坐牢既不觉得痛苦，也不觉得可羞，他觉得监狱是必需的。一进门使他特别注意的是四壁和方砖地的洁净。他说：

“要说干净，这地方可真干净。说真的，简直可以在地上吃饭哩。”

等到剩下他独自一个人在屋里的时候，他想把坐着的小板凳往前拉一拉，却发现凳子是钉死在墙里的。他高声表示了他的惊愕：

“这是多么古怪的主意呀！这玩意儿，我是万万也想不出来的。”

坐定下来以后，他拢了双手把两个大拇指来回转着玩，老是觉得奇怪。寂静和孤单使他难受。他觉得烦闷，放心不下他那被扣押的，依旧满载着白菜、萝卜、芹菜、莴苣的小车子，不安地想道：

“他们把我的车子弄到哪儿去了呢？”

第三天，他的律师勒麦尔先生来看他了。勒麦尔先生是巴黎法律界最年轻的律师，并且是法国爱国会某分会的会长。

克兰比尔想法子把案情讲给他听，对于他，这并不是一桩容易的事，因为他是没有长篇大论说话的习惯的。可是如果有人在旁边帮一点忙，说不定也能对付下来。然而他的律师听着他的话，老是带着一副不相信的神气摇着头，一面翻阅文件，一面自言自语：

“啊哼！啊哼！这些话，案卷里全没有……”

随后，他有点疲倦了，用手拈着他金黄色的胡子说：

“为你自己打算，也许还是老实招认的好。在我看来，你这种矢口不招认的法子是异常笨拙的。”

此后，克兰比尔也许会把一切都招认，如果他知道应该招认些什么。

三　克兰比尔在法庭上

庭长蒲里司足足花了六分钟的时间来审问克兰比尔。要是被告能照着所问的话回答，案情是会弄得更清楚一点的。但是克兰比尔没有辩才，并且在这样一个场合里，他是又敬又惧，自己把嘴封了个结实。所以他一声也没有响，而是庭长自己在回答自己的话，这些回答是极端不利于被告的。庭长这样作了结论：

“总之，你承认说过‘该死的母牛！’”

“我说了‘该死的母牛’，那是因为警士先生先说了‘该死的母牛’我才说‘该死的母牛’的。”

他原是想说明，他是出其不意地被人诬陷了，在惊慌失措的情况下，不觉重述了这句大家硬编派他说过而他确实不曾说过的怪话；他说了“该死的母牛”这句话，就等于说了：“我能说这样骂人的话吗？你能信这事吗？”

庭长可不这样理解。

“你的意思是说警士先这么破口骂你的吗？”他问。

克兰比尔不想再分辩，因为太难了。

“你不必坚持了。还是不坚持的好。”庭长说。

他随着就传证人上堂。

六十四号警士名叫马特拉走上堂来,立了"说实话,只说实话"的誓,跟着就这样报告:

"十月二十日正午,值勤期间,我在蒙玛特街看见一个类似叫卖小贩的人把车子停在门牌三百二十八号的前面,造成了车辆拥挤的现象。我前后三次命令他走开,他不肯服从。于是我通知他要把他带区法办。他大声回答我:'该死的母牛!'我觉得这句话是带侮辱意味的。"

庭上听了这段又有力量又有分寸的报告,表示明显的满意。被告方面举出鞋店老板娘巴耶太太及昂朴士巴雷医院医务主任、曾得四等荣誉勋章的马吉先生做证;可是巴耶太太什么也没看见,什么也没听见;只有马吉博士当警士最后下令让小贩走开的时候是挤在围住警士的人群里面的。他的供词引起了一个波折。

"我曾当场目睹这回事。我看出警士是弄错了,他并没有挨骂。我当即走到他身旁,告诉他弄错了。警士执意要拘捕那小贩,并且叫我也跟他到区里。我照着他的吩咐到了区里。我在区长面前把我的声明重复了一遍。"

"你可以坐下。"庭长说,"执达吏,再传证人马特拉上堂。"

"马特拉,当你执行拘捕被告的手续的时候,马吉博士没有让你注意你是弄错了吗?"

"也可以说,庭长,他骂我了。"

"他说了什么?"

"他对我说:'该死的母牛!'"

旁听席上发出一阵喧噪和哄笑。

"你下去吧。"

他一面通知听众,说这种不敬的现象如再发生,他便要命令大家退席。这时被告的辩护律师已得意扬扬地在摇晃他的大袖子,大家那时都以为克兰比尔可以宣告无罪。

大家安静下来,律师勒麦尔站了起来。他的辩护词开端是先夸奖本地警务人员:"这些替社会服务的低微的公务员收入很少,然而刻苦耐劳,时时刻刻冒着危险,每天做着英雄的事情。他们都是旧日的军人,现在也仍旧是军人。说他们是'军人',就把我对他们要说的一切好处都说尽了……"

从这儿,勒麦尔律师毫不费力地提到对于军人道德的高度钦佩。他说他是一个不能容忍对军队有微词的人,军队是国家的军队,他本人就是这支国家军队的一员,这是他十分引以为荣的事。

庭长点了点头。

原来勒麦尔律师是后备军里的中尉。同时他也是旧奥特利区里国家主义党的候选人。他接下去说:

"当然,我绝不是不知道这些警务人员每天是怎样默默无闻地替善良的巴黎民众服务的,其劳苦又是怎样的可贵。所以假使我看出克兰比尔真是一个侮辱旧日军人的人,那我绝不会答应替他来作辩护的。有人控告他,说他说了'该死的母牛',这句话所包含的意义是毋庸置疑的。倘使诸位翻一翻《土话字典》,就可以看到这样一段解释:'牛坯:

即懒汉；跟牛一样懒惰地卧着，任何事也不做。——母牛：被警察厅收买的人，警厅的密探。'在某种社会里，确实有'该死的母牛'这种说法。不过问题在这里：克兰比尔究竟是怎样说这句话的？甚至于要问他究竟说了没有？关于这一点，各位先生，请你们许我加以怀疑。

"我毫不以为警士马特拉有什么恶意。不过方才我们已经说过，他的职务是辛苦的。有时候他累了，劳苦过度了，工作过多了。在这种情况之下，他可能发生一种听觉上的错误，所以，各位先生，听到他方才告诉诸位说：曾得四等荣誉勋章、现任昂朴士巴雷医院医务主任的达维·马吉博士，一位科学界的泰斗，上流社会的人物，也说了'该死的母牛'这样的粗话，那我们只好承认马特拉是患了'精神专一'那种病症，而且，如果不怕说得太厉害一点的话，他还患了'迫害狂'的病症！

"况且即使克兰比尔真说了'该死的母牛！'这句话，也必须问一问这句话从他口里说出来，是否仍有触犯警章的性质。因为克兰比尔是私生子，他的母亲就是个贪酒无行的叫卖小贩，他生下来就带着酒徒的遗传。只消看看他这副样子：六十年的穷困把他弄成了这么一副蠢相。诸位先生，你们会说他是负不了这份责任的。"

勒麦尔律师说完了坐下。庭长蒲里司细声细气地宣读了判决书，判克兰比尔十五天监禁，罚款五十法郎。法庭到底听信了警士马特拉的声明。

克兰比尔被人带着穿过法庭的阴暗长廊，那时他觉得非常需要旁人对他的同情。他转身向着带他的法警连叫了三声：

"老总！老总！喂，老总！"

随后他叹了一口气说：

"不过是十五天！倘使他们早告诉我是这样……"

他紧跟着又自言自语道：

"这几位先生，他们话说得太快。他们说是说得挺好，可就是太快。跟他们是没有法子分辩的……老总，你不以为他们话说得太快吗？"

但是那法警一个劲儿走，老是不开口，也不回头。

克兰比尔又问他：

"你为什么不回答我？"

法警依然不响。于是克兰比尔凄然对他说：

"人们对一条狗也是有说有讲的。你为什么不跟我说话？你总是不开口，不怕闷臭了嘴吗？"

…………

五　服从共和国法律的克兰比尔

克兰比尔被人带回了监狱。他满怀着惊奇和欣赏，在钉住的板凳上落了座。他自己并不很太知道法官们是弄错了。法庭仗着形式上的庄严并没让他看出内在的弱点。因此他不敢相信自己会对，而那些法官反倒会弄错，尽管他没听懂他们所举的理由。他不能想象在这样庄严的仪式里会有什么不合理的地方。因为他向来不上教堂,不到总统府,他一生从没遇见过开审违警案那样庄严的事情。他很清楚自己并没喊“该死的母牛”,现在却因喊了这句话而判了十五天的拘留,在他脑子里,这是一件庄严的神秘事情,也可以说是一条信徒们纵然不了解却仍旧接受下来的教义,是一种暧昧而又光辉的、可敬而又可怕的上天的启示。

这可怜的老头儿自己承认犯了罪,不可思议地侮辱了六十四号警士,就如同听神甫讲《教理问答》的小孩子自己承认犯了夏娃所犯的罪①一样。既然法庭的判词告诉他说,他喊了“该死的母牛”!那么,他准是用一种神秘的、连他自己也莫名其妙的喊法喊过“该死的母牛”了。他简直是被带到一个超自然的境界里去了。他所受的裁判在他看来是无法了解的一个谜团。

他对于所犯的罪固然不很清楚,对所受的处罚也不见得更清楚。他的判罪在他看来是一种仪式隆重的、根据古礼的、崇高的东西,是一种不能了解、不许争辩、既用不着庆幸也用不着悲伤的、光辉夺目的东西。如果这时他看见蒲里司庭长头上冒出一圈神光,张着一对白翅膀从半开的顶棚飞进来,他对于光荣的法律这种新的显示也是不会诧异的。他至多心里这样想:“你看我的案子还没完呢!”

第二天,他的律师来看他,对他说:

“喂,伙计,你还不很难受吧?鼓起勇气来!两个星期很快就过去了。咱们的结果还不算太坏。”

“提起这个,还得说那几位先生实在是很温和,很客气;一句粗话都没有出口。要不是亲眼看见,我真不会相信。再说,那位老总还带着白手套,你没看见吗?”

“仔细一想,咱们老老实实地招认了,还是对的。”

“也许是的。”

“克兰比尔,我有一个好消息告诉你。有一位行善的先生听我说起你的处境,交给了我五十法郎,替你付那笔判决的罚金。”

“那么,你几时把那五十法郎给我呢?”

“将来交给书记官,你就不用管了。”

“不过,我还是很感谢那位先生。”

克兰比尔想了一想,又喃喃地说:

“落在我身上的这件事实在不寻常。”

“克兰比尔,你不要夸大其词。你的案子并不是罕见的。一点也不算稀罕。”

“你能不能告诉我,他们把我的小车子塞到哪儿去了吗?”

六　舆论面前的克兰比尔

克兰比尔出了狱,还是推着小车在蒙玛特街上喊:“白菜,大萝卜,胡萝卜!”他对于

---

① 按《圣经·旧约·创世记》中的说法,夏娃怂恿亚当在乐园里偷吃了上帝禁吃的苹果,于是世上的人一生下来便都带着罪,名为原罪,只有经过洗礼才能成为无罪的人。

他所遭遇到的意外之事,既不觉得有光彩,也不觉得可耻,他也没有什么悲苦的回忆。在他头脑里,那次事故就跟演剧、旅行、做梦一样。他最觉得高兴的是又能在烂泥里、在本城的方石板路上走道儿了,又能看见头顶上跟臭水沟一样脏的水淋淋的天,所谓本城的美丽的天了。每到一条路口,他都要停下来,喝一杯酒;随后,无拘无束、高高兴兴,往手上吐口唾沫润润带茧的掌心,抄起车把再推着小车子往前走。在他面前,一阵子飞起许多小麻雀,它们跟他一样,起得很早,穷得在马路上找吃食。紧跟着就是大家听熟了的他的喊声:"白菜,大萝卜,胡萝卜!"一位老太太走了过来,手摸着芹菜对他说:

"克兰比尔老伯伯,你出了什么事了?有三个礼拜没见你了。不舒服了?气色不大好呢。"

"听我告诉你,麻育西太太,我过舒服日子来着。"

说真的,在他的生活里,的确没有一点儿改变,所差的就是他现在上酒店比往常上得勤了。因为他心里总以为这是该庆贺的,他已认识了一些慈心的人。还有,就是他回到他的小阁楼的时候总是高高兴兴的。他躺在草褥子上,拉过街口卖栗子的借给他当被盖的那几只麻袋时,常常这样想:

"监牢里没有什么可抱怨的,你需要的东西全有。不过,在家里究竟舒服一点。"

他这种满意的日子并不长久。很快他就发现了他那些女主顾对他很冷淡。

"挺好的芹菜,关特洛太太!"

"我什么也不要。"

"怎么,你什么也不要?你不能专喝西北风呀!"

关特洛太太不再回答,神气十足地走回她开的大面包房里。那些老板娘和女看门的,从前老围着他的绿油油、花簇簇的小车子,现在看见他来就掉过头去不睬他。他来到了他那场官司的发源地"保护神"鞋店门口,喊道:

"巴耶太太,巴耶太太,你上回还欠我十四个铜子儿呢。"

但是坐在柜台上的巴耶太太连头也不屑回一回。

整个蒙玛特街都知道克兰比尔刚从监狱出来,于是全蒙玛特街的人都不认识他了。他判罪的消息一直传到城厢和利榭街热闹的转角上。就在这里,约莫正午的时候,他瞥见了洛尔太太,他忠实的好主顾,弯了腰俯在小玛丁的车上,手里捏着一棵大白菜。她的头发在阳光里闪闪发光,仿佛一大堆盘着的金线。那个小玛丁,一个分文不值的人,一个龌龊的家伙,正手捧着心在那里对洛尔太太发誓,说世上没有什么货物会比他的更好。一看见这情形,克兰比尔的心碎了,他推着小车直奔玛丁的车子,用哀怨而有气无力的声音冲着洛尔太太说:

"忽然变了心买别人的东西,这是不对的。"

洛尔太太不是一位公爵夫人,她自己也承认。在她生活的社会里,她对于囚车和拘留所是一无所知的。但是不管干哪一行,不是一样都可以做一个规矩人吗?人人都有自尊心,谁也不愿意和一个刚出狱的人打交道的。所以她回答克兰比尔的时候,就装出要呕吐的样子。老菜贩感觉到这种侮辱,尖声叫了起来:

"你这个婊子!算了吧!"

洛尔太太手里的那棵大白菜顿时落在地下，她也喊了起来：

“滚开去，你这吃回头草的老马，刚从监牢里出来的东西，竟敢骂人！”

克兰比尔要是沉得住气，他是绝不会责备她的职业的。他原很清楚在世上我们不能爱做什么就做什么，职业是不由人自己挑选的，并且在哪一行里都有好人。他一向是很知趣的，从来也不打听他的女主顾们在家里究竟干些什么，也从来不轻视任何人。可是这一次他是气疯了。他骂洛尔太太是个婊子、烂死尸、水性杨花，一连骂了三次。一大群瞧热闹的人围上了洛尔太太和克兰比尔，这当儿他们两个又交换了一些比方才更隆重的辱骂；并且，他们一定会像数念珠似的一直骂下去，要不是一个巡警突然跑来，一声不响，一动不动，使得他们两人一霎时也和他一样不响不动了。他们各自走开，可是这一场争吵的结果，使克兰比尔在蒙玛特街和利榭街一带更无立足之地了。

…………

八　最后的影响

穷困，走投无路的穷困到来了。这个年老的叫卖小贩当初曾从蒙玛特街带回来整口袋的每枚值一百个铜子儿的银币，现在却一个铜子儿都没有了。并且正赶上冬天，他已经被人赶出阁楼，睡在一个车棚里的小车子底下。连着下了二十四天的雨，阴沟里的水都溢了出来，车棚里也积了水。

他伏在自己的小车子上，车子下面，到处是腐臭的水；只有蜘蛛、老鼠和饿猫是他的伙伴，他就在这黑地里想着心事。这一整天他什么也没有下肚，卖栗子的借给他盖身的麻袋也不在了，他记起了政府供给他吃睡的那两个星期。他羡慕囚犯的命运，他们不受冻也不挨饿。他于是想出一个主意：

“我不是知道这个秘诀吗？为什么不去使用呢？”

他立刻起身，走到街上。那时还没到十一点。天是那么凄凉，那么黑，还下着雾，这雾比雨还冷、还刺人。行人很少，都紧挨着墙根向前走。

克兰比尔沿着圣欧斯达虚教堂走，一转弯到了蒙玛特街，街上一个人也没有。一个警士直挺挺地立在教堂后面一盏煤气灯下面的便道上。灯光四周，可以看见红黄色的细雨在下着。警士的风帽被雨淋着，看样子他像是冻僵了。可是，也不知是他喜欢亮光而怕黑呢，也不知是走累了不愿再动，总之他始终站在路灯底下，也许拿路灯当作一个伙伴，一个朋友吧。这颗颤巍巍的火苗在这个静夜里是他唯一的依靠。他一动也不动地待着，简直令人疑心他不是活人。他的长筒靴映在一片湖面似的便道上，使他的下半身特别显得长，从远处看来，他仿佛是一个水陆两栖的怪物，半个身子露出在水面。走近一点再看，他戴着风帽，掮着枪，又像军人又像修士。他本来就长得粗眉大眼，被风帽的影子一衬，便越发显得五官粗大。样子虽然安详却带着点凄楚的意味。他唇上留着短而浓的灰色胡子。他大约有四十来岁，是一个老资格的巡警了。

克兰比尔慢慢地走到他身旁，压低了声音吞吞吐吐地对他说：“该死的母牛！”

然后他就静待着这句话的反响。可是这句话并没有引起任何反应。巡警还是不动也不作声，短外套底下的两手还是交叉着放在胸前，瞪着两只在黑暗里放着光的大眼睛，烁烁地看着克兰比尔，那样子看起来有些凄凉，又像含着警惕，又像有些轻蔑。

克兰比尔有点惊奇，可是还保留着几分决心，结结巴巴又说了：

“该死的母牛！我说你啦。”

接着是一个长时间的沉默，在这期间，红黄色的细雨还在往下飘，冰冷的黑暗依旧笼罩着一切。巡警终于开口了：

“这话可不应该说……你实在不应该说这句话。你这个岁数，应该更明白事理了……走你的路吧。”

“为什么你不把我带区法办？”克兰比尔问。

巡警顶着淋湿的风帽摇了摇头，说：

“倘使把这些胡说八道的醉鬼都一个个地带区法办，那可有事做了！……并且那又有什么用呢？”

克兰比尔受到了这种宽宏大量的轻蔑觉得很难受，两脚浸在水坑里，好半天待着说不出话来。可是在走开以前，他想解释一下：

“我说‘该死的母牛’并不是对着你说的。我说这句话并不是对你，也不是对别的人。是因为我心里有这么个念头。”

巡警庄严而和气地回答他：

“不管是因为心里有个念头或是为了别的，总归是不该说，因为当一个人正在尽他的义务，并且受着许多苦楚的时候，别人就不该说这些废话去侮辱他……我再告诉你一次：走你的路吧。”

克兰比尔低着头，垂着两条胳膊，冒着雨，向黑暗的地方走去。

赵少侯　译

1922
获奖作家
哈辛托·贝纳文特

传略

哈辛托·贝纳文特·伊·马丁内斯(Jacinto Benavente y Martinez,1866—1954),西班牙著名剧作家,由于“他继承了西班牙戏剧优秀传统所运用的得体的风格”,荣获一九二二年的诺贝尔文学奖。

哈辛托·贝纳文特一八六六年八月十二日出生于马德里一个著名儿科医生的家庭。他曾在马德里大学攻读法律,可是对戏剧的热爱最终使他放弃学业,先是随一个马戏团去全国各地演出,后来加入了一个剧团,正式当了演员。在巡回演出中,他广泛接触到社会上的各色人物,从而获得了丰富的社会经验,为他以后的戏剧创作奠下了基础。

从十九世纪八十年代后期开始,哈辛托·贝纳文特先后创作了十部戏剧,但都未能上演。一八九四年,他创作讽刺喜剧《别人的窝》终于得以公演,受到了观众的热烈好评。此后他每年都有三四部剧本问世,一生创作的剧本多达一百七十二部,其中有喜剧、讽刺剧、歌舞剧,也有悲剧、情节剧、伦理剧、心理分析剧、儿童幻想剧等。但他最擅长的是社会讽刺剧和风俗喜剧,它们对社会时弊的揭露和讽刺,淋漓尽致,饶有风趣,而且蕴含着一定的哲理。社会讽刺剧主要有《熟人》(1896)、《猛兽的食场》(1898)、《利害关系》(1907)等,其中《利害关系》公认为哈辛托·贝纳文特的代表作,它描写了两个骗子到西班牙某城市后发生的一系列令人发笑又出人意料的事件。风俗喜剧则主要有《女主人》(1908)等。

此外,哈辛托·贝纳文特创作的剧本中,较重要的还有《星期六晚上》(1903)、《秋天的玫瑰》(1905)、《本本主义的王子》(1909)、《热情之花》(1913)、《贝贝公主》(1915)、《快乐的小镇》(1916)、《女贵族》(1945)等。

哈辛托·贝纳文特的剧作,题材多样,而且他善于用新的现代戏剧的表现手法,反映现代社会的种种矛盾和冲突，揭示社会、家庭和人的内心存在的种种问题，探索个人和社会的关系，表现人的价值，寻求人生的真谛。他以自己的创作取代了西班牙当时流行但已趋向没落的浪漫主义戏剧。

自一九二〇年起，哈辛托·贝纳文特一直担任西班牙剧院经理，为中兴西班牙的戏剧事业做出了重大贡献。由于热情支持西班牙的统一和社会改革，他曾遭到右派的攻击，一九三一年，当局曾禁止在西班牙上演他的戏剧，西班牙内战时期，还曾因此被逮捕。

除了剧作，他还写有诗歌《诗集》(1893)、长篇小说《为了让猫保持纯洁》和短篇小说集《刺菜蓟花》等。

一九五四年七月十四日，哈辛托·贝纳文特在马德里的寓所去世，享年八十八岁。

授奖词

哈辛托·贝纳文特把他富有想象力的天才主要献给了戏剧，看来，是他的种种经历系统地引导了他朝这个方向发展。但是，对于这个富有想象力的艺术家来说，他的创作似乎只是对他的整个生活所作的自由的直截了当的表达。跟他所获成就的重要意义相比，恐怕再没有哪个人能以较少的努力和构思达到他所达到的目标了。

使他能够坚持下来的感情是一种异常完满与和谐的天性：他所热爱的不仅仅是戏剧艺术和戏剧环境；他对外部的生活、对现实世界也怀有同样亲切的感情，而把这些搬上舞台正是他的艰巨任务。这可不是仅仅对生活不加批判地肤浅地加以崇拜就行的。他以极其明亮和敏锐的眼光观察他的世界，又用机智和灵活的才智权衡他所见到的一切。他不允许自己受别人或其想法愚弄，甚至也不为自己的想法或自己的同情所蒙蔽。不过，他也绝不让别人有丝毫的抱怨或厌烦。

因此，他的作品体现出最有特色的优点——优雅。这是一种少见的长处，尤其在我们这个时代，因而在市场上竟没有多少人问津，不为大多数人所赏识。然而，优雅毕竟是与它的少见同样可贵的。它是力量均衡的标志，是自我修养和艺术自信的标志，尤其是当它不是自身的结束，不仅仅是一次无聊的举动，而是不需明显的努力就能给予整个创作过程以特征的时候。因此，它不光是在表面上起作用，影响着作品的风格；它还决定了主题处理方面的每一部分，决定了描写中的每一行文字。

这恰恰是哈辛托·贝纳文特的情况。他所取得的成果很可能在程度上颇为不同，但都是以准确、熟练的技巧和严格忠实于主题为基础的。他毫不费力、毫不夸大地表现出了主题所能赋予的东西。他所提供的精神食粮都是丰富和有趣的，尽管程度有所不同，但都是非常地道纯粹的。这是哈辛托·贝纳文特作品的一个典型特征。

假如我们排除社会的倾向性、陈腐的哲学观点或庸俗追求戏剧效果的常见趣味，那么，他的爱好就是超出全部现实的。可是，为了再现生活的丰富多彩，表现剧中人物以及各种意愿之间的斗争，在某种程度上要尽可能地接近真实——这就是他的主要目标。当他瞄准超出此目标的东西时——为了活跃思想，解决问题，消除偏见，扩展人的同情心——他的做法总是慎之又慎,决不去损害文学描写的客观准确性。甚至当他面对一个戏剧家感到最强烈的诱惑——戏剧效果时,他也遵循这一不寻常的准则。借助增强矛盾冲突和故事情节的紧张动人,添加更为耀眼的色彩,强使情感发展到最高潮,这些虽然不难使一场戏更为生动,哈辛托·贝纳文特却从来不肯为此而牺牲真实性:他不允许搞乱基本的色调。他是一个天才戏剧家的杰出榜样,他的想象力本身遵循着舞台演出的规律进行创作,但又避免任何夸张的东西,以及所有虚假的俗套。

他的创作活动主要是在喜剧方面,但是在西班牙语中,喜剧这一术语的范围要比我们的概念更广;它包括我们一般常说的没有悲剧结尾的中性戏剧。假如有悲剧结尾,就叫正剧,哈辛托·贝纳文特也写了这样的正剧,其中最出色、最动人的是《不吉利的姑娘》(1913)。他还创作了许多浪漫剧和奇情剧,其中也包括诗剧的优秀成果,尤其是小型作品。

然而,他的重要之处却在于他的喜剧,正如我们所见到的,它们既严肃又轻松;这种喜剧形式短小精悍,在西班牙文学中已发展成一种具有悠久光荣传统的特殊文学样式。在后一方面,哈辛托·贝纳文特是一位迷人的大师,因为他具有得心应手的机智和喜剧才能,因为他具有光彩照人的善良天性,以及把所有这些品德结合起来的优雅。在这里我只能提到几个戏名:《小理由》(1908)、《爱情惊吓》(1907)、《请勿吸烟》(1904)。此外还有很多,简直是一个快乐诙谐的宝库,在那里轻松而高雅地进行着竞技,并且总是和和气气的,不管武器是多么锋利。

在较大型的作品中,我们见到的是一系列生活与题材令人惊叹的领域。它们源于农民的生活,源于城市里社会各阶层,源于艺术家的天地;甚至包括那些流动演出的杂耍艺人,作家怀着强烈的同情心描写他们,对他们的评价远远高于其他许多阶层。

但他主要是描写上层阶级的生活,地点是两个富有特色的中心城市,即马德里和莫拉雷达,后者在地图上是找不到的,不过,它以阳光充足和迷人的景色体现了卡斯蒂利亚①地区一个乡镇的典型特征。在《一群喜剧演员》(1897)中,雄心勃勃的政治家去这个乡镇是为了重整旗鼓,以争取群众对一种相当模糊的理想做出纯洁有力的支持;在《统治者夫人》(1901)中,骄矜的野心梦想着为其才干找到用武之地。其实,莫拉雷达只是一个行星式的乡镇,受马德里吸引和照亮,除了与马德里作对比以外,本身并不展示喜剧因素的全部要点。

马德里的精神内涵主要是通过个人的命运变迁表现出来的,而这是由社会的各阶层所决定的,正如时尚与文化那样。我们在哈辛托·贝纳文特的创作中看到有一个明显的发展过程。他以强调环境描写开始,色彩缤纷,生活多样;揭示人物性格的特写十分丰富。戏剧因素并不是刻意求得的,就像作品的其余因素一样——它在绝大部分都存在,仅仅是为了保持情节的进展。其作用是要在一幅画里安排好纷繁的生活,生活由人物群像构成,但又有突出的个人场景。他花费了很大气力去创造一面既忠实而又艺术性很强地反映现实的镜子,然后让现实自己来说话。

---

① 卡斯蒂利亚,西班牙中部地区的传统名称,西班牙统一后,文学语言即采用该地区的口语。

后来,他的创作变得更加严格了。作品尽管是紧紧围绕着一个更强烈、更深刻、更触及灵魂的戏剧冲突安排的,却几乎像哈辛托·贝纳文特写作描摹社会的小品时那样简洁。在他所描绘的人类命运中,没有矫揉造作,没有抽象与隔离。如前所述,它们始终与周围的世界紧密关联,但光线是严格控制的,只展示从戏剧观点来看位于中心的部分。鲜明的人物刻画使得情节脉络分明,而且恰到好处;心理刻画则只是一个手段,而不是结果。没有什么是煞费苦心预先准备好的;没有什么使人感到是经过准备的:情节中的每一个特写都是自然而然的,是随着生活的即兴创作而产生的,可能使人感到意外,但是思考一下以后就会明白,情况正像生活中所发生的那样。技巧也是纯粹现实主义的,并没有到古代悲剧中去寻找样板。总结过去不是这种戏剧的主要功能,对白也不是发现过去的交叉检验方法。所做出的发现是生活本身借助于情节的自然发展过程完成的。

概括地讲,哈辛托·贝纳文特并不一心追求使观众感到痛苦,他的目的是冲突的解决,这种冲突甚至在忧愁和悲痛之中也是和谐的。这种和谐通常是通过让步取得的,它不是消沉的、冷淡的或者悲伤的,更没有装腔作势。剧中人物受苦受难,想要摆脱束缚,受财富诱惑(通往财富之路就是无视别人财富之路),在冲突中拼搏,权衡他们的世界以及他们自己,通过他们的紧张状况得到更明晰、更广阔的视野。有最后发言权的不是激情,实际上也不是自我,而是精神价值,它是伟大的,一旦失去了它,自我就是可怜的,财富也毫无用处。决定是未经妥协而做出的,仅仅借助于个性面对其命运选择的结果,进行自由选择的事实,依据的是本能的感觉,而不是理论。

关于他的奇特的、简朴的、淡雅的剧作,我这里只能提到一两个剧名:《征服者》(1902)、《自尊》(1915)和《貂的田野》(1916)。此外,还有许多作品也跟这些相似,具有同样的价值。它们的鲜明特征是一种特别纯粹的人道主义,乍看起来,这一点体现在敏锐的讽刺作家身上是令人惊讶的;在表达方式上,稳健与摆脱了一切多愁善感则是与他的风格完全一致的。事实上,他的各种长处互相配合得很好:他的形式优雅是一个典型的特征,他的感觉和洞察力也是典型的、训练有素的、均衡的、高瞻远瞩的、清晰的。他的表达之简洁和平静的语调也出于相同的根源。

然而,即便是谈起这样一种出色的艺术创作,日耳曼语民族的读者也往往会想到,它出自一种跟我们不相同的民族气质,出自另一种文学传统。至少在戏剧的范围内,从整体上说,我们所需要的抒情作品是拉丁语民族所不熟悉的。无论是在自然界还是在人的心灵中,它们都缺少朦胧:包含人类的一切都表现出来了,或者看起来是可以表现出来的。它们的思想可以是光辉的、迅捷的,当然也是清晰的,但是给我们留下的印象是缺乏力度,属于一种比较空泛的环境,在它们的内在特质中活力较少。反过来,欧洲南部人在谈论我们的艺术作品时,也可能找得出同样多的毛病;然而,我们必须互相适应,赞美我们理解了的东西,对由于已经提到的原因而不能使我们满意的方面则不作审美评判。

在一些作品中,哈辛托·贝纳文特放弃了描写社会与个人的喜剧,而是探讨更多的想法,试图说明我们这个时代的所有不安与向往,他的同胞对他十分赞赏,我们虽然也满怀敬佩,但是领会不了。《星带》(1915)以及另外几部作品就是这种情况。

我没有细谈他的艺术作品的局限性,而是试图指出他的艺术技巧在他的国家和他的时代表现出的主要优点。我相信,几乎没有一个与他同时代的戏剧家曾经如此多方面地忠实地把握生活,并且如此迅速地表现出来,借助其朴实而又高雅的艺术技巧使之得到持久的流传。西班牙的文学传统包括了强有力的、大胆的、扎实的现实主义,以及丰饶多产的生长力和在喜剧精神上无与伦比的魅力,这种喜剧精神是快乐的,建筑在现实的基础上,而不是依赖谈话的机智。哈辛托·贝纳文特表明他属于这个流派,他以他特有的形式创造出一种包含着许多古典精神的现代喜剧。他表明自己是一种古老而又高贵的文学风格的杰出信徒,也就是说,他是一个重要的人物。

诺贝尔文学奖评委会主席 佩尔·哈尔斯特龙

裕康 译

作品

利害关系(节选)

第三幕

莱安特罗家的客厅。

第一场

克里斯平、上尉和奥尔雷金从右侧第二道幕布处(即走廊)走出。

克里斯平 先生们,请进,请随意就座。我去吩咐给你们上点什么……喂!

上尉 千万不用客气,我们什么也不需要。

奥尔雷金 我们只是在得到消息后特地来看望你家主人。

上尉 难以置信的背信弃义!我向你保证,倘若波利切纳拉落到我的手里……

奥尔雷金 我是个诗人,定要赋诗讥讽他,这个老浑蛋、老流氓!

上尉 你刚刚说你家主人没有受伤?

克里斯平 但他差一点送了命,你们想想,十来个暴徒突如其来地向他发起攻击!多亏了他的勇敢和智慧,当然还有我的喊叫声,才幸免于难。

奥尔雷金 这件事发生在昨天晚上。那时你家主人正在公园里与西尔维娅谈话,是吧?

克里斯平 这事我家主人事先已有所察觉……然而,正如你们所知,他是个顶天立地的男子汉。

上尉 不过,他应该把这事告诉我们……

奥尔雷金 是啊!他应该告诉上尉先生,上尉先生会很乐意保护他的。

克里斯平 你们已了解我家主人的为人,他只身一人便能对付。

上尉　你说,你抓住了一个歹徒？他供认那是波利切纳拉密谋策划的,为了撵走你家主人？

克里斯平　那还用说！除了他还会有谁？他的女儿爱恋着我家主人,而这老浑蛋却想按照他的意志把女儿嫁出去,我家主人打乱了他的计划,波利切纳拉先生为了排除障碍总是不择手段。他不是在短时间内死了两个老婆吗？他不是把亲属的财产都刮过来了吗？这是众所周知的事实,谁也不会说我信口雌黄。哼,波利切纳拉先生的财富本身就是对人类和正义的亵渎。像波利切纳拉先生这样的人,只有在卑鄙小人中才能万事如意,财运亨通。

奥尔雷金　你言之有理。我要在讽刺诗中揭露这一切,当然,我不能直言其名,因为诗歌需要含蓄隐晦。

克里斯平　有您的讽刺诗就够他受了。

上尉　你们看我的,他一旦落在我的手中……但我知道,他是不会来找我的。

克里斯平　我家主人并不希望人们冒犯波利切纳拉先生,因为他毕竟是西尔维娅的父亲。眼下至关重要的是让全城都知道我家主人险遭杀害。我还要让大家都清楚,对波利切纳拉这只老狐狸肆意践踏其女儿意志的野蛮行为,我家主人绝不会袖手旁观。

奥尔雷金　当然不能等闲视之,爱情高于一切嘛。

克里斯平　如果我的主人是个庸碌之辈,那就是另一回事了。你们说,难道波利切纳拉先生不该为我家主人爱上他的女儿,称他为岳父而感到荣幸吗？我家主人对前来求亲的那么多名门闺秀都不屑一顾,甚至有四五位公主想他想得发了疯……谁来了？(朝右侧二道幕望去)啊,科隆比娜！请进,可爱的科隆比娜,别害怕。(科隆比娜上)我们都是朋友,我们对你十分敬仰。

第二场

人物同上一场。科隆比娜从右侧二道幕(即走廊)上。

科隆比娜　西雷娜太太派我来打听一下你主人的情况。今天天刚亮,西尔维娅就到我们家向我家太太叙述了发生的一切,她说她再也不回家见父亲了。还说倘若不与莱安特罗结婚,就再也不离开我们家。

克里斯平　她是这么说的？这姑娘的心灵多高尚,感情又多么真挚啊！啊,真是情人的痴心。

奥尔雷金　我一定要好好地赋诗一首,祝贺他们的婚礼。

科隆比娜　西尔维娅以为莱安特罗一定受了重伤,因为她从阳台上听到剑击声和你的呼救声,她当即晕了过去,直至清晨才被人发现。请你们告诉我莱安特罗的实情,西尔维娅对此焦虑万分,我家太太也非常关心。

克里斯平　请你告诉小姐,我家主人已脱离危险,是他对小姐的无限深情保护了他,为了爱情他是不会轻易死去的。你再告诉她……(看见莱安特罗上)啊！他本人来了,他会告诉你一切。

第三场

人物同上一场。莱安特罗从右侧第一道幕上。

上尉 （上前拥抱莱安特罗）我的朋友！

奥尔雷金 ……

科隆比娜 啊！莱安特罗先生，您安然无恙，真令人高兴。

莱安特罗 你怎么知道的？

科隆比娜 全城都在谈论这件事，人们在大街小巷低声议论，同声谴责波利切纳拉先生。

莱安特罗 你们的看法呢？

上尉 如果他胆敢再伤害您，哼！

奥尔雷金 如果他还想反对你们的结合呢？

科隆比娜 他要反对也无济于事，西尔维娅已在我太太家中，她不与您结婚是不会出来的。

莱安特罗 西尔维娅在你们家？那她父亲……

科隆比娜 波利切纳拉先生很知趣地躲了起来。

上尉 他以为有那么几个臭钱就能为所欲为了！

奥尔雷金 他一向胆大妄为，但对爱情阻挡不住。

科隆比娜 可他想卑鄙地杀害你。

克里斯平 昨晚有十二名暴徒，十二名……我数得一清二楚。

莱安特罗 我只看到三四个。

克里斯平 我家主人向来谦恭。他为了避免夸赞自己的勇气和胆识故意将危险轻描淡写……而我亲眼看见了那个场面。十二名刺客一个也不少，他们是一群全副武装的亡命之徒。我甚至以为我家主人要完蛋了。

科隆比娜 我得赶快去向西尔维娅和我家太太报个平安。

克里斯平 科隆比娜，请等一等。是不是最好不要告诉西尔维娅？

科隆比娜 还是让我家太太决定吧！西尔维娅此时还以为你家主人已危在旦夕呢，即使西雷娜太太百般劝说，她也会不顾一切地闯到这里来的。

克里斯平 你家太太要是能考虑得周全一点就好了。

上尉 我们也走吧，反正在这儿我们也使不上劲。眼下最重要的一件事是让大伙儿对波利切纳拉产生仇恨。

奥尔雷金 我们用石块把他家砸个稀巴烂，还要让全城的人都起来反对他，让他知道，我们团结一致就能无所畏惧，得让他领教一下人多势众的道理。

科隆比娜 到时他会亲自求你家主人娶他的女儿。

克里斯平 那当然。朋友们，你们走吧。不过，你们应该知道，我家主人的生命仍在危险之中，妄图谋害他的人是不会就此罢休的。

上尉　我的朋友,您不必担心……

奥尔雷金　敬爱的朋友,放心吧。

科隆比娜　莱安特罗先生!

莱安特罗　谢谢大家,我的朋友们,忠实的朋友们。

〔除莱安特罗和克里斯平外,全从右侧二道幕下。

第四场

莱安特罗和克里斯平。

莱安特罗　这是怎么回事,克里斯平?你想干什么?你的鬼花招要给我惹出多少麻烦!你以为我会相信你的鬼把戏?是你雇了那些刺客,这出戏都是你一手导演的。这么一来,大家不是讥笑我们就是反对我们。

克里斯平　我是为你着想,你怎么还来怪罪我?

莱安特罗　不,克里斯平,我不是这个意思,你也明明知道我不是这个意思。我爱西尔维娅,但我无论如何也不能用谎言来骗取她的爱情。

克里斯平　但你清楚地知道,你这么做会给你带来什么后果。倘若你为对得起自己的良心而放弃所爱的人,就连西尔维娅也不会感谢你……

莱安特罗　你说什么?可如果她知道我是谁的话,将会怎样啊!

克里斯平　当她知道你的真面目时,你已不是现在的你;你是她的丈夫,她热恋的男人;你是她企求的忠诚高贵的爱人。你一旦拥有了她的爱情和嫁妆,难道不是一个地地道道的绅士?你不会像波利切纳拉那样穷奢极欲、道貌岸然。波利切纳拉是个彻头彻尾的骗子,而你行骗则是出于某种需要。说真的,倘若没有我在你身边,你肯定已经饿死了,你太老实了。你若不是这个样子,你以为我会让你光干这风流韵事?不,那我就会让你去搞政治,而不是去搞波利切纳拉先生的钱财。那时,世界就是我们的了。但是,你没有这种野心,你只求过幸福美满的生活……

莱安特罗　你不以为这样过生活不会美满吗?如果我不是真心相爱而是用谎言骗得爱情,成了富翁那还说得过去;可现在我是真心实意地爱着她,怎么能骗人呢?

克里斯平　那你就不要骗她,全心全意地爱她,让她也尽情地爱吧。你应全力维护你的爱情。在爱情问题上,对那些会使我们失去对方尊敬的事保持沉默,这并不是说谎。

莱安特罗　这的确是件微妙的事情,克里斯平。

克里斯平　你早该知道你的爱情就如你说的那样,是十分微妙而棘手的事情,很难处理得两全其美。最难办的倒不是欺骗别人,而是欺骗自己。

莱安特罗　我不能自欺欺人,克里斯平。我不是那种虚情假意、出卖良知、不知廉耻的人。

克里斯平　正因为如此,像我刚才说的那样,你不适于搞政治。你说得很有道理,那些靠谎言过生活、出卖良知的人,实际上也出卖了自己的人格,因为他们永远也无法看清自己，认识自己，他们会说谎成性，成为骗子。

莱安特罗 克里斯平，你从哪里学到了这么多道理？

克里斯平 这是我在船上服苦役时悟出的道理。我的良心告诉我，我犯罪的根子不在于狡诈，而是太愚笨了。如果我能聪明一点、狡猾一点，我也不会去服苦役，相反会成为管理苦役犯的官员。从那时起我便发誓再也不重蹈覆辙。你好好想一想，为了你的事，我几乎要违背我的誓言，我难道还有什么不能办到的吗！

莱安特罗 那你说吧，我该干些什么？

克里斯平 我们目前的处境几乎已无法维持下去，我们滥用了人们对我的信任。眼下大家都要我们付现款作为报酬。旅店主为我们安排最舒适的客房，他等着你签署的付款支票。由旅店主作保，班塔龙先生给我们提供了能在这里体面地生活的一切……经营各色各样商品的商人都毫不犹豫地送来了我们需要的东西……还有西雷娜太太，她为了你的婚事，不遗余力地为你效劳，大家都希望我们把事情办成，有所回报。再向他们提出新要求就太不好意思了，更不能抱怨这些好人。这座城市虽小，它的名声将永远用镏金大字铭刻在我心头。现在我宣告，这座城市就是我的再生爹娘。难道你忘了各地会派人来捕捉我们？你以为咱们在曼图亚和弗洛伦西亚干的事会被人们遗忘？你还记得那件轰动一时的波伦亚诉讼案吗……尽管我们早已逃之夭夭，审判时那起诉书却长达三千二百页！在那位大律师的笔下，无中生有，黑的会说成白的。东一个“考虑到”，西一个“结果是”，最后还不是咱们倒霉！难道你对此还有所怀疑？难道你还由于我为改变我们的命运进行斗争而指责我吗？

莱安特罗 我们还是逃走吧！

克里斯平 不行，一逃就全完了。这回一定得把我们的命运定下来，我给你找到了爱情，你要给我新的生活。

莱安特罗 但我们怎样才能摆脱目前的处境呢？我能做些什么？请你告诉我。

克里斯平 什么也不需要做，你只需接受别人奉献给我们的一切。要知道，我们已造出了许多休戚相关的利害关系，人们为了自己的利益，必然会放过我们。

第五场

人物与上一场相同，西雷娜太太从右侧二道幕（或走廊）上。

西雷娜太太 可以进来吗，莱安特罗先生？

莱安特罗 西雷娜太太！您亲自光临寒舍？

西雷娜太太 您知道我这次来担了多少风险！到一位英俊潇洒、仪表堂堂的绅士家中来，要遭到多少谗言恶语！

克里斯平 倘若有人胆敢诋毁您的名声，我家主人自有办法对付他们。

西雷娜太太 你家主人？我不相信，男人只会吹牛，但我不计较这些，我会不遗余力地为你们效劳。先生，昨天晚上有人想谋害您，这是怎么回事？人们到处都在议论此事……西尔维娅，这可怜的姑娘，她是多么爱您！我真想知道，您施了什么魔法，为什么会使得她这样爱上您！

克里斯平 我家主人知道，这一切都归功于您对我们的友情。

西雷娜太太 我虽然也帮了一点忙……我总是夸奖他，虽说我并不十分了解他。为了您的爱情我担了许多风险。倘若您违背了自己的诺言，那……

克里斯平 难道您还怀疑我家主人？您那儿不是有他亲笔签字的字据吗？

西雷娜太太 多么响亮的名字和签字！您以为我们互相不了解对方的底细？不过我相信莱安特罗先生将恪守诺言。你们知道今天是我非常不幸的日子，只要能得到你们允诺的一半金钱，我情愿放弃另一半。

克里斯平 您说今天是您不幸的日子？

西雷娜太太 是的，今天是我悲痛的日子。二十年前的今天，我失去了我的第二个丈夫，他是我一生中唯一爱过的男人。

克里斯平 那您的第一位丈夫呢？

西雷娜太太 那是我父亲包办的，我并不爱他，尽管如此，我对他还是一片忠心。

克里斯平 西雷娜太太，您还能给我们说点什么吗？

西雷娜太太 我们还是抛开往事吧！那是令人伤感的。我们还是谈谈未来和希望吧！西尔维娅很想跟我来这儿，您知道吗？

莱安特罗 来这儿？

西雷娜太太 您以为如何？她来这儿，波利切纳拉先生会说些什么呢？现在全城的人都在批评他，他不把女儿嫁给您怕不行啦！

莱安特罗 不行，不行！请您别让西尔维娅小姐来这儿。

克里斯平 嘘！您知道，我家主人总是言不由衷。

西雷娜太太 这我明白。为了让西尔维娅来到他身边，两人永不分离，他还有什么不肯给呢？

克里斯平 他能给些什么？这您是不会知道的。

西雷娜太太 因此我才问你。

克里斯平 啊，西雷娜太太！如果我家主人今天成为西尔维娅的丈夫，那么今天他就将诺言付诸实现。

西雷娜太太 如果不能成为她的丈夫呢？

克里斯平 那么……您就会失去一切，您瞧着办吧！

莱安特罗 住口，克里斯平！够了！我不许将我的爱情变成商品！西雷娜太太，请您回去，告诉西尔维娅，请她回自己家去，千万别来这里。请她永远忘掉我，我一定要逃到天涯海角，隐姓埋名……我的名声！我难道还有名声？

克里斯平 你还有完没完？

西雷娜太太 他怎么啦？他疯了？您快清醒一下。您就这么把这件好事放弃了？这可不是您一个人的事，请您三思。有人把全部希望都寄托在您身上，您不能这样嘲弄一个甘冒风险为您效劳的有地位的太太，请您别再发疯了。您要么与西尔维娅结婚，要么就让人来揭露您的骗局，找您算账。莱安特罗先生，我在城里并不像您想象的那样身单力薄。

克里斯平 西雷娜太太,您说得很对。但请您相信,我家主人只是怕您不信任他才说这番话的。

西雷娜太太 我并不是不相信他……我直截了当地说吧,波利切纳拉先生不是等闲之辈,绝不会轻易让别人嘲弄他,他对你们昨天晚上针对他要弄的把戏……

克里斯平 您说我们要弄把戏?

西雷娜太太 别来这一套!我们彼此都心中有数。您要知道,那些刺客中有一位是我的亲戚,其他几位也都与我有深交……好吧,我老实告诉你们,波利切纳拉先生对于这一切绝不会善罢甘休,城里盛传他已告到法院,要置你们于死地,据说今天从波伦亚来了一个陪审团……

克里斯平 其中还有一名法律博士!带着三千九百页起诉书……

西雷娜太太 人们都这么说。您瞧,我们还是别浪费时间吧。

克里斯平 难道不是您在浪费时间吗?您赶紧回家去,告诉西尔维娅……

西雷娜太太 西尔维娅早已在这里了,她装成我的使女,与科隆比娜一起来的,正等候在您的前厅,我对她说您受了重伤……

莱安特罗 啊,我的西尔维娅!

西雷娜太太 她只是担心您会死去……根本没考虑她来看您所冒的风险。我难道还不是您的朋友?

克里斯平 您真了不起。(对莱安特罗)快,快躺下,装出痛苦昏迷的样子。您若不老老实实听我的,我会让您就范的。(他威胁着莱安特罗,将他按到沙发上。)

莱安特罗 好,我就听你的,我可以听你摆布,但不能让西尔维娅也这样。是,我确实想见她,请她进来吧!不管你们和她本人的意愿如何,我一定要救她。

克里斯平 我家主人总是喜欢胡言乱语,请您见谅。

西雷娜太太 其实他并不痴呆也不疯癫,你跟我来。(与克里斯平从右侧二道幕即走廊下)

第六场

莱安特罗和西尔维娅从右侧二道幕上。

莱安特罗 西尔维娅,我的西尔维娅!

西尔维娅 你没有受伤?

莱安特罗 没有,你看我不是好好的?那都是骗局,是为了骗你到这里来。你别害怕,你父亲很快就会来,你就同他一起回去,这样你就不会指责我……唉,爱情的幻想打破了你心灵的平静,但这一切原来只是一场噩梦!

西尔维娅 你说些什么?莱安特罗,你难道是虚情假意?

莱安特罗 我的爱是真挚的,正因为如此,我才不愿再欺骗你。请你赶快离开这里。不要让任何人知道你来过这里。

西尔维娅　你为什么如此害怕？在你家里我难道还不安全？既然我已毫不犹豫地来到这里，在你身边还有什么危险？

莱安特罗　危险倒是没有，你说得很对。我的爱使你变得过于天真了。

西尔维娅　自从我父亲干了那件可怕的事情，我再也不愿回到他的身边。

莱安特罗　不，西尔维娅，你不要怪罪你的父亲，他没有干那件事，这又是一个骗局，是假的……总之，你赶快离开我，忘记我这个被警察通缉的可怜流浪汉。

西尔维娅　不！这不是真的！我父亲的行为使我不配得到你的爱情，这才是真的。我知道……我多么不幸啊！

莱安特罗　西尔维娅！我的西尔维娅！你这温柔甜蜜的话语，我听起来却是多么刺耳。这颗天真无邪、无比高雅的心灵，此时是多么残忍，多么可怕啊！

第七场

莱安特罗、西尔维娅和克里斯平从右侧二道幕快步上。

克里斯平　主人，主人，波利切纳拉先生已经到了。

西尔维娅　我父亲来了！

莱安特罗　没有关系，这样我将亲手把你交给你的父亲。

克里斯平　您要知道，他不是一个人来的，他是同许多人，同警察一道来的。

莱安特罗　啊！如果他们发现西尔维娅在这里，在我的手里，那可不得了。毫无疑问，一定是你告的密……但是你们的阴谋一定不能得逞。

克里斯平　我告的密？这不是真的……这一下真的完了，我怕没有人能救我们。

莱安特罗　用不着救我们，我也不想这样做……但是必须救救她！应该把她藏起来。你就待在这里。

西尔维娅　那你呢？

莱安特罗　你别害怕。快走，他们来了！（把西尔维娅藏在舞台深处的房内，对克里斯平说）你在这里注意观察这些人来的动机，不要让任何人进去。我马上回来……看来没有别的办法了。（朝货栈走去）

克里斯平　（拦住他）主人，不能出去，你不能这样死！

莱安特罗　我既不想死，也不想逃跑，我只想救她。（从梯子往上爬，消失。）

克里斯平　主人，主人，还好。我还以为他要跳楼呢，原来他只是向上爬，我们等着瞧吧，往后他还会飞呢。他命中注定要身居高位。而我呢，还是干我的本行，他在上，我在下，脚踏实地，现在比任何时候都要这样。（十分镇定地坐在一张椅子上）

第八场

克里斯平、波利切纳拉先生、旅店主、班塔龙先生、上尉、奥尔雷金、检察官、书记官和两名警察携带厚厚的诉讼卷宗，全都从右侧二道幕（即走廊）上。

波利切纳拉　（一进门，向外面的人喊道）把守好各扇大门，谁也不能出去，无论是男人还是女人，连狗和猫都不能放走！

旅店主　他们在哪里？那些强盗、杀人犯在哪里？

班塔龙　天理何在，公道何在？我的钱！我的钱！

〔所有的人都按顺序入场。检察官和书记官走向桌子，开始记录；两名警察站立着，手里拿着厚厚的诉讼卷宗。

上尉　克里斯平，我们见到的一切是真有其事？

奥尔雷金　这一切都是真的？

班塔龙　天理啊，天理！我的钱！我的钱！

旅店主　抓住他们，别让他们跑了！

班塔龙　他们跑不了，再也跑不了啦！

克里斯平　这究竟是怎么回事？你们怎么能这样侵犯一位贵族绅士的宅第？幸亏我家主人不在，要不……

班塔龙　住口！住口！你是他的同谋，要同他一起受审！

旅店主　岂止是同谋？他同他那所谓的主人都是主犯……是他骗了我。

上尉　克里斯平，这是怎么回事？

奥尔雷金　他们说的都是真的？

波利切纳拉　克里斯平，你现在还有什么可说的？你以为你要弄的那些雕虫小技能对付得了我？难道我会谋害你的主人？难道我真是一个会牺牲自己女儿的吝啬鬼？难道全城人会来反对我？诬陷我？现在不都一清二楚了吗？

班塔龙　波利切纳拉先生，您就别插手了，这是我们之间的事情。说到底，您是一无所失，而我……我的全部资财都借给了他，我这一辈子完了，我怎么办啊！

旅店主　我呢，赔了老本还打肿脸充胖子，典当家财把他们当贵人来款待。他们毁了我，使我倾家荡产啦！

上尉　我们也都被无耻地愚弄了，我用刀剑和勇气为一个无赖效力，多么可悲！

奥尔雷金　我把他当成高贵的绅士，献给他一首又一首颂歌。

波利切纳拉　哈，哈哈哈！

班塔龙　好，您笑吧！笑吧……反正您什么也没失去……

旅店主　反正他们没有窃去您任何东西……

班塔龙　快，把他们抓起来，快！还有一个坏蛋在什么地方？

旅店主　赶快搜查，抓住他！

克里斯平　且慢！如果你们敢再向前迈一步……（持剑威胁）

班塔龙　你还敢威胁我们？这还了得，正义何在！

旅店主　正义公理何在！

检察官　先生们……如果你们不听我的，我们就会一无所获。谁也不能随心所欲地行使法权。伸张正义既不是肆意妄为，也不是报仇雪恨。最公道的事都隐含着最不公道的东西。伸张正义就是靠智慧，智慧来自秩序，秩序出于理智，整个诉讼靠理智和逻辑推理。你们有什么冤屈可向我申诉，我会记载在这些诉讼卷宗上。

克里斯平 多么可怕！罪上加罪；这卷宗又得增加一大摞！

检察官 你们对这些人的控告与他们以往的罪累计在一起，我将为你们主持正义，只有这样你们的冤屈才能得到申雪，正义才能得以伸张。书记官先生，请您把原告的申诉记录下来。请申诉人申述所受的屈辱。

班塔龙 请您别给我们找麻烦了，我们知道您的正义是什么玩意儿。

旅店主 别记了，记录下来毫无用处，那只会颠倒黑白、混淆是非，我们将一无所得，他们却逍遥法外。

班塔龙 正是这样，正是这样！还我的钱，还我的钱！然后再伸张正义！

检察官 你们这些一无教养二无文化的人！你们知道什么是法律吗？倘若你们一边大叫受骗上当，一面却弄不清楚什么是有预谋的诈骗，而空喊受了损害，那是不行的。因为欺骗与诈骗并不是一回事，尽管人们常常把两者混为一谈，但是你们要知道，前者是……

班塔龙 够了，够了！三说两说，您最后一定会说是我们的过错。

检察官 只有你们一味歪曲事情的真相才可能那样……

旅店主 事实不是很清楚吗！我们的钱财被骗走了，难道还有比这更明显的罪行？有比这更清楚不过的事实？

检察官 你们知道，盗窃与小偷小摸不能等量齐观，不同于欺骗或诈骗，正如我刚刚对你们说的那样。从十二块铜碑①到查士丁尼②，从埃米利亚诺③到……

班塔龙 这个法，那个规，到头来就要让我们失去自己的钱财……没有钱也好，免得再让人来诈骗。

波利切纳拉 检察官先生言之有理，请你们相信他，把一切都记入卷宗。

检察官 书记官先生，请记录，请记录。

克里斯平 你们能听我说几句吗？

班塔龙 不行，不行！住嘴，你这无赖！住嘴，你这臭不要脸的。

旅店主 请你到忏悔的时候再说吧！

检察官 在需要的时候一定让您申诉。开庭时，原告、被告都可说话……书记官，您写下来，某年某月某日，在某某城市，啊，等一下，我们最好还是先查一下被告家中的财物。

克里斯平 请继续往下写，别停笔。

检察官 为了确认原告的诚意并对他们的起诉不产生任何疑虑，原告需缴纳一定数量的保证金。只需两千埃斯库多现金，外加他们的所有财产作抵押。

班塔龙 您说什么？让我们出两千埃斯库多！

检察官 你们本应付八千埃斯库多，但考虑到你们都是有信誉的人，仅付两千埃斯库多

---

① 十二块铜碑，罗马人写出的第一部法规，公布于公元前四五〇年。
② 查士丁尼（483—565），东罗马帝国皇帝，曾下令编纂《国法大全》。
③ 埃米利亚诺（206—254），古罗马皇帝。

就够了,我向来都是喜欢照顾别人的……

旅店主 停笔!别再写了!我们绝不答应。

检察官 什么?你们胆敢践踏法律?我建议开庭审讯破坏司法官员执法的暴行!

班塔龙 看来这个家伙想让我们完蛋。

旅店主 他是个疯子。

检察官 你们说我是疯子?请你们放尊重点,快记下来,快记!把辱骂司法官员的言论记下来。

克里斯平 你们刚才不愿听我讲,真是活该!

班塔龙 那您说吧,请说吧!看来让大家都说话会更好些,总会好些。

克里斯平 你们先让此人停下笔来,他这么记下去咱们的罪案可要堆成山啦。

班塔龙 对,请书记官停笔,快停!

旅店主 快放下笔……

检察官 谁也无权干预他的行动。

克里斯平 上尉先生,请拿起您的剑,助我们一臂之力,剑也是法律的象征。

上尉 (走到桌旁,用剑朝书记官正在书写的一叠纸上猛力一击)请您不要再写了。

检察官 你们要理智行事,依法办事。好吧,现在暂时中止诉讼,先把有关问题澄清一下……由诉讼双方私下交换看法,但我想最好还是利用休庭的时间,清点一下双方的财物。

班塔龙 不行,这可不行!

检察官 这是不可更改的法律程序。

克里斯平 在需要的时候您再记录吧!现在请让我同这几位诚实的先生单独谈谈。

检察官 您如果愿意将您同他们的谈话记录下来作为证词的话……

克里斯平 完全没有必要。请别作任何记录。否则我只字不谈。

上尉 让他说吧!

克里斯平 其实我能对你们说什么呢?你们怒气冲天,还不是为了失去的金钱?你们想得到些什么?还不是希望失而复得?

班塔龙 正是这样,正是这样,就为了我的钱!

旅店主 是我们的钱!

克里斯平 那么就请听我细细说来……你们如果这样毁坏我家主人的声誉,使得他与波利切纳拉先生之女的婚事功败垂成,你们的金钱岂能失而复得?妈的,我向来认为宁可与无赖结交也不同蠢人相处。你瞧,你们都干了些什么?现在让司法机构插手头脑才清醒了些。试问,倘若法庭判我们服役,或去更坏的地方,你们能得到什么好处?难道你们眼看着我们皮肉受苦就心满意足?把我们逼得走投无路你们就会成为富翁?就会更加高贵、更加伟大?其实正好相反,假若你们在这倒霉的时刻不给我们惹是生非,那么,今天,就在今天,你们就能连本带利拿到欠款。可是眼下如果这些人心术不正,他们就会把你们送上绞架……现在你们瞧着办吧,我已经把利害关系告诉你们了……

检察官 诉讼双方的交谈到此为止……

上尉 我不相信他们会是奸诈之徒。

波利切纳拉 这个克里斯平……他真有办法把他们说服了。

班塔龙 (对旅店主)您对他说的有何高见?看来……

旅店主 您的看法呢?

班塔龙 你刚才说,你家主人本来今天就要与波利切纳拉先生的女儿结婚。如果波利切纳拉先生不同意呢?

克里斯平 那也无济于事了,因为他的女儿已与我家主人跑了……这事全城的人都将知道……他女儿爱上了一个被警察追捕的毫无地位的人,不让别人知道这件事,对他来说至关重要,比别的都重要。

班塔龙 如果真是这样……您说该怎么办?

旅店主 我们不能让步,您知道,这无赖最会招摇撞骗。

班塔龙 言之有理,我也不知怎么一下子就相信了他。对他应绳之以法!绳之以法!

克里斯平 这么一来,你们将会失去一切。

班塔龙 我们再考虑考虑……波利切纳拉先生,我想同您说两句话。

波利切纳拉 您想说些什么?

班塔龙 您假定我们没有任何理由怨天尤人,假定莱安特罗先生确实是最高贵的绅士,绝不会去干那些卑鄙龌龊的事情……

波利切纳拉 您说什么?

班塔龙 假定令爱真的发疯地爱上了他,并从家里出走与他私奔。

波利切纳拉 我女儿从家里出走与人私奔?谁说的?与她私奔的无耻之徒是谁?

班塔龙 请不要大动肝火,我说的这些都是假设。

波利切纳拉 即使是这样,我也决不饶恕他们。

班塔龙 请您心平气和地听我说。假如这一切都已经发生,那您会不会被迫答应她的婚事?

波利切纳拉 答应她结婚?那还不如先杀了她!然而,我不愿去想这种事,这事听起来叫人不寒而栗。显而易见,你们想这么办,以便从我这里得到失去的一切。你们也是一伙骗子!可是,这一切都是办不到的,办不到的!

班塔龙 请您自重。要谈骗子,您也在其中。

旅店主 对,对!

波利切纳拉 骗子,骗子,你们这些骗子勾结起来诈取我的钱财,这办不到,办不到!

检察官 波利切纳拉先生,请您放心,即使这两位撤回他们的起诉,拒绝控告他,这案子难道就不能成立了?您以为记录在案、罪证确凿的五十二条罪状和另外五十多条无须查证的罪状就可以一笔勾销?

班塔龙 您还有什么话说,克里斯平?

克里斯平 如果真有这么多的话,那旧罪加新罪,你们的钱是永远也无法偿还了。

检察官 这不行!无论如何我一定要得到一份报酬。

克里斯平　那就请自诉人付给您吧；我们充其量只不过是以身殉法而已。

检察官　司法税是神圣不可侵犯的。首先我们要查封这旅店中的一切财物。

班塔龙　这是怎么回事？这明明是要敲我们的竹杠啊。

旅店主　这就是他的用心，否则……

检察官　你们快写起诉书，快写吧，这么七嘴八舌的，我们永远也无法相互理解。

班塔龙
旅店主　不能这么办！

克里斯平　检察官先生，请您听我说。倘若不用写那么多罪案，就能一次付给您……这叫什么呢？是报酬吗？

检察官　这叫司法税。

克里斯平　随您叫什么吧。您以为这样办如何？

检察官　这个嘛……

克里斯平　请您想想，如果波利切纳拉先生答应将女儿许配给我家主人，他今天就会成为有权有势的富翁。您再想想，那位小姐是波利切纳拉先生的独生女儿，我家主人一定能主宰一切。您再想想……

检察官　这倒可以考虑，可以考虑。

班塔龙　他对您说了些什么？

旅店主　您准备怎么办？

检察官　让我好好想一想，这仆人头脑还挺灵的。看来他对法律程序颇为了解。如果我们考虑到你们受到的损害只是金钱的损失，考虑到一切罪过最公正的处罚莫过于以其人之道还治其人之身，还考虑到古代复仇法是这样规定的：以眼还眼，以牙还牙；而不是以牙还眼，以眼还牙……那么对目前这个案子我们完全可以说是以埃斯库多还埃斯库多。因为不管怎么说，他没有谋害你们的生命，所以你们不能要他偿命；他又没有诋毁你们的名誉，所以你们也不能对此有所要求。总之，对等公平是至高无上的法律准则。对等是最大的公道①。还有埃米利亚诺和特里贝亚诺②……

班塔龙　好了，请您别再说，如果他给我们钱，我们就……

旅店主　对，只要他付款给我们……

波利切纳拉　你们胡说些什么？他拿什么来付给你们，现在还有什么可说的？

克里斯平　正好相反，现在的问题是大家都希望救我家主人，为了你们共同的利益，需要搭救我们。你们两位是为了偿付你们的欠款；而您，检察官先生，是为了维护您头脑中全部令人敬佩的法学原理和渊博的学识。上尉先生，您呢，人们都认为您是我家主人的挚友。您是为了不让别人风言风语地议论您，说您这样有地位的人竟与一个无赖交友，这对您是极为不利的。您，奥尔雷金先生，是为了维护您自己的名声，因为当人们知道您的赞美诗被您如此滥用时，您的诗人名声便会扫地。而您，波利切

① 这句话原文为拉丁文。
② 埃米利亚诺和特里贝亚诺，古代拜占庭的法学家，著有法典。

纳拉先生，我的老朋友，是因为您的女儿已对天盟誓，在众目睽睽之下成了莱安特罗先生的妻子。

波利切纳拉 你撒谎，你胡说，你这个无耻之徒！

克里斯平 那么请你们开始清点家中的财物吧，并请记录下来。在场的这些先生都是证人，就从这个房间开始吧。

〔拉开里屋的门帘，西尔维娅、莱安特罗、西雷娜太太、科隆比娜和波利切纳拉太太出现。

第九场

除上一场人物外，还有西尔维娅、莱安特罗、西雷娜太太、科隆比娜和波利切纳拉太太在舞台深处出现。

班塔龙
旅店主 西尔维娅！

上尉
奥尔雷金 他俩在一起！

波利切纳拉 难道这是真的？你们大家都来反对我！我的妻子和女儿也同他们站在一起了！你们都联合起来抢夺我的钱财。快把这无赖抓起来！把这些女人，把这个骗子都抓起来！否则，就把我抓起来。

班塔龙 您发疯了，波利切纳拉先生！

莱安特罗 （在众人的陪伴下，走到舞台前部）令爱以为我受了重伤，同西雷娜太太来到这里，我亲自去找了您的夫人，请她也陪伴左右。西尔维娅已经知道了我的全部身世，知道了我颠沛流离、穷困潦倒、招摇撞骗、寡廉鲜耻的一生，我相信她对我的爱情憧憬已在她心中消失……请您带她走吧！带她离开这里，我请您在我投案自首前带她走吧！

波利切纳拉 惩罚我的女儿是我的事情，但对你……我说，你们快把他抓起来呀！

西尔维娅 父亲，您若不救他一命，我现在就去死。我爱他，我永远爱他，我现在比任何时候都更爱他。他心地纯洁高尚，只是时乖运蹇，他本可用欺骗手段得到我，但他并没有骗我。

波利切纳拉 住嘴！住嘴！你这不要脸的疯丫头。这都是因为你母亲教养有方……因为她的虚荣和想入非非。也是你看了罗曼蒂克的书籍和听了月光浪漫曲的结果。

波利切纳拉太太 你就是希望我的女儿嫁给像你一样的男人，使她像她的母亲这样倒霉，财富对我又有什么用？

西雷娜太太 波利切纳拉太太，您说得很对，没有爱情，财富又有什么用？

科隆比娜 不过没有财富，爱情也是空的。

检察官 波利切纳拉先生，您最好还是让他们结婚吧。

班塔龙 一定要让全城知道这一喜讯。

旅店主 您瞧,所有的人都站在他们一边。

上尉 我们决不允许您对您的女儿诉诸暴力。

检察官 请记录在案:您的女儿与他在一起。

克里斯平 我家主人缺少的仅仅是金钱,可他的高贵情操是无人能比的……您的外孙将是堂堂皇皇的绅士,只要他们不去模仿他们的外祖父……

众人 让他们结婚,让他们结婚吧!

班塔龙 否则我们将对您群起而攻之。

旅店主 您的丑闻也将尽人皆知。

奥尔雷金 您再也无利可图……

西雷娜太太 我被这罕见的真挚爱情深深感动了,请您同意他们的婚事吧!

科隆比娜 这简直像小说写的一样。

众人 让他们结婚,让他们结婚吧!

波利切纳拉 那你们就结婚吧,这婚事并不体面。还有一条,我的女儿将得不到任何陪嫁和遗产……我一定要把我所有的财产花个精光,不让这个无耻之徒……

检察官 波利切纳拉先生,您千万别这样。

班塔龙 您这是什么话?

旅店主 您连想也不应该这么想。

奥尔雷金 别人会怎么说您?

上尉 我们绝不能同意。

西尔维娅 父亲,我不会接受您的任何遗产,我要与他共命运,因为我爱他。

莱安特罗 这样我才能接受你的爱情。

〔众人跑向西尔维娅和莱安特罗。

检察官 你们说什么?都疯了吗?这样行吗?

班塔龙 可不能这样!

旅店主 不过您得承认这一切!

奥尔雷金 你们一定会幸福、富有!

波利切纳拉太太 没有嫁妆,我的女儿可要受苦了。他真是个冷酷无情的人。

西雷娜太太 您要知道,爱情犹如细枝嫩叶,经不住风吹雨打。

检察官 这样做绝对不行!波利切纳拉先生应立即签字保证送一笔嫁妆,数量必须与他的地位和父亲的身份相符。请记下来,书记官先生,这一点谁也不会反对的。

众人 (除了波利切纳拉)对,快请记下,请记下。

检察官 你们,年轻的恋人们,就接受这些财产吧,不要让大家过虑。

班塔龙 那我们的欠款都能得到偿还吗?

克里斯平 那还用问?但你们必须声明,莱安特罗先生从未欺骗过你们。你们想想,他为了满足你们的要求竟违心地接受了这笔钱财。

班塔龙 我们一向认为他是一位高贵的绅士。

旅店主 正是如此。

奥尔雷金　我们大家对此都确信不疑。

上尉　我们将永远这么认为。

克里斯平　现在,检察官先生,这个案子能永远从人们的记忆中消失吗?

检察官　我对此已有预见。我们只要在起诉书上加个"不"字,问题就能迎刃而解。请看,原来的起诉书上是这么写的:"综上所述,如被告不肯供认……应判处徒刑。"现在我们把它改成:"综上所述,如被告不肯供认……不应判处徒刑。"

克里斯平　啊,这个"不"字加得太好了,真是妙不可言。您真是一位天才的法官,是法学界的权威!这个案例太了不起了。

检察官　现在我确信你的主人确实了不起。

克里斯平　是呀,谁也没有您更清楚地知道,金钱能改变一个人的秉性。

书记官　可那个"不"字是我加的……

克里斯平　您是想得到更好的报答吧,您就拿上这串项链吧,是纯金的。

书记官　成色足吗?

克里斯平　您精于此道,还不清楚?

波利切纳拉　我只提出一个条件,就是让这个无赖永远离开你的身边。

克里斯平　您无须提出这个要求,波利切纳拉先生,难道您以为我会像我家主人那样胸无大志、毫无志气?

莱安特罗　你想抛下我,克里斯平?你一走我感到十分难过。

克里斯平　请您不要难受,我已无所作为了。您已脱胎换骨,重新做人,但我还须继续努力……主人,我不是对您说过,必须让大家都来救我们……请您相信这一点。要有所作为就必须制造利害关系,这比制造和建立美好感情更为行之有效。

莱安特罗　你错了,倘若没有西尔维娅的爱情,我绝不会得救。

克里斯平　难道这爱情包含的利害关系还少吗?只是我尽力使它理想化了,而且我演戏总少不了它。好了,现在全剧到此结束。

西尔维娅　(对观众)诸位可以看到,这出喜剧与生活中的喜剧并没有什么不同。生活中的人们同剧中的这些木偶一样,被粗糙的羊皮线牵动,也就是说被那些利害关系、嫉恨之情、欺诈和卑劣龌龊的伎俩所左右。有的羊皮线牵引他们的双脚将他们引向可悲的境地;另一些线又牵住他们的双手,使他们或生计艰难,或疯狂地你争我夺,或狡诈地行骗,或凶残地杀戮。然而,在这些人中间,往往出现一种微妙的感情,它就像月光或阳光一样照亮人们的心田,这就是爱情。爱情使我们如同这些酷似人类的木偶一样,变得神圣了。它在我们的额前显出曙光,并给我们的心灵插上双翅。它告诉我们,这一切并不都是剧中剧,在我们的生活中还是有神圣的东西,这就是真理。它将与世永存,它是不会因为这出戏的终结而荡然无存的。

〔**幕落**〕

——剧终

陈凯先　屠孟超　译

1923

获奖作家

叶芝

传略

叶芝是爱尔兰著名诗人和剧作家，二十世纪初爱尔兰文艺复兴运动的领导人之一，他的诗作对英国当代诗歌的发展有着重大影响，托·斯·艾略特称他为“我们时代最伟大的诗人”，一九二三年，由于“他那永远充满着灵感的诗，它们通过高度的艺术形式展现了整个民族的精神”，而获得诺贝尔文学奖。

威廉·巴特勒·叶芝(William Butler Yeats，1865—1939)，一八六五年六月十三日出生在都柏林一画家家庭。他早年曾在都柏林艺术学校学过绘画，但他的兴趣在写诗。一八八七年，全家迁往伦敦，他在那儿结识了唯美主义作家王尔德和摩利斯等人，并帮助一批年轻诗人创建了“诗人俱乐部”。他曾和剧作家格雷戈里夫人等共同发起爱尔兰文艺复兴运动，创建阿贝剧院并任经理；他曾一度加入爱尔兰共和兄弟会，支持爱尔兰民族运动，并对该运动的领导人之一女演员茉德·岗怀着终生不渝的爱慕之情，把她作为理想的化身，为她写了不少优美的诗篇，如《当你老了》《深沉的誓言》等。

一八八九年，叶芝出版第一部诗集《漫游的奥辛及其他》。在他早期创作的诗篇中，主要有诗集《芦苇间的风》(1899)、《在七座森林中》(1903)、《绿盔》(1910)、《责任》(1914)及诗剧《胡里痕的凯瑟琳》(1902)、《黛尔丽德》(1907)等。他的这些早期作品，受唯美主义和象征主义的影响较深，语言富有音乐美和爱尔兰地方色彩，常把浪漫主义幻想和哲理性思考融为一体。

一九一七年，叶芝婚后定居格雷戈里庄园附近的贝力利村，他的诗已由早期的虚幻朦胧转向坚实明朗，这一时期的重要作品有诗集《柯尔庄园的野天鹅》(1919)、《马可伯罗兹与舞者》等。一九二八年发表的诗集《塔楼》是叶芝创作上进入成熟期的代表作，其中有《丽达与天鹅》《驶向拜占庭》等名篇；此外，重要的作品还有诗集《旋梯及其他》

(1933)、《新诗集》(1938),剧作《剧作集》(1934),散文《幻景》(1925),小说《约翰·肖曼和杜耶》(1891),论文集《神秘的玫瑰》(1891)等。

叶芝的诗吸收了浪漫主义、唯美主义、神秘主义、象征主义和玄学诗的精华,几经变革,最终练就了自己独特的风格。他的后期作品,创造性地把象征主义和写实手法自然地结合起来,把生活的哲理和个人感情融为一体。最后两年,他主张从"心智的洞穴"中出来,到现实生活中吸取灵感,诗风又有了新的发展。

一九三九年一月二十八日,叶芝病逝于法国,直到一九四八年,遗骸才运回爱尔兰。

授奖词

还在最初的青春岁月,威廉·巴特勒·叶芝就作为一个名副其实的诗人崭露头角了。在他的自传中,人们可以看到,甚至当他还是孩子时,一种诗人的内在动力已决定了他与世界的关系。从一开始,他就沿着他的感情和理智生活所展示的方向有机地成长了起来。

他生于都柏林的一个富有艺术修养的家庭。这样,美感自然成了他一生中必不可少且至关重要的东西。他受到的教育也正是要满足这一必须,即表现他的艺术才能,而不是仅仅靠获得学校的传统教育。他所受的教育大部分是在英国——他的第二个祖国,然而他具有决定性的发展是和爱尔兰联系在一起的,主要是和康诺特那个在相当程度上保持了自然纯洁的凯尔特区连在一起的。他的家庭在那里拥有夏日别墅。他吸收了民间信仰和民间故事富有想象力的神秘主义,这正是他的人民最显著的特征;在原始大自然中面对高山大海,他专心致志作着努力,去捕捉住它的灵魂。

自然的灵魂,对他来说可不是泛泛之辞,因为凯尔特民族的泛神论,那种对于大千世界背后活生生的个性化的力量存在的信念,是大多数人民特有的。正是自然的灵魂,攫住了叶芝的想象力,满足了他内在强烈的宗教需要。他热情观察自然界的生命时,也正是他对他的那个时代的科学精神加以探寻之时。他独特地潜心于拂晓时小鸟的种种婉转,暮色中星星亮起,蛾儿飞舞。这个孩子对每一天的节奏是如此熟悉,完全能用自然的迹象来判定时辰。由于他与早晨和傍晚的种种声音都有亲密的沟通,他的诗后来获得了许多极为诱人的特征。

当他年华稍长,为了献身诗歌,他很快就放弃了在美术上的学习,因为他写诗的愿望太强烈了。但绘画方面的修养在他整个生涯中是显而易见的,这不仅仅表现在他用以推崇的形式和个人风格的激情上,更表现在对问题富有辩证法的大胆处理中;正是在这里,他敏锐而零碎的哲学沉思找到了他独特的性格所需要的一切。

一八八〇年岁末,他在伦敦逗留下来。他所进入的文学界并没向他提供许多积极的东西,但至少向他提供了一起从事反抗的伙伴关系,这对好胜的青年来说是特别可贵的。对于不久前还流行的时代精神,这些伙伴充满了厌倦和反叛的意识,这种时代精神就是教条的自然科学和自然主义艺术的精神,很少有人像叶芝那样对它抱有根深蒂固的敌意——彻底的、直觉的、幻想的、在精神上坚持不懈的敌意。

他不仅仅为自然科学的狂妄自信和一味模仿现实的艺术的狭隘感到不安，他更感到了恐惧：因为个性的解体，因为来自怀疑主义的僵硬，因为在一个至多只有对通向柯卡因的神圣土地的集体和机械的进展才抱有信念的世界里，幻想和情绪生活崩溃了。事实证明了他是对的，人类能否用这样的知识走到天堂，我们能否获有享用的便宜，实可怀疑。甚至那种更动人的乌托邦社会——颇受人们赞美的诗人威廉·莫利斯①所提倡的乌托邦社会，也未能吸引像青年叶芝这样一位个人主义者。后来他找到了自己的通向人民的道路，这里的人民不是一种抽象的概念，而是爱尔兰人民。在爱尔兰人民身边，他变得就像一个孩子。他在人民中找寻的不是受到时代的需求而鼓动起来的民众，而是一个历史的发展的灵魂，他希望把这样一个灵魂唤入一种更具意识的生活。

在伦敦文学界的纷乱中，那些爱尔兰民族所特有的事物对叶芝的内心来说依然是亲切的。在夏日故乡的访问中，他对故乡民间传说习俗的广泛研究，更培育了这种感情。他早期的抒情诗几乎全建筑在这些事物的印象上。他的初期诗在英国立刻赢得了高度评价，因为这种新的材料对想象力具有极大魅力，并获得了这样一种形式——尽管不乏独特之处，依然与英国诗歌几个最优秀的传统有着紧密的联系。把凯尔特民族和英格兰民族融合在一起，这一点在此之前从未在政治领域里成功地实现过，如今在诗的幻想世界中成了一个现实——人们很容易从他诗中看出这种精神意味。

虽然叶芝熟读英国诗歌大师的作品，但他的诗自有一种新的特点。节奏和色彩起了变化，仿佛它们移入了另一种空气——来到了大海边凯尔特地区的朦胧暮色。与现代英国诗歌相比，叶芝的诗有着更强的诗歌成分，音乐更凄凉，节奏更柔和。尽管诗很自由，但却像一个梦游人一样步履平稳，于是我们有了另一种节奏的感觉——风在缓缓地吹，大自然的力量在永恒地搏动。当这种艺术达到最高峰时，它具有绝对的魔幻，但要把握住它，总是不容易的事。确实，它常常是如此隐晦，需要费很大力气才能理解，其原因一部分在于实际主题的神秘性，另一部分也许在于凯尔特民族的气质；这种气质在激情、精微、深沉中，而不是在清晰之中才更为显著。但时代的风尚也许并不允许表现这种特征，所以用这种特征的语言进行创作，只能表现出象征主义和“为艺术而艺术”的特色。

叶芝与一个民族生命的联系，使他免于那种为了美而付出代价后的贫瘠，这种贫瘠是他那个时代特有的一种现象。围绕着作为中心和领袖的他，在伦敦文学界爱尔兰同胞的团体里，崛起了一个有力的运动，后来被称为凯尔特复兴，并创造了一种新的民族文学，盎格鲁-爱尔兰文学。

这一团体中最出类拔萃、多才多艺的诗人就是叶芝，他那鼓舞人心、唤起勇气的个性使得这一运动十分迅速地生长、结果了；因为他还给那还是零散的力量提供了一个共同的目标，或给那些先前还没意识到自身存在的新力量做出了鼓励。

接着，爱尔兰剧院出现了。叶芝积极的宣传创造出了一个舞台，一批公众；首场演出的是他的剧作《凯瑟琳伯爵夫人》(1892)。紧接着这部充满了诗意的戏后，他又写出了

---

① 威廉·莫利斯(1834—1896)，英国诗人。

一系列戏剧，内容全是取材于爱尔兰古老的英雄史诗的故事。这些戏中最动人的是《黛尔丽特》(1907)——爱尔兰的海伦的可怕悲剧；《绿盔》(1910)——一个特别富有原始意味的蛮荒之中愉快的英雄神话；尤其出色的是《国王的门槛》(1904)，在这部戏中，简单的材料中渗透了一种具有罕见的庄严和深度的思想。那场关于国王宫廷中诗人的位置和级别的争论，引出了一个争论不休的问题：究竟有多少精神上的东西在我们的世界中是有用的，它们到底是要由真还是由假的信仰来加以接受。戏中的主角为了这些主张甘冒生命的危险，极力替使得人生美丽、充实的诗歌的崇高性做出辩护。要所有的诗人都提出这样的要求是不合适的，但叶芝能这样做：他的理想主义从未黯淡过。他的艺术的严肃性也是如此；在这些戏剧作品里，他的诗获得了一种罕见的美与真的文体。

然而，最动人的是他在《心愿之乡》(1894)中的艺术。在这部戏中，神话所有的魅力，春天所有的新鲜，在那清晰但又梦幻般的旋律中，表演得淋漓尽致。在戏剧性上，这是他最杰出的作品，要是他没写下那部散文小戏《呼立翰的凯瑟琳》(1902)的话，我们简直可以把《心愿之乡》称为他的诗歌之花，因为后者是他用诗歌语言讲述的最简洁的民间故事，也是最具古典主义意义的完美杰作。

正是在《呼立翰的凯瑟琳》中他最有力地拨动了爱国主义这根弦。该剧的主题是爱尔兰为争取自由而进行的漫长斗争，而主角也正是爱尔兰自己——她在一个到处流浪的乞丐妇女形象中得到了人格化的体现，但我们听到的不是简单的仇恨的声音，这一部戏中深刻的激情比任何可与之媲美的诗篇都要来得有节制。我们听到的只是民族感情中最纯和最高的部分，对话寥寥无几，情节也是极其简单，整部戏是毫无做作意味的杰作。这个主题——是从叶芝的梦境中来的——保留了那种天赐幻象的特征，这种幻想观念对叶芝的美学来说也不是什么稀奇的事。

关于叶芝的作品能说的还有很多，再提一提近年来他的戏剧创作所走过的道路，就必须打住了。由于奇特的、不同寻常的素材，这些戏常常是浪漫的，但这些戏一般又努力达到古典形式的简洁。这种古典主义渐渐发展成为富有勇气的尚古主义，诗人努力达到所有戏剧艺术开端都有的那种原始可塑性。他作了许多激情、敏锐的思考，要把他自己从现代舞台上解放出来，因为现代舞台的布景破坏了人们所能想象到的意境；在现代舞台上，戏剧的特色常常是必须由灯光加以夸张的；在现代舞台下，观众要求得到现实的幻象。叶芝希望就像是在诗人的想象中那样写出诗意，他模仿希腊和日本的例子，给这种想象赋予形式。这样他恢复了面具的功用，并为随着简单的音乐伴奏的演员的姿势找到了一个了不起的用武之地。

在这样简洁化了的、达到了严格的文体统一性的戏剧中，主题，因为剧作者的偏爱，依然是取自爱尔兰的英雄传说。于是它常常达到了令人心醉目眩的效果，甚至对一般的读者来说也是如此，这不仅仅表现在高度凝练的对话中，也表现在有着深沉的抒情调子的合唱中。然而，所有这一切都尚处在其生长期，所以还不能做出判断，诗人所作的牺牲是否在所得的成就中获得了补偿。这些剧本尽管自身是值得高度注意的，但在博得大众喜爱的这一点上，也许有别于他的早期作品。

在他最清晰、最动人的抒情诗中，同时也在这些戏中，叶芝获得了很少有诗人能达到的成就：他成功地维持了与人民的接触，同时又保持了最具贵族气质的艺术。他的诗作是在一个有着许多危险的排外性艺术氛围中产生的，但是他丝毫没有放弃他的美学信念的原则，他那充满了火焰和寻根究底的生命力，始终对准目标，努力使自己避免了美学上的空虚。长期以来，他始终不渝地追随象征着自己祖国的精神，而他的祖国一直期待着能够有人表达她的心声。因此，称这样的人的作品为伟大，是一点也不过分的。

诺贝尔文学奖评委会主席 佩尔·哈尔斯特龙

裘小龙 译

作品

湖心岛茵尼斯弗利

我就要起身走了，到茵尼斯弗利岛，
造座小茅屋在那里，枝条编墙糊上泥；
我要养上一箱蜜蜂，种上九行豆角，
独住在蜂声嗡嗡的林间草地。

那儿安宁会降临我，安宁慢慢儿滴下来，
从晨的面纱滴落到蛐蛐歌唱的地方；
那儿半夜闪着一片微光，中午染着紫红光彩，
而黄昏织满了红雀的翅膀。

我就要起身走了，因为从早到晚从夜到朝
我听得湖水在不断地轻轻拍岸；
不论我是站在马路上还是站在灰色人行道，
总听得它在我心灵深处呼唤。

飞白 译

当你老了[①]

当你老了，白发苍苍，睡意蒙眬，

---

① 叶芝终生恋慕的茉德·岗是爱尔兰独立运动的激进派，而叶芝却偏于保守，担心激烈的革命会造成灾难。茉德·岗后来嫁了一个爱尔兰少校，但叶芝终不忘情，常在诗中抒发对她的复杂感情。《当你老了》和《深沉的誓言》都是为她而作的。《丽达与天鹅》和《长腿蜻蛉》中有关海伦的故事指的也是茉德·岗的美貌与激进主义。

在炉前打盹，请取下这本诗篇，
慢慢吟诵，梦见你当年的双眼，
那柔美的光芒与青幽的晕影；

多少人真情假意，爱过你的美丽，
爱过你欢乐而迷人的青春，
唯独一人爱你朝圣者的心，
爱你日益凋谢的脸上的哀戚；

当你佝偻着，在灼热的炉栅边，
你将轻轻诉说，带着一丝伤感：
逝去的爱，如今已步上高山，
在密密星群里埋藏它的赧颜。

飞白　译

深沉的誓言

由于你不守深沉的誓言，
别人与我建立了感情；
但每当我与死神面对着面，
每当我攀上睡眠的山巅，
每当酒把我送入醉境，
我突然遇见了你的脸。

飞白　译

丽达与天鹅[①]

突然袭击：在踉跄的少女身上，
一双巨翅还在乱扑，一双黑蹼
抚弄她的大腿，鹅喙衔着她的颈项，

① 此诗通过神话象征反映了叶芝对历史与文化发展变迁的神秘主义观点。据希腊神话传说，众神之王宙斯化为天鹅与少女丽达交配。后来丽达的一个女儿海伦因其绝色引起了长达十年的特洛伊之战；而希腊联军凯旋时，丽达的另一个女儿克吕泰涅斯特拉又谋杀了她的丈夫——希腊军统帅阿伽门农。叶芝认为宙斯的智与丽达的美结合创造了希腊文化；但他又流露出对现代激烈的政治军事冲突的忧虑，他把这一切看成类似宙斯那种非理性冲动的后果。

他的胸脯紧压她无计脱身的胸脯。

手指啊,被惊呆了,哪还有能力
从松开的腿间推开那白羽的荣耀?
身体呀,翻倒在雪白的灯芯草里,
感到的唯有其中那奇异的心跳。

腰股内一阵战栗,竟从中生出
断垣残壁、城楼上的浓烟烈焰
和阿伽门农之死。
当她被占有之时,
当她如此被天空的野蛮热血制服
直到那无情的喙肯把她放下之前,
她是否获取了他的威力,他的知识?

飞白　译

疯女珍妮与主教对话

我在路上碰见主教,
两人高谈了一番。
“你乳房已经平而扁,
血脉也快要枯干;
快住进天国的大厦吧,
别再待在臭猪圈。”

“美和丑是近亲,”我叫道,
“美丑唇齿相依,
心的高傲和肉的低贱
都证实这条真理。——
我伙伴们虽死,但否认它,
坟或床都无能为力。

“当女人专注爱情之时,
她总会高傲自得,
但爱情却把它的宿舍

设在排泄之所。
要明白凡事若要完美，
都必须先撕破。”

飞白　译

沉默许久后

沉默许久后重新开口；不错，
其他情人全都已离去或死去，
不友好的灯光用灯罩遮住，
不友好的黑夜用窗帘挡住，
不错，我们谈论了又复谈论，
谈艺术和歌这个最高主题：
身体衰老意味着智慧；年轻时
我们曾相爱而却浑然不知。

飞白　译

长腿蜻蛉

为了不输掉这场大战，
不叫文明没落，
把小马拴得远点儿吧，
叫狗也严守静默；
我们主帅凯撒在帐里，
地图在桌上摊着，
他双目什么也没看见，
一手支着下颏。
正像长腿蜻蛉在溪面上飞旋，
他的心神在一片寂静上飞旋。

为了叫人们永记她的脸，
把高塔碉楼烧掉，
在这僻静处悄悄儿走，
不可把她打搅。——

还是半大姑娘的海伦
以为没人见到，
正初试街上学来的舞步，
显得笨手笨脚。
正像长腿蜻蛉在溪面上飞旋，
她的心神在一片寂静上飞旋。

为了让春情发动的女孩
能想象第一个亚当，
关上西斯廷教堂的门，
别让小孩进教堂，
米开朗琪罗高高在上，
仰在脚手架上，
挥腕不停，而动静轻得
跟小耗子一样。
正像长腿蜻蛉在溪面上飞旋，
他的心神在一片寂静上飞旋。

飞白　译

1924

获奖作家

莱蒙特

传略

一九二四年,瑞典学院再次看中了多灾多难的波兰,把诺贝尔文学奖授给了波兰作家莱蒙特,他之所以获奖,是"由于他伟大的民族史诗式的作品《农民》"。

符瓦迪斯瓦夫·莱蒙特(Władysław Reymont,1868—1925),一八六八年五月六日出生于罗兹城附近的大科别拉村。由于家境贫寒,他中学未毕业便外出谋生,先后学过裁缝,做过店员、推销员、铁路职工,当过流浪艺人,跟随流动剧团到各地巡回演出,还当过修道士和流浪汉。青少年时期的艰苦生活和流浪生涯使莱蒙特对沙俄统治下的波兰社会,对城乡人民,特别是对农民的生活和苦难,有了广泛而又深切的了解、体验和感受,从而为他后来的创作积累了大量素材,奠定了坚实的基础。

一八九三年,莱蒙特的努力写作有了初步成果,他终于出版了一本收有六篇短篇小说的小说集。这些小说主要反映农民、城市贫民和流浪艺人的苦难生活,叙事真实,结构严谨,语言精练,其中包括《母狗》《汤美克·巴朗》等。一八九五年,莱蒙特受一报社之邀,随朝圣者前往琴斯托霍瓦采写朝圣活动,回来后发表了一组题为《光明山朝圣》的通讯,引起了文学界的注意。接着他又创作了两部长篇小说:《喜剧演员》(1895)及其续篇《愤恨》(1897)。

一八九九年,莱蒙特出版了他的重要作品——长篇小说《福地》。小说以纺织工业城市罗兹八九十年代的工业发展为题材,对波兰王国十九世纪资本主义社会状况进行了全面的深刻的揭露,揭示了资产阶级尔虞我诈、弱肉强食的本性。这部小说体现出莱蒙特鲜明的民主主义思想、敏锐的洞察力以及他那现实主义的创作才能。

自一九〇四年开始,莱蒙特相继出版了他的代表作长篇小说《农民》。该书共四卷:

《秋》(1904)、《冬》(1904)、《春》(1906)、《夏》(1909)。作者以四季更迭为背景,以完整而和谐的结构,庄严而充满诗意的语言,表现了十九世纪末、二十世纪初波兰农民的苦难生活和英勇抗争的历史。小说有两条相互关联的主线:一条是列普卡村的农民和得到沙皇军警支持的大地主的斗争,一条是大农户波列那的家庭纠纷。但起主要作用的还是土地,一切皆由土地引起。因而《农民》可说是土地的史诗,是在那个历史时期、那种社会制度的波兰农村里,土地如何主宰着人们的生活,引起一系列纠纷、矛盾和斗争的史诗。由于作者从小就生活在农村,又有过多年流浪生活的经历,深谙种种世相,对农民和农村有深刻的了解,因而《农民》一书不仅生动地刻画了农村的各种人物,还绘声绘色地描绘了乡风民俗、四时景物和美丽风光。小说的语言也极富生活气息,大段大段描写性的叙述语言带有优美的散文诗的韵味。因此这部小说一出版,便立即受到波兰国内外文坛的注目,很快被译成十多种语言出版。莱蒙特所以能获得诺贝尔文学奖,主要也是因为这一部小说取得的成就。

一九一〇年后,莱蒙特又陆续发表了《幻想家》(1910)、《在普鲁士的学校里》(1910)、《吸血鬼》(1911)等中短篇小说,并出版了历史小说三部曲《一七九四年》(1913—1918)。作者在深入研究十七世纪末叶波兰衰亡历史的基础上,以一七九四年的华沙起义为题材,创作了这一长篇三部曲。作品描述了波兰衰败和被瓜分的经过及其前因后果,热情讴歌了波兰人民的爱国热情和英勇斗争精神。这部作品的最后一卷《起义》写于大战爆发后德国占领下的华沙,从而使该书更具有特殊的现实意义。

一九一九年四月,莱蒙特去美国访问。一九二〇年回国后,还曾写有《挑战》(1922—1923)等作品,此后便卧病在床。一九二四年获得诺贝尔文学奖时,莱蒙特已全身瘫痪。一九二五年十二月五日,莱蒙特病逝于华沙,终年五十七岁。

授奖词

未举行授奖仪式。

作品

福地(节选)

第二章

“默里,你好!”博罗维耶茨基叫道。

默里身上系着一条长长的蓝围裙,从一排排活动锅灶后面走了出来,这里在熬煮颜料。在被各色颜料蒸气遮掩而显得昏黄的电灯光的照耀下,他那刮得十分干净的瘦长脸和一双晶亮、浅蓝，似乎有点突出的眼睛给人的印象，却像《潘趣》周刊①上的一幅讽刺画。

“啊！博罗维耶茨基！我早想见您了！我昨天就到过您那儿，却遇见了莫雷茨，我讨厌他，因此没有等您。”

“他是个好伙计。”

“他的好心和我有什么关系，我讨厌他的种族。”

“第五十七号已经在印了吗？”

“在印了，我给了颜料。”

“印得上吗？”

“第一批米数还凑合。中央管理局已经表示要向您订购五百匹锦缎。”

“啊！这是第二十四号，浅绿色的。”

“贝赫分局也来了电话，为了同一件事，我们生产吗？”

“今天不了，绒布更迫切些，还有这些夏天的品种更需要印染。”

“有人来电话要订购第七号斜纹布。”

“在研光车间，我一会儿就到那里去。”

“我有话对您说。”

“说吧！说吧！”博罗维耶茨基虽然很客气地低声说，其实他不很乐意。

默里拉着他的手，把他带到厂房角落里的一些大木桶后面，那儿时刻都有人来从桶里取颜料。

这个被称为“厨房”的厂房在黑暗中仿佛消失不见了。在一排悬挂得并不很高的像钢伞一样的棚檐下面，一些大型铜搅拌器正自个儿慢慢地转动，翻搅着大铜锅里的颜料。这些铜锅的表面磨得很光亮。

整个房子由于机器的转动而颤抖着。

长长的传动带宛如一条条米黄色的不尽长蛇，在天花板下发疯似的迅疾地你追我赶。它们或是纠结在一起，从两排大煮锅的上空通过，或是沿墙匍匐前进，或是在很高的地方交错地走着。人们只能通过那些从锅里不断冒出来的刺鼻的、同时把灯火遮住了的五颜六色的气雾，才勉强可以看见。而这些传动带通过墙壁，通过所有的洞孔，还要钻进其他的厂房。

工人们穿着粘满颜料的衬衫，默不作声地奔跑，好像一些影子，一会儿就消失在黑暗中。小车咕隆咕隆地驶进驶出，不断将制成的颜料运送到印制车间和染房去。

到处都是刺鼻的硫黄味。

“我昨天买了些家具。”默里对博罗维耶茨基低声说，“你大概以为我给我的小沙龙买的是皇帝式②的、黄色缎面的家具，给餐厅订购了亨利四世式的橡木家具，给女客厅……”

---

① 《潘趣》周刊，英国十九世纪下半叶著名讽刺幽默刊物，一八四一年在伦敦创刊。

② 原文是法文。

“你什么时候结婚?”博罗维耶茨基不耐烦地打断了他的话。

“我自己也不知道,虽然我想尽可能早一点。”

“你已经求婚了吗?”博罗维耶茨基表示轻蔑地瞧着这个驼背的、看起来十分可笑的英国人,他现在觉得这个人的背弯得很厉害,他那向前突出的长长的腮帮和非常好动的宽嘴唇使人想起猴子的模样。

“就算是求婚了吧！正是在星期天,她对我说,她要有一栋布置得很好的住宅。我详细地问了她,她的回答,就像当你问到许多女人未来的经济状况时她们所回答的那样。”

“你前一次也是这样说的。”

“是的,可我过去连半点信心也没有。”默里说得很肯定。

“如果是这样,我对你表示衷心的祝贺,什么时候可以和你的女友认识?”

“到时候一切都会有的,一切。”

“所以我相信,你到底要结婚的。”博罗维耶茨基表示讥讽地唠叨着。

“你明天来我这里好吗？我一定要听听你对我的这些家具的意见。”

“我来。”

“可是什么时候?”

“午饭后。”

默里回到了颜料房和实验室。博罗维耶茨基则通过工厂的走廊和过道一直跑到染房。过道里由于满是装着还能渗出水来的颜料的车子、人和大捆大捆成堆摆在地上有待清理的货物,显得十分拥挤。

在路上时时有人拦住博罗维耶茨基,和他商讨各种事务。

他发布的指令很短,他做出决定很迅速,他要通知的事也通知得很快。他有时看了工人给他进来的试品之后,只干脆说一声“好”或者“还要”,便又通过千百个工人的视线和像地狱一样乱糟糟的工厂的轰隆声,继续往前走去。

一切都在强烈地震动,墙壁、天花板、机器、地板、发动机都在轰隆隆地响着。传动带发出了刺耳的呼哨声,小车辚辚行驶在沥青地上,动力机上的轮盘时而发出叮叮当当的碰撞声,齿轮也咯咯地咬得直响。通过这动荡不安的汪洋大海,还不断传来人们的呼喊声,那主机的强有力的呼吸到处可以听见。

“博罗维耶茨基先生!”

博罗维耶茨基注意环顾四周,可是厂房里到处都是蒸气,除了机器微微显露出它的轮廓之外,别的什么也看不见,他看不见是谁在叫他。

“博罗维耶茨基先生!”

这时他的身子突然晃了一下,因为有人抓住了他的肩膀。

“啊！厂长先生!”博罗维耶茨基认得是工厂老板,低声说。

“我在找你,可你却跑得远远的了。”

“我有事嘛！厂长先生。”

“是的,是的,我知道,我累得要死了。”老板使劲抓住他的肩膀,嘴里不说话,由于过分疲劳,连呼吸都很困难。

“工作有进展吗?”过了一会儿,老板才问道。

“在干。”博罗维耶茨基简单地回答后,便往前走去。

老板靠在博罗维耶茨基胳膊上,他走起来很吃力,只好拄着一根粗大的树枝,这样两个人差不多都躬下了身子。然后他抬起了头,现出那双又圆又红、看起来十分凶恶的眼睛和大脸。这张脸也很圆,很明亮,上面长的小胡须剪得十分齐整。

“好吧!那些瓦特桑印染机的使用情况好吗?”

“一天能印一万五千米。”

“太少!”老板低声地嘟囔着。他放开了博罗维耶茨基的胳臂,登上满载着尚未加工的印花布的小车,这时他身上穿的那件厚实的大衣拖到了地上,但他依然拄着那根树枝,在车上坐下。

博罗维耶茨基来到一些大颜料桶跟前。在这些颜料桶上面,有一些大滚轴卷着一包包已经散开的布料在转动。它们一面把布浸染,一面又把颜料不断泼溅在工人们的脸孔和衬衣上。站在这里的工人几乎一动也不动,他们时刻都得从桶里取水,同时看里面还有没有染料。

几十个这样的滚轴排成一行一行,它们那永不停息的转动看起来十分单调乏味。一条条长布由于在颜料里浸过,一块块红色、蓝色和米黄色的花斑在蒸气的映照之下,现出了光彩。

厂房里屹立着两行铁柱,把它上面的一层高高地托起。在柱子的另一边是洗涤车间,摆着一些长方形箱子,其中有的装满了开水,由于里面放了苏打而泛着泡沫,有的还装着洗涤机、干燥器和肥皂。布料要从这些箱子里通过,由于打麻器不断把水喷洒在大厅里,在洗涤机上便形成了一团稠密的雾,因而厂房里的灯光也像有一面镜子在反照着它。

接收器叮叮当当地响着,伸出它的两只交叉在一起的手,把洗净的布料交给工人。工人再用棍子把这些布料大幅大幅地折叠起来,分别放在那些时时刻刻都在来回走着的小车上。

“博罗维耶茨基先生!”老板对着一个在气雾中闪现的影子叫道,可这不是博罗维耶茨基。

他站了起来,拖着他那双害了关节炎的病脚在厂房里一瘸一拐地走着。他感到能沐浴在这灼热的空气中很是高兴,他的整个病体已经沉溺在这充满了气雾、刺鼻的颜料味和水的大厅里了。这些水有的是从洗涤器和桶中喷泼出来的,有的是从小车子上渗流下来的,有的是人们的脚踩在地上溅起来的,有的是那些沾在天花板上的水滴并成一道水流后滴下来的。

离心机近乎呻吟的脱水声响遍了整个大厅,像针刺一样钻进了监视着工作进程、把全部注意力集中在机器上的工人们的筋骨里,猛烈地碰撞着接近器上像旗帜一般飘荡着的彩色布料。

博罗维耶茨基现在在隔壁的一间厂房里。这里有一些矮小的老式的英国机器,用来印染供男装用的黑色粗布。

白昼之光通过千百个窗子照了进来，给这间厂房里的黑色气雾和工人们身上涂上了一层浅绿色。工人们挽着两只手，像石柱子那样站着，一动也不动，注视着机器。千百米粗布在这里通过时，可以十分均匀地被染上从机器里喷射出来的、泡沫状的黑颜料。

墙壁在不停地抖动，工厂以其全副精力投入了工作。

靠墙安装的一台升降机使大厅和它上面的四层楼发生直接的联系。机器低沉的轰隆声在大厅里不断回响。升降机不是将一批小车、货物和人运上另一层楼，就是把另一批人和货在大厅里卸下。

白昼已经开始。浑浊的目光透过被蒙上一层气雾的十分肮脏的窗玻璃射进来，将机器和人们的相貌照得更清楚了。大厅里，在淡绿色的昼光的照耀下，可以看到一条条长长的红色气雾来回飘游，它们仿佛在汽灯的光晕上撒上了一层尘土。人和机器都好像处于尚未清醒的状态，好像一些被运动中产生的可怕的强力所控制的幻影，好像一束束的破烂和一堆堆的灰土被搅在一起后，扔进了不断翻腾和咆哮着的旋涡里。

老板海尔曼·布霍尔茨在细心地视察染房，走得很慢。

他走过样品展览室后，坐升降机上了楼，然后又踩着阶梯从楼上下来。他走过长长的走廊，一面检查机器，查看货物，时而向人们投去不高兴的眼色，时而说几句简短的话，他的话像闪电一样很快就传遍了全厂。他喜欢坐在一堆堆布上，有时坐在门槛上休息，有时他甚至突然不见了，过一会儿又出现在工厂的另一方，人们看见他站在一些车厢之间的煤栈的前面。这些车厢一排排立在一个正方形大广场的一边，广场周围用栅栏围了起来。

厂里所有的地方他都看过了。他在走过这些地方时，面色总是那么阴沉，沉默不语，就像秋夜一样。他只要在哪里出现、在哪里经过，哪里的人们就不说话了，他们的头就低下来了，他们的眼睛也闭起来了，甚至他们的形影也消失不见了，仿佛都要避开从他的眼里喷射出来的火焰。

他和在车间里忙个不停的博罗维耶茨基会过几次面。

他们相见时，总是互相表示友好的。

海尔曼·布霍尔茨喜爱博罗维耶茨基经营的这个印染厂，特别是博罗维耶茨基每年付给他整整一万卢布，因此对他一贯十分敬重。

“他是我的这个车间里一台最好的机器。”他望着博罗维耶茨基，心里想道。

布霍尔茨自己已经不管什么事了，他让女婿管理工厂，自己则习惯性地每天早晨和工人们一起来到这里。

他喜欢在这儿吃早饭，然后一直要坐到中午。午饭后，不是进城，就是去办公室、堆栈和棉花仓库里走走。

他不能远离这个强大的工厂王国，这是他通过自己一辈子劳动和自己的智慧与力量所创建的。他必须关心踩在他脚下的一切，关心这些震动着的、破烂的墙壁，只有当他处在原料、颜料、漂白剂和烈日晒热了的油脂的气味包围中，走过那延伸于全厂的传动带时，他才感到舒服。

他现在坐在印染房里，用他那双昏花的眼睛望着由于窗子很大而显得明亮的厂房，望着转动中的印染机，望着这些活像一座座铁塔的机器，它们虽然在十分紧张地工作，却保持着无声无息。

每个印染机旁都单独有一台蒸汽机，它的轮盘在转动中呼啦啦地响着，就像一块磨光了的银盾牌，在它以疯狂的转速不停地转动时，它的形貌是捉摸不定的，人们只看见围绕着它的轴旁有一个银色的光圈在旋转，同时喷射出闪灼发亮的烟火。

机器每时每刻都在迅速地运转。那永不中断的长长的布料被卷在一些铜柱子上，在这里给它们轧上各色花纹之后，再往上去就看不见了，它们进入了上一层楼的干燥室内。

从机器后面把货物抬来交付印染的人们个个都好像没精打采的。可是工长们都站在机器的前面，他们时时都要躬下身子，留心地看着那些大铜柱子，从大桶里掏出颜料给它们涂上，不消一会儿，他们就可以对这飞跑着的成千上万米的布看得出神。

博罗维耶茨基来到了印染房，为了检查新装备的一些机器的运行情况，他把这些机器印制出来的样品和由旧机器印染的布料作了比较，提出了建议。有时经过他的同意，一些正在活动的机器巨人也停了下来，他仔细对它们进行视察后，便继续往下走去，因为这工厂有力的节奏，这千百台机器，这成千上万以最大的注意力、几乎是信教的虔诚态度注视着机器运转的人们，这堆积如山的货物，在吸引着他。这些货物有的摆在地上，有的放在车子里，有的被人们搬来搬去——从洗涤机搬到印染机上，从印染机搬到干燥器里，从干燥器搬到研光车间，然后还得去十几个其他地方，一直到它们变成成品。

博罗维耶茨基间常也在自己的办公室里，他的办公室在“厨房”附近，他在这里设计新的花色，参看那摆在桌上的许多样品，这些样品被粘贴在一些大的纪念册中，是从国外寄来的。休息时，他考虑、设想他计划和朋友们联合开办的工厂的草图；可是他的思想不能集中，因为他离不开周围的环境，工厂的轰隆声在他的办公室里响着，工厂的运动使他的神经和跳动着的血脉都感觉得到，工厂不允许他离群索居，它毫不放松地拉住了他，使他不得不为每一个活动在这里的人服务，支持他们的一切行动。

博罗维耶茨基又起身出去了。白天对他来说真是长得可怕。四点左右，他来到另一个车间的办公室，想要喝茶，还要打电话给莫雷茨，叫他今天上戏院去，因为一个业余剧团为了表示慷慨，要在那儿演出。

“韦尔特先生刚走了半小时。”

“他在这里待过？”

“他拿走了五十匹白布。”

“自己要吗？”

“不是，受阿姆菲沃夫的委托，到恰尔科夫那里去了。你抽烟吗？”

“抽，我累得要命了。”

他坐在空写字台前的一张高高的方凳上抽烟。

在这里办公的总会计师站在他跟前，自己嘴里噙的虽是烟斗，却十分恭敬地用雪茄招待他。几个小伙子坐在高高的木条凳上，用一些大的红格本在写字。

办公室里没人说话，钢笔移动时的刺耳的沙沙声、钟摆摆动的单调的嘀嗒声使博罗维耶茨基感到十分烦恼。

“有什么情况吗,什瓦尔茨先生?”

“罗岑贝破产了。”

“彻底破产了?”

“还不知道,可是我想他会调整的,总不能让生意遭受一次寻常的失败吧。”他低声笑着,用手指抖掉了烟锅里的湿烟灰。

“公司要丢掉吗?”

“这决定于每损失一百他该赔多少。”

“布霍尔茨知道吗?”

“今天他还没有来我们这儿,听说他脚上长鸡眼很痛,他也怕受损失。”

“他也许倒霉了。”那些躬着背在写字的小伙子中的一个低声说。

“也许有亏损。”

“亏损很大,愿天主发发慈悲吧!”

“但愿他活上一百岁,享有一百栋宫殿、一百个工厂,成为亿万富翁。”

“但愿他患一场重病。”一个小伙子低声嘟囔着。

大家都不说话了。

什瓦尔茨严肃地瞅着写字的人,也看着博罗维耶茨基,好像要表明自己对谁都毫无罪过;可是博罗维耶茨基只是闷闷不乐地凝视着对面的窗子。

办公室的气氛令人极为烦闷。

墙壁一直到天花板都是用橡树木头堆砌成的,上面的黄颜色使人感到肃穆,墙上钉满了搁架,搁架上的书摆得很整齐。

窗子对面耸立着一座四层楼的大房子,是用红砖砌的,给办公室留下一道铁锈色的愁惨的阴影。

外面的小院铺上了沥青,小车和人们不时从这儿走过。在约一层楼高的地方,一些如同大力士的臂膀一样的传动带,朝着不同的方向飞跑,同时发出低沉的、哗啦啦的响声,把办公室的窗玻璃也震得吱吱地响。

工厂上面,高悬着像一块沉重的脏帆布的天空。天空降下的小雨有的汇成一道道肮脏的水流沿着围墙流下来,有的有如令人生厌的唾沫,吐在办公室的沾满了煤灰和棉花屑的玻璃窗上。

在办公室的一个角落里,煤气炉上的水壶在咝咝鸣叫。

“霍恩先生,递给我一杯茶好吗?”

“经理先生大概还要面包吧!”什瓦尔茨很客气地送上了一块。

“要干净点的。”

“这就是说比你吃的要好点的,尊敬的[①]霍恩先生!”

霍恩送来了茶,停留了一会儿。

“你怎么啦?”博罗维耶茨基问道,他和霍恩很熟。

---

① 原文是德文。

“没什么!”他回答得很简单,表示厌恶地望着那个用报纸把面包包上,然后放在博罗维耶茨基面前的什瓦尔茨。

“你的脸色很不好。”

“霍恩先生不在你的厂里干了,从沙龙来的,难以习惯坐办公室和劳动。”

“只有牲口和癞皮狗才愿意带枷锁,正常的人不习惯。”霍恩十分恼怒地唠叨着,但他的话声很低;什瓦尔茨虽然注意瞅着他,也没有听清楚,只好傻乎乎地笑着,一面低声说:

“尊敬的①霍恩先生!尊敬的②霍恩先生!这里有火腿炒阉鸡,非常好吃,经理先生会来品尝,我老婆是做这道菜的名手。”

霍恩走到写字台旁坐下,他那茫乱的视线一会儿盯着红色的墙壁,一会儿盯着窗子,窗子外面是一堆被撕散的用来纺纱的白棉花。

“再递我一杯茶!”

博罗维耶茨基想试探他。

霍恩递来了茶,他没有看博罗维耶茨基,却转身要走。

“霍恩先生,你半小时后可以到我这儿来吗?”

“好,经理先生,我自己也有事,我打算明天来找你。现在你可以听我说吗?”

霍恩想私下对博罗维耶茨基说几句话,可这时有一个女人走进办公室来了,还带着四个孩子。

“耶稣赐福!”她低声唠叨着,把视线投向这时在桌边所有抬起了头的人。因为博罗维耶茨基站得距她最近,并且仪表堂堂,她便在他面前十分恭敬地躬下了身子。

“老爷,我来求您了。我丈夫的脑袋被机器轧断了,我们现在成了贫穷的孤儿寡母。我来这里是求老爷赐予公道的,我丈夫被机器轧断了头,请老爷发给我们救济金吧!”她又把身子躬到了博罗维耶茨基的膝盖上,哇的一声哭了起来。

“出去,到门外去,这里不管这样的事。”什瓦尔茨叫道。

“先生,安静!”博罗维耶茨基用德语叫他。

“先生,她半年多来,已经走遍了所有的部门和事务所,没有办法把她赶走。”

“为什么这件事没有处理呢?”

“你也问这个?这个无赖是有意把他的头放在轮子下的,他不想干了,他要偷厂里的东西。我们现在要给他的婆娘和小杂种付钱?”

“你,癞皮狗,我的孩子是杂种?”女人喊着,激动地跳到了什瓦尔茨跟前,什瓦尔茨退到桌子后面去了。

“女人,安静!你别嚷了,叫这些孩子也别哭了。”博罗维耶茨基吓了一跳,指着那些贴在母亲身边放声大哭的孩子叫道。

“老爷!我正要说句实在的话,我在矿山里时,他们总是给我许愿,说是给钱。我也

① 原文是德文。
② 原文是德文。

不停地走呀！求呀！可是他们骗我，把我像狗一样地赶出了门。"

"你们放心好了，我今天就去和厂主说一说，一个星期后你们到这里来，会给你们钱的。"

"敬爱的老爷呀！愿天主和琴希托霍瓦①赐予您健康长寿，赐予您财产和名誉吧！"她一面喊着，一面拜伏在他的脚前，吻着他的两只手。

博罗维耶茨基从她那里脱身后，离开了办公室，可是他却在一个大过道里站了一会儿。当他看到女人也出来后，又问道：

"你们是从哪儿来的？"

"啊！先生，我是从斯基耶尔涅维茨来的。"

"在罗兹已经待了很久吗？"

"快两年了，是因为破了产才来这儿的。"

"你们有工作吗？"

"这些异教徒，这些害了传染病的异教徒怎么会要我呢！再者我能把孩子放在哪儿呢？"

"你们靠什么生活？"

"我们很穷，老爷，穷得很呢！我和一些纺织工人住在巴乌蒂区②，每月要付三个卢布的房租。先夫在世时，尽管我们常常只有盐吃，只能挨饿，可总算是活下来了。现在他不在了，我就得去老城找活儿干，那里有时需要洗衣的，等等。"她讲得很快，围在她身边的孩子穿得很脏，很破烂。

"你为什么不回乡下，到家里去呢？"

"我会回去的，先生！只要那儿照农民的标准给我付工钱，我这就去。否则，但愿罗兹城的瘟疫不要放过那里，但愿这城市的大火也烧到那里去，但愿天主不要怜惜那里的任何东西，但愿那里的一切都死光，不剩一个。"

"别闹了，你们没有必要在这里诅咒！"博罗维耶茨基有点生气地嘟囔着。

"没有必要？"女人感到奇怪地叫了起来。她把那苍白的、十分丑陋的、被贫困损耗了的面孔和那已经萎缩的、热泪盈眶的眼睛冲着博罗维耶茨基。"老爷，我们在乡里只不过是些雇农，我只有三莫尔格土地，是父亲死后继承下来的。我们没钱盖房子，住在叔侄们家里，靠做工为生。一个乡里的人总还是可以住得好好的嘛！他可以把土豆积攒起来还债，可以养鹅养猪，会有鸡蛋。我们也养过乳牛，可是在这儿又怎么样呢？一个倒霉鬼要从早干到晚，连吃也顾不上，我们的生活最后就像乞丐一样，而不是像基督徒一样；我们是狗，而不能成为一个诚实的人。"

"那么你们为什么要来这儿呢？应当待在乡下嘛！"

"为什么？"她十分痛苦地叫道，"我也不知道为什么。大家都走了，我们也走。阿达姆是在春天走的，他把女人留下，走了。秋后来了一个打扮得十分漂亮的人，谁也不认得

---

① 琴希托霍瓦，波兰宗教圣地。

② 巴乌蒂区，罗兹的工人住宅区。

他;他全身穿的是呢子,戴镀银手表,还有戒指和在乡下要三年才能挣到的那么多的钱。人们都感到惊奇,可这个瘟神却在骗人,乡里人希望他把他们带出去,为此他们给了他钱,上帝知道他对他们许了什么愿,这样马上就有两个农民:杨夫妇的儿子和住在林子那边的格热戈日跟他走了,其他的人也会走的。他们来到了这个罗兹,每个人都想有呢子衣服、手表,过放荡生活。我阻止过我的丈夫,我们来这儿干吗?人生地不熟,人们会把我们当牲口使的,可他还是走了,后来他又回来了,把我也接走了,慈悲的主呀!我的主呀!"她不停地唠叨着,放声痛哭起来,用两只脏手擦着鼻子和眼睛。她的身子在这无可奈何的悲痛中,开始颤抖起来,紧靠在她身边的孩子们也跟她一起低声哭了起来。

"这里给你们五个卢布,你们就如我对你们说的那样去做吧!"

博罗维耶茨基已经感到厌烦,他很快转过身来,没等对方表示感谢就出去了。

他看不惯这种愁眉苦脸的样子,可是这女人却仍使他那慢慢消沉和有意控制着的感情受到了感染。

他在马西-普莱特式蒸汽锅炉①旁站了一会儿,看到布料通过这里就染印好了。他有点神魂颠倒地望着那些刚刚印上的花色,一些加上了媒染剂的黄花,在高温中受到成分复杂的苯胺盐溶液的浸染,会变成粉红色。

工厂在傍晚片刻的休息之后,又开始以同样的强度进行工作。

博罗维耶茨基通过自己办公室的窗子向外望去,因为天色骤然阴沉,雪片密密层层地下着,给工厂的围墙和庭院涂上了一层白色。他看见霍恩站在守门人的小房后面,这里是工厂唯一的出口,霍恩在和刚才那个女人谈话,她好像为了某件事情正高兴地对他表示感谢,在自己的身后还拿着一张纸。

"霍恩先生!"博罗维耶茨基从小窗里伸出头来喊道。

"我正要找你。"霍恩走出来后,回答说。

"你给这个女人出了什么主意?"他望着窗子,粗声粗气地问道。

霍恩把身子晃了一下,在他那像女人一般美丽的脸庞上,立刻现出了一阵红晕,他的一双蓝色的十分和善的眼睛也在闪闪发亮。

"我叫她去找律师,让她去和工厂打官司吧,到时候法律会迫使他们给她赔偿损失的。"

"这个与你何干?"博罗维耶茨基轻轻地敲着玻璃窗,咬住了嘴唇。

"与我何干?"他沉默了一会儿,"一切贫困、一切非正义的事情我都要管……"

"你在这儿是什么身份?"他厉声打断了他的话,然后坐在一条长桌前。

"得啦!我是事务所的见习生,经理先生不是最清楚吗?"霍恩愕然地问道。

"好啦!霍恩先生!照我看,你完不成这个见习了。"

"对我来说,什么都一样。"他斩钉截铁地回答说。

"可对我们来说,对工厂来说,就不是所有的都一样。你是工厂里千百万齿轮中的一个,我们收你并不是要你在这儿办慈善事业,是要你干活。这儿需要一切都发挥最好的

① 马西-普莱特式蒸汽锅炉,英国马西-普莱特公司生产的蒸汽锅炉。

效用,照规矩办事和互相配合,可你造成了混乱。”

“我不是机器,是人。”

“那是在家里。工厂既不考验你的人道精神,也不要求你慈悲为怀,而要求你多出力,出智慧,仅仅为了这个,我们才付给你酬劳。”博罗维耶茨基更加恼怒了,“你在这儿和我们大家一样,都是机器,因此你只能做你应该做的事,这里不是你大发慈悲的地方,这里…… ”

“博罗维耶茨基先生!”霍恩迅速打断了他的话。

“尊敬的[1]霍恩先生! 我如果对你说话,你就好好听着。”博罗维耶茨基厉声叫了起来,生气地把一大本样品丢在地上,“布霍尔茨是因为我的推荐才收下你的,我了解你的家庭,我望你好,可是我看你病了,你患了幼稚的挑拨离间病。”

“如果你是这样来看对人的同情的话。”

“你在用所有对工厂心怀不满的人早就用过的办法破坏我的名誉。应当给你一个律师,通过他的帮助,你就可以去关心那些不幸和被侮辱的人了。这个律师也会懂得什么才是好的报酬。”博罗维耶茨基带挖苦地补充说,可是他在看到霍恩那双瞅着他的善良的眼睛后,怒气随之消失了,“这桩事就算了,你还可以在罗兹长久待下去,你会看请这里的关系,会更好地了解那些被压迫的人,这样你就会懂得应当怎样行动。如果你接过你父亲的生意去做,那时候你会承认我说得完全对。”

“不,先生,我不会长久待在罗兹,也不会去包揽父亲的生意。”

“你想干什么?”博罗维耶茨基感到愕然地叫了。

“还不知道,虽然你对我说得这么厉害,太厉害了,可是我不能不老老实实对你说明这一点。这且不管它吧! 我知道,你作为一个大印染厂的经理不能说别的。”

“那么你要离开我们? 对于你我只能这么想,可是我不知道,这是为什么?”

“因为我不愿待在罗兹的这些下流汉中,作为一界人士的你恐怕是理解我的;我恨工厂,恨所有的布霍尔茨们、罗岑斯特恩们、恩德们,仇恨这可恶的工业匪帮。”霍恩勃然大怒地说。

“哈! 哈! 哈! 你是一个出类拔萃的‘怪人’,没有人比得上。”博罗维耶茨基亲热地笑了。

“我不想多说了。”霍恩受到了很大的刺激。

“如果你愿意的话,蠢话总是少说为好。”

“再见。”

“再见。哈! 哈! 哈! 真有表演天才呀!”

“博罗维耶茨基先生!”霍恩眼里几乎渗出了泪水,他想说什么,但又没有说。

“什么?”

霍恩鞠了个躬,出去了。

“一个大笨蛋!”博罗维耶茨基在他走后嘟囔着,然后也到干燥室去了。

---

① 原文是德文。

一股干燥的、热烘烘的空气立刻包围了他。

一些四角形的大铁箱装满了热得可怕的、干燥的空气，它们把一条条各种色彩已经烘干了的、硬邦邦的布不断吐出来，同时发出轰隆隆的响声，仿佛远处的雷声。

在许多矮小的桌子上、地上、静静移动的小车上，都堆放着布料。厂房的墙壁几乎和玻璃一样透明，里面的空气十分干燥和明亮。各种布料色泽鲜艳，有金黄色，有绛红色、紫罗兰色，有海军蓝色，还有宝石红的，仿佛一堆堆璀璨生光的金属片。

工人们身上只穿一件衬衫，脚是光着的，脸呈灰色，眼睛呆滞无神，好像被这里挤得满满的颜料蒸汽烧坏了似的。他们默不作声，机械地移动着，他们只不过是对机器的补充。

如果谁想通过窗玻璃去瞭望周围世界，去看罗兹，他可以看见罗兹就屹立在一座四层楼高的地方，就耸立在被成千上万个烟囱、屋顶、房屋、脱落了枝叶的树所隔断了的烟雾中。如果他向另一方远眺，他可以看见远处延伸到地平线尽头的田地，可以看见灰白色的、肮脏的野外。那里由于春来解冻，流水到处泛滥，但有的地方，也间或出现一些红色的厂房，这些厂房从远处看，似乎是在雾中显现出来的。如果他再看那远处长长一排的小村庄，他可以看见这些村庄无声无息地紧挨在地面上。如果他往那儿的道路上看，可以看见这些道路就像一条条沾满了泥水的黑色带子，在一排排光秃秃的白杨树之间，蜿蜒曲折地伸向远方。

机器轰隆隆地响着，挨到了天花板的传动带在不停地呼啸，把动力送到其他的厂房。屹立在这四角形大厅里的巨大金属干燥器主要接收从染房来的湿布，把它们烘干后吐出来。一切都在跟着它们的运动节奏而跳动，因此这个充满了使人感到凄凉的三月天的色调和光线的大厅就像天主的教堂，具有统治一切的力量。

博罗维耶茨基望着这些布料，感到有点心神不定，他想是不是它们烘得太干或者被烧坏了。

"蠢家伙！"他突然想起了霍恩，霍恩年轻漂亮的脸庞，那双带着某种说不出的无可奈何的痛苦和指责的蓝眼睛，不时出现在他的眼前。他感到惶恐不安，这种不安难以捉摸，当他看着这群默不作声地劳动着的人时，霍恩的一些话又在他的脑子里出现了。

"我曾也是这样。"他的思想虽然飞到了过去的时代，可是他没有让他想象中的那只战战兢兢的手把自己抓住。一丝带讥讽的微笑在他嘴边掠过之后，他的眼里依然现出十分沉着和冷静的神色。

"这一切都过去了，都过去了！"他这样想时，脑子里出现了一种奇怪的空虚之感，好像在对过去他曾有过但由于生活在庸俗环境中而丧失了的理想和高尚的冲动表示惋惜。可是这种思想感情在他身上存在的时间很短，他又恢复了原来的状态，他以往是什么人，现在还是什么人，海尔曼·布霍尔茨的印染厂的经理、化学家，一个冷静的、聪明的人，对周围漠不关心可是对一切都有准备的人，就是莫雷茨称呼的一个真正的罗兹人①。

博罗维耶茨基在这种思想状态下走进研光车间时，一个工人拦住了他的去路。

---

① 原文是德文。

“什么事?”他问得很简短,没有停步。

“这是我们的工头,普弗克先生,他说:从四月一号起,我们干活的将减少十五人。”

“是的,一些新的机器要安装了,用不着旧机器所需要的那么多人了。”

这个工人把帽子放在手里不住地搓揉,他不知道说什么才好,可是当他看到从那机器后面和一丈丈的布料后面投来的炯炯目光之后,激动了起来,便跟在博罗维耶茨基后面问道;

“可我们干什么呢?”

“你们到别处去找工作吧!只有那些早先就在我们这里工作的人才可以留下。”

“可我们也工作三年了。”

“我对你们有什么办法?机器不需要你们了,它自己会干。如果我们扩大漂白车间,到四月一号可能还有变动。”博罗维耶茨基平心静气地回答,他上了升降机,马上就和它一起在墙壁中降落下去了。

工人们面面相觑,不说一句话,他们的眼里表现出忧郁的神色,为明天的失业而担心,为贫困而忧虑。

“这是一具死尸,不是机器,狗,狗日的。”一个工人唠叨着,同时愤怒地踢打着一台机器。

“货物要掉到地上了!”工头叫道。

一个小伙子很快把帽子戴好,躬下身子,不慌不忙地把红绒布从机器上拿了过来。

张振辉　译

1925
获奖作家

萧伯纳

传略

一九二五年爱尔兰著名剧作家萧伯纳，“由于他的作品中有理想主义和人道主义精神，其令人激动的讽刺常蕴含着独特的诗意美”，因而获得诺贝尔文学奖。

乔治·萧伯纳(George Bernard Shaw，1856—1950)，一八五六年七月二十六日生于爱尔兰首府都柏林，父亲是都柏林法院的公务员，母亲是音乐教师。由于受母亲的熏陶，萧伯纳从小就爱好音乐和绘画。因家庭经济拮据，他十五岁便进一房地产公司做书记员，后升任出纳。

萧伯纳的世界观比较复杂，他接受过柏格森、叔本华和尼采的哲学思想，钻研过马克思的《资本论》，还曾参加过英国改良主义组织费边社，主张改良主义，反对暴力革命。在艺术上，他受易卜生影响，主张写社会问题，反对“为艺术而艺术”。

萧伯纳的文学生涯始于小说创作，从一八七九年到一八八三年，共创作了五部小说：《未成年时期》(1879)、《无理之结》(1880)、《艺术家的爱情》(1881)、《卡什尔·拜伦的职业》(1882)和《业余社会主义者》(1883)，但都遭到退稿。一八九一年，他发表了评论名著《易卜生主义的精华》，第二年，他的第一个剧本《鳏夫的房产》公演，获得成功。此后，他一共创作了五十二个剧本，成为成就卓著的剧作家。

萧伯纳的前期戏剧作品，主要有三个戏剧集：《不愉快的戏剧集》，其中包括《鳏夫的房产》(1892)、《荡子》(1893)和《华伦夫人的职业》(1894)；《愉快的戏剧集》，由《武器和人》(1894)、《康蒂妲》(1895)、《风云人物》(1895)和《难以预料》(1896)四个剧本组成；《为清教徒写的戏剧》，其中收有《魔鬼的门徒》(1897)、《布拉斯庞德上尉的转变》(1897)和《凯萨和克莉奥佩屈拉》(1898)。

进入二十世纪后，萧伯纳的创作达到高峰，发表了著名的剧本《人与超人》(1903)、

《巴巴拉少校》(1905)、《伤心之家》(1919)、《圣女贞德》(1923)、《苹果车》(1929)、《真相毕露》(1932)和《突然出现的岛上愚人》(1936)等。其中《圣女贞德》公演后获得空前成功,公认为他的最佳历史剧,“它显示了这位惊人之举的人作为诗人的最高能力”(诺贝尔文学奖授奖词)。

一九三三年,萧伯纳曾来中国访问。第二次世界大战爆发后,萧伯纳以近九十岁的高龄积极参加反法西斯斗争。“二战”后,他还创作了《波扬特的亿万财产》(1947)、《牵强附会的寓言》(1949)等剧作。

一九五〇年十一月二日,萧伯纳在自己的寓所中去世。

授奖词

乔治·萧伯纳在他青年时期创作的小说中就表现了他后来一贯坚持不变的对世界的看法和对社会问题的态度。这一点比任何事实都更能为他提供辩护,反驳那些说他不诚实,在民主的殿堂上扮演职业丑角的一再指责。他的信念从一开始就非常坚定不移,似乎社会发展的总进程不仅未能对他施以任何实际影响,反而将他直接带到了他现在发表演说的讲坛上。他的思想具有某种抽象的逻辑上的激进主义性质,因此它们远非新鲜,但是它们从萧伯纳那里获得了一种新的定义和异彩。在他那里,这些思想和一种敏捷的机智结合在一起,完全摈弃了任何形式的常规,加之他那极为生动有趣的幽默——所有这些聚集在一起,形成了文学中几乎前所未有的狂文风格。

最令人迷惑不解的是他那嬉戏般的快乐劲儿,这使人们容易认为所有这一切不过是一场游戏,目的是引人大吃一惊。然而这与真相相差得太远,就连萧伯纳本人也有资格颇为公正地声明,他的无忧无虑的安乐态度不过是一种策略:他必须哄得人们发笑,这样人们就不会想到拉他去上绞架了。然而,我们十分清楚,不论有可能发生什么事情,都很难吓住他,使他不再直言不讳;而他之所以选择了这样一种武器,正是因为这种武器对他最为合适,用起来效果最佳。他运用着这一武器,带着一个天才的极端自信心,这种自信来自一种绝对宁静的道德心以及一种诚实的信念。

他很早就成为革命学说的宣传家,这些属于美学和社会学领域的学说价值各异,因此他很快就为自己赢得了辩论家、知名演说家和记者的显要地位。作为易卜生的拥护者和英国以及巴黎的肤浅传统的反对者,他在英国剧坛上留下了印迹。他本人的戏剧创作开始得较晚,当时他已经三十六岁,写剧的目的则是为了满足他引起的各种要求。他以生来就具有的把握进行剧本创作,确信自己有许多话要说。

他以这种随便的方式终于创造出了一种在某种程度上可以被称为新的戏剧艺术,对这种戏剧艺术必须按照其本身的特殊原则进行评价。它的新奇之处并不在结构和形式上。他通过对戏剧艺术极其清醒和训练有素的了解,毫不费力地迅速达到了他认为对其目的有用的所有舞台效果。但是他表达思想的那种直率方式完全是他个人的,那种好战性、灵活性以及思想的多样性也完全是他所独有的。

在法国，他一向被称为二十世纪的莫里哀，这种比较是有些道理的，因为萧伯纳本人认为，他在遵循古典戏剧艺术的旨趣。他所说的古典主义是研究严格推理和辨证的精神爱好，反对任何可以被称作浪漫主义的事物。

他首先创作的作品是被他称为的《不愉快的戏剧》(1898)，取这个名字的原因是，这些戏剧使观众面对不愉快的事实，从而剥夺了他们期望从舞台上获得的不费脑筋的娱乐以及多愁善感的熏陶。这些剧目详细地剖析了严重的弊病——对穷苦人民的剥削和娼妓制度，以及那些作恶者仍旧保持着他们体面的社会地位。

这是萧伯纳的一个特点：他虽然对社会采取一种正统社会主义者的严厉态度，但是在处理具体的罪人形象时，又将这种严厉不带偏见的和名副其实的心理洞察力结合在一起。即使在他早期的这些优秀剧作中，他的人道主义已经得到了既充分又彻底的表现。

在《愉快的戏剧》(1898)中他改变了方案，总的说来主旨相同，口吻却轻松愉快了。这组剧目中的一个为他赢得了首次伟大的成功，这就是《武器与人》。它试图说明关于军人和英雄的浪漫事迹是不足信的，同时又将这种浪漫与和平时期朴素平凡的工作相对照。剧本中的和平主义倾向为作者从观众那里赢得了比平时更为乐意的欢迎。《康蒂妲》是一部结局幸福的《玩偶之家》，是相当一段时间内他创作的最富有诗意的剧作，因为——由于我们所不知的原因——他将剧中那位坚强的优秀女性描写成正常的人，以此赋予她较之其他剧中人物更为丰富、更为温柔、更有同情心的典型形象。

他在《人与超人》(1903)中进行了报复：他宣称，妇女因其坚定的以及毫不掩饰的讲求实际的性格，注定要成为超人，这是长久以来被人们带着如此热切的渴望所预示的事物。这个笑话很逗乐，但是或多或少，作者对它的态度似乎还是严肃的，即使考虑到他对英国人早期崇拜温柔的女性圣者所持的反对态度。

随后的一部伟大的思想剧是《巴巴拉少校》(1905)，它具有更为深刻的意义。剧本讨论了这样一个问题：是否应该通过内部方式，即快乐的虔诚的牺牲精神战胜罪恶，还是通过外部方式，即根除所有社会缺陷的基础——贫穷——来战胜罪恶。萧伯纳的女主人公，他创造的极不寻常的女性人物之一，最后在金钱的势力和救世军的权力之间达成了妥协。思想的过程在剧中得到极为有力的表现，并且必然地充满了反论。这个剧目并不首尾一贯，但展示了一种令人惊奇的新鲜与明晰的看法；这种看法认为，抱有实际信仰的人生是欢乐的、富有诗意的。在这部剧作中，理性主义者萧伯纳表现了较之其他理想主义者更为心胸宽阔，也更尊敬妇女的性格。

时间不允许我们一一提及他随后的创作活动，哪怕是他那些更为优秀的作品；只这样说就足够了：只要他认为是偏见，那么不论是在哪个阵营中发现的，他都运用他的武器去进行批判，绝不投机取巧。他最勇敢的出击似乎表现在《伤心之家》(1919)中。在这个剧本里，他试图和往常一样，按照喜剧精神将那些盛行于发达的文明国家的邪恶、虚伪和病态具体体现出来，他戏弄那些极端重要的价值标准、冷酷的良心以及僵化的感情，并以一种琐细的专注表现艺术和科学，以及政治、追求金钱和玩弄异性。然而，不论是由于材料的丰富还是由于很难将其处理得轻快，这部作品最终变成了一个行为古怪的人物的博物馆，带有一种像是一副鬼魂模样的模糊的象征主义。

他为《千岁人》(1921)所写的前言比起其他的前言更为才华横溢,但是这篇论文在演出中表现的观点——即人类必须将其正常年龄延长数倍,才能获得足够的见识来管理世界——几乎未提供任何希望和欢乐。看起来它的作者似乎过多地运用了他丰富的思想,结果大大损害了他固有的创造力。

然而,随后诞生了《圣女贞德》(1923),它显示了这位充满惊人之举的人作为诗人的最高能力。尤其在舞台上,这种能力得到了最为充分的表现,剧中所有最有价值、最重要的内容都得到了应有的突出,显露了真正的分量,甚至包括那些可能引起反对的部分。萧伯纳对他以前的历史剧前言一直感到不满足,所以,他偶然将其丰富敏捷的智力和对历史的想象力以及历史真实感的明显缺乏结合在一起,便是很自然的。他笔下的世界缺乏时间概念;按照新的理论,这对于空间来说并非没有意义。但是很不幸,它所带来的结果是对过去曾经发生过的一切缺乏尊重,并且导致了这样一种倾向:把所有事物都表现得与普通人过去所信所言的截然相反。

在《圣女贞德》中,他那清醒的头脑仍旧信仰着基本相同的观点,但是他那颗虔诚的心在他的女主人公身上找到了虚幻王国中的一个确定不变的目标,这个目标使得剧本有能力使具有想象力的远见变得具体而实在。他以难以预料的准确性将女主人公的形象描写得单纯易懂,同时也使那些保留下来的形象难得地新鲜、生动,他还赋予《圣女贞德》直接吸引住观众的力量。或许可以说,这部想象力丰富的作品是独一无二的,因为它表现了在一个对真正的英雄主义极为不利的时代里的英雄主义。这个剧目没有失败,这件事实本身就使剧本显得极其非凡。它在世界各地的巡回演出大获成功,证明作品具有值得重视的艺术价值。

如果我们从这里回顾萧伯纳的最佳剧作,就会发现我们在许多地方都能够从他那玩笑和挑衅下面找到圣女贞德这个英雄人物所表现出来的理想主义因素。他对社会的批评以及对社会发展进程的看法也许显得过于直率地追求逻辑推理,过于匆忙地思考,并且由于简化而变得过于松散,但是,他与没有坚定基础的传统观点的斗争以及同虚假的、半真半假的传统情调的斗争都证明他的目的是高尚的。更为突出的是他的人道主义,以及他以其特有的不动感情的方式表示敬意的那些美德——精神自由、诚实、勇敢,以及条理分明的思想——这些在我们这个时代里都很难找到坚定的拥护者。

我所说的这些只为萧伯纳的毕生事业提供了些微事实,而且几乎一点也没有谈到他的大多数剧本所附的著名的前言——或许应该称其为论文。多数前言明晰、活泼、才华横溢,是无法超越的佳作。他所创作的戏剧作品赋予他当今时代最吸引人的剧作家之一的地位,他的前言又使他获得我们这个时代的伏尔泰的称号——如果我们只考虑到伏尔泰的最佳作品。从完美而简朴的风格着眼,这些前言似乎会提供一种在行文高度新闻化的时代里表达思想和进行论战的最高、同时就其方法来说也是最优秀的形式。更为重要的是,它们巩固了萧伯纳在英国文学中的显要地位。

诺贝尔文学奖评委会主席 佩尔·哈尔斯特龙

申慧辉　译

作品

奥古斯都斯尽了本分

小披伏林顿市政厅里面的市长会客室。奥古斯都斯·海卡色勋爵,统治阶级的一位出色人物,穿着一套陆军上校的制服,保养得很好,一点也看不出他四十五岁的年龄,舒舒服服地坐在写字台前,把一双脚跷在桌上,正在读《晨报》。在他对面的墙上,稍微偏左一点,是一扇门。他背对着窗。壁炉里面放了一个煤气炉。桌上有一个电铃和一个电话机。墙上挂着前任几位市长的相片,他们都穿着长袍,挂着金链。一位嘴上和下巴上都留着短白胡须,鼻子通红,年纪比较大的办事员,一步一拖地走进来。

奥古斯都斯 (连忙把报纸放在一边,把脚放下来)呃!你是谁呀?

办事员 全体职员。(他的年龄和外表使人感觉他无能,而他说话时带点口吃,更加深了这种感觉。)

奥古斯都斯 你就是全体职员?伙计,你说这个话,是什么意思?

办事员 我就是这个意思。这儿除了我以外,一个人也没有。

奥古斯都斯 啊!那些人呢?

办事员 都上前方去了。

奥古斯都斯 很对,就应该这样。你为什么不去呢?

办事员 年龄超过了。我五十七了!

奥古斯都斯 可是你还是可以尽你的本分。很多比你年纪还大的,都在服后备兵役,还有些人自愿参加保卫后方的。

办事员 我也报了名。

奥古斯都斯 那你为什么不穿制服呢?

办事员 他们说,哪怕倒贴他们一磅茶叶,他们也不收我。他们叫我回家去,不要当老傻瓜。(他一直郁积在心里的那种似乎受了不能容忍的冤屈的感觉,此刻爆发出来了)我带去的那个年轻小伙子,皮尔·奈特,倒拿到了两个先令七个便士。我就一个子儿也没有拿到。这叫公平吗?你要问我,我就告诉你,这个国家简直堕落得不成话了!

奥古斯都斯 (愤怒地站起来)我并没有问你,先生。我也不允许你在我面前说这些话。我们的政治家是有史以来最伟大的;我们的将军是所向无敌的;我们的军队是全世界钦佩的。(暴怒地)你怎么敢向我说,我们的国家堕落得不成话!

办事员 那他们为什么要给皮尔·奈特那个小伙子两个先令七个便士;我就连坐电车的钱都没有领到呢?你说,这叫大政治家的风度吗?我说,这简直就等于在偷我、抢我！

奥古斯都斯　别唠叨了，你出去吧。（坐下，拿起笔来，准备工作。办事员一步一拖地走到门口。奥古斯都斯态度冷淡，但有礼貌地）你去把秘书叫来。

办事员　我就是秘书。我怎么可以同时又出去，又把我自己叫进来呢？

奥古斯都斯　不要这样没有礼貌。和我通讯的那位霍瑞希俄·伏罗依德·比密西先生上哪儿去了？

办事员　（走回来，鞠躬）在这儿，就是我。

奥古斯都斯　就是你？真是笑话！你有什么权力用这种自以为了不起的名字？

办事员　你可以把霍瑞希俄和伏罗依德这两个名字去掉，单叫我比密西这个名字就成了。

奥古斯都斯　难道说，再没有别的人来执行我的指示吗？

办事员　就是我，要不就没有别人了。你这儿的事呀，我可以满不在乎地扔掉。你不要逼人太甚。现在世界上像我这样岁数的人，也翻身了！

奥古斯都斯　假使不是因为打仗，像你这样对我无礼，我早就马上把你解雇了。但是英国正在危急的时候，在这个时候，我不能再顾到我个人的尊严。（向办事员高声地）所以你呀，也不要只顾到你的尊严，你这个坏蛋！要不然，我就会告你破坏王国的保卫法令，马上把你逮捕！

办事员　我才不把这个王国放在心上哩！他们骗了我两个先令七个便士——

奥古斯都斯　啊，去你妈的两个先令七个便士！我给你的信，你收到了没有？

办事员　收到了。

奥古斯都斯　昨天晚上，我在这儿一个会上演讲。我一下火车就奔讲台。我写信通知你，要你亲自上那儿去报到，你为什么不去？

办事员　警察不让我上台。

奥古斯都斯　你告诉他们你是谁了没有？

办事员　他们知道，所以不让我上去。

奥古斯都斯　这种举动简直糊涂得没有话可说了。这个市里面的人，真得有人把他们叫醒才成。昨天晚上动员参军那些话，可以说，是我有生以来最动人的一篇演讲，可是就没有一个人签名参加。

办事员　你还希望有什么结果吗？你告诉他们，发动总攻势的时候，我们那些英勇的将士一天要死一千人左右。你又说，都是为保卫小披伏林顿才牺牲的。你还说：你们去吧，好去顶他们的缺。劝人参军，不能这样劝呀！

奥古斯都斯　可是我特别向他们声明了，他们的寡妇会领到抚恤金的。

办事员　我听见了！你假使为的是要说服那些寡妇，那说这些话还可以！

奥古斯都斯　（愤怒地站起来）这个市里面住的都是一些怕死鬼。我说这个话，我完全负责，一些怕死鬼。他们还自命为英国人哩，可是又怕和人家打！

办事员　怕和人家打？你该看看他们在星期六晚上干些什么？

奥古斯都斯　我知道，他们是自己和自己打，可是他们就是不去打德国人。

办事员 他们彼此之间有怨恨才打。他们从来就没有和那些德国鬼子见过面,他们怎么能恨他们呢?他们缺乏想象力,就是这么一回事!把德国鬼子弄到这儿来,他们就会和他们打起来的。

奥古斯都斯 (回到他刚才坐的椅子面前,厌恶地哼了一声)哼!他们要是不小心的话,德国鬼子就会到这儿来的。(坐下)我那个战争期间节约的指令,执行了没有?

办事员 执行了。

奥古斯都斯 汽油的供给,已经减少了四分之三吧?

办事员 减了。

奥古斯都斯 你和那些汽车商有没有说,叫他们都上这儿来,准备搞军需工作?反正现在他们的汽车生意也都停止了。

办事员 并没有停止。他们比过去更忙了。

奥古斯都斯 忙些什么?

办事员 制造小汽车。

奥古斯都斯 做新汽车吗?

办事员 旧式的小车一加仑汽油只能走十二英里。现在每一个人都得要有一辆一加仑走三十五英里的小汽车了。

奥古斯都斯 他们不会坐火车吗?

办事员 现在已经没有火车可坐了。他们把轨道上的钢轨都掀起来,送到前方去了。

奥古斯都斯 嗤!

办事员 唉,我们总得走动嘛。

奥古斯都斯 这简直是荒谬绝伦!我的意思完全不是这样。

办事员 地狱——

奥古斯都斯 先生!

办事员 (解释)有人说,地狱里面,地上铺的都是好意——

奥古斯都斯 (跳起来)你是不是在指桑骂槐,说地狱里面是铺满了我的好意——是铺满着英皇陛下政府的好意?

办事员 在卫国法令还没有撤销之前,我对什么桑也不指,什么槐也不骂,因为那是危险的。

奥古斯都斯 他们告诉我,在节约工作上,这个市要算是全国的模范。我上这儿来,就是要告诉市长,他在这方面这样努力,皇家会拿一个爵士的头衔作为他的报酬的。

办事员 报酬市长?那我呢?

奥古斯都斯 没有你的份儿,轮不到你。这个地方简直不成话。我真是大为失望,非常失望。(又在他那张椅子上一屁股坐下)真叫人厌恶!

办事员 我们还有什么可干的?我们把什么都关闭了。图画陈列所关了。博物馆关了。戏院和电影院也都关了。我已经有六个月没有看过一次电影了。

奥古斯都斯 伙计,伙计,德国鬼子都到了我们的大门口,你还想看电影吗?

办事员 (悲伤地)我现在不想了。那一向把我想得都要发疯了。我几乎要拿一点杀耗子的毒药来吃——

奥古斯都斯 你为什么又不吃呢?

办事员 因为有一个朋友劝我说,还是喝一点酒吧。这样一来,就救了我的命。可是酒喝多了,就惹得人家讨厌,因为一到早晨就打嗝儿,你(打嗝儿)也许已经注意到了吧?

奥古斯都斯 嘀,真是!你站在这儿,承认自己是一个讨厌的酒鬼,你还不害臊吗?

办事员 是酒鬼,又怎么样?我们在打仗的时候,一切都改变了。我要是站在酒吧间里面去喝酒,你就会开除我。我是一个有身份的人,所以就得打酒拿回家去喝;并且要打,起码就得打一升,少了不卖。没有打仗以前,你假使告诉我,我一天能喝一升多威士忌,那我绝不会相信的。战争的好处就在这儿:它能发挥你从来没有想到你会有的一种力量。昨天晚上你演说的时候,也是这么说的嘛。

奥古斯都斯 我还不知道我在和一个笨蛋说着话哩。你对你这种举动,应该感到惭愧。以后不许再这样由着性子乱喝了。我要把这儿重新整顿一下。以后我每天早晨不吃早饭就上这儿来,一直要到一切都上了轨道为止。你每天早晨十点半替我预备一杯咖啡、两个小面包。

办事员 买不到小面包了。这儿唯一的一个做小面包的是一个德国人,他已经关到集中营里面去了。

奥古斯都斯 这种办法是完全正确的。就没有什么英国人来把他这个面包生意接着做下去吗?

办事员 有一个,可是他因为当间谍,被逮住了。他们把他带到伦敦枪毙了。

奥古斯都斯 把一个英国人枪毙了?

办事员 德国人找间谍不用德国人,这也是合乎情理的事;要是用了一个德国人,岂不是每个人都会对他怀疑吗?

奥古斯都斯 (又站起来)你这个坏东西,你难道说,为了金钱,一个英国人竟可以把他的祖国卖给他的敌人吗?

办事员 我并不是说,这是一种普遍的现象,可是就有些人,只要有机会的话,可以为两个铜子出卖他们的母亲的。

奥古斯都斯 比密西,不要说自己人的坏话!

办事员 可是说小披伏林顿人的坏话的并不是我。我并不属于统治阶级。我不过是解释给你听为什么买不到小面包而已。

奥古斯都斯 (极端烦恼)你能不能告诉我,在哪儿能找到一个头脑清楚的人,来执行我的指令?

办事员 有一位从前是教书的,后来学校因为节约关了门,现在当了清道夫,找他来行吗?

奥古斯都斯 什么?你想告诉我,在我们非得不断地供应炮弹,才能维持我们那些在壕沟里面的英勇战士的性命和大不列颠联合王国的命运的时候,你还浪费金钱,叫人去扫街吗?

办事员　我们不得不这么办。曾经有一度我们把这个制度取消了，可是婴儿死亡率就大为增加，简直增加到了一个可怕的程度。

奥古斯都斯　在这个时候，小披伏林顿的死亡率算得了什么？你要想想我们的英勇士兵，不要去想那些大哭大叫的小孩。

办事员　你如果要士兵，就得先要有小孩。你不能把士兵像买小孩玩具似的一盒一盒地买来。

奥古斯都斯　比密西，总而言之，你不爱国。到楼下你的办公室里面去，把那个煤气炉拿开，换一个普通用的炉箅子好了。贸易部已经一再地关照我了，要我们务必节省煤气。

办事员　军需大臣给我们的指令是：要用煤气，不要用煤块，因为这样一来，就可以节省材料。究竟该用哪一样呢？

奥古斯都斯　（暴怒，向办事员咆哮）两样都行！不要批评上级给你的指令，你要服从，你不应该去推敲是什么理由。你的本分就是去干、去死！这才叫战争！（冷静下来）你还有什么别的话要说吗？

办事员　有，我要加薪。

奥古斯都斯　（在极端惊恐和厌恶之下，头昏目眩地倚在桌旁）加薪！霍瑞希俄·伏罗依德·比密西，你知道不知道我们在打仗？

办事员　（微带讥讽）我在报纸上仿佛看到一点点。现在想起来了，你也提过一两次的。

奥古斯都斯　我们的英勇战士们在壕沟里面，都要死了，你还要加什么薪？

办事员　他们为什么要死？不就是为了要我们活着吗？如果他们回来的时候，我已经饿死了，那又有什么好处呢？

奥古斯都斯　别的人，人人都在牺牲，并且一点也不为自己打算，你倒反而要——

办事员　他们并没有牺牲什么，一点也没有。做面包的牺牲了什么？卖煤的商人牺牲了什么？买肉的牺牲了什么？要我付出双倍的价钱，他们就是这样牺牲的。好，我也要用这种办法来牺牲一下。下星期六你得把我的薪水加上一倍，一个便士也不能少；要不然，你就没有人来替你当秘书了。（故作倔强，可是摇摇晃晃，坚决地向门外走去。）

奥古斯都斯　（鄙视地在他后面望着他）你走吧，你这个可鄙的亲德分子。

办事员　（急忙回来，面对着奥古斯都斯）你叫谁亲德分子？

奥古斯都斯　你再开口，我就告你破坏法令，因为你在我的爱国热忱上面，浇了凉水。你替我滚出去！

〔办事员害怕、退缩，下。

〔电话机响。

奥古斯都斯　（拿起电话听筒）呃……是呀，你是哪一位？哦，是溥路鲁吧？对了，没有人在这儿，你尽管说好了……什么？一个间谍……是一个女的……是呀，我带来了。你以为我那么傻，会不把它随身带着？好，从瑞姆斯格特到斯格涅斯这一带，所有的高射炮的位置都注明在这张单子上面了。德国人要是拿到这张单子，就是要他们出一百万镑，他们都是愿意的……什么？……可是她怎么可能会知道呢？我从来没有和一个人说过……当然咯，除了亲爱的露西……哦，还有托托和潘番小姐她们那些人。对她们用不着保密，她们不会说出去的。我的意思就是：我从来没有和什么德国人说过。嘛，你不要神经过敏了，老溥。我知道你觉得我是一个傻瓜，可是我还没有傻到那个程度。她要是想从我这儿弄了去呀，那在你再打电话给我之前，我准已经把她送进伦敦塔监狱里面去了。（办事员上）嘘！有人来了，把电话挂上吧，再见！（把听筒挂上）

办事员 你有空没有①？（态度奇怪地软化了）

奥古斯都斯 我订婚没有和你有什么相干？可是，你要是不怕麻烦，去看看本星期的社会新闻，你就会知道我已经和露西·潘番小姐订婚了，她就是那位贵族的最小的女儿，就是……

办事员 我不是指这件事情。你能不能见一个女人？

奥古斯都斯 当然我能看见女人②，和我看得见男人一样容易。你还以为我瞎了眼，看不见人吗？

办事员 你好像不大明白我的意思。楼下有一个女人，好像是你所说的那种太太小姐们的女人。她想知道，如果我让她上来，你是不是可以见她？

奥古斯都斯 哦，你是问我，是不是有空。你去告诉这位小姐说，我刚才得到了极重要的消息，我今天整天的精神都得放在这个上面。她要见我，一定要先写信来约时间。

办事员 我去叫她把她的来意说给我听好了。我只要有机会，我就不会不屑于和一位年纪轻轻、长得漂漂亮亮的女人聊聊天的。（下）

奥古斯都斯 站住！她看上去像不像一个有地位的女人？

办事员 那简直就是一位侯爵夫人的派头。

奥古斯都斯 唔！你刚才是不是说她长得漂亮？

办事员 先生，那真正是人类的菊花！

奥古斯都斯 接见她，对我实在是一件非常麻烦的事，可是国家正在危急的时候，我们就不应该顾到自己的安乐了。你想想，我们那些英勇的战士在壕沟里面受多大的罪呀！把她带上来吧。（办事员朝门口走去，口里吹着一个最近流行的爱情小调）快别吹了，先生！这儿不是公共舞场。

办事员 不是吗？你等着，等你看见她，你就知道了。（下）

〔奥古斯都斯从写字台的抽屉中拿出一面镜子、一把梳子和一瓶搽胡须的香油，坐下来，对着镜子，修饰一番。

〔办事员回来，毕恭毕敬地把一位服装华丽、长得非常动人的女子带了进来。她手腕上挂着一个讲究的皮包。奥古斯都斯急急忙忙地用《晨报》盖住他的化妆品，站起

---

① 原文为 Are you engaged?，可作两种解释：（一）你有空没有？（二）你是不是订了婚？办事员问奥古斯都斯是否有空，奥古斯都斯误以为问他是否订了婚。

② 原文为 Can you see a woman?，办事员是问奥古斯都斯能不能接见一个女人，奥古斯都斯误以为是问他能不能看见一个女人，因为 see 这个字可以作接见解，也可以作看见解。

来，大模大样地表示谦虚。

办事员 （向奥古斯都斯）她来了。（向女）小姐，我拿一张椅子给你坐吧。（放一张椅子在写字台面前，正对着奥古斯都斯，然后用脚尖点着地，轻轻地走出去。）

奥古斯都斯 小姐请坐。

女 （坐下）你就是奥古斯都斯·海卡色勋爵吗？

奥古斯都斯 （也坐下）是的。

女 （敬畏地）就是那位伟大的奥古斯都斯·海卡色勋爵吗？

奥古斯都斯 我做梦也不敢用这两个字来形容我自己，小姐；可是，无疑我已经给了我国所有的男子和——（做出尊重女性的神气，鞠躬）我可以不可以加上——女子一种觉得对我应该特别重视的印象。

女 （兴奋地）你的声音多美呀！

奥古斯都斯 小姐，你听到的声音，就是我们国家说话的声音。这种声音虽然是从高级官僚严厉的嘴里面发出来的，可是现在已经带着和悦而高尚的音调了。

女 请你说下去吧，你太会表达你的意思了！

奥古斯都斯 我曾经参加过三十七种皇家委员会，并且大部分总是我当主席，我现在要是连当众说话的技术都不能掌握，那就真是一件怪事了。连激进派的报纸都大大地夸奖我，说我最感动人的时候，就是我无话可说的时候。

女 我是从来不看激进派的报纸的。我要告诉你的就是：我们女人所以对你倾心，并不是因为你是一个政治家，而是因为你是一个敢作敢为的男子汉，一个英勇的战士，一位漂亮的武人。

奥古斯都斯 （愁眉苦脸地）小姐，我请求你，不要说了！不幸得很，我在军事方面的成就，并不是一个愉快的题目。

女 哦，我知道，我知道。我们政府对你简直太不应该了，那简直是忘恩负义，可是老百姓都向着你，女人都向着你！你想，当我们听到他们派你去占领在河路崎的那个可怕的石矿的时候，我们的心，能不都为你跳着吗？我们的神经，能不都为你紧张吗？你骑着马，好像一位海神骑在大波涛上面，领着你的部队扫进去，又忽然跳在波涛顶上，大声叫着："向柏林进攻！前进！"你就匹马单枪地向德国军队猛攻，后来因为后路被截断了，你才被德国鬼子俘虏的。

奥古斯都斯 小姐，你说得对，可是我得到的报酬是什么？他们说，我违背了命令，叫我回来。他们难道就忘了纳尔逊在波罗的海打仗的经过吗？英国哪一次打胜仗不是仗着有一个人冒着险先去碰一下呢？我现在姑且不谈同行相忌这一点。这种现象，到处都有，不只是在军队里面。最使我痛心的就是：我应该受到的表扬，并不是从我们国家方面得来的——所谓国家，我指的是内阁里面那些带着极深的阶级仇恨、老和我们这一家人捣蛋的激进派小集团——而是从敌人那方面得来的。这位敌人是一位高级普鲁士军官。

女 真有这种事吗？

奥古斯都斯 要不然，我怎么今天还在这个地方，没有早就饿死在那里边呢？是的，小姐,潘末尼安军团的一位上校把我俘虏了。他听到我所做的事情,就和我谈欧洲的政治和战略,谈了一个钟头以后,他就宣布,无论什么都不能使他剥夺去我为我的祖国服务的机会,所以就把我释放了。我当然建议在我们这边俘虏来的德国军官里面,找一个像我这样的来交换,可是他怎么也不答应,他还很善意地说,他相信他们没有一个军官像我这样的。(感情激动地)我第一次尝到我们国家对我忘恩负义的滋味就是:当我回到我们防线的时候,前面壕沟里面放出一枪,正中我的脑袋。我到今天还把这颗打偏了的子弹带在身边,作为一个纪念品。(把子弹朝桌上一扔,响声证明了它的重量)当时它要是穿进了我的脑子,那我就再也不能参加皇家委员会了!幸而我们海卡色这一家人的脑袋都结实得很,从来就没有什么东西穿进我们的脑子里面去过。

女　多么惊心动魄呀!多么简单呀!又多么悲惨呀!可是你会原谅英国吧?英国!你要原谅它!

奥古斯都斯　(愁眉苦脸地摆豪爽架子)我不会因为这一点事就不替我的国家出力的。它就是杀了我,我还是……虽然我不一定信任它……我至少还是要在政府里面做官。国家号召我,我一定去干,或者是在欧洲一个重要的首都里面当大使,或者是在热带地方当总督,或者就是担任我现在所担任的小职务,督促小披伏林顿尽它的本分,不管怎样,反正我都可以牺牲我自己的。只要英国照旧还是英国,不管在什么地方,只要政府有一个缺,你看,总有一个姓海卡色的把它抓住的。小姐,现在我个人的悲惨的历史已经说完了。你是有事来找我的,我能替你帮什么忙吗?

女　你有亲戚在外交部吧,是不是?

奥古斯都斯　(骄傲地)外交部里面,没有一个不是我的亲戚。

女　外交部警告了你没有,有一个女间谍跟着你,因为她下了决心要把你一个什么关于高射炮位置的单子偷去——

奥古斯都斯　(微带高傲,将话打断)小姐,关于这一件事,我们这个部门已经完全知道了。

女　(惊讶,微带气愤)是吗?谁告诉你的?是不是你那些德国姐夫当中的一位?

奥古斯都斯　(受了冤枉似的,抗议)我仅仅就只有三个德国姐夫,小姐。真是,听你这种口气,人家还会以为我有好几个呢!你原谅我,我在这一点上,是非常敏感的。可是外面老是在传说,我因为犯了叛国罪,在瑞兹旅馆的院子里被枪毙了,就因为我有几个德国姐夫。(感情激动地)小姐,你如果也有德国姐夫,你就会知道,世界上没有任何一件事比这件事更使你仇恨德国了。人生最大的快乐,莫过于在德国人的死伤名单里面发现了自己姐夫的名字!

女　关于这一点,没有一个人比我体会得更深刻了。别忙,你听了我这次来要向你说的话,你就会了解我了,别人就没有一个能了解的。你听着,这个间谍,这个女人——

奥古斯都斯　(聚精会神地)她怎么样?

女　是一个德国人,一个德国鬼子。

奥古斯都斯　当然,当然,她准是的。你说下去吧。

女 她是我的嫂子。

奥古斯都斯 （表示敬意）我明白了，你有好亲戚，小姐。你说下去吧。

女 她是我最大的敌人。关于这一点，我还用得着和你说吗？

奥古斯都斯 我可以不可以和你——（将手伸出。两个热烈地拉手。从这时起，奥古斯都斯对她愈来愈信任，愈殷勤，愈显得可爱了。）

女 就是这样的情况，可是她和你在外交部的那位令兄熟极了，就是叫亨格伏·海卡色的那位，你管他叫溥路鲁的，我也不知道为什么要这样叫他。

奥古斯都斯 （解释）最初我们都叫他唱歌蚝，因为他老爱唱客厅里面用的那些小调，可是唱得特别缺乏感情，后来又有一个时期，我们都叫他溥路潘，最后就成了溥路鲁了。

女 哦，是吗？我不知道。溥路鲁很喜欢我的嫂子，简直是着了迷。他很冒失地告诉我的嫂子说，这张单子在你手上。他还气得要命，因为政府把这张单子委托给你来照管。他生气的时候，就忘其所以，把什么话都骂出来了，并且命令立刻把所有的高射炮都挪动位置。

奥古斯都斯 他这么来一下，究竟为什么？

女 我不能想象，但是这一点我倒知道：我嫂子和他打赌说，她要上你这儿来，把那张单子拿到手之后，很顺利地溜到大街上去。你那位令兄也愿意和她打赌，不过唯一的条件就是：她得把这张单子直接从这儿拿到外交部去交给他。

奥古斯都斯 老天爷呀！你就是来告诉我，溥路鲁竟有这样笨，真正相信她能做得到吗？他是不是把我当一个傻瓜？

女 啊！那不可能！他是在吃醋呢，因为你太聪明了。这个打赌对于你是一种侮辱，你难道感觉不到吗？你为我们的国家做了这么多事以后——

奥古斯都斯 呃，不管那些了。我是从这件事本身有多么愚蠢这个角度来看的。他打这个赌会输掉的，活该！

女 你的确有把握能不受这个狐狸精的引诱吗？我警告你，她真有本领把男人弄得神魂颠倒哩。

奥古斯都斯 小姐，你用不着为我担心，我倒希望她来显一显她的神通。迷人这种游戏，是可以两个人玩的。几百年来，海卡色家里面的少爷们，只要不是出席皇家委员会，或者不在骑士桥兵营值班的时候，他们什么别的事都不干，就只去迷那些漂亮女人。我敢发誓，这个狐狸精要是来了，她会棋逢对手的！

女 这一点我也感觉到。可是她要是不能勾引你——

奥古斯都斯 （脸红）小姐！

女 （接下去）使你背叛祖国——

奥古斯都斯 哦，那个！

女 ——她就会采取欺骗、蛮干，或者任何其他的手段。她会到你办公室里面来偷，她会黑夜里在大街上揍你、掐你！

奥古斯都斯 哼，我不怕！

女　啊！你的勇气反而会使你遇到危险的。她可能终究还是会把那张单子拿到手的。炮的位置的确已经挪动了，可是打赌她还是会打赢的。

奥古斯都斯　（极谨慎地）刚才你并没有说，炮的位置已经挪动了。你只说，溥路鲁有命令，要把它们挪动。

女　这不就是一回事吗？

奥古斯都斯　在陆军部看起来——这不完全是一回事。无疑这些炮总是要挪动的，甚至可能在战事还没有结束之前，就会挪动。

女　那你认为它们还在老地方？这是必然的：她在没有把单子交给溥路鲁之前，她会抄下一份的。德国陆军部要是拿到了，那就一切完蛋了！

奥古斯都斯　（懒懒地）嗯，我想还不至于演变到这个局面。（把声音放低）你能不能向我发誓，不把我现在要说给你听的话告诉别人，因为大不列颠的民众要是知道我说出这种话来，那他们马上就会把我当作亲德分子，对我大肆攻击——

女　我发誓我一定和一座坟墓一样沉默。

奥古斯都斯　（又满不在乎地）我们英国人，不知为什么缘故，总认为德国陆军部和我们的陆军部正是相反，认为德国陆军部办事敏捷，有效力，组织的完全和完备已经到那种程度，在我看起来，是会使得他们的将士们感到非常不愉快的。我个人的看法呢——你记住，你刚才已经发誓说不告诉别人的——就是德国陆军部并不比任何一个陆军部强。我这个见解是根据我对我那三位姐夫的性格的观察得来的。他们当中有一位还在德国陆军参谋本部里面哩。我一点也不敢肯定他们对这张高射炮位置的单子是不是会稍微注一点点意。你要知道，他们还得管许许多多更重要的事情呢，比如家里面的事呀，以及其他这一类的事呀，你懂得的嘛。

女　可是下院如果质问起来——

奥古斯都斯　小姐，战争时期给我们最大的便利就是：根本就没有人去理会下院那一套。当然有时候有些大臣不得不来一两句诺言，去安慰安慰那里面那些爱煽动的议员，可是陆军部就从来不理这个茬。

女　（凝视着奥古斯都斯）那么，你认为这张高射炮位置的单子是无关紧要的了！

奥古斯都斯　不是这么说的，小姐。这张单子很重要。这个间谍要是拿到了这张单子，那溥路鲁就会在伦敦每一个宴会上说这一段故事，那——

女　你的饭碗就可能会打破。当然。

奥古斯都斯　（惊骇和气愤）我的饭碗打破！你在做什么梦，小姐？怎么少得了我呢？战争产生了很多新职务，就是让所有姓海卡色的人来担任，人数还不到一半呢！不，溥路鲁不会做得太过分的，他至少是一位绅士。有人会和我开玩笑，不过，老实说，我是不欢喜人家开我的玩笑的。

女　当然不咯，谁又欢喜呢？这样不成！哦，不成！不成！

奥古斯都斯　我很高兴你从这个角度来看。现在为安全起见，我把那张单子放在我的口袋里面吧。（开始在写字台一个一个抽屉里面寻找，没有找到）究竟放在——见鬼了，我把它——真是奇怪，我——碰了鬼了——我还以为我放在——哦！在这儿！

不是，这是露西最后的那封信。

女　（哀悼地）露西最后的那封信！拿它做一个电影的名字，多好呀！

奥古斯都斯　（高兴地）可不是嘛，就没有一个女人能像露西那样引起人的遐想。（把信递给她）我不知道你能不能把这封信念给我听？露西是一个极可爱的女孩，可是我就是看不清她写的字。在伦敦的时候，我总是叫办公室里面的打字员替我认出来，然后用打字机打一份给我，可是这儿就找不到人了。

女　（看信，猜谜似的）简直认不清。我想头几个字好像是“最亲爱的格思”。

奥古斯都斯　（热忱地）对了，她一向就是这样称呼我的。请你念下去吧。

女　（试着辨认）“你是一个”——“你是一个”——哦，对了，“你是一个健忘的，老”——什么——这个字我猜不出来。

奥古斯都斯　（极感兴趣）是不是浑蛋？她最爱用这个字。

女　我想你说得对。反正头一个字是有三点水的①。（念）“你是一个健忘的，老”（她没有念完，因为有人敲门。）

奥古斯都斯　（不耐烦地）进来。（办事员胡须剃得干干净净，穿着卡其衣服，手中拿着公事信封和一张公事信笺进来）先生，这出滑稽的哑巴戏是什么意思？

办事员　（走到桌前，让他们两人看他的制服）我通过了。招募新兵的负责军官来找过我了。我已经领到我的两先令七便士了。

奥古斯都斯　（气愤地站起来）我不许可。他们是什么意思，把我办公室里面的职员弄走？老天爷呀，他们第二步就会把我们打猎的用人也带走了。（面对着办事员）那个家伙是什么意思？他怎么说的？

办事员　他说，趁你在办这个差事的时候，我们就再多要一百万人。他要把年老退休的，和其他所有他能弄得到的人都弄走。

奥古斯都斯　我和这位小姐在这儿谈公事，你竟敢敲门打户地来打扰我们，还要把那个家伙说的那些蠢话重复地说给我们听？

办事员　我并不是来打扰你们的。我是因为旅馆里面那个茶房把这张纸拿来了，所以我就送进来。你今天早晨忘了，把它放在喝咖啡那间房间里面的早点桌上了。

女　（夺纸）就是那张单子，我的天呀！

办事员　（把信封递过去）他说恐怕这就是套那张纸的信封。

女　（把信封也抢过去）对了！上面有你的名字！奥古斯都斯勋爵！（奥古斯都斯回到桌旁来看）哟！你也太大意了！有你的大名在上面，人人都会猜到它的重要性。幸而还好，我带了几封人家寄给我的信在这儿。（打开皮包）还不如把它藏在我的信封里面呢，那人家做梦也不会想到这里面装的是有政治价值的东西了！（拿出一封信来，穿过房间，向窗前走去。走过奥古斯都斯身旁时，轻轻地）把那个家伙赶走。

奥古斯都斯　（傲慢地走到办事员面前。办事员很滑稽地做了一个本来瘫痪而要勉强立

---

①　原文为 At all events it begins with a B.，既然将 blighter 译成浑蛋，就不能说，它第一个字母是 B，所以译成：头一个字是有三点水的。

正的样子)请问你待在这儿不走,还有什么别的事吗?

办事员 要不要我给那个茶房一点小费,还是你自己去给?

奥古斯都斯 哪一个茶房?就是那个英国人吗?

办事员 不是的。是那个自称为瑞士人的。假使他已经把那张单子另抄了一份,我一点也不奇怪。

奥古斯都斯 先生,你把你那些无礼的推测搁在你自己心里面吧。记住,你现在已经参军了,就不要在我面前再耍非战斗员不服从命令的那一套把戏了。立正!向左转!快步走!

办事员 (呆头呆脑地)我不明白你的意思。

奥古斯都斯 你不服从命令,你自己到卫兵室里面去报告!现在你该明白我的意思了吧?

办事员 你听着,我并不是要和你辩论——

奥古斯都斯 我也不和你辩论,你给我滚出去!(抓着办事员急急地使劲把他拖出门去。女见房中无人,急忙从放信纸的格子上面拿了一张公事信笺下来,把它叠得和那张单子一样,又比较了一下,看看两个是不是完全相似,很快地把单子塞在皮包里面,又把模仿的那张假单子来代替了那张真的。她侧耳听着,等奥古斯都斯回来。她听到一阵响声,好像是办事员从楼梯上摔了下去。)

〔奥古斯都斯回来,正要关门,他们听到办事员在下面说话的声音。

办事员 我要和你法律解决,我一定要!

奥古斯都斯 (朝下面,向办事员嚷)你现在还讲什么法律,你这个无赖!你现在已经当兵了。(关门,回到女这里)谢谢老天爷,有了战争,我们终于就可以在这些家伙面前抖一抖威风了。对不起,我刚才这种举动是很粗暴的,可是对付这些中下层阶级的人,你就非得执行纪律不可。

女 这个傲慢无礼的家伙,受这一下子,也是活该!你瞧,我替你找到了一个漂亮信封来装那张单子。人家一看就知道是女人用的。(把假单子装在信封里面,递给奥古斯都斯。)

奥古斯都斯 妙极了!你真是非常聪明。(狡猾地)怎么样,要不要看一眼?(开始把空白纸从信封里面抽出来)

女 (几乎败露)不要!不要!请你不要拿出来!

奥古斯都斯 为什么?它又不会咬你。(又多抽出一点)

女 (抓住奥古斯都斯的手)不要拿出来了。你要记住这一点,就是法院里面要问你的时候,你应该可以发誓说,你从来没有把这张单子给任何人看过。

奥古斯都斯 嘿,那不过是一种形式而已。你要真正想看的话——

女 我不想看。我看了会受不了的。我有一个最亲爱的朋友,就是被高射炮打成一块一块的。从此以后,我一想起高射炮,就心惊胆战。

奥古斯都斯 你说的是一架真的高射炮,真打得出炮来?那未免太惨了!太惨了!(把假单子放到信封里面,又把信封放在口袋里面。)

女　哎！(深深地舒了一口气,如释重负)奥古斯都斯勋爵,我已经耽误了你很多宝贵的时间了,我们再见吧。

奥古斯都斯　怎么？你一定要走吗？

女　你忙得很嘛。

奥古斯都斯　忙是忙的,可是你知道,午饭前并不忙。午前我总是做不了多少事,午后也不成。我真正工作的时间是:从五点到六点。你当真一定要走吗？

女　真的,我得走了。我的事情已经办得很满意了。非常地感谢你。(伸出手来)

奥古斯都斯　(先用左手按铃,然后领她到门口,亲切地和她拉手)再见,再见！你走了,我感觉很遗憾。你是一番好意来看我,可是不会真有什么危险的。你要知道,我的亲爱的小姑娘,什么战时节约呀,保密呀,晚上要把窗挡拉下来呀,这一套东西说起来是很好听的,可是我们做的时候,也还是要用理智,否则准会因小失大。你可能把各种的秘密都泄露给敌人听了,也可能把德国人的飞船一直引到我们烟囱上面来了。在这些地方,我们就需要用我们统治阶级的才能。要不要那个家伙替你去雇一辆小汽车？

女　不要,谢谢。我还是喜欢走走。再见。谢谢！谢谢！(女下,奥古斯都斯回到桌旁,带着微笑,照照镜子。办事员上,头上扎着绷带,手中拿着一根拨火棍。)

办事员　你为什么按铃？(奥古斯都斯连忙把镜子扔下)你不要靠近我,要不然,我就拿这根棍子把你的脑袋劈开,这根棍子粗得很啦！

奥古斯都斯　在我看来,这根棍子不算特别粗。我按铃,是要叫你送那位小姐出去。

办事员　她已经走了。她像一只兔子似的飞跑出去了。我就纳闷:她为什么要那么急急忙忙地跑呢？

女人声音　(从街上)奥古斯都斯勋爵！奥古斯都斯勋爵！

办事员　她在叫你呢！

奥古斯都斯　(跑到窗前,把窗扇推上)什么事？你上来,好吗？

女　那位办事员在这儿没有？

奥古斯都斯　在这儿呢。你要和他说话吗？

女　是呀！

奥古斯都斯　你到窗口来,那位小姐要和你说话哩。

办事员　(冲到窗前,把拨火棍放下)来了,小姐！我在这儿呢,小姐！有什么事吗,小姐？

女　我要你证明我很顺利地溜到大街上来了。现在我又要上来！

〔两个男人傻傻地对望着。

办事员　要我证明她很顺利地溜到大街上去了。

奥古斯都斯　她说这个话,究竟是什么意思？

〔女上。

女　我可以不可以用你的电话？

奥古斯都斯　当然可以,当然可以。(把听筒拿下)你要叫什么号码？

女　请你叫陆军部吧。

奥古斯都斯　叫陆军部？

女　劳驾——

奥古斯都斯　但是——哦，好吧。（向听筒）哈罗！这儿是市政厅招募新兵办事处。马上替我接波奇上校。

〔稍停。

办事员　（打破这阵痛苦的沉默）我恐怕是在做梦吧？这简直是一场电影的梦，一点不错。

奥古斯都斯　（耳朵对着听筒）别说话了，好不好？（打电话）什么？（向女）你要接谁呀？

女　溥路鲁。

奥古斯都斯　（打电话）请你接亨格伏·海卡色勋爵……我是他的兄弟，傻瓜……你是溥路鲁吗？有一位小姐在小披伏林顿要和你说话。你不要挂断。（向女）小姐，你来吧。（把听筒递过去）

女　（坐在奥古斯都斯的椅子上，打电话）是溥路鲁吗？你听得出我的声音吗？……我们打赌，我赢了……

奥古斯都斯　你们打赌？

女　（打电话）是的，这张单子已经在我的皮包里面了……

奥古斯都斯　没有这么一回事，小姐。我已经把它放在我的口袋里面了。（把信封从口袋中拿出来，又抽出里面那张纸，打开。）

女　（接着说）是呀！我拿到手就很顺利地溜到大街上去了。我有证人。我还可以把它带到伦敦去哩……奥古斯都斯不会不让我带走的……

奥古斯都斯　（默察那张没有字的纸）这上面一个字也没有。那张高射炮位置的单子到哪儿去了？

女　（接下去）哈，一点不费事，我说我是我的嫂子，是一个德国鬼子，他就像一个小猫似的，乖乖地听我的话……

奥古斯都斯　难道说你是在……

女　（接下去）我把那张单子拿到手不久，就从他放信纸的格子上面拿了一张纸，把它换了。这简直太不费事了。（大笑。显然溥路鲁在那边也在大笑。）

奥古斯都斯　怎么？

办事员　（慢慢地，很吃力地大笑，极为欣赏这件事）哈哈！哈哈哈！哈！（奥古斯都斯冲到办事员面前。办事员举起拨火棍来保卫自己）你不要这样。

女　（还在打电话，不耐烦地把她那只空着的手在背后向他们直摆，叫他们不要闹）嘘，嘘，嘘！嘘，嘘！！！（奥古斯都斯耸耸肩，走到房间当中。女又接着打电话）什么？……是呀，我坐十二点三十五分的车来。我们一块上任佩儿麦斯特去喝茶，怎么样？任……佩儿……麦斯特……你知道，现在大家都叫它鲁滨逊了。对了！嗒！嗒！（把听筒挂上，绕过桌子正预备向门口走去，奥古斯都斯面对着她。）

奥古斯都斯　小姐，我认为你这种举动是极不爱国的。你和人打赌，并且把我们这些为国家尽了本分的、辛苦工作的军官偷偷地告诉你的一些秘密，拿着开玩笑，正当我们那些英勇的将士在壕沟里面把性命都快要送掉的时候——

女 啊！那些英勇的将士并不都在壕沟里面；他们当中有些人辛苦了很久，才好容易得到几天的假期回家来一次；他们要是拿你开开玩笑，开开心，我知道你是绝不会有怨言的。

办事员 对，赞成！赞成！

奥古斯都斯 （和蔼地）啊！好吧！为了我的国家——

俞大缜　译

1926

获奖作家

黛莱达

传略

黛莱达是诺贝尔文学奖历史上第二位获奖的女作家。早在一九一三年，当她四十二岁时，她就已被提名，经过多年的角逐，直到十三年后的一九二六年，她才获得这一殊荣。她的获奖是因为“她那为理想所鼓舞的作品，以明晰的造型手法描绘了她海岛故乡的生活，并以深刻而同情的态度处理了一般的人类问题”。

格拉齐娅·黛莱达(Grazia Deledda，1871—1936)，一八七一年九月二十七日出生在撒丁岛的努奥洛城。黛莱达虽然出生在一个尚称富裕的家庭，但是由于当地轻视妇女，不许女孩多受教育的封建陋习，她只上了四年的小学，便被迫辍学在家。

黛莱达虽然身处偏僻落后、与世隔绝的海岛，但她怀有强烈的求知欲和上进心，而且从小就受到地方传统文化的熏陶，酷爱文学。她辍学在家后，勤奋自学，博览群书，而且潜心练习写作，十三岁便开始在报刊上发表作品。一八九〇年，十九岁的黛莱达出版了第一部短篇小说集《在蓝天》，其中包括短篇小说《在山上》和《童年逸事》。此后，她重点转入中长篇小说的创作，在一九〇〇年以前相继出版了《东方的星辰》(1891)、《撒丁岛的精华》(1892)、《正直的灵魂》(1895)、《邪恶之路》(1896)等小说以及短篇小说集《撒丁岛的故事》(1894)、诗集《撒丁岛风光》(1896)、散文集《撒丁岛努奥洛的民间风俗》(1895)。这些作品都以贫穷、落后、保守的撒丁岛为背景，描绘了岛上的社会生活和风土人情，阐释了善与恶、罪与罚的主题，既富有浓郁的乡土气息，又表现了社会的变迁、人生的艰难和弱小者的悲苦命运。黛莱达的早期创作除相继受到大仲马、雨果、巴尔扎克、托尔斯泰、陀思妥耶夫斯基等人的影响外，更多的是接受了以维尔加①为代表的真实主义

① 维尔加(1840—1922)，意大利小说家、戏剧家。

的创作主张，被认为是这一流派晚期的杰出代表。她的作品表达了一种道德意识，展示了古老的撒丁岛的社会和文化品格。

在黛莱达这一时期的作品中，最具代表性的是长篇小说《邪恶之路》。这是一部描写爱情和道德冲突的小说。她中期创作的主要作品有长篇小说《埃里亚斯·波尔托卢》(1900)、《常春藤》(1908)、《风中芦苇》(1913)、《玛丽安娜·西尔卡》(1915)和短篇小说集《变迁》(1912)等。《埃里亚斯·波尔托卢》描写的是一个叔嫂相爱的爱情悲剧，《常春藤》和《风中芦苇》都是善与恶、罪与罚交织在一起的故事，描写了撒丁岛上古老、闭塞、宁静的宗法社会在资本主义新势力冲击下瓦解、崩溃的过程，倾诉了那些淳朴、善良的乡民所遭受的苦难和精神上的创伤。《玛丽安娜·西尔卡》则是作者完成从真实主义向抒情心理小说转变后的重要收获。在这部作品中有着更多的心理描写和抒情色彩。

从二十年代开始，黛莱达的创作有了新的突破，更注重对人物内心世界的描写和挖掘，而且背景也由撒丁岛逐步转向更广阔的天地。在她后期的创作中，重要作品有长篇小说《母亲》(1920)、《孤独者的秘密》(1921)、《逃往埃及》(1925)、《阿纳莱娜·比尔希尼》(1927)及短篇小说集《森林中的笛声》(1923)、《为爱情保密》(1926)等。

《母亲》为黛莱达晚期创作中的一部佳作。它描写一位虔诚的天主教徒发现自己当神父的儿子保罗违背教规去和一个女人幽会后，心中惊恐万分，痛苦不堪，她决心要从魔鬼手中救出儿子，把他交还给上帝，可是她的计划未能成功，因为保罗既不想抛弃圣人的外衣，又想得到人世的欢乐。宗教戒律和自然法则在他身上发生剧烈的冲突，这既表现了保罗内心世界人性与神性的冲突，也象征性地表现了人类感性与理性、灵与肉的永恒冲突。作品通过大量的回忆、想象、梦境、幻觉、心灵对话以及内心独白等多种手法，从不同侧面、不同角度、不同层次描写了人物的内心活动，这是作者最有代表性的一部抒情心理小说。《孤独者的秘密》也是黛莱达晚期创作中的一部重要作品。小说写孤身住在海边荒滩上的男主人公克利斯基诺在和一寡妇结婚前诉说了自己的秘密。小说尽力渲染他的孤单寂寞，以此表明他对人生、对他人和对社会的恐惧与逃避，写出了现代人的生存困境和他们被扭曲的心灵。

黛莱达于一九三六年八月十五日在罗马逝世。翌年出版了她的自传体小说《柯西玛》和中篇小说《黎巴嫩雪松》。

授奖词

瑞典学院将一九二六年的诺贝尔文学奖授予意大利作家格拉齐娅·黛莱达。

格拉齐娅·黛莱达出生在撒丁岛的一个小城努奥洛。在那里她度过了她的童年和青年时代，她从那里的自然环境和人民的生活中获得的感受，后来成了她文学创作的灵感和灵魂。

从她家的窗口她可以看见附近的奥托贝内山，看见那浓密的树林和高低不同的灰色山峰。远眺是绵延的石灰石山岭，随着光线的变化，它们看上去有时发紫，有时发黄，有时发蓝。天边则显露出白雪皑皑的吉那吉图山之巅。

努奥洛城是个与世隔绝的地方。游客稀少,他们通常骑马而来,女人在马背上坐在男人后面。小城单调的生活,只有到了传统的宗教节日或民间节日时,才被狂欢时节主要街道上的欢歌闹舞打破。

这种环境培养了格拉齐娅·黛莱达非常坦率质朴的生活观。在努奥洛城,做强盗并不令人可耻。黛莱达一篇小说里的一个农村妇女说:“你认为那些强盗是坏人吗?啊,那你就错了。他们只是想显示他们的本事,仅此而已。过去男人去打仗,而现在没有那么多的仗好打了,可是男人需要战斗。因此他们去抢劫,偷东西,偷牲畜,他们不是要做坏事,而是要显示他们的能力和力量。”所以,那里的强盗得到的更多是人们的同情。如果他被抓住关进监狱,那里的农民有句意味深长的话,叫作他“碰上麻烦了”。一旦他获得了自由,恶名也就与他无关了。事实上,当他回到家乡时,他听到的欢迎词是:“百年之后让这样的麻烦来得更多些吧!”

家族间的仇杀仍然是撒丁岛的习俗,向杀害亲人的凶手报仇雪恨的人,受到人们的尊敬。因而,出卖复仇者被看成是犯罪。一个作家写道:“即使能获得比他的头值钱三倍的奖赏,在整个努奥洛地区也找不到一个人肯出卖复仇者。那里只有一条法律至高无上:崇尚人的力量,蔑视社会的正义。”

格拉齐娅·黛莱达成长时期所在的那个小城,当时受意大利本土的影响甚微,周围的自然环境有如蛮荒时代那样美丽,她身边的人民像原始人那样伟大,她住的房子具有《圣经》式的简朴特色。格拉齐娅·黛莱达写道:“我们女孩子,从不许外出,除非是去参加弥撒,或是偶尔在乡间散步。”她没有机会受高等教育,就像这个地区的其他中产阶级家庭的孩子一样,她只上了当地的小学。后来她跟人自学了一些法语和意大利语,因为在家里她家人只讲撒丁岛的方言。她所受的教育,可以说并不高。然而她完全熟悉而且喜欢她家乡的民歌,她喜欢其中的赞美圣人的赞歌、民谣和摇篮曲。她也熟知努奥洛城的历史传说,而且,她在家里有机会读到一些意大利文学著作和翻译小说,因为按照撒丁岛的标准,她家算得上是相当富裕的了。但是也就仅此而已。然而这个小姑娘热爱学习,她十三岁时就写出了一篇想象奇特的带有悲剧特色的短篇小说《撒丁岛的血》(1888),成功地发表在罗马的杂志上。可努奥洛城的人们并不喜欢这种显示大胆的方式,因为女人除了家务事之外不应过问其他事情。但是格拉齐娅·黛莱达并不依附于习俗,她反而全身心地投入了小说的写作:第一部小说《撒丁岛的精华》发表于一八九二年,之后是《邪恶之路》(1896)、《深山里的老人》(1900)和《埃里亚斯·波尔托卢》(1900)等,她以这些作品为自己赢得了名声,渐渐得到公认,成为意大利最优秀的年轻女作家之一。

实际上,她已经完成了一项伟大的发现——发现了撒丁岛。早在十八世纪中叶,欧洲的文坛上就兴起了一个新的运动。那时的作家厌恶千篇一律的古希腊罗马的故事模式。他们需要新的东西。他们的运动很快就与同时代出现的另一个运动相吻合。后者以卢梭为代表,崇尚人的未受文明影响的自然状态。这两个运动形成了一个新的流派,尤其在浪漫主义的顶峰时期,它得以发展壮大。而这一流派最后的优秀代表就是格拉齐娅·黛莱达。应该说,在描写地方特色和农民生活方面,她有不少前辈,甚至在她自己的国家也是如此。意大利文学中人们称为“地方主义”的流派曾经出现过值得注意的代表人物,如维尔加,他对西西里与福加扎罗①的描写,对伦巴底与威尼托地区的描写就是如此。但是,对撒丁岛的发现绝对属于格拉齐娅·黛莱达。她熟知家乡的每一个角落。在努奥洛城她一直住到二十五岁,到那时她才敢于前往撒丁岛的首都卡利亚里。在那儿她认识了莫德桑尼,他们在一九〇〇年结为伉俪。婚后她和丈夫前往罗马,她在那儿把她的时间用于写作和搞家务。她迁居罗马后所写的小说,仍然继续反映撒丁岛人的生活,如小说《常春藤》(1908)。但是,《常春藤》之后的小说,情节发生的地方色彩就不那么强了,例如她最近的小说《逃往埃及》(1925),这部作品受到瑞典学院的研究和赏识。然而,她的人生观和自然观,一如既往基本上带有撒丁岛人的特点。虽然她现在艺术上更成熟了,但仍然与过去一样,是个严肃、动人而并不装腔作势的作家,就像她写《邪恶之路》和《艾里亚斯·波尔托卢》时那样。

让一个外国人来评判她的创作风格的艺术价值是困难的。因此我要引用一位著名的意大利批评家有关这方面的评论。“她的风格,”他说,“是叙述大师的风格,它具有所有杰出小说家的创作特点。在今天的意大利,没有谁写的小说具有她那样生机勃勃的风格、高超的技艺、新颖的结构,或者说社会的现实意义,而这些在格拉齐娅·黛莱达的一些小说中,甚至在她最近的作品中,如《母亲》(1920)和《孤独者的秘密》(1921)中都可以看到。”人们也许注意到她的作品不甚严谨,有的段落出乎意料,常给人变化仓促的感觉。但是,她的许多优点从总体上对这个缺陷给予了补偿。

作为一个描绘自然的作家,在欧洲文学史上很少有人可以与她媲美。她并非无意义地滥用她那生动多彩的词句,但即使如此,她笔下的自然仍然展现出远古时代原野的简洁和广阔,显示出朴素的纯洁和庄严。那是奇妙新鲜的自然与她笔下人物的内心生活的完美结合。她像一个真正伟大的艺术家,把对于人的情感和习俗的再现成功地融合在她对自然的描绘中。其实,人们只需回忆一下她在《埃里亚斯·波尔托卢》中对前往鲁拉山朝圣的人们所作的经典性描写就可以明白。他们在五月的一个清晨出发。一家接一家地向着山上古老的给人以祝福的教堂行进,有的骑马,有的乘旧式的马车。他们带上足够吃一个星期的食品,阔气些的人家住在搭设于教堂旁边的大棚里。这些人家是教堂创建者的后代。每家人在墙上有一个长钉,在炉边放有一块地毯,表明这块地方的归属,别人不可走进这块地方。每天晚上家人们分别围坐在各家的地毯上,一直到聚会结束。在漫长的夏夜,他们在炉火旁一边烧着吃的,一边讲着传说、故事,或者弹琴、唱歌。在小说《邪恶之路》中,格拉齐娅·黛莱达生动地描写了奇特的撒丁岛人结婚和葬礼的风俗。当举行葬礼时,所有的人家都关上门窗,家家都熄灭炉火,不允许做饭。受雇的送葬队伍悲哀地唱着排练好的挽歌。小说对这种古老习俗的描写是那样栩栩如生,那样简朴自然,我们不禁要把它们称为荷马史诗之作。格拉齐娅·黛莱达的小说,比起大多数其他作家的小说来,更能使人物与自然景物浑然一体。那里的人仿佛就是生长在撒丁岛土壤

① 福加扎罗(1842—1911),意大利小说家。

里的植物。他们之中大多数是淳朴的农民,有着远古时期人们的感觉和思维方式,同时又具有撒丁岛自然风光宏伟庄严的特点。有的人几乎与《圣经·旧约》中重要人物的身材相似。无论他们与我们所知的人看上去是如何不同,他们给我们的印象无疑却是真实的。他们来自于真实的生活,一点儿也不像戏剧舞台上的木偶。格拉齐娅·黛莱达不愧是熔现实主义与理想主义于一炉的大师。

她不属于那类围绕主题讨论问题的作家。她总是使自己远离当时的论争。当艾伦·凯伊①试图引她加入那种争论时,她回答说:“我属于过去。”也许她的这种表态并不完全正确,因为格拉齐娅·黛莱达体会到她与过去、与其人民的历史有紧密的联系。但是,她也懂得如何在她自己的时代生活,知道该怎样给予反映。虽然她对理论缺乏兴趣,但她对人生的每个方面都有着强烈的兴趣。她在一封信中写道:“我们的最大痛苦是生命之缓慢死亡。因此,我们必须努力放慢生活的进程,使之强化,赋予它尽可能丰富的意义。人必须努力凌驾于他的生活之上,就像海洋上空的一片云那样。”准确地讲,正因为生活对于她来说是那样丰富和可爱,因而她从不参与当今政治、社会或文学领域的论争。她爱人类胜过爱理论,一直在远离尘嚣之处过着她那平静的生活。她在另一封信中写道:“命运注定我生长在孤僻的撒丁岛的中心。但是,即使我生长在罗马或斯德哥尔摩,我也不会有什么两样。我将永远是我——是个对生活问题冷淡而清醒地观察人的真实面貌的人,同时我相信他们可以生活得更好,不是别人,而是他们自己阻碍了获取上帝给予他们在世上的权力。现在到处都是仇恨、流血和痛苦;但是,这一切也许可以通过爱和善良加以征服。”

这最后的话表达了她对生活的态度,严肃而深刻,富有宗教的意味。这种态度虽然是感伤的,却绝不悲观。她坚信在生活的斗争中善的力量最终会获胜。在小说《灰烬》的结尾,她清楚明确地表达出她的创作原则。安纳尼亚的母亲受到污辱,为了不影响儿子的幸福,她结束了自己的生命,躺在儿子的面前。当儿子还在襁褓中时,她曾送给他一个护身符。现在他将护身符打开,发现里边只是包着灰烬。“是啊,生命,死亡,人类,一切都是灰烬,这就是她的命运。而在这最后的时刻,他站在人类最悲惨的尸体面前。她生前犯了错,也受到恶行的各种惩罚,现在为了别人的幸福而死去。他忘不了在这包灰烬中,常常闪烁着灿烂而纯净的火花。他怀着希望,而且仍热爱着生活。”

阿尔弗雷德·诺贝尔曾要求将诺贝尔文学奖授予这样的作家,其作品能给人类带来甘露,使人的身体和精神都因此而富有活力,遵循他的这一愿望,瑞典学院这次把文学奖授予格拉齐娅·黛莱达,“因为她那为理想所鼓舞的作品,以明晰的造型手法描绘她海岛故乡的生活,并以深刻而同情的态度处理了一般的人类问题”。

诺贝尔基金会主席 亨里克·许克

童燕萍 译

① 艾伦·凯伊(1849—1926),瑞典女作家。

作品

妻子

两头灰白色的小牛拉着一架撒丁岛式的大车在平原上缓缓而行。

现在回想起来事情就像发生在昨天。我们那天步行前往一座葡萄园，那辆牛车行进得十分缓慢滞重，我们追上了它。赶车的男人个子高高的，穿一身土里土气的红衣服，蓄着灰里透红的大胡子，须尖胡纠乱缠。车上一只黄黑条子的麻袋上坐着一个不再年轻的妇人：但是在她那张大理石般生硬冷淡的脸上有一双清亮的栗色眼睛，燃烧着激情与青春的光芒。她身上是一副马莫亚达①地方的装束打扮，紧身小上衣绣着两道花边，她将双手搁在围裙下，宛如一朵盛开的玫瑰。

时值深秋，树上还保留着全部好似铜片般的叶子，收获过的葡萄园在田野浅绿的底色上画出锈红色的格子；乳白色的天空向万物泻下宁静与月亮般的光辉。

与我们同行的女仆，好奇地盯着脸像大理石般生硬冷淡的女人，看过之后，同她攀谈起来。

“你从哪里来？生病了吗？”

女人的脸泛起孩童般快乐的微笑，变得生机盎然。

“我生过病，现在身体很好，从牢房里出来。”

“你为什么这样回答我？”女仆颇为生气地说道。

“你觉得这样回答不好吗？这可是真话。”

女仆尖声惊呼。

“你为什么叫喊，蠢货？”女人说道，“你若处在我的位置上，会干出同样的事情。”

“谁知道呢？”

“我知道：因为我是女人，而你也是女人。”

“你做了什么事情？”

女人在围裙之下绞动双手，笑起来；她抬眼向上看，目光好像追随着在银灰色天幕上翻飞的乌鸦。

“我杀死过一个女人。”她平静地说道。由于女仆继续尖叫不已，她皱起眉头，脸色复归冷峻。

“你疯了吗？魔鬼的女儿，叫喊什么？你让我想起那只猫；不错，那只猫的眼睛就像你现在的眼睛一样，绿得像芦苇的叶子。你瞧瞧她，西蒙内。”

男人依然沉默不语，神情淡漠；他望着远处，望着自己的前方，穿着红黑相间的衣服的身躯显得高大而庄重。

---

① 马莫亚达，小镇名，该镇在撒丁岛的中部城市努奥洛附近。

“那么你是杀了一个女人呀？为什么杀她？可以说来听听吗？”

“为什么不可以说呢？因为她惹我心烦，她是我丈夫的情人。”

“哦！”

“事情是这样，我那年十五岁，不，快十六岁了。不要用鞭子抽牛，西蒙内，住手，走慢点，让这些先生都听清楚。你们要上车来坐吗？车子是干净的。那么，我十五岁多，那女人差不多三十岁了，他二十岁。她来勾引他，我就破口大骂。她的脸涨得像石榴一般红。她很晚才回家，夜里我感到很冷。我等他，等他。时间过得很慢，简直就像在办丧事的日子里那样。于是我想到杀死她。我想：人家会判我二十年徒刑；我回来时将是三十六岁，他将是四十岁，那时她将不再夹在我们中间了，他就会爱我。我就是这么想的，但是，我至今都不知道，如果她不是几乎每天都来惹我生气的话，我到底有没有胆量杀她。是的，是她来惹我：她找上门来，一会儿借口向我讨一点儿发酵粉或要几根火柴，因为我们是近邻，一会儿借口唤回她的小猫，那只猫老来我家的院子里。一只黄猫，绿眼睛，我永远记得它。”

“她有丈夫吗？”

“没有，她没有丈夫。她是一个坏女人，你可能还不明白，我一看见她就浑身发抖，泪水蒙眼，什么也看不见了，只觉得她是一团火。你听我说，有一天她来了，像往常一样，以找猫咪为由。小猫就躺在院子里；我丈夫也在院子里晒太阳。那是在一个星期日的午饭之后，她走进来，说道：‘嗨，我来抱猫。小母老虎，你一直在这里吗？’小猫看见她就跳起身来，拱起背，挨蹭她的裙边；我的丈夫也站起身，做出几乎与猫相同的动作。我正在厨房里，我觉得她是在骂我‘母老虎’。我操起墙上挂着的那支装好子弹的长枪，冲到院子，扣枪射击。那婆娘倒地身亡，我丈夫像狗一样号开了。那一团火一直在我的眼前；她扑面倒下。那只猫没有逃走，而是不停地在死去的女人身上挨挨擦擦；它围绕着她直转圈儿，并且睁大绿绿的眼睛看我。那畜生惹恼了我！我朝猫又开了一枪，人们听到枪声从街上跑过来看我。一齐大呼小叫，如同疯狗，如同饿狼。一个当兵的也来了。他环绕着我转圈子走，开始离得远一点，后来就越转越近，紧逼过来，就好像狐狸围着葡萄转。最后他把手搭到我的身上。他是来捉我吗？为什么？难道我不知道应当去法官那里自首，然后进监狱吗？有必要让他动手吗？我抓伤了他，自己跑去找法官；人们跟在我身后，有小孩子扔石头子儿。我害怕被判三十年徒刑。我想，那样我出来时将成一个老太婆了，而他，我的丈夫，也将是一个老头子。到那时候出来还有什么用呢？我杀死了那只猫，为此感到很难过，真的，我真的很难过。你觉得好笑吗？我向你发誓，我很难过，假如它那天不来我家就好了。那只无辜的动物有什么过错呢？二十年来，在牢里，我每隔三个夜晚就会梦见那只可怜的畜生，我不撒谎。真的。”她停顿一会儿后接着说下去，“在法庭的辩论中还扯到了猫的事情，公诉人说我残忍。残忍！法院的这些人让我觉得可笑！我说：‘长官大人，你们试试看，如果你们遭人背叛，受人挑衅，我看你们会干出什么事情！哼，敢情你们在这里是坐着说话，在审判席上，不着急不上火；你们不知道什么是愤怒，什么是恼火，什么是嫉妒，什么是痛苦？是的，那只猫也惹我生气。现在我后悔杀死了它，但在那个时候什么都顾不上了。还有，那个当兵的，他为什么来抓我？我不懂得自己的责任吗？他代表王法，他应当逮捕我，不错，可是我明白自己的责任，并且知道上帝会帮助我。我就这样蹲了二十年大牢。现在我回来了。我渡海出去过了，见识了许多事情。他们在努奥洛释放了我，我的丈夫赶车来接我回家乡。发生了这一切，我始终是他的妻子：妻子是拴在丈夫身上的，拴在丈夫的怀里，就像孩子出生之前在母亲怀里一样。可不是吗，西蒙内？”

然而，男人走着，走着，缄默不语，而且是一副诚惶诚恐的样子，惊诧不已的女仆说：

“我觉得被判了刑的人是他！”

吴正仪　译

1927
获奖作家
柏格森

传略

柏格森所倡导的生命哲学,是对现代科学主义文化思潮的反驳,他提倡直觉,贬低理性,在批判传统哲学的理性主义机械论和决定论、解放人类思想方面有着深远意义,扩大了文学艺术想象的天地,启迪了伍尔夫、普鲁斯特等现代主义作家在意识流技巧方面的探索,影响了画家莫奈、音乐家德彪西等人的创作,对文学艺术的发展产生了重要的作用。一九二七年,“为了表彰其丰富而生气勃勃的思想和表述的卓越技巧”,他被授予诺贝尔文学奖。

亨利·柏格森(Henri Bergson,1859—1941),一八五九年十月十八日出生于巴黎,父母均为犹太人。他从中学时代起便对哲学、心理学、生物学发生浓厚兴趣,尤其酷爱文学,一八七八年进巴黎高等师范学校,毕业后获哲学教师资格,一八八一年起在中学任教。一九八九年获哲学博士学位,一八九七年被聘为巴黎高等师范学校讲师,一九〇〇年起至二十年代中期,任法兰西学院哲学教授。一九一四年当选为道德与政治科学院年度主席和法兰西科学院院士。二十年代中期,由于健康状况恶化,卧床不起,他辞去了各种职务。第二次世界大战爆发后,年迈的柏格森反对纳粹政权对犹太人的迫害,拒绝与侵法德军合作。一九四一年一月四日,他因病在巴黎逝世,享年八十二岁。

柏格森的主要著作有:《直觉意识的研究》(1888)、《时间与自由意识》(1889)、《物质与记忆:身心关系论》(1896)、《形而上学导论》(1903)、《创造的进化》(1907)、《生命与意识》(1911)、《精神的力量》(1919)、《绵延性和时间性》(1922)、《道德和宗教的两个来源》(1932)、《思想和运动》(1934)等。

柏格森的哲学著作,不仅表达了他对当时产生巨大影响的哲学思想,而且表达的方式也充满诗意,显示了卓越的技巧。在对他颁发诺贝尔文学奖的授奖词中,当论述到他的代表作《创造的进化》时，说:“他创作出了惊人宏伟的诗篇……可以毫不费力地从中获得巨大的美感。”他的著作采用的不是哲学界通行的概念法或抽象法，而是在风格上不仅具有严谨和简洁，还充满了色彩和比喻，辞藻华丽，文体优美。

文学艺术在柏格森的哲学思想中占有相当重要的地位。在他看来，文学艺术是一种特殊的东西，是一种持续创造力最为丰富的证据之一。他的重要论著《笑》(1900)是和文艺思想关系最为密切的著作，在这一论著中，他运用他对生命、记忆和自我的理解，来解决“人为什么要笑”这个看似简单实际相当复杂的问题，从中也研究了喜剧的源泉。

授奖词

亨利·柏格森在一九〇七年的《创造的进化》中就已宣称，所有最能长存且最富成效的哲学体系是那些源于直觉的体系。相信他这番话，对柏格森体系的关注，便会立即显示出柏格森是如何丰富了直觉的发现，这种发现是通向其思想世界的入口。柏格森的学位论文《试论意识的直接材料》(1889)已显示了这一发现，提出时间并非是某种抽象的或形式的表达，而是作为永恒地关涉生命和自我的实在。他称这种时间为“持续时间”。与生命力相类似，这种概念亦可阐述为“活时间”。这种时间是动态的流动，呈现出经常的和永恒增长的量变。它避开了反映，不能与任何固定点相联系，否则将受到限制并不复存在。这种时间可由一种趋向内在本源的内省、集中的意识所感知。

与我们通常依钟表的运转和太阳的运行所测定的时间完全不同，这种时间是被精神和行为创造的形式，同时也是为了精神和行为。通过最精密的分析之后，柏格森断言它仅适于空间形式。该领域弥漫着数学的严密、确实和有限，原因区别于结果，智力涵盖世界的精神创造大厦拔地而起，给环绕精神趋向自由的内在渴望筑起一道屏障。这些渴望在“活时间”里获得了满足:原因和结果在此相融，没有能被确实性预见的事物，因为确实性存在于自身单纯的行为中且只能为该行为所规定。活时间是自由选择和全新创造的领地，在此什么都只能产生一次，而绝不会以相同的方式重复。人格的历史在此诞生。这是使精神和灵魂(无论何种称呼)摆脱理智的形式和习惯，而能以内在视野感知自我本质和自我的普遍生命的真实。

柏格森在其纯粹的科学叙述中，并未谈及本能的本源——或许源自被熟练掌握和探究过的个人体验，或者源自灵魂解放的危机。我们只能推测上世纪末期占据统治地位的理性主义生物学的沉闷气氛引发了这种危机。柏格森在这种科学的影响之下成长和接受教育，当他决计着手反抗这种科学之时，已在物质世界的概念结构领域掌握了非凡的武器，具备了必要和可观的丰富学识。当理性主义之网试图禁锢生命时，柏格森试图证明动态的流动的生命可以毫无阻碍地穿网而过。

即使我有能力，也不可能在有限的几分钟内对柏格森精密广博的思想做出叙述。对于一个只具有有限的哲学意识而从未研究过哲学的人来说，绝无可能当此重任。

柏格森以活时间的直觉为起点，在其分析、概念发展和系列证明中借助了动态的流动和不可抗拒的直觉本质。人们必须遵循所有的运动，所有带来新因素的时刻。必须顺应潮流，尽可能地接受。人们几乎没有思考的时间，因为在人自身变为静态的阶段，丧失了所有与推理接触的机会。

在对决定论异常透彻的驳斥中，柏格森论证了普遍的知性(他称之为皮埃尔)不可能预知另一人格保罗的生命，除非他能够遵循保罗的经验、感觉、意志行为的所有表现形式，到了与之完全同一的地步，就像两个相同的三角形恰好重合在一起。要完全理解柏格森的读者，就必须在一定程度上使自己与作者同化，完成精神的伟力与灵性的巨大需求。

追踪作者的理论流向是有意义的。当理智滞后之时，想象力和直觉便可张扬。要想判断想象力是否被诱惑了，抑或是直觉认知了自身而使其被确信，都是不可能的。无论哪种情况，阅读柏格森总会有莫大裨益。

在柏格森迄今为止权威性的著述《创造的进化》的叙述中，他创造出了惊人宏伟的诗篇、具有广博视界和持续力度的宇宙进化论，而且并未忽视一种严密的科学术语。要从他的透彻分析或深奥思想中得益或许是困难的，但是可毫不费力地从中获得巨大的美感。

假如人们把它视为诗篇，它便呈示出一种戏剧性。世界被两种相互冲突的趋向所创造。其中之一是物质在其意识中展示了下降的运动；第二种则是具有固有的自由情感和永恒创造力的生命不断地向知识的见解和无限的视界趋进。这两种因素相互混合，彼此制约。这种联合的产物在不同的水平上分支。

首先的基础差异见于植物界和动物界之间，非动的和运动的有机活动之间。植物借助于阳光储存了从惰性物质中抽取的能量。动物则免除了这种基本努力，因为它可从植物摄取已经储存的能量并据需要同时、均衡地释放爆发力。在较高的阶段上，动物界在损害动物界的状态下维持生命，能以这种能量的聚集，强化自身的发展。如此，进化之道变得日益多种多样，其选择绝非盲目为之。本能随着器官的利用而产生。理智的胚胎期也已存在，但对本能而言智能仍是劣等的。

居于生命顶峰的人类，理智居于支配地位，本能作用则下降了，尽管并未完全消失，它潜伏于统一了活时间之流中所有生命的意识里。本能开始在直观的视觉中活动。理智的开发显得节制而胆怯。理智的展示仅靠本能地以惰性物质中生长的器具替代有机器具，并在自由行为中运用它们的倾向和能力。本能对其目标颇具意识，但是此目标极为受限。反之，理智受着极大风险的约束，却趋向无限广泛的目标，趋向为人类物质和社会文化所实现的目标。无论如何理智存在着不可避免的风险，在空间世界为行动创造的理智，或许会因为从其生命概念获得的形式而歪曲世界映像，并对生命内在流动本质以及统摄其永恒变化的自由保持沉默。由此，在智力征服了自然科学的情形下，产生了对外在世界的机械论和决定论观念。

除非在我们回溯自我本源之时仍具有直觉的天赋，否则我们便会发觉陷入了无可挽回的绝境，对精神的自由毫无意识，并割断我们自身内部的生命源流。或许人们能够运用这种直觉——柏格森学说的中心论点、他论及理智和本能时的一种才华横溢的表述——危险但却趋向广泛可能性的方式。理智在知识的范围内具备逻辑的确定性,但像所有属于活时间的动态物一样,直觉也会毫无疑义地从其强烈的确定性中获得满足。

这是戏剧性的。创造进化论是开放的,人们发现自身被普遍生命的生命力推上了舞台并无可抗拒地行动,一旦达到了对自我的自由认识,就能够从通向其他道路的无边领域推测和展望既往走过的无尽道路,究竟哪条路是人们该追寻的?

事实上人们还仅在戏剧的序幕中,而绝不是处在别的位置,特别是如果人们考虑到柏格森关于未来仅在生活的瞬间产生的概念。然而这种开端是有所缺失的。柏格森未论及自由人格中的内在意志、决定行为的意志以及通过该人格无法预料的曲线追踪其直线的意志。他也未论及意志生命问题、绝对价值存在与否的问题。

不可抗拒的生命力的本质是什么?依照柏格森大胆而极其动人的表述,那种生命对无生命物质的猛烈侵袭,有一天自身能超越死亡而获胜吗?当其把世间的一切力量置于我们脚下时,生命力会怎样对待我们?

无论这些问题如何复杂,人们都不可能回避。在这个特别的时刻,柏格森或许会像其以往的著述,以大胆而更有意义的尝试来解决这些问题。

仍然有一些论点要阐明。他有没有可能探索出一种适合物质的生命力来结束其对于世界的二元映像的描述?在这点上我们一无所知。但是柏格森自己提出,他的体系在许多论点上只是构成一个轮廓,其细节要靠其他的思想家合作完成。

尽管如此,我们仍然受惠于柏格森所完成的一项重要工作:靠强行穿越理性主义的入口,解放出无法估价的创造力,打开了进入活时间的海洋的开阔通路。在这种氛围中,人类精神能够重新发现其自由并获得再生。

假如柏格森的思想框架被充分证明可作为人类精神的导引,柏格森在未来的影响肯定会比其已产生的影响更为广泛。作为文体家和诗人,柏格森的地位是同时代人不能相比的。在严密客观的真理探求中,他的全部抱负均被自由精神所激励,这种自由精神打破了物质强加给的奴役状态,为理想主义谋得了应有的空间。

诺贝尔文学奖评委会主席 佩尔·哈尔斯特龙

冯季庆 译

作品

笑(节选)

笑的涵义怎样?可笑事物当中到底有些什么东西?在丑角所扮的鬼脸、文字游戏、滑稽剧中的误会、高级喜剧中的场面等之间,有什么共同的东西?形形色色的产物有的溢出不雅的气味,有的散发美妙的芳香。究竟有什么方法可以把这些产物共同的精华提炼出来?自亚里士多德以来,最伟大的思想家都曾经碰过这个小小的问题,然而这个问题却总是躲闪、溜走、逃脱，最后又突然出现，对哲学的思想提出傲慢的挑战。

我们之所以也来处理这个问题，那是因为我们并不想给滑稽味下一个定义就了事。我们认为滑稽味首先是个活生生的东西。不管它是如何微不足道，我们也要以对待生活同样的尊敬来对待它。我们所做的将限于观察它如何成长，如何开花结果。滑稽味通过一些不易觉察的阶段，从一个形式到另一个形式，进行着非常奇特的形变。我们对所观察到的任何现象都不应有丝毫忽视。通过这样持续的接触，我们也许可以获得比抽象的定义灵活一些的东西，获得一些实际的、亲切的认识，就像是和朋友长期交往获得的认识一样。也许我们会在不经意之间获得有用的知识。滑稽味即使在它最偏离正规的表现当中，总也有它一定的道理；滑稽味带有一定的疯狂意味，但它的疯狂总也根据一定的方式；滑稽味带有梦幻的性质，但在梦幻之中却能唤起一些为整个社会立即接受和理解的幻象。这样，它怎能不在人类的想象力的活动过程，特别是社会的、集体的、大众的想象力的活动过程方面，对我们有所启发呢？滑稽味是现实生活的产物，与艺术血肉相连，它又怎能不把它对艺术和生活的看法告诉我们？

我们将首先提出我们认为是基本的三点看法。这些看法与滑稽本身的关系较少，而与应该到哪里去寻求滑稽这个问题的关系更为密切。

一

我们请读者注意的第一点是：在真正属于人的范围以外无所谓滑稽。景色可以美丽、幽雅、庄严、平凡或者丑恶，但绝不会可笑。我们可能笑一个动物，但那是因为在这个动物身上，我们看到一种人的态度或表情。我们可能笑一顶帽子，但我们所笑的并不是这片毡或者这些草帽辫，而是人们给帽子制成的形式，是人在设计这顶帽子的式样时的古怪念头。这个事实是这样重要，这样简单，却没有引起哲学家们足够的注意，实在令人不解。许多哲学家给人下了这样一个定义，说人是“能笑的动物”。其实他们同样可以说人是“引人发笑的动物”，因为如果其他动物或者无生命的物体引人发笑，那也是因为这个动物或者这个物体有与人相似的地方，带有人印刻在它们身上的某些特色，或者人把它们作了特殊的用途。

其次，同样值得注意的一点是：通常伴随着笑的乃是一种不动感情的心理状态。看来只有在平静宁和的心灵上，滑稽才能产生它震撼的作用。无动于衷的心理状态是笑的自然环境。笑的最大敌人莫过于情感了。我并不是说我们不能笑一个引起我们怜悯甚至爱慕的人，然而当我们笑他的时候，必须在顷刻间忘却这份爱慕，扼制这份怜悯才行。在一个纯粹理智的社会里，人们也许不再哭泣，然而他们可能笑得更多；而在另外一个社会里，如果人们的心都是毫无例外地感情丰富，生活都是和谐协调，一切事情都会引起感情的共鸣，那他们是不会认识也不会理解笑的。你不妨试一试，在片刻之间，你对别人的一言一行都感兴趣，并设想你跟他们一起行动，感他们之所感，而且把你的同感扩展到最大限度，那时你就会像是受着魔棍的支配，觉得最微不足道的东西也变得重要了，一切事物都抹上一层凝重的色彩。现在你把自己解脱出来，作为一个无动于衷的旁观者来参与生活，那时许多场面都将变成喜剧。在舞厅里，我们只要把耳朵捂上不去听那乐音，立刻就会觉得舞客滑稽可笑。人类的行为当中有多少能经得起这样的考验？我们不是可以看到有许多动作，如果和与之相伴的感情音乐孤立起来，顷刻之间就会从严肃变为可笑吗？因此，为了产生它的全部效果，滑稽要求我们的感情一时麻痹。滑稽诉之于纯粹的智力活动。

不过，这样一种智力活动必须和别人的智力活动保持接触。这是我们要提请注意的第三个事实。如果一个人有孤立的感觉，他就不会体会滑稽。看起来笑需要有一种回声。请注意：这不是一个发出来了就算了事的清楚分明的声音，而是一个需要由近及远反响不绝的声音，像空谷中的雷鸣一般，霹雳一声以后便轰鸣不已。当然，这样的反响不会继续到无穷远处。它可以在一个尽量扩大的范围里前进，然而总是有一个范围的。我们的笑总是一群人的笑。你也许在火车里或者餐桌上听过旅客们相互讲一些他们认为滑稽的故事，大家畅怀大笑。如果你参加他们的集体，你也会跟他们一样地笑。然而如果你没有参加他们的集体，你就根本不想笑。有一次，有个牧师在讲道，所有的人都落泪，唯独有一个人不哭。别人问他为什么不哭，他答道："我不是这个教区的。"这个人对眼泪所发表的见解，用到笑上更加妥帖。不管你把笑看成是多么坦率，笑的背后总是隐藏着一些和实际上或想象中在一起笑的同伴们心照不宣的东西，甚至可说是同谋的东西。我们不是常说：在戏院里，场子坐得越满，观众就笑得越欢。我们不也常说：许多与特定社会的风尚和思想有关的滑稽效果，是无法从一种语言翻译成另一种语言的。可是有人却不懂得这两个事实的重要性，从而把滑稽看成是使人心得到娱乐的单纯的好奇，把笑看成是和人类其他活动毫无关联的孤立而奇怪的现象。由此可见，那些把滑稽说成是被精神感觉到的概念之间的抽象关系，说成是"智力性质的对比""明显的荒谬"等定义，尽管它们实际上符合滑稽的各种形式，却根本解释不了滑稽的事物为什么令人发笑。的确，到底为什么偏偏是这一个特定的逻辑关系一被我们感觉到，就感染我们，使我们欢快，震撼我们，而我们对其他一切逻辑关系都无动于衷呢？我们将不从这个方面来处理问题。要理解笑，就得把笑放在它的自然环境里，也就是放在社会之中；特别应该确定笑的功利作用，也就是它的社会作用。让我们现在就说清楚，这才是我们全部研究的指导思想。笑必须适应共同生活的某些要求。笑必须具有社会意义。

让我们把我们这三个初步看法的交叉点明确地指出来：当一群人全都把他们的注意力集中到他们当中的某一个人身上，不动感情，而只运用智力的时候，就产生滑稽。那么他们的注意力应该集中到哪一点上呢？他们的智力应该运用到什么上面去呢？回答这些疑问，就已经把问题深入一步了。这里必须列举几个例子。

二

有一个人在街上跑，绊了一下脚，摔了一跤，行人笑了起来。我想，如果人们设想这个人是一时异想天开，在街上坐了下来，那他们是不会笑他的。别人之所以发笑，正是因为他不由自主地坐了下来。因此，引人发笑的并不是他姿态的突然改变，而是这个改变的不由自主性，是某些笨拙。街上也许有一块石头，原该改变速度，或者绕过障碍，然而由于缺乏灵活性，由于疏忽或者身体不善应变，总之，由于僵硬或是惯性的作用，当情况要求有所改变的时候，肌肉还在继续进行原来的活动。这个人因此摔了跤，行人因此笑了。

又假设有一个人，他的日常生活极有规律。可是他身边的东西给一个恶作剧的人弄得一塌糊涂。他把钢笔插进墨水瓶，抽出来时却满笔尖都是污泥。他以为是坐到一把结实的椅子上，结果却仰倒在地板上。总之，由于惯性的关系，他的行动和他的意图适得其反，或者是处处扑空。习惯推动着他，他原该停止行动，或者是停止不假思索的行动。可是不，他还是循着直线方向机械地前进。这个恶作剧的受害者所处的境遇和上面所说的奔跑摔跤的人相类似。在两种情况中，在要求一个人集中注意力、灵活应变的时候，他却有一定程度的机械的僵硬。这两种情况之间唯一的差别是，前者是自发产生的，后者是人为地制造出来的。在前一情况，行人不过是观察而已，而在后一情况，那个恶作剧者却是在进行实验。

不管怎么样，在这两种情况当中，决定效果的还都是外部条件。滑稽因此是偶然的，可以说是停留在人物表面上的。滑稽怎么深入到人物内部去呢？那就需要这种机械的僵硬无须偶然条件或者别人恶意设置的障碍，就能表现出来。那就需要这种僵硬从它自身的深处，以很自然的方式，不断找到表现出来的机会。让我们设想有这么一个人，他的脑子总是想着他刚做过的事情，从来也不想他正在做的事情，就跟唱歌的人唱出来的歌词落后于伴奏一样。再设想有这么一个人，他的感官和智力都很迟钝，他看到的是已经不再存在的东西，听到的是已经不再响的声音，说出的是不合时宜的话，总之，当目前的现实要求他有所改变的时候，他却去适应已经过去的或者是想象中的情况。这一回，滑稽就在人物身上落了脚，是这个人为滑稽提供了一切：材料和形式、原因和机会。我们刚才所描写的那些心不在焉的人一般会激起喜剧作家的诗情，也就不足为奇了。当拉·布吕耶尔①在路上碰见这样的人物的时候，他就对其进行分析，从而找到一张可以大量制造滑稽效果的配方。可是他用得有些过火。他对梅纳尔克这个人物作了最冗长、最繁琐的描写，反反复复，颠来倒去，弄得臃肿不堪。由于题目容易，作者就不肯罢休。心不在焉诚然不是滑稽的源头，但确实是直接来自源头的一条事实与思想的干流。这是一种重要的笑料。

心不在焉的效果还可以加强。有这么一条普遍规律，我们刚才所说的正是这条规律的初步运用。这条规律可以这么表述：当某一个滑稽效果出自某一原因时，那么，我们越是觉得这个原因顺乎自然，滑稽效果就显得越大。把心不在焉作为简单的事实表现出来，我们已经不免发笑。假如我们亲眼看着这个心不在焉出生成长，知道它的根源，对它的来龙去脉都能交代出来，那么它就更加可笑。还是举个具体的例子吧。假设有这么一个人，经常阅读爱情小说或者骑士小说。久而久之，他的思想和意向便逐渐向往他所醉心的人物，结果竟像梦游症患者一样在人群中踯躅。他的行动都是些心不在焉的行动。

---

① 拉·布吕耶尔（1645—1696），十七世纪法国作家，著有《性格论》，其中有杰出的人物写照。

只不过所有这些行动都可以找到一个可知的、确切的原因。这里已经不再是单纯地由于缺了什么东西;这些行动应该用某一个虽属想象中的、但却是十分明确的环境中的人物的出现来解释。当然,摔一跤总是摔一跤,但是由于双眼看着别处而失足落井是一回事,由于双眼瞪着天上的星星而掉下去,那就又是一回事了。堂吉诃德凝视的不正是一颗星星吗?发自小说情趣和空想精神的滑稽是何等深刻啊!但是,假如你把心不在焉这个概念作为媒介,那就可以看出,这种很深刻的滑稽是和最肤浅的滑稽联系在一起的。的确,这些空想家、狂热者、合理得出奇的疯子,都和前面所说的那个恶作剧的受害者以及在街上摔倒的人一样,扣动我们同样的心弦,使我们心中同样的机件发动起来,同样引我们发笑。他们也是在奔跑的时候摔了跤,也是被人捉弄的无辜受害者,是在现实面前绊倒摔跤的理想追逐者,是被生活恶意地窥视着的天真的梦想家。不过他们首先是头等的心不在焉的人,具有着其他心不在焉的人所不及的优越性,那就是他们的心不在焉是系统的,是围绕着一个中心思想的;他们的多种倒霉遭遇也是互相联系的,是和被生活用来纠正梦想的无情的逻辑联系在一起的;而且他们用能够互相增强的效果,在他们的周围激起无限扩散的笑声。

现在让我们再往前走一步。某些缺点与性格的关系不是正与僵化固定的观念和智力的关系一样吗?缺点是品质的一个瑕疵,是意志的一个僵块,它时常像是心灵的一个扭曲部分。当然,也有这样一些缺点,整个心灵以其全部充沛的力量深深地扎根其间,煽动它们,带动它们以各种不同的形态不断活动。这些是悲剧性的缺点。然而使我们成为可笑的缺点则恰恰相反,它是人们从外部带给我们的缺点,就像是一个现成的框子,我们钻了进去。这个框子不向我们的灵活性学习,却强使我们接受它的僵硬性。我们无法把这个框子变得复杂些,相反地倒是这个框子使我们简单化。看来喜剧和正剧的首要差别就在这里——这一点,我们试图在本书的最后一部分详细阐明。一部正剧,即使当它刻画一些有名称的激情或缺点的时候,这些激情和缺点跟人物也是这样紧密地结成一体,以致它们的名称被人遗忘,它们的一般性质消失不见,我们根本就不去想它们,所想的只是身上附着这些激情或缺点的人物。因此,正剧的标题几乎只能是一个专有名词。与此相反,许多喜剧的标题用的是普通名词,例如《吝啬鬼》①《赌徒》②等。如果我请你设想一部可以称为"嫉妒者"的剧本,你便会发现,涌上你脑际的将是《斯卡纳赖尔》③或是《乔治·唐丹》④,而绝不会是《奥赛罗》,因为"嫉妒者"只能是一部喜剧的标题。不管你怎样想把喜剧性的缺点和人物紧密结合起来,喜剧性的缺点并不因此就不保持它独立而单纯的存在。它依然是在场而又看不见的中心人物,有血有肉的人物只不过是在舞台上依附着它罢了。有时,它以自身的力量拖着他们前进,拽着他们一起滚下坡去,以此来取乐。可是在更多的场合,它像弹奏乐器那样玩弄他们,把他们当作木偶一样来操纵。你如果仔细观察一下就会发现,喜剧作者的艺术就在于使我们充分认识这个缺点,使我们

---

① 《吝啬鬼》,十七世纪法国伟大的喜剧作家莫里哀的作品。
② 《赌徒》,十八世纪法国喜剧作家列雅尔的名著之一。
③ 《斯卡纳赖尔》,为莫里哀的作品。
④ 《乔治·唐丹》,为莫里哀的作品。

观众和作者本人如此亲密无间，结果掌握了他所要的某些操纵木偶的提线，而我们也就跟着他要了起来。我们的一部分乐趣正是由此而来的。因此，在这里，使我们发笑的还是一种自动机械的动作，一种和单纯的心不在焉非常相近的自动机械的动作。要信服这一点，只消注意一下这样的事实就行了：一个滑稽人物的滑稽程度一般正好和他忘掉自己的程度相等。滑稽是无意识的。他仿佛是反戴了齐吉斯①的金环，结果大家看得见他，而他却看不见自己。一个悲剧人物并不会因为知道我们怎样估量他而稍微改变他的行为。他将坚持他的作为，甚至充分意识到他是怎样一个人，甚至十分清楚地感觉到他在我们心中激起的恐惧。可是一个有着可笑缺点的人就不同，当一个人感觉到自己的缺点可笑，马上就会设法改正，至少是设法在表面上改正。如果阿尔巴贡看到我们笑他的吝啬，虽不见得从此就改掉自己的毛病，至少总会在我们面前少暴露一些，或者用别的方式暴露出来。所谓笑能"惩罚不良风尚"，正是这个意思。笑使我们立即设法摆出我们应有的模样，结果我们有朝一日也就当真成了这副模样。

目前没有必要把这个分析深入进行下去。从摔跤的奔跑者到被人捉弄的无辜者，从被人捉弄到心不在焉，从心不在焉到狂热，从狂热到意志和性格的种种变态，我们已经一步一步地看到滑稽越来越深入到人物中间去的发展过程，而我们总是记得，在最精细的表现形式当中，也有在较粗形式当中的某些东西，那就是那种机械动作和僵硬性。我们现在就可以对人性的可笑面，对笑的一般功能有一个初步的看法，当然这只是站在远处不免模糊不清的一瞥。

生活与社会要求我们每一个人经常清醒地注意并能够明辨目前情况的轮廓，要求我们的身体和精神具有一定的弹性，使我们能适应目前的情况。紧张与弹力，这就是由生活发动的两种相辅相成的力量。如果我们的身体严重地缺乏这两种力量，那就会出现各式各样的意外，造成残废或产生疾病。如果我们的精神严重地缺乏这两种力量，那就会发生各种不同程度的心理缺陷，各种不同形式的精神错乱。如果我们的性格严重地缺乏这两种力量呢？那就会对社会生活极度地不适应，而这将是痛苦的根源，有时甚至是罪恶的渊薮。人们一旦能免去这些影响生活的弱点（这些弱点在所谓生存竞争中有被消除的趋势），就能活下去，就能和别人一起活下去。然而社会还要求别的东西。光是活下去还不够，还得生活得好。现在社会所担心的是我们每一个人满足于对生活必需方面的事情的注意，而在其他一切方面都听任习惯势力的机械性去摆布。社会也害怕它的成员对那越来越紧密地交错在一起的众多意志不去做越来越细致的平衡，却满足于尊重这个平衡的基本条件。单靠人与人之间自然而然的协调是不够的，社会要求人们经常做出自觉的努力来互相适应。性格、精神甚至身体的任何僵硬都是社会所需要提防的，因为这可能表示有一部分活力在沉睡，有一部分活力孤立起来了，有一种与社会运行的共同中心相脱离的趋势，也就是一种离心的倾向。然而在这种情况下，社会不能对它进行物质的制裁，因为社会并没有在物质方面受到损害。社会只是面临着使它产生不安的什么东

① 齐吉斯，公元前七世纪小亚细亚吕底亚的一个牧童，后来当了国王。相传他有一个金环，戴上以后别人就看不见他。

西，而这也不过是一种征候而已，说是威胁都还勉强，至多只能算得上是一种姿态罢了。因此社会只能用一种姿态来对付它。笑就应该是这样一种东西，就应该是一种社会姿态。笑通过它所引起的畏惧心理来制裁离心的行为，使那些有孤立或沉睡之虞的次要活动非常清醒，保持互相接触，同时使一切可能在社会机体表面刻板僵化的东西恢复灵活。因此，笑并不属于纯粹美学的范畴，它追求改善关系这样一个功利的目的（在许多特定的情况下，这种追求是无意识的，甚至是不道德的）。然而，笑当中也有美学的内容，因为滑稽正是产生于当社会和个人摆脱了保存自己的操心，而开始把自己当作艺术品看待的那一刻。总之，假如你画一个圈子，把那些有损个人生活或社会生活，由于其自然后果而遭到惩罚的行为和气质圈在里面，那么还有些东西是留在这个情感和斗争的领域之外的，那就是身体、精神和性格的某种僵硬。它处在一个使人们出乖露丑的中间地带。社会要进一步消除这种身体、精神和性格的僵硬，使社会成员能有最大限度的弹性、最高限度的群性。这种僵硬就是滑稽，而笑就是对它的惩罚。

我们暂时不必要求这个简单的公式给各种滑稽效果都立即做出一个解释来。这个公式无疑是适合那些基本的、理论的、完整的情况的，在这些情况中，滑稽是纯而又纯，没有一点杂质。但是我们要把这个公式看成是存在于各种解释中的主导主题。我们应该随时想着它，但又不要过分强调——这有点像是一个优秀的击剑运动员，他应该记住练习时的那些不连贯的基本动作，而他的身体却专心致志于连续的进击。现在我们试图探索的正是贯穿各种滑稽形式的连续性。为此，我们要掌握从小丑的滑稽动作直到喜剧的最精细的玩意儿这一条线索，对这条线索中那些时常是出乎意料的转弯抹角都不放过，不时停下向四周张望张望，直到最后——如果可能的话——上溯到这条线悬挂的地方。在那里，我们也许将发现艺术和生活的一般关系，因为滑稽是摇摆于生活和艺术之间的。

三

让我们从最简单的开始。什么是滑稽的面相？面部可笑的表情是怎么来的？面部的滑稽和丑的区别在哪里？问题这样提法，几乎只能给以武断的解答。问题看来虽然简单，但是要从正面去处理它，已经够难的了。这就首先要给丑下个定义，然后看滑稽在丑上又添了些什么。然而分析丑并不比分析美容易多少。我们还是来试一试我们常用的巧计吧。让我们把效果放大，直到把原因显示出来，从而把问题突出起来。那么，就让我们把丑加强，使它达到畸形的程度，再来看一看畸形怎样能转变为可笑。

毫无疑问，在有些情况下，某些畸形比其他畸形更易于引人发笑。用不着仔细谈，只要请读者把各式各样的畸形检阅一番，把它们分成两类：一类是本来就把它们引到可笑那方面去的畸形，另一类则是绝对和可笑不相关的畸形。我们认为，这就可以得出下列规律：常人能够模仿的一切畸形都可以成为滑稽的畸形。

驼背不是给人以一个站不直的人的印象吗？他的背好像养成了一种不良习惯。由于物质上的顽固，由于僵硬，他这个习惯便积重难返。你试着单用眼睛去看，不要思索，更千万不要进行推理，把你预先形成的印象消除掉，去探索纯真的、直接的、原始的印象。

你所获得的准是这样一种景象：在你面前的将是这样一个人，他僵于某一个姿态，同时——如果可以这样说的话——他是要让他的身体做鬼脸。

现在让我们回到我们要阐明的那一点上来。当我们把可笑的畸形的严重程度减弱的时候，我们应该可以得到滑稽的丑。因此，一个可笑的面部表情将是这样一个表情，它使我们想起那是普通活动自如的颜面上某种僵化了的、凝固了的东西。我们看到的是一种凝固了的肌肉痉挛、一个固定的鬼脸。有人也许会说，面部通常的一切表情，哪怕是优雅美丽的表情，不是同样给人以那种永久的习惯的印象吗？这就需要指出一个极其主要的区别。当我们说一种富有表情的美，甚至说一种富有表情的丑，当我们说颜面上带有表情的时候，这里所指的也许是一个稳定的表情，但是我们可以猜想出这个表情是可以变动的。这个表情在固定之中依然保持着某种游移，从中依稀流露出它所表达的精神状态中的多种细微差别，正如雾气弥漫的春晨预示着白昼的炎热一样。可是滑稽的面部表情却除了这个表情本身以外就不再表示别的什么东西。这是一个单一的、确定的鬼脸。简直可以说是这个人的全部精神生活都结晶在这个形式当中了。所以颜面越是善于把可能概括这个人人格的简单的、机械的动作暗示出来，它就越滑稽。有些脸看来好像老是在哭，有些好像老是在笑或者吹口哨，还有的好像老是在吹着一支无形的喇叭。这些都是最滑稽的脸。原因解释起来越顺乎自然，滑稽效果便越大这一条规律在这里又得到了证实。机械动作、僵硬、积重难返的痕迹，这些就是颜面所以引人发笑的原因。然而，如果我们能把这些特点和一个深刻的原因，和这个人的某种带有根本性质的心不在焉（他的心灵仿佛是被某种简单动作迷惑住，催眠了一样）联系起来，那么滑稽效果还能增强。

我们这就可以理解漫画的滑稽性了。颜面无论怎样端正，线条无论怎样协调，动作无论怎样柔和，颜面总不可能取得绝对完美的平衡，总可以在这上面找到一点瑕疵的苗头，找到可能发展成鬼脸的轮廓。总之，总有一些为大自然所扭曲而走样的地方。漫画家的艺术就在于捕捉住这个时常不易觉察的趋势，把它扩大出来给大家看。他把他的模特儿尽情地扮鬼脸时可能扮出的模样表现出来。在表面和谐的形式下，他看出内容中潜在的冲突。他把自然界中以不成熟状态存在着，因受较优秀的力量的阻碍而未能形成的比例失调和畸形发展体现出来。他那带有几分魔性的艺术，把被天使打翻在地的魔鬼扶了起来。当然，这是一种夸张的艺术，然而如果说夸张就是它的目的，那么这个定义就很不正确了，因为有的漫画比肖像画还要逼真，有的漫画中的夸张几乎感觉不出来。相反，过分的夸张也未必能得到真正的漫画效果。为了使夸张成为滑稽的夸张，必须使它不致显得是目的，而只是画家为了表现他在自然中所看到的正在冒头的畸形发展的手段。重要的是这种畸形发展，而使人感兴趣的也是这种畸形发展。正是为了这个缘故，我们才在不能活动的五官当中，在鼻子的曲线当中，甚至在耳朵的形状当中去寻找这种畸形发展。因为在我们看来，形式是运动的图像。漫画家改变一个鼻子的大小，但遵照鼻子的格局——譬如说，把鼻子按照自然赋予它的方向伸长——这就真正使鼻子扮出了一个鬼脸。这么一来，我们就仿佛觉得那个作为原型的鼻子也想伸长，也想扮鬼脸了。在这个意义上，我们可以说，自然本身也时常取得漫画家的成就。当自然把这个人的嘴咧到耳边，把那个人的下巴缩短半截，又把第三个人的腮帮鼓得高高的时候，似乎它也战胜了比较合乎理性的温和势力的监督，终于尽情地扮了一个鬼脸。这时我们所笑的面貌可以说就是这个面貌自身的漫画了。

总而言之，不管我们的理智信奉的是哪一种学说，我们的想象却有它自己明确的哲学：在任何人的身体上，我们的想象都看得出某一种精神按照自己的心意赋予物质以一定形式的努力。这种精神无限灵活，恒动不息，不受重力的节制——因为吸引着它的并不是地球。它以羽翼般的轻盈给它赐予生命的那个物体注入一点东西：这种注入物质中去的灵气就叫作雅。然而物质却拒不接受。它把这个更高本质的永远生动活泼的活力拽将过来，把它化为毫无生气的东西，使之蜕化为机械的动作。它要把身体上灵活变化的动作化为笨拙固定的习惯，把面部生动活泼的表情凝成持久不变的鬼脸，进而迫使整个人具有这样一种姿态，显得他专心致志地陷入某种机械性的事务而不能自拔，却不争取在与生气勃勃的理想接触之中使自己不断革新。凡是在物质能够像这样从外部麻痹心灵的生命、冻结心灵的活动、妨碍心灵的典雅的地方，它就使人的身体产生一种滑稽的效果。因此，如果有人要通过把滑稽和它的对立物相比而为滑稽下一个定义的话，那么与其把滑稽和美对立，不如把它和雅对立。滑稽与其说是丑，不如说是僵。

徐继曾　译

1928
获奖作家
温塞特

传略

温塞特是第三位获得诺贝尔文学奖的女作家,也是第三位获得这一殊荣的挪威人,四十六岁就获得这一大奖,这是非常了不起的。温塞特的获奖"主要是由于她对中古时代北欧生活强有力的描绘"。

西格丽德·温塞特(Sigrid Undset,1882—1949),一八八二年五月二十日出生于丹麦的卡隆堡。父亲是著名的考古学家,被称为挪威考古研究的开拓者之一。母亲为丹麦人,是个颇有教养的大家闺秀。由于家庭影响,温塞特从小就对历史,特别是挪威的中世纪史产生了浓厚的兴趣。一八八四年,她的父亲应聘到挪威的克里斯丁亚那大学附属博物馆任职,全家迁居挪威首都克里斯丁亚那(今称奥斯陆)。她在那儿度过了自己的童年。十一岁时,父亲不幸去世,家境的困难迫使她放弃做画家的愿望,进了一所商业学校就读。一八九九年,十七岁的温塞特商校毕业,随后进一家私人公司当秘书,直到二十七岁离职。在此期间,由于单调乏味的小职员生活使她倍感孤寂,她便利用业余时间阅读文学作品,并开始从事写作,分别于一九〇七年和一九〇八年发表了两部作品:《玛莎·欧利夫人》和《欢乐的年代》。一九一一年后,温塞特又陆续发表了不少中长篇小说,其中主要的有《珍妮》(1911)、《穷人的命运》(1913)、《春》(1914)、《镜中的影像》(1917)和《才女》(1918)等。

温塞特的早期作品大多以挪威首都克里斯丁亚那城当代女性的社会生活为题材,描述一代不安于现状的年轻女性为探索人生的真谛、追求个人的幸福所作的种种奋斗及其历险。她们中大多数历经种种心理危难后重新获得内心世界的平衡,有的则因轻率冒失，受人迷惑而误入歧途。作品中的女主人公普遍带有孤独苦闷的心情，作者在描绘她们的生活，特别是悲剧性的人生时，笔调伤感而充满同情，但其中也暗含对她们生活方式的批判。

二十年代是温塞特创作的顶峰时期，也是她思想观念发生重大变化的时期。在这段时间内，她先后出版了长篇巨著《克丽丝丁》(1920—1922)和《乌拉夫·安德逊》(1925)及其续集《安德逊和他的孩子们》(1927)。

她再现中古时代社会生活面貌的代表作《克丽丝丁》，使她不仅在挪威，而且在欧美各国也获得了巨大的声誉。正如一九二二年她初次被提名为诺贝尔文学奖候选人的报告中所说："《克丽丝丁》充满了诗意和人的真实。现代文学只有极少数的几部作品能够与之媲美。它已成了挪威文学中纪念碑式的作品。"

长篇小说《克丽丝丁》共分三卷：《新娘》《女主人》和《十字架》。小说以十四世纪上半叶为时代背景，再现了中世纪的历史和社会生活，同时生动地描述了女主人公热烈追求爱情、追求幸福的一生以及她的悲剧性结局。小说以当时的几个庄园和庄园中人们的日常生活为起笔，生动细腻地描绘了王宫节日、宗教仪式、政治阴谋、鼠疫肆虐、斗殴比赛、流行艺术等，再现了中古时代挪威的自然风貌、历史事件、风俗人情、文化传统，特别是普通人的日常生活得到了绘声绘色的表现。

长篇小说《乌拉夫·安德逊》及其续集《安德逊和他的孩子们》则以十三世纪末的历史为背景。它虽然没有悲剧性的结局，但和《克丽丝丁》有着共同的特点，只是主人公已不是女性，而是一个男人，同时宗教色彩更加浓烈。就技巧和感染力而言，和前者可说是异曲同工，结构严谨，情节曲折，描写细腻，语言生动，堪称为温塞特的另一代表性作品。除此之外，在这一时期她还发表了《燃烧的灌木丛》等着重反映宗教问题的作品。

到了三十年代，温塞特又回到了当代妇女生活题材的创作上，相继出版了《伊达·伊丽莎白》(1932)、《忠诚的妻子》(1936)等作品，更深入地从心理学和伦理学的角度刻画作品中的人物，并且执着地表达了自己的宗教观点。此后，她还曾写过一部历史小说《多蒂娅太太》(1939)。

早在三十年代，温塞特已著文抨击纳粹主义，因此一九四〇年德国侵占挪威时，她不得不经瑞典、苏联、日本流亡美国，在那儿用笔作为武器，积极从事反法西斯斗争。一九四五年，随着挪威的解放，她回到了祖国。一九四九年六月十日，温塞特在里列哈缅尔的故居去世。

授奖词

西格丽德·温塞特的早期中、长篇小说多以克里斯丁亚那城(挪威首都奥斯陆旧称)当代女性的社会生活为题材，且以描写手法精湛而著称。书中表现的是一代不安于现状的年轻女性，这些人为追求个人幸福会毫不迟疑地做出抉择，甚至孤注一掷，这些人渴求真理，虽难免轻率冒失但甘愿自食其果，这些人为求索人生的真谛付出了昂贵的代价，绝大部分人在历经种种心理危难后重新获得内心世界的和谐，却也有一些代表人物不堪心理重压，终于颓废迷失。身处动荡时代的这一代女性有一种莫名的孤独感，她们无心在现存的社会秩序中寻求依托，相反有意摈弃一切传统——现有的一切规章制度对她们无疑是一种桎梏，令人深恶痛绝。她们的抱负是依靠自己的力量创造一个新世界，为此怀着坚定的信念，恪守“肝胆相照”的信条。然而这些人往往受人迷惑，误入歧途。

西格丽德·温塞特一度生活在这些妇女的圈子中，亲身的体验加之丰富的想象力使她在描绘这代女性的生活时带着黯然神伤的笔调；在刻画她们悲剧性的人生时又淋漓尽致，且无丝毫雕琢或夸张；在追溯她们人生的各种转折时，笔触锐利而深沉，其中隐含着对女主人公的生活方式及生活时代的批判。她笔下的人物栩栩如生，情节动人心弦，自然景色的描绘尤为独特而精彩，令读者难以忘怀：在北国变幻无常的冬日阳光下，少男少女们在白雪皑皑的山冈上悠然地滑雪，风儿夹着冰珠扑面而来，使人欣喜若狂、血液沸腾，冒险精神带来无穷欢乐和生命力的强烈感受。温塞特擅长表现自然界的美妙，她笔下的春天更是阳光明媚、生机盎然。她很早就显露了不凡的写作天赋。

西格丽德·温塞特后来放弃了肤浅而又不谐和的现实生活的题材，转而致力于历史题材的探索，至此她非凡的艺术才华得到了全面的发挥。似乎某种先天的因素注定她会成为历史小说领域的一名拓荒者。她有一位天才的史学家父亲，从孩提时代起，耳濡目染的都是历史传说和民间故事，无形中受到很大的影响。可以说，智慧赋予她一种特殊的使命感，在这一使命感的驱使下她吸取了丰富的历史知识。

在对历史的探索中她终于找到了与自己天性吻合的创作素材，从而获得了发挥文学家想象力的天地。她塑造的历史人物比她的现代人物形象更丰满，性格更刚毅。他们不仅不闭关自守，相反积极地投身于集体事业，她笔下的芸芸众生比生活在动荡社会的当代人更百折不挠、生气勃勃。处理好这类题材，对一位作家来说绝非轻而易举，然而温塞特获得了巨大的成功。

温塞特的小说所呈现的是，中世纪的人们以他们独特的方式似乎享有比现代人更丰富的精神生活。这些先辈珍视荣誉，遵奉信仰；然而令人感到困惑的是，他们同时也迷恋男女私情，追求感官愉悦——这种追求在很大程度上决定了他们对真与美的领悟。对此可以从心理学方面作深入的探究。作者能潜心挖掘先人那些鲜为人知、多彩多姿的社会生活真相，难怪会博得读者的广泛兴趣和普遍赞赏。

就人物内心活动的描写而论，温塞特的作品是无可挑剔的，她注意将荣誉与民族意识维系在一起。对十四世纪的骑士和封建领主而言，荣誉代表着不容诋毁的力量，代表着他们生死以求的最高理想。温塞特在她小说中呈现了在攀登理想的征途中形形色色的挫折和陷阱。作品中对于宗教生活的描写达到了不折不扣的真实。在她笔下，宗教生活并非能使人们求得心灵安宁或抑制那贯穿和支配着人类生活的人之本性。也正如我们这个时代所反映的那样，人性始终充满着动荡不安的因素。宗教信仰对于这些不安分的灵魂具有某种制约力，基于这种认识，温塞特有意识地在其作品中突出表现人们当存亡攸关之际显示的强大威力。

两性生活的问题作为温塞特早期作品中心理探索的中心在其历史小说中重新成为

一大主题，并且在描写中几乎不加掩饰。这一点难免会引起舆论界的异议。在有关中世纪的资料中，历史学家对妇女问题始终是讳莫如深的，因而引起现代人们兴趣的有关古代女性内心生活的真相在史料中找不到任何可资印证的暗示。这样，温塞特的描写自然会被以重实证为天职的历史学家嗤笑为“无稽之谈”。然而，史学家们的论断并非裁决，作家也享有同等权利凭借自己对人类心灵的坚实的感性认识下笔。考古学家无疑不会否认，尚存在着无数未被发现的文物史迹，流传下来的文物资料并没有反映历史的全貌——姑且不谈现存资料在流传中存在的偶然性。诗人所持的“在人类漫长的历史进程中，人类永恒不变”的假设绝非全然荒诞无稽，即便史料对此没有提供佐证。

尽管有法令的禁止，在当时社会中一般人的生活也难以免遭暴力的侵扰——当然比我们现时代要和缓得多——温塞特对此也花费了笔墨，作了刻画，虽然其中染有现代色彩，而且其笔触的细腻超出了当时那个尚未崇尚诗意的时代的真实之界。温塞特的作品还揭示了一条朴素的真理：相对恶劣的环境和沉重的压力是铸成人物较顽强的性格和较深沉的感情的一大要素。她富有诗意的历史题材小说的魅力就在于人物感情上所具有的不同于今人的深沉——果真可以称之为“深沉”的话。现代和古代之间存在着某些折中，这是历史小说无法避免的课题，温塞特的处理方法堪称高妙。

纵观温塞特叙事性历史作品，它们展现了广泛的社会生活画面，其笔调充满生机，偶尔也显滞重。整部小说如河川般奔腾不息，不断有支流汇入，作者往往不顾读者的负荷将支流的来龙去脉细加描摹，这一点完全取决于历史题材的特性。作者惯用浓缩的手法来表现绵延几个世代的人类冲突及其命运结局，各种冲突犹如密密的云层只有在电闪雷鸣时才相互撞击。笔触的滞重也是由作者炽烈而敏捷的想象力所致，因为她未能将事件的场景和人物的对白置于对作品整体的宏观观照下。这条河川宽阔无比，其源流全貌难以探测，汹涌的波涛奔腾而下，使人为之目眩神驰，波涛的咆哮声每分每秒都欢快地奏出新的乐声，无论水涨水落，人们都能领略到自然力的永恒魅力。从水平如镜的宽阔湖面上读者能一览宇宙万物千姿百态的映像，进而想象人性中蕴藏的各种美德和伟大。最后河川汇入大海，主人公克丽丝丁将生命之舟驶向彼岸，人们不会抱怨河道太长，因为正是漫长的人生旅途中的各种经历日积月累地塑造了主人公深沉的个性和奇特命运。纵览历代的文学作品，很少有比这更精彩的描绘。

西格丽德·温塞特的最后一部小说《乌拉夫·安德逊》(两卷本，出版于 1925—1927 年)虽然没有酝酿悲剧性的结局，但在层次上大抵与前期的作品达到了同一个水平，其中以乌拉夫屠杀冰岛人一幕最为精彩。这一节对人物内心活动的刻画入木三分，对主人公某种崇高正义和近乎超人的宽广视野的渲染足以抵消其行为的残暴，不愧为上乘之作。就技巧和感染力而言，此书与《克丽丝丁》(1920—1922)可谓异曲同工；如果要论人物的塑造，则以小说后半部的主人公埃里克的形象最为成功。他整个形象的塑造呈现了一个人完整的生命历程，作者从孩提时代落笔，不仅文字活泼、构思严谨，而且妙趣横生，伏笔迭出，为人物性格的展示作了铺垫，使我们看到了一个人心灵自由发展的轨迹。唯有这种细腻的描写，才算得上高超的艺术。

西格丽德·温塞特女士在步入中年后不久获此诺贝尔文学奖，实在是了不起的成就。她的文学天赋源于一颗伟大的、充满理性的心灵。在此，谨让我代表瑞典学院向她致以崇高的敬意。

诺贝尔文学奖评委会主席 佩尔·哈尔斯特龙
朱碧恒 译

作品

克丽丝丁之死[①]

有一天傍晚，赖因女修道院内幸存的一小群人围坐在大厅的火炉四周；四位修女、两位俗家姐妹、一个老马夫、一个半大的小伙子、两位灾民和几个小孩子围着炉火，女院长躺在长榻上，克丽丝丁和杜丽修女坐在女院长的脚下；暮色中有一个很大的十字架基督像悬挂在浅色的墙壁上发光。

上一次修女病死到今天已相隔九天了，修道院附近的村庄里也有人病死，那是五天前的事了。不过，埃利夫神父说，全教区的鼠疫灾害似乎已经减轻了许多。近三个月来，聚集在城里、乡下的人们初次享受一线平安、希望和安慰。

一位老修女托罗娜·玛尔泰放下她手里的念珠，用手抓起站在她膝前的一个小姑娘的手问她：

"你刚才说的话是什么意思呢？好孩子，我们似乎应该看出，圣母玛利亚，上帝的母亲，她绝不会长期舍弃她的孩子的！"

"不对，不是圣母玛利亚，是瘟疫女神！托罗娜嬷嬷。我听到民众们说，如果在坟场大门口献上一个没有瑕疵的男孩，瘟疫女神就会带着草耙和扫帚离开教区……那么明天她就会离得老远老远……"名叫梅根希丝的小女孩将听到的话告诉老修女。

"这样的说法太可怕了！"托罗娜修女忧心忡忡地说，"呸！梅根希丝，这是些什么邪门的鬼话？你该挨一顿打……"

"快告诉我们，到底是怎么一回事？梅根希丝……不用害怕……慢慢说吧。"克丽丝丁修女站在她们的后面，她屏住呼吸，耐心盘问小姑娘。克丽丝丁记得自己少女时代，听奥丝希尔夫人说起过，魔鬼诱惑绝望的人采取最可怕、最愚昧、罪孽深重的措施……

傍晚，暮色降临时分，孩子们常爱到教区教堂附近的树丛去玩；这天有几个孩子穿过森林到一栋茅草平房附近捉迷藏，无意中听见屋子里面有几个人订下的计谋。现在按照他们听到的话来分析，这些人抓住了一个小男孩——住在海滩边的史坦依的儿子，名叫托尔。今天晚上，他们就要把托尔献给瘟疫女神了。孩子们说得很认真，他们为大人们肯仔细听他们说话而感到高兴和得意，但孩子们并不怎么同情可怜的托尔，大概因为他

---

① 节选自温塞特的代表作长篇三部曲《克丽丝丁》。

是无家可归的流浪儿吧。托尔在教区各处乞讨,但从来没有到过女修道院。现在埃利夫神父或者女院长派去的人去找托尔的母亲,她不是逃走,便是闭紧嘴唇不说话。无论他们对她多么慈祥,还是十分严厉,她都是不开口。她在尼达罗斯的妓院里待了十年,后来生了一场大病,容貌变丑了,不能再靠卖淫为生了,于是她便离开城市,迁到乡下的赖因教区住下。现在她住在靠海滩的一所小茅屋里,偶尔也会有乞丐或江湖卖艺人暂时住在她家,就连她自己也说不清楚,孩子的父亲应该是谁。

"我们必须马上赶去那里,"克丽丝丁说,"当基督教徒在我们的门外将灵魂卖给魔鬼,我们不能干坐在这里不管!"

修女们都吓得轻轻啜泣,那些人是教区里的坏蛋,既粗鲁又无法无天,现在由于鼠疫横行,他们大概更被困苦和绝望驱赶得失去了人性,成了魔鬼一般的狂人了。修女们呻吟道,要是埃利夫神父现在在修道院就好了,危难中,神父赢得了她们的信任,她们都认为他才是无所不能的……

克丽丝丁拧绞双手。

"就算是一个人,我也要去……院长嬷嬷,你允许不允许我去呢?"克丽丝丁又问女院长。

女院长用力抓住克丽丝丁的手臂,疼得她差点叫出声,说不出话来的老院长站起身来,用手势叫大家为她更衣准备出门,又让人给她取来金十字架、职务徽章和权杖。接着她抓住克丽丝丁的手臂——所有在场的女人中现在就算克丽丝丁最年轻、最强壮了——全体修女都起立相随在后面。

她们一行穿过大厅和教堂唱诗席之间的小房间,踏入凛冽的冬夜。拉根希尔德院长的牙齿开始打战,全身冷得发抖,由于生病,她仍然不停地冒虚汗,肿疮也尚未完全痊愈,所以她走起路来很痛苦,修女们劝她回去,她气冲冲地摇头和咕哝着。她把克丽丝丁的手臂抓得更紧了,她打着冷战领先穿过花园。等大家的眼睛适应了黑暗,她们才认出脚下路面的枯叶,秃树梢上空的星光,冷水由树枝间滴下来,冷风更是飒飒作响,高山后面的浪涛声沉沉闷闷地传进他们的耳膜。

花园尽头有一扇栅门,克丽丝丁使劲拉开门栓,轴孔生了锈,螺栓吱吱嘎嘎,修女们害怕得战栗不已。她们悄悄穿过树丛,向教区教堂走去,此时她们依稀看见了湖泊对岸的矮丘上涂有黑柏油的平房,小山丘上空的云层有个缺口,她们看见了屋顶,碉楼,兽头塑像和高高的十字架。

看,不错,坟场那边有人……与其说她们是看到或听到,不如说她们是凭感觉知道的。那边地上摆着一盏小提灯,微光依稀可见,附近的黑影似乎在不停地晃动着。

修女们挤成一堆,一边轻声地祈祷,一边无声无息地苦哼着,她们走几步,停下来听听动静,再继续往前走,当她们快要走到坟场大门时,听见暗处有个尖声尖气的童音在说话:

"哦,哦,我的糕饼,你们将泥沙弄到糕饼上了!"

克丽丝丁放开院长的手臂,快步冲过坟场的大门。她推开几个男人的背脊,连跌带爬地绕过一堆堆挖起的泥土,来到一个坟坑边上,她跪下来,弯身拉起坑底的小男孩,那些坏蛋、魔鬼给小家伙一块糕饼，哄骗他乖乖地待在坑内，小男孩正为泥沙弄脏了那块糕饼而哭哭闹闹呢！

那些男人见事情败露吓得失去了主张，有些人准备逃走，有些人在原地走来走去，克丽丝丁借着地上那盏小提灯的火光，看见了他们的脚。克丽丝丁确定他们中有一个人要扑向她，这时候一件件灰白色的修女长袍出现了，那群人犹豫不决……

克丽丝丁还抱着那个小男孩，他还在哭喊要那块糕饼，于是她放下他，捡起糕饼弄干净。

"喏，你的糕饼在这里，干净的……吃吧！"克丽丝丁声音发颤，不得不停一会儿再说话。

"诸位，快回家去吧。回家去感谢上帝，你们幸好没有铸成无法弥补的大错！"

现在她活像一位女主人在对仆人训话似的，她的口气虽然很温和，但信心十足。仿佛不相信会有人违逆她的命令。某些人不知不觉地转身向大门口走去。

然而他们中有一个人尖声叫了起来：

"等一等，难道你们没有看见我们大家的生命正危在旦夕吗？说不定所有的亲人都要遭殃……这些吃饱了饭没事干的臭修女居然敢跑来插手管我们的闲事！不能让她们从这里离去，让她们去传播消息……"

于是没有一个男人移动脚步走开。这时亚歌奈丝修女忍不住哭喊道：

"噢，敬爱的上帝啊，我的主啊！我们感谢你让侍女们为你的荣誉而舍命……"

拉根希尔德院长一把将她推到身后，自己踉踉跄跄地走上前，拿起地上的那盏小提灯——没有人动手上前阻止她，她举起小提灯，胸口的金十字架闪闪发出金光。她拄着权杖站着，慢慢地用提灯照着四周的每一个人，逐一点头向他们致意，然后做手势让克丽丝丁代表她说话，克丽丝丁于是说：

"和平而安静地回家去吧，亲爱的乡亲们……请相信我们的女院长和修女们会在忠于上帝和教会的范围内发慈悲的。现在请站开一点，让我们带了孩子走过来……然后请每个人各自回自己的家去吧。"

男人们犹豫不决地站着。这时候又有人尖声喊叫说：

"献出一个人，不是要比全部死亡好一点吗……这个孩子又是无亲无故的……"

"他是基督的孩子！宁愿大家一起灭亡，也不能伤害基督的幼儿……"

那个最先说话的男人又喊道：

"闭嘴！别再说这种话，否则我用这玩意儿封住你的喉咙！"他举手在空中摇摇手里的刀子，"你们快给我回修道院去，上床叫神父来安慰你们的心灵吧，不准再在此说这种话！否则我便要以撒旦的名义警告你们，你们想插手来管我们的闲事，你们将吃苦头的……"

"你用不着这样大喊大叫，难道你想把魔鬼招呼来吗，亚安托尔？魔鬼离这儿并不太远哩！"克丽丝丁镇静地告诫他。

其余的男人似乎都很害怕，他们慢慢地不知不觉地朝手拿小提灯的女院长身边靠近。

“如果我们静静地坐在屋子里,任由你们在炼狱中安排栖身之处,对我们和你来说,那才是最糟糕的事情呢!”克丽丝丁继续劝导着。

但是那个叫亚安托尔的男人还在那里诅咒和咆哮着。克丽丝丁知道他憎恨修女们,因为他的父亲杀了人,又和自己妻子的表妹通奸,为了付赎罪的罚金,他被迫将田地抵押给了女修道院。

现在亚安托尔继续在诬告修女们最可恶的罪名,说她们犯下了不合情理的滔天大罪,他满口的胡说八道,只有魔鬼才能怂恿人说出这样恶毒的言语。

修女们被他的谩骂吓慌了,大都痛哭失声,她们围站在老院长的周围;老院长高举提灯,以灯光照射那个胡言乱语的狂人,静静地盯着他的脸瞧。

克丽丝丁怒火中烧,满面通红地说:

“闭嘴!你发疯了吗?还是上帝惩罚你,弄瞎了你的眼睛?我们曾亲眼看见上帝的圣洁新娘挺身挨受利剑,代世上的人类赎罪,我们岂敢为上帝的惩罚而发牢骚?我们犯罪,每天忘记救世主,我们便马上虔诚祷告,悔过自新……我们徘徊世界上,受大小财产欲、肉欲和怒火的驱使,而他们则躲在祈祷的精神世界里,与世隔绝,但是当死亡天使降临人间的时候,她们便挺身而出,奋勇地保卫我们……她们收留病人、弱者和饥饿者。这次瘟疫,我们的修女死去了十二名……你们知道吗?她们没有一个人躲开,没有一个人不在为大家苦苦地祈祷,直到她们的舌头干萎,她们的生命流完血为止……”

“你把你自己和你的同伴说得真是太好了……”

“我跟你们一样,”克丽丝丁气得发抖,大声反驳,“我还不是这些圣洁姐妹中的一员,我是普通人中间的一分子……”

“哈哈,你一下子变得可真谦虚啊!”亚安托尔这个无赖嘲弄般地说,“女人啊,我看得出来,你是吓糊涂了,再过一会儿,你还会说这个小男孩的母亲也是你的同伴呢!”

“那得由上帝来判断……万能的上帝为她而死,也为我而死,上帝认识我们两个人。那么她现在到底在哪里呢……我是指史坦侬?”

“你可以到她的家里去找她呀!你在那里一定可以见到她的!”亚安托尔挖苦地回答克丽丝丁。

“是的,说实在的我们应该派人传话给那个可怜的母亲,告诉她,我们找到了她的孩子,对,我们明天去看望她。”克丽丝丁对修女们说。

亚安托尔冷笑了一声,此时另一个男人心绪不安地嚷道:

“不,不可能了……她已经死了!”

接着这个男人补充告诉克丽丝丁:

“两个星期以前,比耶恩撇下了她,因而她就活得不耐烦了,自己闩上房门上吊自尽了……”

“她上吊死了?那么没有找神父去看她……吗?”克丽丝丁惶然不安地看着说话的男人,“她的尸体就放在那里吗?……难道没有人同情她,将她的尸体埋进圣土吗……现在你们还要……她的儿子……”

看到克丽丝丁恐怖、悲痛的表情,在场的男人们仿佛都被吓得、羞得无地自容了。顷刻间，大家异口同声地叫嚷了起来；但中间有一个人的声音比任何人都响地叫着：

“你自己去抬她的尸体吧，修女！”

“好啊！你们中有哪一位跟我一起去抬？”

没有人回答。

亚安托尔又抢着尖叫着：

“你必须自己一个人去，我认为！”

“明天……明天天一亮，我们就会去抬走她的尸体……亚安托尔！我会出钱为她买一个墓穴，为她做安魂弥撒……的！”

“现在就去呀，今天晚上就去！……那样的话我就相信你们修女的确是又神圣又纯洁了……”

亚安托尔得寸进尺地将脑袋伸到克丽丝丁的面前，克丽丝丁气得举拳推他的脸，她实在怒不可遏，悲愤地啜泣一声。

拉根希尔德院长走上前站在克丽丝丁的身旁，她用足力气说出几句话，修女们代替院长重复道：“明天我们就要去安葬死去的女人。”

但是亚安托尔的脑子大概已被魔鬼的魔法镇住了，他仍然拼命地吼叫着：

“现在去呀……马上就去，那么我们就相信上帝的慈悲了……”

克丽丝丁挺一挺身子，虽然她的脸色已变得十分苍白，举止也僵硬了，但她坚决地说：

“好，我去！”

克丽丝丁抱起可怜的小男孩，将他放在托伦修女的怀里，推开围在她身边的那群男人，快步跑向大门，顾不得一路被草丛和土堆绊倒许多次；修女们一边哭泣着一边跟在她后面走着。雅歌奈丝老修女口里嚷着，她愿意同去。女院长向克丽丝丁挥拳，做手势，命令她快止步，但是克丽丝丁好像也中了邪似的，根本就没有注意到——

突然间，在坟场大门的暗处出现一阵骚乱和动荡。只听见埃利夫神父说话的声音：

“谁在这里聚众开会？”

神父走进提灯的光圈里，大家才发现他手里拿着斧子。

修女们立即回到他的身边，男人们想趁黑暗逃走，却被一个手持利剑的男人挡住了。

现场一片混乱，响起了武器的碰撞声；埃利夫神父厉声宣布：“破坏和扰乱教堂坟场宁静的人一定要遭到制裁的！”

此时，克丽丝丁听旁边有人告诉她，来的这位手持利剑的人是住在塞尔都巷子的铁匠——她见来者身材高大，宽宽的肩膀，是个白头发的壮汉，等他走到自己身边时，克丽丝丁才看清楚，原来是乌尔夫·哈尔多松。

埃利夫神父将斧头递给乌尔夫，是他向乌尔夫借来防身的，然后接过托伦修女怀中的小男孩。

“现在午夜都已经过了……你们大家最好马上跟我一起上教堂，我要查查今晚发生的事情的原委！”埃利夫神父严厉地命令大家。

大家没有别的话好说，只有服从神父的命令。但是当大家走到大路上时，有一位穿浅灰色修女长袍的妇女离开人群,拐向通往森林的小径。神父看见了慌忙叫她先跟大家一起去教堂,但克丽丝丁已经沿着小径走了一段距离了,她从暗处回答说:

"埃利夫神父,我首先要去实践诺言再回来……"

神父和另外几个人追了上去;当埃利夫神父赶上她的时候,她倚靠在一个园子的栅栏围墙上。神父提着一盏灯笼,看见克丽丝丁的脸色惨白得吓人,神父担心她是气疯了,仔细看了看她的眼睛,发现她一切正常才放了心。

"回家吧,克丽丝丁,"神父劝道,"明天我们找些男人陪你一起去……我也将亲自跟你同往……好吗?"

"我已经许下了诺言,我现在绝不能回家,埃利夫神父,我一定要先实践自己的诺言才能回去!"

神父默默地站了一会儿,然后又低声说:

"也许你是对的!那么,你就去吧,克丽丝丁修女,以上帝的名义!"

克丽丝丁像一团影子,瞬间便消失在暗处,黑夜吞噬了她的浅灰色身影。

当乌尔夫·哈尔多松赶到她身旁时,克丽丝丁说,她此时说的话简直是一个字一个字激动万分地吐出来的:"回去!我没叫你跟我来!……"

乌尔夫低声笑着。他说:

"克丽丝丁,我的夫人……你大概还没有弄清楚吧,我知道,有些事情不一定非要你吩咐或要求,我也可以做的……尽管你已与我相处得如此长久,如此熟悉;况且你现在接下的工作根本不可能独立完成的,我要帮助你一起去抬回那具女尸!"

松林在他们头顶飒飒有声,海滨的浪涛随着风势的大小时强时弱,他们走过漆黑的森林。

走了一会儿,乌尔夫说:

"以前当你半夜里出门,克丽丝丁,我也曾给你做过伴……所以,我认为,这一次不妨我再陪你同行……"

克丽丝丁在黑暗中用力呼吸着,有一次,她被什么东西绊倒了,乌尔夫慌忙扶了她一把。后来他干脆拉着她的手,搀着她前进。骤然间,乌尔夫听到她边走边哭,连忙问她为什么哭。

"我想到你始终对我忠贞不移,情同手足,我忍不住哭了,乌尔夫!我还能说什么呢……我很知道,你这样待我都是为了埃伦的缘故,但是亲人啊,我认为,你一开始就发现了我的劣行,日后你对我的批评也过分地宽厚,尽管你最有权利批评我……"

"我敬爱他,但我也一样敬爱你,克丽丝丁!"他不再说话了,但克丽丝丁觉得他的情绪异乎寻常地激动。

片刻后,乌尔夫又说话了:

"所以当我今天乘船来这里时,就觉得任务相当艰巨,我是来向你报告一个难以启齿的消息……愿上帝给你增添勇气,克丽丝丁!"

"是不是斯库莱,他?"克丽丝丁紧张地问道,"是斯库莱死了吗?"

"不,斯库莱很好,我昨天还刚和他说过话,他平平安安的。现在城里垂死的人已不多了,但是今天早晨我收到从托特拉修道院传来的消息……”

他听见她用力叹了一口气,但并没有说什么。又过了一会儿,乌尔夫说:

“他们已去世十天了,如今托特拉修道院只剩下四名修士还活着,岛上几乎没有人烟!”

他们两人现在走到森林的尽头,他们前面一望无际,海涛声和风声由眼前的一大片低地传过来,送进他们的耳膜。暗处有一个白花花的斑点,这是浅色沙丘下一个小海湾拍岸的浪花。

“她就住在那儿!”克丽丝丁说。

乌尔夫觉得她全身一阵阵痉挛,便用力抓住她的手。

“是你自己接下这个任务的,记住!现在千万别乱了方寸。”

克丽丝丁说,声音清脆又细弱,她的说话声被疾风吹得老远。

“现在,比耶古尔的梦实现了,我相信上帝和圣母的慈悲!”

乌尔夫很想看看她的表情,但是四周实在太暗了,无法看清。他们艰难地在海边行走,某些地方断崖处的通道非常狭窄,浪花不时地打上他们的双足,他们踩着海草和巨石堆前进。又走了一会儿以后,他们发现沙岸上有一团黑影。

“你先等在这里。”乌尔夫对她说。他上前推门,克丽丝丁听见他的斧子砍在门上的柳制箍条的声音,他继续摇着门然后再推推门板,门朝里倒下了,他从漆黑的洞口走了进去。

今夜虽然没有暴风雨,可是天空实在太黑了,既无星光,也没有月亮,克丽丝丁什么也分辨不清,只能看见闪电之中海上的浪涛起伏,浅白色的波浪冲击着海湾的岸边,她还依稀能看到黑点撞击着沙丘。她觉得自己似乎站在一个黑暗的洞穴里,这甚至是死神的前院。浪涛的怒吼声,海水在沙滩的岩石间涨落的拍溅声,她觉得这些似乎同她的血脉合拍。

她的身体难道就要迸裂,就像碎成千百块的花瓶那样吗?她的胸脯疼痛难当,她的脑袋空空,仿佛要裂开那样,夜的气息渗入她的整个脑袋。她有一种古怪的自信,她染上了鼠疫病,可以说她等待着闪电划破重重的黑暗,让雷声盖过浪涛声;于是她沉浸在恐怖之中。

她的帽子被风吹落了下来,她重新戴好,她用修女的黑色大披风更紧地裹住自己的身体,双手合十。但她并不想祷告;她的心灵要想做的事情太多了,但又越不出她那破损的心房;每当她呼吸时,她的胸膛就好像被撕裂一般。

突然一道火光照亮了那间小屋。一会儿后,乌尔夫·哈尔多松从里面向她叫道:“克丽丝丁,你得进屋来,帮我拿火炬照着。”

乌尔夫站在大门口,等她走过来时,他交给她一根柏油木头火炬。

尽管小屋子的门板掉了,四面都通风,但是她仍然闻到一股呛人的尸臭味。克丽丝丁瞪着眼睛,半张着嘴巴;她觉得自己的上下颚和嘴唇发僵,硬得像木头一样,她转头朝周围看看寻找死尸,只看见一捆很长的包裹躺在泥土地的一角,是用乌尔夫的斗篷包束着的。

乌尔夫从屋子里的某处拉下几块长板子，将门板架在上面，凑合着做一副担架；他一边咒骂工具不全，一边用斧头和匕首在门板上刻槽和挖洞，尽量设法将门板固定在长木板条上；他干活时飞快瞥了克丽丝丁两眼，留着灰色胡须的黑脸越来越变得严肃起来。

"我真感到惊奇，你怎么会想到要一个人来完成这件任务……"他一边做一边嘀咕。然后他又抬起头来看了她一眼。在火光下，只见克丽丝丁那张僵硬的脸蛋阴沉沉地一动也不动，简直像死人或狂人的脸庞。

"你能不能告诉我，克丽丝丁？"乌尔夫粗声笑着问她。

可是她却一点反应也没有。

"我认为你现在应该为死者朗诵一篇祈祷文才对！"他说。

她的脸照旧僵硬、死板，毫无生气。但她开始朗诵祈祷文：

"我们在天上的父亲，愿您的大驾降临；愿您的旨意行使在地上，如同行使在天上一样……"她中途停了下来。

乌尔夫看看她，然后他接下去祷告：

"我们日用的饮食，今天赐给我们……"他迅速又坚决地念完祈祷文走过去对裹着斗篷的尸体画了一个十字，迅速而又坚决地把它扛到他刚刚做好的简易担架上。

"你走在前面，"他说，"也许那头重一点，但是比较不会闻到尸体的腐臭味。火炬扔掉吧……没有火光，反而看得清楚些……克丽丝丁，你千万脚下留神，小心别滑跤，我可不希望再次扛这具可怜的尸体。"

当她把担架扛在肩上时，她感到胸口的剧痛又增强了，她的脸似乎不愿担负这个重担，但是她咬紧牙关，忍受着剧痛往前走着。他们一前一后抬着死尸，沿着海滨走着，风势越来越大，但是她很少闻到尸臭味。

他们来到刚才爬过的陡坡处了。

"我想现在我得先把尸体拉起来，然后才抬担架！"乌尔夫建议。

"我们可以再走一段路，"克丽丝丁说，"他们常常驾驶载运海草的雪橇经过这儿……这个坡不算太陡的。"

克丽丝丁说话平平静静，乌尔夫听见她说话的声音，觉得她神志很正常。刚刚他曾为她担心得出了一身的冷汗，甚至发抖。现在担忧已经过去了，乌尔夫还以为她今天晚上发疯了呢！

他们十分艰难地沿着平坦的沙路走进了松树林。不过这里的风势已不像海滨那么大了，他们离沙滩的浪涛声越来越远，她现在的心情就好似一个游子从黑暗的深渊走回家；小径旁边的地面显得亮一点——是一块没有人收割的麦田，麦香和倒地的青草似乎在欢迎她回家来，她的眼眶里充满了修女虔诚的热泪——她现在正从自己孤寂的恐惧和悲哀中解脱出来朝回家的方向走着，去享受活着的人和死去的人的友情。

有时候冷风从右后方吹来，难闻的尸臭味从四面八方向她袭来，但已不像她站在小屋内时那么可怕了；夜空充满了新鲜、潮湿、寒冷、洁净的气流。

她肩上虽然扛着担架和死尸，但是更强烈的感觉是乌尔夫·哈尔多松在她的后面，做她坚强的后盾，挡住了身后的黑色魔影——黑夜的怒吼声愈来愈模糊了。

走出松树林,他们看见灯光。

“大伙儿来接我们了。”乌尔夫说。

不一会儿,他们碰见一大群男人,他们手里都拿着松木火把,还有两盏提灯和一副盖有尸衣的棺材。埃利夫神父同他们在一起,克丽丝丁发现行列中有不少夜里到过坟场的人,而且很多人都在哭,她感到很奇怪。他们上前接过克丽丝丁肩头的重担,她差一点晕过去。埃利夫神父连忙上前要扶住她,但她急忙躲开说道:

“快别碰我……别靠近我……我已患上了鼠疫,我自己已经有感觉了……”

埃利夫神父依然伸出手去扶住她的手臂。

“那么,请你千万别难受,克丽丝丁。记住上帝说过的话:‘你们怎么对待我最卑微的兄弟姐妹,就等于如何对待我!’你一定会寿终正寝的。”

克丽丝丁望着神父。然后她看男士们把尸体由乌尔夫做的简易担架上搬到他们带来的棺材里,乌尔夫的斗篷略微向旁边滑开,一只破鞋尖从里面露了出来,在火把的火光之下又黑又湿。

克丽丝丁走过去,跪在棺材板之间,吻着那只鞋子。

“上帝赐福于你,姊妹!上帝允许你享受他的光明……上帝发慈悲,垂顾黑暗中的我们……”

这时候,她突然觉得生命仿佛硬闯出她的体外,一阵难以形容的、突如其来的疼痛来自她的身体内部,使她从头到脚不停地颤抖,她的五脏六腑翻了上来,堵住了她的喉咙,一股带着盐和铜腥味的鲜血从她的嘴唇喷出来,她的灰色长袍和裙子都溅满了血,闪烁出一种幽暗的光。

上帝啊!一个老太婆的体内竟然有这么多的鲜血啊?克丽丝丁这样想着。

乌尔夫·哈尔多松抱着她走开。

克丽丝丁的神志已经不太清醒了。当他们这一群人抬着棺木回到修道院时,修女们手持蜡烛,在修道院门口迎接他们归来。克丽丝丁只觉得有人半抱半扶着她走过门口,还看见刷了白粉的圆顶房间、满室忽明忽暗的黄蜡烛火焰和松木火炬,听见如海浪一般的脚步声;在垂死的妇人眼中,灯光犹如她生命烈焰的残光,石板地上的脚步声就好像死亡的河水往上猛涨,专门来迎接她前去一般。

后来烛光散开了,又出现了幻觉——她又来到灰蒙蒙的天空下,教堂的院子里,闪烁的光线照着一扇很高的窗户及灰色的高墙——是教堂。有一个人扛着她,又是乌尔夫,不过现在他仿佛跟以前扛过她的所有人没有什么两样,她伸出手搂住他的脖子,将脸颊贴在他毛碴碴的喉咙口;一会儿她又仿佛变成了父亲怀里的小女孩了;自己的怀中好像也抱着一个小婴儿,乌尔夫的脑袋后面有红光,好像滋润爱心的温暖的火花。

——稍待片刻后,克丽丝丁张开眼睛,脑子清楚又镇定了些,她靠坐在一张床上,只见一位修女用布条遮住嘴和鼻子,正俯身照顾她;她闻到一股酸醋味,看清了修女的眼睛和额头上的一颗小红痣,认出是雅歌奈丝修女。现在是白天,清晰明亮的灰色光线由小玻璃窗渗进屋内。

现在她疼得不太厉害，只是全身汗淋淋的、疲惫不堪，呼吸的时候，胸口有刺痛的感觉。她贪婪地服下雅歌奈丝修女端到她唇边的止痛药水，她只觉得全身很冷——

克丽丝丁躺回枕上，回忆起昨夜经历的一切情景，荒唐的幻想完全消失了。她明白自己的神志一定游离过一段时间。可是她竟然能完成这样一件大事，拯救了一个小男孩，及时地阻止了可怜的愚民犯下滔天大罪，真是太好了。她知道自己应该庆幸，她能在死前做这么件有意义的事情，足以安慰自己的灵魂了，但是她又无法像自己预期中那么兴奋，倒是有一种静静的满足。她觉得就好像在约伦戈尔德庄园做完一天的工作，累得筋疲力尽，躺在床上安歇。她还必须谢谢乌尔夫——

——她呼叫出乌尔夫的名字，而他此时就坐在附近，被门板遮住了；听见她开口，就急忙走过来站在她床前，她向乌尔夫伸出一只手，他用力握紧克丽丝丁的手。

垂死的妇人突然骚动不安，双手在自己的修女头巾底下寻找着什么东西。

“你找什么呢，克丽丝丁？”乌尔夫问她。

“十字架。”她轻轻地说，并吃力地抽出父亲送给她的镀金十字架。她想起昨天夜里曾答应要为可怜的史坦依做一场安魂弥撒，当时她没有想到自己在世上已经没有财产了，除了父亲给她的这个镀金十字架，以及她的结婚戒指外，她已没有东西可以送人了，金戒指还戴在手上。

她脱下来看一看，金戒指放在手心里沉甸甸的，是一枚纯金、镶大红宝石的昂贵戒指。埃伦……她暗暗想着，现在她觉得应该将金戒指献出来，也不知道为了什么，她觉得自己应该这样做。她又突然感到一阵剧烈的疼痛，迫使她闭上了眼睛；她抖索着手将金戒指交给了乌尔夫。

“你要将金戒指交给谁呢？”乌尔夫问她。他声音很低，然而她没有回答。于是他又问道：

“你是不是要我把金戒指交给斯库莱……”

克丽丝丁摇摇头，双目紧闭着。

“史坦依……我答应……为她做一场弥撒的……”她断断续续地说着。

一会儿后，她睁开了眼睛，打量着乌尔夫手上的金戒指，眼泪夺眶而出，她自觉从未完全体会这枚金戒指的真正含义。这枚金戒指使她踏入婚姻生活，她曾经抱怨过，曾经发过牢骚，曾经生气和反抗过——但是她确确实实真正爱过这种婚姻生活，无论家境兴衰都充满喜悦，没有一天舍得离开人间去投奔上帝，也没有一件人间天伦之乐的事情使她舍弃了而能不觉得后悔的——啊！

乌尔夫向修女们说了几句她听不见的话后，便踏出房门走了。克丽丝丁想举手擦眼泪，但是她不能，手一动也不能动地搁在脸前；现在体内痛得难受，手感到特别沉重，仿佛戒指还戴在她的手指上似的。她的脑子又开始模糊不清了——她得看看戒指是否真的已经取下，还是只在梦中给了别人。现在她对昨夜的事情也不敢肯定了：墓穴中的小男孩，浪花滚滚的蓝色大海，她扛来的死尸，她真的分不清自己是在做梦，还是醒着，况且她已没有力气睁开眼皮了。

“姊妹！”一个修女对她说，“你现在千万别睡着……乌尔夫替你去请神父了！”

克丽丝丁吓了一跳,惊醒过来,眼睛盯着自己的手指看,金戒指不见了,她可以确定,金戒指已给了乌尔夫。在她的中指上留下一圈很深的指环白印,在粗粗的棕色皮肤上相当明显,像一个薄皮的白疤——在白疤上,她仿佛还能依稀认出戒指镶红宝石的地方有两个圆点,金子的中央铸着圣母玛利亚圣名的第一个字母“M”,也留下了一个小小的印记。

她认为自己一定会在白疤消失之前死去,这是脑子里最后一个清晰的念头,她很高兴。

克丽丝丁觉得这是一项她无法洞悉的秘密,但是她深信这个秘密就是:上帝不断用他的爱来保护她,甚至她对上帝这样垂爱自己会一无所知,而且,尽管她非常固执和任性,思想笨拙,又讲求物质享受,但上帝对她的这份爱心始终不变,长期赐予她,上帝的爱就像使大地得到滋润的太阳一样,永远发光、发热。一朵鲜花吐蕊怒放,任何肉体的激情都不能使它枯萎,哪怕这激情是灼热的火焰,或是狂怒的发泄。

克丽丝丁是上帝的仆人,一个倔强的、任性的仆人,她在向上帝祷告时一味地要嘴皮子,心口不一,懒散不经心,对别人的支配很不耐烦,做事又缺乏恒心。尽管如此,上帝还是把她留在自己的身边,让她为上帝服务,证明她是上帝的女仆。现在上帝在她一无所知的情况下,又向她走来,慷慨慈爱地赐给她自由和永生——

埃利夫神父为她行过涂油礼,给过她圣餐后,克丽丝丁又失去了知觉;她一阵阵吐血,发着高烧,神父一直陪在她的身边,神父对修女们说,她大概很快就能解脱了。

——垂死的克丽丝丁又醒过来一两次,认出了她所熟悉的脸庞:埃利夫神父啦,修女们啦,拉根希尔德院长,等等。她还特别看见了乌尔夫·哈尔多松。她尽量让人知道,自己认识他们,对他们能守候在她的身边,侍候她,表示她很感激、很安慰。可是站在她四周的人却认为她快要断气了,正在拼命地挣扎。

克丽丝丁眼前又出现了幻觉。这一次,她竟然看见了儿子小穆南的脸蛋,小男孩从一扇半开的门偷看着她,然后又迅即缩回小脑袋,母亲盯着房门希望小男孩能再来看她一眼。没想到来的是拉根希尔德院长,院长用湿布为她擦脸。虽然没有再看到儿子,但她也感到很高兴。然后一切都消失在一团红色的雾中,轰隆、轰隆的声音好可怕啊!后来又渐渐消失了,红色的雾变得越来越稀薄,最后变成好像是日出之前的一缕美丽的晨烟,紧接着一切声音都静止了下来,克丽丝丁知道自己快死了——

…………

朱碧恒　译

1929
获奖作家
托马斯·曼

传略

二十世纪上半叶,德语文学中有一大批作家崛起于文坛,如曼氏兄弟、豪普特曼、施尼茨勒、里尔克、卡夫卡、布莱希特、黑塞等,而托马斯·曼则被誉为他们的“火车头”。

托马斯·曼(Thomas Mann,1875—1955),一八七五年六月六日生于德国北部吕贝克市一个富有的粮商家庭。父亲曾任该市参议员。一八九一年,父亲去世,商行关闭,家业随之衰败。除托马斯·曼继续留在吕贝克市完成中学学业外,全家迁居慕尼黑。一八九四年,托马斯·曼中学毕业后,进慕尼黑的一家保险公司做见习生,同年发表处女作中篇小说《沦落》,写一个女人沦落的故事。随后便决心走文学创作道路,开始在慕尼黑大学旁听历史、文学、艺术史和经济学等课程,并参与编辑其兄亨利希·曼主编的文学杂志《二十世纪》。一八九五年,托马斯·曼随兄长亨利希·曼一起去意大利游历,着手创作长篇小说《布登勃洛克一家》。一八九八年回国后任慕尼黑著名讽刺杂志《西卜里其斯木斯》的编辑,并出版小说集《矮个儿先生弗里德曼》。

一九〇一年,托马斯·曼出版了他的成名作和代表作之一的《布登勃洛克一家》,引起了轰动,奠定了他在德国乃至欧洲文坛上的地位。“主要由于他日益被公认为当代文学的经典之一的伟大小说《布登勃洛克一家》”,一九二九年他荣获了诺贝尔文学奖。小说描写了布登勃洛克家族从兴盛到衰落的过程。小说展示了十九世纪下半叶德国社会生活的广阔画面,反映了十九世纪末德国从自由竞争过渡到垄断资本主义的历史过程,也揭示了金钱在社会关系、家庭关系和婚恋问题上的主宰作用。作者用的是写实的手法,作品不仅结构严谨,观察精确,描写细腻,而且富有哲学玄思,具有“经典式”的思想主题和“创新式”的艺术手法。

此后,他又陆续发表了《特里斯坦》(1903)、《托尼奥·克勒格尔》(1903)和《魂断威尼斯》(1912)三部被称为“艺术家小说”的中篇小说。此外还有三幕剧《菲奥伦察》(1906)和讽刺小说《王爷殿下》(1909)。

第一次世界大战爆发后,自称不过问政治的托马斯·曼错误地从卫护“德意志精神文化”的民族主义立场出发,为德帝国主义参战辩护,并因此和他哥哥亨利希·曼及罗曼·罗兰等反战作家进行了笔战。后来他逐渐认识到自己的错误,于一九二二年发表著名演说《论德意志共和国》,表示拥护魏玛共和国,从而成为一名著名的民主战士,并和他哥哥取得了和解。一九二四年发表的长篇哲理小说《魔山》是托马斯·曼的另一部代表作。大学毕业生汉斯·卡斯托普从汉堡到瑞士阿尔卑斯山中的一座疗养院去探望患肺病的表兄,结果却在那儿住了七年。原来他闯进了一座“魔山”。在这座“魔山”中,住着来自欧洲乃至世界各国的病人,他们中有精神空虚、饱食终日、无所用心的享乐主义者,有崇尚理性和人道的乐观主义者,有信奉精神至上和非理性的耶稣会教士,也有热衷于精神分析的医生,等等。他们都试图用自己的思想来影响卡斯托普,要他安心地生活在这座笼罩着病态和死亡的“魔山”中。但最后卡斯托普意识到“人为了善和爱就不应该让死亡统治自己”,终于摆脱了等候死亡的思想,离开了疗养院,企图有所作为,但结果被推上战争的屠场,消灭在炮火之中。作者通过这座虚构的疗养院,用哲理性和思辨性的语言反映了第一次世界大战前夕的病态社会和魏玛共和国时期流行的各种思潮,因而这部作品被称为“时代小说”。而且在这部小说中,作者在现实主义手法的基础上,还充分运用了象征、精神分析等现代主义手法,在创作手法上有所创新。

进入三十年代后,托马斯·曼预感到法西斯的威胁,多次撰文和发表演说,呼吁德国人民提高警惕,防止德国再次走向灾难的深渊。他还发表了著名的反法西斯中篇小说《马里奥和魔术师》(1930),把法西斯比作魔术师,把他们的欺骗手段比作催眠术,用生动的艺术手法对法西斯作了无情的揭露。纳粹上台后,托马斯·曼被迫流亡国外,于一九三八年移居美国。流亡期间,他积极参加反法西斯斗争,并发表了一系列揭露和谴责法西斯罪行的演说,同时继续进行创作,发表了许多作品,其中主要的有采用《圣经·旧约》中有关约瑟的故事,带有颂扬犹太人、反对纳粹种族主义意图的长篇巨著《约瑟和他的兄弟们》。全书共四部,包括《雅各的故事》(1933)、《约瑟的青年时代》(1934)、《约瑟在埃及》(1936)和《赡养者约瑟》(1943)。此外还有写歌德和青年时代的恋人夏绿蒂分别四十四年后在魏玛重逢的长篇小说《绿蒂在魏玛》(1939)等。

“二战”结束后,托马斯·曼又相继发表了反映艺术家悲剧的著名长篇小说《浮士德博士》(1947)和宣扬赦罪、主张对战败的德国采取宽容政策的长篇小说《被挑选者》(1951)。一九五二年,他移居瑞士后,又发表了再次探讨艺术家命运的未完成的长篇小说《大骗子菲利克斯·克鲁尔的自白》的第一部《大骗子菲利克斯·克鲁尔的自白——回忆录第一部分》(1954)等。一九五五年八月十二日,托马斯·曼在瑞士的苏黎世病逝。

授奖词

如果有人问十九世纪的文坛在起源于希腊的史诗、戏剧和抒情诗的旧形式之外创造了什么新形式,答案无疑是:现实主义小说。通过与当时社会环境背景的对比,揭示出人类灵魂最深处隐秘的体验,以及通过强调共性与个性之间的相互关系,现实主义用以往旧的文学形式所不能比拟的精确和完整手法忠实地刻画了现实世界。

现实主义小说——人们或可称之为受历史主义和科学影响的一种现代散文体史诗,总的说来都是用英文、法文和俄文创作的,是与狄更斯和萨克雷、巴尔扎克和福楼拜、果戈理和托尔斯泰等人的名字分不开的。而德国在很长一段时期内却没有可与之相提并论的作品,那里的文学创作选择了其他出路。到了二十世纪初,在吕贝克的汉萨老城,一位二十七岁的年轻作家,一个商人的儿子,出版了他的长篇小说《布登勃洛克一家》(1901)。从那时起迄今已过去了二十七年,所有人都愈益清楚地认识到,《布登勃洛克一家》是足以填补这个空白的杰出作品。这是第一部且是迄今最卓越的德国现实主义小说,其华丽宏大的风格使其在欧洲文坛上居有无可争议的地位,可与德国在欧洲乐坛上的地位相媲美。

《布登勃洛克一家》是一部关于资产阶级的小说,因为它所描写的完全是一个资产阶级的时代。它所描写的社会既不是广大得让读者难以理解,也不是狭小得令人窒息。这个中间层次有利于进行理智、周密和敏锐的分析,而小说自身的创造性力量,即诗一般叙述的意蕴,则来自于冷静、成熟、练达的思考能力。我们可在所有细小的差别中看到一个资产阶级文明,看到一个历史的地平线,看到时代的变化、人们的世辈变迁,看到各种人物从自我克制、粗犷和不自觉型逐步向具有优雅和脆弱情感的思索型演化。作品清晰地揭示了深藏在表象下面的生活实质;它气势豪放而绝未流于粗野,并笔触轻盈地描写了许多细微的事物;它是悲伤和严肃的,但绝不令人沮丧压抑,因为作者的揶揄才智以彩虹般的折射力使作品渗透着一种冷静、深刻的幽默感。

在具体、客观地刻画社会现象方面,《布登勃洛克一家》在德国文学中罕有其匹。尽管如此,除了其自身文学体裁的局限外,这部小说仍以其玄奥和谐的德意志先验主义思维创造了非同凡响的风格。这位青年作家非常娴熟地运用了现实主义文学技巧,传神地体现了叔本华的悲观主义和尼采的批判主义对人类文明的态度,同时这部小说的主要特色也体现了现实主义文学技巧在音乐表现力方面的最大奥秘。

《布登勃洛克一家》基本上是一部哲理小说。从对生活本质、生活条件与朴素的生活之乐、积极活动力两方面难以相容的深刻洞察出发,小说描写了一个家族的衰败。思索、自省、心理刻画、哲学深度和审美意识对于年轻的托马斯来说似乎都是一种破坏和瓦解的力;在他最优美的故事之一《托尼奥·克勒格尔》(1903)中,他找到了动人的词句来表达他对人类淳朴生活的热爱。由于他身处自己所描写的资产阶级圈子之外,所以他的视野是广阔自由的,但他带有一种对已失去的天真淳朴的怀旧感,一种给予他理解、同情和尊敬的情感。

曼年轻时的痛苦经历赋予《布登勃洛克一家》以深沉的基调,这种经历包括他曾处理过并试图在其作家生涯中以不同方式来解决的一个问题。他内心感到了美学和哲学之间、实用主义和资产阶级观念之间的严重对立,并且试图在一个高的层次上调和解决这些矛盾。在中篇小说《托尼奥·克勒格尔》和《特里斯坦》(1903)中,超脱、艺术信徒们、知识和死亡为了“富有诱惑的平庸生命”，都承认它们的愿望是淳朴而健康的存在，这就是曼通过这些抒发自己对淳朴和幸福追求两者的爱的悖论。

在小说《王爷殿下》(1909)中，现实主义形式掩盖着一个象征性的故事，他把艺术家的生命与人的活动和谐地统一起来，并写出了一条人类理想的格言：“高贵与爱情——酸涩的幸福”。但这种结合并不像《布登勃洛克一家》和那些短篇小说那样令人信服和深刻。在剧本《菲奥伦察》(1906)中，道学家萨沃纳罗拉和美学家洛伦佐·迪·麦迪西两人以不可调和的敌人面貌出现，差别又重新开始了。在《魂断威尼斯》中这种差别达到了悲剧性的意义。在第一次世界大战前的一段时期内，他越来越对弗里德里克大帝其人感兴趣。他认为这个统治者为他那个问题提供了具有历史意义的可靠答案，因为弗里德里克的资质中具有蓬勃不断的生命力、淳朴与追求幸福两者兼备的行为、深思熟虑和一种不为假象所迷惑的明晰洞察力。在那篇具有独创性的文章《弗里德里克大帝与大同盟》中，他阐明了这个答案的可能性和现实性；但是耽思不已的《布登勃洛克一家》的作者并未成功地把这个理想用可塑的、活生生的文学形式表现出来。

第一次世界大战迫使曼从深思的、巧妙分析和敏锐观察美的天地中转向真情实境的世界。他接受了自己的忠告，在他的小说《王爷殿下》中暗示要谨防安逸与享乐，要全心致力于对他的祖国在多灾多难的时代所面临的种种问题做出极度痛苦的重新评价。他后来的小说，特别是小说《魔山》(1924)，证实了他那辩证本性相互斗争到底所产生的思想抗争，而且这种思想抗争正是其观点的渊薮。

托马斯·曼博士——作为一个德国作家和思想家，尽管你确信艺术是不可靠的，但你还是在反映真实的同时与各种思想全力拼搏，创造了痛苦之美。你把诗的高贵与才智同一种对人类淳朴生活的渴求之爱完美地结合了起来。受国王的委托，瑞典学院决定授予你这项奖，并向你表示祝贺。

诺贝尔文学奖评委员委员 弗雷德里克·比克

吴裕宪 译

作品

马里奥和魔术师(节选)

回忆托雷·迪·韦内雷，气氛始终是不愉快的。从一开始起，那里的空气就使我们感到烦躁、刺激和紧张不安。最后发生了枪杀可怕的奇波拉的骇人事件，在这个人身上，仿佛是命中注定又非常扣人心弦地体现了，并且危险地集中了当时当地的境遇所特有的邪恶。据我们事后回想，这个人的恐怖结局是有预兆的和必然的，而我们的两个孩子也不得不目睹这一结局，是一件令人懊恼的不得当的事情，究其原因，在于这个不可思议的人的招摇撞骗，而我们却误以为真。幸亏孩子们并不知道表演从何结束、灾祸从何开始，我们也就听凭他们无碍无虑地以为这一切都是在演戏。

…………

就在这当口,奇波拉宣告驾临。骑士奇波拉——海报上是这样称呼他的;这海报一夜之间比比皆是,连埃莱奥诺拉膳宿公寓也张贴上了——一位旅行艺术家,娱乐表演家,Forzatore(念咒者),Illusionista(魔术家)以及 Prestidigitatore(幻术家)(他自称如此),备有若干神秘而惊人的非凡奇迹,恭候尊敬的托雷·迪·韦内雷的公众光临。一个变戏法的!这种海报宣传就足以迷惑我们的孩子。他们还没有看过魔术表演,这次休假旅行将使他们得到一次新的感奋。从此时此刻起,他们喋喋不休地要求我们买票去看变魔术,尽管我们一开始就有所顾虑,因为开场时间太迟,在晚上九点。但还是让步了,我们考虑,奇波拉的技艺恐怕未必高明,领略一二便可回家,第二天早上孩子们还可以睡个够,于是就从西尼约拉·安焦莱里手里买了四张票,因为她已经替自己的房客代购了一批前座票。她不能担保此人确有本事,我们也不抱任何奢望;但是我们自己觉得需要排遣一番,并且孩子们迫不及待的好奇心对于我们也具有某种感染力。

这位骑士的演出地点是一所礼堂,在旺季时被用来放映电影,每星期换一部片子。我们从来没有光顾过。要去那里,只需绕过"宫殿"——一座在贵族时代兴建而现在待售的城堡废墟,顺着大街走;大街两侧有药店、理发店,以及最常见的各种商店,它好似从封建区经过资产阶级区通往平民区;因为这条街的尽头,两边是破旧的渔民住房,老妪们在门前织网。礼堂就坐落在这个平民区。原来它只是一个木板棚,不过空间很大,城门似的入口处两旁贴满了五颜六色、层层叠叠的海报。到看演出那天,晚饭后略过片刻,我们就动身在黑暗中去那里朝山进香了。孩子们穿着过节的衬衫和上装,由于开了这么多的先例而兴高采烈。天气一似近日那样闷热,正下着毛毛雨,偶或几道闪电划破夜空。我们打着雨伞,走了一刻钟光景的路程。

在入口处检完票,还得自己找座位。我们是在第三排长凳的左边。我们一边坐下,一边发现本来已经使人为难的开场时间却还得不到遵守。观众慢慢地坐满了正座——因为没有包厢,观众席仅限于此——他们似乎很放心,料定自己不会迟到。这种拖拉现象使我们有点担忧了。这时,孩子们已经由于等待心焦而两颊微红。我们入场时,唯有两侧过道和正座后面的站票席上早已人头攒动。站在那里的都是托雷·迪·韦内雷本地人,各行各业的,渔民,鲁莽而顶用的年轻小伙子,身穿条纹紧身衫,半裸的双臂交叉在胸前。有这些本地老百姓在场,能使这类演出生色和增添幽默,对此我们非常满意。孩子们也喜形于色,因为在这些人中间有他们的朋友,是他们在午后散步到海滨较远的地方时认识的。每当太阳疲于一天繁重的工作而沉入大海,并将澎湃的海潮泛起的泡沫映成金红色时,我们往往在归途中遇见一组组裸着双腿的渔民,一个紧挨一个,和着舒缓的号子在收渔网,他们拣出捕获量往往极少的海货,扔进淌水的筐里。孩子们在一旁观看,用一字半句意大利话同他们交谈,帮他们拉网,并结下了友谊。他们现在正同站票席上的观众互相打招呼,这边是圭斯卡尔多,那边是安东尼奥,他们知道这些人的名字,低声喊着,一边挥手示意,对方或点头作答,或露出整齐的牙齿咧嘴一笑。瞧,"埃斯奎西托"咖啡馆的马里奥也来了,他给我们带巧克力来了!他也要来看魔术师表演,而且一定来得很早，他差不多站在最前面，但是，他没有看见我们，他总是心不在焉，他就是这个样子，虽说他是个侍者。我们只好同另一个人挥手致意，他是在海滨出租游艇的，他也站在那里，但靠得很后。

九点一刻，将近九点半了。这当然使我们神经紧张。孩子们什么时候才能回去睡觉呢？领他们来，真是失策。还没有开始享受，就要他们罢休，这是很难办到的。随着时间的推移，正座位子都坐满了；可以说，全托雷的人都来了，大饭店的客人，埃莱奥诺拉和其他膳宿公寓的客人，海滩上看熟的面孔。有人在用德语和英语讲话，大概是罗马尼亚人同意大利人在用法语交谈。安焦莱里太太本人坐在我们后两排的座位上，边上是她沉默寡言的秃顶丈夫，正用右手的中指和食指捋着他的两撇小胡子。大家都来晚了，但是没有一个人来得太晚。奇波拉让大家等着他。

他让观众等他，这话才说到了点子上。他迟迟不出场是为了吊大家的胃口。大家也懂得这一套，但不是没有限度的。将近九点半时，观众开始鼓掌——这是一种表达正当的不耐烦情绪的友善方式，同时又表明观众乐于捧场。对于孩子们来说，同大家一起鼓掌，本身就是一种乐趣。所有的孩子都喜欢鼓掌。站票席上的观众大声喊叫"Pronti（快）！""Cominciamo（开场吧）！"瞧，正像司空见惯的情形那样，顿时轻而易举地开场了，而方才还难上加难哩！一声锣响，站票席上连连叫好，幕开了。呈现在观众眼前的舞台，就其摆设而言，与其说是魔术师的表演场地，不如说是个课堂，尤其因为前台左侧的绘图架上立着一块黑板。此外还有一个普通的黄色衣架，一对常见的草垫椅子，在舞台底部，有一张小圆桌，桌上放着盛水瓶和玻璃杯，在一个奇特的托盘上，放着盛有淡黄色液体的玻璃瓶和喝酒用的小酒盅。我们还有两秒钟的时间，可以将这些什物全收眼底。随后，场内没有熄灯，骑士奇波拉登场了。

他踏着急速的步子出场，以此表示他急于想同观众见面的迫切心情，同时又制造假象，仿佛他已经用这样的速度在台上走了一段距离并来到了观众的面前，其实，他仍旧站在幕道里。奇波拉的服装，把他打扮成从外面进来的模样。这个人的年岁很难估计，但决计不会是年轻人。一张轮廓分明、神情恍惚的脸，目光锐利的眼睛，双唇紧闭得嘴角起了皱纹，捋得黑亮的小胡子，下唇与下腭间的凹处留着一小绺所谓的绳须，穿一身麻烦的夜行服。他身披一件宽大的黑色无袖风衣，天鹅绒领子，缎子衬里，用戴白手套的双手向前揪拢着，两臂好像受到什么妨碍。脖子上围一条白围巾，歪戴一顶圆檐大礼帽，直压住额头。在意大利，十八世纪大约还十分流行，这一点，其他任何地方或许都及不上；连带着还有庸医和江湖骗子这一类人，他们是十八世纪的特产，而且今天我们只有在意大利才能遇上保存得相当完好的这类人的活标本。奇波拉的整个模样具有这类历史人物的许多特征，又由于他的服装，造成了一种好似图画里夸张而离奇的痴人印象：这种矫饰的服装古怪地穿在他身上，不是这里绷得太紧，就是那里皱作一团，与其说是穿，不如说是挂在他的身上，总有点不合他的身材，前面不合，后面也不合——过一会儿就明白了。但是我必须着重指出，他的姿态，他的表情，他的举止一点儿也谈不上个性的诙谐或者丑角的滑稽，倒不如说是刻板严肃，毫无幽默的感染力，有时甚至摆出一副脾气恶劣的高傲态度，以及残疾者才有的那种自恃尊严和自鸣得意的样子。这一切自然并不妨碍他一出场就引起礼堂里不止一处发出了笑声。

这种态度丝毫也没有为公众服务的热忱可言。他登场时急遽的脚步纯粹是表示他精力充沛,根本不是什么曲意逢迎。他站在台沿的脚灯旁,懒洋洋地脱下手套,露出一双细长而蜡黄的手,一只手上戴着一枚镶有高高凸起的蓝宝石的印章戒指。他用目光严厉的小眼睛——眼下有皮肉松弛的陷凹——打量着扫过大厅,不很快,而是这里那里停下来细细审度某人的脸孔,同时,他双唇紧闭,一言不发。他把揉作一团的手套扔出相当一段距离,恰好落进小圆桌上的玻璃杯里,他露的这一手既使人惊讶,又好似凑巧。随后,他一边始终默默地朝台下四处打量,一边从衣服里面的哪个口袋里掏出一小盒香烟,从烟盒看,那是最便宜的国产货里的一种。他用尖削的手指从盒里取出一支,一眼也不瞧就用一个发火灵敏的打火机给点着了。他深深地吸了一口烟又喷出来,双唇后缩,扮出一副傲慢的怪相,一只脚在地上轻轻敲着,从他磨损了的尖尖的牙齿间吐出灰色的烟圈。

正如他细细打量观众一样,观众也敏锐地观察他。站票席上的青年人皱着眉头,目光直盯着这个太过自信的家伙,探究着他内心的弱点。他什么弱点也没有泄露。由于他的服装,把烟盒和打火机掏出来又放回去是很麻烦的;这时,他把披肩褰向身后,于是大家看到,有一根爪状银柄马鞭挂在他左下臂的一个皮套结上,显然挂得不是地方。大家还发现,他没有穿晚礼服,而是穿的礼服大衣,当他把大衣也解开时,大家又看到奇波拉身上有一条彩色绶带,一半被背心遮盖着。我们后面有人用半高不低的声音告诉别人说,这是骑士头衔的标志。我姑妄听之,因为我从未听说过这种绶带同骑士头衔有什么联系。也许它纯粹是骗骗人的,一如这个魔术师装模作样地站在那里,什么也不干,只是对着观众怠慢地、大口大口地抽他的香烟。

我已经讲过,有人在笑,而当站票席上不知是谁冷冰冰地大声说了句"Buona sera(晚安)"时,几乎全场都乐开了。

奇波拉竖起耳朵听着。"是谁?"他问道,仿佛在接受挑战,"谁方才说话了?怎么啦?方才那么大胆,现在又胆怯了?Paura,eh(嘿,害怕啦)?"他说话声音很高,有点哮喘,但生硬刺耳。他等着。

"是我。"一个年轻人的话音打破了沉默,由于他受了这般的挑衅,并被伤害了荣誉。他离我们不远,是一个漂亮的小伙子,身穿棉布衬衫,短上装搭在肩上。一头黑色硬鬈发,又蓬又乱,这种觉醒了的祖国的时髦发式使他变丑了,看上去像是个非洲人,"Bè……是我。本来该您先向大家道晚安,但我并没有因此而失礼。"

大家又乐了。小伙子很会说话。我们近旁有人说:"Ha sciolto lo scilinguagnolo(他真能说会道)。"这一当众教训确是恰到好处。

"好啊!"奇波拉回答说,"我喜欢你,焦万诺托。你信不信,我已经注意你很久了?像你这一类人,正是我这一行所需要的。我可以利用他们。在这类人当中,你显然是好样的。你愿意干什么就干什么。有过你愿意干而没有干的事吗?有过你不愿意干而干了的事吗?什么是你不愿意干的呢?听着,我的朋友,不要一贯这样充好汉,把愿意和干分开来,不要搞在一块嘛!这样你就会轻松愉快了。该有个分工嘛!Sistema americano,sa(要知道,这是美国制度)。譬如说,你愿意现在在这些百里挑一、值得尊敬的观众面前伸出你的舌头,并且一直伸到舌头根吗?”

“不,”小伙子敌对地说,“我不愿意。伸舌头说明缺乏教养。”

“没有那么一回事,”奇波拉回答说,“你不过是伸一伸舌头而已。你的教养是要尊重的,但是根据我的意见,现在,在我数到三以前,你就向右转,朝观众伸出舌头,伸到比你自己知道所能伸出的长度还要长。”

他盯着这个小伙子,同时,他那双敏锐的眼睛看来更深地陷进眼窝里去了。“Uno(一)。”他说着,把臂上的套结解开,取下鞭子,在空中短促地抽了一响。小伙子转身面朝观众,使劲地把舌头伸到不能再伸的地步。随后,脸上毫无表情又转回到原先的位置。

“是我,”奇波拉一边模仿着,一边朝着那年轻人把脑袋一歪,眨眨眼睛,表示指的就是他,“Bè……是我。”他就这样让观众去回味这些印象,自己则转身走到小圆桌旁,从显而易见盛着法国白兰地的玻璃瓶里倒出一小盅,熟练地一饮而尽。

孩子们由衷地放声大笑。双方的对话,他们几乎完全听不懂;但是台上的那个怪人与观众里头的那个人之间发生了这样滑稽的事情,使他们开心到了极点。因为他们对于大家叫作魔术表演的晚会,没有任何先入之见,所以很容易以为这样的开场实在妙不可言。至于我们,则彼此交换了一下目光,而且我还记得,当奇波拉在空中甩鞭子时,我无意识地用嘴唇轻轻吹了一下来模仿鞭子的呼啸声。此外,观众显然还不知道,这样一个同魔术表演风马牛不相及的开场究竟是怎么回事,他们也不明白,这个在某种意义上讲终究是他们代言人的焦万诺托,究竟受了什么影响,突然对他们,对观众做出这种不礼貌的举动。大家觉得他的行为愚蠢无聊,便不再管他,而把注意力转到那位艺术家身上去。艺术家离开放着兴奋剂的小桌子回到前台,继续说了下面一番话:“女士们,先生们,”他用哮喘而生硬的声调说,“诸位见到我刚才对于这位大有希望的青年语言学家(qucsto linguista dì belle speranze——这个文字游戏①引起了观众的笑声)认为我应受的训斥有点过分敏感。我是个有点自爱心的人,请诸位多多包涵!如果不是严肃而有礼貌地向我道晚安,我认为是毫无意义的。那种做法,也是毫无道理的。向我道晚安也就是向自己道晚安,因为只有当我晚上平平安安时,观众才能度过一个美好的夜晚。因此这位托雷·迪·韦内雷的姑娘们的宠儿(他不停地挖苦这个小伙子)乐意当场证明,今天我能过一个美好的晚上,因此不要他的祝愿,我也能过得好。我敢夸口说,我几乎没有例外地天天晚上过得很美好。自然也有过那么一两次比较糟糕,不过非常少见。我的职业是艰辛的,而我的身体也不是最强壮的。我不能不抱怨自己生理上的小小缺陷,它使我丧失能力,不能参加为祖国争取伟大荣誉的战争。我唯有以自己的心灵和精神的力量来征服生活,而征服生活始终仅仅意味着自制。我可以大言不惭地说,在下的成绩已经在有教养的公众中引起了重视和关注。各家主要的报刊都称赞我的成就,承蒙 Corriere della Sera(《晚邮报》)主持公道,称我为怪杰。在罗马,我有幸见到‘领袖’②的兄弟,他出席观看了我在那里举行的一次表演晚会。在这等堂皇而高尚的地方,观众尚且惯于原谅我个人

① 指用 linguista(语言学家)替换 lingua(舌头)。

② 原文为 Duce,指意大利法西斯头子墨索里尼。

小小的陋习，我想，在像托雷·迪·韦内雷这样一个相形之下微不足道的地方（观众笑了，而托雷这个可怜的小地方成了笑柄），不必特意戒掉我这个习惯，也不应该容忍看来是被女性宠坏了的人对此横加指责。"现在又该那个小伙子来承担责任了，奇波拉不知疲倦地把他扮成 donnaiuolo（花花公子）和爱好女色的乡下佬的角色。他对这个年轻人所持的敏感易怒和深恶痛绝的态度，同他自信的表白以及他自诩的举世闻名的成就显然不协调。别人本来可以作这样的假设，即奇波拉习惯于在每次晚会上揪出一个人来当作活靶子，因此，这个小伙子无疑也就成了供人取笑的对象。可是不然，从他尖刻的话里确实透露出了真正的敌意。即使这个畸形者并没有不断含沙射影地讥诮这个漂亮小伙子在女性中得到的无非假想出来的幸福，我们只需看一看这两个人的体态模样，便能对奇波拉心怀的敌意做出合乎情理的解释。

…………

休息十分钟，已延长到将近二十分钟。孩子们仍旧醒着。我们的让步，使他们高兴。他们也懂得寻找些乐趣来消磨这段时光。他们又同当地老百姓打招呼，同安东尼奥、圭斯卡尔多，同出租游艇的人。他们用手圈成圆筒向渔民们喊话，用从我们那里学去的话祝愿他们："明天多打鱼！""满满一网！"他们喊马里奥，"埃斯奎西托"的侍者："马里奥，una cioccolatae biscotti（一杯巧克力和小点心）！"这一回他注意到了，并且微笑着回答说："Subito（马上就来）！"后来我们得到充分的理由，把这种友善的、尽管有点心不在焉和忧郁的微笑留存在我们的记忆里。

幕间休息就这样过去了，锣声一响，散开闲聊的观众各就各位，孩子们急切地在椅子上坐得端端正正，双手搁在怀里。舞台上空空荡荡。奇波拉一瘸一拐地登场，随即用一番讲演作为他下半场表演的引子。

让我总括地谈一下：这个自信的畸形者是我一生中见到的最厉害的催眠术者。如果说他曾经欺骗观众，掩盖自己把戏的性质，并自称魔术师的话，那么，他这样做显然只是为了避开警方的耳目，因为警方明文规定不准以施行此术为业。这种挂羊头卖狗肉的骗局，在意大利大概是很流行的，并能得到官方的容忍或者半容忍。不管怎么说，这个幻术师实际上从开场起就很少掩饰他的效果的真正性质，至于他的下半场节目，则明目张胆地专限于特种实验，表演剥夺人的意志或把意志强加于人，尽管他一再用花言巧语来作遁词。一系列时间拖得很长的实验，将近午夜时还在热闹地进行，有滑稽的、刺激的和令人惊诧的，展示了这个自然而又神秘的领域应展示的一切，从平淡无奇到丑怪极恶的现象。观众注视着离奇古怪的细节，欢笑、喝彩、晃脑袋、拍大腿，显然受了这个严厉而自信的人的蛊惑而着了魔，尽管在奇波拉取得的胜利中，至少在我看来，含有对个别人以及对全体观众的特殊侮辱，而且观众对此也并非毫无反感。

为取得这些胜利，有两件东西起了主要作用：提精神的小酒盅和弯爪柄马鞭。前一件不断地用来给他的魔火添加燃料，不然的话，它看来有熄灭的危险。这样一个劲地喝酒，如果没有那条象征他的侮辱性统治的鞭子的话，本来是会引起大家的同情并替他担忧，可是，他飞扬跋扈地硬要大家置身于他那呼呼地挥舞的鞭子之下，这就使我们除去茫然失措地屈服而外，不可能产生别的感觉。他会因为我们不表示同情而惆怅吗？难道他还需要我们的同情吗？难道他既要我们服从，又要我们同情吗？他有一番话，给我印象颇深，以此可以推断他存有这种妒忌心理。他说这番话，是在实验处于高潮之际。他用手势和呵气使一个被请上台供他摆布并业已证明对此类影响特别敏感的青年完全处于直挺挺的昏厥状态之中，他把这个着魔而昏迷者的脖子和双脚分别绑在两张椅子上，自己还坐了上去，而这个像木板一样硬的躯体竟能经受住而毫不弯曲。这个身穿礼服大衣、蹲在僵硬如木头的躯体上的恶魔，其形状真是不堪想象，令人毛骨悚然。观众以为，这个科学娱乐的牺牲品必定在吃苦，便表示了他们的怜悯。“Poveretto（可怜的小伙子）！”好心肠的人们喊道。“小伙子可怜？！”奇波拉尖刻地讥刺着，“诸位找错了对象，女士们，先生们！Sono io il Poveretto（可怜的小伙子是我）！遭罪的是我。”我们忍受着他的训斥。如果说真是他自己遭罪而大家得到消遣，如果焦万诺托扮出一副可怜相时，真正肠痉挛的是他自己，那有什么不好呢！但是表面看来完全相反，并且人们是不愿意替一个为使别人丢丑而自己遭罪的人喊可怜的。

我已经讲开了头并且把前后顺序完全撇开不管了。直到今天，我心里还充满着对骑士受罪行为的回忆，只是忘却了它们的先后次序，但这是无关紧要的。我记得，那些长的、麻烦的、获得掌声最多的，给我的印象很浅薄，反倒不如某些短小的。把年轻人当板凳坐的现象，只是同上述那番训斥有关才联想到的……又如一个年岁较大的妇人坐在草垫椅子上，被奇波拉催眠而入幻境，说自己如何到印度去旅行，她于昏迷中非常生动地叙述自己在水上和陆上的冒险，这并没有引起我作很多思索，我觉得它不如另一个现象那样不可思议。那是紧接着幕间休息之后，一位身材魁梧、有军人风度的绅士，仅仅由于那个驼背对他说，他再也抬不起自己的胳膊，同时在空中甩响一鞭，他便果真动弹不得了。这位端庄的大胡子上校的脸还一直浮现在我眼前，微笑着，咬紧牙齿挣扎着，想夺回失去了的支配自由。多么令人惊愕的一幕啊！看来他欲为而不能；其实，他根本没想要抬起胳膊来，因为意志的自相纠缠使他丧失了选择的自由，这一点，我们那位暴君事先已经轻蔑地对这位罗马绅士作了说明。

我记得更清楚的是安焦莱里太太的那个动人场面，既滑稽又恐怖。骑士可能在他一出场唐突地四下打量礼堂里的观众时，就已经发现这位太太对于他的魔力就像是一个毫无抵御能力的真空地带。他简直纯粹是用魔力的蛊惑使她从自己的座位上站起来，从她那一排座位中间出来，跟他走去。为着更出色地显示他的本领，他支使安焦莱里先生呼喊他妻子的名字，仿佛以自己的存在和对妻子的权利强求她回来，用丈夫的声音唤起他的生活伴侣灵魂中一切可能抵御邪恶魔力并保护她贞操的力量。可是，多么徒劳啊！奇波拉站在离这对夫妇几步远的地方，抽响一鞭，使我们的女房东全身剧烈颤抖，并向他转过脸去。“索弗罗尼亚！”此时，安焦莱里先生喊了起来（我们根本不知道安焦莱里太太叫这个名字），他应该这样喊，因为谁都觉得迟疑就是危险。他妻子的脸竟一动不动地朝着那该死的骑士。骑士这时把鞭子挂在手腕上，开始用十只蜡黄的长手指对他的牺牲品做招引的手势，自己则步步后退。脸上闪着苍白微光的安焦莱里太太便从座位上站起来，转身朝着巫师的方向悄悄地走去。可怕而不幸的情景！患梦游症似的脸色，僵直的双臂，微微向上翻的纤美的双手，她好像双脚并在一起，慢慢地从她那一排座位间滑行出来,跟着那招引她的诱拐者……这个可怕的家伙还怂恿说:“喊啊,我的先生,您可喊啊!”安焦莱里先生用软弱的声音喊道:“索弗罗尼亚!”唉!他喊了一声又一声,他甚至用一只手圈成圆筒放在嘴上喊着,用另一只手招她回来,因为他的妻子离他越来越远了。但是他徒劳地在这迷失者背后喊了一阵爱情与义务的呼声,她中了邪,充耳不闻,梦游似的滑行,沿着过道,跟着打手势的驼背,朝出口处而去。这使人们不得不完全相信,只要主宰她的人愿意,她会一直跟他去到世界的尽头。

“Accidente(真想不到啊)!”安焦莱里先生在她到了礼堂门口时,真正恐惧地呼喊并跳将起来。但是就在这同一时刻,骑士仿佛放弃了他的胜利锦标而中途罢休。“够了,西尼约拉,我感谢您,”他说着并以矫揉造作的骑士风度伸出胳膊把她领回到安焦莱里先生跟前去,“我的先生,”骑士向他致意道,“您的太太在这里!我把她,连同我的敬意,原璧奉还予您。请以男子汉的气概竭尽全力保护这完全属于您的宝贝,振作您的戒备精神,要看到,确有比理智与美德更强大的力量!而且只有在例外的情况下,才会宽宏大量地把已经到手之物奉还原主的!”

可怜的安焦莱里先生,无言而寒伧!他的表情不像已经懂得了如何抵拒恶魔的力量以保护自己的幸福,哪怕是抵拒此时此地在恐惧之外又给他增添了嘲讽的较小的恶魔的力量。骑士趾高气扬地在掌声中回到舞台上,观众的掌声由于他的口才而增强了一倍。如果我没有搞错的话,那么,尤其有了这一番胜利之后,他的支配权又升了一级,因而他可以让他的观众们跳起舞来——真的跳舞,完完全全要按字面的意思去理解。观众上场跳舞,带来了某种放荡无度和夜深时神魂颠倒的气氛,使得早已在抵制这个可厌者的魔法的批判精神如醉酒似的瓦解了。他为了建立全面的统治,自然必须进行艰苦的斗争,譬如同那个敌对的年轻罗马绅士作斗争,此人的反抗精神已为人所共知,成了威胁他统治的一个危险的先例。骑士恰恰深知这个先例非同小可,并且老谋深算地选择最少反抗的地方作为攻击点,他让先前被他弄成像木头一样僵硬的那个懦弱而易于被剥夺意识的青年领头跳放荡的舞蹈。这个青年的特点是,只要他的主宰者把目光扫到他身上,他就像被闪电击中似的上身后倾,双手紧贴裤缝,隐入军人梦游症状,因此谁都一看就明白,对于别人吩咐他干的任何荒唐事,他都唯命是从。看来他也完全心甘情愿地放弃他的微不足道的自决权而任人摆布。他一再充当实验对象,并且显然以充当随时随地可被催眠的、无意志的模范为荣。他现在又登上舞台,只需骑士在空中抽一鞭子,他当即遵命,在台上跳起“舞”来,也就是进入了一种扬扬自得的狂喜状态,闭上眼睛,摇头晃脑,枯瘦的四肢前后左右上下地乱甩。

这显然是愉快的,过不多久,又增加两名新手,两个年轻人,一个衣服很普通,另一个颇讲究,在第一个人两边跳“舞”。这时,那个罗马绅士挺身而出,傲慢地问骑士是否担保能教他跳舞,尽管他本人并不愿意。

“即使您不愿意也要您跳!”奇波拉用一种我至今难忘的声调回答说。“Anche se non vuole(即使您不愿意也要您跳)!”这句可怕的话始终在我耳边回响。于是斗争开始了。奇波拉喝了一小盅酒,又点上一支香烟,随后让这个罗马人站在中间的过道里,面对出口处的大门,他自己则站在此人背后几步远的地方,甩响一鞭,同时命令道:“Balla(跳舞吧）！”他的对手一动也不动。“Balla（跳舞吧）！”骑士斩钉截铁地重复了一遍，又啪地抽了一鞭。大家看到这青年的脖子在衣领里扭动了，同时一只手向上翻，一只脚的脚跟向前挪动。这种抽搐着像要跳舞的征兆保持了一段时间，时而加强，时而被抑制下去。谁都心里明白，奇波拉必须战胜这个人预先抱定的反抗决心，战胜他的英雄般的顽强精神；而这个勇敢的人则要一拼到底以拯救人类的荣誉。他抽搐着，但是他不跳舞。这场斗争拖延很久，致使骑士不得不分散注意力；他不时地转身对舞台上的人们挥鞭以约束他们，又不忽略对两旁的观众谈话，向他们说明，那些纵情欢乐的人不管跳多久，事后却丝毫不会感到疲劳，因为做这些动作的原来不是他们，而是他自己。随后他又死盯着那个罗马人的后项，继续围攻这个公然违抗他统治的意志的城堡。

大家看着这个意志的城堡如何在他不断地挥鞭与坚定地召唤之下动摇了。大家怀着一种客观的关切态度，既杂有装腔作势的同情，也有惋惜以及只要自己满足便什么都无所谓的冷酷心理。如果我对这个过程了解得正确的话，那么这位先生的失败是由于他采取了消极的斗争态势。无欲望的精神状态很可能是行不通的，不愿做某一件事，久而久之便成为一种不可能维持下去的精神状态；不愿做某一件事同根本什么事也不愿做——换言之，毕竟要做别人所要求的事——这二者也许太接近了，这中间自由思想是挤不进去的，更何况朝这里挤的还有骑士的花言巧语。他在皮鞭声和命令声之中，又掺进了这类劝诱的话，正如他把自己所特有的秘密效果，同其他在心理上起迷惑作用的效果掺杂在一起一样。“Balla（跳舞吧）！”他说，“有谁会这样折磨自己呢？你说，强制你自己就是自由吗？Una Balla（只跳一支舞）！你的四肢都想动，听其自然该有多好啊！你已经在那里跳了！这不再是斗争啦，这是一种娱乐！”——就这样，痉挛和抽搐在这个年轻人的躯体上占了上风，他抬起胳膊，又抬起腿，顿时所有的关节都放松了，他摆动四肢，跳起舞来，在人们的掌声中，他手舞足蹈地被骑士领上台去，加入其他几个傀儡的行列。当这个被降伏者在台上亮相时，大家都看清了他的面孔。他咧着嘴微笑，一双眼睛半睁半闭，他正在“娱乐”。他现在比他骄横的时候显然要舒服得多，看到他这样对于大家也是一种安慰……

可以说，他这个城堡的“陷落”具有划时代的意义。从此坚冰已被打破，奇波拉的胜利达到了顶峰；女妖瑟西①的魔杖，他那呼啸着的弯爪柄皮鞭，无限地支配着一切。我记得有一阵，而且必定是过了午夜相当一段时间，不大的舞台上有八或十人在跳舞，甚至礼堂里也到处呈现出兴奋活跃的状态。一个戴夹鼻眼镜、牙齿很长的盎格鲁-撒克逊女人，不用主宰者为她操心，便自行离开座位在中间的过道上跳塔兰太拉舞。这时，奇波拉懒洋洋地靠在舞台左侧一张草垫椅子上，大口地吸烟，又傲慢地从他可怕的牙齿间把烟喷出来。他用一只脚轻轻叩地，间或耸肩而笑，瞧着礼堂里放任无度的状况，有时侧身朝某个放松娱乐劲头的舞蹈者甩响一鞭。在这段时间前后，孩子们醒着。我怀着羞愧之感谈到他俩。待在这里，至少对于他们来说是不好的，而我们始终还没有领他们退场，我只能解释为大家对时间的疏忽也多少传染了我们，在这夜半时分，我们也同样地漫不经心。

---

① 瑟西，荷马史诗《奥德赛》中的女魔。

事到如今，反正都一样了。此外，谢天谢地，孩子们不懂得这种娱乐糟糕的一面。我们破格地允许他们观看这场闹剧似的魔术晚会，一直陶醉着他们无辜的心灵。他们断断续续地在我们身上睡个一刻钟光景，现在又醒了，两颊通红，睡眼惺忪，乐不可支地观看晚会主人让别人跳舞。他们高兴地随着大家一次次用自己的小手不熟练地鼓掌，不曾想到会有这般快活。当奇波拉招呼他们的朋友马里奥，“埃斯奎西托”的马里奥时，他们按自己的习惯高兴得跳到座位上去。奇波拉完全像什么书上插图里画的那样，把手举到鼻子前，用食指一伸一屈地招呼他。

马里奥听从了。他登上梯子向骑士走去，而骑士还不停地以那种插图里古怪的姿势伸屈食指招引他过来，这一情景我至今犹历历在目。这个青年曾有过片刻的犹豫，就连这一点我也记得很清楚。从开演到现在，他一直站在我们左侧的过道上——那个梳勇士发式的焦万诺托也站在那里——倚着一根木柱子，或双臂互抱，或将两手插在上衣兜里。对我们所看到的那些表演，他都注意观看，但没有显出特别兴奋欢快的样子，天晓得他领会了多少。晚会快结束时还被请上去当帮手，他显然是不愿意的。然而他听从召唤又是不难理解的。他的职业就是听人使唤；再则，像他这样单纯的小伙子，不可能有这样的精神力量，去拒绝像此时此刻的奇波拉似的荣获了许多成功的人的召唤。不管他愿不愿意，他还是离开了那根柱子，请站在他面前并回头瞧他的人们让出一条路来，走上台去。他鼓起的嘴唇四周，泛起一丝踌躇的微笑。

请您想象一下他的模样：一个二十岁的矮胖青年，短头发，低前额，厚眼睑，杂有绿、黄两色并非纯灰色的眼睛。我之所以了解得很细致，是因为我们经常同他交谈。他上半个脸后隐，塌鼻子，鼻梁上有不少雀斑，下半个脸前凸，厚厚的嘴唇鼓起，说话时露出湿润的牙齿。这鼓起的嘴唇和被眼睑遮盖的眼睛，使他的面相带上一种生来就有的忧郁，这正是我们一开始便注意他的原因所在。他一点残忍的样子都没有；他那双不同一般地修长而纤细的手就不会让人产生这种感觉，这双手，甚至在南方人中间也是少见的，大家都乐于让他用这双手为自己服务。

我们是从人的角度了解他，而不是从他为人的角度了解他，如果您允许我做这样的区别的话。我们几乎天天见到他，他那种做梦似的恍惚神态多少引起了我们的关切，他常常心不在焉，但又匆忙纠正，显出一种特别热忱的服务态度。他表情严肃，孩子们也最多使他露出一丝微笑，但他不是绷着脸，也不是一脸奉承相，有意讨人欢心，或者毋宁说，由于他的相貌显然没有希望讨人喜欢，他便干脆拉倒。他的形象我们无论如何也不会忘却，在一次旅行中获得的这样一种简朴的记忆，反倒比某些比较重要的记忆更能长久地留在我们的脑海里。至于他的家境，我们只知道他父亲是市政厅的一名小文书，他母亲是洗衣妇。

他现在上台时穿一身褪色的薄斜纹布衣裤，没有硬领，脖子上围一条色彩鲜明的丝巾，末端塞在上衣里；他穿这一身反不如穿侍者的白上衣好。他走近骑士身边，但骑士仍不停地在鼻子前做伸屈指头的动作，因此马里奥还得走近他，靠近这个霸主的腿边，紧挨着椅子。奇波拉坐在椅子上用胳膊肘把他撑到一个大家都能看清他脸部的位置上，随后漫不经心地、像主子一般乐滋滋地把他从头打量到脚。

“怎么回事，ragazzo mio（我的孩子）？”奇波拉说，“我们怎么这么晚才打交道？不过你可以相信，我早就认识你了……是啊，我早就注意到你了，还知道你的素质不同一般。我怎么又把你给忘了呢？我要考虑的事很多，这个你是知道的。……告诉我，你叫什么名字？我只需知道你的教名。”

“我叫马里奥。”年轻人低声回答说。

“噢，马里奥，很好嘛！不错，听说过这样的名字，一个很普遍的名字，一个古典名字，保存着祖国英雄传统的名字之一。Bravo，Salve（妙啊，敬礼）！”他蓦地把胳膊和摊平的手由歪肩膀伸向斜上方，行了一个罗马式举手礼。如果说他有点喝醉了的话，那么，这也并不奇怪。但是他说起话来仍旧同先前一样发音清晰而且流利，尽管此时此刻他的整个举止态度以及说话的声调已经有点厌倦，有点像土耳其巴夏①似的粗鲁而傲慢。

“所以嘛，我的马里奥，”他继续说，“你今晚来了，很好嘛，还戴了一条这样漂亮的围巾，很配你的脸相，同姑娘们在一起时，它会给你增添不少好处，托雷·迪·韦内雷迷人的姑娘们……”

从站票席上，大约从马里奥原来站的地方，传来一阵笑声。是那个武士发式的焦万诺托在笑，他站在那里，上衣搭在肩上，粗野而带嘲讽地“哈哈”笑着。

马里奥颤动了一下。我以为他是耸了耸肩。也可能他本来是全身颤了一下，耸肩是后加的掩盖动作，他要以此表明围巾和美丽的女性于他都是无谓之物。

骑士向台下扫了一眼。

“别管他，”骑士说，“他妒忌了，可能是你的围巾在姑娘们中间产生了效果，也可能因为我们在台上这样友好地交谈，你和我……要是他愿意，我就让他回味一下胃肠绞痛。这不用我花任何代价。告诉我，马里奥，今晚你是来消遣的……白天你是在五金店里干活吗？”

“在咖啡馆。”年轻人更正说。

“噢，在咖啡馆！奇波拉弄错了。那你是个 Cameriere（侍者），是位甘尼美②——真让我喜欢，又是一个典故——Salvietta（餐巾）！”说到这里，骑士又伸出胳臂行举手礼来取悦观众。

马里奥也微笑了。“但是先前，”他为确切起见便插话说，“我曾在波托克莱门蒂一家商店里干过一段。”他这番说明含有帮助预言切中事实这种人所共有的愿望。

“可不是嘛，在一家五金店里！”

“那里卖木梳和刷子。”马里奥支吾以对。

“我不是说你并非一直就是个甘尼美，并非向来就是拿着餐巾侍候人的吗？尽管奇波拉说错了，这仍然是让你相信他的一种方式。告诉我，你相信我吗？”

马里奥做了一种模棱两可的姿势。

“回答了一半，”骑士断言道，“要取得你的信任，无疑是很难的。我看得出来，甚至

---

① 巴夏，土耳其的一种高级官称。
② 甘尼美，希腊神话中神的侍酒俊童。

连我都很难。我发现你脸上有一种沉默的特征，un tratto di malinconia（一种哀伤的特征）……告诉我，"他说着捏住了马里奥的手，"你有什么伤心事吗？"

"Nos signore（没有，先生）！"他迅速而肯定地回答说。

"你有伤心事，"驼背坚持这么认为，口气比对方还要肯定，像确有证据似的，"不该让我知道吗？你给奇波拉透露一点嘛！当然同姑娘们有关系，同一位姑娘。你在为爱情而苦恼。"

马里奥拼命摇头。同时我们边上再次响起了焦万诺托恶狠狠的笑声。骑士听着。他的眼睛向上望着，耳朵却听着笑声是从哪里传来的。随后一如他与马里奥谈话时已经干过一两次那样，转过半个身子朝他的舞蹈队抽了一鞭，使他们保持兴奋而不懈怠。这时，同他对话的人差一点溜走了，马里奥突然扭转身子想往梯子跑去。他的眼睛周围红了一圈。奇波拉连忙一把抓住了他。

"别走！"他说，"还是别走好，对吗？甘尼美，你想在最美好的时刻或者在这之前逃跑吗？待在这里，我给你看点好东西。我一定让你相信，你伤心是毫无根据的。你认识而别人也认识的那位姑娘，她，她叫什么呀？等等！我在你的眼睛里读到她的名字，这名字就在我舌头尖上，我看，你也正想说出这个名字……"

"西尔韦斯特拉！"焦万诺托在台下喊道。

骑士的面部表情毫无变化。

"不就有鲁莽的人吗？"他问道，连一眼都不往台下瞧，更像是根本没有受人干扰似的继续同马里奥谈话，"不就有孟浪透顶的人，活像一只不管是不是时候就乱啼一气的公鸡吗？他从我们，从你和我的嘴里把这个名字取走了，这个爱虚荣的家伙还以为他对这个名字享有特权哩！别管他！不过，西尔韦斯特拉，你的西尔韦斯特拉，说呀，是个怎么样的姑娘呢？真是倾国倾城啊！谁见到她走路、呼吸、微笑，心儿都会停止跳动的，她就是这样迷人。在她洗涤的时候，露出圆润的双臂，把头往后一仰，甩掉披在额前的头发。她真是天堂里的一名天使啊！"

马里奥伸长脖子，目不转睛地瞧着他。他仿佛已经忘记了自己身在何处，也忘记了观众。他眼睛周围的红圈越来越大了，像是画上去似的。我极少见过这个模样。他那厚嘴唇的嘴张着。

"这名天使使你苦恼，"奇波拉接着说，"或者不如说，你为她而苦恼……这里有区别，我亲爱的，非常重要的区别，让我来告诉你。爱情里面有误解，也许任何别的事情都不会像爱情里面有那么多误解。你会这样想，这个身有小小残疾的奇波拉，他知道什么爱情！不对，他知道得可真不少，他对谈情说爱有全面而深入的了解，听取他的忠告是有好处的！不过，我们还是把奇波拉撇在一边，让他完全置身局外吧！让我们只想着西尔韦斯特拉，你那个西尔韦斯特拉！怎么啦？难道她没有看中你，竟然看中了一只乱啼的公鸡，因此他在欢笑而你竟在哭泣？难道竟然没有看中你这样一个多情又讨人喜爱的青年？这很难想象，这不可能，我们心里更明白，奇波拉和她。要是我处在她的地位，你瞧，让我在你们两个人中间作选择，一个是涂了柏油的乡下佬，一条咸鱼和海胆，另一个是马里奥，一位餐巾骑士，奔忙于上流人士之间，熟练地给外国人递饮料，并且怀着温暖的、热烈的感情爱着我——我保证,我的决心并不难下,我晓得应该把心献给谁,而我早就羞红着脸把我的心单单献给他一人了。是你看到和理解我的心的时候了,我的心上人哪！是你看到并认出我的时候了,马里奥,我最亲爱的……说呀,我是谁?”

这个骗子如何装出惹人喜爱的样子,如何扭着肩膀卖俏,挤动肉囊眼送情,露出锯齿状的老牙甜蜜地微笑,实在是丑恶极了。但是,在他说这些骗人鬼话时,我们的马里奥变成什么样子了呢？要我说,我感到困难,正如我难以目睹一样,因为这是内心世界的暴露,是当众展示羞怯的、神魂颠倒的热情。他用双手捂住自己的嘴,高耸肩膀,吁吁地剧烈喘气。他无疑是幸福得不相信自己的眼睛和耳朵了,并且恰恰忘掉了一件事,他万万不该相信它们。“西尔韦斯特拉!”他从自己受压抑的心灵的最深处吐出了这一声音。

“吻我吧!”驼背说,“相信我,你可以这样做！我爱你。吻我这里。”他张开手、臂和小手指,用食指指着自己的面颊上靠近嘴的地方。马里奥弯过身去吻了他。

礼堂里寂静无声。这一瞬间,荒唐、可怕、令人毛骨悚然——这是马里奥幸福的一瞬间。在这个强令人们感受幸福与幻想之间的种种关系的不幸时刻里,不是一开始,而是在马里奥的嘴唇可悲又可笑地贴到这个佯装抚爱的人凑上来的可憎的皮肉上之后,只听到一个声音。这是站在我们左边的焦万诺托的笑声,这是从大家屏息期待中发出的唯一笑声,粗野而又幸灾乐祸,然而,但也可能完全是我的错觉,这时并非没有一种微弱的、对这个受迷惑和愚弄的人的同情声,也不是一点也没有那种“Poveretto(可怜的小伙子)!”的呼声,尽管魔术师先前说过,观众发出这呼声时,把同情的对象搞错了,该受同情的是他自己。

笑声未落,台上这个接受爱情的家伙在靠近椅子腿的地方甩响一鞭,马里奥惊醒了,前后踉跄了几步。他站住了,两眼发愣,身子后仰,双手重叠地捂住吻错了人的嘴唇,随后用两手的腕部接连敲打自己的太阳穴,转过身去,冲下木梯,此时,礼堂里观众喝彩鼓掌,奇波拉双手交叉着放在怀里,耸肩而笑。台下,马里奥劈开双腿,猛然一个急转身,向上一甩胳膊,两下震耳欲聋的枪响穿透了鼓掌和欢笑的声音。

随即鸦雀无声。甚至跳舞的人也停止了,惊讶地瞪眼瞧着。奇波拉从椅子上一跃而起。他站着,向一边伸直胳臂像抵御别人攻击似的,仿佛要喊:“站住！安静！全都给我滚！怎么啦?!”紧接着的一刹那间,他的脑袋垂向胸前,倒回椅子上去,再一刹那间,他从椅子上往一旁翻倒在地,躺在那里,不再动弹,成了乱七八糟的一堆衣服和歪斜的躯体。

全场骚动,乱作一团。全身发抖的太太们把脑袋藏到她们的男人们的怀里。有人给医生、给警察局打电话。有人拥上舞台。有人在人堆里向马里奥扑去,解除他的武装,夺下他手指上挂着的乌黑金属制的、简直不像手枪的小机械,而命运让它那短到几乎没有的枪管对准了一个预先完全没有料想到的、陌生的方向。

我们——终于在这时——领着孩子从两人一排朝里走来的卡宾枪手旁边向出口处走去。“演出完了吗?”他们想知道这一点,才好放心退场……“是的,完了。”我们向他俩证实说。一个恐怖的结局,一个厄运难逃的结局。然而又是一个解放的结局——无论过去和现在,我都不能不这样地去感受它!

胡其鼎　译

1930
获奖作家
刘易斯

传略

许多年以来,在欧洲人的眼中,美国是一块探险的好地方,是移民和淘金者的目的地,是生意人和暴发户的乐园。他们认为那儿的自由女神像、留声机、喜剧电影等,都算不上是真正的文化。至于那儿的文学作品,则都是些"小儿科",有的"贫血",有的"粗陋"。直到第一次世界大战后,旧世界才开始注意新大陆的文学,渐渐地,美国成了热门,瑞典学院每年在讨论诺贝尔文学奖的得主时,都会提到几个美国作家的名字。到了一九三〇年,时机终于成熟,诺贝尔文学奖跨过大西洋,来到新大陆,第一次给了一位美国作家。"由于其描述的刚健有力、深刻动人和以机智幽默创造新型性格的才能",刘易斯获得了诺贝尔文学奖。

辛克莱·刘易斯(Sinclair Lewis,1885—1951),一八八五年二月七日出生在明尼苏达州的索克萨特镇。父亲是乡村医生,母亲是一位医生的女儿。刘易斯自幼性格内向,勤于思考,酷爱狄更斯、司各特等人的文学作品,长于细心观察社会生活,这为他日后的文学创作奠定了良好的基础。十七岁自当地中学毕业后,刘易斯进奥伯林学院补习半年,于翌年考入耶鲁大学。一九〇八年大学毕业后,他曾先后在艾奥瓦州《滑铁卢报》、旧金山联合出版社、华盛顿《沃尔特评论》、纽约《历险》杂志和乔治·多伦出版公司等新闻出版机构担任记者和编辑,同时进行小说创作。一九一二年,他发表了儿童历险小说《步行与飞机》。一九一四年,他的第一部长篇小说《我们的雷恩先生》问世,以后又陆续出版了四部反映纽约社会生活的长篇小说:《鹰的足迹》(1915)、《工作》(1917)、《无知的人们》(1917)和《自由的空气》(1919)。这些作品中除《我们的雷恩先生》较好外,其他的在当时文坛上都没有产生什么影响。

一九一九年,刘易斯举家迁往明尼苏达州的圣保罗城。翌年,他的重要作品长篇小说《大街》出版,引起了轰动。在美国现代文学中,传统的写法往往把城市说成是藏垢纳污之地,千罪万恶之源。不少作品描述天真淳朴的乡镇少男少女到城市去追寻金色的梦,结果遭遇悲惨,堕落毁灭,而乡镇则是净土,是人人相安的世外桃源。可是刘易斯的这本《大街》反其道而行之,打破了把乡镇生活田园诗化的传统,以现实主义的手法和锋利的讽刺笔调,逼真地展示了乡镇生活的僵化保守和沉闷闭塞,无情地揭露了居民中一伙市侩的病态心理和庸俗生活。

一九二二年,刘易斯又出版了标志他文学创作高峰的代表作——长篇小说《巴比特》,从而使他赢得了国际声誉。小说通过对自鸣得意、市侩气十足的地产经理商乔治·巴比特的刻画,以嘲讽的笔调成功地塑造了一个美国中产阶级的艺术典型,同时深入地剖析了美国社会的精神实质。

从《大街》到《巴比特》都可以看出,他善于选择最富有典型性、概括性的情节、动作和对话,用极其明快和洗练的语言,勾画出特定环境中的人物性格。在铺叙情节,特别是对话中,他还采用了大量口语、俚语、俗语和行话,使作品显得更加真实可信。

三年以后,刘易斯又出版了一部重要的长篇小说《阿罗史密斯》。它以二十年代美国医学界为背景,描写了怀有理想主义的医生阿罗史密斯在科学实验和生活中奋斗的艰难历程。

此后,刘易斯又连续出版了描写一个酒色之徒利用宗教招摇撞骗并飞黄腾达的长篇小说《埃尔默·甘特利》(1927),描写一个平庸的商人的长篇小说《他是有名的柯立兹》(1928)和描绘一批退伍军人在欧洲寻找新的生活出路的《多兹沃思》(1929)。一九三〇年刘易斯获得诺贝尔文学奖后,还先后出版了《安·维克斯》(1933)、《艺术的事业》(1934)、《不会在这儿发生》(1935)、《吉迪恩·帕兰尼希》(1943)、《卡斯·廷伯兰》(1945)和《王孙梦》(1947)等作品,但创作水平明显有所下降,这些作品都没有产生多大影响。

刘易斯晚年寓居意大利,一九五一年一月十日在罗马病逝。

授奖词

今年诺贝尔文学奖的荣获者是一位地地道道的美国人,他所在的那个地区与瑞典一向有长期的交往。他出生在索克萨特,是明尼苏达沃野千里上一个有两三千居民的小城镇。他在他的长篇小说《大街》(1920)中描写了这个地方,不过名字称作戈弗草原罢了。

一望无际的大草原上,土地波浪似的起伏不平,湖泊星罗棋布,橡树丛点缀其间。大草原孕育了那座小镇,以及其他许多完全相似的小镇。拓荒者们需要场地来出售谷物,需要商店来购买必需品,需要银行来抵押贷款,需要医生来治疗疾病,需要牧师来安慰他们的灵魂。于是乡村与城镇之间便有了协调合作,但同时也产生了矛盾冲突。究竟城镇是为了乡村而存在呢,还是乡村为了城镇而存在呢?

大草原让人们清楚地认识到了它的威力:严冬像我们这里一样漫长而寒冷,暴风雪在宽阔的大街上那低矮破烂的房屋之间肆虐横行；炎夏酷热难熬，大街上臭气熏天，因为小镇既缺乏排污的下水道，也无人打扫街道。然而小镇却悠然自得，因为它是大草原的精灵所在。它掌握着经济命脉，是文明的集中体现——在德国后裔和斯堪的纳维亚后裔的那些外国血统的世俗束缚之中，越发显示出浓厚的傲慢自负的美国派头。

于是，这座小镇幸福愉快地生活在自信之中，生活在自以为享有的真正民主之中。当然所谓真正的民主，并不排除人民之中严格地划分成各个阶层，并不排除对实实在在的商业道德的虔信恪守，并不排除用汽车代替马车之后的安闲舒适，因为大街上确有许多福特牌汽车。

一位充满反叛意识的年轻妇女来到了小镇，想对小镇的里里外外来一番改造，但是她完全失败了。在各方面的攻击之下，几乎身败名裂。

在描写小城镇生活的作品中，《大街》无疑是上乘之作。当然，这座小镇首先是属于美国特有的。但就精神氛围而言，这座小镇在欧洲也能找到。我们中间许多人像刘易斯先生一样，因城镇的丑陋不堪和顽固不化而身受其害。辛辣的讽刺已在当地引起了抗议，但是即使眼光不十分锐利的人，也能从刘易斯描写他故土乡亲的字里行间觉察到他的宽容大度。

然而，戈弗草原傲慢自负、自得其乐的背后，却隐藏着嫉妒。草原的边缘地带，矗立着像圣保罗和明尼阿波利斯这样的城市，已初具都市中心的规模。阳光下或华灯初上的夜空中，那闪闪发光的摩天大楼的窗户隐约可见。戈弗草原希望变成这样的都市，并且靠小麦价格的不断上涨，找到了进行发展运动的大好时机。

这时从外面来了一位政治演说家，一位地地道道的乌合之众的煽动家。他体力充沛，大声疾呼，口若悬河，竭力向人们表明：世上没有比戈弗草原率先达到二十万人口的城市等级更容易的事情了。

巴比特先生——乔治·福兰斯比·巴比特——是这样一座城市中快活幸福的市民，城市的名称叫泽尼思，不过按这个叫法，也许在地图上无法找到。随着领土不断扩大，这座城市此后成了刘易斯先生向美国精神统治下的领域发起批判性突袭的起点。该城市比戈弗草原大一百倍，因此在表现百分之百的美国精神、表现自我满足方面，更要高出一百倍。在乔治·福兰斯比·巴比特的身上集中体现了人们对美国式的乐观主义、美国式的向上进取的精神那种陶醉迷恋的态度。

其实，巴比特或许已接近了美国中产阶级家喻户晓的英雄典型。无论是个人的行为规范，还是商业道德的规范，在他看来，这些都是理所当然的信条。他毫不犹豫地认为，上帝的旨意就是人应该工作、增加收入，然后享受现代化带来的舒适。他感到自己遵守了这些天经地义的戒律，因而生活在与自身和社会的完全和谐之中。

他的职业，即经营地产，在当地可谓首屈一指。他的住宅就在城市附近，树木成林，绿草如茵，从里到外堪称一流，他的车型与他的地位很般配。他在大街上驱车疾驶，呼啸而过，犹如冲破种种交通事故化险为夷的英雄而扬扬得意。他的家庭也符合中产阶级的类型。他的妻子对他在家里男子汉大丈夫式的牢骚已习以为常。他的孩子们鲁莽无礼、粗俗傲慢。这一点当然不出乎人们的预料。

他健康快乐，营养充足，日渐发福，机敏精细而又性情温和。他每日在俱乐部午餐时不是进行富有成效的生意上的应酬谈判，便是交谈令人开怀的趣闻逸事。他喜好交际，颇能赢得好感。而且巴比特是一位善于辞令的人。他对流行全国的格言口号了如指掌，并能在俱乐部和群众集会上，凭他的如簧之舌，滔滔不绝地运用在他那颇得人心的讲话中。他甚至对最高尚的精神和情操也不乏同情之心。在交往中，他颇得著名诗人乔蒙德利·弗林克的青睐。这位诗人在为各式各样的公司编写既吸引人、又朗朗上口的广告词方面倾注了自己的才华，因而年俸颇丰。

巴比特如此这般地过着正常的公民生活，他既清楚自己的尊严，又无瑕可击。但是，这位凡夫俗子太幸运了，惹得众神的嫉妒之心在他头顶上笼罩着。像巴比特这样的人是无法成长的，从一开始就已定型。后来巴比特发现，他有作恶的天性，而且这并未引起他的重视——我们应该补充说，并非完全没有引起他的重视。在他临近五十岁时，他匆忙加紧为自己在这方面的疏忽进行补救。他有了艳遇，加入了一个轻浮子弟的团伙，并在其中扮演着慷慨大方的慈父般的角色。但是，他的所作所为，使自己良心发现。他在俱乐部的午餐因朋友们的沉默冷漠而使他感到越来越痛苦难熬。朋友们暗示他，他正在糟蹋他可能被选进发展理事会的机遇。这里使他朦胧感到威胁的自然是纽约和芝加哥这样的城市。他成功地恢复了自己的良知。看到他跪伏在牧师的书房中这件事是寓意深长的。他在那里接受忏悔，得到了宽恕。后来巴比特重新献身于有益于社会的活动。他的故事到此便善始善终了。

刘易斯先生讽刺攻击的是代表错误观念的陈规陋俗，而不是某些人，他清楚无误地表达了这一点。巴比特听天由命，安居于世俗的、但同时又是浮夸自大的功利主义的局限之中，是一位近乎可爱的人物。刘易斯能完成巴比特这个典型人物的塑造，是他艺术技巧的极大成功，也是文学上几乎无与伦比的一项成功。

巴比特天真憨厚，是位为自己的信念极力辩护的忠实信徒。其实，这个人物本身无可挑剔。他那样兴高采烈，心神爽快，以至近乎成为代表美国人精力充沛、朝气蓬勃的楷模。一切国家都不乏鲁莽粗俗、心地狭窄的人，但我们只要期望其中的一半人，哪怕只有巴比特那迷人程度的一半，也就很不错了。

刘易斯先生在巴比特这个人物形象的光彩上，以及小说中其他栩栩如生的人物身上，又增添了无与伦比的善于辞令的才华。不妨听听坐在纽约特快列车车厢里的几个出差的商人的对话吧。一项不容置疑的殊荣突然落到了销售这门职业上，“对他们来说，传奇式的英雄人物不再是骑士，不再是徘徊流浪的诗人、牧童或者飞行家，也不再是年轻的地方检察官，而是伟大的销售部经理。他在上面镶有玻璃的办公桌上，就能分析出生意问题上的成败，他的尊称是‘去了就能赚钱的人’，他把自己和他的所有年轻的卫士们都贡献给了广大无边的销售使命——不是专为哪个人或专向哪个人推销任何具体的东西，而是纯粹的推销”。

《阿罗史密斯》(1925)是一部更具有严肃性质的作品。刘易斯在小说中试图表现医学这门行业和这门科学的一切方面。众所周知，美国在自然科学、物理、化学以及医学方面的研究处于我们时代的前列，这方面已数次在我们这座讲坛上得到了认可。美国已拥有惊人的医疗手段和资源。财源雄厚的研究机构还在为医学的发展不停地工作着。

人们可能认为,不可避免的事实是:即使在这一领域中,某些投机者也企图乘机大捞一把。私人企业时时提防着科学上的新发现,企图在这些发现经过验证并最终为人们承认之前从中渔利。例如,细菌学家煞费苦心研制疫苗,以便治愈广泛流行的疾病,可是药品制造厂商们却企图过早地将疫苗从细菌学家手中夺走,去进行大规模的生产。

在一位天才而又富有良知的老师的指导下,马丁·阿罗史密斯发展成长为一位科学上的理想主义者。作为一位科学研究人员,他的人生悲剧是:在获得了一项重大的发现之后,却因不断地进行反复的验证而延误了这项发现的宣布,结果让巴斯特研究院的一位法国人抢了先。

这部作品像一个丰富多彩的画廊,展现了形形色色的医学界的人物形象。我们似乎听到了医科学校中那些好争论又颇令人好奇的教授的嗡嗡声。还可以回想起《大街》中那位毫不装腔作势的乡村医生。他与病人们打成一片,成了病人们的后盾和主心骨,为此他深感荣幸。再有那位公共卫生和社会福利事业的精明组织者,他辛勤工作,逐步赢得了公众的普遍欢迎和政治权力。接着我们看到了大型的研究机构,里面拥有表面上庄严高贵、独当一面的研究人员,他们受某种体制的支配,这种体制在一定程度上必须考虑赞助人的商业利益,驱使工作人员为了研究机构的荣誉去做强制性的工作。

在芸芸众生的人物之中,阿罗史密斯的老师,那位亡命他乡的德籍犹太人戈特利布的形象脱颖而出,鹤立鸡群。这是作者满怀激情和敬仰而精心描绘的一个人物,似乎暗示了作者是以现实生活中的一位楷模为原型的。他是科学上一位拒腐蚀的忠实奴仆,但同时也是一位愤懑的无政府主义者和冷漠的厌世者。他怀疑他作为其恩主和保护人的人类,是否完全抵得上他做实验而宰杀的动物。接下来是那位瑞典医生古斯塔夫·桑德里厄斯的形象,他是一位容光焕发的大智大勇者,他以歌声和无畏的勇气在全世界追踪害虫的巢穴,扑灭有毒的老鼠,焚毁被感染了病毒的村舍。他贪杯痛饮并四处传播他的信条:卫生健康的学问注定要根除医术。

有关马丁·阿罗史密斯个人的情节,就随着上述这一切而展现出来。刘易斯太聪明了,以致塑造不出没有瑕疵的人物。马丁因其过失而苦恼不安,这似乎不时地妨碍着他既作为人,也作为科学家的性格的发展。当他还是一位焦躁不安、毫无定见的年轻人时,他从一位年轻女人那里得到了最大的帮助,他是在她当一名微不足道的护士的那家医院里与她邂逅的。当他作为一名成绩不佳的医科大学学生在美国四处漂泊时,他在西部地区的一座村子里拜访了她。后来在那里她成了他的妻子。她是一位忠诚朴实的人。当丈夫因为醉心于科学的诱惑并在自己扑朔迷离的工作中徘徊跋涉时,她无所苛求,在独居寂寞中耐心地等待着。

后来她陪伴着他和桑德里厄斯到了一座流行瘟疫的孤岛上,阿罗史密斯想在那里验证血清疗法。当丈夫心烦意乱地倾心于另一种要比科学更为现实的诱惑时,她在一间无人问津的茅舍中离开了人世。这好像给一位古朴淳厚、富有自我牺牲精神的柔弱女性的生涯,描上了最后也是最富有诗意的一笔重彩。

这部作品充满了令人惊叹的专门知识,这些知识经专家们证明准确无误。刘易斯精通运用流畅明快而意味深长的语言,但是,当涉及他的艺术技巧的根本问题时,他绝不肤浅地大做流于表面的文章。他对细节的研究总是像阿罗史密斯和戈特里布这样的科学家研究科学那样仔细透彻。他的作品为他生身父亲的职业,即内科大夫的职业,建造了一座丰碑。当然,庸医或江湖骗子绝不能代表这门职业。

他的巨著《埃尔默·甘特利》(1927)像对整个社会机体中最精细脆弱的部分施行的一次外科手术。大概在世界上去寻找那古老的清教徒式的美德不值得吧,但是人们可能在美国那最古老的角落里找到这一教派的遗风。这一教派曾认为一旦上帝碰巧使某人成了寡妇或鳏夫,那么再婚就是一种罪恶,并认为借钱谋利是不道德的行为。但是美国在其他方面无疑已经缓和了其宗教上的严格性。像埃尔默·甘特利一类传教士,在美国究竟在多大范围内为人们所欢迎,我们在这里就不得而知了。无论传教士那胡编乱造的做派、神气十足的教师爷的架势("你好,魔鬼先生"之类),还是他在教堂内部募款招集人员时的失败,都掩盖不了这样一个可悲的事实:他是个浑身散发着臭气、卑鄙丑恶的人物。刘易斯先生既不愿意,也无法给这个俗物涂抹上令人愉悦的色彩。但是,就表现手法而言,这部作品是一部笔力娴熟的佳作,真实感人。阴郁严肃的讽刺,浓墨重彩,着力渲染,取得了所向披靡的效果。这里无须指出,伪善的行径到处都还多少有点市场,任何在如此靠近的距离攻击伪善行径的人,都会将自身置于犹如张着血盆大口的九头蛇的面前,大祸即将临头。

辛克莱·刘易斯最近的作品名为《多兹沃思》(1929),在过去的作品中,我们已经领略了泽尼斯最贵族化家庭之一的形形色色——一种不能容纳巴比特这类人的社会集团。但是美国也是一块充满活力、勇于实验的国土。当他回到美国时,我们理解了,辛克莱·刘易斯是它的知音。

是的,辛克莱·刘易斯是位美国人。作为一亿两千万人的代表之一,他开创出了新的文风——美国式的风格。他要求我们体谅,这个民族尚不够完美,或者尚未融为一体,它仍处在青春期那烦躁不安的岁月中。

新型的伟大的美国文学,随着全国范围内的自我批判而开创起来。这是健康向上的征兆,辛克莱·刘易斯具备了上帝恩赐的天赋,不仅能用稳健的笔,而且用脸上的微笑和内心满怀着的青春活力,去发挥他那开拓创新的作用。他懂得新兴移民者应有的气质风度,能将新开垦的土地变成精耕细作的沃土。他是开路先锋。

辛克莱·刘易斯先生——在这个集会上,我是用一种你不懂得的语言来评论你的。我可以滥用这个场合来诽谤你,不过,我没有这样做。我是把你看成伟大的美国新文学运动有力而年轻的领导者之一,而且你对瑞典人的精神来说特别有可取之处。你出生在我们远在美国的同胞们中间。今天在这里见到你我们非常高兴,高兴的是:我们国家能用自己的桂冠授予你。现在我请你同我一道起立,去从我们国王手中接受这项桂冠。

瑞典学院常务秘书 埃·阿·卡尔费尔德

龚声文 译

巴比特的早晨[①]

一

泽尼斯[②]的一幢幢高楼森然耸起，逸出在晨雾之上；这些严峻的钢骨水泥和石灰岩筑成的高楼，坚实挺拔如同峭壁，而玲珑剔透却像银簪。它们既不是城堡，又不是教堂，一望而知，就是美轮美奂的企业办公大楼。

晨雾仿佛出于怜悯，已把历经几个世代风雨销蚀的建筑物都给遮没了：双重斜坡四边形屋顶上盖板都已翘裂的邮政局；大而无当的老式房子上的红砖尖塔；窗眼既小，而又被煤烟熏黑了的工厂；还有灰不溜秋的几户合住的木头房子。像这样千奇百怪的房子在这个城市里虽然比比皆是，但那些整洁的高楼大厦，正把它们从商业中心区撵走，同时，近郊的小山冈上，却闪现许多崭新的房子，那里看来才有笑声和宁静。

一辆豪华的小轿车正在一座混凝土大桥上疾驰而过，它那长长的车盖晶光锃亮，而且几乎听不见发动机的响声。车里的人们身穿晚礼服，整晚排完一个小剧场[③]剧本之后正好回来，这是一次艺术上的大胆探索，兼有香槟酒助兴，所以更为光彩夺目。大桥下是一条弧形的铁路道轨，无数红绿信号灯使人眼花缭乱。纽约特快列车轰隆隆地刚驶过，二十条闪闪发亮的钢轨一下子跃入令人炫目的光照里。

在一座摩天大楼里，美联社的电讯线路刚关闭。报务员一整夜与巴黎和北京通话之后，疲惫不堪地摘下了他们的赛璐珞眼罩。女清洁工打着哈欠，趿拉着旧鞋，在大楼各处走动。晨雾已在渐渐消散。排着长队的人们，带着午餐盒，迈出沉重的步伐，拥向巨大无比的新工厂，大玻璃窗、空心砖瓦、闪闪发亮的车间，五千人就在同一个屋顶下面干活，推出地道的产品，行销所至，远溯幼发拉底河流域，横越非洲南部草原。汽笛一响，传来了有如四月黎明时万众齐欢的歌声；这是给仿佛为巨人们建造的城市谱写的一支劳动之歌。

二

在泽尼斯的名叫芙萝岗的住宅区，有一所荷兰殖民时期风格的住宅，睡在卧室前面走廊里的人这时正好醒来。不过，此人的外表却丝毫没有巨人的特征。

---

① 节选自刘易斯的代表作长篇小说《巴比特》。

② 泽尼斯，作者虚构的一个中等城市，原词寓有“天顶”“顶峰”等含义，也许还象征当地市侩们（包括巴比特在内）趾高气扬，自以为“顶呱呱”。

③ 大约在一九一〇年以来，小剧场（也叫“实验剧场”）运动在美国有了广泛发展，它的方向跟纽约百老汇旨在商业营利的戏剧基本上针锋相对。

他名叫乔治·福·巴比特，现年（1920年4月）四十六岁。事实上，他什么都不会干，既不生产黄油，也不制造鞋子，更不会制作诗篇，但他就是有一手，能把房子以高于买主们出得起的价格推销出去。

他的大脑门上略微有些透红，他的棕色头发稀疏而又干燥。他虽然脸上有了皱纹，鼻梁两侧各有红红的一点眼镜齿印，但在微睡时带着几分稚气。他长得并不胖，但营养极佳，两颊圆圆地鼓了起来，一只纤嫩的手无力地搭在黄褐色毯子上，显得有点儿浮肿。看来他很富裕，婚后极少罗曼蒂克情调。他的这个睡廊，看来同样没有一点儿罗曼蒂克色彩，向窗外望去，是一棵高大的榆树，两块整齐的草坪，一条混凝土车道，还有一间铺上波纹铁皮的汽车房。可是，巴比特却又一次在梦中见到那位年轻的仙子，梦里情景比银白色大海之滨的红宝塔还要富于诗情画意。

这个年轻的仙女与他神游已有多年。虽然在众人看来，他只不过是乔治·巴比特，唯有她独具慧眼，看出他是个英俊少年。她在神秘的小树林那边幽暗处等着他。他只要能从挤满了人的屋子里脱身出来，就一缕烟似的朝她那里跑去。他的妻子，他的那些吵吵嚷嚷的朋友，都千方百计地想跟住他，但他还是逃走了，年轻的仙女在他身边疾跑，他们一起蹲在浓荫蔽日的山脚边。她是那么苗条，那么白净，那么急切！她说他无忧无虑、英姿飒爽，又说她会等着他，他们将一起到远方航行去——

送牛奶的卡车隆隆开过和车门碰击的声音。

巴比特嘴里叽里咕噜，翻了个身，想回到梦境中去。此刻他只能隔着雾气茫茫的水面，依稀望见她的脸庞。烧暖气锅炉的工人把地下室的门关上了。隔壁院子里一条狗在汪汪地吠叫。正当巴比特又美滋滋地沉浸在朦胧不清的暖流里的时候，送报人吹着口哨走过，扑的一声把一卷《鼓吹报》塞进了大门口。巴比特一惊，胃猛地收缩起来。惊魂稍定，他又听到一阵熟悉而又恼人的声音——有人在摇曲柄，发动"福特"汽车：嘎轧轧、嘎轧轧。原来巴比特本人就是个汽车迷，他心里正帮着那位看不见的司机摇呀摇，紧张地同他一起等上好几个钟头，让发动机响起来，不久又同他一起感到气恼，听那发动机声音停了一会儿，又重新发出这可恶的没完没了的嘎轧轧、嘎轧轧——这是一种声响极大而又单调乏味的浊音，在冷得瑟瑟发抖的早晨，真使人恼怒，但又无法回避。直到发动机启动时越来越大的声音告诉他，"福特"汽车开走了，这时他才不再紧张得气喘心跳了。他抬头瞅了一眼他那心爱的榆树，它的枝柯正衬映在金灿灿的天穹上。然后，他像找什么安眠药似的，开始寻摸着睡觉。他小时候对于生活原是信心十足，可是现在，他对于每个新的一天里可能发生的、而又未必如此的新奇事物，早已无动于衷了。

他就是这样逃避现实，直到七点二十分闹钟铃响。

三

这是在全国大做广告、大量生产的一种最佳闹钟，凡属现代化的附加装置都已配备齐全，包括仿大教堂的鸣钟报时、间歇铃响，以及夜光钟面。被这样一个珍贵的装置闹醒，巴比特不觉感到十分自豪。这差不多跟购买昂贵的衬线加固汽车轮胎一样，使人顿时身价百倍似的。

他没好气地承认，此刻再也没法逃避了，可他还是躺着纹丝不动，心里憎恨他的地产生意这个苦差使，讨厌他的一家人，因而也就讨厌他自己。昨天晚上，他在味吉尔·冈奇家打了半夜扑克，而每当这样度过休假日之后，到转天吃早饭之前，他总是最容易动火。也许是他喝了大量禁酒年代的家酿啤酒，烟瘾一上来，又抽了太多的雪茄；也许是他不乐意离开这个淋漓痛快的须眉汉子世界，回到妻子和速记员的裙钗之辈的小圈子里，听她们喋喋不休地关照你可不要抽那么多烟。

从睡廊里面的卧室传来了他妻子高兴得叫他腻味的呼喊声："该起床啦，亲爱的乔吉①！"还有她用硬刷子梳头发时扑嚓扑嚓地乱搔一气的声音，听起来真叫人浑身发痒。

他先是哼了一声；他身上穿的浅蓝色睡衣早已褪了色，就让滚粗的大腿从黄褐色毯子底下伸了出来；他坐在床沿，用手指去拢他乱蓬蓬的头发，两只胖乎乎的脚丫子却在机械地寻摸自己的拖鞋。他难过地看了他的毯子一眼——这条毯子永远叫他想起了自由自在与英雄气概。原来这条毯子是他为了野营旅行才买的，但后来旅行永远没能成为事实。它却已成为可以身穿雄赳赳的法兰绒衬衣、满嘴污言秽语、东游西逛的象征。

他好不容易站起身来，顿感眼球后面一阵阵剧痛，喊了几声喔唷。他虽然等待剧痛再次发作，但还是两眼模糊地望着窗外的院子。如同往常一样，这个院子总是使他感到高兴。那是一个买卖兴旺的泽尼斯商人的整洁的院子，换句话说，就是完美的典范，因而连他本人也都十全十美了。他凝望着波纹铁皮顶棚的汽车房，这是他一年之中第三百六十五次在暗自思忖："那个铁皮车房，可太差劲啦。我得盖一个像样的木板车房才好。唉，我的天哪，这里样样都好，就是这个玩意儿不现代化！"他一边凝望，一边想到：他的金莺谷住宅区开发规划内必须修建一个公用汽车房。这时，他不再气喘吁吁，也不摇头晃脑了。他两手叉着腰，暴躁而又睡肿了的脸上表情显得更加坚决了。他突然感到自己有能耐，是一个办事干练、善于出谋划策、指挥若定、有所成就的人。

他一想到这里就来了劲儿，便穿过坚硬、整洁、似乎未曾启用过的前厅，走进了浴室。

巴比特的这座房子虽然不大，但像芙萝岗所有别墅一样，都有一个第一流的浴室，全套细瓷卫生设备、釉面花砖，以及银光闪闪的金属配件，丝毫不逊于皇家豪华的气派。毛巾架上有一条透明的玻璃棒，两端镶了镍。浴缸长得很，就是普鲁士近卫军也都可以躺下。洗脸盆上方赫然在目地摆着一排排牙刷、修面刷、肥皂盒、海绵缸、药品橱，都很光艳夺目，精美雅致，仿佛就像一块电气仪器板。巴比特虽说非常崇拜现代化设备，但此刻皱起眉头，很不满意。整个浴室里散发着一股浓浓的牙膏的怪味儿。"维罗娜又用这个怪东西了！她就是不肯用丽丽多尔②，尽管我接二连三地跟她讲了，她偏要寻摸一些该死的臭东西来，简直叫人恶心！"

浴室里的草垫子都给弄皱了，地板上一片稀湿（他的女儿维罗娜脾气真怪，常常大清早就洗澡）。巴比特在草垫子上滑了一下，撞在浴缸上。他说了一声"真见鬼！"气呼呼

① 乔吉，乔治的昵称。
② 丽丽多尔，一种牙膏商标。

地抓起他的那管刮胡膏,气呼呼地抹上皂沫,抄起滑腻腻的修面刷,像掴人嘴巴子似的乱掴一通,然后气呼呼地又用保险剃刀往他的胖脸上刮将起来。刀片钝,刮不干净了。他又说:“见鬼——嘿——嘿——真见鬼!”

他翻拣药品橱,想找出一包新刀片。(他心里照例在琢磨:“就得买那么一个小玩意儿,自己来磨刀片,可要便宜得多。”)当他在盛小苏打的圆盒后面找到那包刀片时,他心里埋怨妻子把东西摆错地方了,同时又因为自己没有喊“见鬼”而感到非常得意。但隔不多久,他毕竟还是喊出了口,当他用沾满皂沫、又湿又滑的手指,试着打开讨厌的小封套,想撕去粘在新刀片上松脆的油纸的时候,还是大声喊道:“真见鬼。”。

接着又发生了他时常考虑、但始终解决不了的那个老问题:旧刀片该怎么办?要不然,它会割破孩子们的手指。跟往常一样,他把它往药品橱上一扔,心里暗暗记住,总有一天他要把那些也是暂时放在那里的五六十片废刀片一起取走的。他一边刮胡子,一边感到烦躁,再加上头痛目眩,肚子饿,越发烦躁不安了。当他刮完了以后,圆圆的脸上既光滑又湿淋淋,无奈眼里却因进了皂沫而有些刺痛,他就伸出手去抓一条毛巾。家里人的毛巾都是湿的,又湿又黏,还有味儿,他来回瞎摸,抓了一条又一条,无论是他自己的脸巾、他妻子的、维罗娜的、特德的、婷卡的,还有那块单独挂开、边上镶着一个大大的“B”字(巴比特家姓的头一个字母)的浴巾,他发现通通都是湿漉漉的。没奈何,乔治·福·巴比特做了一件令人震惊的事:他竟然在客人专用的毛巾上揩脸了!那块毛巾,上面绣着三色紫罗兰,老是挂在那里,表示巴比特家乃是属于芙萝岗上流社会的一员。从来没有人用过它,客人也不敢动它一动。客人们总是顺手拣最近的普通毛巾,偷偷地在角儿上擦一擦了事。

他怒咻咻地说:“我的天哪,他们净在这里转悠,所有的毛巾通通用过了,都是混账东西,把毛巾全用了,弄得稀湿稀湿,从来不给我放上一条干的——当然喽,我老是替他们受罪!——偏偏是在我要用毛巾的时候——在这个混账的家里,唯独我一个人替别人着想,至少还有这么一点最起码也要为别人考虑考虑,想一想在我用了以后也许还有其他人要使用这个混账的浴室,末了,要考虑到——”

他狠狠地把那些冰冷的可恶的湿毛巾一条条地扔进浴缸,从它啪哒啪哒落下去的浊音里泄了愤,这才感到痛快。这会儿正赶上他妻子安详地走了进来,安详地向他问道:“哦,亲爱的乔吉,你在干什么呀?你想把这些毛巾都洗了吗?哦,用不着你去洗嘛。哎哟哟,乔吉,你没动过客人专用的毛巾,是吗?”

至于他是如何回答的,那就没有下文了。

这是好几个星期以来,他妻子头一次把他激了一激,不由得使他瞪了她一眼。

四

麦拉·巴比特——乔治·福·巴比特太太——肯定说是青春已过。从她嘴角边直到下巴颏儿爬满了皱纹,她的脖子窝里胖肉已经下垂。但说明她早已越过年龄界线的最重要标志是,她在她丈夫面前不再故作羞涩之态,也不再为自己不作羞涩之态而发愁了。

这时,她身上穿着衬裙和胸衣,即使胸衣胀鼓鼓地凸了出来,她也并没有发觉。她对于婚后生活,早已习以为常了,因此,她完全是一副主妇的模样儿,就跟一个贫血的修女那样毫无性感。她是一个善良的、和蔼的、勤劳的女人,但在家里,也许除了她十岁的女儿婷卡以外,谁都对她不感兴趣,甚至完全不知道她还活在人间。

从家庭和社交的各个角度相当详尽地议论过毛巾问题之后,她向巴比特表示歉意,因为他喝醉以后闹头痛了。后来他神志有所清醒,好歹把一件 B. V. D. [1]衬衣给找出来了,虽然他说不知是哪一位恶作剧,把这件汗衫故意藏在他的一堆干净的睡衣里。

在谈论他的那套棕色便服时,他已变得相当和蔼可亲了。

"你看怎么样,麦拉?"他用手乱抓了一下搭在他们卧室里一张椅子背上的衣服,这时麦拉只管自己转来转去,故弄玄虚地整整自己的裙子,用她带有偏见的眼光来看,好像永远穿不好衣服似的。"你看怎样?赶明儿我再穿这套棕色的,行吗?"

"好呀,你穿着合身极了。"

"我知道,但是,嗯,还得熨一熨。"

"可也是。也许要熨一熨。"

"它当然经得起熨的,没有事。"

"是的,也许熨不坏的。"

"不过,嗯,上装用不着熨。既然上装不用熨,那么,整套都拿去熨,就没意思了。"

"可也是。"

"但是裤子非熨不可。你瞧——你瞧瞧这么多皱褶——裤子非熨不可。"

"可也是。啊,乔吉,你干吗不穿棕色上装,配上我们不知道该怎么处置的那条蓝色裤子呢?"

"哎哟哟,我的老天爷!你多咱看见我穿过不配套的上装和裤子?你把我看成什么人?难道是一个倒了霉的记账的?"

"得了,你今天干吗不穿上深灰色的那一套,路过裁缝铺就把棕色裤子撂在那里?"

"噢,这条裤子还是非熨不可——但深灰色的那套放到哪个鬼地方去了呀?哦,得了,原来就在这儿。"

至于穿着方面其他难关,他倒是比较果断而平静地渡过的。

他给自己打扮的头一件行头,就是凸纹方格细布无袖 B. V. D. 衬衣。他穿着它,活像全市化装游行时滑稽地身穿粗布坎肩的一个小伢儿。他一穿上 B. V. D. 衬衣,总是感谢进步之神,为的是他用不着像他的岳父兼合伙人亨利·汤普森那样还得穿又长又窄的旧式内衣了。他给自己打扮的第二件事,就是把头发往后面梳。这么一来,要比原来的发型底线升高二英寸,使他的额角显得格外宽广。但是,最最妙不可言的,还是他的那一副眼镜。

每种眼镜都有自己特性——有自命不凡的玳瑁架眼镜,有小学教员的温顺谦和的夹鼻眼镜,还有村中遗老的变了形的银边镜框的眼镜。而巴比特所戴的,是一副又圆又大

---

① B. V. D. ,当时美国一种内衣的商标。

的无边透镜，上等晶片，金丝骨架。一戴上眼镜，他就是一副摩登商人的派头：向手下的雇员发号施令，自己驾驶汽车，偶尔打打高尔夫球，谈到推销术真有一套学问。他一下子变得老成持重，再也没有孩子气了，你注意到他的大脑袋，迟钝的大鼻子，方正的嘴巴，又厚又长的上唇，以及他那稍嫌肥厚、但仍显得坚强有力的下巴颏儿；你怀着敬意，看他把符合他殷实市民身份的礼服的其他部分一一穿上。

他的这套深灰色衣服，剪裁合身，缝工精致，可是丝毫不显眼。这是一套标准服装。背心V字形领口镶上一道白色花边，给他平添了一点儿严肃而又有学问的味道。他脚上穿的是缚鞋带的黑皮靴，是质地优良、经久耐用的标准皮鞋，可惜式样非常不好看。唯一花里胡哨的东西，则是他的紫色针织领带。这还是在他向巴比特太太（可她却一句话也都没有听见，正在玩杂耍似的，用一枚安全别针把她的罩衫后裾扣在裙子上面）发了一通议论之后，才在紫色领带与织锦缎领带（上面的图案，是鲜花盛开的棕榈树加上棕色的无弦竖琴）之间做出了选择，随后，他又给紫色针织领带插上一枚蛇头胸针，蛇的眼睛上则镶嵌蛋白石作为装饰。

从棕色衣服的口袋里把东西挪腾到灰色衣服的口袋里，这也是一件非同小可的大事哩。他对待这些东西非常认真，觉得它们如同棒球或者共和党一样具有永恒的价值。它们中间包括一支自来水笔和一支银铅笔（老是不去配新的笔芯），这两样东西都插在右上方的背心口袋里，少了它们，他就会觉得自己身上光溜溜的，好像赤膊一样。他的表链上挂的是一把金鞘铅笔刀、一只镀银的雪茄烟头的切割器、七把钥匙（其中有两把钥匙的用处，他早已忘得一干二净了），附带好表一块。拴在表链上的，还有一颗个儿很大、略呈黄色的麋鹿牙齿——说明他本人乃是"友麋会"①的会员。但最最重要的，还是他的那个袖珍活页笔记本，这是一个既时髦而又很实用的笔记本。里面包括：他早已置之脑后的一些人的通信处；精心保存的一些邮政汇款收据，虽然那些汇款好几个月前早已到达了目的地；背面胶水已失去黏性的邮票；一些剪下来的T.考尔蒙迪雷·弗林克的诗句和报纸社论（巴比特的见解和深奥的词汇即来源于此）；一些备忘录，记上他应该做的、但根本不乐意去做的事情，此外还有一行稀奇古怪的大写字母——D.S.S.D.M.Y.P.D.F.②

但是唯独香烟盒他没有。而且从来也没有人送一个给他，所以他至今没有这种习惯，见到别人带香烟盒，他还认为脂粉气十足呢。

最后，他把促进会③的圆形小徽章别在上装胸前的翻领上。徽章上只有"促进会友——加劲干"两行字，可以说寓简洁于伟大的艺术性之中。这个玩意儿一戴上，确实使巴比特感到忠贞不贰和自命不凡。它把他和"好伙伴"，以及那些富于人情味的工商界巨子联系在一起。在巴比特看来，它就是他的维多利亚十字勋章④、他的荣誉军团⑤绶

① "友麋会"，按字面可译为"保护麋鹿协会"，实则为人数众多、并以召开豪华的会议著称的美国企业主协会之一。为适应我国读者习惯，今译"友麋会"。

② 这一串字母的意义，作者在全书中都没有做出交代。

③ 促进会，按字面可译为"促进者俱乐部"，简称"促进会"，所谓俱乐部，实则都是会社团体，以下皆同。"促进者"一词兼有"推动者""后援者""冒进者"或"价格看涨""捧场"等意，不一而足。刘易斯在本书中着重描写了这一个美国商人社团。

④ 维多利亚十字勋章，为英国维多利亚女王于一八五六年创立的勋章，颁给作战英勇的战士。

⑤ 荣誉军团，拿破仑一世于一八〇二年创立的一个荣誉社团，对法国有殊勋者得列名为会员。

带,他的菲·比塔·卡帕①的钥匙圈。

至于穿着上那些微妙的细节,还同其他复杂的烦恼连在一起了。“今天早晨我感到有点儿不好受,”他说,“我想昨儿晚上我吃得太多了。你不该做那些香蕉馅儿过多的油煎饼的。”

“可是你自己叫我做的嘛。”

“我知道,可是——我告诉你,一个人四十岁一过,就得注意自己的消化能力了。有许多人就是对自己健康不够关心。现在我要告诉你,人到四十,只要不是傻瓜,准是一个医生——我的意思是说,做他自己的保健医生。人们对于饮食问题总是没有给予足够的重视。现在我想——当然啦,一个人忙活了一天之后,理应好好地吃一顿,不过,要是我们能吃得清淡些,对咱们俩都会有好处。”

“可是,乔吉,我在家里吃的总是再清淡不过喽。”

“你言下之意,是说我在出去上班后就像一头猪那样大吃大喝?是的,差不离呢!你要是到了康乐会②,新来的跑堂端上一份邋里邋遢的饭菜,叫你非吃不可的时候,那才美滋滋呢!可是今儿早上我真的觉得不太舒服。真怪,就在这儿,左边,觉得有些痛——不,不会是阑尾炎吧?昨儿晚上,我开车到味吉尔·冈奇家去,一路上就觉得肚子也在痛。就在这儿——好像突然在阵阵剧痛。我——那个十分钱硬币是花到哪儿去啦?早餐时你干吗不多上一些梅脯?当然,我每天晚上吃一只苹果——一天一只大苹果,不找大夫乐呵呵——可是,你还得多弄些梅脯来,不要净搞这些花色点心。”

“上次我拿出梅脯来,可你都不吃。”

“哦,那一次我怕是不想吃呗。其实,我好像还是吃过一点的。反正——我告诉你,最最要紧的是——昨儿晚上我还对味吉尔·冈奇说过,大多数人都不够注意自己消化能力——”

“咱们下星期请冈奇一家子来吃饭,好不好?”

“哦,当然行。你放心好了。”

“现在你听我说,乔治,到那天晚上,我要你穿上你那套漂亮的晚礼服。”

“胡扯淡!他们都不会穿晚礼服的。”

“当然他们都会穿的。你记得那次利特尔菲尔德家晚宴,你没穿礼服,而别人都穿了,你该有多窘呀。”

“说我多窘,真见鬼!我才不窘呢。谁都知道,哪怕是再贵的‘塔克司③’,别人穿得起,我也穿得起。要是有时候我难得没有穿上,我也会感到挺别扭的。反正是个累赘呗。穿这穿那,对你们娘儿们来说,反正一天到晚净在家里转悠,那是并不费事的。可是,男人拼死拼活地干了一整天活,他才不愿意被人硬催着去穿什么燕尾服,无非给人家看,其实他当天看见人家穿的,也不过是平平常常的便服罢了。”

“可你知道你还是挺喜欢让人家看见你穿礼服的。那天晚上你自己承认,多谢我一

① 菲·比塔·卡帕,为成绩优秀的美国大学生及毕业生所组成的荣誉学会。

② 康乐会,按字面可译为“体育俱乐部”,实则是工商界人士的社团,并非体育界人士的团体组织。

③ 塔克司,译音,按美国中西部方言,意即“燕尾服”。

个劲儿要你换礼服的。你说你一穿上就感到舒坦多了。不过,哦,乔吉,我真希望你不要再说‘塔克司’。应该说‘晚礼服’嘛。”

“废话,那又有啥两样?”

“可是,有文化教养的人都是这么说的。哦,要是露西儿·麦凯尔维听到你管这个叫‘塔克司’呢?”

“哦,你说露西儿可太好。露西儿·麦凯尔维哪儿都不见得比我强!她自己的亲戚并不是什么了不起的人物,亏她的丈夫和她的亲爹还都是百万富翁!我估摸你这是想强调一下你自己的崇高的社会地位!得了吧,让我干脆告诉你,令尊大人亨利·汤就连‘塔克司’这个词儿都不乐意用!他只管叫它‘卷尾巴猢狲穿的截尾巴夹克衫’,你不用想叫他穿上这个玩意儿,除非你用氯仿[①]把他全身麻醉了!”

“得了,你可不要满嘴都是粗言恶语的,乔治。”

“哦,我可不想说什么粗言恶语,但是我的天哪!你却变得跟维罗娜一样好找碴儿了。她从大学毕业以后,简直太任性了,真没法跟她住在一起——她不知道自个儿想要吗——哼,我倒知道她要的是吗!——她还不是想要嫁给一个百万富翁,定居在欧洲,跟哪个传教士都要手牵手,而同时,嗨,她又要待在泽尼斯娘家,当一名讨厌的社会主义吹鼓手,或者趾高气扬的慈善机构工作人员,或者别的什么混账东西!我的老天哪,特德也是同样的糟糕!他一会儿想进大学,可一会儿又不想进大学。三个孩子里头只有婷卡才知道自己要动动脑子。简直闹不明白,我怎么会有罗娜[②]和特德这样游手好闲的一对孩子!当然喽,我自己既不是洛克菲勒,也不是詹姆斯·杰·莎士比亚[③],但我确实知道我在想些什么,我在公事房[④]里总是辛辛苦苦地忙活,还有——可你知不知道最新消息?据我猜测,特德新近竟然胡思乱想去当电影演员,以及还有——我成百遍地跟他念叨过,他要是上大学,进了法学院,学成以后,我就会帮他开个事务所——维罗娜也是同样糟糕透顶。她不知道自己要干什么。得了,得了,走吧!你准备好了没有?女用人打铃,已经过了三分钟啦。”

五

巴比特在跟他妻子下楼以前,是伫立在他们房间西边尽头的那个窗口。芙萝岗这个住宅区坐落在一座小山坡上;虽然市中心是在三英里以外——现在泽尼斯已有三四十万居民——他望得见第二国民大厦那座高达三十五层、由印第安纳州石灰岩砌成的建筑物的屋顶。

这座大厦闪闪发亮的墙壁高高耸立,顶端还装饰着一圈简朴的飞檐,在四月晴空的衬托下,望去有如一道白色的火焰。它坚强有力而又浑然一体。它貌似轻盈,其实强劲,

---

① 氯仿,一种有香味的无色液体,用作麻醉剂。

② 罗娜,这是维罗娜的昵称。

③ 詹姆斯·杰·莎士比亚,指举世闻名的英国大文豪,应为威廉·莎士比亚,可是巴比特说错了。

④ 公事房,指巴比特的地产交易所。

好像一名身材高大的士兵。巴比特纵目远眺,紧张不安的神色已从他脸上消失,带着崇敬的心情抬起了他那松弛的下巴颏儿。他禁不住脱口而出:“这景色真美!”他在这个城市的旋律的鼓舞之下,他对它的爱又油然而生。这座大厦,在他看来如同代表商业这一神圣的殿堂的塔尖,一种热烈、崇高、超群绝伦的信仰。他拖着沉重的脚步下楼进早餐,一面吹口哨,哼着“哎唷唷”民谣的调子,仿佛这是一道忧伤而崇高的赞美诗。

潘庆舲　译

1931
获奖作家
卡尔费尔德

传略

迄今为止,瑞典诗人卡尔费尔德是唯一一位死后获得诺贝尔文学奖的作家。从一九一八年起,瑞典学院就曾多次要给他颁奖,可是都一再受到他的坚决拒绝。他的理由是,他是瑞典学院的官员,又是诺贝尔文学奖的评委。直到一九三一年,他已到了退休年龄并有意辞去职务时,瑞典学院才又考虑给他颁奖,可是这位在一九三〇年颁奖大会上还以深刻风趣的语言赞美刘易斯的大诗人,半年后便因病去世了。但瑞典学院还是"由于他的诗作具有无可置疑的艺术价值",追授他一九三一年的诺贝尔文学奖。

埃里克·阿克塞尔·卡尔费尔德(Erik Axel Karlfeldt,1864—1931),一八六四年七月二十日生于瑞典中部达拉那省福尔克谢那的一个农民家庭。他家祖祖辈辈都是农民,父亲曾拥有一座托夫曼农庄,可是就在卡尔费尔德念大学时,由于瑞典工业化进程的冲击,父亲负债累累被迫卖掉了庄园,从此家道中落。卡尔费尔德从小勤奋好学,早在中学时代即崭露才华,十九岁就开始发表一些优美的诗作。一八八五年,他考入乌普萨拉大学,曾因经济困难数度辍学,但经过十多年断断续续的学习,终于取得了两个学位。此后,他曾任中学教师,以及在瑞典皇家图书馆和农业学院图书馆任馆员,业余从事诗歌创作。

一八九五年,卡尔费尔德出版了自己的第一部诗集《荒原和爱情之歌》,引起瑞典诗坛轰动,从而奠定了他成为瑞典一代著名诗人的基础。该诗集共收诗四十六首。在这些诗中,充分反映了诗人对家乡达拉那古老文化的崇敬,对那儿的自然风光和风土人情的眷恋,洋溢着游子思乡的强烈感情,同时也流露出对现代社会生活的困惑和失望。

一八九八年和一九〇一年,他的第二、第三部诗集《弗里多林之歌》和《弗里多林的乐园》相继问世,使他驰名诗坛,受到瑞典各界的青睐,此后各种荣誉也接踵而至。一九〇二年,卡尔费尔德当选为瑞典皇家农业学院院士;一九〇四年,又被选为瑞典学院院士;一九一二年,开始担任瑞典学院的常任秘书。这两部以弗里多林为主人公的诗集是卡尔费尔德的代表作,它们集中反映了作者的创作思想、创作主题和艺术风格。在瑞典,卡尔费尔德的家乡达拉那以民风古朴、有着大量文化古迹而著称。因此在诗人的眼里,达拉那不仅是他的生身之地,也是他的精神家园,是他的梦、他的爱、他的信仰、他终生追寻的精神圣地。在这两本诗集中,他所塑造的弗里多林这个艺术形象,就是一个心地善良、豁达乐观、温文多情、学识丰富、体格健壮的达拉那农民,他是瑞典农民的缩影,是诗人心目中瑞典农民高大完美的形象。在他身上无疑寄托着诗人的理想和追求,他甚至被认为就是诗人的自画像。通过他,作者让我们领略到达拉那的自然风光,看到了古朴的村社生活,了解到他们的民风习俗、他们的衣食住行和喜怒哀乐。

在发表了上述三部诗集之后,卡尔费尔德又陆续出版了诗集《弗洛拉和波玛拉》(1906)、《弗洛拉和贝洛娜》(1918)及《秋日的号角》(1927)等。这些作品的主题主要仍为三个方面:大自然、爱和农民生活。内容也大多表达了诗人对家乡风光、生活、传统和祖先的感情,反映了诗人超脱的人生观,同时也具有较为浓厚的宗教、幻想、神秘、复古色彩。卡尔费尔德的诗歌格调淳朴,想象丰富,节奏明快,既有古老的民歌风味,又有现代诗歌的复杂意象。他在传统和现代之间创造出一种颇富张力的新形式,使传统和现代之间有了一条联系的纽带。

一九三一年四月八日,卡尔费尔德因病在斯德哥尔摩去世。

授奖词

如果有哪位感兴趣的外国人问起关于埃里克·阿克塞尔·卡尔费尔德的问题,我们对这位诗人最崇敬的是什么?他最优秀的品质又是什么?乍看起来似乎很容易回答。人们喜欢谈论他们所喜爱的东西。瑞典人会说,我们赞美这位诗人,那是因为他表现出了我们所敝帚自珍的独特风格和豪爽坦诚的性格,因为他以千钧之力和细腻入微的魅力来引吭讴歌我国人民的传统,放声高唱那如潮松涛、那峻岭高山,正是这些可贵的山湖风光成为我们热爱家园和国家的感情基础。

但是瑞典人马上就会反躬自问,认识到这样一个泛泛的解释是不够的,在卡尔费尔德身上还有许多受人爱戴但却难以界定之处,必须给予足够的赞扬,但这对外国人来说又是不可接近的。因此,我们深信不疑却又不可能对卡尔费尔德诗品的高雅提供任何现成套用的表达方式,因为诗中具有神秘主义的因素,具有许多使人捉摸不透的魅力和本能。

如今他的作品已成为一项伟大的国际奖金的对象,不过当我们试图将这位伟大的抒情诗人的毕生事业作一简要概述时,我们面临同样的困难。正是抒情诗歌深思熟虑的自我封闭(大凡抒情诗都注定有这样的命运),使作品最深远博大的神韵和宝贵价值无不水乳交融地同它本身的母语的特征和韵律紧紧相连,甚至每个字眼的含义和分量都是如此。卡尔费尔德独树一帜的特色经过翻译便会变得朦胧晦暗,只有在瑞典语中才能让人充分领略体会到。然而，如果有人试图单独地比较它们的价值的话，他不得不承认，即便同那些所谓大国的文学作品相比，卡尔费尔德用一个所谓的小国语言创造出来的珠宝也毫无逊色之处，反而同它们交相辉映、相得益彰。

如果我们回顾一下卡尔费尔德自一八九五年处女作问世以来的创作生涯，并且一直注视他三十年来的作品的话，我们可以清楚地看出，由于他严肃苛求，作品数量稳定但却相当有限，这个人是如何以少有的聪颖睿智将才华运用自如，富有成果地坚实而坦诚地进行创作。他起初只是一个赞扬大自然的行吟诗人和歌手，虽对自己的才华横溢深信不疑，但对自己的使命感不免尚有点疑虑。那些壅塞在他心头的梦想究竟有没有用处？它们对全体人类又有什么意义？在他创作生涯的早期，他一直在努力塑造一位合适的化身，能够代表他的喜怒哀乐、他的痛苦折磨、他的追求期望和他的冷嘲热讽，也就是一位知己契友，一个独立不羁的人物。著名的弗里多林开始产生出来时是一个腼腆害羞的人物，因为诗人不大情愿以自己的真实样貌公之于世，从而把他自己灵魂中的隐私展示于大庭广众之下。弗里多林很快成了一位经典式的不朽人物，他就俨然成为北欧的酒神巴克斯，也是贝尔曼笔下的淳朴而土气的乡间表兄弟，他迈着矫健的步伐，帽上缀着鲜花，从彭马格村丰收盛宴上尽欢归来。卡尔费尔德的家园越来越成为一个艺术的微观宇宙，纷扬繁杂的大千世界在这个宇宙中映照了出来，如同《圣经》中的众生相在达拉那农民的壁画精雕细琢的巴洛克幻象中映照了出来。他具有插科打诨的幽默感，然而他往往乔装打扮成持重严肃，这就使他不致受到粗俗鄙俚的玷污，并保持了魔法般的和谐。但他表面上的平静发展必然包容着许多争斗和紧张，恰好足以产生创作源泉所需要的压力。对于卡尔费尔德来说，诗歌是对他的力量和生存的实质毫不间断的考验。因此，他在《秋日的号角》这首诗中写出了一个强有力的终曲，它的结尾部分在冬天的管风琴上铿锵作响，琴管从地面直插到天空，同时又萦绕着达拉那白色小教堂的童年回音。

他的作品的浑然一体在我们这个时代里是罕见的珍品。如果有人问，卡尔费尔德的主要问题是什么，也许一个词就足以答复：自律。他的独创性原本生长在异教徒的土壤和林木繁茂的原野，如果他没有感觉到魔鬼的存在，他也不会经常被引向邪恶的主题和乌列所酿制的又黑又稠的麦酒。异教徒们日夜饮酒飨宴，寻欢作乐在大自然的种种景象中，就是他的诗歌的特色之一。他的诗歌乐此不疲地重复这一主题，即是纵情酩酊大醉的血肉之躯和怀着世俗渴望的纯洁心灵之间的对照反差。然而这两种截然不同的因素却从不彼此毁灭。他像一位对自己信心十足的艺术家来将它们驯服，即便在一些微不足道的细枝末节上也要展现他的个人风格。

在卡尔费尔德的作品中，我们很难找出一句纯粹是诗的自我意识的表达。即便不是他那淳厚的农民本色防止了他在审美观上的飞扬跋扈，关于他的作品越来越多的反响也早就使得这样的诗句变得多余。他在优美而隽永的诗作中展现出来的艺术上神形兼顾的完整性例证真是不胜枚举，我们可以信手拈来。在当时那个手工制品已经日益少见的时代里，他的诗歌因为他的诗句舒展自如引人遐思而有一种全新的几乎是不朽的价值，卡尔费尔德的诗歌恰恰拥有这种类型神奇非凡的完美性。我们当中有谁不记得那些如洪钟般震撼鸣响、如琴弦般扣人心弦的诗句，尤其是那用与众不同的珠圆玉润的嗓音歌唱出来的余音绕梁的诗句呢？也许在此时此地我们不由得会记起他的诗作中描写的那年迈的工匠——一个乡村里的能工巧匠，他在奥普利曼河岸边为村民们演奏小提琴，又为他们制作纺纱轮……

在所有伟大的诗篇中，都存在着传统与实验创造间的内在联系，这类诗篇中还往往是创新与保守兼而有之。民族传统在卡尔费尔德的诗作中得以保存，因为那是他以个人创新精神抒发了这一传统，这一特征是以高昂的代价换来的。我们也许为这位诗人感到欣慰，因为虽然他的灵感主要来自正在消失或已经消失的过去，他的表现手法非但没有因袭习俗而且还显示出一种不落窠臼的创新精神，但是又不像那些庸碌的现代主义者那样仅仅以跟得上最新潮流和时尚为满足。毫无疑问，尽管他的诗作题材具有浓郁的地方乡土特色，这位达拉那的歌手仍最勇于张开他那超凡脱俗的想象力的翅膀和尝试对各种诗歌形式进行大胆的实践。他真可堪称为当代少有的优秀诗人。

基于上述原因，我们谨决定将今年的诺贝尔文学奖授予诗人埃里克·阿克塞尔·卡尔费尔德，旨在于以国际公认的标准来表明一下公道。可惜，死神阻挡了这位桂冠诗人来领取他的奖赏，在此情况下，诺贝尔文学奖将颁给他的家人。他已离我们而仙逝，但他的诗作传世永存。在诗的国度里，充满着偶然的悲惨的世界被永远不落的夏天的太阳照得通亮。在冬天的幽幽薄暮中我们眼前看到了茕茕孑立的一座坟墓。与此同时，我们耳朵里却听到了这位富有创造性的天才欢欣地唱出的伟大凯旋的谐音；我们鼻子里闻到了来自北方乐园的芳馨。而这一切正是他的诗为了所有乐于接受的人们创造的安宁和快乐。

诺贝尔文学奖评委会委员 安德斯·奥斯特林

陈文荣 译

作品

祖辈

史书上没有留下他们的名字，
——他们的生活并不轰轰烈烈。
但我能追溯到遥远的时代，
把他们的业绩一一寻见。
他们在河畔开荒、耕耘，
在山里开采铁矿。
他们不懂什么是奴役和屈辱，
在家里就像国王一样：
畅饮节日的美酒，

亲吻年轻美貌的女郎，
有一位成了他们忠贞的新娘。
他们敬重国王，信奉上帝，
欢享人间的安康。

啊，祖辈，在痛苦和迷乱的时刻
想到你们我力量倍增。
我要像你们爱惜先辈的遗产那样，
对命运的遗产报以笑容。
面对安逸的引诱
我想到了你们的奋斗和苦涩的面包：
啊，我还有什么权利去伸手乞讨？
当我同欲望搏斗得精疲力竭，
就像在江流中把浊身清洗。
而今我真正懂得
欲望比人世的邪恶更加可怕。

我的祖辈，当我梦里见到你们，
我的心就变得羞愧不安。
犹如连根拔起的嫩草，
我被迫抛弃了你们的遗产。
而今我开始捕捉秋夏的旋律，
并赋予它们优美的诗韵；
哦，别了，祖辈，这也是一番事业！
假如有一天我的诗唱出
暴风的呼啸，江河的潺湲，
以及粗犷、刚健的情思，
那么，它们定会有这贫瘠的土地上
云雀的欢鸣，明媚的春光
和森林的低语——
它们曾是你们在煤车和耕犁后
伴随着斧头的节奏哼吟过的呀。

李笠　译

小夜曲

云杉的细叶哟白桦的宽叶

纷纷落在你干枯的屋顶。
啊,请在你的草榻上、
请在这深夜的云影下安寝。
当冬天像一个白衣求爱者
在你空寂的窗前出现,
那时,请你做一个好梦,
它会在寒冷的屋中给你温暖。

当风暴呼啸而来的时候,
请梦忆夏日欢快的歌吟;
请梦忆白桦的翠盖下
你安歇在我怀间的情景。

李笠　译

别歌

握一下,握一下这双爱的手,
它们曾引过你的路,扶过你的脚步,
因为凉气正从河岸飘来,
白天正从夜幕中消失。

吻一下,吻一下这对忠诚的嘴唇,
它们曾情语绵绵,呼吸着烫热,
因为黑暗正从深渊飞起,
血红的天空布满了潮气。

让这火的拥抱去融化
所有的纠纷,所有的猜疑和不公。
无常的夜将使自己的黑云
在有同样血液的心间翻滚。

凉风今晚会不停飘游,
闪电要在远处灼灼划闪。
将临的风暴会无情地摇动
我们,这些命运之筛里的谷子。

此刻，迷茫在啜泣，疑问在颤抖，
当我离开这里，朋友可会把我思怀！
脸颊可会发烫，眼睛可会哭肿，
离去的他会不会变化？

回忆容易啊，忘却难！
这下沉的夕阳你再也看不见了——
我们将各在天涯一方
共梦见变化和消失的一切。

请从窗口给我一簇告别的鲜花，
啊，母亲，请给我勇气担起祖先的使命！
在你忧伤虔诚的月光中
我仿佛读到一首伟大的圣诗：

幽谷中每个渴求的灵魂
有一天因见到上帝的山而欢欣。
每一种难以吐露的情思
都会在永恒的歌声中自由地奔腾。

李笠　译

游子

你是谁？来自何方？
——不，我不能告诉你。
我没有家，没有父母，
我永远不会有妻儿。
我是从远方来的游子。

你的信仰和宗教？
——我只知道我一无所知。
我未曾把宗教奉信，
所以不曾把它背弃，
我只寻找过一次上帝。

你的生活？——它是灾难。

风雨和拼搏的交错点；
是发酵的渴望，灰暗的光焰，
云缝间透出的光线。
我快活，因为我活在人间。

李笠　译

希望是我的遗产

希望是我的遗产，
贫困山谷中的宫殿。
一阵神奇的琴声
慢慢穿越它的庭院。

告诉我，你来自何方？
你这从幽处飘来的哀怨。
白天你用歌声送我入梦，
夜里可伴我不眠？

啊，谁在悲凄的叹息中
啜饮这隐秘的琴音？
它像溢出蜂巢的馨香
在枯黄的原野上轻飘。

夏日已去，太阳西沉，
时光匆匆叫人忧伤。
玫瑰在荒园吐露芳菲，
回忆在低语、歌唱。

震响哟，你这泣诉的丝琴，
你这厅堂梦中的伙伴！
希望是我的遗产，
贫困山谷中的宫殿。

李笠　译

1932
获奖作家

高尔斯华绥

传略

约翰·高尔斯华绥(John Galsworthy,1867—1933),英国杰出的现实主义小说家、戏剧家。一八六七年八月十四日出生于英格兰南部的萨利郡,父亲是著名的律师,也是好几家公司的董事。高尔斯华绥毕业于牛津大学法学系,一八九〇年取得律师执照,但他并没有开业。一八九一年至一八九三年,他游历欧洲时,途中结识了著名作家约瑟夫·康拉德,成为莫逆之交,在他的影响下,走上了文学创作的道路。

高尔斯华绥一八九五年开始发表作品,直到一九〇四年长篇小说《岛国的法利赛人》问世,才引起人们的注意。一九〇六年,他的长篇小说《有产业的人》和第一个剧本《银盒》发表,为作者带来了声誉,确立了他在文坛的地位。此后,他又创作了《骑虎》(1920)和《出租》(1921),构成了第一个三部曲《福尔赛世家》;随后第二个三部曲《现代喜剧》出版,其中包括《白猿》(1924)、《银匙》(1926)和《天鹅之歌》(1928);第三个三部曲《尾声》则包括《女侍》(1931)、《开花的荒野》(1932)和《河那边》(1933)。其中前两个三部曲各有两个短篇插曲,第一个三部曲的插曲为《残夏》和《觉醒》,第二个三部曲的插曲为《默默传情》和《过客》。

以《有产业的人》为开端的九部连续性长篇小说,以十九世纪末、二十世纪前期的英国社会为背景,通过描写福尔赛家族的家庭生活、感情纠葛这条主线,展现出一幅广阔的社会图景,书中塑造的"福尔赛"群像,在英国文坛获得巨大声誉。此外,高尔斯华绥还写了多篇没有收进三个三部曲的有关福尔赛的小说,如长篇小说《庄园》(1907)、《友爱》(1909)、《弗里兰家》(1915)等。

高尔斯华绥在戏剧创作上的成就也颇为突出,主要的剧作有《银盒》(1906)、《斗争》(1909)、《正义》(1910)、《鸽子》(1912)、《皮肤游戏》(1920)、《忠诚》(1922)、《逃跑》

(1926)等。

高尔斯华绥是个多产作家,他一生共创作了十七部长篇小说,二十六个剧本,十二篇短篇小说,还有散文、诗歌等。他被认为是英国文学中现实主义传统的优秀继承者,和威尔斯、贝内特并称为二十世纪英国现实主义三杰。他的作品写作风格真实,生活画面广阔,心理描写细腻,语言简练生动。他曾担任过国际笔会主席,一九三二年,“由于他出色的叙事艺术——这种艺术在《福尔赛世家》中达到高峰”而荣获诺贝尔文学奖。

一九三三年一月三十一日,高尔斯华绥在伦敦附近的哈姆斯特园林小屋逝世,享年六十五岁。

授奖词

一种孜孜不倦而又磊落认真的创作欲不断地鞭策着高尔斯华绥。总览他的写作生涯,发展得似乎非常顺利。然而他当初选定文学事业却并不是毫无阻力、一蹴而就的。用英国人的俗话说,他生来口含银匙,也就是说家境富裕,在经济上全无后顾之忧。他曾就学于哈罗公学和牛津大学,选学法律,毕业后没有真正从业,却到世界各地广为周游。他二十八岁时受到一位女性朋友的敦促,开始尝试写作。但这在他来说仅仅是玩玩而已。绅士们对写作行业仍然怀着与生俱来的偏见,他似乎也未能例外。他以约翰·辛约翰为笔名发表了最初的两个故事集。这位初涉文坛的试笔者待己很严苛,不久就把这两版的书统统收回了。直到他三十七岁时发表了《岛国的法利赛人》(1904),才真正开始了写作生涯。两年后《有产业的人》问世,初步奠定了他的声誉。这也是他的传世之作《福尔赛世家》的开篇。

在那部讽刺岛国法利赛人的小说里,高尔斯华绥日后作品的主要特征都已经初见端倪。小说描述一位英国绅士久居国外,淡忘了英国人传统的思想和感受方式;于是他严厉批评祖国的种种不是;他在英国火车车厢里邂逅逢遇的一个比利时流浪汉也在旁火上加油。结果这个外国人大大地影响了他的命运。当时高尔斯华绥本人也是刚刚归国的世界公民,他和萧伯纳一样,打算和旧式资本主义贵族社会大战一场。不过,那爱尔兰人主要是以机智为武器,而这位英国人则意在影响人们的情感和想象。高尔斯华绥早期小说着力讽刺英国统治阶级的伪善自私,他后来的作品也继续发挥了这一主旨,只不过在各个作品中侧重有所不同罢了。他不倦地反对英国国民性中狭隘冷酷的方面。他坚持攻击社会罪恶,这表明他刻骨铭心地痛感世道不公。

他借着福尔赛这种人物,把矛头对准了上层中产阶级的富商,这些人还没有成为真正的绅士地主,可是却一心地仰慕他们,并本能地把众所周知的严格、镇静、自以为是、盛气凌人的理想绅士作为效仿目标。他们特别小心地防范那些危险的感情,但仍然免不了有时偶尔会出些纰漏,让激情扰乱了他们的生活,让自由在充满财产本能的世界里抢占了一席之地。美——这里由伊琳代表——不肯与“有产业的人”共同生活;索米斯·福尔赛作为有产业的人,对她的态度愤恨不已。他最后几乎成了一个悲剧人物。这第一部福尔赛小说是写人性的杰作,扎实有力而又独立成篇。说不准高尔斯华绥是否从一开始就想到了要给它写续集。不管怎样,待他再次着手写福尔赛时,已经事隔十五年,世界大战的后果大大地改变了生活的远景。《有产业的人》得到了扩展,添加了《骑虎》(1920)、《出租》(1921)和两个作为插曲的短篇。至此《福尔赛世家》全部完成。但对该家庭的青年一代尚未交代,高尔斯华绥觉得意犹未尽,接着写了结构完全相同的另一组三部曲《现代喜剧》,包括《白猿》(1924)、《银匙》(1926)和《天鹅之歌》(1928),及穿插其间的两个承前启后的短篇插曲。这两套三部曲是了不起的文学成就。小说家通过三代人的命运刻画了自己的时代,非常成功地把握了这一无论从深度还是从广度上说都是无比困难的题材。他的成就是英国文学中令人难忘的功绩,考虑到他作此尝试时欧洲大陆在这方面早有杰作在先,其努力可谓倍加可贵。

这部编年史式的小说着重记述的是福尔赛家族的人的日常生活,是种种的个人际遇、冲突和生活悲喜剧。但在背景里可以看到历史事件的深色经纬线。每位读者都一定记得那一章——其中描述了索米斯和他的第二个妻子在一个阴沉沉的日子里站在海德公园围栏旁看维多利亚女王出殡,随后又简略地回顾了女王登基以来的这些年:"社会风气变了,习尚变了,人变得离猿猴更远了,上帝变成了财神——而财神爷被人捧得也自以为是上帝了。"在福尔赛系列小说中我们看到了维多利亚时代如何演变瓦解,直至我们的时代。第一组三部曲表现的是英国贵族与富豪融合的时期,描写了"绅士"观念的变化,这是急风暴雨之前的小阳秋。第二组三部曲被称作"喜剧"而不是"家族史",描写一个新的英格兰的深刻危机,它面临的任务是把过去的废墟和战时的临时兵营建设成将来的家园。人物画廊丰富多彩,令人赞叹。强壮的生意人,任性的社交界女士,老派的三姑六姨,反叛的妙龄少女,出入俱乐部的绅士,以及政客、艺术家、儿童,甚至各种狗——其中最后一项特别为高尔斯华绥所青睐——所有这形形色色的一切都在伦敦生活的全景图中出现,形象具体,栩栩如生。

一些情境重复出现,饶有趣味地记录了一个有某些特定遗传性格的家族命运中的兴衰波动。对每个人物的刻画高超卓异。起支配作用的则是社会生活的法则。

观察高尔斯华绥本人的观点在这些小说中如何逐渐演变,也是很有教益的。他最初激进地批评现存文化,后来评价事物时变得较为公允客观,最后采取了更自由化的纯人道主义观念。对此人们常举的例子是他对索米斯的处理。索米斯是个标准的英格兰人,起先被大加讥刺,后来描写的笔触里有了些尊重,尽管作者似乎并不情愿,但这尊重却渐渐增加,最终化作了真正的同情。高尔斯华绥充分运用了这一同情;他对索米斯这个人物的全面刻画是福尔赛家族史及其后代的喜剧中更令人难忘的部分。人们很容易记住《天鹅之歌》中近结尾处的一个精彩情节:老索米斯驱车到了西海岸他祖先住过的村庄,借助一张旧户籍地图找到了当年福尔赛农场的所在地,如今那里只剩一块石头标志旧址。一条隐约可见的小路把他引到长满青草和金雀花的谷地。他迎着清新而猛烈的海风呼吸着,一时有些沉醉;他披上大衣,倚着岩石坐下陷入沉思。他的祖先可就是在这荒凉的土地上亲手建造了房舍?他们是这里的第一批居民吗?他冥想着。先辈的英格兰在他眼前出现了,在那时的英格兰"用马驮运货物,很少有煤烟,烧的是泥炭和木柴,老婆永远不会离开你——也许因为她们办不到”。他坐了很久,沉湎在对于老家的种种感情中。“他的心被触动了,仿佛这荒凉地域的带盐味儿的独立精神仍然留在他的骨髓里。老乔里恩①和他的父亲,以及其他叔叔们——难怪他们个个独立不羁,因为他们的血液里凝集着这地方的孤独和海边的空气;他们被这些渍腌得乖戾——不愿放弃,不能撒手,不肯死去。一时间他甚至似乎了解了自己。”

对于高尔斯华绥,索米斯成了静态的老英格兰的最后一个代表。我们被告之说,他从不欺瞒;他的做派也许不堪忍受,但却是真实的。高尔斯华绥的写实主义以这种方式本分地向索米斯式的冷静平淡的尊严表示了敬意;而这一点被认为是他对人性评价的一个根本因素。随着时间的流逝,随着冷嘲的怠倦,放纵行为变得越来越摩登,这位编年史作家发现,过去不被自己赏识的若干特征其实或许正是英国能够御敌拒变的秘密之所在。总的说来,高尔斯华绥的后期小说浸透着自我辩护的爱国情绪。同样的感情也表露于他对家和自然的描写中,作者以更温情、更焦虑的诗意表达这些,带着保护某种注定要失去的珍贵物品的惋惜之情。这可能是旧房间,过去人们曾在那里盘桓,仿佛要永世延续下去。这也可能是一处英国花园,那儿九月的艳阳照耀着青铜色的榉林叶和百年的老杉木篱墙。

时间不容许我再这样详述高尔斯华绥的其他作品,虽然它们在质量上常常是可以和福尔赛系列媲美的。后者的长处只在于它的史诗规模。作者重要的成熟人物尤其应在《庄园》(1907)、《友爱》(1909)和《殷红的花朵》(1913)等作品中寻找。《庄园》描述乡间大宅生活,其中的本戴斯太太或许是高氏笔下最精致的女性形象。她是位完美的毫不做作的女性,经历着有限度的小悲剧,那些真正的高尚天性每每总是被这样的悲剧所纠缠,注定要被传统的枷锁拘束,甚至毁灭。《友爱》中以混有同情与讥讽的严谨笔触展示了一位有社会良知的半吊子的牺牲者,一名审美家。他因伦敦无产者大众的苦难而感到不安,却不能采取断然步骤,将自己的利他主义冲动付诸行动。在这部小说中我们还见到了独具创意的老斯通先生,一个总是在夜空下无休止地独白的乌托邦梦想家,他实在是高氏笔下最令人难忘的典型之一。我们也不应忘记《殷红的花朵》,它可被称为是由高明的乐师演出的一支心理奏鸣曲,依据人的不同年龄阶段中的激情和忍从态度奏出种种变调。甚至在短篇小说中高尔斯华绥也常常能通过具有图画般直观效果的明暗对比引发读者的感情呼应。当浸透着他的个人风格的叙述变得异常生动时,他能在短短几页中打动读者,比如他在《质量》中讲述那个德国鞋匠朴实的经历时就是如此。那个短篇写的是优秀传统技艺如何在与廉价的工业品竞争中绝望地挣扎。

高尔斯华绥的叙事艺术诉之于教育和正义感,往往对当时的生活见解和思想习惯有所影响。他的剧作也是如此。它们经常直接地参与社会讨论并至少曾在一个领域——即英国的监狱管理——中引发了明确的变革。在他的剧作中,异常丰富的思想与高度的机智和技巧相结合,造成出色的剧场效果。剧中所体现的意愿倾向总是公正的并富有人情味。在《森林》(1924)中他揭示了冷酷的贪欲如何为了获取钱财而利用英国人征服全

① 老乔里恩,“福尔赛世家”中的一员,索米斯的伯父。

球的英雄主义思想。《展览》(1925)则通过一个家庭悲剧表现了个人在新闻界面前的无能为力:报纸的野蛮好奇心像一部耳聋的机器一样无节制地运转,甚至无法找到对其恶劣后果负责的人。

《忠诚》的题材有关荣誉:忠诚被检验,它在家庭、企业、职业和国家等不同的领域里的运作都一一受到不偏不倚的考察。这些和其他剧作的长处在于它们的逻辑结构和非常集中的行动;有时它们也具有不可忽视的诗情氛围。这里我特指的是《鸽子》(1912)和《一点爱意》(1915),尽管它们在舞台演出时并未大获成功。总的来说,虽然高尔斯华绥的剧本在艺术上比他的小说稍逊一筹,但它们同样明确地印证了他是多么强烈地执着于他早年对自由的向往,当年雪莱曾为那自由理想插上翅膀并点燃曙光的火焰。即使在高氏的比较冷静的作品中,他也是种种精神和物质的压迫的坚定反对者,是一个憎恨冷漠无情、要求公平行事的敏感的人。

在技巧方面屠格涅夫是他最早的老师之一。像那位迷人的俄国作家的作品一样,他的小说中也有一种明确的音乐美,能够抓住并保持人的隐秘的感情。他的直觉从不失误,以致他可以只稍作影射或仅仅留下半个提示。还有他独具特色的讽刺,甚至笔调也与其他作家不同。讽刺各不相同。有一大类是否定性的,有如那炉火早已熄灭的冷房间里窗户上的白霜。但也有一种亲近生活的讽刺,来自于热忱、关切和人情味。高尔斯华绥的讽刺就是这样。他的讽刺似乎面对罪恶的悲喜剧发问:为什么会这样,为什么必然这样,是否有什么补救方式。高尔斯华绥有时甚至让自然参与关于人的种种讽刺戏剧,让风、云、花香和鸟语强调事件的苦痛或甜美。借助讽刺,他每每成功地唤起人们的心理想象,而这永远是理解和同情的最好的同盟。

高尔斯华绥曾把他的艺术座右铭归纳为和谐、匀称、均衡。这些表达了他的思想的天然特色,表达了一种精神追求。也许是因为太难于实现,这种理想如今常常被怀疑。这位诗人曾长久地严厉抨击典型的自立自足的绅士,然而我们很快就发现他本人无疑给古老的绅士观注入了新生命,使它与切近的人生及不被拘束的美感本能保持联系。艺术家高尔斯华绥身上得到充分发展的那些性情特征在英语中正是用与"绅士"同词根的"温文"一词表达的。这些特点体现在他的作品中,因而也是对我们时代做出的文化贡献。

令人遗憾的是,高尔斯华绥先生身体欠安,今天不能如其所愿来这里亲自领取一九三二年诺贝尔文学奖,因此将由英国的代表克拉克·科尔部长代为领奖。

现在请部长阁下接受瑞典国王陛下颁给贵国著名作家的诺贝尔文学奖。

诺贝尔文学奖评委会委员 安德斯·奥斯特林

黄梅 译

质量

我很年幼时就认识他了,因为他为我父亲承做靴子。他和他哥哥开了一家店,铺面是伦敦西区一条小侧街上的两间打通的小店房。那一带如今已大不如昔了,当年却是很时髦热闹的。

他的店铺毫不招摇却自有特别之处:门面上只有他的德国姓氏"盖斯勒兄弟",没有标榜本店为王室成员服务的招牌;橱窗里陈列着几双靴子。记得当年我怎么也想不通他的橱窗里的靴子为什么从不更换。他只定做,不卖现货;而我简直不能想象他做的鞋会不合适。莫不是他买来摆在那儿的吗?这似乎也不可思议。让那些不是他亲手制作的皮鞋摆在自家店里,他肯定忍受不了。何况那些鞋太美了——那双轻便舞鞋精巧得不可言传;那双有布翻沿的漆皮靴叫人看了垂涎欲滴;那双褐色的长筒马靴闪着神奇的幽光,虽然是崭新的,倒像是穿了一百年。这些是体现了一切鞋的本质的典范,只有亲自会见了靴的灵魂的人才做得出。当然,这些念头是后来才有的。不过,我大约十四岁起有了资格到他那里定做鞋,那时就已对他们兄弟二人的尊严有了模糊而又强烈的感受。从那时起直到现在,对我来说,制作靴子——做他所做的那种靴子——是神奇美妙的。

我清楚地记得有一天我把小脚丫伸到他面前,羞怯地问:

"盖斯勒先生,做靴子难极了吧?"

他回答道:"那可是艺术!"说着他那透露着讥讽意味的红胡子里突然荡开了微笑。

他本人也有点像是皮革制成的:脸黄黄的,皱皱的,红色的头发和胡须卷曲着,面颊和嘴角间有一道道清晰的皱纹,话音单调,喉音浓重。皮革是一种冷峻的物质,有点死板迟钝,而这也是他面部的特征——除了他的眼睛。他的蓝灰色眼睛现出朴实的严肃态度,这神态每每表示其人私下里迷恋着理想。他的哥哥十分勤劳,比他平淡一些,各方面都略逊一筹。他们兄弟二人长得极为相像,所以早先我有时要等到会面结束才能确定对方到底是谁。到那时,如果他不说"我要问问我兄弟",那就是他本人;如果说了,便是他哥哥了。

人长大了,荒唐起来,开始赊账;但不知怎的,他绝不拖欠盖斯勒兄弟的款子。如果欠他——比如说吧——两双鞋的钱,倒还可以心安理得,因为那只表明你仍然是他的主顾。但若欠了两双以上的钱,却仍走进他的铺子,把自己的脚伸到他那带铁架眼镜的蓝眼睛下,就未免太不像话了。

因为人们不会常常到他那里去。他做的靴子仿佛具有某些超越时间的东西,非常耐穿,好像他是把靴子的本质缝了进去。

人们进商店时一般都怀着"把我要的东西给我,快点了事"的心情,然而进他的铺子就像进教堂一样心静神安。来客坐在那把唯一的木椅上等待着,因为他的店里总没有人。店里黑黑的,像口井,弥漫着好闻的皮革气味。不一会儿,他或他哥哥的脸就会在上面的井沿边出现,向下张望着。随后响起一阵喉音,一阵韧树皮拖鞋敲打狭窄的木楼梯发出的踢踏声,最后他来到顾客面前,不穿外衣,背微驼,系着皮围裙,袖子卷起,眨着眼睛——仿佛刚刚从某个靴子梦中醒来,又像是一只被晨光惊起的烦躁不安的猫头鹰。

这时我说:“你好呀,盖斯勒先生?可以给我做一双俄国皮靴吗?”

他会一声不响地走开,回到楼上去,或者到店铺的另一边去;我就坐在木椅上继续休息,呼吸着鞋铺的气味。不久他就会转回,枯瘦多筋的手里拿着一张黄褐色的皮子。他会两眼盯着皮革赞美道:“多漂亮的皮子啊!”等我也赞赏了一番以后,他就又开口:“你什么时候要鞋?”我会回答:“什么时候做好什么时候要。”于是他说:“半个月以后?”或者,如果来的是他的哥哥,他就说:“我要问问我兄弟!”

然后我会喃喃地说:“谢谢你!再会了,盖斯勒先生。”他会一面回答“再见”,一面仍看着手里的皮子。我向门口走去时,就又听到他的拖鞋踢踢踏踏地将他送回楼上去做他的靴子梦了。但假如我要定做的是以前他不曾替我做过的新样式,他就会一丝不苟地照章办事:把我的靴子脱下来,长久地拿在手里,用又挑剔又钟爱的目光打量着它,好像在回想他制作那靴子时的激情;又像是在责备人们穿坏了他的杰作。然后他把我的脚放在一张纸上,用铅笔贴着脚的外沿描上三两次,还用他神经质的手指细细摸我的脚趾,琢磨着我的需要的关键之点。

忘不了那一天,我因有双鞋不太称心,对他说:“盖斯勒先生,你知道吗,上次的那双市内散步靴走起路来咯吱咯吱的。”

他没回答,看了我好一会儿,好像希望我撤销或修正我的话,然后才说:“它们不该咯吱咯吱地响呀。”

“不过,确实是那样。”

“你是不是没等靴子穿定型就把它们弄湿了?”

“我想没有。”

听了我的回答,他垂下眼睛,好像在搜寻有关那双鞋的回忆,我有些后悔,真不该提起这桩如此重大的事件。

“把它们送回来!”他说,“我要看一看。”

对那双吱吱叫的靴子,我心里涌起一阵怜悯之情。因为我可以栩栩如生地想象出他将如何用伤心的探究目光长久地埋头查看那双鞋。

“有些靴子,”他缓慢地说,“根本就不行。如果我不能把它们修理好,就不收这双鞋的钱。”

有一次(只有这一次)我心不在焉地步入他的铺子,脚上穿的是应急在某家大公司买的靴子。他接受了我定的活儿,却没给我看皮子,我觉得出他的目光在穿透我脚上的次等皮革。最后他说:

“那不是我做的靴子。”

他的声音里没有愤怒,没有悲伤,甚至没有轻蔑,但却有某种平静而又令人心惊肉跳的东西。为了追求时髦,那只左靴有一处做得不大舒适;他把手伸下去,用指头在那里按了按。

“这儿挤脚吧，”他说，“破烂儿！这些大公司一点自尊心都没有。”随后，好像是心里的什么东西决了堤，他说了一大段愤恨的话。听他议论制鞋业的状况和困境，这在我是唯一的一次。

“他们把生意都抢走了，”他说，“他们靠的是广告，不是做工。我们热爱我们的靴子，可他们把生意从我们手里抢走了。到如今——我眼看就要没活儿可做了。买卖一年比一年清淡，你会看到的。”望着他满是皱纹的脸，我看到了以前未曾注意的东西——那些痛苦的事物和痛苦的挣扎。他的红胡子突然花白了多少啊！

我尽力地解释自己是在什么情况下买了那双倒霉的靴子。但他的面容和声音深深地打动了我，于是在此后几分钟内我定了好多双靴子。这下可遭了报应！它们更是永远穿不坏了。差不多有两年时间我都不能问心无愧地上他那里去。

等我终于再去的时候，却惊奇地发现他店铺的两面橱窗中有一个漆上了别人的名字——也是靴匠的名字，当然是为王室服务的喽。那几双熟悉的旧陈列靴不再气度轩昂地各据一方，而被统统挤到了一个橱窗里。里面，那井一般的店堂收缩得只剩一间，比往日更加黑暗，更加气味扑鼻。等待的时间也比以往更长，好久才出现一张面孔向下张望，才响起踢踏的韧树皮拖鞋声。最后他站到了我面前，透过那副生了锈的铁架眼镜望着我，说：

“这位先生是——？”

“啊！盖斯勒先生，”我结结巴巴地说，“但你知道，你做的靴子实在太好了！瞧，这双还蛮不错的呢！”我把脚伸到他面前，他看了看。

“是的，”他说，“人们好像不想要好靴子。”

为了躲避他责难的目光和声音，我赶快问道：“你的铺子怎么了？”

他平静地回答说：“开销太大了。你要做靴子吗？”

我定了三双，虽然其实我只需要两双。然后我就匆匆离开了。我有一种说不清的感觉，觉得在他的心目中我参与了阴谋和他作对，或许不是和他，而是和他关于靴子的理想作对。想必人都不愿意有那种感觉，因为我又一连好多个月没去他那里。记得我后来再去时是这样想的：“不过，我总不能不理那老伙计了。去一趟吧，说不定这一回是他哥哥接待呢！”

我知道那位哥哥性情柔弱，不会责备我，就连无声地责备也不敢。

在店里出现的果真是他哥哥，正摆弄着一张皮子。我心里顿觉轻松。

“盖斯勒先生，”我说，“你好吗？”

“我很好，”他慢慢地说，“可是我的哥哥死了。”

我这才看出面前的是他本人——但却衰老了许多。我以前从没有听他提到过他的哥哥。我很惊愕，喃喃地说：“啊，我真难过。”

“是的，”他回答说，“他是个好人，他做的是好靴子。可他死了。”他摸摸自己的头顶，我猜是想要说明他哥哥的死因。他的头发突然变得稀疏了，像他哥哥的一样。“丢了另外那间铺子，他怎么也想不开。你要做靴子吗？”他把手中的皮革举起来：“这一块皮子很漂亮。”

我定做了几双。过了很久鞋才送来——但做得比以往更好。这些靴子简直就穿不坏。不久后我出国了。

过了一年多我重又回到伦敦。我去的第一家店就是我那老朋友的铺子。我离去时他是六十岁的人，回来时他像是有七十五了，皱缩，虚弱，颤颤巍巍。这一次，他起先真的没认出我来。

“哦！盖斯勒先生，”我说，心里十分难受，“你的靴子真是出色！我在国外时几乎一直穿这一双，可它们简直没怎么磨损，不是吗？”

他对着我那双俄国皮靴看了好一会儿，面孔似乎恢复了镇定。他把手放到我脚背部的鞋面上，问：“这儿合脚吗？记得做这双靴子时可真费了点事儿呢。”

我对他说那双靴子非常舒适。

“你要做靴子吗？”他说，“眼下生意不景气，我很快就能做好。”

我回答说：“有劳，有劳！我正需要靴子呢——各种的都要！”

“我得做个新模子。你的脚一定大些了吧。”他照我的脚画了样，又摸了我的脚趾，动作迟缓不堪，这过程中只有一次抬头对我说：“我哥哥死了，我告诉过你没有？”

他变得那么衰老，看着他真叫人痛苦；我不无慰悦地离开了他。

我根本没指望他能完成这批订货，可有一天傍晚靴子送来了。我打开包裹，把四双靴子排成一行，然后一双一双地试穿。毫无疑问，不论是式样还是大小，不论是做工还是皮革质量，在他为我做的靴子中这几双都是最上乘的。我在一只市内散步靴的鞋口处发现了他的账单，价钱和过去一样。我大吃一惊。过去不到季度结账日他是绝不送账单的。我飞快地下了楼，开了一张支票，并立刻亲自将它寄出。

一星期以后，我路过那条小街。我想我该进去告诉他，新做的几双靴子是多么合适。我走近他的店铺所在的地方时，却发现他的姓名不见了。依然留在橱窗里的是那精巧的轻便舞鞋、那有布翻沿的漆皮靴和那幽暗的马靴。

我大为不安，走进门去。在那两间小门面的店堂里——如今又打通了——有个年轻人，一副地道的英国人面孔。

“盖斯勒先生在家吗？”我说。

他看了我一眼，又是惊异，又是巴结。

“不在，先生。”他说，“不在。不过我们很愿意为您提供各种服务。我们已经把这间店盘过来了。您一定已经看见隔壁门上我们的名字了吧。我们为不少非常有身份的人做靴子呢。”

“是的，是的，”我说，“但盖斯勒先生呢？”

“噢！”他回答，“死了。”

“死了！可是我上星期三还收到了他为我做的靴子。”

“啊！真不可思议。可怜的老头是饿死的。”

“上帝！”

“医生说，是慢性饥饿！您知道他是怎么干活儿的。要维持铺子开业。除了他本人，不让任何人碰他的靴子,每接一份订货,要花好长的时间做。可人们不乐意等。他失去了所有的顾客。他老坐在那儿,做呀做呀——我为他说句公道话——他做的靴子在全伦敦是顶拔尖的。可也得看看竞争啊!他从来不做广告!非要最好的皮子不可,还得事事都自己动手。得,这就是下场。照他的死脑筋,您还能指望什么结果呢?"

"但是挨饿——"

"那可能有点夸张,按俗话所说——但我亲眼见他从早到晚坐在那里做靴子,直到最后。您瞧,我常常留神看他。从来不给自己留吃饭的时间,从来不在家里留一个小钱。全用在交房租、买皮子上了。我简直不知道他怎么能活到了这把年纪。他常常连火也不生。人是有点特别。不过他做的靴子真不错。"

"是的,"我说,"他做的靴子是好靴子。"

黄梅 译

1933

获奖作家

布宁

传略

伊凡·阿列克谢耶维奇·布宁(Иbah Алексееbич Буhиh,1870—1953),俄国作家,一八七〇年十月二十二日出生于沃龙涅什市的一个破落贵族家庭。由于家境贫困,他只读到中学毕业,一八八九年便独立外出谋生,当过校对员、统计员、图书管理员,还当过报社的采访员、助理编辑等。他曾结识过许多大文豪,其中托尔斯泰的人道主义思想和高尔基的民主主义思想,都给了他很大的影响。他还曾在高尔基主办的知识出版社工作。他的创作生涯始于诗歌,十七岁时即开始发表诗作,一八九一年出版第一部诗集《在露天下》,一九〇一年因诗集《落叶》获俄国科学院颁发的普希金奖,一九〇九年被选为科学院的名誉院士,一九一四年曾被《真理报》誉为与高尔基、阿·托尔斯泰并列的作家。十月革命爆发后,他因抱有贵族偏见,对暴力革命持敌视态度,于一九二〇年逃往法国,开始了历时三十余年的流亡生活,直至一九五三年十一月八日在巴黎病逝。

布宁的创作成就主要是中、短篇小说。一八九七年出版的第一部短篇小说集《在天涯》引起评论界的注意。随后他又创作了大量的中、短篇小说,其中著名的短篇小说,有以抒情的笔调描写走向没落的贵族命运的《安东诺夫卡的苹果》(1900)、涉及俄国农村何去何从的《新路》(1901)以及描写贵族死守庄园过着苟延残喘生活的《末日》(1903)等。一九一〇年,中篇小说《乡村》问世,标志布宁的创作视野有了新的变化,从狭窄的贵族庄园转向广阔的社会,更加关心农民的疾苦和俄罗斯的命运。在一九一一年至一九一三年间,布宁又创作了一系列反映农村生活的中、短篇小说,如《苏霍多尔》《欢乐的庭院》《蟋蟀》《夜话》《扎哈尔·沃罗比约夫》《干旱的溪谷》《莠草》等。这些作品真实地描写了农村的落后和黑暗,农民苦难、悲惨的命运。第一次世界大战爆发后,他写了《弟兄们》(1914)、《旧金山来的绅士》(1915)、《轻盈的气息》(1916)等,表达了他对资本主义文明的憎恨。

一九二〇年,布宁流亡国外,侨居法国后,继续从事创作,除带有自传色彩的长篇小说《阿尔谢尼耶夫的一生》(1927—1933)外,还写了近两百篇中、短篇小说,其中包括《米佳的爱情》(1924)、《骑兵少尉叶拉金案件》(1925)、《阿萨涅夫的生活》(1927)、《莉卡》(1933)、《幽暗的乡间小径》(1938)、《在巴黎》(1940)、《乌鸦》(1940)及《三个卢布》(1944)等名篇。他的最后作品是出版于一九五〇年的《回忆与描写》。

一九三三年,为了表彰"他的艺术才能,使俄罗斯古典传统在散文中得到继承",授予他诺贝尔文学奖。

授奖词

伊凡·布宁文学生涯的脉络既清晰又复杂。他出身于乡村贵族家庭,而且在那个社会阶级主宰着俄罗斯文化、创造了在当代欧洲占据一席光荣地位的文学,并在引发出致命的政治运动的那个时代的文学传统熏陶下生长成人。后一代人戏弄地称这些人是"英明的地主老爷",他们满怀义愤和怜悯,坚持抗议对农奴的侮辱。不过,他们应该有个更好的名称,因为这些人很快就在自己造成的动乱中失去了生命和财产。

年轻的布宁身旁,只留下了这个家族财产的瓦砾碎石;而只有在诗的世界里,他才能够感受到同过去时代强大的联系。他生活于一个毫无生机的幻想世界,而不是具有民族感情和对未来抱有希望的世界。尽管如此,他并没有逃避改革运动的影响;学生时代的他,即深受托尔斯泰宣告与卑贱者和贫困者情同手足的感召。因此,他像别人一样,学会了凭借双手的辛劳而生活,对他来说,他在一个信奉同一宗教的、特别喜欢讨论的人家中,选择了制桶手艺。(他原本完全可以学习一种比较不太困难的手艺的——桶板不易聚拢在一起,而且需要很好的技艺才能制做出一个能盛东西的桶来。)

为了使自己的思想进入更高的层次,他找了一个朋友做他的向导,此人以顽强的毅力,来抵阻非常严格意义上的肉体诱惑,于是素食主义便融入了他的教义当中。布宁同那人一道航海去托尔斯泰家中,以便在引见给这位大师的过程当中有幸观察到自己的胜利和失败。他在火车站上的几个茶点摊位面前取得了胜利,但最终敌不过肉饼那过于强烈的诱惑。大嚼肉饼以后,他替自己的特别堕落找到了巧妙的口实:"不过,我明白,这并不是肉饼的力量俘获了我,而是我俘获了肉饼,我不是肉饼的奴隶;我愿意时就吃;不愿意时就不吃。"毫无疑问,这位年轻的学生并不想与这样的同伴长久地待在一起。

托尔斯泰对布宁的宗教狂热并不很重视,他说:"你愿意过一种淳朴勤俭的生活?这很好,但对此也不必刻板拘泥。人们在各种生活中都能成为杰出者。"谈到诗人生涯时,他说:"噢,要是你对诗特别感兴趣的话,那就写吧。不过要牢记,这永远不会成为你生活的目标。"但这一告诫使布宁无动于衷;他那时已经是一个全身心投入的诗人了。

他模仿古典诗写的作品很快就引人注目，它们的题材往往是对古老邸宅中往昔生活的抑郁之美的摹写。与此同时，他发展了以其全部恢宏和丰富的印象来摹状自然的力量，发挥了借一种非同寻常的微妙忠实地复制这些印象的才能。因此，在他的同代人投身于象征主义、新自然主义、亚当主义、未来主义，以及诸如此类稍纵即逝的文学纲领的冒险时，他却承续着伟大现实主义作家的艺术。在一个动荡不安的年代，他是个遗世独立的人。

布宁四十岁时，他的小说《乡村》(1910)使他出人头地却又声名狼藉，因为作品引起了激烈的议论，他抨击了俄罗斯人信仰的本质。这种信仰是对于具备美德的有才干的农民所抱的斯拉夫文化优越论的梦想，认为通过农民，这个民族必将有一天使世界笼罩在它的身影之下。布宁借助客观地描写农民美德的真实本质回答了这个命题，终于写出了即使在俄罗斯文学中也是一部最抑郁冷酷的作品。在俄国文学中，这样的作品并不少见。

作者除了对小说中两个主要人物的祖父被主人养的犬蓄意地追猎致死稍有提及之外，并没有对俄国农夫的堕落做出什么历史解释。事实上，这件事出色地表示出被压迫者心灵上产生的印痕。但是布宁只是按照他们实际上的样子表现他们，在任何恐惧面前，他们都不犹豫。而且，对于他来说，证明他的严酷判断的真实性是轻而易举的。最近，最残酷类型的暴力，已经随着第一次革命——预示后来一次革命的兆头——接踵席卷了那块地方。

由于没有别的称呼，这部作品被称为转化中的小说，然而它与这种文学样式的相似之处微乎其微。它由一系列下层生活中跌宕骚动的插曲构成；细节的真实对于作者来说，就是一切。批评家诘问的，与其说是细节，不如说是对细节漠不关心的抉择，而外国人不能判断这一批评的有效与否。由于从那时以来发生的事件，这部作品现在又勃然复苏，它依然在本土的俄国人和俄国移民的眼中是一部经典作品，是真实、浓缩和持久的艺术的范本。

摹写乡村在他为数众多的较短作品中继续进行，有时专门描写宗教因素。在热情洋溢的民族主义一代人的心目中，这种因素使俄国农民成了大有前途的人民。对世道进行矫正的这种虔诚，在作家无情的剖析里，成了无政府主义的本能，成了自我侮辱的趣味。根据他的说法，这是俄罗斯精神的本质特点。他确然远远摆脱了自己年轻时代的托尔斯泰式信仰，然而却保持着其中的一个因素：对俄罗斯大地的热恋。他几乎从来没有如同在这些中篇小说的某些篇章中那样，以如此恢宏的艺术来描绘自己卓越的乡村。他这样做，仿佛是为了保护自己，在他目睹所有丑恶和虚伪之后，能够再一次地自由呼吸。

篇幅短小的、描写一所邸宅的小说《欢乐的庭院》(1911—1912)，是作为《乡村》的姊妹篇，以十分不同的精神创作出来的。这部作品不是对现在这个时代的摹写，而是按照布宁成长于斯的家族的老仆的记忆，对地主全盛时期的刻画。在这一作品中，作者也并不是乐观主义者；这些主人没有什么生机，他们像最严厉的控诉者所期望的那样，不配为自己的命运及其仆从的命运负责。从实际效果看,人们可以在很大程度上于小说内发现那种为人民辩护的素材,而这却在《乡村》中被布宁不赞一词地忽略了。

然而,这时的画面无论如何都似乎截然不同,充满了诗情画意。这部分是由于过去拥有的那类妥协,过去已经凭借死亡偿清了欠债;也是由于仆人甜蜜的幻想,它赋予那个消磨了自己青春的混乱而变化无常的世界以魅力。但诗情画意的主要源泉是作者的想象力,是他以热切的专注给予这部作品以丰富生命的才能。《欢乐的庭院》是一部艺术价值极高的文学作品。

在第一次世界大战前几年,布宁长途跋涉地中海诸国到达远东。这些跋涉为他一系列富有异国情调的中篇小说提供了题材,有些时候受到从弃绝生活中寻求宁静的印度教精神世界的感召,而更多的是从梦幻的东方和冷酷而贪婪的物质主义的西方之间强烈突出的对照中间得到灵感。大战降临以后,这位环球游览者在精神上所作的探求,连同世界悲剧造成的伤痕,产生了后来成为他最为著名作品的中篇小说《旧金山来的绅士》(1916)。

如同在别的作品中经常出现的情形一样,布宁在这里也使自己局限于以类型而非复杂人物来发挥主要思想,而极大地简化了主题。在这部作品中,他对使用这种笔法似乎持有特殊的理由:作者似乎害怕太接近自己的人物,因他们会唤醒他的义愤和痛恨。这位书中的美国大亨,在无止境地追求金钱之后,还想老骥伏枥、重振权力之雄心,然而,这种既可怜又可笑的举动难免使他的生命像肥皂泡一样破灭。这仿佛是无情的世界对他笔下人物宣布的判决。这个中篇没有勾勒那个可怜的微不足道的人物的肖像,而是凭借极为坚实的艺术勾勒出命运,即那个人物的敌人的肖像。这肖像并不带有什么神秘主义,而只是对自然力量与人类虚荣进行嬉戏的严格客观的描写。不过,在读者身上,仍然能唤起那种神秘感觉,而且,由于娴熟地驾驭了语言和笔调,这种感觉变得愈加强烈深刻。《旧金山来的绅士》立即为人们所接受,把它视为一部文学杰作;视为在这场悲剧中对根本罪愆的谴责;视为将世界推向同一命运的人类文明的变形。

大战的结局把作者驱逐出自己的国家,无论怎么说,对于他如此亲爱的国家,在他经历过的严酷压力之下保持缄默,似乎又是一种职责。不过,他失落的故国在他的记忆里面再一次得到了复活,而且加倍地亲切。抱憾使他更加怜悯人。然而,有些时候,他出于更有力的理由,仍然描绘他的特殊的“敌人”,即俄国农夫,以抑郁锐利的目光审视他们的恶行和错误;而有些时候,则是向未来眺望。在一切令人生厌的事物下面,他瞥见了某种无法摧毁的人性美德的东西,不仅以对道德的强调来表现它,而且把它表现为充满巨大生机的自然力量。“一棵上帝之树”,他们其中一个这样称呼自己。“因此,我明白,是上帝带来了它;风吹到哪里,我就跟到哪里。”他就以这种方式暂时告别了他们。

后来,布宁从自己对俄罗斯大自然的记忆的不尽宝库中,能够重新吸取到创作的愉悦和欲望。他以自己生活于其中的那个时代同样的简朴,来想象俄罗斯的新命运;给这些命运增添色彩和光辉。在《米佳的爱情》(1924)中,他以对心理全面的娴熟把握,来剖析年轻人的情感。在这种心理把握中,感官印象和心理状态得到了出色处理,这是特别不可或缺的。这部作品在他的国家非常成功,虽然它标志着文学传统的回归,而这些传统,连同不少其他事物,似乎已经被判处了死刑。已经出版的《阿尔谢尼耶夫的一生》(第一部《岁月之源》,出版于1933年),部分地带有自传性质。他在这部作品中,以比从前更为广阔的气势,再现了俄罗斯的生活。他原来作为俄罗斯大地辽阔富饶之无可比拟的丹青妙手的优势,在这里依然得到了充分证实。

伊凡·布宁在他的国家文学史上的地位,业已得到清晰地界定。长期以来,他的举足轻重已经得到承认,几乎没有意见的分歧。他继承了十九世纪以来的光荣传统并加以发扬光大。至于他那周密、逼真的写实主义笔调,更是独一无二。他以最严谨的艺术,出色地抵制了忘掉事物而追求词语魅力的一切诱惑;他虽然是天生的抒情诗人,却从来没有修饰他的所见,而是以最精确的忠实来进行处理。他给自己的质朴语言增加了一种魅力,而这种魅力,按照他同胞的说法,他的语言读来如饮醇酒,即使在译文中,人们也往往能够感受得到。这种能力就是他的卓越而神秘的天才,它给他的文学作品打上了杰作的印记。

布宁先生,我方才试图对你的作品及其艺术精华作一番描绘。无疑,由于供我支配的时间很少,这种描绘对于如此重大的任务来说,难免挂一漏万。现在,请您从国王陛下手中接受瑞典学院授予您的奖金,同时请接受我们的衷心祝贺。

瑞典学院常务秘书 佩尔·哈尔斯特龙

李自修 译

作品

在一条熟悉的街道上

巴黎春天的一个夜晚,行走在林荫道上,浓密的嫩叶形成了蓊郁的树荫,树荫下盏盏路灯释放出金属般的光芒,我觉得自己心情愉快,还很年轻,一首诗忽然浮上心头:

在一条熟悉的街道上,
我记着那古老的楼房,
楼梯陡峭又昏暗,
窗户上挂着窗帘……

真是首好诗!奇妙的是当年我也有过类似的经历!莫斯科,普列斯尼亚区,白雪皑皑的僻静街道，一幢幢市民居住的木头房子，我呢，是个大学生，那时候传奇般的经历，现在居然难以置信……

那里一盏神秘的孤灯，
直到半夜还闪烁幽光……

那里确实有一盏孤灯。暴风雪漫卷，狂风扬起屋顶的积雪，轻烟一样随风飘散，而在高处的顶楼上，印花布红窗帘里边，一盏灯闪着幽光……

啊，有个奇妙的姑娘，
在魂牵梦萦的午夜，
在房子里解开了发辫，
正殷切地等候着我……

这是真实的经历。她来自谢尔普霍夫，是教堂诵经士的女儿，撇下了贫困的家庭，来莫斯科求学…… 我登上积雪覆盖的木头台阶，拉了拉通往门厅的铃环，门厅里响起了洋铁皮做的门铃的声音，隔着门听见有人快步奔下陡峭的楼梯，门开了，狂风卷着飞雪扑向她，扑向她的披肩和白色棉袄……我急忙迎上去亲吻她，拥抱她，为她遮挡风寒。我们俩沿着又冷又黑的楼梯匆匆奔上楼，走进她寒冷的房间，一盏煤油灯闪动着落寞的光焰…… 窗上挂着红色窗帘，窗台下一张小桌，上面摆放着那盏煤油灯，靠墙有一张铁床。随手脱去外套，摘下帽子，我坐到床上，把她抱起来放在腿上，隔着裙子感觉到她的肌肤和骨骼…… 她的辫子没有解开，依然盘在头上，淡褐色的发辫，显得有几分可怜，脸是普通人的脸，长年饥饿使得脸色近乎透明，眼睛也是透明的，乡下人的眼睛，嘴唇柔弱，身体瘦弱的姑娘才有这般柔弱的嘴唇：

不再幼稚，激情如火，
她紧紧贴着我的嘴唇，
浑身颤抖悄悄地说：
“听着，让我们私奔！”

私奔！逃到那里去？为什么？躲避什么人？这句头脑发热、充满了孩子气的蠢话“让我们私奔！”是多么美妙动听啊！我们俩并没有“私奔”。有的却是世界上最柔弱、最甜美的嘴唇，有因极度的幸福夺眶而出的热泪，有年轻肉体的苦闷，苦闷得彼此把头倚在对方的肩上。当我解开她的上衣，亲吻着她少女的乳白色的胸脯，吮吸着胸脯上还未成熟的乳头，仿佛草莓一般坚硬，她的双唇像火烧一样发烫…… 她终于清醒过来，跳下床去，点燃了酒精灯，把一壶淡茶温热，随后我们一边喝茶，一边吃白面包，还有包在红纸里的奶酪。说起我们的未来，话就没完没了，隐隐感觉到从窗帘外面钻进来的严冬的寒气，听着风雪敲打窗户的声音……“在一条熟悉的街道上，我记着那古老的楼房……”记住的还有什么情景呢？我记得春天送她去库尔斯克火车站，记得我们拎着她的柳条筐、卷起来的红被子用皮带扎得紧紧的，顺着就要起动的长长的列车奔跑，眼瞅着每节绿色车厢里都挤满了人……我还记得她好不容易终于挤进了一节车厢的过道，我们说话，告别，互相亲吻对方的手，我答应她两个星期后一定去谢尔普霍夫看望她……此外我就什么都记不清了。再没有什么事可供回忆了。

一九四四年五月二十五日

谷羽　译

秋千

夏日黄昏，他在客厅里叮叮咚咚弹着钢琴，听见露台上有她的脚步声，就猛烈地敲打键盘，用不和谐的嗓音大声吼叫着唱起来：

当我看见惆怅的明眸，
苗条身段，乌黑发辫，
既不羡慕沙皇，
也不羡慕神仙！

她走进了客厅，只见她身穿蓝色无袖长衫，佩戴珊瑚项链，两条长长的黑辫子拖在背后，面庞被太阳晒得微微发黑，一双蓝色的眼睛含着微笑：

“是在唱我吧？这是不是一段即兴创作的咏叹调？”

“对！”

说完又敲打琴键，高声吼叫：

也不羡慕神仙！

“可惜您的听觉不灵！”

“可我是有名的画家。像列昂尼德·安德列耶夫一样英俊。我来看望您，让您防不胜防。”

“托尔斯泰对您这位安德列耶夫有过评论，说他惯于恐吓，但是我不害怕。”

“让我们走着瞧，走着瞧！”

“您不怕爷爷的手杖？”

“虽说我爷爷是塞瓦斯托波尔的英雄，只不过外表威严罢了。我们俩一道私奔，偷偷结婚，事后再扑到他的脚跟前，跪下求他宽恕——他就会感动得流泪，不再追究……”

天黑了，吃晚饭的时间快到了，厨房里飘散出烧牛排洋葱的香味儿，他们俩跑进花园，花园里空气清新，花草已缀上露珠儿，在林荫道的尽头，两个人面对面站在秋千上，盘旋的风扬起了她的衣襟。他抓紧绳子，让秋千板晃动起来，装出一副惊恐的眼神，她的双颊泛起了红晕，目光专注、兴奋，又有些茫然。

“喏！看清清湖水的上空，刚刚升起头一颗星星和一弯新月——简直美如图画，您看，多么纤细的一钩月牙儿！弯月，弯月，金色的号角…… 哦，让我们飞上云霄吧！”

从空中落下来，两个人跳下秋千，双脚触地，随后坐在秋千板上，彼此望着对方，让急促的呼吸平稳下来。

“喏，怎么样？我说过了！”

“说什么啦？”

“您，已经爱上我了。”

“也许是吧…… 且慢，有人喊我们去吃晚饭…… 走吧，我们走吧！”

“稍等片刻。头一颗星星，一弯新月，碧蓝的夜空，露珠的气息，厨房飘来的香味儿——大概又是我爱吃的酸奶牛排！——还有蓝色的明眸和美丽幸福的面庞……”

“是的，我这一辈子，我觉得，再不会有比今天更幸福的夜晚……”

“但丁形容贝特丽雅齐：‘对她的爱起于明眸，结于芳唇。’是不是这样？”他握住她的手说道。

她闭上了眼睛，把头倚在他的肩膀上。他拥抱她拖着松软发辫的双肩，用手托着她的下颏问：

“结于芳唇？”

“好吧……”

走在林荫道上，他低头看着自己的脚步。

“现在我们该怎么办呢？去见爷爷，跪在他面前，请求他的祝福？可我哪有资格做丈夫呀？”

“不，不，不要说这样的话。”

“那该说什么哪？”

“我不知道。就这样任其自然吧…… 没有比这更好的机遇了。”

一九四五年四月十日

谷羽　译

“在这样的夜晚……”

奥德萨附近，八月末一个夜晚，明亮、温暖。

他们俩散步游玩，走在陡峭的海岸上。望着波光粼粼辽阔的大海，他面色庄重，以戏谑的声音开口朗诵：

月洒银辉。在这样的夜晚……

她挽住他的胳膊，接着朗读：

在这样的夜晚，蒂兹巴
走在带露珠的草地 忐忑不安……

“且慢，且慢，您是哪阵风刮来的渊博学者啊，连莎士比亚的诗居然也知道？”

“您从哪儿来，我也从那里来。并非总是贤惠伴侣，受神灵保护的科诺托普小市民。我读基辅中学毕业时也曾荣获金质奖章哪。”

“哦，不过，那已经是很久以前的事情了……”

“怎么，这是迷人的放肆吗？您说错了，充其量只有十二年。”

他斜着眼睛打量她又高又直的身材，只见那带雀斑的面孔表情生动。

“不错。前天，刚刚跟您认识，我估计您三十出头。不过对于霍霍尔①女人来说，这已经是老姑娘了。”

“不许您说我老。再说我根本不是霍霍尔，我是哥萨克女人。您还是告诉我蒂兹巴是什么人吧，我记不清楚了。”

“鬼才晓得她是谁呢！不过，下面的诗句相当奇妙，我还记得几行。真是美极了：

未见狮子先看见它的影子，
她被恐惧所笼罩，
立刻拼命地奔跑……

他用忧伤的声调接着朗诵：

伤心的狄多娜在这样的夜晚
站立在荒凉萧瑟的海岸……

她以同样的音调朗诵最后几行：

“在这样的夜晚 美狄亚

① 霍霍尔，俄罗斯人对乌克兰人的蔑称。

在原野采集神奇的药草，
好让年老的伊阿宋
返回青春年少……

天啊，太妙了！狮子的影子，还有那个美狄亚，还有那些神奇的药草…… 可是竟然没有一个爱上我的人！”

“不是还有我吗？”

“你是个平庸的散文作家。可我需要的是诗人。再说时光如箭，我两周的假期眼看就要结束，随后又得返回科诺托普。”

“不碍事。只有短暂的缘分才风流。

在这长椅之上
月光睡得多么甜蜜！

换句话说，并非睡在长椅上，倒是睡在海岸上。让我们坐下来歇一会儿吧，美狄亚。”

“好，坐下歇会儿，伊阿宋……”

他们离开小路，在海岸上找了片干枯的草地坐下来。

“还有什么能比我们这儿更好啊，狄多娜，您的霍霍尔的声音带着胸腔共鸣。再说，您既聪明，又乐观……”

她从赤裸的脚上脱下一只鞑靼式样的鞋子，把里面的沙土抖出来，她的脚掌又宽又厚，上半部被太阳晒得黑黝黝的，她的脚指头不停地挠动着。

“连脚指头都很美。可以亲吻一下吗？”

“绝对不行。在这样的夜晚，忧伤的美狄亚…… 在这样的夜晚…… 哎，太放肆啦，都不让人把话说完……”

他们俩很晚才往回走，走得很缓慢，月亮已经快要接近地平线，海岸下边海水在幽暗中闪烁着粼粼的波光，四周非常安静，一片朦胧中听得见潮起潮落的声响。

一九四九年四月七日

谷羽　译

1934
获奖作家
皮兰德娄

传略

路易吉·皮兰德娄(Luigi Pirandello,1867—1936),意大利戏剧家、小说家,一八六七年六月二十八日出生于西西里岛的阿格利琴托市。父亲是一个富有的硫黄商人,根据他的意志,皮兰德娄最初进了技术学校,但他对此毫无兴趣,一心想从事文学艺术事业,因此曾先后就读于巴勒莫大学和罗马大学的文学系,一八八八年赴德国波恩大学深造,获得语言学博士学位。一八九二年回国,定居罗马,从此一直在罗马高等女子师范学校担任文学教师,同时为文艺刊物撰写评论文章。一八九七年,一场无情的洪水淹没了他父亲和岳父合营的硫黄矿,两家都几近破产,妻子因此得了精神病,他和父亲的矛盾也激化了,因而精神濒临崩溃,但这段痛苦的经历也大大激发了他的创作欲望。一九二五年,他组建了罗马艺术剧团,任剧团的艺术指导。一九二六年至一九三四年间,他带领剧团在欧美各国巡回演出,对当时的剧坛产生了很大影响,也为后来的荒诞派戏剧奠定了基础。一九三六年十一月十日,皮兰德娄在罗马病逝。

皮兰德娄是位多产作家,一生共创作了四十多个剧本、七部长篇小说、三百多篇短篇小说、七本诗集以及其他作品等。他早在大学时代就开始写诗,一八八九年出版了第一本诗集《玛勒戈康杜》,但他的诗作并没有引起人们重视。使他在文坛上崭露头角的是他的第一部长篇小说《被抛弃的女人》(1901)的出版和一系列短篇小说的问世。他的早期小说受真实主义文学的影响,大多以西西里为背景,揭露社会的黑暗,对劳动人民寄予深切的同情。但自第二部长篇小说《已故的帕斯加尔》(1904)开始,在主题上发生了变化,转而主要刻画一个荒诞的不可知的外部世界和一个充满种种焦虑的现代人的内心世界以及两者之间的冲突,长篇小说《老人与青年》(1913)、《一个电影摄影师的日记》(1925)以及一些短篇小说,都表现了这样的主题,他的三百多篇短篇小说结集为十五卷的《一年里的故事》《西西里的柠檬》等是其中的佳作。

一九一〇年后，皮兰德娄主要转入戏剧创作，并取得了更为卓越的成就。他不仅在自己的戏剧中尽情发挥自己的创作思想，而且在剧本的结构和舞台艺术方面进行了许多革新和实验，大大地发展了戏剧艺术。他的戏剧代表作《六个寻找作者的剧中人》(1921)和《亨利四世》(1922)已经成为世界戏剧史上的传世佳作。它们采用荒诞离奇的情节、"戏中戏"等巧妙的结构，阐释了作者的创作思想。前者表现了艺术在反映真实上的局限性和人与人之间沟通的困难，后者表现了自我与现实的冲突及人的本性和人的社会表现的冲突，哲理意蕴极为丰富。此外，主要的剧作还有《别人的权利》(1915)、《诚实的快乐》(1917)、《像从前却胜于从前》(1920)、《给裸体者穿上衣服》(1923)、《各行其是》(1924)、《寻找自我》(1932)、《不知如何是好》(1934)等。

一九三四年，由于"他果敢而灵活地复兴了戏剧艺术和舞台艺术"，而荣获诺贝尔文学奖。

授奖词

路易吉·皮兰德娄的作品包罗万象。作为一名短篇小说家，其创作数量之多无疑是无与伦比的，哪怕在这一文学体裁的发源地。薄伽丘的《十日谈》容纳了一百个短篇；皮兰德娄在《一年里的故事》(1922—1937)中给一年的每一天各写了一篇。它们无论从主题到人物都富有变化：生活被描述得时而单纯真切，时而充满哲理，时而又荒诞不经，并常常伴以幽默和嘲讽的色彩。当然其中也不乏洒脱的诗情和想象，此时现实的要求便让位于某种理想和创作的真实。

这些短篇小说都属于不过分雕饰的即兴之作，因而显得自然、活泼、生动。然而正是由于短篇小说的有限篇幅要求特别严格的布局结构，我们同时感到了即兴创作的不足。当皮兰德娄急于处理某一题材时，他可能很快失去控制，顾及不到总体效果。尽管他的短篇小说表现出非凡的创造力，却终难成为一代杰出大师的代表作；这是显而易见的，因为我们发现，许多主题在他以后的剧作中又被再度运用。

同样，他的长篇小说也未能标志他艺术成就的巅峰。虽然那些早期的长篇作品渗透了他为现代戏剧做出独特贡献的思想，可他把这些思想最终成熟的形态留给了戏剧。

在这里我们所能做的只是扼要评述，仅列举其中一部长篇小说，它突出地显示了作者对于我们时代的看法，对于物质主义带来的生活机械化的厌恶与忧虑。这部作品叫作《开拍！》(1916)，取名于一个电影专业术语。该词原用来提醒演员们某个场景开始拍摄。小说叙述者即"拍摄"的人，相当于一家大型电影企业中的摄影师。他发现了自己工作的特殊意义。对于他来说，生活，无论美好或者丑恶，最终都被简约成一个个物质的图像，并通过机械制作为人们提供无谓的消遣；生活没有其他意义。摄影器材变成了一个魔鬼，它吞噬一切后又将它们重现在电影胶片上，呈现以真实的外表，而这外表本质上意味着精神的死亡与空洞。我们现代的生存就是在同样死气沉沉的运行中周而复始，完全机械化了，犹如被毁坏和消灭了。作者的态度表现得十分激烈，单是情节就足以令人震颤。

这就是皮兰德娄剧作的背景。他的戏剧往往限于探讨纯心理问题。我们当今时代的痛苦必定对剧中的悲观主义哲学产生过深刻的影响，尽管这种哲学主要还是作者的本性使然。

他给自己的戏剧集命名为《赤裸裸的面具》(1918—1921)，其内涵之复杂造成翻译的困难。从字面上看，这一短语的意思是"裸露的面具"，但"面具"通常只表示一个纯粹的外表。而在这里，它意味着某种伪装，用以躲避他人和自己本人，对于皮兰德娄，这种伪装又象征着自我的形式——外表后面潜藏着深不可测的存在。"遮盖的"面具被清晰无遗地分析进而揭开了：这就是他戏剧中对人类的描绘——人们被揭开了假面。该短语的含义正在于此。

皮兰德娄具有将心理分析变成炉火纯青的戏剧的神奇才能，这是他艺术中最令人难忘的特色。一般来说，戏剧需要程式化的人物类型；而他的作品中人却像幽灵般的影子，朦胧又朦胧，我们无法判断哪些更接近或者更远离中心本质。最终只是枉费心机，因为根本不存在中心。一切都是相对的，没有任何东西可以完全把握住，可就是这些戏剧有时竟能吸引、征服甚至迷住众多的国际观众。这样的结果简直令人不可思议。作者自己解释说，它依赖于如下的事实，即他的作品"从那些经过思想过滤的、曾经完全征服了我的生活形象中脱胎而来"。重要的是形象，而非同许多人认为的那样是事后经过形象装扮的抽象思想。

有人说皮兰德娄只有"一个"想法，那就是"我"的人格的欺骗性。这一指责很容易找到证据。作者确实为此着了魔。但是，如果将这个观点拓展一下，它又包含了人们相信、目睹和理解的一切的相对性，那么指责就是不公正的。

更何况，皮兰德娄的戏剧艺术最初并没有背离一般的文学潮流。他涉及了社会道德问题，父母的角色与社会结构及其僵化的荣誉观、行为准则之间的冲突，保持人性善良、抵制人性邪恶的困难。所有这些都被置于复杂的道德、逻辑关系中展开，结局或者成功或者失败。这些问题自然又会在人物的自我分析过程中得到应验，况且人物本身就是相对的，一如他们与之抗争的观念。

在他相当数量的剧作中，别人对某一个性的理解以及从中感受的结果成了中心议题。他人了解我们就像我们了解他人一样，不尽完善；可我们却得出确定无疑的评判。正是在这些评判造成的氛围压力下，人们的自我意识是会改变的。《尽善尽美》(1920)有始有终地描述了这一心理过程。而在《给裸体者穿上衣服》(1923)中，同样的主题翻了个个儿，因此塑造了一个感人的悲剧形象。当一个失去自我的生命发觉再也没有属于自己的东西时，便乞求死神的降临。此刻，它完全面向外界，怀着最后一线可怜的希望：能裹上一块印有别人对其先前那个自我的美好评价的裹尸布。在这出扣人心弦的戏中，甚至撒谎也由于所承受的痛苦而显得无辜了。

但是作者没有停留在此，他的另一部分剧作针对这个相对世界里的谎言，以透彻的逻辑探讨了它所伴随的许许多多的罪孽。在剧本《我给予你生活》(1924)中，人们对于非现实世界的权利得到了动人而有力的伸张。一位妇女,失去了她唯一的儿子后,再也没有任何东西足以支撑她生活下去了;然而恰恰是这个沉重的打击重新唤起了她赶走死神的勇气,犹如光明驱散黑暗一样。一切都变成了影子;她觉得不仅她自身,整个存在都是“构成梦的玩意儿”。她在心里守护着那些记忆与梦幻,现在它们能够超越其他一切。她为之献身的儿子曾一直占据着她的灵魂,现在仍然如此。那里不可能出现空虚;儿子是不会被抹去的。他依然留在她的身边,只是她无法把握;她能感觉到他的存在,如同她感觉到其他存在一样。这个简单而又悲壮的神秘故事形象地演绎出真理的相对性。

同样的相对性在《假如你认为你对》(1918)中则表现为一个哑谜。此剧被谓为寓言,意思是这个奇异的故事并不故作真实。它是显示智慧的大胆而又巧妙的创造。剧中一户新来人家的生活情形竟使那个小城的其他居民无法容忍。这家包括三名成员:丈夫、妻子和岳母。其中无论丈夫或是岳母,别的方面都还理智,可唯独在对妻子身份的判别上充满了各种怪诞幻觉。最后发言的总是拥有这个问题的最终裁决权,然而一旦比较他们相互矛盾的论点,裁决又陷入疑问。两个人物当面对质这幕戏表现了作者出色的戏剧艺术以及对精神世界中种种隐秘病态的洞悉。按理说妻子应该能够揭开这个谜底,但当她终于出现时,却披着智慧女神的面纱,说起话来神秘莫测;对每一个对她感兴趣的人而言,她代表她自己,从而使人们始终保持着她在他们心目中的形象。事实上,她是真理的象征,而人们是很难完全把握住她的。

同时,这台戏也是对人们猎奇心理和自作聪明的绝妙讽刺。皮兰德娄列举各种人物类型,并从企图发现真理的芸芸众生中揭露出极端的自以为是,这种自以为是抑或部分抑或完全是荒谬的。整部戏始终都是毫无愧色的杰作。

总而言之,作者戏剧作品中的焦点在于对“我”的分析——自我中的各种对立因素,对虚假的人格统一的否定,以及关于《赤裸裸的面具》的象征性描述,得益于他那永不枯竭的思想的创造力。皮兰德娄能够从各个不同的角度触及这个问题,其中有些已经提到了。

通过悉心观察疯狂的深层机制,他获得了重要发现。比如,悲剧《亨利四世》(1922)给人最强烈的印象就是在那无限的时间长河中个人为寻求自我价值所作的痛苦挣扎。在《游戏规则》(1919)中,皮兰德娄创造了一出纯抽象的戏剧:传统压力下社会成员承担的人为义务,竟依循透彻的逻辑,导致了完全与期望相违背的行为。似乎冥冥中有魔杖相助,这等抽象的游戏仍使舞台洋溢着十分迷人的生机。

《六个寻找作者的剧中人》(1921)是一个与上述类似、同时又截然相反的游戏;它不仅主题深刻严肃,而且才思横溢。这里占主导地位的与其说是抽象的意念,不如说是无拘无束的创造想象力,它是一部真正以诗情构思的戏剧;同时也澄清了舞台与真实、形式与本质的关系。更重要的是,对于荒原时代的人们,对于经历了几幕怨声载道又群情激昂的场景的人们,它是多少令人绝望的艺术启示。如此强烈的激情和卓越的理性无不充满诗意,分明出自天才的灵感。该剧全球性的声誉就像作品本身一样非同寻常,这种成功证明,它在一定程度上得到了理解。在此我们既无必要也没时间复述那些魔术般令人惊异的细节。

皮兰德娄出色的创作依据的怀疑主义心理学是纯粹消极的。如果它被大众天真地采纳了，就像他们通常接受大胆的新观念那样，那么随之而来的将不只是一种危机。当然这样的情况并不会发生。因为它只运用于纯理念范畴，而普通读者很少涉足此地。即使偶然有人相信他的“自我”是捏造的，但他毕竟会很快确认，在现实中，这个“自我”无疑具有一定程度的真实性。人们无法论证意志的自由，可它却不断被经验证实，同样，“自我”也明确地发现了使自己留在人们记忆中的途径。这些途径有时一目了然，有时难以捉摸。其中最微妙的也许就潜藏在思维的官能本身。与其他相比，恰恰是思维想要消灭“自我”。

然而，这位伟大作家富有思辨性的作品依然保持着自身的价值，特别是将它和我们时代提供的其他成果相比较时，更显得如此。心理分析创立了各种情结，从而派生出无尽的愉悦。它们甚至被貌似虔诚的智者拜为神像。残忍的神像！对于一个具有视觉想象力的人来说，它们就像水中缠绕的海藻，小鱼常常在这里徘徊寻思，直至最终头脑清洗一空——他们陷入其中，消失了。皮兰德娄的怀疑主义使我们免于这类冒险；更重要的是，他能帮助我们。他提醒我们，不能以粗暴的教条和盲目的态度去触摸人类灵魂这层脆弱的薄膜。

作为一名道德主义者，皮兰德娄既不荒诞也无危害。孰是孰非，自有公论。一种崇高的传统的人道主义精神始终贯穿于他的人生观。深沉的悲观主义并未窒息理想主义；敏锐的思辨植根于生活的土壤。欢乐虽然没有弥漫他想象的空间，然而给予生活以尊严的一切依然能够从中呼吸到足够的空气。

亲爱的皮兰德娄博士——为您浩瀚卓著的文学创作做出精要的概括是很困难的任务。我愉快地完成了这项使命，当然，如此简短的梗概是远远不够的。

现在请允许我请求您接受陛下授予的诺贝尔文学奖，瑞典学院认为您是当之无愧的。

瑞典学院常务秘书　佩尔·哈尔斯特龙

张烽　译

作品

亨利四世(节选)

〔主人公在一次化装游行中坠马受伤，从此神智混乱，以亨利四世自居，亲友无奈迎合他……〕①

人　物：

① 此句为编者所加。

"亨利四世"
玛蒂苔·斯皮娜侯爵夫人
侯爵夫人的女儿弗莉达
青年侯爵卡尔洛·迪·诺利
蒂托·贝克雷笛男爵
神经科医生迪奥尼西奥·杰诺尼
四名扮演的"陪臣":兰道尔夫(洛洛)、阿略德(弗朗柯)、奥尔杜夫(莫莫)、白托多(弗诺)
年老的侍从乔万尼
两名穿制服的侍从

故事发生在现代。翁布里亚①乡村一所幽静的别墅。

第一幕

别墅的大厅。大厅的布置跟当年高斯拉②皇宫里亨利四世③的御座厅一模一样。两幅跟真人一般大的现代油画像,在各种古色古香的陈设中间,非常引人注目。画像靠近舞台深处的墙,立在木制的座架上;座架的长度跟墙一样,宽阔,突出,可以当一条长凳。一幅画像在御座的右面,另一幅在它的左面;御座(一把御椅,一顶不高的御帐)安置在墙的中央,截断了画像的座架。

两幅油画的画面分别是一位青年绅士和一位青年贵妇人。他们身着化装舞会的服饰,绅士扮作"亨利四世",贵妇人扮作"托斯堪纳的玛蒂苔侯爵夫人④"。

舞台的两侧是门。

帷幕升起时,两名穿制服的侍从突然惊慌地从他们正躺着的座架上一跃而起,手持长戟,跑到御座的两边站定,仿佛两座雕像。稍停片刻,兰道尔夫、阿略德、奥尔杜夫、白托多自右侧第二个门鱼贯而入。他们都是由卡尔洛·迪·诺利侯爵出钱请来扮演"陪臣"的角色。

…………

第二幕

别墅的另一间大厅,同御座厅相接。陈设是古代的、朴素的。右侧,是略高于地

---

① 翁布里亚,意大利中部地区。
② 高斯拉,德国哈尔茨山区古城。
③ 亨利四世(1050—1106),日耳曼皇帝。在征服日耳曼各王公、主教时,忤犯了教皇格利高里七世,被开除教籍。亨利四世身穿罪衣,赤足,在意大利迦诺萨城堡前雪地里冻了三天三夜,才得到赦免。
④ 玛蒂苔侯爵夫人(1046—1115),统辖意大利中部托斯堪纳公国的摄政者,与教皇格利高里七世联盟,反对亨利四世。

面的画亭，四周是雕木栏杆和圆柱，正面有两级台阶。亭子里摆着一张雅致的桌子，桌子的上首一张椅子，两边各两张椅子。左侧，有两扇窗子对着花园。右侧还有一扇门通向御座厅。

〔右侧的门打开，兰道尔夫先上，鞠躬；随后，玛蒂苔夫人像在第一幕中一样穿着公爵夫人的袍子，戴着冠冕，医生穿着克鲁尼修道院院长的袍子上。享利四世穿着圣袍，走在他们中间。奥尔杜夫和阿略德最后上。

享利四世 （继续大概是在御座厅里进行的谈话）请问主教，我怎么会是一个狡猾的人，既然人们认为我是固执的？

医生 不，看在上帝的分儿上，您并不固执！

享利四世 （高兴地微笑）这么说，在您看来，我是一个狡猾的人。

医生 不，不，既不固执，也不狡猾。

享利四世 （停住，以友善但又讽刺的语气感叹，想表明这是不可能的）主教，如果固执是跟狡猾互不相容的恶习，我希望，您在否定我的固执之后，至少允许留给我一点儿狡猾。请您相信，它确实是我迫切需要的。不过，如果您打算把它全部占为己有……

医生 啊，您说什么，我？您以为我狡猾吗？

享利四世 不，主教！您说到哪儿去了！您一点儿也不像狡猾的人！（停住，转向玛蒂苔夫人）请原谅，在这里我想跟公爵夫人推心置腹地说句话。（把她稍稍带到旁边，以忧郁的表情神秘地问）您果真非常疼爱您的女儿吗？

玛蒂苔夫人 （惊讶）是的，确实……

享利四世 那么，请您允许我向她毫无保留地奉献我的爱情、我的忠诚，来弥补我曾经对她犯下的严重过错。但是，请您不要相信我的敌人指责我是淫逸的君主的诽谤。

玛蒂苔夫人 不，不，我不相信这些流言蜚语。我从来也不曾相信过……

享利四世 好极了，这么说，您同意了？

玛蒂苔夫人 同意什么？

享利四世 同意接受我对您女儿的爱？（凝视她，随即又用混杂着警告和害怕的神情说）您不要跟托斯堪纳的玛蒂苔夫人交往，不要做她的朋友！

玛蒂苔夫人 我愿意向您重复一遍，为了使您得到宽恕，她也曾向教皇苦苦请求，耗费的心血一点儿不比我们少……

享利四世 （立即轻声而激动地）请您别说这些了，别说这些了！看在上帝的分儿上，公爵夫人，您没有瞧见，这些话对我发生的作用吗？

玛蒂苔夫人 （注视他，然后轻声而亲切地）您现在还爱她吗？

享利四世 （慌乱失措）现在？您说我还爱她？您，或许，全都知道？可是谁也不知道啊！谁也不应当知道！

玛蒂苔夫人 不过，或许玛蒂苔夫人知道，她曾经竭尽全力为您祈求！

享利四世 （凝视她一会儿）那么，您爱您的女儿吗？（短暂的停顿。转向医生，微笑）

啊，主教。真有趣，我只是后来才知道我有了这样一位妻子——太迟了，太迟了……而现在，是的，现在我应当有她。我有一个妻子，这是千真万确的，但是我可以向您起誓，我从来不曾把她放在心里。这或许是一个罪孽。我确信没有把她放在心里。可是奇怪的是，她的母亲竟然也没有把她放在心里！夫人，坦白地说吧，她对于您是无足轻重的吧！（转向医生，生气，愈益激动）我一点儿也不明白，她总是顽固地跟我谈另外一个女人！

兰道尔夫　（谦卑地）陛下，她或许是想改变您对托斯堪纳的侯爵夫人的误解吧。（因大胆说出这一想法而后悔，立即补充）自然，我是想说，在这个时刻……

享利四世　我懂了。那就是说，你们不愿意相信，我是爱她的。我懂了，懂了。谁也不肯相信，谁也不愿怀疑。这样自然更好！够了！够了！（停顿，转向医生，改变表情和语气）主教，您知道吗？教皇给我恢复教籍的条件，跟他当初革除我的教籍的原因，没有一丁点儿的联系！请您转告格利高里七世教皇，我们将在布雷萨诺内会面。而您，夫人，我能对您说些什么呢？如果您有机会在您的朋友侯爵夫人的城堡里见到您的女儿，请您转告她：上我这儿来吧。我还不知道，我能否让她作为妻子和皇后留在我的身边。曾经有许多人找上门来，对我说，她们就是我寻找的她——我的妻子！可是，所有这些女人在承认自己是白尔妲的时候，不知什么缘故，就放声笑起来！（亲昵地）明白吗？——在床上，我没有穿这身衣服，她也没有穿……是的，我的上帝，脱掉了衣服……一个男人和一个女人……人之常情嘛！也无须考虑我和她究竟是什么关系。衣服，活像一具悬吊着的幻影！我觉得，主教，一般来说，各种幻影归根结底都只是小小的精神错乱，都只是无法禁锢于梦的王国里的影子！这些幻影甚至在我们醒着的时候，出现于光天化日之下，造成我们的恐惧。每当夜晚，看见这些错乱的幻影从马上跳下来，发出狰狞的笑声，出现在我的面前，我禁不住毛骨悚然。有时，我甚至害怕在我的动脉里汩汩流动的血液，在万籁俱寂的深夜里，它好像是遥远的暗室里传来的阴沉的脚步声……算了，我们站在这里谈得太多了。我向您致意，夫人；向您致意，主教。

〔陪送他们到大厅正门口，跟他们告别。玛蒂苔夫人和医生鞠躬，下。享利四世关上门，立即转过身来，改变了神情。

享利四世　一群小丑！小丑！小丑！一班令人嗤鼻的贱货，阿谀奉承地听任你的摆布……还有那个彼特罗·达米安尼。啊，妙极了！被我击中了要害！他害怕了，再也不敢露面了！（他极其兴奋，愤慨地说着，眉飞色舞，在客厅里来回走动；直到他看见白托多因情况的突然变化而痴痴发愣。走到白托多面前，把他指给其他三个同样发怔的人看）你们瞧瞧这个白痴，他正张大嘴巴在看我……（摇晃他的肩膀）你清醒过来了吗？你可看见，我怎样摆布这群胆小如鼠的小丑，痛痛快快地叱责他们，让他们乖乖地站在我的跟前！啊，他们就怕这一招。他们穿着褴褛的衣服，戴着可笑的假面；他们害怕揭穿他们的伪装。简直不能想象，是我迫使他们戴上假面，来满足我装疯的嗜好！

兰道尔夫、阿略德、奥尔杜夫　（惊慌失措，面面相觑）怎么回事？他在说什么呀？怎么回事？

亨利四世 （听到他们惊呼，立即转过身来，对他们发怒）够了！结束这一切吧！我已经厌恶透顶了！（随后，重新思考，仿佛无法使自己平静下来）我的上帝，简直不知羞耻，居然带着他的情人到我这儿来！他们还假装慈悲，好像是受怜悯之心的驱使，来安慰一个已经脱离了世界、脱离了时代、脱离了生活的可怜人！当然，另外那个家伙也活该跟着受这份罪！——他们每日每时都在图谋让别人屈从于他们的欲望，当然这没有什么可怕的。这是他们的思想方式，他们观察和理解世界的方式：各有各的方式！你们也有自己的方式，是吗？当然有。但是，你们的行动方式活像一群牛羊！卑贱，怯懦，动摇……他们便趁此机会，迫使你们容忍和接受他们的方式，成为他们的玩偶！至少，他们是抱着这样的幻想，可是，后来他们为什么能够对你们发号施令呢？靠了危言耸听的、各人可以随心所欲地理解和重复的语言。这样就形成了舆论。如果有人某一天忽然被贴上了一个人人重复的语言标签，例如"疯子""白痴"，那他就大难临头了。请问你们，当有人千方百计要别人接受给你们下的结论，硬要别人按照他的观念说你们是"疯子""疯子"的时候，你们能无动于衷吗？——我告诉你们，现在，我讲这些不是为了开玩笑！从前，是的，是的，在我从马上摔下来，脑袋受到打击以前……（看见他们四个更加惊骇，惶恐不安，于是突然停止）看你们这副样子！（不自然地模仿他们惊愕的表情）喂！发现了没有？——我是不是疯子？好吧，我是疯子！（狂暴）那么，我的上帝，统统给我跪下！跪下！（强迫他们一个个跪下）我命令你们都在我的面前跪下——跪下！每人用你们的脑瓜在地上重重地磕三下！快磕！在疯子面前，你们必须这样！（看见他们驯服地跪下，狂暴的兴奋顿时消失，愤怒）起来，站起来，你们这群驯服的羔羊！你们乖乖地向我屈服？快给我穿上捆束疯子的紧身衣吧！一句话的分量居然能把一个人压垮吗？这究竟是怎么一回事呢？简直像捏死一只苍蝇一样轻而易举！全部生活就这样在各种流言的重压下，在死人的重压下，被碾成齑粉！——你们看着我，你们果真相信，亨利四世还活在人间吗？我在这里跟你们说话，向你们这些活人发号施令。但愿如此！死人死而复活，你们是否也觉得滑稽可笑？是的，在这里，是一个滑稽的玩笑。然而，离开这里，走向充满生机的世界去吧。旭日已经东升。时代展现在你们面前。黎明来临了。这新的一天将由我们来安排！——是这样吗？你们？替我向旧传统告别吧！向旧习惯告别吧！你们说话呀！或许，你们仍然将重复那些陈词滥调！你们以为是在生活吗？其实你们不过是在枯燥无味地重复死人的生活！（走到听得痴呆的白托多跟前）你，一点儿也不明白，是吗？……你叫什么名字？

白托多 我？……嗯……白托多。

亨利四世 什么白托多，傻瓜！悄悄地告诉我，你叫什么名字？

白托多 我……我的真名……叫……费诺。

亨利四世 （发现其他三个人对白托多发出警告，立即转身，不许他们作声）叫费诺？

白托多 费诺·帕利乌卡，陛下。

亨利四世 （又转向其他人）我早就听见你们之间这样称呼，天知道有多少次了！（转向兰道尔夫)你叫洛洛?

兰道尔夫 是的,陛下……(突然兴奋)啊,上帝……这么说……

亨利四世 (立即严厉地)你说什么?

兰道尔夫 (脸色顿时苍白)没什么……我是说……

亨利四世 我不再是疯子?啊,不!你们不是都看见了吗?——我们只是背地里戏弄那些认为我是疯子的人罢了。(对阿略德)我知道,你叫弗朗柯……(对奥尔杜夫)你,等一等……

奥尔杜夫 莫莫!

亨利四世 对,莫莫!好极了,是吗?

兰道尔夫 这么说……啊,上帝……

亨利四世 你说什么?我一点儿也不疯!让我们尽情地、美美地放声大笑吧(笑)哈!哈!哈哈!

兰道尔夫、阿略德、奥尔杜夫 (不知所措,但充满喜悦和恐惧)他不疯了?可这是真的吗?到底是怎么一回事啊?

亨利四世 听着,别说话!(对白托多)你怎么不笑呢?你还觉得委屈吗?没什么?刚才我并不是单单对你说的,知道吗?——对所有的人都适用;一些人硬被说成疯子,大家也信以为真,其实这不过是为了制造一个借口好把他们禁锢起来。你知道为什么吗?因为害怕让这些疯子开口说话。我是指刚才来的几个家伙,他们都告辞了吗?一个是娼妇,另外一个是卑鄙的纨绔公子,第三个是诈骗犯……我说得对吗?谁都不相信,可是所有的人都胆战心惊地听我讲话。所以,我想知道,如果我说得不对,那他们为什么害怕呢?好吧,疯子的话一点儿也不能相信。可是他们听我讲话的时候却把两个眼睛睁得大大的,害怕得要命。为什么?请你告诉我,为什么?你看见吗,我现在非常平静?

白托多 为什么?或许,他们以为……

亨利四世 不,亲爱的……不,亲爱的……你好好地看着我的眼睛……不要害怕。我并不认为我的话都是真的,没有任何东西是真的!……你好好地看着我的眼睛。

白托多 是的……这样行吗?

亨利四世 你看见了吗?现在,你自己的眼睛里也充满惊慌。因为我在你的眼里是一个疯子!这就是证据!这就是证据!(笑)

兰道尔夫 (不满,鼓起勇气,代表其他三个)什么证据?

亨利四世 你们的惊慌,因为你们以为我现在又疯了。啊,上帝,你们知道这一点。请相信我,直到现在,你们始终认定我是疯子,是这样吗?(注视他们片刻,看见他们惊恐)你们看见了吗?这种惊慌也可以转变为恐惧,它能够剥夺你们脚下的立足点,剥夺你们呼吸的空气,你们意识到这一点了吗?这是一种暴力,我的先生们!当你们站在一个疯子面前的时候,你们知道这意味着什么?这意味着你们面前的那个人,把你们在自己身上和周围经营的全部建筑的基础,你们的逻辑,彻底摧毁了。还有什么可说的!疯子们是幸福的人,因为他们建筑任何东西都不要逻辑——逻辑不过是随风飘荡的羽毛！他们变化无常，不可捉摸！今天是这样，鬼知道明天将是什么样！你们坚定不移，他们就步步退却。啊，变化无常，不可捉摸！你们说："这是不可能的！"而他们却认为一切都是可能的。你们说，这是不真实的。为什么呢？因为你，你，你（一个个地指他们），还有其他成千上万的人都觉得这是不真实的。亲爱的朋友，这成千上万的人并不是疯子，需要看一看，他们认为是真实的东西究竟是什么，他们的逻辑之花，他们协调一致的推理，究竟造成怎样的奇观！我记得在我的孩提时代，我觉得水井里的月亮是真的。那个时候，许许多多东西我都觉得是真的！别人对我说的一切，我全深信不疑；那时，我真幸福啊！如果你们不紧紧抓住那些你们今天认定是真实的东西，或明天将认定是真实的东西——诚然它们可能跟你们昨天以为是真实的东西截然对立——那将是一场灾难。同样要遭遇灾难，如果你们像我一样沉浸于思索这样一件令人可怕、逼人发狂的事情：当你们站在另外一个人旁边，注视着他的眼睛的时候——就像我有一天注视某些人的眼睛一样——你们仿佛是站在一扇大门前面的乞丐，这扇大门你们看得见，摸得着，但它永远紧闭，你们和你们的世界也永远不得进入；而一个陌生的人，就像站在你们旁边的那个人一样，在他的神秘莫测的世界里，注视着你们，移动你们……（较长时间的停顿。大厅里愈发昏黑幽暗，加深了四个青年的茫然和惊恐感；他们愈来愈离开他们的主人。亨利四世凝神沉思，这不仅是他个人的，而且是所有的人可怕的不幸。随后，他惊醒过来，寻找已不在他周围的四个青年。）这儿一片漆黑。

奥尔杜夫　（立即走上前去）陛下，要我去拿一盏灯吗？

亨利四世　（讥讽地）灯，是的……每天晚上，当我刚一转身，执着油灯去睡觉的时候，你们便为自己扭亮了电灯——在这里，还有在那边御座厅里；你们满以为我毫无所知，是吗？——我不过是假装没有看见罢了！

奥尔杜夫　啊！——那么，您希望……

亨利四世　不，那会刺伤我的眼睛。——我喜欢我的油灯。

奥尔杜夫　是的。马上替您准备好，油灯就在门后面。

〔走向正门，开门；出去片刻，端着一盏灯顶装饰着圆环的古灯上。

亨利四世　（接过灯，然后指画亭里的桌子）好，有了一丝光明，你们围着桌子坐下。不对，不是这样。姿态要放松、雅观……（对阿略德）你，最好这样……（调整他的姿态。接着对白托多）你，这样坐……（调整他的姿态，随后他也坐下）我，坐在这里……（把目光移向一扇窗户）要是能够吩咐月亮洒下一片美丽动人的月光来，那该多好啊。月亮对于我们大有益处。拿我来说，我就感觉到需要月亮，我时时从我的窗前眺望明月，沉迷于沉思默想。望着那一轮明月，谁个敢相信，它知道八百年的岁月已经流逝，而坐在窗前观月的我，像一个沦落的人，并不是真正的亨利四世？可是，你们瞧，你们瞧，这夜景多么动人：皇帝跟他的忠实的陪臣们在一起……你们体会到了吗？

兰道尔夫　（轻声对阿略德说，以免打扰入神的亨利四世）喂，你明白了吗？他确实不是真的……

享利四世　真的？什么东西？

兰道尔夫　（迟疑，仿佛为了表示抱歉）不……我想说……因为他（用手指阿略德）刚来干这差事……今天早晨我还对他说：真遗憾，我们这样打扮……而且，贮衣室里又有那么多精致的衣服，还有一个大厅（用手指御座厅）。

享利四世　噢，你说遗憾？

兰道尔夫　是的，因为我们不知道……

享利四世　不知道你们在这里扮演的这出喜剧是一场游戏？

兰道尔夫　原先我们以为……

阿略德　（插话帮忙）正是……我们原先都信以为真！

享利四世　是吗？你们觉得，这一切全不是真的吗？

兰道尔夫　是的，因为您说……

享利四世　我说，你们全是蠢货！你们原先就应当知道你们是在为你们自己制造骗局，而不是为了在我面前和在经常来访的人面前装模作样地演戏。你们每日每时都应当这样非常自然，好像你们面前没有任何外人。（攥住白托多的胳膊）就以你而论，你应当能够在你的梦境中吃饭、睡觉，甚至在肩胛上搔痒痒，如果你觉得发痒的话。（转向其他人）你们每个人都应当觉得自己真的生活在十二世纪的历史里，生活在你们的皇帝享利四世的这座宫廷里！距离我们这个遥远、绚丽和已被埋葬的时代才八百年，二十世纪的人们却无不在纷扰角逐，挣扎于无休止的烦恼之中，为应付他们的处境，为摆脱把他们捆缚于无穷的忧愁和动荡的种种遭遇，而怅惘失措。相反，你们已经置身于历史之中！跟我在一起！诚然，我的处境凄惨可悲，我的遭遇令人毛骨悚然；还有残酷无情的斗争，叫人痛心的事件：但这一切都已是历史了，一切都不会再变化，也不可能再改变了！你们懂吗？一切都已永远地固定下来了。你们可以悠闲自在地观看，每一个结果怎样必然地、逻辑地服从它的原因，每一个事件怎样精确地、连贯一致地发生于它的各个局部。这是一种快乐，是巨大的历史的快乐！

兰道尔夫　啊，好极了！好极了！

享利四世　好极了，但是一切都终结了！你们知道，我现在再也不能继续下去了！（拿起古灯，准备去睡觉）你们也不能继续下去了，虽然你们直到现在才清楚这件事。现在，我厌恶这一切。（以强烈但又克制的愤怒，几乎自言自语）我的上帝！我定要叫她因为这次来访而后悔莫及！嘿，居然化装成我的岳母，而他——假扮神父，还带一个什么医生来观察我。天晓得他们是否希望治好我的病……一群小丑！我真想赏他们——哪怕是其中的一个——以耳光。噢，那个家伙！他是一个有名的击剑手吗？他会给我一剑的……不过，等着瞧吧，等着瞧……

〔有人敲大厅的正门。

享利四世　谁？

老侍从乔万尼　Des gratias！①

① 拉丁语，意为：愿上帝保佑。

阿略德　（非常高兴，因为又有了新的寻开心的机会）啊，是乔万尼，他每个晚上都要扮作老修士来的。

奥尔杜夫　（同上，用力搓手）是的，是的，让他继续演戏吧！

亨利四世　（立即严肃地）糊涂虫！为什么？你没有看见吗？你想戏弄一个出于对我的爱而假扮修士的可怜老人吗？

兰道尔夫　（对奥尔杜夫）应当装作像真的一样。你明白吗？

亨利四世　说得对！像真的一样！唯其如此，真实才不致成为滑稽！（走去开门，让穿着寒酸的修士服、腋下夹着一卷羊皮纸的乔万尼进来）进来，进来，神父！（然后带着悲壮、阴沉的愤恨的语调）有关我的生平和我的王国的全部有用的文件，都已被我的仇敌蓄意付之一炬。只有一份侥幸保存了下来，这是由一个忠诚于我的卑微的修士撰写的我的传记。你们想取笑吗？（慈爱地转向乔万尼，请他在桌子旁坐下）请坐，神父，请在这里坐下。把灯放在你的旁边。（把手里执着的灯放在他的面前）请写吧，请写吧！

乔万尼　（展开羊皮纸卷，准备笔录亨利四世的口述）我准备好了，陛下。

亨利四世　（口述）在梅茵斯地区颁布的和平法令，对生活贫困者和品德善良者带来莫大裨益，而对邪恶分子和强暴之徒造成了损失……

〔帷幕开始徐徐降落。

亨利四世　……它使前者享受富庶安乐之福，使后者遭到贫困和饥饿之苦。

〔幕落〕

第三幕

御座厅。一片昏暗。正面的墙在昏暗中仅勉强能辨认出来。两幅画像已经撤下，留下的画框正好围着壁龛，在两个壁龛里，分别站着弗莉达和卡尔洛·迪·诺利，她身穿观众在第二幕中看到的服装，假扮"托斯堪纳的玛蒂苔夫人"，卡尔洛·迪·诺利扮作"亨利四世"，他们都严格模仿画像里的大人物的姿势。

帷幕升起时，有片刻的时候，舞台上空空的。左侧的门打开，亨利四世端着那盏顶上装饰着圆环的古灯上。他转过身子向四个青年说话。四个青年和乔万尼正在隔壁的大厅里，像观众在第二幕结束时见到的那样。

亨利四世　不，你们就留在那儿。我自己能够做的。晚安！

〔关门，极其忧郁而又疲倦地穿过御座厅，朝右侧第二个门走去，那里通向他的内室。

弗莉达　（刚看见他从御座前面走过，从她站立的壁龛里发出仿佛一个因恐惧而昏厥的人的细声呼喊）亨利！

亨利四世　（听到喊声，仿佛突然遭到暗算，被人在背上捅了一刀似的，立即止步；他带着恐惧的脸容，转过身来，凝视带画像的墙壁，同时不由自主地抬起双手，似乎要防御这突然的袭击）谁在喊我？

〔与其说是问话，毋宁说是恐惧的、颤抖的惊呼，他并不等待从大厅的令人恐怖的黑暗和寂静中得到回答，刹那间，这一切使他怀疑自己真正成了疯子。

弗莉达　（看见他胆战心惊的样子，她也因自己扮演的角色而感到同样的恐惧，便稍稍高声地重复）亨利！

〔她想继续扮演分配给她的角色，但又禁不住从壁龛里略略伸出脑袋来，瞧瞧旁边那个壁龛。

亨利四世　（凄厉地大喊一声，古灯掉落在地上，用双臂紧紧地抱住脑袋，欲逃。）

弗莉达　（从壁龛里跳到座架上，发疯似的大喊）亨利……亨利……我害怕……我害怕……

〔迪·诺利急忙从另一个壁龛跳到座架上，又从座架跳到地板上，跑到痉挛似的不停地大喊，几乎昏厥的弗莉达跟前。这时，所有的人——医生、打扮成"托斯堪纳的侯爵夫人"的玛蒂苔夫人、蒂托·贝克雷笛、兰道尔夫、阿略德、奥尔杜夫、白托多、乔万尼，都从左侧的门冲进来。他们中的一个人立即扭亮大厅里的电灯，从隐蔽在天花板上的许多小灯泡射出一片奇异的光，仅仅赋予舞台上部分生气。受到惊吓的亨利四世仍然全身颤抖不已，他惊愕地注视着这批突然闯入的不速之客。其他的人不理会他，急迫地跑到在未婚夫的怀抱里哭泣和发出呓语般声音的弗莉达跟前，扶持她，安慰她，七嘴八舌地讲话。

迪·诺利　不，不，弗莉达！……我在这里……是我在你身边！

医生　（和其他人一起急急跑来）行了！结束了！不用再演下去了！

玛蒂苔夫人　他已经治好了，弗莉达！你看，他不疯了！看见了吗？

迪·诺利　（惊讶）他治好了？

贝克雷笛　那不过是为了开玩笑。安静点儿，弗莉达！

弗莉达　不！我害怕！我怕……

玛蒂苔夫人　你怕什么呀？你看看他，他以前不是疯子，现在也不是！

迪·诺利　现在也不疯？您说什么？他果真好了吗？

医生　看样子是好了。我觉得……

贝克雷笛　是的！他们全都告诉我了（指四个青年）。

玛蒂苔夫人　是的，策划好久了！他早就跟他们串通好了。

迪·诺利　（惊讶，但更多的是愤慨）怎么回事？分明刚才还……

贝克雷笛　嘿！他是演戏，暗地里戏弄你，也戏弄我们这些善良的人……

迪·诺利　真有这种事吗？难道也戏弄他的姐姐，一直戏弄到她去世？

亨利四世　（站在一边，忍受着对他的谴责和讥讽；所有的人都认定，这是他残酷地捉弄别人的游戏，如今才真相大白。他忽儿睨视这一个，忽儿睨视那一个。他闪闪发光的眼睛表明，他正在酝酿着报复，只因强烈的愤怒仍在胸中激荡，故一时尚不能使计划具体化。他是一个心灵蒙受创伤的人，最终决心坚定地接受他们居心叵测地制造的骗局。他对侄子迪·诺利怒吼）说下去！你说下去！

迪·诺利　（听到他的喊声，停住，愕然）说下去，说什么呀？

亨利四世　“你的”姐姐不是唯一死去的人！

迪·诺利　我的姐姐？那是你的姐姐，你迫使她直到生命的最后一刻都在扮演你的母亲安妮丝！

亨利四世　难道那不是你的母亲吗？

迪·诺利　自然是我的母亲，一点儿不错！

亨利四世　可是对我这个“远离人世间的老头儿”，你的母亲已经死了，刚才，你从那里跳下来（指壁龛）。你可知道，我虽然穿着这样一身衣服，但曾经一次又一次地、悄悄地痛哭过她呢？

玛蒂苔夫人　（悲伤，瞧着其他人）他说什么？

医生　（十分感动，观察他）镇静点儿，镇静点儿，看在上帝的分儿上！

亨利四世　我说什么？请问你们，难道亨利四世的母亲不是安妮丝吗？（转向弗莉达，好像她确实是托斯堪纳的侯爵夫人）您，侯爵夫人，我认为您应当知道！

弗莉达　（仍然很害怕，更紧地偎依着迪·诺利）不，我不知道，我不知道！

医生　注意，他又发疯了……安静点儿，先生们，女士们！

贝克雷笛　（愤然）哪儿是发疯，大夫！他又开始扮演喜剧了。

亨利四世　（立即）我？你们把两个壁龛弄空了，他扮作亨利四世出现在我面前……

贝克雷笛　这出滑稽戏现在可以收场了！

亨利四世　谁说这是一出滑稽戏？

医生　（大声地对贝克雷笛）不要再刺激他了，看在上帝的分儿上！

贝克雷笛　（不听劝告，更加高声地）他们说的！（又指四个青年）他们！他们！

亨利四世　（转身看他们）你们？你们说这是一出滑稽戏？

兰道尔夫　（胆怯而惶恐）不是……我们是说您的病治好了。

贝克雷笛　够了，别再说了！你走远点！（对玛蒂苔夫人）侯爵夫人，你不觉得，他（指迪·诺利）和你穿着这样的服装，幼稚得叫人无法忍受吗？

玛蒂苔夫人　别再啰唆了！如果他真的好了，谁还来注意这些服装呢？

亨利四世　是的，我好了！不过，我果真好了吗？（对贝克雷笛）啊，但是正像你所希望的，愿我们不要让这一切匆忙地完结吧！（指他）你知道，二十年来，从来不曾有人胆敢像你和这位先生（指医生）这样在我面前出现？

贝克雷笛　是的，我知道！事实上，今天上午我也是扮作……

亨利四世　是的，扮作修士！

贝克雷笛　你还把我当作彼特罗·达米安尼呢！我一点儿都没有笑，因为我觉得……

亨利四世　因为你觉得我是疯子！现在，我不再是疯子，你看见她这副装束，禁不住要笑了，是吗？但是你不妨想一想，现在，在我的心里，她的样子……（突然厌恶地缄默）啊！（突然转向医生）您是一位医生吗？

医生　我……是的。

亨利四世　是您出的主意，把她化装成托斯堪纳的侯爵夫人？您知道吗，大夫，您差一点儿又让我重新发疯？我的上帝，竟然策划让画像复活，让它们从画框里跳出来……

(注视弗莉达和迪·诺利,然后打量玛蒂苔夫人,最后又瞧瞧自己身穿的衣服)啊,妙极了,非常协调……两对情人……妙极了,大夫,对于一个疯子,实在妙极了……(用手随意向贝克雷笛一指)或许,他会认为,这是一个过时了的化装游行呢,是吗?(转身打量他)现在,我也该扔掉这件演戏的衣服了!这样就可以跟你一起离开这里了,对吗?

贝克雷笛　跟我一起走吧!跟我们一起走!

享利四世　上哪儿去?上俱乐部去?穿上燕尾服,系上白领带吗?要不,我们俩一起去侯爵夫人家里做客?

贝克雷笛　随你的便。请原谅,你是否还想留在这儿,继续狂欢节那天发生的可悲的玩笑?简直难以相信,你在摆脱了那个不幸之后,又发生了这样的事,不可思议!

享利四世　不错。不过,你可知道,当我从马上摔下来,脑袋受了重重的一击,我确实是疯了,而且,不知道究竟疯了多长时间……

医生　啊!疯了很长时间吗?

享利四世　(对医生,急速地)是的,大夫,我疯了很长时间:约莫十二年光景吧!(随即又转向贝克雷笛)亲爱的,狂欢节以后你们的种种行为,例如,事情怎样变化;朋友们怎样出卖我;我在你当时追求的女人心里的位置怎样被别人占据;谁去世了;谁失踪了……这一切,你知道吗?对于我而言,这一切绝不是像你所以为的,是一场游戏!

贝克雷笛　不,我并不是说这个,请原谅。我是说后来……

享利四世　是吗,后来?有一天……(停住,转向医生)这是一个极有意思的病例,大夫!你研究一下我的病例吧,认真地研究一下!(全身颤抖)有一天,谁知道怎么回事,这儿(抚摸前额)的病忽然自己痊愈了。我慢慢地睁开眼睛,起先我不清楚,我是在做梦还是处于清醒状态。啊,是的,我是醒着的;我摸摸这样东西,又摸摸那样东西,我又神志清楚地看见了眼前的一切……啊,真正像他(指贝克雷笛)说的,我多么想脱下这件化装舞会的衣服,结束这场噩梦吧!让我们把窗户统统打开,尽情地呼吸生命的空气!让我们迈开步子,走出大门,奔向广阔的世界去吧!(突然抑制自己的激情)可是,上哪儿去?去做什么?让所有的人悄悄地用手指着我这个享利四世?或者,跟你携着手到我们亲爱的朋友们那里去?

贝克雷笛　不!你说什么呀?为什么?

玛蒂苔夫人　谁能够……简直难以想象!真是不幸!

享利四世　你仔细看看我的头发。

〔把后脑的头发让他看。

贝克雷笛　不过我的头发也灰白了。

享利四世　不错,但是有这样的区别,你知道我的头发是在我扮演享利四世的时候变灰的,而我当时对此毫无所知。只是在有一天,我清醒过来以后,突然发现的。我吓了一跳,因为我立刻明白,不单单是头发变灰了,对于我来说,一切都已蒙上了灰色,一切都崩溃了,一切都完结了!我犹如一个饿狼般饥肠辘辘的人,赴了一个已经散席的丰盛的宴会。

贝克雷笛　请原谅,那么其他的人呢……

享利四世　(立即)我知道,他们不曾打算等待到我痊愈,甚至那些从背后把我骑的马刺伤的人……

迪·诺利　(奇怪)什么,你说什么?

享利四世　是的,施展阴谋诡计,把我的马刺伤,让它直立起来,把我摔在地上。

玛蒂苔夫人　(大惊)现在我才恍然大悟!

享利四世　或许这也仅仅是一个玩笑!

玛蒂苔夫人　请问,那是谁?当时谁骑马跟着我们俩?

享利四世　这并不重要。侯爵夫人,那些在宴席上美餐了一顿的人,如今却大发慈悲,把他们污秽的杯盘里剩下的些许怜悯和悔恨的残羹,端给了我!真是感恩不尽!(猛地转向医生)大夫,你看,我这毛病想必堪称精神病史上前所未有的病例!我当时真恨不得一辈子疯下去,因为我发现,周围的一切都已作了完美的布置,足以满足我的疯狂生活的乐趣。我只有以最清醒的意识,来安度我的疯狂的生活,从而报复把我的脑袋撞伤的那块石头的野蛮。当我重新睁开眼睛的时候,我发现我的孤独是这样阴森和空虚,我只有以那遥远的狂欢节——你,侯爵夫人(注视玛蒂苔夫人,向她指弗莉达)最扬扬得意的一天——的光辉和豪华来包裹它。我的上帝,于是我迫使我周围的人,按照我的要求,继续扮演那一去不复返的、著名的化装游行——它对于你,是一场游戏;对于我,却是一个现实,一个真正疯狂的现实。这里,一切都戴上了假面具:这御座厅,我的四名陪臣,虽说是亲信,其实却背信弃义。(随即转向他们)我倒很想知道,你们揭发我的秘密,说我痊愈了,想必赢得了许多好处!如果我已经痊愈了,也就用不着你们,可以解雇你们了。充当别人的心腹,出卖秘密,是的,这才是真正的疯子。我要谴责你们。你们可知道,他们满以为可以背着你们戏弄我一番?

〔大笑。除了玛蒂苔夫人,其他人也难堪地笑。

贝克雷笛　(对迪·诺利)噢,你听见没有……事情还不错……

迪·诺利　(对四个青年)你们是这样干的吗?

享利四世　应当原谅他们。(撩起衣服)在我看来,这件衣服是那个每日每时延续的化装游行的生动、鲜明的漫画;而我们,则不过是这化装游行中不自觉的小丑;我们把以为是外衣的东西拿来作为我们的假面具,却丝毫不曾意识到。至于他们化装的外衣,请原谅他们,他们还没有发现,那就是他们自己。(转向贝克雷笛)你知道,要适应这一切是很容易的。在这样一个大厅里,扮演一个悲剧人物,完全算不了什么。(表演)大夫,请注意。我回忆起一个修士,大约是一个温文尔雅的爱尔兰修士,在十一月的某一天,他倚着公园里一条长椅的靠背,在温暖的阳光下睡着了。那仿佛夏日一样的金色的煦暖的快乐,使他陶醉了。可以大胆地断言,在那美妙的时刻,他已经忘乎所以,不知道自己是一个修士,也不知道自己身在何处了。他沉浸在梦境中!谁知道他梦见了什么。一个淘气的男孩从那里经过,他摘了一串带枝叶的花儿,走到修士跟前,用花儿去撩他的脖子。我看见修士睁开了他甜蜜微笑的眼睛,嘴角泛出美妙的梦带给他的欢笑。他继续沉浸在回忆中。可是,一刹那间,他猛地改变了神情,整好他穿的教士长袍,一双眼睛又重新显露出严肃的神态,就像你们曾经在我的眼睛里看到的一样。因为爱尔兰教士虔诚地捍卫他们的天主教信仰的严肃性,正像我虔诚地捍卫世袭君主制的神圣权力一样。先生们,我已经痊愈了:因为我善于在这里出色地扮演疯子,而且,我装疯的时候又是那样平静!你们是不幸的,因为当你们生活在你们的疯狂之中的时候,你们过于激动,你们甚至不曾感觉和看见你们的疯狂!

贝克雷笛 那么,你得出的结论是,真正的疯子是我们?

享利四世 (竭力压抑但无法控制愤怒)如果你们不是疯子,你和她(指玛蒂苔夫人)会上我这儿来吗?

贝克雷笛 我到这儿来,坦白地说,因为我以为你确实是疯子。

享利四世 (立即大声地,指侯爵夫人)那么,她呢?

贝克雷笛 啊,她,我不清楚……我想,她或许是被你的讲话吸引住了,被你的这种"清醒的疯狂"吸引住了。(转向玛蒂苔夫人)我觉得,凭你的这身打扮,尽可留在这儿生活下去,侯爵夫人。

玛蒂苔夫人 你太傲慢无礼!

享利四世 (安慰她)别理他!别理他!虽然大夫已经提醒他注意,但他总想激恼别人。(转向贝克雷笛)可是,你难道想让我继续去纠缠过去在我们之间发生的事情?纠缠你和她对我的不幸应负的责任?(转向玛蒂苔夫人,对她指贝克雷笛)或者,他现在跟你的关系?你可知道,这是我的生活!它不是你们的生活啊!在你们的生活中,你们逐渐失去青春,变得衰老;我没有经历你们的生活!你是遵照大夫的建议,这样化装打扮,这样说话行事,来表明你的献身精神的吗?啊,你们做得太妙了,大夫!那是我们的过去,是吗?那我们现在是怎样的呢?可是,我并不是你设想的那种疯子,大夫!我清楚地意识到,他(指迪·诺利)不可能是我,因为享利四世是我。我在这里已经整整二十年了,明白吗?我已经被牢牢地钉在永恒的、没有尽头的假面具里!而她(指玛蒂苔夫人)生活了这二十年,享受了这二十年,如今已经变得叫我认不出来。因为,在我的心目中,她的样子应当是这样,永远是这样(指弗莉达,走到她面前)你们仿佛都是一群小孩子,那样害怕我。(对弗莉达)姑娘,他们叫你参加的游戏——当然他们不明白,这对于我并不能成为他们想象的游戏——一定叫你受了一场大惊。啊,这简直是一个可怕的奇迹:梦幻在你的身上复活了,完完全全复活了!你站在那里,原是一幅画像,他们把你变成了活生生的人!啊,你是我的人!你是我的!完完全全属于我的!(用双手搂抱她,像疯子似的发笑。其他人恐惧地惊呼,但是当他们跑上前来想把弗莉达夺走时,享利四世露出骇人的凶相,对四个青年人大吼)把他们逮起来!逮起来!我命令你们!

〔四个青年人惊诧,身不由己地、机械地上前把迪·诺利、大夫、贝克雷笛逮住。

贝克雷笛 (立即挣脱,向享利四世冲过去)放开她!放开她!你不是疯子!

享利四世 (闪电般地从站在他身边的兰道尔夫剑鞘里抽出剑)我不是疯子?吃我一剑!

〔一剑刺中贝克雷笛的腹部。一片凄惨的叫声。所有的人都急忙上前扶住贝克雷笛,混乱地呼喊。

迪·诺利 他刺伤你了吗?

贝克雷笛 刺伤了!刺伤了!

医生 我早就劝说过!

弗莉达 啊,上帝!

迪·诺利 弗莉达,你过来!

玛蒂苔夫人 他是疯子!他是疯子!

迪·诺利 别让他跑了!

贝克雷笛 (当众人把他从左侧的门抬下去时,凶猛地反抗)不!不是疯子!他不是疯子!他没有疯!

〔混乱,激动地从左侧的门下。喊声不停,突然听到玛蒂苔夫人一声最尖厉的叫声,随后便是一片寂静。

享利四世 (站在原地,周围是兰道尔夫、阿略德和奥尔杜夫;他睁大双眼,因他戴上假面的生活逼迫他犯罪而惊恐不安)现在,是的……无可挽回了。(叫他们紧紧围着他,好像是保护他)现在我们在一起……我们要永远……永远……在一起了。

〔幕落〕

——剧终

吕同六　译

1936
获奖作家
奥尼尔

传略

尤金·奥尼尔(Eugene O' Neill,1888—1953),美国剧作家,一八八八年十月十六日出生于纽约百老汇大街附近的一家旅馆,父亲是一位有一定知名度的演员。奥尼尔幼年跟父亲随剧团在全国各地巡回演出,漂泊无定。一八九七年至一九〇六年,曾在几座寄宿学校学习,一九〇六年入普林斯顿大学,后因打破一地方官家的窗玻璃而被学校开除,从此过上颠沛流离的生活,当过矿工、包装工、缝纫工、水手,曾到洪都拉斯淘过金,随船到过非洲和中国,还曾当过记者、小职员。一九一二年,患肺结核住院期间,他研读了一些戏剧经典作品,从而激发起他的创作欲望,开始戏剧创作。一九一四年至一九一五年,奥尼尔进哈佛大学开办的戏剧写作班学习,结业后,当上马萨诸塞州普罗温斯剧团的编剧。

奥尼尔是以写航海为背景的独幕剧开始戏剧创作生涯的。一九一四年,他的第一个剧本《东航卡迪夫》上演,接着在一九一七到一九一八年,又相继发表了《远航归来》《鲸鱼油》和《加勒比海的月亮》三个独幕剧。他前期的优秀剧作除了《东航卡迪夫》外,还有多幕剧《天边外》(1920)、《琼斯皇》(1920)、《安娜·克利斯蒂》(1921)和《毛猿》(1922)。这一时期的作品主要反映了他当商船水手的经历,集中表现了受着痛苦折磨的主人公的生活。在《琼斯皇》和《毛猿》中,作者还开始尝试表现主义技巧,这在当时的美国被视作胆大妄为。《天边外》和《安娜·克利斯蒂》则分别荣获一九二〇年和一九二二年的普利策奖。他中期的主要作品有《上帝的女儿都有翅膀》(1924)、《榆树下的欲望》(1925)、《财主马可》(1927)、《奇异的插曲》(1928)等。这些剧作大多采用象征主义手法,表现了利和爱、生与死的冲突,其中《奇异的插曲》使奥尼尔第三次获得普利策奖。奥尼尔晚期的主要作品有《悲悼》(1931)、《啊,荒野!》(1933)、《无穷的岁月》(1934)、《送冰人来了》

(1939)、《进入黑夜的漫长旅程》(1940)等。其中《悲悼》为三部曲:《归来》《猎》和《祟》。它是继《榆树下的欲望》和《奇异的插曲》后,对希腊悲剧的推陈出新;《进入黑暗的漫长旅程》是一部自传体戏剧,是作者对自己痛苦过去的回忆。

奥尼尔一生共创作独幕剧二十一个、多幕剧二十八部,他从古希腊悲剧和莎士比亚的戏剧中汲取了丰富的艺术养料,使二十世纪前期的美国文坛出现了"戏剧的黄金时代",为美国和世界戏剧的发展做出了重大贡献。一九三六年,"由于他那体现了传统悲剧概念的剧作具有的魅力、真挚和深沉的激情"而获得诺贝尔文学奖。奥尼尔于一九五三年十一月二十七日在波士顿去世。

授奖词

尤金·奥尼尔的戏剧创作一开始就带有忧郁的色彩,他很早就认为人生意味着悲剧。

这已被归因于他青年时期的痛苦经历,尤其是作为水手的遭遇。传奇故事中绕在名人头上的光环,在他那儿,表现为从他的生活经历中创造出来的英雄事件。奥尼尔鄙视出风头,绝不沽名钓誉;也不迷恋于通过繁重、艰辛的努力之后取得的成功。我们确实可以断定:严酷的经历并不与他的精神格格不入,而是有助于释放他心中某些混沌的力量。

他的悲观主义推测起来,一方面是他的天性,另一面是时代文学潮流的一支,更确切地可以称之为一种独特个性对美国旧式乐观主义的反拨。然而,无论他的悲观主义来源是什么,他的发展方向是清晰的;他逐步变成独特的和尖锐的悲剧作家,如今已经闻名世界。他提供的生活概念不是苦思冥想的产物,而是具有某种经住了考验的真正标记。它基于一种极其尖锐的,也可以说是撕裂人心的,对于生活之严峻的认识,同时怀着一种对人生美好的命运毅然挑战的情感。

如我们所见,一种原始的悲剧观,缺乏道德后盾,没有精神内涵,仅仅是建造古代宏伟风格的悲剧庙宇的砖瓦灰浆。然而,通过这种原始性,这位现代悲剧作家已经到达这种创作艺术形式的源头,一种对于命运的天真而淳朴的信仰。在一些阶段,它已将跳动着的生命之血贡献给他的创作。

然而,那是在后期。在他最初的戏剧中,奥尼尔是一个严格的和稍微有点枯燥的现实主义者;那些作品我们在这里可以一掠而过。其中比较重要的是根据他海上生活那些年积累的材料创作的一系列独幕剧。它们带给剧院一些新奇的东西,他因此而博得人们的注意。

然而,从戏剧的角度看,那些剧本是不值得注意的;确切地说,它们仅仅是用对话形式表现的短篇小说——不过,仍是它们这一类型的真正艺术品,在简朴粗犷的勾勒中有股激动人心的力量。在其中一个独幕剧《加勒比海的月亮》(1918)中,他达到诗的高度,部分由于在刻画水手的贫困生活以及对于欢乐的天真幻觉时具有的柔情,部分由于这个剧本的艺术背景:在闪烁金属光泽的棕榈树和加勒比海的大月亮底下,一片白色珊瑚海岸,从那儿传来悲哀的黑人歌曲。忧郁、原始状态、渴望、皎洁的月色、沉闷和孤独,这一切神秘地交织在一起。

剧本《安娜·克利斯蒂》(1921)通过描写水手们在岸上滨水客厅的生活,取得最惊人的效果。第一幕是奥尼尔在严格的现实主义领域里的杰作,每个角色都得到最真实和最熟练的描绘。内容是一个堕落的瑞典少女,在浩瀚而有益健康的大海熏陶下,上升到体面人的地位。就这一次,画面中排除了悲观主义,剧本有所谓的快乐结局。

随着他的也是描写水手生活的剧本《毛猿》(1922),奥尼尔开始采用标志着他的"观念剧"的表现主义。文学和造型艺术中的表现主义,其目的难以确定,我们也无须讨论它,因为只要简单说明一下它的实用目的就够了。它试图通过一种数学方式产生它的效果;它可以说是求复杂的现实现象的平方根,并用那些抽象物建造一个宏伟壮观的新世界。这种程序是令人厌烦的程序,几乎不能说是为了达到数学的精密。然而,长期以来,它却在全世界获得巨大成功。

《毛猿》企图以一种纪念碑式的规模,表现一位反叛的苦力奴隶,他陶醉于自己的力量和超人思想。在外表上,他已回复到原始人;他表现得像一头野兽,因渴望才华而蒙受痛苦。这个剧本描写他由于起来反抗残酷的社会而遭到悲剧性的困窘和毁灭。

此后好多年,奥尼尔专心致志,大胆运用表现主义手法处理思想和社会问题。由此产生的剧本与真实生活没有多少关联;诗人和梦想家使他自我孤立,沉浸于他狂热追求的思辨和幻想之中。

《琼斯皇》(1920)作为一个艺术创作,奠定了奥尼尔剧坛的地位;剧作家通过这个剧本,首次获得莫大的声誉。它的主题是表现一个黑人暴君的精神崩溃,他统治着西印度群岛中一个黑人居住的岛。这位暴君失掉光荣,出逃而死。他在深夜受到追捕,耳边回荡着追捕者轮番敲击的鼓声,脑际萦绕着往事的回忆——一幅幅令人沮丧的幻想。这些回忆越过他自己的生活,追溯到黑暗的非洲大陆。这里隐含着这种理论:个人无意识的内在生命是种族进化的渐次阶段的运载工具。至于这种理论的正确性,我们无须在这里加以评判。这个剧本如此强烈地触动我们的神经和感觉,以致完全吸引住了我们。

这类"观念剧"既多又杂,无法在一篇概述中全部谈及。它们的主题来自当代生活,或来自传奇和传说;一切都经过作者的想象而变了形。它们演出时,绷紧感情之弦,产生惊人的装饰效果,显示出一种永不衰竭的戏剧活力。实际上,具有斗争或战斗性质的人类生活中的一切东西都在这里被用作创作的主题,力图解决所呈现的精神或心灵之谜。一个受宠的主题是人格分裂;这出现在一个人的真正性格受到外界的压力,被迫让位于伪装的性格,将自己的真相隐藏在假面具后面。这位戏剧家的思索总是发掘得如此深,以致他展示的东西,像是被拽到光天化日之下的深海动物,有一种想要爆炸的强烈欲望。然而,他取得的成果从来不乏诗意,饱含激情和富有想象的词汇奔涌不止。情节也充分证实这种永不疲惫的活力——奥尼尔最伟大的天赋之一。

然而,奥尼尔酷爱实验,暗含着他渴望达到古代戏剧特有的纪念碑式的质朴。他的《榆树下的欲望》(1925)作了这方面的尝试。他从新英格兰农业社会汲取主题,那里经过世世代代的发展,已经僵化成一种逐步丧失理想主义灵感的清教主义社会。这是开了个头,随后将在《悲悼》三部曲中获取更大的成功。

在这中间,他发表了戏剧《奇异的插曲》(1928),该剧受到高度赞扬,成为一部名作。称之为"戏剧"是正确的,由于那种剧情进展缓慢的表现方法,它不能被认为是一部悲剧;然而,将它称为一部有场景的心理小说,也许是最恰当不过的了。副标题"奇异的插曲"的含义在剧情中有直接的提示:"目前的生命是过去和将来之间奇异的插曲。"作者为了尽可能清晰地表达他的思想,采用了一种特殊的手法:一方面,角色按照剧情要求进行对话;另一方面,他们以一种舞台上的其他角色听不见的独白方式袒露他们的本性和他们的回忆。又是伪装的因素!

这部作品被认为是一部任何心理学都不可能替代的心理小说;十分值得注意的是,它饱含分析的、尤其是直觉的聪明睿智,显示出对于人类精神的内在活动的深刻洞察。这次训练的成果见于下一部真正的悲剧、作者最重要的作品——《悲悼》(1931)。在它展开的故事和笼罩的命定气氛这两方面,这个剧本接近古代戏剧的传统,不过其中也有所变化,以适合现代生活和现代思想脉络。这个现代阿特柔斯之家的悲剧,场景安置在伟大的国内战争——美国的"伊利亚特"时期。这一选择为这个剧本提供了关于过去的清晰看法,但也提供了十分接近当代的理智生活和思想的背景。这个剧本中,最值得注意的特点是命运因素得以进一步发展的方式。它依据现代的假设,首先是依据遗传学说的自然和科学决定论,也依据弗洛伊德关于无意识、关于倒错家族情感的梦魇的无限知识。

如我们所知,这些假设尚未成为毋庸置疑的定论,但是,这个剧本的重要之点在于它的作者以坚定的一贯性采纳和运用这些假设,在它们的基础上构思一系列仿佛已由底比斯的斯芬克斯亲自宣布而必然发生的事件。因而,他树立了一个构思能力和情节精心设计的典范,在全部后期戏剧中肯定没有一部与此相似的剧本。这情形特别适用于这组三部曲中的前两部。

随后是两部迥然不同的、对于奥尼尔来说是新类型的剧本。这两部剧本特别能说明他从不满足于现有的成果,不管这种成果已经获得怎样的成功。也证明他的勇气,因为在这两部剧本中,他向相当一部分他已经赢得他们赞赏的人、甚至是持有这些赞赏观点的权威们提出挑战。尽管在目前时代,冒犯正常的人类感情和观念并不危险,但要是刺痛批评家们敏感的良心,那就不无危险。在《啊,荒野!》(1933)中,这位尊敬的悲剧作家提供了一部田园诗式的中产阶级喜剧,使他的赞赏者惊诧,却博得观众的赞同。这部剧本对于年轻人的精神生活的描绘饱含诗意,同时,它的欢快场面展示了真正的幽默感和喜剧性。此外,它的感染力全然是淳朴的和富有人情味的。

在《无穷的岁月》(1934)中,戏剧家处理宗教问题。在此之前,他只是站在自然科学家的战斗立场上,肤浅地触及这个问题,没有投身进去。在这部剧本中,他显示他能欣赏这个无理性的事物,感到需要绝对价值,并觉察到在这虚无的空间中存在着一种危险,即精神贫困将遍布这个坚固的理性主义世界。这部作品采取一种现代奇迹剧的形式,或许,如同他的命运悲剧,实验的诱惑力在这部剧本的创作中起了极其重要的作用。他严格地考察他选择的这种戏剧形式的法则,在表现善与恶的斗争时,采用了中世纪的天真淳朴，然而，也引进了新奇和大胆的舞台技巧。他将主角一劈为二，黑白分明，不仅在内心里，而且在肉体上，每一半过着自己独立的生活——一种互相矛盾的暹罗双胎。这是更早时期的实验成果的变种。尽管这种冒险伴随那种冒险，然而，这个剧本受益于作者精湛圆熟的戏剧性处理；同时，剧中的宗教代言人——一位天主教牧师，是奥尼尔创造的最逼真的角色之一。这情形是否可以解释为表明他对生活的看法起了决定性变化，还须拭目以待。

奥尼尔的戏剧作品领域宽广，角色多样，创新丰富，而且这位创作者还处在蓬勃发展的阶段。但是，从本质上看，他始终是同样一个人：具有奔放无羁的想象力；孜孜不倦地赋予思想以形象，这些思想不管来自内心或外界，都在他沉思的天性深处冲击碰撞；或许，最主要的是，具有一种骄傲、粗犷的独立性格。

通过选择尤金·奥尼尔作为一九三六年诺贝尔文学奖获得者，瑞典学院能够表达自己对他世所罕见的文学天才的欣赏，并通过如下言辞表达对他个性的敬意："本奖金授予他，以表彰他那体现了传统悲剧概念的剧作具有的魅力、真挚和深沉的激情。"

瑞典学院常务秘书 佩尔·哈尔斯特龙

林凡 译

作品

毛猿（节选）

人　物：

罗伯特·史密斯，绰号扬克

派迪

勒昂

米尔德里德·道格拉斯

米尔德里德的姑妈

轮机师二副

一个团体的秘书

烧火工人们、太太们、绅士们等。

场　景：

第一场　一艘远洋邮船上烧火工人们的前舱——从纽约起航一个钟头之后。

第二场　甲板上，两天以后——上午。

第三场　炉膛口，几分钟之后。

第四场　和第一场一样，半小时以后。

第五场　纽约五马路。三个星期以后。

第六场　城旁边一个岛上。第二天晚上。

第七场　城里。大约一个月以后。

第八场　城里。第二天傍晚。

〔扬克是一条远洋邮船上的司炉工，终年在阴暗的船舱里汗流浃背地工作，他强壮而自信，自以为是世界的"原动力"。但一位阔小姐偶然来访，称他"肮脏的畜生"，扬克受到了极大的伤害，认识到可悲的现实，产生了报复意识。他向社会挑战，被投进了监狱……〕①

第六场

第二天晚上。黑井岛上监狱的一排牢房。牢房从右前方朝左后方斜伸过去，并没有完，而是消失在阴暗的背景里，好像绵延无尽。窄窄的过道里，低低的天花板上吊着一盏电灯，灯光照过最前面那间牢房笨重的铁栅栏，暴露了一部分室内情况。可以看见扬克关在里面。他低头弯腰坐在小床边上，姿态就像罗丹的《沉思者》。他脸上带着青色的斑斑伤痕，头上绕着一条带有血迹的绷带。

扬克　（好像从梦里突然惊醒，伸手去摇晃栅栏——大声地、惊讶地自言自语）钢的。这是动物园，嘿！（一阵粗犷的笑声从许多牢房中看不见的犯人那里爆发出来，流传开去，又突然打住。）

七嘴八舌的声音　（讽嘲地）动物园吗？

对这个监狱来说，倒是个新名儿——一个蛮漂亮的名儿！

钢吗？你可说得妙啊。这是一座古老的铁屋子。

说话的那个傻瓜是谁呀？

就是他们带进来的那个神经错乱的家伙。那些警察痛打了他一顿。

扬克　（迟钝地）我准是在做梦。我以为我是在动物园的笼子里——不过人猿是不会说话的，是不是？

七嘴八舌的声音　（嘲笑地）你是在笼子里，没错。

一座监狱！

一个牛栏！

一个猪圈！

一个狗洞！（厉声大笑——一顿）

我说，伙计！你是谁呀？别胡说八道。你是干什么的？

对，把你的悲哀故事跟我们讲讲。你是干哪一行的？

他们为什么关你？

---

① 此处为编者所加。

扬克 （迟钝地）我是个烧火工人，在邮船上烧火。（突然冒火了，摇晃牢房的栅栏）我是个毛猿，懂吗？要是你们还拿我开心，我会把你们的下巴全打掉。

七嘴八舌的声音

嘿！你真是一个死硬的家伙！

你吐的唾沫，都会跳起来！（大笑）

噢，真的。他是个硬汉子。你是个硬汉子吗？

他说他是个什么——一个人猿？

扬克 （挑衅地）一点不错！难道你们不全是人猿吗？（暂时沉默。随后从走道的那一边传来愤怒的摇晃栅栏的声音。）

话音 （充满了愤怒）我要教训教训你，谁是一个人猿，你这个流氓！

七嘴八舌的声音

嘘！当心！

别作声。

轻轻地。

你会把警卫招引到我们这里来的！

扬克 （轻蔑地）警卫？你是说看守吧？（从所有牢房里传来愤怒的喊声。）

话音 （和解地）噢，别去管他。他的头给他们打昏了。我说，伙计！我们等着听你讲，他们为什么把你弄到这里来的——你不愿意说吗？

扬克 当然愿意说。当然！为什么不说呢？只不过你们不理解我。谁都不理解我，只有我自己理解我自己，懂吗？我开头向法官回话时，他就说了这么一句："给你三十天去考虑考虑。"考虑考虑！上帝，那就是我这几个星期干的活儿！（一顿）我要找一个人算账，懂吗？——一个侮辱我的人。

七嘴八舌的声音（冷嘲热讽地）老一套，我敢打赌。你的女朋友，是吗？

欺骗了你，是吗？

她们总是那样的！

你把那家伙揍了一顿吗？

扬克 （厌恶地）噢，你们全猜错了！里面确实有个女人——但是不是你们所说的，不是那种老妖怪。这是一种新式的女人。她穿了一身白，在炉膛口里。我还以为她是个鬼哩，说真的。（一顿）

七嘴八舌的声音 （低声地）哎呀，他还在发神经。

让他胡说八道去。听起来倒有趣。

扬克 （不理睬他们——思索）她的手，又瘦又白，好像不是真的，是画在什么东西上面的。我跟她相隔十万八千里——一点钟二十五海里。她像猫儿拖进来的死肉。对了，就是那玩意儿。她不行。她是摆在玩具店橱窗里的，或者是摆在垃圾桶上面的玩意儿，懂吗！真的！（他生起气来）可是你能相信吗？她竟敢侮辱我。她看我就好像我是从动物园逃出来的一个什么东西。上帝，你要是能看见她那双眼睛就好了！（他愤怒地摇晃牢房的栅栏）不过我会报复的，你们等着瞧好了！要是我找不到她，我就拿跟她有往来的那帮人出这口气。现在我知道他们平常待在哪些地方。我要告诉她谁行谁不行！我要告诉她谁在前进，谁在停顿。你们看着我马到成功吧！

七嘴八舌的声音 （又严肃又开玩笑）这倒像话！

给她好好一顿揍。

这个女人究竟是干什么的？她是谁，呃？

扬克 我不知道。坐头等舱的王八蛋。他们说，她爸爸是个百万富翁——名叫道格拉斯。

七嘴八舌的声音 道格拉斯吗？那是钢铁托拉斯的总经理，我敢打赌。

不错，我在报上见过他的鬼脸。

他的钱可多啦。

话音 咳，伙计，听我的劝告。如果你想报复，你最好参加世界产联，那你就会有办法搞一些实际活动了。

扬克 世界产联？那是个什么玩意儿？

话音 你没听说过世界产业工人联合会吗？

扬克 没有。干什么的？

话音 一帮人，一帮硬汉子。我今天还在报上读到关于他们的文章。警卫给我的《星期时报》。那上面有一篇讲到他们的长篇讲话。是从一个名叫奎恩参议员的家伙，在参议院作的一次讲演里摘来的。（他就在扬克隔壁的牢房里。那里响起报纸的沙沙声）等等，让我看看，要是够亮的话，我给你们念念。听着。（他念）“目前国内存在一种危险，威胁着我们美好共和国的命脉，危害到美国之鹰的性命，正像反对古代罗马之鹰的喀提林阴谋①一样恶毒！”

话音 （厌恶地）噢，见鬼！叫他们把那只鹰屁股腌起来吧！

话音 （念）“我指的是那一批鬼东西：流氓、罪犯、凶手、刽子手。他们自称为‘世界产业工人’，那是对所有正直的劳动人民的侮辱。由于他们毒辣的阴谋，我把他们叫作‘世界积极破坏分子’。”

扬克 （带着报复性的满足）破坏分子，这倒不错！这可顶事！我拥护他们！

话音 嘘！（念）“这个魔鬼组织是我们优美的民主机构上的一个毒瘤——”

话音 民主，见鬼！嘘他，伙计们——咂起舌头来轰！（他们果然咂起舌头来）

话音 嘘！（念）“我像加图②那样，告诉参议院说，世界产业工人联合会必须消灭。因为他们代表一把常使的匕首，指向世界上这个最伟大国家的心脏。在这里所有的人都是生来自由平等的，对一切都有均等的机会；在这里，国家的缔造者保证每一个人都有幸福；在这里，真理、荣誉、自由、正义和人的友爱像宗教一样，是跟妈妈的奶水一道吸收下来的，是在爸爸的膝头上就被教会了的，是在美国光荣宪法里批准、签字、盖了章的！”（一阵暴风雨般的嘘声、猫叫声、讥笑声和刺耳的大笑声。）

---

① 喀提林阴谋，公元前六十三年，喀提林组织阴谋政变，以推翻西塞罗为目标，后被镇压。

② 加图（前95—前46），罗马爱国志士，以品德崇高、有辩才著称。在内战中他支持庞培，反对凯撒，后来兵败自杀。

七嘴八舌的声音 （嘲笑地）为美国独立纪念日欢呼吧！

募捐吧！

自由！

正义！

荣誉！

机会！

友爱！

大伙 （极度的讥讽）噢，见鬼！

话音 冲那个王八蛋奎恩参议员吼一声！现在一齐来——一、二、三——（又叫又骂，一片闹嚷嚷的喧哗声。）

警卫 （从远处传过来）你们那里放安静点——要不，我就拿水龙来了。（闹声平息下去）

扬克 （怒冲冲地）我很想抓住那个参议员家伙，跟他单独谈谈心。我会教他懂得什么叫真理。

话音 嘘！这里才是他恶毒攻击世界产联的地方。（念）"他们搞阴谋诡计，一只手里拿火，另一只手里拿着炸药。为了达到他们的目的，他们不惜杀人，蹂躏不能自卫的妇女。他们会破坏社会，把下流坯子放在高位上，把万能的上帝为这个世界作的妥善安排搞得乱七八糟，把我们的优美文化变成废墟，变成荒凉世界，在那里，上帝的杰作，人，就会蜕变为人猿！"

话音 （对扬克）咳，伙计。你说的人猿又冒出来了。

扬克 （一声怒吼）我明白他的意思。原来他们想把那些东西炸掉，是不是？把事情翻过来，是不是？喂，把那张报借给我看看，行吗？

话音 行。给他。只不过你自己看，懂吧。我们不想再听那些废话了。

话音 拿去，放在你的床垫下面。

扬克 （伸手接下）谢谢。我识字不多，但是能对付。（他坐下，姿势像罗丹的《沉思者》，一只手里拿着报纸。一顿，走道的那一头传来许多鼾声。突然间，扬克跳了起来，发出一声愤怒的呻吟，好像某种吓人的思想压倒了他——迷迷糊糊地）当然——她爸爸——钢铁托拉斯的总经理——制造出世界上一半钢铁——钢铁——我还以为我在那里顶事哩——能闯——能跑哩——原来造就了她——把我关到了笼子里，好让她能在我脸上吐唾沫！上帝！（他摇晃牢房门上的栅栏，整排牢房都动摇起来。那些被惊醒或者想睡觉的人发出不耐烦的、抗议的喊声。）他制造了这个——这个笼子！钢铁！那不顶事，就是这么回事！笼子、牢房、锁、闩、栅栏——就是那个意思！把我压在下面，他坐在我头上！但是我要冲过去！火，火能熔化它！我就是火——压在最下面——永远不熄的火——像地狱那么热——在夜里爆发出来——（他一面说话，一面咣咣啷啷地摇晃牢门。当他说到"爆发出来"的时候，他双手抓住一根铁栅，双脚蹬在另外的铁栅上，身体和地面平行，像个猴子，他拼命往后扳。在他的大力扳扯之下，那根铁栅弯得像一根单簧管。就在这个当口，监狱的警卫冲了进来，身后拖着一根水龙带。）

警卫 (愤怒地)你们这些流氓把我吵醒了,我来教训教训你们!(看见扬克)哈罗,是你呀,嘿?得了颤抖症啦?好吧,我来给你治治。我来消消你的火气!(注意到铁栅)天哪,瞧瞧那根铁栅弯成什么样子啦!只有一个疯子才有那么大力气,干出那种事来!

扬克 (怒视他)或者一个毛猿,你这个胆小的大笨蛋!当心!我来啦!(他抓住另一根铁栅。)

警卫 (现在给吓住了——大喊大叫从左方下)打开水龙,潘恩!加足压力!叫大家来——还拿一件紧身衣来!(幕正往下落,当它遮住扬克时,可以听见冲击扬克牢房铁门的水声。)

〔**幕落**〕

〔扬克试图加入世界产联,但被认定是密探、奸细,并被扔到大街上。

第八场

第二天傍晚。动物园里的猴房。一道白光照在笼子前方,可以看见内部。其他的笼子笼罩在阴影中,看不清楚,可以听见从那里传来吱吱哇哇的话音。有一个笼子上挂着一块招牌,上写"大猩猩"。那个大野物蹲在板凳上,姿势很像罗丹的《沉思者》。扬克从左方上,马上引起一片愤怒的吱吱的尖叫声。大猩猩转动一下它的眼睛,但没作声,也没动。

扬克(带着一种刺耳的苦笑)欢迎到你们的城市来吗,嘿?好啊,好啊,一整帮都在这里呀!(一听见扬克说话,那种吱吱哇哇的声音便平息下去,转为一种聚精会神的沉默。扬克走到大猩猩笼子跟前,俯身在栅栏上,瞪着猩猩,猩猩也瞪着他,沉默,一动都不动。经过片刻的死气沉沉的静默,扬克开始说话,带着一种友好、亲密的腔调,半嘲笑,但富有深厚的同情)我说,看样子你是个结实家伙,是不是?我见过许多被人们叫作猩猩的硬汉,但是你是我见到的第一个真猩猩。你的胸膛、肩膀、手臂和手真够棒的!我敢断定你的两只拳头都有那么一股劲,能把他们全打垮!(他是怀着真正的赞美心情说这番话的。猩猩好像懂得他的意思,直立起来,挺起它的胸膛,用拳头在上面敲打着。扬克同情地嘻嘻一笑)真的,我懂得你的意思。你敢向全世界挑战,是不是?你有我说的那些优点,尽管你说不清楚话。(于是话里夹带着苦恼)你又怎么会不懂得我的意思呢?难道我们不都是同一个俱乐部,毛猿俱乐部的会员吗?(它们互相瞪视——一顿——扬克继续说下去,慢吞吞地,痛苦地)原来,当那个白脸婊子看我的时候,你就是她所看见的。我呢,在她看来,就是你,懂得我的意思吗?只不过是在笼子外面——冲出笼去的——可以随随便便去杀死她,懂吗?真的!那就是她的想法。她并不知道,我也是在笼子里——比你更糟——真的——一副可怜相——因为你还有机会冲出去——可是我呢——(他糊涂了)噢,见鬼!全都错了,是不是?(一顿)我想,你准想知道我到这儿来干吗,嗨?从昨天晚上起,我就在这个巴特里公园的椅子上赖着。真的,我看见了日出。那可美啦——一片红色、粉红色和青色。我还看着摩天楼——钢铁做的——还有所有开进开出的船只,行驶世界各地——它们也是钢铁做的。阳光温暖,没有云彩却吹着微风。不错,那是了不起的。我完全享受到了——正像派迪说的,那才是叫人过瘾的好饮料——只不过我不能到那里面去,懂吗?我不能在那里面起作用。因为它高高在上。我一直在想——后来我就跑到这里看看你的模样儿。我等到他们全都走完了,来跟你单独聊聊。我说,你老是坐在那个围栏里,忍受那些白脸的、骨瘦如柴的臭女人和她们的蠢男人,那些该死的东西,来打趣你,嘲笑你,又被你吓得要死,你有什么感想?(他用拳头敲打栅栏。猩猩摇晃它的笼子上的铁栏并嗥叫。其他猿猴都在暗处发出愤怒的吱吱哇哇声。扬克继续说下去,兴奋地)真的,他们也就是那样打击我的。不过你幸运,懂吗?你跟他们不是一伙,这一点你知道。可是我呢,我跟他们是一伙——但是我不知道,懂吗?他们跟我却不是一伙,就是那么回事,懂得我的意思吗?思考真费劲——(他以一种痛苦的姿势拿一只手在额头上抹了一下。猩猩不耐烦地咆哮着。扬克继续说下去,思索地)我想说明的意思,是这样的。你可以坐在那儿,梦想过去,绿树林呀,丛林呀,等等。你是那里的主人,他们不是,你可以嘲笑他们,懂吗?你是世界冠军。可是我呢——我没有过去可想,也没有未来,只有现在——而那又不顶事。当然,你比我好多啦。你不会思想,是不是?你也不会说话。可是我能拿说话和思想来吓唬人——差不多还能蒙混过关哩——差不多!笑话也往往就出在那里。(他笑起来)我不在地上,又不在天堂里,懂我的意思吗?我在天地中间,想把它们分开,却从两方面受尽了夹缝罪。也许那就是他们所说的地狱吧?可是你呀,你是在最下层。你顶事!真的!你是这个世界上唯一顶事的,你这个走运的家伙!(猩猩得意地吼着)所以他们就把你关在笼子里,懂吗?(猩猩怒吼)真的!你懂得我的意思。当你设法去想它或说它,它就溜了,它藏在老深——老远——背后的什么地方——你和我,我们能感觉到它。真的!我们俩都是这个俱乐部的会员嘛!(他笑起来——然后用一种粗野的声调说)去他妈的!见鬼去!要采取一点点行动,那才是我们拿手的!那才顶事!打倒他们,一直打到他们用手枪——用钢铁把你杀死为止!不错!你是个把戏吧?他们跑来看你关在笼子里——是不是?想报仇吗?想落得一条好汉的结局,而不要慢慢憋死在那里吗?(猩猩大吼,表示竭力赞成。扬克继续说下去,带着一种愤怒的喜悦)不错!你是好样的!你会坚持到底!我和你,嗨!——我们俩都是这个俱乐部的会员,我们打一次最后的漂亮仗,把他们从座位上打下去!等我们打完了,他们会把笼子造得更坚固一些!(猩猩使劲拉扯铁栅,咆哮着,两脚交换着跳跃。扬克从外衣下面掏出一根短撬棍,撬开笼门上的锁,把门拉开)州长赦免了你!出来,握握手吧。我带你到五马路散散步。我们要把他们从地球上打下去,我们要在乐队伴奏中死去。走吧,兄弟。(猩猩小心翼翼地走出笼子,走到扬克跟前,站在那里望着他。扬克保持他的嘲讽腔调——伸出他的手)握手,按照我们团体的秘密方式。(也许那种嘲讽的腔调突然激怒了那个畜生,它纵身一跳,用两只大手臂抱着扬克,拼命一搂。一阵叽里喀嚓肋骨折断的声音,扬克发出一声痉挛的叫喊,仍然带着嘲讽腔调)嗨,我并没有说吻我呀!(猩猩让那掰折了的身体滑到地板上;它犹疑地俯视他,思考着;随后把他抓起来,投进笼子,关上门,拖着脚步狠狠地走进左面的暗处。从其他的笼子传来一片吃惊的吱哇乱叫声。随后扬克动弹一下,呻吟着,睁开眼睛,片时沉默。他痛苦地喃喃说)我说——他们应叫它跟祖拍斯科①比一比。它算是彻底打垮了我,我完了。就连它都认为我不顶事。(随后突然动了感情,感到绝望)上帝,我该从哪里开始哟?又到哪里才合适哟?(突然克制自己)噢,见鬼!不能抱怨,懂吧!不能退却,明白我的意思吧!死也要在战斗中死去!(他抓住笼子上的铁栅,痛苦地拖起身来——迷惘地四顾——勉强发出冷笑)在笼子里,嗨?(带着马戏班招揽观众的刺耳的吆喝声)太太们,先生们,向前走一步,瞧瞧这个独一无二的——(他的声音逐渐虚弱)——一个唯一地道的——野毛猿——(他像一堆肉,瘫在地板上,死去。猴子们发出一片吱吱哇哇的哀鸣。也许,最顶事的,毕竟还是毛猿吧。)

〔**幕落**〕

——剧终

荒芜　译

① 祖拍斯科,二十世纪二十年代美国有名的摔跤家。

1937
获奖作家
马丁·杜加尔

传略

在第一次世界大战后崛起的新一代作家中，马丁·杜加尔是第一位获得诺贝尔文学奖的。他获奖主要是由于他花了二十年时间创作的系列长篇小说《蒂博一家》中“所描绘的人的冲突及当代生活中某些基本方面的艺术力量和真实性”。

罗杰·马丁·杜加尔(Roger Martin du Gard,1881—1958)，一八八一年三月二十三日生于塞纳河畔的纳伊的一个中产阶级家庭。他的父亲是巴黎塞纳区法庭的诉讼代理人。杜加尔从少年时代就酷爱文学，特别爱读左拉和托尔斯泰等人的作品，但中学学习成绩一般。一八九八年，他考入巴黎大学文学系，两年后因学位考试未获通过，转入巴黎文献学院学习历史和中世纪建筑学。学院里的学习使他逐渐对历史和当代事件产生了浓厚的兴趣，并养成了尊重史实、客观严谨的创作和治学态度。一九〇五年杜加尔大学毕业，翌年偕新婚妻子游历北非，一九〇八年还钻研过一段时间精神病学，这些经历都为他日后的创作提供了多方面的知识。

一九一〇年，马丁·杜加尔自费出版了自己的第一部长篇小说《变化》，全书分《愿望》《实现》和《生活》三部分，写了一个梦想当作家的青年因不够刻苦最终一事无成的故事。小说中对文学问题虽有不少见解，但因不够生动而未获成功。一九一三年，他的第二部长篇小说《让·巴鲁瓦》问世，全书分《生活的情趣》《播种者》和《精神失常》三部分。

一九一四年，第一次世界大战爆发，马丁·杜加尔应征入伍，在第一骑兵军团任下士，担任运输给养等工作，直到战争结束。一九一九年二月，他复员回到巴黎，和戏剧家让·科波等人一起从事戏剧活动。一九二〇年初，杜加尔开始潜心创作他构思多时的长篇巨著《蒂博一家》(1922—1940)。

《蒂博一家》分为《灰色笔记本》(1922)、《教养院》(1922)、《美好的季节》(1923)、《诊断》(1928)、《小妹妹》(1928)、《父亲的死》(1929)、《一九一四年夏天》(1936)和《结尾》(1940)八卷。小说写的是两代人三个主人公的悲剧性命运。父亲蒂博先生是个生活在过去的时代和价值观念中的旧式人物,他执拗地拒绝改变业已形成的信念,因而和自己的两个儿子有了很深的代沟,从而使自己深陷于难以解脱的孤独之中。大儿子安托万是个有才干、有毅力的年轻医生,结果却在前线中了毒气致残,退伍回家。最后他失去了自信心,觉得自己生活的世界行将瓦解,自己的奋斗目标已不可能实现,于是在三十七岁的时候,便因无法忍受痛苦的折磨而自杀身亡。小儿子雅克生来就是这个家庭的叛逆者,他坚决否定一切因循守旧的传统价值观念,渴望以自己的良知和真诚的信念开辟新的生活,是个真正的理想主义者。他曾多次愤而离家出走,积极参加反战活动,可是最后竟意外地被法国士兵误当成德国间谍而枪杀。蒂博父子的悲剧既是这个家庭的悲剧,也是第一次世界大战前后法国社会乃至西欧社会的悲剧。小说的重点不在于表达作家对战争与和平的思考,而是以巨大的心灵创痛再现历史,不仅展示了大战前后法国社会各阶层的动向和心态,而且真实地反映了当时国际上反战斗争的复杂情势。这一切都具有一定的历史认识价值。

马丁·杜加尔的《蒂博一家》可以和罗曼·罗兰的《约翰·克利斯朵夫》、普鲁斯特的《追忆逝水年华》及托马斯·曼的《布登勃洛克一家》等长篇小说媲美,它进一步扩展了自传体小说和家族小说的写法,从家庭着手着重再现现实社会,以历史文献式的真实记录、曲折感人的戏剧性情节、精细的心理描写和对人生社会的深刻思考,反映了法国乃至整个西欧在二十世纪初的变迁以及第一次世界大战对社会的深刻影响。

除上述作品外,马丁·杜加尔还写过触及当时讳莫如深的乱伦问题的小说《非洲秘闻》(1931),反映法国农村生活的讽刺小品《古老的法兰西》(1933)以及作者因年老体衰未能最后完成的长篇小说《穆莫尔上校的回忆》。杜加尔对戏剧创作也有浓厚的兴趣,曾发表过反映农村生活的笑剧《勒鲁老爹的遗嘱》(1914)和《大肚子》(1924),还有描写性压抑的剧本《沉默寡言的人》(1932)等,但都没有引起什么反响。在戏剧创作上,他没有取得多大的成就。

一九五八年八月二十日,马丁·杜加尔因心脏病突发在寓所逝世。

授奖词

诺贝尔文学奖一九三七年度的获奖者罗杰·马丁·杜加尔把他的大部分精力用来创作一部以《蒂博一家》(1922—1940)命名的系列长篇小说。这部小说,无论就其浩瀚的卷帙还是就其广阔的内容来说,都可称得上是一部鸿篇巨制。小说通过一整个画廊的人物,和对第一次世界大战前十年法国关心的知识界思潮及问题的分析,再现了现代的法国生活。其人物画廊的丰富性和分析的全面性已达到了小说主题所容许的最大限度。这部作品因而采取了一种属于我们时代的独特形式,这种形式在它的发源国被称为“长河小说”。

这个名词指的是一种相对来说不太注意结构的叙述方式,它像一条贯穿广阔田野的河流,蜿蜒而下,把途中所见的一切都反映出来。这类小说的实质,无论就其主要方面还是就其细节方面,都在于反映的准确性而不在于各部分之间和谐的均衡;它没有固定的形式。河流从容地徘徊流连,有时,极其偶然地,有一股暗流打扰了河流表面的平静。

我们的时代恐怕很难说是平静的;相反,机器的速度推动着生活的节奏,使它达到了狂乱的地步。因此,人们会奇怪,在这种时代,小说这种最流行的文学形式,竟然会向一个完全相反的方向发展,并且反而变得更为流行。不过,如果说小说提供给我们的是一个使人得到满足的幻想世界,我们也许还可以用心理学名词来解释这种现象,说它是对日常生活挫折的诗意补偿。然而,小说费了如此大量的时间去探索和强调的,却正是使人心碎的痛苦现实。

总之,小说和它广阔无边的内容实质就这样存在着,使读者提高了对全部生活固有的不可避免的悲剧因素的认识,从而获得一定的安慰。它摆出一副英雄姿态,大口吞服下一剂剂现实的药水,鼓励我们去快乐地忍受无论多么大的痛苦。读者的审美要求可以在作品孤立的片段中得到满足。在这些片段里,内容更加浓缩,因此更能唤醒读者的种种感情。在《蒂博一家》中就有不少这样的片段。

这部小说里的主要人物是同一个家庭的三个成员:父亲和两个儿子。父亲一直停留在后面不显著的地方。他的被动身份是用特殊的艺术手法表现出来的。这个被动身份的作用是重要的、有分量的。两个儿子和作品中许许多多次要人物则是以戏剧性手法表现的。我们在故事里没有得到任何预先的解释,这些人物就出现在我们眼前,像活着那样行动着、说着话。作者详细全面地给我们描绘了背景。读者必须迅速地把握住他所看见和所听见的一切,因为生命的节奏不论在哪儿都在随心所欲地和不规则地跳动着。作者极其完美的工具——对主人公思想的分析,在这方面大大帮助了读者。它极其有说服力地表达了作者对于产生人类自觉行动的内心幽暗深处的洞察力。而且,马丁·杜加尔并没有停留在这里。他指出,思想、感情和意志在变成言辞和行为之前,还能发生变化。有时,一些外在原因,例如习惯、虚荣心,甚至仅仅一个笨拙的举止,便足以改变态度和个性。马丁·杜加尔对灵魂的动力作用所作的既精细又大胆的考察,显然是他在刻画人物性格的艺术方面做出的最独特而且最重要的贡献。从审美观点看来,这并不总是优点,因为分析的结果如果和故事似乎没什么关系,那么,分析便会显得累赘。

在描写父亲的性格时,也使用了这种内省法,不过这次不那么复杂。父亲的个性,在小说开始时就已轮廓鲜明和完全成形了,因为他属于过去的。眼前的事件不再能影响他。

他是中产阶级上层的一个成员。他认识自己的地位和责任,是教会的忠实仆人和社会的慷慨施主,他善于提供谨慎的忠告。其实,他是属于比他自己时代更早的那一代人,也就是法国七月王朝那一代人;所以他才会和下一代人,尤其是他的儿子们,不止一次地发生冲突。但是这种冲突很少形成舌战,因为老人非常了解自己的身份,不愿参加争论。所以,青年和老一代对抗的永恒主题,在这里没有予以着重处理。

老年的代表首先表现出来的是内省的和一成不变的态度,他过分自满地信赖一切他认为智慧和公正的事物。话语是不能影响他的。人们从他与世隔绝的生活可以看到整个老一代人的悲剧,虽说他自己并非完全没意识到这个悲剧的可能性。

相反,他的主要性格特征表现为喜剧性的。只是当他濒临死亡,面对自己的命运的时刻,才表达了更深刻的感情。作者没有直接描写他所表达的这种感情,而是通过对他长期遭受的痛苦折磨纯客观的具体描绘来表现它的。虽说有大量详尽的细节描绘,这段描写仍是动人的。直到此时为止,作者一直是从外部来考察他的,只在很少几处,才显示了那些也存在于他身上,并隐藏在他露出给社会看的面貌背后的东西。

作者很少强调他和大儿子的区别。安托万·蒂博是位医生。他全神贯注于他的职业,他父亲的道德伦理观念对他是根本格格不入的。在他身上,从事研究和履行医生职责的强烈而富有责任感的热忱取代了道德观念。他谨慎而有分寸,完全是自己的主人,他一点也没有反抗的欲望;他甚至没有时间去想它。在小说里,我们目睹了他在规定范围之内产生的迅速变化。他是个对未来充满雄心壮志的人。起初他有时显得不太实在,但是很快他就用自己的工作赢得了尊敬。

安托万变成了他那个时代知识分子的亲切代表。他颇有谋略,不带偏见,但是他作为一个宿命论者,坚信无论事件总的发展趋势如何,个人是无力加以改变的。他不是革命者。

比他小好几岁的弟弟雅克和他完全不同。雅克是作者更为钟爱的人物,他不能容许雅克受到任何指责。他是这部作品的主人公,作者是按照雅克的理想来考察和判断外部世界的。他的父亲对于他们的发展起了相当重要的作用,但是实际上雅克的全部天性注定了他必然成为一个革命者。故事开始时,他是个十四岁的中学生,在一所神父办的中学读书。他虽然不喜欢学习,忽略了他的功课,但他的聪明才智足以使人尊敬。当他在同学里找到一个朋友时,灾难便降临了。在这段危险的青春发育时期,他们的感情采取了高尚的但外表似乎是情欲的形式。他们的感情在他们的信件里暴露了,受到了神父的歪曲并进行了干涉,对他们采取了惩戒措施。严密的监视和对他情感私生活的干涉,对于雅克是一种无法容忍的侮辱。何况,他还得准备面对被这场丑事激怒了的父亲。他的反抗是用行动表达出来的。为了远远逃离这个敌意和粗暴的社会的一切束缚,离开所有那些他讨厌和畏惧的事物,他带着自己的朋友一块逃走了。他感到自己全部身心沉浸在浪漫主义诗歌和一些更为危险的倾向之中,和现实世界是水火不相容的。两个少年为了寻找幸福和自由,打算去非洲。但他们空中楼阁的计划还在马赛就被接到通知的警察毁灭了。

他回家后,他的父亲在一阵教育家的狂热中犯下了一个心理学的错误;他把儿子送进他创办的一所教养院,关进了单人禁闭室。禁闭的压力反而使得雅克独立不羁的个性变得更加坚强和激烈。这段对他个性发展的描绘是全书中最动人的章节。

经过他哥哥的努力,雅克被释放出来,他被允许继续学习,这成了他唯一的安慰。他学习得非常出色,轻而易举地考进了高等师范,这是一切雄心勃勃、天资聪慧的学生向往的最高目标,是通向所有最上层文学和科学职业的大门。但是雅克对公职并不感兴趣,认为它们对于他只是空虚，只是幻影；不久他就出发去寻找冒险和真实了。这位少年又一次逃往非洲，这次他成功了。他在故事中消失了很长一段时间。

他再次出现，是在安托万发现了他的地址——他在瑞士和一些革命者生活在一起——并把他带回家来到临死的父亲床前的时候。他回来得太晚了，纵使我们认为这两种截然不同的生活观念之间有可能达成和解，他也没来得及与父亲和解。老人已经认不得他了，但雅克内心感到深深的悲痛，因为他不是那种一心追求人类未来的幸福，首先便拿自己开刀，并压制住自己身上一切人性表现的人。

以上就是读者所了解的雅克内心生活的大致情况。就其他方面来说，他仍像从前那样，令人捉摸不定。但我们注意到，作者对他的才能和性格，是十分赞赏的。

我们终于完全了解他，是在小说结束并达到它史诗般壮丽的高潮的时刻——在一九一四年夏季，世界大战前夕。雅克这时在日内瓦。父亲去世不久，他便离开了巴黎，以逃避在他唾弃的社会里继承一笔财产的责任。他参加了一个社会主义和共产主义改革者小组。他们当前的使命是唤起群众起义，以制止战争威胁。对这些宣传鼓动家的描绘是作品中最不成功的章节；不论作者用意如何，读者得到的总印象是：这些人不配承担他们的使命。

然而，当雅克离开日内瓦回到巴黎去完成他的使命时，他的形象在所有人眼中都变得更加高大了。他的发展是道德上的而不是理智上的；他的行动并没有导致巨大的结果，但是他拯救了自己的灵魂。关于巴黎在七月最后的日子的描写，和对在这种紧张气氛中动摇于希望和绝望之间的雅克的描写，可说是马丁·杜加尔小说中真正的杰作。从群众所起的作用来看，这段时期的历史被复活并重新唤醒。但是，正像几乎经常发生的那样，这种作用并不是决定性的。群众是没有能力的、盲目的，并且在这种情况下比通常更不熟悉酿成这场悲剧的政治游戏。作者本人似乎并不更特别熟悉内情，但他是宽容的、通情达理的，他的叙述就内容而言，是真实的。

在这种令人惶惑忧虑的背景中，出现了一段性质完全不同的插曲。这是一段虽然短暂但非常能说明问题的插曲。雅克再次遇见一位年轻的姑娘，几年前他几乎爱上了她，但却从她身边逃走，就像他从其他一切事物中逃走一样。这次，真诚爱情的火花在他们中间点燃了。这个悲惨的爱情故事是小说里最富有含义的插曲之一。正因为这段插曲是局限在小说那些迅速飞逝的日子的范围里，作者才更深沉地感受了它并且完美地表达出了它全部纯洁的美。这段插曲只延续了极为短暂的时间，但已足以使它获得单纯的悲剧美。

雅克的全部政治幻想被宣战一下子打消了，但他又为自己重新创造了新的幻想，它来自他的绝望和牺牲决心。他来到前线，想在一架飞机上向两支敌对军队呼吁，用这种办法制止大战，他想启发两支军队共同起义，决心推翻禁锢他们的列强政权。他毫不犹豫地离开了巴黎和他所爱的女人。

这次冒险，和他第一次逃出社会一样，也打上了中学生式的浪漫主义和缺乏现实感的烙印。但雅克仍以他通常的旺盛精力实现着自己的计划。他的革命呼吁书在瑞士印刷好了，飞机和飞行员都已准备就绪，于是这次远征便开始了。它很快就结束了。因为他刚刚飞到战场上空，这架飞机和它装载的全部东西，包括人和一捆捆纸张，便一同坠毁了。雅克被摔伤和烧伤，成了血肉模糊的一团，坠落在后撤的法国军队中间。这时他的全部知觉只限于模糊的失败的辛酸感和难以忍受的无边的肉体痛苦。最后，一个不耐烦再拖着这个倒霉鬼走下去的同胞用一颗子弹结束了他的辛酸感和痛苦。这位同胞认为他反正是个间谍。

很难想象有什么悲剧的结局比这种结局更严酷、更辛辣，有什么对失败的讽刺比这种讽刺更无情。但是马丁·杜加尔并没有把自己的讽刺指向他的主人公。也许他想表现的是和理想主义倾向对立的人间事变的野蛮和残忍，他的悲愤在这儿肯定是有理由的，但是整个插曲的叙述是冗长而细微的，它精确得几乎使人难以忍受。

我们终于认识了雅克·蒂博。他作为一个英雄形象，活在我们的记忆里。这个正直的、沉默寡言的人，没有任何夸张的姿态，没有任何华丽的辞藻，最后却经受了庄严的洗礼：意志和勇气的庄严洗礼。在小说里，作者以不倦的努力，使得所有以他为中心的地方，都产生了强烈的感染力。马丁·杜加尔对人类灵魂做出了愤世嫉俗的、锐利的分析以后——这种分析以经常是极端精确的细节，通过最为细致的现实主义，几乎毁灭了它的对象——终于对人类的理想主义精神表示了崇高的敬意。

瑞典学院常务秘书 佩尔·哈尔斯特龙

文美惠 译

作品

非洲秘闻

一九三〇年五月

亲爱的朋友：

承蒙抬爱，屡次敦请我为贵刊“写点东西”，我本想告诉您我要说的一切都已自然而然地写进《蒂博一家》里去了，却又闪出一个念头，要从一本旧旅行札记中为您摘录几页。与其说这是一篇谈话，不如说这是不久前我从非洲返回时在轮船上记下的一则秘闻。这番谈话，我是原封不动记录下来的，并未作任何文学加工。也许您难以领略我在听到这番谈话时产生的兴趣。使我考虑再三的倒是把这样一篇作品奉献给您的读者是否合适，是否会引起某些人的反感。不过，无论它将引起何种后果，我都会向您证明我的善意……

在誊清文稿的时候，我发现这篇文章没有开场白，容易使人感到莫名其妙。

几年前，我驱车在南方旅行，曾绕道而行，在封-罗漠下车，因为小弗朗茨·H在这里的治疗刚刚结束。他是我抚养的孤儿，我想向主治医生了解他是否完全康复，能否放心地让他回巴黎修完学业。看到弗朗茨的状况极佳,我很高兴。他正急不可耐地盼望着出院。我稍作安排,预备在他身边逗留半个月,以便陪他四处游览,向他介绍当地几个主要名胜,这个地区是法国风景胜地之一。

在这所疗养院里,寄膳宿者人数不多,弗朗茨向我引见了一位还算年轻的男人。他是意大利人,肤色黝黑,面目和善,目光柔和却又显得心不在焉。小伙子名叫……对于您的读者,我们还是称他为莱安德罗·巴尔巴拉诺吧。他来这里已经有几个月了,一直为他外甥陪床。他的外甥,我们称他为米歇尔·卢扎蒂,年仅十六岁,由于生命垂危而未曾离开过病床。确切地说:他是在我临走前死去的。弗朗茨每天早晚都要到米歇尔的病房里逗留片刻,他是唯一得到医生允许的探视者。我只有一次模模糊糊地瞥见米歇尔生前的模样,但清楚地记得他死在病榻的情景:骨瘦如柴却异常俊秀,窗帘掩住窗户;没有十字架,没有蜡烛,甚至没有鲜花;一点死后的哀荣都没有。昏暗的灯光映照着白色的枕头,那张波斯王子般的脸庞犹如精雕细琢的大理石,是那样光滑、透明,仿佛镀过金似的,然而却没有了那种我说不清的充满青春活力的外表。舅舅强抑悲痛,无语凝咽,如呆如痴。如此沉重的悲哀使护士们深感惊讶,因为孩子早就无可救药了,早在四五周前,她们就知道死神必将降临。

弗朗茨与米歇尔十分要好,他们之间的情谊促成了我与米歇尔舅舅的关系的发展。我一来到疗养院,便每天与巴尔巴拉诺见面。他淳朴、直率的性格很快赢得了我对他的好感。巴尔巴拉诺原是一位书商的儿子,生活在北非的一座大城市,根据城市名字的开头字母,姑且称它为 Y 城(你可以设想它为奥兰、阿尔及尔、康斯坦丁或者是突尼斯)。后来,巴尔巴拉诺与他姐夫卢扎蒂,也就是米歇尔的父亲,共同经营父亲的这份买卖。据他说巴尔巴拉诺-卢扎蒂这家字号在 Y 城各家书店名列榜首。莱安德罗这个人出身寒微,举止风度不甚高雅,但是由于他的职业,博览群书,阅历甚广,所以相当有学识。他曾在法国、瑞士、意大利的一些书店受过训练,会说几种语言,还熟悉欧洲文学的主要流派,这也正成了我们最初的话题。后来他终于谈到了自己和他的外甥。从一开始我就感觉到他对米歇尔的照料如同母亲一般。从谈话中我得知,为了挽救这孩子的生命,他已经离开书店两年了。他跑遍了阿尔卑斯山、汝拉山、浮日山等许多疗养院,试验了各种气候条件、各种治疗方法,都毫无效果。尽管许多医生诊治后都异口同声地断定,这种从儿童时期就染上的结核病是不治之症,孩子早已病入膏肓,巴尔巴拉诺却一味责怪自己对米歇尔的健康关心得为时过晚。这种毫无道理的内疚深深地折磨着他,以致好几次我俩的谈话通盘是他的自咎与悔恨,然而这样的话题却比进行任何文学讨论都更使我们彼此接近。

在米歇尔令人难挨的垂危期间,我一直和莱安德罗在一起,三天的等待使我们结下了短暂然而真挚的友谊。孩子刚一去世,我即把自己的汽车借给巴尔巴拉诺,供他四处奔波,办理必要的手续。与我们原来预料的正相反,米歇尔的遗体并未被送回非洲。卢扎蒂一家来电请求莱安德罗把他们的孩子安葬在封-罗漠的小公墓中。有件小事使我感到吃惊:巴尔巴拉诺叫人把手表、钢笔、衬衫袖口的链扣和各种曾属于外甥的小物件全部放入棺木,然后又让人把衬衫和其他衣物当着他的面塞进火炉,付之一炬。他富于温情,却并不多愁善感。

我们参加了送殡行列。弗朗茨与我分站在巴尔巴拉诺两侧，仿佛以前就是他的密友。从医院到墓地距离很短又没有宗教仪式，因此葬礼很快就结束了。第二天，我们送莱安德罗到佩皮尼扬火车站，他随身只拎着一只旅行箱，没有携带孩子留下的任何纪念物。这些东西都被留在当地了。看着他朝着马赛的方向远离而去，不禁有些惆怅。

几天后，我也登上征途，启程北上。

巴尔巴拉诺一回到非洲便给我来信。我们互通了两三封书信以及几张明信片，不久我们之间偶然产生的交情便逐渐淡漠了。但是在第二年，我又得到他的音讯。他请我回忆我俩一次关于法西斯制度的谈话，并一再提出他想成为法兰西公民的愿望，希望我能帮助他。我尽力而为。几个月后我得知他已取得法国国籍。

几年后，根据形势的要求，我要去北非，而且恰好在Y城落脚。我立刻想到了巴尔巴拉诺，事先把抵达时间告诉他。巴尔巴拉诺如期等候在站台上并且以他的方式迎接我：没有过分的客套，而是表现出一种男子汉的挚爱，一切显得那么真诚。他完全不像三年前我们在佩皮尼扬分手时的样子，那时悲伤使他显得驼背、憔悴不安。现在一张洁净的罗马人面孔，虽然有些臃肿，但细细端详可看得出他精神振作，心情愉快。再度相见的瞬间，我感到他酷似小米歇尔死时的面容。

在Y城逗留的六周中，莱安德罗·巴尔巴拉诺不遗余力为我解决各种困难，使我过得非常惬意。我难以推脱他为我安排的某些新花样。巴尔巴拉诺总想把我介绍给为当地记者所瞩目的各种社交圈子，甚至想让人请我在市剧院大厅举行讲座，为此我告诉他，我不善于在大庭广众之中讲话，特别是我并没有什么新闻向那些被拉来的听众宣传。我记得当时他不以为然地耸耸肩，用一种令人无法恼怒的口吻说：“嗨！您就把他们看作是您的同事嘛。大凡到此地的作家都举行一次讲座。历史学家讲历史，诗人讲诗，小说家讲小说。他们谈自己，谈自己的作品、工作方法，甚至谈自己的癖好及饮食。他们这些人的书，无论什么样的，只要完整无缺地送到我们书店里来，八天之内保管能销售一空。”为了摆脱这种礼仪性的亮相，我简直要发脾气了。

我说得有些离题了。关于巴尔巴拉诺-卢扎蒂书店我想再多说一些。

这家书店的确是该城第一流的书店。它位于市中心闹市区，终日顾客盈门。只有在每天中午和晚上八点钟，才由一名店员落下百叶窗，但铁门上的一扇小门依旧敞开。此时的书店暂停销售业务，而变成一个文艺书社。一些文学家、教授、记者、大学生在工作结束后云集于此，在限定的一小时内，虔诚而严肃地翻阅着那些才从巴黎寄来的平庸之作。我原想每天到书店后堂与莱安德罗聊天，而他却总拉我去吃午饭或晚饭。与其与他一家在喧闹的气氛中共进丰盛的家宴，真不如我上街闲逛，即兴在某家当地小饭馆吃一顿来得舒服。莱安德罗与他的姐夫、姐姐生活在一起，并且不感到别扭，这的确使我感到惊讶，因为我觉得他与他们之间有着天壤之别。

伊尼亚齐奥·卢扎蒂已上了年纪。他肩膀溜圆，有一张地中海东岸人所特有的胖乎乎的面孔；目光透过金边眼镜闪烁着，坚毅、执拗，还略带几分戒意。他终日像一尊菩萨端坐在店堂里边的一张台子上，因为他由于肥胖而不便上下楼梯或穿行书堆通道，这是为他特制的柜台。他独自一人照料生意,不时向那些意大利或犹太店员发号施令,这些人被他训练得如同猎犬,忠实地执行他发出的每一道准确而清晰的命令。

莱安德罗姐姐的名字漂亮得简直使我不想给她改改称呼,这也可以说是她唯一的点缀吧。她叫阿玛利娅,尽管比她丈夫年轻得多(可以说卢扎蒂像她的父亲),但同样像东方人那样肥胖。的确,阿玛利娅一点也不漂亮。眼皮上的皱褶像乌龟壳上的纹路,满脸都是脂肪,脸色就像浸过一层油似的。由于连续怀孕和哺乳,上身已肥胖走形,活像一只梨。这种体形足以打消男人的邪念,比任何灵丹妙药都有效。她酷爱吃一种用新鲜奶油和蜂蜜浸透的无花果。看到她能把这种黏黏糊糊的糖酿水果一直塞到肚子发胀的地步时,我便更清楚了她的体质。吃饭时她大口吞噬着卷心菜炒通心粉,除此之外,每天从早到晚都不停地咀嚼着黏性的阿拉伯甜点心,所以平时嘴里老是塞着东西,说话含糊不清。夹心椰枣或果酱都堆放在钱柜里,弄得柜子里的钞票也黏糊糊的。我要补充一句公道话:她这种饕餮的习性带有一种迫不及待和激情满怀的特点,几乎使人不至于对她产生厌恶的感觉。相反,这种贪婪仿佛是一个女人具有的全部热情的补偿和隐蔽所,因而不免使人产生哀怜之情。

在她周围有半打年龄在二至十五岁的小卢扎蒂,有男有女,参差不齐。他们个个短粗矮胖,面颊丰腴,臀部肥满但松软无力。这些孩子成天叽里呱啦就像讨厌的青蛙,蓬乱的头发活像卷毛的绵羊。一切都让人感到粗俗鄙陋。一开始我怎么也无法把他们与可爱的米歇尔联系在一起,后来我意识到这些孩子竟是他的弟弟妹妹时,简直感到大惑不解。

我初次见到卢扎蒂一家时,总觉得有必要向他们谈谈米歇尔,因为我几乎是看着他死去的。卢扎蒂夫人叹口气说道:“他早就命该如此。”我的心被这种粗俗的宿命论调刺痛了。我想:脂肪层不仅使她的行动笨拙,也使她的感情迟钝了。母亲的无动于衷使我惊讶。当我转向老卢扎蒂时却发现他的眼睛湿润了。以后我十分留心不再提起米歇尔。曾有两三次,在与卢扎蒂一家一起进餐时,莱安德罗向我很隐晦地谈及在封-罗漠相遇的往事,老卢扎蒂的眼里就悄悄闪出泪花。毋庸置疑,米歇尔曾是父亲的宠儿。

我还没来得及去南方就奉召回法国。好在八月初这个时节也不宜南下。为弥补这段空白,巴尔巴拉诺提议去游览海滨几处名胜,于是我们把我逗留期的最后一周,全部耗在这次远足上了。莱安德罗不仅是一位考虑周密的向导、言行谨慎的伙伴,而且是一位性情随和的人。我喜欢这些朴实无华、胸襟坦荡的人,这种人表里如一,绝不装腔作势,故弄玄虚。莱安德罗很实在、老练,办事细心灵活、性格开朗豁达。他那聪颖的天赋不由使人想起山上清凉的泉水,虽微微有些涩口,却充满了活力、清澈透明。作为一个讲究实际的人,他大概曾多次改变过自己的信念。他对于各种思潮和流行的观点绝不盲目崇拜,没有把握从不开口。对多数问题皆有真知灼见,这是由于他深入实际而不死啃书本。他只是在确实有话要讲的时候才开口,他的谈话往往沁人心脾使人振奋。无疑,他的形象早已嵌入我这次非洲沿岸之行的记忆当中。

当我们返回 Y 城,便欣喜地获悉书店里有好几项业务工作需要他到马赛去出差,假如我同意推迟我的启程日期，我们便可搭乘同一班轮船。

这次渡海真令人心旷神怡。乘客不多，风浪不大。夜晚，宁静的星空显得那么温柔多情，我们简直不愿意回舱就寝，于是我俩肩并肩靠在躺椅上，决定就这样在甲板上迎候黎明。

在这样令人陶醉、神往的世外桃源中，莱安德罗第一次向我谈起了他的过去。我把他的谈话一字一句地记录下来。

现在我就为您誊清札记中的几页文稿。

八月二十四日

昨天早上抵达马赛，在旧码头一起吃完最后一顿饭后，我向莱安德罗告辞。与他分手真有些惆怅，他却一如既往，依然是那样诚恳、坦然，感情有所节制。

今天晚上我才能到达巴黎，直到星期五才能返回莱姆。我准备利用这一天时间在火车上把八月二十一日那个伊甸园般的夜晚与莱安德罗的谈话整理出来。

开始我们扯些现代文学，例如当代法国小说在心理分析方面畏葸不前，某些外国作家很有魄力，等等。他谈起《时代》最近发表的一篇文章指责美国青年作家开始从事有关"淫秽下流"和"荒诞无稽"等方面的主题写作。接着又像刚才那样谈起新浪潮的一些东西，言谈中他激怒的音调是我始所未料的。

"我不知道这些人是怎么一回事，杜加尔先生！他们的一切显得那样莫名其妙！生活几乎都是由那些特殊的细节构成的，难道不是吗？"谈话到此戛然而止。接着，他突然又说："杜加尔先生，我这是第一次想对别人谈起……您在书店里已经见过我们全家了。阿玛利娅、老卢扎蒂、他们的一群孩子……初次见面，您不会觉出有什么特别，是吗？唉！又有谁曾了解……我要是能保证我这些胡言乱语不至于使您在这良宵美景中大为扫兴的话……"

我只是挪了挪自己的躺椅更加贴近他，以此作为回答。

"既然我已经决定了，不是吗？我就把过去的一切直截了当地向您和盘托出。只是回首往事必须追溯到二十年前，甚至更早，直至童年。

"我和姐姐是由父亲抚养长大的，我三岁时，母亲就谢世了，我对她没有任何印象，阿玛利娅比我年长四岁，那年才七岁。父亲严厉而专横。我们都不喜欢他。您知道，我曾对您说过我会很坦率的。他是一个摆报摊的意大利人的儿子，后来很长一段时期，他也经营这买卖。以后家底渐渐厚了，他就办起这家书店。但他几乎目不识丁，为此也很苦恼。当他续弦也就是同我们的母亲结婚时已经上了年纪。姐姐和我都未曾见过像他这样一个满嘴烂牙的白胡子老头，皮肤皱皱巴巴，简直就像别人把湿羊皮放在日光下暴晒后那样粗糙。我们从未拥抱过他。

"不错，母亲去世不久，我们就搬家了。我们搬到犹太区入口处的一座旧式楼房里。为了叙述以后发生的故事，有必要先向您描述一番这里的情况。这所房子位于两条街的拐角交接处。为了做生意方便，楼下是书店。店铺最里头是一间后堂，接着是一间对着杂院的大厨房。我还记得店铺后堂里有一个螺旋状的楼梯，直通二楼。二楼的面积大一些,但只有一间屋子。我们仨就在这间屋子里住了许多年。那时的情形我已记不大清楚了。我睡在父亲的床上,姐姐睡在靠角落的一个床垫上。那时阿玛利娅也就八九岁,却很认真履行大姐姐的职责。她负责照料我,每天早上叫我起床,给我洗脸,还领我到院子的水池嬉耍。我记得有时她也抽我的耳光,对我实行专制。

“对了,不久,我便开始上学。那时我大约八岁,阿玛利娅十二岁,就在这段时间内,我们的童年生活发生重大变化。父亲不再准许我们俩人睡在二楼的这间屋子里。他推说每天夜里喘得厉害,这会吵醒我们。当时我觉得说得在理。后来阿玛利娅提醒我注意父亲哮喘加剧正好与一位女用人来我家的时间相吻合。起初,我们只是要她做饭,渐渐地,她却料理起家务来。这倒没什么了不起。生意经营得也还可以。父亲有钱,他为我和姐姐在四楼平台上又租了一间房子。从房东家的楼梯也可以通到那里。这间房子豁亮通风,地面是用白色大理石铺成的,墙裙上的是彩釉。房间很大,父亲用几只旧钱箱和几块木板搭起了一道低矮的隔墙,把房间一分为二,我们各自有了一个单间。每间刚好能放下一张床、一个床头柜、一把椅子。一帷布窗将通道隔开。盥洗间在室内窗前占据一席之地,不便分开,因此姐姐和我只能轮流使用。

“我们俩就是在这里长大成人的。我们自由自在,您一定明白,我们在四楼避开了一切耳目。但我们又不能过于放纵。年复一年,年龄上的差异逐渐消失了。我们相处融洽,这也是为了对付父亲的脾气,他一天到晚总在楼下大发雷霆。

“这段时间过得很快,我已经十二岁了,转眼十四岁,后来十六岁了。想一想,一个二十岁的大姑娘还同一个十六岁的大弟弟同居一室,这难道不使您感到惊讶吗?但是我要告诉您,杜加尔先生,在我们家里这些事不足为奇。首先是因为长期以来姐姐与我一直同居一室,另外那道矮墙已将我们隔开,各得其所。再说那个时代,特别是生活在这类陋室中的各家各户,大都杂居混住,拥挤不堪,像我和姐姐这种情况实属司空见惯。

“噢,像所有同龄人一样,阿玛利娅也有情人。当然,她已出落成一个漂亮少女。她的情人是本区的一个小伙子,也是意大利人,一个粮商的儿子。黄昏来临,姐姐便寻找借口出门买东西,他们便在房后拐角处幽会五分钟。每逢星期天,如果父亲允许姐姐陪我外出,那么在我的帮助下他们还能经常在足球场上会晤。阿玛利娅从不对我隐藏秘密。晚上,在那间屋子里,即使我们已各自上床甚至已躺下很久,我们仍会隔着那道矮墙悄悄私语。她对我谈起那个漂亮的斯蒂法诺,谈起他服兵役期满即结婚的打算。而我却不然,我不愿意让姐姐知道我经常逃学,不让她知道我和本区女孩子之间有那种轻浮的爱情。我和姐姐就像一对朋友……请不要误解为我说这些是为了勾起旧日的回忆,为了使你理解下边我要讲的事情,这还是有必要的。好了,我马上要谈到我主要想谈的事情了。

“好!我年满十七岁时,拿到了中学毕业证书,这使父亲十分佩服,然而他却不愿意我继续念书。他要我进书店干活儿,不过还是允许我去大学旁听。这样我就比普通店员自在。我是一个健壮的小伙子,自然被女人们所注目。我曾与左邻右舍的姑娘们鬼混过多次,但只是短暂的,至多二十分钟的风流事,自然不会持续到第二天。也有几回星期六晚上,当阿玛利娅上楼睡觉时,发现水罐的摆放与往日不同,便明白我的意思是:‘不要着急,我要到半夜才回来。’不过,这种情况并不多。

“唔，这一年在复活节或圣神降临节到来时，我们邻居，三楼房东的女儿放假回来了，她叫埃内斯蒂娜。这也是个意大利姑娘，乌黑的头发、棕色皮肤、身材苗条、面容清癯，但性情容易激动，真像大街上的一只小猫。她比阿玛利娅小两岁，自然比我大两岁。她是我们过去一起做游戏的伙伴。还在孩提时代，她就经常引我到墙角去接吻。但是，这许多年我们再也没有见过她。她母亲送她到叔叔家做工，她的叔叔在南方开办了一家出口公司。打重逢的第一面，我就看出她在那里学的全不是什么工商户注册簿一类的东西。……她回来的第二天，就随我来到我们家的阳台上。那儿用木板搭了一间简易房。在气候干燥的日子，人们常在这里堆放布制品。不管怎样，对于一个十七岁的男孩和一个十九岁的女孩能有这样一席之地，也就足以满足他们在一起寻欢作乐的需要了。埃内斯蒂娜看来很想利用这个假期纵情欢乐，并想让我和她一起这么干。我们没有别的念头，只想利用白天的一切时间待在一起，这就得略施诡计了。晚上，她母亲不允许她外出。有几次，乘阿玛利娅在书店掌管现金出纳时，我才得以把埃内斯蒂娜领到我们的房间里，但这已远不能满足我们的欲望了，我们的胃口越来越大，渴望能有一整夜时间互相拥抱。最后她到底想出了办法。假期的最后一天，她居然想出了一个假装上路的花招。当她母亲以为她已经乘火车上路时，她却溜到楼上躲进我的屋里，准备夜里与我共度良宵。清晨，再由我送她到火车站。

“这事，自然要告诉姐姐。对于埃内斯蒂娜来说，这似乎是易如反掌的事。我记得我曾对她说：‘既然这对你不费吹灰之力，那么你就设法与阿玛利娅去谈吧！我与她讲这种事情不方便。’埃内斯蒂娜回来以后，我们之间的浪荡行为，姐姐了解得一清二楚。尽管如此，我还是把什么都告诉了她。不过我真有点儿不好意思对我姐姐说，当天夜晚我要与情妇在我姐姐平常睡觉的房间里，而且是在距离她只有两米的地方寻欢作乐。好在这些年来，我们经常在一起毫无拘束地谈起这类事情。不过我也摸不清她在这方面到底有什么经验。埃内斯蒂娜断言阿玛利娅知道的绝不比她少。我们之间还有那么一道木板隔墙，再说我们三个又都是孩子。尤其是我对埃内斯蒂娜的欲望使我顾不得考虑许多。……您看得出，我给您讲这些，丝毫没有美化、加工的色彩。

“老实说，阿玛利娅并不打算纵容我们这次幽会。我没有参与她们间的争吵。埃内斯蒂娜也没对我提及任何细节；但是我猜得出，整个白天她很不痛快。她大概自己也讲不出所以然。我料想她晚上可能去别处过夜，以前她也曾这么干过。我这么猜，但并没有多大把握：她也许对这事也会有好奇心吧。

“这天炎热无比。从晚上六点钟起，埃内斯蒂娜就躲进了我们的屋子。我几次上楼与她拥抱，给她端去吃的东西。晚饭后，父亲与卢西娅像往常那样坐在椅子上在书店门前乘凉。卢西娅就是那个女用人，现在与我们一块儿过日子。我不想露出要早点溜走的样子，就在他们身边坐下。我在寻思阿玛利娅到底怎么样了？她是否已经上楼了？吃晚饭的时候，她曾说自己偏头疼。将近九点钟的光景，我已经迫不及待了，我边替父亲关上百叶窗，边向他道晚安，然后若无其事地走开。这与我平日的习惯很不相符。父亲对我的异常倒不介意。

“哼，我料想楼上两个姑娘准是正在喋喋不休地谈论呢。出乎我的意料，完全不是那么回事，屋里一片漆黑，鸦雀无声。我摸黑走到床边。埃内斯蒂娜已经在那儿了。她低声说：'别吱声，阿玛利娅已经睡了，她头疼。'从隔墙另一侧可以听到她的呼吸声，她似乎是睡着了。才九点她竟然安然入睡，简直不可思议，难以置信。可是，一晚上她都是这么睡的。

"我承认，当时脑子里也曾想过阿玛利娅的入睡可能另有文章。但是我们俩很快就忘掉了她就睡在我们旁边。几分钟后，我们忘掉了最起码的谨慎。杜加尔先生，这真是个销魂之夜。埃内斯蒂娜一点也不后悔她误了那班火车……

"她要赶头班车，一大清早就赶紧穿衣服，溜出屋外。阿玛利娅仍在睡着。埃内斯蒂娜没有与她道别。

"当我从车站回来的时候，她还在睡着，也许是装蒜吧。时间还不到五点，我又躺下接着睡。到七点钟，我又像往日一样起床了。随后，阿玛利娅也像往常一样起床了。在我洗漱时，听见她在帘子后边穿鞋子的声音。她向我道早安，仿佛什么事都不曾发生。但当她从斗室出来时，我立即从她的面容上看出她根本就没合过眼。按以往的习惯，我让她先梳洗，自己下楼去给书店开门。关于埃内斯蒂娜，我和姐姐谁都没有提及。

"以后的日子里，我们之间相处得不好，常常为些鸡毛蒜皮的事争吵起来。一些过去是一笑了之的事现在常会激化到互相赌气，甚至终日互不理睬的程度。

"阿玛利娅好像存心要跟我过不去。她不知该如何挑衅，于是想出了这样一个计策：只要一听到我起床的动静就立刻去洗脸，抢在我之前独占盥洗室。她说：'轮着使吧，我给你倒够脏水了。'简直岂有此理！八点钟以前，楼下是不会有人叫她的，而我呢，在这段时间要卷起窗门帘、取牛奶、买报纸。因为爸爸每天吃早点时要让我给他读新闻，否则就会听到他的咆哮。头一天，我忍让了，一声不吭，把盥洗室让给她，脸也没洗就出屋了。这倒好，第二天她打算故技重演。这可惹恼了我。她穿着衬衣衬裙站在水池前，待我走近，便溅我一身水。我特意把细节讲给你听。过去我们之间也打打闹闹，可那是开玩笑。这次我可没心闹着玩了。我拦腰抱住她，用膝盖将她顶起，一直把她抱到她的床上。她很重，像泼妇似的手脚乱打乱踢，拼命挣扎。我双手按在她的胸上，她用臀部使劲顶着我。这一切都清晰地印在我的记忆中。因为正是这天早晨，就在我把她从盥洗室抱到她床上的这段距离中，我突然意识到姐姐是个女人，和其他妇女没什么两样，甚至比那个瘦弱的埃内斯蒂娜更富有肉感……我一边骂她，一边将她扔到床上，就好像我一贯对她粗野凶暴。我记得，她突然停止了挣扎，仰面朝天，摊手摊脚地躺在那里，一点也不想起来，眼睛却直勾勾地盯着我。而我倒是得意扬扬地望着盥洗室。我一言不发，洗完脸，穿好衣服。当我离开房间时，她还像刚才我扔她时那副样子，横卧在床上。

"好，我接着讲。晚上我习惯看书看到很晚。以前阿玛利娅从未指责过，再说还有那段隔墙也会为她遮光。可是那天，她却十分生气不让我继续看书。她原以为只要借口疲劳和以妨碍她睡觉为名就能强迫我吹灯。可我理所当然地拒绝了。于是她悄悄地站到椅子上，从隔墙上面使劲地挥动着一件衬衫，扇灭了我的灯光。我马上又点着了，她接着扇。我从隔墙上再次看到她那副披头散发的模样和凶神恶煞的目光。我认为那天晚上她十分憎恶我，并且打心眼里盼我倒霉。显然，埃内斯蒂娜的假期把好多事情都搞糟了。

"为了保护灯光，第二天我采取了防护措施。我看见她又从隔墙上挥动衬衫而丝毫不起作用，我乐了，继续埋头看书。听见她重新躺下，原以为这种恶作剧可以就此罢休。全然不是！我正安静地看书，突然发现她掀开门帘，向我扑来，一拳打翻了蜡烛。这只是一刹那间的事。可是，我再也无法遏制自己。两秒钟内，我站起来，拦腰抱住她。天哪！发生了什么事情？我试图能尽全力回想起一切。屋里一片漆黑，我真的急了，她也发狠了。这个不害臊的女人可真有劲。我竭力要制服她。我把她摔到地上，真想狠狠地揍她一顿，让她打消胡闹的念头。我们俩都穿着衬衣，在黑暗中一个贴着另一个，就像一对疯子厮打着。最后我把她揪起来，她用指甲抓我的脖子。我闻到一种肌肤的气味，热烘烘的，这种味儿只有在床上才有。那天晚上我在埃内斯蒂娜身上闻到的就是这种味儿。我突然一用力，弯腰抱起她，把她扔到我的床垫上。刹那间，我发现她用两条腿夹着我，那是两条裸露的大腿。我失去了平衡，倒在她身上。说老实话，我的恼怒一下子就化为乌有，一种肉欲的烈火猛烈地燃烧起来，于是我发狂地去寻找她的嘴唇，据我想她早已笨拙地把嘴唇伸向我……

"就这些，我讲完了。

"您看，这类事就像这回干的那样，可以发生得那么自然。一想起这回事，把所有的细节联系起来，就会感到这种事原来是那么简单，不是吗？

"是的，这种关系持续了四年，不错，四年呀，甚至还要多。杜加尔先生，我讲这些并不感到羞愧。这是最美好的四年，我这一生中，也只有这四年才是真正美好的时光。

"阿玛利娅，当我抱住她时，她还是个处女。可是，怎么说呢？她没有经验，却激情满怀。除了埃内斯蒂娜以外，我在十七岁那年，几乎没交过好运，甚至没有一张床，我们经常出没在过道里、地下室的角落里、广场花园的花丛中和郊区荒地的尘埃之中。我不晓得这是一种持续的而且是日常的结合。两个肉体间养成的习惯可以带来不可思议的乐趣。后来，我又有什么办法呢？炽热的欲火在我们两人心中熊熊燃烧着，简直难以满足，当然我们正好是在这个年龄上。这不是一切，当我重新思索时，我认为还要弄清楚其他一些事情。一对夫妇如果和睦相处，一定是长期同舟共济，白头偕老。他们之间是由深厚的情谊结合在一起的。这是一种肝胆相照的、内涵的、深沉的情感，它不同于任何其他感情。不是吗？正是这种感情，才会结为夫妇。年轻人是不会理解到这些的。而我们，十七年来，共同生活在一起，亲密无间，由于我们是同一血缘，很快就意识到这点，这种老夫老妻感情融合的秘密。杜加尔先生，对于这些，您肯定会比我分析得透彻。

"最奇怪的是我们周围的人竟从未对此产生猜疑。说真的，我们非常注意避开各种疑窦。我不时在星期六晚上向父亲要点钱去玩台球。而第二天在饭桌上，阿玛利娅必要奚落一番我那无精打采的面孔。她单方面中断了与粮商儿子的关系，公开接受我们一位邻居向她献的殷勤。这个邻居是个愚蠢无知的家伙，能在大街上与阿玛利娅约会，他感到得意。他会在本区内吹嘘炫耀，这倒可以替我们遮人耳目。

"这样的暧昧关系维持了四年，本来还可再延续些时间，但是出了两件麻烦事，我们实在抵挡不住了。

"第一件事是我的服役期临近了。在意大利领事馆里，我已经通过了征兵体格检查。

年底我必须加入西西里军团,在意大利待上两年。没有任何办法可以躲过兵役。不瞒您说,我曾多次想开小差。要不是因为父亲,我想,我是干得出来的。要是那样就太愚蠢了。

“第二件事情是来自父亲。他已近古稀之年。原来以为阿玛利娅要出嫁,为了找个合适的人经营他的书店,长期以来,他雇了一个原来是书商、现在当店员的那不勒斯人和他一起工作。这是一位略上了年纪、但经验丰富的好手,他正致力于把我们这家书店创办成全市第一流的书店。这位老兄您认识,他就是卢扎蒂,我的姐夫。那时,他已年过半百,攒了一笔钱,为数还真不少。他对我姐姐默默地怀着一种激情,执拗而强烈,就像他本人的品性。父亲认为这样十分般配。卢扎蒂可以保证父亲和两个孩子的前途。他从父亲那里置下了半份家业,父亲在生意之外还把女儿许配给他。他坚持要我复员后合股做买卖。这样,父亲就可在年迈体弱、哮喘病加剧时,安心告退,靠利息过活。他并没有考虑到我已经到了可以主管书店的年龄。

“唯一的障碍,那就是阿玛利娅的态度。她不敢公开违抗父亲,只得极力回避。一再拖延时间,迟迟不作答复。自从卢扎蒂跨入这个家门,阿玛利娅就厌烦他。我们俩在一起时,她总称他为‘老公猪’。她觉得他卑躬屈节,令人作呕。她经常当众寒碜他。阿玛利娅对我说:‘我宁可自杀!’

“一想起那一年,就勾起辛酸的回忆。父亲第一次在家里遭到了如此的反抗。我们看到他那副怒不可遏的样子,要让他放弃他的主意,他准会把女儿扔到大街上。几个月过去了,阿玛利娅一直顶着。但是尽管压力重重,我的兵役期又已临近,但只要在我们的房间,一切都被置之脑后,双方的感情仍在与日俱增。父亲的脾气越来越可怕,他几乎不再与阿玛利娅说话了。

“由我们那里往南一百多公里开外的深山里,有一个修道院办了一所工艺学校,很有名气。这个工艺学校招收年轻的姑娘们在学校里学两三年各种各样的手工艺。有好几次,父亲在餐桌一边谈及这所学校,一边狡黠地盯着与我们一起吃饭的卢扎蒂。一个星期日的晚上,阿玛利娅上楼就寝,父亲尾随着她,也上了楼。在那儿,他目不转睛地看着阿玛利娅,并对她说:‘到下个星期日,你若还不答应,我就把你送到那所工艺学校去,在那儿该待多长时间就待多长时间。’我们深知他说得出就做得出。您也许会对我说,阿玛利娅是成年人了。可是,杜加尔先生,那个时候我们确实受着父亲的管束,甚至于认为无论我们多大年龄,都摆脱不了父亲的专制。

“阿玛利娅哭了好几天。我简直不知该如何劝慰她。嫁给‘老公猪’于我、于她都感到无法接受。但如果我们再违抗到底,恐怕连我出征前的最后三个月也不会属于我们了。父亲一意孤行的念头使我们感到压力越来越大了,为此,阿玛利娅决定孤注一掷了,她变得那么果断。她同意结婚,但有个条件:婚期必须定在年后;现在,卢扎蒂还不能把她看成未婚妻,也不许对她谈及任何事。父亲对这个决定勃然大怒。卢扎蒂却接受了,他甚至流露出幸福的神情。阿玛利娅对我说:‘这对我都一样,反正你一走,我就要自杀。’在那样的时期,杜加尔先生,她是能干出这种事的。一想到她对我的表白,我便浑身冒冷汗。最后我强压下种种反感,对她说:‘你就答应那老家伙吧!两年后,我一回来,我们就一起去法国。'她却干脆不搭理我。我知道我从未做出过这样的决定。可是她却忽然想出一个主意,这可是一个意想不到的念头。她说:'我可以嫁给那个老家伙,但从现在起要设法使我怀孕。'杜加尔先生,您明白吗?倘如阿玛利娅确信所怀的孩子是我的而不是卢扎蒂的,她就会取消自杀的念头,在迫不得已的情况下与卢扎蒂睡觉,在两年内做他的妻子。于是我们'尽力而为',两个月以后,她真的有孕了,我也放心了,这下阿玛利娅会等着我了。

"我的故事要结尾了,或者说基本结束了,剩下来要讲的可不是高兴的事了。

"十月份,我开赴西西里,他们举行婚礼。

"七个月之后,阿玛利娅分娩了,是一个男孩。您已经猜到,他就是米歇尔。生下来时,他奄奄一息,真像是个早产儿:仅仅在头一年,就有十次被人认为有夭折的危险。

"我们分手的第一年,阿玛利娅悄悄给我写了一些情感炽热的信件,每次她都谈及待我解甲归田,共同私奔的事情。我也同样无时无刻不在思念她。当然,我只能给她写些内容平淡无奇的信。渐渐地,她信上的口气发生了变化。有一次她告诉我,她再次怀孕了。对此,与其说我是妒忌,不如说是惊讶。同样,我承认对她的思念开始淡薄了。您知道,我在二十岁过的是一种令人陶醉的新生活,况且西西里还有那么多漂亮姑娘,她的来信越来越少了。以后从一封电报中我惊悉父亲已经过世。总之,当我服兵役期满,重返家乡时,见到了体态肥胖、喜气洋洋的阿玛利娅和她的两个小家伙:一个是常年面色惨白、身体孱弱的米歇尔,另一个是您见过的朱斯蒂娜。这个胖丫头从不扭扭捏捏,很有一种老大的风度。一开始,我就觉察到阿玛利娅总在回避单独与我在一起。在她丈夫面前重新见到我时,她既不显得激动,也不显得局促,倒是我显得有些笨手拙脚。难道她认为过去的一切都是儿戏吗?要么,她已把过去全部忘怀?对此我一直百思不解。如果您愿意,请相信我,杜加尔先生,我们俩之间再也没发生什么关系了。

"此外,我只在他们身边过了很短一个时期。书店经营得很好。他们也并不需要我。我说服了姐夫,让我去法国学习经营图书的行业,这对大家都有利。于是我出走了,在马赛先接受了一段培训,以后又辗转里昂、日内瓦,第四站来到巴黎,在那里遇上了一九一四年战争。

"我返回意大利,在罗马一家书店又接受一段培训。不久,意大利的动员令迫使我重返军团。十个月后晋升为少尉。我饱经了风霜,但不想炫耀这些,我并不比别人干得好。我接着讲点后来发生的事情。

"一九一九年我平平安安回到我们家,或者说,回到我个人的家——巴尔巴拉诺-卢扎蒂书店。不管怎样,杜加尔先生,生活对我来说还是挺美好的。姐夫已经上了年纪,他待我再好不过了。这时重新见到阿玛利娅,这个家庭主妇显得很快乐,我也重新见到她的四个孩子。他们从早到晚站在米歇尔的扶手椅周围,吵吵闹闹,挤来挤去。米歇尔对着他们友爱地微笑。可怜的孩子……杜加尔先生,我想可以告诉您,那个时期,我之所以在他们身边定居,唯一的原因,就是为了陪伴米歇尔。我爱这个孩子,这是千真万确的。要不是为了他,我怎么会如此轻易地答应下来?家庭生活吸引着我,可我该怎么办呢?过去的事毕竟遥远了,对我已不再起作用。战争造成了巨大的创伤。我的姐姐,卢扎蒂夫人成天在她那堆胖孩子和丈夫当中,不断怀孕,生育孩子。她使我想不起,也许永远也想不起那个年轻的阿玛利娅了。严峻的事实就是如此。

“后来,巴尔巴拉诺书店对我产生了诱惑,这是任何其他书店都不可能有的力量。卢扎蒂总是把我当作老板。您是看到的,他在书店里照看生意,那是些没有什么收益的活计。他让我搞出版发行。我办起了这家杂志,创办了这套我给您看到过的丛书。我感到很幸福。我也确实是幸福的。

“日子过得只有一点不顺心。那就是米歇尔的健康。长期以来我被蒙在一种错觉中,认为这孩子从来没有真病过。我对自己说:是气候炎热……或者这是发育期,一切都会好的……我没有注意他衰弱下去。我看出阿玛利娅明显地偏爱米歇尔的弟弟妹妹,这使我最感痛苦。啊,不去想这些吧!一切都很简单,这些身体健康的小孩才真正是她自己的孩子。您也许会说,米歇尔对于她或她和我两个人难道不都是一种活生生的良心谴责吗?不!尽管应当如此,但事实上并非如此。我还要向您坦白一件事,我只是到很晚才意识到我应该对他履行我应尽的义务。太迟了,直到在封-罗漠,他临近……的前几天,一个想法才突然在我脑海中掠过:总之,我要对他的出生负责任,也许还应当对他的孱弱和他的这种疾病……负责任?这有待研究……以后还可以再讨论。但是这种父系亲属关系往往是最好的结论……

“至于我姐姐,我敢肯定,她从来没这么想过。对于她,除非她能意识到这一点,否则她肯定会把米歇尔之死看作是一种如释重负。不错,杜加尔先生,说到内心深处,我尽管也曾忧伤过,但现在我很幸福,甚至比以往更加幸福愉快,更加心安理得。我们都很幸福,这一点是共同的。

“就是这样,我们对此没有别的办法。”

他沉默了。在美好的夜色下,一切显得那么沉闷,我竟然找不出什么合适的言辞同他谈话。

后面有一些属于专业范围的札记,有朝一日我要对它们进行文学加工。亲爱的朋友,我就不给你重新抄录全文了。我只是从这篇札记中做了几段摘录,以告结束。

“……从西西里复员后开始,结尾部分要加以修改。尤其是我对四十岁的阿玛利娅那副肥胖尊容的描写要只字不提,对下列场面的描写也要一一删除,诸如:她在吵吵闹闹的顽童中间端坐在钱柜上的样子,或是她狼吞虎咽那种沾满蜂蜜的无花果浆的模样。还有,她十分娇惯最小的孩子。这胖小子,已满两周岁,却还没断奶,他和我们一起吃过古斯古斯①后,他母亲还让他爬到自己的膝盖上,阿玛利娅就在餐桌上袒露出她那对硕大无比的乳房让儿子贪婪地吮吸,以此作为饭后的点心。关于这段描写也要删掉。”

邵小鸥　译

---

① 古斯古斯,北非一种用麦粉团加作料做的菜。

1938
获奖作家

赛珍珠

传略

一九三八年，当瑞典学院在三十多名诺贝尔文学奖候选人（其中包括芬兰的西伦佩、丹麦的延森、德国的黑塞、英国的赫胥黎等多次获得过提名的“老兵”）中选中美国女作家赛珍珠时，世人大感震惊。因为人们普遍认为她只是一个畅销书作家，而在诺贝尔文学奖的历史上，只有纯文学作家才有缘获得这一殊荣。更何况她获奖只是“由于她对中国农民生活的丰富而真实的史诗般描写，以及她杰出的传记作品”。不过后来人们终于逐渐认识到瑞典学院的选择没有错，赛珍珠毕竟向西方人解释了“中国的性质和存在状况”，“她的著名作品为人类的同情铺路，这种同情跨越了远远分开的种族边界”，她是“一座沟通东西方文明的人桥”。

赛珍珠，美国女作家，原名珀尔·巴克（Pearl Buck，1892—1973），一八九二年六月二十六日生于美国西弗吉尼亚州的希尔斯巴勒市一个基督教长老会传教士的家庭。同年十月她就随父母来到中国，在江苏镇江度过了自己的童年，并由中国家庭教师对其进行中国古典文史教育，十五岁时才就读于上海英国人办的寄宿学校。两年后赛珍珠回美国接受高等教育，先考取弗吉尼亚州的韦尔斯利大学，后转入麦康女子学院心理系。一九一四年，赛珍珠大学毕业后不久又来到中国，在镇江一所教会学校教授英文。一九一七年，她和美国青年、农业专家约翰·巴克结婚，婚后随丈夫赴安徽宿县工作了五年，后到南京金陵大学、东南大学和中央大学教授英语和英国文学。一九二六年，她向康奈尔大学提交了硕士论文《中国人的生活与文化》，获得文学硕士学位。

赛珍珠从小生活在中国，父母又是传教士，她与旧中国的农民等下层民众有过较多的接触。她又在中国工作多年，和中国知识界、政界的上层人士有过交往，自幼受的又是中国的古典文史教育，对中国文化特别是中国的古典小说作过深入研究，因此她对中国的风土人情、历史传统、文化艺术以及周围各个阶层的人的生活和心态都比较了解。她承认是中国教会她写小说,她也以中国作为自己小说创作的主要源泉。一九三八年十二月十二日,在诺贝尔文学奖授奖仪式上的演说中,赛珍珠就曾公开宣称:“我属于美国,但恰恰是中国小说而不是美国小说决定了我在写作上的成就。我最早的小说知识,关于怎样叙述故事和怎样写故事,都是在中国学到的。今天不承认这点,在我来说就是忘恩负义……我认为中国小说对西方小说和西方小说家具有启发意义。”

一九二六年,赛珍珠在《亚洲》杂志上发表了第一篇以中国为题材的小说《东风与西风》,随后便潜心创作长篇小说《大地》。一九三一年《大地》出版,立即成为畅销书,并于翌年获得普利策奖。以后她又陆续出版了该书的续篇《儿子们》(1932)和《分家》(1935),构成长篇三部曲《大地上的房子》。该三部曲为赛珍珠的代表作,它描绘了中国农民王龙从一贫如洗发迹成为地主的过程,揭示了主人公跟妻子阿兰以及土地的关系;此外还写了王龙的儿子王虎如何从绿林枭雄变成军阀,孙子王源如何从留洋学生变成眷恋故土的知识分子。它反映了王氏家族三代人的沉浮以及对待人生、爱情、家庭的不同态度,刻画了由悠久的中国文化熏陶出来的各种人物形形色色的心路历程,被西方人称为描写旧中国农民生活的“史诗”,迄今已在六十多个国家翻译出版。

赛珍珠一生写了八十五部作品,包括小说、传记、儿童文学、理论文章等,仅长篇小说和短篇小说集就有五十余部。其中重要作品还有描写她父亲经历的传记《战斗的天使》(1936),描写她母亲经历的传记《被流放的人》(1936),以美国生活为题材的作品集《高傲的心》(1938)和《儿童故事集》(1940)等。她还曾把《水浒传》译成英文,译名为《四海之内皆兄弟》,于一九三三年出版。

赛珍珠是一个充满矛盾的女作家。由于她在中国生活了二十多年,对中国和中国农民在感情上有着一定的偏爱和同情。她在《大地上的房子》三部曲等前期作品中对中国农村生活的描写,基本上反映了她的人道主义精神。她曾指责过美国支持台湾的政策,甚至被列入红色危险人物的黑名单,可是她也曾在后期的作品如《北京来信》(1957)、《梁太太的三个女儿》(1969)中,明显流露出对社会主义新中国的敌对情绪。然而,随着中美关系的解冻,一九七二年尼克松宣布访华,赛珍珠又表现出对中国的热情,同意主持美国国家广播公司的“重新看待中国”的专题节目,并积极申请来华访问。可是她未能如愿,于一九七三年三月六日病逝于佛蒙特州的但贝城。

授奖词

赛珍珠有一次告诉人们,她是如何感到负有向西方阐述中国的特性和现状的使命的。她从事这项工作,根本不是作为一项文学专项研究;对她来说,这是自然而然的。

“是人民始终给了我最大的愉快和兴趣,”她说,“当我生活在中国人民当中的时候,是中国人民给了我最大的愉快和兴趣。当人们问我他们是何种人的时候,我回答不出。他们不是这或者那,他们仅仅是人民。我无法给他们下定义,正如我无法给我自己的亲戚朋友下定义一样。我与他们如此接近,曾与他们如此亲密地一起生活过,无法给他们下定义。”

她与中国人民一起饱经沧桑,经历了好年景和饥馑的年景,经历了血腥混乱的革命以及狂热且不切实际的改革。与她所交往的既有知识阶层,又有处在原始状态的农民,在见到她以前,他们几乎没有见过西方人。她经常处在致命的危险中,她是异国人,可又从来没有想过自己是一个异国人。总的看来,她是始终怀着一颗深沉而温和的心在看待人生的。她完全客观地把生命注入于她的知识,并且给了我们这部使她举世闻名的农民史诗——《大地》(1931)。

她用一个男人作为她作品中的主人公,他的生活方式与他的先人在数不清的世纪里过的生活并无二致,而且他有着同样素朴的灵魂。他的美德来自一个唯一的根源:与土地的密切关系,正是土地生产出庄稼来回报人的劳动。

塑造王龙的材料,与田野里的黄褐色泥土一般无二,他带着一种虔诚的喜悦把他的一点一滴的精力都给予了这黄褐色泥土。他和大地属于同一个起源,随着死亡的来临,两者又重新合一,那时他将会得到安宁。他的工作也是一项完成了的责任,因而他的良心得以安宁。既然欺骗在他的追求中毫无用处,所以他是个诚实的人。这是他的道德观念的实质,而且他的宗教观念也是同样为数甚少,在祖先崇拜中就几乎可以领悟到他的宗教观念的全部。

他知道人的一生只是从黑暗到黑暗间的一丝闪光;从他身后的那个黑暗延伸着祖先的那个父子相传的链条,而且如果他不想丧失能在一个未知的臆测区域继续生存的微小希望的话,那个链条就不能由于他而折断,因为那样就会断绝一个家族的香火,所以每一个男人都不可掉以轻心。

因而故事就以王龙的婚姻以及他的人丁兴旺之梦开始。至于他的妻子阿兰,他没有梦见她,因为他从来没有见到过她,而这并没什么不当和不合适。她是邻村一个大户人家的仆人,又因为据说难看,所以很便宜就能买到,又由于这个原因,这个大户人家的儿子们或许并没有纠缠她,新郎对这一点是看得很重的。

由于他的妻子表现出是一个优秀的帮手,而且孩子们很快就出世了,所以他们一起的生活很美满。凡是对她提出的要求,她都予以满足,而她自己则一点要求也没有。在她沉默的眼睛后面隐藏着一个沉默的灵魂。她是完全顺从的,但又聪明,行动敏捷;她也是一个沉默寡言的妻子,这沉默寡言来自一种严厉教育下获得的人生观。

成功伴随着他俩。他们能够省下一点钱作他用。王龙的最大愿望,首先是做一名父亲,其次就是得到更多的土地来耕种,现在这第二个愿望可能不知不觉地冒了出来。他能够买更多的土地,一切都预示着幸福和兴旺。

然后命运之手的打击降临了,旱灾突袭了这个地区,沃土变成了飞旋弥漫的黄尘。他们卖了地就能避免饿死,但这样做就等于把通往未来的门锁上。他俩谁也不希望这样做,所以他们与不断增大的乞讨大军一起,动身去一个南方城市,以富人餐桌上的残羹剩饭为生。

阿兰在她的少年时期曾经参加过一次这样的乞讨旅行,那次旅行的结局就是,为了救她的双亲和她的兄弟们,她被卖掉了。

由于她的经历,他们得以使自己适应了新的生活。王龙像头役畜一样辛苦劳作,而其他人则用学得的乞讨技术去乞讨。秋天和冬天过去了。随着春天的到来,他们要回到自己的土地并进行耕种的渴望已无法忍受,但是他们没有回家的旅费。

然而命运再一次进行了干预——那命运在中国就像旱灾、瘟疫和洪水一样自然。在那个伟大的国家里,战争总是在某个地方出现,而且战争的方式也像空气的力量一样不可思议。战争在城市蔓延,使法律和秩序变为混乱。穷人抢劫富人的家。

王龙厕身于暴民之中,但并没有什么明确的动机,因为他的农民的灵魂厌恶暴力行为,但是由于偶然的机遇,有一小把金币几乎是给硬塞进他的手中。现在他能回家了,可以在他的被雨水浸透了的土壤上进行春耕。而且不仅如此,他还能够再买地,他富有而且快乐。

加上阿兰劫夺的财物,他更富有了,虽然到最后并不使他感到更为快乐。在阿兰做仆人的日子里,她就对邸宅里的秘密隐藏处略知一二,这也就使她发现了一点儿宝石。她拿走这些宝石是毫无预谋的,几乎就如同喜鹊把闪闪发光的东西偷走一样,而且她也同样本能地把它们藏起来。当她的丈夫在她的怀里发现这些宝石时,他的一切都改变了。他买了一个又一个农场。他成为该地区的头面人物,不再是农民而是个老爷,而且他的性格也变了。那种淳朴以及土地的和谐消失了,取而代之的是对遗弃的一种诅咒,这诅咒来得虽然缓慢但却毫不含糊。

王龙过着老爷的悠闲生活,可心中再也没有真正的安宁了。他娶了一个小妾,阿兰被打入冷宫,在精疲力竭之后死去了。

儿子们都不是具有吸引力的人物。大儿子沉溺于放纵的空虚生活中,二儿子被对金钱的贪婪吞掉了,当了一名商人和放高利贷者。小儿子搜括本已不幸的国家,当了一名“军阀”。在他们四周,中央帝国在动荡的新生中被扯得粉碎,这新生在我们的时代是如此令人痛苦。

然而,这个三部曲并没有把我们带到太远的地方,它在第三代和大地的某种言归于好之中结束了。王龙的一个孙子在西方受了教育,他返回家园,用所学得的知识改善农民们的工作条件和生活条件。

而家庭的其他成员则在新与旧之间的那种冲突中像浮萍一样生活着,赛珍珠在其他的作品中描写了那种冲突——大多是以悲剧的笔调描写的。

在这部小说的许多问题当中,最严重、最悲惨的就是中国妇女的地位的问题。从一开始,作者的同情之心就是在这一点上最强烈地显现了出来,而且在这部史诗作品的平静中读者不时地感受到这种同情心。作品开头有一个情节,它最为生动地表达出了自远古以来中国妇女具有的价值。这价值得到了强调,给人以深刻印象,而且带有一种此书自然罕见的幽默笔触。在一个幸福的时刻,王龙怀抱着穿着新衣服的头生子,眼前一片光明的未来,禁不住要大吹大擂一番,但又突然惊恐万状,抑制住自己。这是因为,在光天化日之下,他几乎是向隐形的精灵们挑了战,并把他们的邪恶目光引向了自身。他试图避开这个威胁,于是把孩子藏在怀里,大声说道:“真倒霉,生了个闺女,谁也不想要,而且还长了一脸麻子！让她死了算了！”阿兰也加入了这场喜剧，表示赞同——也许连想也没有想。

实际上精灵们并没有必要把目光浪费在一个女孩身上，总之，她的命运是足够艰辛的。正是赛珍珠笔下的女性形象给人们带来了最强烈的印象。这其中就有阿兰，她沉默寡言，这愈加显得分量重。对她的整个生涯的刻画也同样着墨不多，但又同样深刻有力。

一个迥然不同的人物见于《母亲》(1934)这部小说的主人公。书中没有提到她有别的名字，好像要表明她的整个命运就用“母亲”这个词表达出来了。然而她却是一个生动的、个性化了的人物，是一个勇敢、精力充沛、强有力的形象，也许比阿兰更具现代性，而且没有她的奴隶气质。丈夫不久就弃家而去，但她为了孩子而把家维系了起来。整个故事以忧伤作结，但却不是以失败告终。这位母亲是不能被压倒的，甚至当她的小儿子由于当了革命党人被斩首时她也没有垮下去，她不得不找一个生人的坟墓去哭泣，因为她儿子没有坟墓。就在这时她的孙子出生了，她又有了付出爱的对象并为之做出牺牲。

这位母亲是赛珍珠笔下的中国女性人物中最为完美的人物，这部书也是她的最佳作品之一。但就性格刻画和小说布局来说，写得最好的是两部描写她父母的传记——《被流放的人》(1936)和《战斗的天使》(1936)。它们应该称为十足的经典作品；它们将成为传世之作，因为它们充满了生命力。从这个方面来说，人物刻画所仰赖的模特儿也就意义重大。

对于当代小说提供的芸芸众生，人们难得怀有巨大的感激之情，而且人们情愿把他们忘却。那些人物不具有极其丰富的品质，而且作家也竭尽全力贬抑他们，作家往往进行不懈的分析，产生的贬抑效果自可想见。

然而，在这儿人们却看到两个完美无瑕的人物，他们过着无私而又积极入世的生活，既不耽于空想又不游移不定。这两个人物迥然不同，他们又被共同投掷进一个艰辛而又奇怪的世界里的一场共同的斗争之中，这个事实往往导致巨大的悲剧——但却并非失败：他们直到最后一刻都是昂首站立的。在这两个故事中都有一种英雄主义精神。

母亲凯丽天赋极高，勇敢而又有一副热心肠，天性诚恳，在种种总是紧张的力量当中达到了和谐。在悲哀与危险当中，她受到了最大限度的考验。由于生活条件的严酷，她失去了许多孩子，而且在那骚乱的日子里，她也数次受到可怕的死亡的威胁。让她去目睹在她周围的永无止境的灾难，也几乎是同样困难的。她竭尽所能去减缓这灾难，她所做的绝非无足轻重，但是什么力量也不足以胜任这样一项任务。

甚至在内心深处她也经历了一场艰苦而又不懈的斗争。就她的职业和天性而言，她需要的不仅是坚定的信念。她献身于上帝，但这对她来说并不够，她也必须感到那种牺牲已经被接受了。尽管她乞求着、祈祷着，希望看到牺牲已被接受的迹象，但这迹象从未出现。她不得不继续不懈地寻找上帝，试图不靠神的帮助而信善，以此得到满足。

然而，她却保持了精神的健康，保持了她对生活的热爱，虽说生活向她展示了大量可怕的东西，她也保持了对世界向她呈现出的美的鉴赏；她甚至保留了她的幸福和幽默。她就好像从生活的深处喷涌而出的一股清泉。

女儿以罕见而又活泼的明白晓畅讲述着她的故事。就事件的进程而言，这部传记写得精确,但是在各种情节的叙述和对人物内心生活的描述中,富有创造性的想象发挥了自身的作用。毫无虚假之处,因为这种想象是出自直觉的,是真实的。

语言生动活泼,如行云流水,写得清晰,弥漫着一种温柔而又温情的幽默。然而故事也有一处瑕疵,女儿对母亲的热爱使得她不可能公正地对待她的父亲。在他的家庭生活中,他的局限性是明显的,那是些严酷的而且有时又是痛苦的局限。作为一名传教士和基督的士兵,他是无可挑剔的,在许多方面来说甚至是一个伟大的人物,但是他本应该独自一人生活,摆脱开他几乎没有时间注意的家庭责任,无论如何,与他投入全副身心的职业来说,这些责任是无足轻重的。这样一来,他就对他的妻子没有什么帮助,在她的传记中他也就不能得到充分的理解。

然而,这一点在另外一部书里得到了完成。那本书的题目就是他的生活和存在的关键:《战斗的天使》。安德鲁并不拥有他妻子的那种丰富而又综合的天性。他是狭隘的,但又是深刻的,并且像闪光的剑那样明亮。他将每一个念头都献予他的目标,那就是为异教徒打开通向拯救的道路。与此相比,一切皆无足轻重。凯丽祈祷却又未获得的,也就是与上帝的密切关系,他却完全拥有了,他对《圣经》的信念怀有坚定的见解,无可动摇。带着这种信念,他就像一位征服者一样行走着,在这个广袤的异教国家里走得比谁都远,他历经千辛万苦又对这千辛万苦视而不见,并且以同样的方式遭遇着威胁与危险。对这些贫困、盲目而又奇怪的黄种人,他怀有温柔和爱。在这些黄种人当中,他严厉的天性鲜花盛开。当他赢得他们的灵魂,使他们做出信仰的宣告的时候,他毫不怀疑这宣告的真实性,他以一个孩子式的天真,认为这宣告是真实的而把它接受下来。通向上帝的大门以前对他们始终是关闭着的,现在向他们敞开了,至于如何衡量他们,判断他们,现在则完全是明察秋毫的上帝的事。他们已经获得了被拯救的可能性,对安德鲁来说,刻不容缓的就是把这个可能性给予在那个广袤的国家里他所能遇见的每一个人,在那儿每个小时都有数千人死亡。他的热情在燃烧,他的工作就广度和深度而言,具有某种天才的成分。

他不遗余力地投身于这项永无止境的行动,为此耗尽了心血,而他允许自己所享用的休息时间,就是在热情的祈祷中神秘地沉溺于上帝之中。他的一生尽管不断遭受狂风恶浪的打击,却是一团直冲九霄的烈火,是不能用寻常的概念来予以评价的。女儿在刻画他时毫不掩饰他那张不讨人喜的脸,但对他整体的高尚始终保持着毫无杂念的崇敬。对这两幅刻画得完美无瑕的人物肖像,人们怀着深深的谢意——他们个性迥异,但都同样罕见。

瑞典学院把本年度的诺贝尔文学奖颁给赛珍珠,感到是与阿尔弗雷德·诺贝尔有关未来的梦想的目的相吻合的,因为她值得注意的作品为通向人类同情和对人类理想进行研究铺平了道路,那种人类同情穿越了广阔分隔的种族边界,那种研究又是人物刻画的一种伟大而又充满生机的艺术。

华尔士太太,我尝试着简要概述您的工作,不过在这儿又确实并非必需,因为听众们对您的非凡作品已是了如指掌。

虽说如此,但我希望我能就这些作品的宗旨谈些看法,这宗旨就是把一个遥远而又陌生的世界朝我们西方领域之内更深的人性洞察力和同情心打开——这是一个神圣而艰巨的任务，如您所做的那样，要完成这个任务，需要你的所有理想主义和伟大的心。

现在，请允许我邀请您从国王陛下的手中接受由瑞典学院颁发的诺贝尔文学奖。

瑞典学院常务秘书 佩尔·哈尔斯特龙

王义国 译

作品

仇敌

定男医生的家在日本的海滨，那里是他儿时嬉戏的地方。一幢低矮的方形石头房子，正正建造在突出的狭长海滩上的白色岩石上，海滩上长满了弯弯曲曲的松树。儿时的定男常常爬上松树，用光着的脚丫扒着树干，因为他看见南海那边的人上树摘椰子时就是那样做的。他的父亲常常带着他到那边的海岛上去，每一次去都忘不了对身旁这个庄重的小男孩说："远处的那些岛是日本走向未来的跳板。"

"我们要从那些岛跳到什么地方去呢？"定男认真地问道。

"那谁知道？"他的父亲答道，"谁能限制我们未来的发展？这得看我们怎么干了。"

定男像往常一样，把父亲的每一句话都牢记在心里，他的父亲从不和他开玩笑，也不跟他玩，可是为培养这个独生子却费尽心血。定男知道父亲最关心的是他的教育。为了使他受到良好的教育，在他二十岁时，父亲就把他送到美国去，学习外科和医学方面能学到的一切知识，三十岁时他回国了。他父亲在临终前已经看到了定男不仅成了著名的外科医生，而且还是个科学家。因为他正要完成一项使伤口完全不受感染的新方法，所以没有随部队到国外去。他还知道，他不去的另一个原因是：老将军的病正在治疗，或许要做手术，而这种手术可能有某种危险。所以就把他留在日本了。

此刻，云翳渐渐从海面上升起。近几天，白天异常暖和，暖空气在夜间碰到海浪上面的冷空气结成一层浓重的雾。他望着离海岸不远的一个小岛的轮廓在雾中若隐若现。浓雾渐渐弥漫到海滩上，到了房子下面，在松林中缭绕。不多一会儿，就会把整个房子笼罩起来。那时他就回家去，他的妻子花和两个孩子正在家里等着他呢。

可是，就在这时门开了。她身着和服，上面披着深蓝色的毛羽折，向外看了看，深情地走到他身旁，伸手挽着他的胳臂，他站在那儿微笑着，没有说话。他是在美国认识花的，可是在确切知道她是日本人之前，他克制着自己不堕入情网。倘若她不是纯粹的日本血统，他父亲一定不会同意他们的婚事。他时常想，如果没有碰到花，不知道他会和谁结婚。但这也许是天意吧，一个极其偶然的机会，颇有点诗意地，在一位美国教授家里，他碰到了花。教授和他太太都是好心人，他们很愿意帮助这几个外国学生，而这些学生虽然有点烦他们，但还是接受了他们的好意。定男常常告诉花，那天晚上，他差一点就没去哈雷教授家。他们的房间很小,饭菜难以下咽,教授夫人又是那样啰啰唆唆。可是他去了,并且在那儿认识了花,那时花是个新来的学生,他已经感觉到,如果有一点可能的话,他就会爱上她。

现在,她的手在他的胳膊上,给他带来一种欢乐的感觉。尽管他们已结婚多年,并且有了两个孩子。他们并没有轻率地在美国就结婚。他们在学校完成学业后,回到日本老家,在他的父亲相看了她之后,才按照日本风俗举行了婚礼,虽然定男和花事先早已把一切都谈妥了。他们的婚姻幸福美满。她把脸颊贴在他的臂膀上。

正在这时,他们同时看见雾里出现了一个黑乎乎的东西。那是一个男人,他被海浪抛出水面——看上去是被一个海浪打上来,站在地上。他跌跌撞撞地迈了几步,在雾中可以看到他的身躯,双臂高举过头。接着雾又把他裹住,看不见了。

"那是什么人?"花喊道。她松开定男的手臂。他们同时伏在走廊的栏杆上向下看去。后来他们又看见了这个人。他用四肢在地上艰难地爬着。随后,他们看见他倒下,俯卧着不动了。

"也许是打鱼的吧,"定男说,"海水把他从船上冲到水里了。"他飞快地跑下台阶,花跟在他后面,宽大的袖子在风中飘动。离这儿一二英里的地方,左右都有些渔村,可是,这里则是光秃秃的、荒凉的海岸,岸边布满着礁石。可以看到岸边的阵阵浪花上,耸立着一块块尖利的礁石。不知怎的,这个人居然绕过了这些岩石,他一定被岩石划伤得很厉害。

等他们来到他跟前时,他们发现情况确实如此。他身边的一片沙子已被血染红了。

"他受伤了!"定男叫喊着,一下子跨到那人身旁,他一动不动地躺在那儿,脸埋在沙子里。头上的旧帽子,已被海水浸透。他穿着一件湿透了的褴褛上衣。定男弯下腰,花在他的身旁,他把那人的头转过来。他们看见了那张脸。

"一个白人!"花轻声说道。

是的,是个白人。湿帽子从他头上掉下来,露出湿淋淋的黄头发,长长的,好像已经有好几个星期没有理过了。是一张年轻的脸,带着很痛苦的表情,上面长着刺猬似的黄胡须。他已经失去知觉,全然不知身边发生的这一切。

这时定男想起了他的伤口,开始用外科专家特有的熟练动作去找寻伤口。在他碰到伤口时,鲜血又开始流出来。定男在他背部右下方发现了一个绽开了的枪伤。皮肉已被火药烧黑了。看来,就在几天前,他中了弹,可是没有治疗包扎。更糟糕的是,他的伤口又撞到了礁石上。

"哎呀,他流了那么多血!"花轻轻地说道。此刻雾已把他们团团围住,而在这个时候,没有人会到这儿来。渔夫都已回家,连海边的流浪汉也会认为一天已经结束了。

"我们拿他怎么办呢?"定男喃喃地说。可是他那熟练的双手,却在本能地设法止住那可怕的流血。他用长在海滩上的海苔把伤口捂住。那人在昏迷中痛苦地呻吟着,可是没有苏醒。

"最好是把他扔回海里去。"定男自言自语地说。

这时,血暂时止住了,他站起身来,掸去手上的沙子。

“对，毫无疑问，那样做最好了。”花坚定地说，她依然注视着那个失去知觉的人。

“倘若我们把这个白人藏在家里，我们就会被捕的，可是我们要是把他当作犯人交出去，他就一定会被处死。”定男说。

“最好还是把他扔回海里去。”花说。可是，他们俩谁也没有动，他们带着一种奇特的反感盯着这个毫无生气的躯体。

“他是哪国人?”花轻声问。

“看来像是个美国人。”定男说。他拾起那顶军帽。对了，那上面有几个几乎辨认不清的字母。“是个水兵，”他说，“一艘美国战舰上的水兵，”他把字母拼出来，“U. S. Navy①，是一个战俘!”

“他是逃出来的，”花轻轻地喊道，“怪不得他被打伤了。”

“而且是在背后。”定男表示同意。

他们踌躇着，你看着我，我看着你。然后，花下了决心说：“来吧，看看我们能把他扔回海里去不?”

“若是我能的话，你呢?”定男问道。

“我不能，”花说，“如果你能自己……”

定男再次踌躇起来。“这真是怪事。”定男说道，“假如他没受伤，我会毫不犹豫地把他送交警方。我才不怜惜他呢！他是我的敌人。所有的美国人都是我的敌人。他也不过是个普通人。你瞧他的脸有多蠢。可是，他受了伤……”

“那你也不能把他扔回海里去了，”花说，“那么我们只有一个办法，就是把他抬回家去。”

“可是仆人们怎么办呢?”定男问道。

“我们只需告诉他们，我们要把他交给警方——而事实上我们也必须这样做。定男，我们得为孩子和你的地位着想。假如我们不把这个战俘交出去，会危及我们全家的。”

“当然啦，”定男同意道，“我怎么会不那样做呢。”

意见一致了，他们就把那人抬走。他轻飘飘的好像一只饿得只剩下毛和骨头的鸡。他们抬着他走上台阶，他的胳臂耷拉着。他们从侧门进了房子。这门里就是过道，他们把那人抬过过道到一间空卧室。这原是定男父亲的卧室，自从他去世以后，就一直空着。他们把那人放在铺着厚厚席子的地板上。这里的一切摆设都照着老人的意愿布置成日本式样——他绝不肯在自己家里坐在一把椅子上，或睡在一张外国式的床上。花走到壁柜旁，拉开一扇柜门，拿出一床柔软的被褥。她犹豫了。这床被褥的面子是用绣花绸子做的，被里是纯白的绸子。

“他太脏了。”她不情愿地咕哝着。

“是的，最好给他洗洗，”定男说，“你是不是打些热水来，我来给他洗洗。”

“我不愿意你去碰他，”她说，“我们该把这事告诉仆人们。我去告诉由美。她可以把孩子放下，来一会儿。”

---

① U. S. Navy，美国海军。

定男想了一想。“就这样吧，”他同意了，“你去告诉由美，我去告诉其他人。”

可是，这张毫无血色、失去知觉的面孔，促使他先弯下腰来摸了摸脉搏。很微弱，但还在跳动。

“他得动手术，否则就活不了啦，”定男说，沉思着，“问题是动手术也不一定能活下来。”

花惊恐地喊道，“别抢救他！如果救活了怎么办？”

“如果他死了又怎么办呢？”定男答道。他低头凝视着这具一动不动的躯体。他一定有非凡的生命力，否则，绝活不到现在。但是他是那么年轻——也许还不到二十五岁呢。

“你是说，如果动手术死了怎么办吗？”花问道。

“是的。”定男说。

花疑惑地想着，定男没等她回答就转过身去。“无论如何得给他治一下。”他说，“首先我们得把他洗干净。”他快步走出房间，花跟在后面。他不愿单独和这个白人在一起。这是她离开美国后见到的第一个白种人，可是她丝毫也不能把他和她过去在美国熟悉的白人联系起来，在这里，他是她的敌人，不管他是死了还是活着，都是一个威胁。

她对着儿童室喊道：“由美！”

可是孩子们听到她的声音，她只好进去待一会儿，对他们笑笑，逗逗那个将近三个月的小男孩。

她抱着孩子，他那柔软的黑发贴在她胸脯上，她努了努嘴，说道：“由美——跟我来！”

“我把他放上床就来，”由美答道，“他要睡了。”

她和由美一起走进儿童室隔壁的卧室。她手里抱着婴儿，由美在地板上铺着褥子，让婴儿睡下，盖好被。

随后，花迈着年轻的步子走在前面，他们一起到了厨房。在厨房里，两个仆人正因为主人告诉他们的事，被吓得手足无措。老园丁也管些家务，他在不断地捋着他那几根八字胡子。

“主人不该给这个白人治伤，”他愣头愣脑地对花说，“这个白人本来就该死。他先挨了枪子儿，后来又掉进大海，碰到礁石上。假如主人拗着枪子儿和大海去医好他，枪子和大海会报应我们的。”

“我会把你的话告诉他的。”花有礼貌地说。虽然他不像老人那样迷信，她自己却也开始害怕起来了。帮助一个敌人会有好下场吗？尽管如此，她还是叫由美打些热水送到那间房去。

她走在前面，推开隔板门，定男还没有来。由美放下木桶，走到白人跟前。她一看到他就把厚厚的嘴唇固执地噘起来了。“我从来没给白人洗过澡，”她说，“现在我也不给这么脏的人洗澡。”

花厉声对她说：“主人叫你做什么，你就该做什么！”

“主人不该叫我给敌人洗澡。”由美固执地说。

由美呆板的脸上，显露出那么强烈的抗拒神情，使得花不由得感到一阵无名恐惧。

倘若仆人诬告些什么,该怎么办呢?

"很好,"她很有身份地说,"你要知道,我们不过是要使他恢复知觉,好把他送回监牢去罢了。"

"我不管这事。"由美说,"我是个穷人,这事和我不相干。"

"好吧,"花温和地说,"那么请你去干你自己的事吧。"

由美立刻离开了房间,这样,就剩下了花一个人和白人在一起。要不是由美的固执激怒了她,她因为太害怕了,是不敢一个人待在这里的。

"笨蛋。"她愤愤地骂道,"难道他不是人吗?况且是一个受伤的、无依无靠的人。"

她心里充满了一种优越感,竟然弯下腰去,解开裹在白人身上的褴褛衣衫。他的胸部裸露出来,她用由美拿来的冒着热气的水,浸湿了一块干净的小毛巾,小心地给他擦脸。这男人的皮肤,虽然经过风吹日晒变得很粗糙,却仍然肌理纤细,看来他小时候皮肤必定非常白嫩。

她并没有对这男人增加一些好感,因为他毕竟已不是一个孩子了。但是,她仍然一面这样想,一面继续为他擦洗,直到把他身上擦得干干净净。可是,她不敢给他翻身。定男到哪儿去了?这时,她的愤怒已平息下来,她又变得焦躁不安了。她站起身来,在拧干的毛巾上擦了擦手。她给他盖上被子,生怕他着凉。

"定男!"她轻声呼唤。

她叫他时,他就在门外。他的手已碰到门把,此刻门开了,她看见他身着白色手术罩衣,手里提着外科急救包。

"啊!你决定动手术了。"她喊着。

"是的。"他简短地说。他转过身去,背向着她,打开一块消毒毛巾,铺在日本式壁龛上,把手术用具放在上面。

"拿些毛巾来。"他说。

她怀着不安的心情,顺从地走到堆放床单的架子那里,取出毛巾。对了,家里还有些旧席子,应当拿些来垫着,这样血就不会把地上的厚席子弄脏了。她走到后面的走廊上,园丁在那儿堆了一些破席子,天气很冷时,他用来在夜里保护那些不经冻的灌木。她抱起了一抱席子。

可是等她回到屋子时,她看到这些席子已经没有用了。血已渗过伤口上的纱布,把他身下的席子弄脏了。

"哎呀!那席子!"她喊了出来。

"噢,毁了。"定男答道,好像毫不在意,"帮我给他翻一下身。"他向她下命令。

她默默地顺从了他,他开始小心地擦着那人的背。

"由美不肯给他擦。"她说。

"那么,是你给他擦的了?"定男问道,并没有停下他那利落的动作。

"是的。"她说。

他似乎并没有听见她说什么,但她已习以为常,他工作时总是专心致志的。她在那里想:他干得那么出色,也许他根本不在乎在他手底下的这个人的身体是个什么东西呢。

“如果他需要麻醉的话,你得给他上麻药。”他说。

“我?”她茫然地重复道,“可我从没给人麻醉过呀!”

“这很简单。”他不耐烦地说。

他打开伤口的包扎,血流得更快了。他借着安在前额上的手术灯的光,察看伤口内部。“子弹还在里面。”他用平淡的口吻说,“不知道礁石碰的伤口有多深,如果不怎么深,我或许可以取出子弹来。可是这已不是表层出血了。他已经失血过多了。”

这时,花恶心起来。他抬起头来,看见她脸色蜡黄。

“可别晕过去,”他厉声说道,没有放下手术刀,“倘若我现在停下来,他就非死不可了。”她突然用手捂住嘴巴,跳起来,跑出房门。他听见她在外边花园里呕吐。可是他仍然继续做着手术。

“吐完了她会好些。”他想,这时他没有想到她可从来没看过动手术啊。可是,在她很难受的时候,他却不能即刻到她身旁,不禁使他望着这个像死人一样躺在他刀下的男人,感到不耐烦和焦躁起来。

“这家伙,”他想道,“天晓得干吗非救活他。”

这种想法使他不知不觉地变得冷酷无情,他加快了动作。这男人在昏迷中呻吟起来。定男没有理睬,只顾发泄怨气。

“哼哼吧,”他喃喃地说,“你爱哼哼就哼哼吧,我干这个也没有多大乐趣。其实,连我自己都不明白我为什么要给你做手术。”

门开了,花又走了进来,连头发也没顾得上整理一下。

“麻醉剂在哪儿?”她用清晰的声音问道。

定男用下巴指了一指。“你回来得正是时候,”他说,“这家伙要醒过来了。”

她取出药瓶和一些棉花。

“怎么用啊?”她问。

“只要把棉花浸上药水,放在鼻子下面就行了,”他回答说,一刻也没有耽搁手里的工作,“如果他呼吸困难的话,就拿开一会儿。”

她俯下身子,靠近这沉睡着的年轻美国人的脸。她想,这是一副可怜而瘦削的脸,嘴唇歪扭。尽管他可能还没有感觉但是他的确很难受。望着他,她不知道过去他们听到的关于犯人受折磨的事是不是真的。可是,她有时总是想起像老将军那样的人,在家里毒打妻子的事情。假如一个男人可以如此冷酷无情地对待一个可以任他摆布的妇女,难道她就不能残酷地对待这个人吗?

她真心希望这个年轻人不曾受过苦刑。正在这时,她注意到了,就在他颈部靠近耳根的地方,有几道紫红色的伤疤。“看这些伤痕。”她轻声地说,抬头望着定男。

可是他没有回答。

这时他感到镊子尖碰到了一个硬东西,离肾脏很近,这是很危险的地方。一切杂念都立即烟消云散,他完全沉浸在喜悦之中。他用手指灵敏地向深处探查。他对于人体的每个部分都了如指掌。教他解剖学的美国老教授非常重视这方面的知识。他总是说:“先生们,对人体的无知是外科医生最大的罪过!”他一年又一年地在课堂上大声疾呼,

"不彻底地掌握人体的构造,不掌握到就像人体是你造的那样的程度,就去动手术,那就无异于杀人。"

"还没有到肾脏,我的朋友。"定男喃喃自语。他习惯于对着病人自言自语而忘却了他正在动手术。"我的朋友。"他总是这样称呼他的病人。现在他还是这样称呼,忘记了这位病人却是他的敌人。

接着,迅速地,伤口被干净利落而又精确地切开了,子弹被取了出来。这人颤动了一下,可是他仍然昏迷不醒。在昏迷中,他吐出了几个英语词儿。

"内脏,"他轻轻地、断断续续地说,"他们……割了……我的内脏……"

"定男!"花尖声叫起来。

"嘘。"定男说。

这人过于安静,促使定男怀着憎恶的心情拿起他的手腕。噢,脉搏依然在跳动,那么微弱,那么无力,但是,倘若想要救活这个人,已经足够了。

"可是我当然并不想让他活过来呀。"他想。

"不用麻醉了。"他告诉花。

他迅速地转过身去,好像根本没有停下来过,从他的药里挑出一个小药瓶,灌满了一支注射器,在病人的左臂上注射。然后他放下注射器,再拿起病人的手腕。脉搏在他的手指下跳动着,一下,两下,然后逐渐有力起来。

"这个人总算活过来了。"他叹了一口气,对花说道。

年轻人醒过来了,极度虚弱,当他领悟到他在什么地方时,他那蓝眼睛里充满了悲哀,使得花不得不向他道歉。她亲自照料他,因为仆人都不肯走进这间屋子。

当她第一次走进这间屋子里,她看见他十分紧张,竭力做好准备,等待发生什么可怕的事。

"别害怕。"她温和地请求他。

"怎么……你会说英语……"他气喘吁吁地说。

"我在美国住过很久。"她回答。

她看出他想说些什么,可是他没力气说了。于是她跪下来,耐心地用瓷匙喂他。他不想吃,可还是吃了。

"你很快就会好起来的。"她说。她并不喜欢他,可还是去安慰他。

他没有说什么。

手术后第三天,定男来了。他看见这年轻人正坐在床上,由于用力,他的脸色煞白。

"躺下!"定男喊道,"你不想活了?"

他动作轻柔而不容抗拒地迫使这人躺下,他检查了一下伤口。"你这样会害死你自己的。"他责备道。

"你要拿我怎么办呢?"这男孩怯生生地问道。他现在看上去不过十七岁。"你要把我交出去吗?"

好一会儿定男没有回答。他检查完伤口,就给他盖上绸被。

“我自己也不知道拿你怎么办，”他说，“我当然应该把你交给警察。你是个战俘……不，什么也不用告诉我。”他看出这个年轻人想要说话时，就摆了摆手。“倘若我不问你的话，连名字也不要告诉我。”

良久，他们对视着，然后年轻人合上双眼，翻过身去，脸冲着墙壁。

“好吧。”他轻声说道，他的嘴角现出痛苦的神情。

花正在门外等着定男，他即刻觉察出她碰到了什么麻烦事。

“定男，由美告诉我，如果我们继续藏着那个人，仆人们就待不下去了。她说他们觉得你和我在美国待的时间太长，因而对自己祖国的感情淡薄了。他们认为我们喜欢美国人。”

“没有这么回事，”定男严厉地说，“美国人都是我们的敌人。可是我的职责是救活一切可以救活的人。”

“仆人不会理解这些的。”她着急地说。

“是的。”他也表示同意。

他们俩谁也说不出别的什么来了。不知怎么的，家务总算还照常进行着。仆人们变得越来越小心戒备起来。他们仍和往日一样恭谨有礼，可是，从他们的眼里却可以看出，他们对主人是冷淡的。

“我们的主人该怎么做是很清楚的。”一天早晨老园丁说。他这一辈子都在种植花草，在管理草坪方面也是个行家。他为定男的父亲培育了日本第一流的草坪花园，每天清扫那绿茵茵的草毯，不让一片树叶或一根松针落在这绒毛似的草地上。“我的老主人的儿子很懂得他应该怎么做。”他说着顺手从一棵树上掐下一个芽，“可是在这个人眼看就要死去时，他为什么不让他流血而死呢？”

“少爷是个外科能手，多么危急的病人都能救活，所以他处处想要显显身手。”厨娘轻蔑地说。她熟练地割开一只鸡的头颈，紧握这只不停扑腾的鸡，让鸡血滴到一棵山葡萄的根上。血是最好的肥料，老园丁一滴也不会让它浪费掉的。

“我们只是担心孩子们，”由美伤心地说，“假如他们的父亲被当作卖国贼抓起来，他们该如何是好？”

他们并不打算背着花说这些话，这时她就站在附近的走廊里插花瓶，她知道他们是说给她听的。她知道，他们对她的看法是对的。然而连她自己对自己做的有些事也不能理解。在感情上，她并不喜欢这个犯人。她已逐渐地把他当成犯人了。甚至他昨天冲动地说：“无论如何，让我告诉你吧，我叫汤姆。”那时，她没有喜欢他，而只是微微地弯了弯腰。她看见他的眼睛里流露出伤心的神情，可是她并不想减轻他的伤心。他待在这里确实是一件很麻烦的事。

至于定男呢，他天天都细心地检查伤口。今天总算拆完了线，这个年轻人不出两星期就会完全康复。定男回到办公室，仔细地用打字机打一封给警察局局长的信，报告全部情况。“二月二十一日，一个逃犯被冲到我房子前面的海岸上。”打到这里，他拉出书桌的一个暗屉，把这份未打完的报告塞了进去。

又过了七天，发生了两件事。早晨，仆人们都走了。他们把自己的行李捆在大块的方棉布头巾里。花早上起床后,发现屋子没有打扫,早饭也没有做,她明白这是什么意思,她很不高兴,甚至有些恐慌,但是,女主人的尊严使得她不便有所流露。相反,当他们在厨房里来到她面前时,她大方地点了点头,付清了工钱,还谢了谢他们的帮忙。他们哭了起来,可是她却没有流泪。厨娘和园丁是看着定男长大的,由美哭是舍不得孩子们。她非常难受,走了几步又跑回到花的跟前。

"倘若今天晚上孩子为了要我哭得太厉害,就派人来找我吧。我现在回家去,你知道我家在哪儿!"

"谢谢你。"花微笑着说。可是她心里想,无论孩子怎么哭闹,她也不会去找由美的。

她做早饭,定男照顾着孩子。除了提到仆人们走的事以外,他们谁也没有说到关于仆人们的一句话。花在给犯人送去早饭后,又到定男这儿来了。

"为什么我们分辨不清该怎么做呢?"她问他,"连仆人们都比我们看得清楚,为什么我们和其他日本人不同呢?"

定男没有回答,可是没过多一会儿,他就走进犯人住的房间,粗暴地说:"今天你可以站起来了。我要你每一次只站五分钟,明天你可以试试站十分钟。你的体力恢复得越快越好。"

他看见在年轻人这张依然没有血色的脸上闪现出恐惧的表情。

"好的,"男孩低声说道,显然他决定还要说些什么,"我觉得我应该感谢你,医生,因为你救了我的命。"

"不要谢得太早了。"定男冷冷地说道。他看见这男孩的眼里又闪现出恐惧,正如动物本能的恐惧一样。他颈部的伤疤一下子变成了深红色。这些伤疤!怎么落下的?定男没有问。

到了下午,又出了第二件事。花正在吃力地干着她过去没怎么干过的活,忽然看见一个穿政工制服的信差来到门前。她的手发软,连呼吸也屏住了。一定是男仆人们去告发了。她跑到定男跟前,喘息着,一句话也说不出来。可是这时信差已跟着她穿过花园来到这里,她指了指信差,其实已没有必要了。

定男正埋头看书,这时他抬起头来。他在办公室里,办公室南面的隔板敞开,好让阳光从花园里照进来。

"什么事?"他问信差,接着他看清了这人的制服便站起身来。

"请您进宫一趟,"这人说,"老将军又犯病了。"

"噢,"花松了一口气,"就这事吗?"

"就这事?"信差大声地说,"这还不够吗?"

"是的,是的,"她回答,"真对不起。"

当定男走来向她告辞时,她在厨房里,可是什么也干不下去。孩子们已入睡了,她只是坐下来歇歇,不是干累了,而是恐惧已使她精疲力竭。

"我还以为他们是来逮捕你的呢。"她说。

他低头凝视着她焦虑的眼睛。"为了你的缘故,我一定要把这个人甩开。"他难过地说,"无论如何我要甩掉他。"

"当然啦,"将军有气无力地说,"我完全能理解。这是因为你在普林斯顿得过学位。"

"阁下,我对那个人并不感兴趣,"定男说,"虽然我给他动了那么好的手术……"

"对,对,"将军说,"这就让我感到更少不了你啦。你说,要是像今天这样发病,我还能受得了吗?"

"顶多一次。"定男说。

"那么,我当然更不能让你出事了。"将军焦急地说。他那苍白的日本型长脸,变得毫无表情,这表明他在沉思。"不能把你抓起来,"将军说着,闭上了双眼,"假如把你判处死刑而第二天正好我非动手术不可,那怎么办?"

"还有别的外科医生呢,阁下。"定男建议说。

"没有一个是我信得过的,"将军回答说,"最好的几个是德国人培养出来的。即使我在手术中死去,这些人也会说手术做得很成功。我一点也不欣赏他们这种观点。"他叹了一口气。"可惜我们不能把德国人的冷酷无情和美国人的多情融为一体。这样的话,你能够把你的犯人交出去处死,而我却相信在我失去知觉的情况下你也绝不会害我。"将军笑了起来。他有一种不寻常的幽默感。"作为一个日本人,你能不能把这两种外国素质融为一体呢?"他问道。

定男笑了。"我不太敢肯定。"他说。"阁下,为了您,我不妨试试。"

将军摇了摇头。"最好不要拿我做试验。"他说。"不幸的是这个人恰好被冲到你的家门口。"他有点气恼地说。

"我也觉得这样。"定男轻声地说。

"最好是把他悄悄地干掉,"将军说,"当然不用你,而是让不认识他的人。我有自己的刺客。要不今天夜里我派两个人去你家里——最好是随便哪天。你什么都不用管。现在,天气已经暖和,等他睡着了,你把他睡的房间里冲着花园的隔板打开,这不是很自然的吗?"

"当然这显得很自然,"定男同意说,"这隔板天天夜里都是开着的。"

"好,"将军打着哈欠说,"他们都是很能干的刺客——他们可以不出声音,可以不让血流出来。你要愿意的话,我还可以叫他们搬走尸体。"

定男考虑了一下:"阁下,或许那样最好。"想到了花,他便同意了。

于是他向将军告辞,向家走去。一路上仔细考虑着那个计划。这样,他什么都不用管了,什么也不要告诉花,因为她要是知道家里要来刺客,一定会害怕得了不得。像日本这种独裁国家,这种人当然是非常必要的,因为统治者还能用什么其他的办法,来对付反对他们的人呢?

当他跨进美国人住的房间时,他竭力克制着保持头脑的冷静和理智。可是,当他打开房门时,使他惊奇的是这年轻人已下了床,正准备到花园里去。

"这是怎么回事?"他喊道,"谁同意你离开房间的?"

"我不习惯得到允许才行动,"汤姆愉快地说,"天哪!我觉得我已经差不多好了。

可是,这边的肌肉会不会老是这样发僵呢?”

“是这样吗?”定男问道,他感到有些意外。他把别的事情都忘了。“可我觉得我在手术时已经预防发生这种情况啦。”他自言自语地说。他撩起这人的汗衫,仔细观察那正在愈合的伤口。“假如锻炼不行的话,”他说,“按摩可能会有用。”

“没有多大关系,”年轻人说。他那年轻的、长着亚麻色粗硬胡须的脸是那样憔悴。“我说,医生,有些话我一定要对你讲讲。倘若我没有碰到像你这样的日本人,我是绝不会活到今天的。我很清楚这一点。”

定男点了点头,可是他说不出话来。

“真的,我很清楚。”汤姆热情地说下去。他干瘦的大手紧握着椅子,手指节都发白了。“我想假如所有的日本人都像你一样,就不会有这场战争了。”

“也许吧。”定男半天才说出话来,“我想现在你最好躺回到床上去。”

他扶着这男孩回到床上,然后,鞠了一躬。“晚安。”他说。

那天晚上,他睡得很不好。他一次又一次地醒来,他总觉得听到了花园里有沙沙的脚步声,树枝被人踩断的声音,以及小石头被踢到地上滚动的声音。有心事的人往往会幻想听到这些声音。

第二天清晨,他找个借口先到客房去。如果美国人不在了,他只要告诉花他不在了,这是将军吩咐他这样做的。可是他一打开门,立即就知道昨夜没出事。枕头上是那长着粗硬的亚麻色头发的头。他可以听到对方熟睡时发出的均匀呼吸声。他又轻轻地关上了门。

“他还睡着。”他告诉花,“他睡得这样好,说明他快好了。”

“我们拿他怎么办呢?”花再一次轻声地提出这个问题。

定男摇摇头。“这一两天我就做出决定,”他回答。

他想,毫无疑问,一定是第二天夜晚了。

那天夜里起了风,他听着外面风吹折树枝和吹动隔墙的呼啸声。

花也醒了。“我们是不是该起来把病房通向外面的隔墙关上?”

“不必了,”定男说,“他现在可以自己去关了。”

可是第二天早上美国人依然活着。

于是到了第三夜,当然了,一定是这个夜晚啦!夜里下着小雨,从花园里传来房檐的滴水声和缓缓的流水声。定男睡得比前两夜好些,可是一声猛烈的撞击把他惊醒,他跳下了床。

“怎么回事?”花叫了起来。婴儿被她的叫喊声吵醒,开始放声啼哭。“我得去看看。”可是他抓住她不让她动。“定男,”她喊道,“你这是怎么回事?”

“别去,”他低声道,“别去!”

他的恐惧感染了她,她屏住呼吸站在那里等着。四周一片静寂,他们悄悄地爬回到床上去,把婴儿放在他们中间。

然而,当他早晨打开客房门时,年轻人还在那儿。他很快活,已经洗好脸站在那儿。他昨天要了一把剃刀把胡子剃了,今天他脸上略添了些血色。

“我好了。”他欢喜地说。

定男很疲乏，他把裹在身上的和服紧了紧。他突然下了决心，不能再这样等一夜了。这并不是因为他为这个年轻人的性命担忧，不是的，他只是觉得，这样神经太紧张，有点不值得。

“你好了。”定男同意他的话。他压低了声音说：“我想最好是今晚，我把我的小船放到岸边，里面装好吃的和一些衣服。你可以把船划到离海岸不远的小岛上去。小岛离海岸近得很，费不了什么力气。岛上没有人住，因为暴风雨天它就会被淹没。可是，现在不是暴雨季节。你可以住在上面，等有渔船路过。他们经过时离小岛很近，因为那儿水很深。”

年轻人盯着他，慢慢地领悟过来。他问道：“我一定得走吗？”

“我想是这样的，”定男和蔼地说，“你应该懂得……这儿不是久留之地……”

年轻人完全明白了，他点了点头。“就这样吧。”他简单地答道。

傍晚前，定男没有再去看他。天一黑他就把那结实的小船拉到岸边，船里放上食物和瓶装淡水，那是他白天悄悄地买来的。他还从一家当铺里买了两床被子。他把船拴在水里的一根木桩上，因为现在涨潮了。天上没有月亮，他摸着黑干，连手电筒也没用。

他回家时，就像往常刚下班那样，花什么也不知道。“由美今天来了，”她一边给他准备晚饭一边说，虽然她是一个比较开明的人，但仍不和丈夫一起吃饭，“由美抱着孩子哭了，”她叹了一口气说，“她想孩子想得厉害。”

“等到外国人一走，仆人们就会回来的。”定男说。

当晚他睡觉前先到客房去，亲自给美国人量了体温，检查了伤口、心脏和脉搏。或许是由于激动吧，他的脉搏跳得不规则，年轻人苍白的双唇紧闭，双眼炯炯有神。只有他颈部的伤疤发红。

“我知道你又救了我一次命。”他对定男说。

“没有什么，”定男说，“只是你要是再在这儿待下去就不太方便了。”

他犹豫了好久，考虑要不要把手电筒给美国人。最后，他还是决定让他带走。那是他自己的小手电筒，是他夜间出诊时用的。

“如果你的食物吃完了还没有渔船来，”他说，“你就打两个信号给我，信号要在太阳落到地平线的那一瞬间发出。不要在天黑后发信号，那会被人发现。如果你平安无事，可是还留在那儿，就打一下信号。在那里很容易捉到鱼，可是你只能生吃。生火会被人发现的。”

“好的。”年轻人低声说。

他换上定男给他的日本衣服，最后，定男用黑布把他的亚麻色头发包上。

“好啦。”定男说。

年轻的美国人热烈地握了握定男的手，没有说话，然后迈着稳当的步子穿过街道，走下台阶，消失在花园的黑暗中。一下……二下……定男看见他开亮手电筒找路。这不会引起怀疑。他一直等到岸边又亮了一下，才关上隔门。那天夜里他安静地入睡了。

“你说那家伙逃跑了？”将军用软弱无力的声音问道。他在一星期前动了手术，那天半夜，定男被唤来做了这次急救手术。差不多有十二个小时，定男都不敢肯定将军还能不能活下来。病已发展到胆囊了，后来老人终于深深地呼吸起来，并且想吃东西了。定男不敢问他关于刺客的事情。他只知道刺客没来。仆人们回来了，由美彻底清扫了客房，还在屋子里熏硫黄，把白人的气味赶走。谁也不说什么。只有园丁在生气，因为他错过了修剪菊花的季节。

一星期后，将军好了一些，定男觉得可以和他谈谈犯人的事了。

“是的，阁下，他逃跑了。”定男说。他咳嗽了一声。这说明他还没有把想说的话都说出来，可是他不愿意再打扰将军。然而老人忽然睁开了双眼。

“那个犯人，”他说，略为有点精神了，“我是不是答应过帮你杀了他？”

“是的，阁下。”定男说。

“啊，啊！”老人惊讶地说。“我是说过！可是你看，这些日子我病得厉害，所以我一直就只想着自己了。总之，我忘了我答应你的事了。”

“阁下，我不知道……”定男喃喃地说。

“我确实是太大意了，”将军说，“可是你应该理解，这并不是我缺少爱国心或者是失职。”他着急地望着医生，“你会理解，如果事情张扬出去，你懂吗？”

“当然了，阁下。”定男回答。他忽然明白了将军已经落入了他的掌握之中，其结果是他自己得救了。“我发誓忠诚于您，阁下，”他对老将军说，“并证明您对敌人是极端仇恨的。”

“你是个好人，”将军轻轻地说，合上了双眼，“你会得到报酬的。”

那天傍晚，定男在朦胧的海面上仔细瞭望那个小岛时，他得了报酬。在一片暮色中，不见一星亮光。岛上没有人了。他的犯人已经走了——安全地走了，这是毫无疑问的。因为他曾经告诫过他只能上朝鲜渔船。

他在走廊里站了一会儿，望着大海。年轻人那天晚上就是从那里被冲上来的。不知不觉地，在他的脑海里浮现出他熟悉的其他白人的面孔——那个教授，一个呆板的人，就在他家里他碰上了花；还有教授的妻子，没有头脑而又爱说话的人，心眼倒是不错。他又想起了他的解剖学老教授，他反复告诉学生，手术刀无情，要极端负责任。然后他想起了那胖胖的、衣服穿得很邋遢的女房东。那是因为他是个日本人，很难找到住处，而她最后同意他在她那破旧的房屋里住下了。美国人对日本人充满了偏见，一个人明明知道自己比他们强却生活在这种偏见之中是很痛苦的，他想起了他当时是多么看不起这个无知识的肮脏老太婆。他曾经想要对她产生一点感激之情，因为在他留学的最后一年，他得了流行性感冒，她在他病中护理了他。但是这种感激之情很难产生，因为在护理他时，他并没有少讨厌她。当然啦，那时白人是很令人讨厌的。现在，他又想起了他的犯人那张年轻而憔悴的面孔，那是一张令人厌恶的白人的脸。

“奇怪，”他想道，“我真不明白我为什么不把他杀掉。”

钮琪　译

1939
获奖作家
西伦佩

传略

一九三九年,第二次世界大战已经爆发。在战火弥漫中,瑞典学院宣布了该年度的诺贝尔文学奖获得者,此后便因战争停止授奖四年,直到一九四四年才恢复。在战火中宣布的这位获奖人便是芬兰作家西伦佩,他获奖是“由于他对本国农民的深刻了解以及他在描写农民生活、农民和大自然的关系时的精湛技巧”。

弗兰斯·埃米尔·西伦佩(Frans Eemil Sillanpää,1888—1964),一八八八年九月十六日生于芬兰海麦库地区的一个贫苦佃农的家庭。他的父母经受过当地移民的种种磨难,几个小孩都先后夭折,只有最小的儿子西伦佩有幸活了下来。西伦佩从小聪明好学,尽管家中生活拮据,他的父母还是省吃俭用,千方百计送他上学。一九〇八年,西伦佩以优异的成绩自坦佩雷中学毕业,考入芬兰最高学府赫尔辛基大学,攻读生物学。到大学最后一年,因家庭日趋贫困,已无力再供他上学,他被迫辍学,回到家乡。

一九一六年,西伦佩出版了第一部长篇小说《人生与太阳》,但真正为西伦佩在文坛上打下坚实基础的,是他于一九一九年出版的长篇小说《神圣的贫困》。小说以现实主义手法,通过对主人公尤哈·托沃拉六十年苦难生涯的描述,反映了芬兰贫苦农民的命运,展现了芬兰历史的真实景象。

在西伦佩的作品中,在世界上流传最广、给作者带来最高声誉的是长篇小说《少女西丽娅》。作品描述了古斯塔和西丽娅这父女两代人的经历。作者以极大的热情满怀同情地塑造了西丽娅这个纯洁、善良、美丽而又不幸的少女形象。古斯塔是个质朴、厚道、忠于自己感情的农民,可是在有钱有势的大地主逼迫下,不得不卖掉田庄,迁居异地,和女儿相依为命。父亲的不幸去世,使得孤女西丽娅成了女用人,孤弱无助地来到了一个污浊不堪、充满罪恶的世界,成了男人袭击和欲望的目标。她受尽了欺凌、屈辱、蔑视和嘲讽，但仍保持着独立的人格、高尚的情操和独立的人生信念。她和父亲一样，尽管在物质生活上是贫困的，但在感情生活上是富有的。他们的生命活力不是来自冷酷的现实，而是来自内心深处的良知。最后，西丽娅为维护自己独立的人格而被生活摧残，患病栖身在一间小浴室中，但心中依然怀着那份圣洁的爱，平静地走向死亡。这不能不让人感到一种撼人心魄的崇高的悲剧美。

西伦佩的其他作品还有长篇小说《一个人的道路》(1932)、《夏夜的人们》(1934)、《八月》(1941)、《人生的美和苦恼》(1945)，短篇小说集《黑里图和拉纳尔》(1923)、《天使保护的人》(1923)、《地平线上》(1924)、《棚屋山》(1925)、《潮流深处》(1933)和《第十五》(1936)等。其中《夏夜的人们》亦为西伦佩的重要作品。书中描绘了典型的芬兰自然风光，展现了一幅幅绚丽多彩的画面——“千湖之国”的蔚蓝湖泊，林木葱郁的巍巍群山，瞬息万变的美丽阳光，同时也揭示了在这丰富多彩的背景下生活的各种人物的命运。

西伦佩的创作深深扎根于芬兰大地。他谙熟民族的历史、祖国的山川、家乡的风俗，特别是贫苦农民的生活和心态。他的作品大多取材于他的家乡，着重表现的是农民的生活，有着强烈的民族特色，散发出浓郁的乡土气息。他作品中的主要人物不少都成了命运的牺牲品。但尽管如此，西伦佩还是从中发掘出无尽的美感，使他的人物闪烁出感人的人性美的光辉。

西伦佩本人的一生也颇为坎坷，他有八个子女，由于家庭负担过重，又不善理财，因而长期陷入穷困的境地。他还曾是个多病的酒精中毒者，也进过精神病院，晚年才过上较为平静的生活。他于一九六四年六月三日在赫尔辛基去世，享年七十六岁。

授奖词

一份诺贝尔文学奖的证书刚才已经颁授给您，您也听到了瑞典学院对您的文学作品授予这一殊荣的缘由。在这份证书上，这些缘由写得极为简略。不过在这上面略去的许多敬意，在诺贝尔奖的颁奖仪式上将会向您表达。

这些敬意，您在我们一行人中间同样可以看到。尽管这些敬意表达得简单朴素——这是我们会议的特色——但我们同样充满热情，正像授奖日在喜庆厅您将会感受到的热情一样。我们当中没有人懂芬兰语，我们只能通过译本来欣赏您的作品，但对您作为一个作家的精湛技巧没有丝毫疑问。这种技巧是不同凡响的，即使译成外国语言也能清晰地显现出来。淳朴简洁，真实客观，没有丝毫做作，您的语言像清澈的泉流在流淌，反映出您以艺术家的眼光捕捉到的一切。您的选材极为慎重考究，简直可以说，面对显而易见的美的事物您多少有点畏缩迟疑。您要在简单的日常生活中创造出美，成功地做到这点的方法，始终是您的诀窍。人们不是看到您作为一位作家在书桌前写作，而是看到您作为一位水彩画家在画架前挥笔。通过您，人们往往习惯于让自己的眼睛以一种新的方式去观赏。有时候，当您描绘夏日阳光里的天空和云彩时，面对您过分喜爱的题材，您忘记了固有的疑惧，那时您以大师的妙手奏响了音乐。您喜欢单纯和典型，这种特色同样表现在对人的描写上。您喜欢描写农民的日常生活,这些农民牢牢扎根在土地上,从大地吸取力量。到叙事时,您也表现出同样的技巧,那效果也只是用极单纯的手段造成的。

谈到自己最著名的作品时,您道出了别人未能道出的话:“与《少女西丽娅》有关的一切,通常既无足轻重,又壮丽非凡。”没有任何艺术家更能这样渴望涉足现实的事物。因此您代表了您的人民,没有任何华丽的外表。

此刻,连贵国的名字也都举世瞩目了。贵国人民,正如您看到的那样淳朴,他们发现自己是灾难性势力的牺牲品,自己不屈不挠的勇气是英勇伟大的,自己是永远忠于职责、面对死亡毫无畏惧的。在感谢您的贡献时,我们的浮想联翩更像插上了翅膀;带着我们衷心的赞美和深深的激动,我们的思想飞向您的人民,您的国家。

瑞典学院常务秘书 佩尔·哈尔斯特龙

樊培绪 译

作品

暮年

七月末的一个清晨,旭日徐徐升起,一片寥廓冷漠的景色,使人感到夏天已经要完,秋天来了。刈草季节接近尾声,麦穗黄澄澄的,快要收割了。这时人人会不约而同地向窗外凝视,仰望着神圣的黎明,一刹那间,人世的如烟往事、坎坷际遇就都呈现在每个人眼前,像在烘托眼前的生活——快乐与艰辛。夜去昼来,这亘古的周而复始的现象又出现了,它支配着万物的生死。黎明的这一刹那具有无与伦比的力量,它将成千上万颗互不相同的心从现实似的梦境带进了梦境一般的现实世界。

在一幢窗明几净的矮茅舍里,虽然时钟上的指针已经指向四点,但是两张床上仍然鼾声吁吁。一张床在门口右首,蜷缩在被窝里的是这幢房屋的男主人,他的脸显得倔强刚毅,岁月在他脑门上留下了道道深沟。这老头床后的墙上有一扇六格窗扉,窗台上放着花瓶、眼镜和一本赞美诗。它们在那里沐浴着和煦的阳光已经有好几十年了。屋子另一个昏暗的旮旯里放着老太婆睡的床。他们老两口是辛苦了一辈子的佃农,至今一直住在这间茅屋里。屋内有一股怪诱人的老人味。墙壁、窗户和许多家什都已经露出细长的裂缝。不论是后来的裂缝还是原有的节疤,样子都十分奇特。这屋子叫人赞叹的摆设也好,主人也好,都足以成为绘画和文学创作的绝妙素材。在这样一个夏末早晨,白昼即将来临之际,要是走进这间小屋,在石凳上坐下,细细端详这一对走过了漫长的生活道路、尝尽了人间的艰辛苦难、如今已经变得听天由命并早已被人遗忘的还在呼呼熟睡的老人家,那是一桩多么令人神往的事啊!令人兴奋的是,在这陋室里还可以发现生活的含义是无穷丰富、真正伟大的。

这会儿老太婆起床了,老头却还一声不响地躺在床上。老太婆并没有想到去看看老头醒来没有。四十年如一日，每天清早都这样：老太婆起床后，先往咖啡壶里灌水，然后把壶放在炉子上，生起火来，再顺手从老地方把咖啡豆和咖啡磨拿出来，开始磨咖啡。这些事情做完后，就一声不吭地面对炉火，在噼啪声中静候黎明的降临，直到把水煮滚为止。

看她几十年如一日地煮咖啡，就可以看到这老两口过去和现在的生活。过去他们也有过满怀希望和争气要强的时光。当时做妈妈的一起床，第一件事就是把儿子在梦中乱蹬乱踢而伸到被外的小手和小脚重新盖好。咖啡煮好了，她就和丈夫叽叽呱呱地讲个不停，通常讲的都是梦里见到的事，不过讲得活灵活现，从来不说是梦，好像真有其事一样。孩子他爹侧着身子靠在床上，两眼望着窗外，脑子里在盘算这一天要干的活。他们喝完咖啡就双双走出家门，床头放着面包和牛奶，等着他们的独生子自己醒过来吃。

这样的时间早已一去不复返了。父亲和母亲早上睁开眼睛看不到自己的儿子，已经有十五个年头。这些年他们的家境渐渐萧条，生活也愈来愈沉闷。清早起来再也看不到那种忙碌、快活的兴旺景象，而是充满沉闷、压抑的气息。伟大的造物主在恩赐给人间光明和温暖的这一瞬间，却让还未醒透的人一睁眼首先想到的是死亡，死神已在等待着了。老太婆轻轻地嘟哝一声，睡眼惺忪的，连长得很好却还没有结果子的覆盆子也没有瞧一瞧，似乎她的脑子根本管不住她的眼睛了。她沉湎在回忆的波涛里，往日生活一幕一幕重又清晰地出现在她眼前，真是没法相比啦。现在是要什么缺什么。今年的劈柴眼看到秋天就要烧光，而到那时路上还不能走雪橇，这种事是过去从来没有的。老头对这件事也束手无策。至于孩子，那早撂到脑后去了，然而总还是恍恍惚惚地觉得他仍活在人世，因为三年前来过一个身体健壮、很有派头的陌生人，而且是个当官的！母亲一看，原来就是杳无音信的儿子。儿子回到身边，母亲思念儿子的甜蜜心情反而消失了。当儿子又要离家的时候，母亲心里不由得有一种求之不得的乐趣。此后再也没有听到过儿子的消息。父母亲的精神开始萎靡下来。直到第二年春天，从来没有见过面的儿媳来了一封信，说他在军队里当了分队长，不幸为祖国英勇牺牲了①……从此母亲在煮咖啡的时候往往禁不住老泪纵横，偷偷地看看正在熟睡的丈夫，看看他的秃头，像是想从那里找到支持，因为最大的痛苦莫过于儿子死得不明不白，有时甚至悔恨当初没有把他留住。老太婆和老头活了一大把年纪，都是老老实实的庄稼人，一辈子从来没有需要过什么“祖国”，也从来没有说过“祖国”这样的字眼。他们不明白这词儿是啥玩意儿，也没法弄懂是啥意思。赤卫队过去倒也经常唠叨着“国家”来着，难道是一样的意思吗？为了这个莫名其妙的玩意儿，难道儿子就应该送掉一条性命？老太婆对旁的东西弄不明白，但对眼前的处境很清楚。现在再也没有过去那种堆得整整齐齐的柴火了，盐也快吃光了。过去的那种咖啡尽管蹩脚，如今也买不到了，去年圣诞节倒还有卖的……死神已经等久了，不过还算有耐心。老太婆的眼睛又开始泪汪汪：到我们入土的时候，有哪个会来送葬呢？谁肯借匹马来帮帮忙啊？我们大殓的时间穿什么寿衣呢？

这时咖啡已经煮好，摆到桌子上等着喝了。今天早上同往日一样，老太婆走到摇椅

① 指一九一八年芬兰国内战争。

的右边，紧靠着老头床头的窗口，戴上老花镜，把那本赞美诗翻到夹着她儿子不知什么时候寄来的贺年片的那一页，开始做祷告。她知道老头已经醒了，知道他在倾听着她的祷告，知道老头忧郁的心绪在骚动，也知道老头已觉察出自己内心的不平静。这种世上少见的祷告做完以后，老两口开始喝咖啡，接着一天的劳碌生活又开始了。

老头和老太婆的生活当然很清苦，但还没有到山穷水尽的地步。生活阔绰的公民是很难理解他们的生活的。他们从来没有向政府申请过救济。他们有够吃的马铃薯，还有羊——有一段时间还有两头呢。他们不像有些人那样囤有粮食，可以拿出去做投机生意。对他们来说，这是不可思议的事。羊饲料是好心的农庄主给的，但主人为了做得一点不像施舍，老太婆和老头多少要给东家出点工来抵偿。至于牧草，老头可以到田野里、小土丘上和灌木丛中去割。不过这要花一两个月的工夫，而且每天要起早贪黑，操心费神，往往累得精疲力竭。用镰刀把草割下来之后，还要几次翻晒，才能用绳子背回家来。

到眼前为止，今天草割得还算顺利。每当牧草一垛一垛码起来的时候，他对自己的成绩总感到一阵凄惨的喜悦。他环视一下四周的谷草棚、马铃薯地和劈柴堆，眼前显现的却是即将来到的一幅冬天的生活景象。

战争结束了，但老头处处感到不顺心。今年夏天，他觉得似乎有个看不见的冤家老是若即若离地尾随着他一瘸一拐的步伐。当他坐下来休息的时候，它就像一只不吉祥的大乌鸦停在他的肩膀上，心头沉重。有一次他在地里割草，不小心摔了个大跟头，把腰扭伤了，它好像早就守候在一旁，斜眼看着他辛酸绝望的泪珠从眼眶里潸潸流出来，淌满了他那张被忧患岁月销蚀得枯槁干瘪的老脸。事后他尽力想含糊过去不让老伴知道，只说脚上有点儿疼，这时那个冤家又神不知鬼不觉地赫然出现在他的眼神里，使老太婆一下就猜中了是怎么回事。虽则夏天是漫长的，日子过得很慢，可是今年冬天的日子怎么打发，心里一点数也没有。尽管他使劲憧憬着来年的夏天将是怎样的情景，可是脑际老是萦回着一个阴影——今年冬天能不能熬过去。不论他怎样自我安慰，尽管山羊仍像往日一样在羊圈里咩咩地叫着，他隐隐感到今年夏天的割草活恐怕是白费力气，他越想越烦躁。

今天早晨老太婆起床的时候，老头当然已经醒过来了。他从老伴的神色中看得出来，她在思念死去的儿子。残年余生怎么过？这个问题从大清早就开始折磨她……我要是撒手归天，就剩下她孤零零的一个人了，到那时候，她也用不着坐在那里煮咖啡啦……今年秋天要吃的鲱鱼还没有买，到哪里去弄钱呢？羊奶里恐怕也只好放盐了……看来今天又是一个晴天……我一定得去割点草……应该去……到晌午我就可以把那一片草地割完……只要再把草垛收拾一下就行了。往年的日子可不是这样的。

老头竭力回想过去，大有虎老雄心在的气概。他深深地吸了一口气，装出还在蒙头大睡，领略着梦境乐趣的样子，重温过去一桩桩幸福的事情。当老太婆把咖啡壶放到桌上的时候，他咂了咂嘴巴，蜷曲起双腿，换了一个更惬意的姿势。

然而也只有片刻工夫的遐想，等到老太婆拿起那本赞美诗，老头的心就骤然像被螫了一下：上帝的福音对他也变得疏远了。死神等候已久，虽然他还有点时间祈求上帝的庇佑，但时间不会多了，那个若隐若现的冤家如今处处同他作对。往年夏天的晨祷是他一天当中最圣洁美好的时刻,老太婆的祈祷声和晨光一起照亮了他在梦寐之中洗涤干净了的心灵。屋外带来希望和收成的工作正在等着去做。他忽然又想到今年夏季的圣餐瞻礼,哎呀,老头心里顿时感到一阵惶恐。今年夏天,老太婆和老头生平第一回没有到他们洗礼的教堂去做礼拜。庄园主满口答应可以把马借给他们用,可到了礼拜天清早,老头一瘸一拐地去套马的时候却碰了壁,原来所有的马都早已被赶到遥远的牧场去了。据说是女主人让赶去的,庄园主毫不知情。要步行到那里去把马牵回来他又吃不消,老头身边也没有人可以差遣。老头只好空手回到家里,脱下那套上教堂才穿的礼服。老太婆禁不住啜泣起来,他也不由得掏出雪白的手帕唏嘘地擦着眼泪。徒步去教堂他们完全不可能,迈上教堂的高台阶已经叫他们提心吊胆。他们美好的心情就这样被糟蹋了。明天又是礼拜天,又是一个圣餐日。这次无论如何要想办法借到一匹马。老太婆喃喃地诵读赞美诗的时候,老头想到了这一切,心绪随着祷告声起伏不定,棘手的事情接连浮现,弄得他心乱如麻,格外烦恼。

今天天气一早就很热。庄园的牧草地一望无垠,青草散发出阵阵芳香。今年夏季的牧草收成大概要翻一番哩。

短工们纷纷离开自己的茅屋,分头上各自东家的庄园去收割谷草。他们只好把妻儿老小撇在家里,无暇顾及了。老头也走在田埂上,一手拿着镰刀,一手拄着拐杖,颤巍巍地迈着踉踉跄跄的步子。太阳越来越热,烤着他干瘪的脖颈,好像故意在撩拨他:瞧,你的牧草地多肥美啊,你那小土丘上的牧草长得多茂盛啊。

晌午时分,老头回家吃午饭。他干了许多活,因为明天是礼拜天,一定要把割草的事告一段落,免得干到半道儿上撂下来,反而增添麻烦。他割的牧草已有一大片,既有以前割的,也有今天割的。他心急火燎,累得汗流浃背,气喘吁吁。虽然老太婆尽量——从来也没有像现在这样——体贴他,温存地关心他活干得怎样,老头仍然满面愁容,垂头丧气。他什么也没有回答,跛着腿蹒跚到水桶旁,咕嘟咕嘟地喝了许多水,显然比实际需要的还多。接着他才瓮声瓮气地回答了一句,也听不清楚讲些什么。老太婆把一盘面包端到桌上,煮熟的马铃薯和放盐的奶早摆在那里了。

老头默不作声地咀嚼着,他的指头情不自禁地在裤腿上擦来擦去,这已经成为他吃每顿饭时的习惯动作,过去倒还真有些油腻可以抹抹:肉块或者至少一条鲱鱼……老头吃着饭,屋外七月盛夏的骄阳似火,热辣辣地烤着绿茸茸的马铃薯和收割得干干净净的牧草地。这是今年夏季最闷热的一天,暑气熏蒸,一点要起风的样子也没有,各种昆虫都一个劲地呜呜咽咽直哼哼,奏出了一首调子低沉的夏日消逝曲。

天际东北角上,冉冉升起了一小块一小块乌云,老头相信今天是不会下雨的,但担心明天会下。这样明天去教堂的路上可要挨浇了。明天是非去不可的,不然岂非一连三个星期都没领圣餐了?何况以后开始播种,就更没有法子借到马。

老头从桌子旁踱到自己床前,想打个饱嗝,却噎住了,始终没有打出来。他想躺一会儿,虽说今天是周末,也只能稍稍打个盹儿。老太婆出去喂羊了,屋里除了苍蝇的嗡嗡声和挂钟的嘀嗒声外,一片沉寂宁静,老头蒙蒙眬眬地睡着了。

钟上的长针五分钟还没走到,老头骤然惊醒,也许是做噩梦,因为没有什么动静,一点响声也听不到。老头的睡意完全消失了。难道真的一点声音也没有？难道老太婆没有在捶打什么东西？他睡的时间很长了吗？他根本没有睡着。天公不作美，真是要下雨了……老头眼眶热乎乎的，一阵伤心，淌下了失望的泪水。他很疲惫，感到明天没力气上教堂去，力不从心了。但是牧草一定得收回来。哪怕死期到了也一定得收回来。老头站起身走到台阶上，正好和老太婆撞了个满怀。她两眼怔怔、忧心忡忡地问他要不要她跟着去。老头心里乱得话都说不出来，一瘸一拐的步子使他要强也不能，因而肚里更加有气。他顺手抄起背牧草用的桦木棍先走了……老太婆在家里还耽搁了一会儿。

庄园里的人一个个忙碌不停，来来去去。老头由于心情不佳，忽然闪出个念头：他们会不会顺手牵羊，把他的牧草一起搬走了。不可能，不会的……老头到了地里，把狼藉在地上的牧草耙拢来。这时，他感到身体越来越支持不住。但出乎意料，没有多久，一捆牧草就归拢好了。他抬头看看老太婆来了没有，好帮他扛上肩。可是她还没有来，这时也许才走出家门吧？老头气得很，打算自己一个人把那捆牧草扛上肩，但草捆实在太大。他头顶上这时响起了隆隆雷声。老头又试背了一次，结果一骨碌摔倒在地上。可是他脑中仍然萦回着第二天要去教堂啦，牧草的长势啦，无法挨过今年冬天的日子啦，死去的儿子没有恪尽孝道啦，等等事情。老太婆终于赶来了，她一下子吓得话都说不出来。

暮年的痛苦已降临到老两口的头上。他们的家离这儿还有很长一段路，头上的天空乌云翻滚，铁青着面孔俯视着他们。

幸而死神还未来到，老头挣扎着颤巍巍地爬起来，在老太婆的帮助下，尽管满脸憋得通红，总算把牧草扛上了肩。老太婆还习惯性地把掉落在地上的一缕缕牧草顺手捡起来。老头刚迈出了五步左右，牧草捆和人几乎同时摔到地上，老太婆急得哇的一声哭出来，她知道大事不妙了。老头向老太婆看了最后一眼，眼神异样地亲热，这是很久很久以来没有见过的、一往情深的一眼。

整整一天雨一滴都没有落下来，直到夜里才下起了瓢泼大雨。整个夏天风调雨顺，预兆着一个丰收的好年景。

任元华　译

1944

获奖作家

延森

传略

第二次世界大战爆发后,诺贝尔文学奖从一九四〇年开始停颁,到了一九四四年,尽管当时战争仍在继续,法西斯反动力量尚未被彻底消灭,但人们已经隐约感到噩运即将过去,认为诺贝尔文学奖应该恢复,因为这也是战后"心灵重建"工作的一个重要部分。为此,瑞典学院决定选择一位既有国际声誉,又有人道主义色彩的作家,最后选中了丹麦作家延森。延森已十八次得到诺贝尔文学奖的提名,这次终于成为"二战"中恢复颁奖的第一位获奖者。他获奖是"由于他凭借丰富有力的诗意想象,将胸怀广博的求知心和大胆、新奇的独创风格结合起来"。

约翰内斯·维尔海姆·延森(Johannes Vilhelm Jensen,1873—1950),一八七三年一月二十日出生于丹麦日德兰半岛的希默兰镇。父亲是兽医,母亲是农民,善于讲故事,她给童年的延森讲了不少希默兰一带的趣闻逸事,为他日后的创作提供了许多极好的素材。延森从小就迷恋书本,尤其喜欢北欧的神话传说和丹麦的古典文学。十七岁时,他到格陵兰就读于教会学校,三年后毕业,于一八九三年考入哥本哈根大学医学院。

在大学里,他虽然学的是医学,但对文学创作兴趣极大,同时也为了赚取稿费维持生活。一八九五年,他的第一部长篇惊险小说《卡塞亚的宝物》在《拉夫恩》周刊上连载,以后又相继出版了《亚利桑那血祭》等三部以谋杀案为主题的惊险小说。这些小说虽然受到一般市民读者的欢迎,但却受到他熟识的文学评论家勃兰兑斯的批评。延森决定改变自己的创作路子,决心创作出具有真正文学价值的作品。一八九六年,他的长篇小说《丹麦人》问世,接着又陆续出版了短篇小说集《希默兰的故事》(1898—1910)。与此同时,延森还创作了历史小说《国王的失落》三部曲(1900—1901):《春之死》《巨大的夏日》和《冬》。

自一八九六年开始，延森曾多次出国游历，到过美国、法国、西班牙、新加坡、埃及、巴勒斯坦等地，还曾到过中国的上海和汉口。在此期间，他写了许多作品，其中包括小说、游记、散文等。长篇小说《德奥拉夫人》(1904)和《车轮》(1906)就是游历美国后，以二十世纪初的美国为背景创作的两部当代题材的作品。从表面看，它们是侦探推理小说，实际上是两部描写社会问题的讽喻之作，情节曲折离奇，充满讽刺和幽默，特别是《德奥拉夫人》被誉为"丹麦近代最佳小说""丹麦的《浮士德》"，深受丹麦及北欧读者的喜爱。

延森的主要作品还有描写人类发展过程的长篇巨著《漫长的旅行》六部曲，其中包括描写远古冰河时代猿人生活的《冰河》(1908)，以丹麦古代英雄史诗萨迦风格写成、描写北欧海盗时代海盗集团活动的《船》(1912)，描写斯堪的纳维亚一个民族英雄寻找天国的故事的《失去的天国》(1919)，描写丹麦母权社会时代人们从原始野蛮的群婚风俗向文明过渡的《诺尔纳·盖斯特》(1919)，描写哥伦布发现美洲大陆的《克利斯朵夫·哥伦布》(1921)以及描写青铜器时代生活和风俗的《奇姆利人的远征》(1922)。这六部长篇小说从远古冰河时代的北欧写到哥伦布发现美洲大陆，具有史诗的宏大气势和优美奇特的风格，它显示了作者丰富的想象力以及渊博的人类学知识。

除以上作品外，延森还写了不少神话传说，主要有《北欧神话》九卷共一百五十篇(1906—1944)。他创作的诗集有《诗集》(1906)、《世界的光明》(1926)和《日德兰之风》(1931)。散文、随笔和艺术史著作有《哥特的复兴》(1901)、《新世界》(1907)、《北欧精神》(1911)、《时代的序言》(1915)、《进化与道德》(1925)、《动物的演变》(1927)和《精神发展的历程》(1928)等。

延森的小说、诗歌和散文被誉为"丹麦文坛的三绝"，同时他还被誉为"丹麦语言的革新大师"。一九五〇年十一月二十五日，延森在丹麦首都哥本哈根逝世。

授奖词

今天，约翰内斯·维尔海姆·延森先生亲临此地接受一九四四年的诺贝尔文学奖，这位伟大的丹麦作家，自二十世纪初以来，便声名卓著地活跃于文坛，而且一直以来受到极大的争议，然而他的作品中表现出的旺盛生命力，备受举世赞赏。我有机会向这位伟大作家表示敬意，深感荣幸。这位干燥、多风的日德兰荒野的孩子，几乎可谓是蓄意以他那洋溢的才华、丰富的著作来令当代人惊叹不已。他称得上北欧最富有创造力的作家之一。他的作品包罗万象，文采斐然，在多方探究科学的道路上，又写出了历史性、哲理性的论文以及叙事和抒情、想象和现实的作品。

这位大胆的传统的叛徒，倡导文体革新的尖兵，却日益成为一位可敬的古典作家。他渴望在心灵上接触到黄金时代诗的世界，希望将来有一天会成为为民族注入新气象的守护神之一。

约翰内斯·延森，对研究生物及哲学非常狂热，进展之迅速连他自己都感到惊讶。他的生命力的基础，就是这项征服的本能。他的故乡是日德兰半岛西岸干燥的地区，叫希默兰。那儿的风土人情，深深地烙进了他的心坎中，少年时代的感受像心中的一道伏泉，日后涓涓地流泻而出。对家庭丝丝缕缕的回忆，是他灵感的宝库。他的父亲也出生于希默兰，后在法斯耶当兽医，他的祖父是葛莱亚的老职工。算起来，延森可以说是农家子弟出身。颇有特色的是，他的第一本书就围绕着他的出生之地展开。在他那杰出的《希默兰的故事》中，描写着自古迄今那些原始的、半野蛮的人，他们仍然生活在古老的恐惧之中。在他精湛的诗作中，可以强烈地鲜明地看出，他对童年的出生地生动有力的描写。

从约翰内斯·延森的第一本作品中，就可以看出他作为一个乡下年轻人的形象。到哥本哈根求学时，他支持在野党，痛恨平庸和褊狭，一腔热血，愿为理想斗争。此时的他，是一个勤勉、活跃的青年。这位来自日德兰的青年，内向害羞而不易接近，但情感丰富。不久，他就觉得丹麦实在太小了，看得烂熟的风物，直叫他提不起劲来。于是，他如同一个冰雪般冷静、火焰般热烈的赌徒，把未知的命运交付给异国的浪漫之旅中。首次的异国旅程，使他大开眼界，想象力如一马平川，一发难收。这个时期，他对科学技术和机械化十分倾心，称羡不已。恰如他的同胞 H. C. 安徒生或许是第一个描述了火车旅行的魅力的人。约翰内斯·延森惊人地预言这个时代将出现摩天大楼、汽车、电影等。他在以美国为背景的小说《德奥拉夫人》(1904)、《车轮》(1906)中，不厌其烦地称颂再三。但此后，他又进入了一个新的发展阶段，简而言之，他不但要跨越空间，也要跨越时间。这个将快速的变革、机械的噪音谱成现代之歌的人，也同时上溯历史河流，探求人类本源，进入渺茫的远古时代，潜心研究那漫长遥远岁月的痕迹。

在他最重要的作品《漫长的旅行》，这部共分六卷的小说中，他从冰河时代一直描写到克利斯朵夫·哥伦布为止。这部作品的主题在于叙述民族大迁徙和诺曼底人入侵至发现美洲大陆时期斯堪的纳维亚民族的世界使命。延森认为哥伦布虽然不是他的日德兰老乡，但溯本求源地推算起来，也可以说是北欧伦巴第①人的后代。在这部著名的小说中，有一个角色就是传说中的人物诺尔纳·盖斯特，他与那个曾在奥拉夫一世②的宫廷中述说过自己身世并死在那里的人不一样。根据冰岛传说，他几乎活了三百年，而在延森的作品中则活了更久，成了阿哈斯休斯的一种。他到处露脸，夹杂在老一代和新一代之间。尽管时代嬗变，但他总是显得年轻，因为他是远古时代的人，那是个源头的时代。延森服膺传统是当他认为传统对他有利时才这么做。三个女预言家到诺尔纳·盖斯特的母亲那儿去，要求看看她的孩子。其中有一个说，等蜡烛烧尽之后这孩子马上就会死。母亲葛洛听了，马上熄了蜡烛，这支蜡烛后来就被葛洛给了孩子作为护身符。在约翰内斯·延森的作品里，诺尔纳·盖斯特经常在国外燃起这支蜡烛，烛火点燃时眼前就出现了无止境的时光深渊，像张着的大口，可以吞噬他。此刻，生命的爱再度燃起，他又被带回到满眼碧绿的故乡。

各种传说是否可信，这是无法以理性和经验来说明的。诺尔纳·盖斯特在这位丹麦

① 伦巴第，指意大利北部地区。
② 奥拉夫一世(约 964—约 1000)，挪威国王(995—约 1000 年在位)。

文豪的叙事史诗中究竟扮演什么样的角色呢？或许只是北欧民族从黑夜中像幻影或像返祖的生物一样孕育出来的精灵。这个手拿竖琴、浪迹天涯的人，和作者之间是否有着某种神秘契合呢？作者给了笔下这个人物关于生与死、现在和永恒之间密切关系的思想——从这个星球的陆地和大海上采摘来的珍贵的经验之果。

在日德兰的荒野上，高高低低的坟冢，也使地平线随势起伏，这是常有的景观。在这种地方长大的约翰内斯·延森，当然会去关心事实和神话，追求一条横亘在过去的幻影和现在的现实之间的道路。他的例子显示了原始的东西对一个感受丰富之人的魅惑以及把狂暴的力量转化为柔顺的情感的必要性，这个激烈的对比，使他的艺术作品臻至完美的最高峰。他的作品中，文句活泼生动，表现力强，句句掷地有声，读之如沐春风。这位深深地植根于自己国土的诗人，吐字如诗般动人，延森的声音是丹麦日德兰的声音。他用自己的才能把北欧的精神在历史上绵延下去，也歌颂了北欧的民族对自然的胜利斗争。他无愧为一位才华卓著的言论家。

延森先生听了我的话，也许会认为我在短短的几分钟之内，竟把您毕生中林林总总的作品，用几句话就带过了，也没有论及您的重要作品。其实，您的大作，大家已早为熟知，我不必再赘言介绍。关于这一点，对您本身和我们大家而言都是幸运的事。您是我们伟大家族中享有盛名的一员，所以瑞典学院要将这项荣誉赠予身为家族中一分子的您。现在就请您从我们国王陛下手中接受此奖。

瑞典学院常务秘书 安德斯·奥斯特林

小军　等译

作品

谢士婷的最后历程

新年刚刚过后不久，谢士婷·史密斯的死讯就传到了这个地区。人们惊愕之余，心情是颇为奇异的。最近十来年大家早已把谢士婷这个人忘诸脑后了，然而一想到她竟然会死去都不免唏嘘感叹了。她是客死在奥尔堡的一家精神病院里，死亡通知书寄送到了谢士婷的侄儿那里。如今克里斯田·索伦逊作为她最密切的近亲便只好当仁不让地筹划张罗她的葬礼。

谢士婷的遗骸务必要运回来同她的丈夫安德斯·史密斯还有她的孩子一起合葬在教堂墓地里，那是不消说的。这是谢士婷生前神志还健全的时候的唯一夙愿，也是这个家族因约成俗的传统。克里斯田·索伦逊套好了马车，同他雇用来的长工一起赶车去接他姑母的灵柩回来，他们要整整赶三十五英里路才能到奥尔堡。

那天是星期二，当他们上路的时候，天气晴朗，碧空澄澈。他们同家里人说好第二天就回来，葬礼将在他们返回的当天举行。

不料就在他们动身走后的那天晚上，天公忽然变了脸。一场只有在东南沿海一带才见得到的可怕的暴风雪骤然来临。漫天的鹅毛大雪随风飞舞，纷纷扬扬，抽打得人睁不开眼睛。这场暴风雪来势凶猛，凛冽的寒风呼呼劲吹，冷得砭骨入髓，风卷着大雪把整个乾坤变成一片混沌，根本就分不清哪里是天哪里是地。风卷雪旋，雪助风威，大风雪一连刮了三天三夜。星期三的下午曾经有一段时间暴风雪稍稍减弱了势头，人们推门出来一看，积雪已经有一人来高了。后来，风雪又陡然剧烈起来，门外成了一个寒风呼啸、天寒地冻的冰雪世界。

大约下午两点钟的光景，牧师在积雪之中，一步深一步浅地赶到教堂里来。当他步履踉跄地来到教堂的时候，但见已经有十来个来自本教区的善男信女聚集在教堂大门口的一个角落里，他们个个都冻得瑟瑟发抖，蜷缩成一团，神情呆板倦怠，由于寒冷和大雪他们的目光滞涩茫然，几乎视而不见。那具等着下葬的尸骸却不见踪影。牧师参加到这群前来送葬的人之中，在钟楼底下紧紧地挤在一起，他们寒暄了几句，谈谈这坏天气。狂风把大雪卷成一个个旋动的旋涡，在空荡荡的教堂墓地上腾空而起，状若烟柱，足足有一幢房子那么高，雪堆之中斑斑点点，裸露出了一些十字架。

“我相信他们没法赶回来了！”尤根·波尔茨说道。

“是呀，这是不可能的，”商人的嘴隔着湿漉漉的围巾大呼小叫，“现在连哪儿是大路哪儿是沟壕都分不清啦，他们不可能赶回来。”

大雪在他们头顶上回旋急转，高高地卷入天空。在钟楼的通道里风声凄厉呼号，有时候狂风刮过大钟边沿发出一阵阵如泣似诉的呜呜声，仿佛在倾吐悲哀和痛苦。

牧师对这一切都镇静自若，因为他已经上了年纪而且耐心十足。当教区执事呼哧呼哧地擤着鼻涕，精疲力竭地从漫天大雪中走来把门打开，他们就一起走进教堂的前厅，在那里又等了个把小时，个个冻得像冰块似的。已经把墓穴挖好的尤根·波尔茨走过去又把那个坑清扫了一遍。他们赶紧派了个人到克里斯田·索伦逊家去问问消息。这时候天色已渐渐晦暗下来，黄昏即将来临，那几个人站在这间越来越黑沉沉的前厅里瞪大着眼睛瞅着大门裂缝里刮进来的一絮絮雪花，那么洁白晶莹，那么寒气逼人。门外的墓地早已雪埋冰封，成了冰雪天地。暮色昏沉，那几个人在寒风中显得分外瑟缩矮小。

“这真是生平第一遭啊！”有个胆小的人自言自语地说道。他们又是擤鼻涕又是跺脚，闷声不响地连连摇头。“这真是我能记得的最厉害的一场暴风雪。慈悲的上帝呀，你怎么偏偏在这个时候下了这么一场雪。”

后来那个去查看动静的人终于回来了，运送尸骨的人根本没有回到家，克里斯田·索伦逊家里没有听到过一点点消息。于是牧师宣布葬礼推迟举行。那个教区执事把教堂的大门锁好，那几个人便分头各自回家去，心里都茫茫然像压了块石头一般。

星期三晚上，狂风片刻不停地整个刮了一夜，风声如呜咽，似号哭，叫人听得心惊肉跳。克里斯田·索伦逊家里男女老少都没有上床睡觉，整个等候了一夜，然而他却一直没有出现。到了星期四，天气稍微好转了一些，雪下得不那么大了，然而狂风和旋雪依旧在肆虐。在小镇四周，积雪堆得像是一座座粮仓，小镇里里外外的大街小巷全都被抹平消失了。负责扫雪的管事人派了几个人出来用大扫帚扫扫路面上的积雪，然而既扫不清也毫无用处,因为像这样的鬼天气里没有人敢在大路上趱程赶路的。星期四晚上,克里斯田·索伦逊农庄上又是一个不眠之夜。葬礼的筵席仍然没有撤掉,菜肴放满了长餐桌。女主人心烦意乱,失掉了方寸。而整整一晚上大路上都没有响起辚辚的马车声。

到了星期五,暴风雪变本加厉,没有人曾经看到过这样厉害的大风雪。那简直就是一场大飓风。鹅毛大的雪花随风狂舞,遮天蔽日,人们躲在家里不敢出门,然而家里黑得伸手不见五指,因为大雪把日光全挡掉了。不过就算他们有事要出门也出不来,因为大雪早已把屋门堵得严严实实。他们不得不从屋顶阁楼的窗户里爬出来,攀椽抱柱而下,到牲畜棚里去喂牲口。那短短几天里,所有的交通联络全都被切断了,也可以说,一切文明生活都停止了。

家家户户都足不出户,完全自己顾自己,他们虽然互不照面,然而心里都在想着同一桩事情,他们知道谢士婷正在魂归故里,悠悠荡荡而来。他们眼前似乎可以看到那辆运尸的马车顶着弥天大雪在奥尔堡的大路上停停歇歇,颠簸挣扎。星期四那天还总算有一个顾客光顾了杂货店,他进门的时候已经精疲力竭了,到了星期五,干脆没有一个人来光顾了。那一天这个小镇甚至整个教区都荒凉得仿佛成了渺无人烟的不毛之地。

星期五,有两个人在积雪堆中邂逅相遇,他们是劈面撞了个正着,这才知道对面有人。

"喂,对面来的是谁?"有个人先开腔。

"是我呀,哦,原来是你,好心的大夫。你能喘得过气来吗?哈哈……"

在这漫天风雪之中的两个大活人之一是艾立克逊医生,另一个是尼尔斯·李夫。李夫干脆一屁股坐在雪堆上纵声欢呼大笑起来。他已经六十九岁了,然而仍旧像个孩子一样喜欢下雪天和在坏天气里出来游荡。他精力充沛,满心欢悦地又笑又喊,可惜艾立克逊医生却不大能看见他。

"天下了一点点雪,"他开心地说道,"你能感觉到吗?哈哈哈!我说的是天正在下雪哪,好大夫!你相信吗,谢士婷阴魂不散,正在回老家来哪。我告诉克里斯田·索伦逊天会下大雪。我就是这样说的,我还说你还是乘雪橇去接她吧!可是他却偏偏赶着马车去,大概嫌我这个老家伙多嘴多舌吧。哈哈哈!你看,在这样的天气里,就只有我们两个人不得不出来活受罪。愿上帝赐福给我们!"

尼尔斯·李夫发出一阵衷心的大笑,人影倏忽消失在大雪之中。他的双臂底下各夹着一大块糙皮硬面包,他是要到一个佃农家里去,因为他忽然想起来这些可怜的穷人家说不定家里什么吃的都没有了。

星期六早晨总算雪霁风止,变得阳光熙和,蓝天如洗了。当人们走出房屋,爬上积雪堆去眺望时,他们差点儿认不出他们自己的小镇和这一带地方了。积雪堆得足足有四十英尺高,站在上面登高远望倒着实别有一番情趣。有不少原来屋顶陡峭的尖顶房屋上,积雪从屋檐一直堆平到屋脊,一眼望去成了平顶房屋。

这一带地方模样变得令人不认识了。积雪把四周田野上人们平日看得习以为常的小丘土堆统统抹成坦坦平畴。这一带的地貌形状仿佛被一支无形大笔按照不为人知的设计图重新勾勒成另外的模样。整个地平线也同早先大不相同了。整个大地一片银装素裹、玉砌晶堆,自东南朝向西北层层叠叠,仿佛排浪惊涛你追我赶汹涌簇拥而来。如今阳光照耀出了一幅正在奔腾翻滚的浪涛忽然凝止不动的奇异景象。大概在半英里以外的地方可以看到一个人在这片白得令人炫目的雪地上行走,宛若一只黑色的蚂蚁在挪动。

铲雪的人们清晨很早就在旅馆门前集合了。今天真是叫他们有活计可干的!几乎全镇上所有的男劳工都被“征召”来了。尼尔斯·李夫也脚蹬木底长靴,肩上扛着铁铲闻声赶来,精神抖擞得如同一头小牛犊。他跳来蹦去,恰似踏进了极乐的七重天一般。在他年轻的时候,铲雪乃是人生最大的赏心乐事。

在大家歇息的时候,传来消息说,克里斯田·索伦逊的灵柩马车终于离小镇不远了。他大约到了一英里开外的地方,在弗雷茨堡旅馆的那一边,不过他起码要到中午之后才能到达小镇,因为他往前走几步就不得不停下来铲雪。

整整三天三夜,大家都闭门枯坐苦苦等待着他。克里斯田·索伦逊成了这一带地方的传奇人物,那几天日子漫长得叫人难熬,听不到一点消息叫人心焦。所以,克里斯田·索伦逊扶灵回来的消息就像春风野火般传了开来,人们奔走相告,至于究竟是谁在那天早晨把这个消息传出来的,却是不得而知了。那个音讯经过辗转相告说法不尽相同,不过大致是说他已经离小镇只有一英里之遥,正在趱程赶路,他的前面有不少人为他铲雪开路云云。

这真是天大的新闻!想要早点看到扶灵者归来的渴望似乎具有一股超自然的神秘力量,而前来接灵送葬的力量也骤然变得谁也无法说得清了。整个小镇万人空巷,全体居民一齐出动,非但如此,人们还从全教区四面八方赶来要一睹死者遗骸的风采。谢士婷的身后哀荣真是她生前料所未料的,整个星期六上午小镇上都处在极大的兴奋骚动之中。铲雪的那批人拼命加紧铲雪,想从小镇朝北去打开一条通路。他们个个身体埋在深深的雪洞里,在他们干活的地面上,但见一团团白雪仿佛凭借自己的力气从雪洞的边沿上飞了出来。

忽然又传来消息说克里斯田·索伦逊已经在彼尔·阿勒鲁普的农庄旁边翻过小山,正在朝向小镇以北的山谷进发。

在这条山谷的半当腰处,公路到了尽头,那里竖着一块路标牌:通往奥尔堡三十五英里。从小镇上来的那批铲雪者终于同送灵的队伍相遇了。在克里斯田·索伦逊马车前面果真有一长串人在铲雪开路,他们来自胡尔诺姆镇,大概有五十来人光景。路打通之后,这两批铲雪者就分列站在道路两侧,当克里斯田·索伦逊赶着灵车从他们中间穿过时,夹道两边都发出了一阵欢呼,镇上来的人纷纷向他打招呼问好,他总算又回到自己的亲朋好友中间来了。他停下来尽其所能地同大家握手,大家围上来把他簇拥在中间。

“咦,这不是你自己的马车嘛,克里斯田!”

不错,这不是他的马车。他的马车在尼勃镇附近折断了车轴。这辆马车是一辆装有弹簧的送货马车。人们跟随在它左右,细细端详它。四个车轮已经被冰雪冻得一点也不灵活了,车毂转都转不动。车架底部沾满了厚厚一层冰雪,这真一点不假的是一辆雪车。车上载的那具黑色的棺材也盖满了白皑皑的积雪,似乎那些积雪同棺木已经融为一体难分难解了。克里斯田的那匹驽马套在挽具里耷拉着脑袋,一瘸一拐地蹒跚跛行,连站立都不大稳当,除此之外倒还看不出来有什么别的毛病。不过克里斯田·索伦逊却变得人们几乎不认识了。他的脸部青紫肿胀,声音喑哑,跟早先不一样了。而且他变得多嘴饶舌起来,他站在那里揉擦双手和伸屈双膝的时候一刻不停地说话。他并不是特别地朝着某个人讲话,而是魂不守舍地喋喋不休。克里斯田·索伦逊浑身散发出一股老远就熏人欲醉的烈酒气味,然而没有人能硬说他已经喝醉了。大家默默无言地围拢在他的四周,越来越觉得不可思议。他站在那里,像一个话匣子那样讲个不停,丝毫不带任何表情。每个人都不得不看着他那酡颜毕露的面孔和呆板涩滞的双眼。他将身体倚在一个前轮上,而且紧紧地压住它不让它转动,好让大家听得清楚他讲的整个故事。尽管他整夜没有睡觉而且挨冷受冻,再加喝了不少酒,已经极度倦怠疲乏,神志恍惚麻木了,然而却还要出点风头,想使大家对他赞叹钦佩。他用肿胀得不听使唤的双手攥住了缰绳一口气讲下去……可见他委实太困顿疲倦了,讲着讲着他就越来越没有精神,他的声音越来越轻,变成了含糊不清的咕哝,他忽然把脑袋一沉竟就这样站着熟睡过去。

克里斯田·索伦逊身体一晃,猛然惊醒过来,仿佛魂魄又重新附到了他的身上。送灵的队伍又开始朝前移动了。克里斯田·索伦逊迈开脚步又蹒跚往前走了。当他们翻过铁匠铺附近的小土丘后,小镇已经赫然在望了。他们在这里同一大群前来出殡送葬的人迎面相遇,克里斯田·索伦逊的劲头愈发不可收拾了。他提高了嗓门,唾沫星乱飞地又从头开始把这一次漫长的旅程绘形绘色地讲叙起来。那个雇来的小伙子也在送葬队伍的尾梢对着另外一批听众大讲特讲。这个年轻的长工也被折磨得不像样子,他脚步踉跄,摇摇晃晃地挣扎蹒跚,那张形容枯槁的脸上一副茫然若失的呆滞神情。但是他还是力求原原本本地把旅程的经过情况一点不漏地讲出来,就好像在一场口试中背诵传述一样。他的声音嘶哑刺耳,那是一点没有办法的,好在最艰难的时刻已经过去,他们又回到了家。

从这两个精疲力竭的接灵者的口述中,人们多少对这次旅程有了个大致的概念。克里斯田·索伦逊在星期二下午暴风雪刚开始时就已经到了奥尔堡。第二天清晨他硬着头皮赶着灵车往回走,尽管暴风雪大得连车前面那匹马的双耳都看不见。他们走了一程之后不得不在路上遇到的第一家旅馆里住下来歇息,等到他们以为风雪小了一点再继续赶路。他们就这样从一家旅馆赶到另一家旅馆,整个旅程都是如此。克里斯田·索伦逊平素从不嗜酒,但是这次旅途上不得不借酒暖身,这也是无可奈何的事。一路上,他们真是吃尽苦头,走着走着迷路了,连方向也辨认不清,后来干脆连自己走到了什么地方、时间是几点钟了都弄不清楚。有好几次马车陷在雪地里动弹不得,他们不得不到邻近的农庄上去央求人家来铲雪开路。他们唯一能做的事情就是在这刺骨的严寒中保持清醒不要睡过去。这一趟旅程究竟是怎么走过来的,他们多半记不清了,因为是像梦游者那样跌跌撞撞往前挪动脚步的。到了星期四,他们险些儿惨遭不测送掉性命,他们的马车几次陷进了积雪堆里,而在那狂风大雪的空旷原野上休想找得到哪个人的踪影。在尼勃镇朝南一点的地方,他们的马车翻进了一条沟壕里,马车来了个底朝天,棺材从车上颠落下来,尸骨滚到了积雪里。他们以为这下子什么都完了,却不料天佑神助,在紧急关头有人赶来相帮搭救,终于化险为夷并且在尼勃镇上弄到了另一辆马车。

“我们不得不大口大口地喝烧酒,”克里斯田·索伦逊有点窘困地承认说,然而毫无懊悔和内疚,“那是没有办法,非喝不可的。倘若没有这瓶烧酒的话,我们不知有多少次会栽倒下来活活冻死。我的头脑还算一直清醒,不过我雇来的那个小伙子安东却常常困乏得要熟睡过去,以至于我不得不用一只手赶车,用另一只手不停地摇晃他免得他睡死过去。”

出殡的队伍朝向教堂墓地走去,还专程派人去请牧师来。葬礼即时三刻举行,其盛况真是空前,在大家的记忆之中从来没有哪次葬礼有这么多人来参加。一方面固然是因为这一带地方有许多人认识谢士婷·史密斯,另一方面也是因为这一段艰苦历程的描述吸引来了不少人。

棺材抬进了教堂里面,放在祭坛前面的地板上。本地区的女人们默默地走到前面送上花圈,克里斯田·索伦逊大声感谢接受下来,把它们倚在棺材旁边。克里斯田·索伦逊的身子确实暖和过来了,方才他走进屋里时,光秃秃的脑门上沁出了雾蒙蒙的水蒸气,他的双眼布满了血丝,像要爆裂开来一样。他几乎自己也不明白在做些什么事情。别人走进教堂后都是心怀虔敬,悄声交谈或者默默无语,他却仍旧自顾自滔滔不绝地、粗声大气地讲下去,这种亵渎神灵的样子仿佛是置身在不圣洁的场所里一般。

“谢谢你,”他对一个上前来送花圈的老妇人说道,“你真好,居然还记得老谢士婷姑母。是呀,她是值得令人怀念的。多谢,多谢。”

牧师姗姗来迟,大家只好耐心地等待,尽量挤到那个有座位的中殿里去,尽管那里一排排木长凳已经歪斜倾倒,四壁寒冷似冰,地板也是冰凉的,他们只好不断地跺脚,有时用一只脚踩踩另一只脚来暖和一下,使自己觉得双脚依然在他们的身体底下。

“你们想要看看遗体吗?”克里斯田·索伦逊突然心血来潮,没头没脑地问了这么一句,“如果你们想看的话,不妨就瞧上一眼。”

克里斯田·索伦逊把那几个十字架形状的小螺丝钉旋开,掀起了棺材盖。在他这样做的时候,四周发出了嘤嘤嗡嗡的说话声,人人都不以为然地评论起来。

“看吧,她就端端正正地躺着。”

克里斯田·索伦逊站在那里,把棺材盖靠在他的身上。刹那间,大家安静下来,个个都屏息凝目瞅了瞅棺材里的那张焦黄枯萎的脸。前来送葬的人们中间年纪最大的那一些人,也就是谢士婷生前同在一起从小到大的老人们都瞅着她的遗体却认不出她来了,因为在他们的心目中她一直还是个二十来岁的大姑娘,身材高大健壮,满头金黄秀发,一双水灵的大眼睛充满了柔情。如今已步入中年的那些人看着她也感到十分陌生,因为他们依稀记得她是一个结实有力,古道热肠总是乐于助人的寡妇。教堂里还有几个孩子,他们的大眼睛看到的只是白色裹尸布里裹着的一具皱缩的尸体而已。

当克里斯田·索伦逊觉得已经有足够的时间让大家看个够了之后,便伸出一只手去小心翼翼地放到这个死去的老妪的脸上。

“谢士婷的鼻尖上有个凹痕,”他极其心疼难过地说道,“那就是从车上翻下来的时候压塌的。你们可以看得出来它朝一边歪着。”

他非常精心周到地想要把骨裂肉碎的疤痕处尽量按抚平整一些，他站在那里用那双粗大笨拙的手轻轻地在那个已经没有了生命的躯体上抚来摸去，十分忙碌。要知道，这是一个强壮结实的长辈残留在人间的最后一点点东西。而这具遗骸也是他出自一片孝心和对长辈的敬意，在隆冬严寒之中，不畏可怕的暴风雪的侵袭，长途跋涉驱车在路沟难辨的茫茫原野上行进，历尽了艰辛困苦才运回家的。如今虽然物是人非，但孝心犹存。他一边忙碌不停，一边讲个不休，冻得通红的鼻子里呼哧呼哧地呼着大气，喉咙里痰声咯咯，不断眨动的眼睑红肿得像桃子一样。

人们议论开了。“其实仔细看看还能认出她来的。”“这倒是我们记得的谢士婷的模样，不过在我看来，她似乎缩小了不少。”“唉，她身上瘦得只剩下一把骨头。”“来吧，米塔·玛丽亚，来看看吧，没有什么可害怕的。”“哦，这口棺材倒是成年人用的最小尺码。”“是呀，她真是干瘪瘦小得不成样子，不过躺得很端正。”“我该不该放个花圈到棺材里去呢?”

克里斯田直到牧师来了之后才闭上嘴巴不说话了，在此之前人们勉为其难地听着他唠叨不休，个个脸上露着尴尬相。克里斯田·索伦逊平素讲究礼节，不苟言笑，就像一般常人那样对四周的反应十分敏感，从来不曾在大庭广众讲过话。整整三昼夜挨冷受冻、筋疲力尽得几乎送掉性命，这就消除掉了一层隔阂，就好像他的熟人亲朋都心照不宣地默许他放任一下自己。

葬礼开始进行，谢士婷的遗体徐徐降下去，放入冻土之中。在深深的积雪之中有一个新挖的黑洞洞的坟坑，而这个坟坑四周埋着她的所有亲人。

现在她自己也在那里长眠安息。谢士婷·史密斯，这个心地慈善、身体强壮的女人终于走完了人生的历程，将归为尘土同她死去的亲人在冥冥之中相聚了。此时此刻，她正被人缓缓抬起，在她一生的最后许多年头里她一直是被人抬来抬去的。她这个尝遍人生辛酸而又乐意帮别人的女人，无论在接生一个孩子或者在守候病人临终弥留的时候都是那样毫不吝惜地付出自己的爱。这个女人曾经堂堂正正地立着做人，她含辛茹苦，忍辱负重，在她的一生之中曾经见到过自己的家庭成员失足堕落而无法自拔，当他们用可怜巴巴的眼光看着她的时候，她总是抱着殷切的希望来帮助他们改邪归正。

然而岁月流逝，这一切毕竟都事过境迁了。从谢士婷那张皱纹叠起的老脸上散发出来过的热情温暖如今只在那些认识她的人的目光里看得到一丁半点微弱的反映。谢士婷心灵深处蕴藏着的贤淑谦恭，对于三灾八难的逆来顺受，还有识透世态炎凉的智慧，这些无价之宝的美德如今在尚还活着的人们当中只留下了一个苍白无力的印象。

谢士婷现在长眠于那些虔敬笃信的人中间，这些埋在此地再也不会一骨碌翻身爬起来的老农民全都是一些古道热肠、温良卑微的人，他们只知道一味追求自己的深重罪孽得到饶恕。他们坟上的那个木十字架背面的墓志铭除了写着他们在格劳保勒地方出生和去世之外就再也没有什么可说的了。现在谢士婷溘然而去倒也一了百了，彻底解决了困扰她的先人而后来像乌云一般笼罩在她脑海之中使她大惑不解的大问题。既然她本人已经撒手尘寰，这个问题也就随之烟消云散了。她到了后来终于未能始终如一地信仰坚定，而是苦苦思索什么是她应该做的，以至于失掉理智发起疯来，结果终于完全忘记了她来到这个人世的使命。好在如今她入土为安,遗体安葬下去了,祷告念过了,最后的安魂曲也已经唱完了。

可是克里斯田·索伦逊早已离开了那个地方。那是安德斯·尼尔逊悄悄地扶着他的胳膊把他生拉硬拽走的,克里斯田满肚子不情愿却无可奈何,只得从命了。

他们刚刚顺着山路走了不大工夫,克里斯田·索伦逊的双腿开始颤抖摇晃起来,安德斯·尼尔逊其实是用足浑身力气驮着他一步步往前挪的。克里斯田·索伦逊一直极度兴奋亢进,神志谵妄地唠叨不停,说得连气都喘不过来,他是在同睡魔短兵相搏。当他们走到他的农庄上的时候,他竟像一袋重物那样将全身分量都压在安德斯·尼尔逊的手臂上,可是他的双脚却还在不停地朝前挪动。他仍旧认识自己的家门口,在走进大门的时候他轻轻呻吟了一声便一头栽倒在安德斯·尼尔逊的脚下。

他的神情顿时放松下来,仿佛整个身心都得到了安宁平静。

斯文　译

1945
获奖作家
加·米斯特拉尔

传略

一九四五年的诺贝尔文学奖本拟授予法国诗人、评论家、戏剧家保尔·瓦莱里,从一九三〇年起,他已被推荐为候选人至少十次。可是一九四五年,这位稳操胜券的候选人却在瑞典学院表决之前的七月去世了。学院的评委们曾经考虑是否也像一九三一年时对待瑞典诗人卡尔费尔德那样,虽然去世,依然授奖。但这一建议一经提出就招来严厉批评,结果遭到否决。于是,桂冠落到了第二候选人、智利诗人加夫列拉·米斯特拉尔的头上,"由于她那富有强烈感情的抒情诗歌,她的名字成为整个拉丁美洲理想的象征",她因此荣获一九四五年诺贝尔文学奖,并成为拉丁美洲历史上第一位获得这一殊荣的作家。

加夫列拉·米斯特拉尔(Gabriela Mistral,1889—1957),一八八九年四月六日出生于智利北部科金博省比库尼亚城艾尔基山谷的小镇,原名卢西亚·戈多伊·阿尔卡亚加。她幼年丧父,因家境贫寒,未能上学,全靠自学和做小学教师的同父异母姐姐辅导获得文化知识。她九岁练习写诗,十四岁开始发表诗作。一九〇五年,她进短期训练班学习,毕业后即在家乡做小学教师。一九〇六年,在科金博省省会拉塞雷纳的坎特拉小学任教时,和铁路职员罗梅里奥·乌雷特相识并相恋。一九〇九年,性格内向且已另有所爱的乌雷特因不得志而举枪自杀,这使加夫列拉·米斯特拉尔在精神上受到了极大的打击,从此她立誓终身不嫁,对死者的怀念和个人忧伤成了她初期诗歌创作的题材。《死的十四行诗》(1914)即为这一时期的代表作之一。

一九一八年至一九二〇年,加夫列拉·米斯特拉尔任阿雷纳斯角女子中学校长,一九二一年调至首都圣地亚哥,主持圣地亚哥女子中学。由于教育工作上的成就,一九二二年她应邀去墨西哥参加该国的教育改革。同年,美国纽约哥伦比亚大学西班牙研究院出版了她的第一本诗集《绝望》。

《绝望》是加夫列拉·米斯特拉尔的成名作,也是她的代表作,共有七章,其中五章是诗歌,分别为“生活”“学校”“童年”“痛苦”“大自然”,另两章是散文诗和短篇小说。

一九二四年,加夫列拉·米斯特拉尔离开墨西哥去美国和欧洲旅行。同年在西班牙的马德里出版了第二本诗集《柔情》。该诗集中的大部分诗是献给母亲和儿童的,真挚地表达了诗人对母亲的赞美、崇敬以及对儿童的爱心和柔情。风格和《绝望》大同小异,诗中较多地运用了经过提炼的民间语言,朴实易懂,朗朗上口。一九三〇年,诗人发表了《艺术十原则》,对自己前期的创作经验进行了总结。文章认为:美就是上帝在人间的影子,美是指灵魂的美而不是物质的美,美即是怜悯、同情和安慰。自此以后,她的诗作内容和情调都开始有所变化,从个人的忧伤转向人道主义的博爱。

《有刺的树》(1938)是加夫列拉·米斯特拉尔的第三本诗集。该诗集收有摇篮曲、小夜曲、风景诗、叙事诗等六十多首,题材广泛,主要是赞美大自然,歌唱美好的事物和情感,为广大穷苦人民的不幸大声疾呼。节奏流畅明快,语言朴实自然,其中也有个别诗篇受超现实主义影响,较为晦涩费解。一九五五年出版的诗集《压榨机》,汇集了诗人七十多首晚年的诗作。这些诗表明加夫列拉·米斯特拉尔已完全摆脱那种缠绵悱恻、悲哀伤感的个人感情的束缚,作为一个新型的诗人和人民群众的歌手,表达了她对智利和智利人民的炽热感情。不少诗篇具有音乐的节奏感。

自一九三二年起,加夫列拉·米斯特拉尔进入外交界,曾任驻意大利、西班牙、葡萄牙、比利时、美国等国的领事,晚年还曾担任驻联合国特使,曾获得智利、法国、意大利、阿根廷、厄瓜多尔和巴西等国政府的嘉奖,被誉为杰出的外交家。但是在繁忙的外交事务中,她依然写了数百篇优美隽永的散文,如《母亲》《龙舌兰》《歌声》等,以及关于文化和世界和平的文章,表达了对人类命运和世界前途的关切。

加夫列拉·米斯特拉尔晚年客居美国,在哥伦比亚大学任教。一九五七年一月十日,因患癌症在纽约逝世。

授奖词

过去,一位母亲的泪水曾使一度为人们所鄙弃的语言以诗歌的力量重新显示了异彩,获得了荣誉。据说,当被誉为具有地中海气质的两位诗人中的第一位——弗雷德里克·米斯特拉尔——在学生时代写下自己的第一批诗作时,他的母亲曾为此流了许多激动的泪水,尽管作为一位没有受过教育的普里旺斯的农村妇女,诗人的母亲当时并不完全理解他的杰出的语言。接着,米斯特拉尔又创作了《米瑞伊》这部描述一位年轻俊俏的乡村姑娘爱上贫穷工匠的长诗。这是一部散发着花卉之乡的芬芳,但故事结局又十分不幸的叙事诗。因此,古老的行吟诗人们所用的语言又一次成了诗的语言。一九〇四年度诺贝尔文学奖的颁发引起了世界的瞩目。十年后,这位创作《米瑞伊》的诗人离开了人世。

就在同一年,即第一次世界大战爆发的一九一四年,在世界的另一端又有一位新的米斯特拉尔登上了诗坛。这就是加夫列拉·米斯特拉尔,她在智利圣地亚哥的赛诗会上,以几首献给亡人的诗作获得了奖赏。

南美各国人民都非常熟悉她的生平事迹,大家彼此相传,如同传奇故事一样。现在,加夫列拉·米斯特拉尔穿过安第斯山的群峰,越过烟波浩渺的大西洋,终于来到了我们中间。我们应当回顾一下她的履历。

几十年前,在艾尔基山谷的一个小镇,诞生了一位名叫卢西亚·戈多伊·阿尔卡亚加的未来的小学教师。戈多伊是她的父姓,阿尔卡亚加是她的母姓。父母都是巴斯克人的后裔。父亲是一位小学教师,能毫不费力地即席赋诗;他的禀赋中似乎既有诗人特有的执着追求的一面,也有诗人常有的犹豫不决的一面;他曾为女儿修过一个小花园,却又在女儿的孩提时代就离开了家。美丽的母亲活了很大年纪,她说自己常常发现可爱的女儿在同小鸟和庭院中的花儿亲切地交谈。据一个传奇版本说,诗人曾被学校开除过,那显然是因为嫌她太笨了,认为不值得在她身上浪费时间。但是诗人以自己特有的方法进行自学,终于成为坎特拉的小学教师。正是在这里,二十岁的她,决定了自己一生的命运,对一个铁路雇员产生了炽热的爱情。

关于他们之间的爱情故事,我们所知甚少,只知道那个雇员辜负了她。一九〇九年十一月的一天,他用枪击中自己的头部,自杀了。年轻姑娘陷入了无限绝望的境地。她像约伯一样,向苍天呼号,诅咒不该发生这样的悲剧。从此,在这贫瘠、枯黄的智利山谷中,升起了一个伟大的声音,这是遥远的人们都能听得到的声音。日常生活中的不幸不再具有个人色彩,而成为文学作品的内容。卢西亚·戈多伊·阿尔卡亚加也成了加夫列拉·米斯特拉尔。这位本来无足轻重的乡村小学教师一步步登上了拉丁美洲精神皇后的宝座。

如果说为悼念亡人而写的诗篇曾使这位新诗人崭露头角,那么以加夫列拉·米斯特拉尔为名发表的那些忧郁、多情的诗篇则使她名闻南美各国。然而直到一九二二年,诗人才在纽约出版了自己的大型诗集《绝望》。当一位母亲读到这部诗集,当她读到第十五首诗时,突然泪如泉涌,为死去的儿子,为再也不能复活的儿子痛哭流涕……

加夫列拉·米斯特拉尔把她那天然的爱情完全倾注到她教育的无数的孩子身上。她为孩子们所写的、可以轮唱的诗篇于一九二四年在马德里汇编出版,题名为《柔情》。为了向她表示敬意,四千名墨西哥儿童曾演唱了这部诗作。从此,加夫列拉·米斯特拉尔成了公认的女诗人。

一九三八年,为了捐助西班牙内战的青少年受害者,她的第三部长篇诗集《有刺的树》(这个诗集的标题又可译为“劫掠”,同时它也是一种儿童游戏的名称)在布宜诺斯艾利斯出版。与《绝望》的凄楚基调迥然不同,《有刺的树》表达了南美的宁静和悠然自得的生活画面。它的芬芳已从远方传到我们这里,使我们仿佛又一次置身于诗人童年时代的花园之中,使我们又一次倾听她同大自然、同草木花鸟的亲切交谈。这一切简直是把赞美诗和天真烂漫的童谣奇妙地融为一体了！这些歌唱面包、酒、盐、谷物和水——饥渴的人所需要的水——的诗篇是对人生的基本生活必需品的最好的礼赞……

诗人用她那慈母般的手为我们酿制了饮料,使我们尝到了泥土的芬芳,使我们的心灵不再感到饥渴。这是来自艾尔基山谷的加夫列拉·米斯特拉尔心田里的泉水,它的源头永远不会枯竭。

加夫列拉·米斯特拉尔女士,为了接受这一简短的致辞,您无疑走过了一段漫长的历程。在短短的几分钟内,我概述了您从一个小学教师到登上诗坛王位的非凡而又卓越的艰苦经历。为了向丰富多彩的拉美文学致敬,我愿借此机会向拉美文学的皇后、伟大的悲剧女诗人、《绝望》的作者表示谢意!

现在,请您从国王陛下手中接过瑞典学院授予您的诺贝尔文学奖。

瑞典学院院士 亚尔玛·古尔伯格

王瑾 译

作品

云

蒸气般的浮云,
轻纱般的浮云,
带着我的心灵,
到蓝天上去吧。

远离那看着我
受苦的房舍,
远离那看着我
要死的四壁!

飘浮而过的云,
带着我向海边去,
去听涨潮。
唱出的歌,
去到浪的花环里
一起高歌。

云呀,花呀,脸呀,
给我描绘出那个
正在被不忠实的时光
抹掉的他。
没有他的脸容,
我的心灵在枯萎。

飘浮而过的云呀,
云,在我的心胸上
让你那滋润的恩惠
稍留片刻吧。
我的干渴的双唇
正在向你启开!

王央乐　译

徐雨

这些水滴怯懦而凄凉,
犹如一个病弱的孩子,
还不曾触到土地
就昏厥。

树静着,风静着,
在使人诧异的寂静中
这细微的痛苦泪珠
滴落着!
天空仿佛无边的心
敞开了在痛苦。
它不是雨,是缓慢绵延
的鲜血。

房舍里,人们没有
感觉到这苦楚,这从
高处送下的凄凉
的水滴。

这无尽的绵绵的
降落着的冷酷水滴,
落到了衰竭地躺着的
大地上。

雨啊,黑夜在山间窥视

犹如演出悲剧的豺狼。
你到了大地的阴暗里，怎样
再显现？

外面下着有气无力的水滴，
这死的姊妹，这痛苦地下来的
致命的水滴，难道你们
还沉睡？

王央乐　译

子夜

美哟，这子夜。
我听见玫瑰树的枝节里
流涌的精汁升向玫瑰。

我听见
威严的虎，那炽烈的条纹
不让它睡眠。

我听见
一个人的诗章
在黑夜里增长，
犹如沙丘。

我听见
我母亲在沉睡，
呼吸着双重的气息。
（已经五个岁月，
我沉睡在她身中。）

我听见
罗纳河①流向下游，带着我
像个父亲，被盲目的泡沫蒙瞎了眼睛。

---

① 罗纳河，从瑞士流经法国入地中海。

之后,我不再听见什么,
只是向着
阿尔莱斯①的城墙下落,
充满着阳光。

王央乐　译

秋

我把萧瑟
带给正在凋零的白杨树丛,
说不定什么时节,
这些白杨树
用枯黄的叶子
覆盖我的前胸。

未近黄昏
阳光便在白杨树后默默地熄灭了。
我的心在乞求
阳光不要那么火红。

我没有什么爱情,
只知道用自己的胳膊自救
我的心正在死去
像傍晚毫无生气的红霞。

我给万物带来的
只不过是一束
温和的萧条,
我的肉体则像颤抖的孩子。

现在我像一滴水珠
消失在白杨树丛;
是秋,我并不严酷,

① 阿尔莱斯,法国城市,在罗纳河畔。

只是在自救,用我的双手!

我的鬓角上
落叶散发着柔和的芳香
也许我会如此死去:
踏着沙沙的干叶
进到万木萧疏的林间。

虽然寒夜即将来临,
可我孤单一身,地上变得苍白
只有蒙上霜的残零橘花碎瓣,
我欲归去,但难以起身,
未能在落叶中挖掘坟墓,
不知所措,只有哭泣,
我的上苍
让我落得这等孤单。

陈光孚　译

鸽子

令人烦闷的中午
在我午睡的小屋顶棚上,
鸽子的脚趾
带来贝壳和沙子……

这是座白色的小屋,坚实的房子
病人在屋顶下哭泣,
人们理会不到鸽爪的
沙沙声响。

我举起一束麦穗,
像宠爱孩子的妈妈,
边唱边招呼它们
顿时我身上落满了鸽子。

我抱起三只

听着它们咕咕地争食
直到一只只飞去
我身边只剩下一只……

我不去理会人们对我的召唤
再不愿进入令人气闷的小屋；
只有裙边的鸽子，
才是我的安慰，鸽子，鸽子！

陈光孚　译

山顶

日落的时光
把血泼在了山冈。

在这个时辰，有人觉得痛苦；
沉痛地失去了心房
只有一腹空腔
对着残阳。

有那么一颗心脏
日落时映着血红的山冈。

山谷渐渐昏暗
一片宁谧，
但是，往更远更远的地方瞭望
满山仍旧映着霞光。

面对如此景色
我要永远将悲痛的歌儿哼唱
难道这红彤彤的山冈
会将我也染上霞光？

我手里托着心房
感到血已经流光。

陈光孚　译

1946

获奖作家

黑塞

传略

一九四六年,当第二次世界大战的疮痍依然历历在目,人们对挑起战争的德国还余恨未消之时,瑞典学院却把战后第二年的诺贝尔文学奖授给一个瑞士籍的德国作家,以表彰"他的富有灵感的作品具有遒劲的气势和洞察力,也为崇高的人道主义理想和高尚风格提供了一个范例",这不能不引起全世界的瞩目。

赫尔曼·黑塞(Hermann Hesse,1877—1962),一八七七年七月二日生于德国南部巴登-符腾堡州卡尔夫镇的一个新教牧师家庭。他的父母和外祖父都曾在印度传教。黑塞自幼在浓厚的宗教气氛中长大。一八九一年,他遵照父母意愿考入毛尔布隆神学院,可是由于不堪忍受学校那种扼杀人个性的教育的摧残,半年后即逃离学校。此后他上过文科中学,当过机械厂的学徒,还曾在图平根和巴塞尔的书店和古玩店当过店员。在此期间,他一面勤奋攻读歌德、席勒、狄更斯、易卜生、左拉等大师的作品,一面开始练习写作。一八九八年,他自费出版了自己的处女作诗集《浪漫之歌》,次年又出版了散文集《子夜后一点钟》。这两部作品虽然使黑塞的文学才华初露端倪,但并未引起人们的注意。

一九〇四年,黑塞的第一部长篇小说《彼得·卡门青》问世,引起很大反响,使作者一举成名,从此开始走上专业创作的道路。

黑塞的中篇小说《在轮下》(1906)是一部公开抨击旧教育制度的小说。作品描写的是一对性格迥异的少年朋友在神学院身心受到摧残的故事。在连续出版了两个短篇小说集《此生此世》(1907)和《邻居》(1909)后,黑塞于一九一〇年出版了长篇小说《格特鲁德》,作品以他反复描写的知识分子的"孤独"为主题。一九一一年,黑塞作了一次印度之行,对印度和中国的哲学思想和古老文明产生了浓厚的兴趣。后来发表的游记《来到印度》(1913)和长篇小说《席特哈尔塔》(1922)就是此行的收获。一九一五年出版的

《克努尔普》由《初春》《怀念克努尔普》和《结局》三篇连续性的小说组成，是黑塞著名的流浪汉体小说。

第一次世界大战后，由于受战争和家庭关系破裂的影响，黑塞的创作发生明显的变化，他醉心于尼采的哲学，对荣格的精神分析学也产生了浓厚的兴趣，试图从哲学、宗教和心理学方面来探索人类精神解放的途径。这一时期的长篇小说有《德米安》（1919）、《席特哈尔塔》（1922）、《荒原狼》（1927）和《纳尔齐斯和戈尔德蒙德》（1930）等。其中《荒原狼》是这一时期的代表作。小说主人公哈里·哈勒尔是个中年艺术家，他博学多才，但在日常生活中笨拙无能，他自称自己身上同时存在着"人性"和"狼性"。《荒原狼》一书因其深刻的心理分析、广博的思想内容、离奇的情节和高超的艺术手法而产生巨大的反响，被托马斯·曼誉为"德国的《尤利西斯》"。

黑塞于一九二三年加入瑞士籍。从一九三一年起，他一直隐居在瑞士南部的泰桑州的蒙塔纽拉。三十年代后，法西斯在德国的猖獗使他对现代文明产生了更深的怀疑，但他仍不倦地从东西方的宗教与哲学中寻求理想世界。晚年的两部重要著作是《东方之行》（1932）和《玻璃球游戏》（1943）。前者是一部带有自传性的小说，描写的是主人公H. H.（黑塞姓名的缩写）一生对理想的精神境界的追寻。后者是作者创作的篇幅最长的作品，也是他最重要的作品。这是一部寓言小说、讽喻小说，是作者对世界和文明的命运，尤其是对艺术命运的思考，也反映了他对人类美好未来的向往，对人生意义的孜孜不倦的追求。

黑塞有着崇高的人道主义理想，孜孜不倦地致力于理想精神境界的追寻，他擅长表现人物的内心世界，又精通精神分析，不愧是一位出色的心理小说家。

一九六二年八月八日，黑塞在蒙塔纽拉的寓所听完一首莫扎特的钢琴协奏曲后，安详地与世长辞了。

授奖词

今年的诺贝尔文学奖颁发给一位原籍德国的作家，他赢得批评界的广泛赞扬，但他的创作又绝非为了迎合大众的口味。这位六十九岁的赫尔曼·黑塞完全可以回顾以往获得的巨大成就，那是由长篇小说、短篇小说和诗歌构成的，其中有一些已译成瑞典文。

他比其他的德国作家更早地逃避开了政治迫害，第一次世界大战期间在瑞士定居，一九二三年获得瑞士公民权。然而，他拥有的外国血统和社会关系始终使黑塞有理由认为他既是瑞士人又是德国人，这一点不可忽视。战争时期他在一个中立国避难，这使他得以相对安静地继续他重要的文学工作，当前，黑塞与曼一起，成为当代文学中德国文化传统的最佳代表。

就黑塞而言，为了理解构成他个性的相当令人惊奇的成分，就必须了解他的个人背景，这比大多数作家更显得有必要。他来自施瓦本的一个严格的虔信派教徒的家庭，父亲是一位著名的教会历史学家，母亲是一位传教士的女儿。母亲原籍法国，在印度受的教育。让黑塞当上一名牧师本是天经地义，他被送往毛尔布隆修道院的神学院。但他逃离了神学院，当了一名钟表匠的学徒，后来又在图平根和巴塞尔的书店里工作。

黑塞早年反抗家庭的虔诚作风，然而这种作风始终存在于他的内心深处。一九一四年他已成熟，并成为已有定评的地域性文学的名家，他又另辟蹊径，远离他原先的田园诗的道路，这时那种年轻人的反叛又在一种痛苦的内心危机中重复了。简要说来，有两种因素造成了黑塞作品中的这种深刻的改变。

第一个因素当然就是第一次世界大战。战争爆发时，他想对他激昂慷慨的同事们说几句温和和深思熟虑的话，并在他的小册子里用了贝多芬的座右铭"啊，朋友，别来这些音调"，结果却惹出了一阵抗议的风暴。他受到德国新闻界的野蛮攻击，这个经历显然令他极为震惊。他认为，这足以证明他长期信赖的整个欧洲文明患病了，衰败了。拯救需要来自公认的准则以外的事物，也许来自东方的启迪，也许来自隐藏在更高层次上的有关善恶判断的无政府主义理论的内核。他疾病缠身，为怀疑所折磨，于是在当时为人们所热烈传播和实行的弗洛伊德精神分析中寻求补救，这一点在黑塞这一时期愈来愈大胆的作品中留下了持久的痕迹。

这种个人的危机在怪诞小说《荒原狼》(1927)中得到了极其动人的表现，这部小说富有灵感地描述了人性的分裂，那是一位身处日常生活的社会概念和道德概念之外的个人身上的欲望与理性之间的紧张状况。这是一个稀奇古怪的寓言，描写了一个无家可归的人，像一只狼一样被追猎着，为精神病所折磨，黑塞在这儿创作了一本无与伦比的极易引起争论的书，也许是危险的、不祥的，但同时在对主题的处理上又结合了讽刺、幽默与诗情画意，也就具有了自由性。尽管作品中涉及的现代问题很尖锐，但即使在这儿黑塞也保持着与德国最佳传统的连续性；这个寓意极端丰富的故事最令人回忆起作家恩·特·阿·霍夫曼①，那位创作了《魔鬼的仙丹》的文学大师。

黑塞的外祖父就是著名的印度学家冈德特，因而即使在童年时代这位作家也为印度的智慧所吸引。当他作为一个成熟的人到他长期向往的国家旅行时，他确实并未解开人生之谜，但佛教很快就对他的思想产生了影响，这种影响绝非仅见于《悉达多》(1922)，这是一个美丽的故事，描写了一个婆罗门青年在人世间寻找生活的意义。

在黑塞的作品中，来自佛陀、圣方济各乃至尼采和陀思妥耶夫斯基的大量影响交织在一起，因而人们或许会感到他主要是不同哲学的折中实验者。但倘若持有这种见解，那就大错特错了。他的诚挚和严肃是他作品的基础，即使在对最为狂放无羁的主题的处理中也仍处于控制地位。

在他造诣最为精湛的中篇小说中，我们既直接又间接地看到了他的性格。他的风格始终是令人赞叹的，不论是在表现反抗和超人的忘我境界还是在表现宁静的哲学沉思均达到了完美无瑕。有一篇小说描写了一个绝望的贪污者克莱因，他逃往意大利以便最后一次碰碰运气；在《回忆录》(1937)中，作者对亡兄汉斯的描述笔法宁静，令人叹为观止，这些均是他在不同创作领域的名家之作的例子。

---

① 霍夫曼(1776—1822)，德国小说家。

在黑塞的近作当中，鸿篇大作《玻璃球游戏》(1943)占据着特殊的地位。这是一部描写一种神秘的智力秩序的幻想作品，具有与耶稣会会士同样英勇的禁欲主义的层次，以作为一种疗法的默想修行为基础。这部小说有着一种独特的结构，在这种结构中游戏的概念及它在文明中所起的作用与荷兰学者赫伊津哈[1]的独创性专著《玩要的人》有着惊人的相似。黑塞的态度是模棱两可的。在消沉的时期，保存文化传统就是一项宝贵的任务，但是仰仗把文明变成对少数人的崇拜并不能使文明永远继续存在下去。如果有可能将各种各样的知识变成一套套抽象的公式的话，那么一方面证明了文明以一种有机系统为基础，另一方面这种高度的认识又不能被看作是持久的。它完全就像玻璃珍珠一样脆而易碎，而那个在碎石中发现这些光辉灿烂的珍珠的孩子也就不再知道它们的意义。这种哲学小说容易冒被称为深奥难解的风险，但黑塞在这本书的卷首题词中用几行文雅的话为他的小说辩护："……那么在某些情况中以及对不负责任的人来说，并不存在的事物可以比存在的事物更容易描述，也可以更不负责任地用话语来进行描述，因而相反之处也就适用于虔诚博学的历史学家，因为最能毁灭描述的莫过于词语了，然而最有必要的事情又莫过于将某些无法证明存在的、也是不可能存在的事情置于人们的眼前，但又恰恰由于这个原因，虔诚博学的人们又在某种程度上把这些事情当作存在的事物来处理，为的是慢慢地促使其存在及成形。"

如果说黑塞作为一名散文作家褒贬不一，那么他作为一名诗人的地位却从无怀疑。自从里尔克[2]和乔治谢世以后，他就一直是当代德国的第一流诗人。他将细腻纯正的风格与流动的情感温暖熔于一炉，而且他的音乐似的表现形式在我们的时代是无与伦比的。他将歌德、艾兴多尔夫[3]和默里克的传统发扬光大，并以一种自己独有的色彩使这种传统的诗的魔力得到复苏。他的诗集《夜晚的慰藉》(1929)不但异常清晰地反映了他内心的戏剧性变化、他健康的和患病的时刻、他强烈的反省，而且也异常清晰地反映了他对生命的热爱、对绘画的喜爱、对大自然的崇拜。后来问世的一个集子《新诗集》(1937)则充满了人过壮年的智慧和忧郁的经验，其诗作技法表现了在意象、基调和韵律上的一种高度的敏感性。

为数众多的不断变化着的性质使得这位作家对我们尤其具有魅力，并使他当之无愧地拥有一批忠实的追随者，但要在一篇概要式的介绍中公平评判这些特征是不可能的。他是一位拥有丰富的南方德国精神的令人困惑的、反躬自省式的诗人，他在表现这种南方德国精神时既不受羁绊又心怀虔诚，这两者的混合极其独特。一旦得失攸关的事情在他看来是神圣的时候，他就表现出易冲动的反叛倾向，那种始终燃烧着的烈火就把这位梦想家变成了一位斗士，如果人们忽略这一点的话，就有可能把他看作一位浪漫派诗人。黑塞在一段话中说，人永远也不可满足于现实，人既不可深爱现状又不可崇拜现实，因为这个低下的、始终令人失望的、凄凉的现实只有在得到否定时才可能得到改变，而倘若要否定这个现实，又必须证明我们具有胜过一筹的力量。

---

① 赫伊津哈(1872—1945)，荷兰历史学家。

② 里尔克(1875—1926)，奥地利象征主义诗人。

③ 艾兴多尔夫(1788—1857)，德国诗人、小说家。

黑塞的获奖不仅仅是确认他的名声,而且也是表彰他诗作的成就。因为他的诗作表现了好人不懈奋斗、恪尽职守,在这个悲剧的年代里真正高举人道主义精神武器的形象。

令人遗憾的是,由于健康的原因,诗人未能前来斯德哥尔摩。瑞士联邦共和国的全权公使将代替他接受奖金。

阁下,现在请你从国王陛下的手中接受瑞典学院颁发给你的同胞赫尔曼·黑塞的奖金。

瑞典学院常务秘书 安德斯·奥斯特林

王义国 译

作品

内与外

从前有一个名叫弗里德利希的人,他从事精神工作,知识极为渊博。但是他并不认为这一种知识和其他另一种知识、这一种思想和其他另一种思想都同等重要,因而他偏爱某一种思想方法,轻视和厌恶其他方法。他喜爱和崇拜的就是逻辑学,一种多么优秀的方法,总而言之,他称之为"科学"。

"二二得四,"他经常说,"这是我所信仰的,人们必须根据这个真理去思考。"

他当然知道还存在其他形式的思想和知识,对它们也并不陌生,可是它们都算不上"科学",因此不值得重视。他虽然是个自由思想者,却容忍了宗教。宗教是建立在与科学达成默契的基础上的。许多世纪以来,科学几乎包罗了地球上存在的和值得知道的一切,除去唯一的一个领域:人类的灵魂。这个领域就留给了宗教,它对于灵魂的种种推论,确乎无须认真看待,听其自然即可。随着时间的消逝,一切就都成了惯例。所以弗里德利希对宗教也采取容忍态度,虽然他对自己认为迷信的东西极其憎恨和厌恶。只有外族的、未开化的、落后的民族才会一心一意地迷信,在遥远的古代,也许有神秘的或者不可思议的思想存在,自从有了科学和逻辑学,这类老朽而可疑的工具早就丧失了意义。

他是这么说的,也是这么想的,当他亲眼看见一些迷信的迹象时,他就很生气,仿佛有什么敌对的东西触到了他。

但是最令他生气的莫过于在他的同行中,在这些受过教育并且懂得科学思想原理的人中,居然也存在这种迹象。而最令他痛苦和不能忍受的是那种可耻的见解,就是他最近不时听到那些受过很高教育的人士也在讨论研究的那种荒谬的见解:说"科学思想"也许并不是什么至高无上、万古不变、永恒存在、早已肯定和无懈可击的思想方式,而不过是许多思想方式中的一种,是暂时性的,在变化和没落的世界中并非无可指摘的思想方式。这种无礼的、有破坏性的、带毒素的思想正在流传,弗里德利希也无法否认,由于战争、颠覆和饥饿给全世界带来灾难,这种思想就到处流传,它好似一项警告,好似一只白手在白墙上写下了一行鬼字。

这种思想的存在使弗里德利希越来越苦恼，他越是苦恼，就越发痛恨这种思想以及那些他怀疑在偷偷地信仰这种思想的人。在那些真正受过教育的人士的圈子里，迄今只有极少数人曾直言不讳地公开承认这种新学说，它若是得到广泛流传并且取得势力，肯定将会消灭地球上的一切精神文明，引起一场大混乱。当然，事情还没有到这等地步，那些公开拥护这种思想的个别人，人数实在太少，不妨把他们看作是怪人或者有怪癖的人物。然而不时在这里，或者在那里，可以觉察到这种思想放射出来的一滴毒液。在老百姓和没有受多少教育的普通人中，新的学说、神秘教义、教派、信徒不言而喻是数量众多的，因此世界上显然到处充满了迷信、神秘主义以及精神崇拜和其他种种神秘教义。对此进行斗争看来很有必要，但是科学似乎暗暗地感到软弱无能，到目前为止对此仍然保持缄默。

有一天，弗里德利希去一个他过去常常合作进行研究的朋友家中。事实上他已有很长一段时间没有见到这位朋友了。他在爬上那幢房子的楼梯时一直在回忆上次是在什么时候、什么地方和这位朋友聚首的。对于自己的记忆力，他曾极其引以自豪的，现在却什么也想不起来了。因而他不知不觉地陷于一种烦恼和懊丧的情绪中，当他站在朋友的屋门前时，不得不强迫自己摆脱这种情绪。

他在和他的朋友艾尔文寒暄时就注意到那张亲切的脸上有一种似乎是抑制着的微笑，他认为这是以前从未见过的。同时他刚刚看到这个微笑——尽管是友善的，他却立即感到其中带着点儿嘲讽和敌意——就在这刹那间想起了他方才百思不得其解的那件事：许久前他和艾尔文的最后一次相聚。他记得他们当时分手时确实没有争吵，却怀着内在的不和与不满感，因为艾尔文对于他当时向迷信领域的进攻似乎支持得太少了。

真奇怪，他怎么能够把一切忘得干干净净呢！现在他也明白，他许久没来拜访这位朋友正是这个原因，就是出于这种不满，虽然他给自己找了一大堆理由，用以解释自己的一再推迟这次拜访。

现在他们互相见面了，弗里德利希感到他们之间过去那道小小的裂痕在这段时间中可悲地扩大了。这瞬间他深切地感到，在他和艾尔文之间缺少了某种从前一直存在着的东西，一种团结的气氛，一种互相了解的气氛，一种甚至是亲密的气氛。代替它们的是一片真空，一道裂痕，一种陌生感。他们互相问候，谈到了天气，谈到了共同的熟人以及他们的近况——但是，天知道，每一个字都使弗里德利希感到不安，觉得对另一个人不很了解，觉得没有正确地认识对方，觉得他的话于对方毫无用处，觉得无法找到共同的立场来进行一次合宜的谈话。而且艾尔文的脸上始终浮现着那种友善的微笑，已经使弗里德利希几乎开始憎恨了。

在这场费劲的交谈间歇片刻的时候，弗里德利希环视着这间非常熟悉的书房，看见墙上用一枚别针松松地钉着一张纸。这情景奇异地感动了他，唤醒了他对往昔的回忆，因为他随即记起，很久以前，还在学生时代，艾尔文就有这种习惯，随时把一个思想家的名言或一位诗人的佳句用这种方法挂在眼前以便牢记不忘。他站起身，走到墙边，去读那张纸。

他读着用艾尔文秀丽字体写下的句子：

“无物在外，无物在内，因在外者，也即在内。”

他脸色苍白地待了片刻。它就在那里！他正站在那可怕的东西前面！换了别的时候，他也许会放过这张纸，会宽宏大量地予以容忍，把它看作一种怪想，一种无伤大雅的、人人难免的嗜好，也许就把它看成是一种需要加以爱惜的、小小的感伤情绪。现在情况就不同了。他觉得这些字不是出于一时的诗兴而写下的，也不是艾尔文经过这么多年以后又回到青年时代的老习惯而写下的一种怪想。——这里写着的是他朋友当前所从事的事业的一种自白，是神秘主义！艾尔文完全叛变了。

他慢慢转过身子，朋友脸上仍闪耀着明朗的笑容。

“把这个给我解释一下！”他要求说。

艾尔文非常友好地点点头。

“你从未见过这句名言吗？”

“当然见过，”弗里德利希叫嚷说，“我当然知道它。这是神秘主义，诺斯提派①学说。它也许富有诗意，但是——这样吧，我请你给我解释一下这个句子，并且告诉我，为什么把它挂在墙上。”

“我很乐意说。”艾尔文回答，“这句名言是我近来正在研究的认识论的入门指导，而且已经大大造福于我了。”

弗里德利希硬抑制着自己的不满。他问道：“一种新的认识论？有这种东西吗？它的名称是什么？”

“噢，”艾尔文回答，“只不过对我是新的而已。它是非常古老而受人尊敬的。它就叫魔法。”

话说完了。弗里德利希听到如此坦率的供认不由得大吃一惊，浑身一阵震颤，觉得他的死对头正附在朋友身上和他面对着面呢。他沉默着。他不知道自己更接近于愤怒，还是更接近于悲伤，由于无可挽回的损失而引起的痛苦感觉充满了整个身心。他久久地沉默着。

然后他装出诙谐的声调，开始询问：

“你现在想当一个魔法师吗？”

“是的。”艾尔文毫不犹豫地回答。

“一种魔术师的门徒吗，是不是？”

“不错。”

弗里德利希又重新沉默。可以听见隔壁房间一只钟的嘀嗒声，因为周围一片寂静。

于是他说道：“你明白，你正在放弃你和严肃的科学之间的一切合作，因而也放弃了和我之间的一切合作。”

“我不希望这样。”艾尔文回答，“但是事情非这样不可，我又有什么办法呢？”

---

① 诺斯提派，一种宗教学派，创立于基督教建立初期。这个教派企图将基督教教义与希腊哲学（毕达哥拉斯、柏拉图的思想）、东方哲学结合起来。

弗里德利希忍不住大叫道："你有什么办法吗？同这种儿戏、同这种对魔法不值分文的可悲信仰断绝吧，彻底地一刀两断吧！你如果还要我尊敬你，这是唯一的办法。"

艾尔文微微一笑，虽然他此刻也已不再感到愉快。

"你这么说，"他的声音如此轻柔，以致透过他那安详的语声，房间四周似乎还回响着弗里德利希怒气冲冲的吼声，"你这么说，好像事情是在我的意志范围之内，好像我有选择的余地似的，弗里德利希。事情并非如此。我没有选择的余地。并非我选择了魔法，而是魔法选择了我。"

弗里德利希深深地叹了一口气。"那么再见了。"他疲乏地说着，站起身来，没有向对方伸手告别。

"别这样！"艾尔文高声叫道，"别这样离开我。就算我们中有一个人是垂死者吧——我看事情正是如此！——我们也必须互相道别。"

"那么我们中间谁是垂死者呢，艾尔文？"

"今天是我，朋友。谁想获得新生，必须先准备死亡。"

弗里德利希再一次走近那张纸，阅读那句关于内与外的格言。

"那么好吧，"他最后说道，"你说得对，怒气冲冲地分手是毫无好处的。我愿意按照你说的行事，我愿意假设我们中间有一个人是垂死者。我也可能是那个垂死者。在我离开之前，我想提最后一个要求。"

"非常乐意。"艾尔文说，"说吧，我能够在道别时如何为你效劳呢？"

"我重复我的第一个问题，这也是我的要求：请你尽可能地解释清楚这句格言！"

艾尔文沉思片刻后答道：

"无物在外，无物在内。你懂得这句话在宗教上的意义：上帝是无所不在的。他在精神里，也在自然中。万物都是神圣的，因为上帝就是万物。我们过去把这个叫作泛神论。下面我再讲这句话在哲学上的意义：我们思考时习惯于把外与内区别开，但这是不必要的。我们的精神有可能引退到我们为它设立的边界后面去，引退到外面去。在构成我们的世界的这一双对立物①之外，开始产生一种全新的、不同的认识。——但是，亲爱的朋友，我必须向你承认，自从我的思想改变之后，对于我就不再存在任何单一意义的词句了，而是每一个词都有十种、百种意义。就在这里开始产生了你恐惧的东西——魔法。"

弗里德利希皱起眉头，想要打断话头，但是艾尔文安抚地凝视着他，更响亮地继续说下去："请允许我给你举一个例子！你从我这里带一件东西走，任何东西都可以，到家后时常稍加观察，不久后，内与外原理就会向你显示它的许多意义中的一个了。"

他环视着房间，从壁炉架上拿下一只小小的涂釉的陶土小塑像，交给了弗里德利希。同时说道：

"把我的临别礼物拿回家去吧。当我放在你手里的这件东西不再停留在你的外边，而进入了你的内部的时候，就请再来我这里！若是它总是停留在你的外边，就像现在这样，那么我和你的分离将永远继续下去！"

---

① 一双对立物，指"内"与"外"。

弗里德利希还想说许多话，但是艾尔文伸出手来和他握别，带着一副不许再交谈的脸色和他告了别。

弗里德利希离开房间走下楼梯（他爬上楼梯似乎已是很久很久以前的事了），他穿过街道走回家去，手里拿着那只陶土小塑像，心里感到困惑和难受。他在自己家门前停住脚步，气愤地把捏着小塑像的拳头摇晃了几下，感到有一种强烈的冲动，想把这可笑的东西扔到地上摔个粉碎。他没有这么做，只是咬着嘴唇走进了屋子里。他从未这样激动过，从未这样为充满矛盾的感情所折磨。

他替朋友的礼物找一个安放之处，终于把它摆在一个书架的顶层。暂时它就待在那里。

时间消逝着，他不时看看它，思考着它和它的来历，也思考着这件愚蠢的东西对自己的意义。这是一个人的、或者是神的、也或者是妖魔的小小塑像，像罗马神话中的哲那斯神①一样有两张面孔。这只陶土小像制作得相当粗糙，表面上涂了一层烧过的、略带裂纹的釉彩。它的小小面孔画得既粗糙又拙劣，肯定不会是罗马人或者希腊人的手艺，大概是非洲或者南太平洋某个小岛上的落后原始民族的制品。两张面孔完全一模一样，带着一种空洞的、懒洋洋的、略显狰狞的微笑——这个小妖怪永远展现着愚蠢的笑容，简直丑极了。

弗里德利希看不惯这只小塑像。它使他感到讨厌和不舒服，它妨碍他，打扰他。第二天他就把它拿下来放到壁炉上，几天后又把它搬到了书柜上。它一次又一次地、仿佛强迫似的挡住他的目光，向他展示冷漠而痴呆的笑容，装模作样，要求别人注意。半个月或者三星期之后，他把它搬到前厅里，放在意大利风景照和一些不值钱的小纪念品之间，这些东西散放在那里，从来没有人光顾的。现在他总算只有在出门或回家的时候才看见这个妖魔，并且总是匆匆而过，不必再在近处端详了。但是这件东西即使在这里也仍然打扰他——虽然他自己并不承认。

痛苦和烦恼随同这件废物、这个两面怪物一起进入了他的生活。

几个月之后，有一天他从一次短程旅行回家——现在他经常作这种短程旅行，好像有什么东西逼着他不停顿地颠簸似的——他走进房子，穿过前厅，受到女仆接待，坐下来阅读那些等待着他的信件。但是他感到烦躁不安，总像忘了什么重要事情似的。没有一本书吸引他，没有一把椅子使他舒服。他开始苦苦思索和回忆——怎么突然会这样呢？他疏忽了什么重要事情吗？有什么烦恼吗？吃了什么有损健康的东西吗？他寻思着，突然想起这种不安之感是他进入寓所后在前厅时产生的。他飞跑进前厅，不由自主地首先把目光射向陶土塑像所在之处。

他没有看见那个小妖怪，一阵奇异的恐惧穿透他的全身。它失踪了。它不见了。难道它用自己小小的泥腿跑掉了吗？它飞走了吗？有一种魔术把它召回诞生地去了吗？

弗里德利希振作精神，摇摇头驱走自己的恐惧之感，不禁微微一笑。他开始平静地搜索整个房间。他什么也没找到，只好把女仆叫来。她来了，有点踌躇不安，却立即承认

---

① 哲那斯神，罗马神话中的门神，司理门户、开始与结束，有两个面孔，一在前，一在后。

在打扫时把那东西跌落在地板上了。

“把它放到哪里去了?”

它不再存在了。那小东西看上去很结实。她常常把它拿在手里,可是已经摔得粉碎,无法补救了;她曾经把碎片拿给一个料器工人看过,他嘲笑了她一通,于是她就把它们全扔掉了。

弗里德利希把女仆打发开。他笑起来。这对他来说再好不过了。天知道,他绝不可惜这个小妖魔。这个怪物现在没有了,他可以安宁无事了。要是他第一天就把这东西砸碎了那该多好!他在这段时间里受了多少折磨!那个妖魔曾经对着他笑,笑得何等呆板、古怪、狡诈、邪恶,活像个魔鬼!现在它已经不在了,他可以向自己承认,他真的怕它,确确实实怕它,这个泥塑的神像!它不正是弗里德利希认为可憎而且不能容忍的一切东西的象征和标志吗?这一切东西他一向认为有害、有毒,认为必须予以消灭,这也是一切迷信、一切黑暗、一切对于良心和精神的压迫的象征和标志。它不正是使人感到大地深处时而发出咆哮的那种神秘力量的代表吗?那遥远的地震,那正在来临的文化末日,那若隐若现的大混乱。不正是这个可鄙的小泥人,夺走了他最好的朋友吗?——不,不仅是夺走——还让朋友变成了敌人!——好了,这东西总算没有了,不见了,粉碎了,完蛋了。这样好极了,比他自己亲自去砸碎它要好得多。

他这么想着,或者这么说着。接着他和从前一样去做自己的事情。

但是它像是一个诅咒。他刚刚有点习惯那只可笑的塑像,他的目光看着前厅桌子上那个通常的位置刚有点习惯,刚觉得无所谓——现在,它又不见了,这使他感到痛苦!如今他每次走过那个房间便感到若有所失。在它从前所在的地方,他只看见一块空处,从这个地方散发出空虚,使整个房间充满了陌生感。

对于弗里德利希来说,不好过的白天和更不好过的黑夜开始了。他穿过前厅时不能不想到那只两张脸的塑像,因它的失踪而怅惘,感到自己的思想无法不与它拴在一起。这一切对于他是一个痛苦的压迫。而且远远不止是他穿过那个房间的瞬间他才感到这种压迫——啊,不。正如空虚和寂寞从桌子上那块现在已经空白的地方散射出来一样,这种受压迫的思想也从他的体内散射出来,逐渐挤走了其他的一切,啃啮着他,使他充满了空虚感和陌生感。

他一再极其清晰地回忆那只塑像的模样,仅仅是为了使自己明白,丧失它而感到烦恼,是何等荒唐。他在想象中端详它全部的痴蠢丑态,它那空虚而狡诈的笑容,它那两张脸孔。——是的,仿佛出于被迫似的,他憎恨地扭歪了嘴巴,试图模拟那种笑容。两张脸孔是否完全一模一样,这个问题也在纠缠着他。也许只是小小的一点儿粗糙之处,或是釉彩上的一丝裂纹,其中一张脸和另一张脸的表情不是稍有不同吗?有点儿古怪吧?有点儿像斯芬克斯①吧?此外,釉彩的颜色多么阴郁,简直可以说别致极了!有绿色,也有蓝色和灰色,中间还夹着红色,这种釉彩的颜色现在他常常在其他物件中重新找到,在阳光下一扇窗子的反光中,在潮湿的人行道石块路面的反映中。

---

① 斯芬克斯,埃及的狮身人面像。

即使在夜里,他也满脑子想着这种釉彩。他突然想到,“Glasur”(釉彩)这个字多么特别陌生、难听、不可信,几乎是恶毒的。他分析这个字,把字母一个个拆散,有一次甚至把字母倒过来拼。这个字就成了“Rusalg”。鬼知道这个字的发音是怎么来的?他认得这个字“Rusalg”。肯定的,他认得它,这肯定是一个恶毒的坏字眼,一个丑恶的、会有破坏意义的字眼。很长一段时间,他用这个问题来折磨自己。最后,“Rusalg”令他想起多年前在一次旅行途中他买的一本书,那本书曾经使他不安、苦恼,却又暗暗地让他入迷,那本书的名字就叫《罗莎尔卡公主》(Furstin Russalka)。这真像是一道诅咒——这一切,凡是和小塑像有关的一切,那釉彩、那蓝色、那绿色、那笑容,都意味着敌视、痛苦、烦恼,包含着毒素!而艾尔文,他从前的朋友,把这个怪物放到他手里的时候,笑得多么奇怪啊!那笑容多么奇怪,多么意味深长,又是多么带有敌意啊!

许多天中,弗里德利希勇敢地抵御着自己思想中的压迫力量,而且并非毫无成就。他清楚地觉察到危险——他不想发疯!不,倒不如死了。理性是必要的。生命则可有可无。他突然想到,也许这就是魔法,艾尔文借着那只小塑像用某种方法蛊惑了他,使他成为牺牲品,成为替理性和科学向这种黑暗势力进行斗争的卫道士。要是事实果真如此,要是他也认为这是可能的——那么确实有魔法了,那么确实有妖术了!不,还是死了的好!

有一个医生建议他散步和洗澡,有时候,他也去酒店消磨一个晚上。但是,这一切都没有多少作用。他诅咒艾尔文,也诅咒自己。

有一个晚上他很早就上了床,却辗转反侧,不能入眠,这段时间内情况常常如此。他觉得浑身不舒服,心里很恐慌。他想思考,他想要寻找安慰,想要对自己说说话,说一些好听的话,一些宽慰人的、愉快的话,一些像“二二得四”这样清清楚楚、明明白白的话。但是没有话进入他心里来,然后在一种半昏迷状态中,他发出一种声音和声节,慢慢地通过嘴唇形成一句话,他把这句话说了好多遍,却完全不知道它的意思,这句短句是莫名其妙地在他心里形成的。他喃喃地念着它,好像它使他迷醉,好像他可以沿着它,如同沿着栏杆一般,重新摸索着走向那环绕着深渊的羊肠小径上的已经失去了的睡眠。

但是忽然间,当他声音稍稍响亮的时候,他喃喃念着的话就进入了他的意识。他熟悉这句话。它就是:“是的,现在你已在我之内!”他一下子就明白了。他明白这句话正是说的那个陶土小人,而如今在这个灰色的夜晚,他精确而严格地完成了艾尔文在那个阴郁的白天所做的预言:他当时轻蔑地拿在手里的那只塑像,现在已经不再在他的外边,而在他的里边了!“因在外者,亦即在内。”

他一跃而起,感觉全身同时灌进了冰雪和火焰。世界在围绕着他旋转,行星在疯狂地向他瞪视。他穿上衣服,点亮灯,离开寓所,半夜三更跑到艾尔文家里去。他看见自己非常熟悉的书房窗户里亮着灯光,大门也没有上锁,一切都像在等待着他。他冲上楼梯。他摇摇晃晃地走进艾尔文的书房,用颤抖的双手撑在桌子上。艾尔文坐在灯旁,正在柔和的灯光下思考着、微笑着。

艾尔文友好地站起身:“你来了,好极了。”

“你一直在等着我?”弗里德利希低声问。

“我一直在等着你,你知道,自从你拿着我的小礼物离开这里的那一刻起,我就在等你。我当时所说的事发生了没有?”

弗里德利希用极轻的声音回答:“发生了。那个小怪物已经在我里面。我再也不能忍受了。”

“我能帮助你吗?”艾尔文问。

“我不知道。你想怎么做就怎么做吧!把你的魔法多讲些给我听听。请告诉我,怎么才能让那个怪物从我的里面出来。”

艾尔文把手搁在他朋友的肩上,把他领到一把靠椅跟前,强迫他坐下去。

然后他微笑着,用一种接近慈母口吻的亲切语调向弗里德利希说道:

“那个妖魔会从你里面出来的。请相信我吧。也请相信你自己。你已经学会了相信它。现在学习去爱它吧!它在你的里面,可是还是死的,它对于你还只是一个幻影。去唤醒它,同它说话,向它提问题吧!它就是你自己啊!不要再恨它,不要害怕它,不要折磨它——你曾经何等折磨这个可怜的妖魔,它不正是你自己吗!你把自己折磨得多么苦啊!”

“这就是通往魔法的途径吗?”弗里德利希问道。他深深地埋在靠椅里,似乎已经老态龙钟,他的声音十分温顺。

艾尔文回答说:“就是这条途径,最难走的一步也许你已经走了。你已经体验到:在外的能够变成在内的。你已经超越了这一双对立物了。它对于你曾经像是一个地狱,学习吧,朋友,它正是天堂呢!等待着你的正是天堂啊。看吧,这就是魔法:内与外互相交换,不是依靠强迫,也不必忍受痛苦,像你过去所做的,而是自由地、自愿地互相交换。召唤过去,召唤未来:两者都在你身内啊!直至今天,你都是你的‘内’的奴隶。学会当它的主人吧。这就是魔法。”

张佩芬　译

1947
获奖作家
纪德

传略

安德烈·纪德(André Gide,1869—1951),法国作家,一八六九年十一月二十二日出生于巴黎一个宗教气氛十分浓重的富有的知识分子家庭,十岁丧父,母亲的性格和管教对他的一生影响很大。他是个思想多变、经历复杂、在生活上也存在某些病态的人,但是在文学上他又是个擅长小说、戏剧、散文、评论等多种体裁的作家,因而在法国文学史上有着特殊的地位。他十四岁时爱上比他大三岁的表姐,遭到母亲反对,于是便专心博览群书并开始写作。十九世纪九十年代初结识著名诗人瓦雷里、马拉美,参加象征主义诗人的集会,因而他的早期作品,如《纳尔西斯的论文》(1891)、诗集《安德烈·瓦尔特的诗歌》(1892)、幻想小说《尤里安旅行记》(1893)和虚构小说《沼泽地》(1895),都具有象征主义的色彩。

一八九三年至一八九四年,纪德两次游历北非,身心发生巨大变化。在创作上,他摒弃了象征主义后期脱离现实、内容贫乏、矫揉造作的文风,强调对自然人生的强烈感受,使文学重新接触大地;在生活上,一反清教徒的禁欲主义,沉迷于同性恋,积极宣扬丢弃一切道德规范、摆脱一切精神束缚、享受生活、追求"自我"的主张,即所谓"纪德主义"。一八九七年出版的《地上的粮食》即表达了他的这一人生哲学,这是他在文学上的一篇宣言,也是他第一部有重大影响的作品,在该书问世后的几十年间,曾被众多青年当作不可或缺的精神食粮。

一九〇二年,纪德又创作了自传性作品《蔑视道德的人》,通过米歇尔这一典型形象,表现了他充满矛盾的精神世界,这部作品确立了纪德在法国文学界和思想界的地位。后来创作的《窄门》(1909)和《田园交响乐》(1919)和它构成了三部曲。在这三部曲中,每部作品往往都表达了两个互相矛盾的真理。它们既宣扬了"绝对自由""享乐第一",

又认为只强调官能享受,会陷入利己主义;既反对人性的沉沦,但也"蔑视道德"。另一部重要作品《梵蒂冈的地窖》(1914)是一部讽刺作品,同样也强调摒弃传统道德,宣扬个人绝对自由。《伪币制造者》(1926)是纪德唯一的一部长篇小说,它全面描述了十九世纪初中产阶级的生活方式和道德观念,指责了现代生活的虚伪和尔虞我诈。

自一九三二年开始,纪德参加了国际反法西斯运动,宣称信仰共产主义,但一九三六年应邀访苏后,写了轰动一时的《苏联归来》,抨击了苏联的社会现实。除小说、游记外,他还写了剧本《萨乌尔》(1903),评论集《借题发挥集》(1903)、《偶感集》(1924)及《日记》(1889—1948)等。一九四七年,由于"他内容广博和艺术意味深长的作品——这些作品以对真理的大无畏热爱和敏锐的心理洞察力表现了人类的问题和处境"获得诺贝尔文学奖。一九一五年一月十九日,纪德在巴黎病逝。

授奖词

在安德烈·纪德保持了长达半世纪之久的出色日记的第一页上,那时年方二十岁的作者,发现自己正站在拉丁区一幢楼房的六楼上,为自己隶属的"象征主义者"青年团体寻找一个集会场所。他从窗户里眺望着金秋落日余晖中的塞纳河和巴黎圣母院,觉得自己仿佛是巴尔扎克小说中的拉斯蒂涅①,跃跃欲试于征服躺在脚下的城市:"现在,让我们两个来拼一下吧!"然而,在纪德雄心抱负的前面,要有漫长坎坷的路程;而且他的雄心也是不会以轻而易举的胜利为满足的。

这位在今天得到诺贝尔奖荣誉的七十八岁的作家,一直是个充满争议的人物。他从写作生涯开始,就把自己置于心灵焦虑播种者的先驱行列,但这并不妨碍他几乎在各个地域都被纳入法国第一流的文学人物,也不妨碍他享受几个世代以来广为流传而未尝稍懈的影响的滋养。他的初期作品于十九世纪九十年代问世;而最后一部作品杀青于一九四七年春。他的作品勾画出了欧洲精神史上一个非常重要的时代,这个时代构成了他漫长生命的戏剧性基础。人们也许会问:这种创作的重要性和真正价值,为什么直至现在才认识到呢?原因在于安德烈·纪德无疑属于那样一类作家,对于他们做出真正的评价,要求长时间的透视,要求辩证过程的三个阶段足够的空间。与他同时代的任何人相比,纪德更有对比性,一个态度永远变动不定的、真正的普洛透斯②。他不倦地在两极活动,为的是撞击出闪亮的火花。这也就是他的创作看起来像是永不间断的对话的原因所在。在这一对话中,信仰一直反抗着怀疑,苦行主义反抗着对生活的热爱,戒律反抗着对生活的需求。就连他的外在生活也是多变不定的。他一九二七年去刚果和一九三五年去苏联的著名出访等,略举数例就足以证明,他不愿意让人们把他纳入文学界喜欢宁静的深居简出者之列。

---

① 拉斯蒂涅,巴尔扎克小说《高老头》中的主人公。
② 普洛透斯,希腊神话中的海神。

纪德出身于新教家庭。家庭的社会地位使他有可能自由地追求个人的事业，有可能比别人更加关注自己人格的修养和内心的成长。他在著名的自传中描述过这种家庭环境。这部自传题名为《假如种子不死》(1924)，标题是从圣约翰关于麦粒必然在它成熟结籽以前死去的那段话中借用来的。他虽然强烈反对个人所受的清教教育，一生却详细论述基本的道德和宗教问题，有时他还以罕见的纯正界说基督仁爱的底蕴，特别是在篇幅较短的小说《窄门》(1909)中，更是如此。这部小说可以与拉辛的悲剧媲美。

另一方面，人们还在安德烈·纪德的著作中强烈地表现了他那著名的“非道德主义”——这是他的敌人经常误解的一个概念。事实上，它用以指自由的行动，“无缘无故”的行为，指从良知的一切压抑下得到的解放，类似于美国遁世者梭罗①表达的那样：“最坏者莫过于做自己灵魂的奴隶贩子了。”应该永远记住，纪德并不认为缺乏一般公认的道德规范就是一种美德。《地上的粮食》(1897)就是他年轻时的尝试，但后来他又背离了这种尝试。他热情洋溢地歌颂的那形形色色的欢乐，在我们眼前唤起了那些南国大地上无法经久存放的、美丽果实的影像。他对自己信徒和读者的告诫：“喏，把我的书丢掉，离开我吧！”首先由他个人在后期作品中付诸实施了。然而，正如在其他作品中一样，《地上的粮食》留下最强烈印象的东西，是他如此匠心地在自己散文笛歌中，捕捉到的分而复归的浓郁诗意。人们经常重新发现这种诗意。例如，后来于五月的一个清晨在布鲁萨的一座清真寺附近所写的一则日记里，就可以发现这种诗意：“哦！又重新开始，又重新延续下去了！带着狂喜，感受到了细胞里的那绝妙的温存，情感像牛奶在这里过滤……浓荫花园里的灌木，纯贞的玫瑰，悬铃木树荫下慵倦的玫瑰，难道你不熟悉我的青春？在这之前？是我流连在记忆里？确实是我坐在清真寺的小小角落，呼吸，爱你？不然，我只是在梦中爱你……我若当真存在，那燕子干吗偷偷地紧紧依傍着我？”

在小说、随笔、游记和分析当代事件的文章里，纪德都向我们呈现出了视角那永不停息的云诡波谲的变换。在这视角变换背后，总能发现同样应付裕如的智慧，同样廉洁正直的心态。而使用的语言以最节制的手法取得了全然古典的朴素和最细微的变化。

在这一方面，无须讨论这种创作的细节，姑且提一提对一群法国年轻人作了大胆精辟分析的、名噪一时的《伪币制造者》(1926)即可说明问题。这部小说以新颖的技巧开创了崭新的当代叙事艺术。仅次于它的，则是方才提到的那卷传记作品。作者在这部传略中的意图，是忠实地讲述自己的生平，而不增益有利于他的什么东西，或者隐瞒令人不快的东西。卢梭也曾抱着同样的意图。所不同的是，卢梭展示了自己的过失，深信所有的人都同他一样邪恶，谁都没有胆量来评判或谴责他。而纪德则是干脆不承认自己的同伴有权对他做出任何判断。他呼唤着更高的法庭、更广阔的背景，将自己呈现于上帝至高无上的审视。如此，这些传略的意义便在此处代表人格的、神秘的《圣经》引语“麦粒”里，得到了揭示：只有前者富有知觉，富有意识，而且以自我为中心，那么，它就会自己存在，而不具生根抽芽的力量；它只有付出死亡和嬗变的代价，才能获得生长，才能结出果实。纪德写到：“我认为，并不存在审视道德和宗教问题的方式，或者在这个问题面前采

① 梭罗(1817—1862)，美国作家。

取行动的方式。我并不了解这个问题,有时在生活中我也创造过这个问题。实际上,我曾经希望将这一切,将最纷繁多样的观点调和起来。方法是不排除任何东西,而是甘愿把酒神和日神之间对抗的解决托付给基督。”

这种说法阐明了纪德经常受到指责和误解的原因是心智活动的复杂性,而这种复杂性却从未使他背叛自己。他的哲学具有一种不惜任何代价争取新生的倾向,而且一向能够嗅出那只神奇的凤凰,从它那火焰四射的巢穴里,猛然开始新的飞腾。

今天,我们满怀感激之情,流连徜徉于这部作品的丰富母题和基本主题之前。在这种情况下,我们略而不谈那些作者本人似乎愿意引起的、有保留的批评意见,是顺理成章的。因为,即便是在纪德臻于成熟的岁月里,他也从来没有说服人们去完全接受他的经验和结论。他首先希望的是挑起并提出问题。即便在将来,他的影响受到注意,无疑也不在于完全的接受,而在于对他的创作的生动活泼的论辩。他真正伟大的基础也正有赖于此。

在他的创作里,通过几乎是无与伦比的大胆自白,谱写了一些仿佛是挑衅般地撩逗人们的篇章。他希望抨击法利赛人,但是,在这场斗争中,很难避免使人性中某些十分脆弱的规范受到震动。我们必须永远记住,这种行为方式是激切地热爱真理的一种形式,自从蒙田①与卢梭以来,热爱真理便一直是法国文学的格言。在纪德成长的各个阶段,他都是以文学正直完善的真正卫护者出现的。而这种文学的正直完善,则建立在坚定不移地、诚实地表现其全部问题的人格权利和义务之上。从这一点看,他以众多方式激起的文学活动,无疑呈现出了一种理想主义价值。

安德烈·纪德先生曾经以极为感激的心情宣布他接受授予他的这一荣誉。既然他不幸由于健康原因不能前来,他所得的奖赏现在将颁发给法国大使阁下。

瑞典学院常务秘书 安德斯·奥斯特林

李自修 译

作品

浪子还乡

仿效着旧时三联一幅的绘画,我暗自扬扬得意地在这儿画下了耶稣基督训告我们的寓言。我使激励我的灵感与神启两个因素变得模棱两可;我不想证明是神战胜了我,还是我战胜了神。不过,倘若读者想要在画中探寻我有无虔诚之心的话,他或许不会白费功夫。犹如画中角落里的捐赠人,我双膝跪地,对那个浪子俯首帖耳,和他一样地笑着。我喜欢他,泪水不由自主地充溢了我的眼眶。

---

① 蒙田(1533—1592),法国思想家。

一　浪子

当长时间背井离乡，对那些奇思异想厌而倦之，不再感兴趣了的时候，置自负与自爱于不顾的浪子，在贫穷潦倒中忆起了他的父亲；忆起了那间并不太小、母亲总是俯身在他床前的那间屋子；忆起了那个由潺潺流溪浇灌的花园，花园被禁锢着，而他一直想从里面逃出来；忆起了他那刻薄的哥哥，他从不喜欢这个人，但他哥哥仍然掌握着他那一份财产，这份财产是浪子无法带走挥霍的——男孩承认自己没有找到幸福，甚至未能延长在寻求幸福的过程中产生的那种无目的的激动。“啊，”他推测着，“假如以为我已不在人世间的父亲生过气后，尽管我犯了罪，可能也会由于能再一次见到我而欣喜若狂的。啊，如果我回到他身边时毕恭毕敬，低头弯腰，风尘仆仆，向他深深施礼，并对他说‘爸爸，我对苍天和您犯下了大罪，现在我应该怎么办’时，他会不会用手扶起我，说：‘到屋里来谈好吗，孩子？’”想着想着，男孩已情不自禁地怀着一颗虔诚之心踏上了还乡之路。

当他终于从山顶看到家里房上的冉冉炊烟时，已是黄昏了。然而他却在等待着夜幕降临，以便掩盖住他那副寒酸相。他听到了父亲从远处传来的声音。他的腿不听使唤了。他瘫倒在地，用双手捂住脸，因为他感到羞愧，他明白他是有法律继承权的儿子。他饥肠辘辘。在他褴褛衣衫的一个褶缝里，还残留着一把甜橡子。这是他给人喂猪时的饲料，也是他充填肚子的食物。他瞧见了准备晚饭的情景，辨出了母亲走到门口的身影……他再也抑制不住了。他连滚带爬地冲下山，进到院子里，他的狗一时没能认出他，朝他汪汪叫着。他向用人们说明身份，用人们半信半疑，他们走去禀告主人。他到底回来了！

毫无疑问，老父亲一直在企盼着浪子还乡，因为他一眼就认出了儿子。父亲张开双臂。男孩跪倒在父亲面前，左手捂着额头，同时伸出右手乞求原谅：

“爸爸！爸爸！我对上天和您犯下了大罪。我不配让您叫儿子。把我当成您的一个最卑微的仆人，在这所房子里给我一个角落做栖身之地吧。”

父亲搀他起来，把他搂在怀里。

“我的儿子，祝福你今天回来的这个日子吧！”父亲悲喜交集。他从吻儿子前额的地方抬起头，朝着他的用人们说，“把最好的长袍拿出来。给他穿上鞋，戴上贵重的戒指。把栏中最肥的小牛宰了，为我活着回家的儿子准备欢乐的宴席。”

鉴于浪子还乡的消息流传得很快，因此准备工作的节奏加快了。父亲不愿意听到别人说：“妈妈，咱们为之伤心落泪的儿子又回到咱们身边来啦。”

大家以唱赞美诗一样的心情欢迎浪子返乡的情景使老大深感不安。他之所以坐下来赴宴，是因为父亲邀请了他，并强制性地敦促他入席。由于连地位最低下的仆人也受到了邀请，因此坐在客人们中间的老大怒形于色。为什么给回头浪子的荣耀会胜过他这个从未越过雷池一步的人呢？他这次入席完全是遵从父命，而不是表示对浪子的爱。他同意赴宴是为了照顾弟弟的面子，他可以让他高兴一个晚上。何况，父母还答应他翌日将严惩弟弟。他自己也想狠狠地教训弟弟一顿。

火把熄灭,盛宴告散。仆人们忙着收拾碗筷。就在这个宁静的深夜里,当一个个疲惫不堪、酒足饭饱的人儿进入梦乡之际,在浪子隔壁的房间里,我知道一个人——他的小弟弟,正在辗转反侧,睁着眼熬了一个通宵。

二　父亲的责怪

上帝呀,今天我就像个孩子一样,满脸泪水地跪在您的面前。假如我还能记得,并在这儿转给您那些给人以教诲的寓言的话,那是因为我知道您的浪子是何许人。在他身上我找到了自己的影子。有时,我的内心深处听到了,而且悄悄重复着他在极端痛苦中说的那些话。您使他喊出:

"我父亲众多的仆人皆享有绰绰有余的面包,而我却眼看着就要饿死了!"

我想象着那位父亲的拥抱,我的心融在了这种温柔的爱怜之中。我想到了早期经历过的一种苦恼,甚至——啊!总之,我想象到了各种情景。我相信:我是在浪子从山顶上再次看到他弃之而去的那座蓝屋时,唯一感到心跳加快的人。当时,是什么阻止我飞跑着冲进家门的呢?——家里人正盼着我回归呀。我能看到他们正在准备着的小肥牛……停一下!先别急于备宴!——浪子,我在为你设想,先告诉我欢迎宴会后的第二天,你父亲都对你说了些什么。啊!即使老大迫不及待地促使您申斥我,爸爸,也让我不时地从他的话语中听到您的声音吧!

"我的孩子,你为什么要离开我?"

"我果真离开过您吗,爸爸?您不是到处伴随着我吗?我从未终止过对您的爱。"

"咱们开门见山地谈谈。我有让你容身的房子。它是为你建造的,世代辛劳,父子相传,你可以心安理得地住在里面,不乏舒适安逸,一切应有尽有。而你,房了的继承人,我的儿子,为什么偏偏要弃家而去呢?"

"因为房子束缚了我。房子与您不能画等号,爸爸。"

"房子是我建的,而且完全是为了你。"

"啊!您以前没对我说过这些,我听哥哥说过。您建造了一切,包括房子及其他。房子是别人动手盖的,财产列在您的名下,这我知道,不过您没动过一砖一瓦。"

"人需要有个安乐窝。心高气盛的孩子!你能睡在大街上吗?"

"您这样做是出于虚荣心吗?有些人家穷得盖不起房子。"

"他们是穷人。你不穷。没有人肯放弃他的财富,我要让你比所有的人都阔气。"

"爸爸,您知道,我离家的时候把一切能拿走的值钱东西都带上了。何必再牵挂那些搬不动带不走的财物呢?"

"你把带走的东西全挥霍了。"

"我用您的金子换取欢乐,把您的教导当成了空想,我的纯洁化成了诗,禁律转成了欲望。"

"这就是你节衣缩食的双亲在你身上倾注心血,用美德教育你的结果吗?"

"所以,在一种新火焰的点燃下,我或许会发出更明亮的光。"

“想一想摩西在神圣的丛林上方看到的那种纯洁的火焰吧。它燃烧，但并未消耗。”

“但我知道有一种爱会消耗。”

“我要教你知道有一种爱是永恒的。分别了这一阵子后，你还剩下些什么情感呢，我的浪子？”

“那些欢乐的记忆。”“以及随之而来的穷困。”“在贫穷中我觉得离您近了，爸爸。”

“只有贫穷潦倒才能把你送回到我身边来吗？”

“这很难说。很难说。在干燥的沙漠中我领略了口渴的滋味。”

“穷苦使你更加深刻地懂得了富有的可贵。”

“不，不是这么回事！难道您就这么不理解我吗，爸爸？我那颗空虚的心用爱得到了充实。我以物质的代价赢得了热情。”

“那么，在你远离我的时候，你觉得自己幸福吗？”

“我没有与您分离过的感觉。”

“那你就告诉我，是什么逼使你回返的呢？”

“我说不清。可能是懒惰。”

“你说是懒惰，我的孩子？怎么？不是因为爱吗？”

“爸爸，我已经对您说过了。我从来没有像在沙漠里那样深深地爱过您。我腻烦了每天清晨寻吃觅食，在家里至少吃不成问题。”

“是呀，有用人为你做饭。这么说，是饥饿把你带回家的喽。”

“还有胆怯、疾病……末了，吃食无着落使我衰弱了。因为我赖以充饥的是野果、蚱蜢和蜂蜜。我越来越忍受不了那种最初激起我热情的烦闷不安了。夜间，在我感到寒冷的时候，我想起了在父亲家中蜷缩在热被窝里的舒适安逸。在我挨饿的时候，我想起了父亲家里食之不尽的美味佳肴，我懦弱了；感到勇气不足，身乏力单，难以再坚持下去，因而……”

“昨天的小肥牛似乎对你起了作用吧？”

浪子一下子扑倒在地，抽抽噎噎起来，脸触到了地面。

“爸爸！爸爸！甜橡子的余味仍在我口中，什么也不能把它驱走。这种味道永远也不会消失。”

“可怜的孩子！”父亲一边起身一边说，“大概我对你讲的话过于生硬了，是你哥哥要我这样做的。这儿是他发号施令。是他一定要我转告你：离开这个家，你就没有靠山了。你听我说。你是我的孩子。我了解你的性格，我知道是什么迫使你去外边流浪的。我一直在路的尽头等你，只要你一声呼唤……我当时就在那儿。”

“爸爸！当时我不进这个家也能找到您吗？”

“假如你已精疲力竭，你最好还是回家来。现在你去吧。回到我为你安排好的房间。今天就先说这些。休息一下，明天去找你哥哥谈谈。”

三　老大的训斥

开始时浪子想发一通火。

“大哥,”他先启齿,“咱俩一点也不像。哥哥,咱们毫无共同之处。”

老大开口道:“这都怪你。”

“干吗推到我头上?”

“因为我过的是规规矩矩的日子。是果实,或者说是傲慢的种子,造成了这种区别。”

“这么说区别就在于我的过失咯?”

“让你回心转意的只能是高贵的门第,其他皆不足道。”

“我怕受戕害。你所打算压制的,恰恰正是从父亲那儿承袭来的。”

“不是压制——是褫夺,我说过。”

“这我懂。反正都一样,所以我才放弃了德行。”

“而这正是我现在从你身上看到的东西。你必须扩大这些品格。你要理解我。这并非贬低你,我认为这恰恰是抬举你。你的肉体与灵魂中最变化不定、最桀骜不驯的成分需要由此和谐地协调一致。以你身上最恶劣的品质辅助最优良的德行滋长,最佳的要屈从于……”

“我在沙漠中也寻觅过,并发现了高尚的品德——或许与你向我推荐的没有什么不同。”

“实话告诉你吧,我是想把这种品格强加在你头上。”

“父亲对我讲话也没有这么苛刻。”

“我知道父亲对你说了些什么,那是笼统的。他已经不再能清楚地表达自己的想法了,别人让他说什么他就说什么。我很了解他的思想。我是用人们最好的解说员。谁想领悟父亲的意思就得听从我的解释。”

“没有你的解释我反而更容易了解他。”

“这是你的看法。你对他的理解是错误的。对他的理解只能有一种。只能听从他的一种意见。爱他的方式亦只有一种。因此,咱们应该共同用这种爱来爱他。”

“在他的这所房子里吗?”

“这种爱使迷途的羔羊回返。这一点你可以理解,你不是回来了嘛。现在你告诉我,是什么迫使你离家出走的?”

“我非常明确地意识到,这所房子并不是我的整个天地。我本人完全不是你要我成为的那种孩子。我不知不觉地想象着另一种文化、别的国土以及通向那边的路,一些从未涉足过的路。我想象自己就是那些路新的探索者。于是我就跑了。”

“你设想一下,要是我也和你一样,也从父亲的房子里逃走的话,会出现什么情况呢?仆人们和盗贼就会进来打砸抢房子里的财富……”

“我不在乎这些,因为我的目光另有所投……”

“这是你的虚荣心在作怪。我的兄弟,无约无束的日子该告一段落了。假如你现在还不明白的话,日后你将会弄懂人类是从何等混沌之中挣脱出来的。这绝非易事。精神支柱一倒,他便会拙笨地重新跌落回去。你自己别来学习这一课了。要是不加制止,意志稍一薄弱,你身上的纪律性就会让位于无政府……你永远也搞不清的是,需要多长时间才能看破红尘。既然我们已经有了样板,就以此为戒吧。天使对灵魂说:要把握住你据有的东西。他还说:谁也不能把你的王冠脱掉。你拥有的财富就是你的王冠,要忠于别人,忠于你自己。僭取者正窥视着你。他无处不在。他徘徊在你周围,甚至就隐藏在你身上。抓牢你的王冠吧,兄弟,抓牢点。"

"许久以前我就放手了。现在已经收不拢啦。"

"不,你能拢住。我将助你一臂之力。你不在的时候由我替你照管。"

"还有,我能领会神灵的意图。你没把他的话说完全。"

"你说得对。他还说:我要在神圣的殿堂里为意志坚定的人立标设柱,他不能再出去了。"

"不能再出去了,这句话正是我所惧怕的。"

"假如是为了他的幸福呢。"

"噢!我明白了。可我已去过那个殿堂啦……"

"既然你已回来,就说明你已经认识到当初离开是错误的。"

"这我知道,知道。我确实回来了。对此我无异议。"

"你还到别处找什么好东西,现有的这些还不够吗?要么把话说得更透彻些,单在这儿就能找到你需要的财富。"

"替我守着家产。"

"你那一份没能挥霍掉的家产,也就是咱们都有的那份:不动产。"

"除此之外,我个人就一无所有了吗?"

"是的。或许父亲仍然同意给你那份特别礼物。"

"我只需要这些。仅这些就够了。"

"瞧你有多么傲慢呀!这不由你决定。这份礼物在你我之间尚不知属谁呢。我劝你还是放弃的好。你得到的那份财富已经使你堕落。你即刻就把它们挥霍光了。"

"另一份我带不走。"

"因而你发现这一份是动不了的。今天就到此为止吧。在这所房子里好好休息一下。"

"这再好也没有了。我已疲劳至极。"

"祝你睡个好觉。去睡吧。明天妈要找你谈。"

四　母亲

心中仍然对兄长的话存有反感的浪子呀,打开你的心扉畅所欲言吧。当你躺在母亲脚下把头埋在她的裙子里,感到她抚慰的手把你倔强的脖颈揉弯时,心中是何等甜美啊!

"你为什么离开我这么久?"

你回答时泣不成声。

"你干吗哭呢,我的儿子?你总算又回到我身边来啦。在盼你归来的那些日子里,我的眼泪都流干了。"

"您一直在等着我吗?"

“我从未对你失望过。每晚上床之前,我总是想:要是他今晚回来,他能打开门吗?躺下很长时间我都睡不着。每天清晨我醒来之前,我总是想:今天他还不回来吗?然后,我就祈祷。我祈祷得那么虔诚,你不可能不回来。”

“是您的祈祷鞭策我回家的。”

“别因为我而微笑,孩子。”

“噢,妈妈,我是很卑微地回到您身边的。您瞧,我把额头贴在您的心脏之下!我昨天的每一个想法今天都变得空洞了。当我靠近您的时候,我自己也弄不明白为什么要离开这个家。”

“你不会再离去了吧?”

“我不想再考虑这事了。什么也不想啦……包括我自己……”

“那么,你觉得离开我们幸福吗?”

“我不是去寻求幸福安乐的。”

过了一会儿,他又说,“我是去寻找……自我。”

“啊!你这个当儿子、做兄弟的人呀。”

“我同我的兄弟们不一样。咱们别再谈这些了。反正我回来了。”

“好吧,这些咱们以后再说。别以为你的兄弟们和你有多大差别。”

“所以我的一个想法就是要和你们大家一样。”

“听你这么说就好像毫不介意似的。”

“没有比意识到自己与众不同更令人心烦的啦。最后,漂泊流浪使我疲惫不堪了。”

“你成熟了,这显而易见。”

“我吃尽了苦头。”

“我可怜的孩子!毫无疑问,你不可能每夜有床睡,每顿有饭吃吧?”

“我找到什么吃什么,通常是以蔬菜或烂水果充饥。”

“你只是肚子受了点委屈吧?”

“正午的烈日,夜半的严寒,流沙,以及刺伤我双脚的荆棘,所有这一切都未能阻止我,但是——我没有把这些告诉我哥哥——我不得不……”

“你为什么隐瞒?”

“坏心肠的主人使我的皮肉受苦,这伤害了我的自尊心,连肚子也填不饱。那时我想:好赖凑合着活下去吧!……梦中我思念着家乡,于是我就回来了。”

浪子又一次低下头,母亲用手指温柔地抚摸着它。

“现在你打算怎么办?”

“我不是已经告诉您了。学我哥哥的楷模,管理家产,娶个妻室……”

“听你说话的口气,准是有心上人了吧?”

“没有,您选中了谁就是谁,就像对我哥哥做的那样。”

“我要挑个你喜欢的人。”

“这又有什么差别?我心中有过选择。我已放弃了促使我离开您的自负。还是您看着挑吧。我服从就是了。我的孩子们也将学会服从。这样,我的冒险就不是一无所获了。”

“你听着,此时此刻有一个孩子需要你去规劝。”

“您这是什么意思,这个孩子指的是谁?”

“当然是指你弟弟,你离家时他还不满十岁,现在你几乎认不出他来了,他……”

“说下去,妈妈!使您担心的是什么?”

“你能在他身上找到自己的影子,因为他此刻的表现颇像当时离家出走的你。”

“像我?”

“像当时的你,而不是今天的你。”

“他会怎么变呢。”

“变成你很快要变成的那种人。去找他聊聊。他肯定会听你这个浪子的话。告诉他路途上那些让你灰心丧气的事。别叫他再去冒险了。”

“是什么令您如此地为我弟弟担心呢?或许我和他只不过表面上有点相似……”

“不,不!你俩的相似不仅是表面上的。我现在为他担心是因为我当时对你注意得不够。他大量阅读书籍,看的不是些什么好书。”

“就这些情况吗?”

“他总爱趴在花园的最高处。你心里很清楚,从那儿可以看见墙外的田野。”

“这我记得。还有别的吗?”

“他同我们待在一起的时间比在农场里还少。”

“噢!他在那儿都干些什么?”

“没发现他干了什么错事。他不与农户来往,也没有和打短工的人瞎混。这些人和咱们可不一样,有的不是本国人。他特别与一个从远方来的人交往甚密,这个人给他讲了不少故事。”

“啊!那个猪倌。”

“就是他。你认识他?……为了听他瞎扯,你弟弟每天傍晚都跟他去猪圈,不吃饭不回家,回来也吃不下东西,衣服上一股臭烘烘的气味。说他也没有用。管严了他就闷闷地发呆。有好几个黎明,趁我们还没起床,他跑出去陪那个臭猪倌一直到大门口,那家伙正要赶猪群出去喂。”

“他知道他不能走。”

“你当时也清楚这一点!有朝一日他会离开我们的,我敢断言。总有这么一天……”

“不会的,我去找他谈谈。妈,您别着急。”

“我知道他准能听到你的长篇大论。你没见你回家的那个晚上他是用怎样的眼光盯着你吗,光彩掩盖了你那一身褴褛衣衫,你爸爸给你穿了一件多么神气的紫袍!我怕他头脑里是非不明,因为他已被你那身破烂衣服吸引住了。我的这个顾虑现在看来似乎有点荒唐。我的孩子,要是你事先预料到会遇见各种不幸的话,你就不会背井离乡啦,对吧?”

“我现在真的说不清当时我怎么下了决心离开您,我亲爱的妈妈。”

“那你就把这一切说给他听听吧。”

“明天晚上我去找他。现在您吻吻我的额头,看着我入睡,就像我小时候您经常做的那样。我困倦了。”

“睡吧。我这就去为你们大家祈祷。”

五　与弟弟的一夕谈

在浪子隔壁,有一个不算太小的房间,四周墙上空空洞洞。一手提着灯,浪子走近弟弟躺着的床,弟弟正面对着墙。浪子轻声细语地开口说话,以免惊醒了睡梦中的弟弟,假如他已经睡着了的话。

“我想和你聊聊,弟弟。”

“谁也没阻止你。”

“我还以为你已经睡熟了呢。”

“不睡觉也可以做梦。”

“你梦到些什么?”

“这与你何干?我不明白自己做的是什么梦,我认为你也不能解释。”

“你的梦就这么奥妙吗?如果你说给我听听,我倒愿意试试。”

“你做梦的时候有选择吗?我的梦自来自往,比我还自由……你来干什么?为什么要来扰乱我的梦?”

“原来你根本就没睡。我是来和你谈心的。”

“你想说什么?”

“什么也不说,要是你用这种腔调盘问我的话。”

“那就再见吧。”

浪子朝门口走去,把灯放在地上,屋子里几乎暗淡无光了。然后,他又返回来,坐到床边。在黑暗中,他长时间抚摸着弟弟的头,弟弟面对着墙。

“你对我的回答比我对哥哥还要粗暴。我也对他不满。”

弟弟突然一下子坐了起来。

“告诉我,是哥哥派你来的吗?”

“不,不是他,是妈妈。”

“这么说,不是你自己要来的。”

“我是以朋友的身份来的。”

半坐半卧的弟弟双眼凝视着浪子。

“家庭成员之间怎么可以称朋道友呢?”

“你错怪了哥哥……”

“别当着我的面提他!我恨他,我的整个灵魂都反对他。就因为他的缘故,我才对你这么粗暴的。”

“解释一下这是为什么。”

“你不会明白的。”

“不管明白不明白你都要告诉我。”

浪子用双手摇晃弟弟,弟弟松口了。

“你回家的那天晚上,我怎么也睡不着觉。一整夜我都在想:我还有一个哥哥,以前我怎么不知道……当我站在院子里看到你披光戴彩地回来时,我的心剧烈地跳动着。”

“天哪,我当时穿得破破烂烂呀。”

“是啊,这我看到啦。可你已经焕发出了光彩。我注意到了父亲的表示。他把一枚戒指戴在你手上,这种戒指连咱哥哥也没有。我不愿意向别人打听你的情况。我所知道的是,你是从很远的地方回来的。瞧你当时的目光,吃饭的时候……”

“举行欢迎宴会时你坐在什么地方?”

“唉!我知道你当时没注意我。在整个宴席过程中,你一直盯着远方,没留心眼皮底下的事。第二天晚上你与父亲谈过话后情况还好,可是到了第三天……”

“接着说下去。”

“咳!你满可以向我,哪怕说上一句话,来表示一下友爱吧?”

“当时你在盼着我这么做吗?”

“盼得都不耐烦了!要是那天晚上你不去找他谈话,不谈那么长时间,你想我还会这么恨他吗?你和他有什么好谈的?你心里肯定有数,假如你和我更相像的话,和他就毫无共同之处。”

“我对他的态度是错误的。”

“怎么可能?”

“无论如何,我在父母面前是有罪的。你知道,我是从家里逃跑的。”

“是的,这我知道。那是很久以前的事了,对吧?”

“大概和你现在这么大。”

“噢!你是说做错了事的时候?”

“是呀,做了错事,我犯了罪。”

“你离家出走时,就认为自己是错的吗?”

“不,我只感到有义务在身,非走不可。”

“后来发生了什么情况,使你改变了认识,觉得自己铸下了大错?”

“我历尽艰辛。”

“就因为这样,所以你才说:我错了?”

“不,不全是。那是我一时的反应。”

“在反应之前你就没充分考虑过?”

“我考虑过,但我觉得理不直气不壮。我被欲望征服了。”

“后来又向困苦低了头。所以你今天才会回来……以被征服者的身份。”

“不,这样说不确切——是我自己退下阵来的。”

“不管怎么说,你反正是放弃了自己追求的目标。”

“是一颗争强好胜的心激励着我去追求的。”

小弟弟沉默了片刻,然后突然放声大哭:

“哥哥！我现在的情绪就和你当初离家时一样。告诉我，除了失望之外，你在漂泊流浪中就没有发现别的什么吗？难道我想象中的外部世界与这儿的差别仅仅是一种幻想吗？我内心升起的这种超脱旧我的清新感只是狂妄吗？说给我听听，你在悲惨的旅途中都有些什么遭遇？喂！你究竟为什么要回来？”

“我失去了寻求的自由，像个奴隶似的卖苦力。”

“我在这里也是奴隶。”

“你可以这么说，不过我指的是替坏心肠的主人卖苦力，而你是在家里为父母干活。”

“噢！为了卖力而卖力！我们至少也得有选择枷锁的自由呀！”

“我也曾这样希望过。凡是能去的地方，都留下了我的足迹，怀着像保罗四处寻找情人时的心情，我探索着想象中的目标。然而不同的是，等待保罗的是一个王国，我却一无所获。但是……”

“你是不是择错了路？”

“我只管径自朝前走。”

“你那么有把握？王国不止一个，有好些没有国王的国土正等待着人们去发现。”

“这是谁告诉你的？”

“我早就知道，凭自我感觉。我已意识到我将会成为那里的国王。”

“心高气傲的孩子！”

“啊哈！这正是哥哥对你说的话。你干吗现在要重复给我听呢？你为什么不保持这种高傲？你不该去而复返。”

“那我早就永远也不会了解你啦。”

“这倒也是。但我可以去找你，你一定能认出我是你弟弟，甚至不妨这样说，我去的目的为的就是找你。”

“如此说来，你是真的要走咯？”

“你还不理解我？你不是也在鼓励我吗？”

“为了不使你半途而废，还不如不放你走。”

“不，这不行，别这么说。不，这不是你的本意。你自己也是以征服者的姿态出走的，不是吗？”

“那就使得我的枷锁更沉重了。”

“你为什么不向它挑战呢？你已经精疲力竭了吗？”

“不，当时还没有。只不过有些疑虑。”

“你这是什么意思？”

“对一切，包括对我自己的怀疑。我曾打算在一个地方安顿下来。那位主人用舒适的生活诱惑我……是啊！至今我还历历在目地记得这一切。我屈服了。”

浪子低下头，用双手捂住脸。

“你刚动身时是什么情景？”

“我在大片茫茫荒原上走过很长一段时间。”

“你指的是沙漠？”

“并不总是沙漠。”

“你在那些地方寻觅什么?”

“我自己也搞不清楚。”

“你从床上起来。在旁边桌子上那本破书附近找找看。”

“有一个掰开的石榴。”

“那是一天晚上猪倌带给我的,给我之前他一连三天没回来。”

“对,没错,这是一个野石榴。”

“是的,苦得几乎没法沾嘴。”

“我想,只要渴极了,我还是会吃的。”

“嘿,我告诉你吧。这就是我在沙漠中觅求的那种渴。”

“一种唯有酸水果才能止住的渴……”

“不,它会使你珍惜那种渴。”

“你知道从哪儿才能得到这种水果吗?”

“在一个你天黑前能走到的荒芜小花园里。再也没有墙把小花园与沙漠隔开了。一条小溪从花园流过,树枝上挂着半熟的水果。”

“什么水果?”

“和咱们花园里的一样,只不过是野生的。今天全天都很热。”

“听着,你知道我为什么今天晚上盼你来吗?天泛鱼肚白前我就走。今天晚上,就在今夜,只要天一黑……我已做好了上路的一切准备。今晚我不脱鞋睡。”

“照此看来,你是一定要去完成我未了结的探索咯?”

“你为我闯了一条路,我将永远记住你。”

“恰恰相反,值得佩服的是你,应该忘记的是我。你打算带些什么?”

“你知道,作为小儿子,我是没有继承权的。我什么也不准备拿。”

“这样更好。”

“你在向窗外看什么?”

“我们祖先安息的花园。”

“哥哥……”男孩从床上坐起来,用手搂住哥哥的脖子,动作和他的声音一样温柔,“和我一块走吧。”

“放开我!放开我!我要留下来安慰母亲。没有我你会更加勇敢。到时候啦,天色已黑。走的时候别吵醒人。来,亲亲我,小弟弟,你带走了我的全部希望。坚强些。忘掉我们,忘掉我。但愿你永远不回头……悄悄下去吧,我掌灯……”

“来,让我拉着你的手一直走到门口。”

“下台阶时要小心。”

刘锡珍　吉海玲　译

1948
获奖作家
托·斯·艾略特

传略

托马斯·斯特恩斯·艾略特(Thomas Stearns Eliot,1888—1965),英国诗人、剧作家和文学批评家,一八八八年九月二十六日生于美国密苏里州的圣路易斯市。祖父是华盛顿大学的创办者,母亲是小有名气的诗人。一九〇六年,艾略特入哈佛大学攻读哲学,受哲学家白璧德和桑塔亚那的影响,形成反浪漫主义思想。一九一〇年赴法国巴黎大学进修,接触到波德莱尔、拉弗格和马拉美等人的象征主义诗歌。一九一一年至一九一四年,重返哈佛大学攻读博士学位,并学习印度哲学和梵文。一九一四年改去德国求学,后因第一次世界大战,转入牛津大学莫顿学院学习希腊哲学,并在伦敦附近的海格特学校教授拉丁文和法文。自一九一七年到一九二五年,在劳埃德银行供职,兼任文学杂志《自我中心者》的助理编辑,后又兼任自己创办的文学批论季刊《标准》的主编,还担任费边出版公司董事,直到逝世。一九二七年,他加入英国国籍和英国国教,一九六五年一月四日在伦敦逝世。

艾略特自一九一四年结识诗人庞德,在他的帮助下出版第一部诗集《普鲁弗洛克的情歌》开始,毕生从事文学创作,成为二十世纪诗坛最有勇气的创新者之一。他在用词、风格、诗律方面进行的实验,使英诗获得新的活力。他的一系列批评论著,树立了一套新的理论,他主编的刊物和主持的出版社,鼓励新一代诗人的探索,从而使他被公认为欧美现代派诗风的开创者,西方文坛最有影响的人物之一。艾略特的前期诗作,大多收集在《1909—1925 年诗集》(1925),其中包括被评论家们称为现代诗歌里程碑的长诗《荒原》(1922)。这首诗揭示了西方社会精神世界的枯萎,在艺术上极大地丰富了诗歌的表现手法,为他赢得了国际声誉。一九二七年后,艾略特创作的诗歌带有较浓的宗教色彩,主要的作品有《玛丽亚》(1930)、《灰色的星期三》(1930)等。他一生最重要的诗作是长诗

《四个四重奏》(1943),评论家认为这是他的登峰造极之作。它由四首以地名为标题的抒情长诗组成——《诺顿》《东科克》《赛尔维吉斯》和《小吉丁》,是一部包含着宗教与哲学沉思的组诗。

艾略特运用无韵体共创作了五部戏剧:《大教堂谋杀案》(1935)、《合家团圆》(1939)、《鸡尾酒会》(1949)、《机要秘书》(1953)和《政界元老》(1958)。他的批评文集主要有《圣林》(1920)、《论文选集》(1932)和《古今论文集》(1936)。其中最重要的文章有《传统与个人才能》(1917)、《批评的功能》(1923)、《诗歌的用途和批评的用途》(1933)。

一九四八年,"由于他对当代诗歌做出的卓越贡献和所起的先锋作用",艾略特获得诺贝尔文学奖。

授奖词

在给人深刻印象的诺贝尔文学奖获得者的行列中,托·斯·艾略特显得与那类经常获奖的作家截然不同。他们中的大多数人代表了一种在大众意识中寻求自然联系的文学,为了达到这一目的,他们或多或少是用现成的手法。而今年的获奖者则选择了另一条道路。在一个极端排外和意识到孤立的小圈子中,艾略特渐渐产生了深远的影响,正是在这一点上他的事业是不同寻常的。艾略特一开始似乎只是为一个懂诗的小圈子写诗,然而这个圈子不以他主观愿望为转移慢慢地扩大了。所以,在艾略特的诗歌和散文中有一种很特殊的声音,这种声音使我们这个时代不得不加以重视,这是以一种金刚钻般的锋利切入我们这代人的意识的能力。

在艾略特的一篇论文中,他提出一个客观的、独到的论点:我们当代文明中的诗人只能是难以理解的。"我们的文明,"他说,"包含着极大的多样性和复杂性,这种多样性和复杂性影响细腻的感性,必然产生各种复杂的结果。诗人必须变得愈来愈包罗万象,愈来愈隐晦,愈来愈间接,这样才能够迫使——必要时打乱——语言来表达他的意思。"

在这样一篇声明的背景中,我们就可以检验他的成果,从而理解他所作贡献的重要意义。这样做是值得的。艾略特最初以他在诗歌中富有意义的尝试博得声誉。《荒原》问世于一九二二年,当初曾在好些方面显得令人费解,那是因为它复杂的象征性语言、镶嵌艺术品一般的技巧、博学的隐喻的运用。人们可以回顾一下,这部作品正好与当时另一部对于现代文学起了轰动一时的影响的先锋派作品在同一年发表,那部作品是引起人们广泛议论、出自爱尔兰巨匠詹姆斯·乔伊斯之手的《尤利西斯》。把这两部著作相提并论并非偶然,因为一九二〇年左右的作品,无论在精神上还是在创作方式上,都是十分相像的。

《荒原》——当它晦涩然而娴熟的文字形式最终显示出它的秘密时,没有人会不感受到这个标题的可怕含义。这篇凄凉而低沉的叙事诗意在描写现代文明的枯燥和无力,在一系列时而现实时而神化的插曲中,现代文明景象相互撞击,却又产生了难以形容的整体效果。全诗共有四百三十六行,但实际上它的内涵要大于同样页数的一本小说。《荒原》问世已有四分之一个世纪了,但不幸的是,在原子时代的阴影下,它灾难性的预见在现实中仍有着同样的力量。

此后,艾略特又着手从事一系列同样辉煌的诗歌创作,追求着一个痛苦的、寻求拯救的主题。在一个没有秩序、没有意义、没有美的世俗世界中,现代人"可怕的空虚"以一种强烈的真实跃然纸上了。在他最近的一部作品《四个四重奏》(1943)中,艾略特的文字炉火纯青,仿佛达到了沉思冥想的音乐境界,还有几乎像是礼拜仪式的合唱,细腻而精确地表达了他的心灵。超验的上层建筑在他的世界图像中更加明确清晰地竖立了起来。同时,在他的戏剧作品中出现了一种明显的努力,追求一种肯定的、具有指导作用的信息,这特别表现在写坎特伯雷的托马斯的大型历史剧——《大教堂谋杀案》(1935)中,但也表现在《合家团圆》(1939)中——这部戏是将基督教关于原罪的教义与希腊的命运神话结合起来的一次大胆的尝试,它被放在一个完全现代的环境中,场景设在北英格兰的一所乡村茅舍。

艾略特作品中的纯诗歌部分在数量上并不大,但是它现在屹立在地平线上,宛如升起在大海上的一座岩峰,并无可争辩地形成一座里程碑,有些时候显得真像大教堂神秘的轮廓。这些诗歌打上了他严格的责任感和非凡的自我约束能力的印记,摒弃了所有抒情的老调,完全着墨于实质性的事物上,严峻、硬朗、质朴,但又不时地为来自奇迹与启示的永恒空间的光芒照耀。

要真正了解艾略特,总是会遇到需要解决的难题,还有需要克服的障碍,但这样做时又是令人鼓舞的。这位在写作形式上激进的先驱,当今诗歌风格革命的创始人,同时也是一个具有冷静推理和逻辑清晰的理论家,他从不厌倦地捍卫历史的观点以及为了我们生存而存在的固有道德规范的必要性。这样说或许会显得有些矛盾,还在本世纪四十年代他就在宗教上成为英国国教的信奉者,在文学上成为古典主义的坚决支持者。从这个生活的哲学观来看——这意味着他一直要回到由漫长的年代确立的理念上来——似乎他的现代派实践会同他的传统理论发生冲突。但并非如此。事实上,在一个作家能力所及的范围内,他一直不断地努力在这个鸿沟上架接桥梁,并取得了不同程度的成功;因为他必然充分地并且可能痛苦地意识到了这种鸿沟的存在。他早期的诗歌——在其整体技巧形式上如此令人震惊的互不联系、如此认真的咄咄逼人——最终也可理解为表示对某种思想的否定式表达,这种思想致力于达到更崇高、更纯洁的现实,但必须首先摆脱它自身的嫉恶和冷嘲。换句话说,他的叛逆是一种基督教诗人的叛逆。在此还应注意的是,总的说来,当涉及宗教力量时,艾略特非常注意不去夸大诗歌的力量。只是在他想说明诗歌确实能对我们的内心生活有何作用的时候,才极其小心地并有所保留地这样做,"它可以经常使我们更多地懂得一点那些更深的、无可名状的感觉,正是这些感觉构成了我们存在的基础,而我们又很少能看透它们;因为我们的生活往往是对我们自己的不断回避"。

因此,如果说艾略特的哲学位置恰恰是在传统基础之上的;那么仍然应当记住,他不断指出的那个词在当今的辩论中是怎样被普遍地误用着。"传统"这个词本身包含着运动的意思,包含着某种不可能是静止的,不断地被人传递并且吸收的意思。在诗歌传统中,这个活生生的原则也是通行的。现成的文学作品形成了一个理想的秩序,但是秩序在每一部新的作品加入它的行列时,这个秩序都略微改变了。比重和价值都在不停地起着变化。正如老的指导新的一样,新的也反过来指导着老的,一个认识到这一点的诗人必须也认识到他的困难和责任的程度。

从外表上看,现年六十岁的艾略特回到了欧洲——那古老的、风雨飘摇的,然而仍不失其令人敬仰的文化传统之故乡。他出生在美国一个于十七世纪末自英格兰移居来的清教徒的家庭。他年轻时在巴黎大学、马尔堡大学及牛津大学学习的年代就清楚地显示出,在内心深处他同"旧世界"的历史背景更为接近,于是自一九二七年后,艾略特先生成为了一位英国公民。

在这个授奖仪式上,要将艾略特作为一个作家的性格复杂的多重性全部阐述出来是不可能的,只能从他那些最为突出的特点中略举一二。其中一个显著特点是他高度的、富有哲学修养的智力,这种智力成功地使想象和知识、思想的敏感性和分析力一起发挥了作用,他常能在思想和美学观点上使人重新考虑重要的问题,艾略特在这一点也是非凡的。无论人们对他的评价会多么迥异,对于这点都从无否定,即在那个时期,艾略特是位杰出的提出问题的人,并富有发现恰切词汇的卓越才能——这既表现在诗歌语言上,也表现在捍卫论文中的观点上。

他写过关于但丁其作其人最杰出的研究著作之一,这也绝非出自偶然。在他痛苦的哀婉中,在他形而上的思维方式中,在他对世界秩序热烈的渴望中——这种渴望来自于宗教——艾略特的确具有同这位伟大的佛罗伦萨诗人在某些方面的联系。在他各种不同的社会背景下,他可以合情合理地被看作是但丁最年轻的继承人之一,这为他增添了荣誉。在艾略特传达的信息中我们听到了发自其他时代的庄严回声,然而这种信息在给予我们这个时代和当今活着的人时,其真实性并无丝毫减少。

艾略特先生,根据证书,这个奖励的授予主要是因为对您在现代诗歌中作为一个先驱所取得的杰出成就的欣赏。我在此尽力对这项受到本国许多热情读者钦佩的极其重要的工作作了扼要的介绍。

恰恰是在二十五年前,在您所在的位置上站立着另一位以英语写作的著名诗人——威廉·巴特勒·叶芝;今天您作为世界诗歌漫长历史中一个新阶段的带领人和战士接过这个荣誉。

现在,我代表瑞典学院向您祝贺,请您从王储殿下手中领奖。

瑞典学院常务秘书 安德斯·奥斯特林

乔凌 译

忧郁

星期天:这队确实是
星期天脸庞的满足的行列,
无边女帽、带边丝帽,有意识的优雅姿势
不断重复,用这种肆无忌惮的
无关的东西,替代了
你头脑中的自制。

傍晚,茶点灯光!
孩童和猫儿在胡同中;
沮丧,无力来反抗
这种同谋的沉闷。

而生活,头顶微秃,鬓角灰白,
无精打采,索然乏味,吹毛求疵,
等待着,帽子和手套握在手里,
一丝不苟的领带和服装
(多少有些不耐烦拖延)
等在绝对的台阶上。

裘小龙　译

大风夜狂想曲①

十二点。
沿着合成的月光映照下的
街道的延伸,
低语着的月夜的咒语
融去了记忆的地面,

---

① 说话者(诗人)踏月走回他的住处,月色"合成的"魅力融去了记忆的寻常秩序,提供了一种新的自由联想方式,在这种自由联想中事物仿佛获得了不同寻常的秩序和认识。

和它一切清晰的联系，
以及它的间隔与度数。
我走过的每盏路灯
像一面虔信宿命的鼓似的敲着，
在黑暗的空间中
午夜抖动着记忆，
仿佛疯子抖动着一棵死天竺葵。

一点半，
路灯噼啪地响，
路灯咕哝地讲，
路灯说："瞧这个女人，
她犹豫地向你走近，借着门里的光，
那光像一个微笑似的向她展开。
你看看她裙子的镶边，
镶边撕得粉碎、沾满沙土；
你再留神看她的眼角，
眼角拧动得像扭曲的针。"

记忆将一大堆扭曲的事物
高高抛起、晒干；
沙滩上一根扭曲的树枝，
让海水冲洗得平整、光滑，
仿佛这个世界吐出了
它骷髅一般的秘密，
又硬，又白。
一家工厂院子里的一根破弹簧，
铁锈附上那已消失了力量的外形，
脆硬、卷曲、随时都可能折断。

两点半，
路灯说：
"瞅一瞅那只仰卧在阴沟里的猫，
那猫伸出舌头，
吞下一口发臭的黄油。"
于是一个孩子的手机械地伸出，
将沿着码头奔跑的小玩意儿装进口袋，

在那孩子的眼睛后面我一无所见。
这条街上我看到过
那些试图透过明亮的百叶窗凝视的眼睛；
还有个下午一只蟹在小坑里；
一只年迈的、背上有藤壶的蟹；
钳住我伸给它一根棍子的顶端。

三点半，
路灯噼噼啪啪地响着，
路灯在黑暗中咕哝着，
路灯哼哼唧唧地唱着：
“瞧那轮月亮，
她从来不念旧怨①，
她眨着一只无力的眼睛，
她的微笑落进了角落。
她抚平青草一样的乱发。
月亮已丧失了她的记忆。
那淡淡的天花痕毁了她的面容，
她的手捻着一朵纸做的玫瑰，
玫瑰沁着尘土和克隆水味②。
她孑然一身，
尽管那一遍遍越过她脑海的
陈腐的小夜曲的韵味。”
记忆——不见阳光而干枯的天竺葵，
细小裂缝中的尘土，
街道上栗子的气味，
百叶窗紧闭的房间中女人的臭味，
走廊上烟卷的烟味，
酒吧间中的鸡尾酒味，
——所有的记忆都回来了。

路灯说，
“四点，
这就是门上的号码。

---

① 此行为法文。
② 克隆水味，法国一种酒味。

记忆！
你有这把钥匙，
小灯在楼梯上投下一个光束。
登吧。
床已铺开；牙刷插在墙上，
把你的鞋放在门口，睡吧，准备生活。”

刀子的最后一扭。

裘小龙　译

歇斯底里

她笑的时候我感到卷入了她的笑声并成了笑声的一部分，最后她的牙齿成了仅仅偶然出现的星星，仿佛赋有班组训练才能一般的偶然出现的星星。我被一次次短暂的喘气吸进，在每一个短暂的恢复中吸下，终于消失在她咽喉漆黑的洞穴中，在那看不到的肌肤的波纹中擦得遍体鳞伤。一个年迈的侍从，颤抖着手，匆忙地把一块红白格子的台布铺在生锈的绿色铁桌子上，说：“如果先生和太太愿意在花园里用茶，如果先生和太太愿意在花园里用茶……”我得出结论，倘若她胸脯的起伏能够停下，这个下午的一些断片也许还可以收拾，于是我集中精力，仔细又巧妙地要达到这一目的。

裘小龙　译

我最后一次看到的充满泪水的眼睛

我最后一次看到的充满泪水的眼睛
越过分界线
这里，在死亡的梦幻王国中
金色的幻象重新出现
我看到眼睛，但未看到泪水
这是我的苦难

这是我的苦难
我再也见不到的眼睛
充满决心的眼睛
除了在死亡另一王国的门口

我再也见不到的眼睛
那里,就像在这里
眼睛的生命力更长一些
比泪水的生命力更长一些
眼睛在嘲弄我们。

裘小龙　译

写给一只波斯猫的几行诗

空气的歌唱家们走向
罗素广场的草坪,
树荫下河没什么惬意的东西
给毛茸茸的熊沉闷的头脑,
尖锐的欲望,以及敏捷的眼睛。
只有在悲伤中才有安慰。
噢,什么时候心的嘎吱作响停止?
什么时候破旧椅子能使人惬意?
什么时候夏日能来迟?
什么时候时间能消失?

裘小龙　译

弗吉尼亚

红河、红河,
慢慢流淌的热默默无声,
没有意志能像河流那般平静。
难道热只在一度听到的
反舌鸟的婉转中运动?静谧的山岭
等待着。大门等待着。紫色的树,
白色的树,等待,等待,
延宕,衰败。生存着,生存着,
从不运动。永远运动的
铁的思想和我一起来临

又和我一起消失：
红河、河、河。

裘小龙　译

给我妻子的献辞[①]

这是归你的——那跳跃的欢乐
它使我们醒时的感觉更加敏锐
那欢欣的节奏，它统治着我们睡时的安宁
合二为一的呼吸。

爱人们发着彼此气息的躯体
不需要语言就能思考着同一的思想
不需要意义就会喃喃着同样的语言。

没有无情的严冬寒风能够冻僵
没有酷烈的赤道炎日能够枯死
那是我们而且只是我们玫瑰园中的玫瑰。

但这篇献辞是为了让其他人读的
这是公开地向你说的我的私房话。

裘小龙　译

① 这首诗是艾略特写给他第二个妻子法莱丽的。

1949

获奖作家

福克纳

传略

角逐一九四九年诺贝尔文学奖的作家，仅此后陆续获得这一大奖的有名人物就有福克纳、海明威、斯坦贝克、帕斯捷尔纳克、肖洛霍夫、莫里亚克、加缪、丘吉尔、拉格奎斯特等人。评奖委员们决定在福克纳、丘吉尔和拉格奎斯特之间作一选择。投票的结果是福克纳虽然获得多数票，但最后未能获得全体通过，所以当年未予宣布。直到第二年，福克纳才和一九五〇年的得主、英国哲学家罗素同时被宣布获奖。福克纳获奖是“因为他对当代美国小说做出了强有力的和艺术上无与伦比的贡献”。

威廉·福克纳（William Faulkner，1897—1962），一八九七年九月二十五日生于密西西比州新奥尔巴尼的一个没落庄园主的家庭。一九〇二年，他随全家迁至该州的奥克斯福镇，并在那儿上学。由于对学校的多数功课都感到厌烦，福克纳高中没有毕业便辍学了。不过他倒是个贪婪的读者，读了库柏、马克·吐温、狄更斯、仲马父子、莎士比亚、雨果等人的大量作品。一九一八年七月，福克纳进入加拿大的英国皇家空军学校学习。当年年底，因“一战”结束，他未能学完全部飞行训练科目便回到家乡。回乡后，他作为特殊学生进密西西比大学学习了一年。这时，他开始创作诗歌、散文和短篇小说，其中有的在学生报《密西西比人》上发表。一九二一年，福克纳去纽约当了一段时间书店店员，年底回家任密西西比大学邮务所所长，并曾代理过童子军教练。一九二四年，他自费出版了自己的第一本诗集《大理石牧神》，并辞去邮务所工作。一九二五年，福克纳去新奥尔良小住后，便赴欧洲游历，到过瑞士、意大利、法国、英国，并于年底返回奥克斯福镇。

一九二六年，福克纳的第一部长篇小说《士兵的报酬》在老作家舍伍德·安德森的帮助下出版。该书基本上是一部描写“迷惘的一代”的作品，风格颇似海明威的小说。一九二七年，他的第二部长篇小说《蚊群》问世，作品写的是新奥尔良的一群不拘小节的作家、画家等人的情况。这两部小说都未涉及作者以后创作的基本主题，在社会上也未引起多大反响。

此后，福克纳听从了舍伍德·安德森的劝告，不再写神话、"迷惘的一代"、三流艺术家等，而把笔锋转向自己的家乡，开始营造自己的"约克纳帕塔法世系"，并开始走向自己的创作高峰。一九二九年出版的长篇小说《沙多里斯》即为这一世系的第一部作品，虽然它还仅仅是"站在门槛上"，但已透露出他日后的重要作品中将要运用的主调、题材、结构、风格与艺术手法。正如福克纳自己所说："它打开了一个有各色人等的金矿，我也从而创造了一个自己的天地。"

所谓"约克纳帕塔法世系"，指的是福克纳大多数作品的地理背景都是在他虚构的位于密西西比州北部的约克纳帕塔法县和杰弗生镇，其原型就是作者的家乡拉法艾特县和奥克斯福镇。福克纳一生共创作了十九部长篇小说和近百篇短篇小说，其中十五部长篇小说和绝大多数短篇小说叙述的都是约克纳帕塔法县和杰弗逊镇及其郊区的若干个家族的几代人的故事。其中代表性的长篇小说就有《喧哗与骚动》(1929)、《我弥留之际》(1930)、《圣殿》(1931)、《八月之光》(1932)、《押沙龙，押沙龙》(1936)、《没有被征服的》(1938)和《去吧，摩西》(1942)等。

《喧哗与骚动》是福克纳最重要的代表作，有"现代经典"之称。书名出自莎士比亚的悲剧《麦克白》中麦克白的一段著名台词："人生如痴人说梦，充满着喧哗与骚动，却没有任何意义。"小说不仅描绘了一个南方望族的没落和各个成员精神面貌的变化，也刻画了南方传统伦理道德和价值标准的彻底泯灭，呈现了整个美国南方的历史性变化。《喧哗与骚动》之所以被誉为"现代经典"，还在于这部作品在艺术手法上有许多创新。作者通过意识流的手法，通过梦魇、幻想、潜意识，着重描绘和刻画了人物的内心世界和内心活动。用多角度的叙述方法使作品变得色彩斑斓，大大增强了层次感和真实感。他所采用的时序颠倒手法突出了过去的历史和现在的世界的因果关系。此外，还有神话模式、对位结构、象征隐喻、荒诞夸张等手法的运用，更使作品具有一种扑朔迷离、变幻莫测的神秘色彩。在语言风格上，他试图通过某种晦涩、朦胧、冗长的文体来取得特殊的效果。福克纳在创作技巧上的这些创新和探索是十分有价值的。

福克纳的另一部重要作品《我弥留之际》的故事并不复杂，它叙述农民艾迪·本德仑为了完成妻子弥留时要求把尸体运回娘家坟地安葬的遗愿，率领全家开始了送葬的历程。

另一部重要的"约克纳帕塔法世系"小说是《押沙龙，押沙龙》。这部小说用和《喧哗与骚动》相似的手法，通过几个人的叙述来表现庄园主塞德潘一家的盛衰史。不同的是叙述的故事要复杂得多，而且带有沉重而神秘的色彩。

《圣殿》用平铺直叙的客观叙述手法描绘了性欲的罪恶和现代社会中冷漠的人际关系。《八月之光》的主题是种族问题，写一个在社会中找不到自己位置的孤独者被罪恶的种族、阶级偏见扼杀的悲剧。《没有被征服的》其实是一部由七篇作品组成的系列小说。它着重描写美国南方在内战时期与重建时期的情景。《去吧，摩西》同样也是一部由七篇作品组成的系列小说，几乎是一部南方的种族关系史，如福克纳自己所说，它是"整片南方土地的缩影，是整个南方发展和变迁的历史"。长篇小说《村子》(1940)、《小镇》(1957)和《大宅》(1959)写的都是弗莱姆·斯诺普斯和他周围的人的故事,主题和情节有连贯性,被合称为“斯诺普斯三部曲”。此外,长篇小说还有《坟墓的闯入者》(1948)、《修女安魂曲》(1951)、《寓言》(1954)和《掠夺者》(1962)等。

福克纳也是中短篇小说艺术的巨匠,如《殉葬》《夕阳》《早晨的胜利》以及系列小说中的《熊》《古老的民族》和《大黑傻子》等,都是现代小说中最精美的中短篇佳作。此外,他还创作了诗集《绿枝》(1933)、散文集《新奥尔良札记》(1958)等。

他获得诺贝尔文学奖后,又相继获得美国国家图书奖(1951)和普利策奖(1955、1963),并多次受国务院委派前往日本、瑞典等国从事文化交流工作。一九六二年七月六日,福克纳因心脏病在密西西比州的巴哈利亚猝然去世,次日安葬于奥克斯福的圣彼得墓园。

授奖词

从本质上讲,威廉·福克纳是一位乡土作家,这就令瑞典读者油然联想到我们自己的两位最为重要的小说家塞尔玛·拉格洛夫和雅尔玛·伯格曼。福克纳笔下的韦姆兰是密西西比州的北部地区,他笔下的瓦德考平称之为杰弗逊。在他和我们的两位同胞之间的对应比较还可以扩展和深化,但现在时间不允许我们离题太远。他和他们之间的不同——那种巨大的不同,就在于与拉格洛夫笔下的游侠骑士和伯格曼笔下的怪异人物的生活背景相比,福克纳作品的背景要阴暗得多,血腥得多。福克纳是南方诸州的伟大史诗作家,涵盖了其所有的背景:那是一个建筑在廉价的黑奴劳动上的光荣过去,经历了一场内战并遭失败,从而毁灭了当时存在的社会结构所必需的经济基础,那种挫折的过渡时期延伸得时间颇长又令人痛苦;还有最后一点,一种工业的和商业的未来摆在面前,其生活的机械化和标准化令南方人感到陌生,怀有敌意,南方人只得逐渐能够并且乐于适应这种生活。福克纳的小说是对这种痛苦的过程一种持续的而又不断深化的描绘,他对这个过程十分熟悉,并有切肤的感受,因为他实际上就来自这样一个家庭,那家庭不得不吞食失败的苦果,一直吃到被虫蛀咬的果核:贫困、腐败、众多而又姿态各异的堕落。他被称为反动派,但是即使这个术语在某种程度上是不无道理的,鉴于他在这个黑色的编织品上如此不懈地劳作着,而那编织品上的有罪感又是愈来愈清晰,这个术语也就得到了抵消。那种绅士派的环境、那种骑士气概、那种勇气、那种往往走向极端的个人主义是以非人性为代价换来的。简单地说,福克纳的矛盾可以这样概括——他深感悲叹且用夸张的方式加以表现的这一生活方式是他出于自己的正义感和人道主义而不能够忍受的。正是这一点使得他的地域主义具有了普遍意义。四年的血腥战争带来的社会结构的变化,欧洲人民花费了一个半世纪的时间才获得,俄国人是个例外。

这位五十二岁的作家正是把他重要的小说置于一种战争和暴力的背景之下。他的祖父在内战时期曾担任高级指挥官。他本人又是在这样一种氛围中成长起来的,这种氛围系由好战喜功和那从不肯承认失败带来的辛酸和贫困造成的。他二十岁的时候参加了加拿大皇家空军,两次飞机失事,返回故土,却又并非战斗英雄,而是一名在身体上和精神上受到战争创伤的、前景难卜的青年,在若干年里又过着朝不保夕的不安定生活。他之所以参加战争,其原因在他的一部早期小说里借助一个人物的口吻表达出来了:"谁也不想使战争被浪费掉"。但是从这个曾渴望激动人心的事件和战斗的青年身上,逐渐产生了这样一个人,他对暴力的憎恶被愈来愈感情强烈地表达了出来,完全可以用《圣经》的"摩西十诫"中的第五诫来予以总结:汝不可杀人。另一方面,还有一些事物系人类必须永远表现出是不乐意忍受的。"有一些事物,"他最近塑造的一个人物说道,"你必须永远也不能够忍受,那就是非正义、暴行、耻辱和欺侮,这并不是为了名和利——只是拒不忍受它们。"人们或许会问,这两个格言怎么能够达到调和,在国际法纪荡然无存之际,福克纳本人又怎能拟想出这两者之间的和谐。这是一个他未解决的问题。

事实是,作为一名作家,福克纳与其说是对解决问题感兴趣,毋宁说是不可抗拒地对南方诸州的经济地位的突变纵情地进行社会学的评论。失败和失败带来的后果只不过是他的史诗赖以产生的土壤。使他受到强烈吸引的并不是作为一种社会的人们,而是社会中的人,那自身即为一种最终统一体的个人,他奇怪地不为外部条件所动。这些个人的悲剧与希腊悲剧毫无共同之处:他们被激情引向残酷的结局,而激情又是由遗传、传统和环境造成,那些激情或者是在一种突如其来的爆发中表现出来,或者是在一种从也许数代之久的限制中获得的缓慢解放里表现出来。几乎随着每一部新作的问世,福克纳都更深刻地刺进人的灵魂,刺进人的伟大和自我牺牲的力量、权力欲、贪婪、精神的贫困、褊狭的胸襟、滑稽的顽固、极度的痛苦、恐惧、退化了的变态。作为一名深入探究人心的心理学家,他在所有在世的英美小说家当中是无可匹敌的大师,他的同仁们也并不拥有他那种怪诞的想象力和他那种创造人物的能力。他笔下的低于常人的和超人式的人物,不论是悲剧性的还是滑稽得使人毛骨悚然的人物,都带着一种现实性从他的脑海中涌现出来,而这种现实性又没有几位在世的人——甚至那些与我们最为接近的人——能够给我们提供;那些人物在这样一种社会环境中移动着,其亚热带植物的气味、女士们的香水味、黑人的汗味、骡马的气味甚至立即渗透进斯堪的纳维亚人的温暖舒适的卧室里。他堪称山水画画家,像猎手一样对自己的猎场了如指掌,有着地质学者的精确和印象派艺术家的敏感。除此之外,在二十世纪小说家当中,福克纳与乔伊斯同为伟大的实验者,福克纳可能甚至还胜过一筹。他的小说难得有两部在技巧上相类似,好像他想凭借着这种不断地更新,以达到他的不论是在地理上还是在题材上有限的世界不能给予他的不断扩充的广度。那要进行实验的同样欲望也见于他对丰富的英语的完全掌握上,这一点现代英美小说家无人能与他比肩;这种丰富源自英语不同的语言学成分以及风格上不时发生的变化——从伊丽莎白时代的人的精神一直到南方诸州黑人的数量不多但却又富有表现力的词汇。自从梅瑞狄斯①以来,没有任何像他那样曾成功地造出了像大西洋的滚滚波涛一样无穷无尽且又强有力的句子,也许乔伊斯是个例外。同时,他用一连串短句即描绘出一系列事件,每个短句都如一记锤击,把钉子完全钉进木板,牢固不动,就这一点

① 梅瑞狄斯(1828—1909),英国小说家、诗人。

来说，在他本人的时代也没有几个作家能够与他抗衡。他对语言资源掌握得游刃有余，这能够——而且也确实经常——使他把词语和联想穿缀成珠，让读者在令人兴奋或者扑朔迷离的故事中考验自己的耐性。但是这种酣畅淋漓与文学虚饰并无相关之处。这也并非仅仅证明他的想象富有灵活性；每一个新的修饰语、每一个新的联想都极其意味深长，都旨在更深地挖掘进他的想象力使之显现出的现实。

福克纳往往被描述成一位宿命论者，然而他本人却从未声称恪守任何特殊的人生哲学。简略说来，他对人生的看法也许可以用他自己的话语总结出来：一切（也许？）皆毫无意义。如果并非如此的话，那么建立了这整个结构的他或他们对事物的安排就会不同。然而一切又必须具有某种意义，因为人在继续斗争，而且必须继续斗争，直到有一天一切结束。但是福克纳有一个信念，或者更恰当地说有一种希望：每一个人迟早都会接受应得的惩罚，而自我牺牲不仅随之带来个人的幸福，而且也增加了全人类善行之总和。这是一种希望，其后半部分令我们油然想起瑞典诗人维克托·赖德伯格所表达的坚定信念，他于一八七七年在乌普萨拉的五十年纪念学位颁发仪式上呈上了一部清唱剧，其叙唱部就表达了这种信念。

福克纳先生——您所诞生和成长的那个南方州的名字长期以来即为我们瑞典人所熟知，而这多亏了您少年时代的两位最密切、最挚爱的朋友汤姆·索亚和哈克贝利·费恩。马克·吐温将密西西比河置于文学的地图上，五十年后您又开创了一系列的小说，您用这些小说从密西西比州里创造出了二十世纪世界文学的一个里程碑。这些小说形式总是在变化，其心理上的洞察力不断深化、愈加强烈，其人物——不论贤与不肖——足以不朽，这一切都使这些小说在现代英美小说中占据了一个独特的位置。

福克纳先生，现在，我荣幸地请您从国王陛下的手中接受瑞典学院授予您的诺贝尔文学奖。

瑞典学院院士 佩尔·哈尔斯特龙

王义国　译

作品

大黑傻子

一

他穿着仅仅一个星期之前曼尼亲自为他洗净的褪色的旧工裤，站在那里，听到了第一团土块落在松木棺材上的声音。紧接着，他自己也抄起了一把铁锹，这把工具在他手里（他是个身高六英尺多、体重二百来磅的彪形大汉），就跟海滩上小孩用的玩具铲子一样。铁锹抄起足足半立方尺的泥土轻快地送出去，仿佛那只是小铲子扔出去的一小撮沙土。锯木厂里跟他一起干活的一个伙伴碰碰他的胳膊，说:“把铁锹给我吧，赖特。”他理也不理，只是把一只甩出去一半的胳膊收回来，往后一拨拉，正好打在伙伴的胸前，使那人往后打了个趔趄，接着他又把手放回到甩动着的铁锹上。他正在火头上，扔土一点也不费劲，那个坟丘也就显得是自己长出来似的，好像不是一铲土一铲土堆上去的，而是眼看它从地里长出来的。到后来，除了裸露的生土之外，它已经与荒地上所有别的散乱的坟丘，那些用陶片、破瓶、旧砖和其他东西做记号的坟丘毫无区别了。这些做记号的东西看上去很不起眼，实际上却意义重大，是千万动不得的，白人是不懂这些东西的意义的。接着，他挺直身子，用一只手把铁锹一扔，只见那铁锹直直地插在坟墩上，还颤颤地抖动着，像一支标枪。他转过身子，开始往外走去。坟丘旁稀稀拉拉地站着几个亲友，还有几个老人，打从他和他死去的妻子出世，这些老人就认得他们了。这圈人中走出一位老太太，一把拽住他的胳膊，这是他的姨妈。他是姨妈拉扯大的，他根本记不得自己父母是什么模样了。

“你上哪儿去?”她说。

“俺回家去。”他说。

“你别一个人回到那儿去，”她说，“你得吃饭。你上我那儿去吃点东西。”

“俺回家去。”他重复了一句，甩掉她的手走了开去，他的胳膊像铁铸似的，老太太那只手按在上面，分量仿佛还没有一只苍蝇重。他班里的工人默默地分开一条路让他出去。可是还不等他走到篱笆那儿就有一个工人追了上来，他不用问就知道这是来给他姨妈传话的。

“等一等，赖特，”那人说，“我们在树丛里还藏有一坛酒呢——”接下去那人又说了一句他本来不想讲的话，说了一句他从没想到自己在这样的场合会讲的话，虽然这也是每一个人都知道的老生常谈——死者还不愿或是还不能离开这个世界，虽然他们的肉身已经回进大地;至于说他们离开世界时不仅仅不感到遗憾，而且是高高兴兴地去的，因为他们是走向荣耀，这样的话还是让牧师去说，去一遍一遍地说，去强调吧。“你现在先别回去。她这会儿还在忙乎着呢。”那工人说。

他没有停住脚步，只是朝下向那人瞥了一眼，在他那高昂的、稍稍后仰的头上，眼角深处有点充血。“别管我，阿西，”他说，“你们这会儿先别管我。”接着便继续往前走，连步子的大小都没改变，一步就跨过了三道铁丝拦成的栅栏，穿过土路，走进树林。等他从树林里出来，穿过最后一片田野，又是只一步便跨过了篱笆，走进小巷，这时，天已经擦黑了。在星期天黄昏这样的时刻，小巷里阒无一人——没有坐在大车里去教堂的一家一家的人，没有马背上的骑者，也没有行人和他搭话，或是在他走过时小心翼翼地抑制住自己不朝他的背影看——在八月天粉末般轻、粉末般干燥的灰白色的尘埃里，漫长的一个星期的马蹄印、车轮印已为星期天不慌不忙闲逛的脚印所覆盖，但是在这些脚印底下的某些地上，在那踩上去令人感到凉飕飕的尘土里，还牢牢地留下了他妻子那双光脚的狭长、呈八字形的脚印，它们虽已不清晰但并没有完全消失;每个星期六的下午，就在他洗澡的时候，她总要步行到农场的商店去，把下星期吃的、用的都买回来;这里还有他的，他自己的脚印，他一面迈着大步，一面在沙土里留下了足迹，他的步子挪动得很快，就跟一个小个子的差不多,他的胸膛劈开了她的身躯一度接触过的空气,他的眼睛里收进了她的眼睛已经看不见的东西——那些柱子、树木、田畴、房舍和山冈。

他的房子是小巷尽头最后的那一幢,这不是他自己的房子,而是从白人地主卡洛瑟斯·爱德蒙兹那里租来的。房租是预先一次付清的,虽然他只住了六个月,但是他已经给前廊重新换了地板,翻修了厨房,重换了厨房的屋顶,这些活儿都是他自己星期六下午、星期天在他妻子的帮助下完成的,他还添置了火炉。这是因为他工钱挣得不少:他从十五六岁长个儿那阵起就在锯木厂里干活,现在他二十四岁,他还是运木队的队长,因为他的工作队从日出干到日落,总比别的工作队多卸三分之一的木头,有时,为了炫耀自己的气力大,他常常一个人去搬一般得两个人用铁钩子搬的那种木头;从前,即使在他并不真正需要钱的时候,他也总有活儿干,那时,他想要的一切,或者说他需要的一切,都不必花钱来买——肤色从浅到深满足他各种说不出名堂的需要的女人,他不必花钱,就能弄到手,他也不在乎自己身上穿的是什么衣服,至于吃的,一天二十四个小时他姨妈家里现成的都有,他每星期六交给她两块钱,他姨妈甚至都不肯收——因此,唯一要花钱的地方就是星期六、星期天的掷骰子和喝威士忌了。这是六个月之前的情况,六个月前的一天,他第一次正眼看了看他从小就认识的曼尼,当时他对自己说:"这样的日子俺也过腻了。"于是他们结了婚,他租了卡洛瑟斯·爱德蒙兹的一所小木屋,在他们新婚之夜,他给壁炉生了火,因为据说爱德蒙兹最老的佃户路喀斯·布钱普大叔四十五年前也是在他的新婚之夜点上火的,这火一直到现在也没熄灭;他总是在灯光照耀下起床、穿衣、吃早饭,太阳出来时走四英里到锯木厂去,然后,正好在太阳下了山的一个小时之后,他又回到家中,一星期五天都是如此,星期六除外。星期六中午一点钟之前,他总是登上台阶,他敲门既不敲门柱也不敲门框,而是敲前廊的屋檐,然后走进屋子,把白花花的银币像小瀑布似的哗哗地倒在擦得锃亮的厨房餐桌上,他的午餐正在厨房的炉灶上嗤嗤地响呢;那一铅桶热水,那盛在发酵粉罐头里的液体肥皂,那块用烫洗过的面粉袋拼成的毛巾,还有他干净的工裤、衬衫,都放在一边等他享用呢;而曼尼这时就把钱收起来,走半里路上小卖店去买回下星期的必需品,把剩下的钱去存在爱德蒙兹的保险箱里,再走回家;这时候两人就坐下来,不慌不忙地吃上一顿忙了五天之后的舒心饭——这顿饭里有腌肉、青菜、玉米面包、冰镇在井房里的带脂牛奶,还有她每星期六烤的蛋糕。现在她有了炉子,可以烤东西吃了。

可是如今,当他把手放到大门上去时,他突然觉得门后面空空的,什么都没有。这幢房子本来就不是他的,今天,连那新安上去的木板、窗台、木瓦,以及壁炉、炉子和床,也都成了旁人记忆中的一部分,因此,他仿佛是一个在某处睡着突然醒来发现自己在另一个地方的人,在半开的大门口停下脚步,大声地说:"我干吗上这儿来呢?"说完这句话,他才往里走。这时他看见了那条狗。他早就把它丢在脑后了。他记得自从昨天天亮之前它开始嗥叫之后,他就再也没有见到过它,也没有听到过它的声音——这是一条大狗,是一条猎犬,却不知从哪儿继承来一丝猛犬的血统。(他们结婚一个月之后他告诉曼尼:"俺得养活一条狗。不然,一整天,有时还得一连好几个星期,家里陪着我的就只有你一个。")这条狗从门廊底下钻出来,走近他,它没有奔跑,却是像在晦暗中漂浮过来的,一直到它轻轻地偎依在他的大腿旁。它昂起头，好让他的手指尖刚能抚触到它，它面对屋子，没有发出一点声音；与此同时，仿佛是这只畜生控制着、保护着这所房子直到这一刻才消除了魔法似的，在他面前的由木板、木瓦组成的外壳变硬了，充实了，有一瞬间他都相信自己大概没法走进去了。"可是我得吃呀，"他说，"咱俩都得吃东西呢。"他说，接着便朝前走去了，可是那条狗却不跟着，于是他转过身来，呵斥道："快过来呀！"他说，"你怕啥？她喜欢你，跟我一样。"于是他们登上台阶，穿过前廊，走进屋子——走进这充满暝色的单间，在这里，整整六个月都浓缩成了短暂的一刻，使空间显得非常局促，令人感到呼吸都很困难，整个六个月也挤缩到壁炉前面来了，这里的火焰本该一直点燃，直到他们白头偕老的；在他还没有钱购置炉灶那会儿，他每天走四里路从锯木厂回到家中，总能在壁炉前找到她，见到她狭长的腰背和她蹲坐着的腿与臀，一只长长的手掌排开着挡在面前，另一只手捏着一只伸在火前的长柄煎锅；从昨天太阳出山时起，这里的火焰已变成死灰造成的一摊浅灰色的污迹——他站在这里，那最后一缕天光在他那有力地、不停息地跳动着的心脏前消隐，在他那深沉地、不间断地起伏着的胸膛前消隐，这跳动与起伏不会因为他急遽地穿越树林、田野而加快，也不会因为一动不动地站在这安静、晦暗的房间里而减慢。

这时候那只狗离开了他。他大腿旁那轻微的压力消失了；他听见它走开时爪子落在木头地板上的嗒嗒声与吱吱声，起先他还以为它逃走了呢。可是它一出大门就停了下来，就待在他这会儿可以看得见的地方，它把头朝上一扬，开始嗥叫起来，这时候，他又看到她了。她就站在厨房门口，望着他。他纹丝不动。他屏住呼吸，先不说话，一直等到他知道自己开口发出的声音不至于是不正常的，他也控制好脸上的表情免得吓着了她。"曼尼，"他说，"没关系。俺不怕。"接着他朝她走过去一步，走得很慢，甚至连手也不抬起来，而且马上又停住脚步。接着他又跨过去一步。可是这一回他刚迈步她的身影就开始消失了。他马上停住脚步，又屏住呼吸不敢出气了，他一动也不动，真想命令自己的眼睛看见她也停住不走。可是她没有停。她还在不断地消失与离去。"等一等，"他非常温柔地说，他对女人还从来没发出过这么温柔的声音，"那么让我跟你一块儿走吧，宝贝儿。"可她还是在继续消失。她现在消失得很快。他的确感觉到了横在他们当中的那道无法逾越的障碍，这障碍力量很大，足足可以独自扛起通常怎么也得两人才能搬动的圆木；这障碍有一副特别结实的躯体，连生命都无法战胜，而他现在至少有过一次亲身经验，知道即使在一次突如其来的暴死中，倒不是说一个年轻人的躯体，而是说这副躯体想继续活下去的意志力，究竟有多么坚强。

这时她消失不见了。他穿过她方才站着的门口，来到炉子前，他没有点亮灯。他并不需要灯光。这炉子是他自己安的，他还打了放碟子的架子，现在他摸索着从里面取出了两只盘子，又从放在冷灶炉上的一只锅子里把一些食物舀在盘子里，这些食物是昨天他的姨妈拿来的，他昨天已经吃了一些，不过他现在不记得什么时候吃的，也不记得吃下去的是什么了，他把两只盘子端到一扇光线越来越暗的小窗户下的白木桌上，拉出两把椅子，坐下来，再次等待，直到他知道自己的声音会符合要求时才开口。"你现在来吧，"他粗声粗气地说，"到这儿来吃你的晚饭。我也没啥好……"他又停了下来，看看自己的盘子，使劲地、深沉地喘着气，他的胸膛起伏得很厉害，但很快，他又镇定下来，大约有半分钟一动也不动，然后舀了满满一勺黏稠的冷豌豆送进自己的嘴里。那团凝结了的、毫无生气的食物一碰到他的嘴唇就弹了回来，连嘴巴里的体温也无法使它们变得温热些，只听见豌豆和勺子落在盘子上发出的嗒嗒声。他的椅子猛地朝后退去，他站了起来，觉得下腭的肌肉开始抽搐，迫使他的嘴巴张开，又牵得他脑袋的上部直往后仰。可是还不等自己发现呕吐的声音，他就把它压了下去，他又重新控制了自己，一边迅速地把自己盘子里的食物拨到另一只盘子里去，又拿起盘子，离开厨房，穿过另一个房间和前廊，把盘子放在最底下的一级台阶上，然后朝大门口走去。

那条狗不在，可是还没等他走完半里路它就撵了上来。这时候月亮升起了，人和狗的影子支离破碎、断断续续地在树丛间掠过，或是投在牧场的草坡上与久已废弃的田垄上，显得又长又斜。这汉子走得真快，就算让一匹马在这样的地面上走，速度也不过如此。每逢他见到一扇亮着灯光的窗子，他就调整一下前进的方向。那只小狗跑着紧跟在他后面，这期间，他们的影子随着月亮的上升而变短，最后他们又踩着了自己的影子，那最后一点遥远的灯火已经熄灭，他们的影子又朝另一个方向伸长，那只狗还是紧跟在他脚后，纵然一只兔子几乎就从汉子的脚底下蹿出来，它也没有离开。接着它在蒙蒙亮的天光下挨着那人合扑的身躯躺下，偎依着他那一起一伏的胸膛，他那响亮刺耳的鼾声倒不像痛苦的呻吟，而像一个长时间与人徒手格斗的人的哼哼声。

当他来到锯木厂时，这里什么人都没有，除了一个火夫——这个上了点年纪的人正从木堆边上转过身来，一声不吭地瞧着他穿过空地，他步子迈得很大，仿佛不仅要穿过锅炉房，还要穿过(或是越过)锅炉似的，昨天还是干干净净的那条工裤已经沾满泥水，露水一直湿到他的膝盖，头上那顶布便帽歪在一边，帽檐压在耳朵上，跟他平时的架势一样；眼白上有一圈红丝，显得焦急而紧张。“你的饭盒在哪儿?”他说。可是还不等那火夫回答，他就一步越过他身边，把一只锃亮的原来盛猪油的铁皮桶从柱子的一根钉子上取下来。“俺光吃你一块饼干。”

“你全都吃掉好了，”那火夫说，“午饭时我再吃别人饭盒里的东西。你吃完回去睡觉吧。你脸色不好。”

“我不是上这儿来给人家看脸色的。”他说，在地上坐了下来，背靠着柱子，打开饭盒夹在双膝间，两只手把食物往嘴里塞，狼吞虎咽起来——仍然是豌豆，也是冷冰冰的，还有一块昨天星期天炸的鸡，几片又老又厚的今天早上炸的腌肉，还有块像婴儿帽子那么大的饼干——乱七八糟，淡而无味。这时候工人三三两两地来到了，只听见锅炉房外一片嘈杂的说话声和活动声；不久，白人工头骑了匹马走进空地。黑汉子没有抬起头来看，他把空饭盒往身边一放，爬起来，也不朝任何人瞅一眼，就走到小溪旁俯身躺下，把脸伸向水面，呼噜呼噜地吸起水来，那劲头与他打鼾时一样，深沉、有力而困难，也跟他昨天傍晚站在空荡荡的屋子里用力呼吸时一样。

接着一辆辆卡车转动起来了。空气中跳动着排气管发出的急促的噼啪声和锯片的呜呜声、铿锵声，卡车一辆接一辆地开到装卸台前来，他也依次爬上一辆辆卡车，在他即将卸下的圆木上平衡好自己的身体，敲掉楔木，松开拴住圆木的铁链，用他的铁钩拨拉一根根柏木、橡胶木和橡木，把它们一根一根地拖到斜坡前，钩住它们，等他班里的两个工人准备好接住它们，让它们滚到该去的地方。就这样，每来一辆卡车都伴随着长时间的隆隆滚动声，而人的哼声与喊声则是分隔开这隆隆声的标点符号。上午一点点过去，人们开始出汗，一句句重复的歌声也从这里那里升起。他没有和大伙儿一起唱歌。他一向不怎么爱唱歌，今天早上就更没有理由这样做了——他又挺直了身子，高出在众人的头顶之上，他们的眼光都小心翼翼地避开，不去看他，他现在脱光了上身，他脱掉衬衫，工裤的吊带在背后打了个结，除了脖子上围了一块手帕之外上身全部裸露着，那顶便帽却还挂在右耳上，一扇一扇的，逐渐升高的太阳照在他那身黑夜般乌黑的一团团一股股布满汗珠闪闪发光的肌肉上，映出了钢蓝色。最后，中午的哨声吹响了，他对站在卸台下的两个工人说："注意。你们躲开点儿。"接着他便踩在滚动的圆木上从斜板上下来，挺直身子平衡着，迅速地踩着往后退的小碎步，在轰隆轰隆的雷鸣的伴奏下直冲下来。

他的姨夫在等候他——那是一个老人，身量和他一般高，只是瘦些，也可以说有点羸弱了。他一只手里拿着一只铁皮饭盒，另一只手托着一只盖好的盘子。他们也在小溪旁树荫底下坐了下来，离那些打开饭盒在吃饭的工人有一小段距离。饭盒里有一瓶带脂牛奶，用一块湿麻袋布包着。放在那只盘子里的是一块桃子馅饼，还是温乎的呢。"她今天上午特地为你烤的。"姨夫说，"她说让你上俺家去。"他没有回答，身子却微微前俯，两只胳膊肘支在膝头上，用两只手捏住馅饼，大口大口地吞食着，满含糖汁的果馅弄脏了他的脸，汁液顺着脸颊往下流。他一面咀嚼，一面急急地眨着眼，眼白上红丝更多也更密了。"昨儿晚上我到你家去过，可你不在。你姨妈叫我来的。她让你上咱们家去。昨儿晚上她让灯亮了一夜，特地等你去呢。"

"俺挺好的。"他说。

"你一点也不好。上帝给的，上帝拿回去了呗。你要好好相信上帝。你姨妈会照顾你的。"

"怎么个相信法？"他说，"曼尼干了什么对不起他的事啦？他多管什么闲事，来瞎搅和我跟……"

"快别这么说！"老人说，"快别这么说！"

这时候，卡车又开始滚动了。他也可以不用管自己的呼吸为什么这么沉重了，又过了一会儿，他开始相信他已经忘掉呼吸这回事了，因为现在圆木滚动发出不断的轰隆轰隆声，他都没法透过噪音听见自己的呼吸了；可是他刚相信自己已经忘掉，他又明白其实并没有忘记，因此，他非但没有把最后一根圆木拨到卸板上去，反而站起来，扔掉铁钩，仿佛那是一根烧过的火柴似的，他在方才滚下去的那根圆木正在消失的余音中用手一撑，跳到了两块木板当中，面朝仍然躺在卡车上的圆木。他过去也这样干过——从卡车上拉过一根圆木，用双手举起，平衡一下，转过身子，把它扔在卸板上，不过他还从来没有举过这么粗的圆木，因此，在一片寂静中——现在出声的只有排气管的突突声与空转的电锯的轻轻的呜咽声，因为包括白人工头在内的所有人的眼睛都在盯着他，他用胳膊肘一顶，把圆木顶到车帮边上，蹲下身子，把手掌撑在圆木底部。一时之间，所有的动作都停了下来。那没有理性、没有生命的木头好像已经把自己的基本习性——惰性传染了一部分给这个人,使他进入半睡眠状态。接着,有一个声音静静地说:“他扛起来了。木头离开卡车了。”于是人们看见了缝隙和透出来的亮光,他们看着那两条顶紧地面的腿以难以察觉的速度在伸直,直到双膝顶在一起,他们注视着那股劲一点点极其缓慢地往上升,通过往里收缩的腹部、往外挺的胸脯、青筋毕露的脖颈;那股劲经过时使他牙关咬紧,嘴唇外咧,那股劲的牵引使他整个头部往后仰,只有那双充血、呆滞的眼睛没有受到影响。接着,那股劲又爬上他的双臂和正在伸直的胳膊肘,最后,那根平衡着的圆木终于高过他的头。“不过,他可没有劲儿举着木头转身了,”说话的还是方才的那个声音,“要是他仍旧把木头放回到卡车上,那他会气死的。”可是没有一个人动弹。这时——倒也看不出他在最后使劲——木头仿佛突然自动地从他头上往后跳去,它旋转着,撞击着卸板,发出轰隆轰隆声,一路滚了下去;他转过身子,只一步就跨过了斜斜的小路,他从人群中穿过,人们纷纷闪开,他穿过林中空地朝树林走去,虽然那工头在他背后不断地喊道:“赖特!喂,赖特!”

太阳落山时他和他的狗来到四里路外河边的沼泽地——那里也有一片林中空地,它本身并不比一个房间大,那儿有一间小房子,其他是一半用木板一半用帆布搭成的窝棚。有一个胡子拉碴的白人站在门口,瞧着他走近,门边支着一杆猎枪。他伸开手掌,里面有四枚银元。“给俺来一坛酒。”他说。

“一坛酒?”白人说,“你是说一品脱吧。今天是星期一。你们这个星期不是全部开工吗?”

“俺不干了,”他说,“俺的那坛酒呢?”他站在那儿等候,眼睛茫茫然,显然并没有看什么东西,高昂的头稍稍后仰,充血的眼睛迅速地眨着,接着他转过身子,那只酒坛挨着大腿挂在他那只勾起的中指上,这时,那个白人突然警惕地朝他的眼睛看去,仿佛是第一次看到似的——这双眼睛今天早上还在很使劲很急切地瞪视,现在却像什么也看不见了,而且眼白一点儿也没露出来——白人说:

“喂,把那只坛子还我。你喝不了一加仑①。我会给你一品脱的,我给你就是了。完了你快点走开,再别回来。先别回来,等到……”说到这里他伸出手去夺那只坛子,那黑人把坛子藏在身后,用另一只手往外一拨,正好打在白人的胸口上。

“听着,白人,”他说,“这酒是俺的。俺钱都付给你了。”

那白人咒了他一句:“不,还没有呢。你把钱拿回去。酒坛给我放下,黑鬼。”

“这可是俺的,”他说,声音很平静,甚至很温和,脸上也很平静,只有两只充血的眼睛在迅速地眨着,“俺已经付了钱。”他转过身去,背对着这个人和那支枪,重新穿过林中空地,来到小路旁,那只狗在那儿等他,好再跟在他脚后走。他们急急地趱行在两面由密不通风的芦苇形成的墙垣当中,这些芦苇给黄昏添上了一抹淡金的色彩,也和他家的墙壁一样,紧紧地挤在他眼前,让人感到压抑,感到憋气。可是这一回,他没有匆匆逃离这个地方,只是停住脚步,举起酒坛,把塞住气味很冲的烈性酒的玉米轴拔出,咕嘟咕嘟地一连喝了好多口像冰水般又醇又凉的酒,直到放下酒坛重新吸进空气,他都没有觉出酒的滋味与热辣辣的劲头。“哈,”他说,“这就对咯。你倒试试看,大个子。俺这儿有足可

---

① 一加仑,一加仑等于八品脱。

以打倒你的好东西呢。”

他刚从洼地让人透不过气的黑暗中走出来,马上就见到了月亮。他喝酒时,他那长长的影子和举在高空的酒坛的影子斜斜地伸了开去,在咽下好几口银白色的空气之后,他才感到呼吸舒畅了些,他对酒坛说:“现在看你的了。你总是说我不如你。现在要看你的了。你拿出本领来呀。”他又喝了,大口大口地吞咽着那冰冷的液体,在他吞咽的过程中,酒的滋味与劲头都像是变淡了似的,只觉得一股沉甸甸的、冰冷的液体带着一团火流下肚去,经过他的肺,然后又围裹住他那在不断猛烈地喘息的肺,直到两片肺叶也突然伸张收缩得自在起来,就像他那灵活的身躯在周围那堵银色的空气厚墙里跑动时一样自在。他现在舒服得多了,他那跨着大步的影子和那条迈着碎步的狗的影子像两团云影,在小山腰上迅速滑动;当他那不动的影子和举在嘴边的酒坛的影子在山坡上投下斜斜的长影时,他看见他姨父那孱弱的身影在蹒蹒跚跚地爬上小山。

“锯木厂的人说你走了,”老人说,“我知道到哪儿去找你。回家吧,孩子。酒可帮不了你的忙。”

“它已经帮了我一个大忙了,”他说,“我已经回到家了。我现在是给蛇咬了,我连毒药也不怕了。”

“那你去看她呀。让她看看你。她只要求你做到这一点:就让她看看你……”可是他已经在走动了。“等一等!”老人喊道,“等一等!”

“你可赶不上我。”他说,朝银色的空气说道,他的身子劈开那银色滞重的空气,现在空气开始在他的身旁往后迅速地流动,就像在一匹疾驰的马身边流过一样。老人那微弱嘎哑的声音早已消失在夜晚的广漠之中了,他和狗的影子很轻松地掠过了几里路,他那艰难深沉的呼吸也变得很轻松了,因为现在他身体舒服多了。

这时,他再次喝酒,却突然发现再没有液体流进他的嘴巴。他吞咽,却没有任何东西流下他的喉咙。他的喉咙与嘴里现在哽塞着一根硬硬实实、一动不动的圆柱体,它没有引起反应,也不让人感到恶心,圆鼓鼓、直挺挺的,仍然保持着以他的咽喉为模子浇铸成的形状,从他的嘴里跳了出来,在月光底下闪着光,崩裂成碎片,消失在发出喃喃絮语的沾满露珠的草丛里。他再次喝酒。他的嗓子眼里又挤满了发硬的东西,两行冰凉的涎水从他嘴角里流淌出来;紧接着又有一条完整无缺的银色圆柱体蹦跳出来,闪闪烁烁的,溅成许多星星点点,这时他喘着气把冰冷的空气吸进喉咙,他把酒坛举到嘴边,一边又对它说:“好嘛。俺还要把你试上一试。你什么时候决心老老实实待在我让你待的地方,俺就什么时候不再碰你。”他喝了几口,第三次用酒灌满自己的食道,可是他刚一放下坛子,那道一模一样的白光又出现了,他气喘吁吁,不断地往肺里吸进冰凉的空气,直到他能够顺畅地呼吸。他小心翼翼地把玉米轴塞回到酒坛上去,站直身子,喘着气,眨巴着眼睛,他那长长的孤独的影子斜斜地投在小山冈上和小山冈后面,散开来融进了整个为黑暗所笼罩的无垠夜空。“好吧,”他说,“俺敢情是判断错了。这玩意儿已经帮了俺的大忙。俺这会儿挺好的了。俺也用不着这玩意儿了。”

他能看见窗子里的灯光。这时,他正经过牧场,经过那裂开银黑色口子的沙沟。小时候,他在这里玩过空鼻烟罐头、发锈的马具扣和断成一段段的挽链,有时候还能发现一只真正的车轮；接着，他又经过了菜园，以前，每到春天，他总在这里锄草，他姨妈也总是站在厨房窗户里监督他；接下来，他又经过那个不长草的院子，他还没学会走路那会儿老是在这儿的尘土里匍匐打滚。他走进了屋子，走进房间，走到灯光圈子里，在门口那里停住脚步。他的头稍稍往后仰，仿佛他眼睛瞎了似的，那只坛子还挂在他弯起的手指里，贴着他的大腿。"阿历克姨父说你要见我。"他说。

"不光是要见你，"他姨妈说，"是要你回家，好让我们照顾你。"

"我挺好的，"他说，"我用不着别人帮忙。"

"不。"她说。她从椅子里站起来，走到他身边，抓住他的胳膊，就像昨天在坟墓边那样，这胳膊又硬得像铁了。"不！阿历克回家告诉我你怎样干活干到一半，太阳还没有平西就从锯木厂走开去了，那时候，我就明白是什么原因和怎么回事了。喝酒可不能让你好过些。"

"它已经让我好过多了。我这会儿挺好的了。"

"别跟我撒谎，"她说，"你以前从来没有向我撒过谎。现在也别跟我撒谎。"

这时他说话了。那是他平时的声音，既不带悲哀也不带惊奇的口气，而是透过他胸膛激烈的气喘平静地说出来的，在这间房间的四堵墙里再待一会儿，他的胸口又会感到憋气了。不过他很快就会出去的。

"是的，"他说，"喝酒其实并没有让我觉得好过些。"

"它永远也不会！别的什么也没法帮助你，只有他能！你求他嘛！你把心里的苦恼告诉他嘛！他是愿意倾听，愿意帮助你的！"

"如果他是上帝，也用不着我告诉他了。如果他是上帝，他早就知道了。好吧，我就在这里。让他下凡到人间来帮帮我的忙吧。"

"你得跪下！"她大声喊道，"你跪下求他。"可是与地板接触的并不是他的膝盖，而是他的两只脚。在几分钟里，他可以听见在他背后，她的脚在门厅地板上挪动的声音，又听见从门口那里传来她叫自己的声音："斯波特！斯波特！"——那声音穿过月色斑驳的院子传进他的耳朵，叫唤的是他童年时代和少年时代用的名字，当时他还没有和许多汉子在一起干活，也还没有与那些浅棕色的记不起名字的女人厮混——他很快就把她们忘得一干二净，直到那一天，他见到曼尼，他说："这种日子俺可过腻了。"从这时候起，人们才开始叫他赖特。

他来到锯木厂时，半夜刚过。那只狗已经走开了。这一回他记不得它是在什么时候什么地方走开的。最初他仿佛记得曾把空酒坛朝它扔去。可是后来又发现坛子还在他手里，而且里面也还有酒，不过现在他一喝酒就会有两行冰凉的水从他嘴角里沁出来，濡湿了他的衬衫和工裤；到后来，虽然他已不再吞饮，走着走着，那走了味、没了劲儿、不再有热力与香味的液体却总使他感到彻骨的寒冷。"再说，"他说，"我是不会朝它身上扔东西的呀。踢它一脚嘛倒是可能的，那是在它身上感到不自在又挨我太近的时候。可是我是不会朝它扔东西伤害它的。"

他来到空旷的地上，伫立在悄然无声、堆得老高、在月光的照耀下变成淡金色的木料堆当中，那只酒坛仍然在他手里。现在影子已不绊他的脚了，他站在影子当中，又像昨天晚上那样踩在影子上了，他身子微微晃动，眼睛眨巴眨巴地瞅着等候天明的木料堆、卸木台和圆木堆，以及在月光下显得特别文静、特别洁白的锅炉房。接着，他觉得舒服些了，便继续往前走。可是他又停了下来，他是在喝酒，那液汁很冷，流得很快，没什么味道，也不需要费劲吞咽，因此他也搞不清楚到底是灌进了肚子呢还是流在外面。不过这也没什么关系。他又继续往前走，那只酒坛现在不见了，他也不知道是在什么时候什么地方丢掉的。他穿过空旷地，走进锅炉房，又穿了出来，经过定时开动的环锯没有接头的后尾部分，来到工具房的门口，他看到从木板缝里漏出一丝微弱的灯光，里面黑影幢幢，有几个人在嘟嘟哝哝地说话，还听见发闷的掷骰子和骰子滚动的声音，他的手在上了闩的门上重重地捶打着，他的声音也很重："快开门，是我呀。我给蛇咬了，眼看要死了。"

接着他走进门来到工具房里。还是那几张熟悉的脸——三个他运木队的工人，三四个管锯的工人，还有那个守夜的白人，他后裤兜里插着一把重甸甸的手枪，有一小堆硬币和旧钞票堆在他面前的地板上，还有就是他自己，大伙儿管他叫赖特，实际上他也确是个赖特①，他站在蹲着的人群之上，有点摇晃，眼睛一眨一眨的，当那个白人抬起头来瞪着他时，他脸上直僵僵的肌肉生硬地挤出了一副笑容。"让开点，赌棍们，"他说，"让开点。我给蛇咬了，再服点毒也不碍事了。"

"你喝醉了，"那白人说，"快滚开。你们哪个黑鬼打开门把他架出去。"

"好得很，头儿，"他说，他的声音很平静，虽然他那双红眼睛一眨一眨的，下面的脸却一直保持着僵僵的微笑，"我没有喝醉。我只不过是走不出去，因为你的那堆钱把我吸引住了。"

现在他也跪了下来，他把上星期工钱里剩下的那六块钱掏了出来，放在面前的地上，他眨巴着眼睛，仍然冲着对面那个白人的脸微笑，他看着骰子依次从一个人传到另一个人手里，也看着白人在往别人的赌注上押钱，他眼看白人面前那堆肮脏的、被手掌磨旧的钱在逐渐不断地升高，他看着那白人掷骰子，一连赢了两次双份，然后又输了一盘，输掉两角五分，这时骰子终于传到他手里，那只盖了盅的碟子在他握拢的手里发出了闷闷的咯嗒声。他往众人中间甩去一只硬币。

"押一块钱。"他说，接着就掷起来，他看着那个白人捡起骰子扔回给他。"我要押嘛，"他说，"我给蛇咬了。我什么都不在乎。"他又掷了，这一次是一个黑人把骰子扔回来的。"我要押嘛。"他说，又掷了起来，白人一动他马上就跟着行动，不等白人的手碰到骰子就一把将他的手腕捏住。这两个人蹲着，面对着面，下面是那些骰子和钱，他的左手捏住白人的右腕，脸上仍然保持着僵硬、死板的笑容，他的声音很平静，几乎是毕恭毕敬的："有人搞鬼我个人倒不在乎。可是这儿的几位兄弟……"他的手不断使劲，直到白人的手掌摊了开来，另一对骰子格嗒嗒地滚到地板上，落在第一对骰子的旁边，那白人挣脱开去，跳起来退后一步，把手朝背后裤兜里的手枪摸去。

在他的衬衫里两片肩胛骨之间用棉绳挂着一把剃刀。他手一动，取出剃刀，同时打开刀片，用刀片一钩，割断绳子把剃刀取了下来。他把剃刀开大，让刀背贴紧他拳头的骨

① 赖特（rider），亦有"大个儿"（支撑危墙的斜木）的意思。

节,大拇指将刀把往握紧的手指里塞,因此,不等拔出一半的手枪打响,他就真的用挥舞的拳头而不是用刀片打在那人的咽喉上,同时乘势一抹,动作真干脆,连那人喷出来的第一股血都没有溅上他的手和胳臂。

二

事情结束之后——到结案一共也没有花多少时间,人们第二天就找到了那个囚犯,他给吊在锯木厂二里路外一所黑人小学的钟绳上,验尸官从一个或几个陌生人的手里接过他,做出已死的证词又把他交给最亲的亲属,一共没用去五分钟——正式负责办理这个案子的副警长在向他的妻子讲述事情的经过。他们是在自己的厨房里。副警长的妻子在做晚饭。自从昨天半夜前不久监狱被劫,副警长从床上被人叫醒投入行动以来,他忙个不停,跑了许多地方,精疲力竭,他坐在炉子旁边的一把椅子里,他也变得有点歇斯底里了。

"那些臭黑鬼,"他说,"我向上帝发誓,咱们过去在这上头没出太多乱子,真可以算是奇迹。为什么这么说呢?因为他们本来就不是人。他们外表像人,也跟人一样站起来用后肢走路,他们会说话,你也听得懂,于是你就以为他们也能听懂你的话了,至少是有时候听得懂。可是要论正常的人的感情和情绪,那他们简直是一群野牛。就拿今天的这个说吧……"

"行了行了。"他妻子恶狠狠地说。她是个胖墩墩的女人,以前挺漂亮,现在头发已经花白,脖颈显得特别短,她看上去不像手忙脚乱的样子,倒是很镇静从容,不过脾气很暴躁。还有,她今天下午刚到俱乐部去打过一次纸牌,赢了头奖,应该得五角钱,可是另一个会员半路里杀出来,硬要重新算分,结果这一局完全不算。"我只希望你别让他进我的厨房。你们这些当官的!就知道整日价坐在法院外面闲聊。难怪两三人就能从你们鼻子底下把犯人劫走。要是你们再不注意点儿,连椅子、办公桌和窗台都要给他们搬走了呢。"

"伯特桑①家的人可不止两三个啊,"副警长说,"这一条线上可有四十二张很活跃的选票呢。那天我跟梅丢②拿着选民名单挨个儿数过的。可是,你听我说……"这时他妻子端了一只碟子从炉子那边转身走过来。在她经过自己身边时,副警长赶紧把两只脚收回来,她走到餐厅去了,经过时她的身子几乎要擦着他的脑袋。副警长把声音提高一些好让远处也能听见:"他的老婆是因为他才死的。是这么回事吧。可是他伤不伤心呢?在葬仪上,他简直成了个了不起的大忙人。大家告诉我,还不等大家把棺材放进坑,他就夺过一把铲子朝她那儿抡土,速度赛过一架刮土机。这还不算——"他的妻子又走回来了。他又把脚往里收,重新调整自己的声音,因为现在距离又近了:"——兴许他对她的感情就是这样。没有法律禁止一个男人把老婆匆匆忙忙地埋掉,只要他没干什么匆匆忙忙地送了她的终的事。可是第二天最早回来上班的就是他,除了那个烧火的不算,那个烧火的还没把锅炉点着他倒已经来到锯木厂了,就更不用说把水烧开了,要是再早来五

① 伯特桑,是被赖特杀死的白人守夜人的名字。
② 梅丢,警长的名字。

分钟他甚至可以等烧火的一起把伯特桑叫醒，让伯特桑回家去继续睡他的觉呢，或是干脆当时就把伯特桑的脖子给抹了，免得后来给大伙儿增加那么多麻烦。

“就这样，他来上班了，是来得最早的一个，麦克安德鲁斯①和别的人原来以为他会给自己放一天假的，因为他刚埋了老婆，一个黑鬼没法找到更说得过去的放假理由了。在这种情况下，白人也得歇一天工以表示他对亡妻的深切哀悼，至于夫妻间感情如何那是另一回事，连一个小小孩也懂得既然工钱照拿，这样的假期不过白不过。可他偏不。他头一个来，不等上班的哨子吹完，就从一辆运木头的卡车上跳到另一辆，独自一个人抄起一根又一根十英尺长的柏木，扔来扔去仿佛那是火柴梗似的。然后，当所有的人终于说服自己，拿定主意随他去时，他老兄却在下午的半中腰，扔下手里的活就走掉了，连对不起、请原谅、明天见什么的都不跟麦克安德鲁斯或任何人说一声。他搞来了整整一加仑‘保头疼、劲赛骡’的白威士忌，又回到锯木厂，参加进掷骰子的赌局，那是伯特桑的庄家，他用塞了铅的骰子骗厂里黑鬼的钱都骗了足足十五年，这个赖特一屁股坐下来要钱，自从他成了个半大不大的小子，能认清那些做过手脚的骰子上的点数以来，他一向心甘情愿地把工资的大约平均百分之九十九孝敬给伯特桑，可是这一回，五分钟后，他一刀下去，干净利落，把伯特桑的喉咙一直割到颈骨那儿。”他妻子又经过他身边到餐厅去了。他再次把脚缩回来，同时提高了嗓门。

“因此我和梅丢赶紧上现场去。我们倒不指望能有什么好结果，到这时候他没准已经过了杰克逊，直奔田纳西州了，天都快亮了嘛；老实说，要找到他，最简便的办法莫过于盯紧在伯特桑家的那些小伙子的后面。不过，在他们找到他之后，也就没什么值得往回带的了，不过至少可以了结掉这桩案子。所以说，我们上他家里去真是偶然又偶然的事；我现在都不记得我们为什么去，反正我们是去了；他老兄居然在家。他是坐在插上闩的大门后，一只膝盖上放着打开的剃刀，另一只上放着装上子弹的猎枪吗？不。他睡着了。炉子上有一锅给他吃得一干二净的豌豆，他躺在后院大太阳底下，只有脑袋藏在廊檐下的阴影里，还有一只像熊和截去角的安古斯公牛杂交生出来的狗，在后门口叫救火和救命似的没命地叫。我们摇醒了他，他坐起来，说：‘没错，白人老兄，是俺干的。不过你们别把我关起来。’这时梅丢说了：‘伯特桑先生的亲戚倒也不想把你关起来。等他们抓到了你，你会呼吸到很新鲜的空气的。’于是他说：‘是俺干的。不过你别把我关起来。’——他一个劲地劝说、开导警长别把他关起来，没错儿，事情是他干的，是很糟，可是现在要把他与新鲜空气隔离开来，这可太不方便了。因此，我们把他装上汽车，这时候来了一个老太婆——是他妈妈或是姨妈什么的——急急地迈着碎步喘着气追了上来，要跟我们一块走。于是梅丢就使劲向她解释，要是伯特桑一伙赶在我们把他关进监狱之前找到我们，那可没她的好事，可她还是要去；后来梅丢也说了，如果伯特桑那伙人真的找到我们，有她也在汽车里没准倒是件好事，因为虽说伯特桑用自己的影响帮梅丢去年夏天赢得那个区的选票，干涉法律的行为总是不能原谅的。

“因此我们也让她坐上车，我们把那个黑鬼带进城，稳稳妥妥地关进监狱，把他交给

① 麦克安德鲁斯，锯木厂的白人工头的名字。

了克特钱①,克特钱带他上楼,那个老太婆也跟上去,一直跟到单人牢房,一面告诉克特钱:‘我是要想把他带好的。他一直是个好孩子。他以前可从来没有闯过祸,他事情做得不对,应该受到惩罚。可是不能让白人把他抢走呀。’克特钱后来烦了,就对她说,他不先抹肥皂就给白人剃头,后果如何,你们俩早先就不会好好琢磨琢磨吗?于是他把他们俩都关进了牢房,因为他也跟梅丢一样,觉得有她在,万一出什么事,没准能对伯特桑家的小伙子们起一些好的作用,梅丢的任期满了之后,说不定他自己要竞选个警长或别的什么官儿当当呢。于是克特钱回到楼下去了。紧接着,苦役队从外面回来,上楼到大牢房里去了。他还以为短时间内不会有什么事呢,可是就在这时,突然之间,他开始听到了喊叫声——倒不是大吼,而是喊叫,不过光有声音没有什么话语,于是他拔出手枪冲上楼梯朝大牢房跑去,苦役队就关在这里,克特钱朝小牢房一看,只见老太婆蹲伏在一个角落里,那个黑鬼把用螺丝拧紧固定在地上的铁床从地板上拔了出来,他站在牢房当中,铁床举在头上,就跟那是只小孩睡的摇篮似的,他对老太婆喊着说:‘俺不会伤着你的。’说完便把铁床朝墙上摔去,接着又走过来抓住那扇闩上的铁门,把它连砖头带合页从墙上拽了下来。他走出牢房,把整扇门顶在头上,仿佛那是一扇纱窗,他吼叫道:‘没事儿。没事儿。俺不想逃走。’

“当然,克特钱本来可以当场开枪打死他的,不过就像他所说的,如果惩罚他的不是法律,那么享受优先权的应该是伯特桑家的小伙子。因此克特钱没有开枪。相反,他蹿到苦役队那些黑鬼的背后,离那扇铁门远远的,大声吼道:‘抓住他!把他放倒!’可那些黑鬼起先都缩在后面一动不动,克特钱只好用脚踢、用手枪柄揍他身边的那些黑鬼,他们只得向赖特拥去。克特钱说,整整有一分钟,谁冲上来赖特就把谁抓起来扔到房间另一头去,就跟那是破布娃娃似的,一边嘴里还在说:‘俺没打算逃走,俺没打算逃走。’到后来,大家终于按倒了他——只见一大堆黑脑袋、黑胳膊、黑腿在地上乱扭乱动,就跟开了锅似的。就算到这地步,克特钱说还不时会有一个黑鬼从地上飞起,飞过房间,像一只飞鼠那样摊开四肢,眼睛像汽车前灯似的鼓了出来,最后,他们总算按得他不能动了,克特钱走近去,把压在上面的黑鬼一层一层扒开,看见他躺在最底层,还在笑,一颗颗眼泪像小孩玩的弹球那么大,顺着脸颊从耳朵边上往下滚,掉在地板上发出吧嗒吧嗒的声音,仿佛有谁在摔鸟蛋,他笑啊笑啊,还说:‘你们弄得我都没法动脑子了。我都没法动脑子了。’你看,这多有趣儿。”

“依我看,要是你以后还想在这个家里吃晚饭,你快给我在五分钟之内把晚饭吃完。”他的妻子在餐厅里说道,“我要收桌子了,完了我还要去看电影呢。”

李文俊　译

① 克特钱,监狱看守人的名字。

1950
获奖作家

罗素

传略

伯特兰·亚瑟·威廉·罗素(Bertrand Arthur William Russell,1872—1970),英国哲学家、社会学家,也是二十世纪西方最著名的社会活动家之一。一八七二年五月十八日生于英国威尔士的特雷克的一个贵族家庭,其祖父约翰·罗素伯爵为著名政治家,曾两度出任首相。罗素于一八九〇年进剑桥大学三一学院攻读数学和哲学,后在该院讲授逻辑和数理原理,当时曾受到他的老师,著名数学家、哲学家怀特海的影响。第一次世界大战期间,罗素反对英国参战,被控以反战宣传罪判刑六个月。一九二〇年,他访问苏联,会见了列宁。一九二一年曾来中国讲学一年,提出"以教育救中国"的主张,对当时中国学术界产生了很大影响。从二十世纪五十年代开始,他的注意力从哲学转向国际政治和社会活动,曾以积极发起和参加世界和平运动,反对核战争获世界和平奖。一九五四年为谴责氢弹实验,发表"罗素-爱因斯坦声明"。一九五八年,猛烈抨击美国的越南政策。一九七〇年二月二日,罗素在威尔士梅里奥尼斯郡的家中逝世,享年九十八岁。

罗素一生著书多达七八十种,论文数千篇,涉及哲学、数学、科学、社会学、政治、历史、宗教等诸方面,有"百科全书式思想家"之称。作为哲学家,他的思想大致经历了绝对唯心主义、逻辑原子论、新实在论、中立一元论等几个阶段,主要贡献在数理逻辑方面,由此出发建立了逻辑原子论和新实在论,使他成为现代分析哲学创始人之一。他的主要著作有《哲学问题》(1912)、《自由之路》(1919)、《数理哲学导论》(1919)、《心的分析》(1921)、《物的分析》(1927)、《婚姻与道德》(1929)、《教育与社会秩序》(1932)、《权力论——一个新的社会分析》(1938)、《西方哲学史》(1946)、《人类知识的范围与限度》(1948)、《权威与个人》(1949)、《我的哲学发展》(1959)、《西方的智慧》(1959)等。作为数学家,他与怀特海合著的三卷本巨著《数学原理》(1910—1913),提出了"数学与逻辑是同一的"命题,认为数学为逻辑的一个分支,以此为前提,构建了庞大的符号公式体系。这具有划时代的意义,因为他用新的观点看待数学知识的地位,推动了数理逻辑的发展。

罗素八十岁开始写小说,一九五二年,匿名出版了第一部小说《X 小姐科西嘉历险记》,后来又相继出版了两部短篇小说:《近郊的撒旦》(1953)和《显要人物的噩梦》(1954),他的散文在英国文学中也享有盛誉。一九六七年,他还出版了三卷本的自传。

一九五〇年,为了表彰"他所写的捍卫了人道主义理想和思想自由的多样而意义重大的作品",授予他诺贝尔文学奖。

授奖词

伯特兰·罗素在一九四六年即七十四岁高龄之际,推出了一部论西方哲学的巨著①,其中包含他许多特有的见解,使我们明白他自己希望别人如何看待他漫长的孜孜以求的一生。在谈论到苏格拉底之前的哲学家时,他这样说道:"研究一位哲学家,正确的态度既非崇拜也非鄙视,而是首先抱着一种信以为真的同情,直到获得了相信其理论时的确切感受,这才重新采取批判的态度,这种态度应尽可能与一个人放弃他迄今为止所持观点的心情相似。"

他在同一著作的另一处写道:"无论是忘记哲学求索的问题,或是说服自己已经发现那些问题的明确答案,都是不可取的。教导人们如何在不确定的人生中活着而又不踯躅不前,也许是当代哲学尚能为哲学研究者做的主要事情。"

半个世纪以来,罗素以其睿智卓识一直处于公众争论的中心,他高度警惕,随时准备应战,时至今日仍然十分活跃;他一生著述甚丰,涵盖极广。他论及人类知识和数理逻辑的科学著作具有划时代意义,堪与牛顿的机械原理媲美。然而,诺贝尔奖并非旨在肯定他在这些特殊科学领域里所取得的成就。在我们看来,更为重要的是罗素的著作为广大的公众所写,因而卓有成效地保持了大众对整个哲学课题的兴趣。

罗素毕生的著述都在热情地捍卫常识的真实性。作为一位哲学家,他一直追随英国古典经验主义的路线,与洛克②和休谟③一脉相承。他对纯理想的教条采取的态度是非常独特的,而且往往与之针锋相对。他认为,欧洲大陆上形成的各大哲学体系都带着所谓的英吉利海峡寒冷强劲的鲜明特色。罗素的见解深刻明智,文笔简洁,严肃中闪现机智,其作品显示出只在少数卓越的作家身上才具有的特征。他的作品为数众多,无暇一一提及,从文学的角度看也是令人倾倒的,这里只消列举《西方哲学史》(1946)、《人类知识的范围与限度》(1948)、《怀疑论集》(1948)以及《我的心智发展历程》(见《罗素哲学》,出版于 1951 年),就足以说明问题。但除上述之外,还应提到许多同样重要的著作,其论述范围几乎包括了现代社会的发展涉及的所有问题。

---

① 指《西方哲学史》。

② 洛克(1632—1704),英国哲学家。

③ 休谟(1711—1776),英国经验主义哲学家、历史学家。

罗素的见解和观点曾受诸多因素的影响,难以概述。他出身名门,一个典型的属于英国政治生活中辉格党[①]传统的家族,其祖父约翰·罗素是维多利亚时代的一位政治家。罗素早年便熟悉自由党的主张,不久又面临新兴的社会主义的诸种问题;自那以后,他从一个独立的批评家的立场来衡量这种社会形式的利与弊。他始终热诚地告诫我们这一新型官僚制度的危险,一直反对集体主义而捍卫个人的权利;在他看来,工业文明对人类获得淳朴幸福和欢乐生活的机会,构成了日益增长的威胁。一九二〇年他访问苏联之后,强烈而又坚决地反对共产主义。另一方面,他后来在中国旅行期间则又对中国有教养阶级的平和宁静的心境十分着迷,把它作为楷模向野蛮的掠夺成性的西方推荐。

罗素的不少著述曾招致攻击。与其他许多哲学家不同,他把这视为作家自然要面对的任务之一。当然,他的理性论断不可能解决所有令人困惑的问题,不能当作灵丹妙药,即使他情愿开出处方。不幸的是,确有一些莫名的势力——显然永远都会如此——是理智分析无能为力的,它们拒不降服。因此,即使罗素的著作在经历了两次世界大战的时代里实际上不受青睐,甚至他的观点多半遭到激烈的诋毁,我们不得不钦佩他刚直不阿的气魄,敢于讲真话的勇气;他以不屈不挠的精神、爽朗愉快的态度提出他的信念,绝不受机会主义左右,总是不顾世人好恶地大胆直言。阅读哲学家罗素的著作,恍若倾听萧伯纳喜剧中直言不讳的主人公慷慨激昂地大发宏论,总是令人十分愉快。

最后,罗素的哲学可谓最好地体现了阿尔弗雷德·诺贝尔设立各项奖金时的意图和愿望。他俩的人生观存在着惊人的相似之处,两人都是怀疑主义者和理想主义者,两人对当今世界都持悲观的看法,但都共同坚信人类的行为规范终有实现的可能。在诺贝尔基金会设立五十周年之际,瑞典学院相信自己正是按照诺贝尔设奖的精神把这份荣誉授予伯特兰·罗素,当代的理性和人道主义的杰出代言人,西方世界的言论自由和思想自由的无畏战士。

恰好在两百年前,让·雅克·卢梭获得了第戎学院的奖金,奖励他就“艺术和科学是否曾有助于增进道德”的问题所做的著名回答。卢梭的回答是“不”,这个回答也许并不很严肃,但无论如何它产生了极为重大的后果。第戎学院未抱革命的宗旨。今天瑞典学院也一样,它决定为您的哲理著作而颁发此奖,却正因为它们毫无疑问地有助于道德文明,而且对诺贝尔设奖的精神做出了最卓越的回答。我们把您当作人道主义和自由思想的光辉战士,我们尊敬您,荣幸地在诺贝尔基金设立五十周年之际在这儿见到您。现在,恭请您接受国王陛下亲手颁予您的一九五〇年诺贝尔文学奖。

瑞典学院常务秘书 安德斯·奥斯特林

蓝仁哲 译

---

① 辉格党,英国资产阶级政党,一六七九年始用此名,为现工党前身。

论老之将至

虽然有这样一个标题，这篇文章真正要谈的却是怎样才能不老。在我这个年纪，这实在是一个至关重要的问题。我的第一个忠告是，要仔细选择你的祖先。尽管我的双亲皆属早逝，但是考虑到我的其他祖先，我的选择还是很不错的。是的，我的外祖父六十七岁时去世，正值盛年，可是另外三位祖父辈的亲人都活到了八十岁以上。至于稍远些的亲戚，我只发现一位没能长寿，他死于一种现已罕见的病症：被杀头。我的一位曾祖母是吉本①的朋友，她活到九十二岁高龄，一直到死，她始终是让子孙们全都感到敬畏的人。我的外祖母，一辈子生了十个孩子，活了九个，还有一个早年夭折，此外还有过多次流产。可是守寡之后，她马上就致力于妇女的高等教育事业。她是格顿学院②的创办人之一，力图使妇女进入医疗行业。她总好讲起她在意大利遇到过的一位面容悲哀的老年绅士，她询问他忧郁的缘故，他说他刚刚失去了两个孙子。“天哪！”她叫道，“我有七十二个孙儿孙女，如果我每失去一个就要悲伤不止，那我早就没法活了！”“奇怪的母亲③。”他回答说。但是，作为她的七十二个孙儿孙女中的一员，我却要说我更喜欢她的见地。上了八十岁，她开始感到有些难于入睡，她便经常在午夜时分至凌晨三时这段时间里阅读科普方面的书籍。我想她根本就没有工夫去留意她在衰老。我认为，这就是保持年轻的最佳方法。如果你的兴趣既广泛又浓烈，而且你又能从中感到自己仍然精力旺盛，那么你就不必去考虑你已经活了多少年这种纯粹的统计学情况，更不必去考虑你那也许不很长久的未来。

至于健康，由于我这一生几乎从未患过病，也就没有什么有益的忠告。我吃喝皆随心所欲，醒不了的时候就睡觉。我做事情从不以它是否有益于健康为根据，尽管实际上我喜欢做的事情通常都是有益于健康的。

从心理角度讲，老年需防止两种倾向。一是过分沉湎于往事。人不能生活在回忆当中，不能生活在对美好的往昔的怀念或对逝去的友人的哀念之中。一个人应当把心思放在未来，放到需要自己去做点什么的事情上。要做到这一点并非轻而易举，往事的影响总是在不断地增加。人们总好认为自己过去的情感要比现在强烈得多，头脑也比现在敏锐。假如真的如此，就该忘掉它；而如果可以忘掉它，那你自以为是的情况就可能并不是真的。

另一件应当避免的事是依恋年轻人，期望从他们的勃勃生气中获取力量。子女们长大成人之后，都想按照自己的意愿生活。如果你还像他们年幼时那样关心他们，你就会

---

① 爱德华·吉本（1737—1794），英国历史学家，著有《罗马帝国衰亡史》六卷。

② 格顿学院，剑桥大学第一所女子学院，建于一八六九年。

③ 原文为拉丁文。

成为他们的包袱,除非他们是异常迟钝的人。我不是说不应该关心子女,而是说这种关心应该是含蓄的,假如可能的话,还应是宽厚的,而不应该过分地感情用事。动物的幼子一旦自立,大动物就不再关心它们了。人类则因其幼年时期较长而难于做到这一点。

我认为,对于那些具有强烈的爱好、其活动又都恰当适宜、并且不受个人情感影响的人,成功地度过老年绝非难事。只有在这个范围里,长寿才真正有益;只有在这个范围里,源于经验的智慧才能不受压制地得到运用。告诫已经成人的孩子别犯错误是没有用处的,因为一来他们不会相信你,二来错误原来就是教育所必不可少的要素之一。但是,如果你是那种受个人情感支配的人,你就会感到,不把心思都放在子女和孙儿孙女身上,你就会觉得生活很空虚。假如事实确实如此,那么当你还能为他们提供物质上的帮助,譬如支援他们一笔钱或者为他们编织毛线外套的时候,你就必须明白,绝不要期望他们会因为你的陪伴而感到快活。

有些老人因害怕死亡而苦恼。年轻人害怕死亡是可以理解的。有些年轻人担心他们会在战斗中丧生。一想到会失去生活能够给予他们的种种美好事物,他们就感到痛苦。这种担心并不是无缘无故的,也是情有可原的。但是,对于一位经历了人世的悲欢、履行了个人职责的老人,害怕死亡就有些可怜且可耻了。克服这种恐惧的最好办法是——至少我是这样看的——逐渐扩大你的兴趣范围并使其不受个人情感的影响,直至包围自我的围墙一点一点地离开你,而你的生活则越来越融合于大家的生活之中。每一个人的生活都应该像河水一样——开始是细小的,被限制在狭窄的两岸之间,然后热烈地冲过巨石、滑下瀑布。渐渐地,河道变宽了,河岸扩展了,河水流得更平稳了。最后,河水流入了海洋,不再有明显的间断和停顿,然后便毫无痛苦地摆脱了自身的存在。能够这样理解自己一生的老人,将不会因害怕死亡而痛苦,因为他珍爱的一切都将继续存在下去。而且,如果随着精力的衰退,疲倦之感日渐增加,长眠并非不受欢迎的念头。我渴望死于尚能劳作之时,同时知道他人将继续我未竟的事业,我大可因为已经尽了自己之所能而感到安慰。

申慧辉　译

我为何而生

对爱情的渴望,对知识的追求,对人类苦难不可遏制的同情,是支配我一生的单纯而强烈的三种感情。这些感情如阵阵飓风,吹拂在我动荡不定的生涯中,有时甚至吹过深沉痛苦的海洋,直抵绝望的边缘。

我所以追求爱情有三方面的原因。首先,爱情有时给我带来狂喜,这种狂喜竟如此有力,以致使我常常会为了体验几小时爱情的喜悦,而宁愿牺牲生命中的其他一切。其次,爱情可以摆脱孤寂——身历那种可怕孤寂的人的战栗意识,有时会从世界的边缘观察到冷酷无生命的无底深渊。最后,在爱情的结合中,我看到了古今圣贤以及诗人们梦想的天堂的缩影,这正是我追寻的人生境界。虽然它对一般的人类生活来说也许太美好了，但这正是我透过爱情得到的最终发现。

我曾以同样的感情追求知识，我渴望去了解人类的心灵，也渴望知道星星为什么会发光，同时我还想理解毕达哥拉斯的力量。

爱情与知识的可能领域总是引领我到天堂，可对人类苦难的同情却经常把我带回现实世界。那些痛苦的呼唤经常在我内心深处引起回响。饥饿中的孩子，被压迫被折磨者，给子女造成重担的孤苦无依的老人，以及全球性的孤独、贫穷和痛苦的存在，是对人类生活理想的无视和讽刺。我常常希望能尽自己的微薄之力去减轻这不必要的痛苦，但我发现我完全失败了，因此我自己也感到很痛苦。

这就是我的一生，我发现人是值得活的。如果有谁再给我一次生活的机会，我将欣然接受这难得的赐予。

孟宪忠　译

爱在人生中的位置

大多数人对于爱一般持有两种态度，而且这两种态度都是很奇怪的：一方面，爱是诗歌、小说和戏剧的主题；另一方面，爱完全得不到大多数严肃的社会学家的重视，从未被视为经济或政治改革计划中一件迫切需要的事。我认为这种态度是错误的。我把爱看成人生中最重要的事情之一，因此，我把任何无端干涉爱的自由发展的制度都视为坏的制度。

爱，如果这个字眼能够得到正确应用的话，并不是指两性间的一切关系，而仅仅是指那种包含着充分的情感的关系和那种既是心理又是生理的关系。爱可以强烈到任何程度。《忧伤和孤独》中表达的那种情感，是和无数男女的经验相一致的。表达爱的情感的这种艺术能力是罕见的，但这种情感的本身，至少在欧洲，并非如此。这种爱的情感在某些社会中要比在另一些社会中普遍得多，我认为，这并不取决于人的本性，而取决于他们的风俗和制度。在中国，爱的情感是罕见的，从历史上看，这只是那些因邪恶的嬖妾而误入歧途的昏君的特点。中国的传统文化反对一切浓厚的感情，认为一个人在任何情况下都应保持理智，这和十八世纪初叶时的情形非常相似。由于在我们以前曾有过浪漫主义运动、法国革命和欧洲大战，所以我们感到人生中理智的作用并不像安妮女王统治时期人们希望的那样重要，因为理智本身在进行心理分析时，是靠不住的。现代生活中理性以外的三项主要活动是：宗教、战争和爱。这些活动都是超理性的，但爱并不是反理性的，这就是说，一个有理性的人能够理智地去享受爱的存在。在当代世界，宗教和爱之间有着某种敌对的情形，其原因，我们在前几章中已经讨论过。我认为，这种敌对并不是不可避免的，这种情形的产生只是因为基督教与其他宗教不同，它是基于禁欲主义的。

然而，在现代世界中，爱却有着一个比宗教更危险的敌人，那就是事业和经济成功的事实。人们普遍认为，在美国尤其如此，人们不应当让爱去妨碍他们的事业，如果不这样做，那就太愚蠢了。但是，在这个问题上和在人类的其他问题上一样，平衡是必要的。为了爱而完全牺牲事业是愚蠢的,虽然有时也许属于一种悲壮之举;但为了事业而完全牺牲爱同样是愚蠢的,而且绝称不上是壮举。然而,在一个普遍以金钱掠夺为基础的社会里,这种情形是常有的,而且是不可避免的。以一个现代典型商人的生活(尤其在美国)为例:从他成年之日起,他就把他所有的精力全部放在经济的成功上,而其他的一切不过是可有可无的娱乐而已。年轻时,他不断地嫖妓,以满足他肉体上的需要,后来虽然结了婚,但他的兴趣和他妻子的完全不同,因此他从来没有和她真正亲近过。他很晚才回家,而且由于公务早已疲惫不堪;他第二天早晨起床时,妻子仍在梦中;星期日他要打一天高尔夫球,因为运动对于他能有足够的精力和体力去挣钱是不可缺少的。在他看来,他妻子的兴趣完全是女人所特有的。所以他即使赞成她的兴趣,他也从不打算与她共享这些兴趣。与他在婚姻中的爱一样,他也没有时间去从事非法的爱,虽然在外出差时,他也许会偶然去逛一逛窑子。他的妻子在性方面也许一直对他很冷淡,但这并不奇怪,因为他从来没有时间与她调情。从下意识上说,他是不满意的,但他并不知道原因何在。他排泄不满的主要方式是工作,但也通过其他一些不大称心的方式,例如通过观看有奖拳击比赛或制裁激进分子得到一种变态的安慰。他的妻子也同样不满意,于是就在第二流的文学中找出路,而且还折磨那些慷慨和自由的人,借以维护她的道德。这样,夫妻之间在性生活上的不满,就转变为对人类的憎恶,但表面上还是以公益精神和高尚的道德标准为假象。这种不幸的情形主要归咎于我们对于性的需要的错误观念。圣保罗显然认为,婚姻中唯一需要的是性交的机会,这种观念总的说来是为基督教道德家们的学说所赞成的。他们对于性的厌恶使他们看不到性生活中好的方面,结果,那些在年轻时深受其学说之苦的人糊涂一世,竟不能正视他们自己最伟大的潜力。爱远非仅仅是性交的欲望,它也是免除孤独的主要手段,因为大多数男女在他们的大部分人生中都会有孤独之感。在大多数人中都存在着一种对于世界之冷酷和人类之残暴的巨大恐惧,同时还存在着一种对爱的渴望,尽管这种爱经常由于男人的粗鲁、暴躁或霸道,以及女人的无事生非和碎嘴唠叨而荡然无存。那种持久而热烈的相互之间的爱会消除这种感觉,它会摧毁自我主义的坚壁,产生出一种合二为一的新东西。自然没有造就一种可以独处的人,因为人无法满足自然的生理目的,除非得到别人的帮助。而如果没有爱情,有文化的人也将无法充分满足他们的性本能。这种本能是无法得到充分满足的,除非一个人的整个生命,精神的和肉体的,都进入了这种关系。那些从未领受过两个人之间的爱所具有的那种密切关系和深厚友谊的人,失掉了生活给予我们的那种最美好的东西。他们无意识地,假如不是有意识地,感觉到这一点,而这种不满则使他们朝嫉妒、压迫和残忍的方向堕落。因此,让热烈的爱得到它应有的地位应当成为社会学家的责任,因为如果没有这种经验,男人和女人都无法进入完善的境界,而且也无法从世界上的其他人那里感受到那种热烈的情感,而如果没有这种热情,他们的社会活动无疑将受到损害。

只要有适当的环境,大多数男女都会在他们生命的某个阶段感受到热烈的爱。然而,对于那些没有经验的人,是很难把热烈的爱和单纯的性欲区分出来的,对于那些在优越的环境中长大的少女,尤其是这样。因为她们所受的教育是:她们绝不能和男人接吻,除非她们爱这男人。一个要保持自己在结婚时仍为处女的姑娘,经常为急切和轻浮的性吸引所迷惑,而一个有性经验的女人却极容易把这种性吸引和爱区别开。毫无疑问,这种情形时常是造成不愉快婚姻的原因。即使双方之间存在着爱,这种爱也会由于一方或双方认为它是罪恶的而遭到破坏。当然,这种认识也是有其根据的。例如,帕内尔无疑因奸淫而毁掉了自己的健康,结果,他推迟满足爱尔兰人的希望达数年之久。即使这种犯罪的感觉是没有根据的,它同样会损害爱。凡是能够带来各种善的爱,一定是自由的、热烈的、无拘束的和全心全意的。

传统教育把爱,甚至包括婚姻中的爱,和罪恶联系在一起。这种犯罪的感觉常在男女双方的下意识中存在着,这种感觉不但在那些旧传统的继承者身上存在,就是在那些思想解放的人身上也是存在的。这种态度的影响多种多样,它常使男人变得残忍、愚蠢、做爱时缺少同情心,因为他们既不会说些能够确定女人感觉的话,也不懂得如何对待女人才能逐渐进入最后一幕,而这对于激起大多数女人的快感是至关重要的。的确,男人经常意识不到女人是应当体验快感的,如果女人没有这种体验,那完全是男人之过。在那些受过传统教育的女人身上,时常存在着某种冷酷的自负、肉体上的自我克制以及对于男人随意亲近她的身体的厌恶。一个灵活的求婚者也许能够战胜女人的羞怯,但是一个敬重并称赞这种羞怯,而且将其视为贞洁女人的标志的男人,大概是要失败的,结果,即使在结婚数年之后,夫妻之间的关系仍然拘谨而刻板。在我们祖先的时代,男人从不要求看到他们妻子的裸体,对于这种要求,他们的妻子会吓得魂不附体。时至今日,这种态度仍然比较普遍,这是我们始料不及的,即使在那些摆脱了这种态度的人中间,也还存在着不少拘谨之处。

在当代世界中,还存在着一种更是属于心理上的障碍在阻止爱情的充分发展,那就是有许多人在担心不能保持他们个性的完整。这是一种愚蠢的、为现代所独有的恐怖。个性的目的并不在于个性本身;个性是一种必须与世界广泛接触的东西,所以它非抛弃它的孤独之癖不可。放在玻璃杯里的个性一定会枯萎,而那种能够在人类的交往中自由发展的个性才会丰富起来。爱、孩子和工作是增加个人与世界接触的主要源泉。在这三者当中,爱,按时间而论,当居首位。此外,爱对于父母爱子之心的正常发展也是不可缺少的,因为孩子习惯于模仿父母的特点,如果父母不能互爱,那么,当这些特点在孩子的身上体现时,它们所体现的只是一个人的特点,而与另一个人的特点截然不同。工作绝非总能使一个人与外界有广泛的接触,况且能否做到这一点,全取决于我们从事工作时具有的精神。纯粹为了金钱的工作是没有价值的,只有那种包含着某种爱的工作,无论是对人、对物或仅仅是对幻想,才会有价值。仅仅为了获取的爱是没有价值的,因为这种爱和那种以金钱为目的的工作毫无二致。为了得到我们所说的这种价值,爱必须觉得那被爱者的自我和他本人的自我一样重要,而且还必须认识到别人的感觉和愿望就像是他自己的一样。这就是说,我们不但要根据我们的意识把我们的自我感觉传达给他人,而且也应当根据我们的本能去这样做。我们这个好斗的竞争社会,以及由新教和浪漫主义运动产生的愚昧的个人崇拜,使得这一切变得难于实现。

在现代解放了的人们当中,我们谈及的这种真正的爱,正面临着一种新的危险。由于这些人在任何时候都不再感觉到性交的道德障碍,甚至一点轻微的冲动都会导致性交，于是他们把性和真正的情感及爱情看成是两回事，甚至把性与恨的感觉视为同一。对于这个问题，奥尔德斯·赫克斯利的小说提供了最好的例证。他笔下的人物，和圣保罗一样，把性交当成单纯的生理发泄，而对于那些与性交有关的更高的价值，他们却一无所知。这种态度的唯一结果就是禁欲主义的恢复。爱有其自己正当的理想和固有的道德标准。这种理想和道德标准在基督教的说教和对于一切性道德不分皂白的反抗中（这种反抗大多来自青年一代）消失了。没有爱的性交是不能使本能得到充分满足的。我并不是说这种性交不能有，因为要做到这一点，我们必须设置难以逾越的障碍，结果，爱也难以产生了。我要说的是，没有爱的性交没有多少价值，我们应当从根本上把性交当成以爱为目的的尝试。

正如我们所看到的，爱强烈要求在人生中占有公认的地位。但是，爱是一种无政府的力量，如果放任自流，它是不会安于法律和风俗规定的范围的。如果这事与孩子无关，那倒算不上什么大问题。但是，这事一旦与孩子有关，我们就会处于一个不同的范围，在这个范围里，爱不再是独立存在的，而是为人种的生物目的服务的。因此，我们必须有一种与孩子有关的社会道德，一旦发生冲突，这种道德便能支配热烈的爱的要求。理智的道德将会把这些冲突减至最低限度，因为爱不但对其自身有益，对孩子也是如此，只要他们的父母彼此相爱。理智的性道德的主要目的之一，就是保证爱没有多少障碍，因为它是与孩子的利益有关系的。然而，这个问题要在我们探讨了家庭问题之后再进行讨论。

靳建国　译

1951

获奖作家

拉格奎斯特

传略

拉格奎斯特一九四〇年当选为瑞典学院院士,一九四六年就开始成为诺贝尔文学奖的候选人,到了一九五一年,他终于戴上了这顶桂冠。给他授奖是“由于他在作品中为人类面临的永恒性疑难寻求解答时表现出的艺术活力和真正的独立见解”。

帕尔·拉格奎斯特(Pär Lagerkvist,1891—1974),一八九一年五月二十三日生于瑞典南部斯莫兰省韦克舍的一个铁路员工家庭。一九一〇年自韦克舍中学毕业,翌年入乌普萨拉大学攻读艺术史,立志成为一名文学家,并开始为各激进报刊撰写诗文和评论文章。一九一三年辍学赴巴黎,对当时的表现主义、立体主义发生兴趣。同年冬天,回瑞典后发表《语言的艺术和绘画的艺术》一文,抨击了当时因囿于传统而衰落的瑞典文学,赞颂了从传统中解放出来的现代绘画。以后,他又相继发表了随笔、诗歌集《主题》(1914),论文《评瑞典的表现主义者》(1915),小说集《铁与人》(1915),诗集《苦闷》(1916),剧本《最后的人》(1917)、《艰难时刻》(1918)和《天堂的秘密》(1919)等。其中《苦闷》是拉格奎斯特第一部有影响的作品,它通过痛苦的反省来探索人生的意义,也反映了作者当时在精神上找不到出路的苦闷心情。作品采用的是表现主义的手法,被认为是瑞典文学寻求革新的起点。

此后,拉格奎斯特的创作基本上可以分成三个时期。二十年代为第一时期,这一时期的主要作品有小说《永恒的微笑》(1920)、《邪恶的故事》(1924),描写童年生活的自传体长篇小说《现实的客人》(1925),诗集《心中的歌》(1926),论文集《征服生活》(1927)和剧本《他又活了一次》(1928)等。

三十年代和第二次世界大战期间是他创作的第二个时期,也是他创作的多产期。法西斯的暴行、纳粹的残忍使他更加关注人类的善恶问题,在创作思想和创作艺术上更加趋于成熟。这一时期的主要作品有诗集《营火旁》(1932)、《天才》(1937),随笔、散文集《握紧的拳头》(1934)、《那个时代》(1935),剧本《绞刑吏》(1933)、《一个没有灵魂的人》(1936)、《疯人院里的仲夏夜之梦》(1941)和长篇小说《侏儒》(1944)等。在这些作品中,拉格奎斯特大力针砭政治暴虐和极权主义,并继续对人的生存状态作形而上的思考,主张用人道来对抗野蛮。

从五十年代开始,拉格奎斯特的文学创作进入了第三个时期,这一时期的作品几乎全都和上帝的形象、"神"的价值有关,从而形成了他创作上的一个新的高峰。主要作品有长篇小说《大盗巴拉巴》(1950)、《女巫》(1956)、《托比亚斯三部曲》(1960—1966)、《希罗德和玛利亚妮》(1967),诗集《夜晚的土地》(1956)以及剧本《皮尔格门》(1964)等。其中最重要的是他的代表作《大盗巴拉巴》,他之所以能获得诺贝尔文学奖,在很大程度上取决于这部作品取得的巨大成就。

《大盗巴拉巴》是一部由《圣经》中的人物故事演绎成的长篇小说。这部作品的故事情节和人物形象寓意深刻,充满哲理,对主人公内心世界的刻画和描绘,动人心弦。作者运用象征手法,对善与恶、美与丑、神与人、理想和现实等都作了深入的分析和解剖。《大盗巴拉巴》可说是拉格奎斯特一生在人类生存的永恒性问题上进行探索的结晶。

拉格奎斯特于一九二五年和第一个妻子卡伦·索伦森离婚,同年和伊莱恩·哈尔伯格结婚。自一九三〇年起,他即定居于斯德哥尔摩郊区的利丁戈,直到一九七四年七月十一日在那儿去世。

授奖词

拉格奎斯特年轻时在一九一三年发表的题为《语言的艺术与绘画的艺术》的宣言中,大胆地抨击了他那个时代的文学的衰落,那时拉格奎斯特尚未出名,但以他之见,那时的文学不符合艺术的需要。他论文中的观点,就其运用绝对化的哲理形式而言,近乎老生常谈,但从他晚期的作品来看,这些观点却具有更为深远的意义。这位年轻的作家曾这样宣称:"作家的任务是从艺术家的观点出发去阐明他的时代,并且为我们以及我们的后代表达这个时代的思想与情感。"今天,我们可以断言,拉格奎斯特本人已日臻于成熟、伟大和充实,并被世人效仿。他达到了目标。

今天我们谈论这位瑞典作家,不是以寻常的方式介绍他——那样做是不必要的——而是对他的作品和他本人给予应有的敬意。最为吸引我们关注的,是他那充满热情的、耿直的诚挚,炽热的、不知疲倦的耐性,这些就是他的作品背后的活力。帕尔·拉格奎斯特以纯正的精神气质,起码是以一种创造性的心灵,圆满地实现了诺贝尔在他的遗嘱中规定的要"在一种理想主义的意义下"颁发此奖的预言。无须争辩,拉格奎斯特是那些勇往直前地献身于人类重大问题的作家中的一员。他们不厌其烦地回归到探索伴有悲哀和压倒一切的人类存在的主题上。他所生存的时代状况决定了他的使命。那个时代被朵朵升起的乌云和迸发的灾难威胁着,就是在这种阴暗和混乱的情景下,他开始战斗;

就是在这个没有太阳的国度里,他发现了自己灵感的火焰。

拉格奎斯特具有早熟的想象力,他早在众人之前,就察觉到正在降临人类头上的灾难,以至于使他在北欧文学中成了人类痛苦的先知。但是,在人类精神的圣火面临被暴风雨吹打熄灭之际,他也是人类精神圣火最勇敢的护卫者之一。在座听我演讲的一些先生一定还记得拉格奎斯特的《邪恶的故事》(1924)中的一个短篇小说。在那个短篇故事里,我们可以看到一个十岁的小男孩,在一个阳光明媚的春日,和他父亲沿着铁路线一起散步,一起倾听树林中鸟儿的歌唱。然后,在黄昏返家的途中,他们被掠过空中的陌生的嘈杂之声所震惊。"那声音意味着什么,我有一种朦胧的预感,它是将要降临到人间的痛苦,是人们所不知的,是父亲不曾经历过的,父亲无法保护我免遭它的伤害。这种奇异的声音向人们宣告,这个世界将要变成什么样子,这种生活将为我带来什么。它与父亲的不同,父亲生活中的一切令人放心,确定无疑。我所面临的世界,不是一个真实的世界;我所面临的人生,不是一种真实的人生,它仅仅是闪光的事物,冲进了暗淡的深处,而这种暗淡又无止境。"如今在我们看来,这种童年时代的回忆,似乎是支配帕尔·拉格奎斯特作品主题的一种象征;同时,人们可以说,这种回忆向我们证明了他后来的作品是可信的,从逻辑而论,也是必然的。

今天,在有限的时间内,我们不可能一一评介他的所有作品。重要的问题是,帕尔·拉格奎斯特在运用不同的表达类型时,无论是戏剧的或是抒情的,或者无论是史诗的或是讽刺的,他把握真实的方法基本上是一致的。如果效果与意图不总是在同一水平上,就拉格奎斯特的情况而论是无关紧要的,因为他的每一部作品都起着他想构筑的一座大厦的柱石的作用,每一部作品都是他的使命的一部分,他的使命总是关注相同的主题:什么是人类的悲惨与崇高,尘世生活加之于我们的奴役刑罚,以及人类为挣脱这种奴役所从事的英勇斗争。现在为了便于我们回忆他的作品的主题,我选列下面几部作品:《现实的客人》(1925)、《心中的歌》(1926)、《他又活了一次》(1928)、《侏儒》(1944)、《大盗巴拉巴》(1950)。这些已够了,我们不需要再列举其他作品来说明他的创作灵感与创作天才如何了。

在诺贝尔基金会十五周年纪念会上,有一位外国专家评论以前获得诺贝尔奖桂冠者时,指出有两个在他看来同样是必不可缺少的条件可作为评选标准:一个是已完成的作品的艺术价值;另一个是作品的国际声誉。就后一个观点而论,现在可能会立即遭到反对,因为那些以不普遍通行的语言写作的作家,会发现这个条件对他们极端不利。无论怎样,一个北欧文学家能够荣获国际声誉是很不寻常的,因此对这类候选人的公正评价则成了一件需要审慎处理的事件。而且诺贝尔在他的遗嘱中有明确规定,颁发奖金"不考虑国籍,奖金应当发给那些最值得颁发的人,不论他是或不是斯堪的纳维亚人"。此规定还意味着,如果一个作家有资格获得诺贝尔文学奖,比如他是瑞典作家,则不应当因为他是瑞典人而妨碍他获奖。至于帕尔·拉格奎斯特,我们还必须看到另外一个事实,这个事实令我们欢欣鼓舞:他的最后一部作品《大盗巴拉巴》引起了广泛的赞誉,并赢得了世界舆论界的敬意。许多外国顾问支持拉格奎斯特角逐此奖的推荐书纷至沓来,则进一步说明了这一点。他获诺贝尔文学奖不是靠了瑞典学院的恩赐。他对巴拉巴内心世界冲突的动人心弦的描述,甚至在译成了外文之后,仍具有同样的反响,就明明白白地表明了这部作品具有极度感人的特性。因为作品的风格是独特的,在某种意义上说,是无法翻译的,它就更值得人们关注了。在这种既粗犷又敏感的语言中,拉格奎斯特的同胞们经常聆听到斯莫兰民间故事的回声,回荡在星光闪闪的《圣经》传奇世界的苍穹之中。它又一次地使我们想起,区域性的个性有时能转变为普遍性的东西,并可为全体所接受。

拉格奎斯特作品里的每一页文字和思想,均从其纯正的深处,以深邃和极度的温柔,传达出恐怖的信息。它们源自一种单纯的乡野生活,勤劳和俭朴的文字,但是这些文字,这些思想,在一位文学大师的驾驭下,被用来服务于其他方面,并被赋予了更大的目的,这个目的就是从艺术的角度,去阐明这个时代、这个世界和人类的永恒状况。这就是我们向帕尔·拉格奎斯特颁发诺贝尔奖金所要声明的理由。我们断言这一瑞典文学作品已经达到欧洲水平,是完全有根据的。

拉格奎斯特博士,我们一直紧紧地追随着您,我们深知您不喜欢置身于众人注目之中,但是,这个时刻既然不可避免,那么在您接受这种荣誉之际,我恳请您相信我们诚挚的祝贺。您获此奖,在我们看来,比目前任何一个人都理所当然。请允许我在您面前说,假如这里不是一个庄严隆重的场合的话,我会以古老的瑞典方式极其简单地对您说:愿此奖带给您快乐与幸福。

现在,我请您从我们尊贵的国王陛下的手里接受一九五一年的诺贝尔文学奖。

瑞典学院常务秘书 安德斯·奥斯特林

刘明正 译

作品

沉落地狱的电梯

史密斯先生,一位富有的商人,摁开雅致的宾馆电梯,情意绵绵地牵着一名浑身散发着毛皮和香粉味的纤巧的女士走进去。两人舒舒服服地相偎相依坐进软座,电梯开始下落。小妇人伸出微张的嘴,嘴巴湿乎乎的,一股酒气,两人接起吻来。他们一同在阳台上进晚餐,相遇于星光下;现在要出去给自己找点乐子。

“亲爱的,去那里多好啊,”她悄声说,“跟你在一起多有诗意啊,就好像跟星星在一起一样。因为你真正懂得什么是爱。你爱我,是不是?”

史密斯先生用一个更长久的吻作为回答,电梯继续下落。

“你能来真是太好了,我的宝贝,”他说,“要不然我的情绪真不知道会坏成什么样?”

“哼,你真想不出他有多讨厌呢。我刚刚开始打扮,他就问我要去哪里。‘我想去哪就去哪,我又不是囚犯。’我说。他就故意坐下来一直盯着我看,看我换衣服,穿上崭新的哔叽呢大衣——唉,你觉得这衣服好看吗?对了,你觉得哪种颜色最好看,是不是粉红的?”

“你穿什么都好看,宝贝,”男的说,“我从来没见过你像今天晚上这么漂亮。”

她很快活地笑了起来,解开自己的毛皮大衣,两人久久接吻,电梯继续沉落。

“等我穿好衣服正准备走,他抓住我的手使劲揉,现在都还疼呢,一句话也不说。他好狠心啊,你根本就想不到。‘好了,拜拜。’我说。但他一声也不吭。他那么野蛮,那么吓人,我实在受不了了。”

“小可怜。”史密斯先生说。

“好像我连出门快活快活都不行了,他那副严肃的样子真吓人啊,你根本就想不到。跟他简直就没法过日子,好像活着不是生就是死。”

“小可怜,你熬过来真不容易啊。”

“嗯,我吃了好多苦。好多。没谁像我这样吃了这么多的苦。要不是碰到你,我根本就不知道什么是爱情。”

“小心肝。”史密斯说着,把她搂住。电梯继续往下沉落。

“哦,”拥抱过后她缓过神来说,“跟你在一起看星星多有意思啊——我永远也不会忘记。哼,那家伙就——阿维德就不可能,他总是那么一本正经,一点诗意也没有,根本就没有感觉。”

“宝贝,这真难以忍受。”

“就是,真难以忍受。”她向他伸出手,笑一笑,“还是别想那事吧。我们出来是寻乐子的。你真爱我?”

“爱吗?”说着他压到她身上,她气喘吁吁;电梯继续下落。他俯在她身上爱抚她;她的脸变得绯红。

“今晚亲热亲热,就像从未亲热过一样。嗯?”他小声说。

她凑近他,闭上双眼。电梯继续往下沉落。

沉落。沉落。

后来史密斯站起身来,脸孔通红。

“电梯是怎么回事?”他嚷嚷,“怎么不停?我们在里面已经谈了好久的话,是不是?”

“是啊,亲爱的,是谈了好久,时间过得好快啊。”

“天哪,我们待了好几个世纪啦!怎么回事?”

他凑近铁格窗往外瞅。外面一片漆黑。电梯继续往下沉落,落得极为平稳。

“天哪,怎么回事?好像掉进了一个空空的大窟窿,天知道已经掉下去多久了。”

两人连忙趴下往深渊里张望。黑乎乎一片。他们就这样朝深处沉落,沉落。

“这不就是往地狱里去吗?”史密斯说。

“哦,亲爱的,”妇人哭了起来,抱住他的胳膊,“我好害怕啊,你快去拉紧急制动闸呀。”

史密斯使出吃奶的劲去拉,但毫无用处。电梯依旧没完没了地往下沉落。

“好可怕啊,”她叫起来,“我们怎么办?”

“是啊,天知道我们怎么办,”史密斯说,“全疯了。”

小妇人陷入绝望,号啕大哭起来。

“喔,喔,我的心肝,别哭了,别哭了,我们得冷静。现在什么办法也没有了。坐下来吧,对啦,两人都好好坐着,挨得紧紧的,看看会发生什么事。它总得停下来吧,否则也太可怕了。”

两人坐着,等着。

“要知道会碰上这种事,”女的说,“我们就不出来玩了。”

“就是,真是倒霉透顶。”

“你爱我,是不是?”

“宝贝。”史密斯伸手搂住她。电梯继续下落。

忽然它停了下来,周围亮起了灼目的亮光。

两人来到了地狱。魔鬼彬彬有礼地拉开铁格窗。

“晚上好。”他深深一鞠躬。他穿着一件款式不错的燕尾服。

史密斯和那女子茫茫然走了出去。

“我们这是在哪里?”他们惊问,被这个狰狞的妖怪吓了一跳,魔鬼有点儿尴尬。

“这里不像传闻的那么糟。”他连忙补充说,“希望你们会过得快活。我想就只待一宿吧?”

“对,对,”史密斯急忙说,“只待一宿。我们不想住下去,不想!”

小妇人搂紧他的胳膊,浑身抖动不停。灯光是如此刺眼,亮得发绿,他们几乎什么都看不清楚,只觉得闻到一种刺鼻的气味。等到稍微有所适应,两人发现自己站在一块类似广场的地方,周围环绕着一幢幢楼房,门洞在暗夜中闪烁着亮光。门帘虽然垂着,但是透过缝隙可以看见里面有什么东西在燃烧。

“你们就是那两个相爱的人?”魔鬼问。

“对,好爱好爱。”女的答道,那双满含爱慕的眼睛瞅了他一下。

“那么请往这边走。”他说,要他们跟着他。他们走进通往广场外边的一条昏暗的小街。在一个黏糊糊、油腻腻的肮脏的门口,高悬着一盏破烂的旧灯笼。

“到了。”他打开门,谦恭地退下。

两人走进去。另一个魔鬼,肥肥胖胖,一副巴结相,长着一对豪乳,嘴巴周边的胡须结着紫色的粉块。她呵呵笑着接待了他俩,从那对小而亮的眼睛可以看得出来,这鬼脾气很好;在前额上的头角旁边,结了几支小辫,还扎着蓝色的丝带。

“噢,是史密斯先生和这位小女士啊,”她说,“那就住八号房吧。”说完递给他俩一把硕大的钥匙。

两人攀爬肮脏黏糊的楼梯。楼梯黏着脂肪,滑溜溜的;爬了两段扶梯,史密斯找到了八号房,便走进去。这是一间霉味很重的大房间,中间摆了一张铺着脏布的桌子;墙边则是一张床单齐整的床。他们觉得挺好,就甩掉外套,久久接起吻来。

一个男人悄声无息地从另外一扇门走了进来。他穿戴得像一个侍者,可是晚礼服裁剪得那么合身,衬衣的前襟那么洁净,在昏暗中看上去却像是幽灵一般。他一声不响地走过来,脚底下没有一点响动,动作非常机械,几乎没有知觉。他的神情极为严肃,双眼直视前方,面色惨白,一侧太阳穴上有一个子弹留下的窟窿。他把房间收拾干净,擦了铺垫桌布的桌子,拎进来一把便壶和一只马桶。

他们并未注意他,只是在他正待离开时,史密斯说了一句:

"我们要喝点酒,拿半瓶马德拉酒①来。"

那人应了一声就消失了。

史密斯开始脱衣服。女的却有点犹豫。

"他会来的。"她说。

"嘻,在这种地方才不怕呢!把那些玩意儿都脱了吧。"

于是她宽衣解带,卖弄风情地扯下内衣裤,坐到他的膝上。真是快活啊。

"你想,"她小声说,"坐在这里,就我和你,在这样一个浪漫的地方,多有诗意啊,我永远也忘不了。"

"小心肝。"他轻唤。两人久久相吻。

那人又进来了,无声无息。他轻轻地、机械地放下玻璃杯,斟满了酒。台灯的亮光照在他的脸上。除了脸色苍白,脑门上有一处弹孔,他并没有什么不同寻常的地方。

可那妇人一声尖叫,蹦了起来。

"天哪!阿维德!是你吗?是你吗?哦,天哪,他死了!他打死了自己!"

那人一动不动地站着,直视前方,脸上并没有痛苦的表情;只是很严肃,很黯然。

"可是阿维德,你干了什么呀,你干了什么呀!你怎么能这样啊!亲爱的,如果我想到会这样,你知道我就会待在家里的。可是你从来也没跟我讲过,你什么也不说,一句话也不说!你不跟我说,教我如何能明白呢!哦,我的天哪……"

她全身都在发抖。那人看着她,就好像看着一位陌生人;他的目光阴郁冰凉,仿佛可以穿透一切。那张憔悴的脸闪闪发亮,伤处没有流血,只见一个洞孔。

"哦,有鬼!有鬼!"她叫道,"我不要待在这里!我们马上走。我受不了啦!"

她抓起内衣、帽子和毛皮大衣冲了出去,史密斯紧随其后。两人连滚带爬地奔下楼梯,她一下子坐在地上,屁股上沾满了痰液和烟灰。楼梯底下,正站着那个长着胡须的女鬼,她很理解、很温和地笑笑,点了点头。

走到街上,两人平静了一些,妇人穿上衣服,挺了挺身子,又往鼻子上涂了一些粉。史密斯保护似的伸出胳膊揽住她的腰,又吻掉她盈盈欲落的泪珠——他是多么好啊。两人走进广场。

那个魔鬼头子正在那里游荡,他们赶紧朝他奔过去。

"你们干得好快嘛,"他说,"但愿干得舒服。"

"噢,太可怕了。"妇人说道。

"不,不要那样说,别那样想。你们要是早点儿来,那才叫可怕呢。地狱现在已经没什么可抱怨的了,我们尽量安排得不那么招人显眼,相反还挺舒适的。"

"是的,"史密斯先生说,"我得承认是比较得体,确实这样。"

---

① 马德拉酒,指产于非洲马德拉群岛上的一种白葡萄酒。

“嗯，”那魔鬼又说，“现在一切都蛮现代啦，完全重新安排，该怎么样就怎么样。”

“是啊，你们也得赶上时代才是。”

“说得对，这年头受苦的唯有灵魂。”

“谢天谢地。”妇人说。

魔鬼很客气地引他们走进电梯。

“晚安，”他深深一鞠躬，“欢迎再来。”他关上铁格窗，电梯徐徐上升。

“谢天谢地，总算过去了。”两人松了一口气，依偎着坐了下来。

“我再也不想碰到这种事，离开你。”她小声说。他把她拉到怀里，两人久久相吻。“你想，”搂抱一阵后，她缓过神来说，“他居然干出那种事！不过他总有一些古怪的念头，总不能自自然然地处理好事情，好像活着不是生就是死。”

“真可笑。”史密斯说。

“他应该跟我说，这样我就会留在家里，咱们可以另找时间出来。”

“是啊，”史密斯说，“我们当然可以另找时间。”

“好啦，亲爱的，别再想那事啦，”她抱住他的脖颈，“那事已经过去了。”

“是啊，小宝贝，已经过去了。”他搂着她；电梯徐徐上升。

沈东子　译

1952
获奖作家
莫里亚克

传略

弗朗索瓦·莫里亚克(Francois Mauriac,1885—1970),一八八五年十月十一日生于法国波尔多市的一个银行家家庭,幼年丧父,由虔诚的天主教徒母亲抚养成人。他早年在当地的教会学校学习,后入波尔多文学院攻读历史,并曾一度在巴黎文献典籍专科学校学习,但他志在文学创作。一九〇九年发表第一部诗集《合手敬礼》,翌年,诗集《向少年时代告别》问世。此后转向小说创作,有《身戴镣铐的儿童》(1912)和《白袍记》(1914)等。“一战”爆发,他参加了伤兵救护工作,战后恢复写作,发表了小说《血肉斗》(1920)、《优先权》(1921)等。

一九二二年至一九三九年是莫里亚克创作生涯中最重要的阶段。一九二二年发表《给麻风病人的吻》,赢得较大声誉。随后又相继发表了《火流》(1923)和《吉尼特里克斯》(1923)。两年后发表的《爱的荒漠》,获得法兰西学院的小说大奖,奠定了他在法国文坛的地位。一九二七年,《苔蕾丝·德斯盖鲁》的发表,引起了很大反响,于是他又写了三个续篇:《苔蕾丝看病》《苔蕾丝在旅馆》和《黑夜的终止》。《蝮蛇结》(1932)被大多数评论家公认为他最成熟和最完美的作品。小说在人物的心理方面有着绝妙的描写。一九三三年到一九四一年间,莫里亚克写了五部小说,如自传小说《弗隆特纳克家的秘密》(1933)、《黑天使》(1936),其中最著名的是《法利赛女人》(1941)。在一九三八年至一九五一年间,他还以浓厚的兴趣投身于戏剧艺术,创作了以灵和肉的斗争为主题的《阿斯摩泰》(1938)、《错爱的人们》(1945)和《地上的火焰》(1951)等四个剧本,颇受观众好评。

在莫里亚克生命的最后十八年中,他写出了大量政论文、传记作品和回忆录,如传记《戴高乐》(1964),日记体回忆录《内心回忆》(1959)、《新内心回忆》(1965)、《政治回忆录》(1967)等,详细记载了许多历史事件,表达了他的政治观点和文艺思想。一九六九年,他还发表了最后一部小说《往日的青春》。

莫里亚克在长达六十年的创作生涯中,写了一百多卷各种体裁的作品,其中有小说二十六部、诗集五本、剧作四部。他深受帕斯卡尔、拉辛、波德莱尔、兰波的影响,作品中表现了古典主义的文学传统与现代主义潮流之间的矛盾和交融。

莫里亚克由于"在小说中深入刻画人类生活时所展示的洞察力和艺术激情",于一九五二年获得诺贝尔文学奖。

一九七〇年九月一日,莫里亚克在巴黎病逝。

授奖词

研究弗朗索瓦·莫里亚克作品的学者,一开始就会获得这种印象:莫里亚克一贯致力于描绘一个明确的环境——人们能在法国地图上指出的一角。他的小说情节展开的背景,几乎总是在纪尤德省波尔多地区,或者在朗德省。前者是古老的葡萄之乡,布满大大小小的葡萄园;后者是松林和牧场之乡,寂寞的空间颤动着蝉儿的歌声,大西洋传来远方的雷鸣。这是莫里亚克的故乡。他把描绘这个独特的地区和人民,尤其是那些土地占有者,看作自己内心的召唤;可以说,他的个人风格是严谨和无情的透彻,犹如扭转葡萄藤的控制力和从灼热的天空撒下的光线。在此意义上,这位读者遍布全球的作家,明显地、无可否认地是一个乡下人,但是,他的乡下气并不排斥世界范围内的重大人类问题。谁要想开掘得深,他就必须首先和始终有一块他能下镐的基地。

莫里亚克从小受到特别严格的管教;他是在一个强烈地受母系影响的环境中长大的,这种影响不断地对他青少年时期的敏感性发生作用。有理由相信,他后来一旦与外界接触,曾产生一种痛苦的惊骇。在此之前,他接受虔诚的教诲,从未料到罪恶支配现实达到这样一种程度,以至遍及一切单调和琐碎的日常生活。他生来就是天主教徒,在天主教的气氛中长大;这种气氛成了他的精神之乡,总之,他从无必要对教会做出抉择。但是,他有几次重新审查和公开说明他的基督教立场,主要是为了探讨现实主义立场对于作家的要求能否与教会的戒律协调一致。撇开这些不可避免和无法解决的二律背反,莫里亚克作为一个作家,他利用小说阐明人类生活的一个特殊方面,其中,天主教的思想和感受,既是背景,又是要旨。因此,他的非天主教的读者,或许在某种程度上感到自己在观看一个陌生的世界;但是,若要理解莫里亚克,人们必须记住这一事实:他不属于改变信仰的作家群,否则,对他的理解就不可能完全。他本人意识到赋予他那些根底的力量;当他探究被错误的重担压倒的人们的灵魂,考察他们的秘密意图时,那些根底允许他引证一个伟大而严厉的传统。

莫里亚克如此长久和如此毫无疑义地在现代文学领域确保中心地位,以致教派的隔阂几乎已经全然无足轻重。由于他那一代许多昙花一现的作家今天几乎已被忘却,他的形象在这几年中越来越鲜明突出。就他的情况而言,名声的取得不是以迁就为代价的,因为他那忧郁和严峻的世界观很难取悦他的同代人。他始终怀抱高远的目标。他竭尽全力,坚忍不拔,在他的现实主义小说中继承了诸如帕斯卡尔①、拉布吕耶尔②和博苏埃③这样一些伟大的法国道德家的传统。对此,我们可以补充一点:他代表一种宗教灵感的倾向;这种宗教灵感,尤其在法国,一向是精神结构中极端重要的因素。如果我可以在这里提一下作为著名新闻作家的莫里亚克,那么,为了欧洲思想的利益,我们一定不要忘记他在这一领域的工作,他对日常事件的评论,他值得公众尊重的文学活动的这一侧面。

但是,他今天成为诺贝尔文学奖获得者,显然主要是由于他令人钦佩的小说创作。列举这几部杰作也就够了,如《爱的荒漠》(1925)、《苔蕾丝·德斯盖鲁》(1927)及其续集《黑夜的终止》(1935)、《法利赛女人》(1941)和《蝮蛇结》(1932)。在莫里亚克的一系列小说中,充满令人难以忘却的情景、对话和紧张场面,它们的启示如此神秘和残酷。同一主题的重复可能会产生某种单调感,但是,他那敏锐的分析和真实的笔触,随同每种新的冲突,唤起同样的钦佩。莫里亚克的语言无可匹敌,简洁而富有表现力。他的散文能以暗示性的短短几行,说清楚最复杂和最困难的事情。他最著名的作品都具有逻辑的纯正和古典式的措辞简练,令人想起拉辛的悲剧。

无声的青春焦虑,罪恶的深渊及其呈现的永恒威胁,虚妄的肉体诱惑,物欲横流,自满和伪善泛滥,这些是经常出现在莫里亚克笔下的主题。不足为怪,由于他使用这样一套颜料,有些人便指责他无故丑化主题,像厌世者那样写作。而他的答复是:相反,如果一个作家以圣宠作为他的世界观基础,认为人类的最高庇护是上帝的爱,那么,他会感到自己怀着一种希望和信任的精神从事创作。我们无权怀疑这一表白的真诚,但是,在实践中,邪恶显然比清白更引起他的注意。他憎恶训诲;他不知疲倦地描绘沉溺罪恶、遭受天罚的灵魂,但是,一旦灵魂意识到自己的苦难,即将忏悔和得救,他一般就喜欢在这时拉下帷幕。这位作家将自己的见证作用限制在这种进化的否定方面,而将肯定方面全部留给未必会写小说的牧师。

莫里亚克本人曾经说过,人人都可以在一种美化生活和允许我们逃避现实的文学中寻求满足,但是,大多数人对于这种文学的偏爱,不应该造成我们歧视那些以了解人类为天职的作家。唯独那些不敢正视生活、从而歪曲生活的人,才仇恨生活。真正热爱生活的人,热爱生活的原貌。他们逐一剥去生活的假面,把心交给这个最后被剥得精光的怪物。在与安德烈·纪德的一次论争中,他回到他的思想基点,断言彻底的真诚是与作家行业相联系的荣誉形式。通常,答尔丢夫④被穿上宗教的服装,但是,莫里亚克肯定地告诉我们,这类人物更经常出现在那些支持唯物主义进步理论的人之中。嘲笑道德原则是容易的,但是,莫里亚克反对这种嘲笑。他曾经十分简要地宣称:“我们每个人都知道自己能够变得比目前更少一些罪恶。”

---

① 帕斯卡尔(1623—1662),法国数学家、哲学家。

② 拉布吕耶尔(1645—1696),法国作家。

③ 博苏埃(1627—1704),法国天主教士、演说家。

④ 答尔丢夫,莫里哀著名喜剧《伪君子》中的人物。

这句简短的话语或许是个关键,能揭开莫里亚克创作中善的秘密,忧郁的热情和微妙的失调的秘密。他纵身人类的弱点和邪恶之中,并非出于追求艺术绝技的狂热。即使在他无情地分析现实的时候,莫里亚克也始终确信,有一种超越理解的爱。他不提倡绝对;他知道它并不有效地存在于纯粹状态,因而他不以宽容的眼光看待那些自称虔诚的人。他忠于已经化为自己血肉的真理,竭力按照人物的本来面目看待他们,描写他们;这些人物将会悔恨交加,希望自己变得即使不是更好,至少也要更少一些罪恶。他的小说可以比作窄口的深井,在底部能看到一泓神秘的活水在黑暗中闪烁。

亲爱的先生和同事,在这供我驱使的短短时间内,我只能简略地谈论您的创作。我知道您的创作值得大加赞美;我也知道对您的创作做出充分的评价,既有一般陈述,又不忽略具体特点,是多么困难。"鉴于您在您的小说中深入刻画了人类生活的戏剧时展示的精神洞察力和艺术激情",瑞典学院决定授予您本年度的诺贝尔文学奖。

最后,我谨代表瑞典学院——你们年高德劭的法兰西学院的妹妹,向您表示最衷心的祝贺,并请您从国王陛下手中接受奖金。

瑞典学院常务秘书 安德斯·奥斯特林

林凡 译

作品

身份

一

"已经回来啦!你没上墓地去?"

奥尔唐丝·贝拉德对她丈夫的问话只耸耸肩膀作为回答。她将短粗的胳膊向上一抬,扔掉蒙着黑纱的帽子。丈夫一观察,就明白她正怒气冲天呢。

"上墓地去?啊!对,我是想上墓地!我看见教堂门前停着一辆柩车,还以为是别人下葬呢。哪知道,这正是为可怜的爱玛准备的。我几乎不相信自己的眼睛:奥古斯特要把他姐姐的遗体运到朗格瓦朗去,埋在他们家族的墓园里。他花钱倒挺大方!这未免有点儿让人难以置信。多少年来靠我们生活的人……谁不知道如今雇灵车花销多大——你不认为这太过分了吗?"她以充满威胁的口气补上一句。

"当然,排场大了些……不过应当理解奥古斯特的心情:他的父亲、母亲、姐姐厄多克西都葬在朗格瓦朗。爱玛是他们家最后一个人,不能孤零零地送到公墓去……"

"重感情固然很体面,可是不该用别人的钱讲感情呀。我打算跟奥古斯特说清楚,既然他有钱雇得起车将爱玛运往朗格瓦朗,那我们以后就不给他钱了;这年月谁家过日子都挺艰难。"

埃克托·贝拉德默不作声,但奥尔唐丝有意找别扭:

“你不同意我的看法吗?”她一个劲地追问,“对,我明明看出你不赞成我的意见。”

从打开的报纸后边传来企求和解的声音:

“只剩下奥古斯特啦……我知道他确切的岁数。唉!他跟我是同年:六十六岁啦……他再不会让我们花多少钱啦……”

“对不起!既然他有钱雇汽车运送爱玛,他就什么都不用我们破费啦。”

埃克托把报纸重新折好。他的头顶已经绯红,这在他是极度焦虑的标志。

“不管怎么样,教堂举行仪式时,你没向奥古斯特提出这个问题吧?”

“你把我看成什么人了?我只不过问了一句:‘你要雇车将爱玛的遗体运往朗克瓦朗?’他点了点头……显得很不自在……”

“可是,奥尔唐丝,你没再说什么吧?……”

“没有,我只不过简单地‘啊’了一声,当然用的是某种声调……”

“你替我表示歉意了吗?我同一个经纪人早就订有约会,你说了吧?”

不错,她代他表示了歉意。可是奥古斯特·杜普鲁伊对他表兄弟没有前来好像十分惊讶……倘若埃克托失约不去出售谷物,他倒会认为是理所当然的。

“你知道,奥古斯特带着那种惊愕的神情一再地说:‘他没有来?他不能来?’”

这时埃克托嗫嚅道:“我本来应该……”她反驳说:

“你疯了!既然我到场了,就行了!我!”

他一言不答。倘若他向妻子承认,在少年时代,奥古斯特跟他本是形影不离的,她一定会讪笑的。她要么不相信他的话,要么就会看不起他。这时,五十年前的往事重新浮上他的脑海。他仿佛又见到他外祖母杜普鲁伊家的乡村别墅的那个房间,在木头阳台上,有个小伙子光着上身,两臂交叉在胸前,每只手里握着一个哑铃,他便是奥古斯特。时间是他们高中毕业会考后的那个夏天。那个房间朝南,下面种着大片向日葵和石竹。

“傍晚时分,我抽空去看看奥古斯特……好弄清楚雇车的事。”他急忙补充说。

“他这笔钱一定得向人家借……谁愿意拿自己的钱冒险,谁活该,我才不想听呢。当然,我不会让奥古斯特断绝生活来源,可是这笔丧葬费,那是没门儿。直到最后,杜普鲁伊家还想炫耀自己。这些贵妇人一点都不肯节省,照旧维持一个女仆,每周一次招待日,你记得吧?”

埃克托提醒说,有好多年,奥古斯特替莫库迪纳公司跑外,也挣了一些钱。

“不错,可是即使那些年,也得每年给他们一笔钱哪!……”

“这是他们的权利:我母亲给了他们一份遗赠嘛!”

“嘿,我要是处在他们的地位,就会自觉一点,拒绝接受这笔遗赠;我宁可辞掉用人。”

“得啦!奥尔唐丝,你没想到吗?我们的表亲首先得保持自己的身份。否则别人会耻笑我们的。”

这下触到了要害。贝拉德太太摇摇头说:

“我不是这个意思……可是因此就花一大笔钱雇一辆汽车……必要的话,我们也可以把我家的墓园借给他们嘛!那里也只剩下两个位置了,这倒也是真的。”

二

奥古斯特住在城外大马路附近一个凄苦的居民区,离墓地不远。墓地内高大的陵墓与周围小职员和教师黯淡度日的平房比较一下,相差无几。埃克托·贝拉德一般不愿意到那里去。从他童年时代起,这儿的街道连一块铺路石也没换过。他想起往年元旦去看望杜普鲁伊舅母的情形。他认出了这堵墙,门铃下医生的名牌,花园内腐烂的气息:这个居民区是那样死气沉沉,已经没有任何时代的痕迹了。

黑纱还悬挂在门上。真怪,奥尔唐丝对这些黑纱倒丝毫未加指责。大概在她看来,这属于必不可少的一类。自己属于这个家族,这个家族也从来没有背弃自己。为了光耀门楣,即使再穷,这笔钱也是该花的。

房屋门户紧闭。铃声在屋内响了很久。埃克托担心他的表兄弟还未从朗格瓦朗回来。可是楼下百叶窗打开了一条缝。他听见一声惊呼和拉开门闩的声音,转眼间,奥古斯特已经将他抱在怀里了。他感到对方坚硬的胡子刺在他的脸颊上,这个小老头在哽咽,在哭泣,却没有眼泪。屋中冰冷,散发出一股猫屎猫尿的味道。狭窄的过道尽头,有一扇镶着双色玻璃的门通向花园,把园内的景色染成红蓝两色。他仿佛听见杜普鲁伊舅母在喊:"孩子们,去玩吧。别碰那狗,它臭得呛人。"

"快进客厅吧……对对,我就去生火。管它!难得生一次,下不为例。你来了,我真不知道多高兴!真想不到这样的日子还会给我带来一丝欢乐!噢,火没生着以前,先别脱大衣!"

一盏大理石底座的煤油灯冒着黑烟。绿色的灯罩上装饰着彩条和花边。五十年来什么都未挪动过位置。壁炉正上方是亨利四世童年的肖像。柱子上挂着怀里搂着公鸡的爱神。独脚小圆桌上放着瓦洛里斯①出品的彩瓷花瓶,瓶上描一只打着粉红领结的凤凰。钢琴上堆满了照片,镶在烙花的镜框内。照片颜色褪得那么淡,面目已分辨不清。杜普鲁伊舅父一向喜爱艺术,墙上挂满名画。"他们有一张卡比埃呢,"客人们怀着妒意说,"他们还有一张史密斯……既然急需用钱,他们很可能把那张卡比埃卖掉的。"

炉火点不着。来客要他表兄弟放手算了;可是奥古斯特跪在壁炉前面,非要把火生着不可。于是埃克托看见,他的两只薄薄半筒靴上还沾着墓地的泥土,臀部两块骨头的棱角从磨得发亮的裤子里显现出来。终于冒出一丝微弱的火苗。小老头站起身来。

"你想想看,刚才我真怕是来催缴车费的!你来了,真好……这是一个莫大的损失……噢,当然咯,爱玛体力大大衰退,可是她常常头脑很清醒。她忏悔过了……孩童般纯洁的忏悔,杜洛神甫就是这么说的,他感动得热泪盈眶……我完全是为了她才活在世上的。"他眼泪汪汪地补充说。

"得啦,奥古斯特,你总不见得要我相信,你的生活中除此以外没有别的……"

小老头把手从埃克托的掌握中抽出来,说道:

---

① 瓦洛里斯,法国南部一小城,距尼斯不远,为法国陶瓷业中心。

“我为家庭什么都牺牲了……那时我以为,我希望不会看见它消亡的命运。可是她们三个都去世啦,一个接着一个,先是厄多克西,接着是妈妈,最后是爱玛。当然,我可以自慰的是,她们靠了我,生前一直能保持身份。有时她们也挨饿,然而从未失格。是啊,这我已经心满意足了……因为我为此付出了很大的代价……你记得吧,埃克托,现在只有你能回忆起这些往事了……我曾经是一个好学生,出类拔萃的学生!今天我完全可以这样说而毫无夸耀的意思,你还记得修辞班的法布尔老师吧,他要我投考巴黎高等师范学校文科……我肯定能考上的……可是这样一来,读书的时间太长,家庭负担不起。爸爸还留下了债务。你父母给我们的补助只够买面包吃:连女用人在内,总共有五口人要养活呢。莫库迪纳提供给我一个推销员的职位,也就是大家所谓的做掮客。我没有立即让步。你还记得那年暑假吧,那时我非得下定决心不可。在我的祖母、你的外祖母家中,那个有阳台的房间……(埃克托瞧着面前的小老头;他似乎又闻到那个房间中特制的窗帘布的味道;阳台是松木的,晶莹的树脂还如珍珠般挂在上面)我哭了整整一个晚上,你没忘掉吧?你母亲待我真好!她为我能继续升学想出的办法,你还记得吗?”

记不得,埃克托一点也记不起来了。炉火已衰,灯油用完,灯芯已烧焦。糊墙纸上的巨大曼陀罗花图案无限反复,只有布满蝇屎的金色画框将其截断;亨利四世童年的肖像在糊墙纸上投下暗影。有半个世纪的时光,每逢星期二,这些物品都静观着那些老妇人来给杜普鲁伊夫人的“招待日”凑热闹;现在它们又注视着这个小老头,他为尽可能长久地维持这种每周一次的盛会而放弃了升入巴黎高等师范学校的机会。

“你可怜的母亲的话,还萦回在我的耳际:‘厄多克西有女低音歌唱家绝妙的嗓音,字正腔圆。爱玛的钢琴弹得恰到好处。我们会给她们找到学生的;首先是咱们这个家族的孩子……在你毕业之前她们俩便可以此为生……’我让她说服了。你母亲一心只顾疼我。她口授一封信,要我记下来给家里人寄去,告诉她们这个美妙的计划;她要我做的是什么事,连她自己也意料不到……啊,那封信!刚才我正在整理信件,你就来了,真巧!我找到了妈妈这封精彩的书简。这么刚强的女人,如今再也没有了。已经绝种了。你应该念一念这封信,很精彩,是不是?”

他看着埃克托凑近灯光,用心辨认稍微有些褪色的字迹,笔迹工整,如出修女之手:

> 亲爱的孩子,读了你的来信,我在上帝面前默祷,乞求他在这个紧要关头给我启示。你的两个姐姐十分敏感,我总是想方设法不让她们伤心,这一点你是知道的。尽管如此,我认为把贝拉德姑母设想的计划告诉她们,仍然是我的责任。这个计划如此奇异,如此出人意料,我不愿做出任何评价。两个亲爱的孩子淌了许多泪水,我也情不自禁地陪着饮泣。这些慷慨的人儿,一举一动都表现出英勇豪迈的气质;她们考虑了要求她们做出的牺牲,都心甘情愿地接受了。我的奥古斯特,我告诉你这些,你不会感到吃惊的。是的,她们决心去工作了。她们担任本教区各慈善机构的会长和副会长职务,又是得力的成员,可以说她们的地位在整个圣菲洛曼是独一无二的。至于我家的社会关系,其数量之多和门第之高就不在话下了。现在她们欣然同意放弃这种地位,准备牺牲这一切,

她们唯一忧虑的是怕这样做可能会对不起那些信任她们的人，因此她们决意等上帝的意志一旦显现清楚就坚决执行。亲爱的孩子，她们的感情，我完全能够理解，我跟她们一样为你现世的前程和来世的得救而担忧。我懂得年轻人的自私心理，看到你在这种场合下表现出的自私自利也就不足为奇了。

我们三个人一致沉浸在为他人牺牲的喜悦之中，度过了一个既悲哀又兴奋的傍晚；可是当我独自一人度过漫长的不眠之夜的时候，问题的另一方面就显示出来了。我想到对我们家族应尽的责任。这个永远不可推卸的责任，你们的父亲临死前向我一再叮嘱过："亲爱的妻子，不管将来怎样，不管遇到什么不幸，你们要保持身份，不要玷辱门楣。切记杜普鲁伊这个姓氏给予你们的恩惠。"门第！姓氏的荣誉！我们总算维持住了，尽管债务累累，尽管穷困，那是我并不为之脸红的。

就在我们结婚的翌日，你可怜的父亲带我去拜访约翰·卡斯坦和哈利·莫库迪纳两家。只是由于还不起他们的人情，我们才不得不谢绝任何礼遇。这种如此持重的态度远没有损害我们，反而使我们获得这些先生的好感，如今就看你愿不愿意受益了。你知道哈利·莫库迪纳在他的公司里为你保留着一个位置，无疑是低微的，但这是进身的阶梯，而且能保证我们大家过上跟我们身份相称的生活。你的前程已经在握，就在本城这家最著名的公司中。你可以立即领取薪水，在十分有限的范围内补偿你的家庭为你大量付出的开支和耗费的精力。在这样的时候，你却去觊觎什么教育家、公务员的职位，老实说，我理解不了。假若你不是我的奥古斯特，对你考虑问题是否周密，能否正确做出判断我真会发生怀疑了。

孩子，跟你说什么好呢？我整整一夜没合眼，焦虑不安，最后我终于想通了。我懂得了你所能遭遇的最大不幸，莫过于你的两个姐姐去当音乐教师和钢琴教员。这很可能使我毕生的心血付诸东流，因为家道衰落了，所谓受益者，反过来也会变成受害者。

对这个问题，本堂神甫给我出了一个主意。我本想略过不谈，可是这位杰出的教士在我面前并不掩饰要给你写信的意图，所以我还是把厄多克西的荒唐行为告诉你为好。你也知道，这位我们尊敬的神甫指导厄多克西的神修，厄多克西对他盲目信赖。为什么家庭中只有她一个人拒绝接受拉·法斯勒里神甫的指导呢？这种性格我一直想改变而没有做到，这里又一次表现出来了。

本堂神甫可能会给我们想出许多办法，但我不抱任何幻想。倒不是因为这位教士缺乏热忱，而是虔诚毕竟不能代替一切。你知道他出身于平民最底层：根本无法接近整个上流社会。去年冬天，拉·法斯勒里神甫热心借给我一批期刊，其中有一部名叫《路程》的小说。我读这本小说时，就不断地想到他。小说中生动地描写了风俗人情，也有寡廉鲜耻的场面，也许作者对这些采取了否定的态度，但对道德不无危险；过几年等你到了无须害怕这种描写的年龄时，你也可以读读这本书获得教益。

本堂神甫对我们的说教根本不能损害我和爱玛的信念:他一定会向你重复这些话。对于厄多克西来说,他的围攻奏效了。这个可怜的神甫不懂得,出去工作会降低妇女的身份,一个出去工作的女人将受到社会的鄙视。神甫自己的母亲出去打短工,一个姐姐是女裁缝,他怎么能理解这些呢?我不能责怪他。这种事是学不来的。只有出身高贵的人才领会得到,如此而已!

我将你的归期定在下星期二。你一回来,我们将立即做出决定。就哈利·莫库迪纳说来,你进他们公司是不成问题的。他有意——这是不难解释的——给我们莫大的荣幸。你不参加他的公司而想另有高就(尤其是想当中学教师),这种念头他大概根本想不到。我了解这个大好人,他对自己的判断绝不动摇:你如果不这样做,在他看来那就是自毁前程,你将被认为是……

三

“怎么样?很精彩,是不是?你不认为这很了不起吗?”奥古斯特一边反复说着这几句话,一边把这封珍贵的信件放回抽屉内。

他的声调是那样勉强,致使埃克托生平第一次怀疑他的表兄弟在讲反话,他心想:“他怨恨死了……”然而不对,奥古斯特又哭哭啼啼地说:

“埃克托,我明白了她的意思……母亲的各种理由,我完全理解了。不久我就得到安慰,挣到一些钱……也就刚够我们家三个妇女和我不至于饿死!她们的线手套织补又织补,真可怜!可是她们总算有手套,就是到花园去也要戴上手套。钢琴卖掉了,显然是为了排除那种意图,在《莎巴皇后》中的咏叹调里,厄多克西的嗓音也不再震响窗玻璃了。她们俩是慈善家,将我们自己急需的面包券和煤炭券送给穷人。妈妈希望厄多克西进‘神圣家族修道院’,那里不带财产也可以接纳。我想她说不定最终会说服厄多克西的,这位了不起的妇女,具有无穷的力量,凡是她认为能够增进天主的最大荣耀和对她自己有利的事,都能使别人照办。但是在这个问题上她又一次受到那个本堂神甫的阻挠。他也许没读过《路程》,却自认为接受了某些启示,能分辨得出什么才是真正的天职。

“虽然本堂神甫在这方面占了上风,但我母亲在另一方面击败了他。厄多克西近三十岁时,患了可怕的忧郁症,经常发作,没有丈夫的女子所受的罪,我们这些男人完全不懂,你相信吗?我们周围有的是殉难者,大家却不知道。在我们彼此楼上楼下生活着的这所小房子里,没有哪一滴泪水、哪一声叹息没有见证人。我青年时代,哪一样没听见过啊!我还记得透过隔墙偶然听到的一幕:‘你真不害臊!’我母亲冲厄多克西嚷,‘人家都以为你是个挺虔诚的丫头,简直连禽兽都不如!有这样本能的时候,应当瞒着人。规矩的姑娘连自己都不肯承认的。在下层人家,还情有可原。可你是杜普鲁伊家的一位小姐!何况,’她换了另一种近乎婉转的口气说,‘我完全可以告诉你,我是深知底细才这么说的:感谢上天吧,让你免掉这种可怕的义务、可耻的堕落、可怕的惩罚。像我这么卑微的人,不便妄评天意,可是让上流社会的人做出这样卑鄙下贱的举动,想必原罪是多么深重了。’

"几个星期之后,气冲冲的母亲告诉我,那个本堂神甫自称替厄多克西找到了一个丈夫。你的父母从不知道这件事,因为我母亲有意不让这桩家丑外扬——你想,对象就是本堂神甫的侄儿,他父亲是邮局的职员,本人在一家粮店里做普通的会计员。我妈妈怎么怒不可遏,你是可以想象的。可是厄多克西非要嫁他不可。就在我们坐的这间客厅内,有多少次吵得不可开交啊!一直持续到本堂神甫去世。此后厄多克西落到单独自卫的地步,逐渐隐忍了。我们瞧着她一点一点地憔悴下去。她瘦得脸都快没了,只剩下那双大眼睛,你还记得吗?她在慈善会里打发日子,照顾小姑娘们。她对孩子有一种近乎肉感的渴求。末了她的病爆发出来。不得不将她一侧乳房切除,后来另一侧也切除了。那位打短工的女工有一个几个月的婴儿,早晨送来请厄多克西看管。她死前几天的情景,我还历历在目:她将小娃娃紧紧地搂在动过手术的胸前。她的卧室就在这间客厅上面。星期二我下班回来,为了躲开客人,便藏到她房内。厄多克西和我,我们透过地板听着那些贵妇人饶舌。"

奥古斯特·杜普鲁伊停住不说了。他不再望表兄弟,而是瞅着炉火,将半掩在破袖口内的双手伸向火苗——也许并不是为了保护面孔不受炭火的炙烤,而是为了挡住一种幻想:他在用颤抖的双手遮盖地狱般的平庸生活,为这乌有而牺牲的年华。

突然,他的两条胳膊垂下来,倒在蒙着黑绸布的大靠椅上——半个世纪期间,杜普鲁伊夫人就坐在这把椅子上坚持每星期二接待宾客。埃克托慌了手脚,赶紧搂住奥古斯特,让他平卧在地毯上,可是没法使这个弯腰曲背的老木偶恢复神志。他跑到隔壁卧室去搜寻,那里弥漫着一股恶浊的臭气:床铺凌乱,一只外来的猫躺在灰溜溜的褥单上呼呼大睡。埃克托想找一瓶酒精或花露水,但一无所获。厨房内也一无所有:连一片面包渣、一块白糖都没有。咖啡壶底还剩下一点儿黑乎乎的液体,这就是他的全部发现了。

他回到客厅的时候,病人已经苏醒,用胳膊肘支着抬起上身。埃克托让他喝了几口咖啡,问他是不是由于头晕,或者心脏不好。小老头使劲摇头,表情又顽强又固执,直到他的眼神碰见跪在身旁的埃克托的目光,他的面容才松弛下来:

"老实跟你讲吧,我只告诉你……你一个人。"

于是他有气无力地说:

"我饿。"

不错,这是有气无力地说出的。然而周围的器物似乎都听见了这句不得体的招供。靠背上蒙着杜普鲁伊夫人所谓"防油布"的第二帝国式样的安乐椅,壁炉上方亨利四世童年的肖像,镶在蝇屎覆盖的金色镜框内的"卡比埃"和"史密斯",配着巨大灯罩的台灯,钢琴上死者的照片,所有这些器物都愤慨地凝视着杜普鲁伊家最后的子孙。他半卧在破得只剩下些丝丝的小地毯上,强忍饥饿直到晕倒。

埃克托瞪大了眼睛望着这个忍饥挨饿的人。世界上有人忍饥挨饿,他不是不知道,然而他还从未亲眼见过,一个如此有失资产阶级身份的不光彩例证就出在他自己的家族中,他不禁看呆了。

"我还未付殡仪费……可花销最大的是额外的小费,到处要给钱;我最后一个铜板给了掘墓人……"

奥古斯特已经站起来倚在墙上。埃克托想出一个主意：

“你能挪动几步吗？刚才我在大马路和圣热奈街的拐角处看见一家咖啡店，咱们上那儿去吧。我记得玻璃门上写着‘冷餐’字样，你可以吃点东西恢复恢复体力。”

埃克托自己吃饭的时间未到，他还有工夫去看看一个饿鬼坐在丰盛的肉食面前的有趣情景。他帮奥古斯特穿上大衣。幸亏，大街上很清静。在这个居民区，他们也不用担心遇到什么很“体面”的人。而且埃克托一向以慈善出名，即使有人碰见他们，他们也很容易找到托辞说：“这是我照顾的一个可怜的老人……”

四

在灯火通明的咖啡店内，奥古斯特眨巴着眼睛。他瞧着粉红色的烤牛肉片、小白面包、半瓶美多克酒，那神态活像街心公园中提心吊胆的猫。老太太们用旧纸包了食品送给猫吃，猫也不敢上前。终于他下定了决心，突然狼吞虎咽起来。酒吧间里，电车司机们在热烈争论赛马的结果，年纪更轻一些的小伙子们围着一架自动游艺机吵吵嚷嚷。

“要干酪吗？”

当然，奥古斯特很想要些干酪，但这是预防以后挨饿的，暂时他是吃饱了。他偷偷摸摸地伸出一只手，藏起一些剩余的食品。一个少女坐在高脚凳上，臀部突出，使他看得出神。他的颧骨微微泛起红晕。

“我也订过婚……”奥古斯特忽然说，“你感到奇怪吗？噢，就是我领到八千法郎的佣金，把钢琴也赎回来了那一年……米歇尔·杜·米哈依，你不记得了吧？当然，脸蛋儿不算漂亮……可是身材像个女神。莫库迪纳一家正给她找人家……她马上同意了……只是必须同妈妈和爱玛一起生活。出乎意外，妈妈没有反对，你相信吗？她只是隐瞒了自己的计谋。当时，缩短订婚期，尽快结婚，才是上策。妈妈却跟我说：‘你挣的钱太少，不够再养活一口人，还不算跟着出生的孩子们……可上帝会赐给的。’我不知道上帝会不会赐给我孩子……总而言之，妈妈先发制人了……”

这回，埃克托再也不怀疑了：酒醉饭饱的奥古斯特不再掩饰他对先母的宿怨。那少女已经跳下高脚凳，回到自动游艺机旁边那堆小伙子中间。他们对她挤挤搡搡；她假装生气，又咯咯地笑。奥古斯特目不转睛地注视着她。突然，他悄声问道：

“那事真像人说的那样惬意吗？”

“你指的是什么？”

奥古斯特的视线始终不离那少女，下巴向前一努：

“喏，那个……”他嗫嚅着说。

接着，他又以苦恼的口吻说道：

“埃克托，你说，人们没有过分夸大其辞吧？”

埃克托愣住了，耸了耸肩膀，肥厚的嘴唇噘了起来。于是奥古斯特发疯一般地追逼着：

“嗯？坦白吧！你得承认，这并没有什么了不得。”

埃克托用手摸了摸脑门，做了个含含糊糊的手势，说道：

"我记不得了。"

奥古斯特扬扬得意：

"嗯，若是真像人家要我们相信的那样美妙，你就不会忘记了。围绕这事，编了多少瞎话！我呀，我也就差一点……就差两个指头……（他把眼睛瞪得大大的，仿佛凝视着失去的乐园）米歇尔和我打算占用厄多克西的房间，因为自从姐姐死后，爱玛就睡在妈妈的身边。正是这房子的事引起了我的不幸。两个人——尤其是妈妈！——都以能向亲友夸耀我们有一间房可以出借而感到非常自豪，这时她们就不断地跟我唠叨：'你一结婚，我们就再也没有房间可以出借啦……'我母亲还添上一句：'这房子住两家人是不适宜的，我们要丢脸啦。'

"米哈依一家住在郊区。我下班回来，只能在自己家中与未婚妻见面。我要求妈妈把客厅让给我们作为见面的地方。可是按照杜普鲁伊家的社交礼节，进客厅从来用不着敲门。我们在客厅时，爱玛或母亲不断扭动门把手，把门打开一条缝，又砰地把门关上，受惊似的说一声'对不起'！可是，另一方面，在杜普鲁伊家，未婚夫妻在卧房里相见也不成体统……

"有一天，我趿着拖鞋，离开客厅回卧室去寻一块手帕。我母亲和爱玛趴在地下，耳朵贴在地板上，正好让我撞见。尽管房门半开着，她们没听见我的脚步声。

"'这么安静，我看不会有什么好事！未婚夫妻不说话儿，别人心里就要想他们到底在干什么？'

"'他们在搂着亲嘴吧？'爱玛问道。

"我悄悄地下楼，气愤之下，不慎把这个场面告诉了米歇尔。她一面啜泣，一面声明说，跟我的两位'圣女'生活在一起，她绝对忍受不了（好像哈利·莫库迪纳也称呼她们为'圣女'）。她认为我是懦夫。我当时也怒不可遏，她终于逼我许下一个诺言。我一旦恢复了冷静，想起来就浑身发抖。这项承诺不是别的，而是要发动一场宫廷政变，强迫我母亲和姐姐住到耶稣修道院的养老院去，这种养老院费用相当昂贵，而且常常客满。在米歇尔看来，这一措施十分平常，她有一个姨婆就隐居在修道院中。她自告奋勇地去将这个决定通知我母亲和姐姐。尽管我确信她会运用一切必要的委婉言辞，这一天我还是在焦虑不安之中度过，尽可能推迟我回家的时间。

"当时已近五月末，天气十分炎热。我母亲和爱玛坐在花园里，埋头做活计。从过道里，我就瞥见她们俩的发髻随着毛衣针的节奏而有规律地起伏。见面后，我预期的争吵并没有发生。她们像往常一样将前额伸给我亲吻。高大的墙上爬满灰蒙蒙的、近乎黑色的常春藤，白昼的暑气就积聚在这四堵墙之间。蚊子不时向我袭击，不知由于什么特殊的天赋，她们俩却坚持说没有感到叮咬。说了一阵闲话之后，妈妈用最温和的口气告诉我：

"'孩子，米歇尔跟我谈过了。'

"我打断她的话，辩解说这只不过是一个计划，提出来征求她们同意的。我这样决定，仅仅想到她们将来在耶稣修道院能过上舒适而宁静的生活。我们的目的是希望保证她们度过幸福的晚年……

“她们的眼睛并没从织物上抬起。两个发髻有规律的动作使我非常气恼。有时她们深深地叹上一口气,我觉得这样还不如又哭又闹来得痛快些。

“‘我们会躲开的,孩子,我们知道怎样销声匿迹。’

“‘可是,妈妈,不是这个意思!’

“‘家具我不要了,留给你们吧。刚才我跪在拉·法斯勒里神甫面前,想得到一点支持的力量,我对他也是这么说的。他真是可亲可敬的人,对啦,真正可爱——可敬,’她强调说,‘剥夺全部财产的时候到了……’

“‘噢,不是这个意思,妈妈!’我申明。

“可是她继续往下说,语调既温和又可怕:

“‘苦难的时刻……我早就感到快来了。今儿我和你姐姐诚心诚意地宣布我们的决心……’

“‘我保留我那份家具。’爱玛插嘴说。

“‘勇敢些,女儿,放弃一切,都给他们吧,应该这样做。’

“她们的心灵这样高贵,我抬不起头来,我感到无地自容,突然,我竖起耳朵,听到在我母亲的嗓音里有一种轻微的嘘嘘声,几乎不易觉察,但我从童年起就分辨得出,这声音意味着危险的到来。

“‘我征得神甫的同意,尽量不使这件事张扬出去。即使在教区中传开了,也不应当让你们受到指责,我可怜的孩子们。噢!不能授人话柄,说杜普鲁伊家的贵妇人被一个外来女子赶出了家门,说她们作为受人爱戴、人人听取意见的典范和导师,却被她们的儿子和兄弟关进了养老院,而没有她们,哪有他的今天……别申辩,我知道这不是你的原意。但不幸人家就会这么说的。你别担心,我自会把事情挽救过来……”

“我跟她说,这样我就放心了,我等候她进行调停。不久她斡旋的结果就见分晓:这件事情到处传开,家中座无虚席。整整一个星期家里都像星期二招待日那样挤满了人。我那两位受害者,为整个教区向她们表示的同情所陶醉,宽宏大量地替我辩护,这种高贵的姿态使我的行径越发显得卑劣。我母亲坚持要我在星期天的大弥撒不要露面,因为露面了无异于置公众舆论于不顾。她再三说:‘众怒难犯啊!’据说有些贵妇人决意要与我面对面谈谈我的行为。必须等待必要的时间让人们的头脑冷静下来。‘舆论沸腾了啊。’妈妈叹气说。可是米歇尔却说她知道圣菲洛曼的神职人员都暗自庆幸,偷偷唱感恩赞美诗,感谢上天使他们摆脱了最可憎的传教女人。傍晚,我少不得在屋子周围徘徊,窥伺最后一个来访的客人离开,害怕受到当众侮辱。我约米歇尔在街心公园幽会。要没有她,我也许会让步的;她是一个倔强的姑娘,不愿意认输。

“妈妈对我的抵抗甚感不安,就想出主意上莫库迪纳家去哭诉……你记得哈利·莫库迪纳吧?可惜他不是新教徒出身,这使他有点儿见外于上流社会……但他在老年时摆出某种说教的架势……他派人把我叫到他的书房里,我还记得他那条训诫:‘你一定要为你父母增光。’

“他跟我说:‘亲爱的杜普鲁伊,你竟然胆敢将你可敬的母亲和你高贵的姐姐关到养老院去。问题不在于她们是否能够生活得相当舒适。不,问题在于这样做符合不符合你父亲的遗愿,他要自己的家族不辱没门第。你以为你先父在天之灵看见他儿子竟然干出这等排挤勾当,会表示同意吗?'

"他还暗示说:既然一个年轻人对于子女孝顺父母这个天经地义的法则如此不放在眼里,他就有义务不再支持这个人的前程。这些暗示,自然又使上面那一套很有教养的言辞增加了许多分量。

"我出来时,米歇尔正等着我,我们俩垂头丧气地到公园的小岛上坐下。世界上各个街心公园的各种铁椅子,仿佛在那里找到了永久栖身的地方。

"'你听着,'米歇尔突然说,'我有主意了……'

"她的想法是我们将房子放弃,留给两位圣女,我们自己到城内随便什么地方去住:她不怕贫困,她会帮助我工作。她的信心感染了我。当天晚上,我一回家就直奔客厅,向妈妈宣告她胜利了。她丝毫未露出高兴的神情。相反,我们要住在一个见不得人的住所,也许是一间连家具出租的公寓,而她将不得不向她的熟人隐瞒我们的地址,一想到这些似乎就使她愁眉苦脸。于是从第二天起,她退让了。她拥抱了未来的媳妇,管她叫'女儿'。看见她如此冷静,如此轻松,我不由得害怕。自童年起,我就学会了提防她的某种不寻常的目光。整个这一时期,她不再为穷人编织东西;虽然无所事事,她的眼睛却睁得滚圆,而又茫然,好像母鸡趴在自己孵的蛋上那样无限满足。

"米歇尔对我不断嘀咕:'你母亲对咱们打什么主意呢?'每逢她这样问,我都责怪她。我愿意相信我已经得救。不错,我享受了十五天满怀希望的幸福日子……哈利·莫库迪纳谈到要给我一份固定薪金,无疑相当微薄,但可以帮助我负担两份房租。

"七月的一个傍晚,我发现母亲心情异常激动。据她说,她收到一封匿名信,但她无论如何不愿给我看。尽管她声称这种信应当付之一炬,不值得重视,但我无须使用暴力就从她手中将信夺了过来……噢,我并不以为这封信就是她本人写的……但很可能她作了必要的安排,让别人写了这封信并投寄出来……谁知道到底是怎么一回事?细节我就不说了,我可以告诉你,这封信是一篇长篇报告,说我的未婚妻去年在亚琛跟一个有妇之夫私通,据说这事曾闹得满城风雨,因此她才不顾一切想要嫁给随便什么男人。写信人还保证,可以将米歇尔一封信的抄本寄给我们,使我们再不会有丝毫怀疑……"

五

收音机里突然响起爵士乐曲。奥古斯特·杜普鲁伊继续往下讲,他的眼睛发呆,肮脏而憔悴的两只手平放在大理石桌面上;可是声音嘈杂,埃克托已听不清他的话,只是看见小老头的两片薄嘴唇在翕动。犹如突然蹿起的火苗半夜时分将房间照亮片刻,仇恨的闪光也使这张干瘦的面孔一度激动起来。他已经压低了嗓门。他在叽叽咕咕地说些什么心腹话儿呢?埃克托始终听不见,因为爵士音乐正闹得震天价响。终于,有人拧了一下收音机的开关,奥古斯特的声音又变得清晰了。

"……我家有一个小楼梯通往女仆住的阁楼。有一天,妈妈在楼梯口撞见我,自那以后，我们家就只雇白天干活的女用人了……可我那时节却赚钱很多，生活过得宽裕……嘿，这不是很可笑吗？危机是随着我可怜的妈妈去世而来的。一旦她离开我们，我就任何买卖也做不成啦；卖酒亏本，使我一贫如洗……爱玛说，妈妈给我们争取到了这一特权完全是为我们好，也许是我太自由放任了……无论如何，我们连吃饱的自由也没有了……"

埃克托·贝拉德不再听他说话已经有一会儿了。他忐忑不安地想到奥尔唐丝，她缺乏耐心，大概已经着急了。他看了看表，自己就餐的时间快到了，不能再耽搁了。这个奥古斯特的样子阴森可怕，别人都直朝他们看……埃克托付清账单，搀起表兄弟的胳膊，把他拉到门外，小老头现在一声不吭，显出酒醉饭饱后的迟钝神态。走到披挂着黑纱的家门前，埃克托往他手中塞了一张钞票：

"拿着吧，遇见奥尔唐丝的时候，别跟她提起。这是你月例之外的。"

说罢他赶紧溜了。尽管身体肥胖，他几乎是跑着回家的。这时，小老头钻进冰冷的房屋——多年以来，杜普鲁伊家的贵妇人就在这里保持了她们的身份——随手关上了他这座坟墓的门。

…………

二月的一个早晨，警察局打电话给埃克托·贝拉德先生，说有个名叫奥古斯特·杜普鲁伊的人，他的邻居听到猫叫，好像还闻到一股可疑的气味，便去报警。锁匠把门打开，人已经死了三天。检验尸体的结果表明不需要另行调查，是由于极度贫困，是正常死亡。

埃克托反复说着："我就来，我马上就来……"他的手有点儿哆嗦。他眼前，仿佛有两个形象重叠在同一张底片上：先是奥古斯特老头的卧室，一只外来的猫倒毙在那张凌乱的床上；接着是在木头阳台上，一个正在休假的小伙子，在灿烂的阳光下光着上身，交叉双臂，每只手里握着一个哑铃，他便是小杜普鲁伊……

奥尔唐丝将听筒挂好，说道：

"可我们给了他必需的钱，不至于饿死呀……嘿，该花的就得花，"她毅然决然补充说，"我们把他的遗体运到朗格瓦朗去。这样，首先可以堵住那些恶人的嘴，其次杜普鲁伊一家也能得到团圆。这可怜的奥古斯特，倘若他事先知道能跟他母亲、厄多克西、爱玛永远相聚在一起，他不定会怎么高兴呢！"

埃克托问：

"真的吗？"

金志平　译

1953
获奖作家

丘吉尔

传略

温斯顿·丘吉尔(Winston Churchill,1874—1965),一八七四年十一月三十日出生于英格兰牛津郡的布伦海姆宫。他的祖父是公爵,父亲伦道夫·丘吉尔是位政治家,曾任财政大臣,母亲是美国一百万富翁的女儿,擅长音乐和绘画。丘吉尔自桑赫斯军官学校骑兵专业毕业后,即在印度服役,并在基奇纳将军麾下在苏丹作战,并兼任战地记者,为伦敦各报刊撰稿。一八九九年,他辞去军职,去南非采访战争新闻。由于他在南非的勇敢表现及传奇性经历,他迅速成名并于翌年当选为国会议员,此后在几届内阁中担任过商务大臣、内政大臣、海军大臣等职。一九二九年至一九三九年期间,丘吉尔没有在内阁担任任何职务,专心从事写作,但他看出希特勒的野心,主张联苏制德,反对张伯伦的绥靖政策。"二战"爆发后,一贯主战的丘吉尔名声大振,一九三九年九月进入内阁任海军大臣,一九四〇年五月出任战时联合内阁首相兼国防大臣,结成英、美、苏联盟,领导英国军民抗击德国侵略,直至取得战争胜利。一九四五年五月,保守党在大选中失败,丘吉尔丢掉首相职务,直至一九五一年再次就任首相。一九五四年四月,他正式退休,一九六五年一月二十四日在伦敦逝世。

丘吉尔不仅是一位杰出的政治家,也是一位卓有成就的作家,他的历史著作和传记作品已经成为经典。他最早的两本书是《马拉坎德野战军纪实:边境之战插曲》(1898)和描写苏丹战争的《河上的战争》(1899)。一九〇〇年,丘吉尔出版了唯一的长篇小说《萨伏罗拉:劳拉尼亚革命故事》。接着他又写了两本有关非洲英布战争的书:《伊恩·汉密尔顿的进军》(1900)和《我的非洲之行》(1908)。一九〇六年,为他父亲树碑立传的两卷本《伦道夫·丘吉尔勋爵传》出版。在此期间,他还发表了几本政论和演讲集,如《布洛德利克先生的军队》(1903)、《为了自由贸易:演讲集》(1906)、《自由主义和社会问题》(1909)等。一九二三年,他的五卷本巨著《世界危机》出版,作品描绘了当时最重要的世界性事件,此外他还写了四卷本的《马尔巴罗:他的生平和时代》(1933—1938)及一些叙述他本人生活和随想的作品,如《我的早年生活:不断奔波》(1930)、《随想与奇遇》(1932)和《当代伟人》(1937)等。六卷本的《第二次世界大战》(1948—1953)是丘吉尔的代表作,它不仅较好地反映了第二次世界大战中重大历史事件的来龙去脉和真实面貌,而且也充分显示出丘吉尔的散文风格和语言技巧。此后,他又出版了四卷本的《英语民族史》(1956—1958),还写有散文集《绘画陶情录》(1948)等。

一九五三年,“由于他在描绘历史与传记方面的造诣,同时由于他那捍卫人的崇高价值的杰出演讲”,丘吉尔获得诺贝尔文学奖。

授奖词

身兼伟大作家的伟大政治家和战士从来是非常罕见的。人们会想起裘力斯·凯撒、玛可·奥勒留[①],甚至拿破仑,拿破仑在第一次意大利战役期间写给约瑟芬的信确实既热情洋溢又文采斐然。但是,最能与温斯顿·丘吉尔爵士相比的人要数迪斯雷利[②],他也是一位多才多艺的作家。丘吉尔曾说过,罗斯伯里[③]“活跃于‘大人物小事件’的时代”,这话也可用于迪斯雷利。他从未受到过任何真正可怕的考验。写作对于他,既是政治跳板,又是感情的安全阀。他以一系列浪漫的、自我显示的、有时还很难读的小说为自己报了仇,尽管他的一生成就辉煌,但他作为一名外来的犹太人在贵族统治下的英国仍受到羞辱和挫折。他不是一位伟大的作家而是一位伟大的演员,他把主角戏演得令人目眩神迷。他完全可以重复奥古斯都的告别词:“朋友们,鼓掌吧,喜剧演完了!”

丘吉尔的约翰牛形象与那位戴着外国人样儿的粉白面具、前额上留着一绺黑发的老一代政治家对照起来显得非常突出。保守派迪斯雷利尊重英国的生活方式和传统,对于在诸多方面属于激进派的丘吉尔而言,英国的生活方式和传统已融进了他的血液,这意味着在风暴中坚定不移,在言论和行动上都果敢有力。他不戴面具,在他身上看不到任何分裂的迹象,也没有令人莫测高深的复杂性格。现代人心目中的作家身上那种不可或缺的细腻分析的特点却与他毫不相干。在他看来,现实的大厦并未倾圮。在他面前只有一个世界,太阳、星辰和旗帜俯瞰着世上的道路和目标。他写散文的目的非常明确,正如运动场上的竞技者清楚地意识到自己要达到什么目标、争取什么荣誉一样。他的每一句言语都相当于一半行动。在心灵深处,他是一位遭受飓风冲击的维多利亚后期人物,或者说,他是自愿选择一条去迎击暴风雨的道路的人。

丘吉尔在政治上和文学上的成就如此巨大,使人不由得想把他描绘成一位具有西塞

---

① 玛可·奥勒留(121—180),古罗马皇帝,新斯多噶学派的主要代表之一。
② 迪斯雷利(1804—1881),英国政治家、小说家。
③ 罗斯伯里(1847—1929),英国政治家。

罗[1]天才文笔的凯撒。古往今来的领袖们中还从未有过一位如此杰出的兼有两者才具又与我们这样接近的人物。丘吉尔在他那部关于他祖先马尔巴罗的伟大著作中写道："说话容易,可以说得很多,而伟大的行动则难能可贵。"这话很对,但是,伟大、生动而有说服力的言语同样难能可贵。丘吉尔表明:言语同样可以具有伟大行动的性质。

首先打动读者的也许是丘吉尔作品那令人振奋而丰富多彩的一面,《我的早年生活:不断奔波》(1930)除了很多别的长处之外,还是世上最引人入胜的冒险故事之一。即使是一个很幼稚的心灵也能怀着无比的欢愉伴随主人公开始那生气勃勃的生命旅程:学校里难管教的儿童,骑兵中打马球的中尉(当时大家都说他太笨,不适于当步兵),在古巴、印度边境地区、苏丹以及波尔战争时在南非的战地记者。迅速的行动、果敢的决定以及鲜明的洞察力使他当时就已崭露头角。作为一位语言描绘家,年轻的丘吉尔不但富有活力而且还有敏锐的目光。后来,他把绘画当作自己的业余爱好,他在《随想与奇遇》(1932)中娓娓动听地讲述绘画给他带来的乐趣。他喜爱明丽的色彩,憎恶贫乏的棕褐色。然而,丘吉尔最擅长的还是用语言来作画。他描绘的战争场景具有一种无与伦比的色调。危险是男子汉最古老的情人,这位年轻军官在热烈行动的激发下目光锐利得几乎臻于神奇的境界。多年前在访问恩图曼时,我发现《河上的战争》(1899)中描绘的粉碎马赫迪叛乱的最后战斗的情景已深深地印在我的脑海里。我能看到成群的伊斯兰托钵僧在我面前挥舞长矛和枪支,黄褐色的沙土墙被子弹打得粉碎,英埃军队井然有序地向前推进,骑兵冲锋时丘吉尔几乎丧命。

就连那些必须从尘封的案卷中发掘出来的古老战役也被丘吉尔描绘得极其鲜明、生动。屈列维连也曾以老练的笔调写过马尔巴罗的历次战役,然而,丘吉尔描绘的历史战役的场景自有一种迷人的力量,这恐怕是无人可以企及的。以布伦海姆战役为例,你会全神贯注地追随那血腥的战争棋局上的每一步,你会看到弹雨在紧挨着的棋盘方格上翻起道道深沟,你会被骑兵迅雷疾雨般的冲锋、短兵相接的猛烈厮杀深深吸引,等你放下书,晚上睡觉时会猛然惊醒,出一身冷汗,想象自己正站在穿红军装的英军队伍的前列,周围堆满死尸,躺满伤兵们的躯体,但军人们毫不动摇,正在把弹药装入枪膛,接着就是一阵闪光的齐射。

但是,丘吉尔渐渐成为一位远远不止是战士和描绘战争的人了。即使在那所从事权力冒险活动的严格而辉煌的议会学校里,也许他一开始就稍稍带有"难管教的儿童"的色彩。然而,这位性如烈火的人学会了控制自己的急躁脾气,迅速成长为一位著名的政治演说家,能言善辩——如劳合·乔治[2]。他妙语惊人,言辞犀利,但始终不乏温情和骑士风度。步着其父伦道夫·丘吉尔勋爵的足迹,他徙倚于保守党和自由党之间。他写过一部传记,描绘他父亲短暂而充满不安的一生,写他如何随着政治事业的悲惨中断而死亡,这部著作在英国浩瀚的传记文学中占有无可争议的光荣一席。

尽管有种种挫折,但第一次世界大战仍意味着丘吉尔在作为政治家和作家这两方面

---

① 西塞罗(前106—前43),罗马政治家、演说家。
② 劳合·乔治(1863—1945),英国政治家,第一次世界大战期间曾任英国首相。

都有了长足的发展。在他的历史著作里,个人因素与史实因素紧密地结合在一起。他谙熟他要讲述的内容。在判断种种事件的动因时,他深刻的经验总是正确无误的。他是冒着生命危险亲临火线经受过极端沉重的压力的人。这就使他的话具有一种震撼人心的力量。也许有时,个人的一面居于主导地位。巴尔弗把《世界危机》(1923—1929)称作一部"乔装成世界史的温斯顿的光辉自传"。该书对档案、文件给予了应有的尊重,同时,作为一部由亲身参与创造历史的人写的历史著作,它总有某种非同寻常的特色。

在他的伟大著作《马尔巴罗:他的生平与时代》(1933—1938)里,他猛烈地攻击了那些诽谤他祖先的人,他那位祖先的生平事迹与丘吉尔本人非常相似。我不知道职业历史学家们对于他对麦考莱的驳难有何评论,但是,书中对于一贯憎恨和谩骂那位大将军的人们的嘲骂确实既有趣又痛快。

这部传记不仅是一系列生动的战争场景以及为这位政治家兼战士所作的巧妙辩护,它还是对一位莫测高深、卓然不群的人物的深刻研究。它表明,丘吉尔除其他才能之外,还具有描绘真实性格的能力。他一再提到,在马尔巴罗身上,斤斤计较的悭吝脾性和光彩照人的艺术素养往往杂糅在一起。他说:"他聚敛私人财产时遵循的原则与他作战时的参谋工作的原则相同,是同一计划的一个组成部分。只有在情场上和战场上他才肯把一切都豁出去。在那样的时刻,他意气风发、兴高采烈,一扫平素的生活制度与规则,闪耀出英雄气概的熠熠光彩。在他的婚姻和胜利中,规定其日常生活并支持其作战战略的那些世俗的审慎、盘算、凡事要保险又保险的习性都被他卸掉了,就像脱下一件过于沉重的绣花斗篷一样,从而显出了一位充满自信和胜利气概的天才的本相。"丘吉尔对军事的热情使他暂时忘却了马尔巴罗钟爱的那位著名的莎拉绝不是一个可供人任意驱使的人物,不过,这段文章写得实在妙极了。

丘吉尔为自己未能进牛津大学读书而遗憾。他不得不把全部业余时间都用来自学。但是,从他成熟的散文中确实看不到任何教育上的不足之处。他最富魅力的著作之一《当代伟人》(1937)就是一个范例。有人说他的文体风格是以吉本、柏克和麦考莱为榜样塑造而成的,但是,这部书的文体完全是他自己的。在这座人物画廊里有如此灵巧的笔触,同时又有如此丰富的对于人性的理解、恢宏的气度和欢快的恶意!

丘吉尔对萧伯纳的反应非常耐人寻味,这是两位英国最伟大的文学家之间的有趣交锋。丘吉尔情不自禁地要拿萧伯纳轻率的、不负责任的言行开玩笑,萧伯纳的这些表现与作为丘吉尔立身行事基础的严肃、庄重恰好形成对照。半是觉得有趣,半是感到惊讶,他急忙从那位诙谐成性的天才不断犯错误、不断翻着跟头从一个极端折向另一个极端的道路上退避。这是作家与政治家的对照,作家必须不惜一切代价创造惊人的事物,而政治家的任务则是应对和驾驭它们。

丘吉尔文体风格的伟大是不易用三言两语来概括的,对于他的老友、自由派政治家约翰·莫莱,丘吉尔说:"尽管他谈话时总是灵巧而文雅地围绕着自己的信念行进、移动,对于往昔的战争说一些愉快的恭维话向对方致敬,但是他总是回到自己坚固设防的营垒中去睡觉。"丘吉尔本人作为一位文体家,尽管有生气勃勃的骑士精神,却并不倾向于这种温柔悦人的精致玩意儿。他并不旁敲侧击,他是个说话坦率的人。他的热情是立足于现实的，他的惊人力量只有用宽宏和幽默方能铸成。他懂得，一个好的故事本身就会发生影响。他嘲笑不必要的虚饰，他的隐喻虽然不多但很有表现力。

作家丘吉尔背后还有一位雄辩家丘吉尔——他的措词富有弹性、辛辣、尖刻。我们在赞美别人时往往会不知不觉地流露出自己的个性特点。譬如，丘吉尔在谈论他的另一位朋友伯肯海德勋爵时说："当他爱上自己的主题时，就会产生信念和魅力的光辉，它出自天性，珍贵无比，构成了真正的雄辩之才。"这些话若用在丘吉尔身上会更加恰当。

著名的沙漠战士、《智慧七柱石》的作者阿拉伯的劳伦斯是另一位既创造历史又撰写历史的人。对于他，丘吉尔是这样说的："正如飞机凭借它撞击空气的速度和压力才能起飞一样，他在飓风中飞得最好、最从容。"这些话同样引人注目，丘吉尔在这里诉说出他本人穿透历史事件的暴风雨、实践自己诺言的同样的天才。

丘吉尔成熟的演说，才思敏捷，目标明确，以其博大崇高而感人至深。它有一种铸造历史链环的力量。拿破仑的文告常以碑铭体风格见长，而丘吉尔在自由和人类尊严面临生死关头时的辩才，完全以另一种方式动人心魄。也许他以他那伟大的演说为自己树立了一座最恒久的纪念碑。

丘吉尔夫人，瑞典学院对您的光临表示欣悦，并请您向温斯顿爵士转达我们深深的敬意，一项文学奖本来意在把荣誉给予作者，然而这一次却相反：是作者给了这项文学奖以荣誉，现在，我请您代表您的丈夫从国王陛下手中接受一九五三年度的诺贝尔文学奖。

瑞典学院院士 S. 齐凡尔茨

薛鸿时　译

作品

诺曼底登陆、解放巴黎、德国的飞弹和火箭[①]

我们为了历史上最大一次两栖作战进行的长年累月的准备和计划，终于在进攻发起日——一九四四年六月六日——告成。登陆前夕，庞大的舰队和护航船舰乘敌人不觉，由怀特岛沿着已扫过雷的海峡水道驶达诺曼底海岸。皇家空军的重型轰炸机袭击了敌人构筑在混凝土掩体内的海防大炮，投下了炸弹五千二百吨。美国空军于破晓时紧接着以中型轰炸机和战斗轰炸机飞临战场，轰炸岸上的其他防御工事。在六月六日的二十四小时内，盟国空军出动了一万四千六百架次。我们的空中优势如此之大，以至白天敌人出动来对付我方进攻滩头阵地的飞机只有一百架次左右。三个空降师从午夜开始降落，英国第六空降师在卡昂城东北降落，夺取处于该城与海之间的那条河流上面的桥头堡，同时两个美国空降师在卡朗坦北面降落，协助海上登陆部队对海滩进攻，并堵截敌人后

① 选自丘吉尔的代表作《第二次世界大战》第六卷《胜利与悲剧》。

备军进入科汤坦半岛。虽然在有些地点这些空降师比原计划散布得广了一些，但是各项目标都达到了。

拂晓时分，大小船只开始陆续进入预定阵地，准备进攻，当时的场面俨然是一个检阅式。敌人的直接抵抗仅限于一些鱼雷艇的攻击，击沉了一艘挪威驱逐舰。甚至当我方海军开始炮击的时候，从敌方海防炮台发出的反击也是盲目的、无效的。毫无疑问，我方已经完成了一次战术上的奇袭。登陆艇和支援舰艇载着步兵、坦克、自动推进火炮以及各式各样的武器和清除海滩上障碍物的工兵爆破队等，都编组向海滩推进，其中也有 D. D. 坦克（两栖坦克），这种坦克还是初次在战斗中大规模地出现。由于前一天的气候不好，海面仍然汹涌澎湃，因此好多两栖坦克中途沉没了。

驱逐舰和登陆艇上安装着的大炮与火箭炮对滩头防御工事连续不断地猛轰，同时，在海中较远处的那些战列舰和巡洋舰压住了敌方海防炮台的炮火。地面上的抵抗是微弱的，直到首批登陆艇距离海岸只有一英里远的时候，敌人迫击炮和机关枪的火力才增强起来。拍岸的浪潮以及半露在水面的障碍物和水雷使登陆艇冒很大的危险，许多登陆艇在卸下所载的军队以后就毁了，但是部队继续前进。

最前面的步兵刚一登岸，就向他们的目标猛冲，除有一处外，各方面都取得很大的进展。在贝叶西北的"奥马哈"海滩，美国第五军遭遇到激烈的抵抗。由于不幸的巧合，这一防区最近才由一个满员的德国师接防戒备。我们的盟军激战终日，一直没有能够取得任何立足点；直到七日，损失了几千兵力之后，才能向内地挺进。虽然我们未得到我们原来谋取的一切，特别是卡昂城仍牢固地掌握在敌人手中，但是在开头两天的突击中获得的进展，大家认为是很令人满意的。

来自比斯开湾各港的一批德国潜艇冒着一切危险，露在海面上高速行驶，力图阻碍我们这次的进攻。对此我们已做了充分的准备。英吉利海峡的西岸入口处有大批飞机保卫着，构成了我们的第一道防线。海军舰队则在它们后面掩护登陆。这些德国潜艇受到了我方防御部队猛烈炮火的轰击，遭到了惨败。在具有决定性的头四天中，六艘潜艇被我空军击沉，六艘受到损伤。它们丝毫未能影响进攻的护航船舰，那些船舰继续朝着目标前进，损失极为轻微。之后，德国的潜艇就比较谨慎了，但并不比过去有更大的成就。……

我认为应该把情况告知斯大林。……他立即回电，其中包含一项值得欢迎的非常重要的消息。"……按照德黑兰会议协议组织的苏军夏季攻势，将于六月中旬以前，在前线某一重要地段开始。"……斯大林又在六月十一日来电说：

> 显然，原定计划中这次规模庞大的登陆行动，已经全部成功了。我的同事们和我不能不承认：就其规模，就其宏大的布局，以及杰出地执行计划情况来讲，战争史上从来没有过足以和它类比的事业。众所周知，拿破仑当年打算强渡海峡遭到可耻的失败。歇斯底里的希特勒吹了两年牛皮，说要强渡海峡，但是就连作一个企图进行威胁的暗示，也下不了决心。只有我们的盟军才光荣地胜利实现了强渡海峡的庞大计划。历史将把这一业绩当作一项最高的成就而

记载下来。

当时已经接掌最高指挥权的艾森豪威尔，决心避免为争夺巴黎而战。……他决定包围这个首都，迫使驻防军队投降或逃遁。八月二十日，行动的时刻到了。当时，佩顿①已在芒特附近渡过了塞纳河，他的右翼部队也到达了枫丹白露。法国的地下军队起义了。警察也罢工了。警察总局已为爱国分子所占领。法国抵抗运动的一名军官带了一些关系重大的报告，来到佩顿的总部，星期三(8 月 23 日)早晨，这些报告就已送到了勒芒，递交给艾森豪威尔。

勒克莱尔将军②率领的法国第二装甲师隶属于佩顿麾下，于八月一日在诺曼底登陆，并在进攻中发挥了光荣的作用。戴高乐于同日抵达，盟军最高统帅向他作了保证，说只要时候到了——就像早已协商同意的那样——勒克莱尔的部队是会首先开进巴黎的。当天傍晚，首都内发生巷战的消息，促使艾森豪威尔决定行动，勒克莱尔也奉命进军。布雷德利③于晚间七时十五分将这些指示交给这位法国司令官，当时，他这一师人驻扎在阿尔让当。八月二十三日发出的这些作战命令开门见山地用了这几个字："任务(1)攻占巴黎……"

勒克莱尔致戴高乐报告称："我得到了这样的印象，即……一九四〇年的局面正在倒过来重演着——敌方情况十分纷乱，各部队无不惊慌失措。"这位将军决定大胆行动，与其征服德军的集中力量，毋宁避开它。第一批几个分遣队于八月二十四日从朗布依埃出发，向巴黎推进，这批队伍是前一天从诺曼底开到朗布依埃的。由比约特上校(一九四〇年五月间阵亡的法国第一集团军群司令官的儿子)领导的主攻从奥尔良出发。当晚，一支坦克先头部队就到达奥尔良门了，九时二十二分整，开进市政府前面的广场。这一师的主力队伍准备好在次日开入首都。第二天一早，比约特率领的几个装甲纵队占领了巴黎城对面的塞纳河两岸。到了下午，德国司令官冯·肖利茨设在默里斯大厦的总部就被包围了，肖利茨向一位法国中尉投降后，已经解交比约特。正在此时，勒克莱尔也赶到了，并在蒙特巴那斯车站建立指挥部，当日下午，又移至警察总局的所在地。四时左右，肖利茨被解到他的面前。这就是从敦刻尔克到乍得湖又回到了老家走的一条道路的尽头！勒克莱尔以低沉的语调说出了他的思想，他说："这回可行啦！"之后，他用德语向这个手下败将揭示了自己的身份。经过一段简短、不客气的谈话之后，就签订了驻防军投降书，接着由抵抗运动所属部队和正规部队逐一占领敌方其余一些支撑点。

巴黎城到处沉浸在狂欢的示威游行之中。人们向德国战俘啐唾沫，把通敌的奸细拖着游街，而解放队伍则备受款待。戴高乐将军就在这时出现在这一个推延已久的胜利场面上。他于下午五时抵达圣多米尼克道，并在陆军部地址设立了总部。两小时之后，他在抵抗运动的一些主要人物暨勒克莱尔将军和朱安将军的陪同下，以自由法国领导人的身份在市政府首次出现于兴高采烈的群众面前。到处充满着自发的狂热的热情。翌日

① 佩顿，美国第三集团军军长，又译"巴顿"。
② 勒克莱尔将军，"自由法国"的陆军少将。
③ 布雷德利，美国第一集团军军长。

（8月26日）下午，戴高乐举行了正式入城式，徒步从爱丽舍田园大街走到协和广场，之后，又在一长列汽车随从下，到了圣母院。那时，有一些暗藏的通敌奸细从教堂内外两面开枪射击，人群当即走散，但在片刻慌乱之后，庄严的巴黎解放奉献仪式一直进行到底。

到了八月三十日，我军就分头从许多地点渡过了塞纳河。敌人损失极为浩大：士兵四十万人，其中一半是俘虏，坦克一千三百部、车辆两万部，野战炮一千五百门。德国第七集团军以及所有奉调前往支援的几个师全部被我方打得溃不成军。盟军从滩头阵地出击曾经由于天气恶劣和希特勒的错误决定而有所迟延。然而，那次战役一旦结束，诸事进行得就都非常顺利。而且我们到达塞纳河的时间比原计划提前了六天。有人批评说英军在诺曼底战线上行动迟缓，而且以后的几个阶段，美军进展迅速，也似乎说明了他们的成就比我们的大。因此，有必要再度强调指出：这个战役的全盘计划是以英军战线作为枢纽，而将敌方后备力量引到这方面去，借以帮助美军迂回运动。英军第二集团军在它的原定作战计划中，把自己的目标规定为："保卫美军的侧翼，而由美军部队攻取瑟堡、昂热、南特以及布列塔尼各港口。"凭着坚忍不拔的精神，经过艰苦的战斗，这一目标是完成了。艾森豪威尔将军完全了解他的英国战友们的工作；他在正式报告中写道："如果没有英、加军队在争夺卡昂城和法莱兹两地残酷凶猛的战斗中做出重大牺牲，那么，盟国军队也就永远不可能在其他地区取得惊人进展。"

六月十三日清晨，恰好是进攻发起日后一星期，四架无人驾驶的飞机窜过我国海岸。这是德军为了对我方在诺曼底登陆成功做出反应，而于进攻发起日紧急发出命令，以致造成时机未熟的后果。……从六月十五日晚间起，德军就认真地开始了他们的"报复"战役。在二十四小时内，有二百枚以上的飞弹飞来袭击我们，接着在其后五个星期之内，又飞来了三千多枚。

希特勒把我们后来称为飞弹的这个东西命名为 V_1 号，因为他希望——是有些理由的——这只不过是德国研究工作能提供的一系列恐怖武器中的第一种。这种飞弹的发动机是一个设计新颖而精巧的喷气机，由于它的发动机发出尖叫声，所以，不久之后，伦敦人就称之为"无线电操纵无人轰炸机"或"喷射推进式炸弹"。它的飞行时速达四百英里，高度约三千英尺，携带炸药重约一吨；弹身凭一个磁性指南针以校正方向，而射程则用一具小型推进器加以控制，弹体在空中飞行，就使推进器转动起来。当推进器转动次数相当于自发射场所至伦敦的距离时，飞弹的操纵装置即告松开，向地面俯冲。其爆炸造成的损害尤属严重，因为弹体总是在钻入地面之前即已爆炸。

这种新的袭击方式给伦敦市民造成的困难，甚至远较一九四〇年和一九四一年间空袭时为甚。人们更是长期感到悬虑不安和紧张。天亮了固然不能解除他们的痛苦，阴云天气也不见得使他们能够安逸些。晚间回家，一个人总不知道他会发现家里发生什么事情；而他的妻子整日在家独守，或同子女们一起，也无从肯定他是否会安返家门。飞弹的这种盲目而不具人格的性质，使得地面上的人感到束手无策。他几乎无力应付这个局面，根本就看不到他能够击中的敌人……

第二种威胁又相逼而来了。这就是：在十二个月以前，我们就已极其注意的远程火箭,又称 V_2 武器……火箭是予人深刻印象的一项技术上的成就。它的推力是由于酒精和液态氧在喷射器内燃烧而产生的,每分钟内消费酒精几达四吨,液态氧约五吨。把这些燃料按需要的程度压入喷射器内,要有一具近一千匹马力的特制泵。而泵本身则系凭一具利用过氧化氢推动的涡轮机来运转的。火箭的控制,是通过回旋器;或者通过喷射口后面的大型石墨瞄准板上的无线电信号来调整排气的方向,从而起导航的作用。它先直线上升约六英里,然后,自动控制器把它掉转角度,在四十五度的斜度内,用逐渐增加的速度使之向上飞升。当速度加速至足以达到所需的射程时,进一步的控制是将注入喷射器内的燃料截断,于是弹体即循一高度抛物线向前飞进,可达到的高度约五十英里,而在距离发射地点约二百英里之处落下。其最高速度每小时约四千英里,所以整个飞程所需时间是不会超过三四分钟的……在我方军队解放了大部分火箭发射地点海牙以前的七个月中,敌方向英国发射的火箭约一千三百枚……有五百枚击中了伦敦……我们感谢我方军队在德军准备就绪发射之前,就已经把火箭逐回到它的射程极限的地点。我方战斗机和战术轰炸机持续不断地骚扰海牙附近的敌方发射场。我方还准备好,如果德方使用无线电控制火箭的话,我们就对他们的无线电控制加以干扰……

这就是希特勒多少个月以来,顽固地寄予厚望的新式武器,以及这些武器被英国当局凭其先见之明、各军兵种的技术,以及人民坚忍不拔的精神予以挫败的故事经过;英国人民在这次战争中,再度用自己的行动,给“大伦敦”增添上一层更大的自豪感。

多人　译

1954

获奖作家

海明威

传略

美国作家海明威是一位在生活上有着独特经历、在艺术上有着独特风格的作家。他是打猎、钓鱼、拳击、滑雪和饮酒的能手,对西班牙斗牛也情有所钟。他的一生富有传奇色彩。他参加过三场战争,身上中过两百多片炮弹碎片,不止一次经历过坠机、车祸、枪伤,数次受重伤,十多次伤成脑震荡,动过二十来次手术,还戏剧性地两次读到过自己的讣告。他精通叙事艺术,根据自己的"冰山理论",用简洁洗练、富有表现力的语言,塑造了一批视死如归的"硬汉"形象,在文体上和语言上都创造了自己的独特风格。六十二岁时,由于疾病缠身,创作力衰退,身心备受折磨,他把猎枪枪口塞进嘴中,一齐扣动两个扳机,以此来结束自己戏剧性的一生。

欧内斯特·海明威(Ernest Hemingway,1899—1961),一八九九年七月二十一日生于芝加哥郊区橡树园的一个中产阶级家庭。父亲克拉伦斯·海明威是医生,喜爱打猎和运动。母亲爱好艺术,能唱会画。受家庭影响,海明威从小酷爱打猎、钓鱼和拳击运动,对音乐和绘画也颇感兴趣。一九一七年,他自橡树园中学毕业,原拟参军,参加第一次世界大战,但因视力缺陷未被录取,改进堪萨斯市《星报》任见习记者。一九一八年,海明威辞去《星报》职务,应征为红十字会会员,参加志愿队,赴意大利前线。同年七月八日晚,海明威在意大利东北部皮亚维河畔的福萨尔达村为意大利士兵分发巧克力时,被奥地利迫击炮的弹片击中,后又被机关枪打中膝部,身受重伤。在米兰的医院里住了三个月后,海明威复员返回美国。回国后,先后任多伦多《星报》和《星报周刊》记者及驻欧记者,并与哈德莱·理查逊结婚。一九二二年偕妻子赴巴黎,在巴黎一面当记者,一面勤奋写作,并和侨居巴黎的美国女作家葛·斯泰因、诗人依·庞德结识。在斯泰因等人的大力帮助下,海明威于翌年出版了生平第一部作品《三篇故事与十首诗》。三篇故事是《在密执安》《我的老头子》和《不合时宜》。一九二四年，出版短篇小说集《在我们的时代里》，该集子包括《印第安人营地》《大双心河》等十五篇短篇小说。

一九二六年十月，海明威的第一部重要长篇小说《太阳照常升起》问世。作品通过描写第一次世界大战后旅居巴黎的英美青年消极的生活，揭示了战争给整整一代青年带来的幻灭感，以及由此而生的玩世不恭的态度，成为“迷惘的一代”的代表作，同时也为海明威奠定了作为一个优秀小说家的基础。

一九二七年，由于感情上的原因，海明威和第一个妻子离婚，随后同女记者保琳·帕菲弗结婚。同年出版短篇小说集《没有女人的男人》，该集子共收有《没有被打败的人》等十四篇短篇小说。一九二九年，海明威的另一部重要长篇小说《永别了，武器》出版。小说以第一次世界大战的意大利战场为背景，描写美国中尉亨利和英国护士凯瑟琳倾心相爱以及生离死别的故事。作家以他独特的艺术风格，用第一人称的叙述方式，言简意赅，揭露了战争的罪恶，谴责了它对人类最美好的感情、理想、幸福以及生命的戕害。

三十年代前半期，海明威仅发表了有关西班牙斗牛的特写集《午后之死》(1932)、收有《风暴过后》等十四个短篇的短篇小说集《胜者无所得》(1933)和描写非洲惊险狩猎生活的小说《非洲的青山》(1935)。

三十年代后半期，海明威发表了两篇最著名的短篇小说《乞力马扎罗的雪》和《弗朗西斯·麦康伯短促的幸福生活》(1936)。一九三七年和一九三八年，海明威相继出版了描写渔夫亨利·摩根沦为罪犯的长篇小说《有的和没有的》和描写西班牙内战的剧本《第五纵队》。一九四〇年，海明威出版了自己的代表作长篇小说《丧钟为谁而鸣》。该书被认为是海明威人生观和艺术观的里程碑。一九四一年，新婚不久的海明威曾偕夫人作为战地记者来中国采访抗日战争，为纽约的《下午报》撰写战地报道。一九五〇年，海明威发表了长篇小说《过河入林》，但未引起多大反响。直到一九五二年中篇小说《老人与海》出版，才又引起极大轰动。

《老人与海》通过古巴老渔夫桑提亚哥连续八十四天捕不到一条鱼，后来花了三天两夜才捕到的一条大马林鱼又被鲨鱼吃掉的故事，歌颂了老渔夫非凡的毅力，表现了在生死搏斗中的硬汉子精神。正如作品所说，人可以被消灭，但就是打不垮。这就是说，一个硬汉子应当敢于向命运、向失败和死亡挑战，即使在失败和死亡面前，也不能失去人的尊严。他也许会在拼搏中一次次失败，甚至肉体遭到消灭，但他的精神是永远打不垮的，人应该超越痛苦和死亡来显示出自己存在的真正价值。小说集中表现了海明威创作的中心主题，凝聚了他自己终生对人生的感悟，是一篇充分反映出作者精湛的叙事艺术的精品。该小说获得一九五三年的普利策奖，而且也促成他获得一九五四年的诺贝尔文学奖，他获奖是“因为他精通叙事艺术，突出地表现在他的近著《老人与海》之中；同时也因为他在当代风格中产生的影响”。

此后，海明威重又热衷于狩猎、捕鱼、看斗牛等活动。除了一九六〇年在《生活》杂志上连载以斗牛为题材的《危险的夏天》外，没有再发表其他作品。一九六〇年，他自古巴迁回美国爱达荷州的克钦特后不久，即因病住院。一九六一年出院后，于七月二日在家中用猎枪自杀身亡。

海明威去世后,由他妻子玛丽等人整理后出版的著作还有关于二十年代巴黎生活的回忆录《不固定的圣节》(1964)、约写于一九五二年前后的长篇小说《湾流中的岛屿》(1970)及写于一九四六年的长篇小说《伊甸园》(1986)等。

授奖词

在我们今天这个时代,美国作家对文学的各个方面影响越来越大。特别是我们这一代人,在过去几十年中已经看到人们对文学的兴趣发生了变化。这不仅意味着市场行情的时时改变,也说明人们精神境界的迅速转移,它的意义是深远的。美国近年来不断崭露头角的新作家们成为举世瞩目、激动人心的标志,他们都有一个共同点:即无不反映哺育他们成长的美国文化。欧洲的读者大众热烈地欢迎他们。人们普遍希望,美国作家应该以美国人的身份和精神来写作,这样才能对世界文坛的竞争和繁荣做出他们自己的贡献。

现在我们大家热烈谈论的正是这样一位先行的美国作家。可以毫不夸张地说,和他的任何一位美国同行相比,海明威使我们更清楚地看到屹立在我们面前的是一个正在寻求准确方式来表达自己意见的朝气蓬勃的民族。海明威本人也与一般文人迥然不同,他在许多方面表现了戏剧性的气质和鲜明的性格。在他身上,那股勃勃的生机按照它自己独特的方式发展着,没有一点这个时代的悲观色彩和幻灭感。海明威在新闻报道的严格训练中锻炼出了他自己的文体风格。他曾在堪萨斯城一家报馆的编辑部学艺。这份报纸对记者有一套不成文的要求,其中首要的一条是:“使用短句和短小的段落。”海明威在这里所受的技术训练,显然使他形成了一种非同寻常的艺术自觉。他曾经说过,修辞只是电动机里迸出的蓝色火花。在美国文学传统中,他的宗师是马克·吐温和他的《哈克贝利·费恩历险记》,那部作品直截了当和不拘成规的叙述方式和节奏对他影响很大。

这位来自伊利诺伊州的年轻记者迅速被卷入了第一次世界大战,他自愿到意大利去做救护车司机,结果在皮亚韦前线经受了战火的洗礼,被弹片击中,负了重伤。当时他十九岁。战争中的经历成了他传记中极重要的篇章。这不是说,战争消磨了他的勇气,而是恰恰相反,战争使他发现,像托尔斯泰在塞瓦斯托波尔那样亲自考察战争对一个作家来说是无价之宝,这样,他才能真实地描写战争。然而,谈何容易,等他能够全面地、艺术地再现一九一八年在皮亚韦前线痛苦而迷惘的印象时已经过去了好几年。这便是使他成名的小说《永别了,武器》(1929)。当然,这以前两部以战后欧洲为背景的作品《在我们的时代里》(1924)和《太阳照常升起》(1926)已经证明他具有编写故事的才能。在以后的岁月中,他那喜爱圣洁行动和宏大场面的本能把他引向了非洲的狩猎和西班牙的斗牛。当西班牙陷入战争之后,他又在那里找到了自己第二部长篇小说的灵感,这就是《丧钟为谁而鸣》(1940)。这部作品写一个热爱自由的美国人为“人的尊严”而战斗的情形,它比别人的作品更多地流露出海明威个人的情感。

在提及他作品中这些关键的因素时,人们不应忘记他叙事的技巧。他能把一篇短小的故事反复推敲，悉心裁剪，以极简洁的语言，铸入一个较小的模式，使其既凝练又精当，这样，人们就能获得极鲜明、极深刻的感受，牢牢地把握它要表达的主题。往往在这样的情况下，他的艺术风格达到极致。《老人与海》(1952)正是体现他这种叙事技巧的典范。这篇故事讲一个年迈的古巴渔夫在大西洋里和一条大鱼搏斗，给人以难忘的印象。作家在一篇渔猎故事的框架中，生动地展现出人的命运。它是对一种即使一无所获仍旧不屈不挠的奋斗精神的讴歌，是对不畏艰险、不惧失败的那种道义胜利的讴歌。故事富有戏剧性的情节在我们眼前渐渐展开，一个个富有活力的细节积累起来，产生了一种震撼人心的力量。“一个人并不是生来就要被打败的”，“你尽可以毁灭他，但却打不败他”。

诚然，海明威早期的作品流露了某些粗俗野蛮的、玩世不恭的、冷硬麻木的缺憾。可以说，这与诺贝尔文学奖，对一部理想作品的要求是不吻合的。但是，另一方面，他也不乏那种英雄式的哀婉，这形成了他理解生活的主导因素。他还有一种喜欢冒险的男子汉气概，真诚地赞颂那些在充满暴力和死亡的现实中不惜代价、敢于奋斗的每一个人。无论如何，这正是他崇拜男子汉精神的积极方面。如果不是这样，这种男子汉精神就容易变得软弱无力，从而失去意义。人们应该记住，勇气是海明威作品的中心主题——具有勇气的人被置于各种环境中考验、锻炼，以便面对冷酷、残忍的世界，而不抱怨那个伟大而宽容的时代。

海明威并不是那种试图解释各种教条和原则的作家。一个叙事的作家必须要客观，而不能拿严肃的事开玩笑。这一点他在堪萨斯城做编辑时就已经懂得了。正因为如此，他才能把战争看成对他们那一代人产生决定性影响的悲剧命运，同时又以极冷静的现实眼光来观察战争，不掺杂幻想和任何感情色彩，做到严格的客观。他之所以能做到这样客观，正是因为获得这种客观的眼光来之不易。

作为这个时代伟大风格的缔造者，海明威在二十五年来的欧美叙事艺术中有着重大的意义。这种风格主要表现为对话的生动和语言的交锋。容易模仿，但却很难真正掌握。他能十分圆熟地再现口头语言在色彩、音调、意义、感情等方面所有细微的差别，以及思维板滞或者情绪激动时的停顿。他的叙述有时候听起来仿佛是无所谓的聊天，但只要人们明白他的方法，就会发现这些聊天绝非无聊琐屑、漫不经心。他喜欢把心里的思索留给读者。在他看来，给读者以自由可以引发他们自发地观察和思考。

当我们说到海明威的作品时，一些生动的场景会油然浮现于脑际——亨利中尉经过卡波莱托的惊恐，在秋雨连绵和泥泞不堪中开小差逃走；当西班牙山中的那座桥被炸时，乔丹献出自己的生命；在远离灯火明灭的哈瓦那的大海上，那位老渔夫在暗夜里孤独一人和鲨鱼拼搏。

此外，我们还可以追溯海明威的后期作品《老人与海》和美国文学中的经典、麦尔维尔的《莫比·狄克》之间的联系。《莫比·狄克》讲述的是一条巨大的白鲸被一位患有偏执狂的船长疯狂追逐的故事。这种联系可以说是时间这部织机中贯穿百余年的一条经线。不论麦尔维尔，还是海明威，他们都无意创造一种寓言。深不可测的茫茫大海和其中的各种邪恶力量可以充分地被用作诗的成分。但用不同的方法，即用浪漫主义的方法和现实主义的方法，可以表达同样的主题——人的忍耐力，或者说，人敢于和不可知的自然拼搏的能力。“人尽可以被毁灭,但却不能被打败。”

因此,今年的诺贝尔文学奖授予当代一位伟大的作家,一位忠实地、勇敢地再现时代的艰辛危难的真实面貌的作家。这样,迄今为止,今年五十六岁的海明威就成了第五位获得这一奖赏的美国人。由于作家本人身体欠佳不能出席今天的授奖仪式,现在把这项奖交给美国大使,请他代转。

瑞典学院常务秘书 安德斯·奥斯特林

象愚　译

作品

老人与海(节选)

他是个独自在湾流①里一只小船上打鱼的老头儿,他到那儿接连去了八十四天,一条鱼也没有捉到。头四十天上,有一个孩子跟他在一起。可是,过了四十天没有捉到一条鱼,孩子的爸妈就对他说,老头儿现在一定“背运”(那是形容倒霉的一个最坏的字眼)了。他们吩咐孩子搭上另一只小船到海里去,在那只船上,头一个星期就捉到了三条好鱼。孩子看见老头儿每天划着空荡荡的小船回来,心里非常难过,他总要走下岸去,帮他去拿卷起的钓丝,或者鱼钩、鱼叉,以及绕在桅杆上的帆。那一面帆上补了一些面粉袋,收起来的时候,看去真像一面标志着永远失败的旗帜。

…………

他再回过头去看时,陆地已经从眼前消失了。那没关系,他想。我总可以凭着哈瓦那的灯火回来的。再过两个钟头,太阳就要落下去了,也许它在太阳落下去以前就会上来。要不然,也许它在月亮出现的时候上来。再不然,也许它在太阳出来的时候上来。我的手脚不会抽筋,我有的是力气。倒是它的嘴给钩住了。可是它能这样地拉钓丝,该是多大的一条鱼啊。它的嘴一定给铁丝堵得严严的。我很想看到它。我希望能够知道我钓住的究竟是一条什么鱼,哪怕只看一眼。

就老头儿望着天上的星星做出的判断来看,那条大鱼通夜没有改变路线和方向。太阳落下去,天气变冷了,老头儿汗干了以后,他的脊梁上、胳膊上和老腿上都是冷冰冰的。白天,他把盖在鱼食盒子上的麻袋取下,摊在太阳下面晒干。太阳落下去以后,他用它裹住他的颈脖子,好让它披挂在他的脊背上,然后他再小心地把它从压在他肩膀上的那根钓丝下面塞过去。麻袋垫在钓丝下面后,他就弯下腰去倚在船头上,这样他就差不多很舒服啦。他这一种姿势实际上只能说是勉强好过一点儿,可是他却认为简直可以算得上是舒服了。

---

① 湾流,从墨西哥湾向北流的一条大海流的名字。

他想:我拿它没办法,它也拿我没办法。只要它还是照这样下去,大家一点办法也没有。

一度他站起身,打船边向外面小便。他望着天上的星,核对航行的方向。钓丝从他的肩膀上一直落下去,在水里像一道磷火似的闪出光来。现在他们漂流得更慢了,哈瓦那的灯火不那么辉煌了,他知道海流一定正在载着他们往东方漂去。他想:要是看不见哈瓦那的灯火,我们一定是更往东方去了。因为,如果鱼游的路线不改变的话,我一定还有好几个钟头可以看到那儿的灯火。他想:我不晓得垒球大联赛今天的结果怎样。要是有收音机听一听多快活。于是他又想:心里总是惦记着这个玩意儿。想一想自己正在干着的事儿吧。切不要做蠢事啦。

一会儿他又敞开喉咙嚷起来:"要是孩子在这儿多好啊。好让他帮助我,让他瞧一瞧这种景况。"

他想:一个人上了年岁可不能孤零零的。但这又是免不了的事儿。为了保养身体,我一定要记住趁着金枪鱼没有腐烂的时候就把它吃掉。记住,不管你吃得下多少,你也必须在明早把它吃掉。记住呀,他自言自语地说。

夜里,一对小海豚游到小船附近,他听到它们在翻腾,喷水。他可以辨别出公的发出的嘈杂的喷水的声音和母的叹气似的喷水的声音。

"它们都很和气,"他说,"它们在一道儿玩耍,寻开心,你爱我,我爱你的。像飞鱼一样,它们都是我们的兄弟啊。"

然后他可怜起给他钓住的那条大鱼来。他想:它真了不起,真稀奇,而且谁知道它有几岁呢?我从来没见过这么猛的鱼,也没看过动作这么奇怪的鱼。也许它太狡猾,不肯跳来跳去的。它只消一跳,或者往前猛地一冲,它就可以要了我的命。但是也许它以前不知给钓住过好多次,它知道这是顶好的一个跟我搏斗的方法。可是它不知道跟它搏斗的只是孤零零的一个人,而且还是一个老头儿呢。话又说回来,这条鱼多么大,肉要是好的话,它在市场卖的钱可多啦。它吃起鱼食来像一条公鱼一样,拖起钓线来也像一条公的,它斗起来不慌不忙。我不知道它有没有什么主意,还是跟我一样没有一点办法呢?

他想起了从前他把一对马林鱼钓起一条的时候。公鱼总是让母鱼先吃东西,而那条上了钩的鱼——母鱼呢,给钓住以后,就疯狂地、惊慌失措地、没命地挣扎起来,不久就弄得精疲力竭了。那条公鱼一直跟住母鱼,从钓丝旁边穿过去,在水面上跟母鱼一同打着转儿。公鱼紧靠在钓丝的旁边,老头儿生怕它用它的尾巴把钓丝一下子劈断,那条尾巴跟大镰刀一般快,大小和形状也差不多跟镰刀一样。老头儿用鱼叉把母鱼叉上来,用棍子揍母鱼,抓住那长剑似的嘴跟砂纸似的边儿,又迎面朝母鱼的头顶上打下去,直打得母鱼身上的颜色差不多变成了跟镜子的背面一样,然后他才和孩子两个人把母鱼抬上船。这时候那条公鱼还是一直待在船旁。以后,当老头儿在收拾钓丝、整理鱼叉的时候,那条公鱼一纵身跳到船旁边的高空里,看一看母鱼在哪儿后,又落下来钻进水深的地方去,它淡紫色的翅膀——它有胸鳍——张大了开来,它身上所有淡紫色的宽大条纹也都露出来了。老头儿想起:它真美,它一直是待在那儿的。

老头儿想:这是我生平看到的顶伤心的事儿了。孩子也非常难过,因此我们请求了母鱼的宽恕,马上动手宰了母鱼。

“要是孩子在这儿多好啊。”他又大声说,他紧靠在船头圆圆的厚木板上,感觉到从他拽在肩头的钓丝上透过来的那条大鱼的重量,那根钓丝朝着大鱼选择的方向缓慢地移动了开去。

老头儿想:由于我干下了对不起它的事儿,它也必须要做出一个选择了。

它的选择就是待在一切圈套、引诱和诡计都奈何它不得的黑魆魆的深水里。我的选择呢,就是到那什么人也没有去过的地方把它找出来。到那世界上什么人也没有去过的地方去。现在我跟它碰在一起了,从中午起就碰在一起了。我和它谁也没有个帮手。

他想:也许我不该干打鱼的这一行。然而我生来就是干这一行的呀。他一定要记住:不等到天亮就把金枪鱼吃掉。

天亮以前没多久,有什么东西拉掉了他背后的一个鱼食。他听到竿子折断的声音,钓丝开始从船边上冲出去。他在黑暗里去掉他那把小刀的刀鞘,身子往后一仰,拼命忍住大鱼压在他左肩膀上的重量,把钓丝抵在船边上割断。然后他又去割断另一根离他最近的钓丝,摸着黑去系那备用的钓丝卷儿松开的两头。他用一只手灵活地打着结子,一只脚踩住钓丝卷儿,把结子拉得紧紧的。现在他有六盘备用的钓丝卷儿了。给他切断的每个鱼食上有两盘钓丝卷儿,给大鱼衔住的那个鱼食上有两盘钓丝卷儿,现在它们都连在一起了。

他想:天亮以后,我再回过头来对付那四十英寻深处的鱼食,也把它割断,把备用的钓丝卷儿连起来。我的二百英寻长的加塔鲁尼亚①的好绳、钓钩和粗铁丝统统都要丢掉了。这些东西都还可以再去找。但是,如果我钓上了别的鱼,让它搅得我丢了这条大鱼的话,那么再到哪里去找这条大鱼呢?我不知道刚才上钩的是什么鱼。可能是一条马林鱼,或者是一条箭鱼,或者是一条鲨鱼。我根本没有弄清楚它。我把它扔得太快了。

他又拉开了嗓门喊道:“要是孩子在这儿多好啊!”

但是孩子并不在这儿,他想。这儿只有你孤零零的一个,你现在最好还是去收拾那最后一根钓丝吧,管它摸黑不摸黑,剪断了它,把两盘钓丝卷儿连接起来。

他就这样做了。在黑暗里干起活儿来真麻烦,这时那条鱼一下子掀起了一道大浪,把他冲得脸朝下跌倒在船里,眼皮下也划破了一个口子。血打他的腮帮子上流下来一点儿,没流到下巴上就凝结住,干了。于是他硬撑着走回船头那边去,靠在木板上。他把麻袋按平,轻轻地把钓丝换到肩头的另一个地方,然后用肩膀把它撑住,小心地试探着鱼的动静,再用手摸一摸船在水里行驶的速度。

他想:我不懂干吗它把船颠簸得这样东倒西歪的。钓丝在它那宽大的脊梁上一定滑来滑去。当然它的脊梁不会像我感到这样痛。但是,不管它身子有多大,总不能够把我这只船永远这样拖下去。现在凡是会惹麻烦的什么东西都丢掉了,我有了一大盘备用钓丝。一个人所能得到的也不过如此吧。

“鱼啊,”他温和地、高声地说,“我到死也要跟你在一道儿。”

---

① 加塔鲁尼亚,西班牙的一个海港。

老头儿想:我猜它也会跟我在一道呢。于是他在等待着天明。现在正是快要破晓的时分,天气冷飕飕的,他就抵着木头取暖。它能撑多久我就能撑多久,他想。天刚蒙蒙亮的时候,钓丝就往外伸,钻进水里去。船不住地在走,太阳一出来,光线就落在老头儿的右肩膀上。

"它往北游去啦,"老头儿说,"海流要把我们远远地带到东方去了。我希望那条鱼随着海流的方向游去。那就说明它疲倦了。"

太阳升得更高的时候,老头儿才知道鱼没有疲倦。只有一个好现象,那就是:钓丝的斜度说明了它已经游到较浅的地方来。那并不一定意味着它就要跳,然而它可能跳起来的。

"让它跳起来吧,"老头儿说,"我有足够的钓丝可以对付它。"

他想:要是我把钓丝稍微拉紧一点儿,也许就会惹得它跳起来。现在既然天已经大亮,让它跳一跳吧,那么它沿着脊骨的液囊里就会充满空气,它也就不会钻到海底死去了。

他竭力把钓丝拉紧,但是钓丝自从鱼上了钩到现在已经绷紧到快要折断了,他把身子仰到后面去拉钓丝的时候就觉得硬邦邦的动也不能动,他知道他不能拉得更紧了。他想:我再也不能够那么猛地一拉了。猛拉一次,就会把鱼钩在嘴里挂的口子加宽一些,那样,果真它跳起来,它就会把钩子甩掉。管它呢,横竖太阳已经不那么刺眼,只要我不直瞪着它就得啦。

钓丝上挂着黄黄的海藻,老头儿知道那只是增加了一件拖着鱼的东西,所以他很高兴。正是这种黄色的马尾藻在黑夜里放出那么多的磷光。

"鱼啊,"他说,"我爱你,而且十分尊敬你。可是,我要趁着这一天还没有过去的时候把你弄死啊。"

他想:但愿能够这样吧。

一只小鸟儿从北方朝着小船这边飞来。这是一只鸣禽,在水面上飞得很低。老头儿看得出它非常疲倦了。

鸟儿飞到船艄上,在那儿歇一口气。然后它又飞起,在老头儿的头上打着转儿,最后落在钓丝上面,在那儿它显得要舒服些。

"你多大了呀?"老头儿问鸟儿,"这是你初次远游吗?"

他说话的时候鸟儿直瞪着他。它太疲倦啦,钓丝稳当不稳当,它连看也不看一下,它的两只细小的脚抓紧了钓丝,在上面晃来晃去。

"稳当的,"老头儿对它说,"太稳当啦。昨晚上没有风,你不应该那么疲倦的。真奇怪,鸟儿们为什么要这样呢?"

他想:是因为老鹰飞到海面上来找它们。但是他没对小鸟儿说出来,因为横竖它不会懂得他的话,而且很快它就会知道老鹰的情况了。

"好好休息一会儿吧,小鸟儿,"他说,"然后你再试一试你的机会,人,鸟儿,鱼,不都是这样的吗?"

他越讲越兴奋,因为他的脊梁在夜里已经变得硬挺挺的,他真的觉得痛了。

"鸟儿,乐意的话,请住到我家里去吧,"他说,"我很抱歉,不能趁着现在刮起小风的时候把帆挂起,把你收容到我家里去。可是我总算有个朋友在一起了。"

正在这当儿,那条大鱼突然把船扯得晃荡了一下,老头儿给拖得倒向船头那边去,要不是他撑住一股劲儿,放出了一段钓丝,他准给拖到海里去了。

钓丝猛地一拉的时候,鸟儿已经飞走,老头儿甚至连看也没看见。他用右手轻轻地去摸钓丝,发现那只手正在流血。

"它一定给什么东西弄伤啦。"他高声地说,一面把钓丝拉回,看一看能不能叫鱼转个弯。但是当他拉到快要折断的地步时,他就拉住了不动,然后把身子往后仰着去抵挡钓丝的张力。

"鱼,你现在也觉得痛了吧,"他说,"可是,老实说,我也觉得痛啦。"

他朝四下里张望那只鸟儿,因为他很盼望它来跟他做伴,可是鸟儿已经飞走。

老头儿想:你没在这儿练多久啊。可是,在你没有飞到岸上去的时候,你飞去的地方总是风狂浪涌的。怎么我让鱼那么猛地一拉就把我的手划破了呢?一定是我太笨了。也许是因为我只顾望着那只小鸟儿,想着它的缘故。现在我得当心我的活儿,过后还得把金枪鱼吃下去,我才不会没力气。

"要是孩子在这儿多好啊,而且我还希望有点盐呢。"他又嚷起来。

他把钓丝的重量换到他的左肩上,小心翼翼地跪了下去,伸出手放到海水里去洗,在水里浸了一分多钟的工夫,望着一缕缕的血流了开去,望着海水随着小船的前进在他手上不住地拍打。

"它游起来慢得多啦。"他说。

老头儿很想把那只手在海水里放得时间久些,但他害怕鱼又把船弄得猛地晃荡起来,于是他站起身,抖起精神,把手举起来放到太阳下面去晒一晒。割破他手的不过是一根飞快地滑出去的钓丝,可是割破的正是手上活动的部分。他知道事情没有办完以前他还需要他这双手,所以他不愿还没有开始的时候就让手给割破。

"得,"他把手晒干的时候说,"我非要吃小金枪鱼不可了。我可以用鱼钩去把它钩过来,坐在这儿舒舒服服地吃掉它。"

他跪下去,用鱼钩在船艄下面掏到了金枪鱼,留心着不让它碰到钓丝卷儿,把它钩到自己身边来。他仍旧用左肩撑住钓丝,左手和左胳膊都使足了劲儿,然后把金枪鱼从鱼钩上取下,再把鱼钩送回原处。他用一只膝头压在鱼身上,从鱼的头颈到鱼尾巴,把深红色的鱼肉一长条一长条地割下来。条子都是楔形的,他把它们从靠近脊骨的地方一直割到肚子的边沿。当他割成六片的时候,就把它们摊在船头的木板上,在裤子上擦一擦刀子,提着鱼尾巴,把骨头扔到水里去了。

"我看我吃不下整整一条鱼。"说着他拔出刀切开了一条鱼肉。他感觉到钓丝给拉得动也不能动弹,左手又忽然抽起筋来。那只手紧紧地贴在粗绳上,他对它轻蔑地望着。

"这算是什么样的手啊,"他说,"想抽筋你就抽筋,变成一个鸟爪子吧。可是这对你不会有好处的。"

"快点,"他想,同时朝漆黑的水里望着斜斜的钓丝,"马上把它吃掉,手上的力气就会大起来。也难怪这只手,你跟大鱼已经搞了好些钟头,而且你还会永远跟它这样搞下去的。马上把金枪鱼吃掉吧。"

他拿起了一块鱼肉,把它放进嘴里,慢慢嚼下去。味道挺不坏的。

他想,好好儿嚼,把汁水都咽下去。要是跟白柚子,或者柠檬,或者盐一道吃,那倒也不坏。

"手啊,你觉得怎样呢?"他问那只僵硬得几乎跟死尸一样的抽筋的手,"我要替你多吃一点儿。"

他把被他切成两片的那块肉的另外一片也吃了下去。他细细地嚼着,然后把皮吐出。

"怎么样,手? 是不是现在还不能知道呢?"

他又拿过整整一块鱼肉,嚼着。

"这是一条肉很壮、血很旺的鱼,"他想,"我幸而捉到的是它,不是海豚。海豚太好吃啦。这条鱼简直不好吃,可是吃下去就有力量。"

他想:话又说回来,专讲究实惠真没意思。我还盼望能够有点儿盐呢。我不知道太阳会不会把剩下的鱼肉都给晒坏了,晒干了,所以倒不如把它统统吃下去,虽然我现在不饿。那条鱼现在挺从容,挺自在的。我一定要把剩下来的肉统统吃掉,然后我就有力气对付它了。

"手,忍耐些吧,"他说,"我是为了你才吃东西的。"

他想:我希望能够把那条鱼也给喂一喂。它是我的兄弟啊。可是我一定得把它弄死,而且我一定得有力气去弄死它。他慢慢地、心安理得地把所有楔形条子的鱼肉都吃了下去。

他伸直了腰,在裤子上擦了一擦手。

"喂,"他叫了一声,"手,你别管钓丝啦,当你还在抽筋的时候,我会单独用右胳膊去对付它的。"他用左脚踩住原先拿在左手里的沉甸甸的钓丝,把身子仰到后面去撑住压在他脊梁上的拉力。

"上帝帮助我,让我手上的抽筋好了吧,"他说,"因为我不知道大鱼还要干什么。"

他想:可是它似乎从容不迫,并且还在照着它的计划做去。他想:它的计划是什么?我的计划又是什么呢? 因为它的身子太大,我必须赶紧做出我的计划来对付它的计划。它要跳,我就可以弄死它。可是看光景它会永远这样待下去了,我也只好跟它一道儿永远这样待下去。

他把那只抽筋的手放在裤子上擦了一擦,想使手指活动活动。可是它还不能伸开。也许太阳出来的时候它会伸开吧,他想。也许要等我把生金枪鱼消化了以后。如果非它不可,我一定不顾一切地把它伸开。但是我现在不愿意硬伸它。让它自己伸开。心甘情愿地好转过来吧。总归一句话,夜里需要把每根钓丝解开来系在一起的时候,我把它使用过度了。

他朝海面上望去,他知道现在他是多么孤单。但是他可以望见深黑的水里灿烂的光柱,望见伸到前面去的钓丝以及那种平静的奇异的波动。云彩正在堆积起来,等待贸易风来到，他向前望去，看见一群野鸭从水面向上飞去，蚀刻似的映衬在天空，它们一忽儿消失了，一忽儿又在天空出现，他知道，一个人在海上绝不会孤单的。

他想，有些人害怕坐在小船上漂到望不见陆地的海上去，而他们又知道自己恰好是在天气往往会突然变坏的月份里。可是此刻正是刮飓风的月份，而在没有飓风的时候，刮飓风的月份的天气又是一年里最好的天气了。

要是飓风即将来到，而你又在海上的话，你总会在前几天就看到天上有刮飓风的征兆。他想：他们在岸上看不到，因为他们不知道看什么。陆地对于云彩的形状也一定是有影响的。但是现在不会有飓风刮来了。

他望一望天空，看见一堆堆雪白的积云，像是和谐地叠在一起的冰淇淋，上面，映在九月的高空的，是羽毛似的薄薄的卷云。

"微微的风，"他说，"鱼啊，这个天气对我比对你更有利些。"

他的左手仍旧在抽筋，他慢慢地张开它。

他想：我恨抽筋。这是对自己身体的背叛。吃下腐败的菜得了痢疾或者因此呕吐起来，是在别人面前丢脸。但是抽筋呢（他想到 Calambre① 这个字），是自己丢自己的脸，特别是在孤单单的一个人的时候。

他想：要是孩子在这儿，他会替我揉一揉，从小胳膊揉松下去。不过，它总会松过来的。

接着，他用右手一摸，觉得钓丝的拉劲儿跟以前不同，一转眼他看到水里钓丝斜度的改变。然后，当他弯着身子扳住钓丝，把左手放在大腿上不停地拍打的时候，他看见钓丝斜斜地慢慢冒上来。

"它上来啦，"他说，"快些吧，手，请快些吧。"

钓丝慢慢地、不断地往上升，然后船前边的海面鼓出了一块，鱼露出来了。它没完地往上冒，水从它的身边往四下里直涌。在太阳里，它浑身明亮耀眼，头、背都是深紫色的，身段两边的条纹给太阳照得现出了一片淡紫色。它的吻长得像一根垒球棒，尖得像一把细长的剑，它的全身都从水里露出来，然后又像潜水鸟似的滑溜溜地钻进水里去。老头儿看见它那镰刀片似的大尾巴没入水里，钓丝也飞快地滑下去。

"它比小船还长两英尺。"老头儿说。钓丝飞快地、但是稳稳当当地滑下去，那条鱼没有受到惊吓。老头儿现在竭力用双手去攥住钓丝，使得钓丝不至于被鱼扯断。他知道，如果他不能使出一定的劲儿叫鱼游得慢一些，鱼就会把钓丝统统拖去，把它扯断。

他想：这是一条大鱼，我一定要叫它服服帖帖的。我一定不能让它知道它的力气多大，也不能让它知道它要跑掉会有什么办法。我要是它，我一定要用尽力量，直到把它扯断为止。但是，感谢上帝，它们可不像我们杀它们的人这样聪明，虽然它们比我们更崇高，更有力些。

老头儿看见过好多条大鱼。他看见过许多重有一千多磅的鱼，往日也曾捉到过两条那么大的，不过不是他一个人捉到的。现在他是孤单单的一个人了，而且已经漂到看不

---

① Calambre，西班牙文，"抽筋"的意思。

见陆地的海上，跟比他看见过、听说过的鱼都要大的一条鱼连在一起，而他的左手依旧紧握得像缩在一起的鹰爪。

他想：抽筋会好的。左手一定会好了来帮助我的右手。有三件东西是亲兄弟：鱼和我的两只手。抽筋一定会好的。手不应该抽筋。鱼游得又慢下来，用它寻常的速度在游了。

老头儿想：我不知道它为什么要跳。大概它是跳一跳让我看看它有多大吧。横竖我现在知道了，他想。我希望我也能够让它看看我是什么样的人。不过，要是那样的话。它就会看到这只抽筋的手了。让它把我当作比现在的我更有男子汉气概些吧，事实上我一定会那样的。他想：我希望我是那条鱼，用它所有的一切来对抗我仅有的意志和智慧。

他舒舒服服地靠在木板上，疼痛的时候就忍受。那条鱼不慌不忙地往前游去，船在黑魆魆的水里慢慢地移动着。从东方吹来的一阵风激起了一道小浪，到正午的时候，老头儿的左手不抽筋了。

"鱼，这是你的一个坏消息啊。"他说，把钓丝从搁在他肩膀上的麻袋上换一换位置。

他很舒服，但又很痛苦，虽然他压根儿不承认他的痛苦。

"我不信教，"他说，"但是，如果我能捉到鱼，我要说十遍'我们在天之父'，十遍'福哉玛利亚'，我许愿，如果我捉到它，我要去朝拜柯布雷地方的圣母。这就是我许下的心愿。"

他开始机械地做起祷告来。有时候他太疲倦，记不住祷告文了，于是他就飞快地说下去，以便能够顺嘴说出来。他想：说"福哉玛利亚"比说"我们在天之父"容易些。

"万分恩典的圣母，上帝与你同在。你在妇女中间是有福的，你的儿子耶稣也是有福的。圣洁的圣母玛利亚，现在以及在我们死亡的时刻替我们有罪的人祈祷吧。阿门。"然后他又加上一句，"蒙恩的圣母，祈祷这条鱼死去吧。虽然它是了不起的。"

做完了祷告，他觉得心里舒畅得多，可是手还是跟以前一样痛，也许还要痛得厉害一点儿，他靠着船头的木板，开始机械地搬弄起他左手的指头来。

虽然风在缓慢地飘起，但现在太阳已经灼热了。

"我最好把那根小钓丝重新放上鱼食，从船艄上垂到水里去，"他说，"要是鱼决定再待一个晚上，我就需要再吃一点东西，可是瓶里的水已经减少了。我想，在这儿除了一只海豚以外我是得不着别的东西的。但是如果我趁着很新鲜的时候去吃它，味道一定不错。我希望今晚会有一条飞鱼跳到船上来，可是我没有灯光去吸引它们。飞鱼生吃味道真不坏，我也不用把它切碎。现在我一定要节省精力了。基督，我没有想到它是这么大啊。"

"话又说回来，我一定要弄死它，"他说，"尽管它是那样的大，那样的了不起。"

他想：虽然这是不仁不义的事儿，我也要让它知道什么是一个人能够办得到的，什么是一个人忍受得住的。

"我告诉过那孩子，我是一个古怪的老头儿，"他说，"现在我一定要证实这句话。"

他证明了一千次都落了空。现在他又要去证明了。每一次都是一个新的开端，他也绝不去回想过去他这样做的时候。

他想：我希望它睡去，这样我也能够睡去并且梦见狮子了。为什么狮子是我留在脑子里的一件主要的东西呢？他自言自语地说：别想吧，老家伙。靠在木板上休息去，什么事儿都别去想它。它正在出力干活哩。你呀，你气力花得越少越好。

已经到了下午，船依旧在慢慢地、不断地移动。但是东风给行船添上了阻力，老头儿听凭小小的波浪把他和船轻轻地漂去，压在他脊背上的绳子使他感到比以前舒服些，滑溜些了。

下午，有一次钓丝又冒上来。然而鱼只是在稍微高一些的水里继续往前游去。太阳晒在老头儿的左胳膊上、肩膀上，晒在他的脊背上。他知道鱼已经转到东北方去了。

因为那条鱼他见过一次，他可以摹想出它此刻在水里游泳的情形，它那紫色的脸鳍像是翅膀似的大张着，一条直竖的大尾巴在黑暗里穿过。老头儿想：我不知道它在那样深的水里看东西怎么样。它的眼睛很大。一匹马的眼睛比它的小得多，在黑暗里也看得见东西。以前我摸黑看东西也挺不错，可不是在漆黑的地方。那时候我看起东西来几乎像一只猫。

太阳加上他的手指头不断地活动，现在他左手上的抽筋完全停止了，他开始在左手上多用了一些力气，松动松动他脊背上的肌肉，把绳子从勒痛的地方挪开了一点儿。

"鱼啊，要是你没累乏，"他高声地说，"那你可真奇怪透顶啦。"

他现在觉得非常疲乏，他知道夜晚马上就要来到，因此他竭力去想别的事儿。他想到垒球大联赛，也就是他所说的 Gran Ligas①，他知道纽约的美国佬队正在跟底特律老虎队比赛呢。

他想：比赛已经过两天了，可我还不知道结果哩。但是我一定要有信心，我一定要对得起老狄马吉奥，他这人什么事儿都做得漂漂亮亮的，即使像他脚后跟上的鸡眼那样的疼痛，他也毫不在乎。他自问自答：什么叫作"鸡眼"？Un espuela de hueso②。我们没有。那像一只斗鸡用后爪踢在人的脚后跟上一样疼痛吗？我想我忍受不了那个，公鸡一只眼甚至两只眼瞎了还照常斗架，这个我也忍受不了。人比起野鸟野兽来并不强得多。我还是宁愿做那只待在黑魆魆的水里的动物。

"除非鲨鱼游来，"他敞开了嗓门说，"要是鲨鱼游来的话，上帝可怜它也可怜我吧。"

他想：你认为老狄马吉奥跟一条鱼待在一起的时间会和我一样久吗？我相信他会的，而且会比我待的时间更久些，因为他年轻力壮。再加上他爸爸是个打鱼的。不过"鸡眼"会不会使他痛得厉害呢？

"我不知道，"他高声说，"我从来没有鸡眼。"

太阳落下去了，为了替自己增加信心，他回想起在卡萨布兰卡一家酒馆里的时候，他跟从西恩菲哥斯来的一个力气最大的黑人码头脚夫比赛过扳手。他俩把胳膊肘放在桌上画了粉笔线的地方，前臂伸直，两手握紧，这样过了一天一夜。每一方都打算把对方的手逼到桌面上去。好多人在打赌。人们在煤油灯光下从屋子走进走出。他望着那个黑

---

① Gran Ligas，西班牙文，"大联赛"的意思。
② Un espuela de hueso，西班牙文，"鸡眼"的意思。

人的胳膊、手和他的脸。过了八个钟头以后,每隔四个钟头就换一次评判员,让他们能够睡觉。他和黑人的手指甲里面都流出血来,两个人,你望着我的眼睛、手和前臂,我也望着你的。打赌的人们从屋子走进走出,坐在靠墙的高椅子上,目不转睛地望着。墙是木头做的,漆成亮晶晶的蓝颜色。灯光把他俩的影子投在墙上,黑人的影子庞大无比,当风把灯吹得摆来摆去的时候,他的影子也在墙上往来移动。

两个人,你来我去地打了一整夜的平手,打赌的人们给黑人甜酒喝,替他点香烟。黑人吃过甜酒,就使出全副力气来,有一次竟把老头儿(当时他不是一个老头儿,而是优胜者桑提亚哥)的手压下去将近三英寸。但是老头儿又把手扳回到原来的位置。那时他深信他要把黑人,那个好手和第一流的比赛者打败了。到了天亮,打赌的人们都要求算成和局而评判员摇头的时候,他使出了浑身力气,逼着黑人的手往下落,落,一直落到把那只手靠在桌面上。这次比赛从星期天早上开始,到星期一早上才结束。好多打赌的人都要求算成和局,因为他们要到码头上去扛糖包,或者到哈瓦那煤矿公司去干活。不然什么人都想看个分晓。但是他总算已经弄出分晓来了,而且还没到人们去干活的时候。

以后很久,人人都叫他优胜者,春天又举行了第二次比赛。但是这次没有赌很多的钱,他赢得也很容易,因为他在第一次比赛中已经使西恩菲哥斯地方的黑人失去了信心。以后他又比赛过几次,再往后就没有了。他断定,只要他愿意,什么人都会给他打得一败涂地,同时他也断定此后用右手钓鱼会不方便的。他曾经用左手试验过几次练习比赛。但是他的左手一向出卖他,不愿受他的支配,因此他也信不过它。

他想:现在太阳会把它晒好了。除非夜里太冷,它不会再让我抽筋的。我真不知道夜里会发生什么事情。

一架飞机从他头上掠过,这是飞到迈阿密①去的。他望见飞机的影子把成群的飞鱼都吓得飞了起来。

"既然有这么多的飞鱼,那么一定会有海豚了。"他说。他把身子仰靠在钓丝上,看能不能把钓丝拉过来一点儿。但是他办不到,钓丝照样不听话,只是给扯得直抖,抖得快要断的时候,连钓丝上的水珠儿也颤动起来。这时小船缓慢地向前漂去,他望着飞机直到看不见的时候为止。

他想:坐在飞机上一定是很稀奇的。我不知道从那么高的地方往下面看,海会像个什么样子。坐在飞机上的人若不是飞得太高,一定能够把鱼看得一清二楚。我倒想在两百英尺那么高的地方慢慢地飞,从上面看一看鱼,在捉海龟的船上,我曾经坐在桅顶的横档上,即使在那里我也看得很清楚。从那里望下去,海豚的颜色显得更绿些,你可以看见它们身上的花纹、紫斑,它们游泳的时候你可以看见整整的一大群。为什么在黑漆漆的水流里游得很快的鱼都有紫色的脊背,而且往往都有紫色的条纹或者斑点呢?海豚当然现出绿颜色,因为它是真正黄金色的。但是当它要吃东西,当它真正饥饿的时候,它身子两边就跟马林鱼一样现出了紫色的条纹。是愤怒,还是游得太快,它才把那些紫色的条纹都露了出来呢?

---

① 迈阿密,美国佛罗里达州的一个海港。

天快黑的时候，船从好大的一丛马尾藻旁边经过，马尾藻在轻柔的海波中忽上忽下地摇曳着，仿佛海洋正在一条黄色的绒毯下面爱抚着什么东西。正在这时，他那根小钓丝给海豚扯住了。他先看见它往半空里跳去，给夕阳照得浑身真像是金子，它在空中扭来扭去，疯狂地扑打着。它跳了又跳，倒像是在玩惊险的绝技似的。于是他歪歪倒倒地走回船艄，把身子蹲下去，右手带胳膊攥住那根大钓丝，左手把海豚一把一把往上拉，每拉一把就用他光着的左脚踩住拉上来的钓丝。当海豚被拉到船艄，拼命地左右乱钻乱跳的时候，老头儿的身子探出船艄，把这条带紫斑的光辉灿烂的金鱼从船艄后面提上来。它那钩在鱼钩上的嘴一张一合，急促地抽缩着，它那又长又扁的身子、尾巴和头接连不断地扑打着船底，直到老头儿用棍朝它那发光的金黄色的头上打去，打得它浑身颤抖，最后一动也不动了。

老头儿把海豚从鱼钩上取下，在钓丝上安了另外一条沙丁鱼后，把钓丝甩到水里去。然后他又一歪一倒地慢慢走回到船头那边去。他洗一洗左手，在裤子上擦干，于是把那根沉甸甸的钓丝从右手换到左手，又把右手放在海里洗一洗，同时望着慢慢沉到海里去的太阳和那根倾斜着的粗钓丝。

"它一点儿也没改变。"他说。不过，当他望着海水冲击他的手的时候，他注意到水力显然慢些了。

"我要把两个桨放在船艄交叉着绑在一起，这样在夜里就会叫鱼走得慢些，"他说，"它在夜里好过些，我也一样。"

他想：最好迟一会儿再把海豚的肠肚取出来，这样好把血留在肉里。迟一会儿我可以同时把海豚的肠肚取出来又把两个桨绑在一起，让鱼拖着船走得慢些。现在我最好让鱼安安静静，不在太阳落下去的时候过分打扰它。对任何鱼来说，太阳落下去的当儿是一个难对付的时光。

他把手举起来晾干，然后抓住钓丝，尽可能使自己舒畅一下，他靠着木板让自己被拖向前去，这样，船承担的重量跟他承担的一般多，或者比他的还要多些。

他想：我现在知道怎样去做了，至少这一方面的活儿是知道了。还有，要知道它自从上了钩以来还没吃过东西呢。它身子大，需要吃得多。我已经把金枪鱼一股脑儿吃下肚去，明天我就要吃海豚啦(老头儿把海豚叫作"黄金")。我把它洗干净以后也许要吃一点儿。它比鲣鱼要难吃些。可是，这要算难，那就没有一件事情是容易的了。

"鱼啊，你觉得怎样？"他敞开嗓门说，"我觉得好多了，我的左手已经好些了，我已经有了一天一夜的粮食。鱼，船你就拖着吧。"

他并不真的觉得好多了，因为绳勒在他背上的疼痛几乎已经超过了疼痛，变成他不敢信任的迟钝的感觉了。他想：比这更糟的事儿也还有过呢。现在，我的一只手只是割破了一点儿，另一只手已经不再抽筋。我的两条腿都是好好的。更何况在粮食问题上我已经胜过了它。

天黑了，在九月里，太阳一落，天就很快地黑下去。他靠在船头的破木板上，把身子尽量摊在上面。最初的一群星已经出来。他不知道猎人星座左脚那星的名字，但是他看见了它，就知道它们马上都要出来，他又要有这许多遥远的朋友了。

“那条鱼也是我的朋友啊。”他高声说，“我从来没有看见过也没有听说过这样的一条鱼。但是我一定要弄死它，幸而我们不打算把星星也给弄死。”

他想：想想看，如果一个人每天要去弄死月亮，情形会怎么样呢？那样的话，月亮就跑开了。再想想看，如果一个人每天要去弄死太阳，情形又会怎么样呢？我们生来是走运的，他想。

于是他替那条没东西吃的大鱼伤心起来，可是他要杀它的决心也绝没有因为替它伤心而松懈下去。他想：它的肉要给多少人吃啊。但是他们配吃它吗？不配，当然不配。照它的举止风度，照它那种很有体面的样儿，谁也不配吃它。

他想：这些事我都不懂。可是，我们不必打算去弄死太阳、月亮，或者星星，总是好的。在海上过日子，杀我们亲兄弟，够了，够了。

他想：现在我得想一想拖船的事儿啦。这件事儿有危险，也有好处。要是它拼命拉扯，要是拖船的桨放得很合适，要是船不再轻飘飘的，那么，我就会丢掉那么多的钓丝也丢掉了鱼。船身轻，延长了我和它的痛苦，可是这又会使我安全，因为它还有从来没有使出过的速力。不管遇到什么，我一定得把海豚的肠肚取出，不让它腐烂，然后吃下一些，给自己添把劲儿。

现在我再歇一个钟头，等我觉得它稳定了，然后再回到船艄去干活，决定下一次主意。这会儿我可以看到它怎样在活动，有没有什么改变。把桨放在这儿倒是一个好窍门，可是已经到了拿性命当儿戏的时候啦！它依旧是个好好的鱼，我看见鱼钩挂在它的嘴角上，它的嘴闭得紧紧的。鱼钩的惩罚算不了什么，饥饿惩罚它，再加上它又碰到了教它莫名其妙的事儿，这可就严重啦。老家伙，歇一歇吧，让它拉它的，轮到你的事儿的时候再说。

他相信他已经歇了两个钟头。月亮到现在还迟迟地不出来，他没法判断现在是什么时候。他也没有真正休息，说休息只是相对的。他肩膀上依旧在忍受着鱼的拉力，不过他把左手放在船头的舷边上，越来越倚靠船本身给鱼阻力了。

他想：要是我能把钓丝系紧，那多简单啊。但是，稍一侧身，它就会把钓丝挣断的。我一定要用我的身子垫住钓丝的拉力，随时准备用双手把钓丝松下去。

“可是你还得睡呢，老家伙，”他又嚷起来，“已经过了半个白天和一个整夜，今天是第二天了，你还没有睡。你应该想主意，在它安安静静的时候睡一会儿。你要是不睡，脑子就会变糊涂了。”

他想：我脑子很清醒。太清醒啦。清醒得跟我的那些兄弟星星一样。可是我还得睡。星星都要睡，月亮、太阳也要睡，甚至海洋有时候也要睡，在那些没有激流的、平静无波的日子里。

别忘了睡觉呀，他想。想办法睡去，给钓丝想出一个又简单又稳当的主意。现在到那边去把海豚弄好。一定要睡觉的话，把桨装上，当作拖住船的东西，可就太危险啦。

他自言自语地说：我也可以一直这样下去不睡。可是这就太危险啦。

他又爬着回到船艄去，提心吊胆地不去拽动那条鱼。他想：它也许正在半睡半醒中。但是我不让它休息。非要它拽到死不可。

回到船艄以后，他回过身来用左手撑住钓丝在肩膀上的压力，右手把刀子从刀鞘里拔出来。现在星星亮了，他清楚地看见了那条海豚，他把刀口从它的头上攮进去，把它从船艄下面挑出来。他把一只脚踩在海豚身上，从肛门一刀剖到下唇的尖端。然后他放下刀子，用右手掏出肠肚，掏得干干净净，再把鱼鳃完全去掉。他觉得鱼胃在手里沉甸甸、滑腻腻的，他把它剖开了。鱼胃里有两条飞鱼，又新鲜又硬邦，他把它们并排放着，把肠肚和鱼鳃从船艄扔到水里。那些东西沉下去以后，在水里留下了一缕缕磷光。现在，海豚在星光下面显得冰冷，现出了癞病似的灰白颜色。老头儿用右脚踩住鱼头，把鱼身上一边的皮剥去，然后翻转过来，又剥去另一边的皮，再把鱼身两边的肉从头到尾给割下来。

他把鱼骨头轻轻地扔到船外面的水里去，看看它是不是在水里打着旋儿，可是看到的只是它慢慢沉到水里时泛出的光亮，他转过身，把两条飞鱼放进两块海豚肉里面，又把小刀插进刀鞘，这才慢慢地使着劲儿爬回到船头那边去，他的脊背给钓丝的重量压得弯弯的，他把鱼拿在右手里。

回到船头那边去以后，他把两块海豚肉摊在木板上，旁边放着飞鱼。然后他把肩膀上的钓丝换了一个新位置，又用左手靠在舷边上拿着它。他从舷边上弯下身去，把飞鱼放在水里洗了一洗，留心着水向手上冲击的速度。他的手在剥鱼皮的时候沾上了磷光。他又凝视着水在手上的冲洗。水力已经弱些了。当他把手放在船身的外板上搓一搓的时候，水面上浮起了万点磷光，慢慢地漂到船后面去。

"它累乏啦，要不然就是它在休息，"老头儿说，"现在我来把这只海豚吃掉，歇一会儿，睡一会儿。"

在星光下，在越来越冷的夜里，他把一块海豚肉的一半和一条飞鱼都吃下肚去，飞鱼的肠肚已经取出，头也割掉了。

"要是把海豚煮熟了吃，味道该多美，"他说，"生鱼的味道多难吃。没有盐没有白柚子，我再不愿出海了。"

他想：如果我肯用脑筋，我就会整天把海水泼在船头上，让它干去，这样就会有盐了。可是这样到天黑我也钓不到海豚。准备还是不够。不过我总算津津有味地把它嚼下去，一点也不作呕。

乌云往东边天上扩散开去，他认识的星星一个接着一个地消失了。现在他仿佛走进了云的深谷，风已经停下来。

"三四天以后就会有坏天气，"他说，"可不是今晚，也不是明天。马上把事情安排妥当，老家伙，趁着鱼正安安静静的时候睡一睡吧。"

他把钓丝紧紧地攥在右手里，用大腿抵住右手，全身的重量都靠在船头的木板上，然后他把肩上的钓丝稍微放低一些，再用左手去撑住它。

他想：只要把它撑紧，我的右手就能够攥住它。要是我睡着的时候钓丝松出去的话，我的左手就会喊醒我，右手是很吃力的。但是它吃苦吃惯啦。哪怕睡上二十分钟，或者半个钟头，也是好的。他弓着腰，用他整个身子去撑住钓丝，把全身重量都压在右手上，他睡着了。

他没有梦见狮子,他只梦见伸展到八英里、十英里外的一大群海豚,这正是它们交配的日子,它们一跳跳到半空去,然后又掉回到它们跳上去时搅成的那个水涡里。

接着,他又梦见他躺在村子里他的床上,北风刮得正紧,他觉得冷透了骨髓,他的右胳膊正在睡着,因为他的头把它当作枕头枕在上面。

此后他开始梦见迤长的黄色的海滩,看到在黄昏中走上海滩来的第一头狮子,接着别的狮子也出现了。他把下巴靠在船头的木板上,他的船在吹向海面的晚风里停泊在那儿。他等着瞧一瞧有没有更多的狮子,这会儿他非常快乐。

月亮上来很久,他还是睡不醒。那条大鱼平稳地往前拖着,把船拖进云涡里去了。

右拳朝他脸上猛地一推,他醒转来,那根钓丝飞快地从右手里滑出去,勒痛了他的手。他的左手已经麻木,于是他用右手拼命去扳,可是钓丝还是跑了出去。最后他用左手抓住了钓丝,仰着身子去撑住它,现在钓丝又勒着他的脊背和左手,左手承担了全部的重量,给钓丝勒得很痛。他回头望一望钓丝卷儿,它们都顺顺当当地把钓丝伸在水里。正在这当儿,那条鱼猛地一跳,把海水溅起了巨大的浪花,然后又猛地落下去。它在一次又一次地跳,虽然钓丝不断松下去,但是船走得非常快。老头儿把钓丝绷紧到快要折断的程度,一而再再而三地把它绷紧到快要折断的程度。他给拖得紧靠到船头那边去,脸贴在海豚的肉片上,身子一动也不能动。

我们等待的事儿发生啦,他想。让我们承担下来吧。

要叫它从钓丝上吃苦头,他想。要叫它吃苦头。

他看不见鱼在跳,只听到海水的震荡和鱼落下去时水花飞溅的声音。滑走的钓丝把他的手勒得痛极了。但他早就知道这样的事儿一定要发生,他只是想法让钓丝勒到手上起茧的部分,不让它滑到手掌心里或者勒在手指头上。

他想:要是孩子在这儿,他会用水把钓丝卷儿润一润的。真的。要是孩子在这儿多好。要是他在这儿多好啊。

钓丝往水里滑下去,滑下去,滑下去,但是已经慢些了,他使鱼在每一英寸钓丝上都付出了代价。现在他能够从木板上抬起头来,并且离开了他的脸压着的那一块鱼肉。然后他跪着,然后他慢慢地站起来。他还在松钓丝,可是越来越慢了。于是他挣扎着回到他可以用脚去碰他看不见的钓丝卷儿的地方。钓丝还多得很,鱼不得不遭受水里新钓丝的阻力。

他想:得!现在它已经跳了十几次,把它沿着脊背的液囊灌满了空气,它不会钻到很深的水里,死在我无法把它拖上来的地方了。马上它就要开始打转儿,那时我一定要好好对付它。我不知道什么事惊得它这样突然跳起来。是它饿得发慌,还是有什么东西在夜里惊扰了它呢?也许它突然害怕起来。然而它是这样的沉着、这样的强壮,看来它又是这样的毫不惧怕、这样的充满信心。这真奇怪。

"老家伙,你最好别害怕,最好也有信心,"他说,"你又把它牵住了,可是你还不能把钓丝收回来。不过马上它就要打转儿了。"

老头儿现在用左手和两边肩膀撑住它,弯下腰去,用右手舀了一把水,把粘在他脸上的海豚肉洗掉。他生怕海豚肉会使他作呕,弄得他吐起来亏损了气力。把脸洗干净以后,他又把右手放到船外面的海水里去洗,然后浸在海水里,一面凝望着日出以前初现的曙光。他想:它差不多朝东去了。那就是说它已经疲倦了,正随着水流漂去。马上它就得打转儿。那时我们真正的活儿才算开始呢。

他料想他的右手放在水里很久了,于是他把手取出来,朝它望了一望。

“不坏,”他说,“痛苦对一个男子汉不算一回事。”

他小心翼翼地拿着钓丝,不让它经过新给钓丝勒过的任何一条痕迹上。他又把压在身上的重量换了一个地方,以便能够把左手伸进船另一边的海水里。

“你活干得还不错,”他对他的左手说,“可是有一会儿我简直找不到你。”

他想:为什么我没生出两只好手呢?也许只怪我没把那只手好好儿训练一下。可是,天知道它有的是学习的机会呀。话又说回来,它夜里干活干得还不错,不过只抽了一次筋。它要是再抽筋的话,就让钓丝把它割掉吧。

当他正在想着的时候,他知道他的头脑这会儿不怎么清醒,他觉得他应该再吃一点海豚肉。他自言自语地说:可是我不能吃。与其吃了作呕亏损了气力,倒还不如头昏眼花的好些。我知道我吃了胃里也搁不住,因为我的脸曾经粘在上面。我要留下它应急,直到它腐烂的时候。不过要想靠吃东西来增加气力,现在已经太迟了。他对自己说:你真蠢。把另一条飞鱼吃下去得啦。

飞鱼又干净又现成地放在那儿,他用左手捡起来吃下去,细细地嚼着骨头,从头到尾巴一股脑儿吃下肚去。

他想:它几乎比什么鱼都有营养些。至少有我需要的力气。他想:现在凡是我能够做的我都做到了。让它打起转儿来,我俩斗一斗吧。

鱼开始打着转儿的时候,太阳正在出来,这是他下海以来第三次出太阳。

他从钓丝的斜度上看不出鱼在打转儿。时候还太早。他只感觉到钓丝的压力微微松下去,于是他开始轻轻地用右手去拉。钓丝又像往常那样绷得紧紧的,可是,快要折断的时候,钓丝开始缩上来。他把肩膀和头从钓丝下面抽出,轻轻地,一把接一把地去拉钓丝。他一把接一把地使用着他的双手,拿出全身带腿的力气去拉。他的两条老腿和肩膀随着拉钓丝时的摆动前后左右地晃荡着。

“这是一个大大的圈儿,”他说,“可是它到底在打着转儿啦。”

过不多久,钓丝再也拉不上来了,但他还一直在撑着它,在太阳光里看见钓丝上的水珠儿给挣得四溅。接着钓丝飞快地脱了手,老头儿只好跪下,好不甘心地让它又滑到黑魆魆的水里去。

“它正在绕着一个大大的圈儿哩。”他说。他想:我一定要拼命撑住。钓丝一拉紧,它打的转儿就会一次比一次小。也许过一个钟头我就会看到它。现在我一定要叫它服帖,过后我一定要把它弄死。

可是鱼还是照常慢慢地打着转儿,两个钟头以后,老头儿浑身给汗湿透,累得连骨头也酸了。不过现在圈儿已经小得多,他从钓丝的斜度上可以看出鱼一面在游泳一面不住地往上冒。

有一个钟头光景,老头儿都看见眼前有黑点儿在晃动,汗水渍痛了眼睛,渍痛了他眼皮上和脑门上的伤口。他不怕那些黑点儿。他在拉钓丝的时候用力过度,看见黑点儿原是很平常的。可是他已经有两次觉得头昏眼花,那倒是他担心的事。

“我不能让身体垮下去,像这样死在一条鱼的手里,”他说,“我已经叫它漂漂亮亮地冒上来了,求上帝帮助我忍受下去吧,我要说一百遍‘我们在天之父’和一百遍‘福哉玛利亚’。可是我现在不能说。”

他想:就当作我已经说过,我迟一会儿再说吧。

这时他觉得他用双手攥住的那根钓丝砰的一声猛猛地扯动了一下。这一扯来势很猛,使人觉得硬邦邦的,沉甸甸的。

他想:它正在用它的长吻撞粗铁丝哩!那是免不了的。它势必要那样做。可是这就会使它跳起来,我倒希望它照常打着转儿吧。跳两跳对于它吸空气是必要的。但是每跳一次就会把钩在嘴上的口子加宽一些,最后它就可以把钩子甩掉。

“别跳啦,鱼,”他说,“别跳啦。”

鱼又撞了粗铁丝好几次,每撞一次老头儿就摇一下头,松出短短的一段钓丝。

他想:我一定要让它的疼痛不扩大到别的地方去,我的疼痛没关系。我忍得住。可是它的疼痛会逼得它发起疯来的。

过了一会儿,鱼不再去顶粗铁丝,又开始慢慢地打起转儿来。老头儿现在不住地收进钓丝,但是他又感到了昏眩。他用左手舀了些海水,把它洒到头上。然后他又洒了些上去,擦一擦他的后颈脖子。

“我没抽筋,”他说,“它马上就会冒上来,我可以撑得住。可是啊,你不撑也得撑。连提也别提了吧。”

他靠着船头跪下,有一会儿,又把钓丝拉上他的脊背。他下了决心:我要趁它还在打转的时候歇一歇,等它冒上来才站起来对付它。

歇在船头上,就让鱼自己打一个转儿,不去把钓丝收回来,这倒是很开心的事。但是,一旦钓丝绷紧到鱼转身朝着船这边来的时候,老头儿就站起身,开始左一把右一把地把他能收进的钓丝统统拉上来。

他想:我比什么时候都累。现在贸易风又起来了。不过趁着贸易风把它拉上来倒也不错,我巴望得很急呢。

“下一趟它打转儿的时候,我还得歇一会儿,”他说,“我现在感觉好得多。再转两三趟以后,我就要把它捉住啦。”

他的草帽盖在脑勺儿的老后边,一觉得鱼在转身他就随着钓丝的一扯倒向船头里边去。

他想:你现在就扯吧,鱼。你一转身我就要捉你。

海水涨得很高。但现在刮着的风是好天气的微风,他把船开回去的时候就需要这样的风。

“我只消往西南划去就得啦,”他说,“一个人绝不会迷失在海里的,更何况这是一个长长的岛屿。”

鱼在第三趟转身冒上来的时候,他才看见了它。

他首先看见的是一个黑乎乎的影子，那个影子过了好久才从船底下过去，长得教他不能相信。

“不会的，”他说，“它不会那么大。”

但是它果真那么大，绕了这一转儿以后，它出现在只有三十米开外的水面上，老头儿看见它的尾巴从水里露出来。那条尾巴比一把大镰刀的刀片还要高些，在深蓝色的水上现出了极淡的淡紫色。尾巴往后倾斜着，鱼在水面下游泳的时候，老头儿看得见它那庞大的身段和围在身上的紫色条纹。它的脊鳍向下耷拉着，巨大的胸鳍扩张开来。

这一次鱼打转儿的时候，老头儿看得见它的眼睛和在它身旁游泳的两条灰色的小鱼。有时候它们恋恋不舍地跟着它。有时候它们突然跑开。有时候它们在它的阴影下面自在地游来游去。两条鱼每一条都有三英尺多长，游得很快的时候，它们像黄鳝一样翻腾着整个身子。

老头儿现在流出汗来，使他出汗的并不是太阳。鱼每次从从容容地、平静地转弯的时候，他就收进一把钓丝，他深信鱼再转两个圈儿，他就可以乘机把鱼叉攮在它身上了。

他想：可是我应该使它来得近些，近些，更近些。切不要戳它的头。应该扎它的心。

“要沉着，要有力，老家伙。”他说。

又绕了一个转儿，鱼的脊背露出来，不过离船未免太远了些。再一转，依旧太远，但是它已经高高地凸出在水面上，老头儿相信，只要再收进一些钓丝，他就可以把它拽到船旁边来了。

他早已安排好了他的鱼叉，鱼叉把子上的一卷软绳子放在一个圆篮子里，绳子的一头系在船头的短桩上。

现在鱼一转就转到前面来，它举止从容不迫，非常优美，只有那条大尾巴在摆动。老头儿用力去拽，想把它拽近前些。只有一会儿光景，鱼朝他这边稍微转过来一点。然后它又伸直了身子，开始打起转儿来。

“是我把它带动的，”老头儿说，“我把它带动啦。”

他又觉得昏眩起来，可是他依旧使出全身力气去拽住那条大鱼。他想：我把它带动啦。也许这一次我就可以把它拽到跟前来。拽吧，手啊，他想。站稳啦，腿。替我撑下去，头啊。替我撑下去。绝不要昏过去。这一次我会把它拽过来的。

他尽心尽力，在鱼来到船旁边以前把一切都安排妥当，然后使出全身的劲儿去拉，这时候，那鱼稍稍侧过身来，又摆正了身子游开去。

“鱼啊，”老头儿说，“鱼，迟早你是免不了一死的。难道你也非得把我弄死不成吗？”

他想：照那样什么也不会成功。他的嘴已经干得说不出话，可是他不能再去拿水了。他想：这一遭我一定要把它拽到跟前来，我受不住任它再来好多转儿了。他又自言自语地说：“不过，你呀，你是永远不会垮的。”

又一转的时候，他几乎把它拽到身边了。但是鱼又摆正了身子慢慢地游开去。

老头儿想：鱼啊，你要把我给弄死啦。话又说回来，你是有这个权利的。兄弟，我从来没见过一件东西比你更大，更好看，更沉着，更崇高了。来，把我给弄死吧。管它谁弄死谁。

他想:现在你脑子糊涂啦。你应该让你的脑子清醒。让你的脑子清醒,才知道怎样去忍受,像一个男子汉。或者,像一条鱼似的。

“清醒过来吧,脑子,”他说话的声音几乎连自己也听不出来,“清醒过来吧。”

鱼又转了两个圈儿,还是那个老样子。

老头儿想:我摸不透。他已经到了每次都感觉自己要垮下来的时候了。他想:我摸不透,但我还要试验一下。

他又试验了一下,把鱼拉转过来的时候,他觉得自己真的垮了。那条鱼又摆正了身子,然后慢慢地游开了,它的大尾巴还在空中摆来摆去。

这时老头儿虽然双手已经软弱无力,而他所能看见的只是一眨眼就过去的闪光,但他又下了决心:我还要试它一试。

他又试了一遍,还是跟以前一样。“那么,”他想,这时他还没动手就觉得垮了,“我再来试一遍吧。”

他忍住一切疼痛,抖擞抖擞当年的威风,把剩下的力气统统拼出来,用来对付鱼在死亡以前的挣扎。那条鱼朝他身边游来了,轻轻地来到他的身边,嘴几乎碰到了船身的外板。它开始从船旁边过去,它,那么长,那么高,那么宽,银光闪闪的,还围着紫色的条纹,在海水里没有尽头地伸展了开去。

老头儿放下了钓丝,把它踩在脚底下,然后把鱼叉高高地举起,举到不能再高的高度,同时使出全身力气,比他刚才所集聚的更多的力气,把鱼叉扎进正好在那大胸鳍后面的鱼腰里,那个胸鳍高高地挺在空中,高得齐着一个人的脸膛。他觉得铁叉已经扎进鱼身了,于是他靠在叉把上面,把鱼叉扎得更深一点,再用全身的重量把它推进去。

接着,鱼又生气勃勃地作了一次死前的挣扎。它从水里一跳跳到天上去,把它的长、宽、威力和美,都显示了出来。它仿佛悬在空中,悬在船里老头儿的头上。然后它轰隆一声落到水里,把浪花溅满了老头儿一身,溅满了整个一条船。

老头儿觉得头昏眼花,看不清楚东西了。但他松开了鱼叉上的绳子,让它从他皮破肉烂的手里慢慢地滑下去。当他看得清楚的时候,他看见那条鱼仰身朝天,银花花的肚皮翻到上面来。鱼叉的把子露在外面,和鱼的前背构成了一个角度,这时海水被它心里流出的血染成了殷红的颜色。它先是在一英寻多深的蓝色海水里黑魆魆的,像一座浅滩,然后又像云彩似的扩散了开去。那条鱼是银白色的,一动也不动地随着海浪漂来漂去。

老头儿用他闪烁的眼光定睛地望了一眼。他把鱼叉的绳子在船头的短桩上绕了两圈,然后用双手捧着头。

“要教我的脑子清醒,”他靠着船头的木板说,“我是一个累乏了的老头儿。但我已经杀死了这个鱼兄弟,现在我得干辛苦的活儿了。”

他想:现在我得准备套索和绳子,把它绑在船旁边。虽然只有我们两个,即使为了装它而弄得船漫了水又戽出去,这只小船还是盛不了它。我应该安排一切,然后把它拖到跟前来,绑好,竖上桅杆,挂起帆把船开回去。

他动手去拖鱼,想把它拖到船跟前,好用一根绳子从它鳃里穿进去,再从嘴里拉出来,把它的头绑在船头上。他想:我想看看它,碰碰它,摸摸它。他想:它是我的财产啊。然而我想摸摸它并不是为了这个。他想:当我第二次拿着鱼叉的把子往里推的时候,我已经碰到它的心了。现在把它拉到跟前来吧,绑紧它,用一个套索拴住它的尾巴,另一个套索拴住它的腰,把它捆在船边。

“动手干活吧,老家伙。”他说。他喝了一点儿水。“仗虽然打完,还有好多辛苦的活儿得干呢。”

…………

海观　译

1955

获奖作家

拉克斯内斯

传略

位于北欧北极圈旁的岛国冰岛是个年轻而又古老的国家,它长年受着外族的统治,直到一九一八年才从丹麦的统治下获得独立,但它有着古代叙事文学的优良传统,有着丰富的北欧神话、英雄传说和民间诗歌。一九五五年,瑞典学院把诺贝尔文学奖授予这一岛国最杰出的作家拉克斯内斯,表彰他"以生动的史诗气魄复兴了冰岛的伟大叙事艺术"。

哈尔多·基里扬·拉克斯内斯(Halldór Kiljan Laxness,1902—1998),原名哈尔多·古德雍松,一九〇二年四月十三日生于冰岛首都雷克雅未克。父亲为一筑路工领班,在作家三岁时,携家迁居雷克雅未克附近乡间,开办了拉克斯内斯农场。这位未来的作家在此度过了自己的童年,后来并以此作为自己的笔名。拉克斯内斯从小就显露出过人的文学才华,七岁就会作诗,编故事。他只在拉丁学校和雷克雅未克一所中学受过几年正规教育,十六岁便辍学离校自学,并开始自己的写作生涯。

翌年,十七岁的拉克斯内斯发表了自己的第一部长篇小说《大自然之子》(1919),作品描写了冰岛的乡村生活和自然景色,充满乡野的浪漫情调。一九二三年,拉克斯内斯皈依了天主教,进卢森堡一座本尼迪克教派修道院潜修,并用古代爱尔兰圣徒"基里扬"的名字作为自己的第二名字。在将近两年的时间里,他在那儿研究神学、哲学和拉丁文,并写成第二部长篇小说《在圣山下》(1924)。小说描写了自己这段时间的经历,着重反映了自己的信仰转变过程,并进行了深入的内心自我剖析。

一九二四年,由于对宗教的强烈兴趣,他前往英国,在伦敦的耶稣会做了一段时间的研究工作。一九二五年,他又转赴意大利,到罗马进修,并拟接受圣职。但在当时的各种哲学、文学思潮冲击下,他思想上极为矛盾,渴望获得新的自由。描写一个来自克什米尔的青年为在各种思潮中选择一种信仰而苦恼的长篇小说《来自克什米尔的伟大织工》(1927),带有自传性质,反映了作者本人这一时期内心斗争的历程。作品在思想观念和创作手法上,显然受斯特林堡、弗洛伊德、普鲁斯特等人的影响,小说中采用的某些表现主义和超现实主义手法,曾引起激烈的争论,但它在冰岛文学中仍不失为一部重要作品。

一九二七年至一九二九年,拉克斯内斯旅居加拿大和美国。一九二九年,拉克斯内斯回到冰岛,结婚后定居于雷克雅未克,专心从事文学创作。三十年代,他创作了三大长篇——《莎尔卡·伐尔卡》(1931—1932)、《独立的人们》(1934—1935)和《世界之光》(1937—1940),从而奠定了他在北欧乃至世界文坛的地位。

四十年代,拉克斯内斯转向历史小说的创作。他根据冰岛在十七世纪至十八世纪被丹麦王国侵占的史实,创作了以冰岛人民反抗丹麦人统治为题材的历史小说《冰岛之钟》三部曲:《冰岛之钟》(1943)、《聪明的少女》(1944)和《哥本哈根的火光》(1946)。

五十年代以后,拉克斯内斯还相继发表了下列长篇小说:描写古代英雄的《快乐的战士》(1952)、用第一人称写一个歌手成长经历的《会唱歌的鱼》(1957)、描写十九世纪五十年代一批冰岛摩门教徒去海外寻找幻想中的"乐园"的《重返乐园》(1960)以及写一个牧师为解救人民苦难自愿去乡村工作的《城堡下的快乐》(1968)。

除长篇小说外,拉克斯内斯还出版过短篇小说集《几篇故事》(1923)、《小小的故事》(1956)及一些剧本,如《银月》(1954)、《鸽子宴》等。此外,他还用超现实主义手法写过一些抒情诗。一九六三年出版了回忆录《诗人的时光》。他还是一位优秀的翻译家,翻译过海明威、泰戈尔等作家的多部作品。

授奖词

冰岛是我们北方叙事艺术的摇篮。这是由冰岛社会的特殊性质和发展道路决定的。在其他国家,中世纪的特征是一个教会与人民、学者与农夫尖锐对立的阶级社会,而在冰岛则没有产生这样一个社会的条件。在其他国家,书籍都是用拉丁文写成的,完全被少数僧侣所垄断,而冰岛的情况与此大不相同。即使在中世纪,冰岛普通人民的文化教育也比欧洲其他国家普及得多。这一事实为用本国文字记录下古老的乡土语诗歌创造了基本的条件,而在北欧其他国家,包括我们瑞典,这种诗歌则遭到轻视,终于湮灭。

就这样,一个僻处天涯的贫穷小岛上的国民创造了世界文学,几百年来,它的散文故事是欧洲其他国家无法匹敌的。《埃达》和萨迦将永远作为历史叙事艺术的高峰,作为明朗、清晰、有力文体的典范而巍然耸立。冰岛萨迦(其作者都已湮没无闻)是整个民族的文学天才和独立不羁的创造力的产物。

萨迦在冰岛始终享有极大的荣誉。对于冰岛人民本身,在长达数百年的贫穷困苦的黑暗岁月里,萨迦给他们以慰藉和力量。尽管人口稀少、资源贫乏,冰岛至今仍以北方杰出的文学国度著称于世。

要在当代复兴具有如此丰富传统的叙事艺术需要巨大的才能。在哈尔多·拉克斯内斯写的那部关于农民诗人奥拉夫·利奥斯维金古尔的书里，作者特别谈到诗歌的种种难题和它的使命，他通过一个人物的口说："能打动人心的诗才是好诗。除此之外绝无其他标准。"若要打动人心，文学技巧尽管重要，但单靠它是不够的；仅仅有描绘重大事件和辉煌功业的能力是不够的。要使文学成为"世界之光"，必须努力做到真实地描绘人生以及人的生存环境。哈尔多·拉克斯内斯所写的大部分作品都始终不渝地遵循着这样一个目标。他对人生的具体情势有特别敏锐的感受力，同时他又有用不完的讲故事才能，这就使他成为当代冰岛人民最伟大的作家。

拉克斯内斯的早期作品《来自克什米尔的伟大织工》是一部关于现代文化生活冲突的最杰出的见证录——这种冲突不仅是冰岛的，而且也是整个西方的。这部作品尽管带有年轻作家的稚拙，但作为一部当代生活的记录和个人的自白，它还是很有分量的。主人公是一位冰岛青年，一位有艺术禀赋的作家，他在欧洲漫游期间充分体验到第一次世界大战后的混乱和困惑。他一度像汉斯·阿里努斯一样，试图弄清自己的处境并在生活中找到一个坚实的立足点——但是，情况已完全改变了！战前战后差异之巨大远远超过了一代人的时间距离。前者是和平、对世界进步所持的不可动摇的信念以及美丽的梦想；后者是一个支离破碎的、流血的世界，道德松懈，极度痛苦和虚弱无能。斯泰因·埃里第终于投入天主教的怀抱。斯特林堡以来的北欧文学中，能以如此勇敢、坦诚的态度展示内心冲突、表现个人和时代各种力量妥协的书是非常罕见的。

此时的哈尔多·拉克斯内斯还未达到艺术布局上的协调、匀称，直到二十年代末他回到冰岛，才找到了他的天职——做冰岛的民族歌手。他的一切重要作品都以冰岛为主题。

他是冰岛景物风光的优秀画家。然而，这还不是他心中抱负的主要使命。"同情是最高级的诗歌的源泉；同情尘世的阿丝达·索列利亚吧。"他在他那部最优秀的作品中如此说道。艺术必须由同情心以及对人类的爱为支柱，否则它的价值就几乎等于零。哈尔多·拉克斯内斯写的一切作品都是以一种社会热情为基础的。他本人对当代社会政治问题的热情始终非常强烈，有时强烈到有损害他作品的艺术性的危险。但是，他那些制衡作用的幽默就成了他的安全阀，有了这种幽默，他就能以救赎的眼光去看哪怕是他憎恶的人，并能深入地透视人类心灵的迷宫。

哈尔多·拉克斯内斯的小说感人至深的地方永远是个人和他们的命运。在一个冰岛小渔村那贫困、反抗、斗争的阴暗背景前，凸现出少女莎尔卡·伐尔卡光彩照人的身姿，她坚定、能干、心灵纯洁。

比亚图尔的故事也许更加动人，这位冰岛环境中的自由民农场主有着不屈不挠的意志，他追求自由和独立，在他身上体现着有上千年历史的冰岛开拓者们那种纪念碑式的、史诗式的恢宏气度。无论是疾病、厄运、贫困、饥饿，还是猛烈的暴风雪，甚至面对沼泽中可怕的妖魔，比亚图尔始终不变，一直到最后，他的孤苦无助、他对养女阿丝达·索列利亚的挚爱仍如此哀婉动人。

描写农民诗人奥拉夫·利奥斯维金古尔的《世界之光》也许是他最伟大的作品。一位热爱美并决心为之献身的人，他那来自天国的梦想与悲惨的环境的对立构成了全书的基础。

拉克斯内斯在《冰岛之钟》里,第一次将小说背景设在往昔的年代。他在创造冰岛和丹麦那个时代的氛围方面确实取得了成功。就文体而言,它是一部杰作。但是,即使是这部作品,最令人难忘的仍是个人及其命运:不幸的、衣衫褴褛的扬·赫莱格维德森;美丽的少女斯奈弗里多尔·艾达林;更重要的是那位博学的古代手稿收集者阿尔纳斯·阿尔纳乌斯,在他身上比在任何其他人身上更加活生生地体现着冰岛精神。

哈尔多·拉克斯内斯把文学的发展重新带回到群众共有的传统基础上来。这是他的伟大成就。他有鲜明的个人风格,平易而自然,能够圆满而灵活地为实现他的意图服务,给人留下强烈的印象。

为了要正确认识拉克斯内斯的地位,还要特别强调一件事,那就是:有一个时期,冰岛作家在写他们的艺术品时都采用其他斯堪的纳维亚语言,这不仅出于经济原因,还由于他们对冰岛语作为艺术创造的工具一事已失去了信心。哈尔多·拉克斯内斯在散文领域里,把冰岛语用作表现现代内容的艺术手段,从而使冰岛语获得了新生,他以自己的榜样为冰岛作家运用本国语言带来了勇气。概括起来说,他的伟大意义就在这里,这使他在自己的国家赢得了一个牢固的、非常受人尊敬的地位。

瑞典学院院士 艾·维森
薛鸿时 译

作品

莉里亚

关于涅布卡德涅沙尔·涅布卡德涅沙尔松的生与死的故事

我管这个人叫这个名字,只是为了使读者注意我的小说,使他们心里想:"啊,这一定是个非常有趣的故事!"不然的话,我写上姓名的简称"涅·涅"就得了,因为老实说,我忘记了他的姓名,或者更正确些说,我从来不知道他叫什么名字。但他的姓名和我们有什么关系?读者已经看到我这篇小说的题目还用了另外一个人的名字,小说的全部内容也就在这里面了。我要对你们讲的故事是很长很长的。它简直长到可怕的程度!但故事的开端毕竟跟我有一次听到的一支最短的曲子有关系。它简直不是一支曲子,而是某支曲子的片段,那种尾声的和音,可是它作为尾声的和音又好像给拉长了,所以按合理的比例来看,可以把它当作一个著名作曲家的大交响乐的尾声。我曾把这支曲子介绍给我的一个准备做作曲家的朋友。他决定在将来有灵感的时候再根据它创作交响乐,并让全世界对斯涅费尔斯涅斯地方的一个居民灵魂中产生的这个主题发生兴趣。

现在请听我讲。

这事发生时,我还是个中学生,住在雷克雅未克的一所小屋子里,旁边是邻屋的锅炉间,它跟我们只隔着一层薄板壁。在冬天我常常听见有人在锅炉间里低声唱着这支曲子,尤其在每晚锅炉上满水过夜的时候。有人用一种阴郁的,好像一条蓬松的、毛茸茸的粗绳索似的声音翻来覆去地唱着它,唱到最后的几个音符时,唱的人仿佛忘记了转气,歌声快到终了时便完全停住了,这时显得那么寂静,就好像人跟着歌声一起消逝了。但过了几秒钟之后,重新发出了咕噜声,它慢慢地,夹着悠长的停顿又转变成了曲调。虽然歌者的声音是嘶哑的、颤抖的,而且有时哽塞在喉咙里,但可以感到这曲子仍继续活在他的胸膛里。仿佛歌者在这支上面已经说过将来会成为大交响乐的曲子里蕴含着自己和自己的灵魂。

就这样有人在黄昏的寂静里为我歌唱了整整一个冬天;当我想打听明白唱这支黄昏歌曲的究竟是谁时,唱歌的原来是锅炉间里的烧炉工人。他在半夜就离开了。

有一天晚上,我走进了锅炉间。敞开的炉门里煤烧得通红。涅布卡德涅沙尔·涅布卡德涅沙尔松坐在炉门前面唱着,但在黑暗里几乎看不见他。

“晚上好!”我说。

“晚上好!”老头儿嘶哑的声音在黑暗里响了一声。

“这儿又暖又好。”我说。

“我得走了。”

“难道你不住在这儿吗?”

“不住在这儿。”他回答。

“是吗?可是我常常听见你晚上在这儿唱歌。”

“我没有唱。”他咕噜着说。

“可是我常常听见你在唱。”我坚持着说。

“不。我从来不会唱。”

“我甚至学会了你的曲子。”我说。

但他只是嘟噜了一声,想从我面前溜掉。

“我不来打扰你。”我说。

“该是去睡觉的时候了。”他回答了一句便走了。

有一次人家把河边某个凹地后面的钢琴箱子指给我看;涅布卡德涅沙尔·涅布卡德涅沙尔松就住在这箱子里,这时正是严寒和暴风雪的天气。“这就是为什么老头儿有那样音乐修养的道理了,原来他住在乐器箱里。”我想道。

锅炉间里有好几个晚上听不见一点声音。但过了一些时候,老头儿忘记了我,又开始像以前那样用同样低沉而颤抖的声音唱起来。我又去找他。

“晚上好。”我向他打招呼。

“晚上好。”

“你在唱歌,我听见了。”

“没有唱。”他说。

“这支曲子你哪儿学来的?”

“曲子?这根本不是曲子。”

“反正你常常唱它。”

“我根本没有唱,”他说,“我从来不会唱。以前我非常想唱歌。但这个时期早已过去了。现在我脑筋里已经没有了这个念头。有时候,当我要生火的时候,我在炉门旁边坐一会儿感到很痛快。嗯,现在是我该走的时候了。”

“你从哪儿来的?”我问。

“从西方来的。”

“西方什么地方?”

“奥拉夫斯维克。”

“那是个好地方吗?”

“在奥拉夫斯维克有汹涌澎湃的拍岸的浪潮,不过别的地方也有。”他说。

“你在西方有亲属吗?”

“他们都死了。”

“你为什么到雷克雅未克来?”

他沉默了很久,后来终于回答道:

“那儿,在西方,我什么都没有了,全没有了……”

“你到雷克雅未克来,当然你做对了。”我说。我认为雷克雅未克是全国最好的城市。

他坐定在炉门前面的箱子上,又是长久地沉默着。这一次锅炉间里很明亮,他可以看清楚自己靴子上的破洞。

“我到南方来,在这里第一夜是睡在坟地上的。”他说。

“是吗!”我说,为了竭力想安慰他,我又说道,“现在有许多人不得不在坟地里睡,而且还不止睡一夜呢。”

“是的。”他说。

他脸上脏得像花脸,一头白发也是乱蓬蓬的。

“你脚上的靴子破烂了。”我提醒他。

“唔,靴子并不太坏;我前年在瓦斯米里拾到的。大概是什么人把它们遗留在泥炭沼地里的。”

他站起身来,拿下了挂在炉子后面钩子上的帽子。这是商人平常戴的那些圆顶毡帽中的一种。当帽檐破烂了或者弄到给小孩子在上面戳了一个窟窿的时候,它总是给扔进垃圾箱里去的。

“可以给我瞧瞧你的帽子吗?”我问。

帽子上的窟窿有那么大,可以伸进小孩子的拳头。

“这是顶旧帽子。”我说,通过那窟窿张望了一下。

但很容易看出它以前是一顶很好的帽子。我把它送回给老头儿,他接了过去,也透过那破洞瞧了一瞧。

“不是每个人都能够透过自己的帽子瞧得见自己的天父的。”他说完便得意地笑了起来。

他只有一颗牙齿了。

快乐的春天终于来临了。当一个人必须坐下来准备考试的时候,从窗子里探出头去,再没有像春天那样诱惑人了。观察着街上发生的一切事情,尤其是被你当作具有巨大的哲学意义的一切无聊小事,是很有趣的。

有一次,住所的二楼上搬来了一家新住户。我并没有特别注意他们。我只知道他们是夫妇俩,他们有一个八九岁的小女儿,她的名字叫作莉里亚。我根据小姑娘的外表判断,他们不是本地人;那小姑娘有两条浅色的小辫子,她穿着家里编织的毛线袜跑来跑去。小姑娘跟一些同年纪的孩子在我的房间门口玩耍。一望而知,母亲是宠爱她的。她整天躺在窗台前指挥着女儿,像指挥整团士兵。她接二连三地发布着命令。"注意,"她喊道,"要小心!当心狗!当心醉汉!当心汽车!莉里亚!当心!"

那时还有卵石堆成的旧的石围墙。它们沿着街道两边伸展着。我们那条街很幽静,街上差不多没有车辆来往。

有一次我看见涅布卡德涅沙尔·涅布卡德涅沙尔松坐在围墙上,在春天浅蓝色的阳光下取暖,他望着那些在房屋大门旁边玩着的孩子。他沾满了油污的脸上闪耀着喜悦的光辉,那种光辉好像也照在乱蓬蓬的胡子上。

天色暗下来的时候,孩子们玩累了各自回家,只剩下了莉里亚一个人。她兴致勃勃地用一只脚跳着。涅布卡德涅沙尔·涅布卡德涅沙尔松喊了她一声:"莉里亚!"

可是她装作没有听见,继续使劲跳着,仿佛在跟谁比赛似的。涅布卡德涅沙尔·涅布卡德涅沙尔松又叫她:"莉里亚!莉里亚!"

小姑娘仍旧装作没有听见的样子,但望了望窗子,看看母亲在不在那里。可是母亲不在:她到厨房里做晚饭去了。

"小莉里亚今天不愿意跟老涅布卡德涅沙尔·涅布卡德涅沙尔松谈话吗?"他问,一面从口袋里掏出一个小纸包。

小姑娘似乎迟疑不决地跨着步子走过院子,背着手,一会儿望望纸包,一会儿望望窗子。纸包里是葡萄干。可是莉里亚装作好像对这个毫不感到惊奇,也毫不感兴趣的样子。到后来他们俩都坐在围墙上吃着葡萄干:她吃了十颗时,他才吃一颗。小姑娘笨拙地摇摆着一条腿,用批评的眼光打量着老头儿乱七八糟的胡子。后来她开始在他面前用一只脚跳着。母亲从窗口喊她,但小姑娘吃过晚饭又回来了:她知道纸包里还剩下了一些葡萄干。

春天就这样过去了。莉里亚不再害怕涅布卡德涅沙尔·涅布卡德涅沙尔松了。她一看到他,便向他跑去,把手伸进口袋里,并从那里掏出包着葡萄干的纸包。黄昏时分,他们常常坐在围墙上,在我看来,老头儿好像在给小姑娘讲有趣的故事,因为她很注意地听着。

"那些人是你的亲戚吗?"我有一次问他。

"他们是从西方来的。"他答道。

"你跟他们认识吗?"

"是的,"他说,"跟小莉里亚认识。"

我未必能够了解老头儿。我觉得他有些古怪,不过这一点我不怎么去想它了。那时候我的思想完全用在别的上面。所以,虽然我认为这一家根本不是从西方而是从东方来的，但我不想和老头儿争论。

涅布卡德涅沙尔的话清楚地传到我的耳朵里来：

“他满了二十岁，而她只是迟出世了几个月，三月里生的。他们彼此很熟识。他曾想在绿色的草场上为她造一所有菜园的小房子。那时候他和已故的古德蒙杜尔合股捕鱼，他的事业那时进行得不坏，但他从来不会唱歌。她的名字叫作莉里亚。”

“以后怎么样？”小姑娘问道。

我没有时间听完这个故事，那时我心里想道：他在对她讲一桩以前发生在西方的老故事。

秋天，我又从北方来到了雷克雅未克。有一次我在街上跟我的朋友们谈话时，发觉在不远的地方有一个人目不转睛地瞧着我。他显然在等待我跟朋友们分手，但还没有等到我向他们告别，他就一口气跑到我身边，向我伸出了他一只肮脏的手：

“涅布卡德涅沙尔·涅布卡德涅沙尔松。”

“有什么新消息吗？”我问。

“没有什么特别的消息。”

“你有什么事情要托我吗？”

“没有，”他回答，“我不过想知道您是不是还认识我。”

“怎么会不认识？”我答道，“我甚至还记得你那时唱的曲子呢。你的小朋友好吗？”

“我应得的那三十个克朗的养老金给取消了。”

“为什么呀？”

“约塞普怪我把钱浪费在葡萄干上。您一定很懂得法律的。请您告诉我，我该怎么办？”

“这个约塞普是谁？”

“我的亲戚。他有时给我一些鱼或者一些别的东西。”

“应该向市长申诉，”我劝告他说，“我自己没有时间办这种事情。”

“不知道这样做会不会有结果？也许我可以到一所房子里去当雇工。”

“怎么当雇工？”

“像去年那样。”

“难道你不在那所房子里当烧炉工人吗？”

“不，”他答道，“那所房子跟我已完全没有关系了，完全……”

“那是怎么回事？”

“我不知道，我不知道。”他答道。

“那么，再见。”我说。

“再见，谢谢您的关心。”

他脱下了帽子。

许多年以后我又看见了他，我那时在学医。他被裹在被单里抬进了解剖室；虽然人们已经把他洗干净了,但我立刻认出是他。他并没有引起我任何特殊的感觉,如果有的话,那也只是一个人在不管社会地位怎样的死人面前不由自主地产生的那种感觉罢了。只是到了埋葬以后,我才想起他的生死。他是这么一个人,谁也没有对这个人有过什么要求,他孤零零地死在自己的箱子里,谁也不知道他的名字、出身,更不知道他的思想和感情了。

当我们解剖他的那一天,我甚至没有想起他从前唱过的那支曲子。只有一件事是很清楚的:我们用全部科学的精密性解剖了他,而这个死人成了大家密切注意的对象,这是他活着的时候从来不曾遇到过的事情。

不过,这一切还说它干吗;我早已失去了对医学的兴趣而干着别的工作了。但是,正因为从那时起,许多岁月已经过去了,所以我现在可以肯定地说,我们对待他不很公平:拿了死者的骨骼,却把其余的东西抛弃了。但这是为了科学才这样做的。现在这架骨骼被用来做科学的实验。可是别说了:这是以科学为幌子的秘密和阴谋。在棺材里放了些石块,我们这几个医科大学生就把它送到坟地去。我们担心有什么人会想到瞧瞧死者,所以亲自把棺材抬进教堂,又亲自把它从那里抬走。那是圣诞节前一天,是一个多雾的严寒的日子。我们想尽可能赶快完成葬仪。教堂的墙壁蒙着黑色的绉纱:正是在这一天十二点钟的时候要举行某个大官的葬仪。

但涅布卡德涅沙尔·涅布卡德涅沙尔松也被抬到这里来了。坟地管理处之所以容许这样的狂妄行为,是因为节日到了,必须今天就把涅布卡德涅沙尔·涅布卡德涅沙尔松埋葬,否则就永远不能葬了。

这么一个卑微渺小人物的葬仪用这样隆重的排场举行,真是怪事。

刮着寒冷刺骨的西南风。我们抬着棺材好容易冲过猛烈的暴风雪,把它抬进了教堂。最使我们担忧的是在隆重的仪式进行的时候,棺材底会脱落出来,里面的石子会掉到地板上。由于石子在棺材里滚动的辘辘声,我不禁战栗着,真想把那个想到在里面放石子的傻瓜痛骂一顿。我们由于沉重的负担几乎精疲力竭了。到后来我们终于以死者亲属的身份坐上了前排的椅子。牧师赶紧从讲台上走下来。不消说,他被这种破例的事情弄得有些狼狈了(谢天谢地,大官的家属丝毫没有查问这件事)。牧师像放机关枪似的念了入墓词,这是他上星期因为死了一个普通女农民而准备好了的。他自然常常搞错并且弄昏了头。有时应该说"我们已故的亲爱的兄弟"的时候,他却念着"我们亲爱的姊妹",而且有一次甚至念道:"而在异乡的某地,被抛下的丈夫和孩子们正在哀悼着我们已故的亲爱的姊妹。"

我担心会有人注意到这些错误,便不安地向四面观望。我注意到在教堂里除了一个坟地上的职员之外,只有一个老太婆。她坐在教堂那边的角落里,而且好像聋得像石墙一般。为了想安慰自己,我心想:她是为了躲避恶劣天气而偶然到这里来的,她跟死者毫不相关。

当棺材被抬出来,柩车慢吞吞地出发时,你们可知道,谁跟在我们后面?就是那个老太婆,她穿着蓝色围裙,披着节日的黑色围巾,遮住了她那满面的皱纹。我和我的同伴们只得跟在棺材后面走去,否则老太婆也许会在坟地上吵吵闹闹的。埋葬是否能顺利收场,我们不十分有把握。不,在墓穴没有填好以前,我们是不能够安心的。可是,白白浪费宝贵的光阴,我的同学们已经不耐烦了,所以把送葬的事情交托给我以后,便都溜进了“乌普沙利尔”咖啡馆。我们——老太婆、我、牧师、坟地职员——跟在棺材后面缓慢地走着。

……墓穴已经填满了,牧师和坟地职员已经走了,但老太婆仍旧站在那儿望着积雪的小山头。我在教堂的围墙旁等了一会儿,可是老太婆没有动,我便又回到坟墓那儿。

“你为什么还待在这里,亲爱的?”我问道,“你认识他吗?”

她恐惧地望了望我,脸上蹙起了皱纹,嘴唇颤动着,嘴巴扭歪了,露出了没有牙齿的牙龈。老态的发红的眼睛里充满了泪水。我在什么地方已经描写过,当老年人哭泣的时候,看起来真不好受。

“别哭了,亲爱的,”我说,“他到上帝那儿去了。”

“是的。”她回答,一面用围裙边擦干了眼泪。

“回家去吧,不然会冻坏的。”我说。

这老太婆是不是想探明真相,我还不能断定。我们一道离开了坟地。

“你的老家在哪里?”我问她。

“我从西方来的。”老太婆回答。

“从奥拉夫斯维克来的吗?”

“是的。”

“你认识他吗?”

“是的,我们是同年生的。但我嫁了人就到南方凯弗拉维克去了。我在那儿住了四十年。”

“你叫什么名字?”

“莉里亚。”

“你的丈夫还活着吗?”

“不,很早就死了。”

“有孩子吗?”

“噢,我有十三个孩子。”她答话的口气是那样的失望,我在想象中看出了,除那十三个孩子以外,一定还有一大群孙子。

“是的,世界上有许多奇奇怪怪的事情。”我说,“他一向是孤独的。”

她沉默地在我旁边走着,但我也不指望她回答我的话。南方,斯凯略特斐奥尔特那边,布满了密云,就要下雪了。我决定在坟场的大门口和她分手,便脱了帽子。

“再见。”我说。

她向我伸出了一只老年人瘦骨嶙峋的手,又朝我这个唯一体会了她的悲哀的人的脸看了一眼,说道:“我也一向是孤独的。”

她的脸又抽搐起来,她把围裙的边迅速地举向眼睛,然后转过身走了。

关于在坟地上只睡过一夜的涅布卡德涅沙尔·涅布卡德涅沙尔松的故事到这儿就结束了。

伊信　译

1956

获奖作家

胡安·拉蒙·希门内斯

传略

胡安·拉蒙·希门内斯是西班牙的著名诗人,被公认是现代主义诗歌运动中的主将,他的诗作和诗论对西班牙的诗歌发展产生过重大影响,被誉为“本世纪西班牙语抒情诗之父”。一九五六年,胡安·拉蒙·希门内斯“由于他的西班牙语抒情诗为高尚的情操和艺术的纯洁提供了一个范例”,被授予诺贝尔文学奖。

胡安·拉蒙·希门内斯(Juan Ramón Jiménez,1881—1958),一八八一年十二月二十四日生于西班牙西南部韦尔瓦省的小城莫格尔。一八九〇年进教会办的圣玛利亚学校学习。六年后,他按照父亲的意愿考入塞维利亚大学攻读法律。但是他对法律并无多大兴趣,大部分时间都用来读诗、写诗、学习绘画,并开始在塞维利亚和马德里的报刊上发表诗作。由于没有专心攻读专业,他最后未能毕业,中途便辍学回到家乡。

一九〇〇年,胡安·拉蒙·希门内斯出版了诗集《紫罗兰的心灵》和《白睡莲》。这两部诗集带有明显的现代主义色彩,而且富有感官美的特点,从而使他一举成为西班牙现代主义诗歌的主将。接着他又相继出版了诗集《声韵》(1902)、《悲哀的咏叹调》(1903)和《远方的花园》(1904)。

此后,他又陆续出版了诗集《挽歌》(1908—1910)、《春天的歌谣》(1910)、《有声的孤独》(1911)、《牧歌》(1911)、《迷宫》(1912)和中篇诗体故事集《白拉铁罗与我》(1914)等。在这些作品中,现代主义的色彩更加浓烈,反映了诗人更为浓重的忧郁、孤寂心情。诗人吐露的种种苦闷、哀怨和忧伤,也在一定程度上反映了当时西班牙知识界大多数人的心境。其中《有声的孤独》和《牧歌》都是胡安·拉蒙·希门内斯这一时期的重要作品。

一九一二年，胡安·拉蒙·希门内斯再次来到马德里，一住四年，直到一九一六年去美国。在此期间，他结识了一些思想开朗、艺术上追求革新的文艺界人士，如诗人加西亚·洛尔迦、著名画家达利，以及他未来的妻子、波多黎各女诗人塞诺薇娅·坎普鲁维。他们两人曾合作翻译了印度诗人泰戈尔的几部作品。他们的结合是胡安·拉蒙·希门内斯在人生道路和诗歌创作上的一个重大转折，他的精神面貌和诗歌风格从此面目一新。一九一六年诗人前往美国，在纽约和塞诺薇娅结了婚，并写出《一个新婚诗人的日记》(1917)。回国后他又陆续发表了诗集《精神的十四行诗》(1917)、《永恒》(1918)、《石头与天空》(1919)、《诗歌》(1923)、《美》(1923)，散文集《旅途札记》(1928)、《整个季节》(1936)和《新光明之歌》(1936)等。在这些诗文中，现代主义的影响明显消退，风格趋向朴素清新、自然纯朴，形成了诗人自己的独特风格。其中《精神的十四行诗》为胡安·拉蒙·希门内斯十四行诗的代表作。作品格律严谨，音节整齐，比喻新奇，形象鲜明，充满了浓郁的抒情情调，从各个不同的角度展示了诗人的内心情感和精神世界。诗集《石头与天空》则对拉丁美洲诗歌的发展影响巨大。

“二战”和战后时期的主要作品有诗集《在另一个侧面》(1942)，长诗《空间》(1954)，散文集《三个世界中的西班牙人》(1942)、《幻觉中盼来的上帝》(1949)、《底层的动物》(1949)等。其中长篇抒情诗《空间》得到文坛的高度评价。全诗充满哲理，想象大胆新颖，象征手法独特，被誉为二十世纪最杰出的象征主义代表作之一。它是诗人对生命和死亡，对自然和宇宙，对世界的过去、现在和未来种种现象长期思考的结晶。

一九五六年十月二十五日，授予他诺贝尔文学奖的消息传来时，他正在波多黎各首都圣胡安的一家私人疗养院里陪伴着病危的妻子。三天后他的妻子去世，因而他没有亲自前往斯德哥尔摩领奖。因丧妻而极度悲伤和孤独的诗人，也于一九五八年五月二十九日离开了人世。他的遗体被运回西班牙，安葬在故乡莫格尔的墓地。

授奖词

今年的诺贝尔文学奖授予一位将漫长的一生奉献给诗与美的诗人。他是个老园丁，这个胡安·拉蒙，他用半个世纪的时间创造了一朵新玫瑰，一朵以他的名字命名的、象征圣母玛利亚的白玫瑰。

《远方的花园》(1904)是本世纪初他写的一本书。诗人一八八一年生于安达卢西亚南部，远离瑞典旅游者所熟悉的从赫雷斯到塞维利亚的道路。他的诗不是一杯醇厚醉人的酒，他的作品不是一座变为大教堂的宏伟清真寺。它更使你想到的是一座粉白高墙围绕的花园，你会看到眼前显示出了一幅山水风景画。他停下了一会儿，然后带着他的照相机走进去，冒着受骗的危险。这里没有什么非凡的景色，只有通常的事物：果树和有人走过时发生震动的空气，池塘映着太阳和月亮，一只鸟儿在啼鸣。在这个植根于阿拉伯文化土壤中的繁茂花园里，并没有清真寺的小尖塔变形为一座象牙塔，但是，流连不去的游客会注意到，围墙内的被动状态是哄人的，隔离只是偶然和暂时的，是假装存在的。他会看到，这朵玫瑰花光彩夺目，需要更为敏锐的感觉和一种新的情感。有一种胜过了游玩和感官愉悦的美；在游客面前，安静的园丁突然显得像一个严厉的心灵指导者。在胡安·拉蒙的花园入口处，旅游者应遵守与进入一家清真寺同样的规则，在洗濯处洗手，漱口，脱掉鞋，等等。

胡安·拉蒙·希门内斯开始出版他的优美诗作那一年，在西班牙历史上正是考验良心的一年。一八九八年十二月十日在巴黎，西班牙签订了与美国的条约，丧失了古巴、波多黎各和菲律宾，以及它的海军和它的威望尚保有的东西。整个殖民帝国的残存部分都被一笔勾销了。在马德里，一群作家拿起了笔，以他们的方式在西班牙的边界内重新征服世界。他们有些人最终达到了他们的目标。马查多兄弟①，巴列-因克兰②和乌纳穆诺③便在其中。他们称自己为“现代派”，依次集合在他们的领袖——客居西班牙的尼加拉瓜人卢文·达里奥周围。也正是这个达里奥，在本世纪初支持诗歌新人胡安·拉蒙·希门内斯出版了第一本诗集，用的是缺乏英武气的书名《紫罗兰的心灵》(1900)。

他不是一个以强光在舞台上出现的大胆的创新者。他的歌声羞怯而发自内心，从一个半暗的背景传来，诉说月亮和愁思，与舒曼和肖邦共鸣。他哀悼海涅和曾受海涅启发的他的同胞——古斯塔夫·阿道尔夫·贝克尔，一些目光短浅的崇拜者曾称这位高雅的诗人为“金发的北欧王”。他以魏尔仑的方式吟诵他的《悲哀的咏叹调》(1903)。他迈着坚实的步伐逐步摆脱了法国象征主义的优雅、迷人的怀抱，那和谐悦耳和亲切的特点永远给他留下了深刻的印象。

音乐和绘画——我们不妨指出，在塞维利亚，这个年轻的大学生也曾学习当一名画家。正如我们说起毕加索的蓝色和玫瑰色时期一样，文学史家们曾注意到，在胡安·拉蒙·希门内斯的作品中突出了不同的颜色，而毕加索也就出生于那一年。所有黄色和绿色的诗属于第一时期——他的门生加西亚·洛尔加著名的绿色诗即源出于此。后来，白色突出了，白色的袒露代表了一个光辉的重要时期，包括被称为“胡安·拉蒙第二诗风”的东西。这里我们目睹了一位名诗人长久而丰富多彩的时期。令人伤感的心绪图景远去了，奇闻逸事的主题也远去了。这些诗只谈诗意和爱情，谈风光和大海，它们与诗意和爱情是同一的。一种臻于完美的形式上的苦行主义，否定诗的任何外部润饰，将成为通往朴实无华的一条路，而朴实无华是艺术的最高形式，这就是诗人称为袒露无饰的诗。

这种“胡安·拉蒙第二诗风”，在《一个新婚诗人的日记》(1917)中得到了充分发展。这一年新婚诗人首次旅美，他的日记充满了对大海的无限深情，充满了海洋般的诗情。他的诗集《永恒》(1918)和《石头与天空》(1919)，标志着接近了渴望已久的“我”与世界认同的新阶段；诗歌和思想的目的是找到“事物的准确名称”。这些诗逐渐变得更为简洁、直率、透明；它们实际上是胡安·拉蒙具有象征意义的诗艺的箴言和警句。

---

① 马查多兄弟，指曼努埃尔(1874—1947)和安东尼奥(1875—1939)，均为西班牙诗人、戏剧家。

② 巴列-因克兰(1869—1936)，西班牙小说家、剧作家、诗人。

③ 乌纳穆诺(1864—1936)，西班牙作家、哲学家。

在他争取超越先前成就的不断努力中，胡安·拉蒙·希门内斯对他早期的作品进行了一次总结，彻底修改了原有的诗作，把那些得到他认可的诗收入内容广泛的诗选之中。当瑞典学院向拉蒙·希门内斯表示敬意的时候，也是向辉煌的西班牙文学的整个时代表示敬意。

瑞典学院院士 亚尔玛·古尔伯格

裕康 译

作品

旅行

田野尽在黑暗笼罩之下
没有一丝光明。
　　头上，
圣地亚哥通往天际之路
点缀着纯净的星辰。

我们奔往他乡
还不知道是吉是凶……是吉星！
等待着的是什么样的幸运？
我离别的是不是幸运？而我……竟要再去觅寻？
　　悲伤
无休止的动荡和令人烦恼的不宁
这就是“我的生活和命运”！

不要紧！我总会
回来的。在夏夜的
静谧、孤寂中
永恒的夜雾和没有出路的小径
——我唯有的忠实的亲人、
母亲、姊妹和女友——
与我到处结伴同行
始终如一，那么神圣。

陈光孚 译

黎明

太阳染上蜜般的金黄
田野寂静、葱绿
——石块和葡萄园,山丘与平原——
微风带来清新和温柔,
蓝色的花儿伸出围墙
空无一人,抑或尚未来人,
云雀用水珠和翅膀
点缀在
广阔的耕地上。
这儿、那儿,开阔、无人,
红色的村庄光彩辉煌。

陈光孚 译

冬日

默默地走在冷漠的田野,
雾气影影绰绰茫茫然然
世界上总共好像只有我们两个!
——静谧、眩迷、静谧——

突然,光芒四射的太阳
——在往时它所高挂的地方——
从西方瞬间的云隙,
为我们照亮了一切——多么炎热的慌乱!——
宛如黑暗中各种光谱的聚光。

陈光孚 译

死亡

我们说过:“死亡”
犹如一个句点,
我们消失了但又化为其他。

不过,死亡即是旅游
死亡也是升华,
而你正在升华
——回忆只意味着怜惜自己——
在星夜,
在晴朗的黎明,
在太阳高悬的时刻,
你那时正在活着,活着,活泼而且热情,
那是在被我们遗忘的干枯可怜的平衡当中。

陈光孚　译

入梦

　　——再见!
　　——再见!
闭上你的眼睛,
阖上我的眼帘。
——我们将是
自成一统的世界,
躯体内
——旺盛的筋骨——
和处于迷醉的灵魂。
我们彼此,
并不像在两颗星球之间
我们已经不能
互通信息!
噢!你已经不属于我了?
哎!我也不属于你了。

陈光孚　译

作品与太阳

阖上我的书,
天正值中午!

我的书半开半闭
天正值黄昏!

我的书打开了
夜已降临!

陈光孚　译

蹦藤

你像从天而降
长长枝蔓上的
花儿。
你的芳馨
——多么醉人——那么遥远
宛如我自远方携来,
你埋入地下
最深的枝条,有我的吻。

陈光孚　译

理想的海

是一座灯塔,
宛如孩子的召唤,它像
上帝,对我们来说,可望而不可即。
——多么遥远哟!
它燃着火光
不像是为了遏制不祥的大海,
倒是为了映出无穷的凶兆。

陈光孚　译

绿色的鸟

我飞来了

可是泣声还留在那里
在那海边
我曾哭泣。

我飞来了
可是对你们毫无用处
因为我的心灵
仍然留在那里。

我飞来了
可是不要称我为兄弟
只因我的心灵
仍在那里哭泣。

陈光孚　译

没有人

没有人,是水声。——没有人?
水是“没有人”吗?——当真
没有人。是花儿。——没有人?
可是,花儿是“没有人”吗?

没有人,只有风。——没有人?
风是“没有人”吗?——当真
没有人。是幻觉。——没有人?
难道幻觉是“没有人”吗?

飞白　译

音乐

　突然间,喷泉
从裂开的胸膛迸出,
激情之流冲决
黑暗——犹如裸女
敞开阳台之窗,

向星空哭泣，渴望
那无名之死——
这将是她疯狂的永生——

并且永远不复归，
——裸女，或泉水——
留在我们中间而又迸出，
既真实而又虚无，
她是如此不可拦阻。

飞白　译

我知道小鸟从何处来

整夜不歇，
小鸟们在向我歌唱，
唱出它们的颜色。

（不是唱它们早晨的翅膀
在朝阳的凉爽中
呈现的颜色。

不是唱它们黄昏的胸脯
在夕阳的余烬中
映出的颜色。

不是唱它们日常的嘴
夜间熄灭的颜色，
正如花花草草
为人熟悉的颜色
在夜间熄灭。）

而是别样的颜色——
那是人完全失落了的
原始的乐园。

但小花小鸟

对乐园
却熟悉到极点。

　小花小鸟
散发着芳香飞来飞去，
把全球飞遍。

　这是别样的颜色——
这是人们梦中观赏的
那不变的乐园

　整夜不歇，
小鸟们在向我歌唱，
唱出它们的颜色。

　这是别样的颜色——
它们得自另一世界，
只有夜间才拿出来，

　有些颜色啊
我却在醒时见过，
我分明知道它们的所在。

　我知道小鸟
从何处飞来
整夜向我唱歌。

　我知道它们从何处
穿越风浪飞来找我，
向我唱出我的颜色。

飞白　译

1957
获奖作家

加缪

传略

加缪的小说是形象的哲学,蕴含着哲学家对人生的严肃思考和艺术家的激情。通过小说,他试图阐明世界和人生的荒诞。他的作品对后期的荒诞派戏剧和新小说影响很大。

阿尔贝·加缪(Albert Camus,1913—1960),一九一三年生于阿尔及利亚蒙多维城的一个农业工人家庭。母亲是西班牙人。父亲是法国人,于一九一四年在第一次世界大战中受伤死去。加缪随寡母在贫民区长大,依靠奖学金读完中学,并由亲友资助和半工半读得以念完阿尔及尔大学,获得哲学学士学位,但因患肺结核未能参加教师学衔考试。

一九三三年,加缪参加了著名作家巴比塞领导的反法西斯运动,一度加入法国共产党。一九三七年起开始新闻记者生涯,同年退党。第二次世界大战爆发后,加缪参加了法国的抵抗运动,担任地下报纸《战斗报》主编,写了不少著名的论文。

加缪从一九三五年开始从事戏剧活动,曾创办剧团,创作剧本,组织演出,并亲自担任主要演员。戏剧在他一生的创作活动中占有重要地位。他从一九四七年起成为职业作家。

在现代法国文坛上,加缪与让-保尔·萨特齐名。早在一九三七年,他即已出版随笔集《反与正》,一九三九年又出版散文集《婚礼集》。这些散文、随笔都带有浓重的抒情色彩,但存在主义的观点已见端倪。此后,他和萨特在哲学和文学观点上的分歧也逐渐加剧。萨特认为我们这个世界是一个"肮脏的世界",而加缪则认为这是一个"荒诞的世界",所谓荒诞派文学就是由此而来。作为荒诞派文学的倡导者,加缪在他的创作中竭力把人间世界、现实社会中的一切描写成冷漠、荒唐的事物。他笔下的人物都是具有这种荒诞感情的人,这些人总是与社会格格不入,总觉得自己活在世界上是一种偶然的错误,因而把自身当作是一个与世无关的“局外人”。这种“局外人”的典型形象,就是由加缪在他一九四二年出版的第一部小说《局外人》中创造出来的。

《局外人》是加缪的成名作,也是他的代表作。小说主要表现一个小职员默而索与社会格格不入的立场。他是个对世界上的一切事物都毫不关心的人,他对母亲的去世、情人的求爱,甚至自己因为莫名其妙地杀了人而被判了死刑都无动于衷。通过小说,加缪试图阐明世界是荒诞的、人的生存状态也是荒诞的观点。

一九三九年写成并于一九四五年首演的四幕剧《卡里古拉》、一九四二年出版的哲学随笔《西西弗的神话》及《局外人》这三部体裁各异的作品,组成了加缪的荒诞三部曲,从而形成了他独具特色的荒诞哲学。《卡里古拉》通过对古罗马暴君卡里古拉疯狂可怕的暴行的描写,极富哲理地揭示了世界的荒诞性。《西西弗的神话》则进一步使这种哲学观点系统化、理论化。希腊神话中因获罪天神而被罚做苦役的西西弗,每天推石上山,继而巨石又滚到山下,如此周而复始,永无止境,加缪认为这正是人类生存状态的象征,荒诞至极,毫无意义。而意识到荒诞、勇于面对荒诞、接受荒诞命运的西西弗,则是一位值得推崇的荒诞英雄。

由于在“二战”中积极参加了反法西斯的抵抗运动,加缪的思想从强调个人的精神发展到重视集体的团结斗争,一九四七年出版的长篇小说《鼠疫》,反映了他的这种转变。小说写的虽然是奥兰市的一场鼠疫,实为象征法西斯对法兰西的蹂躏,这也是人类生存条件的写照。对抗鼠疫的斗争隐喻反法西斯的斗争。作者意在指出,世界是荒诞的,面对荒诞的世界,人类应该团结起来共同抗争。

一九五六年出版的小说《堕落》,是作者对政治感到失望后在孤独中写成的,是一部自我反省和反省时代的作品。《堕落》和《局外人》及《鼠疫》相比,不同的还在于它用的是一种尖刻与痛苦交织的嘲讽口吻,一种心灵受过创伤、抑制不住报复心理的怨毒口吻。而且,由于广泛地运用了象征,强化了《局外人》中具有的含混特征和《鼠疫》中具有的神话意识。《堕落》可以被看作当代人类世界的某种总体象征。

一九五七年出版的短篇小说集《流放与王国》收有六个短篇,六篇小说的主题只有一个,即流放,但运用了六种不同的小说技巧,从内心独白到现实主义的叙述。

加缪的重要作品还有剧本《误会》(1944)、《戒严》(1948)、《正义者》(1949),哲学随笔《反抗者》(1951)等。

一九五七年,加缪因“他的重要文学作品透彻认真地阐明了当代人的良心面临的问题”,获得诺贝尔文学奖。

一九六〇年一月四日,加缪不幸遇车祸身亡,年仅四十七岁。

授奖词

法国文学已经不复与法国在欧洲的地理疆界相联系了。它在不少方面,使我们想到雍容华贵而无法替代的观赏植物。把这种植物移植到本土以外栽培时,虽然传统和变异会交互对它产生影响,但它那独特的品性依然如故。本年度诺贝尔文学奖得主阿尔贝·加缪,就是这类演变的佐证。他出生于阿尔及利亚东部的小镇,又回到这个北非的环境中,去寻觅显现他青少年时代特征的所有决定性影响的源泉。即便在今天,加缪其人仍然没有淡忘法国在海外的这块广袤的领土,而作为作家的他也往往愉快地想到这一点。

加缪是准无产者出身,因此发现必须依靠个人的力量,在生活中跋涉向前;在一贫如洗的学生时代,干过各种杂役来满足自己的需求。他受的是一种历尽艰辛的教育,但就选课的多样而言,这自然不能说对他以后成为一个写实主义者没有裨益。他在阿尔及尔大学念书的岁月里,加入了一个知识分子团体,后来这个团体在北非的反法西斯运动中,起到了十分重要的作用。他最早的一些作品就是在阿尔及尔当地一家出版社印行的,但在二十五岁那年,他以记者身份来到法国,不久就名噪首都,成了第一流的作家,战争岁月那严酷狂热的气氛使他很快成熟。

即使是加缪早期的作品,也已经揭示出他对于尘世生活意识和死亡现实咬啮人心之间的那种源自他内心的尖锐矛盾所抱的一种精神立场。这种精神立场超出了典型的地中海式宿命论,而后者则滥觞于认定世间阳光的明媚绚丽只是转瞬即逝的刹那,注定要被阴云掩盖。同时,加缪还代表着称为存在主义的哲学运动,它通过否认一切个人的意义,只在其中见出了荒谬,来概括人在宇宙里的处境的特征。“荒谬”这个用语,往往出现在他的著作里,因此可以称它为他创作的类母题。这个类母题在自由、责任以及它罪有应得的苦闷层面上发展出了一切符合逻辑的道德后果。

希腊神话中的西西弗,永不停息地将巨石推向山顶,而巨石又一成不变地滚下来。这在加缪的一篇随笔里,成了人类生活的简约象征。然而,依照加缪的解释,西西弗在心灵深处感到十分高兴,因为这种尝试本身就使他满足。对于加缪,本质的问题已不复是人生值得活与否,而是带着它引发的那份折磨,如何去活。

在这个简短的授奖词里,不允许我再次连篇累牍地论述加缪那一向诱惑人的心智发展。更值得提及的是他那些用全然古典风格的纯真和强烈的集中关注来反映这些问题的作品,而反映的方式又是作者不加评论,让人物和动作使他的思想跃然活现在我们眼前。这就是使《局外人》(1942)蜚声卓然的原因。其主要人物是政府的雇员,他在一连串的荒诞事件以后,杀死了一个阿拉伯人;然后,他又对自己的命运麻木不仁,听着人们宣判自己的死刑。不过,到了最后时刻,他还是鼓起了勇气,从几近迟钝麻木的消极状态中奋起。在蕴含更加广阔的象征主义小说《鼠疫》(1947)里,主要人物里厄医生和助手英勇地同降临北非某城的鼠疫进行斗争。这部令人信服的写实主义叙事作品,以其冷静准确的客观性,反映了反法西斯运动的生活经历,加缪欢呼征服者的邪恶在完全听天由命而幻灭的人心中唤起的那种反抗。

最近,加缪又赠予我们独白中篇小说《堕落》(1956)。这是一部展现出同一种讲述故事艺术的娴熟手法。一个法国律师,在阿姆斯特丹的水手酒吧间里,审查自己的良知,为自己画像。这是他的同代人都能同样认出自己的一面镜子。在这些篇幅里,伪善者与愤世嫉俗者,以法国古典文学专擅的人类心灵科学的名义握手言欢。一位执着于真理的、富有进取心的作者使用的辛辣讽刺,变成了抨击普遍伪善的武器。自然,人们不知道,加缪坚持克尔凯郭尔①式无底深渊无处不在的罪恶感,是要到何处去,因为他们总是感到,作者已经达到了他成长过程中的转折点。

就加缪个人而言,他已经远远地摆脱了虚无主义。他对不事稍息地恢复那已经遭到蹂躏的东西和在这个非正义世界上可能伸张正义的职责,进行的肃穆严正的沉思,反而使他成了一个人道主义者,从未忘记对地中海沿岸的蒂帕萨那一度向他昭示出来的希腊之美与匀称的膜拜。

加缪生气勃勃,极富创造力,即使在法国以外,也处于文学世界关注的核心之中。他受到一种真正的道德约束的激励,全身心地投入人生的重大基本问题。毫无疑问,这种激励与设置诺贝尔奖的理想主义目标相吻合。在他不断肯定人生状况的荒谬背后,绝没有贫瘠不毛的怀疑主义。这种对事物的见解,在他身上,由一种强大的命令、一种"尽管如此"、一种对唤起反抗荒谬的意志和为此创造价值的意志的吁请所补充。

瑞典学院常务秘书 安德斯·奥斯特林

李自修 译

作品

局外人(节选)

第一部

一

今天,妈妈死了。也许是昨天,我不知道。我收到养老院的一封电报,说:"母死。明日葬。专此通知。"这说明不了什么。可能是昨天死的。

养老院在马朗戈,离阿尔及尔八十公里。我乘两点钟的公共汽车,下午到,还赶得上守灵,明天晚上就能回来。我向老板请了两天假,有这样的理由,他不能拒绝。不过,他似乎不大高兴。我甚至跟他说:"这可不是我的错儿。"他没有理我。我想我不该跟他说这句话。反正,我没有什么可请求原谅的,倒是他应该向我表示哀悼。不过,后天他看见我戴孝的时候,一定会安慰我的。现在有点像是妈妈还没有死似的。不过一下葬,那可就是一桩已经了结的事了,一切又该公事公办了。

我乘的是两点钟的汽车。天气很热。跟平时一样,我还是在赛莱斯特的饭馆里吃的

① 克尔凯郭尔(1813—1855),丹麦哲学家,存在主义哲学的先驱。

饭。他们都为我难受,赛莱斯特还说:“人只有一个母亲啊。”我走的时候,他们一直送我到门口。我有点儿烦,因为我还得到艾玛努埃尔那里去借黑领带和黑纱。他几个月前刚死了叔叔。

为了及时上路,我是跑着去的。这番急,这番跑,加上汽车颠簸,汽油味儿,还有道路和天空亮得晃眼,把我弄得昏昏沉沉的。我几乎睡了一路。我醒来的时候,正歪在一个军人身上,他朝我笑笑,问我是不是从远地方来。我不想说话,只应了声“是”。

养老院离村子还有两公里,我走去了。我真想立刻见到妈妈。但门房说我得先见见院长。他正忙着,我等了一会儿。这当儿,门房说个不停,后来,我见了院长。他是在办公室里接待我的。那是个小老头,佩戴着荣誉团勋章。他那双浅色的眼睛盯着我。随后,他握着我的手,老也松不开,我真不知道如何抽出来。他看了看档案,对我说:“默而索太太是三年前来此的,您是他唯一的赡养者。”我以为他是在责备我什么,就赶紧向他解释。但是他打断了我:“您无须解释,亲爱的孩子。我看过您母亲的档案。您无力负担她。她需要有人照料,您的薪水又很菲薄。总之,她在这里更快活些。”我说:“是的,院长先生。”他又说:“您知道,她有年纪相仿的人做朋友。他们对过去的一些事有共同的兴趣。您年轻,跟您在一起,她还会闷得慌呢。”

这是真的。妈妈在家的时候,一天到晚总是看着我,不说话。她刚进养老院时,常常哭。那是因为不习惯。几个月之后,如果再让她出来,她还会哭的。这又是因为不习惯。差不多为此,近一年来我就几乎没来看过她。当然,也是因为来看她就得占用星期天,还不算赶汽车、买车票、坐两小时的车所费的力气。

院长还在跟我说,可是我几乎不听了。最后,他说:“我想您愿意再看看您的母亲吧。”我站了起来,没说话,他领着我出去了。在楼梯上,他向我解释说:“我们把她抬到小停尸间里了。因为怕别的老人害怕。这里每逢有人死了,其他人总要有两三天工夫才能安定下来。这给服务带来很多困难。”我们穿过一个院子,院子里有不少老人,正三五成群地闲谈。我们经过的时候,他们都不作声了;我们一过去,他们就又说开了。真像一群鹦鹉在叽叽喳喳地低声乱叫。走到一座小房子门前,院长与我告别:“请自便吧,默而索先生。有事到办公室找我。原则上,下葬定于明晨十点钟。我们是想让您能够守灵。还有,您的母亲似乎常向同伴们表示,希望按宗教的仪式安葬。这事我已经安排好了。只不过想告诉您一声。”我谢了他。妈妈并不是无神论者,可活着的时候也从未想到过宗教。

我进去了。屋子里很亮,玻璃天棚,四壁刷着白灰。有几把椅子,几个×形的架子。正中两个架子上,停着一口棺材,盖着盖,一些发亮的螺丝钉,刚拧进去个头儿,在刷成褐色的木板上看得清清楚楚。棺材旁边,有一个阿拉伯女护士,穿着白大褂,头上一方颜色鲜亮的围巾。

这时,门房来到我的身后。他大概是跑来的,说话有点儿结巴:“他们给盖上了,我得再打开,好让您看看她。”他走近棺材,我叫住了他。他问我:“您不想?”我回答说:“不想。"他站住了,我很难为情,因为我觉得我不该那样说。过了一会儿,他看了看我,问道:"为什么?"他并没有责备的意思,好像只是想问问。我说:"不知道。"于是,他捻着发白的小胡子,也不看我,说道:"我明白。"他的眼睛很漂亮,淡蓝色,脸上有些发红。他给我搬来一把椅子,自己坐在我后面。女护士站起来,朝门口走去。这时,门房对我说:"她长的是恶疮。"因为我不明白,就看了看那女护士,只见她眼睛下面绕头缠了一条绷带。在鼻子的那个地方,绷带是平的。在她的脸上,人们所能见到的,就是一条雪白的绷带。

她出去以后,门房说:"我不陪您了。"我不知道我做了个什么表示,他没有走,站在我后面。背后有一个人,使我很不自在。傍晚时分,屋子里仍然很亮。两只大胡蜂在玻璃天棚上嗡嗡地飞。我感到困劲儿上来了。我头也没回,对门房说:"您在这里很久了吗?"他立即回答道:"五年了。"好像就等着我问他似的。

接着,他滔滔不绝地说了起来。如果有人对他说他会在马朗戈养老院当一辈子门房,他一定会惊讶不止。他六十四岁,是巴黎人。说到这儿,我打断了他:"噢,您不是本地人?"我这才想起来,他在带我去见院长之前,跟我谈起过妈妈。他说要赶快下葬,因为平原天气热,特别是这个地方。就是那个时候,他告诉我他在巴黎住过,而且怎么也忘不了巴黎。在巴黎,死人在家里停放三天,有时四天。这里不行,时间太短,怎么也习惯不了才过这么短时间就要跟着柩车去下葬。这时,他老婆对他说:"别说了,这些事是不能对先生说的。"老头子脸红了,连连道歉。我就说:"没关系,没关系。"我觉得他说得对,很有意思。

在小停尸间里,他告诉我,他进养老院是因为穷。他觉得自己身体还结实,就自荐当了门房。我向他指出,无论如何,他还是养老院收留的人。他说不是。我先就觉得奇怪,他说到住养老院的人时(其中有几个并不比他大),总是说:"他们","那些人",有时也说"老人们"。当然,那不是一码事。他是门房,从某种程度上说,他还管着他们呢。

这时,那个女护士进来了。天一下子就黑了。浓重的夜色很快就压在玻璃天棚上。门房打开灯,突然的光亮使我眼花目眩。他请我到食堂去吃饭。但是我不饿。他于是建议端杯牛奶咖啡来。我喜欢牛奶咖啡,就接受了。过了一会儿,他端着一个托盘回来了。我喝了咖啡,想抽烟。可是我犹豫了,我不知道能不能在妈妈面前这样做。我想了想,认为这不要紧。我给了门房一支烟,我们抽了起来。

过了一会儿,他对我说:"您知道,令堂的朋友们也要来守灵。这是习惯。我得去找些椅子,端点咖啡来。"我问他能不能关掉一盏灯。照在白墙上的灯光使我很难受。他说不行。灯就是那样装的:要么全开,要么全关。我后来没有怎么再注意他。他出去,进来,摆好椅子,在一把椅子上围着咖啡壶放了一些杯子。然后,他隔着妈妈的棺木在我对面坐下。女护士也坐在里边,背对着我。我看不见她在干什么。但从她胳膊的动作看,我认为她是在织毛线。屋子里暖洋洋的,咖啡使我发热,从开着的门中,飘进来一股夜晚和鲜花的气味。我觉得我打了个盹儿。

一阵窸窸窣窣的声音把我弄醒了。乍一睁开眼睛,屋子更显得白了。在我面前,没有一点儿阴影,每一样东西,每一个角落,每一条曲线,都清清楚楚,轮廓分明,很显眼。妈妈的朋友们就是这个时候进来的。一共有十来个,静悄悄地在这耀眼的灯光中挪动。他们坐下了,没有一把椅子响一声。我看见了他们,我看人从来没有这样清楚过,他们的面孔和衣着的任何一个细节都没有逃过我的眼睛。然而,我听不见他们的声音,我真难相信他们是真的在那里。几乎所有的女人都系着围裙,束腰的带子使她们的大肚子更突出了。我还从没有注意过老太太会有这样大的肚子。男人几乎都很瘦,拄着手杖。使我惊奇的是,我在他们的脸上看不见眼睛,只看见一堆皱纹中间闪动着一缕混浊的亮光。他们坐下的时候,大多数人都看了看我,不自然地点了点头,嘴唇都陷进了没有牙的嘴里,我也不知道他们是向我打招呼,还是脸上不由自主地抽动了一下。我还是相信他们是在跟我打招呼。这时我才发觉他们都面对着我,摇晃着脑袋坐在门房的左右。有一阵,我有一种可笑的印象,觉得他们是审判我来了。

不多会儿,一个女人哭起来了。她坐在第二排,躲在一个同伴的后面,我看不清楚。她抽抽搭搭地哭着,我觉得她大概不会停的。其他人好像都没有听见。他们神情沮丧,满面愁容,一声不吭,他们看看棺材,看看手杖,或随便东张西望,他们只看这些东西。那个女人一直在哭。我很奇怪,因为我并不认识她。我真希望她别再哭了,可我不敢对她说。门房朝她弯下身,说了句话,可她摇摇头,嘟囔了句什么,依旧抽抽搭搭地哭着。于是,门房朝我走来,在我身边坐下。过了好一阵,他才眼睛望着别处告诉我:“她跟令堂很要好。她说令堂是她在这儿唯一的朋友,现在她什么人也没有了。”

我们就这样坐了很久。那个女人的叹息声和呜咽声小了,但抽泣得很厉害,最后总算无声无息了。我不困了,但很累,腰酸背疼。现在,是这些人的沉默使我难受。我只是偶尔听见一种奇怪的声响,不知道是什么。时间长了,我终于猜出,原来是有几个老头子嘬腮帮子,发出了这种怪响。他们沉浸在冥想中,自己并不觉得。我甚至觉得,在他们眼里,躺在他们中间的死者算不了什么。但是现在我认为,那是一个错误的印象。

我们都喝了门房端来的咖啡。后来的事,我就不知道了。一夜过去了。我现在还记得,有时我睁开眼,看见老头们一个个缩成一团睡着了,只有一位,下巴颏压在拄着手杖的手背上,在盯着我看,好像就等着我醒似的。随后,我又睡了。因为腰越来越疼,我又醒了。晨曦已经悄悄爬上玻璃窗。一会儿,一个老头儿醒了,使劲地咳嗽。他掏出一块方格大手帕,往里面吐痰,每一口痰都像使尽了全身的力气。其他人都被吵醒了,门房说他们该走了。他们站了起来。这样不舒服的一夜使他们个个面如死灰。出乎意料的是,他们出去时竟都同我握了手,好像过了彼此不说一句话的黑夜,我们的亲切感倒增加了。

我累了。门房把我带到他那里,我洗了把脸。我又喝了一杯牛奶咖啡,好极了。我出去时,天已大亮。马朗戈和大海之间的山岭上空,一片红光。从山上吹过的风带来了一股咸味。看来是一个好天。我很久没到乡下来了,要不是因为妈妈,这会儿去散散步该多好啊。

我在院子里一棵梧桐树下等着。我闻着湿润的泥土味儿,不想再睡了。我想到了办公室里的同事们。这个时辰,他们该起床上班去了,对我来说,这总是最难挨的时刻。我又想了一会儿,被房子里传来的铃声打断了。窗户后面一阵忙乱声,随后又安静下来。太阳在天上又升高了一些,开始晒得我两脚发热。门房穿过院子,说院长要见我。我到他办公室去。他让我在几张纸上签了字。我见他穿着黑衣服和带条纹的裤子。他拿起电话。问我:“殡仪馆的人已来了一会儿,我要让他们来盖棺。您想最后再见见您的母亲吗?”我说不。他对着电话低声命令说:“费雅克,告诉那些人,他们可以去了。”

然后,他说他也要去送葬,我谢了他。他在写字台后面坐下,叉起两条小腿。他告诉我,送葬的只有我和他,还有值勤的女护士。原则上,院里的老人不许去送殡,只许参加守灵。他指出:“这是个人问题。”不过这一次,他允许妈妈的一个老朋友多玛·贝莱兹参加送葬。说到这儿,院长笑了笑。他对我说:“您知道,这种感情有点孩子气。他和您的母亲几乎形影不离。在院里,大家都拿他们打趣,他们对贝莱兹说:‘她是您的未婚妻。’他只是笑。他们觉得开心。问题是默而索太太的死使他十分难过,我认为不应该拒绝他。但是,根据医生的建议,我昨天没有让他守灵。”

我们默默地坐了好一会儿。院长站起来,往窗外观望。他看了一会儿,说:“马朗戈的神甫来了。他倒是提前了。”他告诉我至少要走三刻钟才能到教堂,教堂在村子里。我们下了楼。神甫和两个唱诗童子等在门前。其中一个手拿香炉,神甫弯下腰,调好香炉上银链子的长短。我们走到时,神甫已直起腰来。他叫我“儿子”,对我说了几句话。他走进屋里,我随他进去。

我一眼就看见螺钉已经旋进去了,屋子里站着四个穿黑衣服的人。同时,我听见院长说车子已经等在路上,神甫也开始祈祷了。从这时起,一切都进行得很快。那四个人走向棺材,把一条毯子蒙在上面。神甫、唱诗童子、院长和我,一齐走出去。门口,有一位太太,我不认识。“默而索先生。”院长介绍说。我没听见这位太太的姓名,只知道她是护士代表。她没有一丝笑容,向我低了低瘦骨嶙峋的长脸。然后,我们站成一排,让棺材过去。我们跟在抬棺材的人后面,走出养老院。送葬的车停在大门口,长方形,漆得发亮,像个铅笔盒。旁边站着葬礼司仪,他身材矮小,衣着滑稽,还有一个态度做作的老人,我明白了,他就是贝莱兹先生。他戴着一顶圆顶宽檐软毡帽(棺材经过的时候,他摘掉了帽子),裤脚堆在鞋上,大白领的衬衫太大,而黑领花又太小。鼻子上布满了黑点儿,嘴唇不住地抖动。满头的白发相当细软,两只耷拉耳,耳轮胡乱卷着,血红的颜色衬着苍白的面孔,给我留下了强烈的印象。司仪安排了我们的位置。神甫走在前面,然后是车子。旁边是四个抬棺材的。再后面,是院长和我,护士代表和贝莱兹先生断后。

天空中阳光灿烂,地上开始感到压力,炎热迅速增高。我不知道为什么要等这么久才走。我穿着一身深色衣服,觉得很热。小老头本来已戴上帽子,这时又摘下来了。院长跟我谈到他的时候,我歪过头,望着他。他对我说,我母亲和贝莱兹先生傍晚常由一个女护士陪着散步,有时一直走到村里。我望着周围的田野。一排排通往天边山岭的柏树,一片红绿相杂的土地,房子不多却错落有致,我理解母亲的心理。在这个地方,傍晚该是一个令人伤感的时刻啊。今天，火辣辣的太阳晒得这片地方直打战，既冷酷无情，又令人疲惫不堪。

我们终于上路了。这时我才发觉贝莱兹有点儿瘸。车子渐渐走快了，老人落在后面。车子旁边也有一个人跟不上了，这时和我并排走着。我真奇怪，太阳怎么在天上升得那么快。我发现田野上早就充满了嗡嗡的虫鸣和簌簌的草响。我脸上流下汗来。我没戴帽子，只好拿手帕扇风。殡仪馆的那个伙计跟我说了句什么，我没听见。同时，他用右手掀了掀鸭舌帽檐，左手拿手帕擦着额头。我问他："怎么样?"他指了指天，连声说："晒得够呛。"我说："对。"过了一会儿，他问我："里边是您的母亲吗?"我又回了个"对"。"她年纪大吗?"我答道："还好。"因为我也不知道她究竟多少岁。然后，他就不说话了。我回了回头，看见老贝莱兹已经落下五十多米远了。他一个人急忙往前赶，手上摇晃着帽子。我也看了看院长。他庄严地走着，没有一个多余的动作。他的额上渗出了汗珠，他也不擦。

我觉得一行人走得更快了。我周围仍然是一片被阳光照得发亮的田野。天空亮得让人受不了。有一阵，我们走过一段新修的公路。太阳晒得柏油爆裂，脚一踩就陷进去，留下一道亮晶晶的裂口。车顶上，车夫的熟皮帽子就像在这黑油泥里浸过似的。我有点迷迷糊糊，头上是青天白云，周围是单调的颜色，开裂的柏油是黏糊糊的黑，人们穿的衣服是死气沉沉的黑，车子是漆得发亮的黑。这一切，阳光、皮革味、马粪味、漆味、香炉味，一夜没睡觉的疲倦，使我两眼模糊，神志不清。我又回了回头，贝莱兹已远远地落在后面，被裹在一片蒸腾的水汽中，后来干脆看不见了。我仔细寻找，才见他已经离开大路，从野地里斜穿过来。我注意到前面大路转了个弯。原来贝莱兹熟悉路径，正抄近路追我们呢。在大路拐弯的地方，他追上了我们。后来，我们又把他落下了。他仍然斜穿田野，这样一共好几次。而我，我感到血直往太阳穴上涌。

以后的一切都进行得如此迅速、准确、自然，我现在什么也记不得了。除了一件事，那就是在村口，护士代表跟我说了话。她的声音很怪，与她的面孔不协调，那是一种抑扬的、颤抖的声音。她对我说："走得慢，会中暑；走得太快，又要出汗，到了教堂就会着凉。"她说得对。进退两难，出路是没有的。我还保留着这一天的几个印象，比方说，贝莱兹最后在村口追上我们时的那张面孔。他又激动又难过，大滴的泪水流上面颊。但是，由于皱纹的关系，泪水竟流不动，散而复聚，在那张形容大变的脸上铺了一层水。还有教堂，路旁的村民，墓地坟上红色的天竺葵，贝莱兹的昏厥(真像一个散架的木偶)，撒在妈妈棺材上血红色的土，杂在土中的雪白树根，又是人群，说话声，村子，在一个咖啡馆门前的等待，马达不停的轰鸣声，以及当汽车开进万家灯火的阿尔及尔，我想到我要上床睡它十二个钟头时我感到的喜悦。

二

醒来的时候，我明白了为什么我向老板请那两天假时他的脸色那么不高兴，因为今天是星期六。我可以说是忘了，起床的时候才想起来。老板自然是想到了，加上星期天我就等于有了四天假日，而这是不会叫他高兴的。但一方面，安葬妈妈是在昨天而不是在今天，这并不是我的错；另一方面，无论如何，星期六和星期天总还是我的。当然，这并不妨碍我理解老板的心情。

昨天一天我累得够呛，简直起不来。刮脸的时候，我一直在想今天干什么，我决定去游泳。我乘电车去海滨浴场。一到那儿，我就扎进水里。年轻人很多。我在水里看见了玛丽·卡多娜，我们从前在一个办公室工作，她是打字员，我那时曾想把她弄到手。我现在认为她也是这样想的。但她很快就走了，我们没来得及呀。我帮她爬上一个水鼓，在扶她的时候，我轻轻地碰着了她的乳房。她趴在水鼓上，我还在水里。她朝我转过身来，头发遮住了眼睛，她笑了。我也上了水鼓，挨在她身边。天气很好，我开玩笑似的仰起头，枕在她的肚子上。她没说什么，我就这样待着。我两眼望着天空，天空是蓝的，泛着金色。我感到头底下玛丽的肚子在轻轻地起伏。我们半睡半醒地在水鼓上待了很久。太阳变得太强烈了，她下了水，我也跟着下了水。我追上她，伸手抱住她的腰，我们一起游。她一直在笑。在岸上晒干的时候，她对我说："我晒得比您还黑。"我问她晚上愿意不愿意去看电影。她还是笑，说她想看一部费南代尔①的片子。穿好衣服以后，她看见我系了一条黑领带，显出很奇怪的样子，问我是不是在戴孝。我跟她说妈妈死了。她想知道是什么时候，我说："昨天。"她吓得倒退了一步，但没表示什么。我想对她说这不是我的错，但是我收住了口，因为我想起来我已经跟老板说过了。这是毫无意义的。反正，人总是有点什么过错。

晚上，玛丽把什么都忘了。片子有的地方挺滑稽，而另外有些地方实在很蠢。她的腿挨着我的腿，我抚摸她的乳房。电影快结束的时候，我吻了她，但吻得很笨。出来以后，她跟我到我的住处来了。

我醒来的时候，玛丽已经走了。她跟我说过她得到她婶婶家去。我想起来了，今天是星期天，这真烦人，因为我不喜欢星期天。于是，我翻了个身，在枕头上寻找玛丽的头发留下的盐味儿，一直睡到十点钟。我一根接一根地抽烟，一直躺着，直到中午。我不想跟平时那样去赛莱斯特的饭馆吃饭，因为他们肯定要问我，我可不喜欢这样。我煮了几个鸡蛋，就着盘子吃了，没吃面包，我没有了，也不愿意下楼去买。

吃过午饭，我有点闷得慌，就在房子里瞎转悠。妈妈在的时候，这套房子还挺合适，现在我一个人住就太大了，我不得不把饭厅的桌子搬到卧室里来。我只住这一间，屋里有几把当中的草秆已经有点塌陷的椅子，一个镜子发黄的柜子，一个梳妆台，一张铜床。后来，没事找事，我拿起一张旧报，读了起来。我把克鲁申盐业公司的广告剪下来，贴在一本旧簿子里。凡是报上让我开心的东西，我都剪下贴在里面。我洗了洗手，最后，上了阳台。

我的卧室外面是通往郊区的大街。午后天气晴朗。但是，马路很脏，行人稀少，都很匆忙。首先是全家出来散步的人，两个穿海军服的小男孩，短裤长得过膝盖，笔挺的衣服

---

① 费南代尔(1903—1971)，法国著名喜剧演员。

使他们手足无措；一个小女孩，头上扎着一个粉红色的大花结，脚上穿着黑漆皮鞋。他们后面，是一位高大的母亲，穿着栗色的绸布连衣裙；父亲是个相当瘦弱的矮个儿，我见过。他戴着一顶平顶窄檐的草帽，扎着蝴蝶结，手上拄着一根手杖。看到他和他老婆在一起，我明白了为什么这一带的人都说他仪态不凡。过了一会儿，过来一群郊区的年轻人，头发油光光的，系着红领带，衣服腰身收得很紧，衣袋上绣着花儿，穿着方头皮鞋。我想他们是去城里看电影的，所以走得这样早，而且一边赶电车，一边高声说笑。

他们过去以后，路上渐渐没有人了。我想，各处的热闹都开始了。街上只剩下了一些店主和猫。从街道两旁的无花果树上空望去，天是晴的，但是不亮。对面人行道上，卖烟的搬出一把椅子，倒放在门前，双腿骑上，两只胳膊放在椅背上。刚才还是拥挤不堪的电车现在几乎全空了。烟店旁边那家叫“彼埃罗之家”的小咖啡馆里空无一人，侍者正在扫地。这的确是个星期天的样子。

我也把椅子倒转过来，像卖烟的那样放着，我觉得那样更舒服。我抽了两支烟，又进去拿了块巧克力，回到窗前吃起来。很快，天阴了。我以为要下暴雨，可是，天又渐渐放晴了。不过，刚才飘过一片乌云，像是要下雨，使街上更加阴暗了。我待在那儿望天，望了好久。

五点钟，电车轰隆隆地开过来了，车里挤满了从郊外体育场看比赛的人，有的就站在踏板上，有的扶着栏杆。后面几辆车里拉着的，我从他们的小手提箱认出是运动员。他们扯着嗓子喊叫，唱歌，说他们的俱乐部万古长青。好几个人跟我打招呼。其中有一个甚至对我喊：“我们赢了他们。”我点点头，大声说：“对。”从这时起，小汽车就多起来了。

天有点暗了。屋顶上空，天色发红，一入黄昏，街上也热闹起来。散步的人也渐渐往回走了。我在人群中认出了那位仪态不凡的先生。孩子在哭，让大人拖着走。这一带的电影院几乎也在这时把大批看客抛向街头。其中，年轻人的举动比平时更坚决，我想他们刚才看的是一部冒险片子。从城里电影院回来的到得稍微晚些。他们显得更庄重些。他们还在笑，却不时地显出疲倦和出神的样子。他们待在街上，在对面的人行道上走来走去。附近的姑娘们没戴帽子，挽着胳膊在街上走。小伙子们设法迎上她们，说句笑话，她们一边大笑，一边回过头来。其中我认识好几个，她们向我打了招呼。

这时，街灯一下子亮了，使夜晚空中初现的星星黯然失色。我望着满是行人和灯光的人行道，感到眼睛很累。电灯把潮湿的路面照得闪闪发光，间隔均匀的电车反射着灯光，照在发亮的头发、人的笑容或银手镯上。不一会儿，电车少了，树木和电灯上空变得漆黑一片，不知不觉中路上的人也走光了，直到第一只猫慢悠悠地穿过重新变得空无一人的马路。这时，我想该吃晚饭了。我在椅背上趴得太久了，脖子有点儿酸。我下楼买了面包和面片，自己做了做，站着吃了。我想在窗前抽支烟，可是空气凉了，我有点儿冷。我关上窗户，回来的时候，在镜子里看见桌子的一角上摆着酒精灯和面包块。我想星期天总是忙忙碌碌的，妈妈已经安葬了，我又该上班了，总之，没有任何变化。

三

今天，我在办公室干了很多活儿。老板很和气。他问我是不是太累了，他也想知道妈妈的年纪。为了不弄错，我说了个"六十来岁"，我不知道为什么他们像松了口气，认为这是了结了一桩大事。

我的桌子上堆了一大堆提单，我都得处理。在离开办公室去吃午饭之前，我洗了手。中午是我最喜欢的时刻。晚上，我就不那么高兴了，因为公用的转动毛巾用了一天，都湿透了。一天，我向老板提出了这件事。他回答说他对此感到遗憾，不过这毕竟是小事一桩。我下班晚了些，十二点半我才跟艾玛努埃尔一起出来，他在发货部门工作。办公室外面就是海，我们看了一会儿大太阳底下停在港里的船。这时，一辆卡车开过来，带着哗啦啦的铁链声和噼噼啪啪的爆炸声。艾玛努埃尔问我"去看看怎么样"，我就跑了起来。卡车超过了我们，我们追上去。我被包围在一片嘈杂声和灰尘之中，什么也看不见了，只感到这种混乱的冲动，拼命在绞车、机器、半空中晃动的桅杆和我们身边的轮船之间奔跑。我第一个抓住车，跳了上去。然后，我帮着艾玛努埃尔坐好。我们喘不过气来，汽车在尘土和阳光中，在码头上高低不平的路上颠簸着。艾玛努埃尔笑得上气不接下气。

我们来到赛莱斯特的饭馆，浑身是汗。他还是那样子，挺着大肚子，系着围裙，留着雪白的小胡子。他问我"总还好吧"，我说好，现在肚子饿了。我吃得很快，喝了咖啡，然后回家，睡了一会儿，因为我酒喝多了。醒来的时候，我想抽烟。时候不早了，我跑去赶电车。我干了一下午。办公室里很热，晚上下了班，我沿着码头慢步走回去，感到很快活。天是绿色的，我感到心满意足。尽管如此，我还是径直回家了，因为我想自己煮土豆。

楼梯黑乎乎的。我上楼时碰在老萨拉玛诺的身上，他是我同层的邻居。他牵着狗。八年来，人们看见他们总是厮守在一起。这条西班牙种猎犬生了一种皮肤病，我想是丹毒，毛都快掉光了，浑身是硬皮和褐色的痂。他们俩挤在一间小屋子里，久而久之，老萨拉玛诺都像它了。他的脸上长了些发红的硬痂，头上是稀疏的黄毛。那狗呢，也跟它的主人学了一种弯腰驼背的走相。噘着嘴，伸着脖子。二者好像是同类，却相互憎恨。每天两次，十一点和六点，老头儿带着狗散步。八年来，他们没有改变过路线。他们总是沿着里昂路走，狗拖着人，直到老萨拉玛诺打个趔趄，他于是就又打又骂。狗吓得趴在地上，让人拖着走。这时，该老头儿拽了。要是狗忘了，又拖起主人来，就又会挨打挨骂。于是，他们两个双双待在人行道上，你瞅着我，我瞪着你，狗是怕，人是恨。天天如此。碰到狗要撒尿，老头儿偏不给它时间，使劲拽它，狗就哩哩啦啦尿一道儿。如果狗偶尔尿在屋里，更要遭到毒打。这样的日子已经过了八年。赛莱斯特总是说"这真不幸"，实际上，谁也不能知道。我在楼梯上碰见萨拉玛诺的时候，他正在骂狗。他对它说："浑蛋！脏货！"狗直哼哼。我跟他说："您好。"但老头儿还在骂。于是，我问狗怎么惹他了，他不搭腔。他只是说："浑蛋！脏货！"我模模糊糊地看见他正弯着腰在狗的颈圈上摆弄什么。我提高了嗓门儿。他头也不回，憋着火儿回答我："它老是那样。"说完，便拖着那条哼哼唧唧不肯痛痛快快往前走的狗出去了。

正在这时,我那层的第二个邻居进来了。这一带的人都说他靠女人生活。但是,人要问他职业,他就说是“仓库管理员”。一般地说,大家都不大喜欢他。但是他常跟我说话,有时还到我那儿坐坐,因为我听他说话。再说,我没有任何理由不跟他说话。他叫莱蒙·散太斯。他长得相当矮,肩膀却很宽,一个拳击手的鼻子①。他总是穿得衣冠楚楚。说到萨拉玛诺,他也说:“真是不幸!”他问我对此是否感到讨厌,我回答说不。

我们上了楼,正要分手的时候,他对我说:“我那里有猪血香肠和葡萄酒,一块儿吃点怎么样?”我想这样我不用做饭了,就接受了。他也只有一间房子,外带一间没有窗户的厨房。床的上方摆着一个白色和粉红色的仿大理石天使像,几张体育冠军的相片和两三张裸体女人画片。屋里很脏,床上乱七八糟。他先点上煤油灯,然后从口袋里掏出一卷肮脏的纱布,把右手缠了起来。我问他怎么了,他说他和一个跟他找碴儿的家伙打了一架。

“您知道,默而索先生,”他对我说,“并不是我坏,可我是火性子。那小子呢,他说:‘你要是个男子汉,就从电车上下来。’我对他说:‘滚蛋,别找事儿。’他说我不是男子汉。于是,我下了电车,对他说:‘够了,到此为止吧,不然我就教训教训你。’他说:‘你敢怎么样?’我就揍了他一顿。他倒在地上。我呢,我正要把他扶起来,他却躺在地上用脚踢我。我给了他一脚,又打了他两耳光。他满脸流血。我问他够不够。他说够了。”

说话的工夫,散太斯已缠好了绷带。我坐在床上。他说:“您看,不是我找他,是他对我不尊重。”的确如此,我承认。这时,他说,他正要就这件事跟我讨个主意,而我呢,是个男子汉,有生活经验,能帮助他,这样的话,他就是我的朋友了。我什么也没说,他又问我愿不愿意做他的朋友。我说怎么都行,他好像很满意。他拿出香肠,在锅里煮熟,又拿出酒杯、盘子、刀叉、两瓶酒。拿这些东西时,他没说话。我们坐下。一边吃,他一边讲他的故事。他先还迟疑了一下。“我认识一位太太……这么说吧,她是我的情妇。”跟他打架的那个人是这女人的兄弟。他对我说他供养着她。我没说话,但是他立刻补充说他知道这地方的人说他什么,不过他问心无愧,他是仓库管理员。

“至于我这件事,”他说,“我是发觉了她在欺骗我。”他给她的钱刚够维持生活。他为她付房租,每天给她二十法郎饭钱。“房租三百法郎,饭钱六百法郎,不时地送双袜子,一共一千法郎。人家还不工作。可她说那是合理的,我给的钱不够她生活。我跟她说:‘你为什么不找个半天的工作干干呢?这样就省得我再为这些零星花费操心了。这个月我给你买了一套衣服,每天给你二十法郎,替你付房租,可你呢,下午和你的女友们喝咖啡。你拿咖啡和糖请她们,出钱的却是我。我待你不薄,你却忘恩负义。’可是她就是不工作,总是说钱不够。所以我才发觉其中一定有欺骗。”

于是,他告诉我他在她的手提包里发现了一张彩票,她不能解释是怎么买的。不久,他又在她那里发现一张当票,证明她当了两只镯子。他可一直不知道她有两只镯子。

① 即塌鼻子。

“我看得清清楚楚，她在作难我。我就不要她了。不过，我先揍了她一顿，然后才揭了她的老底。我对她说，她就是想拿我寻开心。您知道，默而索先生，我是这样说的：‘你看不到人家在嫉妒我给你带来的幸福。你以后就知道自己是有福不会享了。’”

他把她打得见血方休。以前，他不打她。“打是打，不过是轻轻碰碰而已。她叫唤。我就关上窗子，也就完了。这一回，我可是来真的了。对我来说，我惩罚得还不够呢。”

他解释说，就是为此，他才需要听听我的主意。他停下话头，挑了挑结了灯花的灯芯。我一直在听他说。我喝了将近一升的酒，觉得太阳穴发烫。我抽着莱蒙的烟，因为我的已经没有了。末班电车开过，把已很遥远的郊区的嘈杂声带走了。莱蒙在继续说话。使他烦恼的是，他对跟他睡觉的女人“还有感情”。但他还是想惩罚她。最初，他想把她带到一家旅馆去，叫来“风化警察”，造成一桩丑闻，让她在警察局备个案。后来，他又找过几个流氓帮里的朋友。他们也没有想出什么办法。正如莱蒙跟我说的那样，参加流氓帮还是值得的。他对他们说了，他们建议“破她的相”。不过，这不是他的意思。他要考虑考虑。在这之前，他想问问我的意见。在得到我的指点之前，他想知道我对这件事是怎么想的。我说我什么也没想，但是我觉得这很有意思。他问我是不是认为其中有欺骗，我觉得是有欺骗。他又问我是不是认为应该惩罚她，假使是我的话，我将怎么做，我说永远也不可能知道，但我理解他想惩罚她的心情。我又喝了点酒。他点了一支烟，说出了他的主意。他想给她写一封信，“信里狠狠地羞辱她一番，再给她点儿甜头让她后悔”。然后，等她来的时候，他就跟她睡觉，“正在要完事的时候”，他就吐她一脸唾沫，把她赶出去。我觉得这样的话，的确，她也就受到了惩罚。但是，莱蒙说他觉得自己写不好这封信，他想让我替他写。由于我没说什么，他就问我是不是马上写不方便，我说不。

他喝了一杯酒，站起来，把盘子和我们吃剩的冷香肠推开。他仔细地擦了擦铺在桌上的漆布。他从床头柜的抽屉里拿出一张方格纸，一个黄信封，一支红木杆的蘸水钢笔和一小方瓶紫墨水。他告诉我那女人的名字，我看出来是个摩尔人。我写好信。信写得有点儿随便，不过，我还是尽力让莱蒙满意，因为我没有理由不让他满意。然后，我高声念给他听。他一边抽烟一边听，连连点头。他请我再念一遍。他非常满意。他对我说，“我就知道你有生活经验。”起初，我还没发觉他已经用“你”来称呼我了。只是当他说“你现在是我的真正的朋友了”，这时我才感到惊奇。他又说了一遍，我说：“对。”做不做他的朋友，怎么都行，他可是好像真有这个意思。他封上信，我们把酒喝完。我们默默地抽了会儿烟。外面很安静，我们听见一辆小汽车开过去了。我说：“时候不早了。”莱蒙也这样想。他说时间过得很快。这从某种意义上说，的确是真的。我困了，可又站不起来。我的样子一定很疲倦，因为莱蒙对我说不该灰心丧气。开始，我没明白。他就解释说，他听说妈妈死了，但这是早晚要有的事情。这也是我的看法。

我站起身来，莱蒙紧紧地握着我的手，说男人之间总是彼此理解的。我从他那里出来，关上门，在漆黑的楼梯口待了一会儿。楼里寂静无声，从楼梯洞的深处升上来一股隐约的、潮湿的气息。我只听见耳朵里血液一阵阵流动声。我站着不动。老萨拉玛诺的屋子里,狗还在低声哼哼。

四

这一星期,我工作得很好。莱蒙来过,说他把信寄走了。我跟艾玛努埃尔去了两次电影院。银幕上演的什么,他不是常能看懂,我得给他解释。昨天是星期六,玛丽来了,这是我们约好的。我见了她心里直痒痒,她穿了件红白条纹的漂亮的连衣裙,脚上是皮凉鞋。一对结实的乳房隐约可见,阳光把她的脸晒成棕色,好像朵花。我们坐上公共汽车,到了离阿尔及尔几公里外的一处海滩,那儿两面夹山,岸上一溜芦苇。四点钟的太阳不太热了,但水还很温暖,层层细浪懒洋洋的。玛丽教给我一种游戏,就是游水的时候,迎着浪峰,喝一口水花含在嘴里,然后翻过身来,把水朝天上吐出去。这样,水就像一条泡沫的花边散在空中,或像一阵温雨落回到脸上。可是玩了一会儿,我的嘴就被咸水烧得发烫。玛丽这时游到我身边,贴在我身上。她把嘴对着我的嘴,伸出舌头舔我的嘴唇。我们就这样在水里滚了一阵。

我们在海滩穿好衣服,玛丽望着我,两眼闪闪发光。我吻了她。从这时起,我们再没有说话。我搂着她,急忙找到公共汽车,回到我那里就跳上了床。我没关窗户,我们感到夏夜在我们棕色的身体上流动,真舒服。

早晨,玛丽没有走,我跟她说我们一道吃午饭。我下楼去买肉。上楼的时候,我听见莱蒙的屋子里有女人的声音。过了一会儿,老萨拉玛诺骂起狗来,我们听见木头楼梯上响起了鞋底和爪子的声音,接着,在"浑蛋!脏货!"的骂声中,他们上街了。我向玛丽讲了老头儿的故事,她大笑。她穿着我的睡衣,卷起了袖子。她笑的时候,我的心里又痒痒了。过了一会儿,她问我爱不爱她。我回答说这种话毫无意义,我好像不爱她。她好像很难过。可是在做饭的时候,她又无缘无故地笑了起来,笑得我又吻了她。就在这时,我们听见莱蒙屋里打起来了。

先是听见女人的尖嗓门儿,接着是莱蒙说:"你不尊重我,你不尊重我。我要教你怎么尊重我!"扑通扑通几声,那女人叫了起来。叫得那么凶,楼梯口立刻站满了人。玛丽和我也出去了。那女人一直在叫,莱蒙一直在打。玛丽说这真可怕,我没搭腔。她要我去叫警察,我说我不喜欢警察。不过,住在三层的一个管子工叫来了一个。他敲了敲门,里面没有声音了。他又用力敲了敲,过了一会儿,女人哭起来,莱蒙开了门。他嘴上叼着一支烟,样子笑眯眯的。那女人从门里冲出来,对警察说莱蒙打了她。警察问:"你的名字?"莱蒙回答了。警察说:"跟我说话的时候,把烟从嘴上拿掉。"莱蒙犹豫了一下,看了看我,又抽了一口。说时迟,那时快,警察照准莱蒙的脸,重重地结结实实地来了个耳光。香烟飞出去几米远。莱蒙变了脸,但他当时什么也没说,只是低声下气地问警察他能不能拾起他的烟头。警察说可以,但是告诉他:"下一次,你要知道警察可不是闹着玩儿的。"那女人一直在哭,不住地说:"他打了我。他是个乌龟。"莱蒙问:"警察先生,说一个男人是乌龟,这是合法的吗?"但警察命令他"闭嘴"。莱蒙于是转向那女人,对她说:"等着吧,小娘们儿,咱们还会见面的。"警察让他闭上嘴,叫那女人走,叫莱蒙待在屋里等着局里传讯。他还说，莱蒙醉了，哆嗦成这副样子，应该感到脸红。这时，莱蒙向他解释说：“警察先生，我没醉。只是我在这儿，在您面前，打哆嗦，我也没办法。”他关上门，人也都走了。玛丽和我做好午饭，但她不饿，几乎全让我吃了。她一点钟时走了，我又睡了一会儿。

快到三点钟的时候，有人敲门，进来的是莱蒙。我仍旧躺着。他坐在床沿上。他没说话，我问他事情的经过如何。他说他如愿以偿，但是她打了他一个耳光，他就打了她。剩下的，我都看到了。我对他说，我觉得她已受到惩罚，他该满意了。他也是这样想的。他还指出，警察帮忙也没用，反正是她挨揍了。他说他很了解警察，知道该如何对付他们。他还问我当时是不是等着我回敬警察一下子，我说我什么也不等，再说我不喜欢警察。莱蒙好像很满意。他问我愿意不愿意跟他一块儿出去。我下了床，梳了梳头。他说我得做他的证人。怎么都行，但我不知道应该说什么。照莱蒙的意思，只要说那女人对他不尊重就够了。我答应为他做证。

我们出去了，莱蒙请我喝了一杯白兰地。后来，他想打一盘弹子，我差点赢了。他还想逛妓院，我说不，因为我不喜欢那玩意儿。于是我们慢慢走回去，他说他惩罚了他的情妇心里高兴得不得了。我觉得他对我挺好，我想这个时候真舒服。

远远地，我看见老萨拉玛诺站在门口，神色不安。我们走近了，我看到他没牵着狗。他四下张望，左右乱转，使劲朝黑洞洞的走廊里看，嘴里念念有词，又睁着一双小红眼，仔细地在街上找。莱蒙问他怎么了，他没有立刻回答。我模模糊糊地听他嘟囔道：“浑蛋！脏货！”心情仍旧不安。我问他狗哪儿去了，他生硬地回答说它走了。然后，他突然滔滔不绝地说起来：“我像平常一样，带它去练兵场。做买卖的棚子周围人很多。我停下来看《国王散心》。等我再走的时候，它不在那儿了。当然，我早想给它买一个小点儿的颈圈。可是我从来也没想到这个脏货能这样就走了。”

莱蒙跟他说狗可能迷了路，它就会回来的。他举了好几个例子，说狗能跑几十公里找到主人。尽管如此，老头儿的神色反而更不安了。“可您知道，他们会把它弄走的。要是还有人收养它就好了。但这不可能，它一身疮，谁见了谁恶心。警察会抓走它的，肯定。”我于是跟他说，应该去待领处看看，付点钱就可领回来。他问我钱是不是要很多。我说不知道。于是，他发起火来：“为这个脏货花钱！啊！它还是死了吧！”他又开始骂起它来。莱蒙大笑，钻进楼里。我跟了上去，我们在楼梯口分了手。过了一会儿，我听见老头儿的脚步声，他敲敲我的门。我开开门，他在门槛上站了会儿，说：“对不起，对不起。”我请他进来，但他不肯。他望着他的鞋尖儿，长满硬痂的手哆嗦着。他没有看我，问道：“默而索先生，您说，他们不会把它抓走吧？他们会把它还给我的。不然的话，我可怎么活下去呢？”我对他说，送到待领处的狗保留三天，等待物主去领，然后就随意处置了。他默默地望着我。然后，他对我说：“晚安。”他关上门，我听见他在屋里走来走去。他的床咯吱咯吱响。我听见透过墙壁传来一阵奇怪的响声，原来他在哭呢。我不知道为什么忽然想起了妈妈。可是第二天早上我得早起。我不饿，没吃晚饭就上了床。

五

莱蒙往办公室给我打了个电话。他说他的一个朋友(他跟他说起过我)请我到他离阿尔及尔不远的海滨木屋去过星期天。我说我很愿意去,不过我已答应和一个女友一块儿过了。莱蒙立刻说他也请她。他朋友的妻子因为在一堆男人中间有了做伴的一定会很高兴。

我本想立刻挂掉电话,因为老板不喜欢人家从城里给我们打电话。但莱蒙要我等一等,他说他本来可以晚上转达这个邀请,但是他还有别的事情要告诉我。一帮阿拉伯人盯了他整整一天,内中有他过去的情妇的兄弟。“如果你晚上回去看见他们在我们的房子附近,你就告诉我一声。”我说一言为定。

过了一会儿,老板派人来叫我,我立刻不安起来,因为我想他一定又要说少打电话多干活儿了。其实,根本不是这么回事。他说他要跟我谈一个还很模糊的计划。他只是想听听我对这个问题的意见。他想在巴黎设一个办事处,直接在当地与一些大公司做买卖,他想知道我能否去那儿工作。这样,我就能在巴黎生活,一年中还可旅行旅行。“您年轻,我觉得这样的生活您会喜欢的。”我说对,但实际上怎么样都行。他于是问我是否对于改变生活不感兴趣。我回答说生活是无法改变的,什么样的生活都一样,我在这儿的生活并不使我不高兴。他好像不满意,说我答非所问,没有雄心大志,这对做买卖是很糟糕的。他说完,我就回去工作了。我并不愿意使他不快,但我看不出有什么理由改变我的生活。仔细想想,我并非不幸。我上大学的时候,有过不少这一类的雄心大志。但是当我不得不辍学的时候,我很快就明白了,这一切实际上并不重要。

晚上,玛丽来找我,问我愿意不愿意跟她结婚。我说怎么样都行,如果她愿意,我们可以结。于是,她想知道我是否爱她。我说我已经说过一次了,这种话毫无意义,如果一定要说的话,我大概是不爱她。她说:“那为什么又娶我呢?”我跟她说这无关紧要,如果她想,我们可以结婚。再说,是她要跟我结婚的,我只要说行就完了。她说结婚是件大事。我回答说:“不。”她沉默了一阵,一声不响地望着我。后来她说话了。她只是想知道,如果这个建议出自另外一个女人,我和她的关系跟我和玛丽的关系一样,我会不会接受。我说:“当然。”于是她心里想她是不是爱我,而我,关于这一点是一无所知。又沉默了一会儿,她低声说我是个怪人,她就是因为这一点才爱我,也许有一天她会出于同样的理由讨厌我。我一声不吭,没什么可说的。她微笑着挽起我的胳膊,说她愿意跟我结婚。我说她什么时候愿意就什么时候办。这时我跟她谈起老板的建议,玛丽说她很愿意认识认识巴黎。我告诉她我在那儿住过一阵,她问我巴黎怎么样。我说:“很脏。有鸽子,有黑乎乎的院子。人的皮肤是白的。”

后来,我们出去走了走,逛了城里的几条大街。女人们很漂亮,我问玛丽她是否注意到了。她说她注意到了,还说她对我了解了。有一会儿,我们没有说话。但我还是希望她和我在一起,我跟她说我们可以一块儿去赛莱斯特那儿吃晚饭。她很想去,不过她有事。我们已经走近了我住的地方,我跟她说再见。她看了看我说:“你不想知道我有什么事吗?”我很想知道,但我没想到要问她,而就是为了这她有着那种要责备我的神气,看到我尴尬的样子,她又笑了,身子一挺把嘴唇凑上来。

我在赛莱斯特的饭馆里吃晚饭。我已开始吃起来,这时进来一个奇怪的小女人,她问我她是否可以坐在我的桌子旁边。她当然可以。她的动作僵硬,两眼闪闪发光,一张小脸像苹果一样圆。她脱下短外套,坐下,匆匆看了看菜谱。她招呼赛莱斯特,立刻点完她要的菜,语气准确而急迫。在等凉菜的时候,她打开手提包,拿出一小块纸和一支铅笔,事先算好钱,从小钱包里掏出来,外加小费,算得准确无误,摆在眼前。这时凉菜来了,她飞快地一扫而光。在等下一道菜时,她又从提包里掏出一支蓝铅笔和一份本星期的广播杂志。她仔仔细细地把几乎所有的节目一个个勾出来。由于杂志有十几页,整整一顿饭的工夫,她都在细心地做这件事。我已经吃完,她还在专心致志地做这件事。她吃完站起来,用刚才自动机械一样准确的动作穿上外套,走了。我无事可干,也出去了,跟了她一阵子。她在人行道的边石上走,迅速而平稳,令人无法想象。她一往直前,头也不回。最后,我看不见她了,也就回去了。我想她是个怪人,但是我很快就把她忘了。

在门口,我看见了老萨拉玛诺。我让他进屋,他说他的狗丢了,因为它不在待领处。那里的人对他说,它也可能被轧死了。他问到警察局去搞清这件事是否是办不到的,人家跟他说这类事是没有记录的,因为每天都会发生,我对老萨拉玛诺说他可以再弄一条狗,可是他请我注意他已经习惯和这条狗在一起,这一点他说得对。

我蹲在床上,萨拉玛诺坐在桌前的一张椅子上。他面对着我,双手放在膝盖上。他还戴着他的旧毡帽。在发黄的小胡子下面,他嘴里含含糊糊,不知在说什么。我有点讨厌他了,不过我无事可干,也没有一点睡意。没话找话,我就问起他的狗来。他说他是在他老婆死后有了那条狗。他结婚相当晚。年轻的时候,他曾经想演戏,所以当兵时,他在军队歌舞剧团里演戏。但最后,他进了铁路部门,他并不后悔,因为他现在有一小笔退休金。他和他老婆在一起并不幸福,但总的说来,他也习惯了。她死后,他感到十分孤独。于是他便跟一个工友要了一条狗,那时它还很小。他得拿奶瓶喂它。因为狗比人活得时间短,他们就一块儿老了。“它脾气很坏,”萨拉玛诺说,“我们俩常常吵架。不过,它总算还是一条好狗。”我说它是良种,萨拉玛诺好像很高兴。他说:“您还没在它生病以前见过它呢。它最漂亮的是那一身毛。”自从这狗得了这种皮肤病,萨拉玛诺每天早晚两次给它抹药。但是据他看,它真正的病是衰老,而衰老是治不好的。

这时,我打了个哈欠,老头儿说他要走了。我跟他说他可以再待一会儿,对他狗的事我很难过,他谢谢我。他说妈妈很喜欢他的狗。说到她,他称她作“您那可怜的母亲”。他猜想妈妈死后我该是很痛苦,我没有说话。这时,他很快地、不大自然地对我说,他知道这一带的人对我看法不好,因为我把母亲送进了养老院,但他了解我,他知道我很爱妈妈。我回答说,我还不知道为什么,我也不知道在这方面他们对我看法不好,但是我认为把母亲送进养老院是件很自然的事,因为我雇不起人照顾她。“再说,”我补充说,“很久以来她就和我无话可说,她一个人待着闷得慌。”他说:“是啊,在养老院里,她至少还有伴儿。”然后，他告辞了。他想睡觉。现在他的生活变了，他有些不知如何是好。他不好意思地伸过手来，这是自我认识他以来的第一次，我感到他手上有一块块硬皮。他微微一笑，在走出去之前又说：“我希望今天夜里狗不要叫。我老以为那是我的狗。”

六

今天是星期天，我总也睡不醒。玛丽叫我，推我，才把我弄起来。我们没吃饭，因为我们想早早去游泳。我感到腹内空空，头也有点儿疼。我的香烟有一股苦味。玛丽取笑我，说我“愁眉苦脸”。她穿了一件白色连衣裙，披散着头发。我说她很美，她高兴得直笑。

下楼时，我们敲了敲莱蒙的门。他说他就下去。由于我很疲倦，也因为我们没有打开百叶窗，不知道街上已是一片阳光。阳光照在我的脸上，像是打了一记耳光。玛丽高兴得直跳，不住地说天气真好。我感觉好了些，觉得肚子饿了。我跟玛丽说了，她给我看看她的漆布手提包，里面放着我们的游泳衣和一条浴巾。我们就等莱蒙了，我们听见他关上了门。他穿一条蓝裤，短袖白衬衫，但是戴了一顶平顶草帽，引得玛丽大笑。袖子外的胳膊很白，长着黑毛。我看了有点不舒服。他吹着口哨下了楼，看样子很高兴。他朝着我说：“你好，伙计。”而对玛丽则称“小姐”。

前一天我们去警察局了，我证明那女人“不尊重”莱蒙。他只受到警告就没事了。他们没有调查我的证词。在门前，我们跟莱蒙说了说，然后我们决定去乘公共汽车。海滩并不很远，但乘车去更快些。莱蒙认为他的朋友看见我们去得早，一定很高兴。我们正要动身，莱蒙突然示意我看看对面。我看见一帮阿拉伯人正靠着烟店的橱窗站着。他们默默地望着我们，不过他们总是这样看我们的，正好像我们是些石头和枯树一样。莱蒙对我说，左边第二个就是他说的那小子。他好像心事重重，不过，他又说现在这件事已经了结。玛丽不大清楚，问我们是怎么回事。我跟她说这些阿拉伯人恨莱蒙。玛丽要我们立刻就走。莱蒙身子一挺，笑着说是该赶紧走了。

我们朝汽车站走去，汽车站还挺远，莱蒙对我说阿拉伯人没有跟着我们。我回头看了看，他们还在老地方，还是那么冷漠地望着我们刚刚离开的那地方。我们上了汽车。莱蒙似乎完全放了心，不断地跟玛丽开玩笑。我感到他喜欢她，可是她几乎不搭理他。她不时望着他笑笑。

我们在阿尔及尔郊区下了车。海滩离公共汽车站不远。但是要走过一个俯临大海的小高地，然后就可下坡直到海滩。高地上满是发黄的石头和雪白的阿福花，衬着已经变得耀眼的蓝天。玛丽一边走，一边抡起她的漆布手提包打着花瓣玩儿。我们在一排排小别墅中间穿过，这些别墅的栅栏有的是绿色的，有的是白色的，其中有几幢有阳台，一起隐没在柽柳丛中，有几幢光秃秃的，周围一片石头。走到高地边上，就已能看见平静的大海了，更远些，还能看到一角地岬，睡意蒙眬地雄踞在清冽的海水中，一阵轻微的马达声在宁静的空气中传到我们的耳边。远远地，我们看见一条小拖网渔船在耀眼的海面上驶来，慢得像不动似的。玛丽采了几朵蝴蝶花。从通往海边的斜坡上，我们看见有几个人已经在游泳了。

莱蒙的朋友住在海滩尽头的一座小木屋里,房子背靠峭壁。前面的木桩已经泡在水里。莱蒙给我们作了介绍。他的朋友叫马松。他高大,魁梧,肩膀很宽,而他的妻子却又矮又胖,和蔼可亲,一口巴黎腔。他立刻跟我们说不要客气,他做了炸鱼,鱼是他早上刚打的。我跟他说他的房子真漂亮。他告诉我他在这儿过星期六、星期天和所有的假日。他又说:“跟我的妻子,大家会合得来的。”的确,他的妻子已经和玛丽又说又笑了。也许是第一次,我真想到我要结婚了。

马松想去游泳,可他妻子和莱蒙不想去。我们三个人出了木屋,玛丽立刻就跳进水里了。马松和我稍等了一会儿。他说话慢悠悠的,而且不管说什么,总要加一句“我甚至还要说”,其实,对他说的话,他根本没有进一步加以说明。谈到玛丽,他对我说:“她真不错,我甚至还要说,真可爱。”后来,我就不再注意他这口头语,一心只去享受太阳晒在身上的舒服劲儿了。沙子开始烫脚了。我真想下水,可我又拖了一会儿,最后我跟马松说:“下水吧!”就扎进水里。他慢慢走进水里,直到站不住了,才钻进去。他游蛙泳,游得相当坏,我只好撇下他去追玛丽。水是凉的,我游得很高兴。我和玛丽游远了,我们觉得,我们在动作上和愉快心情上都是协调一致的。

到了远处,我们改作仰游。我的脸朝着天,一层薄薄的水幕漫过,流进嘴里,就像带走了一片阳光。我们看见马松游回海滩,躺下晒太阳。远远地望去,他真是一个庞然大物。玛丽想和我一起游。我游到她后面,抱住她的腰,她在前面用胳膊划水,我在后面用脚打水。哗哗的打水声一直跟着我们,直到我觉得累了。于是,我放开玛丽,往回游了,我恢复了正常的姿势,呼吸也自如了。在海滩上,我趴在马松身边,把脸贴在沙子上。我跟他说“真舒服”,他同意。不一会儿,玛丽也来了。我翻过身子,看着她走过来。她浑身是水,头发甩在后面。她紧挨着我躺下,她身上的热气,太阳的热气,烤得我迷迷糊糊地睡着了。

玛丽推了推我,说马松已经回去了,该吃午饭了。我立刻站起来,因为我饿了,可是玛丽跟我说一早上还没吻过她呢。这是真的,不过我真想吻她。“到水里去。”她说。我们跑起来,迎着一片细浪扑进水里。我们划了几下,玛丽贴在我身上。我觉得她的腿夹着我的腿,我感到一阵冲动。

我们回来时,马松已经在喊我们了。我说我很饿,他立刻对他妻子说他喜欢我。面包很好,我狼吞虎咽地把我那份鱼吃光。接着上来的还有肉和炸土豆。我们吃着,没有人说话。马松老喝酒,还不断地给我倒。上咖啡的时候,我的头已经昏沉沉的了。我抽了很多烟。马松、莱蒙和我,我们三个计划八月份在海滩过,费用大家出。玛丽突然说道:“你们知道几点了吗?才十一点半呀!”我们都很惊讶,可是马松说饭就是吃得早,这也很自然,肚子饿的时候,就是吃午饭的时候。我不知道为什么这竟使得玛丽笑起来。我认为她有点儿喝多了。马松问我愿意不愿意跟他一起去海滩上走走。“我老婆午饭后总要睡午觉。我嘛,我不喜欢这个。我得走走。我总跟她说这对健康有好处。不过,这是她的权利。”玛丽说她要留下帮助马松太太刷盘子。那个巴黎小女人说要干这些事,得把男人赶出去。我们三个人走了。

太阳几乎是直射在沙上,海面上闪着光,刺得人睁不开眼睛。海滩上一个人也没有。从建在高地边上、俯瞰着大海的木屋中,传来了杯盘刀叉的声音。石头的热气从地面升上来,热得人喘不过气来。开始,莱蒙和马松谈起一些我不知道的人和事。我这才知道他们已经认识很久了,甚至还一块儿住过一阵。我们朝海水走去,沿海边走着。有时候,海浪漫上来,打湿了我们的布鞋。我什么也不想,因为我没戴帽子,太阳晒得我昏昏欲睡。

这时,莱蒙跟马松说了句什么,我没听清楚。但就在这时,我看见在海滩尽头离我们很远的地方,有两个穿蓝色司炉工装的阿拉伯人朝我们这个方向走来。我看了看莱蒙,他说:“就是他。”我们继续走。马松问他们怎么会跟到这儿来,我想他们大概看见我们上了公共汽车,手里还拿着去海滩的提包,不过我什么也没说。

阿拉伯人走得很慢,但离我们已经近得多了。我们没有改换步伐,但莱蒙说了:“如果要打架,你,马松,你对付第二个。我嘛,我来收拾我那个家伙。你,默而索,如果再来一个,就是你的。”我说:“好。”马松把手放进口袋。我觉得晒得发热的沙子现在都烧红了。我们迈着均匀的步子冲阿拉伯人走去。我们之间的距离越来越小。当距离只有几步远的时候,阿拉伯人站住了。马松和我,我们放慢了步子。莱蒙直奔他那个家伙。我没听清楚他跟他说了句什么,只见那人摆出一副不买账的样子。莱蒙上去就是一拳,同时招呼一声马松。马松冲向给他指定的那一个,奋力砸了两拳,把那人打进水里,脸朝下,好几秒钟没有动,头周围咕噜咕噜冒上一片水泡,随即破了。这时,莱蒙也在打,那个阿拉伯人满脸是血。莱蒙转身对我说:“看着他的手要掏什么。”我朝他喊:“小心,他有刀!”可是,莱蒙的胳膊已给划开了,嘴上也挨了一刀。

马松纵身向前一跳。那个阿拉伯人已从水里爬起来,站到了拿刀的那人身后。我们不敢动了。他们慢慢后退,不住地盯着我们,用刀逼住我们。当他们看到已退到相当远的时候,就飞快地跑了。我们待在太阳底下动不得,莱蒙用手捂住滴着血的胳膊。

马松说有一位来这儿过星期天的大夫,住在高地上。莱蒙想马上就去。但他一说话,嘴里就有血泡冒出来。我们扶着他,尽快地回到木屋。莱蒙说他只伤了点皮肉,可以到医生那里去。马松陪他去了,我留下把发生的事情讲给两个女人听。马松太太哭了,玛丽脸色发白。我呢,给她们讲这件事让我心烦。最后,我不说话了,望着大海抽起烟来。

快到一点半的时候,莱蒙和马松回来了。胳膊上缠着绷带,嘴角上贴着橡皮膏。医生说不要紧,但莱蒙的脸色很阴沉。马松想逗他笑,可是他始终不吭声。后来,他说他要到海滩上去,我问他到海滩上什么地方,他说随便走走喘口气。马松和我说要陪他一道去。于是,他发起火来,骂了我们一顿。马松说那就别惹他生气吧。不过,我还是跟了出去。

我们在海滩上走了很久。太阳现在酷热无比，晒在沙上和海上，散成金光点点。我觉得莱蒙知道去哪儿，但这肯定是个错误的印象。我们走到海滩尽头，那儿有一眼小泉，水在一块巨石后面的沙窝里流着。在那儿，我们看见了那两个阿拉伯人。他们躺着，穿着油腻的蓝色工装。他们似乎很平静，差不多也很高兴。我们来了，并未引起任何变化。用刀刺了莱蒙的那个人一声不吭地望着他。另一个吹着一截小芦苇管，一边用眼角瞄着我们，一边不断重复着那东西发出的三个音。

这时候，周围只有阳光、寂静、泉水轻微的流动声和那三个音了。莱蒙的手朝装着手枪的口袋里伸去，可是那个人没有动，他们一直彼此对视着。我注意到吹笛子的那个人的脚趾分得很开。莱蒙一边盯着他的对头，一边问我："我干掉他？"我想我如果说不，他一定会火冒三丈，非开枪不可。我只是说："他还没说话呢。这样就开枪不好。"在寂静和炎热之中，还听得见水声和笛声。莱蒙说："那么，我先骂他一顿，他一还口，我就干掉他。"我说："就这样吧。但是如果他不掏出刀子，你不能开枪。"莱蒙有点火了。那个人还在吹，他们俩注意着莱蒙的一举一动。我说："不，还是一个对一个，空手对空手吧。把枪给我。如果另一个上了，或是他掏出了刀子，我就干掉他。"

莱蒙把枪给我，太阳光在枪上一闪。不过，我们还是站着没动，好像周围的一切把我们裹住了似的。我们一直眼对眼地相互盯着，在大海、沙子和阳光之间，一切都停止了，笛音和水声都已消失。这时我想，可以开枪，也可以不开枪。突然间，那两个阿拉伯人倒退着溜到山岩后面。于是，莱蒙和我就往回走了。他显得好了些，还说起了回去的公共汽车。

我一直陪他走到木屋前。他一级一级登上木台阶，我在第一级前站住了，脑袋被太阳晒得嗡嗡直响，一想到要费力气爬台阶，还要跟那两个女人说话，就泄气了，可是天那么热，一动不动地待在一片从天而降的耀眼的光雨中，也是够难受的。待在那里，还是走开，其结果是一样的。过了一会儿，我朝海滩转过身去，迈步往前走了。

到处依然是一片火爆的阳光。大海憋得急速地喘气，把它细小的浪头吹到沙滩上。我慢慢地朝山岩走去，觉得太阳晒得额头膨胀起来。热气整个儿压在我身上，我简直迈不动腿。每逢我感到一阵热气扑到脸上，我就咬咬牙，握紧插在裤兜里的拳头，我全身都绷紧了，决意要战胜太阳，战胜它引起的这种不可理解的醉意。从沙砾、雪白的贝壳或一片碎玻璃上反射出来的光亮，好像一把把利剑劈过来，剑光一闪，我的牙关就收紧一下。我走了很长时间。

远远地，我看见了那一堆黑色的岩石，阳光和海上的微尘在它周围罩上一圈炫目的光环。我想到了岩石后面清凉的泉水。我想再听听淙淙的水声，想逃避太阳，不再使劲往前走，不再听女人的哭声，总之，我想找一片阴影休息一下。可是当我走近了，我看见莱蒙的对头又回来了。

他是一个人，仰面躺着，双手枕着脑后，头在岩石的阴影里，身子露在太阳底下。蓝色工装被晒得冒热气。我有点儿吃惊。对我来说，那件事已经完了，我来到这儿根本没想那件事。

他一看见我，就稍稍欠了欠身。把手插进口袋里。我呢，自然而然地握紧了口袋里莱蒙的那支手枪。他又朝后躺下了，但是并没有把手从口袋里抽出来。我离他还相当远，约有十几米吧。我隐隐约约地看见，在他半闭的眼皮底下目光不时地一闪。然而最经常的，却是他的面孔在我眼前一片燃烧的热气中晃动，海浪的声音更加有气无力，比中午的时候更加平静。还是那一个太阳，还是那一片光亮，还是那一片伸展到这里的沙滩。两个钟头了，白昼没有动；两个钟头了，它在这一片沸腾的金属的海洋中抛下了锚。天边驶过一艘小轮船，我是瞥见那个小黑点的，因为我始终盯着那个阿拉伯人。

我想我只要一转身，事情就完了。可是整个海滩在阳光中颤动，在我身后挤来挤去。我朝水泉走了几步，阿拉伯人没有动。不管怎么说，他离我还相当远。也许是因为他脸上的阴影吧，他好像在笑。我等着，太阳晒得我两颊发烫，我汗珠聚在眉峰上。那太阳和我安葬妈妈那天的太阳一样，头也像那天一样难受，皮肤下面所有的血管都一齐跳动。我热得受不了，又往前走了一步。我知道这是愚蠢的，我走一步并逃不过太阳。但是我往前走了一步，仅仅一步。这一次，阿拉伯人没有起来，却抽出刀来，迎着阳光对准了我。刀锋闪闪发光，仿佛一把寒光四射的长剑刺中了我的头。就在这时，聚在眉峰的汗珠一下子流到了眼皮上，蒙上一幅温吞吞的模模糊糊的水幕。这一泪水和咸水掺和在一起的水幕使我的眼睛什么也看不见。我只觉得铙钹似的太阳扣在我的头上，那把刀刺眼的刀锋总是隐隐约约地对着我。滚烫的刀尖穿过我的睫毛，挖着我痛苦的眼睛。就在这时，一切都摇晃了。大海呼出一口沉闷而炽热的气息。我觉得天门洞开，向下倾泻着大火。我全身都绷紧了，手紧紧握住枪。枪机扳动了，我摸着了光滑的枪柄，就在那时，猛然一声震耳的巨响，一切都开始了。我甩了甩汗水和阳光。我知道我打破了这一天的平衡，打破了海滩上不寻常的寂静，而在那里我曾是幸福的。这时，我又对准那具尸体开了四枪，子弹打进去，也看不出什么来。然而，那却好像是我在苦难之门上短促地叩了四下。

郭宏安　译

1958
获奖作家
帕斯捷尔纳克

传略

早在一九四七年,俄罗斯诗人、小说家帕斯捷尔纳克就已被列入诺贝尔文学奖候选人名单,直到一九五八年,他才因“在当代抒情诗和伟大的俄罗斯叙事文学传统领域中取得的重大成就”而获得诺贝尔文学奖。但此事在他的祖国引起了轩然大波,人们认为他的获奖主要是由于他秘密送往西方出版的长篇小说《日瓦戈医生》,于是他的这部作品受到了严厉的批判,他本人也被开除出作家协会,有人甚至扬言要开除他的国籍。结果,帕斯捷尔纳克被迫致电瑞典学院,发表拒绝领奖的声明:“鉴于此奖在我所属的社会中已经有其含义,因而我必须拒绝这份已决定颁给我的、当之有愧的奖励。请勿因我自愿放弃而不快。”同时,他又写信给赫鲁晓夫,声明自己不能离开生长、生活和工作的祖国,要求不要对他采取极端措施,这场风波才算平息。

鲍里斯·列昂尼多维奇·帕斯捷尔纳克(Борис ЛеонИдович Пастернак,1890—1960),一八九○年二月十日生于莫斯科的一个犹太知识分子家庭。父亲是著名画家、莫斯科美术学院教授,母亲是一位很有才华的钢琴家。帕斯捷尔纳克早在少年时代就有幸认识父亲的挚友大文豪列夫·托尔斯泰、奥地利著名诗人里尔克等文艺界名人。一九○九年,帕斯捷尔纳克入莫斯科大学法律系,后转至历史哲学系,一九一二年还曾赴德国马尔堡大学攻读德国哲学。

早在大学时代,帕斯捷尔纳克就已开始发表诗作,并参加象征派和未来派诗歌团体的活动。一九一四年,他出版了自己的第一部诗集《云雾中的双子星座》,以后又相继出版了诗集《超越障碍》(1916)、《生活啊,我的姐妹》(1922)、《主题与变奏》(1923)及中篇小说《柳威尔斯的童年》(1922)等。他具有独特的捕捉瞬间感受的才能,善于描写大自然的“心情”,他的诗非理性成分较多,充满主观臆想和唯美主义色彩,文字艰深难懂,句法变化莫测，隐喻新颖奇特。高尔基曾指出，在他的诗中“印象和形象之间的联系，过于纤细，几乎难以捉摸”。

十月革命后的社会现实对帕斯捷尔纳克的创作产生了影响。随着未来主义运动受到彻底批判和“社会主义现实主义”创作原则的确立，帕斯捷尔纳克竭力想改变自己的创作方向和创作手法，以跟上形势的要求。他于一九二六年和一九二七年相继发表的《施密特中尉》和《一九〇五年》，就是反映重大历史事件的叙事长诗，说明诗人已将自己的视角从个人的内心逐渐转向现实和历史。这两首诗都以革命斗争中的正面人物为主角，叙述了他们在革命年代中的经历。前者表达了诗人对革命斗争中个人命运的思考，后者描写俄国历史上的一场重大革命事件，同时融入了回忆。此外，他还发表了长诗《崇高的病》(1924)，在其中的第一、第二部中塑造了列宁的形象。三十年代初发表的主要作品有回忆自己生活道路的自传体中篇小说《安全保护证》(1931)、诗体小说《斯波克托尔斯基》(1931)和诗集《重生》(1932)等。

卫国战争期间，帕斯捷尔纳克曾和一些作家一起上过前线，写了许多报道、特写和诗歌，描绘了人民在抗击法西斯侵略斗争中的英勇事迹和光辉形象。这一时期出版的诗集有《在早班火车上》(1943)、《辽阔的大地》(1945)等，这些诗歌语言明朗，形象简洁，吸收了古典诗歌中的简朴清新之美，克服了早期作品中过于雕琢的倾向。

第二次世界大战结束后，帕斯捷尔纳克的诗歌在一九四六年再次受到批判，被斥责为缺乏思想性、人民性和非政治化的典型。从一九四八年开始，他着手创作长篇小说《日瓦戈医生》，一九五六年完成后送《新世界》杂志编辑部，结果遭到退稿。后来他将稿子交给意大利一家出版社，该社于一九五七年十一月在米兰出版了意大利文译本。《日瓦戈医生》描写了一个知识分子在十月革命前后三十多年间历史变革中的坎坷命运。它是作家数十年来对人生、对历史苦心思考的结晶。

一九五六年至一九五九年，帕斯捷尔纳克创作了最后一部诗集《雨霁》。在去世前的最后几个月中，作家仍在辛勤笔耕，创作有关农奴制的历史剧三部曲《盲美人》，但未及完稿。

一九六〇年五月三十日，帕斯捷尔纳克因肺癌病逝于莫斯科郊外别列捷尔金诺村的寓所。

一九八六年，当时的苏联作家协会正式为帕斯捷尔纳克恢复了名誉，并成立了帕斯捷尔纳克文学遗产委员会，决定建立帕斯捷尔纳克纪念馆，出版帕斯捷尔纳克全集。

授奖公告

今年的诺贝尔文学奖由瑞典学院颁给了俄国作家鲍里斯·帕斯捷尔纳克，因为他不论在当代诗歌上还是在俄国的伟大叙事文学传统方面都获得了令人瞩目的成就。

众所周知，帕斯捷尔纳克已经传话来，说他不想接受这项殊荣。当然，这个拒绝丝毫未改变此奖的有效性。然而，瑞典学院只能遗憾地宣布，此奖的颁奖仪式不能举行。

一九五八年十月二十五日，也就是在瑞典学院正式告知鲍里斯·帕斯捷尔纳克已被选为诺贝尔文学奖得主的两天以后，这位俄国作家给瑞典学院发来下述电报：“极其感激，极其感动，极其骄傲，极其吃惊，极其惭愧。”十月二十九日又发来另外一份电报，其中有下述内容：“鉴于此奖在我所属的社会中已经有其含义，因而我必须拒绝这份已决定颁给我的、当之有愧的奖励。请勿因我自愿放弃而不快。”

瑞典学院 一九五八年十月二十三日

王义国 译

作品

拂晓

你是我命运中的一切，
后来发生了战争、破坏，
从此很久很久
没有你的消息传来。

又过了多少冬夏，
你的声音再次唤起我的不安。
我仿佛从昏厥中苏醒，
彻夜捧读你的遗言。

我想挤到人群中去，
在清晨熙熙攘攘的人流中旋转。
我想把一切打个粉碎，
让人人跪倒在眼前。

我沿着楼梯奔跑，
好像头一次走出房屋，
来到这雪的街道，
踏上死寂的马路。

处处灯火，处处安乐，人们在饮茶，
可是已到了赶电车的时辰，
只消几分钟——

城市就会变得无法辨认。

风卷起大片的雪花
在门洞里编织白网，
人们为了及时去办完各种事情，
未及吃完早点，就投入了奔忙。

我宛如来自他们身上，
替他们所有人在感受，
我像雪一样在融化，
我像早晨——紧锁着眉头。

我跟没名没姓的人，
跟树木、儿童、不爱出门的人在一起。
我屈从于他们每一位，
这——也正是我的胜利。

乌兰汗　译

松

在凤仙花、苦菊
和森林的野莲当中，
我们枕着手仰卧草地
昂着面对万里长空。

松林茂密，小径弯弯，
杂草丛生，通行艰难。
我们俩交换了个眼色，
变变姿势，换换地点。

顿时，我们变得不朽，
我们化入松树身上，
从而摆脱了
疾病、瘟疫、死亡。

天空有意如此单调，

蔚蓝一片，宛如润滑油，
它投下一个个日影
染脏我们的衣袖。

我们谛听甲虫如何蠕动，
分享松树的休息，
我们在松林里呼吸着
柠檬与神香混合的催眠香气。

蓝天衬托着火红的树干，
枝杈错综，朝天指地，
我们久久地、久久地
不从仰面朝天的头下伸出手臂。

眼前是那么广阔无垠，
景象是那么令人心旷神怡，
使我时刻朦胧地感到
大海就在大树后边栖息。

那儿的海浪高过这儿的松枝，
海浪搅乱了深深的海底，
它从顽石上俯冲下来，
掀起阵阵小虾的骤雨。

每到黄昏时刻，拖船后边
软木上抹上了夕阳，
仿佛是鱼肝油在闪烁，
又像是琥珀在朦胧发亮。

天黑了，月儿把万物的脚印
悄悄地埋葬，
埋在白色的神秘的泡沫下，
埋在黑色的神秘的水乡。

可是海浪掀得更高，吵得更响，
人群簇拥在浮船上，
他们在围观广告柱，

从远处无法看清柱上的字样。

一九四一年

乌兰汗　译

冬夜

白白的　白白的雪花
铺天盖地地飘。
台上的蜡烛在燃烧，
蜡烛在燃烧。

雪花像夏天的蚊子
成群扑向火苗，
院里的雪片一片片一片片
落满窗棂犄角。

风雪在玻璃窗上绘出
各种花纹与棱角。
台上的蜡烛在燃烧，
蜡烛在燃烧。

烛光映亮的天花板上
影子一层又一层，
交叉的手，交叉的腿，
交叉的生命。

一双小小的皮鞋，
橐橐落地。
烛泪落在衣衫上
点点滴滴。

一切都在茫茫的雪中
消逝掉了。
台上的蜡烛在燃烧，
蜡烛在燃烧。

冷风从墙角吹向烛台,
热气像天使飞翔,
像个十字架张开了
两只翅膀。

整个二月都在下雪,
没完没了,所以
台上的蜡烛在燃烧,
蜡烛在燃烧。

一九四六年
乌兰汗 译

三月

太阳散着热气,累得汗水淋漓,
峡谷狂乱呼啸,如同着了迷。
春天的活儿可真够多呀,
好像健壮的女饲养员忙个不迭。

雪,缺乏血液,奄奄一息,
树枝露出高低不平的青皮。
可是木叉在施展无穷的力量,
牛棚里弥漫着盎盎的生机。

这样的夜呀,这样的白昼与黑夜!
晌午时刻融化了的雪水滴滴,
房檐下倒垂的冰溜那么纤细,
彻夜不眠的溪水絮絮叨叨!

马厩牛棚,都把门栏敞开。
鸽子在雪地上啄食麦粒,
万物复苏,全是因为——
清新的空气中飘来了粪肥的气息。

一九四六年
乌兰汗 译

哈姆雷特

嘈杂声静息。我向舞台上走去。
斜身靠着门框,我在捕捉时机——
在遥远的回声的余波当中
捕捉我一生中可能发生的事迹。

那里有几千具望远镜,
盯着我,在这漆黑的夜里。
我的主啊,如果可能的话,
请你不要让我经受这般遭遇。

我喜欢你那固执的构思,
扮演这个角色,我同意,
不过,现在演的是另一出悲剧,
希望这次让我放弃。

道路的终点不能逆转,
每个场次都安排得十分周密。
我独自一人,饱尝假仁假义。
度过一生——绝非蹚过草地。

乌兰汗　译

雷雨一瞬永恒

夏季就这样告辞了,
在半途之中。脱下帽,
一百幅炫目的照片
记录下黑夜的雷声隆隆。

丁香花穗可冻坏了。
这时,雷,摘了一满抱
闪电——从田野摘来闪电
好给管理局做灯。

暴雨轰的一下爆发了，
炭笔画出篱笆似的线条；
穷凶极恶的波浪
泛滥在大楼的屋顶。

此刻，“意识崩溃”在使眼色：
就连理性的那些角落——
那些明白如昼的地方
也面临如梦初醒的照明。

飞白　译

春

春。我从外面来，那儿白杨吃惊，
原野害怕，房子担心跌倒在地，
那儿空气发青，恰如一个病人
出院时手里挽的一包内衣。

那儿黄昏空虚，像断了的故事，
没有下文，被一颗星悬在那里。
使千万双喧闹的眼睛困惑不解——
千万双眼睛丧失表情，如井无底。

飞白　译

1959
获奖作家
夸西莫多

传略

夸西莫多和蒙塔莱、翁加雷蒂并称为当代意大利最杰出的诗人，是隐秘派诗歌的重要代表。蒙塔莱曾说过："夸西莫多诗歌的独创性在于大胆地运用类比，在于音乐性。"他还以"诗行有余味，篇中有余意"著称。

萨瓦多尔·夸西莫多(Salvatore Quasimodo，1901—1968)出生于意大利西西里岛的莫迪卡镇。父亲是一个铁路职员，他童年时就随家辗转于许多小城镇。一九一六年，夸西莫多考入巴勒莫的技术学校，由于受姑母的影响，从小爱好诗歌，早在技校时即和朋友们创办文学刊物，发表诗歌习作。一九二〇年，夸西莫多赴罗马进大学学习，先学土木工程，后改学古希腊、古罗马文学，但不久即因经济困难中途辍学。此后，他当过建筑公司绘图员、工厂业务员、百货公司店员、土木工程局测绘员等。一九二八年，夸西莫多开始正式发表诗作，翌年在佛罗伦萨结识了许多著名的文学家，同隐秘派主要代表诗人蒙塔莱成为莫逆之交，并开始为进步文学刊物《索拉里亚》撰稿。

一九三〇年，夸西莫多出版第一部诗集《水与土》，一举成名。一九三八年离开工程部门，进《时报》编辑部任文学编辑。一九三九年应聘为米兰音乐学院意大利文学教授，并积极从事诗歌创作。第二次世界大战期间，夸西莫多积极支持反法西斯抵抗运动，写出了许多脍炙人口的爱国主义诗篇，此外他还从事古典文学和外国文学的研究和翻译。一九五九年，夸西莫多由于"他的抒情诗以古典的激情表现了我们时代的悲剧性生活经历"，荣获诺贝尔文学奖。六十年代时，他虽时时疾病缠身，但仍坚持写作，继续出版作品。一九六八年六月十四日，终因脑溢血不幸在那不勒斯去世。

夸西莫多的前期诗集除《水与土》外，还有《消逝的笛音》(1932年出版，曾获意大利文学奖)、《厄拉托与阿波罗》(1936)和《新诗集》(1942)。这四卷诗集于一九四二年汇编成集，名为《黄昏即将来临》。这些作品记录了诗人前半生的心路历程，是富有隐喻、晦涩朦胧的典型的隐秘派诗歌。

第二次世界大战对夸西莫多的诗歌创作道路产生了重大影响。反法西斯抵抗运动开展以后，他跳出了个人情感的天地，在抒情诗的内涵中增添了“社会诗”的成分，他的诗从表现个体的“我”转而表现集体的“我们”，诗风也从低回婉转变为刚健清新，将隐秘派诗歌推到一个新的阶段。夸西莫多这一时期的代表作有诗集《日复一日》(1946)、《生活不是梦》(1949)等。这些诗作描绘了战争和法西斯给人类带来的痛苦和灾难，歌颂了同法西斯进行英勇斗争的优秀战士，洋溢着强烈的爱国主义热情。

夸西莫多后期的作品还有诗集《真假绿色》(1956)、《乐土》(1958)、《给予和拥有》(1966)等。在这些诗作中，诗人表达了自己坚定崇高的信念：生活不是梦幻，而是义务，人应当不断追求生活的真谛和生活的哲理。

除了诗歌创作外，夸西莫多在古典文学研究和外国文学翻译方面也颇多建树，先后翻译了荷马、维吉尔、索福克勒斯、莎士比亚、莫里哀、裴多菲、聂鲁达等人的作品。此外还著有论述文学、电影、绘画、戏剧的文集，如《诗人与政治》(1960)、《戏剧评论》(1961)等。

授奖词

荣获本年度诺贝尔文学奖的意大利诗人萨瓦多尔·夸西莫多，就其出生地而言是西西里人。他生在锡拉库兹，更准确些，是距海岸不远的小城莫迪卡。不难想象，这个充满了对往昔回忆的地方，一定对他后来从事的职业极其重要。岛上的古希腊庙宇、伊奥尼亚海附近的剧场、阿瑞托萨的喷泉，这些古迹在传说中享有盛名；吉尔琴蒂和斯利南特的巨大遗迹对于一个孩童的想象力来说，又是一个多么神奇的游戏场所！在这里，希腊诗歌中的昔日英雄们都是希伦王宫廷里的贵客；在这里，品达罗斯①和埃斯库罗斯②的声音像回音一样世世代代久久徘徊。

尽管就物质而言，夸西莫多的成长环境比较贫穷，但是他度过青少年时光的社会环境仍然是值得感激的。众所公认，许多不安的岁月在旅行中流逝之后，他才意识到自己的才能，并开始在古典遗产中找到属于他的道路。然而，他的研究在他作为经典的古代文学翻译者做出的伟大成就中，及时而恰当地展示了影响，而他的翻译成就现在已成为同他本人作为一流的意大利语诗人的创作不可分割的经历。毫无疑问，他受到的严格的古典教育成为一种推动力，使他在使用语言和形成艺术风格方面达到活泼有力的自律而非奴性的模仿。尽管夸西莫多被视为现代诗歌的主要创造者之一，然而他同古典传统密切地联系在一起，并以一个真正的继承者的身份，带着全部天性使然的信心，占领着这一

① 品达罗斯(约前518或前522—约前438)，古希腊著名抒情诗人。
② 埃斯库罗斯(约前525—约前456)，古希腊悲剧家。

席之地。

夸西莫多早在一九三〇年就初登文坛，但是直到四十年代和五十年代，他才确立了作为意大利最出色的诗人之一的地位，这时候他已经获得了国际声誉。他和西洛内、莫拉维亚以及维多里尼同属一代人，即左翼作家那一代人，他们在法西斯主义崩溃之后才有机会证实了自身的价值。夸西莫多同这些作家一样，对他来说，当今意大利的命运是他深深陷入其中的现实。他的文学创作并不很多。实际上只有五部诗集，它们揭示了他完成个性与独创性的发展过程。我摘引这些诗集富有特性的标题：出版于一九四二年的《黄昏即将来临》，出版于一九四六年的《日复一日》，出版于一九四九年的《生活不是梦》，出版于一九五六年的《真假绿色》，以及最后出版于一九五八年的《乐土》。这些作品构成了一个不可分割的整体，没有一句诗行是不重要的。

夸西莫多充满爱意地歌颂他童年与青年时代的西西里，这种爱自他到意大利北部生活之后，便在深度与广度上皆与日俱增：多风的岛屿景色里有希腊庙宇的支柱、孤寂的庄严、贫穷的村庄、在橄榄树丛中曲折蜿蜒的土路、海浪拍岸的刺耳乐声，以及牧羊人的号角。然而他并不能被称作地方诗人。他汲取主题的区域在逐步扩大，他的人类情感也与此同时突破了最初束缚过他的严谨的诗歌形式。最主要的是，战争的痛苦经历为这一转变提供了动力，将他造就成本国同胞道德生活的阐释者，他们生活在日常经验的无名悲剧和不断要面对死亡的环境中。在后来的这个阶段里，他创作了一定数量的诗歌，这些不朽的诗歌使人相信，它们将作为对世界优美诗歌的永久贡献而长存。诚然，夸西莫多绝非唯一深受祖国和人民献身精神影响的意大利诗人，但是这位西西里诗人藏而不露却又充满激情的诚挚传达着一种富有个性的特殊音调，犹如他在一首抒情诗中用呼喊结束时所表达的：

无论其他事物怎样饱受扭曲，
死者绝不能被出卖。
意大利是我的祖国，啊，陌生人
我歌唱的就是它的人民，还有那
来自大海的神秘哀伤，
我歌唱祖国母亲的纯洁悲痛，歌唱祖国的
　　所有生灵。

夸西莫多持有大胆的见解，诗歌并非仅仅为诗歌本身而存在，它在世界上负有一项不可推卸的使命：用诗歌的创造力去重新塑造人类自己。他认为，自由之路意即克服孤立，他本人的历程亦指出相同的方向。因此，他的创作已成为一种有生命的声音，他的诗歌则成为意大利人民的良心在艺术上的体现，这一切通过他那极其简明独到的结构，才有可能化为诗歌。在他的诗歌中，可以发现《圣经》的语言特色和古代神话的隐喻并存，而古代神话对于西西里人来说则是喷涌不息的源泉。基督教的同情构成其诗歌的基本品质，而在充满崇高灵感的时刻，他的诗歌获得了普遍性。

尊敬的先生,瑞典学院宣布的下列声明说明了您荣获诺贝尔文学奖的原因:“由于他的抒情诗以古典的激情表现了我们时代的悲剧性生活经历。”

您的诗向我们传达了关于真实而生动的意大利的信息,这个国家在我国历来都拥有忠实的朋友和羡慕者。我以众人最诚挚的祝贺,请您接受国王陛下颁发的诺贝尔文学奖。

瑞典学院常务秘书 安德斯·奥斯特林

申慧辉 译

作品

瞬息间是夜晚

每一个人
偎依着大地的胸怀
孤寂地裸露在阳光之下:
瞬息间是夜晚。

吕同六 译

廷达里[①]的风

廷达里,我知道
你是多么脉脉温情,
在巍峨、寥廓的山脉上
俯视娟秀的风神之岛,
今天你蓦地闯入我的记忆
把我心底的奥秘窥探。

我沿着雄峻的岩峰攀登,
微风飘送松树的清香
令我醉魄销魂,
远去了,冥濛的烟雾里

① 廷达里,是诗人故乡西西里岛墨西拿海湾附近的一座山峰,面临风神群岛,地势险峻,景色极为秀丽。此处诗人抒写幻想中重返廷达里的心境,梦忆与现实交替展现。

悄然陪伴我的朋友们，
远去了，喧嚣的声浪
和真纯的柔情。
你的婉约多姿使我倾倒，
我曾领略离情别绪的缠绵，
阴冷与寂寞的凄惶，
你曾是温暖我的避风海港，
离别却把心灵的热焰熄灭。

在你陌生的地域
我日夜沉浸于忧伤，
无奈用诗行吐露百感千情：
黑夜的帷幕下
探进窗棂的月光
浴着你姣美的容华，
我竟不能在你的怀抱里
消受爱的欢情。

漂泊异乡他域是何等的辛酸，
在你身上我追寻甘甜的宁静，
可它今天已化作
对死亡过早的畏惧；
爱是抵御忧伤的盾牌，
黑暗中声声轻盈的步履
你给我留下了
细细咀嚼的苦涩的面包。

明媚的廷达里又显现在我眼帘；
真挚的朋友把我的梦幻惊醒，
邀我从峭崖上饱览美景，
我佯装提心吊胆，
亲爱的朋友岂能理解
是怎样的风令我黯然神伤。

吕同六　译

莫名的悲伤

田野上满是白色黑色的根芽
飘逸着令人悸动的芳香，
蚯蚓和流水把土地一遍遍耕耘。

一缕莫名的悲伤
隐隐骚动在我的心房。
死亡并非我唯一的归宿，
不只一次，我的心头
体验到泥土和青草的分量。

吕同六　译

消逝的笛音

悭吝的惩罚，
你的恩赐姗姗来迟，
在我这被抛弃的
幽叹的时光。

一声冰凉的笛音
抒奏出长青叶的欣喜
——但不是我的欢悦，
又飘然消逝。

夜的帷幕在心中升起，
雨珠跌落在
我那似荒草蔓生的手掌。

疲弱不堪的羽翅
在昏暗的穹庐振荡，
心儿飞走了，
我是一片荒漠。

岁月犹如瓦砾场。

吕同六 译

或许只有心……

细雨蒙蒙的夜晚
菩提树吐出扑鼻的清香。
全然失去了价值
欢愉的时辰,激愤的时辰,
它那电闪雷鸣般的噬啮。
在怠惰的忆海里
唯有片言只语
和举手投足的淡淡留痕,
犹如鸟儿在飘逸的云丝雾缕
安闲地翱翔。

我不晓得
你还在期待什么,
我的迷茫的心上人;
或许是期待呼唤开端
或终结的时辰。
但如今命运依然如旧。
这里烽火的黑烟
依旧窒闷人的胸臆。
倘若你能做到,
就请忘却那浓烈的火药味,
忘却那令人心悸的恐惧。
言语使我们困倦,
它们就像石块击水溅起的浪花。
或许只留存了我们的心,
或许只有心……

吕同六 译

几乎是一首情歌

向日葵向西方仰着笑靥

目送白昼急速地沉落，
夏日的热浪蒸腾而上，
叫树叶和烟缕俯首折腰，
天穹最后一次的奕容
卷走了萦绕的霓衣云裳
和震耳欲聋的雷鸣电闪。

亲爱的，已是几多岁月，
纳维利奥河畔葳蕤多姿的树莽
又一次挽留了我们。
然而，这时日永远属于我们，
那太阳也永恒地运行
带着她脉脉温情的光晕。

我再也没有回忆，
也不再情愿眷恋往昔；
回忆溯源于死亡，
生活却永远无休无尽。
每一个晨昏全属于我们。
倘若有那么一天
时光停止了运行，
你和我飘然远去
纵然我们觉得为时已晚。

在纳维利奥河畔
我们仿佛又回返孩提时代，
双脚打水戏耍，
凝望着涓涓流水，
娇嫩的枝叶
在绿波中黯然荡漾。
一位旅人默默走过我们身旁，
手中不是握着一柄匕首，
却是一束灿然盛开的天竺花。

吕同六　译

胡同

你的声音几次三番呼唤我，
我不晓得，我的心湖里
流水和蓝天悄然苏醒：
太阳像透过网络
把斑驳的光投洒在你的墙上，
几家店铺
静夜摇曳的灯光下
凉风与忧愁飘漾。

那另一个时代啊，
纺车在庭院嘎嘎作响
狗崽和孩子们嗷嗷哭泣
在夜空流荡。

胡同里的房屋
排成一座十字架，
发出胆怯的呼叫，
却不晓得
这是孤寂在黑暗中的恐慌。

吕同六　译

雨洒落过来了

雨向着我们洒落过来了，
扫击静静的天空。
燕子掠着伦巴第①湖面上
惨白的雨点飞翔，
像海鸥追逐游玩的小鱼；
从菜园那边飘来干草的清香。
又一个虚度的年华，

---

① 伦巴第，意大利北部行政大区，首府米兰，诗人当时落脚那里。

没有一声悲叹,没有一声笑语
击碎时光的锁链。

吕同六　译

也许是墓志铭

这儿远离人世,
太阳照耀你的鬈发,
又映出蜜一般的光泽。
灌木树上夏日的最后一声蝉鸣
把我们生生唤醒。
伦巴第原野上
滚过汽笛沉重的警报。
啊,被空气灼热的声音,
你们渴求什么?
大地上又一缕忧思升起。

吕同六　译

我这个游子

啊,我又回到静寂的广场:
你的孤独的阳台上
一面早已悬挂的节日彩旗飘扬。
“请出来吧。”我轻声喊你。
多么希望奇迹显现,
但唯有从荒废的石洞传来的回音。
我沉酣于这无声的呼唤,
消失的小儿再也不答应!
人去楼空啊,
再也听不见你对我这个游子的问候。
欢乐从来不能出现两次。
落日的余晖洒向松林
仿佛海涛的波光。
荡漾的大海也只是幻影。

我的故乡在南方
多么遥远，
眼泪和悲愁
炽热了它。
在那里，妇女们披着围巾，
站在门槛上
悄悄地谈论死亡。

吕同六　译

秋

温柔的秋，
我将你紧紧地搂抱，
我俯下身，用你清澈的潭水
滋润我的口唇，
蓝天、翠谷和树影
悄然地隐遁。

在坎坷的人生旅途，
我与你相偎相依，
在你的怀里
我消融，苏生。

造化的树上
抖索地飘落的枯叶，
在你的心里
重新获得生命的乳液。

吕同六　译

1960

获奖作家

佩斯

传略

法国当代著名诗人、外交家圣琼·佩斯，由于“他诗歌中展翅凌空、令人激奋的形象以幻想的形式反映了当代社会的场景”，于一九六〇年获得诺贝尔文学奖。

圣琼·佩斯(Saint-John Perse，1887—1975)，一八八七年五月三十一日生于西印度群岛的法属瓜德罗普岛，原名阿列克西·圣-莱热·莱热，又名阿列克西·莱热，一九二四年他发表长诗《阿纳巴斯》时开始启用圣琼·佩斯的笔名。父亲是种植园主。佩斯从小受到良好的教育，而且求知欲强，兴趣广泛。一八九九年，因瓜德罗普岛上发生地震，佩斯随父母回到法国，先在大西洋比利牛斯省的省会波城学习，后于一九〇四年考入波尔多大学攻读法律。一九〇五年和一九〇七年，因服兵役和父亲去世，分别停学一年，直到一九一〇年佩斯才从大学毕业。

一九一四年，佩斯考入法国外交部任职，从此开始他的外交生涯。他先任外交部随员，一九一六年起在法国驻中国使馆工作，先后任北京使馆秘书和上海领事馆领事，直至一九二一年奉调到美国华盛顿，担任参加裁军会议的法国外交部长的亚洲事务顾问。在华五年间，他曾到过我国的东北、西北，并穿越大沙漠。一九二二年，佩斯奉调离美回法国，先后任外交部办公室主任、外交部政策司司长、外交部秘书长等职，多次参加重要的国际会议。一九四〇年，因反对政府与纳粹德国妥协，反对《慕尼黑协定》，被政府撤职，流亡美国，在华盛顿国会图书馆任文学顾问。为此他被当时的法国维希政府剥夺了国籍，他在巴黎的寓所也遭到了查抄。

“二战”结束后，佩斯恢复了法国国籍和外交公职，但他仍居留美国，从事文学创作，并遍游南北美洲各地，直到一九五七年他才返回阔别十七年的法国，住在地中海滨的吉安半岛上,但多数时间仍住在美国。一九五八年,佩斯和美籍女士杜拉斯·罗素结婚并继续从事文学创作。一九七五年九月二十日在吉尼斯病逝。

早在本世纪初,佩斯就开始了诗歌创作活动,一九一一年,他的第一本诗集《赞歌集》以圣-莱热·莱热的名字发表。

长诗《阿纳巴斯》(1924,一译《远征》)是诗人在我国任外交官期间,于一九二〇年六月至一九二一年三月在北京西北郊的一座道观内创作的。全诗共分十章,外加序曲和终曲。该诗表达了一种不断开拓的进取精神,歌颂了人类无穷无尽的创造力。

经过长期的沉默之后,佩斯于一九四四年出版了诗集《流亡》。该诗集共收有四首长诗:《流亡》(1942)、《雨》(1943)、《致异邦女友诗一首》(1943)和《雪》(1944)。

一九五七年出版的长诗《航标》,构思七年,是佩斯后期作品的代表作。它由不同形式的四个部分组成,即"祈求""唱段""合唱"和"献词",是一首雄浑有力、结构奇巧、歌颂大海的散文诗。《航标》象征着诗人与海的结合,大海同时也就是诗。它是一部受到伟大的自然力启发写成的作品。

佩斯的诗作还有《风》(1946)、《纪事诗》(1960)、《群鸟》(1962)、《已故情人所吟唱的》(1969)、《二分点之歌》(1971)等。

佩斯的诗理智而又激昂,充满了对人类命运的关切和对现实社会发展的忧虑。他启发人们去追怀迷离恍惚、浩如烟海的往事,同时也赞美大自然的力量,使人联想起茫茫宇宙。在风格上,他的诗既有史诗的宏伟气势,又有优美迷人的想象和深沉浓厚的感情,融法兰西古典诗歌的节律和《圣经》体自由小节诗的形式为一体,构成一种富有音乐性和诗意盎然的流畅散文,创造出独树一帜的风格。佩斯大部分诗的内在结构主要由意象、情感和理念三项特质构成。首先是无次序、无边框的意象叠加,其次是对自然、人生、宗教以及古往今来种种事物产生的感情的自由组合,最后是世界文化与习俗的互相交织、无穷漫射。由于这三者的开放,从而无限地拓展了佩斯诗境的时空,同时也使得他的诗显得扑朔迷离,晦涩难懂。所以他的诗较难为广大读者所接受,仅为少数知音所赏识。尽管如此,佩斯无疑仍是二十世纪西方最重要的诗人之一。

授奖词

本年度诺贝尔文学奖得奖人的名字听起来很不一般。起初,这是由于他避免好事者的觊觎而选定的名字。这就是诗人圣琼·佩斯。这个名字后来由于文职生活中叫作阿列克西·莱热的那个默默无闻的人而蜚声国际。在公务生活的另一个领域里,阿列克西·莱热也赢得了巨大的声望。如此一来,他的生活就划分为两个时期,其中一个时期告一段落的时候,另一个时期还在绵绵延续。也就是说,外交家的阿列克西·莱热,跃身成为诗人的圣琼·佩斯了。

作为文学界人士,他的生平在许多方面都显得卓越非凡。一八八七年他生于瓜德罗普岛的一个法国家庭,这个家庭早在十七世纪就移居该岛。安的列斯群岛上,棕榈婆娑摇曳,他在这个热带乐园里度过了童年,十一岁上随家人回到法国。先后在波城和波尔多就读,决心取得法律学位,一九一四年他开始了外交生涯。最先被派遣到北京,而后发觉自己受到信赖,被赋予愈来愈重要的任务。在外交部任参赞级秘书长的几年里,肩负着第二次世界大战前奏期间政治事件中的重大责任。

一九四〇年法国战败之后,他突然被中止了职务,过起了流亡生活,因为据说他是维希政权的危险敌人,甚至被褫夺了法国国籍,在华盛顿避难,就任国会图书馆文学顾问职务。不久,法国政府恢复了他的一切权利,但这位流亡者坚决拒绝重入外交界。不过,近年来他曾多次因私人原因回到法国。

这就是他开拓的宏伟无比的生涯,也是他在众多不同情况下获得的广阔背景中取得成功的生涯。这种生涯杂糅着非凡的干劲和精神品质。在国际事务上的这种广泛才艺,是伟大旅行家的印记,另外也构成了他的诗作中经常反复出现的主题之一。他脱颖而出的成功应该归功于题为《赞歌集》(1911)的组诗。诗中光辉夺目的意象,唤起了对童年的金色晨曦中,瓜德罗普岛那富有异国情调的天堂,以及它那难以置信的树木虫兽的回忆。他从中国带回了史诗《阿纳巴斯》(1924),它以含蓄的、冷若珐琅的形式,叙述了一次深入亚洲沙漠的戎马倥偬般的神秘远征。在这种极其晦涩的形式中,诗歌与散文汇集成一条庄严的溪流,把《圣经》的词句与亚历山大诗体的节奏融贯在一起。这同一种形式又可见于后来问世的两部诗集,即在美国写成的《流亡》(1942)和《风》(1946)。这些诗构成了亘古不断的衰亡和新生循环往复的庄严陈述,而《航标》(1957)则讴歌大海,那力量的施予者,文明最初的摇篮。

诚然,这些作品非凡奇特,在形式和内容上都很错综复杂,但创作这些诗歌的大师绝不是孤独傲岸的,如果人们把这理解成他将自己幽禁于自由意志的满足,仅仅对自己感兴趣的话。恰恰相反,他占主宰地位的品格,是表达羁缠于其全部复杂性、其全部连续性当中的人类事物的愿望,是描写永远作为创造者、世世代代与同样永远不甘屈服的自然力量进行斗争的人的愿望。他跟曾经生活在我们风风雨雨的星球上的所有种族化为一体。“我们的种族古老,”他在一首诗中唱道,“我们的脸不可名之。时间晓得不少关于所有人们的事,我们原来就是那副样子……事物的海洋烦扰着我们。死亡就在舷窗口,但我们的道路不在那儿。”

在对人类创造力量的赞美中,圣琼·佩斯有时可能记起德国诗人荷尔德林的赞美诗。后者也是一个语言的魔术师,洋溢着崇高的创作诗歌的使命感。为了小视诗歌,把这种对诗歌力量的崇高信仰当作一种诡论,是轻而易举的,特别是当它似乎以与渴望人类交流的一种直接反应需求成反比的力量,来表明自己权力的时候。从另一方面看,圣琼·佩斯还是孤独和异化的雄辩榜样,当诗歌追求高尚目的时,这种孤独和异化在我们时代又是诗歌创作的重大条件。

人们只能钦羡他诗歌立场的完整如一,以及他用以在那种唯一的表达方式中,进行不屈不挠创作的崇高执着。这种方式使他得以实现自己的意图,即一种孤傲而又总是切中肯綮的形式。他叙事诗无穷宏富的别致风格,要求人们在心智上付出很大心血。这可能会使读者感到厌倦,而诗人要求他们的,正是做出全神贯注的努力。他从一切学科、一切时代、一切神话、一切地域撷取隐喻;他的组诗使人们想起仿佛弹奏出宇宙音乐的大颗海贝。他的力量就在于这种浩瀚的想象力。流亡、隔绝等唤起情绪的无声絮语,给了他的诗以基本的格调;而且,通过人类力量和无助的双重主题,可以察觉到一种勇武的呼吁。或许,这一呼吁在诗人最近作品《纪事诗》(1960)中,得到了更清晰的表达。在这首充满广阔瑰丽的诗中,诗人概括了那个时代末期的形形色色,同时又依稀影射现今的世界状况。他甚至对欧洲发出了预言式的呼吁,吁请欧洲思索这一命运攸关的时刻,这一历史进程的转捩点。该诗以这些话结尾:“了不起的时代,我们来了。测度我们的心灵吧。”

因此,可以正确无误地说,圣琼·佩斯在表面看来的深奥,以及往往难以领会的象征背后,给他的同代人带来了一个普遍的信息。人们完全有理由补充说,他以自己的方式,使法国诗歌艺术的壮丽传统,特别是从古典作家承继来的修辞传统久存永驻。简而言之,授予他的这项荣誉,只是肯定了他作为诗坛上的伟大先驱之一在文学界取得的地位。

瑞典学院常务秘书 安德斯·奥斯特林

李自修 译

作品

写在门楣上

我的皮肤具有红烟叶或鲻鱼的色泽,

我戴的是接骨木心帽盔蒙上白布的帽子。

我自豪的是我女儿特别美,尤其当她吩咐黑人女用人的时候,

我的快乐,在于她发现手臂在黑人少妇当中格外地白皙;

还有令我快乐的事是她毫不觉得有失体面:我满身污泥回到家门,络腮胡子衬出粗糙的面颊。

然后,我把鞭子、水壶和帽子递给她。

她含笑松开我汗水淋漓的脸,拉住我检验过可可仁和咖啡籽而油污的双手贴近她的面庞。

她这才拿给我一条飒飒作响的头巾,又拿来我的羊毛罩衫;还端上清水让我漱洗消声的牙齿,

我那面盆水就搁在那儿;我听见池水流进水箱。

自视一条硬汉子,他的女儿可温柔。但愿她总是伫立在那白屋的台阶之上
守望着他回家,
松开紧紧夹着他的马儿的双膝,
他将把那场使他面部皮肤向里紧抽的热病忘却。

我还爱我那几条狗,我那匹最纯的种马的嘶鸣,
还爱看在笔直的小路的尽头,我的猫由长尾猴陪同打屋里走出来……
一切事体都够满意而无须去羡慕那些帆船的风帆,
在与白铁皮屋顶相齐的地方,我正好瞥见在天穹似的海上徐行的朵朵白帆。

叶汝琏　译

墙

这扇墙堵在面前,阻挡你梦的回旋。

可是意象发出了呼喊。
头贴着油污的安乐椅靠枕,你用舌尖舔着牙齿:你的牙龈满是油脂和调料的气息。

于是你思念起故岛上空纯净的云层,当那绿色的黎明清晰地映入神秘的海水。
……这是流出活力的汁液,角果植物苦涩的油膏,多肉的红树呛人的渗液和荚果所含的黑成分的酸甜。
这是枯树膛中蚁穴里褐色的蜜。
这是绿果的味道,将你饮吸的黎明的空气变成酸味,还有那饱含了咸信风的气流……
快乐,直升云霄的快乐啊! 纯净的天幕在闪烁,隐约的空地布满牧草,沃土上洋溢着绿莹莹的欢悦,正迎着世纪般的长昼、陶陶自喜……

叶汝琏　译

亲王的友谊(之一)

你呀,瘦削得胜似思想的利刃,我们当中数你的鼻翼最薄。啊,多瘦削,多敏慧啊!你这穿戴格言的亲王,俨然是株裹上细带的树。

大地久旱的每个黄昏，远行的人们在休憩中，倚着几尊老大的水瓮，评论起精神方面的事体，我却从世界这一边听到人家谈论你，那片称赞可不俗薄：

“大地的灵气养育了你，最豪华的标志拥戴了你，高谈阔论着重大的命题，历次教会的分裂，你这冠戴花翎的亲王啊，如同草峰上那开着花的孤枝（飞鸟落上树梢又飞去，任它摇晃……而你现在，亲王啊，出于谬误，好像蒙了神宠的野姑娘迎着她的生气而陶醉……）……

“你顺从大地阵阵的灵气，啊，冠戴花翎又披挂梦幻中若隐若现的信号，啊！亲王，你戴上羽冠，恰似那只歌唱自己出生的飞鸟。

“我说到这点，请你听着：

“你是施医人，又是陪审员，更是思想之源的诱惑者！因为你那主宰人心的力量是个奇异的事物，在我们当中，你的仪态雍容华贵。

“我看到了你前额上的标记，我考究了你在我们当中的影响，请在我们当中保持你的面目，要知道你出身什么家族，它绝非荏弱，而是强盛。

“我还向你说出这点：你极富引力，我们当中无与伦比的人物啊，啊，还是位异端分子！这事确实：你的目光在我们身上打了烙印；对你感到莫大的需要正教我们守候在你呼吸的地方，而且我们还未知晓胜过同你在一起的幸福……如果你兴致所向，就在我们之间保持缄默，或者你毅然独自离去，那也看你兴致所向！人们只要求你存在！（那么现在你晓得你出身于什么样的家族）……”

——我谈的恰是这位国王，作为灯下孜求的奖赏，无荣耀的哲人的荣耀。

叶汝琏　译

比绿水更凉爽的女人

……爱情，爱情，你把我呱呱落地时的叫声提得那么高，以致它从大海奔向情人！所有海滩上榨干的葡萄，所有肉体上海沫的恩泽，沙子上气泡的歌……致敬，致敬，向神圣的活力致敬！

你，贪婪的男人，剥光了我的衣服：比站在船舷的船长更为镇静的主人。这么多帆拆掉了，再没有别的女人，只剩下几个被允许的妇女。夏天开启了，它以海为生。我的心向你开启，比绿水更凉爽的女人：甜蜜的种子和液汁，混合牛奶的酸味，热血的盐分，金子和碘，还有铜的味道及其苦涩的成分——整个大海都携带在我的心中，就像是在母亲的骨灰盒里……

在我身体的沙滩上，生自大海的人躺下了。愿他能直接地用沙底的清泉凉爽他的面孔;愿他能在我的空地上得到欢娱,就像被雄性的蕨刺上花纹的上帝……我的爱,你渴吗？我是你唇上比渴更新鲜的女人。我把脸埋在你手中,就像埋在遇难者的手中,啊!愿你是闷热的夜里凉爽的扁桃和黎明的滋味,是奇异的岸边水果的第一个熟人。

那天晚上,我梦见了比梦更绿的群岛……航海者走下船,到岸边寻找蓝色的水;他们看见——那是退潮——流沙重整过的床铺:乔木状的大海在消逝时,留下了这些蕨类植物洁净的印痕,就像是受刑的大棕榈,泪汪汪地躺在缠腰布和散乱的发辫上狂喜的高个女人。

那是梦的展现。可你,额头笔直、躺在梦幻的现实上的男人,你直接用圆嘴喝着,你知道它阴险的外表:石榴的肉,仙人掌的心,非洲的无花果,亚洲的水果……女人的果实,哦,我的爱,比大海的果实更丰硕:我没有化妆,也没有打扮,你从我这儿收到大海夏天的定金……

小跃　译

带着所有温柔的人

……带着所有温柔的人,带着所有在忧郁的路上微笑的人,

被流放的刺王后文身的人①,在大旅馆低处摇晃垂死的猴子的人,

在订婚的床边戴着铅盔的X光医生,

绿水中海绵的收集者,摸大理石女孩像和拉丁人铜像的人,

森林中给鸡油菌和牛肝菌讲故事的人,秘密的兵工厂和实验室里为布鲁斯舞②吹口哨的人,

穿海狸毛鞋子、在街两边木棚中卖东西的人,冬季停航期航标灯的看守人,在子夜的太阳下读报纸的人。

……带着所有温柔的人,带着游荡者的工地上所有耐心的人,

弹道学工程师,在圆顶长方形建筑③的石头下面变魔术的人,

美丽的白色大理石桌边控制开关和操纵杆的人,检验弹药的人,校正航空文献的人,

在玻璃长廊尽头寻找答案的数学家,铁丝网结上的代数学家④;天文错误的矫正者,地下室里的光学家和沉着的玻璃抛光工,

---

① 伦敦有专替顾客刺王后文身的文身师。
② 布鲁斯舞,起源于美洲黑人的四步舞曲和舞蹈。
③ 指地下军事基地。
④ 铁丝网与代数中的X形状相似。

所有深渊和远洋中的人，听不见大管风琴的聋子，飞速行驶的驾驶员，
光亮的栗壳中多刺的伟大的禁欲者，
黑夜的沉思者，在线头，像是彩纹圆网蛛。

……带着他的用人，带着他的追随者，和风中他所有兽群的躯体，哦，微笑，哦，温柔，
诗人自己在世纪的舷门上！
——人的马路上的欢迎，百里外折弯嫩草的风。

因为这指的是人，是人的重新建立。
有人不在世上提高他的声音吗？证明人……
愿诗人能被听到，愿他领导着评判！

小跃　译

哦，雨

…………

哦，雨！洗去人的心中最美的格言：最美的警句，最美的语序；写得最好的句子，完成得最好的书页。洗吧，洗吧，在人的心中，洗去他们对坎蒂列那①和哀歌的爱好；洗去他们对田园诗和回旋诗的爱好；洗去他们表达感情的巨大幸福；洗去典雅细腻文体的盐分，洗去矫揉造作文体的甜蜜，洗吧，洗去梦的卧具、知识的卧具：在不会拒绝、不会厌恶的人的心里，洗吧，洗吧，哦，雨！洗去人最卓越的才能……在最具天赋写理智巨著的人的心里。

…………

小跃　译

伟大的岁月

…………

“伟大的岁月，我们在这。约会已赴，久久地陪着这具有伟大意义的时刻。

“夜来临了，带回了我们，以及我们从大海中获得的东西。没有任何熟悉的石板回响着人的脚步声。没有任何城中的住屋，也没有响亮的拱顶下铺满玫瑰形石头的院子。

“该烧毁我们满是藻类的船体了。南十字座在海关上；军舰鸟已返回岛屿；鹰在丛林

① 坎蒂列那，单调忧郁的歌曲。

里，与猴子和蟒蛇一起。在天的重压下，港湾无边无际。

“伟大的岁月，看看我们捕获的东西：什么都没有，我们两手空空。路跑了，又一点没跑；事情说了，又一点没说。我们回来了，满载着夜，我们知道的出生和死亡，比人的梦幻教给我们的更多。骄傲过后，是荣耀，蓝色的巨剑里健康之灵的光亮……”

小跃　译

这是很大的风

……这是人类的土地上很大的风——吹刮在我们中间的很大的风，

对我们唱着生活的恐惧，对我们唱着生活的荣耀，啊！对我们唱着，在危险的最高峰对我们唱着，

吹着灾难粗野的长笛带领着我们这些新人，以我们新的方法。

这是正在活动的很大的力量，在人的马路上——正在活动的很大的力量，

它把我们带出习俗，带出季节，在遵守习俗的人当中，在遵守季节的人当中，

在灾难粗糙的石头上，为新的婚礼重整①种葡萄的土地。

巨浪在增长，用与它同样的运动，有天晚上，从高地那么大的狂浪中，从大海那么猛的狂浪中，夺走了我们，

举起我们这些新人，举到瞬间的最高处，有天晚上，它把我们摔到那样的海边，扔下我们，

大地与我们一起，树叶，剑——新生的蜜蜂往来的世界……

游水者也用同样的运动，逆流而行，寻找着天空的双重美，突然，他的脚触到了静止的沙土。

这运动还使他住下、繁衍，它只剩下回忆——生命的螺旋桨中崇高的低语和呼吸。

肉体下灵魂的欺诈长久地使他气喘吁吁——一个还在风的记忆中的人，一个还钟情于风，就像钟情于酒的人……

就像一个用白土罐喝水的人：爱恋还留在他的唇上，

舌头上灵魂的水泡就像是恶劣的天气，

舌尖上灵魂多细孔的味道，像是土做的货币……

---

① 有的版本为“抢劫”。

哦,被暴风雨凉爽的你们,活泼的力量和新的主意凉爽了你们活人的床,灾难的臭味再不会污染你们妻子的衣物。

从神那儿要回你们的面孔,从炉火那儿要回你们的光,你们将会听到,流逝的岁月里,鞘翅和贝壳的残片上事物对复活的欢呼。

你们可以把巨大的刀片扔回火中,它的颜色就如油底下的肝脏。我们将用它做成犁具,我们还会知道,大地为爱而敞开,活动的大地,在爱情下运动得比树脂更猛。

唱吧,温柔,对着夜与微风最后的颤动,就像得到满足的牲口一样平息下来。

今晚是大风的末日。夜在其他山峰上扇着风。大地在远处给我们讲述它的一个个大海。

喝醉了的众神是否还会在人的大地上迷路?我们关于诞生的种种重大主题是否还会在学者中展开讨论?

信使们还将奔向大地的女儿,还将给她们带来更多的女儿,穿上衣服,以便让诗人高兴。

我们的诗还将走上人的道路,在另一时代人的家族中带着种子和果实——

一个和我同种的男人中新的种族,一个和我同种的女孩中新的种族,我在人的马路上活泼地喊叫,一个地方接一个地方,一个人接一个人,

直到死亡逃跑的遥远的海岸!……

小跃 译

1961

获奖作家

安德里奇

传略

和一九六〇年的诺贝尔文学奖得主佩斯一样，一九六一年的得主安德里奇也是一位外交家，他获奖是“因为他以史诗般的气魄从他祖国的历史中摄取题材来描绘人的命运”。获奖后，他把全部奖金都捐献给了故乡的人民。

伊沃·安德里奇(lvo Andri´c,1892—1975)，一八九二年十月九日生于特拉夫尼克附近的多拉茨村。父亲是个普通的手艺工人。安德里奇两岁丧父，随母亲迁到姑母家，全仗母亲做工勉强维持生活，家境十分困难。他的童年是在波斯尼亚的维舍格勒度过的，故乡古老的传奇故事、抒情歌谣以及民间史诗在他的心灵深处播下了文学的种子。十三岁时，安德里奇自家乡的小学毕业，来到波斯尼亚的首府萨拉热窝上中学。毕业后，曾在萨格勒布、格拉茨和维也纳等地求学，并加入一个名叫“青年波斯尼亚”的地下抵抗组织，反抗奥匈帝国的野蛮侵占。一九一四年六月二十八日，该组织的年轻革命家加夫里洛·普林西普在萨拉热窝刺杀了奥国王储斐迪南大公，从而触发了第一次世界大战。安德里奇是“青年波斯尼亚”一个文艺团体的负责人，又是普林西普的朋友，因而受到牵连，被奥地利当局逮捕入狱，后来又被流放到泽尼查附近的奥乌恰莱沃。他目睹并经受了人间的种种苦难，直到一九一七年才获得释放。

一九一八年，获释的安德里奇担任了《文学的南方》等刊物的编辑，发表了许多充满爱国主义激情的诗歌、散文和文学评论，出版了散文诗集《黑海之滨》(1918)及《动乱》(1918)。一九二〇年，他考进萨格勒布大学，后转往波兰的克拉科夫大学，最后于一九二三年毕业于奥地利的格拉茨大学，获得法学博士学位。从一九二一年到一九四一年的二十年间，安德里奇曾在南斯拉夫驻外使馆任职，先后在罗马、布加勒斯特、的里雅斯特、格拉茨、日内瓦、柏林等地担任过领事或大使。但在任职期间他从未停止过文学活动。

第二次世界大战期间，安德里奇拒绝同法西斯合作，不和帝国政府及外国占领者发生任何关系，独自隐居贝尔格莱德，专心致志进行文学创作。“二战”后，他曾任南斯拉夫科学艺术院通讯院士、联邦国民议会议员，并曾担任南斯拉夫文学家联合会主席多年。一九五六年，他曾率南斯拉夫作家代表团来我国访问。一九七五年三月十三日，安德里奇在贝尔格莱德病逝。

安德里奇于一九一四年开始发表诗作，早期作品反映出作者受到现代主义的影响。以后，转而用现实主义手法创作小说，前期以短篇小说为主，在一九二四年至一九三八年间，共出版三部短篇小说集。

安德里奇的代表作是被称为“波斯尼亚三部曲”中的第一部《德里纳河上的桥》(1945)。这部长篇小说以一座大桥为主线，通过一系列各自独立但又有内在联系的真实感人的故事，追述了十五世纪至第一次世界大战爆发约四百五十年间，波斯尼亚在奥斯曼帝国和奥匈帝国占领下发生的重大历史事件，反映了波斯尼亚各阶层人民在漫长的岁月中遭受占领者压迫的悲惨命运，以及为争取民族独立而进行的英勇不屈的斗争。

“波斯尼亚三部曲”的另两部为长篇小说《特拉夫尼克纪事》(1945)和《萨拉热窝女人》(1945)。前者记述了拿破仑时代外国在波斯尼亚的特拉夫尼克城设立领事馆时期，欧洲三大强国、四种宗教之间你死我活的斗争，描绘了法国大革命和拿破仑帝国的兴衰以及土耳其苏丹谢里姆三世的统治和灭亡。后者描写第一次世界大战期间，来自萨拉热窝的一位女士拉伊卡·拉达科维奇的一生，她所受到的不公正待遇。

一九五四年出版的长篇小说《罪恶的庭院》是作者后期创作的一部重要作品。它虽然是一部历史小说，写的是一个无辜的正教修士陷入土耳其牢狱的不幸遭遇，实际上是整个人间和现实生活的象征，罪恶的牢院是一切时代暴政的缩影。这部小说虽有现实主义题旨，但许多地方成功地运用了意识流的表现手法。此外，还有中短篇小说集《大臣的象》(1948)、《新短篇小说集》(1948)等。其中《卖柴》即为安德里奇后期创作的一个短篇佳作。

正如有些评论家所指出的，安德里奇的作品在客观展示人类历史的同时，融入了高度理性的观照和博大深沉的反思，以悲壮的情调反映了人类要求相互沟通、和解，并进而追求永恒价值的愿望，表达了用理性战胜荒谬、愿世界充满爱的强烈信念。

授奖词

今年的诺贝尔文学奖已经颁给了南斯拉夫作家伊沃·安德里奇。在他的祖国南斯拉夫,他一向被认为是一名崇高而非凡的小说家;在国外,也因近年来他的作品的各种译本陆续问世,而受到愈来愈多读者的青睐。

他于一八九二年出生在波斯尼亚的一个工人家庭。在童年时代,波斯尼亚仍然是奥匈帝国版图内的一个省。当他还只是一名塞尔维亚籍的中学生时,便已参加了民族革命运动,并遭迫害,于一九一四年第一次世界大战爆发时,被捕入狱。不过,他终究还是进了大学。他念过好几所大学,最后终于从奥地利的格拉茨大学取得学位。他曾经在外交部中为他的祖国工作了许多年。第二次世界大战爆发前夕,他出任南斯拉夫驻柏林大使。就在他返抵南斯拉夫首都贝尔格莱德的几个小时之后,德国飞机便已飞临该市上空进行轰炸了。在德军占领南斯拉夫期间,安德里奇被迫过着一种隐遁的生活。他不仅保住了性命,还完成了三部出色的小说。三部小说具有相同的历史背景——该背景可用两个符号来表示,即:伊斯兰教的弯月与基督教的十字架。除此之外,三部书便再无任何共同之处。不过,它们还是被一般人统称为“波斯尼亚三部曲”。它们完成于惊天动地的枪炮声中,一场空前的民族浩劫的阴影下,这不能不说是一项了不起的文学成就。这三部作品在一九四五年出版。

这三部以小说面貌出现的“大事记”——尤其是他的力作《德里纳河上的桥》——都具有史诗般的特征,而且都是相当成熟的作品。但安德里奇的创作活动并非以这三部小说为起点。在完成这三部曲之前,安德里奇一直是以抒情诗人的眼光,以第一人称的手法,寻求表达他那颗年轻心灵承受的深重的悲哀。尤为重要的是,在狱中与世隔绝的几年间,他从丹麦哲学家克尔凯郭尔的作品中,得到了最大的慰藉。在经过艰苦而严格的自我磨炼之后,他发现自己应当重返他所说的“祖先们存留在我们潜意识中的那些永恒而又可贵的遗产”。于是,他开始运用客观的史诗式的形式来写作,而且从此勤奋不息。这一系列小说创作活动使他成了民族自觉意识之源——亦即祖先经验——的诠释者。

《德里纳河上的桥》是一部英雄故事。书中那座著名的桥梁,是奥斯曼土耳其大臣穆罕默德·巴夏于十六世纪中叶下令修建的,而于第一次世界大战期间被炸毁。该桥位于波斯尼亚的维斯格莱德市附近,安稳地横跨在十一道白石拱柱上。桥身装饰得异常华丽,加以中央部位高高隆起,仿佛自豪地在提醒人们不要忘记它目睹的那多灾多难的几个世纪。那位土耳其大臣当初造这座桥的目的,是要让奥斯曼帝国的地理中心上,有一条联络东西方的通道。军队和商队可以经由这座桥穿渡德里纳河。尽管几经波折,历尽沧桑,这座桥却是永恒与延续的象征。在世界的这一个奇异的角落里,德里纳河之桥是每一桩重大历史事件的发生现场。于是,在德里纳河河水雄浑奔腾声的伴奏下,安德里奇描绘的地方性事件逐渐变大,最后终于成为世界史上英勇而又血腥的一幕。

接着下来的一部作品是《特拉夫尼克纪事》。这部小说的历史背景为拿破仑战争时代。在这个故事里,从一个曾经是土耳其总督府所在地的衰败古城中,我们目击了奥地利士兵与法国士兵间的仇恨。我们发现自己正随着一连串事件,走向悲惨的命运结局:特拉夫尼克窄巷中市场内的争斗,塞尔维亚·克罗地亚农民的叛乱,伊斯兰教徒、基督徒、犹太人之间的宗教战争。这一连串事件造成的恐怖而神秘气氛，在历经一个世纪的紧张之后，被萨拉热窝的那声霹雳所打破。从这部小说宽阔的视野里，以及对复杂主题的纯熟驾驭中，我们再度领略到安德里奇的力量。

三部曲中的最后一部《萨拉热窝女人》，和前两部迥然不同。这是一部纯粹的心理小说，从病理学及严重偏执狂的角度来探讨贪婪的问题。书中叙述的是萨拉热窝一位独身妇人的故事。那妇人的父亲——一位破产的商人——在临终之时告诫她：要无情地保卫自己的利益，因为，人唯有靠着财富才能逃避现实的残酷。这本书尽管在人物刻画上极为成功，可是，从整体上说来，由于题材本身的限制，安德里奇真正的长处——讲故事的才华——并未获得充分的发挥。后来，在一部颇值得一提的中篇小说《罪恶的庭院》中，安德里奇终于将他的这项才华发挥到极致。那是一个以伊斯坦布尔监狱为背景的故事，在风格上有东方故事多彩多姿的丰富性，高度写实又具有很强的说服力。

大致说来，安德里奇的作品糅合了现代心理学的观点与《天方夜谭》的宿命论。他对人类怀着极大的关怀与热爱。他不曾从恐怖与暴力的面前退缩，因为在他看来，恐怖与暴力足以证明邪恶确实存在于这个世界上。安德里奇拥有一系列高度独创性的写作主题。我们可以这么说：他在一张白纸上落笔，描述了一部这个世界的大事记。我们也可以这么说：从巴尔干奴隶痛苦灵魂的深处，他对我们的良心发出了最哀愁的祈求。

他还在一部中篇小说里，通过一位年轻医师，追忆了二十年代他住在波斯尼亚时的感受："在萨拉热窝，如果你躺在床上，通宵不寐，那么你便可以学会辨认萨拉热窝之夜的种种声音。天主教大教堂的钟，以丰富、坚实的声音敲着午夜两点。悠长的一分钟过去了。然后你会听到，稍稍微弱些，但带着颤音的东正教教堂的钟，也是敲着午夜两点。接着，稍稍刺耳，而且比较遥远些的贝格清真寺的钟敲了十一响。阴森森的土耳其式的十一点——根据那个遥远国度特异的时间区分法而定出来的十一点。犹太人没有钟可以用来敲声报时。只有上帝才知道他们现在是什么时间。只有上帝才知道，西班牙犹太人和德国犹太人日历上指示的究竟是什么数目。就这样，甚至在深夜，当每一个人都在沉睡时，这个世界还是分割的。人为了要计算夜里的时刻而将它分割了。"

这一富有暗示性的夜的氛围，或许可以帮助我们彻底了解安德里奇作品中探讨的基本问题。以安德里奇在历史与哲学两方面的造诣而论，他必然会质问：在敌对与冲突的打击、折磨下，一个国家，或者一个民族究竟是由什么力量塑造成的？要了解安德里奇对这个问题的看法，就得先知道他的精神态度。在探讨这些敌对与冲突时，安德里奇的内心是宁静而安谧的，这是一种从磨炼中获得、又经过深刻省察的宁静而安谧。在思索整个问题时，他始终抱着一种客观而又富人情味的态度。归根结底，我们将会在安德里奇的这一精神态度中找到他作品中最基本的一个主题。正如我们这一代的人体会到的：这一主题从巴尔干人那儿，将一种斯多葛派的信息带给了全世界。

安德里奇先生，诺贝尔文学奖之所以颁给您，是"因为您以史诗般的气魄从您祖国的历史中摄取题材来描绘人的命运"。瑞典学院由衷推崇您，把您看作尚未产生诺贝尔获奖者的南斯拉夫文学最适当的代表。我在这里除代表学院向您致最真挚的祝贺外,并恭请您从国王陛下手中领奖。

瑞典学院常务秘书 安德斯·奥斯特林

建钢 译

作品

卖柴

依布罗·梭拉克,弯着腰、皱着眉,推着一辆手车,用不同的声调喊着:

"卖劈柴啦,卖劈柴啦!"

他推的是一种很特别的、没有车辕的两轮手车,现在只有萨拉耶伏大街上的搬运夫还用这种车子。这种车子不是从前面拉,而是在后面推的;推车的人用腹部抵着车子的后档,身子按照车上所载东西的重量或前或后地弯曲着。这样,一个人就可以搬运相当重的一车东西,远超过一个人所能背负的重量。

依布罗的这辆车是从街道上一个已死的搬运夫的寡妻那里租来的。他每天早晨把车子推到巴沙加·希尔德希克的店里去。从店里领下二十来捆木柴,把它们装在车子上,推着它爬上一些陡峻的曲折的街道,走过萨拉耶伏西北边的郊区,不时叫喊一声:"卖劈柴啦!"那一带街上的居民和行人大都很熟悉他这种叫卖的声音。

他身材很瘦小,显得很不健康的瘦削的脸经常多日不刮,眼睛里充满了血丝。有顾客买柴的时候,他就一声不响地把柴火交给顾客,常常连头也不抬一下。有时他也自动送一捆柴到老主顾那里去,但很多时候,他总是一动也不动、一言不发地站在街头,嘶着青紫的下唇,口角上叼着一支香烟。在他把纸币和铜币乱七八糟地塞进自己口袋里的时候,他会瞪起眼望着一个顾客,好像他从来没有见过这个人似的。他口袋里的钱装得越多,手车上的载重也就越轻。天黑的时候,他就推车回去和他的老板结账。每一捆柴依布罗可以从巴沙加那里得到半个狄那尔,从顾客那里得到半个狄那尔。如果天气很好,机会很好,"生意很顺利",更要紧的,他的兴致也很好,那么他一天就可以赚到三四十个狄那尔;但谁也不知道依布罗哪一天兴致好,他自己更不知道。他兴致的好坏主要表现在他叫卖时候的声调上,依布罗·梭拉克在简单的一声叫喊"卖劈柴啦"的声调中表现的感情和他所用的抑扬顿挫的调子,世界上几乎没有一个人有那么精细的耳朵能把它们一一区别出来。刚推车出来的时候,他喊叫的声音是清脆而热烈的,因为在开始工作以前他已经喝下了二两白兰地,这是他这一天的第一遍酒,这酒钱就必须要从他这一天的生意里赚出来。这以后他虽然照常叫着,但他的头脑已忙于想着其他一些事情去了,那事实上只是一些模糊的片断的回忆。他无尽无休地想着自己的过去,想着自己目前的境况，想着他身外的世界和他对这个世界的看法。

五十二年以前，他出生在富庶的别拉弗区极富有的老梭拉克家里的时候，谁也不可能想象这个孩子将来会租了别人的车子，推着别人的木柴，在萨拉耶伏一带叫卖。

他父亲那时已年近六十了，家里是一大堆女孩子；头一个老婆给他生了两个女儿，第二个老婆生了四个。接着就生下了依布罗，他家里唯一的儿子和继承人。他出生时，家里大摆酒筵热烈庆贺的情形，那一带的人到现在都还清楚地记得。当时唯一缺少的大概就是塔必加炮台没有为他的诞生鸣放几下礼炮了。依布罗的儿童时代和幼年时代也几乎可以说是在一次经久不散的宴会中度过的。接着他父亲送他到学校去念书。但说实在话，依布罗的智力应付不了学校里的功课。当然也并不能说他比其他一般的孩子更淘气，只是书本上的东西始终没法装进他的脑子里去。他脑子里老是想着更远的一些东西。最后他离开了学校，很早就成了一位年轻貌美的公子哥儿，跟最无意义的寻欢取乐的生活打上了交道。在那一段时间中，他整个的生活就是尽力消费掉他家在萨拉耶伏的郊区置下的田庄，享受着一九一〇年前后萨拉耶伏任何一个不需要念书也不需要从事固定职业的年轻人可能享受到的一切赏心乐事。他父亲是一个毫无主见的人。所以也就根本没有一个人阻止他向这一条路上走下去或把他领上一条正路。生活中的一切对他都是那样新奇，好像完全都是为了他和他的朋友们特地创造出来，供他们任意享受的。

"卖劈柴啦！卖劈柴啦！"

是的，当依布罗回想往事的时候，他感觉到那是一种无尽繁华的生活。但是那繁华的生活很快就消失了。一九一四年春天，他被征集入伍，那年夏天就爆发了第一次世界大战。依布罗最初被派到俄国边境的前线上去，后来又被派到意大利，在那里受了重伤。那以后，他先做了很长时期的一等兵，后来又在布达佩斯附近非律斯卡巴的驻防军中做班长。那时的生活是艰苦而离奇的；但从某一个意义上讲也仍旧是一种非常繁华的生活。那时他好像是生活在一个大旋风里似的，喝酒、赌钱、饮宴，过着一切军人过的欢乐的、完全不知道节制的生活，也就是一种醉生梦死的生活。日子一天天地过去，但说实在的，依布罗的确也不很明确地知道，是谁和谁在打仗，也不知道他和其他那些人在那里行军、饮酒、歌唱、流血是为了什么。一九一八年他回到家乡来，口袋里一个钱也没有，因为受过伤（在多尔明附近的战壕里他流了许多血），更因为他在军队里过了很长一段时间的放荡生活，他的身体已弄得衰弱不堪了。他父亲这时年过八十，已变成了一个一无所能的老废物。母亲已经死去。姐姐们也都出嫁了。他的家很快地一天天衰落下去。闲钱已经花光。地产，那"万年不坏"的产业也慢慢地烟消云散了。当他和朋友们一起多喝两盅的时候，他觉得一切事也似乎还相当如意，但每当他一清醒过来，他就立刻感觉到什么都在变，他原有的一切慢慢地都化为乌有了。战争时期他们卖掉了沙哥德希杰的房子。现在他们又卖掉了别拉弗的那一所大房子，搬到租来的一所小房子里去。萨拉耶伏郊区的土地在土地改革的时候也被分掉了。从此依布罗就走进了一个新的世界，走进了一个使他永远感到困惑的充满悲愁的世界。

"卖劈柴啦,卖劈柴啦!"

他父亲死掉了。依布罗就开始(照那时一般的说法)"做事",实际就是做生意。他和一个花匠合伙开了一个鲜花店。但不久他发现一个人如果拿卖栽花当作职业,花也会发出一种叫人无法忍受的臭味,他虽曾尽量用烟草和白兰地来抵挡花的臭味,但也完全无效。他卖的这种货物是非常娇嫩的,顾客们又是那样爱挑剔,而且常来的顾客非常少。任何工作都是艰苦的,就连卖花也并非例外。而且更糟的是,一切事全是无法估计的。过了今天谁也不知道明天会遇上什么样的事情;一个人能够肯定地知道的,就只是他每走一步都会有一块石头绊他一下,每走三步他就会摔一跤。日子一天一天地过去,生活也就一天一天更失去了光彩和情趣。而那些正是依布罗像快要淹死的人渴望呼吸到空气一样——本能地全力以赴——想要得到的东西。在这种情况下他结婚了。那女孩子长得颇为美丽动人,而且出身于一个相当不错的家庭,但她带来的嫁妆很微薄。婚后,孩子一个接着一个生下来了;他们一个接着一个出世,又一个一个地接着死去。生意不好,花店终于破产了。花匠还仍可以守着他的花园,依布罗·梭拉克却只剩下了一身债务。他于是在市政厅里找到了一个职位。

"卖劈柴啦!卖劈柴啦!"

在过去,严格地讲,他根本不知道"市政厅"这几个字是什么意思,他也从来没有想过。但现在它既已和他的生活密切相关,他才开始认识到,在这简单的一个名词后面隐藏着多少的苦痛和悲哀。不,并不是他所要做的工作如何繁重或困难,它只是使人感到有一点卑贱、下流。每一句话、每一个动作都似乎表现着某种说不出的受尽屈辱的感觉;这是一种非常特别的羞耻感,只有一个身为梭拉克的人才会了解;这种羞辱只有用白兰地可以洗去一些,但也不过暂时洗去而已。

时间一年一年地过去,情况却并没有好转,甚至连梦中所见也全都一无是处。家里的东西慢慢变卖了;肚子吃不饱,衣服破烂不堪,他们已无法再在人前掩饰自己的穷状了。那几年中生下的四个孩子,只有一个女孩子活了下来,她慢慢长成了一个美丽、安静而聪明的姑娘。她在学校里功课很好,手里总离不开书本。十八岁的时候,她和一个在烟草厂工作、曾受过良好教育、极有出息的青年结婚了。他比她大不了几岁,但他的经济状况也并不比她父亲更好一些。

接着依布罗的老婆死去了,就剩了他一个人。现在他对自己的身体更不在意了,经常喝得酩酊大醉。是的,所有的人都议论纷纷,但空讲是很容易的,没有一个人能说出来他究竟如何酗酒,或者为什么要这样!他被市政厅开除了,他已经不能再忍受那种羞辱。虽然事实上是从那时起,他才真正开始喝酒,开始推着一辆手车替巴沙加卖木柴。

"卖——劈——柴——啦!"

也是到这个时候,他才开始对整个世界抱有一种厌恶的感觉。是的,至少别人都那么说。但他自己感觉到并清楚地知道,那并不是事实。这话绝不是真的!他并没有厌弃世界或厌弃工作——天知道——相反的,世界上的一切,有生命的人和没有生命的东西,以及人所想象的、所做的或所说的都一天一天离开他更远了,把他独自留在一个泥坑中,痛苦不堪;在那里只有一杯白兰地还能带给他一点光明,还能为他歌唱,还能像一只女人的手一样抚摸着他,还能发出花一样香甜的气息。其他的一切都迅速地、毫不留情地抛开了他,白兰地是他现在唯一的一点安慰了。

那时以后,他已经像一个游魂一样,和整个世界隔绝。他越来越失去了控制自己的能力。他的女儿希姆莎,虽然住在萨拉耶伏的郊区,但境况也不很好。只有她还常常来看他,给他一些帮助。女儿是那样美丽、娴静、愉快,他简直感觉到她是从另外一个世界来的人。最初她还常常劝导父亲,求他把酒戒掉,好好振作起来。但很快她看出来这样做是没有用的。以后她仍照常来看望他,给他一些帮助,但不再说一句规劝的话了。他的女婿对他的态度也一样。夜晚在酒店里的时候,别的醉汉们天南地北地瞎吹,依布罗因为自己生活中实在没有什么光荣的或有趣的事情可说,于是就对人夸耀他的女儿和女婿。

“我那女儿和女婿可真了不得啊！听哪,朋友,听哪！他们……他们……啊,我简直不知怎么说好……”他会一边打着嗝,一边对酒店里的酒友们说。

但接着,为了要消除心头的痛苦,再多喝了几杯白酒,他就立刻忘掉了他的女儿和女婿,甚至忘掉了自己。生活在这个如在云雾中的世界里,依布罗从来也没有注意到那些不喝酒的人在干些什么,那些清醒的人整天在什么地方活动,一直到有一天,他听见人说,一个新的世界大战又开始了,才大吃一惊。

“卖劈柴啦！卖劈柴啦!”

依布罗心里想,这至多也不过又是一次新的加里西亚战争,一次新的皮耶夫战争或皮里斯卡巴战争而已,那自然是别的,比他更年轻的人的事情。可是不,这次战争似乎有一些不同,连他也多少有些感觉到了。

依布罗推着他的手车,机械地喊叫着那几个字——如同他机械地喝着他的酒,机械地呼吸着一样。既被世界所弃,又与世界完全隔绝,他也许很可能感觉不到任何改变和任何新的麻烦,就这样平平安安地度过那一次战争吧……然而,一件他完全不能理解的事,在他想起来和那战争也绝对无关的事发生了:他的女婿被关进了监牢。当他想尽方法去打听,一个沉静的老实的青年为什么会被捕的时候,别人告诉他说这是“政治问题”。就只是政治问题。

告诉他这话的那个人,说完话耸了耸肩,闭上眼,伸出一个手指头按住了自己的嘴唇,梭拉克不知道为什么也学着他那种姿态做了一下。那年轻人被关了三个礼拜就释放出来了。两天以后他就溜出城去参加了游击队。立刻希姆莎就被捕了。依布罗听到了这消息,赶紧丢下柴车去打听她的情况。从一个穆斯林卫兵的嘴里,他听他说女儿希姆莎已经死了;那个卫兵还要依布罗发誓绝不能让人知道这话是他说出去的。她被捕的第二天,在受审讯的时候,就被弄死了。看样子她的死完全是一个意外,他们并不是存心弄死她的。一个特务打了她一棍子,她就倒下了,从此再也没有站起来。是那一棍子打得太不凑巧了，还是她自己太娇嫩，她的生命太脆弱了呢？（当然，她的身体的确是很脆弱的，这他完全知道，她和她母亲一样脆弱、娇嫩和敏感；完全不像他梭拉克家里的人那么强健、坚忍。是的，她是像一朵花一样娇嫩！）

“卖——劈——柴——啦！卖——劈——柴——啦！”

要使自己不谈起这件事，尽可能地忘掉这件事，那就需要大量的白酒。但依布罗也能始终守住他的誓言。甚至在他喝醉酒的时候，他也从没有把这个秘密透露出去。此后，他的酒越喝越多，饭却越吃越少了。有时候痛女的心和梭拉克家原有的骄傲的感情也使他深感到必须要报仇，但这些感情很快就都消失在荒凉的街道上他的一声叹息或一阵哭泣声中了，最后则是一杯白酒淹没掉一切，甚至连战争的恐惧也被他忘在脑后。现在他是一个亲人也没有了，也没有人再关心他。他的身体已衰老不堪，衣服破烂，脚下几乎连一双鞋都没有。一切全消耗在白兰地酒杯中了。

最后战争结束了，和一切战争一样，它留下的是一片混乱。一支新的军队，附近的妇女们所说的“好军队”，也就是过去的游击队来到了。他的邻居中有一个参加游击队的青年回到家里来。从他那里，依布罗知道他的女婿已经在战场上牺牲，他成了一个伟大的英雄，报纸上还刊登过他的照片。第二天，那邻居的孩子把那张照片拿来给他看。依布罗昏花的眼睛里充满了眼泪，但他仍认得出来那正是他女婿的相片。是的，这正是他，不过比他过去见到他的时候变得更高大了一些，更漂亮了一些——变成了一个真正的军官。他胸前还挂着一枚勋章。依布罗看到这些只感到自己的心都凉了。那邻居的儿子，年轻的游击队员，站在他的面前，微笑着，滔滔不绝地对依布罗讲说他女婿的英雄事迹，讲说游击队的生活，讲说他们的工作——并讲到酒的可怕；他的态度是那样亲切，但依布罗觉得他离自己是那样的遥远。他为什么对他讲这些话呢？他谈到酒是什么意思？在酒店里，大家所谈的是报纸上发表的关于希姆莎的事。他们讲的话他并不十分了解，但他偷偷地躲到一边哭泣起来，他咬咬自己的嘴唇，最后是和着更多的白酒咽下了自己的眼泪。

接着他又忘掉了一切，照旧推着他的手车满街走着。为了烟草、为了白兰地、为了……是的，甚至为了他每天的两顿饭，他必须设法赚一点钱。

满脑子里装着这种思想，依布罗·梭拉克来到了马瑞金·德弗尔。他常常从这里穿过大马路走进一些狭窄的陡峻的小街道里去；那些街道到现在还保留着从前的一些老名字，如马哥瑞彼加，俄多巴西纳等。有一队兵唱着歌从大街上走过来。依布罗停下来听他们唱，他的女婿也曾经是一个军人，还做过军官。他的女婿得过勋章，报纸上还登载过他的照片，从街的那一头来了一队年轻人，他们也在唱着歌。他不懂他们唱的是什么，也不知道他们这时向哪里去或为什么排着队在街上走着，但是他的希姆莎从前也是和这些人在一起的。报纸上谈到过这件事。人们也都看到过那些报纸，但她也死去了，她是一位英雄的妻子，是一个烈士。他们还在报纸上提到她有一颗高贵的心，并说她曾经做了许多伟大的工作。是的，说到她的心，他们的话是一点不错的。但他们还有许多应该说的话没有说，他们现在所说的是很不够的。她还是一个非常漂亮的姑娘！这一点他们漏掉了。她是一位女王，不折不扣的女王！至于她的心，他可知道得太清楚了。她用她那充满热爱的眼睛，不仅安慰过她的不幸的父亲，并且安慰过一切活着的人，希姆莎确实是那样的。

“卖劈柴啦！”

那一队年轻人走过去了。他们的歌声却还可以听得见。接着又是一队士兵走过来。两队兵的歌声融合在一起，歌词和歌调混成一片。他身旁的每一个人都在歌唱，每一个人都欣喜地在他面前走过去。一切是那样有秩序、有纪律。但很快，所有这些人都慢慢地从他眼前消失了，都到别的什么地方去了，远远地离开了他。谁知道他们为什么要走开，他们要到什么地方去呢？这一切他都不了解，同时除了感到腰部隐隐发痛之外，他也没有任何其他的感觉。每当风从南边吹来的时候，他的腰部总隐隐发痛。但这种痛苦并不能使他想起任何事情。痛就是痛而已。他现在只知道一件事：他也有一个女儿和一个女婿和那些年轻人在一起。因此当他推着手车走进第一条胡同的时候，他禁不住想大声喊叫：

“我那女儿和女婿可真了不得啊！听哪，你们大家都听哪！他们……啊，我简直不知怎么说才好……”

他轻松愉快地推着他的车子，仰着头用一种粗哑的声音喊着：

“卖劈——柴啦！”

在一幢楼房的二层楼窗口有一个年轻的女人叫他，要他送几捆上去。依布罗立刻毫不犹豫地、傲慢地拒绝了。

“给我送几捆柴上来，快呀。我另外加给你一个狄那尔。”

“我不能替任何人把柴送到楼上去。你给我一个狄那尔也不行，就给我一千个狄那尔也不行，懂吗？如果你要买柴，你自己下来拿吧！”

那女人在他身后恶毒地叫骂着，但他已听不见了，因为他正用他全身的精力把车子推上那边的小山，一面正高声地叫喊着：

“卖劈柴啦！卖——劈——柴——啦！”

黄雨石　译

1962
获奖作家

斯坦贝克

传略

早在一九四九年,斯坦贝克就和另两位美国作家福克纳和海明威一起被提名参加诺贝尔文学奖的角逐。福克纳和海明威分别于一九四九年和一九五四年相继获奖,只有斯坦贝克一直等了十三年,直到一九六二年才获得这一殊荣。他获奖的理由是:"通过现实主义的、富有想象力的创作,表现出富有同情心的幽默和对社会的敏锐的洞察力。"

约翰·斯坦贝克(John Steinbeck,1902—1968),一九〇二年二月二十七日生于加利福尼亚州的萨利纳斯市。父亲经营面粉厂,并担任蒙特里县县府的会计。母亲是一位小学教师。在母亲的熏陶下,斯坦贝克从小就爱好文学,阅读了大量欧美作家的作品。一九一九年,他毕业于萨利纳斯市高中,一九二〇年进斯坦福大学攻读文学,但他时常辍学,去牧场、筑路队等地打工,直到一九二五年离开学校也未拿到学位。斯坦贝克立志要当作家,离开大学后去了纽约,在那儿当过记者,做过工人,一面勤奋写作,但所写的作品一直没有得到发表的机会。一九二六年,他只好又回到加利福尼亚州,一面继续写作,一面靠打工维持生活。他做过牧场和农场雇工、木工学徒、油漆匠、搬运工、化验员、筑路工人、猎场看守、报刊记者,接触过许多社会底层的人民,熟悉他们的日常生活和思想感情;他长期生活在小镇、乡村和牧场,热爱山野的自然风光,又有深厚的文学素养,这一切为他日后的文学创作奠定了坚实的基础。

一九二九年,他终于出版了第一部长篇小说《金杯》,作品写的是海盗亨利·摩根怎样成为总督的故事。随后,他又相继创作了描写加州几户农民生活的长篇小说《天堂牧场》(1932)和以一个家族西迁加利福尼亚州拓荒为题材的长篇小说《献给一位未知的神》(1933),但是这几部作品的出版都没有引起多大的反响。直到一九三四年他的短篇小说《谋杀》获欧·亨利奖,一九三五年他的中篇小说《煎饼坪》问世,并获得加利福尼亚州俱乐部金牌奖,他的作品才引起评论界的注意。《煎饼坪》是他第一部受到读者欢迎的作品,讲的是一群游离社会的珀萨诺斯人(西班牙人、印第安人和白人的混血儿)流浪汉的生活和友谊。紧接着,他又发表了中篇小说《胜负未决》(1936)和《人鼠之间》(1937)。前者描写加利福尼亚州果园和棉花种植园中艰苦的罢工斗争,后者写流浪的农业工人生活理想的幻灭。

一九三七年,斯坦贝克经纽约赴英国、瑞典等国旅游。回国后参加俄克拉何马州农业工人西迁的队伍,直到加利福尼亚州。在此基础上,结合对二十世纪三十年代美国农业经济的研究,他创作了自己的代表作长篇小说《愤怒的葡萄》(1939)。小说以三十年代美国经济大萧条时期为背景,真实地描写了俄克拉何马州的大批破产农民向西逃荒到加利福尼亚州的悲惨历程。该书获得一九四〇年的普利策奖,并被改编为电影。

二十世纪四十年代是斯坦贝克创作的第二个时期,第二次世界大战期间,斯坦贝克曾任纽约《先驱论坛报》驻欧记者,在英国、北非、意大利等地采访,撰写有关第二次世界大战的通讯报道。

在二十世纪四十年代,斯坦贝克的主要作品是两部中篇小说:《月亮下去了》(1942)和《珍珠》(1947)。《月亮下去了》是争议最多的一部小说,改编成剧本在纽约上演后,继续引起争论。作品描写北欧某国(暗指挪威)某小镇在德国占领时期的反法西斯斗争。争论在于作者把德国侵略者写成人性未泯的人,把他们的侵略行径看成是盲从,而且其中的某些人物性格也有概念化的倾向。《珍珠》是斯坦贝克的一篇广为人知的中篇佳作,取材于墨西哥的民间传说,但是经过作者精心的艺术提炼之后,成了一部控诉金钱世界的罪恶、描绘穷苦人民备受压榨欺凌的血泪史,小说以细腻的笔触描绘了印第安渔民奇诺捞到了一颗罕见的大珍珠,他满以为可以因此得福,事实上却连遭横祸,最后连儿子也死在抢夺珍珠的强盗手里,奇诺在极度痛苦之中,将珍珠扔回大海。作品寓意深长,文字洗练,心理描写逼真,很有艺术特色。

从二十世纪五十年代开始,斯坦贝克的创作进入了第三个时期。这一时期的主要作品是两部长篇小说:《伊甸园以东》(1952)和《烦恼的冬天》(1961)。除此之外,这一时期出版的作品还有中篇小说《烈焰》(1950)、《甜蜜的星期四》(1954),长篇小说《丕平四世的短命王朝》(1957),战地通讯集《过去有过一场战争》(1958)和旅行札记《和查利同游美国》(1962)等。

一九六五年后,斯坦贝克曾去欧洲与中东等地,为《每日新闻》撰写专栏,包括越战报道。一九六八年十二月二十日,斯坦贝克因心脏病在纽约逝世,下葬于萨利纳斯。

授奖词

获得本年度诺贝尔文学奖的作家约翰·斯坦贝克生于加利福尼亚州的一个小镇萨

利纳斯，该镇在肥沃的萨利纳斯谷地附近，距太平洋海滨数英里之遥。这个特殊的地区就形成了他对普通人的日常生活所作的许多描写的背景。他在小康之家长大，但是在这个相当多样化的地区里他也与工人家庭处于平等的地位。在斯坦福大学上学时，他经常不得不在牧场里干活以维持生计。他在斯坦福大学肄业，于一九二五年去纽约当了自由作家。数年之中他为生存而奋斗，备尝艰辛，后又返回加利福尼亚州，在海滨的一个孤独的农舍里成家立业，在那儿继续从事创作。

虽然到一九三五年时他已经写了几本书，但他头一次获得普遍的成功是由于一九三五年问世的《煎饼坪》。他向读者们奉献了一组描写一帮西班牙裔乡下人的妙趣横生、滑稽好笑的故事，这是一些不合群的人，他们在疯狂宴饮作乐的时候，几乎就是亚瑟王的圆桌骑士的可笑相似物。据说在美国，这本书成了当时的大萧条带来的意气消沉的一种受人欢迎的解毒剂。那种大笑是站在斯坦贝克一边的。

但是他无意当一名不得罪人的安慰者和提供娱乐者。他选择的论题是严肃的、攻击性的，例如在其小说《胜负未决》(1936)中，他描绘了在加利福尼亚州的水果种植园和棉花种植园里进行的痛苦的罢工。在这些年里，他的文学风格的力量不断地增长着。那部小小的杰作《人鼠之间》(1937)描写了莱尼的故事，莱尼是一位力大无穷的低能儿，他单是由于温柔就把每一个来到他手中的生物的生命给挤出来了。旋即问世的是那些无与伦比的短篇小说，他集为一卷，题为《长谷》(1938)。现在那部主要与斯坦贝克的名字联系在一起的巨著面前的道路已经铺平，那部巨著就是史诗性的年代记《愤怒的葡萄》(1939)。故事描写了一群在俄克拉何马州受到失业和暴政之迫而移居加利福尼亚州的劳动者的故事。在美国社会史上的这个悲剧的插曲激励着斯坦贝克，使他以辛辣的笔触描述了一个特殊的农夫和他的家庭在通往一个新家的永无止境、使人心碎的旅行中的经历。

在这个简短的颁奖词中，要想对斯坦贝克后来创作的各个单独的作品一一做出论述是不可能的。如果说有时批评家们似乎注意到了，有某些力量枯萎、老调重弹的迹象可能说明创作力衰退的话，那么斯坦贝克就以《烦恼的冬天》(1961)最有力地说明这些批评家的恐惧是错误的。《烦恼的冬天》去年问世。这儿他达到了他在《愤怒的葡萄》里确立的相同的标准。他再一次坚持了他作为一名真相的解释者的立场，对真正美国的事物抱有一种毫无偏见的态度，不论那真正美国的事物是好还是坏。

在这部近作中，中心人物是一位丧失了社会地位的一家之长。在战时服役之后，他不论从事什么工作都遭到失败，最后在他祖先的那个新英格兰的小镇上被一家杂货铺雇用，干上了简单的店员工作。他是一位诚实的人，从不无理抱怨，但是当他看到达到物质上的成功必须采用各种手段时，他也就不时地受到诱惑。然而，这种手段既要求严格的审慎，又要求道德上的冷酷，而这些品质他若不冒人格的风险的话也就不能够调动起来。他敏感的良心就像一个三棱镜被折射了出来，而在这良心上被显著地展现出来的，又是与国家的福利问题有关的一整套问题。在这里斯坦贝克丝毫不带理论阐述，而是通过具体的甚至微不足道的日常情景，而这些日常情景由于是用了斯坦贝克所有有力而又现实主义的神韵描述出来的，也就依然令人信服。即使他拘泥于描写实际的事物，在涉及生与死这个永恒的主题上，他仍然恰到好处地掺入梦幻的成分，进行探索性的构思。

斯坦贝克的近作描述了他对四十个美国州所作的为期三个月的旅行中的经历(《和查利同游美国》，1962 年出版)。他驾着一辆小卡车旅行，车上有一个小屋，供他睡眠和存放物品。他是隐姓埋名出游的，唯一的伴侣是一只黑狮子狗。这儿我们看到，他是一位多么有经验的观察家和爱推理的人。在一系列对地方色彩所作的令人钦佩的探索中，他再次发现了他的国家及其人民。这本书写得不拘形式，也是对社会所作的一种有力的批评。他把他的卡车命名为罗森南特。罗森南特里面的旅客表现出了一种赞赏旧事物、贬低新事物的轻微倾向，不过他显然提防着这种诱惑。“我不明白为什么进步往往看上去像是毁灭”，他在书中某处说道，当时他看到推土机把西雅图青葱的森林推平，以便为疯狂般扩张的住宅区和摩天大楼留出空间。无论如何，这是一个最为有关时事的反思，在美国之外也是站得住脚的。

在已获得本奖的美国现代文学大师——从辛克莱·刘易斯到欧内斯特·海明威——当中，斯坦贝克不仅仅是坚持着自己的立场，有着独到的见解和独立的成就。在他的身上有着一种冷峻的幽默的性质，这在某种程度上使他的往往残酷而又赤裸裸的主题得到了补偿。他的同情总是给予被压迫者、不合时宜的人和苦恼的人；他乐于把生活的淳朴的欢乐与对金钱野蛮而又玩世不恭的渴求进行对照。但是在他身上我们发现了那种美国气质，这也见于他对大自然、对耕耘的田地、对荒原、对高山、对大洋沿岸怀有的伟大情感，对斯坦贝克来说，所有这一切都是在人类社会之中和人类社会之外的一种用之不竭的灵感的来源。

瑞典学院之所以将本奖颁给约翰·斯坦贝克，是因为“他那现实主义的、富有想象力的创作，表现出富有同情心的幽默和对社会的敏锐的洞察力”。

亲爱的斯坦贝克先生——您并不令您的祖国的公众和全世界的公众感到陌生，您也同样不令瑞典的公众感到陌生。您由于有您的最为杰出的作品而成为一名友善和仁爱的教师，成为一名人的价值的捍卫者，这完全可以说与诺贝尔奖的宗旨是相一致的。现在我请您从国王陛下的手中接受本年度的诺贝尔文学奖，同时表达瑞典学院对您的祝贺。

瑞典学院常务秘书 安德斯·奥斯特林

王义国 译

珍珠(节选)

〔印第安渔民奇诺采到了一颗罕见的大珍珠……〕①

第三章

一个城市就好像一种群栖的动物。一个城市有神经系统,也有头,也有肩,也有脚。一个城市也有一种整体的感情。消息怎样在一个城市传开是一件不容易解释的神秘事情。消息传起来,似乎比小男孩们争先恐后地跑去告诉人家那样还要快,比女人们隔着篱笆喊着告诉邻居那样还要快。

在奇诺、胡安娜和别的渔民还没有来到奇诺的茅屋以前,这个城的神经系统已经随着这消息在跳动和震颤了——奇诺找到了"稀世宝珠"。在气喘吁吁的小男孩们还来不及讲完之前,他们的母亲已经知道了。这消息越过那些茅屋继续向前冲去,在一阵浪花飞溅的波涛中冲进那石头与灰泥的城市。它传到正在花园里散步的神父那里,使他的眼中出现一种若有所思的神情,使他想起教堂里必须进行的一些修葺。他不晓得那颗珍珠会值多少钱。他也不晓得他有没有给奇诺的孩子施过洗礼。或者有没有给奇诺司过婚。这消息传到开铺子的人那里,他们便看看那些销路不大好的男人衣服。

这消息传到大夫那里,他正和一个太太坐着,这女人的病就是年老,虽然她本人和大夫都不肯承认这个事实。等他弄明白奇诺是谁以后,大夫就变得既严肃又懂事了。"他是我的顾客,"大夫说,"我正在给他的孩子治蝎子蜇的伤。"大夫的眼睛在它们肥胖的窝里向上翻着,他想起了巴黎。在他回忆中,他在那里住过的屋子成了一个宏大奢华的地方,跟他同居过的面貌难看的女人成了一个又美丽又体贴的少女,尽管她完全不是那么回事。大夫的眼光越过他那年老的病人,看到自己坐在巴黎的一家餐馆里,一个侍者正在打开一瓶酒。

这消息一早就传到教堂前面的乞丐们那里,使他们高兴得吃吃地笑了一阵,因为他们知道世界上没有比一个突然走运的穷人更大方的施舍者了。

奇诺找到了"稀世宝珠"。在城里,在一些小铺子里,坐着那些向渔夫收买珍珠的人。他们在椅子上坐着等待珍珠送进来,然后他们就唠叨、争吵、叫嚷、威胁,直到他们达到那渔夫肯接受的最低的价钱。可是他们杀价也不敢超过一个限度,因为曾经有一个渔夫由于绝望,把他的珍珠送给了教会。买完珍珠之后,这些收买人独自坐着,他们的手指

① 此句为编者所加。

不停地玩弄着珍珠。他们希望这些珍珠归他们所有。因为实际上并没有许多买主——只有一个买主,而他把这些代理人安置在分开的铺子里,造成一种互相竞争的假象。消息传到这些人那里,于是他们的眼睛眯了起来,他们的指尖也有一点发痒。同时每人都想到那大老板不能永远活着,一定得有人接替他。每个人也都想到他只要有点本钱就可以有一个新的开端。

各式各样的人都对奇诺发生了兴趣——有东西要买的人以及有人情要央求的人。奇诺找到了"稀世宝珠"。珍珠的要素和人的要素一混合,一种奇怪的黑渣滓便沉淀了下来。每个人都突然跟奇诺的珍珠发生了关系,奇诺的珍珠也进入每个人的梦想、思索、企图、计划、前途、希望、需要、欲念、饥渴,只有一个人妨碍着大家,而那个人就是奇诺,因此他莫名其妙地变成了每个人的敌人。那消息搅动了城里的一种无比肮脏、无比邪恶的东西;黑色的蒸馏液好像一只蝎子,或者像食物的香味引起的食欲,或者像失恋时感到的寂寞。这个城的毒囊开始分泌毒液,城市便随着它的压力肿胀起来了。

可是奇诺和胡安娜并不知道这些事情。因为他们自己又快乐又兴奋,他们以为人人都分占他们的喜悦。胡安·托马斯和阿帕罗妮亚是这样的,而他们也就是整个世界。下午,当太阳翻过半岛上的丛山沉入外海之后,奇诺蹲在他的屋子里,胡安娜待在他旁边。茅屋里挤满了邻居。奇诺手里拿着大珍珠,珠子在他手里是温暖而又有生命的。珍珠的音乐已经和家庭的音乐汇合在一起,因此二者彼此美化着。邻居们凝视着奇诺手里的珍珠,很奇怪怎么会有人交上这么好的运气。

胡安·托马斯是奇诺的哥哥,所以蹲在他的右手边,他问:"现在你成了个有钱的人,你想做什么?"

奇诺朝他的珍珠里凝视着,胡安娜垂下了睫毛,又挪动披巾把脸盖上,使得她的激动不致被人看出来。灿烂的珠光里浮现出一些东西的图画,这些东西是奇诺以前考虑过,可是因为不可能就不再想的。在珍珠里面他看到胡安娜、小狗子和他自己在大祭台前面站着和跪着,他们正在举行婚礼,因为他们现在出得起钱了。他轻声地说:"我们要举行婚礼——在教堂里。"

在珍珠里面他看到他们是怎么打扮的——胡安娜披着一条新得发硬的披巾,穿着一条新裙子,从长裙子底下奇诺还可以看到她穿着鞋子呢。这就在珍珠里面——这幅图画在那里辉耀着。他自己穿着新的白衣服,手里拿着一顶新帽子——不是草的而是细黑毡的——他也穿着鞋——不是凉鞋而是系带子的皮鞋。而小狗子呢——就是他——他身着一套美国货的蓝水手服,戴着一顶游艇帽,跟奇诺有一次在一只游艇开进港湾时看到过的一模一样。这些东西奇诺在明亮的珍珠里全都看到了,于是他说:"我们要买新衣服。"

于是珍珠的音乐像喇叭合奏一样在他的耳朵里响了起来。

接着在珍珠那可爱的灰白的表面上浮现出奇诺想要的一些小东西:一根鱼叉,顶替一年前丢失的那根,一根新的铁鱼叉,要叉把的头上有一个环的那一种;还有——他的脑子几乎不敢往下想——一支来复枪——可是为什么不行呢？既然他这么阔了？于是奇诺在珍珠里看到了奇诺，奇诺拿着一支温彻斯特式卡宾枪。这是最荒唐的白日梦，同时也非常愉快。于是他的嘴唇犹豫地移动了——“一支来复枪，”他说，“也许一支来复枪。”

是这支来复枪破除了障碍。这本是一桩不可能的事情，既然他能想到要有一支来复枪，那么一切界限都被突破了，他也就可以继续向前迈进了。因为据说人是永远不知足的，你给他们一样东西，他们又要另一样东西。这样说本来是表示非难的，其实这正是人类具备的最伟大的才能之一，正是这种才能使人比那些对自己已有的东西感到满足的动物优越。

邻居们一声不响地挤在屋子里，听着他那些荒唐的幻想，点着头。站在后面的一个男人小声说：“一支来复枪。他想要一支来复枪。”

可是珍珠的音乐正在奇诺的心里得意地高歌着。胡安娜抬起头来，她的眼睛为了奇诺的勇气和想象而睁得大大的。电一般的力量来到他身上，因为现在界限被踢开了。在珍珠里面他看到小狗子正在一大张纸上写字。奇诺激动地盯着他的邻居们。“我儿子要上学。”他说，邻居们都不作声了。胡安娜急遽地屏住了气。当她望着他的时候，她的眼睛是明亮的，她又急忙低下头看她怀里的小狗子，要看看这究竟可能不可能。

而这时，奇诺的脸给预言照亮了。“我儿子要识字和念书，我儿子要写字并且了解所写的东西。我儿子还要会算，而这些东西可以使我们得到自由，因为他将会有知识——他会有知识，而通过他我们也就会有知识。”于是在珍珠里面奇诺又看到他自己和胡安娜蹲在茅屋的小火坑旁边，同时小狗子在念一本大书。“这就是这颗珍珠将要做的事。”奇诺说。他一辈子也没有一下子说过这么多话。于是突然间他害怕起来了。他的手盖住珍珠，遮断了光线。奇诺感到害怕，正如一个说“我想要”而又没有信心的人那样。

现在邻居们知道他们亲眼看到了一个大奇迹。他们知道时间从此要由奇诺的珍珠起算，并且今后许多年他们会继续谈论这个时刻。如果这些事情实现了，他们就会详细叙述奇诺是什么神情，他说过什么话，他的眼睛又怎样发亮，他们还会说：“他变成了另外一个人。他得到了一种力量，于是事情就那么开始了。你看他已经成了一个多么了不起的人物，就是从那一刻开始的。而我亲眼看到了那一刻。”

如果奇诺的计划落了空，那些邻居就会说：“事情就是那么开始的。一阵愚蠢的疯狂突然支配了他，使得他说出了许多蠢话。天主保佑，别让我们遇到这种事情吧。对啦，天主惩罚了奇诺，因为他反抗现状。你看到他结果怎样了吧。而我就亲眼看到过他失去理性的那一刻的。”

奇诺朝下看看他那只握着的手，指关节上他捶过大门的地方已经结痂并且皱紧了。

现在黄昏快到了。于是胡安娜用披巾兜住孩子，让他吊在她的屁股旁边，然后她走到灶坑前面，从灰烬中拨出一块煤，折碎了几根树枝加在上面，再把火扇着了。小小的火焰在邻居们的脸上跳跃。他们知道他们也该去吃饭了，可是他们还舍不得离开。

天差不多已经黑了，胡安娜的火在篱笆墙上投下了影子，这时低语传了进来，又挨次传开去：“神父来了——司铎来了。”于是男的都脱下帽子，从门口往后退，女的都把披巾拢在脸上，并且垂下了眼睛，奇诺和他的哥哥胡安·托马斯站起，神父走了进来——一个头发花白、上年纪的人，有着衰老的皮肤和年轻的锐眼。他认为这些人是小孩子，也把他们当小孩子看待。

“奇诺①，”他轻声地说，“你取的是一个伟大的名字——而且是一个伟大的教会之父的名字，”他使他的话听上去好像一次祝福，“跟你同名的那个人驯服了沙漠，又纯净了你的民族的灵魂，你知道吗？书本里有的。”

奇诺迅速地低下眼看看吊在胡安娜屁股旁边的小狗子。将来有一天，他心里想，那孩子会知道书本里有什么东西以及没有什么东西。音乐已经从奇诺的脑子里消失了，可是现在，微细地、缓慢地，早晨的那个旋律，邪恶的敌人音乐响了起来，不过声音很微弱。于是奇诺望着他的邻居们，看看是谁把这支歌带进来的。

可是神父又开口了：“我听说你发了一笔大财，找到一颗大珍珠。”

奇诺张开手把它伸了出来，神父看到珍珠的大小和美丽，倒抽了一口气。然后他说：“我希望你记得，我的孩子，向赐给了你这个宝贝的天主谢恩，并且祈求他在将来不断给你指导。”

奇诺默默地点着头，倒是胡安娜轻声地说：“我们一定记得，神父。现在我们要举行婚礼了，奇诺刚才那么说了。”她望着邻居们，让他们证实她的话，他们便都郑重其事地点点头。

神父说：“我很高兴看到你开头的念头便是好念头。天主保佑你们，我的孩子们。”他掉转身子悄悄地离开了，于是大家让他过去。

可是奇诺的手又紧紧地握住了珍珠，他在凝心地四下张望，因为在他耳朵里，邪恶的歌和珍珠的音乐尖声地对唱着。

邻居们悄悄地走出去回家了，于是胡安娜蹲在灶火旁边，把一沙锅的煮豆子搁在小小的火焰上面。奇诺走在门口向外面望着。像往常那样，他可以闻到许多家的炉火冒出的烟，他也可以看到朦胧的星星和感到夜晚空气的潮湿，于是他把鼻子盖了起来。那只瘦狗来到他面前，摇动着身子打招呼，好像一面迎风飘扬的旗子，奇诺朝下望它，但却视而不见。他已经突破界限，进入了一个寒冷而寂寞的世界。他感到孤独而没有保护，那唧唧叫着的蟋蟀、尖声叫着的雨蛙和哇哇喊着的蛤蟆仿佛也都在播送那邪恶的旋律。奇诺微微哆嗦了一下，把毯子拉得靠鼻子更紧一些。他还把珍珠拿在手里，紧紧地在手心里握着，珠子又温暖又光滑地贴在皮肤上。

在他身后，他听到胡安娜轻轻地拍着玉米饼，然后把它们放在那陶制的平锅上，奇诺感到他的家庭的温暖和安全都在他背后，“家庭之歌”像小猫轻轻哼着的声音从他背后传过来。可是现在，他凭着从嘴里说出他的未来将会是什么样子而创造了未来。一个计

① 奇诺（1645—1711），意大利耶稣会传教士，曾在墨西哥西部长期进行传教工作。

划是一件真实的东西,已经计划好的东西也是感觉到的,一个计划一旦做好并摹想出来之后,就和其他的现实一道成为现实了——破坏是破坏不了的,却很容易受到打击。因此奇诺的未来是真实的,但是未来一经建立,破坏它的力量也就树立起来了,而这他是知道的,因此他不得不准备抵御打击。还有一点奇诺也是知道的——神不喜爱人们的计划,神也不喜爱成功,除非那是出于偶然的。他知道,如果一个人由于自己的努力而得到成功,神是要向人报复的。因此奇诺害怕计划,但是,既然已经做了,他就绝不能再破坏它了。而且为了抵御打击,奇诺已经在为自己预备一层坚硬的皮肤来防备世界了。他的眼睛和他的脑子在危险还没有出现之前就搜索着危险。

站在门口,他看见两个男人走拢来。其中一个提着一盏手灯,灯光照亮了地面和两个人的腿。他们从奇诺的篱笆墙的入口处转进来走到他的门口。奇诺看出一个大夫,另一个是早晨开门的那个仆人。当他看出他们是谁的时候,奇诺右手上破裂的指关节发起烧来。

大夫说:"今天早晨你来的时候我不在家。可是现在,一有空,我就来看小宝宝了。"

奇诺站在门口,堵着门,憎恨在他眼睛后面愤怒地燃烧着,还有恐惧,因为几百年来的奴役深深地刻在他的心灵上。

"孩子现在差不多好了。"他慢慢地说。

大夫微微一笑,但他的眼睛在布满了淋巴的小眼窝里没有笑。

他说:"有时候,朋友,蝎子的蜇伤有一种奇怪的后果。起初表面上见好,然后出其不意地——噗!"他噘起嘴发出一个轻微的爆破声来表示那会发生得多么快,他又挪了挪他那个小小的黑色的大夫用的手提皮包,让灯光落在上面,因为他知道奇诺的种族喜爱任何行业的工具并且信任它们。"有时候,"大夫用流畅的语调接着说,"有时候会使人的腿干瘪掉,眼睛瞎掉一只,或者成了驼背。哦,我知道蝎子蜇伤是怎么回事,朋友,我会把它治好。"

奇诺感到愤怒和憎恨在化成恐惧。他不懂,而大夫也许是懂的。他不能冒险,拿他肯定的无知来对抗这个人可能有的知识。他落在陷阱里了,正如他的同胞一向那样,以及将来那样,直到,像他所说的,他们能确实知道所谓书本里的东西的确是记载在书本里的。他不能冒险——不能拿小狗子的性命或者身体的健全来冒险。他站开了,让大夫和他的仆人走进茅屋去。

他走进去的时候,胡安娜从灶坑旁站起来倒退着走开,她又用披巾的穗子盖住孩子的脸。当大夫走到她面前伸出手的时候,她抱紧了孩子朝奇诺看着,奇诺站在一旁,火的影子在他脸上跳动着。

奇诺点点头,她这才让大夫把孩子抱过去。

"把灯举起来。"大夫说,仆人把手灯举高之后,大夫看了一会儿孩子肩上的伤。他沉思了一会儿,然后翻开孩子的眼睑看了看眼球。小狗子在跟他挣扎,可他只是点了点头。

“正如我料到的那样，”他说，“毒已经进去了，很快就要发作。过来，你瞧！”他按住了眼睑，“瞧——它是蓝的。”奇诺焦急地瞧瞧，看到它果真有点儿蓝。他也不知道它是否一向就有点儿蓝。可是陷阱已经设好了。他不能冒险。

大夫的眼睛在它们的小眼窝里浮出了眼水：“我要给他一点药来败败毒。”他说。接着他把孩子递给奇诺。

于是他便从皮包里取出一小瓶白色的粉末和一个胶囊。他在胶囊里装满了粉末又盖了起来，然后在第一个胶囊外面又套上第二个胶囊，也盖了起来。然后他非常麻利地动作着。他把孩子抱过来，掐他的下唇，直到他张开了嘴。他的胖手指把胶囊放到孩子的舌根他吐不出来的地方，然后从地上拿起盛着龙舌兰汁的小水壶给小狗子喂了一口，这就完了。他又看看孩子的眼球，然后他噘起嘴来，好像是在思索。

他终于把孩子递回给胡安娜，然后转身向着奇诺。“我想一小时内毒就会发作，”他说，“这药也许可以使小宝宝不受伤害，不过我一小时之内还要来一次。也许我正赶上救他的命。”他深深地吸了一口气便走出小屋，他的仆人提着手灯跟随着他。

现在胡安娜把孩子包在披巾里，她又焦急又害怕地盯着他看。奇诺走到她面前，揭开披巾盯着孩子看。他挪动手想看看眼睑下面，这才发现珍珠还在他手里。于是他走到靠墙的一个箱子前面，从里面取出了一块破布。他把珍珠包在破布里面，然后走到茅屋的角上，用手指在泥地上挖了一个小洞，把珍珠放在洞里，盖上土，又掩蔽了那个地方。然后他走到火的面前，胡安娜在那里蹲着，注视着孩子的脸。

大夫回到家里，在椅子上坐定，看了看表。他的仆人给他端来一顿简单的晚餐，有巧克力、甜点心和水果，而他不满地瞪着这些食物。

在邻居们的屋子里，人们头一次谈起在今后很长的时间内将要在所有的谈话中占首要地位的那个题目，要看一看谈起来情形怎样。邻居们伸出大拇指彼此比画那颗珍珠有多么大，他们又做出种种抚爱的小手势表示它多么可爱。今后他们要非常密切地注意奇诺和胡安娜，看财富是否会像冲昏所有人的头脑那样，也冲昏了他们的头脑。人人都明白大夫为什么来的。他伪装得不大高明，因此完全被人看穿了。

在外面的港湾里有一群密集的小点闪闪地发光，浮到水面来逃避一群闯进来吃它们的大鱼。在屋子里面人们可以听到屠杀进行时小鱼的咻咻声和大鱼跳跃的溅拍声。水蒸气从海湾中升起，结成盐水珠子落在灌木丛和仙人掌上，落在小树上。夜耗子在地面上爬来爬去，小猫头鹰一声不响地追捕着它们。

眼睛上面有火红斑点的那条瘦精精的小黑狗来到奇诺的门口，伸头朝里面张望。当奇诺抬起头来瞧它一眼的时候，它把臀部摆动得都快散开了，奇诺把头一转过去，它又平静了下来。小狗没有走进屋子，可是它带着狂热的兴趣望着奇诺从小瓦盘里吃豆子，又望着他用一块玉米饼把盘子擦干净，吃了饼，又用龙舌兰汁把这些东西送下去。

奇诺吃完饭正在卷一支纸烟，忽然胡安娜急促地喊了出来：“奇诺。”他瞧了她一眼便站起来，赶快走到她面前，因为他从她眼睛里看到了恐怖。他站在她旁边，弯着身子朝下看，可是光线非常暗淡。他把一堆小柴枝踢进灶坑去燃起一阵烈火，这样一来，他可以看到小狗子的脸了。孩子的脸是通红的，他的喉咙在抽动，一道黏黏的唾液从他的嘴唇中间流了出来，腹部肌肉的痉挛开始了：孩子病得很厉害。

奇诺跪在妻子身旁。“原来大夫果真知道。”他说，他不单说给妻子听，也在说给自己听，因为他的心是冷峻而多疑的，他也想起了那白色的粉末。胡安娜左右摇晃着，哼出了那小小的“家庭之歌”，仿佛它能够击退危险似的，这时孩子在她怀里一面吐着，一面折腾着。现在奇诺心里产生了疑惧，邪恶的音乐便在他头脑里震响了起来，几乎驱走了胡安娜的歌。

大夫喝完了巧克力，一点点地咬着甜点心的碎片。他在餐巾上擦擦手指，看看表，站了起来，拿起了他的小手提包。

孩子得病的消息在茅屋丛中迅速地传开了，因为在穷人的仇敌中，疾病的地位仅次于饥饿。有人轻轻地说：“你瞧，幸运带来恶毒的朋友。”他们点点头，站起来到奇诺家去。邻居们盖住鼻子，在黑暗中急急地跑着，直到他们又挤进了奇诺的屋子。他们站在那里凝神看着，同时三言两语地谈论着在一个喜庆的时候发生这种事是多么不幸，他们还说：“一切事情都操在天主的手里。”老年的妇女在胡安娜旁边蹲下，要能帮忙就给她帮点儿忙，要不能帮忙就给她点儿安慰。

这时大夫匆匆忙忙地进来了，后面跟着他的用人。他把那些老太婆像小鸡一样地赶散了。他抱起孩子，仔细看看，又摸摸他的脑袋。“毒已经发作了，”他说，“我想我能够打败它。我一定尽我的力量。”他要了一杯水，在水杯里放进三滴阿摩尼亚，然后他扳开孩子的嘴，把它灌了下去。孩子受着治疗，一面飞溅着唾沫一面尖声地喊叫，同时胡安娜用惊惶的眼睛望着他。大夫一面干活儿一面说点儿话。“幸而我懂得蝎子的毒，要不然——”于是他耸耸肩膀，表示可能会发生什么事情。

但是奇诺很疑心，他不能把他的视线从大夫敞开的提包上，从里面的那瓶白粉末上移开。渐渐地，痉挛平息了，孩子也在大夫的手下面松弛了。然后小狗子深深地舒了一口气便睡去，因为他吐得累极了。

大夫把孩子放在胡安娜的怀里。“他现在就会好了，”他说，“这一仗我打胜了。”胡安娜满怀崇敬地望着他。

现在大夫关他的提包了。他说：“你看你什么时候能够付这笔账？”他的口气甚至是和蔼的。

“等我卖掉我的珍珠我就付给你。”奇诺说。

“你有一颗珍珠？一颗好珍珠吗？”大夫满怀兴趣地问。

这时邻居们异口同声地插进来说了。“他找到了稀世宝珠。”他们嚷道，同时他们把食指和拇指凑在一起来表示那颗珍珠有多么大。

“奇诺要成为阔人了，”他们叫嚷，“还没有人看到过这样的珍珠呢。”

大夫露出惊讶的样子。“我倒没有听说。你把这颗珍珠放在一个安全的地方了吗？

也许你乐意让我把它存在我的保险箱里吧?”

奇诺的眼睛现在眯上了,他的脸颊绷得紧紧的。“我把它收好了,”他说,“明天我把它卖掉,然后我就付你的钱。”

大夫耸耸肩膀,他的湿漉漉的眼睛一刻都不离开奇诺的眼睛。他知道珍珠一定埋在屋子里,他又想奇诺说不定会朝着埋珍珠的地方看的。“要是还不等你卖掉就让人偷走,那就太可惜了。”大夫说,随即他看到奇诺的眼睛不由自主地朝着茅屋侧面的柱子近旁的地面上溜过去。

当大夫已经离开,邻居们也都不大情愿地回家之后,奇诺蹲在灶坑里通红的小煤块旁边,倾听着夜晚的声音:那小浪轻轻拍岸的声音和远处的狗叫,微风掠过茅屋屋顶的声音和村中邻居们在他们屋子里的低语,原来这些人并不整夜酣睡;他们不时地醒来,说说话,然后又睡去。过了一会儿,奇诺站了起来,走到他屋子的门口。

他闻闻风,听听有没有鬼鬼祟祟或者偷偷摸摸的不寻常的声音,他的眼睛搜索着暗处,因为邪恶的音乐在他脑子里响着。而他又激愤又害怕。在他用感官探查过夜晚以后,他走到那侧面的柱子旁边埋珍珠的地方,把珠子挖出来,拿到睡席上去,然后在睡席下面的泥地上又挖了一个小洞,埋起他的珍珠,又把它盖好。

胡安娜坐在灶坑旁边,用询问的眼光望着他,等他埋好了珍珠之后,她问:“你怕谁?”

奇诺寻求一个真实的回答,他终于说:“所有的人。”他感到一层硬壳渐渐把他包了起来。

过了一会儿,他们俩一起在睡席上躺下,胡安娜今夜没有把孩子放在吊箱里,而是搂在自己怀里,用披巾盖住他的脸。接着最后的亮光从灶坑里的余烬中消失了。

但是奇诺的脑子还在燃烧,甚至在他睡着的时候,他也梦见小狗子会念书了,他自己民族中的一个人能够告诉他事物的真相了。在他的梦中,小狗子念着一本跟一座房子一般大的书,上面有跟狗一般大的字母,那些字儿在书上奔驰和游戏。然后黑暗笼罩了书页,邪恶的音乐又随着黑暗来到了,于是奇诺在睡梦中翻腾着;他一翻腾,胡安娜的眼睛就在黑暗中睁开。接着奇诺醒了过来,邪恶的音乐在他心里跳动,他便竖起耳朵在黑暗中躺着。

这时从屋子的角上传来一个响声,轻得仿佛只不过是一个念头、一个偷偷摸摸的小动作、一只脚在地面上的一碰、一阵被抑制得几乎听不见的呼吸。奇诺屏息听着,他知道,屋里的那个阴暗的东西也在屏着气听。有一会儿茅屋的角上一点儿声音也没有。奇诺本来也许会以为那声音是他想象出来的。但是胡安娜的手悄悄地伸了过来向他警告,接着那声音又来了!——一只脚擦在干燥的土地上的沙沙声和手指在泥土中扒弄的声音。

于是奇诺胸中涌起了一种狂乱的恐惧,而像往常那样,愤怒又紧跟着恐怖一同来到。奇诺的手悄悄地伸进了胸口,在那里,他的刀吊在一根绳子上,然后他像一只怒猫似的跳了起来,一面乱扎着,一面怒吼着,向他知道是在屋角的那个阴暗的东西扑过去。他碰到了布，用刀扎过去没扎中，又扎了一下就觉得刀子扎穿了布，然后他的脑袋给雷劈着似的疼痛得炸开了。门口有一阵轻轻的疾走声，又有一阵奔跑的脚步声，然后是一片寂静。

奇诺可以感到温热的血从他的前额往下流着，他也可以听到胡安娜朝他喊着："奇诺！奇诺！"她的声音里带有恐怖。然后冷静像愤怒一样迅速地控制了他，于是他说："我没什么。那东西走掉了。"

他摸索着走回到席子上。胡安娜已经在弄火了。她从煤炭中拨出一块火炭儿，把玉米壳扯成小片加在上面，又在玉米壳里吹起一个小火焰，于是一道小小的火光在茅屋里跳跃着。然后，胡安娜从一个隐秘的地方拿来一小截供献的蜡烛，在火焰上点着之后竖在一块灶石上。她动作很快，一边走动一边低声哼唱着。她把披巾的一端放在水里浸湿，又把血从奇诺破裂的前额上擦掉。"这不算什么。"奇诺说，但是他的眼睛和声音又严峻又冷酷，一种郁结的仇恨正在他的心里滋长。

现在，胡安娜心里早已经增长的紧张情绪涌到表面来了，她的嘴唇也变薄了。"这东西是邪恶的，"她粗声地说，"这颗珍珠就像一桩罪恶！它会把我们毁掉的，"接着她的声音变得又高又尖了，"把它扔掉，奇诺。我们用两块石头把它压碎吧，我们把它埋起来并且忘掉埋藏的地方吧。我们把它扔到海里去吧。它带来了祸害。奇诺，我的丈夫，它会把我们毁掉的。"在火光里，她的嘴唇和她的眼睛都洋溢着恐惧。

但是奇诺的脸一动也不动，他的心和他的意志也不动摇。"这是我们唯一的机会，"他说，"我们的儿子一定得进学校。他一定得打破这个把我们关在里面的罐子。"

"它会把我们都毁掉的，"胡安娜大声说，"甚至我们的儿子。"

"别喊，"奇诺说，"别再多说啦。明天早晨我们就把珍珠卖掉，然后祸就消失了，只有福留下来。别喊啦，我的妻子。"他的黑眼睛瞪着那个小火焰。这时他才发现他的刀还在手里，于是他举起刀身看看，发现刀上面有一小道血痕。有一会儿他似乎打算在他的裤子上擦擦刀身，可是随后他把刀扎进了土地，就这样把它擦干净了。

远处的公鸡开始叫唤，空气也变了，黎明快到了。晨风吹皱了港湾里的水，也从红树丛中飒飒地吹过，小浪更急地打在有堆积物的沙滩上。奇诺掀起睡席，把珍珠挖出，搁在面前呆呆地看着。

珍珠在小蜡烛的亮光中闪烁着，以它的美丽哄骗着他的脑子。它是那么可爱，那么柔和，并且发出了自己的音乐——希望和欢乐的音乐，对未来、对舒适、对安全都做了保证。温暖的珠光许给了一剂抵抗疾病的糊药和一堵抵御侮辱的墙。它向饥饿关上了大门。当奇诺盯着它的时候，他的眼睛变柔和了，他的脸也轻松了，他可以看到供神用的蜡烛的小影子反映在珍珠柔和的表面上，同时他耳朵里又听到那可爱的海底的音乐，海底绿色的四散的光芒的调子。胡安娜偷偷地瞧了他一眼，看到他在微笑。因为他们俩在某一方面说来是一个人，怀着一个目的，她也和他一道笑了。

于是他们怀着希望开始了这一天。

〔奇诺经历了暗杀，家被烧，渔船被捣毁。奇诺一家赴首都去卖珍珠，途中他儿子又被追踪者打死……〕

拉巴斯人人都记得那一家人的归来。也许有一些年纪大的人还是亲眼看到的，不过那些从父亲和祖父那里听来的人也同样记得。那是人人都经历过的一件大事。

那是在金黄色的迟暮时分，第一批小男孩在城里发了疯似的跑着，散布消息，说奇诺和胡安娜回来了。于是人人都跑去看他们。太阳正在向西山落下去，地面上的影子是长长的。也许那就是在那些看到他们的人的心上留下的深刻的印象。

他们俩从乡下的那条印满了车辙的路进入了城市，但他们俩不是像往常那样，奇诺在前胡安娜在后鱼贯地走着，而是并排走着。太阳在他们背后，他们的长影子便在他们前面大踏步走着，于是他们好像随身携带了两座黑塔似的。奇诺的胳臂上挂着一支来复枪，胡安娜把她的披巾像个口袋一样扛在肩上。那里面有一小包软绵绵、沉甸甸的东西。披巾上有干了的血结成的硬痂，她一面走，包袱一面微微地摇摆，她的脸由于疲乏，由于用来克服疲乏的紧张，变得冷酷、变得又皱又粗了。她睁得很大的眼睛凝视着自己的内心。她像天堂一般的遥远。奇诺的嘴唇是薄薄的，他的下巴紧紧的。人们说他身边携带着恐怖，说他像酝酿中的一场风暴一样危险。人们说他们俩仿佛远离了人类的经验；他们俩航过苦海到达了彼岸；他们身上有一种保护的魔力。那些赶来看他们的人往后挤着，让他们过去，没有跟他们讲话。

奇诺和胡安娜从城中走过，仿佛城并不存在似的。他们的眼睛不朝上下左右瞥看，而只笔直地盯着前方。他们的腿微微痉挛地移动着，像做得很好的木偶一样，他们随身携带着黑色的恐怖的柱子。当他们穿过那石头和灰泥的城市的时候，掮客们透过钉着横木的窗户窥看他们，仆人们把一只眼凑在开了一条缝的大门上，母亲们把她们最小的孩子的脸掉过去埋在裙子里。奇诺和胡安娜并肩迈步，穿过那石头和灰泥的城市来到茅屋丛中，邻居们都往后退，让他们走过去。胡安·托马斯举起手来想招呼他们，却没有招呼出来，犹豫不决地让手在空中停留了一会儿。

在奇诺的耳朵里，“家庭之歌”像叫喊声一样高昂。他是免疫的、可怕的，他的歌变成了呐喊。他们拖着沉重的脚步走过他们的房屋本来所在的那块烧光的方场，连看也没有看它一眼。他们绕过沙滩边上的矮林，沿着海岸向下走向水边。他们也没有朝着奇诺被破坏的小船看去。

当他们来到水边之后，他们停下来，向外凝望着海湾。然后奇诺放下了来复枪，他在他的衣服里掏摸，然后他手里便抓着那颗大珍珠了。他向它的表面凝视，它是灰暗而溃烂的。邪恶的面孔从里面窥看他的眼睛，他也看到燃烧的火光。从珍珠的表面，他也看到水池里那个人狂乱的眼睛。在珍珠的表面上，他也看到小狗子躺在那个小山洞里，他的头顶被枪弹打掉了。珍珠是丑陋的；它是灰暗的，像一个毒瘤。奇诺也听到珍珠的走了调的、疯狂的音乐，奇诺的手微微发抖，他慢慢地转向胡安娜，把珍珠递给她。她站在他旁边，仍旧把裹着尸体的小包扛在肩上。她对他手里的珍珠看了一会儿，然后她向他的眼里凝视着，柔和地说："不，你。"

于是奇诺把胳膊往后一甩，使尽力气把珍珠扔了出去。奇诺和胡安娜望着它飞走，在落日下闪闪发光。他们看到远处有一点水溅起，他们并肩望着，对那个地方望了很久。

于是珍珠沉入可爱的绿水，向海底坠下去。海藻摇动的枝叶向它呼唤，向它招手。它面上的光辉是绿色的、可爱的。它落到沙子的海底上羊齿似的植物当中。在上面，水面是一面绿色的镜子。而珍珠躺在海底。一只在海底爬动的螃蟹扬起一小团沙子，等沙子沉淀下去，珍珠已经不见了。

于是珍珠的音乐越来越低，逐渐消失了。

巫宁坤　译

1963
获奖作家

塞菲里斯

传略

古代希腊是西方文明的发源地，古代希腊文学哺育了后来的欧洲文学，在全人类文学遗产的宝库中占有极为重要的地位。可是自公元前四世纪以来，由于希腊连续受到异族的侵略和奴役，两千多年来希腊的文学没有多大发展。直到一八三〇年取得独立后，这种基本停滞的状态才有所改变，特别是在诗歌创作方面有了新的发展。到了二十世纪三十年代，出现了希腊现代文学史上著名的"三十年代"繁荣，而促成这一繁荣的代表人物，就是一九六三年诺贝尔文学奖获得者、希腊著名诗人塞菲里斯。

乔治·塞菲里斯(George Seferis，1900—1971)，一九〇〇年二月二十九日生于小亚细亚的斯弥尔纳城(今土耳其伊兹密尔城)，原名乔治·塞菲里阿底斯。父亲是著名的国际法专家，雅典大学教授，也从事过诗歌创作和翻译。十四岁时，塞菲里斯随家迁居雅典，十七岁毕业于雅典的古典中学。一九一八年至一九二四年，塞菲里斯在巴黎攻读法律，获法学学士学位，随后又访问了伦敦。在这几年中，他广泛接触西欧文学界现代诗歌运动中的许多人物，特别是后象征主义诗人，并在他们的启发下开始诗歌创作。一九二二年，小亚细亚事件发生，诗人的故乡斯弥尔纳并入土耳其，这使他大受震动，而且影响到他的一生。对希腊的爱和乡愁，成了他后来诗歌创作的基本主题。一九二六年，塞菲里斯进希腊外交部任职。

一九三一年，塞菲里斯结集出版了自己的第一部诗集《转折》，其中包括《转折》《忧伤的少女》等短诗和较长的《爱恋的言语》等。尽管它还带有马拉美"纯诗"的气息和瓦莱里的痕迹，但已显示出诗人试图将现代意识与历史感、民族传统精神与外来艺术影响融为一体的追求。它以内涵丰富的隐喻、简练凝重的手法、朴素明快的语言，给当时沉闷萎靡的希腊诗坛带来了新的形象和新的表现形式,成了"三十年代"繁荣这一历史变化的转折点。一九三一年至一九三四年,塞菲里斯在希腊驻伦敦领事馆任职,在此期间发表了第二部诗集《水池》(1932),它同时包含着痛苦和欢欣、回忆和憧憬,既有诗人早期作品的特色,又有开始向成熟过渡的端倪。

一九三四年,塞菲里斯自伦敦回国。翌年,标志他创作成熟的诗集《神话与历史》出版。这部由二十四首无题短诗组成的诗集,或者说这首由二十四章组成的长诗,受到了评论家们的普遍赞赏,被认为是西方现代诗歌中现实与历史互为交融的成功典范。诗人从希腊神话传说和著名史迹中取材,以"咏史"的口吻加以渲染发挥,将神话、历史、现实、人生和个人经历融为一体,伤今及古,以古喻今,或委婉抒情,或直抒胸臆,或阐发哲理,表现了作者在现实中感到的不平和焦虑。因此有评论家称塞菲里斯为兼有哲学家、史学家气质的抒情诗人。这一诗集中的《阿尔戈船英雄们》《我们本来不认识他们》《雨中的花园》《有时候你的血……》《我胸部的伤口便又打开》《三年了……》等都是有名的诗篇。

一九三六年,诗人出任希腊驻阿尔巴尼亚科尔察领事,一九三八年回国,任希腊新闻与情报部新闻专员,一九四一年和玛丽·赞诺结婚,后因希腊被纳粹军队占领,便随希腊政府流亡国外,先后到过埃及、南非、意大利。一九四五年至一九四六年,出任大马士革摄政总主教的行政厅长官,直到一九四六年回雅典,在希腊外交部任职。在此期间,诗人出版了诗集《航海日志(一)》(1940)、《航海日志(二)》(1944)和《习作集》(1940)。《航海日志》收录了《游子还乡》《最后的一天》《阿西尼王》《书法》《在这里的尸骨中》和《最末一站》等力作和名篇。这两部诗集是诗人战时经历的写照和升华,贯穿全诗的中心主题是"流亡"。

塞菲里斯在外交部工作到一九四八年,随之先后被任命为希腊驻土耳其和英国参赞。一九五三年起又先后改希腊任驻黎巴嫩、叙利亚、约旦、伊拉克大使,直到一九五六年回雅典任外交部第二政治司司长。在此期间,他相继发表了诗集《画眉鸟号》(1947)和《航海日志(三)》(1955)。

一九五七年,塞菲里斯被任命为希腊驻英国大使。一九六二年从外交部退休,在雅典定居,直到一九七一年九月二十日去世。自一九五五年发表《航海日志(三)》后,塞菲里斯基本上没有再发表诗作,只在一九六六年发表了《三首秘密的诗》,这是一组带有神秘色彩的作品。此外,他还出版过一本《随笔集》(1962)和一本译诗集《抄本》(1965)。译诗集中收录和介绍了叶芝、庞德、纪德、茹弗、艾吕雅等人的诗篇。

乔治·塞菲里斯的出现标志着二十世纪希腊文学开始复兴,自三十年代至六十年代,他在希腊诗坛独领风骚三十年。他虽因忙于外交事务,作品不是很多,但他植根于希腊悠久的民族传统,广泛吸收外来的艺术成就,形成了自己独特的创作思想和创作风格。他关心世界的前途和人类的命运,以历史的眼光讽咏当代,在民族命运的背景中抒写情怀,在诗歌艺术上进行了孜孜不倦的追求。他是个象征主义诗人,喜欢以暗示、烘托、联想等手法来抒写心理活动及其哲理冥思,如生与死、历史与现实等。一九六三年,塞菲里斯由于“在对希腊文化的深挚感情下创作出卓越的抒情诗篇”而获得了诺贝尔文学奖。

授奖词

今年的诺贝尔文学奖颁发给希腊诗人乔治·塞菲里斯,他一九〇〇年生于斯弥尔纳城,幼年随家迁到雅典。在希腊人被赶出小亚细亚、塞菲里斯的故乡毁于兵燹之后,无家可归——这永远是一个被压迫和被离散民族的命运——便在他成年时期以多种方式扮演了决定性的角色。塞菲里斯留学巴黎,然后进入外交界服务。到一九四一年希腊被占领时他便随着自由希腊政府流亡国外,在第二次世界大战期间从一个国家迁徙到另一国家。那时他为国效劳,先后在克里特岛、开罗、南非、土耳其以及中东工作。他在伦敦担任了六年大使之后,去年退休回到雅典,从此完全献身于他的文学事业。

塞菲里斯的诗歌创作并不怎么丰富,但是由于它的思想与风格的独特性和语言的优美,它已成为希腊民族积极的生活态度中不可磨灭的一切的永恒象征。如今帕拉马斯①和西凯里阿诺斯②已经去世,塞菲里斯便是今天具有代表性的延续古典传统的希腊诗人;他作为一个居领导地位的全国性人物,在国外,凡是他的诗歌译本所到之处也备受赞扬。在瑞典这里,他的作品十三年前就由古尔伯格翻译了,其中包括著名的《阿西尼王》,这个诗题与瑞典有关,因为我们的考古学家在当地作过成功的发掘。塞菲里斯以想象力为工具,试图在这首诗中看透一个只是在《伊利亚特》中提到过的名字背后的秘密。

我们在阅读塞菲里斯的作品时不能不想起一个有时忘记了的事实:希腊在地理上不仅是个半岛,而且还是个岛屿遍布的水和海的世界,一个古代的海上王国,时有风暴灾殃的水手之家。这个希腊就是他的诗永久不变的背景,它作为一个既粗暴又温柔的壮观的幻影时常在诗中出现。塞菲里斯以一种罕见精妙的、格调优美而富含隐喻的语言写作。人们已做出公正的评价,说他比任何人都更好地诠释了那些石碑、那些死去的大理石碎片、那些沉默而面带微笑的雕像的奥秘。在他感人的诗篇里,古代希腊神话中的人物与近代地中海血腥战场上的事件一起出现。他的诗有时显得不好解释,这主要是由于塞菲里斯不想暴露内在的自我,而宁愿躲藏在一个无名面具的背后。他往往通过一位中心叙事人物——一位从诗人青年时代业已沦丧的斯弥尔纳的老水手处借来虚构而成的奥德修斯型的人物——来抒发自己的哀愁和痛苦。但在他那沉重的声音中戏剧性地大量表现了希望的历史性灾殃,它的遇难和得救,它的失败和勇气。在技巧上,塞菲里斯受到T. S. 艾略特的有力推动,但底下的基调仍明显是他自己的,它往往带有来自一支古代希腊合唱队的曲调断断续续的回声。

---

① 帕拉马斯(1859—1943),希腊诗人。

② 西凯里阿诺斯(1884—1951),希腊诗人。

塞菲里斯曾经这样描写自己:“我是一个单调而固执的人,二十年来不断地、反反复复地说着同样的东西。”这一描写中也许有几分真实,不过我们必须记住,他觉得自己应当传达的那个信息是同他这一代人的理智生活分不开的,因为他们发现自己面对着古代希腊文明,而它作为一种传统向它的落魄后裔提出了可怕的挑战。塞菲里斯在他的一首最有意义的诗里描写一个梦,梦中一个重得使他的两臂支撑不起可又推不开的大理石头像落在他身上,他随即惊醒了。就在这样的心情下他歌唱着赞美死者,因为只有与那些在常春花草地上交谈的死者相沟通,才能给生者带来和平、信心和正义的希望。按照塞菲里斯的解释,阿耳戈英雄们的故事变成了一个介于神话和历史之间的寓言,一个在到达目的地之前必然会失败的水手们的寓言。

但是塞菲里斯以富有感染力的喜悦鼓舞着这个意气消沉、听天由命的背景,而这种喜悦之情是由祖国多山的岛屿连同它们一层层矗立在蔚蓝色海面高处的白垩房屋,以及我们在希腊国旗上重新看到的调和色彩所激发出来的。在结束这篇简短的颁奖词时,我想补充说明这一奖项之所以颁发给塞菲里斯,是“因为他在一种对希腊文化的深挚感情的鼓舞下创作出了光辉的抒情诗篇”。

亲爱的先生——为了表示对您的尊敬,瑞典学院深感荣幸地向今日的希腊呈上献礼,这个国家丰富的文学对于诺贝尔桂冠也许等待得太久了。谨在此向您表达瑞典学院的祝贺,请您从国王陛下手中领受本年度的文学奖。

瑞典学院常务秘书 安德斯·奥斯特林

戴侃 译

作品

转折

瞬间,你被一只
我曾如此迷恋的手派遣,
像黑鸽
直奔西边撵上了我。

道路在我面前变得苍白,
睡梦的薄雾
缥缈在神秘晚餐的夕阳里……
瞬间,一颗颗沙粒,

你独自握住
整个悲惨的漏壶，
它沉默无言，仿佛早已看见
天空花园中的长蛇座。

刘瑞洪　译

描绘

她带着蒙眬的眼睛接近那雕塑的手，
那只掌过舵柄的手，
那只握过笔杆的手，
那只曾在风中张开的手，
一切都在威胁她的沉默。

一股急流从松林奔向大海，
和微风的轻轻喘息嬉戏，
却受到两块黑石①的阻止。
我敞开我的心扉深深呼吸！
海面上金色的毛皮在哆嗦。
是她的，这色彩、震颤和皮肤，
还有她在我掌面上的条条脊线。
我敞开我的心扉，里面布满
立即磨灭的图像——普洛透斯②的子孙。

我曾在这儿仰望过
染成年轻母狼
血色的月亮。

斯佩彻斯，一九三四年八月
刘瑞洪　译

---

① 神话中传说海中隆起两块巨大黑石，阻止任何船只通过。
② 普洛透斯，希腊神话中善变幻的一位老年海神，善预言。

心理学

这位先生
每天清晨沐浴在
死海的水中,
然后披上一个愁苦的微笑,
为了工作,也为了顾客。

刘瑞洪　译

书法

尼罗河上的帆,
没有欢叫的独翼鸟,
默默地寻找着另一翼;
在天空的缺席中搜索着
一个变成了大理石的青年的躯体,
用无影的墨水在蓝色上书写
一声绝望的喊叫。

尼罗河,画眉鸟号
刘瑞洪　译

在这里的尸骨中

在这些尸骨中
有一首乐曲:
穿过沙漠,
越过大海。
在这些尸骨中
有笛声,
隐约的鼓声,
轻微的铃声,
穿过干裂的平原,
越过怀抱海豚的大海。

高山啊,你们对我们竟不加理睬!
救命啊!救命!
高山,我们要把你们溶化,让死尸把死尸覆盖!

开罗,一九四三年八月
刘瑞洪　译

阿尔戈船英雄们[①]

灵魂
如果欲求认识自己,
就必须
审视灵魂本身:
我们在镜中窥见了生客和敌人。

同伴们全是好汉,从不抱怨
劳累、饥渴和严寒,
他们具有树木和海浪的品性,
承受着狂风和暴雨,
沐浴着黑夜和阳光,
身居变化之中自己却一成不变。
他们全是好汉,日复一日,
带着低垂的目光汗洒船桨,
发出有节奏的呼吸,
他们的鲜血染红了示弱的皮肤。
他们时而歌唱,带着低垂的目光,
当我们经过长满北非无花果树的荒岛
向着西方,绕过群犬狂吠的海角。
如果欲求认识自己,他们说,
就必须把灵魂审视,他们说,
夕阳中
船桨拍打着金色的洋面。
他们绕过无数海角和岛屿,
一片海洋引向另一片海洋,

---

① 希腊神话中在伊阿宋率领下乘阿尔戈号去科尔客斯取金羊毛的众英雄。

海鸥和海豹。
有时,一些不幸的女人痛哭死去的孩子,
另一些女人则疯狂地追寻亚历山大大帝
和那湮没在亚洲腹地的荣光。
我们停泊在充满夜色芳香的海边,
耳畔回荡着夜莺的歌唱,海水在掌上
留下无限幸福的回想。
可是旅途并未终结。
他们的灵魂化作一个整体,
伴着船桨和套环,
伴着船头威严的头像,
伴着尾舵犁出的浪沟,
伴着划破他们形象的水波。
同伴们一个接一个地死去,
带着垂闭的眼睛。他们的桨
指明他们在岸边长眠的地方①。

没有人再记得他们。理所当然。

刘瑞洪　译

游子还乡

“故友啊,你在寻找什么?
经过长年漂泊,你已归来,
怀着远离家乡
异国天空下育成的
种种情思和想念。”

“我在寻找旧家园;
树木长到我的腰际,
山丘宛如低低的台地,

---

① 见荷马《奥德修纪》第十一章。奥德修斯最年轻的伙伴埃尔皮诺说:“请把我的墓碑立在泡沫的海浪边,让后人想起我这不幸的勇士。再为我在坟头上插一支船桨,让我继续和我的同伴一起划船。”

那时我是个孩子，
常在大片的树荫下
碧绿的草地上嬉戏，
气吁吁地一连几小时
跑遍座座山坡。”

“故友啊，歇下吧，
你会慢慢习惯；
我们将共同攀登
你以前熟悉的山径小道，
一起在梧桐树荫下
安逸地清坐闲聊。
它们慢慢都会归来，
你的家园，你的山坡。”

“我在寻找旧时家，
那被常春藤
遮暗的高窗，
水手们熟知的
圆柱古色古香。
我怎么走得进这小屋？
屋顶只有我肩膀高，
不管我望得多远，
只见人们都跪倒在地，
就像在祷告。”

“故友啊，我说的你没听见？
你会慢慢习惯。
眼前就是你的家，
亲朋故旧很快会
赶来敲你的门，
热情欢迎你的归来。”

“为什么你的声音这么远？
把头抬高一点吧，

好让我听清你的言谈。
你说话的声音
变得愈来愈轻，
仿佛在往地里下沉。”

“故友啊，停下想一想吧，
你会慢慢习惯。
你的乡愁
用不同人世的规律
创造了一个不复存在的家园。”

“眼下我听不见一丝声息，
我最后的朋友已沉默无声。
奇怪，他们怎么把
这儿的一切都推倒夷平，
是无数镰刀战车①驶过，
把一切摧毁扫尽。”

林天水　译

茉莉花

不管是黄昏
还是初露曙色，
茉莉花
总是白的。

林天水　译

① 镰刀战车，古时车轮轴上装有大镰刀的战车。

梦

我睡着了,可我的心仍醒着;
它注视着星星、天空、舵轮,
注视着海水在舵上花开朵朵。

林天水　译

我们本来不认识他们

我们本来不认识他们,
　　可深藏我们内心的希望说:
我们从小就认识他们。
我们也许见过他们两回,
后来他们就上船了;
煤、粮食,还有我们的朋友,
永远消失在大洋的那面。
黎明发现我们在微弱的灯火旁
笨拙而费力地在纸上画着
船只、船头像和海贝;
黄昏时,我们去到河边,
因为河流为我们指明通海之路;
我们还在满是柏油味的地洞过夜。

我们的朋友已离我们而去,
　　也许我们再也见不到他们,
也许只有在睡眠把我们
引向均匀的呼吸时才能相见,
也许我们追寻他们是因为
我们追寻的不是雕像,
而是另一个生命。

林天水　译

雨中的花园

雨中的花园和园中的喷泉，
你只能透过低矮的窗子
那模糊的玻璃才能看见。
你房中只亮着炉中的火焰，
偶尔揭露你额上皱纹的，
故友啊，只有那远方的闪电。

这有喷泉的花园在你心中
才是另一生命的旋律，不是
破碎的雕像，凄然的圆柱
和个个新石坑旁
夹竹桃间的舞步——
可模糊的玻璃把它从你的生活中砍去了。
你喘不过气来；大地和树汁
老从你的记忆中涌出，来敲打
这被外界的雨水敲打着的窗户。

林天水　译

有时候你的血……

有时候你的血像月球般冰冷，
在漫漫长夜里，它
展开白色的翅膀
在黑色的山岩、树木和房屋上，
带着发自我们童年时代的一丝光亮。

林天水　译

我胸部的伤口便又打开

我胸部的伤口便又打开，
每当星星下落和我成为比邻，

每当寂静在人的足声后降临。

那些沉入岁月的石头要把我拖住多久?
这海,这海,谁能把它排放至干?
每天黎明我看到手都向秃鹫、山鹰召唤,
我被捆绑在使我受苦的岩石上边,
我看到树木散发出黑沉沉的死寂,
还看到座座雕像那纹丝不动的笑脸。

林天水 译

忧伤的少女

黄昏时分,你坐在
耐苦的石头上,
阴郁的眼神
泄露了你内心的忧伤。

心灵在眩晕,
啜泣在抗辩,
你双唇上那条线
明白无误地在打战。

想到那桩桩往事
使得你泪水涟涟,
你像倾斜的船身
复归于满舷。

可你心中的痛苦
并没有大声呼喊,
而变为给这个世界
一片繁星密布的天。

林天水 译

1964

获奖作家

萨特

传略

法国哲学家、作家萨特是存在主义哲学首屈一指的代表，是存在主义文学的创始人。他的文学作品，主要是小说和戏剧，形象地阐释了他的存在主义哲学思想。他的文学主张和创作实践，对第二次世界大战后的法国当代文学乃至西方当代文学有着重大的影响。一九六四年，由于“他那思想丰富、充满自由气息和探求真理精神的作品已对我们的时代产生了深远影响”，瑞典学院决定授予他诺贝尔文学奖，但被他谢绝，理由是：他不接受一切来自官方的荣誉。

让-保尔·萨特（Jean-Paul Sartre，1905—1980），一九〇五年六月二十一日出生于巴黎。一九二四年考入巴黎高等师范学校攻读哲学。一九二九年，他以口试第一名的成绩通过哲学教师的学衔会考，并结识了名列第二的西蒙娜·德·波伏瓦，两人从此成为志同道合的终身伴侣。同年十一月，萨特赴军队气象部门服兵役，历时一年半。

一九三一年，他被委任为勒阿弗尔中学哲学教师。一九三三年，萨特作为公费留学生赴柏林法兰西学院进修哲学，师从德国著名现象学教授胡塞尔，研究克尔凯郭尔、海德格尔、胡塞尔、黑格尔的著作，并逐步开始形成自己的存在主义哲学思想体系。一九三四年回国继续任教并从事写作。一九三九年九月应征入伍，一九四〇年六月在洛林地区被俘。一九四一年四月获释，回到巴黎，继续在中学任教，并参加抵抗运动，直至一九四四年辞去教职，随后专心从事著述，并筹办《现代》杂志。二十世纪五十年代后，萨特进入最为政治化时期，对国内外一系列重大问题都表明了鲜明的立场，从而使他在国际上赢得了很高的声誉。一九五五年，他还曾和西蒙娜·德·波伏瓦一起访问中国。萨特晚年失明，从此告别长达半个世纪的创作生涯，只能以谈话方式继续表述自己的理论和看法。

一九八〇年四月十五日，萨特病逝于勃鲁塞医院，终年七十五岁。

萨特的一生著作甚丰，共有五十卷左右。哲学方面的代表作有《存在与虚无》(1943)、《辩证理性批判》(1960)、《方法问题》(1969)等。萨特在这些著作中论述的存在主义哲学思想，主要是"存在先于本质""自由选择"以及关于世界是荒诞的思想，即认为：人生是荒诞的，现实是令人恶心的，人的存在在先，本质在后，人应进行自由选择，进行自由创造，而后获得自己的本质，人在选择、创造自我本质的过程中，享有充分的自由，等等。

在文学创作方面，萨特主张"介入文学"，即作家要投身到改造社会的活动中去，对各种政治事件和社会问题表明自己的见解；文学作品要干预社会。萨特的存在主义文学作为他存在主义哲学的一种体现形式，具有鲜明的特征，这些特征的核心是"真实"，即提倡文学作品要如实地、赤裸裸地、一览无余地把世界和人类表现出来，不应把作品中的人物典型化、集中化，不应要求他们比现实世界中的人物来得更美或更丑。他不讲究艺术雕琢和浮华的辞藻，喜欢用自然主义手法描写人的卑下感情和事物的丑恶细节，往往让主人公的内心独白和作者的叙述交织在一起，常用主观心理时空。

萨特在小说创作方面的代表作有日记体长篇小说《恶心》(1938)、短篇小说集《墙》(1939)，长篇小说《自由之路》三部曲：《理智之年》(1945)、《延缓》(1945)、《心灵之死》(1949)。

《恶心》是存在主义的著名小说，它通过主人公罗康丹对世界和人生的看法，充分表现了作者的哲学观念——存在主义。短篇小说集《墙》共收录五个短篇，包括《墙》《房间》《艾罗斯特拉特》《密友》和《一个工厂主的童年》。其中《墙》是萨特最具代表性的作品之一。《自由之路》以第二次世界大战前夕和战争初期的年月为背景，写主人公巴黎巴斯德中学哲学教师玛蒂厄·特拉吕的成长过程。通过玛蒂厄的成长过程，萨特揭示了"自由选择"这一存在主义哲学观点：人是自由的，人就是要靠自己去选择，要承担选择的全部后果。

萨特在文学上的成就，在一定程度上是由他的剧本奠定的。作为存在主义哲学的形象解说，他的剧本比小说影响更大。他一共创作和改编了十一个剧本，几乎无一不具有他的存在主义哲学的色彩，其中《苍蝇》(1943)、《禁闭》(1945)、《魔鬼与上帝》(1951)是他的代表作。

《苍蝇》是萨特最享有盛誉的剧本之一，也是用文学形式表现存在主义哲学的最重要的代表作。它通过俄瑞斯忒斯铲除暴君并为父复仇的希腊神话，阐明了存在主义的哲理，即存在先于本质，人获得怎样的本质取决于进行怎样的抉择，抉择的主动权在于本人而不在于神或他人。《苍蝇》无意于表现复仇过程，只是表现主人公如何决定复仇，即表现人物在特定处境中如何自我选择。在这部作品里，古代神话故事与二十世纪四十年代法国的现实、传统的古典艺术与典型的现代哲理达到了奇妙的结合。

《禁闭》也被誉为当代戏剧的经典之作。它也和《苍蝇》一样，有着极为浓烈的象征性和寓意性,不同的是《苍蝇》歌颂了善的“自由选择”,《禁闭》揭露了恶的“自由选择”。剧中通过地狱中三个男女幽灵之间的纠葛和冲突,深刻地表现了现实社会中人与人之间互相封闭、互相戒备、互相冲突的关系,道出了“他人即地狱”这一存在主义名言。

《魔鬼与上帝》是萨特二十世纪五十年代以后探索和走向时代真理、进行新的“自我选择”、进行具体的“介入”的一个预告和“宣言”。它通过主人公格茨经历的三个过程,揭示出一个哲理:只以抽象的善恶观念为内容,并不能解决正确的自我选择问题。因而最后他让格茨作了具体的“介入”,选择了正在进行具体的社会斗争的具体的人群。这表明萨特的“自我选择”已经增加了新的内容,达到了新的高度。

此外,萨特的重要著作还有剧本《死无葬身之地》(1946)、《毕恭毕敬的妓女》(1946)、《肮脏的手》(1948),文艺理论专著《什么是文学》(1947),文集《境况种种》,自传体作品《词语》(1963)等。

授奖公告

本年度的诺贝尔文学奖已由瑞典学院决议颁发给让-保尔·萨特,由于“他那思想丰富、充满自由气息和探求真理精神的作品已对我们的时代发生了深远影响”。

这位荣誉的获得者已经表示,他不希望接受诺贝尔文学奖,但他的拒绝并未能改变本奖颁赠的有效性。不过,在这种情况下,本学院只能宣布颁奖仪式无法举行。

瑞典学院

佚名　译

作品

墙

他们把我们推到一间明亮的大厅里,我的眼睛开始眨巴起来,因为光线刺得我的眼睛难受。随后,我看清了一张桌子,桌子后面坐着四个人,全是便衣,正在看着文件。他们把其他俘虏都塞挤在大厅的紧底,我们得穿过整个房间才能跟他们站在一起。我认得其中的几个俘虏,另外几个大概是外国人。我对面的两个人长着圆圆的脑瓜,一头金发,他们彼此相像。我想他们是法国人。最矮小的那一个不时地把裤子往上提,这真是神经质的动作。

这样待了约莫三个小时,我简直麻木了,我的脑袋里空空的。不过,房间里很暖和,我觉得这倒很适意,因为一昼夜以来我们都不停地打着寒战。卫兵们把俘虏一个一个地带到桌子前头,那四个家伙便询问他们的姓名和职业。大部分时间,他们都不追根究底;间或,他们不着边际地乱问一气:“你参加破坏弹药库活动了吗?”或者问:“九号早晨你在哪儿?做的什么事?”他们并不听回答,或者至少没有听回答的样子。他们沉默了一会儿,目光盯着前面看,然后就开始写起字来。他们问汤姆是不是真的在国际纵队里服过役,汤姆无法否定,因为他们已经从他的衣服里搜走了文件。他们对胡安什么也没问,但是当他说了自己的名字后,他们写了好久。

“我的哥哥何塞是个无政府主义者,”胡安说,“你们知道,他不在这一带了。我呀,我没参加任何党派,我从来没搞过政治活动。”

他们没有搭理。胡安继续说:

“我没干任何事,我不愿意为别人卖命。”

他的嘴唇颤动着。一个卫兵叫他住嘴,并把他带走。于是轮到我了。

“您叫巴勃洛·伊比埃塔吗?”

我说是的。

那家伙看看案卷,对我说:

“拉蒙·格里在哪儿?”

“我不知道。”

“从六号到九号,您把他藏到自己家里了。”

“没有。”

他们写了一会儿,卫兵们把我带出房间。在走廊上,汤姆和胡安站在两个卫兵中间等候着,于是我们一起开步走。汤姆向一个卫兵问道:

“怎么样了?”

“什么事?”卫兵说。

“那是审讯还是判决?”

“这就是判决。”卫兵说。

“那么,他们会把我们怎样处理?”

卫兵生硬地回答说:

“判决书会送到你们监牢里去的。”

说实在的,所谓监牢,就是医院里的一个地窖。那儿四面透风,冷得难以忍受。我们整夜都打着寒战,而白天呢,也好不了多少。在这之前整整五天,我们是在大主教府的一个囚室里度过的,这是一个大约在中世纪建造的地牢。因为俘虏多,房间少,他们就把俘虏往随便什么地方塞。我倒并不留恋那个地牢;我不觉得地牢里很冷,只是形影相吊,一待久便使人恼火。而在医院的地窖里,我却有伴了。胡安很少说话,他很害怕,再说他太年轻,没什么话可说的。可是汤姆却很饶舌,他说一口漂亮的西班牙语。

地窖里有一张凳子,四个草褥子。我们被带回地窖后,便坐下来,默不作声地等待着。过了一会儿,汤姆说:

“我们完蛋了。”

“我也这么想，”我说，“不过，我想他们总不至于会对这个小孩怎么样。”

“他们没有指责他做什么事，”汤姆说，“他是一位战士的弟弟，仅此而已。”

我看看胡安，他似乎什么也没听见。汤姆继续说：

“你知道他们在萨拉戈萨干的好事吗？他们把大伙摔倒在公路上，让卡车从他们身上开过去。这是一个摩洛哥逃兵告诉我们的。他们说，这样发落可以节省弹药。”

“可还得花费汽油呀。”我说。

我对汤姆生气了，他不该说这种事。

“有几个军官在公路上散步，”他继续说，“他们手插在裤袋里，抽着烟，监视着这一切。你以为他们这就会结束人的生命了吗？我才不信呢。他们让被害者惨叫一番。一个小时要搞上这么几回。那个摩洛哥人说，他头一回看见这种情景，差一点都要呕吐了。”

“我不相信他们在这儿也会那么干，”我说，“除非他们真的缺少弹药。”

阳光从四个气窗和一个圆洞里射进来，圆洞开在左边的天花板上，朝天开着。圆洞平时都用一个活门关着，他们就是从这儿把煤炭卸到地窖里的。在洞口正下面，有一大堆煤粉，这是给医院烤火用的。但是战争爆发后，医院里的病人就撤走了，而煤炭却原封不动地堆着，有时甚至雨水也淋在上面，因为他们忘了把活门关上。

汤姆开始战栗了。他说：

“老天爷呀，我发抖了，这鬼名堂又来了。”

他站起来做做体操。每做一个动作，衬衣便拉开来，袒露出毛茸茸的白胸口。他仰卧在地上，双腿向上伸，做踢腿动作，我看见他肥大的臀部在抖动。汤姆身体粗壮，可是脂肪太多了。我想，几颗子弹或几柄枪刺很快就要从这堆嫩肉里捅进去了，就像捅一块黄油一样。要是他长得瘦一点，我也许就不会有这种联想了。

我并不十分冷，可是我的肩膀和胳膊都失去知觉了。我总觉得自己缺少一样什么东西似的，我在周围找起我的上衣来。后来我猛然想起，他们没有给我上衣。这真是有苦说不出。他们把我们的衣服给士兵穿了，只留给我们几件衬衣，还有住院病人盛夏穿的布裤。过了一会儿，汤姆站起身来，坐到我的身边，喘着气。

“你身体暖和一些了吗？”

“老天爷，没有。可我倒喘不过气来了。”

晚上八点左右，一个少校带着两个长枪党徒进来了。他手里拿着一张纸，问卫兵道：

“他们叫什么名字，这三个家伙？”

“斯坦博克，伊比埃塔和米尔巴尔。”卫兵说。

少校戴上夹鼻眼镜，看着名单：

“斯坦博克……斯坦博克……在这儿。您被判处死刑了。将在明天枪决您。”

他继续看名单，说：

“另外两个也一样。”

“这不可能，”胡安说，“我不在内。”

少校以惊奇的神色注视着他：

“您叫什么名字？”

“胡安·米尔巴尔。”他说。

“哦，您的名字在这儿，”少校说，“您是被判死刑的。”

“我什么事也没干呀！”胡安说。

少校耸耸肩，转过身对着汤姆和我。

“你们是巴斯克人吗？”

“没有一个巴斯克人。”

他似乎来气了。

“有人告诉我，这儿有三个巴斯克人。我不想浪费时间把你们查得清清楚楚。那么，自然咯，你们不要牧师为你们祷告了吧？”

我们一声也不理他。他说：

“过一会儿，有一个比利时医生要来。他奉命陪你们过夜。”

他敬了一个军礼，出去了。

“我刚才不是跟你说过的嘛，”汤姆说，“咱们这下可好了。”

“是的，”我说，“糟糕的是这个孩子。”

我说的是公道话，可我心里并不喜欢这小孩。他的面庞太细嫩，害怕和痛苦使他的脸都变形了，整个面容都扭曲了。三天前，这个小鬼还稚气十足，蛮逗人喜欢的；可现在，他简直像个老妈子。我想，即使人家放掉他，他也不能恢复青春了。对他表示些许怜悯，倒也不坏，可我讨厌怜悯，这甚至会使我十分反感。

他默不作声，可是他变成灰色了：脸灰，手也灰。他又坐下来，圆圆的眼睛注视着泥地。汤姆是个好心肠的人，他想拉拉他的手，但小家伙猛地把手缩回去，显出一副难看的脸色。

“随他去，”我低声地说，“我瞧准了，他马上要哭鼻子了。”

汤姆听从我的劝告，心里有些难过。他多想安慰小孩啊，要是他管管这些闲事，他就可以竭力不想到自己。但是，这使我老大不快，我从来就不曾想到过死，因为死的时刻还没有到来。而现在，死神就在眼前了，我没有其他事情可做，只好想着它了。

汤姆开口了：

“你杀过人吗，你？”他问我。

我没回答。他倒自己向我表白，从八月初以来，他杀过六个人。他不知道当时是怎样杀的人，我倒看出他是不愿意知道当时的情况。而我自己，我还没有杀死过人，我思量着被杀者是否很痛苦。我想到子弹，我想象火烫的弹雨穿过我的躯体。所有这些，都是正题之外的事，可我处之泰然：我们还要度过整整一个夜晚，可以好好去理解这个正题。

过了一会儿,汤姆不说话了,我用眼梢注视他。我看见他也脸色灰白,样子很愁苦,我心里想:“戏开场了。”天差不多已经昏黑,一道惨淡的光线透过气窗射进来,那煤堆便在天底下形成一大块黑斑。我从天花板的空洞望出去,看见了一颗星星:这将是一个清澄皎洁的寒夜。

门开了,两个卫兵走进来,后面跟着一个穿比利时制服的金发男人。他向我们敬了一个礼,说:

“我是医生,我奉命在这痛苦不堪的时刻来陪陪你们。”

他声音和悦,吐字清晰。我跟他说:

“您到这儿来干吗?”

“我来照应你们。我将尽自己的可能,使你们这几个小时不至于太难受。”

“您为什么要到我们这儿来呢?还有别的囚犯,医院里已经人满为患了。”

“他们把我派到这儿来的。”他漫不经心地回答。

“啊!你们爱抽烟吗,嗯?”他连忙接着说,“我有香烟,还有雪茄烟。”

他送给我们几支英国香烟和西班牙雪茄烟,但我们谢绝了。我直盯着他看,他显得很尴尬。我对他说:

“您到这儿来不是出于同情。再说,我认得您。我被捕那天,我看见您跟几个法西斯分子一起站在兵营的院子里。”

我正要继续说下去,但是我身上似乎突然发生了一件事,我颇为惊奇:这个医生站在我们面前,我一下子就心灰意懒了。平常,我跟一个人聊起天来便会没完没了。可是现在我不想说话了。我耸耸肩,移开目光。稍顿片刻,我抬起头来,那个人好奇地端详着我,卫兵们坐在一个草褥子上。佩德罗,一个清癯的大个子,双手合起来转动大拇指。另一个卫兵不时地晃动脑袋,以免打瞌睡。

“您要灯吗?”佩德罗突然问医生。医生点头表示“要”。我想他的脑子像榆木疙瘩一样笨,不过人大概不坏。看他那双冷漠的大蓝眼,我觉得他的主要不足之处是缺乏想象力。佩德罗出去了又回来,手里拎着一盏煤油灯,把它摆在凳角上。灯光昏暗,但聊胜于无:头天夜里,他们还把我们关在黑洞洞的屋子里呢。煤油灯在天花板上照成一个光圈,我看了好大一会儿,眼睛都看迷糊了。尔后,我突然清醒过来,光圈消失了,我觉得自己被一个极其沉重的东西碾碎了。我并不是因为想到死,也不是害怕,而是被一个莫名其妙的东西控制住了。我的面颊发烧,脑瓜疼痛。

我抖抖身子,看看两个伙伴。汤姆双手捧着头,我只看见他的后颈窝,肥肥的,白白的。小胡安痛苦到了极点,张着嘴,鼻孔翕动着。医生走近他,一只手搭到他的肩上,仿佛在安慰他,可是他的眼睛始终是那样冷漠。接着,我看见比利时人的手暗暗地从胡安的手臂滑到了腕节上。胡安无所谓地让他去搞。比利时人用三个手指抓住他的腕节,显得心不在焉的样子;同时,他稍许往后退,把背转向我。可是我身体往后一仰,看见他脱下了手表,一边抓住孩子的手腕,一边看着表。过了一会儿,他松开那只无力的手,走去靠在墙边，然后，他仿佛蓦地想起有一件重要的事情要立即记下来似的，从口袋里掏出一个本子，在上面写了几行字。“猪猡，”我愤愤地想，“但愿他不要来按我的脉，那样我会在他的臭嘴上猛击一拳的。”

他没有过来，但我感到他在盯着我看。我抬起头，针锋相对地盯着他的目光。他冷漠地对我说：

“您不觉得这里冷得难受吗？”

他好像很冷，脸都发紫了。

“我不冷。”我回答道。

他不住地看我，目光严酷。我忽然明白了，我用手摸摸脸：我浑身出汗了。在这个地窖里，时值隆冬，四面透风，我却汗水涔涔。我用手指抓抓头发，头发因出汗而变得黏糊糊的了。同时，我发现自己的衬衣湿淋淋的，粘着皮肉。我至少已经淌了一个小时的汗了，却丝毫都不觉得。可是，这一切都没有逃脱那个比利时猪猡的眼睛，他已经看见汗珠在我的腮帮上滚动，他想：这是一种近乎病理性的恐怖症状，他觉得自己很正常，并以此自豪，因为他能感觉到寒冷。我想站起来，去砸碎他的脸膛，但是没等我做一个手势，我的羞愧和愤怒都消失了，我冷冷地坐回到凳子上。

我用手帕擦擦脖子，因为此刻我感觉到汗水已从头发滴到颈窝，怪不舒服的。随后我就不去擦汗了，擦了又有什么用：我的手帕可以绞出水来了，我一直在淌汗。我的臀部也在淌汗，湿漉漉的裤子粘在凳子上了。

小胡安突然说话了：

“您是医生吗？”

“是。”比利时人说。

“要痛苦得……很久吗？”

“噢！当……才不呢，”比利时人用慈父一样的声音说，“很快就了结的。”

他好像在安慰一个自费看病的病人一样。

“可是，我……人家告诉我……往往要开两发子弹。”

“有时是的，”比利时人点点头说，“也许第一发子弹射不中要害的器官。”

“那么，必须再上子弹，重新瞄准？”他思考着，用一种嘎哑的声音说，“这可要花一点时间呀！”

他恐惧到极点，就怕受苦，脑子里始终想着这件事，像他这种年龄的人就是这样。我呀，我并不多想它，我出冷汗并不是怕受苦引起的。

我站起身来，踱到煤粉堆旁。汤姆惊跳起来，向我投来怨恨的目光，因为我的鞋子嚓嚓作响，惹他不快。我想我的脸不知是不是也像他那样呈土灰色，我看见他也在出汗。天空美极了，没有一丝光线射到这个阴暗的角落里来，我只要抬起头便可以看见大熊星座。可是情况并不像先前了，前天夜里，从大主教府的地牢里望去，我可以看见一大块天空；白天每一小时光阴的流逝，都勾起我一种不同的回忆。早晨，当天空晴碧无云时，我想起大西洋沿岸的海滩;正午,我看见太阳时,便回忆起塞维利亚的一个酒吧间,我在那儿喝过苦味香酒,品尝过鳢白鱼和橄榄;下午,我坐在荫蔽处,就想起遮住大半个斗牛场的深影,那另外半个斗牛场却在阳光下闪烁。看见整个地球都投影在天上,真是不自在。可是在眼下,我可以随心所欲地向空中凝望,天幕不再引起我的联想。我倒宁可这样。我又到汤姆身边坐下。就这样,长长的一段时间溜走了。

汤姆开始轻轻地说起话来。总得讲讲话才好,否则,他光是想呀想的,连自己是什么也认不出来了。我还以为他是在跟我说话,可是他没有看我。也许我这样脸色灰白,又汗水淋淋,他怕看我;我们彼此相顾,比照镜子更坏,因为我们彼此都这么相似。他看看比利时人,这个活着的人。

"你明白吗,你?"他说,"我呀,我不明白。"我也低声说起话来,注视着比利时人。

"什么？发生什么事了?"

"我们将要遭到一件我无法理解的事。"

汤姆周围有一股奇异的气味。我的嗅觉似乎比素日更灵敏。我冷笑着说:

"你过一会儿便会明白了。"

"这还不太清楚,"他执着地回答,"我倒想拿出一点勇气来,但是至少我得知道……听,他们就要来带我们到院子里去。那些家伙将在我们面前排成队。他们有几个人?"

"我不知道。五个,也许八个,不会更多了。"

"好吧。就算他们是八个人。有人将对他们叫喊'瞄准',于是我将看见八杆枪对准我。我想我真想钻进墙里去,我将用尽我全部的背力,往墙后退,而墙却顶回我,就像做噩梦一样。所有这些我都可以想象得到。啊！你知道,我是多么善于想象啊。"

"好了!"我对他说,"我也想象得到。"

"大概会疼痛不堪。你知道,他们朝眼睛和嘴巴开枪,把你弄得不成样,"他残忍地说,"我已经感觉到自己有伤口了,我的头和脖子痛了一个小时。这可不是真痛,这比真痛还坏,这是我明天将要经受到的痛苦。可是以后又怎么样呢?"

我明白他到底要说什么,可是我装作不懂的样子。痛苦嘛,我也是浑身都痛苦的,就好像处处都有小伤口一样。我怪不习惯的,可我跟他一样,并不把它当回事。

"然后,"我没好声气地说,"你就完了,你将去啃蒲公英。"

他自言自语地说起话来,眼睛始终注视着比利时人。比利时人似乎并不在听我们的话。我知道他来干什么;我们脑子里想什么,他是不感兴趣的;他是来看我们的躯体的,看活生生地正在死去的躯体。

"好像在做噩梦一样,"汤姆说,"老是要想一件事,脑子里时时刻刻想着'完蛋了',快要明白这些时,那影子就滑掉了,它离开你,消失了。我对自己说:以后就什么都没有了。可是我不明白这是怎么回事。有时,我差不多要明白了……然后它又消失了,我又会想起痛苦、子弹、开枪。我向你起誓,我是唯物主义者,我不会发疯的。可是有一件事情不对头,我会看见自己的尸体。看见尸体有什么了不起,可是我自己亲眼看见自己的尸体，这就怪了。我必须想到……想我再也看不见任何东西，再也听不见任何东西，世界将为别人继续存在下去。人们生来并不是为了想这些事的，巴勃洛。你可以相信我的话：我已经彻夜不眠了，在等一样东西。可是这样东西，各人并不相同：它从背后逮住我们，巴勃洛，我们将无法做好思想准备。”

“住嘴，”我对他说，“你要我叫一个忏悔师来吗？”

他没有回答，我已经注意到，他开始说胡话，他叫我巴勃洛，说话的声调平板。我不太喜欢这种事。但是好像所有爱尔兰人都是这个样。我模模糊糊地觉得他有尿臊味。说真的，我对汤姆没多大好感；我并不认为由于我们将要一起去死，便要对他抱更大的同情。有一些人，跟他们在一起情况就不同了。比方说，跟拉蒙·格里在一起就是如此。可是，跟汤姆和胡安在一起，我感到自己是孤苦伶仃的。再说，我倒宁可这样：跟拉蒙相处时，我的心肠会软一些。但是，我这时是非常冷酷无情的，我愿意这样冷酷到底。

他似乎魂不守舍了，一直咕哝着这几个字眼。无疑，他说话是为了不让自己思想。他周身都是尿臊味，就像前列腺肥大的老病号。当然，我跟他的看法是一样的，他说的这番话，我都会说。死亡并不是天赋的。自从我等待死神起，我觉得没有一样东西是自然的，这堆煤粉，这张凳子，佩德罗那张肮脏的脸，都不是自然的，不过，跟汤姆想到一块儿去，我觉得很扫兴。可是我清楚地知道，整整这一夜，除了五分钟之外，我们都将继续同时想问题，同时出汗或战栗。我从侧面注视他，我第一次觉得他颇奇怪：他的面孔罩着死亡的影子。这有伤我的自尊心，因为我和汤姆在一起度过了二十四小时，我听他说话，我跟他说话，我觉得我们之间毫无共同之处。而此刻，我们竟然如同一对孪生兄弟似的彼此相像，这无非因为我们将要一起脑袋开花。汤姆抓住我的手，看也没有看我一眼，便说：

“巴勃洛，我寻思着……我寻思着一个人是不是真的会化为乌有。”

我挣脱了被他抓住的手，对他说：“瞧瞧你脚下，猪猡。”

他的两只脚之间有一摊水，水正从他的裤子上滴下来。

“这是什么呀？”他惊慌地说。

“你在裤衩里撒尿了。”我对他说。

“这不可能，”他愤怒地说，“我没撒尿，我一点儿也没有感觉到。”

比利时人走了过来，假殷勤地问：

“您觉得不舒服吗？”

汤姆没有回答。比利时人看着那摊水，一言不发。

“我不知道这是怎么回事，”汤姆用一种气恼的语调说，“可我并不害怕呀。我向您发誓我并不害怕。”

比利时人没回嘴。汤姆站起来，走到一个角落里去解手。他回来时扣上裤前纽子，重新坐下来，一声也不吭了。比利时人在记录。

我们三个人都看着比利时人，因为他是活人。他做着活人的手势，有着活人的忧虑。

他在这个地窖里冷得发抖,因为活人都会发抖的。他的身体养得好好的,并且听任意志的使唤。我们这些人却不太感觉到自己的身体了,无论如何也不会有同样的感觉了。我真想摸摸自己的裤裆,可又不敢。我看着比利时人,他弯着身子站着,肌肉完全听自己使唤,他可以憧憬着明天。我们三个没有血液的幽灵,坐在那儿,我们摸着他,就像吸血鬼一样吮吸着他的生命。

比利时人终于走近小胡安。他是出于职业的原因想摸摸他的后颈,还是由于怜悯心的驱使才那样做呢?如果是出于怜悯心,那么这是他整个夜晚以来第一次有怜悯心。他抚摸着小胡安的脑袋和脖子。小家伙任他抚弄,眼睛盯着他,随后,突然抓住他的手,用一种奇怪的目光看着这只手。胡安把比利时人的手握在自己的手里,他的这双手一点儿也不讨人喜欢。像两把灰色的钳子,紧紧地钳住医生那只丰腴而红润的手。我料想将要发生的事,汤姆大概也预料到了,但是比利时人只看见胡安火气很大,他像一个慈父一样微笑着。过一会儿后,小家伙把那只红红的大爪子放到嘴边,想用牙齿咬它。比利时人很快地把手挣脱掉,颠踬着退到墙根。他惊恐万状,盯着我们足足看了一秒钟。他大概突然明白了:我们这些人并非与他同类。我咯咯地笑了,一个卫兵惊跳起来。另一个卫兵已经入睡了,他的眼睛睁得大大的,只看见眼白。

我感到自己既疲倦又过分兴奋。我再也不愿意想到明天晨光熹微时将要发生的事,再也不愿意想到死。这是毫无意义的,我脑子里只闪过几个字眼,或者就是一片空白。可是,当我竭力要去想想别的什么事时,我就看见对准我的枪口。我可能已经先后领略过二十次处决了;有一次,我甚至以为真的完蛋了,我大概睡过一分钟了。他们把我拖到墙边,我挣扎着,我求他们宽恕。我惊醒过来,两眼瞪着比利时人,我真害怕在梦中曾经喊叫过。可是,他在捋胡髭,什么也没注意到。要是我愿意,我认为自己可以稍睡片刻,我已经四十八小时没合眼了,实在难以支撑下去了。然而我不想失去最后两个小时的生命。要是我将睡着了,他们将在黎明时分来叫醒我,我睡眼惺忪、目瞪口呆地跟他们去,到死时连一句话都说不出来;我可不愿意像一只畜生一样死去,我要死得头脑清醒。再说,我害怕自己会做噩梦。于是我站起来,来回踱步;为了改变思路,我开始回顾往昔的生活。一大堆往事涌入脑海,零乱不堪,无法梳理。有好的回忆,也有坏的回忆,或者至少我先前是这样称呼这些事的。脑子里浮现起一张张面孔,一个个故事。我又依稀看见在瓦伦西亚的节日里,一个矮小的斗牛士脸上被戳得伤痕斑斑的情景,我又看见了我的一个叔叔的脸和拉蒙·格里的脸。我回忆起种种往事:一九二六年我是如何度过了三个月失业的生活,我是怎样差一点就饿死的。我想起了我在格林纳达的一张板凳上睡了一宿,三天没有进食,我怒不可遏,我不愿就这样饿死。想到这里,我微笑了。我是怎样热切地追求幸福,追求自由啊!这到底是为什么呢?我想要解放西班牙。我对皮·伊·马加尔极其赞佩,我参加了无政府主义运动,在公众集会上发表演说,总之,我对什么都看得很认真,仿佛我是一个永远不会死的人。

这时,我觉得自己的一生都呈现在面前了,我想:“这是一个神圣的谎言。”既然生命完结了,那它就是一文不值的。我思量着,我过去可以怎样地跟姑娘们溜达,调笑,要是我当时想象到我将这么死去,那么我也许连小拇指都扳不动了。我的生命就在眼前,密封着,闭锁着,就像一个口袋,然而口袋里的一切都还没有了结。有一刻,我设法给自己的一生做出估价。我真想说:我的一生是美丽的。可是我没能对自己的一生做出估价,它只是一个模糊的轮廓罢了。我把自己的一生都用来追求永恒的原则,可是我什么都不明白。我丝毫不悔恨。有一大堆的东西都是我所留恋的:苦味香酒的滋味,夏天在临近加迪斯的小海湾里的沐浴,都令人眷恋。可是,死神使这一切都失去了魅力。

比利时人突然产生了一个了不起的念头。

"朋友们,"他对我们说,"如果军事当局允许的话,我可以代你们捎个信或捎件纪念物给你们心爱的人……"

汤姆咕噜着:

"我举目无亲。"

我一声没搭理。汤姆等了片刻,然后好奇地端详我,说:

"你不叫人捎个信给孔莎吗?"

"不。"

我厌恶这种甜蜜的私房话。这是我自己的过错,我前一天夜里曾经谈起过孔莎,我本该克制住不说的。我和这个女人在一起已经有一年了。就在昨天夜里,我真还舍得斩断自己一只胳膊,去换跟她重逢五分钟的乐趣。就因为这样,我才跟他谈起她来,我完全失去自制力了。可眼下,我再也没心思去见她了,我没有片言只语可以跟她诉说了。我甚至不想把她搂在自己的怀里,因为我感到自己的躯体怪可憎的,它变得又灰黑,又汗水淋淋——再说,我自己也拿不稳,碰到她的躯体我会不会感到厌恶。孔莎得知我死耗后会大哭一场的,她将会有好几个月感觉不到生的滋味。然而这毕竟是我而不是她去死。我想着她温柔的秀眼。当她看着我时,似乎有某种东西从她那儿传递到我身上。可是,我想,这一切都已过去:如果她此刻在看我,那么她的视线是停留在自己的眸子里,无法到达我身上。我是孤独的。

汤姆也是孤独的,不过孤独的方式不同罢了。他跨坐着,略带笑容地盯着凳子看,显出惊异的神色。他把手伸出去,小心翼翼地抚摸木板,就好像怕弄碎什么似的;然后,他猛地缩回手,打着寒战。如果我是汤姆,我就不会去摸板凳玩儿,这不是那种爱尔兰喜剧动作吗?可是我也感觉到,家什物件都显示出一种古怪的模样:它们比平常更无光泽,更不结实。只消看看板凳、电灯、煤堆,我就感觉到自己马上要去死了。当然,我无法清清楚楚地想到自己的死神,可是我到处都看见它,在各种物件上看见它,在物件猥猥琐琐、冷落一旁的摆设中看见它,这些物件是那样拘拘束束,好像是一些人在向咽气人的枕边低低诉说。刚才汤姆在板凳上触摸到的就是他自己的死神。

在目前这种景况下,要是有人来向我宣布:我可以安安生生地回到自己的家里去,人们可以让我安全无恙地活下去,这反而会使我全身僵冷;因为,当一个人已经失去了长生不老的幻想时，多活几个小时或多活几年都是一样的。我不再对任何东西有所牵挂，在某种意义上说，我是处之泰然的。然而这是一种可怕的安详，因为我还有着自己的身体，我看东西用长在身体上的眼睛，我听声音用长在身体上的耳朵，可是这些都不等于就是我自己。这个身体淌着汗，不由自主地颤抖，我已经辨认不出这个身体了。我不得不去触摸、去察看这个身体，了解一下它究竟变成什么样了，仿佛这是别人的身体一样。我不时还感觉到这个身体的存在，我觉得身体在滑动，在往下掉，宛如坐在往下俯冲的飞机上似的。或者我觉得自己的心在悸跳。但是这些都不能给我宽慰：从我身体里出来的一切都带有一种污秽、模糊的神色。大部分时间，这个身体是无声无息的、静止不动的，我只感觉到身体的重量，感觉到一种违背我意愿的不洁的形体；我仿佛与一个硕大无朋的虫豸联系在一起。在某一刻，我摸摸裤子，感到裤子湿淋淋的，我不知道是因为出汗还是因为撒尿弄湿的。不过，我出于谨慎，还是去到煤堆上解手了。

比利时人拿出表来，看了看说：

“现在是三点半。”

孬种！他大概故意这样干的。汤姆的身体蹦了起来。我们还没有注意到时光在流逝。夜，像一个无形的、阴暗的物体，笼罩着我们，我甚至记不起夜幕已经降临了。

小胡安开始叫喊起来，他绞动自己的双手，哀求着：“我不要死，我不要死。”

他从地窖这头跑到那头，把胳膊向上举，然后倒在草垫上，抽泣起来。汤姆忧郁地看着他，甚至连安慰他的心思也没有了。其实也用不着安慰他：这小鬼吵吵嚷嚷，声音比我们大，可是他的创伤比我们小。他像一个病人，因发烧而减轻了疼痛。当一个病人不发烧时，这个病可就更加厉害了。

他哭泣着，我清楚地看出，他在怜悯自己，他没有想到死。曾经有过一秒钟，仅仅这么一秒钟，我也真想哭，顾影自怜而哭；可是，却发生了与此相反的事。我向小家伙瞥了一眼，看见他那瘦削的、因呜咽而抽搐的肩膀，我感到自己人性顿失；我既不怜悯别人，也不怜悯自己。我心里说：“我要死得端庄得体。”

汤姆站起来，正好走到圆天窗底下，窥探着黎明的到来。我呢，我总是这副牛脾气，我要死得端庄得体，我想的就只是这件事。可是，自从医生告诉我们钟点后，我感到时间在飞驰，在一点一滴地流逝。

天还是黑洞洞的，我听见汤姆的说话声：

“你听见他们的声音了吗？”

“听见了。”

有几个人在院子里走动。

“他们来干吗呀？总不能摸黑开枪呀。”

过了一会儿，我们什么也听不见了。我对汤姆说：“天亮了。”

佩德罗站起来，打着哈欠，过来把灯熄灭。他对伙伴说：“冷得真够呛。”

地窖变得灰蒙蒙的。我们听见远处打了几下枪。

“开始了，”我对汤姆说，“他们大概是在后面院子里干吧。”

汤姆向医生要几支香烟。我呢，我可不要，我既不要香烟也不要白酒。从此刻起，他们不停地开枪了。

“你明白是怎么回事吗？”汤姆说。

他还想说点什么，却又住嘴了。他看着门。门打开了，一个中尉带着四个士兵进来。汤姆把香烟扔到地上。

“斯坦博克？”

汤姆没答话。佩德罗用手指指他。

“胡安·米尔巴尔？”

“就是坐在草垫上的那一个。”

“站起来。”中尉说。

胡安木然不动。两个士兵撑住他的腋下，把他扶起来。可是，他们一松手，他便又瘫倒在地上。

士兵们迟疑了。

“这样窝囊怕死的人，他并不是第一个，”中尉说，“你们俩只管把他带走，到那边别人会处置的。”

他转身向着汤姆：“好吧，来。”

汤姆夹在两个士兵当中出去了。另两个士兵跟在后面，抬着那个孩子，一个叉住他的两腋，另一个抓住他的膝弯。小家伙没有晕过去，他的眼睛睁得大大的，眼泪顺着腮帮子往下流。当我也要往外走时，中尉拦住了我：

“伊比埃塔，是您吗？”

“是。”

“您在这儿等等，马上会有人来叫您的。”

他们出去了。比利时人和两个狱卒也出去了，我一个人待着。我不知道自己将会怎么样，可是我倒宁可他们把我立即结束掉算了。我听见了几下枪声，开枪的间歇时间几乎是匀称的，每打一下枪，我就战栗一下。我真想吼叫，扯自己的头发。但是我咬紧牙关，把手插到口袋里，因为我要死得端庄得体。

一个小时后，他们来提我，把我带到二楼的一个小房间里，房间里散发着雪茄烟气味，热得我喘不过气来。房间里有两个军官，坐在沙发上抽烟，膝盖上放着文件。

“你叫伊比埃塔吗？”

“是。”

“拉蒙·格里在哪儿？”

“我不知道。”

讯问我的人是一个矮胖子，戴着夹鼻眼镜，目光严峻。他对我说：

“靠近点。”

我走上去，他站了起来，抓住我的胳膊，凶狠地盯着我，那种神气简直要叫我钻到地洞里去。同时，他使劲地钳住我胳膊上的二头肌。这倒并不是要把我弄疼，而是一种鬼把戏，他想使我慑服。我认为，他把自己腐臭的呼气吐了我满脸，也是非常有必要的。我们就这样站了一会儿；我呀，我觉得这种事简直要叫我笑出声来。要恐吓一个即将死去的人，那还得下大工夫才行。这一招是行不通的。他猛烈地推开我，又坐下来，说："不是他死就是你死。只要你告诉我们他在哪儿，我们饶了你的命。"

这两个手执马鞭、脚穿马靴的家伙，还不是一样要死的吗？只不过他们比我晚死而已，但也不会晚得很久。他们手忙脚乱地在文件堆里搜索人名，到处捕人，要监禁或处决他们。这些家伙对西班牙的未来和别人的命运说三道四。我觉得他们的小动作既滑稽可笑，又奇丑无比；我无论如何也难以设想会干他们那种事，我觉得他们都是些疯子。

矮胖子始终盯住我，一边用马鞭抽打长筒靴。他所有这些动作都是别有用心的，以便使他的举动像一只凶猛的野兽。

"怎么？明白了吗？"

"我不知道格里在哪儿，"我回答道，"我想他是在马德里。"

另一个军官懒洋洋地举起了苍白的手。这种懒洋洋的举动也是别有用心的。我看清了他们所有的诡计。居然有这么一些人玩这种花招，我真是愕然了。

"给你考虑一刻钟，"他慢吞吞地说，"把他带到洗衣间去，一刻钟后把他带回来。要是他再不肯招供，立即把他枪毙。"

他们知道自己在干什么事：我们是在等待中度过了一个通宵的；然后，他们又让我在地窖里等了一个小时，就在这时他们处决了汤姆和胡安；而现在，他们又把我关在洗衣间里。他们心里想，时间磨久了，人的神经便会萎靡，他们就可以在我嘴里捞到他们所需要的供词。

他们的算盘子打错了。在洗衣间里，我感到筋疲力尽，就坐在一张板凳上；我开始思索起来。可是，我并不是按照他们出的点子思索问题的。我当然知道格里在哪儿，他躲在离城四公里之遥的堂兄弟家里。我也知道，我不会泄露他躲藏的地点的，除非他们严刑拷打我（而他们似乎并没有这样做的意思）。所有这一切都是按部就班规定好了的，已成定局，丝毫不能引起我的兴趣。不过，我倒挺想搞明白自己行为的动机是什么。我宁可自己脑袋开花，也不愿交出格里。为什么呢？我不再喜欢拉蒙·格里了。在天亮之前，我对他的友谊就已经死亡了，与此同时，我对孔莎的爱、我生还的欲望都已经死去了。无疑，我是始终尊敬他的，这是一个坚强的人。但是，这并非我愿意代他而死的理由；他的生命不见得比我的更有价值，任何生命都是没有价值的。他们把一个人推到墙边，向他开枪直至他死亡：这个死者是我也好，是格里也好，或者是别的人也好，反正都是一样的。我很清楚，对于西班牙的事业来说，格里比我更有用；但是现在我对西班牙和无政府主义都不在乎了，什么东西对我都是无关紧要的了。可是我却在刑场上了，我交出格里就可以皮肉完好，而我则拒不这样干。我觉得这毋宁说是一场喜剧，是一种固执的表现。

我想:“我得这样冥顽不化!”一种奇怪的快乐攫取了我。

他们来提我了,再一次把我带到两个军官跟前。一只老鼠从我脚下蹿过去,我觉得蛮好玩的。我转过身来对一个长枪党分子说:

“您看见老鼠了吗?”

他没有搭理。他脸色阴沉,一副道貌岸然的样子。我呀,我真想笑,可是忍住了,因为我怕一笑起来便不能自制。那个长枪党徒蓄着胡髭。我还对他说:

“你得刮胡髭了,蠢蛋。”

他这样一个活生生的人,让毛须爬满脸腮,我觉得挺滑稽。他胡乱地踢了我一脚,我缄口不言了。

“那么,”胖军官说,“你想好了吗?”

我好奇地看着他,就像看一种稀世的昆虫。我对他们说:

“我知道他在哪儿。他就躲在公墓里,不是在某个墓室里就是在掘墓人的棚屋里。”

我这是跟他们玩了一个闹剧。我的用意是想看看他们起身,扣皮带,手忙脚乱地发布命令。

他们果然跳将起来。

“走! 莫勒,去向中尉洛佩兹要十五个人来。而你呢,”矮胖子对我说,“要是你说的是真话,一言为定,我包了。但是,要是你跟我们作对,你将付出惨重的代价。”

他们在一阵叽叽喳喳的声音中出发了,我由几个长枪党徒看管着,静静地等候。我禁不住时常笑起来,因为我想他们将要大发雷霆。我觉得自己又蠢又刁。我脑子里想象着他们在翻墓石,把墓室的门一扇扇撬开。我设想假如我是别的什么人,会怎么看待这种景况:那个决心要成为英雄的犯人,那些蓄着胡髭的严峻的长枪党徒,还有那些穿制服的军人,他们在坟墓之间的空地里追逐;这真是一个天大的笑话!

过了半个小时,矮胖子独自回来了。我想他是来下令枪毙我的。其余的人大概待在公墓那边。

军官看着我,一点都没有显得窘迫的样子。

“把他带到大院里去,跟其他犯人在一起。”他说,“军事行动结束后,正规法庭将决定他的命运。”

我以为自己没有听懂他的话,便问他:

“那么,你们不……不枪毙我了?”

“现在不枪毙,总之。以后嘛,这可跟我没有关系。”

我始终搞不懂这是怎么回事,我跟他说:“到底是为什么?”

他耸耸肩膀,没有搭话。士兵们把我带走了。在大院里,有百把个犯人,有妇女和儿童,还有几个老人。我开始在中心草坪周围打转,心里十分纳闷。到了正午,他们把我们带到大饭厅里去。有两三个人来询问我。我大概是认识他们的,可我没有搭理他们:我还不知道自己究竟是怎么回事哩。

傍晚时,又有十来个新犯人被推进大院里来。我认出那个面包师加尔西亚。他对我说:

“老天爷,你真是个走运的人! 我还以为你已经不在人世了。”

“他们把我判了死刑,”我说,“可后来,他们又改变了主意。我不知道怎么搞的。”

“他们在两点钟时逮捕了我。”加尔西亚说。

“为什么要抓你?”

加尔西亚没有参与政治活动。

“我不知道,”他说,“跟他们想法不一样的人,他们都要抓。”

他压低声音说:“他们抓到格里了。”

我浑身战栗了。

“什么时候?”

“今天早晨。他做了蠢事。他星期二离开堂兄弟家,因为他们发生口角了。好多人的家里他都可以去躲,可他绝不愿意连累别人。他说:‘我本来可以躲到伊比埃塔家里去,可是他已被捕了,我只好躲到公墓里去。’”

“公墓里?”

“是的。真傻。还用说,他们是在今天早上去搜公墓的,这种事早晚会发生的。他们在掘墓人的棚屋里找到了他。他们向他开了枪,把他打死了。”

“在公墓里!”

我感到天昏地转了,我坐倒在地上。我放声大笑起来,笑得泪水溢出了眼眶。

冯汉津　译

诺贝尔
文学奖全集

COMPLETE WORKS
OF NOBEL
PRIZE FOR LITERATURE

（下）

宋兆霖 主编　高莽 插图

北京燕山出版社

CONTENTS
目录

1965

获奖作家

肖洛霍夫

传略

一九六五年,角逐诺贝尔文学奖的人数打破了历史纪录,多达八十九人,最后由肖洛霍夫获得。对于肖洛霍夫的获奖,世界舆论并不感到惊讶,不少人认为就凭他那部扬名四海的巨著《静静的顿河》,早该获得这一殊荣了。一九六四年,萨特虽然自己谢绝领奖,但在有关的公开声明中,却为肖洛霍夫打抱不平,并向瑞典学院提出了尖锐的意见。瑞典学院倒也“虚心明理”,第二年就决定把奖授给肖洛霍夫,表彰他“在描绘顿河的史诗式作品中,以艺术家的力量和正直,表现了俄国人民生活中具有历史意义的面貌”。

米哈伊尔·亚历山大罗维奇·肖洛霍夫(Михаил Александрович Шолохов,1905—1984),一九〇五年五月二十四日出生于顿河地区维约申斯克镇的克鲁日伊林村。肖洛霍夫曾先后在维约申斯克镇等地的小学和中学学习,国内战争开始后辍学。曾在家乡当过办事员、征粮队队员。一九二二年去莫斯科,当过小工、泥水匠和会计,开始学习写作。一九二四年加入俄罗斯无产阶级作家联合会,同年发表第一篇短篇小说《胎记》。此后,连续在报刊上发表多篇中短篇小说,直至一九二六年出版短篇小说集《顿河故事》和《浅蓝的原野》。同年返回家乡维约申斯克镇定居,开始创作长篇小说《静静的顿河》。

四卷本长篇巨著《静静的顿河》从一九二六年开始构思,分别于一九二八年、一九二九年、一九三三年、一九四〇年出版。小说以发生在一九一二年至一九二二年间的第一次世界大战、十月革命和国内战争为背景,以主人公格利高里·麦列霍夫的个人经历为主线,以他家的遭遇为结构基础,艺术地再现了这段重大历史时期顿河地区哥萨克社会的历史性变迁,广泛深刻地表现了哥萨克人在生活上和心理上的巨大变化,同时揭示了格利高里这一典型人物的悲剧性命运。主人公格利高里参加过第一次世界大战,后来两次参加红军,三次卷入白军,最后理想破灭,万念俱灰,毅然返回故土。作品继承了列夫·托尔斯泰《战争与和平》的传统,将人与历史、个人与群众、历史与现实、战争与和平、国家与民族等都艺术地结合在一起,个人的悲剧命运折射出惊心动魄的历史冲突,复杂的社会变革成为再现个人丰富生命内涵的有力手段,人物性格在事件的发展中得到深化,对历史和现实的真实描绘使人物形象真实可信,对哥萨克风土习俗的描述和民谚俗语的大量运用使作品富有乡土气息,从而使这部小说既有宏伟深沉的史诗性,又有完美感人的悲剧性,气势雄浑,格调悲壮,成为深广的历史内容和个人的悲剧命运有机结合的艺术典范。它以其独特的艺术魅力受到一代代读者的喜爱,是俄罗斯文学和世界文学宝库中的一部精品。

第二次世界大战期间,肖洛霍夫以《真理报》和《红星报》记者身份,奔赴各个战区前线进行采访,写了许多通讯、特写、随笔和政论,如《在顿河》(1941)、《卑鄙行径》(1941)、《战俘》(1941)、《在南方》(1942)等。他还创作了短篇小说《学会仇恨》(1942)和长篇小说《他们为祖国而战》(1943年开始发表,未完成)的部分章节。

一九五六年,肖洛霍夫发表了著名的短篇小说《一个人的遭遇》,引起轰动。小说主人公安德烈·索科洛夫是一个普普通通的俄国人,他本有一个幸福的家庭。第二次世界大战爆发后他应征入伍,不幸在一次战斗中被俘,在俘虏营中受尽折磨。后来虽然冒死逃出俘虏营,但妻子儿女已死在德国法西斯的屠刀之下。战后复员回家,他变成孤身一人。一次在途中他遇到一个在战争中失去父母的孤儿,他冒充这个孩子的父亲,收养了这个孩子,孩子也把他当成亲生父亲,从此两人相依为命。通过这篇小说,作家既表现了战争摧毁人的幸福、破坏人的家庭、伤害人的心灵,亦表现了人在战争中的悲剧命运;同时也表现了经过战争考验的人在走向新的生活道路时对未来所抱的希望和憧憬。这篇作品与其说是描写战争,不如说是对战争的反思。它表达了作家对战争的感受和对历史的深刻思考,蕴含着深刻的哲理和人道主义精神。小说从战争给人带来灾难和心灵创伤的角度来写战争,从而为战争文学开拓了新的领域,指出了前景。

《新垦地》(旧译《被开垦的处女地》)是作家另一部反映顿河地区哥萨克农村生活的长篇小说。第一部出版于一九三二年,第二部出版于一九六〇年。小说主要描写二十世纪三十年代苏联农业集体化的过程,它不仅真实地反映了一场重大的历史性运动,而且塑造了一大批血肉丰满、性格鲜明的人物,具有强烈的生活气息。

从二十世纪六十年代起,肖洛霍夫偏重于参加国内外社会活动,作品不多,只是续写了长篇小说《他们为祖国而战》的部分篇章。一九八四年二月二十一日,肖洛霍夫在维约申斯克镇逝世,终年七十九岁。

授奖词

今年的诺贝尔文学奖，众所周知，授予了俄罗斯作家米哈伊尔·肖洛霍夫。他生于一九〇五年，今年六十岁。他的童年是在顿河哥萨克地区度过的。他喜欢当地人民的特有气质和那里的茫茫原野，正是这种感情使他和这一地区结下不解之缘。他亲眼看到他的故乡经历了革命和内战的各个阶段。他在莫斯科干过一段时间的体力活儿之后，不久就专门从事写作，写出了一系列描述顿河流域故事的短篇。后来他成为写这一题材的名手。肖洛霍夫开始写作史诗性小说《静静的顿河》(1928—1940)的第一部时，年仅二十一岁，这足以证明战争时期一代人的早熟。此书的英译名是《静静地流吧，顿河》，俄文原书名就是《静静的顿河》，然而肖洛霍夫在这部杰作中写的却是风雨飘摇、动乱不宁的局面，因此，毫无疑问其中暗暗含有讽刺意味。

肖洛霍夫创作这一巨著，花费了十四年的心血。小说以悲剧性的哥萨克暴动为主线，囊括了第一次世界大战、革命、国内战争等各个时期。这一长篇巨著的四大部，是在一九二八年至一九四〇年这段相当长的时间中先后发表的，受到苏联批评家的长期关注。这些批评家出于政治上的原因，很难全盘接受肖洛霍夫对待哥萨克起义反抗中央集权这一主题的客观、求实的态度；肖洛霍夫如实地描述了哥萨克反对征服、维护独立的反抗精神，在客观上维护了这种精神，对此，批评家们也不会轻易接受。

看到小说主题引起的争议，不难断定：肖洛霍夫写这部小说，就是迈出了勇敢的一步，这一步的迈出，说明在他的创作生涯中良心已经取得了胜利。

《静静的顿河》在瑞典已经是家喻户晓，在这里作介绍似乎是多余的。这部作品以卓越的现实主义手法，描绘了哥萨克特有的性格，描绘了既是骑兵、又是农民，似乎互为水火、实则水乳交融，构成一个统一的整体的这样一种传统性格。书中没有对任何东西进行美化。哥萨克性格中粗鲁、野蛮的一面，在书中也详尽无遗地表现出来，毫不掩盖，毫不矫饰，但与此同时，又能感觉出作者对人的一切的尊重。肖洛霍夫无疑是一个坚定的共产主义者，但是他不在书中进行任何意识形态方面的说教。我们看到，他写的战争血泪斑斑，然而是一幅笔力雄浑、气势磅礴的画卷。

哥萨克格利高里一再地从红军倒向白军，被迫违心地进行拼搏，这种拼搏以绝望而告终，他既是英雄，又是受难者。他继承的荣誉观念经受了最严峻的考验。他被历史的必然所击败，历史的必然在这里起了与古典文学中复仇女神一样的作用。然而，我们却同情格利高里，也同情两位令人难忘的女性：他的妻子娜塔莉亚和他的情人阿克西妮娅。她俩都因为他而遭受灾难。最后，他用马刀挖土，埋葬了阿克西妮娅，回到自己村子里的时候，他已经满头白发，除了一个年幼的儿子，他这一生中的一切都丧失了。

书中的人物或者置身于人与人的关系中，或者活跃在战争风云中，而在整个人物画廊的背景上，展开的是一幅绚丽多彩、气象万千的乌克兰风景画：变化多端的草原四季风光,村庄周围草香四溢的牧场和吃草的马群,随风起伏的青草,陡立的河岸和河水永不停息的歌唱。肖洛霍夫永不厌倦地描绘着俄罗斯的大草原。有时候,他会中断故事的叙述,来倾吐自己的赞赏之情:“顿河低低的天空下的故乡草原呀! 一道道干沟,一带带的红土崖,一望无际的羽茅草,夹杂着斑斑点点、长了草的马蹄印子,一座座古冢静穆无声,珍藏着哥萨克往日的光荣……顿河草原呀,哥萨克的鲜血浇灌过的草原,我向你深深地鞠躬,像儿子对母亲一样吻你那没有开垦过的土地!”

可以说,肖洛霍夫在艺术创作中并没有什么创新,他用的是使用已久的现实主义手法,这一手法同后来小说创作艺术中出现的一些模式相比,也许会显得简单而质朴。但是,这一主题确实无法用其他手法来表现。他的波澜壮阔、洋洋洒洒的如椽之笔,使《静静的顿河》成为一部名副其实的“长河小说”。

肖洛霍夫后来的作品,如他的《新垦地》(1932、1960),是一部描写强制性集体化和介绍集体农庄的小说,显示了肖洛霍夫喜爱充满喜剧色彩和富有同情心的人物,这部小说也具有永恒的艺术生命力。但毫无疑问,仅凭《静静的顿河》这部作品,肖洛霍夫获得这一奖赏就当之无愧。直到今天他才享受这一荣誉,实在过晚了。但令人高兴的是,我们终于将当代一位最杰出的作家的名字列入了诺贝尔文学奖获奖者的名册。

瑞典学院赞同这一评选决定时,指出了“肖洛霍夫在描写俄罗斯人民生活中一个历史阶段的顿河史诗中表现的艺术力量和正直”。

先生,这一奖赏是褒奖正直和表示感谢,感谢您对当代俄罗斯文学的重大贡献,在我国和在全世界都十分清楚这一贡献,请允许我代表瑞典学院向您表示祝贺,并请您接受国王陛下颁发的今年的诺贝尔文学奖。

瑞典学院常务秘书 安德斯·奥斯特林

力冈 译

作品

一个人的遭遇(节选)

献给一九〇三年入党的苏共党员

叶夫根尼雅·格里高利耶夫娜·列维茨卡娅

〔一位苏联老红军战士,卫国战争期间被德军俘虏,经历了九死一生以后,他逃了出来,并且立了功……〕①

① 此句为编者所加。

“有两个星期,我除了睡就是吃。他们每次给我吃得很少,但是次数很多,不然,如果让我尽量吃的话,我会胀死的,这可是医生说的。我完全养足了力气。可是过了两个星期,我却什么东西也吃不下了。家里没有回信来,说实话,我开始发愁了。我根本不想吃东西,晚上也睡不着觉,各种古里古怪的念头尽在脑子里转……第三个星期,我收到从沃罗涅日来的一封信。但那不是伊琳娜写的,而是我的邻居,木匠伊凡·季莫斐耶维奇写的。唉,但愿老天爷不要让人家也收到这样的信!……他告诉我说,还是在一九四二年六月里,德国人轰炸飞机厂,一颗重型炸弹落在我的房子上。伊琳娜和两个女儿正巧在家里……唉,他写道,连她们的影子都没有找到,在原来的房子那儿只留下一个深深的坑……当时我没有把信念到底。我的眼前一片漆黑,心缩成一团,怎么也松不开来。我倒在床上,躺了一会儿,才又把信念完了。那邻居写道,轰炸的时候阿纳托利在城里。晚上他回到村子里,瞧了瞧弹坑,连夜又回城里去了。临走以前对邻居说,他将请求志愿上前线。就是这样。

“等到我心松开了,血在耳朵里冲击的时候,就想起我的伊琳娜在车站上怎样跟我难舍难分。这么看来,她那颗女人的心当时就预感到,我跟她再也不能在这个世界上见面了。可我当时却推了她一下……有过家,有过自己的房子,这一切都是多年来慢慢经营起来的,可这一切都在刹那间给毁了,只留下我一个人。我想:‘我这悲惨的生活会不会是一场梦呢?’在俘虏营里,我差不多夜夜——当然是在梦中——跟伊琳娜,跟孩子们谈话,鼓励他们说:我会回来的,我的亲人,不要为我悲伤啊;我很坚强,我能活下去的,我们又会在一块儿的……原来,两年来我是一直在跟死人谈话呀?!”

讲话的人沉默了一会儿,接着低低地用另一种声音断断续续地说:

“嗯,老兄,咱们来抽支烟吧,我憋得喘不过气来了。”

我们抽起烟来。在春水泛滥的树林里,啄木鸟响亮地啄着树干。和煦的春风依旧那么懒洋洋地吹动干燥的赤杨花,云儿依旧那么像一张张白色的满帆在碧蓝的天空中飘翔,可是在这默默无语的悲怆时刻里,那生气蓬勃、万物苏生的广漠无垠的世界,在我看来也有些两样了。

沉默很难受,我就问道:

“那么后来呢?”

“后来吗?”讲话的人勉强回答说,“后来我从上校那儿得到了一个月的假期,一个星期以后就来到了沃罗涅日。我走到我们一家住过的那地方。一个很深的弹坑,灌满了黄浊的水,周围的野草长得齐腰高……一片荒凉,像坟地一样静。唉,老兄,我实在难受极了!站了一会儿,感到穿心的悲痛,又走回火车站。在那边我连一小时也待不下去,当天就回到了师里。

“不过,过了三个月,我又像太阳从乌云里出来那样喜气洋洋啦:阿纳托利找到了。他从前线寄了一封信给我,看样子是从另一条战线寄来的。我的通信处,他是从邻居伊凡·季莫斐耶维奇那儿打听来的。原来,他先进了炮兵学校,他的数学才能在那边正巧用得着。过了一年毕业了，成绩优良，去到前线，而信就是从前线写来的。他说，他已经获得大尉的称号，指挥着一个四十五毫米炮的炮兵连，得过六次勋章和许多奖章。一句话，各方面都比做老子的强多啦。我又为他感到骄傲得了不得！不论怎么说，我的亲生儿子当上大尉和炮兵连长了，这可不是开玩笑的！而且还得了那么多光荣的勋章。尽管他老子只开开'斯蒂贝克①'，运运炮弹和别的军需品，但那没有关系。老子这一辈子已经完了，可是他，大尉的日子还在后面哪。

"夜里醒来，我常常做着老头儿的梦：等到战争一结束，我就给儿子娶个媳妇，自己就住在小夫妻那儿，干干木匠活儿，抱抱小孙子。一句话，尽是些老头儿的玩意儿。可是，就连这些梦想也完全落空啦。冬天里我们一刻不停地进行反攻，彼此就没工夫常常写信。等到战事快要结束，一天早晨，在柏林附近我寄了一封短信给阿纳托利，第二天就收到回信。这时候我才知道，我跟儿子打两条不同的路来到了德国首都附近，而且两人间的距离很近。我焦急地等待着，巴不得立刻能跟他见面。哎，见是见到了……五月九日早晨，就是胜利的那一天，我的阿纳托利被一个德国狙击兵打死了……

"那天下午，连指挥员把我叫了去。我抬头一看，他的旁边坐着一个我不认识的炮兵中校。我走进房间，他也站了起来，好像看见一个军衔比他高的人。我的连指挥员说：'索科洛夫，找你。'说完，他自己却向窗口转过身去。一道电流刺透我的身体，我忽然产生一种不祥的预感。中校走到我的跟前，低低地说：'坚强些吧，父亲！你的儿子，索科洛夫大尉，今天在炮位上牺牲了。跟我一块儿去吧！'

"我摇摇晃晃，勉强站住脚跟。现在想起来，连那些都像做梦一样，跟中校一起坐上大汽车，穿过堆满瓦砾的街道；还模模糊糊地记得士兵的行列和铺着红丝绒的棺材。想起阿纳托利，唉，老兄，就像此刻看见你一样清楚。我走到棺材旁边。躺在里面的是我的儿子，但又不是我的儿子。我的儿子是个肩膀狭窄、脖子细长、喉结很尖的男孩，总是笑嘻嘻的；现在躺着的，却是一个年轻漂亮、肩膀宽阔的男人，眼睛半开半闭，仿佛不在看我，而望着我所不知道的远方。只有嘴角上仍旧保存着一丝笑意，让我认出他就是我的儿子小托利……我吻了吻他，走到一旁。中校讲了话。我的阿纳托利的同志们、朋友们，擦着眼泪，但是我没有哭，我的眼泪在心里枯竭了。也许正因为这个缘故吧，我的心才疼得那么厉害。

"我在远离故乡的德国土地上，埋葬了我那最后的欢乐和希望。儿子的炮兵连鸣着礼炮，给他们的指挥员送丧。我的心里仿佛有样东西断裂了……我失魂落魄地回到自己的部队里。不久我复员了。上哪儿去呢？难道回沃罗涅日吗？决不！我想起在乌留平斯克住着一个老朋友，他还是冬天里因伤复员的，曾经邀我到他那儿去过。我一想起他，就动身到乌留平斯克去。

"我那个朋友和他的老婆住在城郊，自己有一所房子，却没有孩子。他虽然有些残疾，但仍旧在一个汽车队里当司机，我在那边找了个工作，就搬到他们的家里去住，他们

① 斯蒂贝克，美国造的一种大卡车。

很热情地招待我。我们把各种货物运到各个区里,秋天又被调去运输粮食。就在这时候我认识了我的新儿子。喏,就是在沙地上玩着的那一个。

“有时候,开了长途回来,到了城里,第一件事就是到茶馆去吃些什么,当然咯,也免不了喝这么一百克解解疲劳。说实话,我又迷上这鬼玩意儿啦……有一次就在茶馆附近看见这个小家伙,第二天又看见了。可真是个脏小鬼:脸上溅满西瓜汁,尽是灰土,头发蓬乱,脏得要命,可是他那双小眼睛啊,却亮得像雨后黑夜的星星!他那么惹我喜爱,说也奇怪,从此我就开始想念他了,开了长途回来,总是急于想看见他。他就是在茶馆附近靠人家给他的东西过活的——人家给他什么,他就吃什么。

“第四天,我从国营农场装了一车粮食,一直拐到茶馆那儿,我的小家伙正巧在那边,坐在台阶上,摆动一双小脚,显然,他是饿了。我从车窗里伸出头来,向他叫道:‘喂,万尼亚!快坐到车上来吧,我带你到大谷仓里去,再从那儿回来吃中饭。’他听到我的叫声,身子哆嗦了一下,跳下台阶,爬上踏脚板,悄悄地说:‘叔叔,你怎么知道我叫万尼亚呢?’同时圆圆地睁着那一双小眼睛,看我怎样回答他。嗯,我就对他说,我是一个见过世面的人,什么都知道。

“他从右边走了过来,我打开车门,让他坐在旁边后,开动车子。他是个很活泼的小家伙,却不知怎的忽然沉默起来,想了一会儿,一双眼睛不时从他那两条向上卷曲的长睫毛下打量我,接着叹了一口气,这样的一个小雏儿,可已经学会叹气了。难道他也应该来这一套吗?我就问他:‘万尼亚,你的爸爸在哪儿啊?’他喃喃地说:‘在前线牺牲了。’‘那么妈妈呢?’‘我们来的时候妈妈在火车里给炸死了。’‘你们是从哪儿来的呀?’‘我不知道,我不记得……’‘你在这儿一个亲人也没有吗?’‘一个也没有。’‘那你夜里睡在哪儿呢?’‘走到哪儿,睡到哪儿。’

“这时候,我的眼泪怎么也忍不住了。我就一下子打定主意:‘我们再也不分开了!我要领他当儿子。’我的心立刻变得轻松和光明些了。我向他俯下身去,悄悄地问:‘万尼亚,你知道我是谁吗?’他几乎无声地问:‘谁?’我又同样悄悄地说:‘我是你的爸爸。’

“天哪,这一说可说出什么事来啦!他扑在我的脖子上,吻着我的腮帮、嘴唇、脑门儿,同时又像一只鹡鸰一样,响亮而尖厉地叫了起来,叫得连车舱都震动了:‘爸爸!我的亲爸爸!我知道的!我知道你会找到我的!一定会找到的!我等了那么久,等你来找我!’他贴在我的身上,全身哆嗦,好像风里的一棵小草。我的眼睛里像是上了雾,我也全身打战,两手发抖……我当时居然没有放掉方向盘,真是怪事!但我还是不由得冲到水沟里,弄得发动机也熄火了。在眼睛里的雾没有消散以前,我不敢再开,生怕撞在什么人身上。就这么停了有五分钟的样子,我的好儿子还一直紧紧地贴住我,全身哆嗦,一声不响。我用右手抱住他,轻轻地把他压在我的胸口上,同时用左手掉转车子,回头向家里开去。我哪儿还顾得上什么谷仓呢?根本把它给忘了。

“我把车子抛在大门口,双手抱起我的新儿子,把他抱到屋子里。他用两只小手钩住我的脖子,一直没有松开。他又把他的小脸蛋,贴在我那没有刮过的腮帮上,好像粘住了一样。我就是这样把他抱到屋子里。主人夫妇俩正巧都在家里。我走进去,向他们眨眨眼,神气活现地说:‘你们瞧,我可找到我的万尼亚了!好人们,接待我们吧!’他们这对没有孩子的夫妇,一下子就明白是怎么一回事,马上跑来跑去,忙了起来。我却怎么也不能把儿子从我的身上放下。好容易总算把他哄下了。我用肥皂给他洗了手,让他在桌子旁边坐下。女主人给他在盘子里倒了菜汤,看他怎样狼吞虎咽地吃着,看得掉下眼泪来。她站在火炉旁,用围裙擦着眼泪。我的万尼亚看见她哭,跑到她跟前,拉拉她的衣襟说:‘婶婶,你哭什么呀?爸爸在茶馆旁边把我找到了,大家都应该高高兴兴,可您还哭。’她呀,嗐,听了这话,哭得更厉害,简直全身都哭湿啦!

“吃过饭,我带他到理发店去,给他理了个发;回到家里,又亲自给他在洗衣盆里洗了个澡,用一条干净的毯子把他包起来。他抱住我,就这样在我的手里睡着了。我小心翼翼地把他放在床上,把车子开到大谷仓,卸了粮食,又把车子开到停车处,然后连忙跑到铺子里去买东西。我给他买了一条小小的呢裤子、一件小衬衫、一双凉鞋和一顶草帽。当然咯,这些东西不但尺寸不对,质料也不合用。为了那条裤子,我还挨了女主人的一顿骂。她说:‘你疯啦,这么热的天气叫孩子穿呢裤子!’说完就把缝纫机拿出来放在桌上,在箱子里翻了一通。过了一小时,她就给我的万尼亚缝好一条充缎短裤和一件短袖子的白衬衫。我跟他睡在一块儿,好久以来头一次安安静静地睡着了。不过夜里起来了三四次。我一醒来,看见他睡在我的胳肢窝下,好像一只麻雀栖在屋檐下,我的心里可乐了,简直没法用言语来形容!我尽量不翻身,免得把他弄醒,但还是忍不住,悄悄地坐起来,划亮一根火柴,瞧瞧他的模样儿……

“我天没亮就醒了,不明白为什么感到那么气闷?原来是我这个儿子从被单里滚出来,伸开手脚,横躺在我的身上,一只小脚正巧压在我的喉咙上。跟他一块儿睡很麻烦,可是习惯了,没有他又觉得冷清。夜里,他睡熟了,我一会儿摸摸他的身体,一会儿闻闻他的头发,我的心就轻松了,变软了,要不它简直给忧伤压得像石头一样了……

“开头他跟我一起坐在车子上跑来跑去,后来我明白了,那样是不行的。我一个人需要些什么呢?一块面包、一个葱头、一撮盐,就够我这样的士兵饱一整天了。可是跟他一起,事情就不同:一会儿得给他弄些牛奶,一会儿得给他烧个鸡蛋,又不能不给他弄个热菜。但工作可不能耽搁。我硬着心肠,把他留在家里,托女主人照顾。结果他竟一直哭到黄昏。到了黄昏,就跑到大谷仓来接我,在那边一直等到深夜。

“开头一个时期,我跟他一块儿很吃力。有一次,天还没断黑我们就躺下睡觉了,因为我在白天干活干得很累,他平时像小麻雀一样叽叽喳喳地说个不停,这次却不知怎的忽然不作声了。我问他:‘乖儿子,你在想什么呀?’他却眼睛盯住天花板,反问我说:‘爸爸,你把你那件皮大衣放到哪儿去啦?’我这一辈子不曾有过什么皮大衣呀!我想摆脱他的纠缠,就说:‘留在沃罗涅日了。’‘那你为什么找了我这么久哇?’我回答他说:‘唉,乖儿子,我在德国,在波兰,在整个白俄罗斯跑来跑去,到处找你,可你却在乌留平斯克。’‘那么,乌留平斯克离德国近吗?波兰离我们的家远不远?’在睡觉以前我们就这样胡扯着。

“老兄,你以为关于皮大衣,他只是随便问问的吗?不,这都不是没有缘故的。这是说,他的生父从前穿过这样的大衣,他就记住了。要知道,孩子的记性,好比夏天的闪光!突然燃起,刹那间照亮一切,又熄灭了。他的记性就像闪光,有时候突然发亮。

“也许,我跟他在乌留平斯克会再待上一年,可是十一月里我闯了祸:我在泥泞地上跑着,在一个村子里我的车子滑了一下,这时候正巧有条牛走过,就给撞倒了。嗯,当然咯,娘儿们大叫大嚷,人们跑拢来,交通警察也来了,他拿走了我的司机执照,虽然我再三请求他原谅,还是没有用。牛站起来,摇摇尾巴,跑到巷子里去了,可我却失去了执照。冬天就干了一阵木匠活儿,后来跟一个朋友通信——他是我过去的战友,也是你们省里的人,在卡沙里区当司机——他请我到他那儿去,他来信说,我可以先去当半年木工,以后可以在他们的省里领到新的开车执照。喏,我们父子俩现在就是要到卡沙里去。

“嗐,说句实话,就是不发生这次撞牛的事,我也还是要离开乌留平斯克的。这颗悲愁的心可不让我在一个地方长待下去。等到我的万尼亚长大些,得送他上学了,到那时我也许会安定下来,在一个地方落户。可现在还要跟他一块儿在俄罗斯的地面上走走。”

“他走起来很吃力吧?”我说。

“其实他很少用自己的脚走,多半是我让他骑在肩上,扛着他走的;如果要活动活动身体,他就从我的身上爬下来,在道路旁边跳跳蹦蹦跑一阵,好比一只小山羊。这些,老兄,倒没什么,我跟他不论怎么总可以过下去的,只是我的心荡得厉害,得换一个活塞了……有时候,心脏收缩和绞痛得那么厉害,眼睛里简直一片漆黑。我怕有一天会在睡着的时候死去,把我的小儿子吓坏。此外,还有一件痛苦的事:差不多天天夜里我都梦见死去的亲人。而梦见得最多的是:我站在带刺的铁丝网后面,他们却在外边,在另外一边……我跟伊琳娜、跟孩子们天南地北谈得挺起劲,可是刚想拉开铁丝网,他们就离开我,就在眼前消失了……奇怪得很,白天我总是显得挺坚强,从来不叹一口气,不叫一声‘哎哟’,可是夜里醒来,整个枕头总是给泪水湿透了……”

这当儿树林里传来了我那个同志的叫声和划桨声。

这个陌生的,但在我已经觉得很亲近的人,站了起来,伸出一只巨大的、像木头一样坚硬的手:

“再见,老兄,祝你幸福!”

“祝你到卡沙里一路平安。”

“谢谢。喂,乖儿子,咱们坐船去。”

男孩跑到父亲跟前,挨在他的右边,拉住父亲的棉袄前襟,在迈着阔步的大人旁边急急地跑着。

两个失去亲人的人,两颗被空前强烈的战争风暴抛到异乡的沙子……什么东西在前面等着他们呢?我希望:这个俄罗斯人,这个具有不屈不挠的意志的人,能经受一切,而那个孩子,将在父亲的身边成长,等到他长大了,也能经受一切,并且克服自己路上的各种障碍,如果祖国号召他这样做的话。

我怀着沉重的忧郁,目送着他们……本来,在我们分别的时候可以平安无事,可是,万尼亚用一双短小的腿连跳带蹦地跑了几步,忽然向我回过头来,挥动一只嫩红的小手。刹那间,仿佛有一只柔软而尖利的爪子抓住了我的心,我慌忙转过脸去。不,在战争几年中白了头发、上了年纪的男人,不仅仅在梦中流泪;他们在清醒的时候也会流泪。这时重要的是能及时转过脸去。这时最重要的是不要伤害孩子的心,不要让他看到,在你的脸颊上怎样滚动着吝啬而伤心的男人的眼泪……

草婴　译

1966

获奖作家之一

阿格农

传略

一九一七年，两位丹麦作家被授予诺贝尔文学奖。过了将近五十年，瑞典学院又一次将这一荣誉同时给了两位作家，其中之一便是希伯来文学的杰出代表、以色列作家阿格农。

撒姆耳·约瑟夫·阿格农(Shmuel Yosef Agnon，1888—1970)，原姓恰兹克斯，一八八八年七月十七日生于东欧加利西亚地区的小镇布察兹。其家族属于犹太望族利未族，是一个以研究犹太教法典著称的犹太世家。阿格农自幼受到宗教教育和文学熏陶，八岁开始写诗，十五岁发表处女诗作《雷纳的约瑟》。犹太民族历来重视对子女进行传统教育，阿格农从青少年时代起就接受系统、正规的宗教教育，谙熟犹太教义，在思想深处把犹太教法典奉为至高无上的精神权威。而且他又在典型的犹太人居住区布察兹出生并度过青少年时代，因而他的创作深受宗教思想的影响，继承了以《圣经》为典范的文学与宗教相结合的希伯来文学传统风格。布察兹不仅经常成为他小说故事的背景，小镇的人物风情和民族习俗也都成了他创作的灵感和重要素材的来源。

一九〇五年，阿格农应邀到沃尔夫的犹太评论刊物《哈耶》编辑部工作，并为《日报》撰稿。一九〇七年，由于犹太复国主义运动的蓬勃兴起，十九岁的阿格农在宗教和民族使命的共同驱使下，毅然决定离开故乡前往巴勒斯坦，到犹太人心目中的祖国和圣地定居，并放弃意第绪语，开始改用希伯来文写作。一九〇九年，他的第一篇小说《弃妇》用笔名阿格农发表，受到文学界好评。一九一二年发表的第一部长篇小说《但愿斜坡变平原》是阿格农小说创作的新起点，它写的虽然只是一对夫妻被迫分手的故事，但主人公是一个世纪前的犹太教信徒，全篇弥漫着一种悲壮的宗教色彩，而且既有古典的希伯来文学风格，又融入了现代小说的创新手法，令人耳目一新。评论界认为这是“真正阿格农的声音”。

一九一三年，阿格农去德国讲授希伯来文学，同时研究德、法文学并继续从事小说创作。一九一九年，他和犹太小姐艾斯特·马克斯结婚，婚后生下一男一女。在侨居德国期间，阿格农创作了两部长篇小说：《永生》和《婚礼的华盖》。不幸的是长达七百多页的《永生》未及发表便在一场火灾中烧毁。《婚礼的华盖》(1922)是阿格农的代表作，被誉为“现代希伯来文学的巅峰之作”“希伯来文学中的《堂吉诃德》”。小说以一个贫穷、虔诚的犹太教徒为其三个女儿筹集婚嫁金为主线，展示了东欧犹太人的思想情操、文化传统、风俗习惯和生活面貌，触及了当时的社会、经济、道德、文化和风俗等多方面的问题。作品继承了犹太人的叙事传统，文中穿插了一系列故事，通过故事用具体的形象表达了人物的所思所想和抽象的理念。这也正是阿格农叙述技巧独特的一种表现。

一九二四年，在德国侨居了十一年的阿格农决定举家返回巴勒斯坦，在耶路撒冷定居，并专心从事创作。此后，除曾数度去欧洲暂住外，他大部分时间都在那儿度过，直到一九七〇年二月十七日去世。在耶路撒冷，他相继创作了《宿客》(1938)、《逝去的岁月》(1945)等长篇小说，以及《大海深处》《订婚者》《野狗》《黛拉婆婆》《千古事》《女主人和小贩》等中短篇小说近二十卷。

长篇小说《宿客》写的是一个离家已久的犹太人于第一次世界大战后回乡的故事。这位深怀思乡之情重归故里的游子惊愕地发现，原本是充满生机、美丽平静的故乡，在战火的洗劫下已满目疮痍，到处是一派凋零惨景。故乡已变成“异乡”，昔日的犹太传统和文化已不复存在，新一代人正过着和过去完全不同的生活。他为战争给欧洲犹太人造成物质和精神上的衰落感到痛心。长篇小说《逝去的岁月》主要描写了在第二次“阿利亚”运动中，一批建设特拉维夫城的拓荒者的经历和命运。

阿格农的中短篇小说内容极其丰富，时间上几乎涵盖了近两百年来的历史，内容有对加利西亚犹太人居住区的描写，也有对祖国以色列的刻画，既写了犹太人的日常生活，也写了他们的精神状态。

阿格农的小说交融了犹太民族的历史和今天，描写了理想和现实的冲突。他的作品大多具有一种浪漫主义风格，既是现实主义的，又有着幻想成分，有评论者誉之为“汉姆生与卡夫卡的奇妙结合”。实际上，这些作品不仅继承了自《圣经》文学以来希伯来文学固有的传统和风格，而且也体现了犹太民间文学和艺术的特征。阿格农在创立现代希伯来文学语言方面做出了杰出的贡献，由于他“深刻而独具特色的叙事艺术，并从犹太民族的生命中汲取主题”，他和萨克斯一起荣获一九六六年的诺贝尔文学奖。

授奖词

今年，诺贝尔文学奖金分别授予两位杰出的犹太作家——撒姆耳·约瑟夫·阿格农和奈丽·萨克斯。他们两位都代表犹太民族对我们这个时代发出的不寻常的信息。阿格农的家在耶路撒冷。萨克斯女士则于一九四〇年移民到瑞典,如今已是瑞典公民。在这里将两位获奖者相提并论,为的是对他们各自成就表示肯定;同时,本奖金由他们两位分领确实有其特殊原因:尽管他俩以不同的文字进行创作,但他们的精神却来自一处,并在继承犹太民族传统文化方面相辅相成。共同的源泉是他俩创作生命的力量来源。

阿格农是现代希伯来文学最著名的一位作家,他的到来是对语言障碍的突破。尽管把希伯来文翻译成瑞典文并非易事,然而,现在阿格农最重要的作品已经有了瑞典文译本,书名为《大海深处》。阿格农现年七十八岁,早年以意第绪语写作,不久改用希伯来文。专家认为,他对希伯来文的运用已达到炉火纯青的地步,其散文风格严谨、节奏铿锵、表达丰富。阿格农的故乡在加利西亚,他是一个古老望族的后裔,从小受到传统文化的熏陶。他深深向往巴勒斯坦,离开故乡时年仅二十岁。如今,他已是巴勒斯坦一名德高望重的经典作家。在那里他可以回顾为重建犹太民族家园所走过的漫长奋斗历程,以及文化犹太复国主义理想对他无限创造力的影响。

阿格农创作的一大特征是以他的故乡布察兹作为作品的背景。布察兹曾是犹太人居住的重镇、犹太教传播中心,如今已毁于战火,不复存在。阿格农的叙事艺术表现为现实和传说交替。在他所有创作中,当以《婚礼的华盖》最具特色。书中表现出的纯朴和别出心裁的幽默无疑使其成为犹太文学中的《堂吉诃德》。然而,他的《宿客》一书也许最为重要。故事的叙述者重返阿格农童年故乡小镇——布察兹,屡次三番想聚集一些教友到犹太会堂举行宗教仪式,结果都无法如愿以偿。从这部小说的轮廓中,我们可以看到许多独具匠心的刻画:命运的变幻,人物的神貌,世事的经历和往昔的沉思。祈祷室的钥匙本以为已经遗失,结果返回耶路撒冷之后,竟然在旅行包里找到。对阿格农而言,这把钥匙意味着:除非在犹太复国主义的旗帜下,否则传统秩序绝不可能在犹太散居时代获得重建。阿格农是一位现实主义作家,然而他的作品却不乏神秘主义成分,使那些最灰暗、最普通的情景都笼罩在一层金黄色犹如童话诗一般的奇妙气氛之中,令人不禁联想到夏加尔从《圣经》中汲取主题的绘画。阿格农是一位具有高度创新精神的超俗作家,不仅具有非凡的幽默和睿智,而且具有敏锐的洞察力。总之,他是一位以淋漓尽致手法表现犹太民族性格的作家。

阿格农博士——依据颁奖证书上的授奖词,今年的诺贝尔文学奖颁发给你,是由于你"深刻而独具特色的叙事艺术,并从犹太民族的生命中汲取主题"。如蒙阁下把这一国际性的荣誉当作一种征兆,证明你的作品非但未受到语言藩篱的隔绝,而且还超越一切障碍,引起世人的共鸣、理解和推崇,我们将感到无比荣幸。现在,我代表瑞典学院向您表示最诚挚的祝贺,并请您从瑞典国王陛下手中领取本届诺贝尔文学奖奖金。

瑞典学院常务秘书 安德斯·奥斯特林

徐新 译

女主人和小贩

从前,有位犹太小贩,终日在市镇和乡村间巡回叫卖。一天,他无意之中闯入一块位于森林之中的空旷地。除了一座孤零零坐落在空地中的房子外,周围没有任何人家。他走近小屋,在门口高声叫卖起他的货物来。从屋子里走出了一位妇人,冲着他说道:“犹太人,来这儿有何贵干?”他先是鞠了一躬,道了声安,然后说道:“兴许您会需要一些我经营的好货物。”他把背篓从肩上取下,开始向她展示里面的每一件物品。女主人却对他说:“我既不需要你的人,也不需要你的货。”他说:“看看吧,不买没关系嘛!对吗?这是手镯。这是戒指,这是围巾。还有卫生纸、肥皂,以及专供贵夫人使用的各色香水。”女主人看了一眼小贩身边的一只货箱,然后把眼光从货箱上移开,说道:“这儿不需要任何东西,还是走开吧。”小贩再次朝着女主人鞠了一躬,随即从货箱里取出物品,让女主人过目。他说道:“我的女主人,看看东西。别说这儿什么也不需要嘛。兴许这件东西就是您喜欢的,说不定您会爱上那玩意儿。女主人,请再看一眼。”

她俯身在货箱上,用手在里间略微翻了一下。她发现了一把猎人用的刀,便买了下来,随后就返回屋子里。小贩收拾好物品,也就离去了。

小贩离去时,太阳已经落山了,他因而迷了路。他走了一个时辰又一个时辰,一会儿进入林中,一会儿又从林中出来,接着,又再次进入林中。黑夜笼罩着大地,天上连一丝月光也没有。他看看四周,开始害怕起来。突然,他发现有一道亮光在闪动,便朝着亮光走去。在一座房子跟前,他停了下来,敲了敲门。房子的女主人一看是他,便喊了起来:“你又来了!犹太人,你想干啥?”他回答说:“我自离开这儿就迷了路。到处是漆黑一片。我怎么也找不到有人居住的地方。”女主人问道:“那,你想干什么?”他对她说:“女主人,行行好,让我在此待上一会儿吧。只要月亮一出来,能看见路,我就离开。”女主人用很不高兴的目光看了他一眼,终于同意让他在她家天井中的破旧牛棚里过夜。小贩躺在干草上,很快便睡着了。

夜里下了一场很大很大的雨。清晨,小贩起来后,发现四周的空地已经变成了一片汪洋。他很清楚这家的女主人是个很难说话的女人。他心想:我即便会遭到不幸,也绝不会向吝啬的人求情。他收拾好自己的货物,打算离去。这时,女主人从屋里把头探出来,对他说:“咱家的屋顶漏了,你能不能帮助修一下?”小贩把背好的背篓放了下来,说:“我这就上去看看。”女主人给他拿了把梯子来,他便爬上了屋顶。在屋顶上,他找到了被风刮得错了位的瓦片,随后,把它们一片片放回原处。尽管他的衣服被雨淋得直淌水,脚上的一双鞋成了两只盛雨水的水桶,他却毫不在乎。他心想:这有什么关系呢?站在这屋顶上与走在森林中可以说是毫无差别的。这儿在下雨,那儿也在下雨。说不定,她在看出我还能帮她做些事后,会对我产生好感,留我在她家一直住到风停雨止。

在摆好房瓦补好漏洞后,他从屋顶上爬了下来。他对女主人说:“我敢说从现在起雨再也不会漏进屋了。”女主人对他说:“你的手真巧。告诉我,多少工钱,我来付给你。”他把手放到自己的胸口,说道:“说什么我也不能向您这位贵夫人收一分钱。我从来不向人收取除购买我的东西以外的钱财。更何况是您这位让我在贵府住了一宿的女主人呢!”女主人十分好奇地看着他,心想,他这样说一定是为了讨她的欢心,这样她就会自然而然地给他更多的钱。终于,女主人又开了口:“坐下吧,我去给你拿些早饭来。”他站在那里,先拧干自己衣服上的水,然后,倒去鞋中的雨水,接着,开始打量起屋子来。墙上到处是鹿的头、角,很像是猎人之家。也许,这户人家并不是打猎的,挂在墙上的鹿头鹿角不过是为了装饰。一般说来,凡是住在森林里的人家都喜欢这么做,习惯于用鹿角来装点自己的屋子。

就在他站在那儿打量屋子的时候,女主人已经转了回来,给他端来温过的啤酒和饭菜。小贩在吃过喝过后对女主人说:“这儿有没有什么其他需要修理的东西?我准备随时听从夫人的吩咐。”女主人扫视了一下屋子对他说:“你自个去找找看吧。”小贩闻后大喜,因为这句话实际上意味着他已获准待在这家人家,直至雨停。他是个手不停脚不停的人,一下子修好了不少东西,并且分文不取。到了晚上,女主人不仅给他预备了晚饭,还在一间堆放着许多废旧物品的房间里为他铺了张床。小贩对女主人表示了谢意,感谢她的大恩大德,并发誓他绝不会忘记她的恩德。

第二天早上,天又下起了另一场瓢泼大雨。小贩看了看屋外,然后又看了看女主人的脸,心里不知是天,还是女主人会首先对他表示同情。女主人坐在那儿,心中盘算着,没有出声。室内的家具成了房间里的多余物品,令人沉闷。墙上的鹿头鹿角上笼罩了一层雾气,散发出一种活鹿身上所特有的气味。不管是不是出于想排遣心中郁闷的愿望,还是出于对这位不得不淋雨在沼泽中行走的小贩产生的怜悯,女主人开始与小贩攀谈起来。她谈到了不停地下着的雨,谈到了不停地刮着的风,说到了变得越来越糟的路,说到了很可能会变坏的粮食,她谈这谈那,几乎无事不谈。小贩打心底里感谢她,感谢她谈到的每一件事,因为她谈及的每一件事都为他待在这座房子里的事生一条根。这样,他就用不着赶路了,用不着在雨中走风里行了,也用不着受冷受冻了。而她对屋子里多了一个陪伴她的活人一事也感到满意。她拿起她的编织活,吩咐他也坐下。小贩在她面前坐下,向她讲述达官显贵的故事,讲述绅男淑女的故事,讲述他知道的一切,谈论她喜欢听的一切。讲着讲着,他俩开始亲近起来。小贩问她:“我的女主人,您是独自住在这儿?您难道没有丈夫或男朋友吗?毫无疑问,天底下会有许许多多有钱有势的显贵渴望着能陪伴像您这样的佳丽夫人。”她回答说:“我有过一位丈夫。”小贩叹息说道:“他去世了?”女主人对他说:“不是,是遭到了杀身之祸。”小贩为她的那位遭到杀身之祸的丈夫叹了口气。接着他又问道:“他是怎么被害的?”女主人说:“假如这事连警察都不想知道,你还想知道?其实,不管他是被野兽吃了,还是挨了别人的刀子,与你都不相干。对了,你不是也出售那种可以用来杀人的刀子吗?”

小贩看出女主人不愿把发生在她丈夫身上的事告诉他,也就不再往下谈了。女主人也沉默不语。过了一会儿,小贩又开口道:“愿上帝使杀害您丈夫的凶手被捉拿归案,受到惩罚，偿还血债。”女主人说：“他们是不会被抓住的，他们是不会被抓住的。须知，不是所有杀人凶手都会被捉拿归案的。”小贩垂下眼睛说：“女主人，对不起，我使您想起了您的不幸，假如我能得知使您开心的方法，即使少活半辈子，也心甘情愿。”女主人看着他，脸上露出了一种奇特的笑容。这笑容既可以看成是一种轻蔑的表示，也可以看成是一种高兴的流露，或者干脆可以看成是一种普通的微笑，一种其同伴可以自由解释的微笑。如果这位同伴是个老实的人，他便会用有利于自身的方式去解释这种笑容。我们的这位小贩，由于是个老实人，自然把女主人的这一微笑当成了一种喜欢他的表示，一种使他高兴的表示。就在他对这位不论是从其年龄来说，还是从其风韵衡量都会理所当然受到正人君子求爱的女主人表示同情的当儿，他突然觉得自己就是这样的一位正人君子。他开始用一种单身女子最爱听的词语与女主人交谈起来。鬼知道这位头脑简单的小贩是从什么地方学到这些字句的。女主人既没有斥责他，也没有阻止他。相反，她倒是越听越爱听，越听越想听。见此状，小贩壮起胆子，真的开始求起爱来。尽管她是位贵夫人，而他只不过是个普通的小商贩，她还是接受了他的求爱，并对他表示了好感。而且，在雨住路干之后，他俩并没有分手。

就这样，小贩与女主人住在了一起。他既不是住在破旧的牛舍里，也不是睡在堆放废旧物品的房间里，而是住进了女主人的卧室里，睡到了女主人丈夫睡过的床上。女主人对他的伺候仿佛他就是她的丈夫。每天，女主人都要用家中有的一切，用田里长的一切，用最好的家禽，用最肥的鸡为他做饭。即使女主人用牛油烤肉给他吃，他也不会拒绝。起先，一见到女主人杀鸡，他就打战。谁知后来，他不仅津津有味地吃起来，而且连鸡的骨头也要啃一啃，其样子简直与那些开始时并不是有意要干坏事，但后来竟对天底下什么样的坏事都想主动尝试一下的无头无脑的人没有两样。他一无老婆，二无子女，没有任何值得牵挂的人，于是乎，这位无牵无挂的小贩便与女主人住在一起了。他脱去了商贩服，换上了有闲人穿的衣服。整日与当地人交往，久而久之，他本人也就成了他们中的一员。女主人一不要他帮助干家务，二不要他在田里干农活，相反，她把什么活都揽在自己手里，一个劲地用美味佳肴、好酒好菜伺候他。如果她在白天斥责了他一声，到了晚上一定会对他表示温柔，其举止完全像一个变幻不定、高深莫测的女子。时光在一个月接着一个月地流逝。后来，他连自己曾经是个穷小贩，女主人是个贵夫人的事都给忘了，而女主人也把他的犹太身份，以及他过去的一切给忘了。

就这样，他俩在同一个屋顶下，在同一座房子里共同生活着。小贩吃啊，喝啊，尽情地享受着生活，连晚上睡的床都是特别为他预备的。日子过得可以说什么也不缺。然而，有一件事却使小贩放心不下，在所有这些日子里，他从未见过女主人吃，也没见到女主人喝。起初，他还以为是因为自己出身下贱，不配和她一道吃哩。等到他习惯和女主人在一起生活，忘记了女主人是贵夫人出身，忘却了自己的犹太人身份，他开始越来越感到这事的蹊跷了。

一天，他对女主人说：“海伦，这究竟是怎么回事？几个月来，我一直和您生活在一起，可是从来没见过您吃饭、饮水。难道您把自己藏到了碗里？”女主人是这样对他说的：“我吃还是不吃，喝还是不喝，与你有何相干？你与我在一起，既然什么也不缺，又随时随地都有吃的,应该感到满足了。”小贩对女主人说:“确实,我既有吃的,也有喝的,而且吃的东西与过去相比是丰盛到了不能再丰盛的地步,然而,我还是迫切地想知道您是怎么生活的,您自己都吃了些什么。和我坐在同一张餐桌上时,您什么都不吃。而我又从未见您在其他地方吃过喝过,难道一个人不吃不喝也能活吗?”海伦笑着说:“你是想知道我吃什么、喝什么,对不?告诉你,我专吃人肉,专喝人血。”她边说,边紧紧地把小贩搂住,然后把她的嘴唇贴在小贩的嘴唇上,吮吸起来。她说道:“我从未想到犹太人的肉竟如此香甜。亲亲我吧,我的乌鸦,亲亲我吧,我的小鹰。你的亲吻比世界上任何人的亲吻还要甜。”小贩亲了亲女主人,心想:她刚才说的这番话简直是诗的语言,贵夫人为了让丈夫高兴总是使用这样的语言。女主人再一次地吻了吻他,并说:“约瑟夫,当你头一次出现在我面前时,我真想把我的母狗放出来咬你。而现在,我自己却像一条咬住你不放的发狂的母狗。我唯恐你会活着从我手中逃脱。哦,你可是我心爱的小甜尸!”他俩就这样在相亲相爱中打发着日子。世界上没有任何东西能干扰他俩的生活。

不过,这一事仍是小贩的一块心病。他俩在同一座房子的同一个房间里共同生活在一起。女主人的床紧挨着他的床。女主人几乎把所有的一切都奉献给了小贩,唯一没有做到的是她从不和小贩在同一张桌上吃饭。不仅如此,她连为小贩准备的饭菜都不曾尝过一口。由于这件事成了小贩的一个心病,他终于再次提了出来。女主人却这么对他说:“老是问这事的人是在自寻烦恼,自找苦吃。我的小甜尸,享受奉献给你的一切吧。别再问那些没有答案的问题,好不好。”这位犹太人想:也许她是对的,我是错的。不论她是不是和我一块儿吃、一块儿喝,也不论她是否用其他东西填肚子、解渴,与我都无多大关系。她难道身子有病脸长得不漂亮吗?和她在一起,我可是什么也没缺过呀。于是,他决心对这件事保持缄默。他和女主人住在一起,尽情地享用女主人餐桌上的佳肴和其他方面的欢乐。也许是因为他真的爱上了女主人,也许是因为那是个没有谜底的谜,他既不再在她跟前絮聒不休地提问,也不再用多余的废话使她烦躁不安,而是加倍地去爱她。

凡是和女人有过交往的人都知道,任何一种无条件的爱都会以破灭告终。任何一个男子,哪怕像参孙爱尤利拉那样爱一个女子,到头来也会被那个女子作为取笑对象,成为她讨厌的对象,直至心灵受到创伤而亡①。这也是小贩的最后结局。没过多少天,女主人便开始捉弄他,随后又开始讨厌他,直至他的灵魂因烦闷而死亡。尽管发生了这一切,小贩仍没有离开女主人;女主人也没有对他说一声:“滚开!”他仍然一个月又一个月地和女主人生活在一起,吵了又和,和了又吵。他弄不清楚他们为什么要吵,又为什么要和。不过,他在内心深处却是这样想的:我们已经亲近到了无法相互分离的地步,然而,我今天对她的了解并不比昨天对她的了解多,而昨天对她的了解也并不比我们头一次见面她从我这里买了一把刀时对她的了解多。当他们还能友好相处时,小贩也就不去问她什么。因为每当他要开口问些什么,女主人总是用亲吻使他住口。现在,既然他们已不

① 出自《圣经》的一则故事。力士参孙真心爱着妓女尤利拉,最后还是被尤利拉出卖,遭到仇敌非利士人的戏弄和侮辱,最后毁屋而亡。参见《圣经·旧约·士师记》第十四至十六章。

能友好相处，他也就不得不在心中盘算起来。终于有一天，他这样对自己说：如果她再不告诉我，我就决不给她安宁。

一天晚上，小贩终于对女主人又开了口。“关于你丈夫的事，我不知问过你多少遍了，而你却从来不吭一声。”

而女主人却反问道：“你问的是哪一个？”

小贩说：“难道你有过两个丈夫不成？以前你不是只提过那个遇害的？”

女主人冲着他道：“两个还是三个，与你又有什么相干？”

小贩说：“这么说，我是你的第四个丈夫了？”

女主人说：“我的第四个丈夫？”

小贩说道：“这是从你的话中得出的结论。海伦，是不是这么回事？”

女主人漫不经心地对他说：“别急，等我把他们全部数一遍再说。”

她摊开右手，开始扳着指头数了起来：一、二、三、四、五。在数完右手的五个指头后，她又摊开左手，接着往下数了起来。

小贩对她说：“他们现在都在哪里？”

女主人说：“我不是跟你说过，老是追问这事的人是在自找苦吃？”

他坚持说：“你得告诉我。”

女主人拍了拍自己的肚子，说：“也许，有的在这里。”

小贩问道：“这是什么意思？”

女主人流露出一副鄙视的神情，笑了起来。接着，她盯着小贩看了一会儿，说：“我若是告诉你，你能保证听懂吗？圣母啊，瞧这行尸走肉的家伙的脸都变成了什么样子！”

事实上，在女主人开始扳着指头数数时，小贩的灵魂已经离开了他。他所问的一切都是在无意识情况下提出来的。这时，他连说话的能力也丧失了。他坐在那儿，什么话也说不出来。女主人对他说：“我亲爱的，你是否信上帝？”

他叹了口气反问道：“难道说一个人还能不信上帝？”

女主人又问道：“你不是犹太人吗？”

他又叹了口气，说：“是的，我是犹太人。”

女主人说：“可犹太人并不信上帝啊。因为，倘若他们信上帝的话，就不会把上帝给杀了。不过，如果你还愿意信上帝的话，那就为自己祈祷吧，请求上帝使你的结局不同于那些人的结局。”

“哪些人的结局？”

“你询问的那些人的结局。”

“你丈夫的？”

“我丈夫的。”

“他们的结局是什么？”

海伦回答道：“如果你不明白的话，就没有必要与你交谈。”

女主人边说，边看着他的喉咙。她那双蓝眼睛发出的光芒简直犹如新刀的锋刃，咄咄逼人。小贩看着她，浑身颤抖起来。女主人看着他说：“你的脸为什么变得如此苍白？”

他摸了摸自己的脸，问道："我的脸变白了吗？"

女主人说："还有你的头发像猪鬃一样竖在了头上。"

他摸了摸自己的头，问道："我头发竖了起来？"

女主人说："你长胡须的下巴跟鹅皮差不多了。呸，你这乌鸦般的脸真是要多丑有多丑！"她在刮了小贩一个耳光后，便扬长而去了。就在走开时，她又把头转过来，对小贩说道："小心你的眼珠！圣母啊，他的眼珠也在颤抖，怕是看见了刀子。小心肝，不要惶恐不安嘛，我又不会吃你。"

小贩坐在那里没有动，只是偶尔用手摸一下自己的头和下巴。他的头发已经垂了下来，像先前一样，一部分侧向这一边，一部分侧向那一边，分界线在头的正中间。他感到了寒冷，仿佛身上放有冰块。从另一个房间传来了海伦的脚步声。这时的小贩既不爱她，也不恨她。他的四肢已经麻木，仿佛失去了所有的气力。他的脑子却在激烈地思索。他在想：我必须站起来，带上我的背篓，离开这里。就在他打算离开之际，两条腿却再次变得无力起来。海伦的脚步声再次传了过来。脚步声刚停下，又传来了锅碗的碰撞声和炒菜的噼啪声，接着便飘来了饭菜的香味。小贩又想离去。我必须离开这儿。如果不是现在就走的话，最迟也不能超过明天早上。那天，当女主人同意他在冰冷的牛棚过夜时，他是何等地高兴；如今，连女主人为他准备好的床也在发出这样的喊声：

把腿从这儿移开，快逃！想到这里，天色已晚。他违心地决定还是在这座房子里过一夜，不过，不是在女主人的房间，也不是在她丈夫的床上，而是在牛棚里，或者其他房间。他暗暗决定：等天一亮，就马上离开。

海伦走了进来，说道："看你这副样子，好像我已经把你给吞了似的。"说完，她挽起衣袖，来到餐厅。待小贩在桌子旁坐定后，便命令他吃饭。小贩抬头看了她一眼，女主人再次命令道："快吃！"他夹了一小口，嚼也没嚼，便把整口饭菜咽了下去。海伦说："我看你连面包都要有人帮你嚼碎了才能吃下去。"小贩把手从面包处缩了回去，随后站了起来。海伦却开口道："慢，我陪你一道去。"女主人披上一件羊皮外套，和他一道走了出去。

一路上，他们既没有谈论友谊，也没有谈论仇恨，而是像受到困惑的烦恼从而希望不被任何人打扰的人那样说着话。路上，他们来到一块石碑前。海伦停了下来，在胸口画了个十字，笔直地站在那里，做了一个简短的祷告。祈祷完毕，她挽起约瑟夫的手臂，一道走进了他们的住所。

那天夜里，约瑟夫在睡梦中被吓醒，并大声喊叫了起来。他觉得有一把刀插入了他的胸膛——不，不是他的胸膛，而是石碑——不，不是他们在路上见到的那块石碑，而是另一块碑，一块由冰做成的碑，和基督徒于圣日那天在河边所做的碑一样。尽管刀子并没有伤害到他，他还是感到心口疼痛。他边翻身，边呻吟。后来，一阵强烈的睡意向他袭来，他又睡着了。在睡梦中他听到了一个响声，见到了一只已经挣脱锁着它脖子的链条的母狼。他闭上眼睛，尽量不去想这件事，然而，母狼还是跳着，向他扑来，把牙齿咬入了他的喉咙。他的喉咙开始流血，狼却在舔他的血。他高声呼喊着，在床上剧烈地翻滚着身子。海伦被吵醒了，大声喊道："你为什么吵得整个屋子不得安宁？为什么不让我睡觉？"他蜷缩着身体，躺在枕头上和羽绒被里，一动也不动地直至天亮。

早上,约瑟夫对海伦说:“对不起,我吵了你睡觉。”

海伦却说:“我不明白你在说什么。”

约瑟夫对她说:“你不是冲着我喊,说我不让你睡觉吗?”

“我喊了?”

约瑟夫说:“这么说,你当时是在说梦话了?”

海伦的脸“唰”的一下白了,问道:“我说什么了?”

夜晚到来后,小贩把床上的被褥搬到那间堆放着废旧物品的房间。海伦看见后,什么也没说。到了该上床睡觉的时候,小贩对女主人说:“我睡不着,老要翻身。为了不影响你休息,我把床搬到了另一个房间。”

海伦点头表示同意,并说:“你觉得怎么好,就怎么做。”

约瑟夫说:“我正是这么做的。”

海伦说:“那很好。”

从这时起,他们不再交谈了。约瑟夫忘记了自己仅仅是个房客,而是想怎么做就怎么做起来。每天,他都盘算离开女主人的家,做一些她不喜欢的事,可是,时光一天天在流逝,一个星期过去了,他仍然没有离去。女主人也从未叫他滚蛋。一天晚上,小贩在饭桌上坐下。海伦给他端来了饭菜。就在这时,他闻到了从女主人嘴巴里呼出的一种只有饿鬼才会呼出的气息。他撇了撇嘴。女主人当即注意到他的这一举动,于是问他道:“你为何撇嘴?”

小贩答道:“我没撇啊。”

女主人皮笑肉不笑地说:“是不是你闻到了我的气息?”

小贩说:“那就拿一块面包去吃吧。”

女主人说:“别为我担心,我不会挨饿的。”

她的脸上再次出现了那种似笑非笑的笑容,其样子比先前还要来得难看。

小贩吃饱喝足后,回到自己的房间,开始铺床。突然,该进行床前祈祷的念头出现在他的脑海。房间里挂着一个耶稣受难的十字架,他来到屋外,打算在那里祈祷。

那是冬天的一个夜晚。地上已为白雪覆盖。天空布满阴霾,一片漆黑。小贩仰望天空,不见一丝光亮。他低头看地,地上无法迈步。突然,他发现自己仿佛被雪囚禁在森林空地之中,原来的雪上又覆盖上了一层新雪。他的身上也为越来越多的雪所覆盖。他从雪里拔出脚,开始奔跑起来,一直跑到一块竖立在雪中的石碑处,才站住脚。“我的天啊!”约瑟夫惊呼道,“我大概已经走得相当远了,若不马上返回,一定会迷路的。”他四下打量着,好不容易辨认出方向。他转身朝着屋子的方向开始折回。

四周一片静谧。除了他的脚在雪地行走时发出的声音外,什么声响也没有。他的脚在雪里深一脚、浅一脚地行走着。双肩感到犹如背有沉重的背篓一般沉。不一会儿,他便来到了屋前。

房子里一片漆黑。没有一丝光线打里面射出。“她一定睡了。”约瑟夫心里想着,停住了脚步,牙齿因憎恨紧紧地咬在一起。他闭着眼走进了自己的房间。

一进房间,他便觉得好像海伦就在屋里。他隐瞒起对她的仇恨,迅速脱掉衣服,钻进羽绒被里。他轻轻地叫了声:“海伦。”但没有听到回音。他又喊了一声,仍没有听到回答。他爬起来,点亮了一支蜡烛。这时,他发现他的床单上到处是一个个窟窿。这儿出了什么事?这儿出了什么事?他离开房间之前,这床单还是好好的,而现在上面却布满了窟窿。不用说,这些窟窿一定是人弄出来的,可为什么要这么干呢?他环顾了一下四周,突然看到一摊血,他看着这摊血,顿时生起了疑心。

就在这时,他听到了一声呻吟声。他四下寻找,发现海伦躺在地上,手里拿着把刀子。这把刀正是海伦在他初次来到的那天从他那里买下的。他取下女主人手中的刀,把她从地上抱起来,放到他的床上。海伦睁开眼睛,看着他。就在看着他的同时,海伦张开了嘴巴,露出了她的牙齿。

约瑟夫问海伦:“你是不是有什么话要说?”海伦什么也没说。约瑟夫弯下身子,朝她凑过去。突然,海伦抬起身子,把牙齿咬入他的喉咙,开始撕咬,吮吸起来。随后,海伦把他推开,大声说道:“呸!你这个冷东西,你身子里哪里是血,简直就是冰水。”

小贩伺候着女主人,一天,一天,又一天。他为女主人包扎好伤口,这些伤口都是她那天晚上试图前来杀人时自己伤着的。小贩还专门为她烧了点吃的。然而,他刚把饭放入女主人的口中,便全被吐了出来。因为,女主人从来就没有学过吃饭这门艺术。她只习惯于吃被她亲手杀害的丈夫的肉,喝他们的血。她也试图用同一方法来处置小贩。

到了第五天,她终于向魔鬼认输,一命呜呼了。约瑟夫想替她找位牧师,然而,怎么也找不到。他替她打了口棺材,做了身寿衣,并打算在雪地里挖个墓穴,把她入葬。可是地被冻住了,他无法为其掘墓。最后,他只好把她的尸体装入棺材,然后爬到屋顶上,把棺材葬在雪里。天上的飞鸟闻到了尸骨的气味。一个个飞来,用嘴啄着棺材。棺材被啄开后,女主人的尸体也就被众鸟分吃了。这时的小贩背起背篓,重操走村串巷的旧业,再次叫卖起他的货物来。

徐新　译

1966

获奖作家之二

萨克斯

传略

瑞典学院把一九六六年的诺贝尔文学奖同时颁发给以色列作家阿格农和德国作家萨克斯,是有其特殊的理由的。虽然他们创作运用的是不同的文字,但他们都有着犹太血统,古老的犹太民族的精神文化传统是他们创作灵感的共同来源,他们的作品所反映的主要是犹太人的生存状态及其精神风貌。萨克斯获奖的理由是:"她的出色的抒情诗和戏剧作品,以感人的力量阐释了以色列的命运。"

奈丽·萨克斯(Nelly Sachs,1891—1970),一八九一年十二月十日生于柏林一个富有的犹太工厂主家庭。她十七岁时开始学习创作诗歌、小说和戏剧,一九二一年出版处女作《传说与故事》。这一集子中的七篇作品都取材于中世纪德国或意大利的历史传说,带有童话的色彩和民歌韵味,是对瑞典女作家塞尔玛·拉格洛夫创作风格的模仿之作。一九〇八年,萨克斯随全家去一疗养胜地度假时,邂逅一个四十岁男子,初恋之后即失恋,十七岁的萨克斯为此自杀未遂,从此终身未嫁。

一九三〇年,萨克斯的父亲去世,家境日趋贫寒。一九三三年后,萨克斯在纳粹排犹的恐怖中煎熬了七年之久。在女友和瑞典女作家拉格洛夫的帮助下,她于一九四〇年五月带母亲逃离德国,到了瑞典的斯德哥尔摩,一九五二年加入了瑞典籍。她在斯德哥尔摩一直生活到一九七〇年五月十二日病逝。

在德国期间,萨克斯虽也写了一些作品,在《柏林日报》及犹太文化团体办的报刊上发表过一些诗作,完成组诗《轻盈的旋律》,她创作的木偶剧也曾上演,但她的创作生涯主要是在逃亡瑞典以后。萨克斯到达斯德哥尔摩时,拉格洛夫已去世,萨克斯举目无亲,她做过洗衣妇、抄写员,在掌握了瑞典语之后,就以互译瑞典语和德语诗歌为生。一九四三年八月,得悉十七岁时的恋人在纳粹集中营中惨遭杀害的噩耗,她终于又拿起创作的笔。这年冬天,她的创作达到了第一个高潮,创作了成名作诗集《在死亡之屋》和诗剧《艾莉》。

萨克斯的第一本诗集《在死亡之屋》于一九四六年出版。这本“献给我死去的兄弟姐妹”的诗集收录了《哦,屋上的烟囱》《哦,哭泣的孩子们的夜晚》《死去的孩子说》《是血的什么秘密》《为逝去的未婚夫祈祷》《我真想知道》《孤儿合唱曲》和《死者合唱曲》等诗篇,用深沉、形象的语言描绘了她那个时代的苦难,尤其是犹太人的苦难。《艾莉》是一部用抒情叙事诗写成的戏剧,它是诗人在一九四三年获悉纳粹惨无人道地屠杀犹太人的暴行后,在极其悲愤的心情下用几个晚上的时间一气呵成的。全剧明显受到犹太神秘主义的影响,充满忧伤和神秘主义色彩,而且将语言、音乐、动作和舞蹈融合成一体,具有结构严谨的古典戏剧特点,同时又运用了现代主义的艺术手法。它曾被改编成广播剧、话剧、歌剧演出,受到高度评价。

在此之后,萨克斯又相继出版了《星光黯淡》(1949)、《度日如年》(1956)、《无人再知晓》(1957)、《逃亡与变迁》(1958)等诗集。在这些诗集中,再一次展现了苦难、迫害、流亡和死亡的历程,显示出诗人把受难的犹太人扩展为受难的人类这一更广泛的概念。诗篇在更广袤的空间和更悠远的时间中展开,诗人用隽永的比喻对人类的痛苦和并非无望的命运作了深沉的倾诉。这一时期,她的诗开始从情感的奔放趋向理性的凝思,从斑斓的形象趋向抽象的思维。其中诗集《星光黯淡》为这一时期的代表作,它包括《黑夜,黑夜》《约伯》《哦,我的母亲》《你坐在窗口》《地球之名》等名篇。它的主题是逃亡与追逐,杀戮和死亡,所有的诗都由无韵的、自由流畅而又节奏强烈的语句构成,高度意象化的语言具有幽深的特质,以一种阴沉、悲伤的美震撼着读者的心灵。

萨克斯的晚期作品有《进入无尘之境》(1961)、《死亡欢庆生命》(1961)、《炽热的谜》(1964)、《晚期诗集》(1965)、《寻觅者》(1966)等诗集。此外还出版了诗剧集《沙上的符号》(1962)等。这一时期她诗作的特点是具有泛神秘主义的倾向,其思想内容已从现实性趋向神秘性,艺术手法则从写实派转向现代派。

除诺贝尔文学奖外,萨克斯还获得过瑞典广播电台抒情诗奖(1959)、德国工业联合会文学奖(1959)、德罗斯特-许尔斯霍夫文学奖(1960)、多特蒙德文学奖(1961)和德意志书业协会和平奖(1965)等。

授奖词

像许多犹太血统的德裔作家一样,奈丽·萨克斯也遭到了流亡的命运。通过瑞典的斡旋,她才幸免于迫害和驱逐的威胁而被接到瑞典。从此,她以难民的身份在瑞典的土地上和平地工作着,并日臻成熟,达到权威的境界,而诺贝尔文学奖便是对她的努力的肯定。近年来,德语国家认为她是最有说服价值和不可抗拒的虔诚的作家。她以动人心魄的情感张力描写了犹太民族世界性的悲剧，而这表现在她那具有苦涩美感的抒情哀歌及戏剧性的传说中。她的象征意味浓厚的语言大胆地融合了发人深省的现代语汇和古代《圣经》诗歌的典故。她完全与她的同胞的信念及宗教神秘观认同，并创造出一个意象的国度，不避讳死亡和焚尸场的恐怖真相，但又能超越对迫害者的仇恨，仅仅表达出面对人类卑鄙行为所感受到的真诚的哀伤。她的抒情作品已收入《无尘之旅》一书。这个集子包括她在二十一年中致力于创作而写成的六部相关的作品。与此同样杰出的还有一系列戏剧诗作，总的标题叫《沙上的符号》，其主题取自虔敬派神秘主义的奇异宝库，但萨克斯却赋予它们以新的活力和深刻的寓意。在这里仅以神迹剧《艾莉》为例来加以说明。此剧叙述一个小男孩在他的父母被带走后，对着天空吹奏风笛，祈求众神的帮助，而一名占领了波兰的德国兵却将这个八岁的男孩活活打死。睿智的鞋匠马可决心到邻村去追踪罪犯。那名士兵懊恼万分，在林中相遇时，马可尚未动手攻击他，他就完全瓦解了。结尾象征一种与世俗的因果报应完全无关的神圣公理。

奈丽·萨克斯的作品是今天描写苦难的犹太人心灵中最有艺术张力的，因此，她的作品可以说真正符合诺贝尔博士遗嘱中确定的人道主义目标。

奈丽·萨克斯小姐，您在我的国度已居住了很长一段时间，先是作为身份不明的陌生人，继而成为荣誉客人。今天，瑞典学院对您“杰出的抒情和戏剧作品以感人的力量叙述了以色列的命运”表示赞赏。在这个场合，我们很自然地又想起您对瑞典文学的关注，瑞典作家也纷纷翻译介绍您的作品作为对您的报答。谨向您致以瑞典学院的祝贺。现在，请您从瑞典国王手中接受今年的诺贝尔文学奖。

瑞典学院常务秘书 安德斯·奥斯特林

章国锋　译

作品

我真想知道

我真想知道，
你临终的眼光望着什么。
是望着一块石头，它已吸饱了许多
临终的眼光，那些昏盲地
落在盲目者身上的眼光？

或者是望着泥土，
足以塞满一只靴子的泥土，

造成那么多的别离
和那么多的死亡
而已经变得污黑的泥土？
或者是望着你最后的道路，
它向你转达你曾走过的
一切道路的告别？

或者是望着一个小水坑，一块反光的金属，
也许是你的敌人的腰带的扣子，
或者是望着任何一个其他的小小的天象？

或者是望着这个大地，不让任何人
未尝过爱情就离去的大地送给你的
空中飞鸟的站像，
提醒你的灵魂，使它战栗
在你烧得痛苦的肉体里？

钱春绮 译

黑夜，黑夜

黑夜，黑夜，
你不要碎成破片，
如今时代拖着殉难的
破碎的太阳
沉落到你那被大海掩覆的深处——
死亡的月亮
坠落的尘世屋顶
投入你的沉默的凝固的血中——

黑夜，黑夜，
你曾做过神秘的新娘
佩戴过朦胧的百合花——
在你黯淡的杯子里闪烁过
憧憬者的海市蜃楼
而爱情曾把清晨的玫瑰

放在你面前让它开放——
你曾做过描绘梦幻的
彼岸的镜子和传达神谕的口——

黑夜,黑夜,
如今你变成
一颗星体的可怕的沉舟的墓地——
时代无言地在你里面沉没
带着它的标志:
坠落的石头
和烟中的旗帜!

钱春绮　译

约伯[①]

啊,你痛苦的指南针!
太古的暴风
老把你牵往暴风雨的另一个方向;
你的南方还叫作寂静。
你的立足处,乃是痛苦的中心。

你的眼睛深陷在你的颅骨里
仿佛猎人在夜间
盲目取出的穴鸠。
你的声音变得沉默,
因为它问了太多的"为什么"。

你的声音到达了虫和鱼那里。
约伯,你哭了每个通宵
可是有一天你的血的星宿
会使一切升起的太阳黯然失色。

钱春绮　译

---

① 约伯,常比喻坚忍不拔的人物。《旧约》中有《约伯记》。

啊，我的母亲

啊，我的母亲，
我们，住在一个孤儿星上面——
我们发出最后的叹息
被推向死亡的人的叹息——
灰沙常在你脚下闪开
而让你孤独——

在我怀抱之中
你玩味着以利亚①
遍历的秘密——
那儿沉默在说话
诞生和死亡在出现
四大要素②有着不同的混合——

我的手臂托住你
像木头车子载着升天者——
流泪的木头，由于
很多的变化而破裂——

啊，我的归客，
秘密被遗忘掩覆——
我却听到新的消息
在你的增长的爱情里

钱春绮　译

---

① 以利亚，犹太人的大先知，反对亚哈王崇拜巴力。耶和华叫他住在约旦河东的基立溪旁，又叫他去住在西顿的撒勒法。王后耶洗别要杀他，他又逃往何烈山（见《圣经·旧约·列王纪上》，第十七、十九章），后来耶和华用旋风接他升天。参见《圣经·旧约·列王纪下》，第二章。

② 古人认为土、水、风、火是组成宇宙一切物体的四大要素，亦称四行。

你坐在窗口

你坐在窗口
天在下雪——
你的头发雪白
还有你的双手——
可是在你雪白的脸上的
两面镜子里
还保持着夏天：
土地，让牧野升到不可见的世界——
饲水场，让缥缈的小鹿过夜。

而我哀叹着倒向你的白色，
你的雪里——
生命是那样轻轻地从它那里离开
就像在念完一句祷词以后——

啊，在你的雪里入睡
带着在人世的火的气息里的一切痛苦

而你那线条柔和的头
已经沉入大海的黑夜
投向新的诞生。

钱春绮　译

哦，哭泣的孩子们的夜晚[①]

哦，哭泣的孩子们的夜晚！
现出死亡迹象的孩子们的夜晚！
再没有通往睡乡的入口。
可怕的女看守
代替母亲来了，

---

① 本诗揭露纳粹德国时期犹太孩子被关进收容所的悲惨命运。

她们把诡诈的死亡夹紧在双手的肌肉里，
她们把死亡撒在墙上和梁上——
到处，在恐怖之巢中都在孵着什么。
喂哺小儿的不是母乳，而是恐惧。

昨天，母亲们还像
白色的月亮一样带来安眠，
面颊被吻得失去红色的布娃娃，
抱在一个孩子手里，
在爱抚之下已经变得
栩栩如生的布质动物玩具，
抱在另一个孩子手里——
如今，吹来死亡之风，
把孩子们的衬衣刮到他们
不再有人来梳理的头发上。

钱春绮　译

1967
获奖作家
安赫尔·阿斯图里亚斯

传略

拉丁美洲的著名文学流派魔幻现实主义始于二十世纪三四十年代,成熟于五十年代,六七十年代达到高潮。这一流派有三位先驱者:危地马拉的安赫尔·阿斯图里亚斯、古巴的阿莱霍·卡彭铁尔和委内瑞拉的乌斯拉尔·彼特里。其中在创作实践上居于最前列的应为安赫尔·阿斯图里亚斯。早在彼特里把“魔幻现实主义”这个术语于一九四八年自德国引进拉丁美洲,卡彭铁尔于一九四九年发表长篇魔幻现实主义小说《这个世界的王国》之前,安赫尔·阿斯图里亚斯就已发表了具有魔幻现实主义色彩的短篇故事集《危地马拉传说》(1930)和长篇小说《总统先生》(1946)。

米格尔·安赫尔·阿斯图里亚斯(Miguel Angel Asturias,1899—1974),一八九九年十月二十九日生于危地马拉城。父亲是一位知名的法官,母亲是小学教师。由于父亲不满当时的总统卡夫雷拉的独裁统治而遭到迫害,全家被迫迁至内地小镇萨拉马避居。在这四周聚居着印第安人的小镇上,安赫尔·阿斯图里亚斯度过了童年和少年时代,因此他得以了解印第安人的部落生活,熟知他们的古老文化和风俗习惯,听到过许多他们世代相传的神话故事。这一切都成为他日后文学创作和从事印第安文化研究的重要素材,而且使他从小就认识到印第安是一个勇敢、善良、热情的民族,对他们的古老文化发生了浓厚的兴趣,对他们的悲惨命运寄予了深深的同情。

中学毕业后,安赫尔·阿斯图里亚斯回到首都,进大学攻读法律,同时开始诗歌创作。一九二三年,他自桑·卡洛斯大学社会法律系毕业后,曾担任律师,并和友人合办了《新时代周刊》,后因同军方势力发生矛盾,被迫于一九二三年离开危地马拉,赴伦敦攻读政治经济学,后又到法国侨居。在法国期间,创作并发表了以印第安神话为素材的短篇故事集《危地马拉传说》。早在一九二二年，安赫尔·阿斯图里亚斯即酝酿写一篇以独裁者卡夫雷拉为原型的短篇小说《政治乞丐》。在法国期间，他进一步了解了拉美各国独裁者普遍存在的残暴行径，以及在他们统治下战战兢兢生活的芸芸众生，便决定将这一题材扩展为一部长篇，这就是作者在一九二五年至一九三二年完成的长篇小说《总统先生》。可是由于种种原因，这部小说直到一九四六年才发表。

一九三三年，安赫尔·阿斯图里亚斯在国外流亡了十年后回到祖国，投入政治活动，并继续从事写作。一九四四年，统治了危地马拉十三年之久的独裁者乌维科被迫辞职，代表民主力量的阿雷瓦洛博士及阿本斯中校相继上台执政，安赫尔·阿斯图里亚斯担任了外交官等一些公职。与此同时，他陆续出版了长篇小说《总统先生》(1946)、《玉米人》(1949)、《疾风》(1950)、《绿色教皇》(1954)和诗集《云雀的鬓角》(1949)、《贺拉斯主题习作》(1951)等。

一九五四年六月，阿本斯政府被推翻，反动军人阿马斯上台执政，安赫尔·阿斯图里亚斯被剥夺国籍，再度流亡国外，侨居阿根廷。在此期间，他一面参加世界和平运动，一面从事写作，相继出版了中短篇小说集《危地马拉的周末》(1956)，长篇小说《被埋葬者的眼睛》(1960)、《混血姑娘》(1963)及《戏剧全集》(1964)等。

一九六六年，安赫尔·阿斯图里亚斯再次担任政府公职，出任危地马拉驻法国大使。第二年，由于“他出色的文学成就”“其作品深深植根于拉丁美洲民族气质和印第安人的传统之中”，他被授予诺贝尔文学奖。晚年他又发表了一些作品，如《丽达·萨尔的镜子》(1967)、《马拉德龙》(1969)、《多洛雷斯的星期五》(1972)等。一九七四年六月九日，安赫尔·阿斯图里亚斯在西班牙首都马德里逝世，终年七十五岁。

安赫尔·阿斯图里亚斯一生共创作了十部小说、四部诗集和几个剧本。其中最著名的是小说《危地马拉传说》《总统先生》《玉米人》和诗集《云雀的鬓角》。

《危地马拉传说》是安赫尔·阿斯图里亚斯的处女作，它包括《文身女的传说》《火山的传说》《夜间怪兽的传说》《关于弗洛丽多的财宝的传说》等九篇神奇而富有诗意的故事。作者采用了印第安人著名的神话故事《波波尔·乌》中的某些题材和技巧，又融入了一些超现实主义的手法，向读者展现了一个原始、魔幻、令人赞叹的世界。《危地马拉传说》一直以来都受到文学界的高度评价，被认为是拉丁美洲第一部带有魔幻现实主义色彩的文学作品。

长篇小说《总统先生》是安赫尔·阿斯图里亚斯的成名作，它以其独特的形式对拉丁美洲的寡头政治给予了深刻的剖析和揭露，披露了独裁政治的腐败，人民生活的痛苦悲惨和社会环境的动荡不安。在《总统先生》一书中，作者充分运用了印第安人传统的“万物有灵”观念和“亦梦亦觉”的思维方式，同时又融入了某些超现实主义的创作手法，特别是使现实与梦魇浑然一体，从而使作品披上了魔幻现实主义的色彩，使它成为一部具有魔幻现实主义雏形的作品。

安赫尔·阿斯图里亚斯的代表作、长篇小说《玉米人》主要描写印第安人的生活和斗争，并以此为主线，真实地描绘了危地马拉社会的广阔的生活图景。它是一部完美地将印第安人的传统观念和神话与现实生活结合在一起的作品。在艺术上，《玉米人》结构复杂，风格奇特，充满了象征和隐喻。作者按照“万物有灵”“人神相通”“人兽合一”“亦梦亦觉”等印第安人的传统观念和思维方式，把过去和现在、真实和想象，以及梦境、神话、幻觉，等等，熔为一炉，讲述了一个又一个或实实在在，或古怪离奇的故事。作者自己就曾说过：“我的作品中的超现实主义在某种程度上同土著人那种介于现实与梦幻、现实与想象、现实与虚构之间的思想方式相一致……”《玉米人》被公认是一部典型的魔幻现实主义精品。

诗集《云雀的鬓角》收录了安赫尔·阿斯图里亚斯自一九一八年起三十年来的诗作。这些诗感情真挚，形式独特，常以超现实主义手法来表现印第安传说。安赫尔·阿斯图里亚斯也是诗歌方面一位大胆的探索者。

安赫尔·阿斯图里亚斯创作的戏剧作品都收录在一九六四年出版的《戏剧全集》中，其中《生生息息》一剧较为有名，但总的看来，擅长小说和诗歌的他在戏剧方面的建树不大。

授奖词

本年度的诺贝尔文学奖决定授予拉丁美洲现代文学的卓越代表、危地马拉作家米格尔·安赫尔·阿斯图里亚斯。目前，拉美现代文学正经历着有趣的嬗变。安赫尔·阿斯图里亚斯于一八九九年生于危地马拉的首都。和所有危地马拉人一样，他自幼喜爱大自然和神话世界。这种强烈的民族传统和自由精神在他全部文学作品中占据了主导地位。安赫尔·阿斯图里亚斯攻读过法律和民间文学。二十年代，侨居巴黎，并一度在危地马拉外交使团任职。一九五四年危地马拉发生反民主政变以后，他长期流亡国外，直到合法政府上台才返回祖国。现在，他是危地马拉驻巴黎大使。

近年来，安赫尔·阿斯图里亚斯的主要作品被译为多种外语，作者也随之得到国际上的承认。今天读者甚至可以读到他的作品的瑞典文译本。安赫尔·阿斯图里亚斯最早的作品是一部危地马拉传说集。这本书以奇特的手法回顾了玛雅人的往昔，书中的各种形象和象征性的东西不断激起作者的灵感，成为他取之不尽的创作源泉。但是，直到一九四六年长篇小说《总统先生》问世以后，安赫尔·阿斯图里亚斯才真正开始了作家的生涯。这部宏伟的悲剧性的讽刺作品抨击了本世纪初在拉丁美洲比比皆是、后来又一再出现的独裁者的典型。这些独裁者赖以生存的暴政使老百姓生活在人间地狱。安赫尔·阿斯图里亚斯无比愤慨地揭露了毒害当时的社会气氛的恐怖和猜忌，他的作品从而成为一种挑战、一种无与伦比的美的体现。三年后，题为《玉米人》的小说出版。可以说这部作品基本上是个虚构的民间故事，但又忠实于生活。它取材于危地马拉这个热带国家的神话。当地的居民一方面同神奇绮丽而又严酷的大自然作斗争，另一方面又同无法忍受的社会畸变现象、压迫和暴政作斗争。书中描写的大量的噩梦和图腾式的幻影可能会过分刺激我们的感官,但是我们却不能不为这种离奇可怕的诗作所倾倒。

自一九五〇年起,随着《疾风》(1950)、《绿色教皇》(1954)和《被埋葬者的眼睛》(1960)这三部曲的出版,在安赫尔·阿斯图里亚斯的史诗般的小说里出现了一个新的主题,这就是反对美国托拉斯统治——集中表现为联合果品公司及其在"香蕉共和国"的当代历史上所起的政治和经济这两方面的作用——的斗争。在这里,我们又一次看到作家由于积极投身于本国的斗争而迸发出来的激情和鲜明的爱憎感情。

安赫尔·阿斯图里亚斯完全摆脱了陈旧的小说技巧。他早年就受到欧洲文学中处于萌芽状态的新思潮的影响。他的爆炸式的风格与法国的超现实主义极为相似。然而,必须指出,安赫尔·阿斯图里亚斯总是从现实生活中汲取灵感。在他的优秀的组诗《春晓难眠》(一九六五年出版,瑞典已有评论文章)中,作者探讨了艺术和诗歌创作的起源,他使用的语言好似神奇的格查尔鸟的羽毛一样光彩夺目,好似萤火虫一样闪闪发光。

今天拉丁美洲可以为自己拥有一批活跃的杰出作家而自豪。这些作家所组成的多声部合唱中,个人的贡献是不易分辨的。然而,安赫尔·阿斯图里亚斯的作品如此出类拔萃,不同凡响,以至超越了它所属的文学环境和地理疆界,引起人们极大的兴趣。安赫尔·阿斯图里亚斯提到过一个印第安传说。据说,死去的祖先不得不睁大眼睛,看着他们的后代受苦受难,奋力挣扎;直到恢复了正义、恢复了被夺走的土地,他们才会在墓穴中瞑目安息。这是一个美丽动人的民间信念。我们不难想见战斗的诗人一定常常感到祖先凝视的目光,听到震撼人心的无声的象征性的呼唤。

大使先生,您来自遥远的国度,但请不要为此感到生分。在瑞典,人们熟悉您的作品,称赞您的作品。我们以欢悦的心情欢迎您,把您看作拉丁美洲的使者,看作拉美人民、拉美精神与未来的信使。我谨代表瑞典学院向您表示祝贺,称颂"您的文学作品充满活力,深深植根于拉丁美洲民族气质和印第安人的传统之中"。现在,请您接受国王陛下授予您的奖金。

瑞典学院常务秘书 安德斯·奥斯特林

张庆年 译

作品

美洲豹三十三号

一

一座大宅院,很多窗户朝向正街。院墙高大,门厅宽阔。钉满门钉的大门,黄铜的门环。在前院有大厅、饭厅、起居室和卧室。一条走廊通向花园。花园里有花坛、花盆、树木和藤萝。顺着走廊穿过一条小过道，就是后院。后院有祈祷室、缝纫室、熨衣室、厨房、用人卧室、柴房、晒衣场、水槽、锅炉、鸡棚、厕所，还有一个搬木柴时用的旁门。

这是梅尔加多家的住宅。屋主是两个老处女。她们那嫁了个不务正业的丈夫的侄女也带着三个孩子跟她们住在一起。这里一直冷冷清清，像墓地一样。可是就在八小时之内却热闹起来了。来了一群鲁莽暴躁的士兵，乱冲乱撞，大嚷大叫，他们一个个都是黑红的手脸、黑黄的牙齿和指甲。一下子就捅掉了两个蜜蜂窝，被蜜蜂追逐着的士兵们吼叫着，不停地咒骂，一直骂得舌头都麻木了，才算罢休！

天线、电线、电缆、梯子，乱七八糟地放了满地。平台上的脚步声和墙根边的敲打声响成一片。他们把一切准备妥当就走了，随后来的是一些肩章闪耀、步履矫健的军官。他们缄默地、机械地执行着任务。

楼上，军靴声、马刺声，还有士兵和勤务兵赤脚走路的声音混成一片。

靠着大街的八扇窗户敞开着，从那里可以看到穿着黄哔叽衬衣或浅绿色军服的军官。大门口早站上了哨兵。出出进进的人们川流不息：有从汽车、吉普车、卡车和救护车上下来的人；有带着电报的通信兵，而这种电报总是紧急的，而且一次比一次更紧急；有邮差，宪兵，被传来的或来报到的警察和居民；还有穿得像斑马一样的囚犯，用长长的木柱抬着部队里用的大铁锅，端着枪的士兵在后面押解着。

大厅里，在一张白色大理石桌面的红木桌子上放着一切书写用的东西：纸、墨水、钢笔、吸墨纸。就是从来没有人在这儿写字。秘书们把纸放在腿上，飞快地听写着首长们的回电。然后，首长们把文件靠在墙上、门上或走廊的柱子上，用自来水笔签上名字。

在很短的时间内，是的，就在很短的时间内一切就改变了。

老处女用傲慢的毫无光彩的眼睛，盯着那个告诉她们从那时起司令部就设在她们家里的人。他是将军、上校还是司令？在这一大堆军官当中谁搞得清他究竟是个什么官呢？

这人是个矮胖子，大脑袋，秃秃的头顶，四面刮得精光，活像个冬瓜安在被肥胖的身体撑得满满的军装上。大耳，鼠眼，一排板牙。说话的时候，眼角和嘴边露出微笑的皱纹。

“我是勒翁·布里纳尼·德·勒翁上校。”

那个当家的老处女走近了耳朵有点聋的妹妹身边，对她大声说：

“他是勒翁·布里纳尼·德·勒翁上校……”

她的聋妹妹因为总不开口，现在连怎么说话也都忘了，她把舌头、嘴唇、腮帮乱动了一阵，才对那个瘦小干瘪的姐姐说：

“你去把咱们介绍一下……”

“对，上校，我是露丝·梅尔加多，我的妹妹叫索菲娅，啊，我们姐妹俩的……我们的……我们的侄女来了，娃勒丽娅·梅尔加多·德……”

“……德·纳哈罗。”娃勒丽娅接口说。她是这两个老处女死去的三弟的女儿。军人们的出现使这位少妇很快便活跃起来,甚至消除了丈夫——鼎鼎大名的楚斯·纳哈罗失踪以后的愁闷。

“啊……各位夫人……”布里纳尼·德·勒翁接着说,但他的目光一直盯着这个少妇。娃勒丽娅是一位面色微红的美丽的少妇,老带忧郁的神情,皮肤呈现出柠檬色的光泽,眼睛就跟她的头发一样乌黑。

“小姐……”露丝姑母更正说。

“对不起,小姐……在这紧张的时刻,我们在这里给你们添了不少麻烦,你们一定明白雇佣军侵入了祖国的土地,我已经采取一切措施使你们房屋、家具和设备不致遭受到重大的损坏,我可以向你们担保,从今天起,政府将照付你们所要求的房租并且对任何损坏照价赔偿。”

话一说完,那些和司令官布里纳尼·勒翁上校同来的高级军官就急忙占据了大厅和饭厅。娃勒丽娅把她的床和孩子的小床搬到厨房隔壁,靠近厨房住,万一有事,给孩子们热牛奶总可以方便些。两位姑母搬到祈祷室,这样可以更接近上帝。可是和圣徒塑像住在一起总觉得有些不安,倒不是她们不知道在圣像前脱穿衣服要背着点儿,而是因为这些圣徒个个都是美男子,虽然他们的眼睛都是玻璃的。

彼此介绍以后,娃勒丽娅就留在姑母跟前。她那对衬托着微红脸颊的乌亮眼睛看着来往的士兵,他们把箱笼、篮筐、瓶瓶罐罐搬进屋来,由一位弯腿的班长照管。每当班长的视线和娃勒丽娅的视线相遇的时候,他就把马鞭抽得噼噼啪啪地响。等到把这些东西安放在姑母的房内以后,他就向露丝姑母要了钥匙并对她说道:

“请您记住您已经把钥匙交给班长马梅尔多·高叶了。”

不久,司令官的僚属就支靠在饭厅里那张又长又窄,铺着沾满油渍、面包屑和落满苍蝇的台布的桌子一端,围着一张刚从公文包里取出来的地图。

他们谈着,吸着烟,赶着苍蝇,眼睛注视着地图上标记着的说明。听不清他们在说些什么。隔着玻璃窗的声音只是嘘嘘地响着。

聋子姑母看见娃勒丽娅从饭厅的玻璃窗偷看那些军官,就不声不响地走过去在娃勒丽娅的手臂上掐了一把。她的侄女也不敢作声,只是缩回手臂,用手掌紧按着痛处,让它快点消散。

“多么不正派,你又在偷看人家!真是轻骨头!就是因为轻骨头才嫁了一个这么没出息的丈夫!”

“姑母,我不是在偷看他们,刚才我好像看到楚斯的一个要好朋友,所以我在瞧着,可是我看错了。”

“楚斯!……楚斯!……楚斯!……老是挂在嘴上,怎么一点不害臊!他已经把你们娘儿四个全都抛弃了!哪儿见过这种事?要是没有我们的话,你们早就出去要饭了。”

二

布里纳尼·勒翁上校下了覆满尘土的吉普车。他活像一只浑身粘满黄土、蜘蛛网的大头蝙蝠。他迈着坚定的步伐一直走到大厅的桌子前面，把马鞭放在桌上，想从那压在他睫毛上的一层雾中间看出去。

整个房子都响起了杂乱的脚步声。军官、文书、勤务兵都赶来向他敬礼，希望他能告诉他们一些前线最近的消息。

他把汗渍了的手套脱下来，扔在桌上，手套指头硬邦邦地朝上翘着，活像两只死耗子的爪子，他高声说：

“我的英勇的伙伴和部下，入侵的敌军已经被打败了。钳形攻势虽然还没有合拢，可是已经足以把他们一网打尽了，我们抓到大批俘虏，有些还是大头儿，很多外国人。如果再看一看我们的军队只使用了很少兵力的话，这战果可以说格外令人满意。这些俘虏马上就要在我们的窗前游行了。”

一个勤务兵端着托盘进来，托盘上放着一杯冰块、一瓶威士忌和矿泉水。上校身旁的一个军官赶紧过来给他的长官斟满一杯庆功酒，另一个军官给他加上了一点起着泡沫的矿泉水。

他们都松了口气，终于大大地松了口气。虽然作为军人的职责是战斗，可是他们没有一个人喜欢这项工作。而对他们这些不习惯于作战的“和平保卫者”来说就更不喜欢了。是的，他们终于松了口气。今天，炎热的晌午并不使他们感到气闷，胜利的气氛是解暑的、令人愉快的。

当俘虏押解过去的时候，人们聚集在广场和街道上。他们大部分是邻国人。其中也有一些黄头发、高个儿、军装整齐的雇佣兵。和他们相形之下，那些肤色黝黑、衣衫褴褛、戴着宽边帽、穿着凉鞋、瘪三似的俘虏，就显得更加难看了。

四个人一排的俘虏队伍慢慢地走过。两个老处女、她们的侄女和孩子们与高级军官们一起，从梅尔加多家的大宅院的窗口观看着这群坏蛋被押解过去。娃勒丽娅取出了她少女时代最漂亮的服装。她穿上了一件不但不能遮掩住反而更显露出她那匀称的胸部的白纱上衣和一条方格花纹、宽大的拖到脚面的长裙子。娃勒丽娅戴上一束布里纳尼·勒翁上校送给她的兰花，花儿就像一只小鸟一样栖息在肩上，她裸露的手臂戴上手镯，耳朵戴上耳环，颈上挂着一串黄宝石的项圈。这些装束显示出她是一个美貌的少妇，这个女人，正像身材矮小、喉咙粗大的上校所说，正在庆祝祖国的敌人的失败。

在那些拖着疲乏的脚步、背着铺盖、浑身汗臭的俘虏经过的时候，娃勒丽娅看到这样辉煌的战果感到非常快乐，她来到阳台上和军官们聊天，尽情欢笑，聋子姑母掐她，露丝姑母用肘推她，她也不在乎。她简直笑得合不拢嘴，而她那抑制不住的欢笑也感染了别人。军人们在她周围笑着，站在阳台下面人行道上的人也笑着。但是其中也有些人满面怒容，对于这种“幸灾乐祸”的行为表示抗议。

“这些人又不是狗,他们也是人……”有人咕噜着。

“比狗都不如!……”一个身材高大的青年打断了他的话头。这个青年有一副黝黑的脸、绿色的眼睛,他愉快地嘲笑着那些坏蛋,甚至想在他们脸上吐几口唾沫。这些浑蛋,为了几个钱就替人家打仗!他笑着,转过身来看究竟是谁在阳台上笑得这样欢。但是就在这一刹那他看到年轻的纳哈罗太太的洁白牙齿被掩盖起来了。

娃勒丽娅在俘虏中认出了她那位戴着一顶宽边大帽子的丈夫。

她几乎站不稳了,两眼发呆,额上出着冷汗,喉咙发燥,连嘴角上最后一丝笑意也消失了。

这时候聋子姑母又在掐她,露丝姑母也用肘推她;当她看到并没有人发觉的时候,她抑制不住内心的激动。楚斯·纳哈罗本来可以和其他俘虏一样走过去了,要不是他的大孩子指出来并且喊着:

“我的爸爸!我的爸爸!我的爸爸!”

楚斯·纳哈罗在那条盖满尘土的石砌街道上听到有小孩喊他的声音,便转过他那高昂的脑袋,看见了在阳台上的老处女、军官、孩子和娃勒丽娅这群人,只有娃勒丽娅注意到在楚斯·纳哈罗的黑色八字胡下面露出阴险的冷笑。

尽管哨兵像钟摆一样在门口急促地来回走着,平台上的哨兵迅速地嘀嘀嗒嗒敲击着他们的武器,可是漫长的黑夜却好像永远不会消失。

娃勒丽娅好几次站在过道里,有时甚至走到了门厅。

司令官大概已经回来了吧。

在她还没有走近去问在黑暗中咳嗽着的裹在“崩曲”①里的那些家伙的时候,她焦灼的神情和短促的呼吸已经把她的心事透露出来了。有些人根本没有理睬她。另一些半睡不醒的人先吐了一口唾沫才回答她。

“还没有回来。”

其中有一个军官,脸上裹着毛巾,两腿夹着一把指挥刀,双手插在裤袋里,对她说,上校接到紧急命令到首都去了。

“那么,您看他会回来吗?”

“这,怎么对你说……”

“对今天押解来的俘虏将怎么处理,您知道吗?已经把他们押到首都去了吗?”

“不,还在这里。要是我,早把他们全部枪毙了,这些畜生!”

“您说什么?把他们留在这儿?”

“就这一晚。是否把他们全干掉,上校回来就知道了。”

就这一晚……娃勒丽娅走向自己屋子,一路不断地自言自语着:就这一晚……就这一晚……

孩子们睡得十分香甜,由两位老姑母看守着,她们手里拿着念珠。灯头上结着灯花,

---

① 崩曲,中南美洲当地人常穿的一种无袖披肩式的斗篷。

偶尔爆出几朵火花。她们陪伴着娃勒丽娅去找布里纳尼·德·勒翁上校，为她的丈夫求情。一定得在今晚，否则就要押解到首都去受审。

在这悲痛的气氛中，两位老姑母对这声名狼藉的楚斯·纳哈罗也心软了。想到他可能被枪毙，更感到难受。这倒并不是为了他本人，而是为了他的孩子们，也就是为了她们的小外孙。因为她们自己上了年纪，再没有力量来教养这些孩子了。

“去吧，孩子，”露丝姑母劝道，“你在这儿，说不定上校突然回来了，以后再去找他谈可就麻烦了。上校进门时，你就得把他拦住。今天晚上，他一进门，你就赶紧跟他说。我看最好你去等着……为了这些孩子，为了这些无辜的孩子，上帝保佑我们吧……”

聋姑母用凄惨的眼光凝视着这些可爱的小宝贝，他们玫瑰色的胸脯像小风箱一样呼呼地响着，她凝视着枕在枕头上的小脑袋、美丽的鬈发和露在被单外面的小手。这些可爱的小家伙。

娃勒丽娅轻轻地离开了自己的房间。她觉得通过这条小过道就像通过一个无尽头的地洞一样。

哨兵像钟摆一样整夜在平台上来回踱着，不断地嘀嘀嗒嗒敲击着武器，同时也可以听到开门，打鼾，咳嗽，吐痰，夜鸟、老鼠、蟋蟀的声音和远处的狗叫。

她来到了门厅，又从门厅回到过道，闪在一边，等候上校到来。为了救丈夫的性命，必要时她可以下跪。

她一会儿觉得有一线希望，一会儿又觉得不可能。

要是在布里纳尼·德·勒翁的手里，他大概不会拒绝，可是万一拒绝的话……

星光透过邻近的树林在屋顶上闪耀着。一只公鸡打鸣了，别的也跟着叫起来。天渐渐地亮了。

她闭上了眼，内心充满着痛苦，她把披在两肩上的围巾向上拉了拉，把两臂紧紧地裹上。忽然她发觉大街上有辆汽车朝这儿开过来。会不会是他？

正是布里纳尼·德·勒翁。在大厅里，他背着脸，面对着写字台，正在脱他的手套。听到脚步声，上校回过头来。他那永远不变的木偶似的笑容，给了她一线希望。他等着她走近来，心里很诧异，她竟会在这时候来找他。这时一个军官正想进来，一看这情况，就悄悄地走开了，生怕坏了上司的好事。只剩下他们俩了，面对着面。但是还没有开口，她那乌黑的眼睛便滴下了泪珠，这时，另一个黑影出现了，向他们走来，原来是露丝姑母。

“上校先生，”这位老太太说，“我们感到非常荣幸，能够把我们的房子腾出来给我们所爱戴的政府使用。”

上校微微地眨眨眼，眼角和唇边又露出他那木偶似的笑意。

“你们的好意，太太，对不起，小姐，我早已经报告给政府了。您还有什么事吗？”

“我不知道您是否注意到？”娃勒丽娅说，“我的孩子在俘虏里认出了他们的父亲……”

“在押解过去的那些俘虏里？”

"是的,上校……"

"对您当然是件无关重要的事,"露丝姑母说,"在那些人中间不幸也有我们那些孩子的爸爸。我们想求您……"

"他叫什么名字?"

"黑苏斯①·纳哈罗……"姑母和侄女同时用同样极度悲伤的声音回答说。

布里纳尼从桌子上拿起一个名册,留神地查阅俘虏名单,几秒钟之后他说:

"黑苏斯·纳哈罗……不错,在这儿,他是个队长。"

"什么队长呀,是个疯子!"露丝姑母接口说,"他把我们姐妹俩在首都开设的一家布店都丢掉不管了。本来想让他走上正路……可是,您瞧,他现在当了俘虏……"

"非常严重……"上校把名册放在桌上说道,"非常严重……"

"但是上校,您总可以帮个忙……"

"我什么忙也帮不了,太太……"他生硬地打断了娃勒丽娅的话,但是她继续恳求说:

"您可以……您可以……至少不要把他从此地带走……"

"是的,上校。"露丝姑母哀求着,"把他留在这儿吧!我们好给他送褥子、被单和吃的东西。"

沉默了好一会儿,上校才开口:

"好吧……"两位妇人松了一口气。"让他留在这儿吧,可是你们不许去见他。把他的东西送来吧,我就下命令。"

"他没有被枪毙的危险吗?"姑母问,"外面都说明天就要把他们全都枪毙啦。"

"我们不是土匪,太太……"为了使他的话更显得郑重,也顾不得纠正"太太"这两个字,"我们是合法政府的代表。过些时候,这些俘虏将由军事法庭来审判。"

"那么上校,您已经答应我们,我的丈夫就留在此地了。"娃勒丽娅打算取得一个完全肯定的答复。

"这一点您可以放心,我的太太。"

三

一清早两位姑母就到教堂去,向圣胡达斯·达台奥神祈祷。女仆带了早饭,领着孩子们去看他们的爸爸了,娃勒丽娅在花园深处的池塘边梳着她乌黑的长发,两眼注视着从喷泉里喷出的水所激起的涟漪。她出神地看着,竟没有觉察到有人走近她。这人的大皮靴踏着草地,他那木偶似的笑脸上的皱纹正像池塘中的水一样,他从后面搂抱住了娃勒丽娅,想吻一下她的嘴,可是结果只碰了一下她的面颊。

"多可爱,可又多别扭!"

娃勒丽娅和布里纳尼·勒翁离得远远的,不知该怎么办好。

---

① 楚斯是黑苏斯的爱称。

“可把我吓坏了。”她终于说。

“别像老处女那样，尝到了一次受吓的滋味以后就老往吓她的人那里跑。”

娃勒丽娅假装听不懂。

“多美的小黑痣，我真想把它一口吞下。多美的肩膀。”

“谈谈别的吧，这可太不正经……”

“如果你好好儿听，我就对你说正经的。我爱你，所以我才允许纳哈罗留在这儿，这样你就不会跟他去首都了。我曾跟你说过，让他待在牢里。你可以跟我在一起，陪我出去散散步，聊聊天。可是你对我总是躲躲闪闪的……”

上校想捉住她的手，她赶紧闪开。

“你应该放明白些，你丈夫会不会送到首都去枪毙，全取决于我。或者也可以说，不在于我而在于你自己。最好你要认清这一点，你仔细去考虑考虑……”

四

娃勒丽娅在吉普车里颠得很厉害，她坐在上校的旁边。在他的座位后面放着手套、眼镜盒、左轮枪、轻机枪，还有饼干、一瓶白兰地和矿泉水。

两位姑母等着跟上校去巡视战场的侄女回来，但是睡魔终于使她们合上眼睛。

第二天清晨娃勒丽娅回来了。无限的忧伤紧缠着她。一路上吉普车把她像铺盖卷一样抛来抛去。她被折磨得精疲力竭，感到一种无法遏止的口渴。

“你所看到的真是那样可怕吗？”聋子姑母问她的侄女。如果回答得稍微慢了一些，她早就准备伸手去掐她。这位耳朵里像堵上了一堵城墙、与世隔绝的聋子姑母偏偏爱打听外面的新鲜事。

“真是，真可怕。”

“有很多死尸吗？”

“有很多死马吗？”露丝姑母纠正聋子姑母说，“可怜的马儿！我倒是更可怜这些动物，这些可怜的东西知道些什么呢……”

“受伤的呢？很多吗？”聋子姑母继续问她的侄女，“在战争中吃得最肥的可要数秃鹰和乌鸦……”

“啊！索菲亚姑母！”娃勒丽娅大声嚷着好让她姑母听清楚，“我看见一只红脖子的秃鹰吃着……一个可怜女人。这可把我吓死啦。”

“一只秃鹰。”露丝姑母说。

“是的，一只秃鹰在啄着那不幸女人的腐烂的尸体，把她的内脏一块块地衔走……”

“喝吧，喝吧，把它忘了吧。”聋子姑母一杯又一杯拿水给她喝。

露丝姑母看见娃勒丽娅弯着身子，一手撑着腰，便说道：“你一定是腰痛吧……”

“是啊，姑妈。吉普车比快马还颠。”娃勒丽娅整整地睡了一个上午，醒来时，泪水和带血的口水浸透了枕头，她睡着的时候，咬着自己的嘴唇和舌头，感到胸口痛。她俯卧在床上，腹部发胀，两腿直挺挺地伸着，闻着被单上的浆粉味。两眼对着白色的被单直发呆，什么也看不见，白天的一切，嘈杂的声响开始在她的耳边轰响着。

下午她才从屋里出来。这天晚上又开始等待着另一件可怕的事。布里纳尼·德·勒翁不但答应她不把纳哈罗送到首都去，而且就在这天晚上恢复了他的自由。并且为了更安全起见，还让纳哈罗留下，和他的妻子团聚。当然，谁也不会怀疑有人躲藏在司令部里。问题是那些小孩和女仆。于是就把他们遣送到市镇附近她姑母的一个田庄里去。

她胆怯地抬起那双泪汪汪的眼睛看了看昏暗的、只是在圣像前点燃着一支蜡烛的卧室。她的丈夫在上校陪伴下，像个幽灵似的出现在门口。

娃勒丽娅从床边站起来去拥抱楚斯。楚斯紧紧地把她搂抱在怀里。布里纳尼·德·勒翁的话声使紧紧拥抱着的两人分开了："纳哈罗，你能获得自由全亏这些好心肠的女人。你妻子的两个姑母把房屋腾给我们住，我们很感激……"娃勒丽娅狠狠地盯了他一眼，上校咽了一口唾沫，接着说："我是额外开恩，把你放了出来，让你躲藏在这儿，和你的妻子团聚，直到战争结束……"

"上校，我真不知道用什么话来表达我对你的感谢……"

"你还是向你的妻子，向孩子们的母亲，老老实实地承认你是最可恶的罪人吧。无论如何不要让你们的孩子知道：他们的父亲曾经勾结外国侵犯自己的祖国。"

纳哈罗感到有些沮丧，娃勒丽娅默默地抽噎着。幸好，两位姑母送孩子和女仆到田庄去还没有回来。现在大概也要回来了。

"纳哈罗，你的行为就像一个儿子趁母亲睡着的时候，闯进卧房对她行凶一样，而且还不是单干，竟是带着一批被收买的匪徒一起行凶，甚至这些匪徒还不是由他，而是由别人收买的……听明白……不许你说……闭嘴……闭嘴……"

他走出了房间，脸还是木偶似的，嘴里不断地诅咒和谩骂着，随着便是对他的部下进行威吓和咆哮，这些人都昏昏欲睡，有的甚至站着就睡着了。

疲乏不堪的纳哈罗倒在他妻子的床上，娃勒丽娅坐在床边，对他看了好一会儿，用手抚摸着他那浸透了冷汗的头发。

过了一会儿，她说：

"你得长期躲藏起来……"

纳哈罗的身躯是那样地模模糊糊，看不清楚，她简直像和黑暗在说话。

"我看不见得……"

他倒在床上，脑袋深深地埋在枕头里，压着嗓门说着。

过了一会儿，在这当儿他似乎在抽噎着，又好像为了不让自己叫悲痛憋住气而在深深地呼吸着，终于他抬起头来说：

"不，我看我用不着在这儿躲得很久。大势已定，还有什么可说的。哼，上校这个蠢货居然对我来讲大道理，等我们胜利了，我可得好好地向他算算账。"

"楚斯，你们怎么会胜利呢？他们已经把你们打垮了呀，别那么痴心吧。"

“我们在陆地上是被他们打败了,可是现在飞机帮我们忙来啦。所以我刚才跟你说,大势已定。美国朋友的飞机会给我们带来胜利的。你等着瞧吧。反正就是几天的事儿了。”

“楚斯,不知道我听明白没有,你是说美国佬的飞机……”

“还有谁的呢?只有他们有咱们需要的飞机,也只有他们有人会开这些飞机。”

“他们来轰炸,会把很多城市毁灭……”

“这有什么关系?”

“还会炸死许多人……”

“我们要的是胜利,对,要的就是胜利……我们上台……美国佬帮我们得天下……”

晚上,空袭开始了。哪里是什么战争,而是一场大屠杀。纳哈罗所说的那些飞机日日夜夜在这个不设防御的国家里撒下破坏和死亡的种子。

巨大的飞机的轰鸣和炸弹的爆炸震撼着城镇。为了避免和她的姑母、那些她常常一起聊天的军官、上校以及任何人交谈,娃勒丽娅在家里发疯似的到处躲避。她生怕忍不住去告发她的丈夫。

去告发他,对,去告发他,把丈夫的名字指出来,他就躲在司令部里,一个勾结美国佬的叛徒。他让他们派遣曾在朝鲜进行过屠杀的飞行员来轰炸完全不设防的城市……而更严重的是,他知道哪些高级军官已经出卖了祖国,他知道政府是没有救的了。

纳哈罗对娃勒丽娅不到他藏身的房间里来,反而经常托故到田庄去看他们的孩子,感到奇怪。她不愿意和他讲话,极力避免和他的目光接触,装着没看见他,就好像他不存在一样,当他碰她一下肩或摸她一下手时,她就像触电似的恐怖地颤抖着,所有这一切证实了他的怀疑。很明显,布里纳尼·德·勒翁玷污了他的妻子,他的生命和自由准是用这样的代价换来的。

他接连吸了好几支烟,他不是在吸,简直是在吃着烟。他抡起拳头一次又一次捶着墙壁,直到打痛才罢手。唯一能安慰他的就是飞机声和远处的炸弹的爆炸声。每一次爆炸就意味着向胜利走近了一步。离报仇的日子也就越来越近了。

那晚,娃勒丽娅回来了,发着愣,没有脱衣服就倒在床上,耳朵里充满了轰轰的飞机声。她听着,听着说:

“楚斯……”

“娃拉①……”

“你睡不着……”

“嗯,我睡不着……”

“听到飞机声吗?”娃勒丽娅问道。

“把他们炸得鸡犬不留……”楚斯说。

“楚斯,这是你的祖国,你的祖国的土地……”

---

① 娃拉,娃勒丽娅的爱称。

"把他们炸得鸡犬不留,要是明天星期日政府还不辞职,管叫首都也变成瓦砾……"

"多可恨……该死的! ……该死的美国佬! 天杀的美国佬!"

"你疯了……"

"不,不,我不想听下去了!"

飞机在空中咆哮着,把宁静的田野变成了地狱。姑母们躲在田庄里,不仅是为了好照顾孩子们,而且也因为住在家里有危险,因为这房子已经成了军事目标了。

"哈! 哈!"楚斯·纳哈罗在听到飞机声时大笑起来,"哈! 哈! 哈! 看这个上校怎么办!"

"你们绝不会胜利的,楚斯,绝不可能,我们有军队……"

"可是已经给出卖了……"

"我们还有人民……"

"他们已经被解除了武装……"

五

星期天的黎明已经来临,而他们还都睁着眼没有入睡。天是渐渐地亮了,无法闭起眼睛来否认这个事实;他们倾听着外面的动静,倾听着很远的地方,希望最先听到第一批飞机飞近的声音。没有动静。什么也听不到。但是飞机总会来的,马上就会越过他们的头顶飞向首都。朦胧的曙光像一层白雾似的笼罩着大地。他们屏住了呼吸,想听得更清楚些;为了不看见天色逐渐发白,他们闭起了眼睛。没有动静。什么也听不到。但是飞机总会来的。他们竖起了耳朵,听到了一阵远远的声响。但是这不是飞机,只是一辆汽车的马达声。现在听到了,很清楚,很清楚。但还不能肯定。好像飞得很高。

"楚斯……"

"娃拉……"

"楚斯,他们要炸毁首都……"

"这是原定的计划,政府要是不投降,就炸毁这个城市……但这我不感兴趣,我要知道的是你是否被玷污了。"

"没有……"

"是不是你用身体换来了我的自由和生命……"

"我已经跟你说了一整夜了,不是的……"

"是不是此后你就属于他了……"

"以前没有,以后也没有,楚斯! 都没有! ……"她停顿了一下,"天亮了,一定在轰炸首都了……"

"你去问你的那个浑蛋吧!"

"至少他不会像你这样回答我,"她哭泣着,扭转了身子,"我再也听不下去了,我们的首都将和广岛一样变成一片废墟……为什么你不往好里想呢? 为什么你不想是露丝姑母求的情，不是我，而是她，是她，楚斯，你和俘虏从这里押解过去的那天，他答应她饶你的命，那天晚上我也在场，我的姑母为了你的孩子们向他求了情……”

“好吧，我要叫这浑蛋永远笑不成！”

突然一声爆炸，他们俩面面相觑都不作声了。一会儿以后飞机嗡嗡地响起来了。

“他们刚才一定想轰炸这所房子，”他说，“他们一定还会回来的，一定还会回来的。他们大概已经知道这里是司令部了……我们逃走吧！我们逃吧！再来一阵炸弹这儿就全完了……”

“不，你不能走，你不能离开这里！外面正在悬赏通缉你，死的活的都要把你缉拿归案。”

“但是我们不能在这里等死，等着房子塌了下来把我们活活压死……”

又听到飞机声了。

“如果有必要的话我情愿和你同归于尽，看看你自食其果的结局……啊！我真高兴美国佬的飞机来轰炸你住的这所房子！希望他们不要炸错房子，不要弄错房间……”

她用哭得通红的眼睛注视着他。

“不，飞机没有到这里来……飞远了……”她又说道。

“它们飞到首都去了，要把首都炸成一片焦土。”

“你希望这样一来，你们就能胜利了……不，我再也不能不管，决不能让你这样的人活下去！我应该去告发！……应该去告发……”

她不像一个女人，像个鬼魂。她披头散发，满面痉挛着，高举着两臂冲进了通宵未眠的布里纳尼·德·勒翁上校的房间。

“上校！”她用还剩下的一点力气喊道，“我是来告发我的丈夫的，他是一个把我们祖国出卖给美国佬的叛徒，因为他还在盼望着毁灭我们的首都。”

“夫人，”上校回答她道，“你丈夫在什么地方？”

“在房间里……”

“我得去和他握握手，他是一个爱国者……”

娃勒丽娅不能相信。她看到上校站起来，出去找纳哈罗了。她跟在他的后面，穿过了走廊和过道，又走过了一条走廊……

当上校和娃勒丽娅同时走进房间的时候，纳哈罗向他们迎了上去。

“纳哈罗，”上校马上对他说，“您知道我为什么要把您藏在这里吗？”

纳哈罗板着脸，瞪着眼注视着上校，愤怒地答道：

“当然，我知道。”

“美洲豹三十三号！”

纳哈罗把愤怒的眼光转向娃勒丽娅，他完全没想到这个回答。“美洲豹三十三号……”

他向后退了一步，两眼焦灼地转向布里纳尼·德·勒翁。

“不,不会,这绝不可能……”终于他说。

“是的,纳哈罗,我也是在祖国的‘解放者’这一边的。美洲豹三十三号！……”

娃勒丽娅在看到他们俩正要互相拥抱时,就叫道:

“不,你们不能拥抱！上校要求用我的身子来换你的自由,为了你,为了你,楚斯,为了你的孩子们,为了你一条命,我已经给了他……”

“不对,”纳哈罗阻止她再说下去,“刚才你还向我发誓,上校什么也没有向你要求过,是由于你的姑母露丝的请求,他才饶了我的命。”

“你的命！可是你的自由是用我的身体买来的!”

“不可能!”

“上校,你说！一个妇女要求你拿出胆量来,是男子汉就说实话。你说你用吉普车带我到前线去时对我干了些什么……”

“太太,这不是在祖国危急的时候应该谈论的事情,你不能反对我们两个军队——‘解放军’和国防军——互相拥抱!”

一声巨响震撼着大地,他们差一点都倒在地上,他们被淹没在飞机的隆隆声中,正像在激怒的海底里一样。

娃勒丽娅想到她的孩子们,急忙奔向门厅。空空的走廊里只剩下了一些被丢弃的武器,她在那儿碰到的唯一的士兵告诉她说:

“刚才在市镇附近投了一颗炸弹。”

当娃勒丽娅走过那个正在门背后脱制服、腿上毛茸茸像猴子似的军官身边时,她重复着说:

“在市镇附近投了一颗炸弹!”

那个军官没有回答她,娃勒丽娅看到了另一些已经换上便服的军官奔到街上,跳上了吉普车和停放在那里的汽车,开足马力逃走。

其中有一个回头向她喊道:

“对,对……在市镇附近……再见吧。长官出卖了我们,可是我们一定会回来的,一定会回来的！……”

车子拐了个弯就看不见了,还能听到他们叫着:“我们一定会回来的……一定会回来的……”

寂静笼罩了一切。士兵们竭力抵抗着那些和他们争夺武器的人。另一些人进来拿走了丢下的武器。首都的广播电台宣布着政府的垮台和新的军政府第一批委任名单。布里纳尼·德·勒翁上校仍任原职。尊贵的黑苏斯·纳哈罗·麦鲁安先生被任命为军政府秘书。看管田庄的人来到了这仿佛在梦幻中的地方,马车还没有停稳,娃勒丽娅就跳上去了,他鞭打了一下马,就往回走了。

“在我们那里丢了一颗炸弹。”车子疾驰着,娃勒丽娅听到似乎从风里传来的声音,“不……不……孩子们没有什么……可是你的露丝姑母……”

露丝姑母倒在几棵日本石竹花下面，日光吻着她的白发。聋姑母俯在她的胸前，想要听到她那早已停止跳动的心脏。

死去的人是万事不知了，浑身上下穿着黑色丧服的聋姑母根本什么都听不见，而娃勒丽娅也丧魂落魄似的，除了家里的孩子们以外，什么都不闻不问。在这座曾经是司令部的大宅院里，偷偷地瞅着妈妈的孩子们，曾多次在房角里喊着“美洲豹”这个词，常常把她吓一大跳。

刚刚过了九天，厅堂里靠近大理石桌旁的祭台就拆掉了。她呆立着，把手放在冰凉的白色桌面上，想起了在这里她第一次听到了现在他们大声喊着的“美洲豹三十三号”这个暗号。

孩子们藏在帷帘后面，大孩子挥着剑，领头跑出来，第二个端了支鸟枪，最小的带着一支似乎比他身子还要大的左轮，三人一齐嚷着：

“妈妈，好妈妈，我们要杀的那个人在哪里呀？”

娃勒丽娅一下被孩子们的问题弄糊涂了，她四下扫视着，好像孩子们要找的人真的就在那里。

“不，我的小宝贝，不……美洲豹三十三号已经走了……这真是一场噩梦，现在梦已经醒了……”接着，她自己也不知道掉了眼泪没有，喃喃自语道：

“噩梦还有醒的时候，可是现实永远也不会醒，从来还没有人从现实里醒过来。”

西四　译　孟复　校

1968
获奖作家

川端康成

传略

川端康成是一位能很好地处理民族性、世界性、当代性三者关系的作家，他稳稳地立足于日本本土，放眼世界，广泛地吸收国外特别是西方的叙事技巧，紧贴时代，反映当代日本的社会生活和精神风貌。正如一九六八年瑞典学院授予他诺贝尔文学奖时所说的，他“以其敏锐的感觉，高超的叙事技巧，表现了日本人的精神实质”。

川端康成（Kawabata Yasunari，1899—1972），一八九九年六月十一日生于大阪市。两岁丧父，三岁丧母，七岁、十岁时祖母、姐姐相继亡故，十五岁时又失去相依为命的唯一亲人——祖父，成了一个孤儿。他青年时代又曾多次失恋，这使他更加感伤，备感孤寂，这种状态伴随着他的一生，对他的创作也具有极大的影响。一九一七年，川端自大阪府立茨木中学毕业，考入第一高等学校学习英文，三年后，升入东京帝国大学英文系，后转至国文系。一九二四年川端东大毕业后，和横光利一等人创办《文艺时代》，发起新感觉派运动，从此走上文学创作的道路。

早在中学读书时，川端就开始学习写作。中学时写了《十六岁的日记》，发表短篇小说《千代》（1919）。大学时又发表短篇小说《招魂祭一景》（1921），博得菊池宽、久米正雄等作家的赏识。此外还陆续发表了文学评论《南部先生的风格》《论现代作家的作品》《关于日本小说史的研究》等。一九二六年，川端发表了小说《伊豆舞女》，一举成名，这奠定了他在日本文坛的地位。

川端的作品以小说为主，具有代表性的除《伊豆舞女》外，还有《浅草红团》（1929—1930）、《水晶幻想》（1931）、《雪国》（1937—1948）、《名人》（1942）、《故国》（1943）、《重逢》（1946）、《千鹤》（1949—1950）、《山之声》（1949—1954）、《湖》（1954）、《睡美人》

(1960—1961)、《美丽与悲哀》(1961—1963)、《古都》(1961—1962)等。其中《伊豆舞女》《雪国》《千鹤》和《古都》是诺贝尔文学奖授奖词中着重提到的作品。川端的作品有不少被改编成电影。

《伊豆舞女》是一篇带有半自传性质的小说,写的是青少年青春期的骚动和情怀,但有着独特的人生感悟。小说精心铺陈的情节和细致入微的刻画,既让我们体会到主人公和十四岁的江湖艺人熏子之间缠绵悱恻的感情,以及作品中暗含的几分人世的悲凉和出自孤儿心态的同情,也让我们看到作者所追求的唯美主义风格,不愧为青春文学的代表作。中篇小说《雪国》是新感觉派文学的顶峰之作。作品通过舞蹈研究者岛村和艺妓驹子、少女叶子之间隐秘的三角关系,以新感觉派的表现手法,创造了抒情化、朦胧化的艺术氛围和意境,表现了自然之美、女性之美和人情之美。长篇小说《千鹤》主要描写男主人公菊治与亡父的情妇太田夫人及其女儿文子等几个女人的感情纠葛,其行为已超越了固有的伦理和道德。它充满象征和暗示,而且具有日本茶道、禅学等浓厚的文化气息。长篇小说《古都》写孪生姐妹千重子和苗子悲欢离合的际遇。川端还写过一百多篇小小说,出版了《感情的装饰》《我的标本室》等小小说集。它们深受读者的赞赏,川端为日本小小说的发展也做出了贡献。

川端坚持“日本传统是河床,西方潮流是流水”的观点,他的作品描述的是日本风情、日本人物、日本精神、日本文化、日本感情、日本心态,但是又融入了意识流、瞬间感觉、自由联想、象征、隐喻等多种外来叙事技巧,从而形成了自己的独特风格。这种立足本土、放眼世界、紧贴时代的观点和做法,是川端所以能在创作上取得杰出成就、在世界文坛获得极高声誉的重要原因。

川端由于亲人相继去世,自幼成了孤儿,从小就伤感、孤寂,“二战”前日本的社会环境使他感到压抑,“二战”后他又感到失落,他所信奉的禅宗佛学、老庄哲学都促使他最后形成悲观出世的人生观:人生幻化、世事无常,色即是空、空即是色,物我同在、天人合一,生即是死、死即是生。他悟得越透越感到痛苦,最后于一九七二年四月十六日晚上在寓所口含煤气管自杀身亡,这不能不说是一个出世的知识分子的悲哀。

川端康成曾先后创办过《文艺时代》《文学界》等杂志,曾任国际笔会副会长、日本笔会会长等职。

授奖词

本年度诺贝尔文学奖的获奖者,是日本的川端康成先生。一八九九年,他生于大阪这座工商业大城市,父亲是位颇有教养的医生,对文学也饶有兴趣。由于双亲的骤然去世,川端先生成了孤儿,自幼即失去良好的教育环境,由住在郊外、体弱多病、双目失明的祖父收养。双亲的不幸亡故,从日本重视血缘关系的角度来看,具有双重意义。这无疑影响了川端先生的整个人生观,也成为他日后研究佛教哲理的原因之一。

早在东京帝国大学求学时，川端先生便立志要当作家。专心致志，锲而不舍，置身文学之道，而川端先生可谓范例。二十七岁时，发表礼赞青春、叙述一个学生的故事的短篇小说，使他一举成名。清秋时节，主人公孤零零一人去伊豆半岛旅行，和一个贫穷低微、受人轻蔑的小舞女邂逅，萌发一缕怜爱之情。小舞女敞开她纯真的心扉，示以一种清纯而深切的爱。这一主题，仿佛一曲悲凉的民谣，反复咏叹，在川端先生以后的作品中，几经变化，一再出现。通过这些作品，展示了作家本人的价值观。多年以后，川端先生终于越过日本国境，在遥远的海外也获得了声誉。不过，到目前为止，川端先生的作品译成他国文字的，实际上只有三个中篇和若干短篇。这显然因为迻译是桩艰辛难为的工作，同时也由于翻译工作好比一个网眼很粗的筛子，经过这道筛子，川端康成先生那富有表现力的文字，便失却许多韵味。尽管如此，迄今已译出的几部作品，仍能充分传达出川端先生个性独具的典型风貌。

正像已逝的前辈作家谷崎润一郎一样，川端康成先生显然受到欧洲近代现实主义文学的洗礼，但同时也立足于日本古典文学，对纯粹的日本传统体裁，显然加以维护和继承。川端的叙事笔调中，有一种纤巧细腻的诗意。溯其渊源，盖出于十一世纪作家紫式部所描绘的那包罗万象的生活场景和风俗画面。

川端康成先生以擅长观察女性心理而备受赞赏。他的这一卓越才能，表现在《雪国》和《千鹤》这两部中篇小说里。从两部作品所描绘的艳丽情感遭遇中，我们可以发现作家辉煌而杰出的才能、细腻而敏锐的观察力，以及编织故事的巧妙而神奇的能力。描写技巧，在某些方面已胜过欧洲。读他的文章，令人联想起日本绘画。因为川端先生极为欣赏纤细的美，喜爱用那种笔端常带悲哀、兼具象征性语言来表现自然界的生命和人的宿命。倘若把外在行为的虚无比作漂浮在水面上的荇藻，那么，在川端先生的散文中，可以说能反映出俳句这种玲珑剔透的纯粹日本式的艺术。我们对日本人的传统观念及其本质，几乎一无所知，似乎无法领略川端作品的奥蕴。然而，读了他的作品，又似乎觉得，他在气质上同西欧现代作家有某些相似之处。说到这一点，我们脑海里首先浮现出来的，便是屠格涅夫。因为屠格涅夫也是位多愁善感的作家，在新旧世界交替之际，他以其伟大的才能，怀着厌世的情绪，对社会加以详尽的描绘。

川端先生的《古都》，也是一部引人入胜的作品，完成于六年前，已译成瑞典文。故事的梗概是，幼女千重子因双亲穷苦，遭到遗弃，由商人太吉郎夫妇收留，照日本传统的老规矩抚养成人。千重子为人正派，对自己的身世已暗自怀疑，促成多愁善感的性情。按日本民间的迷信说法，弃儿会沦为终生不幸，她常为此苦恼不已。而且，千重子又是个孪生女儿，所以多背负一重受人耻笑的标志。有一天，千重子在京都郊外的北山，遇见当地一个美少女。她发现那正是她的孪生姐妹。娇生惯养的千重子同身材健美、自食其力的苗子，逾越社会地位的悬殊，情投意合，和睦相处。由于两人容貌惊人地相似，闹出一些阴错阳差的误会。故事的背景放在京都，描写了四时节庆的胜景盛事。从樱花盛开的春天到白雪纷飞的冬季，历经一年的时日。因此，京都这座古城自身便成为作品里的登场人物。京都是日本的故都，天皇及其臣僚曾住在那里。千年之后的今天，风流繁华的圣地，以其不可侵犯的地位而得以保存下来，也是能工巧匠技艺精纯的发源地。并且，现在以一个旅游城市而为人所喜爱。川端先生以毫不夸张的感伤，动人心弦的手法，敏锐细腻的感觉，将那些神社佛阁，工匠荟萃的古老街衢，庭园建筑，植物园内种种风物，予以精心描绘，作品充满诗情画意。

川端先生经历了日本最终的失败，想必他认识到，需要有进取精神，应当发展生产力和开发劳动力。在战后全盘美国化的过程中，川端先生通过自己的作品，以稳健的笔调发出呼吁：为了新日本，应当保存某些古代日本的美与民族的个性。这无论从他悉心描绘京都的宗教仪式，或是挑选传统的和服腰带花样，我们都可以感到他的意向，作品所表现的种种情景，即使作为文献记录，也是难能可贵的。有的读者或许会注意到这样一个极其特殊的细节，即美国驻军在植物园内大兴土木，把园子长久关闭不开。一旦重新开放，优雅的林荫路，两旁楠木依然如故，中产阶级市民纷纷前去观赏，看看如今是否还能使熟悉这夹道楠木的人依旧赏心悦目。

由于川端康成先生的获奖，日本第一次跻身于诺贝尔文学奖获奖国家的行列。这一决定从根本上讲，有两点重要意义：其一，川端先生以卓越的艺术手法，表现了具有道德伦理价值的文化思想；其二，川端先生在架设东方与西方之间精神桥梁上，做出了贡献。

川端先生：

这份奖状，旨在表彰您以敏锐的感受，高超的叙事技巧，表现了日本人的精神实质。今天，我们不胜欣悦，能在这座讲坛上，欢迎您这位光荣的远方来客。我谨代表瑞典学院，衷心向您祝贺，并请您接受将由国王陛下亲自颁发的本年度诺贝尔文学奖。

瑞典学院常务秘书 安德斯·奥斯特林

高慧勤 译

作品

伊豆舞女

一

道路变得曲曲弯弯。正当我在心中估量可能就要到天城的那一刹那，雨水把杉木的丛林染成白蒙蒙一片，并以电光火石之势，从山麓那边向我追来。

那年，我二十岁，戴顶高等学校①的学生帽，在蓝底白点布褂下面系条裙子，肩挎书

① 战前的高等学校不同于战后的高校，相当于大学预科，一般称为旧制高校。

包，只身一人在伊豆旅行，到那天已经是第四天了。我在修善寺温泉住了一夜，在汤岛温泉住了两宿，然后，足登高木齿木屐，攀临天城。纵然那层峦叠嶂、原始莽林和苍石巉岩的秋色是那样令人赏心悦目，但我还是为另一个期待而心头乱跳，两腿加快了速度。这时，豆大的雨点迎面扑来。我向蜿蜒曲折的陡峭山坡健步疾行，终于到达山顶北口的一家茶馆，舒了一口气。江湖艺人一行已端坐在那儿小憩，我因心中的期待过于出乎意料地得到实现，不由得伫立在门口愣怔着。

舞女发现我伫立在门口，忙不迭把自己坐着的坐垫抽掉，翻个个儿放在一旁。

"噢……"我只说了这么一句，就坐到坐垫上去。由于翻山爬坡累得上气不接下气，加上对舞女这一举止的惊诧，"谢谢"这句话竟卡在嗓子眼，没有说出来。因为和舞女面对面坐得很近，心中慌乱，便从衣袖摸出香烟来。于是，舞女又把她同伴的烟灰缸，向我这边移了移，我依然没吭一声。

这舞女大约十七岁的模样，梳着我全然不知的奇异古式发型。尽管这发髻使她那张矜持的蛋圆脸庞显得很小，却也和谐协调，那美姿妙态就仿佛是一幅把浓密黑发夸张地画成为稗史般的仕女画。舞女的同伴，除了一位四十岁妇女和两位妙龄女郎，还有一位二十五六岁的男子，这男子穿件衣领和后背印有长冈温泉旅馆商号的罩褂。

截至目前，我已经同舞女她们打过两次照面了。最初一次是在去汤岛的途中，在汤川桥附近，她们去修善寺的路上。当时有三位年轻女子，舞女手里拎着鼓。我回过头向她们瞥了一眼，游子感觉顿袭心上。第二次是我住到汤岛的第二天夜里，她们走街串巷到旅馆卖艺。我坐在楼梯当中，聚精会神看舞女在前厅地板上翩翩起舞。如果说她们昨天还在修善寺，今晚在汤岛，那么，明天大概要翻越天城南侧，去汤野温泉了。估计在天城南侧七里的山路上，我一定会追上她们。我在心中这么盘算着，匆匆赶路，却在茶馆不期而遇，一时不知所措。

须臾，茶馆老太婆把我领到一处房间。这房间好像从未有人居住，没有门窗。俯瞰山下，是美丽的壑涧。我浑身起了鸡皮疙瘩，牙齿打战，浑身缩瑟发抖。我向端茶走过来的老太婆表示冷，她说：

"哎呀，少爷，您不是浑身都湿透了吗？请到那边去烤下衣服吧。"她像是牵着我的手，把我领到她的居室。

这房间生着火，打开纸格门，一团热气迎面扑来。我站在门口迟疑了半刻。仿佛是个水鬼的老叟，全身青肿，盘腿坐在炉旁。这老叟两眼浑浊，黄眼珠好似腐烂了一般，惶惑地翻了一下眼皮觑了我一眼。身旁旧信纸和旧纸袋堆积如山，说他埋身在废纸堆中亦无不可。无论如何也不能说他是个活人，毋宁说是个怪物。我呆立在那儿，怔怔地望着。

"让您看见他这副丢人的模样……可，他是我家的老头子，您放心好咧。样子很脏，动弹不了啦，您就包涵点吧。"

老太婆先这么打了个招呼。据她说：老叟长年中风，全身不遂。堆积如山的纸头，是各地寄来的医治中风的信件，和从各地邮购来的药袋。老叟或者打听过往旅客，或者根据报纸上的广告，无一遗漏地向全国各地寻求中风疗法和药物，并把这些回信和药袋完整保存在身旁，看着它们打发日子。日久天长，这些废纸就堆起一座小山来。

我无言以对，欠身走近炕炉，坐了下来。爬山越岭的汽车震撼屋宇。我在心中暗忖，现在还只不过是秋天，山上就已这么冷，不久，大雪就要覆盖山巅，这老叟为什么不下山呢？我的衣服散发出水蒸气，炉火正旺，把人烤得头昏脑涨。老太婆向店堂踱去，同江湖女艺人攀谈起来：

"原来是这样啊。上次带来的小丫头，现在已经长得这般模样啦。闺女出息了，您也熬出头啦。出落得这么水灵灵的，还是女孩子长得快啾。"

将近一小时后，传来江湖艺人整装待发的动静。尽管这已经不是我应当沉住气的时候，但我也只能干着急，鼓不起站起来的勇气。虽然说她们对旅行已经习以为常，但毕竟是妇女，即使落在她们身后十町①或二十町，只要跑上一会儿，肯定会追上的。我在心里这么合计着，在炕炉旁如坐针毡。正因为舞女们不在我身旁，我的思绪反而像是松弛下来，陷入遐想之中。老太婆送走她们回到屋来，我便问她：

"今天晚上，那些艺人住在哪儿呢?"

"像她们那种人，天晓得会住到什么地方，少爷。只要有客人，管它什么地方都得住。今天晚上哪有什么准地方。"

老太婆对她们的鄙夷之情溢于言表，甚至挑起我在脑中闪过这样的念头：真是这样，今晚干脆让舞女住到我房里来算了。

雨变小了，峰峦清晰可辨。等了十分钟，雨霁天晴，尽管老太婆苦苦挽留，我怎么也坐不住了。

"老人家，多多保重，天要变冷的。"我由衷地这么说着，站了起来。老叟吃力地翻滚着混浊的黄眼珠，微微颔首。

"少爷，少爷。"老太婆边喊边追了上来，"赏了这么多钱，实在不敢当，太对不起您啦。"

她把我的书包抱在怀里，并不打算递给我，我推辞再三，她总说再送一程，执意不肯回去。她步履蹒跚地跟着我走了一町多路，反复絮叨着：

"不敢当啊，怠慢了，我把您的模样记得一清二楚，下次来一定好好谢谢您，下次一定来啊，我不会忘记您的。"

我不过给她留下五角银币，她就如此受宠若惊，泪水几乎夺眶而出，我急着要追赶舞女，就觉得老太婆那蹒跚的步履，反而拖累了我。终于到达山顶隧道旁。

"非常感谢。留下老人家一个人在家不好，就请留步吧。"经我这么一说，老太婆才撒手放开了书包。

我走进黑洞洞的隧道，冰凉的水珠滴滴答答流了下来。通往南伊豆的隘口，在前方是那样的窄小，却很明亮。

---

① 町，日本长度单位，一町约合一〇九米。

二

走出隧道，山坡路旁一侧竖立着白栅栏，山道有如闪电般迤逦而下。在这有如模型般的眺望中，山麓那方，艺人们的身影隐约可见。我还没走完六町，就追上了她们，但又不好突然放慢脚步，只好板着面孔赶到她们前面去。在十间①前单独走着的汉子，看见了我就停下脚步，说：

“走得好快呀……看样子，天晴了。”

我放心大胆地同这男子并排走去，他问长问短。女人们看见我们两个搭了腔，也从后面吧嗒吧嗒地跑过来。

那男子肩扛大柳条包，四十岁的妇女怀里抱只小狗。年纪最大的女孩，手里拎着包袱，年纪稍小的女孩提着柳条包，她们都携带着大件行李。舞女背着鼓和鼓架。四十岁的妇女同我有一句没一句地搭起话来。

“是高等学校的学生哩。”最大的女孩同舞女喃喃低语，我回眸睇视，她边笑边说：“对吧，这点事，我还是晓得的；因为学生也到岛上来的哩。”

她们是大岛波浮港人。据说，她们从春天就离开了岛子，一直漂泊在外，因为天冷起来，未曾做过冬的准备，计划在下田待十几天后，从伊豆温泉回岛上去。听到大岛这地名，使我更加感到一股诗意，于是，又向舞女那轻柔明丽的发髻瞥了一眼，问她许多有关大岛的事。

“好多学生到岛上游泳哩。”舞女对她的女伴说道。

“是夏天吧？”我转过脸问她，舞女嗫嚅着说：“冬天也……”

“冬天也游？”我又问了一句，舞女照旧顾盼她的女伴，嫣然一笑。

“冬天也游泳吗？”我重复了一遍，舞女脸上飞起了一层粉红，一本正经地轻轻颔首。

“傻着哩，这丫头。”四十岁的妇女嗔笑道。

到汤野，要沿河津川的溪谷，向下步行三里多地。翻过山顶，山峦和天空的颜色，甚至宛若南方。我同那男子家长里短滔滔不绝，异常亲热。穿过荻乘、梨本等村庄，在望得见山麓下汤野的茅草屋顶时，我对男子表示，想同他们搭伴旅行到下田，他喜溢眉宇。

当四十岁的妇女在汤野客店前，脸上透出就此分手的神情时，那男子说：

“这位先生说，他想和我们搭伴哩。”

“这敢情好啦，这敢情好啦。出门要结伴，处世靠人缘嘛。我们虽然是些下等人，但也可以帮您解解闷。您先上楼歇会儿吧。”她打着一串哈哈。姑娘们不约而同把目光射向我，在漠然的神色中，又好像有些娇羞腼腆，不言不语地看着我。

我跟着她们上了客店二楼，把手里的行李撂到地下。此地的铺席和纸格门又旧又脏。舞女从楼下端来茶水，跪在我跟前，红晕浮上双颊，双手颤抖，茶碗险些从托盘掉出

① 间，日本长度单位，一间合一点一八一八米。

来,她用力使茶碗保持平稳,慌忙放到席上,然而水滴还是溅了出来。她的脸庞赧然一红,我也怔呆了。

“哎呀,真讨厌！这丫头在男人面前也知道害羞了,嗳,嗳……”四十岁的妇女好像有点惊慌失措,蹙起眉头,把毛巾掷了过去,舞女拾起来拘谨地揩抹铺席。

四十岁的妇女这意外的一席话,使我猛然反躬自省,被山顶老太婆挑起的邪念冰消雪融。

蓦地,四十岁的妇女说:

“这位学生,您这件蓝底白点布褂太好看啦。”她不住地端详我的布褂,“这位先生的白点,和民次那件是一个花纹,喔,是吧,不是一样吗?”

她一再盯问身旁的女孩,然后对我说:

“我把正在上学的孩子留在家里了,这会儿想起了他。你这件白点和他的一模一样。这阵子,蓝底白点可真贵,日子不好过啊。”

“他念的什么学校?”

“小学五年级。”

“噢,才小学五年级……”

“他在甲府上学。我们在大岛虽然住了很久,老家却是甲斐的甲府。”

大约休息了一小时,然后,那男子把我送到另一家旅馆。我一直以为,我和这些艺人都住在那家客店。我们穿过大街,绕过小河边一家澡堂旁的桥。桥那边就是温泉旅馆的院子。

我进入旅馆的内部浴池,那男子也跟着进来。他告诉我说,他今年二十四岁,老婆怀过两次孕,都因为流产和早产,一个也没有活成。因为他穿件印着长冈温泉商号的罩褂,我一直以为他是长冈人。从他文质彬彬的仪表和谈吐来看,估计他可能出于好奇或迷上了卖艺的姑娘,才替她们提行李,跟着一道来的。

洗完澡,我立刻去吃午饭。我是清晨八点离开汤岛的,这时已快三点了。

这男子临走,在院子里仰脸同我告辞。

“用这点钱买些柿子吃吧。我就不下楼了,请原谅。”

话音刚落,我把钱用纸包好扔了过去。那男子本想不理睬这包钱,因为掉在地上,刚走两步又踅回,拾起钱说:“不要这样。”又把钱扔了过来,落在茅草屋顶,我又扔了回去,他拾起就走开了。

从傍晚起,大雨滂沱。已无从辨认山峦的远近了,莽莽苍苍,眼前那条小河顷刻间混浊起来,一片黄色,流水的声响也变大了。雨这么大,舞女们哪里还会到这儿来卖艺,我这么想着,陡地坐立不安起来,几次三番到澡堂洗澡。室内阴暗。在通往邻室的纸格门开了个四方形窟窿,从门楣上吊了一盏灯,两个房间共用。

咚、咚、咚,淫雨霏霏中,远处传来轻轻的鼓声。我拼着几乎把遮雨板砸烂的劲头,推开遮雨板,探出身去。鼓声好像近了些,风雨兜头袭来。我闭上两眼,屏息静听,想搞清那鼓声是从哪个方向怎样传过来的。不久,三弦的声浪由远及近飘然而来,中间夹杂着女人冗长的喊叫和喧笑,我终于搞清楚了,原来是艺人们被叫到客店对过的饭馆出局。从声音中可以分辨出,有两三个妇女和三四个男子。估计她们在席终人散后,可能兜到这儿卖艺,于是,静候她们光临,然而,那边的酒席已经不是什么热闹,而变成哄笑打闹了。女人尖啸刺耳的喊声,闪电似的不时尖锐地划过黑夜传来。我神经质地久久敞着门,纹丝不动地坐在那里。每听到鼓声,烦虑尽涤,心想:唔,舞女还待在酒席上,坐在那儿击鼓哩。

鼓声一停,我就心神不安,心儿沉向雨声的深处去。

半晌,不晓得他们是在捉迷藏,还是团团围起翩翩起舞,参差不齐的脚步声延续了好久,突然,戛然而止,一片岑寂。我把眼睛瞪得溜圆,想透过这黑压压的一片,弄清这静谧到底是怎么回事。我为舞女今晚是否被玷污而捏了一把汗。

关好遮雨板躺下,依然心绪烦乱,于是起来洗澡,烦躁地搅着水。暴雨初霁,新月当空。经过雨水浇洒的秋夜,凄凉萧瑟的此刻,即使光着脚悄悄溜出浴室,也任什么都干不成了。已经过了两点。

三

翌晨,过了九点,那男子来旅馆看我。我刚刚起床,约他同我一起洗澡。这是一个晴空如洗的南伊豆小春天气,小河因大雨而涨了水,横卧在浴室下面,洒满了阳光。我因为昨夜的烦恼,恍如做了一场梦,便问那男子:

"昨夜搞得很晚,挺热闹吧?"

"哪里。听见啦?"

"听见啦。"

"都是些当地人。当地人只晓得吵吵嚷嚷,一点也没有意思。"

因为他若无其事,我也就不再言声了。

"那帮家伙在那边洗澡哩……喏,他们好像看见了我,在笑呢。"

我顺着他指的方向,朝河那边的公共浴池投去一瞥。热气腾腾中,七八个赤身裸体的人,神情木然地浸泡在水里。

我霍地看到一个一丝不挂的女人,从昏暗的浴池犄角跳了出来,说时迟那时快,她好像打算从脱衣处凸出的地方,向河岸纵身跳去,然而却没有跳,一动不动站在那儿,用力高举双手,口中念念有词。赤身裸体,连条毛巾也没围,她就是那舞女。看到她那手脚发育得有如小梧桐树般的白嫩裸体,我的心仿佛是一泓清泉,猛地深深地吐了一口气,嘴角露出微微的笑意。她还是个孩子哩。因为看见了我们,竟高兴得光着身子直奔阳光之下,踮起脚尖,用尽全身的力气挺直腰肢,一派孩子气。我因为亢奋,脸上久久泛着一丝微笑。我的头脑异常清醒,就这么长久地微笑不止。

舞女的头发非常浓密,看起来就像十七八岁,而且,打扮得像个窈窕女郎,我把她完全搞错了。

我同那男子一起回到我的房间,少顷,年长女孩来到旅馆院内的花圃看菊花。舞女已走到桥的中间。四十岁的妇女离开公共浴池,向她们两个瞥去。舞女一边耸了耸肩,一边笑意盈盈,摆出一副不走就要挨说的神情,慌忙转身向回走去。四十岁的妇女来到桥旁对我说:

"请过来玩啊!"

"请过来玩啊!"年长的女孩也跟着说。女人们回去了,那男子一直坐到暮色垂落。

夜里,我正同到各地批发纸张的行商下围棋,鼓声霍地在旅馆院子里响了起来。我打算站起,说道:

"沿街卖艺的来啦。"

"唔,没有意思,那玩意儿。喂,喂,该你走了。我在这里摆了个子儿。"纸商戳着棋盘,全副精力都贯注在输赢上。我正心不在焉,艺人们好像要走,那男子在院子里打招呼说:"晚安。"

我去走廊同她们招呼。艺人们在院里窃窃私语一会儿,拐向正门。三个女孩也在那男子之后,相继道声"晚安",像艺妓那样跪在走廊,手扶铺席行了个礼。棋盘上迅速反映出我处于败局的迹象来。

"这盘棋没有什么好下的了,我认输。"

"哪里,我才糟哩。不管怎么说,咱们是势均力敌,不相上下。"

纸商连看都不看艺人一眼,一丝不苟地数着棋子,更加用心下起棋来。妇女们在屋角放好鼓和三弦,开始在棋盘上玩起五子棋①。本来是我赢的这盘棋,不久却输了,纸商死乞白赖地硬磨:

"怎么样,再杀一盘,再杀一盘吧。"

然而,我只是漠然一笑,纸商也死了心,站起来走掉了。

女孩们向我们的棋盘走过来,我问道:

"今天晚上还上哪儿转悠呢?"

"倒是应当转悠的,"那男子望着女孩们说,"怎么办?今天晚上就不演出了,就在这儿玩玩吧。"

"太好啦!太好啦!"

"不会挨说吧?"

"不会;就是出去转悠,也不会有客人。"

于是,她们下起五子棋来,一直玩到十二点多。

舞女走后,我毫无睡意,头脑异常清楚,于是,走到走廊试着喊道:

"卖纸的!卖纸的!"

"来了……"年近花甲的老汉从他房间快步跨出,斗志昂扬地说,"今晚搞个通宵,杀

---

① 五子棋,用围棋子在围棋盘上对下,先把五个棋子连成一条线的为胜。

到天亮!”

我也变得杀气腾腾了。

四

我们相约在翌日清晨八时从汤野出发。我戴上在澡堂附近买的鸭舌帽,把高等学校的学生帽塞到书包的尽里层,向沿街的客店走去。那儿二楼的门窗四敞着,我从容地上了楼,艺人们还在睡梦之中。我很尴尬,站在走廊那儿。

舞女就睡在我脚前,羞得脸红到耳根,霍地双手捂脸。她同那位年纪稍大的女孩睡一个被窝。昨夜的浓妆艳抹尚未消退。胭脂渗在嘴唇和眼角。这情趣盎然的睡态撩动了我的心弦。她睡眼惺忪,双手掩面一骨碌爬出被窝,坐到走廊,落落大方地行了个日本式的礼说:

“昨天晚上,谢谢您啦。”

我站在那儿,无所适从。

那男子同年长的女孩交颈而息。在看到这副情景前,我压根儿就不晓得他们两人敢情是夫妻。

“真是太对不住您啦。本来打算今天动身,但今晚还有演出,所以,决定推迟一天。如果您今天非走不可,咱们就在下田再见了。我们已在甲州屋客店订了房间,一问就知道。”四十岁的妇女在被窝里撑起半个身子说道。我产生了好像被她们遗弃般的感觉。

“妈一定要晚走一天。您不能明天走吗?路上有个伴好些哩。明天一块走吧。”男子的话音刚落,四十岁的妇女又补充说:

“就这么着吧。承蒙您同我们搭伴,我说这么任性的话是失礼的……明天就是下刀子也走。后天是跑码头当中生下的婴儿死去的第四十九天,老早就打算在七期到下田表一下心意,为了在那天赶到下田,才这么急着赶路的。说这些是失礼的,但我们总算是有缘,后天也请您替我们的孩子祈祷一下吧。”

于是,我决定推迟动身,下了楼。我一边等着她们起床,一边坐在脏乱的账房同店里人闲聊。少顷,那男子约我去散步。大街南面不远的地方,有座美丽的桥。我们倚在桥栏杆上,他又谈起身世来。他曾经短期在东京搭过新派戏班,至今还经常在大岛码头献艺。他们的行李露把像是一条腿的刀鞘,有时还在宴席上比划几下演戏的动作给客人看。柳条包里装着行头和锅碗瓢盆等家什。

“我因为误入歧途,闹得身败名裂,幸而哥哥在甲府继承家业。所以,家里倒不指望我。”

“我一直以为你是长冈温泉的人哩。”

“原来这样。那年纪大的姑娘是我内人。比您小一岁,十九。旅途中生的第二个孩子早产啦,活了一周咽的气,内人的身子还虚着哪。那位老大妈是内人的亲娘,舞女是我亲妹子。”

"呃,你说你有个十四岁的妹妹,原来就是……"

"就是那丫头。我实在不想让妹妹干这一行,可由于种种原因,不干不行啊。"

然后告诉我,他叫荣吉,妻子叫千代子,妹妹的名字是薰。另外,那个叫百合子的十七岁姑娘,只有她是大岛人,是雇来的。荣吉忧伤得直想哭,望着河的浅滩。

我们踱回客店,洗掉脸上白粉的舞女,蹲在路旁抚摸小狗的脑袋。我想回自己的住处,便说:

"来玩啊。"

"唔,可一个人……"

"和你哥哥一起来吧。"

"马上就去。"

片刻,荣吉来到我的旅馆。我问他:

"她们呢?"

"姑娘们不来了,我妈管得严。"

可是,我同他才下了一会儿五子棋,妇女们却踱过了桥,噔噔走上楼来。和平时一样,她们恭恭敬敬行过礼后,仍旧跪在那儿,游移不决,千代子首先站了起来。我对她们说:

"这是我的房间,不要客气,请进吧。"

玩了一小时,艺人们到旅馆的内部浴池去洗澡。她们一再约我一起去,我因为有三位女子,就扯谎说随后就去。少顷,舞女一个人洗完澡回来,带来了千代子的口信:

"嫂子说她替您搓背,请您过去。"

我没有洗澡,同舞女下起五子棋来。出乎意料,她棋艺高超。玩起淘汰赛,荣吉和其他女孩都被她不费吹灰之力就杀得一败涂地。下五子棋,一般人都是我的手下败将,同她对垒,我却使出了浑身解数。我不必故意让她,这使我感到轻松。只有我们两个在下棋,刚开始她还从远处伸出胳膊挪动棋子,渐渐忘记了自己,潜心俯在棋盘上下棋。她那乌黑亮丽的秀发,光彩照人,几乎碰到我的胸口。倏地,她的脸刷地一下红了,说:"对不起,我要挨骂了。"推开棋子急匆匆跑去。大妈出现在公共浴池前。千代子和百合子神情惊慌地爬出浴池,也没有上楼,便向客店溜去。

这天,荣吉一如往常,从早到晚在我住的旅馆玩耍。淳朴而热情的旅馆老板娘,忠告我请那种人吃饭纯属浪费。

夜阑人静,我去客店,舞女正跟着大妈学三弦。看见我,琴声戛然而止,她听从大妈的吩咐,又弹了起来。每当歌声略高些,大妈就说:"不是跟你说过别出声吗?"

从这个房间可以望得见,荣吉被叫到对过饭馆,正在二楼侍候客人,唱着什么。

"他唱的什么?"我问。

"那是谣①。"大妈回答说。

---

① 谣,日本能乐的歌词。

"谣？不大像啊。"

"他是个万金油，门门通门门松。天晓得他在唱什么！"

这时，在这家客店租间房子卖鸟儿的四十左右的男子，拉开纸格门，喊女孩到他屋中去吃饭。舞女和百合子拿着筷子走向隔壁房间，吃卖鸟的狼吞虎咽吃剩的火锅。鸟贩在送她们回屋的途中，轻轻拍了一下舞女的肩头。大妈正颜厉色地说：

"喂，别动手动脚的，她还是个黄花闺女哪。"

舞女口口声声喊着叔叔，央告鸟贩读《水户黄门漫游记》给她听，然而，鸟贩只读了片刻就起身离去。她不好意思直接求我替她接着读下去，不住地同大妈唠叨这件事，言外之意是让大妈来求我。我拿起那本书在期待着，果然，舞女很快就凑了过来。我开始念起来，她把脸几乎贴到我的肩上，一本正经，两眼闪烁着炯炯光芒，全神贯注地盯望着我的天灵盖，眼睛一眨也不眨，这好像是她求人替她念书的一种习惯动作。刚才，同那鸟贩也几乎是脸贴着脸，是我亲眼目睹的。她那双晶莹靓丽的大眼睛，是她全身最动人的地方。双眼皮的褶纹有说不出的娇美，笑起来仿佛花儿舒展一般。对她来说，花一般的笑意这句话是再恰当不过了。

不久，饭馆女侍来接舞女。舞女换衣服时对我说：

"去去就来，请等着我，接着念下去。"她走到走廊，又跪下行了个日本式的礼说："我走啦。"

"可千万别唱啊。"大妈叮嘱道，舞女提起鼓轻轻点头。大妈转身对我说："现在正是变嗓子的时候……"

舞女正襟危坐在饭馆二楼敲鼓。看起来就好像在隔壁房间那么一清二楚。那鼓声使我的心在快活地跳动着。

"宴席上有鼓，气氛就活跃起来了。"大妈也向那边瞟一眼。

千代子和百合子也到那边出局去了。

一小时后，她们四人一起回来。

"就这么几个大钱……"舞女把攥在手心的五角银币，哗啦塞给大妈。我替她继续念了会儿《水户黄门漫游记》。她们又谈起旅途中死去的婴儿，那孩子好像生得水灵灵的，尽管连哭的力气都没有了，还苟延残喘了一星期。

我既不是出于什么好奇，也不含有轻蔑之意，好像把她们是跑码头卖艺这件事忘诸脑后，这种和蔼真诚似乎深深打动了她们的心。我在不知不觉中，答应到她们大岛的家中去做客。

"要是到爷爷的家就好啦。那儿宽敞，只要把爷爷赶走就很安静，住多久都行，还能够读书哩。"她们互相商量着，然后对我说："我们有两处小小的家，山那边的家闲着。"

此外，我们还商定，由我资助，她们在波浮的港口演场戏。

她们浪迹江湖的心情，并不像我当初想象那样艰辛、酸楚，我终于了解到她们还没有失去野性，而且是无忧无虑的。由于是母女姐妹，使人感到骨肉情深。只有那位雇来的百合子，生性羞怯，在我面前总是板着面孔。

我在深更半夜才离开客店。姑娘们出来送我。舞女替我摆好木屐。她把头探出门外，仰望澄澈湛蓝的浩渺太空，说：

“啊，月亮……明天到下田，太叫人高兴啦。明天给孩子烧七期，让妈给我买把梳子，然后还有许多活动。带我去看电影吧。”

下田港口，对于在伊豆相模一带跑码头的艺人，是被当作客旅中的故乡，洋溢着亲切感的一个小镇。

五

艺人拎起翻越天城时各自手中的行李。小狗把前爪搭在大妈的臂弯上，一副习惯于跋山涉水的神态。走出汤野，又进了山。海上的朝晖，烘暖着山脊。我们向一轮红日举目望去。河津的海滨展现在河津川的前方。

“那儿就是大岛！”

“你看，真大啊，来玩吧。”舞女说。

秋天的苍穹万里无云，大海依偎着太阳，就像春天那样，笼罩在柔曼的轻纱中。从这儿走到下田是五里的路程，在这段并不算太长的时间内，大海时隐时现。千代子逍遥自在地引吭高歌。

途中，有段路有些险峻，她们征求我的意见：是抄那条需要穿山越岭的二十町多的近路，还是走平坦的干线大道。我当然选了近路。

那是撒满落叶，坡陡路滑的林间小道。因为爬山坡累得气喘吁吁，我就用手支撑着膝盖，加快脚步。眼看着她们就落在后面，只能从树枝中间听到她们说话的声音。那舞女孑然一身，高高撩起下摆，迈着大步尾随在我身后，不前不后，始终拉开一间距离。我转身同她讲话，她惶惑地抿嘴一笑，停下来回答我。舞女同我说话时，我为了让她赶上来，站着等她，她照旧收住脚步，在我迈步前，站在原地不动。山路七弯八拐，越来越难走了，我便进一步加快步伐，舞女依旧保持一间的距离，跟在我后面奋力攀登。山中幽静。其他人落在后面好远了，已听不到他们的声音了。舞女问我：

“您家住在东京哪儿？”

“不，我住在学校的宿舍。”

“我也去过东京，在樱花节去跳过舞……那时太小，一点儿印象也没有。”

接着，舞女断断续续问我诸如“有父亲吗？”“到过甲府吗？”等。她说，到了下田就去看电影，还讲了死去的婴儿。

登临峰巅，舞女坐到枯草丛的木椅上，放下鼓，用手帕揩汗。她本来准备抖搂脚上的尘土，却突然匍匐在我脚前，拍打我的裙裾。我急忙缩回身子，她趔趄一下，跪倒在地上了。她就蹲着替我浑身掸了一圈，还把撩起的裙摆替我放下来。我对站在那儿喘着粗气的舞女说声：“请坐！”

一群小鸟飞落椅旁。幽静得只能听见小鸟飞到枝丫,碰撞枯叶的响声。

“您为什么走得那么快呢?”

看样子,舞女很热。我用手指咚咚弹了几下鼓,鸟儿展翅飞去。

“啊,真想喝水。”

“我去找找看。”

少顷,舞女从枯黄的树林中空手而回。我问她:

“你们在大岛净做些什么?”

于是,舞女突然举出两三个女人的名字,让人摸不着头脑。好像不是大岛,而是甲府的事。好像是关于她只读过两年的小学同学的事,东拉西扯前言不搭后语。

十多分钟后,三个年轻人才来到峰巅。大妈在她们来到的十分钟后到达。

下山时,我和荣吉故意晚走一会儿,我们悠闲自在地边说话边上路,我们走了两町左右,舞女从山下跑过来说:

“这下面有泉水。快去,我们没敢喝,等着您哪。”

听说有水,我三步并作两步跑去。树荫下的岩缝泉水滚涌。妇女们团团围着清泉。大妈说:

“请您先喝。手挨着,水要浑的,我们想,女人先喝,会把水弄脏。”

我用手舀着清冽甘醇的泉水喝将起来。妇女们不忍遽然离去,拧着毛巾擦汗。

下山进入下田大街,几处炭窑烟雾缭绕。我们坐在木堆上休息。舞女蹲在路边,用粉红的梳子替小狗梳理长毛。

“要把梳齿弄断的。”妈妈阴着脸没有好气地说。

“没关系,反正到下田要买新的。”

打从汤野,我就想把她插在头顶的这把梳子讨来,觉得她不该替小狗梳毛。

看到堆放在马路那边的许多捆毛竹,我和荣吉就说用它做拐杖最好,便踱过去,舞女也追上来,挑了比她身子还高的一根粗竹。荣吉问她:“拿它做什么?”舞女愣一下,然后把那根毛竹捅给我,说:

“送您一根拐杖,我拔了根最粗的。”

“不行,粗竹子一眼就看出来是偷的,让人发现了不好,给我送回去!”荣吉说。

舞女走向竹堆,又跑了回来。这回,她拿了根中指般粗细的竹子递给我。然后,匍匐在田塍上,气喘吁吁地等待其他女人赶上来。

我和荣吉始终同她保持五六间的距离,走在前面。

“他只要把牙拔掉,镶上金牙不就得了吗?”

耳朵里蓦地飘进了舞女的只言片语,我转身回视,她同千代子并肩而行,大妈和百合子稍许落在后面。她们好像并没有觉察到我回过身子。千代子说:

“倒也是,你把这话告诉他如何?”

她们好像在议论我。很可能是千代子提起我的牙齿不整齐,舞女才说起金牙的。她们好像在对我评头论足，对此，我既不感到难堪，也没有到打算侧耳偷听的地步，相反，却感到亲切。她们继续轻声细语，舞女忽然说：

"是位好人哪。"

"倒也是，像是个好人。"

"真是位好人，好人有多好啊。"

她们的语气单纯而又坦率，就像孩子袒露情怀那样纯真。我自以为是个好人。我怡然，向阳光灿烂的山峦极目远眺。眼睑微微作痛。二十岁的我，反复认真反省我那因孤儿的孤僻而变得古怪的性格，因为忍受不住这忧悒的折磨，才来伊豆旅行的。她们出于世故人情，把我视为好人，我的感激是难以描述的。山峦晴朗，是因为到达下田海边的缘故。我抡起刚才拿到的竹杖，向秋天的草尖砍去。

半路上，进村的路口到处竖着告示，上面写着：

——禁止乞丐与江湖艺人进村。

六

走进下田北口，眼前就是甲州屋客店。我跟在艺人后面，走进二楼的阁楼。这儿没有天花板，坐在临街的窗旁，头就碰到顶棚。

"肩膀不疼吗？"大妈三番五次问舞女，还模仿舞女击鼓时的动人姿势说，"手不疼吗？"

"不疼，还能拿还能打哪。"

"太好啦。"

我提起鼓说："喔，好重。"

"比您想象的要重，比您的书包重哩。"

艺人们同客店的旅客热热闹闹地打着招呼。这些人几乎全是些艺人和跑单帮的客商。下田港口仿佛是这些候鸟的老窝。客店的孩子们摇摇晃晃地走进来，舞女赏给他们一些铜板。在我准备离开甲州屋时，舞女抢先跑向门口，一边替我摆好木屐，一边说："带我看电影去啊。"像是自言自语地喃喃低声说。

像是市井无赖的一个男子，领着我们走了一段路，我和荣吉来到前任町长开的一家旅馆，洗了个澡，并吃顿有鲜鱼的午饭。

"明天做道场，请用这几个钱替我买把花吧。"

我把包着身上仅有的一点钱的纸包塞给荣吉。我必须搭明早的船回东京，已经囊中羞涩了。我借口学校有事，艺人们也无法强行把我留下。

吃完午饭还不到三小时，又吃起晚饭。饭后，我独自一人向下田北面走去，过了桥。爬上下田的富士山，眺望港湾。回来的路上，弯向甲州屋，艺人们正在吃鸡肉火锅。

"哪怕您只尝那么一口也行；女人用筷子碰过虽然有点脏，但还可当个笑料哪。"大妈说着，就从行李里取出一副碗筷，叫百合子去洗一下。

虽然她们以明天是孩子的七期为理由，劝我哪怕推迟一天动身也好，但我还是拿学校作借口，没有同意，于是，大妈一再说：

“那么，寒假来吧，我们都到码头去接您。请事先通知一声哪天到，我们盼着那一天哪。千万不要先去旅馆，我们到码头去接您。”

当房间里只剩下千代子和百合子时，我约她们去看电影，千代子捂着肚子说：

“身子不舒服，走那么远，吃不消哩。”她脸色苍白，浑身无力。百合子拘谨地低垂着头。舞女正在楼梯那儿和客店的孩子们嬉戏。她看见了我，缠着大妈答应她去看电影，最后，脸色凝重地走向我身旁，替我摆好木屐。

“怎么啦？就让他带你一个人去看算啦。”荣吉从旁插嘴说，好像妈妈不同意。为什么不准她一个人去，我百思不得其解。我行将离开大门时，舞女在抚摸小狗的头颅，闷闷不乐，使我连一声招呼都不敢同她打，她似乎失去了抬头看我一眼的力气了。

我一个人去看的电影。那位女解说员，凑在小洋灯前读解说词。我的脚刚迈进影院就缩了回来，回到旅馆。我肘抵窗槛，经久不息地眺望街头夜景。幽暗的街巷。我好像听到从那遥远地方传来的轻柔鼓声，不知缘由的泪水悄悄地从面庞滑落。

七

我动身那天清晨七时用餐时，荣吉还没进屋就在半路上直着喉咙喊我。他身穿印着黑徽纹的罩褂，好像是特地为我送行而穿的礼服。不见女人的踪影，寂寥之感油然涌向心头。荣吉进屋后对我说：

“本来大家很想送您，但昨晚睡得太迟，现在还没起床，请您原谅。她们要我转达，希望您冬天一定到大岛来。”

清晨的街头，寒风砭人肌骨。荣吉在半路上，买了四盒敷岛牌香烟、柿子和卡奥露①牌口服清凉液送我。

“因为妹妹的名字叫薰。”他笑容可掬地说，“坐船吃橘子不合适，吃柿子没关系，可以防止晕船。”

“把这个送给你吧。”

我摘下鸭舌帽，把它戴到荣吉头上。然后从书包取出学生帽，一边揉搓褶皱，两人一边笑着。

走近码头，舞女蹲在海边的身影映入眼帘。直到我们走近她身旁，她纹丝不动，默不作声地朝我们点点头。昨夜的妆还没有卸，更加使我感伤不已。眼角的胭脂，衬托着一脸愠色，增添了幼稚的矜持。荣吉问她：

“她们来了吗？”

舞女摇了摇头。

---

① 卡奥露，此处用的是日语假名，即薰的仿拟。

"她们还在睡着哪?"

舞女点了点头。

在荣吉去买船票和渡船票的当儿,无论我同她说什么,她只是双目直盯那伸向大海的江堤,缄默不语。好几次,我还没有把话讲完,她就连连点头。

这时,一个泥瓦匠打扮的人走近我身旁,粗声粗气地喊道:

"大娘,我看这位最合适不过了!"然后对我说:"这位学生,是去东京的吧?我相信您才拜托的,能不能把这位老大娘带到东京去?这位大娘实在太可怜啦。她儿子在莲台寺银矿打工,这次,得了流感那玩意儿,儿子和媳妇全死啦,留下才这么大的三个孩子,一点办法也没有,我们大家商量了一下,让她回老家去。老家是水户,大娘什么也不懂,到了灵岸岛,劳驾送她坐去上野的电车。给您添麻烦了,我们在这儿给您作揖,拜托啦。您看她这副样子,也会觉得可怜吧。"

呆若木鸡般站在那儿的老大娘,身背一个吃奶的孩子,双手还各牵着一个女孩,小的三岁,大的五岁。从外面就可以看到,腌臜的包袱里装着大块饭团和咸梅。五六名矿工在那儿安慰老太太。我不假思索地同意照顾老太婆。

"拜托啦。"

"谢谢。本来应当由我们送她到水户,可是办不到哇。"矿工一一向我致意。

渡船颠簸不定。舞女仍在咬着嘴唇盯望着一处。我伸手抓住软梯,回转身,本想说声再见,却强咽了回去,只点了点头。渡船驶回。荣吉不停挥动我刚才送给他的那顶鸭舌帽。渡船驶向远方,舞女才摇起了一件白东西。

渡轮驶离下田海面,直到伊豆半岛南端消失在身后,我凭栏凝望海面那边的大岛。同舞女分手,仿佛觉得是遥远的往事了。我向船舱内的老大娘扫视了一眼。人们好像已经团团围坐在她身旁,讲着各种安慰的话语。我放下心来,向隔壁的船舱踱去。相模滩浪涛汹涌。就是坐着,身子也不住前倾后倒。船员走来走去,把小铜盆分送给旅客。我头枕书包躺了下来。头脑空空荡荡,失去了时间的概念。眼泪扑簌簌流到书包上。面颊觉得凉,甚至想把书包翻个个儿。我身旁躺着一名少年。他是河津一家工厂老板的儿子,去东京准备升学,看见我戴顶一高①的学生帽,肃然起敬。我们聊了一会儿,他问我:

"出事啦?"

"没有。刚同人离别。"

我直言不讳。即使让人看见我在哭,也毫不在意。什么也不去想,我只想在安逸的满足中静睡。

也不晓得海上是几时天黑的,网代和热海已经灯火阑珊。我感到又冷又饿。少年剥开竹叶。我似乎忘记了那是别人的东西,咀嚼着他的紫菜饭团,并钻进少年的斗篷中去。我对任何热忱抚慰都能泰然接受,沉浸在如此美丽的怅然若失之中。明晨很早还得陪老大娘去上野车站,替她买能去水户的车票,认为这是理所当然的事。觉得一切都融为一

① 一高,即旧制第一高等学校,旧制高校中的佼佼者。

体了。

舱内的洋灯熄了，船上的生鱼和船外潮水的腥味，变得浓烈起来。黑暗中，我被少年的体温所温暖，任凭两行泪水扑簌簌滚流下来。头脑变得有如一泓清泉，滴滴答答，渺无踪迹，涌起了无比甜美的快意。

李德纯　译

1969

获奖作家

贝克特

传略

萨缪尔·贝克特(Samuel Beckett,1906—1989),一九○六年四月十三日出生于爱尔兰首府都柏林一个犹太人家庭。学生时代游历巴黎时,与侨居巴黎的爱尔兰著名作家詹姆斯·乔伊斯相识,还曾当过他的秘书。一九二七年,他自都柏林三一学院毕业,应聘任巴黎高等师范学院英文讲师。一九三一年回都柏林,在三一学院教授法文,并研究法国哲学家笛卡儿的著作。一九三二年后,贝克特漫游欧洲,因不满爱尔兰的神权政体和书籍检查制度等,一九三八年在法国定居。德国占领法国期间,曾因参加"抵抗运动"受盖世太保通缉,被迫逃到乡下当农业工人。一九四五年,曾短期回爱尔兰参加红十字会工作,战争结束后又回到巴黎,专心从事文学创作。

贝克特从二十世纪二十年代开始创作,写过诗歌、小说、戏剧、评论,最后以戏剧名扬世界文坛。两幕剧《等待戈多》(1952)是他的成名作,也是他的第一个荒诞派剧本。它由于反映了现实社会的混乱、丑恶和可怕,反映了人们对生活的惶恐和希望的难以实现,以及在艺术上的大胆革新,打破戏剧表现手法上的程式化和旧传统,成了荒诞派戏剧的一部经典之作。此后,贝克特相继写了不少荒诞派戏剧,如《结局》(1957)、《最后一盘录音带》(1958)、《尸骸》(1959)、《啊,美好的日子》(1961)、《卡斯康多》(1963)和《喜剧》(1964)等。

贝克特的小说,深受意识流小说家乔伊斯、普鲁斯特和存在主义的影响,主要以荒诞的手法表现了人在现实社会中的荒诞处境。主要作品有长篇小说《墨菲》(1938)、《瓦特》(1944)、三部曲[《莫洛伊》(1951)、《马洛纳之死》(1951)和《无名的人》(1953)]、《如此情况》(1961)、《默西尔和卡米尔》(1970)、《恶语来自偏见》(1982)以及短篇小说集《虚无的故事》(1955)、《周而复始》(1977)等。贝克特的小说有不少是用法文写的,然后由他自己译成英文。不少评论家认为他的小说是一种反传统的小说,称之为“反小说”。他的诗作和评论,主要有《妓女镜》(1930)和《普鲁斯特》(1931)等。

一九六九年,由于“他的具有新奇形式的小说和戏剧作品使现代人从精神困乏中得到振奋”,从而获得诺贝尔文学奖。

授奖词

一种敏锐的想象力和逻辑,如果被混合到荒谬的地步,结果将是一种似是而非的诡谲,或是一个爱尔兰人;如果是一个爱尔兰人,这种诡谲就是自然而然地包含于其中。事实上,诺贝尔奖确实有时是被分享的,有趣的是,今年正是这种情况:一份诺贝尔奖被颁给了一个人、两种语言和第三个国家,而且是一个分裂的国家。

一九〇六年,萨缪尔·贝克特生于都柏林,在将近半个世纪后,他才于巴黎获得了世界性声誉。三年之内问世的五部作品使他成为文学界的巨星,它们分别是:三部曲小说《莫洛伊》《马洛纳之死》和《无名的人》(1951—1953)、剧本《等待戈多》(1952)、小说《瓦特》(1942)。这一系列的作品在现代文学史上享有盛誉。

上面我们所提到的年代只是这些作品的出版年代,而与其写作的年代及顺序有所不同。这些作品的雏形必须追溯到当时的环境及贝克特早期思想的发展。我们只有深入研究他近期的作品,才能了解他的文学起点——他在一九三八年创作的长篇小说《墨菲》,以及作家乔伊斯、普鲁斯特对他的影响。这位在小说和戏剧上追求新表现形式的先锋,继承了乔伊斯、普鲁斯特和卡夫卡的文学传统,而他早年的戏剧作品则受益于十八世纪九十年代的法国文学和埃尔弗特·吉尔瑞的《乌布·诺伊》。

从某种意义上,小说《瓦特》不同寻常的创作是贝克特文学生涯的转折点。纳粹占领巴黎后,曾在此久居的贝克特设法逃到了法国南部,并在一九四二年至一九四四年间完成了这本书的写作。写作时,他抛弃了使用多年的英语而使用法语,从此一举成名。这种情况一直延续到十五年后,他才恢复用母语进行写作。法语使他的文风为之一变,《瓦特》以后的一系列成名作品都是如此。这些作品中写于一九四五年至一九四九年间的几部,都以第二次世界大战为题材。第二次世界大战后,他的作品日趋成熟,表现出独特的风格。

第二次世界大战给予贝克特的影响并不是战争的实际意义,也不是前线的故事或他曾亲身投入的“抵抗运动”,而在于重返和平后的种种思索:他撕开了地狱底层的可怕帷幕,展露出人性在服从命令的幌子下或在本能的驱使下,所能达到的违反人道的堕落程度,以及人性如何能在这场灾难和掠夺面前侥幸残存。因此,人的堕落是贝克特作品中的一贯主题,同时他也强调了生命存在的背景是如何像闹剧般地既怪诞又令人悲哀,从而表现出他的否定生活观——这是一种彻底的、不受干扰的否定论。它必须足够彻底,才能产生悲剧思想和诗的意境所造成的奇迹。

这种一旦形成的否定论带给我们的是什么？一种肯定的、令人愉快的意象——在这里，黑暗本身将成为光明，最深的阴影就是光源，它的名字是同情。它有着无数的前辈：亚里士多德从希腊悲剧中发展出人的灵魂须由同情和敬畏而产生“净化”的理论。人们从叔本华的深沉痛苦中感受到的力量远超过谢林的爽朗达观。人们从帕斯卡尔苦闷的怀疑中找到的神的恩宠，胜于莱布尼兹对世界的盲目信仰。而重新回顾爱尔兰文学遗产对贝克特的影响，我们会发现，他从狄恩·斯威夫特①对人类黑暗狂暴的描绘中，得到了远比从奥立弗·格尔史密斯②的空泛田园诗中得到的更多的东西。

贝克特世界观的焦点在于两种不同的悲观，一种是轻易的、不在乎思索一切的悲观；另一种是在无法避免的悲惨境遇中，痛苦地面对现实而产生的悲观。前者的悲观由于认为一切事物皆没有价值，因此有其极限；而后者则试图从相反的观点去解释，认为既然没有价值可言，也就谈不上再降低其价值。我们曾目睹了前所未有的人的堕落，如果我们否定了一切价值，堕落的证明就不存在了；但如果我们认识到人的堕落会加深我们的痛苦，则我们更能了解人的真正价值。这就是内在的净化及来自贝克特的黑色悲观主义的生命力量。而且，这种悲观主义以其博大丰富的同情，拥抱了对全人类的爱。因为这种达到痛苦顶峰的绝望已达到变化的极限，从而深知如果没有了同情，所有的境界都将消失。贝克特的作品发自近乎绝灭的心境，似乎已承担了全人类的不幸。而他凄如挽歌的语调中，浸满着对受苦者的救赎和对遇难灵魂的安慰。

在《等待戈多》和《啊，美好的日子》这两部堪称《圣经》注释的杰作中，贝克特的上述思想表现得更为明显。在《等待戈多》中有这样的话：“你是那将要降临的，还是我们要再等待的另一个呢？”剧中两个流浪汉必须忍受的境遇，是以野蛮的方式残忍地生存。在这部比较富有人性的剧本中，贝克特向我们说明了，没有什么法律比造物本身更为残忍。而人在创造中唯一的位置，仅仅是出自他故意恶意地将其他法律加之于其上的这一事实。但如果我们设想有个神，有一个创造了人类所能忍受的无尽痛苦的神，那么，正如剧中两个流浪汉一样，我们与他将何地何时、怎样相见呢？对这个问题，贝克特用剧本的名字作了回答。到剧终时我们仍然不知道戈多是什么人，就像我们到了自己生命的最后一幕仍不会知道命运一样。在大幕徐徐落下的时候，我们深切体会到一切残酷的力量，但我们也明白了这一点：无论经过怎样的痛苦与折磨，有一种东西是永远磨灭不了的，那就是希望。《等待戈多》清晰地描绘了人类面对永远的、不可预料的等待所作的形而上的抉择。

在他的另一部剧本《啊，美好的日子》中，对《圣经》的引喻多和人的现实选择紧密联系在一起。人们在这个世界上彼此的关系，就像旷野中空漠的、没有回音的呼喊。贝克特的解说是针对一个无望地坐在沙漠中的幻想者而发的，但主题却是发生于这一切之外

---

① 狄恩·斯威夫特（1667—1745），英国作家，代表作《格列佛游记》。
② 奥立弗·格尔史密斯（1730—1774），英国作家。

的另一事实：一个与世隔绝的人逐渐被日益增多的沙粒所覆盖，直到完全埋葬在自己的寂寞里；但有一样东西却在这令人窒息的沉默中昂然矗立，那就是他的头和他的旷野里的叫喊。人们只要活着，就有一种永不消失的需求，那就是找到自己的同类，与之对话、交流。

贝克特今天未能在此出席，瑞典学院对此深表遗憾。不过，他推选了巴黎出版商林顿先生，这位首先发现他作品价值的人，作为他的代表来受奖。现在，就请林顿先生接受国王陛下所颁发的诺贝尔文学奖。

瑞典学院常务秘书 卡尔·拉格纳·吉罗

金一伟 译

作品

等待戈多（节选）

人　物：

爱斯特拉冈

弗拉季米尔

波卓

幸运儿

一个孩子

第二幕

次日。乡间同一条路。同一棵树。

黄昏。

爱斯特拉冈的靴子在台前方的中央，靴跟靠在一起，靴尖斜着分开，幸运儿的帽子在同一地方。

那棵树上有了四五片树叶。

弗拉季米尔激动地上。他停住脚步，盯着树瞧了好一会儿，跟着突然开始发疯似的在台上走动起来，从这头走到那头，来回走着。他在靴子前停住脚步，拿起一只，仔细看了看，闻了闻，露出厌恶的样子，小心翼翼地放回原处。来回走动。在极右边刹住脚步，朝远处眺望，用一只手遮在眼睛上面。来回走动。在极左边刹住脚步，如前。来回走动。突然刹住脚步，开始大声唱起歌来。

弗拉季米尔　一只狗来到——(他起的音太高,所以停住不唱,清了清喉咙,又重新唱起来)

一只狗来到厨房
偷走一小块面包。
厨子举起勺子
把那只狗打死了。
于是所有的狗都跑来了
给那只狗掘了一个坟墓——(他停住不唱,沉思着,又重新唱起来)
于是所有的狗都跑来了
给那只狗掘了一个坟墓——
还在墓碑上刻了墓志铭
让未来的狗可以看到:

一只狗来到厨房
偷走一小块面包。
厨子举起勺子
把那只狗打死了。
于是所有的狗都跑来了
给那只狗掘了一个坟墓——(他停住不唱。如前)
于是所有的狗都跑来了
给那只狗掘了一个坟墓——(他停住不唱。如前。轻轻地)
给那只狗掘了一个坟墓——

〔有一会儿工夫他一声不响,一动不动,跟着开始发疯似的在台上走动。他在树前停住脚步,来回走动;在靴子前面停住脚步,来回走动;在极右边刹住脚步,向远处眺望;在极左边刹住脚步,向远处眺望。

〔爱斯特拉冈从右边上,赤着脚,低着头。他慢慢地穿过舞台。弗拉季米尔转身看见了他。

弗拉季米尔　你又来啦!(爱斯特拉冈停住脚步,但未抬头。弗拉季米尔向他走去)过来,让我拥抱你一下。

爱斯特拉冈　别碰我!

〔弗拉季米尔缩回手,显出痛苦的样子。

弗拉季米尔　你是不是要我走开?(略停)戈戈。(略停。弗拉季米尔仔细打量他)他们揍你了吗?(略停)戈戈!(爱斯特拉冈依旧不作声,低着头)你是在哪儿过夜的?

爱斯特拉冈　别碰我!别问我!别跟我说话!别跟我待在一起!

弗拉季米尔　我几时离开过你?

爱斯特拉冈　是你让我走的。

弗拉季米尔　瞧我。(爱斯特拉冈并未抬头。恶狠狠地)你到底瞧不瞧我!

[爱斯特拉冈抬起头来。他们四目相视好一会儿,退缩,前进,头歪向一边,像在欣赏一件艺术品似的,两人颤抖抖地越走越近,跟着突然拥抱,各人抱住对方的背。拥抱完毕。爱斯特拉冈在对方松手后,差点儿摔倒在地。

爱斯特拉冈　多好的天气!

弗拉季米尔　谁揍了你?告诉我。

爱斯特拉冈　又一天过去啦。

弗拉季米尔　还没过去哩。

爱斯特拉冈　对我来说这一天是完啦,过去啦,不管发生什么事。(沉默)我听见你在唱歌。

弗拉季米尔　不错,我记起来啦。

爱斯特拉冈　这叫我伤心透了。我跟自己说:他一个人待着,他以为我一去再也不回来了,所以他唱起歌来。

弗拉季米尔　一个人的心情是自己也做不了主的。整整一天我的精神一直很好。(略停)我晚上都没起来过,一次也没有。

爱斯特拉冈　(悲哀地)你瞧,我不在你身边你反倒更好。

弗拉季米尔　我想念你……可是同时又觉得很快乐。这不是怪事吗?

爱斯特拉冈　(大惊)快乐?

弗拉季米尔　也许这个字眼用得不对。

爱斯特拉冈　这会儿吗?

弗拉季米尔　这会儿?……(高兴)你又回来啦……(冷漠地)我们又在一起啦……(忧郁地)我又在这儿啦。

爱斯特拉冈　你瞧,有我在你身边,你的心情就差多啦。我也觉得自个儿待着更好些。

弗拉季米尔　(怄气)那么你干吗还要爬回来?

爱斯特拉冈　我不知道。

弗拉季米尔　不知道,可是我倒知道。那是因为你不知道怎样照顾自己。要是我在,绝不会让他们揍你的。

爱斯特拉冈　就是你在,也绝拦不住他们。

弗拉季米尔　为什么?

爱斯特拉冈　他们一共有十个人。

弗拉季米尔　不,我是说在他们动手揍你之前。我不会让你去做像你现在做的那种傻事儿。

爱斯特拉冈　我啥也没干。

弗拉季米尔　那么他们干吗揍你?

爱斯特拉冈　我不知道。

弗拉季米尔　啊,不是这么说,戈戈,事实是,有些事情你不懂,可我懂。你自己也一定感觉到这一点。

爱斯特拉冈　我跟你说我啥也没干。

弗拉季米尔　也许你啥也没干。可是重要的是做一件事的方式方法,要讲方式方法,要是你想要活下去的话。

爱斯特拉冈　我啥也没干。

弗拉季米尔　你心里也一准很快活,要是你能意识到的话。

爱斯特拉冈　为什么事快活?

弗拉季米尔　又回来跟我在一起了。

爱斯特拉冈　能这么说吗?

弗拉季米尔　就这么说吧,即便你心里并不这么想。

爱斯特拉冈　我怎么说好呢?

弗拉季米尔　说,我很快活。

爱斯特拉冈　我很快活。

弗拉季米尔　我也一样。

爱斯特拉冈　我也一样。

弗拉季米尔　咱们很快活。

爱斯特拉冈　咱们很快活。(沉默)咱们既然很快活,那么咱们干什么好呢?

弗拉季米尔　等待戈多。(爱斯特拉冈呻唤一声。沉默)从昨天开始,情况有了改变。

爱斯特拉冈　他要是不来,那怎么办呢?

弗拉季米尔　(有一刹那工夫并不理解他的意思)咱们到时候再说吧。(略停)我刚才在说,从昨天开始,这儿的情况有了改变啦。

爱斯特拉冈　一切东西都在徐徐流动。

弗拉季米尔　瞧那棵树。

爱斯特拉冈　从这一秒钟到下一秒钟,流出来的绝不是同样的脓。

弗拉季米尔　那棵树,瞧那棵树。

〔爱斯特拉冈瞧那棵树。

爱斯特拉冈　昨天它难道不在那儿?

弗拉季米尔　它当然在那儿。你不记得了?咱们差点儿在那儿上吊啦。可是你不答应。你不记得了?

爱斯特拉冈　是你做的梦。

弗拉季米尔　难道你已经忘了?

爱斯特拉冈　我就是这样的人。要么马上忘掉,要么永远不忘。

弗拉季米尔　还有波卓和幸运儿,你也把他们忘了吗?

爱斯特拉冈　波卓和幸运儿？

弗拉季米尔　他把什么都忘了！

爱斯特拉冈　我记得有个疯子踢了我一脚，差点儿把我的小腿骨踢断了。跟着他扮演了小丑的角色。

弗拉季米尔　那是幸运儿。

爱斯特拉冈　那个我记得。可是那是什么时候的事？

弗拉季米尔　还有他的主人，你还记得他吗？

爱斯特拉冈　他给了我一根骨头。

弗拉季米尔　那是波卓。

爱斯特拉冈　而这一切都发生在昨天，你说？

弗拉季米尔　是的，当然是在昨天。

爱斯特拉冈　那么我们这会儿是在什么地方呢？

弗拉季米尔　你以为我们可能在什么别的地方？你难道认不出这地方？

爱斯特拉冈　（突然暴怒）认不出！有什么可认的？我他妈的这一辈子到处在泥地里爬！你却跟我谈起景色来了！（发疯似的往四面张望）瞧这个垃圾堆！我这辈子从来没离开过它！

弗拉季米尔　镇静一点，镇静一点。

爱斯特拉冈　你和你的景色！跟我谈那些虫豸！

弗拉季米尔　不管怎样，你总不能跟我说，这儿（做手势）跟……（他犹豫）跟麦康地区没什么不同，譬如说，你总不能否认它们之间有很大的区别。

爱斯特拉冈　麦康地区！谁跟你谈麦康地区来着？

弗拉季米尔　可是你自己到过那儿，麦康地区。

爱斯特拉冈　不，我从来没到过麦康地区。我是在这儿虚度我的一生的，我跟你说！这儿！在凯康地区！

弗拉季米尔　可是我们一起到过那儿，我可以对天发誓！采摘葡萄，替一个名叫……（他把指头捻得啪的一声响）想不起那个人叫什么名字了，有一个叫做……（把指头捻得啪的一声响）想不起那个地方叫什么名字了，你也不记得了？

爱斯特拉冈　（平静一些）这是可能的。我这人一向对什么都不注意。

弗拉季米尔　可是那儿一切东西都是红色的！

爱斯特拉冈　（生气）我这人对什么都不注意，我跟你说！

〔沉默。弗拉季米尔深深叹了一口气。

弗拉季米尔　你这个人真难相处，戈戈。

爱斯特拉冈　咱俩要是分开，也许会更好一些。

弗拉季米尔　你老是这么说，可是你老是爬回来。

爱斯特拉冈　最好的办法是把我杀了，像别的人一样。

弗拉季米尔 别的什么人?(略停)别的什么人?

爱斯特拉冈 像千千万万别的人。

弗拉季米尔 (说警句)把每一个人钉上他的小十字架。(他叹了一口气)直到他死去。(临时想起)而且被人忘记。

爱斯特拉冈 在你还不能把我杀死的时候,让咱们设法平心静气地谈话,既然咱们没法默不作声。

弗拉季米尔 你说得对,咱们不知疲倦。

爱斯特拉冈 这样咱们就可以不思想。

弗拉季米尔 咱们有那个借口。

爱斯特拉冈 这样咱们就可以不听。

弗拉季米尔 咱们有咱们的理智。

爱斯特拉冈 所有死掉了的声音。

弗拉季米尔 它们发出翅膀一样的声音。

爱斯特拉冈 树叶一样。

弗拉季米尔 沙一样。

爱斯特拉冈 树叶一样。

〔沉默。

弗拉季米尔 它们全都同时说话。

爱斯特拉冈 而且都跟自己说话。

〔沉默。

弗拉季米尔 不如说它们窃窃私语。

爱斯特拉冈 它们沙沙地响。

弗拉季米尔 它们低言细语。

爱斯特拉冈 它们沙沙地响。

〔沉默。

弗拉季米尔 它们说些什么?

爱斯特拉冈 它们谈它们的生活。

弗拉季米尔 光活着对它们来说并不够。

爱斯特拉冈 它们得谈起它。

弗拉季米尔 光死掉对它们来说并不够。

爱斯特拉冈 的确不够。

〔沉默。

弗拉季米尔 它们发出羽毛一样的声音。

爱斯特拉冈 树叶一样。

弗拉季米尔 灰烬一样。

爱斯特拉冈　树叶一样。

〔长时间沉默。

弗拉季米尔　说话呀!

爱斯特拉冈　我在想哩。

〔长时间沉默。

弗拉季米尔　(苦恼地)找句话说吧!

爱斯特拉冈　咱们这会儿干什么?

弗拉季米尔　等待戈多?

爱斯特拉冈　啊!

〔沉默。

弗拉季米尔　真是可怕!

爱斯特拉冈　唱点儿什么吧。

弗拉季米尔　不,不!(他思索着)咱们也许可以从头再来一遍。

爱斯特拉冈　这应该是很容易的。

弗拉季米尔　就是开头有点儿困难。

爱斯特拉冈　你从什么东西开始都可以。

弗拉季米尔　是的,可是你得决定才成。

爱斯特拉冈　不错。

〔沉默。

弗拉季米尔　帮帮我!

爱斯特拉冈　我在想哩。

〔沉默。

弗拉季米尔　在你寻找的时候,你就听得见。

爱斯特拉冈　不错。

弗拉季米尔　这样你就不至于找到你所找的东西。

爱斯特拉冈　对啦。

弗拉季米尔　这样你就不至于思想。

爱斯特拉冈　照样思想。

弗拉季米尔　不,不,这是不可能的。

爱斯特拉冈　这倒是个主意,咱们来彼此反驳吧。

弗拉季米尔　不可能。

爱斯特拉冈　你这样想吗?

弗拉季米尔　请放心,咱们早就不能思想了。

爱斯特拉冈　那么咱们还抱怨什么?

弗拉季米尔　思想并不是世间最坏的事。

爱斯特拉冈　也许不是。可是至少不至于那样。

弗拉季米尔　那样什么？

爱斯特拉冈　这倒是个主意，咱们来彼此提问题吧。

弗拉季米尔　至少不至于那样，你这话是什么意思？

爱斯特拉冈　那样不幸。

弗拉季米尔　不错。

爱斯特拉冈　嗯？要是咱们感谢咱们的幸福呢？

弗拉季米尔　最可怕的是有了思想。

爱斯特拉冈　可是咱们有过这样的事吗？

弗拉季米尔　所有这些尸体是从哪儿来的？

爱斯特拉冈　这些骷髅。

弗拉季米尔　告诉我这个。

爱斯特拉冈　不错。

弗拉季米尔　咱们一定有过一点儿思想。

爱斯特拉冈　在最初。

弗拉季米尔　一个藏骸所！一个藏骸所！

爱斯特拉冈　你用不着看。

弗拉季米尔　你情不自禁要看。

爱斯特拉冈　不错。

弗拉季米尔　尽管尽了最大的努力。

爱斯特拉冈　你说什么？

弗拉季米尔　尽管尽了最大的努力。

爱斯特拉冈　咱们应该毅然转向大自然。

弗拉季米尔　咱们早就试过了。

爱斯特拉冈　不错。

弗拉季米尔　哦，这不是世间最坏的事，我知道。

爱斯特拉冈　什么？

弗拉季米尔　有思想。

爱斯特拉冈　那自然。

弗拉季米尔　可是没有思想咱们也能凑合。

爱斯特拉冈　Que voulez-vous?①

弗拉季米尔　你说什么？

爱斯特拉冈　Que voulez-vous?

弗拉季米尔　啊！Que voulez-vous. 一点不错。

---

① 法文：你要什么？

〔沉默。

爱斯特拉冈　像这样聊天儿倒也不错。

弗拉季米尔　不错，可是现在咱们又得找些别的什么聊聊啦。

爱斯特拉冈　让我想一想。

〔他脱下帽子，凝神思索。

爱斯特拉冈　让我也想一想。

〔他脱下帽子，凝神思索。

〔他们一起凝神思索。

弗拉季米尔　啊！

〔他们各自戴上帽子，舒了口气。

爱斯特拉冈　嗯？

弗拉季米尔　从我刚才说的话开始，咱们可以从那儿开始讲起。

爱斯特拉冈　你什么时候说的话？

弗拉季米尔　最初。

爱斯特拉冈　最初什么时候？

弗拉季米尔　今天晚上……我说过……我说过。

爱斯特拉冈　别问我。我不是个历史学家。

弗拉季米尔　等一等……咱们拥抱……咱们很快活……快活……咱们既然很快活，那么咱们干什么好呢……继续……等待……等待……让我想一想……想起来啦……继续等待……咱们既然很快活……让我想一想……啊！那棵树！

爱斯特拉冈　那棵树？

弗拉季米尔　你记不得了？

爱斯特拉冈　我累啦。

弗拉季米尔　你往上面瞧瞧。

〔爱斯特拉冈往树上瞧。

爱斯特拉冈　我什么也没瞧见。

弗拉季米尔　昨天晚上那棵树黑沉沉、光秃秃的，什么也没有。可是这会儿上面都有树叶啦。

爱斯特拉冈　树叶？

弗拉季米尔　只一夜工夫。

爱斯特拉冈　准是春天来啦。

弗拉季米尔　可是只一夜工夫。

爱斯特拉冈　我跟你说，咱们昨天不在这儿。你又做了场噩梦。

弗拉季米尔　照你说来，咱们昨天晚上是在哪儿呢？

爱斯特拉冈　我怎么知道？在另一个场所。别怕没有空间。

弗拉季米尔　（很有把握）好。昨天晚上咱们不在这儿。那么昨天晚上咱们干了些什么呢？

爱斯特拉冈　干了些什么？

弗拉季米尔　想想看。

爱斯特拉冈　干了些什么……我想咱们聊天了。

弗拉季米尔　（抑制自己）聊些什么？

爱斯特拉冈　哦……这个那个，我想，一些空话。（有把握地）不错，现在我想起来了，昨天晚上咱们谈了一晚上空话。半个世纪来可不老是这样。

弗拉季米尔　你连一点儿事实、一点儿情况都记不得了？

爱斯特拉冈　（疲惫地）别折腾我啦，狄狄。

弗拉季米尔　太阳。月亮。你都记不得了？

爱斯特拉冈　它们准是在那儿，像过去一样。

弗拉季米尔　你没注意到一些不平常的东西？

爱斯特拉冈　天哪！

弗拉季米尔　还有波卓？还有幸运儿？

爱斯特拉冈　波卓？

弗拉季米尔　那些骨头。

爱斯特拉冈　它们很像鱼骨头。

弗拉季米尔　是波卓给你吃的。

爱斯特拉冈　我不知道。

弗拉季米尔　还有人踢了你一脚。

爱斯特拉冈　对啦，是有人踢了我一脚。

弗拉季米尔　是幸运儿踢你的。

爱斯特拉冈　所有这一切都是昨天发生的？

弗拉季米尔　把你的腿给我看。

爱斯特拉冈　哪一条？

弗拉季米尔　两条全给我看。拉起你的裤腿来。（爱斯特拉冈向弗拉季米尔伸出一条腿，踉跄着。弗拉季米尔攥住腿。他们一起踉跄）拉起你的裤腿来！

爱斯特拉冈　我不能。

〔弗拉季米尔拉起裤腿，看了看那条腿，松手。爱斯特拉冈差点儿摔倒。

弗拉季米尔　另外一条。（爱斯特拉冈伸出同一条腿）另外一条，猪！（爱斯特拉冈伸出另外一条腿。得意地）伤口在这儿！都快化脓了！

爱斯特拉冈　那又怎么样呢？

弗拉季米尔　（放掉腿）你的那双靴子呢？

爱斯特拉冈　我准是把它们扔掉啦。

弗拉季米尔 什么时候?

爱斯特拉冈 我不知道。

弗拉季米尔 为什么?

爱斯特拉冈 (生气)我不知道我为什么不知道。

弗拉季米尔 不,我是问你为什么把它们扔掉。

爱斯特拉冈 (生气)因为穿了腿疼!

弗拉季米尔 (得意地,指着靴子)它们在那儿哩!(爱斯特拉冈望着靴子)就在你昨天搁的地方!

〔爱斯特拉冈向靴子走去,仔细察看。

爱斯特拉冈 这双靴子不是我的。

弗拉季米尔 (愣住)不是你的!

爱斯特拉冈 我的那双是黑色的。这一双是棕色的。

弗拉季米尔 你能肯定你的那双是黑色的吗?

爱斯特拉冈 嗯,好像是双灰白色的。

弗拉季米尔 这一双是棕色的吗?给我看。

爱斯特拉冈 (拾起一只靴子)嗯,这一双好像是绿色的。

弗拉季米尔 (上前)给我看。(爱斯特拉冈把靴子递给他。弗拉季米尔仔细察看,愤怒地把靴子扔下)嗯,真他妈——

爱斯特拉冈 你瞧,所有这一切全都是他妈的——

弗拉季米尔 啊!我明白了。不错,我明白是怎么回事了。

爱斯特拉冈 所有这一切全都是他妈的——

弗拉季米尔 很简单。有人来到这儿,拿走了你的靴子,把他的那双留下了。

爱斯特拉冈 为什么?

弗拉季米尔 他的那双他穿着太紧了,所以就拿走了你的那双。

爱斯特拉冈 可是我的那双也太紧了。

弗拉季米尔 你穿着紧。他穿着不紧。

爱斯特拉冈 我累啦!(略停)咱们走吧。

弗拉季米尔 咱们不能。

爱斯特拉冈 干吗不能?

弗拉季米尔 咱们在等待戈多。

…………

〔孩子从右边上。他刹住脚步。

〔沉默。

孩子　劳驾啦,先生……(弗拉季米尔转身)亚尔伯特先生?

弗拉季米尔　又来啦。(略停)你不认识我?

孩子　不认识,先生。

弗拉季米尔　昨天来的不是你?

孩子　不是,先生。

弗拉季米尔　这是你头一次来?

孩子　是的,先生。

〔沉默。

弗拉季米尔　你给戈多先生捎了个信来?

孩子　是的,先生。

弗拉季米尔　他今天晚上不来啦?

孩子　不错,先生。

弗拉季米尔　可是他明天会来?

孩子　是的,先生。

弗拉季米尔　决不失约?

孩子　是的,先生。

〔沉默。

弗拉季米尔　你遇见什么人没有?

孩子　没有,先生。

弗拉季米尔　另外两个……(他犹豫一下)人?

孩子　我没看见什么人,先生。

〔沉默。

弗拉季米尔　他干些什么,戈多先生?(沉默)你听见我的话没有?

孩子　听见了,先生。

弗拉季米尔　嗯?

孩子　他什么也不干,先生。

〔沉默。

弗拉季米尔　你弟弟好吗?

孩子　他病了,先生。

弗拉季米尔　昨天来的也许是他?

孩子　我不知道,先生。

〔沉默。

弗拉季米尔　(轻声)他有胡子吗,戈多先生?

孩子　有的,先生。

弗拉季米尔　金色的还是……(他犹豫一下)还是黑色的?

孩子　我想是白色的,先生。

〔沉默。

弗拉季米尔　耶稣保佑我们!

〔沉默。

孩子　我怎么跟戈多先生说呢?

弗拉季米尔　跟他说……(他犹豫一下)跟他说你看见了我,跟他说……(他犹豫一下)说你看见了我。(略停。弗拉季米尔迈了一步,孩子退后一步。弗拉季米尔停住脚步,孩子也停住脚步)你肯定你看见我了吗,嗳,你不会明天见了我,又说你从来不曾见过我?

〔沉默。弗拉季米尔突然往前一纵身,孩子闪身躲过,奔跑着下。弗拉季米尔一动不动地站在那儿,低下头。爱斯特拉冈醒来,脱掉靴子,两手提着靴子站起来,走到舞台前方中央把靴子放下,向弗拉季米尔走去,拿眼瞧着他。

爱斯特拉冈　你怎么啦?

弗拉季米尔　没什么。

爱斯特拉冈　我走啦。

弗拉季米尔　我也走啦。

爱斯特拉冈　我睡的时间长吗?

弗拉季米尔　我不知道。

〔沉默。

爱斯特拉冈　咱们到哪儿去?

弗拉季米尔　离这儿不远。

爱斯特拉冈　哦不,让咱们离这儿远一点吧。

弗拉季米尔　咱们不能。

爱斯特拉冈　干吗不能?

弗拉季米尔　咱们明天还得回来。

爱斯特拉冈　回来干吗?

弗拉季米尔　等待戈多。

爱斯特拉冈　啊!(略停)他没来?

弗拉季米尔　没来。

爱斯特拉冈　现在已经太晚啦。

弗拉季米尔　不错,现在已经是夜里啦。

爱斯特拉冈　咱们要是不理会他呢?(略停)咱们要是不理会他呢?

弗拉季米尔　他会惩罚咱们的。(沉默。他望着那棵树)一切的一切全都死啦,除了这棵树。

爱斯特拉冈　(望着那棵树)这是什么?

弗拉季米尔　是树。

爱斯特拉冈　不错,可是什么树?

弗拉季米尔　我不知道。一棵柳树。

〔爱斯特拉冈拖着弗拉季米尔向那棵树走去。他们一动不动地站在树前。沉默。

爱斯特拉冈　咱们干吗不上吊呢?

弗拉季米尔　用什么?

爱斯特拉冈　你身上没带绳子?

弗拉季米尔　没有。

爱斯特拉冈　那么咱们没法上吊了。

弗拉季米尔　咱们走吧。

爱斯特拉冈　等一等,我这儿有裤带。

弗拉季米尔　太短啦。

爱斯特拉冈　你可以拉住我的腿。

弗拉季米尔　可是谁来拉住我的腿呢?

爱斯特拉冈　不错。

弗拉季米尔　拿出来我看看。(爱斯特拉冈解下那根系住他裤子的绳索,可是那条裤子过于肥大,一下子掉到了齐膝盖的地方。他们望着那根绳索)拿它应急倒也可以。可是它够不够结实?

爱斯特拉冈　咱们马上就会知道了。攥住。

〔他们每人攥住绳子的一头使劲拉。绳子断了。他们差点儿摔了一跤。

弗拉季米尔　连个屁都不值。

〔沉默。

爱斯特拉冈　你说咱们明天还得回到这儿来?

弗拉季米尔　不错。

爱斯特拉冈　那么咱们可以带一条好一点的绳子来。

弗拉季米尔　不错。

〔沉默。

爱斯特拉冈　狄狄。

弗拉季米尔　嗯。

爱斯特拉冈　我不能再这样下去啦。

弗拉季米尔　这是你的想法。

爱斯特拉冈　咱俩要是分手呢?也许对咱俩都要好一些。

弗拉季米尔　咱们明天上吊吧。(略停)除非戈多来了。

爱斯特拉冈　他要是来了呢?

弗拉季米尔　咱们就得救啦。

〔弗拉季米尔脱下帽子(幸运儿的),往帽内窥视,往里面摸了摸,抖了抖帽子,拍了拍帽顶,重新把帽子戴上。

爱斯特拉冈 嗯?咱们走不走?

弗拉季米尔 把你的裤子拉上来。

爱斯特拉冈 什么?

弗拉季米尔 把你的裤子拉上来。

爱斯特拉冈 你要我把裤子脱下来?

弗拉季米尔 把你的裤子拉上来。

爱斯特拉冈 (觉察到他的裤子已经掉下)不错。

〔他拉上裤子。沉默。

弗拉季米尔 嗯?咱们走不走?

爱斯特拉冈 好的,咱们走吧。

〔他们站着不动。

〔幕落〕

——剧终

施咸荣　译

1970
获奖作家

索尔仁尼琴

传略

亚历山大·伊萨耶维奇·索尔仁尼琴(Александр Исаевич Солженицын,1918—2008),一九一八年十二月十一日,出生于北高加索休养胜地基斯洛沃茨克市的一个哥萨克知识分子家庭。一九二四年随寡母迁至顿河地区的罗斯托夫市。在那里他读完中学后考入罗斯托夫大学物理数学系,同时在莫斯科文史哲学院函授班攻读文学。毕业后任中学教师。第二次世界大战期间,应征入伍,因两次立功,升任炮兵大尉。一九四五年七月,因在和友人通信中批评了斯大林,被捕判刑八年,流放三年,直到一九五六年二月,赫鲁晓夫当政后,才得以获释,平反后定居梁赞市,任中学数学教师,并开始了他的文学创作生涯。

一九六二年十一月,经赫鲁晓夫批准,他描写斯大林肃反扩大化和苏联劳改营生活的中篇小说《伊凡·杰尼索维奇的一天》在《新世界》杂志刊出,引起了轰动,使他一举成名,同年加入苏联作家协会。此后他又相继发表了三个中短篇小说:《克列切托夫卡车站上发生的一件事》(1963)、《玛特廖娜的家》(1963)和《为了事业的利益》(1963)。一九六五年,索尔仁尼琴描写劳改营的作品受到了批判,他的作品被禁止出版。一九六七年五月,第四次苏联作家代表大会前夕,他给大会写了一封公开信,要求"取消对文艺创作的一切公开和秘密的检查制度",遭到指责。此后,他的长篇小说《癌病房》(1963—1967)和《第一圈》(1969)相继在西欧出版,从而对他采取了更为严厉的批判,并于一九六九年十一月将他开除出作家协会。

一九七〇年,由于"他在追求俄罗斯文学不可或缺的传统时所具有的道义力量",授予他诺贝尔文学奖,但他未能前往领奖。一九七一年和一九七三年,他的长篇小说《一九一四年八月》和《古拉格群岛》第一卷相继在国外出版,后者披露了一九一八年到一九五六年间苏联监狱和劳改营的内幕。一九七四年二月,索尔仁尼琴被取消苏联国籍,驱逐出境。他先到德国,后移居瑞士,领取了四年前的诺贝尔文学奖。一九七六年,移居美国。移居国外后,他又发表了长篇小说《列宁在苏黎世》(1976),长篇巨著《红色车轮》,传记作品《牛犊顶橡树》(1975),中短篇小说《复活宗教游行》(1990)、《右手》(1990)、《扎哈尔·卡利塔》(1990)等。此外,他还写有剧本《风中烛》(1968)、《和平与暴力》(1974),诗歌《普鲁士的夜晚》(1974)等。

一九八五年后,在"政治反思热"文学主潮中,索尔仁尼琴重新恢复了作协会籍,他的作品也陆续得以在国内发表。

授奖词

I[①]

像所有作家一样,索尔仁尼琴无疑受到时代的社会条件和政治条件的影响。索尔仁尼琴是在苏维埃新政权下成长起来的第一代作家。他的创作才能的激发是跟他的祖国有着不可分割的联系的。然而,他的作品却具有全球性的艺术魅力,这种魅力来自他对贯穿于许多伟大先驱作品中无可比拟的俄罗斯传统的继承。他和他的前辈作家一样以不同的艺术形式象征性地表达自己对俄罗斯苦难的沉思和对俄罗斯母亲的挚爱。

随着《伊凡·杰尼索维奇的一天》(1962)的出版,苏联和全世界都承认索尔仁尼琴已跻身于伟大俄罗斯作家的行列。《真理报》将索尔仁尼琴与列夫·托尔斯泰相提并论,认为他对"即使处于备受屈辱时刻的人的品质"的描写也会使人的心灵痛苦地紧缩起来,使人的精神得以升华。对非俄罗斯世界来说,这部小说以对时代发人深思的启示而具有同等强烈的吸引力:对不可摧毁的"人的尊严"的肯定和对破坏这一尊严的一切企图的批判。

索尔仁尼琴曾对他的这种"复调"展示方法作过重要阐释:个人不应作为集体的一员出现,当行动与个人有关时,个人便应成为"主角"。而"人的地位是平等的……个人的命运体现在千百万人中间,千百万人的命运集中在个人身上"。这是人道主义的精髓,索尔仁尼琴为此而被授奖。

瑞典学院常务秘书 卡尔·拉格纳·吉罗

汪明河 译

---

① 一九七〇年十二月十日,亚历山大·索尔仁尼琴被授予诺贝尔文学奖。瑞典学院常务秘书卡尔·拉格纳·吉罗在受奖者缺席的情况下宣读了此授奖词。

Ⅱ[①]

今天的这个仪式不仅对瑞典学院,而且对我们所有人都具有特殊的意义:我们终于能够把奖赏的徽章移交给一九七〇年的荣誉获得者。

亚历山大·索尔仁尼琴先生,我已经向你作了两次演讲。第一次演讲你没有能够倾听,因为当时有道需要跨越的边界;第二次演讲我不能够做出,因为当时有道需要跨越的边界。你今天的在场并不意味着边界终于被取消了,而是相反,这意味着你现在位于一道仍然存在的边界的这一侧。但是就我的理解,你的作品的精神,你的作品的动力,就如同阿尔弗雷德·诺贝尔的遗嘱的精神和力量,是开放所有的边界,以使人能自由地、充满自信地与人相会。

困难在于,这样一种自信只能够建立在真理之上,而且在我们这个世界之上,没有哪个地方能使真理总是受到纯粹的愉快的欢迎。有一位严厉的古老哲学家说,真理走遍家家户户,而狗则朝陌生人吠叫。但是愈加感到高兴和感激的是那些人,他们认出了这位漫游的陌生人,于是邀他过夜,和他们一起生活,并怀着深深的希望,但愿边界仅仅是地图上的一道线的日子不会太遥远,而边界本来就应该是地图上的一道线的,我们则可以越过这道线去看朋友。围绕着我们所居住的这个繁荣而又备受折磨的星球的一切都应该是这个样子,而且也能够是这个样子。

亚历山大·索尔仁尼琴,我亲爱的朋友,我用这寥寥数语向您转达瑞典学院的热烈祝贺,并请您从国王陛下的手中接受本奖的徽章,您在本奖的价值上添加了您的荣誉。

瑞典学院常务秘书 卡尔·拉格纳·吉罗

王义国 译

作品

克列切托夫卡车站上发生的一件事(节选)

瓦夏·佐托夫大学的同学和朋友都奔赴前线。

只有他在这儿……

所以就应该更顽强地工作! 工作,不光是能有条不紊地交班,而且要尽可能多干事,干好事! 因为现在已经是十月革命二十四周年即将来临的秋日了。这是一年中最热烈和欢乐的节日,虽说自然界天气变化恰恰是进入严冬的季节,可这次却令人撕心裂肺。

---

① 索尔仁尼琴于一九七四年十二月才领取诺贝尔文学奖。

除了啰啰唆唆的日常琐事外，佐托夫的工作这次拖了整整一星期，事情是从他当班时开始的。德国人开始空袭车站，时不时来轰炸运载军事物资（其中还有食品）的列车。如果它们被炸个精光，倒也完事了，幸运的是许多物资都保全了下来。这就要求佐托夫编制四份交接清单：完全不能用的物资清单（要将它们从有关收件人的名单中注销，并重新配给他们新的物资），百分之四十至百分之八十不能使用的物资清单（必须经过特许才能使用它们），百分之十至百分之四十不能使用的物资清单（它们将根据补充指令，发往下一站，或者局部加以替换），最后是完整保留下来的物资清单。会出现这样的情况：被炸列车的货物全部集中到仓库。分拣工作不可能一时三刻完成。车站上有许多闲杂人员，货物很可能被盗。此外，判明损坏的程度需要由技术专家来鉴定。技术专家都是从米丘林斯克和沃罗涅日乘车来的。鉴定时要在仓库里把箱子搬来搬去，但搬运工又奇缺。

轰炸笨蛋也会，整理你倒去试试看！

何况佐托夫这人办事一向非常顶真，大部分交接清单他已经编制好，今天再干一会儿就完工了。他想，清理所有被毁的物资，花上一个星期也就够了。

这虽是例行公事，但在佐托夫的眼里却有深一层的意思。他受过高等教育，有系统分析的天赋，在司令部工作，积累了非常有用的经验。他非常清楚，我们现行的战争动员法有许多缺点，组织军事物资跟踪方面也有许多缺点，他还想出不少改进铁路军事代表办事处工作的大大小小的措施。认真观察一切有关情况，并进行记录、分析、整理，写成报告递交给国防人民委员部。所有这些，是否应该成为他一项直接的、道义上的职责呢？即使他的成果赶不上在这次战争中使用，但对下次战争也肯定会有意义的。

难道还有把时间和精力花在其他事上的吗？（如果把这个想法告诉上尉，或者中心办事处的其他同志，他们一定会笑话他的。这是些目光短浅的人。）

快点整理需要中转的物资！佐托夫的手掌又圆又厚，手指又短又粗。他搓了搓手，拿起化学铅笔，边校对密码号，边用清晰的椭圆笔迹，分别在几张纸上登记货物和车厢的号码，它们有的数字很大，有的数字很小，这工作不允许出现一点误差，就像射击瞄准一样。他专心致志地工作，微微皱起眉头，噘起下嘴唇。

这时波德谢比亚金娜敲了敲门玻璃：

“可以进来吗，瓦西里·瓦西里依奇？”她还没有得到允许，就手里拿着报表走了进来。

一般说来，她是用不着到这屋里来的。有什么问题，在门口，或者隔着门就可以解决。不过他们不止一次碰在一起值通宵班，纯粹出于礼貌，他没拒绝她进来。

他赶快合上密码本，装作无意的样子，用一张白纸盖住所写的一组数字。

“瓦西里·瓦西里依奇，我有点糊涂了！您看……”还有一张椅子不在桌旁，瓦利娅顺势伏在桌上，把一张数字歪歪斜斜、字迹潦草的表格递给佐托夫，“四六六次专列里的一五七八三一号车厢发到哪里？”

“请稍等。”他打开抽屉，稍稍考虑后，从三个文件夹中取出一个，打开文件夹（但不让她看见内容），很快就找到了，“一五七八三一号车厢发往帕切尔马。”

“嗯，”瓦利娅应了声，记下“帕切”两个字，但没有离开。她还伏在桌上，咬着铅笔头，继续看自己的报表。

“你那‘切’字写得太潦草，”佐托夫责备说，“以后会把它看成‘维’字，车厢就会发到帕维列茨去了。”

“真会这样！”瓦利娅毫不在乎地应了句，“您老是在找我的碴儿，瓦西里·瓦西里依奇！”

她的一双眼睛在鬈发下盯着他。

不过还是端端正正写上了“切”字。

“后面这是什么……”她一字一句地说，铅笔还含在嘴里。她亚麻似的浓密的鬈发，不但遮住了前额，还盖住了眼睛，但她没有把它们掠起，柔软的鬈发洗得干干净净。佐托夫想，用手抚摩这些鬈发一定非常惬意。“一〇五一五〇号平车。”

“小平车？”

“不，大平车。”

“不见得吧！”

“为什么？”

“还差一个数字。”

“那现在怎么办？”她把头发往后一掠。她的眉毛是银色的。

“找咯，仔细点，瓦利娅。是同一列车？”

“嗯。”

佐托夫看着文件夹，试着找号码。

而瓦利娅却凝视着中尉，望着他那双可笑的招风耳、土豆似的鼻子，透过眼镜可以清楚地看到两只淡蓝色中带点灰色的眼睛。这个瓦西里·瓦西里依奇工作中好吹毛求疵，但人倒不凶。特别让她动心的是，这个男人彬彬有礼，规规矩矩。

“唉！”佐托夫气极了，“该用树条抽你一顿！不是〇五而是〇〇五，脑子到哪里去啦！”

“〇〇！”瓦利娅奇怪死了，连忙加上个〇。

“你还是念完十年级的，不难为情吗？”

“得了吧，瓦西里·瓦西里依奇，这和十年级有什么关系？喂，把它发到哪里？”

“基尔萨诺夫。”

“嗯。”瓦利娅记了下来。

她一动不动地伏在桌上，两人的脸靠得很近。她出神地用手指拨弄桌缝的小木片，挖出来，又按回去。

男人的一双眼睛不由自主地偷偷扫视了她那对小小的处女的乳房，它们平时总被厚厚的铁路制服盖得严严密密的，现在俯身时才被瞧得一清二楚。

“快下班了。”瓦利娅噘起嘴。她浅红色的嘴唇是那样鲜艳。

“下班前还应该工作！”佐托夫皱起眉头，不再偷看姑娘了。

“您还是回房东老大娘那儿……是吗？”

“还能到哪儿去？”

“不到别人那儿去做客……”

“只有你才有时间做客！”

“老大娘那里有什么可留恋的？连张像样的床都没有，你这么个人还得睡在大木箱上。”

“你打哪儿知道的？”

“人人都知道，早传开了。”

“瓦莲奇卡，现在不是在舒适的环境里享清福的时候，对我来说更是这样。不上前线已经够内疚的了。”

“您这是怎么啦？没干事？有什么好内疚的？您不是还老蹲战壕吗？！你能一直活下去吗……活着，就应该活得像个人。”

佐托夫脱下制帽，舒了舒被扎紧的前额，制帽小了点，但仓库里找不到别的了。

瓦利娅在报表的角上，用铅笔画了个大圆圈，像只大脚扣。

“您为什么搬出阿夫杰耶夫家？他们家条件要好些。”

佐托夫垂下眼，满脸通红。

“搬了就搬了呗。”

（难道阿夫杰耶夫家的事传到村里啦？）

瓦利娅还在画圆圈。

谁也不开口。

瓦利娅瞟了瞟他那圆圆的脑袋。他摘下眼镜，露出一张娃娃脸。他头发稀疏、明亮，笔直竖起，像一个个问号。

“您从来不看电影，是不是有不少有趣的书？借我看看也好嘛。”

他脸上的红潮没有消退，气势汹汹地问：

“你从哪里打听来的？我能有什么书？”

“我这样想的。”

“一本也没有，全留在了家里。”

“很可惜吧。”

“不。说到哪里去了？战士只能带背包，其他都不应带。”

“那就到我们这里借些书去看吧。”

“你们书很多？”

“满满一书架。”

“有些什么书呢？”

“像《炼铁炉》啦，《谢列布良内公爵》啦，另外还有些。”

“你都看过了。”

“看了些。”她忽然抬起头，盯着他，激动得声音发颤，“瓦西里·瓦西里依奇！到我们家住吧！沃夫卡的房间空着，您可以住。房里生着火，可暖和啦，妈妈会给您做饭。何苦住在老大娘家呢？”

他们相互探望着，心里都有个闷葫芦。

瓦利娅看出中尉拿不定主意，要不要马上答应下来，为什么不肯答应呢？怪人！哪个当兵的不是逢人就说自己是单身汉？只有他承认自己已经结了婚。哪个当兵的不挑村子里条件好的人家？又暖和，又有人照顾。父亲和兄弟上前线以后，瓦利娅多想家里有个男人。那样，即使上班上到深更半夜，也不怕村子里的路黑洞洞的，泥泞难走，他们可以一起回家（正好可以挽着胳膊偎依着走），然后一起高高兴兴地吃饭，说说笑笑……

瓦夏·佐托夫的心几乎要蹦出来了，他直勾勾地望着大胆邀请他搬到自己家住的姑娘，她只比自己小三岁，但以父名和名字，以“您”来称呼自己，这就不是由于年龄差异，而是出于尊敬自己中尉的军阶。他很清楚，事情绝不仅仅是凭一丁点配给烧出美味可口的饭菜，也不仅仅有熊熊的火炉散发的温暖。他感到情迷意乱，不能自持，现在同样渴望抚摩她那可爱的银色鬈发。

不过，这无论如何也不行。

他拉了拉别着绿底红条领章的领子，其实它一点也不皱，扶了扶眼镜。

“不，瓦利娅，我哪儿也不搬。总之，该工作了，我们怎么老瞎聊天？”

他戴好绿色的制帽。那张长着翘鼻子、不知为什么显得毫无自卫能力的脸露出异常严肃的神情。姑娘皱着眉头看了他一眼，拖长着声音说：

“好吧，随您的便，瓦西里·瓦西里依奇！”

她叹了口气，没精打采，异常艰难似的直起了身，垂挂着的手慢慢抓起报表走了。

他不知所措，眨了下眼。如果她回头来，再邀请一次，说不定他会让步的。

不过她没有回来。

瓦夏没法向人解释，为什么要住在有三个孙子的老大娘家里。她那间木头房子不但脏，而且火又烧不暖，让他睡的是只又短又不舒服的大木箱。一九四一年对男人来说是个残酷和混乱的年头。当他公开宣称爱自己的妻子，整个战争时期都要对她忠实，并且向她作过保证的时候，招来一阵哄笑。他的同事都是些好小伙子，他们的笑声是善意的。同事们粗野地拍拍他的肩膀，劝他不必局促不安。从此，这些话他再也说不出口了。但是，只要一想起她在遥远的地方，在德国人的铁蹄下，加上快生孩子了，她会怎样，他不禁愁肠满腹，特别是深夜惊醒时，更是如此。

不过现在他拒绝瓦利娅倒不是为了妻子，而是为了波林娜……

也可能不是为波林娜，而是为了……

波林娜是基辅人,黑发剪得短短的,脸色苍白,住在弗罗西亚大婶家,在邮局工作。瓦夏一有空就到邮局看新年的报纸(由于报纸经常不能准时到,一到就是一大沓)。这样他就能早点把所有的报纸看一遍,不必一张一张地等。当然,邮局不是阅览室,谁也没有义务非要把报纸给他看。不过波林娜很理解他,会把所有的报纸给他放在柜台边,让他站在冷风中看。和佐托夫一样,对波林娜来说,战争也不是毫无感情的不可阻挡的历史巨轮,而是她的全部生活和未来。为了能预测未来,她也用自己不安的双手不断翻阅这些报纸,寻找那些能让她了解战争进程的片言只语,他们常常并肩看报,争先恐后地给对方指出重要的地方。报纸对他们来说,代替了无法收到的家信。公报中的每条战斗报道,波林娜都读得非常仔细,猜想丈夫是否参加了那次战斗。她还听从佐托夫的建议,铁青着脸,皱着眉,把《红星报》上有关步兵和坦克兵战术的文章一篇不漏地读了。瓦夏还激动地给她念了爱伦堡的文章。他还请求波林娜让他从那些没有寄全的报中,剪下一些文章保留起来。

他喜欢波林娜,她的孩子和母亲,这种感情只有亲身体验过不幸的人们才会有。他把配给的砂糖送给她的小儿子。不过,他们一起翻阅报纸的时候,他从不敢触碰她那双白玉般的手,这倒不是因为她是有夫之妇,也不是因为自己是有妇之夫,而是因为使他们接近的是神圣的痛苦。

波林娜成了他在克列切托夫卡,不,在战线这边唯一的亲人,他的良心和忠诚的见证者,他怎么能搬到瓦利娅家去住呢?真去了,波林娜会怎么看待他呢?

即使波林娜不存在,当他所热爱的一切面临崩溃的时刻,他也不能随意和女人寻欢作乐。

瓦夏交班对中尉讲晚上去看报,讲他今年在路途混乱中,从一个图书馆里顺手拿了一本书放进背包时,也是这样别扭的。

这本厚厚的书是浅蓝封面的《资本论》第一卷,三十年代出的,淡棕色的纸张很粗糙。念大学的五年,他打定主意把这部巨著读完,不止一次从学院图书馆借来,想把要点记下,借了一个学期又一个学期,借了一年又一年,但总挤不出时间,成天忙于应付会议、社会活动、考试,连一页摘要都没有做完。最后,六月份去旅行时,把书还了。上政治经济学,本来是读《资本论》的好时光,可是老师劝他说:"您会陷得不能自拔!"还不如加油把拉皮杜斯的课本和讲课提纲读通,把它们读通果真不容易。

可是,现在,一九四一年秋天,人心惶惶的时候,瓦夏·佐托夫却在穷乡僻壤,挤时间学起《资本论》来了。他确实这样做了:工作之余、普及军事训练之余、完成区党委交给的任务之余——所有的时间都利用起来。在阿夫杰耶夫家摆满蓬莱蕉和芦荟的前厅,有一张摇摇欲坠的小桌子,他就坐在那里点上盏煤油灯(柴油发电机的电力不足以供全村所有的住家),抚摩着粗糙的纸张,一页一页地读它。第一遍是读懂它,第二遍在书上做各种记号,第三遍做摘要,并力求把它们全背下来。战事公报上的消息越是阴暗,他越是用功啃这部蓝封面的巨著。瓦夏认为,尽管这只是《资本论》的第一部,但只要消化了它，完整地记住它的内容，那么任何一次思想交锋中他都将是不可战胜的、无懈可击的、没人能驳倒的了。

不过，有时，特别是晚上，他写不上几页笔记，因为安东宁娜·伊万诺夫娜打扰了他。

她也是阿夫杰耶夫家的房客，从利索克来，一到克列切托夫卡就当上了食堂主任。她能干，工作出色，当她在食堂时很少有人敢胡闹，佐托夫后来才知道，食堂里，你付一个卢布，小窗口只递给你一瓦钵淡而无味的、没有油水的、漂着几根通心粉的汤。如果你不想用嘴吸，就得再交一个卢布，租只木匙。到了晚上，安东宁娜·伊万诺夫娜让阿夫杰耶夫家烧上茶炊，自己往主人的餐桌上摆上面包和黄油。她才二十五岁，皮肤细嫩光滑，但满脸一丝不苟的神情，见到中尉，她总是很有礼貌地打个招呼。他回礼时却漫不经心，一直误以为她是主人远方的亲戚。他埋头读书时，对周围的一切视而不见，听而不闻，没注意到她下班回来也很晚，要经过他住的前厅到她的卧室。她常到房东那儿坐坐，才回自己的房间。有次她走过来问："您整天看什么啊，中尉同志？"他用笔记本盖住书，支吾搪塞了一下。还有一次她问："我的房门整夜都不上锁，您害怕吗？"佐托夫回答说："有什么好怕的？我在这儿，还有枪。"过了几天，他坐着看书，忽然发觉她不再走来走去，似乎也没有离开前厅。他抬头一看，呆住了：她在他房间的沙发上铺好了被睡下了，一头秀发洒落在枕头上，雪白的双肩裸露在被子外面。他目不转睛地盯着她，真不知道该怎么办。"我没影响您吧？"她嬉皮笑脸地说。瓦夏心猿意马地站了起来，甚至朝她跨了一大步，但那张吃得油光满面的肥脸，不但没有吸引他再往前走，反倒把他往后推了。

他是那样瞧不起她，对她简直无话可说。他转过身，合上《资本论》，抓紧时间，集中意志把书塞进背包，奔向挂着军大衣和制帽的钉子，一面解开腰带（因挂着手枪而感到沉重）抓在手里，冲出门去。

他冲进伸手不见五指的黑夜，天上乌云密布，地下窗户掩盖得严严密密，没有一丝光亮。寒风怒吼，大雨倾盆。瓦夏东一脚、西一脚地踩在水洼里、泥坑里、垃圾上，一直朝车站走去，丝毫没有意识到枪套带还捏在手里。他为自己的软弱，为自己差点堕入万丈深渊而无比羞愧，几乎忍不住要放声痛哭了。打这晚开始，他在阿夫杰耶夫家的日子就难过了。安东宁娜·伊万诺夫娜再也不和他打招呼，三天两头把一个肥头大耳的淫棍往房里带。这人是个老百姓，但穿着长筒靴和制服，也算当时的时髦打扮吧。佐托夫要看书，她就故意开着门，让他听他们调情淫荡。

他这才搬到耳朵已背的老大娘家，那儿只有一只铺上粗麻布的大木箱。

看来流言蜚语已传遍克列切托夫卡，说不定波林娜也有所传闻？真叫人无地自容……

这些念头分散了他工作的注意力。他重新拿起化学铅笔，强迫自己集中注意力编制路单，用清晰、椭圆形的笔迹，用复写纸在几张路单上登记物资的编号。工作本来可以结束了，但是从卡梅申来的一批货怎样分配还没有搞清楚，这只能请司令员决定了。佐托夫用野战部队的电话打出去，拿着话筒等候，几次电话都没人接。看来上尉不在办公室。

可能午饭后在家休息。不过下班前他一定会回来听汇报的。

门那边,波德谢比亚金娜不时给车站调度员打电话,弗罗西亚大婶进进出出。后来听到两个人沉重的脚步声,敲了敲门,把门拉开,大声问道:

“可以进来吗?”

没等答应就进来了。走在前面的是个细高个子,红润的脸上表情冷淡,到了房间中央,立正报告:

“九五五〇五次列车货物护卫队队长盖伊杜柯夫中士向您报到。三十八节普尔曼式车厢已做好发往下一站的准备!”

他戴着顶新皮帽,穿着件制作精良的长军大衣,是军官式样开衩的,腰带是宽牛皮的,带扣上有一颗星,脚上的小牛皮靴擦得干干净净。

他背后隐约可见第二个军官,他好像怕把房间踩脏,所以紧靠门站着。

这人身材矮壮,脸晒得黝黑,表情阴沉生硬。他勉强举手敬礼。布琼尼式军帽的帽耳垂着,但没有盖住耳朵,他没有大声报告,而是轻轻地说:

“七一六二八次列车货物护卫队队长、下士德吉恩报告。四节十六吨的车厢。”

他的士兵大衣用一条细橡皮腰带系着,大衣的前襟像是被机器揉过,皱得不成样子。长筒靴是用防潮帆布做的,好几处折缝已经露出裂口。

德吉恩下士的脸很像契卡洛夫,特别是那颌骨,不过不是不久前去世的、年轻的、雄赳赳的契卡洛夫的脸,而是一张饱经沧桑的脸。

“非常高兴! 非常高兴!”佐托夫说着站了起来。

无论凭他的军阶,还是凭工作的年限,他都完全用不着站起来,欢迎进屋的任何一个士官。但一见到他们,他确实感到由衷的高兴,希望和他们一起尽快把工作做好。副官不是直接属他指挥的人员。来这儿的军官,不论待上五分钟,还是两昼夜,都是佐托夫唯一可以作为指挥员表现自己关怀和指挥能力的对象。

“我全知道,你们的路单已经收到了。”他从桌上找出路单看了看。

“它们在这里,九五五〇五……七一六二八……”他抬头望着两位士官,眼里充满同情和关怀。

他们的衣帽还有点湿。

“你们没淋湿? 雨停了吗?”

“停停下下。”体格匀称的盖伊杜柯夫笑着摇摇头,他不是立正的姿势,但腰杆笔直,“北风吹得挺起劲的!”

他十九岁左右,那张脸在前线晒得黝黑,有着对人无限信任的表情,很有点少年老成的味道。正是他们脸上这种浓郁的、前线的情调使佐托夫不知不觉地站了起来。

副官与他们工作上的关系并不多。在任何情况下,都不允许谈论物资组合的情况,因为他们押运的物资的车皮都是用铅印封上的,箱子全用钉子钉好的。谁也不知道里面装的是什么。

但是他们从军事代表那儿拿来的、注明车站的路单里,可以了解许多情况。

看到路单,有人高兴有人愁。

盖伊杜柯夫想知道,这个军事代表——后方的小官吏,会不会给加挂,会不会突然想起去检查他的列车和货物。

对于押运的货物,他一点也不担心。他不光保护,而且还非常喜欢它们。这是几百匹良马。随车同去的是一批机灵的军需官。他们负责运送用板压紧的干草和燕麦。盖伊杜柯夫绝对不希望半路上再添人了。他在农村长大,从小酷爱马匹。他像待朋友似的与它们亲近,帮助值班战士饮马、喂马、照看马匹。他干这些事不是出于责任,而是心甘情愿的。只要他一拉开车厢门,爬上金属悬梯,提着马灯进车厢,车厢里的十六匹马(有枣红色的、棕色的、栗色的、灰色的)就会把警觉、聪明的长脸转向他。有的还把脸搁在别的马背上望着他。它们的大眼睛是那么忧伤,一眨也不眨。还有的机灵地、有节奏地扇动耳朵,好像不光是讨干草,还想知道这个轰隆隆奔驰的大箱子的秘密,想知道要把它们运到什么地方、为什么运去。盖伊杜柯夫在热气腾腾的马臀之间挤来挤去,抚摩着马鬃,一匹匹检查过去。身边没有战士时,还会摸摸马的鼻梁和它们聊天。要想用车把马运往前线,碰到的困难要比运人多得多,因为这条战线根本不需要它们。

盖伊杜柯夫在军事代表面前有什么可担心的呢(同样是个小伙子,没什么可提防)?老天保佑他别到自己的取暖车厢去检查。盖伊杜柯夫手下的战士大部分是新兵,他却到前线打过仗。六月份在德聂伯负了伤,在医院里躺了两个月,在军需官的领导下,还在那里干过一阵子。现在又重返前线,因此他很熟悉各种条例,知道怎样才可以和能够违反它们。他们这二十个小伙子只是顺路押送马匹,任务完成后,就要补充到师部。很可能几天后,他们这身新制服会在堑壕的烂泥堆里滚得脏透。能在堑壕里还算好,否则只好把脑袋缩在小山丘后面,躲避紧追不舍的德国人的迫击炮弹,今年夏天,德国人的迫击炮打得盖伊杜柯夫心烦意乱,因此这最后的几天要过得温暖、友好、快乐。他们这节取暖车厢很宽敞,两只火炉不停地烧着,拳头大的煤块是从别的列车上取来的。他们这趟列车总是很快就放行,从来没有在任何一站滞留过久。不过每天总要停一次车饮饮马,三天停一次车配给口粮。列车运行得越快,想上车的人就越多。尽管条例严禁老百姓进入警卫驻地,但是盖伊杜柯夫和他的手下总会想出一些对策,总不能眼睁睁看着老百姓深秋冻僵在路基上吧?总不能对那些发疯似的跟在列车后狂追的难民袖手旁观吧?他们是有求必应,来者不拒,多多益善。为了一公升家酿酒让一个狡猾的检查员上了车,为了一小块脂油让一个背着几个士兵背囊的、棕色头发的老头子上了车,当然让有些人上车纯粹是因为良心过意不去,这些少男少女鬼知道为什么要四处游荡,你能不拉他们一把吗?热气腾腾的取暖车厢里吵吵嚷嚷:棕发老头嘟嘟囔囔地讲一次大战的故事,什么他差一点没获得乔治十字勋章。一个弱不禁风的姑娘像只猫头鹰似的缩头蜷身坐在炉旁,其他人热得早把大衣、棉衣甚至棉背心都脱了。有个妇女只穿一件红色紧身衣还热得满面通红,她在给婴儿和旅伴洗衣服。有个人一面绞衣服,一面使劲往她身上靠,她湿漉漉的手一掌把他自卷的烟拍掉。两个女人在给孩子做饭,往当兵的干粮上涂点猪油。还有一个女的坐着为别人补衣服。火车一开出这站,他们就可以吃晚饭,可以坐在炉边,随着全速前进的颠簸节奏放声歌唱,然后全都钻到没刨光的木板上并排躺下睡觉。谁休息好了,谁值班,反正大家都得轮流饮马。现在还年轻的半大小子,和那些不久上过前线的不再年轻的人一样,躲在灯光照不到的地方,搂着无法拒绝他们的姑娘一起进入梦乡。能不可怜这些开赴前线的小兵吗?这可能是他们一生中的最后几天了……

盖伊杜柯夫现在只望军事代表早早放他走。最好能打听出列车运行的路线,以便搭车的事先知道该在什么地方下车,他自己也可以知道在什么地方战斗、什么人可以路过自己家。

"原来,"中尉看了看路单说,"你们不是一起走的,前不久不是把你们的车厢挂在一起的吗?"

"是前几站。"

中尉张口结舌,盯着路单。

"干吗把你们拉到这里来?"他问那位极像契卡洛夫的士官,"你们在奔萨待过?"

"待过。"德吉恩嘶哑地应了声。

"见鬼,怎么让你们往里亚日斯克兜了一圈?真是怪事,这些糊涂虫!"

"现在我们一道走?"盖伊杜柯夫问。来这儿的路上,他已经从德吉恩口里打听到他要去的地方,因此想旁敲侧击了解自己的目的地。

"一直到格里亚齐。"

"然后呢?"

"这是军事秘密,"佐托夫的乡音很好听,他摇摇头,眯起眼睛,透过镜片仰视这个身材匀称的中士。

"还照旧经过卡斯托尔那亚,不是吗?"盖伊杜柯夫探过身子去问中尉。

"到时候会明白的,"佐托夫想严肃回答他,但嘴角露出了微笑。盖伊杜柯夫从他的笑容里知道,肯定要经过卡斯托尔那亚。

"我们今晚就走?"

"是的,不能耽搁你们。"

"我走不了。"德吉恩沉重地、十分费劲地、怒冲冲地说。

"您一个人?病了?"

"整个护卫队都走不了。"

"那是怎么回事?我不懂您的意思。为什么你们走不了?"

"因为我们不是狗!"德吉恩忍不住发火了,眼里燃烧着愤怒的火焰。

"您说什么?"佐托夫皱着眉挺直身子,"请您说话小心点,下士!"

这时他才看见德吉恩军大衣的一只领攀上有下士的绿三角星,另一只领攀上却空着,只留下三角星的痕迹,中间是个小洞。他那布琼尼式军帽散开的帽耳,像两片牛蒡草叶挂在胸前。

德吉恩恶狠狠地盯着他：

“因为我们……”他因感冒而声音嘶哑，“饿了……十一天……”

“什么？”中尉身体往后一仰，眼镜的一只脚滑了下来，他抓住眼镜脚，把眼镜戴好，“这怎么可能？”

“常有的事……很普通。”

“你们有口粮供应证吗？”

“不能吃它啊！”

“那你们怎么活下来的？！”

“就这样。”

你们怎么活下来的！戴眼镜的男人这个幼稚的问题，最终激怒了德吉恩。他想，在克列切托夫卡车站不会得到这人的帮助了。你们怎么活下来的！饥饿和残酷无情使他情不自禁地咬牙切齿，他像恶狼似的阴沉沉地凝视着坐在这间又暖和、又干净的房间里的皮肤白皙的军事运输办事处的副官。七天前他们好不容易在一个车站直接从甜菜堆上拿了两袋甜菜，整整一星期就用铁锅煮甜菜吃。现在只要闻到甜菜味，他们就想逃。连肠胃都不肯吸收它啦。前天晚上，当他们停靠在亚历山德罗-涅夫斯基车站时，德吉恩看了一下憔悴不堪的预备役士兵，虽说自己已不年轻，但他们年纪都比自己大，于是下了决心站起来。车厢外狂风怒吼，钻过缝隙时发出尖厉的啁啾声。总得想想办法让肚子多少安静点儿，他冲进黑暗。一个半小时后他回来了，往床上扔下三个黑面包。旁边坐着的一个战士惊呆了：“有一个白面包！”“是吗？”德吉恩平静地看了他一眼，“我倒没注意到。”所有这些事，直到现在，他还没有对军事代表提过。你们怎么活下来的！他们四个人在自己的祖国走了十天，像是走过渺无人烟的沙漠。他们押送的货物是两万把工厂里涂上油的工兵锹，德吉恩在高尔基城就知道这批锹要运到梯比里斯，但是他清楚，无论什么物资都比这可诅咒的连油都冻了的锹紧要得多，两星期过去了，他们走了还不到一半路。谁能想到，最后一个调度员把他们的四节车厢脱挂后，给扔在了一个小站上，他们在高尔基城得到一张为期三天的口粮供应证，在萨兰斯克又得到一张为期三天的。以后无论在哪里都没有见到有粮食供应站开门的。如果他们能知道以后的十五天会得到什么的话，一切磨难他们都能挺过来，再饿上五天也顶得住。饥肠辘辘叫人难忍，但还比不上心灵的痛苦：所有的粮食供应站都有这样一条规定：凡是持过期的证的一律不予供应，过了期就等于白扔到水里了。

“为什么不按规定供应给你们？”中尉追问。

“你们是按规定供应的吗？”德吉恩咬咬牙问。

他跳下车碰到个战士就抓住问，知道这个车站有粮食供应站，但天黑了，他们又会说要按规定办，赶去也白搭。

盖伊杜柯夫中士忘了在军事代表前要保持轻快的立正姿势，转身向德吉恩走去，拍拍他的肩膀说：

“老兄！你干吗不对我说？走，去加点油！”

德吉恩不为所动，没有转身，仍死死盯住军事代表，他怨自己笨嘴拙舌。他们这批老头子，整整十一天居然不会向老百姓或者当兵的讨点吃的。谁不知道这年头，任何人都不可能有多余的口粮，谁也不愿意上他们这节被落下的取暖车厢，他们的烟丝抽完了。车厢到处是裂缝。他们用薄木板把四扇窗钉上三扇，因此，即使白天，车厢也很暗。最后他们只能烘烘手来消愁了。什么也不再关心，连停多久也一样，管它是一天还是两天，他们在似燃非燃的炉边默默地坐着，用铁锅煮甜菜，用刀子试试有没有熟。

盖伊杜柯夫雄赳赳地挺直身：

“可以走了吗，中尉同志？”

“可以。”

他走了。现在轮到他们伸出温暖的手了，他们会毫不吝啬地把玉米和烟丝送给老兵们。那个一把眼泪一把鼻涕的老大娘，上车时没收她一点东西，为了弟兄们，要让她出点血了。检查员也该打开皮箱，他会听话的。

“哎，”中尉突然想起，“我们的供应站七点才关门。”

“他们总是关门的……供应时间是十点到五点……在奔萨我排队等，你争我吵，结果车就要开了。经过莫尔尚斯克时是深夜，经过里亚日斯克也是深夜。”

“等一等！”中尉手忙脚乱地说，“这事我不能不管！喂！”

他拿起野战部队的电话，按了长长一次蜂鸣。

没人接。

他按了三次蜂鸣。

还是没人接。

“见鬼！”他又按了三次，“古斯柯夫，是你吗？”

“是我，中尉同志。”

“为什么你那儿电话没有战士值班？”

“离开了一会儿，我去取酸牛奶，您要吗？我给送来，中尉同志。”

“笨蛋。什么也不要！”

（他倒不是因为德吉恩在场才这样说的。他从来就不许古斯柯夫给自己捎任何东西，这是原则，为了保持工作关系的纯洁。要不然将来很难在工作上对他提要求了。相反，佐托夫常向上尉报告，说古斯柯夫老不守纪律。）

“古斯柯夫！有件事。来了一支护卫队，一共四个人。他们十一天没有得到任何一点供给。”

古斯柯夫在电话里吹了个口哨。

“他们是什么？马大哈！”

“反正结果是这样，要帮他们个忙。听着，现在无论如何要找到奇奇谢夫和萨莫鲁柯夫,让他们按领物单将口粮配备给护卫队。”

“哪儿去找他们?这么容易!”

“哪儿?他们住的地方。”

“路那么泥泞,膝盖都会陷进去,天又这么黑,怎么……”

“奇奇谢夫不是住得挺近的吗?”

“那萨莫鲁柯夫呢?路好远,而且他是无论如何不肯来的,中尉同志!”

“奇奇谢夫会来的。”

会计员奇奇谢夫是从预备役征来的现役军人,啪啪啪给他安上四颗三角星,不过谁也不把他看作当兵的。他是个有把年纪、富有工作经验的普通会计员,不是和账目数字有关的事与他没法谈。你如果问:“几点啦?是五点吗?”这个“五”字就会铭刻在他的脑子里。如果对他说:“要是一个人过单身汉生活(算盘珠拨了一下),日子一定很困难。因此他(第二颗算盘珠拨在第一颗)要结婚!”如果在低声说话的队伍中,有人想把口粮供应证塞进来,他马上躲在关好的窗口和栅栏后面,留下一个通风的小窗,好让人把手伸进来。奇奇谢夫态度生硬,常常呵斥战士,推开他们的手,为了不让风吹着,常常把通气小窗关得紧紧的。要是他不得不出来和人们打交道,或者司令员叫他到小屋去,他马上把圆脑袋缩进瘦削的肩膀里,和人称兄道弟,盖上戳子。他在首长面前总是表现得十分忙碌,百般奉承。谁有方领章,奇奇谢夫就对谁唯唯诺诺。粮食供应站虽然不归军事运输副官管辖,但佐托夫估计,奇奇谢夫不会不买账。

“不过萨莫鲁柯夫不会来。”古斯柯夫坚持自己的看法。

萨莫鲁柯夫是个少尉,但根本看不起中尉们。他身体健康,像条喂肥的狼。他不过是粮食供应站的管理员和售货员,但肩上有四条杠。为了拿架子,他每天总是迟到一刻钟,然后检查一下铅印,开开锁,拿出烟丝卷支烟。不管干什么事,他那张两腮丰满、不怀好意的胖脸上总要露出一种恩赐予人的神情。不管有多少红军战士,是一队人还是一个人,不管是不是伤员,不管他们能否赶上车,不管他们在窗口前怎样拥挤骂娘,推推搡搡往前挤,萨莫鲁柯夫总是无动于衷地卷起袖子,露出香肠商人似的肥手臂,吹毛求疵地在又皱又破的口粮供应证上检查奇奇谢夫的戳子,不紧不慢地过秤(很可能分量不足),根本不管小伙子们是否能赶上自己那趟车。他在村外找住宿的地方是经过深思熟虑的,这样可以免得下班后有人打扰他。找的房东还是有菜园子和奶牛的。

佐托夫一想到萨莫鲁柯夫,头都要炸了。像恨法西斯分子一样恨透他这类人,他们的危险性一点也不小。他搞不懂,斯大林为什么不下令,在供应站举行集会,把萨莫鲁柯夫这一类人统统枪毙掉。

“是呀,萨莫鲁柯夫绝不会来。”佐托夫想。佐托夫对他既怒又怕。如果这些老实巴交的小伙子只饿了三天或五天饭,他是下不了决心找萨莫鲁柯夫的,可是他们整整十一天没吃过饭了!

“你怎么搞的,古斯柯夫?不派战士去,就自己去,用不着告诉他有四个人在挨饿,只说上尉有紧急情况找他，叫我转达的，懂吗？让他直接来，我会对他讲清楚的！”

古斯柯夫没吭声。

“喂，怎么没有回音？命令听清楚了吗？‘听清楚了。’就去执行。”

“您请示过上尉吗？”

“这和你有什么相干？我负责！上尉现在不在。”

“上尉也不能命令他呀，”古斯柯夫争辩说，“为了发两个黑面包、三条鲱鱼，半夜三更把铅印启封又打上，这种做法可没有先例。”

这话倒也对。

“干吗这么急？”古斯柯夫搜肠刮肚想了个理由，“让他们稍稍等一下，到明天早上十点就行。这个晚上，您看呢，裤带束紧熬一下。”

“可是他们这趟车马上要开了，这是趟快车，把他们脱挂怪可怜的，这一来他们就会滞留很久了，他们的那批货等着用呢。”

“要赶这趟车的话，萨莫鲁柯夫怎么也来不及的。那边过来，要过一段泥泞路，打着灯少说也要一个半小时，弄不好要两个小时。”

古斯柯夫又要了小聪明，再次博得佐托夫的好感……

德吉恩仍旧戴着那顶盔尖顶球、耳帽散开的布琼尼式帽子，他的脸被风吹得黝黑、粗糙。他正咬紧牙关，全神贯注盯着话筒，想听清楚对方说些什么。

“今天又完蛋了。”他惘然若失地低下了头。

佐托夫叹了口气，放下话筒，不让古斯柯夫听到他们的谈话。

“哎，怎么办，老兄？今天没办法了，能随这趟车到格里亚济吗？这趟车挺好的，一早到那儿。”他差点把德吉恩给说服了，但是下士已经看出这个中尉的弱点。

“我不走，您逮捕我好了。就不走。”

有人敲了下门玻璃，一个戴着淡黑斑点大皮帽的铁路职工站在门外，他很有礼貌地鞠了个躬，很明显是在问，可不可以进来，但这边听不见。

“喂，进来！”佐托夫喊了声，又拿起话筒，“行了，古斯柯夫，把电话搁了吧，让我再想想。”

门外的男人一下还没明白过来，把门打开又问一次：

“可以进来吗？”

佐托夫对他嗓音的优美感到惊讶，它是那样丰满、浑厚、悦耳。但他尽量使它不那么突出，免得别人误会他在夸耀自己。他身上那件绿色短大衣，质地厚实，长襟，可惜袖子做得短了点，样式倒不是部队穿的。脚上穿双红军战士的皮鞋，打着绑腿。一手拎着战士的背包，它很小，油迹斑斑，进屋时，另一只手微微举帽，向他们两人鞠躬致敬。

“您好！”

“您好！”

“请问，”进来的人非常有礼貌地问，如果衣着不是这么古怪，而是像像样样的话，他的举止就会显得很神气，“哪位是指挥员？”

“我是值班副官。”

“那么我找的大约是您啦。”

他四面看看，什么地方可以放帽子，这顶帽子积满了灰尘，似乎还有煤屑，一时找不到地方，就夹在手臂里，空出来的手仔细地掸掉呢大衣上的尘埃。大衣领子全没有了，也可能有过，但给扯掉了，一条暖和的毛围巾围在光脖子上。当着他们的面把衣服解开，露出一身褪色的、脏兮兮的战士夏装，最后解开军服衣袋的扣子。

“请稍等等，”佐托夫挥了下手，“这怎么办呢……”他眯起眼睛看着愁眉苦脸、一动不动的德吉恩，“我只能为你做我职权范围以内的事，现在把你们脱挂，你们明天早上十点整出发吧……”

陈智仁　译

1971
获奖作家

巴勃鲁·聂鲁达

传略

一九七一年十月二十一日,瑞典学院常务秘书卡尔·拉格纳·吉罗在宣布当年诺贝尔文学奖的获奖人时,风趣地说了这样一句话:“由于去年亚历山大·索尔仁尼琴的获奖引起了风波,我和我的同事们得到暗示,以后诺贝尔文学奖只颁给外交官,因此决定将一九七一年的诺贝尔文学奖颁发给智利驻法国大使内弗塔利·里卡多·雷耶斯·巴索阿尔托……”他说的这位大使就是智利著名诗人巴勃鲁·聂鲁达。也许纯属巧合,自一九六〇年以来,获奖者中已有四位曾任外交官,他们是一九六〇年获奖的法国诗人佩斯、一九六一年获奖的南斯拉夫作家安德里奇、一九六三年获奖的希腊诗人塞菲里斯和一九六七年获奖的危地马拉作家安赫尔·阿斯图里亚斯。巴勃鲁·聂鲁达获奖是因为“他的诗作具有自然力般的作用,复苏了一个大陆的命运和梦想”。

巴勃鲁·聂鲁达(Pablo Neruda,1904—1973),本名为内弗塔利·里卡多·雷耶斯·巴索阿尔托,一九〇四年七月十二日出生于智利中部小镇帕拉尔。父亲是铁路工人。巴勃鲁·聂鲁达自幼丧母,两岁时随父迁到智利中南部的考廷省省会特木科城,在那儿读小学和中学,度过了他的童年和少年时代。他十岁开始写诗,十三岁时,曾用“巴勃鲁·聂鲁达”的笔名在当地报刊上发表诗作。早在一九一九年和一九二〇年,他即分别以诗作《理想小夜曲》和《春天的节日》获得当地的文艺竞赛奖。

一九二一年,巴勃鲁·聂鲁达中学毕业后进入首都圣地亚哥教育学院攻读法语,接触到无政府主义思想。同年以长诗《节日之歌》获全国学联文艺竞赛一等奖。一九二三年和一九二四年,他相继出版了诗集《黄昏》和《二十首情诗和一支绝望的歌》。两部诗集的主题都是爱情,既表达了对爱情的忠贞、真诚和眷恋,也倾诉了分手时的痛苦、凄楚和悲凉。诗歌感情真挚，形象鲜明，既继承了民族诗歌的传统，又吸取了法国现代派诗歌的技巧。诗集出版后，引起文坛很大反响，诗人一时名噪全国，成为杰出的智利年轻诗人。特别是诗集《二十首情诗和一支绝望的歌》，成了巴勃鲁·聂鲁达的成名作，同时也是他前期的代表作。这是诗人创作的第一阶段。接着诗人又出版了诗集《奇男子的引力》（1925）和《戒指》（1926）。

一九二四年至一九二七年间，巴勃鲁·聂鲁达放弃大学学习，全身心投入文学创作，引起父亲不满，中断了他的生活费用。他不得不靠打工、翻译维持生活。直到一九二七年，经友人帮助，他谋得去缅甸当领事的职务，从此进入外交界，先后任驻仰光、锡兰（今斯里兰卡）、雅加达、新加坡、布宜诺斯艾利斯、巴塞罗那、马德里领事，驻墨西哥总领事和驻法国大使。

在担任外交职务期间，巴勃鲁·聂鲁达的文学创作从未间断。一九二五年到一九三五年是诗人创作的第二阶段。这一时期的诗作基本上运用了超现实主义和象征主义的手法，追求神秘的内心体验。代表作《在地球上的居所》（1933、1935）以晦涩的语意、费解的联想、神秘的隐喻和低沉的格调表达了诗人的悲哀、失望、痛苦和对死亡的看法，反映了诗人因远离乡土而产生的孤独忧郁的心情。

一九三七年，巴勃鲁·聂鲁达的创作进入第三阶段，主要作品有著名长诗《西班牙在我心中》（1937）和代表作《诗歌总集》（1950）。《诗歌总集》是巴勃鲁·聂鲁达最重要的代表作，是他创作生涯的里程碑。它具有完整的结构，带有纪实的特征。全书包括十五章，共收有诗篇二百四十八首。内容写的是十五世纪至二十世纪中叶拉丁美洲的历史，或者说是拉美人民几百年来争取独立、解放的斗争。《马楚·比楚高峰》和《伐木者，醒来吧》是诗集中两首特别著名的长诗。《诗歌总集》充分表现了诗人对祖国智利及美洲大陆的热爱，反映了诗人广阔的视野和博大的胸怀，显示了诗人高超的艺术造诣。

此后他还陆续发表了诗集《葡萄和风》（1954）、《元素之歌》（1954）、《新元素之歌》（1956）、《爱情十四行诗一百首》（1959）、《英雄事业的赞歌》（1960）、《智利的岩石》（1961）、《黑岛杂记》（1964）、《鸟的艺术》（1966）、《沙漠之家》（1966）等，以及《巴勃鲁·聂鲁达全集》（1968）。

巴勃鲁·聂鲁达一九五七年当选为智利作家协会主席。一九七〇年被智利共产党推荐为总统候选人，后退出竞选。一九七三年九月二十三日，巴勃鲁·聂鲁达病逝于圣地亚哥，终年六十九岁。

诗人去世后，他的部分遗作陆续出版，其中有诗集《分离的玫瑰》《冬天的花园》《黄色的心》《挽歌》《海与钟》等，以及散文集《我命该出世》（1974）和长篇回忆录《我承认，我曾历尽沧桑》（1974）。

授奖词

诺贝尔文学奖本身并非因为授予了伟大作家才使作家享有崇高的声誉。诺贝尔奖具有的殊荣,实在是得奖者本身带来的,无疑,它只有授予合适的人选时才能显示出其价值,那么,具有这一资格的获奖者应该是什么人呢?

诺贝尔曾留下遗嘱,此奖应该颁发给"从理想出发"写成的作品,这一告诫由于未能用标准的瑞典文来表述,其正确的解释至今仍众说纷纭:譬如,我们总是在并不理想的条件下写作……所谓"理想"一词的本意应该仅仅指向那些"同人类永恒的期望保持一致的事物"。然而,倘若持这一观点来对待诺贝尔奖,或许,尚不能充分地领会到它蕴含的要旨;因为,这个词语在诺贝尔健在的年代,可能更富有哲理。"理想"虽然能抽象地表达事物的非本质的现象,但也只能指向那些在现实的物质生活中并不存在的事物。

如果把诺贝尔所期待的事同他的遗嘱中表达的思想进行比较,我们会更清楚地意识到,获奖作品应该有助于人类的幸福。不过,这一认识还不足以消除我们的困惑,因为一切堪称伟大的作品,或者说所有那些满怀至诚之心写成的文学作品,包括那些能带给我们开心的欢笑的作品,无疑都对人类的幸福做出了贡献,看来,遗嘱的要旨实在不很确切。然而,今年的获奖者巴勃鲁·聂鲁达先生,却是无须在这一重大问题上引起争论的为数不多的几位作家之一,这是因为,仅就他的作品本身的存在这一事实,就足以表明能有助于人类的幸福。

此刻,我所要做的只是简捷地指出这一意义罢了。当然,要阐述他的作品所具有的意义并非易事,因为试图扼要地来谈论巴勃鲁·聂鲁达先生,无异于用捕虫网来捕兀鹰;再者,把胡桃核限制于胡桃壳中也极不明智,因为正是胡桃核致使胡桃壳的破裂。

尽管如此困难,我仍然不揣冒昧,试图来说明一下这一果核!巴勃鲁·聂鲁达先生的作品所达到的极致,一言以蔽之,就是"与存在相通"。结论似乎简单,对我们却是极为棘手的一个问题。巴勃鲁·聂鲁达先生早在一九五六年出版的《新元素之歌》中,就使用"人类与自然的和谐"这句话来表达这一内涵。这部诗集的标题极富理想主义色彩,它说明巴勃鲁·聂鲁达先生从孤独、自省以及不协调的困惑中体验到人类与自然的和谐一致。

在有关青春和恋情的诗作中,巴勃鲁·聂鲁达先生同样也沉浸于孤独、自省和不可调和的矛盾中。《二十首情诗和一支绝望的歌》最足以表明他的诗在西班牙语中所产生的意义。这部作品数次被谱写成歌曲,广为流传,发行出版总数打破纪录,早在十年前就已达百万册之巨,然而,伴随着这一朦胧而具有诱惑力的美丽形象的却是置身于所谓的冷漠的失败阴影中的陌生人。在这本诗集最后的一首《绝望之歌》中,巴勃鲁·聂鲁达先生使用流行歌曲的叠韵手法,不无悲哀地重复:

对你，一切都是挫折。

接着，便这样结束：

该出发了，你们这些被抛弃的人！

为被抛弃的人所指引的道路并没能“与存在相通”，反而与之愈来愈远，继《二十首情诗和一支绝望的歌》后的另一杰作《地球上的居所》中，他仍然经常“孑然一身在动荡不安的世界中生活”。其后，巴勃鲁·聂鲁达以在西班牙的生活经验作为转折点，进入一个转变期，冲破孤立，摆脱了死亡的恐怖。当他目睹朋友或其他诗人被押赴刑场时——其中就有他所爱的卡露西娅·洛茄卡——他同那些受到不公正对待、被迫害的人之间息息相通的情感此刻便油然而生。西班牙内战后，他返回曾被征服的，但对当今的征服者来说，虽仍充满诱惑，却又无能为力的祖国时，这一共通情感又再次喷发。他由衷感到已经无法割断同这块恐怖的土地的血肉联系，为祖国大地的富饶及昔日的伟大历史而感到光荣，更对具有远大前景又极为遥远的东方怀着梦幻般的希望。巴勃鲁·聂鲁达先生的诗以这个时期为起点，明显地面对政治。他的诗歌，对现在和将来所进行的斗争及其变化，做出了自己的回答，而且更着重于表达对未来的憧憬。在他的主要作品《诗歌总集》中，他特别描写了这样一种人，他们仅仅因为持不同政见，便不得不在自己的国家里骑着马四处隐匿。他认为，祖国属于他自己以及他的同胞，绝不能让任何人的尊严受到损害。

他的气势磅礴的诗集《诗歌总集》——共有十五章二百四十八首诗——在他壮阔的诗歌大江中，只不过是一点一滴。从他的诗泉中奔涌而出的诗，令人感到犹如涨潮与退潮之间的巨大差距。就此而言，另一问题便自然而来，即这部作品中的狂放的节奏，是否有失于内在的稳定性或者缺乏缜密的构思。如果真如此，灵感以及情感的表白自然会受到阻碍，绝不可能如激流般涌出；再者，诸如稳定性以及缜密的构思此类要素，又怎样才算适当呢？巴勃鲁·聂鲁达先生的诗作中所涉及的事物具有创造性。就此而言，总有一天，他的作品中的大陆会苏醒过来，叙说一切，让一切真相大白。如果指望灵感可以用尺度或容积来衡量，这无异是要在热带的原始丛林中，要求秩序与光明，要去阻止火山的喷发。

巴勃鲁·聂鲁达先生的作品甚丰，所以，政治和人生经历两方面的内容很难截然分开，在他近期的诗作中，有一部题为“埃斯特拉瓦卡里欧”，标题虽可理解，但或许无人能够翻译出来。因为，这是作者创造的，其含义可为“离经叛道”“流浪”“幻想”以及“不同于世俗”，等等。之所以以此作为作品标题是由于继《诗歌总集》写作之后，诗人的生涯尚很漫长，而且又已经体验到丰富而又痛苦的人生。它所揭示的是人性中所包含的一切同新生事物的联系，以及人们追求的目标中对未来的期望，等等，而且彼此已融为一体。他还顿悟到，即使是在令人窒息的恐怖之地，通向未来的希望之路仍可寻觅；为希望这一信念所鼓舞着的眼睛，会以难以压抑的冲动，从远处去窥视那块恐怖之地。昔日穿长筒靴、蓄大胡子，以涂上漆的神像来表示备受赞美的偶像，现在已从暗淡的光亮中逐渐显现出原形。他以“胡须与小胡须”来象征体现在服饰与举止两方面上的共同性。在诗人的经历中此时也能发现同女性之间的新联系，它们既是生命的源泉，也是人生的维系。最近写成的另一杰作《船歌》就形式美而言，堪称一绝。由此看来没有人能断言巴勃鲁·聂鲁达先生的路会通向何地，不过，他本人已对此做出了回答，即通向“人与自然的和谐”。因此，我想要了解他的愿望与日俱增，不遗余力地阅读、研究他美妙绝伦的作品。这些作品犹如苏醒过来的大道，无论何时都充溢着勃勃生机，体现着力量与自尊。它们仿佛是一条大江，愈接近出海处，愈加波澜壮阔、宏伟、宽广。

你的《埃斯特拉瓦卡里欧》(《怪异集》)已越过遥远的空间与时间，把你带到了矿区城镇，生活在那里已经真正成为你祖国人民的土地上的矿工们曾这样向你致意：

“您好！巴勃鲁·聂鲁达先生。”

这是备受不公正命运之苦的人对其代言人表达崇高敬意的话语。你的足迹遍及世界各地，今天，你亲临你曾经歌颂过的、掩映于绿荫丛中的、带有钟楼塔尖的市街，我也要重复这句问候：

“您好！巴勃鲁·聂鲁达先生。”

仅以此句来代替瑞典学院的贺词。现在，敬请您从国王陛下手里接受本年度诺贝尔文学奖。

瑞典学院常务秘书 卡尔·拉格纳·吉罗

文楚安 译

作品

诗

我活到一定的年岁，诗来找我，
不知道，不知道她来自何方，
来自冬天，还是小河。
弄不清她来的时辰，也不知道她来的方式，
不，她既不是什么声音，
不是话语，可也不是沉默。
夜晚街上的枝头，
在那里把我呼唤，
突然而来，伴着烈火；
突然而去，孤零萧瑟。

她没有形体面貌，
可她又能把我抚摩。

我不知道该讲些什么，
也不晓得
如何将她称呼，
我的眼睛视而不见，
只觉得灵魂受到冲击，
有时使我狂热奔放，有时却伤感泄气。
我只能
将这燃烧的痕迹
译成话语，
提笔写下第一行模糊的诗句，
这诗句含糊不清，宛如没有躯体；
从我茫然的心中迸出的语言
有时全是废话，
有时又是智慧的言语。
猛然间，豁然开朗，
天空万里无云
清澈澄明，
看那成群的行星，
看那颤动着的林木花卉，
被箭、火与花刺穿，
留下的是筛状的阴影，
夜和宇宙扑朔迷离。

可我，小小人类的一员，
沉醉于
这繁星点点的天际，
像一尊
神秘的成员
落到深渊之底
与行星一起运转，
我的心随风飘散。

陈光孚　译

秋蝶

蝴蝶翩翩
不时与太阳争辉斗艳。

斑斑斓斓、缤缤纷纷,
忽而停落在树叶上
摇荡飘忽如痴如醉。

人们都说:它们自恃娇美,
什么都无所谓。
我不愿说什么,
只担心谷物已经抽穗。

今天,寒秋的手
把大地变得萧瑟,
我的心灵的叶儿也纷纷飘落。

人们都说:它们自恃娇美
不去从长计议。
就在谷穗成熟的节气
太阳
也显出倦意。

万物失去了生机,朋友们。
不是隐没就是死去。

爱抚过你这蝴蝶的手,
也已经逝去。

玫瑰虽已凋谢
还用深情的嘴吻着你。

水、树荫和小溪

不是隐没就是死去。

收获季节一经过去
太阳更显得萎靡。

他那尚存余温的舌头
舔着你，说：
你自恃美丽
从不从长计议。

蝴蝶翩翩
被风卷去
死无踪迹

陈光孚　译

失恋

全部爱情注满这酒杯
酒杯像大地般深邃，
爱情有星光也有芒刺
我全部献给了你，
可是，你却用纤细的脚，肮脏的鞋跟把
这团火踏灭。

哎，伟大的爱情，渺小的爱人！

在斗争中我未曾停步不前。
我未曾放弃走向生活的理想，
未曾停止为大众去争取和平和面包，
但是，我也曾将你拥抱
把热吻倾注给你。
可是，从今天起，我只能将你另眼看待
以普通的眼光望着你。

哎，伟大的爱情，渺小的爱人！

你不要再去品评我的短长，
对一位曾把鲜血，麦粒和水
都献给了你的男人，
你却把他错当成
掉在你裙角上的小虫。

哎，伟大的爱情，渺小的爱人！

你不要指望，为了你
我从前进的路上退回来，
你留着我给予你的一切吧，
我将继续在生活的道路上前进，
开拓广阔的天地，驱散阴暗，
让大地复苏
把星星摘给人间。
你在原地裹足不前吧，
对你，黑夜就要降临。
也许，但愿
在黎明和朝霞中我们还能相见。

哎，伟大的爱情，渺小的爱人！

陈光孚　译

爱情十四行诗（第五十八首）

在文学界的刀光剑影之中，
像来自远方的水手，我在其间穿行，
不晓得如何转弯抹角，一味地歌唱，
因为，因为我无所顾虑。
从苦难的半岛那里
我带来手风琴，要唤起暴风骤雨，
世态迟缓的惰性
抑制了我的雄心。

即使文学界张开牙齿
要吞噬我前进的双脚，

我也不会去理会，仍然迎风歌唱。

迈向我童年凄凉的回忆，
迈向遥远南方的寒冷森林，
迈向你曾给予我生活的芬芳。

陈光孚　译

你的脚

望不到你的脸时
我就注视着你的脚。

你的脚长着弧形的骨骼，
坚实而又纤细。

我知道它们支撑着你，
你那轻柔的身躯
在它们之上亭亭玉立。
基于这双脚——花蒂，
你的腰身
显出双倍的朝气，
你那双眸子有了它们
能够眺望更广阔的视区，
还有你那宽厚甜意的嘴，
你那棕红色的头发
组成一座我心爱的小塔。

但是，我所以爱你的双脚
还因为
它们曾踏遍土地
蒙受风尘，涉水过渠，
直到你与我相遇。

陈光孚　译

童年的我啊,你在何方?

童年的我啊,你在何方?
是包藏在我躯体里,还是已经消亡?
谁知道是因为我从来不喜欢他呢,
还是他也不喜欢我?

我们共同度过了这么多的时光
为什么长大了却为了彼此分离?
童年的我既已逝去
可为什么我们两个没有死在一起?
如果灵魂已经离去
为什么剩下这骨骼的躯体?

陈光孚　译

如果白昼落进……

每个白昼
都要落进黑夜沉沉
像有那么一口井
锁住了光明。

必须坐在
黑洞洞井口的边沿
要很有耐心
打捞着掉落下去的光明。

陈光孚　译

和她在一起

正因为时世艰辛,你要等着我:
让我们怀着希望去生活。
把你纤细的小手给我:
让我们去攀登和经受,

去感受和突破。
我们曾闯过荆棘之地，
屈身于石块堆砌的窝里，
我们又重新结成伴侣。
正因为岁月漫长，你要等着我：
带上一只篮子，你的铁锹，
你的衣履。

我们现在要做的
不仅仅是为了石竹和丁香，
也不是去寻找蜜糖：
需要用我们的手
去冲刷，去放火，
看这险恶的世道是否敢
与这坚定的四只手和四只眼睛挑战。

陈光孚　译

我记得你

我记得你在去年秋天，
那灰色小帽与安静的心。
在你眼中颤抖着暮霭的火焰，
而树叶落在你流水的心灵。

像爬藤缠绕我的手臂
树叶积贮你的声音，低缓而和平。
我的饥渴燃烧在惊惧的篝火之中。
甜蜜的风信子扭动在我心灵。
我感到你的眼在悠游，秋天已远行：
灰色小帽，鸟声，心如小屋
让我深沉的相思移住
我的亲吻落下，快活如余烬。

天空来自航船。田野来自山冈：
你的记忆是光，是烟，是宁静的池塘！
越过你的眼睛，再向远方，夜色辉煌。

干燥的秋叶旋转在你的心上。

程步奎　译

倚入午后

倚入午后，我撒下悲伤的网
向着你海洋的眼睛。

在那烈火中，我的孤独拉长而且燃烧，
手臂扭动，像是淹死在水中。

我放出红色信号，穿过你迷离的
眼睛，像灯塔附近移动的海洋。

你只拥有黑暗，我遥远的女人，
从你那里，有时浮出可怕的海岸。

倚入午后，我抛出悲伤的网
向着拍击你海洋的眼睛的大海。
夜晚的鸟群剥啄初升的星子
闪烁如我爱你之时的心灵。

夜晚在朦胧的牝马之上奔驰
在大地上蜕落着蓝色的缨缕。

程步奎　译

1972

获奖作家

伯尔

传略

在一九七二年诺贝尔文学奖的候选人中，最有优势的是两位德国作家：海因里希·伯尔和君特·格拉斯。他们同为战后德国成就最大的文学家。他们都在作品中无情地揭露和批判纳粹军国主义的罪恶，在创作上主张现实主义题旨加现代主义技巧。但最后伯尔荣获桂冠，获奖理由是"凭借他对时代的广阔视野，结合典型化的技巧，对复兴德国文学做出了贡献"。舆论界认为，瑞典学院所以选中伯尔，一是因为他比格拉斯大十岁，二是因为伯尔于一九七一年当选为国际笔会主席。

海因里希·伯尔（Heinrich Böll，1917—1985），一九一七年十二月二十一日生于科隆一木雕匠家庭。一九三七年，伯尔从科隆国立文科中学毕业后，便到波恩一家书店当学徒，并开始练习写作。一九三九年考入科隆大学攻读德国语言文学。不久便应征入伍，曾在法国、罗马尼亚等地作战，直到一九四五年四月被俘。同年年底被遣送回国，进科隆大学继续学习。一九四七年开始发表小说，同年参加"四七"文学社。一九五一年开始从事专业创作。一九七一年至一九七四年曾担任国际笔会主席。一九八五年七月十六日，伯尔在艾费尔山区的朗根布依希寓所中去世。

第二次世界大战结束后，德国文学开始从废墟中重建。作为新一代作家的伯尔，由于亲身经历了战争，又有下层人民生活的体验，眼看战争不仅把一切夷为废墟，更为严重的是把人的精神也摧残殆尽，他希望通过自己的作品使人们从恐怖的战争中去认识过去，去清算历史，在痛苦的回忆中重新开始生活。他的早期代表作有中篇小说《列车正点到达》（1949）、短篇小说集《过路人，你到斯巴……》（1950）等。前者已成为德国"废墟文学"的代表作，它通过一个名叫安德烈亚斯的士兵在第二次世界大战中的遭遇，特别是他在这场恶战中的思想活动过程，表达了作者对战争愤怒谴责的立场。短篇小说集中的

《过路人，你到斯巴……》也是“废墟文学”的名篇，它写了一个尚未成年的中学生无知也无谓地成为战争牺牲品的故事。在这个短篇里，作者没有正面描写战争以及战争的残酷，而是通过主人公内心的独白，细腻地刻画了一个“炮灰”的意识活动。作品通过他的遭遇，从一个侧面对法西斯的罪行作了控诉，同时对战争的根源亦有所揭露，含义深刻。

二十世纪五六十年代，伯尔的创作进入了一个新的阶段。他拓展了自己的视野，更为广阔、深入地反映社会现实生活，主要描写“小人物”在战后经济复苏过程中的痛苦挣扎和悲惨生活，表现他们的苦闷和彷徨，抨击社会上的种种不公正现象，批判复辟军国主义的思潮。长篇小说《一声不吭》(1953)描写了普通劳动者在饥饿线上的挣扎，主人公鲍格纳夫妇的苦闷和彷徨。长篇小说《九点半打台球》(1959)通过费迈尔家家庭成员的谈话、回忆、内心独白，多角度地展现了这个家庭的历史，从而再现了半个多世纪的德国历史，以此告诫人们要警惕军国主义的复活。长篇小说《小丑之见》(1963)以内心独白的手法，描写了一个丑角演员在教会的迫害下，爱情、事业都招致失败的故事，同时以他这个局外人的视角，对国家、经济、社会、伦理道德、意识形态等都作了全面的揭露、讽刺和批判。

七十年代，伯尔的创作在思想内容和艺术手法上都达到了高峰。作品大多以普通老百姓在社会上所受的种种迫害为主题，以批判的眼光审视现实生活中的种种问题。如长篇小说《女士及众生相》(1971)描写善良正直的主人公莱尼由于没有随波逐流，敢于坚持个人的自我意识、自我选择的自由，结果竟接连遭到迫害，被污蔑为“罪人”“荡妇”。作品既表现了战争给德意志民族带来的灾难和历史重负，也对人的存在方式作了深层的哲理思考。作品的主要内容由众多人物的回忆、插话、追叙组成，这种多视角的叙事手法使得时空、情节经常出现大幅度的颠倒、跳跃，从而打破了传统小说的模式。

中篇小说《丧失名誉的卡塔琳娜·勃鲁姆》(1974)也是伯尔七十年代的一部重要作品。题材与它相似的还有长篇小说《监护网》(1978)。小说揭示了“福利社会”平静表层下潜伏着的社会危机。伯尔逝世前付印的长篇小说《面对大河秀色的女士们》，也是一部针砭时弊的力作，在艺术上也进行了新的探索。

除小说外，伯尔还写了不少随笔、评论和广播剧，如《随笔、评论、演讲集》(1967)、广播剧集《博士的茶会》(1964)等。

授奖词

谁若想为海因里希·伯尔丰富多样的作品找出一个共同的公式，结果就会得到一个抽象的概念。他从二十三年前即已开始文学事业，在去年出版的长篇小说《女士及众生相》中达到了迄今为止的顶峰。他的作品包含了一个不断重现的双重主题，可以说明这样一个综合的概念，即：无家可归者和人道美学。但伯尔的无家可归者并非悲惨的个人命运，并非游离于社会的安全避风港之外的个人破船。他讲述的是一个无家可归的社会，一个脱出常轨、误入歧途的时代，它在所有街角都伸出手来乞求布施，乞求一个志同道合的人性化团体的布施。这种情况就是伯尔的“人道美学”的基础。

他描写每个人的需求，描写大大小小的事情，它们同属于一个具有人类尊严的人。若借用他列举的词语，则有“居住，邻居与家乡，金钱与爱情，宗教与饮食”等。这是一种充满激情的美学，充满了讽刺、尽情的滑稽模仿乃至深沉的痛苦，这也是他的文学纲领。谁想描绘生活的疾苦，就得留在人世间。

可是，他有一次却表示：“我需要的现实不多。”别人都把他看成现实主义作家，他自己或许也这么认为，有谁想到这句值得重视的话竟出自他的笔下？其实，他所需不多的现实是十九世纪古典小说里的现实，是那种按照过分精细的细节描摹、忠实反映的现实。伯尔运用这一方法极为熟练，但他每次使用时都跟讽刺有关。多余的细节是数不胜数的，诙谐会成为一种比耐性的较量，有时对那些不怎么有耐性的读者来说也是如此。正是以这种认真负责的记录技巧表现的诙谐，说明伯尔确实很少需要这样的现实。他的能力，用寥寥几笔、有时只是深意暗藏的几行文字就能生动地勾勒出他的环境及其形象的能力，正是他的匠心独具之处。

然而，另有一种现实却是伯尔的创作始终需要的：那种衬托他一生的背景，他这一代人必须呼吸的空气，他们必须接受的遗产。这种现实是他的全部创作不断重现的、细致观察的素材，从一开始直到刚才提及的杰作《女士及众生相》，后者可以说是他迄今全部作品的顶峰。在一九五三年、一九五四年和一九五五年，伯尔接连出版了三部小说，即《一声不吭》《无主之家》和《早年的面包》，实现了真正的突破。尽管作者很可能并无此意，我们却可以用这三个书名勾画出当时的现实，那种他一直锲而不舍地、全力以赴地描绘的现实。其背景是德国的饥馑岁月，是早年的面包，——从来不够吃的常常缺少的面包，要想活下去就不得不设法讨来或偷来的面包——以及这样一种食物留在了记忆之中。他和他的同龄人不得不接管的财产是一幢无人照管的房屋，是一种在废墟中消磨光阴、前途渺茫的生活。他与同辈人被迫在脖子上箍着暴政的铁爪呼吸生活的空气，谁也不吭一声，因为这种卡脖子的铁爪窒息了任何声音。

在这样的艰难岁月之后，新一代诗人、思想家、学者如此迅速地挺身而出，在我们这个时代的精神生活中肩负起他们自身的重要使命，肩负起他们的国家的任务，这绝不是什么德国的奇迹。海因里希·伯尔的创作为德国文学的复兴提供了明证，他本人以卓越的表现亲身参加了这场革新，而这绝不是什么形式上的实验：快要被淹死的人绝不会去表演花样游泳。这是为避免灭顶之灾而进行的革新，为了重新唤醒的生活，为了一颗精神种子，这是一颗遭寒霜侵袭、已被宣判死亡，却又重新发芽、生长和结果，给我们大家带来好处的精神种子。阿尔弗雷德·诺贝尔当年认为，他的奖金正是应该用来奖励这种精神的。

瑞典学院常务秘书 卡尔·拉格纳·吉罗

裕康 译

过路人，你到斯巴……

车停了下来，发动机还响了一会儿，巨大的车门从外面被拉了开来，灯光透过破碎的车窗射进车内，我现在才看清楚，车顶上的灯泡也是破碎的，可它还紧紧地旋在上面，几小段钨丝和玻璃碎片吊在那儿。发动机不响了，外面有人在喊："死的放到这儿，你们那儿有死的吗？"

"活见鬼，"司机回了一句，"你们这儿灯火管制解除了？"

"灯火管制还有个屁用，整个城市烧得像支火把，"那个陌生的声音又响了起来，"有没有死的，我不是问你们了吗？"

"不知道。"

"死的放到这儿，听到没有？其他的送到楼上的绘画教室去，你懂了吗？"

"懂了，懂了。"

我还没有死，是属于其他的，他们把我抬上台阶，进了一条长长的、光线微弱的走廊，走廊的墙上粉刷了一层绿色的颜料，钉着弯弯曲曲的、黑色的老式衣钩。走廊一边的两扇门上分别挂着珐琅牌子："六(1)"与"六(2)"，门与门之间挂着安泽姆·费尔巴哈[①]的美狄亚画像，画像安装在黑色的镜框里，在玻璃后面闪着柔和的光泽，凝视着远处。随后是挂着"五(1)"和"五(2)"的门，在这两扇门之间挂着《拔刺者》那帧照片，照片安装在褐色的镜框里，这是一幅闪着红色光华的优美的摄影作品。

楼梯前正中的地方也立着一根巨大的石柱，石柱后面是一座狭长的雅典娜神庙饰带的石膏复制品；复制品做得很精致，闪着黄色的光辉，十分逼真，古色古香。随之看到的，也正是该看到的：希腊的霍普力特[②]，衣着斑斓，引人注目，插着羽毛，看起来活像一只公鸡；就是在楼梯间，墙上也粉刷着黄色的颜料，并按顺序挂着从大选帝侯直到希特勒的画像……

在狭小的过道里，就在恰好离我的担架一两步的地方，挂着一幅特别漂亮、特别巨大、特别绚丽多彩的老弗里茨[③]像，他身穿天蓝色的军服，目光炯炯，胸前挂着一颗巨大的耀眼的金星。

我躺的担架又斜了，穿过典型人种雕像群——北部的船长，有着鹰一样的目光和一张愚蠢的嘴；西部的摩塞尔河流域的女人，消瘦、严厉；东部的格利斯人，长着蒜头鼻子；山地人的侧面像，脸部长长的，长着突出的喉头——又进入一条走廊，在担架踅入第二道楼梯之前，恰好离我的担架一两步的地方，我还看到了战士纪念碑，它上面装饰有石刻的

---

① 安泽姆·费尔巴哈(1829—1880)，德国画家。
② 霍普力特，古希腊对使用重武器的战士的称呼。
③ 指普鲁士的腓特烈大帝。

花环和一个巨大的黄金色的铁十字。

这一切都匆匆而过，我并不重，抬担架的人走得很快。也许这一切都是幻觉；我正在发着高烧，浑身疼痛，脑袋、胳膊和腿，还有我的心又发疯似的跳了起来；是啊，人在发高烧时，什么东西不能看到啊！

当我们走过典型人种雕像群时，随之可见另外一类雕像了：凯撒、西塞罗、马克·奥勒留①的三座石膏胸像。胸像很规整地一个挨着一个庄重地靠在墙上，复制得好极了，金黄色，十分逼真，古色古香。当我们在墙角拐弯时，也出现了赫尔墨斯②石柱，在走廊——走廊粉刷的是玫瑰红色的颜料——的尽头，在绘画教室入口处的上方挂着一幅宙斯的怪脸像，这副怪脸离我们还很远。在右边，透过窗户我看到了火光，整个天空映得通红，浓黑的烟云缓慢地飘动着……

我又不得不向左边望去，我又看到了门上的珐琅牌子："一(1)"和"一(2)"。在褐色的、发着酸臭味的两扇门之间，我只看到装在金黄色镜框中的尼采翘起来的胡子和鼻尖，因为画像的上半截被一张纸盖住了，纸上写着："简易外科手术室"……

"若是现在能看到，"我蓦地想起，"若是现在……"果然是它：一幅多哥③的图画，色彩绚丽，画面巨大，像铜版雕刻画一样平展，印得十分精美；画面的前端，在德国侨民的房舍前，在一些黑人和一个荷枪的无精打采的士兵前面，是一些巨大的、画得惟妙惟肖的香蕉串：左边一串，右边一串，在中间靠右边的那串香蕉上，我看见有什么东西涂在上面；这是我亲手写在上面的……

绘画教室的门一下子被拉开了，在宙斯的胸像下，我被摇摇晃晃地抬了进去，我紧闭双眼，什么也不想再看了。绘画教室里散发着碘酒、粪便、垃圾和烟草的味道，十分浓烈。他们把我放了下来，我对抬担架的人说："请往我嘴里塞支烟，烟在左上边的口袋里。"

我感觉到有一个人在我的口袋里搜摸，接着是擦火柴的声音，我嘴上有了支点着了的香烟。我吸着，说了声："谢谢。"

"这一切还证实不了。"我在想，"不管怎样，每个文科中学都有一间绘画教室，走廊上粉刷成绿色和黄色的墙上都钉有弯弯曲曲的老式衣钩；仅是在'六(1)'和'六(2)'之间挂有美狄亚画像，在'一(1)'与'一(2)'之间看到尼采的胡子，无论如何还证明不了我现在是在自己的学校里。画像是一定要挂在上面提到的那些地方的。在普鲁士，文科中学有它自己的规矩：美狄亚放在'一(1)'与'一(2)'之间，《拔刺者》放在那边，凯撒、马克·奥勒留和西塞罗放在走廊，尼采在楼上，学哲学的地方。雅典娜神庙饰带，一幅色彩斑斓的多哥图画。《拔刺者》和雅典娜神庙饰带总归说来都是学校美好而古老的必要装饰品，这沿袭下来已有几代之久了。而且我绝不是唯一的一个在一根香蕉上写了'多哥万岁'的人。学生们在学校都是搞这类恶作剧的。除此，还有这种可能，我在发高烧，我在做梦。"

我现在不再感到痛了。在汽车里时还痛得很厉害，每当汽车在一些小的弹坑里颠簸

---

① 马克·奥勒留(121—180)，古罗马皇帝。
② 赫尔墨斯，希腊神话中的宙斯之子，神的使者。
③ 第一次世界大战前，多哥为德国的殖民地。

时,我就喊叫起来;穿过大的弹坑时还好过一些,因为汽车就像一条船在浪谷里起伏。现在注射剂好像起了作用,他们在我胳膊上打了一针,我感到针头往我皮肤里刺了进去,连我的腿都热了起来。

"这不可能是真的,"我在想,"几乎三十公里,汽车绝不可能跑这么多路。而且,除此之外,你什么都觉察不到,没有感觉,只有眼睛;没有什么感觉告诉你,你现在是在你刚刚离开三个月的母校里。八年可不是一个区区小数,难道在八年之后,这一切你仅用眼睛就能认得出来?"

我紧闭双眼,但这一切在我眼前又都浮现了出来,像是一部影片在放映:一楼走廊,粉刷成绿色的墙,上楼,粉刷成黄色的墙,战士纪念碑,走廊,再上楼,凯撒、西塞罗、马克·奥勒留……赫尔墨斯,尼采的胡子,多哥,宙斯的怪脸……

我吐掉香烟,开始叫了起来:喊叫,总可以好受些;但是要喊叫得响亮;喊叫起来舒服极了;我像发疯似的叫喊着。直到有人俯身向着我,我仍没有张开眼睛;我感觉到一个陌生人的呼吸,热乎乎的,一股烟草和大蒜的难闻味道。"怎么啦?"一个声音平静地问道。

"给点东西喝,"我说,"再来一支,在上面的口袋里。"

又有人在我的口袋里搜摸着,又擦了一根火柴,一个人往我嘴里塞了一支点着了的香烟。

"我们现在在什么地方?"

"在本多夫。"

"谢谢。"我说了一句就吸起烟来。

无论如何我确实是在本多夫了,也就是说到家了;而且,如果我不是发着异乎寻常的高烧的话,也可以肯定我现在是在一所文科中学里,绝对是一所学校。在下面时不就有人喊过"另外一些送到绘画教室去"吗?我是属于"其他的",我活着,活着的人很明显是属于"其他的"。这儿就是绘画教室,如果我听得清楚的话,那为什么我就看不清楚?再说我也肯定认识凯撒、西塞罗和马克·奥勒留,而他们也只有在文科中学才有;我不相信在其他一些中学他们会把这些家伙靠在走廊的墙上。

终于给我拿来了水,我又从他的脸上嗅到烟草和大蒜的味道,我不由自主地睁开了眼睛,看到一张疲惫、衰老而又满脸胡须的面孔,身穿救火队员的制服。一个苍老的声音轻轻地说:"喝吧,伙伴。"

我喝了;这是水,这水好喝极了;我感觉到放在我嘴唇上的金属炊具的味道,这气味好闻极了。我多想再喝几口,可那个救火队员却把炊具从我嘴唇上拿掉,然后走开了。我叫了起来,他头也没回,仅是疲倦地耸耸肩膀,只管走开。躺在我身边的另一个人慢声慢气地说:"号叫有什么用,他们没有水了;你不是看到了吗?整个城市都在燃烧。"

透过遮光的窗帷,我看见火光冲天,像是往火炉里添了新煤,火舌在黑烟后面喷吐着,是啊,我看到城市在燃烧。

"这个城市叫什么名字?"我问躺在我身旁的那个人。

"本多夫。"他说。

"谢谢。"

我凝视着我面前的那些窗户,时而望着顶棚。顶棚还完整无损,洁白,光滑,边缘装饰着古典式的狭长花纹;可是在所有的学校里,绘画教室的顶棚都装饰有这种古典式的花纹,退一步讲,至少在那些古老的文科中学里是这样的。这是十分清楚的。

现在我不得不承认,我现在是躺在本多夫一所文科中学的绘画教室里。本多夫有三所文科中学:腓特烈大帝中学、阿尔贝特中学和——也许用不着我讲——这最后一所,第三所是阿道夫·希特勒中学。在腓特烈大帝中学,楼梯正中悬挂的老弗里茨画像不是特别绚丽多彩、特别漂亮、特别巨大吗?我在这所学校里待了八年时间;可在其他一些中学里为什么就不能把这幅画像挂在同样的地方,同样引人注目和显而易见,使人一上楼就一眼看到呢?

我现在听到外面的重炮射击声。若是没有这种声音,几乎可以说是寂静的;只是火焰有时在喷吐和吞噬,在黑暗中间不知哪个地方的房架坍塌下来。大炮安详而有规律地轰鸣,我在想,多么好的大炮啊!我知道,这种想法是可鄙的,可我却这样想。我的上帝,大炮是多么使人感到慰藉,感到舒适:阴沉、粗犷,简直是一架声音温柔、精美雅致的风琴。无论怎样也是高雅的。就是它在轰击时,我觉得它也显得高雅。很适合战后把它放进绘画教材里……随后,我想到,若是碑顶竖着更大一些的金色铁十字、饰有更大一些的花环的战士纪念碑,再举行一次落成典礼时,它上面又该有多少个名字啊!我骤然忆起:现在我要真的是在我的母校,那战士纪念碑上应该有我的名字,是刻在石头上的,在校史上,我的名字后面有这样的话:"从学校到战场,献身于……"

但是我还不知道献身于什么,也不知道我是不是在自己的学校里。我现在一定得把这一点搞清楚。战士纪念碑也没有什么特殊的、引人注意的标志,它都是一个模子出来的现成东西,到处都能弄到,真的,从任何一个中心点都能弄到……

我注视着绘画教室,可是他们把画像都摘掉了,角落里堆放着一些凳子,窗户都是高而狭长的,以便室内光线充足,一间绘画教室向来都是这样。可我从这些凳子、这些窗户上能看出什么呢?我的心在告诉我,什么也看不出来。如果我现在果真是在我待过八年的窝里的话,那我的心是不会什么也不说的。八年来,我在那里画过绘画老师置放于画儿上的细长的、精致的、罗马式的玻璃花瓶的仿制品,练习过各种各样的字体:圆体、古体、罗马体、意大利体。在整个上学期间,再没有比绘画课更令我仇恨的了,整个钟头是那样无聊透顶,没有一次我能画完一个花瓶,写成像样的字体。现在在这令人气闷、无聊的四面墙里,我的诅咒在哪儿?我的仇恨在哪儿?我什么也说不出来,我沉默地摇了摇头。

我老是擦橡皮,老是削铅笔,擦……什么也没有……

我不大清楚我是怎么受伤的;我只知道我的两只胳膊不能动弹,右腿也动不了,只有左腿还能动弹点;我想,他们定是把我的胳膊都绑在身上了,绑得那么紧,一动也不能动。

我把第二支烟吐在草垫之间的过道上,想法活动活动我的胳膊,可是太痛了,痛得喊叫起来,我持续地喊叫下去,喊叫总是件舒服的事;我也发起火来,因为胳膊不能动弹。

医生来到我的面前;他摘下眼镜,眯缝起眼睛看着我;他什么也没有说;在他后面站着那个给我送水的救火队员。他跟医生耳语了几句,医生戴上了眼镜,这下在厚厚的镜片后面，我看清了他的大眼睛和轻轻颤动的瞳仁。他长时间地看着我，看得那么久，使我只好移开目光，他轻声地说："马上就轮到你了……"

他们把躺在我身旁的那个人抬了起来，抬到黑板后面；我望着他们。他们早把黑板卸下，排了起来，在黑板和墙中间留了一个门，挂了一条床单；里边亮着刺眼的灯光……

什么也听不见，直到床单被掀开，那个躺在我身旁的人被抬了出来；抬担架的人带着疲惫、无动于衷的表情，拖着步子把他抬出门去。

我又闭起眼睛在想："你一定得弄清楚，你受了什么伤，你是不是在自己的学校里。"

这周围的一切都使人冷漠，无动于衷，就像他们抬着我穿过一所死城的博物馆，穿过一个令我同样感到无动于衷和陌生的世界似的，尽管我的眼睛熟悉它们，但也仅仅是眼睛熟悉。这绝不可能是真的，三个月以前我还坐在这里，画花瓶，写美术字；休息的时候拿着我的奶油果酱面包下楼，经过尼采、赫尔墨斯、多哥、凯撒、西塞罗、马克·奥勒留，慢慢地到挂着美狄亚的一楼走廊，然后到门房毕格勒尔那儿去，在他那间昏暗的小屋里喝杯牛奶，甚至在那儿还敢抽支烟，虽说是禁止吸烟的。肯定无疑，他们一定把躺在我身旁的那个人抬到下面停放死尸的地方去了，死尸也许就停放在毕格勒尔那间灰暗的小屋里，从前那间小屋里净是热牛奶、灰尘和毕格勒尔质地低劣的烟草味道……

终于抬担架的人又进来了，现在他们把我抬进黑板后面。我又摇摇晃晃地从门旁经过，而就在这时，我看到了肯定会看到的东西：门的上方过去曾一度挂过一个十字架，当时学校还叫"托马斯中学"。那时候，他们把十字架拿了下来，可是在墙上留下了一个崭新的深黄色十字架痕迹，那痕迹十分清晰、显眼，几乎比原先挂在上面的那个颜色暗淡的小十字架还要清楚得多；十字架痕迹干净而又漂亮地留在了褪色的粉刷石灰的墙上。当时，他们恼火地把整面墙都刷了一遍，可是不顶事，刷墙的人没有把颜料选对，整面墙成了玫瑰色的，可十字架痕迹呈褐色，仍清晰在目。他们咒骂，可是不顶事，十字架痕迹仍在那里，在玫瑰色的墙上，呈褐色，清清楚楚。我想，他们的颜料费都用光了，无法再折腾了。现在这个十字架痕迹还留在这儿，若是人们仔细一点看的话，甚至还能在右边的横梁上看到一条很清楚的支架的痕迹，一根黄杨木在那儿挂了一年多，这还是毕格勒尔夹上去的，那时还允许在学校里挂十字架……

这一切都是我在瞬间想到的。我从门旁被抬到黑板后，这里的灯光十分刺眼。

我躺在手术台上，在灯泡明亮的玻璃上面，我十分清楚地看到了自己，细小，苍白，一个狭小、土色的小包裹，像是一个异常柔弱的胎儿。上面的我竟是这副样子。

医生背过身去，他站在一张桌子旁边，挑选手术器械；救火队员站在黑板前面，朝我微笑，这是显出疲倦和悲哀的一种微笑，他那满脸胡子和龌龊的面孔像是睡不醒似的。从他的肩膀旁望去，我在肮脏的黑板上看到了些什么，这使我的心自来到这陈尸所之后第一次有所触动，在我心房中的某个神秘的地方，我深深而又恐怖地感到惊愕，我的心急遽地跳动起来：黑板上就有我的笔迹，最上边那几行。我认识我的字，这比照镜子还要糟糕，还要清楚。现在我无法怀疑我的笔迹的真实性了。其他的一切，不管是美狄亚还是尼采，不管是提那利山区人的侧面像还是多哥的香蕉，甚至门上方的十字架都不是证据，因为其他学校里也有同样的东西，可是我无法相信其他学校的黑板上会有我亲笔写下的一句铭文。现在这句铭文还在上面。那时候，仅仅在三个月之前，在绝望的生活里，我们都必须要写的那句碑铭：过路人，你到斯巴……

噢，黑板太短了，绘画老师把我骂了一通，因为我没有把位置安排均匀，字写得过分大了。他摇着头，用同样大的字写了：过路人，你到斯巴……

医生轻声地把救火队员叫到身边，这样我才看到整个碑铭，它只差一点不全，因为我把字写得过分大了，占的地方太多了。

这句铭文写了七遍，用古体、尖角体、斜体、罗马体、意大利体和圆体，清楚而工整地写着：过路人，你到斯巴……

我觉得我的左边大腿上挨了一针，我便猛地颤动了一下，我想支撑住自己坐起来，但是不能够：我向自己的下半身望去，看到他们已解开了绷带，我没有胳膊了，右腿也没有了，我一下子就摔了下来，我无法支撑住自己；我喊叫起来，医生和救火队员发怔地望着我，医生只是耸动一下肩膀，继续推他的针头，针头缓慢而平稳地推了进去；我想再次看看黑板，可是救火队员却站在我身旁，离得很近，完全遮住了黑板；他紧紧地按住我的肩膀，我嗅到他那身油腻制服肮脏而又发霉的气味，看到他那疲倦而又悲哀的面孔，终于我认出了他：这是毕格勒尔。

"牛奶。"我轻声地说……

高中甫　译

1973

获奖作家

怀特

传略

一九七三年十月十八日，瑞典学院宣布将当年的诺贝尔文学奖授予澳大利亚作家帕特里克·怀特，以表彰“他以史诗般的和擅长刻画人物心理的叙事艺术，把一个新的大陆介绍进文学领域”。

帕特里克·怀特(Patrick White，1912—1990)，一九一二年五月二十八日出生于英国伦敦。父亲是澳大利亚的一位农场主，母亲也生于富有的农场主家庭。怀特是在父母回英国探亲时出世的，在悉尼乡间的农场里度过自己的童年。一九二五年赴英国切尔滕纳姆学院学习，一九二九年回国。一九三二年再度去英国，进剑桥大学皇家学院攻读现代语言。在此期间，他开始从事诗歌创作，一九三五年出版的诗集《农夫和其他诗》即为他在剑桥求学时期的作品。但他自认在诗歌创作上很难有建树，从此不再写诗，改写小说和戏剧。

一九三五年，怀特大学毕业后仍留居伦敦，从事创作。他曾去欧洲许多国家和美国游历，并且阅读了大量英、法、德诸国的文学作品，深受欧洲文化和乔伊斯、沃尔夫、劳伦斯等现代作家的影响。一九三九年和一九四一年，怀特相继发表了长篇小说《幸福谷》和《生者与死者》。第二次世界大战期间，他服役于英国皇家空军情报部门，曾被派赴中东一带工作五年。一九四八年回澳大利亚定居，先经营农牧场，后专门从事写作。

战后，怀特出版了第三部长篇小说《姨母的故事》(1948)。一九五五年，他发表了自己的代表作之一——长篇小说《人树》。这是一部具有澳大利亚特色的佳作，它叙述了拓荒者斯坦一家的生活变迁。作品既写了广大拓荒者的奋斗精神、生活境况和内心世界，也描绘了澳洲大陆的自然景色、社会状况和生活方式，而且富有诗情画意和情趣，很有感染力。《人树》一书出版后，受到了国内外读者和评论界的一致好评，有“澳大利亚的‘创世记’”之称，为作者带来了国际声誉。

随后，怀特又相继出版了长篇小说《沃斯》(1957)和《乘战车的人》(1961)。前者以十九世纪上半叶试图横跨澳洲大陆的德国探险家莱克哈特为原型。后者写的是一群穷困潦倒、行为乖张的侨民。在六十年代，怀特还发表了用喜剧手法描写一对孪生老人痛苦一生的长篇小说《可靠的曼达拉》(1966)，收有《不准养猫的女人》等十一篇小说的短篇小说集《烧伤的人》(1964)，以及剧本《汉姆的葬礼》(1961)、《沙萨帕里拉的季节》(1962)、《快乐的灵魂》(1964)和《秃山之夜》(1964)等。一九七〇年，他又出版了描写一个艺术家生平的长篇小说《活体解剖者》。

一九七三年出版的长篇小说《风暴眼》是怀特最重要的代表作。它通过生命垂危的老富孀亨特太太对自己一生的回顾以及对她一对儿女和周围人物的生活的描写，揭示了人的自私冷酷和社会的腐朽堕落。但是在描写这一场围绕着遗产展开的尔虞我诈的明争暗斗中，在刻画金钱第一、世态炎凉、人情冷漠、骨肉无情的社会现实时，作者并没有满足于暴露人世间表层的丑恶，而是把笔触深入到人物的内心世界，运用心理分析和意识流的手法，揭示了当代社会中普遍存在的精神和情感危机，对人与人之间隔阂、冷漠和敌对的原因进行了探索，提出了有关人的生存价值和人生追求的重大问题。作者在本书中采用了枝蔓式的立体交叉结构，以亨特太太从垂危到下葬这一时段内的活动为故事框架，通过她的内心独白和自由联想，既叙述了她享乐放荡而又孤独寂寞的一生，她的理想、憧憬、情感和际遇，也描绘了她经历过的世事风云和接触过的种种人物。《风暴眼》不愧为一部用意识流、梦幻等现代主义手法来表现现实主义题旨的优秀作品。

在荣获一九七三年的诺贝尔文学奖后，怀特又相继出版了长篇小说《树叶裙》(1976)、《特莱庞的爱情》(1980)，中短篇小说集《白鹦鹉》(1974)，剧本《重返阿比西尼亚》(1974)、《大玩具》(1977)以及自传《镜中瑕疵》(1981)。

怀特因病于一九九〇年九月三十日在悉尼市郊百岁公园寓所去世。

授奖词

瑞典学院将今年的诺贝尔文学奖授予澳大利亚作家帕特里克·怀特。在像历次一样简短的得奖评语中，提到“他以史诗般的和擅长刻画人物心理的叙事艺术，把一个新的大陆介绍进文学领域”。在有些地区，这句话多少有点被误解了。其实，这句话的意图只在强调帕特里克·怀特在其祖国文学中的突出地位；因此，不应该被理解为除了他的创作以外，澳大利亚文坛上就不存在一大批重要作品了。

事实上，澳大利亚文学界已经拥有前后相继的一长串作家，使澳大利亚文学明显地具有澳大利亚自己独有的特色。因此，在世人眼里，澳大利亚文学早就不应当被看作仅仅是英国传统文学的一种延伸。在这里，只要举出亨利·劳森①和亨利·汉德尔·

① 亨利·劳森(1867—1922)，澳大利亚小说家、诗人。

理查森①的名字就足以说明问题了。劳森是移居澳大利亚的挪威水手劳森的儿子,他在自己的短篇小说中真实地描写了形形色色的澳大利亚的现实生活;而女作家亨利·汉德尔·理查森则在一系列重要的长篇小说中,翔实可信、规模宏大地追忆了自己的父亲,通过其父亲作为代表,再现了残留在澳大利亚的英国生活方式。人们同样不能忽视许多志向远大而有点晦涩深奥的诗人,他们提高了澳大利亚人民对于本国的认识,增强了他们语言的表现力。

帕特里克·怀特的作品,尽管有其独特的一面,但是,不容否认,它们同时体现了澳大利亚文学的某些典型特征,这主要表现在采用了澳大利亚的社会背景、自然历史和生活方式。众所周知,怀特与西德尼·诺兰、阿瑟·博伊德、拉塞尔·德赖斯代尔等杰出的绘画艺术家有着密切的关系;这些艺术家以自己的画笔等创作工具,努力要达到怀特在作品中力求达到的那种表现力。同时,怀特的影响日趋明显,好几个最有才华的年轻作家,从不同的方面师法他的艺术,成为后起之秀,这也是令人鼓舞的现象。

然而,同时必须强调指出的是,怀特并不像他的某些具有代表性的同行那样,只把目光盯在澳大利亚特有的事物上。虽然他的小说大多以澳大利亚为背景,但他主要关心的是写人,写那些超越地区和民族界线、面临的问题和生活环境都极不相同的人。即使在他最有澳大利亚特色的史诗《人树》中,尽管自然和社会扮演了重要的角色,但他的主要目的仍然是刻画人物的内心世界;小说中的人物,与其说是以其典型或不典型的移民生涯,不如说是以其独特的个性而跃然纸上。当怀特陪同他的探险家福斯进入澳洲大陆的荒野以后,那荒野就首先成了演出沉迷于尼采式意志力并为之自我献身的戏剧的一个舞台。

人们会觉得特别的,是帕特里克·怀特笔下的主要人物往往或多或少地置身于社会之外:往往是些侨民、行动乖张或智力不全的人,更多的则是神秘主义者和狂人。看来,怀特似乎发现自己最易于在这些穷困潦倒、无依无靠的人身上发掘出他所神往的人性。《乘战车的人》中的人物就是这样一类人:由于侨民的身份和与社会习俗相悖的行为,他们备受迫害和折磨,但从精神上说,他们又是上帝的选民,是不幸中的胜利者。《可靠的曼达拉》中的两兄弟亦是如此,他们具有矛盾的特性:很能应付自如而又精神空虚,举止笨拙却资质颖悟。从某种意义上说,在怀特最新也是最长的两部小说中,两个贯穿始终的主要人物——《活体解剖者》中的艺术家和《风暴眼》中的老太太——也非例外。在怀特笔下,艺术家的创作冲动被描绘成一种诅咒;这种创作激情使艺术家的艺术产生了毁灭一切的后果,使创作者和接近创作者的人都沦为它的牺牲品。至于《风暴眼》中的老太太,作者则以她在一场飓风中的经历为神秘的中心,从这个中心得出人生的深刻见解,从而揭示出她充满不幸的一生,直到她死。

帕特里克·怀特的作品相当难懂,究其原因,不但因为他有其特殊的认识和特殊的题材,而且同样因为他别具一格地把史诗的真实和诗歌的感情熔于一炉。在画面宽广的叙述中,怀特采用了高度浓缩的语言,锻词炼句,哪怕是细枝末节也不例外,同时,又以极

---

① 亨利·汉德尔·理查森(1870—1946),澳大利亚女作家。

度的艺术夸张和微妙的心理描写，始终如一地追求最强烈的艺术表现力，使真和美紧密相连，融为一体：美，是放射光华和生命、激发天地万物和各种现象的诗意的美；真，纵然一瞥之下可能令人厌恶和惊恐，却是它自身的揭示和解放。

帕特里克·怀特是一位社会批评家，正如一切名副其实的真正作家一样，他主要通过写人来批评社会。他首先是大胆的心理探索者，同时又随时准备提出人生的观念，或者说提出一种神秘的信念，从中获得教益和启迪。他与自身的关系，犹如他与别人的关系，是错综复杂、充满矛盾的：崇高的企求和刻意的否定，激情热望和清教徒主义互相抗衡，形成了鲜明的对照；与他自己的高傲气质截然相反，他赞颂谦恭和自卑——一种持续不断的、要求赎罪和做出牺牲的负疚心理。他在高尚地、孜孜不倦地追求理想和艺术的同时，又疑惑两者的前途，因而不断地受到困扰。

由于他的文学创作，帕特里克·怀特已经名扬四海，并在这一领域内，成了澳大利亚首屈一指的代表。他在孤独中，在种种逆境中，无疑也是在迎击强大的反对势力中创作的作品，已经逐渐地赢得了越来越广泛的承认，取得了永垂文学史的地位，尽管他自己或许还不太相信自己的成就。对于帕特里克·怀特性格上极其顽强地表现自我、勇敢地攻击最棘手的问题的一面，人们有所争议；然而，正是因为这种性格，才造就了他无可争议的伟大。不然的话，他就不可能在忧郁中向人们提供这样的慰藉和信念：人生的价值，必然超过当前迅速发展的文明所能提供的一切。

瑞典学院对帕特里克·怀特今天的缺席深感遗憾，但是，我们竭诚欢迎他的代表和挚友，杰出的澳大利亚艺术家西德尼·诺兰。现在，让我敬请您，诺兰先生，从国王陛下手中接受授予帕特里克·怀特的诺贝尔文学奖。

瑞典学院院士　阿图·伦特维斯特

佚名　译

作品

信

波金霍恩太太想起来她该给茂得写一封表示关心的信。几乎任何疾病都使她发烦，但是亲爱的、古怪的老茂得·布勒斯，虽然为人平淡无奇，却是忠诚实在，对于茂得的血压，真必须说几句话。不过也许是西比尔·法恩沃斯血压高？不是的，西比尔的病名听起来是一个更专门的术语。

波金霍恩太太还是喜欢坐在起居室里她那细木镶嵌的书桌前，在早餐的例行仪式之后，赶写几封信，其中许多是不必写的。这样做，似乎可以维持她的身份。她庆幸还有海瑞特，不过海瑞特也不能永远活下去。

波太太的呼吸急促了。

"查尔斯!"她叫道,不为什么事。

没有回答。

她选了一张二级信纸,上面优雅地印着字母:**望庐,新南威尔士州萨塞帕里拉**。于是波太太准备好了。

最亲爱的茂得(她的书法素有豪放之称):

我以为没有比人家告诉你"慢慢来"更讨厌的了。你可以想象,剥夺了你的每年来访,我们会多伤心。望庐的花苞今年会特别繁盛,你又那么喜爱它们。然而,我们必须忍受自己的苦难。

我把这消息告诉查尔斯,他默不作声。但是我知道,在这重要的时刻,他所爱的姨妈不能来,他会思念、会难过的。我曾满怀希望劝说他参加今年的聚会,特别因为今年是他五十岁的生日。我简直难以相信!可是,当然了,一切都证明着这一点。真的,查尔斯的举止有时甚显老态,使得他可怜的母亲反觉得年轻了。

这时波太太忍不住向镜子望上一眼。她的眼睛在镜子里依然十分迷人。

茂得,亲爱的,你素来知道,我不愿把烦恼推给别人,但是你的教子越来越使我忧虑。这事儿也很难说清楚。

她犹豫了一下这样写看上去是否太粗俗,她后悔还在下面加了点。

但是……(她勇敢地写下去)……事情越来越复杂了。自从他"引退"后,你记得我曾煞费苦心地安排一些日常工作,来引起他对生活的兴趣。然而我费的劲儿并不总是成功的。安排他割草的失败也许是可以理解的,查尔斯不喜欢机械,草地枯燥无聊,刈草维持的时间不长(必须叫诺曼回来,他现在又聋又无礼,但我们有他,还算运气)。我在这方面较近一次动脑筋的结果是劝说查尔斯步行到萨塞帕里拉去取信。我租了一个有意思的私人小信箱,女邮递员苏登太太是个正派人——查尔斯曾钟情于她。几个月来一切顺遂,直到上周,我那讨厌的宝贝儿子宣布:他不能再继续取信了!所以,现在请把信仍寄到我家。我得为查尔斯想点新花样。

我知道这一切对远在墨尔本的人来说,不过是微不足道的琐事。但这关系着我,我不愿向别人说,除了他的教母,而且你看来确实能影响他,亲爱的茂得。我常怀感谢……

波太太又停住了。想想也奇怪,邋遢的、心地简单的茂得在许多情况下总是知道该怎么办。是谦卑的美德使然吗?噢,但是波太太也曾祈求过谦卑啊。她皱紧了双眉,镜子变得不那么宽厚了。

放松一下吧。

波太太露出一个微笑,淡淡的、超越世俗的,像她学会了的那样。

最后,希望你恢复健康,亲爱的茂得。我肯定地说,当我们在望庐的花丛中漫步,在海瑞特叫我们进生日午宴之前,我们两个会以深切的感情想到你。

至爱的　乌苏拉

又及,如给查尔斯写信,请勿提这些事。

她封好这信封,那胶水的味道真恶劣,然后就去找查尔斯了。

在餐室,查尔斯坐在大皮圈椅里,椅子丑陋不堪,但那是曾属于狄基的。查尔斯正在读着什么,也许表面上是这样。她看得见他的后脑勺,他小心地、尽可能地使他那稻草色的头发遮住脆弱的头顶。有时那做母亲的几乎以为还能看见她孩子头上血管脉搏的跳动。

"查尔斯,"她温柔地说,走过去,"你在读什么?"

他是在读什么,而且继续在读。

"你,"她问,"读什么,查尔斯?"

"《自由牧场体系的家禽繁殖》。"

他的小胡子,一度曾是稻草色,现在由于灰色的暗影显得有些脏。

"可我们没有家禽,"她说,"它们的气味不好。"

他继续读。

"也许你愿意我给你买几只。"她考虑着,"半打小鸡,"她请求道,"长大了的那种。那些鸡雏很麻烦,你准会感冒。"

查尔斯说:"不要。"

他继续读。

波太太不能忍受大皮圈椅咯吱咯吱的声音。她喜欢诺曼的刈草机。只要理智上稍加合作,刈草机运转的疾风能摧毁一切别的声音、感觉和存在。

"好吧。"她叹息道。

她整了整帽子。那是从事园艺时戴的大旧草帽。波太太喜欢戴这种大软帽,戴起来也合适。大而下垂的帽子造成一种婚礼的气氛。

"你到门口去看过邮差送信来了吗?"她想起来了。

"没有。"他回答。

他的面颊确实抽动了一下。也许这又给皮肤增加了一条新的极细极细的皱纹吧。

"但是为什么,亲爱的?"

他只是读,只是读。

波太太不能控制自己激动的呼吸了。

“那么我自己去取。海瑞特正忙着。诺曼这么粗鲁,没人敢再叫他做什么。”

她走到花园里。尽管那个从事园艺的家伙把功劳据为己有,但这花园其实是她自己设计的。那座房屋,有着小小的、近乎菱形的铅条玻璃,粗砖垒出都铎式花边。现在它是太大了一些。但是狄基死时,她曾下决心要努力维持它。她沿着小径走去,摸一摸自己引以为傲的蔷薇。路旁的栀子花碰撞着她的面颊。不能说她唇边迸发出的是一阵抽泣,但是经历了岁月风霜的栀子树,确实引起了她不胜今昔的悲痛。

当然,除了账单,没有别的。付过账的收据是最好的了。查尔斯有两个让人破费的通知,还有表哥关于公司的报告。

查尔斯“引退”以后,波太太和侃表哥以及毕度思先生私下里商定,公司的报告定时寄给她的儿子。使在其位,她说,波太太喜欢收集过去年代的成语,其实她从未真的属于过那个时代。她偷用那些词句,使她觉得自己像是参与了什么阴谋。

但是这个上午的事却似乎真有阴谋在反对她。她踩进纠结的茅草丛里,几乎在靠近台阶处绊倒。诺曼绝不会听从劝说锄去那些草的。

她走着,紧抓着账单。

原来是狄基处理那些账单的。狄基·波金霍恩,一个身材高大、性情平和的人,几乎完全被人遗忘了。甚至他的寡妻,有时从许多银镜框中看见狄基的脸,都会感到惊异,那是他剩下的一切了。

但是我确实真爱亲爱的狄基啊。

肯定了这一点后,波太太拿着信回到餐室。她并不想打扰他,不过,这是她的责任。

“你的信,查尔斯。”她递过信去,他接下了。

“你不拆开看看吗?”

他放下小册子,把手在嘴上搁了一会儿。他的骨架纤细,一点不像他父亲。

“也许会有点有意思的事。”她哄着他。

“是的。”

但他站起身,把信放在占满整个壁炉板的漆匣里,合上盖子。

波太太束手无策。茂得要在就好了。

“我刚写了信,”她宣布,“给茂得姨妈的。都是她的烦心事。谁知道什么时候能寄出去!诺曼刈着草,不肯停。”

这时查尔斯·波金霍恩提出了出人意料的建议。

“给我那信,”他说,“我送到萨塞帕里拉去。”

他的母亲几乎不知道自己的心情是感谢还是痛苦。每次她发觉人类灵魂之井比她能接触到的更深时,她都感到一阵小小的悲痛。

不管怎样,她交出了信。查尔斯迈着神经质的轻步子走出餐室。他的骨架脆弱,完全不像他父亲。他父亲走起路来总是像要把什么压碎似的。

独对狄基的相片,她想起别的一些与她过从甚密的男子。英国的花呢衣服,鞋尖包头上闪着光的考究鞋子,都使她兴奋。她会瞟着男人的手腕,来煽起他的虚荣心,因为他推测那是她的青睐。她真是老手了。许多血色很好、穿着漂亮的快活男子,在回想到乌苏拉·波金霍恩的巧笑时,还会张开嘴唇。

现在她在屋子里走动——那千真万确是她的步伐——长裙拖曳,表达了她的精神,事实上她穿着她不怎么喜欢的一件衣服。乌苏拉·波金霍恩(图拉克地方的罗骚家族中的一员)总是喜欢有拖裾的长裙和松垂的衣袖;喜欢把边上缀饰着羽毛的披肩,不经意地围在颈上。那颈项!试看每逢她在婚礼上出现,抚摸着小山羊皮长手套,轻掠闪着光辉的浅色头发,所有人就都忘记了新娘。她的顾盼可不能说是鼓励,因为她从不玩弄任何人的感情。她崇拜她的狄基,虽然她的倩笑也曾为了某个别人,她却永不会承认。

波太太为许多婚礼出过力,她总摆脱不了婚礼的气氛。每天早晨,在干完书桌上的事之后,她走到储藏室插花。海瑞特找到了那把总是爱丢的剪子,摆出了一些与花朵不相配的花瓶。

让波太太来主持一切。

"可爱的、可爱的蔷薇啊!"

但是今天,什么东西在啃嚼那蔷薇。

她的戒指叮叮作响。在白天,除了为海瑞特示范做多层蛋糕外,她从不取下戒指。其实怎么做蛋糕,海瑞特自己知道。

今天,这些戒指真野蛮啊。

她在踱回餐室以前,忍不住看了窗外一眼——她总是小心而又小心的。餐室是空的,悄无声息,已出现过的形影似乎仍在那儿滞留。她几乎期望狄基的皮圈椅轧轧地响起来。

波太太打开漆匣,里面有相当大的一束信札。没有拆开,已有好几天了。

这时她感到害怕,也许人世间有些东西,是在她的理解力之外。

查尔斯·罗骚·波金霍恩刚一出来,走到光亮的、充满生意的花园,就畏畏葸葸地侧身而行。阳光使他那黄里带红的眼睛什么也看不见,可是,他抓住那封信不放。

清晨变安静了,老诺曼正蹲着鼓捣那刈草机。

查尔斯停住脚步,因为人总是要停住的。

"那是什么,诺曼?"他问,"一个齿轮吗?"

诺曼是从来不会为了跟查尔斯说话而抬起头来的。

"齿轮!是那个该死的磁电机!"

查尔斯不无轻松之感。

"修理它!"诺曼抱怨,"修理该死的磁电机!"

因为,他妈妈说过,她再也不在刈草机上花钱了。可怕的东西。如果是别的有吸引力的什么,还好商量。

查尔斯·波金霍恩继续走着,穿过他母亲所谓的东方大灌木丛,她喜欢这么叫。他撕去手指甲边上的倒刺。当他还是长着一头金发的小男孩时,就已对这种似乎死掉的皮肤有了兴趣,常常撕到出血。他就那么站在木料间旁边,或者溜进灌木丛中去撕。

"你不觉得这很有意思吗,茂得姨妈?这些倒刺,只要别撕得太狠。"

对茂得·布勒斯来说，她的教子是个最富于奇思妙想的孩子。

“是的。”她说，摸摸他的头。

她嫁给一个好人家出身的穷牧师，没有生育。

查尔斯走上通往萨塞帕里拉的路。这是他的路，不过无人知晓这条路。虽然他身个儿单薄，穿着外出的黑色细条子衣服，但现在倒是很有信心地迈着步子。对于那些到处都有的怀疑的面孔，他连头也不回。太太们停止打扫或聊天，观察着“那位波金霍恩先生”。

他终于到了。从边上绕过去，安静地、灵巧地把信投入信箱。

信一投出，他连忙逃走。连女邮差也没有看见他。苏登太太的头发是直的，而且竖着，他对她曾怀有温柔的感情。

今天运气不错，好大一扎信。查尔斯到私人信箱取信时，苏登太太经常这样说。

查尔斯·罗骚·波金霍恩回家去时，比来时轻快得多。

他曾和茂得姨妈一起看马戏，那些丑角真可怕，尤其是表演折断脖子的那个。可怜的、可怜的查尔斯，她安慰道，现在可以看了，没什么，不过是马戏而已。马戏？可一匹马也没有，有的是那些可怕的丑角。她要他放心，说这些都是愚蠢的胡闹。他从她怀里慢慢抬起头来。奇怪着她没有别的表示，有的只是慈祥。她用手抚摸他，还是那样自然。在丑角和恐惧都消失以后，他长久地凝视她的手。

她解释道，这不是真的，毫无意义。

查尔斯常常奇怪究竟什么有意义。现在他从小山上下来，不时发出低声的呜咽。

“早安，波金霍恩先生。”年迈的郎兰茨小姐说。

“早安，郎兰茨小姐，你的气色不错。”

她能喜欢他吗？

从小进了好学校，波金霍恩文雅知礼。他学习很出色，人们竟忘了这一点。他的母亲过去经常坐在讲台下，等着散会，等着他把奖品堆在她怀里。

他们还送他去剑桥，他父亲同意了。波金霍恩最初慎重行事。二年级时，他请过两三个人来吃茶点，他们来过一次就不再来了。但是查尔斯沉浸在他所发现的一切之中。他以优等成绩得到了学位。必须承认，那只是第二名。他的辅导教师认为，如果最后考试时他不发作记忆丧失的毛病，可能会把第一名拿到手，查尔斯悄悄地垮下来了。他曾憧憬过在某个偏僻的学术机构中搞一点拉丁语系的语言研究。奇怪的是，研究语言能使他——当然是谨慎小心地——和人交往。

但是一切当然都是不可能的了。出于别的原因。

他的母亲写道：

……不打电报，是因为我了解电报会引起更大的震惊。至少这点可以告慰，父亲死在睡梦之中，毫无痛苦。只是太突然了！我以为从悲痛中恢复需要很长时间，但我要尽可能地工作。总得关心我们的公司。幸亏侃表哥和毕度思先生很出力，父亲很信任他们。但是查尔斯，他最深切的愿望是他的儿子……

查尔斯回来了。

她没有到船边去接他。她宁愿离开喧嚣的人群,在他们俩都爱着的地方团聚。

她走下台阶来迎他,仰起满是泪痕的脸,眼睛出奇地蓝。她拍拍他的手臂,并且把手搁在那儿,欣赏一下英国毛呢的质地。

那时的查尔斯·波金霍恩正是那种所谓干净利落的小个子,小胡子平板地分梳,衣着链扣都很雅致。那些日子他还能说个故事,烟卷儿的烟形成了一道防范的屏幕。音乐还没有走板,舞会上还有一两个姑娘看他几眼。

"告诉我,"他的母亲问,把脸凑近来,"一定有那么一个人了。"

"有个人? 谁?"

"哎呀,"她笑了,"你这个傻孩子! 有一个迷人的姑娘!"

查尔斯如同受了雷击。

"但是,"他说,"我以为凡是要求我的,我都做到了。"

离开房间时他用手帕狠狠擦着额头。

他的母亲不得不舐湿嘴唇,她的眼睛比任何时候都蓝。后来她又盘问了几次。

"真的,"她说,"我不信就没有那么一个可爱的姑娘。要是真没有,简直不正常。"

她盯着他的嘴看,他的嘴试着做出种种形状。

"没有这么一个人。"他说。

就这么一句话,别的什么也问不出来。

波太太告诉郎小姐,从一定的角度看,这种情况是不幸的,不过她和查尔斯一起过得很快乐,他们有许多共同的兴趣。

在那段日子里,查尔斯·罗骚·波金霍恩一旦决定做什么事,都是一丝不苟的。每天清晨乘火车上班。侃表哥讲解工厂的情况。工人们认为对他们有所期望,就会热心地干活。查尔斯分得一间办公室——不是他父亲那间,那间侃表哥接用了——是一间小一点的,空气一样新鲜良好,设备齐全。日间休息时,秘书把文件放在他的公文格里。格里森小姐有一股玫瑰花牌香水的气味。他从公文格中取出文件,庄重地研究着。

开始使他烦恼的是声音。有时格里森小姐的嘴会无声地翕动。还有机器,他永远也学不会看见机器而不转过脸去。

公司里每年有聚餐和舞会,他的母亲都要到场露面。毕度思先生带她跳一个又一个华尔兹。对毕先生来说,他的手表太小了。

"波先生,你喜欢葛蕾泰·嘉宝①吗?"格里森小姐问。

"玩得可好,亲爱的?"他的母亲问。

至少,她的表演总归不会失败。

一两年后,有人出主意,采用纸帽和飘带,使舞会的气氛更加欢快。

查尔斯怀疑这是一种秘密的玩笑,他永远猜不透其中深意的玩笑。

---

① 葛蕾泰·嘉宝,瑞典籍电影明星,二十世纪三十年代红极一时。

不过，还有他的母亲呢。她也和机工们跳舞。

他的情况越来越坏，怀疑起机器来了。他正坐着研究格里森小姐的文件时，机器砰砰地响得厉害。其实声音是传不过来的。这有一定好处，至少大多数声音传不过来。

于是，还有汤姆森·约翰逊建筑公司来的那个拜德吉利。

“事情顺利吗？侃！”

他正把砂石扔进机器。

“顺利？顺得不能再顺了。甚至带着那多余的齿轮！”

那些沾了油泥的碎片几乎甩了出来，飞进查尔斯的办公室。他把格小姐的文件放错了格子。

那天傍晚他回家后，一星期没有出门。

“我必须告诉你，侃，可别说出去。”他的母亲给办公室打电话，“查尔斯有轻度的精神崩溃，是的，需要休息……我会联系的……谢谢，侃，亲爱的，全靠你了。”

但是一周过后，查尔斯又去上班了。他情愿坐在那儿。

他们让他保留那间办公室。他继续上那儿去看《先驱报》，直到最后，如同波太太自己说的那样，查尔斯“引退”。

望庐的岁月像最无情的机器有规律地运转。区别是，这里是由沉默顺利地打发日子。虽然他除了小册子、通知等，别的书一概不再读，但总是有些字句使他烦恼。“我有着爱的全部激情……”这诗句像是压低了声音的小号。他经常会溜到灌木丛中去捡拾自己的不起波澜的思想，或者撕下指甲边的死皮。有时他的喉结几乎软化成惊叹的言词，他的眼睛深处也几乎凝定了清晰的形象。

有时他的母亲会叫他，但是只有时机合适，他才回答。

这一天是查尔斯五十岁生日，他很早就醒了，他知道一定有事要做。他可能收到礼物。礼物还是使他惊喜，尽管他很聪明，能预先猜到人家会送些什么。

他母亲来了，拿着半打瑞士巴里纱衬衫，全绣有他名字的缩写字母。在这栋房子里，她永远起得最早。她吻他。她的面颊，仍然有传奇般的娇嫩颜色，碰上去像冰水一样冷。

“祝你长寿，亲爱的查尔斯！”她说，神采焕发，声音如同流水琮琤，从高处滴落。

“可爱不？”她怂恿着，“摸摸看。”

“很可爱。”他说，看着那些衬衫。

不久她就走下花园，来到露水和蛛网当中。她喜欢在热气升起前到花园来，剪下蔷薇的花朵。尖刺会撕破她的丝袖，那也是蔷薇色的。但是她总会赢得最后的胜利。

这一天已经预示着酷热。新生的、干渴的叶子提心吊胆，无可奈何。查尔斯始终是有准备的。热风把一丛丛花苞吹得焦黄。今年茂得姨妈不会来分担他的苦恼了。别的细节依旧：烤笋鸡，巧克力奶油冻；海瑞特的冰镇大蛋糕——海瑞特那干瘪的脸上布满四季常青的忠诚，对这样的忠诚，他从来不敢正视。

早饭以后，查尔斯下楼来。他母亲怕发胖不吃早饭。他确知有点什么事。他的心怦怦作响，那声音响得就像一个人穿了胶鞋走过铺了漆布的过道。

这时他认识到，也许是睡眠使他明白了改正错误的必要。没拆的信满满一匣，放在壁炉上的漆匣里。

这些封好的信是否会带来他本想逃避的危险？翻搅起深藏的秘密？散播煤气，促使毒药成熟？他的心乱作一团，使他发火。快到九点时，邮差还会送更多的信来。

准九点，邮差果然来了。钟声伴随着这件大事。正在守望的查尔斯看见枸树丛中的帽顶一闪。

偶然的兴趣促使他走下小路，去散散心，他的便服的衣襟飘了起来。

有一封信伪装得像账单，这是那种表面天真、内里恶毒的东西。还有——他要不要感谢上苍？——一封茂得姨妈的信。

查尔斯很快回到餐室。决定先拆哪封信，却费了时间。要弥补过失，要改变命运。一大堆信件倾匣而出，散布在果酱和面包屑之间。

他拆开一封。

> ……此机器刈草比市场上任何其他机器都干净，装备优良。它能消灭稻田稗草、派特逊氏蛀草、雀稗和家庭园地的顽固侵入者——菊草的疯狂生长。
>
> 关于轮番割草……

查尔斯退却了。他几乎觉得机器刈草时带起的风吹过身旁，使他难以维持平衡。他想起有一次看见哪儿写着，一把刀脱下来打中了一个人的眼睛。

但是只要拆开一个信封，就能消除一点罪恶。他的手颤抖着寻求更多的解脱。就算这不是挽回面子——因为他并没有什么高尚的企图——的话，也是他的责任。

他终于又拆开一封。

> ……否则（下一个威胁是这样子的）立即停止供应，不再给予警告……

他的脖子都直了，眼睛鼓了出来，血管跳得几乎都不能运送血液了。

这时查尔斯·波金霍恩记起了他的教母。他一直相信茂得姨妈可以解救一切。只要在拆信前，他那肿胀的舌头没有把他噎死。

> 我亲爱的查尔斯（这是她自己的口吻）：
>
> 这只是个便条，祝你生日非常快乐。在这时刻不能和你在一起，真是沮丧极了。但是自从那次发病以来，医生禁止我出门。
>
> 亲爱的查尔斯，我愿你知道，你给了我多么巨大的幸福，几乎就像你是我的亲生儿子。我承认，我是个不令人满意的教母，一方面因为路途遥远，把我们分开，也因为我自己的缺陷。我唯一的安慰是有这样一个信心：对精神上的事加以讨论一定会有损它的纯洁。我亲爱的，你是不是会理解这一点而得到安慰呢？我常愿意这样想，我们互相给予了同样的慰藉。
>
> 现在，查尔斯，我必须向你推心置腹——也就是说，我不愿惊动你的母

亲——根据各种情况,我可能不会活多久了。知道真情,永远是一种冒险。有时,人必须冒这个险。我询问自己的病情,人们告诉了我。同时,我要祈祷,我的精神永远永远和你在一起。

寄上一个小包,作为生日礼物。如果它先期到达,请到你生日那天再打开。

爱你的教母

茂得·布勒斯

查尔斯忍不住哭出声来。祝福啊！能降临到他们两个,也许是他们三人头上吗?

但是难道茂得姨妈不明白,包裹包藏着巨大的危险吗?它威胁着政治家、外交家、电影明星,所有重要人物的性命?至少包裹还没有到。或者它们已经收起来,放在没人过问的碗柜深处,忘记了它的力量?

他在屋子里走动。窗开着。在诺曼刈草机的无意义的声音之上,他忽然听见有动物在爬过来。这是那阴险的软体动物。或许是下雨了?大滴大滴的雨初次打在桑树叶上。不管是什么,他关上了窗户。

但是他关不住自己的心。

“什么事?”他母亲走进来,立即问道,“啊,你拆信了！我真高兴！有什么有意思的事吗?”

可不是!

波太太看出来出了事。

“查尔斯,”她说,“我们可不能屈服啊。”她却在发抖。

对于查尔斯来说,四堵墙都在向他尖叫。

她俯身向他时,她的脸变成了一把圆锯,牙齿疾速地旋转着,眼睛像是钢铸的圆盘。

他也尖叫起来。

“亲爱的,”她哭道,“我们出了什么事?我们一定得坚强!”

这以后,他们坐在沙发上,他们的腿都颤抖着。他不再那么害怕了。虽然还在哭,因为他忘记了怎样可以停止。她的脸变成了一堆水果软糖,那是他的爱好,就是现在也可以扔一块到嘴里,如果那白白的物体上不是明显地涂着血迹的话。

他继续哭着,为了他们所不能逃脱的和永远不能找到的一切。

“坚强！坚强!”波太太命令道。

这是他的儿子吗?她曾在手里抱着的一束嫩枝,她几乎可以折断的脆弱的嫩枝。

但是在她眼前的,是她自己的脸庞的残余,上面斜伸着衰老的牙齿。

“记住,记住,”她无力地说,“我永远在你一边。”

这没有止住他的哭泣。

不过他至少记起了。她站在楼梯脚下,一身白缎衣。他把手放在光滑的栏杆上,慢慢走下楼来。她说,记住,查尔斯,你已经到了这个年纪,不能拆阅文件。别人的事是他们自己的事。此外,她加说了一句,你会在信里发现什么伤害你的心。永远记住这个。

记住。噢,妈、妈、妈;噢,妈妈!

"我要帮助你，"他母亲这时在说，"如果你愿意，如果你信任我。"

她把他的头抱在胸前，胸针上的蓝宝石几乎要戳进他的眼睛。

"噢，是的！是的，是的！"他哭着，咕哝着。

他在螺旋形的楼梯上慢慢下降，落进了遥远的、白缎子包裹的深处，他俯身去拾取她的声音，那只是外壳而已。他不是小天使吗？看哪，狄基！宫殿顶上的小天使飞下来了！他是我的！我的天使啊！啾，多甜蜜的话语！那时她抚摸他，用白缎子拥抱着他。

"查尔斯！查尔斯！"乌苏拉·波金霍恩喉咙里发出咯咯的声音。

"啾，上帝救救我们！"她呼叫着。

如果查尔斯的思绪没有那么混乱，他本可以听明白。但是他一定要冲过去，甚至到更深的地方去，冲过那蓝宝石和脸上的皱纹，去寻求初生的黑暗。

"啊呀，可怕呀！啊呀，查尔斯！"

他刚把脸在她身上蹭来蹭去，她就猛地把他推开了。这是她该受的吗？真有这样的事！她有这么一个不成器的怪物孩子！

冯钟璞　译

1974

获奖作家之一

雍松

传略

一九七四年,瑞典学院第五次把诺贝尔文学奖颁给了本国作家,而且是两位本国作家。

两位获奖人之一的埃温德·雍松(Eyvind Johnson,1900—1976),一九〇〇年七月二十九日生于瑞典北部北极圈附近的布登市,原名乌洛夫·厄尔纳尔。父亲是采石工,也做过铺设铁路的工人。雍松幼年丧母,父亲又因劳累多病,因而他从小寄养在叔父家。由于家庭经济困难,雍松只在家乡念过小学,十四岁时便外出流浪,靠打工为生。他做过伐木工、原木流放工、锯木工、机车上的伙夫等。一九二一年,他偷渡到欧洲大陆,在巴黎和柏林漂泊,一面在餐馆打工,一面自学,并开始练习写作。

一九二四年,雍松发表小说《四个陌生人》,从此登上文坛。他的早期作品具有鲜明的社会主义倾向,尖锐地批判资产阶级的腐朽堕落和社会的不公,对贫苦的下层人民寄予很大的同情。小说《提曼斯和正义》(1925)描写了工人和资本家之间尖锐的冲突和斗争。小说《黑暗中的城市》(1928)以瑞典北部一个小城镇为背景,描写了小学教员安德逊的清贫生活和精神上的苦恼。《黑暗中的城市》的姐妹篇《光明中的城市》(1928),写一个流落在巴黎的瑞典青年作家,原想以写作为生,结果不得不忍受饥饿的煎熬,最后决心靠体力劳动来挣得每日的面包。小说《离开哈姆雷特》(1930)讥嘲了城市资产阶级的生活。

一九二五年至一九三〇年侨居巴黎期间,雍松显然受到了法国作家普鲁斯特、纪德和爱尔兰作家乔伊斯的影响。在《回忆》(1928)、《对巨星陨落的评论》(1929)等小说中,较多地吸收和模仿了他们的写作手法,如纪德的"写生活横切面"、乔伊斯的意识流手法和心理分析等。一九三〇年,雍松回到瑞典。此时欧洲大陆上法西斯主义越来越猖狂。他不断撰文进行抨击,反对希特勒的独裁统治。在创作方面,他转入了现实主义,发表了揭露现代资本主义黑幕的小说《波宾纳克》(1932)和抨击官僚主义制度的《黎明中的雨》(1933)等。

一九三四年至一九三七年发表的《乌洛夫的故事》是雍松的代表作。这是一部自叙体的长篇小说,记述了主人公乌洛夫从童年到青年的成长过程和思想上的成熟过程,而且通过主人公的经历反映了瑞典从农业国走向工业国的社会变迁。小说共分四部:《现在是一九一四年》(1934)、《这里有你的生活》(1935)、《切莫回头》(1936)和《青春的结束》(1937)。

第二次世界大战前夕和大战期间,雍松积极参加反法西斯斗争,还创作了一些反法西斯题材的作品,如《夜间演习》(1938)、《士兵归来》(1940)以及《克里隆》三部曲(1941—1943)等。第二次世界大战结束后,雍松侨居瑞士和英国,创作了不少历史小说或以历史故事为题材的小说,如描写古希腊英雄奥德修斯冒险故事的《拍岸的浪》(1946)、以十七世纪宗教审判故事为题材的《玫瑰与火之梦》(1949)以及描写八世纪法国查理大帝镇压农民暴动的《陛下的时代》(1960)等。

雍松的短篇小说创作也很出色,重要的短篇小说集有《夜深沉》(1932)、《船长,再一次》(1934)、《安稳的世界》(1940)和《七生》(1944)。此外,还有游记《瑞士日记》(1949)、《北极圈冬之旅》(1955)和《柯罗诺斯游记》(1961)等。

雍松于一九五七年当选为瑞典学院院士。一九七四年,由于"他那高瞻远瞩和为自由服务的叙事艺术",和哈里·马丁逊同获诺贝尔文学奖。

雍松于一九七六年八月二十五日在斯德哥尔摩病逝。

授奖词

埃温德·雍松所受的教育,受惠于当时的社会环境,然而这项教育在他十三岁时便告终结。他是在北极圈之内的一个小村落学校里接受幼年教育的。而马丁逊则是在他六岁那年,当他还是"教区之子"的时候,一位在拍卖时以最低价中标的人士答应用教区基金支付的最低费用照料这个天涯孤雏的。像他们这样,以这种方式起步的人生际遇,却能够有今天站在这座讲坛上的成就,足以证明目前仍在世界各地逐渐推行的社会改革是卓有成效的。这种不知从何时开始并已经落实到我们瑞典人身上的社会改革也许是我国最大的福祉,或者可以说是千年以来最伟大的进步。

无论是雍松,还是马丁逊,他们的出现不是孤立的事件,因为他们实际上代表了广大的无产阶级作家与劳动阶级诗人。他们布下了广泛的战线,"入侵"我国的文学界,但这种"入侵"既不是为了破坏,也不是为了掠夺,而是为了丰富我国的文学资产。他们的"进攻",意味着经验和创造性能源的流入,其价值无论我们给予多高的评价也不为过。

而且,如果我国文化领域再发生类似的全面改变,他们也足以作为代表。新的阶级已征服了诗神的帕尔那索斯圣山①,可是,如果说所谓征服者是指征服后获益最大的那一方的话,那么也可以说是帕尔那索斯征服了新的阶级。

将一名作家及其作品的地位,归结为社会发展及政治环境等背景的结果,在目前几乎已成为一种习惯性的做法。但这种做法所指出的背景,真能被视为具有至关重要的作用,却仍然少而又少。

"埃温德·雍松在文学上的成就,在于他能把全欧洲一个极为成熟、极为丰富时期的特性,表现得淋漓尽致,这项成就具有深远的意义。"这种说法并非我个人的创见,而是三十年前法国的批评家吕西安·莫林说的。当年离开瑞典极北地区的小村落,后来这个小学出身的少年便成为一个经验丰富且充满自信的欧洲人。关于他的成长过程,在他的自传里已为我们留下了极有价值的永久记录。他似乎很少被人生起步时的环境所局限,也很少被一些禁忌所束缚。世界性的观照,是雍松后期作品的特色之一,对时间、对人类的命运、对所经历的时代,他都同样给予广泛的展望。他所写的历史小说也都以独特的见解为基础,然后才加以完成,如若举例当首推其大作《陛下的时代》(1960)和《向沉默散步》(1973)。在这些作品当中,不仅有广泛细致的考证观察,最重要的是他洞察万事之后所得出的独特结论。简言之,他认为目力所及的现象是会发生变化的,现在发生在我们身上的事,仅是过去曾发生过的,而过去世界上所发生过的,则仅在现在重演,当我们试图概括现在,或试图推测未来时,过去将提供给我们唯一的智慧。这中间所显示的,就是所谓"时代不变性"。

尽管如此,假如我们要指出,使雍松的文笔留下无法磨灭之痕迹的特殊背景及心理上的特殊环境是什么时,则除了吕西安·莫林所发现的——在北欧作家中拥有一位欧洲重要知识人士的那个时期以外,是再也找不到更妥帖的答案了。这位法国的时代分析家将这个时期描述为一个非常成熟和繁盛的时期。那么,究竟又是什么原因使这个时期如此成熟和繁盛呢?那不是一个顺境,而是个抵抗着各种因素的逆境。当时盟军尚无进攻诺曼底的前兆,而纳粹仍然紧紧扼住欧洲的咽喉。身处如此困境,雍松仍毅然决然地发言。他的态度被火一样的激情所燃烧,这激情似乎从此再也无法从他的作品中消失。他虽然一直保持着对全欧洲的关注,但当时对他来说,最重要的还是斯堪的纳维亚的自由。他超越国境的界线来印证自己的信念。他与挪威方面的编辑人相互携手,在挪威被占领期间,主编了一份名为《握手》(1942—1945)的主张斯堪的纳维亚主义的报纸。今天,当年那份小报的两位发行人已成为诺贝尔和平奖得主,而挪威境内的那位雍松的合作编辑人便是维利·布朗德②。

与埃温德·雍松相比,哈里·马丁逊与伊索有着更多的共通之处。伊索是所有无产阶级作家中最早、最伟大的一位,他独创了语言难以明述的寓言,颇具魅力。马丁逊与伊

① 帕尔那索斯圣山,希腊中部,传说为阿波罗及缪斯的圣地,后作为诗坛或文坛的代名词。

② 维利·布朗德(1913—1992),一九七一年诺贝尔和平奖获得者,德国人,纳粹执政时代亡命挪威与瑞典,曾任联邦德国总理。

索的相通点在于他们两位都好比是一张张开的网，经常使用超出字面含义的内容及似虚实真的语句攫住读者的注意力。但是在本年度文学奖的两位获奖人之间，其相异之处无疑是多于相似之处。雍松作品的基础，多半建立在自由社会那坚固不移的市民权利之上。如果与雍松并列而加以审视的话，则马丁逊无疑是一个与社会无关的人。或许可以把他看作是瑞典文学中的无所羁绊的流浪者，任何人都不曾成功地抓住过他的手，或锁住他的心。《道路》的主人公、那个具有哲学气质的流浪汉波尔，在很多方面可说是作者的化身。他并非是徘徊在门外的、被抛出家园的人，而是那种即使被四壁围困也一样无家可归的人。他希求与社会无所牵连、并奉之为幸福的绝对原则。他依靠自我的自由意志，服膺生命的健全本能而生活，是一个对那些想扼杀他本能的一切无不予以抗击的流浪者。目前，他已拥有一个自己的家，这个家存在于遥远的城外，而他则经常在通往这个家的途中奔波。假如稍稍换个角度说，就以这个道途为出发点，对于那艘在日渐增加敌意的地球和冻结的生活中寻求解脱之路，并已与母港断绝了关系的宇宙之船阿尼亚拉号，它一旦失去了航舵又迷失了目的地，在我们的脑海中立刻会浮现出一番悲剧性的美丽景象。

“我并不因为拥有普通人在现实中所想拥有的东西而产生占有了真实感。”波尔这样说。这句话等于点出了马丁逊作品中的许多道理。在这部作品中，所谓的实在论，必须牵扯到所谓元素，也就是必须依据与四大元素密切融合的关系方可道及。例如当马丁逊流浪时，是在风中走，在地上行；在海船上当伙夫时，是在火旁烤，在水上行。而想象的世界对于他来说则是比现实的世界更为重要，也更具实感的东西。当实在论很有秩序地一步步迈近时，他的想象力就好比是穿着溜冰鞋的人，插翅疾滑而去。但这并不表示从真实中逃逸，而是恰恰相反。

“我们应当明白，真实与事实就本质而言是相异的。”马丁逊曾这样说过，“我们到处都遇到事实，事实就像沙粒般飞进我们眼里。”但与我们互相有关的是真实，真实与事实有别，它是自然的，以及打算要接受真实的人的一种状杰，那就是：

凝视那内心的沉着及和平
属于意欲存在的善意

对于哈里·马丁逊而言，事实与虚构是同义语，其整个人生观，并没有像警句名言之类的小道理可资利用，但却可用刚才所说的含蓄词句加以归纳。在这里，所谓的“存在”就是一向被称作“有”的这种最简单的动词，但改用“存在”这个词，便被进一步强调了。不过存在必须带来欢愉才有益于人类，也因为如此，“善意”和“凝视”才是不可或缺的。结果，这个流浪者在路上边走边找而达到的真实，为他带来了充满磨炼、迷惑和欢快的、海阔天空式的生活。对这种生活，他深深感激，就像孩子一样，瞪大了好奇的眼睛。

以上我用侧面描述的手法，概括性地勾勒了两位文学家的风貌。谨让我代表瑞典学院,向埃温德·雍松和哈里·马丁逊表示衷心的祝贺,并恭请国王陛下亲自颁发一九七四年诺贝尔文学奖。

瑞典学院常务秘书 卡尔·拉格纳·吉罗
宋喜 译

作品

冬季比赛

两人在火车上就打过照面。

年轻的想:以前肯定见过此人,好一副派头!十足的英国贵族装束——迪斯雷利①线条。乘火车出趟门本是小事一桩,打扮成这个样子真是见鬼!晨礼服,当然配有一顶灰色的高礼帽,说不定还会有一根藤手杖呢。

年长的想:我已经认出来了,此人是已故当铺老板霍连的儿子,十足的花花公子。只不过出来透透空气,竟打扮得像个美国牛仔。在火车上是这副模样,而后当然少不了香烟、鸡尾酒、爵士乐,最后再换身衣服回家。

他们远远地相互避开,但在旅游地下了车后,却不得不搭同一辆旅馆的接客班车,值得庆幸的是各自占据了一个角落。他们是当天仅有的两位新游客,再说这个季节客人很少,人们一般要等到复活节才来旅游呢。在宽敞的餐厅里,他们各自在一侧选了座位,并注意不在公用的冷餐条案前碰面。年轻的迈着坚定自如的步子,将各种食品盛满盘子,然后回到了自己的座位上。年长的这才从自己的桌边轻手轻脚走过去,充充裕裕地选了菜肴(他为自己的聪明决策很是得意)。年轻人边看报纸边把饭菜吞进了肚子,随后一口气喝完了黑咖啡和白兰地,把餐巾一甩,漫无目标地向就餐的人们点了点头,就大步流星地走了。而年长者却不慌不忙,细嚼慢咽,自斟自酌,抽着雪茄,品着咖啡。年轻的到火车站给在尼斯的妻子拍了个电报:

住山上,滑雪,周一电汇,隆德已购车出国。

乌勒

年长的给在斯德哥尔摩的妻子写了封长信:

亲爱的萨拉:

经过从某种意义上讲相当不舒服的长途旅行之后,我已抵达目的地。途

---

① 迪斯雷利,十九世纪英国政治家兼作家,曾两度任英国首相。

中,我见到了一个很像股票商霍连的儿子的人,不,几乎可以肯定就是那家伙,尽管他自称霍尔丁。天气好极了,明天我这个老头子要去试着滑滑雪。风湿病微有发作,恰恰是因为这个我才到这儿来的。旅馆的伙食相当不错,晚上自然是冷餐,但必须承认做得很好。听说在这儿可以尝到不少野味。每餐我都要喝点儿勃艮第酒,只是贵得要死。房间还算暖和舒适。能否买双长筒毛袜寄来?不必买最贵的,反正是要在这儿穿破的。从报上知道约翰松老太太已经去世,花十块八块钱买个花圈送去吧。我的办公桌左下方的抽屉里还有一盒雪茄,请寄来,在这儿没有必要抽太好的雪茄。告诉孩子和伙计们注意炉火。收进衣服时,不要出价太高,用过多的钱买进衣服向来是不合算的。还有,告诉……

随后又写了五页,他才上床睡觉。

第二天,两人一直没见面,直到吃晚饭时才在冷餐条案旁轻轻相撞了一下,不得已地哼了声"对不起",然后像两个碰到一起的皮球一样,向相反的方向弹开了;年轻的到左边取了两份热菜,年长的到右边盛满了自己的盘子,但后来他连一口也没吃。他们坐在各自的角落左右环顾,就是不看对方。又来了几位新游客,都是些青年人。有的围着餐桌吵吵嚷嚷,也有的在外间的咖啡厅里跳舞。年轻的先走了,年长的又坐了很久,抽着雪茄、品着咖啡、听着音乐,悠然自得地点着头。年轻的去前间的咖啡厅里,一边喝着兑水威士忌,一边欣赏着人们的舞姿。一位身穿黑色天鹅绒连衣裙的年轻女人朝他微微一笑,他给了相应的回报:一个美国式的微笑,因而露出了嘴里的三颗金牙。

喝完了酒,他又到火车站给尼斯发了份电报:

何故不见回音,周一汇款,滑雪。

乌勒

与此同时,年长的正坐在自己的房间里写信:

老朋友,我脑子一热,想起来要搞点儿冬季体育运动。对一个上了年纪的人来说,在这儿过的两三天真是太惬意了。尽管同住的有不少年轻人,但却相当安静。此地住有一个很像股票商霍连的儿子的人,可是他却自称霍尔丁。他独自一人,手上戴着戒指,如果没有结婚,也一定是订了婚,其实我对这家伙并不感兴趣,换换环境体验一下这种生活总还是很有意思的。明天我要去尝尝滑雪的滋味,恐怕要大出洋相。如果你在饭馆里见到我的外甥约瑟夫·隆德,请向他问好,并告诉他别再只顾吃喝玩乐,长此下去是不行的。你知道,去年我骂了他父亲,那老头儿再也不到我们家来了。我不在,买卖有孩子们照顾,找个晚上去看看萨拉,一旦孩子们出去了,她会感到寂寞的。这个自称霍尔丁的人嘴里有三颗金牙。难道霍连被捕之前没有把儿子送到美国去吗?风湿病虽然犯了,但并不比平时严重,这儿的生活费用相当高,不过,反正仅此一回,豁出去了！

你能不能告诉我是否有个霍尔丁在斯德哥尔摩做买卖？你本应一块儿到这里来，这点儿钱你是花得起的。明年咱们再到此一游，把萨拉也带上。霍尔丁虽然穿着滑雪服，但好像还没出去过，估计他不会滑雪。表弟西蒙·库尔曼准备在南城什么地方开一个服装店，可能是在牛角大街，那可比估衣行强多了，但也许要冒点风险。我走过咖啡厅的时候，霍尔丁正坐在那儿冲一个年轻夫人微笑，我肯定在斯德哥尔摩见过那个女人。他恐怕是个不稳重的家伙。听说北方商业银行垮台了，谢天谢地，幸亏我在那儿没有存款……

他又写了几页，然后才钻进被窝。

第二天，年长的开始学滑雪了。他穿着一身新熨得笔挺的运动服，但看起来却像是别人穿过的旧货，很不合身，尽管做工很好。脚上鞋子显得过大，与他那两条麻秆儿似的细腿相配显得十分滑稽。头上扣着一顶散发着卫生球味的皮帽子，又肥又大，连耳朵都捂住了。但他那黝黑的脸上蛮有神采。不时地和向导说点儿什么，气喘吁吁，满头是汗。每次由于双腿别在一起而在雪地上摔了跟头都要纵声大笑一阵。他先是挥动着过于肥大的手套，像孩子似的跟滑雪板、雪杖和自己的双腿怄气，转眼间又大度地、忸怩地或宽宏地微微一笑。只有一次看来是非常认真的。不过不是在旅馆前的小滑雪场上，而是在开始学之前跟向导说话的时候。

"干这一行收入不错吧？一个钟头要多少钱？"

"小意思，"向导说，"经理，在这儿，您什么都不必担心，滑雪场也好，价格也好，都不必放在心上。"随后又宽慰他说，"甚至连小费您也不必多虑。"

"那可太麻烦你们了，"老人说，"滑雪的一般都是青年人。这年头，所有的年轻人都滑雪，我自己的孩子们……"

他啰啰唆唆地讲述了自己的孩子们在斯德哥尔摩滑雪的情况。

"霍尔丁先生也滑雪吗？"

"霍尔丁经理差不多每年都来，"向导说，"噢，当然滑雪咯。去年他带着夫人和一大帮朋友。有一次，他们要去高山滑雪，我也跟去了。真了不起，三十公里，尽管没有这方面的训练。对，我们整整去了两天。一位名叫隆德经理的还把脚崴了。那年冬天就出了那么一次事故。就在那边的坡上，在回家的路上，实在是意外。"

"是叫约瑟夫·隆德吗？"年长的问道。

"记不清了，"向导回答，"黑黑的面孔，总是笑呵呵的，挺招人喜欢，可能叫约瑟夫·隆德吧。"

"霍尔丁跟他在一起？"

"当然，他是东道主。可是今年一个人来了，大概是倒了霉。他可真是个滑雪好手。"

"可他并没滑雪呀。"年长的说。

"没滑，他说要好好休息一下。"

"好好休息一下？不可理解！如果他真像您说的，是个滑雪好手，不滑雪，到这儿来干什么？是啊，是啊，我要是没有别的事情缠身，我也会成为一个滑雪好手。你看，人一做起买卖，就没时间搞这种玩意儿啦。确实如此。但是，我相信，如果整个冬天不干别的，准能滑得很不错。不过，我对这种事件不那么认真，只是想活动一下身体罢了。"

于是，他又试着滑了起来，累得满脸是汗。过了一会儿他坐到雪里，变得活像个雪人。他眯起眼睛，仰望群山，仿佛在测量距离，并喘着粗气说：

"今天够了，我现在至少能掌握住平衡啦。只要开个头，往后就非常简单了。喂，你知道霍尔丁很有钱吗？"

"这可不知道，"向导答道，"他大概很有钱吧。去年就花了不少，我知道他为四个人负担了一个月的花销，可能还为别人花过钱。当然，林代尔夫人是自己付的钱，她付得起。不过，此外还有谁是自己付的呢？我估计他们总共有十几个人呢。"

这时，年长的站了起来。他本想稳住身体，可是脚下一滑，两腿一别就跌倒了，在雪地上接连打了几个滚。他被向导扶起来之后，沉思地拄着雪杖喘大气，心里着实有点恼火。

"我正是按您说的，并着腿，猫着腰，但还是……我怀疑您的方法是否正确。两条腿自己一分开，人就倒了。"

他眯起眼睛望了望闪亮的山顶，好像重又估量了一下距离。他显得蛮有信心，仿佛在说，一个星期以后总该能到山顶一游了吧。

"昨天我在餐厅里见过您说的那位林代尔夫人——就是穿天鹅绒连衣裙的那位。她不是和弗利克斯·林代尔商号的老板结婚了吗？"

他讲这话时正经得有点儿滑稽，所以向导放肆地大笑了起来。

"是结婚了，至少是结过婚。她丈夫是个批发商，去年在这儿只待了两三天，今年她一个人来了。那男人不到三十岁，她自己也就二十来岁。去年两人在这儿闹翻了。尽管如此，她仍旧叫林代尔夫人，还有……"

"好啦！好啦！"年长的忽然不耐烦地说，似乎倒是向导过于贫嘴，而没有把精力集中到教人滑雪这项重要任务上来。

"我还要试试。"

这一次他真的直着身子，几乎顺着山坡一滑到底。即使在跌倒时，也显得熟练得多，身体向旁边一闪，两条腿没再别到一起，然后顺利地爬了起来。

"看见了吗？看见了吗？我还不那么笨吧！您明天再看！霍尔丁为什么到今天还不滑雪呢？您看是什么原因？是不是病了？"

"或许是没有兴趣吧，"向导说，有点儿不耐烦了，"注意，别把雪杖甩到前边去，那样你会受伤的，应该这样，这样比较容易刹住，两根雪杖同时并用，还有膝盖，当然要稍微弯一点儿，瞧，就这样！"向导做了个样子，等他转过来时，年长的问：

"您看霍尔丁是不是手头缺钱？"

"那我怎么知道？"向导冷冷地说。

"你不知道他是干什么的吧？"

"大概是搞股票交易。究竟是开信贷所呢还是经营别的什么类似的买卖，我不太清楚。您还滑吗?”

年长的又滑起来,这次一直到底也没跌倒。他满脸是汗,兴奋地扯着老鸦嗓子喊道:

“看见了吗?看见了吗?我说什么来着!下星期我就要来一次长距离滑啦,您也跟我去吧!不,现在我还不想回去。但您看,我的膝盖并没像您说的那样弯着,也没跌个屁股蹲儿,我说!”

“嗯,嗯!相当不错!”向导气恼地说。

“您看,”年长的说,“假如我像霍尔丁那么年轻,绝不会让光阴白白地浪费掉!我要滑雪,哼,到这儿的第一天就滑到山顶上去。”

“没人去那儿,”向导说,“滑到树木线就够了。再说到了山顶也没什么可干的,大冬天的,只是一个大雪堆,一个非常危险的大雪堆罢了。您会看到,在那儿该死的大风就不会有个消停的时候。”

年长的惊讶地仰起了脸。

“老天爷,要是不想创纪录,学滑雪干什么?人们总不会在夏天爬到山顶上去吧?既然那儿没有什么可看,我想也就不值一提了。最远可以滑到哪儿?”

他说着指了指山顶的方向。

向导坦然一笑。

“我想是半山腰吧。假如经理夏天来,我们倒是每星期都组织一次小小的探险。”

“夏天,”老人哑着嗓子气哼哼地吼着,“我的老天爷,那为什么现在跑来学滑雪呢,假如不……真蠢!”

他摘下帽子,挠了挠蓬乱的头发。

“自始至终都得步行吗?”

现在向导爽朗地笑了。

“是的,都得步行,乐趣也正在这儿!”

“乐趣?步行?一直走到山顶?那会有什么乐趣呢?”

“不是山顶本身,”对方教训地说,“而是沿途的风光美极了,明白吗?山顶本身实际上没有什么。”

“对,当然,”年长的说,“我理解你的意思,散步有益于健康,还有空气。是啊,从这一点来考虑,还是有意义的。夏天来这儿开销大吗?用不着生火,其实应该便宜点儿。”

没等对方答话,他又问道:

“霍尔丁夏天也来吗?”

“来,有时候来。”

于是年长的又滑起雪来。

这一次他立得很稳,甚至还挥动雪杖来加快速度,然后小心翼翼地盘旋着滑回了原地。

“看见了吗?看见了吗?”

向导点了点头:是的,他看见了。

那个年轻的站在自己房间的窗口，一直在注视着年长的，对他的一举一动都很有兴趣，仿佛是在研究一个稀奇动物。他想：此人应该是库尔曼，这样我就真的弄懂了……

门开了，他猛地转过身子。

“这回我是不速之客。”她说。

“有什么事情要我效劳吗？”他迟疑地问道。

“你还没有同我打过招呼呢。”她说着就自己坐了下来。

“对，还没有。”他说。

“但是，昨天晚上你总算还是对我笑了笑。”她说。

“实际上，我的笑是冲着您的那件连衣裙的，”他说，“请原谅，您的那件连衣裙非常好，好极了，我笑的不是那件衣服本身，而是因为它和去年那件几乎完全一样。”

“不一样，”她说，“很相像，但更时髦，成本也更高。”

“对，对，”他说，“但样式相同。”

“可以这么说，”她说，“我记起来了，你很喜欢那一件，因为我穿上它以后显得更苗条，更美，你是这么说的吧？噢，现在我已记不得你都说了些什么啦。”

“你为什么到这儿来了？”他说着重又转过身子，山坡下年长的正美滋滋地冲着面色阴沉的向导舞动着胳膊。

“嗨，不过是灵机一动罢了，那天我临时想起来的。那么你为什么到这儿来呢？”

“噢，”他嘲弄着说，“也不过是灵机一动而已，不久前才想起来的。”

“没带夫人？”

“没有，她在尼斯。你丈夫没来？”

“没来，”她慢吞吞地说，“他不愿意来，真遗憾。他有很多事情要做，他属于那种野心勃勃的人。”

“对，对，”他说，“他得照管你的钱财。”

“是的，”她说，“他在这方面极有才能。话再说回来，今年你不滑雪啦？”

“你也不滑吗？”

“我明天跟一个向导一块儿去。那人非常和气，乐于助人，我可不愿意一个人出去。你想想，要是崴了脚呢，有人就崴过脚。”

年长的又滑了起来，不过很快就摔倒了。

年轻的又慢慢转向屋里的女人。

“我也要去滑雪的，但恐怕还得等一两天，等下面那个老头儿学会以后，我猜想他也是个非常和气、乐于助人的人。”

“你认识库尔曼老头儿？”她怀疑地望着他，满脸稚气，显得十分天真。

“不认识，”他说，“但想同他结识。”

“好主意，”她说，“他非常阔，是约瑟夫·隆德的舅舅。说到隆德，他有了辆新车，今年冬天刚搞到的，但我觉得挺眼熟。”

“是吗？你有这个感觉？”

“他甚至都没把人名牌取掉，”她说，再也没有了孩子气，“他吹嘘说，那辆车价值千金,而他却只花了一点儿钱就弄到手了。”

“噢,是这样,他没说分文未花就把车搞到了手吗?”

两人都沉默了。年轻的转向窗口,看到年长的这一回真的直着身子滑到了坡底。

“乌勒,”女人先开了口,“你欠他钱吗?是不是拿汽车顶了债?”

“是的。”

“你是不是一贫如洗了?”

“是的,可以这么说,至少近期是这样。”

“警察在追你吗?”

“还没有,至少我还不知道,”他说着转身冲着那女人,“你穿上这件连衣裙确实太美了,空尼恭达①。”

“你为什么这么称呼我?”

“对不起,我要说的是克娄巴特拉②。”

“咳,去你的。”

“不,是维纳斯③。”

“别开玩笑啦。”她说。

“是米涅瓦④。”

“那么下边那个老头儿呢?”

“普路托⑤。”

“那你自己呢,乌勒?”

“小普路托,阴间的一个小人物,如今信徒已经死绝。过去,你看……”

“你的夫人跑了?”

“没有,到国外旅行去了,这么说好听多了。”

“你的朋友们呢?他们可为数不少啊。”

“也全都不见了,同时带走了美好的回忆。十年后他们还会谈论起我的‘小聚会’的。”

“听说你还要离婚?”

“不是我,而是她,”他说着又朝窗外望去,“对她来说,什么都不会改变的:同样的聚会,我虽然得付钱,但却不能参加;同样的生活,但是和别人;同样的汽车,由约瑟夫·隆德开着去尼斯,懂吗?”

“你总共还剩下多少钱?”

他重新转过脸来,冲她微微一笑,随后指了指嘴里的三颗金牙说:“就这些了,还从来没有正式用它们咬过东西呢。”

年长的一个人正在滑上滑下,向导已经不见了。

---

① 空尼恭达,十一世纪德国女皇。

② 克娄巴特拉,公元前五十一年至公元前三十年埃及女王,绝代佳人。

③ 维纳斯,罗马神话中的美神。

④ 米涅瓦,罗马神话中的智慧女神。

⑤ 普路托,冥王,阴间之神。

“乌勒，”她朝他走去，“你原先要是和我结婚就好了。”

“现在也早已离婚了。”他说。

“但是，你会有钱的，”她肯定地说，“我绝不会见死不救。”

“对，你就是有这个怪癖。”他说。

她终于问道：

“你需要多少钱？”

此刻，年长的又摔倒了。他爬起来，掸掉衣服上的雪，小心地朝四周看了一眼，然后弯下身子紧了紧鞋带。

当他爬上山坡、走进旅馆的时候，活像个患了严重的痛风病、汗流满面、唠唠叨叨的老先生。

“随你的便吧，乌勒，”她打断了他的思索，“我愿意帮助你，你需要钱。”

“需要钱的不是我，而是她。”他说，“所以，才不愿向你借钱。实际上，隆德是罪魁祸首。他是库尔曼的亲戚，他们都是天生的吸血鬼。他崴脚的时候，我们还是朋友，你还记得吗？娜拉①对他产生了怜悯之心。是啊，我们姑且把它称为怜悯之心吧。后来呢，等我开始觉察了之后，就找隆德谈了，公开地，直截了当地，而且还动了手。后来他就把那些小纸片片杵了过来，成了我解不开的乱麻，我借呀，借呀，借呀，最后借到隆德头上。谁知道是向老库尔曼借呢还是向小库尔曼借。是呀，总之，就这样完蛋了。”

他忿然而又无可奈何地把双手一摊。

“最后，他把汽车也弄走了，开着它到……唉！如果他自己也落在下面那个老头儿手里，我一点儿都不会感到奇怪。他，你懂吗？是个大蜘蛛。我父亲霍连也是个放债的，股票商霍连，后来死在长岛。而库尔曼却稳如泰山，他公开称自己的买卖为‘库尔曼当铺’。估衣，你懂吗？旧鞋、西装、金银、床上用具，什么东西都可以典当，他同时还放债，用现金放债。”

他怒冲冲地望着面前的女人：

“别的不说，他至少应该替我出离婚费！”

“你真是死心眼儿，”她说，“也值得为这种事发火，孩子气！只要我打个电报，你明天就能拿到钱。你用不着和我结婚。我也正在办离婚。我丈夫是个大好人，但我受不了。但是，你还是不必和我结婚！我只要六厘利，这是唯一的。”

“还是别再谈这个了。”他说。

“至少今晚陪我跳舞吧，”她说，“在这些陌生人中间，我觉得很孤独。”

当年轻的下去吃晚饭的时候，那个女人已经坐在他的桌子边了。他不大自然地鞠了个躬就走了过去，一直走到年长的身边：

“我原来的桌子被人占了，希望你不反对……”

“哪里，哪里。”年长的客气得有些过分。

---

① 娜拉，易卜生戏剧《玩偶之家》中的女主人公。

"我叫霍尔丁。"

"谢谢,我叫库尔曼。"

他们一同走到冷餐桌前。

"真麻烦,"年长的说,"但必须承认这个地方不错。您是这儿的常客吧?"

"每年都来,"年轻的说,"库尔曼先生是第一次来吗?"

"是的,但我有个外甥常来,他叫隆德,约瑟夫·隆德。"

"啊,"年轻的亲切地微微一笑,"我们是非常要好的朋友。我认识他已经有一两年了。"

在吃饭的过程中,他们一直谈论着隆德。

他们都很客气,年轻人开始谈起滑雪,还提到了隆德去年崴脚的事。

"我明天想去滑一圈儿,或许咱们可以搭伴吧?"

年长的脸上露出了喜色。

"过去我从来不知道滑雪是怎么回事,"他说,"直到今天我才正式地试了一试。您知道,现在我还说不上会滑了,但是如果您想……"

年轻的先走了。他到车站拍了封电报:

不离婚,周一汇款。

乌勒

年长的写了封信,由于疲乏,信非常短:

西蒙:调查一下乌洛夫·霍尔丁(股票商的儿子)的买卖,马上回信!

第二天,他们去滑雪了。

他们不慌不忙。年轻的慢条斯理地走在前面,年长的两腿直打晃,很吃力,还不时地跌倒或偏离雪道。每当霍尔丁把他扶起或拉回雪道,两人就开怀大笑一阵。他们滑了约两三公里的路程,先是穿谷而下,而后爬上对面长满树木的山坡。是的,他们不慌不忙。年轻的小心翼翼,好像在陪着病人散步;而年长的满头大汗,气喘吁吁,犹如一个真正的残疾人。

"就是这儿,"霍尔丁说,"隆德一下子出溜下去就不见了,真滑稽!嗖的一声,就无影无踪了,他只是崴了脚,脸上擦破点儿皮,算是走运,的确是走运。你往下看——会要命的。"

他们沿着崖边滑去,年长的缩着身子,躲在霍尔丁的身后。

"这儿不是我滑雪的地方,"他说,"我应该到平坦的地方,就是说,可靠的地方去滑。"他说着用脚扒开浮雪,坐到一棵树桩上。

年轻的把身体倚在雪杖上,望着他那汗水淋漓的脸。

"咱们是不是该往回走啦?"年长的说。

“请您设想一下，”年轻的说，“假如您在这儿跌倒，假如现在您想站起来，可脚下一滑，出溜了下去，恐怕只能算一次事故吧！”

年长的眯起眼睛望着年轻的。

“我不一定就准摔死呀。”

“假如有人要您摔死呢？”年轻的说，“假如我，比如说，把您从这儿扔下去，当然还要走下去，看看您是否真的死了，然后再跑去求救。您知道，那只是一次事故。您坐过这棵树桩，人人都能看到您曾经坐过，有您的滑雪板的印可以做证，从这儿直接飞进天国。假如我现在就把您扔下去，我是说假如，库尔曼先生，假如我想出了这个主意……”

年长的站了起来。

“咱们是不是能谈点儿别的？”他说着紧张地四下望了望。

“但是我说，假如我想把您扔下去。”年轻的说着，笑得那么开心。

“无论如何，您不会这么干的，”年长的说，“为什么要这么干呢？我又没做过什么对不住您的事情。”

“但您可能会拒绝我的什么要求，从而把我惹恼，”年轻的说，“比如我可能求您帮个忙，库尔曼，比如我向您借点儿什么。这么说吧：我不强求您还钱，但您确实骗过我父亲。我只要求您借给我一笔钱，五万克朗，我知道您有这个能力。银行的大门全对我关了起来，说不定我哪一天还得进监狱。您借给我一笔钱，六厘利怎么样？您是当铺老板，我也是，虽然不同代，思想也要开放一些。您要想保住性命，可以这么说，只有一个条件，就是拿出五万克朗做抵押；或者说，我拿您的性命做抵押，典五万克朗。您认为自己的性命连五万克朗也不值吗？”

年长的害怕地盯着年轻的。

“我的好人，霍尔丁先生，最尊贵的霍尔丁经理，您简直不知道自己都说了些什么！我没有钱可以借给别人。至于您的父亲霍连，我的好朋友霍连，是啊，那是做买卖，有典当凭据的。我，我，谁都知道，我是个穷光蛋……”

年长的打起哆嗦来，小心地往后退去，但两只滑雪板一别就摔倒在地上。年轻的把他扶了起来，架着他的胳膊。

“但我没提那件事呀，尊贵的库尔曼先生。我只是说，比如，我可以这么说，但我却没说！我同样可以说点儿别的，可以提出七万，或十万。但我只要求五万，利息是六厘。我的意思是我只说过：我可以说我想要五万。”

年长的紧张地笑了。

“您真是个怪人，霍尔丁先生。咱们现在是不是可以往回走了。”

年轻的紧抓住他的胳膊不放。

“我扶着您，是为了您别摔下去出事。”他指着悬崖说，“话又说回来，我本来可以说：我的不幸全都是您和在某种程度上您的家族的罪过。我随时都可能完蛋。像你们这种人，即使全干掉，我也丝毫不会感到内疚的。咱们俩都是开当铺的，虽然我完蛋了。我对约瑟夫·隆德太诚实，而您却是个卑鄙的强盗。可以说，这就是我们的区别。您活着毫无意义，又老、又贪、又丑，您是个放高利贷的，一个吸血鬼。嗯，这就是您的形象。而我年轻,有福要享,今后的好日子长着呢。但是警察随时都可能通缉我。还有,我得离婚,你看,是我妻子要离婚,不是我。只要我逃出——首先是隆德的魔爪,我会幸福的。我没法不恨您,懂吗?”

年长的试图脱身。

“放开我!”他喊道。

“为什么放开您?”年轻的说,“既然我现在有了这个机会。您答应不答应?”

“我得想想,在这儿不可能……”

“答应不答应?”

年长的牢牢地抓着雪杖。

他想脱出身来,但年轻的跟他脸贴着脸,用仇恨的眼光盯着他,虽然一副要拼命的架势,却甜甜地笑着。

年长的突然抡起了雪杖。

年轻的大叫一声,用手捂住嘴,向后倒去;而年长的使足力气,头也不回地向下滑去。一切顺利,一口气滑完了全程,只是在旅馆门前才摔了两个跟头。

他看见对手仍然手捂着嘴坐在高高的山坡上。

有两封电报放在那里待取:一封是给霍尔丁的,另一封是给库尔曼的。

年长的撕开自己的电报:

霍尔丁地位不稳,尚可维持,急需五万克朗。约瑟夫·隆德掌握债券。

然后,他上楼到自己房间去休息了。

过了一会儿,年轻的用一块手绢捂着嘴,回到旅馆里。

“我跌倒了,碰到树桩上,”他对门房说,“磕掉了三颗牙,来电报了吗?”

他拿起了电报:

坚持离婚,去罗马,已从他处得钱。

莉莉

霍尔丁很晚才下楼步入餐厅,除了上嘴唇微肿外,一如既往。年长的已经坐在那里,正喝着咖啡、吸着雪茄、眯着眼睛打量着他。

年轻的费力地吃着,年长的站起来走到他的身边:

“请原谅,霍尔丁先生,”他镇定地说,“我可以在这儿坐一两分钟吗?”

“请。”对方吃力地说。

“事情是这样的,”年长的说,“我想过了,只要条件合适,我就去取钱。当然要保险可靠,一分二的利息,您同意吗?”

对方注意地听着,并不急于回答。他十分小心地嚼着食物,每咽一次脸上都现出一阵痛苦的表情。最后,他放下叉子,把手伸进马甲的口袋里摸了一阵。

“谢谢,”他说,“我也想过了,打算用别的方式解决,但无论如何,您总得拿到点东西做抵押才是,请收下吧。”他说着把一颗金牙放到了桌子上。

“拿去吧,给您啦!另外两颗还留在雪地里,我没兴趣去找。您是唯一知道它们的所在的人,也归您了。那简直是山上的金矿啊!”

他说完站起身来,走出餐厅,进了咖啡厅。

那位穿天鹅绒连衣裙的女人没在。

“门房,林代尔夫人住几号房间?”

“十二号。”

他走上了楼,站在她的门外,没有马上敲门,他先从衣袋掏出一面小镜子,仔细地照了照自己的脸。他的笑容很难看,于是做了一个严肃的、懊丧的表情。

然后,他轻轻地在门上敲了几下。

彭年　译

1974

获奖作家之二

马丁逊

传略

和埃温德·雍松同获一九七四年诺贝尔文学奖的瑞典诗人、小说家哈里·马丁逊(Harry Martinson,1904—1978),一九〇四年五月六日出生于瑞典南部布莱金厄省的亚姆斯霍格镇。父亲原是船长,后转而经商。马丁逊六岁时父亲病故,母亲抛下七个孩子独自一人前往美国谋生,从此马丁逊成了孤儿。他先被送进教区福利机构,后又被轮番交给几户农家收养,他小小年纪不仅要干各种重活,还经常受到养父母的虐待和折磨,他的童年生活异常悲惨。十六岁时,他即开始在外国商船上当小听差,后来做过司炉、水手,到过南美、印度、南非等地。他浪迹天涯,生活漂泊无定,从未受过正规的文化教育和艺术熏陶,他的文学创作和绘画才能完全靠自学和在流浪生涯中获得,因此被称为"文学界的流浪儿"。

一九二六年,马丁逊以海员生涯为题材,创作了处女作诗集《鬼船》,发表后获得成功。他早期的作品还有诗集《现代抒情诗选》(1931)、《游牧人》(1931)等。这些诗作反映了作家悲惨的童年生活和坎坷的经历,也阐述了他自己的生活哲学:人的生活应不断更新。

马丁逊的中期作品有诗集《信风》(1945)、《蝉》(1958)、《车》(1960)等,在这些诗集中,诗人用细腻而独特的手法描写了大量的自然景物。

一九五六年发表的叙事长诗《阿尼阿拉号》是马丁逊诗歌的代表作,它的最大特点是以宏伟奇异的幻想形式,揭示重大而玄奥的人类命运主题。它叙述地球上发生核大战后,宇宙飞船"阿尼阿拉号"满载八千余名劫后幸存者逃离地球,飞向火星,但因飞船偏离轨道,结果迷失在茫茫太空之中。马丁逊以此抨击现代科学和技术把人类引入歧途,使人类走向灭亡。这首诗奠定了他在瑞典诗坛上的泰斗地位。它不仅是瑞典诗歌史上的一个重要里程碑,也是欧洲现代诗歌中的一部重要作品。一九五九年,它被改编成歌剧,在瑞典和欧洲许多国家久演不衰。

马丁逊晚年的诗作有诗集《光明与黑暗之诗》(1971)、《草之山》(1973)等。马丁逊的诗歌创作风格以浪漫主义为主,间或有神秘、悲观色彩。他的抒情诗含蓄隽永,富有哲理,颇似中国的古诗词。由于他在绘画方面也有相当造诣,他的自然小诗宛如一幅幅精美的风景画。

马丁逊的诗不仅想象丰富,联想奇特,语言流畅,感情细腻,而且具有浓厚的哲理意味,表现出诗人擅长采用新的视角观察人生,寻求独到的发现和体悟。

马丁逊的小说主要有长篇小说《荨麻开花》(1935)、《出路》(1936)、《迷惘的美洲豹》(1941)、《通向钟国之路》(1948)和《浪子的故事》(1956)等,其中《荨麻开花》为其代表作。这是一部自叙体的长篇小说。这部小说实际上写的是马丁逊的家庭和童年生活。从中既可以看到马丁逊苦难的童年,同时也可以让我们了解到当时瑞典的农村生活、社会状况和人们的精神风貌。

除诗歌、小说外,马丁逊还创作了一批散文、游记、剧本等,如散文《漫无目标的旅行》(1932),游记《再见吧,好望角》(1933),历史剧《魏朝三刀》(1964)等。

马丁逊于一九四九年当选为瑞典学院院士。一九七四年,由于"他的作品通过一滴露珠反映出整个世界",和雍松同获诺贝尔文学奖。

一九七八年二月十一日,马丁逊因病在斯德哥尔摩去世。

授奖词

授奖词与获奖作家之一埃温德·雍松合为一篇。

作品

在海角处呼喊

几个发现生活的伙伴
这一年在海角处呼喊。
她们租了一条船,光着身,
在这光赤的年头不停叫喊。
这是三个女人。看,她们
将赤条条的丰腴的手臂
　　钻进袒露着的大海。

她们把欢叫的圣诗抛向四周，
把母性的乐趣奉献给裸露的海洋。

李笠　译

影子

当树脂数完奶乳似的年轮，
用自己的弓弦奏出穿越世界的悲哀。
树底下的影子
拒绝变得苍白，
它们渗入地面，留在
苹果树伫立的地方，留在
黑暗的草丛里。

李笠　译

悲歌

锄草者已离去，原野又杂草森森。
我曾听到的鸟已撞死在
　　世界灯塔的玻璃罩上。
生命为什么总是毁灭：
难道未来总意味着，
一切变化
在难以辨认的海上？

李笠　译

风景

苍翠的野地上一座石桥。
一个孩子站着。他望着流水。
远处：一匹马，背拖一抹夕阳。

它静静地饮水，
鬃毛散落在河中，
好似印第安人的头发。

李笠　译

夜

俯身看吧！井里有星星。
璀璨的金星，
在倒映着的羊齿叶间静闪。
这是一个发绿的大地之夜。
星星纷纷露脸，何等清晰！
好像从地球的一扇窗户出现。

李笠　译

在边界

沙和海，
朝下看的眼睛。
目光追随着蚂蚁，
思想同它在沙滩上游戏。
海边的黑麦磨着自己的小刀。
蚂蚁爬着，悄悄远离了大海。
袒露的日子，涛声也重了。

李笠　译

海蜇

海蜇游动着，舒展和呼吸着，
在波涛的阻力中，
在入口和出口的海水中。
从海蜇这里，我看到推罗①的酒杯，

---

① 推罗，古腓尼基名城。

以及威尼斯从大海那里学来的
各种玻璃器皿的艺术。
玻璃钟悬挂着,晶亮透明,
变成酒杯,又拉长成优雅的花瓶,
弯曲成汤盆,
舒展着重新变为海里的盘子,
一只精致的威尼斯盘子。

李笠　译

尺蠖

在开满花朵的树上
飘荡着蜜蜂悠扬的合唱。
瓢虫,一颗装饰树叶的活的珠宝,
分开绯红的背脊飞去,
把自己的命运
交给含着花蕊清香的空气。

尺蠖爬到叶子边缘,像一个疑问,
支起两只嫩黄的短足:向叶外荡去,
向空茫的宇宙寻找栖处。
风听见了,让树枝靠近它。
伸出树叶的手,接它过来。

李笠　译

灯塔看守人

在那些狂风怒吼之夜,
灯塔在风暴的云层下摇晃,
大海眼睛血红地爬上岩石,
你默默坐着,思念着丽丝——
那个当年背弃了你的姑娘,
难以挣脱的强烈渴望把你
放逐到这风雨逞狂的锡利群岛上。
你守着这漫长的狂风暴雨之夜,

嘴里不住地喃喃自语,穿过风雨
灯塔朝百里之外射出强光。

雨林　译

创造之夜

我们在石桥上相会,
白桦为我们把风站岗,
河流闪烁着如鳗鱼游向大海。
我俩紧紧相缠把上帝创造,
稻田中声音沙沙,
麦地里波浪滚滚。

雨林　译

秋日

田野朝我迎面而来,带着马匹,
带着眺望海洋的倔强的庄稼汉。
犁头在金黄麦茬中切出第一条黑纹,
把早晨的长条扩展成白昼的矩形,
再不断地扩展,直至它融入黄昏,
然后又把它的黑暗带进夜晚。

雨林　译

白桦与小孩

孩子,柔弱依靠刚强,
可刚强也离不开柔弱。
今天你拍击我的树身,
明天你也会遭打受辱。

在那遥远的无力自卫的年代,
完全没有寒冷或温暖,
只有一只无限深邃的惊讶眼睛,

在黑夜中为此哭泣悲叹。

雨林　译

海风

海风日夜展开它的翅膀,
不断掠过浩渺无边的海洋,
起伏在永恒的大海
那孤寂、摇荡的水面上。
此刻几近早晨,
也许快到黄昏,
海风感到陆风吹上脸庞。

浮标钟敲起晨昏的祷歌,
煤船和焦油大船的黑烟
已消失在地平线后面。
那没有历史感的孤独的水母,
用粉蓝灼人的足须蹒跚而行。
此刻黄昏将至,也许早晨已近。

雨林　译

乡间暮景

那谜团悄悄露出它的轮廓,
在寂然的芦苇中织出一个黄昏。
有一个没人注意的弱点,
在这儿,在青草的罗网中。

缄默的牲口用绿眼睛凝视着,
在黄昏的恬静中漫步到湖畔。
湖泊拿起它的巨大调羹,
把清水送到大伙的嘴边。

雨林　译

肌肤女神

该怎样称呼沙滩上那女人?
也许可以称之为肌肤女神,
她是自己的美貌和闪光的
谀媚蛛网上的牺牲品。

对崇拜者展示过后,
她便回到镜的祭坛,
在美容的庙里朝自己膜拜。

穿过墓地她抄了捷径。
经过时在光滑的墓石上
她看到自己的全部身影。

雨林　译

1975
获奖作家

蒙塔莱

传略

二十世纪上半叶,在意大利出现了一个著名的诗歌流派——隐秘派,它独特的诗歌理论和艺术风格,不仅对意大利,而且对整个西方诗坛都有着久远而深刻的影响。这一诗派的代表诗人有蒙塔莱、夸西莫多、翁加雷蒂、萨巴、卢齐等,其中最重要的代表是蒙塔莱。

埃乌杰尼奥·蒙塔莱(Eugenio Montale,1896—1981),一八九六年十月十二日生于热那亚海滨小镇利奇瑞恩。一九〇八年,蒙塔莱考入维多里诺中学,两年后就读于第三技术学校,后又转入埃玛努厄尔皇家技校学习会计,于一九一五年毕业。

一九一七年,蒙塔莱应征入伍,作为步兵军官参加第一次世界大战。战后,他从军队复员,从事新闻工作,并于一九二二年开始在《初春》杂志上发表诗作。一九二五年,他出版了第一部诗集《乌贼骨》,它收录了一九一六年以来的诗作。该诗集一经问世,立即轰动诗坛,使他一举成为当时意大利最著名的抒情诗人。

《乌贼骨》体现了蒙塔莱的诗学主张和隐秘派诗歌的重要特征。它抒发了诗人对于人生的深深的苦恼与无奈,认为人无法探测历史的神秘,无力改变世界的现状,难以解决生命自由与现实生活桎梏之间的矛盾,人始终处于生存困境之中;它诅咒"生活之恶",是"生活之恶"喝光吃净一切生命的血和肉,使之剩下一具残骸,犹如"乌贼骨"。作品全力刻画了内心世界的神秘、微妙的情绪和人的个性危机,通过视觉、听觉、触觉和幻觉,以精心选取的自然场景的片段作为抒情的中介,并运用立意新奇的象征、联想、隐喻,表达了微妙、复杂的主观感觉。《中午歇晌》中"墙"的意象颇具深意。人生犹如沿着此"墙"踽踽而行,它阻碍人们超越灰暗的日常生活,不让我们去领悟周围世界的奥秘,"墙"体现了诗人对人生的哲理思考。此外,如《英国圆号》《我们不晓得》《假声》等,都是该诗集中的名篇。

一九二七年，蒙塔莱移居佛罗伦萨，随后被任命为该市著名的维约瑟索斯图书馆馆长。一九三八年，他因拒绝加入法西斯党，而且早年又曾带头在《反法西斯知识分子宣言》上签名，被解除馆长职务。此后，他一面从事英国、美国、西班牙小说和戏剧的翻译，把莎士比亚、艾略特、庞德等人的作品介绍给意大利读者，一面继续写诗，于一九三九年出版了第二部诗集《境遇》。该诗集收录了他一九二八年到一九三九年的作品。其中《别了，黑暗中汽笛声声……》《我为你拭去额上的冰霜》《重新见到你的希望》《卢加的浴场》及《剪子，莫要伤害那脸容》等，都是这一时期创作的名篇。

一九四五年，意大利反法西斯抵抗运动达到高潮，蒙塔莱积极投身这场斗争，被抵抗运动最高领导机构任命为文化艺术委员会委员，并加入反法西斯的行动党，领导该党的机关刊物《自由意大利》，直到一九四七年该党解散。一九四八年，蒙塔莱从佛罗伦萨迁居米兰，担任《晚邮报》编委，主持“阅读”专栏，并被聘为《消息邮报》的音乐评论家。一九五六年，他出版了诗集《暴风雨及其他》。该诗集收录了诗人从一九四〇年至一九五四年所写的诗作。其中《暴风雨》《海滨》《黄昏中的两个人》《新月街上的风》和《囚徒的梦》等都是这一诗集中的佳作。

在六七十年代，他又相继出版了《萨图拉》(1962)、《一九七一年至一九七二年诗作》(1973)、《未发表的诗》(1975)、《四年诗抄》(1977)、《集外诗集》(1981)等诗集。此外，还出版了文学评论集《在我们的时代》(1972)、翻译随笔集《翻译札记》(1975)和音乐评论集《乐盲》(1981)。

在蒙塔莱的上述晚期诗作中，《萨图拉》是最重要的一部。“萨图拉”意为“大拼盘”，暗喻这部作品在内容和风格上的多样性。其中也有不少诗篇是献给亡妻莫斯卡的，既有记叙，也有追思，感情真挚，诗风朴实，蒙塔莱自己称之为“新闻体诗”，如《赠辞》即为这样的作品。

蒙塔莱一生曾多次获得文学大奖，还被意大利总统任命为“终身参议员”。一九七五年，蒙塔莱由于“他杰出的诗歌拥有伟大的艺术感，在不适合幻想的人生观里，诠释了人类的价值”而获得诺贝尔文学奖。

一九八一年九月十二日，蒙塔莱在米兰圣庇护十世医院逝世，享年八十五岁。

授奖词

我们大家都知道，本年度的诺贝尔文学奖已经授予来自意大利的埃乌杰尼奥·蒙塔莱。他来自海滨胜地东利古里亚，该地粗犷严酷的地域特色，在他的诗作中得到了反映。他的诗歌中，多年来回响着音乐上的汹涌波涛，使他个人的命运与地中海那威风凛凛、美丽庄严的特色交相辉映。他于一九二五年完成的第一部成名作也起了一个奇特的名字《乌贼骨》。显而易见，这部作品浓墨重彩，渲染了他那与众不同的利古里亚特色。

在他人生道路刚刚起步的时刻，他便遇上了法西斯专政压制言论自由、强迫实行统一行动的环境。蒙塔莱拒绝奉命写作,因而逐渐变成了自由作家队伍中的冒尖人物。这些自由作家不顾一切,披着神秘主义的外衣我行我素。他的个性由于艰苦的经历而磨炼得坚强了。第一次世界大战期间,他作为一名步兵军官在提罗尔地区的阿尔卑斯山地一带服役,后来成了佛罗伦萨市有名的维约瑟索斯图书馆馆长。一九三八年他被粗暴地免去职务;因为没有加入法西斯政党,他竟不能被视为意大利的公民。直到一九四八年,他才被任命为米兰的大报《晚邮报》的编辑。在这家报纸上,多年来他作为一名出色的文化问题方面的作家,作为一名音乐评论家,为自己赢得了声誉。

在这一时期,蒙塔莱逐渐确立了自己在意大利现代文学方面的重要地位,只是对他的祖国而言,这一地位在许多方面具有强烈的悲剧性质。在很大程度上,他可以说代表了这种黑暗阴郁的醒悟,探索着对大众的悲痛忧伤和灾难苦恼进行个人独特的表现。作为一位诗人,他镇静自若,高尚体面地解释了这种醒悟,毫无任何政治上沽名钓誉的企图。他已获得了一群严肃认真、倾心于他的听众。鉴于他长期以来仅写了五部抒情诗,这一点就更显得突出可贵了。其最佳作品无疑是一九五六年出版的《暴风雨及其他》。他那谨慎孤寂、善于思索的气质,绝不会去哗众取宠。

蒙塔莱本人曾经说过,作为意大利人,他首先向往的是“绞杀运用过时的华丽语言的修辞,即使冒自己处于反修辞境地的风险也在所不惜”。实际上,他已欣然冒了这种风险。在他的最新诗集《一九七一年至一九七二年诗作》(1973)中,后半部分收集的是嘲弄式的讽刺诗。在这些讽刺诗中,白发苍苍的诗人放开手脚,几乎以违反诗歌趋向的手法,批判了当代的现实生活。他的诗兴犹如一个永不安息的精灵,绝不安然稳坐在荣誉的宝座上。

然而,最值得称道的是,蒙塔莱经过严格的锻炼修养,无论于自我还是于客观,都达到了艺术上炉火纯青的境地。他的选词用字,恰如其分,犹如镶嵌在色彩斑斓的三维玻璃体上一般准确无误。语言的简洁精练恰到好处,一字不可多加,一字不可减少,任何人工雕琢的痕迹已一扫而光。譬如,在那首著名的描绘犹太女人多娜·马科乌斯的诗篇中,当诗人想表现当时流行的背景时,他只用了这样几个词:至诚化戾气(A bièrce baith distils poison)。在这类杰作中,无论是命运多舛的场景或者是凝练精巧的结构,都不禁使人回想起 T. S. 艾略特及其在《荒原》中所采用的手法。但是,蒙塔莱不大可能由此获得了灵感刺激。如果说他受到了什么启发的话,走的却是一条并行不悖的道路。

在他辛勤耕耘的半个世纪中,蒙塔莱的态度,基本上可以概括为悲观厌世主义,即沿着起自莱奥帕尔迪的古典主义道路发展的悲观厌世主义。这种悲观厌世主义很少出自纯粹的感情,而表现出深思熟虑、富有理性的远见卓识,保留着既有质问,也可提出挑战的批判权利。他坚信:可悲的人类正在滑向深渊,历史的教训毫无价值,世间的贫困日益严重。当对目前的危机进行了一番调查研究之后,他发现,真正的邪恶在于另一个时代判断价值的公正标准能够丧失殆尽,换言之,在于完全忘却往昔人们奋力开发时的伟大精神。人们凭借这种精神曾建造了某些使我们能对现世的存在及其状况创造出另一幅美景的东西。

但是,他的离职一事的确包含着信念上的飞跃闪光,他对生命要继续奋斗、去克服坎坷不平的障碍的本性欲望深信不疑。他深信,诗歌——即使没有大众传播媒介——在我们的时代也仍然是一种高雅感人的力量,在不知不觉中起到抒发人类良知的呼声的作用,虽然仅隐约可闻,但却谁也否认不了,谁也毁灭不了,谁也缺少不了。如果蒙塔莱没有这种信念,那他就不会像现在这样成为一位天才的诗人。

亲爱的蒙塔莱先生!在我所能支配的非常有限的时间里,我已经尽力介绍了您的诗歌,尽力阐明了我们给您授奖的理由。现在仅要我做的事,就是向您表示瑞典学院的衷心的祝贺。并请您从国王陛下的手中接受本年度诺贝尔文学奖。

瑞典学院院士 安德斯·奥斯特林

龚声文 译

作品

别了,黑暗中汽笛声声……

别了,黑暗中汽笛声声
告别声、咳嗽声。
车窗落下了。
长相离的时刻。也许
该歆羡那些局外人。
他们待在车厢的走道里,冷冷的!

"莫非火车嘶哑、单调的声浪里
也回响着你那加里奥加舞①一般
令人战栗而着魔的旋律?"

吕同六 译

我为你拭去额上的冰霜

你穿越万里长空
我为你拭去额上的冰霜;
狂悖的风暴撕裂了你的翅膀,

① 加里奥加舞,巴西民间舞,节奏强烈,二十世纪三十年代盛行于意大利。

你苏醒了,兀自颤动,
正午:枸杞树的长长黑影
投照在窗户上,
阴冷的太阳高悬在天空;
一个个人影折进了胡同
茫茫然不知你在我这里。

吕同六　译

海滨

风儿吹得更猛,
夜的帷幕被扯碎了,
你投在脆弱的栅栏上的倩影
荡起粼粼的波纹。

已经来不及了,
倘使你想镇定自己!
棕榈树上忽地跌下一只耗子,
电光在导火线上,
在你盈盈双眼的
修长的睫毛上灼灼闪烁。

吕同六　译

重新见到你的希望

重新见到你的希望
荡然无存了;

我暗自寻问,
这影像的屏幕
生生拆散了你与我
可代表死亡,
或者永恒的回忆,
兴许竟是闪烁着你变幻扭曲的
倩影的微光。

(莫德纳城的回廊,
穿制服的仆役
牵来两条用皮带系着的狼犬。)

吕同六　译

又勾起我的思念,你的微笑

又勾起我的思念,你的微笑
有如一汪碧水
偶然发现在沙滩卵石间,
有如一面明镜
映照常春藤一蓬如盖的绿荫,
拥抱洁白而静谧的云天。

那是我的回忆;
我不晓得怎样表述才好,
啊,它多么遥远
当你的微笑中
漾着一颗自由、纯朴的魂灵,
它又多么真实,
当你是一位漂泊无定的游子,
把苦痛当作护符随身携带,
人世的邪恶折磨得你心力交瘁。

但我可以告诉你,
你的深思的身影
把沉沉忧伤亲切抚慰,
你的诚挚的微笑
融入我的灰色的记忆
有如棕榈树的青翠华盖……

吕同六　译

英国圆号

今晚
黄昏的风，
仿佛刀剑铿锵，
猛烈地吹打
茂盛的树林，
擂响
天宇的鼓点，
催动
地平线上的浮云。

一抹晚霞，
仿佛纸鸢横飘高空，
朵朵行云如飞，
仿佛埃多拉迪国①
时隐时现的城门的光辉。

潋滟闪光的大海
渐渐灰暗混沌，
吞吐浊浪，
咆哮翻滚。
夜的暗影，
悄悄地四处爬行，
呼啸的风，
慢慢地平静。

风啊，
今晚请你也把
我的心
这不和谐的乐器的
丝弦拨动。

吕同六　译

---

① 埃多拉迪国，传说中的黄金国，十六世纪的西班牙探险家曾去拉丁美洲寻找过这个国度。

此时此刻

该结束了,此时此刻,
影子①这么说。
我曾和你形影伴随,
无论战火纷飞或宁静和平的年岁
抑或动乱不安的时刻,
我是向你奉献欢乐与烦恼的冤家。
我焕发你身上欠缺的美德,
勾起你不曾有过的恶行。
倘若我现在离你高翔远引。

你不会感觉痛楚,
你将比树叶更轻快
比风儿更灵活。

该摘下我的面具了,
我是你的思想,你的累赘,
你的毫无益处的躯壳。

该结束了,此时此刻,
忍痛舍弃我吧,
像火箭一样去遨游中天。
地平线上光亮闪耀,
发现它的人并非狂者
只是独尝孤寂的可怜人,
你由于影子的爱而摆脱孤独。
我曾让你相信
你比真正的你更好,又更坏,
但现在我告诉你
该结束了,此时此刻。
你的善,你的恶
全不再属于你,

---

① 此处以影子喻指激励诗人写作的保护人,他心目中的诗歌女神、恋人。如今,诗人年迈,缪斯将离他而去,他将孤独地去迎接生活,走向未来。

为着未来
你尽可离弃影子。
此时此刻,你细细观照世界吧,
睁开你的双眼
或者闭上你的双眼。

吕同六　译

我们不晓得

我们不晓得
明天的命运将是怎样,
哀伤抑或幸福;
我们的道路
或许将把我们引向蛮荒的福地
那儿永远潺湲流动青春的泉水;
或者将急剧下降
坠入百丈深谷,
坠入漆黑的黝暗,
坠入失去黎明的回忆。
异乡他域
或许会收容我们,
但太阳将从我们的记忆中泯灭,
再也听不见诗歌的声音。
啊,我们生活的童话
顷刻间成为再也不忍叙述的悲哀历史!

但愿你给予我们保证,
啊,父亲①,你的些许恩赐
化作我们吟诵的诗行
像蜜蜂嘤嘤嗡嗡的歌唱。

我们纵然沦落天涯
耳边犹萦绕你声音的回响,
如同高楼间阴暗的泥地上

---

① 指地中海。

灰白的小草渴念太阳。

有朝一日，沉寂了
我们共同孕育的歌音，
它带着疲困、哑默
和古希腊的智慧
去装饰一个兄弟的心。

吕同六　译

失眠是我的痛楚

失眠是我的痛楚
又是我的幸运。
遭遇梦的冷淡
我唯有在清醒中
隐身于并不过分的幽晦的黑暗，
光明把幻影驱散干净，
黑夜却给予它们自由驰骋的天地。
这些夜来客诚然不会带来愉悦
可它们当中有一位
不是梦幻，或许竟是
唯一的真实。

吕同六　译

柠檬

请听我说，朋友①
高贵的诗人们仅仅钟爱
稀罕的名树：黄杨、莨菪
而我，更喜欢通向青草芜蔓的道路，
孩子们在路边浅浅的污水坑里
捕捞孱弱的鳗鱼；
更喜欢穿越沟壑野坳，

① 本诗采用诗人同一个沉默的对话者叙谈的手法。

经过丛丛芦苇的小径，
把我带向栽着柠檬树的田园。
多么美妙，倘使鸟儿的啁啾
消隐于湛蓝的天空，
倘使几乎忘记摇曳的枝柯
抒出的喁喁私语
在空中清朗地飘荡，
倘若田野不息地
舒散的缕缕撩人的芬芳
悠悠地沁入肺腑。
这儿，寻欢作乐的欲念
奇迹般地停止了纷争，
这儿，我们穷苦人也享得了
一份微薄的财富
——柠檬的馨香。

请看吧，朋友，在这沉寂里
万物陶醉了，似乎要吐露
它们的全部奥秘，
似乎要揭开
大自然的荒唐，
世界的支离破碎的平衡，
逻辑的沦亡，
最终引导我们去把真理寻访。
目光搜索周围，
智慧细细地探究，分解和组合，
当白昼倦怠
清芬漫溢的时候。
在这沉寂里
每一个人的灵魂
全浸润于超凡脱俗的神圣。
唉，这终究不过是幻觉，
时间又把我们带回喧嚣的城市，
那儿，高墙飞檐肢解了蓝天，
那儿，雨水的劈击叫大地疲困了，
寒冬的烦闷沉沉地压在屋瓦上，
阳光黯然失色——心灵悲苦荒凉。

啊,有那么一天,从虚掩的大门里
庭院的树丛间
我们又瞥见了金黄色的柠檬;
心湖的坚冰解冻了,
胸膛中迸涌出
太阳欢畅明朗的
金色的歌。

吕同六　译

梦幻曲

——德彪西作品印象

不绝如缕的乐音
在盛夏灼热的玻璃窗间回环转折。

低沉的音符似阵阵吟啸的劲风
没有迸发的欣悦
把空荡荡的时间穿透,
三名如醉如痴的男子
一身报纸剪裁的服饰,
弹奏从未见到过的乐器
——活像一只畸形的漏斗
忽儿膨胀,忽儿又萎缩。

滤去街市喧嚣的音乐
艰难地升腾
又倏地跌落;
忽而染上一重绯红
忽而涂抹一层蔚蓝,
睫毛润湿了,世界
就像在金色中游泳
眯缝双眼时瞧见的模样。

弹跳,跌落,像迷雾一般散去
又轻轻地
在远处摇曳——淡薄了。

几乎听不见了,宽松地吁一口气。

你也在盛暑的玻璃窗间
把一颗心灵燃烧,
你迷乱了!
而今,你用你的长笛
随意吹奏一支陌生的曲子。

吕同六　译

幸福

幸福,为了你
多少人在刀斧丛中走险?

似黯然的幽光
你在眼前瑟缩摇曳,
似晶莹的薄冰
你在脚下震栗碎裂。

世上的不幸人,
谁个不是最爱慕你?!

似柔美、烦扰的晨曦
激起屋檐下燕巢的喧嚣,
你刺过凄雾愁云
照亮一颗忧伤的心。

唉,似孩童嬉耍的气球儿
高飞远逸,
徒自留下那
莫能慰藉的涕泣。

吕同六　译

1976

获奖作家

贝娄

传略

在当代美国文坛上，索尔·贝娄被认为是继福克纳和海明威之后最主要的小说家。他的作品包含了丰富的社会内容和深邃的哲理思辨，是一个具有现实主义倾向的现代派作家。他曾三次获美国国家图书奖、一次普利策奖；一九七五年，他还以“对当代文化富于人性的理解和精妙的分析”获得诺贝尔文学奖。

索尔·贝娄（Saul Bellow，1915—2005）于一九一五年七月十日出生于加拿大魁北克省蒙特利尔市市郊的拉辛镇，他的父母是一九一三年来自俄国圣彼得堡的犹太移民，索尔·贝娄是他们的第四个也是最小的一个孩子。他在蒙特利尔度过了自己的童年。一九二四年，即在贝娄九岁时，全家迁至美国芝加哥定居，从此芝加哥成了贝娄的第二故乡，他在那里上完小学、中学，并于一九三三年考入芝加哥大学，两年后，他转学到伊利诺伊州埃文斯顿的西北大学，一九三七年在该校毕业，获社会学和人类学学士学位；同年，赴麦迪逊进威斯康星大学攻读硕士学位。翌年初，和第一个妻子安妮塔·戈希金结婚，中断学业，返回芝加哥。自此以后，除担任过一段时间的编辑、记者及在商船上短期服役外，贝娄大部分时间都在明尼苏达大学、纽约大学、普林斯顿大学、芝加哥大学等校执教。长期任芝加哥大学教授和社会思想委员会主席。一九九三年秋，自芝加哥大学转入波士顿大学任教。二〇〇五年四月五日，在马萨诸塞州布鲁克莱恩的家中去世。

从一九四一年发表第一篇短篇小说《两个早晨的独白》开始，贝娄已经度过了六十多年的创作生涯，共出版了长篇小说十部：《晃来晃去的人》（1944）、《受害者》（1947）、《奥吉·马奇历险记》（1953）、《雨王汉德森》（1959）、《赫索格》（1964）、《萨姆勒先生的行星》（1970）、《洪堡的礼物》（1975）、《院长的十二月》（1982）、《更多的人死于心碎》（1987）和《拉维尔斯坦》（2000）。此外，贝娄还出版过中短篇小说集《只争朝夕》

(1956)、《莫斯比的回忆》(1968)、《嘴没遮拦的人》(1984)、《小说集》(2002),中篇小说《偷窃》(1989)、《贝拉罗莎暗道》(1989)、《真情》(1997),散文随笔集《集腋成裘集》(1994),散文游记集《耶路撒冷去来》(1976)以及剧本集《最后的分析》(1965)等。

贝娄的创作基本上可以分成三个阶段:第一阶段的代表作品是长篇小说《晃来晃去的人》和《受害者》。作品主要是给我们展示了社会生活的荒诞性,任何意料不到的事都会给人带来莫名其妙的祸害。

第二阶段是贝娄创作生涯中的黄金时期,这一阶段的主要作品有长篇小说《奥吉·马奇历险记》《雨王汉德森》《赫索格》《萨姆勒先生的行星》《洪堡的礼物》,中篇小说《只争朝夕》,短篇小说集《莫斯比的回忆》,散文游记集《耶路撒冷去来》,剧本《最后的分析》及一批论文、散文、随笔。其中《奥吉·马奇历险记》的出版,标志着贝娄在创作道路上的一大突破和一大转折,它是贝娄的成名作,也是他的代表作。它不仅阐释了自我本质与生存环境之间的矛盾这一美国当代小说的重要主题,而且在叙事艺术上也有了重大的突破和创新,形成了一种独特的创作风格,即“贝娄风格”。无疑,《奥吉·马奇历险记》一书,为作者此后的创作奠定了坚实的思想和艺术基础。《雨王汉德森》着重探讨的是人们在物质丰裕的社会中的精神危机问题。《赫索格》是轰动一时的有“高级趣味”的畅销书,小说真实地表现了中产阶级知识分子在当代社会中的苦闷与迷惘,描写了一个犹太学者在现实社会中经历着生活上的失败和精神上的失落。《赛姆勒先生的行星》进一步揭露了当代社会的精神堕落和人道主义危机。《洪堡的礼物》揭露了物质世界对精神文明的压迫和摧残,描写了当代社会的精神危机。

八十年代以来,贝娄的创作生涯进入了第三阶段。在这一阶段,他把创作重点转向了中、短篇小说和散文随笔。除出版长篇小说《院长的十二月》《更多的人死于心碎》和《拉维尔斯坦》外,他相继出版了短篇小说集《嘴没遮拦的人》,中篇小说《偷窃》《贝拉罗莎暗道》《真情》和散文随笔集《集腋成裘集》。

贝娄的创作思想和创作方法代表了当代世界文学多元交融的走向。他在作品中描写了“异化世界”和“寻找自我”,塑造了一系列充满矛盾的“反英雄”,但作为一位有高度社会责任感和历史使命感的作家,本着自己对当代社会的敏锐观察,对当代文化的深刻理解和对当代人的心理的精妙分析和思考,他通过自己的作品,深刻地展示了当代社会中个人与社会、自我与现实之间难以调和的矛盾,阐明了人的价值与尊严在异化的生存条件和环境中所面临的重重困境,表明了现代人的生存状态和生存心理以及现代人对现代社会的思考。

贝娄在创作艺术上的杰出成就为叙事艺术的发展做出了突出的贡献。为了能用最通俗、精致的语言生动地描绘出当代社会和当代人物,清楚地道出自己的道德观念和人生哲理,他创立了一种独特的“贝娄风格”,它的特点是自由、风趣,寓庄于谐,既富于同情,又带有嘲讽,喜剧性的嘲笑和严肃的思考相结合,幽默中流露悲怆,诚恳中蕴含超脱。文体既口语化,又高雅精致,能随着人物性格与环境不同而变化。在表现手法上,贝娄既继承了西方古典文学遗产,又融合了希伯来文化的传统,既吸收了现实主义的某些长处,又运用了现代主义的某些手法,善于把内心活动和外在世界,把现实描绘和历史回忆巧妙地交织在一起，使我们得以同时看到主人公的内心世界和他置身的现实世界。贝娄在创作上的杰出成就，是博采众长的巨大收获，是多元交融的丰硕成果。

授奖词

当索尔·贝娄的第一部作品问世的时候，美国的叙事艺术发生了倾向性和换代性的变化。所谓僵硬风格及其雄浑的表面形式和不连贯的文字，已经放松成自动涌出的日常用语；那种呆板的简明手法不仅很少再说，而且也大多感觉不出，体察不到了。贝娄的处女作《晃来晃去的人》（1944）就是预示一些新东西即将出现的迹象之一。

就贝娄来说，从先前那种理想主义的风格中解放出来的过程，可分为两个阶段。在第一阶段，他回头求助于一种观察事物的方法，这种方法已经找到了它不朽的先驱，也许主要是莫泊桑、亨利·詹姆斯和福楼拜。贝娄所仿效的大师们也是措词严谨的，和他所不屑一顾的那些作家毫无二致。但这不是主要的。赋予小说以趣味的并非戏剧性的情节和不时出现的激烈行动，而是照进主人公内心的光辉。依据这一观点，就能使小说的男女主人公得到尊重，暴露无遗，被人看透，但不是加以美化。现今的非传统英雄式的主角已在成长，而贝娄就是抚育关怀这些主角的人们中的一个。

写《晃来晃去的人》，即写没有立足点的人，过去是，而且在不小的程度上，到今天仍然是贝娄创作中的一条重要座右铭。他的第二部小说《受害者》（1947）就遵循了这条准则，几年以后在《且惜今朝》（1956）中则达到了炉火纯青的境界。《且惜今朝》由于模范地把握了主题和形式，被誉为当代的一部名著。

但是，就在创作这一组风格连贯的作品的第三部时，贝娄就像是半路折了回来，为了最终能表现他本人见到而放过的东西。在第二阶段，即决定性的阶段，他超越了先前的那套写作方法，因为它那严谨的形式和受到限制的结构，不能发挥丰富的思想、闪光的冷嘲、欢闹的喜剧以及明达的同情；而这些他也知道自己是具备的，他必须设法找到发挥的机会。结果就产生了一种相当新颖的东西。贝娄以独特的风格，把丰富多彩的流浪汉小说与对当代文化的精妙分析结合在一起，融合了引人入胜的冒险故事与接连出现的激烈行动和悲剧性的情节，其间还穿插着与读者之间富有哲理性的、同样十分有趣的交谈，这一切又都通过一个评论员来进行，这个评论员言辞诙谐，能够洞察外界和内心的一切复杂情况，而正是这些复杂情况驱使我们去行动，或者阻止我们去行动，也可称之为我们时代的令人进退维谷的窘境。

这个新阶段的第一部作品是《奥吉·马奇历险记》（1953）。书名的措词就开门见山地表明这是一部流浪汉小说，而小说本身也许最能说明这一点。在这部作品中，贝娄已经形成了自己的风格，这种风格在他的下列几部主要作品中得到反复的体现：《雨王汉德森》（1959）、《赫索格》（1964）、《萨姆勒先生的行星》（1970）以及《洪堡的礼物》（1975）。这些作品的结构显然是松散的，但是正因为这一点，使作者得以有足够的机会来刻画不同的社会阶层。这些作品充满活力，说服力强，云集着丰富多彩、性格各异的人物；不管是贫民窟和半贫民窟后院前面那个曼哈顿的宏伟外观,还是那些与乐于助人的犯罪集团密切勾结的芝加哥富商所盘踞的闹市,抑或是非洲腹地更接近字面意义的丛林,即《雨王汉德森》里作者最富有想象力的探险场所,这些背景都是经过仔细观察、着意描写的。一句话,这些作品全是活动着的故事,而且跟作者的第一部小说一样,都是刻画一个没有立足点的人。但是有必要指出,这是一个在我们这个风雨飘摇的世界里一面漫游,一面不断试图寻找立足之地的人。

按理只需花几分钟时间概述一下贝娄那些涉及面颇广的著作,就应该能够说出那个立足点是在什么地方。但是没法指出这一点,因为他的那些主人公没有一个找到过立足点。不过在采取大胆的冒险行动中,他们都在奔忙,不是逃离什么东西,而是奔向什么东西,奔向某个目的地,盼望在那里能获得他们所缺的东西,即一小片坚实的立足之地。"我要,我要,我要!"汉德森这样叫喊着启程前往一个未知的大陆。他要的是什么,他自己也不清楚;他所需要的是去发现,他所向往的是那个未知的大陆。奥吉·马奇把自己的目标称为"值得为之奔波的命运"。至于赫索格,这位坐立不安的真理追求者,他曾再三试图阐明所谓的"值得为之奔波的命运"。有一次,他满怀信心地说:"事实王国和价值标准王国不是永远隔绝的。"这句话是随口说出的,却值得我们深思。要是我们把这话看作贝娄本人的心声,那是很有实质意义的。就文学而言,将价值标准与看得见摸得着的事实相提并论,是对现实主义确凿无疑的背离。作为一种哲学理论,它是对决定论提出的一种异议,决定论阻止人们去感知,去选择,去做人,从而必然使人们对自己的行动不负责任,变得毫无生气,或者对生活怀有敌意。而意识到价值标准的存在,人们就能获得自由,从而肩负起做人的责任,产生出行动的愿望,树立起对未来的信念。因此,一向不过分乐观地看待事物的贝娄,实际上是个乐观主义者。正是这句话里的信念之火,使他的作品闪闪发光。他的"非传统英雄式的主角"是些饱受挫折的受害者,他们生来就注定要遭受无数次的失败,而贝娄则喜欢把他们所发现的值得为之奔波的命运,转化成极为精彩的喜剧,他也有能力这样做(这一点无论怎样强调也不嫌过分)。然而,这些非传统英雄式的主角是胜利者,他们还是英雄,因为他们从未抛弃使人成为有人性的价值标准王国。正如奥吉·马奇所说,一个人不管如何不幸,随时都会认识到这一事实,"只要他能静静地等到最后"。

事实王国和价值标准王国这两个词的结合,使我们联想起哲学家沃尔夫冈·克勒的一本书。他起初在阿根廷,后来在柏林,最后到普林斯顿当教授。他是从法西斯的屠刀下逃往普林斯顿的。克勒的那本书的书名是《价值标准在事实世界中的地位》。几年前,在斯德哥尔摩举行的一次诺贝尔国际讨论会曾经借用过这个题名。会上,由克勒的弟子和年轻朋友 E. H. 戈姆布里奇做了一次演讲。他曾讲到克勒逃离柏林前最后一个晚上的情景。克勒和几个志趣相投的朋友在一起消磨着过得缓慢的这几个小时。他们一边等待,一边演奏室内乐,还怀疑巡逻兵会不会在最后一分钟内冲上台阶,用枪托砸门。戈姆布里奇说:"这就是价值标准在事实世界中的地位。"

贝娄从未忽视过在咄咄逼人的现实世界里价值标准受到威胁的地位,这正是他经常描写的。但是他并不认为人类的行为举止或者科学的突飞猛进预示着一场全球性的浩劫。不管怎么说,他是个乐观主义者,而且也是一个坚信人性善良的反对派领袖。真实当然应该暴露,但真实并不总是充满敌意的。正视真实并不一定完全等于勇敢地迎接死亡。他曾经说过:“生活中可能存在着种种真实,也许有些真实毕竟还是我们在这个大千世界中的朋友。”

在一次谈话中,贝娄叙述了他写作时发生的一种现象。他认为,我们多数人的内心中都有一个原始的提词员或评论员,这个人一开始就不断告诉我们,真正的世界是个什么样子。贝娄本人心里就有着这样的一个评论员;这个人要为他打好基础,注意他说出的每一句话。这使我们想起另一个人,他带着问题,走遍大路小径,倾听着自己的心声,这就是苏格拉底和他的守护神。这种反省式的倾听心声,需要僻静的环境。正如贝娄本人所说:“艺术有些与混乱中的宁静相关,这是祈祷时特有的宁静,也是台风眼中的宁静。”这就是克勒在柏林的最后一夜里,一面明知灾难迫在眉睫,一面演奏室内乐,“静静地等到最后”时居于支配地位的情景。正是在这里,生活和人类的价值标准与尊严找到了永远受到风暴侵袭的唯一避难所;正是从这种宁静中,索尔·贝娄那些诞生于喧嚣的旋风之中的作品获得了灵感和力量。

亲爱的贝娄先生,我十分荣幸地向您转达瑞典学院的热烈祝贺,并请您从国王陛下手里接受一九七六年的诺贝尔文学奖。

瑞典学院常务秘书 卡尔·拉格纳·吉罗

林天水 译

作品

赫索格(节选)

要是我真的疯了,也没什么,我不在乎。摩西·赫索格心里想。

有些人确实认为他疯了,他自己有一阵子也怀疑过他的精神是否还正常。而现在,他的举止虽然仍有点怪诞,可是他感到信心百倍,轻松愉快,身强力壮,而且自以为慧眼超群。他整天给天底下的每个人写信,已经入了迷。这种信他越写越来劲,因此自六月底以来,他无论跑到哪里,随身必定带着一只装满信件的手提旅行箱。他带着这只箱子,从纽约到玛莎葡萄园,但立刻又转了回来;两天后,他飞往芝加哥,接着又从芝加哥前往马萨诸塞州西部的一个乡村。然后就躲在那里发狂似的没完没了地写起信来,写给报章杂志,写给知名人士,写给亲戚朋友,最后居然给已经去世的人写起来,先是写给和自己有关的无名之辈,末了就写给那些作了古的大名鼎鼎的人物。

伯克夏一带正是盛夏季节。赫索格独自一人待在一幢老大的旧房子里。往常他饮食十分讲究,现在则靠啃干面包、罐头豆和干乳酪充饥。有时,他会跑到杂草丛生的花园里去采摘悬钩子,心不在焉地小心翼翼把它们那长满刺的藤蔓牵起来。他睡的是一张没铺被单的床垫——这是他久已弃而不用的结婚时的床——有时他就裹着大衣睡在吊床上。花园里，四周围着他的是长得高高的杂草、刺槐，还有小枫树。晚上醒来睁开眼，只见点点星光近似鬼火。当然，那不过是些发光体，是些气体——无机物、热量、原子，但在一个清晨五点和衣躺在吊床上的人看来，却是别有一番滋味在心头。

若遇心血来潮，突然想到什么新主意时，他就跑到厨房——他的总部——去记下来。砖墙上的白漆已开始剥落，有时候，赫索格就用袖子抹去桌上老鼠咬下的碎屑，他不动声色地感到奇怪，野鼠怎么会对蜂蜡和石蜡这么感兴趣。凡是用石蜡封口的果酱瓶、蜜饯罐之类，都被它们咬得百孔千疮，生日用的蜡烛啃得只剩下烛心。老鼠还光顾了一条面包，咬进一个洞，在里面留下自己的形状。赫索格涂上果酱，吃下了没被咬过的另外半条。他也只能和老鼠分享食物了。

不管什么时候，他脑子里总有一角对外界敞开着。清晨，他听到乌鸦叫，觉得它们的喧噪十分悦耳。黄昏时，他听到的是画眉的啭啼。晚上则有猫头鹰的悲鸣。当他被脑子里的信弄得激动起来，走进庭园时，他会看到玫瑰花绕在水苋上，或者是看到桑树以及在它枝头使劲啄食的小鸟。白天，天气炎热，黄昏时红霞似火，四周灰蒙蒙的一片。他睁大眼睛放眼望去，什么也看不清，几疑自己已经半瞎了。

他的朋友——他过去的挚友——和他的妻子——他的前妻——曾对人散布谣言说，他的神经已经失常。这是真的吗？

他绕着这座空房子走了一圈，在一扇布满蜘蛛网的灰蒙蒙的窗子上，看到了自己的脸影。他看上去显得出奇的安详。一道光线从他的天庭，经过笔直的鼻子，照到他深沉宽厚的嘴唇上。

到春深时分，赫索格觉得再也受不了啦，他要进行解释，说出事情始末，阐明自己的观点，为自己辩护，澄清事实真相，以正视听。

当时，他正在纽约一所夜校里给成年人上课。四月间，他的课讲得头头是道，条理分明，可是到了五月底，就开始有点东拉西扯，语无伦次了。他的学生这时也明白，他们从赫索格教授那里大概再也学不到多少“浪漫主义的由来”了，他们只等待着怪事发生。果然，赫索格教授课堂内的礼节日见减少。他整天若有所思，说话时常有毫不自觉的坦率。到了学期末，他讲课时经常会久久地待着说不下去，有时甚至干脆停了下来，喃喃地说声“对不起”，伸手从怀中掏出钢笔，使劲地在一些碎纸片上写起来，弄得讲台也吱吱嘎嘎作响。他全神贯注，眼圈发黑，苍白的脸上七情尽露。他在说理、在争辩，在经受着痛苦。他仿佛想出了一个了不起的变通办法。他似乎在神游四方，又像在钻牛角尖。他的渴望、固执、愤怒——他的眼睛和嘴巴的表情，把这一切都默默地暴露无遗。人们可以看得一清二楚，全班学生都等着，三分钟，五分钟，鸦雀无声。

起先，他做的笔记并无一定形式，全是片言只语——零星的废话，感叹词，曲解了的成语和语录，或者借用一句他去世已久的母亲所说的意第绪语，叫“Trepverter”，即大错铸成后所讲的悔不当初的自谴自责语。

例如，他写道：

死亡——死去——再活——又死——活。

没有人,就没有死亡。

以及:

你的灵魂要下跪吗?也有好处。擦地板。

还有:

对付傻瓜要用他的傻办法,免得他自以为聪明。

对付傻瓜勿用他的傻办法,免得汝亦似他为傻瓜。

两者试择其一。

他又记下:

据沃尔特·温彻尔告知,巴赫①在创作安灵曲时套着黑手套。

对这些杂乱无章的笔记,连赫索格自己也不知道该作何感想。他只是屈从于一时产生这种想法的激动而已,有时他不禁犯起疑来:这也许就是精神崩溃的一种征兆吧。但这并没有使他感到害怕。他躺在十七街上一套租来的公寓房间的沙发上,有时候把自己想象成一座专门制造个人沧桑史的工厂。自己的一生,从出生到死,都一幕幕呈现在眼前。他在一张纸上承认:

我无话可说。

他把自己的一生从头至尾细细考虑了一番,觉得没有一件事做对。他这一生,像俗话说的那样,是完蛋了。但既然这已无从着手,那也就没有什么可悲哀的了。躺在那霉得发臭的沙发上,他神游遥远的过去,十九世纪,十六世纪,十八世纪,从十八世纪里,他终于找到了一句自己颇为欣赏的话:

悲哀是懒惰的一种。

他脸贴沙发躺着,继续进行自我评价。他算是个聪明人呢,还是个大笨蛋?唉,照目前的情况看,他实在不能自认是聪明的了。其实,他的性格并不乏聪明机灵的素质,只是

① 巴赫(1685—1750),德国作曲家。

他选择了爱空想的一套而已。结果被那班骗子刮得精光。还有呢？啊，他掉头发了。他看了那班头皮专家登的广告，心里既老大怀疑，可又暗暗希望他们说的是实话。头皮专家！唉……他以前本是个美男子呢！现在，他的脸一望而知是个受尽打击的人。但他还是自己讨打的，是授人以柄的结果。这使得他进一步去考虑一番自己的性格。这究竟是属于哪一种性格呢？哦，用时髦话说，这是一种自恋的性格，一种自虐的性格，一种背时的性格。他的临床症状是沮丧抑郁，但还不是最严重，还没有成为狂郁症。世上比他更糟糕的残疾人多着呢。要是你按照当今世上每个人明显的所作所为，认为人类是病态的动物，那赫索格是否更加病态，格外愚昧，特别堕落呢？不。那他算不算聪明呢？要是他有权力欲，性格上偏执些，霸道些，他的聪明就会更有效用了。他有妒忌心，但对竞争并无特别兴趣，所以不能算是一个真正的偏执狂。那他的学问怎么样？现在他也不得不承认，他实在太不像个教授了。不错，他还是认真的，也颇有一股子幼稚的热心和诚意，但他绝不可能成为一个有系统学识的学者。他的博士论文《十八、十九世纪英法政治哲学的自然状况》，是个出色的开端，以后还成功地写了几篇论文和一本叫《浪漫主义和基督教》的书。但除此以外，他的那些雄心勃勃的计划，便都一个个胎死腹中。全凭他早年取得的那些成就，使他不管在找工作还是搞研究经费方面，从来都没有遇到过困难。纳拉甘塞基金会这些年来就一共给他拨款一万五千美元，资助他继续研究浪漫主义。可是这一研究的成果——八百多页毫无中心的杂乱无章的议论——装在一只旧皮包内，现在正静静地躺在壁橱里。想起来就叫人伤心。

他身旁的地上撒满了纸片，因此有时他就屈身伏地而写。

此刻他记下：

我的生命并非痼疾，而是一个长期的康复过程。是自由主义中产阶级的修正本，是改良的幻影，是希望的毒药。

他突然想到了消化系统有抗毒能力的米特拉达悌①。企图暗害他的刺客不知底细，犯了错，只用了少量毒药，结果并没能毒死他，只把他弄得酩酊大醉。

一切皆有用。

他重又继续做着自我检讨。他承认自己本是个坏丈夫——两次婚姻都如此。他待第一个妻子戴西很糟糕，第二个妻子马德琳则要把他搞垮。对儿女，他虽然不乏慈爱，但仍是个坏父亲。对父母，他是个忘恩负义的儿子。对国家，是个漠不关心的公民。对兄弟姐妹，虽然亲爱，但平时很少往来。对朋友，自高自大。对爱情，十分疏懒。论聪明才智，自己愚昧迟钝。对权力，毫无兴趣。对自己的灵魂，不敢正视。

他对于自己能够毫不含糊地、实事求是地进行严格的自我批判，感到十分得意，于是

① 米特拉达悌，即米特拉达悌六世（约前132—前63），本都王国国王，相传他常服少量毒药以增加抗毒能力。

就反举双手，双腿一伸，在沙发上伸了个懒腰。

尽管如此，我们每个人不是仍有不少迷人之处吗？

爸爸，一个可怜人，他的笑貌能把小鸟引下枝头，能把鳄鱼引出泥淖。马德琳则不但风姿迷人，而且容貌漂亮，才智超群。她的情夫瓦伦丁·格斯贝奇，虽然粗眉大眼，心狠手毒，但依然不失其迷人之处。他下巴宽大，长满一头火红的铜色鬈发（他用不着头皮专家），装着一条木头假腿，走起路来一高一低，煞是优美，宛如一名在威尼斯运河上撑平底船的船夫。赫索格自己的迷人之处也着实不少。只是他的性功能被马德琳搞垮了。连吸引女人的能力都已消失，还有什么希望恢复正常？正是在这一方面，他感到自己几乎像个尚未康复的病人。

在性生活这种玩意儿上争高比低，实在无聊。

几年前，由于遇上了马德琳，赫索格替自己的生命史写下了新的一页。马德琳是他从教会里抢出来的——他们认识时，她刚皈依了宗教。为了讨取新婚妻子的欢心，他辞去了一份极为体面的教职，并且动用从他迷人的父亲那儿继承来的两万元遗产，在马萨诸塞州的路德村买了一幢很大的旧房子。在这环境幽静的伯克夏附近，他还有朋友（瓦伦丁·格斯贝奇夫妇），按理说，在这儿他本当可以安下心来，写出他论浪漫主义社会思潮的第二卷的。

赫索格离开学术界，并非因为他在那儿混得不如意。恰恰相反，他的声誉极好，他的论文颇有影响，已译成法文和德文。他早年那本出版时不大为人注意的书，现在已在多处列入必读书目，受到年轻一代史学家的推崇，认为它是新史学的楷模，是“一部使我们深感兴趣的历史”。那就是说，这是一本入世的、根据古为今用的观点来考察过去的史书。和戴西结婚后，他一直过着虽属平凡，但极其体面、安定的助理教授生活。他的第一本书，通过客观的研究，阐明了基督教和浪漫主义的关系。在第二本书中，他显得倔强了，野心稍露，立论也较以前大胆。平心而论，他性格上实在有着许多百折不挠的地方。他意志坚强，能言善辩，对历史哲学特别爱好。娶了马德琳，辞了教职（因为她认为他应该如此），隐居路德村后，他对威胁凶险、极端主义，对异端邪说，对酷刑苛判也表现出极大的兴趣和才华，“破坏之城”对他特别有吸引力。他曾计划写一部如实总结二十世纪革命运动和群众动乱的历史巨著，观点和法国政治家托克威尔①大同小异，认为人人平等和民主进步不仅会普及全世界，而且还会永恒持久地发展。

但现在，在这个问题上，他不能再自欺欺人了。他对此开始大加怀疑。他的雄心壮志遭到了严重的挫折。黑格尔②给了他不少麻烦。早在十年前，他以为自己就已把黑格

① 托克威尔（1805—1859），法国政治家及作家。
② 黑格尔（1770—1831），德国哲学家，德国古典唯心主义的集大成者。

尔的协意和文明两个观念弄通了，但现在看来并没有搞对头。他越想越苦恼，越不耐烦，越生气，而就在这时候，他和妻子的关系也非常奇怪地有了变化。马德琳对现状已感到不满。起初，她不想她的丈夫一辈子做个平平凡凡的教书匠，要他辞职，可是乡居一年后，她改变主意了。她认为自己年轻美貌，聪明能干，而且生气勃勃，善于交际，绝不该在伯克夏这样的穷乡僻壤埋没掉。她决定要读完她的斯拉夫语研究生课程。于是，赫索格便给芝加哥写了谋职的信。他还得给瓦伦丁·格斯贝奇找个工作。瓦伦丁原是个电台广播员，曾在皮茨菲尔德城电台播放唱片音乐节目。马德琳说了，你不能让瓦伦丁和菲比这样的人孤零零地留在这令人伤心的乡下啊。赫索格之所以决定去芝加哥，是因为他是在那儿长大的，人头熟。果然，他在市区大学找到了教职，瓦伦丁也在闹市区一家调频电台谋到了一份教育指导员的差使。在路德村的房子——用老头子千辛万苦挣得的两万块钱买来的房子——连同图书、英国的骨灰瓷器和新置的家具等，都一并封了起来，丢给蜘蛛、鼹鼠和田鼠去享用了！

赫索格一家就这样搬到中西部来了。但在芝加哥住了大约一年后，马德琳觉得实在合不来，要求离婚。赫索格不得不同意。他能有什么办法呢？这件事使他深感痛苦。他爱妻子，更舍不得和小女儿分开。但马德琳坚决不愿再和他保持这种婚姻关系，他只得尊重她的愿望。奴隶制早已消亡了。

这第二次的离婚，给赫索格的打击实在太大，他感到自己快要垮了。平日给他们夫妇看病的芝加哥精神病专家埃德维医生，也认为可能他还是去外地走一走的好。于是，他和市区大学校长商量，说一待精神有好转，就回来任教。然后便带着向哥哥瑞拉借来的钱，到欧洲去了。并不是每一个有精神病危险的人都花得起钱去欧洲休养的。大多数人不得不继续工作，每天上班，每天依旧乘地铁。要不就喝喝酒，到电影院干坐着活受罪。赫索格应该感到心满意足了。一个人除非死于横祸，总有一些事值得庆幸的。事实上，赫索格心里的确很感激。

他在欧洲也不全闲着。他代表纳拉甘塞基金会在那儿作文化访问，并在哥本哈根、华沙、克拉科夫、柏林、贝尔格莱德、伊斯坦布尔和耶路撒冷作公开演讲。可是第二年三月回到芝加哥时，他的健康状况比十一月去时还要坏。因此他对校长说，他也许还是待在纽约的好。回到芝加哥后，他并没有去看马德琳。由于他的举止怪僻，她认为对她的威胁太大，因此事先就通过格斯贝奇警告过他，叫他不要走近哈珀街的房子，因为警察已存有他的照片，要是发现他到那个街区，就会逮捕他。

赫索格一向不工于心计，所以直到现在他才看清，马德琳为了要摆脱他，事先做了多么周全的准备。在赶走他之前六个星期，她要他以两百元一月的租金，在游艺场附近租了一幢房子。搬进去后，他搭了书架，清理了庭园，修好了汽车房的门，还装了防风窗。仅在她提出离婚前一个星期，她还帮他洗烫了衣服。可是就在他离家那天，她就把他的这些衣服扔进一只纸板箱，然后砰的一声把它丢进地下室的阶梯。她需要让壁橱腾出更多的地方放东西。诸如此类的事发生不少，是悲，是喜，还是残忍凶狠，那完全是见仁见智的问题了。婚后直到最后一天，赫索格和马德琳之间的关系都是相当严肃的。也就是说，双方都能尊重对方的不同意见、性格爱好和提出的问题，并能协商解决。就拿她向他提出离婚这件事来做例子吧。她态度端庄，语气温柔，这是她擅长的一套。她说她已把这件事从各个角度考虑过了，结果不得不承认失败。他们已没法再很好地相处下去。最后她还承认自己也有某些不是之处。当然，赫索格对此不是毫无思想准备，可是他原来还以为他们的关系正在改善哩。

这一切都发生在一个秋高气爽的日子里。他正在后院安装防风窗。院子里的番茄已经受过入秋以来的第一次霜冻。青草长得又软又密，每当深秋早晨，上面挂着根根蛛丝，煞是好看。露水已浓，久久凝而不散。番茄藤已变黑，颗颗鲜红的番茄裂纹绽开。

他看到马德琳出现在楼上的后窗，她正在侍候女儿琼妮睡觉。随后，他听到浴室里的水声。不久，就从厨房门口传来她喊他的声音。湖面吹来一阵风，使赫索格手上的那块窗玻璃也抖索了一下。他小心翼翼地把它靠在走廊的墙上，脱下帆布手套，但没有摘去头上的贝雷帽，好像预感到自己马上要外出旅行似的。

马德琳的父亲是个著名的剧团经纪人（有时被誉为美国的斯坦尼斯拉夫斯基①）。虽然马德琳恨透了他，但她的这一套本领，想是和那位老人的职业一脉相承的。今天这场面，她就是凭着自己那演剧天才，准备多时才粉墨登场。且看她脚穿长筒黑袜和高跟鞋，衣服的料子是中美洲来的淡紫色印度织锦缎，配上猫眼石耳环，戴着手镯，洒了香水；头发也是新做的，宽大的眼皮上涂着浅蓝色眼膏。她的眼睛是蓝的，可惜色泽被那经常变色的眼白给大大冲淡了。她的鼻子自眉间而下，挺直修长，在情绪特别激动时会微微抽动。但在赫索格看来，就连这一毛病也是可贵的。他对马德琳的爱已近乎把他给征服。她生性专横，他既爱她，自然只好逆来顺受了。就在那凌乱不堪的客厅里，两个素以自我为中心的人面临摊牌阶段——赫索格现在是身在纽约，躺在沙发上追忆这些往事——她的那个“自我”胜券在握（她为这一重大时刻筹划在先，渴望已久，眼看就要如愿以偿，给予狠狠一击），赫索格的“自我”泄了气，完全处于被动地位。要说他将要受苦受难，那是活该。他恶贯满盈，罪有应得。就是这么回事。

在靠窗的玻璃架上，摆着各种供装饰用的小玻璃瓶。有威尼斯的，有瑞典的。这些摆设是屋子里原来就有的。这时阳光照在它们上面，映出彩霞万道。赫索格看着那波光，那彩线，那光怪陆离、纵横交错的道道霞光，尤其是映在马德琳身后墙上的那一抹耀眼的白光。只听见她说道：“我们没法再共同生活下去了。”

她的演讲词长达数分钟，措词优美，显见久经排练，而他，看来好像也对这场演出的开幕等待多时了。

他们的婚姻不可能再继续下去。她从未爱过他。马德琳这样对他说。“我不得不对你直说，我从未爱过你，这是痛苦的。而且，我以后也绝不会爱你。”她说，“因此，我们继续这样相处下去是毫无意义的。”

赫索格说：“可是，马德琳，我确实是爱你的啊！”

他这么一说，马德琳顿有所悟，优越感上升，渐见喜形于色。她变得神采奕奕，容光

---

① 斯坦尼斯拉夫斯基（1863—1938），苏联戏剧家，一八八八年起领导莫斯科艺术文学协会，一八九八年和聂米罗维奇-丹钦科共同创办和领导莫斯科艺术剧院，直到逝世。

焕发，她的眉毛，她那拜占庭式的鼻子，上下抽动，真是眉飞色舞。红晕从她的前胸、咽喉一直泛上双颊，越来越浓，那对蓝蓝的眸子，显得更美了。她欣喜若狂，如醉如痴。赫索格突然想到，这是她把他打得如此惨败，她的虚荣心得到如此充分满足后，把她风发的意气横溢到她的才智中去了。他认识到，他这是在目睹她生命中最辉煌的一刻。

“你应该继续保留着这种感情。”她说，“我相信你说的是真心话。你确实是爱我的。但我想你应该明白，承认这次婚姻的失败，对我自己来说，也是很丢脸的。我把我的一切都贴进去啦，我已经被这件事搞垮了。”

搞垮了？她还从来没有这么高兴过哩。看她那样子，真算得上一位演员，只是激情更露而已。

赫索格虽然脸色苍白，心情痛苦，但身体仍然结实，此刻他正躺在沙发上回忆往事，时值纽约的春日黄昏，城市春意盎然，可以嗅到河水的气息。落日的余晖中惹人注目地点缀着新泽西的阵阵煤烟。身犹硬朗的赫索格（他的健康实在是一种奇迹，他尽量要使自己生病却生不起来）正在闭门思过。他在想，如果当时我不是那样洗耳恭听马德琳的那套教诲，而是朝她脸上狠狠掴上几个耳光，事情会怎么样呢？或者干脆把她一拳打翻在地，抓住她的头发，拖得她尖声直叫，在房间里打滚，然后用鞭子把她的屁股抽得皮破血流。如果他真的那样揍了她，现在会是怎样呢？他真该撕破她的衣服，扯下她的项链，在她脑袋上饱以老拳。他叹了口气，制止了自己的这种精神暴力。他生怕自己暗地里真的信奉上这种残暴行径了。但假如他当时对她说要她离开呢？房子毕竟是他的呀！要是她没法和他生活在一起，干吗不是她离开呢？怕人说闲话？用不着被几句闲话吓跑。这种做法可能有点荒唐，甚至会招来痛苦。但丑闻闲话对社会终究还是一种贡献。只可惜当时在那间摆着闪光瓶子的客厅里，他从未想到自己应该坚持立场，据理力争。他那时也许仍然希望以他的品格、他的温顺来感动她，使她回心转意。他毕竟是摩西——摩西·埃尔凯纳·赫索格——一个好人，又是马德琳的特别恩人。他为她做了一切——一切！

“这一决定你和埃德维医生谈过吗？”他问，“他怎么说？”

“他怎么说和我有什么关系？他不能代我出主意。他只能帮我了解……我倒是去看了个律师。”她说。

“哪个律师？”

“桑多·希梅斯坦。他不是你的好朋友吗？他说了，在你还没有安排好以前，你可以住在他那里。”

谈话到此结束。赫索格回到后院刚才装防风窗的绿荫丛中的阴湿处——也回到了他那隐蔽的个性世界。他是个做事不依绳法的人，思考问题时习惯胡乱地先在无关紧要的地方兜圈子，然后才抓重点。他常常指望用一种逗乐似的策略，在出其不意中把问题的要点抓住。但是这一次，他却拿着那块临风作响的玻璃，茫然地站在番茄藤中间，一筹莫展。用破布条扎在桩柱上的番茄藤，由于遭受霜冻，都萎靡不振地垂着头，但它们那股气味仍然浓郁异常。他继续安装防风窗，他不能让自己感到已经垮了。他担心的是，一旦自己再不能借怪僻来逃避现实时，不知如何去应付最后可能不得不面对的内心深处这份受创的感情。

他瘫卧在沙发上,双臂随意地搁在头上,双腿伸直(卧姿不比黑猩猩好看),双眼比平时更见明亮,以一种超然物外的心情,看着他在花园内种植的花草。那情形,仿佛用颠倒过来的望远镜在看一个细小而清晰的图像。

> 这个多灾多难的滑稽角色。

因而,有两点得说明:他自己也知道他的涂鸦式的笔记和与人通信的方式是怎样荒谬绝伦,可是这并非出于自愿。是他的怪僻控制着他。

> 在我身上有个人附着。我处处受他操纵。我一提到他时,我感到他就在我脑袋里猛敲猛打,要我守规矩。他总有一天会把我毁了的。
>
> 据报道,他写道,有几队苏联宇航员失踪了;我们得假定,他们已裂成碎片。有人听到其中一人发出的呼救讯号——国际通用呼救讯号。苏联当局对此却未予证实。
>
> 亲爱的妈妈,说到我为什么这么久没去你坟上看你……
>
> 亲爱的旺达,亲爱的津卡,亲爱的莉比,亲爱的雷蒙娜,亲爱的园子,我现在山穷水尽,极需援助。我怕我真要垮了。亲爱的埃德维医生,事实是我想疯都疯不起来。我根本不知道究竟为什么要给你写信。亲爱的总统先生,税务局的规章条例很快要把我们美国人全都训练成会计师了。每个公民的生命正在变成一笔生意。在我看来,这是历史上对人的生命的意义最坏的解释。人的生命不是生意。

该怎么署名呢?赫索格想。一个愤慨的公民?愤慨很伤元气,人们应该把它保存着,留待遇到更大的不平时再用。

宋兆霖 译

1977

获奖作家

维森特·阿莱克桑德雷

传略

一九二七年五月间，为纪念夸饰主义诗人贡戈拉逝世三百周年，一批西班牙年轻诗人聚会，研讨诗歌创作，主张突破传统模式，倡导诗歌创新，因此被称为“二七年代”诗人。在这一诗群中，占有重要地位的是维森特·阿莱克桑德雷。

维森特·阿莱克桑德雷(Vicente Aleixandre，1898—1984)，一八九八年四月二十六日生于西班牙南部安达卢西亚地区塞维利亚城一个铁路工程师的家庭，但他的童年是在南方的滨海城市马拉加度过的。十一岁时，他随家人迁居到首都马德里。除外出旅行和到乡间养病外，他在这儿度过了自己的一生。一九一三年，维森特·阿莱克桑德雷进大学学习法律和商业，毕业后当过律师，一度在一家工业公司任职。可是两年后，他得了一场重病，不得不放弃工作，在乡间养病。结果这次患病竟成了他走上文学道路的契机，由于体力上不能再承受繁重的工作，他决定从事文学创作。

一九二八年，维森特·阿莱克桑德雷出版了自己的第一部诗集《轮廓》。它汇集了诗人一九二四年至一九二七年创作的诗作，共七章三十五首。诗集的题材颇为广泛，有对自然美景的赞美，如《泉水》《光芒》《风》，有对童年的怀念，如《童年》，也有对青春的颂扬，如《青春》《情人》。这些诗虽然语言朴素，形象简单，但寓意深刻，耐人寻味。

此后，他相继出版了散文诗集《大地之恋》(1929)，诗集《如唇之剑》(1931)、《毁灭或爱情》(1933)、《天堂的影子》(1944)、《独处的世界》(1950)和《最后的诞生》(1953)等。其中《毁灭或爱情》于一九三三年获西班牙国家文学奖。从此，他便在西班牙诗歌界有了稳固的地位，一九四四年还当选为西班牙皇家学院院士。

一九二八年《轮廓》的出版标志着维森特·阿莱克桑德雷的诗歌创作进入第一阶

段。在这一时期,诗人在作品中主要表现了人与宇宙万物的统一关系。其中《寂静》《生命》《给一位故去女郎的歌》《相爱》《火》等诗作都是其中的名篇。一九五三年问世的《最后的诞生》是这一阶段的最后一部作品。

从一九五四年问世的诗集《心的历史》开始,维森特·阿莱克桑德雷的创作进入了一个新的阶段。此后他又陆续出版了散文集《萍水相逢》(1958),诗集《毕加索》(1961)、《在一个辽阔的领域里》(1962)和《带名字的肖像》(1965)等。这一时期,诗人关注的重点已从自然景色、宇宙万物转向人类本身,触及现实生活和历史。诗歌的主题主要是表现人类的一致性,呼吁人与人之间应该通过爱来推进相互交流、相互团结,其中也反映出诗人对人生的眷恋和希望,平静中略带孤寂和悲凉。在这一时期的作品中,诗人已从注重诗韵格律转向自由体,采用了较为简洁和明朗的表达方式,着力于平静细致的心理阐释,语言也比较易懂,易于让读者获取诗人所要传达的信息。在诗集《带名字的肖像》里,诗人还以老练而传神的笔法对一些人物作了生动、形象的描述,风格诙谐、幽默。

一九六八年,诗集《终极的诗》问世,这标志着维森特·阿莱克桑德雷的创作进入了第三阶段。此后他又相继出版了诗集《海与夜的选集》(1971)和《认识对话》(1974)等。这些诗的主题是年近古稀的诗人对生活、岁月及死亡等观念的内省与沉思。这些诗形式生动、活泼,不受韵律或节奏的约束,在平实、冷静的对话中展示出人物的内心世界和人生态度,蕴含着深邃的哲理。

维森特·阿莱克桑德雷一生多病,他的作品不少都是在病榻上写成的,可是他勤奋笔耕五十余年,留下了二十余部诗集和散文集,成为西班牙当代最负盛名的诗人,为西班牙诗歌的发展做出了杰出的贡献。

一九七七年,由于"他那些具有创造性的诗作继承了西班牙抒情诗的传统并汲取了现代流派的风格,描述了人在宇宙和当今社会中的状况",维森特·阿莱克桑德雷获得了诺贝尔文学奖。

一九八四年十二月十三日,诗人在经受了疾病的长期折磨之后,在马德里逝世。

授奖词

今年的诺贝尔文学奖获得者是维森特·阿莱克桑德雷,他是个深奥的有一定争议的人物。有争议大概是由于不理解,因为甚至他的忠实崇拜者也对他的诗歌做出了并不相同的解释。未必有人能恰当地概括他的诗,其中的原因之一是,在维森特·阿莱克桑德雷登上文坛后的五十年中,他的创作似乎始终在前进。他有两部最出色的诗集,堪称是他的写作生涯的两个顶峰,它们分别出版于一九六八年(《终极的诗》)和一九七四年(《认识对话》)。

然而,有一点大家却是一致赞成的:维森特·阿莱克桑德雷在西班牙精神生活中的地位和重要性。他在文学史上属于二十世纪二十年代的流派,他们以无与伦比的广度和力量冲上了西班牙文坛。这个强劲有力的先锋派又称"七明星"。不妨说,没有一个人能用肉眼辨明这个明星群的确切数目,我们只不过俗称为"七明星"。他们的人数要多得多,在西班牙诗歌的天穹中,通常认为这些明星的数目是二十五个左右——一个抒情诗天才的光辉群体。在群星灿烂中亮得最耀眼、最长久的就是维森特·阿莱克桑德雷。

这一新流派与法国超现实主义的类似是惊人的。在西班牙,有些人只承认这种类似是明显的。他们有时不愿强调其共同之点,并且越来越坚决地断言它们的不一致。这种西班牙的独立声明是不无根据的。"第二黄金时代",这是"七明星"取得惊人突破的时代的另一名称,是直接和明确地针对"第一黄金时代",即西班牙延续百年之久的伟大时代——巴洛克时代的。当这些年轻的卫士团结起来进行他们伟大的战斗时,他们选择了庆祝贡戈拉逝世三百周年作为一面旗帜,贡戈拉是"精心培育风格"即"夸饰主义"的开创者,他开创了精巧而夸饰的贡戈拉主义并为它命了名。对西班牙巴洛克诗歌的出色模仿,此外还有乡土主题的民歌变化,是二十年代发生在比利牛斯山脉以南的这次文化复兴的特点,它们无可争辩地使这一复兴运动与那些在塞纳河畔发表的声明区别开来。

当这一代生气勃勃的诗人,以洛尔加为首,冲击西班牙诗坛时,维森特·阿莱克桑德雷也在用他的笔忙碌。当时他正在写关于西班牙铁路实行合理化的必要性以及有关抚恤和保险问题的文章,因为他在铁路部门供职。但是在一九二五年发生了一件决定他整个一生的事,并且至今依然如此。他患了重病,是肾结核。这在两个方面改变了他的生活。他不得不离开他的工作岗位,于是他走上了另一种不同的岗位:写诗的岗位。在纪念贡戈拉逝世三百周年活动时,他还没有出版他的第一本诗集,但是他已在明星群办的杂志上发表了诗作,已经是这个群体的一员了。他或许是最不关心那个"黄金世纪"的一个,在一定程度上也是最接近巴黎的新学说的一个。这也许就是他的一位诗友发表了一篇挑战性声明的背景吧,他说,西班牙的超现实主义给了法国的超现实主义所始终缺少的东西——一个伟大的诗人:维森特·阿莱克桑德雷。但是,他在这场文学新领域的论争之中从来都不是一个调停人。针对"自动文体"的基本信条,他反复重申他对"创造性意识"的信仰。他走他自己的路。

用极其简单的话来说,这是从广阔的想象力向现实主义靠拢之路。维森特·阿莱克桑德雷的一本重要诗集题为《毁灭或爱情》,从主题来说这个书名是意味深长的,某些研究维森特·阿莱克桑德雷的专家认为它意味着两者择一,这里不妨摘引克尔恺郭尔的话:没有爱情,留给我们的一切便是毁灭。但是,"或者"一词不仅能表示两种抉择的比较,而且可以是一个补充说明,那么这个书名说的就是:毁灭,或曰爱情。从整体上看这更符合作品的实际情况,符合这些诗以及后来写的诗旨在描绘的情景,符合维森特·阿莱克桑德雷以《轮廓》一书登上文坛后一直努力的目标。正如他自己所说的,"人是宇宙中的一个要素,在其生存中与宇宙并无不一之处。"爱情即是毁灭,但毁灭是爱情的结果或行动,是自我超越的结果或行动,是人生渴望被纳回世界秩序之中的结果或行动,作为一个生命他曾经被分离和逐出这个世界秩序之外。因此,他的死亡在一个有意义的生与一个无意义的死相会时并没有什么绝望。惟其有了死,生才获得其意义,才完满;正如他后期的一本诗集题为《最后的诞生》那样,这是最后的生。维森特·阿莱克桑德雷毫不犹豫地把他的想象力引向似非而是的极端:“人并不存在。”换句话说:只要他还活着,他就实际上并没有生。

但是从人是宇宙整体中的一个要素这个信念出发,必然产生出这一意识:我们在尘世的短暂生命也是相同的事态发展中的一个组成部分。是知识把维森特·阿莱克桑德雷带回到他所谓的“地球世界”,使他接二连三的作品贴近生活,具有一种他先前不具备或不企求的坦率和直截了当,并且使他的最后两部书——在这篇授奖词的开头已经提到——成了他迄今所有作品的高峰。在他攀登的道路上,他深知自己正奔向何处,他在《心的历史》中写了一首诗,诗题为“两个黑暗之间的一道闪光”。诗中有尘世,有人,而生命必然会证实如我们拥有的那么久长。不管是有意还是无意,我们时代的一位天才梦想家在这儿援引了另一位幻想家的话,解释这场游戏的含义:

> 我们是构成梦幻的材料,
> 我们的渺小生命以长眠结束。

维森特·阿莱克桑德雷对外也是走他自己的路。内战爆发时他经受了磨难,倾听着炸弹的爆炸声。洛尔加被害,其他诗人死在监牢中,当战争结束幸存者流亡国外时,当年的灿烂星群离散四方,他们不得不把这位病弱者留下。然而,维森特·阿莱克桑德雷在精神上经受住了那个政权的统治。他从来没有屈从于它。他继续从事写作,虽然虚弱却并未中断,因而成了西班牙精神生活中的力量集结点和力量源泉,使我们今天有幸来庆祝这件事。

瑞典学院深感遗憾,维森特·阿莱克桑德雷先生由于健康状况不佳今天未能到会。但是作为他的代表,我们迎来了他的朋友和年轻的同事优斯脱·乔治·帕德隆先生,我请您,帕德隆先生,向维森特·阿莱克桑德雷先生转达我们最热烈的祝贺,并从国王陛下手中接受授予他的诺贝尔文学奖。

瑞典学院常务秘书 卡尔·拉格纳·吉罗

裕康 译

青春

是充满了阳光的滞留
望着哪里？目光，
望着这洁白的墙壁，
希望的尽头。

墙壁、屋顶、地板：
时间的紫藤。
我的身躯缠绕其中
我的肉体、气质、生命。

总有一天要到尽头
多么神圣的
暴露！美妙
光明、欢快、快乐！

但是，眼睛总会
封闭。身躯也像
残垣断壁。失去了这片屋顶的遮掩，
星光也随之泯灭。

陈光孚 译

寂静

泪珠滚滚，花园并未湿润。
啊，鸟儿、歌儿、羽翅。
这蓝色的抒情之手未入梦境。
嘴唇——鸟儿般的尺寸。我不想听。
风景即是微笑。两腰相缠、爱情绵绵。
树林在暗处排解了呼喊。一片寂静。

就这样，我享受着雾气或坚实的白银，
在前额我吻到了孤寂的抒情水珠，
雪水，心房抑或骨灰匣，
吻的预言，啊，多么大的容量！
在那里我听而不闻
沙间的步履，在光明或黑暗上面彳亍的
　　脚步声。

陈光孚　译

无声无息

我不知道你是否了解我。
我比你想象的还要痛苦。
这支乐曲——听觉的福音；
不要打断我，没有爱情，我即死去。
我要活下去，你不要歌唱，我要像以前那样
　　活下去。
只需要一张安详的薄板床。
这样，人们才知道思想只是肉，
草皮上的一滴血。
你们不要声张，我并未被自己的阴暗面
　　所玷污。
一只船，我去了，再见，天空。
血凝成的冰，只有血来承载。
雪堆成的船，再见。旅行。消亡。

陈光孚　译

一瞬

望着我的眼神，它胜过声音。
听着我的痛苦，宛如一轮明月。
银块就这样围绕着你的嗓门
沉睡抑或悲痛
　　抑或无所察觉

抑或自我排解。
徒有其形。只有其声。噢,不要再说了,
我是它。
我是思绪,或是受抑制的夜。

在你的肉体下面有一场梦未能进行,
宛如獐子正在狂跑,突然停滞。

陈光孚　译

矿

住嘴,住嘴。我既不是海,也不是天空
更不是你生存的世界。
我是热,无名的热,在冷漠的岩石上
在被人压出印迹的沙子上前进。
当你们理解的时候,会猜想到,这
并不是铁。

我是地下的太阳,力图冲破土地
像一只孤独的手去启开牢笼
得意地呼啸着,把鸟儿惊跑。

我是紧握着的拳头,威胁着天空,
也是山峦的梦、无人搬动的沧海,
但一夜之间,却像轻盈的海水溜得
无影无踪。

我有鱼群的光泽,在水上佯作理想的渔网。
我是一面镜子,月亮颤抖地自顾倩影,
我是一种眼睛的光芒
当夜晚与云朵像手那样闭合,我便自熄。

那么,让我去吧,去理解铁即是生
命的保证,
铁即是光彩,这光彩来自本身

它不去依赖柔软的地质，死命地开掘。
让我也举起铁镐，劈开岩石
劈开它那尚未受过水的洗礼的脸庞。

这里，在岸边蓝色如此深沉宛如黑色，
当闪电、丧服或者镜子降临
让我去抹掉钢上的光泽，
愤怒，爱情或者死亡，将渗入这块矿石
这张嘴和牙齿将崩裂失去月色。

让我，是的，让我去挖掘，不停地挖掘，
一直挖到温暖的巢穴或柔软的羽毛，
一直挖到鸟群安睡的那块甜美、肉
　　般的地方。

这里也有白日的爱情，尽管在外面才有
　　太阳的普照。

陈光孚　译

生命

胸中只有纸做的鸟儿
它告诉我吻的时刻尚未到来；
活下去，活下去，太阳不知不觉地
　　在旋转，
吻或者鸟，迟来或者早到，也许永远不
　　能达到。
为了死亡，一点点回声便够了，
别人的心脏保持着缄默，
也许别人的膝盖会跪在地上，
是只金色的船儿贴近金色的头发。
痛苦的头，金色的鬓角，太阳正在西下；
这里，在阴暗中，梦到了一条河流，
绿色的灯芯草，刚诞生的血液，

这场梦全靠你的支撑,热情或者生命。

陈光孚　译

给一位故去女郎的歌

告诉我,告诉我你处女心田中的秘密,
告诉我你埋在地下的躯体的秘密,
我想知道你现在为什么化作一摊水,
在它清新的岸边,赤脚在用泡沫洗涤。

告诉我为什么在你飘逸的头发上,
在你所爱抚过的甜美的草丛上,
落着,滑动着,爱抚着,
一轮炽热或者安详的太阳
带着一只鸟儿或手儿宛如清风抚摸着你。

告诉我,为什么你的心像一片小小树林
在地下期待着不可能飞来的鸟禽,
整首的歌儿落在眼帘上
使梦魇掠过无声无息。

噢,你啊,为亡故或活着的躯体所
　　唱的歌儿,
献给了长眠于地下的美丽的人儿,
你歌颂石头的颜色,吻或嘴唇的颜色
你的歌声宛如沉睡或呼吸的螺钿。

你那纤腰,你那忧伤的窄窄的胸膛,
发儿飘散,任风吹扬
你那双眼睛游弋着沉静,
你那牙齿宛如珍藏的象牙
你那吹不动枯叶的呼吸……

噢,你啊,欢快的天空像浮云飘动;
噢,幸福的鸟儿在人的肩上畅笑,

清新的水柱喷出泉口，与月儿共舞；
柔软的草坪上，尊贵的脚儿踩过。

陈光孚　译

玫瑰

我知道，在这里，我的手中
有你，冷艳的玫瑰。
一丝微弱的阳光
照耀着你，你旋转
散发香气。从哪里
我方能描绘出你使我
惶惑的冷意？是否从
一个储藏美丽的神秘王国
在那里为了浸入整个天际
你散发着芬芳
只有你的气味弥漫，使人幸福
如同火焰，人们在贪婪地呼吸？
啊，在那里，天上的万物
被你熏得痴醉入迷！

但是，在这里，冷艳的玫瑰
你那么神秘，静止不动
纤细、苍白
被握在这只手中，还佯作
长在土地上的风韵。

陈光孚　译

火

所有的火都带有
激情。光芒却是孤独的！
你们看多么纯洁的火焰在升腾
直至舐到天空，

同时,所有的飞禽
为他而飞翔,不要烧焦了我们!
可是人呢?从不理会。
不受你的约束,
人啊,火就在这里。
光芒,光芒是无辜的。
人:从来还未曾诞生。

陈光孚　译

唱吧,鸟儿

鸟儿,你们那洁净的羽翅
拂不去我那痛苦的回忆。
嘴喙所倾诉的激情
是你们纯洁胸中模糊的心声!
为我而唱吧,闪光的鸟群
在炎热的森林中,你们制造着欢乐
你们把光明弄得熏醉
像舌尖一样舐向天空,使它热情地容纳你们。
为我而唱吧,鸟儿,你们每日都在诞生,
在你们的鸣叫声中表达了世界的天真。
唱吧,唱吧,把我的灵魂掳去飞升
永远也不要回到这个世间。

陈光孚　译

1978
获奖作家
辛格

传略

在当代美国文坛上，有一大批犹太裔的著名作家，如索尔·贝娄、艾·巴·辛格、诺曼·梅勒、伯纳德·马拉默德、J. D. 塞林格、艾伦·金斯伯格、约瑟夫·海勒、菲利普·罗思等，其中贝娄和辛格还获得了诺贝尔文学奖。但辛格的创作更富有犹太民族的色彩，他不仅一直坚持用意第绪语创作，而且在题材上着重描写十七世纪到二十世纪初的波兰犹太人生活。他是一位对一个古老的民族和一种行将消逝的语言特别关注的作家，因为他从中发现了现代人类的普遍处境。

艾萨克·巴什维斯·辛格(Issac Bashevis Singer，1904—1991)，一九〇四年七月十四日出生于当时被沙皇俄国占领的波兰莱昂辛地区，后随父母迁居到华沙附近的拉德捷敏。他的父亲和祖父都是犹太教的“拉比”，属于教规森严的哈西德教派。辛格从小受到正规的犹太教传统教育，学习过希伯来文和意第绪语，后来又进华沙的犹太神学院学习过一年。家庭的环境、宗教的教育以及在犹太人居住区的生活，使得他得以熟悉犹太教的法典和宗教仪式，熟悉犹太民族的风俗习惯和犹太人的性格特征。这一切都为他日后的创作生涯奠定了基础，既成了他创作时取之不尽的素材，也使他的作品有了与众不同的艺术特色。

十二岁时，辛格阅读了陀思妥耶夫斯基的《罪与罚》后，深受启发，决心要当一名作家。十五岁时，他开始用希伯来文写诗和短篇小说，后来又用意第绪语为波兰的犹太报刊撰稿，并出版了意第绪语的长篇小说《撒旦在戈雷》(1935)。一九三五年，他随哥哥伊斯雷尔·约瑟夫·辛格移居美国，在纽约为意第绪语报纸《犹太前进日报》写书评、散文和小说。他的作品大多先用意第绪语发表，然后再经他本人和译者合作译成英文发表或出版。一九四〇年,辛格和阿尔玛·哈曼结婚。一九四三年,他加入美国籍。辛格一生共创作了两百多篇短篇小说、十多部长篇小说,以及大量的散文、儿童故事、剧本和回忆录等。

辛格被称为当代最会讲故事的作家,人们普遍认为他的短篇小说最出色。他的两百多篇短篇小说分别被收录在《傻瓜吉姆佩尔》(1957)、《市场街的斯宾诺莎》(1961)、《短暂的星期五》(1964)、《短篇小说选》(1966)、《集会集》(1968)、《卡夫卡的朋友》(1970)、《羽毛的王冠》(1973)、《激情集》(1975)、《黄昏恋》(1979)、《辛格短篇小说集》(1982)、《意象集》(1985)及《马修拉之死》(1988)等短篇小说集中。

辛格短篇小说的内容一般可分成两类:一类是描写波兰和美国社会中犹太人的生活和悲惨遭遇。主人公多半是穷苦的小人物,一些善良质朴却受到伤害的男男女女,其中有流浪汉和穷学生,有小贩和店员,有孤独的老人和虔诚的傻子,也有沉湎于情欲的人和博学多才的学者。他们一般都心地单纯,秉性善良,但都被人看成傻瓜,横遭欺侮,常常受到命运的捉弄,不容于现实社会。他们虽备受痛苦,但又惯于自我解嘲。作者自称在这些故事里刻画的是一种"独特环境中的独特性格"。作者通常采用的是一种嘲讽的笔调,但其中流露出深深的同情。另一类是描写神鬼世界,写天堂和地狱,写上帝和撒旦,写妖魔和鬼怪,还写闹鬼的房子、死后的灵魂,等等。这些作品虽然描写的是超自然的力量和鬼怪,但在一定程度上反映了现实生活,而且往往带有宗教和道德寓意,作品中的上帝、撒旦、精灵、鬼怪,都是各自代表一种社会道德势力的艺术形象。作者试图通过这些故事来宣扬惩恶扬善、劝人行善的主题。在这些短篇小说中,评论界一般认为最优秀的是《傻瓜吉姆佩尔》和《市场街的斯宾诺莎》。前者曾由索尔·贝娄译成英文。

辛格的长篇小说主要写的是犹太人的历史和当代犹太人的生活。他的长篇小说有《莫斯卡特一家》(1950)、《撒旦在戈雷》(英文版,1955)、《卢布林的魔术师》(1960)、《奴隶》(1962)、《庄园》(1967)、《产业》(1970)、《仇敌,一个爱情故事》(1972)、《肖莎》(1978)、《忏悔者》(1983)、《原野王》(1988)和《浮渣》(1991)等。评论界普遍认为《卢布林的魔术师》是辛格长篇小说的代表作。通过这部作品,作者意在揭示情欲对人的命运的影响,并要求人们恢复在现代文明社会中被抛弃了的信仰,从而从现实的罪孽中解脱出来。

在创作方法上,辛格既继承了欧美现实主义和浪漫主义的传统,又从古老的希伯来文学中吸取了许多有益的养料,再加上他熟知犹太人的命运、才智、心态、风俗习惯和教仪教典,从而形成了自己独特的风格。他坚持认为,小说必须有情节,有生动的有头有尾的故事,而故事就是有悬念的情节,因为生活中也是充满悬念的。辛格的想象丰富动人,文笔清晰简练,语言幽默生动。特别是他用一种即将消亡的语言来保存东欧的犹太传统,从而拯救了一种古老的文明,同时也丰富了当代世界文学的宝库,这不能不说是这位作家的巨大贡献。

辛格曾两次获美国国家图书奖,多次获美国其他文学奖。一九七八年,由于"他的充满激情的叙事艺术，这种艺术既扎根于波兰犹太人的文化传统，又反映了人类的普遍处境”，辛格获得了诺贝尔文学奖。

辛格于一九九一年七月二十四日去世，享年八十七岁。

授奖词

“天地把存在过的一切都消灭殆尽，化为尘埃。唯有那些清醒时做梦的梦想家，透过稀疏的网唤回昔日的幻影。”艾萨克·巴什维斯·辛格的短篇小说集《市场街的斯宾诺莎》(1961)中的这几句话，对作家本人及其叙述艺术作了极好的说明。

辛格出生于波兰东部地区的一座小城镇或者小村庄，第一次世界大战期间在华沙贫困拥挤的犹太居民区长大成人。他父亲是哈希德虔信派①的一位拉比，一位为形形色色的人排忧解难的精神导师。他们讲意第绪语——一种普通人和母亲们的语言，其渊源可以追溯至中世纪，在该民族流落海外的漫漫时光中融合了好几种文化。这就是辛格的语言。这种语言经历了漫长的艰难历程，是一座储藏了童话、逸事、智慧、迷信和往昔数百年记忆的宝库。哈希德虔信派信奉的是一种十分大众化的犹太神秘主义。它循规蹈矩，拘谨而褊狭，但同时又趋向狂热，具有救世主般的魅力和幻觉。

这是一个东欧犹太民族的世界——既富有又贫困，充满异族风情，但是在奇特的外表后面又具备所有人类共有的经历。这个世界现在已经被蹂躏波兰犹太人和其他民族的最最惨烈的灾难夷为废墟。它已被消灭殆尽，化作尘埃。可是它却活在辛格的作品里，活在他醒着的梦中，他异常清醒的梦中，博大而充满并不伤感的同情。幻想和经验改变形式。辛格的灵感所拥有的召唤的力量影响了现实，现实被梦境和想象升华到了超自然的境界，在那种境界里，一切都有可能，一切都没把握。

辛格于第二次世界大战期间在华沙开始其写作生涯，接触到现世环境和冲击其成长背景的波澜起伏的社会和文化洪流——这同时也是一场较量。传统与变革的碰撞，一边是来世和虔诚的神秘主义，另一边是自由思想、怀疑和虚无主义，这是辛格的短篇故事和长篇小说的基本主题。除此之外还有辛格的家族编年史——五十年代和六十年代创作的小说《莫斯卡特一家》《庄园》和《产业》。这些影响深远的史诗性作品叙述了古老的犹太家庭如何被新时代所瓦解，如何被人为地分化。作家无穷的想象力和洞察力创造了一个小天地和一群栩栩如生的人物形象。

不过辛格最早的小说作品并非鸿篇巨制，而是短篇故事和小说。小说《撒旦在戈雷》出版于一九三五年，正值纳粹猖獗，而作家本人即将移居美国之际，他尔后一直在美国生活创作到如今。它涉及了辛格经常以不同方式探讨的主题——虚假的弥赛亚②，他

① 虔信派，十七世纪德国路德教的一个宗教派别。

② 弥赛亚，犹太教中的救世主。

的诱惑伎俩和成功,民众围绕他的歇斯底里,他的塌陷以及幻觉在贫困中消失,或者被新幻觉代替,或者在苦行和净化中荡然无存。《撒旦在戈雷》发生于十七世纪哥萨克铁蹄的残酷蹂躏和大批犹太人被屠杀之后。那本书预言了我们这个时代所发生的事情。那些人并非全都邪恶,也不是全都善良——他们被自身也无法控制的那些东西,被环境的力量和自己的激情所支配和困扰。

这是典型的辛格对人性的看法——力量和富有变幻的创见,具有毁灭性但同时又令人激情洋溢的情感潜能,还有变化万端的荒唐财富。激情可以有万千种类型——通常是性,但也有疯狂的渴望和梦幻,虚幻的恐惧,欲望或权力的诱惑和悲苦的噩梦。甚至连厌倦也能成为一种动荡不定的情感,如同悲喜剧恶棍小说《卢布林的魔术师》(1961)中的主角,那位犹太堂璜和流氓最后以成为苦行者或圣徒而告终。与这本书相映成趣的是《奴隶》(1962),书中终生不渝的爱情成为一种负担,虽然纯情却具有蒙骗性,尽管甜蜜而圣洁,却埋下了羞愧和欺瞒的种子。圣徒和流氓其实是近亲。

辛格也许在短篇小说中显示出自己是一位炉火纯青的故事叙说家和文体家,光是英文译本的集子就有十几本。在这些奇特的故事中,妖魔鬼怪和幽灵,以及各种来源于犹太大众信仰宝库或他自己想象的地狱或超自然的力量,成了激情和癫狂的化身。这些鬼怪不仅仅是栩栩如生的文学形象,而且也是实实在在的力量。在辛格的作品当中,中世纪似乎又重新获得了生命,平庸与奇迹并存,现实和梦幻共生,昔日的血在今日流动。这就是辛格的叙事艺术大获成功之处,给人以一种深刻的阅读经历,难过但又不乏刺激和教诲。他的许多角色以无可非议的资格步入了文学的伟人祠,那里生活着神话般的人物和永恒的伙伴,悲惨而奇异的,有趣而动人的,命定而美妙的——各种既欣悦又痛苦、既卑劣又崇高的人。

瑞典学院常务秘书 拉尔斯·吉伦斯坦

黑鸟 译

作品

傻瓜吉姆佩尔

一

我是傻瓜吉姆佩尔。我不认为自己是个傻瓜。恰恰相反。可是人家叫我傻瓜。我在学校里的时候,他们就给我起了这个绰号。我一共有七个绰号:低能儿、蠢驴、亚麻头、呆子、苦人儿、笨蛋和傻瓜。最后一个绰号就固定了。我究竟傻些什么呢?我容易受骗。他们说:"吉姆佩尔,你知道拉比的老婆养孩子了吗?"于是我就逃了一次学。唉,原来是说谎。我怎么会知道呢？她肚子也没有大。可是我从来没有注意过她的肚子。我真的是那么傻吗？这帮人又是笑，又是叫，又是顿脚又是跳舞，唱起晚安的祈祷文来。一个女人分娩的时候，他们不给我葡萄干，而在我手里塞满了羊粪。我不是弱者。要是我打人一拳，就会把他打到克拉科夫去。不过我生性的确不爱揍人。我暗自想：算了吧。于是他们就捉弄我。

我从学校回家，听到一只狗在叫，我不怕狗，当然我从来不想去惊动它们。也许其中有一只疯狗，如果它咬了你，那么世上无论哪个鞑靼人都帮不了你的忙。所以，我溜之大吉。接着我回头四顾，看见整个市场的人都在哈哈大笑。根本没有狗，而是小偷沃尔夫-莱布。我怎么知道这就是他呢？他的声音像一只嚎叫的母狗。

当那些搞恶作剧和捉弄人的人发觉我易于受骗的时候，他们每个人都想在我身上试试他的运气。“吉姆佩尔，沙皇快要到弗拉姆波尔来了；吉姆佩尔，月亮掉到托尔平去了；吉姆佩尔，小霍台尔·弗比斯在澡堂后面找到了一个宝藏。”我像一个机器人一样相信每一个人。第一，凡事都有可能，正如《先人的智慧》里所写的一样，可我已经忘记书上是怎样说的。第二，全镇的人都对我这样，使我不得不相信！如果我敢说一句“嘿，你们在骗我！”那就麻烦了。人们全都会勃然大怒。“你这是什么意思？你要把大家都看作是说谎的？”我怎么办呢？我相信他们说的话，我希望至少这样对他们有点好处。

我是一个孤儿。抚养我长大的祖父眼看快要入土了。因此他们把我交给了一个面包师傅，我在那儿过的是什么日子啊！每一个来烤一炉烙饼的女人或姑娘都至少要耍弄我一次。“吉姆佩尔，天上有一个市集；吉姆佩尔，拉比在第七个月养了一头小牛；吉姆佩尔，一头母牛飞上屋顶，下了许多铜蛋。”一个犹太教学堂的学生有一次来买面包，他说：“吉姆佩尔，当你用你那面包师傅的铲子在刮锅的时候，救世主来了。死人已经站起来了。”“你在说什么？”我说，“我可没有听见谁在吹羊角！”他说：“你是聋子吗？”于是大家都叫起来：“我们听到的，我们听到的！”接着蜡烛工人里兹进来，用她嘶哑的嗓门喊道：“吉姆佩尔，你的父母已经从坟墓里站起来了。他们在找你。”

说真的，我十分明白，这类事一件都没有发生，但是，在人们谈论的时候，我仍然匆匆穿上羊毛背心出去。也许发生了什么事情。我去看看会有什么损失呢？唔，大伙儿都笑坏了！于是我发誓不再相信什么了，但是这也不行。他们把我搞糊涂了，因此我连粗细大小都分不清了。

我到拉比那儿去请教。他说：“圣书上写着，做一生傻瓜也比作恶一小时强。你不是傻瓜。他们是傻瓜。因为使他的邻人感到羞辱的人，自己要失去天堂。”然而拉比家的女儿叫我上当。当我离开拉比的圣坛时，她说：“你已经吻过墙壁了吗？”我说：“没有，做什么？”她回答道：“这是规矩；以后你每次来都必须吻墙壁。”好吧，这似乎也没有什么害处。于是她突然大笑起来，这个恶作剧很高明，她骗得很成功，不错。

我要离开这儿到另外一个城市去。可是这时候，大家都忙于给我做媒，跟在我后面，几乎把我外套的下摆都要撕下来了。他们盯住我谈呀谈的，把口水都溅到我的耳朵上。

女方不是一个贞洁的姑娘,可是他们告诉我她是一个纯洁的处女。她走路有点一瘸一拐,他们说这是因为她怕羞,故意这样的。她有一个私生子,他们告诉我,这孩子是她的小弟弟。我叫道:"你们是在浪费时间,我永远不会娶那个婊子。"但是他们义愤填膺地说:"你这算是什么谈话态度!难道你自己不害羞吗?我们可以把你带到拉比那里去,你败坏她的名声,你得罚款。"于是我看出来,我已经不能轻易摆脱他们。我想他们决心要把我当作他们的笑柄。不过结了婚,丈夫就是主人,如果这样对她说来是很好的话,那么在我也是愉快的。再说,你不可能毫无损伤地过一生,这种事想也不必想。

我向她那间建筑在沙地上的泥房子走去,那一帮人又是叫,又是唱,都跟在我后面。他们的举动像要狗熊的。到了井边,他们一齐停下来了,他们怕跟埃尔卡打交道。她的嘴像装在铰链上一样,能说会道,词锋犀利。我走进屋子,一条条绳子从这面墙拉到那面墙,绳子上晾着衣服。她赤脚站在木盆旁边,在洗衣服,她穿着一件破破烂烂的旧长毛绒长袍。她的头发编成辫子,交叉别在头顶上。她头发上的臭气几乎熏得我气也喘不过来。

显然她知道我是谁,她朝我看了一下,说:"瞧,谁来啦!他来啦,这个讨厌鬼,坐吧。"

我把一切都告诉她了,什么也没有否认。"把真情实话告诉我吧,"我说,"你真的是一个处女,那个调皮的耶契尔的确是你的小兄弟吗?不要骗我,因为我是个孤儿。"

"我自己也是个孤儿,"她回答,"谁要是想捉弄你,谁的鼻子尖就会弄歪。他们别想占我的便宜。我要一笔五十盾的嫁妆,另外还要他们给我募一笔款子。否则,让他们来吻我的那个玩意儿。"她倒是非常坦率。我说:"出嫁妆的是新娘,不是新郎。"于是她说:"别跟我讨价还价,干脆说'行',或者'不行'——否则你哪里来就回哪里去。"

我想:用"这个"面团是烤不出面包来的。不过我们的市镇不是穷地方。人们件件答应,准备婚礼。碰巧当时痢疾流行。结婚的仪式在公墓大门口举行,在小小的洗尸房的旁边。人们都喝醉了。当签订婚书的时候,最高贵、虔诚的拉比问:"新娘是个寡妇还是离婚的女人?"会堂执事的老婆代她回答:"既是寡妇又是离婚了的。"这对我是个倒霉的时刻。可是我怎么办呢,难道从婚礼的华盖之下逃走吗?

唱啊,跳啊,有一个老太太在我对面紧抱着一只奶油白面包。喜事的主持人唱了一出《仁慈的上帝》以纪念新娘的双亲。男学生们像在圣殿节①一样扔刺果。在致贺词之后有大批礼物:一块擀面板、一只揉面槽、一个水桶、扫帚、汤勺以及许多家用什物。后来我一眼看见两个魁梧的青年抬着一张儿童床进来。"我们要这干吗?"我问。于是他们说道:"你别为这个伤脑筋了。这东西很好,迟早要用的。"我认识到我是在受人欺骗。然而,从另一方面看来,我损失点什么呢?我沉思着:且看它结果如何吧。整个市镇不可能全都发狂。

---

① 圣殿节,在阿甫月(犹太历十一月)九日,纪念古代耶路撒冷圣殿的毁灭。

二

晚上我到我妻子睡的地方,可是她不让我进去。"哟,得了,要是这样,他们干吗让我们结婚呢?"我说。于是她说:"我月经来了。""可是昨天他们还带你去行婚前沐浴仪式,那么月经是以后来的咯,是这样吗?""今天不是昨天,"她说,"昨天也不是今天。如果你不高兴,你可以滚。"总而言之,我等着。

过了不到四个月,她要养孩子了。镇上的人都捂住嘴窃笑。可是我怎么办?她痛得不能忍受,乱抓墙壁。"吉姆佩尔,"她叫道,"我要死了,饶恕我!"屋子里挤满女人。一锅锅开水。尖叫声直冲云霄。

到会堂里去背赞美诗,这就是我做的事。

镇上的人喜欢我这样做,那很好。我站在一个角落里念赞美诗和祈祷文,他们对着我摇头。"祈祷,祈祷!"他们告诉我,"祈祷文永远不会使任何女人怀孕的。"一个教徒在我嘴里放一根稻草,说:"干草是给母牛的。"另外还有些类似的事情。上帝做证!

她养了一个男孩,星期五,在会堂里,会堂执事站在经书柜前面,敲着读经台,宣布道:"富裕的吉姆佩尔先生为了庆祝他养了个儿子,邀请全体教友赴宴。"整个教堂响起一片笑声,我的脸上像发烧一样。可是我当时毫无办法。归根到底,我是要负责为孩子举行割礼仪式的。

半个镇上的人奔跑而来,挤得你别想另外再插进一个人来。女人拿着加过胡椒粉的鹰嘴豆,从菜馆里买来一桶啤酒。我像任何人一样吃啊,喝啊,他们全都祝贺我。然后举行割礼,我用我父亲的名字给孩子取名,愿我父亲安息。大家都走了以后,只剩下我和我老婆两人。她从帐子里伸出头来,叫我过去。

"吉姆佩尔,"她说,"你为什么一声不响?你丢钱了?"

"我还能说什么呢?"我回答,"你对我干的好事!如果我的母亲知道这件事,她会再死一次。"

她说:"你疯了,还是怎么的?"

我说:"你怎么能这样愚弄一家之主?"

"你怎么啦?"她说,"你脑子里想到什么啦?"

我看我得公开地、直截了当地说出来。"你以为这是对待一个孤儿的办法吗?"我说,"你养了一个私生子。"

她回答:"把你这种愚蠢的想法从头脑里赶出去吧。这个孩子是你的。"

"他怎么可能是我的呢?"我争辩说,"他是结婚后才十七个星期就养下来的。"

她告诉我孩子是早产的。我说:"他是不是产得太早了?"她说,她曾经有一个祖母,怀孕也是这么些时间,她类似她的这位祖母,好像这一滴水同那一滴水一样。她对此起的誓赌的咒,如果一个农民在市集上这样做了,你也会相信他的。坦白地说句老实话,我不相信她。不过第二天我跟校长说起这件事,他告诉我,亚当和夏娃也发生过一模一样的事情。他们两个人睡到床上去,等到他们下床时,已经是四个人了。

“世上的女人没有一个不是夏娃的孙女。”他说。

这就是事情的原本始末。他们证明我愚蠢。但是谁真正知道这些事情的缘由呢?

我开始忘记我的烦恼。我着迷地爱这个孩子,他也喜欢我。他一看见我就挥动他的小手,要我把他抱起来。如果他肚子痛,我是唯一能使他平静下来的人。我给他买了一个小小的骨环①和一顶涂金的小帽子。他总是受到某个人的毒眼②,于是我就得赶快去为他求取一张符箓,给他祛邪。我像一头牛一样做工。你知道家里有个婴儿要增加多少开支啊。关于这个婴儿的事我不想说谎。我也没有为此而厌恶埃尔卡。她对我又发誓又诅咒,我没有对她感到腻烦。她有何等的力量!她只要看你一眼,就能夺去你说话的能力。还有她的演说!油嘴滑舌,出口伤人,不知怎么的还充满了魅力。我喜欢她的每一句话,纵然她的话刺得我遍体鳞伤。

晚上我带给她我亲自烤的一只白面包,还有一只黑面包以及几只罂粟籽面包卷。为了她,每一样能抓到手的东西我都要偷,都要扒:杏仁饼、葡萄干、杏仁、蛋糕。我希望我能得到饶恕,因为我从罐子里偷了安息日的食物,那是妇女们拿到面包铺的炉灶里来烤热的。我还偷肉片,一大块布丁,一只鸡腿或鸡头,一片牛肚,凡是我能很快地夹起来的我都偷。她吃了,变得又胖又漂亮。

整个星期我都得离家住在面包房里。每逢星期五晚上,我回家来,她总要找一点借口,不是说胃痛,就是说肋痛,或者打嗝儿,或者头痛。你也知道这些女人的借口到底是怎么回事。我有一段痛苦的经验。真叫人受不了。再说,她的那个小兄弟——私生子,渐渐长大了。他打得我一块块肿起来,等到我要还手打他时,她就开口了,狠狠地咒骂,使我只觉得一阵绿雾在我眼前飘荡。一天有十来次,她以离婚来威胁我。换一个人处在我的地位就要不告而别,不再回家。但是我是忍受这种处境而一声不吭的人。一个人要干点什么?肩膀是上帝造的,负担也是上帝给的。

有一天晚上,面包铺发生了一桩灾难。炉灶炸了,我们铺子里几乎起火。大家没事可干,只得回家。于是我也回家了。我想,让我也尝尝不是在安息日前夜躺在床上的乐趣。我不想惊醒睡熟了的小东西,踮着脚走进屋子。到了里面,我听到的似乎不是一个人的鼾声,而仿佛是两个人在打鼾,一种是相当微弱的鼾声,而另一种仿佛是快要宰的公牛的鼾声。唉,我讨厌这种鼾声!我讨厌透了。我走到床边,事情忽然变得不妙了。埃尔卡身旁躺着一个男人模样的人。另外一个人处在我的地位就要嚷叫起来,喧闹声足够把全镇的人都吵醒。可是我想到了,那样会把孩子惊醒。我想,像这样一点点小事情为什么要使一只小燕子受惊呢。那么,好吧,我就回到面包房去,躺在一只面粉袋上。一直到早晨不曾闭眼。我直打哆嗦,好像患了疟疾。“我蠢驴当够了,”我对自己说,“吉姆佩尔不会终生做一个笨蛋的。即使像吉姆佩尔这样的傻瓜,他的愚蠢也有个限度。”

---

① 骨环,是给婴儿长牙齿时咬嚼的。
② 按照迷信说法,有一种毒眼能使人遭殃。

早晨,我到拉比那里去求教。这事在镇上引起很大的骚乱。他们立刻派会堂执事去找埃尔卡。她来了,带着孩子。你猜她怎么样?她不承认这件事,什么都不承认,语气硬得像骨头和石头!“他神经错乱了,”她说,“我是不懂梦里的事情的,不懂见神见鬼的。”他们对她叫嚷,警告她,拍桌子,她却开她的炮:“这是诬告。”她说。

屠夫和马贩子站在她一边。屠宰场的小伙子走过来对我说:“我们一直在注意你,你是一个可疑的人。”这时候孩子把屎拉在身上了。拉比的圣坛①那儿有约柜,那是不准亵渎的,因此他们把埃尔卡送走了。

我问拉比说:“我该怎么办?”

“你得立刻跟她离婚。”他说。

“如果她不答应怎么办?”我问。

他说:“你务必和她离婚,这就是你必须做的一切。”

我说:“呃,好吧,拉比,让我考虑考虑。”

“没有什么要考虑的,”他说,“你不能再和她同住一间房子。”

“如果我要去看孩子呢?”我问。

“别管她,这个婊子,”他说,“别管那一窝跟她在一起的杂种。”

他作的决定是我连她的门槛都不可跨进去——在我这一生中永远不能再进去。

白天我还不感到怎么烦恼。我想该发生的事情必定要发生,疮必定要出脓。可是到了晚上,当我躺在面粉袋上的时候,我觉得这一切太伤心了。我难以抑制地渴念着她,渴念着孩子,我需要的是发怒,可是那恰恰是我的不幸,我不能使这件事在我心里产生真正的愤怒。首先——我就是这样想的——谁也免不了有时候会犯错误。在你的生活中不可能没有错误。大概和她在一起的那个小伙子引诱她,送她礼物,等等。而女人是头发长见识短的,所以他哄得她同意了。不过后来她既然否认这件事,也许我看到的只是一些幻象。幻觉是有的。明明看见一个人影,或者一个侏儒,或者什么东西,但是等你走近了,却没有了,什么东西也没有。要是真的这样,我对她太不公正了。当我想到这里,我就开始哭了。我啜泣着,眼泪流湿了我睡的面粉袋。早晨我到拉比那里去,告诉他我弄错了。拉比用羽毛笔写下来,他说,如果事情是这样,他必须重新审理整个案子。在他结案之前,我不能去接近我的老婆,但是我可以请人给她送面包和钱去。

三

九个月过去了,所有的拉比才达成协议。信件来来往往。我没有想到,关于这样一件事情,需要那么多的学问。

在这期间,埃尔卡另外还养了一个孩子,这次是一个女孩。安息日我到会堂里祈求

① 圣坛,是会堂里信徒座位前的地方。拉比就在那里主持宗教仪式。

上帝赐福给她。他们叫我走到《摩西五书》①跟前,我给这孩子取了我岳母的名字——愿她安息。镇上那些爱开玩笑的人和多嘴的人,到面包房来臭骂了一顿。由于我有了烦恼和悲伤,全弗拉姆波尔镇的人都兴高采烈。但是我决心永远相信人家对我说的话。不相信又有什么好处?今天你不相信你的老婆,明天你就会不相信上帝。

我们铺子里有一个学徒是她的邻居,我请他每天带给她一个面包或者玉米面包,或者一块蛋糕,或者一些圆面包或者烤面包圈,只要有机会,就给她一块布丁、一片蜜糕,或者是结婚用的果子卷——凡是我能搞到的就给。学徒是一个好心的小伙子,有好几次他自己加上一些东西。他过去惹我生很大的气,拉我的鼻子,戳我的肋骨,但是他到我家里去了以后,他变得又和气又友好了。"好啊,吉姆佩尔,"他对我说,"你有一个非常体面的娇小的老婆,还有两个漂亮的孩子。你不配跟他们在一起。"

"可是人家说她有一些事儿呢。"我说。

"哦,他们就是喜欢多嘴多舌,"他说,"他们除了胡说八道就没有别的事可干了,你别去理它,就像别理上一个冬天有多冷一样。"

有一天,拉比派人来叫我去,他说:"吉姆佩尔,关于你老婆的事情,你肯定是你搞错了?"

我说:"我肯定。"

"哦,不过你要注意!你是亲眼看见的。"

"一定是个影子。"我说。

"什么影子?"

"我想,就是一根横梁的影子。"

"那么你可以回家了。你得谢谢扬诺弗拉比,他在迈莫尼迪兹②著作中找到了对你有利的冷僻的资料。"

我抓住拉比的手,吻它。

我要立刻跑回家去。和老婆孩子分离了这样长一段时间可不是一件小事情。后来我考虑:现在我还是先回去工作,到晚上再回家。我对什么人也不说,然而在我心里却把这一天当作一个节日。女人们照例地取笑我,挖苦我,她们每天都是如此的。可是我心里想:你们这些饶舌的人,尽管去胡说吧。已经真相大白了,就像油浮在水面上。迈莫尼迪兹说过这是对的,那么这就是对的了!

晚上,我盖好面团让它发酵,带着我那一份面包和一小袋面粉,就向家里走去。月亮很圆,群星闪烁,不知道什么事使人感到毛骨悚然。我急急向前走着,在我前面有一道长长的影子。这是冬天,刚刚下过雪。我想唱支歌,但是时间已经晚了,我不想惊醒居民们。于是我想吹口哨。不过我记起一句老话:你在晚上不要吹口哨,它会把精灵引出来。因此我悄悄地尽快走着。

---

① 《摩西五书》,即《圣经·旧约》开头五卷《创世记》《出埃及记》《利未记》《民数记》和《申命记》。
② 迈莫尼迪兹(1135—1204),犹太血统的西班牙人,拉比、医生、哲学家。

当我走过那些基督徒的院子时，里面的狗对我吠了起来。但是我想：你们叫吧，叫掉你们的牙！你们算什么东西，不过是狗！而我是一个人，一个漂亮妻子的丈夫，两个有出息的孩子的父亲。

当我走近我老婆的房子时，我的心开始剧烈地跳动，好像一个犯罪的人的心一样。我不怕什么，可是我的心却怦怦地跳着！跳着！嘿，不能往回走。我悄悄地抬起门闩，走进屋去。埃尔卡睡得很熟。我瞧着婴儿的摇篮，百叶窗关着，但是月光从裂缝里穿进来。我看见新生婴儿的脸，我一看到她，立即就爱上她，她身上的每一部分我都爱。

随后我走近床边，我看到的还是睡在埃尔卡旁边的学徒。月光一下子没有了。房间里一片漆黑。我哆嗦着，我的牙齿直打战。面包从我手中落下来，我的老婆醒了，问："是谁呀？"

我喃喃地说："是我。"

"吉姆佩尔？"她问，"你怎么会在这儿的？我想你是被禁止到这儿来的。"

"拉比说过了。"我回答，像发烧一样抖着。

"听我说，吉姆佩尔，"她说，"出去到羊棚里看看羊好不好，它恐怕是病了。"我忘记说了，我们是有一只山羊。当我听说山羊有病时，我就走到院子里，这只母山羊是一只很好的小动物。我对它几乎有一种对人的感情。我犹豫地举步走到羊棚前，打开小门，山羊四脚直立在那里。我把它浑身摸遍了，拉拉它的角，检查了它的乳房，没有找到任何毛病，它大概是树皮吃得太多了。"晚安，小山羊，"我说，"保重。"这个小小的牲畜用一声"咩"来回答，仿佛感谢我的好意。

我回到房里，学徒已经不见了。

"小伙子在哪儿？"我问。

"什么小伙子？"我老婆回答。

"你是什么意思？"我说，"学徒，刚才你和他睡在一起的。"

"今天晚上、昨天晚上我都梦见过精灵，"她说，"他们会显灵，把你杀死，连肉体带灵魂！一个恶鬼附在你身上了，使你眼花缭乱。"她叫道，"你这个讨厌的畜生！你这个白痴！你这个幽魂！你这个野人！滚出去，否则我要把全弗拉姆波尔镇上的人都从床上叫起来！"

我还没有移动一步，她的弟弟就从炉灶后面跳出来，在我后脑上打一拳。我以为他已经把我的脖子打断了。我觉得我身上有个地方被打坏了，于是我说："不要吵架。这样吵会让人家怪我把幽魂和鬼都引来了。"她就是要达到这个目的。"没有人愿意再碰我烘的面包了。"

总之，我好歹使她安静下来了。

"好吧，"她说，"够了。你躺下来，让车轮把你碾碎吧。"

第二天早晨，我把学徒叫到一边。"你听我说，小兄弟！"我说。我把他的事情揭穿。"你说什么？"他两眼盯着我，好像我是从屋顶或者什么东西上掉下来似的。

“我发誓，”他说，“你最好还是去找个草药医生或者找个巫医。我怕你脑子出毛病了，不过我给你瞒着。”事情就这样过去了。

长话短说，我和我老婆过了二十年，她给我养了六个孩子，四女两男。各种各样的事情都发生过，但是我既没有听到过，也没有看见过。我相信她，这就完啦。拉比最近对我说：“信仰本身是有益的，书上写着，好人靠信念生活。”

我老婆突然生病了。开始时是一个小东西，乳房上有一个小肿瘤。但是显然她是注定活不长的，她没有寿命。我在她身上花了很大一笔钱。我忘记说了，这时候，我自己开了一家面包房。在弗拉姆波尔镇上也算是个富翁了。巫医每天来，邻近地区所有的女巫医也都请来过。他们决定用水蛭吸血，随后试用拔火罐。他们甚至从卢布林请了一个医生来，但是已经太晚了。在她死以前，她把我叫到她床边，说：“饶恕我，吉姆佩尔。”

我说：“有什么要饶恕的？你是一个忠诚的好妻子。”

“唉，吉姆佩尔！”她说，“想到所有这些年来，我是怎样欺骗你的，我感到自己是多么丑啊。我要干干净净去见我的上帝，因此我必须告诉你这些孩子都不是你的。”

她的话使我迷惑不解，不亚于挨了当头一棒。

“他们是哪个的呢？”我问。

“我不知道，”她说，“我有一大批……不过孩子，都不是你的。”她说时，她的头往旁边一倒，她的眼睛失去神采，埃尔卡就此结束生命。在她变白了的嘴唇上留着一丝微笑。

我想，她虽然死了，仿佛还在说：“我欺骗了吉姆佩尔，这就是我短短一生的意义。”

四

埃尔卡的丧事完毕以后，一天晚上，当我躺在面粉袋上做梦的时候，恶魔自己来了，对我说：“吉姆佩尔，你为什么醒了？”

我说：“我该做什么呢？吃肉包子吗？”

“全世界都欺骗你，”他说，“所以你应该欺骗全世界了。”

“我怎么能欺骗全世界呢？”我问他。

他回答：“你可以每天积一桶尿，晚上把它倒在面团里，让弗拉姆波尔的圣人们吃些脏东西。”

“将来的世界要审判我怎么办呢？”我说。

“没有将来的世界，”他说，“他们用花言巧语来欺骗你，说得你相信你自己肚子里有一只猫。尽是胡说八道！”

“那么，好吧，”我说，“不是还有一个上帝吗？”

他回答：“根本没有上帝。”

“那么，”我说，“那儿是什么呢？”

“黏糊糊的泥沼。”

他站在我的眼前，长着山羊胡子和角，长长的牙齿，还有一条尾巴。我听了这些话，要去抓他的尾巴,但是我从面粉袋上摔下来,几乎摔断肋骨。现在我得对造化的召唤做出答复,我走过去,看见发好的面粉团,它似乎在对我说:"干吧!"简单地说,我让自己被魔鬼引诱了。

黎明时,学徒进来。我们做面包,撒上香菜籽,放到炉灶上烘。于是学徒走了,我留着,坐在炉灶前小沟内的一堆破布上。好啦,吉姆佩尔,我想,对于他们加在你身上的全部羞辱,你已经报了仇。外面浓霜闪烁,然而在炉灶旁是温暖的,熊熊的火焰使我的脸感到热乎乎的。我垂着头,打起瞌睡来。

忽然我在梦中看见埃尔卡,她穿着尸衣。她叫我:"你干了什么,吉姆佩尔?"

我对她说:"这都是你的过错!"接着就哭起来。

"你这傻瓜!"她说,"你这傻瓜!因为我弄虚作假,难道所有的东西也都是假的吗?我从来骗不了什么人,只骗了自己。我为此付出了一切代价,吉姆佩尔。他们在这儿什么都不会饶恕你的。"我瞧着她的脸,她的脸是黑的;我一吓,就醒了,依然默默地坐着。我意识到一切都处于成败关头。眼前踏错一步,我就会失去永久的生命。但是上帝保佑我。我抓起一柄长铲,把面包从炉灶里取了出来,拿到院子里,开始在冰冻的土地上掘一个洞。

当我正在掘洞的时候,我的学徒转来了。"你在干什么,老板?"他问,脸色变得灰白,像一具死尸。

"我的事,我自己知道。"我说,我当着他的面,把面包全部埋掉。

然后我回到家里,从隐藏的地方取出我的积蓄,分给我的孩子们。"我今天晚上见到你们妈,"我说,"她变黑了,可怜的家伙。"

他们惊讶得说不出一句话来。

"好吧,"我说,"忘记一个叫吉姆佩尔的人曾经存在过。"我披上我的短大衣,穿上靴子,一只手拿着装祈祷披巾的袋子,一只手拿着我的手杖,吻了一下门柱圣卷①。人们在街上看见我时,感到万分诧异。

"你要去哪里?"他们问。

我回答道:"去见见世面。"我就这样离开了弗拉姆波尔。

我漫游各地,好人没有一个不理我。过了好多年,我老了,白发苍苍;我听到了大量的故事、许多谎言和弄虚作假的事情,但是随着年岁的增长,我越来越懂得实际上是没有谎言的。现实中没有的事情晚上会在梦中遇见。这个人遇到的事,也许另一个人不会遇到;今天不遇到,也许明天遇到;如果来年不遇到,也许过了一个世纪会遇到。这有什么区别呢?我常常听到一些故事,我会说:"这种事情是不会发生的。"然而不到一年,我会听到那种事情竟然在某处发生。

从这个地方到那个地方,在陌生的桌子上吃饭,我常常讲些永远不会发生、不可信的

---

① 门柱圣卷,一块长方形的小羊皮卷,一面记有《圣经·旧约·申命记》第九章四至九节和第十一章十三至二十一节,另一面写着上帝名字,纸卷盛在小匣内,挂于门柱上,作为一种避祸的辟邪物。犹太教徒进出大门时,用右手手指按一按圣卷,然后吻一吻手指。

故事:关于魔鬼、魔术师、风车之类。孩子们跟在我后面,叫道:“爷爷,给我们讲个故事。”有时他们指名要我讲一些故事,我尽可能使他们满意。一个胖小子有一次对我说:“这就是你以前对我们讲过的故事。”这个小淘气,他说得对。

梦里的事情也是跟以前一样的。我离开弗拉姆波尔已经好多年了。但是我一闭上眼睛,我就到了那儿。你想我看见谁了?埃尔卡。她站在洗衣盆旁边,像我们初次见面时一样,但是她容光焕发,她那双眼睛像圣徒的眼睛一样神采奕奕。她对我说些稀奇古怪的话,讲些奇怪的事情。我一醒过来,就完全忘记了。但是只要梦不断做下去,我就感到安慰,她回答我全部疑问,她的话结果都是对的。我哭着恳求她:“让我和你在一起。”她安慰我,告诉我要忍耐。这日子不会太远了。有时她抚摩我,吻我,贴着我的脸哭泣。当我醒来时,我还感觉到她的嘴唇,尝到她的眼泪的咸味。

毫无疑问,这世界完全是一个幻想的世界,但是它同真实世界只有咫尺之遥。我躺在我的茅屋里,门口有块搬运尸体的木板。掘墓的犹太人已经准备好铲子。坟墓在等待我,蛆虫肚子饿了;寿衣已准备好了——我放在讨饭袋里,带在身边。另一个要饭的等着继承我的草垫。时间一到,我就会高高兴兴地动身。这将会变成现实,那儿没有任何纠纷,没有嘲弄,没有欺骗。赞美上帝:在那儿,连吉姆佩尔都不会受欺骗。

万紫　译

1979
获奖作家
埃利蒂斯

传略

二十世纪三十年代,希腊文学史上出现了新的复兴,形成著名的“三十年代”繁荣,促成这一繁荣的是一九六三年诺贝尔文学奖获得者、希腊著名诗人乔治·塞菲里斯。而继“三十年代”繁荣之后开启希腊文学历史新篇章的,则为另一位获得诺贝尔文学奖的诗人埃利蒂斯。瑞典学院之所以给他授奖是因为“他的诗以希腊为背景,用感觉的敏锐和理智的力量描写了现代人为自由和创新而奋斗”。

奥迪赛乌斯·埃利蒂斯(Odysseùs Elytis,1911—1996),一九一一年十一月二日出生于希腊克里特岛的伊拉克利翁城,父亲是一位著名的实业家。一九一四年,埃利蒂斯随全家迁居雅典,并在那儿读完中学。早在中学时期,他就对诗歌发生兴趣,十八岁时偶尔读到法国诗人艾吕雅的一本诗集,开始受到法国超现实主义的影响。一九三〇年,他进雅典大学法律系,后到巴黎攻读文学。一九三四年开始诗歌创作,翌年,在希腊革新派主办的《新文学》杂志上发表处女作,并日渐成为希腊新诗派的代表。一九三七年,他入陆军学校,退役后专心从事诗歌创作和翻译。一九四〇年,他的第一部诗集《方向》问世,从此奠定了他在诗坛上的地位,同时也标志着以塞菲里斯为代表的“三十年代”繁荣的结束,希腊的现代文学进入了一个新的历史阶段。

诗集《方向》几乎收录了诗人从一九三五年到一九三九年创作的全部早期诗作,其中包括《爱琴海》《礁石的玛丽娜》《姑娘们践踏着几个……》《日子正当少年》和《疯狂的石榴树》等名篇。他的这些艺术魅力独特的诗篇,既是“希腊传统元素”和“我们时代心理”的艺术再现,也明显带有超现实主义玄奥深邃、诡秘奇特的绚丽色彩。诗集以爱琴海这个希腊的“冷隽而辉煌的神秘之珠”为中心,揭示了诗人认为真正代表希腊的物质和精神的最高“本质”,表现了他试图借助超现实主义的手法来打破古典理性主义的束缚,抒写希腊“真实面目”的文学追求,他由此赢得了“爱琴海歌手”的美名。

第二次世界大战爆发后,墨索里尼的军队入侵希腊,埃利蒂斯于一九四〇年再次入伍,以陆军中尉身份参加在阿尔巴尼亚的反法西斯战争。一九四三年,他出版了第二部诗集《初升的太阳》。这部诗集在继续吟咏爱琴风物的同时,特别歌颂了作为希腊传统中万物之神的太阳,如《畅饮科林思的阳光》《在小晒场上》《光辉的日子》《日子正当少年》《我不再认识夜》《逆流而进》以及《膝头受伤的孩子》等名篇。诗人自称喜爱谈论“形而上的太阳”,认为“希腊语这一魔术工具与太阳保持着一种现实或象征的关系”,又说太阳是“构成诗细胞的核心”。他通过对太阳的描写来阐明自然界和人类社会的一切都可以在永恒和光明中得到解释,只有在光明中才能揭示事物的本质,因为光明具有无限的穿透力。显然,诗人所歌颂的“形而上的太阳”其实就是象征着人类最高理想的“真理”。由于埃利蒂斯对太阳有着这种深切的内心感受,因而又被誉为“饮日诗人”。

一九四五年,他的长诗《英雄挽歌——献给在阿尔巴尼亚战役中牺牲的陆军少尉》问世。这首长达三百多行的抒情诗,从战火在“太阳最早居留的地方”点燃写起,以复活节的钟声在获得解放的国土上回荡结束,全诗描述了一位青年军官平凡而短暂的一生,既写了他在前线英勇战斗、壮烈殉国的情景,也写了战友、人民及故国风物对他的悼念和哀思。它虽然充满悲剧气氛,但格调雄壮、意境深远,达到了哀而不伤的崇高境界,表现了诗人用非现实主义手法和独特的内心感受表现战争主题的才华。

一九五九年,在连续十四年没有发表诗作后,埃利蒂斯出版了长篇组诗《理所当然》,并获得国家诗歌奖,还因此被授予凤凰勋章。该组诗全长约一千五百行,诗人试图将自己对客观世界的感觉与有关祖国及人类命运的见解,将热烈激越的诗情与严肃深邃的哲理,将现代手法与传统形式全都结合起来,通过诗人意识的产生和成长,来“显示人类从起源到现今的缩影”。组诗以希腊正教礼仪为模式,从对圣母的赞美诗的首句“理所当然应该赞美你”获得诗题,并由《创世颂》《受难颂》和《光荣颂》三部分组成,分别反映基督降生、受难、死亡、复活和永生的过程。事实上,诗人诉说的苦难是他的民族、人民以及他们所代表的人类的苦难,诗人所歌颂的是他们的战斗、新生和对未来的希望。这部作品以其深厚的民族感情、缜密严谨的结构、恢弘广博的内容,博得诗歌界的推崇,但某些诗章由于诗法过于新颖怪诞而显得扑朔迷离,作者的诗思和遐想令读者难以追踪。

一九六〇年,诗集《对天七叹》出版。一九六七年,希腊发生军事政变,诗人移居巴黎,从事拼贴艺术,直到一九七一年才又发表诗作。主要的有诗集《统治者太阳神》(1971)、《光明树和第十四个美人》(1971)、《继嗣》(1974)、《同胞》(1977),组诗《玛丽亚·尼菲利》等。

一九九六年三月十八日,埃利蒂斯在雅典去世。

授奖词

本年度诺贝尔文学奖获得者的同胞乔治·塞菲里斯一九六三年到这里来领受同样的奖金时,他在飞机场献给瑞典学院当时的秘书和那年冬天的行政长官每人一束风信子,作为向他们各自的夫人致意的礼品。那些花是他亲自从雅典东边数英里的海米图斯山顶上采来的,那儿阿芙罗狄蒂拥有她的神奇的泉水,而且自古以来盛开着风信子,使整个山区一片芳馨。

此时我们不由得想起了那个插曲,因为我们十分欣喜在这里欢迎奥迪赛乌斯·埃利蒂斯,这位在青年时期即以诗集《风信子合奏曲》获得名声的希腊作家。他在那个集子里对他的亲爱者叫道:“把风信子的光辉带在身边,将它浸在白日的泉水中吧。”并且向她保证,“当太阳使水珠、不朽的风信子和静穆在你身上溜滚,当你在太阳中发光时,我将宣告你才是唯一的实体。”

但今天还有一个更直接的理由令人想起在飞机场冷冷的雨雪中那种豪迈的气派。塞菲里斯给我们的那束风信子一点也不像我们通常看到的那一种。它们虽然是新采来的,却不仅象征着采集者所在的阳光灿烂的南方与我们冰天雪地的北方之间气候的差别。如果《风信子合奏曲》的作者奥迪赛乌斯·埃利蒂斯也曾希望用这种花作为环境与感觉之间的一个类比(这环境与感觉是他的文化观的一个主要部分),他就会说我们的盆栽是西欧将他的国家的某种野生物合理化了,从而得到了它的持久的美。对于这种美他已经奉献了自己所写的大部分作品,其中一个反复出现的主题,便是流行于西欧的对构成那个特殊的观念世界的全部事物的误解,而他是这个世界的合法继承人。

他已经在以批判的观点看待我们对于希腊的过分唯理主义的印象,他凭自己对于西欧诗歌、艺术和思想方法的熟悉,把这个印象追溯到文艺复兴时期的古代理想。这看来是自相矛盾的——一种他自己指出过的自相矛盾——因为正是这个因其呆板的唯理主义而被他打上烙印的西欧,突然给了埃利蒂斯以刺激,使他解放了自己的写作:超现实主义,它不能说是在夸大理性。

这种自相矛盾如果并不怎么明显,至少也不完全是罕见的。超现实主义像丰富生活中的一种反叛情绪,突破了僵化形态的坚固渠道。在法国之外,诗歌也被一个自称“帕纳索斯派”的流派所支配,尽管它连帕纳索斯山脚也从来没有到过,要是我们同意埃利蒂斯对于希腊今昔的看法的话。然而也是在那个时代的希腊帕纳索斯山上,坐着那些同样的退化鉴定家,他们以华而不实的辞藻宣布他们的悲观主义信念,说在这个世界上除了他们能够完全表达自己的这种想法之外一切都毫无价值。如果这样一种气氛也可以称为有迷惑力,超现实主义就是作为一种解放、一种宗教的复活而来的,即使那些遍地得救者的迹象只不过是用舌头说话而已。

但是一种艺术形式返老还童时所发生的最好事情往往不是由于有个明确的计划,而是由于一种未曾预见到的交叉。对于希腊诗歌来说,与超现实主义相接触意味着一次繁荣,它使得我们可以称过去五十年为希腊的第二个黄金时代。在那众多的创造了这个伟大时代的杰出诗人中,无人能让我们比在埃利蒂斯身上更清楚地看到这个有力的交叉多么重要:那就是划时代的现代主义与祖传的神话之间的激动人心的遇合。

要简短地介绍一位不易了解的诗人,便应当首先建立他与这两种成分,即超现实主义和神话的关系。这并不像看起来那么容易。我们可以引用他自己的话。他一方面说:"我把超现实主义看作这个垂死的、至少在欧洲是垂死的世界上最后可用的氧气。"另一方面他又明确地表示:"我从来不是个超现实主义流派的门徒。"他的确不是。埃利蒂斯同这个流派的基本诗作,同它的以滔滔不绝的偶然联想进行的自动写作法不会有任何关系。他在诗歌表现手法上的探索引导他走向超现实主义的反面。即使它那些尚未证明过的组合词的肆意展现使他自己的写作法获得了解放,但他也仍然是个严格讲究形式的人,一个用心创作的大师。

请读读被许多人认为是他的最有代表性的作品《理所当然》吧。它以精心的结构和庄严的辞藻使每个字都各得其所。或者举他的设计精巧的爱情诗《花押字》为例,它在我们所知的文学作品中是少有匹敌的。这篇诗由七首短歌组成,每首的行数是七或七的倍数,即七—二十一—三十五,直到当中达到高潮的一首四十九行,然后反过来以同样的级差递减,即三十五—二十一直到最后一首七行的短歌,与开头的一首相同。这样的结构当然用不着读者去多费心思,我们也不必数这些台阶,但它确有自己的美。可是,带有这种像一个欧几里得线形图结构的诗,并不是在模仿超现实主义的自动写作法。

埃利蒂斯同另一种成分即希腊神话的关系,也要求我们加以说明。我们看惯了那些业已熔毁并被改铸成当代西欧模式的希腊神话。我们有了一个拉辛笔下的安提戈涅,一个阿努伊笔下的安提戈涅,而且今后还会有。在埃利蒂斯看来这样处理是可厌的,是唯理主义者将野花改成了盆栽。他自己就没有写布勒东笔下的安提戈涅。他从不模仿神话,而且攻击他的那些模仿的同胞。在这个观念世界他也有他的一份责任,尽管他的作品不是出于希腊历史上古代故事的复述,而是重新采用那种制造神话的方法。

他看着他的有着光荣传统的希腊;它的群山,那些以其高峰的名字使我们想起人类精神是多么崇高的群山;它的水域爱琴海,埃利蒂斯的家乡,它几千年来将珍宝冲上陆地,让西方得以收集起来引以为自豪。在他看来,这个希腊仍是一个活生生的始终在起作用的神话,而他正如古代的神话作者那样描写它,将它人格化;赋予它以人的形态。这给他的想象带来了感觉的亲切性,而作为他的诗的信条的神话,也从那些在迷人的风景中嬉游的美丽青年男女身上找到了化身,他们热爱生活并相互爱恋,在炫目的阳光下和在波涛翻卷的海滩上。

我们不妨把这种态度称为乐观的理想化,而且,尽管它那么具体,也可以说是离开眼前现实的一种飞翔。埃利蒂斯的十分严肃的语言经常在努力摆脱琐屑的日常生活。这种理想化可以说明,为什么他的诗既能使读者神往又能引起他们的批判性思索。埃利蒂斯本人详细表明了他对事物所持的观点。他说,希腊语作为一种语言不适于对生活进行悲观主义的描写,而且它没有可以用来写诅咒性诗歌的措词。对于西欧人来说,凡神秘主义都是与黑暗和夜晚相连的,而对于希腊人则光明才是伟大的神秘,每个光辉的白天都是它反复出现的奇迹。太阳、大海和爱,便是纯化一切的基本要素。

那些至今认为真正的诗必须反映它的时代和一种政治主张的人,可以引用他写那位在阿尔巴尼亚战役中牺牲的陆军少尉的精心之作。埃利蒂斯本人也是一位少尉,而且恰巧是最先实施总动员密令的两位军官之一。他在前线参加了抵抗墨索里尼优势进攻的激烈而残酷的战斗。他为哀悼那位体现着希腊迄未完成的生存斗争的阵亡战友而写的诗篇,比起那种习惯于空喊文学任务的人的作品,有着更为真实而惨痛得多的意义。

埃利蒂斯从自己参加战斗的经验中得出的结论却完全是另一种性质。他说诗人并不一定要表现他的时代。他也可以公开英勇地反抗。他的职业不是要逐条记下我们日常生活中的社会和政治状况,以及个人的伤心事。相反,他走的是"从现实向可能"伸展的道路。因此,埃利蒂斯的诗本质上并不如我们看来那么条理清晰,而是在一个背景的衬托下对现时进行透视,从中获得光明。他的神话扎根于作为诗人摇篮的爱琴海边,但神话本身却是关于人类的;它不是从那个已经消逝的时代,而是从一个永远无法实现的黄金时代汲取养料。你说这是乐观主义或是悲观主义都毫无意义。因为,如果我对他了解得正确的话,只有我们的未来才值得记在心头,只有那永远得不到的东西才值得为之奋斗。

瑞典学院常务秘书 卡尔·拉格纳·吉罗

戴侃 译

作品

礁石的玛丽娜

你嘴上有风暴的滋味——但是你曾在哪里
整天与大海和岩石的冷酷幻想漫游
一阵击鹰风将山丘刮得精光
使你的愿望也浑身赤裸
你眼中的瞳子抓住吐火女怪①的接力棒
用泡沫的花边将记忆衬托
童年九月那熟悉的坡道何处去了

① 希腊神话中的女怪,狮头、羊身、蛇尾。

那儿你曾在红色的土地上嬉游
你曾向下注视别的姑娘那深邃丛密之处
在你的朋友们留下了几抱迷迭香的角落

——但是你整夜在哪里漫游
同那岩石和海水的冷酷幻想
我要叫你将它全部光辉岁月的踪迹
　　保留在赤裸的水里
叫你仰卧着欣赏万物的黎明
或者再一次漫游于黄色的田野
胸佩光明的三叶草,啊,诗歌的女杰!

你嘴上有风暴的滋味
一件殷红如血的衣裳
沉浸于盛夏的金光
　　和风信子的芳香里——
但是你曾经在哪里游荡

向海滩走去,那铺满卵石的日子
那里你发现一种清凉的咸海菜
但更深处是一种流血的人类情感
你惊惶地张开两臂,喊出它的名字来
然后轻轻上升到海底的静境
那儿你自己的海星发出光彩

听啊,**语言**是老年人的谨慎
而**时间**是人们粗暴的雕刻手
可太阳站在它上头,像只希望之兽
至于你,紧而又紧地抱着一种爱情
嘴唇上还感觉到风暴的焦灼

你不要指望另一个夏季,海水蓝透的时光
以为江河还会倒转自己的流向
来把你带回到它们的故乡
以为你可以再次亲吻别的樱桃树

或者将那**西北风**的骏马儿跨上

被固定在岩石上,没有昨天或明天
戴着风暴的头巾,踩在巉岩的边沿
你必须向你的那个谜语说"再见"。

李野光　译

膝头受伤的孩子

膝头受伤的孩子
头发剪短了,但梦没有剪
两腿有交叉的锚
松树的双臂,鱼的舌头
云的小兄弟!

你看到一颗湿的石子在身旁发白
你听到一棵芦苇在叫啸
你所知道的最赤裸的风景
最多彩的东西
那深而又深的是金头鱼可笑的走道
远而又远的是一艘红烟囱的船
高而又高的是小教堂的方帽

你看见植物的波涛
那儿白霜在进行早浴
以及刺藜的叶,大路拐弯处的桥
但是也看见野蛮的微笑
在树木的庞大的冲击上
在婚礼的宏大的高潮
那儿泪珠从风信子往下流淌
那儿海胆在解答水的谜语
那儿星星在预言风暴

膝头受伤的孩子
狂热的护身符,顽强的颚
轻快的短裤

岩石的胸脯，水中的百合
白云的浪荡者

李野光　译

爱琴海

爱
这群岛
浪沫中的船只
梦境中的海鸥
最高的桅杆上水手挥舞
一支歌

爱
它的歌
航程的地平线
怀乡的回声
最湿的岩石上未婚妻等候
一只船

爱
它的船
地中海的季风
希望的风帆
最大的波动中一座岛摇晃
还乡的人

林天水　译

畅饮科林思[1]的阳光

畅饮科林思的阳光
细察大理石的遗迹
迈过葡萄园的海洋

---

① 科林思，希腊南部一古城。

用我的鱼叉瞄准
逃开我的天赐的鱼儿
我发现了几片太阳的赞歌记颂的树叶
还有那欲望欢欣鼓舞急于要开拓的
充满生机的大地

我喝水,切开果实
双手伸进风的叶丛
柠檬树催着夏日的花粉
青鸟洞穿了我的梦
于是我离去了,两眼充满
无限的凝视——世界又回复到
最初的、心灵渴求的美。

林天水　译

日子正当少年

日子正当少年
古老的爱神木扬旗展帜
初放的百合花欣喜万千
云雀要向光明敞开胸脯
一支歌将在半空自由翱翔
五种风中播下的麦粒火样金黄

大地万物之美获得解放。

林天水　译

在小晒场上

在下面雏菊的小晒场上
年轻的蜜蜂奏起一支疯狂的舞曲
太阳在淌汗,水在打战
火焰的芝麻缓缓下落
玉米的高秆把晒焦的天空顶弯

用古铜色的嘴唇;赤裸的躯体
被烙烤在炽热的火绒盒上
咿！咿！马车颠簸而过
马匹沉入下坡的油中
它们梦见
一座有大理石马槽的阴凉城市
一片即将爆开的三叶草状乌云
在长着会烫伤它们耳朵的瘦树的小山上
在能使它们的粪便起舞的手鼓般的大地上

远处金色的谷垛中男孩样的女孩在打盹
她们在梦中嗅到篝火燃烧的气息
太阳在她们的牙齿间跳动
豆蔻轻快地从她们的腋下滴出
醉醺醺的热雾步履沉重地蹒跚着
野地上长着干枯而仍有甜香的枣树

林天水　译

逆流而进

逆流而进
鱼在不同的气候中寻找半透明
手什么也不相信

今天的我已不同昨天的我
风标已教会我如何感觉
我驱散黑夜把喜悦颠倒
我打开鸽笼使遗忘消散
从天堂的后门离开
我只瞥一眼不发一言
像一个头发中
藏着康乃馨的男孩。

林天水　译

姑娘们践踏着几个……

姑娘们嬉笑着
践踏着太阳的
几个放大了的字！
多美的姿势
在白色的丁香丛上
在浓密的枝叶上
枝叶无意中掩盖了阴影的丑行
那秘密的婚媾露滴

梦新近结合了！时间并不否认它们
它们在它的天鹅绒里找到自己的形象。

林天水　译

光辉的日子

光辉的日子，赤裸裸地造就我的声音之螺壳
行走在我的星期天的日子里
在海岸的欢呼声中
吹着初次相识的风
伸展出一片充满深情的绿原
太阳可以在上面滚动自己的头
用嘴唇点燃罂粟花
骄傲的人会采摘的罂粟花
在他们那赤裸的胸膛上
也就不会有别的痕迹
只留下那无忧无虑的轻视之血
来洗刷那怀念自由般久长的悲伤

我谈到爱情、玫瑰的健康
和径自找到心房的阳光
谈到稳然地在海滨漫步的希腊
老是带我去赤裸裸的
壮丽的雪山旅行的希腊

我把手伸给正义
清澈的泉水和山巅的春天
我的天空深邃而不变
我爱的一切不断地在诞生
我爱的一切永远处于开端。

林天水　译

我不再认识夜

我不再认识夜,那死样的可怕的莫名
一队星星停泊在我心头的港湾
金星啊,你是哨兵,在天蓝的微风旁
闪亮,在一座岛上,它梦见我
自它的岩巅宣布黎明
我的双眼催你起航
带着我心中真诚的星星:我不再认识夜

我不再认识那个不承认我的世界的名字
我能清楚地辨认贝壳、树叶,还有星星
在天空的道路上敌视已属多余
除非它是又来监视我的梦
在我含泪从永恒的大海旁走过时
金星啊,在你金色光焰的穹窿下
我认识的夜就不再是黑夜了。

林天水　译

1980
获奖作家
米沃什

传略

切斯瓦夫·米沃什(Czesław Miłosz,1911—2004)是立陶宛裔的波兰人,一九一一年六月三十日出生于当时属沙俄版图的立陶宛凯氏尼艾的谢泰伊涅。童年时,米沃什跟随当土木工程师的父亲,到过俄国的许多地方。第一次世界大战后回到故乡,曾在维尔纽斯的斯泰凡·巴托里大学学习法律。毕业后曾去巴黎留学两年,回国后在波兰电台文学部工作。第二次世界大战期间,在华沙参加抵抗运动。战后曾任波兰驻美国的文化参赞和驻法国的一等秘书。一九五一年,因不满波兰的文化政策,旅居巴黎。一九六〇年前往美国,十年后加入美国国籍,定居于加利福尼亚州的伯克利,在大学讲授波兰文学。二〇〇四年八月十四日因病去世。

早在二十世纪三十年代初,米沃什就开始写诗,一九三三年出版第一部诗集《僵冻时代之诗》,一九三六年出版第二部诗集《三个冬天》。早期诗歌以表现主义手法表现他的"灾祸说",即世界将面临空前的浩劫和不可避免的灾祸。一九四五年出版的诗集《拯救》,反映出诗人对祖国命运的关心,语言也变得明快易懂。此后,他相继出版的诗集主要有《白昼之光》(1953)、《诗的论文》(1957)、《波贝尔国王和其他诗篇》(1962)、《着魔的古乔》(1965)、《无名的城市》(1969)、《诗选》(1973)、《日出和日落之处》(1974)、《冬日钟声》(1978)、《新诗选》(1981)、《新选诗集 1931—2001》(2001)等。这一时期的作品大多揭露现实生活中的虚伪、欺骗及浮夸等现象,认为生活在这种环境中的人失去了自由,成了"历史和生物本能的无形力量的俘虏"。米沃什的诗吸取了古典和现代各种流派的长处,形成了自己独特的具有悲剧力度的质朴而自然的风格。

除诗歌外,他还写了不少散文、小说、文艺论著。主要的有散文评论集《被禁锢的思想》(1953)、《大陆》(1958)、《个人的义务》(1972)、《乌尔罗的土地》(1977),小说《夺权》(1953)、《伊沙之谷》(1955),自传《自然王国:对我的探索》(1968),论著《波兰文学史》(1969)等。此外,他还翻译过不少名著,如莎士比亚、弥尔顿、波德莱尔、艾略特等人的作品。一九八〇年,由于“他以毫不妥协的锐利笔锋,把人们在一个充满严重冲突的世界中的处境,淋漓尽致地表达出来”,而获得诺贝尔文学奖。

授奖词

切斯瓦夫·米沃什生于立陶宛,成长在一个原始的民俗传统与复杂的历史遗产并存的环境里。认真说来,似乎没有什么工业化。人民的生活与一种尚未污染的自然密切联系着。这种文化及其大部分人民不再存在了。纳粹的暴行和种族灭绝、战争和压迫已将它毁灭殆尽。

米沃什早年开始爱好文学,成为年轻一代的主要作家之一,他们想要革新诗歌,积极参加反纳粹暴政的地下自由运动。作为一名社会主义者,他属于新波兰知识界的名流,终于成为在国外代表他的国家的受信任的文化人物。但是,冷战期间,政治气候沿着斯大林主义方向变换了。由于坚持要求艺术的诚实和人的自由,一九五一年,他离开波兰,定居巴黎,做一名“自由作家”——一个不无讽刺意味的名称。一九六〇年,他移居美国,在伯克利大学任波兰文学讲师。然而,他在波兰的根以及他与波兰精神生活的联系却始终没有割断。

米沃什的生活一开始就以分裂和瓦解为标志。在外在和内在的意义上,他都是一个被流放的作家——对于这个陌生人,有形的流放实际上是适用于一般人类的抽象的甚或宗教上的流放的反映。米沃什在他的诗与散文作品及文论中所描绘的世界,正是人在被逐出天堂之后所居住的世界。但是,他所被逐的天堂并非任何一种哀诉的牧歌,而是(不管怎么说)一个真正的“旧约”中的伊甸园,以蛇作为竞争霸权的对手。破坏的背叛的势力同善良的创造的力量混合在一起,两者同样是真实的、现存的。

紧张和对比是米沃什的艺术和人生观的特征。据他说,作家最重要的职责之一就是“给读者创造出一个将日常生活变得极其惊心动魄的境界”——“保护我们免害于巨大的沉默”,并且告诉我们“始终如一地做人是多么困难”。他身上有不少传教士式的或者帕斯卡式的热情——力图使我们强烈地意识到,我们四下散居着,没有什么天堂,只有邪恶和浩劫是需要对付的力量。直面现实,并非把一切看成一团漆黑,屈服于抑郁与绝望之中,亦非把一切看成通体光明,陷入空想和错觉。更不是模糊轮廓和焦点,以求便利或妥协。紧张,激情,对比——既是自由地被承认的又是被强制执行的向国外散居——就是我们人类的生存方式的真实意义。

米沃什是一位非常理智的作家,在哲学和文学两方面均有修养。他的作品善用语态和典据、戏拟和反讽,有意破坏风格和角色。它在结构上是复调式的。

但他也是一位非常感性的作家。我们不可能希望韵律和语感确切地复现在译文中。但是,内在的感性却可以充分地保存下来。他的形象比喻具有唯独经验才能赋予的惊异的特色——那是在经验世界中,想象或回忆中所经验到的惊异。米沃什身上的理智的特征正好为这种明朗风格的才能和这种对于感性事物的被报答的爱所补充。他力图接近具体的现实,凭借人类的传统与情谊,抵抗那些在我们违反本意而被送到的世界中占支配地位的破坏力量。他的作品使我们感到远在天边,同时又近在眼前。他对于他的新国家的关系也可以这样说,在那里他是一个必须经过翻译才能被理解的作家,是一个被理解而又受尊重的作家,虽然也许是以一种迂回的方式,是通过不完全的复制品。他认为,事实上我们大家都会遇上这种情况,不论是不是作家。

强烈的情感,还加上严格的训练和确切无误的洞察力,使他的作品与众不同。一种难以平息的热情绝不让他安于人的无能为力,安于语言对幻想游戏的癖好,安于麻木不仁,安于"我们不曾以绝对的爱,超乎常人能力地去爱萨克森豪森集中营里可怜的灰烬的那种悔恨"。他的这种热情结合着一个成熟的经过痛苦考验的人的宽容精神,结合着一种对自我克制的追求和一种禁欲主义的甚或享乐主义的英雄气概。我们经常遇见蔑视和愤怒的爆发,它们以近乎尼采的方式,狂乱地反抗造物环境迫使人仅仅成为人,而不能像神一样改变卑鄙和残忍的一切。与此形成对照的则是偶尔出现的一种对于眼前奇迹般存在的简单事物的明朗的宁静心境。他的作品是多声部的,富有戏剧性的,执着而又煽动的,在不同的基调和水平之间变化着,从哀婉到暴烈,从抽象到极其具体,不一而足。

切斯瓦夫·米沃什是一位难以理解的作家,从这个词最好的意义来说——需要认真阅读,不可等闲视之,其强烈的感染力绝非由于他的错综复杂性。

亲爱的米沃什先生!你有时说到,你的语言——波兰语——是一个小民族的小语种,不为大部分世界所知。我曾试图评述你的人生见解和经验,它们就是用波兰语写出来的,而且是靠波兰的传统与文化培育起来的。我说话用的却是一种更小、更不为其余世界所知而且与波兰传统颇为疏隔的语言。而且,我只能利用很短一点时间,来试图描述阅读你的作品时的一些体会。现在,我愿用英语——一种既不属于你也不属于我的语言来结束,而且是在更短的时间之内。当然,我不可能公正地评判你,一点也不可能。

目前的情况令人感到某种讽刺,一种在这一点上并非不相称的讽刺。你常把人的环境说成基本上是彼此疏远的——我们在这个世界上都是外国人,彼此是外国人。但不仅仅是外国人。诺贝尔奖金对你还证明了这样一个事实:国界可以跨越,理解和同情可以培养,活跃的交往或联系可以创造。阅读你的作品,将面临它们的挑战,意味着因重要的新的经验而致富,尽管非常疏远。

我十分乐意表达瑞典学院衷心的祝贺,并请求您从国王陛下的手中接受今年的诺贝尔文学奖。

瑞典学院常务秘书 拉尔斯·吉伦斯坦

绿原 译

歌

她

我站立的这块土地离开了河岸，
它上面长着的草和树却愈显明亮，
梨树的枝芽，
小白桦树的光。
我看不见你们，
因为你们和疲惫的人一道已经走远，
和像飘忽不定的旗帜一样的太阳，
一同跑到了夜的那方。
我怕我单独一人留在这里，
除了我的身躯，我再没有别的。
我的身躯在黑暗中闪闪发亮，
宛如星星叉着它的双手。
我最害怕看我自己，
冬天啊！你切莫把我抛弃！

合唱

河里的冰块早已流逝，
岸边长起了茂密的树叶，
铁犁在田里开始耕耘，
林子里的野鸽发出咕咕的叫声，
羊儿在山间奔跑，快乐地歌唱，
百花盛开，园子里春意盎然，
孩子们踢着球，三三两两在牧场上跳舞，
女人在溪头洗衣，还要去水里捞取月亮，
人世的快乐，都来自土地。
没有土地就没有快乐，

人属于土地，
对土地尽管提出各种要求。

她

你别诱惑我，我不需要你。
走开！我亲爱的妹妹！
我依然感到你在吻我，
你的吻在我的颈上燃烧。
我和你一起度过的那些相亲相爱的夜晚，
就像乌云烧成灰烬一样地苦涩。
红漾漾的黎明笼罩着夜空，
湖上飞来了海鸥一群。
我悲伤，却不能哭泣，我只好躺在地上，
默默地数着清晨的钟点，
聆听着冬天枯萎了的白杨树的嗖嗖声，
主啊！请您赐我以怜悯！
请允许我离开这鄙吝的土地，
我不愿再听它那些虚伪的颂歌。

合唱

纺车在不停地转，鱼儿在网罟里跳，
烤熟的面包发出了阵阵清香，
苹果在桌上来回奔跑，
夜降临到楼梯上，
楼梯乃活的躯体所造，
万物都生于土地，土地乃万物之本。
超重的轮船向海面倾斜，
因为是亡命之徒在驾驶。
牧畜在摇头晃脑，蝴蝶掉落在海中，
篮子在黄昏中流浪，朝霞住在苹果树中，
万物都生于土地，万物将归于土地。

她

啊！如果我有一粒没有生锈的种子，
只要有一粒能生根发芽的种子，
我就可以睡在摇篮里，
在这里迎接黄昏，见到黎明，
我要静静地等待，直到万籁俱寂。
在我面前出现了几张宛如盾牌的陌生的脸，
他们瞅着田野里的花和石头，
他们都是为欺世盗名而活着的人，
就像海底的水生植物，
就像林中树上的针叶。
可是谁能从天空透过白云看见这座森林？
我害怕，
黑浪滚滚冲我来了。
我是一阵风，将消失在幽深的海底，
将一去不回来，
刮起了黑魆魆的牧场上的尘土。

最后的声音

铁厂里的榔头在叮当作响，
有人弯着腰身，在锻造镰刀，
他的头在火光照耀下闪闪发亮。
屋子里燃起了一堆柴火，
疲倦的学徒工躺睡在桌上，
火盆里烟雾腾腾，蟋蟀发出了嚯嚯的叫声。
岛上的野兽都在熟睡，
在洞里呼噜不停，
洞上飘游着一朵朵白云。

一九三四年，维尔诺
张振辉　译

彷徨

当莫科托夫的苹果树凋落的时候，
我聆听着一首华沙的歌。
萧瑟秋风阵阵吹来，
丝丝细雨落在荨麻树上。

沉默的首都啊！你是多么凄凉。
梦中的摇篮啊！你是多么凄凉。
塔顶在燃烧，漫天烟火。
风儿淅沥，吹拂着一幅幅古画。

云雾中的桅杆，日暮后的房子，
都睡在覆盖着报纸的荒漠上。
夜来临了，漆黑一片。
这是被知识的手抛弃的夜，这不是梦。
这是死亡，这不是梦。

你的房子在哪里？
有人见它在迷茫的远方。
是在太阳斜幕的后面，
还是在那永不熄灭的火花后面？

蜜蜂嗡嗡地叮着一块明净的玻璃，
它们不知，穿过玻璃可以飞向大千世界。
我聆听着一首华沙的歌，
当友谊之火燃烧的时候。

这张脸方才显露，却又倏然不见，
它捉摸不定，如同飞逝的子弹。
在蜡黄的夜里，脸上闪烁着火花，
它变得苍白，就像一根着火的电线杆。

这不是屠杀，不是饥饿，不是秋天村里
　　的大火；

这是夜，是视线的温泉，是折不断的电
　　线杆。
梦的黄昏，降临到荨麻地里，
朵朵白云，笼罩着茫茫大地。

如果心灵懂得战争，理解战争，
它就不能一瞬间把城市举起。
我聆听着一首华沙的歌，
一部尚未完成的作品在黑暗中惨遭焚毁，
在半石头，半空气的圆柱大厅里惨遭焚毁。

一九四一年，华沙

张振辉　译

牧歌

微风在园中唤起一阵阵花浪，
就像那静谧、柔弱的大海。
浪花在绿叶丛中流逝，
于是又现出花园和绿色的大海。

翠绿的群山向大河奔去，
只有牧童在这里欢乐歌舞。
玫瑰花儿绽开了金色的花瓣，
给这颗童心带来了欢娱。

花园，我美丽的花园！
你走遍天涯也找不到这样的花园，
也找不到这样清澈、活泼的流水，
也找不到这样的春天和夏天。

这里茂密的青草在向你频频点头，
当苹果滚落在草地上时，
你会将你的目光跟踪它，
你会用你的脸庞亲昵它。

花园,我美丽的花园!
你走遍天涯也找不到这样的花园,
也找不到这样清澈、活泼的流水,
也找不到这样的春天和夏天。

一九四二年,华沙
张振辉　译

华沙

诗人啊!在这个风和日丽的春天,
在教堂的废墟上,
你将做些什么?

当维斯瓦河吹来的微风,
扬起废墟的红色的尘土,
你在想些什么?

你曾经发誓,
说你永远不会悲伤哭泣;
你曾经发誓,
说你不触你民族的伤疤。
你民族的伤疤不会成为圣物,
不会成为令人诅咒的圣物,
不会成为传宗接代的圣物。

安提戈涅①在低声哭泣,
她要寻找她的兄弟。
她的忍耐超乎寻常,
她的心如铁石般的刚强,
在这里藏着爱,
就像昆虫一样的爱,
她爱她的遭遇不幸的土地。

---

① 安提戈涅,古希腊戏剧家索福克勒斯(约前496—前406)的悲剧《安提戈涅》中的女主人公。

我不能像她那样爱，
这不是我的本意；
我不能像她那样怜悯，
这不是我的本意。
我的毛笔比蜂鸟的羽毛
更加柔软；我的胎儿
非我的力量所能承受。
这里用脚，随处可以碰到
亲人未被埋葬的尸骨，
我却为何非住在这里不可？
我听到了说话，看见了笑脸；
可是我却没法写作，
因为有五只手抓住了我的笔，
命令我写它们的历史，
它们的生和死的历史。
难道我生下来，
就是为了成天地悲伤和哭泣。
我要尽情地欢乐，
我要歌唱这座快乐的森林，
是莎士比亚把我带进了这座森林。
如果你们的世界就要灭亡，
就让诗人也纵情欢乐。

疯癫的生活没有笑声，
只重复着一个词：死亡。
这死亡属于你们，
也属于我。
这里在举行婚礼，
这里有思想，有行动，有歌声，有娱乐。
这里只有两个词可以拯救你们：
真理和正义。

一九四五年，克拉科夫

张振辉　译

你侮辱了……

你侮辱了一个老实人，
你嘲笑他的屈辱和苦痛，
在他身边有一群小丑，
有意混淆是非和美丑。

虽然大家都向你点头躬身，
说你既有美德，又很聪明，
授予你金奖，又把你频频赞颂，
他们为此，自己也得意忘形。

你切莫就此心安理得，
一位诗人已把你的言行铭记在心，
你若要把他杀死，
新的诗人又会诞生。

冬天的清晨对你的健康虽有裨益，
可绳索和枝芽压在雪下将无法生存。

一九五〇年，华盛顿

张振辉　译

誓言

人的智慧尽善尽美，不可征服，
无论是叫它坐牢，将它流放，还是把书都
　　烧光，
都不能使它屈服。
它用语言表现了包罗万象的思想，
它拉着我们的手，
叫我们用大写写下两个词：真理和正义，
叫我们用小写写下两个词：谎骗和屈辱。
它告诉我们，什么应当促成，什么应当
　　去做。

绝望的敌人,希望的朋友,
它既不知犹太人和希腊人有什么不同,
也不承认奴隶和主人有什么区别。
它在政府机关里把公共财富给我们分享,
它郑重宣布义正词严和无耻谩骂有天渊
之别,
又说这理直气壮和无理取闹乃泾渭分明,
它告诉我们,所有的一切在阳光下将日新
月异。
它伸出了手,这双手从来就很健壮有力,
它是一位哲学家,既年轻,又漂亮。
它和诗歌是志同道合的好友,
要为美好事业一起奉献青春。
大自然昨日才庆贺它的诞生,
可是这消息却像雷鸣闪电响彻长空。
它们的友谊光荣伟大,也没有时空的限制,
它们的敌人将无处藏身。

张振辉　译

1981

获奖作家

卡内蒂

传略

艾利亚斯·卡内蒂(Elias Canetti,1905—1994)是用德语写作的英籍作家,一九〇五年七月二十五日出生于保加利亚北部港口城市鲁斯丘克。父亲是奥地利籍犹太商人,母亲是西班牙籍犹太人。一九一一年,六岁的卡内蒂随父母到英国的曼彻斯特。一九一三年,父亲去世后,母亲带他和他的两个弟弟移居维也纳。他先后在苏黎世和法兰克福等地读小学和中学,一九二四年进维也纳大学攻读化学,一九二九年获博士学位。从一九二四年至一九三八年,他定居维也纳,间或去柏林,在此期间,他还潜心研究历史和文学,结识了卡夫卡、巴别尔、布莱希德等著名作家和艺术家,并开始从事文学翻译和文学创作。一九三八年,纳粹德国吞并了奥地利,卡内蒂流亡法国,在巴黎住了一年,然后定居英国伦敦,并取得英国国籍。

卡内蒂终生用德语写作。早在一九三五年,他即出版了著名的长篇小说《迷惘》,通过书呆子式的人物汉学家彼得·基恩的悲剧,表现了人性丧失、道德堕落、精神被贪欲毁灭的社会现实,采用怪诞的手法,用形形色色的畸形人物,表现了异化的世界。一九三二年,卡内蒂发表了第一个剧本《婚礼》,此后还相继发表过《虚荣的喜剧》(1950)、《确定死期的人们》(1956)等剧本。这些剧作带有荒诞派色彩,没有主角,没有情节,只表现了某种场面和状态,揭露并讽刺了当时社会上的某些变态心理和丑恶行径。

卡内蒂在流亡英国后的几十年中,写了大量随笔、时评、杂感、游记和回忆录,集中反映了他所思考的生与死、权力和群众以及人类的前途等问题,结集成书出版的有《人间,1942—1972年笔记》(1973)、《耳闻证人》(1974)、《文字的良心》(1975)。《群众与权力》(1960)是他的重要著作之一,他的自传体小说《得救的舌头》(1977)、《耳中的火炬》(1980)和《眉目传情》(1985)被誉为德语传记文学中的佳作。此外还有旅行札记《巴利卡斯之声》(1967)、研究卡夫卡的论著《另一次审判》(1979)等。卡内蒂擅长抨击社会和探索人生,他的作品具有内省、深沉的特色,善于以简洁的文字勾画人物形象,他对中国文化也有着很深的造诣。

一九八一年,由于"他的作品具有宽广的视野、丰富的思想和艺术力量",获得诺贝尔文学奖。

授奖词

卡内蒂,这位萍踪不定的世界性作家有自己的故乡,那就是德语。他从来没有离开过它,他常常倾吐他对德语古典文化的最高表达形式的热爱。

一九三六年,卡内蒂在维也纳的一次演讲中把赫尔曼·布劳赫①誉为当时为数甚少的具有代表性的诗人之一。按照卡内蒂的意见,该向这些真正具有代表性的作家和诗人提出来哪些条件呢?他作为那个时代"最卑微的奴隶",必定委身于他的时代,同时又反对他的时代。他一定要全面地总结他那个时代的特征,并且具有非凡的能力去理解那个时代的气氛所造成的印象。卡内蒂自己的文学创作也具有这样的标准。他的著作包括若干不同类型的文学作品,从各个不同的角度极其深刻地、独特地、富有生气地、十分鲜明地塑造了人物的个性。

他最重要的纯文学著作就是长篇巨著《迷惘》。该著作于一九三五年出版。但是我觉得直到最近二三十年它才充分发挥了巨大的影响:这部长篇巨著在残酷的纳粹政权的背景下保持并维护了强烈而鲜明的观点和立场。

《迷惘》原是作者所设想和计划要写的"疯子的人间喜剧"系列小说中的一部。这部小说构思奇特而怪诞,富有神秘色彩,使人联想到果戈理、陀思妥耶夫斯基这样的十九世纪俄罗斯作家。如果说《迷惘》被若干评论家理解为对"大众之人"在我们之中造成的威胁的一个基本隐喻,那么这种看法是十分重要的。有人把《迷惘》看成是对一种类型的人的剖析,这种人孤芳自赏,到头来却被世界无情而严酷的现实所折磨,最后走上毁灭的道路。这种看法与前面提到的看法是十分相似的。

继《迷惘》之后,卡内蒂便对群众运动的起源、组成和典型反应作了深刻的研究。经过几十年的研究和探讨,作者写成了《群众与权力》。该书已于一九六〇年出版。这是一部学识渊博的学者的杰作,他十分懂得向读者阐明有关"大众之人"在举止行为方面的绝大多数的观点和看法。通过对群众的性质和起源的研究,他在基本的历史性的分析中所揭露的东西归根结底是信仰权力,而权力的核心正是争取继续生存下去。生存的死敌最终就是死亡本身,这是卡内蒂在文学创作中所特有的、用具有激情的力量紧紧抓住不放的主题。

卡内蒂除了紧张地从事《群众与权力》的创作外,还写了不少言简意赅的日记,这些

---

① 赫尔曼·布劳赫(1886—1951),奥地利小说家。

日记已分成若干册出版了。这些日记充满了幽默,作者在观察人们的举止行为时进行了辛辣的讽刺,描写了人们对战争的厌恶,传达了人们一想到生命的短促就表现出来的颓伤和怨恨的情绪。所有这些构成了他的日记的特色。

卡内蒂的三个剧本或多或少都带荒诞派的色彩。这些剧本描写了极端的情景,以及其中的人们所作的卑劣行径,这些"声音假面具"——如同作者对他的剧本所称呼的那样——使人非常感兴趣地看到作者所想象的特定的世界。

在他许多鲜明地描写人物肖像的作品中要特别强调的是《另一次审判》,在这部作品中作者十分积极地对卡夫卡和菲莉丝·鲍尔之间复杂的关系进行了研究,并塑造了一位在生活和全部创作活动中以放弃权力为特征的人物形象。

最后,人们应该把卡内蒂的自传体小说看成是他创作的一个高峰。迄今为止,他的自传体小说已出版了两部。在这两部回忆青少年时代的自传体小说中,作者公开承认了使他成长起来的巨大的史诗般的力量。二十世纪的中欧——特别是维也纳——许多政治和文化生活在他的自传体小说中得到了反映,使卡内蒂成长起来的独特的环境,他所经历的许多引人注目而动人心弦的遭遇以及他为求广博知识而独一无二地受教育的过程,在他的自传体小说中别具一格、非常形象地展现在读者面前。我们这个世纪德语自传体文学中像这样的自传体小说为数甚少。

亲爱的卡内蒂先生,您以自己极其尖锐地向我们这个时代不健康倾向进攻的丰富多彩的作品,为人道主义事业服务,智力的热忱和道德的责任在您身上融合在一起了,这种责任感——如同您自己所说的那样——"是由怜悯而产生的"。请允许我向您致以瑞典学院最热忱的祝贺,并请您从国王陛下的手中接受本年度诺贝尔文学奖。

瑞典学院院士 约翰内斯·艾德菲尔特

钱文彩 译

作品

孔夫子做媒[1]

第二个星期天基恩兴致勃勃地散完步回家。星期日早上这个时间,街上冷冷清清,空空荡荡。人们多半都在睡懒觉呢。他们起来以后,就穿上最好的衣服,先在镜子前面打扮一番,其余的时间他们便互相比试,借以得到休息。虽然人们都认为自己穿着最好,但为了证明这一点,还要到人群中去走走。在平常的日子里他们为面包流汗,为生活絮絮叨叨,而星期天则闲扯,休息的日子原来应是沉默的日子。然而具有讽刺意味的是基恩在各处所看到的情况却恰恰相反。他从来就没有什么休息日,因为他向来都在默默地

[1] 节选自卡内蒂的代表作长篇小说《迷惘》。

工作。

他在门口看到女管家。她等他显然已经等了好久。

“三楼小迈茨格尔来过。您曾经答应让他来的。他说您已经回家了。他家的女仆看见一位大个儿上楼来着。半小时后他再来。不想打扰您，只想看看书。”

基恩没有好好听。当他听到“书”字，才注意并意识到是怎么回事儿。“他说谎。我没有答应过他什么事儿。我跟他说过，我将给他看印度和中国的画儿，如果我有空的话。可是我哪儿有空呢？您打发他走吧！”

“现在的人都变得死皮赖脸了。不过我请您注意，他家可是一个规规矩矩的人家。爸爸是个普通工人。我想知道，他的钱是从哪儿搞来的。问题就在这里。现在时兴这样的说法——一切为了孩子，现在哪有什么严格要求？孩子都很淘气，不可思议。在学校里他们一味玩耍，还跟老师在一起散步。请问，这个世道是什么世道？如果一个孩子什么也不想学，父母就把孩子从学校里接出来送去当学徒，交给一个严师管教，以便让孩子能学到点东西。大家也许想工作吧？可是现在什么名堂也干不出来，一点都不简朴。您只要瞧瞧那些年轻人在街上散步是个什么劲儿！每个年轻女工都要穿一件时髦的短袖女上衣。请问，她们为什么非得穿那种贵得要死的劳什子呢？她们去洗澡，又要脱下来。女孩儿们还跟男孩儿们在一起洗澡，成何体统，从前哪有这种事儿？他们应该干点正经事儿。我总说，他们这钱是从哪里搞来的？样样东西一天比一天贵，土豆的价钱已经涨了两倍。孩子变得淘气了，有什么稀罕的呢？他们的父母一切都由着他们，从前父母看到孩子淘气，可不客气，左右开弓，啪啪给他几个耳光。孩子不得不听话。现在这个世界越来越不像话，孩子小的时候，不学习；大了又不工作。”

她絮絮叨叨地发表了一通议论，基恩不禁被她的话所吸引，并且感到她的话很有意思。这个没有受过教育的人居然如此重视学习。她的本质是好的，也许这是因为她每天都和他的书打交道吧。书籍没能影响其他像她这样的人。可能她更容易受到教育，她也许非常渴望受到教育。

“您说得对，”他说，“您这样清醒地思考问题，使我感到非常高兴。学习就是一切，是最重要的。”

他们走进屋里。“您等一下！”他说着便走进图书馆，出来时左手拿着一本书。他一边翻着书，一边启动两片薄薄的嘴唇说：“您听着！”他说着并示意她离他稍微远一点，中间要有一点距离。他慷慨激昂地——这种慷慨激昂的情绪与文章的朴素风格形成了鲜明的对照——读道：

“我的老师要求我每天白天写三千个字，每天晚上还要写一千个字。冬天白天短，太阳下山早，而我还没有完成作业，于是我便把小木板搬到朝西的凉台上，并在那里把作业写完。晚上，我检查写过的作业时，累得再也顶不住了。我在背后放上两桶水，如果我打瞌睡，我就脱掉衣服，在身上浇上一桶水，光着身子再继续工作。由于身上刚浇上凉水，我感到有一段时间头脑是清醒的。可是身上慢慢地又暖和起来，我又重新打起瞌睡来了，于是我又浇第二桶水。每晚两次冲凉使我能完成任务。那年冬天我刚刚九岁。”

他激动而赞赏地合上书。“从前人家就是这样学习的，这是日本学者新井白石青年回忆录中的一段话。”

台莱瑟在他朗读的时候向他靠近了一些，并随着抑扬顿挫的句子节拍点头。她那左边的长耳朵自然地听他自由翻译出来的日本话。他不由自主地把书倾斜一些拿在手中。她肯定看到了那些外国文字，并且赞赏他流畅的朗读。他读起来使人觉得好像他手里拿着的是一本德语书。“原来是这样！”她说道。他已读完了。此时她才深深地吸了一口气。她的惊讶表情使他感兴趣。他想，难道为时太晚了吗？她今年多大呢？学习总还是可以的。她应该从最简单的小说读起。

门铃响了。台莱瑟打开门。小迈茨格尔把鼻子伸了进来。“我可以进来！”他大声嚷道，“教授先生早就允许了！”“没有书！”台莱瑟一边嚷，一边就关上门。小男孩在门外大声喧闹，并且发出威胁。他气得说出来的话谁也听不懂。“请别给他书，那孩子贪得无厌，您给他一本，他以后就没完没了地跟您要。他的手脏，摸到书上一下子就全是斑点了。这孩子正在楼梯上吃黄油面包片。”

基恩站在图书馆的门槛上，男孩没有看见他。基恩和颜悦色地对女管家点点头，他非常高兴地看到别人维护和关心他的书籍。她理应得到基恩的感谢。“如果您想读点东西的话，您尽管向我提出来。”

“那我就不客气了。我本来早就想向您提出这个要求了。”凡是涉及书的事情她都要插一手，一般情况下她可不是这样。她一直表现得很虚心。他从未想过建立一个可以出借书籍的图书馆。为了节约时间，他回答说：“好吧。我明天给您找点可读的东西。”

然后他就开始工作。他的允诺使他不安。她虽然每天拂去书上的灰尘，而且从未损坏过一本书，但拂尘和读书是两码事。她那手指又粗又硬。脆薄的纸片哪里经得起又粗又硬的手指摆弄呢？装帧粗糙的书比那些精致的书要好一些。她看得懂吗？她早就年逾五十，时间荒废了。柏拉图①称他的犬儒派反对者安提西尼②为后学老人。现在又出现女后学老人。她想在泉水边解渴。或者是因为她一无所知而在我面前感到害臊吗？行善做好事，很好，但不能牺牲书呀！为什么要难为我的书呢？我付给她高工资，我可以这样做，因为这钱是我的。把书交给她，听她摆布，那不是懦弱的表现吗？这些书在一个没有文化的人面前是毫无抵御力的。我不能坐在那里看她读书。

深夜，一个被绑缚的男人，站在一个庙宇的台阶上，用一根小木棍抵御着两头美洲豹，这两头豹一左一右猛烈地向他进攻；它们都用五颜六色的彩带装饰着，张牙舞爪，眼露凶光，咄咄逼人，使人毛骨悚然。天空黑黢黢的，连星星都笼罩在黑幕中了。玻璃体从囚徒的眼中滚了出来，落在地上摔得粉碎。没有发生什么变化，人们习惯于这种残酷的搏斗并且打着哈欠。由于偶然的机会，人们看到美洲豹的爪子原来是人脚。观众是一位高个子、有文化的先生。他突然想到这是墨西哥司祭教士，他们正在演出一个喜剧。当作祭品的人大概知道，他不得不死去。教士们化装成美洲豹，但是我一眼就把他们看穿了。

---

① 柏拉图（前427—前347），古希腊唯心主义哲学家。

② 安提西尼（前435—前370），古希腊犬儒派哲学创始人，柏拉图的反对者。

右边的美洲豹突然甩出一块沉重的像楔子一样的石头，直刺向祭品人的心脏。石头的棱角切开他的胸脯。基恩惶恐地闭上眼睛，他想，这血一定直向天空喷去，他谴责这种中世纪的野蛮行动。他一直等到相信祭品人的血已流尽时才睁开眼睛。奇怪得很：从那裂开的胸脯里蹦出一本书来，接着又是一本，居然蹦出许多书来，并且蹦个没完。书掉在地上，被火苗吞噬着。火红的血点着了一堆木材，书焚烧了。“捂住你的胸脯！”基恩冲着囚徒嚷道，“捂住你的胸脯！”他双手打着手势，他必须这样做，快点儿！快点做！囚徒理解了他的意思，他猛一用劲挣断了绳索，双手捂在胸前，基恩才松了一口气。

祭品人把胸脯撕裂得更大了。书从中滚滚而出，几十本，几百本，乃至无法计数了，大火席卷着纸片，每一张纸片都在呼唤救命。尖厉的呼救声从四面八方响了起来。基恩张开胳臂伸向那些熊熊燃烧着的书籍。祭台距离他比他想象的要远得多。他跨越数步，还是没有到达祭台。如果他要挽救这批书的话，那就得快跑。他直奔过去，跑得他上气不接下气，如果一个人不小心，盛怒之下会把自己的身体弄到不可收拾的地步，成为一个无用之人。这些卑鄙野蛮的家伙！他听说过拿人类生命作牺牲品的事情，但是拿书作牺牲品的事情却从未听说过！从未听说过！现在他已靠近祭台，大火烧到了他的头发和眉毛。木材堆很大，从老远看，他以为很小呢，这些书一定在这大火的中央。你也进去，你这个胆小鬼，你这个吹牛的孬种，你这个可怜虫！

为什么他要骂自己呢？他毕竟挺身而出了。你们在哪里呢？你们在哪里呢？大火使他眼花缭乱。这是什么？见鬼了，他的手伸向哪里，哪里都能触摸到大喊大叫的人。他们竭尽全力夹住他。他把他们甩开，可是他们又跑来了。他们从下面向他爬来抱住他的膝盖，燃烧着的火炬从上面向他头上掉下来。他没有向上看，但看他们看得很清楚。他们抓住他的耳朵、他的头发和他的肩膀。他们用身体紧紧地把他包围起来，七嘴八舌地大声开着玩笑。“放开我！”他大声嚷道，“我不认识你们。你们要干什么！我要拯救这些书！”

于是有一个人向他的嘴巴扑来，捂住他的嘴唇。他很想继续说下去，但嘴巴张不开。他心里说道：他们要把我毁了！他们要把我毁了！他想哭，但没有眼泪，眼睛被残酷地封闭了，有人捂上他的眼睛。他想跺跺脚，他想拔起右腿，但无济于事，拔不动，被燃烧着的人抱得牢牢的，好像捆上了铅块。他非常讨厌他们，这些贪得无厌的家伙，他们吞噬人命从来没有个够，他仇恨他们。不论他如何委屈他们、侮慢他们、咒骂他们，他还是不能摆脱他们。他一刻也没有忘记为什么到这里来。人们强行把他的眼睛蒙住，但是他心里十分清楚：他看到一本书，这本书的四边不断地延伸着，天上地下，一直延伸到遥远的地平线，整个空间都是这本书了。熊熊的烈火正在慢慢地、平静地“蚕食”着书的边缘。这书就这样安详地、无声无息地、沉着地忍受着被折磨的痛苦。人们尖声大叫，书默默地焚烧着。殉难者是不叫唤的，进入天国的死者是不叫唤的。

这时有个声音宣布，他知道一切，他是上帝的代表：“这里没有书，一切都是虚幻的。”基恩马上意识到，此人是先知先觉者，他甩开这帮燃烧着的人并从火中跳了出来。他得救了。痛苦吗？可怕得很，他回答说，但还不是像人们通常所想象的那样糟。他对那人的声音感到无限欣慰。他看到自己如何从祭台上跳了出来。对着空自燃烧的火焰大笑使他感到快慰。

他站在那儿，陷入对罗马的沉思。他看着搐动着的肢体，四野里弥漫着烧焦的肉味。人是多么愚蠢，他忘却了他的怨恨，一跃跳出火坑。这些书本来是可以得救的。

突然，他也不知道是怎么回事，那些人都变成了书。他大声叫了起来，并丧失理智地向火焰奔去。他气喘吁吁地奔跑着，诅咒着跳了进去，寻寻觅觅，又被那些祈求的人体包围起来。旧有的恐惧又向他袭来，上帝的声音又解救了他，他逃脱了，在同一个地方观察着同样的一出戏。他四次被愚弄。事态发展的速度一次比一次快。他知道他已经汗流浃背。他真想偷偷地在两个使他激动的高峰之间喘口气。在第四次休息时，他终于赶上了"最后的审判"①。巨大的车子，有的有房子那么高，有的有山那么高，有的有天那么高，从四面八方向那大火吞噬着的祭台接近。上帝的声音洪亮而愤怒地嘲笑着说："现在统统都变成书！"基恩大吼一声终于醒了。

这个梦是他记忆中最恶的噩梦，他醒来后有半小时之久仍然感到恍恍惚惚，非常压抑。一根坏事的火柴，当他在街上散步时——图书馆很可能就完了。他的图书馆虽然投了数倍于此的保险，但他怀疑在毁掉二万五千册书以后他是否还有力量生存下去，哪里还谈得上去索取那一笔保险费呢？他非常鄙夷地签订了这项保险。以后他会对此感到羞愧，他本来很想取消这项保险。仅仅为了不再去那个法律对书和牲口都一样有效的机关，仅仅为了躲过那些无疑是被派到这里来的代理人，他才支付了到期的款项。

一个梦分解成若干组成部分，就失去它的力量。他前天看到若干墨西哥画稿，其中有一幅画稿表现的就是两个化装成美洲豹的教士宰杀囚犯祭神的场面。前几天，因为他见到一个盲人，使他想到亚历山大图书馆主任，那位老者埃拉托色尼。亚历山大这个名字使每个人都会想起烧毁举世闻名的图书馆的那场大火。在一幅中世纪木刻——他对木刻的质朴和简单感到好笑——上雕刻着几十个犹太人正被熊熊烈火焚烧着，他们站在执行火刑的柴堆上还在固执地大声祈祷。他赞赏受到推崇的米开朗琪罗②的《最后的审判》。那些罪人被无情的恶鬼推到地狱里去了。有一个罪人，恐惧和痛苦得用双手紧紧抱住头，而那些鬼就在下面抱着他的腿，他不愿看那目不忍睹、令人痛苦的惨状，即使现在讲的是他自己梦中经历的事情他也不看。上面站着的耶稣，根本不是基督教打扮，他强有力地挥动胳膊宣判着。所有这些就构成了一场大梦。

当基恩把"洗漱车"推出门外时，他听到她非同寻常地大声说道："起来啦！"她干吗老早就这么大声说话？现在大家都还在睡觉呢！对，他曾答应借给她一本书。他只考虑借给她一本小说。只是小说没有什么思想价值，小说也许能给人以享受，这看法也是估价过高了。小说破坏了完整性。人们看小说，为其中各种各样的人物所感动，从人物的活动中获得乐趣，从而深入了解人们所喜爱的角色。各种立场观点都是可以理解的。人们心甘情愿地使自己听任别人有目的地摆布，长此下去人们就失去了看书的本来目的。

---

① "最后的审判"，又称"末日的审判"。基督教称，耶稣将于"世界末日"审判一切死去的和仍然活着的人，善人升天堂，恶人下地狱。

② 米开朗琪罗(1475—1564)，意大利文艺复兴盛期的雕塑家、画家、建筑师和诗人。《最后的审判》是他所作的壁画。

小说是小说家打进读者内心的一个楔子。作家对楔子和打进去的阻力计算得越高明,他在读者内心所留下的裂痕就越大。为了国家,小说应被禁止。

七点钟时,基恩又打开门。台莱瑟已站在门前,像往常一样满怀希望,极为谨慎,耳朵倾斜地耷拉下来。

“我是来取书的。”她大胆地提醒道。

基恩的脸不禁红了起来。这个该死的女人居然记住了别人欠考虑时作的允诺。“您是来要书的!”他叫道。但声音突然又变了:“您应该来取书!”

他冲着她把门关上,两条腿气得发抖,直挺挺地走到第三个房间,用一个指头把《封·勃莱道先生的裤子》这本书钩出来。他在学生时代就买了这本书,曾经把它借给全班同学。由于心情一直不好,对世界上的一切都感到别扭,斑斑点点的封面和油腻的书页反而使他舒坦。他平静地走到台莱瑟那里把书一直送到她的眼前。

“这可不必要。”她说,从腋下抽出一叠纸来。他现在才注意到这是包装纸,她费了很大周折才找出一张合适的纸来,就好像给孩子穿件小衣服一样把书包好。然后又抽出第二张包装纸说:“双料包装可以更好地保存。”新包的书皮仍不够好,她就扯去并包上第三张。

基恩注视着她的动作,好像他有生以来第一次看见她似的,他对她低估了。她比他还要爱惜书,对这本旧书他非常反感,而她却给它包上两层书皮。她不让手掌接触书,而只用手指尖夹住,她的手指纤细。他因错怪她而感到惭愧,同时对她也感到高兴。是不是要给她拿一本别的书呢?她应该得到一本干净一些的读物。不过,她就先从这本书读起吧。反正过不了多久她还会要第二本。图书馆是由她负责管理的,已经八年了,他还稀里糊涂不知道。

“我明天要出门旅行。”他突然说道。她此时正用指关节把书皮弄平。“要好几个月呢!”

“那么我可以扎扎实实地把尘土都扫干净了,一个小时也许够了吧?”

“假如发生火灾,您怎么办呢?”

她大吃一惊,包装纸随着掉到地上。但她手里还拿着书:“天哪!那就救火!”

“其实我根本不走,不过开个玩笑。”基恩微笑着。他要出门旅行,把书交给她一人管理,这样一个特别信任她的想法使她深受鼓舞,他向她走近并用瘦骨嶙峋的手指拍拍她的肩膀,几乎是十分亲切地对她说:

“您真是一位好人!”

“我想看看,您为我挑选的是什么好书。”她说,她的嘴角笑得已经延伸到耳根。她打开书大声读道:“裤子……”她突然停住了,脸上并不红,而是渗出了一层细汗。

“教授先生,您可真是……”她叫着,并以飞快的胜利者的步子溜进厨房。

以后几天里,基恩力图使精力集中到原有的事业上去,他对写作有时也感到腻烦,想偷偷地到人群中去走走,并且时间要比自己所允许的长一些。他如果公开消除这种腻烦情绪,就会失去许多时间。他习惯于在这种斗争中获得力量。此时他想出了一个较为聪明的办法来克服这种情绪:他不趴在写字台上打瞌睡,并努力克服疲劳的念头。他不上大街,不跟任何蠢人以任何方式进行无关紧要的交谈。恰恰相反,他要跟他最好的朋友一起来活跃他的图书馆。他最爱古代的中国人。他叫他们从书中出来,从墙边书架上下来,招呼他们走近一些,请他们就座,根据情况,欢迎他们或威胁他们,示意他们如何措词。他坚持自己的意见,直至他们沉默为止。他要进行笔头论战,通过这种方式获得料想不到的新的乐趣。他练习汉语口语,并使用巧妙的习惯用语。假如我去看戏,听到的是些无稽之谈,既无教益,又无乐趣,无聊得很,还要牺牲三个小时的宝贵时间,最后只好气恼地去睡大觉。而我的自我对话时间要比看戏短,而且有水平。他就是这样在为自己的毫无邪念的自编自演的节目辩解,因为这样的节目对于一个观众来说似乎有点不可思议。

基恩在大街上或书店里常常碰到那种野蛮人,这些人说出的通情达理的话是他没有想到的。为了消除这种印象——这种印象是和他对这些人的蔑视看法相矛盾的——他在这种情况下做了一个小小的统计:这个家伙一天要说多少句话?少说也有一万句话。这一万句话中有三句也许是有意义的,而我偏偏偶尔听到了这三句话。每天还有千千万万句话他要通过脑子想一想而没有说出来,这些话都毫无意义,人们也许可以从他的秉性上看出他想说什么话,幸亏没有听到这些话。

女管家很少说话,因为她总是独自一人。一下子他们有了共同之处,他每时每刻都想到这一共同点。他看见她时,马上就想到那本精心包好的《封·勃莱道先生的裤子》。这本书在他图书馆里放了几十年。他每每经过那里时,背上就像扎了芒刺一般钻心地疼。但他还是把它放在老地方。他为什么就没有想到给它包上一层漂亮的书皮妥善保管呢?真差劲儿!还是这位普通的女管家教了他应该如何做。

难道她为他演出的仅仅是一出喜剧吗?也许她为了安慰他才演出这套阿谀奉承的把戏吧。他的图书馆遐迩闻名,有些商人曾经千方百计想从他这里得到某些孤本。也许她正准备进行一场大规模的窃书活动。当她独自一人和书打交道时,人们就要知道她在干什么。

有一天他突然出现在厨房里,这使她大吃一惊。他的猜疑折磨着他,他要搞清楚。一旦她被揭露出来,他就马上把她赶走。他要一杯水,她显然没有听清他的叫声。当她匆匆忙忙替他端来水时,他便审视着她座位前的桌子。在一个天鹅绒绣花枕头上放着他的书。书翻到第二十页。她还没有读多少。她用盘子给他递去一杯水。她手上套了白手套。他忘记用手指头去抓住杯子,杯子掉到地上,盘子也跟着掉下去。一阵哐啷声转移了视线,倒是值得欢迎。他没说什么。他从五岁起就读书了,至今已有三十五个春秋,还从来没有想到戴上手套去读书。他那尴尬的处境使他感到十分可笑。他鼓起勇气不假思索地问道:“您读得还不多吧?”

“我每一页都要读十几遍,否则就学不到什么东西。”

“您喜欢这本书吗?”他强制自己问下去,否则他会像刚才泼在地上的水一样不可收拾。

“书永远是美的,人们应该理解到这一点。这书里有油污斑,我费尽心机也没有把这些油污斑去掉,我该怎么办呢?”

“这油污斑早就有了。”

“多可惜呀，您知道书是多么珍贵！”

她没有说“值钱”，而是说“珍贵”。她说的是书本身的价值，而不是书的价钱。而他以前给她扯的都是什么“钱”，他的图书馆值如何如何多的钱。这个女管家应该鄙夷他。她是一个高尚的人。为了除掉书中的油污斑，她煞费苦心，彻夜不眠。他给她的是一本最不值钱、最破旧、最脏的书，而且是因为讨厌这本书才给她的。而她得到它却如获至宝，十分珍惜。她并不怜悯人，因为那不是艺术，而是怜悯书。她让弱者、受欺压者到自己身边来。她所关心和照料的是世界上的落伍者、被遗弃者和被遗忘者。

基恩深受感动地离开了厨房，没说一句话。她听到他在外面走廊上喃喃自语，但不知道说些什么。

他在图书馆高大的房间里踱来踱去，并请孔夫子出来。孔夫子安详而沉着地从对面墙上迎面走来。假如一个人没有做出什么成就就了此一生，便是虚度年华。基恩大步迎向孔子。他把一切应有的礼节全都忘了。他那激动的情绪和中国人温文尔雅的举止态度形成鲜明的对照。

“我相信我有一些知识！”他在五米开外的地方就对孔夫子说道，“我也相信我有一些修养。有人劝我说，知识和修养是相辅相成的，二者缺一不行。谁这样劝我呢？你！”他毫不畏惧地称孔夫子为“你”，“现在突然来了一个人，此人没有一丁点儿知识，但比我和你、你的整个儒家学派都更有修养，更有心志，更有尊严和人道！”

孔夫子并没有使自己失去自制。在开口之前，他甚至没有忘记向对方拱手作揖。尽管对方作了如此不逊的责怪，他的浓眉却没有皱一下。浓眉下一对古老的眼睛炯炯有神。他缓慢而庄重地说道：

“吾十有五而志于学，三十而立，四十而不惑——六十而耳顺。”①

基恩头脑里早就记熟了这些话。他却以使孔夫子更为气恼的话来回敬孔夫子。他很快把他的情况和孔夫子的情况生拉硬扯地进行对比。他十五岁时，白天在学校，晚上躲在被窝里凭着手电的微光，违反母亲的意愿，如饥似渴地读了一本又一本。母亲给他设了岗，派弟弟乔治监视他，可是他弟弟夜里偶尔醒来时，他仍然没有中断阅读，而且从不试图把被子掀开来。夜里能否读书，全靠他能否机警地藏好手电和书本。他“而立”之年已在科学上有所建树。他鄙薄当教授的聘书。他完全可以凭他父亲遗产的利息舒舒服服、无牵无挂地过一辈子。但是他没有这样做，而是把钱花到书上面了。几年的时间，也许只有三年的时间吧，他的钱就全部花光了。他对困难的前景从来不抱幻想，也就是说他对前途毫不畏惧。他现在四十岁了，直至今天他也从来没有“惑”过。当然他不能忘记《封·勃莱道先生的裤子》那本书，在处理那本书的问题上他出了问题。他还没有到六十岁，否则他也可以“耳顺”了。他能让谁“耳顺”呢？

孔夫子好像看出了他的问题似的，向他走近一步，虽然基恩比他高出两个头，他仍然

---

① 见《论语》。大意为：我十五岁，有志于学问；三十岁，说话做事就都有把握了；四十岁，掌握了各种知识而不致迷惑……六十岁，倾听别人的言语，便可以分辨真假，判明是非。

向基恩友好地鞠躬作揖,并对他亲切地说道:

“视其所以,观其所由,察其所安,人焉瘦哉!人焉瘦哉!”①

此时基恩十分沮丧,熟读这些话有什么用呢?人们要使用这些话,体验这些话,并证明这些话。她在我身边生活八年了。我了解她的“所以”而对其“所由”和“所安”则连想都没有想过,我知道她为图书做了些什么事情。她的成果我每天都见到。我想她是为了钱才这样做的。自从我知道她安于什么以来,我就更了解她的“所安”了。她在为那些可怜的、满是油污的、人们见了就厌恶的书籍清除污斑。这就是她的休息和睡眠。如果我不是由于不信任而到厨房去使她大吃一惊的话,她的良好的行为永远也不会被人知晓。她在隐匿的地方为她的“养子”——我的那本书,做了绣花枕头,安置它“睡在床上”。整整八年之久,她从来没有戴过手套,而今天,在她打开书阅读之前,却从她辛辛苦苦挣来的钱中抽出一些钱来上街买了副手套戴上。她并不傻,而是一个精明的人。她知道,她的手套钱可以买三本这样的新书。我犯了个大错误。八年之久我居然是个瞎子。

孔夫子不容他再想下去,便说道:“过,则勿惮改。”②

一定改正,基恩叫道。我要弥补她所失去的八年。我要和她结婚!她是维护我的图书馆最理想的人。遇到火灾,我完全可以信赖她。我所设想的女人就不如台莱瑟完美。台莱瑟有好的品质,是位天生的保管员,她心眼儿正。在她的身上没有文盲无赖的气质。她可以找一个情人,诸如面包师、卖肉的、裁缝等,不管什么野蛮人,不管什么猴子。但她不忍心。她是一心扑在图书上的人。有什么比跟她结婚更简单呢?

他不再注意孔夫子了。当他转眼看孔夫子时,孔夫子早已不见了。他只听到孔夫子微弱的、但很清晰的声音:“见义不为,无勇也。”③

基恩来不及感谢孔夫子对他的最后鼓励。他匆匆跑到厨房门前,猛地抓住门把,门把折了。台莱瑟坐在她的枕头前,正在装样子读书。当她意识到他站在她后面时,她目光离开了书本,站了起来。刚才谈话的印象她没有忘记。所以她把书又翻到第三页。他迟疑了一会儿,不知道该说什么,目光落到自己的手上,看到折了的门把,愤怒地把它扔到地上,然后他就直挺挺地站在她面前对她说:“请把手伸给我!”台莱瑟低声道:“那怎么行呢!”把手伸给了他。现在来调戏人了,她想,此时她开始浑身冒汗。“不是这个意思,”基恩说,他所说的“伸手”不能从字面上来理解,“我想跟您结婚!”台莱瑟没有料到这个决定如此之快。她把晃动着的脑袋向旁边一歪,又惊又喜、半推半就地回答道:“我听您的!”

钱文彩 译

---

① 考察他所结交的朋友,观察他以达到目的的方式方法,审度他的心情,安于什么,不安于什么。那么,这个人怎样隐蔽得了呢?这个人怎样隐蔽得了呢?

② 有了过错,就不要怕改正。

③ 眼见应该挺身而出的事情,却袖手旁观,这是怯懦。

1982

获奖作家

加西亚·马尔克斯

传略

拉丁美洲的魔幻现实主义始于二十世纪三四十年代,成熟于五十年代,到六七十年代达到了高潮。而把这种“变现实为幻想而又不失其真”的手法推向高潮的是哥伦比亚作家加西亚·马尔克斯,尽管加西亚·马尔克斯本人并不赞同魔幻现实主义一说,而认为这是用拉美人的认识方式去表现拉美客观现实的“真正的写实主义”。

加夫列尔·加西亚·马尔克斯(Gabriel García Márquez,1927—2014),一九二七年三月六日生于哥伦比亚马格达莱纳省的小镇阿拉卡塔卡。父亲是当地邮电所的报务员,并兼做医生。母亲是一位上校的女儿。加西亚·马尔克斯从小在外祖父家中长大。外祖父性格善良、倔强,思想比较激进,外祖母善讲神话传说和鬼怪故事,这给作家日后的文学创作带来颇为深刻的影响。十三岁时,他迁居首都波哥大,先就读于教会学校,后进波哥大大学攻读法律,并加入自由党。一九四八年,哥伦比亚发生内战,社会秩序大乱,加西亚·马尔克斯被迫中途辍学。不久,他进入报界,先后为《宇宙报》《先驱报》《观察家报》《时代报》和《神话》《家庭》等报刊撰稿,担任记者或编辑,还曾任《观察家报》驻欧洲记者及古巴拉丁美洲社驻波哥大记者、驻纽约分社副社长和驻联合国记者,写过大量通讯报道、评论文章和报告文学。一九六一年后,他移居墨西哥,从事文学、新闻和电影工作。一九六七年转而移居西班牙的巴塞罗那,以后又曾数度回国和移居墨西哥。一九八四年二月,他重回哥伦比亚的卡塔赫纳居住。

加西亚·马尔克斯从小爱好文学,特别是欧美名家的作品。一九四七年,当他还在大学学习时,由于受到卡夫卡的《变形记》的启发,创作了第一篇短篇小说《第三次忍耐》,发表后获得好评。此后,他的作品不断见诸报刊,并陆续出版了描写小镇马孔多历史变迁的长篇小说《枯枝败叶》(1955),用质朴的风格刻画一个徒劳地苦等补助金的退休上校的中篇小说《没有人给他写信的上校》(1961),由三十多个片段组成并再现一个小城的各类人物、事件的长篇小说《恶时辰》(1962)以及短篇小说集《格兰德大妈的葬礼》(1962)等。其中不少短篇小说还被改编成电影剧本搬上银幕。

一九六七年,加西亚·马尔克斯出版了代表作《百年孤独》,在文坛上引起了极大的轰动。小说以虚构的小镇马孔多为背景,叙述了百年来布恩地亚家族七代人的命运,描绘了小镇从荒漠的沼泽地上兴起到最后被旋风卷走,以及布恩地亚家族的最后一代被蚂蚁吃掉。通过这些描写展现了哥伦比亚乃至整个拉美大陆百年来的历史进程,从中倾注着作者对人们的孤独和愚昧、民族的分裂和落后的思考、讽喻和忧虑,作者盼望这种旧世界能像被飓风卷走似的一扫而光,让拉丁美洲走向团结和新生。该书描写的历史长,人物多,场面大,堪称再现拉丁美洲历史和现实图景的世界文学巨著。

《百年孤独》是一部魔幻现实主义的经典作品,它将历史和神话、现实和梦幻、悲剧和喜剧融为一体,运用交叉时空、神话传说以及梦幻、想象、夸张、荒诞、隐喻、象征、预言等手法,向人们展示了最广阔、最丰富、最生动的历史事件和现实生活。这部作品表面看来荒诞离奇,扑朔迷离,实则蕴含深邃的哲理,反映了作者独特的认识世界和认识人类的方式。他用一颗悲怆的心灵寻找着拉美迷失的精神家园,站在一个非常的高度同情地鸟瞰着熙熙攘攘的人类世界。《百年孤独》是一个由凝重的历史内涵、犀利的批判眼光、深厚的民族文化、奇特的象征隐喻和生动的神秘语言构成的现代神话,它不愧为魔幻现实主义的一部经典佳作。

一九七五年,加西亚·马尔克斯又出版了一部重要的长篇小说《家长的没落》。该书从一九五八年开始酝酿,到一九七五年出版,历时十七年之久。小说用神话、幻想和现实融为一体的魔幻现实主义手法,以夸张、荒诞的漫画笔调,淋漓尽致地刻画了独裁者尼卡诺尔罪恶的一生。作品发表后再次引起轰动,进一步巩固了作者在世界文坛的地位。

一九七六年九月十一日,为向杀害阿连德总统的智利军事独裁当局表示抗议,加西亚·马尔克斯宣布"文学罢工",自此搁笔五年,直到一九八一年才发表著名的中篇小说《一件事先张扬的人命案》。小说根据发生在一九五一年的一桩凶杀案的真人真事写成。通过这一事件,作者无情地鞭挞了存在于拉美某些地区的愚昧、落后现象,深刻地揭示了当今拉美社会现实生活中的阴暗面,对各类有权有势的人物进行了辛辣的嘲讽。

一九八二年,由于"他的代表作《百年孤独》把我们带进了一个奇异的世界,将不可思议的神话和最纯粹的现实生活融于一体,反映了拉美大陆的生活和冲突",加西亚·马尔克斯获得诺贝尔文学奖。

一九八五年和一九八九年,加西亚·马尔克斯又相继出版了长篇小说《霍乱时期的爱情》和《迷宫中的将军》。前者写的是两男一女从青年时代到耄耋之年的不称心的爱情故事。后者写的是拉美独立战争领袖西蒙·玻利瓦尔的一些鲜为人知的经历和逸事。

近年来,加西亚·马尔克斯又相继出版了长篇小说《爱情与其他邪魔》(1994)、《绑架的消息》(1996)和《我对不幸的妓女们的回忆》(2004)。

除以上作品外,加西亚·马尔克斯还写有报告文学《水兵贝拉斯科历险记》(1955)、《尼加拉瓜之战》(1979)、《米格尔·米廷历险记》(1986),文集《没有证件的幸福时刻》(1973)、《纪事与报道》(1976)、《海边文集》(1981)、《在朋友中间》(1982),文学谈话录《番石榴飘香》(1982)以及多部编写或改编的电影剧本。

加西亚·马尔克斯早年受哥伦比亚先锋派创始人萨拉梅亚·博尔达的熏陶,后来又深受乔伊斯、卡夫卡、福克纳等人的影响,在创作中他还采用了阿拉伯神话故事和印第安民间传说中的技巧,但是他始终把反映现实生活作为自己的最终艺术追求,作品虽然荒诞离奇,但无不植根于拉丁美洲民族的土壤。正由于他在创作上能博采众长,兼容并蓄,并且很好地处理了本土和外来的关系,从而形成了自己独特的创作风格,成为魔幻现实主义的杰出代表,为世界文学的发展做出了重大的贡献。

授奖词

瑞典学院把今年的诺贝尔文学奖授给加夫列尔·加西亚·马尔克斯,这可不能说是推选出了一位不知名的作家。

加西亚·马尔克斯作为一名作家,以他的长篇小说《百年孤独》(1967)获得了不寻常的成功。这本书被翻译成许多种语言,售出了数百万册。它现时仍在被重印,被新读者怀着有增无减的兴趣阅读着。对于才华不如加西亚·马尔克斯的作家来说,单凭一本书获得这样的成就已经是殊为不易,而加西亚·马尔克斯却逐渐地进一步巩固了他作为一名杰出的小说家的地位,他从想象与体验中汲取了似乎是取之不竭的丰富素材。例如,长篇小说《家长的没落》(1975)在广阔的、史诗般的博大上,可以与《百年孤独》相媲美。短篇小说如《没有人给他写信的上校》(1961)、《恶时辰》(1962)或者《一件事先张扬的人命案》(1981),更补充了这位作家的形象。他把渊博的、几乎是势不可当的叙事天才与清醒的、训练有素的、拥有广泛读者的语言艺术家的娴熟技巧结合起来。大量的短篇小说被收在几本集子里,或是刊登在报刊上,为加西亚·马尔克斯的叙事才能的巨大多面性提供了进一步的证明。他的国际性成就继续发展。他的每一部新作都作为具有世界意义的大事而受到满怀期望的批评家和读者的欢迎,被译成许多种语言,并且尽快地大量出版。

不能认为,由于授奖给加夫列尔·加西亚·马尔克斯,便使哪个在文学上并不知名的大陆或地区显露出来。长期以来,拉丁美洲文学就在少数别的文学领域内显示了活力。它在今天的文化生活中赢得了赞扬。许多动力和传统互相交叉。民间文化,包括口头创作,来自古印第安文化的回忆,来自不同时代的西班牙巴洛克文化的倾向,来自欧洲超现实主义和其他现代派的影响,混合成一种香喷喷的、提神的佳酿。加西亚·马尔克斯和其他拉美作家从中汲取了素材与灵感。政治生活的激烈冲突——在社会上和经济上——提高了知识界气候的温度。像拉丁美洲的其他大多数重要作家一样，在政治上加西亚·马尔克斯坚定地站在穷人与弱者一边，反对压迫和经济剥削。除了小说创作活动以外，作为一名记者他也非常活跃，他的著述是多方面的、富有创造性的，常常是引起争议的，并且绝不受政治主题的限制。

他的这些杰作令人想到威廉·福克纳。加西亚·马尔克斯围绕虚构的城镇马孔多创造了一个他自己的世界。在他的长篇和短篇小说中，我们被引到这个神奇与真实相会聚的独特地方。他自己奇思遐想的奔放焕发结合了传统的民间故事与实事，结合了文学的典故和真切实在的描述——有时是非常生动的，接近报告文学的注重事实。他与福克纳一样，相同的主要人物和次要人物出现在不同的故事中，被以种种不同的方式表现出来——有时是在戏剧性展现的环境中，有时是在一种喜剧与荒诞错综复杂的情况中，而这种错杂只有最荒唐的想象或无耻的现实本身才能达到。狂躁与激情烦扰着他们。战争的荒谬使勇气成为鲁莽，使丑行成为侠义，使机巧成为疯狂。

死亡在加西亚·马尔克斯所创造和发现的世界中，也许是置身幕后的最重要的导演。他的故事往往围绕一个死人——一个已经死亡、正在死亡或即将死亡的人。一种生命的悲剧意识体现了加西亚·马尔克斯作品的特点——一种命运至高无上和历史残酷无情破坏的意识。但是这种死亡的意识和生命的悲剧意识被叙述的无限而机智巧妙的活力冲破了，这活力代表了现实与生命本身的既使人惊恐又给人启迪的生气勃勃的力量。在加西亚·马尔克斯的作品中，喜剧与荒诞可能是令人痛苦的，但它们也能演变为一种给人抚慰的幽默。

加西亚·马尔克斯用他的故事创造了一个他自己的世界，这是一个微观世界。在其喧嚣纷乱、令人困惑但却令人信服的真实性中，它反映了一个大陆及其人们的财富与贫困。

或许还不仅仅是这样。这是一个宇宙，人的心灵和历史的结合力量在其中不时地冲破混乱的界限——杀戮与繁衍。

加西亚·马尔克斯先生：

在这短短的时间里，我只能描绘出您的文学作品中的基本的、比较抽象概括的情况。当然，您的长篇和短篇小说是全面的，可以说它们具有全人类的意义和影响。但它们并不深奥难懂，相反，您的作品具有生动的艺术真实性和对现实的高度凝聚力，这是任何抽象的概括所不能给予正确评价的。我所能做的就是劝那些没有读过这些作品的人去阅读它们。

我谨向您转达瑞典学院的最诚挚的祝贺，并请您从国王陛下手中接受诺贝尔文学奖。

瑞典学院常务秘书 拉尔斯·吉伦斯坦

裕康 译

作品

一件事先张扬的人命案(节选)

三

律师认为这次杀人是出于正当的维护荣誉,并认为持这种见解是问心无愧的。审判结束时,维卡略孪生兄弟声明:为了维护荣誉,这种杀人的事可以再干一千次,自从他们在作案几分钟后去教堂投案以来,就预料到一定会说他们是为维护荣誉而杀人。当时,一群激愤的阿拉伯人在后面紧紧追赶,两兄弟气喘吁吁地闯进神父住处,将光洁无血的宰猪刀放在神父阿马多尔的桌子上。他们在干了残忍的杀人勾当之后,已经精疲力竭了,衣服和双臂浸透着汗水,脸上除了汗珠之外,还沾满了鲜血,不过,神父把他们主动投案视为十分高尚的举动。

“我们是有意杀死他的,”彼得罗·维卡略说,“但是,我们是无罪的。”

“也许在上帝面前是无罪的。”神父阿马多尔说。

“在上帝和世人面前,我们都是无罪的,”巴布洛·维卡略说,“这是一件荣誉的事。”

更有甚者,在回忆作案过程时,他们把凶杀描绘得比实际情况还要残忍得多,甚至说用刀砍坏了的普拉西达·里内罗家的大门,不得不用公款修理好。在里奥阿查监狱里,他们等候审判达三年之久,因为无钱求人保释;最早关押在那儿的老犯人记得他们性情温顺、为人随和,然而从未看到过他们有任何悔意。虽说如此,实际情况好像是维卡略兄弟根本不想在无人在场的情况下立刻杀死圣地亚哥·纳赛尔,而是千方百计想叫人出面阻止他们,只不过没有如愿以偿罢了。

几年之后,维卡略兄弟告诉我,他们先是到马利亚·阿莱汉德里娜·塞万提斯家里找圣地亚哥·纳赛尔,在那里找到了他,并且同他一直待到两点钟。这个材料,同其他许多材料一样,没有写进预审档案。实际上,孪生兄弟说他们在塞万提斯家找到圣地亚哥·纳赛尔的那个时候,他并不在那里,那时我们已经到街上一边溜达一边欢唱小夜曲去了;其实他们并没有去找他。“他们如果来了,是绝不会从我这里走掉的。”马利亚·阿莱汉德里娜·塞万提斯说。我对她非常了解,对她这句话坚信不疑。实际上,维卡略兄弟是跑到牛奶店老板娘克罗迪尔德·阿尔门塔家去等圣地亚哥·纳赛尔的,在那儿他们打听到,除了圣地亚哥·纳赛尔外,还会有许许多多人去那里。“那是唯一的一个公众场所。”他们对预审法官供认说。“他早晚会在那里露面的。”他们在被宣布释放后对我说。不过,尽人皆知,圣地亚哥·纳赛尔家的大门就是大白天也都是闩得严严实实的;而圣地亚哥·纳赛尔总是随身带着后门的钥匙。果然,维卡略兄弟在前门等了他一个多小时,他回家时却从后门进去了;可他去迎接主教时,却是从对着广场的前门出去的,这一点谁也没有预料到，就连预审法官也是百思不得其解。

从来没有过像这样事前张扬的凶杀案。维卡略兄弟俩在妹妹向他们透露了名字之后，便到猪圈储藏室去了，那里放着杀猪用具，他们选了两把锋利的屠刀：一把是砍刀，长十英寸，宽二英寸半；另一把是剔刀，长七英寸，宽一英寸半。他们将刀用一块布包着，拿到肉市去磨，当时那儿刚刚有几家店铺开门。开始来的顾客很少，但是有二十二个人声称维卡略兄弟俩讲的话他们全听到了，并且一致认为，他们说那些话唯一的目的便是让人听见。卖肉的法乌斯蒂诺·桑托斯是他俩的朋友，在三点二十分时看见他们走进了屠宰场，那时他刚摆好肉案子；他不明白为什么他们星期一到他这儿来，而且时间又那么早，身上还穿着参加婚礼的深色呢料礼服。他们一般都是在星期五上他那里去的，而且时间要稍晚一些，身上系着宰猪的皮围裙。"我想他们是喝醉了，"法乌斯蒂诺·桑托斯对我说，"他们不仅弄错了时间，而且弄错了日期。"法乌斯蒂诺·桑托斯提醒他们那天是星期一。

"谁不知道是星期一呀，笨蛋，"巴布洛·维卡略心平气和地回答说，"我们只是来磨磨刀。"

他们是在砂轮上磨的刀。像平常一样，彼得罗手持两把刀，交替着放在砂轮上，巴布洛摇动砂轮转柄。他们一边磨刀，一边同其他卖肉人讲着婚礼的盛况。有几个人在埋怨，尽管是同行，可是没有吃到喜庆蛋糕，他们答应以后补上。最后，他们又在砂轮上把刀鐾了几下，巴布洛将他那把刀放在灯旁照了照，锋利的钢刀闪闪发光。

"我们去杀圣地亚哥·纳赛尔。"巴布洛说。

两兄弟是有名的忠厚老实人，因而谁也没有理会他们。"我们想他们一定喝醉了。"几个卖肉的人说。后来见到他们的维克托丽娅·库斯曼和几个别的人也都这样说。有一次，我不得不询问屠夫们，是否从事屠宰这个职业的人不易被人看出事先有杀人的念头。他们反驳说："我们在宰牛时，连牛的眼睛都不敢看。"其中一个屠夫对我说，他吃不下自己亲手宰的牲口肉。另一个屠夫对我说，他不敢杀自己熟悉的牛；如果喝过这头牛的奶，那就更不敢下手了。我提醒他们说，维卡略兄弟就是屠宰他们自己饲养的猪，他们对这些猪是那样熟悉，甚至都能叫出它们的名字。"是这样，"一个屠夫说，"可是，您应该知道，他们不是给猪起人名，而是以鲜花命名猪的。"只有法乌斯蒂诺·桑托斯在巴布洛·维卡略威胁的语言中嗅出一点他们真要杀人的味道，并且开玩笑地问他，既然有那么多富翁应该先死，为什么要杀圣地亚哥·纳赛尔。

"圣地亚哥·纳赛尔知道为什么。"彼得罗·维卡略回答说。

法乌斯蒂诺·桑托斯告诉我，他对此将信将疑，于是把自己的想法告诉了一个警察。那个警察是过了一小会儿来的，他来买一磅猪肝给镇长准备早餐。据预审档案记载，这个警察叫利昂特罗·波尔诺伊，这人第二年在一次保护神狂欢节上被斗牛抵中颈部而丧生，所以我不可能同他交谈；不过，克罗迪尔德·阿尔门塔向我证实说，在维卡略兄弟俩坐下来等圣地亚哥·纳赛尔以后，那警察是第一个来她店里的。

那时，克罗迪尔德·阿尔门塔刚刚走进柜台替换了丈夫。店里的习惯是这样的：早晨卖牛奶，白天卖吃食，从下午六点开始又变成了酒馆。克罗迪尔德·阿尔门塔凌晨三点半开门营业。她的老实厚道的丈夫罗赫略·德拉弗洛尔承担酒馆业务，直到关门为止。可是，那天婚礼散后来了那么多顾客，时过三点还没有关门，他只好先去睡了。那时克罗迪尔德·阿尔门塔已经起床，她起得比平时早，因为打算在主教到来之前把牛奶卖完。

维卡略兄弟是四点十分来到店里的。那时店里还只卖些吃的东西，可是，克罗迪尔德·阿尔门塔破例卖给他们一瓶白酒，这不仅因为她尊重他们，而且也因为感谢他们叫人送来了喜庆蛋糕。维卡略兄弟两大口就把整瓶酒喝光了，可是仍然是一副若无其事的样子。"他们都麻木了，"克罗迪尔德·阿尔门塔对我说，"就是弄一船石油来也无法燃起他们的感情。"随后，他们脱掉呢子外衣，小心翼翼地搭在椅背上；又要了一瓶白酒。他们的衬衣汗迹斑斑，胡子是前一天刮的，看上去像山民。第二瓶酒喝得慢些，他们坐在那里，一边喝，一边用眼睛盯着对面街上圣地亚哥·纳赛尔的母亲普拉西达·里内罗的房子，那儿的窗户是关着的。凉台上最大的一扇窗户连着圣地亚哥·纳赛尔的卧室。彼得罗·维卡略问克罗迪尔德·阿尔门塔是否看见过那窗户中有灯光，她作了否定的回答，但是她觉得这问题提得奇怪。

"您怎么啦？"她问道。

"没什么，"彼得罗·维卡略回答说，"我们只是在找他，要把他杀死。"

他回答得那么自然，以致她不可能想到那是真的。可是，她发现孪生兄弟带着两把屠刀，裹在破抹布里。

"你们为什么一大早就去杀他，可以告诉我吗？"她问道。

"他自己心里明白。"彼得罗·维卡略回答说。

克罗迪尔德·阿尔门塔认真地打量了他们一番。她对他们是那样地熟悉，特别是彼得罗·维卡略服役回来后，就是不用眼睛也能辨认出来。"他们还像孩子呢。"她对我说。一想到这一点，她不禁打了个寒战，因为过去她一向认为只有孩子才什么事都能干得出来。她把奶具准备停当，就去叫醒丈夫，把店里发生的事情告诉他。罗赫略·德拉弗洛尔半醒半睡地听她讲。

"别瞎扯了，"他说，"他们哪能杀人呢，特别是杀像圣地亚哥·纳赛尔这样的富翁。"

当克罗迪尔德·阿尔门塔回到店里时，孪生兄弟正在和警察利昂特罗·波尔诺伊交谈，那警察是来给镇长取奶的。她没有听到他们谈些什么，不过从警察临走时看屠刀的那种样子，她推测他们对警察可能透露了点他们的想法。

拉萨罗·阿蓬特上校是四点差几分钟起床的。当警察利昂特罗·波尔诺伊向他报告维卡略兄弟的杀人企图时，他刚刚刮完脸。前一天夜里他处理了那么多朋友间的纠纷，又来一个这类的案子，何必着急呢。他慢条斯理地穿好衣服，打了好几次蝴蝶领结，才感到满意，然后把玛利亚教团的神符挂在脖子上，准备去迎接主教。早餐是洋葱炒猪肝。在他用早餐的时候,妻子十分激动地告诉了他巴亚多·圣·罗曼将安赫拉·维卡略休回的事,可是上校并不像妻子那样觉得此事有什么值得大惊小怪的。

“我的上帝!”他打趣地说,“主教该怎么想呀?”

不过,还没有用完早饭他就记起了警察刚刚对他说的事。他把两件事联系在一起,立刻发现这不正是一个谜语的答案吗?于是他沿着“新港”大街向广场走去,由于主教要来,那里的住户已开始活动起来。“我记得清清楚楚,那时快五点了,并且开始下起雨来。”拉萨罗·阿蓬特上校对我说。路上,有三个人截住他,偷偷地把维卡略兄弟正等候圣地亚哥·纳赛尔准备杀死他的事告诉他;不过只有一个人讲清楚了地点。

上校在克罗迪尔德·阿尔门塔的店里找到了维卡略兄弟。“我看到他们时,以为他们只是说大话吓唬人,”上校按照他个人的逻辑推理对我说,“因为他们并不像我想象的那么烂醉如泥。”他几乎连问都没有问他们要干什么,只是没收了他们的屠刀,叫他们回去睡觉。他对他们和蔼可亲,就像在惊恐不安的妻子面前一样表现得若无其事。

“你们想一想,”上校对两兄弟说,“如果主教看见你们这副模样,他该怎么说呀!”

维卡略兄弟俩离开了牛奶店。克罗迪尔德·阿尔门塔对镇长轻率地处理这件事又一次感到失望,因为她觉得镇长应该把孪生兄弟关起来,直到把事情搞清楚。拉萨罗·阿蓬特上校把屠刀拿给她看了看,就算了却了此事。

“他们已经没东西杀人了。”上校说。

“不是为了这个,”克罗迪尔德·阿尔门塔说,“而是为了把那两个可怜的小伙子从可怕的承诺中解脱出来。”

克罗迪尔德·阿尔门塔凭着她的直觉看出了这个问题,她敢肯定,与其说维卡略兄弟急于杀死圣地亚哥·纳赛尔,不如说他们是急于找到一个人出面阻止他们杀人。可是拉萨罗·阿蓬特根本没有把这件事放在心上。

“不能因为怀疑就逮捕人,”上校说,“现在的问题是要提醒圣地亚哥·纳赛尔。”

克罗迪尔德·阿尔门塔大概会永远记着拉萨罗·阿蓬特那副使她有点讨厌的矮胖的样子,可是我却把他当作一个幸运儿留在记忆里,尽管他由于偷偷搞那种通过函授学到的招魂术而有点神魂颠倒。他那个星期一的举止无可争辩地证明了他办事轻率。事实是,直到在码头上见到圣地亚哥·纳赛尔,他才记起了他,那时他为自己做出了正确的决定而十分得意。

维卡略兄弟俩将自己的想法告诉了十二三个去店里买牛奶的人,这些人在六点钟以前早已把事情传得家喻户晓了。克罗迪尔德·阿尔门塔认为对面街上的那家人不可能不知道。她认为圣地亚哥·纳赛尔不在家里,因为一直没有看到寝室的灯打开过。凡是有可能见到圣地亚哥·纳赛尔的人,她都要他们碰到他时提醒他。她甚至叫来给修女买牛奶的新入教的女仆把事情转告给神父阿马多尔。时过四点,她看见普拉西达·里内罗家的厨房灯亮了,于是便叫每天都来要求施舍点牛奶的乞丐婆最后一次给维克托丽娅·库斯曼捎去紧急口信。当主教的轮船鸣笛进港时,几乎所有的人都起了床准备去迎接,那时只有我们很少几个人不知道维卡略兄弟在等着杀死圣地亚哥·纳赛尔,其他人不但知道此事,而且连全部细节都了解。

克罗迪尔德·阿尔门塔还没有卖完牛奶,维卡略兄弟俩又回来了。他们带着另外两把屠刀,用报纸包着。其中一把是砍刀,刀面生了锈,工艺粗糙,有十二英寸长,三英寸宽,那是彼得罗·维卡略以前用一把钢锯自己改制的,当时由于战争原因不能进口德国刀。另一把比较短,但是又宽又弯。预审法官在案卷上画了图案——这可能是因为他无法用文字描述——大着胆子说,那把刀像小砍刀。他们就是用那两把刀作的案,两把刀都很粗笨,并且用过多年了。

法乌斯蒂诺·桑托斯对发生的事情无法理解。"他们又来磨了一次刀,"他对我说,"又一次说是要去掏圣地亚哥·纳赛尔的五脏六腑,他们大叫大嚷,声音很高,为的是让人听见;所以,我以为他们在开玩笑,特别是因为我没有注意他们的刀,还以为是原来那两把呢。"不过,他们一进来,克罗迪尔德·阿尔门塔就发现他们的决心不像以前那么大了。

实际上,两兄弟之间首次发生了分歧。其实他们的谈吐举止并不相同,思想就更不同了,在困难的紧迫时刻,两个人的性格也是你我各异。从在小学念书时,他们的朋友们就注意到了这一点。巴布洛·维卡略比弟弟只大六分钟,一直到少年时代还富于想象,办事果敢。我觉得彼得罗·维卡略一向很重感情,因而也更有主意。到了二十岁的时候,他们一起去登记服兵役,巴布洛·维卡略被免役,以便留下来照管家庭。彼得罗·维卡略在公安巡逻队里服役十一个月。由于士兵贪生怕死,军队中章程严厉。这就培养了他发号施令的才干,养成了他替哥哥出主意的习惯。服役期满返回家园时,他身染严重的淋病,军队医院各种残忍的治疗方法、迪奥尼西奥·伊瓜兰医生的砷剂和高锰酸盐泻药对他都没有效果。后来关进了监狱,才总算治愈。我们这些他的朋友,一致认为巴布洛·维卡略之所以会突然对他弟弟俯首帖耳,是因为他弟弟退役时带回来了一套兵营式的作风,还随时"有求必应"地撩起衬衣让人看他左肋被子弹击中留下的伤疤。对于他弟弟把严重的淋病当作战功到处炫耀,巴布洛·维卡略甚至感到十分光彩。

据彼得罗·维卡略本人供认,是他决定要杀死圣地亚哥·纳赛尔的,开始哥哥只不过随着他罢了。可是,在镇长没收了他们的屠刀之后,也是他觉得那件事可以适可而止了,这时巴布洛·维卡略变成了指挥者。在预审法官面前,他们在各自的供词里谁也没有提到这一分歧。不过巴布洛·维卡略曾多次向我们证实,说服他弟弟下定最后决心实在不容易。也许实际上那只不过是瞬间而逝的惧怕,可实情是巴布洛·维卡略一个人到屠宰场去拿了另外两把刀子,那时他的弟弟正在罗望子树下痛苦地一滴滴地撒尿。"我哥哥从来不知道这是怎么回事,"在我们唯一的一次会见中,彼得罗·维卡略对我这样说,"那就像往外尿玻璃渣子一般。"巴布洛·维卡略拿着杀猪刀回来时,他还搂住大树站在那里。"他痛得浑身出冷汗,"巴布洛·维卡略对我说,"他想说服我,叫我一个人去,因为他已经无力杀任何人了。"他坐到一张为吃喜酒而摆在树下的木匠工作台旁,褪下了裤子。“他换纱布，大约换了半个小时。”巴布洛·维卡略对我说。实际上，只不过换了十来分钟，可是巴布洛·维卡略却觉得这段时间是如此难熬和神秘莫测，以致他觉得弟弟又在耍花招，想拖延到天亮。因此，他把刀放在弟弟手里，几乎是强迫他去为妹妹挽回荣誉的。

“没有办法，”巴布洛·维卡略对弟弟说，“事情只能这样了。”

他们从屠宰场的正门走出去，手中的刀子没有用东西包住，院子里的狗狂吠着跟在他们后边。天开始亮了。“那时没有下雨。”巴布洛·维卡略回忆说。“不但没有下雨，”彼得罗回忆说，“还刮着海风，天上只有几颗天亮时的星星。”那时那桩事情已经传开，当他们从欧尔滕西娅·巴乌特家门口走过时，她正好打开大门。她是第一个为圣地亚哥·纳赛尔流下眼泪的。“我想他们已经把他杀死了，”她对我说，“因为我借着路灯看见他们手里的杀猪刀，觉得刀上还在滴着血。”在那条偏僻的街道上，为数不多的几家店铺都已开门，其中包括巴布洛·维卡略的未婚妻普鲁登西娅·科德斯家的店铺。维卡略孪生兄弟每回这个时候经过这儿时，特别是星期五去肉市的时候，总要进去喝第一杯咖啡。他们推开院子的大门，狗在黎明的昏暗中认出了他们，围了上来。兄弟俩进厨房向普鲁登西娅·科德斯的妈妈问了早安，那时咖啡还没有煮好。

“我们回头来喝吧，”巴布洛·维卡略说，“现在有急事。”

“我知道，孩子们，”她说，“不是什么光荣的事。”

兄弟俩只好等咖啡煮好。这时巴布洛·维卡略以为弟弟是在有意拖延时间。在他们喝咖啡时，正值青春年华的普鲁登西娅·科德斯走进厨房，拿来一卷旧报纸，想把炉火扇得更旺。“我知道他们要干什么，”她对我说，“我不但同意他们，而且如果他不像个男子汉大丈夫，我就不会同他结婚。”在离开厨房之前，巴布洛·维卡略从她手中夺过两叠报纸，递给弟弟一叠，让他把刀子包起来。普鲁登西娅·科德斯在厨房里等着，直到看他们从大门里走出去，而后她又等了三年之久，从来没有灰心丧气过。直到巴布洛·维卡略出狱，成了她的终身伴侣。

“你们可要好好当心。”她对他们说。

因此，牛奶店老板娘克罗迪尔德·阿尔门塔觉得孪生兄弟不像以前那样坚定不是没有道理的，于是她给他们上了一瓶烈性白酒，企图最后打掉他们杀人的念头。“那一天，”她对我说，“我发现我们这些世界上的女人是多么孤单！”彼得罗·维卡略向她借她丈夫的刮脸用具，她给他拿来了胡刷、肥皂、挂镜和换上新刀片的刮胡刀，可是他却用剔肉刀刮了胡子。克罗迪尔德·阿尔门塔认为那是男人的一种野性。“他像电影里的暴徒。”她对我说。后来彼得罗·维卡略亲口告诉我说，这事是真的，他是在军营里学会用剃头刀刮脸的，这种习惯一直没能改变。可他的哥哥则谦恭地借了罗赫略·德拉弗洛尔的刮胡刀刮了脸。最后，他们俩默默地、慢吞吞地将那瓶酒喝完，睡眼惺忪地看着对面那幢房子的紧闭着的窗户。此时，有些人装作顾客来买他们并不需要的牛奶，询问一些店里没有的食品，实际上是想看看维卡略兄弟是否真的在等候圣地亚哥·纳赛尔，要把他杀死。

维卡略兄弟大概一直没有看见那扇窗户透出灯光。圣地亚哥·纳赛尔是四点二十分回家的,但是他不必开灯就可以到卧室去,因为楼梯的灯是彻夜不熄的。他走进漆黑的卧室,一头倒在床上,连衣服也没有脱,因为他只能睡一个小时了。当维克托丽娅·库斯曼上楼叫他去迎接主教时,他就是这样躺在床上的。我们一起在马利亚·阿莱汉德里娜·塞万提斯家里一直待到三点过后,那时她亲自打发走乐师们,将庭院里舞场的灯全部熄灭,让她的卖笑的女人们单独回房间休息。这些舞女已经劳累了三天三夜,开始是偷偷地招待那些上宾,其后是公开地来到我们跟前,同我们这些比贵宾低一等的人调情。马利亚·阿莱汉德里娜·塞万提斯这个女人,我们应该说,只要和她睡上一次觉死了也甘心,我从未见过那样标致、那样温存的女人;她是最会向男人献殷勤的,但是,她也是个最严厉的女人。她生在这里,长在这里,生活在这里,所谓"这里"就是指她办的一所公开的妓院,有几间供租用的房子。还有一个供跳舞用的大庭院,那儿悬吊着从帕拉玛里波的中国人店铺里买来的形如大圆瓜的灯笼。是她毁掉了我们的童贞。她教给我们的比我们应该学的多得多。而最重要的是,她告诉我们,生活中没有比一张空床更可悲的地方了。圣地亚哥·纳赛尔第一次见到她就神魂颠倒了。我提醒他:"秃鹰抓苍鹭,不知是祸是福。"可是他没有听进我的话,他被马利亚·阿莱汉德里娜·塞万提斯的迷魂汤灌得晕头转向。他完全被她迷住了,在他十五岁时,她成了他寻花问柳的导师,直到易卜拉欣·纳赛尔揍了他一顿皮带,把他从床上拉下来,并且关进埃尔·迪维诺·罗斯特罗牧场达一年多之久,才算把他们拆散。那以后,他们依然感情很深,但那是严肃的,已经没有爱情纠葛了;她是那么尊重他,只要他在,绝不撂下他而去陪其他嫖客。在最近那次假期里,她托辞劳累——这是令人难以置信的——把我们早早打发走,但是大门并不上闩,走廊里还留下一盏灯,为的是让我偷偷地回去。

圣地亚哥·纳赛尔有一种几乎是神奇的化装本领,他最喜欢将舞女们装扮成另外的样子。他常常将一些女人的衣服抢出来给另外的女人穿上,这样每个女人都变得和原来不一样,变成了别的女人的相貌。一次,有个女人为自己被打扮得和另一次一模一样而痛哭一场。她说:"我觉得自己像是从镜子里走出来的一样。"可是那天夜里,马利亚·阿莱汉德里娜·塞万提斯没有允许圣地亚哥·纳赛尔最后一次高高兴兴地变他的戏法,借口说那次不愉快的回忆使她改变了对生活的看法。所以,我们拉着乐队到大街上游逛演唱小夜曲去了;当维卡略兄弟等着圣地亚哥·纳赛尔准备把他杀害时,我们正在娱乐。快四点钟时,正是圣地亚哥·纳赛尔出主意叫我们登上老鳏夫希乌斯住的小山为新婚夫妇演唱。

我们不仅在窗下为他们唱了小夜曲,而且在花园里燃放了焰火和鞭炮,可是我们觉得别墅里没有一点生命的气息。我们没有想到里面没有人,特别是因为新汽车就停在门口,车篷还折叠着,为婚礼挂上的彩带和蜡制柑橘花完好地摆放着。我弟弟路易斯·恩里盖当时像个专业乐师似的弹奏着吉他,他为新婚夫妇即兴演奏了一首夫妻打趣的歌曲。直到那时天还没有下雨，而是明月当空。空气清澈，山下墓地中磷火在闪动。另一边，远远可以望见月光下蓝色的香蕉园和荒凉的沼泽地，天边的加勒比海波光粼粼。圣地亚哥·纳赛尔指着一盏导航灯，告诉我们那是遇难者的鬼魂，因为有一艘满载塞内加尔黑奴的轮船沉没在卡塔赫纳港湾里。无法想象他心中有什么不快，尽管当时他不知道安赫拉·维卡略的短暂婚姻生活在两个小时之前已经结束了。巴亚多·圣·罗曼是徒步将妻子送回她父母家里的，免得汽车马达声过早地宣布他的不幸；他又孤单一人了，在老鳏夫希乌斯曾经度过幸福生活的别墅里坐守漆黑无灯的空房。

当我们走下山时，我弟弟邀请我们到市场饭店去吃炸鱼，但是圣地亚哥·纳赛尔不愿去，他想在主教到来之前睡上一个小时。他和克里斯托·贝多亚沿着河边走去，路上看到旧港一带穷人下榻的小客栈开始亮起灯来；他在拐过街角之前，摆摆手向我们告别。那是我们最后一次看到他。

克里斯托·贝多亚是在他家的后门同圣地亚哥·纳赛尔告别的，他们商定过一会儿在码头会面。当狗听到圣地亚哥·纳赛尔走进家门时，像往常一样，汪汪地叫起来，但是他在暗影里摇晃着钥匙让狗安静下来。当他穿过厨房向卧室走去时，维克托丽娅·库斯曼正在炉灶上照看着咖啡壶。

"白人，"她叫住他说，"咖啡就好了。"

圣地亚哥·纳赛尔告诉她稍等一会儿再喝，并且请她转告迪维娜·弗洛尔五点半叫醒他，给他送一件和身上穿的一样的干净衣服。他刚刚躺下，维克托丽娅·库斯曼就收到了克罗迪尔德·阿尔门塔打发讨奶的乞丐婆送来的口信。五点半她按时叫醒了他，不过她没有打发迪维娜·弗洛尔去，而是亲自拿着亚麻布衣服上楼到他的房间去的，因为她时刻都警惕着不让女儿落入贵人们的魔掌。

马利亚·阿莱汉德里娜·塞万提斯没有闩门。我告别了弟弟，穿过走廊——妓女们养的猫睡在那里的郁金香中间——轻轻地推开门走进卧室。房间里没有灯光，可是我一进去马上就嗅到了女人身上散发出的热气，看到了黑暗中那双失眠"母狮子"的眼睛，随后我便心荡神移地忘掉了一切，直至教堂的钟声当当地响了起来。

在回家的路上，我弟弟走进克罗迪尔德·阿尔门塔的店里买香烟。他喝得太多了，因此对当时情景的记忆一直模糊不清，可是他从没有忘记彼得罗·维卡略让他喝了一杯酒，那杯酒几乎要了他的命。"纯粹是惩罚我。"他对我这样说。巴布洛·维卡略正在打盹儿，我弟弟进去把他惊醒了，他便将刀拿出来给我弟弟看。

"我们去杀圣地亚哥·纳赛尔。"他说。

我弟弟却记不清他讲过这句话。"即使我记得他说了这句话，也不会信以为真，"他多次这样对我说，"鬼才想到那对孪生兄弟会杀人呢，更不用说是用杀猪刀去杀人啦！"接着两兄弟问我弟弟圣地亚哥·纳赛尔在哪里，因为他们曾看见他和圣地亚哥·纳赛尔待在一起。我弟弟也不记得自己是怎么回答的了。不过，克罗迪尔德·阿尔门塔和维卡略兄弟听了他的回答异常惊愕，此事在预审时两兄弟分别作了供认，并记录在案。据他们声称,我弟弟当时说:“圣地亚哥·纳赛尔已经死了。”随后,我弟弟为主教祝了福,身子碰到门框上,趔趔趄趄地走了出去。在广场中央,他遇到了神父阿马多尔。阿马多尔身穿法衣,正向码头走去,后面跟着个辅祭,手敲小铃铛,还有几个助手抬着祭坛,那是为主教做露天弥撒而准备的。一看到这些人走过去,维卡略兄弟在胸前画了十字。

克罗迪尔德·阿尔门塔对我讲,当神父若无其事地从她家门前走过去时,维卡略兄弟大失所望。“我想神父没有收到我的口信。”她说。不过,许多年以后,当神父阿马多尔在卡拉弗尔神秘的疗养院隐居下来时对我透露说,实际上他收到了克罗迪尔德·阿尔门塔的口信和别人的告急信,当时他正准备到码头去。“说实话,我不知道该怎么办,”他说,“我首先想到的是,那不是我的事,而是民政当局的事。但是,后来我决定顺路把事情告诉给普拉西达·里内罗听。”不过,在穿越广场时,他已把事情忘得一干二净。“您应该理解这一点,”他对我说,“在那个倒霉的日子里,主教要来。”在杀人的那一瞬间,神父感到那样绝望,那样卑视自己,除了叫人敲钟报警之外,什么也没有想到。

我弟弟路易斯·恩里盖是从厨房的门走进家去的,我妈妈怕爸爸听到我们回来的脚步声特意没有闩门。路易斯睡觉之前去上厕所,但是坐在马桶上睡着了;当我另一个弟弟哈依梅起床去上学时,看见他脸朝下趴在瓷砖地上,在睡梦中哼着歌。我那个修女妹妹不去迎接主教,因为头一天的醉意未消,她叫了好长时间也未把路易斯叫醒。“当我去厕所时,钟正敲五点。”她对我说。后来,当我妹妹马戈特进去洗澡准备去码头时,费了好大的劲才将路易斯拖到卧室去。在睡意蒙眬中,他迷迷糊糊地听到主教乘坐的船拉响了头几声汽笛。后来由于彻夜唱歌跳舞,累得精疲力竭,便酣然入睡了,一直睡到我的修女妹妹一边急急忙忙穿着法衣,一边闯进卧室,发疯般地把他唤醒:

“他们把圣地亚哥·纳赛尔杀死了!”

…………

李德明　蒋宗曹　译　尹承东　校

1983
获奖作家
戈尔丁

传略

一九八三年，瑞典学院再次将诺贝尔文学奖授给英国作家，他就是威廉·戈尔丁，以此表彰他“在小说中以清晰的现实主义叙述手法和变化多端、具有普遍意义的神话，阐明了当代世界人类的状况”。

威廉·戈尔丁(William Golding,1911—1994)，一九一一年九月十九日生于英格兰南部康沃尔郡的一个知识分子家庭。他少年时代就读于马尔博罗文法学校，毕业后遵从父命进牛津大学攻读化学，两年后改学文学。在此期间曾出版过一本收有二十九首小诗的诗集(1934)。一九三五年大学毕业后，他曾任小学校长，还当过小剧团的编剧、演员和舞台监督。第二次世界大战爆发后，戈尔丁于一九四〇年应征参加皇家海军，曾多次参加海战，还曾参加过一九四四年解放法国的战斗。

一九四五年退役后，戈尔丁到学校教授英国文学，并坚持业余创作。一九五四年发表第一部长篇小说《蝇王》，获得巨大成功。这是一部寓言体小说，写一群英国儿童因飞机失事流落到一个荒无人烟的孤岛上，开始过着野蛮人的生活。生存的竞争使儿童们分成了两派，并陷入了互相厮杀，直到一艘经过的英国巡洋舰救了他们，这座已成了人间地狱的孤岛上的噩梦才宣告结束。“蝇王”一词源于希伯来文的误译，原意为“魔鬼”，书中指的是人类本性中的邪恶本质。通过这样一个现代神话，戈尔丁意在阐明人类本性中有着邪恶的种子，一旦外在社会约束被取消，在任其自由发展的环境中，它就会带来种种罪恶，带来专制和野心，带来战争和毁灭，会破坏一切文明，毁掉一个美好的世界。奇特的构思、深刻的主题、比喻象征的运用使这部作品突破了传统小说的模式，成为一部当代文学中的创新之作。作品充分表达了作者对人类本性和社会危机的严肃思考和深切忧虑。

在《蝇王》之后，戈尔丁又相继发表了另一部揭示人性邪恶一面的长篇小说《平切尔·马丁》(1956)和以第一人称叙述的自白式长篇小说《自由堕落》(1959)。《自由堕落》写一个英国艺术家在落入纳粹集中营后的自我反省。这两部作品都有较多的心理描写,较好地运用了意识流的内心独白、自由联想等手法,而且都有劝人向善的意向。

进入六十年代后,戈尔丁又先后出版了长篇小说《塔尖》(1964)和《金字塔》(1967)。《塔尖》写中世纪时的一座大教堂的教长乔斯林为了自己树碑立传,不顾教士、教民和建筑师的反对,硬要在教堂顶上加建一个四百英尺高的塔尖,结果酿成了无数罪恶。小说向人们展示:作为一个信奉上帝的教长,他的人性中也有着邪恶的种子,由于受野心和狂妄的驱使,他犯下了罪行,而且还为其他人的犯罪创造了条件,结果既害了别人,也害了自己。在《金字塔》里,戈尔丁继续用象征、想象等手法,探索当代社会中人类的思想隐秘,揭露人类的邪恶本性和文明的脆弱,用轻松幽默的笔调,表达了他的"人性向恶"的观点。

七十年代末出版的长篇小说《看得见的黑暗》(1979),可说是既写了阴间的地狱,也写了阳世的炼狱,它在许多方面表达了作者对人类和世界的看法。这是一部讲善恶相斗的作品,而且还认为善与恶是生活中两个独立的力量。

一九八〇年发表的长篇小说《过界的仪式》是作者的航海三部曲中的第一部,曾获一九八〇年英国最高文学奖布克奖。小说写十九世纪初拿破仑发动战争时期,富家子弟塔尔伯特在去澳大利亚的船上的所见所闻。作者通过船上各类人物的所作所为,揭露了人们思想上存在的虚伪、势利、好色等劣根性,以及甚至把人作弄致死的兽性。

除以上作品外,戈尔丁还写有长篇小说《继承人》(1955)、《纸人》(1984)及航海三部曲中的另两部作品《近方位》(1987)和《底下的火》(1989)。此外还有短篇小说集《天蝎神》(1971),剧本《铜蝴蝶》(1958),杂文集《热门》(1965)以及文学评论集《活动的靶子》(1982)等。

戈尔丁的小说富有哲理,他十分注意观察和研究人性"恶的一面",从人本身存在的缺陷中去探索社会制度缺陷的根源。戈尔丁还被称为"寓言编撰家",他常在小说中运用想象、比喻、象征等手法编写现代寓言。他称自己是一个宇宙的悲观主义者,但又是一个世界的乐观主义者。在戈尔丁的作品中,充分反映了他对人类命运和世界前途的深深忧虑和关切。

授奖词

威廉·戈尔丁的第一部长篇小说《蝇王》(1954)——一问世便迅速取得了世界性的成功,并且至今保持着这种地位。这本书的读者已数以千万计。换言之,此书是一本畅销书。从某种意义上说,通常只有探险故事、轻松读物和儿童图书才会享此幸运。他后来写的几部长篇小说,包括一九八〇年的《过界的仪式》,也遇到同样的情况。

原因很简单。这些书非常有趣,非常刺激。读这些书,会使人心情愉快,获益匪浅,又无须劳心费神,也不要求读者有什么专门知识或过人的聪明。然而,这些小说在职业文学评论家、学者、作家和其他阐释者当中也引起了异乎寻常的兴趣，他们在戈尔丁的作品中寻找并发现了深层的多重含义和错综复杂的内容。在那些使用叙事工具和语言艺术的人们当中，这些作品已经激起了他们的思考，激活了他们自己的创造，而凡此种种，为的就是探索我们生存的这个世界，并在其中安居乐业。在这方面，威廉·戈尔丁也许堪与另一个英国人——乔纳森·斯威夫特相媲美。斯威夫特也曾是一个受到博学的与不博学的读者同样欢迎的作家。戈尔丁也可与美国人赫尔曼·麦尔维尔①相匹敌。麦氏的作品既充满深奥的多重含义，又充满了使人为之心驰神往的冒险。事实上，相似之处远不止于此。当涉及人类中的邪恶与下流势力时，戈尔丁总是具有敏锐的眼光和尖锐的笔触——这一点正与乔纳森·斯威夫特相似。戈尔丁又像赫尔曼·麦尔维尔一样，经常为自己的故事从海洋世界或其他挑战性的环境中选择主题和结构。在这些故事中，一些奇人被引诱着去干超出自己能力的事业，因而他们被赤裸裸地展现在人们面前，一直被披露到灵魂深处。他的故事通常有一个相当简单的戏剧性事件（几乎总是什么奇闻逸事）作为骨架。然后，他再以多姿多彩的人物和令人吃惊的事件作为引人入胜、富有变化的肌肉，来包裹住这个骨架。

可以说威廉·戈尔丁是一位神话作家。我们在他的写作风格中看到的正是神话的模式。在深刻的人类一般天性中，那些为数不多的基本经验和基本冲突，构成了他全部作品的动力。在一篇文章中，他描述了自己年轻时对存在所持的乐观看法。那时他相信，人能够通过改造社会和最终消灭所有社会邪恶势力而使自己臻于完美。他的乐观主义正同其他空想主义者（如赫·乔·威尔斯②）如出一辙。

第二次世界大战改变了他的观点。他看到了一个人真正会对别人做出什么事来。而且，这不是新几内亚的猎人头者或亚马孙河流域的原始部落的问题。这些问题是一些受过良好教育的、有文化的人们以冷酷的专业技能犯下的桩桩暴行。那些人是医生、律师和一些有着高度文明的悠久传统为其背景的人们。他们公然对自己的同类犯罪。他写道：

> 我必须说，如果什么人经历过那些岁月，而不知道人常常就像蜜蜂生产蜂蜜那样在生产着邪恶，那么，那个人肯定是瞎子或头脑出了毛病。

有些人认为，政治制度或别的什么制度造成了邪恶，戈尔丁对这些人进行了猛烈抨击。邪恶产生于人类自己的内心深处——是人类中的恶造成了邪恶的制度，或者改变了最初的状况，改变了原来的发展，是它把美好的事物变成了邪恶、有害的事物。

在威廉·戈尔丁的观念世界中，有一个巨大的宗教领域，虽然那很少是原来意义上的基督教。看来他相信一种“堕落”说。也许有人会说他是以“堕落”的神话在进行创作。在他的一些故事里，主要是在《继承人》（1955）这部长篇小说里，我们看到了一个人

---

① 赫尔曼·麦尔维尔（1819—1891），美国作家，《白鲸》的作者。

② 赫·乔·威尔斯（1866—1946），英国作家，《时间机器》《隐身人》《星际大战》等书的作者。

类历史尚处于天真未凿状态的梦——一个史前的种族或动物的种群;他们虽拙于言词,但是在绘画上、在无言辞的交流上却十分丰富;并且由于女人或女性的品质居于领导地位而过着和平宁静的生活。堕落随着一种新的动力而来。进取的智慧、追求权力的渴望、自以为是,以及傲慢的个人主义,是邪恶和暴力(既是个人的暴力也有社会的暴力)的根源。但是这些品质和动机又是人天性中固有的,在人的内心中作为一种创造的本能而存在。因此它们是人性格的不可分割的一部分。当人进行完全的自我表现,并且构成他的社会和他个人的命运时,这些品质和动机就会被人们感觉到。

在威廉·戈尔丁的小说中,我们遇到了这种悲剧,表现为很多不同的形式。在《蝇王》中,一群小孩被困于一个荒岛上;很快一种原始的社会形成了,并且分解成一个个战争小集团。其中一个以正直和乐于合作为标志;而另一个则以崇拜权势、热烈追求权力和暴力为标志。在《金字塔》(1967)中,我们看到一个更为常见的背景——一个英国乡镇中同样的紧张形势。在一种充满了冷酷、不公正与虚伪的生活中,这个社会的不同阶级各自实行着自己内部的、同样冷酷的暴力。长篇小说《平切尔·马丁》(1956)描写了主人公——这个讲故事者怎样正在被淹死。实际上,当他讲自己的故事时,他已经死了或已处于垂死状态。在他忘情地关注于自我的过程中,他似乎一度获得了更美好的死。他以回忆自己的一生来这样做。这一生充满了冷酷无情的自私和对他人的残忍。这是一个不幸的生命,然而这是他的生命,而且他没有理由想失去这个生命。他,这个死者,试图把他靠着的那块石头变成自己的化身。这是一个令人毛骨悚然的鬼怪故事,一个渴望尊严地、轰轰烈烈地生活的生存意志的寓言。

在长篇小说《过界的仪式》(1980)中,作者把这个在微观世界上演的戏剧安排在十九世纪初一条航线的海船上。这本书以隐晦的黑色喜剧和对于人物富有变化的语言角色的巧妙运用,对这条船上的社会隔阂和冲突做出了严厉、无情的描写。那个替罪羊(戈尔丁作品中众多的替罪羊之一)是一个神父,他天真地相信其职务的权威,试图保持其尊严。他遭遇到一桩桩暴行,暴行愈演愈烈,他自己也参与其中,终于以披耻蒙羞一命呜呼的令人绝望的境况告终。

而此前的一本小说的书名《看得见的黑暗》(1979),暗示了弥尔顿①对地狱的描写。这本书是一本很复杂的书,它在很多方面归纳了作者关于人类和世界的看法,正像人们在自己的作品中对此类问题浮想联翩时所做的。这部小说可以被看作是在描写地狱或人世间的炼狱。邪恶的鼓吹者是以近乎凶暴的特点出现的,在外形上是两个年轻美貌的姑娘,她们的行为都被对邪恶的喜爱所驱使,而她们爱邪恶仅仅因为它是邪恶。与她们相对的,则是戈尔丁的另一头替罪羊——一个在伦敦受到大空袭时出生在一个烈火熊熊的可怕地方的年轻人。他又再次穿过烈火,在一个对他的毁灭麻木不仁的世界上去朝圣。他既是人,像人那样可怜而又虚弱,他又不仅仅是人,他与另一种势力结盟,而无论他们属于超人范围还是属于想象和幻觉的人的世界。《看得见的黑暗》是一部讲善恶相斗的二神论的书——一个人试图用神话形式来说明一种摩尼教哲学,认为善与恶是生活

---

① 弥尔顿(1608—1674),英国作家,《失乐园》的作者。

中两个独立的力量。

在人类世界中，并非一切都是邪恶的，在威廉·戈尔丁的世界中，并非一切都是黑暗的。按照他的说法，人有两重性——一方面会成为杀人凶手；另一方面，又会相信上帝。天真并未完全泯灭。在《继承人》中，新的种族打败了他们的前人，又逐渐被被征服者的一些特点搞糊涂了。有一种要摆脱邪恶的努力。这种努力又经常由于自以为是和幻想而误入歧途。但是它毕竟存在着，并且与某种不全是人的东西结盟。在长篇小说《塔尖》(1964)中，这种努力体现为建造一座中世纪大教堂的故事。这位建造者是一个神父，他相信自己受上帝之命去建一座尖塔，这塔向所有合理的计算和度量挑战。他的努力既善又恶，包含着一些最复杂的原因——既有谦卑和悔罪，也有自大、固执和见不得人的性动机。这部小说采用了一种严整的复合结构，是戈尔丁最绚丽多姿、最意味深长的作品之一。

然而，威廉·戈尔丁的长短篇小说并不只是阴沉的道德说教和关于邪恶、奸诈、毁灭力量的黑色神话，它们也是丰富多彩的冒险故事。它们可读性很强，充满了叙事的喜悦，别出心裁，富有刺激，加之还有层出不穷的幽默、辛辣的讽刺、喜剧和热烈的玩笑。在这些小说中有一种活力，事实上，这种活力突破了那些悲剧性的、厌世的、令人恐怖的东西。一种活力，一种精力，它富有感染力，这应归功于它的力量与倔强，应归功于它拥有一种作为抗衡力的相反相成的自由。在这一点上，戈尔丁也使我们回想起在一开始就提到的那些先行者。戈尔丁的寓言世界是悲剧性的、感伤的，但并不令人压抑和绝望。那里有一种生命，它比生存的条件更强大。

瑞典学院常务秘书 拉尔斯·吉伦斯坦

邹海仑 译

作品

猎手的呼喊[①]

拉尔夫躺在一个由矮树丛的枝叶覆盖着的隐蔽的地方，正在查看伤势。他右肋上的伤口足有几英寸宽，标枪击中的地方结成一块肿起的、凝着血污的伤痕。他的头发上尽是泥土，纠缠起来活像山藤的卷须。穿过林莽逃跑的时候，他浑身上下都被擦伤刮破。到呼吸恢复正常时，他琢磨一阵后打定主意，一定得等一等再冲洗伤口，要不水声哗哗作响，怎能听到那些赤脚走近的声音？待在小溪流旁或站在开阔的沙滩上，又怎么能够保证安全？

拉尔夫倾听着。他离堡垒岩不算远。在起初惊恐万状的时刻，他本以为听到了追逐

① 节选自戈尔丁的代表作长篇小说《蝇王》。

他的声音,但是猎手们仅仅摸进了绿叶繁茂的边缘地带,也许是为了捡回他们的标枪,随即就立刻窜回洒满阳光的堡垒岩去了,仿佛是畏惧那绿叶之下的黑暗。他甚至瞥见一个人,涂着棕色、黑色和红色的条纹,并认定是比尔。但是拉尔夫想,这已经不是原来的比尔,而是个野人,其形象与早先穿短裤衬衫的孩子的模样是无法融合为一的。

午后的时光过去了,圆圆的日影移过了碧绿的蕨叶和棕褐色的树枝,却仍听不到岩石后面有什么动静。最后,拉尔夫从蕨丛中钻出来,偷偷摸摸地爬到狭长地带前面那簇穿不透的灌木丛的边缘。他万分警惕,从边缘地带的树枝隙缝间眺望前方,看到罗伯特坐在峭壁顶峰,守卫着山门。他左手握着一根标枪,右手正在将一块鹅卵石不停地抛起又接住。在他身后升起的一柱浓烟,使拉尔夫的鼻孔张大,嘴里流出口水。他用手背擦擦鼻子和嘴巴。自从早上到现在,他第一次感到饥肠辘辘。杰克的部落一定坐在挖出了内脏的猪的周围,瞧着猪油滴到火灰上燃烧。他们会全神贯注的。

另一个认不出是谁的身影出现在罗伯特旁边,递给他一样东西,又转身回到岩石后面。罗伯特把标枪放在身边的岩石上,啃起双手捧着的肉——原来会餐正开始,守门的也得到了自己的一份。

拉尔夫明白,眼下他是安全的,便一瘸一拐地穿过果林离去。他想到自己的食物很次,然而会餐的回忆又使他感到恼恨。今天会餐,而明天……

他想象他们会不管他,或许会让他当个亡命之徒,对此连他自己都不能信服。但是那致命的无可争辩的念头又冒了出来。螺号的碎裂以及猪仔和西门之死像一层烟雾笼罩全岛。花脸野人是会走得越来越远的;然而凭着杰克和他之间存在着的那种难以言传的关系,杰克绝不会不管他,绝不会的。

他顿住了,脸上晒得斑斑点点,抬起一根大树枝,准备从底下钻过去。这时,一阵恐惧使他浑身颤抖,并高声喊叫起来。

“不。他们没有坏到那种程度。那是个意外事故。”

他弯腰穿过大树枝,笨手笨脚地奔跑,然后停下来听听有什么声响。

他来到那一大片被撞得七零八落的果林,贪婪地吃起来。他看见两个小家伙,由于没有意识到自己那副可怕的样子,所以还纳闷为什么他们尖叫着飞跑而去。

他吃饱了就朝沙滩走去。夕阳正斜照着倒塌的窝棚边上的棕榈树。石台和水池还在。最好是不理会心里那铅样沉重的感觉,而信赖他们的良知,也就是他们白日的正常神智。既然部落的人已经吃饱喝足,该做的事就再试一试,反正他也不能在渺无人烟的石台旁边那空荡荡的窝棚里过夜。在夕阳之下,他起了一身鸡皮疙瘩,浑身哆嗦。没有篝火,就没有烟柱,也就没有营救。他转身一瘸一拐地进入林莽,朝着岛上杰克的那一头走去。

斜阳的余晖消失在树枝之间。他终于来到树林中的一片寸草不长的石质空地上。现在这里是一团暗影。拉尔夫看见空地中央站着一个东西时,吓得差点儿要扑到一棵大树后头;定睛一瞧,原来那白色的面部是骨头,那猪的头颅从木棍顶端朝他咧嘴微笑。他缓缓地走到空地中央,盯住那像螺号般闪闪发白并似乎在对他冷嘲热讽的头颅。一只蚂蚁正在一个猪眼眶里出出进进,除此之外,这猪头毫无生气。

真是如此吗?

他发现脊背上上下下有针刺痛的感觉。他站着,猪头和他的脸大约差不多高,于是他用双手把头发抓起来。猪头露齿微笑,空洞洞的眼眶好像挺有本领地毫不费力地就吸引住了他的视线。

它究竟是什么东西?

这头颅盯住拉尔夫的架势就像一个知道一切答案却不肯说出来的人。恐惧与愤懑涌上他的心头。他猛然向面前这具肮脏的东西打过去,这东西像玩具一样地摆过去,又摆了回来,仍然对准他的脸微笑,以致他突然一击并且恶心地喊叫,然后他舔着青肿了的手指关节,瞧着光秃秃的木棍。这时头颅已碎成两半落在地上,那微笑的猪嘴离他有六英尺。他从石缝里拔出晃悠悠的木棍,在白色的猪头和他自己之间,举着木棍当作标枪,然后面对着此刻正在地上仰天微笑的骷髅骨一步步后退。

在绿色的余晖从地平线上消失,黑夜完全降临时,拉尔夫又来到堡垒岩前面那片灌木丛。他从树丛中窥视,看到山顶仍然有人把守,反正不管是谁在上面,都有一根标枪严阵以待。

他跪在阴影之中,辛酸地体验到孤独的滋味。他们的确是野人;但是他们也是人。深夜所埋藏的恐惧向他袭来。

拉尔夫轻轻地呻吟。尽管他很疲劳,但是不能松懈一下,睡上个好觉,因为害怕那些部落的人。难道能勇敢地走进堡垒说“我不打啦”,轻轻地一笑了之并和其他人睡在一块儿吗?难道不可以假装他们仍是孩子,是学童,曾经说过“老师,是,老师”并且戴上制服帽子吗?光天化日兴许会回答说可能;但是黑夜以及死亡的恐怖却回答说不可能。他在黑暗之中躺在那里,明白自己是个被遗弃的人。

“这是因为我有些头脑。”

他把面颊顺着前臂擦了擦,嗅到一股盐和汗水的辛辣气味,还有泥土陈腐的气息。在左边,海洋的浪涛正在起伏,哗哗地退却,又哗哗地涌上礁石。

堡垒岩的后面传来阵阵声响。拉尔夫摆脱海水的浪涛声,仔细地倾听,可以听清一个熟悉的节奏。

“杀怪兽!割喉咙!放掉血!”

部落正在跳舞。在这堵石墙另一面的某个地方,人们围成黑黝黝的一圈,有熠熠发光的火苗,还有肉食。他们是在品尝食物和享受舒适的安全感。

附近的一阵声响使他浑身哆嗦。野人们正爬上堡垒岩,直上岩顶,而且还听到讲话的声音。他偷偷地走近几码,看到岩顶的人影在改换并且扩大。这个岛上只有两个孩子是这样走路和说话的。

拉尔夫把头伏到前臂上,像挨了一刀那样接受这个新的事实:现在连山姆和艾力克都是部落的成员了。他们正在守卫堡垒岩,提防着他。再也没有机会救出他们俩,在岛的另一头建立一支遭到放逐的人的部落了。山姆和艾力克像其他人一样成了野人;猪仔死去;螺号被砸得粉碎。

那单个的守卫终于爬了下来。留下来的那两个人看上去仅仅像是漆黑的岩石伸出来的一部分。在他们的后面,出现了一颗星星,一时又被他们的动作所遮住。

拉尔夫慢慢地向前移动,好像瞎子那样在凹凸不平的地面上摸索着道路。在他右边有好多英里的模模糊糊的海水;在他左下方有骚动着的波涛,就像矿坑的竖井那样阴森可怕。海浪每一分钟都在拍打着猪仔死在上面的那块岩石,然后是四溅的白色浪花。拉尔夫匍匐前进,直到双手抓到入口处凸起的岩石。守夜者就在他头顶上,他可以看清岩石上面突出来的一根标枪的枪头。

他轻声喊叫。

"山姆、艾力克——"

没有回答。要让声音传送过去,他必须放大嗓门,这就会把那些怀有敌意的花脸野人招惹过来,而此刻他们正在篝火旁野宴。他咬紧牙关,开始爬山,用手触摸落脚点。那根插死猪头的木棍有点碍事,但他不肯把这唯一的武器扔掉。他几乎爬到与孪生兄弟面对面的高度才再度开口。

"山姆、艾力克——"

他听到岩石那里一声喊叫和一阵短促的骚动。孪生兄弟抱作一团,结结巴巴说不出话来。

"是我——拉尔夫。"

拉尔夫唯恐他们跑去报信,所以使劲攀登,直到脑袋和肩膀升到岩顶之上。在他腋下的远处,他瞧见礁石周围闪亮的浪花。

"不过是我呀——拉尔夫。"

他们俩终于向前探探身子,凝视着他的面孔。

"我们以为是——"

"——我们不知道是什么东西——"

"——我们以为——"

想到自己已经效忠新主人,艾力克羞愧得一声不吭,但是山姆却试图恪守职责。

"你一定得走,拉尔夫。你马上走开——"

他舞弄标枪,摆出一副气势汹汹的样子。

"你离开这儿,明白吗?"

艾力克赞同地点点头,朝空中戳了戳他的标枪。拉尔夫用胳膊撑着岩石,没有走开。

"我来看看你们俩。"

他嗓子沙哑,喉咙也隐隐作痛,尽管现在没有遭到什么创伤。

"我来看看你们俩——"

话语表达不出这些事情所赋予的隐痛。他沉默下来,这时明亮的繁星正在闪烁。

山姆不安地挪动了一下。

"说真的,拉尔夫,你还是走吧。"

拉尔夫又抬起头来。

"你们俩没涂花脸。你们怎么能……要是大白天的话——"

如果是在光天化日之下,他们会羞愧得无地自容,但是夜间一团漆黑,艾力克表明了态度,所以兄弟俩开始作一唱一和的讲话。

“你一定得走开,因为不安全——”

“——他们逼我们,还打伤了我们——”

“谁? 杰克吗?”

“噢,不是——”

他们俩对着他弯下身子,放低了声音。

“快走吧,拉尔夫——”

“——这是个部落——”

“——他们逼我们——”

“——我们没办法啦——”

拉尔夫再开口时,声音低沉而气促。

“我干了什么啦? 我喜欢过他——我还想叫咱们得救——”

繁星仍在夜空中闪烁,艾力克认真地摇摇头。

“听着,拉尔夫。别管什么是有道理的事啦,那已经都没啦——”

“甭管那个头领——”

“——为了你自己好,你一定得走。”

“头领和罗杰尔——”

“——是的,罗杰尔——”

“他们恨你,拉尔夫。他们要干掉你。”

“他们明天就要追捕你。”

“可是为什么呢?”

“我不知道。还有,拉尔夫,杰克头领说,会有危险的——”

“——叫我们一定要小心,像打野猪那样把标枪投向你。”

“我们要横跨岛子,散开成一条线——”

“——我们要从这一头向前走——”

“——直到我们找到你。”

“我们一定得这样发信号。”

艾力克抬起头,用手拍着张开的嘴,发出一阵轻微的呜呜声,接着他紧张地朝背后瞧瞧。

“像这样——”

“——只不过更响,当然。”

“可是我没有招惹他们呀,”拉尔夫低声急促地说,“我只是想保住篝火不灭呀!”

他停了下来,凄凉地想到明天。他突然想到一件极其重要的事。

“你们要——”

他一开头还不愿意问得那么具体,但是恐惧和孤寂马上驱使他说下去。

“他们找到我之后,要干什么?”

孪生兄弟默默不语。在他下面,在猪仔死在上面的那块岩石那里,又涌上四溅的浪花。

“他们要——啊，上帝呀，我肚子饿——”

那矗立的岩石似乎在他脚下摇晃。

“嗬——什么——？”

孪生兄弟间接地回答他的问题。

“你现在一定得走啦，拉尔夫。”

“为你自己好。”

“躲开这儿，越远越好。”

“你们俩跟我走好不好？我们三个人——我们会有希望的。”

沉默片刻后，山姆哽咽地开口说。

“你不了解罗杰尔，他真凶。”

“还有那个头领——他们俩都——”

“——都很凶——”

“——不过罗杰尔——”

两个孩子吓僵了。从部落里来的人正朝他们爬上来。

“他是来查岗的。快，拉尔夫！”

准备溜下峭壁时，拉尔夫充分利用这次见面的时机抓住最后的有利条件。

“我就躲在附近，在下面那儿的灌木丛里，”他耳语着，“别让他们进去。他们绝不会想到在这么近的地方搜——”

脚步声离得还远。

“山姆——我会躲过去的，是不是？”

孪生兄弟又沉默下来。

“给！”山姆突然说，“拿着这个——”

拉尔夫觉出塞给他一大块肉，就一把抓住。

“可是你们逮住我之后要干什么呢？”

上面一片沉默。他自己都觉得说了傻话，于是从岩石上退下来。

“你们要干什么呢？”

从矗立的岩石顶峰传来了不可理解的回答。

“罗杰尔把一根木棍的两头都削尖啦。”

罗杰尔把一根木棍的两头都削尖了？拉尔夫猜不透这是什么意思。他脾气发作，使用了一切想得出来的骂人的话，结果却打了个哈欠。又能支持多久而不睡觉呢？他渴望有一张床，上面铺着白床单——然而从这里所看得见的唯一的白色便是下面四十英尺猪仔摔死在上面的岩石周围那缓慢的闪亮的白色浪花。猪仔的精神无所不在，它在这片狭长的地带，在黑暗与死亡中变得阴森恐怖。要是猪仔现在能从海水里走出来该有多好啊！拉尔夫像个小家伙那样脑子里空空洞洞，打着哈欠，呜咽着啜泣起来。他手里拿的木棍变成了他摇摇晃晃地靠在上面的拐棍儿。

这时他又全身绷紧。堡垒岩顶上传来提高嗓门说话的声音。山姆和艾力克正跟人争论。不过蕨叶和野草就在附近,那就是应当待在里头的地方,藏起来,然后旁边的灌木丛就可以作为明天的藏身之处。这里——他双手摸着野草——是个过夜的地方,离部落不远,因而如果神奇的恐怖的东西出现的话,起码可以暂时和人们混在一起,即使这意味着……

究竟意味着什么?一根木棍两头都削尖了,这又包含什么意思呢?他们过去投过来的标枪,除了一根以外,都没投中,也许下一次他们还投不中。

他蹲到高高的草丛里,想起山姆给他的肉,便开始贪婪地撕开来大嚼一通。正在吃的时候,他听到刚发出的声音——山姆和艾力克喊痛的声音,惊慌失措的喊叫,怒气冲冲的嗓音。这是什么意思?除他自己之外,有人也碰上倒霉的事了,因为孪生兄弟两个当中至少有一个在挨揍。接着声音渐渐消失在大岩石下面,于是他就不去考虑他们了。他用双手摸索着,找到清凉细嫩的蕨叶,就长在灌木丛的前面。那么这里就是今夜的藏身之处了。这样,天一亮他就能爬进灌木丛,挤到扭曲的枝干之间,把自己隐蔽得深深的,以致只有像他自己一样的钻爬能手才能进得来,而那个钻爬能手是要被戳上一棍的。他将坐在那里,搜捕会从他身边经过,包围线会参差不齐地向前推移,人们在岛上用手拍嘴呜呜叫,于是他便自由了。

他使劲钻到蕨叶底下,把木棍搁在身边,在漆黑中蜷缩起来。他必须记住,天一亮就得醒过来,为了瞒过野人们——他真不知道睡意会来得这么快,猛地把他推下一个黑暗的深邃的斜坡。

他没有睁开眼就醒了过来,耳朵听到近处的一个声音。他睁开一只眼,发现离面孔一寸左右的地方有个蘑菇,他用手指捏碎了它,光线正从蕨叶之间渗透进来,他刚意识到长久以来的摔下去与死亡的噩梦已经过去,天已大亮,就又听到那声音。原来这是从海岸边传来的呜呜的吼叫声,一个野人喊,又一个接下去呼应着,依次传递。这吼声越过他,经过岛的狭窄的一端,从海面上传到环礁湖,活像一只展翅高飞的鸟儿的长鸣。他不假思索就抓住尖利的木棍,在蕨草里向后蠕动,几秒钟之内就钻进了灌木丛,他是在先瞥见一个野人的双腿在向他迈近才钻进去的。蕨草被踩得通通响,又被啪啪地敲打。这时他听到两条腿在高高的草丛里移动。不管这野人是谁,反正他呜呜地吼叫了两次,接着山的两边都有应声,然后就消失了。拉尔夫纹丝不动地伏在地上,身上缠着蕨草,顿时什么也听不到了。

最后,他审视着灌木丛,肯定没有人能在这里袭击他,而且他还走运,那块杀死猪仔的巨石滚进这片灌木丛时,就落在正中央又弹跳起来,砸出一个几英尺的凹口。拉尔夫扭动身子钻了进去,庆幸自己找到了安身之处。他在砸碎的树干中小心翼翼地坐下来,等待围猎的人走过去。从树叶间仰望,他瞥见一点红色,那一定是堡垒岩的顶峰,遥远而平静。他得意扬扬地安下心来,准备听到围猎声逐渐消失。

然而谁也没有发出喊声。时间一分钟一分钟地过去,在郁郁葱葱的树荫里,他得意的情绪逐渐消退了。

终于他听到一个嗓音,是杰克的,但嗓音压得低低的。

“你有把握吗?”

被问的野人不吭声,兴许打了个手势。

罗杰尔发了话。

“要是你捉弄我们——”

马上传来一个抽气声和一个喊痛声。拉尔夫本能地把身子蜷缩起来。灌木丛外面是孪生兄弟当中的一个和杰克及罗杰尔在一起。

“你有把握他要待在那里面吗?”

孪生兄弟当中的一个轻轻地呻吟,接着又高声叫痛。

“他说了他要躲在那里面吗?”

“对——对——啊唷——!”

清脆的笑声在树林里回荡。

原来他们知道了。

拉尔夫拿起木棍准备战斗。可是他们能干什么呢?他们要是开路走进灌木丛,得花上一个星期,而且钻进来的人也没办法抓住他。他用大拇指摸摸标枪尖,冷静地笑笑。谁进来就捅他一下子,让他痛得像猪那样嚎叫。

他们走开了,回到岩顶去。他听到脚步移动的声音,还有嘿嘿的笑声。又传来一阵高高的像鸟鸣般的喊叫声,响彻整个包围圈。原来有些人仍在密切注意他的动向,还有些人——

一阵长久的、无声无息的寂静。拉尔夫啃着标枪柄,直咬得满嘴都是树皮。他站起来,朝堡垒岩顶峰望去。

正在这时,他听到杰克发自山顶的喊声。

“使劲推!使劲推!使劲推!”

原来看到的岩顶上那块红色岩石,像一片帷幕般突然消失,使他得以看到几个人影和蓝天。一刹那之后,大地震动,空气中呼啸着嗖嗖声,灌木丛的顶部活像被一只巨手掴了一巴掌。巨石向前跳动,猛冲猛撞着滚下沙滩,这时一阵断枝碎叶劈头盖脸地落到他身上。在灌木丛外面,野人部落正在欢呼。

又是一阵寂静。

拉尔夫把手指放在嘴里咬着。山顶只有另一块岩石他们有可能推得动,但是它像半座茅屋那么大,像一辆小汽车或一辆坦克那么大。他极其痛苦地清晰地想象着这块巨石滚下来的过程——它开始滚动时很缓慢,擦着凸起的一块块山石落下来,像一台特大的蒸汽压路机那样滚过狭长的地带。

“使劲推!使劲推!使劲推!”

拉尔夫放下标枪,又捡起来。他心烦意乱地把头发推到后面去,在这一小块地上仓促地走了两步,又退了回来。他站着注视那些断裂的枝干。

还是一片寂静。

他看见自己胸膛在起伏,呼吸得如此急促,吃了一惊。左胸头,心脏怦怦直跳。他又把标枪放下。

“使劲推!使劲推!使劲推!”

一阵尖厉、持久的欢呼声。

红岩顶上隆隆作响，大地震动了一下就开始不停地摇晃着，隆隆声也越来越响。拉尔夫整个身子给气浪抛起、摔下，冲撞到树枝上。在离右手几英尺远的地方，整个灌木丛被压倒，树根从地里被拔出来，嘎吱嘎吱直响。他看到一块红色巨石像水车的轮子般缓缓地转了过来，接着沉重地滚过去，逐渐消失在大海那边。

拉尔夫跪在翻开的土地上，等待抛起的泥土撒落。不一会儿，折断的白色树桩、枝干和灌木丛厚厚的枝叶又都重新集中在一起。他身躯里有种沉重的感觉，他知道是自己的脉搏。

又是一片寂静。

然而又不完全如此。在外面，他们在那里窃窃私语；在他右边的两个地方，树枝突然被猛烈地摇晃着，还出现了一根木棍锋利的尖头。拉尔夫在惊惶之中把自己的木棍从树枝间隙里捅出去，使足了劲儿一戳。

“啊——唷！”

他的标枪在双手中扭曲了一点，接着他又把它收缩回来。

“噢——”

有人在外面呻吟，跟着响起一阵哇啦哇啦的讲话声，一场激烈的争论正在进行，受了伤的野人在继续呻吟着。接着，在寂静中一个声音发了话，拉尔夫断定这不是杰克的声音。

“明白吧？我早就说过了——他是危险的呀！”

受伤的野人又呻吟了一下。

还有什么别的招儿？下一步是什么？

拉尔夫双手紧握啃过的标枪，头发落在前面。几码以外，朝着堡垒岩的一面，有人在低声说话。他听到一个野人震惊地说“不”，接着是压低的笑声。他蹲坐在脚后跟上，对着枝叶的屏障龇着牙，举起标枪，嘴里发出低微的吼声，等待着。

那瞧不见的野人们又发出嘿嘿的笑声。他听到一种奇怪的滴答声，随后响起一阵更大的噼噼啪啪的声音，似乎有人在撕开一层层的玻璃纸。啪的一声一根树干折断了，他忍住一声咳嗽。一缕缕白色和黄色的烟火从树木的枝干间渗进林子里，他头顶的一块蓝天变成了雨云的色彩，接着大团大团的烟火向他滚滚而来。

有人紧张地哈哈笑，一个声音大喊大叫。

“烟冒起来啦！”

他尽力在烟火下面紧贴泥土，穿过灌木丛，向着丛林爬行。不一会儿他便看到一块空地和灌木丛边缘碧绿的枝叶。一个小个子野人，身涂红白二色，手持标枪，正站在他和丛林之间。那野人在咳嗽，用手背擦着眼睛，把泥彩搽到了眼圈周围，企图透过腾腾烟雾看清四周的情况。拉尔夫像猫那样扑向前去，吼叫着，举起标枪戳过去，那野人弯腰倒了下来。灌木丛外边传来一声喊叫，拉尔夫穿过矮树丛，惊恐地疾跑而去。他踏上一条野猪小道，顺着小道跑了大约一百码，然后突然转身离开小道。他身后的喊声又响彻全岛，有一个声音大喊了三次。他揣测那是前进的信号，于是又飞奔起来，直到他的胸口像团火那样发起热来。接着他扑倒在一簇矮树丛之下,稍停一会儿,以便喘过气来。他试着用舌头舔舔牙齿和嘴唇,这时听到远处追捕的人的呜呜喊叫声。

现在他有好多可取的办法。他能上树,但这是孤注一掷。如果那些野人发现了他,他们只要在树下等着就行了。

要是有时间考虑一下就好啦!

远处同一地点的两声喊叫声使他悟出野人的计谋来。任何一个野人被堵在密林里,就发出两声喊叫,让那支包围的队伍暂停下来,直到他又可以前进为止。这样一来,他们就可以保持包围的队形不受破坏而横越全岛。拉尔夫想起了那只野公猪迎面冲破他们的包围圈而从容突围的情景。必要时,追捕逼近,他也可以从包围圈人少的地方冲出去,往回跑。可是往回跑到什么地方呢?包围的人会转回来又搜索一遍的,而他迟早得要吃东西睡觉,这时他会被抓他的手弄醒,狩猎也就随之告终。

那么怎么办?上树?像野公猪那样迎面突围?选择哪一种办法都是可怕的。

一声喊叫加速了他的心跳。他一跃而起,朝海边的丛林冲过去,直到他攀上纠结缠绕的山藤。他在那里待了片刻,小腿肚子颤抖着。要是能够安安静静地停顿许久,有时间思考就好啦!

又响起来了,尖厉、无法回避的呜呜喊叫声横扫全岛。一听到这声音,他像马儿似的在山藤中惊退,然后再次飞奔,直到气喘吁吁地扑倒在簇簇蕨草旁边。是上树,还是突围?他透过气来,擦擦嘴,告诉自己要镇静。山姆或艾力克在那条线的某处,而且憎恨这条线。他们是憎恨吗?假设他突围时没碰上他们俩,反倒遇上那个头领或者杀过人的罗杰尔呢?

拉尔夫把蓬乱的头发推到后面,擦掉那只好眼睛里的汗水,出声说道:

"思考。"

怎么办才明智呢?

没有猪仔来讲有道理的话;没有庄严的辩论大会;也没有螺号的权威。

"思考。"

现在他最害怕的是那块遮住思路的帷幕把遭遇险情的知觉一下勾销,把他变成一个白痴。

第三个办法是藏得无影无踪,让包围圈搜索过去而发现不了他。

他从地上抬头倾听。现在有另一种声音要注意——一阵深邃的轰隆隆的响声,仿佛林莽在跟他发火。这是一阵阴沉的声响,它上面的呜呜喊叫声,只不过像是在石板上嘎吱嘎吱地匆忙划上几下的声音而已。他知道过去在什么地方听到过这种声响,但是却没有时间去回想。

突围。

上树。

藏起来,让他们兜过去。

近处喊声一起,他就马上站起来,穿过蒺藜和荆棘,飞奔而去。突然,他慌乱地跑到露天的地方,发现自己又站在那片空地上——猪头的颅骨还在不可思议地咧嘴微笑,不是在奚落头顶上的一片湛蓝的天空，而是在讥笑上面浓厚的一层烟火。接着拉尔夫在树下奔跑，他明白林中隆隆作响的原因了；野人们用烟熏得他跑出来，然而却点燃了整个岛。

藏起来要比上树强，因为如果被发现，还有机会突围。

那么就藏起来吧。

他纳闷一头猪是不是会同意这个办法，于是做了个鬼脸。要找到最茂密的灌木丛、岛上最黑暗的洞穴，然后爬进去。他现在一边跑一边四处张望。阳光在他身上掠过，忽而一束一束地，忽而斑斑点点地。一道道汗水闪着光顺着他肮脏的躯体往下流。喊叫声现在离得远了，而且越来越微弱。

他终于找到一个看来好像合适的地点，尽管做出这个决定是万不得已的。这里，矮树丛和纷乱地纠结缠绕的山藤织成了一层屏障，茂密得一点阳光都透不进来。在它下面有一小块地方，大约一英尺高，穿插着平行的和向上的枝干。要是匍匐地钻进中间去躲起来，就离开林边五码。除非那野人是躺下来搜寻他，即使这样，他也是在暗处——要是发生最糟糕的情况，野人看到了他，那么他还有机会冲向野人，打乱整个包围圈，再往回跑。

拉尔夫细心地在一根根弓起来的枝干之间爬进去，身后拖着木棍，他爬进这纷乱的枝叶的中间之后，便躺下来静听。

熊熊之火来势迅猛，他原以为被甩得远远的隆隆声却离得更近了。一团火是不是能烧得比奔驰的马还要快？在他躺着的地方，可以看到周围五十码左右阳光斑斑点点的地面，在他观望时，每一束光亮都向他眨眼。这非常像他脑子里的帷幕的飘动，以致一时之间他还以为是在他体内眨眼呢。但是这时一束束亮光闪烁得越来越急速，以致暗淡下来，然后消失了，于是他瞧见一层滚滚的浓烟正聚集在岛和太阳之间。

要是有人朝矮树丛下张望，并偶然瞧见人体的话，这人可能是山姆或艾力克，他们俩会假装没看见，什么也不说的。他把面颊靠在棕色的泥土上，舔舔干巴巴的嘴唇，闭上了眼睛。在灌木丛的下面，土地微微颤动；也许在火烧的隆隆响声和低微得听不见的呜呜喊叫声之下还有一个声音。

有人喊叫。拉尔夫马上从地上抬起头，盯住暗淡的日光。他们现在一定离得很近，他想到这里，胸膛里开始怦怦地跳。藏起来，突围，上树——究竟哪一个办法最好？问题是只有一个机会。

烈火越烧越近，树干树枝烧得噼噼啪啪地爆裂开来。这些浑蛋！这些浑蛋！火快要烧到果林了，明天他们吃什么呢？

拉尔夫在狭窄的地盘上不安地动弹着。不能冒险！他们能把我怎么样？拷打我？又怎么样？杀害我？削尖两头的木棍？

喊声突然逼近，他一下子坐起来。他看见一个身上涂了道道泥彩的野人匆匆忙忙从一簇纠结的绿色植物里脱出身子，手持标枪，正朝他藏身的枝叶走来。拉尔夫的手指抠着泥土，现在得准备好，以防万一。

拉尔夫摸索着拿起标枪，把枪尖朝外，这时他才看到外面的那根木棍确是两头削尖了的。

野人在十五码以外停步,发出喊叫。

也许透过大火的隆隆之声他能听到我的心跳。别叫出声,准备出击。

野人向前走,所以只能看见齐腰以下的部分,还有他的标枪柄。现在只能看到膝盖以下的部分了。别作声。

一群野猪从野人身后的矮树丛里吼叫着跑出来,冲进林莽。这时禽鸟凄厉地长鸣,老鼠吱吱尖叫,一个蹦蹦跳跳的小东西来到纷乱的枝叶之下,直打哆嗦。

在五码之外,野人停步,就站在灌木丛旁边,发出呜呜的喊叫。拉尔夫缩起双脚,蹲伏着。木棍在他手中,两头都是削尖的,这木棍如此慌乱地颤动,忽而变长,忽而变短,忽而变轻,忽而变重,忽而又变轻。

呜呜的喊叫声在整个岛上此起彼伏。这个野人在灌木丛的边上跪下来,他身后的林间火光在闪耀。可以看到一个膝盖压住那个蘑菇,接着另一个膝盖跪下来,两手撑着地面,还有一根标枪。

一张面孔。

野人朝灌木丛下的昏暗处不断张望。能够判断出来他在这边和那边都看得到光亮,但是在中间那里却看不到。在中间是一团漆黑,野人皱起面孔,设法看透黑暗。

时间一秒一秒地过去。拉尔夫与野人的目光对视。

别作声。

后退。

他看见我了。他正在拿准是不是有人。削尖了的木棍。

拉尔夫狂叫,这是恐惧、愤怒、绝望的狂叫。他伸直腿,不停地狂叫。他向前蹿,冲出灌木丛,跑到空地上,狂叫,咆哮,满身血迹。他挥动木棍,野人翻倒在地;但是别的野人正朝他跑过来,呜呜喊叫。一根标枪飞了过来,他猛地拐到一边,默不作声地飞奔而去。在他面前闪耀着的火光马上混成一片,林中隆隆声像雷鸣般作响,就在他奔跑的小道上,一棵高大的灌木突然爆发出一大片扇形的火焰。他转向右边,拼命飞跑,热浪冲击着他左边的身子,林火像潮水那样涌向前去。这时呜呜的喊叫又在他身后响起,蔓延开来,成为一连串的短促而尖厉的喊叫,这是看到了他之后发出信号的喊叫声。在他右边,出现了一个褐色的身躯,又马上摔到一边去了。他们都在奔跑,都在发狂地喊叫。他能听到他们踩断矮树丛的啪啪声,而在他左边,炙热的明亮的烈火在隆隆作响。他忘却伤口、饥饿、口渴,只意识到恐惧;绝望的恐惧使他飞跑,冲出林海,奔向开阔的沙滩。在他眼前,黑点点上下跳跃,又变成红色的圆圈圈,越来越大,然后就消失了。他觉得在他下半身,似乎是别人的腿跑累了,而致命的呜呜喊叫声却此起彼伏地压过来,几乎压到头顶上面了。

在一个树根上他绊了一跤,后面的喊声更响了。他看到一个窝棚突然冒出火焰,火舌在他右肩飞舞,还看到粼粼闪光的海水。接着他倒下来,在暖和的沙土里滚呀滚,趴着举起胳膊来抵挡险情,正要高喊讨饶。

他挣扎着站起来，紧张地准备迎战更多的恐怖行为，却抬头望见一顶高大的尖帽子。这是一顶白顶帽子，绿色的帽檐上有一个皇冠、一个锚和金色的饰叶。他看到白色的卡其布、肩章、一支左轮手枪和制服前面一排金色的纽扣。

站在沙土上的是个海军军官，正惊诧而不动声色地朝下端详着拉尔夫。他身后的沙滩边停泊着一艘快艇，船头迎风，由两个水兵把守着。在快艇的尾座，另一个水手握住一挺轻机枪。

岛上的呜呜喊叫声颤颤悠悠，逐渐终止。

军官怀着疑问盯住拉尔夫片刻，然后把手从手枪柄上放下来。

“你好。”

拉尔夫微微扭动着身子，意识到自己外貌肮脏，害羞地答话。

“你好。”

军官点点头，好像问题得到了回答。

“有大人跟你们在一起吗？”

拉尔夫摇摇头，说不出话来。他在沙土上迈了半步。一群身上涂着一道道泥彩的小孩子，手握尖利的木棍，一声不吭地围成半圆站在沙滩上。

“玩得挺快活。”军官说。

烈火蔓延到海边的椰林，噼里啪啦地把它吞没了。一条似乎是无关紧要的火舌，像个杂技演员那样飘荡过来，把石台上的棕榈树顶全烧着了。天空一片乌黑。

军官朝拉尔夫轻轻地一笑。

“我们瞧见你们的烟火。你们都在干什么呀？是打仗还是干什么呀？”

拉尔夫点点头。

军官仔细打量着面前的这个衣衫褴褛的小家伙。这孩子真该洗个澡，理个发，擦擦鼻子，还得给他涂上大量的药膏哪。

“没有人被杀害吧？有尸体吗？”

“只有两个。尸体都没有啦。”

军官俯下身子，两眼盯住拉尔夫。

“两个？给杀掉啦？”

拉尔夫又点点头。在他身后整个岛在熊熊燃烧。这位军官照例知道什么时候人们是在说真话的。他轻轻地吹了一声口哨。

其他孩子现在正一个个出现，有些还是小娃娃，皮肤棕褐色，像小野人似的挺着凸出的肚子。其中一个走近海军军官，抬头朝上看。

“我是，我是——”

但是他讲不下去了。珀西维尔·文姆斯·麦迪逊在脑袋里搜寻着那早已忘得精光的一连串人名、住所的护身符咒。

军官转身面对拉尔夫。

“我们把你们带走吧。你们有多少人？”

拉尔夫摇摇头。军官朝他身后那群用泥彩涂着花脸和身子的孩子看了一看。

“这儿谁是头头?”

“我是。”拉尔夫大声说。

一个红头发上戴着一顶残破的奇特的黑帽子、腰上挂着一副破眼镜的小孩想走上前来,可是又变了主意,站在原地没动。

“我们看见你们的烟火。你不知道你们究竟有多少人吗?”

“不知道,先生。”

“我原以为,”军官边说边设想着面对他的搜索任务,“我原以为,一群英国小孩——你们都是英国人吧?——总会表现得更好一些——我的意思是——”

“开始的时候是那样的,”拉尔夫说,“后来情况变得——”

他顿住了。

“我们那时候是待在一块儿的——”

军官体贴地点点头。

“我懂。表演得可好啦,就像《珊瑚岛》一样。”

拉尔夫呆呆地望着他。一瞬间,他的脑海里掠过一幅曾经笼罩海滩的那具有奇异魅力的景象。但是岛上已是一片焦土——西门死了——杰克已经把……拉尔夫泪水直淌,抽噎震动着他整个身躯。上岛以来他第一次这样尽情地为他们恸哭,悲哀的阵阵抽泣似乎在折磨着他的全身。在黑烟笼罩的焦土上,他的哭声越来越高;在他的感染下,其他的小孩子也摇着身子啜泣起来。站在他们中央、蓬头垢面、污秽满身的拉尔夫,为纯真的泯灭,为人心的邪恶,为死于暴力的真挚聪颖的友人猪仔,而哀伤恸哭。

军官被啜泣和号啕的哭声所包围,受到震动,也有些窘困。他转过身去,让孩子们有个时间来恢复镇定。他等待着,目光就停留在远处那艘整洁的快艇上。

陈瑞兰　译

1984

获奖作家

塞弗尔特

传略

一九八四年的秋天，瑞典学院宣布将诺贝尔文学奖第一次授予一位捷克作家，他就是塞弗尔特。这位八十三岁高龄的获奖者此时已因心脏病和糖尿病在布拉格薇诺拉迪医院卧床不起，获奖后一年多，即一九八六年一月十日，就因病在布拉格去世。

雅罗斯拉夫·塞弗尔特(Jaroslav Seifert，1901—1986)，一九〇一年九月二十三日生于布拉格日什科夫区的一个工人家庭。中学还未毕业，塞弗尔特就步入社会，投身于新闻工作和文学创作活动。他先在《红色权利报》任职，后到布尔诺的《平等报》任编辑，并为《人民权利》《六月》《树干》等报刊撰稿。除诗歌外，他还撰写了有关文学、戏剧、电影和美术的评论文章及小品杂文。当时，捷克人民正处于为争取国家独立和民族解放而斗争的动荡年代，塞弗尔特受俄国十月革命的影响，积极投身革命，并参加了共产党。

一九二一年，他的第一部诗集《泪城》问世。该诗集与捷克老一辈无产阶级诗人的作品风格迥异，它并不着力于对资本主义社会的猛烈抨击和控诉，而主要表达了诗人对人民深切的同情和热爱，讴歌光明美好的未来，记录了诗人内心的激情及对诗的理解和追求，温情甚于愤怒，如《最恭顺的诗》。

到了二十年代，由于受西欧哲学思想和各种文艺流派的影响，塞弗尔特成了当时捷克最有影响的现代派文学团体“旋覆花社”的主将，他退出了共产党，在创作思想和创作实践上接受了纯诗主义、超现实主义，明显表现了为艺术而艺术的创作倾向，主张诗人要离开社会斗争的旋涡，去追求“纯粹的诗”，宣扬诗的“自我表现”的魅力，甚至曾一度宣称“诗即游戏”。他这一时期的作品主要是诗集《全是爱》(1923)、《无线电波》(1925)、《信鸽》(1929)等。

三十年代，塞弗尔特进入创作的成熟期，他先后发表了《裙兜里的苹果》(1933)和

《维纳斯之手》(1936)两部诗集。尽管这些诗中还残存着怀疑主义和悲观主义的痕迹,但是诗人已不甘心于孤独和囿于"自我",而是在自己心中重新燃起了对童年和对故乡的美好感情。一九三六年后,由于纳粹德国的威胁和《慕尼黑协定》的签订,诗人的祖国处于危难之中,这大大地激发了诗人的爱国主义热情。他成功地创作了《别了,春天》(1937)、《把灯熄掉》(1938)、《鲍日娜·聂姆曹娃的扇子》(1940)、《身披霞光》(1940)和《石桥》(1944)等诗集。其中《祖国之歌》被认为是塞弗尔特最优秀的爱国主义诗篇。其他几部诗集也都表达了诗人对祖国、对捷克民族文化传统的热情讴歌和赞颂,唱出了当时人民的共同心愿,同时也起到了教育和动员人民起来抗争的良好作用。

一九四五年,诗人的祖国获得解放。此后三年,他在国家总工会机关报《劳动报》任编辑,主编文学月刊《花束》,并继续从事诗歌创作,先后出版了诗集《泥盔》(1945)和《浪迹江湖的穷画家》(1949)。其中《泥盔》是他爱国主义抒情诗集中最好的一部。在这一诗集中,诗人热情地讴歌了英勇的人民,欢庆祖国的解放。从一九四九年起,塞弗尔特成为专业诗人。

在五十年代,诗人发表了《维克托尔卡之歌》(1950)、《母亲》(1954)和《少年与星星》(1956)等诗集。其中《维克托尔卡之歌》是根据捷克著名作家聂姆曹娃的代表作《外祖母》中的一个姑娘的悲惨命运写成的。作品对当时不合理的社会现实提出了控诉。

自五十年代后期起,塞弗尔特凭着自己的艺术良知竭力反对当时存在于国内文坛"千人一面,千部一腔"的死水一潭的局面。他还曾带头批评当局的文艺政策和个人崇拜,因而受到公开批判,导致多年中断创作。直到六十年代中期他才重返诗坛,此后相继出版了《岛上音乐会》(1965)、《哈雷彗星》(1967)、《铸钟》(1967)、《皮卡迪利的伞》(1978)、《避瘟柱》(1981)、《身为诗人》(1981)等诗集。这些抒情诗和叙事诗,既有对青少年时代的回忆,对亲友的怀念及对祖国和首都布拉格的赞美,也有对爱情的歌颂和对女性的恋慕,还有对人生的回顾和对死亡的想象。这些后期创作的作品,融汇了诗人饱经人世沧桑后的深沉思考、对人生真谛的内心感受和对诗人使命的真诚认识。诗风趋于平稳,语言更加明晰,平易中还带有一点幽默。这些诗集中的《春天的眩泯》《壁毯之歌》《皮卡迪利的伞》和《鬼怪的嚎叫》等都是有代表性的名篇。

塞弗尔特从事文学创作六十余年,共有三十部诗集,以及散文集《伊甸园上空的星星》(1929)和回忆录《世界美如斯》(1982)等。此外,他还翻译过俄国诗人勃洛克和法国诗人阿波利奈尔等人的作品。塞弗尔特是一位勤于探索、勇于创新的真诚的诗人,他把报效祖国人民、忠于艺术良知作为自己毕生的追求,正如瑞典学院授予他诺贝尔文学奖的授奖词中所说,"他的诗富有独创性、新颖、栩栩如生,表现了人的不屈不挠的精神和多才多艺的自由形象"。

授奖词

可以回顾一下雅罗斯拉夫·塞弗尔特六十多年的文学生涯(许多迹象表明它还要继

续下去)。他几乎出版了三十部诗集,今天他居于自己国家的诗坛之首。他的同胞读他的诗,热爱他。他是一位民族诗人,懂得如何既对那些受过文化教育的人说话,也懂得如何对那些涉足他的作品但没进过多久学校的读者说话。

雅罗斯拉夫·塞弗尔特出生在布拉格郊外一个工人阶级居住区。他从未脱离过养育他的土地或是那些生活贫困、社会地位低下的人,他是在这些人中间成长起来的。年轻时,他信奉过社会主义革命,关于这个革命及其对未来做出的允诺,他写过诗篇,那种未来曾激起过许多他那一代年轻人的热情。他的诗清丽、简洁、朴实无华,融进了民歌、平凡的谈话和日常生活的场景。他拒绝那种严肃的风格和早期的形式主义。他用词的特点是笔触轻盈,给人以感官快乐,有音乐性和韵律,那是一种有生气的独创性与怜悯,甚至悲怆互相交错着的幽默。他这些艺术特点一直延续至今。然而,他并非一个幼稚的艺术家,他是一个有着不寻常的广阔的文体领域的诗人。早年,他就与当代欧洲的现代主义有了接触,特别是法国的超现实主义及达达派。他还是一位韵律复杂和押韵传统诗歌形式的优秀大师。对于措词激烈、有力的民歌和十四行诗高超的技巧,他都能运用自如。

塞弗尔特不断发挥的创造性和奇异风格的多面性及灵活性,在情感、洞察力和想象力上,有一种同样丰富的人类范围与之相匹配。他的感情移入和他的团结观念集中在人类的身上——是活着、有感情、工作着、创造着、苦恼着、微笑着、渴望着的人类——简而言之,是所有那些生活着的人,不管快乐与否,那种生活是一种冒险和一种经历。是人类创造了社会。国家是为人民的,而不是相反。在塞弗尔特的人生哲学里有一种无政府主义的成分——一种对于一切损害生活的可能性及把人类变成某种机器上的齿轮的事物的抗议。或许这听起来无关痛痒,但是塞弗尔特从来不是无关痛痒,甚至他年轻时的诗歌就意味着一种解放,一种对未来的执着追求,那种未来会消灭战争、压迫和贫困,会把生活的欢乐和美给予那些至今几乎不曾享有过它们的人。诗歌和艺术可以帮助达到此目的。他的要求和希望具有青春时代的自信和光彩。在二十年代,这些希望似乎近于实现——先锋派文学和艺术与这些希望是一致的。但在三十年代和四十年代,地平线昏暗了。经济和政治的现实证明了不可能实现那些美丽的梦想。塞弗尔特的诗歌获得了新的特点——一种平静的调子,一种对他的祖国的历史及文化的回忆,一种对民族的同一性及保存了这种同一性的人们,特别是过去的作家和艺术家们的维护。甚至单纯的个人经历和记忆都带有忧郁的色彩——人生虚幻、情感易变、逝去的童年和青年时代及爱情的短暂。但在塞弗尔特的作品中,一切都并非忧郁症和怀古之思——远远不是。他那具体和新鲜的感觉和意象继续在开花。他写出了一些最优美的爱情诗,他的名望日增。就在这个时期,他作为一个民族诗人的地位牢固地奠定了。他为人们深深地热爱是因为他诗歌那种异常的明晰、音乐性和感觉性,也是由于他那朴实无华但使人深深感到的与自己的祖国和人民融为一体。三十年代末和四十年代期间,捷克斯洛伐克陷入纳粹的奴役之中,雅罗斯拉夫·塞弗尔特投身到保卫祖国及其自由和过去的事业之中。他歌颂一九四五年的布拉格起义和自己祖国的解放。

在长期生病之后,他继续勤奋地工作。正如我已经说过的,他在自己的祖国为人们深深热爱和尊敬，而且开始受到国际社会的承认，尽管他用一种在别国鲜为人知的语言写作是不利的。他的作品被翻译了，虽然他年事已高，但他仍被认为是当代一位重要的诗人。

今天，许多人认为雅罗斯拉夫·塞弗尔特就是捷克斯洛伐克诗人的化身。他代表着自由、热情和创造性，并被视为这个国家丰富的文化和传统在这一代人的旗手。他歌颂鲜花盛开的布拉格和春天。他歌颂爱情，而且确实是我们时代中一位真正伟大的爱情诗人。温柔、忧愁、快感、幽默、欲望以及所有那些人与人之间的爱产生的和含有的感情，都是那些诗的主题。他歌颂妇女们——年轻的姑娘、学生、无名氏、老年人、他的母亲、他最爱的人。对他来说，女人是实际上的神话人物，是一个女神，她代表着所有那些反对男人们骄横与渴望权力的人。尽管如此，她从来没变成一种抽象的象征，而是活生生地出现在诗人那生机勃勃而且非同寻常的语言艺术之中。

瑞典学院深感遗憾的是雅罗斯拉夫·塞弗尔特先生今天不能到场。我们同意让他的女儿杨·热娜·塞弗尔特女士作为他的代表。现在，我请您，塞弗尔特女士，向塞弗尔特先生转达我们最热烈的祝贺，并请您从国王陛下手中接过授予您父亲的本年度诺贝尔文学奖。

瑞典学院常务秘书 拉尔斯·吉伦斯坦

任吉生 译

作品

最恭顺的诗

从高山俯向城市
站着，
双臂伸开。
我是指路的先知，
为受难者预言光辉的明天，
我是劝慰绝望者的圣贤，
手里拿着永不凋谢的花朵。
我是革命中的头一名射手，
也是第一个牺牲者；
我首先跪下，为受伤者包扎，
像上帝般的神奇，
像上帝样的全能，
我比他还伟大，

而且要伟大得多，
然而我又什么也不是，
只是一位恭顺地听从千百万群众宽恕的
　　诗人——
雅罗斯拉夫·塞弗尔特。

蒋承俊　译

慰藉

小姐，小姐，您何以皱眉，
莫非您整日遇到下雨不停？
可那边的小蜉蝣该怎么说呢，
它毕生遇到的就是阴雨不停！

蒋承俊　译

灯泡

灯泡周围的冷光中，
有多少只振动的翅膀在不倦地翻腾。

　　而爱迪生先生，
从书页上抬起了自己的双眼，
　　微笑，
不知拯救了多少只扑灯蛾的生命！

大海

当我们思念起远方，
我们就默诵着：
海波，海波，
在玫瑰色的信封里我们把自己的
　　爱恋来表达，
随后亲吻一下那少女的柔发，
我们就默诵着：
发波，发波。

一个节日的上午姑娘们在大海里
　　游荡。
大海和她们的长发汇成了一个波浪，
坐在飞船吊笼里巡视的水兵，
开始了另一种心思。

海波和发波掀起浪花，层层浪花
都消失在那海滩上。

蒋承俊　译

歌儿

说一声：别了，
挥动一条白手绢，
每天都有事物在终结，
美丽的事物在终了。

信鸽张开双翼，迎击长空，
飞回家园；
带着希望与失望，
我们永远会返回家来。

抹去泪痕
微笑在脸上闪光，
每天都有事物在开始，
美丽的事物在生长。

蒋承俊　译

对话

你吻了我的额头或是嘴唇，
我不知道；
——我只听到一个甜蜜的回响，
还有那漆黑的一片，

笼罩了我惊讶的双眼。

我飞快地吻一下你的前额，
因为我已迷醉于
你那灼热的呼吸芳香，
可是我不知道。

——我只听到一个甜蜜的回响，
还有那漆黑的一片
笼罩了我惊讶的双眼，
你吻了我的额头或嘴唇了？

蒋承俊　译

爱情之歌

我听见了他人听不到的：
光着脚走在天鹅绒上的声音。

邮戳下的叹息声，
琴弦终止时的颤音。

有时我有意避开人们，
我看见了他人看不到的：

那充满在微笑中的
隐藏在睫毛下的爱情。

她的头发上已卷起了雪花
我看到了灌木丛中盛开的玫瑰。

当我俩的嘴唇第一次碰到一起时
我听到了爱情悄然离去的声音。

即或有谁要阻止我的愿望，
那我也毫不畏惧任何失望的袭击。

别让我跪倒在你的石榴裙下。
狂热的爱情才是最美最美的爱情。

蒋承俊　译

哲理

天下的明哲都这么说：
生命如此短暂。
而只有当我们等待自己的情人时，
那才是永恒？

蒋承俊　译

蜡烛

献给 A. M. 皮沙①

她从嗡嗡作响的蜂巢
来到鲜花盛开的香国
蜜糖的姐妹，
在蜜河里洗濯。

随后，天使的手
将她从芳泉中举起，
在爱情的佳期
蜜蜂为她缝制嫁衣。

仿佛是昏睡的男子，
僵躺在她的脚前；
在长裙的阴影里，
她梳着那缕缕的青丝。

一滴灼热的泪
朝她的蜡躯落下：

① A. M. 皮沙，二十世纪捷克著名的文学史家、出版家。

“亲爱的僵尸,床已经铺好,
让我们同眠共枕!”

蒋承俊 译

祖国之歌

美得像莫德拉瓦罐上的花朵
我的祖国,这片土地;
美得像莫德拉瓦罐上的花朵
香甜得就像你刚刚切开的
夹心面包上的瓤儿。

尽管多少次感到失意彷徨,
但你总还是踏上归途,重返家园,
尽管多少次感到失意彷徨,
但你总还是踏上归途,重返美丽、富饶
像采石场上的春天一样贫穷的祖国。
美得像莫德拉瓦罐上的花朵
深沉得像自身的过失,
她便是我们难以忘怀的祖国!
当生命的最后一刻来临,
她苦涩的泥土
猛扑下,在你太阳穴的周围。

蒋承俊 译

窗旁

春天来到的时候,
路旁的小树在春日的照射下发芽开花。
妈妈静若止水,默不作声
轻轻地转向窗子哭泣。
——你为何哭呢,有什么痛楚难言,
告诉我,什么使你忧伤不安?
——我要告诉你,我要告诉你,
待到树木永不再开花的那一天。

大雪飘飘,一会儿
雪花依恋上了玻璃窗。
窗旁,发出微弱的亮光。
妈妈静静地坐在那儿编织——
眼眶里噙着泪花。
——你为何流泪,有什么不顺心?
——我会告诉你,我会告诉你,
待到永不再下雪的那一天。

蒋承俊　译

假如您谈起诗……

假如您谈起诗也即是歌
——通常都这么说——
整个一生我都歌唱着。
我是同那些一无所有
就靠双手来糊口的人一道走。
我是他们中的一员。

我唱他们的苦难,
　　他们的信仰,希冀,
我与他们经历了
他们所曾经历过的一切。
　　连那忧虑,
软弱,恐惧和勇气
以及那悲惨的贫困。
而他们的血,每当流出时,
也会喷溅我一身。

它总是大股大股地流
在那充满着美丽的河流,
　　小草、蝴蝶
以及那些情欲旺盛的女人的
　　国土上。
我亦唱过那些女人。

为爱情所眩惑
使我的命运颠簸，倾跌，
是踢在了遗失的花朵上，
或是绊在了那大教堂的台阶上。

蒋承俊　译

春天的眩泯

礼帽拿在手中
我漫步在布拉格的幽径，
我的脚触及了她的那些小方石块。
小石块是那般的粗糙，
但诗人却把它们吻了又吻。

我整个一生都爱着布拉格，
就像我国所有的诗人都曾热爱过她一样。
也许我比他们爱得还要深，
只因为我总是个不幸的。

她常常使我难眠。
我便在昏暗的角落迷惘徘徊，
抚摸那迷人之夜里
轻纱般的昏黑。
女人的柔发和清馨的茉莉花
散发出诱人的芳香。
我的年华似流水
转眼就进到了一九八一年！
我曾热情讴歌的这个城市啊，
今天我还要继续把诗来献上。

我再也不会将它们撕毁，
像我过去所曾干过的那样，
为了用那些碎纸片
去喂大教堂飞檐上的那些
饥饿的檐兽。
我剩下的日子不多了。

为时已晚！
这已是最后的一些诗篇。

蒋承俊　译

壁毯之歌

布拉格！
哪怕你只见过她一面，
那她的名字就会在你的心中
唱个不息。
她自己就是谱写在时间里的乐章，
我们爱她。
愿她永远响彻云霄！

当我青春年少时，
做过一个美梦，
那是我甜蜜幸福的初梦，
它们像飞碟一样
在她屋顶上空闪闪发光，
而后便消失在鬼才知道的什么地方。

一次，我把脸庞
贴在赫拉恰尼古堡庭院下面
旧城墙的石头上，
我的耳膜突然被阵阵
沉闷的轰鸣振响。
这是那遥远世纪的隆隆声。
然而，那来自"白山战役"的
湿润、柔软的泥灰土却
亲切细语地在我耳边响起：

去吧，你将幸福至极。
歌唱吧，人们对你有所期待。
你可不能说谎啊！

我走了，我没有说谎。

可我仅仅对您,我的爱,
说了一丁点儿。

蒋承俊　译

皮卡迪利[①]的伞

如果有谁满怀爱情无处倾吐
那就去爱吧
比如说,爱上英国女王。
为什么不呢!
她的肖像印在了每一张
古老王国的邮票上。
倘若邀请她
在海德公园会面,
我敢打赌
定会白等一场。

假如稍有自知之明,
聪明地告诉自己:
喏,我早就知道啦,
海德公园今天下雨。

儿子从英国归来
在伦敦的皮卡迪利为我买了一把
普普通通的雨伞。
每当需要的时刻,
在我的头顶上便有了
一片纯属自己的小天空,
虽然它的颜色是黑的,
但在紧绷的骨架上
上帝的仁慈宛若电流般流动。

即使不下雨我也撑开这伞,
如同天幕

① 皮卡迪利,伦敦一条繁华街道。

遮住我口袋里装着的
莎士比亚的《十四行诗集》。
然而也有这样的时刻，
天宇中闪烁的繁星
也会引起我的惊恐。
尽管极其美丽，
我们却慑于它无边的浩瀚，
这太像那
死亡永眠。
千万颗星辰以空虚和寒冷
威胁我们，
夜间灿烂的光
使我们迷惘。

她，人们称之为维纳斯①的星球
更要可怕。
那儿岩石仍在沸腾
像汹涌的海浪，
山峦在崛起，
灼热的硫黄像雨点落下。

我们常问地狱在哪里，
就在那里！

一把脆弱的伞
怎能同宇宙抗衡！
何况我没带着它。
我忙忙碌碌，两手不得空闲
无法前往，
我紧贴自己的地面
像白昼的螟蛾
紧紧依附粗糙的树皮。

我一生都在寻找
在这里一度有过的天堂，

① 即金星。维纳斯也是罗马神话中爱和美的女神。

只能在女子的唇际与
她那丰润的肌肤间
充溢着温馨的爱情里
寻得踪迹。

我一生都在向往
自由。
终于发现了可能导向
自由的大门。
那里死亡！

如今我已年迈，
但那迷人的女性的面庞
仍不时在我眼前掠过，
她的微笑仍令我心醉神迷。

我害羞地回头望她
想起了英国女王，
她的肖像印在了每一张
古老王国的邮票上。
天佑吾王！

噢，是的，我非常清楚，
海德公园今天下雨！

蒋承俊　译

鬼怪的嚎叫（之一）

我们徒劳地捕捉飘浮的蛛网和铁蒺藜。
我们徒劳地用足跟紧贴着巨大的方块石，
为了不被如此迅猛地拖向
比漆黑的夜晚还要黑的暗处
和那星光已无的黑暗。

每日里我们都会遇到一些人，
他们连嘴都未张，

无意地询问我们：
什么时候？怎么样？而后呢？

还跳一会儿舞
再呼吸点清新的空气，
哪怕就在绞索套着脖子的时刻！

蒋承俊　译

渠畔花园(之一)

暮岁才学会去
爱上宁静。
在寂寞里战栗的符号
有时比音乐还要使我感到刺激。
在记忆的岔道上
你会听到一些
时间曾试图扼杀了的名字。

黄昏，我听见树梢上
雀鸟的心跳。
而那天的晚上在坟场
我惊觉墓穴深处
棺材的坼裂。

蒋承俊　译

瘟疫柱(之一)

天兵的四个兵团
已经瓦解
正向世界的四方逃窜。
但世界的四扇大门
已被四把千斤大锁
重重地扣死。

阳光大道上

摇曳着瘟疫柱的阴影
从“捆绑”的时刻
到“跳舞”的时刻。
从“爱情”的时刻
到“毒蛇”的时刻。
从“微笑”的时刻
到“愤怒”的时刻。

随后从“希望”的时刻
到“永不”的时刻，
就还只有那么一小步就
到“无望”的时刻
到“死亡”旋转的栅门。

蒋承俊　译

1985

获奖作家

西蒙

传略

一九八五年十月，瑞典学院宣布将当年的诺贝尔文学奖授予法国新小说派作家克洛德·西蒙，以表彰他“在对人类生存状况的描写中，把诗人、画家的丰富想象和对时间作用的深刻认识融为一体”，这不仅在法国文学界引起震惊，也使世界文学界深感意外。因为自五十年代新小说派形成以来，评论界一向把罗伯-格里耶推崇为这一流派的首领，资格远比西蒙老的女将娜塔丽·萨洛特和作品远比西蒙多的米歇尔·布托位居第二、第三，西蒙一向是位居第四的。

克洛德·西蒙(Claude Simon,1913—2005)，一九一三年十月十日出生于当时的法国殖民地马达加斯加首府塔那那利佛。西蒙四岁时，因父亲在第一次世界大战中阵亡，母亲带他回法国东比利牛斯省的佩皮尼扬镇。他在那儿上了小学，随后就读于巴黎著名的斯塔尼斯拉斯中学，并曾随著名的法国立体派画家安德烈·洛特学习过绘画。中学毕业后，西蒙赴英国进牛津大学和剑桥大学攻读哲学和数学。一九三六年，他曾赴西班牙帮助共和军与佛朗哥的军队作战，参加过争夺巴塞罗那的战斗。这场残酷战争的经历，在他心中留下了极其深刻的印象。一九三九年，第二次世界大战爆发，西蒙应征入伍，在骑兵团服役。一九四〇年五月，在著名的牟兹河战役中，他因头部受重伤被俘。不久后，他逃出德国集中营，回国参加地下抵抗运动。这场战争中的经历和感受，后来常出现在他的作品中，他的著名小说《弗兰德公路》就是以此为主要题材。战后，西蒙一直幽居故乡比利牛斯山，经营葡萄种植园，同时进行文学创作。

迄今为止，西蒙已发表作品二十多部，主要是风格独特的小说。他在文学创作上所经历的道路，可说是当代法国文学发展与创新的一个缩影。根据多数评论家的意见，他的创作一般可分为三个阶段：

《作假者》(1945)、《钢丝绳》(1947)和《格里佛》(1952)是西蒙文学创作第一阶段中最早的三部作品，采用的基本上是传统手法。

到了五十年代中期，他的《春之祭》(1954)的发表，是他创作倾向发生变化的开始，而《风》(1957)和《草》(1958)的相继发表，则进一步加强了西蒙反传统的现代派倾向，这是他形成自己独特风格的一个转折点。

六十年代，西蒙的创作进入第二阶段。他的独特风格日趋成熟，新的创作方法全面展开。一九六〇年出版的《弗兰德公路》是他的成名作，也是他的代表作，而且已被公认是西方当代文学名著。小说以"二战"期间法军在弗兰德地区被敌军击溃后撤退为背景，描写骑兵队长和他的三个骑兵的痛苦遭遇，既有战争的狰狞、死亡的阴影、饥寒的折磨，也有时间的遗痕、爱情的渴求、情欲的冲动。而这一切都是通过主人公散乱的回忆再现的。作品最大的特点是诗与画的结合，作者力求以绘画的空间性来替代传统小说的时间性，用意识流的主观时空和巴洛克式的螺旋结构把现实、回忆、感受、想象等都融为一体，使小说和绘画一样具有共时性和多样性，从而反映出这个万花筒般的大千世界。

继《弗兰德公路》之后，第二阶段的作品还有以作者参加西班牙内战时的感受为基础的《豪华旅馆》(1962)，以世事沧桑、时光无法留住为主题的《历史》(1967)以及文体有所改变、色彩更加斑斓的《法尔萨鲁斯之战》(1969)。这四部作品的问世，表明西蒙已在探索的道路上取得巨大的成就，他的独特风格已趋成熟。

西蒙文学创作道路的第三阶段，主要是指七十年代以后，写有小说《双目失明的奥利翁》(1970)、《导体》(1971)、《三折画》(1973)、《事物的教训》(1975)、《农事诗》(1981)、《洋槐树》(1989)和回忆录式小说《植物园》(1998)、《有轨电车》(2001)等。这一阶段的特点是"文字的历险"，如新小说理论家让·里加杜所说："小说不再是人生冒险经历的叙述，而是文字与形式的探索冒险。"

八十年代初出版的《农事诗》是西蒙的另一部代表作，是他晚年的一部炉火纯青之作，自己最为喜爱，它使西蒙确立了世界文坛一流作家的地位。小说以三个人物在三次战争中(一个法国大革命时期的将军，一个"二战"中的法国骑兵，一个参加西班牙内战的英国青年)的经历为主线，超越时空，把他们联系在一起，突出他们的经历和命运的相似性，意在表明：世事纷纭，复杂多变，人在历史的洪流中身不由己，只有四季恒常更迭，春种秋收，周而复始，人也只能在大自然的美景中获得安宁和慰藉，在田园耕作中享受乐趣。作品有着色彩斑斓的画面，朴素深邃的哲理，丰富多彩的比喻，细致入微的描写，诗画结合，光影交织，不愧是一部新小说派的经典佳作。

除小说外，西蒙还出版了剧本《分离》(1963，据《草》改编)，散文《女人们》(1966)、《艺术爱好者的画册》(1988)，随笔《脚印》、《寻觅没掩盖的人》、《发现法国》(1976)和论文《传统与革命》(1967)、《小说的逐字逐句》(1972)、《小说的描写与情节》(1980)等。

授奖词

五十年代末，克洛德·西蒙开始引起文坛认真的注意，这时正是被称为“新小说”的文学流派盛行时期。这一派的作家与传统小说的规则决裂，拒绝遵从规定一篇小说必须具有一个真实的故事情节而且按照清楚连贯的时序来展开叙述。新小说派的作品看起来像是用语言文字剪辑的蒙太奇或拼贴画，其写作范围是记忆领域和表面上自由随意的联想。不同时期的回忆材料片段是根据内容或情感的呼应联系而组合起来的，而不是根据连续开展的正常时间顺序。造型艺术的影响是明显的。在一个形象中同时出现全部的组合元素，而对这些联为一体同时表现的元素相继而来的感知，是通过读者或观众从感情上参与的创造性活动而实现的。

在一九四五年与一九五四年之间，西蒙开始写了几部带有自传性的小说。这些作品虽然受福克纳的影响，但叙述的方式几乎不脱离传统小说。西蒙的小说技巧的转变始自《风》(1957)和《草》(1958)，他自认为《草》是他的小说创作道路上的转折点。这两部小说都是以法国南部为背景，西蒙曾在那儿安家、扎根并从事葡萄种植。《风》的主人公是一个神秘复杂的人物，虽困惑迷惘但富有直觉的本能，他遭受亲近的人肆无忌惮的挑衅和折磨。他回到南方小城来继承一份遗产，但却卷入了各种矛盾冲突之中。除此之外，这地方经常刮着猛烈干寒的西北风，这种风使人浑身充满无休无止的、干冷的、灰尘飞扬的气息。在这种非人的自然力中人们生活着，仿佛是被囚禁在比他们更强大、更持久的环境中，不管他们怀着什么样的心思和希冀。在这两部小说中，作者用语言、事件和环境编织成一个能引起联想的细密的网，把各种组合元素按照一种异于现实的时间和空间的连贯性所要求的逻辑连接起来并逐渐移动。在这两部小说中可以看到西蒙的艺术风格的形成，其特点也都表现在他后来的散文作品中。小说语言本身具有独立的生命。文字和描述互相激发。文章成长起来，仿佛语言是一种有生命的独立生存的有机体，它萌芽、结果并传播自己的种子，好像作家不过是这种创造力的工具或媒介。

就是这样，西蒙自己阐述他的写作方法，特别是他经过《历史》(1967)这部小说的创作活动以后，他体会到一种心醉神迷的感觉，发现在致力于语言工作，发掘语言的奇妙和魅力时感到一种激动感官的生命力和迷人的吸引力。这部小说是西蒙登峰造极的文学作品之一，也许也是最明显表现他的小说语言独创性的作品。

在《历史》之前发表的两部小说《弗兰德公路》(1960)和《豪华旅馆》(1962)中，我们可以看到西蒙小说中不断出现的几个基本主题。《弗兰德公路》是西蒙在国际文坛上的成名作。这是一部既宏伟又复杂的小说，带有很大的自传性，有些材料是来自他的家族的往事和传闻。那像滔滔流水般的叙述带着零碎回忆片段、断断续续不连贯地联系着的各种不同场景以及故事中插入的故事，冲破了传统的现实主义小说技巧的局限。这部小说深刻描述了一九四〇年法军的大溃败，当时西蒙是军中的骑兵军官。这场战争和一九三六年西班牙内战中亲身的经历在他身上留下深刻的烙印,不断地在他的小说中出现。在残酷和荒谬的统治下——一切无法预料,看来是事先仔细计划好的事却以混乱瓦解结束。每个参与者都有自己的一番痛苦经历,每个人都不得不竭尽全力以摆脱困境。对西班牙内战,西蒙也有这样的经历,除了在其他的小说里,在《豪华旅馆》和他最近发表的最重要的一部小说《农事诗》(1981)里都有所叙述。虽然与法西斯作斗争的共和政府的支持者引起西蒙和很多人的同情,但不久就清楚显出这些支持者并没有能够按照明智地考虑过、制订好的战略和作战方案行事。另一方面,作战者分裂为互相对立的小集团,从事破坏和发动危险的袭击。西蒙所描绘的西班牙内战和那些试图通过与压迫人民的势力的战斗找到一种无可置疑的思想信仰的理想主义者知识分子,既可笑又可悲。叙述中既充满同情又带有嘲讽,写出了战争的现实和人类掌握自己命运的艰难。《弗兰德公路》和《农事诗》写了个人的回忆、家族的历史传闻、近年战争的体验和过去时代战争的经历等极为复杂的混合内容,表现了一种感官方面敏锐的感受力和语言方面高度的想象启发力。平行对照的场面不断出现。暴力和荒谬的描述是共同的特点,还有这些特点明显地对他产生的吸引力与作家所表达的痛苦的深切的同情之间矛盾的对比。西蒙以同样的方式描写性爱的关系,在这类描述中我们可以感到对于暴力和粗野占有的依恋,男女之间肉体的接触好像是一种征服,一种占有的行为,像种马与母马的交配,像战斗者发动的猛烈进攻。在这种情景中同时也出现一种生存的悲哀——人的孤独,以及人虽在内心中受着毁灭性的感情和自私本能的支配,而表面上却装作寻求人与人之间的交情和亲昵。

与这类描写相反的是一种完全不同的叙述——柔情与忠诚,对工作和职责的忠心,对家庭传统和遗物以及死去的或活着的亲人的关切。特别突出的一点是:尽管人渴求权力和追求过分巨大的事业成就,但对在萌芽、成长中的生命仍怀着喜爱和依恋。在西蒙的小说中最好的人物是那些尊重生命的成长而且为之效力的人。他写了几位忠于农庄、家庭、传统的老妇,也写了一位性情粗暴、最后对功名战绩感到幻灭的老将军对早逝的年轻妻子始终不渝的爱情。在他的小说中我们可以看到一种不惜牺牲、坚忍不拔的精神,这种精神毫不张扬地深藏在这些人物的内心中,虽然他们表面上自私和粗暴。

在西蒙的小说中我们首先是通过语言和记忆看到生命的成长、创造的活力和坚韧力,通过我们似乎不是其主人而是其工具的语言文字和叙述使现在和过去复苏起来并具有灵魂和生命。西蒙的小说艺术可以视为活在我们身上的某种东西的表现,不管我们是否愿意接受,是否理解,是否相信——这就是某种怀着希望的东西,尽管我们生存的环境充满各种残酷和荒谬的事实,这一切是如此清晰、深刻、丰富地表现在西蒙的小说中。

克洛德·西蒙先生:

要能够理解您的小说特色,必须是能同时既是画家又是诗人那样地工作。在我如此短促的有限的时间中,我不得不局限于做另一种工作:那就是汇报——而且做得相当抽象和简略。要是我能好歹达到表示出您的作品在一个读者身上唤起的崇高的敬意,那我就心满意足了。

在这里，我代表瑞典学院请您接受我们的钦佩和最热忱的祝贺。

最后请您从我们国王陛下的手中接受本年度的诺贝尔文学奖。

瑞典学院常务秘书 拉尔斯·吉伦斯坦

林秀清 译

作品

农事诗(节选)

他五十岁。他现任意大利方面军炮兵司令。他目前驻守米兰。他身穿领口和前胸脯有金绣的军装。他六十岁。他监督宅前平台的收尾工程。他寒缩地裹在一件旧军大衣里。他看到很多黑点。当天晚上他就死了。他三十岁。他的军衔是上尉。他上歌剧院。他戴一顶三角帽，穿一件小腰身的蓝制服和佩一把以壮观瞻的长剑。督政府时期他出任驻那不勒斯大使。一七八一年第一次结婚娶了一位信奉新教的荷兰女子。三十八岁上被北方省与塔尔纳省同时推选为国民议会代表。一八〇七年冬他兵临城下包围瑞典波美拉尼亚地区的施特拉尔松。他在弗里德兰购马一匹。这真是个庞然大物。他风趣地写信告诉友人说①身不满六尺　块头却太大了一点。一七九二年他被选入国民公会。他写信给管家妇帕蒂嘱其沿篱笆再种几排山楂树。他被逐出那不勒斯　仓促间搭一艘热那亚船出逃。他跟一个叫卡利谷的人合伙开发阿韦龙山谷的铁矿。他投票赞成处死国王。他是委有重任的民选代表。他头戴饰有三色羽毛的菱角帽，身穿镶红边的军装，腰系三色腰带，脚蹬翻口长筒靴。共和三年风月十六日他进入救国委员会。他从米兰张罗皇帝出访意大利王国的礼仪事宜。大恐怖时期他任国民公会书记官之职，得以救一后来娶作继室的保皇党女子。有份报告称他身强如铁、勇不可当。有一年多时间他在科西嘉以不到一千二百人的兵力对付那群有荷德和纳尔逊舰队撑腰的保利乱民。他在法里诺勒腿部受伤。他在那不勒斯搭船驶到公海被土耳其海盗劫获。他②与全团且战且退，穿过比利时全境。整整四天马不卸鞍。在波美拉尼亚他抱怨天气寒冷，身体不好，伤口疼痛。他是立法会议第一届军事委员会委员。他提出表决凡城市失守要塞司令按死刑论处案。他们团受到敌机袭击伤亡惨重。土耳其海盗把他交给突尼斯巴伊③。他出席元老院会议。他头戴天蓝色直筒高帽，身披带褶裥的白斗篷，红腰带的璎珞垂在一

---

① 原文不加标点，为便于阅读，译文在排印时略空开些，以示句断。以下同。

② 此处引入一位经历一九四〇年大溃退的法国骑兵。

③ 巴伊，是对该地高级官员的尊称。

旁,脚上是长筒袜和带搭扣的鞋子。他为巴贝夫派辩护。他竭力主张修建从卡奥尔到阿尔比的道路。圣灵节那个星期日傍晚他再次强渡马斯河　过后桥便炸断了。奥尔培地方总监认为他性格坚毅,学识超群,作风正派,行为端方。他荣获圣路易十字勋章。他生俘保利军首领并下令枪决。他在突尼斯买了一匹阿拉伯种马　取名"穆斯塔法"　寓有纪念西第·穆斯塔法之意,靠了巴伊这位连襟,他的俘虏生活才算好过一点。他嘱咐管家妇要多积肥料。他和卡尔诺及迪博华-克朗赛在选举第二届军事委员会时得票最多。他从普鲁士回来后暗示皇帝　他如何尽忠竭力　至今大军所有将领中唯有他既未晋爵也未封地。马斯河在巉岩峭壁林木幽深的山谷中流过。与最后一批骑兵同时撤退的是一群戴白色尖角帽的修女　拖着蓝长裙缠腿绊脚地奔过桥面。他用剑柄上拆下来的穗子拼命鞭打疲惫不堪的坐骑。由于健康情况欠佳没有任命他为驻西班牙军的炮兵司令。他给友人信中说那里不用费一枪一弹　实无军功可言。他荣膺荣誉团二等勋章。他详示管家妇酿酒装瓶的细则。他奉委驰赴北方军。征得同僚梭迪安同意他做主放还守卫尼乌波特的两千英军。罗伯斯庇尔和救国委员会好几位委员怪他处理事情过分宽容。热月事变倒救了他。斜斜的阳光照着翻阅登记簿的手　本子上一页页写满工整的字迹。他任莱茵河方面军炮兵总指挥。他在瑞士买母马一匹　管它叫"弗里堡大娘"。他巡视意大利北部的城防工事。他从吉利特·汪霍斯葛斯忒拉吞父子银号领取三张证券,一张三千六百六十九法郎到共和十四年风月十日支付,第二张三千九百七十四法郎到共和十六年风月十日支付,第三张四千二百八十一法郎到共和十八年风月十日支付。手背上的皮肤干乎乎的呈黄棕色,骨节处略带淡红,纹路多得像乔其纱。他以救国委员会名义签署擢升皮什格鲁为摩泽尔河和莱茵河联合军司令的委任状。随这道命令他附以个人的祝贺。他激励各代表死守马斯河勿存任何后撤的想法。马脖子上全是汗水　枣红色的鬃毛粘成一绺一绺的。缰绳擦着的地方　腿弯里　都汗津津地冒白灰灰的泡沫。一八一一年他任巴塞罗那督军。他信里说,得过一次中风　幸好完全康复。他为一位女演员写过好些诗篇。圣灵节那个星期日阳光很好。他们过桥时峭壁夹峙的谷底已落在阴影之下。他的前妻在圣M……旧宅生下儿子就去世了。到达科西嘉他心情很好　当即给国民公会写信　我已到卡尔维,带来烘烤炮弹的铁架多具,要是敌人来犯　我宁可把自己与炮台跟他们同归于尽　绝不让他们生擒。在米兰他第二个妻子不论到哪里身边总跟个小黑奴　名叫萨雷姆　她要他裹上头帕　穿上裤腿肥大的长裤　一身东方人打扮。她仿约瑟芬皇后把头发梳成希腊式　据说她跟皇后长得很像。他①到了巴塞罗那就参加民兵组织。他在阿拉贡前线打了一冬天仗。他参加比利时战役。他参加荷兰战役。他参加瑞士战役。他两次参加意大利战役。他参加普鲁士战役。他在西班牙指挥包围奥斯塔尔列希城,但因健康情况每况愈下不得已离开部队。黑压压的一群乌鸦慢慢拍打着翅膀　尖声鼓噪嚷成一片　在平台上空盘旋。他不胜疲倦。他闭上眼睛。摊开的登记簿晒着太阳　光斑印在他视网膜上久留不去。在闭着的眼皮下他看到粉红的长方块

① 此处引入一个在西班牙内战初期参加当地民兵组织的英国青年。

从紫红的衬底上凸现出来。长方块缓缓向右方移散开去。他因政务、军务和指挥事宜前后差不多有二十年一直远在他乡　自己的家时常是隔好多年才偶尔光顾一下。巴斯蒂亚民社向救国委员会告发他为一己安危不惜在卡尔维集结重兵。他以救国委员会名义致函儒尔当、莫罗、勒舍赫和克勒曼诸将军告以无法供应骡马、饷金、粮食和饲料。他鼓动他们从敌方获取所需给养。无论到哪儿他都给管家妇帕蒂写去一封封长信,详细指示按照节令在他庄园地里该干何种农活。他抱怨意大利的路不好　弄得他车毁腰损。他荣获铁冠勋章。他很高兴得知“无耻的皮什格鲁”给逮捕法办。他跟合伙股东卡利谷打了一场旷日持久的官司。他计算寄给陆军部的信件共花去多少驿费。从普里玛鲁到拉文纳为两个驿程,从拉文纳到里米尼为五个半驿程,从里米尼到波洛尼亚为八个驿程,从波洛尼亚到摩德纳为三个半驿程,从摩德纳到斯皮兰贝托来回是三个半驿程,从摩德纳到福尔米吉为三又四分之三驿程,等等。每个驿程的马费是三个半米兰里拉。攻克维罗纳之役中他强渡阿迪杰河时腿部受了重伤。他投票赞成凡流亡贵族潜回法国被抓获时手执武器者以死罪论处。马斯河右岸的公路在鲜花盛开(一丛丛的绣球花　阔阔的花瓣好像是淡蓝色的)石子铺路的豪华别墅之间蜿蜒而下。四野一片空旷。有匹马走起路来一拐一拐的。有个骑兵的裤腿在膝盖处被弹片刮破。破洞口挂着一条古铜色的黏糊糊的血迹,滚到绑腿处不见了,殷红的鲜血还汩汩地冒出来,凝结的血迹在逐渐加宽。芽月十七日他通知各军代表无政府党人舒迪厄和其他密谋分子均已逮捕。巡视途中他在曼图亚得以瞻仰维吉尔塑像并在特雷比亚略作逗留实地踏勘当年汉尼拔、苏沃洛夫和麦克唐纳作战的战场。他写道:驻守左岸的军队要是不从右翼出击必败无疑而反之亦然。他荣任米兰科学院院士。他在国民公会发表演说抨击敌视新思潮之徒。他函禀父亲拟与一位在贝桑松歌剧院认识的荷兰年轻女子结婚。为软化父亲方面的反对态度他故意把陪嫁数目说得极其可观。他获准朝见突尼斯巴伊　巴伊坐在一张绿绸面的软椅里　大厅的四壁陈设各种兵器。他在自己邸宅添造一座朝南的平台。他十一岁。他挨着祖母坐在正厅前座。祖母身穿长袍　领口处用一块玛瑙扣住　紫红色的玛瑙上面浅浅雕出一个庞贝舞女。幕布上开有一洞　颜色涂得叫人不易窥破,舞台监督的眼睛正凑着洞口瞅着观众拥挤的剧场。女士们扇子扇得飞快。关于路易十六是否该当死罪的问题他的回答是肯定的。受到那不勒斯王室排挤的他便以寻访赫库兰尼姆和庞贝遗址消遣时日。他写道　如果我们去年以战事的正常情况做出估计　仗打到布鲁塞尔就结束了,而事实上我们一直挺进到阿姆斯特丹。他给友人米奥利斯的信中说某晚在戈罗歇脚得与一位意大利姑娘春风一度。他说在波河三角洲肆虐的蚊蚋吸那姑娘的血　他也愿如法炮制。他在阿姆斯特丹买了一匹五岁口的母马,枣红毛色,丈量之下体高四尺七。他到斯特拉斯堡后对莱茵河方面军中的放任和混乱状况严加整饬。他家的牲口棚里计有马、骡、驴三十四头和毛驴一头。他信里说　过塔里亚门托地区时人人均有所获　只是别人得玫瑰他得刺。他著文猛烈抨击马塞纳　说他许诺的货车在军中已成笑谈　也亏他好意思只借二十五路易给拖了一条断腿留在战场上的苏尔特。他把前妻的坟建造在自己产业的猎场里。他从坐在前面的两位女观众脑袋之间望出去　看到脚灯照亮的舞台。女歌唱家头戴花冠身穿白袍　男高音挽着她的手径直走去。三五个演员从前面两个女人黑黝黝的脑袋之间缓缓走过。他们走几步停半天。关于路易十六的死刑是否缓期执行的问题　他的问答是不应延迟。他致函夏朗德滨海省省长　说他有充分理由相信他兄弟已在莱茵河方面军中阵亡　所说俘虏只能是冒名顶替的不逞之徒。给奥什信中说到他受救国委员会责怪　因为未派兵护送任驿车驰往舒安党作乱地区云云。他本子翻翻就停下了　看到自己的手照在阳光下　纹路越发清楚　有粗有细,交错重叠,像地层的褶皱朝着同一方向。纹路从手极厚的那头以弯弧状斜向食指,靠紧的靠紧　分开的分开,都像河水一样归聚在指根处。他隐隐约约看到一些黑影。他著文抨击西哀耶斯和教士之流。他称赞刚把教皇抓起来的友人米奥利斯干得漂亮。他请缪拉将军便中到他普莱桑斯家下榻　说他厨师的手艺得到将军赞扬之后盼望他能再来品评品评。在施特拉尔松的时候他腿上的旧伤　只要骑马时间一长　就痛楚难忍。他写信给管家妇说他只有四五年可活了,在有生之年希能享点清福　要她催促平台的建造速度。离开军队后他隐退到自己圣 M……邸宅,病病歪歪孤孤单单又过了一年。从摊在桌子上的本子和阳台栏杆的涡纹里望出去可以看到在下面军营的院子里骑兵们鱼贯而行。他们身披黑斗篷。登记簿上"穆斯塔法"的名字和记载它特征的三行字已用斜杠划掉。画斜杠的粗笔还在下面加了一行字:一八一一年十二月八日死于圣 M……他瞧着自己手背上隆起的两条淡蓝色血管跨过连在无名指和食指上的腱筋。虎口处有两条薄膜似的交叉纹路,颜色比粉红要深一点。本子横摊在桌上。阳光照着发黄的纸张　反光正好从下面照出他满脸皱纹。他眨眨眼睛。纸上的横线是用铅笔画出　写满工整的字迹　无疑出自秘书之手。纸旁的空白处记有收件人姓名:经纪人,部长,供应商,朋友,下属,同僚,亲戚,将军,仆役等。他定做十二双长筒丝袜　说好不带吊袜带。铁矿倒闭后他想借律师之力追回部分资金。后妻和儿子屡屡索取钱财弄得他不胜其烦,便一总回复道他就靠将军名义的俸给支付日常用途　田产方面的进益了却债务还不够。在巴尔多他对巴伊的养鸟房非常欣赏　里面养有品类不一颜色各异的飞禽。鸟雀声喧　震耳欲聋。他说那不勒斯宫廷像共和国派到拉施塔特来的使臣一样　出谋划策蓄意要谋害他。他给父亲的信中说:我们的学识往往偶然得之,带点兴之所至的味道;眼下只需告诉你我在增加戏剧知识。剧场里座无虚席,噪声四起,乐队的演奏人员在调乐器。声音有的悠扬飘忽,有的戛然而止,在一片混杂之上,不时听到第一小提琴手定调的拨弦声。在两座已无尖顶的望楼之间　原先那平台只略略剩下一方隆起的土堆　现在整修成菜园　四周种着荨麻。几株枯萎的西红柿和芸豆攀在芦苇上　和结籽的白菜相依为邻。公鸡带了三四只母鸡东颠西跑扒土觅食。正厅和花楼里的女士们拿着手里的扇子这时又像蝴蝶的翅膀扇动起来。包围施特拉尔松之役他手下有四千多炮兵　既有法国人也有意大利人、西班牙人、汉堡人、符腾堡人、巴登人、黑森人和荷兰人。他和参谋部安顿在米忒尔哈根古堡。他睡在宫殿里。他睡在马棚里。他睡在树林子里。他睡在帐篷里。他睡在大火烧过的教堂里。

他睡在草长茅封的野地里，躲在废弃的工地里，蜷缩在下面积满水的防空洞的楼梯里。白天他出入豪华饭馆和公共浴场躲避追踪蹑迹的家伙。他甚至大衣一裹就睡在地上。醒来睁眼一看周身全是又白又厚、亮晶晶颗粒状的物质。他的头部和骑兵大衣盖了一层雪。他关照卫兵要好生爱惜他那条巴尔巴拉羊皮制的行军褥垫。颜色涂得可以把人看蒙的帷幕徐徐升起　台上展现岩穴幽深的布景。扇子像翅膀那样停止拍打了。八月十日晚国民议会决定派遣他和卡尔塔、普里欧、加斯巴兰、安东奈尔及其他七位代表向各方面军宣布废黜国王的命令。瑞士近卫军遂停止抵抗。在议会会场里可以听到外面传来的最后的枪声。他从岗所看到整个城市延伸在高低起伏的丘陵和远处浮光耀金的大海之间。瓦顶上此起彼伏矗立着凝重的圆顶和穹形，以及旧城里哥特式的钟楼。步枪噼噼啪啪的枪声和自动机枪一梭子一梭子的连射之间夹杂着炸弹声震荡全城。因为没冒起任何烟柱他断定敌我双方还没用上炮队。他为前妻的坟写了一段碑文。台上置有几堆棕红岩石，好像含有赤铁给地火烧过一般。俄耳甫斯身穿希腊式短袍。站着的姿势像是不胜哀痛的样子。他腿上穿粉红色的长筒袜。根据条令　上自将军下至所有军校及文武官员出于情势需要可暂时免职并予逮捕。他发誓为维护自由与平等不遗余力　保护社会不受暴君侵凌。他得了中风之后有时神志不清。他看到无数黑点在眼前旋转飞舞。这类不适之感发生得越来越频繁。他把前妻的坟建造在山谷底部，卡里泼小溪从旁流过，四周是一片杉树林。从平台望出去看不到坟。只看到杉树的尖梢，即使无风，也不住颤动，好像兀自摇动从不间歇似的。他写信给救国委员会称东比利牛斯省军队里衬衣鞋袜奇缺，因为没有骡子承担运输　进攻毕尔巴鄂的计划只得推迟，又由于士兵开小差，甚至整连整连携械逃散，东比利牛斯省军队的实力已大大削弱。朝下可以看到大路上梧桐树开春长的新叶呈淡绿色。树梢毛茸茸的嫩叶也呈淡淡的橙黄色。他腰里佩两枚爆破杀伤弹和一把手枪。城市除炸弹爆炸发生震荡外平时躺在阳光下了无生气。路面上堆着一堆堆给炮弹打断的树枝。树枝上的叶子绿倒还绿但已开始枯萎蜷缩。男高音唱起 *Euridicc Euridice ombra cara ove sei?*①　在卡尔维被他炮弹打中的一艘驶进港湾的英国驱逐舰烧了起来　虽有别的舰只驶援也还是葬身大海。他在都灵买下马、骡多匹驮着士兵运送给他的管家妇。他感叹皮埃蒙特的骡子不及巴尔巴拉的好。王政复辟时期他的遗孀阿苔拉伊德呈函路易十八恳请皇上对她姓氏捐弃成见。她追述道　八月十日晚②她好不容易挤进国民议会　这时杜伊勒利宫最后一批卫兵已被解决　把克莱蒙-多奈尔公爵的便笺亲手递交国王。平台的一边已坍塌　公鸡的头露在荨麻之上。鸡头拘谨地转来转去东张西望　把颗粒状的肉冠颠得颤悠悠的。他写信给奥什　告以过了春分要提防英军可能在贝尔岛登陆。他去利古里亚海岸巡视防御设施。他把自己庄园的范围绘成一图寄给他的管家妇。胡桃种植区标以黄色　共分九区。第一区从桑治平原那株榆树开始直到围墙那边。樱桃树横跨整片大田种了一长溜　直到水沟边上。他推广一种

① 意大利文，意为：欧律狄刻，欧律狄刻，亲爱的人，你在哪里？原是格鲁克歌剧《俄耳甫斯与欧律狄刻》中俄耳甫斯的咏叹调中的一句。

② 指一七九二年八月十日巴黎起义百姓攻打王宫，国王路易十六偕眷属仓促前往国民议会寻求保护。

新式炮架　不需十二人　现在只要七人便能轻易转动。摊在登记簿右上角的手握了拢来,犬牙交错状的影子遮住了下面这些字:

晚上听到我叹息
我于棺木之上
改变欧洲面貌的事件
革命运动使我
各种奇奇怪怪的事
再大的危险我也

这是些头六行末尾的字,字体略斜但很工整,笔有时压得很重笔画很粗。第二区讫止于卡赫泰勒。紧挨着的第三区种的是高大的胡桃树　以蓝色标示。坟就在蓝区里。公鸡颈上的毛颜色火红　在阳光下发出淡紫或粉红的闪光。鸡冠有时给太阳照得像灯一样通红透亮,角度一变就成暗紫色软绵绵的。拂晓时分他抵达佩斯基耶拉军火库。他要看守把库房钥匙交出来　发现大批炮兵器材没有登录清册。他报告陆军部长　法军的库存已遭抢劫　据闻意大利军官亦曾参与其事。从博尔戈·蒲岂阿诺到吕克为两个驿程,从吕克到维亚雷基奥为两个驿程,从维亚雷基奥到比埃罗·桑塔为一个驿程,从比埃罗·桑塔到马萨为一个驿程,从马萨到拉文查为一个驿程,从拉文查到摩德纳是十七又三分之二驿程,等等。从平台栏杆的铁花和涡纹望出去　他隐隐约约看到骑兵在下面衬着明亮的背景一个一个走过的背影。他们从围墙的门洞里出来　前后相隔十五米左右　笔直朝窗子骑去,然后左转弯拐进另一个门洞消失不见。马蹄铁敲打石板铮铮作响。他们进第二个门洞时墙上传来的回声就很不一样。身披黑斗篷　他们随着马步上身微微左右摇摆。骑马的姿势俨然一尊尊雕像　走到与拳头投在本子上的影子成同一角度时　他们在石板路上的影子也拉得很长很长。他眨了一下眼睛再看这些字:

一座坟;
天亮之后索
发生
翻天覆地的
遇上了
即使面临

这是些头六行开头的字,正好照着阳光,耀人眼睛。他一下子翻过几页。一七九二年法国人民推翻王室召集国民公会时,联军离巴黎只有四十法里,在一点小事便可酿成轩然大波和表面看来否决多于赞成的会议上需要有大智大勇的人物出现;有抱负的人挺身而

出 只是数量太少 老百姓愿把性格坚强的人物送进国民公会:我因而得到提名。他用拇指和食指拈起纸角 手背上的皮肤一抻紧 纹路和青筋消失不见了 手像一块平滑的布满淡蓝网络的粉红色大理石。两个女观众里比较年轻的一位头发往上梳成一个高髻。耳朵后面细长的后颈上有几撮翘出来的短发。台上照来的光在她的颈脖和敞领露出的乳胸上涂上一层白似珍贝的光彩。群鸦渐渐飞远去。细看之下乌鸦的飞行包含数不清的盘旋飞舞,似无明显关联,只是黑压压的一团 实际上有两类飞行圈:一类是把整群乌鸦慢慢移向前去,另一类在鸦群内部,或涡状转圈,或前向后飞,或竖着环飞,或斜着环飞,看似乱飞一气其实并不影响全队前进,落在后面的振翅奋飞追赶大队时 其他乌鸦彼此换班开始绕圈。打开的长方形簿子的光彩留在他视网膜上慢慢缩小,幻成翠绿色 四周是一片深棕色。他请人用一块带深灰云纹的黄棕色大理石雕他的胸像。他得侧着脑袋才能看到男高音和女高音,他们正好凝立不动站在前面两个女人脑袋之间空当的左方。从这个角度他可以看到那年轻女子小半边清秀的面孔。俄耳甫斯背对着欧律狄刻 欧律狄刻正唱着 Che mai t'affanna in si lieto momento?① 他用意大利语与巴伊谈话 要巴伊把他搭乘的热那亚船及全体船员放还 巴伊执意认定"这一网捞得好"。他观察到在鸦群内部绕圈飞行的乌鸦都成双作对,无疑是一雌一雄结伴飞行 似有自己的目的(爱的追逐,虫的捕捉?)但并不因之脱离大队 停止跟随前进。他以救国委员会名义知照土伦的黎忒代表,意大利方面军中一切均感匮乏。他在国民公会的讲坛上为新的军事部署辩护。他说谁要提供事关重大的真相就应预料到别人会立加反驳,把新的想法视为可笑 把更好的计策视为捣乱。全部乌鸦停在三棵果树上,像粪便一样阴沉沉黑森森的一大片把树都遮没了。在闭拢的眼皮下颜色互易其位。翠绿的长方形窗框分成绛红的两长块 后面是茶青的底色。

掩蔽在林间公路一旁的三门排炮连续不断开了一个多钟头一直到天黑。炮弹出膛隆隆之声震耳欲聋,接着哗然长啸飞过长空很快往下掉落。短暂的沉寂之后便听到远处爆炸的回声。马群聚在林间一片空地上 离炮队有五十米左右。白日将尽较远处的爆炸声渐次稀落 遂至中止。暮色昏黄大地又归寂静的时候 树林慢慢转暗 发出一种凝滞不动的植物的潮气。鸫时断时续的叫声在高大的乔木之间回荡振响。枝叶间袅袅升起的薄雾颜色从淡蓝慢慢加深 不一会儿连树丛也成为天空背景上的剪影。林边的马群只剩一堆黑乎乎的影子。磨得很光的鞍座和马屁股泛出微弱的反光。骑兵疲惫的神色,几天没刮的胡子和尘土仆仆的大衣 跟炮兵的脸和还比较干净的衣着简直不可同日而语。骑兵看着炮兵坐在炮弹箱上喝热汤。晚归的鸟雀沉寂了好久 树林里才响起猫头鹰的叫声。站岗的听了疑神疑鬼心惊肉跳。士兵们把大衣一裹就躺在地上 虽然疲倦已极 还是翻来覆去睡不着。于是接二连三爬起来 漫无目的地来回走动,好几个人围在炮兵的电台车旁边谈天说地。此间盛传敌方伞兵装猫头鹰叫以便彼此联络集结队伍。他向救国委员会的秘书口授一封致驻桑布尔河与马斯河方面军代表的信件,秘书

① 意大利文,意为:在这狂喜的时刻,你为何感到悲苦?

的花体字缀有许多以求美观的斜杠和圈圈。他写道 你们预备往哪里去？你们自己说我们在马斯河的工事遇到失利情况只能作微弱的抵抗，但是非打赢不可。从电台车后门露出来的一缕微弱的光正照着车内坐在设备前的发报员。收发报机传出一连串嘀嘀嗒嗒的声响 夹杂着含糊而简短的话语。报务员在收远处电台时 间或滑出几个音符、交响乐或歌剧的片段，轻悠低微，好像因为太远的缘故，在幽暗的大森林里听来润人心田 简直不敢相信。在近处 这里那里 传来猫头鹰或仓鸮的叫声。士兵们静下来倾听黑夜的声息。男高音清脆的嗓音像穿过时空的厚壁唱道 Che faro senza Euridice? Dove andròsenza il mio ben? Euri……①接着收报机又嗒嗒响起来。无线电的噪声一停就传出节奏分明的萨克管，也几乎听不清，好像在很远的暗空里一闪一闪。“……多少骑兵对她神思梦想而我得以独占鳌头，H 小姐出身于阿姆斯特丹的名门望族，我们旨趣相同……”男高音现在站在舞台的尽左边（以致俯身朝右前方看时都能看到少女那朝左侧着的面影）。俄耳甫斯站在一根拔地而起高与顶齐的岩石柱子旁，柱子伸进凸出的棱边由布景师依势绘成梯形或三角形等几何图形 分别漆成红棕、砖红、红褐和深褐等色给人以立体感。幕间休息时这两位名媛淑女身边围着好几个头戴扑粉假发、身穿束腰上装和下摆开得像裙子一样的年轻人。颜色有：淡蓝、深绿、玫瑰、银色、玉白、带红点的宝蓝等。救国委员会的决议案都誊录在由单页订在一起未加封面的本子里。闭着的眼皮呈深紫色 留在视网膜上的长方形亮块朝长的一侧伸开去，又在半当中收束起来，形状像横放的沙漏，更像扯铃和覆盆子。接着又扩张开来占满整个空间 中间露出一个淡紫色的小月亮。清晨两点光景一长列帆布篷卡车开到林间公路上与炮队齐头的地方停下。车上士兵面对面坐在两排长凳上枪夹在膝盖之间。夜色昏暗，每排只看到坐在车末的那几个人。他们不言不语。骑兵和炮兵问起他们是否属于所说的增援师 他们也不搭理。他们神色惊惶 显得十分倦怠。他感到手背上有什么东西爬过。他睁开眼来。苍蝇透明的翅膀照着阳光像发亮的云母片。那透明的给斜阳拉长的怪影似乎具有一种静止的动态。细丝般的长腿与身子形成一个锐角 而缩回来的翅膀拖到身后像条尾巴。电台车里传出轻柔的舞曲。卡车队的几个头儿朝炮队的士官走去向他们问路 随即打开地图用两只手电照亮。问毕又蘑菇一会儿，避开众人低声商讨起来。那群人里有人说 德国佬已在傍晚渡过马斯河，是从忘了没炸掉的水坝上过来的。一位军官不胜忧虑地说 这下可得付大代价了。公鸡的头一缩，颈上的毛都横着戳出来 从古铜色一变而为深褐色。脖子一伸手又理顺了，呈闪闪发亮的青铜色。他挥手去赶苍蝇 手指一伸直 皮肤又松了 无数纹路顺着青筋和血管高低起伏。他闭上眼睛听到马蹄敲击石板的响声。从穹顶传来的回声突然不同起来 他猜到骑兵正在一一进门洞。发票是张淡绿色的纸，墨水深黑，上面是账房先生一个模子里倒出来的字：哈莱大院二十一号理查珠宝店售与 L. S. M. 将军：项链一串 镶宝石六十三颗 含 21k/4/32，加手工费，计：4300 法郎；冠式梳子一把 镶宝珠一百零九颗 含 17k/4/8，计：2460 法郎；耳坠一副 镶宝珠三十六颗

① 意大利文，意为：没有欧律狄刻，我还干什么？没有我的心上人，我将去哪里？欧律……

含10k/8/6/32,加手工费,计:1960法郎;项链一条,耳环一对,可套入钻石梳子的珊瑚梳一把连盒套,计:225法郎,等等。坟到今日只剩下一条长石碑,历经严寒剥蚀已成叶片状,加上藤蔓缠绕,半为藓苔所侵,碑文难以卒读。嗡嗡的人声,晶亮的吊灯,闪烁的绸缎,怡然的音乐,汇成一片柔和的色彩,细微的声响,像一阵聒噪,像远处黑暗里的闪光,像深夜什么地方不可思议的小小的骚动。猫头鹰又叫了两次,就在近旁。恐怖时期波谲云诡　他因一桩接一桩的军事任务　得以置身事外。他是在牧月法令公布之后才回巴黎的。这时他被选为国民公会书记官。谁也没想到　装备精良的部队会突然出现并奉政府命令在城里发起射击。事实上没有人弄得清谁射击谁。乱打一阵之后彼此心照不宣就在当地实行某种休战。睡眠不足和给养困难成为他们最烦心的事。他得与瞌睡作斗争　眼皮又涩又痛。甚至闭上眼睛也能从梧桐树叶子缝里洒落在他脸上的阳光中感到树叶轻微的颤动。树叶呈掌状。眼皮底下横放的沙漏的两半左右分开　成为两个球面　转而又混为红棕色的一体。只有模糊的光老在闪闪烁烁。第一夜婴儿不停的啼哭和手榴弹硌着肋骨搅得他不能入睡。一天清早趁暂时的平静他钻进大街小巷一直跑到中央菜场。大部分摊位已收歇　只有少数几摊挤满了买主。突然响了一枪,打碎一块天棚玻璃,弄得人心惶惶。他乘机买了一块干酪　一切两半　塞在两边的子弹盒里。有一晚听说要断水。于是他们急忙把凡能找到的盛器都贮满水并决定第二天拂晓发起进攻　从屋顶攻入有士兵把守的屋子。他把枪支弹药又检查一遍。他想到他会送命的。一七八九年六月他所在的第七炮兵团应召开赴巴黎。他与其他几位军官向团长宣布如果政府要对百姓使用武力　他们绝不动手。梧桐树的枝杈留在他视网膜上的印象大致像个7字　起笔、拐角和收尾处都多了个像结节一样的小圈,好像写在吸墨水纸上笔转折时略一停顿,吸墨水纸便吸了一团墨,这7字起先是红底蓝字,慢慢呈水波状,底下多出一横,像Z,变成淡黄底色深蓝的字另勾一圈黑边。他从米忒尔哈根通知管家妇　趁车队经过　送去一匹漂亮的栗色母马,两条前腿有白色斑点,从右后腿方面不能上马,七岁口,连毛在内身高四尺九,系购自梅克伦堡·斯戴列茨地方　取名叫刹雷马。下述情况发生在到炮兵队过夜的第三天。除腥风血雨外其重要性对幸存者来说在于标志着战斗阶段的实际结束,或者说此后再也没接到任何命令,哪怕是糟糕透顶的命令。他们那时徘徊在马斯河与桑布尔河之间,无任何防卫系统可恃,每个人或每小队只是乱跑乱撞,对军情一无所知,就凭太阳的角度来认路,加上疲惫和缺少睡眠动作迟缓很不起劲。你们预备往哪里去?临近清晨四时炮兵接到后撤命令。他们走后很久　到天亮时骑兵才整装上马排成队列。这一天他们且战且退　沿路挤塞着军用或民用的车队,废弃或烧毁的车辆(似乎后方炸得更严重),散兵游勇和逃难百姓遇上军官便打听情况却得不到任何回答。好些炮弹像是乱放的　东一炮西一炮　掉在田里。有一颗直径很大的炮弹炸起一股浓黑的烟柱笔直停留在宁静的空中久久不散。天一直很好。飞机编成队列在上空出现了好几次　但高得打不着。下午三四点钟光景骑兵队取一条斜路到一个小村庄里歇脚,村子里的人早已逃散一空　他们奉命就地设防。但他们的心思主要放在找吃的上,哪知军队撤退时这些房子早已光顾过了　他们只找到几盒雪茄和几罐糖渍水果　便老实不客气用手指把水果扒进嘴里。天黑的时候敌方侦察人员曾出来活动　但马上撤走了。午夜骑兵队接到命令要悄无声息地脱离接触。他们把凡能找到的布料(床罩、盖被、抹布)统统撕开凑合着裹住马蹄　把马牵出二里多路才上鞍。他们摸黑行军,时常不知什么缘故停上好大一会儿　他们干脆不动像一摊泥一样赖在坐骑上。他致函救国委员会告发有人要谋害他　他手下几名军官为察看地形取他要走的道先期而行　结果中了埋伏　惨遭杀害。有时照明弹嘘溜溜一声突然在他们头上掠过把他们惊醒过来,并在漆黑的天幕上拖曳出长长一条闪烁的轨迹。有一次他们从一长列烧毁的卡车旁走过,有的车子倒在沟里还在冒烟发出一股烧橡胶和尸肉的难闻味儿。还瞥见几个烧焦的人形伏在方向盘上,或依旧骑在横倒在地的摩托车上。交叉路口弹坑累累　好几栋楼残灰余烬还在燃烧,顶棚已倒塌　小火幽幽地舐着梁木　影影绰绰照出拿着水桶或背着包袱的男男女女　他们停了一停以失神的眼睛看看这些骑兵,接着又来来往往忙活起来。到现在这些骑兵至少已有四十八小时没有睡觉　瞌睡得难以抵挡,时常昏昏沉沉,上身随着马的走动而前俯后仰。新的一天到来的时候他们正行驶在一片几乎光秃秃的原野上,没有树木,勉强有点疏疏落落的草丛　没有任何可隐蔽的地方。他们接着走过的路上　不见难民、车队,也无任何打过仗的痕迹。听不到什么厮杀或轰炸的声音,即使远处的也没有。他们神情紧张地望望一碧无云的长空,只有东面天边有几缕轻云给初升的朝阳染成一片玫瑰色。太阳慢慢升起　把他们骑马的姿势投射出淡淡的长影子,形状像细腿的大爬虫　腿脚爬动而不见前进。晨光晶莹　渐渐放出金黄的光芒。影子开始缩短　这时噼噼啪啪响起第一阵枪声。有的马惊得直立起来　有的马应声倒下　前头的骑兵刚朝右拐进一条横路便乱纷纷从路口退回来　正好碰上腹背受敌迅疾赶来的后路骑兵。他们这才明白是中了埋伏　全逃不过一死。他写下这句话　便马上意识到对没有身历其境的人就不大能懂其中含义　他抬起手来。虎口处有一束松软的波浪形的纹路以近乎平行的弧线绕着笔杆。他站起身来　目光接连看到画了许多杠杠的上半页纸,桌子的边,平台栏杆上的涡纹和花叶,以及一个一个模糊的黑影。他摘下眼镜清楚看到军营里的骑兵挺着胸膛　穿着带红饰带的黑上装、又黑又亮的长筒靴、宝蓝的军裤,戴着黑色的圆帽。阳光照在光滑的马屁股上发出暗红色。

费特奈……………………………………………………………… 雌
佐贝德……………………………………………………………… 雌
齐齐阿莱…………………………………………………………… 雌
芮谢梅……………………………………………………………… 雌
奚阿法……………………………………………………………… 雄
阿勃台姆雷克……………………………………………………… 雄
巴尔梅希特………………………………………………………… 雄

佐朗 …………………………………………………………………… 雄
阿尔马卡顿 …………………………………………………………… 雄
卡里尔 …………………………………………………………………… 雄
卡尔卡斯 ………………………………………………………………… 雄
奈马纳 …………………………………………………………………… 雌
希摩斯塔法 ……………………………………………………………… 雄
那哈伊斯 ………………………………………………………………… 雄
纳达姆 …………………………………………………………………… 雄
达吕克 …………………………………………………………………… 雄
卡拉卡哈巴拉巴 ………………………………………………………… 雌
科考比勒索勃 …………………………………………………………… 雄
伊加尔 …………………………………………………………………… 雄
法哈姆 …………………………………………………………………… 雄
赛隆姆 …………………………………………………………………… 雄

马的名字开列长长一行　写在本子边上的空白处　这本子里的纸片也是用手订在一起的。第一页上写有“出使那不勒斯的杂忆和关押在突尼斯的经过”等字样　根本不计及字好字坏。为了保持个人特色或为了炫耀　记事正文系用意大利文所写：…alcuni schiavi ricamente vestiti mi presentavano al Bey facendomi passare per une lunga oscura scala che termina sotto una grande uccelliera cosi piena di differenti uccelli che io ero stordito dal loro canto. Vidi il Bey sopra un soffa, di piccola statura, occhio vivo, sembianza viva. La sua camera contiene pochi mobili ,ma molte armi. Vi ho contato 17 paia di pistole, 17 sciabole, piche e stili. Osservai una cosa sorprendente,ed è che il suo primo Ministro Jusuf non ha più di 22 anni,era un Georgiano grasso,fresco e polputo. Io ero un barbaro ma…①有时一匹小马（听到响声或风掀纸张）惊惶起来　往一旁躲闪。骑马的人立即勒住缰绳　马前腿一软　连连踩地　铁蹄敲击着石板。他们鱼贯而行　落在前面的影子随着走近来而逐渐扩大，转过了弯就只见背光的轮廓　然后走近门洞里不见了。关于那不勒斯国王聘任的马克将军他写道：在指挥部订作战计划和实地执行全不是一回事：在指挥部工作　精神不受扰乱，时间归你支配可以从长计议；在战场上　胜负常取决于一刹那间：噪声，险阻，烟雾，样样是障碍叫你看不清楚，而且……留在视网膜上的窗子的竖框和两根横档构成一个十字隔成四个青绿的方块　慢慢朝右往暗红的底色一边飘移过去……身处险境我仿佛常常看到我所爱慕的那女子的倩影　她冥冥之中保护我　领我走出危机四伏的境域；每年

① 意大利文，意为：几个服饰华美的奴役引我去觐见巴伊，穿过一条幽暗的长廊，尽头是一间大鸟房，关着各色禽鸟，叫声令人惊异。看到巴伊坐在沙发上，身材不高，但目光炯炯，神采奕奕。四壁家具不多，武器不少。我数了一下，计有十七把手枪，十七把长剑，还有长枪、棍棒之类。使我惊讶的，是他的大臣优素福年纪还不到二十二岁，是个肥胖的格鲁吉亚人，很精明也很斯文。相形之下，我倒成了蛮子……

我……老太太面孔像石膏一样白　领口用一块庞贝玉石扣紧　上衣胸部缀有无数柱形黑珠　隐隐发出金褐、紫绛或青绿的闪光。她呼吸维艰，张大着嘴口角下垂形状像倒过来的新月　如同搽白粉的丑角比埃罗或悲剧传统面具上的嘴一样，鼓囊囊软绵绵灰扑扑的。男高音现在站在那堆红色岩石下面没有唱歌，凝立不动哀痛的神态是从什么表现古代葬仪官或洪荒时代的灾祸、疫疠、溃败、屠杀的画面上学来的。他右手遮着低垂的头，左胳膊略往后摊着手，似乎要摊开某种幻象或不理什么讨厌鬼。排队站在舞台右面的少女歌队里响起一片晶莹清澈的歌声。

概况

阿拉伯马穆斯塔法至共和十三年生有：

母马　刹雷马　灰毛
母马　奥达伊德　灰毛
母马　阿尔玛伊德　灰毛
母马　巴尔米赫　灰毛
母马　柴哈伊德　灰毛
母马　法特马　枣红色
小马　哈拉伊斯　枣红色
公马　佐朗　黑毛
公马　阿勃台姆雷克　黑毛
公马　法哈翁　灰鼠色

马棚顶已经塌了半边　灰色的梁木长年日晒雨淋都已损朽。平台对面那片山坡上，在菜园外面，牧犬看到天暗下来了便把放在草场上的母牛圈拢来，东奔西突咬着牛腿往回拽。母牛愣头愣脑地跑起来。牛脖子上的铃声和狗叫好像穿过一层厚厚的玻璃，一层把人的面孔与外界隔开的似乎透明又似乎不透明的薄膜，要过一会儿才传到，声响也减弱了一点。杉树的叶子几乎已被秋风吹尽　光秃秃的枝干僵直地摇摆着。O. 在叙述所遇到的情况时说　枪声一响便有个不认识的人拽起他胳膊拖着就跑。他们就这样穿过大街找个地方躲避从教堂钟楼射来的子弹。乱糟糟的人群里有妇女也有孩子　听到枪声先就吃了一惊　接着朝他们隐蔽的地方蜂拥而来。谁也不明白发生了什么事。有个年轻人向刚走来的人分发枪支。他领到一支但差不多马上给人抢走了。有个婴儿哭嚷不停。骑兵队中了埋伏　短暂的战斗似乎已经结束。现在一切都静悄悄的。过了一会儿他才看到地板是用大小不等形状不一的多边形拼成的，有浅灰、蓝灰、纯白、黄棕、玫瑰等色。他手足并用地趴在地上。在车轮滚过的路中央，石子缝里长着小撮的草和叶子呈星形或锯齿形的小植物。他没有再听到机关枪声音。他趴在地上的淡蓝色的影子在身子右边伸得很长。约莫过了两小时光景,他又骑上马与另一骑兵走在队长和一个中尉后面(他在一本小说里讲到事件发生的境况和方式:考虑到由于疲劳、缺觉、嘈杂和危险,感受能力有所削弱,记忆难免有遗漏和错构之处,所以可把这段记述看作是相当忠实的叙说:路口和田野尸体横陈,浑身是血的伤员,摊在沟边的死人,逐渐恢复的知觉,突然做出的决定,气喘吁吁地爬山,种着成排山楂树的草场,穿过敌人带自动步枪巡逻的公路,在树林里行走〔你们预备往哪里去?〕焦躁难忍的口渴,林间的寂静,杜鹃的啼声,远处的轰炸,两位脱险军官的不期而遇,对待军令的轻率态度,骑上勤务兵牵来的马,穿过炸后的城市,等等)。来自比利时通往桑布尔河的那条路　经过莫伯日的南面,在索勒尔堡与阿韦纳之间几乎是一段东西向的直路,两旁果树成行,路面随地形缓缓升降。沟里坑里尽是各种残骸,烧毁或废弃的卡车和轿车,侧倒的大车,死马,等等,废纸和内衣尤其多得令人不敢置信,四散在绿色的田野里,白得异样。不仅因为脏还由于极端疲乏　觉得脸上好像罩了一层灼人的薄膜使他与外在世界有种隔绝之感。他倦得连眼皮都抬不起来,随着马步走动在鞍上前俯后仰。睡眼蒙眬中他看到两个军官背光的身影,上身笔挺骑在马上,摆动着身子但并不前进。他在交叉路口看到指路牌上写着:离"瓦蒂尼大捷①"七公里　下面有个朝右的箭头。过萨尔波特里村不久这两个军官给一个躲在篱笆后的敌伞兵几乎是顶着枪口打死的。他们与勤务兵拨转马头就逃　伞兵开枪紧追不放。勤务兵的大腿被一颗子弹擦破。进了村他们才让马慢慢走,停下步来。他们停在路当中(事实上村子好像就只有两排用暗红砖或紫红砖盖的矮房子,蜿蜒在两里多长的一条直路上,有时还附带个小花园)路上留有不少渣滓,不远处有匹死马,虽然天气干燥,马尸上几乎沾了一层黄泥浆。看天时该中午时分了。太阳升得很高　挤在一起的马在身子下面投下一团黑影。你们预备往哪里去?

易超　译

① 瓦蒂尼大捷,法国北方小镇名,一七九三年儒尔当和卡尔诺大败奥地利军于此。

1986

获奖作家

索因卡

传略

沃尔·索因卡(Wole Soyinka,1934—),尼日利亚戏剧家、小说家、诗人、文学评论家。生于尼日利亚西部的阿贝奥库塔,他家属于约鲁巴族,父亲是当地一所小学的校长。索因卡从小受到约鲁巴文化的影响,他还专门研究过约鲁巴神话,从中发掘出一种悲剧理论,并利用这些神话作为小说、诗歌和戏剧的基础,从中获取灵感。当然,对他产生影响的还有欧洲文化。他曾就读于尼日利亚的伊巴丹大学,一九五四年赴英国利兹大学英文系深造,受到欧洲古典戏剧和现代戏剧的熏陶,对文学,尤其对戏剧产生了强烈的兴趣。一九五七年大学毕业后,到伦敦皇家剧院从事戏剧工作,参加演出和导演实践并进行剧本创作。一九六〇年,索因卡回到祖国创立了"一九六〇年假面具"业余剧团和"奥里森"专业剧团,上演了不少西非作家的剧作。二十世纪六十年代末,尼日利亚爆发内战,他因呼吁和平被军政府逮捕,囚禁两年之久。一九六九年获释后,流亡欧洲与加纳,一九七六年回国,应聘任教于伊巴丹大学戏剧学院和伊费大学。并曾历任剑桥大学、耶鲁大学和康奈尔大学客座教授。一九八六年,他被选入全美文学艺术院。同年,还因"他以广阔的文化视野创作了富有诗意的关于人生的戏剧",被授予诺贝尔文学奖。

索因卡早期的戏剧代表作有《新发明》(1959)、《沼泽地居民》(1958)、《狮子和宝石》(1959)和《裘罗教士的磨难》(1960)。这一时期的剧作,多半为喜剧,格调轻松诙谐,富于幽默和讽刺。一九六〇年后,他的创作进入高峰期,主要作品有《森林之舞》(1960)、《强大的种族》(1963)、《孔其的收获》(1965)、《路》(1965)、《疯子与专家》(1971)、《死神和国王的马夫》(1975)、《文尧西歌剧》(1977)等。他这一时期的作品,题旨上以揭示尼日利亚乃至整个非洲的社会现实为主,风格上逐渐变得隐晦、荒诞。

除了剧作外，索因卡还写有诗集《伊丹里和其他诗篇》(1967)、《狱中诗抄》(1969)、《墓穴里的梭》(1972)，叙事诗《奥贡·阿比比曼》(1976)，长篇小说《阐释者》(1965)、《混乱岁月》(1973)，自传体作品《阿凯——童年记事》(1982)，文艺论著《神话、文学和非洲世界》(1976)，纪实文学《一个大陆敞开的脓疮——尼日利亚危机的个人叙述》(1996)等。

授奖词

沃尔·索因卡于一九三四年生于尼日利亚，他用英语写作，主要作为一名戏剧家而为世所推重。他的多方面的生动文学作品还包括一些重要的诗集和小说，一部有趣的自传、大量的文章和随笔。他曾是位非常活跃的戏剧界人士，现在依然如此，并且曾在英国和尼日利亚演出过他自己的戏剧。他自己也亲自登台演出，并且精力充沛地参加戏剧界的论争和戏剧方针的探讨。二十世纪六十年代中期尼日利亚内战期间，他因为反对暴力和恐怖而投入争取自由的斗争。一九六七年他被粗暴地非法关押，两年多以后被释放——这是一个强烈影响了他的人生观和文学事业的经历。

索因卡描述过他在非洲一个小乡村的儿童时代。他的父亲是一位教师，他的母亲是一个社会福利工作者——都是基督教徒。但是在上一代中有一些巫医和坚信幽灵、魔力和任何非基督教仪式的其他人，我们遇见这样一个世界，在那里树妖、幽灵、术士和非洲的原始传统都是活跃的现实。我们还面对着一个更复杂的神话世界，它植根于一种源远流长的口头流传的非洲文化。对儿童时期的这个叙述也就给索因卡的文学作品提供了一个背景——与丰富而又复杂的非洲传统的一种亲身经验的密切联系。

索因卡很早就以剧作家闻名于世。他探索这种艺术形式是意想之中的，因为它与非洲的素材和非洲语言形式以及笑剧创作联系紧密。他的戏剧频繁而又驾轻就熟地使用许多属于舞台艺术而又真正植根于非洲文化的手法——舞蹈、典礼、假面戏、哑剧、节奏和音乐、慷慨激昂的演说、戏中戏等。与他的后期剧作相比，他的早期剧作轻松愉快、情趣盎然——恶作剧、冷嘲热讽的场景、伴有生动诙谐对话的日常生活的画面等，往往以一种又悲又喜的或怪诞的生活感觉作为基调。在这些早期戏剧中值得一提的是《森林舞蹈》——一种非洲的《仲夏夜之梦》，有树精、鬼魂、幽灵、神或半神半人。它描写创造和牺牲，神或英雄奥根就是这些业绩的一位完成者。这位奥根有像普罗米修斯的外貌——一个意志坚强且又擅长艺术的半神半人，但又精于战术和战斗，是一个兼有创造和破坏的双重身份的人物形象。索因卡经常涉及这个人物形象。

索因卡的戏剧深深植根于非洲世界和非洲文化之中，他也是一个阅读范围广泛、无疑是博学的作家和剧作家。他通晓西方文学，从希腊悲剧到贝克特和布莱希特①。在戏

① 布莱希特(1898—1956)，德国戏剧家、诗人。

剧的范围以外，他还精通伟大的欧洲文学。例如，像詹姆斯·乔伊斯这样的作家就在他的小说中留下了痕迹。索因卡是一位写作时非常谨慎的作家，特别是在他的小说和诗歌中他能写得像先锋派一样深奥微妙。

在战争期间，在他蹲监狱和其后的时间里，他的写作呈现了一种更为悲剧的性质。精神的、道德的和社会的冲突显得越来越复杂，越来越险恶。对善与恶的记录，对破坏力和建设力的记录，也越来越含糊不清，他的戏剧变得含义模棱两可，他的戏剧采用讽喻或讽刺的形式，通过讨论道德、社会、政治等方面的问题来进行神话式的戏剧创作。对话尖锐深刻，人物变得更富有性格，经常夸大到滑稽的程度，而且需要有个结局——戏剧的气氛热烈起来了。其活力也绝非少于早期作品——正相反：那种讽刺、幽默、怪诞和喜剧性的成分，以及神话般的寓言制作，都栩栩如生地活了起来。索因卡对非洲的神话素材和欧洲的文学训练的使用是非常独立的。他说，他把神话用作他的创作的“艺术母体”。因而这也就不是一个民间传统再现的问题，不是一种异国情调再现的问题，而是一个独立的、合作的工作。神话、传统和仪式结合成一体，成为他的创作的营养，而不是一种化装舞会上穿的服装。他把他的广泛涉猎和文学意识称为一种“有选择的折中主义”——那就是，有目的的独立的选择。在他后期剧作中特别值得一提的是《死神与国王的马夫》——这是一部引人注目的真正令人信服的作品，许多思想和意义充满其中，有诗意、讽刺、惊奇、残酷、贪欲。表面上它写的是西方道德和习俗与非洲文化和传统之间的冲突。它的主题围绕着一个典礼的或祭礼的人的献祭而展开。这部戏剧极其深刻地探究了人的状况和神的状况，因而不可简单化地看作是给我们讲述不同文明之间的不和。索因卡自己宁愿把它看成是一部描写命运的神秘剧、宗教剧。它涉及了人的自我的状况及自我的实现、生与死的神话式契约，以及未来的前景。

自传体故事《人死了》写的是他在监狱的生活，小说《阐释者》写的是尼日利亚的知识界，它们都属于索因卡的非戏剧作品。小说《混乱的季节》是一部讽喻作品，以俄耳甫斯①和欧律狄刻的神话作为框架，这是一个在某种程度上复杂的、象征-表现主义的故事，以腐败的、野蛮的社会状况和政治状况为背景。诗作中杰出的是那些带有他监狱生涯的主题的诗选，其中有一些是在他被关押时写的，作为一种脑力锻炼以帮助作者带着尊严和刚毅活下去。这些诗中的意象是简洁的，然而有时又是相当难以洞察的，这是因为它具有一种精练的或禁欲主义式的浓缩。要彻底理解这些诗歌需要一些时间，但是一旦达到精湛的理解，它们就能产生出一种奇怪的放射物，为它们在诗人生活中的一段严酷而又困难的时期中的背景和所起的作用提供依据——勇气和艺术力量的动人的证据。

正如已经提到过的那样，沃尔·索因卡最突出、最重大的成就在于戏剧方面。它们当然是创造出来以便在舞台上演出的，以舞蹈、音乐、假面剧和笑剧作为基本的构成成分。但是他的戏剧也可以作为来自一位才华横溢的作家的经历和想象力的重要而又引人入胜的文学作品来阅读——这些文学作品植根在一种综合文化之中，这种文化又拥有

---

① 俄耳甫斯，希腊神话中的著名歌手。

大量栩栩如生、给艺术带来灵感的传统。

亲爱的索因卡先生：

在您的多才多艺的作品中，您得以将一种非常丰富的遗产综合起来，这遗产来自您的祖国，来自古老的神话和悠久的传统，以及欧洲文化的文学遗产和传统。在您这样获得的伟大成就中，还有第三种构成成分，一种最为重要的构成成分——您作为一位富有感人的创造力的真正的艺术家，一位语言大师，您作为一位戏剧家和诗歌、散文作家所承担的义务，那是对今人和古人的普遍而又意味深长的问题所承担的义务。我荣幸地向您转达瑞典学院的热烈祝贺，并请您从国王陛下手中接受今年的诺贝尔文学奖。

瑞典学院常务秘书 拉尔斯·吉伦斯坦

王义国 译

作品

裘罗教士的磨难（节选）

人　物：

裘罗宝哞　海滩上的传教士

老先知　裘罗宝哞的师父

丘姆　裘罗宝哞的助手、弟子

阿莱佩　丘姆妻

女商贩

议员

忏悔者

邻居们

做礼拜的人

厉害的女人

鼓手

年轻姑娘

第一场

舞台上一片黑暗。聚光灯照在先知身上。他有一把浓密然而整洁的髯须。头发厚实、高耸，但是梳得整齐有致，不像大多数先知。他给人的印象是和蔼可亲。他手提一个帆布口袋，拿着一根圣杖[①]，以习以为常的傲慢姿态直接对观众说话。

裘罗宝姆 我是一个先知。无论就天赋或是爱好来说，我都是一个先知。你可能在大街上见过不少我们这样的先知，在他们当中很多人有自己的教堂，很多人在内地，很多人在沿海一带，很多人带领着教徒列队行进，很多人还在寻找可供他们带领的门徒，很多人使聋子恢复听觉，很多人使死人重新站起来[②]。说实在的，天上的星星数不清。先知们也是一样。我生来就是先知。我想准是因为我的父母发现我生下来就有又厚又长的头发。据说它一直长到我的眼睛，后面一直垂到我的脖颈。他们认为，这就是确凿无疑的标记，说明我天生就是先知。随着我长大，我就越来越爱我这一行。那个年头儿里，这可是一门极受尊敬的职业，即使有竞争，这种竞争也是蛮有气派的。可这些年来，海滩变得时髦了，为了占得一席之地，你争我夺，搞得这一行变成了滑稽戏。有些个我能叫得出名字的先知，让他们的女信徒在狂热得灵魂出窍的忏悔中乱晃乳房，这才弄到他们目前所占的海滩。这一招使那些来给我们划分海滩的地方议员有了偏心眼儿。

没错，确实已到了非得市议会光临海滩，一劳永逸地来解决先知们的这场领土之争的地步啦！我的师父（也就是从小教会我先知这一行的那一位）坚决力争，总算也瓜分得了一块地盘……是我帮了他的忙，从法管区请来六位舞女，一律装扮成耶和华的见证人，带领一支请愿队伍……有一点我那位老师父还没有想到过，就是，我实际上是在帮我自己的忙。

请听我说，如今占有一片海滩，已经没有多大意思了。来参加礼拜的人越来越少，已经门可罗雀了；每争取一个新信徒，都得真正拼搏一场才行。人们爱听 High Life[③]，不再爱听你神圣的赞美诗。再说电视又把我们那些比较有钱的主顾留在家里了。以前每到夜晚不容易被人认出来的时候，他们就来了。现在呢，他们就会坐在家里看电视了。不说这些吧，今儿个我上这儿来的全部目的，是让你们诸位瞧瞧我一生中相当热闹的一天。那天，有一阵儿，我都以为我那位老师父的诅咒要应验了。吓得我够呛，幸亏上帝保护了自己的……

〔老先知挥舞着拳头上。

老先知 忘恩负义的卑鄙小人！你就这样来报答我多少年来对你的栽培吗？把我，你的老教师，从我自己这块地盘上撵走……说我活过了头。咳！但愿你遭到同样的报应。六道轮回，你今日把我弄到这般可怜的田地，但愿到时候你也落得和我一般下场……

---

① 一种长十八英寸的金属棍，末端较细，顶端弯成环形。——原注

② 二十世纪初，在尼日利亚西部约鲁巴族地区，兴起了属于基督教唯灵论派的阿拉杜拉宗教运动。“阿拉杜拉”意为祈祷得福会，宣扬祈祷可以治病，可以获得保佑，认为先知（上帝的代言人、教士）通过修行能出神入化，能够预见并预言上帝的意志。这个教派在二十世纪六七十年代在西非拥有信徒几十万人。索因卡在本剧中讽刺的正是当时拉各斯海滩上一班行骗的江湖传教士。

③ High Life，尼日利亚和加纳等地流行的民间舞蹈音乐。

〔他嘴里念念有词，继续诅咒，但是听不见他说什么。

裘罗宝姆 （不理他）他的话打动不了我的心。那糟老头儿真傻到家了，当初我为了他得到那块地盘组织了一次活动，去和那些个（扳起手指算着）——协和兄弟会、基路伯和色拉芬、最后审判日姐妹会、天国的牛仔会，且不说那些……竞争，他居然以为……哼，他可真够自命不凡，以为我做这一切全是为的他！

老先知 无情无义！恶魔！我用狄斯科耳①的女儿们的咒语诅咒你！但愿她们把你弄得身败名裂！但愿夏娃的女儿们把毁灭降临到你头上！

〔老先知挥舞着拳头，下。

裘罗宝姆 其实这是最廉价不过的诅咒了。他很清楚我有一个弱点——怕女人。这可不是我的过错，请你们注意。你们总该承认我长得相当漂亮吧……不，别误会，我一点儿都不自负。可是，我还是下了决心要提防着点儿。我的血液里流着先知的血；女人反复无常，我可不会拿我的天职去冒这个险。所以我一直躲着她们。我还是个单身汉；打从我自己开业那天起，还从来没有什么流言蜚语玷污过我的名声。所以，当我一天早上醒来，睁开眼睛第一眼看到的就是一个夏娃的女儿时，我可真是碰上了一个悲哀的日子。我那会儿的心情就像一觉醒来看到床柱上蹲着一只秃鹫。

〔暗场〕

第二场

清晨。

儿根立着的柱子、晾着的渔网和其他杂乱的东西表明这是一个渔村。右侧台前方现出房屋一角，一面有窗，另一面有门。

传来一阵自行车的铃声。转瞬间有人骑了一辆自行车上，来到房子前面。骑车的是个矮个儿；两脚刚够得着车蹬。车梁上坐着一个妇女；围绕车梁，裹着一张席子。后面车架上放着个大旅行袋，一旁还吊着一张妇女们家常坐的凳子。

阿茉佩 停在这儿。停在这儿。那就是他的屋子。

〔那男的刹车太猛了。重心侧到了女的那边，于是她摇晃了一下，两脚落地，撑住了车子。其实这和平常着地也差不了多少，但是这就足够使她受委屈了。

阿茉佩 （她用受苦受难者的腔调说话，这已经是习惯成自然了）我总以为，谁都想把事儿干好，可你……咱们一起生活了那么些个年头，你总能轻着点儿把我从车上放下来吧。

丘　姆 你没早点儿告诉我，我只好急刹车。

阿茉佩 瞧你抱怨的样儿——谁要是没有瞧见刚才发生的事，还以为是你自己崴了脚

① 指狄斯科耳狄亚，罗马司纷争的女神。

呢。(于是她开始一瘸一拐地走路)

丘　姆　这么一下还不至于把你的脚腕儿给弄伤吧!

阿茉佩　弄伤?!你没听见我抱怨吧。你是尽了最大的努力;可如果说我的脚指头就得一个个地折了,只因为我非得像猴儿似的蹲在你的自行车上,你总该承认这样的生活对一个女人来说是够受的吧。

丘　姆　我已经尽了我……

阿茉佩　是的,你已经尽了你最大的努力。我知道。我没有承认吗?请你……递给我那张凳子……你自己明白我不是那种把丁点小事当作了不起大事的人,可我这些天正好身子不太舒服。如果说有人知道,那只有你。谢谢(接过凳子)……说来说去就怪我身体不好,要不然我什么话也不会说。

〔她靠近房子门口坐下,沉重地叹了口气,开始用手揉脚。

丘　姆　要我给你包扎一下吗?

阿茉佩　不用,不用。包扎什么?

〔丘姆迟疑了一会儿,然后开始卸东西。

丘　姆　你真的不要我送你回家?要是我走了它肿起来怎么办……

阿茉佩　我会照顾自己的。从来我就自己照顾自己,还要照顾你呢。你只要帮我把这些东西卸下来,靠墙放好……你知道我不会求你的,要不是因为我的脚。

〔丘姆早已把旅行袋放在她身边,以为事情完了。现在他又回过头去解那包东西。端出一个小炭炉,两个有盖的小锅……

阿茉佩　你没把汤洒了吧?

丘　姆　(面有愠色)你看上面盖的纸有油吗?(把纸一扔)

阿茉佩　你欺侮我。好吧,你骂吧,居然欺侮我起来了。你知道,我的全部问话也不过就是汤有没有洒,再说这也不是什么从来没有人问过的话。这一切我自己都会干,要不是我的脚……你当心啊……当心点……那个瓶子塞差一点就掉了。你知道要在这儿弄到点儿洁净的水是多不容易……

〔丘姆取出两个装满水的瓶子,两个小纸包,还有一包打着结,一盒儿火柴,一截山药,两个罐头,一只便宜的易碎的调羹,一把小刀。阿茉佩这时候还在继续她毫无倦意的独白,声调几乎是冷漠的。

阿茉佩　你可要——我这是求你——加倍地小心那个罐子……我知道你不愿意骑车带我来。可那罐子总没错儿吧?

丘　姆　谁说我不愿意带你来?

阿茉佩　你说的,骑车带我来,路太远了……我想你的真实思想是要我自己走……

丘　姆　我……

阿茉佩　而且,你把我的脚弄伤以后,问我的第一件事是,要不要送我回去。发生了这样的事你真是再高兴不过了……其实,如果我不是个从来不把任何人——甚至你——

往坏里想的人，我就会说你是存心这样干的。

〔全部东西卸完，丘姆把旅行袋抖落一通。

阿茉佩 把那袋子给我留下！我可以拿它当枕头。

丘　姆 我走前还有什么别的事吗？

阿茉佩 你把席子给忘了。我知道这算不了什么，可我总得有点东西垫着睡吧。当然啦，有的妇女们睡在床上。我这不是抱怨。她们只不过运气好，碰着了好丈夫。依我看，我们也不能个个都运气好啊。

丘　姆 你在家里不是有床吗？

〔他解下裹在车梁上的席子。

阿茉佩 这么说我就该撂下我的工作不干了？就因为我家里有张床，我的买卖就该遭殃？感谢上帝，我可不是那种女人……

丘　姆 我上班快要晚了！

阿茉佩 我知道你急着要走。你只不过把工作当作借口。地方政府办事处的一个信差头儿——你把那叫作工作？你的那些老同学现在都是部长了，出出进进坐的卧车……

〔丘姆骑上车就逃。阿茉佩在他身后伸长了脖子，冲着他走的方向大叫。

阿茉佩 下班回来的时候，别忘了再多带点水来！（她又故态复萌，沉重地叹了口气）他不明白这都是为了他好。他倒并不比别的男人差，可就是天生的不愿意使劲儿干出些名堂来。一个信差头儿。难道我就只能作为信差头儿的老婆去进棺材？

〔因为她坐着，所以当那位先知开窗呼吸新鲜空气时，没有立刻看到她。他笔直朝前面凝视了一会儿，然后紧紧闭上眼睛，十指交叉紧握，举过胸前，下巴抬起作片刻的默念。然后他松弛下来，正要回身，这才看见了阿茉佩的背影。他把身子探出窗外，想看清她的脸，但是发现没有可能。他愣了一会儿，离开窗子，绕到门边。只见门开了约莫一尺模样，又迅速关上。阿茉佩端坐着安安静静地嚼着可乐果。当门关上的时候，她取出一个记事本儿和一支铅笔，核算着一些数字。

〔教士裘罗宝呣，被他的教徒们称作裘罗教士的，又出现在窗口。他拎着他的帆布袋和神杖。他先把布袋从窗口徐徐放到外面地上，又小心翼翼地从窗口跨出一条腿来。

阿茉佩 （并不回头看他）你想到哪儿去？

〔裘罗教士简直是翻身栽回屋里。

阿茉佩 一镑，八先令，还有九便士，一共欠了三个月。而他居然还把自己称作侍奉上帝的人！

〔她收起记事本儿，打开包着的小炭炉，开始生火，准备早饭。

〔那门又打开了一尺左右。

裘　罗 （咳嗽着）我的姐妹……我的基督名下的亲爱的姐妹……

阿茉佩 我希望你睡了个好觉,裘罗教士……

裘 罗 是的,感谢上帝!(嗯嗯呃呃,咳嗽)我——呃——我希望你不是来妨碍基督和他的工作的。

阿茉佩 那也得基督不妨碍我和我的工作!

裘 罗 要提防傲慢自大啊,姐妹!这样说话可有罪啊。

阿茉佩 听着,你这个留胡子的欠债鬼。你欠我一镑,八先令,九便士。三个月前就答应还给我钱,不过,当然啦,你为上帝工作,太忙了。好吧,让我告诉你,除非先把我这点儿账还了,你哪儿也甭想去。

裘 罗 可钱不在屋里。我先得上邮局取来才能付你钱。

阿茉佩 (扇炭炉)想把我当傻瓜,那你还得另外再想出点儿别的。

〔裘罗教士关上了门。

〔一个女商贩走过,头上顶着一个很深的葫芦瓢。

阿茉佩 嘿,你卖什么?

〔女商贩犹豫了一会儿,决定继续走自己的路。

阿茉佩 我叫的不是你吗?你那儿有什么?

商 贩 (站住,没有转过身去)你是买了去倒卖,还是自己吃?

阿茉佩 也许你先告诉我你有什么就好办一些。

商 贩 熏鱼。

阿茉佩 好啊,让我们看看。

商 贩 (迟疑)好吧,帮我放下来。不过往常我是中途不停下来的。

阿茉佩 难道你到市场上去不是为了赚钱?难道我要付给你的不是钱?

商 贩 (在阿茉佩站起来,帮她把东西卸下来的时候)嗯,只要你记得现在还刚刚是早晨。可别讨价还价地纠缠,叫我一开市就不走运。

阿茉佩 行,行。(看鱼)多少钱一打?

商 贩 一先令三便士,少一便士都不卖。

阿茉佩 这是上个礼拜的鱼吧,是不是啊?

商 贩 我跟你说过了,你是我第一个买主,所以别让我一大清早的就倒了霉,坏了我的生意。

阿茉佩 (拎起一条鱼举到鼻子边)嗯,有点儿臭,不是吗?

商 贩 (把准备包鱼的纸放回原处)大概是你一个礼拜没有洗澡啦!

阿茉佩 是吗?好哇,说下去呀。骂吧,接着骂吧!其实我也只不过就是想要你几条可怜的鱼。是我活该,谁叫我想跟一个长着斗鸡眼的没脸没皮的女人打交道,像你这样的穷叫花子……

商 贩 这才是大清早呢!我不回嘴,不想让你的脏舌头坏了我的运气。不过有一桩,不许你该死的指头碰我的东西,如果你不放手,你就要去见阎王了。

〔她自己把那葫芦瓢顶到了头上。

阿茉佩 好啊,说下去呀!驮上你沉重的罪孽,连同你那叫花子的破衣烂衫一块儿滚蛋吧!……

商 贩 你这个绝子绝孙的罪人。但愿你一辈子也碰不着好事!

阿茉佩 现在你倒诅咒起我来了,是吗?(她蹦起来,正好看见从窗口爬出来的裘罗教士在溜走。)来人啊!捉贼!捉贼!你这络腮胡子的流氓。你不是把自己叫作先知吗?可你瞧着吧,你出来容易,再进去就难了!你这就会看到的!要不然我就不叫阿茉佩……(她又回身去骂那个已经无影无踪的女商贩)瞧你干了什么,你这个细腿蛤蟆!你这个窝赃的,等着警察来收拾你吧……

〔话没说完,响起了"哏哏"鼓①的声音,是从房屋对面传来的。一个男孩上场,一肩扛一个鼓。他打着鼓向她走来。她几乎立刻就朝他转过去。

阿茉佩 滚你的蛋!你这个脏叫花子!难道你以为我的钱是给你这种人的?

〔孩子逃开,又蓦地转过身来,击鼓,用鼓点儿送来临别的辱骂。

阿茉佩 真不知道这个世界会变成什么样子。一个贼骨头先知,一个卖鱼的骗子,这儿又来了这个满头虱子的小叫花子。他该和那先知做伴儿,再加那卖鱼的当他们的娘!

〔灯光渐暗〕

第五场

海滩上。傍晚。

一个穿着精致的"阿格巴达"②服装,袍子后面的下摆拖在地上,头戴便帽的人站在舞台右前方,手执一束文稿。他虽然是在演讲,但是我们听不见。无疑这是一篇鼓动性很强的演说词。

先知裘罗宝姆照例站得笔挺,高傲地带着怜悯的神气打量他。

裘罗宝姆 怎么作演说,我有一两手可以教他。他是联邦议院的一个议员,一个后座议员③,可是觊觎着部长的位置。每天他都到这儿来练习演说。但是他一回都没有作过真的演说。太胆小了(停顿片刻。先知继续打量着那位议员)可怜虫!(轻蔑地一笑,随即向远处望去)哎哟,我差点儿把丘姆兄弟给忘了。这会儿他早该把他老婆打得死去活来了。可惜!这一来我就失去了他。他得到了满足,也就不再需要我了。不错,他还要成为一个办公室主任。但像过去那样对我百依百顺的那个他可是

① "哏哏"鼓,原文为"gangan" drums,从上下文看是一种"话鼓"(talking drum)。非洲的话鼓可以模仿语言的节奏和语调的升降,起到传递消息的作用。

② "阿格巴达",约鲁巴人穿的长袍。

③ 指普通议员。

一去不复返了……没关系，打发走了我的债主，付出这个代价还是上算的……（走向议员）现在这一位……他已经是我信徒中的一员了。他当然还不知道，但是他已经是一个信徒。我所要做的不过是认领他，招呼他并对他说：我亲爱的议员，你的爵位等着你呢……难道说你还有疑虑吗？瞧我怎么来做他的工作！（提高嗓音）我上帝名下的亲爱的兄弟！（议员停住了，向四周看了看，又继续演说。）亲爱的兄弟，难道我不认得你吗？（议员停住了，又向四周张望。）是的，你！以上帝的名义，我不是认得你的吗？（议员慢慢走过来。）是的，真是的。是你。你来了，正如当时预兆的那样。也许说不定，你还记得我呢？（议员轻蔑地瞧着他）那么说，你不是上帝的臣民。我们在另一个世界，另一个躯壳里相遇过，可我的预言却是对你的……

（那议员不耐烦地背过身去。）

议　员　（架子十足地）你去另找一个容易上当的人耍这套骗人的把戏吧。

裘罗宝㑇　（十分和气地，带着微笑）事情真是非常简单。你不属于上帝，然而上帝的旨意往往如此神秘，他的恩惠偏偏降临到你身上……部长……蒙上帝恩赐的部长……（那议员蓦地站住）是的，兄弟，我们曾经遇见过。我瞧见这个国家投入战斗。我瞧见人们在依靠兵力赢得和平的名义下集合，应召入伍。在一间金碧辉煌的大房间的写字台旁，全国的要人都在恭候你的决定。各国的使者们也在等候着你的一句话，在这间办公室的门上我看到的是“作战部长”……①（那议员慢慢转过身来）……这是一个有权有势的地位。可是，你是上帝的人吗？你是否真能不辜负这个重任？当我遵照上帝的吩咐，观察了你的灵魂，难道我非得，非得祈求上帝，从你的肩上脱去你的斗篷，去披在另一个对上帝更为敬畏的人身上？②

（那议员不知不觉地向他走来。先知以手示意，叫他站着不动，然后慢慢地说道——）是的……我想我在你眼里看见了撒旦。我在你眼里看见他深深地盘踞着……

（议员越来越害怕，半哀求地举起双臂）作战部长将在全国最有权势。上帝明察秋毫，但是他也赐给了他在世上的使者们以权力，让他们在需要的时候为人说情。我们可以经过斋戒、祷告使上帝听到我们的声音……我们可以向他推荐……兄弟，你是上帝的人呢，还是站在他的敌人那边……

〔裘罗宝㑇的声音渐渐消失，照在他身上的灯光转暗；传来另一个声音——丘姆的声音——过了好一会儿丘姆才出现。他从左面上，神情不安，自言自语。

丘　姆　……到底为什么……为什么，为什么，为什么，他为什么这么干？前两年他不让我打那女人。为什么？不是因为上帝不乐意。别再想用这个哄我了。他根本不是什么上帝的人。他说无论下雨、天冷，他都在海滩上睡，可这也是弥天大谎。这家伙有房子，每天都在房子里睡。可他既然自己安安稳稳地在屋里睡觉，干吗不让我也

---

① 这一段叙述的是先知的“预见”。
② 意思是：“撤你的职，去委任另一个人。”

得点安宁？我又没对他干了什么！且不说这个，他们是怎么认识的？在哪里？什么时候？他什么时候知道她是我老婆的？他为什么保护她不让我打她？也许是我老婆送他什么吃的，于是他作为报酬答应她要她丈夫别打她。啊——啊——啊——啊！给了他衣服，给了他吃的东西，还有各式各样生活必需的和使生活舒服的东西作为交换，他就管住她丈夫不打她……呣呣呣呣呣呣。（他摇头）不，不可能。我不信是这样。要是这样，他们又怎么会吵架呢。她又干吗去坐在他门前跟他去讨债呢。我也没有打她呀……（他突然停住。眼睛渐渐凸了出来。）天哪！丘姆，笨蛋！哦，我的上帝，我这一辈子都毁了。我这一辈子毁了，完蛋了。哦，上帝，我怎么头上没长眼睛！这是谎话。这是弥天大谎！这个狠毒的女人她是假装出来的！她根本不是去讨什么债！她根本不是真的去睡在屋子外面。那先知是她情人。等天一黑，她就进去会她的情人。哦，上帝啊，我做了什么事啦，你要这样毁了我？什么使你叫我这样苦恼？是我冒犯了你吗？丘姆，傻瓜啊，你的一生毁了。你的一生毁了。是的，是——啊，是——啊，他们是把丘姆的一辈子给毁了……是——啊，是——啊……①

〔丘姆下，号啕声渐渐远去。

〔灯光打在裘罗宝哞身上，渐亮。只见那位议员如今跪在裘罗教士脚边，十指交叉紧握，闭紧双眼仰头向天……

裘罗宝哞　（声音越来越响）因此求上帝保佑他。他将像他伟大的祖辈那样领导这个国家，求主保佑他。他是这块土地上伟大的战士们的后裔，可他对自己世袭的荣誉一无所知。但是上帝无所不知，上帝安排了一切。世上一切无始、无终……

〔丘姆挥舞着一把弯刀，闯了进来。

丘　姆　你这个勾搭女人的！偷鸡摸狗的！看我今天收拾了你！

〔裘罗向四周张望。

裘罗宝哞　上帝救救我们！（逃跑）

议　员　（没有注意正在发生的事）阿门！

〔丘姆追裘罗宝哞，一心要杀他。下。

议　员　阿门，阿门。（张开眼睛）感谢你，先……（他前前后后找遍，但是发现那先知确实已经失踪。）先知！先知！（急剧、迅速地轮流转向各个方向，喊着）先知啊，你在哪里？你到哪里去了？先知啊！别抛下我，先知，别抛下我！（慢慢地他敬畏地朝天上望着。）消失了。飞走了。完完全全羽化了。我知道，我知道我是站在上帝的面前……

〔他垂头肃立。已经完全恢复镇静的裘罗宝哞上，指着刚刚皈依上帝的这个议员。

裘罗宝哞　你听见了他说的话。你亲耳听见了他所说的。到明天，全城的人都会听说关于裘罗宝哞教士奇迹般消失的事。作为见证人和目击者的不是别人，而是经过投票

① 丘姆这一大段痛心疾首的独白，原文全用拉各斯的洋泾浜英语。

选举出来的国家领导人之一……

议　员　(走去坐在沙堆上)我一定得等他回来。只要我表示我的诚心,他就会再次显现在我面前……(正要坐下去的时候,他又跳了起来)这可是圣地。(脱下鞋,再坐。又站起来)我一定要再听到他说话。说不定他正是去更多地了解关于那个部长职位的事……(坐下)

裘罗宝姆　我已经去叫警察了。丘姆这件事,真是遗憾!但是他着实吓了我一跳,没有一个先知愿意受人惊吓。依靠这一个傻瓜的权势我一定能轻易地给他搞到一张证明。不管怎么说让他到疯人院里去待上一年半载,对他会有好处。(那位议员已经在打盹。)

好……他快睡着了。当我再次出现在他面前时,他会以为我刚从天上下来。那时我就告诉他,撒旦刚刚派了他的一个使者来到人间,名叫丘姆,所以他最好马上就把他送进疯人院……这一来今天总算有救了。警察一抓住丘姆就会上我这儿来。看来,那个怀恨在心的糟老头儿的预言还不到应验的时候呢。

〔他捡起一块小卵石对准那议员扔去。就在这时候,一圈红光(或者其他耀眼的颜色)在他头上闪亮,就像绘在圣像头上的光环。那议员惊醒过来,吓得目瞪口呆;他一骨碌扑倒在地,满怀敬畏,心醉神迷地轻轻喊了一声:“我的先知啊!”

〔暗场〕

——剧终

邵殿生　译

1987
获奖作家
布罗茨基

传略

一九八七年,瑞典学院决定把当年的诺贝尔文学奖颁发给从苏联移居美国的诗人约瑟夫·布罗茨基,以表彰他在创作上"超越时空限制,无论在文学上或敏感问题方面,都充分显示出他广阔的思想和浓郁的诗意"。

约瑟夫·布罗茨基(Joseph Brodsky,1940—1996),一九四〇年五月二十四日生于列宁格勒(今圣彼得堡)一个犹太人家庭。十五岁时,他正读八年级,由于对学校的正规教育感到不满,便自动退学,步入社会。他曾在工厂、锅炉房、实验室及医院的太平间等处做过杂工,还曾随一支地质勘探队在各地探矿,到过许多荒无人烟的地方。在这段生活中,他虽然历尽艰辛,但也得以广泛接触社会,了解人世沧桑,为他走上他所挚爱的文学创作道路打下了很好的基础。他在劳累的工作之余,坚持勤奋学习,书籍伴随他度过了无数个漫漫长夜。他不仅钻研了希腊、罗马的神话、史诗和俄罗斯作家的作品,还广泛阅读了艾略特、叶芝、弗罗斯特、邓恩、史蒂文斯、奥登、米沃什等英美和波兰诗人的诗作,为此他还自学了波兰文和英文。与此同时,他坚持不懈地写诗、译诗。

在此期间,他结识了著名女诗人阿赫玛托娃,成了她人生最后五年的挚友之一,并从她那儿得到了很大的教益。一九六四年,布罗茨基因过"社会寄生虫生活"罪被判五年徒刑,遣送到北方阿尔汉格尔地区的诺尔申斯卡亚村服刑。后来全仗阿赫玛托娃等一批作家的帮助,他才得以在十八个月后获释。获得自由后,他曾在莫斯科一小出版社任职。一九七二年,他仍被当局驱逐出境,先到维也纳,后转赴美国。一九七七年,他被获准加入美国国籍,在密执安大学、纽约大学等校任教,并继续从事写作。一九九六年一月二十八日,布罗茨基因心脏病突发在纽约去世。

布罗茨基十五岁开始写诗,因种种原因,当时在国内只公开发表过他的四五首小诗和少量译诗，他的诗多数刊载在“地下刊物”上。一九六五年，美国纽约一家出版社在他本人不知情的情况下，出版了他的第一部诗集《短诗和长诗》（俄文版）。在这部诗集中，最著名的是长诗《献给约翰·邓恩的大哀歌》。

约翰·邓恩是英国十七世纪著名的玄学派诗人。他是一个内心世界极为矛盾和痛苦的人物，既向往永恒的天国，又不能忘情于现实人生。他的诗充满痛苦的感情、生动的意象和富有思辨色彩的玄想。他的独特的技巧和风格，对英美二十世纪的现代主义诗人有很大的影响。布罗茨基对约翰·邓恩的诗有强烈的认同感，把他看成永生的诗魂。全诗既肃穆庄严，又哀婉动人，既有梦幻的场景，又有崇高的氛围。

在这部诗集中，《狄多和埃涅阿斯》也是其中的名篇，它较为典型地体现了布罗茨基诗歌创作中内容上的文化感和形式上的雕塑感这两大特点的抱合。

一九七〇年在美国出版的第二本俄文诗集《驻足荒漠》，收有五十八首抒情短诗，八首长诗和一首戏剧性对话诗。在这本诗集中，诗人运用了不少带有现代派意味的创新技巧，有的诗明显受西方当代神话原型理论的影响，有的诗则继承了叶芝与艾略特的诗歌传统。如《黑马》《几乎是一首悲歌》等都是其中的抒情名篇。在格律上，这本诗集还表现出某些回归传统的倾向，因而也有人称之为“现代古典主义”诗集。

布罗茨基的主要作品还有俄文诗集《一个美丽纪元的结束》（1977）、《罗马哀歌》（1982），英译诗集《约瑟夫·布罗茨基诗选》（1973）、《言辞片段》（1977）等。在他去世后半年出版的诗集《等等》（1996）主要收录了他最后十年中用英文所写的诗作，其中包括《威尔廷努斯》《悲剧的肖像》《一个故事》《情歌》等诗篇。

布罗茨基是个比较复杂的诗人。总的来说，他倾向于现代主义，但又选取一些普遍性的题材。由于他的不寻常的经历，他对人、对人生都有深刻的理解和感受。

布罗茨基的诗表现出一种重技巧、形式探索的倾向，深受俄国先锋派和英美现代派诗歌的影响，如诗集《言辞片段》中的《鳕鱼角催眠曲》等。他惯于忧郁地深思爱情、友谊、死亡、孤独、苦难以及其他生存之谜，不少作品都弥漫着一抹哲学意义上的怀疑和悲观色彩。他的诗富有想象力，他认为，诗歌是没有“目的”的想象力的强烈发挥。他诗艺娴熟，诗风多变，传统的抑扬格和现代的自由体运用得同样得心应手，充满现代感和张力。

除诗歌外，布罗茨基还写有散文集《小于一》（1986）和《论悲伤与理智》（1995）。

授奖词

诺贝尔文学奖的获得者约瑟夫·布罗茨基，有个显著的特点，即醉心于发现。他发现关联，用精辟的语言揭示它们，再去发现新的关联。这些关联常常自相矛盾，若明若暗，往往是在闪光的一刹那中被捕捉，比如“在我们愉快的进化过程中，记忆是我们失而永远不能复得的尾巴的替代品。它指导我们的一切活动……”。

今年吸引瑞典学院的注意力的优秀作品贯穿始终的主题是：诗歌是生活的最高表现

形式。这一主题在浓郁的诗意、优美的知识和高超的语言中得到发挥。

布罗茨基现在是美国公民，但他出生并成长在列宁格勒，他根据该城市的旧名“彼得堡”称之为“彼得”。这也是普希金、果戈理和陀思妥耶夫斯基曾经工作的地方；它的宏伟建筑及其雕饰——甚至在四十和五十年代遭到战火破坏的状态下——展现出我们世界的一段重要历史。

诗人与奥西普·曼杰利什坦姆、安娜·阿赫玛托娃、诺贝尔文学奖获得者鲍里斯·帕斯捷尔纳克同属俄国古典主义传统阵营。同时，他是不断更新诗歌表现手法的高手。他汲取的灵感也来自西方，特别是从玄学派诗人约翰·邓恩到罗伯特·弗洛斯特和威斯顿·奥登的英语语言诗歌。

近来布罗茨基开始用英语写作。对于他来说俄语和英语是观察世界的两种方法。他说过，掌握这两种语言有如坐上存在主义的山巅，可以静观两侧的斜坡，俯视人类发展的两种倾向。东西方兼容的背景为他提供了异常丰富的题材和多样化的观察方法。该背景同他对历代文化透彻的悟解力相结合，每每孕育出纵横捭阖的历史想象力。

布罗茨基饱尝过人生的各种滋味。“生活……绽开唇齿笑着直视/每次遭遇。”他历经苦难——审判、国内流放、流亡异土——但他保持着统一的人格和对文学和语言的信仰。人类行为应该有准则，他说，这些准则不来自社会而来自文学。

诗人承担着衡量、检查、质疑的主要作用。诗歌成为与时间、变形原则抗衡的决定性力量。诗人在专制社会表面的沉默和开放社会令人麻木的信息洪水中成为发言人。

尽管布罗茨基毫不含糊地声明过他的立场，政治争论绝不是他的主要兴趣所在。他提出的问题具有更加普遍的意义：人的责任是过自己的生活，而不是那种由别人的类型或模式所规定的生活。“自由/是你忘记如何拼写暴君姓氏的时候……”

对于一个作家来说，还能有什么比同语言角力更为自然的事情呢？布罗茨基同自己的工具进行的搏斗异常激烈。这体现了他有关诗歌和诗人的观念：“读（陀思妥耶夫斯基的）作品使我们看到，意识流并不起源于意识，而是发端于改变并重新引导意识的一个词语。”他认为，最终极端的力量是“当语言终于不再满足于上帝、人、现实、罪孽、死亡、无穷、拯救……而达到的饥不择食的状态”。

布罗茨基有关语言的观念构成他有关国家和社会的观念的独特性：“帝国不能由政治的或军事的力量维持，它靠语言形成一统。……帝国首先是文化实体；在其中发生作用的不是军团，而是语言。”

语言自然要为诗歌中的比喻提供素材：“立陶宛的暮晚。/人们从群体中流散回家，用手捂成括号/遮住逗点般的烛光。”

依布罗茨基所见，诗歌是神赐的礼物。然而他作品中流露的宗教倾向并不拘囿于特定的教义。高于一切的是形而上和伦理问题，而非教条。

风格和情绪在他如交响乐一般丰富的诗歌里相互交织。他的散文里有深刻犀利的文化剖析，他的诗作《二十世纪的历史》里不乏开心的讽刺。然而，约瑟夫·布罗茨基认为，诗歌即使处于最轻松欢快的时刻也是极端严肃的。

亲爱的布罗茨基博士：

我十分荣幸并愉快地将您介绍给与我说着相同语言的听众。我上文所说的大意其实可以用您最近写的一行诗来概括:“让我告诉你:你挺好。”事实上,您本人也属于您所指的二十世纪的历史。我代表瑞典学院对您取得的卓越成就表示祝贺。现在,请您上来从我们国王陛下的手中接受一九八七年诺贝尔文学奖。

瑞典学院常务秘书 斯图尔·艾伦

王希苏 译

作品

献给约翰·邓恩的大哀歌

约翰·邓恩睡了,周围的一切睡了。
睡了,墙壁,地板,画像,床铺,
睡了,桌子,地毯,门闩,门钩,
整个衣柜,碗橱,窗帘,蜡烛。
一切都睡了。水罐,茶杯,脸盆,
面包,面包刀,瓷器,水晶器皿,餐具,
壁灯,床单,立柜,玻璃,时钟,
楼梯的台阶,门。夜无处不在。
无处不在的夜:在角落,在眼睛,在床铺,
在纸张间,在桌上,在欲吐的话语,
在话语的措辞,在木柴,在火钳,
在冰冷壁炉中的煤块,在每一件东西里
在上衣,在皮鞋,在棉袜,在暗影,
在镜子后面,在床上,在椅背,
又是在脸盆,在十字架,在被褥,
在门口的扫帚,在拖鞋。一切在熟睡。
熟睡着一切。窗户。窗户上的落雪。
邻居屋顶白色的斜面。屋脊
像台布。被窗框致命地切割,
整个街区都睡在梦里。睡了,
拱顶,墙壁,窗户,一切
铺路的卵石和木块,栅栏,花坛。
没有光在闪亮,没有车轮在响动……
围墙,雕饰,铁链,石墩。

睡了,房门,门环,门把手,门钩,
门锁,门闩,门钥匙,锁栓。
四周寂静,不闻絮语、悄音和敲击声。
只有雪在絮语。一切在熟睡。黎明尚远。
睡了,监狱,要塞。鱼铺的
磅秤在睡。肉铺的猪胴在睡。
正房,后院。拴着的公狗在睡。
地窖里的母猫在睡,耳朵耸立。
鼠类在睡,人类在睡。伦敦在酣睡。
港湾的帆船在睡。船体下
落了雪的海水在梦里呓语,
与熟睡的天空在远处融为一体。
约翰·邓恩睡了。海与他睡在一起。
白垩崖睡在大海之上。
整个岛在睡,被同样的梦抱拥。
每个庭院都用三道门闩封住。
睡着,槭树,松树,榆树,冷杉和云杉。
睡着,山坡,坡上的溪流,山路。
狐狸,狼。熊爬上了床。
堆积的落雪把洞口封堵。
鸟儿在睡。听不到它们的歌唱。
不闻乌鸦聒噪,夜,不闻猫头鹰的
冷笑。英格兰的旷野一片寂静。
一颗星在闪耀。一只老鼠在忏悔。
一切都睡了。所有的死者
都躺在棺材里。静静地安睡。
活人睡在床上,置身其睡衣的海洋。
单个地酣睡。或搂抱着酣睡。
一切都睡了。睡着,森林,山川,河流。
睡着,野兽,鸟类,死人的世界,活着的
一切。只有白色的雪在夜空中飞舞。
在那儿,在众人的头顶,也是一片安睡。
天使们在睡,圣徒们真该惭愧,
睡梦里他们把不安的尘世抛到了脑后。
地狱在睡,美妙的天堂也在睡。
这一时辰谁也未步出家门。
上帝睡了。大地此刻显得陌生。

眼睛不再观看，听觉不再接受痛苦。
恶魔在睡。敌意与他一同
沉睡在英格兰原野的积雪里。
骑士们在睡。天使长手持着号角在睡。
马儿在睡，梦境里悠然地摆动身躯。
智慧天使们挤作一团，拥抱着
在保罗教堂的穹顶下安睡。
约翰·邓恩睡了。诗句也在酣睡。
所有的形象，所有的韵脚。孰好孰坏，
难以区分。恶习，愁郁，罪过，
一样地静谧，枕着自己的音节。
诗句与诗句之间像是亲兄弟，
彼此偶尔低语一句：别太挤。
但每行诗句都如此远离天国的大门，
都如此可怜，绵密，纯净，形同一个整体。
所有的诗行在熟睡，抑扬格严谨的穹顶
在睡。扬抑格在睡，像东倒西歪的警卫。
忘川之水的幻影在诗行中安睡。
荣光也在酣睡，跟随着幻影。
所有的灾难在睡。悲痛在酣睡。
各种的恶习在睡。善与恶相拥抱。
先知们在睡。暗白的落雪
在空间寻找罕见的黑色斑迹。
一切都睡了。一排排的书籍在酣睡。
词语的河流在睡，覆盖遗忘的冰层。
所有的话语在睡，带着其全部的真理。
话语的链条在睡；链上的环节轻轻作响。
一切都在酣睡：圣徒，恶魔，上帝。
他们凶恶的仆人们。他们的友人和子孙。
只有雪在道路的阴暗中低语。
整个世界上再没有别的动静。
但是，你听！听见了吗？有人
在寒冷的黑暗中哭泣，在恐惧地低语。
那儿有人面对整个的寒冬。
他在哭泣。有个人在那儿的昏暗里。
声音那般纤细！纤细得像一枚针。
而线却没有……他孤身一人

在雪中浮游。四处是黑暗,是寒冷……
将黑夜缝上黎明……多么崇高!
“谁在那儿恸哭?是你吗,我的天使,
是你在积雪下等候,像等候夏季般地
等候我爱情的回归?你在黑暗中回家。
是你在阴霾中呼喊?”——没有答复。
“是你们吗,智慧天使?这泪的交响
让我忆起那忧郁的合唱。你们是否
已决定突然离开我这沉睡的教堂?
是你们吗?是你们吗?”——一片沉默。
“是你吗,保罗?真的,你的声音
已被严厉的话语磨得如此粗糙。
是你在黑暗中垂着花白的头,
在那儿哭泣?”——迎面飞来的只有寂静。
“是那只无处不在的巨手吗,
在黑暗中把视线遮挡?
是你吗,我的主?尽管我的思绪古怪,
可那儿确有一个崇高的声音在哭泣。”
沉默。寂静。“是你吗,大天使加百利,
是你吹响了号角?是谁在高声狂吠?
为何只有我一人睁着眼睛,
当骑士们把马鞍套上马背?
一切在沉睡。在浓密黑暗的拥抱中。
猎犬已成群地逃离天空。
是你吗,加百利,是你手持号角,
在这冬季的黑暗里孤独地恸哭?”

“不,这是我,约翰·邓恩,是你的灵魂。
我孤身一人,受难在这高天之上,
因为我用自己的劳动创造了
这锁链般沉重的感情和思想。
荷着这重负,你竟能完成
穿越激情穿越罪过的更高的飞翔。
你是只鸟,你随处可见你的人民
你在屋顶的斜面上翻飞。
你见过所有的大海,所有的边疆。
你见过地狱,先是于自身,然后在实境。

你也见过显然明亮的天堂，
它镶着所有激情中最悲哀的欲望。
你看见：生活，就像你的岛屿。
你与这一汪海洋相遇：
四周只有黑暗，只有黑暗和呼啸。
你飞越了上帝，又急忙退去。
这重负不让你高飞，从高处看，
这世界不过是无数座高塔
和几根河流的飘带，居高俯视，
那末日的审判也似乎不再可怕。
在那个国度里，水土不变。
自高处，一切像是困倦的残梦。
自高处，我们的主只是遥远房屋的窗口
透出的光，穿过雾夜的朦胧。
田地静卧。犁没有翻耕田地。
岁月没有被耕种。世纪没有被耕种。
同样的森林在四周墙一般地站立，
只有雨水在硕大的草地上跳动。
第一个樵夫骑一匹瘦马向那边跑去。
在密林的恐惧中迷了路，
爬上松树，他突然看见火光
燃烧在静卧远方的他的山谷。
一切，一切在远方。此处是迷蒙的区域。
安详的月光在远处的屋顶上滑动。
此处太明亮。听不到狗叫。
更不闻教堂钟声的响鸣。
他将明白，一切在远方。
他会猛然策马跑向森林。
于是，缰绳，雪橇，夜，他和他可怜的马，
都将立即成为《圣经》的梦境。

瞧，这是我在哭泣，在哭泣，没有出路。
我注定要回到这些墓碑中去。
肉体的我　走向那里。
我只能做逝者向那边飞去。
是的，是的，只能做逝者。忘却你，
我的世界，在潮湿的地下，永远地忘记，

追随着游向枉然欲望的痛苦，
好用自己的肉体缝补，缝补分离。
但是，你听！当我在这里用哭泣
惊扰你的安睡，雪花不融不化，
正飞向黑暗，在这里缝补我们的分离，
像一枚针在上下翻飞，针在翻飞。
不是我在恸哭，约翰·邓恩，是你在哭泣。
你孤独地躺着，在碗橱里安睡，
当雪花向沉睡的宫殿飘飞，
当雪花从天国向黑暗飘飞。”

像一只鸟，他睡在自己的巢里，
自己纯净的道路和美好生活的渴望
都永远地托付给了那颗星星，
那星星此刻正被乌云遮挡。
像一只鸟，他的灵魂纯净；
世俗的道路虽然也许有罪，
却比筑在一堆空巢之上的
乌鸦的窝更合乎自然的逻辑。
像一只鸟，他将在白天醒来。
此刻他却在白床单下安睡，
用梦境用白雪缝制的空间，
隔离着灵魂和熟睡的肉体。
一切都睡了。但有三两句诗
在等待结尾，它们龇牙咧嘴，
说世俗之爱只是歌手的义务，
说精神之爱才是神父的情欲。
无论这水流冲击哪个磨轮，
它在这世上都碾磨同样的食粮；
如果说生命可以与人分享，
那么谁愿意和我们分享死亡？
衣物上有洞。想做的人都在撕扯。
人来自四面八方。去了。再回头。
又撕扯了一把！只有天空
时而在昏暗中拿起裁缝的针。
睡吧，睡吧，约翰·邓恩。安睡吧，别折磨自己。
上衣破了，破了。挂起来很是忧伤。

你看,有颗星在云层里闪亮,
是她在久久地把你的世界守望。

刘文飞 译

几乎是一首悲歌

昔日,我站在交易所的圆柱下面,
等到冰冷的雨丝飘拂结束。
我以为这是上帝赐予的礼品。
也许我没有猜错。我曾经幸福。
过得像一名天使的俘虏。
踏着妖魔鬼怪走来走去。
像雅各一样,在前厅等候
沿着梯子跑下来的一名美女。
全都一去不复返,
不知去了何处。
消失得无影无踪。真巧,
当我眺望窗外,写下“何处”,
却没有在后面打上问号。
时值九月。眼前是一片公园。
遥远的雷鸣涌进我的耳里。
厚密的叶间挂满成熟的梨子,
恰似刚毅雄浑的标志。

犹如守财奴把亲戚只放进厨房,
我昏昏欲睡的意识中唯有暴雨,
此时此刻啊,渗入我耳中的
早已不是噪音,虽说还不算乐曲。

吴笛 译

1988

获奖作家

马哈福兹

传略

一九八八年,瑞典学院的评奖委员们终于第一次把目光投向具有悠久文化传统的人类文明古国埃及,把当年的诺贝尔文学奖颁发给阿拉伯文学中的一座金字塔、埃及作家马哈福兹,表彰他"通过大量刻画入微的作品——显示了洞察一切的现实主义,唤起人们树立雄心——形成了全人类所欣赏的阿拉伯语言艺术风格",这在埃及乃至整个阿拉伯世界引起了极大的轰动。

纳吉布·马哈福兹(Najib Mahafuz,1911—2006),一九一一年十二月十一日生于开罗杰马耶勒老区一个商人家庭。他于一九三〇年考入埃及大学(今开罗大学)文学院哲学系。在校期间,他广泛阅读了世界文学经典作品,还自学了法文和德文。毕业后他曾一度攻读哲学硕士学位,一九三六年辍学就职于母校。一九三九年后,他先后在埃及宗教基金部、文化部的艺术局、电影公司任职,后任文化部顾问。一九七一年退休后进《金字塔报》编委会,成为专职作家。

马哈福兹自一九三八年发表第一部小说《疯语》以来,迄今已创作中长篇小说、短篇小说集五十多部,其中有三十多部被改编成电影。

二十世纪三十年代至四十年代中期,马哈福兹主要创作历史小说,其中包括《命运的嘲弄》(1939)、《拉杜比斯》(1943)、《塔伊布之战》(1944)等作品。第二次世界大战后,马哈福兹转向创作以开罗的都市生活为中心、抨击社会时弊的社会小说,如《新开罗》(1945)、《米格达胡同》(1947)、《海市蜃楼》(1948)、《始与末》(1949)等。

二十世纪五十年代,马哈福兹被一种表现几代人生活的"家族小说"所吸引,倾注全部心血创作了他著名的代表作——"家族小说"三部曲:《宫间街》(1956)、《思宫街》(1956)和《甘露街》(1957)。三部曲以强烈的现实主义批判精神和巨大的艺术感染力,通过埃及一个中产阶级代表人物——开罗商人阿卜杜·贾瓦德一家三代人的生活经历和思想变迁，描绘了二十世纪上半个世纪以来整个埃及社会生活的广阔画面。作品结构宏伟，刻画细腻，色彩瑰丽，堪称阿拉伯现实主义的里程碑。它为马哈福兹赢得了极大的声誉，从而奠定了他在阿拉伯文坛的泰斗地位，被誉为“阿拉伯当代小说的旗手”。

“家族小说”三部曲完成后，马哈福兹曾搁笔数年。一九五二年的埃及革命结束了法鲁克封建王朝的统治，埃及开始了新的历史时期。马哈福兹在经过一段时间的观察、思考和探索后，决定不再继续描写革命前的中产阶级生活，转而深入细致地观察平民区的社会现实，努力接触普通群众，了解他们的疾苦，从而握笔揭露贫富之间的巨大差异、社会中的种种弊端和不公，相继出版了《小偷与狗》(1961)、《鹌鹑与秋天》(1962)、《道路》(1964)、《乞丐》(1964)、《尼罗河上的絮语》(1964)、《声名狼藉的家》(1965)、《米拉玛尔公寓》(1967)、《我们街区的孩子们》(1959、1969)等社会哲理小说。

这些作品深刻地反映了新时期中的社会现实、人们面临的社会矛盾和精神危机。马哈福兹力图通过这些作品探讨种种社会矛盾的根源、人的存在价值和当代人的道德观念等问题。

二十世纪七十年代，马哈福兹又相继出版了《伞下》(1971)、《卡尔纳克咖啡馆》(1974)、《尊敬的阁下》(1975)、《平民史诗》(1977)等作品。二十世纪八十年代以来，马哈福兹加强了对小说民族形式的探索，先后出版了用改造过的玛卡梅体写成的《爱的时代》(1980)，根据《一千零一夜》的故事、人物改写的《千夜之夜》(1982)，采用阿拉伯游记形式的《伊本·法图玛游记》以及《王座前》等。

马哈福兹的创作道路在一定程度上体现了阿拉伯当代小说的发展进程。在创作题旨上，他从历史小说转到反映现实生活的社会生活小说，最后又转到探索人类命运前途的社会哲理小说。在创作手法上，他从全盘采用现实主义手法到大量吸收现代主义手法，最后又积极探索小说的民族形式。特别是二十世纪六十年代以来，他在继承民族传统的基础上吸收了不少意识流、多视角、隐喻、象征、荒诞等现代主义表现手法。然而在题材内容、语言表达、思维习惯等方面，他仍保持了现实主义传统和浓郁的阿拉伯风味。他的作品充满了对崇高精神境界的追求，对祖国命运和人类前途的关切。

一九九四年十月十四日，就在马哈福兹获得诺贝尔文学奖六周年之际，他遭到一名恐怖分子的刺杀，幸未导致生命危险。但这绝不会阻止他忠于职守和勇于表达自己的观点，因为他是阿拉伯文学中一座巍然屹立的金字塔。

授奖词

一九一一年十二月十日是诺贝尔奖金颁发的日子，莫里斯·梅特林克在斯德哥尔摩这个地方从古斯塔夫五世国王手中接受了当年的诺贝尔文学奖。第二天，纳吉布·马哈福兹在开罗诞生。埃及首都一直是他居住的地方，他很少离开这座城市。

开罗还多次为他的中长篇小说、短篇小说和剧本提供了背景。我们看到《米达格胡同》一书对芸芸众生的描述,既充满感情,又淋漓尽致;在“家族小说”三部曲这三部伟大作品中,凯马尔面临着生存的各种严峻问题;《尼罗河上的絮语》一书中的水上人家是关于社会问题的对话和热烈争论的场所;在他的著作中,我们能够看见年轻的恋人们在金字塔周围的街区里准备临时洞房。

生机勃勃的社会应该认真对待自己的作家,此事非同小可。作家能理解语言极其深刻的意义,挖掘其全部的内涵。这在事实上阐述的是一个艺术和科学致力的基本结构。

对获得今年诺贝尔文学奖桂冠的作品,可以从几个不同的角度理解。而最重要的是可把它们视为作者对其生活环境提出的深邃、睿智,几乎是预见的评论。在长期的写作生涯中,他经历了剧烈的社会变革,因而他的作品异常广泛。

在阿拉伯文学中,小说实际上到二十世纪才出现,大约与马哈福兹同龄。正是他,一步一步地使小说这一形式趋于成熟。代表作有《米达格胡同》、“家族小说”三部曲、《我们街区的孩子们》、《小偷与狗》、《尼罗河上的絮语》、《尊敬的阁下》和《镜子》等。这些小说形式各异,内容多样,部分带有探索性。从心理现实主义,到寓言性的和神秘玄学的构思,他都广泛涉足。

时代的本质是他密切关注的基本问题之一。至于去年诺贝尔文学奖桂冠得主约瑟夫·布罗茨基,他抓住了残忍这一特质。在小说《尊敬的阁下》中,马哈福兹说:“时代像刀剑,你不杀它,它就杀你。”

马哈福兹在“家族小说”三部曲中展现的描绘现代生活的广阔画卷,赢得了大量的读者,而《我们街区的孩子们》则令人感到惊讶。它就像人类的一部精神史,章数之多如同《古兰经》的卷数,即一百四十四章。犹太教、基督教和伊斯兰教的伟大人物——尽管呼之欲出——却把自己伪装起来应付各种紧张的新情况。而现代的科学人却用同样的技巧调制爱情和炸弹的万应灵丹。他为杰卜拉维或上帝之死承担责任——也牺牲了他自己。在小说的结尾仍出现了一线希望,尽管人们有时提到马哈福兹是悲观主义者,实际上他不是。他说:“如果我真是一个悲观主义者,我就不会写作了。”

在短篇小说中,我们也同样遇到生存的种种重大主题:理性与信仰上帝,在捉摸不透的世界上爱情是力量的源泉,理智行为所遭到的得失与限制,社会底层的人民为生存而进行的斗争。

认真对待作者,并不就意味着拘泥古板。马哈福兹有一次说到他之所以写作,是因为他两个女儿都需要高跟皮鞋。像这番难以置信的话会——而且已经——受到误解。他们谈马哈福兹的个性较多,而谈他的文学成就较少——他温和而严肃,同时略带幽默感。

纳吉布·马哈福兹作为阿拉伯散文的一代宗师的地位无可争议。由于他在所属的文化领域的耕耘,中长篇小说和短篇小说的艺术技巧均已达到国际优秀标准,这是他融会贯通阿拉伯古典文学传统、欧洲文学的灵感和个人艺术才能的结果。

马哈福兹先生因个人原因不能参加今晚的授奖仪式。不过,我们已经约定,他正在开罗家中通过荧屏观看授奖仪式。请允许我在这一时刻同您直接讲话。

亲爱的马哈福兹先生:

您极其丰富的著作促使我们思考生活中的重要课题。像时代的爱情和本质、社会和准则、知识和信仰等主题在多种情景中反复出现，引人深思，激发良知，鼓励人们勇敢对待。您散文中的诗情画意已经越过语言障碍而被人们理解。授奖评语赞誉您开创了全人类都能欣赏的阿拉伯语言叙述艺术。我谨代表瑞典学院为您的杰出文学成就表示祝贺。

瑞典学院常务秘书 斯图尔·艾伦

郁葱 译

作品

千夜之夜

舍赫亚尔

晨礼①毕，浓重的夜色依然挺立在跳动的火光前，宰相佟丹应召去拜见国王舍赫亚尔。宰相脸上的庄重表情消失了，那颗父道之心在胸中悸动不止，他边换衣服边喃喃自语："现在命运已经定了……莎赫札德啊，你的命运定下来了！"

宰相佟丹骑着马行进在登山的路上，前有侍卫举着火把带路，后有数位宫役跟随。天气潮湿，但那股寒意倒也使人感到神爽。三载光景，终于在恐惧与希望、死亡与期待之间熬过去了……那是讲故事的三年，正是那些故事让莎赫札德的生命延续了三个年头。然而故事就像一切事物一样，有开头得有结尾，有始必定有终。昨天已经过去，亲爱的女儿啊，究竟等待你的是什么呢？

佟丹走近坐落在山上的宫殿，侍卫引领着他来到下临御花园的后阳台，只见国王舍赫亚尔坐在一盏灯光下，光着头，乌黑浓发盖顶，长乎脸上二目闪着亮光，丰隆长须垂在胸前。佟丹上前向国王行吻地大礼；眼前这位君王性情暴烈，手上沾染着无数无辜少女的鲜血，尽管宰相佟丹侍奉他达十载之久，但心中依然充满恐惧。国王示意熄灭唯一的一盏灯，顿时阳台被一片漆黑笼罩，御花园里那片散发着芳香的树影倒显得比较清晰起来。

舍赫亚尔国王嗫嚅道：

"就让这黑灯瞎火待上一阵子，以期迎接黎明曙光的到来。"

宰相佟丹略感轻松，说：

"主公陛下，愿大慈大悲的安拉让你安享至美日夜！"

一阵沉默，佟丹无从知晓国王心中隐藏的情感是喜还是怒。只听国王平心静气

---

① 晨礼，这次礼拜可在东方初现光亮（拂晓）至日出之前的任何时候进行。

地说：

“我们愿意莎赫札德做我们的王后了。”

佟丹忽然站起身来，立即躬身亲吻国王的手，以表由衷的感激之情，谢意泪浪在心中涌动，他激动不已地说：

“安拉令陛下万寿无疆！”

舍赫亚尔国王似乎想起了那些牺牲者，说道：

“实现公正有各种途径，其中包括动用刀剑，也可实行宽容，安拉自有睿智。”

“主公，安拉为陛下指明了通往睿智的正确道路。”

舍赫亚尔国王感到轻松快慰，说：

“莎赫札德讲的故事神奇动人，打开了多个引人沉思、关注的世界。”

宰相佟丹沉浸在喜悦之中，默默无言。舍赫亚尔国王又说：

“莎赫札德为我生下小王子，我心中的风暴平息下来了。”

“陛下，祝愿你在今世和来世安享洪福。”

国王含糊而言：

“洪福！”

不知什么原因，宰相佟丹忽然感到心中不安。雄鸡啼叫一声高过一声，国王像是自言自语：

“存在啊，最神秘的东西就居于存在之中！”

不过国王的语调因犹豫而变得轻缓，他说道：

“你看哪！”

佟丹极目朝天边望去，但见那里染上了充满神圣欣喜的玫瑰色……

莎赫札德

宰相佟丹请求去见女儿莎赫札德，宫娥带着他走进玫瑰阁，只见那里满铺地毯，四壁挂着玫瑰色帐幔，长椅、靠枕外罩红色绒套。莎赫札德、杜娅札德姐妹在那里等候父亲到来。

佟丹说：

“我背负幸福感，万赞归于世界之主安拉。”

莎赫札德让父亲坐在自己身旁；与此同时，杜娅札德回自己的闺房去了。

莎赫札德说：

“感赞主赐大恩，我摆脱了血腥命运。”

佟丹再表一番赞美安拉恩德之意后，莎赫札德心酸地说：

“愿安拉怜悯那些无辜的少女！”

“你真明智，又是多么勇敢！”

莎赫札德压低声音说：

“父亲，您知道我是何等不幸啊！”

“孩子，千万要小心！宫中处处险境，隔墙有耳呀！”

莎赫札德难过地说：

“我牺牲了自己，制止了鲜血瀑布倾泻。”

佟丹喃喃低语：

“安拉自有睿智。”

莎赫札德愤怒难抑：

“恶魔也助之为虐呀！”

佟丹用祈求的语气说：

“莎赫札德，他是爱你的呀……”

“孤傲与爱情是不会集于一心的。他爱的始终只有他自己。”

“爱情也会有奇迹发生的。”

“每当我接近他时，我嗅到的全是血腥的气味。”

“这位君王不像其他人。”

“罪恶毕竟是罪恶。多少姑娘被妄杀，惨死在他的手下，多少人心惊自危！王国内幸存下来的都是些伪君子！”

佟丹痛苦难耐，说道：

“我笃信安拉之心绝不会动摇。”

莎赫札德说：

“至于我，则深知自己正如大长老明示的那样，我是在忍耐中求生。”

佟丹微微一笑：

“多精明的先生，多优秀的学生！”

大长老

阿卜杜拉·白来希长老住在旧城区的一个普通宅院里。他那宽容温和的目光深深地印在他的许多新老弟子的心坎里，也永远铭记在那些追随者的脑海中。在他看来，完美崇拜与信仰是前提。他是一位引领正道的导师，故备受爱戴和欢迎。当他离开自己的房间步入客厅时，他的正值青春的独生女祖贝黛走来对他说：

“父亲，城里可热闹啦！”

他毫不在意地说：

“阿卜杜·卡迪尔·迈赫尼还未到吗？”

“也许他正在路上呢，父亲。全城一片欢腾景象，因为国王已经选定莎赫札德为王后，还改弦更张，放弃了滥杀无辜的原意。”

长老从容镇静，没说什么，只是心里有一种不多不少的满足感。祖贝黛虽是他的女儿和学生，但仍然刚刚上道。祖贝黛听到敲门声，立即走去开门，同时说：

“您的朋友看您来啦！

阿卜杜·卡迪尔·迈赫尼医生进了门，相互拥抱后，他在老友身旁的薄褥垫上坐下，继之在壁洞的灯光下像往常一样聊起天来。

阿卜杜·卡迪尔·迈赫尼说：

“我知道，毫无疑问，有好消息啦！”

长老笑道：

“你知道我很想了解的消息。”

阿卜杜·卡迪尔·迈赫尼说：

“大家一致为莎赫札德祈祷祝福，这足以表明你是第一恩公啊！”

长老说：

“ 大恩归于安拉。”

“我研究过前因与后果，故我确信，若莎赫札德不是你亲自指教的小姑娘，她就不成其为今天的莎赫札德；若不是你教她熟知了那些故事，她也就不能让国王终止滥杀无辜的行径。”

长老说：

“朋友，你说的倒也没错，但你夸大了智慧的作用。”

“智慧本是人的装饰品啊！”

“我们理当弄明智慧的作用的限度。”

阿卜杜·卡迪尔·迈赫尼说：

“信士们认为智慧的作用是无限的。”

“我曾引导许多人向正路上走，但都失败了，而你就是为首的一位。”

“恩公，有的人很可怜，需要别人与他们交往、合作，用别人的生活经验指引开导他们。”

长老信心满怀地说：

“也许一颗纯洁的心灵足以拯救整个民族。”

阿卜杜·卡迪尔·迈赫尼愤慨地问道：

“阿里·苏鲁利是我们的区长，怎么能够把这个区从他的腐败中拯救出来呢？！”

长老难过地说：

“不过，法学权威还是大有人在的。”

阿卜杜·卡迪尔·迈赫尼医生说：

“我是医生，有利于人间的事都是我所关心的。”

长老温情地拍了拍医生的手，医生微微一笑说：

“你就是和善与吉祥！”

长老说：

“万赞归于安拉！任何欢乐都使我感到高兴，什么痛苦也伤害不了我。”

“我的好朋友，可是我感到非常痛苦啊！每当我想起那些因说真话、遣责滥杀无辜与抢夺财产的行径而付出生命代价的人，便感到痛心疾首，简直难以忍耐！”

长老说：

“那些事情太让我们伤心了！”

阿卜杜·卡迪尔·迈赫尼医生沮丧地说：

“那些高尚、诚信的人都牺牲了。我的京城啊，我真为你感到惋惜！如今掌控你的是一帮伪君子。恩公啊，为什么货袋里剩下的只有最凶恶的黄牛呢？！”

“喜欢劣货的人多啊！”

城区各个角落传来鼓笛齐鸣的乐声，二人意识到人们在欢庆佳节降临。医生决计到伍麦拉咖啡馆去坐坐。

王子咖啡馆

王子咖啡馆位于商业大街的右侧。那是一个正方形的宽大厅堂，大门口朝向大街，窗子则向着旁边的胡同。厅堂的一边设有供社会上层士绅落座的雅席，而中央那些则是平民的座位。随着季节的变更，咖啡馆供应各种热饮及冷饮。那里还可以享受多种麻醉品和大麻烟。每当夜幕垂空，可以看到众多士绅进入馆里，如萨纳昂·基马里、法德勒·萨纳昂、哈姆丹·泰尼舍、凯尔姆·艾绥勒、赛哈鲁勒、伊布拉欣·欧塔尔以及哈桑·欧塔尔、基里勒·拜扎兹、努尔丁和舍姆鲁勒·艾哈德卜等；同时也会看到许多平民出现在那里，如脚夫来基卜及其同伴辛迪巴德、剃头匠阿基尔及其儿子阿拉丁、卖水人易卜拉欣和鞋匠马鲁夫等。那天夜里，大家全都沉浸在幸福的气氛之中，很快医生阿卜杜·卡迪尔·迈赫尼也坐在了香料商伊布拉欣·欧塔尔、百万富翁凯尔姆·艾绥勒和古董拍卖商赛哈鲁勒等士绅那里。那一夜，人们都从恐惧中苏醒过来了，每位父亲不再担心自己的女儿遭到残害，他们再也不会梦见可怖的魔影。只听人们反复高声呼喊：

“主恩怜悯逝去的灵魂！”

“祝虔诚的男男女女好运！”

“万赞归于世界之主安拉！”

“永别了眼泪！”

“女中豪杰莎赫札德万岁！”

“安拉洪恩降临！”

欢呼声、喧闹声此起彼伏，连续不断。脚夫来基卜见辛迪巴德不断地高声喊叫，便问他：

“辛迪巴德，难道你疯啦？”

爱管闲事的剃头匠阿基尔说：

“在这个幸福的夜晚，什么事情能使他发疯呢？”

“看来好像他厌倦了自己的那份工作，也厌恶了这座城市，打今天起他不想再当脚夫了。”

“难道他想当区长？”

“他去过船长那里，一直缠着船长，终于被接纳为船上的雇工了。”

卖水人易卜拉欣说：

“舍弃陆上有保障的谋生手段，妄图去海上寻求前景不明的谋生之路，真是个疯子！”

鞋匠马鲁夫说：

“水向来都是拿尸体做自己的营养品。”

脚夫辛迪巴德挑战似的说：

“我厌烦了胡同街巷,厌烦了搬运家具什物,一点儿新鲜感都没有。世上有另一种生活,将大河与大海连在一起,深入未知海域,在那里能看到岛屿、大山、种种生物,说不定还会遇到天使和魔怪呢！确乎有一种不可抗拒的奇特的无名召唤啊！我曾对自己说:辛迪巴德,你试一试自己的命运,把自己投到无名幽境中去体验一下吧!”

卖香料的努尔丁说：

“运动就是吉祥嘛!”

辛迪巴德说：

“还是年轻伙伴会说我爱听的话。”

剃头匠阿基尔讽刺地问道：

“脚夫兄弟,你能奉承绅士们一下吗?”

努尔丁说：

“我们曾经肩并肩坐在一个角落里,听我们的恩公阿卜杜拉·白来希讲课。”

辛迪巴德说：

“我像许多人一样,喜欢听读经说教。”

阿基尔继续讥讽道：

“你走了,陆上没你不少;你到了海上,有你也不多。”

这时医生阿卜杜·卡迪尔·迈赫尼开口说话了：

“有安拉关照,你只管大胆探幽就是！要把自己的感官好好磨炼一番,但期你记下自己所看到的奇景异色;我想这也是安拉对我们的叮嘱。辛迪巴德,你何时起程?”

辛迪巴德咕哝道：

“明天早上。我期望安拉保佑留下的人。”

脚夫来基卜对自己的同伴说：

“辛迪巴德,与你分别,我是多么难过啊!”

萨纳昂·基马里

一

时光老人把自己心灵里的时钟轻轻敲击了一下,便将他唤醒了。他睁开眼朝床附近的窗子望去,透过缝隙一看,发现整座城市依然笼罩在夜幕之下,一切动静与声音都在沉睡之中。他离开乌姆·赛阿德那温暖的身体下床,双脚踏入波斯地毯的绒毛里,伸手去摸蜡台,不期却触到一种厚重且坚硬的东西,禁不住惊问道：

“这是什么东西呀?”

忽然一种异样声音袭耳而来,那是他从未听到过的声音,即非人的声音,也不是动物的声音;那声音不仅横扫他的感官,仿佛扩散到了整座城市的角角落落。那声音愤怒地说道：

“瞎子,你踩着了我的脑袋!”

他害怕得要死,往日的英雄气概全都消失一光,只会买呀卖的和讨价还价了。

那声音强调说：

“傻瓜,你正踩着我的头!”

他声音颤抖地问：

“你是谁?”

“我是盖马格木。”

“盖马格木?”

“本城中的魔鬼。”

他几乎被吓死,张口结舌。

“你使我痛苦得难以忍受,理当受到惩罚!”

他一时说不出话来。魔鬼接着说：

“伪君子,我昨天还听你说什么‘我不怕死’,怎么现在害怕得都尿裤子了呢?”

他终于开口求情：

“宽恕我吧！怜悯我吧！我是一家之主。”

“我只能惩罚你!”

“我从未想到与你相遇。”

“你们这些令人烦恼的造物,为了达到你们的卑鄙目的,从不遏制你们奴役、驱使我们的贪欲。难道你们奴役你们当中的弱者还不感到满足吗?!”

“我向你起誓……”

魔鬼打断他的话：

“我不相信一个商人的誓言!”

他说：

“我求你怜悯、宽恕。”

“你有什么理由求我怜悯、宽恕?”

他殷切地说：

“你的肚量大呀!”

“你不要像你欺骗你的顾客那样欺骗我!”

“看在安拉的面儿上,你就行行好吧。”

“世上没有无代价的怜悯,也没有无代价的宽谅!”

他突然感到有了希望,于是热情地说：

“我愿照你的命令行事。”

“当真?”

他热切地说：

“愿尽我的全力!”

魔鬼用稳重但可怕的语气说：

“杀掉阿里·苏鲁利!”

欢乐立即陷落在不曾预料的败兴之中,就像刚从海外弄来一件宝贝货物,打开一看,却发现货物已经损坏。他张皇失措地问道:

“你指的是我们区的区长阿里·苏鲁利?”

“正是他!”

“他是执政官,住在戒备森严的官府里,而我不过是个商人。”

魔鬼厉声喊道:

“那就没有什么怜悯、宽谅可讲了!”

“先生,你何不亲手去杀他呢?”

魔鬼大怒道:

“你想让我使用黑色妖术?用此达到目的,那是我的良心所不忍的。”

“你的力量远在黑色妖术之上啊!”

“我们尚且要遵守某些法律的。别争论啦,你到底接受还是拒绝?”

萨纳昂·基马里热情地说:

“你没有别的什么意愿吗?我家财万贯,货色齐全,有的来自印度,有的来自中国。”

“低能儿,你不要白白浪费时间啦!”

利诱失去作用,萨纳昂·基马里终于失望地说:

“我服从你的命令。”

“你若想欺骗我,可要小心呀!”

“我把事情交给了命运。”

“你就是逃到嘎夫山去,也脱离不了我的手心!你将永远在我的掌控之中。”

此时此刻,萨纳昂·基马里只觉自己的前臂疼痛难忍,于是竭尽全力一声大喊……

二

乌姆·赛阿德说:

“你怎么还不睡?”

听到妻子的问话,萨纳昂·基马里方才睁开双眼。乌姆·赛阿德点着蜡烛,萨纳昂·基马里张皇失措地环视四周……他明明白白是醒着的,怎会是梦呢!他活生生地受了一次惊吓;尽管如此,他还是觉得喝了一口逃生美酒,终于平静了下来。世界经历了一次全面破坏之后,又回复了原状;受过一番地狱折磨之后,又尝到了生活的甜美。

萨纳昂·基马里叹了口气,说:

“但求安拉保佑我免受魔鬼纠缠。”

乌姆·赛阿德边将散乱的发束往头巾里塞,边望着丈夫,睡眠已将她脸上的那层化妆油抹去。萨纳昂·基马里陶醉在自己的得救之中,说:

“赞美安拉将我从大难中救了出来。”

“法德勒他爸,安拉保护我。”

“乌姆·赛阿德,我做了一个噩梦。”

“但期情形相反，该是一桩好事。”

她领着萨纳昂·基马里向卫生间走去。她点着壁灯，萨纳昂·基马里紧随其后，说：

“我和魔怪打了半夜交道。”

“你是敬畏安拉的人，怎会与魔鬼打交道呢？”

“我要把梦讲给阿卜杜拉·白来希长老听。你现在离开吧，我要做小净①。”

萨纳昂·基马里开始做小净。当他洗左前臂时，颤抖着停了下来，说：

“主啊！”

他惊恐地望着左前臂上那类似被咬的伤痕——那不是幻想，看得清清楚楚——伤口还在缓缓流血。究竟是被谁的犬齿咬的呢？

萨纳昂·基马里摇了摇头，嘟囔道：

“这是不可能的！”

他惊慌地站起来，快步朝厨房走去。

乌姆·赛阿德边点火炉，边问：

“做过小净啦？”

萨纳昂·基马里伸出左前臂，对乌姆·赛阿德说：

“你看哪！”

乌姆·赛阿德惊问：

“你被什么咬着啦？”

“不知道。”

乌姆·赛阿德不安地说：

“你不是睡得好好的吗！”

“我不知道究竟发生了什么事。”

“兴许在白天发生的……”

萨纳昂·基马里打断妻子的话：

“白天也没有什么事情啊！”

夫妻交换了一下眼色，其中充满不安之情，担心有什么危险事情临门。妻子急切地说：

“跟我说说你做的梦吧！”

萨纳昂·基马里心烦地说：

“我说是见到了鬼，不过是在梦里。”

二人再次交换眼色，双双依旧忐忑不安。

乌姆·赛阿德告诫说：

“就让此事成为秘密吧！千万不要向外泄露！”

萨纳昂·基马里意识到，可怕的秘密一旦传开，尤其是提到见鬼一节，不知道对他作为商人的名声会带来什么影响，也不晓得对女儿哈赛妮娅、儿子法德勒的名声会有什么

---

① 小净，穆斯林做礼拜前，要依次洗手、洗脚。

不利，说不定会因此梦导致家宅变为废墟。再说，他本人什么也不信呀！

乌姆·赛阿德说：

"梦就是一个梦嘛。至于这伤口的秘密，只有安拉知道。"

萨纳昂·基马里失望地说：

"这是应该承认的。"

"现在要紧的是你赶快去治疗伤口，到你的好朋友易卜拉欣·欧塔尔那里去吧！"

他怎样才能弄明情况呢？极度不安使他火气难以抑制，自感雪上加霜，每况愈下。他满怀愤怒与憎恶之情，性格也发生了剧变，仿佛成了另外一个人，与他原来的温柔天性截然相反。他再也不能忍受妻子的眼神，他讨厌她的目光，厌恶妻子的种种想法，简直想把过去的一切打个粉碎。他将自己过去的性情忘了个一干二净，用愤恨、尖刻、伤人的目光盯视了妻子一眼，好像妻子应该对自己的灾难负全部责任，然后转身离去。

妻子嘟囔说：

"这全然不是过去的萨纳昂·基马里啦！"

萨纳昂·基马里来到客厅，见儿子法德勒、女儿哈赛妮娅正注视着从阳台射来的一束光，二人的脸上有一种不愉快的表情，他暗想也许因为听到他发脾气时的高声说话所致，因此他更加生气。萨纳昂·基马里毫无原因、有悖习惯地对子、女大声呵斥道：

"你俩走开！"

萨纳昂·基马里随手把门关上，开始看自己的左前臂。法德勒大着胆子走进来，不安地问父亲：

"爸爸，你怎么啦？"

萨纳昂·基马里粗声粗气地说：

"你就让我独自待一会吧！"

"您让狗咬着啦？"

"谁说的？"

"妈说的。"

萨纳昂·基马里意识到妻子透露了那个消息，自感欣悦。但他的情况并无好转。他对儿子说：

"小事一桩，我挺好的。不过，还是让我独自待一会儿吧！"

"您一定要赶快去易卜拉欣·欧塔尔那里呀！"

萨纳昂·基马里心烦地说：

"用不着别人提醒我。"

法德勒离开那里，走去对哈赛妮娅说：

"爸爸的变化忒大啦！"

李唯中　译

1989
获奖作家
卡米洛·何塞·塞拉

传略

一九八九年十月十九日,瑞典学院宣布把当年的诺贝尔文学奖授予西班牙著名作家卡米洛·何塞·塞拉,以表彰"他的作品内容丰富,情节生动而富有诗意"。消息传出后,在世界文坛上引起了一番争论。一九八九年诺贝尔文学奖的候选人中,有巴尔加斯·略萨、奥克塔维奥·帕斯、富恩特斯、格林、格拉斯、昆德拉、欧茨等一大批世界公认的名家,而卡米洛·何塞·塞拉居然力挫群雄,荣摘桂冠,不少人都觉得不可思议。这一方面当然也说明评奖时存在着一定的片面性,但另一方面也得承认,卡米洛·何塞·塞拉确实是一位富有挑战精神和革新精神的作家,他不仅是战后复苏和重建西班牙文学的先驱者,开辟了一代文风,而且对拉丁美洲的文学也产生了重大的影响。

卡米洛·何塞·塞拉(Camilo José Cela,1916—2002),一九一六年五月十一日出生于西班牙北部加利西亚地区拉科鲁尼亚省帕德隆市伊里亚-弗拉维亚县。父亲是西班牙籍的海关官员,母亲兼有英国和意大利血统。九岁时,卡米洛·何塞·塞拉随全家移居马德里,在那儿读完中学后,进马德里大学攻读过哲学、医学、法律和文学。一九三六年,因西班牙内战爆发,他中途辍学从军。一九三九年内战结束,卡米洛·何塞·塞拉退役回马德里。为谋生计,他曾当过小职员、画匠、电影演员、斗牛士和柔道教练。丰富的生活阅历为他日后的文学创作提供了素材。

卡米洛·何塞·塞拉从小酷爱文学,早在大学时代就开始写作,一九三五年出版诗集《踏着白日犹豫的光芒》。一九四二年出版第一部小说《帕斯库亚尔·杜阿尔特一家》,一举成名,引起文坛轰动。这部作品被誉为西班牙文学一个新的里程碑,在西班牙小说中,影响仅次于《堂吉诃德》,一九八四年被评为十部西班牙语最佳小说之一。诚然,小说中的某些描写,显然受到自然主义的影响,因而被人称为"恐怖主义",这不能不说是这部小说的不足之处。

在这以后，卡米洛·何塞·塞拉又陆续出版了反映肺病患者悲观绝望生活的长篇小说《憩阁疗养院》(1943)、讽刺当时西班牙社会生活的长篇小说《小癞子新传》(1944)，短篇小说集《飘过的那几朵云彩》(1945)，诗集《修道院与语言》(1945)、《阿尔卡里亚之歌》(1948)和游记《阿尔卡里亚之旅》(1945)等。

一九五一年，卡米洛·何塞·塞拉花五年时间写成的长篇代表作《蜂房》出版。小说共分六章和一个尾声。它通过首都马德里的小咖啡馆等场所，向读者介绍了来自中下层社会的芸芸众生，展示了他们在西班牙内战期间的三天生活景象。小说描写了活动在小咖啡馆周围的三百余个各色人物，其中有工人、职员、医生、警察、小贩、跑堂、更夫、妓女、流氓等，三教九流，应有尽有。他们形成了一个“人类的蜂房”，营营不息地骚动着。《蜂房》在艺术手法上有其独特之处，主要是客观描写，作者不加评述，摄影机眼，采用影视手法，集体主角，人物不分主次，时空跳跃，情节不按顺序，因而被誉为“一部开创了西班牙小说新时代的伟大作品”，进一步奠定了卡米洛·何塞·塞拉在西班牙文学界的重要地位。

二十世纪五十年代后，卡米洛·何塞·塞拉还相继出版了用内心独白描写一个发疯母亲给死于海难的儿子写信、表现内战给人民带来痛苦的《考德威尔太太和儿子谈心》(1953)，用美洲西班牙语写成、反映委内瑞拉风光和人情的《金发姑娘》(1955)，以西班牙内战为题材、实际上是对内战进行反思的《圣卡米洛》(1969)，再现西班牙偏僻山区家族矛盾的《为亡灵弹奏玛祖卡》(1983)、《寻找阴暗面的职业》(1977)、《圣安德列斯的十字架》(1994)和《黄杨木》(1999)等。其中《为亡灵弹奏玛祖卡》为卡米洛·何塞·塞拉晚年的重要作品。

二十世纪五十年代以来，卡米洛·何塞·塞拉还出版了多部短篇小说集，其中主要有《关于发明的争执》(1953)、《风磨》(1955)、《十一个有关足球的故事》(1963)等。

卡米洛·何塞·塞拉的散文，特别是游记颇具特色，二十世纪五十年代以来出版的游记有《漫游卡斯蒂利亚》(1955)、《犹太人、摩尔人和基督徒》(1956)、《比利牛斯山脉莱里达地区之行》(1965)等。此外，卡米洛·何塞·塞拉还发表过剧本《牧草车或铡刀发明人》(1969)等。

在西班牙文学史上，卡米洛·何塞·塞拉确实是继塞万提斯、加尔多斯之后最负盛名的作家。他的创作真实地反映了西班牙战后城乡各阶层人民的生活，他在继承西班牙古老文学传统的同时，又具有创新的精神，使西班牙文学登上新的高峰，为振兴当代西班牙文学做出了重大贡献。一九五七年，他被选为西班牙皇家学院院士，一九八三年和一九八七年，还曾分别获得西班牙国家文学奖和西班牙安赫尔·阿斯图里亚斯亲王文学奖。

授奖词

卡米洛·何塞·塞拉所写的书已逾百种，本身就是一个真正的文库。在这些书中，充满最令人惊讶的对比，粗俗的幽默故事与欧洲文学中的一些最阴郁、孤独的作品比肩而立。

西班牙内战将临之时，卡米洛·何塞·塞拉是马德里的一个年轻诗人。作为事件的参加者和一名抵抗战士，他几乎比任何作家都更置身于那些令人痛苦的事件的中心。在战壕中服役、负伤并在战地医院躺过一阵之后，在战争结束、他回家、西班牙开始在新政权下度过漫长而沉闷的岁月之后，他作为一名散文作家——开始登台。那时上层想要看到有益教化的书，最好是描写歌舞升平、太平盛世的书。而卡米洛·何塞·塞拉的第一部长篇小说，写的却是一个具有多重人格的杀人犯临刑前叙述其生活史。《帕斯库亚尔·杜阿尔特一家》于一九四二年在布尔戈斯①的一个汽车库里秘密印刷出来，当它引起官方注意时，这一版几乎已经售罄。书刊审查官对此书渐渐采取了听之任之的态度。这本书肯定是所有西班牙语小说中仅次于《堂吉诃德》的、最广为人读的作品。这个杀母者的故事，可以作为一个寓言，一个关于西班牙的巨大苦难和激烈内部斗争的神话故事来阅读。

这本书打开了闸门。卡米洛·何塞·塞拉的作品源源而出并且日益引人注目。如果说它们有什么共同之处，那就是这些作品中出现的众多人物；一般小说中司空见惯的那种主要人物和次要人物的分类在这里几乎无足轻重。这位作者让生活的戏剧、西班牙的戏剧在冷酷的星光下自主表演，人们可以略带夸张地争辩说，在这个舞台上只有次要人物。

《蜂房》有三百多个人物，描写了佛朗哥时代初期那些悲哀岁月中的马德里生活。这是卡米洛·何塞·塞拉对官方压制言论出版自由的最英勇的挑战。虽然它被译成多种语言，但是西班牙人自己长期无缘读到它。

十八年后，一九六九年，当卡米洛·何塞·塞拉写完长篇《圣卡米洛》时，书刊检查网出现了诸多漏洞，因而这本书终于在其写作地出版了。从某种程度上说，《蜂房》中的马德里在《圣卡米洛》中依然故我，只不过是被梦幻的条条光带照亮，并在天启的红光中零碎显现罢了。故事发生在西班牙内战爆发前一周的马德里。我们在这里碰到了那个长着一双悲哀而燃烧的眼睛的年轻人，看到他混在马德里城的人群中，或者凝视着镜中自己辛酸的映像。在很大程度上，这段描写是一种咒语，一种祓魔术，一种祈求，因而它也就指向了卡米洛·何塞·塞拉那部最晦涩的作品《寻找阴暗面的职业》——这是一部诗的启示录，一首长达一千一百九十四行的长诗，一个展示生活黑暗、荒谬和不合逻辑的全景图。它采取了一种同于弥撒曲的形式。

卡米洛·何塞·塞拉在涉足语言和现实都隐入混乱的边缘地带之后，在《为亡灵弹奏玛祖卡》中，他又回到了西班牙生活的现实之中，对这个现实他曾在很多方面予以描述。此书是生活在绿色、潮湿的加利西亚的普通人的生活纪事。他儿时在加利西亚生活过。但也许，它主要是关于死亡的故事，主要是一幅描写骚动、疯狂和人类生活悲喜剧的意象主义壁画，它总是以死亡为背景，死亡最终把一切、把所有的人收为己有。它那种伟

① 布尔戈斯，西班牙布尔戈斯省省会。

大而粗鲁的幽默感是一个传统的一部分,可以追溯到阿里斯托芬、拉伯雷和莎士比亚,然而它又不同于我们以往在这行列中读到的任何东西。

在他四五十年代所写的经典性的游记中,有一种较为平静的幽默感,我们遇到的是一位较为文质彬彬、圆通世故的卡米洛·何塞·塞拉,是流浪者卡米洛·何塞·塞拉,他在寻找那时正在消逝中的环境和文化。

作为一个整体,摆在我们面前的作品异常丰富、沉重而坚实,它野性十足,狂纵奔放而又激烈慷慨,然而它又不乏同情心或通常的人类情感,除非我们要求那些情感以最简单的方式表达。卡米洛·何塞·塞拉使西班牙语得到了复兴,使它生气勃勃,正如我们这个时代中为数不多的其他几个杰出人物所做的那样。作为一个语言的创造者,他继承发扬了塞万提斯、贡戈拉、克维多、巴列-因克兰和加西亚·洛尔卡的传统,自从这些作家把他们的印迹打进这部大书以来,西班牙语作为一种语言已面貌一新。

亲爱的卡米洛·何塞·塞拉:

我已用简短的几分钟描述了一个作品的整体,它如此伟大、丰富,绝非任何概括所能企及。对于进行创造性想象的权利,您的贡献几乎横跨半个世纪,包括在困难条件下的那些漫长时期,但是最终,它排除万难取得了胜利。近年来,拉丁美洲文学的繁荣已经到处传扬,然而,对于这个首先讲西班牙语的国度中它的相对物,以往也许注意得太少了。请允许我个人,并代表瑞典学院,最诚挚地祝贺您,并请您从国王陛下手中接受今年的诺贝尔文学奖。

瑞典学院院士 克努特·安伦德

邹海仑 译

作品

流浪汉胡安尼托

胡安尼托·奥蒂斯·雷博亚多,互济会的会员,有一天喝得醉醺醺的,讲起了发生在巴西的那件事,堂安塞尔莫听得津津有味。

大陆的老人们——检查员、药剂师、牧师——惊异地张着嘴、瞪着眼望着他。在他们看来,胡安尼托·奥蒂斯·雷博亚多是最了不起的人物。

年迈的海员们……

胡安尼托这样开始了他的故事:

一

我被逐出巴西时当局说,如果我不搭乘从桑托斯港起锚的第一艘轮船离开的话,就把我投入牢狱。于是我上了又脏又热、像个黑女佣那样喘着粗气的“月光号”,在迈阿密,金色的迈阿密上了岸。

在美国,我谁也不认识(我的科芬氏表兄弟们不可指望,因为那时他们连招呼也不愿意跟我打了)。但是使我感到欣慰的是,倘若“月光号”驶向南非、火地岛或斯匹次卑尔根群岛,那就更糟了。这种欣慰完全取决于个人的愿望。

上岸时我身无分文。现在,当我回忆起使我挣到头一个美元的工作时,我痛苦地想到在“月光号”的食品库里粘在我身上的那股咖啡的香甜味道,想到了那些喝黑啤酒和其他廉价饮料的酒鬼让我尝一口的大面包块。

可是又有什么办法呢!时间过去了,我在露天里睡觉的一个个夜晚和在围墙里偷香蕉时警察对我的一次次追赶,终于把我的外套和汗衫上散发的那股扑鼻的香味驱散了。许多年后的今天,再回忆这些往事已经没有什么兴味了。

诸位算得出,十年来一个到处奔波的人的外套会改变过多少次颜色!一个到处奔波的人会换过多少次外套!

我是黄昏时分下的船。“月光号”在早晨九点左右就靠了岸。但是当我准备上岸时,海关上一位穿白衣服的先生大概认为我不十分适合同美国的公民接触,便毫不客气地(的确如此)对我说,我不能上岸。

我当然进行了分辩。我对他说,你有什么了不起,我不是中国人,也不是黑人,等等。但是海关的先生换了一副表情,把一支雪茄塞在嘴里,对身边的一名活像拳击手的警察使了个眼色。

那个家伙揪住了我的脖子,就像酒吧的看门人揪住酗酒的年轻人那样,把我揪回到跳板上。鉴于他的用意十分明显,穿的又是带毛驴斑点的衣服,最好还是别惹他。我想,最明智的做法是保持冷静,不吱声,回船上去,并假装比一只母猴还害怕,还羞愧。我必须故作镇静,因为上帝很清楚,我只要稍有冒犯,那个野蛮的家伙就会打断我的腰。

我回到“月光号”上后,船员们对我爱理不理。我没有能够付足船费,他们用那种仇恨的目光望我,就像船长怒视流浪汉。那种目光,让人一生都不能忘,它本身就表明了他们的意图。

最使船长恼火的是,不能把混上船的人丢到海里去。海水很脏,像美国的港口那样漂着油污。可以猜想,水底下一定有鲨鱼或巨鳐在可怕地游动……

我们可不敢异想天开!

我郑重地向船长(一个比巴科①酒量还大、至少跟堂奥帕斯②一样不忠实的爱尔兰人)保证,太阳落山后我再去试试能不能有运气上岸。然后我便在厨房刷锅或烧火,免得开饭的时候厨师把我忘在脑后。

一到傍晚,我就告别厨师(多奇怪啊!他对我并不那么坏),顺着靠岸的船舷慢慢腾腾地走来走去,同时望着码头:阻拦我的那个警察(或许是另一个很像他的警察)仍然站

---

① 巴科,希腊酒神。
② 堂奥帕斯,八世纪入侵西班牙的哥特人。

在那里，站得比松树还挺。最后我等得不耐烦了，便把心一横，以圣父、圣子和圣灵的名义念了一声“阿门”（这是实话），纵身跳了下去。

我还记得跳进水里时产生的那种可怖心情，因为我当时想到了巨鳐浮到水面上把水搅得哗哗响的情景。不过，我是个游水的好手，衣服又不碍事，因为我穿的只是那时流行的时装，那种低级闪光绸很轻，用手帕一捆就能叼在嘴里。我很快游到灌了半船水的小船下，恐惧的心情才消失。我没有表，不知花了多少时间才把小船里的水舀干。但是我估计一定不止五六个小时。

舀完水后，我在海边上选了一个合适的地方，向那里划去。我用的是单桨，为的是不弄出太大的声响。划到那里后，我才彻底放了心。

我不知道哥伦布登陆时是不是像我这样感到兴奋。想到美国那么大，美国的警察那么渺小，巴西的警察那么遥远，我一时觉得快活极了，一辈子都不会忘记那个时刻。

我把衣服脱下来晾上，然后坐在一块石头上，就像亚当坐在尘世的乐园里，只不过身上觉得更冷些罢了。

在我对面，“月光号”的货物已经卸了一半，露出了它的红色吃水线……

月亮悬在天空中，警察立在码头上，鲨鱼在海里游动。

二

有的时候，心情平静会是一种危险。担心却能驱散睡意，避免衣服被人偷走。

我清早醒来时，咳嗽得比绵羊还厉害，身上感到比患疟疾的人还冷。此刻我痛苦地看到，在那个黄金般的国度里，还有比我更贫穷、更不幸的人。

我可以起誓，我不知道什么使我感到更难过：是偷我衣服的那个人（他准是个衣衫褴褛的穷人）的不幸，还是我明白在富足的迈阿密我并不是唯一的流浪汉。

过了一阵，旭日伸开了它那金灿灿的长发……我一只手捂在身前，一只手捂在身后（诸位应该明白，我必须遮掩一下），急急忙忙向最近的一家酒吧走去。

酒吧名叫“我的小屋”。

我按了门铃。按铃的时间极短，好让我的手继续执行重要的使命。然后我等待着。不一会儿门就开了。

可能是我那副样子实在不能让人平静，但也可能是情况并非那么严重，竟使人仅仅晕倒而已。

一位妇女致命地倒在地上。我想帮助她苏醒过来，这时走来一位先生（大概是她丈夫）、两个男孩、一个女孩、一个女佣……

最初我恢复了来时的姿势：一只手捂在身前，一只手捂在身后。但是后来，当妇人醒过来、大家像对待一只疯狗似的打我时，我只得背靠着墙壁，用那只空出来的手保护自己，因为我想，我不能像圣塞巴斯蒂安①那样任凭他们折磨我。

---

① 圣塞巴斯蒂安，法国武士，二八八年在罗马被箭射死。

由于我会讲的一点点英语跟那个家庭讲的不同,所以没有办法达到彼此了解。

他们对我大喊大叫,大打出手。一等我有了机会(那位先生把他的脸挨近了我),我就狠狠地给了他一个嘴巴,打得他吐出了几颗槽牙,天晓得是不是还吐出了半个舌头。这么一来,双方才偃旗息鼓,安静下来。

那位先生被拖上楼去。他们扔给我一条长裤,虽然有点瘦,但是总算遮住了我那罪孽的肉体。

我的双手已经自由,我想还是谨慎为妙,不要去触犯神圣的上帝,趁早离开"我的小屋"。我没有过多地耽搁(这样做常常为我带来恶果),抓起椅子上搭着的一件风雨衣,披在身上,从进来时走的那道门溜了出去。

老妇人们之所以有一副软心肠,一定是受了年迈的尤罗帕①的影响。

我这么说,是因为我一定现出一副比屡屡受到狗群、孩童和警察追赶还值得人们可怜和同情的外表。而老妇人们是乐于表示同情的。

从我开始受到追赶到我钻进那座基督教小教堂,那奔跑的情景我一想起来就心惊肉跳。

教堂的神圣气氛使众生的激动情绪得到平息。牧师把我称为他的孩子,给我一杯茶水;他女人为我缝好了裤子:由于被逼着跑跳,裤子扯破了,破口子就那么露着,等着缝补。但愿诸位能够知道,到底由于什么遥远的联系,当时我想起了我放牛的童年时代和我父母的那头黑白花的小牛。

那样的孱弱不堪的时光,谁没有经历过呢?

牧师在讲经台上进行着美丽的布道,他的女人(她肯定把布道词背下来了)在厨房里对我重复着。那一群追赶我的暴徒慢慢地平静下来,竟然有一种比追赶一个穿破裤子的外国人更有趣的东西转移了他们的注意力。感谢上帝!

牧师来到我们(他女人和我)面前,这样对我说:"小伙子,你躲过了一场大难。你假若是个黑人!"不记得我是怎样回答他的,但是我确实知道我好像是这么说的:不,先生,感谢上帝,我是西班牙科鲁尼亚省贝坦索斯镇人。

后来他问起我的打算。当我告诉他我一生的唯一梦想是再也别见到巴西警察时,他对我谈起了崇高的目标和其他的琐事。最后还竭力对我讲解他的教派的学说。据他说,一个教派不仅仅是一个教派,它也是人类未来的精神与物质繁荣的基础。

由于我们欧洲人和亚洲人是唯一拥有著名祖先的人,所以我对那些美国人总是抱将信将疑的态度,我总觉得他们带有一种骗人的气味,不知诸位怎么看。

不是因为我是个仁慈善良的修士,远非如此。但是至少我们这些西班牙人和中国人、法国人和日本人、意大利人和印度人在不知道怎么解决问题,不知道跟谁斗争的时候,能够克制自己,能够忍受。但我们不会从事教派的创立活动。

我是在严肃地跟诸位讲话。

好,我接着讲:牧师发现我有点不愿意充任他的教派的创办成员,就对我谈起一种合

① 尤罗帕,腓尼基国王阿吉诺尔的女儿。

作商店:合伙者如果现在没有财产,可以用将来的财产担保买东西。尽管起初我觉得这个主意并不那么纯正,但后来我想,只要我能有东西吃就行,上帝会宽恕我的。于是我对他说,好吧,我参加。

为了发给我合作商店的证件,曾发生过一些小麻烦。但是到末了还是把贴着照片的证件交给了我。

牧师把我带到慈善协会,开始接受新的思想。

我在那里遇见了"我的小屋"的主人,他很有礼貌地要我原谅他,说他对我们思想的一致性一无所知。我还遇见了那个揪我脖子的警察和给他下命令的那个穿白衣服的先生,他们对我也说了类似的话。最先追赶我的那个老妇人、被我吓晕的那位夫人和偷我衣服的那个孩子也在那里。那个孩子长得消瘦、英俊,说话吞吞吐吐,把一包在海滩上偷去的我的衣服和一张名片交给我。名片上写道:

约翰·昂德佩蒂科特

在我们的先知路易斯·哈奇韦面前为使其会友赤身裸体深感惭愧。

他们那种热情是应当效法的真正榜样。

在会友们中间,我碰到一位同胞(来自西班牙卢戈省昌塔达镇的莫德斯托·劳雷伊罗)。他对我说,旅游者轻蔑地把救世主协会称为慈善机构。在对我说这件事时他是那么气愤,无论如何我也不敢反驳他。

我要莫德斯托介绍我去见迈阿密的有生力量,因为迈阿密(尽管诸位认为相反)是这样一个城市(跟一切地方一样),市长自认为是世界的中心。莫德斯托比赫尔米雷斯主教更富有加里西亚人气质。他对我说,有生力量,真正的有生力量,那只可能是我以前欢呼过的力量。

我不再坚持,并不是因为别的,而是因为我看到坚持也没有用。于是我向一小群人走去,那里有两个美丽的姑娘。当我听到她们那么不恭不敬地议论伊布森时,我感到十分惊讶。在那个时期,旅行的恶习已经在我的心里扎了根,听到光荣的南极发现者受到蔑视,怎么能不气得发抖呢?

我告诉她们,至今在我面前还没有人敢于议论伊布森、阿蒙森和华尔特·斯各特。好像神不知鬼不觉似的,她们把自己的愚蠢言论收了起来,准备到更合适的场合发泄。怎么会有这种事?

在聚谈会上,有一个小老头装腔作势地肯定说他有一位法国叔叔。他参加了大家的谈话,相当机警地使话题脱离了伊布森——在我面前,从来没有人敢谈伊布森——长篇大论地讲了一通后,谈了几条定义——据他说,是人类针对尊严的概念确立的。好像人类没有更重要的事情需要做似的!

他像一位马赛或圣艾蒂安的真正的议员,滔滔不绝地讲着。由于他讲的东西我不懂,而且我认为他讲的东西和良好的习惯背道而驰,我便猛一挥手打断了他的话,让他闭嘴,告诉他,他讲的蠢话够多了。

这位法国人的侄子让我给他拼读“蠢话”这个词,因为他觉得没有听清楚。但是当我尽可能正确地为他读“F——O——L——L——Y”一词时,他竟做起怪相来,说什么我不懂得正音,说我是个到处流浪的斗牛士、不适应环境的人、思想的逃避者和不够格的教友。如果说我容忍他这么说,那是因为我觉得他讲的这一切很有意思。

当他恢复平静后,又主动重新开始了交谈。但是作为跟我谈论那些事情的先决条件,他要求我举止庄重。

我从来也不曾试图掌握关于尊严的新奇概念,虽说我总是认为尊严就是填满肚子的能力。问题是,我几乎无意之中打开了话匣子,随心所欲地跟他谈起来。我的话居然很受欢迎。最后我说:你要求我有尊严吗?请给我钱!我说得恰到好处,博得一阵喝彩。

这时我想起那位希腊先哲。我想他是叫伊索斯塞勒斯,他曾对参议院说:你们想转动地球吗?想?那就请给我一个支点!

我觉得那个时代他所拥有的伟大思想和高尚姿态是和达弗尼斯与克洛埃①的英俊及科斯梅与达米安②的诚实一致的。

赞美在上天支配一切的上帝!只要有那样的四个机会,演说家的什么声誉不能建树呢?

三

当十年后我被推为迈阿密商会会长和慈善协会的合作商店负责人的时候,有一天我突然想起了贝坦索斯。

我和自己进行了几次可怕的斗争。其结果是我的精神往往变得萎靡不振。

我打好行李,动身了。

临行前,我给商会的秘书留了一张字条。字条上写道:

> 贝坦索斯的一个厨房伙计,名叫塞拉芬。他在帕平③高压锅里煮过鹰嘴豆。
>
> 再见!

胡安尼托的舌头早就不听使唤了。

“烧酒早晚会要他的命!”堂大卫说。

“他说话怎么总是有始无终呢?”堂洛伦索气愤地大叫。

朱景冬　译

---

① 达弗尼斯与克洛埃,四世纪希腊作家隆戈的田园小说《达弗尼斯与克洛埃》的主人公。

② 科斯梅与达米安,罗马王狄俄克勒西亚诺时代的殉道者。

③ 帕平(1647—1714),法国物理学家,有过许多以蒸汽做动力的发明。

1990
获奖作家
奥克塔维奥·帕斯

传略

一九九〇年十月十一日,瑞典学院宣布将当年的诺贝尔文学奖授予一位西班牙语作家——墨西哥著名诗人奥克塔维奥·帕斯,以表彰"他的作品充满激情,视野广阔,渗透着感悟的智慧,表现了完美的人道主义精神"。

奥克塔维奥·帕斯(Octavio Paz,1914—1998),墨西哥著名诗人、散文家、文论家和翻译家。他于一九一四年三月三十一日出生在墨西哥城郊的米斯库克镇。奥克塔维奥·帕斯十四岁开始写诗,在大学攻读哲学和法律期间,仍醉心于诗歌创作并大量阅读了浪漫主义、帕尔纳斯派、象征主义、超现实主义以及西班牙"二七年一代"诗人的作品。

一九三一年,十七岁的奥克塔维奥·帕斯即和一些青年诗人共同创办了诗歌杂志《栏杆》。两年后又创办了《墨西哥谷地手册》和《诗歌车间》等文学刊物,刊登西班牙语国家著名诗人的作品,介绍英、法、德等国的文学成就。他十九岁出版第一部诗集《野生的月亮》(1933)。一九三六年,西班牙内战爆发。一九三七年,为了使尤卡坦半岛上的农民子女能受到教育,奥克塔维奥·帕斯在当地创办了一所中学。他在那儿发现了伟大的玛雅文化,并且获得了第二部诗集《在石与花之间》(1941)的创作灵感。同年,他应邀前往战火纷飞的西班牙出席反法西斯作家联盟代表大会,当年即出版了诗集《在你清晰的影子下及其他关于西班牙的诗》。回到墨西哥后,又连续发表了《不许通过》(1937)、《人之根》(1937)和《在法西斯的炸弹下》(1937)等诗作。一九三九年又出版诗集《在世界的边缘》和《复活之夜》。

第二次世界大战结束后,他进入外交界工作,曾先后在法国、瑞士、日本、印度任职。一九五三年至一九五九年,奥克塔维奥·帕斯回墨西哥从事文学活动,在此期间曾创建"诗歌朗诵"组织,推动墨西哥的诗歌戏剧运动。一九六〇年,他又重返外交界,先在法国任职,一九六二年再次赴新德里,出任墨西哥驻印度大使,直到一九六八年国内发生政府出动军警镇压学生运动的流血事件,为表示抗议,他愤而辞去这一职务,随后他前往英美从事研究工作。在欧洲任职期间,他结识了萨特、加缪等著名作家,研究过超现实主义、存在主义、结构主义等西方当代文艺思潮。在印度任职期间,他又得以了解和研究东方文化,特别是印度的佛教思想、中国的"孔孟老庄"和日本的传统文化。他对中国的古典诗歌颇为喜爱,还曾用英文翻译过李白、杜甫、苏轼、王维等人的诗作。

四十年代以来,他的主要诗集有《假释的自由》(1958,其中包括长诗《太阳石》)、《狂暴的季节》(1958)、《火种》(1962)、《东山坡》(1969)、《回归》(1976)、《向下生长的树》(1987)等。1989年,诗人还自选了《奥克塔维奥·帕斯最佳作品集》。

《太阳石》是奥克塔维奥·帕斯的一首具有史诗特征的长诗。太阳石是墨西哥古代阿兹特克人的太阳历石碑。该诗具有史诗的气魄、抒情诗的风采、政治诗的恢宏、哲理诗的神韵和田园诗的流畅,它不愧是一部脍炙人口的优秀诗作。《狂暴的季节》汇集了诗人从一九四八年到一九五七年创作的诗篇,共计九首。它们注重内在节奏,并没有拘泥于一般格律,挥洒自如,别具一格。《向下生长的树》是奥克塔维奥·帕斯后期的重要作品,奥克塔维奥·帕斯自称这是"一本由自然而然诞生的诗篇积累而成的诗集"。

奥克塔维奥·帕斯不仅是位著名诗人,也是一位杰出的散文家和文论家。《孤独的迷宫》(1950)是他的散文代表作。他的散文作品还有《拾遗补缺》(1970)、《连接与分离》(1973)和《汽笛与贝壳》(1976)等。

奥克塔维奥·帕斯在诗歌理论和文学评论方面也有独到的见解和建树。《弓与琴》(1956)、《榆树上的梨》(1957)、《十字路口》(1966)、《田野之门》(1966)、《交流》(1967)、《深思熟虑》(1979)、《修女胡安娜·伊内斯·德拉克鲁斯——信仰的骗局》(1982)、《人在他的世纪中》(1984)、《伟大日子的简记》(1990)等,都已成为拉美和西语文论中的重要作品,它们反映了诗人对前期作品的总结和反思,对未来文学的前瞻和探索。

奥克塔维奥·帕斯不但精通西方哲学、文学和历史,而且在伦理学、心理学、语言学和人类学方面也有很深的造诣,他还崇拜古老的东方文化,潜心研究过"老庄孔孟",熟谙《周易》、佛经,从而使他在文学创作上形成了融合欧美、贯通东西、博采众长而又独树一帜的风格。他的作品题材多样、视野开阔、想象丰富、构思奇妙,既富抒情美感,又充满深邃的哲理。在他的作品中,既流动着古印第安文化的血液,又跳动着欧洲超现实主义的脉搏,同时也具有印度佛教的神秘色彩和中国"老庄"哲学的深奥玄机。

授奖词

诺贝尔文学奖连续两年授予西班牙语世界的作家,这一事实说明西班牙语世界具有特殊的文学活力和精神财富。但是,我们首先要把这项殊荣授予它的一位最杰出的代表:墨西哥诗人和随笔作家奥克塔维奥·帕斯。授奖的理由指出了他的作品的也许是最迅速地引人注目的特点:激情和完美。我们看到这二者结合在了强烈的“不服务”——拒绝服务——之中。这位诗人把它引向了不同的方向。他有时把他的“不服务”掷向万能的左派空想社会,有时他又把抗议指向缺乏道义、缺乏文化的资本主义。但是在继承传统方面,他同样保持着自己的完美。对这位伟大的人道主义者来说,他的继承是那么生动,只要正视传统,诗人就能同过去进行真正对话。

奥克塔维奥·帕斯最有名的“不”,是他为抗议一九六八年在三文化广场发生的对游行示威的青年的屠杀事件而辞去本国驻新德里大使的职务。但是他认为,这次暴行是仍在我们中间持续的一种危险的过去的爆发。久远的时代和气氛现在依然存在。在印度或日本的经验如同阿兹特克人的“石历”一样很自然地存在着。这么说来,墨西哥十七世纪的伟大女诗人索尔·胡安娜·伊内斯·德·拉·克鲁斯也是一位现代诗人:在她的作品中,奥克塔维奥·帕斯不但看到了墨西哥人的独特性格,而且看到了本世纪的知识分子在特别严厉的极权压迫下变成了自己的指责者。

令人吃惊的是,那些关于时间和空间的广大形式是如何浓缩在三言两语之中的。正如卡洛斯·富恩特斯指出的那样,奥克塔维奥·帕斯是一位焊接艺术大师。在似雨飞落的火花之中,他的奇思异想把形形色色的存在之物联结在一起。一个重要的概念是“永恒的瞬间”——奥克塔维奥·帕斯诗歌中常见的舞台。在一九五七年的杰出诗篇《太阳石》中,我们看到一个在烈火中燃烧的现时。在现时中,“所有的名字是一个名字/所有的面孔是一个面孔/所有的世纪仅是一个瞬间”。它告诉我们,“这是一个雕刻梦的瞬间”——这使我们想到,这恰恰是将不同的时间、气氛和本体联结在一起的超现实主义的早期冲动,是唯一的此在、现时和受梦幻的逻辑支配的我。但是奥克塔维奥·帕斯还是一位用西班牙语写作的伟大的爱情诗人。在他的重要诗作中,战胜全部区别的因素与其说是梦幻,毋宁说是肉欲的一致,所以当两个人发疯地、紧紧地拥抱着倒在草地上时,天空变低了,只有光线和寂静,“我们失去我们的名字”,“在一个完整的时间里,飘浮在绿色和蓝色之间”(《太阳石》)。在他新近出版的诗集《向下生长的树》中,爱情也消除了限制我们的东西:敞开“禁止出入的门”,“把我们带向时间的另一边”。

思想和性爱的融合具有特别的重要性。这是现代诗的重要主题之一。托·斯·艾略特在这一点上同英国十七世纪的诗人们一脉相承。他能够“像闻到玫瑰花的香味一样直接感受到他们的思想”。为了寻找授奖理由中指出的“性爱的智慧”,奥克塔维奥·帕斯同样从哥伦布发现美洲以前的本国诗中汲取力量。正如他在一九四八年的一首诗中写的那样,“智慧终于得到体现”。正是通过思想和性爱的结合,奥克塔维奥·帕斯才使那些关于诗歌的持久思考具有直接的可感性,无论在参加“猜解”世界、为之取名、从而使它变得明显可见的工作中,还是当他自己像读者那样感到自己在文学的枝叶的窃窃私语中受到“监视”(《清晰的过去》)时。奥克塔维奥·帕斯用这种方式既可以使时间在其全部不合时宜的燃眉之急中得以实现,又能够赋予爱情以战胜时间所需要的力量。

亲爱的奥克塔维奥·帕斯:

在这短短的几分钟里,由我介绍了你的文学工作。这工作,如同把整整一个大陆硬要装进一只核桃壳里,要完成它,批评语言的装备是贫乏的。但是这一点,你在诗篇中却一次又一次办到了。正是这一点,具有一种难以置信的丰富性。能够向一位如此重要的作家转达瑞典学院的热烈祝贺,我感到高兴。现在,请您从国王陛下手中接受本年度的诺贝尔文学奖。

瑞典学院院士 谢尔·埃斯普马克

朱景冬 译

作品

中断的哀歌

今天我想起家中的死者。
第一位令我们终生难忘,
尽管他死得疾如闪电
来不及美容与躺上灵床。
我听见台阶上的手杖在迟疑,
身躯固定在一声叹息。
门自打开,死者进去。
从门到死只有很小的距离
几乎没有坐下的时机,
仰起头来看一看时针
便知道:八点十五分。
今天我想起家中的死者。
她夜复一夜地朝拜冥王,
她的挣扎,一列火车永不开动,
那一次告别是多么漫长。
贪婪的口
对那一线喘息的空空的渴望,
双眸使着眼色而不肯闭上
并使我眼前的灯光朦胧摇晃,
坚定的目光拥抱另一个他人的目光,
这目光在拥抱中窒息,
它终于逃走并从岸边看清
灵魂如何沉没并失去躯体
而且没有找到可以捕捉的眼睛……
这目光也邀我去死吗?

我们死或许只因为
没有人愿和我们同死，
没有人愿看我们的眼睛。

今天我想起家中的死者。
他只去了几个钟点的时光
而且无人知道他去的地方多么悄无声响。
每天晚饭以后，
没有虚无之色的停顿，
或者悬于寂静的蛛丝上
没有结尾的语句，
给归来者开辟了一条走廊：
他的脚步在回响，上来，停下……
我们中间有人站起
并把门关上。
但是他在另一个世界依然如故。
在空洞、在皱折中窥视，
在郊区、在哈欠中游荡。
尽管我们将门关上，他决不改弦更张，

今天我想起家中的死者。
在我前额上消失的面孔，
没有眼睛的面孔，坚定、空虚的眼睛，
难道我在它们身上寻找自己的秘密
那使我的血液流动的血的上帝，
冰的上帝，吞噬我的上帝？
他的沉默是我生命的镜子，
他的死在我的生命中延迟：
我是他过失中最后的过失。
今天我想起家中的死者。
分散的思考，分散的行动，
散落的名字
（湖泊，无用的地区，
顽固记忆刨开的坑），
聚会与分散，
这个我，他抽象的眼色，
总是与另一个我（同一个）分享，

愤怒、欲望及其各种各样的面具
缓慢的侵蚀，被埋葬的蝰蛇，
等待，恐惧，行动
及其反面：在我身上顽固执迷，
要求饮从前拒绝给他们的水，
要求吃那面包、水果、躯体。

早已没有水，一切都已枯干，
没有味道的面包，苦涩的水果，
驯化、咀嚼过的爱情，
在无形铁棍的笼子中
手淫的猴子和驯化的母狗，
你吞噬的东西将你吞噬，
你的牺牲品同时是屠杀你的刽子手。
一堆死去的岁月、折皱的报纸，
撬开的夜晚
和在眼皮红肿的黎明中
我们打开领结时的表情，
街上的灯光已经熄灭
“蜘蛛，不要记仇，向太阳致敬”，
而我们半死不活地钻进床帐中。

世界是一个圆形的沙漠，
天庭已经关闭而地狱处处皆空。

赵振江　译

绿色的墨迹

绿墨在创造花园、森林、草地，
字母在枝叶间唱歌，
辞藻是一棵棵树木，
语句是一个个绿色的星座。

让我们的语言落下并将你覆盖
宛似常春藤爬满雕像，
像叶子的雨覆盖一片田野，

像墨水写满这页纸张。

手臂、腰肢、脖子、乳房，
纯洁的前额宛似海洋，
咬着草屑的牙齿，
秋天树林的颈项。

你身上布满绿色的标记
与再生之树的躯体相同。
那么多闪光的小小伤痕对你有什么要紧；
请看天空和它那布满全身的星星。

赵振江　译

碎石（选五首）

鼓舞

在书架上，
有一位唐朝音乐家
和一个瓦哈卡陶罐之间，
糖制的小小骷髅
热烈而活跃地
用银纸闪光的眼睛
看着我们来去往返。

同样

在光的抚摩下
石英已经成了瀑布。
孩子，神在它的水面上漂浮。

在黏土的花瓣中
人类的花
微笑着，诞生。

日和月画成的十字

在这十字的手臂中间
两只鸟儿筑起了巢房：
亚当，太阳，和夏娃，月亮。

景致

忙碌的昆虫
太阳色的马匹，
云色的驴，
云，巨大的岩失去体重，
山峦宛似倾倒的天空，
一片树木饮着小溪，
一切都在那里，对处境感到幸运，
面对不在那里的我们，
我们被愤怒、被仇恨、
被爱情、被死神生吞。

文盲

我仰望天空，
无边的岩石布满磨损的文字：
那么多星星什么也没向我表明。

赵振江　译

运动

你是琥珀的母马
　　我就是血的道路
你若是第一场雪
　　我就是点燃黎明之火的人物
你若是黑夜的塔楼
　　我就是你前额上燃烧的铆钉
你若是清晨的潮水

我就是第一只鸟儿的啼鸣
你若是柑橘的篮子
我就是太阳的刀子
你若是岩石的祭坛
我就是亵渎神明的手腕
你若是平卧的土地
我就是碧绿的甘蔗
你若是风的跳跃
我就是被埋葬的火苗
你若是小的口
我就是苔的口
你若是云之林
我就是劈云的斧
你若是被糟蹋的城
我就是奉献的雨
你若是黄色的山
我就是地衣红色的手臂
你若是冉冉升起的日出
我就是血的道路

赵振江　译

鸟儿

空气、光线、天空，
一片寂静。
在透明的寂静中
白昼停止了运行：
空间的透明就是寂静的透明。
天空凝滞的光线
使青草的生长稳定；
岩石中，大地的昆虫
在相同的光线下，与岩石相同。
时间在每一分钟里自得其乐。
中午在迷人的寂静中
悄悄失踪。

鸟儿在歌唱,细细的雕翎。
受伤的银白色胸脯搅动了天空,
树叶儿颤抖,
青草儿惊醒……
我顿时感到死神就是一支雕翎,
却无人知道谁在拉弓,
转瞬间,我们就会丧生。

赵振江　译

诗人的墓志铭

他要歌唱,
为了忘却
真正生活的虚伪,
为了记住
虚伪生活的真实。

赵振江　译

互补

在我身上你找山,
找葬在林中的太阳。
在你身上我找船,
它迷失在黑夜中央。

飞白　译

1991
获奖作家
戈迪默

传略

自一九六六年德国作家奈丽·萨克斯获奖后,经过漫长的二十五年,诺贝尔文学奖的桂冠才再次落到一位女作家的头上,使她成为诺贝尔文学奖历史上第七位女性获奖者。这位女作家就是南非的纳丁·戈迪默。

纳丁·戈迪默(Nadine Gordimer,1923—2014),一九二三年十一月二十日出生于南非约翰内斯堡附近的矿山小镇斯普林斯。父亲是自幼逃离立陶宛的犹太人,母亲则是来自伦敦的犹太人。戈迪默先后在一所修道院学校和约翰内斯堡的威特沃特斯兰德大学学习。她从小酷爱文学,九岁就开始学习写作,十五岁在约翰内斯堡的一家周刊上发表第一篇小说《昨天再来》。一九四八年,她出版了第一部短篇小说集《面对面》,四年后又出版了第二部短篇小说集《毒蛇的柔和声音》(1952)。翌年,她的长篇小说《说谎的日子》(1953)问世,赢得欧洲文学界的好评,从此她便主要从事文学创作,并先后在美国哈佛大学、普林斯顿大学、哥伦比亚大学等校任教,现任国际笔会副主席。

迄今为止,戈迪默已出版长篇小说、短篇小说集等二十多部。她始终把注意力集中于现实生活,描写南非的生活和在那里生活的人民。作品大多以南非为背景,主要展示南非种族隔离制度带来的恶果,抨击白人殖民主义当局的种族歧视,作者认为这种制度不仅否定了黑人的基本权利,而且也毒化了人际关系。戈迪默的早期作品贯穿了一种社会人道主义,歌颂人与人相互友爱。自七十年代起,她的作品开始触及南非的痛点:黑人强烈要求获得平等地位,白人当局却更加残暴地加以统治。她认识到,在南非决定历史命运的是占多数的黑人,而不是占少数的白人。戈迪默擅长心理描写,对生活细节的细腻刻画是她作品的一大特色。近几年来,她又采取了一种被称为"预言现实主义"的创作手法,不仅写过去和现在,而且还写了未来。她的长篇小说还有《陌生人的世界》

(1958)、《爱的时节》(1963)、《没落的资产阶级世界》(1966)、《贵客》(1970)、《自然资源保护论者》(1974)、《伯格的女儿》(1979)、《朱利的族人》(1981)、《大自然的变动》(1987)、《我儿子的故事》(1990)、《没人陪伴我》(1994)和《护家之枪》(1998)等。

戈迪默不仅以长篇小说著称于世,而且在短篇小说的创作上也很有成就。她的短篇小说集还有《六英尺土地》(1956)、《星期五的足迹》(1960)、《不是为了出版》(1965)、《利文斯通的伙伴们》(1971)、《短篇小说选》(1975)、《肯定是在星期一》(1976)、《士兵的拥抱》(1980)、《那儿发生的事情》(1984)、《跳跃》(1991)、《掠夺》(2003)等。戈迪默短篇小说的主题大多和长篇小说的主题相近。她的早期短篇小说以精巧、细腻著称,后期的短篇小说则以日趋成熟的技巧和冷峻深刻的思想而广受赞誉。

此外,戈迪默还出版了文学评论集《黑人解释者》(1973)、随笔集《基本姿态》(1988)以及与人合编的《今日南非创作》(1967)。一九九五年,她又出版了文学评论专著《写作与存在》。该书的前半部分分析了卡·尼豪斯、伦·卡斯里尔斯、杰·克罗宁和蒙·威·赛罗特四位南非作家的生活经历与他们的创作之间的关系。中间的三章分别分析了埃及作家马哈福兹、尼日利亚作家阿契贝和以色列作家奥兹的作品。最后部分叙述了作者本人作为一个反对种族隔离制度的南非作家的成长经历。

戈迪默由于在文学上取得的卓越成就,曾先后获得过史密斯文学奖、南非英语科学院托马斯·普瑞格尔奖、英国布克奖、法国埃格尔文学大奖、美国现代语言学会奖、班奈特奖、意大利普莱米欧·马拉帕特奖和德国奈丽·萨克斯奖等。一九九一年,戈迪默由于"她史诗般壮丽的作品使人类获益匪浅"而荣获诺贝尔文学奖。

授奖词

瑞典学院已经决定将一九九一年的诺贝尔文学奖授予纳丁·戈迪默。她是南非人,她的母亲是英国人,她的父亲是立陶宛人。她的作品包括长篇小说和短篇小说。种族隔离的种种后果构成了这些作品的重要主题。她生于一九二三年。

戈迪默以热切而直接的笔触描写在她那个环境当中极其复杂的个人与社会的关系。与此同时,她体验到一种政治上的卷入感——而且在此基础上采取了行动——她却并不允许这种感觉侵蚀她的写作。尽管如此,她的文学作品由于提供了对这一历史进程的深刻洞察力,帮助了这一进程的发展。

长篇小说《贵客》(1970)是她前期创作生涯中的一座里程碑。这部作品结构严谨,简洁含蓄,文体高雅。她极其热切地成功表达了在一个国家诞生时各种事件的纷繁复杂。回国来的前殖民地官员被卷进冲突当中,忠诚感又使他无所适从。事件的进展通过平行发展的主人公的恋爱事件得到反映。他那毫无英雄气概的偶然死亡则对个人在追求未来的伟大游戏中的作用提出了反思。

七十年代中期以来,戈迪默形成了一种更为复杂的长篇小说技巧。这个创作阶段产生了三部杰作:《自然资源保护论者》(1974)、《伯格的女儿》(1979)和《朱利的族人》

(1981)。每部作品均以其独到的方式刻画了在黑人意识日益增长、精神与物质环境均为复杂的非洲的令人可信的个人立场。戈迪默还以最大限度提出了白人——即使是仁慈的白人——的特权是否正当的问题。

在这几部强有力的长篇小说中,《朱利的族人》尤其值得一提。索韦托事件为小说的故事提供了背景。白人斯梅尔斯一家遇到了武装暴动,他们在男佣朱利的帮助下逃到了朱利的村子里,他们不得不在腾空了的原始小棚屋中勉强度日。随着时间的流逝,主仆关系由于这一家人越来越依靠朱利而颠倒。小说题目的模糊性则迅速地鲜明起来:朱利的族人就是他服侍的那家白人,但也是他的部落的成员。对于环境所造成的文化与物质上的粗俗化描写得很出色。夫妻之间的交流枯竭了。他试图不用古老的措词表述新的境遇,"但是词儿就是出不来"。提到妻子时用的是代词"她",不是"莫琳",不是"他的妻子"。那些在语言和社交方面均感觉最易适应的人是孩子们。作者在作品中用孩子之间的关系来说明成人间的关系是自有原因的。

戈迪默的最新长篇小说《我儿子的故事》于一九九〇年出版。它的主题是在一个难以容忍的社会中的爱情,以及存在于通往变化的道路上的复杂情况与种种障碍。情人之间的关系得到了极为微妙的描述。与此同时,顽固的政治现实则不断地进行干扰。双重的叙述视角使人物描写丰富而多面化,其中最令人惊讶的成分就是妻子在最后所表现的英雄主义。这部小说颇具独创性与启示性,同时又因其富有诗意而迷人。

除了那些有影响的长篇小说,我们不应忘记那些短篇作品。它们简洁紧凑,极为生动,显示了处于创作能力高峰的戈迪默。《短篇小说选》(1975)提供了一个概况。在短篇集《士兵的拥抱》(1980)中,正如同名短篇所示,基本主题成功地得到再现。戈迪默独特的女性经历,她的同情心和出色的文体同样使她的短篇小说具有特色。

瑞典学院

申慧辉　译

作品

最后一吻

大凡人一旦成了名,在一般人眼里就不再是个简简单单的人了,他们所到之处,众目睽睽之下,成了让人引颈而望的东西,活像一棵由克鲁格①总统当年亲手栽下的橘子树;活像公园里的一尊什么雕像;或者干脆像一座当年充当过历史上第一座礼拜堂的汽车加油站,不能不让人另眼相看。瓦纳斯先生就是个名人,然而,他之所以出名,却正像不少

① 保尔·克鲁格(1825—1904),政治家,一八八三至一八九〇年曾任德兰士瓦(今南非一省)自治共和国总统,领导过反英战争。

其他名人一样，纯粹是在不经意中造成的。他是个南非欧洲人，靠承包货运起家，那是在金矿发现之前的事了。现在的这个城镇，当年不过是德兰士瓦高原上的一个煤村，坐落在那些布满煤尘的黑黝黝的山丘之间。他的那些驴拉货车把康沃尔①矿工们的摇摇晃晃的家什从火车站运到他们的小屋。后来，发现了黄金，一个个金矿的竖井向地下延伸；而在地上，一幢幢住房和商店如雨后春笋般耸立起来。瓦纳斯先生买了一队灰色马匹和四辆四轮大马车。他为各金矿送机器设备，同时为云集而来的矿工和商人运来各种漂亮时新的家具。他买下了一座很大的波纹铁棚，把它改建成一座贮货场；他有了办公室；并且有了一辆专供自己使用的豪华的双轮轻便马车。他的运货马车上都漆着"瓦纳斯车行"的标记，每个字有两英尺大小，在村里到处都能看到。在教堂里，他是一位受人尊敬的长老。他给自己盖了一幢房子，游廊配有白闪闪的、像蛋糕花边似的栏杆，还有装饰性的角楼和葱头形的波纹铁的圆屋顶——这种在建设威特沃特斯兰市时曾广泛使用过的波纹铁，有生以来第一次成为当地建筑的核心材料。其实，用它盖成的房子，在整个冬天里，入夜便寒冷刺骨；而在夏天，一到正午便热得冒火。在瓦纳斯的这幢漂亮房子内部，各种长毛绒的华丽装饰、缀球的流苏绝没有半点偷省，房间里更有一面面装在红木镜框中的闪闪明镜，把他妻子和女儿们的倩影折来射去，增加了几倍。正如他由于金钱和财产而一下子产生了自我意识一样，这个村子，眼下成了一座小城，也产生了自我意识。城市的自豪感要求有一位市长，并且要为他戴一条金链，还要求有一群可以与市长先生共议大事的地方议会议员。瓦纳斯先生当上了市长，并且把那金光闪闪的链子一连戴了三年。该城的第一幢石头建筑是一家银行——它至今还巍然矗立着——这幢建筑有一块石头，上面刻着这样的字句："尊敬的市长、地方议会议员格·格·瓦纳斯阁下奠基于一九一二年七月十五日。"

多年后，他的一张照片被人们在当地一个拍卖商的售货厅里发现，它被扔在一个乱糟糟的角落里，那里专门堆放卖不掉的废物。照片上的瓦纳斯还是那个时候的一派威仪：身着市长制服，佩戴金链，留着两撇像獠牙似的小胡子。这两撇胡子倒是一件他从未丢失过的东西。这张旧照片被当地的报纸转载，人们像看到一张外质②现象的照片，感到难以置信。

在城市的发展面前，瓦纳斯先生落伍了。随着瓦纳斯变得越来越衰老，城市却变得越来越年轻，变得日益充满活力，精力充沛，灿烂夺目。在新事物面前，他手足无措了。他的确赞成共济会的聚会、荷兰改革派教会的义卖市场以及英国舞会上的小伙子们；但是难道他会去主持露天游泳节开幕、参加评判选美比赛，或者欢迎一位来访的好莱坞女影星卖弄身姿吗？办不到。他的英语说得不太地道，他的南非公用语也强不了多少，尽管这是他的母语。在城市建立之初，当市长用不着讲很多话，只要他稳重、富裕，工工整整地戴好金链就够了。如果他继续干下去，干到生在南非的欧洲人民族主义情绪高涨的时候，干到南非的民族主义政府③建立起来的时候，如果有一位南非联邦政府的部长为

---

① 康沃尔，英国的一个郡。本世纪初有许多英国矿工从那儿来到南非工作。

② 外质，系神秘学的术语，指神鬼附体者身上渗出的一种物质。

③ 指南非联邦政府。这里的民族主义系指出生在南非的欧洲裔白人反对英国控制的思想与主张。

庆祝碾碎十亿吨金矿石进行正式访问，他肯定不会表示欢迎。那些部长在公众面前都有一副道貌岸然的面孔，他们那种好像得了天启的尊容，以及那套做作的温文尔雅的举止，就好像鸭背上的油脂，总是无形地披挂在他们身上。

但是，他连汽车风行的时代也没能干到。到二十年代，这个城市里又有了另外两家运货承包商，而且这两家都各有一辆运货汽车。就是那种外形笨重、装着铁皮车篷的东西。这玩意儿能够使所运的家具无论在什么天气里都保持清洁和干燥。但是它必须用摇把来发动，像给一个巨大的发条玩具上弦。瓦纳斯的爱妻在一九二二年去世了。她是在生他们的第四或第五个女儿时死的。也许这就是造成他在是否用新式运货汽车代替马拉货车问题上长时间犹豫不决的一个重要原因。他失去了在运货买卖上领先的地位。那是个多事之秋，在威特沃特斯兰，发生了多次罢工，随之而来的是商业活动的瓦解，酒店关闭了几个月；而在约翰内斯堡，则出现了一些场面壮观的宴会和狂欢，当时大街上到处扔着抢来的威士忌和进口的巧克力。当人们回想起这件事情时，他们说，自从瓦纳斯妻子一死，他就开始走了下坡路。但是当时人们不愿意正视正在潜行而来的灾难，他们看不到一些恶兆——之所以如此，部分原因是人们总热衷于循规蹈矩地生活，结果命运剥夺了他们主宰自己生活的权利。瓦纳斯太太把脸转向了墙壁，于是幸运和她一起背过脸去；这成了瓦纳斯没落的一个起点。

瓦纳斯仍然住在那幢豪华的房子里，和长女住在一起。她才是个十八九岁的姑娘，便成了管家和其他几个孩子的妈。气象风向标还没有掉下来，包着长毛绒的各种家具还显得簇新光鲜。为新开的金矿运货利润丰厚，但是几个这样的运货合同都落在了那些有现代化运货汽车的人手里；而当原来那些旧合同到期后，需要重新签订的时候，瓦纳斯车行又失去了一些旧日的老主顾。看来，他已经心灰意懒，对一切听之任之了。这以后，他什么东西也没有抓住，错过了很多机会。他借钱给人家，从来没有收回过；事实表明，借钱时对方交给他的抵押品，在催还借款时不起一点儿作用。从他当市长那会儿算起来，已经过去了很多年；他在地方议会落选也差不多有同样长的时间了。他在一些事情上打错了算盘，卖掉了自己的运货行。他被宣布破产了。

也许这就是他垮台的标志，他没有能力适应变化了的环境，他和他身边的一些事物依然故我地保持着原样。他并没有离开那幢华丽而时髦的房子（这房子是他妻子名下的财产，根据她的遗嘱传给他们的几个女儿），他仍然留着那两撇伟大的、獠牙似的胡子，那曾经代表着一位城市父母官的尊严。没有任何东西比起一成不变的东西衰退得更快。到了三十年代，当他最小的孩子长到十岁，最大的女儿已经给他生了外孙、外孙女的时候，他的这幢房子，对于这座如此年轻的城市，无疑已成古董路标了。生锈的风向鸡在刮风的天气里摇摇晃晃地发出尖厉的声音，房子的白色扶栏再没有油漆过。从街上向起居室的窗户中望一望，就可以看到被虫蛀坏了的长毛绒；在有些地方，窗帘架垂下的流苏上，小球球已经遗失了。瓦纳斯一家已经无力更换任何东西了。大女婿因为在地下矿井里干活儿得了肺结核，全靠着病残津贴过日子。所以大女儿一家又搬回来，住在有洋葱头形圆屋顶的旧房里。老瓦纳斯——似乎他从未当过什么名人——则在一个成品仓库找到了一份工作。这种工作，如果是一个刚刚离开学校的生气勃勃的小伙子来干一干，倒未尝不可;但是如果一个中年人干上这种工作,人们就会认为这个人已经不适宜干任何别的工作了。

大约就在这个时候,一家电影院在瓦纳斯家附近的一块空地上兴建起来(老的住宅区正在被这个城市的日益扩展的商业中心区所吞噬,日见缩小,住在步行可以走到邮局的距离之内已经不时兴了),他迷上了每周有两三个晚上去电影院。莫非说他爱上电影了?没有人问过他,就连他的孩子们也没有问过。他去电影院的时候,就像一些老年人到小酒馆去时一样,是绕道儿走的。他的孩子们都在忙碌着,千方百计寻找着得以施展自己才干的天地,力求人们承认她们的力量。她们当中有一个已经有了几个追求她的男朋友;另一位在弹钢琴,想要通过苦练参加天才竞赛;而第三位在收集蝴蝶标本,正努力谋求一份奖学金。

瓦纳斯无力为她们谋任何事,所以她们唯有自己奋斗,争取出人头地。

当然,他已经不再是教堂中的长老了。参加宗教活动在很大程度上是社会地位的一部分,而他已经丧失了自己的地位。他再也不去教堂了,好像他的到场会使自己和上帝都难堪,正像他瓦纳斯如今一旦走进市会议室,就会让现任市长和他的议员们难堪。(这位现任市长是一位牙科医生,在股票市场上发了财,有一幢附有鸡尾酒酒吧的房子;他还带头搞起为本城大吹大擂的运动,他搞了许多光闪闪的标语,上面写道:您现在进入工业城市努尔多波——好客热情,繁荣昌盛!)四十年代,瓦纳斯丢了在成品仓库的差事。有一段时间,人们常常看到他在城里到处闲逛,长时间一动不动地看着商店的橱窗,似乎在掂量什么重要的买卖。就是从这时起,人们开始管他叫可怜的老瓦纳斯了。但是,他这种被迫的百无聊赖状态并没有维持多久。到这时战争正打得火热,老瓦纳斯穿上了军装:他在约翰内斯堡的征兵处找到了工作。这件事在这个城市里成了一桩小笑话。本城的一些上了年纪的元老(他们自己仍然干得不错,而且宁愿认为瓦纳斯的衰落不过是一种怪癖),用手戳着他穿着不合身的列兵服的胸口,大声喊着(大家都知道他似乎已经变得相当聋了):“好嘛,现在咱爷儿们没什么可担心的啦,是不,瓦纳斯?这回希特勒算是玩完了,因为您来了。”而老瓦纳斯总是喘着气笑着,他的嘴巴在那乱糟糟的胡须下面含糊地说着一些让人难以听懂的话。

一周又一周,他坐在那家电影院的同一个座位上。这是那种便宜位子,在前面第二排。常常一整排座位上就只有他一个人,因为坐在那儿就要十分滑稽地和银幕上那些巨大的面孔面面相觑。在整个冬天里,他总是把自己的耳朵——那苍白、耷拉着的耳朵,耳孔里丛生着白花花的毛——缩到军大衣里面。如果他把随身带着的几份厚厚的报纸铺在地上,自己四仰八叉地躺在上面,似乎也并没有什么不合适,他在这个难看的小电影院里安营扎寨了。墙上的壁灯发出红幽幽的灯光,好像动物的眼睛;地板上乱扔着很多花生壳,弥漫着一种公园里的无家可归的气氛。

严冬酷暑,人们总是能够通过他的咳嗽声知道他的存在。在每次看电影的过程中,至少要咳上两三次:这是各种乐器齐备的慢性支气管炎交响乐,一开始,是一阵令人窒息的喘息,好像一阵发闷的笑声;继而上升为一种由哽塞、喘鸣和干呕组成的多声部大合唱;然后平息下去,通过更多的喘息而逐渐趋于沉静。这便是典型的老瓦纳斯的咳嗽。

他在火车上也照咳不误，就在每天他去约翰内斯堡的征兵处上班的早班火车上。早晨的空气甚至使他咳嗽得更频繁。老瓦纳斯在此，于是，那些由于不信任当地商店而到约翰内斯堡去执行重要采买任务的太太，在那些由于实行汽油配给制而不能坐私人汽车旅行的日子里，都纷纷避开这班会听到这种咳嗽声的客车。他在车厢里咳个没完，唾沫横飞，令人讨厌。一个人如果发现自己和可怜的老瓦纳斯一起关在一个车厢里，那是很苦恼的。他穿着那身滑稽的军装，平静地坐在那里。可怜的老家伙，岁数那么大了，能对他说什么呢？人们不能不理睬他，因为他毕竟不是一个叫花子。但多年没人当真和他说话——这样干实在太笨了。不过，说老实话，瓦纳斯家的闺女们倒个个都是好姑娘，特别是艾茜（她现在已经学有所成，是一所幼儿园的老师）——对孩子们总是体贴入微，充满慈爱。

男女中学生每天早上在上学的路上都要爬上这班火车，他们的学校就在下一站威特沃特斯兰市（努尔多波学校在建新校之前没法接纳所有的学生）。他们根本不注意老瓦纳斯，也注意不到他的咳嗽。他们挤满了他坐的这节和别的车厢，不管你愿意不愿意，尽情地喊着，开着玩笑。这些身材高大、发育得很好的南非孩子，他们的身体和大腿以一种最精彩的轻歌舞剧的传统风格使学校让他们穿学生制服的目的彻底落了空。在那些身体上，呈现出的不是庄重与循规蹈矩，而是强健和富于刺激性。女孩们的哔叽短体操服暴露出黑袜子以上几英寸的大腿。那绷紧的袜子遮盖住她们强健而曲线毕露的大腿和圆滚滚的小腿，她们那丰满的乳房在扣得紧紧的衬衣下高耸着。男孩们穿的足球短裤仅仅包住了他们那肌肉发达的屁股，他们把粗大而多毛的大腿横七竖八地伸在车厢的过道上。他们只有十四五岁，体重却有一百七十磅。他们发出吓人的捧腹大笑声，那笑声发自新近开始变声的嗓子。不知怎么的，下巴上新生的胡须顶破了青春的脓疱冒出来。他们在车厢的许多门上写下了一些四个字母的词。他们把口香糖粘在座位上，他们互相捶打，他们和女孩子调情，他们根本不介意老瓦纳斯，正像他们根本不理会自己生活轨道之外的任何人一样，他们正处在一种激烈而变声的年龄。

战争结束了，他们离开了军校。但另一批孩子成长起来，取代了他们的位置，重复着他们的生活。老瓦纳斯从军队复员了，但他仍然每天到约翰内斯堡去，干另一种工作。没有人确切知道那是什么工作，无非是某种老年人干的微不足道的职业。他当然不穿军装了，但天冷时，他还是把军大衣罩在他那很脏的衣服外面。而且，他仍然经常咳嗽。

孩子们偶尔会半心半意地试着逗弄一下这个老头；简直不值得惹这种麻烦，因为他好像戴着眼罩旅行，他只是单调地坐在那里，直至目的地；有时打打瞌睡，甚至很少向车窗外看。有一次，有个孩子把一块石头包在一张糖纸里递给他，但他只是把手举起来，以咳嗽作答。他晃着头，也不知道是表示感谢还是拒绝。好几个月过去了，在这期间，男孩女孩们只是在走过他身边时用他们的书包或沉重的脚步打扰他一下，他被人忘记了。有一天，有一个男孩拿来一块用橡皮做的假狗食，他把它在所有可能放的地方和人面前都放过了，看来再也不能用它来捉弄人了。这时，一个女孩为了要给这个男孩留下一个深刻的印象，就拿起它，把它放在这个老头的靠角落的座位上。不出所料，这天老头一上车就走到他坐惯的老地方——倒数第二节车厢，并且果然坐在那个东西上。但是他根本没有注意到它就在自己屁股底下。这时,那个女孩坐着,忍俊不禁,用手捂住自己的嘴,那双黄铜色的大胆的眼睛观察着他的动静。她的朋友们挤在她的两边,大声嘲笑着,笑得浑身哆嗦、挤作一团。有一小会儿,老头好像在看着她们,但是没看懂她们为什么大笑。他那满是皱纹的眼皮扑闪了一两下,好像电影片的空白从他的两个瞳孔里闪过。他就像动物园里某种不伤人的、反应迟钝的动物,人们扔的橘子皮打在它的兽皮上弹起来,而它只是模糊地听到一些零碎的声响。

就在火车快到孩子们下车的那个车站时,那个女孩说话了:“你坐在我的东西上了。”老头根本想不到她会对他说话。“你坐在我的东西上了。”她很不耐烦地又说道。他用手拢在耳朵上十分吃惊地听着:“我说,你坐在我的东西上了!”

他急忙笨手笨脚地站起来,向自己周围看着。女孩一把抓过那个东西,神气活现地走开了,十分无礼。而这时,她的朋友们高兴地互相推搡。而老头甚至没有看见那东西到底是什么,便又沉重地坐回到自己的位子上。

第二天早晨,那个不成功的玩笑已经被忘掉了。还是那群女孩,咯咯地傻笑着,小声地议论着一本叫《真实浪漫故事》的平装本杂志。她们没有意识到这位老人的在场。但这时,老头正在看着她们。

一两天后,由于一个非常偶然的原因,老头错过了每天必乘的那班火车,坐了下一班车。而那个开玩笑的女孩(她看来和其他女孩很相像,也许就是那群女孩中随便的哪一个),也错过了那班车,而且也乘上了这班车。过班火车几乎是空的,因为它对于上班的工人和上学的学生来说都太迟了。出于习惯,老头走进了倒数第二节车厢;可能也是出于习惯,那个女孩也走进了倒数第二节车厢。她一屁股坐在了他对面。她气喘吁吁,心情很坏,因为自己不可宽恕地要迟到了。她身上带着一种沾满尘土的哔叽料子味儿、墨水味儿,还有她那油腻腻的黄头发发出的碱性碳酸铜的气味。她的头发每天晚上都要卷一下,但是不经常洗。她用一种冷漠的爱理不理的眼神瞥了他一眼。她总是用这种眼神看老头和小孩的。她没有多久就沉浸在一本新买的《真实浪漫故事》里了。太阳直照她的眼睛。她突然站起来,一边聚精会神地看着杂志,一边一跳,蹦到这个分隔间的对面,坐到老头的旁边。

自从她走进车厢的这个空旷的分隔间,他就一直在看着她,温柔地,从他自己的位置上看着她,又似见未见。当她坐到他身边时,他叹了一口气。

后来,她告诉别人说,就是那个爱咳嗽的老头,那个总是乘坐七点半这班车的老头,“哎哟,我的天,那个老猪猡,真是个神经病,是吧?”(这些大孩子说话时就用这种粗鄙不堪的英语与南非公用语混合的语言。他们的父母生活在一个有两种语言的国家里,只受过有限的教育,他们使用的就是这种语言。)她的朋友们叫着笑着,直到她发脾气为止。她的老师不想再听这种胡编乱造的故事。但是这个女孩子的父亲(虽然他根本不知道她平时到哪儿去,干什么,或者晚上什么时候回家)却不依不饶,出来煽动某种原始的宗族荣誉感(毫无疑问,他是很好斗的),并且发誓,要“公审”老头,要掐住他的脖子,要把他送官。

就这样,在一九五一年的某日,此时年近七十的瓦纳斯,因为在火车上吻了一个女学生而被逮捕。这是一个长着长长的大腿、沉甸甸的乳房、高大强壮的女学生。她虽然是个女性，但还不是一个在各方面成熟的女人：她是一个做着从青春期到衰老期的全部性爱白日梦的女性，由于身体内各种腺体的作用，她凭幻想做出许多无心的、下流的、甚至几乎是恬不知耻的想象。

老瓦纳斯呀！那个可怜的老东西，聋得像根木桩子，牙都掉光了，长着发臭的糟胡子。呸！人们反感地咯咯笑着，厌恶地咧嘴笑着。噢，没有一个女人会看上他，他肯定有二三十年没和任何女人有关系了。自从太太死了以后，他根本没有再婚，也没干过这类事——当然没有，老瓦纳斯！就是做梦也没有人想得到把一个女人同他联系起来。他脑子到底出了什么毛病？这个老鬼，怎么回事？谁想得到这种事呢！嗨，这个老坏蛋……你知道，那家伙咳嗽起来你就别想听清电影里的对白……就是他……那个穿军大衣、看起来倒人模狗样的老东西。

在约翰内斯堡，各报都作了一些版面很小的报道，一个上岁数的退伍军人因为企图对一个十四岁的女学生非礼而受到指控，瓦纳斯当年身着市长制服、戴着金链子的照片，被人从拍卖商的废料堆里翻出来，再次登在本地报上，并冠之以这样的标题："前市长亲吻女学生"。说明是"格·格·瓦纳斯，曾担任过六年的努尔多波市市长与市议员，本周因被控吻了一个十四岁的女学生安娜·科内丽娃·朱斯特而在地方法院出庭受审。该女孩家住莫米克里普，丹垂路十七号"。

关于这次事件的新闻报道，有一个标题是"母亲说，她很喜欢洋娃娃"。顷刻之间，事情变得好像是一个肮脏、好色的老淫棍吓坏了一个娇弱、幼小的小女孩。瓦纳斯的女儿们(特别是艾茜，她很有名气)简直抬不起头来。她们实在是丢尽了脸，对她们来说，他不啻一个屎盆子，人人都这么说。有些人甚至私下议论说：他真不该活这么大岁数，妻子死了近三十年了，又没有任何朋友——他这么活着，对己对人都毫无益处。

他女儿艾茜找了一位律师为他辩护，使他得以获释。当然咯，这事是由于一时之间丧失记忆而造成的——律师大致是这么辩护的。然而本城对他好色行为的义愤在他获释之后仍然持续了一段时间。其实，他的事并没有那么严重——这一点，却几乎没有人谈到。既然在电影院里，初吻是使人的眼睛颇受刺激的事情，那么可以想象，最后一吻必然是滑稽可笑而又污秽肮脏的了。但是，正是这最后一吻，作为一个奇异忘情的时刻，在这一刻里，他是超越了自我的，超越了老瓦纳斯，超越了那獠牙似的胡须，超越了那个滑稽的老兵，超越了那电影院中的咳嗽，使他变得引人注目。

这件事，就像本城中唯一的那尊塑像一样——就像那个耸立在尘土飞扬的公园里、年久失修又被顽童们涂画得乱七八糟的、骑在马背上的无名将军一样——注定要悲哀地，受到世人们的观察与议论。

邹海仑　译

1992
获奖作家

德里克·沃尔科特

传略

在神秘而复杂的加勒比地区流行着英语、法语、西班牙语和当地黑人方言土语等多种语言,因而那里形成了由多个语种汇合而成的多元文化氛围。一九九二年诺贝尔文学奖获得者德里克·沃尔科特的诗歌和戏剧,就是这种文化的典型体现。他的获奖是由于“他深具历史眼光,他的作品大量散发光和热,是多元文化作用下的产物”。

德里克·沃尔科特(Derek Walcott,1930—2017),一九三〇年一月二十三日出生于加勒比海西印度群岛中圣卢西亚岛的卡斯特里。父亲沃里克·沃尔科特是英国人,是位画家和诗人,在德里克·沃尔科特出生后一年就去世了。德里克·沃尔科特的母亲是个教师,也是一位业余剧作家。他的祖母和外祖母都是非洲黑奴的后裔。德里克·沃尔科特从小喜爱文学,曾先后就读于圣卢西亚岛的圣玛丽学院和牙买加的西印度大学,还曾学过绘画,一九五三年迁居特立尼达。他教过拉丁文、英文和法文,当过《特立尼达卫报》记者和文艺评论员,还当过特立尼达剧院的导演。七十年代中期以来,德里克·沃尔科特的大部分时间都在美国度过。他曾在纽约大学、耶鲁大学和哥伦比亚大学等校任教,现为波士顿大学文学教授。

德里克·沃尔科特十四岁就在当地报刊上发表诗作,十八岁时出版第一部诗集《诗二十五首》(1948),从此走上文学创作的道路。此后,他陆续出版了约二十部诗作,其中主要的有诗集《给青年人的墓志铭:诗章十二》(1949)、《诗集》(1951)、《绿色的夜》(1962)、《诗选》(1964)、《海难余生》(1965)、《海湾》(1969)、《海葡萄》(1976)、《星星苹果王国》(1979)、《幸运的旅客》(1984)、《仲夏》(1986)、《一九四八年至一九八四年诗选》(1986)、《阿肯色的证言》(1987)、《恩赐》(1997),以及自传性长诗《另一种生活》(1973)、叙事长诗《奥梅洛斯》(1990)和回忆录式长诗《浪子》(2004)等。

德里克·沃尔科特的早期诗作大多描写个人的孤独和与当地生活习俗的不协调,揭示了多种族社会的矛盾。中近期诗作受英国现代诗人迪伦·托马斯等人的影响,并吸取了当地民间歌舞的节奏和韵律。他的诗意象富丽敏感,充满律动和感性,具有巨大的启发性。其中《绿色的夜》收录了诗人一九四九年至一九六〇年的诗作,是加勒比英语文学的里程碑;作者运用传统的诗歌体裁,其中包括十四行诗体,表达了他忠于祖国和人民的强烈的思想感情,其特点是把深邃的理性思考和精湛的艺术技巧融为了一体。

《海葡萄》表明诗人极力冲破欧洲文化传统的樊篱,走独立创作的道路,开始形成自己独特的创作风格,诗中不再有早期作品中加勒比环境与欧洲文学的冲突意识。

自传性长诗《另一种生活》是德里克·沃尔科特艺术生命的新起点,他抛弃了短小诗歌中的复杂风格,以新的透视法反思了自己的乡间生活。一九九〇年问世的叙事长诗《奥梅洛斯》是德里克·沃尔科特的代表作,它长达三百多页,分六十四章。作品借鉴荷马史诗《伊利亚特》和《奥德赛》的框架,气势宏大地叙述了加勒比地区的文化和风情,描绘了加勒比地区广阔的社会生活图景,也反映了加勒比人民在向人类文明迈进过程中的命运和所遇到的挑战。这部作品被称为“加勒比的庄严史诗”,德里克·沃尔科特因而也被誉为“当代荷马”。

德里克·沃尔科特的诗是非洲文化、欧洲文化、加勒比文化以及东方文化等多元文化交融下产生的硕果,是他兼容并蓄、博采众长的意识和探索开拓、创新独立的精神取得的成就。他的诗题材丰富多彩,风格新颖多变,形式厚重,韵律和谐。画家敏锐的洞察力使他得以真实地描绘自然景物,细致地观察社会生活,迅捷地捕捉细微感情。感性意象、隐喻的繁复又极大地丰富了他诗歌的表现力。他的诗的简洁明晰在一定程度上得益于中国古诗对他的影响。

德里克·沃尔科特不仅是一位杰出的诗人,他在戏剧创作上的成就也颇令人瞩目。主要的剧作有以英国中世纪历史传说为主要情节、表现奴隶获得新生的历史剧《亨利·克里斯朵夫》(1950),通过对探险家哥伦布、征服者雷利、反抗者图圣和殉难者戈登四位历史人物的描写来探索人们对历史的反应的史诗剧《锣鼓与色彩》(1958)。此外,还有风格剧《多芬海域》(1954)和道德剧《提金和他的兄弟们》(1958)。前者的主人公是个勇敢的加勒比海老渔民,后者的主人公是个擅长利用自己的智慧作弄人的小人物。七十年代发表的《猴山上的梦》(1971)是德里克·沃尔科特的代表作,内容丰富,寓意深刻,具有强烈的象征意义。它通过一个烧炭老人幻想已当上非洲皇帝的故事,展示了当地人民和殖民主义者在政治、文化等领域相互斗争又相互依存的历史发展过程。德里克·沃尔科特的其他戏剧作品还有《沙维尔的小丑》(1974)、《噢,巴比伦!》(1976)、《回忆》(1977)、《休战纪念日》(1978)和《哑剧》(1978)等。其中《噢,巴比伦!》展示了现代世界的堕落,《休战纪念日》着重剖析了特立尼达中上层人士的性格弱点。

德里克·沃尔科特还曾获得过英国的国际作家奖、史密斯文学奖、美国的麦克阿瑟基金会奖等多项大奖。

授奖词

我原想用几句话将德里克·沃尔科特那透着大海气息的作品加以概括，却感到这如同海中捞月般徒劳。幸亏他本人助我们一臂之力——他在字里行间巧妙地埋下了若干重要伏笔。他的朋友约瑟夫·布罗兹基在分析他的作品时发掘出其中一条线索：

> 我只是一个爱大海的红肤黑人，
> 且有着良好的殖民地文化基础，
> 荷兰、黑人和英国血统凝汇一身，
> 或许是无名小卒，或是整个国度。

《星星苹果王国》中这几行诗句使人一目了然：德里克·沃尔科特身上不仅融合了母方的黑白血统，而且凝结着父方的黑白血统。这诗句还告诉我们，他的诗歌可谓集不同文化之大成，包罗了西印度群岛、非洲和欧洲诸种文化。

然而，德里克·沃尔科特并不满足于其作品中多国文化传统的联袂合唱或不同创作主题的协奏交响。在他的首卷戏剧集的序文里，我们读到又一个十分贴切的德里克·沃尔科特词语："黑白混血风格"。迥然不同的两种传统的杂文孕育了德里克·沃尔科特的艺术。其一是他后来也跻身其间的欧洲传统，从荷马、但丁、伊丽莎白时期作家、密尔顿，到奥登和迪伦·托马斯，这是一种精雕细刻的传统，大量采用喻义手段，讲究声音与韵律。其二是古老的本土传统，语言比较简朴，诗人犹如初降伊甸园的亚当，给各种事物冠以名称，并体验话语声音的形成——正像他在自传性长诗《另一种生活》中所描述的："我注视着元音从木匠的刨舌下卷滚而出/松香般黏稠，花草般香馨……"德里克·沃尔科特独有的风格是欧罗巴精湛手法与加勒比原始美感相结合的产物。

但是，德里克·沃尔科特并不局限于题材和语言运用方面的兼容并蓄，重要的还在于他的历史观。我们在他的作品中找到另一个线索："新爱琴海传统"。加勒比海群岛可以说是爱琴海群岛的转世再生——希腊的古代文明在加勒比的今日风采中得到自然的体现。这一点在他的近作《奥梅洛斯》中有突出的反映，这首精彩纷呈的叙事诗讲述了渔夫阿基里同他以前的伙伴、现在的出租车司机赫克托为一位漂亮女仆海伦争风吃醋的故事。在《奥梅洛斯》的氛围中，我们可以找到荷马史诗般的格调和主题，以及奥德赛式汹涌澎湃的波涛。

是什么将古老的声音带入今日的加勒比海？是什么把历史变为现在？是大海。"大海即历史"——在这一辉煌诗作中，大海使"巴比伦的凄楚的竖琴声"传到了西印度群岛，在那里奴隶制度仍是切肤之痛。

德里克·沃尔科特最近的主要诗作充分地展示了令人目不暇接的历史全景画面和清新的现代加勒比海风情。这里值得一提的，是诗集《阿肯色的证言》中展示的寥寥数语,具有在一瞬间能把握广阔时空的艺术。下面几行描述的是破陋的汽车旅馆中那个妄自菲薄的自我及伙伴们正前往大马士革投奔扫罗王的情景:

远远地,在大路的一边,
一阵轻飔将白杨的树叶吹拂成
圣徒保罗写给科林斯人的
第一封长信。

这阵奇迹般地把树叶吹拂成写着圣徒保罗关于爱之训示的使徒书的轻飔,并不只是巧妙地隐喻上帝的启示改变历史的那一时刻。这阵微风将远古的那个时代推进到我们所能感知的现在。更重要的是,它同时体现了德里克·沃尔科特几十年创作生涯中一个隽永的主题:一种圣保罗式的穿越广漠时空的强烈的情感投入。

亲爱的德里克·沃尔科特,在您的最新著作里,上帝让书中一位主人公由一只雨燕指引,穿越大洋,回到他古老的非洲故乡。这只领航鸟天赐般迅捷的翱翔超越了时空的束缚,正代表了您的诗歌艺术带给读者的打动心弦的震撼。作为这种艺术的一名钦佩者,我荣幸地代表瑞典学院对您获得一九九二年诺贝尔文学奖表示最热烈的祝贺,并请您接受国王陛下亲手颁发的这份奖金。

瑞典学院院士 谢尔·埃斯普马克
徐望藩 译

作品

海难余生

饥饿的眼睛贪婪地吞吃海景,只为一叶
美味的帆。

海平线把它穿上无限的线。

行动滋生狂乱。我躺着,
驾驶着装上肋木的一片椰影,
生怕增多我自己的脚印。

吹着沙;薄如烟,
腻烦了,移动一下它的沙丘。

浪潮像孩子似的厌倦了它的城堡。

咸的绿藤和黄的喇叭花，
一个网缓缓移过空无。
空无一物：充塞白蛉子头脑的愤怒

老人的乐趣：
早晨，沉思的后撤，想着
枯叶，自然的安排。

阳光下，狗粪
结了硬壳，发白如珊瑚。
我们结束于土，开始于土。
在我们的内脏里创世。

细听，我就能听见珊瑚虫在营建，
两个海浪击出一片静默。
掐开一只海虱，我使雷霆爆裂。

像神一样，我歼灭神性、艺术
和自我，我抛弃
已死的隐喻：杏树的叶形心。

成熟的脑烂得像个黄核桃
孵出它
乱糟糟的海虱、白蛉和蛆，
那个绿酒瓶的福音，被沙塞死了。
贴着标签，船的残骸，
握紧的漂木苍白而带着钉，如一只人手。

飞白 译

大海鲢

在塞得罗斯，痉挛着
重重地敲击死沙，这条大海鲢
干瞪着金色的眼，被结结实实地

溺毙,以兽性的痛苦拍打
我呼吸的海。
静止下来,它的巨大胴体
固定在眼睛镜头上,慢慢地
寻找图式。它像丝绸一样
从容地变干,变铅。
肚子麻风般的银白,鼓胀
仿佛刀口长了个冷下疳。
突然间它以极大的疑惑不解
剧抖了一下,然而老牙床咕噜着,什么
也没泄漏出来,只漏出了几缕
新的血丝。一个狂热的渔人敲击
它的头,随着每次血迹斑斑的
打击,我的小儿子摇着头。
假如我能喊出不要简单地
看待我们共有的这个世界?
死了,详细察看过了,
大海鲢的胴体变得真美。
青铜,带点儿铜绿色,鳞片
上了年岁像铜币串成的甲胄,
一张发暗的银丝网络合了
背部的深深海蓝直到尾部的
劈叉变细的Y。
镶在石上的三角形颅骨
鸣响着金音,瞪着的眼
显得单纯而疲倦。
如此单纯的形式,就像十字架,
连孩子也能在空中描画出来。
大海鲢的鳞片——鱼皮之片
在海边洗净,对着光
观察,看起来正像那
露齿而笑的渔人所说:
厚密如磨砂玻璃而精致,
经钻石蚀刻,它显示出
孩子画的一艘帆船——
孪生的两片三角帆,一根桅杆。

如此繁复的形状、
巨大的胴体、恐怖和狂怒
怎能纳入如此单纯的图案，
透过不透明的幻影般的雾
静止不动地航行，航行，
乘着想象的风帆？

飞白　译

珊瑚

这株珊瑚的形状与手呼应——
它凹陷。它直截了当的

空缺多么沉重。像浮石，
像你的乳房在我手掌的杯中。

海一样的冷，它的乳头粗糙如沙，
它的毛孔像你的一样，闪着咸汗。

空缺的身体撤走了重量，
再没有另一个能像你的身体一样

创造出这个精确的空缺，恰似这
珊瑚石，放在案头发白的

纪念品架上。它向我的手挑战
去做一切情人的手从未体验的探寻：

另一个身体的本真。

飞白　译

新世界

那么，在失乐园之后
有惊喜的收获吗？

有的:亚当的敬畏
对着他的第一颗汗珠。

从此后,整个肉体
都得撒遍盐粒,
感受四季的锋刃,
既担心又收割——
欢乐来之不易
但至少是自己的。

蛇吗？它也不想
在它的树杈上生锈。
蛇赞赏劳动,
不想离开亚当。

他俩一同看着树叶
为杨树镀银,
橡树为十月镀金,
样样能变钱。

所以当亚当被放逐
到我们的新乐园时,在方舟肚里
钱铸的蛇也盘在那里与他
搭伙;定好了的。

亚当有了主意。
他和蛇搭伙把乐园的
损失赚回来。
他俩造了新世界。看来蛮不错。

飞白　译

结尾

事物不爆炸,
它们只衰退,凋萎。

像阳光从肌肤退色,
像水花在沙滩涸竭,

就连爱情的闪电
也没有如雷的结尾,

她死亡的声音
像凋谢的花像肉体

在冒泡的浮石上
一切事物塑造着同一归宿

直到我们落入
包围着贝多芬的一片静寂。

飞白 译

拳

握紧我心房的拳
稍稍放松,我喘息着
光明;但它重又
握紧。我何曾不爱
爱的痛苦?但这已超出了

爱而达到了疯狂。这是
狂人的死抓,这是在
嚎叫着落入深渊之前
紧抓一块突出的非理性岩石。

心,抓紧吧。这样至少能活。

飞白 译

黑八月

这么多雨水,这么多生活,正如这黑八月

肿胀的天。我的姐妹——太阳
在她的黄房间里抱窝不出。

一切东西都进地狱;山岭冒烟
像口大锅,河流泛滥;可是她
仍然不肯起来止雨。
她躲在房里赏玩古老东西——
我的诗、她的照相簿。哪管雷
像一摞菜盘从天上摔下来

她也不露面。
你不知道吗,我爱你,而对止雨
束手无策?但我正在慢慢学会

爱这阴暗的日子,这冒气的山,
充满嗡嗡闲话的蚊子的空气,
和啜饮苦药,

所以当你——我的姐妹
重新出现,用你体谅的眼
和繁花的额分开雨的珠帘,

一切都会同往常不一样了,真的
(你看,他们不让我如我所愿地
爱),因为,我的姐妹呀,那时

我将学会爱黑暗日子同光明日子一样,
爱黑的雨白的山,而从前
我只爱我的幸福和你。

飞白　译

欧罗巴

满月这么猛烈,我数得清
海滨别墅上横斜交织的椰影,
别墅的白墙上沸腾着失眠。

星光点点,滴漏在海扁桃的
锡盘里,嘲弄的云
白亮起皱如一张张床单。
永不厌足的乱浪拍岸,声声
透墙而入;我感到心神
白如月色,幻变了昼光描绘得
明晰确定的图形,把
一棵树化成了弯向海沫的女儿身;
外加走近来的黑山一团,
轻轻地喷着鼻息,挨近了
正在用银花溅湿双乳的裸女。
二者本来还能保持合适的距离,
若不是贞洁的月亮赶紧拉上暗黑的
云帘,把两个形体联合为一。

她用闪光逗弄揶揄,是的,但一旦
陷入人的情欲,你就能
透过月色看清他们的真相:
化作种公牛的神,化作发情天鹅的神,
过度发热的种田汉的文学!
谁曾见过她用白皙的双臂挽住牛角,
她的双腿紧夹,破浪骑行,
在水花泡沫的嘶嘶溅落中
一牛一女穿越咸味的黑暗而来,
她雪白的裸体光彩莹莹?
一无所有!正与平日相同,
只有海沫揳入一道明亮的海平线,
还有,细线构架钉铜钉,仿佛是
他粗糙的牛皮上闪着的水滴,
牛蹄和角尖的星星组成了字谜。

飞白　译

1993
获奖作家

莫里森

传略

一九九三年十月七日，瑞典学院宣布将当年的诺贝尔文学奖授予一位女作家，而且是一位黑人女作家。这在国际文坛上引起了巨大反响。这位获奖者就是美国的托妮·莫里森，她因为在“富有想象力和诗意的小说中，生动地再现了美国现实的一个极为重要的方面”而获得这一殊荣。

托妮·莫里森（Toni Morrison，1931—2019），原名克洛艾·沃福德，一九三一年二月十八日出生于美国俄亥俄州克利夫兰附近的钢铁工业小城罗伦。她的父母原为美国南方亚拉巴马州的佃农，为了摆脱贫困而迁到这个小城。她的父亲靠做零工维持一家人的生活。为了补贴家用，莫里森十二岁便开始一边学习一边打工。中学毕业后，她到首都华盛顿就读于专为黑人创办的霍华德大学，取得学士学位，随后又进康奈尔大学研究院攻读文学，重点研究福克纳和伍尔芙的作品。一九五五年获得文学硕士学位后，莫里森先在休斯敦的得克萨斯南方大学教英文，后到母校霍华德大学任教。在这里，她结识了牙买加血统的建筑师哈罗德·莫里森，不久和他结婚，生下两个孩子。一九六四年婚姻破裂，她便独自一人肩负起抚养两个孩子的重担。第二年，她离开霍华德大学到纽约北部的西里丘斯为兰登书屋编辑教科书，三年后调到纽约总部任高级编辑。对文学的爱好和离婚后的苦闷促使她走上了文学创作的道路。一九七〇年，她用托妮·莫里森的名字发表了第一部长篇小说《最蓝的眼睛》。此后，她又相继在耶鲁大学、纽约州立大学等校任教，现为普林斯顿大学英美文学教授。从一九七〇年开始，莫里森在编辑、教学之余，共创作出版长篇小说八部：《最蓝的眼睛》（1970）、《秀拉》（1973）、《所罗门之歌》（1977）、《柏油孩子》（1981）、《宝贝儿》（1987）、《爵士乐》（1992）、《乐园》（1998）和《爱》

(2003)。

《最蓝的眼睛》写一个十一岁的黑人小女孩渴望有一对白人女孩那样的蓝眼睛,认为只有这样自己才算美,才能得到父母和伙伴的爱,在这种心理的重压下,小女孩最后精神失常,误以为自己已经有了一对最蓝的眼睛,结果坠入了更加痛苦的深渊。作品通过这一小小的、被扭曲的心灵,揭示出三百多年来的蓄奴制和种族歧视对黑人精神的重大伤害。白人社会在传统、文化和政治上对黑人的统治,造成黑人在价值观念上的自我扭曲,作品就从这一更深层次上揭露了种族歧视的罪恶。《秀拉》写一个黑人姑娘以藐视一切、放荡不羁、我行我素来反抗现实,追求自由,寻找自我,从而与传统格格不入并与之发生激烈的冲突,最后孤独地死去。

评论界普遍认为,《所罗门之歌》是莫里森真正的成名作,它以一九七七年的最佳小说而获全国书评奖。小说写的是一个黑人青年奶娃寻找自我的过程和一个黑人家庭三代近百年的历史。它暗示,当今的黑人仍在遭受西方精神文明的奴役,只有让黑人返璞归真,恢复本民族古朴的风范,才能挣脱这种精神的桎梏。《所罗门之歌》具有浓郁的黑人民族色彩。它刻画了只有黑人才有的生活和心理,描绘了一幅纯粹黑人的风俗画:黑人的神话、黑人的传说、黑人的习俗、黑人的意象、黑人的讽喻……总之,是黑人的传统、黑人的文化、黑人的社会生活和黑人的精神世界。《柏油孩子》则以加勒比地区一个与世隔绝的法属小岛为背景,写一对黑人男女青年的不同命运。

《宝贝儿》是莫里森创作上的又一个高峰,堪称一部里程碑之作,她也因此获得一九八八年的普利策奖。小说的叙事背景是在十九世纪中后期、奴隶制废除后的俄亥俄州。在奴隶制时期,女主人公塞斯为了使自己心爱的女儿免遭奴隶主的残害,狠心杀死了她。塞斯认为,她杀死女儿完全出于母爱,因为奴隶主会蹂躏女儿的肉体,摧毁女儿的精神,而她只是在肉体上杀死了女儿,但却使女儿的心灵免遭戕害,所以是拯救了女儿。然而戕女之事毕竟在她心灵上一直留下了难以愈合的创伤。当一个和她女儿同名、带有象征意义的半人半鬼女孩到来时,出于对亡女的爱和赎罪心情,她接纳她做了家庭成员,从此她的家便成了一个幽灵世界。作者用这种新颖独特的魔幻荒诞手法,描写了死去女儿“宝贝儿”的愤怒,她对母爱的渴望以及她对确立自己人格的执着追求。

《爵士乐》是作者酝酿了十年才写成的作品。确定身份、寻找归属显然也是这部小说的主题。《爵士乐》的引人入胜之处不仅在于情节的发展,还在于叙事的技巧。跳跃的心理时空,多角度的叙述,复杂的穿插结构,忽隐忽现的人物,意象的借代和转换,音乐中和声和对位技巧的运用,等等,使这部作品显得丰富多彩而更具魅力。小说之所以以“爵士乐”命名,就在于它的叙事技巧形似音乐又神似音乐,有着音乐的效果。《乐园》以一个黑人团体在构建新乐园过程中的演变,表现了主流社会的意识形态对黑人人性造成的扭曲。《爱》则讲述了一个黑人企业家族的兴衰,人们之间的爱和恨以及妇女所受到的伤害。

托妮·莫里森是一位有着强烈种族意识的作家,面对黑人的过去与现实,她在作品中倾注了自己对同胞命运的关心和同情,始终把黑人的历史和前途作为作品的主题。她写黑人在美国社会的生存困境,揭示蓄奴制和种族歧视对黑人的精神摧残,写白人的价值观念使黑人人性造成扭曲,也写黑人社会内部对自己同胞的排斥和伤害。她写人的精神世界、心路历程,他们内心的创痛、骚动和渴求,写他们对自我的寻找和对自己文化之根的追寻。她认为,黑人要实现自己的生存价值,要找回自己的尊严和独立的自我,必须保持自己的价值观念和文化传统,从而才能有真正的生活。她曾说:"作家应该探求更深邃的人生哲理。我的小说的主题,主要是我们为什么和怎样学着认真美好地生活。"

在讲到小说的叙事技巧时,莫里森曾说:"我只有二十六个字母,我必须用我的技巧使读者看到颜色,听到声音。"她善于博采众长,巧妙地把现实主义和现代主义熔于一炉,现实主义的题旨加上各种叙事技巧:意识流、象征、魔幻、荒诞、神话、传说、寓言、隐喻……力求创造出一条具有黑人民族特色的创作道路。

除小说外,莫里森也写过诗歌、剧本,一九九二年出版过一本散文集《黑暗中的游戏:白色与文学意象》,一九九九年还出版了一部童话长诗《大箱子》。

授奖词

今天,瑞典学院颁授的诺贝尔奖项是文学奖。本年度该奖已荣归托妮·莫里森,她有幸成为诺贝尔文学奖的第九十位得主。

在《黑暗中的游戏:白色与文学意象》这本散文集里,莫里森女士以一种本土作者与家乡知音的眼光清晰地描画出她的洞察和顿悟:"仿佛我在久久地观赏一只金鱼缸——那金色鳞片的颤摆与闪晃,那浅绿色尾尖的摇曳,那淡白色鱼肚的辗转,那鳍鳃的翼动;鱼缸底部那小小城堡状的装饰,周围堆垒着鹅卵石,缠绕着纤细嫩绿的水草;一缸几近静谧的清水,悬缀着点点排泄物与食物,不时有一串气泡悠悠然泛跃至水面——霎时间,我的目光移向那晶莹的缸体,正是这一亮丽的构筑,默默地护佑着其间的弱小生命,使之得以在宏大的世界上休养生息。"这段话意味深长,作者是把美利坚国土上非洲血统的存在看作实现美国之梦必不可少的内在前提。她同样也将文学作品中的白色人种视为同黑色人种不可须臾离隔的伴侣,两者犹如形影,相随无间。

托妮·莫里森笔下的黑人世界,无论是现实生活或属古老传说,作者带给广大美国黑人的始终是他们的历史渊源,一幕又一幕历历在目。从这一点来看,她的作品显得异乎寻常地协调和谐;但同时,却又那么斑驳绚烂,多姿多彩。尽管她继承了福克纳的风格和拉美传统,但那巧妙的叙事手法,每部小说相互迥异的笔调,独特的情节,让读者从中汲取无穷的乐趣和欣慰。托妮·莫里森的小说还唤起了读者在多种层次上的参与,在不同程度上的介入,令读者与小说中的人物休戚与共,息息相通。这些作品留给人们最隽永的印象就在于情感的投入与交融,对同胞所怀的怜悯与同情。

《所罗门之歌》通过主人公奶娃(音译:米尔克曼·戴德)寻找自我的过程反映了莫

里森小说的一个基本主题。奶娃的祖父是一个解放奴隶，当他获得自由登记姓名的时候，一位醉醺醺的经办官员询问关于他的父亲，他应了一句“Dead”（意为“已死”），殊不知这话被那位醉汉错登为他的姓。他的家庭于是将错就错，干脆以“Dead”一词为姓，因为它意味着：“过去的苦楚一去不返，而今万象更新。”作为书名的“所罗门”，曾经是奶娃南方祖先的教名，甚至在儿歌中亦有所闻。奶娃内心生活的狂飙挟带着他，穿云过雾，重新回到他的源头故土——黑非洲。所罗门的狂喜魂灵最终也就是奶娃的超脱心神。

交织成另一部作品《宝贝儿》的依然是跨越时空的主题。荒诞之中见真情，黑人现状与传奇故事两者之间的交错缠结，使小说笼罩上一层真实可信的辉光。在女主人公塞斯生存的空间里，一个人竟然不能成为自己肉体的主宰。托妮·莫里森描绘了塞斯为了使自己的孩子“宝贝儿”免遭想象中定会降临的厄运而采取的可怕行动，以及这一行动给塞斯个人生活带来的恶果——“宝贝儿”的幽灵即是塞斯始终无法摆脱罪孽之感的化身。作者描述的情与景，如雷霆似霹雳，强烈震撼着读者的心。

在新近一部小说《爵士乐》中，托妮·莫里森的创作手法恰恰类似爵士乐的演奏风格。小说一开头就点明主题，写的是本世纪二十年代哈莱姆区一群人的生活。书中贯穿一位第一人称的讲述者，此人娓娓而谈，牵动着故事的变化发展，催促着情节的起伏跌宕。小说的最后画面是事件、人物与氛围三者高度合成的意象，以饱蘸声光色彩、深蕴谐和乐韵的语言作媒介，涌入读者的感官。托妮·莫里森用来打动读者的是一种令人痴迷的炯炯神辉，是一种催人泪下的缕缕诗情。

作者年幼的时候，由于父母亲一时交不出房租，她家的房东竟然纵火焚烧他们租住的房子。当时一家人都在屋内！对于这种极端野蛮的荒唐之举，她的家人做出的反应不是无奈地听天由命，而是鄙夷地一笑置之。托妮·莫里森后来说，这样的笑使你同形形色色的霸道劣迹离得远远的，使你跟五花八门的倒行逆施离得远远的，从而保全你那平平淡淡的生活，保全你那堂堂正正的人格！

在博大的胸怀里，庄重严肃与诙谐幽默总是如胶似漆，难以剥离。这一点清清楚楚地反映在托妮·莫里森所写的第一部作品中，也真真切切地体现在她自己高度概括的一句话里：“我的作品源自希望的愉悦，而非失望的凄怆。”

亲爱的莫里森女士，刚才我用您的原话告诉大家，您的作品源自希望的愉悦，而非失望的凄怆。当您力拨迷雾向人们揭示人间之正道、生活之真谛的时候，您通过您那杰出作品中音乐般的语言将严肃与幽默天衣无缝地编织在一起。本人十分荣幸和高兴地代表瑞典学院，最热烈地祝贺您获得一九九三年诺贝尔文学奖，并请您接受国王陛下亲自颁给的奖金。

瑞典学院常务秘书 斯图尔·艾伦

徐望藩 译

宝贝儿[①]

当塞斯向干活的餐馆走去,十六年来第一次误了上工的时间,沉浸在自己的思绪中——女儿心爱的还魂回到了她身边,这对她来说是件永恒的礼物——斯坦普·佩德正和疲劳及自己终生的习惯力量作斗争。贝贝·萨格斯不肯再到林中空地去,因为她认为他们胜利了;他自己则拒绝承认白人的这种胜利。贝贝家没有后门,因此他冒着寒冷和可畏的人言去敲她仅有的那扇门。他的手紧紧抓着口袋里的那条红头带好给自己力量。他起初是轻轻地、后来就使劲地敲起门来,最后生气地拼命拍门。他不相信会有这种事,黑人住的房子的门竟然会不向他敞开。他走到窗子跟前想大喊一声。可不是吗,她们就在里边,可是没有一个人去开门。老头儿几乎把那条头带揉搓烂了,他转身走下了台阶。这时在羞辱和负债感以外又加上了好奇。他从窗子往里看时,看见了两个弯着身子的背影,从背影上他认得一个人的头,另一个却使他不安,他不认识这个人,也不知道她可能是谁。谁也不是,可是从来没有人到这所房子里来呀。

早饭吃得很不舒服。早饭后他去找艾拉和约翰,看看他们知道些什么。也许在他们那儿他可以搞清楚,这么多年自以为什么都已经弄得明明白白的了,可其实他改错了名字,他还欠着另一份债。他出生后起的名字叫乔舒亚,在他把妻子拱手让给了主人的儿子以后,他给自己改了名字。所谓拱手让给,指的是他并未因这件事去杀人,所以也就没有杀死自己,因为妻子要求他活下去。她说,要不然那白人少爷不要她的时候,她就没有地方可去,没有人可依靠了。老婆送了人以后,他认为自己再也不欠任何人的债了。不论他有什么义务,这一行动已全部偿还清了。他想这会使他成为粗鲁横蛮、背信弃义的人——甚至成个酒鬼。无债一身轻,从某种意义上来说确实如此,但却一点办法也没有。干得好,干得坏;干点活,不干活;有意义,没意义;睡觉,醒来;喜欢谁,讨厌谁;这似乎算不得像样的生活,他从中也得不到任何满足。因此他把这种无债一身轻的状态扩展到别人身上,办法是帮助他们支付或还清他们在贫穷不幸中欠下的一切。挨打的逃奴吗?他帮他们逃脱,对他们说他们不欠谁的债,可以说把他们自己的卖身契还给了他们。"你们已经还清了,现在该向生活索取了。"这就使得家家向他敞开欢迎的大门,他从来用不着敲门,像约翰和艾拉家,他现在就站在他们门前,只说了一声"谁在家呀?"艾拉就在开门了。

"你藏到哪里去了?我对约翰说要是斯坦普待在屋子里不出来了,那准是够冷的了。"

"啊,我没待在家里。"他摘下帽子,揉着头顶。

---

① 节选自莫里森的代表作长篇小说《宝贝儿》。

“上哪儿啦？反正没来这儿。”艾拉把两套内衣裤晾在炉子后面的绳子上。

“今天早上到贝贝·萨格斯家去了。”

“你上那儿去干吗？”艾拉问道，“有人请你去啦？”

“她们是贝贝的骨肉，照顾她家里的人我用不着有人请。”

“是吗？”艾拉未为所动。她曾是贝贝·萨格斯的朋友，在那不幸事件之前也是塞斯的朋友。除了在狂欢节上点点头之外，她一直还没有和塞斯打过招呼。

“她们那儿新来了个人。一个女人。我想你也许知道这人是谁。”

“这城里没有哪个新来的黑人我不认识的，”她说，“她长得什么样？你能肯定不是丹佛吗？”

“我认识丹佛，这个女孩子身材小。”

“你能肯定吗？”

“我相信自己的眼睛。”

“在一百二十四号那所房子里什么东西都可能看见。”

“这倒是的。”

“最好问问保尔 D。”她说。

“找不到他。”斯坦普说，虽说他并没有使劲去找他，他说的也还是实情。他还没有足够的勇气去面对这个被自己带去的不祥消息改变了命运的人。

“他在教堂里过夜。”艾拉说。

“在教堂！”斯坦普极为吃惊与痛心。

“是的，他问过派克牧师能不能住在教堂的地下室里。”

“那儿冷得要命！”

“我想他知道。”

“他为什么要住在那儿呢？”

“看来是自尊心作怪。”

“他用不着这样，谁都会让他到家里去住的。”

艾拉转过身来看着斯坦普：“谁也不会隔着老远猜出别人的心思，他只要主动对谁提出来就行了。”

“为什么？他为什么需要提出来？难道没人能主动去请他吗？咱们这儿是怎么了？从什么时候开始到咱们城里来的黑人得像条狗似的睡在地下室里？”

“甭这么大火气，斯坦普。”

“没门儿，我要一直发火到有人能明白点事理，至少像基督徒那样行事为止。”

“他在那儿待了只不过才几天。”

“一天也不应该！你知道这情况可没有帮他一把？这可不像你，艾拉，我和你二十几年来一直给困境里的黑人助上一臂之力，现在你却对我说你不能给他张床睡？而且还是个干活的人，一个能够自食其力的人。”

“他要是提出来，我什么都会给他。”

“为什么忽然间非得要人家自己提才行？”

"我并不怎么了解他。"

"可你知道他是个黑人!"

"斯坦普,今天早上别跟我搅个没完,我没那情绪。"

"是因为她,对不对?"

"哪个她?"

"塞斯。他和她好上了,住在她那儿,你不愿意有什么——"

"住嘴,看不见底的时候别往下跳。"

"你算了吧,咱们俩这么多年的朋友了,你不能这样干。"

"那好,谁能说得出来那所房子里都发生了些什么事?你听我说,我甚至都不知道塞斯是谁,也不认识她家的人。"

"你说什么?"

"我只知道她嫁给了贝贝的儿子,而且连这一点也不能肯定。那男人在哪儿,嗯?我把那婴儿捆在她胸口,约翰把她抱到贝贝门口之前,贝贝从来没有看见过她。"

"是我把孩子捆在她胸口的!你在马车边上,离得远着呢。即使你不知道她是谁,她的孩子们可都认得她。"

"那又怎样呢?我并没有说她不是他们的妈妈,可谁能保证他们是贝贝的孙儿孙女呢?她怎么上了船而她丈夫却没有上?你倒说说看,她怎么能自己一个人在树林子里生了那个孩子?说是有个白人妇女从树丛里走出来帮了她。你说呀,你信这话吗?一个白人?哼,我可知道那会是什么样的白玩意儿。"

"啊,别,艾拉。"

"任何在林间飘动的白玩意儿,要是没有枪,都是我绝对不想沾边的东西。"

"你们原来都是朋友。"

"不错,在她原形毕露之前。"

"艾拉!"

"我没有会拿手锯去锯自己儿女这样的朋友。"

"你可掉进水坑了,姑娘。"

"啊哈,我在干地上,而且不打算离开。你才是掉进坑的人呢!"

"你说的这些和保尔D有什么关系?"

"是什么把他赶出那屋子的?你倒说说看。"

"是我把他赶走的。"

"你?"

"我对他讲了——我给他看了那张报纸,关于——塞斯干的那件事,给他念了,他当天就离开了。"

"你可没把这事告诉我。我以为他早知道了呢!"

"他什么也不知道,他只知道和她从前一起在贝贝·萨格斯待过的那个地方的情况。"

"他认识贝贝·萨格斯?"

“当然认识,也认识她儿子霍尔。”

“他知道塞斯干的那事后就离开了?”

“看来他终于会有地方住了。”

“你这么一说情况就不同了,我还以为——”

斯坦普知道她是怎么想的。

“你来这儿不是为打听他,”艾拉说,“而是为了一个陌生姑娘的事。”

“是的。”

“嗯,保尔准知道她是谁,或者她是干什么的。”

“你满脑子都是幽灵,不管往哪儿看都能瞧见一个。”

“你和我一样明白饿死的人不会留在地下不动的。”

他无法否认。耶稣、基督就没有。因此他吃了一块艾拉的猪头肉冻,以表示并无不快,然后去找保尔D。他发现他坐在圣救世主教堂的台阶上,两只手插在双膝间,眼睛红红的。

她走进厨房时沙耶冲她大声嚷,可她仅仅背过身去探身拿围裙。现在这些已无缝可入了,她已经努力把他们挡在了外面,但她清楚地知道他们随时都可能摇动她,把她从自己的停泊处扯开,让小鸟吱吱叫着回到她的头发里。吸干她作为母亲的乳汁,他们已这样干了。把她的背打得皮开肉绽,伤疤像一棵树,也干了。把挺着大肚子的她赶入树林,也干了。一切关于他们的消息都是糟透了的:他们涂了霍尔一脸的奶油,在保尔D嘴里塞上衔铁,烧死了西克索,吊死了她的妈妈。她不想再听到任何有关白人的消息了,不想知道艾拉、约翰、斯坦普知道的那些关于按白人喜欢的样子来修整这个世界的事。一切有关白人的消息都应该和她头发里的鸟叫声一齐停止。

过去,很久以前,她曾是个温柔、对人信赖的人。她信赖加纳夫人,还有她的丈夫。她把她给她的耳环包在衬裙里带走,不是为了要戴,而是为了留着,那耳环使她相信白人里也有好人;有一个恶毒的教师也就有一个救她的艾米;有一个凌辱她的学生,就有一个加纳,或鲍德温,或者甚至是一个司法长,他扶着她胳膊肘的手是轻柔的,他在她奶孩子时掉开了眼睛。但是她逐渐相信了贝贝·萨格斯临终时说的每一个字,把对白人的一切记忆和侥幸心理全都埋葬了起来。保尔D又掘出了一切,给了她肉体以生命,亲吻了她背上树状的伤疤,激起了她的回忆,带给了她更多的消息:关于凝结在霍尔脸上的奶干,关于铁颈镣,关于笑脸公鸡;可当他听到她的消息后却说她是四只脚的畜生,连再见都没说一声。

“别跟我说话,沙耶先生,今天上午什么话都别跟我说。”

“什么?什么?什么?你跟我顶嘴?”

“我只是对你说别跟我说话。”

“你最好把水果馅饼做好。”

塞斯摸了摸水果,拿起了水果刀。

当馅饼里的果汁溅到烤炉炉盘上发出嗞嗞声的时候,塞斯早已做上了土豆沙拉。沙耶进厨房来说:“别做得太甜,太甜了他们不吃。”

“和我平时做的一样。”

“对,太甜了。”

香肠一点也没有剩回来。厨师挺有办法,沙耶餐馆里从来没有剩香肠。要是塞斯想要,一做好就得留出来。不过剩了点炖肉,还可以。问题是,水果馅饼也都卖光了,只剩下了米粉糕和半盘子没发好的果汁饼。要是她一上午没在胡思乱想而是留意着的话,她现在就不至于像只螃蟹似的到处找可当午餐的食物了。她不怎么看钟,可是她知道钟上的两根针向上合在一起像在祷告那样时,她一天的活就干完了。她拿了一个有铁盖的罐子,装了一罐炖肉,用包肉的纸包起了果汁饼,把它们都放在裙子口袋里,开始洗碗。比起厨师和那两个侍者拿走的东西来,她这点简直不算什么。在沙耶先生这里干活管午饭,每星期还有三块四毛的工资,从一开始她就说明她要把午饭拿回家去吃。可是有时候她也拿火柴,拿一点点煤油、盐、黄油,她这样做自己觉得有愧,因为她不是买不起这些东西,她就是不愿意等在费尔普斯杂货店的后门口,直到俄亥俄州的白人全买完东西了,老板才转向围在后门上开的一个小洞旁边的黑人。她觉得别扭。另外使她觉得有愧的是因为这是偷窃,她觉得西克索关于偷窃的谬论很有意思,但却未能改变她的看法;就像它未能改变那恶毒的教师的主意一样。

“你偷那只小猪了吗?你偷小猪了。”教师很平静但很坚决,就像只是做做样子,并不指望得到什么要紧的回答。西克索坐在那里,甚至都没有站起身来否认或求情。他就那么坐着,手里拿着那条瘦肉,软骨像堆在白铁盘子里的宝石——未加工过、未琢磨好,但终究仍是赃物。

“你偷了那只小猪,对不对?”

“没偷,先生。”西克索说,但他心里明白,所以眼睛一直盯着肉没抬起来。

“我亲眼所见,你还对我说没有偷?”

“先生,我没偷小猪。”

教师笑了:“你把猪杀了吗?”

“杀了,先生。”

“切了吗?”

“切了,先生。”

“煮了吗?”

“煮了,先生。”

“那么,你吃了吗?”

“吃了,先生,当然吃了。”

“你还对我说那不是偷?”

“是的,先生,不是偷。”

“那不是偷是什么?”

“改善你的财产,先生。”

“什么?”

“西克索种裸麦,好让那片高地多打点粮食。西克索给地上肥让你多收粮食,西克索给西克索东西吃好给你多干活。”

说得挺巧妙，可是教师照样打了他一顿，让他知道定义是立规矩的人下的，不是受人规定的人下的。加纳先生耳朵上穿了个洞死后——加纳太太说那洞是中风引起的耳膜穿孔，西克索说是子弹打的——他们不管碰一碰什么都给说成是偷，不只是拿了点玉米，或捡了两个连鸡婆自己也忘了下在哪儿的野蛋，什么都算偷。教师把快乐家园农场上农奴手里的枪都收走了，他们打不到野味来补充仅有的面包、豆子、玉米粥、蔬菜和屠宰季节加的一点东西，便开始真的偷摸了起来，这不仅成了他们的权利，而且也成了他们的义务。

当时塞斯能理解这种行为，但现在她干着拿工资的活，老板又好心地雇用了她这个判过刑的人，她为自己出于自尊心宁肯偷摸也不愿和别的黑人一起在杂货店后窗户外排队而看不起自己。她不愿推挤别人，也不愿意别人推挤她；不愿感受他们的谴责或怜悯，特别是现在。她用手腕背擦掉额上的汗。一天的活干完了，她已经激动开了。从上次死里逃生以来她还从未觉得这么有精神过。她用剩菜喂着巷子里的野狗，看着它们疯狂地抢食，紧紧地闭上嘴。要是大车上有人主动让她搭车的话，那么今天就是她同意搭车的日子，没有人会叫她搭车的，而十六年来她的自尊使她从来没有主动开过口。可是今天，啊，今天。现在她想要快，想要免掉用两条腿步行完这条长长的回家的路，想立刻就到那儿。

当沙耶警告她别再迟到的时候，她几乎没有听见。他曾经是个和善的人，和工人打交道时谨慎而宽容。但自从儿子在那场战争中死去以后，他变得一年比一年怪。好像塞斯的黑脸该对他丧子负责似的。

“啊哈。”她答道，心里在琢磨怎样才能使时间快快过去，她好到达等待着她的永恒。

她大可不必担心。她将衣服裹紧，向前弯着身子开始往家走，此时她心里想的是那些她要忘掉的事。

感谢上帝我用不着回忆或告诉你任何事情，因为你知道。什么都知道。你知道本来我是绝不会离开你的，绝不会。那时候我只想得出这唯一的办法。大车来的时候我非得准备好不可。教师在教我们我们没法子学的东西，我根本不关心那根测绳，除了西克索大家都在笑话那东西。西克索根本不笑。可我不管。教师用那根测绳量我的头，量我的脸、屁股。数我的牙齿。我觉得他是个傻子，而他问的问题简直傻到头了。

后来我和你两个哥哥从第二块地里过来。第一块地就在房子旁边，种长得快的东西：菜豆、洋葱、香豌豆。还有一块在远处，种存得住的东西：土豆、南瓜、秋葵、芜菁。那块地还没长出多少东西，季节还早呢。也许有点嫩芜菁，没别的了，我们拔了草，锄了锄地，让庄稼好长。然后我们就往房子走去。从第二块地开始地面往上斜，算不上是山，只有那么点意思，不过也足够让布格勒和霍华特跑上去滚下来跑上去滚下来的了。以往我在梦里看见他们时他们就是这个样子，欢笑着，短短胖胖的腿往坡上跑；现在我看见的只是他们沿铁路走去的背影。离我而去，永远离我而去。不过那天他们是快活的，跑上去，滚下来。那时候季节还早，生长季节已经到了，可长出来的东西还不多。我记得豌豆还开着花。草可挺长的了，长满了小白蕾，还有高高的人们叫作石竹的红花，还有带一点点蓝色的什么花,很浅,像矢车菊,但颜色很淡,很淡,淡极了。我那时也许该赶快回来,因为我把你留在家里放在院子里的一个篮子里了,远离鸡爱抓刨的地方,不过谁也说不准会不会出事。总之,我慢慢地往回走,可你哥哥们等不及我两三步一停地看看花、望望天,他们跑在了前面,我随他们去跑。一年中那个时节空气里充溢着美好的东西,如果风和日丽,可不想待在家里。等我走近家时,我听得见布格勒和霍华特在住处大笑的声音。我放下锄头穿过旁院到你身边去。树影移动了,因此到我回来的时候太阳正照在你身上,照着你的脸,可你根本没有醒,还熟睡着。我又想把你抱起来,又想看你熟睡的样子,不知怎么办好。你有张最可爱的小脸,离你不远处有加纳先生搭的一个葡萄架。他老是满脑子大计划,要自己做葡萄酒喝,可最多也就是到手一小锅葡萄冻。我觉得这不是种葡萄的土;你爸爸说不是土,是雨水;西克索说是虫子。葡萄又小又硬,还像醋那么酸。不过架子下面有一张小桌子,因此我提起你的睡篮走到了葡萄架底下,那里太阳照不着,又凉快。我把你放在小桌上,心想要是有块细布,虫子什么的就咬不着你啦。要是加纳夫人不需要我待在厨房里,我就可以端张椅子来,我收拾蔬菜的时候咱们俩就可以一起在那儿待着了。我向后门走去,要去拿收在厨房柜子里的干净细布。脚踩在草地上很舒服。走近后门时我听见说话声。教师每天下午都让学生坐下来念一阵子书,要是天气好,他们三个人就全坐在侧廊上,他说,他们写,要不就是他念,他们记。这件事我对谁都没有说,没对你爸爸说,没对任何人说。我差一点告诉加纳太太,可她那时候身体弱极了,而且越来越弱。这是我第一次对人讲这件事,而我对你讲,因为这会帮助你了解一些事,尽管我知道你用不着我解释,用不着我告诉你,甚至用不着我再去想这事。你要是不想听可以不听,但我没法不去听那天我听见的那些话。他在对学生说话,我听见他说:"你们写的是哪一个?"有个学生说:"塞斯。"这时我才停了下来,因为我听见自己的名字了。然后我又走了几步,好看得见他们在干什么。教师一只手背在身后,站在一个学生面前,舔了几下食指,翻了几页纸。翻得特慢。我正要转身接着去放细布的地方,这时听见他说:"不对,不对,不是这样写,我告诉过你把她身上人的特性写在左边,把她的野兽的特性写在右边,别忘了给排列起来。"我开始倒退着走,甚至都没有朝后看一看退到什么地方去,只是一个劲地抬脚后退。我撞在一棵树上,头皮扎得生疼。一只狗在舔院里的一个盘子,我很快到了葡萄架下,但手里没有细布。苍蝇停满了你的脸,还不断蹭着腿。我脑袋痒得要命,好像有人用细针往头皮上扎。我从没告诉过霍尔或别的人。但就在当天我向加纳太太问起了一点点。她当时很虚弱,不像死的时候那么弱,可一天不如一天。下巴底下长出个袋子似的东西,好像不痛,可是却使她很虚弱。起先她早上还起床,挺精神的,可到第二次挤奶的时候她就站不住了。后来她早上睡得很晚才起床。我上她那儿去的那天她睡了一整天,我打算给她端点豆子汤去,然后问问她。我开她卧室门时她从睡帽底下看着我,那时她眼睛里已经没有什么活力了。她的袜子和鞋都在地上,因此我知道她打算穿衣服来着。

"我给你端了点豆子汤来。"我说。

她说:"我想我咽不下那玩意儿。"

"喝点试试。"我说。

“太浓了,我敢说汤太浓了。”

“我给你加点水冲稀一点怎么样?”

“不用,端走,给我拿点凉水来就行了。”

“好的,太太。太太,我问你点事行吗?”

“问什么,塞斯?”

“特性是什么意思?”

“什么?”

“一个词:特性。”

“哦,”她的头在枕头上挪了挪,说,“就是特点,谁教你的?”

“我听见老师说这个词来着。”

“换点水,塞斯,这水是温的。”

“是,太太。特点?”

“水,塞斯,凉水。”

我把水罐和白豆汤一起放在托盘上拿下楼去,换了水回来后托着她的头让她喝水。她喝得很慢,因为那个肿块使她咽东西很困难。她喝完后躺下擦着嘴。喝水后她好像很满足,不过她仍皱着眉头说:“我好像怎么也睡不醒,塞斯,老想睡觉。”

“那睡就是了,”我说,“事情由我来照料。”

她又接着说,这事怎么样了,那事怎么样了,说她知道霍尔很听话,不过她想知道教师对付那几个叫保尔的农奴是否得法,还有西克索。

“可以,太太,”我说,“看上去还行。”

“他们按他的吩咐干吗?”

“他们用不着吩咐。”

“好,这太幸运了。过一两天我就该能下楼去了,我只不过需要多休息休息。大夫该来了,是明天吧?”

“你刚才说是特点吗,太太?”

“什么?”

“特点?”

“嗯,比方说,夏天的一个特点是热,特性就是特点,是某样东西天然具有的东西。”

“那能有好几个特点吗?”

“能的,你知道,比如一个婴儿咂大拇指,这就是一个特点,可它还有别的特点。别让公牛比利挨近母牛红科拉,加纳先生从来不让它隔年就下一头仔。塞斯,你听见我的话了吗?别站在窗子那边,过来听我说。”

“是,太太。”

“叫我妹夫吃过晚饭上来一趟。”

“是,太太。”

“你要是洗头头上就不会长虱子了。”

“我头上没有虱子,太太。”

“不管长的是什么，你的头需要好好搓搓，而不是抓挠，别对我说是因为肥皂用光了。”

“没有，太太。”

“好吧，我说完了。说话让我累得慌。”

“是，太太。”

“谢谢你，塞斯。”

“是，太太。”

你那时候还太小，记不得咱们的住处了。你的哥哥们睡在窗户底下，我、你和你爸爸睡在墙旁边。在我听见教师说量我的尺寸的原因的那个晚上我睡不着了，霍尔回来以后我问他觉得教师这个人怎么样。他说没有什么可觉得的，说，他是白人，不是吗？我说，我的意思是他是不是和加纳先生一样。

“你想知道些什么，塞斯？”

“先生和太太，”我说，“他们不像我以前见过的白人，我来这儿以前的那个大地方的白人。”

“有什么不一样？”他问我。

“嗯，”我说，“比如他们说话声音很低。”

“那不重要，塞斯，他们声音高也罢，低也罢，说的话都一样。”

“加纳先生让你买出你妈妈了？”我说。

“是的，他是让了。”

“怎么样？”

“他要是不答应，她也会倒在他厨房炉子里的。”

“可是他答应了，让你干活抵偿。”

“嗯哈。”

“醒醒，霍尔。”

“我说了，嗯哈。”

“他本来可以不答应的。他没有不答应你。”

“没有，他没有不答应。她在这儿干了十年，她要是再干十年你觉得她能挣出自己的身价来吗？我买得了她最后几年的自由，而主人得到的是你、我和三个将来的劳力。我还要干一年活来还债，还有一年。教师让我别去了，说这么干没道理，我应该干那额外还债的活，可得在这儿干。”

“干额外的活他给你钱吗？”

“不给。”

“那你怎么还得清债呢？还有多少？”

“一百二十三元七角。”

“他不想要这钱了吗？”

“他要别的东西。”

“要什么？”

“我不知道。不过他不让我上外面去干活了，说孩子们小的时候我上别处去干活他不上算。”

“那你的钱怎么办？”

“他一定有别的办法弄到手。”

“什么办法？”

“我不知道，塞斯。”

“那么唯一的问题就是他会怎么办了。他用什么办法把钱弄到手呢？”

“不对，那只是一个问题。还有另外一个问题呢。”

“什么问题？”

他半抬起身子，翻身面对着我，用手指节抚摩着我的脸：“现在问题是，谁来替你买得自由，或者替我、替她买得自由？”他向你睡着的地方指了指。

“什么？”

“要是我全都在快乐家园农场上干活，连额外工也在这里干，那我还剩下什么可以去挣钱的呢？”

他翻过身去，又睡着了。我以为自己睡不着了，可是还是睡着了一会儿。也许是他说过什么，或许是他没说出来的什么使我醒了过来。我就像挨了一下打似的坐了起来，你也醒了，开始哭了起来。我摇了你一会儿，可是屋子里地方太小，所以我就到门外头去抱着你走。我走来走去，走来走去。四周一片黑暗，可大房子楼上窗子里有灯光。她一定还没睡。我没法不去想使我惊醒的那句话：“孩子们小的时候。”他是这么说的，这使我猛地醒来。他们整天跟在我后面锄草、挤牛奶、拾柴草。就在现在。就在现在。

我们应该在那时候就开始计划的，可我们没有。我不知道当时我们是怎么想的，不过那时对我们来说摆脱奴隶身份是用钱来办的事。花钱买得自由。脑子里根本没想过要逃跑。大家一齐都逃？几个人逃？逃到哪儿去？怎么逃法？最后是西克索提出来的，那是在加纳太太为了维持局面卖掉保尔 F 以后。她已经靠卖他得的钱过两年了，不过我猜钱花完了，所以她写信把教师叫来接管农场。快乐家园农场上有四个黑奴，可她还找来了她这个妹夫和两个男孩，因为别人说她不应该就光自己和黑人待在农场上。这样他戴了顶大帽子和眼镜，马车座位里装满了纸，来到了农场。他低声地说话、狠狠地监视，打了保尔 A 一顿，打得不重，时间也不长，但这是第一次有人挨打，因为加纳先生禁止打人。我再看见保尔 A 的时候他和别人一起在一片最漂亮的树林里。这时西克索开始观察天空。只有他晚上偷偷出去，霍尔说因此他听说了车队的事。

“往那边走，”霍尔指着马房那边说，“他把我妈妈送去的那边，西克索说往那边走就能有自由。整个一个车队要往那儿去，要是我们能移到那儿去，就不用花钱买自己的自由了。”

“车队？车队是什么？”我问。

后来他们在我面前什么也不说了。连霍尔也这样。可是他们之间老是交头接耳的，西克索老观察天空。不是看天的高处，而是看挨着树尖的低处。从他的神情可以看得出他的心已经不在快乐家园农场了。

计划很好,可到那时候我怀上了丹佛,肚子很大了,所以只好作了一点改变。只一点点,刚好能让霍尔抹上满脸奶油,这是保尔 D 告诉我的,还有就是让西克索终于大笑了起来。

可是我把你弄出来了,孩子。还有你的两个哥哥。到车队去的信号传来的时候,只有你们三人是一切就绪了的。我找不着霍尔,也没找到别的人。我不知道西克索已经给烧死了,保尔 D 给套上了你没法相信的铁颈镣。这些是到后来我才知道的。所以我把你们三个送到车队,交给等在玉米地里的一个女人。哈哈,我的孩子不会遇到笔记本和测绳了。后来我经受的一切都是为了你的缘故才经受的。我就从被吊死在树上的人旁边走过,其中一个人穿着保尔 A 的衣服,不过脑袋和脚不是他的;我一刻也没停地走了过去,因为只有我才有你需要的奶,不管上帝想做什么,我决心要让你得到我的奶吃。你记得的,是吧?你记得我做到了?你记得我到这里的时候,奶够你们吃的,对吧?

路再拐一个弯,塞斯就可以看到自家屋上的烟囱了。它不再显得孤零零的了。那一缕轻烟来自这样一个火炉,它温暖着回到她身边的一个身体,就仿佛这躯体从未离开过她,从未需要过一块墓碑,而那躯体内跳动着的那颗心脏也从未在她手中停止过跳动。

她打开门走进来,并随即紧紧把门锁上。

秦湘　译

1994
获奖作家
大江健三郎

传略

一九六八年，日本作家川端康成获得了诺贝尔文学奖，二十六年后的一九九四年，一位曾被川端康成称赞为“具有异常才能的作家”大江健三郎又获得了这一殊荣。他获奖是因为“以诗的力度创造了一个想象世界。在这个世界里，现实与神话相互交融，勾勒出一幅反映当代人困境的多变的图景”。

大江健三郎（Ōe Kenzaburō，1935—2023），一九三五年一月三十一日出生于日本四国岛爱媛县喜多郡的大濑村（现名内子町）。大濑为一森林峡谷中的村庄，这里的自然环境和民间习俗对大江健三郎后来的创作有着深远的影响。大江健三郎三岁时父亲去世，他在大濑读完小学、初中后，于一九五〇年考入爱媛县县立内子高中，后转入县立松山东高中。一九五三年高中毕业后赴东京入补习学校，翌年考入东京大学，一九五六年入东京大学文学部攻读法文专业。一九五九年大江健三郎大学毕业后，即专门从事文学创作。一九六〇年二月，他与著名电影导演伊丹万作的女儿伊丹缘结婚。

早在中学时期，大江健三郎即酷爱文学，曾编辑学生文艺杂志《掌上》。在大学期间，他不仅阅读了大量日本古典和现代文学名著，还热衷于阅读加缪、萨特、福克纳、梅勒、索尔·贝娄等欧美当代著名作家的作品，对法国的存在主义作了深入的研究，大学的毕业论文即为《论萨特小说中的形象》。与此同时，他还开始在报刊上发表作品，有小说《火山》(1955)、《奇妙的工作》(1957)，剧本《死人无口》(1956)、《野兽之声》(1956)；一九五七年发表的小说《死者的奢华》还被推选为芥川文学奖候选作品，并受到川端康成的称赞。大江健三郎作为学生作家，由此正式登上文坛。

一九五八年，因《饲育》《人羊》《先看后跳》和《出其不意变成哑巴》等早期重要作品的相继发表，大江健三郎在文坛确定了地位，他从“自然发生期”的作家转变为职业作家。此外,还有《感化院的少年》(1958)等。这些作品从深层意义上来看,都展示了人在闭塞的现实社会中寻找自我和追求生存的状态,在文学上凸现生存的危机意识。从而也可看出,作家在创作中具有强烈的历史使命感和社会责任感。

在西方存在主义哲学和弗洛伊德心理学的影响下,大江健三郎在一九五九年后一段时间内创作的作品,如用性行为向现实社会发起挑战、从性意识角度观察人生的《我们的性世界》(1959),描写一个靠中年妓女为生的大学生过激荒诞行径的《我们的时代》(1959),描写怨天尤人、矛盾惶惑的青年一代的《迟到的青年》(1960)等,都是通过对当代青年性迷惘的探索来揭示使现代社会躁动不安的直接原因。

一九六三年以后,大江健三郎发表的作品则大多以残疾人和核问题为主要题材,具有较浓厚的人道主义倾向。在艺术手法上,则在更为成熟地借鉴西方现代主义表现手法的同时,充分运用日本文学传统中的想象和日本神话中的象征,把现实和虚构、过去与现在巧妙地融为一体。这一时期的主要作品有长篇小说《个人的体验》(1964)、《日常生活的冒险》(1964)、《万延元年的足球队》(1967)、《洪水涌上我的心头》(1973),长篇三部曲《熊熊燃烧的绿树》(1993)以及《核时代的森林隐遁者》(1968),长篇随笔《广岛札记》(1965)等。

《个人的体验》和《万延元年的足球队》是大江健三郎的代表作,曾分别获得新潮文学奖和谷崎润一郎奖。一九六三年,大江健三郎的长子大江光出世,可是不幸的是婴儿的头盖骨先天异常,脑组织外溢,虽经治疗免于夭折,但留下了无法治愈的后遗症。以自身的这一经历为基础,大江健三郎创作出长篇小说《个人的体验》。《万延元年的足球队》也属于同一类表现残疾人题材的长篇小说。

《洪水涌上我的心头》是大江健三郎七十年代的重要作品,曾获野间文学奖。小说借用《圣经》中关于洪水的传说,反映了在日益加剧的公害和核武器的威胁下,人类已面临死亡的深渊。

长篇三部曲《熊熊燃烧的绿树》是大江健三郎九十年代的重要作品,曾获意大利蒙特罗文学奖。小说以作者自己的儿子大江光为主人公,描绘了他由一个有着严重脑残疾的儿童成长为作曲家并终于能够自立的前景。

大江健三郎的作品还有长篇小说《青年的污名》(1960)、《摆脱危机的调查书》(1976)、《同时代的游戏》(1979)、《空翻》(1999),系列短篇小说集《倾听雨树的人们》(1982)、《新人啊,醒来吧!》(1983),短篇小说集《我真正年轻的时候》(1992),散文、随笔集《严肃地走钢丝》(1966)、《冲绳札记》(1969),文学评论集《小说方法》(1978)、《为了新的文学》(1988)以及剧本、广播剧、科幻小说等。

大江健三郎的文学成就是和(日本)洋(西方)互相交融的硕果。他从存在主义那里获得启发,以独特的角度探索了人的生存困境和可能的前景。他既继承了日本文学的优良传统,又博采众长,大量吸收了西方现代主义的各种艺术技巧,形成了自己独特的表现手法,从而开拓了战后日本文学的新领域,使日本文学登上了新的高峰。他力图通过来源于现实生活的荒诞故事,表现出陷于生存困境的当代人的迷惘、惶惑、躁动和追求。他的作品不仅展现了异化、扭曲和丑化的世相,而且深入探索了当代人应如何来开拓自己的生存空间。这一切都反映了作者对民族命运和人类前途的深切关注。至于作品中某些过于直露的性描写,就是在日本评论界也颇有争议。

一九六〇年五月底,大江健三郎曾参加以野间宏为团长的日本文学家代表团访问了我国,受到毛泽东、陈毅、郭沫若、廖承志和茅盾等人的接见。

授奖词

大江健三郎在《万延元年的足球队》中倾力描写光。讲述人蜜(蜜三郎)因为长子出生时就患有严重的先天性脑功能障碍,夫妻关系不和,就与渴望成为激进派活动家而壮烈捐躯的弟弟鹰(鹰四)一起回到故乡四国,来到祖祖辈辈居住过的、偏僻荒凉的山谷。

一天夜晚,蜜看见弟弟在性兴奋的刺激下赤身裸体地在新雪甫降的雪地上转圈奔跑,身子在雪堆上翻转滚动。此时此刻,鹰就是一个世纪前农民起义领袖叔祖父的兄弟,就是现代暴动的煽动者。几百年间的风云变幻都凝聚在这一瞬间。

有人认为,从这个场景可以窥见大江健三郎叙述的精彩,他把发生在两条不同时间轴上的一系列事件准确地推向悲剧的顶峰。还有人认为,这种手法的运用是把过去交织进现在的一例。人物重新出场,情节展开变化。大江健三郎的作品中,这种为数众多的来自过去的挑战不断地呼唤着新的回答。我们真切地回想着逃避到祖祖辈辈居住的偏远的深山、一个世纪前的农民起义、龃龉不睦的兄弟间的紧张关系、孩子的残疾造成的精神打击。

核武器的悲惨后果是与脑功能障碍的儿子问题自然相关的另一个主题。人生的悖谬、无可逃脱的责任、人的尊严等这些大江健三郎从萨特中获得的哲学要素贯彻作品的始终,形成大江健三郎文学的一个特征。但是,大江健三郎也提出了另外的主张,即应该认识难以捉摸的混沌不清的现实,这就需要"模特儿"。

这种连续不断的反复逐渐形成其作品的特征、特色,从而导致更加宏大的作品构思。读一读去年译成法语的《致令人眷念的年代的信》,就可以明确《个人的体验》《万延元年的足球队》《M/T森林的神奇故事》等长篇小说以及一些短篇小说的位置关系。在这部小说中,为了创作幻想式的自传,大江健三郎采用了日本第一人称小说的写作技巧。

大江健三郎在接受采访时说,这部小说百分之八十的情节是虚构的。作为讲述人的人生绝对必需的人物吉哥归根结底是一种文学创作,他以与实现留在祖先的森林里耽读但丁这个梦想的讲述人截然相反的人物形象而出场。于是先前的作品重新映照着新颖的文脉的新光,获得公正的位置。例如在《万延元年的足球队》中不仅改变了吉哥服刑十年的犯罪形式,而且也变更了祖先生活的有关资料。

我们处理大江健三郎作品中连续出场的作品主题以外的东西。作品群在一个伟大而精巧的构思中互相感应、变换。从这一点上可以说,这位作家不仅仅在写书,而是在"构筑"作品。如果再补充一句,就是大江健三郎在他的新著《熊熊燃烧的绿树》中,将焦点重新对准父亲与智力功能障碍的儿子之间的共生,从而把他先前的整个题材颠倒过来。他以反论语言“Rejoice!”(高兴吧!)结束全书。

也许大家会以为这是严谨缜密的构思,其实并非如此,莫如说这种固执的尝试似乎产生于富有诗意的迷恋。大江健三郎说他的创作是驱除自我内心中的恶魔的一种方法。我祈愿他的驱邪不会成功……然而从与恶魔的搏斗中产生的作品超越了作家的意图获得意外的成功。

大江健三郎说他的眼睛并不盯着世界的听众,只对日本的读者说话。但是,其中存在着超越语言与文化、充满崭新的见解和凝练的形象的诗这种“变异的现实主义”。让他回归自我主题的强烈迷恋消除了(语言等)障碍。我们终于对作品中的人物感到亲切,惊讶其变化,理解作者关于真实与肉眼所见的一切均毫无价值的见解。但价值存在于另外的层次。往往从众多变相的人与事中最终产生了纯人文主义的理想形象、我们全体关注的感人形象。

大江健三郎先生,您主张如果要以我们的感觉把握现实就必需“模特儿”,实际上您的作品给我们提供了这种“模特儿”。通过这些模特儿,我们可以了解过去与现在、接连的变化和持久的神话的相互作用,可以区别作品中人物的微妙处境。

我高兴地代表瑞典学院对您荣膺一九九四年度诺贝尔文学奖表示最衷心的祝贺,并邀请您前来接受国王陛下的颁奖。

诺贝尔文学奖评委会主席 谢尔·埃斯普马克

郑民钦 译

作品

人羊

站在初冬深夜的马路上,雾粒宛如坚硬的粉末吹打着脸颊和耳垂。我把当家庭教师用的法语语法初级教材塞进风衣的口袋里,蜷缩起身子,等着开往郊外的末班公共汽车像船一样从雾中摇荡过来。

乘务员挺直的脖颈上有一个粉色的像兔子性器那样的疙瘩,透出一股温柔娴静的女人味道。她朝我指了一下汽车尾部一个靠边的空座席。我在往那儿走的过道上,一脚踩在一位膝盖上摊着一沓子小学生试卷的年轻教师耷拉着的雨衣下摆上,不觉闪了个踉跄。我疲乏不堪,再加上困倦,几乎保持不住身体的平衡。我含糊地低着头,在一帮喝醉了酒返回郊外兵营的外国兵占据的后座席狭窄的空隙里坐了下来。我的腿紧贴着外国兵那肥大结实的屁股。车内温暖湿润的空气揉搓着脸上的皮肤,不一会儿,疲劳和微弱的安心感便搅在一起了。我打了一个小小的哈欠,眼里流出了甲虫体液般白色的眼泪。

往座位边上挤我的醉醺醺的外国兵们很兴奋。看上去他们都很年轻,有着牛一样湿润的大眼睛和窄小的额头。一个穿着黄褐色衬衫、衣领紧勒着红脖颈上厚厚脂肪的士兵,膝盖上坐着个个儿不高脸庞却挺大的女人。他一会儿和旁边的士兵大声争吵着什么,一会儿又凑在女人那枯树枝般没有光泽的耳朵旁热心地嘁嘁喳喳地说着什么。

那女人也喝醉了,晃着肩膀摇着头缠着士兵鼓起她那娇嫩的嘴唇。旁边看着的士兵发疯似的大声笑着哄着。坐在车厢两侧窗边长椅上的日本乘客都从吵闹的士兵那里移开了视线。看那个坐在外国兵膝盖上的女人的样子,似乎刚才还和那个外国兵吵过。我把身体倚在硬座席的靠背上,为了不让脑袋撞在车窗玻璃上,把头垂得很低。汽车一跑起来,寒冷又悄无声息地侵入车内的空气中了。渐渐地我又陷入了自己的世界里。

忽然,耳边又响起了一阵喧闹的笑声。那个女人从外国兵的膝盖上直起身来,在他们的叫骂中像要摔倒似的倚在我的肩上。

我呀,也是东洋人哪。哎呀,你干吗呀,真烦死人了！女人用日语喊着,那柔软的身体压在我的身上。你们少耍弄人……

刚才让女人坐在膝盖上的那个外国兵猴子似的把长腿向两边撇着,一脸尴尬的表情盯着我和那个女人。

你这畜生,当着这么多人面儿你给我弄什么呀！女人烦躁地朝闷声不响的外国兵们摇头嚷着。

你往我的脖子上弄什么玩意儿,脏死了！

乘务员板着脸把头扭向了窗外。

你们脱光了看看,连后背都长着毛呢。女人不管不顾地喊了起来。我要和这孩子睡！

坐在车前部的日本乘客——穿着皮夹克的青年、筑路工模样的中年人,还有那些公司职员都回过头来望着我和那个女人。我缩着身子,朝那个立着雨衣领子的教员送去受害者软弱轻柔的微笑,教员却回给我充满了责备的目光。我感觉到外国兵们似乎不太注意那个女人,开始把目光都集中到我的身上来了,耻辱和困惑使我浑身发热。

好啦,我要和这个孩子睡呢。

我想躲开她站起来,可她那干枯而又冰凉的胳膊却搂着我的肩膀使我摆脱不开。女人露出柿子色的牙齿,朝我脸上喷着带有酒气的唾沫星子嚷道。

你们去骑牛屁股吧,我就和这小家伙了,瞧！

我直起身推开女人的手臂。这时,公共汽车突然咯噔倾斜了一下,为了不让身体摔倒,我一把抓住了窗玻璃上的横杆。相当短暂的一瞬的反应,结果那女人搭在我肩膀上的手突然滑下去,叫了一声,仰面朝天地摔倒在车厢地板上,细小的短腿吧嗒吧嗒地乱蹬。她袜腰上那不自然隆起的腿肚子冻得发青,好像起了一层鸡皮疙瘩。我不知所措地呆呆看着她。她那样子就像搁放在肉店铺着瓷砖的柜台上被水弄湿了的光屁股鸡突然扭动起了身子似的。

一个外国兵马上站起来伸手拉起那女人。那个外国兵扶着脸上突然没了血色、咬着冻僵嘴唇喘着气的女人的肩头朝我瞪着。我刚想说句道歉的话,结果在那些外国兵的怒视之下,那话咽到嗓子眼里没能说出口。我摇摇头正想坐到座席上,肩头却被外国兵那粗壮的手腕抓住猛地一拽,仰面朝天地摔倒在地下。我看到外国兵栗色的眼睛里喷出了愤怒和醉意的火花。

外国兵叫喊着什么,可我对他那突然袭来的齿音多又凶猛的话一点儿也反应不过来。外国兵一瞬间忽然静下来瞅着我,然后又发出了更粗野的喊叫。

我狼狈不堪,只是看着外国兵那晃动的坚硬脖颈和鼓胀的喉结,但他说的单词一个都听不懂。

外国兵抓住我的前襟一边摇晃一边叫喊,我强忍着学生服衣领勒着脖子的疼痛,却无法从拽着我衣领的外国兵那长着黄褐色粗毛的手臂里挣脱出来。他疯狂地喊叫着,唾沫星子喷在我仰起的晃荡的脸上。突然,他又往前一搡,我的脑袋便撞在车窗上,摔倒在后部座席上。我像个小动物似的蜷着身子。

外国兵像是高声命令什么似的叫喊了一声,忽然,嘁嘁喳喳的声音静了下来,只有引擎转动的声响。倒在座席上的我扭过头来一看,那个年轻的外国兵手里紧紧握着把闪着锋芒的刀。我慢吞吞地直起身,面对着插着武器的腰部微微起伏着的外国兵和他身边板着苍白面孔的女人。车上的日本乘客和其他外国兵都默默地瞅着我们。

外国兵一字一顿地重复着那句话,可是我的耳朵只能听到他那热血沸腾的声音。我摇了摇头。外国兵不耐烦地又一次重复起那过于生硬但意思很明确的声音。我理解了那句话的意思后,突如其来的恐怖立刻攫住了我的心脏。向后转,向后转！他要干什么呢？我按照外国兵的命令朝后转过了身。后部宽大的车窗外面,雾好像沿着卷起的旋涡流动着。外国兵用他那生硬的声音又叫了起来,但我一点儿也听不懂。当外国兵反复叫着那句有着卑俗语感的俗语时,我周围的外国兵们便像发作似的响起一片喧笑声。

我只是把头转过来看着外国兵和那个女人。女人已经恢复了那活泼又淫荡的表情。外国兵故意夸张地做出威胁的动作,就像一个执拗的孩子似的喊着。我呆若木鸡似的感到恐怖在消逝,可外国兵的意思我却一点也不懂。我慢慢地转过头,从外国兵身上移开视线。他不过是和我开个玩笑吧,我真不知如何是好,但至少没有什么危险了吧,我望着车窗外面流动着的雾琢磨着。他们大概让我这么站一会儿,就会放了我吧。

不过,外国兵那坚硬的手却抓住我的肩膀,剥动物皮似的扒下了我的风衣。几个外国兵哈哈笑着帮着他,我却任凭他们摆布,一点儿也动弹不得。接着,他们又粗暴地解开我裤带,拽下了我的裤子和裤衩。为了不让裤子褪下去,我把两个膝盖朝外叉开。我的两只手腕被拉向两边,一只有力的大手按住了我的脖子。我弯着背低着头,像一只四条腿的动物似的在喧笑的外国兵们面前露出了屁股。我挣扎着,但两只手腕和脖子都被紧紧按住了,两腿也被裤子绊着动弹不得。

屁股冰凉。我感到我在外国兵的眼前撅着的屁股上起了一层鸡皮疙瘩,并逐渐变得发青。尾骨上有一块坚硬的铁轻轻抵着,当汽车一震动,疼痛便痉挛似的扩展到整个后背。从年轻的外国兵的表情里,我明白了他是用刀背顶着那地方的。

我看到了被压得低垂着的脑门前的自己的阳物,仿佛已经冻僵了。狼狈过后的燥热的羞耻浸遍了我的全身。我气愤得像小时候那样生着闷气,可是,当我焦急地想从外国兵的手腕里挣脱出来时,我的屁股也只能稍微地挪动一点儿。

外国兵们忽然唱起歌来,他们杂乱不齐的歌声和对面坐着的日本乘客那哧哧笑声也传进了我的耳朵。我整个被压垮了,手腕和脖子的压迫感稍有点儿放松,但我连抬起身子的力气也没有了。鼻子两侧一点点地流下了黏稠的眼泪。

外国兵们反反复复地唱着一支很简单的像童谣似的歌,并打拍子般地一下一下拍打着我在寒冷中开始失去知觉的屁股,笑声不绝于耳。

打羊,打羊,啪,啪!

他们用地方腔调很重的外国话劲头十足地反复唱着。

打羊,打羊,啪,啪!

一个拿着刀的外国兵朝车厢前部走去。其他几个外国兵也去给他助威。日本乘客们越发忐忑不安起来。外国兵就像整队的警官那样颇有权威地发出不断的叫喊声。这时,蜷着身子的我也明白了他们想干的事。当我的脖子被按着重新扭向前面的时候,便和那些站在车内中间通道上、忍着车的晃动叉开两腿弯着腰裸露着屁股的"羊们"并排站在一起了。我是排在他们行列尾部的"羊"。外国兵们狂热地唱着喊着。

打羊,打羊,啪,啪!

这样一来,每当汽车晃动的时候,我的脑袋就和眼前的有着褐色斑点的职员那冻得僵硬的瘦屁股撞在一起。汽车突然一个左转弯停了下来。我的脑袋一下子向前栽去,撞到正在往上提袜子的职员的小腿肚子上。

前面突然传来急速打开车门的声音。乘务员发出惊恐的孩子般刺耳的悲鸣,向黑暗的夜雾中跑去。我蜷缩着身子听着那幼小而又声嘶力竭的惨叫声渐渐地消逝,没有谁去追赶她。

算了,算了。外国兵的女人把手放在我的背上低声说。

我像狗似的摇着头,仰脸看着她那无聊的表情,又低下头和我前面排着的"羊"们保持一致姿势。女人自暴自弃般地放开嗓子和外国兵们合唱起来。

打羊,打羊,啪,啪!

终于,司机也摘下白手套,脸色阴沉地解下裤子,露出了圆圆的肥大的屁股。

有几台汽车从我们的公共汽车前横穿了过去。也有几个男人骑着自行车,朝布满了雾气的窗玻璃里望了望。那不过是个极平常的冬天的夜晚。只是,我们却在寒冷的空气中光着屁股示众。实际上,我们就那么一动不动地已经站了好久。忽然,唱累了的外国兵领着女人下了车。撇下了我们这些撅着屁股的人,就像风暴过后残留在荒野上那些被吹倒的光秃秃的树。我们缓慢地直起身来,忍着腰和后背的疼痛。在如此漫长的时间里我们成了"羊"。

我望着像沾满了泥土的小动物似的落在车厢地上的我那旧风衣,提起裤子系上了皮带。之后,我又缓慢地拾起了风衣,抖搂掉上面的灰尘,低着头走回到车厢的尾部座席。我感到裤子里的屁股疼得火烧火燎。我精疲力竭,就连风衣也懒得穿上。

被当成了"羊"的人们都慢吞吞地提上裤子,系上皮带,又返回到座席了。"羊"们垂着头,咬着没有血色的嘴唇浑身颤抖。于是,没被当成"羊"的人们,反过来却用手指托着血往上涌的脸颊看护着"羊们"。大家都陷入了沉默。

坐在我旁边的职员掸掉裤脚上的尘土。然后,用神经质般颤抖的手指擦着眼镜。

“羊们”几乎都坐到尾部座席上聚成了一堆。教员等没有受害的人们坐在车厢的前半部,围成一圈望着我们。司机也和我们并排坐在尾部座席上。我们就那么默默地等了一会儿,但什么都没有发生。那个乘务员姑娘也没有再返回来,我们什么都没有做。

于是,司机又戴上粗白线手套返回了驾驶室。车一开,车前部又活跃了起来。他们——前半部坐着的那些乘客小声地嘀嘀咕咕地说着什么,盯着我们这些受害者。我发现特别是那个教员,他用灼热的眼光看着我们,嘴唇也在不停地颤抖。我把身子埋在座席上,为了避开他们的视线,我低下头闭上了眼睛。屈辱在我的体内像一堆石头块似的,开始不管不顾地拱了出来。

教员站起来朝后部座席走了过来。我就那么一直低着头。教员把身体紧靠在玻璃窗的横梁上弯着身和公司职员们说着。

那帮家伙弄得也太不像话了。教员慷慨激昂地说。他仿佛代表了坐在汽车前部的乘客——那些没有受害的人们似的,义正词严又充满了热情。

这哪是人干的事啊!

公司职员们沉默地耷拉着脑袋,注视着教员的雨衣下摆。

我为自己刚才没吭一声地看着感到害羞。教员温和地说。那块儿疼吗?

一个公司职员颜色很不好看的喉结上下抽动着说,我哪儿也不疼,就是让人家把屁股给露出来了。别管我好吗?说完公司职员就咬紧了嘴唇不再吱声。

那帮家伙干吗那么热心地干这种事儿呢?我真不明白,教员说。像摆弄动物似的耍弄咱日本人开心,能说是正常吗?

坐在公共汽车前部座席的一个没有受害的乘客站起来走到教员身边,也用那种磊落的热情的目光瞅着我们。接着,所有坐在前部座席的被兴奋烧红了脸颊的男人也都走了过来,和教员站在一起。他们身体往前倾着,聚集一起俯视着我们这些“羊们”。

这样的事儿在这公共汽车上经常发生吗?一个乘客问。

报纸上没登过,不清楚。教员回答说。恐怕这不是头一次吧。他们干得挺熟练的呢。

让女的露露屁股嘛,俺还能理解。一个穿着很硬实的鞋、筑路工模样的男子一本正经地愤愤地说,把男的裤衩扒下来打算干什么呀?

讨厌的家伙们。

这事儿咱不能不吭声地放过去啊!筑路工模样的男人说。如果不声不响的话,这不是要把他们惯成毛病了吗?

站着的乘客围着我们义愤填膺地说着,就像围猎时追赶野兔的一群猪狗。我们这些“羊们”温顺地垂着头坐着,一声不响地听凭他们数落。

应该去报告警察呀!教员像是给我们打气似的用激昂的声调说。哪个兵营一查就能知道吧。即使警察不出动的话,被害者们集聚起来,准保也能形成舆论。那样的例子别的地方也有过。

教员周围那些没有受害的乘客响起一片嗡嗡的赞同声,我们这些坐着的人却沉默不语地耷拉着脑袋。

报告警察去吧，我来做证人。教员手掌搭在那个职员的肩膀上蛮有信心地说。那架势似乎也代表了别的乘客的意志。

我也来做证。另一个乘客说。

去吧。教员说。怎么样，你们不要像哑巴似的不声不响啊，站起来！

哑巴，我们突然竟也哑口无言了。我们中的任何人都没有开口的意思。我的喉咙就像唱了好长时间歌那样干渴，声音在发出之前就消失了。屈辱又如铅一般沉重坚硬，使我连身子也懒得动弹一下。

我觉得不该沉默。教员在一直垂着头的我们的身边显得很焦躁。话说回来，我们不吭声地看着也是非常不应该的。软弱顺从的态度必须抛弃掉！

应该让那帮家伙尝尝我们的厉害。一个乘客赞同着教员的话说。我们支持你们。

可是，坐着的“羊们”谁也不想回答他们的激励，都低着头一声不吭。他们的声音像被透明的墙壁挡住了，一点也没有引起反应。

被侮辱受耻笑的人们必须团结起来！

我抬头看着教员，突然的愤怒使我浑身发抖。“羊们”动了起来。一个穿着红色皮夹克蹲在角落里的“羊”倏地站了起来，脸色苍白僵硬，一下子扑向教员。他揪住教员的衣领，狭小的张开的嘴唇喷着唾沫星子怒视着教员，但一句话也没有说出来。教员毫无反抗地垂着两只手，脸上的表情很吃惊。周围的乘客们也很惊讶，但谁都闷声不响，没有人上前制止那个男子。那个男子像是咽下了一句骂人话似的摇摇头，照着教员的下巴狠狠地击了一拳。

职员和另外一个“羊”抱住了正要朝倒下的教员那儿跳过去的男人的肩膀，那男人立刻泄了气似的瘫软下来，又无精打采地返回了座席。等一声不响的公司职员们坐下来，“羊们”又都像疲惫的小动物似的悄悄地耷拉下了脑袋。站着的乘客们也模棱两可地默默返回了前部座席。他们中间昂奋的情绪逐渐又冷却下来，那之后坏心绪便像粗糙的渣滓堆积起来了。倒在地下的教员爬起来，用多少带点怜悯的目光注视着我们，然后仔细地掸掉大衣上的灰尘。他已经不再想和谁说什么，不时地转过他那残留着红潮的斑驳的脸来瞅着我。我为刚才看到被打倒在地的教员时对自己所受的屈辱竟仿佛有了一点消解似的念头感到可耻。这样一想更觉得痛苦。我的身体太疲乏了，而且感到寒冷袭人。我咬着嘴唇睡着忍受着，身子听凭汽车断断续续的颠簸。

汽车在市区入口处的加油站前停了下来。看着职员和我的那些伙伴“羊”及别的乘客都下了车。司机没有代替乘务员收票，有几个人下车时把又小又薄的车票团成一团扔到了乘务员的座席上面。

汽车又开了起来。我发现教员的视线仍然执拗地纠缠着我，我不由得有些胆怯。教员明显地想和我说什么。我不知道怎么甩开他好。我躲开教员的目光，扭过身去望着后部宽大的玻璃窗。玻璃窗都被细密的雾粒蒙住了，像一面昏暗的镜子木然地映照着车内的一切。那里面仍然可见正在注视着我的教员的脸，我被一种无法摆脱的烦恼攫住了。

在下一个停车站，我几乎跑着下了汽车。通过教员的身边时，我像躲避传染病似的扭着头挣脱了教员那纠缠不休的视线。雾沉淀在人行道上，空气宛如有着淡淡密度的水。我把风衣的领子紧紧地拽紧在喉头抵御寒冷,望着汽车车尾卷着缓慢的雾的旋涡远去,一种凄惨的安逸感油然而生。回过头用手掌擦着玻璃看我的职员的身影雾蒙蒙地浮现在汽车的尾部。我感到了一种和亲属离别般的情感的震撼,啊,那些在同样的空气中露出了屁股的同伴啊!不过,我又为自己那种很低俗的亲近感感到难为情,从车尾窗玻璃上移开了目光。不能让在温暖的客厅里正等着我的母亲和妹妹觉察出潜藏在我内心深处的屈辱,我必须打起精神来。我把大衣裹紧,像无忧无虑的孩子那样突然毫无理由地决定跑起来。

喂,你……一个低沉的声音在我背后响起。喂,你等一下啊。

那个声音又返了回来,我又面对着那已经迅速离我远去了的讨厌的"受害"。我一下子泄了气,耷拉下肩膀。那声音不用回头看就知道是那个穿着雨衣的教员的声音。

等一下啊。教员要舔湿干冷的嘴唇似的伸出舌头,用特别温和的声音连声叫着。

从这个男人身边逃脱是很难的,我充满了这种预感,无力地等待着他继续说下去。教员微笑着,他体内充满了奇妙的威力;令我感到整个被包裹住了似的。

那事我想你不会忍气吞声吧?教员很谨慎地说。别的家伙都不吭声,只有你不想忍气吞声要和他们斗一斗吧?

斗?我吃惊地注视着教员的脸,薄薄的皮肤下潜藏着重新燃烧起来的情感。那一半是抚慰一半是强迫。

我帮着你和他们斗。教员向前跨了一步说。不管到哪里我都去给你做证。

我暧昧地摇了摇头谢绝了他的建议,教员充满了激励的手腕搭上正要走开的我的右臂。

去报告警察,还是早点去好。派出所就在那里。

不顾我惊慌失措的抵抗,像是拽着我似的一面迈出坚定的步子,一面朝我露了个短促的微笑。那里很暖和,我住的地方连点热气也没有。

尽管我心中厌烦地抵抗着,但让人看上去我们挽着胳膊的样子还挺像亲密的友人。穿过人行道,朝浮现在雾中发出一道狭窄的光亮的派出所走去。

派出所里一个年轻的警官俯身在写满了粗体字的笔记本上,热烘烘的火炉烤着他那年轻的脖颈。

晚上好。教员说。

警官抬起头来注视着我。我困惑地抬头看着教员,可他却像是防止我从派出所逃出去似的堵在那里盯着我。警官那充血的惺忪的眼睛从我身上移开盯到教员的身上。然后,再看我的时候,警官的眼睛就显得很紧张。他似乎从教员那里接收了某种信号。

哎,警官就那么盯着我催促着教员说。

出了什么事?

和兵营的外国兵有关。教员试探着警官的反应缓慢地说。被害人就是他。

兵营?警官显得有些紧张。

这些人遭受了外国兵的暴行。

警官的眼睛瞪得圆圆的,马上全身上下地扫了我一眼。我知道他是在我的皮肤上寻找殴打的迹象和刀伤,那些伤痕毋宁说是潜藏在我的皮肤表面下边的,而且我也不想让他人用手指来搅和它。

请等一下,我一个人也不知道怎么处理好。好像忽然被不安笼罩住了,年轻的警官说着站了起来。兵营的问题得慎重处理。

警官走到编着藤条间壁的最里间去了。教员伸出胳膊拍着我的肩膀。

咱们也慎重点。

我沉默地低着头,感到火炉的暖气烤在冻得发硬的脸上,皮肤像搔痒痒似的舒缓开来。

中年警官随着年轻的警官走进来时,还揉着惺忪的睡眼,做出努力从睡梦中醒过来的样子。然后,他转过疲劳的肌肉松弛的脖子瞅着我和教员,并示意我们坐下。我像没看见似的没有坐,教员屁股刚沾了一下椅子,又像是监视我,慌里慌张地站了起来。警官们一坐下,便有了一种讯问的气氛。

你被兵营的士兵打了?中年警官问。

不,没有被打。教员撅着被穿红皮夹克的男子打了一拳还有些青黑色的下巴说。是比殴打还厉害的暴行。

怎么回事?中年警官问。那是什么暴行呢?

教员用鼓励的眼光注视着我,但我仍然一声不吭。

在公共汽车里,一帮喝醉了酒的外国兵把这些人的裤衩给扒下来了。教员气愤地说。而且,让人光着屁股撅着……

羞耻像打摆子似的使我周身抖动起来。风衣口袋里我攥起了开始颤抖的手指。

光屁股?年轻的警官疑惑不解地问。

教员踌躇地看着我。

屁股受伤了吗?

用手掌啪啪地拍打了一顿。教员断然地说。

年轻的警官忍住笑,脸上的肌肉不自然地抽搐着。

到底怎么回事?中年警官充满好奇的眼睛打量着我说。是不是闹着玩呢?

我们一愣。

就是啪啪地拍打两下光屁股,那也死不了人哪。中年警官顶了教员一句。

死是死不了啊!教员激动地说。可是,那是在满是人的公共汽车车厢里,露出屁股像狗似的撅着。

羞耻在体内发热,低着头的我也感到警官在教员面前有点发憷。

他们威胁你了吗?年轻的警官劝解教员似的说。

拿着一把挺大的尖刀。教员说。

确实是兵营的外国兵吗?年轻的警官声音含着热情地说。请说详细一点。

于是,教员把公共汽车里的事件详细述说了一遍。我低着头听他说。

在警官们好奇的眼睛里,我感到我的裤子和鞋好像又都被脱掉了,像鸟似的撅着毛棱棱的屁股。

真是太不像话了。露出黄牙的中年警官并不掩饰猥亵的笑说。别的人就那么看着吗？

我……教员从紧闭着的齿缝间挤出像呻吟般的声音说。看的时候心里也不是个滋味。

你下巴被打了吧？年轻的警官扫了教员一眼说。

不，那不是外国兵打的。教员不高兴地说。

那么，请填写一下受害登记好吧。中年警官说。然后，我们再认真地讨论一下这事件该怎么处理，否则很难办。

这算不上什么难处理的麻烦事吧。教员说。很明显，他们就是使用暴力让人当众出丑。总不能忍气吞声吧。

法律上能怎么样呢？中年警官打断教员的话说。你的住所和姓名？

问我吗？教员问。

我们想问受害者本人。

我吃了一惊，使劲地摇摇头。

怎么？年轻的警察不解地皱起眉头。

绝对不能告诉他们自己的名字。我考虑。我为什么要跟着教员进派出所呢？如果这样精疲力竭地任凭教员摆布的话，我自己所受的屈辱岂不成了四处做广告宣传了吗？

说吧，你的住所和姓名。教员扳着我的肩膀说。我们还要起诉他们。

我躲开教员的手臂，但不知道怎么和他说自己没有起诉的意思好，紧紧地咬着嘴唇，忽然间我又成了哑巴。闻着烤炉的味道我有点想呕吐，心里在烦躁不安地默默念叨快点结束吧。

受害的不光是这个学生。教员仿佛改变了主意似的说。我以证人的形式报告这个事件可以吗？

如果受害者本人不说，我们也无法听取那种含混的说法。按理说报纸也不会接受的。中年警察说。又不是杀人、行凶什么的，不过拍拍光屁股，唱唱歌罢了。

年轻的警官忽然转过脸去，忍住了笑。

喂，你怎么了？教员焦急地问。

我想就那么埋着头走出派出所，可教员却在我的通路上叉着腿堵着我的去路。

喂，你听着。他用起诉一样的声音坚定地说。得有一个人为这个事件做出牺牲。你是想在沉默中遗忘掉它吧，我看你还是下决心为此付出点儿牺牲吧，做一头牺牲的羊！

做羊？我对教员的话很气愤，可他还努力热心地注视着我的眼睛，并且露出了恳切与和善的表情。我还是固执地闭口不说一句话。

你不要不吭声，这不是给我出难题吗？喂，你怎么了？

明天也可以。中年警察注视着互相瞪着又不言语的我们站起来说。你们两个把话说清楚后再来。那时候，你们是否起诉兵营的外国兵我就不清楚了，可是……

教员反驳警官说了句什么，但警官厚厚的手掌还是搭在我和教员的肩上，像送熟客似的把我们推了出来。

明天的话,不晚吧?那时候,我们准备得更充分一些。

我今天晚上就……教员急忙说。

今天晚上不是大体上听了一遍吗。警察有点动感情地说。而且,直接的受害者并没有起诉的意思吧?

我和教员出了派出所。从派出所里发出的灯光变得很浓,被映照着光晕的狭窄的雾包裹着。

我沉默着走进光雾之外的冰冷黑暗的夜里。我又困又乏。我多想快些回到家里,默默地和妹妹们一起吃已经等了我很久的晚饭,然后再把自己的屈辱紧紧地搂抱在胸前,蜷着身子钻进被窝里睡上一觉吧。到了第二天大概也许就会好点了吧……

可是,教员却紧跟着我来了。我加快了脚步,而教员那有力的脚步声就在我的身后响着。我回过头来,盯了一会儿教员的脸,教员的眼光灼热而又有些烦躁。雾粒牢牢地沾在他的眉毛上闪着光。

你为什么在警官面前一声不吭,为什么不告发那些外国兵?教员说。沉默就能忘掉一切吗?

我从教员的脸上移开视线,趋身快步走了起来。我决心无视后面跟来的教员。我板起面孔走着,也不拂去贴在脸上的冰凉的雾粒。道路两侧所有的商店都熄灯打烊了。只有我和教员的脚步声在被雾气裹住的无人的街道上响着。在离开人行道要拐进我家的那条路时,我回头扫了一眼教员。

如果你想不声不响地谁也不让知道的话,你就太卑怯了。教员好像要等着我回头似的说。你这态度不是彻底屈服于那些外国兵吗?

我故意装出没有听见教员的话的样子跑进了胡同,但教员也快步紧紧地追上来了。他也许打算一直跟到我家查明我的姓名。我扫了一眼自己家亮着的门灯,从那前边走了过去,在胡同的尽头拐了个弯又走回到大街上。教员也放慢了脚步跟着我。

告诉我你的姓名和住址。教员在我的身后喊着。因为过后还要和你联系,商量今后的作战方针。

我被愤怒和烦躁一股脑儿罩住了,不知如何是好。我风衣的肩头已经被雾打湿,变得很沉重。脖子触到上面冰凉凉的。我一边发抖一边无言地走着。好长时间我们就那么走着。

走到市里的繁华街时,我看见娼妓从暗处像动物似的伸出脖子在等着我们。为了避开她们我上了车行道,并且就那么横穿到对面的人行道上。天很冷,我无法忍受下腹部激烈的抽搐,犹豫了一阵儿,终于在一个水泥墙墙角撒了一泡尿。教员和我并排站着,一边撒尿一边对我说。

喂,只把你的名字告诉我吧。我们不能把那事儿隐藏在黑暗之中。

娼妓透过雾朝我们望着。我扣上风衣的纽扣默默地往回走。教员和我并肩从那儿走过去的时候,娼妓朝我们甩过来一句简短的脏话。被雾刺激的鼻孔黏膜疼痛地发出微微震颤,我被疲劳和严寒击垮了,腿肚子变得僵硬,鞋里肿胀的脚也疼了起来。

我必须谴责或用我的腕力来抗拒教员的跟踪。可是,我就像一个哑巴失去了语言,浑身没有一点力气,对和我并肩一起走着的教员只是绝望地生着气。

我们再次来到往我家那边去的路口时,夜更深了。我多么想钻进被窝里好好地睡上一觉啊,这愿望太强烈了。我从那儿走过去,再往远走实在是我难以忍受的。这念头忽然涌上来不断地占据了我的脑海。

我咬着嘴唇突然猛地撞了教员一下,就朝着黑暗狭窄的胡同里跑了进去。两侧院墙里的狗狂吠起来。

我仰着下巴大口喘着气,一边跑着,一边喉咙里发出悲鸣般的声响。侧腹开始疼痛起来,我用手按住它往前跑。

在路灯光像雾似的淡淡照亮的街拐角处,我被身后伸过来的有力的手臂搂住了肩膀,像是要抱住我似的,教员把身体贴了上来,大口地喘着粗气。于是,我的鼻子和口里也喘出了白色的消融在雾中的呵气。

今晚,看来要被这家伙纠缠着在冰冷的大街上无休无止地一直走下去了,我精疲力竭地想。我的身体变得沉重而无力,体内充满了烦躁和悲哀。我使尽全力挣脱开教员的手腕。可是,教员那高大魁梧的身躯就耸立在我的面前,那意思是绝不放开我。我和教员对视了一会儿感到绝望极了。怎样才能不让失败和悲哀流露出来呢?该如何是好呢?

你为什么非要隐瞒自己的名字呢?教员疲倦的声音嘶哑地说。

我沉默地用尽全身所有的力气和意志怒视着教员。

我要查明你的名字。教员用激动得发颤的声音说。忽然,眼泪从他愤怒的眼睛里流了出来。我要把你的名字,还有你受到的屈辱,都公开出来。并且,要让那些士兵,让你们那些人都无地自容,不把你的名字搞清楚,我决不离开你。

李庆国　译

1995

获奖作家

希尼

传略

山姆斯·希尼(Seamus Heaney,1939—2013),爱尔兰著名诗人,一九三九年四月十三日生于北爱尔兰德里郡毛斯邦农场一个虔信天主教、世代务农的家庭。六岁时,进阿那霍瑞什小学,受的虽是正规的英国教育,学的是英国语言和文化,但同样也受到本民族文化的熏陶。一九六一年,他自贝尔法斯特女王大学文学院毕业后,应聘在中学及圣约瑟夫教育学院任教。一九六六年至一九七二年,希尼在母校贝尔法斯特女王大学任现代文学讲师。一九七六年至一九八二年,任教于都柏林卡瑞斯福学院。自二十世纪八十年代以来,他应聘于美国哈佛大学、英国牛津大学等著名学府,教授英语文学,在国际学术界和文学界均享有很高声誉。

早在中学时代,希尼就对诗歌发生浓厚兴趣,模仿拉丁语诗歌和中古英语诗,写过一些拉丁语六音步诗和中古英语头韵诗。一九六五年,正式发表了《诗十一首》,并于一九六六年出版了第一本诗集《一个自然主义者之死》,其中充满了对往昔事物美好的回忆。第二本诗集《通向黑暗之门》(1969)和第三本诗集《在外过冬》(1972),进一步描绘了爱尔兰的过去和现在,倾注了诗人对故乡热切的爱恋。前者向发达社会的读者敞开了一幅幅陌生的图景,后者则从文化历史的角度探索了当今爱尔兰社会矛盾冲突的深层背景。为了表明自己的观点,让人们加深对自己的理解,希尼的诗集《北方》于一九七五年出版。该诗集由不同类型的两部分诗作组成:一为象征的,一为白描的。第一部分暗示殖民者对爱尔兰的入侵及公众舆论对个人意志的压力,第二部分则是站在天主教徒立场上对北爱尔兰时局的"解释"。一九七九年,他出版了诗集《野外工作》,以后又陆续出版了《斯威尼的重构》(1983)、《苦路岛》(1984)、《山楂灯》(1987)、《幻视》(1991)和《酒精水准仪》(1996)等诗集。除诗歌外,希尼还出过四本文论集:《先入之见:1968—1978 论文选》(1980)、《舌头的统治》(1988)、《写作之处》(1989)和《诗的疗效》(1995),剧本《在特洛伊的治疗》(1990),译著《迷途的斯威尼》(1983)。

希尼是自叶芝以来最伟大的爱尔兰诗人,在把过去和现在的爱尔兰展现为统一景观方面,显示出他的精美的艺术才能。他既受评论家高度评价,又受普通读者欢迎。由于他的作品"具有抒情美和伦理深度,使日常的奇迹和活生生的往昔得到升华",获得诺贝尔文学奖。

授奖公告

一九九五年诺贝尔文学奖授予爱尔兰诗人山姆斯·希尼。

他的作品具有抒情美和伦理深度,使日常的奇迹和活生生的往昔得到升华。

五十六年前,山姆斯·希尼诞生在北爱尔兰离贝尔法斯特西郊不远的一个农庄。经过一段读书生涯和结婚成家之后,他搬迁到爱尔兰共和国,自一九七六年以来就一直居住在都柏林。一九八二年起,任哈佛大学修辞学客座教授;一九八九年至一九九四年,担任牛津大学诗歌教授。希尼既是诗人,又是散文作家和翻译家。

希尼作品的一个出发点就是他在诗集《北方》(1975)的一首诗中称为的"北方的缄默"这种处事姿态。对此他深表同情,但同时也意识到这给一位作家所带来的困扰。在某次采访中,他承认当他写作时内心深处有一种负疚之感。他似乎觉得,那些世世代代辛勤耕耘、既非文盲又非文人的祖先,时时刻刻在呼唤着他的心灵。他满怀热情地讲述父辈们告诉他的种种沧桑往事,但也流露出对他们那种缄默性格的不尽认可。正是在这一背景下,诗人写下了《字母表》(收入一九八七年出版的诗集《山楂灯》)一诗,其中有如下的诗句:"诗人的梦想犹如一缕阳光悄悄地僭上心头/却又消失在黑魆魆的灌木丛中。"

作为爱尔兰的一名天主教徒,他对北爱尔兰发生的暴力十分关注,力图探讨个中缘由,并明确提出自己的看法:他要避免协议条款之类的一纸空谈。他认为,双方不愿坦诚相待这一态度(甚至对于赤裸裸的不义之举亦如此)往往酿成了爆发性的局势。但他也反对天主教徒的失败主义,正如《山楂灯》中另一首《来自期盼的地域》开头两行所表明的:"我们深居于祈愿的国土/高天上无奈的云团在涌渡。"

在《舌头的统治》(1988)和《写作之处》(1989)等文论集里,希尼论述了诗歌与诗人的社会作用,这是他经常探讨的一个题目。对奥西卜·曼德尔斯塔姆以及本世纪其他一些作家的生活经历的了解,使他深深体会到诗人的责任是呵护和弘扬世上美好的东西,尤其是在善与美行将受到暴政的恣意蹂躏的年代。

一九九〇年,希尼出版了《在特洛伊的治疗》,这是根据古希腊悲剧诗人索福克勒斯的《菲罗克忒忒斯》翻译的剧作。从原剧本编排的结构这一角度来看,此剧堪称古典戏剧中最现代的作品。同年该剧在菲尔德戴剧院上演,获得公众的好评,尽管人们没有把剧本同他的诗歌创作直接联系起来。然而,这部译作可看成是希尼坚持不懈地用诗的形式来表达复杂的伦理问题的一种新的尝试和努力。此后,他又出了另一部诗集。

《明白事理》(1991)诗集中有一组十分有趣的"平分秋色"组诗。这些诗的长度皆为十二行,每行诗句的宽度参差不齐,以此象征诗歌的表面形式与实质内容相统一。其中一首关于克朗麦克诺伊斯教堂遗迹的诗《八号火炬》,集中体现了希尼的富有想象力的心理世界:历史的过往烟云与眼前的声色感受,神话传说与日常见闻——全都被希尼的生动语言描绘得淋漓尽致。

有一个传说:正当克朗麦克诺伊斯的僧侣们
在礼拜堂里祈祷念阿门,
头顶上方的天空驶来一艘轮船。

铁锚在后面拖得老长,
终于钩住了圣坛的围栏,
巨大的船身晃了晃,不再动弹。

一个水手往下爬,双手抓住锚索,
他力图拔起船锚,却归徒劳。
"这儿的生活此人受不了,他将被淹,性命难保。"

主持说道:"除非我们倾力相助。"
众僧侣一齐动手,轮船起锚开航,
水手攀回船上,脱离了险景一场。

瑞典学院
徐望藩　译

作品

引力

高飞的风筝貌似自在安闲,
却被看不见的线紧紧系缚。
弃你而去的鸽子忽然之间
飞回家来,忠诚出于天赋。

争吵对骂，激烈交火的恋人
往往为了小事而把脸面损伤，
挨过无望的一天，表示悔恨，
重新驶入那彼此拥抱的故港。
在巴黎瞎了眼，乔伊斯①还为朋友
数说欧康奈尔大街沿街的店铺名；
在埃奥纳，寇姆西勒②在脚底带有
爱尔兰的土壤，以求心灵的安宁。

傅浩　译

瀑布

小溪不断淹没在自身的下泻中，
乱成一团的棉布和玻璃
急刹停住，迸碎成飞沫。

同时的加速
和骤然刹车；溪水越岩而下，
好像被带下去的歹徒冲着法官尖叫。

仿佛一道巨大的冰川
倒挂了起来：被这长长的咽喉
吞进又吐出。

我的目光驰骋，翻越向下，随着
那横流直溅的成吨重量一起坠落，
坠落，且记录这如此归于平静的骚动。

傅浩　译

---

① 詹姆斯·乔伊斯(1882—1941)，爱尔兰小说家，自一九〇四年起旅居欧洲大陆，多年后对故乡都柏林仍能极详细地描写。
② 寇姆西勒，又称圣寇伦巴，爱尔兰传教士，公元五六五年到苏格兰埃奥纳岛创建一修道院。

脚手架

石匠们，在他们开始建筑之前，
要小心仔细把脚手架测试检验；

确认木板不会在忙碌之际滑脱。
加固梯子，拧紧接合处的螺栓。

但工作完成后这一切都要拆除，
以展示石砌墙壁的坚实和稳固。

同样，亲爱的，假如有时你我
之间似乎有旧的桥梁正在断裂，

别怕，我们可以让脚手架倒坍，
自信我们已筑好了我们的墙垣。

傅浩　译

民歌手

重新翻动被时光翻烂的词句，
把每一首饱经风霜的歌填进
一种新近流行的曲调，
他们拨弄着圆滑的琴弦，打破
一颗悲伤的心的平静。

麻木的激情，在一场乡间恋爱的
羞怯蚌壳中变成珍珠，
被穿在一支脆弱的曲子上，
此刻显得高昂，摆出一种姿态，
像任何刚进精彩城市的乡巴佬。

他们预先打包的节目将会出售
一万次：为街道涂红的
苍白爱情。哦哦哼吟

焊接起所有破碎的心。死神的锋刃
被麻醉的铿铿乱弹磕钝。

傅浩 译

泥炭沼地

给 T.P.弗拉纳甘

我们没有草原
可在黄昏时切割一轮大太阳——
目光处处对
入侵的地平线退让，

被逼入一个水池的
独眼中，我们没遮拦的乡土
是在旭日和夕阳之间
不断硬结的泥沼。

他们从泥炭中掘出
爱尔兰大角鹿的
骨架，立起来
像一只盛满空气的大筐。

一百多年前
沉入泥下的奶油
挖出来依然又咸又白。
这土地自身就是柔软、黑色的奶油

在人们脚下融化，开敞，
亿万年来
错过着它的最终定义。
他们在这里永远挖不到煤，

只有被水浸泡的巨杉
树干，柔软得像纸浆。
我们的拓荒者们不断进击，
向里，向下，

他们掀起的每一层
都好像从前有人在上面居住过。
沼眼或许是大西洋的渗漏处。
那潮湿的中心深不见底。

傅浩　译

春之祭

寒冬握紧拳头
就这样卡在水泵里。
柱塞在它的喉咙里

冻结成坨,冰块吸附
在铁上。摇柄
瘫软弯垂。

于是把麦秸拧成
草绳,紧紧缠绕
在铁管上,然后一把火

将水泵团团烘烤。
它凉了,我们掀起她的活门,
她的开口处湿了,她来了。

傅浩　译

水中女仙①

他砍掉荆棘,铲除灰色的淤泥,
给予我在自己的渠道里的通行权;
我摆脱滞碍,朝他飞奔而去。
他停住,看我终于脱去衣袍,
清澈地奔跑,显得漫不经心。

---

① 水中女仙,西方传说中的一种水中精灵,必须与人类结合并生育子女才能具有灵魂而变成人。

于是他伴我同走。我波动,回旋,

在河流附近沟渠交叉的地方,
直到他在我的腹侧深掘一锹,
把我揽向他。我满怀感激地吞没

他的沟壕,为了爱把自己深深弥漫
在他的根茎里,攀着他铜色的纹理——
可一旦他知道了我的欢迎,就只有我

能够给他以微妙的增长和反映。
他无微不至地摸索我,使我每一段肢体
都丧失了冰冷的自由。对他变温暖,成了人。

傅浩　译

非法分子

凯利养了头没执照的公牛,远远从
大路躲开:要想到那儿给母牛配种,

你须冒受罚之险,但还得照常付款。
有一回我拽着一头紧张的弗里斯兰

穿过花絮蓬茸的赤杨林荫小路,
来到关着那头公牛的木棚之处。

我塞给老凯利光溜的银币,为啥
我却说不清,他咕哝一句“去吧,

到那门楼上去”。居高而临,
我注视着这做买卖似的受孕。

门,开了闩,咣当当撞回到墙垣。
那非法的种畜摸索着走出了厩栏,

就好像一台转轨的老火车头似的不慢不急。

他兜圈，打呼噜，嗅着。没有兴奋的喘息，

只有和气的生意人似的从容不迫；
然后是笨拙而突如其来的一跃，

他那疙里疙瘩的前腿跨上了她的腰胯，
冷漠得似辆坦克，他把生命撞击到家；

下来的时候好像一只沙袋，坠地翻倒。
“她准行。”凯利说着，用木棍轻敲

她的后腿。“不行的话，再把她牵回来。”
我走在她的前头，缰绳现在松垂了下来；

而凯利吆喝着，戳打着他的非法分子：
那家伙有了空闲，又回到暗处，进食。

傅浩　译

吐默①

我的嘴环抱
柔和的爆破音，
Toome，Toome，
随着在伸出的

舌头下面，
我把千年的
壤土、燧石、枪弹、
残破的器皿、

项圈和鱼骨中
新鲜的东西推入
一个矿藏丰富的隧道
直到我陷入

---

① 吐默，盖尔语 Toome 的音译，意为“小丘”，希尼故乡毛斯邦农场附近沼地名。

那在沼水和支流
下面突然
倾斜的淤泥,
小鳗鱼尾随我的头发。

布罗阿赫[①]

河岸,终于广阔的
酸模草丛中的长长索具
和一条通往津渡的
有天篷遮盖的路。

庭园里的壤土
容易碰伤,汇聚在
你脚跟印中的阵雨
是 Broagh 中

黑色的 O,
它低沉的橐橐声
在多风的接骨木
和大黄叶丛中

近乎突然地
终止,就像陌生人
觉得难以把握的
那末尾的 gh。

傅浩　译

神谕

去躲藏在柳树的
空心树干里——
它的倾听很熟悉——

① 布罗阿赫,盖尔语 Broagh 的音译,意为“河岸”,希尼故乡毛斯邦农场附近一小镇名。

直到像往常一样,他们
像布谷鸟似的喊你的名字,
声越田野。
你能听见他们
拖着栅栏柱子,
随着他们走近,
叫你出来:
小嘴和耳朵
在木头的裂缝中,
耳垂和喉咙
出自生苔的地方。

傅浩　译

婚礼日

我害怕。
声音在这天停止了,
形象一再
晃动。为什么有那么多泪,

出租车外面他的脸上
挂满悲伤?哀痛的
活力升起
在我们挥手的客人中间。

你在高叠的蛋糕后面唱歌,
像一个被遗弃的新娘,
发了疯,坚持着
履行完仪式。

我去厕所的时候,
那里有一颗穿透的心
和爱情传说,让我
睡在你的胸上,直到机场。

傅浩　译

惩罚[①]

我能感觉到
她颈后绞索的
紧勒,她赤裸的
前胸上的风。

风把她的乳头
吹成琥珀珠,
风把她的肋骨
哗啦啦摇撼。

我能看见她溺在
泥沼中的尸体、
加重的坠石、
漂浮的树枝和草棍。

在那下面最初
她是一株剥了皮的幼树,
被挖掘出来——
橡木-骨头,大脑-枞木:

她剃光的头
像黑谷的残茬,
蒙眼布像污秽的绷带,
绞索是一个环

用来贮存
爱的记忆。
小通奸犯,
在他们惩罚你之前,

你头发浅黄,
营养不良,
黝黑的脸蛋美丽。

---

① 在当时的北爱尔兰,时有爱尔兰少女与英国驻军士兵恋爱而遭受爱尔兰共和军惩罚处死之事发生。

我可怜的替罪羊，
我几乎爱上了你，
但我知道，我当时也许会
投掷沉默之石头。
我是狡猾的窥淫者，

观赏着你的大脑
暴露且变黑的沟回、
你的肌肉的蹼膜
和你历历可数的骨头：

当你叛逆的姊妹们
身上涂满柏油，
在围栏边哭泣时，
我，哑然而立，

在文明的义愤中
会佯装看不见，
却也理解这严厉的、
部族的、私下的复仇。

傅浩　译

渐渐消失的岛屿

一旦我们胆敢永久定居落户于
蓝色山丘和无沙的海岸之间，
在那里祈祷和守夜，度过难熬的夜；

一旦我们捡拾浮木，挖一个炉灶，
把我们的大锅似穹庐般吊起，
这岛屿在我们脚下就像浪花般迸碎。

只有当我们在临终前拥抱它的时候，
负载我们的陆地才显得坚实。
我相信那里发生过的一切都是幻象。

傅浩　译

1996
获奖作家
希姆博尔斯卡

传略

维斯瓦娃·希姆博尔斯卡(Wislawa Szymborska,1923—2012),波兰女诗人,一九二三年七月二日生于波兹南省库尔尼克县的布宁村,父亲是当地的一个小职员。一九三一年希姆博尔斯卡随父母迁居克拉科夫,从此便一直在那里居住。第二次世界大战期间,她在一所秘密开办的中学毕业后,曾在铁路部门当过一段时间的小职员。一九四五年至一九四八年,她在克拉科夫雅盖伦大学攻读波兰语言文学和社会学,还学过哲学、自然科学和艺术史。一九五三年开始任克拉科夫《文学生活》周刊编委,二十多年来一直主持该刊的文学部工作,并长期为该刊的"课外读物"专栏撰写书评随笔。由于她在诗歌创作上的成就,她曾先后获得过波兰国家文学奖(1963)、德国的歌德奖(1991)、赫尔德奖(1995)、波兰笔会诗歌奖(1996)等。一九九六年,由于她的诗歌"以精确的讽喻揭示了人类现实中若干方面的历史背景和生态规律",获得诺贝尔文学奖。

希姆博尔斯卡最初写过小说,但未能得到发表。一九四五年三月十四日,她的处女诗作《寻找词句》在《克拉科夫日报》发表,从此一生便以诗歌创作为主。一九五二年,她出版了第一部诗集《我们为什么活着》,两年后,又出版了第二部诗集《询问自己》。这两部诗集代表了她前期诗歌创作的题旨和风格,内容主要是揭露法西斯的残暴和罪行,热情歌颂祖国的复兴和建设。一九五六年后,希姆博尔斯卡的诗歌创作进入了一个新的阶段,发表的诗作主要有诗集《呼喊雪人》(1957)、《盐》(1962)、《一百个欣慰》(1967)、《以防万一》(1972)、《眼镜猴及其他诗》(1973)、《大数字》(1976)、《桥上的人们》(1986)和《终了和开端》(1993)等。这一时期的作品,无论在题旨或风格上,都有较大变化,特点是继承了波兰十八世纪理性主义诗歌的传统,用诗歌的手段表白对世界和人生的思考,更富于哲理性和思辨性。其诗歌主题大多涉及人的生存环境和人与历史的关系、人在历史上和自然环境中的位置等重要问题。她的诗充满了嘲讽和自嘲,对人性“恶”进行鞭笞和讥讽,又流露出对人的苦痛的同情,戏谑中蕴含庄重,玩笑里不乏真诚。她的语言既凝练简洁、生动准确,又含蓄深邃,如同警句格言,耐人寻味。

除诗歌作品外,希姆博尔斯卡先后出版过两卷《课外必读作品》(1973、1981),该书汇集了她在《文学生活》上发表的书评文章。此外,她还翻译过大量法国诗歌。

授奖公告

一九九六年诺贝尔文学奖授予波兰女诗人维斯瓦娃·希姆博尔斯卡。

她的诗歌以精确的讽喻揭示了人类现实中若干方面的历史背景和生态规律。

波兰女诗人和评论家维斯瓦娃·希姆博尔斯卡现年七十三岁,居住在克拉科夫。

一九五七年以来——在前一年即一九五六年的“解冻”之后,对书刊的查禁已放宽的情况下——她出版了几本篇幅虽短却铿锵有力的诗集、若干卷书评集,以及一系列备受称颂的早期法国诗歌的译作。她现在对自己一九五二年与一九五四年的初期作品予以否定,这两部作品都是力求遵奉所谓社会现实主义来创作的。

从一首《写作的快乐》可以看出她表达自己观点的手法,该诗的末尾写道:

写作的快乐,
坚持的可能,
一只凡人的手的报复。

希姆博尔斯卡正是以诗歌作为武器来涤荡污浊、扬善惩恶的,充分体现了以下诗句的精神内涵:“没有任何生命/不能变得永恒/即使只存在一瞬间。”这几行诗引自她的一首《论死亡,毫不夸张》。

她的诗歌风格各异,准确翻译有很大难度,不过目前已有不少作品译成其他语言,因此多数作品能为广大读者所理解。斯坦尼斯劳·巴兰查克和克莱尔·卡瓦纳选编出版了她的一百首诗,这本名为《沙粒之见》(1995)的英译诗集给我们提供了相当全面的素材。该书收集的范围从一九五七年的诗集《呼唤雪人》一直到一九九三年的《终了和开端》。第一部诗集所描述的雪人使读者不由得联想到斯大林,希姆博尔斯卡对他那个主义的幻想早已破灭。在较后的一部集子里,诗人描画了自身特征:“我是这么一个人/狂喜与绝望凝于一身。”

怀着一种对世态淡远、对文学献身的态度,希姆博尔斯卡竭力推崇她自己的观点——天地之间任何问题都不如纯真朴实的问题那么意义重大。从这一见解出发,她力图以尽善尽美的形式来传递诗人自己的灵感与思考，但事与愿违的是，她的载体语言涉及面过广，总是不断地从一个方面转换到另一方面。她的诗歌采用的对话形式集中体现了机智幽默、创新开拓与情移神入三者的有机结合，使人联想到文艺复兴时期和巴洛克时期的艺术风格。

希姆博尔斯卡常常以冷嘲的手法来表达对现代文明的批评，这种讽刺正因为比较克制含蓄而变得更加尖刻和一针见血："世上千千万万飞禽走兽/自责自律的豺狼绝对没有。"以此影射的方式，她的诗句变得如匕首般尖锐，似投枪般犀利。

诗歌的译文使我们得以窥见其创作技巧，甚至韵文中的娴熟手法亦可略见一斑。她的措词可谓反复推敲，精雕细凿，又毫无矫揉造作之感。一首题为《头上一颗小星星》的诗阐明了其中的奥妙："语言，可别对我怀恨在心/暂借若干沉甸甸的辞令/苦苦雕凿，让每个字句得体轻盈。"人们称她为诗才莫扎特，这一称号她当之无愧，因为她诗情洋溢，左右逢源；辞藻丰富，得心应手。然而，从上述诗句里不难看出，在她的创作中也澎湃着贝多芬式愤怒的激情。

安德斯·博迪加德将她的一部分诗选译成瑞典文，并冠名为《乌托邦》于一九八九年出版。这部译作使我们对她的作品有了较深的印象。其中一首《可能性》的末尾两行揭示了作者的另一个观点："生存究竟是否正当/这一点我愿细细思量。"

早些时候，珀·阿恩·博丁和罗杰·弗杰尔斯特罗姆已经译过一本诗选《不再重来》(1980)。其中一首同名诗歌的最后诗节中的意象，犹如一道闪电使希姆博尔斯卡的艺术分外夺目：

带着微笑与亲吻，
我们寻求星空下的温馨，
人与人千差万别，
却似两滴水珠，同根所生。

瑞典学院
徐望藩　译

作品

爱祖国的话

没有爱，
我的心像一个干枯的核桃，
我的命运像一根细小的缝针，
没有欢乐，也不知什么是痛苦，

我的希望被埋葬在阴暗的洞穴里，
朽木的光不能把它照亮，
太阳的光照不到它的身上。

没有爱，
一扇被烧毁了的窗叶，
窗上的玻璃被砸得粉碎，
升起了浓浓的烟火，
一株枝繁叶茂的大树，
被一阵狂风连根拔起，
虽然它还没有枯死，
但它的枝叶已经脱落，
林子里再也听不到它的沙沙声响。
祖国的土地啊！你是光明的土地。
我不是被拔倒的树，
也不是被拉断的线；
我深深扎根在你的土地上，
这里有我的骄傲和愤怒，
有我的欢乐和忧愁，
我不愿发表空洞的演说，
也没有什么成果和贡献，
但我有我的生活，有我的爱。

我站在道路中间，
望着你高大的身影，
一支人们不知晓的歌，
被钉在铁皮箱上，
还有士兵的遗物：水壶和弓箭，
被深深地埋藏在地里，
这里有一道古老的门槛，
它是我曾越过的门槛。

我的思想飞向了未来的世纪，
要创造新的篇章，
我看见沉落在河底的一块石头，
要考察它变幻的形状。
未来的雕塑家在这块石头上，

会雕出同龄人的头像，
维斯瓦河水在石上流过，
遮住了世世代代的面孔。

这是一副慈祥的面孔，
带着聪明的微笑，
我们的民族曾经不惜牺牲地战斗
和孜孜不倦地创造。
我的头上有一枚戒指，
它是过去辉煌年代的见证，
我是一只小鸟，
但我不是一只惊慌的小鸟，
我的脚踩在祖国的土地上，
我离不开我的鸟巢。

一九五四年
张振辉　译

致友人

我们认识了宇宙空间，
从地球到星星，
可是我们在那里迷失了方向，
大地和思想。
行星之间，
悲哀和流泪，
当你从虚假走向真理的时候，
你不会像过去那么年轻。

喷气式飞机在嘲笑我们，
这是一个静寂的空隙，
在飞行速度和音速之间
创造了一个世界纪录。

快速飞行
和它后面留下的声音，
直到许多年后，

才把我们从梦中惊醒。

于是传来了一阵叫喊声：
我们没有罪。
是谁在叫喊？
打开窗子，快跑！

声音突然中断了，
只见窗外的星星
全都坠落下来，就好像
墙上的石灰掉在背包上。

张振辉 译

梦

我那故去的人只留下了他的骨灰和土地，
可是我在梦中又见到了他，
他就像他的照片中那样，
脸上留着树的影子，
手里拿着一块贝壳。

　　他陷入了茫茫大地的黑暗，
他遇到了无数深渊向他张开了血盆大口，
七次，七次，他曾有过七次安静的歇息。

　　他有时显现在我的眼中，
因为他只有在我的眼中
才能找到一条通向世界的道路，
他的头发被一阵风吹起来后，
他那颗被射穿了的心便跳得更快了。
我和他之间仿佛隔着一片宽阔的草地，
云彩和鸟群不时从天那边飞来，
在地平线的尽头耸立着无数的山峰，
一条河在远方向大海流去。
我好像远远地什么都看得见，

白天和黑夜在同一个时辰，
一年四季分得清清楚楚。

一弯新月露出了它的扇面，
雪片和蝴蝶在空中飞舞，
我看见熟透了的果实从树上掉落下来。

我和他也走到一起来了，
我不知道，我们是在欢笑，还是流泪，
但我们听到了大海里贝壳的沙沙声响，
就好像那里有千百个乐队在奏乐，
就好像我们在那里举行婚礼。

张振辉　译

尝试

啊！这首歌，你在讥讽我，
我虽然跑到了上面，
却没有让玫瑰花绽开，
你知道吗？玫瑰花会自己开放，
用不着别人帮它的忙。

我要长几片树叶，
我要生根开花，
我屏住了呼吸，
盼着这种愿望快点实现，
我期待着那个时候，
把身子投入到玫瑰花中。

这首歌，你对我为什么毫无怜悯，
我的肉体一点也不会改变，
我的生命直到骨髓的生命都只有一次。

一九五七年
张振辉　译

影子

我的影子就像王后背后的一个小丑，
当王后从椅子上站起来时，
这个影子在墙上就变得十分高大，
它那呆傻的脑袋会碰到天花板上。

它会感到疼痛吗？
两个有节奏的世界，
也许小丑在我的庄院里会不习惯，
它宁愿生活在另一片土地上。

王后从窗子里露出了身子，
小丑从窗子里跳了下来。

这个傻瓜做了个手势，
激昂慷慨和不知羞耻，
但这一切都没有力量，
皇冠、权柄、黄袍。

王后说，我的胳膊活动起来十分轻巧，
我的脑袋转动起来也很灵便。
国王！我们告别的时候，
在火车站。

国王！他是这个时代的小丑，
躺卧在铁轨上。

一九六二年
张振辉　译

写作的快乐

这只画出来的狍鹿跑过林子到哪里去？
它是否要去河里饮水？

它的小脸就像一张蜡纸。
它为什么要抬起头？
难道它听到了什么？
它有四条向真理借来的小腿支撑着身子，
在我的手指下面伸着耳朵，
安静这个字在纸上发出沙沙声响，
在森林里扒开了树枝。

几个字母在白色的卡片上向前跳了一步，
可它们却拼写错了，
周围还有一些句子，
在这些句子面前它们得不到拯救。

在一滴滴墨水里有许多猎物，
这些猎物都稍稍地眯缝着眼睛，
沿着陡峭的笔杆滑到了纸上，
围着这只狍鹿向它射击。

但它们忘了，这并不是生活，
这里必须遵守别的法则，
白色的上面涂着黑色，
只要我愿意，我就可以
把一瞬间无限地延长，
让它变成许多小小的永恒，
在子弹的飞行中把它阻住。
永远，只要我下一道命令，
就什么也不会发生，
没有我的命令，树叶不会凋落，
马蹄也踩不断树干。

有没有一个
我能掌握自己命运的世界？
有没有一种用符号的锁链
能够拴住的时间？
有没有永远随我心意的存在？
写作的快乐，
坚持的可能，

一只凡人的手的报复。

一九六七年
张振辉　译

乌托邦

这个岛上所有的事情都要说个明白,
有充分的证明,有足够的依据,
除了一条通向岛上的道路,
这里再也没有别的路可走。
正确的回答清除了岛上的荆棘,
美好的思想在这里生根开花。
这是常绿的枝叶,
这是永不凋谢的花朵。
泉边有一株理解树枝繁叶茂,
向我们说了声:啊,是的。
我们只要走进这密密的森林,
便可见到一片理所当然的谷地,
如果有什么怀疑,
风也会把它吹散。
一阵又一阵的回声,
向我解释了世界的秘密。
右边有一个洞穴,
洞里藏着人生的真谛,
左边有一个池塘,
塘里睡着真诚的信仰,
水上还漂浮着永恒的真理,
谷地上也高悬着不可动摇的决心。

虽然岛上有这许多美好的诱惑,
但它却是一个无人的岛,
岛上只有过去留下的足迹,
这足迹一直延伸到了海边,
一去不复返地沉入了海底。
这就是人生的真谛。

张振辉　译

恢复名誉

我要以最古老的想象，
将死者召回到人间，
看看他们的面孔，
听听他们的脚步声，
虽然我知道，不管谁死了，
都不可能复生。

我手捧着自己的脑袋，
对它说，可怜的尤利克，
你是多么无知！
你那盲目的信仰，你那盲目的天真，
你那经过检验和没有检验的真理到哪里去了？

我相信，谁要是成了叛徒，
就会遭到乌鸦的戏弄
和暴风雨的嘲笑。
他的名字就会被人遗忘，
他坟上的青草就会被人拔掉，
可是，这一切却不足为凭。

死者的永垂不朽
是因为记忆为他付出了代价，
没有永远不变的价值，
也不存在什么永垂不朽。

永垂不朽既可以授予，
也可以取消，
谁要是成了叛徒，
他和他的名字都会一起死掉。

我们对死者的评价，
有不可动摇的权威，
既不是在夜里悄悄地做出评价，
评价时也不能毫无根据。

那些生长在这块土地上的人已经站立起来，
他们不愿再保持沉默，
他们要求人民给予花环和荣誉，
在历史书中写上他们的名字。

但我没有驾驭语言的能力，
我的语言已沉落到泪湖的湖底。
它不能使死去的人们复活，
它的陈旧的描写就像镁光照片，
甚至没法恢复他们半点儿呼吸，
我，西绪福斯①已经堕入诗歌的地狱。

他们来到了我们的身边，
戴着玫瑰色的眼镜，
站在一个透明的橱窗前，
站在一间间客房的窗户前，
可是他们的脑袋也和那透明的橱窗一样，
空空如也。

张振辉　译

蝾螈的尸骨

亲爱的弟兄们！
这里有一堆蝾螈的尸骨，
可真是奇怪又可怕。

亲爱的朋友们！
左边有一条尾巴，伸得老长老长，
右边有一个脖子，长得又肥又大。

亲爱的同志们！
它的肚子下面有四个爪子，

---

① 西绪福斯，希腊神话中的人物，他生前犯罪，死后受到惩罚。在地狱里，他被迫把一块巨石推上山，刚到山顶，巨石就坠下来，坠而复推，推而复坠，永无止息。在文学作品中，“西绪福斯式的工作”是指繁重的、无止境的、徒劳的工作，沉重的、无边的苦难。

全都埋在深深的泥潭里。
仁慈的公民们！
这是一个滑稽的小脑袋，
这不是大自然的谬误，
是它在和我们开玩笑。

先生们和女士们！
这个脑袋谁都没有见过，
因为它是一种已经灭绝的爬虫的脑袋。

敬爱的人们！
这个脑袋虽然不大，
可是它的胃口却很大，
吃饱了肚子就傻乎乎地睡一大觉，
没有聪明人那种担心和害怕。

尊敬的客人们！
我们和蝾螈有什么不同？
我们有我们耕耘的土地，
在土地上创造美好的生活。

高贵的代表们！
思想的芦苇中有我们的道德标准，
芦苇上高悬着闪烁的星空。

可敬的委员会！
在阳光照耀下，
你可曾有一次成功的尝试？
你有一双灵巧的手
和一张能说会道的嘴，
脖子上还长着几个脑袋，
但你能否对你的尾巴负责？

张振辉　译

1997

获奖作家

达里奥·福

传略

在诺贝尔文学奖的历史上,瑞典学院的选择曾多次让人感到意外,但最让人感到意外的还是一九九七年的选择,世人原先看好的几位得奖者全部名落孙山,桂冠居然落到了一个被有些媒体称为“小丑”的人头上,他就是意大利剧作家兼演员达里奥·福。

对于达里奥·福的获奖,世人众说纷纭,瑞典学院的授奖公告则称,给他授奖是由于“他在作弄权贵和维护被压迫者尊严方面堪与中世纪的弄臣媲美”。如此说来,福的获奖,也是合乎情理的事。

达里奥·福(Dario Fo,1926—2016),一九二六年生于意大利北部马乔列湖畔的桑贾诺镇,曾先后在米兰布莱拉美术学院和工学院学习绘画和建筑,但由于酷爱戏剧,一九五二年起便改行从艺,曾在广播剧《可怜的小矮人》中担任角色,并在咖啡馆和娱乐场所演出综合节目,在电台、电视台表演喜剧独白,同时开始写一些讽刺性歌舞小品。一九五四年,他创作出第一部剧作《一针见血》,对装腔作势的说教和虚假的英雄主义进行了尖锐的嘲讽,演出后获得好评。同年,他和女演员弗兰卡·拉梅结婚。一九五九年,他们成立了自己的剧团,拉梅任领衔女演员,福本人则集编剧、编舞、导演、演员、舞台设计等于一身。此后,他创作并演出了一系列通俗易懂的政治讽刺剧,对意大利的政治机构、官僚体制、军事系统和天主教会等都进行了无情的鞭挞。

达里奥·福迄今已创作戏剧七十多部。其中五六十年代的主要作品有讽刺政府官员恶习的《天使长不玩台球》(1959),揭露政权机构与黑社会狼狈为奸的《他有两支长着白眼睛和黑眼睛的手枪》(1960),还有抨击资本主义社会和资本家的《总是魔鬼的不是》(1965)和《工人识字三百个,老板识字一千个,所以他是老板》(1969),以及系列剧《滑稽神秘剧》(1969)等。《滑稽神秘剧》是他这一时期的代表作,作品继承了意大利民间戏剧的传统，从中世纪的民间传说中撷取素材，借鉴民间戏剧的表演手段，借古讽今，借古喻今，用以抨击时政，揭露黑暗，嘲讽社会上的道德沦丧和不正之风，尖锐深刻，入木三分。而且在舞台上，往往全仗达里奥·福这唯一一个演员的独白和表演来吸引观众。这种融古今戏剧形式和表演手段于一体的新的探索，轰动了剧坛，获得了观众的好评。达里奥·福则自称是"人民的游吟诗人"。

一九七〇年创作的《一个无政府主义者的突然死亡》①是达里奥·福的另一代表作，这是一出根据真人真事创作的政治讽刺剧。它的背景是一九六九年右翼极端分子在意大利制造的一系列爆炸案。米兰火车站发生爆炸后，警方把这归咎于无政府主义分子，逮捕了一个无辜的嫌疑犯。就在拘留审讯期间，这个嫌疑犯突然从拘留所五楼的窗口"摔"下致死。这出戏就是描写这一事件的。在这一剧作中，一名"疯子"偶然发现此案的全部内情，他伪装成最高法院的代表复审此案，披露了事情的真相，从而揭露了司法当局颠倒是非、捏造事实、诬陷左翼人士的丑恶行径。

七八十年代，达里奥·福又相继发表了一系列的戏剧作品，其中主要的有反映巴勒斯坦人民斗争的《突击队员》(1972)，抨击意大利当局暴力行径的《砰，砰，谁来了？警察》(1973)，批判政界权力中心的《范范尼案件》(1975)以及《拒不付款》(1974)、《喇叭、小号和口哨》(1981)。《拒不付款》写一群家庭主妇不堪忍受物价的飞涨，联合起来，拒不付款，表现出普通人面对物价高涨和资本家剥削的无奈抗争。《喇叭、小号和口哨》对政界和财界头面人物的揶揄达到了淋漓尽致的地步。此外，还有《伊丽莎白塔》(1984)、《阿尔内基诺》(1986)和《教皇与女巫》(1989)等剧作。

九十年代以来，达里奥·福的主要作品除《约翰、巴丹和美洲发现》(1992)外，还有观众期待已久的福的近作《有乳房的魔鬼》(1997)。一九九七年八月初，人们终于迎来了它在墨西拿的首场演出。

在几十年的戏剧生涯中，达里奥·福用自己的心灵来观察社会和生活，他自始至终把戏剧当作投枪和匕首来使用，在逗人发笑、引人入胜的同时，对社会的丑恶和不公进行针砭，同时也提供了不同的思考角度，让观众通过笑声获得启迪和审美愉悦，因而深受大众喜爱，获得了世界性的声誉。

授奖公告

一九九七年诺贝尔文学奖授予意大利剧作家兼演员达里奥·福。

他在作弄权贵和维护被压迫者尊严方面堪与中世纪的弄臣媲美。

剧作家兼演员达里奥·福出生于马乔列湖畔，现年七十一岁。早年曾就读于米兰美

① 吕同六译为《一个无政府主义者的意外死亡》。

术学院,并与女演员兼作家弗兰卡·拉梅结婚。

长久以来,福的剧本在世界各地演出,其频繁和受欢迎的程度可能超过任何一位当代戏剧家。就"弄臣"这个词的真正含义而言,正是他而非别人才担当得起这一名称。他在融嬉笑于严肃的作品之中向我们揭示了社会的弊病和不公正现象,并让我们从更广阔的历史视角来看待这些现象。福是一位极其严肃的讽刺作家,他的作品的形式多种多样。他那独立不羁的性格和敏锐的洞察力曾使他做出巨大的冒险,其结果非同小可,与此同时,他也经验了来自社会各阶层的巨大反响。

非学院化传统在福的事业中扮演了非常重要的角色。他经常提到中世纪的弄臣(小丑)以及他们的喜剧和神秘剧。他的代表作《滑稽神秘剧》(1969)即建立在这些经过他解读的历史材料之上。然而即兴喜剧以及二十世纪的作家,诸如马雅可夫斯基和布莱希特也对他产生极其重要的影响。

福多产的作品中另一部享有盛名的剧作是写于一九七〇年的《一个无政府主义者的突然死亡》。它的背景是一九六九年右翼极端分子在意大利制造的一系列爆炸案,当时,官方和新闻界把那些爆炸案归咎于无政府主义分子。在米兰的审讯中,一位无辜的嫌疑犯从五层楼的窗口"摔"了下来。这出戏就是描写这些审问的,渐渐地审问被一位哈姆雷特式的角色(疯子)所取代,他那荒谬的行为使官僚们的谎言昭然若揭。

其他出类拔萃的作品还有《拒不付款》(1974)和《喇叭、小号和口哨》(1981)。后者是一部旨在讽刺上层人物的阴谋诡计的阴差阳错的喜剧。近年来,在弗兰卡·拉梅的协助下,福开始在多部戏剧中处理有关妇女的题材。

观众们期待已久的福最近的作品《有乳房的魔鬼》(1997),八月初终于迎来了它在墨西拿的首场演出。这是一部以文艺复兴为背景的讽刺喜剧,剧中的主角是一位热衷于功名的法官和一位受魔鬼控制的妇女。正如福一贯表现的那样,这出戏也是针对当今社会的某些现象的。

翻译福的那些带有鲜明的主题倾向的文本以及他建立在对话和声喻法基础上的特殊的文体,常常会产生一些问题。翻译家们时常会评论福所采取的手法。埃德·埃莫利就是一例。他曾在《一个无政府主义者的突然死亡》的译文注释里指出,他已经竭力保持原作的风格,并保留了福的种种暗示。

福的力量在于他那创造性的文本,这些文本集逗人发笑、引人入胜和深邃的洞察力于一体。因为喜剧艺术永远为创造性的阐发和背离敞开着大门,同时也不断地激发着演员们的即兴发挥,这意味着它能大大地调动观众的情绪。福的作品充满活力,手法高超,且题材广泛,给人印象至深。

瑞典学院

沈语冰　译

作品

一个无政府主义者的意外死亡(节选)

〔从外面传来警察局局长愤怒的声音,他像一颗炮弹似的冲上场,警察紧紧地追随着他。

局长 我说,警长,这是怎么回事,我必须上您这儿来,即使我不能来?

穿运动夹克的警长 不,局长先生,您是有道理的……不过,因为……

局长 因为一件屁事!什么玩意儿一下子成了我的顶头上司?我马上警告您,您这种蛮横无理的举止行为我实在不喜欢……特别是对待您的同事……走吧,要不脸上又要挨老拳了!

穿运动夹克的警长 唉,您瞧,局长先生……贝托佐没有用咂舌头的声音来嘲弄您,也没有对您说要打发您到卡拉布里亚的半地下室去……

〔疯子佯装整理他的案卷,在写字桌后面蜷缩着身子。

局长 什么咂舌头的声音,卡拉布里亚的半地下室!得,别再恶作剧了……不能再平安无事地坐在这儿了……所有的眼睛都盯着我们……那些卑鄙的记者炮制了各种各样的混账消息;含沙射影……您别再给我雪上加霜……(警长向他指指正佯装局外人的假法官)啊,那个人?天哪!他是谁?记者?可您为什么不马上对我……

疯子 (仍然注视着案卷)不,局长先生,您大可不必紧张,我不是一名记者……不会有那些讨厌的流言蜚语……我可以向您保证。

局长 谢谢您。

疯子 我理解并且和您分担您的不安,另外,我在您之前已责备了您的这位年轻的同事。

局长 (转向警长)是这样吗?

疯子 我觉得,这位年轻人脾气相当暴躁,缺乏耐心,从方才你们的谈话中,我发现他甚至对咂舌头的声音和卡拉布里亚的半地下室都有一种变态反应,不妨在我们之间说句实话,比起苏莲托①和卡普亚②来,那还算是不错的了。您明白吗?(很亲切地把警察局局长拉到身边,局长愣愣地随着他)

局长 不,我确实……

疯子 (几乎对他附耳说)请听我的,局长……我像对待一位父亲那样对您说,这位年轻

---

① 苏莲托,意大利南方城市。

② 卡普西,意大利南方城市。

人需要一位很好的精神病医生……拿着,请把他带到我这位朋友那儿去……他是位出色的医生。(把一张名片放到他手里)安东尼奥·拉比教授……曾经担任兼职教授……但注意这儿有个逗号。

局长 (不知如何解脱)谢谢,但请允许我……

疯子 (顿时改变语气)当然,我当然允许您……请坐……我们现在开始……您这位同事可向您报告,我……?

穿运动夹克的警长 没有,请原谅,我还来不及……(转向警察局局长)这位是马可·马里亚·马利皮埃罗教授,最高法院的首席顾问……

疯子 请别提那个"首席顾问",我对此毫不在乎……您就说"顾问之一",这对我就足够了!

穿运动夹克的警长 悉听尊便。

局长 (一时很难从突然袭击中恢复过来)阁下,我确实不知道……

穿运动夹克的警长 (试图帮助他)法官先生来这儿是为了复查那件案子……

局长 (突然接过话茬)啊,当然,当然,我们早就期待您的光临!

疯子 瞧见了吗,您的上司是多么真诚?他坦诚地表明了自己的态度!您该向他学习!当然,那是另外的一代人,另外的一种作风!

局长 是的,另外一种作风。

疯子 好,请允许我直截了当地对您说:你几乎是我的……这么说吧……亲密的朋友……仿佛我已经认识您许多年了。您是不是曾经流放过?

局长 (结结巴巴地) 流放过?

疯子 我说什么来啦?当过流放地区的警察局局长?那是什么时候呢?还是来说我们的事吧!

局长 谈我们的事儿!

疯子 (斜视着他)得!(用手指他)但是,不必了,不必了,这是不可能的!把那些错觉放在一边吧!(揉眼睛。同时,警长对局长附耳急促地讲了些什么,局长沮丧地倒在椅子上。神经质地点燃一支香烟)那么,还是言归正传。这儿,根据审讯记录(翻阅材料)第二十五、二十六、二十七和二十八页……(警长因被动吸入横向飘来的烟味而咳嗽)那一天的晚上,日期我们不感兴趣……一名无政府主义者,铁路扳道工,在这间办公室里接受关于他是否参加了银行炸弹爆炸案的审讯,这起爆炸事件导致了十六名无辜市民的死亡!法官先生,您在审讯中是这样说的:"我们掌握了有关您的很有分量的线索!"您是这样说的吗?

局长 是的,这是审讯开始的时候,法官先生……后来……

疯子 我们就是谈审讯开始的时候……我们按顺序来:将近午夜,无政府主义者突然走火入魔,这仍然是您法官先生这么说的,他突然走火入魔,从窗口跳楼,活活摔死了。那么,什么是"走火入魔"?班迪埃①认为,这是自暴自弃的忧虑心态的激化的形式,

① 班迪埃,法国精神分析专家。

它同样能主宰心理健康的人,如果在他们身上诱发一种强烈的愤懑,一种绝望的痛苦。是这样吗?

局长和穿运动夹克的警长 是这样。

疯子 那么,我们再来看,是谁,又是什么东西诱发了这种愤懑,这种痛苦;我们没有别的法子,只有把当时的场面予以再现:现在该您走上舞台了,局长先生。

局长 我?

疯子 是的,请走到前面来。你不反对表演一下您那令人难忘的出场吧?

局长 请原谅,什么令人难忘的?

疯子 那决定性地引发走火入魔的举动。

局长 法官先生……这儿肯定发生了误会,我并没有出场,而是我的副手,一位同事……

疯子 唉,唉,把责任推给自己的下属,是糟糕的,甚至是糟糕透顶的……打起精神来,扮演您的角色……

穿运动夹克的警长 不过,法官先生,这是每一个警察局都常常采用的一种手段,这样做是为了让犯罪嫌疑人招供。

疯子 谁叫您说话了,让您的上司讲话!您知道吗,您是一个没有教养的人!从现在起,您只需在问起您的时候才开口回答……明白了吗?您局长先生,请吧,请您现身说法,把当时的情景表演一下。

局长 我同意。事情的经过大致是这样的:犯罪嫌疑人无政府主义者在那儿,正是您现在坐的地方。我的同事……不,是我,我很冲动地进来……

疯子 好!

局长 于是,我对他发动了攻势!

疯子 我欣赏您这种态度!

局长 我亲爱的扳道工……颠覆分子……你该停止耍弄我了……

疯子 不对,不对……您就原原本本地表演。(展示审讯记录)这儿没有任何剪接……您不是这么说的。

局长 嗯,我是这么说的:别再踢我的屁股了!

疯子 他仅仅是踢屁股?

局长 是的,我向您发誓。

疯子 我相信您,继续往前走。您接着怎么说的?

局长 我们掌握了证据,火车站的炸弹就是您放的。

疯子 什么炸弹?

局长 (降低声调,用谈话的口吻)我是指二十五日的爆炸案……

疯子 不,您就把那天晚上讲的话重复一遍。假设我就是无政府主义者,铁路扳道工。打起精神来。什么炸弹?

局长 别装蒜!你心里一清二楚。我讲的是什么炸弹?几个月以前,你们放在中央火车站车厢里的炸弹。

疯子 那你们果真掌握着这些证据吗?

局长 没掌握,但正像方才警长解释的那样,这是我们警察局常常采用的一种欺骗手段……

疯子 哈哈……真够狡猾的。(用手拍击发呆的警察局局长的肩膀)

局长 不过我们掌握了一些可疑的线索……这米兰的无政府主义者,扳道工是唯一的犯罪嫌疑人……所以很容易推断,他是……

疯子 这是自然的,我想说,这是显而易见的。如果铁路上的炸弹是铁路工人放的这一事实是毋庸置疑的,那我们可以顺理成章地做出推断,罗马司法部大楼的炸弹,是一位法官放的;无名英雄纪念碑前的炸弹,是警卫部队的军官放的;农业银行的炸弹,是一位银行家或者一位农业主——由您选择——放的。(顿时怒火中烧)往下说呀,先生们……我到这儿来,是为了进行严肃的调查,而不是为了玩弄愚蠢的推理游戏!继续进行。这上面写道(念某一页材料):“无政府主义者似乎没有被指控所触动,疑惑地微笑。”这一段文字是谁写的?

警长 我,法官先生。

疯子 很好,那时候他微笑来着……但这儿有这样一段评述,都是你们的原话……审查案件卷宗的法官也是这么重复的……“毫无疑义,失去工作,被解雇的恐惧,也同自杀的危象有关系。”可是,起初他微笑,后来却突然觉得恐惧,这是怎么回事?是谁向他灌输这种恐惧?……是谁走到他的跟前,突然跟他谈到解……雇?

警长 不知道,我向您发誓,至于说我……

疯子 注意,我们不必大事化小,小事化了……你们两个并不是唱主角的人……这世界上所有的警察都是动手殴打的,这是一种快乐,我不明白,为什么正是你们俩是唯一带着凡士林去的?你们这样行事,是你们的权利!怎么样,我没有开玩笑吧?

局长和警长 谢谢,法官先生。

疯子 不客气。另外,谁都明白,有人去对无政府主义者说这么一番话,那是很有害的:“你的事情很不妙,当我们告诉铁路部门的头头们,说你是无政府主义者,谁知道他们会怎么干……他们会把你扫地出门……你将被解雇!”那个家伙灰心丧气了……说实在话,一个无政府主义者,最最眷恋的就是职业……他们归根到底都是小资产者……割舍不了他们得到的小小的好处;每个月固定的薪水、奖金……第十三个月工资①、养老金、互助金、一个安全的晚年……没有人比无政府主义者更多地考虑晚年,请相信我……自然,我是讲我们的无政府主义者……那些好吃懒做的家伙……这跟从前那些被驱逐、无家可归的人大不一样……您了解那些无家可归的人吗,局长先生?噢,噢,我在说什么?!总而言之,你们从精神上打垮了一个无政府主义者,使得他痛苦失望,于是他跳楼……

警长 如果您允许的话,法官先生,坦率地说,这件事没有马上发生……因为我还没有介入呢……

疯子 没错,没错,您说得对……您先是走出办公室,然后您又回来,在故作姿态地停顿

① 在意大利,按照惯例,年底给每一个员工多发一个月工资,作为奖金。

了片刻之后，您开口说话……得，警长先生，您把自己说的话表演一下……您仍然设想我就是无政府主义……

警长 是的，没问题。“方才从罗马给我打来电话……有个好消息告诉你……你的朋友，对不起，你那位舞蹈演员同志已经招供……是他把炸弹安放在米兰的银行……”

疯子 那么，他，扳道工，对这个消息是怎么反应的？

警长 嗯，很糟糕，他的脸色发白……要了一支烟……点了火……

疯子 然后就跳楼了。

局长 不，没有马上跳……

疯子 最初您是说“马上”，是这样吗？

局长 没错，是这样。

疯子 而且，在接受报纸和电视采访时，您总是声明，无政府主义者在采取可悲的行动以前，已经泄气……他“陷入了绝境”，您是这样说的吗？

局长 没错，我正是这样说的：“陷入了绝境”。

疯子 那您在声明中还说了什么？

局长 他曾提出不在犯罪现场的证据，说那可怕的下午发生凶案的时候，他正在运河边一家小酒店里玩纸牌。我指出，这个证据是捏造的，不能成立。

疯子 这么说来，无政府主义者被认为不仅是铁路爆炸案，而且是米兰银行爆炸案的犯罪嫌疑人。您末了还补充说，无政府主义者的自杀行为，就是对他自己的“一份起诉书”。

局长 没错，我是这么说的。

疯子 而警长，您则大声嚷嚷，说那个家伙活着的时候就是个罪犯，是个无赖！可是才过了几个星期，您，局长先生，又发表声明，瞧，这儿有份文件，“理所当然”，我再重复一遍，可怜的扳道工“理所当然”没有任何具体的犯罪嫌疑。对吗？所以他完完全全是清白的。而且，警长，您还这样评论道：“那无政府主义者是个很棒的小伙子。”

局长 是的，我想……我们犯了错误……

疯子 天哪，谁都可能犯错误。可你们，请原谅，做了一件蠢事，且容我给你们点明：首先你们随心所欲地拘捕了一名自由公民，然后滥用你们的权力，对他的拘留超过法定的期限，你们又告诉这个可怜的扳道工，说你们掌握了他用炸弹制造铁路爆炸案的证据，使他精神受到刺激，接下来你们又故意制造他的精神出了毛病的假象，威胁说他将被解雇，说他案发时正玩纸牌、不在犯罪现场的证据是捏造的，不能成立的。最后，你们又给了他一记意外的打击，说他的罗马的同志已经招供，承认自己是米兰爆炸案的凶手，他这位罗马的朋友是个很让人讨厌的凶手，不是吗？！这样，他彻底绝望了，说了一句“无政府主义完蛋了”，就跳楼了。我要说，我们才是疯子，不是吗？在这种情况下，用这样的手段，逼迫一个任人摆布和嘲弄的人走火入魔，那有什么奇怪的呢？啊，不，不，我很遗憾，在我看来，你们是有罪责的，这就是我的意见！你们对无政府主义者的死亡负有全部责任！应当以挑唆他人自杀罪立即起诉你们！

局长 可这怎么可能呢，法官先生？我们的职业，您也承认，就是审讯犯罪嫌疑人，让他开口说话，有时候不得不使用计谋，设下圈套，甚至诉诸某种精神上的压力……

疯子 不对，这里涉及的绝不是“某种”，而是持续不断的压力！你们开始审讯的时候，是不是掌握了这个可怜的扳道工咬定自己不在犯罪现场的说法是撒谎的可靠证据？请回答！

局长 没有，我们没有掌握可靠的证据……不过……

疯子 我对“不过”不感兴趣！是不是还有两三位退休老人，今天依然能够证明他不在犯罪现场？

警长 是的，有。

疯子 这么说来，你们还向电视和报界撒了谎，说凶手不在犯罪现场的证据是捏造的，你们掌握了很有分量的线索，是吗？你们使用计谋，设下圈套，搞阴谋诡计，不仅仅是为了制服犯罪嫌疑人，而且是为了欺骗、愚弄善良的、傻瓜似的老百姓的信任！（局长欲插话）请让我把话讲完，难道你们没听说过，散布虚假的或者有偏见的消息是严重的犯罪行为？

局长 可我那位同事曾经向我许诺……

疯子 别把责任推卸给第三者……您，警长先生，请回答我，那个无政府主义者、舞蹈演员已经招供的消息，是打哪儿来的？我查阅了警方和罗马预审法官审讯的全部记录（向他们展示记录）……这个无政府主义者压根儿没有承认自己参与了银行爆炸案。这是怎么回事？这口供莫非又是你们杜撰的？请回答！

警长 是的，是我们杜撰的。

疯子 哈，哈，真是奇妙的想象力！你们二位真该去当作家才是。或许你们还有机会去当作家，请相信我。监狱是写作的极好场所。嘿，你们垂头丧气了！那么，我还想非常坦率地告诉你们一个消息，罗马方面掌握了你们对这件事负有严重责任的无可辩驳的证据。你们两个无可救药了；司法部长和内务部长已经决定撤你们的职，让大家记取这一最严重的教训，来重新建立业已信誉扫地的警察局的威信！

局长 不，这难以令人置信！

警长 他们怎么可能……

疯子 这是确凿无疑的。您俩飞黄腾达的前程毁了！这就是政治，我亲爱的。起初你们为某个政治游戏效劳，给工会运动制造麻烦……制造一种“置颠覆分子于死地”的气氛。如今，事情多多少少发生了逆转……无政府主义者跳楼死亡的事件激起了民众的公愤……需要两颗脑袋来平息……那就请你们慷慨一下！

局长 就要我们的脑袋？

警长 没错。

疯子 英国流传着一则古老的故事：主人唆使他豢养的几只狼狗去咬一群乡下人……那些乡下人向国王哭诉，主人为了得到宽恕，便把狼狗宰了。

局长 你们以为……你们果真……相信？

疯子 我是你们的审判者，我还会是别的什么人呢？

警长 该死的职业！

局长　我知道是谁坑害了我……哼,但我会让他付出代价的。

疯子　当然,会有许多人对你们幸灾乐祸,得意忘形地耻笑你们。

警长　是的,首先是我们的那些同事……这是最让我气愤的!

局长　更不要提那些报纸了。

警长　真不知道他们会怎么尽情地嘲弄我们!……你瞧,还有那些无聊的画报。

局长　这些卑鄙的小人,当初低三下四地拼命来巴结我们,谁知道又会抖露出你的什么事情……他们甚至会嚷嚷"把警察捉拿归案"!

警长　"这警察是个虐待狂,是个滥用暴力者!"

疯子　更不要提什么屈辱……讽刺……

局长　岂止是耻笑!所有的人都不再理睬你……我们会连个停车场看守的位置都找不到!

警长　这狗日的世界!

疯子　这狗日的政府!

局长　事情既然到了这个地步,请您告诉我,我们该做些什么?请给我出出主意!

疯子　我?我能对你们说什么呢?

警长　对,您给我们出出主意!

疯子　我要是处在你们的位置……

局长　处在我们的位置?

疯子　我就从窗口跳下去!

局长和警长　什么?

疯子　你们要我出主意……事情到了这个地步,与其忍受这样的屈辱……还不如听我的话,你们去跳楼!打起精神,去跳!

局长　是的,很好,可这跟我们说的有什么关系?

疯子　确实,没什么关系。你们就让自己走火入魔,从窗口跳下去!(把他们朝窗口推去)

局长和警长　不,等一等!等一等!

疯子　什么"等一等"?你们还要等什么?你们还想在这龌龊的世界上干什么?这难道是生活吗?狗日的世界、狗日的政府……统统都是杂种!跳楼吧!(用力把他们往窗口拽去)

局长　不,您想干什么,法官先生?我还抱有希望!

疯子　什么希望也没有,你们完蛋了……你们难道不明白?完蛋了!跳楼吧!

局长和警长　救命!别推……行行好!

疯子　不是我推你们,是你们走火入魔了。解救你们的"走火入魔"万岁!(揪住他们的腰身,强迫他们爬窗子的栏杆)

局长和警长　不,不,救命!救命!

吕同六　译

1998

获奖作家

若泽·萨拉马戈

传略

一九九八年十月八日,瑞典学院宣布将当年的诺贝尔文学奖授予葡萄牙著名作家若泽·萨拉马戈,表彰他"以充满想象、同情和讽喻的寓言故事,不断地使我们对虚幻的现实加深理解"。

若泽·萨拉马戈(Jose Saramago,1922—2010),一九二二年十一月十六日出生于葡萄牙南部阿连特茹地区阿济尼亚加镇的一个贫苦农民家庭,后随全家移居首都里斯本。由于家庭经济困难,若泽·萨拉马戈十七岁时中学未毕业就开始工作,当过工人、绘图员、社会保险部门职员和翻译;一九六〇年进科尔出版社任编辑,直至七十年代初进报社工作,曾任新闻日报社副社长。一九七六年以后,若泽·萨拉马戈成为以写作为生的职业作家。现住西班牙加那利群岛的兰萨罗特岛。

若泽·萨拉马戈虽然早在一九四七年就已发表第一篇小说《罪孽之地》,但真正走上文坛是在一九六六年以后。一九六六年,他出版了第一部诗集《可能的诗歌》,四年后又出版了第二部诗集《或许是欢乐》,前者收诗一百四十八首,后者收诗九十八首,两部诗集风格、结构基本上类似,可看成姐妹篇。题材主要是爱情、大海、烈火等,对现实生活中的丑恶和不公进行抨击,对人生作了执着追求。

但诗歌创作只能说是若泽·萨拉马戈从事文学创作的初步尝试,是他整个创作生涯中的准备阶段。他在文学上的主要成就是小说,特别是长篇小说。一九七五年,若泽·萨拉马戈出版了第一部长篇小说《1993》,该书充满寓言式的想象,神奇、荒诞,按其风格、结构,可称为诗体小说。随后他又相继出版了长篇小说《绘图与书法指南》(1977),短篇小说集《几乎是物体》(1978)和《五种感觉俱全的作诗法》(1979)。这四部作品使若泽·

萨拉马戈完成了从诗歌创作到小说创作的过渡，打下了文学创作的基础，形成了他的小说世界的本质。

一九八〇年，若泽·萨拉马戈出版了第三部长篇小说《从地上站起来》，作品以自己的亲身经历为素材，通过一家祖孙三代人的命运，描述了阿连特茹地区劳动人民的悲惨生活以及他们的觉醒和抗争，既歌颂了人民的勤劳勇敢和真挚爱情，也赞美了他们对大自然和土地的热爱，堪称葡萄牙劳动人民生活斗争的史诗。通过这部作品，若泽·萨拉马戈终于形成了一种把丰富的想象力、对历史的反思和对社会不公进行抨击熔为一炉的创作风格。该书的出版为作者赢得了很高声誉，从而为他在葡萄牙文坛的突出地位奠定了基础。

此后，若泽·萨拉马戈又相继出版了一系列长篇小说。一九八二年出版的《修道院纪事》由两条故事线索组成：其一是十八世纪时根据国王的意志修建马芙拉修道院，这是一项以民工的血汗为代价建造的非凡工程；其二讲的是古斯曼神父及其发明的“大鸟”。前者源于历史，后者则属杜撰。小说通过巴尔塔萨尔和布里蒙达两个虚构人物，把修建修道院和制作“大鸟”两项工程联系在一起。其象征意义是：神父的“异端”智慧胜过国王的权力。讲述诗人里卡多·雷伊斯生前几个月发生的种种事件的《里卡多·雷伊斯死亡之年》(1984)，通过里卡多·雷伊斯观看狂欢节，到剧场看演出，外出散步和前往圣城法蒂玛等种种情节，展现了大千世界五光十色的景象。此外，还有虚构出比利牛斯山脉出现一道裂缝，伊比利亚半岛裂离欧洲大陆，充满想象、神奇和荒诞的寓言式小说《石筏》(1986)，曾因涉及某些敏感问题而引起过一场风波的《耶稣基督眼中的福音书》(1992)和虚构出发生一场致人失明的时疫，毁坏人类文明，暗喻人类在理智上成了盲人的寓言式小说《失明症漫记》(1995)，讲述中央登记处职员桑·荷西在寻找意中人的过程中，既发现了对方的悲剧命运，也加深了对自身的了解的《所有的名字》(1997)以及揭露某国右翼政府残暴统治的《透明》(2004)等。其中《修道院纪事》是若泽·萨拉马戈的代表作，是葡萄牙文学史上最优秀的长篇小说之一，它已被翻译成多种文字在二十多个国家出版，成为当代世界文学宝库中的一部佳作。

除诗歌、小说外，若泽·萨拉马戈还出版过三个剧本：《夜晚》(1974)、《我用这本书来做什么?》(1980)和《弗朗西斯科·德·阿西斯的第二次生命》(1987)。从一九六八年起，若泽·萨拉马戈曾为《首都报》《丰当报》《里斯本日报》等多种报刊撰写新闻报道及文学评论和政治评论等专栏文章，这些文章后来结集出版，计有新闻报道集《这个世界和另外的世界》(1971)、《旅行者的行李》(1973)及评论集《〈里斯本日报〉曾这样认为》(1974)、《札记》(1976)。

若泽·萨拉马戈有着强烈的历史使命感和社会责任感，关心人类的命运和世界的前途，他的作品立足于葡萄牙民族本土，继承了优秀的民族传统，同时吸收了当代文学的各种手法，创立了一种充满想象、隐喻、讥讽的小说形式，为葡萄牙文学和世界文学做出了贡献。

授奖公告

葡萄牙人若泽·萨拉马戈本月将年满七十六岁,是位劳动阶级出身的作家,六十岁时才开始出名,此后终于出类拔萃,作品不断被翻译出版,目前居住在加那利群岛。

《绘画与书法指南》是一九七七年问世的一部长篇小说,有助于我们理解其后所发生的一切。归根结底,它讲述的是一位艺术家——不但是一位画家而且也是一位作家——的诞生。该书的大部分可以作为一部自传阅读,但在其紧凑的内容中,也包含了爱情的题材、伦理问题、旅行的印象和对个人与社会之间关系的思考。因萨拉查政权的倒台而得到的解放提供了一个富有启发性的尾声。

出版于一九八二年的《修道院纪事》是使作家成名的一部长篇小说。这是一部内容丰富、具有多方面含义的作品,同时展现了历史、社会和个人的画面,所表现出的智慧和丰富的想象力,构成了若泽·萨拉马戈作品的整体特点。以这部小说为基础,意大利作曲家科尔基(Corghi)创作了歌剧《布里蒙达》。

《里卡多·雷伊斯死亡之年》问世于一九八四年,是作家文学创作的顶峰之一。形式上故事发生在一九三六年处于完全独裁统治之下的里斯本,但却又具有一种超越现实的氛围,这种氛围因死去的诗人费尔南多·佩索阿多次前往主人公(来自佩索阿的作品)的家去拜访以及他们就人类生存的条件所进行的谈话而得到强调。在最后一次相遇之后,他们一起离开了这个世界。

在一九八六年出版的《石筏》一书中,作家使用了一种特有的策略。一连串的超自然的神奇事件最终以伊比利亚半岛脱离大陆而达到顶峰。伊比利亚半岛开始在大西洋上浮动,最初朝亚速尔群岛驶去。若泽·萨拉马戈创造出的这种局面给予他无数次的机会,以便他以其非常个人的风格对人生的伟大与渺小进行评论,对官方和政治家们,也许特别是对那些高层政界玩弄权术的人加以嘲讽。若泽·萨拉马戈的计谋服务于他的智慧。

同样有充分的理由提及一九八九年出版的《里斯本围城史》一书,这是一部关于一个离奇故事的长篇小说。小说源于一位校对员固执地要为一个历史事件增添一个不字,一个计谋,从而使这一历史事件改变了方向,与此同时,为作家的丰富想象力和讲述的乐趣提供了自由的天地,而且不妨碍其深入问题的核心。

问世于一九九一年的《耶稣基督眼中的福音书》是有关耶稣生活的一部长篇小说,坦率地包含了对重大问题的引人注目的思考。上帝和魔鬼就邪恶进行谈判,耶稣不满其扮演的角色,并向上帝发起挑战。

最近几年出版的几部小说之一极大地提高了若泽·萨拉马戈的文学水准,这就是一九九五年问世的《失明症漫记》。无所不知的叙述者带领我们通过人类的感觉和文明的精神层次所组成的联结地带,作了一次令人恐怖的旅行。想象力之丰富,情节之怪诞、离奇和思想之尖锐以一种荒唐的方式在这部引人入胜的作品中得到了至高的体现。"你愿让我告诉你我所想的东西,那你就说吧。我想我们过去没有失明,我想我们正在失明,我们是能够看见东西的盲人,因为看到了所以才看不到的盲人。"

其最后一部长篇小说《所有的名字》的瑞典文译本于今年十月底出版,讲述的是中央户籍登记处一个小公务员的故事。他因为其中的一个名字而失去理智,并沿着其轨迹直至其悲惨的结局。

若泽·萨拉马戈所创造的丰富多彩和前后一贯的小说艺术使他得到一种很高的地位。在完全独立的基础上,若泽·萨拉马戈借助了传统,在某种程度上,在当代的结构中,可以将之划入激进的行列。他的文学作品呈现出一系列的投向,其中某种投向与另外一种投向差不多彼此抵触,但所有的投向都体现出接近难以捉摸到的现实的新的尝试。

瑞典学院

孙成敖 译

作品

修道院纪事[①]

第四章

这个外表轻松、手握宝剑、制服褴褛的人虽然赤着脚,但仍然像一名士兵,他叫巴尔塔萨尔·马特乌斯,人称"七个太阳"。去年十月我们以一万一千人大举进攻时,他在赫雷斯·雷·洛斯·卡巴莱罗斯战线作战,一颗子弹击碎了他的左手,只得从腕部把手截去……把一只手留在了那里,不值得。要么由于吉星高照,要么因为身上的肩绷带起了不同寻常的作用,这位士兵的伤口没有失血过多,被子弹击中后血管没有破裂;外科医生手段高明,根本不需用锯锯断骨头,只把关节拆开,在断处涂上一层收敛性草药,"七个太阳"的肌肉又非常好,两个月后便痊愈了……

"七个太阳"巴尔塔萨尔靠乞讨为生,将攒得的钱一半用于打只假肢和一副可连于左臂的铁钩,以备自卫或劳作之用,另一半作为路费,乘船前往里斯本向国王索讨抚恤金。

---

① 长篇小说《修道院纪事》有两条叙述主线:一条是国王为求子嗣,以继王统,在马芙拉修建修道院,并假宗教裁判所之手,行使苛政;一条是残疾士兵巴尔塔萨尔与一有特殊功能的女子布里蒙达萍水相逢,一见倾心,终成眷属。此处为节选,内容仅限于第二条主线。

里斯本越来越近,只有一箭之地了,围墙和房屋显得更高。船在里贝拉靠岸,船老大放下船帆,掉转船头,以便靠上码头,靠岸那边的桨手们一齐抬起桨,另一边的桨手们继续划动;再一转舵,一条缆绳就从人们头上抛过去,仿佛一下子把河两岸连接起来了。正值退潮,码头显得很高,巴尔塔萨尔抬起腿,一下子蹦到岸上……穿过鱼市。卖鱼女人们粗声大气地向买主们喊叫,摇晃着戴金手镯的胳膊调笑,拍着胸脯发誓赌咒,胸前挂着十字架、项链、饰链,都是上等巴西黄金制品,耳朵上吊着又长又重的耳环,这些都是表明女人富有的物件。巴尔塔萨尔在一家钻石店旁边的酒馆门口买了三条烤沙丁鱼,放在必不可少的一片面包上,一边吹着一边一小口一小口地咬,在前往王宫广场的路上就吃了个精光。……

前边就是国王的宫殿,宫殿在,国王却不在,他正和唐·弗朗西斯科王子和其他兄弟以及家中仆人在亚泽坦打猎……巴尔塔萨尔站在王宫广场中间,望着熙攘的人世,望着驮载负重的牲畜,望着修士、巡逻兵和商人们,望着人们扛着的货物和木箱,突然感到一种对战争的深深的怀念;要不是知道那里再也不需要他,他此时此刻便会返回阿连特茹,即使猜想到死神正在等待着他也在所不辞……

“七个太阳”巴尔塔萨尔在各个街区和广场转了整整一个下午,到本市圣方济各修道院门口喝了一碗汤,打听到了哪些教友会最乐善好施,他记住了其中的三个,打算以后去看一看:奥里维拉圣母教堂教友会,那是个修士们的教堂,他已经去过;圣徒埃洛伊教友会,是银饰匠们的教友会;还有沦落儿童教友会,这与他本人倒有些相似之处,尽管对童年已没有多少印象,但也许有一天人们会把他视为沦落人。

…………

第五章

里斯本宗教裁判所举行火刑判决仪式,国王亲临现场。“七个太阳”也去观看,与女犯塞巴斯蒂安娜·马丽娅·德·热苏斯之女布里蒙达相遇,并结识了洛伦索神甫。

今天是普天欢乐的日子,也许这个词不大贴切,因为人们的喜悦出自内心,也许出自灵魂;看到全城人都走出家门,拥到街道和广场,从高处下来,聚集在罗西奥去看处决犹太人和新教徒、异教徒和巫师,还有那些难以准确分类的案件,例如鸡奸案、信奉莫利纳邪说案、引诱和煽惑妇女案以及其他应判处流放或者火刑的大小案件。今天出场的共一百零四个人,大部分来自巴西,巴西是盛产钻石和残忍的沃土,其中五十一个是男人,五十三个是女子。在女子当中,有两个要活活绞死,因为是屡犯,所谓屡犯即重犯异教罪,不论是出于信仰还是出于拒绝信仰,即虽然多次规劝仍然执迷不悟;即顽固坚持她们认为是真理的错误,只不过她们的真理在时间和地点上不对而已。在里斯本烧人,几乎两年以前有过一次。今天,罗西奥挤满了人,因为既是星期日又举行火刑仪式而显得双倍热闹。人们永远不会知道里斯本居民究竟更喜欢什么,是更喜欢这个呢还是更喜欢看斗牛……

宗教游行开始了,圣多明我会会士们举着圣多明我的旗帜走在前边,随后是宗教裁判所的法官们,他们形成一支长长的队伍,最后出现了被判决的罪犯,前面已经说过,一共是一百零四个,他们手上拿着大蜡烛,旁边是陪同他们的人;一片祈祷声和喁喁低语声;从头上戴的圆檐帽和身上穿的悔罪服的区别可以知道哪个将被处死,哪个不被处死,当然还有另一个明白无误的信号,即高举着的耶稣受难像,背面对着的女人们将在火堆里烧死,相反,那受苦受难的善良面孔对着的那些人能逃过火刑;大家都从这些象征物上知道等待他们的是什么。另外还能从衣服上看出来,衣服从视觉上表示所判的处罚,身穿带红色圣安德烈十字架的黄悔罪服者不应当被判处死刑;另一种上边有火苗朝下的图案,即所谓逆火,表示已经忏悔,免除死刑;那种灰色长袍——灰色是阴森森的颜色——上面有魔鬼和火舌围绕着被判刑者的图案,意味着必死无疑,这说明那两个女人过不了多一会儿就要被烧死……

平民百姓怒气冲冲地辱骂罪犯,女人们伏在窗户围栏上尖叫,修士们滔滔不绝地高谈阔论,宗教游行的队伍像一条巨蛇,罗西奥广场容纳不下,拐了一个弯又一个弯,仿佛要延伸到各处,让全城都看到这有益的表演。在队伍中走着的那个人是圣若热岛的安东尼奥·特谢依拉·德·索萨神甫,他的罪行是调戏妇女,按照教规的说法是抚摸妇女和与其发生肉体行为,可以肯定是以在忏悔室里的谈话开始的;若不是被流放到安哥拉了却残生,也会在圣器室那个隐秘的行为中结束。我叫塞巴斯蒂安娜·马丽娅·德·热苏斯,也算得上四分之一个新基督徒;我看到圣明显灵,获得天启,但他们在法庭上说是假装的;我听到上天的声音,但他们说是鬼蜮伎俩;我知道我可以成为像所有圣徒一样的女圣徒,更确切地说,我看不出我和圣徒们有什么区别,但他们回答说这是口吐不可容忍的狂言,是骇人听闻的狂妄,是向上帝的挑战,于是我犯了亵渎神明的罪,成了异教徒,成了大胆妄为的女人;他们堵住我的嘴,为的是听不见我的狂言,听不见我的异教邪说,听不见我亵渎神明的话,判处我当众受鞭刑,判处我流放安哥拉王国八年;我听到了宣读判决书,听到了对我的判决和对跟我一起在这个游行队伍里的人的判决,但没有听见他们提到我的女儿,她叫布里蒙达,她在哪儿呢,布里蒙达在哪儿呢,要是你没有在我之后被囚禁起来的话,一定会来打听你的母亲;要是你在人群之中,我就能看到你了;现在我的眼睛只想看到你,他们堵上了我的嘴,没有捂上我的眼睛;即使眼睛看不见,我的心也能感觉到你,也一直在想着你;他们在朝我吐唾沫,往我身上扔瓜皮和脏东西,要是布里蒙达在他们当中,我的心会跳出胸膛;啊,他们都大错特错了,只有我才知道,只要愿意,人人都可以成为圣徒;可我喊不出来,但胸膛给了我这样的信号,它在让心深深地叹息;我就要看到布里蒙达了,我就要看见她了;啊,她在那儿,布里蒙达,布里蒙达,布里蒙达,我的女儿,她已经看见我了,但不能说话,不得不装作不认识我,或者蔑视我,巫婆母亲,信犹太教的母亲,虽然仅仅是四分之一;她看见我了,她旁边站着的是巴尔托洛梅乌·洛伦索神甫;你不要说话,布里蒙达,不要说话,只用你那双眼睛看吧,你的眼睛能看清一切;那个男人是谁呢,身材高高的,离布里蒙达很近,不知道,啊,不知道,他是谁呢,从哪儿来的,他们之间有什么关系,我的天,从穿着上看是个士兵,从脸上看像个受过惩罚的人,少了一只胳膊;永别了,布里蒙达,我再也看不到你了。布里蒙达对神甫说,我母亲在那儿,然后转过身,问离她很近的那个高个子男人,你叫什么名字;那个男人说,我叫巴尔塔萨尔·马特乌斯,人们也叫我"七个太阳"。他回答时神态自然,看样子承认这女人有权利提出这个问题。

塞巴斯蒂安娜·马丽娅·德·热苏斯走过去了,其他人也都走过去了,游行队伍转了一个圈,被判处笞刑的受到了鞭笞,那两个女人被烧死了。头一个女人因为声称愿意在死时信仰基督,所以先绞死再烧;第二个到了死的时刻依然顽固不化,被活活烧死;火堆前边,男人们、女人们一起跳起舞来,好热闹的舞会;国王走了,他看到了一切,吃了饭,在游行中走了路,乘六匹马拉着的篷车,由卫队护卫着,和王子们回王宫去了……

要是有谁站在旁边,一定会觉得布里蒙达说的那几句话冷漠无情:我母亲在那儿。没有一声叹息,没有一滴眼泪,甚至脸上没有一丝怜悯,而人群虽然那样恨她、辱骂她、嘲笑她,但总还有人同情,而那个姑娘是她的女儿,从母亲望着她的样子就可以知道那是个多么受宠爱的女儿,但女儿只说了声"在那儿",马上又转向一个从未见过的男人,问他,你叫什么名字,仿佛打听他的名字比在监狱里遭受折磨和虐待之后遭受鞭笞之苦还重要,仿佛打听他的名字比塞巴斯蒂安娜·马丽娅·德·热苏斯流放到安哥拉、一去不复返还重要。但是,布里蒙达回到家里便大哭起来,两只眼睛像汩汩的泉水,要想再看到母亲只能是在上船的时候了,而且只能远远地望一眼。忍气吞声吧,布里蒙达,让上帝管上帝该管的事吧,我们不要越过他的边界,只在这边欣赏吧,管我们自己该管的事,这是人们的天下,这样的话上帝一定会来看望我们,到那时世界就创造出来了。"七个太阳"巴尔塔萨尔·马特乌斯一言不发,只是死死盯着布里蒙达,她每次看他的时候,他都感到胃里一阵发紧,因为从来没有见过这样的眼睛,这双明亮的眼睛随着外面光线的变化或者内心的变化而变化,呈灰色、绿色或蓝色,有时变成夜幕一样的黑色,有时变成明亮的白色,像煤矸石。不是因为人们叫他来他才来到这所房子的,而是由于布里蒙达问他叫什么名字,他回答了,无须更好的理由。火刑仪式结束了,场地清扫干净,布里蒙达走了,神甫跟她一起回去,布里蒙达进家以后让门开着,好让巴尔塔萨尔进来。他进了门,坐下以后,神甫才把门关上,点上油灯,此时本市低洼部分已经黑下来,但夕阳还能照到这城市的高处,通过缝隙把一缕红光射进屋里;城堡那边传来士兵们的喊叫声,要是在别的场合,"七个太阳"一定会回忆起战争,但此时他只顾得用眼睛盯着布里蒙达的眼睛,盯着她的身体,那身材修长,就像他弃船登岸、来到里斯本那一天睁着眼睛梦见的英国女人。

布里蒙达从凳子上站起身,点着壁炉里的木柴,把一只汤锅放在三腿炉架上,汤烧开之后她盛了两大碗递给两个男人,在做这一切的时候她都没有说话,从几个小时以前问过你叫什么名字以后就一直没有开口；虽说神甫先吃完了，但她还是等巴尔塔萨尔吃完以后才吃，为的是用他使过的餐勺，这样默默地做似乎是在回答另一个问题：你的嘴肯用这个男人的嘴使过的餐勺吧，这个男人已经把你的东西当成他的，现在又把他使过的东西给你用，让你的和他的这两个词失去意义吧；鉴于布里蒙达在被问及这个问题以前已经作了肯定的回答，那么我宣告你们结婚了。巴尔托洛梅乌·洛伦索神甫等布里蒙达把锅里剩下的汤喝完就为她祝福，这祝福不仅为她本人，而且为她的汤和餐勺，为他们的新房，为壁炉里的火光，为那盏油灯，为铺在地上的席子，为巴尔塔萨尔断了的那只手。神甫说完就走了。

两个人坐了一个小时，谁也不说话。只有一次巴尔塔萨尔站起来往壁炉里渐渐弱下去的火上添了几块木柴，有一次布里蒙达挑了挑油灯的灯芯，屋里又亮了，这时候“七个太阳”才说，你为什么要问我的名字呢；布里蒙达回答说，因为我母亲想知道你的名字，也想让我知道；既然你不能跟她说话，你怎么知道；我明白我知道，但不知道怎么知道的，你不要问那些我不能回答的问题，就像你原来那样，看见了，但没有问为什么；那么现在怎么办；要是你没有更好的地方可住，就留在这里吧；我必须去马芙拉，那里有我的家，有我的父母和妹妹；你走以前就留在这里吧，想什么时候走就什么时候走；你为什么想让我留下呢；因为需要；这条理由说服不了我；要是你不愿意留下，那就走吧，我不能强迫你；我离不开这里，你把我迷住了；我没有迷惑你，我一句话也没有说，也没有碰你一下；你看了我的内心；我发誓再也不看你的内心；你发誓说不再看，可已经看过了；我不明白你在说些什么，我没有看你的内心；要是我留下，在哪儿睡觉呢；跟我一起睡。

他们躺下了。布里蒙达还是个处女。你多大岁数了，巴尔塔萨尔问道；布里蒙达回答说，十九岁了，但一下子变得老多了。流了一些血。布里蒙达在用中指和食指尖蘸上血，先祈祷似的在胸前画个十字，然后在巴尔塔萨尔胸脯上画了个十字架，正好在他的心上边。两个人都一丝不挂。附近一条街上传来争吵声、刀剑的撞击声和奔跑的脚步声。后来是一片寂静。没有再流血。

早晨巴尔塔萨尔醒来，看见布里蒙达正躺在他身边，闭着眼睛吃面包。直到吃完以后才睁开眼睛，这时候她的眼睛是灰色的。她说，我再也不看你的内心了。

“七个太阳”要求国王发放抚恤金一事迟迟没有回音，而他好不容易谋得的搬运生肉的差使又被肉店店主斥退，以致生活无着。洛伦索神甫便让他携妻室去圣塞巴斯蒂昂·达·彼得雷拉庄园助他制造飞行器——大鸟。夫妻二人遂弃家迁居庄园。

第八章

巴尔塔萨尔在木床的右侧睡，从头一天晚上他就在这边睡，因为他那只完整的胳膊在这边，这样，他把身体转向布里蒙达的时候就能用这只胳膊搂住她，用手指从她的后脑勺摸到腰部,如果困意中的热气和睡梦中出现的景象煽起了两个人的情感,或者睡下的时候非常清醒,那么他的手指就还往下摸;这对夫妇是出于自愿结合的,没有在教堂举行仪式,所以是非法的,于是就不大讲究什么遵守规矩;如果他乐意,她也就乐意;如果她想干,他也就想干。也许在这里进行了更为秘密的宗教仪式,用处女膜破裂的血进行的仪式,在昏黄的油灯下,两个人躺在床上,像从母亲腹中刚生下的时候那样一丝不挂,头一次违反了常规定则。布里蒙达从两腿间的床上蘸上新鲜的血,在空中和在对方身上画了十字,要是说这就算圣事还不是异教徒行为的话,那么这样做就更算不上了。从那时候起一个月又一个月过去了,现在已经是第二年,屋顶上传来雨声,疾风吹过河面和防波堤,虽说已近凌晨,但夜色似乎尚浓。别人可能误认为还是黑夜,但巴尔塔萨尔不会,他总是在同一时间醒来,太阳出来以前很久便醒来,这是士兵睡不踏实养成的习惯;醒来后便警惕地望着黑暗慢慢从物和人上边退去,这时才能感到挺起胸膛的轻松,感到白天的气息,感到房屋缝隙透进来的头一缕轮廓模糊的花白光线;一声轻轻的响动,布里蒙达醒了,接着是另一声响动,这一次必定延续下去,这是布里蒙达在吃面包了,吃完以后才睁开眼睛,转身对着巴尔塔萨尔,头躺在他肩上,把左手放在他失去的手的地方,胳膊挨着胳膊,手腕挨着手腕,这就是生活,尽其所能弥补失去的东西。但今天不这样。巴尔塔萨尔不止一次问布里蒙达,为什么每天早晨不睁眼就吃东西,他已经问过巴尔托洛梅乌·洛伦索神甫这里边有什么奥妙;布里蒙达有一次回答说是从小养成的习惯,而神甫说这是个极大的秘密,与这个秘密相比,飞行是小事一桩。今天就要弄个水落石出。

布里蒙达醒来以后便伸手去摸装面包的小口袋,小口袋往常挂在床头,这次却发现没有了。她又在地上、床上摸索,把手伸到枕头底下,这时听见巴尔塔萨尔说,不用再找了,你找不到;她握紧拳头遮住眼睛恳求说,巴尔塔萨尔,把面包给我吧,看在你所有亲人灵魂的分儿上,给我吧;你必须先告诉我这秘密是怎么回事;我不能告诉你;她大声说,并且猛地一滚,要滚下床去,但“七个太阳”伸出那只健康的胳膊,抱住了她的腰;她拼命挣扎;后来他抬起右腿压住她,腾出手来,想把她的拳头从眼睛上拉开,但她又惊恐地喊起来,你不能对我做这种事,喊声很大,巴尔塔萨尔吓了一跳,把她放开了,甚至后悔刚才对她如此无礼,我不想欺侮你,只想知道那个秘密是怎么回事;把面包给我,然后我把一切都告诉你;你发誓;我说告诉你就是了,何必要发誓呢;好,给你,吃吧;巴尔塔萨尔从旅行背袋里掏出那个他当作枕头的小口袋。

布里蒙达用前臂遮着脸把面包吃下去了,她细嚼慢咽地吃完以后深深叹了口气,才睁开眼睛。天亮了,屋里灰白的光线变成了蓝色;如果巴尔塔萨尔懂得如何考虑这类事,本来也会想到的,甚至会想到一些有助于在王宫前厅或者修道院探访室谈的那些微妙的事;当布里蒙达转过身面对着他,那黑色的眼睛里突然闪过一道绿光,他感到自己的血热了,沸腾了;现在那些秘密还有什么重要,倒不如再学学已经懂得的事,布里蒙达的躯体,那秘密留待以后再问,因为这女人已经答应了,她会履行诺言的;她说,还记得头一次跟我睡觉时你对我说过的话吗,你说我看到了你的内心;我还记得;你当时不明白你自己说的话是什么意思,我告诉你我绝不会看你的内心,你也没有明白我说的话;巴尔塔萨尔来不及回答,他还在琢磨这些话和在这个房间听到的其他令人难以相信的话是什么意思;我能看到人的身体内部。

“七个太阳”从床上半支起身子,将信将疑,惴惴不安。你在跟我开玩笑,谁也不能看见人体的内部;我就能看见;我不相信,你先是想知道,没有知道时不停地追问,现在已经知道了却又说不肯相信,这样也好,不过从此以后不要再拿走我的面包了;要是你现在能说出我身体内有什么,我才能相信;如果在进食之前,我看不到,并且我说过,绝不看你的内部;我再说一遍,你在跟我开玩笑;我再说一遍,这是千真万确的;我怎能相信呢;明天我醒了以后不吃东西,然后我们一起出去,我会告诉你我看到了什么,但我绝不看你,你也不要到我面前去,你愿意这样吗;愿意,巴尔塔萨尔回答说,但是你要告诉我这秘密是怎么回事,如果你不是在骗我,就告诉我你这能力是怎么来的;明天你就知道我说的是实话了;难道你不怕宗教裁判所吗,许多人都受到了惩罚;我的能力不是叛教行为,也不是巫术,我的眼睛是肉眼;可是你母亲由于看到圣明显灵和得到天启而受到了鞭笞和流放,你是跟她学到的吧;不是一回事,我只能看到世界上有的东西,看不见世界以外的东西,比如说天上和地狱我就看不见,我不做祈祷,我不用手施魔法,只是能看得见;但是,你用你的血画十字,在胸脯上画十字架,这是不是巫术呢;处女的贞血是洗礼的圣水,在你把我弄破的时候我知道它是圣水,感到它流出来时我就猜到了该怎么做;你这种能力是怎么回事呢;我看得见人体内的东西,有时候看得见地底下有什么,看得见肉皮下有什么,有时候看得见衣服下面有什么,但只有在进食之前才看得见,并且在月相变化时会失去这种能力,但很快就能恢复,但愿我没有这种能力;为什么呢;因为看到皮肤下边的东西总不是好事;灵魂呢,你看见过灵魂吗;从来没有看到过;或许灵魂不在身体里边;不知道,我从来没有见到过;莫非是因为不能看见吗;也许是吧,现在你放开我吧,把你压着我的腿缩回去,我想起床了……

他没有睡觉,她也没有睡。天亮了,两个人都没有起床,巴尔塔萨尔只吃了一点猪油渣,喝了一小陶罐葡萄酒,但后来又躺下了;布里蒙达闭着眼睛,一声不响,延长不进食的时间以使眼睛的刀尖更加锋利,两个人来到日光下的时候她的目光便锋利无比了,因为今天是要看,而不是望,而别的人虽然有眼睛,但只能望一望,所以说他们是另一种意义上的瞎子。上午过去了,该吃晚饭了,我们不要忘记,中午这顿饭叫晚饭;布里蒙达终于起床了,但眼皮耷拉着;巴尔塔萨尔吃了第二顿饭;她没有吃,为的是能看得见;然后两个人离开家门;这一天非常安宁,不像是干这种事的日子;布里蒙达走在前头,巴尔塔萨尔跟在后面,这样她就看不见他,而他又能听到她说话,知道她看到了什么。

她告诉他,坐在那个大门台阶上的女人肚子里怀着个男孩,但脐带在孩子脖子上绕了两圈,这孩子也许能活也许要死,这我不能断定;我们踩着的这块地上面是红土,下边是白沙,然后是黑沙,再往后是沙石,最深处是花岗岩,花岗岩上有个大洞,大洞里有个比我还大的鱼骨架;正从这里经过的那个老人像我一样,胃是空的,但与我相反,他在看你;

那个望着我的年轻男人患了性病，肢体腐烂了，像条比卡鱼，穿着破衣烂衫，但还在微笑，是男子汉的虚荣促使他看你，促使他微笑，巴尔塔萨尔，好在你没有这种虚荣，你靠近我的时候总是那么清白无瑕；朝那边走去的那个修士肠子里有一条虫子，他必须吃两三个人的饭才能养活它，即便没有那条虫子他也要吃两三个人的饭；现在你看看那些跪在圣克里斯平神龛前面的男女，你能看见的是他们在胸前画十字，你能听到的是他们为了赎罪捶打自己胸脯和互相打耳光以及打自己耳光的声音，而我看到他们体内有装着粪便和蛔虫的袋子；那儿有一个瘤子即将扼断那个男人的喉咙，但他还不知道，明天就知道了，那时就太晚了，其实今天也晚了，已经不可救药；你一直在解释我的眼睛看不见的东西，我怎能相信你说的这一切都是真的呢，巴尔塔萨尔问道；布里蒙达回答说，你用假手在那个地方挖一个坑，就能找出一枚银币；巴尔塔萨尔挖了坑，找到了，布里蒙达，你错了，这钱币是金的；这对你来说更好，不应当说我瞎猜的，因为我一直分不清白银和黄金，并且我说对了，是钱币，贵重东西，既然对了，你又得了利，你还有什么可说的呢；要是王后在这里经过，我还能告诉你她又怀孕了，只是说怀的是男是女还为时过早，我母亲说过，对女人的子宫来说，糟糕的是刚刚充满了一次马上想再来一次，一直这样下去；现在我要告诉你，月相开始变化了，因为我感到眼睛热辣辣的，看到一些黄色阴影在眼前经过，像一群虱子在走动，迈着爪子在走动，咬我的眼睛；巴尔塔萨尔，看在拯救你灵魂的分儿上，我求你把我领回家吧，让我吃点东西，跟我在一起睡觉，因为我在你面前又不能看你，我不想看你的内部，只想望见你，望见你那长着络腮胡子的黑脸膛，你那双疲倦的眼睛，你那忧伤的嘴，即便是躺在我身边想要我的时候也是这样，把我带回家吧，我跟在你后边，但要垂着眼睛，因为我发了誓，绝不看你的内部，以后也不看，要是看了就让我受惩罚吧。

…………

第九章

…………

有时候布里蒙达起来得比往日早，在吃每天早晨必吃的面包以前摸索着墙壁往前走，以免睁开眼睛看到巴尔塔萨尔，然后撩开布帘去检查已经做了的工作，发现有些地方连接得不牢固，某个铁部件内有气泡；检查完毕之后才开始吃东西，这时候就渐渐变成了像别人一样的盲人，只能看到眼前的东西。她第一次这样做以后，巴尔塔萨尔告诉巴尔托洛梅乌·洛伦索神甫说，这块铁片不能用，里边有裂缝；你怎么知道的；是布里蒙达看出来的；神甫转过身对她微微一笑，看看这个人，再看看那个人；你是"七个太阳"，因为能看到明处的东西，你是"七个月亮"，能看到暗处的东西；这样一来，至今一直只叫布里蒙达这个由母亲热苏斯起的名字的人成了"七个月亮"，这是名副其实的命名，因为是神甫举行了命名礼，而不是个随随便便起的绰号。这一夜太阳和月亮互相搂着睡着了，群星在天空缓缓转动，月亮走到哪里太阳就跟到哪里……巴尔塔萨尔开始敲打铁活，布里蒙达把没有用的碎藤条扫到院子里,从他们那卖力气的样子来看,似乎这两项工作很紧迫,但是,神甫像面对一个新出现的问题毫无把握,突然说,这样我永远飞不起来;他语气疲惫,打了个非常沮丧的手势,巴尔塔萨尔马上发现所干的事是白费力气,所以放下了手中的锤子,但是,为了不让对方把这一举动理解为拒绝干下去,说道,我们必须在这里建个铁匠铺,把这些铁部件锻造一下,不然的话大鸟的重量会把它们压弯曲;神甫回答说,我不管它们弯曲不弯曲,问题是大鸟要飞起来,而如果没有乙醚它是飞不起来的;什么是乙醚呀,布里蒙达问道;乙醚是支撑着星星的;那么怎样才能把它弄到这里来呢,巴尔塔萨尔问;通过炼金术,而我不会炼金术,但是,不论发生什么情况,你们绝不要说出这件事;那么我们怎么办呢;我尽快启程前往荷兰,那里有许多有学问的人,我将在那里学会把空中的乙醚弄下来的技艺,把它装进圆球里,因为机器没有它就永远飞不起来;这乙醚有什么功能呢,布里蒙达问;它的总功能中有一部分是对生物和人体有吸力,甚至对某些非生物也有吸力,使它们摆脱地球对太阳的重力;神甫,请你用我能听懂的话说说吧;为了让机器飞向空中,必须让太阳吸引固定在铁丝架子顶端的琥珀,琥珀会吸引我们置入圆球内的乙醚,乙醚会吸引将放在下面的磁铁,而磁铁呢,会吸引构成飞船骨架的铁片,这样我们便能借助风力或者在没有风的情况下借助风箱升到空中,但是,我再说一遍,没有乙醚我们将一事无成。布里蒙达说,既然太阳吸引琥珀,琥珀吸引乙醚,乙醚吸引磁铁,磁铁吸引铁片,那么这机器就会被拉着不停地朝太阳飞去。她停顿了一下,像自言自语似的问道,太阳里边是个什么样子呢。神甫说,我们不到太阳里去,为了避免出现这种情况,机器上面装上了帆,我们可以随意把帆打开或者阖上,这样我们愿意在什么高度停住就可以在什么高度停住。他也停顿了一下,最后又说,至于太阳里边是个什么样子,只要我们愿意又不过分违拗上帝的意志,让机器升离地面吧;那样就可以顺便知道了……

第二十五章

在九年的时间里,布里蒙达一直在寻找巴尔塔萨尔……开始的时候她数着季节,后来对季节的感觉不清楚了。最初她计算每天走多少莱瓜,四,五,有时候六莱瓜,但后来数字记乱了,不久以后,空间和时间都失去了意义,衡量一切的尺度变成了上午、下午、下雨、烈日、下雹子、雾天、好走的路、难走的路、上坡、下坡、平原、山地、海滩、河岸、数以千计的脸、无数张脸,比当年的马芙拉聚集的人多许多倍;见了女人她就询问,见了男人就看能不能在他们身上找到答案,她既不看很年轻的也不看很老的,只看四十五岁左右的人,他离开我们升上天空时正是这个岁数,要想知道现在的年龄,只要每年加上一岁、每月加上一道皱纹、每天加上一根白发就行了。有多少次,布里蒙达曾想象过,她坐在一个镇子的广场上行乞,一个男人走过来,既不给钱也不给面包,而是拿出一个铁钩给她看,她把手伸进旅行背袋,掏出一个出自同一铸造炉的假手,这是她坚忍不拔的见证,是她的防身武器,布里蒙达,我总算找到你了;巴尔塔萨尔,我总算找到你了;这么些年你都在哪儿过的,都遇到了些什么艰难困苦呀;你先告诉我你的情况吧,是失踪了呀;好,我说;两个人说起来，一直说到时间的尽头。

布里蒙达走了几千莱瓜的路，几乎一直光着脚。脚板，厚了，像生了一层软木。整个葡萄牙都曾在她的脚下，有几次还穿过了西班牙边界，因为在地上看不到有一条线隔开这边和那边，只是听到人们说的是另一种语言时才转身往后走。在两年的时间里，她从海滩和大洋的陡壁走到了边界线上，后来又开始从别的道路到其他地方寻找，一边走一边打听，结果发现她出生的这个国家太小了，我曾到这里来过，我曾在这里路过；并且还遇到了熟识的脸庞，啊，你不记得我了吗，人们都叫我女飞行家；啊，记得，怎么样，找到你要找的男人了吗；没有找到；哎，可怜的女人；我路过这里以后他没有来过这里吗；没有，没有来过，我在这一带从来没有听到有人说起过他；好吧，我走了，再见；一路平安；只要能找到他。

找到了。她曾六次经过里斯本，这是第七次，这次是从南方来，从佩贡埃斯一带来的。过河的时候已经几乎是夜里，乘的是顺海潮的最后一条小船。旅行背袋里有点吃的，但是，每当她把食物送到嘴边，似乎有另一只手按住了她的手，一个声音对她说，不要吃，时候就要到了。她看到在黑洞洞的河水下很深的地方有鱼儿游过，水晶般的和银色的鱼群，长长的脊背有的平滑，有的长着鳞。房舍里的灯光穿过墙透出来，像雾中的灯塔一样散射。她走进铁匠新街，往右拐到奥利维拉圣母教堂，然后朝罗西奥走去，这是她二十八年前走过的那条路线。周围是人的幽灵，是人的雾霭。在城市的千种臭气中，夜晚的微风又吹来烧焦了肉的气味。圣多明戈斯广场聚集着一大群人，火把闪闪，黑烟滚滚。篝火熊熊。她穿过人群，到了最前边一排。那些都是什么人呀，她问一个怀里抱着小孩子的女人；我只知道三个，那边那个男人和那个女人是父女俩，是因为犯了信犹太教罪来的，另外一个，就是最边上那个，是演木偶喜剧的，叫安东尼奥·若泽·达·席尔瓦，其他的我都没有听说过。

被处死的一共是十一个人。已经烧了很久，难以分辨出他们的面目。在那一端正在烧着一个男人。他没有左手。也许由于烟垢产生了奇异的化妆效果，胡子是黑的。所以显得年轻。他身体中有一团密云。这时布里蒙达说了声，过来。“七个太阳”巴尔塔萨尔的意志脱离了肉体，但没有升上星空，因为它属于大地，属于布里蒙达。

范维信　译

1999

获奖作家

格拉斯

传略

一九九九年九月三十日，瑞典学院发表公告，宣布将一九九九年的诺贝尔文学奖授予德国著名作家君特·格拉斯，表彰他“以戏谑的黑色寓言揭示历史被遗忘的一面”。

君特·格拉斯（Günter Grass，1927—2015），一九二七年十月十六日出生于但泽（现波兰格但斯克）一个小商人家庭，父亲是德国人，母亲是波兰人。格拉斯十七岁中学未毕业就被征入伍，第二年在前线负伤住院，不久便在战地医院被俘，一九四六年五月获释，离开美军战俘营。此后，他当过农工、矿工、乐师和石匠。一九四八年进杜塞尔多夫艺术学校学习版画和雕刻，后又转入柏林造型艺术学院，在名师卡尔·哈通门下继续深造。他是“四七”社成员，他的代表作《铁皮鼓》在正式出版前一年就获得一九五八年的“四七”社文学奖。

格拉斯的文学创作活动起始于诗歌。一九五五年，他的诗作《睡梦中的百合》获斯图加特电台诗歌比赛一等奖。此后，相继出版了诗集《风信旗的优点》（1956）、《三角轨道》（1960）和《盘问》（1967）。这些诗作既有现实主义成分，又受表现主义和超现实主义影响，联想丰富，热情洋溢，后期作品具有较浓的政治色彩。与此同时，格拉斯还创作剧本，主要有《还有十分钟到达布法罗》（1954）、《洪水》（1957）、《叔叔，叔叔》（1958）、《恶厨师》（1961）以及《平民试验起义》（1966）和《在此之前》（1969）等。他早期的剧作具有荒诞派戏剧的色彩，后期作品则受布莱希特“辩证戏剧”的影响。

格拉斯的主要成就是小说。他的代表作为“但泽三部曲”，即长篇小说《铁皮鼓》（1959）、中篇小说《猫与鼠》（1961）和长篇小说《狗年月》（1963）。这三部小说各自独立，故事及人物均无连续性，但所写的时间、地点均相同，而且都从纳粹时期德国人的过错着眼。《铁皮鼓》以但泽为背景，用主角侏儒奥斯卡第一人称倒叙的手法，着重讲述了自己在希特勒统治时期和战后的经历，再现了德国二十世纪二十年代中期到五十年代中期的历史，揭露了法西斯的残暴和战后腐败的社会风尚。小说继承了欧洲流浪汉小说的传统，既有真实具体的细节描写，又有荒诞变形的虚构，以独特的方式反映了这一段历史和现实社会。奥斯卡的小铁皮鼓和粉碎玻璃的特异功能更给这个人物涂上了一层神秘色彩。根据该书改编的同名电影曾获得奥斯卡最佳外语片奖。《猫与鼠》写纳粹势力怎样利用传统的英雄崇拜来毒害青年，以至一个原来循规蹈矩的青年人为它迷了心窍，最后导致毁灭。《狗年月》写一对儿时朋友，在法西斯横行的年代怎样因血统不同而分化，最后又同归于尽。作品描绘出一幅从希特勒上台前夕至战后初期德国历史的画卷。

长篇小说《比目鱼》（1977）和《母老鼠》（1986）也是格拉斯的重要作品。前者通过一条学识渊博又会说话的比目鱼和渔夫艾德克的奇特故事，从新石器时代一直写到二十世纪七十年代，融现实、幻想、童话、传统为一体，现实和历史互相交织，展现了一个光怪陆离的世界。后者仍以动物喻人的怪诞手法，通过第一人称叙述者跟一只母老鼠的梦中对话，展现了从上帝创造世界直到世界末日的人类历史，反映了作家对处于核时代的人类社会的思考。此外，还有献给"'四七'社之父"汉斯·维尔纳·里希特的中篇小说《在特尔格特的聚会》（1979）、纪实体小说《蜗牛日记》（1972），以及小说《伸出你的舌头》（1989）、《蟾蜍的叫声》（1992）、《辽阔的大地》（1995），诗集《十一月之地》（1996），长篇小说《我的世纪》（1999），还有《关于不言而喻之事》（1968）、《备忘便条》（1978）、《论文学》（1980）、《学习抵抗》（1984）等文集。

格拉斯的早期诗作和剧本分别受到表现主义、超现实主义和荒诞派戏剧的影响。他的小说常把现实主义描绘和现代主义手法熔于一炉，在戏谑、诙谐中蕴含着深刻的社会批判。他善于用荒诞的讽刺笔调描绘历史和现实，作品中的主人公多为畸形人或拟人化的动物，构思奇诡，故事怪诞，以丰富的想象、独特的手法、新颖的语言，展现出一个光怪陆离、神奇虚幻的世界，揭示了历史被遗忘的一面。

格拉斯不仅是一位著名的小说家、诗人、剧作家，也是一位卓有成就的画家和雕刻家。早在一九五五年，格拉斯就在斯图加特的鲁茨与迈耶尔美术馆举办过个人画展。一九七九年，在他访问我国期间，德国驻华使馆也特地为他举办了画展，使我国美术界和文学界人士有机会欣赏到他的美术作品。

授奖词

如今，我们时常听到人们谈论文学的重要性正在日益减轻，文学正逐渐沦为人们消遣的玩意或成为少数孤立的精英分子把玩的嗜好。然而，君特·格拉斯的作品令我们充分意识到文学并非那么轻易就被推向边缘。正如古希腊时期的那些哲学家，他们极力排斥埃里亚派关于运动是不可能的理论，实际却行走在圆柱大厅的埃里亚集会场所之前。

《铁皮鼓》的出版为二十世纪德语小说带来第二次新生，是继托马斯·曼的《布登勃洛克一家》以来掀起的又一次轰动。然而，受到如此广泛的关注需要付出相应的代价。正如托马斯·曼那样，格拉斯一开始就受到读者和评论家狂热的钟爱，但是之后却又遭到许多责难。他被斥责为写作过于大胆……人们向托马斯·曼发起的责难甚至出现在一九二九年瑞典文学院授予他诺贝尔文学奖的授奖词中。而一九九九年的诺贝尔文学奖授奖词则没有包含这一内容。

君特·格拉斯的优点不仅在于他创造了一种叙述性的狂欢（正如《铁皮鼓》中所体现的那样），而且还在于他并没有穷尽一生的精力去重复这种技巧。他不断超越批评家业已确立的对其伟大性和冒险性的认同，以令人吃惊的自由度创造新的奇迹。他将自身置于美学和政治的禁令与期望之上，继续从文学工厂中生产出最新的文本。

人们常说，君特·格拉斯通过《铁皮鼓》挽救了一个被遗忘的、正在消逝的世界——就像在纳粹统治和“二战”爆发前的但泽小镇。但是，那些想要体验一下奇妙的时间之旅的读者，或许更愿意阅读《猫与鼠》，一部描写少年时代的友谊如何被失落和内疚再次唤醒的短篇小说。然而，《铁皮鼓》又有所不同。它仿佛上演着一场讲述可怕的军队和离奇的故事的历史进行曲。所有的事物都是通过一种非同寻常的、只有一码高的视角观察到的。《铁皮鼓》从奥斯卡·马策拉特这个第一人称叙述者开始，这个人物从未在文学作品或现实生活中出现过。不同于民间传说中的骗子，或充满智慧的神秘小儿，也不同于莎士比亚剧中的小妖精，或霍夫曼笔下的小鬼，奥斯卡·马策拉特完全是一个原创型的人物：一个在三岁小孩体内有着恶魔般智慧的侏儒，一个通过铁皮鼓成功接近人类的怪物，一个批评方法极不成熟的高智商者。正如小说中有个声音所提到的，如果我们的时间能令“神秘、野蛮、黑暗”这句格言褪色，那么奥斯卡就是其不共戴天的敌人。格拉斯从二十世纪初的达达派以及其他一些崇尚破坏的先锋派中继承了创造性的不恭敬态度，然而却没有抛弃理性。

其他一些德语作家——我认为阿尔诺·施密特和海因里希·伯尔——将人类道德价值的崩溃描绘成天启或悲剧。而格拉斯则更像匿名的打油诗人，喜用文学的方式将好战的英雄主义描绘成一场青蛙与老鼠的战争。格拉斯切断了覆盖在德国历史上空的时间，破坏了德国原有的庄严肃穆，偏爱以阴沉、强烈的华丽笔调描写命中注定的毁灭。这种功绩远胜于任何意识形态领域内直接反对纳粹主义的批评思潮。格拉斯的小说剥去人物重要的话语，强调肉体的可靠性，将人类带入动物的世界。在他的动物园中，我们每个人都能找到自己的定位：猫与鼠、狗、蛇、比目鱼、青蛙和稻草人。

随后出版的不同作品——《狗年月》，一部大有争议的日记体小说，一个伟大的寓言——教会我们以一种全新的方式阅读，动用我们的眼睛、大脑，甚至耳朵和胃。格拉斯以其华丽的措辞不仅融合了高调和低调，而且也融合了主题和扭曲的表现形式，没有人对怀有恶意的咕哝负有责任，也没有人是无辜的。他的文本不仅展现文字的同音性，也表现了话语的多音性，就像在吵闹的客栈中嗓门不自觉地提高了。他的讽刺就像他的绘画作品，带有许多阴影。

格拉斯作品的主要代码——动物和食物——在《比目鱼》中得到了大综合。这部小说反映了文明的形成以及如何演变成现在的畸形。作者鼓足勇气涉足女权主义运动的对话，尝试创作关于历史进步的新版本。这个故事讲述优秀的女厨师教会人们使用卫生的器皿食用美味可口的食物。如果没有历史觉悟就不准下厨，以此为座右铭，格拉斯发展了一种名为“烹调哲学”的思维模式。

在备受争议的《辽阔的大地》中——格拉斯迈出了一大步，以看似平淡无奇的视角观察极权主义下的忠实支持者和受害者之间的关系。他使永恒的人道主义者与警方的告密者互相冲突，使富有同情心的理解与永无止境的调查互相对立。他说：“从正面看，他们非常不协调；可是从背后看，他们又像七巧板那样配合得如此天衣无缝。”格拉斯描写柏林墙倒塌后人们的生活中充满着欢闹、独立和相对性，以至于激怒许多本国的读者。

君特·格拉斯！您的和谐感为人类带来真实。您的新书被冠之以《我的世纪》，完全符合您获得二十世纪最后一个诺贝尔文学奖的殊荣。在过去的一个世纪中，您向世人充分证明，您具有模仿各种自私声音的离奇才能：那些被政治和技术的希望所迷惑的人，最后变得完全麻木。这种自私的核心是狂热。在阅读《我的世纪》过程中，我将其视为对狂热的批判、对美好回忆的庆祝。您用那带有重复性的、详尽的、不同层次的声音告诉我们，无论面对过去还是面向未来，都无须手忙脚乱。您向我们显示了只要文学还记得人们正在忘却的，那么文学就仍然拥有不可忽视的力量。

诺贝尔文学奖评委会委员 霍瑞斯·英格戴尔博士

张帆 译

作品

左撇子

埃里希盯着我。我也目不转睛地盯着他。我们两个都手执武器，并且下决心使用这种武器打伤对方。我们的武器是上了子弹的。我们举着在长时期的练习中证明有效的、在每次练习后随即拆洗干净的手枪，冰凉的金属慢慢变暖了。时间一长，这样一把手枪就显得像是不会伤人似的。难道不可以把它当成一支自来水钢笔，一把分量重的钥匙？你戴上黑色皮手套，伸出一只手指，不也是能把某个经不起惊吓的姑奶奶唬出一声惨叫来的吗？我决计不去想，埃里希的武器可能打不响，不会伤害人，是个玩具。我也知道，埃里希一刻也不会怀疑我手里握的是把真家伙，不是开玩笑的。此外，大约在半个小时以前，我们把手枪拆开，擦洗，重又装上，上好子弹，打开保险栓。我们不是在白日做梦。我们决定用埃里希周末度假的这所小房子，作为采取我们这次不可避免的行动的地点。因为这所平房离最近的火车站也不止一小时的路程，所以，相当偏僻。我们可以设想，任何一只不受欢迎的耳朵（我是就这个词的真正意义而言），都将在离开枪声很远的地方。我们把起居室里的东西全都搬了出去，画，大都是狩猎场面和野兽的静态画，也从墙上取了下来。子弹当然不应该打在椅子、暖色五斗橱和丰富多彩的镶框油画上。我们也不想射中镜子，或打坏瓷器。我们只想射中我们自己。

我们两个都是左撇子。我们是在协会里认识的。要知道，这个城市里的左撇子，同所有因同类生理缺陷而苦恼的人一样，也建立了一个协会。我们定期聚会，想方设法训练我们那一只可惜是如此不灵巧的手。有一段时间，一个好心好意的用右手的人来给我们上课。可惜他现在不再来了。协会理事会诸君批评他的教学方法，并认为，协会会员应自力更生，学会改变习惯。于是，我们一起，不受条条框框的约束，把本来为我们设计的集体游戏，同熟练练习结合起来，例如用右手穿针线、倒水、开门、结扣。我们的协会章程里有一条：定叫右手灵巧如左手，否则绝不罢休。

这句话尽管动听而有力，可是纯属废话。因为那是我们永远也办不到的。而我们协会里的极端派早就要求删除这句话，代之以：我们要以自己的左手而骄傲，不为自己天生的手的抓握方法而羞愧。

这个口号肯定也是行不通的，仅仅由于它听起来慷慨激昂，感情多少豪放一些，才使我们选了这样一句话。埃里希和我——我们两个都属于极端派——完全明白，我们的羞耻心理是根深蒂固的。无论在父母家里，在学校里，在军队里，都未能有助于教给我们一种态度，毫不在乎地忍受这种微不足道的痼疾——所谓微不足道，只是同其他在身体上蔓延的面更广的畸形相比而言。这种羞耻心理从童年时伸手跟人握手时就开始产生了。这些叔叔阿姨，母亲方面的女朋友，父亲方面的男同事，这种不可忽视的、使孩子感到前途黯淡的、可怕的家庭场面，你必须同所有的人握手。“不，不是这只手，这不合规矩，这一只才合规矩。你会做对的，伸出小手来，伸出这只友好的小手，多乖，多灵巧，这是唯一正确的，伸出你的右手来!”

我十六岁时，第一次接触一个姑娘。“啊呀，你可是个左撇子!”她失望地说，并把我的手从她的上衣里拽出来。此类回忆，永不磨灭，然而，我们还是要把这句口号——它是埃里希和我草拟的——写进协会章程里去，无非要以此提出一个肯定永远也达不到的理想境界。

眼下，埃里希抿紧了嘴唇，眯缝着眼睛。我也同样。我们脸颊上的肌肉在跳动，额头的皮肤绷得紧紧的，我们的鼻梁变细了。现在，埃里希活像一个电影演员，他的面目是我所熟悉的，我在许多惊险镜头上看到过。难道我也得设想自己也不幸地活像这种身份不明的银幕主角吗？我们可能全都面目狰狞，幸亏没人在偷看我们。如果有那么一个目击者在场，他能不以为这两个性格太过浪漫的年轻小伙子是要决斗？要么是两个强盗为争一个婆娘，要么一个背后说了另一个的坏话。一场世代为仇的两家人的决斗，一次维护名誉的械斗，一局你死我活的流血赌博。只有仇人才这样互相盯着对方。瞧这抿紧的没有血色的嘴唇，这流露出不共戴天之仇的细鼻梁。瞧他们恶狠狠地咬牙切齿，这两个嗜杀成性的家伙。

我们是朋友。我们的职业虽然不同——埃里希是百货大楼的科长，我则选择了报酬优厚的精密机械师的职业——但却有许多共同的志趣，足以使我们的友谊地久天长而有余。埃里希入会的时间比我早。这一天我至今记忆犹新！我的衣着过于庄重，神情却是怯生生地跨进片面者的聚会地点，埃里希迎面走来，我正不知所措，他给我指点衣帽间，很巧妙地打量着我，不带任何令人讨厌的好奇心，随后用他那种腔调说：“您想必是要加入我们这一伙的。完全用不着害羞；我们聚在一起是为了互相帮助。”

方才，我说到“片面者”。我们是这样正式称呼自己的。不过，我觉得，同协会章程中大部分的条文一样，起这样一个名称，也是不成功的。这个名称并没有完全讲清楚，究竟是什么使我们结成一个团体，并将使我们变得更坚强。如果我们干脆自称“老左”，或者更动听一点，叫作“老左兄弟”，这种名称肯定要好得多。您也猜得到，为什么我们不得不放弃给自己加上这种头衔的打算。如果把我们同那些无疑令人惋惜的人，同那些生来就缺少满足爱这唯一合乎人道的可能性的人混为一谈，会是极不合宜的，而且是侮辱性的。恰恰相反，我们的协会是多种色彩的，我敢说，我们会中的女士们，无论在美貌、魅力和良好举止方面，均可同某些习惯用右手的妇女媲美，不错，只要细心比较，就能得到她们都是规矩而有礼貌的印象，这曾经使某些为他那个教区信徒灵魂得救而操心的神甫，在布道坛上失声惊呼道：“天哪，难道你们当真都是左撇子！”

这个恼人的协会名称，甚而至于我们的第一主席，一个家长制作风有点过分，而且很遗憾，又是市政府即土地局一名握实权的比较高的官员，连他有时也不得不承认，我们不同意左撇子没用，我们既不是片面者，我们的思想、感情和行为也不片面。

诚然，我们在拒绝更好的建议，并像从未有过名称似的给自己定了个这样的名称时，也谈到了政治上的顾忌。自从议会成员从中间向左右两边分化，而议会的座位也照此挪动，以至单凭座位的摆法就可以看出我国的政治形势以后，一篇文章，一个讲话，如果其中“左”这个词儿出现不止一次，就会被人错误地指为危险的激进，这种情况简直已经成为一种风俗习惯了。不过，对我们这个协会是大可放心的。如若本市有哪个协会不怀有政治奢望，而只靠互相帮助、和衷共济来维持的话，那就是本协会一家。那么，你们协会里有没有男女关系上邪门歪道的事儿呢？为了永远消除这种嫌疑，这里有必要简短地提一下，我已经在我们青年组的姑娘中，找到了一个未婚妻。如果有朝一日，我同女性初次接触时投在我心灵上的阴影会消失的话，我将把这个抚慰归功于莫尼卡。

我们的恋爱，不仅必须解决人所皆知的以及许多书上都描写过的问题，而且还必须忍受我们的手的苦恼，简直要把它神圣化，才能达到我们微小的幸福。我们试图用右手互相抚摩，开始时乱作一团，不过这也是可以理解的；后来，不得不发现，我们这只麻木的手是多么不敏感，便只好按照上帝创造我们时的那个样子去抚摩，那就得心应手了。我不想多透露，并且也希望，如果我暗示，始终是莫尼卡可爱的手给了我坚持和信守诺言的力量，还不至于不得体。我们头一回一起去看电影以后，我马上向她担保，我将珍惜她的童贞，直到相互把戒指套到右手的无名指上——很遗憾，这是一个让步，并且将确证我们先天造成的笨拙。然而，在南方信奉天主教的国家里，象征婚姻的金戒指是戴在左手上的，因为主宰那些阳光明媚的地区的，不是严峻的理性，而是心灵。或许为了以姑娘的方式造一次反，并且证明，如果妇女们的利益看来将受到损害时，她们能够提出多么明确的论据来；我们协会的年轻女士们曾经奋力夜战，在我们的绿色旗帜上绣了一句铭言：跳动的心在左边。

莫尼卡和我现在就经常谈论交换戒指的那个时刻，并一再得出同样的结论：由于我们久已是亲密的一对，事无大小，共同分担，因此，在一个无知的、往往怀有恶意的世界上，要让人说我们是未婚夫妻，简直是办不到的。莫尼卡经常为交换戒指的事哭泣。尽管在这个我们自己的日子里，我们将会高兴，可是，在所有的礼品上，在丰盛的宴席上，在恰如其分的欢庆气氛上，都将蒙上一层淡淡的悲哀的微光。

现在，埃里希的脸也恢复了正常的模样。我也同样，然而仍有一段时间感到颌骨肌肉组织的痉挛。此外，两个太阳穴也一直在抽搐。不，我们脸上肯定没有这副鬼相。我们的目光平静地相遇，因而也更增添了勇气。我们瞄准。各自想的是对方的那条胳膊。我完全有把握击中对方，对埃里希我也完全放心。我们已经练习很长时间了，差不多工余的每一分钟，都是在市郊一个废弃的鹅卵石坑里度过的，无非为了今天能够一举成功，因为有许多事情赖以决定。

你们会叫喊说，这已经到了搞极度的残暴行为的地步了，不，这是自我伤残。请相信我，所有这类说法，我们都熟知。我们不是问心无愧，自认无罪。我们不是第一次站在这间搬空了的房间里。我们这样执枪对视已经有四次了，而四次都被自己的计划吓住了，结果放下了手枪。今天，我们才明确了。最近，个人方面以及协会里发生的种种事情，使我们认为这样做是正确的，非如此不可。在长久的怀疑——我们对协会，对极端派的要求，已经产生了疑问——以后，现在，我们终于拿起了武器。我的良心要求我们，不去沾染协会伙伴的种种习惯。那里，宗派主义的势力越来越大，最理智的人们中间，也掺杂进了空想者，甚至狂热分子。有的人一个劲儿地右倾，有的人一个劲儿地“左倾”。我简直不敢相信，每次会议都高喊政治口号，左手敲钉子成了誓言，成了令人讨嫌的崇拜，以至于一些理事会会议形同神秘的宗教仪式，大家着了魔似的拼命敲槌子，使自己陷于极度兴奋的状态。尽管没有人正式宣布过，尽管那些显然染上坏习惯而不能自拔的人，至今为止都已被简单地开除出会了，可是，不容否认，在我们会员中间，已经出现了同性之间那种反常的、我完全无法理解的恋爱。最糟糕的是，殃及了我同莫尼卡的关系。她经常同她的女友，一个体弱多病、不能专心一致的女人在一起。她没完没了地责备我在那桩戒指的事情上不够坚决，缺乏勇气，因此我不敢相信，我们之间还一如既往地亲密无间，而她仍是我挽着的那个莫尼卡，至于这样相处的机会，如今越发稀少了。

埃里希和我现在努力使呼吸均匀。我们的呼吸越是一致，我们就越有把握，良好的感觉控制着这次行动。别以为规劝我们根除苦恼的是《圣经》语录。应该说，是那种热切而持久的愿望，是我们想要弄明白，想要更加清楚地懂得，我们周围究竟是怎么一回事，这种命运是不可改变的，还是我们掌握着命运，可以干预它，给我们的生活指出一个正常的方向来呢？不再立无谓的禁令，念紧箍咒以及搞类似的手腕。我们要正直地在自由选择中，在不再被任何障碍将我们同普遍状态分割开的情况下重新开始，并得到一只幸福的手。

现在，我们的呼吸一致了。我们没有作任何暗示，便同时开了枪。埃里希射中了，我也没有使他失望。正如事先商量好的那样，各自都断了一根主筋，手枪跌落在地，再也无力握住它了，因此，继续射击已纯属多余。我们放声大笑，并开始伟大的实验，笨拙地进行急救包扎，因为我们只能用右手了。

胡其鼎　译

2000

获奖作家

高行健

传略

二十世纪最后一年的诺贝尔文学奖,究竟花落谁家,一时猜测纷纷。由于二〇〇〇年是诺贝尔奖创立一百周年,同时又是人类跨进新世纪的重要时刻,因而更加受到世人关注。有人认为,具有多元文化交融这一特点的作家,近年来颇受诺贝尔文学奖评委们的青睐,出生于特立尼达的印度裔英国移民作家维·苏·奈保尔,可望折桂;有人认为,欧洲作家获奖已较多,这次似应颁给非欧洲作家,因此尼日利亚作家钦努阿·阿契贝有可能得奖;但也有人仍看好欧洲作家,如比利时作家雨果·克劳斯、捷克作家米兰·昆德拉、瑞典诗人托马斯·特朗斯特罗姆等。二〇〇〇年十一月十二日,瑞典学院公布的获奖名单让人颇感意外,获奖者竟是法籍华人高行健。

高行健(1940—),原籍江苏泰州,一九四〇年一月四日生于江西赣州。一九五七年考入北京外国语学院,一九六二年毕业于该院法语系。一九七八年开始发表作品,曾任北京人民艺术剧院编剧。他于一九八七年出国,一九九七年加入法国国籍,目前从事绘画和戏剧、小说创作。

高行健创作了多部剧作,其中《绝对信号》《车站》和《野人》,作为实验戏剧,二十世纪八十年代初曾在北京演出,引起争论。高行健还写有中篇小说集《有只鸽子叫红唇儿》、短篇小说集《给我老爷买鱼竿》以及在国外完成的长篇小说《灵山》和《一个人的圣经》等。

授奖公告

二〇〇〇年的诺贝尔文学奖授予中文作家高行健,以表彰“其作品的普遍价值,刻骨铭心的洞察力和语言的丰富机智,为中文小说艺术和戏剧开辟了新的道路"。

在高行健的文艺创作中,表现个人为了在大众历史中幸存而抗争的文学得到了再生。他是一个怀疑者和洞察者,但他并不声称能解释世界。他的本意仅仅是在写作中寻求自由。

长篇巨著《灵山》是一部无与伦比的罕见的文学杰作。小说是根据作者在中国南部和西南部偏远地区漫游中留下的印象创作的。那里至今还残存着巫术,那里的民谣和关于绿林好汉的传说还当作真事流传,那里还能遇见代表古老的道家智慧的人物。小说由多个故事编织而成,有互相映衬的多个主人公,而这些人物其实是同一自我的不同侧面。通过灵活运用的人称代词,作者达到了快速的视觉变化,迫使读者疑窦丛生。这种手法来自他的戏剧创作,常常要求演员既进入角色又能从外部描述角色。我、你、他或她,都成为复杂多变的内心层面的称呼。

《灵山》也是一部朝圣小说,主人公自己走上朝圣之旅,也是一次沿着区分艺术虚构和生活、幻想和记忆的投射面的旅行。深讨知识问题的形式是越深入越能摆脱目的和意义。通过多声部的叙事、体裁的交叉和内省的写作方式,让人想起德国浪漫派关于世界诗的宏伟观念。

…………

高行健自己指出过西方非自然主义戏剧潮流对他的戏剧创作的意义,他提到过阿尔托、布莱希特、贝科特和坎托尔的名字。然而,"开挖民间戏剧资源"对他来说是同样重要的。他创作的中国话剧结合了中国古代的傩戏、皮影、戏曲和说唱。他接受这样的可能:就像中国戏曲中那样,仅仅借用一招一式或者只言片语就能在舞台时空中自由活动。现代人的鲜明形象中又穿插了梦境的自由变化和怪诞的象征语言。性爱的主题赋予他的文本一种炽热的张力,男女调情动作在很多剧作中成为基本模式。在这方面,他是为数不多的能对女性的真实给以同等重视的男性作家之一。

作品

独白(独角戏)

〔光光的舞台上,一位五十多岁的男演员不声不响地上场,掏出一根绳子,放在舞台前沿。

演员

(自言自语)我要在这里拉根绳子,(抬头,面对观众)打一道线。你们在线外面,我就在线里边。

(面对观众)我要在这里砌一堵墙。(弯腰做抹灰砌砖状)把你们同我演员隔开。

〔他动作利索，墙从脚下眼看着一层层地砌了起来。观众席的灯光随之渐暗，舞台上的脚灯渐亮。

可我又不能砌一堵真的墙。（停住，墙已砌到胸口处）要真砌上了，那你们还看得见我吗？（向墙外张望，又看看墙里）在墙里自个儿演给自个儿看，也没劲。这堵墙得透明，要你们看得见我我不必看见你们。

〔继续砌墙，小快板的速度，一口气砌过了头顶。发现手上还有一块砖，踮起脚尖，把它搁在墙顶上，搓搓手，舒了口气。观众席的灯便全熄灭了，只剩下舞台上的照明光。

我这会儿，可以自自在在生活在角色之中了，再不怕你们评头论足，观众席里那些碎嘴子爱说什么就说什么，我听不见。你们那挑剔的目光也没法再叫我身上起鸡皮疙瘩，我一概视而不见！（用十足的舞台腔提高了嗓门宣称）我现在是一名角色，一出只有我一个人演的戏里的主角！我现在是以主角的名义对你们说活，我要说——（轻声自问）我要说什么呢？

（转过脸向后台）我忘词儿啦！

（学一位老太太提词的声音）嚯嚯嚯嚯！

（用演员他自己的声音）什么？什么？

（老太太提词的声音）嚯嚯嚯……！

（用演员自己的声音）行，就这么着，我这会儿是生活在角色之中，说什么和怎么说都行，人都不会把这台上我演的角色当成台下生活中的我，而台下生活中的我又掉过头来创造了台上的我的角色。

（颇为自信地略为过火地表演）我如果演一个大夫，就一本正经，和蔼可亲，还瓮声瓮气，因为总戴着个大口罩。如果演的是卖唱讨钱的要饭花子，就铁沙着嗓子。倘演一个啃书本子的呆子，便戴它一副一千五百度满是圈圈的眼镜。再不，就演个外国人，戴个万字袖标，穿着带马刺满台上直响的大皮靴，践踏一切的希特勒的冲锋队小分队长。也可以是个京油子，嗬，老哥儿们，今儿个您老真格的那个没得说的够分儿！嗨嗨嗨晦，回见，回见！当然，也可以时不时演个名剧，年轻的争那个柔蜜欧，老的演不了李尔王，总能演个王二李，一个接一个戏，演着演着……

（转为真诚朴实地，不带一点表演感地）有一天，你突然发现自己也已经老了。可不真的，你自己都成了抱孙子的主，当爷爷啦，没有什么比发现自己老了更悲哀的。人从娘胎里呱呱落地，到会叫人了，会走路了，上了小学，到了懂事的年纪，就都有点抱负，不是救国为民啦，就是干一番事业。拿我们演员来说吧，那最高的成就就是演红了，演到观众一见广告上有你的名字就来买票，可这又谈何容易！没有多少年的工夫，经过好多艰难与种种的努力，也还免不了时不时有那么些非议，这不像春天里出笋子，一场好雨之后，就节节看长。人要干一番事业没有不经过奋斗不受挫折的。一旦成功了，成了名人，也还有种种流言，夹杂着妒意，或者说嫉妒夹杂着流言，且不管谁夹杂着谁，跟在屁股后面，说得文雅些，沾在脚跟上，就像雨天在泥地上走，鞋子上那越来越沉重的、甩不掉的泥泞。

这当然也因为人都看重名人，出了名了就有人敬重有人生气。可我这里要说的是：你要是突然发现你想干的那番事业还没来得及干成，就已经老了，就得告老退休，去逗孙子，没有孙子总也有孙女，南南或者甜甜，或者是小萍萍，好歹总有一个，你得给他擦鼻涕，揩屁屁。当然，那时候，孩子叫你一声爷爷，你心里也会觉得怪暖和的。有一种忧伤，有一种惆怅，也有那么点温暖，总算有点寄托。啊，我讲到哪儿了？

（醒悟过来，滔滔不绝地）我是说砌墙，对。一个演员如果有本事在观众和自己之间砌起这么一堵人看得见你你看不见人的单方面透明的墙，就在舞台上取得了自信，就可以成为一个合格的演员了。

（走动着，提高了声音）你在舞台上就行走自如，嬉笑怒骂，谈情说爱，生老病死，就都像那么回事了。

（突然站住）但是，要成为一个好的演员，这还不够。还得回过头来把这堵墙拆了！自己砌的自己来拆。

（做拆墙状，一块一块地把砖打掉。又有些迟疑，拆到齐胸口处，停住了。

（琢磨着）这儿可以开个窗子，时不时可以从角色里出来。（做靠在窗口状）得有这份悠闲，往外瞅瞅，同台下的观众有点交流，递个眼神呀，也看看人家的反应，是大睁了眼睛看着你还是闭目养神？你也还得竖起耳朵听着点，观众席里有没有打呼噜的声音？没有，你就放心演下去。

（转身，踱步，有些心神不安，又望了望窗口，嘘声对自己说）你今天的表演可有点浮躁，是吃涮羊肉了还是怎么的？（对答）他今天有心事，上台之前，他母亲在医院里刚刚去世了。

〔静场。

（用另一个冷静的旁观者的声音）即使是舞台经验十足能随机应变的演员，他也还是个人，总还是他母亲的儿子，妻子的丈夫，孩子的父亲，他有他自己的生活和亲人，也有一个完全属于他自己的个人的内心世界。可他不能因为他亲人的亡故、意外的不幸和感情上突然受到的打击，就取消当晚的演出，叫一大群观众乘兴而来，败兴而去，他不能损害观众的感情，哪怕他自己当时正十分痛苦。而且，他还得按照他扮演的角色的规定，没准儿还就得哈哈大笑，这笑当然就勉强得很。可他只要一看到观众席里的目光，就得镇定下来，控制住自己。

（自由地走动，略微提高声音）而且，时常得强打起精神去演那些他自己并不喜欢而被派定了的角色。而一个好的演员，这时候就善于克服自己的情绪，从他那个自我中走出来，像观众一样，从旁审视着自己的角色。

（转身）我要活的，不要死的！

（转身，站住）但是，你不是那个买姑娘讨小老婆的庞太监。

（又走动着）这《胡笳十八拍》，我看，最要紧的还在有情感，有思想。这诗里面包含有灭神论的见解啦。

(站住)你也不是郭沫若笔下的那曹操。

(兴奋起来,口若悬河)你就是你,你就是你演员自己。你用你自己的良知、品格和学问同观众交换着对角色的认识,说的是在舞台上你表演的空当,你抓住那瞬间,向观众开开窗。有时候,这窗户还嫌太小,你得打开一扇门。

(做开门状,跨过门槛)走到观众中去,同观众一起来创造你的角色。你又是你的角色,还又是你自己。

(拉开门,站在门槛当中,深深地弯腰鞠躬)是,老爷。(眼睛却骨碌直转)

(直起腰)他讲的是一回事,想的又是一回事,你得把这奴才的嘴脸表现得活灵活现。可一个演员,他并不是奴才。结论就是:一个好的演员,不能总演他自己,虽然有时候也得从自我的感受出发,可又得越出自己的局限。

他在生活中也许是个优柔寡断的人,可如果派定他演一位将帅,上了舞台,他振臂一呼,三军都听从他的号令。(一片欢呼声,像潮声一样起来又消逝了)

他平时当然没有这种自信,就得像观众一样,从旁去审视他的角色,看是否拥有这样的气势与信念。这好比京剧演员出场时起霸与亮相,锣鼓家伙一响,他就进入了角色,成了帝王或者是将相。只不过,话剧中来不得戏曲中的那种程式,应该是活生生的,像活人一样,容不得半点装腔作势。

(提高了声音)一个演员,平平常常,哪怕是个卑微的人,可他只要在舞台上越过了将演员与观众隔开的所谓这第四堵墙,(走到脚灯前)敢于用他扮演的角色的目光注视观众,并且也以观众的目光审视着他自己的角色,那他就会是一个有自信心的演员,一个出色的演员,他就不会在他演的那种种角色中老演他自己。他也就能做到名角的那种当众的孤独,笑,或者哭,在没有布景、道具、服装和化妆乃至于音响效果和灯光的陪衬下,进入自己的角色。

〔舞台灯光渐暗,但不必完全熄灭。演员可以在这里选用一段他自己最拿手的角色的精彩的独白。随后便突然打住。

(恢复演员自己说话的声音)演员一旦抓住了他的角色,便从容自如,那才是一种创造,自己都觉得是一种享受。他一方面沉浸在角色中,一方面又脱身出来,(审视着自己)像观众一样,饶有趣味地注视着进入角色的他自己,自我调节着,不会有任何过火。

(越加真诚地)但演员并不总能捕捉到他的角色,一旦失去了这种分寸感,他就周身不自在,就不得不装腔作势,挤眉弄眼,来掩盖自己艺术上的虚弱。越这样自我表演,内心就越痛苦,在常人的种种痛苦之中,演员还多一种痛苦:找不到自己的角色。这就像失恋一样,在座的想必大都有过类似的体验,虽然你们现在看起来都挺幸福,但你们能说就没有尝过那种失恋的苦涩?而对这种痛苦感受越深的演员,便越加成熟。他就会演着演着——

〔目光注视着舞台中央,有一个光圈便渐渐亮了起来。把角色就撂在那儿了,自个儿却走到脚灯之外——

(在舞台台沿上坐下)琢磨着他的角色(望着舞台中央的光圈)

(轻声地)他手托着腮。(手托着腮)

不对。他把手放下了。(把手放下)

搁在膝盖上,在想什么的样子。(手摸着膝盖)

这就不对了。(手停止摸膝盖)

这就对了。他终于忘了去摆弄他的手,不去故作沉思状。他这就沉浸到他的角色中去了。

〔站起来,不知不觉地已换了一副模样,显得有些衰老了,缓缓地一步步走近光圈。

(喃呐地)他现在走动着。

(在光圈周围小心地审视着)来回思考……

〔舞台上全暗,只留下这个光圈。演员进入光圈,在里面转了一圈,重新面对观众,现出一副困惑的样子,语调也变得迟疑了。

我不知道,你们之中,哪位,有没有这样的体会?夜里睡着睡着,突然醒来了,浑身盗汗,心慌得不行,就再也不能入睡。这不是上了年纪吧?会不会一下子睡过去,没准儿,明儿,就醒不来了?老伴还就睡在身边,别吓着她。

(做悄悄爬起来状)嗯,下地走走。

〔光圈随着他移动。

(自言自语)是得好好考虑一下,这剩下的日子怎么办?

〔光圈消失了,在舞台基本光下,恢复了旁观者的态度。

(机智俏皮地)你如果也是一个演员的话,你就会想,皱纹都起来了,眼皮子塌拉着,肚子也大了,你总不能再演那风流小生?叫你跟着小丫头一起蹦蹦跳跳的,你也气喘。你青春的魅力都已经消失啦,也不能都演莎士比亚的李尔王。再说,那孤独的老头子演起来心都凉。你不能不考虑自己还有什么用处,是教学生呢,还是写回忆录?也不能都改行当导演,那导演这职业就成了老人行。更不能像里根那样,演员干不好,还去当总统!你就不能不陷入苦恼之中,要为自己找一条出路。你便会说艺无止境,你不靠青春的魅力,靠的是自己的技艺。你就干脆把那制造幻觉的第四堵墙拆光,全靠你的表演活在舞台上,老来反倒追求单纯。

〔静场。

(轻声提示)你便可以对观众说:这情景在森林里——

〔舞台上光线渐渐转暗,只用侧光勾出他的轮廓。

(仿佛看见了)幽深的林子里有一条小路。

〔舞台深处显出一条模糊的光影。

他已经进入老年,人生的秋天。(走在这条光影中)

落叶。(仰头)

秋声,扑簌簌的。(倾听)

金黄色的,(侧目仰望,细眯起眼睛,感叹)成熟的季节啊。

(头微微一偏,唠叨地,自言自语)你相信自己的技艺,就相信观众的想象力。

(低头做用手杖拨动落叶状)你就这样在秋天里追索着自己的春天的脚印。你就回忆起了那一年,那一年的春天到来之前,夜里……

〔舞台转暗,只有一线微弱的蓝光照着他。

在一个农场里,你被弄到那里种地不是去演戏,你就听见一里地外的那条冰封的河流……(凝神倾听)

〔隐约的冰块的拆裂声,越来越频繁,夹杂着一声紧似一声低沉的轰鸣,夜空中的雁鸣和呼呼的鼓翼声。

你也就回忆起了已经非常遥远了的少年时光……

〔一个童声的《卖报歌》声,孤单而且断断续续的。

清贫,却不知道气馁……

〔黄光打在他脸上,他眯起眼睛四下徒然找寻着歌声的来源,歌声突然中断,消失了。海潮的澎湃。他脸上的光消失了,代之来自他身后红色的光。他张开手臂,仿佛跑着迎向海潮。

你那么年轻,充满着热情,你憧憬,你奋斗,你热情地拥抱着人生,像大海要拥抱你!

〔随着越来越高涨的海潮声,他兴奋地大声呼唤:啊——呵——!啊——哎——

〔呼唤声和海潮声融合了又被带走了,他站定。现在左右两边红绿灯光变幻着,忽亮忽灭,他左顾右盼,茫然若失。汽车的高音喇叭和高音扬声器,左边是口号声,右边歌声嘹亮,但都混成一片,什么也听不清。

你就这样走入中年,在一个十字路口,随后不明不白地被卷进了一场事故之中,你被人围着,你辩解不清,你不清楚你究竟犯了什么错误,这不像如今你误闯了红灯罚几角钱便买来教训。

〔人声嘈杂。他仿佛被人推着搡着。

你又不肯盲目地被这股潮流席卷,随之沉浮。

〔城市的种种噪音。他转向,仿佛在人堆中挤着,脸上的光变幻着颜色,如同被霓虹灯映照着。

就像在最热闹的大街上,或是地下铁道的出口处,你被踩掉了鞋子。

〔蹲下拔鞋,他脸上的光一闪一闪的。

你又失落了装在口袋里的钥匙,那无数的腿和脚就在你头上,(趴在地上找钥匙)也践踏着,践踏着你的艺术。那是一个混乱的时代,大革文化的命的时代,什么也说不清,你问,问也无用,你要再——(仿佛被踩了手,大叫)啊——!

〔舞台上全暗。他伏倒在地,一切声响俱寂。静场。他在一个光圈和渐渐起来的音乐声中缓缓地爬了起来,跪坐着,疲惫不堪。

像一场大地震之后,在劫后的废墟上,人们开始收拾,清理出打碎了的尚可以拼凑着用的瓶瓶罐罐,生活就又走上了轨道。于是——

(捡起了什么,端详着)还挖出了埋在灰烬下没死的花,又重新浇灌着,就像对你的艺术。

〔音乐变得宏大了,在掌声和喝彩声中亮相。光圈消失了,舞台上的基本光亮。

(以旁观者的神态和语调,稍快地)你的劳动重新得到了承认,你变成了权威。可你非常清楚,这位置是不可以久坐的。你不过是一个演员,演员最好的位置还是在舞台上。你坐立不安,也睡不着觉,你知道作为演员来说,你又已经老了。

〔背着观众,在渐渐转暗的舞台上踱来踱去。

你房间也不宽敞,你只能在几平方公尺的范围内转圈子。

〔扩大了的沉重的脚步声和时钟的嘀嗒声。

况且,这深夜里,你怕惊扰了你老伴和一家人。

〔他面向观众。恢复了老态。脱鞋子,拎在手里,蹑手蹑脚,做开门状,又轻轻掩上门。仿佛在黑暗的过道中摸索,嘟囔着。

就有那专门偷公共走廊里的灯泡的主!(摇头)

这走廊怎么长得没有个尽头?就这样摸索着、摸索着,到一个空地上来了!(一种解脱和快意)

〔风声。

一个从来没有到过的地方。(一种惶惑)风从右边,不,从左边,不,好像是四面来风,真不知道到哪儿了。这么空旷,开阔得都叫人不知所措。

(有点不安,喊)哎——那边有人没有?

(嘟囔)简直不明白该怎么,怎么,怎么……

〔飘忽不定的电子音乐。

(转而用一种叙述者的神态和语调)这时候,她就来了,轻盈地,在你面前,飘忽不定,像一个梦。你觉得在哪里见过她,好像是你童年时你家隔壁邻居家的一个小姑娘,你们小时候一起玩过沙子,在沙地上垒房子,可你也记不清她的面貌。总之,你觉得好像是她,同她说着温柔的话。她向你伸出手,用手指尖领着你。可四面来风,脚下冰凉,你就止不住——

(做老态,打喷嚏)啊——嚏!

〔双手抱住两臂,憨笑,又立刻收敛了笑容。

(转身用旁观者的语调,似乎是对他扮演的角色说)这梦多少也给你一种启示,就是说你苦苦追求的一个新的角色已经在你心里萌动了。你尽管血压升高,心律不齐,这些老年心血管的症状都随之而来,你还是不顾医生的告诫,要找个机会到舞台上去表现表现。

(眨巴眨巴眼睛,显出老态,然而不无激情地)我们这些演员都是喜欢热闹,喜欢掌声,喜欢被观众喜爱,不甘寂寞的人。这也是我们这职业养成的毛病。可是,一个演员呀,用我们的行话来说,只要爱上了他心中的那点玩意儿,为了创造一个新的角色,把命豁出去都心甘情愿。那些在台上台下心脏病发作,就此了结了一生的演员,把他们的那颗心都给了艺术,观众想必也就会原谅他们的那点虚荣。

〔静场。

(轻声对自己)你怎么了?

(仿佛从角色中清醒过来)啊,我是说那根绳子——

(大声地)谁把绳子丢在台上啦?

(轻声地提醒)不是你自己吗?

(大声地)干吗把绳子乱丢在台上呀?

(提醒)你不是把它比作一堵墙吗?

(烦躁地)什么墙呀?

(不厌其烦)一堵把你们演员同观众隔离开来的"第四堵"墙!

(固执地)那观众还怎么看戏呀?

这墙不是透明的吗?

那透明的还砌什么墙呀?把它拆了吧!

你自己砌的自己拆吧。

得。(拾起绳子,装入口袋,下)

一九八四年四月十四日于北京

2001
获奖作家

奈保尔

传略

二○○一年的诺贝尔文学奖终于颁给了奈保尔,这并不出乎人们的意料。近年来,诺贝尔文学奖的评委们对于具有多元文化交融特点的作家颇多偏爱,而奈保尔正是这样的一位作家,他曾获得过布克奖、毛姆奖、W. H. 史密斯奖、本涅特奖、T. S. 艾略特文学创作奖等多种重要文学奖项,是英语世界中声名卓著的作家,和拉什迪、石黑一雄并称为“英国移民文学三雄”。瑞典学院则赞誉他的作品“将深具洞察力的叙述和不为世俗所囿的详细考察融为一体,促使我们看清被隐蔽的历史真相”。

维·苏·奈保尔(V. S. Naipaul,1932—2018),一九三二年八月十七日出生于西印度群岛特立尼达一个印度裔家庭。他的先人原属印度北方邦的婆罗门种姓,因家境败落,他的祖父作为契约劳工来到特立尼达,在甘蔗种植园里谋生。奈保尔六岁时,他的父亲谋得了特立尼达《卫报》记者的职务,全家从首府附近的查瓜那斯镇迁至首府西班牙港,奈保尔在那里的女王中学接受了英式教育。一九五○年,十八岁的奈保尔获得政府奖学金,前往英国牛津大学攻读当代英国文学。大学毕业后,曾任英国广播公司《加勒比之声》节目编辑、伦敦《新政治家》杂志评论员,并在他父亲的鼓励下,利用业余时间试写小说。一九五五年,他和大学同窗帕特丽夏·黑尔结婚,并定居英国。一九九六年,帕特丽夏病逝,奈保尔与纳迪拉·卡纳姆·阿尔维结合。

奈保尔自一九五七年发表第一部小说《神秘的按摩师》以来,迄今已出版长篇小说、中短篇小说集、游记、散文等三十余部。

他的早期作品都是以特立尼达为背景。在长篇小说《神秘的按摩师》(1957)中,作者追忆了自己在特立尼达度过的童年岁月,以幽默风趣的笔调,描写了当地不同阶层人民的生活。长篇小说《埃尔韦拉的选举权》(1958),描写了当地人对西式民主的盲目追求和由此产生的令人啼笑皆非的故事。短篇小说集《米格尔街》(1959)是早期作品中的优秀代表作,收有十七个短篇。它们实际上早在一九五五年前后就已写成,只是发表时间晚于《神秘的按摩师》。这些短篇中的故事都以一个少年叙述,有一定的自传性质。它们以二十世纪三四十年代的西班牙港为背景,集中描写了贫民窟米格尔街上形形色色的小人物。早期的这三部作品,文笔洗练诙谐,人物栩栩如生,幽默风趣地展示了特立尼达的生活习俗,正如瑞典学院在授奖词中指出的那样:"《神秘的按摩师》中的滑稽故事,以及《米格尔街》中短小精悍的篇章,糅合了契诃夫式的幽默和特立尼达岛上土著即兴编唱的小调,确立了奈保尔作为幽默作家和街头生活作家的地位。"

一九六一年出版的长篇小说《比斯瓦斯先生的房子》,被认为是奈保尔真正成名的杰作。小说仍以特立尼达的社会生活为背景,以他父亲的经历为素材,描写了一个印度裔婆罗门在异域文化中寻找自我与独立,是一出悲喜剧。此后,奈保尔又相继出版了长篇小说《效颦者》(1967)和中短篇小说集《在一个自由的国家里》(1971)和《游击队员》(1975)。

在二十世纪六十年代和七十年代,奈保尔曾周游世界各地,足迹遍及加勒比地区、美国、加拿大、印度、巴基斯坦、伊朗、马来西亚、印度尼西亚等。《中间通道》(1962)、《黑暗地区:印度经历》(1964)、《印度:受了伤的文明》(1977)、《印度:百万人大暴动》(1990)等游记、随笔随之相继问世。一九八一年出版的《在信徒中间》和一九八八年出版的《超越信仰》,则主要记录了他在非阿拉伯伊斯兰国家的所见所闻、他的感受和思考。

长篇小说《河湾》(1979)被公认是一部杰作。主题也是移民的绝望和无归属感。一九八七年和二〇〇一年,奈保尔还分别出版了半自传体小说《抵达之谜》和《半生》。二〇〇〇年,奈保尔还出版了一部《父子之间:家书集》,这是奈保尔和他的父亲历时三年(1950—1953)书面思想交流的原始记录。

奈保尔出生于印度裔家庭,有着西印度群岛殖民地社会生活的背景,又有深厚的英国文学功底,而且还游历考察过美洲、非洲、亚洲的许多国家和地区,因而他的创作是多元文化冲突和交融的结晶。奈保尔独特而又复杂的文化身份,使他得以站在"边缘"冷眼透视"中心"的图景,又能从"中心"批判性地审视"边缘"的政治、经济、文化以及人们的生存状态。从他冷峻、严厉甚至偏激的笔锋里,可以窥见现实社会中存在的黑暗、丑恶和不公。"真实"是奈保尔的最高美学准则,他还说过,"我是一个直观的作家,我凭直觉写作",为此,他在创作实践上,将纪实与虚构结合在一起,创造出能最好地服务于其创作目的的小说形式。他善于在平淡的情节中刻画人物的性格,着墨不多,却耐人寻味。他的文字简洁明晰,朴实无华,真实生动,因而深受读者的喜爱。

授奖公告

维·苏·奈保尔是一个文学世界的漂流者,只有在他自己的内心,在他独一无二的话语里,他才真正找到了自己的家。他异乎寻常地没有受到当前文学时尚和写作模式的影响，而是将现有的流派风格改造成了自己独有的格式，使通常概念上的小说和非小说之间的差别不再那么重要。

奈保尔的作品中最初的主题是关于特里尼达这个西印度群岛，而现在他的文学范畴已经延伸得很远，涵盖了印度、非洲、南北美洲、亚洲的伊斯兰教国家，以及占有相当重要地位的英国。奈保尔是康拉德的继承者，他从道德观的角度，也即从对人类造成何种影响的角度，记录了帝国的兴衰变迁。他作为叙事者的立足点在于他对其他已经忘却了的被征服国家的历史的记忆。

他的处女作《神秘的按摩师》中的滑稽故事，以及《米格尔街》中短小精悍的篇章，糅合了契诃夫式的幽默和特立尼达岛上土著即兴编唱的小调，确立了奈保尔作为幽默作家和街头生活作家的地位。到《比斯瓦斯先生的房子》时，他已经前进了一大步。这是他诸多似乎自有一番完整天地的、非凡卓越的小说中的一部。在这里，我们看到了大英帝国外围的印度的一个缩影，看到了他父亲局促的存在。为了让外围世界的形象在伟大的文学著作领域占据重要的一席之地，奈保尔颠倒了通常的观察视角，从根本上否定了读者的保护外壳。这一原则被他用在一系列的小说中，尽管记录式的语调日益浓重，但小说人物的魅力并不因此而稍有褪色。小说式的叙事风格、自传体和记录式的风格都出现在奈保尔的作品中，而并不能让人时时分辨出哪一种风格在唱主角。

在他的杰作《抵达之谜》中，就像一位人类学家在研究密林深处尚未被开发的一些原始部落那样，奈保尔造访了英国的本原世界。在显然还是短暂仓促、漫无边际的观察中，他创作出了旧殖民地统治文化悄然崩溃和欧洲邻国默默衰亡的冷峻画卷。

奈保尔已经注意到了小说作为一种形式所欠缺的普遍性，它总是先假定一个未被侵犯的人类世界，但对于被征服的国民来说，世纪早已被破坏得面目全非。当他撰写《黄金国的失落》时，他开始体会到虚构手法的不足之处。这部著作描述了令人震惊的特立尼达的殖民地历史，为此他对历史资料进行了广泛深入的研究。他发现他需要执着于细节和话语的真实性，避免纯粹的将历史小说化的写法，但同时又要继续把他的素材通过文学的形式表达出来。在他关于旅行的书中，他让见证人随时出来做证，这一点特别体现在《超越信仰》一书中关于伊斯兰教世界东部地区面貌的极有说服力的记述中。作者的情感经由他敏锐的见闻流露无遗。

奈保尔是一位当代的哲学家，他的肩上背负了《波斯人信札》和《老实人》的传统。他以一种冷静警觉的方式——这一点理所当然地获得了钦佩——将激烈的情绪转化成理性的缜密，让事件自己来展现出内在讽刺性的一面。

瑞典学院

阮学勤　译

作品

布莱克·沃兹沃斯

每天都有三个乞丐准时来到米格尔街好客的住户门口乞讨。十点钟左右,一个穿着白衣、缠着腰布的印度人首先来到,我们把一小罐米饭倒进他背上的一只口袋里。十二点钟,那个叼着泥烟斗的老太婆来了,我们给她一分钱。下午两点,一个盲人由一个男孩引路,来讨他的那份钱。

有时,我们也布施流浪汉。有个男人一天来到这儿,说他饿坏了,我们就让他饱餐了一顿。而后,他又要了支香烟,直到我们替他把香烟点燃后才肯离去,以后那个人再也没来过。

一天下午大约四点钟的时候,来了一个非常古怪的流浪汉。我已经放学回家,刚刚换好便服,听到他在叫我:“小弟弟,我可以进你家的院子吗?”他身材瘦小,穿戴整齐,戴着一顶帽子,穿着一件白衬衫和一条黑裤子。

我问道:“你想干啥?”

他说:“我想看看你们的蜜蜂。”

我家院子里有四棵大王棕榈树的幼树,上面聚满了不请自来的蜜蜂。

我跑上台阶,喊道:“妈,有个人在院子这里,他说想看看蜜蜂。”

妈妈走出来,上下打量着他,极不友善地问:“你要干吗?”

那人说:“我想看看你们的蜜蜂。”

他英语讲得太好了,简直近乎做作。我看出妈妈有些不放心。

她对我说:“待在这儿,他看蜜蜂时盯着他点儿。”

那人说:“谢谢您,太太。今天您做了件好事。”

他讲得极缓慢而清晰,仿佛说出的每个字都要花掉他的钱一样。

我们一块儿看着蜜蜂。他和我,蹲在棕榈树下,大约有一个小时的光景。

那人说:“我喜欢看蜜蜂,小弟弟,你喜欢看蜜蜂吗?”

我说:“我可没那工夫。”

他沮丧地摇着头,他说:“我就干这个,就是看。我能一连看上好几天。你看过蚂蚁吗?还有蝎子、蜈蚣和两栖鲵什么的,你都看过吗?”

我摇摇头。

我说:“你是干什么工作的,先生?”

他站起身来说:“我是诗人。”

“是个好诗人吗?”我问道。

“世界上最伟大的诗人。”他说。

“你叫什么名字,先生?”

“B. 沃兹沃斯。”

“B 是比尔的意思吧?”

“是布莱克,布莱克·沃兹沃斯。怀特·沃兹沃斯是我哥哥,我们心心相通。就是看到一朵像牵牛花一样的小花,我都想哭出来。”

我问:“你为啥哭?”

“为啥,孩子? 为啥? 等你长大了就会明白啦。要知道,你也是个诗人。你成了诗人以后,任何一件事都会使你哭出来的。”

我笑不出来。

他问:“你喜欢妈妈吗?”

“她不打我的时候,喜欢。”

他从后裤兜里掏出一张印有铅字的纸片,说:“这上面是首描写母亲的最伟大的诗篇。我打算贱卖给你,只要四分钱。”

我跑进屋,说道:“妈,你想花四分钱买一首诗吗?”

妈妈说:“你听着,告诉那个该死的家伙,赶快给我夹起尾巴滚出去。”

我对 B. 沃兹沃斯说:“妈妈说她没有四分钱。”

B. 沃兹沃斯说:“这就是诗人的遭遇。”

他把那张纸片放回裤兜,好像并不介意。

我说:“像你这样到处转悠着卖诗倒挺有意思。只有那些唱克利普索小调①的人才干这种事。有很多人买吗?”

他说:“从来没人买过。”

“那你为什么还要四处转悠?”

他说:“这样我就可以看到许多东西,我还一直希望遇到别的诗人。”

我说:“你真认为我是个诗人吗?”

“你像我一样有才华。”他说。

后来,B. 沃兹沃斯走了。我暗自祈祷,但愿还能再见到他。

大约一周以后的一天下午,在放学回家的路上,我在米格尔街的拐弯处又见到了他。他说:“我已经等你很久啦。”

我问:“卖掉诗了吗?”

他摇摇头。

他说:“我院子里有棵挺好的芒果树,是西班牙港最好的一棵。现在芒果都熟透了,红彤彤的,果汁又多又甜。我就为这事在这儿等你,一来告诉你,二来请你去吃芒果。”

他住在阿尔贝托街上的一间小棚屋里,正好在街中段。院子里绿茵茵的,还有一棵高大的芒果树、一棵可可树和一棵李子树,这地方看上去很荒凉,好像根本不在城里。在那儿一点儿都看不到街上高大的混凝土建筑。

他说得不错,芒果汁又多又甜,我一连吃了六个。橘黄色的芒果汁顺着胳膊一直流

---

① 克利普索小调,一种起源于西印度群岛、临时编唱的小调,常以讥讽时事为主题。

到臂膀上，从嘴角流到下巴上，我的衬衫也染上了果汁。

回到家后，妈妈问我："你窜到哪里去啦？你以为你已经长成大人了，可以到处疯去啦？去，给我拿根鞭子来！"

她打得可够狠的，我从家里逃出来，发誓再也不回去了。我来到B.沃兹沃斯家。我气极了，鼻子流着血。

B.沃兹沃斯说："别哭啦，咱们一块儿去散散步吧！"

我停止了哭泣，却还在抽抽搭搭。我们散着步，走过圣克莱尔大街，来到"大草原"，沿着跑道漫步。

B.沃兹沃斯说："嗳，咱们到草坪上躺一会儿，看看天空，我想让你猜猜那些星星离我们这儿有多远。"

我按他说的做了，明白了他的意思。我忘记了一切，有生以来第一次感到如此骄傲和愉快。我的气愤一扫而光，我忘掉了眼泪，忘掉了刚刚饱尝过的那顿鞭挞。

当我告诉他我觉得好些的时候，他就开始告诉我星星的名字。搞不清为什么我对猎户星和猎户星座记得尤其牢，直到今天我还能一下子指出它来，其他的却早已忘得精光。

忽然，一道光束照在我们脸上，一个警察出现在面前。我们赶紧从草地上站起来。

"你们在这儿干什么？"警察问道。

B.沃兹沃斯说："已经四十年啦，我也一直在想这个问题。"

从此，我们成了好朋友，B.沃兹沃斯和我。他对我说："关于我，还有芒果树、可可树和李子树的事，你不要告诉任何人，一定要保守秘密。假如你告诉了别人，我会知道的，因为我是诗人。"

我起了誓，而且一直守信用。

我很喜欢他的小房间，里面的家具还没有乔治家临街的那间屋里的多，但看上去更干净，也更舒服，可也显得很冷清。一天我问他："沃兹沃斯先生，你为什么在院子里留这么多灌木丛？会不会使这儿太潮湿呀？"

他说："听着，我给你讲个故事。很久很久以前，有个男孩遇见一位姑娘，他们很快相爱了，他们彼此深深地爱着，后来就结婚了。他俩都是诗人，少年喜欢优美的文学，姑娘酷爱花草树木。他们在一间小房子里生活得非常愉快。有一天，女诗人对那位少年诗人讲：'咱们家里又要增加一个诗人啦！'但是，那个小诗人并没有出生，因为姑娘死了，他也随她去了，死在姑娘的肚子里。姑娘的丈夫非常难过，决定从此再也不去动姑娘花园里的一草一木。于是，花园留下来了，树木、花草没人管理，越长越高。"

我看着B.沃兹沃斯，当讲述这个动人的故事时，他显得更加苍老。我听懂了他的故事。

我们总是一起去做长距离的散步，我们去植物园和岩石花园。黄昏时，登上了"校长"小山，观看西班牙港渐渐被黑夜所笼罩，城里和码头上的轮船渐渐灯光闪烁。

他做每一件事，都像参加圣典一样郑重其事，似乎是平生头一回做一样。

有时他会问我："喂，去吃冰激凌怎么样？"

当我表示同意时，他变得非常严肃，说："那么，咱们去光顾哪家冷食店呢？"好像这也是桩异常重要的事一样。他常常为这合计好半天,最后才说:“依我看,我该先去这家打听一下价钱。”

这世界真是个令人振奋的地方!

一天在他院子里,他对我说:“我准备告诉你一个重要的秘密。”

我说:“真的是秘密吗?”

“这会儿还是秘密。”

我看着他,他也看着我。他说:“记着,只有你我知道。我正在写一首诗。”

“噢。”我失望了。

他说:“这可不是一首普通的诗,它是世界上最伟大的诗篇。”

我嘘了一声。

他说:“到现在,我已经写了五年啦。再有二十二年就完成了,也就是说,如果我能保持现在这个速度的话。”

“那么,你现在每天都写很多吗?”

他说:“不像以前那样多了。每月只写一行,不过肯定是非常出色的一行。”

我问:“上个月写的那行是什么?”

他仰起头看着天空说:“往昔深邃而奇妙。”

我说:“是行很美的诗。”

B. 沃兹沃斯说:“我希望能把一个月的体会感受全部倾注到这行诗句中去。这样二十二年以后,我就会写出一首震撼全人类的诗篇。”

我充满了惊叹之情。

我们像往常一样去散步,一天,我们沿着港口的防波堤走着,我说:“沃兹沃斯先生,假如我把这颗钉子扔到海里,你说它能浮起来吗?”

他说:“世上无奇不有,把钉子丢下去,咱们看看会怎样?”

钉子沉了下去。

我又问:“这个月的诗写好了吗?”

但是,他没有吟诗,只是说:“噢,就要好啦,你知道,就要好啦。”

有时我们坐在防波堤上默默地望着进港的轮船。

从此,我再也没有听到那首世界上最伟大的诗篇。

我觉得他一天天在衰老下去。

“你是怎么生活的,沃兹沃斯先生?”有一次我问他。

他说:“你是问我从哪里弄来钱吧?”

我点点头。他狡黠地笑了起来。

他说:“每年唱克利普索小调的季节时,去唱小调。”

“那够你一年生活的吗?”

“足够啦。”

“等写完了那首最伟大的诗,你就会成为世界上最富有的人了吧?”

他没有回答我的问题。

一天,我到他的小房子里去看望他,发现他躺在小床上。他看上去是那么虚弱、苍老,我真想大哭一场。

他说:“诗写得不太顺利。”

他并没看我,而是透过窗户看着那棵可可树,就好像我根本不存在似的,喃喃地诉说着:“二十岁的时候,我好像有使不完的劲。”这时,仿佛就发生在我眼前一样,他的脸骤然变得更加苍老、疲倦。“可那……那已是很久以前的事啦。”

就在这时,我好像被妈妈打了一顿耳光。突然,我敏锐地感觉到了什么,我在他的脸上清楚地看到了这一点。谁都会看出的,死神已经爬上了那张布满皱纹的面孔。

他看着我,看见我眼含热泪,挣扎着坐起来。

他说:“过来。”我走过去坐到他的膝盖上。

他看着我的眼睛说:“嗯,你也看到它了,我一直说你具有诗人的眼光。”

看上去他并不难过,这使我再也控制不住,大声哭了起来。

他把我搂到他那瘦削的胸前,说:“你想听我再给你讲个有趣的故事吗?”他冲我鼓励地微笑着。

可是我什么也说不出来。

他说:“我给你讲完这个故事后,你要答应我马上回家,再也不要来看我了,好吗?”

我点点头。

他说:“很好,现在听我讲,以前我给你讲过一个关于少年诗人和女诗人的故事,你还记得吗?那不是真事,是我编出来的。还有那些什么作诗和世界上最伟大的诗,也是假的。你说这是不是你听过的最好笑的事情?”

他的声音中断了。

我离开了小房子,跑回家,大哭了起来。像诗人一样,看到什么都想哭。

一年后,我又来到阿尔贝托街,可是再也看不到那栋小房子了。倒不是它突然消失了,可是和消失差不多。它被人们扒掉了。

一栋两层楼的建筑取代了它。芒果树、可可树还有李子树也被人们砍倒了,留下的只是一片水泥砖铺成的地面。

一切都好像表明 B. 沃兹沃斯从来没有到过这个世界。

王志勇　译

2002
获奖作家

凯尔泰斯

传略

二〇〇二年十月十日，瑞典学院宣布将二〇〇二年的诺贝尔文学奖颁发给匈牙利作家凯尔泰斯·伊姆雷，表彰他的作品"坚持以脆弱的个人痛苦经历对抗历史上强大的野蛮强权"。这在诺贝尔文学奖的评奖史上，又爆出了一个冷门，大大出乎人们的意料。

凯尔泰斯·伊姆雷(Kertész，Imre，1929—2016)，一九二九年十一月九日出生于匈牙利布达佩斯一个犹太人家庭，父亲经营木材生意，母亲是个小职员。凯尔泰斯一家虽然有犹太血统，但已不信犹太教，犹太文化已经很淡薄，几乎已融入匈牙利文化之中。一九四四年五月，德军进驻匈牙利，随后，不满十五岁的凯尔泰斯就和其他七千多匈牙利犹太人一起，被遣送到波兰的奥斯威辛集中营，后来又被转送到德国的布亨瓦尔德集中营。一九四五年四月，盟军在德国境内开始全面进攻。四月十一日，布亨瓦尔德集中营中的犹太人被盟军解救。同年七月，凯尔泰斯回到了布达佩斯。他在纳粹的集中营中度过了将近一年时间。在这段被囚禁的时间里，他目睹了德国纳粹的种种暴行，大批犹太人惨遭残忍屠杀，这在少年凯尔泰斯的心中打下了深深的烙印，使他永世难忘，其影响几乎贯串了他的整个一生和全部创作。

回到布达佩斯后，凯尔泰斯首先入学完成了基本学业。一九四八年，十九岁的他进光明报社担任记者，但于一九五一年被报社辞退。此后曾当过工人和小职员，并曾应征入伍，服兵役两年。一九五三年服役期满后，他没有再找工作，而是做了一名自由撰稿人和翻译家，从此以写作和翻译为生。他写了一些小型的音乐剧和舞台剧，翻译过尼采、施尼茨勒、霍夫曼斯塔尔、弗洛伊德、维特根斯坦等德语作家的著作。这些哲学家和作家，对凯尔泰斯的思想和创作产生了很大的影响。

早在一九五八年，凯尔泰斯就着手写小说的准备，他着重审视了奥斯威辛集中营的种种暴行,思考着这段罪恶历史的背景和根源。他花了十三年时间,终于在一九七三年写成了他的"命运三部曲"中的第一部《无形的命运》。小说写一个十五岁的犹太少年克维什,在纳粹集中营中的经历和感受。它不仅描写了集中营中的种种暴行和屠杀,而且以一种独特的视角和异化疏离的手法,揭示了人类生存与客观环境的关系。可是,这部小说却一直受到退稿的冷遇,直到一九七五年才得以出版,但问世后反应平平,并没有在文学界和读者中产生什么影响。

一九八八年和一九九〇年,凯尔泰斯相继出版了"命运三部曲"中的第二部《惨败》和第三部《给未出生孩子的祈祷》。前者描写了当时混沌闭塞的社会现状和主人公所经历的种种不幸和打击;后者写的是一个中年作家和文学翻译家,由于整天生活在他所经历过的奥斯威辛大屠杀的阴影之中,因此他不想有孩子,害怕让自己的孩子又面临这个恐怖的世界。

《英国旗》(1991)是一部中篇小说集,从内容上看,可说是《无形的命运》的续篇,描写了他在二十世纪五十年代"冷战初期"的经历和心灵感受。一九九二年出版的《船夫日记》是凯尔泰斯的一部日记体随想录。该书记录了作家一九六一年至一九九一年间对文学、艺术、人生和社会的思想感受,完整地反映了其三十年间的心路历程。一九九七年出版的随笔集《另外的我:变革记事》,汇集了作家一九九一年至一九九五年所写的随笔,可以看成是《船夫日记》的续集。

此外,凯尔泰斯的主要作品还有散文随笔集《思维的沉寂——行刑队再次上膛之时》(1998)和《流亡的语言》(2001)。他的最新作品是《清算》(2003)。小说的主人公叫凯谢吕,是个出版社的编辑。他收到剧本《清算》的手稿时,该剧的作者 B. 已经自杀。凯谢吕知道 B. 是个犹太人,一九四四年十二月出生于奥斯威辛集中营,大腿上文有犯人编号。他曾鼓励 B. 把自己的这段经历写成小说,并且坚信 B. 已经写出这部小说,于是就开始寻找。结果,他从 B. 的最后一个情人处获悉,B. 确实写成了这部小说,并将手稿寄给了她,但她收到手稿的第二天,B. 又寄来了遗书。根据他的遗书,她焚烧了这部小说。小说写一对相爱的男女主人公,因女主人公想要生孩子,而男主人公因为奥斯威辛的原因,不同意,从而发生争执,当他发现女主人公陷入严重的心理危机并要自杀时,他自己先选择了自杀。

凯尔泰斯作品的内容,几乎全都离不开奥斯威辛集中营,显然,凯尔泰斯有关奥斯威辛集中营的作品,不仅是对纳粹惨无人道的大屠杀的揭露,更重要的是促使人们通过对这一大浩劫的反思,看到现实社会中依然存在着无形的命运、无奈的处境和无言的悲哀。凯尔泰斯的作品实际上已经摆脱了时空的羁绊,对人类具有了永恒的意义。在作家看来,奥斯威辛集中营并非一个特例,而是现代社会中人类堕落的极点。只要有极权存在,就有可能出现新的奥斯威辛集中营。凯尔泰斯对于人类苦难的深入刻画,对于人类历史的执着反思,表明了他对人类命运非同一般的关切。看来,瑞典学院将二〇〇二年的诺贝尔文学奖颁发给他,其重要原因,恐怕正在这里。

授奖词

对于我们这些没有亲身体验过纳粹残暴统治的人来说,很难形容或理解匈牙利作家凯尔泰斯·伊姆雷文学作品中的主题及社会背景。纳粹主义残忍的、有组织的罪行,社会主义一党制下的官僚政治和反人类的行径,这些对于生长在文明社会的人来说简直无法想象,而且它们也不允许以超越疯狂的悖论和荒谬的方式来描绘再现。

凯尔泰斯·伊姆雷将这些问题以文学的形式反映在《船夫日记》和散文集《思维的沉寂——行刑队再次上膛之时》中。

历来人们关于《无形的命运》是否在伊姆雷文学作品中占据中心地位的争议颇多。也许这种观点比较能接受:这部表面上以朴实无华、不经修饰、平凡谦逊的语言描述一个少年在奥斯威辛、扎特兹、布亨瓦尔德等集中营的生存和遭遇的作品,无可置疑地奠定了其在凯尔泰斯·伊姆雷所有文学作品中的核心地位,堪称当代欧洲散文的经典之作。

"当你想阅读凯尔泰斯·伊姆雷的作品时,最好从《无形的命运》开始。"对此,人们已达成共识。但是,还是会有疑问产生。

不管是阅读凯尔泰斯的小说还是散文,我们很快就发现他的每部作品都与其他作品密切相关。很难解释为何每个看起来独立的部分仿佛通过一个共同的根系或循环的系统交织在一起。《惨败》以多重声音和偏离中心的方式描述一个批判现有体制的作家在极权化、反教育的社会中所承受的痛苦绝望。这部小说在某些暗示以及与主题相关的细节上与《英国旗》相通,而《英国旗》在思想上又与后来的《船夫日记》有共通之处。《给未出生孩子的祈祷》,这是关于一个从未被允许诞生的孩子的一曲悲哀又略带讽刺的挽歌,因为将这个孩子带到世界上是残忍而有罪的。从这部小说中,通过微妙的线索可以看到其与《无形的命运》《惨败》的关联。

最后还有一点对读者来说不言自明,即作品本身是一个连贯的有机体,或像一首本着马勒和韦伯精神的交响乐作品。一言以蔽之,凯尔泰斯从年老的托马斯·曼处借鉴了庄严的基调:一部作品,它的主题是拒绝放弃个性的个体逐渐被集体特性所吞没。

在每部作品背后,我们都能清晰地听到凯尔泰斯·伊姆雷传达着这样一种声音或基调:除了写作,我的全部生存处境都非常可怕;因此,我不断地写作以忍受我糟糕的生存状况,并对其做出评判。

凯尔泰斯·伊姆雷以类似对位的方法亲近传统。用他的话来说,传统并不是个时间现象,而是一种空间现象。传统就是他的环境,是他居住的处所,是他漫游时遇到的社交同伴和聊天伙伴,就像加缪、尼采、叔本华、胡安·德拉·克鲁斯、卡夫卡或是保罗·策兰。

诺贝尔文学奖评委会委员 托·林德格林

张帆 译

惨败[①]

下部　第一章

抵达布达佩斯

科维什感觉到耳朵在嗡嗡作响。他刚才大概是睡着了，错过了从星光璀璨的空中飞临到地上的黑夜这一非常美妙的瞬间。飞机在盘旋过程中，在来回倾斜的视野尽头显现着稀疏而黯然的光，犹如在昏黑的海洋上看见的摇晃的船篷。下面就是地面了，难道这座城市呈现的就是这样一幅可怜的景象吗？科维什想起了自己的家，这个他早已离开的城市——布达佩斯。他已经连续坐了十六个小时的飞机，现在才在一种朦胧中想辨认出外面距离的远近。那应该是弯转的多瑙河、周边镶嵌着灯饰的一座座大桥、布达高高的坡地，还有市中心建筑上明晃晃的霓虹灯。然而此时他看见的是下面一道微微泛着光影的长带——这就是那条河了；河上是几个稀稀拉拉带着点点灯光的拱状的东西——这可能就是那些桥了；下面还可以辨认得出的便是河岸一边平展的城区，另一边则是突兀的景致。[②]

科维什此时已不能再领略什么了。飞机已经着陆，接下来的是惯常的那种忙乱——解开安全带，迅速地整理有些窝囊的穿戴，再彬彬有礼地与旁边坐着的英国人简单地道别。这个英国人是一家超级公司的代表，经常在全世界飞来飞去，科维什已看惯了他淋漓十足地表现出来的旅行经验。让这位英国人不以为然的是，科维什平生中这是第一次作这么长的跨洲越洋旅行，而且在这个地方下飞机的只有他一个人。再有，一路的疲劳现在好像一起都迸发出来，他迫不及待地想让人赶紧接拿他的行李，虽然全部东西只是一个皮箱而已。他还想着有必要让来接他的那位又出名又不错的朋友能在这儿帮他去取这个箱子，而他自己最好交由那些助手好生安排了。

然而他的等待是徒劳的，谁也没有跑过来接他。飞机场一片漆黑，像是一个已被完全遗弃的地方。怎么回事？罢工了吗？还是发生了战争，机场实行了灯火管制？还是出于没头没脑的粗心大意，让我这个陌生人自己摸索着走过去？科维什心怀忐忑地挪动了几步，他猜想前面远一点的地方显露的一个较为清晰的轮廓可能就是机场大厅了。没走几步，他脚下突然一滑，在黑暗中他踩到了水泥地边沿。与此同时他觉得脸上似乎是被打了一巴掌——这是一道聚光灯硬生生的光，恶狠狠地直向他的脸上射来。科维什不由

① 长篇小说《惨败》写成于一九八八年，作者结合自己人生的挫折，描写了当时社会的混沌和自己经历的种种不幸和打击。此处为节选。

② 布达佩斯由多瑙河两侧的布达和佩斯两部分组成，西面布达地势起伏，东面佩斯则非常平坦。

凄惶地闭住了眼睛。这道光束随后好像发觉了科维什的愤怒,因而快速地向下滑去,扫过他的全身,在脚跟前又来回晃动了几下,然后又偏向旁边几米远的地上,随即又返回科维什的脚,重新开始照着他。难道这是在给科维什指路吗?不过这种架势可真是不同寻常。科维什心里思量着,自己可以把它看成是一种礼貌性的帮助,但也可能是一种命令。科维什不再多想,他提着箱子,旋即跟随着面前手舞足蹈的光束迈开了脚步。

这是一段足够艰难的路。聚光灯将科维什周围的一切都笼罩在漆黑之中,他感觉脚底下先是踏过泛着腥味的土壤,然后又转换成几条新的跑道。他还觉得这几条跑道都比较窄,可能不适合像自己刚才乘坐的那种现代化大型飞机的起降。或许宽的跑道刚建成不久,而且又离这几条窄的比较远吧——科维什凭着感觉自己解释着。不过他又想,难道这里的人不想让外国旅客能马上看清楚一切?

光束这时忽然熄灭了,看来是到地方了。科维什眼前是一道灯光照射下的门和门内几级台阶上站着的一个人,确切地说,应该是看见一个人影轮廓径自站在那里——因为这门前的灯光又让他两眼昏花得什么也看不清楚。但终于看清那的确是一个人,科维什没有顾得上跟他打招呼,因为在这突然的惶恐中他不知道该用什么语言说声"晚上好"。

"到啦?"那人以探寻的口吻说道。这话应该说是一句友好的问候,但带着一丝很难说清楚的——有点幸灾乐祸似的——语气,或许,只是科维什会这么想。

"是啊!"科维什答道。

"真是的!"那人仍旧用那样的口吻说着,可能是由于看不到他此时说话的表情,这话再一次让科维什感到一阵头痛。科维什实在无法判定他所听到的到底是奚落,还是一种深藏不露的威胁,抑或只是一种空洞的虚话。这种揣摩不定倒让他自己解释起来,要知道并没有人问他什么。

"我来看一位朋友。"他开口说道,"我想给他一个惊喜,所以没有通知他……"

"您来看什么样的朋友?"那人问道。

"叫斯克劳伊……后来又叫史通斯……现在的名字是萨松,他是世界著名的喜剧作家和电影编剧。"科维什解释着。他这样说着,心里也觉得踏实了许多。随后他又以到现在为止最为肯定的口气补充说:"您应该知道他的名字!"

"您也非常清楚,我们在这里不可能认识这位有名的作家!"那人说道。

"不认识?……"科维什疑惑地问道,见对方没有反应,他又接着说,"我不知道您不知道,但我现在知道了。"说完他默默地站在那里,门口那儿照过来的黄色的光映出他的怪怪的影子——手中提着的皮箱在影子中就像是长在他身体上的一块不规则的附属物。这时,经过了刚才几句有点铺垫的对话,科维什鼓起了信心,以到现在为止最为低弱的声音问道:"我这是在哪儿?"

"到家了!"得到的是如此的回答,那人说完便戛然而止。不多时,在这个冷丝丝的春夜,科维什又瞥见了那人呼吸时带出的薄薄的哈气——此人身上的这个物理现象传来一个明确的声音:"您想转过身去吗?"那人这样问着科维什,语气中带着一种明显的温和,甚至还有一定的体谅。

"怎么转呢?"科维什回问道。

那人伸出了手臂做出了一个请的姿势,一言不发地向科维什表示着这个建议。科维什转过了身。此刻他望见了远处一排隐约闪亮的小小的窗子,那或许是载着他来到这里的飞机。飞机机舱里感到的安全、空调环境中的暖意、舒适的座椅、国际气氛、笑容可掬的空中小姐、精巧的小餐桌上的美味,还有那位坐在旁边百无聊赖、不爱说话的英国人——所有这一切又一次冲撞着他强烈的思乡之情。

“不必了!”科维什转回身对着那人说道,“我想这都没有意义了,因为我已经到这里了。”

“您请便。”那人说,“我们不会强迫您干任何事。”

“是啊!”科维什表示承认,“但我很难理解与您所说的正相反的事情。”他想了想又说,“但还是有强迫,比如说那冲着我来的聚光灯。”

“您不应该跟着那光束走。”那人立即说道。

“当然。”科维什说,“当然。我其实可以待在那空旷的地方不动,一直等到天亮,或者是冻僵。”当然,此时已是春天,科维什的话说得有些夸张。

台阶上传来了忍不住的笑声。

“您跟我来吧!”那人说,“我们来办手续。”科维什这才终于能挪动脚步,走上了台阶。

办理手续

科维什走进了亮着灯光而又空无一人的大厅。他这才意识到,外面的黑夜让他产生了多么大的错觉。这里的灯光根本称不上明亮,甚至正相反,更应该说是昏昏沉沉、七零八落,简直是一片凄惨。大厅本身看起来很大,但作为一个国际机场的大厅来说,相形之下给人的感觉就小得像是乡下——孤零零的台子,空荡荡的受理窗口,其他的配备,只需扫一眼便可知其简陋了。现在科维什也终于能打量一下刚才与他说话的那个人了,但所能看清的只是他的那身制服。科维什觉得这身制服对那人来说不仅极其得体,而且还密不可分,以至使他产生的印象是——他在疲惫中产生的当然是一种错误的印象——这身制服是在过去和将来都存在的一种东西,一时穿着它的人时刻都要依顺着它。这身制服又让科维什觉得眼熟,可他又不知道这是什么人才穿的。“不是军人,不是警察,也不是……”他琢磨着,而后又有种豁然开朗的感觉,却又不知确切地该如何称谓。不管怎样,他相信站在面前的是一个海关人员——起码如此,无可否认。

这时,那人请科维什跟着他走。科维什被请进了直接向着大厅的一间办公室。屋子里的摆设只是一张长桌子和后面的三把椅子。这个海关人员——按照科维什自己的叫法——进屋后立即走到桌子后,并坐在了科维什面前。科维什——或许这种留意多此一举——看到此人并没有坐到应该是不言而喻的中间的那把椅子上,而是坐在了靠边的一把。科维什交过了证件,把皮箱放到了桌子上。

“请您出去坐着等一下,我们待一会儿会叫您的。”海关人员说。

科维什在外面不远的地方找到了一把椅子。这是一把带扶手的翻椅,对不带任何贴垫的木头椅面不能有什么舒服的指望了。坐在椅子上可以环视整个大厅。因为刚才去过办公室，虽然灯光仍然非常昏暗，科维什还是觉得这大厅已有了些变化——尽管已经够暗了，有几盏灯又被人关掉了，可能是准备关门了吧。在远处的厅角上，清洁工们在慢慢悠悠、没精打采地干着活，那条旧得褪了色的细长细长的地毯上，一个戴着棒球帽的人在拖着一个吸尘器，两个穿着蓝色工装裤的人在操作一台科维什久违的过时机器，这机器气喘吁吁的嗡嗡声响彻整个大厅。此时此刻，科维什已感到没有什么不自在了，或许是因为已经见怪不怪了吧。他又恍惚觉得这大厅有些熟悉，似乎有一种以前曾经来过此地的感觉——这当然是一种荒唐的感觉，让他产生如此想象的可能是那些人造石板贴面，在墙上、地板上、台子上、厅内各种物件的边缘之上以及所有可能的地方，全都是这类的东西。这种感觉，从所谓风格特色来说，是那种在五十年代前后被当作时尚，而十五到二十年过后早已过时的东西。这时，困倦更加重了科维什的幻觉——他所看到的不过是曾经看过的，所发生的一切也不过是曾经发生过的而已。

尽管如此，科维什还是无法知道将会发生什么。而片刻之后，一种泰然自若、听之任之的释然解脱的心理又突然涌了上来，一时间他做好了接受任何可能的准备——一切该来的东西都来吧，不管是想要束缚我的、想要搅缠我的、想要吞噬我的，不管是会给我的生命带来又一次瞬间巨变的东西，统统都来吧。

对于所发生的一切，科维什起码现在已不想再多想了。总而言之，他所经历的生活是在一种迂缓而固有的定性之中走向颓废的，生活越往前行，每一段的生活就越在不知不觉中进入一种这样那样的困境之中，诱使他做出种种选择，而最后所呈现的完全是一幅惨败的景象，让人根本无法拒绝。或许这是与生俱来的——不，更应该说是与死亡同在的，准确地说是与复活相形相伴的。

…………

海关检查

虽然已经有些麻木不仁了，但科维什还是感觉到了房间里的一些变化。首先——或许这是一种附加的东西，但他通过进屋后的第一次呼吸就有所感觉——这房间中充满了辛辣的烟气。科维什不由得眨了眨眼睛，污浊的空气又让他咳嗽起来，他很不适应这种次等香烟的味道。与此同时，他发现现在有三个人坐在了他的面前——坐在两边的都是海关人员，其中一个是他已经见识过的那个人。另外一个科维什不知道该如何形容是好，因为虽然长相明显的与他的同事不同，但他的制服和脸上露出的冷淡的注视目光却是不差分毫。对坐在中间的那个人，科维什第一眼看去觉得他是个军人——他穿着浅棕色的外衣，里面是橄榄绿色的衬衣和领带，但除此之外又没有什么特殊的东西，既没有军衔标志，也没有系肩带和腰带。科维什看着看着又觉得他不可能是个军人，最后他断定，他也是个海关人员，另一种海关人员，或许是关长吧。另外，科维什还看到他的皮箱摆在他们面前的桌子中央。

一走进房间——当然，人们对海关人员都是毕恭毕敬的——科维什就以很友好的口气向他们道了声晚安，随后做好了回答问题的准备。可能是因为他们还没有决定好该问什么吧,也可能是由于别的什么让科维什不得而知的原因,三个人并没有发问。他们一个人在抽烟,一个人在翻看什么材料,另一个人则在上下打量他。科维什在一团迷惑的眼神中,觉得三个人凑在一起好像就是一台有三个脑袋和六只爪子的机器。科维什那被疲乏困扰的神志又突然有种不踏实的感觉,好像经过审查被发现了什么秘密或什么罪过似的,而且面前的人马上就要拿出这个他自己还不清楚的秘密和罪过,给他一个意想不到的惊诧。

"我没有收到签证单。"科维什终于说了一句,而且说得无比坚定,他想着要摆出一点事实打破此时的气氛。

"您有什么要申报的东西吗?"那个坐在中间看着材料的人立即抬起头问道。

"我不清楚这里什么东西该申报。"科维什带着一种死板的礼貌回答说。前面的人列举了一些物品。科维什非常用心地想了想,对其中的几项物品还以外国人那种客气的方式斟酌了一番。他估摸着自己的皮箱的同时,也估摸着这种机构真是不可理喻,而后又带出一种烦躁,同时还想强调自己的善意和权利,因而又回答说,按照他的记忆自己的行李中没有任何一个所列举的物品。随即他又立即补充说,如果他们愿意的话他们可以确认这一点。而科维什得到的回答是,他自己应该知道行李中都有什么。科维什进而又问他们是不是想看一看皮箱。

"要我打开吗?"科维什问道,但他并没有期待回答,而是带着他自己也感觉到有点过分的、但抑制不住的热情——又像是什么别的人在驱使似的——随即跨到了皮箱跟前想打开上面的锁。但这种效劳已经没有必要了,箱子是打开的。他急忙掀开盖子,发现他的东西还都齐全,只不过不是像他妻子原来仔仔细细用心摆放得那样整齐了。

科维什诧异地盯着自己的皮箱,像是里面暗藏着一种羞耻似的。"这箱子你们不是已经检查过了吗?"他不由得大声说道。

"这是当然!"关长模样的人点着头说,然后又一言不发地注视着科维什。科维什清瘦而惨白的脸上掠过一丝淡淡的苦笑。"您总是大惊小怪的!"关长又说了一句。科维什看到这位关长又与前面的那位海关人员交换了一下眼色。他应该想到,海关人员已经把他先前的一些举止情况介绍给这位上司了。

片刻的沉默。科维什诚惶诚恐地站在原地,他试图寻找出一个想问的问题,可又实在想不出来,最后他干脆这样问:

"你们怎样处理我?"

"这取决于您自己!"中间的关长立即说道,"我们又没有叫您,可您却到这儿来了。"科维什想起来,那位海关人员也说过类似的话。

"我?当然了。但是这个有那么重要吗?"科维什问道。

"我们没有说过这个很重要。"关长说道,"但如果重要的话,那么不是对于我们。您应该好好问问自己,而不是问我们。"

"问什么呢?"困倦的科维什打起精神问道,那样子像是个孩子似的。

"就是您为什么来这儿了!"这句话既不是问题,也不是命令。然而科维什被这样一个回答搞得晕头转向了,混沌的大脑又让他茫然失措,就像是从支离破碎的梦境中拼凑出一个连贯的图画似的。最后，他喃喃地说：

“我看见一道光束，就跟着它来了。”

看来是科维什迷糊的神志找到了正确的词语，对方的反应也明显客气了一些。

“请您再接下去跟着走吧！”关长点着头语气缓和地说，甚至还带着一种高深莫测和心平气和的庄重，旁边两个人的脸上也突然间应和起来——这当然是做下属的习以为常的，但与原来的模样实在有些大相径庭，这两张脸现在僵成一种冷冰冰的煞有介事的表情。科维什此时此刻起码也觉察到了这个情形。两位下属这时虽然没有转动脑袋，但目光却偏向了关长。关长仍正襟危坐，按着刚才的样子继续说道：

“您的材料都没问题。我们将认为您在国外逗留过。您当然想继续您原来的行当。在这个信封里……”他把一个信封放到了科维什面前的桌子上，“您会得到一个地址和一把钥匙。请您将这个权当是存在我们这儿的物品，现在又物归原主了。您的皮箱得留在这里，我们会通知您取走的时间和地点。”

说完，他停顿了一下。然后以一种明显已经习惯的、机械的、不冷不热的腔调说：

“欢迎您回来！”同时他伸出手臂指向了门外。

第二章

清晨的惊醒

在之后的夜间，虽然有了一个指定的住处，但科维什并没有安心去享受。从一个或许短暂的、既浅淡又已全然忘却的睡梦中猛然惊醒的刹那间，科维什自己也不知道身在何处。此时的天空透着一层昏沉的光，他坐在街边空地的一把长凳上，只感到四肢已经在寒气中变得僵硬和麻木，肩膀支撑在长凳的靠背上，脖子歪斜着。他或许是在酣睡时把头搭在了坐在身边的一个陌生人——一个身材魁实、头发较长、系着圆点花纹领带的先生的肩上。

“你醒了？”陌生人圆圆的脸上带着友善的微笑问道。

突然间醒来的科维什以一种迷惑的目光看着他，一时说不出话来。陌生人见此又向他解释说：

“你倒在我肩上睡了好大一会儿。”陌生人说话的样子好像是两人已经很熟悉似的，科维什也意识到了这一点，他想这位先生肯定是认错人了吧。然而科维什对此也没有在意，好像并不想表白自己。他还听到旁边的这个人在说他自己是一个钢琴家，现在是从附近的一个夜总会下班回来，坐在这儿是想用新鲜的空气换一换肺叶里面堆积的浊气。（科维什不禁对此感到一点愕然，怎么，这个地方还会有夜总会吗？）

他睡了多长时间？是一分钟，还是一小时？科维什带着陌生的目光环顾着四周，这里还亮着几盏实不多见的路灯——那是发着绿光的煤气灯，铁制的柱子上带着螺旋的装饰——科维什想这是小时候曾经见过的那种。这地方周围是灰溜溜的破旧楼房，有零星的几个窗户里亮着灯光。科维什还听见身后河水流淌的声音，听见醒来的人们匆匆忙忙的纷杂响动。他也似乎在等待着楼房紧闭的大门在突然之间会打开，从泛着潮气的门洞中人们会一个个拥到这边来，站好队，让他清点人数——科维什有些恍惚了，无章的思绪在半梦半醒中滋生着。但是，科维什又有一些惊恐和不安，他觉得是耽搁了什么——他在一个地方已被列入了名单，可现在正缺他，有人在大喊着他的名字，而那里却没有人应声。

“我得走了！”科维什猛然从凳子上站起来说。

“去哪儿？”钢琴家诧异地问。科维什想起来在过去的几小时里这种诧异的声调已不止一次地在他要走的时候还是把他留了下来。

“回家。”科维什说。

“为什么？”钢琴家摊开手，睁大眼睛问道，一副对科维什百思不得其解的样子。科维什又一次感觉得费好大力气才能让他理解自己的意愿，而这一次又是甘拜下风。

“我累了。”科维什底气不足地说，而且还像是带着歉意。

“那就在这儿歇着嘛！”钢琴家用他那肥厚而松软的手拍打着长凳上干裂的木板说。这时可能还没有完全清醒的科维什只感到回绝的动力又渐弱了，刚才的那种惊恐和不安对他的驱使也忽然变得麻木了。

“反正现在你也躺不下了……”钢琴家用像是对一个孩子说话的口吻说，“当你躺进床上想睡的时候，闹钟也就响了。难道你还有什么心神不定的事，想急着去哪儿吗？”昏昏沉沉的科维什现在多少也让凉气吹得清醒一些了，他心里想，现在要想说服他需有足够的耐心或者力气才行。

“坐回来一下嘛！”钢琴家接着说，然后从外衣口袋里掏出一个方形的瓶子，“你瞧，还有点晃荡的底儿，喝了它你就清醒了。”跟前面几个小时里三番五次的情形一样，科维什还是顺从了。他觉得，过去的几个小时给他留下了一种曾经艰难抗争的印象，他并没有怎么参与其中，而只是作为一个被动的物件，一个欣然之中麻利地让给相争对方的物件。对于这个物件不必有什么争执，因为——他觉得——他此时此刻只能听之任之。经过了让他的神志如此萎靡的疲惫和一夜杂乱的琐事，现在这几滴火辣辣的酒倒真起了作用，他这当儿才稍许清醒一些，能够回想起过去的这一晚上几个断断续续的印象。

科维什想起来，他是坐着公共汽车从机场来到市区的，在车上他极力不让自己睡着，可昏沉的头却不住地往胸前耷拉。科维什心里想的是能尽快躺到床上好好地睡上一觉，其他所有事情等睡醒了再说。为了赶公共汽车，在匆匆离开机场大厅这个是非之地的时候，他就打开了信封，在一张正式的申报表或是证明单上面找到了住房的地址。

这辆破旧不堪、晃里晃荡的公共汽车也在抖动着科维什的心神。一开始，外面他所看见的只是荒凉的郊区、破破烂烂的工厂和房舍，除此之外什么也没有。突然一阵颠簸又给了他一点精神，公共汽车在几条昏暗的小街里拐来拐去，街上空无一人，两边房舍中飘来一股杀虫剂的味道，住家的窗户都是黑乎乎的。再往后，科维什记得公共汽车驶上了一条宽阔但仍是黑黢黢的大路，经过几处冷清的荒地，然后猛地一个急转弯，最后在一个广场边上停住了。科维什还记得司机喊道，请下车，终点站到了。科维什则以会意的眼神环顾了一下四周，像是很清楚知道到了什么地方似的。

…………

而此时的这个广场,形状还是四方形的,但里面的样子则另当别论了。虽然楼房仍矗立着,亮着微光的路灯也似乎还能显示出往日的华美,但整个来看这是一幅何等凄惨的景象!这活像是一个老态龙钟、在战争中受过重伤的残疾人,科维什有些惊呆了。发黑的墙壁,崩裂的灰泥,到处是洞眼和裂口。这些是战斗过后留下的痕迹,还是自然的风雨侵蚀所致?其中一座楼房像是一个瞎子,因为最上面一层的窗子全没有了。镶有建筑装饰的门洞和底层雅致的商店的入口都死气沉沉,橱窗上还钉上了一条条木板。在广场中央,科维什看到了一组群雕,高高的基座上面是主题雕像——一个坐式的男子,肩上和胸前沾满了鸟粪。科维什走近了一些,直视着这个雕像的眼睛,他眉头紧锁的目光像是想询问着什么,然而这低下的石头脑袋却沉默不语,带着一种高深莫测的样子埋进黑暗之中。

整个广场空空荡荡,既没有出租车,也没有其他夜间车辆的影子。科维什只好带着一种说不上来的自信,凭着记忆和经常出门在外的感觉,继续往前走,虽然在这个他从未走过的地段,既谈不上什么记忆,而所谓经常出门在外的感觉也不能赖以自夸。科维什走过了一条条街道,蹒跚的步履就像是一个乞丐。他记得,一个住家的窗户里忽然传出了婴儿放声啼哭的声音,这让他吃了一惊,不是因为别的,让他惊奇的是在这样一个城市人们竟然还养育孩子。每走到一个街口,科维什心里都在窃窃地希望自己是走错了地方,然而每次他都走到他预先想到的地方,虽然一开始并不能马上辨认出来。比如说,原来是高楼的地方现在不是一片废墟就是成了空地;以前很有特色的一段街道现在是另外一副模样,他用心看来看去,然而地方绝对没错。

这时,科维什心里不住地嘀咕,他是走在一个陌生的城市,但这大街小巷又是如此熟悉,这感觉真是特别。科维什一时有些茫然失措了。他艰难地移动着沉重的脚步,好像不是走在柏油路上而是黏稠的沥青之中。他还瞥见路边有一个用于贴广告的大圆柱子,上面只有一张招贴画,确切地说是一部分,下面的一大半或许是被谁扯去了,或许是在风吹雨打中剥落了。“光彩之城”——科维什念着上面用大写字母印的字。这是广告还是什么口号?是电影海报还是什么命令之类?不管怎么说,这街道是黑咕隆咚的。科维什此时想起了下飞机后他满怀希望的心情,想起了他带着无所迟疑的自信跟随的光束,这些好像就发生在刚才。但科维什又感觉到,他从开始到现在走的是一条无穷无尽的道路,途中经过了高山和峡谷,从温暖走进了寒冷,这一路行程已使他彻底筋疲力尽了。渐渐地,四周贫穷匮乏的场面不再让科维什大惊小怪了。他触摸着楼房一面像长满了癣迹的墙,触摸着钉上了木板的橱窗,一步步走在他曾经熟悉的街道上,经过了流浪之后的一种异常而又轻松的感觉涌了上来,并提示着他疲惫的心神:总算是到家了。

科维什记得,就是在这个地方他变得木讷了,脚步也有些周章失措。这里又出现一个小广场,地上满是尘土,小孩玩的跷跷板是断裂的,沙坑里有一个没有做完的沙城堡。科维什在这里的几条残破的长凳之间徘徊着,其中一个长凳坐着的人或许把他当作了一个徘徊不定的酒鬼,带着一种显然很关切的腔调向他招着手问道:

“深更半夜的,你这是去哪……哪儿呀,老伙计?”

“回家!”科维什带着有点抱怨的口气说道。和他搭话的那个人坐在枝杈繁多的大树下的长凳上,黑暗中科维什只是看到一团黑乎乎的东西。那人一本正经地点着头,像是非常明白科维什的家并没有什么好期盼似的。

“离这儿还远吗?”那人继续问道。科维什说出了街道的名字,但是语气却有些迟疑。那人又满是理解地点点头,随即又说:“确实还挺远的。”

“其实不远了,到了多瑙河边上就不远了。”科维什肯定地说,好像生怕那人说他是在胡言乱语,说多瑙河根本不在附近,说谁也不知道他说的街名。科维什多虑了,那个陌生人听后只是说科维什所走的方向倒真是条近路。

“伙计,过来透透气儿吧!”那人向科维什建议道。科维什勉强地打起精神,犹犹豫豫地挪着步子,坐到了那人的旁边。

至于以后的几个小时他坐下来都做了些什么,科维什已说不清楚了。他只知道好几次含含糊糊地试图走开,都被旁边的钢琴家劝住了。另外就是他们还聊了一会儿天,东拉西扯了一番,谈的是娱乐消遣的事儿,科维什记得说话时还笑了起来。大概没过多久,钢琴家第一次从口袋里掏出了酒瓶,然后高高地举起来,对准悬在近处一个房顶那边的月亮发出的昏暗的光摇了摇。

“白兰地!”他用一种不大正经的崇拜和虔诚的语调说着。

陌生人马上就毫不避讳地与科维什攀谈起来,他说自己是在一家叫“明亮之星”的夜总会弹钢琴。“你可不知道我是怎样弹琴的,你可以来看看。”他说。

“是啊!”科维什赶紧接着说道。

“最近很少看到你。”钢琴家眯着眼睛,猜疑地打量着科维什说。“你到底是谁啊?”他又这样问道,好像是科维什坐到了他的旁边,突然间打扰和惹到了他似的。科维什一时觉得还真该解释和证明自己到底是谁,最后只是说:

“我是谁?”他耸了耸肩,“我叫科维什。”科维什的语气很是不屑,而且听自己说自己的名字又有点不大自在。不过,这倒使钢琴家安定多了,只见他又从肚皮上扣子解开的上衣的深口袋里拿出了几块用餐巾纸包着的三明治。

“生命是短暂的,而黑夜却挺长。”他兴奋地说,“关门之前我总是要打点打点自己。你瞧这个!”说着,他递给科维什一块三明治,自己也拿着另一块咬了一大口,满嘴嚼着接下去又说,“在‘明亮之星’夜总会,时至今日还能见到别的地方绝对没有的美味。”钢琴家的半边脸扯出了一丝微笑。科维什觉得,钢琴家似乎是在以一种让他搞不清楚的方式表达着对夜总会的怨恨,但科维什还是面带着不解的神情。“你最后一次吃火腿是什么时候?”钢琴家眨着眼睛问科维什。

“就这个晚上。”科维什答道。

“嗯?”钢琴家吃了一惊,“在哪儿?”

“在飞机上。”科维什说,随即又解释道,“是空中小姐送的。”钢琴家听明白了科维什说的话,不由得笑了起来。他迟疑了一会儿,不再像刚才那样自鸣得意了,最后完全放下了原来的架子,像是变了一副样子,科维什则一直盯着他。

“你说说看,”钢琴家拍着科维什的大腿说,“还有什么?”

“冷牛排、桃子、葡萄酒、巧克力。”科维什每说一样东西，两个人都同时欠一下身子。科维什自己还感觉这好像是一些遥远的梦想，而且是孩子般的梦想，说这些东西毫无用处，只不过招来大人们的笑话罢了。

稍过了一会儿，钢琴家又皱起了眉头。看样子好像是在科维什说了这些美滋滋的词句之后想稳定一下自己的思绪，然后他更多的是谈起他的职业和夜总会的事儿，特别是听了科维什说当个音乐家真是不错的话之后，他说得更起劲了。科维什还说，音乐家的生活不仅确实美妙而且具有一种独立性，所要的只是才华，而他自己，遗憾的是没有这种才华。

钢琴家听后像是受到了伤害似的，看来科维什这番话有些唐突了。

“我知道你们都怎样看我。”钢琴家说。他认为科维什把他归为了某种人头攒动的场合之中，而科维什哪里知道其中的这些人净是他的敌人。他心里在想，科维什想得未免太简单了——事情就这么称心如意，每天晚上弹上一会儿钢琴，嘴巴对着麦克风，口袋里揣上小费，一切就这样了……“呵呵！”他不屑地苦笑着，“要是真这么简单就好了！”

“难道不是吗？”科维什追问道。

“怎么可能，”钢琴家带着怒意说道，“就在这个卖威士忌酒的地方？”

“为什么？”科维什问，“不可以吗？”

“怎么会可以？”钢琴家说，“你问我……最好别问我，我对这个不感兴趣，而是……”看来钢琴家有点心烦意乱，连说话都语无伦次了。他透过笼罩在头上的大树影子瞥了一眼坐在星空下黎明之中的科维什，一是想再舒缓一下自己的情绪，二是又能昂然地接着说下去。“那么你的问题是说都有谁在喝威士忌酒？怎么喝的？为什么正好是威士忌酒？”

科维什说他对此当然是全然不知。

“难道我就应该知道吗？！”钢琴家情绪激动地反问道。科维什心想此时还是少说话为妙，因为不管说什么，都会对他产生刺激。

这样一来，钢琴家也就安分下来了。

“来，喝上一口吧！”他把酒瓶举向了科维什。

可他的这种清醒只维持了很短的时间。

“还有那些曲子！”钢琴家若有所失地又说开了。

科维什心想，看来喝过了酒让他的兴致更高了。

“什么曲子？”科维什摊着手不解地问。

“就是我不能随便弹奏的那些曲子。”钢琴家不假思索地答道，语气带着一些抱怨。

“这些曲子被禁止了吗？”科维什问道。

“怎么会被禁止呢？！”钢琴家很是愤愤不平。他解释着说，让他感到头痛的并不是有些曲子被禁止了。既然是被禁止的，被列在了名单上，那就得唯命是从，这是明摆着的事，给多少钱他都不弹。可是——他接着说——还有另外一些软绵绵的曲子，从来没有被列入什么名单，当然谁也不可能说它们是被禁止的而不能弹奏。然而绝大多数客人却偏偏要点被禁止的曲子。“这种时候我该对他们说什么？说这些是被禁止的吗？”钢琴家问道，当然不是在问科维什，而是在问他自己。“这简直是中伤，比我索性弹起来还要糟！”钢琴家自己回答说。“我怎么能说一个温柔的音乐作品是被禁止的，所以演奏它不合适呢？同时我也不能说，因为这曲子不合适，所以被禁止了……”

钢琴家陷入了深深的沉思之中，看来这个解决方法行不通，科维什也深有同感。科维什一边听着钢琴家的这番话，一边不住地点着头。他又觉得这件事还真有趣，虽然他不能完全了解每一个细节，但钢琴家所说的对他又不是多么陌生。

“或者……”科维什提出了一个新问题，“你就说你不知道这个曲子，怎么样？”

“那我成什么钢琴家了？”钢琴家面带责备地看着科维什说。科维什也看着钢琴家，像是没有发觉他的不满似的。“我之所以出名，就是因为我什么曲子都会弹。”钢琴家有点不太乐意地说，“我靠这个活着，但也不仅仅如此，我生就为此，我确实是什么曲子都会，我……”钢琴家又有些茫然了，他此刻不知道如何才能表达自己的心情，或许他根本就不想细说了。“但是，我并不想固执己见。你可能会问，为什么？”说着，他瞟了一下科维什，而科维什却什么也没有问。“碰到那种时候，我会说这个曲子我不愿意弹！”钢琴家说完又静静地思考了一会儿。“我不想玷污我的名声！”钢琴家突然怒气十足地说道。“嗯，你们不知道那是一种什么样的感觉，当一夜的节目都结束的时候，充满情调的灯光熄灭了，我盖上钢琴的遮布。这时我就会追问我自己，我都弹了哪些曲子，都是哪些人点的，坐在桌子边的都是些什么人，那个陌生的家伙可能是谁……”他说到这儿停住了，一直默不作声。科维什心想，或许他又在用心“追问”着什么吧。

过了一段时间，看来钢琴家把刚才的事抛在脑后了，他又恢复了兴致，而科维什则又感到了原本的疲乏。他隐约听到的最后几句话是：“别不好意思，伙计，靠在我肩膀上好了。如果你愿意，我再给你哼哼摇篮曲。”也不知道这到底是钢琴家说的，还是梦中的印象，反正科维什已经睡着了。

李震　译

2003
获奖作家
库切

传略

二〇〇三年十月二日,瑞典学院宣布将二〇〇三年的诺贝尔文学奖授予南非著名作家库切。他是继一九八六年尼日利亚的索因卡、一九八八年埃及的马哈福兹和一九九一年南非的戈迪默之后,第四位获得这一殊荣的非洲作家。(在此之前,库切曾多次获得过重要的文学奖项,如布克奖、南非国家最高文学奖 CNA 奖、杰弗利·费伯奖、英联邦作家奖、法国费米娜奖等。)

约翰·马克斯韦尔·库切(John Maxwell Coetzee,1940—),一九四〇年二月九日出生于开普敦一个南非荷兰裔家庭,父亲是律师,母亲是小学教师。他一九五六年进开普敦大学,四年后获得英语文学学士学位和数学学士学位。大学一毕业,库切就去了伦敦,开始了在海外的自我放逐生活,曾当过电脑软件程序员。一九六三年和菲丽帕·朱博女士结婚。一九六五年受聘为美国得克萨斯大学助教和研究人员,同时攻读并获得文学博士学位。一九七〇年在纽约州立大学水牛城分校任讲师。由于未能获得绿卡,一九七二年库切被迫回到南非,在开普敦大学英语系任教。二〇〇二年移居澳大利亚,执教于阿德莱德大学,同时任美国芝加哥大学客座教授,为该校社会思想委员会成员。

一九七四年,库切出版了自己的第一部小说《灰暗的国度》。该书包括《越南课题》和《雅各布·库切纪事》两个中篇。前者讲述一个美国心理战专家在越战中的经历,以及个人生活因之受到的影响;后者是十八世纪时一个荷兰殖民者的手记,记录了他和黑人发生冲突,进而屠杀整个部落的前后经过。两篇小说中故事发生的时间,虽然相隔两个世纪,但它们互有关联,两位主人公都毫不留情地把自己的价值观念强加到在他们看来是低等人的身上,给当地人,也给他们自己带来了灾难。

三年后,库切又出版了第二部小说《内陆深处》(1977)。小说的主人公是南非荷兰裔老姑娘玛格达和鳏居的父亲,他们在种族隔离的南非内陆深处农场里,过着与世隔绝的生活。由于父亲和黑人工头的妻子勾搭成奸,深受种族主义毒害的玛格达认为父亲背叛了自己和所有的白人,便杀死了他。最后玛格达被黑人工头强奸,农场也落到了他的手中。评论普遍认为玛格达是垂死挣扎的种族隔离制度的象征。

一九八〇年出版的长篇小说《等待野蛮人》,把库切带上了国际舞台,使他获得了国际声誉。该书的主人公是一个边境小镇的行政长官,他一直以宽松的态度和原野上的"野蛮人"通好,可是中央政府派来了一名冷酷无情的上校,要把"野蛮人"赶得越远越好,于是小镇居民和"野蛮人"发生了战争。小镇长官对"野蛮人"被无辜屠杀深为同情,而且还爱上了一个毫无回应的被俘的"野蛮"盲女,历经千辛万苦把她送回到她的部落。可是待他一回到镇上,上校便以叛国罪把他投入监狱,并称只要他能忏悔,便可官复原职。但这位小镇长官此时已经无法接受帝国的这种行为观念,在他眼里,文明世界里的帝国居民才是真正的野蛮人。这是一个没有确切时空的故事,可以发生在任何时间和任何地方,书中充满了恐怖、隐喻、反讽和内省,是一则关于文明世界的寓言。

长篇小说《迈克尔·K的生活和时代》(1983)的主人公迈克尔·K是一个园丁,在南非种族歧视、种族隔离日益激化的情况下,他带着母亲,离开城市,打算到渺无人烟的内陆去生活,但途中备受磨难,被追杀,被监禁,最后只好以绝食进行抗争。小说讲述了一个卑微的生命在一个险恶的社会中苦苦挣扎,渴望从现实逃逸,寻找一片生命的绿洲。全书充满了卡夫卡式的寓意。一九九四年出版的长篇小说《彼得堡的大师》是对俄国作家陀思妥耶夫斯基的生活和创作世界的一种释义,尤其是对他创作《群魔》的释义。

一九九九年出版的长篇小说《耻》是库切的重要作品。在这部小说里,他一反惯用的象征隐喻,直接描写了人的一生是如何被政治和历史的力量摧毁的。小说描述的是新南非的社会现状和价值观念。由于作品直接触及土地政策、种族矛盾、犯罪率、治安状况等问题,该书曾在南非国内引起很大争议。

二〇〇二年和二〇〇三年,库切相继发表了小说《青春》和《伊丽莎白·科斯特洛:八堂课》。前者带有自传性质;后者主要是一位年近七旬的澳大利亚女作家的八篇演讲,内容有关于文学的和非文学的,更像是一部思辨录,完全是一种独具一格的实验性文本。

除了上述作品外,还有小说《福》(1986)、《铁器时代》(1990)、《童年》(1997)、《动物的生活》(1999)以及散文随笔集《白人写作》(1988)、《双重视角:散文和访谈集》(1992)、《陌生的海岸:1986—1999年散文选》(2000)等。

库切的作品主要描写南非社会和历史的现实,包括殖民统治及种族隔离的过去和当今新社会新秩序下的新南非,对过去和当今的价值标准和行为举止进行了冷峻的思考,反映了在这种条件下人的生存状况。

库切还是一位孜孜不倦的小说形式探索者。他不断地挑战着传统观念中的小说结构,还能交融运用现实主义、现代主义和后现代主义的小说形式和创作手法,经常跨越小说和非小说之间的界限,尝试着各种不同的小说创作形式。他的作品风格多样,结构精巧,意义多元,分析精辟,而且他还善于运用象征和隐喻,使作品深含哲理,因而更能引起读者的回味和共鸣。

授奖公告

J. M. 库切的小说以结构精致、对话隽永、思辨深邃为特色。然而,他是一个有道德原则的怀疑论者,对当下西方文明中浅薄的道德感和残酷的理性主义给予毫不留情的批判。他以知性的诚实消解了一切自我慰藉的基础,使自己远离俗丽而无价值的戏剧化的解悟和忏悔。甚至当他在作品中表达自己认定的信念时,譬如为动物的权利辩护,他也阐明了自己的前提,而不仅仅是单方面的诉求。

库切的兴趣更多地关注着那些是非清晰却又显示为冲突频仍的情形,如同玛格丽特那幅著名油画中那个男人在镜前端详自己的脖子一样,在关键时刻,库切作品中的人物总是游移退缩、畏葸不前,无法率意而行。这种消极被动既是遮蔽个性的阴霾,却也是面向人性的最后一方聚集地——人们不妨以无法达到目的为由拒绝执行那些暴虐的命令。正是在对人的弱点与失败的探索中,库切抓住了人性中的神圣之火。

他最早的小说《灰暗的国度》初次展露了善于移情的艺术才能,这种才能使他一再深入到异质文化中间,一再进入那些令人憎厌的人物的内心深处。小说描写越南战争期间一个为美国政府服务的人物,挖空心思要发明一套攻无不克的心理战系统,与此同时他的个人生活却糟糕透顶。此人的奇思异想与一份十八世纪布尔人在非洲腹地的探险报告并列而述,展示了两种不同的遁世方式。一者是智力的夸张和心理上的妄自尊大,另一者充满活力,是富于蛮荒气息的生命进程,两者互为映照。

在他的下一部小说《内陆深处》,出现了另一种注重心理描述的风格。一个与父亲一同生活的白人老处女发现了令她憎恶的事实,她父亲和一个有色人种年轻女子有着不正当关系。她幻想着把他们两人都杀死,而实际上所有的一切都透露出这个老处女自己想跟家中的男仆保持苟合之事。那一系列事情并无明确的结局,读者唯有从她的笔记中去找寻线索,但笔记中真真假假的记录交错混杂,粗俗和优雅的笔致并行其间。爱德华七世时期描写女性内心独白那种矜夸的文体与非洲大地的自然环境极为和谐地融合在一起。

《等待野蛮人》是一部继承了约瑟夫·康拉德手法的政治恐怖小说,书中描述了一位天真的理想主义者打开了恐怖之门。游戏式的寓言小说《福》把文学与生活的不兼容性和不可分离的特质编织在一起——那女人渴望成为小说的主人公,而在生活中却只是籍籍无名的小人物。

《迈克尔·K的生活和时代》延续了笛福、卡夫卡和贝克特的文学传统,库切遗世独立的作家形象在这里变得更为醒目。小说描写了一个小人物的精神困境,他逃离了日益严峻的动乱和将要降临的战事,却陷入了无所欲求的冷漠,并呈现对权力逻辑的否定状态。

《彼得堡的大师》是对陀思妥耶夫斯基的生活和创作世界的一种释义。如果一个人(库切想象中的人物)对现实世界产生绝望之感,他面对的诱惑就会成为毫无道德约束的恐怖主义之源。在此,作者与邪恶的对抗带有恶魔信仰的色彩,这一点在他最近出版的一部作品《伊丽莎白·科斯特洛:八堂课》中再次出现。

在小说《耻》中,库切让我们看到了一个名誉扫地的大学教授的挣扎——在南非日益变化的新形势下,当白人至上的传统土崩瓦解之后,他竭力维护自己和女儿的尊严。小说的主题是作者一直关注的中心问题:人是否能回避历史?

他的自传体小说《童年》主要围绕着父亲的人格屈辱以及由此引起的儿子的心理分裂。但小说同时展现了南非老派乡村生活的奇妙场景,以及布尔人和英格兰人之间、白人和黑人之间永无休止的冲突。在续篇《青春》中,作者冷酷地剖析自己,刻画了一个以古怪的方式祈望获得他人认同的年轻人。

库切的作品是丰富多彩的文学财富。这里没有两部作品采用了相同的创作手法。然而,他的众多作品呈示了一个反复建构的模式:盘旋下降的命运是其人物拯救灵魂之必要途径。他的主人公在遭受打击、沉沦落魄乃至被剥夺了外在的尊严之后,总是能够奇迹般地获得重新站起来的力量。

瑞典学院

文敏　译

作品

等待野蛮人[①]

第三章

每天清晨天空中都是鸟儿振扇翅膀的声音,大群的鸟儿从南面飞抵此地,它们落脚沼泽地之前在湖面上一圈一圈地盘旋。在风声的间隙里,听到的就是它们哇哇、呱呱、叭叭、吱吱的不和谐的鼓噪,这喧嚣直扰此间,像是水面上出现了一个对峙的城邦:灰野鸭、棕野鸭、针尾松鸡、绿头鸭、短颈野鸭、斑头秋沙鸭。

第一批水禽确证了早春的迹象:风中有了一丝暖意,湖上的冰变得像半透明的玻璃。春天在来的路上,就要到耕种时节了。

这也是狩猎的季节。天还没亮,一队队人马就出发去湖边张设捕网。到中午时分他们会带着大批猎物回来:扭断脖颈的鸟被缚住双脚,一只一只地穿在长杆子上;那些活的被关进了木笼,惊恐地乱扑乱蹦;偶尔有一只默不作声的大天鹅夹在这些鸟中间。这是大自然慷慨的赐予:在接下来的几个星期里各人都可以大饱口福了。

---

① 长篇小说《等待野蛮人》以寓言的形式,描述了一个天真的理想主义者打开了恐怖之门,通过对"文明"与"野蛮"的阐释,从根子上抓住了文明的痼疾,将种族和文明问题引向了超越道德层面的深层反省。此处为节选。

在我动身前,有两个文件要完成。一个是给州长的报告。“为了修复第三局的突袭造成的某些损伤,”我写道,“也是为了重建本地区曾有过的某种和睦气氛,我将对野蛮人部落作一次短暂的访问。”我署上名字粘好信封。

另一个写什么,事实上我还没想好。一纸遗嘱？一部传记？一份忏悔？还是戍边三十年实录那样的东西？我整天坐在桌前凝视着面前空白的纸张,等着语言来到笔尖。接下来的一天还是这样。第三天,我放弃了,把纸张塞进抽屉,投入出发前的准备。这两件事想来似乎相映成趣:一个不知道怎么对付自己床上的女人的男人,同样也不知道如何用文字表达自己。

我找了三个人陪我一起去。两个年轻的新兵,被我召来执行这项临时任务。第三个年纪大些,他出生在这个地区,当过猎人也曾做过马匹买卖,他的薪酬将从我的私人积蓄中开支。出发前的一个下午,我把他们叫到一起。“我知道眼下不是出行的好时节,”我告诉他们,“这季节气候变化无常,冬天将要过去,春天还没到来。可是我们如果再等下去,游牧部落的人就要开始迁移,就找不到他们了。”他们并未提出什么问题。

对这女孩我说得简明扼要:“我们要把你带到你们自己人那里去,或者说尽可能把你带到靠近你们的人那儿的地方,因为他们现在都散居各处。”她没有一点喜不自禁的表示。我把买来给她旅行用的沉重的毛皮衣服放在她身边,兔皮帽子依照当地式样绣着花,还有新的靴子和手套。

事情定下来以后,我就能睡安稳觉了,内心甚至有些欣悦的感觉。

我们三月三日那天出发,穿过城门走上大路,一大群孩子和狗一直跟着我们走到湖边。我们听从了猎人和猎禽者的指点,经过灌渠离开湖边拐上一条岔路,这条路走对了。后边拖着的那条尾巴渐渐消散了,只剩下两个憨憨的半大孩子一路小跑地追着我们,彼此在较劲比谁还能撑下去。

太阳升起来了,却丝毫不觉暖意。从湖边吹过来的风把我们的眼泪都刮出来了。我们排成一个纵列:四个男人一个女人,四匹驮着东西的马。那些逆风而行的马匹被风刮得来回打转,我们迂回地甩开了拦着围墙的城镇、光秃秃的田野,最后又把那两个喘着大气的孩子给甩掉了。

我的计划是顺着这条路一直走到湖的南面,然后折向西北方向那条人迹罕至的小路穿越沙漠,进入山谷地带,那里是北部游牧部落的冬季营地。除了游牧部落的人这条路很少有人走过,从东到西这是一片广袤的区域,游牧部落的人带着大群牲畜顺着这条古老的干涸河床迁徙。走这条路可以把六个星期的路程缩短至一两个星期。我自己从未走过这条路。

最初三天我们艰难而缓慢地朝南推进,然后又折向东面。我们右边是一大片平整的风化了的泥土断层,它的边缘渐渐融入一道道沙尘扬起的红色云雾,而后又跟霭气重重的昏黄天色浑然相交。左面是平坦的沼泽地,一片片芦苇地带布列其间,湖心的冰面还没有融化。寒风刮过来,瞬时把我们呼出的热气结成冰霜,我们几个在马匹的遮挡下步行,走路的时间比骑马的时间更多。那女孩仍蜷缩在马鞍上,用披巾一圈一圈地把脸围上,闭着眼睛跟着前边的人走。

有两匹马驮着柴火,那是预备着在沙漠地带使用的。有次碰见一棵柽柳,一半埋在流沙里,露在外边的树冠像个土墩似的,我们把它劈开来当烧柴。而在大部分时间里,我们只能将就着用一捆捆的干芦苇当柴烧。那姑娘和我一起并排睡在一座帐篷里,缩在毛皮衣服里抵御寒冷。

在这段旅途的开始几天里,我们吃得不错。我们事先准备了咸肉、面粉、豆子、干果,也打了一些野味。只是水得省着点用。南边湖汊浅浅的地表水太咸不能喝。我们之中须得有一人涉水走出二三十步开外去取水,那儿水深也才到他小腿肚子,勉强能把皮袋子灌满,如果运气好的话,能砸碎冰块带回来。可是融化的冰水还是咸中带涩,只能煮成浓烈的红茶喝。每年湖水把湖岸吞噬一点,把盐和明矾扫进了湖里,这个湖里的水就会变咸一点。自从这湖水不再向外流出,它的矿物质含量就越来越高,特别是在南边,大片的水域被湖口沙洲季节性地阻塞。夏季洪水过后,渔民们发现鲤鱼都肚皮翻白地晾在沙滩上,他们说鲈鱼如今是再也见不到了。如果湖水变成一片死海,我们这一区域的居民点该怎么办呢?

喝了咸茶,除了那个姑娘,我们全都上吐下泻。我的症状最严重。最叫我尴尬的是不得不一次次停下来,用马匹掩蔽着身体,冻僵的手指把衣裤脱进脱出,别人都在一边等着。我只能尽量少喝水以减少排泄,熬到极点,晃晃悠悠地骑在马上,脑子里竟出现了一幅幅诱人的景象:一桶水就搁在一边,里头满满流流的水,一个长柄汤勺舀起来泼洒着;还有晶莹的白雪。间或的狩猎活动,带着猎鹰;我与女人隔三岔五的来往,男子气的举动。这些想象掩盖了身体愈见虚弱的感觉。长途跋涉弄得我浑身的骨头都痛,夜幕降临时我累得一点胃口都没有。我趺趺撞撞地走着,一条腿几乎拖不动另一条腿,好不容易爬上马鞍,缩进大衣里面,吩咐我们中的一个人去前面探查模糊不清的路径。风一刻都没停下来,穿过云层对着我们咆哮嘶喊,从四面八方向我们袭来,天空笼罩着一层红色的尘云。尘土中没有藏身之处:寒风扎穿我们的衣服,露在外面的皮肤似乎冻成了冰块,风还灌进了我们的行李。我们吃东西时舌头上像是裹了一层东西,呸呸呸地不停地吐着沙子,牙齿硌得嘎嘎响。我们与其说待在空气中不如说待在尘土中,我们穿过尘土就像鱼儿游在水里。

那女孩没有抱怨。她吃饭很好,也没得病,整夜都睡得很香,蜷曲在那里像只球,而我却因为天气太冷想要抱只狗来取暖。她整天骑着马一点儿没有烦躁不安的动静。有一次,我朝她瞄了一眼,见她骑在马上竟睡着了,一脸安详像个孩子。

沿着沼泽地的边缘地带走,第三天又折回到北面来了,我们这才知道原来前两天一直绕着湖打转。我们早早地支起了帐篷,最后那几个小时里我们几乎烧光了所有的木柴,马匹也最后一次被放到荒凉的沼泽地去吃草。到天破晓时,就是出发的第四天,我们开始穿越沼泽地那边四十英里外的一片古老的湖床。

那是我们所见过的最荒凉的地带。盐碱土质的湖底光秃秃的,寸草不生,踩上去就是六边形晶格状的凹坑。这地方险象环生;当穿过那片平展空漠得让人匪夷所思的地方时,打头的那匹马突然踏破地表陷到一片发臭的绿色污泥里去了,一直陷到它胸口那么深,牵马的人刚一打愣,也扑通一下跟着陷了进去。我们连忙奋力营救,连人带马拉拽出来。一层盐晶表面被纷至沓来的马蹄踏碎,裂开了窟窿,四处弥散着微带咸涩的臭气。我们这会儿意识到,直到现在我们还没有离开这湖:它就在此处在我们脚下伸展着,有时它藏在深达数英尺的地底下;有时就在像羊皮纸那样薄薄的盐层下面。阳光没有照在这摊死水上已经有多久了？我们找了一块土层坚实点的地方生起了火,烘烤那个冻得发抖的人和他的衣服。他纳闷地晃着脑袋。“我总能听到什么,一直留心着一片片带有绿色斑块的地皮,可我以前从没想到过会有这种事儿。”他说。他是我们的向导,是我们中间唯一到过湖的东面的人。这事发生过后,我们更使劲地拽着马匹快快离开这片死湖,担心被吞噬在满是冰碴的泥浆中的恐惧甚而超过了对冰雪、矿物质、地底下未知物和没有空气的惧怕。我们低着头逆风前行,风灌进衣服在背上鼓起一个个大球,我们专拣那些有凹坑的盐壳地面走,避开那些平滑地带。阳光穿过铺天盖地的沙尘带,太阳升起在空中像橘子似的发出红艳艳的光芒,却还是没有带来些许暖意。黑夜临近时我们费力在坚如磐石的盐块上打下桩子支起了帐篷。我们用木柴烧火几近奢侈,大家就像水手一样祈盼着早一点儿看到陆地。

第五天,我们离开了湖底,穿越一片平滑晶莹的盐碱地,过了这片盐碱地很快跟着出现了沙土和石头。每个人都一下子振作起来,马匹也一样兴奋,盐碱地里什么也没有,除了一小把亚麻籽和一吊桶带咸味的水,生存条件日渐匮乏。

人倒还好,他们没有抱怨什么。新鲜的肉食慢慢吃光了,好在还有腌肉和干豆,还有大量的面粉和茶叶,一路来携带的给养尚还充足。每次歇脚时我们煮上茶、煎一些油糕,弄点儿美味的小食充饥。男人们管做饭:那姑娘使他们感到拘谨,她站在一边他们就浑身不自在;对我一路上带着她要把她送回到野蛮人那里去的做法,他们似乎没怎么往心里想,没有什么明确的态度;他们几乎没跟她说过话,眼睛总是避着她,当然更不可能要她帮着做饭了。我没有硬把她推过去和他们捏在一块儿的意思,只希望这种紧张和拘束能在路途上慢慢化解。我挑来这些人,是看好他们坚忍不拔、忠诚可靠而又甘心为此效力。他们在这种条件下跟随着我却尽可能表现得轻松自若——虽说两位年轻士兵出城时那身威武的披挂已捆扎在马背上,刀鞘里也灌满了沙子。

平坦的沙地开始变成沙丘之洲。我们进程慢了下来,因为爬上爬下都非常艰难。对于马匹来说这也许是最艰难的路程了,经常是费了很大的劲儿也挪不出几英寸,蹄子深深地陷进沙里拔不出来。我看着向导,他耸耸肩:“再走几英里吧,我们必须从这里穿过去,没其他路可走。”我站在沙丘顶部,沙子屏蔽了我的眼睛,往前看过去,只有漫天飞旋的沙子。

这天晚上,一匹负重的马不肯吃东西了。到了早上,最狠劲的抽打也不能叫它站起来。我们只好把它身上的东西卸到另外几匹马身上,又扔掉了一些柴火。其他人起身开拔时我留在后面。我发誓动物绝对有灵性有感知。一看见刀子,它的眼睛就惊恐地转动起来。血从它脖颈上喷涌而出,随风飘洒开去,在沙地上洒了好大一片。我曾听说,野蛮人在某种危急关头会把马的眼睛蒙起来。我们在有生之年将会后悔让这汩汩热血洒落在沙土上吗？

第七天,我们终于把沙丘甩在了身后,现在要面对的是一派棕灰色的、空旷无垠的单调景象,那是一长条幽暗的灰色地带。走近时我们看到这个地带从东到西绵延几英里,这里居然能见到一些长势不良的黑黢黢的树。向导说:我们真幸运,这表明附近肯定有水。

我们摇摇晃晃地走到了一个古代潟湖湖床的边缘。枯萎的芦苇像幽灵似的通体灰白,用手一碰就碎了,那长长的一条就是以前的湖岸;树是杨树,也已经死了很长时间,由于许许多多年以前地下水位大幅下降,树根无法吸到水。

我们卸下马匹身上的东西开始挖掘。挖到两英尺深的地方触到了很黏稠的蓝色泥土。再下面,又是沙子;接着挖下去,又是泥土层,但非常黏湿了。挖到七英尺深的地方,我心跳不止,耳朵嗡嗡作响,我不能再和他们一块轮着干了,另外三个人接着挖,把坑里挖出的疏松的泥土堆在篷布拉起的角落里。

一直挖到十英尺深的地方,水才开始在他们脚下渗聚。这是带甜味的水,没有盐的成分,大家都笑逐颜开,但是水汇聚得太慢了,于是他们把坑又挖大一些以便身体可以钻进去。一直到下午很晚的时候,我们才把皮口袋里带咸味的水倒空,重新用甜水灌满。天快黑时我们把大桶放下去接上水来让马喝。

由于此地有充足的杨树木头可当烧柴,与此同时大家在地里挖出两眼背对背的小窑,然后架起大火把泥土烤干。当火小下去时他们把烧成的炭耙回窑里,开始烤面包。女孩拄着两根拐杖站在一边看着这一切,我在她的拐杖底部钉上小圆木片,这样在沙土上走路不会陷下去。这是美好的洋溢着同志情谊的一天,接下去的行程大概会顺当一些,人们的谈话也多起来了,想着要和她开个玩笑。他们第一次主动表示了友好态度:"来吧,过来和我们坐在一起,尝尝男人做的面包什么滋味!"她向他们微笑,对着他们抬起下巴,这个姿势也许只有我懂,那是努力要看清他们的意思。她小心翼翼地过去坐在他们旁边,沉浸在火窑的暖流中。

我坐在离他们稍远的帐篷口的挡风处,一盏破油灯在脚边一闪一闪,我把这一天的经历写进日记,一边也在听着动静。他们用边境地区五方杂处的语言开着玩笑,她竟没有张口结舌说不出话来。她的表达流利、反应敏捷、出言得体使我感到惊讶不已。我甚至突然感受到一阵骄傲:她不是一个老男人身边的那种女人,她是一个机敏的、有魅力的年轻姑娘!如果一开始我就知道如何用这种无拘无束的浑话跟她开玩笑,我们之间可能会有更多的温情。但我就像个傻瓜,没有给她欢快而只是带给她沉郁的压抑。说真的,这个世界应该属于歌唱者和舞蹈者!痛苦微不足道;郁闷有什么用呢,悔恨全是虚空!我吹灭了油灯,拳头顶着下巴向火光那边凝视,听着胃里饥肠辘辘的声音。

我彻底累垮了,睡得死沉死沉。只是有一阵迷迷糊糊中想要醒来,因为她掀起宽大的熊皮毯子钻进来紧紧偎在我身边。"小孩子晚上怕冷"——这是我迷惑不解的想法,我把她拉过来双手抱住了她,又昏沉欲睡,没过多大一会儿真就沉睡过去了。后来,我清醒过来,感觉到她的手在我衣服底下摸索,她的舌头舔着我的耳朵。一阵感官愉悦掠过全身,我打了个哈欠,伸伸懒腰,在黑暗中微笑起来。她的手在找什么呢。"是什么呢?"我想,"如果我们消失在这个无名之地会怎么样呢?至少让我们不要死得痛苦和悲伤!"

在她的长罩衣里，身子完全裸着。我一用力压到了她的身上。她是温暖的、兴奋的，迎合着我的欲望，在那一刻，五个月来找不到感觉的踌躇云消雾散了，我飘荡在轻松惬意的肉欲沉醉中。

我醒来时脑子像是洗过一样一片空白，感觉心里有点害怕起来。只有用力地使意识集中到某一点，才能让自己回到现实时空中来：我得想着这张铺、一顶帐篷、一个夜晚、一个世界、一具胴体。虽说我像一具死公牛一样匍匐在她的身上，她还能睡得着，她的胳膊软软地环绕在我的背上。我从她身上下来，重新把我们两个的被褥铺盖好，试着让自己静下心来。我从未想象过，翌日清晨在帐篷里突然醒来我会重返绿洲之地，回到地方行政长官阳光灿烂的小别墅，和一个年轻新娘一起守家过日子，宁静地躺在她的身边，好好做她孩子的父亲，守望季节的转换。我总觉得，如果没有傍晚时和那些年轻人一起坐在篝火边交谈，她很可能不会对我有那种需求——我对这个想法没有感到不自在。也许事实就是如此：当她在我怀里的时候，她正梦想着拥抱他们当中的一个。我冷静公正地倾听这想法在我内心的回响，但我无法让一颗沉下去的心告诉我内心受到的伤害。她睡在那里，我的手压在她平滑的小腹上，来回摩挲着她的大腿。这就够了，我满足了。但同时我也得相信这一点，如果我和她不在几天之内就分开，事情不会这么简单就完了。如果我必须坦率而言，我想自己并没有给她带来什么欢娱，尽管这消遁的欢娱还将余热留在我的掌中，还在融化开来，我想我的心跳和血液涌动的程度，顶多也跟她抚摸我之前相去不远。我和她在一起不是出于她愿意或是屈从某种性欲之念，而是有着其他原因，这原因我至今还跟以前一样感到隐晦难解。只是除了一件事，从来没有离开过我的意识，就是她身上那些遭受折磨后留下的伤痕——残疾的脚踝、半盲的眼睛，这些从来没有被我轻易忘却。是不是因为我想要一个完整的女人，而她身上的伤残让我败了兴致，只有当她的伤痕被消除、当她恢复到以前的样子时，我才会释然，是不是这个原因让她吸引了我呢？或许是因为（我没那么蠢，让我说出这些吧）她身上的伤痕把我吸引到她的身边，而我又失望地发现自己不能洞察事情的原委？到底是太过分还是太谦和：我想要的是她还是她身上带着的历史痕迹？我长时间躺在那里盯着帐篷的黑暗处看，尽管我知道帐篷顶只有一只手臂那么高。也许我心里的想法（没有说出声的），使我不安的欲念的源头，没有一样不是反义的。“我肯定是太累了，”我想，“或许凡是可以表述出来的都是错误的。”我的嘴唇翕动着，默默地编织着词句，又一遍遍重新编排。“也许应该这么说，只有没有被表述出来的才是真实存在过的。”我盯在最后这个意思上没有再探究自己的回答到底是同意还是不同意。这种言辞越来越多地挡在我的面前，最后失去了所有的意义。我在长长的一天结束时、在深深的黑夜里长叹了一声。然后转向那姑娘，抱住她，把她拉近，紧紧贴着她。她在睡眠中呼噜着，很快我也和她一样了。

第八天，我们休息了一整天，因为马匹都不行了，它们饥饿地咀嚼着枯死的芦苇，那些干巴巴的秸秆。水和大口吸入的冷风填塞了它们的肚子。我们给马匹喂了手中剩下的最后一点儿亚麻籽和我们自己吃的面包。如果我们在一两天内不能找到让它们吃草的地方，那几匹马就完了。

我们把井和挖掘的土围子留在了身后，急急往北面赶。除了那姑娘所有的人都下马步行。我们须尽可能减轻马匹的负担。但因为火是我们生存的保障，所以马匹还得驮上一些柴火。

“我们什么时候可以看见那些山？”我问向导。

“还有一天，或者两天。很难说。我以前也没走过这个地区。”过去他曾在湖的东面打过猎，在沙漠的边缘转悠过，没有穿越过沙漠地带。我等他往下说，看他是不是会说出自己的担忧，但他看上去一点也不担心，他不相信我们会有什么危险。“没准两天不到我们就能看到那些山了，然后再走一天就可以找到他们了。”他眯起眼睛望着远处棕褐色雾氛霭霭的地平线。他没问我们到达山区以后要干什么。

我们走过一片平坦的卵石累累的荒野，然后又翻过一级又一级耸起的石梁，来到一片低地平原，终于在那里看到一些小丘冈上有枯萎的冬草。那些马匹对着枯草几近疯狂地又撕又咬。看见它们有东西吃，我们松了一大口气。

半夜里我被一阵惊跳弄醒，冥冥之中觉出一种发生了什么变故的不对劲儿的恐慌。那姑娘坐在我身边。“怎么回事？”她说。

“听，风停了。”

她赤着脚跟在我后面爬出帐篷。雪花轻轻地飘落。满月的光辉下，大地一片朦胧。我帮她穿好鞋，搂着她一起站着，凝视着洒着雪花的茫茫天穹，一个星期来一刻不停地刺激着我们耳朵的呼啸声分明沉寂下来了。睡在另一座帐篷里的人也跑到我们身边来。我们傻乎乎地相视而笑。“春雪，”我说，“今年最后的雪。”他们点着头。一匹马在附近摇动身子惊动了我们。

被雪包裹着的温暖的帐篷里，我又一次和她做爱。她充满着激情，把身子投向我。我们开始做的时候我就肯定这正是应该做爱的时候，我以最深切的欢娱和生命的骄傲拥抱她，可是进行到一半我却感到失去了她的触摸，动作渐渐减缓下来，只是没精打采地做下去。我的直觉明显是不可靠的。但我心里对这女孩依然怀着那份柔情，她很快就入睡了，蜷依在我的胳膊里。还会有这样的事情的，如果没有，我估计自己也不会介意。

一个声音透过帐篷门口拉开的缝隙朝里面喊叫：“先生，你快醒醒！”

我恍恍惚惚地意识到自己睡过头了。四周静悄悄的，我心里思忖着：这就像我们被滞留在寂静中了！

我钻出帐篷走入晨曦。“瞧，先生！”那个把我叫醒的人指着东北面，“坏天气马上就要来了！”

翻卷着朝着我们这边雪原上压过来的是巨大的黑色云阵。离此处还有一段距离，但眼见得马上就要向大地吞噬而来。那排巨大的云涛顶端融进了幽暗的天色中。“暴风雪！”我喊道。我还从未见过如此可怕的景象。大家赶快动手放倒帐篷。“快把马牵过来，把它们拴在中间！”第一阵飓风已到跟前，雪花开始打着旋儿地舞动起来。

那女孩拄着拐杖站在我身边。“你能看得见吗？”我问。她用自己那种间接的方式眺望一下,点点头。男人们开始动手放第二座帐篷。"雪毕竟不是什么好兆头!"她没有回答。我知道自己本该安慰她一下,但我的眼睛没法从那黑墙一般铺天盖地扑过来的云团上挪开,那乌云急速推进像是飞驰而至的骏马。风越来越大,摧撼着我们的腿脚,熟悉的呼啸声又在耳边响起。

我给自己鼓着劲:"快! 快!"我大声喊着,拍着手。有一个人跪在那里折叠着帐篷,卷起绳索,把被褥往一起堆置;另外两人把马牵过来。"坐下!"我对女孩喊道,一边手忙脚乱地帮着收拾东西。挟带着暴风雪的云墙不再是漆黑一团,却把雪和沙尘卷成一片混沌世界。接着,风尖啸起来,我头上的帽子被卷走了,在空中飞旋着,暴风雪向我们猛抽过来,我摔了个四仰八叉:不是被狂风刮倒,而是让一匹脱开缰绳踉跄奔突的马给撞的,马耳朵耷拉着,两眼骨碌碌打着转。"拉住它!"我喊道。在风中我的叫喊就像一声尖细的呼哨,我听不见他们说话的声音。倏然间那匹马就像一个鬼影儿似的溜走了。与此同时,帐篷也被狂风刮得腾空飞旋。我猛扑过去把身体压在帐篷拉索上,想把帐篷拽下来,因用力过猛而发出呻吟。我手脚并用拽住绳子背脊贴地一寸一寸地向女孩挪去,但这就像是匍匐着身子去拉动河里的流水。我的眼睛、鼻子、嘴巴,全都被沙子塞住了,我都没法呼吸了。

那女孩站在那里张开双臂像是在两匹马的脖子上飞翔。她好像在对那两匹马说:两眼瞪得老大干吗,你们都给我老实待着。

"我们的帐篷给刮走了!"我对着她的耳朵大声喊叫,挥起手臂指指天空。她转过身,帽子下面的脸部裹在黑色的披肩里,连眼睛也裹得严严实实。"帐篷给刮走了!"我又喊道。她点点头。

五个小时后我们全都蜷缩在垒起来的柴火和马匹后面,风还在用冰、雪、雨、尘土和沙砾抽打我们。寒冷一直钻进骨头里。马匹对着风的那一侧全都冻上了一层冰。人和马挤在一块儿,互相取暖,咬牙忍受着。

到中午时分,风突然停住了,就像哪儿的一扇房门突然关上了似的。到底是不习惯这样的安静,我们的耳朵仍在嗡嗡作响。我们应该活动一下麻木的手脚,把身上掸扫一下,给马套上鞍鞯,做些事情能让我们血管里的血液流动起来,可是这会儿我们只想躺在这个小窝里再歇上一会儿。这是不祥的昏睡症状! 我的喉咙里发出一声粗嘎的叫声:"快! 大家伙儿! 我们得给马套上鞍子。"

几个鼓起的沙包,那就是被刮散的行李,都埋里边呢。我们顺着风向搜寻被刮走的帐篷,但哪儿都找不到它的踪影。随后帮着东倒西歪的马匹站起来,把行李扔到马背上。可是,这场大风暴给我们带来的寒冷和接下来的酷寒相比简直不算什么,后来遇到的冷就像是把我们装进了一个冰棺材。我们的呼吸很快就成了雾凇,两只脚在靴子里直哆嗦。刚一瘸一拐地走了三步,前头那匹马后蹄一屈趴倒了。我们把马背上的柴火卸下,用杠棒撬动马蹄,用鞭子抽打逼它站起来。我诅咒着自己——已经不是第一次了——诅咒自己安排的这趟倒霉透顶的旅行——在一个变化莫测、险象不断的季节里,跟着一个找不准方向的向导。

第十天,天气转暖,云层变薄,风也小些了。我们步履艰难地走过一片开阔地,这时向导兴奋地指着远处叫喊起来。“山！”我这么想着，脉搏一下加快了。但他望见的不是山，他指的是人，骑在马上的人；他们正是野蛮人！我转向女孩，她疲惫嗒丧地骑在一匹我牵着的马上。“我们马上就要到了，”我说，“前面那些是什么人，我们很快就能知道。”几天来就这一会儿我突然有了如释重负的感觉。我走向前去，加快脚步，带着我们这伙人朝着远处三个小小的人影走去。

我们朝着他们那个方向行进了半小时以后才发现彼此的距离并没有拉近。我们在动，他们也在动。“他们不理会我们。”我打算点起火来。但我一吩咐停下，对方那三个人好像也停住了。我们再往前，他们又动了起来。“他们是在模仿我们的样子吗？还是光线造成的幻觉？”我踌躇着。我们没法缩短距离。我们跟了他们多长时间呢？或许他们会认为我们在跟踪他们？

“停下，没有必要这样追着他们跑，”我对我们的人说，“不妨试试，他们是不是愿意跟我们当中的一个单独见面。”我骑上女孩的马朝那些陌生人的方向过去。有一会儿工夫，他们似乎停在那里，观望等待着。接着他们又开始向后退去，隐入了扬尘和雾霭之中，那边只有闪闪烁烁的微光。我拼命催马向前，但我的马已虚弱不堪，几乎拖不动脚步。我只好放弃追赶，下了马等着我的人赶上来会合。

为了保存马的体力，我们把每日的行程缩短了。我们用了一个下午穿越一片硬实的平川，只走了六英里路，在我们宿营之前那三个骑马的人一直在前面徘徊，不远不近正好在视线之内。马匹有一个小时的时间去啃啮那些干枯发黄的乱草。而后就被拴在帐篷边上。夜幕降临，星星闪现在雾蒙蒙的天穹。我们斜倚在篝火旁取暖，舒展着累得发酸的手脚，不想回到剩下的那顶唯一的帐篷里去。看着北面，我敢说可以望得见那边的篝火在一闪一闪，可是当我想指给另外几个看时，那边又复归一片茫茫夜色。

那三个人自愿睡在外头，轮流警戒。我很感动。“过一两天再说吧，”我说，“等天气变暖一些再说。”我们只是断断续续地睡觉，四个身子挤在只能容下两个人的帐篷里，女孩自觉地睡在最外边。

天还没破晓时我就起来了，向北面眺望。淡红色渐而转为淡紫色的朝阳又渐渐发出金色的光芒，远处轮廓模糊的人影渐渐清晰起来，不是三个人，而是有八个、十个，也许是十二个人。

我用杆子和一件亚麻衬衫做了一面白旗，骑上马向远处的陌生人靠过去。风停下来了，天气转为晴朗，我策马前行还一边数着：十二个小小的身影聚在一座山丘旁边，远处最模糊的地方隐约衬出蓝幽幽的群山。我看到那些人在蠕动。他们排成一个纵列，像蚂蚁似的爬上山丘。爬到顶上他们停了下来。一阵旋起的扬尘遮蔽了他们的身影，过了一阵，他们又出现了：十二个骑马的人出现在天际线上。我缓慢地向他们靠近，白旗在我肩头飘舞着。虽说我一直盯着山顶处看，可是一不留神，转眼之间他们全都消失了。

“我们必须假装不注意他们。”我告诉自己这伙人。我们重新上马继续向山里进发。虽然马背上的负荷减轻了许多，但要驱策这些憔悴的动物迈出脚步，不能不用鞭子抽打，这真是很让人痛心。

女孩流血了，一个月总须来一次的血。她不可能掩饰这一点，她没有一点隐私，这个地方甚至没有一处有点模样的小树丛给她遮挡一下。她很不自在,男人们都很不自在。这是一种古老的禁忌——女人的月经血是一种坏运气的象征,对庄稼不好,对狩猎不好,对马匹也不好,但现在不可能叫她不接触大家的食物。因为羞愧,她整天一个人待着,也不和我们一起吃晚饭。我吃过后,端着一碗豆子和糕团走进帐篷,她一个人坐在那里。

"你不该来照料我,"她说,"我也不该待在帐篷里,我只是没什么地方可去。"她对自己受到的冷遇没有提出任何疑问。

"没关系。"我对她说。我用手摸着她的脸颊,在她身边坐下来看着她吃。

现在不可能叫那几个男人跟她睡到一个帐篷里去,他们都睡在外头,篝火就点在那里,他们轮流守夜。早上,应他们的要求,我和这女孩举行了一个简短的洁净仪式(因为我和她睡在一起,我也不干净了):我用棍子在沙土上画了一道线,带着她跨过这道线,然后洗了她的双手,再洗我自己的,洗完后拉着她跨过线回到宿营的地方。"你明天还要这样做一次。"她喃喃地说。在十二天的行程中,我们比此前五个月在同一个屋顶下生活时更接近了。

我们抵达山脚下。陌生的骑马人慢慢地上前来,站在干涸的河床底部,这是一条蜿蜒的河谷的上游。我们不再试图跟上他们。我们明白,既然他们找上来,就是给我们领路的。

这地方越走石头越多,我们的速度也越来越慢。我们停下来休息时,或是看不见弯曲的河谷中的陌生人,也不担心了,因为知道他们不会不露面的。

为了攀越一座山脊,我们哄诱着马,推推搡搡,扯扯拽拽,结果不意与他们打了一个照面。在岩石后面,从水沟的藏身处后边,他们慢慢转了出来,骑着毛色驳杂的矮马,有十二个人,没准更多,穿着羊皮衣服戴着羊皮帽子,棕色的脸膛上是岁月留下的痕迹,狭长的眼睛,这就是本地土壤中生长起来的野蛮人。我离他们很近,可以闻到他们身上的气味:马汗味、烟草味、半鞣制的皮革味。一个汉子用一支老掉牙的滑膛枪指向我的胸口,离我只有一人距离,枪栓拉开了。我的心跳停止了。"不。"我喃喃地说。出于有意识的谨慎考虑,我把牵着马的缰绳丢下,举起两只空空的手。我慢慢地转过身去,又拾起缰绳,在山麓碎石间跐溜跐溜地走着,牵着马回到山脚下我的同伴等着的地方。

野蛮人高高地站在我们上面,天际反衬着他们的身影。我的心怦怦跳着,马儿打着响鼻,风儿在轻吟,除此以外没有别的声音。我们已经越过帝国的疆界。须臾不可轻率从事。

我帮这女孩从马上下来。"你仔细听好了,"我说,"我带你顺着这个坡面上去,你要和他们去说话。带上你的拐杖,因为地面有些松软,没有别的路可以上去。当你可以和他们说话时,你就自己拿主意。如果你要跟他们走,如果他们会带你去自己家里,就跟他们走,如果你想跟我们一起回去,也可以跟我们走。明白了吗?你怎么着我不强迫。"

她点点头,看上去非常紧张。

我用一只手臂挟着她帮她攀登那个卵石累累的山坡。野蛮人没显出激动的样子。我数出三杆长筒滑膛枪,其余都是我非常熟悉的短弓。我们到达山顶时,他们稍稍向后退了几步。

“你可以看见他们吗?”我问,一边喘着气。

她用那种难以捉摸的古怪方式转着脑袋说:“不是很清楚。”

“盲人——盲人这个词怎么说来着?”

她告诉了我。我对着野蛮人说。“盲人。”我一边说,一边摸摸自己的眼皮。他们没有回答。枪从马耳朵那里伸出来对着我。持枪人有一双闪着快意的眼睛。沉默的时间很长。

“跟他们说话。”我告诉她,“跟他们说我们为什么来这儿。告诉他们你的事儿。把真实情况告诉他们。”

她用眼角看着我,微微笑着。“你真的要我把真相告诉他们吗?”

“告诉他们真相,否则还能说什么?”

微笑留在她嘴唇上。她摇摇头,继续沉默。

“告诉他们你想要什么。只要这么说好了,虽说我尽了最大努力把你带过来,但我非常明确地想要求你跟我一起回到镇上去——这要看你自己的选择。”我紧握住她的胳膊,“你明白我的意思吗?这就是我想要的。”

“为什么呢?”这句话极其温柔地从她的唇齿间里掉了出来。她知道这会使我困惑不解,她从一开始就让我困惑不解。持枪的人慢慢走过来几乎要碰到我们了。她摇摇头。“不,我不想回到那个地方去。”

我走下山坡。“把火点上,烧上茶,我们要安顿下来。”我对那几个人说。我们头顶上那个姑娘一连串的话音像轻柔的小瀑布似的飘落下来,在一阵阵风里断断续续地传到我这里。她倚着两根拐杖,骑马的人都下来聚到她身边。我一句都听不懂。“真是错过了可贵的时机,”我想,“在那些无事可做的长夜里,本来应该让她教我学说她的语言!现在已经太晚了。”

我从马背上的褡裢里拿出两只大银盘。我带着这玩意儿穿越了沙漠。我掀开裹在外面的一层丝绒。“你把这个拿上。”我吩咐道。我抓过她的手来摩挲,让她感觉到丝绸的柔软质地、盘子上的镂花——鱼和叶子交织的花纹。我还给她带来一只小包裹,里面是什么东西我也说不上来。我把它放在地上。“他们会一直带着你走吗?”

她点点头。“他说一直到仲夏都是同路。他说他还要找一匹马,给我骑的。”

“告诉他我们还有很长很艰难的路要走。我们的马匹情况很糟,他也能看得出。问问他们可不可以向他们买匹马。就说我们会付给他银子。”

她把这话传给那个老人听,我在一边等着。他的同伙都下了马,只有他还安坐在马背上,一支系着带子的老式的枪掮在背后。他们的马镫、鞍鞯、辔头、缰绳,没有一样是金属制品,全都是骨制品和木制品,在火上烤硬后用羊肠线缝制,再配上皮革系带。他们穿着羊毛或是其他动物的皮毛,从小就吃动物的肉和奶长大,对棉织品温柔的质感他们相当生疏,也难得领受谷物和水果的甘美、润甜。这就是那些被扩张的帝国从平原赶到山区去的野蛮人。我还从来没有在他们自己的土地上以平等的方式与这些北方野蛮人会晤过:我所熟悉的是那些来我们镇上做交易的;有一小部分人曾沿着河边建立过定居点,还有就是乔尔上校那些悲惨的俘虏。今天在这个地方和他们相遇真是太突然,也真是太丢人了！也许某一天,我的继任者会收集他们的手工艺制品:箭镞、曲形刀柄、木制盘碟等,这些东西将被陈列在我收藏的为数不少的鸟蛋化石和那些天书一般的抄本旁边。我在这里修复的是人们的未来和过去之间的纽结,用歉意把一具曾被我们榨干了的躯体恢复原状——我是一个中介者、一个披着羊皮的帝国的走狗。

“他说不。”

我从袋子里拿出一小块银子,托在手里递给他。“对他说这块银子买一匹马。”

他弯下身,接过这块闪闪发光的银子,小心翼翼地咬一口,随手就藏到上衣里了。

“他说不。不能拿这块银子再换一匹马,这是付我的马钱的,他不要我的马了,就收下了这块银子。”

我差一点没发起火来。但讨价还价还有什么必要呢?她就要走了,差不多已经走了。这是最后一次面对面清晰地看着她,把她的每个动作记在心里,试着去理解她本真的面目:我知道,从今以后,我将根据自己飘忽不定的欲念,整个儿地搜索自己的记忆库来重构她的一切。我摸着她的脸颊,拿起她的手。在这个荒凉的小山旁,已近中午时分,我内心没有一点那种昧爽不清的性冲动,那种感觉曾夜复一夜地把我引向她的身体;心里甚至也没有一路上产生的那种同伴情谊,剩下的只是从一片空白的孤寂到孤寂的空白。我握住她的手紧紧捏了捏,但没有回应。我只能清楚地看见眼前所能看到的:一个粗壮结实的女孩,有着一张宽大的嘴巴、一排刘海覆在额前,凝视着我肩后的天空。她是一个陌生人,一个来自陌生地方的过路人,经过不能说是愉快的短暂的访问后,她现在要回家了。“再见。”我说。“再见。”她说。声音呆板而不带一丝生气,我也一样。我向山坡下面走去,到山脚时,他们已经拿掉她手里的拐杖,把她扶上一匹小马了。

等到人们都能感觉到的时候,春天已经来了。空气如此柔和宜人,小小的绿草尖芽开始冒出地面,成群的沙漠鹌鹑在我们面前追逐着。如果我们现在出行,而不是两周前的话,行程就会快得多,也不会冒那么大的生命危险了。但换一个角度来说,如果晚些时日动身,能不能赶巧碰上那些野蛮人呢?我肯定,就是那一天,他们在忙着折叠帐篷,把东西搬上大车,赶着牲畜要开始他们的春季迁徙了。冒那样的风险看来没错,尽管我知道跟去的那些人在责怪我。(冬天带我们出门！我可以想象他们这样抱怨。“我们本来肯定不会答应的!”一旦他们意识到并非如我暗示的那样去野蛮人那里完成什么特殊使命,而只是护送一个女人,一个离队的野蛮人囚犯,一个排不上号的人物,行政长官的娘儿们,他们一准是这么嘀咕,不是吗?)

我们尽可能顺着来时的路线走,根据我仔细盘算的星辰方位返回。风吹拂着后背,天气暖和一点了,马匹的负重也轻了,我们知道自己的位置,照说肯定会比来时走得快。但第一个晚上宿营时却出了岔子。我被他们叫到篝火边,那个年轻士兵手捂着脸垂头丧气地坐在一边。他脱了靴子,脚布散开着。

“瞧他的脚,先生。”向导说。

他的脚红肿发炎了。“怎么回事?”我问这孩子。他举起脚给我看沾满了血和脓的脚后跟。从包脚布上我就闻到了一股腐肉的臭味。

“你脚上这样子有多长时间了？”我喝问。他埋下脸。“你干吗什么都不说？难道我没告诉过你脚掌必须保持干净，每隔一天就要换下包脚布洗洗脚，而且要用油膏涂到水疱上用绷带把伤处包好吗？我这样告诫你们是有道理的！现在你的脚这副样子怎么走路呢？”这男孩一句话都不说。“他不想拖累大家。”他的同伴悄声说。

“他不想拖累我们大家，但现在我们要用大车把他一路拉回去了！”我喊道，“烧开水，把他的脚洗干净包起来！”

我这样吩咐是对的。第二天早上，他们试着帮他穿上靴子时小伙子痛得难以忍受。只能用绷带扎住，把他的脚包进一个袋子里扎紧，这样他才能一瘸一拐地踏出几步。当然大部分路程他得骑马。

这趟旅途结束时我们将如释重负。彼此在相处中都已经有点厌烦了。

第四天，我们奋力穿越一处古老潟湖干涸的湖床，顺着东南方向走了几英里，随后来到我们以前挖的水井，周围还有一簇光秃秃的杨树枝。我们在那里休息了一天，煎了剩下的一块油糕，把最后一锅豆子煮成糊糊。积聚精力去对付最后一段也是最艰苦的行程。

我总是独自一人。那几个人在低声说话，我走近时他们马上沉默了。还没到家就开始的兴奋已经在艰苦的旅途上消耗掉了，不仅因为它的高潮已是如此令人失望——沙漠中与野蛮人的交涉谈判后紧接着便是按原路折回——而且，当初那女孩在场对男人们是一种性别激励，使他们暗中较劲儿，但现在这种激励已不存在，他们情绪低落，变得阴郁易怒，有意无意地处处找碴儿：他们抱怨我带他们走的这一趟鲁莽无益的旅途，厌憎那些不听使唤的马匹，又嫌他们同伙那只烂脚拖延了大家的行程，甚至对自己也是一肚子的怨天尤人。我率先把自己的铺盖搬出帐篷，睡到星光底下的篝火旁，宁愿在外面受冻也不想在帐篷里和三个闷闷不乐的人一起忍受那种令人窒息的暖意。第二天晚上，没人打理帐篷，大家都在野地里露宿。

到第七天，我们已经艰难地走进盐碱地了。又死了一匹马。那几个人吃厌了每日单调乏味的豆子和面糕，要求把马尸拿来吃掉。我准许了，但自己不吃。“我还得和马一起走前面的路。”我说。让他们去享受自己的盛宴吧，别让我在这里妨碍他们想象着是在割开我的喉咙，撕开我的肠子，砸开我的骨头吧。也许他们事后会客气些。

我渴念着自己熟悉的按部就班的日常生活，想念着很快到来的夏季、长长的夏日里多梦的午睡，黄昏里和朋友们一起在胡桃树下的谈话；小男仆送来茶和柠檬汁，令人惬意的姑娘们穿着华丽的衣裳三三两两地在广场上漫步，从我们面前走过。这些天里因为与世隔绝，她的脸庞在我记忆中愈益坚实起来，变成不透明的难以穿逾的一道屏障，她脸上就像给包上了一层隐蔽的壳。在盐碱地里踆踆举步时，有一瞬间我被一个念头悚然一惊：我可能已经爱上了那个来自邈远之域的姑娘。可是，现在我想要的只是在一个熟悉的世界里轻松自在地过日子，死在自己的床上，被老友们送往墓地。

离城门远远的还差十英里的地方我们就辨认出凸起在天幕上的岗楼了，这时我们还在湖的南面呢,赭色的城墙从这里开始把灰色的沙漠隔为远处的背景。我扫了一眼身后的人,他们加快了步子,一脸喜不自禁。我们三个星期没有洗澡换衣服了,身上一股臭气,发黑的皮肤饱受风吹日晒,满是皴裂的皱纹。我们累到极点,但步子迈出去还像个男子汉,甚至那个脚上缠着绷带一瘸一拐的男孩也挺起了胸膛。本来也许会更糟糕,谁知道?也许会更好些,但也许是更糟吧。甚至那匹塞了一肚子沼泽地烂草的马,似乎也恢复了元气。

田野里春天的第一批嫩芽开始萌发。一阵轻微的军号声传到了我们耳朵里,骑马的礼宾队列从城门口排列开来,阳光照得他们的盔甲闪闪发亮。而我们活像一群衣衫褴褛的稻草人,我要是早点吩咐大家在最后这段路上换上他们军人的行头就好了。我看着骑马的人靠近我们,期望着他们突然飞驰而来、向空中鸣枪、向我们欢呼。他们却俨然一副公事公办的模样——他们根本不是欢迎我们——我突然意识到,没有孩子们跟在屁股后头跑:他们分成两人一组围住我们,那些人当中没有一个是我认识的。他们眼神冷冰冰的,对我的发问概不作答,只是像押着一队囚犯似的带我们穿过敞开的城门。到了广场上,看见那里的帐篷,听到喧嚷声,我们才明白过来:大部队开过来了,一场对付野蛮人的战争正在进行中。

文敏　译

2004
获奖作家
耶利内克

传略

埃尔弗里德·耶利内克(Elfried Jelinek,1946—　),一九四六年十月二十日出生于奥地利中部施蒂利亚州米楚施拉克市,在维也纳长大。她父亲是犹太人,由于是位化学家,能"为战争服务","二战"中才免受纳粹囚禁,战后住过精神病院并在那儿去世。母亲是维也纳一富家女。她对耶利内克这个独生女期望甚高,要求极严,一心想把她培养成一个音乐家,上小学时就要她学习钢琴、小提琴、吉他、长笛等乐器。耶利内克后来进入维也纳音乐学院学作曲,同时在维也纳大学学习艺术史和戏剧。一九六九年后,她积极参加学生运动,一九七四年还曾加入奥地利共产党(一九九一年退出)。这段经历对她的思想和创作产生了一定影响。她于一九七四年和高特弗里德·亨斯伯格结婚,居住在慕尼黑和维也纳。

一九六七年,二十一岁的耶利内克出版了自己的处女作——诗集《丽莎的影子》,从此走上文学创作的道路。迄今为止,她已发表各类作品三十余部。一九七〇年和一九七二年,相继发表了长篇小说《我们是诱鸟,宝贝》和《米歇尔——一部为幼稚社会写的青年读物》。一九七五年出版的长篇小说《逐爱的女人》,使耶利内克一举成名,该书描述了两个不幸妇女的生活经历,以犀利的笔触讽刺了她们陈腐的思想,抨击了现实社会中把感情也当作商品来交易的现象。长篇小说《情欲》(1989)写一个工厂厂长粗暴地把妻子作为泄欲对象,妻子为逃避丈夫施暴,经常外逃,后来爱上了一个大学生,但最后仍未能逃脱被侮辱和欺负的命运。该书出版后曾引起争议,被称为"色情讽刺作品"。长篇小说《死者的孩子们》(1995)写的是一个死者复生的荒诞故事,意在讽刺奥地利是个死人的王国,因此引起争议,遭到多方指责。长篇小说《贪婪》(2000)继续了男性对女性施暴的主题,写一乡村警察利用职权对女性劫财掠色,最后又杀人灭口,抛尸湖中,集情色、侦查为一体。

一九八三年出版的自传体长篇小说《钢琴教师》是耶利内克的代表作,曾被导演迈克尔·哈内克改编为同名电影,并获得二〇〇一年戛纳国际电影节大奖。小说主人公埃里卡是个中年的单身女性,在成为一流钢琴家的美梦破灭后,在一所音乐学院里担任一般的钢琴教师。她幼年丧父,从小就在母亲的严厉监督下,成天学习音乐、练琴,直到中年,音乐、钢琴仍然是她的全部生活内容。这种孤独、封闭、专制、单调的环境,压制了她个性的正常发展,导致她心理变态,产生病态的性观念,在性欲得不到正常发泄时,采取自残行为以及对别人施加暴力,最后终于毁灭了自己。此书一出版就引起争议。有人认为性描写过多过激,性心理、性幻想、性器官、性虐待、性变态的描写过于露骨,有人说这是一份心理学的病历,有人说她是个"最无情的道德主义者",也有人说她是个"把鸟巢弄脏了的人"。而从作者方面来说,其本意恐怕在于抨击伪善的传统性爱观念和家庭价值;书中这种极其荒诞夸张的描写,也许正是作者强烈的社会批判锋芒,并希望引起读者对造成悲剧的原因进行深刻反思,以此产生震撼的效果。

除小说、诗歌外,耶利内克还创作了不少散文、戏剧、电影剧本、歌剧剧本、广播剧等,还曾翻译过美国作家托马斯·品钦等人的作品。她的散文作品有长篇散文《啊,荒野,啊,保护荒野》(1985)。剧本有《克拉拉》(1982)、《疾病,或现代妇女》(1987)、《云、家》(1990)、《图腾瑙贝格》(1991)、《一部体育剧》(1998)、《告别》(2000)等。这些剧本描写的主要是女性,表现的不管是性征服还是性牺牲,都是以女性的视角来审视和描写男女之间的关系,被征服和牺牲的总是女性。二〇〇三年发表的剧本《死亡与少女 1—5》,分别以几个女性形象为主人公(白雪公主、睡美人、罗莎蒙德、杰基·肯尼迪、美国女诗人普拉斯和德国女诗人巴赫曼),展示了这些由男性视角创造出来的悲剧女性,以及她们不可能由"主子"解救出来的命运。

耶利内克的作品,主要表现人与人之间、男女之间施行的暴力,她感到这种暴力并没有因社会的进步而消失。她笔下的世界充斥着享乐、贪婪、暴力以及权力的滥用。作为一个作家,她始终认为应该跟这个世界进行不屈不挠的斗争。耶利内克具有丰富的想象力,文笔风格不拘一格,她的语言充满激情,具有爆破力。瑞典学院的评委们把二〇〇四年的诺贝尔文学奖授予她,正是因为"她用充满激情的语言揭示了社会上陈规旧俗的荒谬以及这种枷锁对人施加的压力"。

授奖公告

二〇〇四年度诺贝尔文学奖授予奥地利的埃尔弗里德·耶利内克,在她的小说和戏剧中,声音和与之相对抗的声音构成一条音乐的河流,以独特的语言激情揭露了社会庸常中的荒谬与强权……

出版于一九七〇年的讽刺小说《我们是诱鸟,宝贝》,与其后一部长篇小说《米歇尔——一部为幼稚社会写的青年读物》(1972)相似,在语言上富有反抗行为的特色,反对的是娱乐文化和对美好生活的虚假想象……

长篇小说《逐爱的女人》(1975)、《被排除的人》(1980),以及一九八三年在自传背景下创作的《钢琴教师》,在所提出的疑问的框架之内,描写了一个无情的世界,在这个世界里,读者面对的是强权与压抑,是猎者与猎物之间根深蒂固的秩序。耶利内克表现了庸俗的娱乐工业如何侵占人们的意识,使他们丧失了反抗社会不公、反抗性别压迫的能力。

在《情欲》(1989)中,耶利内克将对女性实施性强权描写成我们这个文化的基本模式,在这里,她的社会分析深入到了对文明的批判的深处……

在幻影般的长篇小说《死者的孩子们》(1995)中,她将奥地利描写成一个死亡之国,以激昂的愤怒鞭挞奥地利。

耶利内克作品的体裁难以界定,在散文与诗歌之间,在咒语与颂歌之间摇摆,包含了戏剧场景和电影镜头的元素。在近年来搬上舞台的剧作中……面对面的已经不是角色,而是"语言平面"。最近出版的剧本,被称为"公主剧"的《死亡与少女 1—5》中,她的创作主题,即女性无法完全进入生存世界,在表现手法上有些改变,隐藏在一些不变的场景中。

除纯文学创作之外,她同时还是一个无所畏惧的社会批评家,在这方面声名卓著,在她的主页上,她经常评论一些热门话题。

瑞典学院

杜新华　译

作品

钢琴教师[①]

洗手盆是瓷的,到处都是裂缝。上边是一面镜子,镜子下边有一块玻璃板,架在一个金属边框上。在玻璃搁板上有一只水杯。杯子不是特意放上去的,而是随便放的。杯子摆在那里。边上还孤零零地挂着一滴水珠,直到它化为蒸汽蒸发掉。在这之前肯定还有一个学生喝过杯中的一口水。埃里卡翻了一通大衣和夹克的口袋,找寻本来是在感冒和流鼻涕时用的手帕,一会儿找到了。她用手帕垫着去拿杯子,把杯子小心地放在手帕里。印着无数孩子们笨拙的小手印的杯子完全被手帕包住了。埃里卡把包着手帕的杯子放在地上,用鞋跟使劲踩上去。杯子沉闷地碎了。然后她又朝已碎了的玻璃再踩上几下,直到杯子成了一堆虽然已成碎片,但还不是没有形状的一团粉末,碎片不能再小了,它应

---

① 长篇小说《钢琴教师》描写的是一位生活受难的女子。通过女钢琴教师埃里卡个性备受压制造成的变态心理和荒诞行为,揭示了现实社会中陈规旧俗对人的摧残,并由此引发的悲剧。此处为节选。

该还能扎人。埃里卡从地上拿起包着玻璃的手帕,把碎玻璃小心地放到大衣口袋里。廉价的薄壁玻璃杯留下了非常粗糙尖利的碎片。手帕挡住了玻璃碎裂时痛苦的鸣叫声。

埃里卡清楚地认出了那件大衣,不论是从刺目的时髦颜色,还是从又流行的超短长度上,立刻认了出来。这个姑娘训练开始时还想通过巴结人高马大的瓦尔特·克雷默尔出风头。埃里卡想考察这个将有一只被割伤的手的姑娘以什么来装腔作势。她的脸将现出一副丑恶的怪相,没有人能认出当年的青春和美貌。埃里卡的精神将战胜躯体上的优势。

埃里卡必须按照母亲的愿望跳过穿短裙的第一阶段。母亲命令她穿镶长贴边的裙子,警告说,短的时尚对她不合适。当时其他所有的姑娘都把她们的裙子、连衣裙和大衣下边剪短,重新镶上贴边,或者就买短的成衣穿。时光的轮子带着少女赤裸裸的玉腿像插上蜡烛似的向前飞转,然而埃里卡遵照母亲的命令,当个跨栏运动员,跨过这段时光。她必须对一切想听或不想听的人解释,这不适合我,我自己不喜欢!然后她超过时空,由母亲的发射器弹到高空。她习惯于按照夜里久久思考后得出的严格规范从下到上来评判大腿裸露到哪个位置。她根据穿带不同花边的长筒袜或夏天光腿——这更坏——的细微差别给腿打分,然后埃里卡对她周围人说,假如我是这个人,那个人,我绝不敢这么做。埃里卡生动地描述,为什么极少数人才能够让自己的形体这样。然后她不管时尚,永远只穿——用专业术语说——不受流行式样影响的齐膝长的衣裙。但是她后来比其他人更快成为时代车轮上无情的刀环的牺牲品。她认为,人不应该做时尚的奴隶,而应让时尚为人服务,适应人。

化装得像个小丑似的女长笛手露出自己的大腿,引诱她的瓦尔特·克雷默尔。埃里卡知道,这姑娘是个许多人都嫉妒的时髦学生。当埃里卡·科胡特把一片有意打碎的玻璃片偷偷放在这姑娘的大衣口袋中时,脑子里闪过一个念头:她要不惜任何代价让自己享受一次自己的青春。她很高兴,她已这么大了,可以用经验代替青春。

这段时间里没有人进来,虽然风险很大。大厅里所有人都沉浸在音乐中。快乐或从巴赫音乐中理解的东西充斥每一个角落,渐渐接近高潮。终曲快到了。在传递装置(放送机)辛劳的工作中,埃里卡打开了门,悄悄回到大厅。她搓搓手,仿佛刚刚洗过似的,一言不发地靠在角落里。作为教师,她当然可以打开门,尽管巴赫的曲子还在演奏。克雷默尔天生闪亮的大眼睛突然闪了一下,表示他已知道埃里卡回来了。埃里卡没理会他。他试图像一个孩子问候复活节的兔子一样向老师打招呼。寻找彩蛋,比起真正发现彩蛋来是更大的快乐。如今克雷默尔与这个女人的关系就是这样,比起不可回避的结合来,追求对于男人来说,是更大的满足。问题是什么时间。由于讨厌的年龄差异,克雷默尔还有些羞怯。但是他是男人这一点又很容易抵消了埃里卡比他年长十岁这个差距。此外女性的价值随着年龄的增长和智慧的增加大大降低。有技术头脑的克雷默尔一切都要计算清楚,计算的结果是,在埃里卡入土之前,正好还有一小段时间好活。当瓦尔特·克雷默尔发现埃里卡脸上的皱纹时,他就更不会拘束,而当她在钢琴上给他讲解什么时,他就十分羞怯、不安。但是最终结果只有皱纹、褶子、大腿上干枯的黄皮肤、灰白的头发、泪囊、大汗毛孔、义齿、眼镜,不再有好身段。

幸好埃里卡没有像往常那样提前回家。她悄悄离去。事前没打招呼提醒，也没用眼色示意，她突然消失，无影无踪。克雷默尔习惯于埃里卡有意躲开他的那些日子。他久久地把唱片《冬游》放到唱机上，小声跟着哼。第二天他向他的女教师报告说，只有舒伯特悲哀的组曲才能安慰我昨天独自一人由于您的缘故陷入的那种情绪，埃里卡。在我内心深处，有一种东西与舒伯特一起涌动，当他写“孤独”时，想必情绪与我昨天一样。我们同样痛苦，舒伯特和微不足道的我。我虽然渺小，与舒伯特无法相比，但在昨天那样的晚会上，我与舒伯特之间的比较比过去对我有利了。再说，很遗憾，我有点浅薄的才能，您看，我承认这一点，埃里卡。

埃里卡命令克雷默尔别这么看着她。但克雷默尔毫不隐瞒他的愿望。他俩像茧中的孪生昆虫一样破茧而出。由抱负、雄心、野心织成的像蛛丝般轻薄的外壳落到他们躯体上的愿望和梦想这两个支柱上。正是这些愿望才使抱负一个接一个实现。通过完全实现这些愿望他们才是男人克雷默尔和女人科胡特。郊区屠夫冷冻柜中的两块肉，肉红色的刀切面对着观众。家庭主妇想了好半天后，这儿要半公斤，那儿要半公斤。两块肉被不透油的纸包着，女顾客把肉放到衬着永远弄不干净的塑料薄膜、不卫生的购物袋中摆好。这两块肉，里脊和猪排，亲热地贴在一起，一块是暗红色，一块是浅玫瑰红色。

在我这里您看到您的心愿碰壁的界限，因为您永远不会超越我，克雷默尔先生！这个克雷默尔要自己确定尺度和界限，对此予以强烈抗议。

这时候在更衣室出现了一阵混乱，乱糟糟的脚步声走来走去，伸出的手臂到处乱抓。到处是抱怨声，他们放在那里的什么东西找不到了。另一些人尖叫，谁谁还欠他们的钱呢。咔嚓一声一只小提琴盒子在一个青年脚下被踩碎了。这个盒子不是他买的，否则他会像父母要求的那样，小心爱护的。在高音部两个美国女人唧唧喳喳地议论着音乐的总体印象。她们觉得有说不出名字的某种东西产生了消极影响，也许是音响效果。的确是有什么干扰。

后来一声尖叫把空气撕成了两半。一只完全被割碎、沾满鲜血的手从大衣口袋里被拉了出来。血滴到大衣上，血渍浸透进去。手受伤的那个姑娘吓得大叫，几秒钟后，她才感到疼，号啕大哭。她开始感到真正的疼痛，后来说什么都感觉不到了。女长笛手按键和松开键的那只手被割伤，手上扎着碎玻璃。未成年的姑娘惊慌失措地看着滴血的手，睫毛油和眼影被眼泪从脸上一齐冲了下来。观众没作声，然后以双倍的力气如潮水一样从四周涌向中间，就像一个磁场启动后铁屑被吸到一起。紧贴受伤者对他们毫无用处，他们不会因此成为作案人，与受伤者也没有秘密联系。他们被人轻蔑地从这儿赶开。尼梅特先生接过权威指挥棒，叫医生。三个优等生跑去打电话。剩下的仍是观众，他们预料不到情欲以它特别不舒服的表现形式造成了这场意外事故。人们根本解释不了，谁会干这事。他们绝不会干出这种突然袭击的事。

一群帮忙的人抱成结实的一团。没有一个人离开，大家都想看个究竟。姑娘觉得头昏，不得不坐下。也许现在讨厌的笛子演奏终于结束了。

埃里卡假装在血腥气味中头昏，恶心。

下面的事就是在有人受伤的情况下该发生的事情了。一些人去打电话，现在只是因为别人也打。许多人扯着嗓门大叫安静，少数人真的安静了。他们发疯似的相互挤，各自指责完全无辜的人。他们呼唤秩序，行动却完全没有秩序。他们表现得毫无理智，反对重新提出的坐到座位上、保持安静和在一场意外事故面前保持克制的要求。已经有两三个学生不顾最起码的礼貌和规则。那些较有头脑和无动于衷之辈从机智地躲进去的各个角落里提出谁是责任人的问题。一个人推测，姑娘自己弄伤的，为了引人注意。第二个人坚决反对，散布这样的谣言，是一个嫉妒的男友所为。第三个人说，说是出于嫉妒，原则上是对的，但是一个嫉妒的女孩子干的。

一个无辜受到怀疑的男孩发火了。另一个无辜被指责的女孩子开始哭闹。一群学生拒绝采取理智的措施。有人像在电视里看到政客那样，坚决反驳指责。尼梅特先生要求大家安静。一会儿医院汽车的鸣笛声又打破了寂静。

埃里卡·科胡特仔细观察着一切，然后走出去。瓦尔特·克雷默尔像一头刚钻出来，发现了食物来源的动物一样，打量着埃里卡·科胡特。当她往外走时，他几乎是寸步不离地紧跟在她身后。

楼梯间里被怒气冲冲的孩子们的脚步踩得塌陷下去的楼梯在埃里卡的轻底跑鞋底下又反弹回来。楼梯走完了。埃里卡盘旋而上，这期间在训练大厅里组成了顾问小组，并开始推测研究，而且提出步骤。他们注意到案发地点，用链子围起来，以便使用报警器把这块地方扫一遍。聚集起来的人不那么容易散开，过好久才一点点散去，因为年轻的音乐人得回家。现在他们还紧紧围在不幸的人身旁，庆幸自己没遇到这倒霉事。但是有人认为，下一个就轮到自己了。埃里卡沿楼梯跑上去，每一个看见她这样跑出去的人都以为，她不舒服。她的音乐世界不懂得伤害。可能只是她习惯了的尿急使她憋得慌，不得不在这个不恰当的时刻去方便。想尿的愿望压迫着膀胱，而且往下去，因此她朝上跑。她找最高层的厕所，因为那儿不会有人对女教师乏味的解手感到吃惊。

她拉开一扇门，碰碰运气，她对这里不熟悉。但是她对厕所的门有经验，因为她常常被迫在不可能的地方，陌生的大楼或机关，发现她要找的地方。由于特殊的用途，厕所门是这个学校里最常开关的门之一。从里面放出来的孩子们的尿臊味说明了这一点。

教师的厕所只是用特殊的锁锁着，配备了新的带有特别装置的附加卫生设备。埃里卡一听不到音乐，立刻就憋不住了。她只想从身体里排出一股长长的热流，别的什么都不想。这种尿急常常来得不是时候，往往是在钢琴演奏者极轻地弹奏，而且还加上开动了减音器时。

埃里卡心里骂那些弹琴人，他们认为减音器只用于极轻的地方，而且公开表示这种意见。对此，贝多芬个人明确表示反对，埃里卡的理智和她对艺术的理解都站在贝多芬一边。埃里卡暗自惋惜，她没能对毫无预感的女学生充分施展她的罪行。

现在她站在厕所的外间，惊讶这是不是一个学校建筑师或是室内装修设计师的丰富想象。通向男便池右边的一个侧门半开，那股味使人想到臭沟。油墙旁边沿着地面是一道一般容易通过的釉瓷水沟，里边有些安排好的排水口，其中有些堵塞了，就是说小男孩们在这儿并排站着，往里边滋他们的黄尿液，或是在墙上描图画。在墙上可以看见。

还有本来不属于这儿的东西也结实地粘在水沟里。纸片、香蕉皮、橙子皮，甚至还有一个笔记本。埃里卡打开窗户,发现对面的墙中间有一处精美的花纹雕饰。从埃里卡俯瞰的角度看,那面外墙雕饰像是一个坐着的裸体男子和一个裸体的女人,女人手中抱着一个穿着衣服正在做手工的小女孩。男子显然是在亲切地朝上看着他一个穿衣服的小男孩,男孩手中小心地捧着一个张开的圆规,好像在解作业题。埃里卡在这个雕饰图案中认出了社会民主教育的石头纪念碑。她的身子没有再朝外探,以免发生不测。她宁愿关上窗户,虽然因为开了一下,臭气更浓了。埃里卡不能停留于艺术观察,她必须继续下去。

小女学生们习惯在一个像舞台布景那样的框架后休息。这种布景是一排搭得不太像的小房间,像在游泳场上一样。在分开的木板墙上钻了无数大小形状各异的孔。埃里卡不禁自问,干什么用的。墙在齐埃里卡肩的高处被锯断,她的头正好可以从上边探出来。一个国民学校的学生在必要时正好可以在这面墙后藏起来,一个成年的女教师却不能。同校的男女学生必须通过小孔窥探,好从侧面看到便池和小便的人。埃里卡在墙后站起来,探出脑袋,像一头从墙后伸出头够下高处枝条的长颈鹿。装这种隔断墙还有另一个原因。成年人是想看看孩子们这么长时间在门后干什么,或是也想看看孩子们是不是把自己关在里边了。

埃里卡掀起马桶圈后立即坐在弄脏了的马桶上,突然想起别人在她之前已经来过了,那么冰冷的瓷桶上可能也沾上了细菌。马桶中漂浮着什么东西,埃里卡不想细看,因为她急得要命。在这种情况下,就是在一个蛇洞上她也会蹲下,只是门必须锁上!不锁门她是无论如何不会尿的。锁是好的,埃里卡。埃里卡松了一口气,打开排尿阀门,同时转动小把手,让外边显示出一个红色的弓形标志:有人。

有人又打开一扇门进来。他没被这个环境吓退,正在走近的肯定是男人的脚步,是追着埃里卡走来的克雷默尔。克雷默尔同样摸索着从一个角落走到另一个角落,显然他想捕捉他心爱的女人。几个月来她一直拒绝他,尽管他不得不对她承认自己是个冒失鬼。他的愿望是让她最终摆脱她心中的障碍,自我解放。她应该忘掉她女教师的身份,使自己成为提供给他的对象。他会关心一切的。现在克雷默尔要在死板的官僚习气和不知道界限以及知道界限却不遵守的贪欲之间达成一种妥协。这就是克雷默尔给自己提出的任务。瓦尔特·克雷默尔抛掉名叫拘谨、羞怯还有名叫克制的外壳。埃里卡肯定不能再继续逃了,她背后只有一大片墙壁。他要让埃里卡忘记听和看,只能听见他,看见他。他将要扔掉使用指南,为了除他之外没有别人能用这种方式使用埃里卡。对于这女人来说,就是现在:不要再犹豫不决,含含糊糊。她不应再长久把自己包起来,像睡美人那样。她应该在克雷默尔面前以一个自由人身份出现,克雷默尔知道她私下想要的一切。

宁瑛　译

2005
获奖作家

哈罗德·品特

传略

二〇〇五年十月十三日,延迟一周公布的诺贝尔文学奖终于出了结果,英国剧作家哈罗德·品特胜出。获奖理由是:“他的戏剧揭示出掩藏于日常闲谈之中的危机,并闯入了压抑苦闷的诸种封闭空间。”

哈罗德·品特(Harold Pinter,1930—2008),生于伦敦东区的犹太人家庭,曾在英国皇家戏剧学院学习过,十几岁即开始创作。一九五七年,他第一部剧作《房间》上演,获得成功,从此,他便以戏剧创作为志业。品特的创作颇丰,有剧本三十二部、电影剧本二十四部、诗歌和散文作品多部,被评论界称为萧伯纳之后英国最重要的剧作家。品特晚年热衷政治,最后一部剧作是写于二〇〇〇年的《回忆往昔事》。

通常来说,品特的剧作被归类为荒诞派戏剧。他自己也承认,他的创作深受贝克特、卡夫卡和美国武打电影的影响。不过,相比于贝克特、阿尔比、尤奈斯库等人,品特有自己的特色。他的戏剧倾向于表现个人在陌生环境中的压迫感,场景通常是一个房间几个人物,屋子里的人害怕屋子外的东西。这种特点被评论界称为“威胁戏剧”,是品特式戏剧的重要特色。他的早期剧作《房间》、《生日晚会》(1958)、《送菜升降机》(1959)都是这种威胁戏剧的代表之作。除此之外,品特的戏剧还富有英国特色。他的中期作品《看管人》(1960)、《情人》(1962)等,都是以现实主义的手法表现了生活的荒谬,在荒诞的喜剧中融入了现实主义的成分,达到了荒诞感和真实感的统一。品特后期的创作,威胁主题和荒诞性慢慢减弱,《背叛》(1978)以倒叙的手法清晰地再现了过去,几乎没有了典型的荒诞派创作时间、地点模糊不清,国界不明显的特点,观众也很难从中感受到威胁的主题。

品特是个崇尚人权、反对战争的作家。他曾公开反对北约空袭塞尔维亚;并因伊拉克战争与其他名人一起要求弹劾首相布莱尔,指责其为“战犯”;他还称美国为“一个被许多罪犯治理的国家”。二〇〇三年，品特出版了诗选《战争》，表达了他对伊拉克战争的强烈抗议，次年他因这部诗集获得了威尔弗雷德·欧文奖。

二〇〇八年十二月二十四日，品特因癌症去世。他一生获奖无数，其中包括奥地利文学奖、莎士比亚奖、欧洲文学大奖、皮兰德娄奖、大卫·科恩大不列颠文学奖、劳伦斯·奥利佛奖以及莫里哀终身成就奖等。此外，他还拥有十四个大学的荣誉学位。

授奖词

哈罗德·品特是二十世纪英国戏剧的伟大复兴者。正像卡夫卡、普鲁斯特与格雷厄姆·格林一样，他已划定了一块属于自己的领地，一块有着鲜明的“品特风格的”领地。如今，“品特风格的”这一形容词已被正式列入了《牛津辞典》。

品特创作了二十九部戏剧，执导或参演了近百部戏剧，开辟出新的戏剧天地：他笔下的人物将自己封锁在无法预知的对白之中，而那对白中笼罩着的难以名状的恐怖氛围，逼得人坐立不安、心如刀绞。因为我们所听到的对白不过是一个引子，一个我们未曾听过并且即将要听到的世界的引子。

闲谈背后的混沌，拒绝交流的相互敷衍，控制与欺骗的欲望，凡常中的偶然带来的窒息感，历尽厄运的绝望无助——这一切的一切都在品特的戏剧中无限循环着、上演着。

在他的笔下，那些处于生活边缘的人物相互牵绊、相互折磨着，同时，他们又是被分化的阶级、顽固的定义与习俗所囚禁的囚徒。他们从来就搞不清自己的身份、来历；相互之间似乎都记得对方的过去，却又总存在着各种不同的版本；他们很少相互认真地倾听，而正是这种心灵的“失聪”强迫我们去倾听。因此，观众席上的我们没法忽略任何一个单词，也没法放松哪怕一分钟。而当一切水落石出、力量瞬间释放时，戏剧内在的张力就直面我们而来。

记忆——无论是杜撰的、篡改的，抑或是真实的——就像一股炙热的暗流，在品特的戏剧中慢慢地涌动着。在当下的召唤之中，我们用记忆塑造过去、建构未来。

随着他的视野逐渐转向国际社会，品特也逐步将“浪漫的爱情”扩展为一种更加包容的“爱”。这种“爱”包含了友谊，以及用行动来维护正义的迫切愿望。比如在他的《山地语言》中，“爱”就是一种无条件的付出和包容，这是他早期作品中所不具有的。是啊，在这个恐怖与暴力骤增的时代里，为了生存，我们必须多施善行，必须用爱去帮助那些被奴役的人。

有人说，品特应该早点投身政治，但品特自己说，他最早期的作品——比如《送菜升降机》《生日晚会》《房间》等——都极具政治寓意。在这些看似“荒诞的喜剧”中，语言就是一种侵略、逃避与蹂躏的武器。可以说，这些早期作品是在不同层面上的权力独裁的隐喻：国家的权力、家庭的权力、宗教的权力——所有这些都在侵蚀“个体”本有的、至关重要的可能性。在此，品特先生揭露了想要毁灭他人个性的根本原因，以及那些暴力面具下的恐惧，对党派之外、团体之外、国家之外的异己者的恐惧。

品特的作品中，没有所谓的赢家和输家。在人物与人物的权力游戏中，我们几乎看不到谁占了上风、谁又处于弱势；在看似不经意的对话中，他们互换位置，势力此消彼长；而在肉眼不可及之处，他们的面目却暴露在模糊的紫外线之中。他们，在无形的墙壁之间摸索前行，被现实归入不同的队伍；他们，为了坚守自我不被侵蚀，干脆将自己封闭于被多数人视为"异己"的时空里。

品特先生，用缄默的神秘形式突破了传统的现实主义戏剧，用各种新颖的表达方式来表现他笔下的夸张人物。我们仿佛与这些人物生活在一起，看着他们同我们一起衰老、死去。就这样，这些公共领域中坚不可摧的人物毫无原因地彻底瓦解了，还挣扎着发出一丝似乎永远无法抵达的讯息。而当我们，这些观众离开戏院的时候，似乎少了一份道貌岸然的伪装。

对于系统论者来说，世界是按照一定的规律来运行的。而对于哈罗德·品特来说，世界却是要加以伪装的，通过伪装，善良与崇高找到了一条从思想极权的牢笼中脱身的道路。而通过对当代极权主义的无情批驳，他阐明了存在的痛苦。

有的话脱口而出会伤人，有的话不到半句就能把人打垮，有的话只言片语、转瞬即逝。那么沉默呢？沉默就是荒诞的表征。品特，这位裁缝的儿子，他裁剪着语言，他让行动从语言的声音与节奏中产生。因此，他的戏剧从来就没有既定的情节。我们也从不会问"接着会怎么演？"而会问"正在演什么？"

话语是权力的工具。话语不断地被重复，重复到它变为真理的替身。在这个信息泛滥的年代，品特将话语从描绘现实的功用中解放出来，进而把话语变成现实本身，有时它们很诗意，但更多的时候，它们很沉重。最后我想说，语言，只有语言才能让我们摆脱命运，重新书写自己。

亲爱的哈罗德·品特：我们（瑞典学院）在遴选诺贝尔文学奖获得者时，只看重一个独立个体的创造能力，而不会受其民族、性别和文学流派的影响。需要强调的是，也许您在许多人眼里显得过于英国化，但是半个世纪以来，您在戏剧领域内的确产生了巨大的国际性影响，十分鼓舞人心。如果有人认为您的荣誉来得有些晚的话，那么我们会这样回答他，无论何时何地，哈罗德·品特的剧作都在被新一代的导演与演员们诠释着，这是最高的荣誉。

当幕布在迷雾重重的生命旅途和压抑的幽闭剧院中升起时，您的作品引诱着观众深入其中，又令人惧怕那份未知的神秘。您用诗意的意象，展示了美妙的幻象与现实的梦魇相互撕扯的存在状态。

鉴于本年度诺贝尔文学奖获得者品特先生缺席，我请来了他的出版商斯蒂芬·佩吉先生，由他代表品特先生从国王陛下手中领取该奖。

瑞典学院诺贝尔奖评委会主席 坡尔·瓦斯特伯格

李文雅 译

为戏剧而写作[①]

我不是一个理论家。对于戏剧场景、社会场景,不管什么场景,我既不是权威也不是个可靠的评论家。在我力所能及的时候,我就创作剧本,仅此而已。这就是一切。所以,做这个演讲,我有些迟疑。要知道任何一句陈述都至少可以有二十四种可能的角度,这要看你当时站在哪里或者天气如何。我发现,一个直截了当的陈述一经说出,它永远不会保持原样或者固定不变,它立刻就被其他二十三种可能所更改。同理,我所做的任何陈述也不应被看作是终极的和确定的。也许有一两句听起来像是终极而确定的,它们也许几乎是终极而确定的了,但明天我也许就不这么想了,所以我希望你们今天就别这么想。

我曾经有两部多幕剧在伦敦上演。一部演了一周,另一部演了一年。当然,两部戏是不同的。在《生日晚会》中,在短语之间,我用了不少破折号。在《看管人》中,我用省略号[②]取而代之。所以,它读起来就不是"看,破折号,谁,破折号,我,破折号,破折号,破折号",而变成了"看,圆点,圆点,圆点,谁,圆点,圆点,圆点,我,圆点,圆点,圆点,圆点"。看来,好像可以推断出省略号比破折号受欢迎,因为《看管人》比《生日晚会》上演的时间长。当然在实际演出时,你并不能听出省略号和破折号来。批评家可不是等闲之辈,他们虽然也听不出,但隔着一英里远就分得出省略号和破折号。

我费了很长时间才适应了这样的事实:在剧场,批评家和观众的反应是捉摸不定、难以预料的。一个作家的危险就在于他很容易成为这种担忧和期待的猎物。但是我在杜塞尔多夫的经历消除了这种忧虑。两年前在杜塞尔多夫《看管人》的首场演出结束时,我按照欧陆的习惯,和德国剧组的全体演员一起向观众鞠躬。台下立刻嘘声四起,我敢说他们是全世界最能嘘的人了。我以为他们用了扩音器,可他们只用了自己的嘴。尽管如此,剧组演员们和观众一样顽强,我们就在嘘声中,一共谢了三十四次幕。在第三十四次谢幕时,剧院里只剩下两名观众,还在嘘。我很奇怪地为这一切所温暖。现在,只要我一感受到那种担忧或期待带来的战栗不安,就会想起杜塞尔多夫,我就会恢复平静。

戏剧是一种大型的、活跃的、公共性的活动。而对我来说,写作,无论是写诗还是写剧本,并无分别,都是一件完全个人的私事。这两件事很难相融。专业剧场的世界,不管它拥有多少毋庸置疑的功效,也还是充满了虚假的高潮、设计好的紧张,有点歇斯底里,更多是低效而无能的。我从事创作的戏剧世界中的恐慌正在日益扩散,更加咄咄逼人。

---

① 此文为哈罗德·品特一九六二年在布里斯托全英大学生戏剧节上的演讲稿。
② 英文的省略号为圆点。

但是我的立场基本保持不变。我的创作不为任何东西负责,只为作品本身负责。我不对任何观众、评论家、制作人、导演、演员或者我的同胞负责,我只对手中的剧本负责,就这么简单。我刚才已经提醒你们别轻信任何确定的陈述,可看上去我好像刚说了一个。

我通常都以很简单的方法开始创作剧本:先在一个特定的情景中找几个人物,把他们凑到一块,然后像狗闻味儿一样,仔细听他们说什么。对我来说,故事情境总是很具体而且独特,人物也很具体。我从没有从一个抽象的理念或理论开始创作剧本……撇开别的不说,即便不是不可能,如何验证过去也是我们面对的巨大困难。我指的还不仅仅是多年以前的过去,甚至只是昨天、今天早晨。发生了什么?发生的事情的实质是什么?究竟是什么事?如果一个人能说清昨天到底发生了什么事情,我想,他也可以用同样的方式对待现在。现在正在发生什么?不等到明天或半年以后,我们无法知道,到那时我们或许还不知道,我们也可能忘记了,或者我们的想象力会添加一些不实的描述。一个时刻经常在一出现的时候就被扭曲了。尽管我们倾向认为总是有共识的,可对一件相同的事我们都会有很不同的解释。我想也许会有共同的认识,但那更像流沙。因为“现实”是一个很稳固的词,所以我们总认为或总希望它指涉的状态也是同样牢固、稳定、毫不含糊的。事实并非如此,而且依我看来,这样也无所谓更好或更坏。

……刚才有不少人,他们要求当代戏剧表达出一种明确清晰的意义。他们希望剧作家都是预言家。当然,现在确实有些剧作家,剧里剧外地着迷于预言。什么预兆啊,布道啊,警告啊,精神劝导啊,道德训诫啊,已有预知答案的设定好的问题啊,等等,所有这些都可划归预言的旗下。这类事情背后的态度似乎可以用这样一句话来概括:“我正在告诉你!”

世界上有各种各样的剧作家,就我而言,“X”可以任意选择道路,不用我来当他的检察官。去宣扬所谓不同流派的剧作家之间的纷争,对我来说并不是什么有趣的消遣,当然也绝非我的本意。但我能感觉到我们的确趋向于强调那些空洞的偏好。我们偏爱大写的生活,认为它和小写的生活,也即我们现实的生活,是很不同的。偏爱善意、慈善、仁爱,而这些表达已变得多么轻巧。

如果要我在这里提一条道德戒律的话,那就是一定要警惕那些作家,如果他希望你认同他的主张,让你对他的价值、用处和无私奉献坚信不疑,宣称他的心刚正不阿、澄澈可见,这搏动的心纳着他剧中的人物。大多时候,这显得如此积极而确切的思想事实上却深陷空洞的概念和陈词滥调的囚笼中。

显而易见,这样的作家是绝对地相信词语。我对词语的感觉却很复杂。在字词间穿行,挑选词语,看它们出现在纸上,这给予我极大的乐趣。但同时对于词语,我又有着一种强烈的恶心感。每天我们都要面对大量的词语,好比在现在的情境下我说出来的词语;我,还有其他人,写下来的词语,这中间大部分都是些陈腐僵死的术语;观点被无数次地重复、置换,变得陈腐、毫无意义。尽管感到恶心,但也很容易蜕变成麻木不仁,我想大多数作家对这种麻木都有所领略。但是如果可能面对这种恶心,将其推至极致,在其中穿行并最终走出恶心,那么就有可能说真的发生了什么,甚至有所成就。

在这种境况下,语言是一种十分含混的东西。常常在被言说的词语下面,有着言犹未明的东西。我的剧中人物告诉我他们的经历、渴望、动机和历史,再无其他。但是在我对他们的生平信息的匮乏和他们所言说的含混之间还留有一片空间,不仅值得挖掘,而且必须去挖掘。你、我,还有那些纸上的人物,多数时候,我们匮于表达,言辞闪烁,不可置信,躲避阻碍,心存犹疑。但正是在这种种特性中,一种语言产生了。我得强调,这种语言,就是在言说的话语之下,有另外的东西被言说。

剧中人物都应有他们自发的动机,我的工作不是强加于人,迫使他们言不由衷。我的意思是我不会迫使一个人物在不可能说话的时候讲话,用他不可能用的方式讲话,或者让他说他永远都不可能说的话。作者和人物之间应是一种相互尊重的关系。如果说可以从写作中获得某种自由,那么这种自由的获取并不是靠把人物限定在固定的条框之中,而是要给他们自由的空间,让他们自然地表现。这也许是极为痛苦的。不让他们成为活的人物当然要简单、容易得多。

但同时我也要声明,我的剧中人物并不是混乱、毫无控制的。不是的。我是有选择、有安排的。实际上所有的苦活累活都是我干。我很重视形式,从一个句子的结构到整部剧的架构。结构是最重要的。但我觉得一定要兼顾。通过人物,追随留给自己的线索,你安排,同时你也要倾听。有时候这样就可以找到平衡,舞台上人物形象激发出新的意象,同时你却能捕捉到人物的沉默或藏匿。对我来说,正是在沉默中,人物才最凸现。

沉默有两种。一种是一言不发,另一种则可能是滔滔不绝。这时,讲话道出的实际上是隐藏在话语下面的另一种语言,即它不断指涉的言外之意。我们听到的话语暗示着我们没有听到的东西。这是一种必要的规避,是一种粗暴的、狡猾的、苦痛的或嘲讽的烟幕,可以使另外一边安于其位。当真正的静默降临时,我们依然能听到回声,但已接近赤裸的真实状态。语言可以被看作是一种不断遮盖真实的策略。

我们时常会听到这样一句乏味而龌龊的话:“无法交流……”这句话一直被用来描述我的戏剧。可我认为正相反。我觉得在沉默中,在未说之言中,我们的交流最有效。言语表达出来的只是不断的躲避,只是试图保护自己的绝望防卫。交流实在令人恐惧。进入别人的生活令人惊恐。向别人袒露我们内心的匮乏更是十分恐怖。

我不是说在剧中人物压根不可能述说他的言中之词。完全不是。我倒是发现在剧中总是会有这样的时刻,他会说出他从来没说过的话。这时候,他所说的就是无法更改、也无法收回的。

一张白纸既令人兴奋也令人惧怕。这是你的起点。此后一个剧本还会进一步经历两个发展阶段:排演阶段和演出阶段。在这两个阶段,一个剧作家都会从剧场那深切而又活跃的体验中吸收很多有价值的东西。但最终他还得再次面对那张白纸。纸上也许会有什么,也许还是一无所获。直到你最终捕捉到它之前,你都无法得知。也没人能保证你就一定会知道。但这总是个值得尝试的机会。

我已经为不同的媒体写过九个戏,直到现在我依然完全不明白我是怎么做到的。对我来说,每部戏都是“一个不一样的失败”。我猜,就是这个事实促使我去写下一部戏。

假使我认为写剧本是极其困难的工作,当然我也认为它是某种庆典,那么就像我今天早晨向你们展示的那样,试图很理性地描述这个过程就更加困难,也更加失败。

塞缪尔·贝克特在他的小说《无名的人》的开头说:“事实似乎是,在我这种情况下,如果要讲述事实,那么我就不仅要讲我所不能言说之事,而且,这更可笑,而且我,如果可能就更加可笑,我就不得不,我忘记了,就算了吧。”

刘雪岚　译

相安无事

我的眼神儿更糟了。

我的医生身高六英尺差一英寸。他的头发里有一缕灰发,一缕,只一缕。他左颊上有一块褐斑。他的两个灯罩呈卷筒状,深蓝色,底部都饰有金边。两个灯罩一模一样。他的印度产的地毯上有一处焦黑的烧痕。他的助手一看见女人,就戴上眼镜。透过窗帘,我听见他花园里鸟雀的鸣啭。有时他的妻子露露面,一身白。

关于我的视力,他显然不相信我的话。据他看,我的视力正常,兴许正常得过分了。他看不出任何迹象,证明我的视力正在变糟。

我的眼神儿更糟了。并非我看不见。我确实看得见。

我工作顺利。我的家人与我相处融洽。我的两个儿子与我最贴心。我与妻子也还亲密。对全家老小,我都亲密无间,包括我的父母。我们常坐在一起听巴赫。当我去苏格兰时,我常带全家同行。我的小舅子有一次也随同前往,在旅途中帮了不少忙。

我有些业余爱好,其中之一是拿着锤子往木头里钉钉子,或用螺丝刀往木头里拧螺钉,或用各种各样的锯子锯木头,做一些什物,或变旧物为新用,或把那些看起来毫无用处的东西派上用场。不过,当你的眼前出现重影,或当你压根儿没看见,或当有东西挡住你的视线时,要干这些活可就不那么容易了。

我的妻子很满足。我在床上施展我的想象力。我们做爱时亮着灯。我贴近看她,她也看我。早上她的双眼发光。我透过她的眼镜片看见它们在发光。

整个冬季天空都很晴朗。雨在夜里下。一到早晨,天就放晴了。反手击球是我的拿手好戏。隔着冷杉木制的球桌,我冲我的小舅子站定,轻握球拍,腕关节往里弯着,等着把球吊到他的正手,等着看他(满脸惊愕)急匆匆地接球,丢球,跌跌撞撞,甚是恼火。我的正手球欠些火候,不大得心应手。不出所料,他攻我的正手。房间里回荡着清脆的声响,球打在橡胶拍上的声音在四壁回响。不出所料,他攻我的正手。但又一次打得太偏右了,离我的正手还有一大截,而我的身体重心恰好偏在那边,正好可以施展我的反手抽球,使他招架不住,看着他跌跌撞撞,连溜带滑,还是丢了球。比分回回都差不多。不过,如今,当你看到乒乓球变成两个,或压根儿没看见乒乓球,或当球飞快旋转过来挡住你的视线时,玩起来就不那么容易了。

我对我的秘书很满意。她挺有生意头脑,而且对生意感兴趣。她值得信任。她代表我给纽卡斯尔和伯明翰打电话,从没受过欺诈。客户们在电话里对她很是敬重。她的嗓音有说服力。我的合伙人和我都承认她是我们的无价之宝。当我们两口子和我的合伙人三个人约在一起喝咖啡或喝茶时，我的合伙人和我妻子经常谈到温蒂。他们一谈起她，两人都没有什么好话。

老是大晴天，在这样的日子，我拉上办公室的窗帘，好进行口述。我经常摸一摸她丰满的身体。她复述一遍，把纸张翻过来。她给伯明翰打电话。在她通话时（一只手轻轻握着听筒，另一只手平稳地做着记录），即便我抚摸着她丰满的身体，她也会一直把话说完。我眼睛上的绷带正是她给缠的，在她缠绷带时，我抚摸着她丰满的身体。

我不记得我小时候有哪点儿像我那两个儿子。他们异常矜持。他们似乎不受情欲的搅扰。他们安安静静地坐着。两人时不时咕哝几句。我听不见你们，你们在说什么呢，大点声，我朝他们喊。我妻子也这么喊。我听不见你们，你们在说什么呢，大点声。他们年龄一般大。看起来，他们学业不错。但在乒乓球上，两人都是庸才。当我还是个小男孩时，我已懵懂大开，充满情欲，善于辞令，生性敏感，而且眼神很好。他俩压根儿不随我。他们的目光在镜片后面显得呆滞，难以捉摸。

我的小舅子在我的婚礼上是男傧相。那时，我所有的亲朋好友都不在国内。与我最要好的那位朋友按说是男傧相的自然人选，可他突然因生意上的事被叫走。他因此当不成男傧相了，感到十分惋惜。他早已为新郎准备了一篇辞藻华丽的赞美词，打算在婚宴上朗诵。我的小舅子当然不能拿着这篇演说词照本宣科，因为它里面提到我和阿特金斯之间长久的友谊，而我的小舅子对我一无所知。他于是遇到了难题。他解决难题的方式，是在致辞中大谈他的姐姐。我至今保存着他给我的礼物，一个从巴厘岛买的雕花铅笔刀。

我对温蒂进行初次面试的那一天，她穿着一条绷得很紧的花呢裙。她的左腿不停地蹭着右腿，右腿不停地蹭着左腿。这些小动作都被裙子挡着。在我看来，她正是当秘书的料。她瞪大眼睛，专心致志地听我交待工作事项，十指平静地交错在一起，它们整洁、饱满、浑圆、红润、鼓凸。她显然极有悟性，而且好问。前后三次，她掏出一块丝绸方头巾，擦拭着眼镜片。

婚礼后，我的小舅子请我的爱妻摘下眼镜。他望着她的眼睛的深处。你嫁给了一个好男人，他说。他会使你幸福的。由于那个时候他无所事事，我就邀他在我的公司做事。很快他就成了我的合伙人，他的生意做得那么有声有色，他的生意头脑那么精明灵活。

温蒂的判断力，她的明晰，她的谨慎，对我们的公司来说，真有无可估量的价值。

我眼睛紧贴钥匙孔，听到他们急促的喊叫。那条细缝甚是模糊，唯有他们起起伏伏的欢爱声回荡在我的耳鼓，那是极乐时的咝咝声和忙乱声。整个房间沉压在我的头上，讨厌的黄铜把手硌着我的脑袋，可我不敢扭动，害怕看见我的秘书在我的合伙人的大肚子上和毛丛上迷醉地扭动着身体，发出低沉的尖叫声和刮擦声。

我的妻子想知道我心底的想法。你爱我吗，她问。爱得很呢，我轻蔑地说。我会弄清你说的是不是真的，我会弄清你说的是不是真的，说说看，你怎么证明这一点，还有什么能证明，还能拿出什么证明。全都是证明（我决定采取一种更巧妙、更有暗示性的计策）。你爱我吗，我反问一句。

乒乓球台上满是条状的污痕。我赢球心切。我的儿子们在看球。他们为我加油鼓劲。他们对我的忠诚一望便知。我被感动了。我又操起长久以来屡试不爽的打法和策略,弹,削,搓,推,使出浑身解数吓唬他。我凭感觉打球。我那两个孪生儿子使劲地为我打出的好球喝彩。可我的小舅子不是傻瓜。他一板接一板,板板都抽到我的正手的远角。我连溜带滑,踉踉跄跄,怔怔地望着他的球拍噼拍噼啪猛击,眼前渐渐空茫一片。

我的那些锤子在哪里?我的那些螺钉?我的那些锯子?

感觉怎么样?我的合伙人问。绷带缠得平不平?结打得紧不紧?

门砰地关上了。我在哪里?在办公室还是家里?我的合伙人出去时是否有人进来过?他出去过吗?这些拖曳的脚步声、吱吱嘎嘎声、长长的尖叫声、刮擦声、咯咯的笑声和喘气声,难道是我的幻听?有人在倒茶。粗硕的大腿(是温蒂的?我妻子的?她们俩的?是叉着的,还是并拢着的?)支撑在尖细的高鞋跟上,微微晃动。我小口小口抿着茶。味道不错。我的医生热情地问候我。稍等片刻,老伙计,我们马上就拆绷带。来一块糖衣脆饼吧。我婉言谢绝。鸟儿在鸟澡盆里嬉水呢,他那一身白的妻子喊道。他们全都跑出去看。我的儿子们把什么东西碰翻了,或是撞倒了什么人?肯定不是。我还从未有幸听说过他们如此莽撞冒失。他们只是喋喋不休,咯咯地笑,起劲地与他们的舅舅谈着自己的作业。我的父母一言不发。房间显得很小,比我记忆中的要小。我知道每样东西都放在何处,每一样都知道。但房间的气味变了。也许因为房间里挤满了人。我的妻子突然上气不接下气地笑开了,笑了好一阵,就像我们婚后最初那段日子里她常迸发出的那种笑。她为什么笑?有人给她讲了一个笑话?谁?她的儿子们?不可能。我的儿子们正在与我的医生和他的妻子谈着自己的作业。我马上就过来,老伙计,我的医生朝我喊。这时候,我的合伙人已经让那两个女人在近旁的一张诊台上脱了个半光。她们俩谁的身体更丰满可人?我早忘了。我拿起一只乒乓球。它很结实。我想知道他把那两个女人脱到什么程度了。脱的是上半身,还是下半身?或许,他现在正举着镜片观察着我妻子的圆滚滚的臀部和我秘书的圆滚滚的乳房。我何以能证实这一点?靠听动静,靠感觉。但这不可能。这一幕怎么可能在我儿子的眼皮底下发生呢?他们还会像刚才那样,继续与我的医生聊天,咯咯地笑?不会。不过,最好还是让绷带缠得平平的,结系得牢牢的。

程巍　译

令人困惑的事

电话铃响了。我不去接。它响个不停。我又不是傻瓜。我很快想起了我采取的计策。我拿起分机。我一声不吭。他那边也不说话。他把听筒放回原处。拨号声异常刺耳。

忙完一些杂活后,我决定打一个电话。我拿起电话。一点声音没有。我没料到。本地区的电话系统通常无与伦比。一接到电话故障报告,哪怕最微不足道的故障,技术员都会紧赶着及时上门维修。但眼下的情形显然很棘手。我打不出电话,向他们通告电话出了故障,故障如此大,如此全面,如此费神,如此具有决定性,以至对救援形成了障碍,没有一丝希望。

不出声的电话。死一般的夜晚。

分机？听筒没挂到位？分机听筒没挂到位？我检查了一番。分机好端端地挂在上面。我感到困惑。不止是困惑。我拉过一把椅子，满是困惑地坐着。

困惑。电话没声。死一般的夜晚。

电话铃老是响。

我离开图书馆，钻进一个电话亭，往我的寓所拨电话。电话占线。

有人想搞垮我。

程巍 译

女孩儿们

我是在一本杂志上读到这个小故事的。它说的是一个女学生走进教授的办公室，坐在他的办公桌旁，递给他一张纸条。教授打开纸条，看到上面写着："女孩子喜欢别人拍她们的屁股。"可我现在找不着这个小故事了，因为那本杂志丢了。找了一下也没找着。我不记得故事后来怎么发展的，甚至记不清这是篇小说还是件真事。它可能是回忆录的片段。但这个故事是以谁的视角来叙述的呢，教授的，还是女孩儿的？我不知道。真记不得了。我现在所处的这种茫然无知的状态绝对会令我发疯。我想弄清楚的事情其实十分简单，那个女孩儿被别人拍屁股了吗？如果被拍了，那她是不是把自己也包括在这个泛指的命题里了呢？如果她把自己也包括在这个泛指的命题里了，那她是不是亲身从中尝到甜头了呢？说白了，她是不是那类女孩中的一个？她从前还是现在是她所描绘的那种爱被别人拍屁股的女孩？如果是，那么是否确实发生了那样的事？发生在教授的办公室里，还是发生在教授的办公桌上？抑或没有发生过这种事。还有，教授呢，他又是如何看待此事的？说到底，他是个什么样的教授？专长哪一门学科？他有没有对这个命题（"女孩子喜欢别人拍她们的屁股"）进行一番严肃的审视？他是否认为这个命题是一种过于笼统的归纳？无论如何，他有没有去做认真的核实？换句话说，他有没有去验证这个命题？比如，这么说吧，他有没有说："好啊！躺到我的办公桌上来，屁股朝上，脸扭过去，让我们一起检验一下，是否真的是这样？"或者，他是不是干脆警告过那个女孩，命题类的东西容易理解错误，从有利于科学的目的出发，在阅读时要认认真真地多下工夫，真正把它们搞懂？

问题是我找不到那本杂志了。我把它弄丢了。我根本不晓得这个故事——或这个回忆录的片段——是怎么往下发展的。他们俩产生爱情了吗？他们后来结婚了？他们有没有生育很多小把戏啊？

肯定是个男的，或者是个女的，也可能是一男一女两个人写了这个短篇，叙述一个女孩走进她的教授的办公室，坐在他的办公桌旁，递给他一张纸条。教授打开纸条，看到上面写着："女孩子喜欢别人拍她们的屁股。"但我不知道写那个故事的男人或女人的名字,不知道作者的身份。我压根儿不知道,在那个特定的地方,特定的时间。长话短说吧——那个女孩是不是真的在教授的办公室里,在他的办公桌上,被人拍屁股了,或者说是在另一个时间,在别人的办公桌上,在这儿那儿、无时无地,正点儿的时候,宗教式地,温柔地、热烈地、不停地、永远永远地被人拍打着屁股。但也可能她不是说她自己。她的意思不一定是说她自己喜欢别人拍她的屁股。她也许只是在说别的女孩,她根本就不认识的女孩,千百万她从未见过、也永远不会遇到的女孩,千百万事实上她连听都没听说过的女孩,在地球另一面的亿万个——在她看来是实话实说?——就是喜欢别人拍他们屁股的女孩。也可能她说的是另外一些女孩子,如考克福斯特出生的女孩儿,或在东英吉利大学读美国文学的女孩儿。她们曾经以那种难以自制的激动,毫无保留地亲口告诉她,在搜索枯肠再也找不到话说,但又尚未见诸行动的时候,犹如弓在弦上,欲罢不能的时候,她们最向往的事就是被人拍屁股。也就是说,她的这个命题("女孩子喜欢别人拍她们的屁股")可能是她很郑重地选修、又很郑重地完成的一项经过长期、深入、透彻研究的课程的最高成就。

我真是非常喜欢她。她是一位了不起的女性。我见过她一次,她当时回眸一笑,看着我笑。然后扭着腰肢走向一辆候客的出租车,告诉司机去哪里,打开车门,坐了进去,关上门,从车窗中最后望了我一眼,车就开了。此后我再也没有见到过她。

梁若冰　译

2006

获奖作家

奥尔罕·帕慕克

传略

二〇〇六年十月十二日,瑞典学院以“在寻找故乡的忧郁灵魂时,发现了文化冲突和融合中的新象征”为由,将本年度的诺贝尔文学奖授予土耳其作家奥尔罕·帕慕克,使其成为获得诺贝尔奖的第一位土耳其人。

奥尔罕·帕慕克(Orhan Pamuk,1952—),生于伊斯坦布尔一个富裕的西化家庭,从小在伊斯坦布尔一家美国人开办的私立学校接受英语教育。二十三岁时,帕慕克放弃正在伊斯坦布尔科技大学主修的建筑学,转而投身文坛,开始了他的纸上建筑生涯。

帕慕克于一九七四年开始创作小说,纵观他的创作生涯,仿佛就是一个天才小说家的获奖史:

他的第一部长篇小说《塞夫德特州长和他的儿子们》(1979)出版后即获得《土耳其日报》小说首奖和奥尔罕·凯马尔小说奖。

他的第二本小说《寂静的房子》(1982)于一九九一年出版法文版,同年获得欧洲发现奖。

他的第一本历史小说《白色城堡》(1985)让他享誉全球,这本书获得一九九〇年美国外国小说独立奖。

他的第四本小说《黑书》(1990)使他在土耳其文学圈内备受争议的同时也广受一般读者喜爱。该书法文版获法兰西文化奖。

他的第五本小说《新人生》(1997)成为土耳其历史上销售速度最快的书籍。

他的第六本小说《我的名字叫红》(1998)在西方出版,确定了他在国际文坛上的地位;并于二〇〇三年获得都柏林文学奖、法国文艺奖和意大利格林扎纳·卡佛文学奖,他成为一本书包揽欧洲三项文学奖的当代文学大师。

他的第七本小说《雪》(2002)被《纽约时报》评为二〇〇四年度世界十本佳作之一。

他的最新作品是回忆录《伊斯坦布尔》(2005)。

二〇〇六年,帕慕克接受哥伦比亚大学的客座教授职务,并且成为哥伦比亚全球思潮委员会的会员之一,在哥伦比亚大学文学院下的中东与亚洲文学文化系所举办研讨会。在二〇〇七年至二〇〇八年,帕慕克与 Andreas Huyssen 和 David Damrosch 合开了比较文学的课程。

帕慕克除文学造诣极深之外,对艺术也颇有研究,他研究艺术的时间不少于用在文学上的时间。帕慕克每年都到世界各地欣赏艺术展览,在各个国家的博物馆中流连忘返。生活中的帕慕克很少公开露面,在伊斯坦布尔的一栋公寓中,他烟不离手,长时间写作。这栋公寓可俯瞰横跨博斯普鲁斯海峡的一座桥梁,这座桥梁连通欧亚两大洲。这对于他的思想和创作——他在小说中一再描写东西方文化的差别和交流——仿佛是种象征。

文学评论家把帕慕克和普鲁斯特、托马斯·曼、卡尔维诺、博尔赫斯、安伯托·艾柯等大师相提并论,称他是“当代欧洲最核心的三位文学家之一”、享誉国际的土耳其文坛巨擘。其作品被译成四十多种语言出版,在众多国家和地区广泛流传。

授奖词

在关于家乡伊斯坦布尔的书中,奥尔罕·帕慕克描述了当他还是一个年轻人的时候,他如何被一套十九世纪早期的版雕的壮阔浩繁所吸引,上面描绘的是辽阔的土耳其帝国昔日都城之景。

那位版雕艺术家是个德国人,表现了欧洲风景绘画的技巧和视野——白日梦与对世界的好奇的结合,我们称之为“入画”者,对于当时的土耳其文化来说十分新鲜。可伊斯坦布尔人都知道,随着那位画家在城里工作多年后,他看到了那些宫殿、街道、拥挤的人群,以及投在博斯普鲁斯海峡上的光与影。他既要作为一个东方人——来理解他所看见的事物,同时又要作为一个西方人——来表现它们。

奥尔罕·帕慕克在这里描述的正是他自己的双重现实观。在写小说时帕慕克借助西方的形式,为自己提供一个坚实的中心透视法,从而牢牢固定着主人公的行为和情感。事实上,我们被带入一个又一个故事和信念组成的迷宫,我们借此辨认某个人物,可下一瞬间他就可能在迷宫中遇见另一个陌生的自己,从另一个方向、另一个人生或另一个文化中向他走来。

在《我的名字叫红》中,帕慕克通过一个生活在一五九〇年代伊斯坦布尔的苏丹的细密画师,来呈现西方个人主义和东方传统主义之间的矛盾。正如小说所述,古典的穆斯林观念认为画作必须阐释那些家喻户晓的故事。仅仅把眼前所见的自然入画是一种对神的亵渎。在理想的状态下,画师应该凭借着记忆来作画,把物体的实质而非表面呈现出来，不顾一切外界因素的干扰，把主体上升到真主的位置来俯视世间万象。在作品中留下能够辨认的个人痕迹被古代大师们视为画技不精的证明。对他们来说，西方肖像画所表现的那种向神炫耀的欲望是罪恶的。一个允许自己被如此描画的人，内心相信自己处在世界的中心，在自然中占据着独一无二的位置。这种人将不再愿意向权威效忠，反而会利用权力质疑一切。当那个画师的手只听从他的双眼时，这种独特的笔法就成为了一个危险的动作，随时威胁着那神圣的真理。

这两种观点在小说中的抉择对于一个现代读者来说，并不困难，但被表现得十分艰险。当帕慕克在写作中向个人风格的一派倾斜时，他又立即质疑这种独特笔法是否存在。难道两种爱与艺术不都暗示着对他人手法的模仿吗？

在帕慕克的代表作《黑书》中，文明呈现为一场没有边界的复制，人们争先恐后地逃往彼此想象的生活，从而解放自己，体验爱情。你成为了你所描述的人。《黑书》是一次冒险的旅程，穿行于妖怪和半生命体横行的伊斯坦布尔的黑夜，在这里虚构的故事比现实更可靠，而真实不过是墙上的黑影。这是一个梦幻的世界，一个城市的隐喻。人类对于叙述的无助渴求从未得到如此极致的描绘。正如奥斯卡·王尔德曾说过，泰晤士河上的雾是在模仿特纳的绘画。帕慕克表明现实世界的伊斯坦布尔之所以存在，仅仅是因为它的那些传说。

在小说《雪》中，帕慕克来到位于偏远的土耳其国境上的一个荒凉的小镇。这种不亚于从地球飞往月球的空间跨越，令他有机会从土耳其社会的各个层面中截取一小段地质样本——从忠诚的建国者到失望的左翼知识分子，从伊斯兰教的封建主义者到库尔德人和那些为争取戴面纱权而神秘自杀的少女。在这个故事的中心，始终屹立着一位受西方文化熏陶的诗人，在流放中寻找回家的道路。《雪》曾被称为是一本政治小说，从一个更深层的意义上说，它就好比陀思妥耶夫斯基的《群魔》，是对政治及其作用于人类思想的批判。那个狂人的犯罪源自想要影响他人的盲目冲动。对此，帕慕克把他笔下所有的人物放在一个高于善恶标准之上来认识。事件原本的讽刺性是他做出的唯一判定。小说中那位迷人的原教旨主义者，不但恐吓当局，还诱惑了诗人爱慕的那个妇女——从神话的意义上说，他们的斗争结果是俄尔甫斯被狄奥尼索斯战胜——这位不惧死亡的恐怖分子首先把他对欧洲的威胁发表在德国的各大报纸上，从而让西方注意到他。最后，《雪》讨论了怀疑和摇摆的权利，讨论了搏斗一生的爱情，也讨论了对上帝的渴望。

尊敬的奥尔罕·帕慕克！你使你的家乡成为文学王国中一座不可缺少的城市，就如同陀思妥耶夫斯基的圣彼得堡、乔伊斯的都柏林或普鲁斯特的巴黎——一个让世上任何地方的读者都能在其中拥有另一个生活的地方，与他们原本的生活同样真实，充满了属于他们自己的异国情调。

在此，我向你表达来自瑞典学院最热烈的祝贺，请上台来，从陛下的手中接过今年的诺贝尔文学奖吧。

瑞典学院常务秘书 贺瑞斯·恩格道尔

李畅 译

作品

我的名字叫红（节选）

1. 我是一个死人

如今我已是一个死人，成了一具躺在井底的死尸。尽管我已经死了很久，心脏也早已停止了跳动，但除了那个卑鄙的凶手之外没人知道我发生了什么事。而他，那个浑蛋，则听了听我是否还有呼吸，摸了摸我的脉搏以确信他是否已把我干掉，之后又朝我的肚子踹了一脚，把我扛到井边，搬起我的身子扔了下去。往下落时，我先前被他用石头砸烂了的脑袋摔裂开来；我的脸、我的额头和脸颊全都挤烂了；我全身的骨头都散架了，满嘴都是鲜血。

已经有四天没回家了，妻子和孩子们一定在到处找我。我的女儿，哭累之后，一定紧盯着庭院大门；他们一定都盯着我回家的路，盯着大门。

他们真的都眼巴巴地望着大门吗？我不知道。也许他们已经习惯了，真是太糟糕了！因为当人在这个地方的时候，他会觉得过去的生命还像以前一样仍然持续着。我出生前就已经有着无穷的时间，我死后仍然有无穷无尽的时间！活着的时候我根本不想这些。一直以来，在两团永恒的黑暗之间，我生活在明亮的世界里。

我过得很快乐，人们都说我过得很快乐；此时我才明白：在苏丹的装饰画坊里，最精致华丽的书页插画是我画的，谁都不能跟我相比。我在外面干的活每月能赚九百块银币。这些，自然而然地使我的死亡更加难以让人接受。我只不过是画画书本插画及纹饰。我在书页的边缘画上装饰图案，在其框架内涂上各种颜色，勾勒出彩色的叶子、枝干、玫瑰、花朵和小鸟；一团团中国式的云朵，纠结缠绕的串串藤蔓，蓝色的海洋以及藏身其中的羚羊、远洋帆船、苏丹、树木、宫殿、马匹与猎人……以前有时我绘盘子，有时绘在镜子的背面或是汤匙里面，有时候我绘在一栋豪宅或博斯普鲁斯宅邸的天花板上，有时候绘在一个箱子上面……然而这几年来，我只专精于装饰手抄本的页面，因为苏丹陛下愿意花很多钱来买有纹饰的书籍。我不是要说我死了才明白金钱在生活中一点儿都不重要。就算你死了，你也知道金钱的价值。

眼下在这种状况下听到我的声音、看到这一奇迹时，我知道你们会想："谁管你活着的时候赚多少钱！告诉我们你在那儿看到了什么。死后都有什么？你的灵魂到哪去了？天堂和地狱是什么样的？死是怎么一回事儿？你很痛苦吗？"问得没错，我知道活着的人总是极度好奇死后会发生些什么。人们曾经讲过这样一个故事：有一个人因为对这些问题太过好奇，以至于跑上战场在尸体当中乱晃，想着能够从生死搏斗而受伤的士兵当中找到一个死而复生的人，心想这个人必定能告诉他另一个世界的秘密。然而帖木儿汗国的士兵们误以为这位追寻者是敌人，拔出弯刀利落地把他劈成两半，而他最后也得出了一个结论：在死后的世界里人都会被分成两半。

没有这回事儿！恰恰相反，我甚至要说，活着的时候被分成两半的灵魂死后在这儿又合为一体了。然而正好与那些无神论者以及沉沦于魔鬼召唤下的罪恶异教徒所想的相反，确实有另一个世界，感谢真主。我现在正从这个世界对你们说话，这就是证据。我已经死了，不过你们可以很清楚地看到，我并没有消失。另外，我得承认，我并没有看见伟大的《古兰经》中所描述的金银色天园别墅及从其旁边蜿蜒而过的河流，也没遇见长着硕大果实的宽叶树木或是美丽的少女。然而我很清楚地记得，自己以前画画时常常会在脑中热切地想象着“大事”一章中描写的大眼美女。除此之外，我也没有见到那传说中的四条河流。尽管《古兰经》里没有提到这四条河，但一些想象力丰富的梦想家如伊本·阿拉比把它们描绘得如花似锦，说这些河流中满是牛奶、美酒、清水与蜂蜜。不过对于那些借由幻想期盼来世生活的人，我丝毫无意挑战他们的信仰，因此，我必须说明，我所见到的一切全来自于个人的特别处境。任何相信或稍微了解死后世界的人都会明白，处于我目前这种状况中愤愤不平的灵魂，实在也不太可能见到天园的河流。

简言之，我，在画坊中和画师们当中被称为高雅先生的这位，死了。然而我还没有被埋葬，也因此我的灵魂尚未完全脱离躯体。不论命运决定我是去天堂，还是去地狱，我的灵魂要想到达那儿，我的躯体就必须离开那肮脏的地方。尽管我并不是唯一一个遇上这种处境的人，但它却使我的灵魂感受到难以言喻的痛苦。虽然我感觉不到自己的头骨已碎裂，也感觉不到一半泡在冰冷的水里、一身断骨、伤痕累累的躯体逐渐开始腐败，但我确实感觉到我的灵魂正深受折磨，扑腾着想要挣脱躯体的枷锁。那就像整个世界都挤压在我心中的某个地方，使我紧缩得痛苦不堪。

唯一能与这种痛苦相提并论的，是在死亡的那个骇人刹那我所感觉到的那种出人意料的轻松。是的，当那个浑蛋猛然拿石头砸我的头、打破我的脑袋时，我立刻明白他想杀死我，但我并不相信他能杀死我。突然间，我发现自己原来是个乐观的人，以前在画坊和家庭之间的阴影下生活时，从不曾察觉这一点。我用指甲、手指及咬他的牙齿狂热地紧抓住生命。至于接下来我所遭受的其他惨痛毒打，这里就不再多加赘述。

在这场痛楚中我知道自己难逃一死，顿时一股不可思议的轻松感涌上心头。离开人世的刹那，我感受到这股轻松：通往死亡的过程非常平坦，仿佛在梦中看见自己沉睡。我最后注意到的一件东西，是凶手那双沾满泥雪的鞋子。我闭上眼睛，仿佛逐渐沉入睡眠，轻松地来到了这一边。

此时我的焦虑不在于我的牙齿像坚果般掉进满是鲜血的嘴里，或是我的脸被摔烂到无法辨认，或者我缩身在一口深不见底的井里——而是每个人都以为我还活着。我躁动的灵魂之所以痛苦不堪，是因为关心我的亲友，可能猜想我正在伊斯坦布尔的某个地方处理琐事，甚至猜想我正在调戏另一个女人。够了！但愿他们能赶快找到我的尸体，祭拜我，并把我好好埋葬。最重要的，找出杀我的凶手！我要让你们知道，就算他们把我葬在最富丽堂皇的陵墓，只要那个浑蛋仍旧自在逍遥，我就会在坟墓里辗转难安，日日等待,并且让你们都变成无神论者。快找到那个婊子养的凶手,我就告诉你们死后世界的所有细节!不过,抓到他之后,一定要凌迟他一番,敲断他七八根骨头,最好是他的肋骨,用专为酷刑特制的尖针戳进他的头皮,拿支钳子把他恶心油腻的头发拔光,一根一根地拔,让他一次又一次地尖叫。

这个让我愤恨难当的凶手究竟是谁!他为什么用如此出其不意的手段杀我!请注意并探究这些细节。你们说这世界上充满了卑微低贱的凶手,不是这个人干的,就是那个人做的?那么我提醒你们:我死亡的背后隐藏着一个骇人的阴谋,极可能瓦解我们的宗教、传统以及世界观。睁大你们的双眼,探究在你们信仰、生活的伊斯兰世界,存在着何种敌人,他们为什么要除掉我,去了解为什么有一天他们也可能会同样对你们下毒手。伟大的传道士,埃尔祖鲁姆的努斯莱特教长,我曾流泪倾听他的布道,他所预测的所有事情,一件接着一件,全部都成为了事实。我还要告诉你们,即使把我们如今陷入的处境写进书里,就连最精湛的细密画家也永远无法配以图画呈现。就像《古兰经》——千万不要误解,求真主责罚——这本书之所以拥有如此强大的力量,正是由于它绝不可能被描绘。我真怀疑你们是否彻底明白这个事实。

你们看,我当学徒的时候,也因为害怕,忽视了隐藏的真相及上天的话语,总以开玩笑的口气谈论这些事。结果,我落得这种下场,躺在一口可悲的井底!千万要小心,这也可能发生在你们身上。现在,我什么都不能做了,只希望我能彻底腐烂,用我的尸臭引他们找到我。我什么都不能做了,只能想象一下,等那个龌龊的杀人凶手被抓到后,某个好心人会用什么样的手段来凌虐他。

…………

10. 我是一棵树

我是一棵树,而且我很寂寞,我在雨中哭泣。看在安拉的分儿上,听听我想说的话。喝点儿咖啡,不要犯困,睁大眼睛,就当我是精灵一样,听我给你们说说为什么我会如此寂寞。

一、人们说我是被潦草地画在一张表面未涂胶的粗纸上的,是为在说书大师身后能有一幅树的图画挂着。的确如此。此刻,我身旁既没有其他修长的树,也没有草原上的七叶草,没有常用来比作撒旦和人的层层黑岩石形体,也没有天空中卷曲的中国式云朵。只有土地、天空、我和地平线。但我的故事比这要复杂得多。

二、身为一棵树,我没有必要非得成为书的一部分。然而,身为一棵树的图画,我却不是某本书中的一页,这点让我感到有些不安。既然我不是要在书中展示着什么,那么我就想到,我的图画被挂在墙上,而异教徒和邪教徒之类的人将会跪倒在面前拜我。别让埃尔祖鲁姆教长的信徒们听见,我偷偷地为这种念头自豪,之后就被深深的恐惧和羞惭吞没。

三、我的寂寞,最根本的原因是我甚至不知道自己属于哪个故事。本来我应该是某个故事的一部分，然而我却像秋天的落叶一样，从那里飘落。让我来讲给你们听：

像秋天的落叶般从我的故事中飘落的故事

四十年前，波斯王塔赫玛斯普，这位奥斯曼帝国的大敌，也是全世界最喜欢绘画艺术的君王，随着年岁的衰老，他失去了对美酒、音乐、诗歌以及绘画的热爱；不仅如此，他还戒除了咖啡，结果他的脑袋自然也就停止了运转。成天阴沉着脸，疑心越来越重，为了远离奥斯曼军队，他甚至把帝国的首都从当时仍属于波斯领土的大不里士，迁移到了加兹温。晚年有一天，他被邪灵缠身，一阵精神错乱中，他祈求真主的宽恕，发誓一辈子再也不碰酒、漂亮男孩和绘画。这个事件明显地证明，丧失了对咖啡的品味之后，这位伟大的君主同时也丧失了他的神志。

由于这个原因，许多天赋异禀的装订师、书法家、镀金师与细密画家，二十年来曾在大不里士创造出世上最珍贵的经典著作，此时却全部作鸟兽散般地分散到了其他城市。马什哈德的总督易卜拉欣·米尔扎苏丹，塔赫玛斯普的侄儿及女婿，于是邀请到其中最优秀的几位来到他管辖的城市，把他们安置在他的细密画家工匠坊，要他们临摹帖木儿统治时期赫拉特城最伟大诗人贾米的七部叙事诗《七宝座》，并把它制作成一本有细密画的精致手抄本。对于这位聪明而可爱的侄儿，君王塔赫玛斯普原本就是又爱又嫉妒，也后悔把自己的女儿嫁给了他。当他听说这本精致手抄本的时候，妒火中烧，愤怒地免除了侄儿马什哈德总督的职位，把他贬到卡因市；这样还不够，之后又把他贬到一个更小的城镇萨卜泽瓦尔。马什哈德的书法家和插画家于是流落到别的城市、别的国家，投靠别的苏丹和王子的手抄画坊去了。

然而，奇迹般地，易卜拉欣·米尔扎苏丹的精美书册并没有半途而废。原来，他手下有一位忠心耿耿的图书制作员。这个人骑着马，大老远跑到最优秀的镀金大师居住的设拉子；然后他再带着几张书页来到伊斯法罕，寻找最擅长书写奈斯塔力克体书法的书法家；接着他翻山越岭，一路来到布哈拉，请乌兹别克汗身边最伟大的绘画大师设计绘画结构，请他们描绘人像；之后，他南下赫拉特，委托一位半盲的老画师根据记忆画出了蜿蜒扭曲的藤蔓和枝叶；在赫拉特，他拜访另一位书法家，请他以金色的瑞卡体书法为图画中的一扇门撰写了门楣；最后，他再度出发往南到卡因，向易卜拉欣·米尔扎苏丹展示自己长途跋涉六个月完成一半的书页，以此获得了极大的赞赏。

依照这种速度，这本书显然永远也做不完，明白了这一点后他们雇用了鞑靼快骑作为信差。除了准备让大师绘画和书写的手稿书页外，每一位快骑还携带一封信，详细描述要求艺术家们所做的内容。就这样，信差们带着手稿书页，穿越波斯、呼罗珊、乌兹别克领土，以及索格底亚那。信差的快马疾驰加速了书本的制作。有时，在一个下雪的夜晚，第五十九页和第一百六十二页，会在一间屋外狼嗥声依稀可闻的驼马店相遇。两位信差友善地交谈后，会发现彼此正参与同一本书的制作，于是他们把各自的书页从房里拿出来。彼此讨论手上这些书页，努力分辨它们究竟属于哪一个故事，又是故事的哪一部分。

我原本应该属于这本现已完工了的手抄绘本中的一页，然而很遗憾，一个寒冷的冬夜，运送我的那位鞑靼快骑穿越一座崎岖的高山时，被埋伏的盗贼突袭。他们先是痛打可怜的鞑靼人一顿，然后这群无耻的盗贼将他洗劫一空，强奸并残酷地杀害了他。因此我也无从知晓自己原本究竟属于哪一页。我请求你们看看我，告诉我：我本来是准备在马杰农乔装成牧羊人去探视蕾莉的帐篷时，作为他的遮阴，还是本来准备隐没在黑夜里，象征一个绝望而没有信仰的人灵魂中的幽暗？我多么希望自己能为一对逃离全世界、横越大海、最后在一座鸟语花香的岛屿上得到安宁的情侣增添幸福的色彩！我多么希望，当亚历山大在征服印度的过程中，受到暑热以至鼻血不止而身亡时，自己能在他生命的最后一刻为其遮阴。或者，一位父亲向儿子提供关于爱与生命的忠告时，我原本是用来象征他的力量和智慧的？啊，究竟我原本是要为哪一个故事增添意义及典雅呢？

这群土匪杀死了信差，把我带在身边，鲁莽地揣着我穿越无数山脉及城市，其中一个偶尔也明白我的价值，对我细心呵护，就好像他知道一张树木的图画要比一棵真正的树更加赏心悦目似的。然而由于他不知道我属于哪一个故事，因而很快就厌倦了我。这个流氓揣着我走过一座又一座城市，幸好他并没有像我所害怕的人那样，把我撕了乱丢，反而来到一家旅店，以一壶酒的价格把我卖给了一个细心的人。这位可怜的细心人，有时会在夜里就着烛光看着我哭泣。没多久，他就悲伤而亡，人们卖掉了他所有的物品。感谢说书大师买下了我，让我大老远地来到了伊斯坦布尔。如今，我万分快乐，今晚能够在这里和你们这些奥斯曼苏丹手下天赋异禀、目光如鹰、意志坚定、下笔精巧、心思细腻的细密画家及书法家在一起，我感到十分荣幸。看在上天的分儿上，我乞求你们别相信别人的瞎扯，说我是某个细密画大师为了墙上能有幅画挂而随便在粗纸上乱涂的。

但再听听看，还有些什么样的谎言、什么样的诽谤和什么样的大胆玩笑！你们大概还记得，昨天晚上我的主人在这面墙上挂了一张狗的图画，讲述了这只禽兽的冒险故事；同时他还说了关于埃尔祖鲁姆的胡斯莱特教长的故事！是这样的，尊敬的努斯莱特教长的信徒们完全误解了这个故事，他们以为我们的言论冒犯了他。我们怎么可能说这位伟大的传道士、尊贵的大人身世可疑呢？真主责罚！我们怎么可能有这种念头？他们可真能搬弄是非，这是多么大胆的玩笑呀！事实上，他们把埃尔祖鲁姆的努斯莱特听成了埃尔祖鲁姆的胡斯莱特了。所以，接下来让我告诉你们“锡瓦斯的斗鸡眼奈德莱特教长与树”的故事。

除了公开斥责追求漂亮男孩和绘画艺术，锡瓦斯的斗鸡眼奈德莱特教长坚持认为咖啡是魔鬼的产物，喝咖啡的人全都要下地狱。喂，锡瓦斯人，难道你忘了我这根粗大的枝条是怎么弯曲的吗？我来告诉你们，不过你们得发誓不告诉别人,因为安拉会保佑你们不听信诽谤的。一天早晨,我醒来一看,哇噻,一个个儿有清真寺宣礼塔那么高、手像狮子爪一样庞大的家伙,带着之前提到的那位教长,爬到我这棵树上,躲在我茂盛的树叶下;接着,原谅我的用词,他们就像发情的狗一样搞了起来。当这个庞然大物,后来我才明白原来是撒旦,在干我们这位的时候,一边温柔地亲吻他迷人的耳朵,一边对之细语:"咖啡是罪,咖啡是恶……"因此,那些相信咖啡带来不良影响的人,相信的不是我们正统宗教的戒律,而是撒旦本人。

最后,我要提一下法兰克画家,如此一来,如果你们之中有些堕落的人一心想和他们一样的话,希望你们留意我的警告,改变想法。是的,这些法兰克画家用惊人的技巧描绘君王、神甫、绅士甚至女人的脸孔,使你看过这样的一张肖像之后,能够在街上指认出画中的人。本来他们的妻子就可以随便在街上游荡,所以,其余的你们自己去想吧。但好像这还不够似的,他们变本加厉。我指的不是拉皮条这种事,而是绘画……

一位伟大的法兰克大画师与另一位伟大的法兰克大画师,一起走过一片法兰克草原,谈论着技巧和艺术。他们走着、走着,看到前方有一座森林,其中技艺更为纯熟的一位告诉另一位:"新风格的绘画需要这样一种才能,当你画了这座森林中的一棵树后,看过画的人来到这里,若他愿意的话,便可从所有树木里准确无误地找出那一棵树。"

感谢安拉,我,你们见到的这幅可怜的树画,好在不是根据这种企图画出来的。这么说不是因为害怕如果我是如此被画出来的话,伊斯坦布尔所有的狗都会以为我是一棵真的树,跑来往我身上撒尿,而是因为我不想成为一棵树本身,而想成为它的意义。

沈志兴　译

2007
获奖作家

多丽丝·莱辛

传略

二〇〇七年十月十一日,本年度的诺贝尔文学奖颁给了英国小说家多丽丝·莱辛。时年八十八岁的莱辛获奖后非常高兴,她说,她已经获得了欧洲和英语小说界几乎所有的文学奖项,诺贝尔文学奖为她赢得了文学奖的“大满贯”。莱辛此次获奖的理由是:“女性经验的史诗写家,以怀疑、热情和想象的力量来审视一个分裂的文明。”

多丽丝·莱辛(Doris Lessing,1919—2013),生于伊朗,父母都是英国人。“一战”后,全家迁居英国殖民地南罗德西亚(今津巴布韦)。莱辛在父亲的农场长大,靠自学阅读了大量文学作品。成年后一度做过打字员、电话接线员等工作,思想“左倾”。十九岁结婚,婚后不久离开丈夫。二十三岁时,莱辛带着与前夫所生的两个孩子嫁给了德国共产党员戈特弗里德·莱辛,婚后育有一子。这一时期,莱辛受社会主义思想的影响,一度加入共产党。一九四九年,莱辛夫妇分手,她带着幼子和一部小说手稿(《野草在歌唱》)辗转回到了英国。

一九五〇年,《野草在歌唱》获得成功后,莱辛从此走上文坛。在随后将近六十年的创作生涯中,莱辛先后发表了五十多部作品。包括长篇小说、中短篇小说集、回忆录、散文等。重要的作品有五部曲《暴力的孩子们》,包括《玛莎·奎斯特》(1952)、《良缘》(1954)、《风暴的余波》(1958)、《被陆地围困》(1965)以及《四门之城》(1969)。一九六二年发表的小说《金色笔记》为莱辛的代表作。在这部小说中,莱辛把两个离了婚的单身女性安娜和莫莉推向了故事的中心,生动地记述了她们在成为“自由妇女”后的尴尬处境。小说出版后影响极大,在整整一代妇女的思想和情感上打下了烙印。

七十年代后,莱辛一度痴迷于创作科幻小说,先后创作了《南船座中的老人星:档案》系列作品(出版于1979—1984年,包括五部小说)。八十年代后,莱辛的创作回归现实主义传统,关注的主题更为当下。代表作品有《好恐怖分子》(1985)、《第五个孩子》(1988)等。九十年代,莱辛开始总结自己,先后出版了回忆录《在皮肤下》(1994)和《走在阴影下》(1997)。新世纪后,莱辛继续创作,最新发表的作品为小说《裂缝》(2007)。

多丽丝·莱辛是个极具社会情怀的作家。二十世纪重大的社会问题,从殖民主义到共产主义,从女权主义到神秘主义、心理主义等,都是莱辛关注的对象。她的小说广泛涉及了种族主义、共产主义、女权主义、心理分析和神秘主义等二十世纪最重要的社会问题,探讨了个人在一个日趋分裂的社会中寻找整一性的努力。

授奖词

多丽丝·莱辛是文学历史和当代文学的组成部分。她的贡献促使我们改变了看待世界的方式。很可能,没有其他哪一位得奖者积累了如她那样丰硕的成果。我们漫步穿行莱辛作品的大文库,在那里不存在指示不同部类的标签,任何体裁划分都没有意义。那些或厚或薄的书脊后盈溢着生命和行动,拒绝任何分类或强加的秩序。莱辛与伟大的十九世纪叙事传统息息相通,但我们也可以把她的作品视为揭示二十世纪人的行为方式的教科书,同时,可以通过它们发现在一段最动荡不安的历史时期里许多人曾如何思考——或如何错误地思考——那些岁月里,一场场战争接连爆发,殖民主义的真相被揭露,共产主义在欧洲节节获胜。

她展示集权主义的诱惑,体现出并非固守教条的人道思想的力量。她表达了对奇零生命的几乎是无限的同情,看待人类各种行为方式时都能摈除偏见。她很早就奋起痛陈全球环境威胁以及第三世界的贫困和腐败问题。她为我们这个世纪里的沉默者、难民和无家的人们代言——从阿富汗到津巴布韦。而且,没有几个人能如她那样,成为本世纪女性角色的化身。

她使我们不禁大声发问:"她是怎么知道的?"因为她常常头一个道出他人未曾付诸言辞的东西。对她来说,没有什么是全然无关紧要或无足轻重的,因此她才会那样撞击我们的心。不过,虽然莱辛有如一片起初抗拒勘探的大陆,她却从来不曾认为世界过于复杂因而不可能被更明晰地认识。不畏阻碍,她察看生苔的石头和发霉的石地板下面的情形,不回避任何东西,唯其如此,她才成为无数人的匡助和支持。就像《最甜美的梦》中的弗朗西丝,莱辛照拂所有的人,有如慷慨包容的大地母亲,事后编纂出一份份对访客们的入木三分的个案研究。她从事写作有如呼吸,不断逼近我们生存中的考验和启示。她撇开保护的手套,直接抓取现实,就像抓起一株沾满泥土的根菜,展现出我们原本未意识到自己可以触及的经验。通过用小写字母记录的无数亲切的细节——我们敢称它们"女人气"吗?——她提出永恒的问题:我们为什么生活,又该怎样生活?

继自传性小说之后,她还推出了有关在罗得西亚及伦敦生活的回忆录《我心深处》

和《走在阴影下》。它们激荡着感性的活力，以不寻常的精准度将望远镜面聚焦于往事，坚毅无情地进行社会批评，毫不手软地探究内心。莱辛和父母特别是她母亲的斗争，延续到后者的垂暮之年，为我们提供了种种苛酷的母亲形象。从一开始，思想、行动和情感的旋风就席卷了那个女孩，使她成为时代冷峻的见证人，成为总是认为皇帝没有穿衣服的权威对抗者。

《走在阴影下》记述的时段结束于一九六二年，那正是《金色笔记》唤起整整一代妇女豁然顿悟的年份。在这部莱辛最富于实验性的小说里，追求创造的意志和渴望爱情的欲念彼此交战。小说为既谋求独立又希冀亲密人际关系的妇女勾勒出了路障图，因为，如果没有爱，女性的自由便不完整，然而吊诡的是，自由又势必被爱情破坏。莱辛揭示出，传统习规和其他种种路上的陷阱如何束缚了敏感热情的女性，使她们难以独特而又充实地生活，妨碍着她们去领略第五个笔记即金色笔记中的奥妙。

莱辛的女主人们被激情眩迷，误入歧途，从而令她们的自由意志遭受危害。《暴力的孩子们》是关于玛莎·奎斯特的五部曲的总称，而玛莎这个人物是莱辛的替身，她从殖民地迁移进入等级分明的英国社会，被自己的梦想和原始本能所裹挟。女性读者主要认同玛莎·奎斯特对自由的渴望和对伪善虚假的憎恶。作为富裕社会中的穷人，男人堆里的女性，黑人群体中的一名白人，多丽丝·莱辛通过工作成为她所身体力行的那种独立知识分子。她揭示出献身某种乌托邦理想并被融入集体对人能有多大的诱惑，她阐明了成功的意识形态可以怎样用虚假的救赎欺骗我们。她成为展示幻灭图景的画者，以令人心惊的清晰描绘了反乌托邦和种种灾祸。

莱辛能够从容自在地出入于自身，能悄然闯入自我并成为看不见的寄居者。她常常在一开始先从内部观察人物，而后又挪移到他们身外，拉开可观的距离，剥去他们的种种幻想。我们不时追随这类怪异的转换过程，如在《天黑前的夏天》里，在有关一名恶魔般儿童的寓言性心理惊悚小说《第五个孩子》里，以及在《好恐怖分子》一书对于依靠榨取女性自我牺牲维持的极端左翼文化的深度描写中。

莱辛在其后期作品中拆毁了许多基本价值观。余下的是由家庭、朋友当然还有猫咪们构成的种种生存之网，还有各式各样的老祖母们和接生婆们，她们肩负着责任，而且每每是太多的责任。在今年新出的小说《裂缝》中，她送给我们一个关于人类太古时期的寓言——在男女爱情尚未出现之前。在那里她似乎最为开心，在猎人和采集者们中间，远离兆示混乱和崩溃的现代文化。

莱辛笔下的宏大史诗图景由忠诚写实转向象征寓言，从关注自我实现的心理转向纂修世系传奇和民族神话。运用直觉的透镜，她描画出沧桑巨变：从帝国衰亡到惨遭核战争破坏的未来之地球。玛拉和丹恩在以他俩为名的生态寓言中逃出新冰河期世界，来到过去曾是非洲的地方，却仍前途难测。在卷帙浩繁的《南船座的老人星：档案》系列里，莱辛让来自其他恒星系的观察者报告我们的文明的终结阶段。她自由跨越幻想的不同层面，丝毫不提高声调；她拒绝宣讲末日的布道者们的那套言辞。

自从莱辛一九五〇年携其非洲背景以悲剧小说《野草在歌唱》初登文坛，她一直在破除疆界:道德的、性别的或习俗的。孤独和被社会放逐是她一贯的主题。

她偶尔将爱情和政治相提并论,那是因为两者都代表了我们必须努力维护的希望——如果生存还有任何价值。

亲爱的多丽丝·莱辛,在文学中年龄从来不是问题。您永远年轻却睿智、老迈却叛逆。您是最不屑于巴结讨好的小说家。您与宿命和现实的搏斗是重量级的,没有什么东西曾诱使您离开那角斗场。

在过去的五十八年中,您的书曾温暖激发了并手把手地引导了世界各地的人。您曾帮助我们应对这个时代的一些重大问题,而且您创造了一份记录,让未来可以传承接续我们时代的风味,它的成见,它的生存之道,以及它日常的琐事和欢娱。

这个奖项是您久已应得的,今日获奖不是您一生工作及伟大开创性努力的最终完结,却是为它们锦上添花。瑞典学院谨向您致以最热烈的祝贺。

瑞典学院诺贝尔奖评委会主席 坡尔·瓦斯特伯格

黄梅 译

作品

放飞

老人站在鸽舍的下面,铁丝网成的高大笼舍立在桩上,笼里的鸽子满满的,在踱着方步,理着羽毛。阳光落在它们灰色的胸脯上,映射出无数缤纷的小彩虹。鸽子咕咕的叫声,他听在耳朵里觉得熨帖。他朝天伸出手去,最喜爱的那只鸽子要归巢了。那肥嘟嘟的小家伙见底下有人,便止住了飞翔,闪着精光的一侧眼睛斜歪歪地看着他。

“宝贝,宝贝,宝贝。”他一面说着,一面抓住鸽子,把它从上头拽了下来,珊瑚色的冰凉爪子紧紧钩着他的手指头。他满意地让鸽子轻靠在胸前,身体倚着树,目光掠过鸽舍,望着远处傍晚的景色。广袤的土地一直伸向高阔的天边。暗红色的田土,被破成了大团的土块,光与影布在上面,像是地里生了无数的坑洼。浓密的树木沿着山谷的走势生长,浓绿的青草如一湾溪水缘路而行。

他的目光沿着大路往家的方向望去,他看到了素馨花树下的外孙女。那女孩正抓着园子的大门,来回荡着秋千,头发落在肩后,阳光下看似潋滟的水波,两只细长的光腿,宛若一枝素馨花上分开的两枝花梗。那树上光裸的花梗,在淡色的花丛映衬下,闪着鲜亮的褐光。

她的目光掠过眼前粉红色的花朵,绕过他们居住着的乡舍,沿着大路一直跑向村子里。

老人的心情陡地一变。他向外伸出了手腕,鸽子以为可以起飞了,刚要张开翅膀,却又被他拽了回去。他是故意的。他感觉到手指间鸟儿圆胖的身体在用力地挣扎。他觉得心烦意乱,突然气狠狠地将鸟儿塞进了小笼子,并把笼门闩上。“待在里头别动。”他嘴里嘀咕着,然后背朝鸽舍,头也不回地走了。他挨着一道篱笆的边走得小心翼翼,他要偷偷地猫到外孙女的身旁。此时外孙女正唱着歌儿,两只手臂钩在了大门上,头轻轻地靠着自己的手臂。欢乐轻快的歌声,伴着鸽子咕咕咕的叫声,老人听在耳朵里,不觉得火气冒了上来。

“嘿!”他大声喊道。外孙女似乎吓了一跳,朝身后看了看,才跳下了大门。她的眼睛像笼着朦胧的轻纱,她向老人打招呼——“好啊,外公!”——声音欢快却又规矩。然后她转向身后的大路,恋恋不舍地看了最后一眼,才礼貌地向老人迎了过去。

“在等史蒂文是吧?”他说道,他的手指头向掌心拳曲,像是鸽爪缩成了一团。

“有意见吗?”外孙女轻声地问道,眼睛并不看着他。

老人却直视着她,眼睛眯成了缝,肩膀也耸了起来,有团东西在心里纠结着。是疼痛。理着羽毛的鸽子,阳光,鲜花,还有外孙女,一切都让他感到揪心的痛。他说道:“觉得自己大了,可以向人求爱了是吧?”

见外公用了这么一个老式的词,女孩扬了一下头,气恼地叫道:“噢,外公!”

“正打算跑到家外面去对吧? 想着晚上在野地里瞎跑鬼混,是吧?”

女孩笑了,透过她的笑容,老人似乎又看到了近来每日必见的情景。这月天气暖和,正处在夏末的好时节,村里邮差的儿子每天傍晚都要来找她。那小伙子生得非常彪悍,手和脖子晒得红红的,两人经常手挽着手,沿着大路一直逛荡进村子。一想到这,他满心的难受就化成了气急的怒吼:“我和你娘说去!”

“去说啊!”外孙女说着笑出了声,转身回到了大门上。老人听到外孙女又唱了起来,不过这次是唱给他听的:

我早已将你埋在我的肌肤下
我早已将你深深地藏在心里……

“满嘴废话!”他叫道,“满口胡言! 小心别太放肆了!”

喘着粗气怒吼完以后,他转身向鸽舍走去。他和自己的女儿、女婿、外孙女们住在一起,有时觉得屋里待不下去了,他就会躲到鸽舍那边。不过现在屋里差不多没人了。几个姑娘都快走光了,她们一走,欢笑、争吵和逗乐也走了。以后就只剩下自己一个,没人疼没人爱的;当然,他的女儿,那个脸蛋方方、眼睛木木的女人,还会和他在一起,不过这要另当别论了。

他在鸽舍前弯下了腰,嘴里嘟嘟囔囔的,他心里恼恨这些在专心咕哝的鸽子。

从门边传来了女孩的叫声:“去说啊! 快去啊,你还等什么呢?”

老人被她激得有点倔了。他迈步走向自家的屋子,只是眼睛的余光还不断地投向外孙女那边，刚瞟过去又很快收回来，那可怜的眼神似乎在向她求告着。外孙女却没往四周看。她不服气的姿态，焦急等待的身影，让老人心里既爱怜又后悔。老人停下了脚步。"可我也不是存心的……"他咕哝着，他在等外孙女回过身向他跑来，"我不是存心的……"

女孩没有回过身。她早已将老人忘了。大路那边走来了一个小伙子，是史蒂文，手里拿着什么东西。给她的礼物？老人看到那扇门甩了回来，两人抱在了一起，他的身体僵住了。在素馨花树细碎的清荫下，他心爱的外孙女，正被邮差的儿子搂在怀里，她的头发向后落在了小伙子的肩膀上。

"我全看到了！"老人气狠狠地喊道。两人没有闻声分开。老人跺脚进了石灰水刷的自家小屋，木头铺成的走廊，在他的脚下气不平地咯吱作响。他的女儿在前头的房间缝补东西，正巧把针举到了亮处，要将手里的线穿过去。

老人又停了下来，回头朝园子里望了望。两人正在灌木丛里随意走着，笑声从那边传了出来。他看到女孩突然来了个调皮的动作，猛地从小伙子的身边跑开了，往花丛里穿去，身后的小伙子紧忙追了上去。他听到两人在吵闹着，嬉笑着，一声尖叫过后，是一片长久的沉寂。

"绝不是穷闹开心的，"他苦着脸闷声说道，"绝不是穷闹开心的。你还看不出来吗？两人你追我赶，嘻嘻哈哈，还亲脸亲嘴的。这事绝没你想的那么简单！"

他看着自己的女儿，讥诮的眼神带着对她的恼恨，对自己的气恨。那两人今天既然被当面撞着了，就该好好管一下，可他女儿到现在还任着那姑娘在外头疯跑。

"你还看不出来吗？"他说的是那跑没影的姑娘。大概这时候她正和邮差的儿子躺在一块，可能是在哪处茂密的绿草丛里头。

老人的女儿瞅了他一眼，一对眉毛竖了起来，眉骨间透着忍耐多年后的倦乏情绪。"鸽子都赶进笼子了？"她哄着老人问道。

"露茜，"老人赶忙说道，"露茜……"

"这次又有什么事？"

"你姑娘正和史蒂文在园子里。"

"你啊，赶紧坐下来，喝点茶吧。"

老人的双脚左一下右一下，重重地跺着底下空空的木地板。他吼叫道："她要嫁给那男的了。跟你说了吧，接下来就等着她嫁人好了！"

他女儿连忙站起身来，给他端来了茶杯，摆好了茶碟。

"我不要喝茶，别给我沏茶，听到没有？"

"好啦，好啦，"她轻声哄道，"这有啥不好的？好事嘛。"

"她才十八岁。才十八啊！"

"我十七就结婚了。到现在也没后悔过。"

"说假话了，"他说道，"是吧？哼，你迟早会后悔的！告诉我，你为什么要把姑娘们送出去嫁人？你这么做到底图什么？告诉我啊！"

“那三个丫头不是过得都挺好的吗？三位姑爷人也都不错。为何艾莉丝就不能嫁了？”

“就只剩她一个了，”他哭丧着说道，“为什么不让她多留一段时间？”

“好了，别闹了，我的爹。她嫁不了多远，每天都会回来看您的。”

“那可不一样了。”老人想起其他三个姑娘，刚出阁没几个月，孩子身上受宠惯、爱玩闹的可爱脾性全都没了，年纪轻轻的，俨然都成了故作正经的有德老妇了。

“我们结婚的时候，你从来就没高兴过，”他的女儿说道，“真弄不明白，你怎么每次都这样。我结婚的时候，你就让我觉得好像自己做错了什么事。现在轮到我闺女要结婚了，你还是这样。你非要把她们弄得哭个死去活来不可。别插手艾莉丝的事了。只要她开心就好。”她叹着气，目光在夕阳下的园子里往返流连。“她下个月就嫁过去。没必要再等了。”

“你说你准了他们的婚事？”他不敢相信地问道。

“那还有假吗，我的爹？”女儿冷冷地说道，又拿起了手头的针线活。

老人的眼睛针刺地疼，他走到外面的走廊上。泪水从眼里淌了下来，一直淌到下巴的地方。他掏出一块手帕，整张脸都抹了过去。园子里空落落的。

在前边拐角的地方，出现了那对小恋人的身影。他们的脸不再别着不看老人了。一只小鸽子立在邮差儿子的手腕上，胸脯上的羽毛闪着微亮的光。

“给我的吗？”老人问道，不再管从下巴掉落的泪珠子了，“给我的吗？”

“您喜欢吗？”外孙女抓起老人的手来回摇着，“送您的，外公。史蒂文给您买的。”两人围在老人的身旁，做着一副知冷知热、讨人喜爱的样子，想着法子要哄干老人眼里的泪水，哄走他心里的难受滋味。两人挽起老人的手臂，往鸽舍那边走去。他俩一边一个地将外公护在中间，轻轻地抚着他，用无声的语言来告诉他：将来一切都会照旧，什么都不会变的，他们会永远和外公在一起。他俩把鸽子硬塞到老人手里的时候，两对善于哄骗的快乐眼睛，似乎就在说：这只鸽子代表了他们的心意，他们永远不会离开外公。“瞧，外公，它是给您的，您可要收下啊。”

在他俩目光的注视中，老人让鸽子停在了自己的手腕上，轻轻地抚摩着那带有阳光余温的柔软鸽背，鸽子向两边张开了翅膀，稳稳地立住了自己的身子。

“您应该关它一阵子，”女孩套近乎地说道，“等它知道这里是它家后再放出去。”

“教你外公怎么训鸽子是吧？”老人气冲冲地说道。

看着老人故作发火的样子，两人都松了口气，向后退了两步，对着他笑。“您能喜欢那就太好了。”两人一同走了，又恢复了严肃的神态，严肃里似乎透着行事的坚定。他们到了园子的大门边，一起吊在了门上，背朝着他轻声地说着话。让老人觉得自己被排拒，被孤立的，莫过于这种长大成人后的严肃神态了。不过，他竟也觉得好受了些，毕竟有了这份大人的模样，即便像狗崽子一般在草地里翻来滚去，也没那么讨人厌了。现在他们又将他忘在了一旁。唉，理应是这样的，老人对自己这么安慰道，脖颈上不觉又凝满了泪珠，嘴唇也在颤抖着。他将小鸽子擎到自己的脸旁，感受着它如丝般的羽毛抚摩着自己的脸。然后老人将它关进了小笼子里,把最喜欢的那只抓了出来。

“现在你可以飞了。”老人放声说道。他把鸽子稳在了手腕上,做好了放飞的准备,然后朝底下的园子望了望那里的男孩和女孩。失落的痛楚攫紧了他的心。他抬手把手腕上的鸟儿放了出去,目送着它飞上了天空。紧接着,伴着翅翼呼呼的拍打声,如云般的鸽群从笼舍里升了起来,飞向了暮色的各处。

在大门边的艾莉丝和史蒂文忘了谈话,只呆呆地看着天上的鸽群。在走廊那里,老人的女儿也在愣愣地望着天上,用手挡在眼睛上方的时候,她甚至都没想到要放下手里的活计。

老人觉得午后的一切都寂然不动了,似乎都在注目着他镇定自若的神态,甚至连树叶都止住了震颤。

眼里的泪水风干了,心里也平静了,老人双手垂落在身体的两旁,直挺挺地站在那里,仰头望着天上。

闪着银光的鸽群,如云般越升越高,扑打的翅膀撕裂了空气,发出尖厉的呼啸声。在犁过的黑色田土上空,在比田土更黑、层层叠叠的树群上空,在青亮亮的草地上空,它们越飞越高,一直飞到了阳光的高处,化作了纷纷点点的尘埃。

鸽群画着大圈在天顶飞着,翅膀斜向着地面,可以看到上面一闪一闪的亮光。一只接着一只,它们从高天的阳光中降落到了阴暗的暗影里;一只接着一只,它们掠过树群和草丛,掠过成片的田地,降回到了暗影的世界里,降回到了暗夜栖息的地方——山谷里。

园子里一阵纷乱,一阵喧腾,是鸟儿归巢了。稍许,一切都归了沉寂,天心空荡荡的。

老人转过了身,慢悠悠地,不慌不忙地;他抬起了眼睛,望着底下园子里的外孙女,他自豪地笑了。外孙女直盯盯地看着老人。她没有笑,只是睁大着眼睛。在清冷的暮影里,她的脸煞白煞白的,老人看到从她的脸上颤颤地滑落下了泪水。

叶丽贤　译

放逐的滋味

在小山脚下靠近水井的地方,有一小块蔬菜园子,四周是大片的田地,与园子隔着一道篱笆墙。田里的土十分肥沃,长在那里的玉米,年复一年,竟长到了十英尺那么高。用这样的好土培植出来的胡萝卜、莴苣、甜菜,自然就和我后来尝到的大不相同了,我们家和邻居家的饭桌,从来少不了这几样菜。有时候,碰上要烧午饭了,可园里的小工还没把菜送到厨房里,这时多是由我出马,向山后的小园子跑去。出了丛林间陡斜的小石路,眼前就是红土飞扬的马车道,沿着马车道一直跑,直到看见了茅草顶下的水辘轳,我才停了下来。一股气味冲上了我的脑门,是粪肥的气味,日光晒照下树叶的气味,也是蒸散在空气中水的气味。再往前走两步,就可以看到山下面的蔬菜园子,高高的、白白的芦苇秆子将园地围作了一圈。肥美的田土,有着巧克力的深褐色,上面撒着点点的翡翠绿。宛若水泡浮在田土上的是白色的花椰菜，若说像珠宝琳琅的，那就数圆滚滚的紫茄子，一树一树的红番茄了。沿着篱笆的内墙排开的是柠檬树、木瓜树、香蕉树，远望去，树上金黄的果实，就像是绣在绿底子上的各式花样。

只消五分钟的工夫，就能从地里拽出一堆胡萝卜，每根都有十英寸的样子，水灵灵的，手指轻轻一掰，就脆生生断了。我先吃了自己的那一份，免得家里掌厨的都将那胡萝卜烧了，还要扔在白色的甜面酱里泡着。在这个家里，胡萝卜要不用这道酱调好味，那至少也得用从伦敦老宅子带来的大蔬菜瓷盘盛着才能端上桌来；不然，在母亲看来，那简直就不是胡萝卜了。

蔬菜园子反证了母亲当年失败的壮举。

多年前举家迁到这片农场的时候，她在靠房子的小高地上辟了几垄地种蔬菜。大概她心里早就构设好了这么一幅农家图景：一幢农舍，几处谷仓，几块园子，谷仓和园子是要围在农舍的四周的，好比一群鸡崽躲在母鸡的翅膀底下。

那块小高地和农舍同在山顶上，地势稍低些，表面布满了小石砾。杂草刚从地里拔了干净，就下了一阵急雨，将泥壤都冲走了。所以最早的那几处菜畦，上头的土是从别处弄来的，只有薄薄的一层，四面围了一圈小圆石。浇灌用的水也是从井里打上来的，用水车运到山顶。

“水比金贵啊。”父亲嘟囔着，嘴里边说边嚼着豌豆。他心里清楚，往嘴里塞一把豆子，就是往肚里吞一个先令。见着母亲天天在几垄地里“一厢情愿”地埋头苦干，他终于忍不住吼了起来：“水比金贵啊！”不过，母亲在其间自有她的乐趣，那山下的园子里，固然要什么都不缺，也有可乐之处，不过就不能与前者相提并论了。

到了后来，先前菜畦所在的地方，就芊芊蔓蔓地生了不少野灌木，树下树间成了我们孩童戏耍的去处。大概有人往地里扔了醋栗的缘故，没过多久，这块地就生出了一片低矮的醋栗林。威廉·马戈雷格和我过去经常钻到林子底下，两人并肩躺在那里，透过灌木的叶子可以看到明晃晃的天空，伸出手去可以够到小小的黄果子，这种果子包裹在白似纸的一层外荚里，尝起来甜丝丝的。灌木的叶子散发出香辣的气味，我们闻得都有点醉醺醺了。笑足了，叫够了，就吵起了架；事后，威廉总是过意不去，就为我剥了两大把果子，一股脑儿倒在我的裙子里，然后两人同吃起来，碰着了个儿大的，总要你推我让一番。吃到肚子撑不下的时候，我们就装满几篮子带回家去，给厨房里做果酱。用这果子制成的酱，十分香甜，如果取适中的量放在平锅上热一热，世界上怕没有比这更美味的果酱了。这酱看似一团清甜的黄琥珀，里头裹着长条状的果肉，尖尖的，黏黏的，让人觉得是将蜜蜂的尾针酿在了蜂蜜中。

然而这果酱并不讨母亲的喜欢。“开普醋栗？”她激愤地说道，“那哪是什么醋栗啊？尝过用正宗的英国醋栗做成的馅饼吗？唉，要有法子让你们尝上一口就好了。”

终于有一天，神奇的人类文明让她了了这桩心愿。她在车站的一家希腊人开的杂货铺里，寻到了一小罐英国产的醋栗，为我们大伙儿做了一块大馅饼。

我的父母和威廉的父母咀嚼这块馅饼的时候，几乎是带着一种信教徒的虔敬情感的。

有了这次醋栗的经历，后来只要一说到抱子甘蓝，我就格外留心起来。母亲盼抱子甘蓝盼了好多年，对于我而言，它几乎成了某种异域之物的代表，永远那么不可企及。后来她总算弄来了六棵甘蓝苗，并种了下去。那年冬天天冷，霜降得很多，霜降后就可吃甘蓝了，她自然不会忘记给马戈雷格一家送个信，请他们一起来尝个鲜。他们的老家都在格拉斯哥，老乡见老乡，自然有说不完的恋乡的话。餐桌上，四位大人嚼着这苦味的小包菜，开始一致认为非洲的土壤，不管种什么，都不会种出味道来。我嘲笑地说，这话可有点儿小题大做，说得我不明白了。不过，比我大三岁的威廉，却向大人伸出了自己的盘子，说他觉得很好吃。这简直是对同志的背叛；过后，我质问他怎么会爱吃这么无味的东西时，他只是对我笑了笑说，有时装一装样子，有什么亏可吃的？

那笑容，淡淡的，掺着点诙谐的意味，却教会了我一个道理。即便在后来"邂逅樱桃"的事件中，我依然没忘记他和我说的话。母亲在杂货铺里买到一罐樱桃，我们用奶油蘸着吃，她则在一旁回忆着伦敦街头装满樱桃的手推车，还不时地叹起气来。我也跟着她一起叹气，一边叹，一边起劲地吃着，只不过尽量不对上她的眼神。

还有，一听她说"石榴树就要结果子了"，我就会主动替她跑到外面去，看看果子都结得怎么样了。视察一番回去后，我经常对她这么说："用不了多长时间了，用不了——明年可能就结果了。"

事实上，我对石榴这么关心，倒不全是因为威廉告诉了我一个美丽的道理：要做个讲礼数的孩子。樱桃，抱子甘蓝，英国的醋栗——这些东西都是母亲的；除此之外，反复出现在她的话中的，还有"伦敦的黄雾""火烤的栗子""邱园的樱花"。我不再烦她念叨这些东西了，只静静地听着，不过尽量不让她看出来，其实我的心思都在石榴树上，那是南非的草原和日光馈赠予我的东西。好在对母亲而言，石榴并不是什么故土之物，与她沟通起来不算件难事。她以前去过古时波斯所在的那片土地；我们都知道，那里的石榴榨出来的汁，多得可以泛滥成河。那时她是个小官员的夫人，住的地方是宽敞的石头房，后面的山上有流水沿着千百条的细石沟滴淌到屋身上，给屋里带来了常年的阴凉。屋子的四周种满了玫瑰和茉莉、胡桃树和石榴树。只可惜，她住的时间太短了。

何不在非洲也种些石榴树呢？她这么想着。

就这样，四棵石榴树，在她垦辟最先几垄菜畦的时候，顺便一起种下了。差不多树根刚触地，就死了两棵，另有一棵没撑过几个寒暑，便被白蚁蛀空了。最后只剩下一棵，孤零零地立在开普醋栗林中，结不出果实，慢慢地就被人遗忘了。

有一日，母亲带马戈雷格太太参观她养的鸡崽，回来的时候，她们要穿过杂草丛生的地方，两人都将裙边提得高高的，掬在手里。就在这时，母亲忽然惊叫道："啊，我果然没看走眼，这石榴树终于结果了。快瞧，快瞧，在那里！"她朝我们小孩子喊道，我们都跑了过去，围着这棵长着刺的小树站成了一圈。树上的一个果子，只有孩童的拳头大小，颜色像是生了红锈一般。"熟了，熟了。"母亲一面说着，一面把它摘了下来。

回到家中，我们每个人都分了十来粒的小石榴籽，用茶碟托着吃。那籽的味道很苦，我们却没嚷着向大人要糖。马戈雷格太太轻轻地说道："真是件好事啊。那边的一切，你都想着吧？"

"是啊，想那边的玫瑰花，"母亲说道，"想那边满袋满袋的胡桃，还想什么呢……对了，我们那时喝石榴汁，可是用新化的雪水兑着的……这里无论什么都走了味，说原因还是土质不好啊。"

我看了看坐在对面的威廉，他转过脸朝我笑了笑。那一刻，我爱上了他。

那一年他十五岁，学校放假回到家里的。他话不多，却有想法，深邃的灰眼睛，透着一种沉静，一种温暖，闪着善解人意的光芒，对这我之前却没有注意。当时，我就觉得胸口紧了一下，一想到之前被拒在他那简单而宽厚的世界之外，我的心都感到痛了。坐在他的对面，我心里想道，打小时候起就认识这个人了，可直到这个时候，我才算真正懂得了他。我看着他的眼瞳，透亮得如同灰卵石上流过的清波，让我的目光长久不愿离去。慢慢地，他好像觉得我在瞪视着他，直朝我这边看过来，那眼神好像是在警告我，警告我出去，那里的门要关上了。

马戈雷格一家走了之后，我穿过灌木丛来到了石榴树跟前。它差不多有我高了，看起来很要强，不示弱的样子；一条小枝上垂下了一粒圆圆的果子，有胡桃那么大，黄色的。

我凝目看着自己的这棵"丑小树"，开始起念乱想石榴了。我想到了美如石榴的乳房，还想到了如麦粒堆聚的肚腹①，我想到了太阳底下金亮的石榴果，还想到了如血般红艳的石榴果，我想到了……

我并不只是想得出岔了，我浑身烧得厉害。浓密的草丛中，醋栗林子下，到处都有威廉的影子，他深邃而沉静的灰眼睛，透过那棵石榴树望着我，就那样地望着我。

第二日我坐在了石榴树下。没有树荫，只是毒辣的日光被枝丫挡了一些，树下有些斑驳。脚下的红泥，干硬得都龟裂开了，被一层枯死的银灰色干草覆盖在了下面。在枯草的下面，我看到了红色的籽粒，还有半个硬邦邦的褐色果壳。看起来像是有果子什么时候熟了，自己爆开了——果真是这样，在松软的衰草间，这些绯红色的小果粒，散落得随处都是。我捡起一颗放在嘴里，甜暖的味道立即布满了我的舌间。我将它们都捡了起来，放在嘴里咬着、吮着，直到一点汁水都没剩下。我将干籽儿吐了出来，心里估摸着这一口出来，大概会长出二十来棵的石榴树。

在树下观望的时候，一群黑色的小蚂蚁正急匆匆地在草间跑着，它们顺着枯草的根，越过土里裂开的缝，要将石榴籽搬回家去。我趴在地上，手肘支着身体，静静地看着。一粒完好的果籽旁，聚了十来只蚂蚁，正吃力地要将它扛起来。正搬着的时候，它突然扎到了一根小针刺上，薄脆的果肉破了，里头渗出的浆液染得蚂蚁们红红黏黏的。

成群的蚂蚁要将石榴籽运往它们的地方，几百码之外，到时将会隆起一座石榴的果园。威廉·马戈雷格还会和他的父母来家里做客，到时他就会看到石榴树间的我；我也

---

① 此处"石榴""乳房""麦粒"和"肚腹"四个意象出自《圣经·雅歌》第七章。其中说"你的肚脐如圆杯，不缺调和的酒，你的肚腹如一堆麦子，周围有百合花……你的身量好像棕树，你的双乳如同其上的果实，累累下垂……愿你的双乳好像葡萄累累下垂……我们早晨起来往葡萄园去，看看……石榴放蕊没有。我在那里要将我的爱情给你"。

会听到他那低沉的声音,和着满耳驼铃的叮当,哗哗流水溅落的轻轻声响。

每日我都会去石榴树那里,躺在底下,望着小枝上那粒黄果子慢慢地成熟。总有一个时候,那树上的石榴会裂开,绯红的籽粒将飞溅在四处;那个时刻到来的时候,我要在那里候着、看着;似乎我生命的全部,都浓缩在了那果子里面,随着它一起变得成熟。

树底下非常地热。我的头隐隐作痛。阳光把我的皮肤灼得痛起来。我依然整日坐在那里,看着忙不停歇的小蚂蚁,任它们爬过我的双腿,我在等着,等着石榴果成熟的那一天。渐渐地,它鼓胀起来,有了摘下的那颗那么大,可它的黄壳迟迟没硬起来,依然像是镀了青铜,似乎是铁了心,不长成“硕果”就不罢休。到时,它的大小怕能抵得过我的两只拳头。

一件骇人的事,在这时发生了。有一日,我看到结石榴的小枝从主枝上裂开了。原来这株干瘦的小树,承受不了它所结的果子的重量。我回到了家,从医药箱里找出了绷带,把小枝牢牢地绑在了主枝上,这样它就能经受果实的压了。然后,我用水把绷带弄湿,在轻柔的动作里,我想着我的威廉,一遍又一遍地想着。我每日都会用水弄湿绷带,每日都会想起他。

在我的心中开始筑起了一座威廉的世界,它的坚实,要甚于周遭的一切。可那时的我是何其地迷狂,何其地虚软,似乎只要轻轻一碰,那座世界就会如梦般没了踪影。有一次,我看到他和他的父亲驾着马车从路上经过,要往车站去。他身上土黄色的衣服,蒙满了灰土,目光正朝前望着,牙齿间咬着一叶青草;这么个还只是半大的孩子,竟然成了自己心中热梦奇想的依托!我记得当时想到这,不由得难为情起来。我忽然明白了,要想不让自己的梦破灭,自己是不能见威廉的。似乎他也有类似的感觉,在接下来的几周里,他也没走近我的身边,而以往必是天天要来我家的。不过,我深信威廉总有一天会来的,到时石榴果也会应景地裂开了。

我在浮想联翩地等着他的到来,石榴果在不断地生长。现在,它带有青铜色的黄壳上,开始显出了几道淡淡的锈痕。壳依然很薄、很软,里头的籽粒胀大了,将壳撑了起来。整粒果实看起来圆鼓鼓的,有一道一道的突起,像是胀满了奶水的乳房。枝条和果实相连的地方,是曾经护着骨朵的花托,边上的萼片依然是青绿的。不久萼片开始干硬起来,缩成了铁灰色的棘刺。

很快,很快,它就会熟了。转眼之间,石榴的外皮失去了先前的光滑和纤薄,换上了一副粗糙的形样,好像是风里吹日里晒的老农夫,脸上布满了可见的毛孔。外皮的颜色变作了猩红,摸起来烫烫的。皮里裂出了一条细缝,一日之内,越裂越大,到后来里头密密实实藏着的果粒都能看到了,几乎要迸裂了出来。我一刻也不敢离开石榴树。从清晨六点起,我就候在了那里,一直候到太阳下山的时候,晚上还点了根蜡烛,偷偷溜了去,尽管自己并不认为石榴会在晚上爆开;毕竟夜晚的清凉不比似火的骄阳,只有受着火浪的击打,石榴果才会应不住最后裂开的。

接连三天都没发生异样的事。皮里的裂缝依然是那么大。蚂蚁爬上了树干,沿着枝条钻进了果实中。从裂缝里渗出了鲜红的汁水,黑蚂蚁在里头漂转挣扎着。每一分每一秒,它都可能裂开。威廉还没到。我深信他会来的。我望着空荡荡的马路,无可奈何,却只能盼着他什么时候出现在马路的那边,牙齿间咬着一叶青草,阔步向我走来。向我的石榴树走来。始终没等到他的身影。有一天晚上,那道裂缝又开了半英寸。我见到一粒果籽从里头挤了出来,落到了地上。几乎同时,过路的蚂蚁就齐力将它扛了起来,没入了草丛间。

我回到家里,问母亲马戈雷格一家人什么时候会过来喝茶。

"亲爱的,还不知道呢。怎么啦?"

"因为……我在想……"

母亲在盯着我看。那目光似乎在拷问着我。有那么一瞬间,她几乎要说出了"威廉"两个字。我不能让她先说出来。但不提"威廉",却要让他适时地出现,只有先请出他家里的两位"护神"了。"石榴树上有颗石榴快熟了,你知道马戈雷格太太她喜欢……"

母亲两眼严厉地看着我。"你去摘下来,我们一会儿制成果汁来喝。"

"哦,不,还没熟透呢,还没……"

"傻孩子。"她最后说了三个字。她拨了电话,对着话筒那边说道:"马戈雷格太太……我家的女儿……她有心要请你过来一趟……你知道孩子都这样。"

我不在乎她说了我什么。那天下午四点,我在石榴树旁等着。他们家的车沿着陡斜的山路,飞也似的上了山顶。马戈雷格先生穿了件卡其布外套,马戈雷格太太穿了她最好的日礼服,威廉跟在他们身边。大人们握了握手,拥吻了一下。威廉没有转过身来看我。真是难以置信,我藏在心里的梦,竟然没有那份和他感通的力量,他竟然不知要朝我转过身来,太让我感到惊愕了。

稍后,他才慢慢转过头,朝我站的小土坡看过来。脸上没有见着笑容,目光只是从我身上扫了过去,又落到了大人们的身上,似乎他并没有看到我。大人们还在相互问候着,说着最近的新事,他在一旁听着;忽然,他们齐声笑了起来,都转过头望了望我,还有我的石榴树。有那么一瞬间,我觉得他们要一起向我这边走来了,可片刻之间,他们全都进了屋里,威廉慢吞吞地跟在后面,眉头皱得紧紧的。

转眼他也要进到屋里,老宅子前面怕就只剩一片空落了。我忙喊道:"威廉!"我没想到自己会喊出他的名字。在这午后无际的阳光里,我的声音听起来是那么微弱。

他继续往里走,好似没听到我的声音。突然他停住了,像是想了一下,然后朝我这边走过来。我急切的目光在他的脸上打转。纠结地生在一起的醋栗丛,低低地绊着他的腿,他骂起了难听的粗口。

"来瞧瞧石榴果。"我说道。他在树旁停了脚步,开始打量起来。从他清澈的灰眼睛里,我竭力要找到他对我的一丝包容,一丝也是好的。对母亲的抱子甘蓝,以及头一颗尚未成熟的石榴果,他不是都露出了那种包容的眼神吗?这正是我想要的,除了这,我别无所求。

"上头爬满了蚂蚁。"他最后说道。

"一点点而已,只在开裂的口子那儿有。"

他站在那里,皱着眉头,嚼着嘴里的青草。他的嘴唇厚厚的,拢着一层薄薄的皮。草茎在他齿间磨吮着,流出了暗色的汁液,在淡白的牙沟里,看起来像淌出的血水。

石榴果挂在那里,黑压压地爬满了蚂蚁。

"快,"我疯似的暗叫着,"快爆开吧!"

四周听不到一点声响。黄亮亮的阳光,火浪似的从天上倾泻下来,地上枯草的气息蒸腾到了半空里。空气中有一点淡淡的酸味,是石榴汁发酵后留下的。

"丑不拉叽的,"威廉说道,声音里有点怒意,有点不自在,"那脏兮兮的破布头扎在那里做什么用?"

"那里分叉了,小枝裂开了——我把它扎好的。"

"傻不拉叽的,"他对着一旁说道,像在对午后的阳光说话,"真是傻不拉叽的。"他朝四周的草丛里瞅了两下,然后俯下身,捡起了一根木棒。

"哦,不!"我惊叫道。来不及了,木棒已经朝树上挥了过去。石榴果向天上飞了出去,在半空中爆开了,绯红的籽粒,发酵的汁水,黑色的蚂蚁,射溅得四处都是。

石榴壳裂成了两半,落在了我的脚下,壳里空空的,洁白的内皮里染了淡红的汁水。

地上落满了猩红的小石榴籽,他绷着脸用木棒一个一个地戳破了。

接下来他正眼看我了。那对清澈的眼睛,又变得严肃了,若有所思的,似乎在审问我什么,又在警告我什么。我之前见过那种警告的眼神。

"这就是你说的石榴果,对吧?"他又吭声了。

"没错。"我说道。

他笑了:"我们上去吧,再晚点,就没茶喝了。"

我们一起沿着小土坡走到屋里。进屋的时候,看见几个大人已经围在桌边捧起茶杯了。趁着威廉还没张口,我赶紧先说话了。我用满不在乎的轻快语调这么说道:"那不是什么好果子,还招了一群蚂蚁。要是早些时候摘下来就好了。"

叶丽贤　译

献给伊萨克·巴别尔[①]的敬意

我答应凯瑟琳要带她去见小我许多的朋友菲利普,我们说好十一点出发,去乡下他念书的学校找他,可那天凯瑟琳九点就到了。她穿了条崭新的蓝裙子,脚下是一双时兴的新鞋。她的头发刚刚做过。今天的凯瑟琳,最像是雷诺阿②画笔下的可爱姑娘,红嫩

---

① 伊萨克·巴别尔,苏联犹太作家,著名的短篇小说大师。生于一八八四年,一九四〇年死于"肃反",被以莫须有的罪名处决。代表作为短篇小说集《骑兵军》。他的作品曾在苏联国内引起极大争议,苏联"解冻"后欧美文化界开始掀起一股"巴别尔旋风"。

② 雷诺阿(1841—1919),法国印象派画家,多以妇女儿童为题材,其画中的女孩多有纯真、恬静、温顺、可爱的特征。

的皮肤，金黄的头发，在生活里要风有风，要雨有雨。

凯瑟琳住的地方，是一栋白色的大房子，居高临下可以看到河面上褐光闪闪的汹涌波涛。她帮我收拾整理公寓，干得很是投入，看那样子，大概觉得住小公寓要比住大房子浪漫许多。我们喝着茶，话题主要在菲利普身上。十五岁的菲利普，口味十分刁钻，从食物到音乐，都有自己的喜好。凯瑟琳看着菲利普的房间里排满四周的书，问我可不可以借伊萨克·巴别尔的故事书在火车上读。凯瑟琳那时十三岁。我暗示说这些书对她会难一些，但她说："菲利普也读这些书，不是吗？"

一路上我一边读着报纸，一边看她翻着巴别尔的书，那漂亮的脸蛋上眉头皱得紧紧的，看来她已经定下了决心，要让自己成为能被菲利普看上眼的人。

菲利普念书的学校非常好，人都讲文明，学费并不便宜。两个小孩很要好地聊着天，并肩从学校的绿地穿过，我在后面跟着，看到两人凑在一起的头似乎都被太阳镀上了金光，明晃晃的。凯瑟琳的左手中正攥着伊萨克·巴别尔的故事集。

吃过午饭，我们约着去看电影。菲利普先向我们表明，仅为了消遣而去看电影这样的事，绝不值得有思想的人去做，不过他愿意为我们破例一次。两部片子正在小镇上放映，考虑到菲利普的缘故，我们选了一部严肃些的。影片说的是一位善良的神甫救助纽约州罪犯的故事①。不过，善良的神甫最终没能挽救其中一名罪犯，只能看着他被送到毒气室里。凯瑟琳看着就哭了，我和菲利普便在暗处等着，等她止住了哭声，能见外面的亮光了才一起出来，傍晚霞光灿烂。

影院的门口处，看门的人早已经等着了，他在等那些眼睛红肿的观众。他使力抓住凯瑟琳的手臂，恨恨地说道："哼，你咋就哭了呢？他犯了罪就不该受罚吗？"凯瑟琳愣愣地看着他，不敢相信自己的耳朵。菲利普帮她解了围，他口气轻蔑地说道："有些人即便向他讲明了什么是对的，什么是错的，他们还是对错不分。"此时又有眼睛红肿的观众从暗处走了出来，看门人马上将注意力转到了他们身上。我们一起向车站走去，两个孩子都不说话，大概是有感于这个世间的残酷。

最后，凯瑟琳眼睛湿湿地说道："太野蛮，太残忍了，我一想起心里就难受得不得了。"菲利普说道："难受也要想啊，得想法子，不然的话，你想想看，这事还有了结的一天吗？"

在回伦敦的火车上，我紧靠凯瑟琳坐着。她把巴别尔的故事集在面前摊开了，只见她说道："菲利普真幸运啊！我希望自己也能到他的学校念书。您注意到在花园里和他打招呼的女孩了吗？他俩一定是好朋友吧。妈妈肯定不会给我做一套那女孩身上的裙子，太不公平了。"

"我觉得她年龄大了些，不适合穿。"

"噢，真的吗？"

接着，凯瑟琳低下了头，我以为是要看书了，几乎同时她又把头抬了起来，问道："这

---

① 即后文凯瑟琳写给"我"的信中所提到的《铁腕天使》，这部影片以神甫查尔斯·克拉克为原型，讲述了他筹措资金建立"中途之家"，数十年如一日收容、救助、教导刑满释放人员的故事。影片涉及死刑问题。

个作家非常出名吗？”

“他是个非常棒、非常了不起的作家，最优秀的作家中的一个。”

“为什么呢？”

“呃，首先，他的文风很简单。你看他用的词，多节省啊，却能写出这么有感染力的故事。”

“我明白了。您认识他吗？他住在伦敦吗？”

“噢，不，他已经死了。”

“哦。那您为什么——您谈起他的样子，让我觉得他还活着呢。”

“很抱歉。我想我压根儿就不觉得他死了吧。”

“他什么时候死的？”

“他是被人杀死的。大概二十年前，我想是吧。”

“二十年。”她开始把书往我这边推，大概是想还我，忽然释然地停了下来。“到了今年十一月，我就十四岁了。”她作声明似的说道，那声音听起来像受了惊吓，只是眼睛还直直地看着我。

我觉得有必要向她道歉，却又不知怎么把缘由说清楚。还没等我开口，她又说话了，一副十分专注、要问到底的样子：“您说他是被人杀死的吗？”

“对。”

“我猜杀他的人发现自己杀死了一位名作家，肯定后悔极了。”

“我猜也是这样。”

“他被杀的时候，很老了吗？”

“不，还蛮年轻的。”

“哦，他可真不走运，您觉得呢？”

“嗯，我想他是够倒霉的。”

“您觉得这里的故事哪个最好呢？我是说，您打心底觉得哪个故事最最好呢？”

我挑了一则关于杀鹅的故事①给她。她慢慢地读着，我坐在一旁等她，心里恨不得能把书从她手里夺过来，免得伊萨克·巴别尔伤了眼前这个可爱的小姑娘。

她读完以后说道：“唉，有些地方不是太懂。他看事情的方式，真的很有意思。为什么男人的两条腿套在靴子里，会像是两个姑娘套在了里头②？”最后，她把书朝我推了过来，然后说道：“真是个病态的故事。”

“但你必须明白他过的是这样的生活。首先，他是俄国的犹太人。这已经够糟糕了。再是，他经历的东西，总也离不开革命、内战，还有……”

我可以看出来，我用的这些词，她是十分排斥的，就像是玻璃珠落在了她清亮的眸子上，都被一一弹开了。我说道：“听着，凯瑟琳，为什么不等再大些读读看呢？说不定到时

---

① 《骑兵军》中题为《我的第一只鹅》的短篇故事，讲的是战地记者柳托夫来六师部报到的当天傍晚，因为感到饥饿，手段麻利却又残忍地杀死场院里的一只鹅的故事。当晚柳托夫梦到了自己杀生的心在呻吟、流血。

② 凯瑟琳说的是小说中描写六师师长萨维茨基的一句话：“他两条修长的腿，活像两个给齐肩套在锃光瓦亮的高筒马靴内的姑娘。”（戴骢译，人民文学出版社二〇〇四年九月第一版）

你会更喜欢他一些。”

她感激地说道：“好啊，那就等再大些好了。毕竟菲利普比我大了两岁，不是吗？”

一周之后，我收到了凯瑟琳给我寄来的一封信。

谢谢您这么好心带我去菲利普的学校看他。那天是我一生中最美好的一天。真不知道该怎么感谢您。我回来后一直在想《铁腕天使》这部片子。那天下午，它让我真切地明白了死刑是多么邪恶的东西，让我懂得了很多道理，我永远都不会忘记这些道理的，我会让它们跟随自己一辈子。我一直在琢磨您对俄国短篇小说名家伊萨克·巴别尔的评论，我现在明白了，原来他是有意写那么简单的文字的，毫无疑问，这个作家之所以伟大，原因就在这里了。我现在练习学校作文的时候，也在努力模仿他的风格，有意识地学写简单的文字。只有先学着简单了，才能练出好的文字风格，不是吗？爱你的，凯瑟琳。还有，菲利普有没有提及我的派对？我给他写了信，他还没回我。请帮我问问他是要来呢，还是忘了回我的信。我希望他会来，有时我觉得他要是不来，自己都会死掉的。还有，还有，别告诉他我说了这些话，要是被他知道的话，我想我也会死掉的。爱你的，凯瑟琳。

叶丽贤　译

2008

获奖作家

勒克莱齐奥

传略

二〇〇八年十月九日,瑞典学院宣布,将本年度的诺贝尔文学奖授予六十八岁的法国作家让·玛里·居斯塔夫·勒克莱齐奥。瑞典学院在颁奖公告中说,勒克莱齐奥获奖是因为他是“一位标志文学新开端的作家,一位书写诗意历险、感官迷醉的作者,是对在主导文明之外和之下的一种人性的探索者”。

勒克莱齐奥(Jean Marie Gustave Le Clézio,1940—),生于法国尼斯,八岁时和家人前往尼日利亚,与被派驻在那里任医生的父亲团聚。他在前往尼日利亚一个月的旅程中开始了自己的文学生涯,他写了两本书:《漫长的旅行》和《黑色的奥拉迪》。两年后勒克莱齐奥重返尼斯。一九五八年至一九五九年,勒克莱齐奥在英国布里斯托尔大学学习英语,一九六三年获尼斯大学文学学士学位,一九六四年在艾克斯普罗旺斯大学攻读硕士学位,一九八五年在佩皮尼昂大学撰写了有关墨西哥早期历史的博士论文。之后,勒克莱齐奥在曼谷、墨西哥城、波士顿、阿尔伯克基、奥斯汀等地的大学教书。二十世纪九十年代后,他轮流在美国的新墨西哥州、非洲的毛里求斯岛、法国的尼斯居住。

一九六三年,勒克莱齐奥发表小说处女作《诉讼笔录》,在文坛崭露头角。作为一名年轻作家,他的语言犀利,着力贴近现实,富有挑战性。这在他之后的一系列描绘现代文明与人性冲突的小说中有鲜明的体现,比如《发烧》(1966,短篇小说集)、《大洪水》(1967)、《可爱的土地》(1967)、《飞行之书》(1969)、《战争》(1970)、《巨人》(1973)、《他方游》(1975)、《沙漠》(1980)等。

勒克莱齐奥获得诺贝尔文学奖让不少人意外,其实他曾获得过不少文学奖项,包括勒诺多奖(1963)、拉赫博文学奖(1972)、法兰西学院保罗-莫杭大奖(1980)、尚纪沃诺大奖(1997)、摩纳哥王子文学奖(1998)、Stig Dagermanpriset 奖(2008)等。

勒克莱齐奥对中国文化很感兴趣,曾五次来访中国。他说自己"一直保留了学习中国文化和中国文学的兴趣,对我来说,它代表了东方思想的摇篮。阅读中国的古典文学,鉴赏中国的京戏和国画对我产生了很深远的影响。我尤其喜欢中国现代小说,比如鲁迅和巴金的小说,特别是北京小说家老舍的小说。我发现老舍小说中的深度、激情和幽默都是世界性的,超越国界的"。

授奖词

对于一部文学作品来讲,人物到底有什么样的意义?罗兰·巴特认为,所有文学传统里最古老的观点告诉我们,就是在小说中塑造出一个个名字——彼特、保罗和安娜,这些名字可以是任何人,他们不存在于世间,却在阅读小说的过程中让我们严肃对待,替他们的遭遇牵肠挂肚。他的观点与法国新兴文学——新小说派(Le Nouveau Roman)不谋而合。该流派在四十年前出现,抛弃以心理描写塑造角色的创作方式,转而用摄影镜头般的各种视野角度去描摹人物。

在这种气氛的影响下,勒克莱齐奥开启了他的文学旅程。他在第二部作品《发烧》中写道:"诗歌、故事和小说是古文明的遗留物,已经或几乎不再拥有愚弄世人的能力……剩下唯余书写本身。书写,用语言摸索着幽途行进,细致而深入地探寻和描摹现实,以缠绵而残酷的姿态面对它。"年轻时代的勒克莱齐奥和许多人一样,都希望摆脱文学流派的局限。当其他同行强烈质疑真实是否可以被理解时,他却选择了相信通过语言,物质与肉体是可以结为一体的。

他的首部作品《诉讼笔录》使他在年方二十三岁时便成为文坛明星。该作品糅合了来自精神病院的忏悔录、打油诗、日记碎片、现成文本、报纸素材、文字游戏和对话录,通过焦躁不安的散文式文字,讲述了对阶层观念丧失信仰的一代人,一切被语言捕捉到的东西似乎充满价值又脆弱易碎。勒克莱齐奥的早期作品有如文字宇宙的"大爆炸",人物的身影出现又消失,光芒乍绽,万籁旋寂,质子闪闪发光,宇宙在持续的爆炸中消解着自身的形式。

若非那一段旅行,他本将沿着散文诗歌创作和事件写作的路继续创作,继承洛特雷阿蒙、米修、斯蒂格·达格曼的衣钵。在旅居中美洲那些年,他与印第安文化建立了联系,改变了文学创作状态。他发现,因为不合时宜而被现代拒绝的知识,其进步性因而蒙上阴影。他发现自己原来是个贫瘠的印第安人。于是,他朝着探索这段经历和他家族历史的联系进发,追溯祖先们从毛里求斯的迁移史,以及在海洋之端的挣扎与自由。这为他创作出《革命》《非洲人》等杰作开启了道路。

今年文学奖的桂冠将授予文明化批判的继承者。在法国,这个传统可以追溯至夏多布里昂、伯纳丁·圣皮埃尔、狄德罗以及蒙田。在十九世纪,文明化批判被阿尔托以激烈而热忱的形式表现,勒克莱齐奥则以他与墨西哥神祇们的联系继承阿尔托的事业。

他的作品给了那些仍然与其出身保留联系的怪人一席尊严之地,他们可能是吉普赛人、渔民、牧牛人、游牧者。他偏爱处于永恒迁徙中的群体并使其免于流俗,他们既在社会里栖居,又不从属于任何社会。鲜有作者曾如此精确地描绘语言和文化的无奈湮灭。这是一种超乎我们时代的体验,同时激发出等量的希望和痛苦。历史的印记从来没有褪色。我们并没有变得千人一面。在勒克莱齐奥看来,若非西方资本市场推波助澜的历史,四海之民不会成为国际服务类型。

小说《沙漠》(1980)标志着勒克莱齐奥创作的转折点。它描写了一位离开北非远赴法国寻找工作的贝多因游牧民族女孩,通过这个局外人的视野来呈现这个世界。她代表着金钱使人类堕落以前的人性形象。她无师自通,能准确无误地读懂事物的语言,本能地拥有不受时间与空间阻隔的观照目光,这使她与其民族的伟大历史建立了联系。欧洲大陆在这位不被需要的移民者眼中,有如一片死国。

这部作品的开章手法现已逐渐成为作者的标志,不同的时空、话语被不经过滤地并置在一起。在他手里,小说将游记、思辨随笔、回忆散文、目击者文献共冶一炉,铸造出强韧而足以直面世界现实的意识形态,而不是外强中干、试图左右世界现实的观念。勒克莱齐奥呈现给我们一个脱离纯粹主义基调的法国,并使其渗透着其他语言的意识形态。

那么,那些名字和人物呢?勒克莱齐奥在今年发表的一篇私人性质的电影随笔中,描述了让·维果扩展电影语言的手法,他不再将焦点放在个体上,转而记录他们的所见与经历。同样的,虚构人物在勒克莱齐奥的笔下找到怜悯,让我们能通过他们的眼睛观察,而非仅仅为了沉浸在琐碎的情节中。

勒克莱齐奥的想象以未勘之境为支撑,恐惧与狂喜彼此双生。他的作品多以紧张的殖民地破坏、资本家压迫、社会不公为主题,若把他看作怀抱希望的作者,不免叫人讶异。但他仍然当之无愧。闪闪发光的大地、太阳、大海和那广阔无垠的天地,那难以抑制的自由和全新的出发——这些力量远远盖过了我们文明之路的伤痛。

最受赞誉的得奖者,亲爱的让·玛里·居斯塔夫·勒克莱齐奥!

你的作品是一部移民者的史诗,你自己则是世界的游牧者。你的创作找到一扇通往冒险的门,充满对未知的渴求,而非逃避其间。长久以来反乌托邦体验缺乏最高表达形式,而你在漫长的世纪之后,终于用文学展现出其力量并与世界相庆。我代表瑞典学院向你致以最热烈的祝贺!现在请上台接受国王陛下亲手颁发的诺贝尔文学奖吧。

瑞典学院常务秘书 贺瑞斯·恩格道尔

李畅 译

饥饿间奏曲(节选)

我了解饥饿,我又感受到了它。战争结束时,我还是一个小孩子,我跟其他一些孩子一起,奔跑在公路上,跟在美军卡车后,我伸出双手,去抓美国兵扔到空中的口香糖、巧克力、面包。我这个孩子,我是那么渴望油腻,我会喝沙丁鱼罐头里的油,我津津有味地把舀鱼肝油的匙子都舔得干干净净,那是我奶奶为我长得健壮给我喝的。我是那么需要食盐,我会跑到厨房里,抱着盐瓶子,大把地吃下灰色的晶盐。

我这个孩子,第一次尝到了白面包的滋味。它可不是面包师傅的大圆面包——那种面包颜色发灰,倒也不算太黑,是用变了质的面粉做的,里头还掺了木屑,差点儿没让我这个三岁的小男孩吃死。那是一种方面包,用富强粉白面在模子里做成,喷香、轻盈,面包心的颜色跟我写字用的纸一样白。写到它的时候,我感到我已经垂涎欲滴了,仿佛时间还没有过去,我直接就跟我的童年连接上了。软乎乎的面包片,云朵一般,塞进嘴里,刚刚咽下,我就嚷着还要,还要,若不是我奶奶把它放进柜子里,用锁锁起来,我恐怕会顷刻之间就把它扫荡干净,直到吃得肚子疼。兴许从来就没有什么曾给过我同样的满足,此后,我也没有品尝过任何能让我如此解饿、如此果腹的东西。

我吃美国的罐头肉。很久以后,我还留着那些用钥匙打开的铁盒子,拿它们做成军舰,细心地漆成灰颜色。它们本来是装肉糜用的,粉红色的肉糜,边上是一圈肉冻,微微有些肥皂味,让我心中充满幸福。肉糜散发出新鲜肉的气味,在我舌头上留下薄膜一般细的脂肪,并挂在我的喉咙口。后来,对别人,对那些不了解饥饿的人来说,这种肉糜应该是恐惧的同义词,穷人食品的同义词。二十五年后,我在墨西哥,在伯利兹,在切图马尔、费利佩-卡里罗-普埃尔托、奥兰治沃克的商店里又看到了它。在那里,它被叫作*carne del diablo*,意思就是魔鬼的肉。同样的罐头肉,装在蓝色的盒子里,盒子上饰有一种图案,表现的是在一片生菜叶子上切成薄片的肉糜。

奶粉也一样。当然,是在红十字会的各个中心发放的,装在圆筒形的盒子中,图案是胭脂红的石竹花。很长时间里,对我而言,它就是温柔本身,就是甜蜜和富有。我把舀得满满的一匙白色粉末吞下去,也不怕呛嗓子,最后还把匙子舔得干干净净。它也一样,我能说,它就是幸福。此后,没有任何奶油、任何蛋糕、任何甜品会让我感到更幸福。它温热、细密,稍稍带点咸味,在牙齿缝里,在牙龈上嘎吱嘎吱地响,以稠厚的液体流进我的喉咙。

这种饥饿在我心中根深蒂固。我无法忘记。它闪耀出一种锐利的光芒,不让我忘却我的童年。没有了它,我对那段时光,那些如此长久的、什么都缺少的岁月,可能就没有什么记忆了。幸福，就是不必去回忆它。我曾很不幸吗？我不知道。我只是还记得，一天早上醒来时，我终于体验了吃饱了肚子的美妙感觉。那一片过于洁白、过于软乎、闻起来过于香的面包，那一匙流进我喉咙的鱼肝油，那一把把灰色的晶盐，那一匙匙在我的口腔中、舌头上形成一团糊糊的奶粉，正是从那时候，我才开始活着的。我从灰色的岁月中出来，我进入到了光明中。我自由了。我存在。

而在接下来的故事中，我们将见识另一种饥饿。

紫房子

艾黛尔。她在公园大门前。天色已晚。光线柔和，珍珠色的。兴许塞纳河上有风暴在怒吼。她紧紧拉着索里曼先生的手。她刚十岁，她还很小，她的脑袋才勉强够到叔公的腰。他们面前，突兀起一个城市般的城堡群，就建在万森森林的树丛中，能看见一些高塔，一些尖塔，一些圆堡。附近的林荫大道上，满是行色匆匆的人。突然，威胁已久的暴雨浇了下来，热乎乎的雨滴在城市上空激起一团蒸汽。顷刻间，数百把黑色的雨伞撑了开来。老先生忘了自己的雨伞。当豆大的雨点开始滴落下来时，他还犹豫再三。但是，艾黛尔拉了拉他的手，于是，他们一齐跑着，穿过林荫道，跑向门前停着众多马车和汽车的入口处，到披檐底下去避雨。她拉住叔公的左手，他的右手则捂住他很平衡地戴在尖尖脑袋上的黑色礼帽。他一跑起来，灰色的络腮胡子便有节奏地飘散开来，这让艾黛尔开心地笑起来，看到她笑，他也笑了起来，笑得那么厉害，他们不得不停下脚来，躲到了一棵栗子树下。

这是一个美妙的地方，艾黛尔从来没有见过，也没有梦到过这样的地方。进了大门口，来到了皮克扑斯门，他们便沿博物馆的那栋楼走，楼前挤着一大群人。索里曼先生不感兴趣："博物馆嘛，你总能去看的。"索里曼先生早就胸有成竹了。正因如此，他才带着艾黛尔一起来。她早就想弄明白，几天来，一直就在问这问那的。她很狡黠，她的叔公就是这么说的。她可真会变着法子套人的话。"假如这是一个惊喜，我却告诉你了，那惊喜又在哪里？"可是，艾黛尔又来缠他了。"你至少可以叫我猜一猜嘛。"晚饭后，他坐在扶手椅上，抽着他的雪茄。艾黛尔呼呼地吹散雪茄的烟雾。"它能吃吗？它能喝吗？是不是一条美丽的裙子？"但索里曼先生稳如泰山，寸步不让。他抽着雪茄，喝着白兰地，就像每天晚上那样。"明天你就会知道的。"这样一来，艾黛尔可就睡不着觉了。整整一夜，她在她的小床上辗转反侧，铁床痛苦地吱嘎吱嘎直响。直到黎明时分，她才沉沉睡去，十点钟，当她妈妈来叫醒她准备上姑姑家吃午饭时，她还痛苦地不愿醒来。索里曼先生还没有到。不过，蒙帕纳斯林荫大道离科堂坦街并不远。走路只要一刻钟，而索里曼先生很能走。他走得很稳，他的黑帽子紧拧在脑袋上，他那银头的手杖根本就不用碰一下地面。尽管大街上人声嘈杂，艾黛尔说，她还是听到了他的脚步声从远处赶来，他那靴子的铁后跟有节奏地敲打着人行道的地面。她说，那是一种马蹄声。她喜欢把索里曼先生比作一匹马，他听了也没什么不开心的，尽管他已有八十的高龄了，他带她去公园散步时，有时候还会让她骑在自己的肩膀上，由于他人高马大，她伸手便能够到树木较低处的枝条。

雨已经停了，他们手拉手地走去，一直来到湖畔。灰蒙蒙的天色下，湖看起来很大，呈曲线，像是一片沼泽。索里曼先生经常说起他早年在非洲见过的大大小小的湖泊，以及常年积水的洼地，他曾在法属刚果当军医。她喜欢听他讲。索里曼先生只对她这个小姑娘讲他的故事。她对世界的所有了解，全都来自于他讲的故事。湖面上，艾黛尔发现了一些鸭子，一只毛色稍稍发黄的天鹅，它那模样显得很不耐烦。他们从一个小岛前走过，岛上有一个希腊小庙。人群拥挤着要通过一座木桥，索里曼先生问道："你要……？"但很显然，他这样问只是为了自己问心无愧。人太多，艾黛尔拉紧了她叔公的手。"不，不，我们马上就去印度！"他们沿着湖走，逆着人流而行。人们一遇到这位穿着带风帽的大衣、戴着怪模怪样高帽子的高个子男人，还有这个穿着带彩丝褶饰的漂亮裙子、脚蹬小皮靴的金发小姑娘，便纷纷让开道路。艾黛尔很自豪能跟索里曼先生在一起。她觉得自己是在一个巨人，一个能在世界的任何混乱中劈开道路的男人的陪伴下。

现在，人群去的是另一个方向，走向湖的尽头。在树林上方，艾黛尔看到一些水泥色的奇特高塔。在一块通告牌上，她费劲地读着上面的名称：

"吴……哥……"

"窟！"索里曼先生替她读完，"吴哥窟。这是柬埔寨一个庙宇的名字。看来，搞得很成功，但是，在这之前，我要先给你看一些东西。"他心里早就有主意了。而且，索里曼先生也不愿意随大队人马一起走。他总是对集体运动保持着警惕。艾黛尔常常听人这样说她的叔公："这人太独。"她母亲倒是总替他辩护，无疑，因为他是她的叔叔："他很亲切。"

他含辛茹苦地把她养大。她父亲去世后，是他一直在养育她。但是，她并不常常见到他，他总是在远方，在世界的另一端。她很爱他。知道这位老人对艾黛尔有一种激情，她兴许还更为感动。就仿佛在一段孤独而又艰辛的生活之后，她看到自己最终敞开了心扉。

一旁，有一条小路偏离了湖畔。这里的漫步者明显少多了。一块牌子上写道：旧殖民地。底下还写着它们的名称，艾黛尔慢慢地念着：

留尼汪
瓜德罗普
马提尼克
索马里
新喀里多尼亚
圭亚那

索里曼先生要去的地方正是这里。

那是在一片林中空地中,离湖有些距离。有一些茅草顶的房子,另一些则是永久性建筑,柱子模仿了棕榈树的树干。看样子是一个村子。村子中央是一个广场,满地都是细碎的砾石,摆放了一些椅子。几个参观者坐在椅子上,穿着长长套裙的女士们,手中的伞依然还撑开着,但是现在,她们要挡的不是雨,而是太阳,雨伞便被当成了阳伞来用。男士们早把手绢铺在了椅子上,以吸干上面的雨水。

"实在太漂亮了!"在马提尼克楼前,艾黛尔情不自禁地欢呼起来。在那儿(建筑风格也属于茅草屋)的三角楣上,以圆雕的形式,再现了各种各样的异国花卉和水果,有菠萝、木瓜、香蕉,还有木槿与天堂鸟的花束。

"是啊,确实很漂亮……你想看吗?"

但是,他跟刚才一样提出了问题,嗓音也跟刚才一样迟疑不决,而且,他牢牢地拉住了艾黛尔的手,停在那里一动也不动。她明白了,她说:"假如你愿意的话,我们晚些时候再来看吧?"

"不管怎么说,那里头什么东西都没有。"从门里,艾黛尔发现了一个安的列斯女人,她脑袋上缠着一块红布头帕,不露笑容地瞧着外边。她想,她是很愿意进去看一看的,伸手去摸一摸她的裙子,跟她说说话,她的脸上有一种十分忧伤的表情。但是她什么都没有对她的叔公说。他把她拉到了广场的另一端,靠法属印度楼的那一边。

那栋房子并不太高大。它不怎么吸引人。人群走过那里,并不停下,以同一种运动向前流淌,黑色的套装,黑色的礼帽,女士们衣裙轻柔的簌簌声,她们戴羽饰、果饰、紫罗兰花饰的帽子。几个脚步拖沓的孩子一边走,一边朝旁边投来匆匆的一瞥,朝他们,艾黛尔和索里曼先生,他们俩逆行,穿越。他们走向那些纪念碑,那些岩石,那些庙宇,还有那些从树林上方浮现出来的像朝鲜蓟一般的高塔。

在那里,她甚至都没问他那是什么。他肯定会嘟囔出一种解释:"这是吴哥窟的复制,假如你愿意的话,将来,我会带你去看真正的吴哥窟的。"索里曼先生不喜欢复制品,他只对真实感兴趣,就这样,没别的。

他在房子前停下。他充血的脸膛表达出一种绝对的满意。他一言不发,拉着艾黛尔的手,一起爬上通向大台阶的木头梯级。这是一栋很简单的房子,用浅色的木头盖成,四周围着一条带柱子的凉廊。窗户很高,上面带有深色木头的隔栅。屋顶几乎是平的,覆盖有漆了油漆的瓦片,上面建有一种带雉堞的小塔。他们走进屋子,里面没有人。在房屋中央,有一个内院,被高塔映照得通亮,沐浴在一片很奇怪的发紫的光线中。在内院那一侧,一个圆形的水池倒映出一片天空。水面十分平静,艾黛尔一时竟以为那是一面镜子。她停下来,心跳得厉害,索里曼先生也停在那里不动了,脑袋稍稍后仰,瞧着内院上方的圆顶。在排列有规则的八角形的木头壁龛中,一些电棒放射出一种颜色,很微弱,如烟雾一般虚无缥缈,绣球花的颜色,海面上黄昏的颜色。

某种东西在颤抖。某种未完成的东西,有点魔幻意味。无疑,里面没有人。就仿佛这是一座真正的庙,被废弃在丛林深处,而艾黛尔以为听见了树林中的嘈杂声,一些尖厉的和嘶哑的叫喊,林中灌木丛里猛兽丝绸般轻柔的脚步声,她不禁毛发悚然,紧紧贴在叔公身上。

索里曼先生没有动。他纹丝不动地待在内院中央,在光线的圆穹下,电灯的微光把他的脸染成了淡紫色,他的络腮胡子成了两团蓝色的火焰。现在,艾黛尔明白了:原来是叔公的激情让她颤抖。能让一个那么高大、那么强壮的男人纹丝不动地站定了,是因为这房子里有个秘密,一个既美妙又危险、而且还很脆弱的秘密,一有风吹草动,一切就将停止。

现在,他说着,仿佛所有这一切都是他的。

“那儿,我要放上我的写字台,那儿,我的两个书柜……那儿,我的羽管键琴,尽头里,放上非洲的乌木雕塑,配上灯光,它们就算是回到自己家了,最后,我还能铺开我那块柏柏尔大地毯……”

她没怎么明白。她跟着这个高个子男人从一个房间走到另一个房间,他那种迫不及待的样子,实在令她疑惑不解。最后,他返回内院,坐在凉台的石阶上,瞧着镜面般倒映出天空的水池,就仿佛他们一起在观望泻湖上的夕阳,在远方,在他处,在世界的尽头,在印度,在毛里求斯岛,他童年时的故乡。

很像是一个梦。当她想起它来,便有了一片紫色,水池闪闪发亮,圆镜似的倒映出天空,侵入她的内心。一团来自非常遥远、非常古老的时光的烟雾。现在,一切都消失了。留下来的不是回忆,仿佛她从来不曾是个孩子。殖民地展览。她保留了那个日子里的小玩意,当时,她跟索里曼先生一起走在铺了细石子的小路上。

“这里,我要摆上我的旧摇椅,就像在遮阳游廊下,下雨时,我会瞧着雨点叮蜇池子的水面。巴黎常常下雨……还有,我会养一些蛤蟆,只为了听它们预告下雨……”

“它们吃什么呢,那些蛤蟆?”

“小蚊虫,夜蛾,蛀虫。巴黎有很多蛀虫……”

“还得种一些植物,一些水平生长的植物,开紫花的。”

“对,莲花。最好是睡莲,莲花到冬天就会死掉。但是,在圆池子里不要。我有另一个池子来养蛤蟆,在花园尽头。那一个,镜子池子,我愿意它始终平滑得如同一个镜盘,好让天空用它来照看自己。”

索里曼先生的固执想法,只有艾黛尔能明白。当他看到了殖民地展览的地图时,他立即选择了印度楼,并买下了它。他清扫了他侄子的计划。在他的地盘上不能有房屋,不能碰哪怕一棵树。他让人种了泡桐、木防己、印度月桂。万事俱备,准备迎接他的狂热。

“我,我没想当什么土地经营人。”

他执意反对亚历山大的计划,让艾黛尔成了他的遗赠接受人。很显然,她对此一无所知。或许,有一天他已经对她说过了。那是在他参观殖民地展览后不久。法属印度楼的各种构件,开始在阿摩里卡街的花园中慢慢地堆积起来。为保护它免遭雨水浸染,索里曼先生为它们盖上了一块很大的又丑又黑的篷布。然后,他把艾黛尔一直带到标志着花园的栅栏前。他打开了栅栏门的挂锁,她看到了那些黑黑的柱子在工地深处闪着微光,她惊讶得目瞪口呆。

"你知道这是什么吗?"索里曼先生施展了诡计。

"这是紫房子。"

他很欣赏地瞧着她。

"哈哈,你说得对。"他又补充道,"紫房子,它就叫这个名字了,你起得太好了。"他握住了她的手,她想象自己已经看到了内院、走廊、镜子般的水池、倒映出灰色的天空。"它将属于你。全都属于你。"

但是,从此他就不再提起了。无论如何,索里曼先生就是这样的。他说到什么时,都只说一遍,他绝不重复。

他等了很长时间。兴许太长的时间。兴许他更喜欢做梦,而不是到后来仅仅经营一下。紫房子的各种构件始终留在防水篷布底下,在花园尽头,各种荆棘开始慢慢侵占了它们的地盘。但是索里曼先生总是虔诚地带艾黛尔前来工地察看,至少一个月一次。冬天,周围的树木都掉光了叶子,但是,索里曼先生让人栽种的树木却抗住了寒冷。木防己和印度月桂构成了墨绿色叶片的羽饰,它令人联想起一座森林的入口,而不是一个城市花园。邻近的地盘属于一个叫科纳尔先生的人,这个人可不是虚构的。他是该街区最早的居民之一,一八八七年开辟了该街道的那个人的儿子。他自恃有权势撑腰,有一天指责起索里曼先生来:"我发现,都因为你那些异国树木的叶子,从中午到下午三点,我那些樱桃树全被挡死了光。"

艾黛尔的叔公给了他这样一个振聋发聩的回答:"而你,先生,你给我滚他娘的蛋。"这还是艾黛尔第一次听到这样的话,这话是她父亲转述的,当时他不禁哈哈大笑。叔公竟然会说一种赶车人或大兵(这是亚历山大给出的解释)的行话,这让艾黛尔觉得很新鲜。同时,她知道,这样的话,她不能说出口,尤其当着那个已经说过这话的人的面。但是,事情就是这样。

还没等紫房子的工程开工,索里曼先生就病倒了。艾黛尔最后一次跟他一起去工地时,看到了一件很奇怪的事。曾经入侵了花园的疯长的植物,全都被齐根剃平,防水篷布从荆棘中露出来。朝大街一面的木头门上面,一块牌子上贴着施工许可证。她没有忘记,它明确写道:"建造一座不带楼层的木结构住房。"索里曼先生肯定跟他的敌人科纳尔作了斗争,此人坚决反对这一可疑的计划,据他说,这会在巴黎引来白蚁。但是,那个名叫珀罗坦的曾经设计了游廊平房的工程师则支持这一计划，他说服了城市规划处的官员，建筑许可证发了下来。

在推平了的工地上，插上了一些标杆，在这些标杆之间，是一道道横七竖八的线，它们描画出房子的格局。让艾黛尔感到惊讶的，是在土地上标出来的紫色线条。用的是石粉，沾上了紫色石粉的细绳拉直后在地面上一弹，就留下了那些痕迹。索里曼先生为艾黛尔示范了一下怎样把这些标记印上去。人们用木棍的一头挑起绳子，然后一松手，就听见一个绷紧的弓弦猛地放松的响声。那是"噌"的一声！很深沉，一些紫色的粉末便嵌进了泥土中。

这是最后的一次。这是艾黛尔留住的记忆，就好像把紫房子内部照得通亮的柔和光线，同样也把在花园土壤上做记号用的石膏粉染上了颜色。

那年冬天，当艾黛尔过了十三岁生日时，索里曼先生去世了。他先是病了。他喘不过气来。他直挺挺地躺在床上，在他位于蒙帕纳斯林荫大道的公寓的卧室中。她看到他脸色很苍白，一张脸几乎被胡子盖满了，他的双眼没什么神，她看得不禁有些害怕。他做了个鬼脸，说："要死去还真是难啊，太长了，太长了。"就像她能听得懂似的。回家后，她对母亲重复了索里曼先生说过的话。但她母亲什么都没解释。她只是叹了一口气，说："你得为你的叔公好好祈祷。"艾黛尔没有祈祷，因为她不知道该求些什么。让他快快死去，还是让他痊愈？她只是在想那座紫房子，同时希望索里曼先生有足够的时间，能让它从防雨的篷布底下快快出来，在那些线条上建造起来。

但是，十月里常常下雨，她在想，那些线条会被抹掉。兴许正是在这一刻，她明白她的叔公就要死了。

今　天

那是傍晚时分，兴许。七月份，在巴黎，旅馆房间里热得如同蒸笼。为避免中暑，我从早到晚都在外闲逛，我满街瞎遛。

我没去看名胜古迹。从某种方式来说，我不觉得自己是观光者。尽管隔着距离，还是有某种东西把我跟这城市连在一起，只是我不知道那是什么。一种奇怪的感情，介于犯罪感和怀疑——或者兴许是爱的怨恨——之间。凭着直觉，我的脚步——还有公共汽车的运输——把我带领到城南，到了我听人经常谈起的熟悉的街区。那是一连串小街、大道、林荫道、广场、小广场的名字，我母亲从我童年时代起就一再唠叨，我也早已烂熟于心。她每次提到巴黎，总是这些名字重复来回：

法尔吉埃街
鲁大夫街
志愿兵街
维热-勒布伦街

科唐坦街
阿摩里卡街
沃日拉街
缅因大道
蒙帕纳斯林荫大道

还有：

经营者街
鲁尔梅尔街
商贸街
永恒救世圣母院

我寻找早年冬季单车场的所在地。

今天它已经叫作大平台。

一个高高的大空场,荒凉,一阵阵风拂过地面,几个孩子在玩。四周都是高高的住宅楼,十五层高的塔楼,其破败不堪的状态,让我一开始还以为它们都已弃用。随后,我就看到了阳台上晾着的衣服,还有遮阳的篷布和窗帘。花坛里,还种有焦黄色的天竺葵。

这是一个荒漠,一个悬置的无人地带。楼房披挂了一些外国名字,自命不凡,一种科幻片的背景:它们叫作俄里翁岛、卡西俄珀亚塔楼、参宿四、宇宙、欧米伽、星云塔楼、反光塔楼。要是在过去,人们兴许会给它们起希腊的、印度的、斯堪的纳维亚的女神们的名字。建造大平台的那个时代,建筑家们梦想宇宙空间,他们从另一些世界回来,他们早年曾被外星人劫走——或者,他们看电影看多了。

我走在满地裂缝的大平台上。没有影子,水泥地和楼房的墙把一种光线生生地反射过来,令人难受。方才那些孩子追上了我,他们的嗓音回荡在空中,形成一种回音。他们中的一个,我听别人叫过他的名字,哈金,凑近来问我:"你在找什么?"他颇有些咄咄逼人,威风凛凛。这个被弃的空场,这些塔楼,那是他们的,是他们游戏和历险的地盘。五十年前,就在这里,在他们脚下,发生了那件残酷的事,根本无法想象,不可饶恕。① 兴许,是同样的嗓音在叫喊,在一排排座椅之间追逐嬉戏着、欢笑着、彼此召唤着的孩子们的嗓音,是同样的回声回荡在体育场封闭的墙壁之间,盖过了女人们的抱怨和指责。大平台上,一些混凝土块从墙面上掉下。反光塔楼披上了一层青绿色的瓷砖贴面。俄里翁则是夜蓝色的。宇宙前挡有长长的阳台,阳台装饰有一个圆轮,圆轮中固定着一种顶环十字饰,早先镀了金,令人想起古埃及人的丁字生命符。那是我们时代的金字塔,跟它们

① 一九四二年七月十六日至十七日,在被德军占领的巴黎,警察逮捕了十三万犹太人,并统一集中到冬季单车场,然后再遣送到集中营。

光荣的祖先同样虚荣,同样无用——当然,也更不持久。一个巨大的窄塔楼,圆柱形,像是一个清真寺的尖顶,俯瞰着整个街区,根据它的位置,我计算出,它大致应该刚好处在冬季单车场跑道的几何中心。

大平台的尽头,过了被弃的中国餐馆,还有贝蕾尼丝(又是一个奇怪的名字)的糟楼梯,我又找到了城市。就在大平台底下,盖了顶的街道,几个车库,菲那加油站,一个超级什么东西,几个空空的办公室,几乎有些暧昧可疑。佩尼奥四兄弟街,利努瓦街,罗贝尔-凯勒工程师街。那些阶梯又在哪里?莱奥诺拉跳下警察的小卡车之后,跟她那些囚徒穿越而过的那道门又在哪里?谁在等待他们?有什么人记下名字,就像接待出席一次庆典的应邀者?或许,他们就被留在那里,在大门口,顶着大太阳,瞧着马戏场那巨大无比的跑道,仿佛表演马上就要开始?她应该拿眼睛寻找着一张熟悉的脸,一个能坐一下的位子,一个有阴凉的角落,兴许在找卫生间。她应该一下子就明白到,陷阱已经重又封闭了,在她的头上,在所有这些男人和女人的头上,在孩子们的头上,她明白到,那将不是一个钟头两个钟头的事,也不是一天两天的事,而是永远,将永远没有出路,没有希望……

我推开了紧挨着犹太教堂的照片陈列馆的门。我的直觉警告我,它应该位于大平台中央白色高烟囱的垂直线上。我并不对那些礼拜场所特别感兴趣。但在这里,情况就不一样了。照片上的那一张张脸钻进了我的头脑,打开一条通道,一直来到我心中,走进我的记忆。那是一张张没有名字的脸,跟我没有任何联系,然而,我却感受到了它们现实的震撼,就像以前我在乌狄诺街的档案馆读到过的那些被卖到南特、波尔多、马赛去的奴隶名录。

玛里翁,卡夫雷斯人,法兰西岛。昆波,卡夫雷斯人,法兰西岛。拉加姆,玛尔巴人,本地治里。拉纳瓦尔,马尔加什人,安通吉尔。托马斯,黑白混血儿,波旁。

站在跑道边的孩子们,位于远景中的成人。在德朗西,在那些四四方方的大高楼脚下,跟萨特鲁维尔、吕埃伊、勒兰西新的犹太人隔离区那么相像的楼房。他们穿着厚厚的外套,跟炎热的季节根本不相配,孩子们还戴着贝雷帽。其中一个,第一排的,在衣服掏口处别着一颗黄星。他们冲着镜头微笑,他们像是在拍一张全家福。他们不知道他们就要去死了。

在一张地图上,我读到可怕的地理分布:

福尔斯比特尔

诺依恩伽梅

埃斯特威根　　　　拉文斯布吕克

萨克森豪森

奥拉宁堡　　特雷布林卡

赫尔托根布什　　贝尔根-贝尔森　　库尔姆霍夫

莫林根　　多拉　　利希腾堡

索比堡

尼德哈根-韦维斯堡　　巴德-祖查　　卢布林-迈达内克

布痕瓦尔德　　萨克森堡　格罗斯劳森　　贝乌热茨

特莱西恩施塔特　　普拉佐夫

奥斯威辛-比尔克瑙

欣策　　弗洛森堡

纳特韦勒-施特鲁特霍夫

达豪

毛特豪森

·

还有火车中转站的名字，德朗西、罗亚尔里厄、皮蒂维耶、萨巴海岸、博尔扎诺、博格霍-圣-达尔马佐、文蒂米利亚。实在应该到处都去一下，了解一下这每一个地方，弄明白生活是如何在这些地方重新开始的，树木是如何种起来的，还有那些纪念碑，那些纪念牌，但是，尤其要看一看今天的那些脸，生活在那里的所有人的脸，听一听他们的声音，他们的叫喊，他们的欢笑，周围建起来的城市的声音，消逝的时光的声音……

它令人眩晕，恶心。我沿着大平台，走在街道上。在格勒奈尔滨河街上，小汽车、公交车构成了一条长长的铁蛇，它的环节在十字路口彼此相撞，喇叭摁得震天响。塞纳河应该拥有它一九四二年七月那些日子里的景象，兴许，当警车驶向单车场时，莱奥诺拉和其他人已经从车窗的栅栏之间看到了塞纳河。江河清洗历史，这众所周知。它们使尸体消失，在它们的河岸上，没有任何东西会留太长时间。

我母亲从来没有对我谈起过天鹅小径。凭着本能，我走下了台阶，一直来到河中央的长长小径上，白蜡树在此撒下浓荫。尽管这地方十分美丽，散步者依然很少。一对夫妇陪着一个八岁左右的小姑娘，还有几个来自南美的旅游者，或者是意大利人，一个穿黑衣服的年轻的日本女子在给树木拍照。两三对情人坐在长椅上，低声说话，根本就不瞧埃菲尔铁塔一眼。

我停在塞纳河边一棵盘根错节的老树旁。它的枝杈从低处伸出，我觉得它很像一只动物，从河底淤泥中钻出来的一种爬行动物。在它脚下，根系之间，长长的黑藻像头发那样波动不已。

正前方，河对岸，大平台在热腾腾的雾气中略显虚幻。我瞧着高楼，在黄昏的天色中，它们很像黑色的石碑。中央，什么都不像的塔楼没有脑袋，没有眼睛，融化在了云彩中。我明白,没必要走得更远。失踪者的历史,正是植定在了这里,永远永远。

随着河流缓缓的运动,城市同样也在流动,让它的记忆流走。还是哈金,大平台上的那个男孩,他说得有道理。他的目光坚毅,他的额头平滑,他的眼睛暗亮:“你在找什么?”

天鹅岛,毛里求斯岛。齐斯内罗斯岛。我从来没有把它们作过类比。我走到对岸时,心中想的正是这个,我加快了步子,因为暴雨沿着塞纳河下来了,我很难抑制住一丝微笑。

*

《博莱罗》的最后几节紧张、剧烈,几乎令人无法忍受。它升腾,充满了剧场,现在,听众们全都站起来,瞧着舞台,台上的舞蹈演员旋转着,加快了运动。人们叫嚷着,他们的嗓音被塔姆塔姆鼓的敲击声盖住。依达·鲁宾斯坦,舞蹈者们成了木偶,被疯狂的劲头卷走。笛子、单簧管、法国号、小号、萨克斯管、小提琴、鼓、钹、铙,一起全上阵,紧张得要断裂,要窒息,要绷弦,要破音,要打碎世界自私自利的寂静。

我母亲对我讲起《博莱罗》的首场演出时,说出了她的激情,叫好,喝彩,口哨,嘈杂。在同一个剧场中,某个位子上,有一个她从没见过的年轻人,克洛德·列维-斯特劳斯。跟他一样,很长时间后,我母亲告诉我,这一音乐改变了她的生活。

现在,我明白这是为什么了。我知道了,这一不断重复、反复唠叨、被节奏和渐强逼迫着的乐句,对她那一代人意味了什么。《博莱罗》不是一曲跟别的音乐一样的音乐。它是一种预言。它讲述了一种愤怒、一种饥饿的故事。当它在暴烈中结束时,随之而来的寂静对头脑发昏的幸存者非常可怖。

我写下了这个故事,以纪念一个年轻姑娘,无论如何,她曾是一个二十岁的英雄。

余中先　译

2009
获奖作家

赫塔·米勒

传略

二〇〇九年十月八日，瑞典学院宣布，将二〇〇九年诺贝尔文学奖授予德国女作家和诗人赫塔·米勒，称赞她“以诗歌的凝练和散文的率真，描绘了被剥夺者的境遇”。

赫塔·米勒（Herta Müller，1953— ），出生于罗马尼亚，父母是德裔。她的父亲在第二次世界大战期间服役于武装党卫队；她的母亲于一九四五年被流放到苏联，在乌克兰的一座劳改营被拘押了五年。一九七三年，米勒考入罗马尼亚著名大学蒂米什瓦拉大学学习德语和罗马尼亚文学。蒂米什瓦拉市是罗马尼亚西部重镇，靠近南斯拉夫和匈牙利，文化和教育都比较发达，许多居民都会讲三种语言：罗马尼亚语、匈牙利语和德语。在此期间，她与一个提倡言论自由、反对当局统治、由以德语为母语的青年作家组成的团体“巴纳特行动小组”很接近。毕业后，米勒在一家机械厂做翻译，由于拒绝与秘密警察合作而被解雇。之后她以当幼教老师和经营德语班为生。

一九八二年，米勒在罗马尼亚出版了处女作——短篇小说集《低地》，但立即遭到了罗马尼亚当局的审查和删减。这部描写罗马尼亚一个讲德语的小村庄的生活的短篇小说集当时受到读者追捧。在这部短篇小说集之后，米勒发表了短篇小说《暴虐的探戈》。一九八四年，《低地》的完整版在德国出版，引起了德国媒体的广泛关注。

由于多次批评罗马尼亚政府，担心受到秘密警察的侵扰，一九八七年，米勒移民至德国，在柏林生活至今。她的文学写作生涯主要是在德国展开的。

米勒的主要作品还有长篇小说《那时狐狸是猎手》（1992）、《心兽》（1994）、《今天我不愿面对自己》（1997）、《呼吸摇摆》（2009）、《人是世上的大野鸡》（1986）、《光脚的二月》（1987），散文集《独腿行走的人》（1989）、《坐在镜中的魔鬼》（1991）、《饥饿与丝》（1995）、《国王鞠躬并杀人》（2003），以及发表在报纸、杂志上的文字和图片的合集《发髻间住着一位女士》(2000)和《苍白的先生们与摩卡咖啡杯》(2005)。

米勒以写作罗马尼亚裔德国人在苏俄时的遭遇著称。诗意的语言、对细节不厌其烦的描摹,使她的作品具有相当的感染力。同时,她的声音也代表了德国当代社会中的一个特殊人群——曾在东欧国家生活过的德裔。他们缺失和想念的,是一个真正的家乡,无论是在现实或是在精神世界里,家乡都是虚无缥缈的。米勒小说的风格,我国著名翻译家焦洱评价说:"尤其值得一提的,是她在小说里驾驭语言的独特方式:从头到尾的短句,以出手如电似的简单和迅疾来对抗古老、沉滞、阴郁,从语言形态到语义都能够繁复到极致的德语;以错位的语词搭配来制造斑斓的阅读效果,如上帝之手在瞬间捣烂一座哥特式的玻璃塔楼,窗户和门碰了头,瓦块和地砖亲了嘴,一片喧哗,一片灿烂,一片耀眼的光芒,一片混乱,然而又一片单纯。"

授奖词

有的文学作品需要一步一步地、缓慢地展现它的深刻品质,有的作品却能通过果决的表达快速地抓住读者,赫塔·米勒的作品就属于后一种。她的散文拥有神奇的魔力,触碰到第一个句子,你就能感受到语言的力量。温度、急促的喘息、精妙的细节,以及一切隐而未言的东西,都让我们迅速地感受到一种关乎生死的紧迫。

这种文字的力量源自对现存事物的拒绝接受。赫塔·米勒就是以"抗拒"为写作之道,与奥地利作家托马斯·伯恩哈德一道,为着共同的理由而创作。但是,她的作品锚定于自身的经历和体验,就这一点而言,却比托马斯·伯恩哈德的作品显得更为有力。她曾说,是作品的主题选择了她,而不是她选择了主题。从她创作的所有作品来看,几乎都是关于齐奥塞斯库独裁统治下罗马尼亚人的生活,那是一种充满恐惧、背叛和无尽监视的生活。

不仅如此,赫塔·米勒还描绘了一种专制统治内的专制世界——罗马尼亚西部德语区的小村庄——她成长的地方。阅读她的处女作《低地》(1983),我们就能进入那个小村庄,这部组曲般的作品是那么残酷,残酷得像是突然将一张明晃晃的图片贴在感官稚嫩的婴儿面前一般。在这里,出现了一种异质的自我意识,这种异质性通过批判性的审视而自我感应。在她的《光脚的二月》(1987)那篇充满幻想的短文里,诸如"深入水井底部的黑轴"等梦中意象,以一种梦幻般的巨大力量捕捉住了一个村庄生与死循环交替的存在轨迹。

很快,她的这种对于异质性的阐述范围扩大到了更为广阔的罗马尼亚专制统治。特别是在一九八七年之后,在她经过被多年审查、审讯和骚扰而被迫流亡德国后,这种情况就更为明显了。可以说,对于赫塔·米勒,流亡加剧了她对专制统治的反抗。这种反抗出现在她的多部小说中:《狐狸那时是猎手》(1992)中那一系列关于每日恐怖的闪亮图像;《心兽》(1994)、《绿梅树的土地》(1996)中对一群逃离极权体制的年轻主人公的记录;又或者在《今天我不愿面对自己》(1997)、《约会》(2001)这类惊悚小说中,那不断迫近的审讯阴影下的令人崩溃的战栗感。

赫塔·米勒深受迫害的经历使她无法安生,但对她来说,艺术就是反抗的特写。在一篇著名的文章中,克劳迪奥·吉伦构造了一个词——"反抗的流亡者",用来表示那些以怀乡的方式来反抗流亡的作家们。对于赫塔·米勒来说,这是一种双重的无所寄托,因为回归之路是不存在的。她的怀乡症往往毫无意识地发作,仅仅通过路堤上一棵孤独杏树的形式时隐时现,在柏林的北方,那棵杏树是如此不合时宜。和通常一样,反抗与拒绝指引着赫塔·米勒,而它们幽幽的影子又指向那恐惧的迷宫,在米勒的散文中扮演着极其重要的角色。

赫塔·穆勒曾说,她在罗马尼亚学习德语的成长经历对她的写作起到了巨大的作用。对一个作家来说,掌握两门不同的母语是一份无价的财富。在这样一种环境下,她很早就学会了去比较、转换和组织词汇,以抽取新的意义。

你会发现,在赫塔·穆勒的散文中没有叙事线索,没有情节的开始和结束。因为假如世界是混沌不明的,那么文学就必须终止这种状态,并给它一个虚构的概述。赫塔·穆勒曾说,只有虚构带来的惊愕才能使我们接近真实。她将自己的经验加以裁剪,随后再随意地拼贴它们,拼贴还是她写诗的技法之一。在作品集《国王鞠躬并杀人》(2003)——赫塔·穆勒的创作生涯中十分重要的一本"指南"中,她说她发现诗歌和散文之间并没有本质的差别。她作为旁白者的独特性就在于,能将诗歌的密度与散文中对细节的感知完美地结合起来。她在简洁明晰的句法中完成了这一创举,因此每一个句子都需要我们倍加注意。

怀着无限的同情和理性的思索,在那部伟大的小说《呼吸摇摆》(2009)中,她更加细致地刻画着"反抗的流亡者",故事写的是罗马尼亚裔德国人自一九四五年开始的流亡,以及他们在苏维埃时期沦为苦役的悲惨生活。在此,她紧紧追随着她已故的挚友——诗人奥斯卡·帕斯提奥——生前的创作计划,奥斯卡·帕斯提奥年幼时曾在苏维埃劳改营里待过。尽管此时,她比她早期的创作更依赖于纪实性的材料,但她成功地将诗歌的凝练和散文的率直融合到了一起。*Atemschaukel*(《呼吸摇摆》)这部书名活泼的作品就是一个明证,它充分证明了,赫塔·米勒便是著名的罗马尼亚裔德国流亡诗人保罗·策兰的后继者,保罗·策兰曾将他的一部作品命名为 *Atemwende*(《呼吸转弯》)。经历过痛苦的、断断续续的劳改营生活后,赫塔·米勒给现代史增添了全新的、生动的篇章。

亲爱的赫塔·米勒:您以巨大的勇气,毫不妥协地与顽固守旧的政治迫害作斗争,令我们十分敬佩。诺贝尔文学奖是给予艺术家的荣誉,而您无愧于这份荣誉。您的作品艰辛地记录下并延续着"反抗的流亡者"的存在方式。尽管您曾经说过,是沉默和迫害教会了您写作,但是您的文字深深地、强有力地吸引着我们——以一种沉默的方式,抑或说以一种超越文字的方式。请允许我代表瑞典学院,向您致以最热烈的祝贺!下面,有请国王陛下为赫塔·米勒颁发该奖项。

瑞典学院院士 安德森·奥森

李文雅 译

作品

人是世间一只大野鸡(节选)

洼　地

环绕在阵亡战士纪念碑四周的是一片灌木丛,是玫瑰花丛。盛开的小白花蜷缩着,像纸一样,压得身边的青草都好像透不过气来。树丛发出簌簌声。黎明时分,天快要大亮了。

每天早晨,当温迪施形单影只地骑车穿过街道奔向磨房的时候。他都数那个日子。他在阵亡战士纪念碑前数年份。当自行车驶过第一棵白杨树,径直驶向那同一片洼地时,他数日子。而到了晚上,当温迪施锁上磨房门的时候,他把年份和日子再数一遍。

温迪施远远地看着那些小而白的玫瑰花,看着阵亡战士纪念碑和白杨树。有雾的时候玫瑰的白色和石头的白色稠密地掠过他眼前。他穿行其间。温迪施脸上湿漉漉的,一直朝着那地方骑。那片玫瑰花丛曾两次裸露出光秃秃的尖刺,其间的杂草也枯朽了。那棵白杨树也曾两次落尽了叶子,它的木质也仿佛要碎朽了。大雪曾两次落在路上。

温迪施在阵亡战士纪念碑前数到两年,在白杨树前面的那片洼地里数到两百二十一天。

每一天,当温迪施磕磕绊绊地骑行在那片洼地里时,他都会想:“这就到头了。”自从温迪施动了移居国外的念头,他在那村子里到处都看到尽头。而时间却凝滞不动,日复一日,像是存心不愿意动似的。越过那尽头,温迪施看见守夜人在那里。

数过两百二十一天,洼地在脚下颠簸跳荡,他第一次下车。他把自行车靠在那棵白杨树上。他脚步沉重。野鸽子从教堂花园里振翅飞起,它们灰暗如曙色。只有喧闹声才让它们显得不一样。

温迪施敲打着十字架。门把手湿淋淋的,温迪施觉得有点儿粘手。教堂的大门锁着。圣安东尼站在墙后面。他戴着一朵白色的百合花,还拿着一本褐色的书。他被关在里面。

温迪施觉得冷。他朝着马路望去,草地在路的尽头冲进了村子。有一个人在尽头处走着。那人行走在草丛里像一条黑色的线,突进的草地将他托起在大地上。

旱　蛙

磨房静默无声,四壁静默,屋顶也静默。还有轮盘也悄默无声。温迪施拉下电闸,然后关上灯。包裹着轮盘的是黑夜。暝色将面粉的尘埃、飞虫、面袋吞下。

守夜人坐在磨凳上。他在瞌睡,张着嘴巴。磨凳下面他的狗忽闪着眼睛。

温迪施手脚并用抓起面袋。他把它靠在磨房墙上。那只狗盯着看,打着哈欠。它的白牙像个伤口。

钥匙在磨房门的钥匙孔里转动,锁头在温迪施的手指之间咯咯作响。温迪施数着。温迪施听见自己的太阳穴在跳动,他想到:"我的脑袋是一只钟表。"他把钥匙装进口袋。狗叫起来。"我将给它上足发条,哪怕拧断了。"温迪施大声说道。

守夜人把帽子压到额头上。他睁开眼睛并且打着哈欠。"哨位上的士兵。"他说道。

温迪施走向磨池。磨池岸边堆着一个稻草垛。那稻草垛在磨池的水色里犹如一块深色污斑,像漏斗一样投射向深处。温迪施把自行车从稻草里拉出来。

"稻草里头有一只老鼠。"守夜人说道。温迪施从车座上摘下稻草梗,扔进水里。"我看见了,"他说,"跳进水里了。"草梗像头发漂浮在水面,旋出小小的水纹。那个深色的漏斗在游动。温迪施注视着那片动静。

守夜人踩在狗肚子上,狗哀鸣着。温迪施盯着漏斗看并且听见了那水下的哀鸣。"夜长了。"守夜人说。温迪施退回一步,从岸边离开。他看见稻草垛避开岸边凝滞不动的影子。它是静止的。它和漏斗没有什么关联。它是明亮的,比黑夜亮多了。

报纸发出簌簌声。守夜人说道:"我肚子饿啦。"他取出熏肉和面包。刀子在他的手里闪闪发亮。他咀嚼着。他用刀锋在自己手腕上刮蹭。

温迪施把自行车移到自己身边。他看看月亮。守夜人咀嚼着小声说道:"人是世间一只大野鸡。"温迪施拎起面粉袋把它放到车上。"人很强大,"他说道,"比畜类强大。"

报纸的一角在飘动,风是拉扯它的那只手。守夜人把刀子放在凳子上。"我睡了一会儿。"他说道。温迪施朝自行车上方弯下腰。他抬起头。"是我吵醒了你。"他说道。"不是你,"守夜人说,"是我老婆叫醒了我。"他拂掉衣服上的面包屑。"我知道,"他说道,"我不能睡。月亮很大。我梦见了干瘪的旱蛙。我累坏了。可是我不能去睡觉,那只旱蛙躺在我的床上。我和我老婆说话,它用我老婆的眼睛盯着看。它梳着我老婆的发辫,穿着她的睡裙,而且那睡裙一直滑落到肚皮上。我说,快盖上,你的腰身太难看啦,我是对我老婆说的。那只旱蛙把睡裙拉到腰间。我在床旁边的椅子上坐下。那只旱蛙用我老婆的嘴微笑着。椅子咯吱吱,它说。椅子并没有咯吱作响。那只旱蛙把我老婆的辫子披在肩膀上,那么长,比睡裙还长。我说,你的头发长长了。那只旱蛙抬起头叫道,你喝醉啦,你马上会从椅子上摔下来。"

月亮上有一个红色的云斑。温迪施倚靠着磨房的墙。"人最愚蠢,"守夜人说道,"一味好心眼儿。"狗在啃一块肉皮。"我什么都原谅她了,"守夜人说,"我原谅了她那个面包师傅,我原谅了她在城里治病。"他用指尖抹过刀锋,"整个村子都在嘲笑我。"温迪施叹了一口气。"我真看不得她,"守夜人说,"只有一点,她这么快就死啦,好像她谁也不牵挂似的,只有这一点我不能原谅她。"

"上帝知道,"温迪施说,"那些女人,她们活着为什么。"守夜人耸耸肩膀:"反正不是为了我们。"他说道,"不是为了我,不是为了你。我不知道她们为什么。"守夜人抚弄着那只狗。"还有那些女孩儿,"温迪施说道,"上帝知道,她们早晚也会成为女人。"

自行车上有一个影子，草地上也有一个影子。“我女儿，”温迪施说道，他在脑子里掂量着语句的分量，“我的阿玛莉也不再是个小姑娘了。”守夜人抬头看着月亮上那块红色的云斑。“我女儿腿肚子圆滚滚的，”温迪施说，“就像你说的，真是看不得她。她一点儿都不快乐。”狗转转脑袋。“眼睛会撒谎，”守夜人说，“腿肚子不撒谎。”他把两只鞋分开来。“瞧瞧你的女儿，看她怎么走路，”他说道，“如果她走路时鞋尖侧着落地，那就是有事儿了。”

守夜人手里把玩着帽子。狗卧着，追着看。温迪施沉默着。“下露水了，面粉会给打湿，”守夜人说道，“镇长该不高兴了。”

一只鸟在磨池上舞动着翅膀，如沿着一条线缓慢地飞着。水面上浓雾弥漫，仿佛是地面。温迪施盯着它看。“像是一只猫。”他说道。“一只猫头鹰。”守夜人说。他把手放在嘴上，“老克罗纳家的灯已经亮了三天。”温迪施推起自行车。“她不能死，”他说道，“猫头鹰落不到屋顶上。”

温迪施穿过草地并且看着月亮。“我告诉你，温迪施，”守夜人叫喊道，“女人说谎。”

针

在细木工的屋子里灯还亮着。温迪施停下来。窗玻璃发出光芒。它映射出街道，映射出树木。这映像穿过窗帘，穿过垂下来的花边，进入屋子。在瓷砖壁炉旁边有一个棺材盖靠在墙边，它在等待老克罗纳的死。棺材盖上写着她的名字。尽管摆着棺材，屋里还是显得空荡荡的，因为很亮。

细木工背对着桌子坐在椅子上。他老婆站在他面前。她穿着一件条纹睡裙，手里捏着一根针，针上穿着一根灰色的线。细木工伸出食指给他老婆，他老婆用针尖从肉里挑一根木刺。食指流血了。细木工把手指缩回来，他老婆手里的针掉了。她垂下眼睛笑了。细木工伸手到她的睡裙下面去抓她，睡裙滑落下来。条纹乱成一团。细木工用流血的手指去抓她的乳房。那乳房很大，颤动着。灰色的线挂在椅子腿上。那根针针尖朝下摆动着。

床摆在棺材盖旁边。枕头是锦缎的，上面布满了大大小小的斑点。床铺着，床单是白色的，被子也是白色的。

猫头鹰飞过窗前。在窗玻璃里它飞着，长长的如同一只翅膀。它在飞行中颤动着。光线斜斜地落下来，猫头鹰成倍放大。

女人弯着腰在桌前来回躲闪。细木工伸手去抓她的两腿之间。女人看见了那根垂落的针，她伸手去抓它。那根线来回晃动。女人让自己的手在身体上向下滑动。她闭上眼睛。她张开嘴巴。细木工抓住她的手腕把她拉上床。他把裤子丢到椅子上。内裤塞在裤腿里如同一块白色的布片。女人伸腿屈膝。她的肚皮像是生面团。她的两条腿好像床单上的白色窗框。

床上方挂着一张镶着黑框的画。细木工的母亲系着黑头巾靠着她丈夫的帽檐。玻璃上有一块污斑。那污斑就在她的下巴上。她在画面上微笑着。她垂死地微笑着。不到一年。她笑进了一间墙壁挨着墙壁的屋子。

车轮在井边转,因为月亮很大,月光想要喝水。因为风悬在轮辐间。面粉袋潮湿了,像一个睡着了的人挂在后轮上。"像个死人,"温迪施想,"那个面粉袋歪在我后面。"

温迪施在他的大腿处感觉到自己硬邦邦的家伙。

"细木工的母亲,"他想,"凉啦。"

白大丽花

细木工的母亲在炎热的八月里用提桶把一个甜瓜沉入水井里。提桶四周溅起水花。井水咯咯笑着包裹绿色的瓜皮。井水让甜瓜变凉。

细木工的母亲提着大刀在园子里走。园子里的路是一条水沟。生菜长疯了,菜叶子被一直长到了根茎的白色乳液包裹着。细木工的母亲拎着沉重的大刀穿过水沟。篱笆开始的地方是园子到头的地方,那儿有一棵正开放的白色大丽花。大丽花一直长到她的肩膀那么高。细木工的母亲闻大丽花,她久久地闻着那白色的叶片。她把大丽花的味道吸进去。她摩挲着额头,看看园子。

细木工的母亲用大刀砍白色的大丽花。

"甜瓜纯粹是一个借口,"葬礼之后细木工说道,"大丽花才是她的灾难。"细木工的女邻居说道:"大丽花是一张脸。"

"这个夏天这么干旱,"细木工的老婆说,"大丽花长满了白色卷曲的叶子。它长得那么大,好像大丽花根本就不能开花似的。而且这个夏天一点风都没有,它们也不脱落。大丽花早就完蛋啦,可是它不能枯萎。"

"这真让人受不了,"细木工说,"没人受得了。"

没有人知道细木工的母亲用砍下来的大丽花干什么。她没有把它搬回家。她没把它弄回屋子。大丽花也不在园子里。

"她是从园子里来。她手里拿着那把大刀,"细木工说,"她眼睛里有大丽花的影子。她的眼白是干的。"

"有可能,"细木工说,"她在那儿等那个甜瓜来着,并且把大丽花掰碎了。她把它掰碎在手里了。也没有叶子洒落在地上。好像园子是一间屋子似的。"

"我想,"细木工说道,"她用那把大刀在地上挖了一个洞。她把大丽花埋了。"

细木工的母亲在后晌从水井里拎起了那个水桶。她把甜瓜放在厨房的桌子上。她把刀尖刺入绿色的瓜皮。她转着圈抡那把大刀并且把甜瓜从中间剖开。甜瓜砰的一声爆开了。甜瓜发出垂死的咕咕声。先是在水井里,后来到了厨房桌子上,甜瓜都是活着的,直到它最后被一刀切成两半。

细木工的母亲使劲张开眼睛。因为她的眼睛如此干涩犹如大丽花,它们张不大。汁水从刀锋上滴落下来。她的眼睛小而刻毒地盯着红色的瓜肉。黑色的瓜子如同一把梳子的齿彼此重叠地生长着。

细木工的母亲并没有把甜瓜切成块。她把两半的甜瓜摆在自己面前。她用刀尖把红色的瓜肉挖出来。“她两眼闪闪发光,那是我以前从来没见过的。”细木工说道。

红色的汁水顺着厨房桌子滴落下来。顺着她的嘴角滴落下来。顺着她的胳膊肘滴落下来。甜瓜红色的汁水粘在地上黏糊糊的。

“我母亲的牙齿从来没有这么白而且这么凉。”细木工说道,“她吃完说道,别这么看,别盯着我嘴看。她把黑色的瓜子吐在桌子上。”

“我移开目光。我没有离开厨房。我害怕那个甜瓜,”细木工说道,“我透过窗户看着街道。有一个陌生男人走过。他走得很快而且在自言自语。我在自己身后听见我母亲用刀子挖。听见她咀嚼。听见她吞咽。妈妈,我说道,并没有看她,别再吃了。”

细木工的母亲高举起手。“她叫喊,她叫的声音那么大,我注视着她,”细木工说道,“她挥舞着刀子。这不是夏天,你不是人,她叫喊道。我脑袋胀,我五脏六腑都发烧。这是夏天,一个从来没有过的下火的夏天。只有这甜瓜让我凉下来。”

缝纫机

石子路坑洼而狭长。猫头鹰躲在树后面尖叫着。它找寻着一个屋顶。房舍披着有流淌痕迹的白灰。

温迪施在肚脐下面感到自己执拗的生殖器。风敲打着树木。它在缝制。风在缝制一个口袋到大地上。

温迪施听见他老婆的声音。她说:“不仁不义。”每天晚上她都说“不仁不义”,当温迪施在床上转向她呼吸的时候。两年前她肚子里没有了子宫。“医生不允许,”她说道,“我可不让折磨自己的膀胱,就因为你喜欢。”

她说这话时,温迪施在她和他的脸之间感觉到她那冰冷的愤怒。她抓住温迪施的肩膀。有时候那会持续一小会儿工夫,一直到她找到他的肩膀。找到他的肩膀以后,她会在黑暗里凑到温迪施的耳旁说:“你都能当祖父了。咱俩的好光景过去了。”

去年夏天,温迪施是带着两袋面粉回家的。

温迪施敲着一扇窗子。镇长隔着窗帘打开手电筒。“你敲什么?”镇长说道,“把面粉放在院子里,小门还开着呢。”他的声音睡意蒙眬的。夜来正下着一场雷雨,一道闪电窗前落在草地上。镇长关掉手电。他的声音清醒了,大声说话。“还有五批,温迪施,”镇长说道,“新年一到就给钱,那样到复活节你就拿到护照了。”一阵雷鸣,镇长盯着窗玻璃看。“把面粉放到屋檐下面,”他说。“别让雨水淋湿了。”

“已经十二批了,交了上万列伊①,复活节还早着呢。”温迪施想。他已经很久没有敲那扇窗户了。他开开小门。他抱着那袋面粉把它放在院子里。即使没有下雨,温迪施还是把它放在了屋檐下。

自行车轻快了。温迪施推着它走。穿过草地时温迪施没有听见自己的脚步声。

在那个雷雨夜里所有的窗户都黑了。温迪施站在长长的过道里。一道闪电划破大

① 列伊,为罗马尼亚货币单位。

地。一阵雷鸣将院子挤压进裂缝里。温迪施的老婆没听见钥匙在门上转动的声音。

温迪施站在前厅里。那阵雷声在村子上空远远的,落在园子的后面,给黑夜带来一阵冷冷的寂静。温迪施眼前一阵寒冷,他有一种感觉,夜会被打碎,强烈的光芒会突然间笼罩着村子的上空。温迪施站在前厅里并且知道,倘若他不走进屋里,他会穿过园子看见全部事物那狭长的终结,还有他自己那无所不在的终结。

温迪施在门后面听见他老婆那单调均匀的呻吟声,好像一台缝纫机。

温迪施推开房门。他打开灯。他老婆的两条腿如同敞开的窗扇伸在床单上,在灯光中抽动着。温迪施的老婆张开眼睛。她没有因为灯光而眼花,她只是目光呆滞。

温迪施弯下腰。他解鞋带。他从他的腋下看见他老婆的大腿。他看见她湿黏的手指拉扯着头发。她不知道她该把有着这样手指的手搁在哪儿。她把它放在自己赤裸的肚皮上。

温迪施看着自己的鞋并且说道:"所以就是这样。对付膀胱就是这样,好心的女人。"温迪施的老婆把有着这种手指的手放在脸上。她把她的腿往床边上移。她把它们紧紧地并在一起,直到温迪施只能看见一条腿和两个脚掌。

温迪施的老婆转脸朝向墙并且大声哭起来。她用她那年轻时代的声音悠长地哭着。她用她老年的声音短促而轻声哭着。有三次她用另外一个女人的声音呜咽。然后她沉默下来。

温迪施关掉灯。他爬上暖融融的床。他感觉到她的湿滑,仿佛她在床上排干净了肚子一般。

温迪施听着睡眠将她深深地压进那湿滑里。只有她的呼吸在作响。他累了而且空了。远离开一切事。如同一切的尽头。如同她那呼吸在他自己的尽头低吟浅唱。

她的睡眠每一夜都这么沉,以至于她想不起她的梦。

黑　斑

皮革匠家的窗户在苹果树后面。它透射出明亮的光芒。"他拿到护照了。"温迪施想到。那窗户很刺眼,玻璃上什么也没挂。皮革匠卖掉了一切,屋子里空空如也。"连窗帘都卖了。"温迪施自言自语。

皮革匠靠在陶瓷壁炉上。地板上堆着白色的盘子。窗台板上放着餐具。皮革匠黑色的大衣挂在门把手上,他老婆弯着腰在大箱子上方忙碌着。温迪施看见她的手。它们的影子投射到空荡荡的墙壁上,长而弯曲。手臂如同水面上的树枝一样蜷曲。皮革匠在数钱。他把捆扎好的光鲜的钞票放进陶瓷壁炉的管道里。

橱柜是一个白色的正方形,床是白色的边框,那之间是墙上的黑斑。地板走了样,翘起来了,高高地翘上了墙,在门前又降下来。皮革匠在数第二叠钞票。地板像是要把他遮盖住。皮革匠的老婆吹去皮帽上的尘土。地板像是要把她抬上天花板。挂钟在壁炉旁边留下一个长长的白色斑痕。时间就挂在壁炉旁边。温迪施闭上眼睛。"时间到头了。"温迪施想到。他听见挂钟的白色斑痕发出嘀嗒声,从黑色的斑痕里看见表盘。时间没有指针。只有黑色的斑痕在旋转。它们在推挤。它们推搡着从这白色的斑痕里溜走，顺着墙壁掉落。它们就是那地板。那黑色的斑痕就是其他房间里的地板。

鲁迪跪在空屋子的地板上。他的彩色玻璃长长地顺着摆在他面前，摆成一圈。鲁迪的身边放着空箱子。墙上挂着一张画。那不是一张画，边框是绿色玻璃的，边框里边是带红色波纹的乳白色玻璃。

猫头鹰飞过园子。它高声叫着。它飞得很低。它成夜飞。“一只猫，”温迪施想，“一只猫，它在飞。”

鲁迪将一把蓝色玻璃的调羹拿到眼前。他的眼白很大。他的瞳孔在调羹里是一只湿润晶亮的珠子。地板将颜色冲到房间的墙边。其他房间里的时间涌进来。黑色的斑痕一起游动。白炽灯泡在眨眼睛。亮光破碎了。两扇窗户彼此交错地飘浮着。两块地板将墙壁挤压到自己面前来。温迪施伸手扶住自己的脑袋。血管在脑袋里跳。太阳穴在他的指关节处敲打。地板在抬高。它们在靠近，在触碰。它们沿着自己那瘦长的裂痕落下。它们变得沉重，而大地将破碎。玻璃将燃烧，将在箱子里变成一个颤抖的溃疡。

温迪施张开嘴。他觉得它在脸上长大，那个黑色的斑痕。

盒　子

鲁迪是工程师。他在一家玻璃工厂工作了三年。玻璃工厂在大山里。

皮革匠在这三年里只去看过他儿子一次。“我坐了一个礼拜的车进山去看鲁迪。”皮革匠对温迪施说道。

待了三天皮革匠回家了。他脸上带着山区里的空气留下的高原红和因为失眠造成的眼部伤害。“我在那儿睡不着觉，”皮革匠说道，“我闭不上眼睛，我脑袋里总是感觉到那些大山。”

“抬眼望去，”皮革匠描述说，“到处都是大山。进山的路都是隧道，也是大山，黑乎乎的像是在黑夜里。火车穿越隧道，整座大山都铿铿地响。耳朵里满是嗡嗡声，脑袋里胀得难受。一会儿掉进了黑暗的无底洞，一会儿又是亮晃晃的白天。”皮革匠说道，“就这么变来变去的，真让人受不了。所有的人都坐着，可是不往窗外看。见阳光的时候他们就读书，然后还得留神书别从膝盖上滑下去。我需要小心的是胳膊肘别碰到那些书。车厢里一黑下来，他们会把书合上。我留心地偷听，火车过隧道时我留心地偷听，他们是不是把书合上。我什么都听不到。接着车厢里亮了，我先看那些书，然后看那些人的眼睛。书合着，那些眼睛都闭着。那些人在我之后张开眼睛。我跟你说，温迪施，”皮革匠说道，“我很自豪，因为我比他们先张开眼睛。我对隧道的尽头有敏感，我从俄罗斯得到的这种敏感。”皮革匠说道，他伸手抚弄着自己的额头。“这么多铿铿响的黑夜和这么多明晃晃的白天，”皮革匠说，“我可没见过。夜里我躺在床上听着那些隧道。它们隆隆作响，就像乌拉尔那些敞篷货车。”

皮革匠摇晃着脑袋。他脸上放光。他抬眼朝桌子那边看去，他看看他老婆是不是在听。然后他压低声音说道：“还有女人哪，我告诉你温迪施，那儿有女人。她们有优势，她们割麦子比男人快。"皮革匠哈哈大笑。"可是老天爷,"他说道,"那是些瓦拉希亚①女人,她们上床不错,做饭可是和咱们的女人不能比。"

桌子上放着一个白铁皮碗。皮革匠的老婆在这个碗里搅鸡蛋清。"我洗了两件衬衣,"她说道,"水都黑了。那地方多脏,只不过在树林子里头看不出来。"

皮革匠往那个碗里看看。"上边,在最高的山上,"他说道,"有一个疗养院。那儿住着疯子。他们穿着蓝色的内裤和厚厚的大衣在篱笆后面活动。有个人整天在草地上找冷杉球果。他自言自语。鲁迪说他是一个矿工,搞过一次罢工。"

皮革匠的老婆把指尖伸进蛋清里。"他自作自受。"她说道并且把指尖舔干净。

"还有一个,"皮革匠说,"他只在疗养院里待了一个礼拜,就重归地下了。一辆汽车碾过了他。"

皮革匠的老婆端起碗。"鸡蛋太老了,"她说道,"打出来的蛋液有点儿苦。"

皮革匠点点头。"从上边能看见那些墓地,"他说道,"它们歪歪斜斜地往下挂在山上。"

温迪施把手放在桌子上那只碗的旁边。他说道:"我可不想埋在那儿。"

皮革匠的老婆心不在焉地看着温迪施的手。"是呀,山区应该是挺不错的,"她说,"就是离这儿太远了。我们没法去,鲁迪也回不来。"

"现在她又烤糕饼了,"皮革匠说,"而鲁迪根本不吃那些东西。"

温迪施从桌子上收回手。

"云彩往下飘到镇上,"皮革匠说,"那些人在云彩之间朝下走。每天都有雷雨。如果他们正好在田野上,他们会被雷劈到。"

温迪施把手插进裤兜里。他站起来。他朝门走去。

"我带回来些东西,"皮革匠说道,"鲁迪让我给阿玛莉带回来一个小盒子。"皮革匠拉开一个抽屉。他又把它关上了。他看着一个空箱子。皮革匠的老婆在裙子口袋里找。皮革匠打开柜子门。

皮革匠的老婆有气无力地举起手。"我们会找到它的。"她说。皮革匠在自己的裤兜里找。"今天早上我手里还拿着它呢。"他说道。

…………

焦洱　译

---

① 瓦拉希亚,罗马尼亚旧称。

2010
获奖作家
巴尔加斯·略萨

传略

马里奥·巴尔加斯·略萨，拥有秘鲁与西班牙双重国籍的作家及诗人。他创作小说、剧本、散文随笔、诗、文学评论、政论杂文，也曾导演舞台剧、电影和主持广播电视节目及从政。他诡谲瑰奇的小说技法与丰富多样而深刻的写作内容为他带来“结构写实主义大师”的称号。因其“对权力结构的精确绘制，以及对个人的抵制、反叛和挫败的犀利刻画”获二〇一〇年诺贝尔文学奖。

马里奥·巴尔加斯·略萨（Mario Vargas Llosa，1936—2025），出生于秘鲁南部亚雷基帕市。一九五三年进入秘鲁国立圣马尔科斯大学双修文学与法律，一九五七年入同校语言学研究所做研究生，一九五八年中旬以研究尼加拉瓜作家、诗人鲁文·达里奥的学位论文获文学学位。同年离开祖国秘鲁移居欧洲，在西班牙、法国、英国、美国等多个国家生活。

一九六七年，巴尔加斯·略萨被选为秘鲁学院院士。一九七六年八月，巴尔加斯·略萨在英国伦敦召开的国际笔会大会中获选为第四十一届国际笔会会长，为出任国际笔会会长的拉丁美洲第一人。他曾在英国剑桥大学（1977）、英国伦敦大学国王学院（1969—1970）、美国哥伦比亚大学（1975）、美国哈佛大学（1992）等校任教。一九八七年，巴尔加斯·略萨回到秘鲁组建新政党——“自由运动组织”，主张全面开放的自由市场经济。一九八九年，巴尔加斯·略萨参加秘鲁总统大选，最终惜败于藤森。一九九三年，巴尔加斯·略萨拥有了西班牙国籍。一九九四年三月二十四日，他被西班牙国王任命为西班牙皇家学院院士。

作为拉美“文学爆炸”的重要作家，巴尔加斯·略萨著述丰硕，出版了三十多部小说、戏剧、文学和政治评论集。他的第一部小说《城市与狗》是他的成名作，为他赢得了一九六二年简明丛书奖和一九六三年西班牙文学批评奖。《城市与狗》也是标志着拉丁美洲“文学爆炸”的四部里程碑小说之一。一九六五年他的第二部小说《绿房子》问世，并获得西班牙文学批评奖、首届罗慕洛·加列戈斯国际小说奖及秘鲁的国家小说奖。

巴尔加斯·略萨大部分作品都集中于一个主题——反独裁。《城市与狗》及后来发表的小说《酒吧长谈》（1969）、《潘达雷昂上尉与劳军女郎》（1973）、《胡利娅姨妈与作家》（1977）、《世界极地之战》（1981）、《狂人玛伊塔》（1984）、《小山羊的节日》（2000）、《天堂在另一个街角》（2002）、《坏女孩的恶作剧》（2010）等，都是他“小说需要介入政治”、让小说成为尖锐而有力的重要武器的创作思想的体现。《城市与狗》和《潘达雷昂上尉与劳军女郎》出版后都遭到他的祖国禁毁，直到二十世纪八十年代秘鲁民主化后才解禁。

巴尔加斯·略萨以卓越的创作获奖无数。一九八六年，他得到西班牙颁发的安赫尔·阿斯图里亚斯王子文学奖。一九九三年发表的小说《利图马在安第斯山》让他成为行星文学奖得主。一九九五年四月二十三日，他在塞万提斯的故乡从西班牙国王手中接过西班牙语文学的最高荣誉——塞万提斯奖的奖杯。一九九六年，他成为德国法兰克福国际书展颁发的德国图书和平奖年度得主。一九九八年三月，他以非小说文集《顶风破浪》的英译本成为美国的全国书评奖评论类一九九七年年度得主。

一九七五年，巴尔加斯·略萨亲自编写剧本并参与导演，将他的小说《潘达雷昂上尉与劳军女郎》搬上大银幕，这是他首度执导电影。同年，他一九六七年出版的小说《崽儿们》在墨西哥改编成电影上映。一九八三年，他发表喜剧《凯蒂与河马》，此剧在多国公开上演。一九九九年，《潘达雷昂上尉与劳军女郎》入围奥斯卡金像奖最佳外语片。

二〇〇五年，巴尔加斯·略萨的回忆录《水中鱼》改编为舞台剧在西班牙巴塞罗那公开上演，由他亲自登场与职业演员演出，这是他第一次主演戏剧。

目前，巴尔加斯·略萨主要在欧美多所著名大学和研究院担任客座教授和进行相关研究。

授奖词

马里奥·巴尔加斯·略萨的写作为我们塑造了一个新的南美形象，并在现代文学史上翻开了属于它自己的篇章。巴尔加斯·略萨早年曾是小说的复兴者；而现在，他的探索已经超越了拉美文学的范畴，如同史诗一般包罗万象，涉及各种文学体裁。

他是一位很难归类的作家。从最初的秘鲁阿雷奇帕市郊区到现在的世界公民，从一开始因为卡斯特罗的恶行而笃信马克思主义到后来的自由主义者，从一名落选的总统竞选人到出现在全国的邮票上，他既是诗人，也是史学家，还是批评家、情色爱好者、散文家和无所不谈的专栏作家——包括足球和飞行恐惧。作为世界著名报刊的记者，他让我们想起了格雷厄姆·格林。

巴尔加斯·略萨带领我们穿越到一个当代所不熟悉的地带，一个十九世纪的探索者身处之境。他把巴尔扎克和托尔斯泰的叙述传统与威廉·福克纳的现代实验结合在了一起。

对传统权威的反叛,将他引向与现状相反的方向,从而走上了一条通往文学和幻想的年轻叛逃之途。

叛逆依旧是他的主题——有时是以弗洛拉·特里斯坦与她的孙子保罗·高更与他们那个年代的传统斗争的形式;又或者在他的新小说中,对爱尔兰人罗杰·凯斯曼特莱奥波尔多二世统治下的刚果的奴隶制度的揭露。

值得注意的是,反叛仅作为小说写作而获得成功。只要独裁者和暴君依旧存在于我们的生活和人类社会中,反叛将永远持续下去。

巴尔加斯·略萨运用小说来刺穿一切势力的笼罩,并探索那些开拓者的种种困境。军事学校的礼堂、政府的走廊立在露天之下百折不挠的原住民面前,尽管后者几乎无法在反压迫统治的战斗中胜利。虽然历史摧残了巴尔加斯·略萨笔下的人物,却并不能毁灭他们的人性。

在拉丁美洲,作家背负着某种道德义务,即必须站在代表正义的那一边。但这种要求令创作的欲望和想象力变得贫乏。巴尔加斯·略萨的小说从不陷于这种道德上的绝对服从;它们用词丰富,带给读者多种理解,强调了拉丁美洲在社会和民族形式上的多样性。他让读者听到那些沉默者和被压迫者的声音——这既是一个美学壮举,也是一个道德行为。他对人怀有无限的兴趣——从统治者到妓女——对他来说没有什么题材是不合适的,无论是执政者的愤怒还是情人之间的小故事。

在他以歹徒为题材的阴暗作品《世界极地之战》中,巴尔加斯·略萨被那些狂热分子和他们的世界观所深深吸引。一个先知预见世界将于1900年毁灭,并召集一支衣衫褴褛的乌合之众,最终挫败了巴西的军队。另一个狂热分子,《阿勒詹多拉·玛伊塔的真实生活》(又译《狂人玛伊塔》)中的玛伊塔,是一个有着四分之一印第安人血统的地下左翼分子,最初是一个理想主义者,后来在秘鲁分裂的前夕转变为一名恐怖分子。这是来自年轻一代的革命浪漫主义的反抗。通过早期小说《英雄时代》①和《绿房子》就开始形成的明晰、灵活的语言风格,巴尔加斯·略萨把我们带入的是一个因社会和政治裂缝而形成的深潭。

在巴尔加斯·略萨后来关于暴政的小说《小山羊的节日》中,他描写了多米尼加共和国的暴君特鲁基洛。小说中对奴性和专制的描写极其深入,与它产生的恐惧抗衡的是同情与人道。那错综复杂的情节中,还包括独裁者强迫瑞典皇家学院授予自己目不识丁的妻子诺贝尔文学奖。

巴尔加斯·略萨有一双从无知中发现愚蠢、从罪恶中挖掘惰性的眼睛。他有着超凡的语言能力,既能描绘人类的友好,又能描绘惩罚的残暴与等级制度的虚浮。比起激进的乌托邦主义,他选择的是对常理的妥协。在他关于福楼拜的作品中,巴尔加斯·略萨毫无忌讳地宣称,他和爱玛·包法利有着同样的"对肉体胜于对精神的快感渴求,对感官

---

① 《英雄时代》,即《城市与狗》,英文译本改名为《英雄时代》。

和直觉的尊重,对世俗生活高于一切的肯定”。

他的写作题材还包括爱情及其缺失、暴力的诱惑以及正义的败北。在他的那些情色作品中,他是个勇于自嘲的浪荡之徒。或者,用他的话来说:“没有邪念就没有伟大的艺术,因为一切伟大的艺术所表达的都是人类的全体经历,这既包括思想,也包括本能、困顿、疯狂和幻象。”

巴尔加斯·略萨相信文学的力量。没有文学,就无从演绎人类的可能性,亦无从探索人迹罕至之处。这是抵御偏见、种族歧视、狭隘民族主义的一座堡垒,因为在一切伟大的文学中,世上的所有男女都平等地活着。要压制一个阅读广泛的民族更加困难。

因此,他一直为表达的自由、也为不分地域的人类权利而奋斗,怀着对解放的热情、政治的勇气和为人的常理——这些因素在作家身上往往并不能达到和谐。在那灰暗的纳粹时期,他正是左拉、安德烈·盖德和加缪他们所体现的:楷模和领袖。

我亲爱的马里奥·巴尔加斯·略萨:你以丰富的想象力托起二十世纪的历史。五十年来,它高高飘浮在天空中,如今光辉依旧。瑞典学院祝贺你。请上台来从陛下手中接过今年的诺贝尔文学奖吧!

瑞典学院诺贝尔奖评委会主席 坡尔·瓦斯特伯格

李畅 译

作品

面向二十一世纪的小说①

首先,塞万提斯的不朽名著《堂吉诃德·德·拉曼恰》有一种形象:一个五十来岁的绅士,穿着背时的甲胄。他和他的瘦马一样骨瘦如柴,和他一起在拉曼恰行侠冒险并充当侍从的是一位骑着毛驴的粗壮农民。而广袤的拉曼恰冬季寒冷结冰,夏季炎热似火。促使他如此这般的是一个疯狂的计划:恢复被世纪淹没的游侠骑士时代(而事实上这样的时代从来不曾有过)。那些骑士行侠天下,锄强扶弱,匡扶正义,让无能为力的人们过上想要的日子。这是骑士小说中宣扬的精神,老绅士沉浸于斯,不能自拔,因为在他看来,那些小说乃是诚者斯言,确有其事。这一理想当然不能实现,因为堂吉诃德生活的现实便是其否定性见证:没有游侠骑士。没有人信奉骑士道的那一套理念,战争也不再是出于自尊、凭借蛮力的单挑独斗。而今,正如堂吉诃德自己不无哀怨地在谈到武器和文学时所说的那样,战争并不取决于利剑和长矛,也就是说,它不取决于个人恩怨和武艺,而是由炮兵的大炮和火药说了算。后者的杀伤力消解了建立在个人荣誉基础之上的行

① 本文译自西班牙皇家语言学院和全球西班牙语国家语言学院联合纪念版《堂吉诃德》(2004)的序言。

为规则和阿马迪斯·德·高拉、白骑士及特里斯当等英雄事迹的神秘光环。

这意味着《堂吉诃德》是一部怀旧之作或阿隆索·吉哈诺的疯狂是来自对往昔的怀念和对现代化及进步的本质的否定吗？是的，但前提必须是堂吉诃德信奉和执着的时代确实在历史上存在过。然而，事实是这一切都不外乎想象、传说和乌托邦，是人类为了逃避某种恐惧和野蛮所发明的一个希望中的有秩序、有荣誉、有原则、有正义的法官和救人于水火的社会。这个社会没有苦难，并能使中世纪的男人、女人过上各得其所的体面生活。

使堂吉诃德丧失理智的骑士小说（对这种说法不可望文生义，但必须从形而上的层面去理解）并不是“现实主义的”，盖因有关作品的夸夸其谈并不反映现实生活。但它们恰恰是对现实生活的一种天真的、富有幻想的、充满理想希望的回应，换言之，它们是对真实世界的一种拒绝。于是，在它们优雅的程式化表演中，正义得到了伸张，罪恶受到了惩罚。而它们的热切读者（或者酒馆里和广场上的听众）大都是那些在黑暗和绝望中挣扎的人。

因此，让阿隆索·吉哈诺成为堂吉诃德·德·拉曼恰的那个梦想并非出于怀旧，而是因为一个更具野心的理想：实现神话，让虚构变成现实。

诸如此类无不被阿隆索·吉哈诺周遭人等视作纯粹的癫狂，尤其是他的亲友，如那个其名不详的村庄里的神甫、理发师尼古拉斯、管家、外甥女和参孙·卡拉斯科学士。然而，随着小说的发展，愁容骑士终于使梦想渐渐浸入现实，尽管所到之处总是饱受磨难和皮肉之苦。马丁·里盖尔在其出色的解读中强调：堂吉诃德在整个冒险过程中始终如一，毫不动摇，他坚信是魔法师改变了现实，即将巨人和敌军变成了风车、酒囊、羊群或囚犯。这是毋庸置疑的。然而，虽然堂吉诃德始终不渝地执着于骑士世界，但他所处的现实和周遭人等却慢慢发生了变化，仿佛被他的疯狂所感染（一如博尔赫斯的某个故事），逐渐变成了虚构。这是塞万提斯的伟大小说最微妙、也最现代的地方。

虚构与生活

虚构是《堂吉诃德·德·拉曼恰》的一大主题。它以它的理由、它的方式浸入生活，并以自己的方式使后者发生改变。于是，被许多现代读者称为“博尔赫斯式”的故事，如《特隆，乌克巴尔，奥尔比斯·特蒂乌斯》，其实是塞万提斯的专利。只不过几个世纪之后博尔赫斯使它得以复活并获得了新的个性色彩。

虚构是塞万提斯小说的中心，盖因作为主人公的拉曼恰绅士是“移花接木”的产物（他的疯癫首先是象征性的，其次才是病理性的），是骑士文学幻想的结果。他对阿马迪斯和帕尔梅林们的世界信以为真，终于投身其中，开始了行侠冒险。当然，这种反讽的生活使他遭受了一系列小小的灾难。但是他并没有从现实的惨痛经历中汲取教训。一如虔诚的信徒，他坚信是可恶的魔法师使他的事迹改变了性质，变成了闹剧。他我行我素，矢志不渝。虚构于是渐渐浸润生活，现实慢慢与堂吉诃德的幻想和异想天开趋同。桑丘·潘沙自己也从最初的功利务实的纯粹地球人蜕变成了第二部中幻想和奇迹的同谋。

比如他担任海岛总督时,满心欢喜地投入了虚拟和幻想的世界。他的语言在开始的故事中既简单滑稽又土里土气,却在第二部中变得文雅多了,在某些片段中甚至具备了他主人那样的谈吐。

难道穷人巴西利奥不正是用虚构的计谋从富人卡马乔手中夺回美女季德里娅的(见第二部第十九至二十一章)吗?季德里娅的婚礼正紧锣密鼓地进行着,巴西利奥佯装中剑自杀,身上沾满了血迹。就在“奄奄一息”的时候,他向季德里娅求婚,说如果后者不答应,他就会拒绝忏悔而终。但季德里娅刚答应他,他就复活了,原来他那是在演戏,而身上的血是他预先用小瓶子藏在身上的。虚构产生了效应,而且是在堂吉诃德的帮助之下变成了现实。巴西利奥和季德里娅终成眷属。

堂吉诃德的那些老乡朋友如此憎恶骑士小说,以至于采取宗教裁判所式的手段将阿隆索·吉哈诺的图书馆付之一炬。在他们看来,是虚构(小说)使绅士成了疯子。他们甚至策划并导演了一出戏,以便让愁容骑士恢复理智并回到现实世界中来。但结果正好相反:虚构开始吞噬真实。参孙·卡拉斯科学士两次扮演游侠骑士,第一次自称为镜子骑士,三个月后在巴塞罗那又用了白月骑士的名号。第一次没有奏效,因为堂吉诃德毫无改变;第二次终于达到了目的:他战胜了堂吉诃德并迫使其回到家乡,挂枪一年,从而将小说引向了高潮。

但这个反高潮的高潮是被迫的,也是令人哀伤的。正因为如此,塞万提斯在短短几页中将它一笔带过。阿隆索·吉哈诺轻易放弃“疯狂”是不正常的,也是不真实的。于是,他让人物重新回到现实,尽管这现实已经悄悄地发生了变化,即一定程度上变成了虚构,就像哭伯桑丘·潘沙(这正是他的俗称)最后在主人临终的床前所恳求的那样,“您别死啊!”他甚至恳求奄奄一息的堂吉诃德起来,“一起穿上牧人装到田野去”,将虚幻的牧歌故事还原成真实的生活。而这恰恰是堂吉诃德最后的梦想(见第二部第七十四章)。

这一现实虚构化过程随着无名神秘公爵的出现达到了高潮。从第二部第三十一章起,这个过程加快了速度,于是大量日常生活事件变成了小说或戏剧性虚构。一如小说中的许多人物,公爵夫妇读过《堂吉诃德》第一部,因此,当他们遇见堂吉诃德和桑丘·潘沙时立即表现出了极大的兴趣,其程度竟不亚于当初堂吉诃德之于骑士小说。于是,他们决定让城堡的生活变成虚构,让一切符合堂吉诃德沉溺于斯的非现实状态。接连好几章,虚构代替了真实生活,并让后者变成了现实的梦幻和活着的文学。公爵夫妇是出于自私,他们多少有些居高临下地拿他们眼里的疯子及其随从取乐。但事实上游戏渐渐变质,以至于最终吞噬了真实。一天下午,堂吉诃德和桑丘突然离开公爵府取道萨拉戈萨。公爵夫妇不肯就此罢手,竟然动员所有兵力和下人出发寻找那主仆二人,以便将他们带回城堡,因为城堡里已经为阿蒂西多拉准备了一场葬礼,而且人们将看到她死而复生。在公爵夫妇的世界里,堂吉诃德已经不是异想天开的代名词。他就像回到了家里,一切都充满了虚幻:从桑丘执政巴拉塔里亚岛实现其当海岛总督的心愿,到那匹克拉威来狃神马(其实是一个四方的木匣子外加几个风箱而已)使主仆二人以为是幻想中四面来风的腾云驾雾。

和公爵夫妇相仿,小说的另一位大人物是巴塞罗那的堂安东尼奥·莫雷诺,他同样款待了堂吉诃德,同样为后者设计了虚化现实的场景。比如他家有一颗中了魔法的青铜首级,它能回答人们提出的问题,盖因它能卜会算,洞识人们的过去和未来。叙述者解释说这是“假的”,因为它只是个空壳儿,有个学士躲在里面回答问题。这不是堂吉诃德式的体验虚构、演绎生活是什么?只不过少了些天真,多了些狡黠罢了。

在巴塞罗那期间,堂安东尼奥·莫雷诺陪伴堂吉诃德参观市容(后者背上是插了标签的)。突然,一个卡斯蒂利亚人迎上前来对奇情异想的绅士说:“你是个疯子……(而且)能使所有接近你、和你接触的人发疯。”(第二部第六十二章)卡斯蒂利亚人说得在理,堂吉诃德的疯癫(他的非现实欲)是会传染的,从而激发了周遭人等的虚幻欲。

这说明《堂吉诃德》是一部丰饶的森林似的、由大大小小的小说和故事组成的书。不仅有神出鬼没的熙德·哈梅特和另一个叙述者(他自诩为另一个转述者和翻译者,而实际上却是它的出版者、注疏者和书评家);还有那些穿插在堂吉诃德和桑丘的主干故事之间的《何必追根究底》及卡尔德尼奥和多罗托阿的故事,即故事中的故事。它们发散着被文学虚构化的生活气息。同样,小说的许多人物传染上了叙述症或叙述瘾,比如那个美丽的摩尔姑娘或绿加班骑士或米棵米科娜公主,都参与了真真假假的故事的叙述,从而在小说的进程中创造了一抹抹语言的风景、想象的风景。它们相互交叠,时启时合,共同用经典风格和常规修辞营造着那道不那么现实主义的自然风景。总之,《堂吉诃德》是一部关于虚构的小说。在这部小说中,虚构的生活无处不在,在情景中,在话语中,在人物呼吸的空气中。

自由人之书

一如小说是关于虚构的虚构,《堂吉诃德》还是一曲自由之歌。我们不妨在堂吉诃德对桑丘的一番教导面前稍加逗留:“桑丘,自由是上天赐给人类的最大福祉。陆地和海洋中没有哪种财宝堪与媲美。为了自由和荣誉是可以用生命去冒险的。反之,牢狱之灾是人类最大的灾祸。”(第二部第五十八章)

此言背后,亦即小说人物背后的潜台词便是塞万提斯本人。他知道自己在说什么。曾几何时,他在阿尔及尔经历了五年囚徒生活,回到西班牙后又因债务问题和作为无敌舰队军需所遭受的指控,有过三次牢狱之灾。这些非凡的经历无疑加深了他对自由的理解和渴望,以及他对丧失自由的恐惧。也正是这些经历使这番肺腑之言显得更为真切,也更为深刻有力,从而为奇情异想的绅士的绝对自由精神奠定了基础。

那么堂吉诃德的自由思想究竟是什么呢?它便是十八世纪以降欧洲国家所谓的自由派思想:自由即个人选择生活的神圣权利和既无外来压力、亦无附加条件,完全尊重个人的聪敏与智慧。这就是几个世纪后以赛亚·伯林所说的“否定的自由”,即不受干扰的和非强制性的思想、言论和行为。寓居于这种自由思想的灵魂具有怀疑权威和否定一切滥权的深刻性。

我们知道堂吉诃德对自由的歌颂恰恰是在脱离无名公爵夫妇的魔掌之后。尽管堂吉诃德被公爵夫妇奉为上宾,但后者终究是其城堡的至高无上的主宰,即权力本身。尽管奇情异想的绅士受到了种种恭维和款待,但他隐约感觉到了一种威胁并束缚他人身自由的东西:“因为他并没有享受到自得其乐的自由。”(丰饶的礼品和物质终究不是他自己的)这种感觉意味着自由是建立在私有(己有)财产基础之上的。一个人只有在其自主性不受制约,其思想和行为完全自由的情况下,才是真正自由的,或者说他所享有的自由才是完全的。“由恩惠和好处驱动的责任和义务会束缚自由的战斗意志。那些由上天直接赐福并得到一小块面包而无须回报、只要感谢上天的人是多么幸运啊!”这太明白不过了:自由是个人化的,它需要起码的物质保证才能够实现。因此,依靠馈赠和施舍苟活的穷人是没有真正的自由的。当然,在远古,就像堂吉诃德对受到惊吓的牧羊人所说的那样,在遥远的黄金时代,“美德和仁义遍布世界”(第一部第十一章)。在那个伊甸园似的时代,私有制尚未出现,“人们生活的世界没有‘你的’和‘我的’之分”,“一切都是共有的”。但后来的历史发生了变故,“于是我们的这些不堪的世纪降临了”。这时,倘使有正义、安全和秩序,那也是“仗了游侠骑士的功劳,他们保护少女和寡妇,庇佑孤儿和穷人”。

堂吉诃德不相信维护正义、社会秩序和进步是当权者的职责,而是每一个人的义务,游侠骑士和他自己则是典范。他们视匡扶正义、保障自由和谋求世界的繁荣进步为己任。这就是游侠骑士:受高尚情操的驱动,上路去追寻让这个世界变得美好的方法。而权力对于他,每每非但无助,反倒有害。

在堂吉诃德的三次游侠经历中,权力在哪里?我们不妨跳出小说,着眼于西班牙的广袤土地。小说偶尔提及的西班牙国王是菲力三世,但一如堂吉诃德到访巴塞罗那港时提及的都督,国王和地方官员等在小说中基本处于一闪即逝的隐匿状态。而他们代表的机构,比如作为农村权力中心的神圣兄弟会,则在堂吉诃德和桑丘的游历中即使提及,也显得非常遥远,而且多少具有阴暗、危险的意味。

堂吉诃德对权力没有表现出丝毫的尊重。而后者一旦同他的正义感和自由理念相冲突,他就会毫不犹豫地与之抗争。他的第一次外出游历就遭遇了金塔纳尔的富邻胡安·哈尔杜多,当时后者正在鞭打一个弄丢了羔羊的童工。这在当时的野蛮习惯看来纯属正当,但对于堂吉诃德来说是忍无可忍的。于是他救了那个孩子,并自以为纠正了错误(他刚离开,胡安·哈尔杜多就违背诺言,痛打起安德列斯来,直把那孩子打得奄奄一息)(第一部第四章)。诸如此类,小说中充满了让绅士感到恐怖的故事。正因为如此,以他个人主义和自由主义的眼光看去,法律、政权和有关习俗即使是作为更高道德原则的存在,也不足以受到尊重了。

于是,堂吉诃德带着自由主义精神开始了几近自杀的冒险(这使得他在某些方面成了几个世纪后无政府主义思想家的先驱),而这些冒险恰恰是小说的精华所在:解放十二名囚犯,其中有一位可怕的吉内斯·德·帕萨蒙特,也即后来的佩德罗师傅。尽管奇情异想的绅士明知道这些人作恶多端,而且此去是为了替国王水军摇橹。他之所以如此的真实原因(“不该让好人去做另一些人的刽子手”)虽然处处隐约可见,却必得由贯穿整部作品的故事来逐渐彰显:他对自由的钟爱。如果要他在正义和自由中选择,他宁肯选择后者。因此,他对权力始终怀有警惕。在他看来,权力无法保障他隐隐约约说到的“普遍公正”。而后者多少具有一种堪与其自由理想媲美的平均主义愿景。

由此，不难看出堂吉诃德自由不羁的思想。他甚至赞美媒妁营生，认为这是“和谐共和国所必需的审慎之业”。他因此而抗议将一个老媒人判作劳役，认为他中间人的营生足以使他抵达“曼荼罗坛①并成为它的坛主”。（第一部第二十二章）

通常，谁敢如此明目张胆地向现世政治和道德规范挑战，谁便是“疯子”。他不仅仅针对骑士小说，他的所言所行直接指向他生活的社会及其根源。

堂吉诃德的祖国

在塞万提斯笔下及其字里行间，西班牙究竟是个什么样子？它是个幅员辽阔的世界，它没有边际，只有无数的人群、村庄和城镇。人们管这个地方叫“祖国”。类似描写和骑士小说颇有几分相似。后者所呈现的帝国呀，王国呀，不正是塞万提斯在《堂吉诃德》中刻意讥嘲的吗？（与其说是讥嘲，不如说是颂扬，即以其最具文学抱负的作品——通过幽默和戏仿——来重构骑士文学所描绘的时代，并使后者的社会和艺术价值得以在与之完全不同的十七世纪复活。）

在漫长的三次游历中，堂吉诃德走遍了拉曼恰及阿拉贡和加泰罗尼亚的部分地区。但通过叙述和对话，许多人物所关涉的人文地理却使西班牙显得无比广阔，其领土的概念甚至超越了人文地理和行政范畴，从而呈现出某种宗教的意味：影影绰绰之中，西班牙的边境一直伸向大海，而大海的另一端是宗教敌人——摩尔人。但与此同时，西班牙又是个相对狭小的国度，是堂吉诃德和桑丘·潘沙游历的地方，尽管这并不妨碍它亲切地展现“祖国”的多元环境和斑斓色彩。这个记忆所及的人文空间，它的风景、它的人民和男人、女人的生活习俗是最好的遗产。而这些记忆中的遗产是这方水土中人的最佳身份证。小说中的人物行走世界，或可说他们背井离乡。他们的出现总是和他们的“祖国”联系在一起的，即他们记忆中的那些村落以及他们留在村落中的爱情、友谊、家庭、房屋和牲口，还有难以抑制的不尽乡思。第三次游历结束之后，经过了无数冒险，桑丘·潘沙回到老家，他双膝跪地，激动不已。“睁开眼睛吧，我亲爱的祖国，看看你的儿子桑丘·潘沙回来啦……”他大声呼喊道（第二部第七十二章）。

随着时间的推移，“祖国”的物质概念渐渐淡去，它愈来愈具有国家的意味（而这必得到十九世纪才真正形成），以至于逐渐趋同。必须指出的是，《堂吉诃德》中的“祖国”与现代意义上的国家毫无关系。它甚至并不喜欢这种抽象的、普遍的、概念化的，尤其是政治化的观念。因为这种观念是一切民族主义的根源，是一种试图通过某些共同特征来涵盖某些个体的集体主义意识形态（如种族、语言、宗教等），以强调区别于“他者”的特性。这种观念正是堂吉诃德所竭力推崇的自由主义的反面，但同时是塞万提斯其他小说中人物所普遍奉行的。“爱国主义”是那个世界的一种普遍而积极的情感，是爱土地、爱家人和认祖归宗、区别“他者”，乃至拓展边界、抵抗“他者”的重要方式。因此，堂吉诃德的西班牙没有边际。它是一个多元的世界，有无数个祖国。它是开放的、外向的。它敞

① 曼荼罗坛，佛教或印度教教坛。

开大门,来者不拒。唯一的条件永远是对方的和平意愿和宗教认同(即异教徒必须改教,这是反改革运动时期不可调和的意识形态)。

现代人之书

《堂吉诃德》的现代性在于它的正义感和反叛精神。它使人物服从于改变世界、让世界变得美好的个人职责,尽管当这种理想付诸实践时人物会遇到挫折,甚至挨打,受凌辱,并成为笑柄。同时,它也是一部现代小说,盖因塞万提斯为讲述堂吉诃德的英雄事迹革新了当时的叙事技巧,从而奠定了现代小说的基础。即便是无意识,现代小说的作者在把玩形式、拿捏时序、操控视角、实验语言的时候,都欠了塞万提斯一份人情。

《堂吉诃德》所体现的形式创新已经从不同角度得到了反复的考量与论证。然而,一如所有伟大的经典作品,它永远都是说不尽的。一如《哈姆雷特》或《神曲》或《伊利亚特》和《奥德赛》,《堂吉诃德》随着时间的推移不断自我翻新,无论是从美学的角度,还是从别的文化及其价值观来看,它都是一个真正的、取之不尽的阿里巴巴宝藏。

也许,《堂吉诃德》对叙事形式的最大革新是塞万提斯的叙述方式。叙述方式是任何小说家必须首先面对的一个问题:由谁来叙述?塞万提斯的回答是启用一种既委婉又复杂的叙事。它对今天的小说家依然具有启发作用。在现代小说中,詹姆斯·乔伊斯的《尤利西斯》和普鲁斯特的《追忆似水年华》都是这方面的明证。在当代拉丁美洲文学中,加西亚·马尔克斯的《百年孤独》和科塔萨尔的《跳房子》也是这方面的显证。

那么,谁是堂吉诃德和桑丘·潘沙故事的叙述者呢?至少有两个:一个是神秘的熙德·哈梅特·贝南赫利,尽管他是间接的,因为他是个阿拉伯人,我们从不直接阅读他的阿拉伯文;另一个是无名氏叙述者,他有时用第一人称,但大多数情况下用第三人称。后者全知全能,不仅请人将前者的叙述从阿拉伯文译成了西班牙语,而且改编、注疏,甚至不时地对原著进行评点。这是典型的中国套盒术:读者阅读的故事出于另一个故事,一个我们只可推测的更大、更早的故事。两个叙述者的这种并存方式使故事产生了歧义,使人对“另一个”故事即熙德·哈梅特·贝南赫利的故事不甚了了并因而感到疑惑。“另一个”故事虽然与堂吉诃德和桑丘·潘沙的冒险经历有着相当隐秘的关联,但透着一种主观色彩,从而别具决定性的独立自主和原创品格。

然而,这两个叙述者极其巧妙体现的辩证关系不是小说的全部,因为与之并存或穿插其间的还有其他强有力的叙述者:他们既是人物,也是叙述者。一如我们前面提到的几个,他们不是讲述亲身经历,便是描述所见所闻。它们构成了《堂吉诃德》这个虚构套盒里的一系列虚构的中国小套盒。

借用骑士小说的典型做法(其中许多作品“原稿”都是在神秘处所找到的),塞万提斯借熙德·哈梅特·贝南赫利以引入歧义并构筑起小说的主要结构形态。

当然,除了叙述者,塞万提斯对小说的另一个重要环节进行了革新:叙事时间。

《堂吉诃德》的时间

一如叙述者,小说的时间也充满了虚构和创意。这些虚构和创意都服从于情节的需要,却从不尊重“真实”的时间概念。

在《堂吉诃德》中并存着几种时间。它们巧妙地交织在一起,从而使小说成为一个独立的、自在的世界。这种独立性和自在性对小说的说服力具有决定作用。一方面是故事中主要人物的活动时间,它约莫有一年半的光景,包括堂吉诃德的三次出游及相关间隙:第一次三天,第二次两个来月,第三次三四个月;此外还有三次游历之间的两个间隙和临终的一段时光。第一次和第二次之间约一个月,第二次和第三次之间在村子里度过的那些日子以及最后的时日。这些时间加起来大约有七八个月的光景。

然而,小说中发生的故事难免瞻前顾后,从而大大拉长了叙事时间。我们在整个故事中看到的许多事件都是在小说主干发生前发生的。我们通过其中的亲历者或见证人获知有关情况,而它们中的一些故事的结束时间正好是小说叙事时间的“现在”。

小说叙事时间中最令人惊奇的是《堂吉诃德》第二部中的许多人物居然是第一部的读者,比如公爵夫妇。于是,在我们面前出现了另外的现实、另外的时间,它们不同于小说原先的叙事时间,因为原先的叙事时间是堂吉诃德和桑丘·潘沙两个人物赖以存在的虚构时间。现在的时间却是一些读者如我等不在场而另一些读者如公爵夫妇等人物在场的时间。这个小小的计谋显然不仅是虚幻的文学游戏,它的功效非同小可,对小说结构有着举足轻重的作用。它一方面大大地扩张了小说的叙事时间,从而变成了(又是一个中国套盒)既能涵括堂吉诃德和桑丘·潘沙等小说人物生活的世界,又能包容其读者(将前者视为记忆中和心目中的文学英雄)的“另一个”现实。后者不完全是我们正在阅读的这一个时空,但无疑是将我们一并包容的。这就像我们所说的中国套盒,大的包容小的,小的包容更小的,(从理论上说)直至无穷。

这个游戏很有趣,但也令人不安。它可以扩展小说时空,牵出其他故事,比如牵出公爵夫妇(他们通过作品了解到堂吉诃德的癖好与偏执);同时还可以令人叹服地展示虚构与生活的复杂关系:生活创造虚构,虚构反过来影响和改变生活,为后者增添色彩、冒险、欢笑、激情和惊奇。

虚构和生活的关系是古今小说的一个经常性内容。塞万提斯在其小说中超前地体现了二十世纪的一系列重大的文学冒险:关乎叙事形式的一系列探索(语言、时间、人物、视角、叙事者的功能等)。这些探索吸引了二十世纪最优秀的小说家。

除此而外,《堂吉诃德》的永恒价值还在于其风格的优雅和张力。在此,西班牙语达到了登峰造极的地步。也许,小说不是用一种风格创造的。它蕴涵了多种风格,有两种尤为突出。一如虚构与生活,小说体现了故事所从出的生活的两面性:“真实”与虚幻。那些穿插的小说和故事就比堂吉诃德、桑丘·潘沙、神甫、理发师和其他村民的故事要典雅,因为后者的语言明显比较自然,也比较简单。也就是说,那些小故事的叙述者使用了一种非日常的(文学)语言,从而制造了某种距离感和非真实感。类似变化同样出现在不同的人物身上。受社会条件、教育程度或职业身份的影响,不同的人物使用不同的语言。即使是在普通民众之间,一个勉强度日的村民开口说话时所用的简单话语和一个苦役犯或市井泼皮的言语也有很大差别。比如堂吉诃德常常听不懂那些苦役犯之间所说的黑话。同样,堂吉诃德也不只用一种语言。拿叙述者的话说,他只有在讲到骑士文学的时候才会“偏执”(夸夸其谈),而谈到别的事情却既客观又准确,既入理又入情。一谈到骑士文学,他就丧失理智,满嘴皆是文学语言,之乎者也,引经据典,夸夸其谈。桑丘·潘沙也不例外。前面说过,他的语言是随着故事的演进而逐渐变化的。开始的时候,他的语言有滋有味,充满了生活气息,而且用大量的体现了民间智慧的俚语俗语。到后来,他近朱者赤,语言受到主人的影响,也变得斯文和雕琢了,于是乎成了堂吉诃德反讽的反讽。因此,与其说参孙·卡拉斯科是镜子骑士,毋宁说塞万提斯是镜子骑士,因为《堂吉诃德·德·拉曼恰》是一个真真正正的镜子迷宫。在这里,人物、形式、情节、风格都衍生着,扩张着,从而折射出无限繁复多彩的人类生活。

正因为如此,塞万提斯创造的这两个人物是不朽的。四个世纪过去了,他们骑马、骑驴,继续鲜活、顽强地行走在拉曼恰、阿拉贡、加泰罗尼亚、西班牙、美洲,乃至全世界。他们就在那里,无论刮风下雨、烈日炎炎还是夜阑人静、星星闪烁或林莽晨光熹微,都能听到他们对一切所见所闻发表的见解。尽管有那么多事物让他们感到费解和不满,他们却矢志不渝,甚至愈来愈执着于梦幻与失眠、真实与理想、虚构与生活以及生与死、灵与肉的日益难分难解的诉求。在文学史上,他们是一对鲜明而不可混淆的形象:一个瘦瘦高高,像哥特式尖塔;另一个矮矮胖胖,像幸运的小猪。两种性格,两类野心,两个世界观。然而,远远地,在我们读者的文学视野中,他们合而为一,难分难解,构成了同一个“影子”,就像何塞·阿松森·席尔瓦①诗章中的对偶,道出了人类矛盾而奇妙的真实。

陈众议　译

① 何塞·阿松森·席尔瓦(1865—1896),哥伦比亚诗人,拉丁美洲现代主义诗潮的先驱之一。

2011

获奖作家

托马斯·特朗斯特罗姆

传略

由于"用凝练、透彻的意象,为我们打开了一条通往真实的新径",瑞典诗人特朗斯特罗姆获得二〇一一年诺贝尔文学奖。二〇一一年十二月十日,在诺贝尔文学奖颁奖仪式上,聚光灯下的诗人坐着轮椅,以一贯的平静和沉默,面对着观众。他的妻子莫妮卡代表他发表了简短的答谢词。这一情形多么像一个深刻的隐喻,表明诗人只用诗歌说话。

托马斯·特朗斯特罗姆(Tomas Transtromer,1931—2015),生于斯德哥尔摩,毕业于斯德哥尔摩大学。一九五四年,尚在大学期间,他就出版了第一本诗集《十七首诗》,轰动瑞典诗坛。此后,他陆续出版了《途中的秘密》(1958)、《半完成的天空》(1962)、《音色与足迹》(1966)、《夜视》(1970)、《波罗的海》(1974)、《真理的障碍》(1978)、《野蛮的广场》(1983)、《为生者和死者》(1989)、《悲哀贡多拉》(1996)和《巨大的谜》(2004)等诗集。除诗歌外,他还著有回忆录《记忆看见我》(1993)。

一九九〇年,特朗斯特罗姆患脑溢血导致右半身瘫痪,但他仍坚持写作。他的诗歌创作是一种独特的经验,他通常从日常生活着手,如在咖啡馆喝咖啡、乘坐地铁、夜间行车、林中散步等。然而,这些并不起眼的细节,经他精确的描写,不期然间就让读者进入一个诗的境界。然后,他突然更换镜头,让细节放大,变成特写。由此,展露出一个全新的世界:远变成近,历史变成现在,表面变成深处——飞逝的瞬息获得了旺盛的生命力,并散发出无限幽远的"意义"。正因为此,特朗斯特罗姆常常被称为象征主义和超现实主义诗人。他的诗,尤其是早期的诗,往往采用一连串意象和隐喻来塑造内心世界,并把激烈的情感寄寓于平静的文字里,诸如"蟋蟀疯狂地缝着缝纫机","孤独的水龙头从玫瑰丛中站起,像一座骑士的雕塑",等等。一九九二年的诺贝尔文学奖得主德里克·沃尔科特呼吁:“瑞典学院应毫不犹豫地把诺贝尔文学奖颁发给特朗斯特罗姆,尽管他是瑞典人。”

半个多世纪以来,特朗斯特罗姆仅仅发表了两百来首诗,的确不多,但这并不影响他的文学地位。一九八四年,《美国诗评》指出欧洲诗的质量超过美国时,在列举了米沃什、布罗茨基、希尼、蒙塔莱等代表诗人后,认为特朗斯特罗姆是其中最杰出的一个。他的诗已被译成六十多种语言(仅英文就有二十多种版本),而研究他作品的专著已超出他作品页数的千倍。而且,他的诗影响着许多国家的诗人,尤其是美国。一九八七年的诺贝尔文学奖得主、美籍俄裔诗人布罗茨基说:“我偷过他的意象。”特朗斯特罗姆在英文国家享有盛誉,很大程度上是因为他的好友美国诗人罗伯特·布莱,把他的不少作品翻译成了英文。当然,在中国,他同样拥有较大的读者群,北岛、王家新等不少中国当代优秀诗人都受到他的诗歌的影响。

特朗斯特罗姆曾两度访问过中国。他的诗歌全集也已由诗人、翻译家李笠翻译成汉语,在中国出版。

授奖词

特朗斯特罗姆是一位在世界文学舞台具有影响力的为数不多的瑞典作家。他的作品被翻译成六十多种语言,在世界很多地方成为意义重大的诗歌文本。诺贝尔文学奖获得者约瑟夫·布罗茨基曾公开承认:他不止一次偷过特朗斯特罗姆诗里的意象。去年,我在中国与中国诗人交往时发现,特朗斯特罗姆是他们诗歌写作的一个杰出榜样。

该如何解释这现象?因为他诗中那些出色的意象?我认为这只是半个真相,另半个在于他的视野,对活生生日常生活的通透的体悟。

让我们在《卡丽隆》——“教堂乐种”——这首诗面前做一下停留。诗中的“我”置身在布鲁格的一家三流酒店,舒展着四肢躺在床上,“我是一只牢牢抓住底部,拴住浮在上面巨影的铁锚”。或者再举同一首诗中对孤立无助的描述:“我的岸很低,死亡只需上涨两公分,我就会被淹没。”这里,重要的不是这些单个意象,而是诗句所蕴含的整体视野。这个极其容易被淹没的“我”,代表了那没有防御的中心。这里,古今的不同时代,远近的不同地点被编织一起。那个拴着头上巨大陌生物的铁锚,也同样属于这一谦卑的“自我”。但在这首诗中,也存在着一个反向运动。旅馆窗外,“野蛮的广场”向四面扩展,灵魂之状投射在它上面:“我内心所有的东西在那里物化,一切恐惧,一切希望。”这一运动既朝内,也朝外。一会儿布袋的缝口崩开,让教堂钟声越过弗兰登;一会儿又让钟声飞送我们回家。而正是这隐喻的巨大呼吸,孕育了鲜活完美的质地。奇异的是,这篇内涵丰富、编织精美的诗作几乎轻得毫无重量,但直捣人心。

相同的呼吸在《波罗的海》一诗中也有。那描写理解和误解的精彩意象,在那里被织入“敞开的大门和关闭的大门”,因“别的海岸”而喧嚣的风和给此处留下“荒凉和寂静”的风这一相反相成的画面里。

但特朗斯特罗姆诗歌宇宙里的运动，首先是向着中心的。他的精神视野把互不相同的现象聚在此时此地。我们在《途中的秘密》里记得那间“容纳所有瞬间的屋子——一座蝴蝶博物馆”。和他那些在天上摸索的同行相反，他在第一本诗集的第一首诗中写道：“醒悟是梦中往外跳伞。”这是典型的特朗斯特罗姆式的向中心、向大地夏天深入的运动。

在《舒伯特》一首诗中，这一向中心运动的精准，被飞行六个星期越过两个大陆的燕子所捕获，“返回同一个社区同一个圈棚屋檐下去年的巢穴”。“直奔隐没在陆地的黑点”，和“从五根弦的普通和声里捕捉一生信号的他（舒伯特）”有着异曲同工之妙。

特朗斯特罗姆的天地随着时间推移而变得愈加广阔。瑞典版图扩展成闪耀的螺旋状银河，纽约以及“奔跑着唤醒我们宁寂地球”的上海人群。他的诗常常闪现世界的政治风云，它们的淡然姿态同时也变得更为清晰。“我持有遗忘大学的毕业证书，并且两袖清风，就像晾衣绳上挂着的衬衣。”特朗斯特罗姆正是以这种轻松的权威性语气，替我们许多人道出了心声。每个人，诗人在早期写到，“都是一扇通往共同屋子的半开的门”。我们最后置身在那里——容纳所有瞬间的屋子，此刻容纳了我们所有的人。

亲爱的托马斯，我今天十分荣幸地在此表达瑞典学院对你的热烈祝贺，并请你走上前来，从尊敬的国王手中领取诺贝尔文学奖。

瑞典学院院士 谢尔·艾斯普马克

李笠 译

作品

舒伯特

一

夜色中纽约郊外的地方，一个一眼能望尽八百万人家的景点。
远处，巨城像一条闪光的长长的飘带，一条螺旋形边侧的银河。
咖啡杯在那里飞过吧台，橱窗向行人乞讨，一片不会留下印痕的鞋子。
攀爬的防火梯，慢慢关上的电梯门，装警锁的门后汹涌起伏的人声。
半睡的躯体蜷缩在地铁车厢，一座奔驰的僵尸陈列馆。
我也知道——无须统计——那里有一间屋子此刻正在弹奏着舒伯特，
对于某人，音乐比世界上任何东西都要现实。

二

人脑无垠的天地收缩成拳头大的尺寸。
燕子在四月返回同一社区同一圈棚屋檐下去年的巢穴。
她从特兰斯瓦尔起飞，越过赤道，六星期跨越两个大陆，直奔隐没在陆地的黑点。
从五根弦普通和声里捕捉一生信号的他，
让河流穿过针眼的他
是一个来自维也纳，被朋友叫成“蘑菇”的年轻胖子
他每天早晨准时坐在写字台前，
于是，五线谱奇妙的蜈蚣在那里蠕动起来。

三

五根弦在拨弄。我穿过地面富有弹性温馨的森林回家。
卷曲成胎儿，睡去，轻轻滚入未来，突然感到植物会思索。

四

我们必须相信很多东西，才不至度日时突然坠入深渊！
相信村子上面紧贴山坡的积雪。
相信无声的许诺，默契的微笑，相信噩耗与我们无关，刀影不会在心野闪现。
相信车轴能在放大三百倍的钢铁蜂群嗡嗡作响的公路上带我们向前。
事实上，这些东西并不值得我们相信。
五根弦说我们可以相信别的。
相信什么？相信别的，它们伴我们朝那里走了一段。
就像楼梯的灯光熄灭，手跟随——用信赖——黑暗中那识途的瞎眼的扶手。

五

我们挤在钢琴前面，用四只手弹奏 f 小调，两个车夫坐在同一驾座上，显得有些滑稽。
手来回搬弄发声的重量，仿佛我们在触摸轻重
试图打破秤杆可怕的平衡：痛苦与欢乐正好半斤八两。
安妮说：“这音乐气壮山河！”她说得好。
但那些用羡慕的目光斜视行动者的人，那些因自己不是凶手而蔑视自己的人，
他们在这里会感到迷惘。

那些买卖人命、认为什么都可以用钱买的人,他们在这里会感到迷惘。
不是他们的音乐。
长长的旋律不停地变化,时而明亮轻柔,时而粗糙强壮。蜗牛的足迹与钢丝。
固执的哼吟此刻陪伴着我们
向深处
走去。

李笠 译

卡丽隆

女主人蔑视自己的顾客因为他们想住在她破旧的旅馆。
我房间在二层拐角处:一张硬床,天花板吊着只灯泡。
奇怪,沉重的窗帘上,三十万只隐形的螨虫在浩浩荡荡地行军。

步行街从窗外走过
和缓慢的游客一起,和敏捷的学生,一个推着旧自行车穿工装的男人。
那些自以为让地球转动的人和那些相信在地球爪子里无奈打转的人。
一条我们大家穿越的大街。它的尽头在哪里?

房间唯一的窗子朝着另外的东西:野蛮的广场。
一块发酵的地面,一个巨大的抖颤的表层,有时拥挤,有时空荡。

我内心所有的东西在那里物化,一切恐惧,一切希望。
那些最后不是发生的匪夷所思的事情。
我的岸很低,死亡只需上涨两公分,我就会被淹没。

我是马克西米连①。时值一四八八年,我被关在布鲁格。
因为我的敌人已无计可施——
他们是邪恶的理想主义者,我无法述说
他们在恐怖后院所干的勾当,无法把血点化成墨。

我也是那个穿工装推自行车在街上走动的男人。

---

① 马克西米连(1458—1519),德国皇帝。一四八八年囚禁在布鲁格。

我也是那个被注视的人，一个走走停停
打量旧画上脸被月光烤白，画布松弛的游客。

没人规定我去哪里，至少我本人，但每一步都是必然所至。
在石化的战争中游逛，那里个个刀枪不入，因为个个都早已死去！

积满尘垢的落叶，带开口的城墙，石化的泪珠在鞋跟下沙沙作响的花园小径……
突然，我好像踩到了报警线，钟在匿名的塔楼里敲响。
卡丽隆！布袋的缝口崩裂，钟声在弗朗登上空震响。
卡丽隆！钟那鸽子般嘀咕的铁，圣歌，流行调，一切的一切，空中战栗的书写。
手指抖颤的医生开了个药方，没人能看懂，但字体依稀可辨……

钟声飞过屋顶和广场，绿草和绿苗
敲打活人和死人。
无法把基督和反基督分开！
钟声最后飞着送我们回家。

他们已经安宁。

我回到旅馆：床，灯，窗帘。我听见奇怪的响声，地下室拖着身子在上楼

我躺在床上，舒展双臂。
我是一只牢牢抓住底部，拴住浮在上面巨影的铁锚，
那个我从属但显然比我更重要的巨大的匿名物。

步行街从窗外走过，街，那里我的脚步在消亡
以及那些写出的文字，我给沉寂的序言，我那反转的圣诗。

李笠　译

果戈理

西服破成狼群。
脸像大理石碎片。
和信堆一起坐在响着过失和嘲笑的林中。
是的，心像一页纸飘过冷漠的过道。

此刻，夕阳像只狐狸悄悄穿过这国土，
转瞬间点燃荒草。
天空到处是蹄子和角，天空下
马车像影子穿行我父亲亮灯的庄园。

彼得堡和毁灭位于同一纬度。
（你可看到斜塔里的美人？）
这穿大衣的不幸者
仍像海蜇在冰冻的街区漂游。
这里，守斋的他，像往昔一样被笑声的牲口围住，
但牲口早已迁往树线上方的区域。

人的摇摆的桌子。
看，黑暗正烙着一条灵魂的银河。
那就登上你的烈焰马车，离开这国家！

李笠　译

激愤的冥思

风暴推着风车疯狂旋转，
在夜的黑暗里碾磨虚无——你
　　因同样的法则失眠。
灰鲨的肚皮是你灰暗的灯。

朦胧的记忆沉入到海底，
在那里僵化成陌生雕像——你
　　的拐杖被海草染绿。
从大海返回时你全身僵硬。

李笠　译

途中的秘密

白天的光落在一个沉睡者脸上。

他的梦变得更为活泼。
但没有醒。

黑暗落在一个行人脸上。
他和其他人
走在太阳强烈急躁的光里。

世界突然像被暴雨弄黑。
我站在一间容纳所有瞬间的屋里——
一座蝴蝶博物馆。

但阳光又像以前那样强烈。
它急切的画笔涂抹着世界。

李笠　译

巴拉基列夫的梦(一九〇五)

黑色钢琴,闪光的蜘蛛
抖颤着站在自己的音乐网中心。

音乐厅奏出一个国家
那里,石头比露珠还轻。

巴拉基列夫在演奏时睡去,
梦中看见沙皇的马车。

马车在鹅卵石上飞跑
飞入乌鸦般展翅的黑暗。

他独自坐着,在车里张望
但同时又跟着马车奔跑。

他知道旅行持续了很久。
他的表显示的不是钟点,而是年月

有一片耕犁躺着的原野
耕犁是一只坠地的飞鸟。

有一道海湾,熄灯的船
和甲板上的人冻结在那里。

马车越过坚冰,轮子
发出沙沙的丝绸的声音。

一条小战舰:“塞瓦斯托波尔”
他在船上。船员向他围去。

“你会吹这个,便可免遭一死!”
他们递来一只古怪的乐器。

它像大号,又像老式唱机,
或某个陌生的机器部件。

他抖颤,无助,知道:
正是这东西驱动着战舰前行。

他向身边的一个水手转身,
边做手势,边哀求:

“像我一样画十字,像我一样!”
那水手盲人一样悲哀地

盯视,伸出双臂,垂头——
就像被钉在柱上的耶稣。

鼓在敲打。鼓在敲打。掌声!
巴拉基列夫从梦中惊醒。

掌声的翅膀在大厅喧响。
他看见男人从钢琴旁站起。

外面的大街被工潮弄暗。
马车在黑暗中飞快地奔跑。

李笠　译

脸对着脸

二月,活着的站着不动。
鸟懒得飞翔,灵魂
磨着风景,像船
磨着自己停靠的渡口。

树背朝着这里站着。
雪深被枯草丈量。
脚印在冻土上衰老。
语言在防水布下枯竭。

有一天某个东西走向窗口。
工作中断。我抬头
色彩燃烧。一切转身。
大地和我对着彼此一跃。

李笠　译

C 大调

幽会后他走向大街。
雪花飞舞。
他们睡在一起的时候
冬天已经到来。
夜闪烁白色。
他欢快地疾走。
城市在倾斜。
笑脸从身边闪过——
人人都在翻起的领子后微笑。
多么自由!
所有的问号都在赞美上帝的存在,

他这样想。

一支旋律松开自己
迈着大步
在飞雪中行走。
一切都朝 C 调涌去。
抖颤的罗盘指向字母 C。
摆脱痛苦的一小时。
多么轻松！
人人都在翻起的领子后微笑。

李笠　译

活泼的快板

我在黑色的日子走后弹奏海顿。
手上感到一阵简单的温暖。

琴键愿意。温和的锤子在敲。
音色葱郁、活泼，安宁。

音乐说：自由存在，
有人不给皇帝献宝。

我把手插入海顿口袋
模仿某人平静地观望世界。

我升起海顿的旗帜，这意味着：
“我们不屈服。但要和平。”

音乐是山坡上一间玻璃房。
那里石头在飞，石头在滚。

石头滚动着穿过房屋，
但每块玻璃都安然无恙。

李笠　译

论历史

一

三月的一天我来到湖畔倾听。
冰像天一样蓝。它在阳光下破裂。
而阳光也在冰被下的一只麦克风里低语。
扑通作响，发酵。好像有人在远处掀动床单。
这一切就像历史：我们的**现在**。
我们下沉，我们倾听。

二

大会像飞舞的岛屿逼近，几近相撞……
随后：一条妥协的抖颤的长桥。
车将在那里行驶，在星星下，
在被扔入空虚，尚未出生的
米粒一样匿名的惨白的脸下。

三

一九二六年歌德扮成纪德游历非洲，目睹了一切。
死后才能看见的东西使几张脸清晰起来。
一幢大楼在阿尔及利亚新闻
播出时出现。大楼的窗子黑着，
只有一扇除外：我们在那里看到德雷福斯①的面孔。

四

激进和反动生活在一起，像不幸的婚姻，
互相改变，互相依赖。
但作为它们的孩子我们必须挣脱。
每个问题都在用自己的语言呼喊。
请像警犬那样在真理踏过的地方摸索！

---

① 德雷福斯(1859—1935)，法国军官。一八九四年被指控犯有叛国罪。多年后平反。

五

离房屋不远的野地里
一份充斥奇闻的报纸已躺了几个月。
它在日晒雨淋的昼夜里衰老，
变成一棵植物，一只白菜头，和大地融为一体。
就像一个记忆慢慢变成你自己。

李笠　译

孤独

二月的一个夜晚，我差点在这里丧生。
我的车滑出车道，进入
路的另一侧。相遇的车——
它们的灯——在逼近。

我的名字，我的女儿，我的工作
松开我，默默留在背后
在越来越远的地方。我像校园
被对手包围的一个男孩一样匿名。

逼近的车射出巨大的光芒。
它们照着我，我转动着转动着方向盘，
透明的恐惧像蛋白滴淌。
瞬息在扩展——你能在那里找到房间——
它们大得像一座座医院大楼。

被撞碎前
你几乎能停下
喘一口气。

这时出现了一个支点：一粒援助的沙粒
或一阵神奇的风。车脱了险
飞快地爬回自己的车道。
一根电线杆横空飞起，折断——一阵尖厉的响声——它飞入了黑暗。

四周平静下来。我系着安全带坐着
等待某人冒着风雪
看我出了什么事。

李笠　译

某人死后

曾有个惊骇
留下一条长长的惨白的彗星尾巴。
它占据我们。它让电视图像模糊。
它像冰凉的水珠聚集在空气管上。

你可以继续在冬天阳光里
滑雪穿越吊着去年叶子的树林。
它们像旧电话簿上撕下的纸页——
用户的名字已被寒冷吞噬。

感受心跳仍是件爽快的事。
但影子常常好像比身体更真实。
站在自己黑龙盔甲边的武士
显得微不足道。

李笠　译

打开和关闭的屋子

有人专用手套来体验世界。
他白天休息一阵,把脱下的手套放在架上。
手套突然变大,舒展身体
用黑暗填满整栋房屋

漆黑的房屋在春风中站着。
“大赦。”低语在草中走动:“大赦。”
一个小男孩捏着斜向天空的隐线在奔跑。
他疯狂的未来之梦像一只比郊区更大的风筝在飞。

从高处能看见北方无边的蓝针叶地毯
那里云影
静立不动。
不,在飞。

李笠　译

缓慢的音乐

房屋关闭着。阳光从窗口挤入
烤热强大的足以能托起
命运重量的写字台表面。

我们今天在外面,在宽阔的斜坡上。
很多人都穿着黑暗的衣服。你可以站在阳光下闭眼
感受身体被慢慢吹向前去。

我很少下海。但此刻,我站在这里,
在背影安静的巨石中间。
石头慢慢后退,从波浪中走出。

李笠　译

序曲

一

我羞怕飞雪中拖着脚到来的东西。
将到来的东西的碎片。
一堵残壁。没有眼睛的东西。冷酷。
一副牙齿的面孔!
一堵孤单的墙。也许是一幢
我没看见的房屋?
未来:一队空房部队
在飞雪中摸索着前进。

二

两个真理在互相走近。一个来自里面,一个来自外面。
它们相遇的地方你能看到自己。

发现这一现象的人绝望地喊道:“停下!
无论如何,我都不想认识自己。”

有一只船想停靠——试图停在这里——
它将会千百次地尝试。

黑暗的森林飞来一只长长的船钩,飞入开着的窗子,
进入跳得汗直流的晚会客人中间。

三

我居住大半辈子的房屋将搬迁一空。一切已荡然无存。

锚已松开——尽管屋子仍带着忧伤,但它是全城最轻的一间。真理不需要家具。我绕生命走了一圈,重新返回出发地点:一间被风吹透的房间。我在这里经历的东西像埃及壁画在墙上浮现,一座墓穴墙上的景致。但它们正消失殆尽。光强了一些。窗子变大。这空虚的屋子是一架瞄向天空的巨型望远镜。它静得像战栗教①徒的祷告。唯一能听见的是院子里的鸽子,它们的打嗝声。

李笠　译

直立

凝神的一瞬,我抓到一只母鸡,我拎着它站着。奇怪,它好像不是活的:僵硬、干瘪,一顶饰有羽毛的白色女帽喊出了一九一二年的真理。雷电悬挂在空中。一股气味从木板上升起,就像我们打开一本陈旧的相册,年代久远,难以辨认上面的脸。

我把母鸡拎到鸡圈里放了。它突然活跃起来,恢复了常态,像平时那样奔跑着。鸡场充满了禁忌。但周围的土地充满了爱和勇气。一道低矮的石墙被绿荫覆盖了一半。天黑时,石头开始微微散发建墙的手留下的百年温热。

冬天是严酷的,但现在是夏天。大地要我们挺胸。自由但要谨慎,就像站在一条狭

① 战栗教,基督教的一支,此派反对在任何情形下使用暴力或诉诸战争。

窄的船上。于是想起非洲的一件事:沙里河畔。许多船,一种十分友好的气氛。墨蓝色皮肤的人(萨拉族人)两边脸颊各长着三块平行的疤。他们欢迎我到船上——一种黑色独木舟。我蹲下的时候,船剧烈地摇晃起来。一个掌握平衡的节目。如果心坐在左边,头就得向右靠,口袋不能装东西,动作不能太大,雄辩必须放弃。正是这样:这里雄辩是不可能的。独木舟在水上滑行。

李笠 译

一九六六年——写于冰雪消融中

奔腾,奔腾的流水轰响古老的催眠
小河淹没了废车场。在面具背后
闪烁。
我紧抓住桥栏。
桥:一只驶过死亡的巨大的铁鸟

李笠 译

十月即景

拖轮锈痕斑斑。它停在内陆深处干什么?
这是寒冷中熄灭了的沉重的孤灯
但树有疯狂的色彩。信号传向彼岸!
有几棵好像渴望被带走。

回家路上,我看见钻出草坪的黑墨蘑菇。
这是黑暗的地底
一个抽泣已久的求救者的手指。
我们是大地的。

李笠 译

公民

出事后的夜晚我梦见一个满脸麻子的人
在巷子里边走边唱。

丹东！
不是另一个——罗伯斯庇尔不会这样散步。
罗伯斯庇尔每天早晨用一小时盥洗。
他把剩下的时间献给了人民
在标语的天堂里，在美德的机器里。
丹东——
或戴他面具的人——
踩着高跷在走。
我仰视他的脸：
像伤痕累累的月亮
一半在光中，一半在忧伤里
我想说什么。
一个重量紧压着胸口，钟锤
让钟走动，
令指针旋转：一年，两年
老虎笼里木屑刺鼻的气息。
而且——好像总在梦里——没有阳光。
但墙在闪烁，
小巷弯曲着伸向
等候室，那弯曲的屋子
等候室，那里我们所有的人……

李笠　译

2012
获奖作家

莫言

传略

二〇一二年十月十一日，瑞典学院把诺贝尔文学奖授予中国作家莫言。瑞典学院在当天的新闻公报中说：“从历史和社会的视角，莫言用现实和梦幻的融合在作品中创造了一个令人联想的感观世界。”瑞典学院常任秘书彼得·恩隆德先生称赞说，中国作家莫言“用魔幻现实主义将民间故事、历史和现代融为一体”。

莫言（1955— ），原名管谟业，中国当代著名作家。一九五五年二月十七日出生于山东高密县河崖镇平安村。童年时在家乡小学读书，“文革”中辍学，在家务农多年。一九七六年应征入伍，历任班长、保密员、图书管理员、教员、干事等职。一九七九年七月，莫言回老家结婚，后来在同事的帮助下成为一名受学生欢迎的政治课老师。

一九八一年秋，莫言在《莲池》杂志第五期发表了处女作——短篇小说《春夜雨霏霏》。一九八二年在《莲池》杂志又发表短篇小说《丑兵》和《为了孩子》，后被破格提干，调到延庆当干事。一九八三年发表短篇小说《民间音乐》，受到孙犁赏识，被赞有空灵之感。一九八四年发表了短篇小说《岛上的风》《黑沙滩》和中篇小说《雨中的河》。同年，莫言得到著名作家徐怀中的赏识，成为解放军艺术学院文学系的第一届学生。

一九八五年，莫言在《中国作家》第二期发表中篇小说《透明的红萝卜》，引起反响，《中国作家》组织在京的作家与评论家举行讨论会讨论该作。同年，发表中篇小说《球状闪电》《金发婴儿》《爆炸》，并在多家刊物发表短篇小说《枯河》《老枪》《白狗秋千架》《大风》《三匹马》《秋水》等。

一九八六年，小说集《透明的红萝卜》出版。同年在《人民文学》第三期发表中篇小说《红高粱》，引起轰动，并获得第四届全国中篇小说奖。随后发表系列中篇小说《高粱酒》《高粱殡》《狗道》《奇死》，同时还发表中篇小说《筑路》，短篇小说《草鞋窨子》《苍蝇·门牙》等。

一九八七年春，莫言的长篇小说《红高粱家族》出版，该作二〇〇〇年被《亚洲周刊》选为二十世纪中文小说一百强。“红高粱”家族系列小说，对我国新时期军旅文学的发展产生过深刻而积极的影响。很多人说，这是一部“强悍的民风与凛然的民族正气的混声合唱”，振聋发聩。冯牧文学奖评价这部作品时说：“他用灵性激活历史，重写战争，张扬生命伟力，弘扬民族精神，直接影响了一批同他一样没有战争经历的青年军旅小说家写出了自己‘心中的战争’，使当代战争小说面貌为之一新。”而他随后发表的中篇小说《欢乐》《红蝗》却因主题和风格的大胆与个性受到批评。

一九八八年，莫言发表了长篇小说《天堂蒜薹之歌》、中篇小说《复仇记》及短篇小说《马驹横穿沼泽》。同年秋，山东大学、山东师范大学在高密联合召开“莫言创作研讨会”，有关论文汇编成《莫言研究资料》。

一九八八年九月，莫言考入北师大创作研究生班。一九九七年莫言转业到《检察日报》工作。

在经历《红高粱家族》的写作高峰后，莫言继续寻求突破，创作了大量中短篇作品及数部极具分量的长篇小说。其中，一九九六年出版的长篇小说《丰乳肥臀》获中国有史以来最高额奖金的“大家红河文学奖”，二〇〇一年出版的长篇小说《檀香刑》获台湾《联合报》读书人年度文学类最佳书奖、第一届鼎钧双年文学奖和意大利第三十届诺尼诺国际文学奖，二〇〇六年出版的长篇小说《生死疲劳》获第二届红楼梦奖，二〇〇九年出版的长篇小说《蛙》获第八届茅盾文学奖。二〇〇一年，法文版《酒国》(中文版 1993 年出版)获法国儒尔·巴泰庸奖。

莫言以一系列乡土作品——一出出发生在山东高密东北乡的“传奇”——崛起，充满着“怀乡”以及“怨乡”的复杂情感，被归类为“寻根文学”作家。同时，他的写作风格以大胆新奇著称，作品激情澎湃，想象诡异，语言肆虐，带有明显的“先锋”色彩。

莫言生长在农村，深受民间故事或传说的影响，乡下流传的鬼怪故事很多都成为他小说创作的材料。他的创作也深受魔幻现实主义的影响，如《十三步》中出现了神秘的南美洲魔幻写实，《红树林》出现了小说题材的时空转换和创作方法的探索更新。莫言的小说语言风格独特，经常通过反义词连续使用构建具有强大张力的叙述，比如在《红高粱》中对“我奶奶”的大串定语。他的小说也采用多种叙事角度，比如在《檀香刑》中，每一章的叙事角度都不一样，而每一章的语言风格随着叙事者的身份地位的变换而产生变化，看得出中国传统戏剧与小说叙述风格对他的影响。

莫言有三部作品被改编为电影。其中，由中篇小说《红高粱》改编的电影《红高粱》，获第三十八届(1988)柏林国际电影节金熊奖；由莫言编剧的影片《太阳有耳》获第四十六届(1996)柏林国际电影节银熊奖；由短篇小说《白狗秋千架》改编的《暖》，获第十六届(2003)东京国际电影节最佳影片金麒麟奖。而莫言自己认为，只有《丰乳肥臀》可以拍成气势磅礴的巨片。

在世界上，莫言的作品获得了众多读者的喜爱，很多重要的作品被翻译成各种文字出版。《红高粱家族》被译为英文、法文、德文、意大利文、日文、西班牙文等；《丰乳肥臀》

被译为英文、法文、日文、意大利文、荷兰文、韩文、越南文、西班牙文等;《檀香刑》有越南文、日文、意大利文、韩文、法文等版本;《生死疲劳》有越南文、日文、韩文、意大利文、法文、瑞典文等版本。许多国家还出版过莫言的中短篇小说集和散文集。

莫言获得诺贝尔文学奖后,在中国引发了“莫言热”。面对网友和读者的提问:很多人获诺贝尔文学奖后就告别了创作巅峰,你准备如何打破这个魔咒?他在微博上回答说:“我还是会坚持我过去的想法,每一部新作都要千方百计地避免重复自己。主观上当然希望能够写出更好的作品,但客观上能否做到,我自己也很难预料。”

授奖词

莫言是个诗人,他扯下程式化的宣传画,使个人从茫茫无名大众中突出出来。他用嘲笑和讽刺的笔触,攻击历史和谬误以及贫乏和政治虚伪。他有技巧地揭露了人类最阴暗的一面,在不经意间给象征赋予了形象。

高密东北乡体现了中国的民间故事和历史。在这些民间故事中,驴与猪的吵闹淹没了人的声音,爱与邪恶被赋予了超自然的能量。

莫言有着无与伦比的想象力。他很好地描绘了自然;他基本知晓所有与饥饿相关的事情;中国二十世纪的疾苦从来都没有被如此直白地描写:英雄、情侣、虐待者、匪徒——特别是坚强的、不屈不挠的母亲们。他向我们展示了一个没有真理、常识或者同情的世界,这个世界中的人鲁莽、无助且可笑。

中国历史上重复出现的同类相残的行为证明了这些苦难。对莫言来说,这代表着消费、无节制、胡说八道、肉体上的享受以及无法描述的欲望,只有他才能超越禁忌试图描述。

在小说《酒国》中,最精致的佳肴是烧烤三岁儿童。男童沦为食物,女童因为被忽视而得以幸存。这是对中国计划生育政策的嘲讽,因为计划生育大量女胎流产:女孩连被吃的资格都没有。莫言为此写了一整本小说《蛙》。

莫言的故事有着神秘的寓意,它让所有的价值观得到体现。莫言笔下的人物充满活力,他们甚至用不道德的办法和手段实现他们的生活目标,打破命运和政治的牢笼。

《丰乳肥臀》是莫言最著名的小说,以女性视角描述了一九六○年的“大跃进”和大饥荒。他讥讽了革命伪科学——用兔子给羊受精,同时不理睬所有的怀疑者,将他们当成右翼。小说的结尾描述了九十年代的新资本主义,会忽悠的人靠卖化妆品富了起来,并想通过混种受精培育凤凰。

莫言向我们生动地展示了一个被人遗忘的农民世界,虽然无情但又充满了愉悦的无私。每一个瞬间都那么精彩。作者知晓手工艺、冶炼技术、建筑、挖沟开渠、放牧和游击队的技巧并且知道如何描述。他似乎用笔尖描述了整个人生。

他比拉伯雷、斯威夫特和加西亚·马尔克斯之后的多数作家都要滑稽和犀利。他的语言辛辣。他对于中国过去一百年的描述中,没有跳舞的独角兽和少女。但是他描述的猪圈生活让我们觉得非常熟悉。意识形态和改革搞来搞去,但是人类的自我和贪婪一直存在。所以莫言为所有的小人物打抱不平。

在莫言的小说世界里,品德和残酷交战,对阅读者来说这是一种文学探险。曾有如此的文学浪潮席卷了中国和世界吗?莫言作品中的文学力度压过大多数当代作品。

瑞典文学院祝贺你。请你从国王手中接过二〇一二年诺贝尔文学奖。

瑞典学院诺贝尔奖评委会主席 坡尔·瓦斯特伯格

作品

红高粱(节选)

八

飞落的高粱米粒在奶奶脸上弹跳着,有一粒竟蹦到她微微翕开的双唇间,搁在她清白的牙齿上。父亲看着奶奶红晕渐褪的双唇,哽咽一声娘,双泪落胸前。在高粱织成的珍珠雨里,奶奶睁开了眼,奶奶的眼睛里射出珍珠般的虹彩。她说:“孩子……你爹呢……”父亲说:“他在打仗,我爹。”“他就是你的亲爹……”奶奶说。父亲点了点头。

奶奶挣扎着要坐起来,她的身体一动,那两股血就汹涌地蹿出来。

“娘,我去叫他来。”父亲说。

奶奶摇摇手,突然折坐起来,说:“豆官……我的儿……扶着娘……咱回家,回家啦……”

父亲跪下,让奶奶的胳膊揽住自己的脖颈,然后用力站起,把奶奶也带了起来。奶奶胸前的血很快就把父亲的头颈弄湿了,父亲从奶奶的鲜血里,依然闻到一股浓烈的高粱酒味。奶奶沉重的身躯,倚在父亲身上,父亲双腿打战,趔趔趄趄,向着高粱深处走,子弹在他们头上屠戮着高粱。父亲分拨着密密匝匝的高粱秸子,一步一步地挪,汗水泪水掺和着奶奶的鲜血,把父亲的脸弄得残缺不全。父亲感到奶奶的身体越来越沉重,高粱秸子毫不留情地绊着他,高粱叶子毫不留情地锯着他,他倒在地上,身上压着沉重的奶奶。父亲从奶奶身下钻出来,把奶奶摆平,奶奶仰着脸,呼出一口长气,对着父亲微微一笑,这一笑神秘莫测,这一笑像烙铁一样,在父亲的记忆里,烫出一个马蹄状的烙印。

奶奶躺着,胸脯上的灼烧感逐渐减弱。她恍然觉得儿子解开了自己的衣服,儿子用手捂住她乳房上的一个枪眼,又捂住她乳下的一个枪眼。奶奶的血把父亲的手染红了,又染绿了;奶奶洁白的胸脯被自己的血染绿了,又染红了。枪弹射穿了奶奶高贵的乳房,暴露出了淡红色的蜂窝状组织。父亲看着奶奶的乳房,万分痛苦。父亲捂不住奶奶伤口的流血,眼见着随着鲜血的流失,奶奶的脸愈来愈苍白,奶奶的身体愈来愈轻飘,好像随时都会升空飞走。

奶奶幸福地看着在高粱阴影下，她与余司令共同创造出来的、我父亲那张精致的脸，逝去岁月里那些生动的生活画面，像奔驰的走马掠过了她的眼前。

奶奶想起那一年，在倾盆大雨中，像坐船一样乘着轿，进了单廷秀家住的村庄，街上流水，水面上漂浮着一层高粱的米壳。花轿抬到单家大门时，出来迎亲的只有一个梳着豆角辫的干老头子。大雨停后，还有一些零星落雨打在地面上的水汪汪里。尽管吹鼓手也吹着曲子，但没有一个人来看热闹，奶奶知道大事不妙，扶我奶奶拜天地的是两个男人，一个五十多岁，一个四十多岁。五十多岁的就是刘罗汉大爷，四十多岁的是烧酒锅上的一个伙计。

轿夫、吹鼓手们落汤鸡般站在水里，面色严肃地看着两个枯干男子把一抹酥红的我奶奶架到了幽暗的堂房里。奶奶闻到两个男人身上那股强烈的烧酒气息，好像他们整个人都在酒里浸泡过。

奶奶在拜堂时，还是蒙上了那块臭气熏天的盖头布。在蜡烛燃烧的腥气中，奶奶接住一根柔软的绸布，被一个人牵着走。这段路程漆黑憋闷，充满了恐怖。奶奶被送到炕上坐着。始终没人来揭罩头红布，奶奶自己揭了。她看到在炕下方凳上蜷曲着一个面孔痉挛的男人。那个男人生着一个扁扁的长头，下眼睑烂得通红。他站起来，对着奶奶伸出一只鸡爪状的手，奶奶大叫一声，从怀里摸一把剪刀，立在炕上，怒目逼视着那男人。男人又萎萎缩缩地坐到凳子上。这一夜，奶奶始终未放下手中的剪刀，那个扁头男人也始终未离开方凳。

第二天一早，趁着那男人睡着，奶奶溜下炕，跑出房门，开开大门，刚要飞跑，就被一把拉住。那个梳豆角辫的干瘦老头子抓住她的手腕，恶狠狠地看着她。

单廷秀干咳了两声，收起恶容换笑容，说："孩子，你嫁过来，就像我的亲女儿一样，扁郎不是那病，你别听人家胡说。咱家大业大，扁郎老实，你来了，这个家就由你当了。"单廷秀把一大串黄铜钥匙递给奶奶，奶奶未接。

第二夜，奶奶手持剪刀，坐到天明。

第三天上午，我曾外祖父牵着一匹小毛驴，来接我奶奶回门，新婚三日接闺女，是高密东北乡的风俗。曾外祖父与单廷秀一直喝到太阳过晌，才动身回家。

奶奶偏坐毛驴，驴背上搭着一条薄被子，晃晃荡荡出了村。大雨过后三天，路面依然潮湿，高粱地里白色蒸气腾腾升集，绿高粱被白气缭绕，具有了仙风道骨。曾外祖父褡裢里银钱叮当，人喝得东倒西歪，目光迷离。小毛驴蹙着长额，慢吞吞地走，细小的蹄印清晰地印在潮湿的路上。奶奶坐在驴上，一阵阵头晕眼花，她眼皮红肿，头发凌乱，三天中又长高了一节的高粱，嘲弄地注视着我奶奶。

奶奶说："爹呀，我不回他家啦，我死也不去他家啦……"

曾外祖父说："闺女，你好大的福气啊！你公公要送我一头大黑骡子，我把毛驴卖了去……"

毛驴伸出方方正正的头，啃了一口路边沾满细小泥点的绿草。

奶奶哭着说："爹呀，他是个麻风……"

曾外祖父说："你公公要给咱家一头骡子……"

曾外祖父已醉得不成人样,他不断地把一口口的酒肉呕吐到路边草丛里。污秽的脏物引逗得奶奶翻肠搅肚。奶奶对他满心仇恨。

毛驴走到蛤蟆坑,一股扎鼻的恶臭,刺激得毛驴都垂下耳朵。奶奶看到了那个劫路人的尸体。他的肚子鼓起老高,一层翠绿的苍蝇,盖住了他的肉皮。毛驴驮着奶奶,从腐尸跟前跑过,苍蝇愤怒地飞起,像一团绿云。曾外祖父跟着毛驴,身体似乎比道路还宽,他忽而擦动左边高粱,忽而踩倒右边野草。在倒尸面前,曾外祖父嗬嗬连声,嘴唇哆嗦着说:"穷鬼……你这个穷鬼……你躺在这里睡着了吗……"奶奶一直不能忘记劫路人南瓜般的面孔,在苍蝇惊起的一瞬间,死劫路人雍容华贵的表情与活劫路人凶狠胆怯的表情形成鲜明的对照。走了一里又一里,白日斜射,青天如涧,曾外祖父被毛驴甩在后面,毛驴认识路径,驮着奶奶,徜徉前行。道路拐了个小弯,毛驴走到弯上,奶奶身体后仰,脱离驴背,一只有力的胳膊挟着她,向高粱深处走去。

奶奶无力挣扎,也不愿挣扎,三天新生活,如同一场大梦惊破,有人在一分钟内成了伟大领袖,奶奶在三天中参透了人生禅机。她甚至抬起一只胳膊,揽住了那人的脖子,以便他抱得更轻松一些。高粱叶子嚓嚓响着。路上传来曾外祖父嘶哑的叫声:"闺女,你去哪儿啦?"

石桥附近传来大喇叭凄厉的长鸣和机枪分不清点儿的射击声。奶奶的血还在随着她的呼吸,一线一线往外流。父亲叫着:"娘啊,你的血别往外流啦,流完了血你就要死啦。"父亲从高粱根下抓起黑土,堵在奶奶的伤口上,血很快洇出,父亲又抓上一把。奶奶欣慰地微笑着,看着湛蓝的、深不可测的天空,看着宽容温暖的、慈母般的高粱。奶奶的脑海里,出现了一条绿油油的缀满小白花的小路,在这条小路上,奶奶骑着小毛驴,悠闲地行走,高粱深处,那个伟岸坚硬的男子,顿喉高歌,声越高粱。奶奶循声而去,脚踩高粱梢头,像腾着一片绿云……

那人把奶奶放到地上,奶奶软得像面条一样,眯着羊羔般的眼睛。那人撕掉蒙面黑布,显出了真相。是他!奶奶暗呼苍天,一阵类似幸福的强烈震颤冲激得奶奶热泪盈眶。

余占鳌把大蓑衣脱下来,用脚踩断了数十棵高粱,在高粱的尸体上铺上了蓑衣。他把我奶奶抱到蓑衣上。奶奶神魂出舍,望着他脱裸的胸膛,仿佛看到强劲剽悍的血液在他黝黑的皮肤下川流不息。高粱梢头,薄气袅袅,四面八方响着高粱生长的声音。风平,浪静,一道道炽目的潮湿阳光,在高粱缝隙里交叉扫射。奶奶心头撞鹿,潜藏了十六年的情欲,迸然炸裂。奶奶在蓑衣上扭动着。余占鳌一截截地矮,双膝啪嗒落下,他跪在奶奶身边,奶奶浑身发抖,一团黄色的、浓香的火苗,在她面上毕毕剥剥地燃烧。余占鳌粗鲁地撕开我奶奶的胸衣,让直泻下来的光束照耀着奶奶寒冷紧张、密密麻麻起了一层小白疙瘩的双乳上。在他的刚劲动作下,尖刻锐利的痛楚和幸福磨砺着奶奶的神经,奶奶低沉喑哑地叫了一声:"天哪……"就晕了过去。

奶奶和爷爷在生机勃勃的高粱地里相亲相爱,两颗蔑视人间法规的不羁心灵,比他们彼此愉悦的肉体贴得还要紧。他们在高粱地里耕云播雨,为我们高密东北乡丰富多彩的历史上,抹了一道酥红。我父亲可以说是秉领天地精华而孕育,是痛苦与狂欢的结晶。毛驴高亢的叫声,钻进高粱地里来,奶奶从迷荡的天国回到了残酷的人世。她坐起来,六神无主，泪水流到腮边。她说："他真是麻风。"爷爷跪着，不知从什么地方抽出一柄二尺多长的小剑，噌一声拔出鞘，剑刃浑圆，像一片韭叶。爷爷手一挥，剑已从高粱秸秆间滑过，两棵高粱倒地，从整齐倾斜的茬口里，渗出墨绿的汁液。爷爷说："三天之后，你只管回来！"奶奶大惑不解地看着他。爷爷穿好衣。奶奶整好容。奶奶不知爷爷又把那柄小剑藏到什么地方去了。爷爷把奶奶送到路边，一闪身便无影无踪。

三天后，小毛驴又把奶奶驮回来。一进村就听说，单家父子已经被人杀死。尸体横陈在村西头的湾子里。

奶奶躺着，沐浴着高粱地里清丽的温暖，她感到自己轻捷如燕，贴着高粱穗子潇洒地滑行。那些走马转蓬般的图像运动减缓，单扁郎、单廷秀、曾外祖父、曾外祖母、罗汉大爷……多少仇视的、感激的、凶残的、敦厚的面容都已经出现过又都消逝了。奶奶三十年的历史，正由她自己写着最后的一笔，过去的一切，像一颗颗香气馥郁的果子，箭矢般坠落在地，而未来的一切，奶奶只能模模糊糊地看到一些稍纵即逝的光圈。只有短暂的又黏又滑的现在，奶奶还拼命抓住不放。奶奶感到我父亲那两只兽爪般的小手正在抚摸着她，父亲胆怯的叫娘声，让奶奶恨爱泯灭、恩仇并泯的意识里，又溅出几束眷恋人生的火花。奶奶极力想抬起手臂，爱抚一下我父亲的脸，手臂却怎么也抬不起来了。奶奶正向上飞奔，她看到了从天国射下来的一束五彩的强光，她听到了来自天国的用唢呐、大喇叭、小喇叭合奏出的庄严的音乐。

奶奶感到疲乏极了，那个滑溜溜的现在的把柄、人生世界的把柄，就要从她手里滑脱。这就是死吗？我就要死了吗？再也见不到这天，这地，这高粱，这儿子，这正在带兵打仗的情人？枪声响得那么遥远，一切都隔着一层厚重的烟雾。豆官！豆官！我的儿，你来帮娘一把，你拉住娘，娘不想死，天哪！天……天赐我情人，天赐我儿子，天赐我财富，天赐我三十年红高粱般充实的生活。天，你既然给了我，就不要再收回，你宽恕了我吧，你放了我吧！天，你认为我有罪吗？你认为我跟一个麻风病人同枕交颈，生出一窝癞皮烂肉的魔鬼，使这个美丽的世界污秽不堪是对还是错？天，什么叫贞节？什么叫正道？什么是善良？什么是邪恶？你一直没有告诉过我，我只有按着我自己的想法去办，我爱幸福，我爱力量，我爱美，我的身体是我的，我为自己做主，我不怕罪，不怕罚，我不怕进你的十八层地狱。我该做的都做了，该干的都干了，我什么都不怕。但我不想死，我要活，我要多看几眼这个世界，我的天哪……

奶奶的真诚感动上天，她的干涸的眼睛里，又滋出了新鲜的津液，奇异的来自天国的光辉在她的眼里闪烁，奶奶又看到了父亲金黄的脸蛋和酷似爷爷的那两只眼睛。奶奶嘴唇微动，叫一声豆官，父亲兴奋地大叫："娘，你好了！你不要死，我已经把你的血堵住了，它已经不流了！我就去叫俺爹，叫他来看看你，娘，你可不能死，你等着我爹！"

父亲跑走了。父亲的脚步声变成了轻柔的低语，变成了方才听到过的来自天国的音乐。奶奶听到了宇宙的声音，那声音来自一株株红高粱。奶奶注视着红高粱，在她朦胧的眼睛里，高粱们奇谲瑰丽，奇形怪状，它们呻吟着，扭曲着，呼号着，缠绕着，时而像魔鬼，时而像亲人，它们在奶奶眼里盘结成蛇样的一团，又呼喇喇地伸展开来，奶奶无法说出它们的光彩了。它们红红绿绿，白白黑黑，蓝蓝绿绿，它们哈哈大笑，它们号啕大哭，哭出的眼泪像雨点一样打在奶奶心中那一片苍凉的沙滩上。高粱缝隙里,镶着一块块的蓝天,天是那么高又是那么低。奶奶觉得天与地、与人、与高粱交织在一起,一切都在一个硕大无朋的罩子里罩着。天上的白云擦着高粱滑动,也擦着奶奶的脸。白云坚硬的边角擦得奶奶的脸作响。白云的阴影和白云一前一后相跟着,闲散地转动。一群雪白的野鸽子,从高空中扑下来,落在了高粱梢头。鸽子们的咕咕鸣叫,唤醒了奶奶,奶奶非常真切地看清了鸽子的模样。鸽子也用高粱米粒那么大的、通红的小眼珠来看奶奶。奶奶真诚地对着鸽子微笑,鸽子用宽大的笑容回报着奶奶弥留之际对生命的留恋和热爱。奶奶高喊:我的亲人,我舍不得离开你们！鸽子们啄下一串串的高粱米粒,回答着奶奶无声的呼唤。鸽子一边啄,一边吞咽高粱,它们的胸前渐渐隆起来,它们的羽毛在紧张的啄食中奓起,那扇状的尾羽,像风雨中翻动着的花序。我家的房檐下,曾经养过一大群鸽子。秋天,奶奶在院子里摆一个盛满清水的大木盆,鸽子从田野里飞回来,整齐地蹲在盆沿上,面对着清水中自己的倒影,把嗉子里的高粱吐噜吐噜吐出来。鸽子们大摇大摆地在院子里走着。鸽子！和平的沉甸甸的高粱头上,站着一群被战争的狂风暴雨赶出家园的鸽子,它们注视着奶奶,像对奶奶进行沉痛的哀悼。

奶奶的眼睛又朦胧起来,鸽子们扑棱棱一起飞起,合着一首相当熟悉的歌曲的节拍,在海一样的蓝天里翱翔,鸽翅与空气相接,发出飕飕的风响。奶奶飘然而起,跟着鸽子,划动新生的羽翼,轻盈地旋转。黑土在身下,高粱在身上。奶奶眷恋地看着破破烂烂的村庄,弯弯曲曲的河流,交叉纵横的道路;看着被灼热的枪弹划破的混沌的空间和在死与生的十字路口犹豫不决的芸芸众生。奶奶最后一次嗅着高粱酒的味道,嗅着腥甜的热血味道,奶奶的脑海里忽然闪过了一个从未见过的场面:在几万发子弹的钻击下,几百个衣衫褴褛的乡亲,手舞足蹈躺在高粱地里……

最后一丝与人世间的联系即将挣断,所有的忧虑、痛苦、紧张、沮丧都落在了高粱地里,都冰雹般打在高粱梢头,在黑土上扎根开花,结出酸涩的果实,让下一代又一代承受。奶奶完成了自己的解放,她跟着鸽子飞着,她的缩得只如一只拳头那么大的思维空间里,盛着满溢的快乐、宁静、温暖、舒适、和谐。奶奶心满意足,她虔诚地说:

"天哪！我的天……"

2013

获奖作家

艾丽丝·门罗

传略

二〇一三年十月十日,瑞典学院把诺贝尔文学奖授予了八十二岁高龄的加拿大女作家艾丽丝·门罗。

艾丽丝·门罗(Alice Munro,1931—2024),加拿大短篇小说作家,出生于安大略省温格姆镇。门罗从十几岁时就开始练习写作,一九五〇年,还在西安大略大学读书的她发表了自己的第一篇小说《阴影的维度》。

一九五一年,爱丽丝·门罗从上了两年的大学辍学与詹姆斯·门罗结婚;一九六三年,门罗夫妇搬到维多利亚市,创办了一家"门罗书店"。门罗一边帮助丈夫照看书店,一边潜心钻研写作技艺。一九七二年,门罗的婚姻宣告终止。她回到了安大略省并成为西安大略大学的驻校作家。一九七六年,她嫁给了自己大学时代的校友、地质学家杰拉尔德·弗雷林,但她依然保留了前夫的姓氏。

艾丽丝·门罗的早期创作大多是在家务之余进行的。成名后她对昔日的创作经历如是说:"我三十六七岁才出版自己的第一本书。而我二十岁时就开始写作,那时我已经结婚,有孩子,做家务。即便在没有洗衣机之类的家电时,写作也不成问题。人只要能控制自己的生活,就总能找到时间。"一九六八年,她发表了第一部短篇小说集《快乐影子舞》。这部作品为她赢得了加拿大最高文学奖——总督奖。一九七八年和一九八六年,她又分别以《你以为你是谁?》和《爱的进程》获得了加拿大总督奖。此后她渐入创作高峰期,并且持久不衰。二〇一二年,在小说集《亲爱的生活》出版后,宣布封笔。二〇二四年,在家中去世。

门罗曾透露自己为何选择短篇小说这样的写作形式,她说:"我想让读者感受到的惊人之处,不是'发生了什么',而是发生的方式。稍长的短篇小说对我最为合适。"艾丽丝·门罗的作品写的大部分是女人的故事。她的早期创作中,主人公是一些刚刚进入家庭生活的年轻女子,为爱情、性、背叛、孩子等苦恼;到后期,则是在中年危机和琐碎生活中挣扎的女性,但她们都有着欲望和遗憾,有着强大和软弱之处。迄今为止,门罗已出版十四部作品,其中包括十三部短篇小说集,一部由几个故事松散联系起来、勉强可被称为长篇的故事集。主要短篇小说集有《快乐影子舞》(1968)、《我青年时期的朋友》(1973)、《少女们和妇人们的生活》(1973)、《你以为你是谁?》(1978)、《爱的进程》(1986)、《公开的秘密》(1994)、《一个善良女子的爱》(1996)、《憎恨、友谊、求爱、爱情、婚姻》(2001)、《逃离》(2004)、《石城远望》(2006)、《亲爱的生活》(2012)等。门罗所有小说的主题,几乎可用其二〇〇一年出版的小说集标题——"憎恨、友谊、求爱、爱情、婚姻"——完美概括。

艾丽丝·门罗在文坛的地位,好比当代契诃娃——契诃夫的女传人。在四十余年的文学生涯中,她始终执着地写作短篇小说,锤炼技艺,并以此屡获大奖:三次加拿大总督奖、两次吉勒奖、英联邦作家奖、布克奖、莱南文学奖、欧·亨利奖以及全美书评人协会奖等全收入囊中。每年秋天的诺贝尔文学奖猜谜大赛中,她的大名必在候选人之列。美国著名女作家辛西娅·奥齐克称赞她是"我们的契诃夫,而且文学生命将延续得比她大多数的同时代人都长"。

授奖公告

艾丽丝·门罗于一九三一年七月十日出生在加拿大安大略省的温格姆镇。她的母亲是一名教师,父亲是一名精明的农场主。高中毕业后,她在西安大略大学攻读新闻学和英语,但中途放弃学业,在一九五一年结婚。婚后她与丈夫一起定居在不列颠哥伦比亚省的维多利亚,夫妻俩开了一个书店。她十几岁开始写小说,但在一九六八年才出版了她的第一本小说集《快乐影子舞》,这本书在加拿大获得了相当的关注。从一九五〇年开始,她在各种杂志上发表作品。一九七一年,她出版了小说集《少女们和妇人们的生活》,评论家将其定位为成长小说。

门罗是以短篇小说闻名的,多年来已经出版了多部短篇小说集,包括《你以为你是谁?》(1978)、《木星的卫星》(1982)、《逃离》(2004)、《石城远望》(2006)和《太多幸福》(2009)、《憎恨、友谊、求爱、爱情、婚姻》(出版于2001年,其中的短篇小说《熊从山那边来》在二〇〇六年被改编为电影《柳暗花明》,由萨拉·波莉执导)等。她最近的作品是《亲爱的生活》(2012)。

门罗的短篇小说深刻而细腻,广受赞誉。一些评论家把她称作"加拿大的契诃夫"。她的小说主要以小城镇为背景,反映社会普遍认可的生活方式导致的人们之间关系紧张和道德冲突——问题源于时代的不同和生活追求的差异。她的作品常常描摹日常生活中平凡却具有典型性的事件,突显现实问题,有关生死的顿悟就出现在这灵光一闪中。

艾丽丝·门罗目前住在克林顿,毗邻她在安大略省西南部的童年成长之地。

瑞典学院

熊从山那边来

1

菲奥娜住自己父母的家，就在她和格兰特念大学的那个小镇上。那是幢有凸窗的大房子，在格兰特看来，既显得豪华却又杂乱无章，地板上的地毯忽高忽低，桌子上的清漆让杯底烫出了一个个圈纹。菲奥娜的母亲原籍冰岛——这老太太身强力壮，有一头蓬蓬松松的白发，在政治观点上则是个怨气冲天的极"左派"。父亲是位重要的心脏病专家，在医院内外都很受敬重，在家里却甘当一个驯服的丈夫，总是心不在焉，笑眯眯地领受着倾盆大雨般稀奇古怪的教诲。不断有各式各样的人出入他们的家，有的很阔绰，有的却一副寒酸相，川流不息，不是争论便是开会，有些人说话带着很浓的外国口音。菲奥娜有自己独用的小轿车，羊绒套头衫多得数不清，不过却没有进入任何一个女生联谊会，原因多半是她家里有那些活动吧。对于遭受到这样的冷遇她一点也不在乎。女生联谊会在她看来是顶幼稚不过的了，政治也是一样，虽然她喜欢在留声机上放《四个反叛的将军》①，有时还把《国际歌》放得山响，如果正好有位客人在场，她认为这样做会搅得他六神无主的话。当时有个卷头发、神情阴郁的外国人在追求她——她说那简直是个西哥特人②——另外看上她的还有两三位前途看好、对什么都束手束脚的年轻实习大夫。对这几个男人，她一概采取逗着玩的态度，对格兰特也是一样。她会开玩笑地重复他常用的一些小镇上的用语说法。因此当她提出要跟他结婚时，他觉得那肯定也是在开玩笑：那是在一个寒凛、晴朗的冬日，在斯坦利港③的海滩上，飞沙把他们的脸打得生疼，波浪将卷溅起的小砾石覆压在他们的脚上。

"你觉得那样会不会挺好玩——"菲奥娜高声喊道，"倘若我们结婚，你会不会觉得特好玩?"

他立刻就接受了她的建议，大声喊道那自然好呀。他是永远也不会离开她的。她身上有生命的火花呢。

他们即将出门的时候，菲奥娜注意到厨房地板上有一小块污渍。那是她那天早些时候穿的那双在家随便拖拖的廉价黑皮鞋所留下来的。

"我还以为那双鞋不会再留下污渍呢。"她用惯常的那种不安与烦恼的口气说道，一

① 《四个反叛的将军》，西班牙内战时流行的一首革命歌曲，因美国黑人歌手保罗·罗伯逊演唱过而广为"左派"人士熟知。

② 西哥特人，指公元五世纪时入侵意大利、西班牙的一支野蛮民族。

③ 斯坦利港，南大西洋英属马尔维纳斯群岛首府。

边使劲地去擦灰色的污渍，仿佛那是有油性的彩色蜡笔涂抹出来似的。

她说以后绝对再不需要干这样的活儿了，因为她不打算把这双鞋带去。

“看来以后我任何时候都得穿得一本正经的了，”她说，“至少大体上得过得去，就像是住在一家酒店里似的。”

她洗干净抹布，把它晾在门背后水槽下的架子上。接着她套上她那件金棕色的毛皮领滑雪夹克，在里面她穿的是一件卷领白羊绒套头衫和一条量身定做的淡黄褐色长裤。她是个高个儿、肩膀窄窄的女人，七十岁了，身板却仍然是挺拔苗条，腿长长的，连脚也是修长瘦削型的，手腕、脚踝也都纤细小巧，耳朵看上去小得几乎有点滑稽相。她的头发，原本像马利筋草的绒毛似的闪闪发光，此刻却在连格兰特都没注意到确切在什么时间里，从淡金黄色变成纯白的一片了，但她仍然留着一直披到肩上的长发，过去她母亲的发式也是这样的（这是让格兰特自己的母亲吃了一惊的事情里的一桩，她是小镇上的一个寡妇，在一位医生那里做接待工作。菲奥娜母亲披肩的白色长发，甚至比她们家房宅的不凡气派，都更让这位护士明白，在礼仪与政治方面，自己不明白的事还多得很哪）。

除去这一点之外，有匀称的身架和蓝宝石般小眼睛的菲奥娜就跟自己的母亲再没有什么相似之处了。她的嘴唇稍稍有点歪扭，现在她正用殷红的唇膏来更加突出这一点——抹口红一般是她动身离开家之前要做的最后一件事。这一天她跟平时的她看上去完全没有什么不同——直率，有些不知所措，事实上她的确有些茫然，甜美可爱，却有点冷嘲的气派。

一年多以来格兰特开始注意到家里到处都粘有黄色的小纸条。这倒不完全是新现象。她从来就爱用笔记事情——她听到收音机里提到的一本书的名字啦，或者是那一天她打算务必要做的一些事情啦，甚至连早上例行事务的时刻表她都要写下来——精确得都让他感到不可思议和有点可怜了。

七点瑜伽。七点三十分至七点四十五分，刷牙、洗脸、洗头发。七点四十五分至八点一刻，散步。八点一刻与格兰特共进早餐。

新的字条有些不同。竟贴到了厨房的抽屉上——刀叉、匙子、垫巾。她一拉开抽屉不就什么都能看到了吗？他记起了一个故事，是关于战时德国兵在捷克斯洛伐克边界上巡逻的事。有个捷克人告诉他，参加巡逻的每条狗脖颈上都挂有一个标志，上写 Hund①的字样。干吗要这样做呢？捷克人问道，德国人回答说，因为那就是一条 Hund 嘛。

他本想跟菲奥娜提一提，可是接着又想，还是别提为好。他俩一直都是为同一件事而开心发笑的，可是倘若这一回她觉得一点儿也不好笑，那该有多尴尬呀！

更严重的事在不断地发生。她到镇上去，却从一个电话亭打电话回来，问他开车回家该怎么走。她出去散步，穿过田野进入树林，回来却沿着围栏走——那样可得绕上相当大的一个圈子呢。她说，她琢磨沿着围栏走总能遇上个熟悉地点的。

---

① Hund，德语，意为：狗。

这倒真是让人费解了。在谈到围栏时她像是当作一个笑话来说的,而且家里的电话号码她是不费事就能记起来的。

“我想这没什么好担心的,”她说,“我猜我准是一下子昏了头。”

他问她是不是吃多了安眠药。

“如果吃了我也记不得了。”她说。紧接着又加上一句,她很抱歉,自己回答得也太直愣愣了。

“我敢肯定我没服什么药。也许我真该服点什么的。譬如说维生素片。”

服了维生素片也没起什么作用。她有时站在大门口,使劲儿地想,自己究竟是要上哪儿去。炉灶上炖着菜,她忘掉熄火了,或者是忘了往咖啡壶里加水了。她还问格兰特他们是什么时候搬进这所宅子的。

“是去年还是前年?”

他说那是十二年前的事了。

她说:“这真是令人难以置信呀。”

“她以前就一直有点这副样子的,”格兰特对医生说,“有一回她把毛皮大衣留在储藏室里,却忘得一干二净。冬天我们一般都是要上暖和些的地方去的,那是在有一回要出门之前。后来她说她是无意之间有意要这样做的,她说这像是把一宗罪留在身后。社会上一些人的言论使她对皮毛大衣有了一些看法。”

他劳而无功地试着再进一步作些解释——想说明菲奥娜对所有这些事所显示的惊讶与做出的道歉,其实倒有点像是一种例行的礼貌,而不完全是这里面隐藏着她某种隐秘的愉悦。好像是她无意中撞上了一项她未曾预料到的冒险行动,或者是在玩她希望他能领会与配合的一种什么游戏似的。他们一直是有两人间的游戏的——说句实际上并无什么意思的土话呀,聊几个他们设想出来的人物啦。菲奥娜自己臆想出了一些声音,说起话来唧唧嘎嘎或是哆里哆气的声音(像这样的事他就不好跟医生说了),那都是别出心裁地模仿跟他有过关系而她却从未见过与认识的那些女人的。

“呣,是啊,”医生说,“这种事情嘛,最开头,是可能有一些自行选择的成分的。我们也吃不准,是不是?在未达到我们能认为是属于明显恶化的类型之前,我们是难以真正确定的。”

短时间里,确定是什么类型关系也不大。反正已经不让菲奥娜独自出去买东西了,在超市,格兰特刚转过身子,她就没了影了。一个警察发现她在大路中央大大咧咧地走着,那已经是在几个街区之外了。警察问她叫什么名字,她不假思索就回答出来了。接着又问她我国现任的总理是谁。

“小伙子嗳,如果连这你都不清楚,你可不够资格担当这么重要的工作哟。”

警察哈哈大笑。但接下来她犯了一个错误,竟问他有没有瞧见鲍里斯和娜塔莎。

它们是若干年前,为了帮朋友的忙,她承接下来代管的两头俄罗斯狼犬,但是养了一阵之后,倒对它们产生了感情,以致一直把它们养到去世。她之所以喜欢它们,说不定与发现自己看来无法生育有关。她身上哪儿的一个什么管子堵塞住了,或者是扭曲了,格兰特现在也记不清了。他一向无意去细究女性的那些器官。养狗也没准儿跟她母亲不久前去世有关。在她牵着它们外出溜达时,它们那修长的细腿和丝一样的毛皮,它们那窄窄的、温和而坚毅的脸,倒跟她整个人很配称呢。而格兰特自己,那些日子里也在大学里谋得了他的第一份工作(撇开政治色彩不论,他岳父的经济背景还是颇受青睐的呢),在某些人眼中,格兰特没准儿也是菲奥娜出于自己另一种怪癖嗜好而给选中,并加以照顾、料理和呵护的呢。虽然幸亏他从来没有明白这一点,直到很久很久以后。

在超市走失那一天用晚餐的时候,她对他说:"你知道该把我怎么办了吧,对不对?你打算把我送进那地方去了吧?是叫浅湖吧?"

格兰特说:"是'草地湖'。咱们还没到这一步呢。"

"浅湖,蠢湖,"她说,仿佛他们是在做什么猜谜比赛似的,"蠢湖。那地方应该叫蠢湖。"

他双肘支着桌子,双手抱住了头。他说如果真的想走这一步,那也绝对不能是永久性的。也只是做一次试验性的治疗罢了。一次休养性的治疗。

规定里有这样的一条:不论任何人,十二月份均不得入院。节假日容易引起情绪上的巨大波动,那样的先例并不少见。因此他们便在一月里开了二十分钟的车前去。在来到公路之前,他们走着的那条乡村土路往下倾斜,进入到一片此刻已经完全冻住的洼地。长在洼地里的橡树和枫树把长木板似的阴影交叉地投射在明晃晃的积雪上。

菲奥娜说:"哦,记得吧。"

格兰特说:"我也正想着那件事呢。"

"只不过那回是在月光底下。"她说。

她说的是,那回他们夜晚出去在满月底下印着一根根黑条纹的雪地上滑雪的事,也就是在这个不到严冬人进不来的地方,他们听到了枝条在严寒里坼裂的声音。

如果连那样的事她都记得这么生动准确,那么她还能有什么多大的问题呢?

他费了好大的劲儿,才总算没有把车子掉过头来开回家去。

另外还有一条规定,这是院长当面跟他交代的。新入住的疗养员在最初的三十天内不得接受探视。大多数的疗养员都需要有这样的一段时间让自己安定下来。在这项规定严格实行之前,总会出现种种苦苦哀求、哭哭啼啼,甚至是大吵大闹的现象,即使是自愿入院的人也会这样。大约在第三第四天,他们便会开始求爷爷告奶奶,哀求把他们送回去。遇上这样的情况,有些家属拿不定主意了,于是便会见到把一些人拉回家去,回到家里,他们的情况绝对不会比以前稍好。六个月甚至是仅仅几个星期之后,这整出折磨人的闹剧势必得重头来上一遍。

"可是我们却发现,"院长说,"我们发现,如果不理会他们,让他们留下,他们到头来往往会快乐得跟只蛤蜊①似的。你想让他们进城一趟还真得连哄带骗,才能让他们登上

① 英语中有 as happy as a clam 的习惯用语。说蛤蜊快乐,想是因为人们认为它们从不出声抱怨与表示不满。

大客车呢。让他们回家探望也是一样。到了这个阶段带他们回家已经完全不成问题了，回去探望一两个小时——生怕错过晚餐急于想回来的正是他们自己。到这时候，‘草地湖’便成了他们的家了。当然，不包括住二楼的那些人在内，他们是不让外出的。太困难了，而且反正他们也不明白自己是在什么地方。”

“我太太是绝不会住到二楼去的。”格兰特说。

“不会的，”院长有点犹豫地说，“我只是想一开始把一切都说清楚罢了。”

几年前他们也到过“草地湖”若干次，是来探望法夸尔先生的，这是曾与他们为邻的一个老单身汉农民。他独自一人，住在从本世纪初起就没有什么变化的四面透风的老砖房里，倘说有什么变化，那就是增添了一台电冰箱和一台电视机。他总是隔上一段时间事先不约好就来拜访格兰特和菲奥娜一次，除了谈谈本地区的事情之外，他还喜欢讨论他近来所读的书——关于克里米亚战争啦，极地探险或是火器发展的历史啦。但是自从进了“草地湖”以后，他就光是谈疗养院的日常生活了，而且他们得出印象，他们的探望虽然也让他高兴，却又不免成了他的一个社会负担。使菲奥娜特别讨厌的是那里总弥漫着一股尿臊味和漂白粉的气味，让她更加受不了的则是低顶棚走廊的阴暗壁龛里所置放的草草扎成的塑料花束。

现在那幢老建筑已经拆除了，虽然还只是五十年代才建成的。法夸尔先生的房屋同样也不在了，代之而起的是一幢质量低劣的“城堡”式的建筑，那是多伦多的一些年轻人周末度假时的住处。新“草地湖”则是一幢通风良好的拱形屋顶建筑，空气里总带有一股令人愉悦的淡淡的松木香味。硕大陶盆里真正的绿色植物都生长得鲜活旺盛。

然而，在无法与她相见的那几个漫长的月份里，格兰特想象中的菲奥娜却总像是生活在“草地湖”的旧房子里。那真是他一生中感觉最最漫长的时日了，他想——比他十三岁时随着母亲上拉纳克县去探望亲戚的那段日子还要长，也比他跟杰基·亚当斯刚好上的那阵她却跟着家人外出度假的那段日子也更漫长。他每天都往“草地湖”打电话，特别希望能找到那位叫克里斯蒂的护士。她像是对他这么黏糊觉得有点好笑，但却总是比任何别的来接他电话的护士都能更加详尽地解答他的问题。

菲奥娜得了一回感冒，不过对于新入院的人来说这也是常有的事。

“就跟你的小孩刚开始上学时一样，”克里斯蒂说，“他们接触到了大量新的细菌，所以有一阵总是会染上这种或是那种病的。”

后来感冒好一些了。她不需要用抗生素了，看来也不像刚进院时那么混乱了（不论是“抗生素”还是“混乱”，格兰特都是头一回听说）。她胃口挺好的，似乎挺喜欢在“阳光起坐室”里坐坐。而且还挺爱看电视的。

在那座“草地湖”老房子里，顶让人受不了的事情中的一件就是，不论在什么地方都安装有电视，不管你选择在何处坐下，都会有电视来干扰你的思想或是谈话。有些病人（当时他和菲奥娜都这样称呼他们，而不是管他们叫疗养员）会把眼睛对着电视，有些还跟荧屏对话,不过大多数的人仅仅是坐在那儿忍受着它的干扰。在新楼里,就他所记得的,电视是放在与住处分开的一个起居间里的,病人房间里当然也有,想不想看要看什么就悉听尊便了。

因此菲奥娜就必须得做出选择了。看什么好呢?

在搬到这座房子来住以后,他和菲奥娜倒真的在电视机前一起度过了不少时间呢。他们曾细心跟随一架摄影机的镜头,窥测它所能拍摄到的每一种野兽、爬行动物、昆虫和海洋生物的生活景象,也曾密切追随过仿佛是大同小异的几十部十九世纪经典小说的故事情节。他们还曾不知不觉间迷上了一部电视连续剧,是部讲百货公司里的故事的英国喜剧,每回放一次他们便重看一遍,熟悉得连里面的对话都快能背出来了。他们为某些演员的消失而感到难过,这些人要么就是真的是在实际生活中去世了,要么就是离开剧组另有高就了,但是当重播时看到那些角色再次出现,那几个演员又活过来时,他和菲奥娜也会非常高兴。他们眼看那位导购的头发从乌黑变成花白,后来又从花白变回到乌黑,剧中所用的蹩脚布景也始终没有任何更改。不过,这些物件也还是越来越显得陈旧了,布景和最最乌黑的头发终于都变得黯淡了,仿佛伦敦街头的尘土真的从电梯门底下钻了进来似的。这件事本身就很让人伤心,给格兰特和菲奥娜带来的悲哀要远远超过《戏剧杰作》节目所播放的任何一出悲剧,因此,不等"大结局"播出,他们终于打住,不再往下看了。

克里斯蒂说,菲奥娜交上了几个朋友,她明显地是正从自己的壳里往外钻呢。

那是什么样的壳?格兰特想问,可是抑制住了,还是让自己停留在克里斯蒂的良好祝愿里吧。

要是有人来电话,他就让信息保留在留言机里。与他们偶有社交往来的不是近邻,而是住在稍远处乡间的人,这些人跟他们一样,也是退休的,而且时不时不通知朋友就上外地去了。格兰特和菲奥娜最初搬来的那几年里,都是在家度过冬天的。在乡间过冬是一种新的体验,他们有许多事情要做,房屋还需要装修呢。过了一段时间之后他们便想到,倒也是应该趁人还走得动外出走走的,他们去过希腊、澳大利亚和哥斯达黎加。别人说不定以为眼下他们也是上哪儿去旅游了呢。

他通过滑雪来锻炼身体,但是从不走得太远,也就是到洼地边上为止。太阳快下山时他在屋后农田里一圈又一圈地滑雪,夕阳西沉,把乡野上的天空染得通红,而乡野又像是被一层一层蓝色边缘的冰围裹起来似的。他滑够了预定要滑的圈数,便回来,走进愈来愈黑的家,一边吃晚饭一边看电视新闻。以前他们都是一起准备晚餐的。一个人调酒,另一个拨旺炉火,他们讨论他正在写的文稿(涉及对古代斯堪的纳维亚狼群传说的研究,要集中谈谈在世界末日时吞吃掉奥丁①的那头叫芬里斯的巨狼),也谈菲奥娜正在读的任何书籍,谈他们在这一个既紧紧挤挨着又彼此分别在做自己事儿的白天里有些什么想法。这可以算是他们最欢乐与亲密的时光了,当然,还有他们上床后的那五到十分钟

① 奥丁,古斯堪的纳维亚神话中的主神之一。

肉体上的亲密接触——倒不一定真的会导致性方面的事,但已经足以能使他们相信,二人之间,性这一头的事情尚未终结呢。

有一回在梦中,格兰特将一封信拿给他的一个同事看,此人他曾经认为也能算是个朋友的。这信,是他有一段时间没有再想起的一个女友的同寝室女孩写来的。信的总体格调就充满了伪善和敌意,是用一种愠怒的口吻在威胁他——他看写信的这位根本就是个潜隐的女同性恋者。跟那位女友本人,他早就好说好散了,看来这个前女友是没想闹出什么事儿来的,更遑论要自杀什么的了,可那封信却显然有意让他产生这样的感觉。

他那位同事是这样的一种人,早已为人夫和为人父了,却带头不打领带和逃离家庭,每晚都跟个人妖似的年轻情妇在地板上的一块褥子上睡,第二天衣冠不整,一身毒品和香水的气味就来上班或是进教室讲课。不过此人后来对这类放浪行为也兴味索然了,格兰特记得他事实上还是跟此类女子中的一个结了婚,这女的还举办晚宴,生儿育女,俨然是个正经八百的家庭主妇了。

"我可笑不出来哟,"他对格兰特说,其实格兰特根本没认为自己笑过,"如果遇到这种事情的是我,我会防范菲奥娜这头出什么事的。"

于是格兰特便上"草地湖"——那幢旧的"草地湖",去找菲奥娜了,可是他却走进了一间梯形教室。人人都在那儿等着他开讲。坐在最后也是最高一排的是一溜一式儿穿黑袍子的眼神冷漠的年轻女子,全在服丧呢,她们怀着敌意的眼光自始至终都在盯着他,片刻都不离开,让人觉得怪异的是,对他听讲的一切连一个字都不记或是不屑于记下。

菲奥娜坐在第一排,像是没有受到干扰。她把这教室改变成了一般在举办派对时她所身处的那个角落——一个清醒的、无人醉醺醺的区域,在那里她往喝的酒里兑矿泉水,吸的是不含毒品的普通香烟,在聊着关于她那几条狗的有趣故事。她是和与她志同道合的人一起在抵抗潮流呢,仿佛在别的角落里,在卧室和幽暗回廊里演出的花样不是别的,而仅仅是幼稚的喜剧。仿佛贞洁是一种时尚,能沉默寡言则是一种幸福。

"哦,得了吧,"菲奥娜说,"那种年龄段的女孩子,总是满世界地说要寻死觅活的。"

可是光是听到她这么说还是不够的——事实上,这件事还是让他很有点胆寒呢。他生怕她搞错了,没明白有件可怕的事已经发生,他看到了她没能见到的事——房间顶部到处都有索套,正从高处往下落,这个黑圈套,它会缠住他的气管,正在变粗,正在收紧。

他拼命挣扎,想要从梦境中挣脱出来,努力要把实事与虚幻区分开来。

信倒是确实来过一封的,另外,他办公室的门上也出现过黑漆涂写的"无耻小人"字样,而菲奥娜呢,在得知有个姑娘因为迷上他这位老师而受到伤害之后,的确也说过跟梦中的那句类似的话。另外,那位同事跟这件事完全没有牵扯,他的教室里也从未出现过什么穿黑袍子的女人,也根本没有任何人自杀过。格兰特总算没有丢过什么脸,事实上,他还算是轻松脱身的呢,要是这样的事发生在一两年之后,那结果就全然不同了。不过闲言碎语还是到处传开了。他没少见到端起的冷肩膀。几乎没有人请他们去共度圣诞节,连大年夜也是两人单独过的。格兰特酒喝多了,其实连劝酒的人都根本没有——而且,感谢上帝,他总算没有犯下彻底坦白交代的错误——他只是向菲奥娜保证,以后一定跟她一起好好过一种全新的生活。

当时他感受到的是一种遭到欺骗的羞辱,是一种觉察自己未能认清形势正在发生变化的羞辱。还不是单独一个女人让他明白这一点的。过去也曾出现过形势的剧变,突然之间,那么多女人都变得唾手可得了——或者,在他感觉中是这样的——可是,如今又有了这样的新变化,她们现在说,当时那样完全不是她们真正的意思。她们之所以肯于就范是因为她们孤立无助,迷了心窍,在整件事情里她们是受害的一方,而不是得到快乐的一方。即使当初她们是主动的一方,那也是因为在洗牌摞牌时她们就处于不利地位。

不论你走到哪儿,都不会有人认为,一个玩弄女性的浪子(如果格兰特过去曾不得不这样自称的话——其实与他梦中见到的那个指责他的男人相比,他所征服与赢得的数目,简直连一半都不到呢),他的活法,能与仁慈、慷慨甚或是牺牲,扯得上任何关系。也许在一开始是扯不上,但至少当事态往下发展时,没准儿也会有可能吧。多少次,为了满足一个女子的骄傲、她的脆弱,他曾付出比自己原来所能提供的更多的感情——或者不如说是更低俗的情欲。尽管如此,他发现如今自己仍然担上了伤害、玩弄和毁灭别人自尊心的罪名。而且还欺骗了菲奥娜——他当然是欺骗了她的,不过若是他像别人一样跟妻子断绝关系,离开了她,那样就能算是稍稍好一些吗?

他从未想到要这样做。尽管他在别处转移了性的要求,他却从来没有中断过与菲奥娜做爱。他连一个夜晚都未曾外宿不归,也没有编造过故事说是要到旧金山度周末或者是要到曼尼托林岛去野营。他在吸毒与酗酒上都陷得不深,而且还继续发表论文,为各种委员会出力,在事业上取得进展。他从来没想过要抛弃工作与婚姻,到乡下去学做木匠或是养蜂人。

可是那样的事情还是免不了出现了。他提前退休,拿打了折的养老金。那位心电网仪专家在大房子里孤独地度过了一段困惑与愤世嫉俗的时光之后,终于离开了人间,菲奥娜继承了房产以及父亲童年时生活过的农场,那是在佐治亚湾附近的乡间。菲奥娜辞掉了她在一家医院里志愿服务当协调员的工作(按她的说法,在那个日常生活的世界里,人们才真有跟吸毒、性、知识分子间的倾轧无关的实际困难哪)。既然要过新的生活,那就得有真正的变化呀。

此时,鲍里斯和娜塔莎已经死了。它们中的一只先得了病,去世了——格兰特忘记是哪一只了——接着,另外的那只也死了,多半是因为思念,于是自己也不想活了。

他和菲奥娜修整这幢房子。他们弄来了越野滑雪板。他们跟邻居们合不大来,不过逐渐还是交上了几个朋友。现在是再也没有没完没了的异性间的挑逗了,再没有晚餐时某位女客的光脚趾顺着男士的腿底扭动了,再也遇不到那些放荡的妻子了。

该是时候了,格兰特想通了,也该把带邪气的念头往下压压了。女性主义者们,没准儿还有那个傻丫头本身以及他那些不讲义气的所谓朋友及时地将他推了出来,使他脱离了一种不值得为之越陷越深的生活。那真的很可能会最终让他失去菲奥娜的呢。

在他第一次要回到"草地湖"去探望的那个早晨,他早早地就醒了。他竟真的有点儿紧张,就跟往昔他准备跟一个新的女人首次约会的那些天的早晨一样。最初,这种感觉还不确切与性有关(再往后,当幽会成为一种常规时,那就全是性方面的事了)。那里面蕴含着对于会发现什么的一种期望,几乎是精神上的一次开拓了,而且还包括了胆怯、自卑与惊惶。

他很早就离开了家。下午二时之前探视者是不允许入内的。他不想坐在停车场里傻等,因此他一出门就让车子往相反的方向开去。

前几天有过一次化冻。积雪仍然不少,但是早先让人目眩的那种严峻景象已经消融了。灰暗天色下那一堆堆出现空洞的雪看上去就像是田野上的垃圾。

在靠近"草地湖"的一个小镇上他见到有家花店,于是便进去买了一大把花束。以前他还从未给菲奥娜送过花,也没给别的任何人送过。他走进疗养院大楼时觉得自己很像漫画里那种没有指望的求爱者或是一个犯了错误的丈夫。

"哟,这么早就有水仙花啦,"克里斯蒂说,"你准是花了一大笔钱吧。"她领着他穿过前厅,拧亮了一个小储藏室或是某种小厨房的灯,想找出只花瓶来。她是个胖嘟嘟的年轻女子,看来像是除了头发之外,对身上其余部分全都懒得去打理了。头发是浅金色蓬蓬松松的,很华丽地高高翘起,一副鸡尾酒女调酒师或是脱衣舞娘的派头,但是下面的是一张打工女的脸和相应的身材。

"好了,去吧,"把头朝大厅里面点了点,"名字就在门上。"

果然是这样,画了青鸟图案的姓名卡上写有名字。他不知是否应该敲门,他敲了,接着便推开门一边叫她的名字。

她不在里面。壁柜的门是关上的,床铺得好好的。床头柜上什么都没有,除了一盒纸巾和一只盛了水的玻璃杯。连一帧任何内容的照片和图画都没有,也没有一本书或是一份杂志。也许按照规定都得放到碗柜里去的吧。

他走回到护士站、接待站或是院方称呼的那个地方去。克里斯蒂说了句:"不在?"显示出有点惊讶的样子,按他看来那是有点敷衍性质的。

他手里捧着花束,有点不知怎么才好了。她说:"没事,没事——咱们把花放在这儿好了。"说时还叹了一口气,仿佛他是个头一天进学堂的不怎么机灵的小学生似的,接着便领着他穿过一个门厅,走进建筑宽大的中央巨大天窗的光照得到的地方去,这儿的穹顶有点大教堂的风格。有些人沿墙坐在扶手椅里,另一些人坐在房间中央铺有地毯处的桌子四周。他们样子看上去都不算太差。年纪是老了——有几个行动不便必须坐轮椅了——不过还都算像样。以前他和菲奥娜去探望法夸尔先生时总会看到一些让人恶心的景象。老太太的下颌处长出了髭须,有人眼睛那里鼓出个大包,像只烂李子。淌口水的、脑袋抖个不停的、喋喋不休嘟哝个没完的,什么样的人都有。现在看来,像是作了番甄别,把情况最糟的病人排除出去了。要不就是对他们用过了药物与外科手术,没准儿还动用过整容手术,或是治疗嘴巴和别处失禁的手术——就在短短的几年之前,有些治疗方法尚未得以推广普及呢。

不过,还是有一个非常抑郁的女人,坐在钢琴前,用一个手指在按琴键,却怎么也弹不成一个曲调。另一个女人,从咖啡壶和一摞塑料杯的后面朝外瞪视,看上去都厌烦得快要变成一块石头了。不过她必定是个工作人员——因为她和克里斯蒂一样,也是穿着件浅绿色的工作衫。

“瞧见了吧？”克里斯蒂放轻声音地说，“你就走过去对她打个招呼好了，注意着点，可别惊着了她。你得记住她没准儿不——好吧，上前去就是了。”

他看见的是菲奥娜的侧面，紧挨一张牌桌坐着，不过自己没在打牌。看上去她的脸有一点点肿，一边面颊上有处松弛的肉挡住了她的嘴角，这景象是过去从未出现过的。她是在看她挨得最近的那个男的打牌。他把手里的牌偏过来一些好让她能看见。格兰特走近牌桌时她抬起头来看看。大家都抬起头来看了——所有在桌边打牌的人都这样，感到有点不愉快。但紧接着他们便低下头去看牌了，仿佛要排除开任何干扰似的。

不过菲奥娜却露出了她那侧着头的、羞怯、狡黠但却是很可爱的微笑，把椅子往后面推了推，朝他身边靠拢过来，并且用手指摁在自己的嘴上。

“桥牌，”她悄声说道，“认真极了。他们玩得可起劲了。”她把他朝咖啡桌那边拉过去，一边还在喋喋不休地说。“我还记得自己念大学时有一阵子也是这样的。我和几个朋友会逃课，坐在休息室里，边抽烟边玩，恶狠狠的跟杀人凶犯似的。有个女孩的名字叫菲比。别的几个叫什么我记不得了。”

“菲比·哈特。”格兰特说。他脑子里出现了那个胸部凹陷、黑眼睛的姑娘的形象，说不定如今都已不在人间了呢。在缭绕的烟气中，菲奥娜、菲比以及另外那几个，都真的跟女巫似的。

“你也认识她？”菲奥娜说，现在她的微笑已经转向那个面孔板得跟石头一样的妇女了，“要不要我给你取杯什么来？一杯茶怎么样？这儿咖啡的质量我怕不会好到哪里去。”

格兰特是从来都不喝茶的。

他没法伸出双臂去抱她。她的声音和微笑，尽管还是跟以前熟悉的一样，里面却有一种意思，似乎想把他排除在打牌者甚至是那个管咖啡的妇女之外——同样，也是要免得他们的不快影响到他——这就使得拥抱变成不可能的了。

“我给你带来了一些花，”他说，“我想它们会让你的房间显得亮丽些。我去过你的房间了，可是你不在那儿。”

“是的。是不在。”她说，“我上这儿来了。”

格兰特说：“你交了一个新朋友。”他把头朝她方才挨着坐的那个男的点了点。就在这一刻，那人朝菲奥娜这边看过来，而她也把头扭了过去，不是因为格兰特说了那样的话，便是因为她感觉到背后有人在看她。

“那不过是奥布里罢了，”她说，“有趣的是，我好多好多年前就认识他了。他当时在店里干活，五金商店，我爷爷常去买东西的。他跟我常常一块儿闹着玩，不过他总也鼓不起勇气约我出去。一直到最后的那个周末他带我去参加了一次舞会。舞会结束时我爷爷来了，他开车来接我回家。我是放暑假去看他们的。看望我的爷爷奶奶——他们住在一个农场里。”

“菲奥娜，我知道你爷爷奶奶住在哪里。那就是我们现在所住的地方。一直住的地方。”

"真的吗?"她说,不过没有认真在听;因为那个打牌的又向她投来了眼光,那不是祈求的而是命令的目光。这人年纪跟格兰特相仿,也许还稍大几岁。又粗又厚的白发披垂在他的前额上,他的皮肤皮革般坚韧,不过白里带灰泛黄,就像只皱巴巴的小山羊皮旧手套似的。他那张长脸显得很威严,也很凄凉,他身上有几分原本很健壮但饱受了挫折的老马的那种美。不过菲奥娜所关心的是千万别让他感到不开心。

"我还是先回去吧,"菲奥娜说,那张新变得胖了些的脸上泛现出了一片绯红,"没有我坐在那边,他便觉得牌没法打了。这真可笑,其实该怎么打我自己也快忘光了。我看只好请你原谅了。"

"你们快打完了吧?"

"哦,应该是的吧。不过也说不准的。你上那位脸部表情挺严肃的太太那儿,跟她好好说说,她会给你倒杯茶的。"

"我怎么都行。"格兰特说。

"那我就走啦,你能找到点事自己消遣的吧?你初来一定会觉得什么都不习惯,但是你也会觉得惊奇的,因为很快你就能熟悉这个地方。你会知道每一个人都是谁的。除了有那么几位,他们认为自己高高在上,是在云里,你明白吧——你总不能指望他们都知道你是什么人吧。"

她溜回到她的座位上去了,在奥布里耳朵边说了些什么。她用手指在他的手背上拍了拍。

格兰特去找克里斯蒂,在大厅里见到了她。她正推着一辆车子,上面放着一壶壶的苹果汁和葡萄汁。

"稍等片刻,"她对他说,她正把头往一扇开着的门里探进去。"这儿要苹果汁不?还是要葡萄汁?曲奇点心要吗?"

他等候着,直到她倒满了两只塑料杯并且送进去。接着她又回来往纸碟上夹去两块葛粉曲奇饼。

"怎么样?"她说,"你看到她参加活动和别的一切,感到高兴吧?"

格兰特说:"她怎么连我是谁都认不出来啦?"

他无法确定。她也有可能是在开玩笑。这并非不符合她的性格。她在跟他说话时最后还假装以为他没准儿是个新来者,这岂不是正好露了马脚吗?

但愿她是在玩游戏。但愿那仅仅是一次假装。

不过,一等玩笑开完,难道她不会追上来嘲笑他吗?当然,她是不会就这么走回去参加牌局,假装已经忘了他的。那样做未免太残酷了吧。

克里斯蒂说:"你刚好碰上了一个她不对头的时间。跟打牌不顺有关系吧。"

"可是她连打牌都没有参加呀。"他说。

"嗳,不过她的朋友在打。那个奥布里。"

"奥布里又是谁呀?"

"就是边上的那个。奥布里。她的朋友。你想喝杯果汁吗?"

格兰特摇了摇头。

“哦,你明白吧,”克里斯蒂说,“他们产生了这样的感情。那得维持一阵才会消退的。就跟成了最铁的朋友似的。那是一个阶段的事。”

“你是说她真的会认不得我是谁啦?”

“有这个可能。今天不认识。可是明天呢——又难说了,是不是?情况永远是来回在往好里和坏里转变,你是一点儿办法都没有的。你来这儿时间多了自会了解这种情况的。你必须学会对一切都不能过于当真。你就一天一天地逐渐习惯吧。”

一天又一天地过去。可是情况并没有来来回回地起变化,他也没有学会习惯这儿的情况。倒是菲奥娜像是逐渐习惯了他,只不过是把他当作对自己怀有特别兴趣的一个探视者。也许甚至是一个讨厌的骚扰者,若按她过去的礼仪规则,是还不等搞清他是何等人物,便会严拒于门外的。她用一种漫不经心、客客气气的有礼貌的态度来对付他,成功地阻止他提出那个最最重要、最需要知道的问题。他无法问她是不是还记得他这个跟她结婚快满五十年的丈夫。他有这么一个印象,她是会为了这样的一个问题而感到尴尬的——不是替她自己而是替他感到尴尬。她会困惑似的浅浅一笑,用自己的礼貌与不解来羞辱他,最后呢,仍然是没道出一个“是”或“否”来。要不就是随随便便应答一句,结果是根本无法使他感到满意。

克里斯蒂是唯一他可以交谈的护理人员。其他的那几个都把这整件事情视作一个笑话。有个粗野的老家伙居然当面嘲笑他。“那个奥布里跟那个菲奥娜?他们把事情弄得一团糟,是这样吧?”

克里斯蒂告诉他,奥布里原先是一家公司的代理人,是出售灭野草的机器以及供农民用的“诸如此类的东西”的。

“他人倒是挺好的。”她说。格兰特弄不清她指的是奥布里为人诚实、对别人不小气、态度和气,还是指他谈吐文雅、衣着得体、开的车也挺够派。可能两方面都兼而有之吧。

接着她又告诉格兰特,当他不算太老,甚至都还未退休时——她说——他受到了某种挺不寻常的伤害。

“他一向都是由他太太自己照顾的。她在家里照顾他。她让他暂时在这儿待一阵,是为了让自己好喘口气。她妹妹要她上佛罗里达去住一阵。你懂吧,她是遭了殃了,这都是让人连想都料想不到的,像他这么个壮实的大个儿——他们也就是上某个景点去度次假,他偏巧遭了难,好像是一种什么东西,有毒的甲虫之类的,使他发起了高烧。从此就迷迷瞪瞪的,变成了现在的这副模样。”

他问她疗养员之间这样的感情方面的问题。他们会不会走得太远呢?他现在已经学会采用一种溺爱儿童似的口吻了,希望这样可以不至于听别人给他上课。

“要看你指的是什么了。”她说。她在往病历本上写着什么,没有停下来,一边在考虑该怎样回答他的问题。她写完后,抬起头来坦诚地对他笑了笑。

“说来有趣,我们这里遇到的麻烦是,有些人往往根本不想跟别人处好关系。他们也许甚至都没想互相认识,连这一点都不知道,比方说吧,这人是男的还是女的?你总以为是老头们想往老太太的床上爬吧，可是事实上倒有一半情况是相反的。是老太太去追老头儿。没准儿是她们还没有那么筋疲力尽吧。我猜。”

这时她的笑容收敛了，仿佛是担心自己说得太多了，或者是说得太直白了。

“可别误解我的意思呀，”她说，“我不是指菲奥娜。菲奥娜可是位高贵的太太呀。”

那么，奥布里又是什么样的人呢？格兰特几乎都想问了。可是他记起来奥布里是离不了轮椅的。

“她是位真正的夫人。”克里斯蒂说，语气是那么的肯定和决断，这倒使得格兰特不太敢放心了。他脑子里出现了一幅图景，菲奥娜穿着她的一件边缘有小孔眼有蓝丝结的长睡袍，顽皮地掀开了一个睡在床上的老男人的被子。

“呃，我有时会猜想——”他说。

克里斯蒂有点紧张地说：“你猜想什么？”

“我猜想她会不会是在演一出戏中戏。”

“一出什么？”克里斯蒂说。

好多个下午都可以见到这对搭档坐在牌桌前面。奥布里手很大，手指很粗，拿牌不太灵便。替他洗牌、摞牌的是菲奥娜，有时还动作很快地帮他把牌扶正，在眼看那张牌要从他的手里滑出来的时候。格兰特坐在房间另一端，能看到她动作是既迅速又灵活，还一边抱歉似的笑着。他也能看到她的一绺头发掠过奥布里面颊时，奥布里还像个丈夫似的皱了皱眉头。在她挨紧奥布里身边坐着时，他倒搭起架子，不爱理睬她了。

不过，等到她微笑着跟格兰特打招呼，等到她把椅子往后推，站起身来问格兰特要不要来杯茶时——显示出她认为格兰特也是有权利待在这里，而且没准儿感到自己对格兰特还是稍稍有些责任的——此时，奥布里的脸上就会显示出一种愠怒的惊愕表情。他会存心让纸牌从手指间滑出去落在地上，使牌戏进行不下去。

于是菲奥娜只好手忙脚乱，赶紧去把事情搞定。

如果他们不是在打桥牌，那么就有可能是在沿着厅堂的墙边散步，奥布里一只手扶着栏杆，另一只手会抓住菲奥娜的手臂或是肩膀。护士们认为她真是了不起，竟能想办法让他离开轮椅。当然，如果要走的路太长——例如说得去建筑一头的阳光起居间或是建筑另一端的电视室——那就还是需要用轮椅了。

电视似乎永远都固定在体育频道上，奥布里看什么比赛都无所谓，不过他最喜欢看的好像还是高尔夫球。格兰特跟随着他们，看什么都是可以的。他坐在离他们几把椅子之外的地方。大屏幕上，一小群观众和解说员的视线会追随着那片安宁绿地上的几个运动员，在适当的时候会发出一阵很得体的喝彩声。但是在运动员挥杆一击，那只小球孤独地在空中划着它应走的轨迹时，真是什么声音都没有。奥布里、菲奥娜和格兰特也许还有另外的几个人坐着屏住了呼吸。接着第一个迸发出气声的总是奥布里，不管是表示满意还是表示失望。紧接着出声的必定是菲奥娜，反应也总是跟奥布里的全然一致。

在起坐间里便不会有这样安静了。这一对儿会在最茂密最旺盛也是最具热带风情的盆栽间找个地方坐下——一处“绣楼”，如果你想这么称呼的话——格兰特好不容易才抑制住自己没有挤进去。伴随着树叶的沙沙声和流水的潺潺声的是菲奥娜的低声款语以及她勃发的哈哈大笑声。

接着又是某种咯嘞咯嘞的声音。两人中哪一个会发出这样的声音呢?

没准儿谁都没有——没准儿是住在树丫杈间鸟笼里的某只冒冒失失、羽色艳俗的鸟儿发出来的。

奥布里话还是能说的,虽然发音不像以前那么清晰了。他这会儿像是在说着什么呢——几个混浊不清的音节。小心点。他在这儿。我亲爱的。

在喷泉的水塘蓝色的底部躺着一些许愿硬币。格兰特从未见过真的有人往水里扔钱。他盯看着这些分币、角币和两毛五的硬币,心想或许是有意粘贴在瓷砖上的吧——是这所疗养院招揽病人来住的又一个小小的花招吧。

十几岁时,他们坐在棒球场旁露天看台的最高处,远离那男孩的那些男朋友。他们之间就隔着几英寸高没刷漆的白木头,天正在黑下来,夏末黄昏时天气很快就转凉了。他们的手移动着,胯部挨蹭着,眼睛却始终没有离开球场。如果他穿有夹克衫的话,他会脱下来,披在她窄窄的肩膀上。她披上后,他能把她拉得挨自己更近一些,会用张开的手指压在她柔软的手臂上。

不跟现在似的,任何一个男孩在初次约会一个女孩时,都没准儿会往人家裤子里摸。

菲奥娜柔软的细手臂。在亮起灯的尘土飞扬的棒球场外,夜色渐浓,少女突发的情欲让她自己都吃了一惊,它蹿遍了她初恋时柔弱身体的全部神经,使它们燃炽了起来。

"草地湖"里没装上多少镜子,因此他倒也无须看到自己潜行与跟踪的模样。可是每隔上一阵,他都会想到自己是多么愚蠢、可悲甚或是精神上的不正常,竟会满处去盯菲奥娜和奥布里的梢。但是又运气不佳总是没能当面撞上她,或者是他。他越来越怀疑自己有什么权利在场,可是又不甘心退出。即使在家里,在他趴在书桌上工作或是打扫房间和必须得把雪铲掉时,他脑子里也总像是有只节拍器在嘀嗒嘀嗒地响着,让他想到"草地湖",想到下一次的探访。有时候,他觉得自己活像是个执拗的半大小子,在进行着一次全然无望的追求。有时候又像是那些在街上跟踪名女人的流氓,深信有一天这些女人会转过身来接受他们的爱。

他做出很大努力,削减了探访的次数,只限于星期三和星期六才去。同时也使自己的观察面扩大到这地方的别的方面去,仿佛自己是个一般的参观者,是个做某项研究或是社会考察的人。

星期六有一种假日忙乱与紧张的气氛。家庭成群结队地前来。一般总是由做母亲的当领导,她们像起劲、尽职的牧羊犬似的护卫着男人和小孩子们。只有最小的幼儿才不明白干吗来了。他们的注意力立刻被大厅地上铺的绿色、白色的方形瓷砖吸引了过去,他们会选中某种颜色的瓷砖,这是可以在上面行走的,另外的那种则是需要跳过去的。胆大些的孩子会试着踩在轮椅后面的什么部位上搭便车。有些不听训斥坚持要做这类越轨的事,那就必须得把他们拎回到汽车里去了。有些稍大点的孩子或是父亲正巴不得有这样的差使可干,自愿承担,也从而摆脱掉了这样的探访。

妇女们才能使谈话得以勉强持续下去。男人们像是让这样的局面惊呆了,十来岁的少男少女则是觉得受到了伤害。那些被探视的往往行进在队伍的前面,在轮椅上给推着走,或是拄着根拐棍,一歪一扭地走着,要不就是直僵僵地走着,不要人搀扶,走在队列的最前面,因为来探视的人这么多而得意扬扬,不过在重大压力下也因此不免有些紧张,嘟嘟囔囔地说个不停。此刻,在形形色色外来者的包围下,这些“局内人”倒显得跟平时的状态不一般了。长出胡子来的那位妇女下巴会给刮得溜溜光。眼睛畸形的那人今天用纱布或是黑镜片把那儿给挡上了。怪诞的行为说不定也用药物控制住了,不过有些人的目光却有些呆滞,像是受了惊吓——一个个仿佛都满足于成为他们自己的记忆中、他们遗照里的那个形象。

格兰特现在更能理解法夸尔先生当时的心情了。这儿的人——即使是那些没有参加任何活动仅仅是散坐在各处看着门口或是往窗外眺望的人——头脑里正疲于度过一种忙忙乱乱的生活呢(姑且不说他们身体内的生活了,他们肠胃里征兆不祥的蠕动,消化排泄过程中一路上到处都会遇上的硌痛和刺疼),而这种状态,在大多数情况下都是在探视者面前难于启齿、细说与引起他们的兴趣的。他们所能做的一切便只有坐在轮椅里被推着到处走或者好歹自己推动轮子走上一段路。但愿能碰上些什么情况,好让大家看个热闹与聊上一聊。

这儿还有个起坐间可以炫示,有大屏幕的电视可以夸耀。父亲们会觉得这儿条件还是很不错的嘛。母亲们则惊叹这儿的蕨类盆栽长得太茂盛了。很快,大家便在小桌子周围坐了下来,吃起冰激凌来了——只有那些半大不大的小青年怎么也不肯吃,他们认为这太没面子,太丢份了。妇女们把黏汁从打着战的下巴上擦去,男士们则把眼光转了开去,只当没看见。

这样的朝拜仪式中必定有些什么是能让人感到满足的,说不定连那些小青年有一天也会因为他们曾经采访过而感到宽慰。格兰特对家庭这方面的事情实在是没有什么研究。

没见到有儿女或是孙儿孙女来探望奥布里,由于没法打牌了——牌桌被吃冰激凌的集体占用了——他和菲奥娜干脆躲开了星期六的热闹场面。起坐间里闹哄哄的,不宜于他们亲切交谈。

自然,在菲奥娜关上了门的房间里,他们便自然能这样做了。格兰特下不了决心去敲门,虽然他在门前站了一段时间,说不出有多么厌恶地盯视着姓名牌上的那些迪斯尼风格的小鸟。

他们也可能会在奥布里的房间里的。但他不清楚那是在什么地方。他对这个疗养院探究得越是深入,便发现这里的回廊、小憩之处与岔道,像是多得都数不清似的,在信步漫游时他仍然很容易迷失方向。他会以某幅图画或是某把椅子作为地理坐标,可是到了下一个星期,他选定的那东西却给移动到别处去了。他不愿跟克里斯蒂谈这件事,免得她会以为他自己也得上什么精神疾病了。他猜测,这样的永恒移动和重新安排可能是因为对入院者有益——使得他们对每天的练习不至于感到枯燥乏味。

他也没有跟克里斯蒂提,有时候他看到远处有个女人。他觉得像是菲奥娜,但是又认为不可能是的,因为那女的穿的衣服不对头。菲奥娜何时喜欢过鲜艳的花衬衣和电光料子的蓝色长裤的呢？有一个星期六,他从窗子里往外张望见到了菲奥娜——这回错不了的——在推着轮椅上的奥布里,沿着此刻已扫净冰雪的一条小道往前走,她竟戴着顶样子愚蠢可笑的羊毛帽,穿着一件夹克,上面有蓝色和紫色的旋涡纹,那样的衣帽只有他在超市里遇到的本地妇人才会穿的。

情况必定是院方人员根本懒得去区分尺码大致相同的女病人的衣服,料定这些女人反正也认不出是不是自己的衣服。

院方也给她理过发了。她们竟把她头上那轮天使般的光环也给剪掉了。有一个星期三,当一切很正常,牌戏又重新在进行的时候,工艺室里,妇女们在做着绢花或是穿各种衣装的玩具娃娃,也没有人在一旁催逼她们或是啧啧夸奖。此时,奥布里和菲奥娜又显得很惹眼了,因此倒使格兰特有可能抓紧难得一遇的机会跟他的妻子说上一句话,他用非常和气却也是几乎要气疯的口气,对自己的妻子说:“她们干吗把你的头发剪短了?”

菲奥娜把双手举到头上去检查。

“怎么啦——我头发一点儿都没少嘛。”她说。

他觉得自己应该去了解一下二楼的情况,那儿住着的,按照克里斯蒂的说法,是头脑完全不清楚的人。而在楼下到处走来走去自言自语或是向走过的人扔过去一个古怪的问题(“我的套头衫是落在教堂里了吗?”)的那些人,显然仅仅是丧失了局部的思维能力。

还不够资格呢。

楼梯当然是有几座的,可是二楼入口处是锁上的,只有工作人员才有钥匙。你也不可能进入电梯,除非管理员在办公桌的后面揿一个电钮,把电梯门打开。

丧失了思维能力之后,他们都在干些什么呢?

“有的光是坐着,”克里斯蒂说,“有的坐在那儿哭。有的拼命地喊,使得整幢房子都快震塌了。你是不会真的想知道的。”

有时候他和克里斯蒂会把话题又扯到这上面来。“你上他们房间去,干上一年的活,他们仍然一点都不认识你。可是有一天,嗬嘿,我们都要下班回家了,突然之间,他们头脑又恢复得完全正常了。”

可是维持不了多久。

“你以为,哦,这下子没事了吧。可是他们又不成了,”她用手指打了个榧子,“就这么回事。”

在他过去工作过的那个小城里有一家书店,他原先跟菲奥娜一年总要去个一两回的。后来他独自回去过一次。他原本也没想要买什么,但是他身上带有一张自己开的书单,于是便选购了单子上列入的几本书,最后又添了本他偶然注意到的书。那是关于冰岛的,是位去过冰岛的女旅行家的一本十九世纪的水彩画册。

菲奥娜从未学过她母亲的语言,也从未对这种语言所存储的故事显示出过什么兴趣——这些故事正是格兰特所讲授与写过论文的，而且直到现在仍然在继续写的。当他能抽出时间做学问的时候，她提到那些故事里的主人公时，总称他们为“老尼雅尔”和“老斯诺里”①。可是近几年来她倒对这个国家产生了一些兴趣，而且还会去翻翻旅游指南。她读到过评述威廉·莫里斯②的冰岛行的文章，以及评奥登③关于冰岛的作品的文章。她倒没有真的计划上那儿去旅行。她说那儿的气候让人受不了。而且——她还说——总应该有那么一个地方，让你惦记着、有些了解和没准儿真的想去——却永远是去不成的。

格兰特刚开始讲授盎格鲁-撒克逊和北欧文学时，他班上的学生都是通常的那一类。可是几年后，他注意到有了些变化。结过婚的妇女开始重回学校。她们并非企图通过获得学历以便得到更好的工作，而仅仅是想使自己除了日常的家务事和癖好之外，还能有点更有趣的问题琢磨琢磨，是想让自己的生活过得更加丰富多彩些。而且说不定顺着事态自然而然发展下去，教这些课的男士恰好能成为这种有光彩的生活的内容之一，在她们看来，与自己为之做饭、与之睡觉的男人相比，这些男士倒更具神秘色彩也更值得拥有呢。

她们所选的科目通常是心理学、文化史或是英国文学。考古学、语言学有时也会被选中，但等到发现学下去很困难时，就往往会被抛弃。选修格兰特开的课的人往往都有斯堪的纳维亚的背景，跟菲奥娜一样，或是通过瓦格纳的音乐或是历史小说对北欧神话略有所知。也有一两位女士，以为他教的是一种凯尔特语言，对于她们来说，任何与凯尔特民族有关的东西都具有几分神秘的魅力。

他从教桌的这边颇不客气地对这些有志成才的女士说：

“如果你们想学一种漂亮的语言，那还不如去学西班牙语。学了去墨西哥旅游就能用得上。”

有的人听从他的警告，知难而退了。另外一些似乎反倒被他的专横语气震慑住了。她们努力学习，表现出很强的意志力，将她们那种成熟女子的服从性、她们急于盼望得到赞许的紧张心态所形成的令人惊异的鲜花盛开般的气氛，带入了他的办公室，带进了他那很有规律、本已颇为美满的生活。

他选中了一个叫杰基·亚当斯的女子。她正好是菲奥娜的反面——小个儿，软垫般地温顺，黑眼睛，热情洋溢，从来不会对人冷嘲热讽。他们的恋情持续了一年，直到她的丈夫工作调离才告结束。当他们分手道别的时候，那是在她的车里，她竟开始不由自主地颤抖起来，就好像是忽然体温过低似的。她走后给他写过几次信，不过他发现她的信写得太过神经紧张，因此拿不定主意该怎么答复。他让复信的时间拖延得太久以致再复信也已不相宜了，在此期间，他奇妙地、出乎意外地和一个女孩纠缠上了，那女生年轻得

① 《尼雅尔萨迦》是十三世纪冰岛的一部“家族萨迦”，尼雅尔是其中主要的英雄人物。斯诺里是十三世纪冰岛的诗人与历史学家。

② 威廉·莫里斯(1834—1896)，英国诗人。曾去冰岛旅游，并对冰岛史诗感兴趣。

③ 威·休·奥登(1907—1973)，英国诗人。访问过冰岛，后出版有《冰岛来信》(1937)。

都可以当他女儿了。

因为在他忙着和杰基交往时,另一股更让人昏眩的潮流出现了。披着长发、趿着拖鞋的年轻女孩一个个地上他办公室来,就差没有坦诚表白可以随时向他献身了。与杰基接触时所需要的那种小心翼翼的靠拢,那些微妙的暗示,全都不再需要了。正如袭击了别的许多人那样,一股旋风袭击了他,愿望瞬间就变成了行动,快得使他不禁要嘀咕,该不会有什么自己疏忽之处吧。不过谁有时间去抱憾呢?他听说了同时出现的一些多角关系、野蛮与冒险的邂逅。丑闻被暴露在光天化日之下,到处都出现了有强烈和令人痛苦的戏剧效果的活剧,但让人有一种感觉,不管怎么说这总比以前那样子的好。也会有惩处措施——也会有开除教职的事。不过被开除的那些人便上规模稍小的、更加宽容的院校或是开放式教育中心去授课,不少妻子承受过打击后生存了下来,并且逐渐向勾引她们的男人的女孩们学习,不论是在衣着打扮上还是在对性行为的满不在乎上。学者们的派对,过去曾是那么枯燥乏味,现在却变成了一片布满地雷的雷区。一种流行病传播了开来,蔓延之快有如西班牙流行感冒。只不过这一回谁都乐于染上,但凡从十六岁到六十岁的,很少有人愿意被排除在外。

菲奥娜显得挺不在乎似的。她的母亲濒临死亡,她在医院里的阅历使她从挂号处的日常工作改而担任新的工作。格兰特自己也没把事情做得太过分,至少跟他周围的人相比并未如此。他从不让另一个女人像杰基曾经那样跟自己贴得太近。他所感觉到的主要是身心上一种幸福感的巨大提升。他十二岁以来一直便有的那种发胖的趋势消失了。他现在上楼梯可以迅速地一下子跨两级。他从未能像现在这样地欣赏办公室窗子外的风卷残云或是冬暮落日的景象,欣赏邻居客厅窗帘缝间透出光来的古董灯具的魅力,欣赏黄昏时公园里儿童们发出的哭喊声,他们舍不得离开玩了半天雪橇的小山包呢。夏天到来了,他记住了一些花卉的名称。在照料过几乎发不出声音来的岳母(她得的是咽喉癌)之后,他到教室里来上课,他大着胆子背诵了接着又翻译了那首壮丽却又很血腥的颂歌,那个用头颅做赎金的故事,那首《胡夫奥劳松》,那是被国王判了死刑的游吟诗人写下以歌颂"血斧王"艾瑞克的(可是诗人紧接着又被那同一位国王——也因为受到了诗歌的感染——释放)。他博得了全班学生的喝彩——甚至包括他早先曾戏谑般嘲弄过的那些和平示威者,他问那些学生,能不能请他们上大厅去候着,等他下课出去时再示威。那天,也没准儿是别的一天,他驾车回家时,他发现头脑里浮现出一个荒谬与带亵渎意味的引句,在那里萦回不去。就这样,他在智慧与学术地位上都有所提升——而且还得到了神与人的宠爱。

当时,他很为此而受窘,并使他起了一阵迷信般的寒战。直到现在仍然时不时会这样。不过,只要一直不为人所知,那也似乎没有什么不自然的。

下一回去"草地湖"探视时,他把那本书也带了去。那天是个星期三。他去牌桌边寻找菲奥娜,可是没有找见。

一个女的喊住了他:"她不在这儿。她病了。"从她的声音里听出,她觉得自己身份很重要,所以很激动——很为自己得意,因为认出了他,而他却对她丝毫都不了解。也许还很得意,因为她对菲奥娜的事有相当多的了解,知道菲奥娜在这儿的情况,认为没准儿比他这个当丈夫的知道的还要多。

“他也不在这里。”她说。

格兰特去找克里斯蒂。

“其实呢,也没有什么事儿,”当他问到菲奥娜情况怎么样的时候,她说,“只是今天想在床上赖着罢了,情绪有点不太好。”

菲奥娜在床上坐直了身子。他进这房间为数不多的几次里都没有注意到这床原来是医院里用的那一种,是可以用曲柄摇起来的。她穿了件她自己的少女式的翻领睡袍,她脸色苍白,不像盛开的樱桃花,而更像面糊。

坐在轮椅里的奥布里在她床边,把轮椅推得尽量挨紧她的床。他不像平时那样随随便便穿着件敞开领子的衬衣,是穿了件夹克,还打了领带。他那顶蛮时髦的粗花呢帽子就放在床上。看他那样子,像是刚干完一件重要的商业事务从外面回来似的。

是去见他的律师了吗?还是他的银行家了?还是跟处理丧事的殡仪馆做了什么安排了?

不论他处理过的是什么事情,反正他显得精疲力竭。他的脸也是灰土土的。

他们都抬起头来用呆滞、充满忧伤的眼光看格兰特。当见到进来的是谁时,虽然没有感到高兴,却都松了一口气。

不是他们预料要来的那个人。

他们的手一直紧握着,没有松开。

床上放着帽子。穿了夹克,打了领带。

显然不是奥布里出去过一次的问题。并不是他去过哪里或是见过什么人的问题。而是他将要上何处去的问题。

格兰特把书放在床上菲奥娜手空着的那一边。

“是关于冰岛的,”他说,“我想你没准儿会喜欢翻翻。”

“哦,谢谢你。”菲奥娜说。连眼睛都没往书上看。他让她的手摸到那本书。

“冰岛。”他说。

她说:“冰——岛。”那第一个音节还好歹显示出了一丁点儿兴趣,可是第二个就完全变得冷冰冰、干巴巴的了。总之,她务须得把注意力转回到奥布里身上去,他正在从她的手中把自己那只厚厚的大手抽出去。

“怎么啦?”她说,“怎么啦,心肝宝贝?”

格兰特从未听到过她使用这样低俗的亲热口吻。

“哦,好了,”她说,“哦,用这个吧。”说着便从她床边的纸盒里取出一大沓面巾纸。

奥布里竟哭起来了,连鼻涕都开始在往下流了。他非常不愿让自己出洋相,特别是在格兰特面前。

“好啦,好啦。”菲奥娜说。她原是打算亲自替他擦鼻涕眼泪的——如果房间里只有他们二人,他是会让她这样做的。可是因为有格兰特在,他就不愿意这样了。他尽量多地抓过了一些面巾纸,胡乱地也是碰上就正好那样地在自己的脸上揩抹。

在他忙着这样做的时候,菲奥娜把脸转向格兰特。

"你会不会恰好跟这个单位有点关系,能说上一句话?"她悄声地说,"我见到过你跟他们谈话——"

奥布里发出了一种表示抗议或是厌烦或是憎恶的声音。接着他的上身往前倾斜,像是要朝她身上扑过去。她赶紧挪动身子,人有一半都离开了床,想把他托住或是把他抱住。格兰特过去帮助似乎也不合适,不过,如果他认为奥布里会摔到地上去的话,他是会这样做的。

"别哭了,"菲奥娜正在这么说,"哦,宝贝儿,别哭了。我们一定会再次相见的。我们一定得这样的。我会去看你的。你也可以来看我的嘛。"

奥布里把脸贴在她的胸前,再次发出了表示不高兴的声音。格兰特没有合适的事情可以做,只得退出房间。

"我真希望他太太能快些来把他接走,"克里斯蒂说,"我希望她赶紧把他接走,好让痛苦快点结束。我们很快就要开晚饭了,有他在这儿待着,我们还能指望她咽得下去一口吗?"

格兰特说:"我是不是应该留下来?"

"留下来干什么呢?她并没有生病,你知道的。"

"陪陪她嘛。"他说。

克里斯蒂摇了摇头。

"他们是必须按他们的方式了结掉这些事的。他们的记性一般都不怎么好。这倒也并非全是缺点呢。"

克里斯蒂心眼还是挺好的。格兰特认识她一段时间之后,也了解了一些她的情况。她有四个小孩。她不知道她丈夫上哪儿去了,不过认为可能是在艾伯塔吧。她最小的男孩有很严重的哮喘病,一月间有天夜里忽然发作,要不是她及时把孩子送到急诊室,那肯定是活不成的。他也没有用什么不合法的毒品呀,至于他的哥哥有没有用,那她就不敢说了。

在她看来,格兰特、菲奥娜和奥布里都算是比较幸运的了。他们的人生历程里一直没有遇到太大的劫难。如今进入老龄不得不忍受的这一切几乎都算不得什么。

格兰特没有再回菲奥娜的房间就离开了。他注意到这天的风确实是暖和多了,鸦群聒噪得很厉害。停车场上,有个穿花格子裤子的妇女正从她汽车后备箱里将一把叠上的轮椅取出来。

他驾车走着的那条街叫黑鹰巷。这一带的街道用的全是参加全国曲棍球老联赛那些队的名字。这条街在离"草地湖"不远的一个小镇的边缘地带。他和菲奥娜以前常来这小镇买东西,但是除了大街之外,对镇子其他地方都不熟悉。

这儿的房子好像都是同一时期前后建成的,可能是在三四十年前吧。宽宽的街道曲曲弯弯的,也没有专门修人行道——让人回想起在那个时代里,人们都认为有了汽车,大家便无须再走路了。格兰特和菲奥娜有些朋友在开始有了小孩时搬来住的就是这类地方。他们起先还觉得挺不好意思的，戏称自己是搬到“烧烤空地”来了。

年轻的夫妻仍然在这儿安家。车库门的上方安有让人投篮的箍圈，车道上散放着儿童三轮车。不过有些原本显然打算让一家人住的房子却降低了档次。院子里布满了车轮印痕，窗子上悬挂着隔热的锡纸，或是用褪了色的旗子挡着。

空房出租。来住的都是年轻的男性房客——一直不结婚和失去了伴侣的单身汉。

少量住宅看来是一直在留心维护着，状态还是不错的，里面的住户必定是房子全新时搬进来的——这些人或是没有钱买新房子，要不就是没觉得有必要搬到更好的房子里去住。灌木都已长得很茂密，色彩黯淡的塑料板铺就的小径也久经风雨，再也不用重新刷漆了。完整的篱笆或是树篱显示出这些房子里的小孩都已长大离开了，他们的父母不再觉得需要留出条通道，使各家的院子连成一片，让淘气的孩子可以东跑西窜，玩个尽兴了。

从电话簿上查到的属于奥布里和他太太的房子就是这其中的一幢。屋前的小路铺有石板，两旁种了风信子做镶边，它们直僵僵地挺立着，仿佛是瓷器假花似的，粉红的与蓝紫色的相间杂着。

菲奥娜并没有从她的忧伤中摆脱出来。开饭时她什么都不吃，虽然她假装在吃，其实将食物藏在餐巾里。一天两次，有人给她补充喝水——站在她身边看着她喝下去。她也起床，穿衣服，不过接下来她想做的就是坐在自己的房间里。她不愿做任何的锻炼，除非是克里斯蒂或是别的哪个护士，或者是格兰特来探视的时候，扶着她在廊子里走来走去，或是带她上外面去。

她在春天的阳光下坐在靠近墙的一张长凳上，在轻轻地哭泣。她仍然很有礼貌——会为了自己流泪而表示抱歉，别人建议做什么事她永远也不反对，问她问题倒也回答。不过她总是哭哭啼啼的。哭泣使得她的眼睛浮肿，而且有点昏花。她的开身毛衣——也不知道这件是不是她自己的——纽扣总是没对准的。她还没有走到不梳头、不修指甲这一步，不过说不定也快了。

克里斯蒂说她的肌肉正在萎缩，要是她再不赶紧多多锻炼，院方只得让她用助行架了。

“不过你知道的，病人一旦用上助行架，他们就会依赖这东西，自己不再多走路了，仅仅做最最必要的移动。”

“你必须让她尽量多走走，”她对格兰特说，“想办法鼓励她。”

可是格兰特得不到这样的机会。菲奥娜似乎变得不喜欢他了，虽然她努力对这一点加以掩饰。也许是每回她见到他便会想起跟奥布里告别的那几分钟吧，当时她希望他能帮自己一把，可是他却没有这样做。

他寻思，现在再提他们是夫妻已没有多少意义了。

她不愿再穿过大厅，到基本上还是那伙人在打牌的地方去了。她也不想去电视室或是阳光起居间了。

她说不喜欢大屏幕，那让她的眼睛发痛。鸟雀的啁啾声也让她心烦，她真想让他们隔上一些时间能把喷泉关上一阵。

就格兰特所知,她从未对着那本介绍冰岛的书看上一眼,或是看她从家里带来的那几本书——数目其实少得可怜。这里倒还有一间阅览室,她会过来坐坐,休息片刻,选中这里的原因可能是这里几乎不会有别的人吧。如果他从书架上取下一本书,她倒不反对他念给她听。他猜想这样还能使他的陪伴更容易忍受一些——这样她便可以闭上眼睛,重新沉浸在自己的忧伤之中了。因为倘若她忘掉自己的忧伤哪怕只有一分钟,那么当她重新回来的时候,她便会遭受到更加沉重的打击的。有时候他想,她闭上眼睛,是为了隐藏一种泄露内心失望的眼光,她是不愿让他看出她有这种失望的。

因此他就坐下来给她念一本旧小说。那是写贞洁的爱情与失而复得的财富的,没准儿是从某个古老的农村小学或是主日学校的图书馆里处理出来的。显然,没有人打算让阅读室的藏书能做到赶上时代的潮流,像这幢楼里的大多数别的东西那样吧。

书皮是软软的,用的是仿丝绒这一类的材料,压印着叶子和花卉的图案,使得书本有点像是首饰盒或是巧克力盒。这样就会诱使女士们——他猜必定是女士月了——能当作宝贝似的将它们捧回家去了。

院长把他叫进自己的办公室。她说菲奥娜没能像他们希望的那样朝好的方向发展。

“即使给她增加了补充营养,她的体重仍然在下降。为了她,我们正在做我们所能做的一切。”

格兰特说他明白她们确实是尽了力了。

“我想这一点你一定是知道的,在一楼我们是不提供延长时间的床前服务的。如果有人情况不太好,短期内我们可以特殊照顾,不过如果病人身体太弱无法走动与生活自理,我们只好考虑让她搬到楼上去了。”

他说,他认为菲奥娜还无须那么长时间地卧床吧。

“是的。不过如果她无法维持体力,她便会有这样的需要。目前她正处在临界线上。”

他说,据他所知,二楼是让头脑完全不清楚的病人住的呀。

“她这种类型也是包括在内的。”

他对奥布里的妻子没什么印象了,只记得见到她在停车场时穿的是花格子套服。在她弯身钻进车里时,她夹克的下摆翻了起来。在他的印象中,她的腰比较细,臀部则比较宽阔。

今天,她没穿那套花格子衣服,而是穿着系了棕色宽皮带的长裤和一件粉红色套头运动衣。他对腰身的印象没有错——勒紧的腰带显示出她是有意要这样的。其实稍松一些倒可能效果会好些,因为现在腰带以上和以下都鼓得更厉害了。

她可能比她丈夫要小个十岁到十二岁。她头发剪得短短的,带点波纹,染成了红色。她的眼睛是蓝色的,比菲奥娜的要浅一些,是那种缺少层次感的知更鸟蛋或是绿松石的颜色——因为稍稍有点鼓所以显得像是有点儿斜。由于用了核桃油色底子的化妆,本来就不算少的皱纹反倒像是更显眼了。不过也没准儿是她在佛罗里达晒日光浴的成绩。

他说他都拿不大准该怎样介绍自己。

“我以前常在‘草地湖’见到你的先生。我自己常去探视病人。”

“是的。”奥布里的妻子下巴做了一个有点挑衅的动作。

“你先生挺好的吧?”

“挺好”那两个字是最后一瞬间变出来的。在一般情况,他会说:“你丈夫还可以吧?”

“他还行吧。”她说。

“我太太和他在那儿关系处得蛮不错的。”

“这我也略有所闻。”

“是这样的,如果你能抽得出一分钟时间的话,我想跟你谈谈。”

“我的丈夫可没想惹你太太,倘若你要这样想的话,”她说,“他绝对没有骚扰过她。他也不具备这样的能力。按照我所听说的,情况倒恰好是相反呢。”

格兰特说:“不错。完全不是这么回事。我来这里并不是想抱怨什么。”

“哦,”她说,“那就对不起了。我原来以为那是你来的目的呢。”

她想表示歉意到这个地步也就够了,而且她语气里也没有什么抱歉的意思。听上去她还觉得挺失望和摸不着头脑呢。

“那你还是进来吧,”她说,“穿堂风吹着挺冷的。天气看着挺晴朗,其实一点也不暖和。”

听她的口气,就连他能进她家门也多少算是个胜利了。他压根儿没想到事情会是这么难办。他原本料想见到的会是一个不同类型的妻子。一个急于想讨好人的家庭妇女,因为没料到会有贵客登门,还跟自己谈心腹话,因此不免要飘飘然了。

她带他穿过门厅进入起坐间,一边说:“我们只好在厨房里坐了,这样我才能听到奥布里有什么动静。”格兰特瞥到正房窗上挂着两层帘子,都是蓝色的,一层很薄几乎是透明的,另一层是人造丝的,房间里有一张配套的蓝沙发和一条让人提不起精神来的灰秃秃的地毯,还有各种各样的明晃晃的镜子和小摆饰。

菲奥娜对这种刺激人神经的帘子是说过一句话的——她说的时候是当作笑话来说,虽然受到她攻击的那些女的是满当回事儿地在用这种帘子的。菲奥娜所布置的每一个房间要突出的一点便是空疏和明亮——她见到这么多稀奇古怪的东西都塞在这么小的一个房间里肯定会吃惊的。他想不起来那句话是怎么说的了。

厨房再过去的一个房间——那该是个向阳的房间,虽然窗帘紧拉着以抵挡下午的亮光——他能听到里面有开着电视的声音。

奥布里。菲奥娜祈求的对象就坐在几英尺之外,像是在看什么球赛。他的太太朝房间里的他看了看。她说:“你没事吧?”接着就把门关小一些。

“你还是来上一杯咖啡吧。”她对格兰特说。

他说:“那就谢谢了。”

“我儿子一年前的圣诞节帮他安了体育频道,这以后没有这个我都不知道我们怎么活了。”

厨房的操作台上摆满了各式各样的用具和器械——咖啡壶啦,食品磨碎机啦,磨刀器啦,还有些格兰特连叫什么名称起什么作用都说不上来。东西看上去都很新,价钱不会便宜,都像是刚拆掉包装的,要不就是每天都在擦拭的。

他想,喜爱用具倒也是件好事。他觉得她在用的那咖啡壶就挺不错,便说他和菲奥娜一直都想买的就是这种样子的壶。其实当然是在说瞎话——菲奥娜过去喜欢过欧洲出的一种新产品,每回煮咖啡只限两杯。

“那是他们送的,”她说,“我们的儿子跟他的太太。他们住在不列颠哥伦比亚省的坎卢普斯。他们送的东西多得我们都放不下了。其实还不如把这些钱用作旅费来看我们呢。”

格兰特很有哲理性地说:“那必定是忙于奔自己的事业吧。”

“冬天上夏威夷去的时间他们倒抽得出。要是附近还有其他亲人,倒也罢了。可是我们就这么一个儿子。”

咖啡煮好了,她将咖啡倒进两只棕绿两色的陶瓷缸子里,它们是从桌上一只树形陶瓷支架锯去枝梢的一根树枝上取下来的。

“大家都变得越来越孤独了。”格兰特说。他想此时不说就错过机会了。“倘若他们无法见到他们喜欢的人,他们肯定会觉得很悲哀的。就拿我太太菲奥娜来说吧,现在也正是这样呢。”

“我想你说了你是常去看她的。”

“我是去的,”他说,“但那不解决问题。”

接下去他就大着胆子直说了,趁机提出了他之所以上这儿来要说的那个请求。她能不能考虑,让奥布里,一星期就一次,回“草地湖”去看看呢?开车去只有几英里的路,应该不会太困难吧。如果太太愿意让自己休息一天的话——格兰特说这句话之前连自己都没有想到这一点,听到自己在这样出主意,不免有些气馁——奥布里可以由他送去,这事他很乐于做。他相信自己肯定对付得了。这样呢,她也可以趁便歇上一歇了。

在他说的时候,她双唇紧闭,努动着嘴和里面的舌头,仿佛是在想辨清某种可疑的味道。她端来了牛奶让他往咖啡里加,以及一碟子的姜汁曲奇饼。

“自己家里做的。”她把碟子放下时说道。语气里蕴含的更多是挑衅,而不是殷勤。她自己也坐下,往她的咖啡里加牛奶并且搅动,在这个过程中没再多说一个字。

接着她说,不行。

“不行。我不能那样做。原因是,我不想再让他心烦意乱了。”

“那样会让他心烦意乱吗?”格兰特认真地问道。

“是的,会的。肯定会的。这样做根本行不通。把他带回家又把他带回去,带回来又带回去,那会把他头都弄昏的。”

“不过难道他会不明白那仅仅是一次探视吗?他会不明白这样的做事情方式吗?”

“他肚子里什么都明白,你放心好了,”她这样说,仿佛他方才那样是对奥布里的一个侮辱,“不过那仍然会是一次干扰和中断。而且我还得替他准备好一切,将他弄进汽车，他个子那么大，绝不如你所想象的那么容易。我得把他七弄八弄拖进汽车，将他的轮椅折起来好带去。做这一切事，又是为了什么呢？一样要费那么大的劲儿，那我还不如带他上更好玩的地方去呢。”

“不过如果我同意把活儿都包了，那还不行吗？”格兰特说，仍然保持着满怀希望和讲道理的声调，“当然啦，让你多出这么些麻烦是说不过去的。”

“你别往这上头想了，”她断然拒绝道，“你不了解他。你控制不了他。他受不了让你来管他。费了那么多的事儿他又能得到什么呢？”

格兰特想，他绝对不能再提菲奥娜了。

“带他去购物中心还说得过去一些呢，”她说，“在那里他可以看看小娃娃和种种别的东西。如果那样没有让他想起自己还有两个孙子从未见到过的话。也还可以去湖边的嘛，现在化了冰小船又可以开了，他看着是能得到些乐趣的。”

她站起身，从水槽上方的窗台那里取下她的香烟和打火机。

“你抽烟吗？”她说。

他说不抽，谢谢了，虽然他不知道是不是会向他敬烟。

“你从来都不抽？还是后来戒了？”

“后来戒的。”他说。

“那是多久以前的事了？”

他想了想。

“三十年前吧。不——还要再早一些。”

他是在开始用“艾奎依”①的前后决定不再抽烟的。但是他记不清楚到底是先戒的烟呢——因为有更具吸引力的东西在等待着他——还是因为用上了这么有魅力的替代品，所以才认为大可把烟戒掉了。

“我停止戒烟，”她说，一边把烟点上，“就是为了要做出停止戒烟的决定，如此而已。”

没准儿这就是有了这么些皱纹的原因吧。曾经有人——是个女人——告诉过他，女人抽烟是会让脸上多出一组细纹来的。不过那也可能是太阳晒的，或者仅仅是她皮肤本身的关系——她脖子上的皱纹也同样明显。脖子上有皱纹，乳房却年轻、丰满甚至还往上翘。像她这样年纪的妇女身上往往存在着这样的矛盾现象。缺点和优点，基因上的幸运方面与不幸方面，全都交织在了一起。只有极少数人才能完整地保持住她们的美，即使只能算是原先的影子，就像菲奥娜这样。

不过没准儿甚至这一点也还是没有说对。他这么想也许仅仅是因为他在菲奥娜年轻时就认识了她。没准儿必须在一个女人年轻时就认识她你才能得出这样的印象。

也可能，奥布里当年见到菲奥娜时，他看到的是一个目中无人、嘴上也不饶人的高中女生，那双知更鸟蛋的蓝色眼睛怪招人地朝上翘着，肉感的双唇间叼着支学生不让抽的烟卷儿？

---

① “艾奎依”，原文为“acqui”，估计是一种毒品的简称。

“那么说你太太的情绪很不好?”奥布里的妻子说,“你太太的名字叫什么?我忘了。”

“叫菲奥娜。”

“菲奥娜。那么你的呢?我好像还没听你提到过嘛。”

格兰特说:“叫格兰特。”

她出人意料地把手从桌子对面伸了过来。

“你好,格兰特。我叫玛丽安。”

“现在我们都知道对方的名字了,”她说,“我也没有必要不对你直说我的想法了。我不知道他是不是仍然那么急于想见到你的——见到菲奥娜。或许还不一定呢。我没问他,他也不会告诉我的。没准儿那也就是一阵子心血来潮罢了。不过我不倾向于送他回去,免得真的闹出什么事儿来。我担不起这个风险。我可不想让他倔脾气发得没法收拾。我不愿意他神魂颠倒,老是气鼓鼓的。就他现在这个样子,我都对付不过来了。我连半个帮手都没有。家里就我一个人。我就是这个家。”

“你有没有考虑过——对你来说这自然是很不容易的——”格兰特说,“你有没有考虑过让他在那个地方长住?”

他把声音越压越低,几乎成了耳语,可是她却没觉得有压低自己声音的必要。

“没有,”她说,“我就是要让他住在家里。”

格兰特说:“唉。你真是够善良和崇高的呀。”

他希望“崇高”这两个字听来并没带有嘲讽的意思。反正他没想成心挖苦别人。

“你是这样想的吗?”她说,“我的考虑里可并没包含崇高这层意思呢。”

“不过,这样做仍然是很不容易的。”

“是不容易。但我这样做,也是因为没有别的选择。如果我让他在那里长住,我付不出这笔费用,除非把房子卖掉。房子是我们确实拥有的一件东西。除了房子,我连一点点别的资产都是没有的。我的养老金要到明年才能领,到那时我能拿到他的和我的养老金,但即使这样,我也没那么多钱既能送他入院同时又保住房子。对我来说那是很重要的,我是说我的房子。”

“房子是挺不错的。”格兰特说。

“唉,还算凑合吧。花了我不少心血呢。没完没了地维修、保养,让它多少像个样儿吧。”

“看得出你是下了不少功夫的。你真行。”

“我不想失去它。”

“那是。”

“我绝对不打算把它丢掉。”

“我明白你的意思了。”

“公司让我们变得一无所有,”她说,“我是不懂得里面的那些门道的,不过事实上他就是被他们甩出来了。完了呢,还说他欠着他们的钱,我要去查个明白,他却总是说那不干我的事。现在我想,他准是干了件顶愚蠢不过的事。可是既然不该我过问,我也懒得去管它了。你也是结过婚的。你是结了婚的人。你自然明白夫妻间是怎么一回事。就在我快理出个头绪来的时候又安排我们跟这些人一起去旅游了,这样就更加摆脱不开了。就在这次旅游时他染上了一种你听都没有听说过的病毒,陷入了昏迷。这一来倒是让他一了百了了。"

格兰特说:"运气太坏了。"

"我并不说他是有意让自己得病的。纯粹是巧合。他再也不会对我发火了,我也不生他的气了。生活嘛,就是这样。"

"跟生活你是没法较劲儿的。"

她像猫那样很讲实际地用舌头去舔自己的上内唇,好把曲奇饼的碎屑全都吃下去。"我说话都很像个哲学家了,是不是？在疗养院那边人家告诉我你原先是大学教授。"

"很早以前的事了。"格兰特说。

"我连个知识分子都算不上呢。"她说。

"其实我也不清楚自己有什么学问。"

"不过我这人知道下了决心就别再乱改。决心我已经下定了。房子我是不会放弃的。这就是说,我得把他留在这里而且不让他脑子里生出主意想上别处去。当初把他送进去好让我自己出国也许就是个错误的决定,但是错过这个机会我再不会有第二次了,所以就那样做了。现在我知道怎么做更好一些了。"

她又把第二支香烟抖出来。

"我敢说我很清楚你脑子里是怎么想的。"她说,"你在想,世界上有人考虑问题就会从实际利益出发。"

"别人怎么想我管不着。那是你的生活嘛。"

"那当然是的啦。"

他想他们应该在更平和的气氛中结束这次会见。因此他就问她,她丈夫上学时暑假期间是不是在一家五金商店打过工。

"这事我从来没有听说过,"她说,"我不是在本地长大的。"

驾车回家时,他注意到原来布满雪和树枝清晰阴影的洼地湖如今让百合花点缀得明亮多了。它们那新鲜、像是可以吃的叶子几乎有大浅盘子那么大。花朵笔直地升起,有如蜡烛的火焰。花儿是那么多,黄得又是那么纯。在这个多云的日子里像是有一片光焰从地里升出来似的。菲奥娜告诉过他,这种花自身也是能产生出一些热量的。她在自己知识宝库的某个角落里搜索了一番之后,说如果你把手伸到蜷缩的花瓣深处,应该能感觉出那种热的。她说她曾经试过,不过无法确定她感觉出的那种热到底是真的还是出于她的想象。反正那种热能吸引甲虫。

"大自然并不是仅仅为了装饰人间而傻乎乎地自我表现的呀。"

他没有能做通奥布里的妻子玛丽安的工作。他亦曾预料他可能会失败,不过他绝对没有想到会是出于这样的原因。他想到过要是遭到反对那必定是出于一个女人天生的性方面的嫉妒心——或者是她的怨恨,那是性嫉妒最不容易消逝的余波。

他一点也没有想到她会以那样的角度考虑问题。不过这次交谈倒使他不太愉快地忆起,这种思想方式他并不陌生。因为他老家那些人跟他谈话时也是这样的。他的叔叔伯伯、亲戚,甚至他的母亲,也都是像玛丽安一样地考虑问题的。他们都相信,如果有人不这么考虑问题,那就是在跟自个儿开玩笑——他们不用食人间烟火了,或是变蠢了,因为日子过得太轻松、太有保障或是教育受得太多了。他们脱离实际了。受过教育的人、文人、像格兰特的岳父母那样的富人,都已经脱离了实际生活。原因是他们获得了一笔原本不该归他们所有的财富,或是天生就是有点傻。就格兰特的情况来说,他猜想他们深信他是两种原因都兼而有之。

很明显,玛丽安对他的看法就是这样的。一个傻乎乎的人,满脑子枯燥无用的学问,出于侥幸,受到庇护,得以不受真实生活的损害。这人无须为保有自己的房产而担忧,可以四处漫游考虑他复杂的计划。反正无后顾之忧,所以能梦想一套美好大气度的计划,相信那样的计划能使别人得到快乐。

这人怎么憨头憨脑到这个地步的呢,她此刻必定是在这么想。

面对着这样的一个人使他感到没有希望、恼怒,甚至悲哀。为什么呢?是因为他无法确定能在这人面前坚守自己的立场吗?因为他担心到头来证明看法正确的还是他们这些人吗?菲奥娜是绝对不会有这样的疑虑的。她年轻时,没有人能压服她,能把她挤得往后退。她曾对他的出身与成长感兴趣,能够认识到那种严酷的思想方式的怪异。

不管怎么说,他们还是有他们的道理的,那样的人(他都能听到自己在跟人辩论了。是跟菲奥娜吗?)。采取那样的狭窄视角还是有其长处的。大难临头时玛丽安说不定会表现得很出色。这样的人适于生存,精于觅食,不会在乎把街上死人脚上的一双皮鞋摘下来的。

想想菲奥娜怎么总是感到郁郁不得志吧。她不像是在追求镜花水月吗。不——根本就是生活在镜花水月之中。与玛丽安亲密相处会面临不同性质的问题。那就像是往一颗荔枝咬去似的。外面那层果肉有股人工般怪怪的滋味,味道和香气都有点像是化学品,薄薄的一层肉,包住了那颗大种子、那只大果核。

他原本也是可能跟她结婚的。现在回过头来想想,他也很可能会跟这类姑娘结婚的,如果他一直待在原来出身的地方的话。她还是很具吸引力的呢,有那么出色的乳房。会不会是在调情呢?她在厨房椅子上移动屁股时那过于做作的动作,她噘起的嘴巴,有几分佯装威胁的意思——那就是小城镇一次挑逗的多少有点天真的俗气的余波了。

她挑上奥布里的时候必定是怀着一些希望的。他很不错的相貌,他当推销员的工作,他有望爬上白领阶层的前程。她必定是相信过会有比目前这样更为美好的人生结局的。讲求实际的人也确实常常会这样。尽管费尽了心机,有求生的本能,他们却没有走得像他们合理算计过的那么远。这无疑是显得很不公平的。

走进厨房,他第一眼瞥见的就是电话留言机上闪烁的红光。他想到了如今时时刻刻占据在他心头的那件事。菲奥娜。

他不等脱下大衣就把按键往下一压。

“你好。格兰特。我希望我没找错人。我忽然想起了一件事。星期六晚上镇上俱乐部要举办一次舞会,是专为单身者举办的,由于我是晚餐委员会的委员,我可以带上一个不用缴费的客人。因此我便想到,你会不会恰好有兴趣?有空时请给我回个电话。”

一个妇女的声音报了一个本地区的电话。但紧接着又响起了嘟嘟声,同一个人的声音又开始说话了。

“我刚明白过来我忘了说我是谁了。当然你没准儿能认出声音。我是玛丽安。我仍然不太习惯用这类机器。我要说的是,我明白你不是单身的,我也没有这个意思。我自己也不是的,不过偶尔出去转转也没有什么坏处。不管怎么说,我已经说清楚了我的意思,我真的希望我说话的对象是你。机器里的声音像是你的。如果你有兴趣可以给我打电话,如果没有,那就不必麻烦了。我只是想起指不定你希望有机会出来走走的。我是玛丽安。我想这我已经说过了吧。好了,那就再见了。”

留言机里她的声音跟他方才在她家里听到的不太一样。在第一段留言里只是稍稍有些不同,在第二段里不同之处就多一些了。那里含有一种神经质的震颤,一种故意装出显得满不在乎的声调,显露出一种既急于想把话说完又迟疑不决不想把电话挂断的心态。

她身上出现了某种状态。不过是什么时候出现的呢?如果是当时就有了,那她跟他在一起的整段时间里真能算是隐藏得十分成功了。更加可能的是,这种状态是逐渐在她身上出现的,没准儿是在他离开以后。倒不一定非得像是受到了震撼。仅仅是认识到他是一种可能,是个无牵无挂的男人。或者说是个几乎不会受到什么干扰的男人。是一个她不妨加以试探的男人。

不过她在作初步试探时还是感到有些紧张的。她还是冒了些风险的。会让她自己付出多大的代价,他此刻还说不好。一般地说,一个女人易受攻击的程度总是随着年纪而增长,随着事态的发展而增长。在刚开始时你能说的仅仅是,如果现在只是出现了一条缝隙,那么以后这个裂口会变得越来越大的。

有一点倒给了他一种满足感——这又何必否认呢——那就是引发她产生了那种感觉。在她的性格的表面上引发出了一阵微光,一阵朦胧。从她那急躁、宽阔的元音中可以听出这种微弱的吁求。

他将鸡蛋和蘑菇弄好,准备给自己做一份煎蛋卷。接着又想,何不来上一杯酒呢。

任何事情都是可能发生的。难道不是这样吗——难道不是什么都有可能发生吗?比如说,如果他愿意,他可以让她乖乖地就范。足以使她接受劝告,把奥布里送回到菲奥娜的身边去?而且不仅仅是去探视,而是长期住在那里,直到去世。那样的震颤会把他们引导往何方?引向一次大翻个儿?引向她自我保护的终结?引向菲奥娜的幸福?

那将是一次挑战。一次挑战和一次很可以肯定的业绩。同时也是一个永远也无法向任何人夸耀的笑谈——想想看,自己的轻薄行为竟然换来了菲奥娜的幸福。

不过他不可能真的考虑这件事。如果他这样想了,那他必须得考虑,在他把奥布里送到菲奥娜那边去了之后,自己与玛丽安又该怎么相处。那样怕是不行的吧——除非他能得到比他预期的更多的满足,从她坚实果肉的深处寻得全然无瑕的自我满足的果核。

你是永远也不会清楚地知道这样的事会发展出什么结果的。大致上可以猜到一些，不过真正的答案你是永远也说不准的。

她现在必定是坐在自己的家里，等待着他的电话。或者并不仅仅是坐着，而是在做什么杂事好让自己不闲下来。她像是个不会让自己空下来的女人。她的家就明白地显示出这样永不止歇的操劳。而且还有个奥布里呢——必须得继续像平时一样地照顾他。她可能会早早地就让他把晚饭吃了——按“草地湖”的时刻表安排他的三餐，好让他早点歇息也使自己能摆脱掉照例要做的事情（要是她去跳舞又会怎么安排他呢？是让他独自待着还是会请个什么人来临时帮忙看一下？她会告诉他自己要上哪里去，会把陪伴去的人向他介绍吗？是不是该由陪去的那位男士来出钟点工的费用呢？）。

可能在格兰特买蘑菇和驾车回家的那会儿她就已经喂奥布里吃过了。她现在也许正准备让他上床了。不过这整段时间里她都会留神着电话，留神着电话声并未响起。也许她已计算过格兰特回到家里得用多少时间。大电话簿里他的地址能让她对他住在哪一带有个粗略的概念。她会计算那需要多少时间，再加上可能去买晚餐用料的时间（一个男人单独生活必须每天都去买点东西的吧）。然后还得加上他开机听可有留下的口信的时间。如果仍然还没有反应，那她就会往其他方面去想了。说不定他回到家里之前还得去办件什么事呀。要不就是在外面吃晚饭，跟什么人见次面，那样的话晚餐时间他就根本不会回家了。

她会很晚才去睡，再打理打理厨房碗柜啦，看看电视啦，一边心里嘀咕是不是还可能有一次机会。

他这方面又有什么可自负的呢。她最突出的一个优点就是她是个很有头脑的女人。她会在平素习惯的时间上床，一边想反正他看来也不像是个舞跳得可以的男人。人有点发僵，太知识分子气了。

他坐在电话跟前，眼睛对着几本杂志，不过电话响起时他并没有拿起话筒。

“格兰特。我是玛丽安。我方才在地下室往甩干机里放洗好的衣服，我听到有电话铃声，可是我上到一楼时打电话的那人把电话挂了，也不知道那是谁。因此我想我还是应该打个招呼说我回到上面来了。如果打电话的人是你，如果你甚至已经回到家的话。很明显，我这儿没有安留言机，所以你也没法留下口信。我只是想做到这一点。想让你知道罢了。

“拜拜了。”

现在的时间是十点二十五分。

拜拜了。

他会说他刚刚回到家。没有必要让她知道：他坐在那里，把干还是不干翻来覆去地考虑个没完。

帐幔。那必定是她对那些蓝色窗帘的叫法——帐幔。这又有什么不可以的呢。他想到那些姜汁曲奇，都做得溜溜圆，所以才特地说明那是自家烘烤的，还有挂在陶瓷树形支架上的陶瓷咖啡缸子。加铺了一张塑料长条垫子，他敢肯定，是用来保护门厅处的地毯的。一种近于完美的精确性和实用性——是他自己的母亲未能做到却是钦佩不已的——这难道就是他之所以会感觉到这种诡异的刺痛和难以相信的感情吗？还是因为他喝了第一杯酒以后又多喝了两杯？

她脸上的、颈部的那胡桃油似的肤色——他现在相信那是日光浴晒出来的了——甚至很可能一直延伸到她乳沟深处，那里必定是深色的、皮肤跟绉纱丝绸似的、幽香的，而且还是热烘烘的。他在把已抄下来的电话号码往外拨的时候，脑子里想到的便是这一切。这些以及她那像猫一样的舌头上可以让你切实体会到的肉感。她那宝石般的眼睛。

菲奥娜在她房间里，只是不在床上。她坐在窗前，穿了一条样子合时令的只是短得有些古怪的色彩鲜艳的裙子。从窗外飘进来一股盛开的丁香花熏人欲醉、温暖的香气和地面上施春肥的那种气味。

她膝头上放着一本摊开的书。

她说："瞧瞧我找到的这本漂亮的书，是写冰岛的呢。你不会想到他们竟会把这样贵重的书到处乱放吧。住在这儿的人不一定都是靠得住的呀。而且我想他们把衣服全弄混了。我是从来不穿黄颜色的。"

"菲奥娜……"他说。

"你走开很久。咱们现在账都结清了吧？"

"菲奥娜，我给你带来了一个惊喜。你还记得奥布里吧？"

她对着他瞪视了很久，仿佛吹来一阵又一阵的风打在她的脸上似的。风吹进了她的脸，吹进了她的头脑，把一切都撕扯成了一片片的破布。

"人的名字我现在记不住了。"她冷冰冰地说道。

接下去这样的表情消失了，她努力想多少再重现她一向拥有的那种带点俏皮味的优雅风度。她把书轻轻放下，站起来，举起胳臂抱住了他。从她的皮肤或许是呼吸里释放出一股淡淡的异样的气味，在他的感觉中，那像是多日未换水的剪花的枝梗的气味。

"我见到你真高兴。"她说，一边拉拉他的耳垂。

"你是可以开车跑掉的，"她说，"开车一走了之，在这个世界无牵无挂，将我抛弃。抛弃掉我。把我给抛弃了。"

他把脸埋在她的白发里，紧挨着她粉红色的头皮，她那模样小巧可爱的头颅。他说，绝不会有这样的可能的。

李文俊　译

2014
获奖作家
帕特里克·莫迪亚诺

传略

二〇一四年十月九日,瑞典学院将诺贝尔文学奖授予了法国作家帕特里克·莫迪亚诺,理由是"他用记忆的艺术,召唤最难把握的人类命运,揭露了占领时期的生活世界"。帕特里克·莫迪亚诺是第十五位获得诺贝尔文学奖的法国人。

帕特里克·莫迪亚诺(Patrick Modiano,1945—),出生在法国布洛涅-比扬古的一个富商家庭,父亲是意大利犹太人后裔,母亲是比利时演员。

莫迪亚诺的童年时代,父亲经常不在家,母亲常常需要出门,他和兄弟吕迪相依为命。非常不幸的是,吕迪在十岁时患病去世。吕迪的离世对莫迪亚诺有莫大影响,他从一九六七年到一九八二年期间的作品都写着"献给吕迪"。

莫迪亚诺自幼喜爱文学,十岁写诗,十四五岁便对小说创作表现出浓厚的兴趣。他在亨利四世中学读书时,认识了著名作家雷蒙·格诺。雷蒙·格诺带着他出席了伽利玛出版社举办的鸡尾酒会,他由此进入了文学界。

莫迪亚诺中学毕业后入巴黎索邦大学,一年后辍学,专事文学创作。一九六八年他在伽利玛出版社出版了第一部小说《星形广场》,该小说出版当年即获罗歇·尼米埃奖,而后又获费内翁奖。从此,莫迪亚诺的作品源源不断,获奖频频。一九六九年,他的作品《夜巡》获钻石笔尖奖。一九七二年《环城大道》获法兰西学院小说大奖。一九七四年他与著名导演路易·马勒合作创作了电影剧本《拉孔布·吕西安》,根据该剧本改编的同名电影获得奥斯卡金像奖。一九七五年他的作品《凄凉的别墅》获书商奖。一九七九年的《暗店街》获龚古尔文学奖。二〇一〇年,他获得了法兰西学会颁发的表彰其终身成就的奇诺·德尔杜卡世界奖。

莫迪亚诺的作品语言简明流畅、优美稳健、诙谐幽默、富有寓意,被称为"新寓言"派代表作家。他的作品着重探索和研究当代人的存在及其与周围环境、现实的关系,小说主题多是记忆、遗忘、身份和愧疚。评论认为:“他能带着读者回到时光隧道,用老照片、旧身份证、文件及电话本等记忆碎片拼凑成一幅曾经熟悉的场景。他的叙述如同一段歌词极其简单并且时常被静默所打断的音乐。他不愧为当代法国文学最杰出的代表。”

莫迪亚诺作品的历史背景,大多是发生在第二次世界大战中法国被德国占领的时期。他的处女作《星形广场》被认为是“后犹太人大屠杀时代的一部主要作品”,主要描述了“二战”时德国占领法国期间的晦暗往事及岁月痕迹。作品叙事简洁果断,故事情节跌宕起伏,时常令读者屏住呼吸。他的代表作《暗店街》是以患了遗忘症的私家侦探作为叙述者。为了找到自己的真实身份,了解自己前半生的经历,私家侦探孜孜不息地寻访可能是自己的那个人及其亲朋好友的踪迹、他们出生或生活过的地点,他甚至远涉重洋,来到法属波利尼西亚的一个小岛寻找青年时代的友人。他的调查对象有俄国流亡者、无国籍的难民、餐馆或酒吧的老板、夜总会的钢琴演奏员、美食专栏编辑、古城堡的园丁、摄影师、赛马骑师等。通过这些调查,将读者带回到作者情有独钟的德国占领法国时期,再现了这一黑暗时期法国社会生活的侧面。此类作品还有《环城大道》《凄凉的别墅》等。

而莫迪亚诺创作于二十世纪八十年代的《一度青春》《往事如烟》等,有查询与寻找的痕迹,但以前那种“寻求”的寓意隐退,主人公身上不再有追求意识,只有回忆的本能。这类作品是莫迪亚诺创作主题的巧妙变奏。

莫迪亚诺的创作往往会打破时空的界限,以追寻为主线,把支离破碎的回忆片段糅合到叙述中,以片段撑起文本的内容和结构。如《暗店街》,就是由四十七个片段组合而成。这些片段有主人公的亲身经历,有从其他地方得到的调查报告,有朋友之间的通信,也有主人公回忆起来的过往生活的情景。片段之间既相互联系又相对独立,既自成一篇又围绕同一个主题,共同构成了整部小说的结构。《夜半撞车》也是由一些片段组合而成的小说,它以主人公“我”寻找肇事车辆的车主雅克琳娜·博塞尔让为主线,串联起“我”早年生活的片段。这两部作品,既没有具体的情节,也没有明确的答案,更没有蕴含道德内容的价值评判,只是借助片段,以虚构和臆想的手法,在读者面前营造出一个令人迷乱、困惑的虚实相间、现实与往昔交错的世界。莫迪亚诺就是用这样的手法来揭示当代人所面临的支离破碎的社会现实。

莫迪亚诺的每一部作品均在法国引起巨大反响,他是法国评论界一致公认的当今法国最有才华的作家之一。我国作家王小波生前对莫迪亚诺推崇备至,曾将其比肩卡尔维诺、君特·格拉斯、玛格丽特·杜拉斯,认为他是现代小说的最高成就者之一。莫迪亚诺发表的三十余部小说中,有十余部曾在我国翻译出版。

授奖公告

帕特里克·莫迪亚诺于一九四五年七月三十日出生在法国的布洛涅-比扬古。父亲是一位商人，母亲是一名演员。小学毕业后，他在巴黎的亨利四世中学学习。在学校，著名作家雷蒙·格诺教他几何学课程，他在莫迪亚诺以后的发展中起了决定性作用。一九六八年莫迪亚诺发表处女作《星形广场》，这本小说为他赢得了很大的关注。

莫迪亚诺作品的中心主题主要有记忆、遗忘、身份和愧疚。巴黎这座城市经常被他呈现在作品中，同时也可以说巴黎是他作品的积极参与者。莫迪亚诺的小说取材于个人经历或者发生在德国占领区的事件。他也将自己多年积累的采访、报纸文章或笔记当中的素材融入作品。他的小说彼此联系紧密，早期作品中的故事情节或人物在不同的作品中都有延续或者重复，而他的故乡和故乡的历史经常成为联结小说情节的纽带。其中《多哈·布慧德》(1997)将第二次世界大战作为背景，以一个十五岁巴黎女孩的真实故事为原型进行创作，她是大屠杀的受害者之一。这些作品中最清晰的带有自传性质的是他在二〇〇五年创作的《家谱》。

他的有些作品已被翻译成英文，其中包括《环城大道》(1972)、《凄凉的别墅》(1975)、《消失了的街区》(1984)和《蜜月》(1990)。他最新的小说是《为使你不会在社区迷路》(2014)。莫迪亚诺也写过童书和电影剧本。他曾与著名导演路易·马勒合编剧本《拉孔布·吕西安》(1974)，故事背景就设定在德国占领时期的法国。

瑞典学院

臧晓雅　译

作品

一度青春

孩子在花园里玩耍，快到每天下棋的时候了。

“明天早晨就给他拆下石膏了。”奥迪儿说道。

她和路易坐在木屋的凉棚下，远远观赏他们的一对儿女：他们正同维特尔多的三个孩子在草坪上奔跑。儿子才五岁，左胳臂打了石膏，但似乎并不妨碍玩耍。

“他打石膏有多长时间啦？”路易问道。

“将近一个月了。”

儿子从秋千上滑下来，过一周才发现他骨折了。

“我去洗个澡儿。”奥迪儿说了一句。

她上了二楼。等她回来，他们就下棋。路易听见浴室里哗哗放水的声响。

大路的那一边，在一排杉树后面，坐落着缆车机房，像一个温泉疗养地的小火车站。这在法国似乎是首批建造的。路易望着缆车缓缓爬上弗拉兹山坡，鲜红的车厢衬着夏季的青山，非常醒目。孩子们骑着自行车在杉树之间穿来穿去，驶向缆车机房旁边的树荫空地。

昨天，路易摘掉了木屋门脸儿的那块木牌，扔到落地窗下的地上。牌子上的白字是他写的“快乐之家”①。十二年前，他俩买下这幢木屋，改成儿童膳宿公寓，不知道起个什么名字好。奥迪儿喜欢法国名字“淘气鬼”或“小精灵”；但是，路易认为，起个英国名字更响亮，能吸引主顾。最后，他们决定选用“快乐之家”。

路易拾起“快乐之家”木牌，等一会就收进抽屉里。他松了一口气。儿童膳宿公寓，至此收摊了。从今天开始，他们就自家使用木屋了。他要把花园里端的板房改成茶馆餐厅；到了冬季，人们乘索道上山之前，会来这里喝茶进餐的。

孩子们现在玩捉迷藏，在他们的喧闹和笑声中，暮色渐渐从花园和谷底升起。明天，六月二十三日，正是奥迪儿的三十五岁生日。再过一个月，他也满三十五岁了。为了庆贺奥迪儿的生日，他邀请了维特尔多夫妇及其子女，还邀请了阿拉尔。阿拉尔从前是滑雪运动员，现在开了一家小小的体育用品商店。

红车厢开始下坡，隐没在杉树丛中，继而重新出现，始终平稳地继续移动。可以望见缆车反复升降，直至晚上九点钟，最后一趟在滑下弗拉兹山坡时，看上去就像一只大黄萤了。

“这小子，真勇敢……”

大夫轻轻拍了拍孩子的脸蛋。最心疼的还是奥迪儿。刚才，大夫用一件器具切石膏，速度真快，如同电锯截断圆木。石膏上还有奥迪儿画的花，一会儿就露出胳膊，完好无损，并不像奥迪儿所担心的那样，皮肤既未干枯，也未变成灰白色。孩子活动胳膊，慢慢打弯儿，他还不大相信，嘴角挂着专注的笑意。

“现在，你可以再把它摔断了。”大夫还说了一句。

奥迪儿答应过孩子，先吃个冰淇淋再回木屋。母子二人来到湖边，面对面坐到一家咖啡馆的露天座上。孩子挑了黄连木果草莓冰淇淋。

“拿下石膏了，你高兴吗？”

孩子没有应声，他表情严肃，正聚精会神地吃冰淇淋。

母亲注视着他，心想多少年之后，他还会记得胳膊上打的绘花石膏吗？他童年的第一件往事？由于太阳晃眼，他眯起了眼睛。湖面上的雾气消散了，今天是她三十五岁生日。不久，路易也到三十五岁了。人到三十五岁，还会发生什么新事儿吗？她心里这么琢磨，同时想到刚才从石膏里露出来的胳膊、完好无损的皮肤。真好像是他自己撑破别人用以囚禁他的这个外壳。人到三十五岁，生活还能从零开始吗？多严重的问题，她不禁微笑起来。应当问问路易。她感到答案是否定的。人到这种年龄，就像抵达平静的区域，脚踏浮艇在展现于面前这样的湖面上自动滑行。而子女会长大成人，离开父母。

眼角有根睫毛磨眼睛，她从小手提包里掏出一个胭粉盒，盒是空的，只因里面镶个小圆镜子才一直使用。她未能拔掉那根睫毛，便端详自己的脸蛋儿。这张脸未变，还是二十岁那时的模样儿。当年嘴角没有细纹，但其他部分没有变化，的确没变……路易也没

---

① “快乐之家”，原文为英文：Sunny Home。

有变,他稍稍瘦了点儿,不过如此……

“生日好,妈妈。”

孩子讲这句话笨嘴笨舌,但还有几分得意。她搂着儿子亲了亲。如果孩子在出生之前就认识父母,在他们还未当父母、只有他们自己的时候,就认识他们,那该多有意思啊……她的童年是在祖母家度过的,那是在巴黎夏尔-克罗街,从那里分出好几条公共汽车线路……走出不远就是图雷勒游泳池的灰色建筑物、电影院和塞吕里埃林荫大道的斜坡。如果有点想象力,在旭日初升、雾气未散的早晨,这条陡峭的坡路好似通向大海。

“现在该回家了……”

奥迪儿让儿子坐在身边,她开车沿路上坡回木屋,嘴上无意识地哼唱着什么。不久她就发觉哼的是一出轻歌剧的起始几个拍节;这出轻歌剧名叫《夏威夷的玫瑰》,她曾在日内瓦的一家旧货商店里买到唱片,真是意外的收获……

他们坐在缆车机房前的绿漆长椅上,他们的儿子骑自行车穿过空场。一辆有稳定装置的自行车。奥迪儿头枕着路易的膝盖,躺着看一本电影画报。

孩子骑车轧过一块又一块太阳透过树丛的光斑,然后又开始他所说的“绕大圈儿”。他不时停下,捡一个松果。缆车管理员在机房门口抽烟,他头戴大盖帽,身穿蓝制服,一副车站站长的神气。

“怎么样,情况好吗?”路易问道。

“不行。今天乘客不很多……”

没什么关系。即使空着,红色缆车也要按时出发。这是规定。

“今天可是大晴天儿。”管理员说道。

“还没有到度假的高峰,”路易说,“瞧着吧,再过半个月……”

孩子绕空场转圈儿,车子越蹬越快。奥迪儿戴上墨镜,翻阅画报,因为有风,手紧紧掐住页数。

他在睡眠中,听见孩子们的喊叫声时近时远,时远时近,给他的感觉就像不同光的强变、太阳光影的变幻。不过,他总是做同一场梦:他高高坐在自行车赛场空无一人的看台上,望着他父亲紧握车把,在跑道上慢慢绕圈儿。

有人叫他,他睁眼一看,是女儿站在面前冲他笑。她差不多跟奥迪儿一样高了。

“爸爸……客人要到了……”

她穿一身红裙子,这出乎路易的意料。她十三岁了。路易刚从梦境中醒来,神志还不清楚,他挺奇怪女儿这么高了。

“爸爸……”

她责备地冲他笑一笑,抓住他的手,想把他从长沙发上拉起来。路易往回用力,过了一会儿,他就顺从地让女儿拉起来,亲了亲她的脑门儿。他来到平台上。夜幕还未降临,他从一排杉树中间望去,只见一伙人上坡朝木屋走来,已经听出阿拉尔低沉的嗓音、玛尔蒂娜·维特尔多的笑声。远处,红色缆车顺着弗拉兹山坡缓缓滑动,好似草丛里的瓢虫。

客厅里的灯全部熄掉。路易、奥迪儿、维特尔多和他妻子、阿拉尔，以及孩子们，都围着桌子等待。路易的女儿端着蛋糕从厨房走出来，蛋糕上插着八支点亮的蜡烛：三支表示十岁的，五支表示一岁的。她朝他们走过去，大家唱道：

“祝你生日快乐……”

她将托盘放到桌子中央。所有人，一个接一个拥抱奥迪儿。

“请问，”维特尔多问道，“您到三十五岁了，有何感受？”

“快要到当奶奶的年龄了。”奥迪儿答道。

“别胡说，奥迪儿。”

“应当吹灭蜡烛，妈妈……”

奥迪儿朝蛋糕俯下身，用力一吹。

“一下全吹灭啦！”

众人鼓掌，又打开电灯。

“唱支歌！唱支歌！”

“奥迪儿要给我们唱《马路之歌》。”路易说道。

“不行，不行……绝对不行……”

奥迪儿切开蛋糕。五个孩子离开餐桌，全聚在平台的边上。奥迪儿和路易给他们每人一份蛋糕，用小碟端去。

“他们夫妇不是想去睡觉吧？”维特尔多的妻子玛尔蒂娜说道。

“可不管那许多。今日不同往常，”阿拉尔操着浑厚的嗓音说，“不是天天过三十五岁生日。”

维特尔多看了看表。

“我想该走了，路易，实在抱歉打扰你们。”

他要去巴黎，乘二十三点三分的夜班火车，路易提议开车送他去车站。

“走吧！”路易说道。

维特尔多的妻子、阿拉尔和奥迪儿坐到平台上聊天。阿拉尔的声音压过其他人。夜晚闷热，远处传来隆隆的雷声。

维特尔多在起居室中央打开黑色皮包，似乎要匆忙检查一下忘记什么没有。孩子们拥挤着上楼。他们急促的脚步声穿过二楼大房间，逐渐减弱。在路易跟着维特尔多要走出木屋时，奥迪儿离开平台赶到他面前。

“生日好。”路易说道。

“嗳，别贫了……”奥迪儿说道。

“您到了三十五岁，有何感受？”

奥迪儿抓住他肩头摇晃。

“别贫了……很快就要轮到你了……”

路易紧紧地搂住她，两人哈哈大笑。有生以来，他们这是头一回庆祝自己的生日。怪念头……不过，既然孩子觉得开心……

维特尔多把手提箱和黑皮包放到汽车后座上，然后坐到路易的身旁。

“实在抱歉，路易……”

“哪里，哪里……五分钟就到车站了……”

路易慢慢启动汽车，过一会儿，他就让发动机熄了火。汽车沿着笔直的小路静静地冲下去。

“您什么时候回来？”路易问道。

“下周末。我希望八月份，再同玛尔蒂娜和孩子们到这儿来度假。你们运气真好，终年待在山区……

“我想，我在巴黎肯定过不惯。”路易说道。

他打开收音机的开关，这也是习惯，每次开车总听收音机。

“您在这儿落户有多久啦？”维特尔多问道。

“十三年了。”

“可是我们买下这幢木屋也只有六年……”路易又说。

“在我的印象里，你们在这儿的时间很久了。”

维特尔多和路易同龄，他在巴黎一家进出口公司里供职。每年圣诞节和复活节，他和玛尔蒂娜都要带孩子来这里滑雪，还经常把孩子托付给奥迪儿和路易，让他们跟“快乐之家”的孩子一块儿玩耍……

“这么说，这个公寓，就算关门啦？”

“关门了，”路易笑道，“木屋我们自家使用了……孩子们能在房间里滑旱冰了……”

“那么您呢，现在打算干什么？”

“也许同阿拉尔合伙，开一个餐厅茶馆，接待乘缆车的人。”

“归根结底，您是对的，”维特尔多说道，“……我也一样，真想全部放下，搬到这儿来生活……”

驶到头一个弯道，向左拐，顺着王家饭店的围墙。路易重又启动发动机。

“孩子们在这儿生活，肯定比在巴黎快乐，”他说，“我呢，希望儿子当滑雪教练……”

“真的吗？那么，您姑娘呢？”

“姑娘嘛，那就难说了……”

他摇下车窗。暴风雨似乎逼近了。

“你们在巴黎住过吧？”维特尔多问道。

“住过，那是很久以前的事儿了。”

他在站前停车，打开车门，拿起维特尔多的行李。

“受累，路易……”

两人穿过荧光灯雪亮、但空荡荡的小候车室。维特尔多将车票塞进检票机。

“这些机器越来越复杂了，”路易说道，“幸好我不再旅行了……”

列车已经到站。

“再见，路易……星期五见……”

路易送上站台，帮他把手提箱和黑皮包拿到卧铺车厢里。维特尔多抬起车窗，微笑着探出头来。

"星期五见……我把玛尔蒂娜和孩子们托给你了。您要严厉……"

"非常严厉……跟往常一样……"

路易返回，穿过候车室的时候，看到关闭的窗口旁边有一台售糖果机。他往口里塞进两枚硬币。有个东西掉出来，包着艳红金黄两色纸，是一块俗称"岩石"的巧克力。咦，还有这玩意儿呢……奥迪儿常到科兰库尔街那家面包铺买这种糖。这就算给她的生日礼物了。

在广场的对面咖啡馆玻璃窗里边，有几个人影对着电视屏幕一动不动。一个女歌手的声音传到他耳畔。只听见有几分沙哑的歌喉，听不清歌词。刮起一阵温煦的风，返回的路上，开始掉雨点了……

十五年前的秋季，圣洛一连下了几天雨，兵营院子里积了几大摊水。他误走进水洼里，冰冷的水没到脚腕子，跟铁箍一样。

他拎着白铁皮箱子，向哨兵打了个招呼，走到大街路口时，不由自主地回头，再看一眼那幢在他生活中失去作用的土褐色营房。

这身法兰绒便装，上衣勒胳肢窝，裤子箍大腿。他需要一件大衣过冬，尤其需要一双鞋。对，要有一双大号胶底鞋。

布罗西埃约他七点钟在阳台咖啡馆见面。他认识布罗西埃已有两个月，此刻猛然想到，布罗西埃对他说正巧路过圣洛，肯定说了谎话。这人"生意"很忙，应当回巴黎，为什么要延长在此地的逗留时间呢？

他正是在阳台咖啡馆同布罗西埃初次相遇的，当时他要泡到午夜好回兵营。那天下午，他沿城墙散步，然后顺国家公路一直走到种马场，又稀里糊涂拐向右首，误入一片木棚区。回城之后，他就坐到阳台咖啡馆里，柜台旁边有一面镜子，映现他的形象：一身军装，叉着胳膊，头发理得很短。布罗西埃在邻桌看报，目光却暗暗盯着他。

"丘八还要当很久吗？"

布罗西埃好讲行话，路易不能完全听懂。

"您多大年龄了？"

"到明年六月份就满二十了。"

咖啡馆里只有他们两位客人，布罗西埃耸了耸肩膀，并说到了这个时候，圣洛街头没有行人了。

"如果还能称作街头的话……"

他哈哈大笑，声音刺耳。

"跑到这儿来当丘八，恐怕没多大意思吧，不是吗？"

布罗西埃有多大年纪？将近四十岁吧。他微笑的时候，要显得年轻些。一头金发，眼睛极为明亮，面颊红润，脸色就像抹了胭脂，一定是好喝比利时啤酒贪杯的缘故。

他向路易介绍说，他住在巴黎，到圣洛的家来待几天，他哥哥在本城开办一个公证人事务所。他有十多年未回家园，早被这里的人忘记了。况且，他要利用这次度假的机会办些事。对，一个瑟堡人想要卖给他一大批美国物资：旧吉普车、旧军用卡车。他呢，布罗西埃，在“汽车行里”干事。他在巴黎甚至经营一个汽车修理厂。

那天夜晚，他陪路易一直走到兵营。他穿一件雨衣，戴一顶蒂罗尔式旧帽，帽子上还插一根发红的黄羽翎。他们沿着街道走，只见两旁排列新房，全是灰不溜秋的水泥建筑；一路上，布罗西埃好像推心置腹似的，对路易说他认不出他童年生活的城市了。第二次世界大战时城区被炸毁，后来又建起一座新城，圣洛市已不是原先的圣洛了。

阳台咖啡馆里，烟雾腾腾，人语喧喧，路易感到昏头涨脑。正是喝开胃酒的时刻。蒂罗尔式帽子目标明显，他很快找见了布罗西埃，步伐有些拘谨地朝他走去，放下箱子，坐了下来。

“怎么样？就算退役啦？”布罗西埃笑嘻嘻地问他。

“嗯，退役了。”路易低声答道，因为他讲军人行话总觉得别扭。

“退役要庆祝一番，老弟，”布罗西埃说，“您瞧，我这不已经喝上了……”

他指给路易看还剩半杯红酒的杯子。

“您喝点什么？”

此公油嘴滑舌，像个推销员，粗声大气忽又变得矫揉造作，他谈起家具和书籍，向路易介绍说，从前他在巴黎为好几家古董店干过事。有一天傍晚，他甚至还详细指点路易，如何分辨摄政时期①和路易十五王朝时期两种风格的扶手椅，并且用铅笔画图形，说明如何鉴赏靠背和扶手的质量。至于书籍，那也没的说，他喜爱原版书。对，他一谈起这些，就不再是他本人了，肯定是在模仿他深受影响的一个人的举止和言谈。

“退役万岁！”等招待送来康帕里牌葡萄酒，布罗西埃便嚷道。

两人碰杯。路易不敢告诉布罗西埃，自己鞋里灌进了水。

“您在想什么，路易？”

他只想一件事：脱下湿透的鞋和袜子，扔进垃圾桶里，确信从此穿上新胶鞋，脚再也不会泡水了。

“真烦人。”他猛然说道。

“什么，老弟？”

两年间，他一直唯命是从，忍受了兵营、宿舍、军服、灌进水的鞋子，现在结束了，回头再想想，为什么要忍受这一切呢？

“我得弄一双新鞋……”

“这倒是……当然啦……”

“一双胶鞋。”

布罗西埃露出惊异之色，他一口干掉杯中剩下的康帕里酒，说道：

“好吧，想法儿买一双。”

---

① 摄政时期，指一七一五年至一七二三年法国奥尔良公爵摄政时期。

他们走出阳台咖啡馆，拐进右首下方的商业街。混凝土拱廊下商店一家连一家。在最后一家商店的橱窗里，摆着矮帮便鞋和女式皮鞋。店主正要放下薄铁窗板。

在商店的小客厅里，他们俩并排坐下，布罗西埃没有摘下那顶蒂罗尔帽。

"给这个年轻人买。"他说道。

"我想要一双胶鞋。"

店主解释说，胶鞋存货不多，他可以给他看"一双"最精制的意大利矮帮鞋。

"不用……不用……就要胶鞋……"

路易要挑一双高帮、底子有三公分厚的胶鞋。他得试一试，便把湿袜子脱掉。

"您没有合适的袜子吗?"路易问道。

"有哇……网球袜。"

"可以。"

他穿上鞋，仔细地勒紧新鞋带。布罗西埃掏出钱包，付了款。店主递给路易一个塑料盒，里面装着他那湿透的鞋袜。

到了街上，路易把塑料盒扔进水沟里，这庄严的动作标志他生活的一个时期完结。当然，他还需要一件大衣，不过，那等等再看吧。

"咱们到讷沃泰尔饭店吃晚饭，"布罗西埃对他说，"我订了一张餐桌。还有两间客房。"

"带浴室的?"路易问道。

"对，问这干吗?"

在使用流水管总堵塞、如同大马槽子似的集体盥洗室之后，有一间浴室，真像一步登天。在使用两年门扇在院子的寒风中啪啪直响的土耳其式厕所之后，有一间浴室……

"这么说，我可以洗个澡啦?"

"洗多少澡都可以，老弟。"

又下雨了，但牛毛细雨，头发都不觉得湿。他们沿着城根大街走，街道微微向里倾斜。

"真有意思……"布罗西埃指着城墙对他说，"我还是小孩子的时候，有一天，我顺着打结的绳子从那上面坠下来……对了，这鞋穿着合脚吗?"

"很合脚。"

到讷沃泰尔饭店有几百米远。他们要经过街下角的"龙头船电影院"，然后过维尔河桥。然而，走的时间再长，路易也不在乎，现在脚踏到所有水洼里，他反倒会感到是种乐趣。穿上胶鞋，就再也不怕什么东西，不怕任何人了。

一个高音喇叭在播放轻音乐。饭店餐厅里没有别的客人，只有他和布罗西埃。两人坐在靠里的一张餐桌，布罗西埃开始斟一瓶勃艮第酒，招待用托盘端上奶酪。

"退役万岁!"他给路易斟满酒，第三次喊道。

路易听到这个令他想起兵营的字眼，起初很恼火，后来就不再理会了。他渐渐沉入一种惬意的麻木状态。

“甜食,我看您吃份‘黑白’冰淇淋吧,”布罗西埃提议,“一份‘黑白’……”

他喝过量了,满脸通红,结结巴巴地说道:

“喂,路易……您不会怪我吧……”

他朝路易探过身去,悄声说道:

“我找来两个瑟堡姑娘……为了庆贺退役……”

由于灯光太强烈,路易直眨眼睛。扩音器播放的歌曲,叫什么名字,他极力回想,但是徒劳;这首歌常听到,是啊,然而叫什么名字呢?

“两份‘黑白’!”

布罗西埃又探过身来。

“等会儿您瞧……她们就像这样,瑟堡那两个姑娘……”

她们在大厅等着。两个褐发姑娘,有一个头发扎成马尾式。她们开车来的,开的是马尾发式的那个姑娘的汽车,一辆 DS19,驶到瓦洛涅那一带,险些抛锚。老实说,这鬼天气,若是真抛锚,就叫人哭笑不得了。

“宝贝,关键是你们到了。”布罗西埃说道。

他摸摸一个褐发姑娘的脸蛋儿,对方冲他微笑。接着,他走向接待处。路易拎着箱子,独自陪伴两个姑娘。

“看来,您是刚服完兵役?”马尾发式的姑娘问道。

“对,服完了……”

“您留下来,留在圣洛吗?”

“对。”

“要我看,最好去当海员……总是旅行……”

另一个姑娘从小提包里掏出小镜子,开始搽口红。布罗西埃回来找他们。

“走吧!一一九房间!前进!”

电梯太狭窄,布罗西埃搂住马尾发式的姑娘,开始乱摸乱抓。那姑娘摘下他的插羽翎的绿帽子,斜戴在自己头上。路易跟另一个姑娘贴在一起,还不得不拎着箱子。

客房里糊了深蓝色布壁纸,摆了一对床和一张浅色木质写字台。一台收音机连在一个床头柜上。布罗西埃打开收音机。

“要香槟酒!不过,她们先得向你亮自己的号码!她们要到瑟堡一家夜总会去!”

“您叫什么名字?”一直戴着布罗西埃插羽翎帽子的姑娘问道。

“路易。”

布罗西埃关掉大灯,只剩下一个床头灯亮着。路易望望窗外,雨比刚才下得更紧了。

“退役万岁!退役万岁!退役万岁!”布罗西埃唱唱咧咧地重复。

“退役万岁。”一个褐发姑娘也跟着重复。

饭店前边坡下,有一片宽阔的广场,如同飞机场跑道。两行路灯照耀,通明瓦亮。为什么安这么多灯?路易注意到空荡荡的广场中央,停着两个褐发姑娘的 DS19 型汽车。

乔治·拜吕纳一上楼梯,就总被打击乐和电吉他的声浪压得透不过气。到了二楼,他得先坐到皮长椅上，身体僵直，聚敛力量，然后才能跨进“帕拉斯女神”音乐厅。

里面一片昏暗，只在里端左侧有一个亮洞，那是演奏台的乳白色区域，上面一支摇滚乐队正在摇摆晃动。一名歌手声音还不够沉稳，正吼着一支美国流行歌曲。演奏台周围簇拥着男女青年，大多数都不满二十岁。乐队的打击乐手有一头卷曲的金发、肥肥的脸蛋，在拜吕纳眼里就像一个未老先衰的军人子弟。

拜吕纳开出一条路，一直走到柜台，要了一瓶白酒。喝下第三杯，他对喧声就不那么敏感了。他每次到“帕拉斯女神”音乐厅来，总待一个小时，看着乐队和歌手轮番上台：他们都是郊区青年或本街区的年轻职员。他们的梦想十分热切，他们的愿望十分强烈，就是要通过音乐摆脱他们在生活中的感受，因此，拜吕纳听着刺耳的吉他声、嘶哑的歌喉，往往觉得是一声声呼救。

拜吕纳已五十出头，在一家唱片公司工作。他的任务就是每周到“帕拉斯女神”音乐厅来两三回，发现几支业余乐队，约他们去唱片公司，让他们试演。在这种时刻，他完全成了海关职员，要从聚在轮船前面想移居国外的人群中，选两三个人，把他们推上跳板。

他看了看表，心下决定到场露面已经足够。这一回，连注意一名歌手或一支乐队的勇气他都感到没有了。用胳膊肘开出一条路，一直走到演奏台，在他看来是一种超人行为。不行，今天晚上不行。

正是在这种时候，他注意到她。因为她背对着他，他一直没有看见。那姑娘栗色秀发，一对明眸，肌肤苍白，没有血色，顶多二十岁。她坐在柜台前，但注视着里端，一副心驰神往的样子。一阵骚乱，有人拥挤，鼓掌并叫喊。一个人登上台，是万斯·泰勒。为什么她独坐，不加入人群中呢？她的目光盯着音乐厅的唯一明亮区，这在拜吕纳的脑海唤起一个形象：被灯光吸引的一只犹豫的蝴蝶。万斯·泰勒在台上等着掌声和叫喊平息下来。他调好话筒，开始唱歌。

“您呢，也想唱歌吗？”

她惊跳一下，就好像突然被人从梦中唤醒，她朝他转过身来。

“您到这儿来，是因为对音乐有兴趣吧？”拜吕纳又问道。

他声音温和，态度严肃，总能使对方产生信赖感。她点了点头。

“真巧，”拜吕纳说，“我在给一家唱片公司干事，可以帮帮您，如果您愿意……”

她目瞪口呆，定睛看他。迄今为止，拜吕纳偶然选去试演的人，至少都上了台，跟打击乐和吉他喧闹一番，在灯光中亮一会儿相。然而今天晚上，拜吕纳选中的一个人却一声未吭，一动未动，好像淹没在喧嚣声浪中。一张几与暗影无差异的面孔。

他叫了出租车送她回去。分手之前，他在一张纸片上写下他的住址、他办公室的电话号码。

“您什么时候愿意，就可以打电话，去找我……对了，您叫什么名字啦？”

“奥迪儿。”

“好吧，奥迪儿，希望很快见面。”

这幢红砖楼在尚普雷城门附近。她穿过院子，走进电梯，按了六楼的电钮；电梯只到六楼，她还得再上一条小楼梯，穿过一条走廊。

她住的是一间阁楼，洗脸池和床铺之间，刚有个下脚的地方。青灰色墙上挂着一个黑人女歌星和一个美国歌星的照片。房间极小，暖气片却很大，不成比例，热气太足。

她打开窗户，从窗口能望见远处凯旋门顶部。她随意倒在床上，从雨衣兜里掏他写的字条：

> 乔治·拜吕纳
> 贝里街二十一号四层楼
> EL YSEES　〇〇一五

她要明天就给他打电话，时间一拖长，她就没有勇气了。

那人态度很认真，也许会帮助她的。她目不转睛地盯着纸片，以便确信人名地址真的写在上面。

她忘记买点食品，反正，最后这点工资也所剩无几了。自从不再去维尼翁街化妆品商店上班之后，她就整天待在“帕拉斯女神”音乐厅，如同一个人泡在澡盆里。

床脚地上放着一个电唱机，她安上一张唱片，然后关了床头灯，在黑暗中躺着听音乐，只有对面方形窗口稍亮一点儿。由于没有手柄调不了暖气，无法降温，她总是敞着两扇窗户。

到圣拉扎尔站，天已黑了，布罗西埃还在睡觉，路易拍了拍他的肩膀。

他们在包厢里等着车厢里的旅客都下去。然后，布罗西埃对着镜子戴上那顶蒂罗尔式旧帽，路易则从行李架上拿下他的小白铁皮箱、布罗西埃的紫红色皮箱。

出租汽车站等车的人很多，布罗西埃向路易提议去喝一杯。两人朝北走上阿姆斯特丹街，路易拎着两只箱子，跟在布罗西埃身后。布罗西埃挑选的咖啡馆在两条街口，玻璃门面突出去，好似船头。咖啡馆里灯光耀眼。有人在玩电动弹子。两人坐到柜台前。

“两杯啤酒，”布罗西埃没有征求路易的意见，就点了酒，“有比利时啤酒最好……”

他摘下蒂罗尔式帽子，放到身边的圆凳上。路易望着玻璃窗外移动的行人，就好像在球形潜器里观察海底动物游动的影子：十字路口，交通壅塞。

“为您的健康干杯，路易！”布罗西埃举起酒杯。“您来到巴黎高兴吧？”

她沿走廊找去，耳畔尽是谈话声和电话铃声。一些人出出进进，房门砰砰响。然而，拜吕纳的办公室里却极为清静；有人要是在这门口待上片刻，准以为里面无人。没有一点人声，甚至没有打字机的嗒嗒响。

拜吕纳不是站在上下拉的窗子前吸烟，就是坐到一张圆椅的扶手上，听录音机播放的歌曲录音。他征求她的意见，但是音乐和歌声太微弱，她几乎听不见什么。有一天下午，她甚至撞见他若有所思的神情，瞧着录音带空转，认为无须放出声音。

他为同一家唱片公司干了很久，他的角色，按他的说法，就是“发现新的天才”，因此许诺给她录制一张唱片。不过，看样子他在办公室里感到无聊。每次她来看他，他总以不耐烦的口气说：

“我们下去走走好吗，奥迪儿？”

于是，他摘下从来不响的电话听筒，来到走廊，再拿钥匙插进他的办公室门锁孔里拧一圈，这才挽上她的胳臂，带她走到电梯。

他们从贝里街走向香榭丽舍，他始终默默无言，她也不敢打扰他的沉思。继而，他轻声慢语地对她说，时机到了，该给她录音，好向唱片公司推荐。应当选几首好歌，他要跟他认识的歌曲作者谈谈。要选“古典的东西”，逆当今“青年”唱歌的潮流。

他重又沉默下来，他俩正沿着大街逆方向走，她觉得他对她忽然失去了兴趣，甚而忘记她走在身边。她就唱片一事胆怯地问了一句，但他未予搭理。他目视前方。

“这行当难啊……非常难……”

他讲这话的口气十分超脱，她真想问问他本人对这行当是否还感兴趣。

他俩走到二十一号门前，要进楼的当儿，他约她晚上来。

“一会儿见，奥迪儿。”

她站在原地，迟疑片刻，想上楼搞个突然袭击，如同上次撞见他让录音带空转那样。也许每天下午，他都瞧着黑带子悄悄放卷儿。

布罗西埃又要“出差”，动身之前给他挑了个旅馆，位于十五区中心的朗雅克街。一间带洗漱间的客房，一张棕色木床，墙上糊了紫花壁纸。一位看不出多大年岁、留短发的妇女，将近九点钟把早餐端上来，他吃得光光的，就连白糖块、吃完馅饼剩下的果酱也不放过。一整天里，也许他要到一家咖啡馆的柜台买一份三明治。他已经计算过，按照这样开销，他用布罗西埃借给他的一百五十法郎，就能支持一个多礼拜。到那时候，布罗西埃就一定能“出差”回来，如他许诺的那样，向他介绍“那位能给他安排工作的重要朋友”。

他在兵营诊疗所度过漫长的日子，从那之后，他一直保持听他那绿皮套半导体的习惯。他躺在床上，眼睛盯着天花板，瞻念将来，也就是说思想空空，耳边变换着节目：新闻、歌曲和广播游戏。时而抽一支香烟，但香烟很贵，一盒烟要多维持点时间。铁筒装的英国烟。在兵营里，别人总就这事儿嘲笑他。可是没法儿，他不爱抽黑烟丝。

傍晚的时候，他将客房钥匙装在兜里，偷偷瞟一眼接待室的玻璃门，便离开旅馆。古铜面孔的秃头正跟一个只见脊背的对手下棋。到了外面，他拐进尼维尔十字街。还要往前挺远才到餐馆。经过圣朗贝尔街心花园时，他常常停留，坐到长椅上，边抽烟边等待吃晚饭的时间。布罗西埃给了他一条华达呢旧裤、粗花呢上衣，还真顶用；那年入冬，天气异常寒冷，后来下了雪，温度才回升些。

餐馆像个食堂，大餐桌，每张坐十来个人，挂着招待员的名签。他坐到“吉赛珥”负责的餐桌。花九法郎，他能吃上一道正菜，一盘肉和蔬菜，一道甜食，瓶装葡萄酒则随意买。墙上有一长幅壁画：萨瓦风光。萨瓦是餐馆老板的家乡省份。

他同邻座寒暄两句,他们大多是男人,有的住在本街区,有的是出租汽车司机。他喝杯咖啡,情愿在把他衣裳熏成烟味饭味的气氛中,同这些人多待一会儿。天黑下来,他从尼维尔十字街一直走到格雷奈尔林荫大道。

到了十字路口,地铁天桥下有个扩音器,正播送音乐,但被电动撞击车嘈杂声所淹没。他在池边站了片刻,观看在顶棚移动而留下串串火花的集电器杆,以及粉色、淡绿和紫色的电动车。继而,他沿着垒道一直走到塞纳河。

后来,当罗朗·德·贝雅尔迪向他谈起他父亲,他就想起他每次到达码头之前经过地铁站梯道时,总感到揪心。左首,冬季自行车赛场旧址建了几幢新楼,他知道当年父亲就是在那里参加比赛。他在贝雅尔迪办公室值夜班,为了消磨时间,就翻阅旧体育报的合订本,看到列举冬赛场的运动员中有他父亲名字的文章,便剪下来贴到集邮册上。于是,他眼前又浮现自己踽踽独行的形象,面对着取代自行车赛场的大楼,头顶上是地铁的隆隆声响,感到在格雷奈尔林荫大道的灰尘中,自己不过是一粒尘埃。然而,这在空气中毕竟是一种存在。

李玉民　译

2015

获奖作家

斯维特兰娜·阿列克谢耶维奇

传略

二〇一五年八月十九日,瑞典学院宣布本年度诺贝尔文学奖授予白俄罗斯作家斯维特兰娜·阿列克谢耶维奇,授奖理由是:“她的复调式书写,是对我们时代苦难和勇气的纪念。”这是诺贝尔文学奖在丘吉尔之后时隔多年第二次颁发给非虚构写作的作家。

斯维特兰娜·亚历山德罗夫娜·阿列克谢耶维奇(Svetlana Alexandravna Alexievich, 1948—),出生于乌克兰伊万诺-弗兰科夫斯克市。她的父亲是白俄罗斯人,母亲是乌克兰人。她的父亲服完兵役之后,举家迁往白俄罗斯。在白俄罗斯,她的父母在农村学校任教,家境比较贫困。她是家里三个孩子中的老大。

阿列克谢耶维奇从小的志向就是当作家。高中毕业后她当过一段时间教师和记者。一九六七年至一九七二年在明斯克大学新闻学系学习,她认为这是她所能想到的最接近写作的专业。大学毕业之后,她在波兰边境布列斯特城的一家地方报纸工作。后来回到明斯克,在《农业报》工作。在此期间,她写诗,创作戏剧和电影剧本,后来,她开始尝试新的创作形式——纪实文学。

一九八四年二月,苏联文学刊物《十月》刊出了反映苏联卫国战争的报告文学作品《我是女兵,也是女人》,立刻引起了评论界和读者的一致好评。此前,这部作品被白俄罗斯的杂志以宣扬“和平主义和自然主义”为由拒绝。不过,《十月》刊登的是该作品的删节版。这是阿列克谢耶维奇的成名作,因为这部作品,她获得了苏联最高苏维埃主席团颁发的荣誉奖章。这部纪实作品是她历经四年,跑了二百多个城镇乡村,采访了数百位参加过卫国战争的妇女而创作的。

一九八五年,《我是女兵,也是女人》以书籍的形式出版。同年,她的另一部纪实作品《最后的证人》出版。这本书中,阿列克谢耶维奇以一个孩子的身份与那些经历过第二次世界大战的人谈话。

借着《我是女兵，也是女人》的影响力，阿列克谢耶维奇来到阿富汗，开始新的采访。一九八九年，反映苏军在阿富汗经历的《锌皮娃娃兵》出版，书中记录的是士兵、他们的母亲和成了寡妇的妻子的声音。

一九八六年四月二十六日，由于操作不当，苏联的切尔诺贝利核电站燃起大火，核反应堆爆炸，数十吨放射性物质倾泻而出。事故致使上万人丧生，成为人类历史上最为惨痛的悲剧之一。阿列克谢耶维奇用三年时间采访了这场灾难中的幸存者，于一九九七年出版了记录这次人类悲剧的《切尔诺贝利的悲鸣》。

二〇〇四年，阿列克谢耶维奇出版了《我还是想你，妈妈》，这是一部苏联卫国战争幸存儿童的口述实录。二〇一三年，反映苏联解体后转折时代普通人经历的《二手时间》出版。这部作品包括了她出版于一九九三的关于自杀的作品《死亡魔咒》。

纵观阿列克谢耶维奇的创作经历，相比很多获奖作家，她的作品数量并不多。对此，她解释说："我写每一本书，都会花很长时间，五到十年算是常事。"她的纪实作品写作手法非常独特，没有中心人物，没有心理分析，只有无数人的声音和互不连接的事件、局部现象，通过精心编排这些片段，构成一种完整的概念与画面，让读者对那个时代有深刻的认识。瑞典学院常任秘书萨拉·达尼乌斯对她如此评价："过去的三四十年来，她一直专注于描写苏联和苏联解体后普通老百姓的生活……她笔下的历史，并非事件的堆砌，而是对人心的探讨，旨在展现乱世中的情感荒流。可以说，她书中的历史事件，比如切尔诺贝利事故、苏阿战争等，都只是背景，作品真正关注的是苏联及苏联解体后百姓的生活……她采访了当地数以千计的男女老少，向世界展现了一个地区鲜为人知的人世常情。她的作品，刻画了当地人的喜怒哀乐，揭示了人心深处的感伤。"

由于斯维特兰娜·阿列克谢耶维奇的新闻活动的独立报道和批判风格，她曾受到政府限制。她的代表作《锌皮娃娃兵》曾被列为禁书。一九九二年，她在政治法庭接受审判，后因国际人权观察组织的抗议而中止。她还曾被指控为中情局工作，电话遭到窃听，不能公开露面。二〇〇〇年，她在国际避难城市联盟的协助下迁居巴黎，二〇一一年返回明斯克居住。

阿列克谢耶维奇作品曾多次获奖，如瑞典笔会奖、德国莱比锡图书奖、法国"世界见证人"奖、美国国家书评人奖、德国书业和平奖等。二〇一四年，她还获颁法国艺术和文学骑士勋章。

授奖词

阿尔弗雷德·诺贝尔设立文学奖的初衷，是奖给创作出"有理想倾向，最为杰出作品"的作家，而斯维特兰娜·阿列克谢耶维奇达到了这一高度。

"乌托邦之声"系列共五部，既是阿列克谢耶维奇的文学巨著，也是其道德伟业。她的作品通过书写一座巨墓、一场血腥杀戮，以及杀人者与受害者之间无穷无尽却又刻意隐忍的对话，描写了二十世纪发生的人类惨剧，记录了苏联人民的心路历程。用她自己的话说，这部作品是“俄罗斯被捂住嘴的呐喊”，是不堪回首的过去、不堪忍受的现在，以及不堪设想的未来。

阿列克谢耶维奇仿佛法庭速记员，将对那些毫无准备、无法自保的人犯下的不公罪行，忠实地记录在案。于是，成千上万份证词第一次也是唯一一次大白于天下。如果不是她的作品，这些证词将永不会见天日。

阿列克谢耶维奇寻找的，是直击你我心灵的瞬间。在《切尔诺贝利的悲鸣》中，一位护士告诫其女病人，说其爱人现今相当于一座核反应堆，不再是以前的那个男人了。可是女病人没有理会，于是受到爱人的核辐射，最终带走了自己腹内孩子的生命。这本书提醒我们，过去受到的“辐射”，之后几十年还在主导我们的生活、我们的道德。

在《我是女兵，也是女人》中，阿列克谢耶维奇采访了五百位女兵，而苏联红军中的女兵难以计数。在这些女兵口述的故事中，有德国士兵在掩体中展示战俘的残肢，有母亲为了不暴露村庄所在而淹死自己不停哭叫的孩子，也有人用松果当卷发夹。在自己的祖国故乡，这些女兵又被看成荡妇，为自己家庭所不容。男人当兵，是英雄，而女人连勋章都不配。

阿列克谢耶维奇处理真相的手法，她称之为“用热度焚化谎言”，借此揭示罪恶的嘴脸。其作品的语言，在字里行间传达着一种无法言说的苦痛，让各种声音在作品中积蓄，从而达到更犀利的光辉。这种写作方式，不愧为最敏锐的历史写作，也使文学体裁为之一新。

她的作品冷静陈述事实，不添油加醋。她努力睁大双眼，而不让眼泪模糊视线。读她的作品，作为读者，我们惶惑不安。在当今难民潮的大背景下，她的故事——关于那些无助之人的固执和勇气——更具有现实意义。阿列克谢耶维奇成长的地方，靠近白俄罗斯森林矿区，地域色彩浓厚。在白俄罗斯，平均四个人中就有一人死于非命。这种文化，本就是悲伤的文化，因此她热爱的，是普通百姓，而不是伟大思想。

口述文学，是文学的涌泉。通过回忆，人们保留自己存在过的轮廓、轨迹。从中勾勒一段历史，或是一张面孔，一前一后为世人所见，对于未来，是无量功德，也是历史记录的馈赠。论艺术成就，其他功德亦或馈赠，再无出其右者。

阿列克谢耶维奇的秘密武器，只有提问和聆听，却由此挖掘出“额外”的历史，那些被遗弃的历史。她的发现，包括爱和死亡、对权力的渴望，还有让人措手不及的“团结”一致。她自称“灵魂的史学家”，而其研究的，正是人类自身的玄秘。

阿列克谢耶维奇的作品，结合了历史学家的精细入微和诗人的感同身受，达到了悲天悯人的境界。她揭露谎言，其认识囊括万千——盲从何以害人、蛊惑何以欺世。简而言之：人类存在之状态，正如她给我们的忠告：“出路只有一条：以爱世人为出发点，再凭着爱，去理解世人。”

亲爱的阿列克谢耶维奇女士，瑞典学院恭贺您获得本年度诺贝尔文学奖，请您上台接受国王陛下亲自颁奖。

瑞典学院诺贝尔奖评委会主席 佩尔·韦斯特伯格

徐涵 译

锌皮娃娃兵（节选）

著书前日记摘录

一九八六年六月十四日

我对自己说：再也不愿意写战争了。当我完成《战争不是女性的面孔》①一书之后，很长一段时间，我不敢正视孩子由于磕碰而从鼻子里往外流血，在别墅区看到有人欢天喜地地从深水中把鱼甩到岸边沙滩上时，我扭头就跑，鱼的那双静止不动的凸泡眼睛让我心酸。我们每个人大概在生理与心理方面都有自己的防痛储备力。我的储备力已经用尽。我听见猫被汽车轧死时的惨叫声就要发疯，见到被踩死的蚯蚓就回避。我不止一次想到，动物，鸟类、鱼类如同所有生物一样，也有形成自己历史的权力。将来总有一天，有人会把它们的历史写出来。

然而，突然的事发生了！如果这事可以称为“突然”的话。战争已经进行了七个年头。

“人世间的悲痛有百种反映。”（莎士比亚《理查三世》）

……前往农村去的路上，顺便捎上了一个上学年龄的小姑娘。她到明斯克采购了食品。一只大提包里露出几只鸡头，行李架上塞了一网袋面包。

进了村子，见到了她的母亲。她站在篱笆墙旁高声喊叫。

“妈妈！”小姑娘向她跑过去。

“哎呀，我的好闺女，可来信了。咱们的安德烈在阿富汗……噢——噢！……他们像运回费多里诺夫的伊万那样，也会把他运回来的……孩子小——需要的坑也小……可是我抚养起来的不是一个小伙子，是一棵大橡树啊……有两米高——他来信说：‘妈妈，骄傲吧，我是空降兵……’噢——噢——噢！积德积善的人们哟……”

再讲一件去年的事。

……一位军官带着旅行包坐在汽车站候车室里，大厅有一半空着。他身旁是个又瘦又小的男孩，脑袋剃成秃瓢。小兵用叉子在挖木箱子里的干无花果。几位农村妇女老实巴交地凑到他们身边，坐了下来。她们问：到哪里去，干什么去，他是什么人？军官是护送小兵回家的。小兵精神失常了。“从喀布尔开始他就乱挖，手里有什么东西就用什么挖，不管是铁锨，是叉子，是棍子，还是自来水笔。”那个孩子仰起头来：“应当掩蔽……我来挖掩壕……我挖得可快啦……我们把掩壕叫作集体坟墓……我为你们大家挖条大的掩壕……”

---

① 又译为《我是女兵，也是女人》。

我平生第一次看见瞳仁和眼睛一般大……

我周围的人都在议论什么呢？都在撰写什么呢？议论的、撰写的都是什么国际主义义务啊，什么地理政治啊，什么国家利益啊，什么南部国境线啊。在预制板搭起来的房子里、在农家茅舍里，窗台上摆着一盆盆无忧无虑的天竺葵花，民间暗地里流传着有关阵亡通知书的事，有关锌皮棺材的事，说赫鲁晓夫时代建起来的小房子容纳不下那口棺材。不久以前，母亲们还扑在钉得严严实实的铁箱子上，绝望地哭天号地，这时他们又在职工面前、在学校里，号召其他孩子要“完成对祖国应尽的义务”。书报检查机关密切注意报道战争的文章中，不提我国士兵的死亡。他们硬要我们相信，“苏军有限人员”正在帮助兄弟国家的人民铺修公路，正往村子里运送肥料，而苏联军医们正在为阿富汗妇女助产接生。很多人信以为真。回国的士兵们把吉他带到学校里去，唱一些本来应该大声疾呼的事……

我和一个人谈了很久。我想从他口中听到做出开枪还是不开枪这一选择时的痛苦心理。对他来说，这事似乎不是什么悲剧。什么是好——什么是坏？“为社会主义杀人”是好？军令已经为这些孩子规定了道德的规范。

尤·卡里亚金写道：“任何一桩历史事件，都不能按其自我意识进行判断。可悲的是这种自我意识与历史并不相符。”我在卡夫卡的作品中读到这么一句话：人在自我中永远地丧失了。

可是我再也不愿意写战争了……

一九八八年九月五日至二十五日

塔什干。航空港里闷热，处处是瓜味，简直不是航空港，而是瓜棚。半夜两点钟。我望了一眼水银柱——零上三十摄氏度。半野不野的肥猫，据说是阿富汗种，毫不胆怯地往出租汽车下边钻。年纪轻轻的士兵们（他们还是娃娃呢）拄着拐杖在一群从疗养地归来、皮肤晒得红黑红黑的人之间、在木箱之间、在水果筐之间，一跳一跳地走动。谁也不理会他们，大家习以为常了。他们铺上一张旧报纸或者一本旧杂志，席地而睡，席地而吃，过了一周又一周，他们就是买不到飞往萨拉托夫、喀山、新西伯利亚、伏罗希洛夫格勒、基辅、明斯克的机票……他们在什么地方被弄成残废的？他们在那边保卫了什么？没人对这些事情感兴趣。只有一个小孩子睁大眼睛盯着他们，还有一个醉醺醺的叫花婆子走到小兵面前，说：

“你过来……让我可怜可怜你……”

他用拐杖把她轰走了。可是她并没有生气，还说了两句只有女人才能说出来的让人伤心的话。

我身旁坐着几位军官。他们在议论我国生产的假肢如何不好，还在谈论伤寒、霍乱、疟疾和肝炎。他们说，头两年，没有井，没有厨房，没有浴室，没有东西可以刷洗锅碗瓢盆。还议论谁带回来了什么东西：有人带回来了摄影机，有的是“夏普”牌，有的是“索尼”牌。战争对于某些人来说如同后娘，而对于另外一些人——则是亲妈。我还记得他们用怎样的目光观望那些休假归来的漂亮妇女，她们身穿袒胸露背的连衣裙……

陀思妥耶夫斯基描写过军人武夫,说他们是“世界上最不动脑子的人”。

人杂的地方散发着厕所堵塞的气味。我们长时间等候飞往喀布尔的飞机。突然出现了很多女人。

下边是她们谈话中的零碎句子:

“我的耳朵开始听不清了。最初是听不见鸟儿在高空鸣唱。比如,我一点儿也听不见鹀雀的叫声。我把它的叫声录了音,放在最高频率上……这是头部挫伤的后遗症……”

“先开枪,然后再查明情况,被打死的是妇女还是婴儿……人人都有自己的噩梦……”

“枪声一响,毛驴就躺下,枪声停了,它就站起来。”

“我在苏联是个什么人?是妓女?这事我们最清楚。哪怕是在合作社里赚几个钱呢……可是男人呢?男人又怎样?个个是酒鬼。”

“将军在谈要尽国际主义义务,要保卫南部国境。他甚至动了感情,说:‘给他们带点水果糖。他们还是娃娃。糖果是最好的礼物。’”

“军官很年轻。当他得知他的一条腿被截肢时,哭了。他长得像个大姑娘,皮肤又红又嫩。我起初害怕见死人,特别是没有胳膊没有腿的死人……后来习惯了……”

“当了俘虏。他们先砍掉他的四肢,然后又在砍断四肢的地方用止血带包扎起来,免得流血过多死了。他们就这样把人扔下,我们的人把他们找回来时,是一堆一堆的肉。那些人想死,可是硬是给他们治疗。”

海关看见我的旅行包是空的:

“你带了什么东西?”

“我什么也没有带。”

“什么也没有带?”

他们不相信。逼我脱衣服,只剩下一条裤衩。人人都带两三个皮包。

“起来。否则就睡过站了……”飞机已到了喀布尔上空。

飞机在下降。

……炮声隆隆。巡逻兵端着自动步枪,穿着防弹背心,检查通行证。

我本来不想再写战争了。可是我已置身于真正的战场上。

观察他人怎样显示勇气、怎样去冒险,多多少少有些不道德。昨天到食堂去吃早饭,路上跟哨兵打了个招呼。半个小时以后,这位哨兵被一块飞进卫戍区的流弹片给打死了。我整天都在努力回忆这个孩子的相貌……

此地把记者称为编故事的人。作家也一样。我们作家小组里的男性同胞都急于到最远的哨所去,想冲锋陷阵。我向一个人问道:

“为了什么?”

“我对这事有兴趣。我将来可以说:我到过萨兰格……我要放几枪……”

我怎么也摆脱不了一种感觉:战争——是男性天生的特质,对于我来说,这是难以理解的。

摘自他人的讲话：

"我抵近开了一枪，眼看着那个人的头骨飞散开了。我心里想：'这是第一个。'战斗之后——有些人受了伤，有些人被打死。大家都不言语……我在这儿梦见了电车。梦见我乘电车回家……我最喜欢回忆妈妈烤馅饼……家里充满揉面的香味……"

"你和一个好小伙子交了朋友……后来看见他的肠子一串串地挂在石头上……这时你就开始想要替他报仇了。"

"我们在等待驮运队。等了两三天。我们躺在滚热的沙子上，就地拉屎撒尿。等到第三天晚上，你快急疯了。你满肚子仇恨，射出第一梭子弹……一阵枪击之后，一切都结束了，这时发现驮运队载的是香蕉和果子酱……那次吃的甜玩意儿足够享用一辈子了……"

按普希金的看法，一个人若是想把自己的全部真情都写出来（或都讲出来），是力所不及的。

……坦克上写着红色大字"为马尔金报仇雪恨"。

一个年轻的阿富汗女人跪在街道中心号啕大哭，她面前躺着被击毙的婴儿。大概只有受了伤的野兽才能嚎得这么凄惨。

乘车经过一个个被摧毁了的村庄，村庄活像是翻耕后的田地。不久以前这儿还是一座座农舍，现在成了一堆堆没有生命的泥土，它比能打冷枪的黑暗还可怕。

我在军医院里看见一个俄罗斯姑娘把一个绒布小熊放在阿富汗男孩的床上。他用牙叼着玩玩具，他在微笑，两条胳膊都没有了。有人把他母亲的话译给我听："是你们俄国人开枪打的。"又说："你有孩子吗？是男孩还是女孩？"我怎么也没有弄明白，她的话里更多的是恐惧还是宽恕？

人们在讲圣战者对付我们俘虏的残酷手段，活像是中世纪的所作所为。这个国家的确生活在另一个时代，他们的年历现在是十四世纪。

莱蒙托夫的小说《当代英雄》中，马克西莫奇评价一个山民杀死贝拉的父亲的行动时说："当然喽，按他们的观点，他做得合情合理。"可是按俄国人的观点，那是兽性行为。作家发现了俄罗斯人民的这一惊人特点——善于站在另一民族的立场上，并用"他们"的观点观察事物。

可是现在……

摘自他人的讲话：

俘虏了几个"杜赫"①……我们审讯他们："军用仓库在哪儿？"他们不语。用直升机把其中两个人吊到半空："在哪儿？指给我们看……"他们不语。于是把一个人抛向山岩。

"他们打死了我的朋友。他们还想笑？还想高兴？他已经不存在了……哪儿人多，我就往哪儿开枪……我开枪射击过阿富汗人的婚礼……新郎和新娘，一对青年……我不怜悯任何人……我的朋友死了。"

---

① "杜赫"，苏军对阿富汗圣战者的称呼。

陀思妥耶夫斯基小说中的伊万·卡拉马佐夫说:“野兽永远不会像人那么凶残,凶残得那么巧妙又那么艺术。”

是的,我预料到:我们不愿意聆听,也不想知道这些事。但是任何一场战争,不管是谁指挥的,是为何而战的——为尤利乌斯·凯撒也好,为约瑟夫·斯大林也好——都是人和人的相互残杀。这是杀人,但我们国内对这事不能深入思考,不知为什么学校里不提爱国主义教育,而提军事爱国主义教育。其实,我何必为“为什么”而惊讶呢?一切都是可以理解的——军事社会主义,军事国家,军事思维方法。难道我们不想成为另外一种人吗?……

不能如此考验一个人。人是经受不住这种考验的。医学上这叫作“活体试验”,即用活人进行试验。

今天有人引用了列夫·托尔斯泰的一句话,说“人是川流不息的”。

晚上打开了录音机,欣赏“阿富汗人”的歌曲。孩子们的嗓音,还没有定型,模仿维索茨基,沙哑地叫着:“太阳像颗大炸弹,落在村庄上。”“我不需要荣誉,我们能活下去就算是褒奖。”“我们为什么要杀人?为什么要杀我们?”“可爱的俄罗斯呀,你怎么竟把我出卖了?”“我已经开始忘记人们的相貌。”“阿富汗,你比我们的责任更重大,你是我们的宇宙。”“独腿汉子像只大鸟,在海滨上跳跃。”“死者已不属于任何人。他脸上已经没有仇恨。”

夜里我做了一个梦,梦见我们的士兵返回苏联。我和送行的人们在一起。我走到一个娃娃兵面前。他没有舌头,成了哑巴。他被俘过。小兵制服里边露出了军医院的病号衣。我问他话,他一个劲儿地写自己的名字:“万涅奇卡。万涅奇卡。”他写的名字,我看得清清楚楚——万涅奇卡……他长得很像我白天谈过话的那个小伙子。他反反复复地说:“我妈在家等我。”

……我们乘车最后一次穿过冰雪封冻的喀布尔市区的胡同,在市中心从熟悉的招贴画前边开过去:“共产主义是光明的未来”,“喀布尔是和平的城市”,“党和人民团结一致”。这是我国印刷厂印制的我国招贴画。我们的列宁站在这里举着一只手……

在航空港遇见几位熟悉的摄影师。他们拍摄装运“黑色郁金香”的过程。他们讲话时不抬眼皮,讲怎么给死者穿上旧的军服,还有马裤。有时这类衣服也不够用,不穿军衣便光着身子装进棺材。旧木板、锈钉子……“冰库里运来了新的死者。好像有一股不新鲜的野猪肉味……”

如果我把这些事都写出来,谁能相信我?

一九八九年五月十五日

我的路——还是从人走向人,从证件走向形象。每一篇自白像一幅彩色的肖像画:谁也不谈证件,都谈形象。都谈现实的幻觉形象。世界不是按日常的实况而是“按自己的形象与精神”创造的。我的研究对象仍然如故——是感情的历程,而不是战争本身的历程。人们想的是什么?希求的是什么?他们为何而欢乐、而惧怕?他们记住了什么?

这场战争比伟大的卫国战争长了一倍,我们对它的了解恰恰只限于我们不必为它担心的那点儿内容,免得我们看见自己的本来面貌,因而心惊肉跳。尼·别尔嘉耶夫①在书中写道:“俄罗斯作家更为关心的是真理,而不是美。”我们正是在寻求这一真理的过程中度过自己的一生的。今天尤其如此——在写作台前,在街道上,在集会上,甚至在节日的晚宴上。我们无尽无休地思考的是什么呢?仍然是那些问题:我们是什么人,我们往哪里去?到了这时我们才弄清楚,我们对待任何事物,甚至对待人的生命,也没有像对待有关自己的神话这样关怀备至。我们是最最优秀的,最最正义的,最最诚挚的——这种看法灌入我们的头脑,已经根深蒂固,谁若是敢于对此有所怀疑,此人立刻会被扣上违反了誓言的罪名,这在我国被视为大逆不道!

摘自历史:

“一八〇一年一月二十日谕旨顿河首领瓦西里·奥尔洛夫率其哥萨克向印度进军。月内抵奥伦堡,再由该地继续挺进,三个月之内‘经布哈拉与希瓦,抵印度河’。不久,三万名哥萨克渡伏尔加河深入哈萨克草原。”②

摘自当今报纸:

“铁尔梅兹市的扁桃树鲜花怒放,今年二月,即使大自然不馈赠这一厚礼,古城居民也会把这些日子作为最隆重、最喜庆的时刻铭记心中……

乐队开始演奏。祖国在欢迎亲爱的儿子归来。我国的小青年们完成了自己的国际主义义务返回了家乡……这些年,苏联士兵在阿富汗修复和新建了数百栋小学校舍、贵族子弟学校(?)校舍和中等学校校舍,三十座医院和同样数目的幼儿园,近四百幢居民住宅,三十五座清真寺,几十眼水井,近一百五十公里的水渠与河道……他们在喀布尔担负了保卫军事目标与和平设施的任务。”(见莫斯科《真理报》,一九八九年二月七日)

再引一句同一位尼·别尔嘉耶夫的话:“我从来不属于任何人,我仅仅是自我。”这话不是指我们说的。我们这儿的真理总是为某人或某事服务的:为革命利益,为无产阶级专政,为党,为大胡子独裁者,为第一或第二十五年计划,为历届代表大会……陀思妥耶夫斯基深信:“真理……高于俄罗斯。”《新约全书》中马太说:“你们要小心,不要被人迷惑;因为许多人会假冒我的名而来。”(见第二十四章,第四至五节)

来者数量之多,甚至难以历数他们的名字……

我反问自己。我询问别人。我寻找答案:我们每个人是怎样把心中的勇气扼杀了的?怎样把我们的普通男儿变成了杀人的人?为什么为了某人的需要,便可以对我们为所欲为?然而,我不裁判我的所见所闻。我只想把人的世界按它本来面目反映出来。今天对战争真理的思考,如同对生与死的真理思考一样,比过去广泛了。人终于达到了他在不完善时所期望的目的:他能够一举杀死所有的人。

苏军在阿富汗每年作战的人数多达十万。如今这已不再是秘密了。十年里——一共一百万。战争还有另一种统计方法:发射了多少发子弹和炮弹,击毁了多少架直升机,报废和穿破了多少套制服,毁坏了多少辆汽车。这一切需要我们付出多少代价啊?

---

① 尼·别尔嘉耶夫(1874—1984),俄国宗教哲学家,著述甚多,一九二二年出国,在国外颇有影响。

② 见《为政权而战(俄罗斯十七世纪政治史片段)》一书。莫斯科,思想出版社,一九八八年版,第四百七十五页。——原注。

死伤五万。这个数字可以相信也可以不相信,因为大家都知道,我们是巧于统计的。时至今日,我们还在统计、还在埋葬卫国战争中牺牲的人……

摘自他人的讲话:

"我甚至夜里都害怕见到血……害怕自己的梦……我现在连个甲虫都不忍心踩……"

"这些话我能对谁讲呢?谁会听呢?鲍里斯·斯鲁茨基有一句诗:'当我们从战场归来后,我才明白我们不为人们所需要。'我身上有门捷列夫周期律的全部元素……伤寒病至今还在折磨我……不久以前,我去拔牙……拔了一颗,又一颗……我休克时疼得说了话……女医生瞧着我……近乎厌恶地说……'满嘴是血,还说话……'我心想,从今以后我再也不会讲真话了,人人都这么看待我们:满嘴是血,他们还说话……"

因此,我在本书中不写真名实姓。有人请求我为她们的忏悔保守秘密;而另外一些人,我不能让他们落到无人保护的境地,因为有人急于责备他们,对他们大叫:"满嘴是血,他们还说话。"我们还要在某处寻找该责怪的人吗?有一种自我保护的有效办法:"这事责任在他……这事责任在他们……"不!我们彼此太贴近了,任何人休想逃避。

我的日记本中保留了他们的姓名。也许,有朝一日,我的主人公们希望别人了解他们……①

高莽 译

---

① 作者记录了六十三个人名与职称,译者略。

2016

获奖作家

鲍勃·迪伦

传略

二〇一六年十月十三日，瑞典学院宣布，将本年的度诺贝尔文学奖授予美国音乐人兼作家鲍勃·迪伦，理由是他“在美国歌曲传统形式之上开创了以诗歌传情达意的新表现手法”。鲍勃·迪伦获得诺贝尔文学奖之前，最著名的身份是美国摇滚歌手、民谣艺术家。他是第一位以音乐人身份获得诺贝尔文学奖的作家。

鲍勃·迪伦（Bob Dylan，1941—　），原名罗伯特·艾伦·齐默曼（Robert Allen Zimmerman），出生于美国明尼苏达州。他少年时期便展露出音乐天赋，十岁时自学了吉他、钢琴、口琴等乐器，高中时就组建了乐队“金色和弦”，并担任主唱。一九五九年，他就读明尼苏达大学，大学期间，对民谣产生兴趣，开始在学校附近的民谣圈子演出，并以鲍勃·迪伦作为艺名。

一九六一年，鲍勃·迪伦辍学签约哥伦比亚唱片公司，全部精力致力于音乐，次年推出第一张专辑《鲍勃·迪伦》。迪伦的第一张唱片基本上都是翻唱老民歌和布鲁斯。他的第二张专辑收录了大量自己的创作，其中就包括广为流传的《答案在风中飘》。在第三张专辑《时代变了》中，迪伦以一个领导者的口气唱道：“时代变了，未来属于我们年轻人。”迪伦的第四张专辑《迪伦的另一面》，收录了他创作的一批反映个人生活和情感的作品。接着他的第五张专辑《回到根源》推出，在这张专辑里，迪伦抛弃了民谣，唱起了摇滚乐！这招致了民谣界对他的批判。但是迪伦毫不在意，连续又推出两张摇滚专辑《重返六十一号公路》和《美女如云》，这两张专辑上了“史上最佳摇滚专辑”榜单。由此，迪伦从民谣歌手变成了叱咤风云的摇滚歌星。与此同时，迪伦开始在世界范围内巡演，每日在兴奋剂和药品的支撑下昼夜不休地工作。一九六六年的一场车祸让迪伦开始远离聚光灯的中心，而他的音乐风格也再一次地发生了改变。一九六七年的专辑《约翰·

卫斯理·哈丁》回归了温暖抒情的乡村民谣,而歌词也不再犀利地嘲讽社会。七十年代后期,迪伦的创作中呈现出浓厚的宗教色彩,专辑《慢车开来》《得救》《爱的爆发》和《异教徒》均带有宗教意味。八十年代末九十年代初,迪伦重拾早期民谣。进入九十年代,迪伦依然不断发行新专辑、进行世界巡演。进入二十一世纪,迪伦依然活跃如初。二〇〇六年,他的第四十八张专辑发行,随即登上美国排行榜第一名。二〇一一年四月,迪伦分别在台北小巨蛋、北京工人体育馆、上海大舞台举办演唱会。在他获得诺贝尔文学奖的前一年,二〇一五年,他又发行了最新专辑。

鲍勃·迪伦叱咤乐坛半个多世纪,发行了五十多张专辑,囊括了格莱美音乐奖、金球奖、奥斯卡等多项音乐大奖,被《时代》杂志誉为二十世纪一百位最重要人物之一。二〇一三年,他成为首位入选美国艺术文学院的摇滚音乐家。

鲍勃·迪伦在获得诺贝尔文学奖后,很多人惊异:他还是作家?事实上,除了大量音乐作品,他早在一九七一年就出版了超现实主义的小说《塔兰图拉》,还出版过散文诗集《狼蛛》。二〇〇四年,他的自传《像一块滚石》出版,讲述了他的童年生活、在纽约的奋斗历程、中年时陷入创作低潮等经历。此书曾占据《纽约时报》非虚构畅销榜十九周。另外,他还出版过七本绘画图书,他的画作还在艺术画廊进行过展出。正如瑞典学院的评价:"他的多才多艺令人惊奇,画家、演员和作家领域都有他的足迹。"

不过,迪伦获得诺贝尔文学奖最主要的作品还是歌词创作,他的歌词被视为诗歌的一种形式。在上个世纪六十年代,一些评论者就开始推崇迪伦文学方面的造诣,有批评家称他为现代美国继卡尔-桑德堡、罗伯特-弗罗斯特之后最伟大的诗人。一九七六年,美国总统卡特在竞选活动中引用迪伦的诗句,还称他为"伟大的美国诗人"。一九九〇年,法兰西文学院曾向迪伦颁发了"文学艺术杰出成就奖"。二〇〇八年,迪伦获得普利策奖特别荣誉奖。早在一九九六年,在艾伦-金斯堡的举荐下,迪伦被诺贝尔文学奖提名。自那之后,他数次被提名。二〇一六年,诺贝尔文学奖的桂冠以大众始料不及之势降临他的头上。瑞典学院常任秘书萨拉·达尼乌斯解释说:迪伦将他的诗歌通过歌曲的形式展现出来,这与古希腊那些通过音乐表达的经典作品别无二致。

迪伦大概是诺贝尔文学奖史上最令人出乎意料的获奖者。获奖消息公布后,迪伦久久没有回应,诺贝尔颁奖典礼他也缺席。他在提交给瑞典学院的受奖词音频中说:"听到自己获得诺贝尔文学奖时,我非常惊讶,不明白我的歌到底跟文学有什么关系。"

授奖词

文学界的剧变因何而起?往往是一种简单的艺术形式,之前为人忽视,不在高雅之列,后在某人手中得以蜕变之时——于是,奇闻逸事和信札往来之中,现代小说应运而生;从街镇市集上,站在木桶板上表演的杂耍里,后世之"戏剧"得以发轫。于是乡音民谣取代高深的拉丁诗歌,而动物寓言在拉·封丹手里、儿童故事在安徒生手里升华至高蹈派诗歌的境界。类似变化一旦发生,我们对于文学的观点,也就随之改变。

歌手兼歌曲作者荣获诺贝尔文学奖，本不该成为耸人听闻之事件，毕竟在远古时代，所谓诗歌，是拿来唱的，或者有音有调，拿来吟诵的。“史诗吟诵者”“游吟诗人”“行吟诗人”，这些不同说法，其身份就是后世所称的“诗人”。而“歌词”（lyrics）这个词，本就来源于“里尔琴”（lyre）。不过，鲍勃·迪伦并未仿古，回到古希腊或普罗旺斯的传统，而是全身心投入到二十世纪美国流行音乐的天地，收音机里播的、留声机里播的普罗大众的音乐中。有白人的，也有黑人的，有抗议音乐、乡村乐、布鲁斯、早期摇滚乐、福音音乐、主流音乐等。他日夜聆听，并拿起手中乐器，尝试弹奏，学习创作。只不过他开始创作类似歌曲时，出手不同凡响，他手中的素材偏可得变化之妙。前人的东西，或曰经典传承，或曰杂草糟粕，或曰陈词滥调，或曰妙语连珠，咒骂也好，祈祷也罢，蜜语甜言也好，粗鄙玩笑也罢，于此之中，迪伦却可以淘出真金。是有意，还是偶得，并不重要——创作，本就起于模仿。

航海之人，皆知鬼船“空中荷兰人”号的传说，而鲍勃·迪伦的音乐，我们听了半个世纪从未间断，却仍旧无法领悟吸收，正如我们无缘见识这艘“鬼船”真身。有评论者说及迪伦之伟大，谓其音乐“朗朗上口”。此言不虚。其音乐韵律，恰如炼金之物，熔融背景，于其中再造真意，每每超出你我想象，令人震撼。本来世人所期，流行民歌罢了，可该年轻人怀抱吉他，将街谈巷语与《圣经》箴言融会一体。相较之下，“末日”之说都只是赘述而已。与此同时，鲍勃·迪伦歌唱爱，语气斩钉截铁，怎不令我等汗颜。相比之下，现世诗歌，书卷气十足，却苍白无力，其同行继续按套路写出的歌词，就像火药，随着炸药的发明，早已过时落伍。于是很快，提及迪伦，人们不再将之与伍迪·格思里或者汉克·威廉姆斯相比，转而将其与威廉·布莱克、阿蒂尔·兰波、沃尔特·惠特曼乃至莎士比亚相提并论。

继浪漫主义时代之后，鲍勃·迪伦将诗歌语言再次升华——不过，是以商业化的黑胶唱片为介质，说来颇为匪夷所思。不为歌颂永恒，而是叙述身边日常现实——仿若德尔菲的神谕，播报的却是晚间新闻。

授予鲍勃·迪伦诺贝尔奖，是对这一革命性变化的认可。这项决定初觉大胆，此时看来已是顺理成章。然而，迪伦获此殊荣，是因为其颠覆文学体系吗？并非如此。要解释起来，原因非常简单——其实，在迪伦永不停歇的巡演途中，每一次演出现场，人们站在舞台前，心跳不已，等待那魔法般的声音——这些人也都知道是什么原因。正如尚福尔评论，当诸如拉·封丹这类文学巨擘诞生时，文学类型的等级之分——即文学高低贵贱的估量——便失去了意义：“当作品之美已臻至伟，等级还有何用？”鲍勃·迪伦之于文学的问题，这正是最直白的回答：他的歌曲，已臻至美。

鲍勃·迪伦毕生的作品，改变了我们对诗的看法——何为诗歌，诗歌有何作用。作为歌手，迪伦可与希腊声乐家、古罗马奥维德相提并论，可与那些浪漫主义空想家、蓝调歌王歌后，与诸多才华横溢却为世人遗忘的伟人，共享盛名。倘若文学界有人对此表示哀叹，不妨提醒他们一下：神并不写作，他们歌唱，他们舞蹈。瑞典学院在此向迪伦先生致以美好祝愿，此祝愿一路跟随迪伦先生的音乐之路。

瑞典学院诺贝尔奖评委会常任秘书　霍拉斯·恩格达尔

徐涵　译

瞭望塔处

“定能脱此劫难,”弄臣语盗者听,
“商贾饮我琼浆,农人犁我沃土,
世事几多纷扰,使我不得安宁,
彼处各色人等,任谁识,其中意。”

“何须如此焦躁,”盗者善言宽慰,
“游戏人间者众,醉生梦死而已,
我等已知玄机,此非你我宿命,
且莫痴言妄语,日已迟,催马急。”

瞭望塔处,君王临风御景
妇人往来如织,有侍者,足无履

寒野无踪,但闻野猫孤嚎
双骑渐行渐近,风起处,声正厉

徐涵　译

像块滚石

曾几何时,你衣着光鲜
心血来潮,赏乞丐一个大钱?
倘有人说:“悠着点儿,孩子,好日子难得长远。”
你只当他玩笑,心中并无感念
朝不保夕之人
你曾拿来嘲笑
可如今你不再高声吆喝
如今一身傲气再也不见
只因现在你吃完了上顿
已不知下顿怎么解决

这是什么滋味
这是什么感觉
无家可归
无人理会
像滚石一块,浪迹人间?

好吧,你出身名校,孤芳自赏
可学校教了你啥,除了赚你的钱?
没人教你外面的世界怎么生存
如今只有自己去闯,才识得江湖凶险
你说面对流浪汉绝不屈尊
因为他暧昧迷离,难测深浅
可现在你明白了,他根本不用遮掩
那眼神空空荡荡,可你无处躲闪
只能盯着他说:一手交货,一手交钱?

这是什么滋味
这是什么感觉
孑然一身
无处归家
无人理会
像滚石一块,浪迹人间?

扮小丑的,杂耍的,花样百出取悦你
可他们转身皱眉之时,你可曾看见
不该在别人身上逗闷取乐
这个道理你从不理解
以前你座驾锃亮,伴侣风度翩翩
他肩上还蹲着只暹罗猫,好不新鲜
如今你想必很不好受
所谓情人早已不知何处
原来他只是把你一通洗劫

这是什么滋味
这是什么感觉
孑然一身
无处归家

无人理会
像滚石一块，浪迹人间？

高高塔楼，公主殿下，还有各路名流
意气风发，觥筹交错之间
礼尚往来，虽千金不足挂齿
你却只能摘掉钻戒，当铺求卖个好价钱
曾经你看戏里潦倒的拿破仑多么有趣
说的话能让你乐上半天
可如今他在召唤你，你已无法拒绝
去吧，去他身边
一无所有之时，也是无所畏惧之际
如今你已泯然众人
正可坦荡荡一往无前

这是什么滋味
这是什么感觉
孑然一身
无处归家
无人理会
像滚石一块，浪迹人间？

徐涵　译

2017

获奖作家

石黑一雄

传略

二〇一七年十月五日，瑞典学院将本年度的诺贝尔文学奖颁给了日裔英籍作家石黑一雄，获奖理由是他的作品“以强大的情感力量，发掘了隐藏在我们与世界联系的幻觉之下的深渊”。

石黑一雄（Kazuo Ishiguro，1954— ），二十一世纪以来第四位获得诺贝尔文学奖的英籍作家。他的获奖，同样出乎一些人的意料，也有不少人认为他实至名归。在各种声音中，他的出身与文化背景一直令人关注。一九五四年十一月八日，石黑一雄出生于日本长崎。他的父亲是一位海洋学家，供职于英国北海石油公司。一九六〇年，石黑一雄的父亲受邀到英国国家海洋学研究所工作，一家人遂随父亲前往英国。到英国后，他和姐姐最初入读斯托顿小学，然后在萨里的沃金县文法学校接受教育。一九七三年高中毕业后，他在美国、加拿大等地游历了一年，其间还做过巴尔莫勒尔的女王妈妈乐队的打击乐手。一九七四年，他进入英国肯特大学学习英语和哲学。大学毕业后，他做了几年社工，然后进入英国东安格利亚大学学习创意写作研究生课程，在这里，他结识了给他文学生涯重要影响的导师、英国小说家安吉拉·卡特。一九八〇年，他获得了创意写作艺术硕士学位。一九八三年，他加入了英国国籍。直到一九八九年，他参加日本基金会组织的“作者之旅”，才重返阔别近三十年的日本。彼时彼刻，对他而言，“日本已经远去”。

石黑一雄二十八岁便在国际文坛崭露头角，他的每部作品几乎都受到重要文学奖项的青睐，与奈保尔、鲁西迪一起被称为“英国文坛移民三雄”。一九八二年，石黑一雄的第一部小说《群山淡景》出版，讲述在英格兰生活的日本寡妇悦子的故事，影射了日本长崎的灾难和战后恢复。这一年，石黑一雄获得温尼弗雷德·霍尔比纪念奖，并被英国文学杂志《格兰塔》评选为英国最优秀的二十位青年作家之一。一九八六年，《浮世画家》

出版，这部小说通过一位日本画家回忆自己从军的经历，探讨了日本国民对“二战”的态度。同年获得惠特布莱德奖，并且获得了布克奖提名。一九八九年，石黑一雄以《长日留痕》夺得了当年的布克奖。小说还被搬上大银幕，获得了奥斯卡金像奖多项提名。一九九五年，《无可慰藉》出版，他获得了契尔特纳姆文学艺术奖以及大英帝国勋章。二〇〇〇年，他的《上海孤儿》再次获得布克奖提名。二〇〇五年出版的《别让我走》，讲述了一个培养克隆人的教育机构里少男少女追寻身世之谜的故事，再次获得布克奖提名，同时入选一九二三年至二〇〇五年百佳英文小说。二〇〇九年，短篇小说集《小夜曲》出版。二〇一五年，长篇小说《被掩埋的巨人》出版。

除了小说创作以外，石黑一雄还热衷于歌词创作。他的音乐偶像是鲍勃·迪伦，他也一度希望自己能够像歌手莱纳德·科恩或者音乐家琼尼·米歇尔那样，创作出了不起的乐曲。他曾经为爵士女歌手斯黛茜·肯特填词，二人合作的爵士乐专辑《早间电车上的早餐》在法国非常畅销。

虽然拥有日本和英国双重的文化背景，石黑一雄却不以移民或是国族认同作为小说题材。尽管西方的评论家总是想方设法从他的小说中找出后殖民文学的蛛丝马迹，但是他的七部主要作品除了两部有一些日本的影子外，其余的全部是国际化的写作。他自己也一向以国际主义作家自视，他说：“我是一位希望写作国际化小说的作家。所谓国际化小说是指这样一种作品：它包含了对于世界上各种不同文化背景的人都具有重要意义的生活景象。它可以涉及乘坐喷气飞机穿梭往来于世界各大洲之间的人物，然而他们又可以同样从容地稳固立足于一个小小的地方……这个世界已经变得日益国际化，这是毫无疑问的事实。在过去，对于任何政治、商业、社会变革模式和文艺方面的问题，完全可以进行高水平的讨论而毋庸参照任何国际相关因素。然而，我们现在早已超越了这个历史阶段。如果小说能够作为一种重要的文学形式进入下一个世纪，那是因为作家们已经成功地把它塑造成一种令人信服的国际化文学载体。我的雄心壮志就是要为它做出贡献。”

石黑一雄的每一部作品都在尝试新的文学类型，从他的作品中可以看到十九世纪的庄园小说、现代侦探小说、后现代意识流小说、科幻小说以及魔幻小说等色彩。他的小说描述了活在特定历史背景中普通人所经历着的跨越时代和历史局限的一些共同情感和谬误，通过对人性的诠释，与各种文化背景下的读者产生共鸣。如今，石黑一雄的小说被译成三十多种语言，在世界各国发行。正如瑞典学院发言人在书面声明所言：“石黑一雄的作品以其强烈的情感和细致而克制的风格见长，揭示了人们对世界持有的一些普遍认识的幻象性，他可以将它用于任何事件的表达。”

目前，石黑一雄和妻子、女儿一起生活在伦敦。他的妻子是一位社会工作者，是他在做社工时认识的。生活中的石黑一雄，是一位超级影迷和鲍伯·迪伦的崇拜者。

授奖公告

二〇一七年诺贝尔文学奖的获奖者为英国作家石黑一雄。因为他的作品“以强大的情感力量,发掘了隐藏在我们与世界联系的幻觉之下的深渊”。

石黑一雄,一九五四年十一月八日出生于日本长崎。他五岁时全家搬到英国,直到成人后他才回到他的出生国。在上世纪七十年代末,石黑一雄毕业于英语肯特大学的哲学专业,然后又在东安格利亚大学学习创意写作。

石黑一雄从他的第一本书《群山淡景》(1982)开始成为职业作家。之后的《浮世画家》(1986)描写的是第二次世界大战后发生在长崎的故事。石黑一雄的创作主题主要涉及以下几类:记忆、时间和自我欺骗。特别一提的是,他最著名的小说《长日留痕》(1989),关于英国典型的传统男管家史蒂文斯的故事,由安东尼·霍普金斯改编为了电影。

石黑一雄作品的显著特点是细腻内敛的表达方式,独立于任何正在发生的事情。同时,他最新推出的小说蕴含着神奇的特质。随着反乌托邦作品《别让我走》(2005)的推出,石黑一雄的创作拓展到了冷峻、幽深的科幻领域。在这部小说中,和其他小说一样,我们也发现了音乐元素。一个显著的例子就是他的短篇小说集《小夜曲》(2009):五个音乐故事,音乐在反映人物关系中起着举足轻重的作用。在他最新的小说《被掩埋的巨人》(2015)中,讲述了一对年迈的英国夫妇一路旅行,希望和多年不见的儿子团聚的故事。这部小说探究和表现的是记忆与遗忘、历史与现在、幻想与真实的关系。

除了八部小说外,石黑一雄还进行了影视剧本的创作。

作品

诺贝尔奖颁奖晚宴上的演讲

尊敬的国王陛下、王子殿下,女士们、先生们:

我清晰地记得小时候有一本色彩斑斓的漫画书,满满一页全是一个外国人——确切地说是西方人——的硕大面孔。那张模模糊糊的脸后面,一边是爆炸带来的烟雾,另一边则是受惊的白色群鸟飞向天空。当时我五岁,仰躺在传统的日式榻榻米上。可能这一幕令身后不远处的妈妈触景生情,她绘声绘色地给我讲起此人的故事。他发明了火药,后来考虑到用途广泛,便设立“诺贝尔秀”①——这是我第一次听到该奖的日文名。妈妈说,“诺贝尔秀”设立的初衷是促进和平。我们居住的城市长崎遭受原子弹轰炸十四周年之际,我尚年幼,却深知和平的重要。和平一旦失去,恐惧之物可能会侵入我的世界。

和许多伟大的想法一样,诺贝尔奖的初衷其实不难理解,甚至一个小孩子都能弄懂,或许这才是该奖历来备受世界瞩目的原因所在。国人获得诺贝尔奖会让我们倍感自豪,不过这种自豪不同于我们亲眼目睹运动员赢取奥运会奖牌时的心情。并非同胞展露出超越他国之人的优势才令我们自豪,而是自豪于我们中的一员为人类共同的事业做出了

① 原文 Nobel Sho。

卓越贡献。这种情感更广泛,更具一致性。

我们所生活的时代,敌对之势日益加剧,原本的和谐已四分五裂,互不相让。以我所从事的文学创作为例,当前局势之下诺贝尔奖会帮助我们跨越隔阂去思考,提醒我们必须为全人类的福祉而共同奋斗。这种理念是妈妈教给小孩子的,全世界的妈妈从古至今一直在这样做,在这样激励后人,传递希望。如果问我,获得这份荣誉高兴吗?是的,获得"诺贝尔秀"是我的荣幸:在听到这个令人震惊的消息片刻之后,我就给九十一岁的妈妈打了电话。当年在长崎,我隐约听懂了"诺贝尔秀"的内涵,现在算是真正明白了。我站在这里,对自己成为这个故事的一分子满含敬畏!

谢谢!

李方木　译